HANDBUCH DER OPER

HANDBUCH DER OPER

KLOIBER KONOLD MASCHKA

14., GRUNDLEGEND ÜBERARBEITETE AUFLAGE

BÄRENREITER
METZLER

In memoriam Wulf Konold

Eine Übersicht über die Opern der hier besprochenen Komponisten
mit Angaben zur Uraufführung, zum Textdichter und zu den Verlagen
findet man auf den Websites der beiden Verlage:
https://www.baerenreiter.com/extras/BVK2323 und
http://shop.metzlerverlag.de/media/files//978-3-476-02586-9_zusatzmaterialien.pdf

Auch als eBook erhältlich:
epdf: ISBN 978-3-7618-7093-8

Bibliografische Information der Deutschen Nationalbibliothek
Die Deutsche Nationalbibliothek verzeichnet diese Publikation in der
Deutschen Nationalbibliografie; detaillierte bibliografische Daten sind
im Internet über www.dnb.de abrufbar.

14., grundlegend überarbeitete Auflage 2016
© 1985 Bärenreiter-Verlag Karl Vötterle GmbH & Co. KG, Kassel
Gemeinschaftsausgabe der Verlage Bärenreiter, Kassel und J. B. Metzler, Stuttgart
Umschlaggestaltung: + CHRISTOWZIK SCHEUCH DESIGN unter Verwendung eines Fotos
von Wilfried Hösl (Szene aus Miroslav Srnkas Oper ›South Pole‹, Bayerische Staatsoper 2016:
Rolando Villazón, Thomas Hampson, Mojca Erdmann, Tara Erraught)
Lektorat: Jutta Schmoll-Barthel
Innengestaltung: Dorothea Willerding
Korrektur: Daniel Lettgen, Köln
Satz, Druck und Bindung: Druckerei C.H.Beck, Nördlingen
ISBN 978-3-7618-2323-1 (Bärenreiter)
ISBN 978-3-476-02586-9 (Metzler)

www.baerenreiter.com
www.metzlerverlag.de

Inhalt

Vorwort zur Neubearbeitung und Erweiterung 2016 VII

Abkürzungen XI

Autorenverzeichnis XII

Werkbeschreibungen 1

Anhang
  Besetzungsfragen 925
  Fachpartien 927
  Register
    Nach Komponisten 941
    Nach Operntiteln 947
    Nach Librettisten und den Autoren der literarischen Hauptquellen 952
  Über die Autoren 957

Vorwort zur Neubearbeitung und Erweiterung 2016

Ein zeitgemäßer Klassiker: So präsentiert sich das altbewährte ›Handbuch der Oper‹ den Opernfreunden und Opernmachern in dieser tiefgreifenden Neubearbeitung, deren Werkauswahl nicht weniger als 324 Opern von 135 Komponisten umfaßt. Fast 100 neue Texte sind hinzugekommen, somit wurde mit Blick auf die vorausgegangene Auflage rund ein Drittel des Textbestands ausgetauscht. 58 Opern und 18 Komponisten vom Barock bis in die jüngste Gegenwart sind nun erstmals in den Kanon des ›Handbuchs der Oper‹ aufgenommen, und etliche Werkbesprechungen, die dem heutigen Kenntnisstand nicht mehr genügten, mußten neuen Darstellungen weichen.

Warum jedoch wurde eine Neubearbeitung des Opernhandbuchs, nachdem es bereits 2002 deutlich aufgestockt worden war, nun abermals nötig? Die Antwort liefert das Musikleben selbst. Es befindet sich in dauerndem Wandel. Und die Opernführer reflektieren letztlich nur diese in den Opernhäusern stattfindenden Veränderungen. Was sich dort in den Orchestergräben und den Guckkästen der Theater ereignet, gibt den aufgeführten Werken Relevanz. Selbst in unserer multimedial aufgestellten Gegenwart sind die Musiktheater die eigentlichen Kraftquellen für die Opernkunst geblieben. Nur das Opernhaus schafft unplugged und elektronisch unverstärkt jenen unvergleichlichen Kommunikationsraum zwischen Künstlern und Publikum, dessen atmosphärische Intensität aus dem Live-Erlebnis hervorgeht. Zwar haben die Opernbühnen hierbei nach wie vor ein Kernrepertoire im Blick, dessen Werke wie etwa die Meisteropern Mozarts seit ihrer Uraufführung durchweg auf dem Programm standen. Dennoch geraten einst beliebte Stücke oft genug wieder in Vergessenheit, andere werden aus mitunter jahrhundertelangem Opernschlaf erweckt und erfolgreich wiederbelebt, und überdies sind die Opernhäuser wie eh und je Orte des zeitgenössischen Musiktheaters, wenn auch in den letzten Jahren das Nachspielen von Uraufführungsproduktionen ziemlich aus der Mode gekommen ist.

Damit ist gesagt, daß die Opernhäuser definieren, was derzeit zum Kanon gehört, und den Opernführern in diesem Zusammenhang lediglich eine Filterfunktion zu kommt, deren Ergebnis dann die präsentierte Werkauswahl ist. Auch sind Opernführer keine Lexika zur Operngeschichte, obwohl sie anhand ihrer Werkauswahl einen Eindruck vom Facettenreichtum der Gattung von ihren Anfängen bis in die jüngste Zeit hinein geben wollen. Überdies versuchte gerade das ›Handbuch der Oper‹ von jeher eine praktische Orientierungshilfe für Kenner und Liebhaber, aber auch für Opernfachleute zu sein. Kurzum: Das Streben nach Aktualität erzwingt im Genre dieser Ratgeberliteratur durch Anpassung ans gewandelte Repertoire der Bühne von Zeit zu Zeit Umarbeitungen, um nicht zu veralten. Deshalb hatte bereits Rudolf Kloiber sein 1951 erstmals erschienenes Opernhandbuch noch kurz vor seinem Tod im Jahr 1973 einer Revision unterzogen, zehn Jahre später folgte Wulf Konolds Neubearbeitung, der sich die weitgehend von mir vorgenommene Repertoire-Erweiterung von 2002 anschloß. Schon ein halbes Jahrzehnt später wurden erste Überlegungen darüber angestellt, wie eine abermalige Revision des Buches aussehen könnte. Konzeptionelle Änderungen wurden erwogen, schon kursierten Streich- und Erweiterungslisten. Doch dann zwang uns im Jahr 2010 Wulf Konolds plötzlicher Tod zum Innehalten. Es war zunächst überhaupt nicht klar, wie es ohne ihn nun weitergehen könnte.

Auf diese Frage fand der Bärenreiter-Verlag eine doppelte Antwort. Zum einen wurde mit dem Metzler-Verlag ein neuer Partnerverlag ins Boot geholt, zum anderen wurde Konolds Autoren-Funktion aufgesplittet und auf ein Autoren-Kollektiv verteilt. Es gelang, Bühnenpraktiker, Operndramaturgen und Fachleute aus Wissenschaft und Publizistik für die Fortführung des Projekts zu gewinnen. Ich kann meinen Koautoren nicht genug dafür danken, mich hier durch ihre Beiträge entlastet zu haben. Ohne ihre Mithilfe hätte sich eine Wiederauflage um Jahre verzögert, wenn sie nicht gar unmöglich geworden wäre. Und so ist das ›Handbuch der Oper‹ nun auch ihr Werk.

Wie auch in den früheren Auflagen wurde der Usus, Rudolf Kloibers Originaltexte nicht zu kennzeichnen, beibehalten. Dort vorgenommene kleinere Korrekturen erfolgten stillschweigend, bei umfassenderen Umarbeitungen oder Ergän-

Vorwort zur Neubearbeitung und Erweiterung 2016

zungen wurde das Kürzel des jeweiligen Bearbeiters (siehe das Autorenverzeichnis S. XII) hinzugefügt. In diesem Zusammenhang sei auf ein weiteres systematisches Detail aufmerksam gemacht, das den Handlungsteil der jeweiligen Werkdarstellungen betrifft. Durchweg gilt dort die Regel: pro Absatz ein Akt; Bild- oder Szenenwechsel innerhalb eines Aktes sind mittels Gedankenstrich markiert.

Wie oben bereits erwähnt, wurde im Unterschied zu den früheren Auflagen ein Teil von Kloibers Opernbesprechungen, wenn sie eine gewisse Patina angesetzt hatten, durch neue Beiträge ersetzt und somit auch der Kernbestand des Repertoires (Monteverdi, Händel, Mozart, Beethoven, Donizetti, Bellini, Verdi, Wagner, Offenbach, Bizet, Janáček, Puccini, Strauss, etc.) einer Revision unterzogen. Dennoch war uns darum zu tun, im Spagat zwischen Alt und Neu und im Respekt vor dem Urvater des ›Handbuchs der Oper‹ aus Kloibers Textkonvolut zu erhalten, was nach wie vor Gültigkeit beanspruchen kann.

Schon beim Durchblättern des Handbuchs wird dem Leser auffallen, daß die neueren Werkbesprechungen insgesamt breiter ausgefallen sind als die früheren. Hierbei ließen wir uns von dem Gedanken leiten, die Nutzer des Handbuchs auf dem heutigen Stand der Musikwissenschaft zu informieren. Im Spannungsfeld von historischer Einordnung und den Charakteristika, die das jeweilige Stück zum Unikat machen, zu einer gut lesbaren Werkdarstellung zu gelangen, dieses Streben nach Anschaulichkeit ließ sich oft genug nur durch den Blick aufs Detail und damit durch größere Ausführlichkeit erreichen.

Die Aktualisierung des ›Handbuchs der Oper‹ nach Maßgabe des Opernspielbetriebs brachte aber nicht nur eine Erweiterung des Repertoires mit sich. Es mußten auch Stücke gestrichen werden, die aus den Spielplänen der jüngeren Zeit herausgefallen sind. Beispielsweise hatten wir auf das Opernsterben zu reagieren, das in den letzten Jahrzehnten das komische Genre des 18. und des 19. Jahrhunderts erfaßt hat, und auch ein paar Stücke aus dem 20. Jahrhundert mußten weichen, weil sie inzwischen in Vergessenheit geraten sind. Ebenso haben wir wenige Werke jüngeren Datums wieder herausgenommen, die entgegen unseren Erwartungen auf den Theaterbühnen nicht Fuß fassen konnten.

Dafür haben wir von Claudio Monteverdi (›Il combattimento di Tancredi e Clorinda‹) bis in die allerneueste Zeit – Miroslav Srnkas 2016 in München uraufgeführte sogenannte Doppeloper ›South Pole‹ – in allen Bereichen des Repertoires angebaut. Im Barock finden sich neben zusätzlichen Opern Rameaus nun auch weitere Meister der italienischen Seria wie Hasse und Vinci, und mit der ›Médée‹ von Marc-Antoine Charpentier wurde die französische Lücke zwischen Lully und Rameau geschlossen. Im Klassiker-Bereich gab es mit dem Mozart-Fragment der ›Zaide‹ und Haydns ›Armida‹ die wenigsten Neuzugänge zum Kanon, doch steht nun Mozarts ›Schauspieldirektor‹ wieder wie am Abend der Uraufführung Salieris ›Prima la musica e poi le parole‹ zur Seite. Insbesondere den romantischen Bestand haben wir gründlich aufgestockt. Hiervon profitierten vor allem die italienischen Belcanto-Komponisten des 19. Jahrhunderts – Bellini, Donizetti und Rossini – mit insgesamt zehn zusätzlichen Werktiteln. Doch auch die französischen Komponisten erhielten mit Chabriers ›L'Étoile‹, Lalos ›Le Roi d'Ys‹ und Gounods ›Roméo et Juliette‹ und die deutsche Romantik mit Schuberts ›Alfonso und Estrella‹ und Schumanns ›Genoveva‹ Verstärkung. Und das slawische Repertoire wurde mit je zwei Stücken von Dvořák (›Armida‹ und ›Vanda‹) und Tschaikowskij (›Mazeppa‹ und ›Iolanta‹) ergänzt.

Auch haben wir auf die nach wie vor anhaltende Hausse der Opern aus der ersten Hälfte des 20. Jahrhunderts reagiert. Schreker, Zemlinsky, Puccini und Martinů sind nun mit weiteren Werken vertreten, außerdem kam Enescus ›Œdipe‹ hinzu. Gleichfalls wurden Opern aus der Nachkriegszeit neu aufgenommen: Hartmanns ›Simplicius Simplicissimus‹, Pizzettis ›Assassinio nella cattedrale‹, Weinbergs ›Die Passagierin‹ und Brittens ›The Rape of Lucretia‹. Die wachsende Bedeutung des angelsächsischen Repertoires seit der zweiten Hälfte des 20. Jahrhunderts schlägt sich überdies in Besprechungen von weiteren Opern von John Adams und Peter Maxwell Davies nieder. Hinzu kam Thomas Adès' fulminante Shakespeare-Adaption ›The Tempest‹. Mit Blick auf die zeitgenössischen Komponisten haben wir die Werklisten von Henze, Reimann, Trojahn und Rihm weitergeführt. Ganz neu im Kanon des ›Handbuchs der Oper‹ sind Werke von Beat Furrer, Detlev Glanert, Georg Friedrich Haas, Olga Neuwirth, Salvatore Sciarrino und Miroslav Srnka. Uns ist bewußt, daß andere Verfasser bei der Erweiterung des ›Handbuchs der Oper‹ mitunter anders entschieden hätten. Es war aber unter den für die Neubearbeitung in Frage kommenden Werken und der zur Verfügung stehenden Seitenzahl ein Kompromiß zu finden.

Die einzige formale Veränderung gegenüber den früheren Auflagen zeigt sich darin, daß die pro Komponist chronologisch geführten Opernwerklisten mit den Daten zur jeweiligen Uraufführung, den Hinweisen auf die Librettisten und Verlagsangaben aus der Druckausgabe herausgenommen wurden, um Platz für zusätzliche Werkbesprechungen zu schaffen. Dennoch sind diese Verzeichnisse für die Leser nicht verloren: Unter den auf S. IV angegebenen Links sind sie im Internet kostenfrei einsehbar. Vollständigkeit ist freilich für diese Werklisten nicht angestrebt, da insbesondere die Opern-Œuvres etlicher Barockkomponisten oder im frühen 19. Jahrhundert wirkender italienischer Komponisten oft unüberschaubar sind. Nach wie vor soll dann nur eine Auswahl der jeweils bedeutendsten Opern geboten werden, auch sei auf die Werkverzeichnisse in der musikwissenschaftlichen Fachliteratur und auf die Websites der Verlage und Komponisten verwiesen.

Die fachpraktische Ausrichtung des ›Handbuchs der Oper‹ führte unter den Autoren zu regem Meinungsaustausch über die Stimmfächer. Kann – so wurde gefragt – Kloibers aus einer späteren Zeit stammende Terminologie beispielsweise auf den Barock, als noch nicht nach Stimmfächern unterteilt wurde, rückprojiziert werden? Läßt sich Kloibers Systematisierung auch auf italienische oder französische Partien anwenden? Der bequemere Weg wäre gewesen, im Verzicht auf die Bestimmung der Stimmfächer nur noch über die Stimmlagen Auskunft zu geben. Dennoch haben wir uns entschlossen, das Kloiber-System trotz dieser Bedenken beizubehalten. Den Lesern hätten wir nämlich sonst eine interessante zusätzliche Information über das Profil der jeweiligen Partien vorenthalten. Die Fragestellung heutiger Interpreten nach den für eine Gesangspartie charakteristischen Merkmalen orientiert sich nämlich weniger an den historischen Ausprägungen, vielmehr an den gesangspraktischen Anforderungen, die eine Partie stellt. So mögen unsere – durchaus diskussionswürdigen – Angaben zu den Stimmfächern den Opernproduzenten, den Opernhäusern und den Interpreten zur Orientierung dienen. Außerdem sollen unsere Angaben die beispielsweise im Internet lebhaft geführten Diskussionen von Opernenthusiasten über den Charakter von Gesangsstimmen befeuern. Somit sind die Informationen über die Stimmfächer auch als Anregungen zu verstehen, die Hörerschaft im Bildungsdiskurs über Opernstimmen zu begleiten.

Halten wir also fest: Die Stimmfächer wurden mit Blick auf die heutigen Theaterverhältnisse bestimmt, ohne deshalb in Rechthaberei zu verfallen, weshalb oft genug Alternativvorschläge hinzukamen. Für diese Praxis hatte Wulf Konold die Richtung vorgegeben, als er 1983 in sein Vorwort schrieb: »Auch Kunstfachbezeichnungen sind nicht unveränderlich; sie sind Moden und historischen Veränderungen unterworfen und schließlich auch abhängig von der Größe des Theaters, der Ausgewogenheit der Gesamtbesetzung wie der Orchesterstärke.« Beispielsweise wird der Leser feststellen, daß wir manchen Mozart-Partien nun leichtere Stimmfächer zugewiesen haben als in früheren Auflagen. Der Grund dafür: Die Erkenntnisse der historisch informierten Aufführungspraxis haben gleichsam zu einer »Entwagnerisierung« des Mozart-Gesangs geführt. Auch haben wir bei ursprünglichen Kastratenpartien die Alternativangaben für eine Besetzung mit tieferen Männerstimmen gestrichen, da anders als in den Nachkriegsjahrzehnten inzwischen die Kastratenrollen in Übereinstimmung mit der ursprünglichen Stimmlage üblicherweise entweder von Frauen oder von Countertenören gesungen werden.

*

Bleibt noch die schöne Pflicht, all denen zu danken, die den Autorinnen und Autoren bei der Neufassung des ›Handbuchs der Oper‹ mit Rat und Tat zur Seite standen. Da dürfen die zeitgenössischen Komponisten nicht unerwähnt bleiben, die gerne über Biographisches und über ihre Werke Auskunft gaben, wenn Fragen an sie herangetragen wurden. Ebenso freundlich und zügig wurde uns von den Verlagen geholfen, die mit wahrer Engelsgeduld auf die Rücksendung der zur Verfügung gestellten Partituren, Hintergrundmaterialien, CDs und DVDs warteten, selbst wenn die vereinbarten Rückgabetermine längst überfällig waren. Ebenfalls herzlichen Dank an die Opernhäuser des In- und Auslands und deren Pressestellen, die mit Programmheften und Pressespiegeln nicht geizten, um uns Informationen über ihre Produktionen zukommen zu lassen. Vor allem richtet sich der Dank an unsere Lektorin Jutta Schmoll-Barthel: Sie war als Organisationsmultitalent gefragt, um die Autorentruppe zu ermutigen und im Zeitplan zu halten, und sie war auch unsere erste Leserin. Grundsätzlich neugierig, prüfte sie unsere Texte akribisch und trug durch konstruktive Kritik dazu bei, daß die Texte ihren letzten Schliff erhielten. In diesem Zusammenhang geht unser Dank auch an unseren Korrektor Daniel Lettgen, ohne dessen kluge Rückfragen manches Versehen, manche Unachtsamkeit und manche inhaltliche Unstimmigkeit nicht aufgefallen wäre.

Schließlich sei der Wunsch geäußert, daß das ›Handbuch der Oper‹ auch in der neuerlichen Auflage jenes zuverlässige Hilfsmittel bleiben möge, das es für Kenner und Liebhaber der Oper bislang gewesen ist. Und wenn es darüber hinaus zum Blättern und Schmökern verführen sollte, um so besser!

Frankfurt, im Mai 2016 Robert Maschka

Abkürzungen

ad lib.	ad libitum	Kbt.	Kontrabaßtuba
Afl.	Altflöte	Kfag.	Kontrafagott
Asax.	Altsaxophon	Kl.	Klarinette
Auff.	Aufführung	Klav.	Klavier
Barsax.	Baritonsaxophon	kl. Chp.	kleiner Chorpart, d. i. Gesangspart des Chores, der auf eine einzige Szene oder wenige kurze Auftritte beschränkt ist
B. c.	Basso continuo		
Bearb.	Bearbeitung		
Bfl.	Baßflöte		
Bgit.	Baßgitarre	kl. P.	kleine Solopartie, d. i. eine Rolle, die auf eine Szene oder auf wenige kurze Auftritte beschränkt ist
Bh.	Bassetthorn		
Bkl.	Baßklarinette		
Bpos.	Baßposaune		
Br.	Bratsche	kO.	komische Oper (musikalisches Lustspiel, musikalische Komödie usw.)
Bt.	Baßtuba		
Btrp.	Baßtrompete (meist von Posaunisten geblasen)		
		Kpos.	Kontrabaßposaune
Cel.	Celesta	Mar.	Marimbaphon
Cemb.	Cembalo	m. Chp.	mittlerer Chorpart, d. i. Gesangspart des Chores, der sich über mehrere, nicht zu umfangreiche Szenen erstreckt
Cimb.	Cimbasso		
E.	Einakter		
E-Git.	E-Gitarre		
Eh.	Englischhorn	m. P.	mittlere Solopartie, d. i. eine Rolle, die in einigen weniger umfangreichen Szenen gesanglich anspruchsvolle Aufgaben, manchmal aber auch in der Hauptsache Ensemble-Aufgaben zu erfüllen hat
Fag.	Fagott		
Fl.	Flöte		
Flex.	Flexaton		
GA	Gesamtausgabe		
Git.	Gitarre		
Gl.	Glocken		
Glsp.	Glockenspiel	Ms.	Manuskript
gr. Chp.	großer[1] Chorpart, d. i. ausgedehnter Gesangspart des Chores, der sich ganz oder größtenteils über das Stück hinzieht	Neuausg.	Neuausgabe
		Neubearb.	Neubearbeitung
		NMA	Neue Mozart-Ausgabe (Bärenreiter-Verlag)
		Ob.	Oboe
gr. P.	große Solopartie, d. i. eine Rolle, die, ausgestattet mit einem anspruchsvollen Gesangspart, ganz oder großenteils durch das Stück läuft	Org.	Orgel
		P.	Pauke
		Picc.	kleine Flöte (Piccolo)
		Pos.	Posaune
		Rgl.	Röhrenglocken
		S.	Seite
Harm.	Harmonium	Sax.	Saxophon
Hr.	Horn	Schl.	Schlagzeug/Schlagzeuger
Hrf.	Harfe	Ssax.	Sopransaxophon
Kb.	Kontrabaß	Str.	Streicher
Kbkl.	Kontrabaßklarinette	Synth.	Synthesizer

[1] Die Bestimmung des Umfangs eines Solo- oder Chorparts ist immer in Relation zur Gesamtdauer des Werkes vorgenommen; so ist beispielsweise ein als große Partie bezeichneter Part in der Oper ›Cavalleria rusticana‹, deren Aufführungsdauer etwa 1¼ Stunden beträgt, absolut gemessen kleiner als eine ebenso bezeichnete Partie in ›Lohengrin‹, der etwa 3½ Stunden dauert.

Tbl.	Tempelblocks	Va.	Viola
Tbn.	die sog. Wagner-Tuben (die von Hornisten geblasen werden)	Vcl.	Violoncello
		versch.	verschiedene
Tr.	Trommel	Vib.	Vibraphon
Trp.	Trompete	Viol.	Violine
Tsax.	Tenorsaxophon	Wbl.	Woodblocks
urspr.	ursprünglich	Xyl.	Xylophon

Autorenverzeichnis

A.R.T.	Anja-Rosa Thöming	N.A.	Norbert Abels
A.Th.	Annette Thein	O.M.R.	Olaf Mathias Roth
C.P.	Clemens Prokop	O.S.	Olaf Schmitt
C.R.	Christoph Rinne	P.K.	Patrick Klingenschmitt
G.H.	Gregor Herzfeld	R.K.	Rudolf Kloiber
H.S.	Herbert Schneider	R.M.	Robert Maschka
I.R.	Ivana Rentsch	U.S.	Uwe Schweikert
M.H.	Michael Haag	V.M.	Volker Mertens
M.L.M.	Marie Luise Maintz	W.F.	Wolfgang Fuhrmann
M.Z.V.	Marianne Zelger-Vogt	W.K.	Wulf Konold

Werkbeschreibungen

John Adams

* 15. Februar 1947 in Worcester (Massachusetts)

Nixon in China

Oper in drei Akten. Libretto von Alice Goodman.

Solisten: *Chou En-lai* (Lyrischer Bariton, gr. P.) – *Richard Nixon* (Kavalierbariton, gr. P.) – *Henry Kissinger*[1] (Charakterbariton, m. P.) – *Drei Sekretärinnen Maos*[2], darunter *Nancy Tang* (drei Mezzosoprane, m. P.) – *Mao Tse-tung* (Charaktertenor, gr. P.) – *Pat Nixon* (Lyrischer Sopran, gr. P.) – *Chiang Ch'ing*, Madame Mao Tse-tung (Lyrischer Koloratursopran, gr. P.).
[1] Der Interpret übernimmt im II. Akt die Rolle des Lao Szu. [2] Die Interpretinnen übernehmen auch die Terzett-Partien im II. Akt.
Chor (m. Chp.): Soldaten, Minister und Ministerinnen (gemischter, auch Männerchor) – Bankettgäste (Doppelchor) – Chinesische Arbeiter und Arbeiterinnen – Mrs. Nixons Begleitpersonal (auch Frauendoppelchor) – Presse (Männerchor) – Zuschauer und Kommentatoren des Balletts (Favoritgruppen, auch Doppelchor, auch Frauenchor).
Statisten: Fotografen – Chinesische und amerikanische Offizielle – Küchenhilfen des Peking-Hotels – Ein Dolmetscher.
Ballett: ›Das rote Frauenbataillon‹ im II. Akt (Tänzer und Komparsen): Zwei Tänzerinnen – Wu Ching-hua – Ein Wächter (später mehrere) – Hung Chang-ching – Kuomintang-Offiziere – Politische Bosse – Wohlgenährte Bauern – Söldner – Serviermädchen.
Ort: Peking.
Schauplätze: Ein Flugfeld außerhalb Pekings, auf dem die US-Präsidenten-Maschine ›The Spirit of '76‹ zu stehen kommt. Maos Arbeitszimmer. In der Großen Halle des Volkes – Besichtigungstour der in ihrer Limousine reisenden Präsidentengattin: Peking-Hotel, Volkskommune Immergrün (Modell-Schweinezucht, Volksklinik, Kulturpalast und Schule), Sommerpalast (Halle des Wohlwollens und der Langlebigkeit, Halle des langen Lebens im Glück, Halle der aufgelösten Wolken, Pavillons von Buddhas Wohlgeruch, Tor der Langlebigkeit und des Guten Willens), Ming-Gräber. Ein Theatersaal mit Blick in das Gefängnis eines Gutes auf einer tropischen Insel, dann in einen Kokospalmen-Hain, danach in den Hof eines Herrenhauses (Schauplätze des Balletts ›Das rote Frauenbataillon‹) – Vor der Bettruhe, im Hintergrund das Bild Mao Tse-tungs, der später aus dem Rahmen steigt.
Zeit: 21.–25. Februar 1972.
Orchester: 2 Fl. (auch 2 Picc.), 2 Ob. (auch 1 Eh.), 3 Kl. (auch 1 Es-Kl., auch 1 Bkl.), Ssax., 2 Asax., Barsax., 3 Trp., 3 Pos., Schl. [gr. Tr., gr. Tr. mit Pedal, Wbl., Becken (auch hängend), kl. Tr., Sandpapier Blocks, Tamburin, Hi-hat, Nieten-Becken, rhythmisches Klatschen, Glsp., Triangel, Schlittenschellen, Peitsche, Tenor-Tr., Ratsche, Claves], 2 Keyboards, Synth., Str.
Gliederung: Durchkomponierte Szenenfolge.
Spieldauer: Etwa 2½ Stunden.

Handlung

Am Montagmorgen des 21. Februar 1972 auf dem Rollfeld des Pekinger Flughafens: Während sie die Losung »Die drei Hauptregeln der Disziplin und die acht Punkte zur Beachtung« absingen, nehmen Soldaten der chinesischen Armee-, Marine- und Luftwaffeneinheiten Aufstellung, um Richard Nixon, den Präsidenten der USA, mit militärischen Ehren zu empfangen. Die Präsidenten-Maschine »The Spirit of '76« landet, rollt heran und kommt zum Stehen. Gefolgt von seiner Frau Pat, schreitet Nixon die Gangway herab. Er wird vom chinesischen Premierminister Chou En-lai freundlich begrüßt und schüttelt seinem Gastgeber die Hand. Danach verläßt auch der Präsidenten-Troß das Flugzeug, und Chou macht Nixon mit dem chinesischen Empfangskomitee bekannt. Die beiden Politiker schreiten die Ehrenformation ab. Währenddessen frohlockt Nixon insgeheim darüber, daß der historische Händedruck zwischen chinesischem Premier und amerikanischem Präsidenten gerade weltweit über die Mattscheiben geflimmert ist – in den USA dank der Zeitverschiebung sogar zur Hauptsendezeit. Auch mißt Nixon seinem China-Besuch dieselbe Bedeutung bei wie der Landung der Apollo-Astronauten auf dem Mond. Alsbald aber gerät er darüber ins Grübeln, welch katastrophale

Auswirkungen ein Fehlschlag der Reise haben würde. Da wird er von seinem Sicherheitsberater Dr. Henry Kissinger mit der Nachricht aus den trüben Gedanken gerissen, daß Mao Tse-tung den Präsidenten zu sprechen wünscht. Chinesische Fotografen haben sich in Maos mit Büchern übersätem Arbeitszimmer eingefunden, um das Zusammentreffen zwischen Mao und Nixon, der in Begleitung Chou En-lais und Kissingers das Zimmer betritt, abzulichten. Als sich der Vorsitzende zur Begrüßung aus dem Sessel erhebt, wird er von einer seiner drei Sekretärinnen gestützt. Komplimente und Späße, nicht zuletzt auf Kosten des taiwanesischen Präsidenten Chiang Kai-schek und Kissingers, sorgen während des für die Presse inszenierten Shakehands für eine aufgeräumte Stimmung. Danach bleiben die Staatsmänner unter sich. Lediglich die Sekretärinnen sind weiterhin zugelassen und unterstreichen durch beflissenes Wiederholen jene Gesprächswendungen, die entweder vom Vorsitzenden stammen oder ihm genehm sind. Was die Konversation für die amerikanische Seite nicht eben erleichtert, ist Maos Selbstverständnis als Philosoph: Themen des politischen Alltags sind also seine Sache nicht und sollen späteren Verhandlungen zwischen dem Präsidenten und dem Premier vorbehalten bleiben. Nixon hat sichtlich Mühe, Maos eigenwilliger, mitunter paradoxer, oft genug ironischer Gedankenführung zu folgen. Und so gelingt es ihm nicht immer, den Gesprächsfaden korrekt weiterzuspinnen. Erklärend und diplomatisch vermittelnd, versuchen Chou En-lai und Kissinger bei Wahrung der jeweiligen realpolitischen Interessen den Meinungsaustausch behutsam zu steuern. Der schiefe Dialog zwischen ihren Chefs läuft nämlich Gefahr, durch mißverständliches Aneinandervorbei-Reden in die Sackgasse eines ideologischen Schlagabtausches zu geraten. Gleichwohl trennen sich die Herren in entspannter Atmosphäre, und Mao »schlurft zurück zu seinen Büchern«. Am Abend findet in der Großen Halle des Volkes ein Festbankett zu Ehren der amerikanischen Gäste statt. Einen kurzen Moment lang kann Pat mit ihrem Mann private Worte wechseln, aus denen hervorgeht, in welch gehobener Stimmung sich Nixon befindet. Demgemäß deutet er den momentan über Peking hinwegziehenden Westwind als politischen Frühlingsboten. Kissinger ist sich dessen allerdings nicht so sicher, und Chou En-lai gibt sich lediglich vorsichtig optimistisch. Dennoch nutzt der Premier den von »Gambei«-Rufen der Festgesellschaft umrahmten Toast auf seine Gäste zu einer Botschaft der Hoffnung: Indem er den Blick in die Zukunft richtet, beschwört Chou das Bild von den brüderlich beieinanderstehenden Völkern Chinas und der USA. Daraufhin erhebt sich Nixon zur Erwiderung und verbindet seinen Dank an die Gastgeber mit einem Lobpreis der Satelliten-Kommunikations-Technik, die des Premiers beeindruckende Ansprache über den ganzen Erdball verbreitet habe. Unter »Hoch«-Rufen prosten die Bankett-Teilnehmer einander zu. »Vom Geist der Freundschaft ergriffen«, gehen sie von Tisch zu Tisch. Auch auf Mao und auf George Washingtons Geburtstag (22. Februar 1732) wird angestoßen. Selbst der sonst so skeptische Kissinger zeigt sich bewegt, und für den euphorischen Nixon ist der Abend »wie ein Traum.«

Tags darauf absolviert Mrs. Nixon ihr Besuchsprogramm. Gerade hat sie den 115 Küchenhilfen des Peking-Hotels die Hände geschüttelt. Nun besucht sie die Volkskommune Immergrün. Ein kleiner Glaselefant, der aus der Massenproduktion der zur Kommune gehörigen Fabrik stammt, wird der Präsidentengattin überreicht und erregt ihr Entzücken, ist doch der Elefant das Symboltier der Republikanischen Partei. Auch die Modell-Schweinezucht, wo Mrs. Nixon auf Wunsch der Presse ein Schwein hinter den Ohren krault, wird besichtigt, außerdem die Volksklinik, der Kulturpalast und die Schule der Immergrün-Kommune. Mit naiver Schlichtheit nimmt Pat die inszenierte Freundlichkeit ihrer chinesischen Begleiter und das Sonntagslächeln der zur Besichtigung vorgeführten Bevölkerung für bare Münze. Im Sommerpalast läßt sie sich dabei photographieren, wie sie die Halle des Wohlwollens und der Langlebigkeit, die Halle des langen Lebens im Glück, die Halle der aufgelösten Wolken und den Pavillon von Buddhas Wohlgeruch durchstreift. Und während sie im Tor der Langlebigkeit und des Guten Willens eine Pause einlegt, gibt sie sich ihrer Hoffnung auf eine für alle Menschen friedliche, mit Komfort gesegnete Zukunft hin. Pats utopische Auslassungen werden von den Umstehenden mit höflichem Beifall quittiert. Gegen Nachmittag wird sie in ihrer Limousine zu den Ming-Gräbern gefahren. Hier gewinnt abermals ein Elefant – dieses Mal von größerem Ausmaß und aus Stein – ihre Aufmerksamkeit. Ihre Begleiter informieren sie über die unzumutbaren Produktionsbedingungen, die unter den Ming-Kaisern geherrscht hätten. Am Abend wohnt das

Präsidentenpaar in Gesellschaft des Premiers und von Maos Frau Chiang Ch'ing einer Aufführung des Balletts ›Das Rote Frauenbataillon‹ bei, dessen Autorin Maos Gattin selbst ist, und in dessen Darbietung sich überraschenderweise sowohl die amerikanischen Gäste als auch die Verfasserin einschalten werden. Der Vorhang hebt sich: Auf der Bühne, die das Gefängnis eines Gutes auf einer tropischen Insel darstellt, stehen drei an Pfosten gefesselte Mädchen, darunter die Heldin des Stücks, das Bauernmädchen Wu Ching-hua. Ihre Mitgefangenen beginnen (offenbar haben sie ihre Ketten heimlich gelöst) einen furiosen Tanz. Da tritt in Begleitung eines Wächters der Gutsverwalter Lao Szu hinzu, der zu Pats Verblüffung Kissinger wie aus dem Gesicht geschnitten ist, und macht sich an Ching-huas Fesseln zu schaffen. Die junge Frau nutzt die Gelegenheit, entreißt dem Verwalter seine Peitsche, während ihre Freundinnen sich auf den Wächter werfen. Ching-hua gelingt es zu entkommen. Auf der Flucht muß sie sich vor Lao Szu und seinen Häschern in acht nehmen. Trotzdem wird sie in einem Kokospalmen-Hain von Lao Szu überrascht und auf seinen Befehl hin ausgepeitscht. Pat ist über die Brutalität der Szene empört. Vergeblich versucht Nixon, seine Frau zurückzuhalten: Von ihm gefolgt, eilt Pat auf die Bühne, um sich der bewußtlos geschlagenen Ching-hua anzunehmen. Als ein tropischer Sturm aufkommt, ziehen sich Ching-huas Peiniger zurück. Ein Wolkenbruch geht über der Tänzerin und dem Präsidentenpaar nieder. Der KP-Funktionär Hung Chang-ching betritt die Szene, Pat klärt ihn über das Vorgefallene auf. Hung bietet der inzwischen wieder zu Besinnung gekommenen Ching-hua ein Glas Orangensaft an, »die erste Freundlichkeit, die sie je erfahren hat«. Danach bricht die Sonne durch die Wolken, das Sonderkommando der Roten Frauenmiliz tritt auf und entfaltet sein Banner. Auf Geheiß Hungs wird Ching-hua in die Volksarmee aufgenommen. Die nächste Szene des Ballets spielt im Hof des Herrenhauses, wo der Geburtstag des Gutsbesitzers von Kuomintang-Offizieren, politischen Bossen und wohlgenährten Bauern feuchtfröhlich begangen wird. In Nixons Begleitung findet sich der als Kaufmann verkleidete Hung bei dem Fest ein. Lao Szu empfiehlt sich seinen Gästen als tatkräftiger Verteidiger der bestehenden Ordnung und bekommt von Nixon einige Münzen zugesteckt, während sich die Wachen um eine Handvoll Kleingeld balgen, das Hung unter die Leute geworfen hat. Zur Unterhaltung der Männerrunde werden die als Serviermädchen getarnten Soldatinnen des Frauenbataillons gezwungen zu tanzen. Nur eine weigert sich: Ching-hua. Sie feuert auf ein Zeichen von Madame Mao aus ihrer Pistole zwei Schüsse ab. Zur Erleichterung von Pat und Nixon verfehlt sie Lao Szu alias Kissinger, der sich flugs aus dem Staub gemacht hat. Nun erteilt Chiang Ch'ing der Frauenmiliz Befehl, die Tyrannen zu vernichten. Hung und drei Angehörige des Bataillons hingegen weisen Ching-hua wegen ihres eigenmächtigen Handelns scharf zurecht und wollen sie aus der Volksarmee verstoßen. Doch da ergreift Chiang Ch'ing für sie Partei und gibt sich unter dem Jubel der Massen als Maos Gattin zu erkennen.

Am Abend vor der Rückreise in die USA herrscht Katerstimmung: Die Protagonisten des Gipfels sind erschöpft und ernüchtert. Nixon beklagt sich bei seinem Sicherheitsberater darüber, von der Gegenseite fortwährend mißverstanden worden zu sein. Auch Kissinger ist unzufrieden. Unter dem Vorwand, auf die Toilette zu müssen, verabschiedet er sich von Chou En-lai. Ein amerikanisch-chinesischer Dialog findet nun nicht mehr statt. Statt dessen unterhalten sich die Nixons auf der einen Seite, Chou En-lai, Mao und seine Frau auf der anderen Seite über ihre private Vergangenheit. Dazu steigt Mao aus dem Bilderrahmen und beginnt, mit Chiang Ch'ing zu tanzen. Beide Ehepaare werden nostalgisch, als sie an ihre erste Liebe zurückdenken. Das Präsidentenpaar schwelgt in Erinnerungen an jene Zeit der Trennung, als Nixon während des Zweiten Weltkriegs im Pazifik stationiert war, von wo aus er seiner Frau Liebesbriefe schrieb. Mao und Chiang Ch'ing wiederum erinnern sich ihrer frühen Jahre, als sie sich jung verliebt dem Aufbau der revolutionären Bewegung widmeten. Auch in Chou En-lais Gedanken verklärt sich die Epoche des revolutionären Aufbruchs ins Heroische. Aber so alt und müde er ist, hat er anders als Mao und seine Frau Wendigkeit genug, seine Gedanken in neue Bahnen zu lenken: Mag der Staatsbesuch momentan auch als Fehlschlag erscheinen, Chou En-lai erkennt in ihm die Verheißung auf politisches Tauwetter. Freilich weiß er, daß es gehöriger Anstrengungen bedarf, die Chance zu nutzen, denn noch »liegt der Rauhreif schwer auf dem Morgengras«.

Stilistische Stellung
Trotz minutiöser Beachtung zeitgeschichtlicher Tatsachen ist John Adams 1987 uraufgeführter

Erstlingsoper an wirklichkeitsnaher Darstellung der Protagonisten nicht gelegen. In ›Nixon in China‹ agiert also dem realistischen Anschein zum Trotz ein typenhaftes Personal, das überdies aus den in der Oper ablaufenden Vorgängen unverändert hervorgeht. Bei keiner der Figuren ist also eine charakterliche Entwicklung feststellbar. Am Handlungsgefüge wiederum interessiert den Komponisten weniger die Begegnung von fernöstlicher Kultur und westlicher Zivilisation, dafür hat sich Adams einen anderen Mythos des 20. Jahrhunderts zum Thema gewählt: den Clash von kommunistischer und kapitalistischer Ideologie. Bezeichnenderweise ist die Partitur frei von exotischen Klang-Chinoiserien. Und der »American way of life« kommt allenfalls in den durch die Instrumentation suggerierten Tanzmusik-Anklängen des III. Aktes (Barpiano-Imitation oder Background-Music des Saxophonquartetts) vage zum Tragen. Ansonsten spielt in Adams' Musik die Couleur locale keine Rolle. Hingegen läßt sich der Komponist – wie während der Flugzeug-Landung im I. Akt, so während des Wetterwechsels innerhalb des Balletts – die Chance zur Tonmalerei nicht entgehen. Besonders hier machen unverblümte Wagner-Anleihen die eklektische Machart von Adams Komposition ohrenfällig. Ohnehin dürfte die nach Maßgabe der »Minimal music« gefertigte Partitur aufs erste Hören eingängig sein; nicht zuletzt aufgrund ihrer anspruchslosen Harmonik, die rhythmisch pulsierende, von Taktwechseln belebte, tonale Felder nebeneinanderstellt, oft genug durch bloße Rückung.

Gleichwohl ist Adams' minimalistischer Jargon geeignet, die Figurentypen klar zu umreißen. Die Wortwiederholungen in Nixons einem inneren Monolog gleichkommender Auftrittsarie »News, news, news« etwa bezeugen die Gier des US-Präsidenten nach Medienpräsenz. Und im Finale des I. Akts hebt sich sein durch nervöse Kurzatmigkeit gestalteter Trinkspruch von der durch eine flüssige musikalische Diktion geprägten Ansprache des gewandteren und kultivierteren Chou En-lai deutlich ab. Zu dessen schweifender Eloquenz stehen jedoch die nüchtern-knappen Kommentare des kühlen Polit-Profis Kissinger im Gegensatz, der während des Balletts in der Rolle des Lao Szu gar zum Ausbeuter mutiert. An den roboterhaft repetierten Slogans von Maos Sekretärinnen-Terzett hingegen wird erkennbar, daß Mao nur hirnlose Ja-Sager-Mentalität um sich duldet. Auf gleiche Weise wird an der skandierenden Rhythmisierung der durchweg akkordisch gesetzten Chortexte wahrnehmbar, daß die chinesische Bevölkerung als ein durch die gleichmacherische Ideologie des Kommunismus entindividualisiertes Kollektiv auf die Bühne gestellt wird. Und wenn sich im II. Akt Mrs. Nixon während ihrer nach Potemkins Methode inszenierten Besichtigungstour in sentimentalen Lyrismen ergießt, werden ihr unpolitisches Auftreten und ihr einfältiges Wesen offenkundig. Gleiches gilt für ihre Unfähigkeit, aufgrund von Kissingers Ähnlichkeit mit dem brutalen Lao Szu während des Balletts Schein und Wirklichkeit auseinanderhalten zu können. Und so evoziert ihr Eingreifen in die Ballett-Darbietung eine surreale Verfremdung der Theater-auf-dem-Theater-Situation. Denn von da ab sind die Grenzen zwischen Rahmenhandlung und Madame Maos Agit-Prop-Stück aufgehoben. Insbesondere der Darstellung der Chiang Ch'ing kommt dieser dramaturgische Kunstgriff zugute: Großsprecherisch weiß sie sich am Schluß des II. Akts mit ihrer Arie »I am the wife of Mao Tse-tung« in Szene zu setzen. Solche entlarvende Betrachtungsweise läßt immer wieder ironische Distanz zu den Figuren erkennen, sie wird aber vom Komponisten nicht durchgehalten.

Im III. Akt weicht sie nämlich vollständig der lyrischen Selbstaussprache der sich einer nostalgischen Gefühligkeit hingebenden Protagonisten, wobei sich die Stimmen immer wieder zu Ensemblesätzen fügen, in denen die Kluft zwischen den amerikanischen und chinesischen Beteiligten durch die Musik überbrückt wird, um offenbar einer Versöhnungs-Utopie in der Sphäre des Privaten Ausdruck zu verleihen. Freilich fehlen dem Komponisten die musikalischen Mittel, diesen allen Protagonisten gemeinsamen Gefühlston zu hinterfragen. Die Begrenztheit der Figuren durch ihre hier kleinbürgerliche, dort revolutionäre Vergangenheit spielt also in der Musik keine Rolle. Daraus erklärt sich der plakative Eindruck, den Adams' Opernhelden hinterlassen. Und mag sich auch der Komponist in öffentlichen Äußerungen dagegen verwahrt haben, es bleibt trotzdem festzustellen: Weil Adams' Figuren keine musikalische Tiefendimension aufweisen, muten sie an wie die eindimensionale Personage eines Opern-Comics – vielleicht liegt gerade darin der modernste Aspekt des Werkes.

Textdichtung

Das in teilweise gereimten Jamben abgefasste Libretto zu ›Nixon in China‹ ist die erste Arbeit der aus Saint-Paul (Minnesota) stammenden und in Cambridge (England) lebenden Dichterin Alice Goodman für den Komponisten. Es war Peter Sellars, der spätere Uraufführungsregisseur, der die beiden Künstler zusammenbrachte. Goodman schuf einen »mit geistreichen politischen Querbezügen« gespickten, »äußerst poetischen, komplexen Text« (Sonja Blickensdorfer), dem anzumerken ist, daß sich die Verfasserin durch intensive zeitgeschichtliche Recherchen dem Sujet genähert hat. Auffälligstes Beispiel dafür ist die Einarbeitung von Chiang Ch'ings Agit-Prop-Ballett ›Das rote Frauenbataillon‹. Offenbar sollte sich in der Vielschichtigkeit des Librettos der umfassende Anspruch der Autorin manifestieren, die Textgrundlage für eine »heroische Oper« zu schaffen. Wichtigstes Merkmal von Goodmans weit ausgreifender Stück-Konzeption ist die Reflexion des Textes darüber, daß die Akteure durch ihre jeweils spezifische Sozialisation geschichtsbelastet sind. Von dem intellektuellen Chou En-lai einmal abgesehen, gelingt es ihnen nicht, sich über die Prägungen durch die Vergangenheit hinwegzusetzen. Hieraus erklärt sich die Enge ihres geistigen Horizonts, die geradezu zwangsläufig zur Dialog-Unfähigkeit führt. Dieses das ganze Stück strukturierende Grundproblem wird jedoch nur in der Dichtung analytisch durchdrungen, nicht aber in der auf eine retrospektive Ebene verzichtenden Musik. Freimütig räumt die Librettistin deshalb Differenzen zwischen dichterischer und musikalischer Darstellung ein, wenn sie im Rückblick sagt: »Es gab Stellen, wo die Musik dem Kern des Librettos widersprach«, was Alice Goodman freilich nicht davon abhielt, mit Adams ein weiteres Opernprojekt zu gestalten: ›The Death of Klinghoffer‹.

Geschichtliches

1983 lernte John Adams den Regisseur Peter Sellars kennen, auf dessen Idee ›Nixon in China‹ zurückgeht. Von 1985 bis 1987 arbeitete Adams an der Komposition. Die Uraufführung fand am 22. Oktober 1987 an der Grand Opera Houston in Peter Sellars' Inszenierung (Bühnenbild: Adrianne Lobel) statt. Diese Produktion wurde ab Dezember 1987 auch in der Brooklyn Academy of Music, ab März 1988 im John F. Kennedy Center for the Performing Arts und im Juni 1988 in Amsterdam gezeigt. In einer Koproduktion des Pariser Musiktheaters »MC 93 – Bobigny« und der Frankfurter Oper wurde Sellars' Einstudierung 1992/1993 unter der musikalischen Leitung des Komponisten nachgespielt. In der von Edo de Waart noch im Uraufführungsjahr besorgten CD-Einspielung mit dem Orchestra of St. Luke's (New York) singt die Premieren-Besetzung mit James Maddalena in der Titelrolle. Bereits 1989 fand in Bielefeld die deutsche Erstaufführung in einer Übersetzung von Marion Grundmann und Alexander Gruber statt (musikalische Leitung: David de Villiers, Inszenierung: John Dew). Hingegen wurde in der Freiburger Produktion vom Januar 2000 unter dem Dirigat von Kwamé Ryan (Regie: Lynn Binstock) wieder auf die Originalsprache zurückgegriffen.

R. M.

The Death of Klinghoffer

Oper in zwei Akten. Libretto von Alice Goodman.

Solisten: *Der Kapitän* (Heldenbariton, gr. P.) – *Erster Offizier* (Baßbariton, kl. P.) – *Die Großmutter aus der Schweiz* (Mezzosopran, kl. P.) – *Molqi* (Jugendlicher Heldentenor, m. P.) – *Mamoud* (Kavalierbariton, gr. P.) – *Österreichische Frau* (Mezzosopran, kl. P.) – *Leon Klinghoffer* (Heldenbariton, m. P.) – *»Rambo«* (Baßbariton, kl. P.) – *Britische Tänzerin* (Mezzosopran, kl. P.) – *Omar* (Mezzosopran, kl. P.) – *Marilyn Klinghoffer* (Tiefer Alt, m. P.).

Der Interpret des Ersten Offiziers übernimmt auch die Partie des »Rambo« im II. Akt; die Interpretin der Großmutter aus der Schweiz übernimmt auch die Partie der österreichischen Frau und der britischen Tänzerin.
Chor: Exilierte Palästinenser – Exilierte Juden – Der Ozean – Die Nacht – Die Wüste – Der Tag (gr. Chp.).
Tänzer: Ballett während der Chöre.
Ort und Schauplatz: An Bord des Kreuzers Achille Lauro, einige Stunden vor dem Hafen von Alexandria.
Zeit: 7. Oktober 1985.
Orchester: 2 Fl. (auch 2 Picc.), 2 Ob. (auch 1 Eh.), 2 Kl. (auch Bkl.), 2 Fag. (auch Kfag.), 2 Hr., 2 Trp., 2 Pos., 1 Schl.: MalletKAT MIDI Control-

ler, Pauken, 2 Keyboard-Sampler, Harfen, Str. (8, 8, 6, 6, 4).
Gliederung: Prolog mit 2 Szenen (Chor), Akt I (2 Szenen) und II (3 Szenen), die von Chören durchzogen sind.
Spieldauer: Etwa 2½ Stunden.

Handlung

Vorbemerkung: Die Handlung bildet ein vergleichsweise verschlungenes Geflecht aus Aktionen, Reflexionen und Allegorien. Das zentrale Ereignis der Handlung – die Entführung des Kreuzfahrtschiffes Achille Lauro durch palästinensische Terroristen und die Exekution des an den Rollstuhl gefesselten amerikanisch-jüdischen Passagiers Leon Klinghoffer – wird immer wieder als vergangenes, erinnertes Geschehen aus den unterschiedlichen Perspektiven der Protagonisten geschildert.

Die beiden Völker der Palästinenser und der Juden, chorisch als Polaritäten einander gegenübergestellt, stellen nacheinander ihre jeweilige Leidensgeschichte vor. Die Palästinenser im Exil schildern bewegend dokumentarisch Zustände vor und nach der Vertreibung aus »ihrem« Land und klagen Israel an, alles verwüstet zu haben. Der Chor endet mit einem Bekenntnis zum Glauben an den einen Gott und schwört Rache an den Unterdrückern. Der Chor der Juden hingegen ist als Rückschau auf das lange Exil gehalten, das nun in der Heimkehr nach Israel beendet wurde. Motive der Erinnerung und des Vergessens der Wanderung, die als Passionsweg angesprochen wird, bestimmen den Ton.

Der Kapitän denkt an eine Begegnung mit Unbehagen zurück: Bei der Begrüßung der Passagiere, die an Bord kamen, hatte ein Mann ihm ein Komboloi geschenkt, einer jener perlenbesetzten Gebetsketten, welche Männer im Mittelmeerraum häufig mit sich führen. Dazu hatte er den Namen Allahs gemurmelt. Eine schweizerische Großmutter erinnert sich daran, daß sie mit ihrem zweijährigen Enkelsohn an Bord geblieben und nicht, wie die meisten anderen Passagiere, zu einer Besichtigung der Pyramiden gegangen war. Die Polyphonie weiterer Erinnerungen des Kapitäns, einiger Passagiere, der Schiffsbesatzung und der Terroristen ermöglicht es, den Hergang wie durch das allmähliche Zusammensetzen von Mosaiksteinen zu rekonstruieren. – In einem nächtlichen Gespräch tauschen der Kapitän und einer der Entführer, Mamoud, Standpunkte und Rechtfertigungen aus. Mamoud verknüpft das Schicksal der Palästinenser mit der biblischen Geschichte Esaus, des betrogenen Bruders Issaks. Ein Frauenchor (»Hagar and the Angel«) hingegen gibt die Hagar-Erzählung wieder. Als verstoßene Sklavin Abrahams und Mutter seines ersten Kinds Ismael wird sie in islamischer Tradition zur Stammutter der Religion Mohammeds. – Klinghoffer, der sich mit einem Mal der terroristischen Gewalt ausgesetzt sieht, tritt ihr vehement entgegen. Dieses couragierte Verhalten kann seine Exekution allerdings nicht abwenden, im Gegenteil scheint er sie dadurch heraufzubeschwören. Die Handlungselemente der Tötung und der Beendigung der Entführung durch internationale Sicherheitskräfte werden nicht direkt ausgeführt, sondern eher verschleiert wiedergegeben durch symbolträchtige Einlassungen der Beteiligten und nicht zuletzt durch den Gesang des toten Körpers von Klinghoffer. – Am Ende schlägt die Klinghoffer-Witwe Marilyn eine versöhnliche Geste des Kapitäns aus mit den Worten: »Mich hätten sie töten sollen! Ich hätte sterben wollen.«

Stilistische Stellung

John Adams gilt als einer der bedeutendsten Vertreter des sogenannten Post-Minimalismus. Kennzeichen seiner Musik ist die Verquickung eines avantgardistisch-experimentellen Anspruchs mit einer unmittelbar wirksamen und verständlichen Gestaltung. Sie kann durchaus als tonal bezeichnet werden, wenn damit nicht der traditionelle Gebrauch von Dur- und Moll-Tonarten, sondern die Erzeugung einer »Tonalität der Stimmungen« (Adams) gemeint ist. Den Stoff seiner Dramen gewinnt Adams häufig aus aktuellem Tagesgeschehen. Politische Konflikte und persönliches Schicksal werden zu berührenden Bühnenstücken verwoben. In ›The Death of Klinghoffer‹ gehen die Autoren Goodman und Adams das Wagnis ein, den politisch hoch brisanten und extrem polarisierenden Nahost-Konflikt auf die Opernbühne zu bringen. Die nicht unumstrittene Besonderheit des Stücks besteht darin, daß es in der Lage ist, für beide Seiten der Konfliktparteien zu sprechen. Trotz des politischen Settings stehen letztlich individuelle, reinmenschliche Geschichten und Erlebnisse im Zentrum des Stücks. Doch bleiben diese nicht isoliert an subjektive Verhaltensweisen gebunden, sondern werden vor dem Hintergrund aktueller und historischer Verläufe gezeichnet. In seiner Anlage der Durchmischung von betrachtenden Chören und arienartigen Mono- und Dialogen gleicht ›Klinghoffer‹ einem Oratorium; dementsprechend nennt Adams die Passionen Johann Sebastian Bachs als Gattungsvorbilder. Die Chöre verleihen den beteiligten Protagonisten eine überindividuelle Stimme und vertiefen den Konflikt in einer geschichtlichen und allegorischen Dimension. Zudem rahmen sie die Diskurse der Protagonisten durch eine allegorische, bildhafte Sprache. Die Argumente sind also eingefaßt durch Natur- und Stimmungsbilder.

Die an Koran und Altem Testament orientierte Betrachtung der Vertreibungs- und Ausgrenzungsmechanismen von verfeindeten Volksgruppen erleichtert das Verständnis der Handlungsweisen in diesem Entführungsdrama, indem sie eine religionshistorische Ebene hinzufügt. Darin allerdings eine Rechtfertigung der einen oder anderen Untat zu erkennen, käme einer Verkürzung gleich, die einer ausgewogenen Analyse des Stücks nicht standhält. Denn schließlich erhalten alle Bühnenfiguren – Vertreter der Entführer und Mörder, das Bordpersonal und die Opfer der Gewalttat – zahlreiche Gelegenheiten, in ausführlichen Reflexionen ihre Sicht auf die Dinge und ihre wie auch immer nachvollziehbaren Motive darzulegen. Sehr eindringlich gelingt das nächtliche Gespräch zwischen Terrorist Mamoud und dem Kapitän des Kreuzers, die Argumente und Beweggründe auf Augenhöhe austauschen. Extrem und beinahe gespenstisch wirkt die ausgedehnte »Arie«, die der fallende Körper des erschossenen und über Bord geworfenen Rollstuhlfahrers Klinghoffer intoniert. Die fallende Bewegung des Körpers findet ihre musikalische Repräsentation in »fallenden« Melodielinien, die die Bachsche oratorische Tradition des Passus duriusculus, des »etwas zu harten Falls« oder Gangs als Symbol für Leid und Sünde, aufgreifen. Das letzte Wort gebührt der Witwe Klinghoffers in einem anrührenden Nachruf auf den zum Opferlamm ausgewählten Ehemann, der am falschen Ort zur falschen Zeit war. Ihr Leid, ihr Unverständnis und die fehlende Aussicht auf Trost läßt Unbehagen im Zuschauer zurück.

Textdichtung und Geschichtliches

Das Libretto ist vollständig in Zweizeilern verfaßt. Diese vergleichsweise strenge Form verleiht dem Text eine Dichte und poetische Qualität, die quer zu Sprache und Stil der üblichen Medienberichterstattung stehen und die überaus symbol- und metaphernreichen Sprachbilder zusammenhalten. Ohne ironische Brechung, doch voller unaufgelöster Widersprüche stehen sich Aktuelles und Traditionelles, Textliches und Musikalisches häufig gegenüber.

Die Handlung beruht auf wahren Begebenheiten, die sich auf dem am 7. Oktober 1985 von Mitgliedern der terroristischen PLF (der Palästinensischen Befreiungsfront) entführten Mittelmeerkreuzfahrtschiff Achille Lauro ereigneten. Die Behandlung der Krise löste damals Spannungen zwischen den Regierungen der USA, Italiens, Ägyptens und des Nahen Ostens aus.

Nicht weniger spannungsreich fiel die Rezeption der Oper aus. Bereits nach der Uraufführung am 19. März 1991 im Théâtre de la Monnaie, Brüssel, unter Kent Nagano mit Peter Sellars (Regie) und Mark Morris (Choreographie) warfen insbesondere jüdische Interessenvertreter dem Stück Verharmlosung des palästinensischen Terrors sowie Antisemitismus vor. Sie riefen im Herbst 1992 zum Boykott der sechs Aufführungen in der San Francisco Opera auf, woraufhin die Los Angeles Music Center Opera ihre geplanten Aufführungen absagte.

Nach den Terroranschlägen vom 11. September 2001 intensivierte sich die Kritik bis zur Forderung nach Zensur (Richard Taruskin). Wenngleich in Europa und in jüngerer Zeit auch in den USA das Stück die Spielpläne der Opernhäuser regelmäßig bereichert (u. a. in Nürnberg, Wuppertal, Helsinki, Edinburgh, Philadelphia, New York, St. Louis, Los Angeles), reißt der Faden der Boykottforderungen im Zusammenhang mit immer neuen terroristischen Gewaltexzessen nicht ab, wie die viermonatige Kontroverse um die Aufführungen in der Met 2014 zeigt.

G. H.

Thomas Adès

* 1. März 1971 in London

The Tempest (Der Sturm)

Oper in 3 Akten. Libretto von Meredith Oakes nach William Shakespeare

Solisten: *Prospero*, früherer Herzog von Mailand (Hoher Bariton, auch Heldenbariton, gr. P.) – *Ariel* (Hoher Sopran, auch Lyrischer Koloratursopran, gr. P.) – *Caliban* (Lyrischer Tenor, gr. P.) – *Miranda*, Prosperos Tochter (Lyrischer Mezzosopran, m. P.) – *Ferdinand*, Sohn des Königs (Lyrischer Tenor, m. P.) – *König* von Neapel (Tenor, m. P.) – *Antonio*, Prosperos Bruder, Usurpator und Herzog von Mailand (Tenor, kl. P.) – *Stefano* (Baßbariton, kl. P.) – *Trinculo* (Countertenor, kl. P.) – *Sebastian*, Bruder des Königs (Bariton, kl. P.) – *Gonzalo* (Baßbariton, m. P.).
Chor: Hofgesellschaft (m. Chp.).
Ort: Prosperos Insel.
Zeit: Keine Zeitangabe.
Orchester: 3 Fl. (II. und III. auch Picc.), 3 Ob. (III. auch Eh.), 3 Kl. (I. und II. in B, III. in A, auch Bkl.), 3 Fag. (III. auch Kfag.), 4 Hr., 3 Trp., 3 Pos. (III. auch Bpos.), Tuba, P., Schl. (2–3 Spieler), Klav., Hrf., Str.
Gliederung: 3 Akte.
Spieldauer: ca. 2 Stunden.

Handlung

Der Schiffbruch: Ein gewaltiger Sturm vor Prosperos Insel verursacht das Kentern eines vorüberfahrenden Schiffes. Miranda wird Zeugin und ahnt, daß ihr Vater verantwortlich für das Unwetter ist. Prospero verrät seiner Tochter, daß der Hof von Neapel sich an Bord befunden habe und er diesen Feind mit dem Schiffbruch bestraft habe. Der zauberkundige Prospero erklärt, daß er Herzog von Mailand war, und berichtet von seiner Entmachtung durch seinen Bruder Antonio vor zwölf Jahren, der dabei von Neapels König Alonso unterstützt wurde. In einem morschen Kahn auf dem Meer ausgesetzt, konnten Vater und Tochter nur durch die Hilfe von Alonsos Ratgeber Gonzalo überleben und sich auf eine Insel retten. Miranda erfährt so erstmals von ihrer Herkunft. Erschöpft schläft sie ein. – Prosperos dienstbarer Geist Ariel, ein weibliches Zauberwesen, erzählt detailliert, wie der Sturm gewütet habe. Prospero befiehlt, die Schiffbrüchigen ins Inselinnere zu bringen. Caliban tritt auf und verflucht seinen Bezwinger, dessen Kräfte ihn daran hindern, sein Erbe als Herrscher über die Insel anzutreten. Er ist der Sohn der inzwischen verstorbenen Hexe Sycorax, die einst hier Zuflucht gefunden hatte. Als Caliban seinen lüsternen Sinn nach Miranda offenbart, schickt ihn Prospero drohend zurück in seine Felsenhöhle. – Ariel war inzwischen bei den Gestrandeten und meldet Prospero, daß sie wohlbehalten am Ufer schlafen. Mit einem Lied, so Prosperos nächster Befehl, soll der Luftgeist den Sohn des neapolitanischen Königs, Prinz Ferdinand, anlocken. Alonso werde denken, der junge Mann sei im Meer ertrunken, und schrecklich leiden. Ariel erfüllt auch diesen Auftrag. Als Miranda erwacht, erblickt sie Ferdinand, und beide verlieben sich sofort ineinander. Prospero erkennt, daß ihm seine Macht über Miranda entgleitet. Er hält den Prinzen fest und schickt seine Tochter davon. Ariel soll ihm helfen, die Rache am Hofe Neapels zu vollziehen.

An Land scheint der Sturm keine Spuren hinterlassen zu haben. Die Menschen irren umher und fragen sich, was ihr Schicksal ist. Stefano und Trinculo, zwei Besatzungsmitglieder, bemerken erstaunt ihre tadellose Kleidung und durchleben trunken noch einmal den schrecklichen Sturm. Indessen trauert der König um seinen verlorenen Sohn. Gonzalo versucht, ihm Hoffnung zu machen, daß sein Sohn noch lebe, und Prosperos Bruder Antonio meint, er habe Ferdinand an Land schwimmen sehen. Ariel spielt ihnen einen Streich und beschimpft Antonio mit der Stimme von Alonsos Bruder Sebastian. Als Caliban erscheint, wird er von allen verspottet. Ariels Stimme ertönt, und sie beginnen sich zu fürchten, aber »das Monster« beruhigt sie. Die Höflinge wollen wissen, wer sein Herr sei. Bevor Caliban antworten kann, bringt ihn Prospero zum Schweigen. Sie beginnen, im Urwald nach Ferdinand zu suchen. – Stefano und Trinculo glauben nicht, daß Ferdinand noch lebt. Caliban verrät ihnen, daß sein Herr den Sturm heraufbeschworen habe, und schlägt einen Handel vor: Er verspricht die Hand Mirandas und die Herrschaft über die Insel, sollte er mit ihrer Hilfe sein Land zurückbekommen. Miranda und Ferdinand gestehen sich unterdessen ihre Gefühle füreinander. Prospero muß erkennen, daß Liebe stärker ist als seine schöpferische Macht. Sein Zauber ist gebrochen und Ferdinand frei.

Gemeinsam mit Caliban machen sich Stefano und Trinculo an Prospero heran, während alle anderen in immerwährender Unruhe auf der Insel umherirren. Ariel fordert Freiheit von Prospero. Doch dieser entläßt seinen Geist nicht. König Alonso und die Höflinge sind vollkommen erschöpft. Sie halten Ferdinand für tot und sind sich sicher, daß sie dasselbe Schicksal ereilen wird. In dieser Situation beschließt der König, seinen Bruder Sebastian zu enterben und statt dessen Gonzalo zum Erben zu ernennen. – Ariels Musik läßt die Höflinge einschlafen – bis auf Antonio und Sebastian. Sie verbünden sich und beschließen, den König und Gonzalo zu ermorden, damit Sebastian Herrscher wird. Ariel läßt ein Festmahl erscheinen. Gonzalo sieht darin ein Zeichen des himmlischen Wohlwollens und hängt dem Gedanken nach, über ein solches Land zu regieren. Doch die Tafel verschwindet. Ariel taucht in grausiger Gestalt auf und hält den Anwesenden ihre Verbrechen vor. Angsterfüllt erwarten diese nun einen schrecklichen Tod. – Prospero kommt zu der Einsicht, daß er mit seiner Zauberei die Hölle auf die Insel gebracht hat. Miranda und Ferdinand erzählen von ihrer Liebe zueinander, woraufhin Prospero Ariel herbeiruft, um sie segnen zu lassen. Er will nun keine Rache mehr. Caliban kommt hinzu, fordert die Insel und Miranda für sich, die ihn zurückweist. Ariels anrührende Schilderung der Angst des Königs und Antonios bewegt Prospero so sehr, daß er Ariel und alle anderen noch zur selben Stunde freigibt. – Prospero gibt sich der Hofgesellschaft zu erkennen. Antonio ist entgeistert, den vermeintlich toten Bruder vor sich zu sehen. Der König bittet um Verzeihung und bietet Prospero dessen ehemaliges Fürstentum an. Zum Erstaunen des Königs und seiner Höflinge präsentieren sich Ferdinand und Miranda als Paar. König Alonso verkündet die Versöhnung zwischen Neapel und Mailand. Antonio lehnt ab, als Prospero ihm vergeben will. Prospero entsagt seiner Macht. Er versenkt sein Zauberbuch, zerbricht seinen Stab und bittet Ariel, bei ihm zu bleiben. Der Geist wählt jedoch die Freiheit. Nur Ariel und Caliban bleiben zurück, die Insel versinkt in einen naturhaften Urzustand.

Stilistische Stellung
Thomas Adès ›The Tempest‹ nach dem gleichnamigen Schauspiel William Shakespeares gehört dem im Großbritannien der Nachkriegsgeneration intensiv gepflegten Genre der Literaturoper an. Nach seiner provokant-frechen ersten Kammeroper ›Powder Her Face‹ wählt er für die große Bühne den gewichtigen Stoff Shakespeares, der als Summe und Abgesang seiner Kunst gilt. Mit Adès Opernerstling hat ›The Tempest‹ einen synthetisierenden Musikstil gemein – dort wird heterogenes Material bis hin zur Unterhaltungsmusik amalgamiert, hier scheint die große Tradition der britischen Oper von Purcell bis Britten durch. In schillernder Vielschichtigkeit und einer straffen klanglichen Dramaturgie schafft Adès eine spannungsreiche und sinnliche musikalische Erzählung der Vorgänge auf der von Klängen erfüllten Zauberinsel. Ein Verfahren der harmonischen Charakterisierung, das den einzelnen Rollen jeweils spezifische tonale Mittel zuweist, ermöglicht eine große stilistische Bandbreite und die Entwicklung der Figuren. Prospero beherrscht als widersprüchlicher, gewaltiger Charakter die Geschehnisse, musikalisch konterkariert durch die beispiellose Partie des Ariel, eines glockengleich in höchster Höhe geführten Soprans. Auch die lyrische Tenorpartie des Caliban trägt zu dem ätherischen Klangbild bei, das die Sphäre der Zauberei in der gesamten Oper vorherrschen läßt.

Textdichtung
Die Librettistin Meredith Oakes bezeichnet ihr Textbuch als »eher von Shakespeares Schauspiel inspiriert« denn als eine Abbildung jeglichen Details der Vorlage. Sie destilliert die wesentlichen Vorgänge zu einer konzentrierten Handlung, setzt jedoch auch eigene Akzente. Aus den mannigfachen möglichen Deutungen des Schauspiels betont das Libretto den Aspekt der Gnade, deren »Schwierigkeit, aber auch ihre Notwendigkeit«, so Oakes. Der Operntext ist in einer zeitgenössischen Sprache verfaßt, in kurzen, rhythmischen Versen unter Verwendung von Reimstrukturen. Darin lehnt er sich, so die Autorin, eher an Shakespeares Lieder als an den Blankvers der Vorlage an, er reflektiert deren magische, rituelle, kindliche Dimensionen und vergegenwärtigt die Kraft der Verzauberung im Gesang. Die Opernfigur

Prospero entspricht der Vorlage als leidenschaftlicher Rächer und wird nicht als weise abgeklärter Zauberer gezeigt, der bei Shakespeare auch aufscheint. Trotz seiner Allmacht entwickelt sich der spannungsreiche Charakter im Verlauf der Handlung, wodurch am Ende ein auf allen Ebenen erlösendes Finale ermöglicht wird.

Geschichtliches

›The Tempest‹ ist Thomas Adès erste großbesetzte Oper. Sie wurde vom Royal Opera House Covent Garden in London in Auftrag gegeben und dort am 10. Februar 2004 unter Leitung des Komponisten uraufgeführt. Bereits Adès' Musiktheater-Erstling ›Powder Her Face‹, für vier Sänger und 15 Musiker, 1995 in Cheltenham uraufgeführt, war ein großer internationaler Erfolg.

Der Komponist wurde schon in jungen Jahren als messianische Figur Großbritanniens gefeiert und vielfach ausgezeichnet, er war von 1999 bis 2008 Direktor des Aldeburgh Festivals. ›The Tempest‹ zählt international zu den erfolgreichsten Opern des zeitgenössischen Repertoires. Die Uraufführungsproduktion von Tom Cairns war in der Folge in Kopenhagen (Königlich Dänische Oper), in Straßburg und Mulhouse (Opéra du Rhin) und in Neuinszenierungen an der Santa Fe Opera, an der Oper Frankfurt, am Theater Lübeck, am Grand Théâtre de Québec, der Metropolitan Opera New York, der Wiener Staatsoper sowie in zahlreichen konzertanten Aufführungen und Rundfunkübertragungen zu erleben.

M. L. M.

Eugen d'Albert

* 10. April 1864 in Glasgow, † 3. März 1932 in Riga

Tiefland

Musikdrama in einem Vorspiel und zwei Aufzügen. Dichtung nach Angel Guimera von Rudolph Lothar.

Solisten: *Sebastiano*, ein reicher Grundbesitzer (Charakterbariton, auch Heldenbariton, gr. P.) – *Tommaso*, der Älteste der Gemeinde, 90jährig (Seriöser Baß, m. P.) – Im Dienste Sebastianos: *Moruccio*, Mühlknecht (Charakterbariton, auch Charakterbaß, m. P.) – *Marta* (Dramatischer Sopran, gr. P.) – *Pepa* (Sopran, m. P.) – *Antonia* (Mezzosopran, auch Sopran, m. P.) – *Rosalia* (Alt, m. P.) – *Nuri* (Sopran, m. P.) – *Pedro*, ein Hirt (Jugendlicher Heldentenor, auch Heldentenor, gr. P.) – *Nando*, ein Hirt (Spieltenor, kl. P.) – *Eine Stimme* (Baß, kl. P.) – *Der Pfarrer* (Stumme Rolle).
Chor: Bauern und Bäuerinnen (kl. Chp.).
Ort: Die Oper spielt teils auf einer Hochalpe der Pyrenäen, teils im spanischen Tiefland von Katalonien, am Fuße der Pyrenäen.
Schauplätze: Eine felsige Halde hoch oben in den Pyrenäen – Das Innere der Mühle.
Orchester: 3 Fl. (III. auch Picc.), 3 Ob. (III. auch Eh.), 3 Kl. (II. und III. auch Bkl.), 3 Fag. (III. auch Kfag.), 4 Hr., 3 Trp., 3 Pos., 1 Bt., P., Schl., 2 Hrf., Str. – Bühnenmusik: 1 Kl., Gl. in Cis, Fis, Gis.

Gliederung: Durchkomponierte symphonisch-dramatische Großform.
Spieldauer: Etwa 2½ Stunden.

Handlung

In der Einsamkeit des Hochgebirges ist der junge Hirte Pedro noch kaum mit Menschen in Berührung gekommen. Er sehnt sich nach einer Lebensgefährtin, die ihm der Himmel selbst in einem Traum verheißen hat. Als ihm sein Herr Sebastiano zusammen mit dem alten Tommaso die schöne Marta aus dem Tal zuführt, die er auf Wunsch seines Gebieters heiraten soll, steigt er überglücklich hinab ins Tiefland, um dort mit dem Mädchen Hochzeit zu machen und gleichzeitig Sebastianos Mühle zu übernehmen.

Die Nachricht von der plötzlichen Heirat der Marta erregt bei den Dorfbewohnern großes Aufsehen. Ist sie doch Sebastianos Geliebte, wie jedermann weiß. Man amüsiert sich über den naiven Bräutigam, der in seinem Glück gar nicht das höhnische Gekichere der Leute und die ablehnende Haltung seiner Braut bemerkt. Marta haßt den Hirten, der nach ihrer Meinung ein schlechter Kerl sein müsse. Doch Sebastianos herrischer Wille zwingt sie, zur Trauung zu gehen, nachdem er ihr noch vorher erklärt hatte, daß sie auch weiterhin seine Geliebte bleiben müsse. Durch den Mühlknecht Moruccio erfährt nun der ahnungslose Tommaso, auf dessen Vorschlag Sebastiano den Pedro von Roccabruna herabgeholt hatte, von dem bösen Handel: Sebastiano steckt tief in Schulden, und Rettung kann ihm nur noch eine reiche Heirat bringen. Um dem Gerede über seine Beziehungen zu Marta ein Ende zu machen, zwingt er sie jetzt, den Hirten zu heiraten. Als Marta nach der Trauung aus der kindlich-treuherzigen Liebeswerbung Pedros sowie aus seiner Erzählung von der mutigen Tötung eines Wolfes den lauteren Charakter des Burschen kennenlernt, schlägt ihre Verachtung in Mitleid und Liebe um. Dennoch kann sie es nicht glauben, daß Pedro von ihrer Schmach nichts weiß. Sie fordert ihn daher auf, sich in die Kammer zur Ruhe zu begeben und sie allein zu lassen. In diesem Augenblick erscheint hinter dem Vorhang von Martas Zimmer ein Licht, das von Sebastiano herrührt, der sogar in dieser Nacht von Marta verlangt, ihm gefügig zu sein. In höchster Aufregung redet sie Pedro ein, geträumt zu haben, nachdem das Licht wieder verloschen ist. Verwirrt über die Erlebnisse in der ihm so fremden Welt des Tieflands, legt er sich todmüde in Martas Nähe auf den Boden schlafen, während sie in dumpfer Verzweiflung die Nacht auf einem Hokker sitzend verbringt. Sie ist sich jetzt bewußt, daß auch der ehrliche Hirte ahnungslos ein Opfer von Sebastianos Brutalität geworden ist.

Schon am frühen Morgen erscheint die kindlich-naive Magd Nuri, die Mitleid für Pedro empfindet und ihm eine Jacke strickt. Eifersüchtig weist Marta ihr die Tür. Resigniert begleitet Pedro Nuri im Weggehen. Marta will den beiden nacheilen, da betritt Tommaso die Mühle, dem Marta nun ihre Leidensgeschichte erzählt, wie sie, das heimatlose, unschuldige Bettlerkind an Sebastiano geraten und seiner Schlechtigkeit erlegen war. Der Alte bedeutet dem unglücklichen Mädchen, daß nun auch der arme Pedro die volle Wahrheit erfahren müsse. Aber Marta will aus Scham und Furcht vor dem Geständnis eher sterben. Deshalb reizt sie Pedro in einer erregten Aussprache so sehr, daß er zum Messer greift und sie leicht verwundet. In Reue über seine unbeherrschte Tat und in verzeihender Liebe fordert er sie daraufhin auf, mit ihm hinaufzukommen in seine Berge, wo sie ihm alles gestehen könne. In diesem Augenblick tritt ihnen Sebastiano in den Weg. Auf die Nachricht, daß der Vater seiner Braut nach Aufklärung durch Tommaso die Verlobung rückgängig gemacht hat, will er neuerdings von Marta Besitz ergreifen. Aber Pedro, den Sebastiano erst ohrfeigte und dann durch seine Leute aus der Mühle gewaltsam entfernen ließ, kommt aus Martas Kammer zurück. Er ist jetzt nicht mehr der naive Knecht; Mann gegen Mann im Kampf um sein Recht erwürgt er den brutalen Schurken wie einstens den bösen Wolf. Mit der befreiten Braut zieht Pedro sodann fort aus dem Tiefland, um in der Freiheit der Berge Hochzeit zu feiern.

Stilistische Stellung

D'Albert war als Opernkomponist zunächst mit einem wirkungsvollen musikalischen Lustspiel ›Die Abreise‹ hervorgetreten. Bei ›Tiefland‹ bestimmte ihn ein naturalistischer dichterischer Vorwurf, die Ausdrucksformen des Wagnerschen Musikdramas mit Stilelementen des von Mascagni begründeten Verismo zu mischen. Die fast durchweg homophon gestaltete Musik basiert auf etwa 25 Leitmotiven. Eine blühende Melodik mit einprägsamen Themen charakterisiert koloristisch das Milieu und verleiht stimmungsmäßig dem Werk eine Atmosphäre von eigenartigem Reiz. Stellen von realistisch-dramatischer Schlagkraft werden lyrische Partien in effektvollem Kontrast gegenübergestellt. Die farbenreiche Handhabung des orchestralen Apparats trägt nicht unwesentlich zur Erzielung dieser Wirkungen bei.

Textdichtung

Die Dichtung geht auf das spanische Schauspiel ›Terra baixa‹ (1806) von Angel Guimera (1849–1924) zurück, dessen italienische Fassung Rudolph Lothar (*1865) ursprünglich für das Haustheater einer Gräfin ins Deutsche übertrug. Ernst von Schuch machte d'Albert auf den wirksamen Opernstoff aufmerksam, der die Anregung sogleich begeistert aufgriff und Lothar mit der Ausarbeitung des Librettos beauftragte. Der Textdichter beschränkte sich aber keineswegs auf eine bloße Übersetzung, sondern fügte dem Original auch eigene Ideen bei, so vor allem das frei erfundene Vorspiel.

Geschichtliches

D'Albert begann mit der Komposition von ›Tiefland‹ bereits im April 1902, während er noch an seiner Oper ›Flauto solo‹ arbeitete und während Lothar noch mit der Ausarbeitung der Dichtung beschäftigt war. Von dem Musikwissenschaftler Giuseppe Bernardi beschaffte sich der Komponist spanische Tanzweisen und Alpenrufe, bei Touren im Monte-Rosa-Gebiet holte er sich Anregungen aus der Natur der Bergwelt. Am 24. Juli war das Vorspiel, am 8. September der I. Akt und am 4. Oktober die ganze Oper in der Skizze fertig. Infolge von Konzertreisen verzögerte sich die Vollendung der Partitur, die schließlich am 2. Juli 1903 in d'Alberts neuem Heim in Meina am Lago Maggiore fertiggestellt wurde. Verleger und Theaterleiter verhielten sich zunächst abwartend, bis schließlich Angelo Neumann das Werk für Prag erwarb. Die Uraufführung, die nach Überwindung von Tenor-Nöten am 15. November 1903 unter Leitung von Leo Blech in Prag stattfand, hatte zwar einen großen Publikumserfolg, aber die Fachleute waren nach wie vor skeptisch, und nach dem ausgesprochenen Mißerfolg in Leipzig (17. Februar 1904) schien das Schicksal der Oper vollends besiegelt. Da erstand dem Werk ein Retter in dem Verleger Dr. Bock, der ›Tiefland‹ in seinen Verlag nahm und auf dessen Veranlassung d'Albert die Oper im Sommer 1904 umarbeitete (Kürzungen, statt 3 nur mehr 2 Akte). In dieser Neufassung, die am 6. Januar 1905 in Magdeburg zur Erstaufführung gelangte, verbreitete sich das Werk zwar zunächst noch etwas langsam, aber mit stets steigendem Erfolg. Bald gehörte ›Tiefland‹ zu den Opern mit höchsten Aufführungsziffern.

Béla Bartók

* 25. März 1881 in Nagyszentmiklós (Torontáler Komitat, Ungarn, jetzt Rumänien), † 26. September 1945 in New York

Herzog Blaubarts Burg (A kékszakállú herceg vára)

Oper in einem Akt. Dichtung von Béla Balázs.

Solisten: *Herzog Blaubart* (Heldenbariton, auch Charakterbariton, gr. P.) – *Judith* (Dramatischer Mezzosopran, auch Jugendlich-dramatischer Sopran, gr. P.) – *Die früheren Frauen* (Drei stumme Rollen) – *Der Barde* (Prolog, Sprechrolle, kl. P.).
Schauplatz: Mächtige, runde gotische Halle. Links führt eine steile Treppe zu einer kleinen eisernen Tür. Rechts der Stiege befinden sich in der Mauer sieben große Türen: vier noch gegenüber der Rampe, zwei bereits ganz rechts. Sonst weder Fenster noch Dekoration. Die Halle gleicht einer finsteren, düsteren, leeren Felsenhöhle.
Orchester: 4 Fl. (IV. auch Picc. I; III. auch Picc. II), 2 Ob., 1 Eh., 3 Kl. (III. auch Bkl), 4 Fag. (IV. auch Kfag.), 4 Hr., 4 Trp., 4 Pos., 1 Bt., P., Schl., Cel., Org., Xyl., 2 Hrf., 16 Viol. I, 16 Viol. II, 12 Br., 8 Vcl., 8 Kb. – Bühnenmusik: 4 Trp. in C, 4 Altpos.
Gliederung: Durchkomponierte dramatische Großform.
Spieldauer: Etwa 1 Stunde.

Handlung
Durch die kleine eiserne Tür, von der eine steile Treppe in die große Burghalle hinabführt, kommt Herzog Blaubart mit Judith. Sie hat die Eltern, den Bruder und den Verlobten verlassen und ist dem vielgeliebten Ritter gefolgt, um hier seine Frau zu werden. Blaubart fragt, ob sie angesichts der düsteren Burg ihm noch immer folgen wolle. Sie erklärt, selbst wenn er sie forttriebe, würde sie an seiner Schwelle liegenbleiben. Judith ist nach und nach die Treppe heruntergekommen; Blaubart schließt sie in seine Arme. Daraufhin fällt auf Geheiß des Ritters die eiserne Tür zu. In der Halle ist es nunmehr finster. Judith erkundigt sich, ob hier nie die Sonne scheine, ob die nassen Wände immer eisig blieben, ob es ewig finster sei. Der Herzog bejaht ihre Fragen. Da stürzt sie schluchzend vor ihm nieder und küßt ihm die Hände. Blaubart will wissen, warum sie ihm gefolgt sei. Judith springt auf und antwortet, sie sei gekommen, um die feuchten Wände mit ihren Lippen zu trocknen und die kalten Felsen mit

ihrem weißen Leib zu wärmen, auf daß Licht und Sonne die finstere Feste glückdurchflossen erleuchteten. Aber Blaubart warnt: die Burg würde sich nie erhellen. Judith bittet nun den Ritter, sie durch die Räume zu führen. Sie erblickt zunächst sieben große schwarze Türen, die verschlossen sind. Ängstlich pocht sie an die erste Tür; Seufzer und Wehklagen antworten. Dennoch will Judith die Türen selbst öffnen; sie verlangt von Blaubart die Schlüssel und schließt zunächst die erste Tür auf. Wieder ertönt das Wehklagen. Judith erblickt in der Wand ein blutrotes, einer Wunde vergleichbares Rechteck; in dem Saal befinden sich Ketten, Messer, Widerhaken, Spieße. Es sei seine Folterkammer, erklärt Blaubart. Er fragt Judith wieder, ob es ihr nicht graue. Aber sie öffnet unerschrocken der Reihe nach die weiteren Türen: erst die zu dem zweiten Saal, zu Blaubarts Waffenkammer, die viel schreckliches Kriegsgerät enthält, dann die zu seiner Kleinodkammer mit prächtigem Schmuck, Krone und Prunkmantel, weiterhin die zu seinem Wundergarten mit herrlichen Blumen und Blüten und schließlich die zu seinem Machtgehege, bei dem ein hoher Erker mit weiter Aussicht auf Wiesen, Wälder, Flüsse und Berge in hellschimmerndem Licht sichtbar wird. – An all den Herrlichkeiten des dritten, vierten und fünften Raumes, die ihr Blaubart zu Füßen legt, hat Judith jedoch Blut entdeckt. Vergeblich wartet der Ritter darauf, daß sie ihm in seine offenen Arme fällt. Judith will auch noch die beiden letzten Schlüssel haben. Beim Öffnen der sechsten Tür ertönen wieder Schluchzen und Wehklagen; die Burghalle, die allmählich in hellem Lichtglanz erstrahlt war, verdunkelt sich wieder. Judith erblickt in dem Saal einen See. Es sind Tränen, bekennt Blaubart. Da schmiegt sich Judith traurig an seine Brust; er nimmt sie in die Arme und küßt sie lange. Auf ihre Frage, wieviele Frauen er vor ihr besessen habe, antwortet er ausweichend. Da verlangt Judith den siebenten Schlüssel; ihre Ahnung, daß in dem letzten verschlossenen Saal sich die hingemordeten früheren Frauen befinden, bestätigt Blaubart. Als sich die Tür öffnet, treten im mondscheinsilbernen Licht Blaubarts frühere Frauen hervor, drei an der Zahl, mit Krone, Mantel und Schätzen beladen. Judith steht gebrochen und ängstlich als vierte neben ihnen. Mit leiser Stimme flüstert ihr der Ritter zu, daß er die erste, rotbekränzt, am Morgen gefunden habe – ihr gehöre nun aller Morgen –, die zweite, goldentflammt, am Mittag – ihr gehöre nun aller Mittag – und die dritte, mühsalmatt, im Abendfrieden – ihr gehöre nun aller Abend –; in ihr, Judith, sei ihm nachts bei blankem Sternenhimmel endlich die vierte zuteil geworden – ihr gehöre fortan alle Nacht. Er holt von der Schwelle der dritten Tür Krone, Mantel und Juwelen und legt sie Judith an. Huldigend erklärt er sie als seiner Frauen allerschönste. Langsam geht Judith den anderen Frauen durch die siebente Tür nach, die sich daraufhin schließt. Mit den Worten: »Nacht bleibt es nun ewig, immer!« verschwindet Blaubart in der inzwischen wieder eingetretenen völligen Finsternis.

Stilistische Stellung
Für die stilistische Entwicklung von Bartóks Tonsprache waren vornehmlich zwei Einflüsse entscheidend: die Beschäftigung mit der altmagyarischen Volks- und Bauernmusik, die ihn »auf die Möglichkeit einer vollständigen Emanzipation von der Alleinherrschaft des bisherigen Dur- und Mollsystems brachte«, und das Erlebnis der 1902 erstmals in Budapest aufgeführten Tondichtung ›Also sprach Zarathustra‹ von Richard Strauss, die ihm den Zugang zur großen Form und zu der differenzierten Klangwelt des modernen Orchesters eröffnete. Bei seinen Frühwerken bediente sich Bartók häufig der Suitenform. In dem dramatischen Geschehen seiner Oper ›Herzog Blaubarts Burg‹, in welcher der Held durch ein zur Selbstaufopferung bereites liebendes Weib die ersehnte Erlösung findet, stellen sieben verschlossene Räume die symbolhaften Handlungselemente dar. Dementsprechend hat Bartók sieben suitenartig aneinandergereihte musikalische Szenen in eine symphonisch-dramatische Großform zusammengefaßt, die den Kern des Musikdramas bilden. Die teilweise mit impressionistischen Zügen ausgestattete Musik ist mit ihrer »schwebenden Tonalität« in der leidenschaftlich dramatischen Atmosphäre der Volksballaden verwurzelt. Darüber hinaus wirken mitbestimmend für das Klangbild die feindifferenzierte Dynamik, die sensibel auf das Bühnengeschehen bezogene Instrumentation und nicht zuletzt ein dem ungarischen Sprachrhythmus angepaßter Deklamationsstil.

Textdichtung
Die Legende von dem Ritter Blaubart ist alt. Dichterisch wird sie zum ersten Mal von dem Franzosen Charles Perrault (1628–1703) in seiner 1697 veröffentlichten Sammlung von Volks-

märchen ›Contes du temps passé, ou contes de ma Mère l'Oie‹ (Erzählungen aus vergangener Zeit oder Erzählungen meiner Mutter Gans) behandelt. Bei Perrault wird Blaubarts letzte Frau durch die rechtzeitige Ankunft ihrer zwei Brüder gerettet, die den Ritter enthaupten. Im Laufe der Zeit erfuhr die Fabel in Einzelheiten manche Veränderung. Der ungarische Schriftsteller Béla Balázs, der das Libretto für Bartók verfaßte, wurde durch Maurice Maeterlincks Bearbeitung des Stoffes angeregt (›Ariane et Barbe-Bleue‹). Er verlegte bei seiner Gestaltung der Handlung den Schwerpunkt auf die Tragik des Helden Blaubart und gab mit der Einführung des Erlösungsgedankens der Legende eine neue Deutung.

Geschichtliches
Die Geschichte des Herzogs Blaubart erschien in verschiedenen Vertonungen auf der Opernbühne: 1789 von André Ernest Modeste Grétry (Text: Jean Michel Sedaine); 1866 von Jacques Offenbach (Text: Henri Meilhac und Ludovic Halévy); 1907 von Paul Dukas (Text: nach Maurice Maeterlinck); 1920 von Emil Nikolaus von Reznicek (Text: Herbert Eulenberg). Bartóks Oper ist im Jahre 1911 entstanden. Die Partitur wurde im September vollendet. Die Uraufführung erfolgte unter der Leitung des vom Komponisten geschätzten Dirigenten Egisto Tango jedoch erst im Jahre 1918 an der Staatsoper in Budapest.

Ludwig van Beethoven

Getauft 17. Dezember 1770 in Bonn, † 26. März 1827 in Wien

Fidelio

Oper in zwei Aufzügen. Dichtung nach einer französischen Vorlage Jean Bouillys von Ferdinand Sonnleithner (1805), Stephan von Breuning (1806) und Georg Treitschke (1814).

Solisten: *Don Fernando*, Minister (Kavalierbariton, auch Baßbariton, kl. P.) – *Don Pizarro*, Gouverneur eines Staatsgefängnisses (Heldenbariton, auch Charakterbariton, gr. P.) – *Florestan*, ein Gefangener (Jugendlicher Heldentenor, auch Heldentenor gr. P.) – *Leonore*, seine Gemahlin unter dem Namen »Fidelio« (Dramatischer Sopran, gr. P.) – *Rocco*, Kerkermeister (Seriöser Baß, auch Schwerer Spielbaß, gr. P.) – *Marzelline*, seine Tochter (Lyrischer Sopran, auch Soubrette, gr. P.) – *Jaquino*, Pförtner (Spieltenor, m. P.) – *1. Gefangener* (Tenor, kl. P.) – *2. Gefangener* (Baß, kl. P.) – *Offizier* (Sprechrolle, kl. P.).
Chor: Wachmannschaft – Staatsgefangene – Offiziere, Volk (im Finale Nr. 16 Männerchor geteilt in Gefangene und Volk, gr. Chp.; Frauenchor, kl. Chp.).
Ort: Ein spanisches Staatsgefängnis, einige Meilen von Sevilla entfernt.
Schauplätze: Der Hof des Staatsgefängnisses mit Haupttor und Pförtnerstube – Unterirdisches dunkles Verlies – Paradeplatz des Schlosses mit der Statue des Königs.
Zeit: Keine Zeitangabe.
Orchester: 2 Fl., Picc., 2 Ob., 2 Kl., 2 Fag., 1 Kfag., 4 Hr., 2 Trp., 2 Pos. (in 1. und 2. Fassung 3 Pos.), P., Str. – Bühnenmusik: 1 Trp.
Gliederung: Ouvertüre und 16 Musiknummern, die durch gesprochene Dialoge miteinander verbunden sind.
Spieldauer: Etwa 2½ Stunden.

Handlung
Vorgeschichte: Florestan war im Begriff, die verbrecherischen Machenschaften des Gouverneurs Don Pizarro aufzudecken, dieser aber ließ ihn entführen und einsperren. Seit nunmehr zwei Jahren gilt Florestan, zu dem einzig der Kerkermeister Rocco Zugang hat, als verschollen. Florestans Frau Leonore vermutet ihren Mann in Pizarros Gewalt. Um darüber Gewißheit zu erlangen, hat Leonore – als Mann verkleidet und unter dem Decknamen »Fidelio« – das Staatsgefängnis aufgesucht, das Vertrauen Roccos gewonnen und sich als Gehilfe einstellen lassen. Auch Roccos Tochter Marzelline zeigt sich von dem vermeintlichen jungen Mann beeindruckt: Sie hat sich in Fidelio ver-

liebt und sich von dem Pförtner Jaquino abgewendet.

Zu Beginn der Handlung kommt Jaquino wieder einmal aus seiner Pförtnerstube, um Marzelline einen Heiratsantrag zu machen, und wieder einmal gibt sie ihm einen Korb. Viel lieber träumt sie von künftigem Eheglück an der Seite Fidelios. Überdies muß Jaquino zur Kenntnis nehmen, daß inzwischen auch Marzellines Vater Bereitschaft zeigt, den Ehewunsch seiner Tochter zu unterstützen. Leonores Sorge über die Gefährdung ihres Inkognitos bleibt indessen unbemerkt. Noch prekärer wird ihre Situation, als Rocco seiner Tochter tatsächlich sein Einverständnis zur Hochzeit gibt, doch nutzt Leonore die neu entstandene, quasi-familiäre Vertrautheit, um den Kerkermeister auszuhorchen. So erfährt sie, was Rocco ihr bisher verschwiegen hat: daß nämlich sein Gewissen durch die menschenunwürdigen Haftbedingungen eines seit zwei Jahren unterirdisch gefangengehaltenen geheimen Unbekannten belastet ist, dem er auf Pizarros Befehl seit einem Monat sogar die Essensration kürzen muß. Marzellines Sorge, Fidelio sei einem solchen Anblick nicht gewachsen, weist Leonore zurück. Rocco wiederum verspricht ihr, den Gouverneur um die Erlaubnis für ihren Arbeitseinsatz in den geheimen Kerkern zu bitten, während Leonore innerlich widerstrebend ihr Einverständnis zur Verlobung gibt. – Marzelline und Leonore ziehen sich zurück, als Pizarro hereintritt und sich von Rocco die Post aushändigen läßt. Aus dem Schreiben eines Informanten geht hervor, daß der Minister Don Fernando von mehreren Willkürakten des Gouverneurs erfahren hat und eine Inspektion des Gefängnisses beabsichtigt. Pizarro beschließt deshalb, Florestan aus dem Weg zu räumen. Hierbei gibt er sich im Vorgefühl des Triumphes über seinen Gegner einer solchen Emphase hin, daß sein Gebaren auf die Verwunderung der Wachmannschaft stößt. Einen der Offiziere weist er an, beim Herannahen der ministeriellen Equipe den Trompeter augenblicklich Signal blasen zu lassen, und seinem Kerkermeister Rocco bietet er Geld für den Mord an Florestan. Dieser weist Pizarros Ansinnen erschrocken zurück, erklärt sich aber bereit, ein Grab für Florestan auszuheben. – Leonore hat die Unterredung der beiden mit Unruhe verfolgt und spricht sich Mut für die Rettung ihres Mannes zu. Ungeachtet eines Streits zwischen Marzelline und Jaquino wegen der von Rocco abgesegneten Verlobung nutzt Leonore abermals ihren neuen Status als künftiger Schwiegersohn und holt Roccos Erlaubnis ein, den Gefangenen Freigang im Festungsgarten zu gewähren. Die Häftlinge treten heraus, ohne daß Leonore ihren Mann unter ihnen ausmachen könnte. Unterdessen hat Rocco Pizarros Erlaubnis für die Heirat und für Fidelios Mithilfe in den unterirdischen Gewölben erhalten. Unverzüglich sollen sie in einer Zisterne in der Nähe des Verlieses ein Grab ausheben; allerdings ist Rocco von Pizarros Mordabsicht so verstört, daß er zwischenzeitlich sogar erwägt, die Tat zu verhindern. Leonore kann ihren Schmerz bei dem Gedanken, vielleicht dem eigenen Gatten das Grab schaufeln zu sollen, nur mit äußerster Anstrengung unterdrücken. Da eilen Marzelline und Jaquino herbei und kündigen Pizarro an, der wegen der gewährten Vergünstigung für die Gefangenen aufgebracht ist. Geschickt weiß Rocco dem Tobenden den Wind aus den Segeln zu nehmen, indem er den außerplanmäßigen Freigang der Häftlinge mit der Feier des königlichen Namenstages begründet. Pizarro ordnet daraufhin an, die Gefangenen wieder in ihre Zellen zurückzubringen, und fordert Rocco auf, im Kellergewölbe nun endlich zu tun, was ihm aufgetragen sei.

Unten im Kerker beklagt Florestan sein Schicksal. Vor allem der Gedanke an Leonore vermag ihm in seiner hoffnungslosen Lage Trost zu spenden: Als ein zu himmlischer Freiheit geleitender Engel tritt sie ihm vor sein inneres Auge, bevor er erschöpft zusammensinkt. Inzwischen sind Rocco und Leonore in das Verlies herabgestiegen. Während sie gemeinsam mit Rocco das Grab aushebt, gelangt Leonore zu der Überzeugung, daß sie den erbarmungswürdigen Gefangenen unabhängig von seiner Identität vor Pizarro zu schützen habe. Erst nach Florestans Erwachen wird für Leonore zur Gewißheit, tatsächlich ihren Mann vor sich zu haben. Noch aber verrät sie nicht, wer sie in Wahrheit ist. Rocco gibt Florestan, der dem Verdursten nahe ist, aus seinem Weinkrug zu trinken, und Leonore steckt ihm ein Stück Brot zu. Schließlich tritt Pizarro in den Kerker, insgeheim bereits auf die Ermordung seiner Mitwisser sinnend. Als Pizarro sich auf den wehrlosen Florestan stürzt, wirft sich Leonore ihm in den Weg, und mit dem Schrei »Töt' erst sein Weib!« gibt sie sich zu erkennen. Zum Äußersten entschlossen zieht sie eine Pistole, doch da erklingt das Trompetensignal, das die Ankunft des Ministers meldet. Pizarro bleibt nichts anderes übrig, als mit Rocco den Kerker unverrichteter Dinge zu verlassen, um den Minister zu empfangen. Erleichtert fallen Florestan und Leonore sich in die Arme. – Die Gefangenen und das Volk sind auf dem Paradeplatz des Schlosses zusammengeströmt und mahnen vom Minister Gerechtigkeit und Gnade an, der seinerseits im Namen des Königs eine Generalamnestie verkündet. Da führt Rocco Leonore und Florestan vor den Minister, der in dem Gefangenen seinen verschollenen Freund erkennt. Nun ist Pizarros Macht gebrochen, unter den Verwünschungen des Volkes wird der Gouverneur abgeführt. Während Marzelline sich von ihren Ehehoffnungen verabschiedet, befreit Leonore auf Bitten des Ministers Florestan von seinen Fesseln. Abschließend stimmen alle in das Lob Leonores ein.

Stilistische Stellung
Musikhistorisch läßt sich Beethovens ›Fidelio‹ dem aus Frankreich stammenden Genre der »Revolutions-« oder »Rettungsoper« zuschlagen. Allerdings greift diese Einordnung zu kurz. Denn Beethovens einzige Oper ist ein musiktheatralischer Ausnahmefall. Nirgends sonst im gesamten Opernrepertoire wurde Friedrich Schillers Forderung nach der »Schaubühne als einer moralischen Anstalt« mit solcher Konsequenz Rechnung getragen wie in ›Fidelio‹. Beethoven stellte deshalb insbesondere mit Florestan und Leonore Rollentypen auf die Bühne, die es vorher nicht gegeben hatte: Figuren, deren ethischer Antrieb die gefühlshaften Regungen veranlaßt, dominiert und absorbiert. Und in dem Kerkermeister Rocco schuf er das eindrucksvolle Porträt eines Mannes auf dem Weg zur Zivilcourage. Beethovens Konzeption eines ethischen Musiktheaters blieb also nicht in der Art eines staubtrockenen Lehrtheaters bloße Behauptung; viel mehr ging sie aus dem Geist der Musik hervor, so daß der Komponist in ›Fidelio‹ ein packendes Stück von höchster Dramatik gestaltete. Der atemberaubende Spannungsbogen dieser Oper ergibt sich aus einer schlußstrebigen Dramaturgie des »per aspera ad astra« (durch die Mühsal zu den Sternen), wie wir sie auch aus der Beethovenschen Sinfonik kennen. Hier in der Oper realisiert sich dieses teleologische Konzept in einem Dreischritt: In den Anfangsszenen erfolgt die allmähliche Abkehr vom Singspiel-Idiom, und die Musik wechselt mehr und mehr in die Sphäre des Konflikthaft-Heroischen, sobald die Auseinandersetzung mit Pizarro ins Zentrum der Handlung rückt. Diese Phase kulminiert im alles entscheidenden Pistolen-Quartett des II. Akts, dessen Trompetensignale den Umschlag der Handlung markieren, um schließlich in ein die vorausgegangene Bühnenrealität übersteigendes Feierszenario von symbolhaftem Gepräge zu münden, das für das damalige Musiktheater völlig neu war. Der abschließende Aufhellungseffekt wird bereits in der Binnenstruktur einzelner Nummern antizipiert: etwa in der Jubel-Coda der ›Fidelio‹-Ouvertüre, dem Dur-Umschlag von Marzellines Arie, den ekstatischen Schlüssen von Leonores und Florestans Soloszenen oder im Sinne einer Pervertierung im Triumphgetöse von Pizarros martialischer Arie. Die Leitidee der Hoffnung wiederum strukturiert werkübergreifend die Partitur durch Tonartensymbolik. Denn immer wieder moduliert die Musik innerhalb der Nummern nach C-Dur, sobald der Hoffnungsgedanke zum Tragen kommt. Und schließlich wird C-Dur zur Zieltonart der Oper, wenn die Schlußnummern des II. Akts in Dominantschritten (Terzett Nr. 13 A-Dur, Quartett Nr. 14 D-Dur, Duett Nr. 15 G-Dur) dem C-Dur-Finale zusteuern. Das Übermaß an tonangebender Prägung nicht durch den Text, sondern durch die Musik macht ›Fidelio‹ zu einem Sonderfall im Operngenre, nämlich »zur Musik mit Bühnenhandlung« (Konrad Küster).

Textdichtung
Beethoven wußte wahrscheinlich nicht, daß sein auf eine französische Vorlage zurückgreifendes Libretto einen historischen Kern hatte. Der Librettist Jean-Nicolas Bouilly hat nämlich für sein Opernbuch ›Léonore ou L'Amour conjugal‹ aus autobiographischem Erleben während der Zeit der Schreckensherrschaft des Wohlfahrtsausschusses 1793/94 im revolutionären Frankreich den Plot seines Textes entwickelt. Bouillys Libretto wurde 1798 in Paris in der Vertonung von Pierre Gaveaux erfolgreich uraufgeführt. Auch Ferdinando Paërs Oper ›Leonora ossia L'amor conjugale‹ (Dresden 1804), die Beethoven gekannt hat, und Simon Mayrs von Beethoven wohl nicht rezipierter Einakter ›L'amor conjugale‹ (Padua 1805) benutzten Bouillys Text als Quelle. Leonores Deckname stammt wiederum aus Shakespeares ›Cymbeline‹, wo sich die als Mann verkleidete Imogen »Fidele« (in deutscher Übersetzung »Fidelio«) nannte.

Geschichtliches
Vier Ouvertüren, drei Fassungen: Selbst für Opernverhältnisse hat Beethovens Werk eine

verwickelte Genese. Nachdem der Komponist auf der Suche nach einem geeigneten Opernstoff antikisierende oder dem Zauberwesen verschriebene Sujets verworfen hatte, beschäftigte er sich spätestens seit Anfang 1804 mit Bouillys Vorlage. Die Vertonung der von Ferdinand Sonnleithner besorgten deutschen Umarbeitung zog sich bis in den Herbst 1805 hin. Zensurbedenken begegnete man insbesondere mit der Verlegung der Handlung aus der unmittelbaren Vergangenheit ins 16. Jahrhundert. Die Uraufführung dieser heutzutage unter dem Namen ›Urleonore‹ firmierenden und nicht mehr restlos rekonstruierbaren Erstfassung am 20. November 1805 im Theater an der Wien war ein Mißerfolg, auch wegen der Zeitläufte: Eine Woche zuvor waren Napoleons Truppen in Wien einmarschiert, und die Theater blieben leer. Nach insgesamt drei Aufführungen wurde das Werk zurückgezogen.

Doch am 29. März 1806 ging die Oper in einer gemeinsam mit Stephan von Breuning als Librettisten besorgten Umarbeitung, die heute ›Leonore‹ genannt wird, erneut über die Bühne. Obwohl diesmal ein Erfolg zu verbuchen war, wurde ›Fidelio oder Die eheliche Liebe‹, so der Originaltitel beider Frühfassungen, aufgrund von Streitigkeiten zwischen dem Komponisten und der Intendanz bereits nach der zweiten Aufführung vom Spielplan genommen. Im wesentlichen handelt es sich bei der ›Leonore‹ um eine Strichfassung. Überdies wurden die drei Akte der ›Urleonore‹ in zwei zusammengezogen, und insbesondere durch Umstellungen von Nummern verschränkten sich in der späteren Fassung kleinbürgerliche und heroische Sphäre. Auch wurde die ›Leonoren-Ouvertüre II‹, die die ›Urleonore‹ einleitete, in die ›Leonoren-Ouvertüre III‹ umgearbeitet. Die aufgrund eines Datierungsfehlers als ›Leonoren-Ouvertüre I‹ gezählte Einleitungsmusik sollte wiederum für eine dann doch nicht zustande gekommene Aufführung der Oper in Prag die vorausgegangenen Schwester-Ouvertüren ersetzen. Denn die waren beide auf komplettes Unverständnis gestoßen. Anders als ihre Vorgängerinnen verzichtet die ›Leonoren-Ouvertüre I‹ auf die Antizipation des Trompetensignals aus dem Schlußakt, doch alle drei weisen auf Florestans Arie »In des Lebens Frühlingstagen« voraus.

Als sich Beethoven 1814 in Zusammenarbeit mit Georg Friedrich Treitschke als Librettisten zu einer Revision des Werks gelegentlich einer Aufführung am Wiener Kärntnertor-Theater entschloß, gelang dem Komponisten durch etliche Eingriffe und Neukompositionen eine verbindliche Fassung letzter Hand. Aus tonartlichen Gründen ersetzte der Komponist die in C-Dur stehenden ›Leonoren-Ouvertüren‹ durch die ›Fidelio-Ouvertüre‹ in E-Dur. Vor allem wurde das Einleitungsrezitativ zu Leonores Arie auf einen neuen Text gesetzt und die Arie gestrafft. Der Schluß des ersten Finales – in den Frühfassungen in einer Arie des Pizarro »Auf euch nur will ich bauen« kulminierend – wird mit der Rückkehr der Gefangenen in ihre Zellen ganz neu gefaßt. Und indem Beethoven im Schlußakt Florestans Lebensrückblick »Ach, es waren schöne Tage« durch die Freiheitsvision »Und spür' ich nicht linde, sanft säuselnde Luft« ersetzte, brachte er Erfahrungen aus seiner Schauspielmusik zu Goethes ›Egmont‹ in den ›Fidelio‹-Kontext ein. Ebenso war der Bildwechsel fürs zweite Finale neu. In dieser neuen Version erlebte das Werk unter dem Titel ›Fidelio‹, am 23. Mai 1814 im Kärntnertor-Theater seine Uraufführung, freilich mit einer anderen Einleitungsmusik, da die ›Fidelio‹-Ouvertüre erst zur zweiten Aufführung fertig war.

Die Rezeption von Beethovens einziger Oper blieb nicht auf die Opernbühne beschränkt. Vielmehr fand ›Fidelio‹ auch die Bewunderung von Literaten (Thomas Mann und Hans Mayer) und Philosophen (Ernst Bloch und Theodor W. Adorno). Und die Geschichte von der Vereinnahmung des ›Fidelio‹ durch Polit-Ideologien und von deren propagandistischem Zugriff auf das Stück kann in diesem Rahmen nicht einmal ansatzweise erläutert werden. Die häufiger zu beobachtende Bühnenpraxis, die ›Leonoren-Ouvertüre III‹ vors Schlußbild zu setzen, hatte erstmals 1849 Klaus Anschütz ins Werk gesetzt, und seit Gustav Mahler (Wien 1904) wurde sie zu einer Tradition. Der Mißbrauch durch den Nationalsozialismus führte Wieland Wagner 1954 in Stuttgart dazu, das Stück zu entpolitisieren und auf einer nur von Gittern eingefaßten, entrümpelten Bühne spielen zu lassen. In diese Produktion wurden außerdem Zwischentexte von Walter Erich Schäfer eingearbeitet, eine Praxis, die bis in jüngste Zeit hinein Schule machen sollte, da das ursprüngliche Libretto inzwischen der allgemeinen Verachtung anheimgefallen ist. Die Inszenierungsgeschichte führte nicht zuletzt in Calixto Bieitos 2010 an der Münchner Staatsoper gezeigter Version zu einem Extrempunkt, indem eine Pathologisierung der Charaktere betrieben wurde. Ohnehin ist die Skepsis hinsichtlich der von

Beethoven propagierten Freiheitsutopie inzwischen allzu oft zum Klischee verkommen. Da fällt dann um so mehr ins Gewicht, daß an der Mailänder Scala 2014 in der Inszenierung von Deborah Warner nicht unterschlagen wurde, worüber der säkulare Mainstream des Regie-Theaters sonst allzu oft hinwegsieht: über die dem Werk eingeschriebenen christlichen Konnotationen.

R. M.

Vincenzo Bellini

* 3. November 1801 in Catania (Sizilien), † 24. September 1835 in Puteaux bei Paris

I Capuleti e i Montecchi (Die Capulets und die Montagues)

Tragedia lirica in zwei Akten. Dichtung von Felice Romani nach Luigi Scevola.

Solisten: *Capellio*, Oberhaupt der Capulets und Vater Giuliettas (Baß, m. P.) – *Giulietta* (Lyrischer Koloratursopran, gr. P.) – *Romeo*, Führer der Montagues (Lyrischer Mezzosopran oder Koloratur-Mezzosopran, gr. P.) – *Tebaldo*, Parteigänger der Capulets (Lyrischer Tenor, gr. P.) – *Lorenzo*, Arzt und Vertrauter Capellios (Tenor, auch Bariton, m. P.).
Chor: Capulets – Montagues – Ehrenfrauen – Soldaten – Knappen (gr. Chp.).
Ort und Zeit: Verona im 13. Jahrhundert.
Schauplätze: Galerie im Palast Capellios – Raum in den Gemächern Giuliettas – Atrium im Palast Capellios – Gemächer im Palast Capellios bei Nacht – Entlegener Ort in der Nähe des Palastes – Grabgewölbe der Capulets.
Orchester: 2 Fl. (II. auch Picc.), 2 Ob., 2 Kl., 2 Fag., 4 Hr., 2 Trp., 3 Pos., P., Schl., Hrf., Str. – Bühnenmusik: Bläser, Schl.
Gliederung: Sinfonia und 10 Musiknummern.
Dauer: Etwa 2½ Stunden.

Handlung
Die Familien der Capulets (Anhänger der papsttreuen Guelfen) und der Montagues (Unterstützer der mit den deutschen Kaisern verbündeten Ghibellinen) sind seit langem verfeindet. Nun brechen die Streitigkeiten erneut aus. Im Morgengrauen versammeln sich die Capulets im Palast ihres Anführers Capellio. Sie schwören den Montagues Rache, denn deren Anführer Romeo hat den Sohn Capellios getötet. Tebald und Lorenzo kündigen an, daß Romeo einen Abgesandten als Friedensunterhändler schicken will. Tebald, der Julia liebt, will Romeo umbringen. Dafür verspricht ihm Capellio die Hand seiner Tochter. Lorenzo hingegen rät, einen Friedenspakt mit den Montagues zu schließen, und berichtet, daß Julia krank sei. Er kennt ihr Geheimnis: Sie ist in Romeo verliebt. Dieser tritt als Bote verkleidet herein und fordert, das Blutvergießen zu beenden, denn Romeo bedaure es sehr, Capellios Sohn in der Schlacht getötet zu haben. Doch die Capulets weisen ihn zurück. – In ihren Gemächern wird Julia für ihre Hochzeit festlich gekleidet. Sie sehnt sich nach Romeo, den sie durch Lorenzo vermittelt, schon oft heimlich getroffen hat. Lorenzo kündigt seine Ankunft an. Romeo fleht sie an, mit ihm zu fliehen, er sieht keine andere Möglichkeit. Doch sie fühlt sich ihrer Familie verbunden und bleibt zurück. – Derweil erwarten im Hof des Palastes die Capulets freudig die Hochzeit Julias mit Tebald. Romeo, der sich als Guelfe verkleidet hat, ist entschlossen, die Hochzeit zu verhindern. Eine Gruppe bewaffneter Montagues ist in Verona eingedrungen, man hört Kampfgetümmel. – Erneut will Romeo die Geliebte zur Flucht bewegen und mit sich fortreißen, er wird jedoch von den Capulets aufgehalten. Julia versucht, ihren Vater zur Gnade zu bewegen. – Romeos Identität wird durch eine Gruppe Montagues offenbart, die ihm die Flucht ermöglichen. Im Tumult nehmen Julia und Romeo Abschied.
Im Hof des Palastes von Capellio berichtet Lorenzo Julia, daß Romeo gerettet sei. Er schlägt ihr vor, einen Trank zu nehmen, der sie wie tot erscheinen läßt, so daß sie im Grabmal ihrer Familie wieder mit Romeo zusammentreffen könne. Sie willigt ein. – Als ihr Vater auftritt, fleht sie

ihn um Vergebung an. Capellio befiehlt, Lorenzo streng zu bewachen. – Im Garten des Palastes treffen Romeo und Tebald aufeinander. Ihr Duell wird durch den Leichenzug aufgehalten, der die vermeintlich tote Julia ins Grab geleitet. – In der Familiengruft der Capulets steht Romeo an Julias Sarg. Er fordert seine Anhänger auf, ihn allein zu lassen. Er klagt um seine Geliebte und vergiftet sich. Als Julia aufwacht, ist er noch bei Bewußtsein. Sie muß erkennen, was geschehen ist. In ihren Armen stirbt er. Sie bricht tot zusammen. Beide Familien treffen ein und beschuldigen einander, die Liebenden umgebracht zu haben.

Stilistische Stellung
Bellini erzählt in seiner Tragedia lirica die Geschichte um das berühmte Liebespaar als packendes musikalisches Drama. Trotz der Verwendung von Melodien aus früheren Opern, entsteht ein Werk von großer musikalischer Homogenität und Intensität. Inhaltlich stehen die Konflikte um die verfeindeten Familien im Vordergrund. Diese drücken sich in wirkungsvollen Chorszenen aus, aber auch in der bohrenden Eindringlichkeit der Solistenrollen, allen voran der dramatischen Partie des Romeo, der mit kämpferischen Tönen in die Oper eingeführt wird. Besonders die reizvolle Stimmkonstellation des Liebespaars bietet Raum für lyrische Innerlichkeit und Intensität. Der Vergleich mit Shakespeares Tragödie hat mitunter zu dem unberechtigten Vorwurf geführt, das berühmte Vorbild sei in Bellinis Oper entstellt worden. Shakespeares Drama kann allerdings nicht als Vorlage gedient haben, denn es war zur Entstehungszeit der Oper in Italien nicht bekannt.

Textdichtung
Felice Romani überarbeitete ein Libretto, das er 1825 für eine Oper von Nicola Vaccai (›Romeo e Giulietta‹, Uraufführung: 31. Oktober 1825, Mailand, Teatro alla Canobbiana) geschrieben hatte. Als Grundlage für Romanis ›Romeo e Giulietta‹ müssen diverse italienische Quellen gelten, während Shakespeares Stück in Italien weitgehend unbekannt war. Es ist dokumentiert, daß dem Librettisten die Novelle ›La sfortunata morte di due infelicissimi amanti‹ (Der unglückliche Tod von zwei unglücklichen Liebenden) von Matteo Bandello aus dem Jahr 1554 bekannt war, die auch William Shakespeare für sein Drama ›Romeo und Julia‹ als Vorlage diente. Direkte Quelle für Romani war ein Drama ›Giulietta e Romeo‹ von Luigi Scevola, das 1818 veröffentlicht wurde. Dies belegen die formale Konstruktion, zahlreiche Handlungsdetails wie auch direkte Textübernahmen. Für die Vertonung von Bellini revidierte Romani sein Libretto grundlegend. Unter anderem entstand ein neues, kürzeres Finale für die Oper.

Geschichtliches
Vincenzo Bellini komponierte seine sechste Oper ›I Capuleti e i Montecchi‹ ab Januar 1830 innerhalb kürzester Zeit. Das Teatro La Fenice hatte ursprünglich Giovanni Pacini einen Auftrag für eine Oper nach Romanis Libretto ›Romeo e Giulietta‹ erteilt, der eine Vertragsfrist wegen eines anderen Auftrags verstreichen ließ. Bellini wurde kurzfristig beauftragt, als er sich wegen der Neueinstudierung seiner erfolgreichen dritten Oper ›Il pirata‹ in Venedig aufhielt. Er griff für seine Tragedia lirica auf eigene frühere Arbeiten zurück, vor allem auf seine ›Zaira‹, die 1829 mit wenig Erfolg am Teatro Ducale in Parma uraufgeführt worden war, aber auch auf seinen Erstling ›Adelson e Salvini‹ aus dem Jahr 1825. Die Uraufführung fand am 11. März 1830 im Teatro La Fenice in Venedig statt. Die Hauptrollen sangen Rosalbina Caradori-Allan als Giulietta und als Romeo Giuditta Grisi, die in den folgenden Jahren mit der Partie in ganz Italien Erfolge feierte. Für eine Aufführung an der Mailänder Scala nahm Bellini Änderungen vor, unter anderem wurde die Partie der Giulietta für Mezzosopran eingerichtet. Für Maria Malibran als Romeo wurde Bellinis Oper mit einzelnen Nummern von Mercadante und Celli amalgamiert, zudem die Schlußszene durch die von Nicola Vaccai ersetzt. Mit dem alternativen Finale von Vaccai wurde die Oper zunächst 1832 in Bologna, dann in mehreren Städten aufgeführt und bei Ricordi als Alternativfassung publiziert. Die Aufführungsgeschichte ist an große Interpretinnen der Solopartien geknüpft. Im 20. Jahrhundert kam es in den Nachkriegsjahrzehnten zu einer Wiederentdeckung der Belcanto-Oper. 1966 wurde an der Mailänder Scala eine Bearbeitung von Claudio Abbado mit Romeo als Tenorpartie aufgeführt (mit Renata Scotto, Giacomo Aragall und Luciano Pavarotti), die auch publiziert wurde. Diese umstrittene Fassung setzte sich nicht durch, ab den 1970er Jahren wurde ausschließlich die Urfassung gespielt.

M. L. M.

Vincenzo Bellini

Die Nachtwandlerin / Die Schlafwandlerin (La sonnambula)

Melodramma in zwei Akten. Dichtung von Felice Romani nach Eugène Scribe und Jean-Pierre Aumer.

Solisten: *Graf Rodolfo*, Feudalherr des Dorfes (Seriöser Baß, m. P.) – *Teresa*, eine Müllerin (Sopran, auch Dramatischer Mezzosopran, m. P.) – *Amina*, eine von Teresa angenommene Waise, ihre Pflegetochter, Verlobte Elvinos (Lyrischer Koloratursopran, auch Jugendlich-dramatischer Sopran, gr. P.) – *Elvino*, ein reicher Gutsbesitzer (Lyrischer Tenor, gr. P.) – *Lisa*, Wirtin, in Elvino verliebt (Lyrischer Sopran, auch Soubrette, gr. P.) – *Alessio*, Bauer, in Lisa verliebt (Baß, m. P.) – *Ein Notar* (Tenor, kl. P.).
Chor: Bauern und Bäuerinnen (gr. Chp.).
Ort und Zeit: Ein Dorf in der Schweiz im frühen 19. Jahrhundert.
Orchester: 2 Fl. (II. auch Picc.), 2 Ob., 2 Kl., 2 Fag., 4 Hr., 2 Trp., 3 Pos., Cimb. (auch Bt.), P., Schl., Str. – Bühnenmusik: Bläser, Schl.
Gliederung: Introduktion und 14 Musiknummern, die ineinander übergehen.
Dauer: Etwa 2½ Stunden.

Handlung

In einem Schweizer Alpendorf beglückwünschen die Dorfbewohner Amina zu ihrer bevorstehenden Heirat mit Elvino, dem reichen Grundbesitzer. Amina ist ein Waisenmädchen, das von der Müllerin Teresa aufgezogen wurde und in deren Mühle arbeitet. Die Gastwirtin Lisa hört die Vivat-Rufe und ist eifersüchtig, denn sie und Elvino waren zuvor ein Paar. Alessio hat mit den Dorfbewohnern ein Ständchen für das Brautpaar einstudiert. Er ist in Lisa verliebt, wird jedoch von ihr rüde zurückgewiesen. Amina tritt ein, gefolgt von Teresa. Sie bedankt sich für das Lied und die Fürsorge ihrer Ziehmutter. Alessio wünscht sie eine baldige, glückliche Vereinigung mit Lisa. Über deren frühere Verbindung mit Elvino weiß sie nichts. Der Notar erscheint, hingegen verspätet sich Elvino, da er am Grab der Mutter um deren Segen gebeten hat. Der Ehekontrakt wird aufgesetzt, in den Elvino seine gesamten Güter einträgt. Der Vertrag wird von Elvino und Teresa sowie von den Trauzeugen Alessio und Lisa unterzeichnet. Elvino schenkt Amina den Ring seiner Mutter und einen Veilchenstrauß und erklärt ihr seine Liebe. Er lädt alle zur kirchlichen Trauung am nächsten Morgen ein. – Ein Fremder trifft ein und fragt, wie weit es zum Schloß sei. Da es schon dämmert, rät ihm Lisa zur Übernachtung in ihrem Gasthaus. Das Dorf scheint ihm vertraut zu sein und erinnert ihn an glückliche Zeiten. Er fragt, wessen Hochzeit vorbereitet werde, und als er Amina sieht, weckt sie Erinnerungen an ein Mädchen, in das er einst verliebt war. Er sei beim alten Grafen aufgewachsen und erfährt nun von Teresa, daß dieser verstorben sei, ohne jemals von seinem verschollenen Sohn gehört zu haben. Der Fremde behauptet, daß der Sohn noch lebe. – Hornrufe künden von der einbrechenden Dunkelheit. Teresa fordert alle auf, heimzugehen, da die Geisterstunde nahe. Die Dorfbewohner erzählen dem ungläubigen Besucher, daß des Nachts der Geist einer Frau klagend im Dorf umherirre. – Alle wünschen eine gute Nacht. Der Fremde geht mit Lisa ins Gasthaus, nachdem er sich besonders von Amina freundlich verabschiedet hat. Elvino ist eifersüchtig und macht ihr heftige Vorwürfe. Sie versöhnen sich und versichern sich ihre Liebe. – Im Gasthaus zeigt Lisa dem Fremden sein Zimmer und eröffnet ihm, daß er erkannt worden sei: als Rodolfo, der Sohn des alten Grafen. Sie kündigt an, daß die Dorfbewohner ihn willkommen heißen wollen. Er macht ihr Avancen, ihre Annäherungen werden jedoch von einem Geräusch unterbrochen. Als Lisa ins Kabinett flüchtet, verliert sie ein Halstuch. – Durch das Fenster steigt die schlafwandelnde Amina ins Zimmer. Sie hält Rodolfo für ihren Verlobten und träumt von ihrer Hochzeit. Sie legt sich schlafend aufs Sofa. Als Rodolfo die nahenden Dorfbewohner hört, flüchtet er aus dem Fenster, durch das Amina gekommen ist. – Alessio und die Leute treten durch die offene Tür. Lisa bringt Elvino herbei und zeigt ihm die schlafende Amina. Diese erwacht und läuft zu Elvino, der sie zurückstößt. Alle sind entsetzt über ihren Verrat und schmähen sie. Teresa findet Lisas Halstuch und legt es Amina um. Elvino sagt die Hochzeit ab, Amina bricht in Teresas Armen zusammen.

Die Dorfbewohner machen sich auf den Weg zum Schloß, um den Grafen um Aufklärung zu bitten und Amina zu entlasten, falls sie unschuldig sei. Auch Teresa will mit Amina zu ihm. Als Elvino erscheint, beteuert Amina ihre Unschuld. Er weist sie jedoch erneut voller Enttäuschung über ihre Untreue zurück. Die Dorfbewohner kommen und berichten, daß der Graf sie für unschuldig erklärt habe. Doch Elvino nimmt ihr wütend den Ring ab. – Alessio bedrängt Lisa mit seinem Wunsch, sie zu heiraten. Elvino jedoch hat sie nun zur Braut gewählt und bereitet die Hochzeit vor. – Auf dem Weg zur Kirche hält Rodolfo sie auf und erklärt, daß Amina eine Schlafwandlerin sei. Niemand glaubt ihm. Teresa bittet alle um Ruhe, die erschöpfte Amina sei endlich eingeschlafen. Als sie von der bevorstehenden Trauung erfährt, offenbart sie Lisas Tuch, das sie im Hotelzimmer des Grafen gefunden hat. Nun scheint Elvino zweifach betrogen. – Wiederum beteuert der Graf Aminas Unschuld – der Beweis folgt, als diese schlafwandelnd aus dem Fenster auf das Dach über dem Mühlrad steigt. Nur ein falscher Schritt könnte sie umbringen, eine lockere Planke läßt sie straucheln. Sie steigt vom Dach. Im Delirium trauert sie ihrer Verbindung mit Elvino nach. Umringt von den Dorfbewohnern steckt dieser ihr den Ring an den Finger. Sie erwacht und ist erneut seine Braut.

Stilistische Stellung
Vincenzo Bellinis Melodramma in due atti ›La sonnambula‹ gehört der im frühen 19. Jahrhundert beliebten Opera semiseria an. Dieses »gemischte« Operngenre stellt einen Zwischenbereich zwischen ernster, komischer, burlesker, tragischer und gehobener Sphäre dar, oftmals werden anrührende Begebenheiten unter Einbeziehung von unterschiedlichen Gesellschaftsschichten dargestellt. ›La sonnambula‹ gilt als Inbegriff von Bellinis elegischem Belcanto-Stil. Die in erhabener Bergwelt angesiedelte, volkstümliche Szenerie wird in einem weichen, oftmals langsamen Cantabile von großer Einheitlichkeit musikalisiert. Dieses wurde als große Errungenschaft und Meisterschaft Bellinis gefeiert und wirkte bis weit in das Jahrhundert, wovon noch 1898 Verdis Diktum der »Melodie lunghe, lunghe, lunghe«, von Bellinis langen Melodien, zeugt. Details der dramatischen Handlung, die Stoff für potentiell explosive Entwicklungen bieten könnten, werden in einen lyrischen Gesamtduktus der Oper umgeschmolzen, der aus der »edlen Einfachheit« des Titelcharakters gewonnen zu sein scheint. Das tragische Potential spielt sich im Seelenleben der Figuren ab. Dem entspricht ein Gesangsstil der Zwischentöne, den man eine verinnerlichte Virtuosität nennen könnte. Das Sotto voce, das Misterioso, die verhaltene Expression sind die bezwingenden Ausdrucksbereiche, in denen sich die Handlung abspielt. Vor allem für die Partie der Amina, aber etwa auch für die anspruchsvolle Chorpartie schuf Bellini vielfältige Ausdrucksformen des Übergangs, die in äußerst detailliert bezeichneten Vortragsanweisungen fixiert werden. Es galt, den schwankenden Zustand zwischen Traum und Wachen der Protagonistin glaubhaft zu machen. Als Paradepartie für das enorme Gesangsspektrum der Giuditta Pasta geschaffen, ist ›La sonnambula‹ ein Dokument für die künstlerisch fruchtbare Zusammenarbeit zwischen dem Autor und seinen Interpreten. Dies gilt besonders auch für den Tenor Giovanni Battista Rubini als Sänger des Elvino. Mit Rubini hatte Bellini bereits bei ›Il pirata‹ zusammengearbeitet, womit ihm 1827 an der Mailänder Scala der Durchbruch gelungen war. Die Virtuosität der Solisten findet ein Pendant in der außergewöhnlichen Chorpartie. Die Dorfgemeinschaft als Dramatis persona spiegelt das Geschehen und die Gefühlswelt der Protagonisten in einem fortlaufenden Kommentar, der ebenso differenziert gestaltet ist.

In der Handlung verbinden sich mehrere traditionsreiche Archetypen: die Rettungsoper, das Motiv des Somnambulismus als Sonderform des weiblichen (Liebes-)Wahnsinns, die Gespenstergeschichte. Formal wird diese Opera semiseria in quasi symmetrischen Strukturen, das heißt in periodischer Melodiebildung mit subtilen metrischen Irregularitäten umgesetzt, die jedoch nicht als geschlossene Nummern, sondern in einer offenen Folge aus Accompagnato-Rezitativen, ariosen und liedhaften Szenen und Ensembles präsentiert werden.

Textdichtung
Das Libretto von Felice Romani basiert auf einer Ballettpantomime ›La Somnambule ou L'Arrivée d'un nouveau seigneur‹ (Die Nachtwandlerin oder Die Ankunft eines neuen Herren) nach einem Szenarium von Eugène Scribe, die an der Pariser Oper am 19. September 1827 mit einer Musik von Ferdinand Hérold uraufgeführt wurde. Als Autor gilt neben Eugène Scribe auch Jean-Pierre Aumer, der am Szenarium mitarbeitete und die Choreographie entwarf. Als weitere Quelle muß neben dem Ballett ein Schauspiel von Armand d'Artois und Henri Dupin gewertet werden, das wenig später seine Uraufführung erlebte: Die Comédie-Vaudeville ›La Villageoise

somnambule ou Les Deux Fiancées‹ (Das schlafwandelnde Dorfmädchen oder Die zwei Bräute bzw. Die beiden Verlobten). Diese Komödie mit Gesang wurde am 15. Oktober 1827 am Théâtre des Variétés erstmals gegeben und kann als lukrative Zweitauswertung des enormen Uraufführungserfolges des Balletts verstanden werden. Der Name Eugène Scribes wurde zwar im Titel nicht genannt, der Autor Henri Dupin gehörte aber zu seinem Mitarbeiterkreis. Das Opernlibretto von Felice Romani bringt einige Handlungsdetails aus dem Schauspiel auf die Bühne, die im Ballett nicht vorhanden sind. Zudem verwendet Bellini in einem Brief vom 3. Januar 1831 den Untertitel ›I due fidanzati svizzeri‹ (Die beiden Schweizer Verlobten), der auf das Schauspiel verweist und dieses als Nebenquelle erscheinen läßt. Einige Motive und Handlungsstränge der Vorlagen werden nur angedeutet und komplexe Hintergründe der Vorgeschichte nicht explizit ausgeführt, so etwa die Vaterschaft des Grafen Rodolfo, der eine Liaison mit Aminas Mutter hatte, oder die amouröse Verbindung des Notars mit der Gastwirtin Lisa. Romanis Dichtung steht in der Tradition der italienischen Pastoralkomödie und versetzt sie in die alpine Szenerie eines schweizerischen Bergbauerndorfes. Anders als das umgangssprachlich gefärbte Schauspiel wählt Romani einen sprachlich gehobenen Stil, der in einigen der lyrischen Verstexte an große klassische Vorbilder gemahnt. Das Motiv der verleumdeten, tugendhaften Unschuld als ein beliebtes Sujet der Operngeschichte wird hier mit einem wirkungsvollen Spukgeschehen verbunden; die Spannung wird bis auf das Äußerste ausgereizt, wenn die Auflösung der Verwicklungen in einer spektakulären Szene erst ganz am Ende der Oper erfolgt.

Geschichtliches
Am 3. März 1831 wurde ›La sonnambula‹ am Teatro Carcano in Mailand uraufgeführt. Das Autorengespann Vincenzo Bellini und Felice Romani hatte zunächst an Hugos ›Ernani‹ gearbeitet, fand mit ›La sonnambula‹ jedoch den Stoff für ein beispielloses Erfolgswerk, das im 19. Jahrhundert eine lückenlose Aufführungstradition hatte. Mit seiner Belcanto-Oper der sentimentalen Prägung trat Bellini in einem kulturellen Klima der Restauration im italienischen Risorgimento die Herrschaft als erster Opernkomponist nach Rossini an. Der Erfolg von ›La sonnambula‹ übertraf sogar den der ›Norma‹, die im Dezember desselben Jahres an der Mailänder Scala uraufgeführt wurde und erst im 20. Jahrhundert ihr Schwesterwerk in der Aufführungsstatistik ablöste. Die Titelpartie war in der Nachfolge von Giuditta Pasta eine Paraderolle für alle bedeutenden Sängerinnen ihres Fachs, schon 1834 feierte Maria Malibran als Amina Triumphe. Die Fachrichtung nahm eine Entwicklung vom leichten Koloratursopran bis hin zu einer dramatischeren Interpretation durch Maria Callas 1955 an der Mailänder Scala in Luchino Viscontis berühmter Inszenierung. Während der erste Interpret der äußerst hoch gelegenen Tenorpartie des Elvino, Giovanni Battista Rubini, ebenfalls für Aufsehen sorgte, wurde die Partie später tiefer transponiert und verlor ihren spektakulären Glanz, so daß ›La sonnambula‹ in der Folge zur reinen Primadonnen-Oper wurde.

M. L. M.

Norma

Tragische Oper in zwei Aufzügen. Dichtung von Felice Romani.

Solisten: *Pollione*, römischer Prokonsul in Gallien (Jugendlicher Heldentenor, gr. P.) – *Oroveso*, Haupt der Druidenpriester (Seriöser Baß, m. P.) – *Norma*, dessen Tochter, Oberpriesterin, eine Seherin (Dramatischer Koloratursopran, auch Jugendlich-dramatischer Sopran, gr. P.) – *Adalgisa*, Priesterin im Haine der Irminsäule (Lyrischer Mezzosopran, gr. P.) – *Clotilde*, Normas Freundin (Sopran, kl. P.) – *Flavius*, Polliones Begleiter (Lyrischer Tenor, kl. P.) – *Zwei kleine Söhne Polliones und Normas* (Stumme Rollen).

Chor: Druidenpriester – Barden – Tempelwächter – Priesterinnen – Gallisches Kriegsvolk – Knaben (m. Chp.).
Ort: Gallien, der heilige Hain und der Tempel des Gottes Irmin.
Schauplätze: Der heilige Hain Irmins, rechts unter einer großen, mit Misteln bewachsenen Eiche die Irminsäule und der Druidenstein (Altar), an der Eiche aufgehängt Schild und Brennus-Schwert, links hinten Felsen – Normas Felsenwohnung, in der Mitte eine durch Vorhänge ver-

schlossene Öffnung, rechts Felsenöffnung als Eingang, Steinaltar, Blocksitz auf Tierfellen, links ein Herd, in seiner Nähe auf Tierfellen ein Ruhelager, an der linken Hinterwand ein Steinsitz – Kurze Waldgegend – Letztes Bild wie erstes.
Zeit: Um das Jahr 50 v. Chr.
Orchester: 2 Fl. (II. auch Picc.), 2 Ob., 2 Kl., 2 Fag., 4 Hr., 2 Trp., 3 Pos., Cimb. (auch Bt.), P., Schl., Hrf., Str. – Bühnenmusik: 1 Picc., 6 Kl., 2 Fag., 1 Kfag., 4 Hr., 8 Trp., 3 Pos., 1 Bt., Schl.
Gliederung: Ouvertüre und 14 Musiknummern, die pausenlos ineinander übergehen.
Spieldauer: Etwa 2¾ Stunden.

Handlung
Nachts versammeln sich heimlich die Anführer der gallischen Krieger und die Druidenpriester mit ihrem Oberhaupt Oroveso an der Spitze im heiligen Hain an der Irminsäule. Sie harren einer Weisung der Gottheit, endlich gegen ihre Unterdrücker, die Römer, losschlagen zu dürfen. Orovesos Tochter, die Seherin und Oberpriesterin Norma, wird die heilige Zeremonie vornehmen, sobald der Mond hinter den Wolken vorgekommen ist. Vorsichtig spähend naht sich dem Heiligtum der römische Prokonsul Pollione mit seinem Begleiter Flavius. Pollione unterhielt lange Zeit ein heimliches Liebesverhältnis mit der Seherin Norma, dem zwei Knaben entsprossen waren. Nun sind seine Gefühle zu Norma erkaltet, insbesondere seit er die junge Irmin-Priesterin Adalgisa kennt, in die er sich verliebt hat. Geschreckt durch einen bösen Traum, sucht der Prokonsul jetzt nachts im heiligen Hain die Geliebte anzutreffen, um sie zur Flucht zu bewegen und sie nötigenfalls mit Gewalt zu entführen. Flavius warnt ihn vor der Rache Normas, und nur mit Mühe kann er ihn von seinem Vorhaben abhalten, als sich die Druiden bei dem nunmehr eingetretenen Mondenschein dem Heiligtum nähern. Zur Enttäuschung der Priester und Krieger verkündet die Seherin, deren Haupt ein Kranz von Eisenkraut ziert, daß die Zeit der Befreiung noch nicht gekommen sei. Nachdem Norma mit einer goldenen Sichel die heilige Mistel von der Eiche geschnitten hat, entläßt sie die Anwesenden mit der Mahnung, sich bereitzuhalten für den Racheschlag gegen den Feind, falls sie einmal hierzu das Zeichen geben sollte. Drohend erheben die Männer ihre Waffen und erklären, daß dann Pollione das erste Opfer sein werde. Nachdem sich alle entfernt haben, betritt Adalgisa allein das Heiligtum. Sie betet inständig zur Gottheit um Rettung aus ihrer Herzensnot. Pollione kommt hinzu. Seinem stürmischen Drängen erliegt schließlich Adalgisas Widerstand, und sie erklärt sich bereit, ihm morgen nach Rom zu folgen. Aber Gewissensbisse lassen die pflichtbewußte Priesterin nicht zur Ruhe kommen; sie begibt sich zu Norma und macht ihr ein Geständnis. Die Oberpriesterin hat in Erinnerung an das eigene Liebeserlebnis Verständnis für Adalgisas Lage und entbindet sie daher ihres Gelübdes. Auf Normas Frage, wer der Erwählte ihres Herzens sei, deutet Adalgisa auf Pollione, der eben die Behausung der Seherin betritt. Norma enthüllt nun der erstaunten jungen Priesterin ihr Geheimnis. Entsetzt wendet Adalgisa sich von Pollione ab, während Norma den Treulosen verflucht, der sie kalt von sich stößt und brutal Adalgisas Liebe fordert.
Bleich und verstört nähert sich Norma des Nachts mit einem Dolch dem Lager, auf dem ihre beiden Kinder ruhen. Aber ihr Muttergefühl ist doch stärker als ihre Rachsucht; sie will die Schmach anders als mit dem Blut dieser unschuldigen Wesen tilgen. Zunächst läßt sie Adalgisa rufen und fordert sie auf, die Kinder ins römische Lager zu bringen und ihnen Mutter zu sein als Gattin Polliones; denn Norma will ihrem sinnlos gewordenen Leben ein Ende bereiten. Adalgisa weist jedoch diesen Vorschlag nicht nur zurück, sondern sie macht sich sogar erbötig, auf Pollione einzuwirken, daß er wieder zu Norma zurückkehre. Ein neuer Hoffnungsschimmer erwacht in der Brust der Unglücklichen. Aber Pollione will von Norma nichts mehr wissen; er droht, Adalgisa mit dem Schwert aus dem Tempel zu holen, wenn sie ihm nicht freiwillig folgen werde. Nun schlägt Norma mit dem Brennus-Schwert dreimal gegen den Schild, der an der heiligen Eiche hängt; es ist das Zeichen für die Gallier, daß die Stunde der Erhebung gekommen sei. Eiligst versammeln sich Priester und Krieger vor der Irminsäule; die Druiden segnen die Waffen. Die Oberpriesterin soll vor dem Auszug zum Kampf den Göttern noch ein Opfer bringen. Da wird ein gefangener Römer herbeigeschleppt, der in das Heiligtum der Irmin-Priesterinnen eingedrungen war. Es ist Pollione. Norma will den Frevler selbst richten, sie zögert aber zum Erstaunen der Anwesenden, als ihr Oroveso ein Schwert reicht, den Römer damit zu durchbohren. Sie verlangt, mit dem Gefangenen allein gelassen zu werden. Hierauf bietet sie ihm die Freiheit an für den Fall, daß er Adalgisen entsage. Pollione lehnt ab, und als Norma droht, die Rivalin für ihr

Vergehen mit dem Tod auf dem Scheiterhaufen zu bestrafen, sucht er sich des an der Eiche aufgehängten Brennus-Schwertes zu bemächtigen. Die Seherin ruft schnell ihre Landsleute herbei. Sie erklärt, noch ein Opfer für die Götter gefunden zu haben, eine Verruchte aus dem Priesterinnenstand, die um schnöder Liebe willen ihr Land verraten habe. Im Bewußtsein der eigenen Schuld bezeichnet jedoch Norma nicht die unschuldige Adalgisa, sondern sich selbst zum großen Erstaunen aller als die Missetäterin. Sie bittet ihren Vater Oroveso, sich der Kinder anzunehmen, und geht mit Pollione, welcher der früheren Geliebten in der Stunde des Todes aufs neue sein Herz zugewendet hat, gefaßt zum Scheiterhaufen.

Stilistische Stellung

Bellini selbst bezeichnete ›Norma‹ als seine beste Oper, und seine Zeitgenossen bewunderten ihn als Gestalter einer nicht nur schönen, sondern auch in ihrem dramatischen Ausdruck teils schlichten, teils von ergreifendem oder leidenschaftlichem Pathos erfüllten Melodik. Hier konnte Verdi, der Bellini hoch schätzte, unmittelbar anknüpfen. Auch Wagner gehörte zu den Verehrern des Sizilianers. Er war vor allem von ›Norma‹ begeistert, die er sich zu seinem Benefiz in Riga wählte. Er lobte die Dichtung, »die sich zur tragischen Höhe der alten Griechen aufschwingt«, und er pries neben dem »einfach edlen und schönen Gesang, der alle Leidenschaften eigentümlich verklärt«, das Ganze als ein »großes und klares Gemälde, das unwillkürlich an Glucks und Spontinis Schöpfungen erinnert«. Durch die Einbeziehung des orchesterbegleiteten dramatischen Rezitativs erhalten die Musiknummern vielfach das Gepräge von musikalischen Szenen. Aus der Reihe der Arien und Duette, die sämtlich dankbare gesangliche Aufgaben bieten, verdienen besonders hervorgehoben zu werden: Normas Cavatine Nr. 4 (»Casta Diva«) und das Duett Nr. 8 Norma-Adalgisa. In geschickter Placierung vermitteln die Chöre Farben- und Kontrastwirkungen.

Textdichtung

Das Libretto verfaßte der genuesische Dichter Felice Romani (1789–1865) nach dem gleichnamigen französischen Schauspiel von Gabrielle Soumet (1788–1845) und Louis Belmontet (*1799). Die Operndichtung, die Romani in wohlklingenden Versen gestaltete, ist trotz einiger Unwahrscheinlichkeiten dramaturgisch geschickt angelegt und vor allem hinsichtlich der Charakterisierung der beiden Frauenrollen in ihrer Gegensätzlichkeit sehr eindrucksvoll. Weniger glücklich sind die Männer gezeichnet: Oroveso wirkt farblos und Pollione etwas unsympathisch.

Geschichtliches

Nachdem die italienische Primadonna Giuditta Pasta in Bellinis ›La sonnambula‹ (›Die Nachtwandlerin‹) Triumphe feiern konnte, bat sie den Meister, für sie eine Oper mit einer großen, dominierenden Hauptrolle zu schreiben, die sie dann bei einer durch ganz Italien wandernden Stagione singen wollte. Bellini entschloß sich, hierfür das Drama ›Norma‹ von Soumet und Belmontet zu bearbeiten, das eben (April 1831) am Odeon-Theater in Paris mit großem Beifall gegeben wurde. (Übrigens war der gleiche Stoff bereits 14 Jahre vorher von dem Mailänder Komponisten Giovanni Pacini als Oper unter dem Titel ›La sacerdotessa d'Irminsul‹ gestaltet worden, die 1817 in Triest aufgeführt wurde.) Bellini ging diesmal mit größerer Sorgfalt als sonst zu Werk; so soll er z. B. die berühmte Cavatine »Casta Diva« (»Keusche Göttin«) neunmal entworfen haben, bis ihn die Ausführung zufriedenstellte. Die Partitur wurde in etwa sieben Monaten fertiggestellt. Die Uraufführung erfolgte am 26. Dezember 1831 an der Scala zu Mailand. Das Werk wurde jedoch zunächst kühl und mit Zurückhaltung aufgenommen; es dauerte aber nicht lange, dann startete die ›Norma‹ zu einem Siegeszug durch die ganze Welt, insbesondere seit die Titelrolle von der gefeierten Maria Malibran übernommen worden war. Die Aufführungsgeschichte des 20. Jahrhunderts wurde ganz wesentlich von Maria Callas geprägt. Die Norma war eine ihrer epochemachenden Partien. Seitdem galt die heroische Darstellung der Norma und die Besetzung der Rolle mit einer dramatischen Sopranstimme als unabdingbar. Adalgisa wiederum wurde gewöhnlich den Mezzosopranistinnen zugewiesen und Pollione mit einem Jugendlichen Heldentenor besetzt. In den Jahren um 2010 stellte Cecilia Bartoli diese Gewißheiten in Frage. Auf die Neuedition der Oper durch Maurizio Biondi und Riccardo Minasi zurückgreifend, knüpft Bartoli an die Aufführungsgegebenheiten der Bellini-Zeit wieder an, denn die Stimmfarbe der frühesten Interpretinnen der Norma – Giuditta Pasta und Maria Malibran – entsprach trotz erstaunlichem Potential auch in der Höhe wohl eher dem Mezzofach, während die Uraufführungs-Adalgisa Giulia Grisi über eine heller gefärbte Sopranstimme verfügte und Pollione mit dem Rossini-Tenor Domenico Donzelli besetzt war. Deshalb steht nun zur Diskussion, ob Bellinis ›Norma‹ nicht insgesamt mit eher lyrischen Stimmen und in Anlehnung an Bartolis Besetzungsalternativen gegeben werden sollte.

R. K./R. M.

Die Puritaner (I Puritani)

Melodramma seria in drei Akten. Dichtung von Carlo Pepoli.

Solisten: *Lord Walter Walton*, Generalgouverneur, Puritaner (Seriöser Baß, m. P.) – *Sir George*, Oberst a. D., sein Bruder, Puritaner (Seriöser Baß, gr. P.) – *Lord Arthur Talbot*, Anhänger der Stuarts (Lyrischer Tenor, gr. P.) – *Sir Richard Forth*, Oberst, Puritaner (Kavalierbariton, auch Heldenbariton, gr. P.) – *Sir Bruno Robertson*, Offizier, Puritaner (Tenor, kl. P.) – *Henrietta von Frankreich*, Witwe Karls I. (Dramatischer Mezzosopran, m. P.) – *Elvira*, Tochter Lord Waltons (Dramatischer Koloratursopran, gr. P.).
Chor: Soldaten Cromwells – Herolde und Soldaten Lord Arthurs und Waltons – Puritaner – Schloßbewohner – Edelfräulein – Pagen – Diener (gr. Chp.).
Ort: Der I. und der II. Akt spielen in einer Puritaner-Festung in der Nähe von Plymouth, der III. Akt bei einem Landhaus in der Umgebung.
Zeit: Um 1650, während des englischen Bürgerkriegs, kurz nach der Ermordung von König Karl I.
Orchester: 1 kl. Fl., 2 Fl., 2 Ob., 2 Kl., 2 Fag. – 4 Hr., 2 Trp., 3 Pos. – P., Triangel, 1 gr. Tr. – Hrf. – Str. – Bühnenmusik: 4 Hr., Hrf., 2 kl. Tr.
Gliederung: Introduktion und 12 Musiknummern, die pausenlos ineinander übergehen.
Spieldauer: Etwa 2½ Stunden.

Handlung

Der Morgen graut in der Puritaner-Festung bei Plymouth. Die erwachenden Soldaten machen sich fertig zum Dienst, aus der Festung hört man Glocken und Orgel des Gottesdienstes. Alles ist in freudiger Erwartung angesichts der Festlichkeiten zur Hochzeit von Elvira, der Tochter des Gouverneurs Lord Walton. Richard Forth jedoch, Oberst in der Armee der Puritaner, ist traurig, weil die ursprünglich ihm versprochene Elvira nun doch Lord Arthur Talbot, ihre große Liebe, heiraten darf. Bruno, ebenfalls Offizier der Puritaner, versucht, ihn an seine Pflicht gegenüber dem Vaterland zu erinnern, jener denkt aber nur an die verlorene Liebe. – Im Zimmer Elviras im Schloß der Festung berichtet George, ihr Onkel, den sie wie einen zweiten Vater liebt, wie es ihm gelungen ist, Walton dazu zu überreden, seine Einwilligung zur Heirat mit Talbot zu geben. Da Elvira gefürchtet hatte, sie würde mit Richard verheiratet, ist sie überglücklich. – In der Halle des Schlosses sind alle versammelt, um den Bräutigam zu empfangen. Dieser erscheint mit seinem Gefolge und mit zahlreichen Geschenken, darunter einem weißen Hochzeitsschleier. Liebevoll begrüßt er Elvira; alles bereitet sich vor auf den Zug zur feierlichen Vermählung. Lord Walton entschuldigt sich wegen einer dringenden Angelegenheit – er hat sich um eine wichtige Gefangene zu kümmern, die hereingebracht wird. Arthur zeigt sich betroffen von der Trauer der Gefangenen, und als er erfährt, daß es sich um Henrietta, die Witwe des Stuart-Königs Karl, handelt, beschließt er, ihr zur Flucht zu verhelfen. In der Zwischenzeit ist Elvira zur Hochzeit geschmückt worden und tritt herein. Um zu sehen, wie der Schleier wirkt, den Arthur ihr mitgebracht hat, bittet sie Henrietta, ihn aufzusetzen. Als Elvira gegangen ist, will Henrietta den Schleier wieder abnehmen, doch Arthur erkennt, daß dies die beste Tarnung für die Flucht ist – man wird Henrietta für Elvira halten. Doch da dringt Richard mit gezogenem Schwert ein: er will den Nebenbuhler töten und Elvira für sich gewinnen. Ein Kampf beginnt, doch Henrietta entschleiert sich, um Blutvergießen zu vermeiden, und als Richard sieht, wer sich unter dem Schleier verborgen hält, läßt er Arthur mit der Gefangenen gehen. Da dieser durch die Flucht zum Hochverräter wird, glaubt Richard, Elvira sicher für sich gewonnen zu haben. Als die Hochzeitsgäste mit Elvira kommen, müssen sie erfahren, daß Arthur mit einer anderen Frau geflohen ist. Während die Puritaner den Flüchtenden nachsetzen, ist Elvira so entsetzt, daß sie den Verstand verliert.

In der Halle des Schlosses unterhält sich das Gefolge über Elviras bedauernswerten Zustand, als George kommt und berichtet, die Ärzte hätten nur die Hoffnung, eine plötzliche Freude oder ein schwerer Schock könnten Elviras Wahnsinn heilen. Richard berichtet, das Parlament habe Arthur als Hochverräter zum Tode verurteilt, und man suche intensiv nach ihm. Elvira tritt ein, ihr Herz ist gebrochen, und all ihre Gedanken kreisen nur um Arthur. Als sie gegangen ist, versucht George, Richard von seinen Vergeltungsplänen gegen Arthur abzubringen: wenn er den Nebenbuhler töte, hätte er auch Elviras Tod auf dem Gewissen. Darauf schwört Richard, er wolle gemeinsam mit George für Sieg und Freiheit kämpfen und alle persönlichen Rachegedanken vergessen.

Einige Monate sind vergangen. Während eines Gewittersturms nähert sich Arthur, der bisher den Häschern entgehen konnte, dem Landgut, auf dem Elvira jetzt lebt. Durch das Fenster hört er sie ein Lied singen, das er einst für sie komponiert hat; er stimmt ein, und die freudige Überraschung des Wiedersehens heilt Elvira. Arthur erzählt, daß er sie, um die Königin zu retten, verlassen habe, und Elvira vergibt ihm. Da hört man draußen Soldaten, die auf der Suche nach Arthur sind. Elvira ist so erschrocken, daß sie erneut den Verstand verliert und um Hilfe schreit. Arthur wird verhaftet, und Richard verliest das Todesurteil. Elvira, wieder zu sich gekommen, macht sich bittere Vorwürfe, Arthur verraten zu haben; Arthur dagegen sorgt sich um ihren labilen Zustand und bittet, sie zu schonen. Als man ihn zur Hinrichtung fortführen will, erscheint plötzlich ein Bote: Die Stuarts sind besiegt, und alle Gefangenen werden begnadigt. Alles jubelt über den glücklichen Ausgang des Geschehens.

Stilistische Stellung

Bellinis letzte Oper, die er wenige Monate vor seinem frühen und überraschenden Tode vollenden und aufführen konnte, zeigt den Komponisten auf einem neuen Weg: Zwar behauptet die wortgezeugte, gleichermaßen dramatische wie innige und zu leidenschaftlichem Pathos fähige Melodik die Dominanz; aber zugleich ist es Bellini gelungen, seine Harmonik zu verfeinern und auch die Instrumentation zu vervollkommnen. Deutlich zugenommen hat die dramatische Rolle des Chores – die Rezitative und Arien sind durch Einbeziehung des Chores und durch vielfältige Gliederung zu ausdrucksvollen Szenen gewachsen. An die Chorbehandlung in den ›Puritanern‹ konnte der junge Verdi, der Bellini sehr verehrte, fast nahtlos anknüpfen.

Textdichtung

Ausgerechnet Bellinis musikalisch reifste Oper fußt nicht auf einem Libretto von Felice Romani, mit dem sich der Komponist überworfen hatte; das Libretto schrieb, auf Vermittlung von Rossini, der nach Paris emigrierte italienische Graf Carlo Pepoli. Den Stoff entnahmen die Autoren dem kurz zuvor entstandenen französischen Historiendrama ›Têtes Rondes et Cavaliers‹ von Jacques-Arsène Polycarpe François Ancelot und Joseph-Xavier-Boniface Saintine, aber anders als Meyerbeer in seinen ›Hugenotten‹ vermochte Pepoli die Spannung zwischen dem historischen Hintergrund des Streits zwischen protestantischen Puritanern und katholischen Stuarts und der Liebesgeschichte von Arthur und Elvira nicht zu nutzen. Hinzu kommen einige künstlich herbeigeführte, schwer verständliche Zufälle, die die Glaubwürdigkeit des Dramas nicht gerade erhöhen. Auch die Personencharakteristik wirkt kaum individuell, so daß eher die Situationen Anlaß zu musikalischer Gestaltung sind.

Geschichtliches

Bellinis ›Puritaner‹ wurden am 25. Januar 1835 im Théâtre Italien in Paris uraufgeführt. Die Aufführung, mit Giulia Grisi als Elvira, Giovanni Battista Rubini als Arthur und Luigi Lablache als George wurde zu einem der größten künstlerischen Erfolge des Komponisten, zumal er in Paris, der damals wichtigsten Kunst-Metropole, errungen wurde. Die italienische Erstaufführung fand am 26. Dezember 1835 gleichzeitig in Mailand und Palermo statt, die deutsche Erstaufführung am 10. Februar 1836 in Berlin.

Alban Berg
* 9. Februar 1885, † 24. Dezember 1935 in Wien

Wozzeck

Oper in drei Akten (fünfzehn Szenen). Dichtung von Georg Büchner.

Solisten: *Wozzeck* (Heldenbariton, auch Charakterbariton, gr. P.) – *Tambourmajor* (Jugendlicher Heldentenor, auch Heldentenor, m. P.) – *Andres* (Lyrischer Tenor, auch Spieltenor, m. P.) – *Hauptmann* (Charaktertenor, auch Spieltenor, m. P.) – *Doktor* (Charakterbaß, auch Spielbaß, m. P.) – *1. Handwerksbursch* (Tiefer Baß, kl. P.) – *2. Handwerksbursch* (Hoher Bariton, auch Tenor, kl. P.) – *Der Narr* (Charaktertenor, kl. P.) – *Marie* (Jugendlich-dramatischer Sopran, auch Dramatischer Mezzosopran, auch Dramatischer Sopran, gr. P.) – *Margret* (Spielalt, kl. P.) – *Mariens Knabe* (Sopran, kl. P.) – *Ein Soldat* (Tenor, kl. P.).
Chor: Soldaten und Burschen – Mägde und Dirnen – Kinder [Kinderchor] (kl. Chp.).
Schauplätze: Zimmer des Hauptmanns – Freies Feld, die Stadt in der Ferne – Mariens Stube – Studierstube des Doktors – Gasse vor Mariens Wohnung – Mariens Stube – Straße in der Stadt – Gasse vor Mariens Wohnung – Wirtshausgarten – Wachstube der Kaserne – Mariens Stube – Waldweg am Teich – Schenke – Waldweg am Teich – Gasse vor Mariens Wohnung.
Orchester: 4 Fl. (auch Picc.), 4 Ob. (IV. auch Eh.), 4 Kl. (III. und IV. auch Es-Kl.), 1 Bkl., 3 Fag., 1 Kfag., 4 Hr., 4 Trp., 4 Pos., 1 Kbt., P., Schl., Xyl., Hrf., Str. (wenigstens 50–60). – Bühnenmusik: Mehrere kl. Tr.; Eine Militärmusik (1 Picc., 2 Fl., 2 Ob., 2 Kl. in Es, 2 Fag., 2 Hr., 2 Trp., 3 Pos., 1 Kbt., Schl.); Eine Heurigen- (Wirtshaus-)Musik (2–4 Fiedeln [um einen ganzen Ton höher gestimmte Geigen], 1 Kl. in C, 1 Ziehharmonika bzw. Akkordeon, mehrere Gitarren, 1 Bombardon bzw. Bt.); Ein Piano; Ein Kammerorchester in der Besetzung von Arnold Schönbergs Kammersymphonie (1 Fl. [auch Picc.], 1 Ob., 1 Eh., 1 Kl. in Es, 1 Kl. in A, 1 Bkl., 1 Fag., 1 Kfag., 2 Hr., 1 Solo-Streichquintett). Alle Bühnenmusikensembles können aus dem großen Orchester gebildet werden.
Gliederung: Der konstruktive Bau der einzelnen Akte und Szenen gliedert sich folgendermaßen: I. Akt: 5 Charakterstücke. 1. Szene: ›Der Hauptmann‹: Suite (Präludium, Sarabande, Gigue, Gavotte, Double I und II, Air, Reprise des Präludiums im Krebsgang, Finale). 2. Szene: ›Andres‹: Rhapsodie über die Folge von 3 Akkorden, dazu das dreistrophige Jägerlied. 3. Szene: ›Marie‹: Militärmarsch und Wiegenlied, Szene zwischen Marie und Wozzeck. 4. Szene: ›Der Doktor‹: Passacaglia (Thema mit 21 Variationen). 5. Szene: ›Der Tambourmajor‹: Andante affettuoso. – II. Akt: Symphonie in 5 Sätzen. 1. Szene: 1. Sonatensatz (Exposition, Reprise I, Durchführung, Reprise II, Coda). 2. Szene: Fantasie und Fuge über 3 Themen. 3. Szene: Largo (für Kammerorchester). 4. Szene: Scherzo (für das große Orchester in Verbindung mit einer Heurigen- [Wirtshaus-] Musik). 5. Szene: Rondo con Introduzione (Introduktion-Rondo marziale). – III. Akt: 6 Inventionen. 1. Szene: über ein Thema (Thema, 7 Variationen und Fuge). 2. Szene: über einen Ton (Orgelpunkt bzw. liegende Stimme auf H). 3. Szene: über einen Rhythmus (Polka für Pianino, Wozzecks Trinklied, Lied Margrets, Ensemble, Durchführung). 4. Szene: über einen Sechsklang (1. als Akkord, 2. auf anderen Stufen, 3. Coda). Zwischenaktsmusik: in einer Tonart (Epilog in d-Moll). 5. Szene: über eine gleichmäßige Achtelbewegung (Quasi Toccata, Lied der Kinder).
Spieldauer: Etwa 1½ Stunden.

Handlung

Der Füselier Wozzeck rasiert seinen Hauptmann. Dieser rügt nicht nur das ruhelose exaltierte Wesen seines Burschen, er schilt ihn, der sonst ein guter Mensch sei, auch als unmoralisch, weil er ein Kind ohne den Segen der Kirche in die Welt gesetzt habe. Wozzeck verteidigt sich, schuld sei die mißliche Lage seines Standes; ein armer Kerl, wie er, sei in dieser wie in der andern Welt ein unseliges Wesen. – Wozzeck schneidet auf einem Feld vor der Stadt mit seinem Kameraden Andres Stöcke für den Major. Er hat Halluzinationen und glaubt, den Boden unter sich schwanken zu fühlen und unheimliche Geräusche zu vernehmen. In höchster Angst deutet er den letzten

Strahl der untergehenden Sonne als ein Feuer, das unter Posaunengetöse von der Erde zum Himmel fährt. Dann tritt Stille ein, als wäre die Welt tot. – Ungefähr zur gleichen Zeit sieht Marie mit ihrem Kind auf dem Arm von dem Fenster ihrer Stube aus die Militärkapelle vorüberziehen. Der stattliche Tambourmajor grüßt herein, Marie winkt ihm freundlich zu. Die Nachbarin Margret bemerkt es und macht eine hämische Bemerkung, die Marie schlagkräftig erwidert. Daraufhin höhnt Margret die »Frau Jungfer«, erbost schlägt Marie das Fenster zu. Sie singt nun ihren Buben, das arme Hurenkind, in den Schlaf und versinkt in Gedanken. Plötzlich tritt Wozzeck ein. Er kann nicht bleiben, denn er muß zur Kaserne. In aller Eile erzählt er Marie von der unheimlichen Himmelserscheinung, die er als Omen eines drohenden Unheils auslegt. Verstört geht er weg, ohne das Kind anzusehen. Marie stürzt, verzweifelt über ihre trostlose Lage, zur Tür. – Da Wozzeck das Menage-Geld seiner Marie gibt, muß er sich durch einige Nebenbeschäftigungen noch zusätzlich Geld verdienen. So steht er, außer dem Hauptmann zum Rasieren, einem Doktor zu Diensten, der eine große wissenschaftliche Entdeckung zu machen hofft. Wozzeck darf zu Untersuchungszwecken nach Vorschrift des Doktors nur gewisse Speisen zu sich nehmen, wofür er alle Tage drei Groschen erhält. Auch beim Besuch des Doktors kommt Wozzeck wieder auf seine fixe Idee zu sprechen, die der schrullige Arzt für eine aberratio mentalis erklärt und die er durch das Versprechen einer Zulage abzureagieren sucht. – In der Abenddämmerung erscheint der Tambourmajor vor Mariens Tür. Marie betrachtet bewundernd den starken Mann. Aber auch er findet sie ein begehrenswertes Weibsbild, und nach kurzem Ringen stürzt sie sich in seine Arme und verschwindet mit ihm in der offenen Haustür.

Am nächsten Morgen legt sich Marie vor dem Spiegel ihre neuen Ohrringe an. Unsanft fordert sie das auf ihrem Schoß sitzende Kind auf, die Augen zuzudrücken und zu schlafen. Da tritt unbemerkt Wozzeck ein. Hastig streift sich Marie die Ohrringe ab. Wozzeck hat es bemerkt. Sie gibt vor, die Ringe gefunden zu haben. Auf eine mißtrauische Bemerkung Wozzecks reagiert Marie erregt, woraufhin er ihr beschwichtigend seine Löhnung und das Geld vom Hauptmann und vom Doktor übergibt. Dann entfernt er sich wieder. Marie empfindet Reue. – Auf der Straße treffen sich der Hauptmann und der Doktor. Wozzeck geht eilig an ihnen vorüber. Auf Aufforderung des Doktors bleibt er stehen. Belustigt meint der Doktor, Wozzeck sollte den Soldaten die Bärte abrasieren, und bedeutsam fügt der Hauptmann hinzu, ob Wozzeck in seiner Schüssel nicht ein Barthaar eines Sappeurs oder eines Unteroffiziers oder eines Tambourmajors gefunden habe. Kreideweiß fragt Wozzeck die Herren, was sie damit sagen wollten; man möge doch mit dem einzigen, was er, der arme Teufel, auf dieser Welt habe, nicht Spaß machen. Als sich der Hauptmann gegen den Ausdruck »Spaß« verwahrt, stürzt Wozzeck grußlos davon. – Wozzeck trifft Marie vor dem Haus an. In wachsender Erregung weiß er ihr ein Geständnis abzuringen. Mit drohender Gebärde geht er auf sie los. Aber sie schreit ihm ins Gesicht: »Lieber ein Messer in den Leib, als eine Hand auf mich.« Scheu flüsternd geht Wozzeck weg. – Im Wirtshausgarten sieht Wozzeck Marie mit dem Tambourmajor tanzen. Während sich die Gäste ausgelassen unterhalten, sitzt Wozzeck teilnahmslos abseits auf einer Bank. Da tritt ein Narr auf ihn zu und sagt, er rieche Blut. Wozzeck wird es rot vor den Augen. – Wozzeck liegt auf seiner Pritsche in der Kaserne; er kann nicht schlafen. Da kommt, stark angeheitert, der Tambourmajor herein. Er bietet Wozzeck Schnaps an, doch dieser blickt weg und pfeift vor sich hin. Da wird der Tambourmajor aggressiv. In dem Ringkampf unterliegt Wozzeck. Der Tambourmajor hat sich entfernt. Wozzeck blutet und bleibt, vor sich hinstarrend, sitzen, während die Soldaten wieder einschlafen.

Marie blättert nachts bei Kerzenlicht in der Bibel. Sie liest die Geschichte von dem Weib, das im Ehebruch lebte und das Jesus trotzdem nicht verdammte, sofern es nicht mehr sündigte. Dann erzählt sie dem Buben, der sich zu ihr drängt, das traurige Lied von einem armen Kind, das weder Vater noch Mutter mehr hat. Wozzeck war seit zwei Tagen nicht mehr zu ihr gekommen. Hastig blättert sie in der Bibel nach der Geschichte von der Magdalena. – In der Dämmerung geht Marie mit Wozzeck auf einem Waldweg in der Nähe eines Teiches. Sie will zur Stadt zurück. Aber Wozzeck läßt sie nicht fort. Er küßt sie. Marie zittert, Wozzeck flüstert vor sich hin, daß sie beim Morgentau nicht mehr frieren werde. Nach langem Schweigen zieht Wozzeck beim Aufgehen des Mondes ein Messer. Marie springt auf, Wozzeck packt sie und stößt ihr das Messer in den Hals. Mit dem Ausruf »Tot!« stürzt er geräuschlos davon. – In einer Schenke singt Wozzeck schreiend, er tanzt mit Margret, schließlich möchte er raufen. Da entdeckt Margret an seiner Hand Blut. Aufgeregt macht er sich durch die ihn umringenden Gäste Bahn und stürzt hinaus. – An der Leiche Mariens sucht Wozzeck nach dem Messer, das ihn verraten könnte. Endlich hat er es gefunden. Er wirft es in den Teich. Aber es liegt zu weit vorne, man wird es beim Baden finden. Er geht in den Teich, auch muß er sich das Blut abwaschen. Doch das Wasser erscheint ihm wie Blut; immer weiter geht er hinein, bis er ertrinkt. – Der Doktor und der Hauptmann gehen an dem Teich vorüber. Sie hören Geräusche wie von einem Ertrinkenden, dann ist es ganz still. Eilig zieht der Hauptmann den Doktor mit sich fort. – Vor Mariens Tür spielen Kinder, unter ihnen Mariens Knabe. Aufgeregt stürzen andere Kinder herbei und fordern die Spielenden auf, zum Teich hinauszulaufen, um die tote Marie anzuschauen. Eines der Kinder sagt zu Mariens Knaben: »Deine Mutter ist tot«, was dieser aber nicht aufnimmt. Er spielt friedlich mit seinem Steckenpferd und reitet unter fröhlichen Hopp-Hopp-Rufen schließlich den andern Kindern nach.

Stilistische Stellung
Berg erhob in seinem ›Wozzeck‹ die Formen der absoluten Instrumentalmusik zum Gestaltungsprinzip. Wie der Komponist selbst ausdrücklich betont hat, war es nicht seine Absicht, dabei auf der Grundlage des Rhythmisch-Polyphonen und Formal-Konstruktiven einen neuartigen, richtunggebenden musikdramatischen Stil zu schaffen; er wollte lediglich den »geistigen Inhalt von Büchners unsterblichem Drama auch musikalisch erfüllen und seine dichterische Sprache in eine musikalische umsetzen«; deshalb »darf es von dem Augenblick an, wo sich der Vorhang öffnet, bis zu dem, wo er sich zum letzten Mal schließt, im Publikum keinen geben, der etwas von diesen diversen Fugen und Inventionen, Suiten- und Sonatensätzen, Variationen und Passacaglien merkt, keinen, der von etwas anderem erfüllt ist als von der weit über das Einzelschicksal Wozzecks hinausgehenden Idee dieser Oper«. Trotz des Aufgebens der Tonalität hat Berg durchaus nicht jeglichen Anschluß an die Tradition gemieden. Mit der Verwendung einer Anzahl von Themen im leitmotivischen Sinn und mit den vielfachen Tonmalereien knüpfte er an Gestaltungsprinzipien des Musikdramas (Richard Wagner) an. Auch impressionistische Stilmittel, wie Ganztonleiter, übermäßige Dreiklänge, ostinate Baßfiguren usw., werden eingesetzt und führen zu Klangwirkungen wie bei Claude Debussy und Richard Strauss. In der Hauptsache jedoch folgt Bergs Tonsprache der von seinem genialen Lehrer Arnold Schönberg entwickelten atonal-konstruktiven Richtung. Die ideenreiche Verarbeitung dieser Stilelemente durch eine schöpferische Persönlichkeit ließ in Bergs ›Wozzeck‹ einen markanten Typus modernen Musiktheaters erstehen.

Textdichtung
Die Tragödie des Soldaten Wozzeck wurde von Georg Büchner (1813–1837) nach den beiden gerichtsmedizinischen Gutachten des Hofrats Johann Christian August Clarus über »Die Zurechnungsfähigkeit des Mörders Johann Christian Woyzeck« dramatisch behandelt. Büchner hat das Drama nicht vollendet. Es wurde erst 1879 von Karl Emil Franzos nach den drei handschriftlichen Fragmenten, die sich in dem Nachlaß des Dichters befanden, in seiner Gesamtausgabe der Büchnerschen Werke veröffentlicht. Aber sowohl diese wie auch eine 1909 von Paul Landau besorgte Ausgabe weist eine Reihe Abweichungen vom Original auf. So hat Franzos in dem schwer lesbaren Manuskript den Namen Woyzeck als Wozzeck gelesen, Ergänzungen und Szenenumstellungen vorgenommen usw., eine subjektive Auslegung, die erst durch neuere exakte Untersuchungen (Georg Witkowsky 1920, Fritz Bergemann 1922) richtiggestellt werden konnte. Alban Berg legte seiner Opernbearbeitung die Ausgabe von Franzos-Landau zugrunde. Für die musikdramatische Gestaltung straffte er den Ablauf der Handlung, indem er von den 25 Szenen der Vorlage 9 strich und die Szenen 14 und 15 in eine zusammenfaßte. Auch die Zahl der Darsteller konnte verringert werden. Um äußerste Konzentriertheit des Ausdrucks zu erlangen, wurden vom Komponisten außerdem noch Kürzungen und kleinere Umstellungen in den übernommenen Szenen vorgenommen. Darüber hinaus wurden naturalistische Derbheiten gemildert, die spärlichen szenischen Angaben Büchners erweitert und ergänzt, und durch die Einteilung des Geschehens in 3 Akte zu je 5 Szenen eine symmetrische Gliederung erzielt, die mehr nach musikalischen als nach literarischen Gesichtspunkten erfolgt war und die dem konstruktiven Kompositionsstil entsprechend in erster Linie nach den Gesetzen der musikalischen Architektonik vorgenommen worden war.

Geschichtliches

Berg erfuhr die Anregung zur Vertonung des ›Wozzeck‹ im Jahre 1914 beim Besuch einer Aufführung des Schauspiels. Während seiner Soldatenzeit (1915–1918) arbeitete der Komponist bereits an dem Werk, das er dann nach dem Krieg in den Jahren 1918 bis 1921 vollendete. Nachdem 1924 auf dem Tonkünstlerfest in Frankfurt/Main schon einige Teile aufgeführt worden waren, erfolgte die szenische Uraufführung am 14. Dezember 1925 an der Berliner Staatsoper unter der musikalischen Leitung von Erich Kleiber. Die Oper fand eine geteilte Aufnahme; begeisterten Kritiken standen radikale Ablehnungen gegenüber. In den folgenden Jahren erfuhr das Werk eine weitere Verbreitung, auch im Ausland. 1933 wurde Bergs ›Wozzeck‹ in Deutschland verboten, merkwürdigerweise fand aber auch in den anderen Ländern dann keine Aufführung mehr statt (mit einer einzigen Ausnahme, 1942 Rom). Inzwischen gehört das Stück zum festen Bestand des Repertoires.

Lulu

Oper in drei Akten. Dichtung nach den Tragödien ›Erdgeist‹ und ›Büchse der Pandora‹ von Frank Wedekind von Alban Berg. Dritter Akt vollendet von Friedrich Cerha.

Solisten: *Lulu* (Dramatischer Koloratursopran, gr. P.) – *Gräfin Geschwitz* (Dramatischer Mezzosopran, auch Dramatischer Sopran, gr. P.) – *Eine Theatergarderobiere/Ein Gymnasiast/Ein Groom* (Mezzosopran, auch Alt, m. P.) – *Der Medizinalrat/ Der Professor* (Sprechrolle, kl. P.) – *Der Maler/Der Neger* (Lyrischer Tenor, gr. P.) – Dr. *Schön, Chefredakteur/Jack* (Heldenbariton, gr. P.) – *Alwa*, Dr. Schöns Sohn, Schriftsteller (Jugendlicher Heldentenor, gr. P.) – *Ein Tierbändiger/Rodrigo*, ein Athlet (Schwerer Spielbaß, auch Charakterbariton, m. P.) – *Schigolch*, ein Greis (Charakterbaß, auch Charakterbariton, m. P.) – *Der Prinz*, ein Afrikareisender/*Ein Kammerdiener/Der Marquis* (Spieltenor, m. P.) – *Der Theaterdirektor/Der Bankier* (Spielbaß, auch Baßbariton, m. P.) – *Der Polizeibeamte* (Sprechrolle, kl. P.) – *Eine Fünfzehnjährige* (Sopran, kl. P.) – *Ihre Mutter* (Alt, kl. P.) – *Eine Kunstgewerblerin* (Mezzosopran, kl. P.) – *Ein Journalist* (Lyrischer Bariton, kl. P.) – *Ein Kammerdiener* (Baßbariton, kl. P.). (Die Mehrfachbezeichnungen zeigen an, daß diese Partien von einer Sängerin bzw. einem Sänger übernommen werden können.)
Ort: I. und II. Akt in einer deutschen Großstadt; III. Akt, 1. Szene: Gesellschaft in Paris; 2. Szene: in London.
Schauplätze: Zirkuszelt – Maleratelier – Ein eleganter Salon – Eine Theatergarderobe – Ein großer Saal in deutscher Renaissance – Ein geräumiger Salon – Eine Dachkammer in London.
Zeit: Um 1900.
Orchester: 3 Fl. (auch Picc.), 2 Ob., 1 Eh., 1 Altsaxophon, 3 Kl., 1 Bkl., 2 Fag., 1 Kfag., 4 Hr., 3 Trp., 3 Pos., 1 Tuba, 4 P., Schl., Vibraphon, 1 Hrf., Klav., Str. – Bühnenmusik: 3 Kl. (eine auch Tenorsaxophon), 1 Altsaxophon, 2 Jazztrompeten, 1 Sousaphon, Schl., Banjo, Klav., 3 Viol., 1 Kb., 2 Fl., 1 Bkl.
Gliederung: Durchkomponierte symphonisch-dramatische Großform.
Spieldauer: Zweiaktige Fassung etwa 2 Stunden, dreiaktige Fassung etwa 3 Stunden.

Handlung

Ein Tierbändiger schlüpft aus dem Vorhang. Er lädt die Damen und Herren ein, seine Menagerie zu besuchen. Aus dem Kreis der von ihm gezähmten wilden Tiere läßt er von einem schmerbäuchigen Bühnenarbeiter eine Schlange herbeibringen: es ist Lulu in ihrem Pierrot-Kostüm, die »Urgestalt des Weibes«, das »geschaffen ward, Unheil anzustiften, zu locken, zu verführen, zu vergiften, zu morden, ohne daß es einer spürt«.
In einem dürftig eingerichteten Atelier ist der Maler soeben damit beschäftigt, Frau Medizinalrat Dr. Goll, genannt Lulu, in einem Pierrot-Kostüm zu porträtieren. Der Freund des Malers, Chefredakteur Dr. Schön, sitzt dabei und begutachtet das Bild. Sein Sohn Alwa kommt hinzu; er will den Vater zur Generalprobe seines Balletts abholen. Im Weggehen bittet Dr. Schön Lulu, ihren Mann zu grüßen, zögernd antwortet sie, sie lasse sich seiner Braut empfehlen. Nachdem sich die beiden entfernt haben, läßt der Maler den Pinsel fallen. Lulu hat seine Sinne verwirrt, er sucht sie zu fassen, sperrt die Türe ab und überschüttet ihre Hände mit Küssen, als sie auf die Ottomane niedergesunken ist. Da klopft der Medizinalrat an die Tür. Als ihm nicht geöffnet

wird, sprengt er sie mit Gewalt auf. Wütend stürzt er sich auf Lulu und den Maler. In diesem Augenblick fällt er, vom Schlag getroffen, tot zu Boden. Der Gedanke, wieder frei zu sein, läßt Lulu schnell ihren Schrecken überwinden. Nachdem sie sich hinter der spanischen Wand umgezogen hat, tritt sie, den linken Arm hebend, zu dem Maler mit der Aufforderung, ihr das Kleid zuzuhaken, da ihre Hand zittere ... – Der Maler hat Lulu geheiratet. Durch vorteilhafte Verkäufe seiner Bilder, die ihm sein Freund Dr. Schön vermittelt hatte, ist er ein wohlhabender Mann geworden. Mit der Post kommt eine Verlobungsanzeige von Dr. Schön. Der Maler fragt verwundert, was wohl seinen Freund gehindert habe, sich erst jetzt offiziell zu verloben. Lulu schweigt. Von dem Zauber ihrer Erscheinung hingerissen, nähert er sich ihr in leidenschaftlicher Erregung. In diesem Augenblick läutet es an der Tür. Der Maler begibt sich zu seiner Arbeit, während Lulu Schigolch, einen gebrechlichen, asthmatischen Greis, hereinläßt, der sich als ihr Vater auszugeben pflegt. Er braucht wieder einmal Geld; Lulu gibt es ihm. Schon klingelt es wieder. Der Alte entfernt sich, während Dr. Schön eintritt. Er ist gekommen, um Lulu zu bitten, von nun an ihre Besuche bei ihm einzustellen. Aber sie denkt nicht daran, sich beiseite schieben zu lassen. Auf die laute Auseinandersetzung hin kommt der Maler aus dem Atelier. Lulu entfernt sich rasch. Dr. Schön klärt den ahnungslosen Freund, der in seiner blinden Verliebtheit glaubt, eine ehrsame Medizinalratswitwe geheiratet zu haben, über das Vorleben seiner Frau auf. Unter dem Vorwand, mit ihr sprechen zu wollen, geht der Maler in das Nebenzimmer, aus dem unmittelbar danach ein fürchterliches Stöhnen hörbar wird. Es läutet. Alwa erscheint, um seinen Vater wegen einer wichtigen Nachricht aus Paris in die Redaktion zu holen. Lulu bringt ein Beil aus der Küche, mit dem Alwa die versperrte Tür zu dem Nebenzimmer aufsprengt. Ein gräßlicher Anblick bietet sich den Anwesenden: der Maler hat sich mit einem Rasiermesser die Kehle durchschnitten. Dr. Schön ruft telefonisch die Polizei herbei. Dann will er sich zur Redaktion begeben. Lulu wischt ihm mit ihrem Taschentuch das Blut von der Haut und bemerkt siegesgewiß, daß er sie doch noch heiraten werde. – Dr. Schön hat Lulu an einem Theater als Tänzerin untergebracht, wo sie in dem Ballett seines Sohnes Alwa auftritt. Er hofft, daß sie durch ihre attraktive Erscheinung auf der Bühne einen reichen Mann finden wird.

In der Tat interessiert sich für sie bereits ein Prinz, der sie heiraten und nach Afrika mitnehmen will. Bei ihrem Auftritt entdeckt Lulu im Zuschauerraum Dr. Schön mit seiner Braut. Sie fingiert eine Ohnmacht. Während die Vorstellung durch Umstellung der Programmnummern weitergeht, weiß Lulu den ihr völlig verfallenen Dr. Schön, der zu ihr in die Garderobe gekommen ist, zur Lösung seiner Verlobung zu bestimmen. Sie diktiert ihm, der willenlos zusammengebrochen ist, den Abschiedsbrief an seine Braut und begibt sich anschließend zu ihrem Auftritt.
In ihrer Ehe mit Dr. Schön hat sich Lulu mit einem Kreis fragwürdiger Elemente umgeben. An dem Jour fixe, dem Tag, an dem ihr Mann zur Börse geht, pflegen sich ihre Anbeter um sie zu versammeln: die lesbische Gräfin von Geschwitz, die sich wie eine Klette an sie klammert, der verlotterte Schigolch, der großsprecherische Athlet Rodrigo sowie ein Gymnasiast, aber auch der Kammerdiener des Hauses und schließlich ihr Stiefsohn Alwa. Dr. Schön, der unbemerkt durch die Tür auf der Galerie zurückgekommen ist, beobachtet, hinter einer Gardine versteckt, eine Weile das Treiben in dem Saal, wo früher nur die gute Gesellschaft zu verkehren pflegte. Wutentbrannt kommt er schließlich mit einem Revolver in der Hand die Treppe herab. Er entfernt zunächst seinen Sohn, sodann drückt er Lulu die Schußwaffe in die Hand mit der Aufforderung, sie möge sich selbst richten. Auf die Hilferufe des Gymnasiasten, der sich unter den Tisch verkrochen hatte, wendet sich Dr. Schön um, worauf Lulu mehrere Schüsse gegen ihn abfeuert. Zu Tode getroffen, sinkt Dr. Schön auf den Teppich. Lulu will fliehen, aber Alwa, der auf die Rufe seines Vaters herbeigeeilt war, hält sie zurück. Vergeblich fleht sie ihn an, sie nicht der Polizei auszuliefern, die aber bereits zur Stelle ist und Lulu verhaftet. – Zu einer symmetrisch gebauten Verwandlungsmusik werden – so Bergs Anweisung – in einem stummen Film die Ereignisse zwischen Lulus Verhaftung und Befreiung dargestellt: Lulu ist wegen Ermordung Dr. Schöns ins Zuchthaus gekommen. Die Gräfin Geschwitz hat einen kühnen Befreiungsplan für sie ausgearbeitet. Sie hatte zunächst eine Stelle als Pflegerin in einem Cholera-Krankenhaus in Hamburg angenommen. Dort zog sie sich eines Tages das Unterkleid einer verstorbenen Patientin an und ging mit diesem in Lulus Zelle. Beide erkrankten danach an Cholera und kamen in eine Isolierbaracke. Nachdem die Geschwitz als geheilt ent-

lassen worden war, erschien sie am nächsten Tag wieder in Lulus Krankenzimmer unter dem Vorwand, dort ihre Uhr liegengelassen zu haben. Rasch tauschte sie ihr Kleid mit Lulus Gefängniskittel, woraufhin diese ungehindert in die Freiheit entkommen konnte. – Im Haus Dr. Schöns erwarten Alwa, der Zirkusartist Rodrigo und der Gymnasiast, der sich auch einen Befreiungsplan ausgedacht hatte, Lulus Ankunft. Rodrigo weiß sich den Gymnasiasten vom Hals zu schaffen, indem er ihm vorlügt, daß Lulu vor drei Wochen gestorben sei. Endlich erscheint Lulu, auf Schigolchs Arm gestützt. Rodrigo, der sie in Amerika heiraten und mit ihr dort eine artistische Sensationsnummer aufziehen wollte, zieht enttäuscht ab, als er die durch Zuchthaus und Krankheit offenbar vollkommen Gebrochene erblickt, die ihm für die Durchführung seines Planes nicht mehr tauglich erscheint. Kaum ist er fort, erhebt sich Lulu ohne jede Verstellung beschwingt und heiter wie früher. Sie weiß in Alwa schnell wieder die alte Glut zu entfachen, der, vergessend, daß Lulu seine Mutter vergiftet und seinen Vater erschossen hat, sich bereit erklärt, sie sofort ins Ausland zu begleiten.

In ihrem neuen, luxuriösen Pariser Domizil empfangen Lulu und Alwa Gäste. Die Gäste, unter ihnen ein Bankier, unterhalten sich über den Wert ihrer Jungfrau-Eisenbahnaktien; in einem angrenzenden Salon wird auch gespielt. Da Lulu immer noch als Mörderin des Dr. Schön von der deutschen Polizei gesucht wird, wird sie von Rodrigo und vom Marquis, einem Mädchenhändler, der sie an ein Bordell in Kairo verkaufen will, erpreßt. Da erhält der Bankier die Nachricht, die Eisenbahn-Aktien seien rapide gestürzt. Während sich die Gesellschaft darüber aufregt, muß Lulu nun befürchten, verhaftet zu werden, da sie die erpreßten Summen nicht mehr zahlen kann, denn auch Alwa hatte sein Vermögen in diesen jetzt wertlosen Aktien angelegt. Der drohenden Verhaftung durch die Polizei entkommt Lulu nur, weil sie unbemerkt mit einem Groom die Kleider tauschen kann. – Lulu lebt mit Alwa und Schigolch in größter Armut in einer Londoner Mansarde, wo sie, um den Lebensunterhalt zu sichern, gelegentlich der Prostitution nachgeht. Nachdem sie einen schweigsam-ängstlichen Kunden abgefertigt hat, erscheint die Lulu immer noch liebende Gräfin Geschwitz aus Paris mit Lulus Porträt. Ein Neger, ein weiterer Kunde Lulus, tötet Alwa, weil er sich von diesem beobachtet und bedroht fühlt. Während Jack, ein anderer Freier, bei Lulu ist, beschließt die Geschwitz, Lulu zu verlassen und ein neues Leben als Kämpferin für Frauenrechte zu beginnen. Da ertönt ein grausiger Schrei – Jack hat Lulu ermordet. Auf seiner Flucht tötet er auch die Geschwitz, die sich ihm in den Weg geworfen hat.

Stilistische Stellung
Über seine ›Lulu‹-Tragödie äußerte sich Wedekind: »In meiner ›Lulu‹ suchte ich ein Prachtexemplar von Weib zu zeichnen, wie es entsteht, wenn ein von der Natur reichbegabtes Geschöpf, sei es auch aus der Hefe entsprungen, in einer Umgebung von Männern, denen es an Mutterwitz weit überlegen ist, zu schrankenloser Entfaltung gelangt«. Daraus folgt, daß der Dichter in dem Drama, das in der Blütezeit des literarischen Naturalismus konzipiert wurde, pointiert die Titelfigur in den Vordergrund stellen und wohl erst in zweiter Linie die angefaulte Moral der gehobenen Gesellschaftsschicht geißeln wollte. In Bergs Opernfassung erscheint diese Tendenz, wohl als Folge der beträchtlichen Kürzungen des Originals, noch eindeutiger ausgeprägt. Bei der musikalischen Gestaltung hat sich der Komponist konsequent der Zwölftontechnik nach dem Vorbild seines Lehrers Arnold Schönberg bedient, der in seinem Einakter ›Von heute auf morgen‹ als erster die Anwendung dieses Prinzips auch auf die Opernkomposition ausgedehnt hatte. Den fundamentalen Baustoff liefert für die gesamte Oper eine einzige Zwölftonreihe, die allerdings durch Permutationen manche Veränderung erfährt. Wie schon bei ›Wozzeck‹, werden auch hier die Hauptpersonen mit musikalischen Motiven charakterisiert, die sich leitmotivartig durch das ganze Stück ziehen. Und ebenso wie bei ›Wozzeck‹ basiert der polyphone, atonal-konstruktive Bau der Musik auf einer Reihe frei behandelter musikalischer Formen: Canon, Canzonetta, Duett, Arioso, Kammermusik (für neun Holzbläser), Sonate, Kavatine, Arie, Choral, Hymne und Monoritmica (ein von Berg erfundener Formbegriff für ein von einem Fünfviertaltakt-Rhythmus beherrschtes, durchführungsartig gestaltetes Melodram). Diese geschlossenen Gebilde werden durch rezitativische und melodramatische Partien sowie auch durch Zwischenspiele miteinander verkittet, so daß das musikalische Geschehen sich dem Zuschauer gleichsam in einer symphonisch-dramatischen Großform präsentiert. Auch die moderne Tanzmusik (Ragtime, English Waltz) hat sich Berg in seiner Oper

dienstbar gemacht. Die farbige Instrumentation und ein abwechslungsreicher Deklamationsstil, der sich in Anpassung an das Bühnengeschehen vom gesprochenen Wort über Melodram, Rezitativ, Sprechgesang bis zur ariosen Kantilene erstreckt, fördern die lebendige dramatische Wirkung. Bei dem rhythmisch gebundenen Sprechgesang sind die Tonhöhen unter Beachtung der Intervallverhältnisse nur andeutungsweise wiederzugeben. Dabei ist vom Komponisten genau vorgeschrieben, an welchen Stellen die Deklamation mehr dem Sprechen und an welchen sie mehr dem Singen anzunähern ist.

Textdichtung
Berg hat sich das Textbuch zu seiner Oper ›Lulu‹ selbst eingerichtet. Er gestaltete es unter Benützung der beiden ›Lulu‹-Dramen von Frank Wedekind (1864–1918), von denen das eine, ›Erdgeist‹ (1898), den Aufstieg der Titelfigur, das andere, ›Die Büchse der Pandora‹ (1903), ihren Niedergang behandelt. In seiner Opernbearbeitung zog der Komponist die 7 Akte und die 2 Prologe der beiden Wedekind-Stücke auf 3 Akte und einen Prolog zusammen.

Geschichtliches
Im Frühjahr 1928 entschloß sich Berg, Wedekinds ›Lulu‹-Dramen zu vertonen. Nach einem Jahr hatte er die Textfassung abgeschlossen. Anschließend (Frühjahr 1929) begann er mit der Komposition, an der er mit Unterbrechung bis Ende April 1934 arbeitete. Zunächst faßte er im Sommer 1934 einige Bruchstücke aus der in Skizze vorliegenden Oper zu einer ›Lulu‹-Symphonie zusammen, die er bei ihrer Uraufführung am 11. Dezember 1935 in Wien, kurz vor seinem Tod (24. Dezember 1935), noch hören konnte. Mit der Instrumentierung der Arnold Schönberg zum 60. Geburtstag gewidmeten Oper war der Komponist vom Winter 1934/35 bis zu seinem Hinscheiden beschäftigt, wobei er zwischendurch sein Violinkonzert komponierte. Berg konnte die Instrumentation der in Skizze vollständig vollendeten Oper nicht mehr beenden. Er hinterließ den I. und II. Akt in komplett ausgeführter Orchesterpartitur, während vom III. Akt nur ein kleiner Teil des 1. Bildes, das Zwischenspiel vom 1. zum 2. Bild, eine kurze Szene des letzten Bildes und der Schluß der Oper in Partitur ausgeführt waren. Bei der Uraufführung des unvollendeten Werkes die am 2. Juni 1937 am Stadttheater in Zürich unter der musikalischen Leitung von Robert F. Denzler stattfand, wurden der I. und II. Akt vollständig und vom III. Akt nur das Zwischenspiel (Variationen Nr. 4 der ›Lulu‹-Symphonie) sowie das Adagio (Nr. 5 der ›Lulu‹-Symphonie) mit der gesungenen Schluß-Apotheose der Geschwitz aufgeführt.

Nach Alban Bergs Tod hoffte seine Witwe Helene, einer der Freunde ihres Mannes werde den unvollendeten III. Akt fertigstellen – aber Arnold Schönberg, Alexander von Zemlinsky und Anton Webern lehnten ab. So wurde das Werk als Torso uraufgeführt, und aus dem Erfolg schloß Helene Berg, das Werk sei auch so lebensfähig. Mit zunehmendem Alter verschloß sie sich auch wissenschaftlichen Anfragen nach dem III. Akt und machte ihn unzugänglich. Sie argumentierte, eine Fertigstellung des Werkes käme nicht in Frage, da Schönberg und Webern dies abgelehnt hatten – beide jedoch, wie man heute nachweisen kann, aus arbeitsökonomischen bzw. inhaltlichen Problemen, nicht, weil sie eine Fertigstellung für unmöglich oder künstlerisch problematisch hielten. Alle, die später das Quellenmaterial einsehen konnten (Ernst Krenek, Willi Reich, Theodor W. Adorno, Hans Erich Apostel, Winfried Zillig, George Perle), hielten eine Fertigstellung für erforderlich und möglich.

Von den gut 1300 Takten des III. Aktes lagen knapp 400 in Bergs Instrumentation vor, darüber hinaus enthielt das durchgehende Klavierparticell Instrumentationsangaben. Bis auf etwa 100 Takte, die der Bearbeiter Friedrich Cerha sinngemäß ergänzte, konzentrierte sich die Hauptarbeit, die ohne Wissen von Helene Berg geschah und erst nach ihrem Tode veröffentlicht wurde, auf die Instrumentation. Die vollständige dreiaktige Fassung von Bergs ›Lulu‹ wurde am 16. März 1979 in der Pariser Oper uraufgeführt. Es dirigierte Pierre Boulez, es inszenierte Patrice Chéreau in der Ausstattung von Richard Peduzzi. Seitdem wird in der Regel die dreiaktige, dramatisch vollständige Fassung aufgeführt.

R. K./W. K.

Luciano Berio

* 24. Oktober 1925 in Oneglia, † 27. Mai 2003 in Rom

Un re in ascolto (Ein König horcht)

Musikalische Handlung in zwei Teilen. Texte von Italo Calvino.

Solisten: *Prospero* (Baßbariton, gr. P.) – *Regisseur* (Lyrischer Tenor, gr. P.) – *Freitag* (Sprechrolle, gr. P.) – *Protagonistin* (Dramatischer Sopran, auch Dramatischer Koloratursopran, m. P.) – *Sopran I* (Lyrischer Sopran, m. P.) – *Sopran II* (Lyrischer Koloratursopran, m. P.) – *Mezzosopran* (Lyrischer Mezzosopran, auch Dramatischer Mezzosopran, m. P.) – *Drei Sänger* (Tenor, Bariton, Baß, m. P.) – *Krankenschwester* (Sopran, kl. P.) – *Gattin* (Mezzosopran, kl. P.) – *Doktor* (Tenor, kl. P.) – *Advokat* (Baß, kl. P.) – *Singender Pianist* (kl. P.).
Obwohl zum Teil als Singstimme notiert, ist die Partie des Freitag mit einem Schauspieler zu besetzen.
Stumme Personen: Ein weiterer Pianist (Begleiter von Sopran I) – Akkordeonspieler – Ein Pantomime – Ein Bote – Ein Bühnenbildner mit Assistenten – Eine Schneiderin – Eine entzweizusägende Dame – Akrobaten – Clown – Drei Tänzer.
Chor: M. Chp.
Ort: Unbestimmt.
Schauplatz: Eine Theaterbühne, rechts Prosperos Arbeitszimmer, wobei später die Trennung zwischen Prosperos Zimmer und Bühne allmählich verschwindet.
Zeit: Nicht festgelegt.
Orchester: 3 Fl. (3. auch Picc.), 2 Ob., Eh., Kl. in Es, 2 Kl. in B, Bkl., Tsax., 2 Fag., Kfag., 3 Hr., 3 Trp., 3 Pos. (3. Bpos.), Bt., P., Schl. (1–2 Spieler: Bongos, kl. Tr., gr. Tr., Zimbeln, Tamtam, Claves, Guiro, Triangel, Wbl., Flex.), Cel., elektron. Org., Str., Bühnenmusik: Kl., Akkordeon.
Gliederung: 19 ineinander übergehende Musiknummern, mit Pause nach der 11. Nummer.
Spieldauer: Etwa 1½ Stunden.

Handlung

Prospero, der Theaterdirektor, in seinem Arbeitszimmer: Eben hat er von einem Boten eine Nachricht erhalten. Der Pantomime beobachtet, wie Prospero sich vergeblich eines Traumes zu erinnern versucht, der seine Wunschvorstellung von einem anderen Theater zum Inhalt hatte. Auf der Theaterbühne aber beginnt die Probe eines Stücks, das auf einer Insel spielend, in manchen Zügen an William Shakespeares ›Der Sturm‹ erinnert. Drei Tänzerinnen, drei Sänger samt Pianist, ein Bühnenbildner mit einigen Assistenten, die Schneiderin, mehrere Akrobaten, eine entzweizusägende Dame, ein Clown sind auf der Bühne zugange, während der Regisseur mit dem abstoßend häßlichen und offenbar schlecht vorbereiteten Schauspieler Freitag dessen Rolle probt, ihn immerfort unterbrechend und korrigierend. Unterdessen studieren im allgemeinen Trubel drei Sänger ihre Partien ein, gemeinsam mit ihrem Pianisten, der zudem für eine abwesende, vierte Sängerin einspringen muß und deren Part markiert. Die Choristen nehmen mit den Texten in der Hand Aufstellung, derweil der Bote lernen soll, wie man rasch eine Nachricht überbringt. Der Chorgesang wiederum zwingt die verschiedenen Bühnenaktivitäten allmählich unter einen gemeinsamen Rhythmus. Da noch eine Frauenrolle im Stück unbesetzt ist, singt eine Sopranistin dem Regisseur und Prospero vor, nachdem ihr Privatpianist den früheren Korrepetitor vom Klavier verdrängt hat. Sowohl der Regisseur als auch Prospero greifen korrigierend in ihren Vortrag ein, der Regisseur emphatisch, Prospero sanft. Von der Uneinigkeit der beiden verwirrt und verärgert, schwirren Sängerin und Pianist ab. Es kommt zwischen Prospero und dem Regisseur zum Streit über ihre Produktion, die sich um einen einsamen König zentriert, der eine Verschwörung und den Verrat seiner Frau fürchtet. In seiner Bangigkeit, so Prospero, horche der König zwar »auf jedes Geräusch«, die eigentliche Ursache seiner Furcht bekunde sich aber in einem Klagen aus dem Kerker. Doch der König höre diesen Klagelaut bloß, das heißt, er nehme ihn zwar wahr, freilich ohne sich darüber bewußt zu werden, daß sich in der Klage artikuliere, was ihn wirklich bedrohe: Widerstand gegen die repressive königliche Herrschaft. Außerdem kollidieren im Diskurs ums Horchen und Hören Prosperos vergeistigte Utopie vom Theater mit den sinnlich-pragmatischen Lösungsansätzen des Regisseurs. Von Prospero regungslos verfolgt, nimmt das Probengeschehen unter Leitung des Regisseurs seinen turbulenten Fortgang. Hinter der Bühne fallen Schüsse, danach ist eine Krankenwagensirene zu hören. Trotz alledem beruhigt sich das hektische Bühnentreiben nach und nach. Einzig Freitag zeigt sich erschreckt. Hektisch plappert er in grotesker Weise seinen Text vor sich hin. Während mit blauen Stoffbahnen eine Meeresdekoration ausprobiert wird, sinnt Prospero, wieder in seinem Arbeitszimmer, dem Wesen der Töne nach. Er bleibt weiter in Gedanken versunken, auch nachdem sich eine Mezzosopranistin zum Vorsingen eingefunden hat. Ihr Vortrag nimmt ihn ebensowenig gefangen wie der ihrer Vorgängerin. Der Regisseur beendet die Probe, die Bühne leert sich, lediglich der Pantomime und Freitag bleiben zurück. Sie spielen die Auseinandersetzung nach, die sich zuvor zwischen Prospero und Regisseur zugetragen hat, wobei Freitag aus dem Dialog zwischen Prospero und Regisseur rezitiert und der Pantomime ihm »mit melancholischer Grazie« in Gebärden antwortet. Dann verlassen auch sie die im Schummerlicht der Notbeleuchtung liegende Bühne. Prospero, allein in seinem Zimmer, zeigt sich von einer inneren Stimme geängstigt, die ihm sein nahendes Ende ankündigt. Er erleidet einen Schwächeanfall und bricht zusammen.

Die Szene hat sich gegenüber dem Schluß des ersten Teils nicht verändert. Der Sterbende ruft Shakespeares Luftgeist Ariel herbei und wird dann vom Pantomimen mit fürsorglicher Behutsamkeit gestützt. Hielt der Regisseur Prospero zunächst für betrunken, so ruft er nun um Hilfe. Nach und nach betreten der Chor, Freitag, die drei Sänger, die beiden Sängerinnen, eine Krankenschwester, ein Doktor, ein Rechtsanwalt und Prosperos Gattin die Bühne. In aufgeregter Betriebsamkeit sind alle um den zeitweise Bewußtlosen besorgt. Die Trennung zwischen Prosperos Zimmer und der Bühne wird undeutlicher und verschwindet allmählich, eine Krankenwagensirene klingt herein, nach und nach verwandelt sich die Szene in eine Totenwache. Realität, Spiel und Illusion greifen ineinander. Als eine weitere Sopranistin zum Vorsingen antritt, wird sie gewaltsam in das Kostüm gesteckt, das in dem Theaterstück für die unter dem Verdacht des Verrats stehende Königin vorgesehen ist, während der nun in der Mitte der Bühne »wie ein trauriger König« thronende Prospero in einen Königsmantel gehüllt wird. Nach ihrer Arie wird die Sängerin wie eine Schuldige von Bewaffneten abgeführt. Indem Prospero ihrem Gesang nachsinnt, erkennt er die Unvereinbarkeit zwischen den eben gehörten Tönen und seinem imaginären Klangideal. Prosperos Reflexion kommt damit einer endgültigen Absage ans Theater gleich. Umgekehrt wird die Arie der nun das Vorsingen beschließenden Protagonistin, die als »eine Überlebende« – vielleicht des Schußwechsels, vielleicht von Prosperos Machtallüren – die Bühne betritt, zur Abrechnung mit Prospero. Doch nicht nur leidenschaftliches Pochen auf Selbstbehauptung ist der Inhalt des Gesanges, sondern auch der trauervolle Abschied der Protagonistin von dem Sterbenden. Sie geht ab. Ebenso verlassen die Umstehenden, nachdem sie ihre Kostüme abgelegt haben, langsam die Bühne. So stirbt Prospero einsam, bis in den Tod hinein seinen mit ihm verlöschenden Illusionen nachforschend und nachhorchend.

Stilistische Stellung
Schon dadurch, daß Luciano Berio ›Un re in ascolto‹ in Anspielung auf Richard Wagners ›Tristan und Isolde‹ als musikalische Handlung bezeichnet, gibt er den Hinweis, daß er an der Vertonung einer für die Bühne aufbereiteten Geschichte mit stringent verlaufendem Erzählfaden nicht interessiert ist. Zwar kommt Wagners Tristan-Dramaturgie, die zum Tönen bringt, worauf Szene und Wort nur zeichenhaft verweisen, bei Berio durchaus zum Tragen: etwa in den Arien Prosperos, die allesamt innere Monologe sind. Musikalische Handlung heißt bei Berio aber auch, im Sinne eines Drehbuchs in Tönen Bühnenaktivitäten zu inszenieren. Trotzdem sind in der Organisation des Bühnengeschehens Wort und Szene der Musik gleichgeordnet. Zwischen gegenseitiger Durchdringung, wechselnder Dominanz und isoliertem Neben- und Übereinander dieser drei Parameter changiert das Stück virtuos hin und her, oft genug mit ironischer Brechung. Noch komplexer und vielschichtiger wird die Dramaturgie dadurch, daß zum einen mit der Proben-Thematik Theater auf dem Theater geboten wird, und zum andern die außerhalb des Theaters liegende Alltagswelt ins Geschehen einbricht. Damit sprengt das Stück vollends die Fiktion eines geschlossenen Rahmens.

Da nun Berio das Werk in ein instrumentales Air, in Arien, Duette, Concertati (anspielend auf die Ensembleszenen der italienischen Oper im 19. Jahrhundert) und in die arienartigen Audizioni der Vorsängerinnen gliedert, schimmern nicht allein traditionelle Satzformen versatzstückhaft durch, sondern sie tragen zudem zur operntheatralischen Stilisierung der Bühnenereignisse bei (etwa die Steigerungsanlage des Ensembles beim Aufruhr um den sterbenden Prospero). Wenn das vielfältige Probengeschehen im wörtlichen Sinne in den Blick gerät, hat das wiederum für den Komponisten, will er die Bühnenaktionen akustisch abbilden, erhebliche Konsequenzen. Dann nämlich ist die Musik wegen der Simultaneität voneinander unabhängiger szenischer Ereignisse gezwungen, entweder kaleidoskopartig hin- und herzuspringen oder Disparates übereinanderzuschichten. Eine ebenso sperrige wie bunte musikalische Collage resultiert daraus mit ungemein gestischer, sogar das naturalistische Geräusch aufgreifender Idiomatik. Diese erhält ihre Prägnanz nicht zuletzt durch Anleihen an überkommene Jargons, wie sie etwa in den Walzer- oder den Akkordeonklängen zum Tragen kommen.

Anderererseits vermeidet die Musik solche »zitathaften« Anklänge, wenn sie sich Prosperos vergeblicher Suche nach seinem utopischen Ideal zuwendet. Im Verzicht auf das thematisch-motivisch Greifbare scheint der orchestrale Satz dann zu strömen und das ariose Melos der Prospero-Gesänge pflanzenhaft zu umranken. An Prosperos Arien, die zeitlich gedehnten Momentaufnahmen über den Verfall dieses passiven und künstlerisch unproduktiven Antihelden gleichkommen, läßt sich überdies festmachen, in welche Richtung die innere Handlung des Stücks sich entwickelt. Haben Prospero zunächst seine utopischen Theatervorstellungen vom Bühnenbetrieb entfremdet, so gibt er das Theatralische nach und nach zugunsten des Utopischen auf. Damit korrespondiert die Arien-Reihe der vorsingenden Solistinnen, die außerdem zu Prosperos introspektivem Monologisieren einen extrovertierten Kontrapunkt setzt: Immer weniger dokumentiert sie den Dissens zwischen Bühne und Theatermann, immer stärker verdeutlicht sie die Unvereinbarkeit zwischen Theaterwelt und Prosperos Person.

Textdichtung
Die offene Dramenform, in der sich Berios »Musikalische Handlung« ereignet, hat in der von Italo Calvino aus unterschiedlichem Quellenmaterial erarbeiteten Textgrundlage insofern ein Pendant, als der Librettist die kompilatorische Zusammenfügung der Textbausteine nicht verkleistert. So gab Roland Barthes' Essay »L'Ecoute« von 1976/1982 Calvino die Anregung zum Stück. Der Name des Schauspielers Freitag verweist wiederum auf den gleichnamigen Diener aus Daniel Defoes ›Robinson Crusoe‹. Gleichwohl entspricht das Naturell von Calvinos Freitag weniger dem Naturell von Defoes edlem Wilden, vielmehr dem des mißgestalteten Sklaven Caliban aus William Shakespeares Tragödie ›Der Sturm‹ (1611). Ohnehin benutzte Calvino auf Anregung des Komponisten die Shakespeare-Tragödie gleichsam als literarischen Steinbruch, als er einen früheren Libretto-Entwurf umformte und fortentwickelte. Dabei mutierte Prospero – bei Shakespeare der vertriebene Herzog von Mailand – zu Calvinos/Berios sterbendem Theaterdirektor. Darüber hinaus wirkt ›Der Sturm‹ motivisch in ›Un re in ascolto‹ hinein, beispielsweise in der Anrufung des musikalischen Luftgeistes Ariel und indem das Probestück, das ohnehin den Anschein einer ›Sturm‹-Paraphrase erweckt, auf einer Insel spielt. Calvino greift aber nicht nur direkt auf Shakespeare zurück, sondern auch mittelbar. Er übernimmt Textfragmente aus Wystan Hugh Audens sich auf Shakespeares Drama beziehenden Essay ›The Sea and the Mirror‹ (1945), außerdem Ausschnitte aus Friedrich Wilhelm Gotters/Friedrich Hildebrand von Einsiedels Libretto ›Die Geisterinsel‹, eine Ende des 18. Jahrhunderts entstandene deutschsprachige Umarbeitung des Shakespeare-Stücks. Ursprünglich sollte Mozart für sie als Komponist gewonnen werden, der aber starb, bevor das Libretto fertiggestellt war.

Geschichtliches
›Un re in ascolto‹ ist zwischen 1979 und 1983 als Auftragswerk der Salzburger Festspiele entstanden, wobei der Komponist das Stück auch in eine rund fünfzigminütige »Versione concertante« brachte. Die Bühnenversion wurde am 7. August 1984 im Kleinen Festspielhaus mit großem Erfolg in einer Inszenierung von Götz Friedrich, unter der Leitung von Lorin Maazel und mit Theo Adam als Prospero uraufgeführt. Mit Blick auf das – so Berio – »kosmopolitische Publikum« Salzburgs entschied sich der Komponist für eine mehrsprachige Textversion, in der sich beispielsweise Prospero den anderen auf Deutsch mitteilt, wohingegen er seine Selbstgespräche auf Italienisch führt. Einige wenige englische und französische Texteinsprengsel im Concertato III sind

weniger bedeutsam. Schon fünf Wochen nach der Uraufführung übernahm die Wiener Staatsoper das Werk ins Repertoire. 1986 folgte die Mailänder Scala mit weiteren Aufführungen. Jüngere Produktionen fanden 1996 in einer Inszenierung von Graham Vick unter der musikalischen Leitung von Dennis Russell Davies in Chicago statt, Luzern folgte im Jahr 2000 (Regie: Andreas Baesler, Dirigent: Jonathan Nott) und Frankfurt 2002 (Inszenierung: Rosamund Gilmore, musikalische Leitung: Johannes Debus).

R. M.

Hector Berlioz

* 11. Dezember 1803 in La-Côte-St.-André (Isère), † 8. März 1869 in Paris

Benvenuto Cellini

Komische Oper in zwei Akten (vier Bildern) (»Pariser Fassung«) bzw. in drei Akten (»Weimarer Fassung«). Dichtung von Léon de Wailly und Auguste Barbier.

Solisten: *Benvenuto Cellini*, florentinischer Goldschmied (Jugendlicher Heldentenor, gr. P.) – *Giacomo Balducci*, Schatzmeister des Papstes (Schwerer Spielbaß, m. P.) – *Fieramosca*, Bildhauer des Papstes (Kavalierbariton, auch Lyrischer Bariton, m. P.) – *Papst Clemens VII*. [in der Cornelius-Fassung: *Kardinal Salviati*] (Seriöser Baß, m. P.) – *Francesco*, Künstler aus Cellinis Werkstatt (Tenor, kl. P.) – *Bernardino*, Künstler aus Cellinis Werkstatt (Baß, auch Baßbariton, kl. P.) – *Ein Wirt* (Charaktertenor, kl. P.) – *Pompeo*, ein gedungener Schläger, Freund von Fieramosca (Bariton, kl. P.) – *Teresa*, Balduccis Tochter (Dramatischer Koloratursopran, auch Jugendlich-dramatischer Sopran, gr. P.) – *Ascanio*, Cellinis Lehrling (Mezzosopran, auch Alt, m. P.) – *Ein Offizier* (Baß, auch Bariton, kl. P.).
Chor: Dienerinnen und Nachbarinnen von Balducci – Goldschmiede – Gießer – Masken – Tänzer – Häscher – Mönche – Päpstliches Gefolge – Das Volk von Rom (Frauenchor, m. Chp.; Männerchor, gr. Chp.).
Ort: Rom.
Schauplätze: Ein Saal im Hause Balduccis – Eine Schenke – Die Piazza Colonna – Cellinis Atelier – Cellinis Gießerei im Colosseum.
Zeit: Rosenmontag bis Aschermittwoch 1532.
Orchester: 2 Fl. (auch Picc.), 2 Ob., 2 Kl., 2 Fag., 4 Hr., 4 Trp., 2 Kornetts, 3 Pos., Ophikleide (auch Tuba), P., Schl., Hrf., Gitarre, Str.
Gliederung: Vorspiel, im Original musikalische Nummern und Sprechdialog, in der »Weimarer Fassung« statt dessen Rezitative.

Spieldauer: 1. Fassung etwa 2 Stunden, 2. Fassung etwa 3 Stunden, Weimarer Fassung etwa 2¾ Stunden.

Handlung

Papst Clemens VII. hat – anstelle seines offiziellen Bildhauers Fieramosca – den florentinischen Goldschmied Benvenuto Cellini damit beauftragt, ihm eine Perseus-Statue zu gießen. Diese Tatsache erbittert Giacomo Balducci, den päpstlichen Schatzmeister, nicht nur wegen der zusätzlichen Kosten, sondern auch, weil Balducci vorhat, seine Tochter Teresa mit Fieramosca zu verheiraten, und weil der leichtsinnig-geniale Cellini ihr den Kopf verdreht hat. Am Abend des Fastnachts-Montags wird Balducci zum Papst befohlen. Ein kecker Fastnachtsgesang lockt ihn, schon in der pompösen Robe, ans Fenster, als ihn eine Wolke von Blütenblättern bedeckt. Verärgert macht er sich auf den Weg. Mit den Blütenblättern ist auch ein Blumenstrauß durchs offene Fenster geflogen – mit einer Botschaft Cellinis an Teresa, in der er sein baldiges Kommen ankündigt. Doch kaum ist er eingetreten, da erscheint leise auch sein Nebenbuhler Fieramosca und verbirgt sich. So erfährt er, daß Cellini vorhat, Teresa nach Florenz zu entführen. Cellini bespricht mit ihr seinen Plan, sie am kommenden Abend, auf der Piazza Colonna, wenn ihr Vater durch das dort aufgeführte Schauspiel beschäftigt sei, in der Verkleidung eines Büßermönchs und unter Mithilfe seines Lehrlings Ascanio, der sich als Kapuziner verkleiden werde, zu entführen. Da kehrt plötzlich Balducci zurück. Während Fieramosca sich eilig in Teresas Schlafzimmer verbirgt, stellt sich Cellini geistesgegenwärtig hinter die sich öffnende Tür. Balducci ist erstaunt, seine Tochter noch wach zu sehen, und sie erfindet, um ihre Anwesenheit zu begründen und um den Vater von der Tür wegzulocken, eine Geschichte von einem Geräusch, das sie in ihrem Schlafzimmer gehört habe – sicher habe sich dort ein Mann verborgen. Während Balducci ins Schlafzimmer eindringt, um nach dem Rechten zu sehen, verschwindet Cellini. Zu Teresas entzücktem Erstaunen ist wirklich ein Mann in ihrem Zimmer: Fieramosca, den Balducci vor sich hertreibt. Der empörte Vater hat kein Ohr für die Entschuldigungen und Erklärungen des Bildhauers, sondern trommelt die Diener und Nachbarn herbei, die den vermeintlichen Lüstling zur Abkühlung in den nächsten Brunnen werfen wollen, doch Fieramosca kann, arg verprügelt, entfliehen.

In einer Kneipe nahe der Piazza Colonna sitzt Cellini mit seinen Mitarbeitern und Freunden, feiert und preist den Ruhm des Goldschmiede-Handwerks. Als sie nach mehr Wein verlangen, hält ihnen der Wirt die Liste der schon ausgetrunkenen Flaschen vor und verlangt zuerst Bezahlung. Man überlegt, ob man den Wirt verprügeln solle, doch da erscheint Ascanio mit einer Anzahlung des Papstes auf die Perseus-Statue. Nun ist Geld da, um den Wein zu bezahlen, doch bevor Ascanio das Geld aushändigt, verlangt er – als Bedingung des Papstes – von Cellini den Schwur, am kommenden Tag die Statue fertigzustellen. Cellini stimmt zu. Als sich die ausbezahlte Summe als recht niedrig erweist, verfluchen die Freunde den knausrigen Schatzmeister Balducci, und man beschließt, ihm am kommenden Tag einen Streich zu spielen. In der satirischen Oper, die in Cassandros Theater aufgeführt wird und die sich Balducci ansehen wird, soll als komische Figur ein Doppelgänger Balduccis auftreten. – Fieramosca hat auch diesen Plan mitangehört. Er trifft sich hier mit seinem Freund Pompeo, einem berufsmäßigen Schläger, und fragt ihn um Rat. Dieser weiß auch schnell eine Lösung: Er und Fieramosca werden sich ebenfalls als Mönche verkleiden und Cellini zuvorkommen. Fieramosca ist begeistert von diesem Plan und hofft schon, Cellini an der Spitze seines Degens zappeln zu sehen. – Die Piazza Colonna füllt sich mit Masken. Mitglieder der Theatertruppe von Cassandros Wanderbühne kündigen die Pantomimen-Oper vom »König Midas mit den Eselsohren« an. Balducci erscheint mit Teresa – er selbstsicher und aufgeblasen, sie ängstlich und unsicher, ob sie den Vater so einfach im Stich lassen darf. Auch Cellini mit Ascanio und Fieramosca mit Pompeo, jeweils als Büßer- und Kapuzinermönche verkleidet, finden sich ein. Das Spiel beginnt: Vor dem König Midas, der Balducci höchst ähnlich sieht – was vom Volk beifällig beklatscht wird – singen Harlequin und Pasquarello um die Wette. Doch der erboste Balducci springt auf die Bühne und prügelt auf sein Gegenbild ein. Diese Verwirrung wollen die »Mönche« nutzen, um Teresa zu entführen, und treffen aufeinander – es kommt zu einem erbitterten Degenfecht, in dem Cellini Pompeo niedersticht, während Ascanio den vorher so großmäuligen Fieramosca in die Flucht schlägt. Das hitzige Gefecht hat allen Karnevalstrubel verstummen lassen, und als Pompeo tot zu Boden sinkt, breitet sich unheimliche Ruhe aus. Die Wachen nehmen Cellini fest, und alles scheint verloren, da ertönen drei Kanonenschüsse von der Engelsburg, die das Ende des Karnevals verkünden. Traditionsgemäß löscht jede Maske ihre Lampe, und Cellini kann die plötzliche Dunkelheit zur Flucht nutzen, während Fieramosca, der ja in dem gleichen Mönchskostüm steckt, versehentlich arretiert wird.

Teresa und Ascanio haben sich in Cellinis Atelier geflüchtet. Teresa fürchtet um ihre und um Cellinis Sicherheit, da er noch nicht wieder aufgetaucht ist, Ascanio tröstet sie und verspricht, sein Meister werde sicher bald kommen. Da ertönt von draußen Mönchsgesang – Teresa und Ascanio sinken auf die Knie und bitten um Cellinis Errettung. Plötzlich tritt Cellini, noch immer im Mönchskostüm ein: Er berichtet, daß er sich vor seinen Häschern hat in ein Versteck flüchten können und von dort erst am Morgen, als die Büßermönche vorbeizogen, mit ihnen hat hierher fliehen können. Doch er wird jetzt als Mörder gesucht und will deshalb mit Teresa schnell nach Florenz fliehen und die Statue unvollendet lassen. Doch ehe man Vorbereitungen zur Flucht treffen kann, erscheinen Balducci und Fieramosca. Der Schatzmeister beschuldigt Cellini des Mordes und verlangt seine Tochter zurück. Der heftige Wortwechsel wird unterbrochen durch das Erscheinen des Papstes, der sich selbst von den Fortschritten bei der Arbeit an der Perseus-Statue überzeugen will. Balducci berichtet ihm von Mord und Entführung, und der Papst ist erzürnt, daß die Statue noch nicht fertig ist und will einen anderen Bildhauer beauftragen, das Werk zu vollenden. Cellini ist verzweifelt, ergreift einen Hammer und will das Modell der Statue zerstören – die Wachen des Papstes können ihn gerade noch zurückhalten. Der Papst, beeindruckt von der dämonischen Kühnheit des Bildhauers, stimmt einer Abmachung zu: Cellini soll wegen des Totschlages und der Entführung nicht verfolgt werden und soll Teresas Hand erhalten, wenn er noch am selben Tage die Statue fertigstellen könne – sonst aber solle er sterben. – Während Cellini in der Gießerei hochgemut arbeitet und die Blicke von ganz Rom auf sich fühlt, befürchtet Ascanio, daß die Fertigstellung nicht gelingen könne. Die Gießerei-Arbeiter singen ein sentimentales Seemannslied, und Cellini nimmt dies als böses Omen: In der Vergangenheit hat es oft Unglück bedeutet. Mit Ascanio stimmt er einen couragierten Gesang an, und die Gießer stimmen ein. Da dringt Fieramosca mit zwei Bravos ein und fordert Cellini zum Duell: Schon will sich Cellini, der den feigen Nebenbuhler nicht fürchtet, stellen, da fällt Fieramosca ein, daß er als Mörder verhaftet werden könnte, wenn er jetzt Cellini tötete, und zieht sich zurück. Doch da droht eine neue Katastrophe: Die Arbeiter begehren auf, sie legen die Arbeit nieder – ohne Cellini kann es nicht weitergehen. Fieramosca will sie mit Geld bestechen, Cellinis Werkstatt zu verlassen, doch sie erweisen sich als loyal und zwingen Fieramosca, ihnen zu helfen. Der Papst erscheint und will den Guß beobachten – da erweist es sich, daß das Metall nicht reicht. Cellini fleht die Hilfe des Himmels an; dann befiehlt er, in einer plötzlichen Eingebung, alle umherstehenden fertigen Kunstwerke in den Schmelzofen zu werfen. Der Ofen explodiert, doch aus ihm heraus ergießt sich das glühende Metall in die bereitstehende Gußform – die Statue ist fertig. Der Papst erkennt göttliches Walten und vergibt dem Bildhauer den Totschlag und die Entführung; er reicht ihm die Hand Teresas, und alle stimmen das Lob des Meisters der Metallgießer an.

Stilistische Stellung
Berlioz' erstes Opernwerk ist bis heute belastet durch eine stilistische Zwitterstellung, die nicht in der Intention des Komponisten lag, sondern durch äußere Umstände hervorgebracht wurde. Konzipiert war das Werk als Opéra comique, mit gesprochenen Dialogen; als sich dann eine Aufführungschance an der Grand Opéra ergab, wurden die Dialoge – zu ihrem Nachteil – in Rezitative umgewandelt, und das Werk wurde zu lang – was seine Aufführungschancen ebenfalls minderte. Zudem fehlten dem zeitgenössischen Publikum die großen Arien – der ›Benvenuto Cellini‹ ist ein brillantes Ensemblestück, in dem Berlioz an die Schreibart Aubers anzuknüpfen versuchte, ohne doch dessen melodische Eingängigkeit anzustreben.

Textdichtung
1828 erschienen in Paris die Memoiren des florentinischen Bildhauers Benvenuto Cellini (1500–1571). Berlioz las dieses Buch, als er Anfang der dreißiger Jahre aus Rom zurückkehrte, und beauftragte Léon de Wailly und Auguste Barbier, ihm ein Libretto zu erstellen. Die Autoren, zu denen sich zeitweise auch Alfred de Vigny gesellte, erarbeiteten eine recht freie Adaption der Cellini-Memoiren (die übrigens Goethe als erster ins Deutsche übertragen hatte). So wird die Herstellung der Perseus-Statue von Florenz nach Rom verlegt, aus Cosimo de' Medici wird Papst Clemens VII., für den Cellini vorher gearbeitet hatte, und etliche komische Szenen werden hinzuerfunden. Viele Figuren jedoch finden sich auch in den Memoiren, ebenso wie manche Eigenkommentare Cellinis in der Oper ihren Platz finden und auch der Charakter mancher Figuren – etwa das Schwanken des Papstes zwischen Bewunderung für den Künstler und Ablehnung – ist ebenfalls historisch belegt. Die Pariser Zensur verbot das Auftreten des Papstes auf der Bühne – so wurde daraus der Kardinal Salviati.

Geschichtliches
Die Entstehungs- und Aufführungsgeschichte des ›Benvenuto Cellini‹ ist höchst verwickelt. Berlioz arbeitete zwischen 1834 und 1838 an der Oper: die Aufführung an der Grand Opéra am 10. September 1838 war ein vollständiger Reinfall; eine Wiederaufnahme im folgenden Jahr litt unter der Erkrankung von Sängern und daran, daß die orchestertechnischen Anforderungen nicht bewältigt wurden. Das Werk verschwand vom Spielplan, und Berlioz begrub seine Hoffnung, jemals ein in Paris anerkannter Opernkomponist werden zu können. 1851, Franz Liszt war gerade Kapellmeister in Weimar geworden, entschloß sich dieser, den ›Cellini‹ aufzuführen. Berlioz schickte ihm eine revidierte Partitur, die August Ferdinand Riccius ins Deutsche übersetzte. Trotz des großen Erfolges der Aufführung drang

Liszt bei Berlioz auf eine eingreifende Kürzung; Berlioz stellte einige Szenen um, raffte die Szene in der Gießerei stark und gliederte die Oper in 3 Akte – in dieser »Weimarer Fassung« wurde ›Benvenuto Cellini‹ im März 1852 in Weimar und 1853 in London aufgeführt. 1856 erschien die »Weimarer Fassung« in Deutschland im Druck (nun in der Übersetzung von Peter Cornelius); zur gleichen Zeit ersetzte Berlioz in der »Weimarer Fassung« die Rezitative erneut durch Dialoge – doch die projektierte Aufführung am Théâtre-Lyrique kam nicht zustande. 1863 erschien in Paris ein Klavierauszug der »Weimarer Fassung« ohne Rezitative. In den 1880er Jahren wurde das Werk in Deutschland häufiger gespielt; nach der Jahrhundertwende verschwand es fast völlig von den Spielplänen. 1966 führte man in Covent Garden in London erstmals seit 1838 wieder ›Benvenuto Cellini‹ in der »Pariser Fassung« auf, und auf diese Fassung stützt sich – mit einigen kleinen Änderungen – auch die bislang einzige Schallplatteneinspielung des Werkes unter Colin Davis. Die kritische Edition des Klavierauszuges und der Partitur ist im Rahmen der ›New Berlioz Edition‹ erschienen.

W. K.

Fausts Verdammnis (La damnation de Faust)

Dramatische Legende in vier Teilen. Dichtung vom Komponisten, Almire Gandonnière und Gérard de Nerval, teilweise nach Johann Wolfgang von Goethe.

Solisten: *Marguerite* (Lyrischer Mezzosopran, auch Jugendlich-dramatischer Sopran, gr. P.) – *Faust* (Jugendlicher Heldentenor, gr. P.) – *Méphistophélès* (Heldenbariton, auch Charakterbariton, gr. P.) – *Brander* (Baß, m. P.) – *Sopransolo* (kl. P.).
Chor*: Bauern – Christen – Zecher* – Gnomen und Sylphen – Studenten und Soldaten* – Irrlichter* – Marguerites Nachbarn – Verdammte und Teufel* – Himmlische Geister und Seraphim (gr. Chp.).
* Die Männerchöre sind mit Sternchen versehen, wobei der Chor der Studenten und Soldaten zum Schluß des 2. Teils doppelchörig angelegt ist. Im Finale des 4. Teils kann zusätzlich zum gemischten Chor ein Kinderchor eingesetzt werden.
Ballett: Sylphen (2. Teil). Irrlichter (3. Teil).
Ort: Ungarn, Norddeutschland, Leipzig.
Schauplätze: Ungarische Ebene. Ein anderer Teil der Ebene – Fausts Studierzimmer – Auerbachs Keller in Leipzig. Gebüsch und Auen am Ufer der Elbe – Marguerites Kammer. Straße vor Marguerites Haus – Marguerites Kammer. Wald und Höhlen. Felsenlandschaft, Felder, Abgrund. Pandaemonium. Auf der Erde. Im Himmel.
Zeit: Frühe Neuzeit.
Orchester: 3 Fl. (auch 3 Picc.), 2 Ob. (auch 2 Eh.), 2 Kl., Bkl., 4 Fag., 4 Hr., 2 Trp., 2 Pistons, 3 Pos., Ophikleide, Tuba, P. (4 Spieler), Schl. (kl. Tr., gr. Tr., Tamtam, Triangel, Becken, Glocken), 8 oder 10 Hrf., Str. – Bühnenmusik hinter der Szene: 4 Hr., 2 Tr.
Gliederung: Zu vier Teilen sich gruppierende Szenen, deren musikalische Nummern teilweise auch über Bildwechsel hinweg pausenlos ineinander übergehen können.
Spieldauer: Etwas mehr als 2 Stunden.

Handlung

Sonnenaufgang über der ungarischen Ebene. Es ist Frühlingsanfang, und Faust ergötzt sich in einsamer Abgeschiedenheit am Wiedererwachen der Natur. Bald tänzerische, bald kriegerische Klänge mischen sich in die idyllische Stimmung. Faust wird auf eine Schar von Bauern aufmerksam, die sich zu Tanz und Sang zusammengefunden haben. Zwar fühlt er sich durch ihren heiteren Reigen in seiner Beschaulichkeit gestört, gleichwohl beneidet er die Landleute um ihre Fähigkeit zur Geselligkeit. Ebensowenig will sich Faust den ungarischen Soldaten anschließen, die auf einem anderen Teil der Ebene vorüberziehen; ihren Freiheitskampf verkennt er als eitle Ruhmsucht.

Faust ist nach Deutschland in seine Studierstube zurückgekehrt, ohne daß das Reisen ihm Lebensfreude verschafft hätte. Ihn quält die Einsamkeit, weshalb er seinem Leben ein Ende setzen will. Als er im Begriff ist, einen Gifttrank zum Munde zu führen, dringen Glockengeläut und österlicher Gesang aus der benachbarten Kirche herein und lassen ihn innehalten: Die Klänge bringen Faust seine Kindheit ins Gedächtnis und damit jene Zeit, als er seinen Glauben noch nicht verloren hatte. Indem er nun in Erinnerungen an das erhebende Gefühl seiner einstigen Religiosität schwelgt, nimmt er vom Selbstmord Abstand:

»Tränen habe ich vergossen, der Himmel hat mich wieder.« Urplötzlich steht Mephisto vor ihm und bespöttelt Fausts religiöse Anwandlung. Mit dem Versprechen, ihm alle seine Wünsche zu erfüllen, weiß Mephisto Faust zu ködern. Gemeinsam machen sie sich durch die Luft davon. Mephistos Ziel ist Auerbachs Keller in Leipzig. Dort bietet er Faust die Gelegenheit, das Treiben weinseliger Zecher zu beobachten, unter ihnen Brander. Dessen frivoles Lied über eine verendende Ratte animiert die angeheiterte Gesellschaft, des Tiers in einer blasphemischen Totenfeier zu gedenken. In einer Fugenimprovisation über Branders Lied-Melodie findet die Requiem-Parodie ihren Höhepunkt. Ebenso erhält Mephistos Ballade vom Floh, der aufgrund königlicher Protektion zur Plage aller Höflinge wird, den Applaus der Runde. Faust aber widert solch feuchtfröhliche Ausgelassenheit an, und so entführt ihn Mephisto abermals durch die Lüfte. In den Auen am Ufer der Elbe lassen sie sich nieder. Unterstützt von Sylphen und Gnomen, singt Mephisto Faust in den Schlaf. Das Gaukelwerk der Geister versetzt Faust in eine liebliche Traumlandschaft, wo er das Ziel seines erotischen Verlangens in der Gestalt Marguerites erblickt. Schlafend ruft Faust nach der künftigen Geliebten, was Mephisto sehr zupaß kommt. Denn nun bieten sich ihm Mittel und Wege, Faust in seine Abhängigkeit zu bringen, indem er ihm nämlich das Mädchen zuführt. In der Tat läuft alles nach Mephistos Wunsch: Nachdem die Luftgeister den Schläfer noch eine Weile tanzend umschwebt haben, fährt Faust aus dem Traum auf und verlangt sehnsüchtig nach Marguerite. Gemäß Mephistos Anweisung und in dessen Begleitung mischt Faust sich unter eine Schar von Soldaten und Studenten, um sich unbemerkt Marguerites Haus zu nähern.

Aus der Ferne tönt der Zapfenstreich in Marguerites Kammer. Faust hat sich hereingeschlichen. Er saugt die Atmosphäre des Raumes in sich auf. In ihr glaubt er jene Reinheit und Unschuld wahrzunehmen, die er Marguerite zuspricht. Mephisto kündigt ihr Kommen an, versteckt Faust hinter einem Vorhang und macht sich, bevor Marguerite eintritt, davon. Sie zeigt sich beunruhigt durch einen Traum, der ihr – in der Gestalt Fausts – den künftigen Geliebten gezeigt hat. Während Marguerite sich fürs Bett richtet, singt sie die alte Weise von dem bis in den Tod treu liebenden »König in Thule« vor sich hin. Mephisto wiederum ist vor dem Haus nicht untätig. Er ruft die Irrlichter zusammen, ihr Tanz soll das Mädchen umgarnen. Mit einem zwischen Galanterie und Zote changierenden Ständchen will Mephisto Marguerites Sinnlichkeit entfachen. Damit ist das Feld für Faust bereitet. Als Marguerite ihn erblickt, folgt das Liebesgeständnis der durch Traumgesichte einander Versprochenen ohne Zögern. Dennoch findet die Liebesnacht nicht statt. Mephistos Serenade hat die Nachbarn herbeigerufen und auf die Vorgänge in Marguerites Zimmer aufmerksam gemacht. Unter den Spottreden der Nachbarschaft entkommt Faust durch den Garten.

Seitdem ist Faust nicht mehr wiedergekommen, und Marguerite verzehrt sich in Sehnsucht nach ihm. Sie horcht nach draußen auf den abendlichen Zapfenstreich und den Gesang der Soldaten und Studenten. Waren die Klänge einst dem Erscheinen des Geliebten vorausgegangen, so verhallen sie nun, ohne Faust herbeizuführen. Resigniert erkennt Marguerite, daß er sie für immer verlassen hat. Faust hat sich nämlich in eine Wald- und Höhlenlandschaft geflüchtet und beschwört dort die Allmacht der Natur. In der Begegnung mit den Elementarkräften sucht er seinen Lebensekel zu überwinden. Aus diesem Selbsterfahrungsabenteuer wird Faust von Mephisto aufgestört. Während Jagdsignale durch den Wald tönen, berichtet der Teufel von Marguerites Gefangennahme: Nächtelang habe das Mädchen auf den Geliebten gewartet, und Abend für Abend habe sie ihre Mutter mit einem von Faust stammenden Schlafmittel betäubt, um mit dem Geliebten ungestört sein zu können. Die alte Frau sei an dieser allmählichen Vergiftung gestorben, nun stünde die Hinrichtung der als Muttermörderin verurteilten Marguerite unmittelbar bevor. Augenblicklich sinnt Faust auf ihre Rettung. Ihretwegen verschreibt er Mephisto sogar seine Seele. Auf schwarzen Rossen sprengen die beiden voran. Während sich Faust auf dem Weg zur Geliebten wähnt, ängstigen ihn die Begleitumstände des Gewaltritts: Vor den beiden Reitern stiebt eine an einem Wegekreuz betende Bauernschar erschrocken auseinander. Danach sieht sich Faust von einem heulenden Ungeheuer verfolgt und von Nachtvögeln umflogen. Nur der Klang der Armesünderglocke, die ihm die Not Marguerites vergegenwärtigt, treibt den Zaudernden weiter. Schließlich aber machen tanzende Gerippe, das Beben der Erde und ein Blutregen offenbar, daß Faust von Mephisto betrogen worden ist: Anstatt ihn zu Marguerite zu führen, hat Mephisto Faust geradewegs in den höllischen

Abgrund geritten. Dort, im Pandaemonium, wird Mephisto von den Verdammten, den Teufeln und den Fürsten der Finsternis ein triumphaler Empfang bereitet. Fausts Höllenpein ist aber, wie in einem Epilog auf der Erde berichtet wird, unvorstellbar; über sie kann nur entsetzt geschwiegen werden. Anders das Schicksal Marguerites: Ihr – der Sünderin aus übergroßer Liebe – wird verziehen. Die vor Gottes Thron sich neigenden Seraphim und die himmlischen Geister rufen Marguerite zu sich hinauf in den Himmel.

Stilistische Stellung
Ursprünglich nannte der Komponist ›La damnation de Faust‹ eine »Opéra de concert en 4 parties« (Konzertante Oper in vier Teilen), später eine »Légende« und schließlich eine »Légende dramatique«. Berlioz' Schwanken bezüglich eines passenden Untertitels macht deutlich, daß sich das Werk dem im 19. Jahrhundert geltenden Konsens über klar voneinander unterscheidbare musikalische Gattungen nicht fügt. Die Dramaturgie des Stücks ist nämlich so geartet, daß sie symphonische, opernhafte und oratorische Elemente in sich faßt und dabei nach der Konzeption des Komponisten – und entgegen späterer Aufführungspraxis (s. u.) – auf eine szenische Umsetzung verzichtet. So wirkt die instrumentale Naturschilderung im 1. Teil wie eine Passage aus einer Programmsymphonie; und ebenso ist Berlioz' brillanter Marsch über das ungarische Rákóczy-Thema, das während des Vormärz für die antihabsburgisch gesonnenen Ungarn fast die Bedeutung einer heimlichen Nationalhymne hatte, ein reines Orchesterstück. Gleichfalls ist der Höllenritt, in den die Singstimmen meist nur hinein deklamieren, symphonisch gearbeitet.
Aus einem Oratorium wiederum scheinen der Zeugenbericht im Epilog auf der Erde und Marguerites Schluß-Apotheose zu stammen. Das Ballett der Sylphen, das Menuett der Irrlichter wiederum könnten als Tanzeinlagen einer Grand Opéra zugehören; gleichfalls die genrehafte Szene der Landleute, die Tableaus in Auerbachs Keller, vor Marguerites Haus oder im Pandaemonium. Ohnehin ist der 3. Teil mit seiner Nummerneinteilung und dem in eine Stretta mündenden Finale wie ein Opernakt angelegt. Berlioz' die Gattungsgrenzen sprengende stilistische Vielfalt, die sich außerdem in Lied-Einlagen, in der Fugen-Parodie oder dem Quodlibet der übereinandergeschichteten Studenten- und Soldatengesänge im 2. Teil bekundet, evoziert die Frage nach dem werkübergreifenden Zusammenhalt. Musikalisch-thematische Querbezüge – Mephistos grell aufblitzendes Personenmotiv, die Antizipation der Bauernszene und des Rácóczy-Marsches in der instrumentalen Überleitungsmusik des 1. Teils, Marguerites musikalische Erinnerung im 4. Teil an den Zapfenstreich und die Studenten- und Soldatenlieder – spielen dabei nur eine untergeordnete Rolle. Den Werkzusammenhang garantiert vielmehr eine außermusikalische Instanz.

Ausgehend von der Charakterisierung des Stücks als imaginäres Theater (Wolfgang Dömling), bietet sich diese in der Titelgestalt. Denn es sind Fausts Imaginationen, die die Musik vors geistige Auge bringt. In diesem Sinne beleuchtet die Musik Stationen einer Reise in Fausts Inneres und projiziert sie nach außen. Damit geht einher, daß Méphistophélès und Marguerite Teilwesen von Berlioz' Faustgestalt sind. Hierbei verselbständigen sich in der Teufelsgestalt Fausts triebhaft-aggressive Persönlichkeitsanteile und lösen ihn aus seiner anfänglichen Passivität. Nun erst vermag Faust in Marguerite – bezeichnenderweise ruft er sie im Traum idealisierend bei ihrem Heiligennamen »Margareta« – sein Wunschbild der hingebungsvoll Liebenden zu konkretisieren. Daß aber der Tritonus – seit alters her der Diabolus in musica – für Mephisto (in den Tonartenwechseln des 2. und 4. Teils) *und* Marguerite (als Gerüst-Intervall ihrer archaisierenden »Chanson gothique« über den König von Thule) Bedeutung gewinnt, ist ebenso bedenklich wie die Mezzo-Zuteilung der weiblichen Hauptpartie, die verdeutlicht, daß Berlioz' Marguerite eben kein naives »Gretchen«, sondern wie auch Mephisto eine faustische Kopfgeburt ist.

Dieser Faust ist, anders als derjenige Goethes, nicht auf der Suche nach allumfassender Erkenntnis. Vielmehr ist er eine romantische Künstlerfigur, die in der Nachfolge der Byron-Helden steht. Intellektueller Hochmut, die Neigung zu introspektiver Nabelschau haben ihn zu einem bindungsunfähigen, asozialen Wesen deformiert. Verachtung für die Vergnügungen des einfachen Volkes, Ablehnung politischen Engagements – hier: des ungarischen Freiheitskampfes – entlarven sein Einsamkeitspathos als im Grunde selbstgefällige Leidenspose. Sein »ennui«, seine innere Leere treiben ihn dazu, durch Entgrenzungsversuche sich selbst zu erfahren. Fausts Ich-Suche führt ihn schließlich via Höllenfahrt zur Aufgabe seiner früheren Identität. Dies ist die notwendige Voraussetzung, um jene Seelenkraft zu aktivieren, die schon bisher in der Gestalt Marguerites verdichtet war und die nun im apotheotischen Schlußbild verklärt wird, weil sie allein Faust aus seinem Zwang zu narzißtischer Selbstreflexion erlösen kann: seine Liebesfähigkeit.

Textdichtung und Entstehung des Werkes
Im Jahr 1828 kam Gérard de Nervals französische Übersetzung des 1. Teils von Goethes Faust-Tragödie (1808) heraus und erregte sogleich Hector Berlioz' Interesse. Nachdem sich Pläne zu einem Faust-Ballett (nach dem Entwurf von Heine) zerschlagen hatten, machte sich der Komponist daran, mehrere der in Nervals Prosa-Übersetzung enthaltenen gereimten Partien, Lieder- und Chor-Texte in Musik zu setzen. Diese ›Huit Scènes de Faust‹ ließ der Komponist im April 1829 auf eigene Kosten in Partitur stechen und sandte sie in zwei Exemplaren nach Weimar. Doch blieb ihm Goethe, weil dessen musikalischer Berater Carl Friedrich Zelter über Berlioz' Vertonungen äußerst abfällig geurteilt hatte, eine Antwort schuldig. Freilich distanzierte sich Berlioz alsbald selbst von der Komposition. Er zog alle Partituren, derer er habhaft werden konnte, wieder ein – vermutlich aufgrund einer mißglückten Aufführung des aus den Faust-Szenen stammenden ›Concert de Sylphes‹ im November 1829.

Als sich Berlioz 1845/1846 erneut mit Faust beschäftigte, griff er allerdings auf die ›Huit Scénes‹ zurück und integrierte sie in die ›Damnation de Faust‹, wobei einige Umarbeitungen nötig wurden. Da Berlioz Eugène Scribe nicht als Librettisten gewinnen konnte, schrieb er sich den Text zur ›Damnation‹ großenteils selber. Welche Textpassagen Berlioz' Koautor Almire Gandonnière beigesteuert hat, ist also nicht mehr auszumachen. Erstaunlicherweise vollzieht Berlioz' Libretto trotz seines von der Schauspiel-Vorlage unabhängigen Sinngehalts den Gang der Handlung, wie ihn die Goethe-Tragödie vorgegeben hat, in groben Zügen nach. Allerdings macht Berlioz den Teufelspakt zur Bedingung von Marguerites Errettung, weshalb sich Faust nicht gleich zu Anfang, sondern erst unmittelbar vor der Katastrophe Mephisto verschreibt. Das Anfangsszenario der ›Damnation‹ ist, abgesehen vom Gesang der Bauern, von Goethes Vorlage sogar vollständig unabhängig: Hier kam es dem Komponisten darauf an, den Rácköczy-Marsch, mit dem er im Februar 1846 in Pest einen glänzenden Erfolg erzielt hatte, in die Partitur einzufügen. Außerdem wurden das Finale des 2. Teils mit dem Studentenlied »Jam nox stellata« und der Schluß des Werkes ab dem Ritt in den Abgrund von Berlioz gänzlich eigenständig konzipiert. Dem Personal des Pandaemoniums legte der Komponist sogar – in Nachahmung Emanuel Swedenborgs – eine selbst erfundene »Höllensprache« in den Mund.

Aufführungsgeschichte
Im Dezember 1846 erlebte die ›Damnation‹ bei nur mäßigem Besuch ihre konzertante Uraufführung in der Pariser Opéra comique. Trotz begeisterter Kritiken kam es mangels Nachfrage nur zu einer einzigen Wiederholung dieser Produktion: für den Komponisten eine der bittersten Niederlagen seines Lebens und obendrein ein finanzielles Desaster. Zu Berlioz' Lebzeiten kam das Werk dann nur noch außerhalb Frankreichs zur Aufführung (1847 in Moskau, Petersburg und Berlin, 1848 in London und 1852 in Weimar). In Wien feierte der Komponist anno 1866 mit der ›Damnation‹ sogar einen seiner größten Triumphe. 1893 gelangte das Stück zum ersten Mal auf die Opernbühne, als es in Monte Carlo von Raoul Gunsbourg (1859–1955) inszeniert wurde. Später arbeitete Gunsbourg die ›Damnation‹ in fünf Akte um, was mit erheblichen Eingriffen in Text und Musik einherging. Zwar war diese 1903 erstmals im Pariser Théâtre Sarah Bernhardt gezeigte Inszenierung umstritten, dennoch wurde sie 1906 in Brüssel und New York nachgespielt. Und auch für spätere szenische Aufführungen (beispielsweise 1910 für die Erstaufführung an der Pariser Opéra) bildete Gunsbourgs Umarbeitung die Grundlage, allerdings wurden damals manche Eingriffe der Version von 1903 wieder rückgängig gemacht. Nach 1945 erregte insbesondere die Inszenierung des Choreographen Maurice Béjart (1964 an der Pariser Opéra) Aufsehen: Béjart ließ in Auerbachs Keller eine schwarze Messe zelebrieren und machte das Pandaemonium zum Schlußbild. Durchweg war das Ballett in das Geschehen eingebunden, um es tiefenpsychologisch auszuloten. Obwohl man dem Werk auch heute noch im Konzertsaal begegnet, gehört es inzwischen zum festen Bestand des Opernrepertoires. Wichtige Inszenierungen in Deutschland schufen Hans Neugebauer (Frankfurt a. M. 1968), John Dew (Augsburg 1980), Jean-Claude Riber (Bonn 1983), Götz Friedrich (Berlin 1983) und Thomas Langhoff

(München 1993), Harry Kupfer (Amsterdam, London). Ein Höhepunkt der Salzburger Festspiele 1999 war die multimediale Umsetzung der ›Damnation‹ durch das katalanische Künstlerkollektiv »La Fura dels Baus« unter der musikalischen Leitung von Sylvain Cambreling. Die mit Video-High-Tech beeindruckende Produktion wurde von der Kritik nahezu einhellig als stilbildend für die Theater-Ästhetik des 21. Jahrhunderts bezeichnet.

R. M.

Die Trojaner (Les Troyens)

Große Oper in fünf Akten. Dichtung vom Komponisten, insbesondere nach Vergil.

Solisten: *Äneas*, trojanischer Held, Sohn der Venus und des Anchises (Heldentenor, gr. P.) – *Chorōbus*, junger Fürst aus Asien, Verlobter der Kassandra (Lyrischer Bariton, m. P.) – *Pantheus*, trojanischer Priester, Freund des Äneas (Charakterbaß, auch Charakterbariton, m. P.) – *Narbal*, Minister der Dido (Charakterbaß, m. P.) – *Iopas*, tyrischer Dichter am Hof der Dido (Lyrischer Tenor, m. P.) – *Askanius*, Sohn des Äneas, 15 Jahre alt (Lyrischer Sopran, m. P.) – *Kassandra*, trojanische Prophetin, Tochter des Priamus (Dramatischer Mezzosopran, gr. P.) – *Dido*, Königin von Karthago, Witwe des Fürsten Sichäus von Tyrus (Dramatischer Sopran, auch Dramatischer Mezzosopran, gr. P.) – *Anna*, Schwester der Dido (Spielalt, m. P.) – *Hylas*, junger phrygischer Matrose (Lyrischer Tenor, auch Spielalt, kl. P.) – *Priamus*, König der Trojaner (Charakterbaß, kl. P.) – *Ein griechischer Heerführer* (Baß, kl. P.) – *Der Schatten Hektors*, des trojanischen Helden und Sohns des Priamus (Seriöser Baß, kl. P.) – *Helenus*, trojanischer Priester, Sohn des Priamus (Tenor, kl. P.) – *Zwei trojanische Soldaten* (Bässe, kl. P.) – *Gott Merkur* (Bariton, auch Baß, kl. P.) – *Ein Priester des Pluto* (Baß, kl. P.) – *Vier nubische Sklaven* (Alte, kl. P.) – *Polyxena*, Schwester der Kassandra (Sopran, kl. P.) – *Hekube*, Königin der Trojaner (Alt, kl. P.) – *Andromache*, Witwe des Hektor (Stumme Rolle) – *Astyanax*, ihr Sohn, 8 Jahre alt (Stumme Rolle) [*Sinon*, griechischer Spion (Tenor, kl. P.) (die Sinon-Szene ist nur als Klavierauszug überliefert].

Chor: Trojaner – Griechen – Tyrer – Karthager – Nymphen – Satyrn – Faune – Sylphiden – Unsichtbare Schatten – Priester Plutos (zum regulären Chor kommt ein Aushilfschor von etwa 100 Chorsängern hinzu, gr. Chp.).

Statisterie: Schiffsbaumeister – Matrosen – Landleute – 2 Najaden – Jäger.

Ballett: Pantomimische Kampfspiele der Krieger (I, 5) – Pantomime der Najaden, Nymphen, Satyrn, Faune und Sylphiden (IV, 1) – Tänze der Ägypterinnen, Sklaven und Nubierinnen (IV, 2).

Ort: I. und II. Akt: Troja; III. bis V. Akt: Karthago.

Schauplätze: Das von den Griechen verlassene Lager vor der Festung Troja – Ein Gemach in Äneas' Palast – Altar der Vesta-Kybele in Priamus' Palast – Ein geräumiger Gartensaal in Didos Palast, auf der einen Seite ein Thron, auf der anderen ein stufenweise ansteigendes Amphitheater – Ein afrikanischer Wald am Morgen, im Hintergrund ein hoher Felsen, links Zugang zu einer Grotte; ein kleiner Bach läuft den Felsen entlang und ergießt sich in ein von Binsen und Schilf umgebenes natürliches Becken – Didos Gärten am Ufer des Meeres bei Sonnenuntergang – Meerufer mit trojanischen Zelten; trojanische Schiffe im Hafen – Didos Wohngemach – Ein Teil von Didos Gärten am Meeresufer; ein Scheiterhaufen mit seitlichen Stufen, auf der Spitze ein Bett, eine Toga, ein Helm, ein Schwert mit Gehänge und eine Büste von Äneas.

Zeit: Nach Ende des Trojanischen Krieges (etwa in der mykenischen Epoche 1500–1200 v. Chr.).

Orchester: 1 Picc., 2 Fl. (II. auch Picc.), 2 Ob. (II. auch Eh.), 2 Kl. (II. auch Bkl.), 4 Fag., 4 Hr., 2 Trp., 2 Cornets à pistons, 3 Pos., 1 Ophikleide oder Bt., 3 P., Schl. (gr. Tr., Becken, Triangel, Tr., Rühr-Tr., 2 Paar antike kl. Zimbeln in E und F, Tamburin, Tam-Tam), 6 bis 8 Hrf., Str. – Bühnenmusik: 3 antike Doppel-Fl. oder Ob., 3 Pos., 3 Sopran-Saxhörner in Es (oder Trp. in Es), 2 Alt-Saxhörner in B (oder Trp. in B), 2 Tenor-Saxhörner in Es (oder Hr. in Es), 2 Kb.-Saxhörner in Es (oder Bt. in Es), Schl. (Sistrum, Tam-Tam, Darbuka), Hrf. – Musik hinter der Szene: 3 Ob., 1 hohes Saxhorn in B, 4 Tenor-Saxhörner in Es (oder Hr. in Es), 2 Trp., 3 Cornets à pistons, 3 Pos., Ophikleide, 2 Paar P., Schl. (mehrere Paar Becken, mehrere Paar Zimbeln, Donnermaschine).

Gliederung: 52 musikalische Nummern, die aktweise pausenlos ineinander übergehen.
Spieldauer: ›Die Einnahme von Troja‹ etwa 1½ Stunden, ›Die Trojaner in Karthago‹ etwa 2½ Stunden; Gesamtspieldauer etwa 4 Stunden.

Handlung

Voller Freude über das vermeintliche Ende der zehnjährigen feindlichen Belagerung strömt das trojanische Volk vor die Stadtmauern, wo das hölzerne Pferd steht, das die Griechen vor ihrer Heimfahrt erbaut und der Göttin Pallas Athene geweiht haben. In dem von den Griechen verlassenen Feldlager freuen sich die Trojaner ausgelassen mit Tanz und Gelächter über die lange entbehrte Freiheit. Nachdem sich das Volk entfernt hat, erscheint die Prophetin und Seherin Kassandra. Sie allein durchschaut die Kriegslist der Griechen und erahnt das kommende Unheil. Weil sie einst Apollo ihre Gunst verweigerte, hatte dieser ihr einen Fluch auferlegt, demzufolge niemand ihren Weissagungen Glauben schenken solle. Sie ist betrübt, weil weder ihr Vater, König Priamus, noch ihr Verlobter Choröbus, ein junger Fürst aus Kleinasien, ihren Warnungen vor dem von den Feinden zurückgelassenen hölzernen Ungetüm Gehör schenken. Sie beschwört Choröbus, dem sicheren Tod zu entfliehen, der alle ereilen wird, die in Troja bleiben. Der ritterliche Held hingegen will seine Braut nicht allein zurücklassen und versucht, sie umzustimmen. Resigniert ergibt sie sich schließlich ihrem Schicksal. Sie küßt den Geliebten und erklärt ihm, der Tod möge ihnen beiden während dieser Nacht das Brautgemach bereiten. – In einem feierlichen Aufzug mit König Priamus und seiner Familie an der Spitze ziehen die Trojaner vor den Feldaltar, auf dem sie den Göttern ihre Opfergaben zum Dank für die Errettung aus Kriegsnot niederlegen. Mit einer Hymne und Wettkämpfen wird der vermeintliche Sieg gefeiert. – Auch Andromache, die trauernde Witwe des tapferen gefallenen Helden Hektor, ist mit ihrem Sohn Astyanax unter ihnen, was die Stimmung trübt. Der Priester Helenus, einer der Söhne des Königs Priamus, eilt herbei und meldet, daß soeben zwei giftige Schlangen den Priester Laokoon erwürgt hätten, als dieser das Volk aufrief, das hölzerne Pferd in Brand zu stecken. Weil Laokoon mit einem Spieß nach dem Pferd geworfen hatte, deuten dies die Anwesenden als eine Strafe der beleidigten Göttin Pallas Athene. Um sie zu versöhnen, befiehlt Priamus, das Pferd in die Stadt zu bringen. Kassandra beteiligt sich nicht an der unheilschwangeren Feier. Vergeblich warnt sie noch einmal das verblendete Volk. Wie zur Bestätigung ist Waffengeräusch aus dem Leib des hölzernen Kolosses vernehmbar. Jubelnd entfernt sich der Festzug mit dem Pferd in Richtung Stadt. Kassandra ist entschlossen, unter den Trümmern Trojas zu sterben.

Im Schlafgemach seines Palastes erscheint dem ruhenden trojanischen Helden Äneas im Traum Hektors Schatten. Dieser warnt ihn vor dem baldigen Untergang Ilions. Äneas solle den Schatz der Trojaner retten und damit in Italien ein neues blühendes Reich begründen, dem sich später die ganze Welt unterwerfen werde. Kaum ist Hektors Geist verschwunden, stürzt Pantheus herbei und berichtet, daß sich in dem Leib des Pferdes zahlreiche griechische Krieger verborgen gehalten hätten. Sie würden die Bevölkerung niedermetzeln und überall Feuer legen. Der König sei bereits gefallen. Trotz der Aussichtslosigkeit eilt Äneas zusammen mit seinem Sohn Askanius und Choröbus zu den Waffen und führt seine Getreuen zu einem Verzweiflungskampf gegen den Feind. – Vor dem Altar der Vesta in Priamus' Palast knien trojanische Frauen, unter ihnen auch Kassandras Schwester Polyxena. Sie bitten die Göttin um Schutz. Kassandra tritt ein und berichtet, daß Choröbus gefallen sei. Äneas aber versuche mit seinen Kriegern, den trojanischen Schatz zu retten und zu fliehen, um in Italien ein neues Troja aufzubauen. Sie fordert die Frauen auf, den Tod der Versklavung und Entehrung vorzuziehen. Als griechische Kämpfer eindringen und melden, Äneas sei mit dem Schatz entkommen, ersticht sie sich. Die Frauen folgen ihrem Beispiel und begehen allesamt Selbstmord. Kassandra stirbt beim Ausruf: »Italien!«

Im Gartensaal des Palastes der Königin Dido von Karthago ist das Volk versammelt anläßlich eines Festspiels zum Aufbau des Reiches, der sieben Jahre gedauert hat, und huldigt seiner Herrin. Es erklingt die Hymne Karthagos. Dido ist seit sieben Jahren Witwe. Ihr Gatte, der tyrische Fürst Sichäus, war von seinem Schwager Pygmalion heimtückisch ermordet worden, weil sich dieser Sichäus' Reichtümer zu eigen machen wollte. Daraufhin war sie mit ihrer Schwester Anna sowie ihren Getreuen von Tyrus nach Afrika geflohen. Dido ist stolz auf die Leistungen ihres Volkes, das die Stadt Karthago zu hoher Blüte gebracht hat. Sie dankt ihrem Volk für die Treue und überreicht den Architekten, Schiffsleuten und Bauern Geschenke. In einem Huldigungszug vor dem Thron entfernen sich alle. Allein mit ihrer Schwester gibt Anna zu bedenken, daß eine so junge und schöne Frau nicht auf Dauer unvermählt bleiben könne. Karthago brauche einen König. Doch Dido hält ihrem toten Gatten die Treue und will nichts von einer Wiederverheiratung wissen. Der tyrische Dichter Iopas meldet eine vom Sturm verschlagene fremde Flotte, die um Asyl bitte. Äneas – als Matrose verkleidet – kommt mit einer Abordnung der Flüchtlinge heran. Sein Sohn Askanius legt Dido wertvolle Gastgeschenke zu Füßen. Er berichtet, daß die Schiffe die heimatlosen Trojaner nach Italien bringen, wo das unglückliche Volk nach dem Willen der Götter eine neue Heimat finden solle. Weil Dido die Taten der trojanischen Helden wohlbekannt sind, gestattet sie, daß die trojanische Flotte Zufahrt zum karthagischen Hafen erhält. Aufgeregt eilt Didos Minister Narbal herbei mit der Schreckensnachricht, daß der Numider-Rebell Iarbas sich mit zahlreichen Kriegern Karthago nähere. Sie verwüsteten Vieh und Felder. Daraufhin streift Äneas seine Verkleidung ab und gibt sich in strahlender Rüstung Dido zu erkennen. Er bietet der Königin seine Waffenhilfe an zur Unterstützung der unterlegenen karthagischen Armee. Nachdem er Askanius Didos Schutz anvertraut hat, entfernt er sich mit den vereinten trojanischen und tyrischen Kriegern zum gemeinsamen Kampf gegen die Eindringlinge.

Die feindlichen Truppen sind besiegt. Während einer königlichen Jagd suchen die wie Diana als Jägerin gekleidete Dido und Äneas in einer Grotte Unterschlupf vor einem aufziehenden Unwetter. Najaden, Nymphen, Satyrn, Faune und Sylphiden führen vor der Höhle groteske Tänze auf, bis sie schließlich im Wald verschwinden. Von Zeit zu Zeit ertönt geisterhaft der Ruf: »Italien!« Narbal ist besorgt, weil die Trojaner nach dem Sieg über die Numider trotz des Gebots der Götter nicht nach Italien weitergezogen sind, gleichfalls mißfällt ihm Didos Müßiggang. Anna merkt dagegen an, daß Amor der stärkere Gott sei und Königin Dido einen siegreichen Helden liebe. Sie und Äneas würden sich bald vereinen. In ihren Gärten am Meeresufer veranstaltet Dido ein Abendfest, dem auch Äneas, Pantheus, Iopas und Askanius beiwohnen. Zunächst führen Sklaven ägyptische und nubische Tänze vor. Dann singt Iopas auf Didos Geheiß sein Loblied auf Ceres, die Göttin des Ackerbaus. Dido unterbricht jedoch den Gesang und fordert Äneas auf, vom Schicksal der schönen Andromache zu erzählen. Äneas berichtet, wie Andromache bei der Eroberung Trojas von Pyrrhus, dem Sohn Achills, erbeutet worden sei, nachdem dieser ihren Vater Priamus getötet hatte. Nach längerer Weigerung habe die Witwe Hektors den Mörder ihres Vaters und Sohn des Mörders ihres berühmten Gatten dennoch geheiratet und den Thron von Epirus bestiegen. Damit fühlt Dido ihr Gewissen erleichtert und sich vom Treuegelöbnis gegenüber ihrem verstorbenen Gatten entbunden. Äneas fordert die Anwesenden auf, die laue Abendluft zu genießen. Er tritt mit Dido in die Mondnacht hinaus. Sie preisen ihre unvergängliche Liebe. Während sie sich engumschlungen entfernen, erscheint im Mondlicht Merkur, der mit einer Handbewegung in Richtung Meer dreimal an Äneas' Auftrag erinnert: »Nach Italien!«

Zwei Posten bewachen des Nachts das Zeltlager der Trojaner, während vom Hafen herauf, wo ihre Schiffe liegen, das sehnsüchtige Heimatlied des phrygischen Matrosen Hylas erklingt. Unheilkündende Zeichen erregen die Besorgnis von Pantheus und der Führer der trojanischen Flotte, beispielsweise das Klirren ihrer Waffen, wie damals in Troja vor der Unglücksnacht, oder das Erscheinen der Schatten Hektors und anderer gefallener trojanischer Helden, die mit dem dreimaligen Ruf »Italien!« zum Aufbruch mahnen. Während die beiden Wachposten von ihren karthagischen Mädchen und den Annehmlichkeiten, die Karthago bietet, schwärmen, stürzt Äneas herbei. Er fühlt sich hin- und hergerissen zwischen dem Auftrag der Götter und seiner Liebe zu Dido, ist sich aber seiner Pflicht bewußt geworden und will unverzüglich das Land verlassen. Als er beschließt, Dido noch einmal zu sehen, erscheinen die Schatten Kassandras, Hektors, Priamus' und anderer Helden, die seine sofortige Abfahrt erzwingen, woraufhin Äneas das Signal zum Aufbruch gibt. Die verbitterte Dido naht in großer Erregung, um sich selbst vom Unglaublichen zu überzeugen. Äneas beteuert ihr seine unerschütterliche Liebe, fügt aber entschlossen hinzu, dem höheren Gebot der Götter Folge leisten zu müssen. Dem Wahnsinn nahe entfernt sich die Königin mit einem Fluch auf die Götter und Äneas. Von neuem schallen vom Hafen her die Rufe der trojanischen Krieger: »Italien!« – Im Morgengrauen versucht Anna, ihre Schwester zu trösten. Da kommt Iopas und meldet die Abfahrt der trojanischen Flotte. Wütend befiehlt Dido, die Karthager sollen den Trojanern nacheilen und deren Schiffe in Brand setzen. In ihrer Ohnmacht ruft sie die Götter der Unterwelt an. Sie befiehlt, einen Scheiterhaufen zu errichten und darauf Äneas' Geschenke zu verbrennen, um auf diese Weise das Andenken an den Treulosen auszulöschen. Dido ist entschlossen, ihrem Leben ein Ende zu setzen. Mit zärtlichem Ausdruck nimmt sie in Gedanken Abschied von allem, was ihr im Leben teuer war. – Während der Opferzeremonie übergibt Dido auf dem Scheiterhaufen Äneas' Liebesgaben den Flammen. In einer plötzlichen prophetischen Eingebung verkündet sie, daß ein karthagischer Held, Hannibal, ihre Schmach an den Nachkommen der Trojaner rächen werde. Daraufhin ersticht sie sich mit dem Schwert des Geliebten. Im Todeskampf muß sie jedoch gleichfalls in prophetischer Weise erkennen, daß Karthago dennoch untergehen wird. Zu gleicher Zeit erscheint quasi als Vision in der Ferne das römische Kapitol, auf dessen Giebel das Wort »Roma« aufleuchtet. Mit dem Ausruf »Unsterbliches Rom!« stirbt Dido. Das herbeigeeilte Volk schwört dem Geschlecht des Äneas ewigen Haß und verflucht Italien.

Stilistische Stellung
Die 1858 vollendete fünfaktige Oper ›Die Trojaner‹ behandelt zwei historisch-mythologische Begebenheiten: ›Die Einnahme von Troja‹ (I. und II. Akt) und ›Die Trojaner in Karthago‹ (III. bis V. Akt). Jeder der beiden Teile ist in sich geschlossen und kann auch einzeln aufgeführt werden. So besteht das Werk eigentlich aus zwei Opern, die – ähnlich wie es bei Richard Wagners Tetralogie ›Der Ring des Nibelungen‹ der Fall ist – unter einem Gesamttitel zusammengefaßt sind. Berlioz hat als Dichter und Komponist in Personalunion stets betont, daß er seine ›Trojaner‹ nach Vergil im Geist Shakespeares gestaltet habe. Der erste Abschnitt, ›Die Einnahme von Troja‹, mit seiner leidenschaftlichen Tonsprache orientiert sich an der Ideenwelt Glucks, den Berlioz sehr bewunderte. Die Prophetin Kassandra ist die eigentliche Trägerin des heroischen Geschehens. Auch im zweiten Teil, ›Die Trojaner in Karthago‹, ist eine Frauengestalt in den Mittelpunkt der dramatischen Entwicklung gerückt, die schöne Königin Dido, die als Frau mit der ganzen Skala weiblicher Gefühle und Leidenschaften gezeichnet ist. Die musikdramatische Gestaltung dieses Teils folgt mehr dem Vorbild der Grand Opéra mit großen Tableaus und der typischen Mischung abwechslungsreicher theatralischer Elemente wie Massenaufzüge, Feste, Balletteinlagen, kultische Zeremonien, Liebesszenen, großen Ensembles und Bühnenmusiken. Die Partitur beider Teile weist das gewohnte Bild des Personalstils des Komponisten auf: den symmetrischen Bau der musikalischen Formen, die symphonische Ausgestaltung des instrumentalen Parts sowie vor allem die phantasievolle Handhabung der orchestralen Farben. Daß Berlioz seine melodischen Einfälle dabei eher locker aneinanderreiht, darf nicht als Mangel, sondern muß als ausdrucksvolles Mittel zur Erzeugung von Dramatik verstanden werden.

In keinem anderen Werk wird Berlioz' Verbindung zu seinen Vorbildern deutlicher. Neben Gluck sind das Spontini und die Komponisten der Revolutionszeit. Insgesamt belebt er die traditionelle Form der fünfaktigen Grand Opéra neu, allerdings unter Vermeidung des mitunter als oberflächlich geltenden Glanzes eines Meyerbeer oder Halévy, indem er sie unter anderem mit formalen Anklängen an Jean-Philippe Rameaus Tragédies lyriques unterfüttert. Traditionelle Formen werden nicht systematisch aufgelöst, sondern bestenfalls im Sinne einer dramenimmanenten Entgrenzung. Im Zusammenwirken mit der Anlage als einer Nummernoper sorgt das Zusammenspiel dieser Elemente für eine klassizistische Grundhaltung. Das Verhältnis von Singstimme und Orchester führt zu keiner Symbiose wie im Falle Wagners, sondern läßt stets die Praxis der überkommenen Operntradition mit der relativ klaren Trennung von Singstimme und Begleitung erkennen. Chromatik dient zwar der Spannungssteigerung, wird aber nicht wie bei Wagner zum bestimmenden kompositorischen Prinzip. Bemerkenswert ist der verschwenderische Reichtum an orchestralen Farben.

Textdichtung
Schon im Jahr 1851 hatte Berlioz die Idee, eine Oper über das Liebesleid der karthagischen Königin Dido nach dem berühmten Epos ›Aeneis‹ (29–19 v. Chr.) des römischen Dichters Vergil (Publius Vergilius Maro, 70–19 v. Chr.) zu schreiben, das von der Größe und geschichtlichen Sendung Roms handelt und das ihn von früher Kindheit an faszinierte. Der Plan einer Vertonung dieses Sujets nahm feste Formen an, als der Komponist im Februar 1856 zu Konzerten in Weimar weilte und dort von Liszts Lebensgefährtin, der Fürstin Carolyne zu Sayn-Wittgenstein, zur Ausführung seines Vorhabens ermutigt wurde. Nach

Paris zurückgekehrt, beschäftigte sich Berlioz eingehend mit Vergil, besonders mit den Büchern I, II und IV der ›Aeneis‹, und mit den Werken Shakespeares, dessen dramatische Formgebung er sich zum Vorbild nahm. Die dichterische Gestaltung des Stoffes, die den Komponisten von Anfang Mai bis Mitte Juli 1856 in Anspruch nahm, erfolgte in engem Anschluß an die Vorlage Vergils, teilweise sogar in direkter Übersetzung. Allerdings sind im Gegensatz zu Vergil die weiblichen Hauptfiguren Kassandra und Dido die eigentlichen Heldinnen. Sie sind die einzig Wissenden, weil sie die tragischen Konflikte voraussehen. Beide Frauen gehören zu den eindringlichsten Figuren der Operngeschichte. Für das Liebesduett zwischen Dido und Äneas am Ende des IV. Aktes (»Nuit d'ivresse«) entlehnte Berlioz einige Verse aus der Liebesszene Lorenzo/Jessica aus William Shakespeares ›Kaufmann von Venedig‹ (›The Most Excellent Historie of the Merchant of Venice‹, Erstveröffentlichung 1600, V, I). Außerdem treten in Anlehnung an Shakespeares Dramen mahnende oder drohende Schatten auf. Sie übernehmen damit die ursprünglich den Göttern zugedachte Rolle. Bis zur Fertigstellung der Partitur nahm Berlioz an seiner an den Prinzipien der klassischen französischen Tragödie orientierten Dichtung, für die er unter anderem den Alexandriner verwendete, immer wieder Umarbeitungen vor, die zum Teil von der Fürstin zu Sayn-Wittgenstein angeregt worden waren. Im Januar 1858 las er das Opernbuch auch Richard Wagner vor, der sich in seiner Autobiographie allerdings enttäuscht über die dramaturgische Ausführung des Stoffes geäußert hat.

Geschichtliches
Nach Fertigstellung des Librettos machte sich Berlioz im August 1856 sogleich an die Komposition des Riesenwerks, die sich nahezu über zwei Jahre erstreckte. Die Partitur wurde am 7. April 1858 abgeschlossen. Sie trägt folgende Widmung: »Divo Virgilio / A Son Altesse Sérénissime Madame la Princesse Carolyne de Sayn-Wittgenstein Née Iwanowska, Paris, 10. Mai 1865«. Alle Bemühungen des Komponisten, das Werk in Paris zur Aufführung zu bringen, verliefen zunächst ergebnislos. Selbst der Versuch, in einer persönlichen Vorsprache bei Napoleon III. das Interesse des Kaisers für die Oper zu gewinnen, blieb erfolglos. Zunächst konnte Berlioz im Sommer 1859 nur Bruchstücke seiner ›Trojaner‹ in Baden-Baden hören, wo er in dem Pächter der Spielsäle,

Edouard Bénazet, einen treuen Förderer hatte. Bei seinen weiteren Bestrebungen, das Werk an der Opéra zur Aufführung zu bringen, kam ihm Richard Wagner in die Quere. Die vom Kaiser befohlene Aufführung des ›Tannhäuser‹ führte zum endgültigen Bruch zwischen dem deutschen und dem französischen Komponisten. Der skandalöse Mißerfolg des ›Tannhäuser‹ (März 1861) erweckte zwar große Genugtuung bei Berlioz, doch waren die Zuschußmittel der Opéra infolge der hohen Unkosten, welche die Aufführung der deutschen Oper verschlungen hatte, erschöpft, und so war für die Inszenierung eines ebenfalls riskanten Werkes wie der ›Trojaner‹ kein Geld mehr vorhanden. Glücklicherweise hatte Berlioz inzwischen Beziehungen zu Léon Carvalho, dem Direktor des Théâtre-Lyrique, angeknüpft, der sich bereit erklärte, die ›Trojaner‹ für seine Bühne anzunehmen. Aber erst nachdem Carvalho ein Zuschuß von 100.000 Francs bewilligt worden war, ging er an die Ausführung des Vorhabens. Trotzdem konnte Berlioz eine Aufführung der vollständigen Oper nicht durchsetzen. So kamen nur die letzten drei Akte – jedoch wiederum in fünf Akte unterteilt – unter dem Titel ›Die Trojaner in Karthago‹ am 4. November 1863 im Théâtre-Lyrique in Paris zur Uraufführung. Obwohl diese hastig und unzulänglich vorbereitete Inszenierung des rührigen, aber mangelhaft ausgestatteten Theaters einige Beachtung fand und Berlioz einen finanziellen Gewinn brachte, verschwand das Werk nach insgesamt 22 Vorstellungen aus dem Spielplan. Bis zum Tod des Komponisten kam es zu keiner vollständigen Aufführung der beiden Teile. Diese fand erstmals unter der Leitung von Felix Mottl im Dezember 1890 in Karlsruhe statt. Mottl hat die Aufführung der Oper auf zwei Abende verteilt: Am 6. Dezember ging ›Die Einnahme von Troja‹ und am 7. Dezember ›Die Trojaner in Karthago‹ in Szene. Die erste Aufführung der ›Trojaner‹ als ungeteilte Oper, allerdings mit erheblichen Kürzungen, fand am 13. Mai 1913 in Stuttgart statt. Nach einer langen Phase der Wagner-Euphorie wurde der erste Versuch, Berlioz' bedeutendstes, aber aufgrund seiner Länge und der umfangreichen Besetzung lange Zeit für unaufführbar gehaltenes Werk in seiner Gesamtheit vorzustellen, 1957 in Covent Garden unternommen. Eine erste vollständige Inszenierung (auf der Basis der 1969 im Rahmen der ›New Berlioz Edition‹ erschienenen Gesamtpartitur) fand am 3. Mai 1969 in englischer Sprache an der Scottish National Opera in

Glasgow statt. Ihr folgte eine zweite Produktion anläßlich des Berlioz-Jahres 1969 am Royal Opera House Covent Garden in London am 17. September 1969. Danach fanden weitere maßstabsetzende Inszenierungen, beispielsweise an der Wiener Staatsoper (1976), der Mailänder Scala (1982), der Hamburgischen Staatsoper (1982), der Frankfurter Oper (1982) oder an der New Yorker Metropolitan Opera (1983) statt. Von den Produktionen der jüngeren Vergangenheit ragen unter anderem die Inszenierungen von Joachim Schlömer an der Staatsoper Stuttgart (2007) und von David McVicar, ebenfalls am Royal Opera House Covent Garden (2012), hervor. Zahlreiche, zum Teil hervorragende Aufführungen dokumentieren den musikhistorischen und künstlerischen Rang der ›Trojaner‹, der nach langer Vernachlässigung erst im 20. Jahrhundert erkannt wurde. Mittlerweile wird die Oper als eines der zentralen Bühnenwerke des 19. Jahrhunderts angesehen.

R. K./M. H.

Béatrice und Bénédict

Oper in zwei Akten. Dichtung nach William Shakespeares ›Viel Lärm um nichts‹ vom Komponisten.

Solisten: *Don Pedro*, Befehlshaber der sizilianischen Truppen (Seriöser Baß, gr. P.) – *Leonato*, Gouverneur von Messina (Charakterbaß, auch Charakterbariton, m. P.) – *Hero*, dessen Tochter (Lyrischer Koloratursopran, gr. P.) – *Béatrice*, Leonatos Nichte (Lyrischer Mezzosopran, gr. P.) – *Claudio*, Adjutant Don Pedros (Lyrischer Bariton, gr. P.) – *Bénédict*, sizilianischer Offizier, Freund Claudios (Lyrischer Tenor, gr. P.) – *Somarone*, Kapellmeister (Spielbaß, m. P.) – *Ursula*, Heros Gesellschaftsdame (Spielalt, gr. P.) – *Ein Notar* (Spieltenor, kl. P.).
Chor: Musiker – Sänger und Sängerinnen – Volk von Messina – Hochzeitsgefolge des Don Pedro und des Gouverneurs – Diener (gr. Chp.).
Ballett: Tänzer und Tänzerinnen (Sicilienne, I. und II. Akt).
Ort: Messina.
Schauplätze: Ein prächtiger Park vor dem Palast Leonatos, zu welchem Stufen führen. Im Vordergrund links ein kleines Boskett, davor ein Ruhesitz. Rechts gegenüber eine Statue, zu deren Füßen Blumen. Im Hintergrund Ausblick auf Messina und das Meer. – Im Palast des Gouverneurs. Großer Saal, durch dessen Säulen man in einen kleineren sieht.
Zeit: Beginnt mittags und endet in derselben Nacht.
Orchester: 1 Picc., 2 Fl., 2 Ob. (II. auch Eh.), 2 Kl., 2 Fag., 4 Hr., 2 Cornetts, 3 Pos., P., Schl., Hrf., Gitarre, Str. – Bühnenmusik: 2 Ob., 2 Fag., 2 Trp., Tr.
Gliederung: Ouvertüre und 15 Musiknummern, die durch einen gesprochenen Dialog miteinander verbunden werden.
Spieldauer: Etwa 2½ Stunden.

Handlung
Im Park vor dem Palast Leonatos, des Gouverneurs von Messina, bereitet die Volksmenge dem aus dem Krieg heimkehrenden, siegreichen Befehlshaber der sizilianischen Truppen Don Pedro und seinen Adjutanten Claudio und Bénédict einen begeisterten Empfang mit Gesang und Tanz. Auch die Tochter des Gouverneurs, Hero, und seine Nichte Béatrice sind zugegen. Erstere ist mit Claudio verlobt; auf Wunsch des Gouverneurs soll das Paar noch in dieser Nacht getraut werden. Béatrice und Bénédict hingegen verachten Liebe und Ehe; beide haben bissige Zungen, und mit spöttischen Bemerkungen bringen sie ihre gegenseitige Abneigung zum Ausdruck. Auch seinem Kriegsherrn, Don Pedro, wie seinem Freund Claudio gegenüber erklärt Bénédict, eher ins Kloster gehen, ja in die Hölle fahren zu wollen als zu heiraten. Er bemerkt nicht, wie sich die beiden Kameraden über sein Ereifern amüsieren. Gereizt erklärt er schließlich im Weggehen, sollte er je unters Ehejoch sich beugen, möge man an seine Haustür schreiben: »Hier ist zu sehen Bénédict als Ehemann!« Don Pedro ist jedoch überzeugt, daß Bénédicts Abneigung gegen die Frauen nicht echt und daß auch Béatrices widerspenstiges Verhalten den Männern gegenüber nur Schein ist. Er will daher die Herzen der beiden von ihrem Eis befreien und geht daran, sein Vorhaben mit Claudios Unterstützung sogleich auszuführen. Nachdem sich Pedro und Claudio entfernt haben, erscheint der skurrile Kapellmeister Somarone im Kreis seiner Musiker und Sänger. Mit emsiger Geschäftigkeit probiert er noch rasch seine für die Trauung komponierte Hochzeitskantate. Nach Beendigung der Probe

zieht er sich befriedigt mit seiner Musikantenschar zurück. Bénédict kommt aus dem Palast; er kann die Verliebtheit seines Kameraden Claudio nicht mehr mitansehen. Als er Don Pedro, Leonato und Claudio herankommen sieht, verbirgt er sich schnell hinter dem Gebüsch. Dort vernimmt er aus der Unterhaltung der drei Männer zu seinem Erstaunen, daß Béatrice rasend in ihn verliebt sei. Er ahnt freilich nicht, daß es sich um ein verabredetes Komödienspiel Don Pedros handelt, entdeckt jedoch mit einem Mal seine bis jetzt unterdrückten wahren Gefühle für Béatrice. Aber auch diese hat inzwischen ihre starrköpfige Haltung gegen die Liebe aufgegeben, bekehrt durch ihre Base Hero, die nach der Weisung ihres Vaters Béatrice eingeredet hat, daß Bénédict ihr Herz begehre. Beglückt setzt sich Hero mit ihrer Gesellschafterin bei Einbruch der Dunkelheit auf die Gartenbank und preist im Mondschein Liebe und Natur.

Inzwischen stärken sich im großen Saal des Gouverneurspalastes die Musiker und Sänger mit ihrem Maestro an der Spitze für die Hochzeitsfeier mit feinen Speisen und sizilianischen Weinen. Nachdem sie sich, um frische Luft zu schöpfen, in den Park begeben haben, erscheint erregt Béatrice. Aufrichtig gesteht sie, daß sie Bénédict mit Sorge habe in den Krieg ziehen sehen und daß sie einmal mit einem lauten Schrei aus dem Schlaf erwacht sei, weil sie ihn im Traum fallen und sterben gesehen hatte. Jetzt gibt sie jubelnd zu, ihn zu lieben und ihm treu angehören zu wollen. Da treten Hero und Ursula zu ihr. Schlau wissen sie Béatrice, die sich zunächst wieder unempfindlich gegen Liebe stellt, das Geheimnis ihres Herzens zu entlocken, indem sie ihre Eifersucht reizen, weshalb sie schließlich ihre wahren Gefühle verrät. Damen und Herren betreten den Saal. Hero wird unter den Klängen des Brautlieds von den Brautjungfern mit Schleier und Kranz geschmückt. Als sich der Zug entfernt hat, bleibt Béatrice unschlüssig zurück. Bénédict tritt an sie heran. Nach einem kurzen Wortgeplänkel sind sich die beiden schnell einig. In diesem Augenblick naht sich im feierlichen Aufzug die Hochzeitsgesellschaft mit dem Brautpaar Hero und Claudio und dem Notar. Nach der Zeremonie der Unterschrift des Ehekontrakts erklärt der Notar, er sei beauftragt worden, noch ein zweites Paar zu trauen. Zögernd nähert sich Bénédict Béatrice; in einer kurzen leisen Auseinandersetzung weiß er sie zu bestimmen zu unterschreiben. Triumphierend läßt Leonato vier Diener mit Tafeln vortreten, deren Aufschrift zunächst nicht zu sehen ist. Auf je einen Trommelschlag hin drehen die Diener nacheinander ihre Tafeln um, auf denen nunmehr zu lesen ist: »Hier ist – zu sehen – Bénédict – als Ehemann.« Alle lachen und beglückwünschen die beiden jungen Paare. Bénédict ergreift Béatricens Hand; verliebt necken sich die beiden gegenseitig mit der Behauptung, der jeweils andere sei der Unterlegene. Schließlich einigen sie sich unter der Devise: »Heute reichen wir uns die Hand – und neu beginnt der Krieg morgen!« Belustigt stimmt die Hochzeitsgesellschaft in den Ruf »Morgen!« ein.

Stilistische Stellung
Berlioz hat zu ›Béatrice und Bénédict‹ eine heiter-beschwingte Lustspielmusik mit lyrischem Einschlag geschrieben. Die Faktur der Partitur ist durchsichtig, ein Spielopern-Orchester, ähnlich wie bei Adam, Auber oder Boieldieu, ermöglicht dezente Wirkungen und fördert die Wortverständlichkeit. Dramatisch erregten Stellen, wie sie zum Beispiel Béatricens große Arie Nr. 10 aufweist, steht die zarte Lyrik des Duett-Notturnos (Hero-Ursula) gegenüber, das den I. Akt wirkungsvoll abschließt. Von grotesk-komischer Wirkung ist die Probe der Hochzeitskantate mit der Doppelfuge, deren Beziehung zu dem Geschehen Somarone mit den Worten definiert: »Das Wort Fuge kommt her von fuga = Flucht. Ich habe deshalb eine Fuge mit zwei Subjekten gewählt, um das junge Ehepaar an die Flucht der Zeit zu erinnern. Beide Subjekte haben einen verschiedenen Charakter: das eine lacht, das andere weint – Tod und Leben – alles ist darin!« Musikalisch wirkungsvoll ist auch der Schluß der Oper gestaltet. Er wird zunächst eingeleitet mit einem großen kunstvoll gearbeiteten Ensemble, dem einzigen in dem ganzen Werk (Hochzeitsmarsch Nr. 13), bei dem alle Solisten und der Chor beteiligt sind und das ernsten Charakter hat: Die Anwesenden beten zu Gott, der Herr möge den Bund segnen. Ein tändelndes Scherzo-Duettino (Béatrice und Bénédict) mit einem launischen Triolenthema, aus dem auch die Ouvertüre gebaut ist, bewirkt schließlich einen dem graziösen Grundton des Werkes entsprechenden Ausklang. – Berlioz hat ›Béatrice und Bénédict‹ als Opéra comique komponiert, also als Oper, bei der die einzelnen Musiknummern durch einen gesprochenen Dialog miteinander verbunden werden. Felix Mottl, der ein großer Berlioz-Verehrer war, hat in Zusammenarbeit mit Gustav Heinrich Gans zu

Putlitz diese Dialoge zu orchesterbegleiteten musikalischen Szenen und Rezitativen umgestaltet.

Textdichtung
Die der Oper zugrundeliegende Textvorlage ist Shakespeares 1599 entstandenem Bühnenstück ›Much Ado About Nothing‹ (›Viel Lärm um nichts‹) entnommen. In diesem Werk laufen zwei Handlungen parallel: die Liebesgeschichte des seriösen Paares Hero und Claudio sowie eine komödiantische Nebenhandlung mit dem streitlustigen Paar Béatrice und Bénédict. Berlioz hat in seiner Oper nur letztere verarbeitet, wobei er einzelne Teile des Shakespeareschen Originals in wörtlicher Übersetzung übernahm und anstelle der einfältigen Gerichtsdiener Holzapfel und Schlehwein die komische Figur des Kapellmeisters Somarone mit seinen Musikanten einfügte.

Geschichtliches
Berlioz hatte in dem ebenso großzügigen wie geschäftstüchtigen Pächter der Baden-Badener Spielsäle Eduard Benazet einen treuen Gönner. Dieser war es denn auch, der dem Komponisten den Auftrag erteilte, zur Einweihung des neu erbauten Theatersaals in Baden-Baden eine Oper zu schreiben. Berlioz sagte sogleich zu und beschloß, einen Stoff nach Shakespeares ›Viel Lärm um nichts‹ zu verarbeiten, den er schon früher einmal – im Jahre 1833 – in Erwägung gezogen hatte. Das nunmehr ›Béatrice und Bénédict‹ betitelte Werk wurde in der Zeit von Herbst 1861 bis Frühjahr 1862 geschrieben. Es war nicht nur die letzte Oper, sondern zugleich auch die letzte Komposition des Meisters, die er ausgeführt hat. Benazet scheute keine Kosten für die Verpflichtung erstklassiger Pariser Kräfte und für eine prächtige Bühnenausstattung. So ging die Oper vor erlesenem Publikum am 9. August 1862 unter der Leitung des Komponisten und mit den Damen Charton-Demeur (Béatrice) und Monrose (Hero) sowie mit den Herren Montaubry (Bénédict) und Lefort (Claudio) in den Hauptrollen unter großem Beifall erstmals in Szene.

Günter Bialas
* 19. Juli 1907 in Bielschowitz (Oberschlesien), † 8. Juli 1995 in Glonn (Oberbayern)

Die Geschichte von Aucassin und Nicolette
Oper in dreizehn Bildern von Tankred Dorst nach einer Chantefable aus dem 13. Jahrhundert.

Solisten: *Aucassin,* Sohn des Grafen von Beaucaire (Lyrischer Bariton, auch Kavalierbariton, gr. P.) – *Nicolette* (Lyrischer Koloratursopran, gr. P.) – *Graf von Beaucaire* (Spielbaß, m. P.) – *Vizgraf* (Bariton, auch Baßbariton, m. P.) – *Cirage,* eine schwarze Amme (Mezzosopran, auch Alt, m. P.) – *König Karthago* (Lyrischer Tenor, auch Spieltenor, kl. P.) – *Lehrer* (doppelt zu besetzen mit Vizgraf) – Die Spielmacher *Anton 1* (Lyrischer Tenor, gr. P.) – *Anton 2* (Bariton, gr. P.) – *Anton 3* (Seriöser Baß, gr. P.).
Die Spielmacher übernehmen außerdem noch die folgenden Rollen: 3 Köhler, Herr und Frau Bartholomée, Wegweiser, Bürger von Torelore, 3 Vezire, Soldaten, 2 Mörder, Stimmen des Waldes, Stimmen der Delphine, Stimmen des Windes.
Chor: 5 Kinder (Knabenchor, kl. Chp.).
Ballett und Pantomime: Soldaten. Pfeifer und Trommler, 2 Mörder.
Musiker und Gäste. Antipoden. Der Metzger und die Schweine. Angelique. Sylvia. Valence. Seefahrer. Bürger und Frauen von Torelore.
Ort und Schauplätze: Der Garten von Beaucaire – Die Schloßmauer – Turm und Gefängnis – Der Wald – Fest im Schloß von Beaucaire – Laube Nicolettes – Auf der Reise – Die Stadt Torelore – Meerfahrt – Karthago.
Zeit: In sagenhafter Zeit.
Orchester: Fl., Picc., Ob., Kl., Fag., Hr., Trp., Pos., Tuba, 3 P., Schl., Hrf., Klav., präpariertes Klav. oder Cemb., Str. – Bühnenmusik: Trp., Hr., verstimmtes Klav.
Gliederung: Ouvertüre und 13 Bilder. Einzelne, in sich geschlossene musikalische Nummern.
Spieldauer: Etwa 2¼ Stunden.

Günter Bialas

Handlung

Im Prolog erklären die drei Spielmacher, die »Antons«, das Spiel für eröffnet. Sie stellen die Frage: kann es so eine ewige, ideale Liebe wie die zwischen Aucassin und Nicolette überhaupt geben? Aucassin lehrt seine Geliebte, die Mohrin Nicolette, die französische Sprache. Der Vizgraf kommt und warnt ihn vor dem Zorn seines Vaters, des Grafen von Beaucaire, der Nicolette nicht zur Schwiegertochter will.

Der Graf hat Nicolette gefangensetzen lassen. Aucassin irrt durchs Schloß und sucht nach seiner Geliebten, ohne sie zu finden. Da der Graf von Valence mit Truppen die Grafschaft bedroht, bietet Aucassin seinem Vater einen Vertrag an: Wenn er die Feinde besiege, dürfe er Nicolette wiedersehen. Der Graf stimmt widerstrebend zu.

Auf der Schloßmauer beobachten der alte Graf und der Vizgraf die Schlacht. Zuerst scheint es, als würden die Truppen Aucassins geschlagen, doch als dieser erfährt, daß der Graf von Valence eine Prämie auf seinen Kopf ausgesetzt hat, packt ihn die Wut, und er schlägt die feindlichen Truppen und nimmt den Grafen von Valence gefangen. Als er vom Vater die Einlösung des Vertrages fordert, kann dieser sich angeblich nicht daran erinnern, einen solchen abgeschlossen zu haben. Aucassin empört sich und läßt den gefangenen Grafen von Valence frei. Dafür sperrt ihn sein Vater ein.

Nicolette gelingt es, mit der schwarzen Amme Cirage, die sie bewachen soll, den Schleier zu tauschen und zu fliehen. Da sie fürchtet, ermordet zu werden, flieht sie in den Wald.

Im Wald begegnet sie drei Köhlern und läßt durch sie Aucassin die Botschaft zukommen, er möge in den Wald kommen und die Hirschkuh jagen. Der alte Graf hat zwei Mörder ausgeschickt, um Nicolette zu töten, doch diese treffen nur die alte Amme an. Da Nicolette geflohen ist, wird Aucassin wieder aus der Haft befreit. Am Hofe feiert man den Sieg über den Grafen von Valence mit einem großen Fest; nur Aucassin ist traurig. Da erreicht ihn die Nachricht der Köhler. Er versteht und will sofort zur Jagd aufbrechen. Vor ihrer selbstgebauten Laubhütte findet Aucassin seine Nicolette. Da sie nicht nach Beaucaire zurück können, laufen sie »durch wenigstens dreißig Grafschaften und über mehrere Gebirge«. Sie kommen in die Stadt Torelore. Während er die Stadt besehen will, geht Nicolette ans Meer, um die Füße zu kühlen. Für Aucassin werden in dieser verdrehten Stadt, in der die Antipoden auf den Händen gehen, Kinderträume und Kinderängste Wirklichkeit. Hier ziehen die Frauen in den Krieg, gebären die Männer, die Kinder sind Richter, und die Schweine schlachten den Metzger. In Torelore erreicht ihn durch eine Brieftaube die Nachricht vom Tode seines Vaters; er ist jetzt Graf von Beaucaire. Als er nach Nicolette ruft, antwortet niemand – so kehrt er nach Hause zurück.

Nicolette ist, als sie am Meer war, von Sarazenen nach Karthago entführt worden. Auf dieser Meerfahrt lauscht sie lateinisch singenden Delphinen. Nicolette wird zum König von Karthago gebracht, der an einem Muttermal in ihr seine vor 18 Jahren geraubte Tochter wiedererkennt. Doch nach einigen Wochen langweilt sie sich in Karthago. Sie denkt an Aucassin, und die Winde erzählen ihr, er sei jetzt Graf von Beaucaire geworden und werde heiraten. Da bittet sie die Winde, sie mit zurück nach Beaucaire zu nehmen.

In Beaucaire redet der Vizgraf dem jungen Grafen Aucassin zu, doch endlich zu heiraten. Viele Bräute werden ihm zur Auswahl angeboten, doch in allen erkennt er einen Zug, der ihn an Nicolette erinnert. Da erscheint eine unförmige alte Frau namens Margot (in ihr verbirgt sich Nicolette), und sie will er heiraten, da ihn an ihr nichts an die schöne junge Nicolette erinnere. Ein großes Fest wird gefeiert.

Stilistische Stellung

In Bialas zweiter Oper ging es ihm nicht um eine Oper im traditionellen Sinn, sondern – in Fortsetzung von Strawinskys ›Geschichte vom Soldaten‹ und Brecht/Weills Stücken aus den zwanziger Jahren – um ein unpsychologisches Theater, ein heiter-ironisches Spiel, das nie verhüllt, daß es sich um ein Spiel handelt. Musikalisch und dramaturgisch erreicht Bialas dies zum einen durch die Rollen der drei Spielmacher, die stets den unmittelbaren Kontakt mit dem Zuschauer halten, also aus der Bühnenwirklichkeit ausbrechen, und die zudem viele Rollen übernehmen; zum anderen dadurch, daß er musikalisch eine Fülle traditionell vorbelasteter Nummern – Lieder, Chansons, Arien, Ensembles, Schlacht- und Jagdmusiken, Barcarolen – zitierend verfremdet.

Textdichtung

Das Libretto zu ›Aucassin und Nicolette‹ entstand in unmittelbarer Zusammenarbeit zwischen dem Komponisten und dem Librettisten Tancred Dorst. Dorst hatte bereits Anfang der fünfziger Jahre für eine Schwabinger Marionettenbühne nach der anonymen Chantefable des 13. Jahrhunderts ein Stück ›Aucassin und Nicolette‹ geschrieben, das er 1964 in das Schauspiel ›Die Mohrin‹ umarbeitete. Dieses Schauspiel war dann der Ausgangspunkt für das Libretto, das gleichwohl noch zahlreiche Umarbeitungen erfuhr.

Geschichtliches

Bialas' ›Aucassin und Nicolette‹ wurde am 12. Dezember 1969 an der Bayerischen Staatsoper in München uraufgeführt, es dirigierte Matthias Kuntzsch, es inszenierte Dietrich Haugk, die Hauptpartien sangen Ingeborg Hallstein und Hans Wilbrink. Als eine der wenigen unpsychologischen skeptisch-melancholischen komischen Opern unserer Tage hat sich das Werk seitdem recht gut im Spielplan gehalten.

Harrison Birtwistle

* 15. Juli 1934 in Accrington (Lancashire)

Punch and Judy

Eine tragische Komödie oder eine komische Tragödie in einem Akt. Dichtung von Stephen Pruslin.

Solisten: *Pretty Polly*, später *Hexe* (Lyrischer Koloratursopran, gr. P.) – *Judy*, später *Wahrsagerin* (Lyrischer Mezzosopran, gr. P.) – *Rechtsanwalt* (Hoher Tenor, auch Spieltenor, gr. P.) – *Punch* (Lyrischer Bariton, gr. P.) – *Choregos*, später *Jack Ketch* (Kavalierbariton, gr. P.) – *Arzt* (Schwerer Spielbaß, gr. P.). Zusatzinstrumente für die Solisten: 2 Paar Fingerzimbeln (Polly), Blechtrommel (Judy), Spielzeugbecken (Rechtsanwalt), Handglokke (Choregos), Kindertrompete (Arzt).
Chor: Gebildet aus dem Solistenensemble.
5 Tänzer-Mimen: 2 Frauen, 3 Männer.
Schauplätze: Simultanbühne. Vor dem Vorhang: links Choregos Bude, rechts Musikpodium. Hinter dem Vorhang, im vorderen Teil der Bühne: links der Chor-Galgen, rechts Pretty Pollys Piedestal. Weiter hinten führen Stufen zum Mordaltar hinauf, dahinter ein Bilderrahmen, in dem Punchs Reise auf Horsey, seinem Steckenpferd, stattfindet.
Zeit: Keine Zeitangabe.
Orchester: Trp., Pos., Schl. (2 Spieler: 2 P., Xyl., Vib., Rgl., Glsp., Crotales, 4 Bongos, 4 Timbales, 4 hängende Becken, 4 Tbl., 2 Wbl., 2 Triangel, 2 Tablas, 2 Tamtams, 2 Metallblöcke, kl. Tr., gr. Militärtr., Beckentr., Schellentr., Guiro, Mambo Bell oder Kuhglocke, Ratsche, 2 Trillerpfeifen, Maracas, Nietenbecken), Hrf., 2 Viol., Br., Vcl., Kb. Der Primgeiger spielt auch Claves, die übrigen Str. Claves und Handglocken, der Kontrabassist Claves, Handglocken, Ratsche und Wbl. – Bühnenmusik: Fl. (Picc., Afl.), Ob. (Eh.), Kl. (Bkl., Es-Kl. oder Ssax.), Fag. (Kfag.), Hr.
Gliederung: Folge von in sich abgeschlossenen musikalischen Nummern, die sich zu größeren Einheiten zusammenschließen und häufig refrainartig wiederkehren.
Spieldauer: Etwa 1¾ Stunden.

Handlung

»Prolog«: Vor geschlossenem Vorhang begrüßt der Choregos von seiner Bude aus das Publikum und ruft Punch herbei, auf daß die Tragödie ihren Lauf nehme.
»Melodrama I«: Der Vorhang öffnet sich. In der Mitte der Bühne wird Punch sichtbar, wie er sein Baby singend in den Schlaf wiegt. Allerdings mischt sich ein immer bedrohlicherer Ton in das Schlummerlied. Schließlich wirft Punch, einen Kriegsschrei ausstoßend, das schreiende Baby ins Feuer. Punchs Ehefrau Judy hat ebenfalls ein Wiegenlied angestimmt, als sie auf die Bühne kommt. Es dauert allerdings eine Weile, bis sie die verkohlte Leiche ihres Babys entdeckt. Aufgrund des Kindesmords entspinnt sich zwischen dem Paar ein Wortwechsel von zunehmender Heftigkeit, in dessen Verlauf der Choregos den Tod Judys voraussieht. Punch führt Judy zum Mordaltar hinauf. Unterdessen denkt der Cho-

regos über die Todesbereitschaft von Punchs Opfer nach, und der Rechtsanwalt und der Doktor begeben sich zum Chor-Galgen, von wo aus sie Punch ein schlimmes Ende prognostizieren. In der Tat ist Judy darüber glücklich, durch die Hand ihres Gatten zu sterben, der sie – wieder unter Kriegsgeschrei – mit einem Messer ersticht. Vom Choregos geführt, besteigt Judy den Chor-Galgen, wo sie sich zum Zeichen ihres Todes eine Schlinge um den Hals legt. Während Punch beschließt, sich auf die Suche nach der angebeteten Pretty Polly zu begeben, stellen die übrigen Protagonisten im »Passions-Choral I« Betrachtungen über den Tod an. Auf der Suche nach Pretty Polly wird Punch, auf seinem Steckenpferd Horsey reitend, im Bilderrahmen hinter dem Mordaltar sichtbar. Nach der Beschreibung des Choregos befindet sich Punch an einem Sommernachmittag unter dem Sternzeichen des Krebses auf dem Weg nach Osten. Doch in einem Wetterbericht vermeldet der Chor für drei Uhr Sturmaufkommen. Gleichwohl bitten die Protagonisten in einem Gebet um günstige Winde für Punch, der sich dem in grünes Licht getauchten Piedestal Pollys nähert. Gleichsam als Postillon d'amour fungierend, überreicht der Choregos Polly eine riesige Sonnenblume, während Punch die Geliebte mit einem Ständchen umwirbt. Allerdings weist Polly unter Hinweis auf den Feuertod des Babys die Liebesgabe zurück, woraufhin der unglückliche Punch vom Choregos getröstet wird.

»Melodrama II«: Der Arzt und der Rechtsanwalt stellen sich Punch in den Weg und klagen ihn seiner Verbrechen an. Punch aber kontert mit einem Nonsens-Ratespiel. Er bedingt sich aus, die beiden auf die Folterbank führen zu dürfen, im Falle, daß sie die richtige Antwort auf seine Rätselfrage schuldig bleiben sollten. Dreimal gibt Punch ihnen die Möglichkeit, das unlösbare Rätsel zu knacken, doch zwangsläufig versagen sie jedes Mal. Von seiner Bude aus beobachtet der Choregos das Treiben. Wieder sieht er das unmittelbar bevorstehende Ende von Punchs Kontrahenten voraus, die nicht anders als Judy auf dem Mordaltar zu Punchs willigen Opfern werden. Mit dem obligatorischen Kriegsschrei auf den Lippen ersticht Punch den Arzt mit einer riesigen Spritze, den Rechtsanwalt wiederum mit einem überdimensionierten Federkiel. Danach ist es abermals am Choregos, die Ermordeten zum Chor-Galgen zu geleiten. Mit Schlingen um den Hals intonieren sie gemeinsam mit Judy eine weitere Strophe des Passions-Chorals, nachdem sich Punch zu einer neuerlichen Werbung um Pretty Polly entschlossen hat. Dieses Mal führt ihn sein Ritt unter dem herbstlichen Sternbild des Skorpions westwärts in die Abenddämmerung. Im Wetterbericht ist für neun Uhr Wind angekündigt, wieder bittet der Chor um schönes Wetter für Punch. Pollys Podest erscheint nun in rotem Licht. Erneut stößt Punchs Ständchen bei der Geliebten auf taube Ohren. Und als der Choregos Polly im Namen Punchs einen Edelstein anbietet, will sie auch dieses Geschenk, da ihm der Schmerz von Punchs Opfern eingeprägt sei, nicht annehmen. Zum zweiten Mal spendet der Choregos dem abgewiesenen Freiersmann Trost.

»Melodrama III«: Der Choregos ist nun der einzige lebende Gefährte, der Punch noch geblieben ist. Er verläßt seine Bude, um gemäß Punchs Wunsch zum Lobpreis Pollys ein Fest zu arrangieren. Die mit Tanz und Sang begangene Festlichkeit entpuppt sich allerdings als ein Spiel aller gegen den Choregos: Der Galgen-Chor stiftet Punch an, den Choregos mit einer Trompete, einem Becken und einer Trommel als Prügelinstrumenten zusammenzuschlagen. Die als Krönung ausgegebene Folterszene mündet in ein Bacchanal der Tanzmimen auf dem Mordaltar. Die Verspottung des Choregos schließt sich an, freilich ohne Judys Beteiligung. Sie erhebt sogar Protest, als Punch sein Opfer in einen Kontrabaßkasten sperrt, um es darin zu Tode zu geigen. Indessen fällt Punchs Kriegsschrei dieses Mal verhaltener aus: Beim Anblick der aus dem Kontrabaßkasten purzelnden Leiche erkennt er, daß es nun niemanden mehr gibt, den er quälen könnte, da er nun alle seine Spielgefährten ums Leben gebracht hat. Während die Tänzer den toten Choregos fortschaffen, wird er vom Chor betrauert. Es wird dunkel. Zwar vermelden Choregos und der Chor aus dem Off, daß Punch seine Suche nach Polly nun um Mitternacht in Richtung Norden fortsetzt. Darüber hinaus aber beobachten sie an Punch alle Symptome eines von Alpdrücken heimgesuchten Schläfers, dessen Angsttraum darin seinen Anfang nimmt, daß sich Punch von einer Wahrsagerin die Tarot-Karten legen läßt. Hierbei ist es dem Choregos vorbehalten, die Karten zu deuten, und in Erinnerung an Punchs frühere Schandtaten prophezeit er ihm ein furchtbares Ende. Punch schreit entsetzt auf, als sich die Wahrsagerin als Judy entpuppt. Doch damit nicht genug: In einer weiteren Horror-Vision schreitet er in Begleitung Judys, des Choregos und dreier Tänzer zu dem als Traualtar ausgestatteten Piedestal Pollys, um mit der in eine Hexe verwandelten Geliebten schwarze Hochzeit zu halten. Danach treten der Arzt und der Doktor, ihrerseits gefolgt von zwei Tänzern, auf den Plan und fordern die Verurteilung ihres Peinigers. Während das Tanz-Ensemble den Mordaltar in Beschlag nimmt, konfrontiert der Chor Punch in einem Auszählreim mit seinem Sündenregister. Die mehrfache Drohung, ihm mit gleicher Münze heimzuzahlen, verfehlt nicht ihre Wirkung. In Panik aus dem Alptraum aufschreckend, ruft Punch Horsey um Hilfe und wird ohnmächtig. Es folgt Punchs neuerliche Suche nach Pretty Polly. Nun wendet er sich, während die Wettervorhersage für sechs Uhr morgens Schauer ankündigt, nach Süden, um Polly im winterlichen Sternzeichen des Steinbocks für sich zu gewinnen. Ihr Piedestal ist dieses Mal von einem blauen Scheinwerfer angestrahlt. Doch die Geliebte selbst ist verschwunden. Abermals bedarf Punch der Tröstung durch den Choregos. Das Galgen-Ensemble reflektiert in einer dritten Passions-Choral-Strophe über den Zusammenhang von Liebe und Leben.

»Melodrama IV«: Punch wurde zum Tode verurteilt und sitzt hinter Gittern. In der Verkleidung des Henkers Jack Ketch tritt der Choregos auf. Die beiden Protagonisten geraten in einen Rätselwettstreit über ihre Namen, in dessen Verlauf sich Punch als »Mr. Paunch« (Wanst) ausgibt. Der Henker hingegen nennt sich im Anklang an seinen wahren Namen »Jachorageous« (der mutige Jack) und läßt schließlich zur Verblüffung Punchs unter dem Jubel des von Rachegelüsten erfüllten Galgen-Chores die Maske fallen. Geführt vom Choregos, besteigt Punch den von einem riesigen Galgen überragten Mordaltar, während Pretty Polly auf ihrem Podium zunächst in grünes, danach in rotes und schließlich in blaues Licht getaucht ist. Punch stellt sich dumm, so daß ihm der Choregos am eigenen Halse demonstriert, wie man sich eine Schlinge umlegt. Ein letztes Mal stößt Punch seinen Kriegsschrei aus und henkt den Henker, den er als den Teufel apostrophiert. Punchs Triumph ist vollkommen: Pollys Podest erstrahlt nun in gleißendem Licht, endlich wendet sie sich dem Geliebten zu. Dazu verläßt sie ihr Piedestal, um gemeinsam mit Punch ihre Liebe zu besingen. Der Galgen auf dem Mordaltar hat sich in einen Maibaum verwandelt. In der Mitte der Bühne versammeln sich alle zum Happy End und preisen in Anlehnung an Mozarts ›Zauberflöte‹ die Liebe von »Mann und Weib und Weib und Mann«. Lediglich Choregos hat sich am Schlußjubel nicht beteiligt. Nachdem der Vorhang gefallen ist, konstatiert er im »Epilog« von seiner Bude aus das Ende der – als Tragödie angekündigten – Komödie.

Stilistische Stellung

Vergleichbar Strawinskys ›The Rake's Progress‹ ist ›Punch and Judy‹ eine Oper über die Oper, weshalb Birtwistles Partitur durch gattungsspezifische Traditionsbezüge geprägt ist, die in formalen Anleihen wie Wiegenlied, Ständchen, Sinfonia (zur Einleitung des II. Melodramas), kontemplativem Quartett (während der Alptraum-Episode), Liebesduett (zwischen Punch und Polly) und moralisierendem Schlußensemble in der Art eines Lieto fine zum Tragen kommen. Insbesondere die Oper des 18. Jahrhunderts ist, wie die Aneinanderreihung in sich abgeschlossener musikalischer Nummern erweist, für das Werk ein wichtiger Bezugspunkt, wobei der Komponist allerdings aufs verbindende Secco-Rezitativ verzichtet. Dafür werden während des III. Melodramas die von einem Accompagnato eingeleitete Da-capo-Arie in Judys Bitte um die Verschonung des Choregos und später das Lamento wiederbelebt. Über die Gattung Oper hinaus führt hingegen eine von schwarzem Humor getragene Anspielung auf Paul Hindemith. Dessen Schlagwort der »Gebrauchsmusik« wird nämlich zur wörtlich zu nehmenden Satzbezeichnung, um die musikalische Folterung des Choregos durch Trompete, Zimbel und Pauke treffsicher zu charakterisieren. Der Rückgriff auf den Formenkanon der barocken Instrumentalmusik bestimmt die Werkgestalt aber in noch stärkerem Maße: So sind mehrere Toccaten in die Partitur eingefügt, außerdem zu Beginn des III. Melodrams das »Little Canonic Prelude to Disaster« (kleines kanonisches Katastrophenpräludium). In Gavotte (Punchs Willenserklärung in den Melodramen I und II, sich auf die Suche nach Polly zu begeben, und seine Serenade I), Allemande (Serenade II) und Pavane (Serenade III) klingt wiederum die Tanzmusik der Barockzeit an, und die Choral-Einschübe nehmen auf Johann Sebastian Bachs Passionen Bezug.

Zwar fällt Birtwistles durchweg ironische Plünderung des althergebrachten Formenschatzes ganz unmittelbar ins Ohr, nicht aber als Restitution überkommener Klangklischees. Denn Birtwistle organisiert den Tonsatz unter Anwendung serieller Kompositionstechniken. Ferner ist der

Barock im Sinne einer schematisch-formelhaften Darstellung der Affekte für die Dramaturgie des Stückes relevant. Das bedeutet, daß Birtwistles Protagonisten keine Charaktere sind, vielmehr stellt der Komponist Spielfiguren auf die Bühne, die nach ihrem Tod weiter agieren oder wie Marionetten in ihren Aktionen plötzlich erstarren (z. B. die während Punchs Serenaden tanzende Polly). Es handelt sich also um Figurentypen, die in ihren schwankenden Zu- und Abneigungen unberechenbar sind, und deren affektuoses Verhalten sich (psycho)logischer Erklärung entzieht. Beispielsweise wechselt der Titelheld, vergleichbar einem Kinde, unvermittelt zwischen Aggression und Zärtlichkeit, je nach Situation lebt er die eine oder die andere Seite aus. Mögen auch gegen Schluß Punchs sanftere Neigungen in den Vordergrund treten, von einer zwingenden Persönlichkeitsentwicklung durch Triebbändigung kann dennoch nicht die Rede sein. Darüber hinaus weist Birtwistle dem Bühnenpersonal wechselnde Funktionen zu. So sind Punchs Gefährten einerseits als Akteure im Spiel, andererseits kommentieren sie das Geschehen. Eine weitere dramaturgische Eigenheit des Werkes besteht darin, daß die Handlung aus sich mehrfach wiederholenden Aktionselementen (etwa Punchs in alle Himmelsrichtungen führenden Reisen) zusammengefügt ist. Mit diesen szenischen Wiederholungsmomenten laufen musikalische Reprisen bereits erklungener, teilweise nur wenige Takte umfassender Versatzstücke parallel (z. B. Punchs den Mordtaten vorausgehender Kriegsschrei), weshalb Birtwistles Komposition wie ein Klang-Kaleidoskop anmutet. Ohnehin ist formelhafte Determinierung ein Hauptcharakteristikum dieser Oper. So werden die Instrumente der Bühnenmusik häufig personengebunden eingesetzt, und die Spielorte der Protagonisten sind auf der Simultanbühne präzise fixiert. Gleiches gilt, wie etwa an dem für die Hinrichtungen vorgesehenen Mord-Altar zu ersehen ist, für die ritualisierten Handlungsvorgänge. In ihnen schlagen sich einerseits Einflüsse von Antonin Artauds »Theater der Grausamkeit« nieder. Andererseits weist die Darstellung absurder und deshalb auf den naturalistischen Schockeffekt verzichtender Brutalität ins Genre des Kasperltheaters, dem sich in ›Punch and Judy‹ Elemente aus der Sphäre des Kinderspiels (Rätselreime, Nonsens-Verse oder Punchs Steckenpferd) verbinden. Überdies wird der artifizielle Charakter des Stücks durch Bezüge zur altgriechischen Chorlyrik (die Dithyramben und der Päan im III. Melodrama) noch verstärkt, ebenso durch Anknüpfungen an das antike Theater, wie sie in Pro- und Epilog, vor allem aber in der Figur des Choregos (des der griechischen Tragödie entstammenden Chorführers) gegeben sind.

Dichtung

Birtwistle hat seine Figuren im englischen Puppenspiel vorgefunden, dessen Hauptheld Punch auf den neapolitanischen Pulcinella der Commedia dell'arte zurückgeht. Schon im italienischen Stegreifspiel baumelt zu guter Letzt der Henker, der hier mit Jack Ketch – dem 1686 verstorbenen, berühmt-berüchtigten Scharfrichter der englischen Restaurationszeit – identifiziert wird, selbst am Galgen. Pretty Polly wiederum kam Anfang des 19. Jahrhunderts bei einer neuerlichen Umgestaltung des Jahrmarktspiels hinzu. Birtwistle konnte den 1940 in New York geborenen Pianisten Stephen Pruslin – Schüler des bedeutenden Schönberg-Interpreten Eduard Steuermann und Dozent an der Princeton University – als Textdichter gewinnen. Kein geringerer als der Strawinsky-Librettist Wystan Hugh Auden hielt Pruslins Libretto, in dem neben anspielungsreichen, witzigen Wortspielen, Stab- und Endreimen durchaus auch poetische Valeurs zum Tragen kommen, für eines der originellsten und hervorragendsten Opernbücher des 20. Jahrhunderts.

Geschichtliches

Seit 1964 trug sich Birtwistle mit Überlegungen zu einer Oper über das englische Kasperl, an deren Komposition er im Auftrag der English Opera Group von Januar 1966 bis Januar 1967 arbeitete. Uraufgeführt am 8. Juni 1968 anläßlich des Festivals in Aldeburgh in der dortigen Jubilee Hall, verursachte das in einer Inszenierung von Colin Graham und unter der musikalischen Leitung von David Atherton gegebene Werk einen, wie der Musikhistoriker Meinhard Saremba berichtet, »mittelschweren Theaterskandal ... Die Brutalität der Handlung, die Kraßheiten der Musik trafen ... Benjamin Britten verließ die Vorstellung.« Trotz enthusiastischer Uraufführungskritiken dauerte es elf Jahre, bis das Werk in Großbritannien wiederaufgeführt wurde. Auch diese Londoner Konzertproduktion stand unter der Leitung des Uraufführungsdirigenten und ist mit der »London Sinfonietta« als Instrumentalensemble auf CD dokumentiert. 1985 wurde das Stück in Coventry und in Gelsenkirchen nachgespielt, und 1991 kehrte es nach Aldeburgh in einer Inszenierung des Komponisten (Dirigent: Nicolas Cleobury) zurück, die im selben Jahr auch am Berliner Hebbel-Theater gezeigt wurde. Im Januar 1999 erlebte Birtwistles Opernerstling auf der Kleinen Bühne des Theaters Basel seine Schweizer Erstaufführung in Markus Bothes auf einem Rummelplatz spielender Inszenierung (Dirigent: Jürg Henneberger). Im September desselben Jahres folgte Graz mit einer Produktion, die den Siegern des 1997 vom Wagner-Forum Graz und den Bühnen Graz ausgelobten »1. Internationalen Wettbewerbs für Regie und Bühnenbild« ermöglicht wurde. In Holger Müller-Brandes Inszenierung (Bühnenbild und Kostüme: Katrin Lea Tag, Dirigent: Nassir Heidarian) fand insbesondere Rupert Bergmann, der in der Rolle des Titelhelden (so Karl-Heinz Dicht) »perfekt den brutalen Proleten« mimte, große Anerkennung.

R. M.

Georges Bizet
* 25. Oktober 1838 in Paris, † 3. Juni 1875 in Bougival bei Paris

Die Perlenfischer (Les pêcheurs de perles)

Oper in drei Akten. Dichtung von Michel Carré und Eugène Cormon.

Solisten: *Leila*, eine Tempelpriesterin (Lyrischer Koloratursopran, gr. P.) – *Nadir*, ein Jäger (Lyrischer Tenor, gr. P.) – *Zurga*, ein Perlenfischer (Lyrischer Bariton, auch Kavalierbariton, gr. P.) – *Nourabad*, Gemeindeältester (Seriöser Baß, m. P.).
Chor: Perlenfischer (gr. Chp.).
Ort: Ceylon.
Schauplätze: Wilde Küstenlandschaft – Ruinen eines Tempels – Zurgas Zelt.
Orchester: 2 Fl., 2 Ob., 2 Kl., 2 Fag., 4 Hr., 2 Trp., 3 Pos., 2 Hrf., Schl., Str. – Bühnenmusik: Fl., kl. Tr., Hrf. (Eine Partitur von Bizets Hand ist nicht erhalten, das Orchestermaterial der Uraufführung ist verloren. Alle Instrumentationen sind von fremder Hand, und ihre Authentizität ist zweifelhaft. Lediglich ein Klavierauszug Bizets von 1863 ist erhalten und liegt der Ausgabe bei Choudens zugrunde.)
Gliederung: Vorspiel und 16 ineinander übergehende Musiknummern.
Spieldauer: Etwa 2 Stunden.

Handlung

Am Strande von Ceylon beschwören die Perlenfischer die Dämonen. Die alljährliche Fangzeit ist angebrochen, und man wählt Zurga zum Anführer des gefährlichen Unternehmens. Da taucht der lange verschollene Jäger Nadir auf. Zurga begrüßt den Jugendfreund herzlich und erinnert ihn an ein gemeinsames Erlebnis: in der heiligen Stadt Kandy waren beide in heißer Liebe zu einer Frau entbrannt; beide schworen einander damals, mit Rücksicht auf ihre Freundschaft nicht um diese Tempelschönheit zu werben, und sie erneuern jetzt diesen Eid. Da bringt der Oberpriester Nourabad eine verschleierte Jungfrau, die während des Fanges Tag und Nacht im Tempel beten soll, um das Meer zu beruhigen. Leila gelobt, sich nie unverschleiert zu zeigen, um sich nach Abschluß des Fanges die größte Perle zu verdienen. Sollte sie diesen Schwur brechen, so droht ihr der Tod. Während der Zeremonie hat Nadir in Leila die früher verehrte Frau aus Kandy wiedererkannt, und auch Leila hat ihn wiedererkannt. Trotzdem schwört sie und betritt mit dem Priester den Tempel. Dort betet sie zu Brahma. Nadir ruft vom Fuße des Tempelberges, und jetzt singt Leila nur noch für ihn.

Der II. Akt spielt im Tempel: Leila berichtet dem Oberpriester von einem Mann, den sie einst im Hause ihres Vaters vor seinen Verfolgern verbarg. Zum Dank erhielt sie von dem Geretteten eine Kette. In der Zwischenzeit nähert sich Nadir dem Tempel; er will zu der Geliebten, die ihn vergebens anfleht, die Gefahr zu meiden. Die Wächter und der Oberpriester jedoch sind aufmerksam geworden und eilen hinter dem fliehenden Tempelschänder her. Ein Sturm bricht aus, als man den gefangenen Nadir hereinschleppt. Die aufgebrachten Fischer verlangen den Tod der beiden, doch Zurga versucht, den Freund zu retten. Da zerreißt der Priester den Schleier des Mädchens, und erschüttert muß Zurga in ihr das Mädchen aus Kandy wiedererkennen. Nun kennt auch er – aufgebracht über den Treubruch – kein Mitleid mehr. Ein wildes Gebet zu Brahma beschließt den Akt.

Von Eifersucht und Freundschaft zu Nadir gleichermaßen bewegt, sitzt Zurga grübelnd in seinem Zelt, als Leila erscheint. Sie bittet um Gnade für den Geliebten, sie werde dann selbst gern sterben. Zurga verweigert die Bitte, und Leila verflucht ihn. Sie wirft ihm die Kette jenes Mannes hin, den sie einst beschützt hat, und verlangt, man möge sie nach ihrem Tod ihrer Mutter aushändigen. Zurga wirft einen Blick auf das Schmuckstück und eilt dann Leila nach, die das Zelt schon verlassen hat. – An der Küste ist das Opferfest vorbereitet, und man erwartet den Morgen, um die beiden Tempelschänder zu töten. Die Verurteilten werden zum Richtplatz geführt, als plötzlich ein Flammenschein den Himmel erhellt. Zurga eilt herbei und ruft, die Hütten des Dorfes stünden in Flammen – der Himmel habe dies Feuer als Strafe geschickt. Alles stürzt davon, um zu löschen, nur Nourabad verbirgt sich. Zurga offenbart sich dem Paar als der Mann, der Leila sein Leben verdanke. Er habe die Hütten angezündet, um das Volk abzulenken und ihnen die Flucht zu ermöglichen. So wolle er Leilas Hilfe belohnen. Während Leila und Nadir mit einem Boot fliehen können, wird Zurga von Nourabad und dem aufgebrachten Volk gefangen und zum Tode durch das Feuer verurteilt.

Stilistische Stellung
›Die Perlenfischer‹ ist die erste große Oper, die Bizet, nachdem ihm der Rompreis des Conservatoire 1857 zuerkannt worden war, an einer renommierten Bühne herausbringen konnte. Die Uraufführung am 30. September 1863 im Pariser Théâtre Lyrique fand jedoch kaum Resonanz. Bizet orientierte sich, dem Sujet gemäß, an dem damals in Frankreich verbreiteten Interesse an außereuropäischer Kultur und an einem zivilisationsmüden Exotismus. Der Orientalist und Komponist Félicien David (1810–1876) hatte mit seiner Orchester-Ode ›Le Désert‹ und seiner »indischen« Oper ›Lalla Roukh‹ (dasselbe Sujet verwendete schon Robert Schumann in ›Das Paradies und die Peri‹) bereits einer orientalischen Melodik, Rhythmik und Instrumentation gehuldigt. Bizet knüpfte hier an und vermochte, insbesondere mit den von der Kritik gerügten »bizarreries harmoniques«, einen vermeintlich orientalischen Ton zu treffen.

Textdichtung
Das Libretto, das der Direktor des Théâtre Lyrique Bizet vorgelegt hatte, stammt von den vielbeschäftigten Autoren Michel Carré und Eugène Cormon (eigentlich: Pierre-Etienne Priestre). Es ist nicht viel mehr als ein Tribut an die Exotismus-Mode und steht durch Schwulst und dramaturgische Ungeschicklichkeit dem Werk eher im Wege.

Geschichtliches
Die Uraufführung der ›Perlenfischer‹ am 30. September 1863 im Pariser Théâtre Lyrique war kein großer Erfolg. Lediglich Hector Berlioz, der über diesen Abend seine letzte Kritik für das Journal des Débats‹ schrieb, äußerte sich positiv: »Die Partitur der ›Perlenfischer‹ macht Bizet die größte Ehre, und man wird sich genötigt sehen, ihn als Komponisten anzuerkennen ...« 1863 brachte es die Oper immerhin auf 18 Vorstellungen, und 1866 wurde sie – auf Initiative von Carré – wieder in den Spielplan aufgenommen. Dann aber verschwand sie so nachhaltig, daß bis heute die Partitur und das Orchestermaterial der Uraufführung verschollen sind. Erst nach Bizets Tod interessierte man sich – vom Erfolg der ›Carmen‹ beeindruckt – für die früheren Werke Bizets, und 1885 und 1893 erschienen zwei Klavierauszüge des Werkes, die jedoch stark in das schwache Libretto eingreifen und auch die Musik nicht unangetastet lassen, zum Teil originale Musik gestrichen haben und zum anderen fremde Musik einfügen. 1973 wurde zum ersten Mal seit mehr als einhundert Jahren an der Nationaloper von Wales die Originalfassung von 1863 wieder gespielt, soweit sie sich nach dem einzig erhaltenen Klavierauszug von Choudens rekonstruieren läßt.

Carmen

Opéra comique in vier Aufzügen. Textbuch von Henri Meilhac und Ludovic Halévy nach einer Erzählung von Prosper Mérimée.

Solisten: *Don José Lizarrabengoa*, Sergeant (Jugendlicher Heldentenor, gr. P.) – *Escamillo*, Torero (Kavalierbariton, auch Charakterbariton, m. P.) – *Le Dancaïre*, Schmuggler (Spieltenor, auch Spielbaß, m. P.) – *Le Remendado*, Schmuggler (Spieltenor, auch Spielbaß, m. P.) – *Moralès*, Sergeant (Lyrischer Bariton, kl. P.) – *Zuniga*, Leutnant (Seriöser Baß, auch Charakterbaß, m. P.) – *Carmen*, auch Carmencita genannt, Zigeunerin (Dramatischer Mezzosopran, gr. P.) – *Micaëla*, Bauernmädchen (Lyrischer Sopran, auch Jugendlich-dramatischer Sopran, m. P.) – *Frasquita*, Zigeunerin (Koloratursoubrette, auch Lyrischer Sopran, m. P.) – *Mercédès*, Zigeunerin (Lyrischer Mezzosopran, m. P.) – *Eine Orangenverkäuferin* (Sopran, kl. P.) – *Ein Zigeuner* (Baß, kl. P.) – *Lillas Pastia*, Gastwirt (Sprechrolle) – *Ein Bergführer* (Sprechrolle).
Chor: Straßenjungen (Kinderchor) – Zigarrenarbeiterinnen – Junge Männer – Kneipengäste – Schmuggler – Besucher des Stierkampfs (gr. Chp.).
Ballett: Tanz der Zigeunerinnen (II. Akt).
Ort und Zeit: Andalusien, um 1820.
Schauplätze: Ein Platz in Sevilla vor der Zigarrenfabrik – Die Taverne von Lillas Pastia, außerhalb der Stadtmauer von Sevilla – Wilde Gebirgslandschaft – Ein Platz in Sevilla vor der Stierkampfarena.
Orchester: 2 Fl. (auch Picc.), 2 Ob. (II. auch Eh.), 2 Kl., 2 Fag., 4 Hr., 2 Pistons, 3 Pos., P., kl. Tr., Tamburin, gr. Tr., Becken, Triangel, Kastagnetten, Hrf., Str. – Bühnenmusik: 2 Pistons, 3 Pos.
Gliederung: Ouvertüre und 27 Musiknummern, die durch einen gesprochenen Dialog und drei Entr'actes miteinander verbunden sind.
Spieldauer: Etwa 3 Stunden.
Alle Angaben beziehen sich auf die Dialogfassung.

Handlung

Gelangweilt beobachten die Brigadiers der Wachkompanie vor einer Kaserne in Sevilla die Passanten ringsum. Ein junges Mädchen fragt nach dem Brigadier José, der erst mit der Wachablösung eintreffen wird. Mit der von den Straßenjungen parodierten Wachablösung erscheint Don José, der seine Besucherin – die vor den Annäherungsversuchen der Soldaten geflohen ist – sofort als seine Ziehschwester Micaëla identifiziert. In der nahegelegenen Zigarrenfabrik ist die Mittagspause zu Ende gegangen. Eine Arbeiterin, die Zigeunerin Carmen, zieht besonders viele Verehrer an. Ihnen singt sie eine Habanera von der Liebe, dem Zigeunerkind, das kein Gebot kennt, mit der Schlußzeile: »Liebst du mich nicht, so lieb ich dich – und wenn ich dich liebe, nimm dich in acht!« José, der als einziger Carmen nicht beachtet hat, wird von ihr mit einer »fleur de cassie« (Blüte der Süßen Akazie) beworfen. Verwirrt steckt er die Blüte ein, als Micaëla erscheint. Sie versichert ihn der Liebe seiner Mutter und übermittelt von dieser einen (keuschen) Kuß. José ist entzückt, auch von dem Wunsch seiner Mutter, er möge Micaëla zur Frau nehmen – selbst wenn ihm zwischendurch der »Dämon« Carmen wieder in den Sinn kommt. Doch als er Carmens Blume wegwerfen will, bricht in der Zigarrenfabrik ein Aufruhr aus – Carmen hat im Streit mit ihrer Arbeitskollegin Manuelita diese mit einem Messer verwundet. Im Verhör durch Josés Vorgesetzten, Leutnant Zuniga, trällert Carmen ein Lied, statt zu antworten. Zuniga befiehlt José, die Zigeunerin zu bewachen, während er den Haftschein ausstellt. Als Carmen versucht, José zu überreden, ihr bei der Flucht zu helfen, befiehlt er ihr zu schweigen. Daraufhin singt sie (da sie ja nicht sprechen darf) ein Lied von der Kneipe von Lillas Pastia, zu der sie mit ihrem Geliebten gehen werde, um die Seguidilla zu tanzen – wenn sie doch nur einen Geliebten hätte; ihr Herz sei gerade frei und zu haben! Josés Widerstand bricht zusammen, er bindet ihre Hände los: Wenn er sie freiläßt, wird sie ihn dann lieben? Ja, flüstert Carmen und bringt ihr Lied von der Seguidilla zu Ende. Wie zuvor verabredet, versetzt sie José während des Aufbruchs zum Gefängnis einen Stoß, dieser gibt vor zu stürzen, und Carmen kann entfliehen.

Einen Monat später tanzen und singen Carmen, Frasquita, Mercédès und andere Zigeunerinnen eines Abends in der Taverne von Lillas Pastia. Unter den Anwesenden befinden sich Moralès und der Leutnant Zuniga. Zuniga erzählt Carmen, daß José wegen ihrer Flucht degradiert und für einen Monat inhaftiert wurde; er sei gestern wieder freigekommen. Da unterbricht ein Chor von außen das Gespräch: Der berühmte Torero Escamillo, begleitet von einer ihn feiernden Anhängerschar wird auf ein Glas hereingebeten und singt sein Torerolied über die unlösliche Verbindung zwischen (Stier-)Kampf und Liebe. Carmen und er scheinen voneinander fasziniert, doch weist sie seine Annäherung zurück. Alle Gäste verlassen die Taverne; kaum hat sie offiziell geschlossen, da erscheinen der Anführer einer Schmugglerbande, Le Dancaïre, und sein Adlatus Le Remendado. Die beiden schlagen den Zigeunerinnen eine Zusammenarbeit vor, um englische Waren von Gibraltar nach Spanien zu schmuggeln. Doch Carmen lehnt den sofortigen Aufbruch ab: Sie sei bis zum Wahnsinn verliebt. Da naht Don José schon mit einem Lied auf den Lippen, und die anderen ziehen sich zurück. Carmen begrüßt José und stellt ihm den angedeuteten Lohn in Aussicht. Zunächst beginnt sie für ihn zu tanzen. Doch währenddessen wird schon zum Zapfenstreich gerufen – und José unterbricht sie: Er müsse in die Kaserne zurückkehren. Carmen gerät in Rage und beschimpft ihn. José versucht sich mit seiner Liebe zu ihr und seinem Kult um die Blume, die sie ihm geschenkt hat, zu rechtfertigen. Doch Carmen ist unerbittlich: Würde er sie wirklich lieben, würde er mit ihr in die Freiheit des Gebirges ziehen. José schwankt, lehnt aber ab, als es draußen klopft: Zuniga ist zurückgekehrt, um Carmen zu sehen. José will aus Eifersucht mit Zuniga einen Kampf beginnen. Da ruft Carmen die versteckten Schmuggler zu Hilfe. Zuniga wird gefangengenommen, und nun bleibt José nichts anderes übrig, als sich der Unterwelt anzuschließen.

In einer wilden Gebirgslandschaft macht die Schmugglerbande Rast, während Dancaïre und Remendado die Situation in der nächsten Stadt erkunden. José und Carmen haben sich aufgrund seiner ständigen Eifersucht entfremdet, und Carmen prophezeit ihm, daß er sie töten wird. Frasquita und Mercédès weissagen sich aus den Karten: Die eine wird reiche Witwe, die andere Geliebte eines Räuberhauptmanns. Auch Carmen befragt die Karten, und wieder verkünden sie den Tod: erst ihr, dann José. Die Schmuggler kehren zurück: Die Bresche in der Stadtmauer, auf die sie gehofft hatten, wird von drei Zöllnern bewacht. Die Zigeunerinnen lachen nur: Diese ihnen bekannten Herren werden ihren Reizen schnell erliegen. Alle brechen auf, um die Waren in die Stadt zu bringen, nur der eifersüchtige José muß zurückbleiben, um den Rest zu bewachen. Micaëla hat sich ins Gebirge gewagt, um José zur Rückkehr zu bewegen. Als sie José erblickt, hat dieser gerade einen anderen Ankömmling – Escamillo – erspäht und schießt auf ihn, ohne zu treffen; entsetzt versteckt sich Micaëla. Der Torero treibt gerade eine Herde Stiere nach Sevilla und will seine Geliebte bei den Schmugglern besuchen; rasch stellt sich heraus, daß es sich dabei um Carmen handelt. José fordert ihn zum Messerkampf. Als Escamillos Messer zerbricht, will ihn José töten, doch die zurückgekehrte Carmen fällt ihm in den Arm. Escamillo lädt nun alle zum Stierkampf nach Sevilla ein – vor allem jene, die ihn lieben, fügt er mit Blick auf Carmen hinzu. Mitten im Aufbruch wird Micaëla in ihrem Versteck entdeckt. Auf ihre Beschwörungen an José, zu seiner Mutter zurückzukehren, reagiert dieser trotzig, und daß Carmen diesen Vorschlag unterstützt mit dem Hinweis, er tauge nicht zum Schmuggler, führt zu einem heftigen Wutausbruch. Erst als Micaëla José eröffnet, daß seine Mutter im Sterben liege, bricht er erschüttert auf – aber nicht ohne Carmen damit zu drohen, daß man sich wiedersehen werde. Aus der Ferne ertönt Escamillos Torerolied.

Zur Stierkampfarena in Sevilla strömt die Menge der Zuschauer. Mercédès und Frasquita warnen Carmen vor José, doch die bleibt unbeeindruckt. Da erscheint unter dem Jubel des Publikums die Stierkampf-Quadrille. Ihren krönenden Abschluß bildet der Torero Escamillo, der mit Carmen einen Liebesschwur austauscht. Kämpfer und Zuschauer strömen in die Arena; zurück bleiben nur Carmen – und der ihr auflauernde José. Eine letzte Auseinandersetzung beginnt. Vergeblich fleht José um Carmens Liebe. Diese bleibt unerbittlich: Zwischen ihm und ihr sei alles vorbei, auch wenn das ihren Tod bedeute. Aus der Arena ertönt der Jubel des Publikums. Carmen will in die Arena, um Escamillos Triumph mitzuerleben, und wird von José aufgehalten, der wieder in eifersüchtige Wut gerät. Sie gesteht freimütig, Escamillo zu lieben, und wirft José einen Ring, sein Geschenk, vor die Füße. José ersticht sie, während die Arena den Sieg Escamillos über den Stier feiert. Der herausströmenden Menge stellt sich José: Man könne ihn nun verhaften, er habe seine angebetete Carmen getötet.

Stilistische Stellung

›Carmen‹, Bizets letzte vollendete Oper, ist ein Werk von künstlerischer Radikalität. Ihr Publikum wie Kritik wohl am meisten verstörendes

Merkmal ist der Realismus, der sich auf verschiedenen Ebenen manifestiert: in der Darstellung des Milieus der Unterschichten und Kriminellen, im Thema der sexuellen und emotionalen Abhängigkeit eines Manns von einer Frau, im Auftreten dieser Frau als erotisch selbstbestimmt und in dem brutalen Mord auf offener Bühne, der den Gattungskonventionen der Opéra comique im späten 19. Jahrhundert widersprach. Zudem wird Carmen als »Zigeunerin« durch exotisierende melodische und harmonische Wendungen charakterisiert; das ihr bzw. ihrer verhängnisvollen Beziehung mit José zugeordnete, leitmotivisch wiederkehrende »Schicksals-« oder »Todesmotiv« zeichnet sich etwa durch eine übermäßige Sekunde aus.

In all dem wird Bizets Absicht, die Opéra comique zu erneuern (in einem Brief an Ernest Guiraud: »Ihre Gattung werde ich ausweiten und fortentwickeln«), offenbar. Die Tendenz dieses Operngenres, den Einsatz von Musik im Drama durch den gesprochenen Zwischendialog irgendwie zu motivieren, trägt Bizet insbesondere in den beiden ersten Akten Rechnung: Carmen kommuniziert vor allem durch Lieder und Tänze im populären spanischen Salonstil, sei es, daß sie ihr Konzept der freien Liebe öffentlich zum Ausdruck bringt (Habanera, basierend auf Sebastián Yradiers Canción habanera »El Arreglito«), sei es, daß sie im Verhör die Aussage verweigert oder daß sie Don José mit einem Tanzlied verführen will (Seguidilla im I. Akt, Beginn des Duo im II. Akt). Diese »selbstdarstellerischen« Nummern sind Teil der Handlung – Gesang und Tanz im Drama selbst –, es handelt sich somit in gewisser Weise um Bühnenmusik, auch wenn sie vom Orchestergraben aus begleitet wird. Auch Escamillos Torerolied gehorcht solcher theatralischen Selbstdarstellung, auch hier erweist sich der Bariton als der ideale Partner des Mezzosoprans.

Das Gegenmodell stellt der Gesang als ein Medium einer empfindsamen Innerlichkeit dar, wie er sich am reinsten in den Solonummern von José und Micaëla und ihrem Duett (also der »klassischen« Kombination von Tenor und Sopran) ausspricht, wobei Bizet teilweise auf ältere Skizzen zurückgriff, um den ironischen Kontrast zwischen den beiden Sphären zu verdeutlichen. Im III. und IV. Akt wird dann, je mehr sich die fatale Leidenschaft Josés als Bedrohung für Carmen erweist, das Ausdrucksmodell auch für die Zigeunerin stärker bestimmend, auch wenn Carmens fatalistisch-monotoner Monolog innerhalb des Kartentrios, wiewohl keine Inzidenzmusik, zu Josés pathetischen Ausbrüchen Distanz wahrt. Aber noch im Finale kontrastiert die lakonische Auseinandersetzung Carmens mit dem erregten José mit der »Objektivität« der Fanfaren und des begeisterten »Arenagesangs«.

Das dramaturgische Konzept, das Bizet gemeinsam mit den Librettisten Meilhac und Halévy entwarf, ist straff, und die einzelnen Nummern – deren melodische Fülle in der Aufführungstradition manchmal zu einer Art »Wunschkonzert in Kostümen« geführt hat – sind für die Charakterisierung der vier Protagonisten und die Handlungsführung fast durchweg unentbehrlich. In der Aufführungspartitur ist Bizets unablässige Detailarbeit noch während der Proben zur Uraufführung gut nachvollziehbar, eine Arbeit, die fast immer auf Verkürzung und Verknappung zielte. Diesem Willen zur äußersten dramatischen Zuspitzung fiel ein nochmaliger Auftritt des Chors der Tabakfabrik-Arbeiterinnen im ersten Finale ebenso zum Opfer wie ein Zitat aus der Karten-»Arie« in Carmens Todesszene. Die schon von Nietzsche bewunderte klare Gliederung der Partitur, ihre ebenso farbige wie schlanke Orchestrierung, die streckenweise kühne Harmonik und die Konsequenz des musikdramatischen Konzepts werfen die Frage auf, welchen künstlerischen Weg der Komponist eingeschlagen hätte, wäre ihm vergönnt gewesen, den Welterfolg des Werks mitzuerleben.

Textdichtung

Das Libretto von Henri Meilhac und Ludovic Halévy beruht auf der erstmals 1845 in der ›Revue des deux mondes‹ publizierten Erzählung von Prosper Mérimée, die zwei Jahre danach erweitert in Buchform erschien. Die eigentliche Geschichte um die Beziehung zwischen José und Carmen wird bei Mérimée in zwei Rahmenhandlungen gekleidet. Im ersten Kapitel rettet der Erzähler, ein französischer Altertumsforscher, den andalusischen Banditen Don José vor der Polizei. Im zweiten Kapitel begegnet er in Córdoba der Zigeunerin Carmen, die ihm die Zukunft weissagt und seine Uhr stiehlt. Nach einer Reise kehrt der Erzähler wieder nach Córdoba zurück, erfährt, daß José Carmen ermordet hat, und sucht ihn im Gefängnis auf. Im dritten Kapitel erzählt José von seiner Beziehung zu Carmen und ihrem tödlichen Ende. Im erst in der Buchfassung angehängten vierten Kapitel gewinnt die »wissenschaftliche Objektivität« des Rahmenerzählers wieder die Oberhand: Es stellt eine »ethnographische« Abhandlung über die Zigeuner dar, gespickt mit angeblich persönlichen Beobachtungen.

Meilhac und Halévy haben sich an das dritte Kapitel gehalten und damit die doppelbödigen Erzählstrategien Mérimées außer Kraft gesetzt. Die bewegte, an vielen Orten spielende Erzählung Josés wurde auf vier zentrale Schauplätze reduziert, die zugleich eine Bewegung aus den geordneten Verhältnissen der Stadt (Tag) über die geographische und moralische »Randlage« der Kneipe von Lillas Pastia (Abend) in die gesetzlose Nacht der wilden Felsenlandschaft beschreiben, in der die Schmuggler ihr Geschäft betreiben. Im IV. Akt kehrt der »Gesetzlose« José in den städtischen Raum zurück; Lesarten, die die Ermordung von Carmen als Wiederherstellung der bürgerlichen Ordnung sehen, können sich hier bestätigt fühlen. Zwingend sind solche Lesarten nicht, auch wenn José selbst – wie Carmen in den Karten gelesen hat und die Leser der Novelle wußten – seinem gesetzmäßigen Ende zugeführt wird. Der genial zu nennende dramaturgische Kunstgriff, die finale Auseinandersetzung zwischen José und Carmen zeitgleich mit der teichoskopischen Beschreibung des Stierkampfs durch den Chor hinter der Bühne zu kontrapunktieren, stellt eine Parallele her; der Blick auf die Oper als Ganzes vermittelt jedoch eher den Eindruck, daß José für den (zunehmend gereizten) Stier steht.

Die Adaption für die Opéra-Comique brachte auch einige Entschärfungen der Charaktere und ihrer Handlungen mit sich. Bei Mérimée hat José im heimatlichen Navarra schon einen Totschlag zu verantworten (dies wird in der Dialogfassung allerdings angedeutet); Carmen ist mit einem einäugigen Banditen namens García verheiratet, zu dessen Ermordung sie José anzustiften versucht. Nach Josés Freilassung belohnt Carmen ihn, indem er eine Liebesnacht mit ihr verbringen darf; auch wenn das in der Oper verständlicherweise nicht gezeigt wurde, wurde von der Zensur doch eine aus Mérimées Novelle übernommene einschlägige Dialogpassage verboten. Wirken die kriminellen und sexuellen Energien Carmens in der Librettofassung mithin abgeschwächt, so mußte die Oper mit ihrem Personal aus den niederen sozialen Schichten und der Unterwelt doch auf das kleinbürgerliche Publikum der Opéra-Comique schockierend wirken – auch wenn die Hinzuerfindung des Escamillo und der Micaëla aus einigen Andeutungen der Novelle nicht nur zur Komplettierung der vier Stimmtypen diente: Vor allem wurden damit Gegenbilder der Protagonisten und, insbesondere was die klassische Opéra-comique-Figur der Micaëla angeht, auch Identifikationsfiguren geschaffen.

Geschichtliches

Im Juni 1872 erhielt Bizet einen Auftrag der beiden Direktoren der Pariser Opéra-Comique, Adolphe de Leuven und Camille du Locle, eine dreiaktige Oper zu komponieren. Der literarisch gebildete Komponist selbst wählte Mérimées Erzählung als Sujet, was bei de Leuven auf großen Widerstand stieß: »Carmen! ... Die Carmen von Mérimée! ... Wird sie nicht von ihrem Liebhaber umgebracht? ... Und dieses Milieu der Diebe, der Zigeuner, der Tabakarbeiterinnen! ... an der Opéra-Comique! ... dem Theater der Familien! ... dem Theater der Hochzeitsgespräche!« Gerade das kleinbürgerliche Publikum dieses Hauses und sein biedermeierliches Lieblingsstück, Boieldieus ›La Dame blanche‹, hatte Bizet aber im Visier; sein Ziel war, »das Genre Opéra comique zu verändern. Tod der ›Dame blanche‹.« Erst nachdem de Leuven das Direktorium verlassen hatte, konnten Bizet und seine Librettisten die Oper in Angriff nehmen. Bizet begann die Arbeit an der Partitur 1873; die vollständige Orchestration scheint er in nur zwei Monaten des Sommers 1874 fertiggestellt zu haben. Bei ihrer Uraufführung am 3. März 1875 an der Opéra-Comique mit Célestine Galli-Marié in der Titelpartie und Paul Lhérie als Don José hatte die Oper jedoch einen nur mäßigen Erfolg und wurde von der Kritik aufgrund ihrer realistischen Handlung und Inszenierung mit Distanz aufgenommen – Galli-Marié warf man vor, sich wie eine Prostituierte zu gebärden. Dennoch war das Stück mit 33 Aufführungen das meistgespielte Bühnenwerk des Komponisten zu seinen Lebzeiten (15 weitere folgten noch nach seinem Tod am 3. Juni 1875). Erst die Zweitaufführung an der Wiener Hofoper, für die Ernest Guiraud Rezitative auf Texte von Meilhac nachkomponierte, ein Ballett im IV. Akt einfügte und auch sonst Änderungen vornahm, führte zu einem nachhaltigen Erfolg. Noch wichtiger wurde die italienische Übersetzung der Rezitativfassung von Achille (oder Antonio) de Lauzières, die das Stück dem internationalen Markt öffnete. 1878 wurde es in London, New York und St. Petersburg erstaufgeführt. 1883 rehabilitierte auch Paris das Werk. 1888 nannte Nietzsche den Erfolg von ›Carmen‹

»den größten, ... den die Geschichte der Oper hat.«

Bis heute ist ›Carmen‹ eines der bedeutendsten musikdramatischen Werke und eine der populärsten Opern der Welt zugleich, die längst auch in die Populärkultur eingegangen ist. Die auch von Sopranen (zumal in der durch Guiraud retuschierten Vokallinie) und von Altistinnen zu bewältigende Titelpartie hat ungezählte Interpretationen erfahren. Auch die Partien des Don José und Escamillo haben die namhaftesten Vertreter ihres Stimmfachs auf den Plan gerufen. Nachdem das Stück in der ersten Hälfte des 20. Jahrhunderts außerhalb Frankreichs primär in der Guiraud-Fassung erklang, hat, vor allem ausgelöst durch Fritz Oesers kritische Edition (1964), die Dialogfassung wieder ihre Renaissance erlebt.

Das Spektrum der Inszenierungen und Adaptionen reicht vom Open-Air-Spektakel – etwa Franco Zeffirellis Produktion in der Arena di Verona – bis zum reduzierten Kammerspiel ›La Tragédie de Carmen‹ des britischen Theatermachers Peter Brook. Wie Brook versuchten sich Walter Felsensteins realistische Variante (Komische Oper Berlin 1949) und Harry Kupfers ›Carmen – eine Version‹ (ebd. 1991) an einer Neudeutung des Stücks aus dem Geiste Mérimées; in die Franco-Ära versetzt wurde die Handlung in einer der bemerkenswertesten Neudeutungen durch Calixto Bieito (Barcelona 2009).

Die ungebrochene Popularität von ›Carmen‹ dürfte damit zusammenhängen, daß das scheinbar unkomplizierte und eingängige Stück sehr ernsthafte Themen behandelt: die Markierung und Ausgrenzung von »Ethnien« (»Zigeuner«), die Verlockungen der Bohème gegenüber den Selbstbindungen bürgerlicher Lebensform und das, was Nietzsche, einer der hellsichtigsten frühen ›Carmen‹-Bewunderer, als »die Liebe, die in ihren Mitteln der Krieg, in ihrem Grund der *Todhass* der Geschlechter ist«, bezeichnete.

Wie sich das Verständnis von »Liebe« seit 1875 gewandelt hat, zeigt sich darin, daß heute vielen Zuschauern und Zuschauerinnen wohl José, und nicht mehr Carmen, als unsympathisch erscheint und ihm das Hauptmaß an »Schuld« an der tödlichen Zuspitzung des Dramas zugeschrieben wird (während Bizet und die Librettisten, und sicherlich ein Großteil ihres Publikums, es eher umgekehrt gesehen haben dürften). Daß ›Carmen‹ im Gegensatz zu vielen anderen Opern ein Stück ist, an und in dem auch die neuen Verhältnisse zwischen den Geschlechtern verhandelt werden können, ist ein Beleg mehr für ihren klassischen Status.

W. F.

Arrigo Boito

* 24. Februar 1842 in Padua, † 10. Juni 1918 in Mailand

Mefistofele (Mephisto)

Oper in einem Prolog, vier Akten und einem Epilog. Dichtung vom Komponisten nach Johann Wolfgang von Goethes ›Faust‹ I und II.

Solisten: *Mephisto* (Seriöser Baß, auch Baßbariton, gr. P.) – *Faust* (Jugendlicher Heldentenor, gr. P.) – *Margarete* (Jugendlich-dramatischer Sopran, gr. P.) – *Wagner* (Tenor, auch Bariton, kl. P.) – *Martha* (Mezzosopran, auch Alt, kl. P.) – *Helena* (Jugendlich-dramatischer Sopran, m. P.) – *Pantalis* (Mezzosopran, auch Alt, kl. P.) – *Nereus* (Tenor, auch Bariton, kl. P.).
Chor: Himmlische Heerscharen – Chorus mysticus – Cherubim – Büßer – Studenten – Bürger – Mädchen – Bauern – Höllenbewohner – Hexen – Zauberer – Nymphen (gemischter Chor, gr. Chp.).
Ballett: Tänze im I., II. und IV. Akt.
Ort und Schauplätze: Prolog im Himmel – Stadtmauer und Stadttor von Frankfurt – Fausts Studierzimmer – Ein Garten – Walpurgisnacht auf dem Brocken – Margaretes Gefängniszelle – Klassische Walpurgisnacht. Am Ufer des Peneus – Fausts Studierzimmer.
Zeit: Deutsches Mittelalter.
Orchester: 3 Fl., 3 Ob., 3 Kl., 2 Fag. – 4 Hr., 2 Trp.,

3 Pos., Cimb. (auch Bt.) – P., Schl., Org., Akkordeon, Gl., Glsp., 2 Hrf. – Str. – Bühnenmusik.
Gliederung: Durchkomponierte Großform, szenische Einschnitte.
Spieldauer: Etwa 2½ Stunden.

Handlung
Prolog im Himmel. Ein himmlischer Chor singt ein Loblied zu Ehren des Herrn. Mephisto tritt den himmlischen Heerscharen entgegen: der göttliche Herr mitsamt seiner weltlichen Schöpfung langweile ihn, denn der Mensch sei auch schon ohne sein, des Teufels, Zutun so verdorben, daß er es nicht mehr verdiene, in Versuchung geführt zu werden. Da hält ihm ein Geisterchor das Beispiel des Gelehrten Faust entgegen. Ja, den kenne er, bestätigt Mephisto, der sei einer der sonderbarsten Toren in seiner endlosen Suche nach Erkenntnis. Mephisto wettet mit Gott, daß es ihm gelingen werde, Faust zu überlisten. Auch der Gelehrte werde den Lockungen des Lasters nicht widerstehen können, und dies bedeute für Mephisto den Sieg über Gott.

Ein Ostersonntag in Frankfurt am Main. Auf einem Spaziergang besprechen Studenten, Bürger und Mädchen ihre Pläne für den Tag. Ein grau gekleideter Mönch geht durch die Menge; einige weichen ihm aus, andere verbeugen sich. Doch da lenkt ein Trompeter die Menge ab, der eine Reitergesellschaft mit dem Kurfürsten ankündigt. Faust und sein Schüler Wagner treten auf. Wagner sagt ihm, wie sehr er es schätze, bei ihm studieren zu können, und wie sehr er das gemeine Volk verabscheue. In der Dämmerung bemerkt Wagner, wie Faust den grauen Mönch beobachtet, der vor dem Stadttor durch die Felder streift. Der Schüler findet nichts Ungewöhnliches an ihm, doch Faust erschrickt und glaubt feurige Spuren auf dem Boden zu erkennen. Es wird Nacht, Faust kehrt in sein Studierzimmer zurück. Der Mönch folgt ihm unbemerkt und versteckt sich in einer Nische, doch ein schriller Ton zwingt ihn hervor. Faust zeichnet einen Drudenfuß, und Mephisto – denn er ist der Mönch – muß seine Verkleidung ablegen. Jetzt in schwarzer Ritterkleidung, stellt er sich dem Gelehrten vor als der Geist, der stets verneint. Mephisto bietet Faust an, ihm auf der Erde zu dienen; nach seinem Tode jedoch solle es umgekehrt sein. Faust willigt ein unter der Bedingung, er müsse einen Augenblick des Glücks erleben, von dem er sagen könne: »Verweile doch, du bist so schön.« Dann wolle er zufrieden sterben. Der Vertrag wird unterzeichnet und besiegelt.

Faust, nun ein junger Ritter mit Namen Heinrich, macht Margarete den Hof; Mephisto ist mit ihrer Nachbarin Martha beschäftigt, die sich durch seine Aufmerksamkeit geschmeichelt fühlt und mit ihm kokettiert. Margarete fragt Faust nach seinem Glauben, doch dieser erwidert, er suche nach tieferer Wahrheit, nach dem Geheimnis der Liebe. Als Faust fragt, ob er Margarete zu Hause besuchen dürfe, antwortet sie ihm, sie teile das Schlafzimmer mit ihrer Mutter, die einen leichten Schlaf habe. Da gibt ihr Faust einen Schlaftrunk, den ihm Mephisto verschafft hat. – In heftigem Sturm reiten Faust und Mephisto auf den Brokken. Faust soll den Hexensabbat dort erleben. Irrlichter umschweben sie, Zauberer und Hexen kommen näher und huldigen ihrem König Mephisto. Da erblickt Faust am Himmel eine Vision: die Gestalt eines gefesselten Mädchens, das Margarete gleicht. Mephisto versucht ihm einzureden, es sei eine Täuschung, doch Faust erkennt Margarete, die er verlassen hat. – In einer Gefängniszelle liegt Margarete und wartet auf ihre Hinrichtung. Sie wurde zum Tode verurteilt, weil sie ihre Mutter vergiftet und ihr Kind, dessen Vater Faust ist, ertränkt habe. Faust bittet Mephisto, sie zu retten. Der Teufel sperrt sich, doch dann händigt er ihm den Gefängnis-Schlüssel aus. Faust versucht, Margarete zu gemeinsamer Flucht zu überreden, doch sie weigert sich. Mephisto warnt: der Tag ist angebrochen, und die Trompeten geben das Signal zur Hinrichtung. Margarete wendet sich voll Grauen von Faust ab und bittet Gott um Vergebung. Ein Himmelschor verkündet, daß sie gerettet sei. Faust und Mephisto entkommen noch rechtzeitig den Häschern.

Faust sucht nun sein Glück in der Mythologie des antiken Griechenland. In einem Boot auf dem Flusse Peneus besingen Helena und ihre Gefährtin Pantalis den Vollmond. Am Ufer hört man Faust, er sehnt sich nach der schönen Helena. Da lädt sie ihn ein in ihr Gefolge von Nymphen und Sirenen. Faust ist berauscht von der Umgebung, doch Mephisto fühlt sich recht unbehaglich und folgt Faust nur widerstrebend zur Königin. In einer Vision erlebt diese erneut die Zerstörung Trojas. Faust, wie ein Ritter des 15. Jahrhunderts gekleidet, kniet vor Helena nieder und gesteht ihr seine Liebe, während Mephisto, Pantalis und die Nymphen ihn erstaunt beobachten.

Im Studierzimmer. Faust ist wieder ein alter

Mann, der seine Erlebnisse an sich vorüberziehen läßt, und er teilt dem erstaunten Mephisto mit, er habe nie den ersehnten Augenblick des Glücks erfahren. Die Wirklichkeit bringe nur Leiden, und das angestrebte Ideal sei nur ein leerer Traum. Er will nur noch weise über ein Volk regieren. Mephisto ist besorgt, das Opfer könne ihm doch noch entkommen, da Faust so sehr mit guten Werken beschäftigt ist. Der alte Faust liest in der Bibel und betet, von den Teufeln befreit zu werden. Er findet die richtigen Worte und stirbt in einem Zustand innerer Erlösung. Mephisto ist besiegt.

Stilistische Stellung
Arrigo Boito, dem Opernbesucher in der Regel nur bekannt als Librettist von Verdi (›Otello‹, ›Falstaff‹) und Ponchielli (›La Gioconda‹), war gleichermaßen ein begabter, allem Neuen aufgeschlossener Musiker. In Italien galt er lange Zeit als Anführer einer neuen, französisch beeinflußten Literatur; Benedetto Croce nannte ihn den einzigen Romantiker, den Italien gehabt habe. Beeinflußt durch die Werke von Berlioz und Gounod faßte er schon früh den Plan, eine ›Faust‹-Oper zu verfassen. Musikalisch tendierte er zur Abschaffung der festen Nummern-Schemata italienischer Opern; seine musikalischen Hausgötter waren Johann Sebastian Bach, Ludwig van Beethoven, Carl Maria von Weber und Felix Mendelssohn Bartholdy. So steht der ›Mefistofele‹ einigermaßen quer zur Entwicklung der italienischen Operngeschichte des 19. Jahrhunderts, doch seine dramatischen und musikalischen Qualitäten haben dem Werk auch heute noch Lebensfähigkeit gegeben.

Textdichtung
Boito als einer der kenntnisreichsten und geschmackssichersten Literaten seiner Zeit, zudem mit allen Gesetzen der Oper vertraut, schuf aus dem unübersehbar reichen Stoff der beiden Teile von Goethes ›Faust‹ ein Opernlibretto, das – anders als Gounod, der sich auf die Gretchen-Tragödie konzentrierte und den II. Teil ganz außer acht ließ – etwas von der Weite und weltdramatischen Dimension des Stoffes spüren läßt. Die 1. Fassung seiner Oper, die – nicht zuletzt wegen ihrer Länge von mehr als fünf Stunden – beim Publikum durchfiel, enthielt noch mehr Szenen aus dem II. Teil (Szene am Kaiserhof, Schlacht der Truppen von Kaiser und Gegenkaiser). In der revidierten Fassung konzentrierte sich Boito dann auf die Gretchen-Tragödie und die klassische Walpurgisnacht samt der Helena-Szene, hielt aber die größere Dimension, den Kampf zwischen Gut und Böse, durch den eindrucksvollen Prolog im Himmel und den erschütternden Epilog, im Werk. Es ist offensichtlich, daß Boito als Librettist von Verdis ›Otello‹ die Gestalt des Nihilisten Mefistofele für die Konzeption des Jago zum Vorbild nahm.

Geschichtliches
Konnte Gounods ›Faust‹ gerade dadurch überzeugen, daß er sich auf das vordergründig Opernhafte an diesem Stoff beschränkte, so scheiterte Boito bei der Uraufführung seiner Oper am 5. März 1868 in der Mailänder Scala an der Maßlosigkeit seines Versuches – selbst Freunde wie Antonio Ghislanzoni (der später das Libretto zu Verdis ›Aida‹ schrieb) warfen ihm »wagnerismo« vor. Er zog nach wenigen Aufführungen die Partitur zurück, revidierte und kürzte sie gründlich. Die Aufführung der revidierten Fassung am 4. Oktober 1875 in Bologna war dann ein Erfolg, und in den 80er und 90er Jahren des 19. Jahrhunderts ging der ›Mefistofele‹ nicht nur über alle großen italienischen Bühnen, sondern hatte auch Erfolge in Deutschland (Wien, Hamburg, Köln, Weimar), in England, Frankreich und den USA. Die legendärste aller Besetzungen dürfte aus dem Jahre 1901 stammen: mit Fjodor Schaljapin in der Titelrolle und Enrico Caruso als Faust dirigierte und inszenierte Arturo Toscanini das Werk an der Mailänder Scala. Für auch darstellerisch begabte Bassisten ist Boitos Mefistofele nach wie vor eine reizvolle und lohnende Aufgabe. Die Partie war eine Paraderolle von Samuel Ramey, wie nicht zuletzt seine packende Interpretation 1989 in San Francisco (Inszenierung: Robert Carsen) belegte.

Aleksander P. Borodin
* 12. November 1833, † 27. Februar 1887 in St. Petersburg

Fürst Igor (Knas Igor)
Oper in einem Vorspiel und vier Akten. Dichtung vom Komponisten.

Solisten: *Igor Swjatoslawitsch,* Fürst von Sewersk (Heldenbariton, gr. P.) – *Jaroslawna,* seine Frau in zweiter Ehe (Dramatischer Sopran, gr. P.) – *Wladimir Igorewitsch,* sein Sohn aus erster Ehe (Jugendlicher Heldentenor, auch Lyrischer Tenor, m. P.) – *Wladimir Jaroslawitsch,* Fürst Galitzkij, Bruder der Fürstin Jaroslawna (Charakterbariton, auch Baßbariton, auch Charakterbaß, m. P.) – *Kontschak* (Seriöser Baß, m. P.) und *Gzak* (Stumme Rolle), Polowezer Khane – *Kontschakowna,* Tochter des Khan Kontschak (Dramatischer Mezzosopran, auch Dramatischer Alt, m. P.) – *Owlur,* ein getaufter Polowezer (Tenor, kl. P.) – *Skula* (Spielbaß, auch Bariton, m. P.) und *Jeroschka* (Spieltenor, m. P.), Goudokspieler – *Die Amme* der Fürstin Jaroslawna (Sopran, auch Mezzosopran, kl. P.) – *Ein Polowezer Mädchen* (Sopran, kl. P.).
Chor: Russische Fürsten und Fürstinnen – Bojaren und Bojarenfrauen – Greise – Russische Krieger – Junge Mädchen – Volk – Polowezer Khane – Gefährtinnen der Kontschakowna – Sklavinnen (Tschagen) des Khans Kontschak – Russische Kriegsgefangene – Wachen und Polowezer Heer (III. Akt: Männerchor geteilt in Chor der Khane, der Polowezer und der russischen Kriegsgefangenen; IV. Akt: Männerchor geteilt in Chor der Landleute und Chor der Bojaren und Greise; gr. Chp.).
Ballett: Tänze der Polowezer Mädchen, der Sklavinnen, Knaben und Männer.
Ort: Prolog, I. und IV. Akt: In der Stadt Putiwl; II. und III. Akt: Im Polowezer Feldlager.
Schauplätze: Ein öffentlicher Platz in der Stadt Putiwl – Hof des Hauses des Fürsten Wladimir Galitzkij – Ein Zimmer im Terem Jaroslawnas – Im Polowezer Feldlager – Am Rand des Polowezer Lagers – Die Mauern der Stadt Putiwl und ein Platz.
Zeit: 1185.
Orchester: 2 Fl., 1 Picc., 2 Ob., 1 Eh., 2 Kl., 1 Bkl., 2 Fag., 4 Hr., 2 Trp., 3 Pos., 1 Bt., P., Schl., Hrf., Klav., Str. – Bühnenmusik: 2 Trp., 2 Althr., 2 Tenorhr., 2 Baßhr., 1 Bt., 1 gr. Tr.

Gliederung: Ouvertüre und 29 Musiknummern, die pausenlos ineinandergehen.
Spieldauer: Etwa 3 Stunden.

Handlung
Der russische Fürst Igor ist im Begriff, mit einem großen Heerbann gegen die heidnischen Polowezer auszuziehen, die unter Führung der beiden mächtigen Khane Kontschak und Gzak das heilige Rußland durch Überfälle und Raubzüge ständig beunruhigen. Eine plötzlich eintretende Sonnenfinsternis wird als unheildrohendes Omen für die bevorstehende Kriegsfahrt gedeutet. Aber weder die besorgten Mahnungen der Bojaren noch die rührenden Bitten Jaroslawnas, der Gattin Igors, vermögen den entschlossenen Helden von seinem kühnen Vorhaben abzuhalten.
Viele Monate sind seit Igors Auszug vergangen, ohne daß in Putiwl eine Nachricht von ihm eingetroffen wäre. Der von Igor mit seiner Stellvertretung betraute Bruder Jaroslawnas, Fürst Galitzkij, praßt unterdessen in unentwegten Zechgelagen mit seinen Freunden, die ihn gerne zum Herrscher ausrufen möchten. Gewaltakte gegen Frauen und Mädchen von seiten der besoffenen Horden kann auch Jaroslawna nicht abstellen. Die Not wächst ins Unermeßliche, als eines Tages der Khan Gzak mit einem Polowezer Heer vor den Toren der Stadt erscheint, die, ihrer wehrhaften Männer entblößt, dem mächtigen Ansturm nicht zu widerstehen vermag. Jaroslawna erfährt erst jetzt, daß ihr Gatte nach einer vernichtenden Niederlage verwundet mit seinem Sohn Wladimir in die Hände der Polowezer gefallen war.
Fürst Igor wird indes von seinem Feind, dem Khan Kontschak großmütig behandelt. Kontschak trägt ihm sogar die Freilassung an für den Fall, daß er sich mit ihm verbünden wolle. Aber Igor lehnt einen derartigen Vaterlandsverrat ab. Mit aufrechter Ritterlichkeit schlägt er auch eine Fluchtmöglichkeit aus, zu der ihm Owlur, ein zum Christentum übergetretener Polowezer, verhelfen will. Als er jedoch erleben muß, wie Khan

Gzak nach Eroberung und Plünderung von Putiwl mit reicher Beute, darunter auch Frauen und Kinder, zurückkommt, entschließt er sich doch zur Flucht, um die Heimat vor dem Untergang zu retten. Er entkommt auf schnellen Pferden mit Owlur, während Kontschakowna, die Tochter Kontschaks, das Entweichen des von ihr leidenschaftlich geliebten Wladimir durch Alarmieren der Wachen zu verhindern weiß. Der großzügige Kontschak rächt aber nicht an dem Sohn die Flucht des Vaters, sondern vereint sogar das verliebte Paar, während er gleichzeitig seine Heerscharen zu einem neuen Krieg gegen Igor sammelt.

Von der verhärmten Jaroslawna und seinem Volk freudig begrüßt, kehrt Fürst Igor glücklich in die Heimat zurück, um sogleich zum Vergeltungsschlag gegen die Polowezer zu rüsten.

Stilistische Stellung
›Fürst Igor‹, Borodins einzige Oper, stellt die reifste Schöpfung in seinem Schaffen dar, in der sich das eigenartige Talent des Komponisten am umfassendsten offenbart. Borodin schöpfte aus dem reichen Schatz nationalen Melodiengutes (Volks- und Kirchenmusik), das er in den Formen der westlichen Oper (Arien, Duette, Terzette, Finales) verarbeitet hat. Mit Feinsinn mischte er den Polowezer Szenen ein orientalisches Kolorit bei, wodurch er das russische Milieu von der fremden asiatischen Welt abhob und wirksame Kontraste erzielte.

Textdichtung
Das Textbuch wurde von dem Komponisten selbst verfaßt. Er gestaltete es nach einem Szenarium, das ihm sein Freund Wladimir Wassiljewitsch Stassow auf Grund altrussischer Geschichtsquellen erstellt hatte. (›Die Mär vom Heereszug Igors‹ und »Ipatjewskier Chronik«). Nach seinen eigenen Worten war Borodin bestrebt, bei ›Fürst Igor‹ eine »epische russische Oper« zu schreiben. Daher verzichtet die Dichtung auf die Entwicklung einer regelrechten dramatischen Handlung mit Konflikt und Lösung, sie vermittelt vielmehr mosaikartig in farbenreichen Bildern eine Episode aus der sagenumwobenen russischen Frühgeschichte. In der feinen psychologischen Nachzeichnung der Charaktere mit ihren Tugenden und Schwächen sowie in der realistischen Darstellung von wirkungsvollen Massenszenen spiegelt sie die russische Volksseele wider. Eine deutsche Übersetzung besorgte Frau A. Alexandrow.

Geschichtliches
Borodin hat an ›Fürst Igor‹ mit Unterbrechungen von 1862 bis zu seinem Lebensende (1887) gearbeitet. Als er starb, war die Partitur nur zu einem Teil vollendet. Aleksander Glasunow führte nach den Skizzen des Komponisten den III. Akt aus und instrumentierte ihn auch. Nikolaj Rimskij-Korssakow instrumentierte das Vorspiel, den I., II. und IV. Akt sowie aus dem III. Aufzug den Marsch Nr. 18. Die Ouvertüre hatte Borodin überhaupt nicht aufgezeichnet. Glasunow, dem der Komponist sie wiederholt auf dem Klavier vorgespielt hatte, schrieb sie nach Borodins Tod aus dem Gedächtnis nieder. Die Uraufführung erfolgte am 4. November 1890 in St. Petersburg. ›Fürst Igor‹ wurde, ähnlich wie die Opern Glinkas, den russischen Komponisten ein Vorbild. Im Lauf der Zeit hat das Werk auch außerhalb Rußlands starken Widerhall gefunden.

Benjamin Britten

* 22. November 1913 in Lowestoft (England), † 4. Dezember 1976 in Aldeburgh (England)

Peter Grimes

Oper in drei Akten und einem Vorspiel. Dichtung nach George Crabbe von Montagu Slater.

Solisten: *Peter Grimes*, ein Fischer (Heldentenor, auch Jugendlicher Heldentenor, gr. P.) – *Der Junge*, sein Lehrling (Stumme Rolle) – *Ellen Orford*, Witwe und Gemeindelehrerin (Dramatischer Sopran, auch Jugendlich-dramatischer Sopran, gr. P.) – *Balstrode*, ehemals Kapitän eines Kauffah-

rers (Heldenbariton, auch Charakterbariton, gr. P.) – *Tantjen*, Wirtin im Krug »Zum Hai« (Dramatischer Alt, gr. P.) – *1. Nichte* und *2. Nichte*, die Hauptattraktion des »Hai« (Jugendlich-dramatische Soprane, auch Lyrische Soprane, m. P.) – *Boles*, Fischer und eifriger Anhänger der Methodistensekte (Charaktertenor, auch Spieltenor, m. P.) – *Swallow*, Rechtsanwalt und Bürgermeister (Charakterbaß, auch Charakterbariton, m. P.) – *Mrs. Sedley*, Witwe eines Faktors der Ostindischen Handelskompanie (Charaktersopran, auch Mezzosopran, m. P.) – *Pastor Adams* (Lyrischer Tenor, m. P.) – *Ned Keene*, Apotheker und Quacksalber (Bariton, m. P.) – Dr. *Thorp*, Arzt (Stumme Rolle) – *Hobson*, Fuhrmann, Amtsdiener und Konstabler (Charakterbaß m. P.).
Chor: Städter – Fischer und ihre Frauen – Einige halbwüchsige Jungen (gr. Chp.).
Ort: Ein Fischerstädtchen an der Ostküste Englands.
Schauplätze: Saal im Stadthaus – Platz am Hafen, links Stadthaus, im Hintergrund die Schenke »Zum Hai«, an der Ecke einer einmündenden Straße Keenes Apotheke, vorn links Eingang zur Kirche, rechts Wellenbrecher, die sich seitwärts zum Meer hinabziehen – Trinkstube im »Hai«, kein Schanktisch, Bänke mit hohen Lehnen, Tische, Stühle, Feuer im offenen Kamin – 4. Bild wie 2. – Peters Hütte; sie ist ein umgestürztes großes Boot, Tür Mitte hinten, aus der Bordwand geschnitten, geht auf den Klippenrand, die andere rechts hinten, im Heck des Bootes, auf den Weg, der vom Städtchen heraufführt; Einrichtung: Fischereigeräte – 6. und 7. Bild wie 2.
Zeit: Gegen 1830.
Orchester: 2 Fl. (auch Picc.), 2 Ob. (II. auch Eh.), 2 Kl. (II. auch Es-Kl.), 2 Fag., 1 Kfag., 4 Hr., 3 Trp., 3 Pos., 1 Bt., P., Schl., Cel., Hrf., Str. – Bühnenmusik: 2 Kl., 1 Soloviol., 1 Kb., Schl., Org., Gl. in B und Es.
Gliederung: Durchkomponierte musikdramatische Großform.
Spieldauer: Etwa 2½ Stunden.

Handlung

Das Leben der Fischer in dem Städtchen Borough ist hart. Peter Grimes, wegen seines mürrischen und brutalen Wesens von der Gemeinde wenig geschätzt, hat weder Weib noch Kind. Sein ganzes Sinnen und Trachten ist auf Gelderwerb gerichtet. Denn er möchte sich baldigst die materielle Grundlage schaffen, um die Witwe Ellen Orford heiraten zu können, die neben dem ehemaligen Handelskapitän Balstrode die einzige im Ort ist, die Verständnis für ihn hat. Um eine billige Hilfskraft zu haben, hatte sich Peter aus dem Armenhaus einen Waisenjungen gekauft, der aber bei einem ausgedehnten Fischfang infolge Erschöpfung gestorben war. Peter hat sich nun vor dem Bürgermeister Swallow zu verantworten. Vergeblich verlangt er, zur Erweisung seiner Unschuld vor ein Gericht gestellt zu werden. Der Bürgermeister gibt ihm den Rat, sich in Zukunft nicht mehr eines schwächlichen Knaben, sondern eines kräftigen Mannes für seine harte Arbeit zu bedienen. Ellen verspricht Peter, auch weiterhin treu zu ihm zu stehen. – Als Peter einige Tage später, von einem Fischfang zurückkommend, kurz vor der Hochflut um Hilfe beim Anlegen seines Bootes bittet, wenden sich die Fischer ab. Lediglich der großherzige Balstrode und der Apotheker Ned Keene sind ihm behilflich. Keene überredet Peter, sich wieder einen Jungen aus dem Armenhaus zu holen, er habe bereits einen für ihn gekauft. Aber der Fuhrmann Hobson weigert sich, den Jungen zu holen. Da tritt Ellen hinzu; sie erklärt sich bereit, den Jungen unterwegs zu betreuen. Während die Fischer mit ihren Frauen vor dem herannahenden Sturm in der Schenke »Zum Hai« Schutz suchen, bleibt Peter mit Balstrode auf der Mole zurück. Er schlägt Balstrodes wohlmeinenden Rat, sich als Janmaat einmal auf große Fahrt in die weite Welt zu begeben, aus. Er kann sich nicht von der heimatlichen Scholle trennen und ist überzeugt, daß ihm ein wirtschaftlicher Aufstieg beschieden sei. – In der Kneipe berichtet Keene, daß die Sturmflut das Kliff an Peters Haus weggerissen habe. Dann erscheint auch Peter. Da die anderen von ihm abrücken, sitzt er allein am Tisch. Balstrode verhindert durch sein Dazwischentreten, daß es zu einer Schlägerei kommt, die der betrunkene scheinheilige Methodist Boles zu provozieren sucht. Völlig durchnäßt erscheint schließlich Ellen mit dem Fuhrmann und dem Jungen. Peter entfernt sich alsbald mit ihm.
Während sich die Ortsbewohner am Sonntagvormittag beim Gottesdienst befinden, weilt Ellen mit Peters Jungen am Hafen. Bei dieser Gelegenheit bemerkt sie an dem Hals des Jungen Spuren von Mißhandlung. Als Peter hinzukommt und den Jungen auffordert, sofort mit ihm zum Fischfang hinauszufahren, gerät er mit Ellen in eine Auseinandersetzung, bei der er sogar gegen sie handgreiflich wird. Aus der Kirche kommende

Leute bemerken dies. Man holt den Pastor herbei, auf dessen Vorschlag hin die Männer unter Führung des Bürgermeisters sich zu Peters Haus begeben. – Als Peter den sich seinem Haus nähernden Zug gewahrt, befiehlt er dem Jungen, von dem Kliff aus auf das Boot zu springen. Dieser verliert jedoch den Halt und stürzt mit einem gellenden Schrei ab. Peter steigt schnell zur Hintertür hinaus. Als die Männer daraufhin Peters Haus leer finden, entfernen sie sich wieder. Nur Balstrode bleibt zurück; er will die offenstehende Hintertür schließen und wirft dabei einen Blick über den Klippenrand, woraufhin er eiligst, wie vorher Peter, hinunterklettert.

Einige Abende später findet im Stadthaus ein Tanzfest statt. Während sich die Ortsbewohner dort amüsieren, kommen Balstrode und Ellen vom Strand herauf. Sie haben das Boot von Peter, den man seit zwei Tagen nicht mehr gesehen hat, leer vorgefunden. Ellen entdeckte am Flutenrand den Pullover, den sie für den Jungen gestrickt hatte. Die sensationslüsterne Mrs. Sedley, die das Gespräch der beiden belauscht hat, ruft den Bürgermeister aus der Schenke, um ihm die Neuigkeit zu berichten. Swallow fordert den Konstabler Hobson auf, sofort mit einigen Männern nach Peter zu fahnden. – Erschöpft und dem Wahnsinn nahe, gelangt Peter auf den verlassenen Hafenplatz; aus der Ferne hört er ein Nebelhorn und die Rufe der Suchenden: Grimes! Grimes! Da kommt Balstrode mit Ellen. Er hilft Peter, dem er den Rat gegeben hatte, hinauszufahren und dann das Boot absaufen zu lassen, sein Boot ins Wasser zu schieben. Dann führt er die still vor sich hinschluchzende Ellen weg. Allmählich ist es Tag geworden. Der Bürgermeister ist mit einigen Leuten von der vergeblichen Suche nach Peter zurückgekommen. Die Wache hat ihm soeben gemeldet, daß weit draußen ein Boot im Sinken sei ...

Stilistische Stellung

Der dramatische Erstling des führenden englischen Komponisten der Gegenwart hat in bezug auf seine stilistische Stellung eine verschiedenartige Beurteilung erfahren: Erblickte man einerseits in der Fischertragödie mit dem anheimelnden Milieu eine echte britische Volksoper, so sprach andererseits die realistische Gestaltung der Charaktere und des Geschehens dafür, das Werk als eine veristische Oper anzusehen. Die Vertonung läßt wohl die letztere Auffassung als zwingender erscheinen. Die Musik hat größtenteils illustrativen Charakter. Erinnerungs- und Leitmotive tonmalerischer Prägung bilden das Fundament. Bei einem ariosen, manchmal auch rezitativischen Deklamationsstil ist in der Hauptsache die Singstimme Trägerin des dramatischen Ausdrucks. Musikalische Wirkungen werden in erster Linie durch imposante Steigerungen in den Chor- und Ensembleszenen erzielt, aber auch die orchestralen Zwischenspiele, von denen der Komponist vier zu einer Orchestersuite zusammengefaßt hat, weisen reiche farbige Klangeffekte auf.

Textdichtung

Als Vorlage diente die Dichtung ›The Borough‹ (1810) des aus Aldeburgh stammenden anglikanischen Geistlichen George Crabbe (1754–1832), der hier ein Zeit- und Charakterbild der Lebensumstände des Fischervolks der englischen Ostküste vermittelt hat. Der Librettist Montagu Slater dramatisierte nach Brittens Idee einige Abschnitte von Crabbes Erzählung, wobei er dem Komponisten geschickt in die Hand arbeitete, indem er dem Titelhelden den Chor als Gegenspieler gegenüberstellte. Die Problemstellung der Handlung, die übrigens keine Liebesszenen enthält, kommt der angelsächsischen Mentalität weitgehend entgegen, woraus sich wohl in erster Linie der enorme Erfolg des Werkes in England und Amerika erklären läßt. Die deutsche Übersetzung, die in Anlehnung an den Seemannsdialekt zum Teil auch das Plattdeutsche verwendet, stammt von Herberth E. Herlitschka.

Geschichtliches

Bereits während seines Aufenthalts in Amerika (1939–1942) beschäftigte sich Britten mit ›Peter Grimes‹. Nach England zurückgekehrt, fand der Komponist in Montagu Slater einen geeigneten Librettisten. Die Komposition wurde im Januar 1944 begonnen und im Februar 1945 abgeschlossen. Die Uraufführung erfolgte am 7. Juni 1945 bei Sadler's Wells (heute: English National Opera) in London. Der außerordentliche Erfolg des Werkes, das bald auch seinen Weg ins Ausland fand, eröffnete in England eine neue Ära des Opernschaffens und der Opernpflege.

The Rape of Lucretia (Die Schändung der Lucretia)

Oper in zwei Akten. Dichtung nach André Obey von Ronald Duncan.

Solisten: *Male Chorus (Erzähler)* (Lyrischer Tenor, gr. P.) – *Female Chorus (Erzählerin)* (Jugendlich-dramatischer Sopran, gr. P.) – *Collatinus*, ein römischer General (Seriöser Baß, auch Charakterbaß, m. P.) – *Junius*, ein römischer General (Charakterbariton, auch Baßbariton, m. P.) – *Prinz Tarquinius*, Sohn des etruskischen Tyrannen Tarquinius Superbus (Kavalierbariton, gr. P.) – *Lucretia*, Gattin des Collatinus (Lyrischer Alt, auch Dramatischer Mezzosopran, gr. P.) – *Bianca*, Lucretias Amme (Lyrischer Mezzosopran, gr. P.) – *Lucia*, Lucretias Dienerin (Lyrischer Koloratursopran, gr. P.).
Ort: Feldlager, jenseits des Tibers – Rom.
Schauplätze: Heerlager mit Generalszelt – Saal in Lucretias Haus – Brautgemach.
Zeit: Ende des 6. Jahrhunderts v. Chr. und Gegenwart.
Orchester: 1 Fl. (auch Picc., Afl., Bfl.), 1 Ob. (auch Eh.), 1 Kl. (auch Bkl.), 1 Fag., 1 Hr., 1 Schl. (P., hängendes Becken, Gong, gr. Tr., kl. Tr., Wirbeltr., Triangel, Peitsche, Tamburin), Hrf., Klav. (Dirigent), Streichquartett, Kb.
Gliederung: Szenen, in die rezitativische Passagen und nummernartige Abschnitte eingelassen sind; zwei vor einem Zwischenvorhang gesungene »Interludes« teilen die Akte.
Spieldauer: Etwa 1¾ Stunden.

Handlung

Das Erzählerpaar schildert dem Publikum die heillosen Zeitläufte, in denen sich die alsbald auf der Bühne in Rückblende gezeigten Ereignisse zugetragen haben. Damals, so berichten die Erzähler, stand Rom unter der Herrschaft des etruskischen Königs Tarquinius Superbus. Dieser sei durch Verbrechen und im Bund mit seiner nicht weniger verbrecherischen Frau auf den Thron gelangt. Um von den eigenen Schandtaten abzulenken, sei ein Krieg gegen die Griechen angezettelt worden, und des Königs Sohn Tarquinius Sextus, ein übel beleumundeter Schürzenjäger, führe nun die römischen Truppen ins Feld. Noch 500 Jahre seien es bis zu Christi Geburt und Tod, und als Christen – so die Erzähler – könnten sie nur mit Mitleid auf die Ereignisse der damaligen Zeit schauen. – Der Vorhang öffnet sich und gibt den Blick ins nächtliche römische Heerlager frei. Dort sitzen Prinz Tarquinius und die Generäle Collatinus und Junius beieinander und betrinken sich. Die Stimmung ist gereizt, denn in der Nacht zuvor hatten die ausgerückten Römer sich heimlich in die Stadt aufgemacht, um gemäß einer Wette die Treue ihrer Frauen zu überprüfen. Einzig Lucretia, die Frau des Collatinus, hatte sich als untadelig erwiesen. Für den ledigen Tarquinius ist dies der willkommene Anlaß, den über die Liederlichkeit seiner Frau erbosten Junius zu verspotten. Sie geraten aneinander, Collatinus tritt dazwischen, beruhigt die Situation und zieht sich zurück. Junius hingegen neidet Collatinus die Treue seiner Frau. Er entfacht in Tarquinius, der durch seine wahllosen sexuellen Abenteuer abgestumpft ist, die Begierde nach Lucretia; die Eroberung einer dermaßen tugendhaften Frau müsse für einen Frauenhelden wie Tarquinius doch eine Herausforderung sein. Für sich beschließt Tarquinius, Lucretia auf die Probe zu stellen, und schwingt sich auf sein Pferd. – Der Erzähler berichtet vom halsbrecherischen Ritt des von Eitelkeit und Gier getriebenen Tarquinius nach Rom. – Die Erzählerin beobachtet Lucretia, ihre Amme Bianca und ihre Dienerin Lucia beim Spinnen. Lucretia, nach monatelangem Warten die Rückkehr ihres Gatten aus dem Krieg herbeisehnend, glaubt ein Klopfen an der Tür zu vernehmen und schickt Lucia nachzusehen: offenbar eine Sinnestäuschung. Bianca und Lucia legen Linnen zusammen, danach begeben sich die Frauen zu Bett. Während die Erzählerin das im Schlaf liegende Rom betrachtet, sieht der Erzähler Tarquinius auf seinem Pferd heransprengen. Sein Klopfen und Rufen schreckt die Frauen auf. Es bleibt ihnen nichts anderes übrig, als zu öffnen. Denn es wäre gegen die guten Sitten, den Prinzen von Rom abzuweisen. Noch wahrt er die Regeln des Anstands. Er beruhigt die besorgt nach ihrem Mann fragende Lucretia und läßt sich mit Wein bewirten. Danach weist Lucretia ihm ein Zimmer zu. Nachdem sie einander eine gute Nacht gewünscht haben, begeben sich Tarquinius und die Frauen auf ihre Zimmer zur Ruhe.

Ein weiteres Mal führt das Erzählerpaar dem Publikum die politische Situation Roms unter der Tyrannei des Königs Tarquinius vor Augen, offensichtlich steht die Stadt kurz vor einer Revolte gegen den Gewaltherrscher. Und abermals bekennen die Erzähler, daß sie als Christen nicht ohne Erschütterung auf die damaligen Geschehnisse blicken können, denn nun lenken sie die Aufmerksamkeit auf die schlafende Lucretia, während sich Prinz Tarquinius an ihr Bett heranschleicht. Er betrachtet die Schlafende und küßt sie. Von ihrem Mann Collatinus träumend, erwidert sie den Kuß. Erst als sie erwacht, erkennt sie, daß Tarquinius ihren Schlaf ausgenutzt hat. Er wirbt um ihre Gunst, sie weist ihn zurück. Er packt sie, sie kämpft sich aus seiner Umarmung frei. Schließlich zückt er gegen Lucretia das Schwert und richtet sich in Siegerpose über der bedrängten Frau auf. Ein Zwischenvorhang fällt und verbirgt den grausamen Höhepunkt des Verbrechens. – Von der Gewalt des Geschehens entsetzt, suchen die Erzähler Zuflucht im Gebet. – Am Morgen darauf begrüßen die ahnungslosen Dienerinnen Lucretias das Sonnenlicht und schmücken den Saal mit Blumen. Sie wundern sich darüber, daß Tarquinius offenbar bereits unmittelbar vor Tagesanbruch davongaloppiert ist und Lucretia entgegen ihrer Gewohnheit noch nicht auf ist. Doch da tritt sie in den Saal – apathisch, als sei sie abwesend. Als die Dienerinnen ihr Orchideen – die Lieblingsblumen des Collatinus – überreichen, schreckt Lucretia aus ihrer Apathie auf. Sie scheint wie von Sinnen, kaum begreifen ihre Dienerinnen, was sie sagt. Wie in Panik weist Lucretia Lucia an, einen Boten nach Collatinus zu senden, damit er unverzüglich nach Hause eile. Zum Zeichen der Dringlichkeit solle sie dem Boten eine der Orchideen mitgeben. Während Lucretia wieder in den Zustand der Abwesenheit zurücksinkt und wie mechanisch aus den verbliebenen Orchideen einen Kranz flicht, ahnt Bianca, was in der Nacht geschehen ist. Als Lucretia sich zurückzieht, versucht Bianca Lucia davon abzuhalten, den Befehl der Herrin auszuführen. Lucretia brauche Zeit, um das Vorgefallene zu verarbeiten. Doch zu spät: Collatinus und Junius sind bereits im Haus. Eine Andeutung von Junius über den nächtlichen Ausritt des Tarquinius genügt, damit Collatinus die Zusammenhänge begreift. Und da tritt ihm auch schon Lucretia, gehüllt in ein purpurrotes Trauergewand, entgegen. Ernst und gefaßt berichtet sie Collatinus von ihrer Vergewaltigung durch Tarquinius. Nichts kann sie zurückhalten von ihrem Entschluß, sich das Leben zu nehmen, nicht einmal die Liebe ihres Mannes, zu groß ist der Schmerz über das, was Tarquinius ihr angetan hat, und so stößt sie sich einen Dolch ins Herz. Sterbend sieht sie durch ihren Freitod die Schande, die ihr Tarquinius zugefügt hat, von sich genommen. Betroffen schauen alle auf die Tote, während Junius die Römer zum Sturz der Königsherrschaft aufruft. Das Erzählerpaar aber fragt sich, ob der gekreuzigte Christus auch die Schuld und das Leid dieser Menschen aus einer Epoche weit vor der Zeitenwende auf sich genommen habe.

Stilistische Stellung

›The Rape of Lucretia‹, uraufgeführt 1946 in Glyndebourne, ist Benjamin Brittens erste Kammeroper. Die dramaturgische Anlage des Stücks ist recht ungewöhnlich: Indem zur dargestellten Handlung die Berichte und Kommentare der beiden Erzähler und deren Kommunikation untereinander hinzutreten, greift ›The Rape of Lucretia‹ auf epische Gestaltungsmittel zurück, die für den damals gängigen Typus des Lehrtheaters charakteristisch sind. Hieraus resultiert ein Spiel mit wechselnden Perspektiven auf mehreren Zeitebenen. Bietet die szenische Realisierung der Haupthandlung eine Simulation der historischen Zeit, so tritt als zweite Perspektive die christologische Deutung der Geschehnisse durch die Erzähler mit dem Focus auf Lucretia als Präfiguration Christi hinzu. Eine andere Perspektive ergibt sich für das Publikum, das von den Erzählern direkt angesprochen wird und somit aufgerufen ist, sich ein eigenes Bild von dem, was es auf der Bühne beobachtet, zu machen. Und auf einer Meta-Ebene stellt sich aufgrund des historischen Abstands zur Entstehungs- und Uraufführungszeit eine weitere Perspektive ein, die die Betrachter darüber nachdenken läßt, warum Britten seinerzeit die Tragödie der Lucretia in der beschriebenen Weise zur Darstellung brachte.

Indem über den Sinn von Lucretias Schicksal bereits auf der Bühne debattiert wird, kommt eine das Theodizee-Problem aufgreifende Wertediskussion ins Spiel, die von Britten offenbar in der unmittelbaren Nachkriegszeit nach dem verheerenden Zivilisationsbruchs des Zweiten Weltkriegs für dringlich erachtet wurde. Im Stück nun ist das alle ethischen Normen außer Kraft setzende Skandalon das an Lucretia verübte Verbrechen der Vergewaltigung, weshalb die früher übliche deutsche Titelübersetzung ›Der Raub der Lukrezia‹ die Tat verharmlost. Einer solchen euphemistischen Betitelung steht die Problemlage des Stücks entgegen, die nicht zuletzt in den erzählten Passagen eindringlich geschildert wird. Britten setzte hier dank der virtuosen Umsetzung des Englischen in rezitativischer Vortragsart neue Maßstäbe. So wird jenes »Interlude«, das den Ritt des Tarquinius zu Lucretia illustrativ vor Ohren führt, zu einem Höhepunkt des Stücks, wenn der Erzähler in den furios vorbeiziehenden Höllengalopp des Orchesters hineindeklamiert. Als er den zu Lucretias Schlafstatt sich schleichenden Tarquinius beschreibt, ist die Klanglichkeit hingegen ausgedünnt, so daß Geflüster und Schlagzeuggeräusche eine bedrohliche Atmosphäre schaffen. Andernorts legt der Komponist den Erzählern Gebetsintonationen in den Mund, und im »Interlude« des II. Akts greift Britten zu einer Cantus-firmus-artigen Satztechnik, wenn sich die Erzähler ins Gebet flüchten, während im Aufruhr des Orchesters der Schändungsakt vergegenwärtigt wird. Aus der von leidenschaftlicher Stellungnahme geprägten Haltung der Erzähler wird auch die englische Benennung der beiden Partien als »Male« und »Female Chorus« verständlich: Sie haben im Stück eine ähnliche Funktion wie der Chor in den Tragödien der Antike.

Was den Tarquinius anbelangt, so wird dessen Disposition zum Verbrecher bereits in den Berichten der Erzähler angesprochen: Insbesondere werden die Macho-Rituale einer durch die Kriegssituation verrohten und im Lager sich langweilenden Männergesellschaft vorgeführt, so daß es in den Trinksprüchen zu Refrainbildungen – als vulgäres Sinnbild der Wiederkehr des Immergleichen – kommt. Vor allem aber werden in der Anfangsszene zwei für die ganze Komposition konstitutive Leitmotive eingeführt. Das eine – mit kreisender Sechzehntelquintole in der Mitte – ist direkt mit Lucretias Namen verknüpft, das andere, ein fallendes Skalenmotiv, ist dem Tarquinius zugeordnet. Überdies wird Tarquinius nicht nur von seiner animalischen und triebhaften Seite – wie etwa im ersten »Interlude« – gezeigt. Daß er sich sehr wohl beherrschen kann, erweist sich zum einen im grazilen »Good-night«-Quartett zum Schluß des I. Akts, zum andern in seiner lyrischen Betrachtung der schlafenden Lucretia im II. Akt. Die Freiheit des Willens, von dem bösen Vorhaben abzustehen, ist also durchweg gegeben.

Ebenso wird Lucretias Selbstbestimmtheit hervorgehoben: Zwar ist sie sich der virilen Attraktivität des Tarquinius bewußt, so daß sie ihm gesteht: »Im Wald meiner Träume warst du immer der Tiger«, doch mit Entschiedenheit weist sie seine Zudringlichkeiten wieder und wieder zurück. Aus der fortgesetzten Mißachtung von Lucretias klar geäußerten Willensbekundungen durch Tarquinius ergibt sich die schockierende Unerträglichkeit dieser in der Vergewaltigungskatastrophe endenden Szene. Und Lucretias Schändung erscheint um so skandalöser, als sie in den häuslichen Szenen mit ihren Dienerinnen zu einem Sinnbild von Schönheit und tugendhafter und geordneter Lebensführung stilisiert wird, wobei in den Kantilenen der Frauenensembles (Spinn-Quartett und Linnen-Terzett) die zarten Figurationen der Harfe den charakteristischen Farbakzent setzen. Als sehnsüchtig auf die Rückkehr ihres Mannes harrende Gattin ist Lucretia geradezu eine zweite Penelope. Dieses ist auch ihr Selbstbild, das sie durch Tarquinius' Schandtat zerstört sieht. Und wenn sie schließlich ihrem Mann Collatinus entgegentritt, so setzt Britten in einem Englischhorn-Solo einen an den Barock gemahnenden Bezug, um Lucretias Lebensabschied in all seiner schmerzlichen Unabwendbarkeit zu inszenieren. Vollends wird sie als Tote zum Denkmal in wörtlichem Sinne, wenn in einer zum Sextett sich entfaltenden Passacaglia die verbliebenen Protagonisten das Totengedenken begehen. Dieses mündet in die fatalistische Frage-Antwort-Konstellation »Is this it all? It is all!« (Ist dies das Ende? Es ist das Ende!), deren ernüchterndes Antwortmotiv mit seinem pochenden Sechzehntel-Achtel-Rhythmus den Orchesterepilog prägt und beschließt, ungeachtet des Bemühens von Seiten der Erzähler, dem Leid und dem Tod Lucretias einen Sinn zuzusprechen.

Textdichtung

Die Schändung der Lucretia – überliefert von Titus Livius in den Kapiteln 57 bis 59 seiner römischen Geschichte ›Ab urbe condita‹ und im 2. Buch von Ovids ›Fasten‹ – ist der Gründungsmythos der römischen Republik schlechthin, weil die allgemeine Empörung über die an Lucretia verübte Untat den Sturz des Königtums ausgelöst haben soll. Das in Literatur und Malerei vielfach aufgegriffene Sujet inspirierte 1931 den französischen Autor André Obey (1892–1975) zu seinem vieraktigen Schauspiel ›Le Viol de Lucrèce‹ (uraufgeführt 1931 in Paris), das seinerseits als Grundlage für das von Ronald Duncan (1914–1982) verfaßte Libretto zu Brittens Oper diente. Bereits in Obeys Drama gibt es »Récitants«, die die Handlung kommentieren, freilich sind die christologischen Auslegungen ihrer Opern-Pendants Hinzufügungen, die Duncan auf ausdrücklichen Wunsch Brittens vorgenommen hat. Und anders als die wie eine Heiligenikone wirkende Lucretia der Oper weist Obeys Lucrèce durchaus realistische Züge auf; beispielsweise wird im Sprechdrama berichtet, daß sie als »Gourmande« genüßlich eine gefüllte Forelle verspeist hat. Auch auf formaler Ebene zeigt sich die Tendenz des Librettos zur Stilisierung: Ist das Schauspiel in Prosa abgefaßt, so führen Duncans meist in freien Rhythmen schwingende Verse mitunter sogar in gereimte Passagen. Eine genuin britische Zutat ist die von Lucretia auf Tarquinius gemünzte Tiger-Metapher, eine Anspielung auf das berühmte Gedicht ›The Tyger‹, in dem William Blake (1757–1827) aufgrund der Gefährlichkeit des Tigers die Güte des göttlichen Schöpfers in Zweifel zieht. Die deutsche Libretto-Version stammt von der deutsch-amerikanischen Übersetzerin und Herausgeberin Elizabeth Mayer (1884–1970), eine vor den Nazis nach Amerika geflohene Emigrantin, die dem Komponisten und seinem Lebensgefährten Peter Pears seit deren Aufenthalt in den USA (1939–1942) in enger Freundschaft verbunden war.

Geschichtliches

Nachdem Benjamin Britten mit ›Peter Grimes‹ zum ersten Mal nach der Wiederentdeckung von Henry Purcells ›Dido und Aeneas‹ der englischsprachigen Oper Weltgeltung verschafft hatte, wurde ›The Rape of Lucretia‹ als Kammeroper zum Trendsetter bis ins 21. Jahrhundert hinein. Denn seit Britten prägen Opern mit solistisch besetztem Orchesterapparat – insbesondere auch in der Streicherbesetzung – das Repertoire maßgeblich mit. Ohnehin hatte der Komponist ein Faible für kleine Besetzungen, so daß er sich für seine Oper am Kammerensemble seiner ›Sinfonietta‹ op. 1 von 1932 (fünf Bläser und fünf Streicher) orientierte. Auch die aufführungspraktischen Gegebenheiten im damaligen Großbritannien führten Britten zur Entwicklung dieses neuen Operntyps. Bereits 1945 äußerte er: »Die Seltenheit moderner englischer Opern hat ihren Grund in den beschränkten Möglichkeiten, die sich für Aufführungen bieten«, und er fährt fort: ›Theaterleiter werden neue Werke kaum herausbringen, wenn sie nicht eine begründete Hoffnung haben, die Kosten der Einstudierung wieder einspielen zu können.« Aus diesen Überlegungen und in Zusammenarbeit mit dem Bühnenregisseur und Librettisten Eric Crozier (1914–1994) entwickelte er schließlich das Konzept einer Glyndebourne English Opera, deren Ensemble, die von Britten, Pears und Crozier gegründete English Opera Group, überdies als reisende Truppe, ihr Repertoire europaweit bekanntmachen sollte. Damit wurde ›The Rape of Lucretia‹ zum Prototyp dieses Operntyps im Kleinformat, der alsbald für das 1948 gleichfalls von Crozier, Britten und Pears ins Leben gerufene Aldeburgh Festival typisch sein sollte. Die Glyndebourner Uraufführung der ›Lucretia‹ am 12. Juli 1946 unter der musikalischen Leitung von Ernest Ansermet mit der legendären Altistin Kathleen Ferrier in der Titelrolle und mit Peter Pears als Male Chorus zeigte aber noch nicht die heute übliche Spielfassung. 1947 nahm sich Britten die Partitur noch einmal vor, er verfügte für diese Fassung Striche und ersetzte einige Passagen durch knappere Alternativversionen. In einer unter Brittens Aufsicht erstellten Schallplattenaufnahme (Dirigent: Reginald Goodall) ebenfalls aus dem Jahr 1947 mit Nancy Evans als Lucretia wurde sogar noch stärker gekürzt. Im November 1948 erlebte das Stück seine deutsche Erstaufführung in Köln (Inszenierung: Erich Bormann, musikalische Leitung: Richard Kraus). Produktionen an Musikhochschulen und an großen und kleinen Bühnen weltweit bezeugen nach wie vor eine kontinuierliche Aufführungsgeschichte.

R. M.

Albert Herring

Komische Oper in drei Akten. Dichtung nach Guy de Maupassant von Eric Crozier.

Solisten: *Lady Billows*, eine herrische ältere Dame (Dramatischer Sopran, auch Jugendlich-dramat. Sopran, auch Charaktersopran, gr. P.) – *Florence Pike*, ihre Haushälterin (Spielalt, auch Dramatischer Alt, gr. P.) – *Miss Wordsworth*, Schulvorsteherin (Dramatischer Koloratursopran, auch Lyrischer Sopran, gr. P.) – *Mr. Gedge*, Pfarrer (Charakterbariton, auch Lyrischer Bariton, gr. P.) – *Mr. Upfold*, Bürgermeister von Loxford (Charaktertenor, auch Spieltenor, gr. P.) – *Mr. Budd*, Chef der Ortspolizei (Charakterbaß, auch Spielbaß, gr. P.) – *Sid*, Metzgerbursche bei Upfold (Lyrischer Ba-

riton, gr. P.) – *Albert Herring* (Lyrischer Tenor, gr. P.) – *Nancy Waters*, Bäckerstochter (Lyrischer Mezzosopran, auch Soubrette, gr. P.) – *Mrs. Herring*, Alberts Mutter (Dramatischer Mezzosopran, auch Dramatischer Alt, m. P.) – *Emmy, Siss, Harry*, Schulkinder aus Loxford (Soprane, m. P.). Die Partie des Harry soll von einem Knaben gesungen werden, der noch nicht mutiert hat.
Chor: Kinderchor (kl. Chp.).
Ort: Loxford, ein kleines Marktstädtchen der Grafschaft East Suffolk.
Schauplätze: Frühstücksraum (Halle) mit einer nach oben führenden Treppe in Lady Billows' Haus – Mrs. Herrings Obst- und Gemüseladen mit einem großen Schaufenster nach der Straße. Daneben die Ladentür, von der die obere Hälfte offensteht, die untere Hälfte geschlossen ist. Eine Treppe führt nach oben – Das Innere eines Festzeltes im Pfarrgarten – 4. und 5. Bild wie 2. Bild.
Zeit: April und Mai des Jahres 1900.
Orchester: 1 Fl. (auch Picc. und Altflöte), 1 Ob., 1 Kl. (auch Bkl.), 1 Fag., 1 Hr., Schl., Hrf., Solo-Streichquartett, 1 Kb. Die Rezitative werden vom Dirigenten am Klavier begleitet.
Gliederung: Musikalische Nummern und Szenen, die durch Rezitative miteinander verbunden werden.
Spieldauer: Etwa 2½ Stunden.

Handlung
In dem Städtchen Loxford in der Grafschaft East Suffolk übt Lady Billows, eine autokratische ältere Dame, die zwar hilfsbereit und wohltätig wirkt, in allen die Öffentlichkeit interessierenden Angelegenheiten einen herrischen Einfluß aus, wobei sie stets ihren Willen durchzusetzen versteht. Ihre Haushälterin Florence muß über ihre Wünsche und Anordnungen genau Tagebuch führen. Heute hat sie für halb elf die Schulleiterin Miss Wordsworth, den Pfarrer Gedge, Polizeichef Budd und Bürgermeister Upfold zu sich bestellt. Die Geladenen sind pünktlich zur Stelle. Lady Billows erwartet von ihnen Vorschläge für die Wahl der Maienkönigin. Einem alten Brauch zufolge wird alljährlich für die Maifeier die tugendhafteste Jungfrau der Stadt zur Maienkönigin gekrönt. Aber keines der vorgeschlagenen Mädchen wird von Lady Billows dieser Ehre für würdig befunden. Da regt Polizeichef Budd an, statt einer Königin einen Mai-König aufzustellen. Er hat auch schon einen Kandidaten: Albert Herring, einen etwas naiven, aber braven und arbeitsamen Jungen, der seiner Mutter im Gemüsegeschäft behilflich ist. Lady Billows ist dagegen; man könnte ja auch eine Bauernjungfer wählen. Doch Florence wendet ein, daß die Bauerntöchter noch viel weniger als die Stadtmädchen den strengen Bedingungen gerecht würden. Nun stimmt auch Lady Billows dem von allen Anwesenden gutgeheißenen Vorschlag zu: Albert Herring wird Maienkönig – In dem Laden von Mrs. Herring ertappt der Metzgerbursche Sid die Schulkinder Emmy, Siss und Harry beim Äpfel-Klauen. Er jagt sie weg und ruft daraufhin nach Albert. Dieser erscheint, beladen mit einem schweren Sack. Sid fragt Albert, ob er außer zu arbeiten nicht auch ein wenig sich vergnügen würde, etwa mit Knobeln, Schöppchen trinken, tanzen und Mädchen poussieren. Albert verneint; denn seine Mam würde es nicht wollen. Da kommt die Bäckerstochter Nancy zum Einkaufen. Sid schenkt ihr zwei Pfirsiche und verabredet mit ihr ein Rendezvous für den Abend. Als die beiden vergnügt weggegangen sind, überlegt Albert, ob es vielleicht nicht Zeit sei, daß er einmal aus dem Käfig mütterlicher Betreuung herauskomme. In diesem Augenblick betritt Florence das Geschäft. Sie läßt Mrs. Herring rufen und berichtet ihr, daß gleich Lady Billows mit Miss Wordsworth und den Herren Pfarrer, Polizeichef und Bürgermeister kommen werde, um ihr einen wichtigen Beschluß mitzuteilen, der ihren Sohn Albert betrifft. Als Mutter Herring sodann von Lady Billows erfährt, daß Albert zum Maienkönig aufgestellt sei, dazu einen weißen Anzug mit Königskrone und einen Preis von zwanzig Pfund in Gold erhalten werde, ist sie außer sich vor Glück. Um so aufgebrachter ist sie, als ihr der Sohn nach dem Weggang von Lady Billows und ihrer Begleitung erklärt, daß er nicht mitmachen wolle.
Am Festtag werden im Zelt die letzten Vorbereitungen getroffen: zahlreiche Leckerbissen werden aufgestellt, Miss Wordsworth probiert nochmals mit den Kindern die Festhymne, Sid und Nancy bringen Krüge mit Limonade. Sid zieht heimlich aus seiner Tasche eine Flasche Rum und gießt daraus eine tüchtige Portion in Alberts Limonade. Kurz darauf erscheinen die Gäste. Das Fest wird eingeleitet mit Miss Wordsworths Kinderchor, daraufhin wird Albert mit Reden und Geschenken gefeiert. Mit einem schüchternen »Vielen Dank!« quittiert er die Ehrungen. Als daraufhin auf sein Wohl angestoßen wird, leert Albert sein Glas in einem Zug, worauf er zur Be-

lustigung der Gäste einen Schluckauf bekommt. Auf Lady Billows' Aufforderung hin setzen sich dann alle vergnügt zu Tisch, und das Festmahl beginnt. – In angeheiterter Stimmung kommt Albert spät abends heim. Durch das Ladenfenster beobachtet er, wie Sid und Nancy sich leidenschaftlich küssen. Da wird er sich mit einem Male bewußt, daß auch er nach dem englischen Spruch handeln müsse: »Hilf Dir selbst und der Himmel wird Dir helfen!« Dabei erinnert er sich des Zwanzig-Pfund-Goldstücks in seiner Tasche. Es soll entscheiden: Kopf ist »Ja«, Zahl ist »Nein«. Er wirft die Münze zu Boden, sie fällt mit dem Kopf nach oben. Mit plötzlichem Entschluß steckt er das Geld ein, nimmt Hut und Mantel und entfernt sich die Straße hinunter. Müde kehrt Mutter Herring zurück, die noch schnell bei ihrer Schwester Eth einen Besuch gemacht hatte. Sie glaubt ihren Albert längst im Bett und begibt sich schläfrig nach oben.

Am Nachmittag des 2. Mai ist Albert immer noch nicht heimgekehrt, er ist spurlos verschwunden. Nancy hat ein schlechtes Gewissen, auch Sid ist es nicht wohl bei dem Gedanken, der Rum könnte die Ursache des Unglücks sein. Er hat schon den Teich bis auf den Grund durchsucht. Nancy führt die tiefschwarz gekleidete Mutter Herring herbei, die dem Polizeichef ein Kinderbild des Sohnes für den Suchdienst übergibt; Lady Billows läßt einen Kriminalinspektor von Scotland Yard mit dem Liverpool-Street-Express kommen. Schließlich wird Alberts Orangenblütenkranz herbeigebracht, der am Weg nach Campsey-Ash zerdrückt und beschmutzt aufgefunden worden ist. Alle stimmen nun einen Klagegesang an. Da tritt plötzlich Albert, schmutzig und zerzaust, zur Ladentür herein. Entgeistert schauen ihn die Anwesenden an. Dann wird er in ein strenges Verhör genommen. Empört verlassen Lady Billows, ihre Begleitung und auch Mutter Herring den Laden, nur Sid und Nancy sind zurückgeblieben. Das Mädchen gibt Albert einen kräftigen Kuß, dann öffnet dieser lustig und ausgelassen die Läden. Die drei Schulkinder kommen und singen ihr Spottliedchen auf Albert, er ist ihnen aber nicht böse, sondern beschenkt sie mit Pfirsichen. Sid wirft Albert den Orangenblütenkranz zu, den er auffängt und dann über die Köpfe der Zuschauer hinwegfliegen läßt.

Stilistische Stellung
Mit leichter Hand hat Britten die musikalische Zeichnung des Kammerspiels ausgeführt. Hervorstechend ist der flüssige und fein charakterisierte Konversationsstil, der nicht nur in den Rezitativen, sondern auch bei geschlossenen Bildungen, wie in den Arien, Songs, Duetten, ja sogar in den Ensembles die Wortverständlichkeit fördert. Anderseits erzielt der Komponist an einigen Stellen des »Maifeier«-Bildes die realistische Wirkung des Durcheinandersprechens einer sich unterhaltenden Gesellschaft dadurch, daß die einzelnen Sänger ihren Part in der natürlichen Diktion der Sprache ohne Rücksichtnahme auf Takt und Tempo singen. Die Tempo-Angabe gilt in diesen Fällen nur für den Orchesterpart. Die Darsteller wiederholen ihre Phrasen so lange, bis ein Sforzato-Akkord bzw. das Fallen des Vorhanges das Durcheinander der Stimmen abschneidet. Die Wahldebatte, die als Exposition zur Handlung eine gewichtige Bedeutung hat, wird von fugierten Ensembles eingefaßt (»Wir haben nachgeforscht« – »Maienkönig!«). Den Aktschluß bildet eine von dem Solisten-Ensemble sekundierte, brillant kolorierte Ode der Lady Billows im Händelschen Stil (»Frohlocket laut und freuet Euch mit mir!«). Von pikanter Wirkung ist das Marschduett, bei dem die von Nancy und Sid in Oktaven gesungenen Strophen von einem Bläser-Kanon mit Pizzikato-Begleitung des Kontrabasses kontrapunktiert werden. Ein aus zwölf Solisten zusammengesetztes Kammerorchester interpretiert farbig und delikat den instrumentalen Part, der bisweilen mit Zitaten aus berühmten dramatischen Opern Handlungsvorgänge witzig persifliert. Den musikalischen Höhepunkt bildet die neunstimmige Trauerode im letzten Akt: über einer ostinaten Akkordfolge tritt jeder der neun Darsteller mit einem Solo-Vers aus dem Ensemble hervor, das schließlich in eine Unisono-Psalmodie mündet, die wiederum von einem trauermarschartigen ostinaten Rhythmus der Pauken begleitet wird.

Textdichtung
Über die Entstehungsgeschichte des Librettos zu ›Albert Herring‹ hat sich der Textdichter Eric Crozier ausführlich geäußert. Als Vorlage diente die Kurzgeschichte des französischen Romanciers Guy de Maupassant (1850–1893) ›Le Rosier de Madame Husson‹ (›Der Rosenstock der Madame Husson‹). Für die Operngestaltung wurde der Schauplatz der Geschichte von der Normandie nach East Suffolk verlegt, woraus sich schließen läßt, daß die Autoren ihre Bearbeitung des Stoffes als Satire auf gewisse puritanische Sitten

und Bräuche Englands auffaßten. Die Anpassung an die englische Mentalität und die Rücksichtnahme auf die zur Verfügung stehenden Sänger bewirkten gegenüber dem Vorwurf manche Veränderungen, von denen vor allem der Handlungsverlauf nach der Maienkrönung betroffen wurde. Während Maupassants tugendhafter Isidor acht Tage lang ein ausschweifendes Leben führt, vollkommen abgerissen, betrunken und mit üblen Gerüchen nach Gosse und Laster zurückkehrt und schließlich an Delirium tremens stirbt, ist Alberts Herumziehen in einigen Kneipen während einer Nacht von verhältnismäßig harmloser Natur. Hinsichtlich der dramaturgischen und sprachlichen Gestaltung des Stoffes hielt sich Crozier ganz an die Forderung des Komponisten, der von einem Operntext verlangt, daß er »einfach, knapp und kristallklar« sein müsse.

Geschichtliches
Auf der Suche nach einem neuen Opernsujet stießen Britten und seine Mitarbeiter im Jahre 1946 auf Maupassants Novelle ›Le Rosier de Madame Husson‹. Der Stoff schien ihnen geeignet sowohl als Vorwurf zu einer chorlosen Kammeroper mit wenigen Solisten und geringen szenischen Anforderungen, wie auch als Gegenstück zu der vorangegangenen tragischen ›Lucretia‹ (›The Rape of Lucretia‹). Der verhältnismäßig kleine Apparat versprach auch die Möglichkeit, das Werk auf Gastspielreisen innerhalb und außerhalb Englands aufführen zu können. So ist ›Albert Herring‹ 1946/47 entstanden. Die Uraufführung fand am 20. Juli 1947 durch die English Opera Group unter der Leitung des Komponisten in Glyndebourne mit großem Erfolg statt. Die Oper fand anschließend in Europa und Amerika weite Verbreitung.

Billy Budd

Oper in zwei Akten. Libretto nach der Erzählung von Herman Melville von Edward Morgan Forster und Eric Crozier.

Solisten: *Edward Fairfax Vere*, Kapitän der »Indomitable« (Jugendlicher Heldentenor, auch Charaktertenor, gr. P.) – *Billy Budd*, Vortoppmann (Lyrischer Bariton, gr. P.) – *John Claggart*, Schiffsprofoß (Seriöser Baß, gr. P.) – *Mr. Redburn*, erster Leutnant (Bariton, gr. P.) – *Mr. Flint*, Segelmeister (Baßbariton, auch Baß, gr. P.) – *Leutnant Ratcliffe* (Baß, m. P.) – *Red Whiskers*, ein gepreßter Matrose (Tenor, m. P.) – *Donald*, ein Seemann (Bariton, m. P.) – *Dansker*, ein alter Seemann (Baß, m. P.) – *Der Neuling* (Tenor, m. P.) – *Squeak*, ein Schiffskorporal (Tenor, m. P.) – *Mr. Bosun* (Bariton, m. P.) – *1. Maat* (Bariton, kl. P.) – *2. Maat* (Bariton, auch Baß, kl. P.) – *Ausguck* (Tenor, kl. P.) – *Der Freund des Neulings* (Bariton, kl. P.) – *Arthur Jones*, ein gepreßter Matrose (Bariton, kl. P.) – *Vier Seekadetten* (Knabenstimmen) – *Kapitän Veres Kabinenjunge* (Sprechrolle).
Chor: Offiziere – Matrosen (mehrfach geteilt, Männerchor, gr. Chp.).
Ort und Schauplätze: An Bord der »Indomitable«.
Zeit: Während des englisch-französischen Seekriegs 1797.
Orchester: 4 Fl. (auch Picc.), 2 Ob., 1 Eh., 2 Kl., Bkl., Altsaxophon, 2 Fag., Kfag., 4 Hr., 4 Trp., 3 Pos., Tuba, P., Schl., Hrf., Str.

Gliederung: Durchkomponierte musikalische Großform, szenische Gliederungen, ausgedehnte Zwischenspiele.
Spieldauer: Etwa 2½ Stunden.

Handlung
Prolog. Der alte Kapitän Vere, einst Kommandant des Kriegsschiffes »Indomitable« im englisch-französischen Seekrieg, denkt an Billy Budd, seinen ehemaligen Untergebenen.
Auf der »Indomitable«, die in Erwartung des Feindes bei Cap Finisterre kreuzt, wird das Großdeck gescheuert. Ein Neuling stellt sich dabei ungeschickt an und wird dafür geprügelt. Ein Boot kommt längsseits; Leutnant Ratcliffe hat an Bord des Handelsfrachters »Menschenrecht« drei Matrosen zwangsrekrutiert. Während die beiden anderen protestieren, ist Billy Budd, mit ganzem Herzen Seemann, mit seinem Los zufrieden. Er ist ein offener, fröhlicher Charakter, hat aber die Eigenschaft, in Erregung in ein schwer beherrschbares Stottern zu verfallen. Allen Besatzungsmitgliedern gefällt Billy Budd, nur der Schiffsprofoß John Claggart verfolgt ihn vom ersten Augenblick an mit dumpfem Haß und beauftragt den Korporal Squeak, Billy genau zu beobachten und ihm, wo immer möglich, Fallen zu

stellen. Der alte Seemann Dansker warnt Billy vor dem hinterhältigen Profoß, doch Billy glaubt sich von allen an Bord geliebt. Von der Mannschaft begeistert begrüßt, erscheint Kapitän Vere, genannt »Sternen-Vere«, an Deck und stellt baldige Feindberührung in Aussicht. – In der Kapitänskajüte sitzt Vere mit Redburn und Flint beim Wein. Das Gespräch dreht sich um den neuen Geist, der – als Folgeerscheinung der Französischen Revolution – die Welt erfülle und die Disziplin bedrohe. Claggarts Verdächtigungen gegen Billy Budd haben beim Leutnant und beim Segelmeister gewirkt, doch Vere widerspricht ihnen: Billy sei ein ehrlicher Junge und guter Seemann. – Im Zwischendeck feiern die Matrosen und singen anspielungsreiche Shanties. Billy entdeckt, daß Squeak sein Gepäck durchschnüffelt hat, und stellt ihn zur Rede. Squeak greift zum Messer, eine Rauferei beginnt, die durch das Erscheinen Claggarts beendet wird. Da die Mannschaft für Billy Partei ergreift, läßt der Profoß Squeak verhaften, verfolgt im Innern aber Billy mit noch größerem Haß. Er bestimmt durch Geld und Drohungen den durch Prügel demoralisierten Neuling, Billy zum Schein zur Meuterei zu verlocken, doch mit empörtem Stottern jagt Billy den Versucher davon. Der alte Dansker, der dazu kommt, rät Billy, das Schiff so schnell wie möglich zu verlassen, denn gegen den Schiffsprofoß komme er nicht auf. Billy aber, der nicht an die Ränke Claggarts glauben will, entschließt sich zu bleiben.
Eine französische Fregatte wird gesichtet. Man macht klar zum Gefecht, feuert auch eine Salve, aber nachlassender Wind und aufkommender Nebel machen eine Verfolgung unmöglich. Claggart geht zum Kapitän und beschuldigt Billy der versuchten Meuterei. Vere will dies nicht glauben und besteht auf einer Gegenüberstellung. Als Claggart seine Verdächtigungen wiederholt und Billy sich verteidigen soll, verfällt er erneut in ein fassungsloses Stottern. Der Worte nicht mächtig, holt er zum Schlag aus und trifft den Profoß tödlich. Der Kapitän muß ein Kriegsgericht einberufen, das unter dem Vorsitz von Redburn tagt; der Kapitän fungiert als Zeuge. Billy gibt die Tat zu, und dem Gericht bleibt nichts anderes übrig, als ihn nach dem Buchstaben des Kriegsrechtes zum Tode zu verurteilen. – Billy, an zwei Kanonen gekettet, erwartet den Tag, bei dessen Anbruch er gehängt werden soll. Dansker schleicht mit einem Krug Grog herbei und berichtet von der Empörung, die das Urteil ausgelöst habe, und von der Absicht der Mannschaft, den Vollzug des Urteils zu verhindern. Billy aber bittet, dem Recht seinen Lauf zu lassen. Der Morgen graut, die Mannschaft tritt zur Exekution an, und mit dem Ausruf »Sternen-Vere, Gott schütze Euch« läßt sich Billy Budd zur Hinrichtung führen.
Epilog. Den alten Vere quälen Zweifel, ob er damals richtig gehandelt habe. Nur der Gedanke, Billy Budd habe sein Festhalten am Buchstaben des Gesetzes verstanden und ihm verziehen, gibt ihm Trost.

Stilistische Stellung
Mit ›Billy Budd‹ hat Britten nach ›Peter Grimes‹ ein weiteres Bühnenwerk geschrieben, in dem spezifisch englisches Nationalkolorit eine große Rolle spielt. Auch hier ist das Meer – als durchgehender, die dramatische Handlung kommentierender Hintergrund – aus der Handlung nicht wegzudenken, prägt es die Charaktere, erklärt es Situationen. Die Konzentration auf den Handlungsablauf an Bord eines englischen Kriegsschiffes bringt die dramaturgische Besonderheit mit sich, daß Britten ganz auf Frauenstimmen verzichtet. Die Atmosphäre ist musikalisch geprägt durch die Einbeziehung von Matrosenliedern, militärischen Signalen, seemännischen Ausdrücken. Die Faktur des Werkes ist knapp, konzentriert, die Einzelstimmen bewegen sich in prägnanter Diktion – ariose Verdichtungen sind den wenigen eher kontemplativen Szenen und den Hauptfiguren Vere, Budd und Claggart vorbehalten.

Textdichtung
Edward Morgan Forster und Eric Crozier, der schon das Libretto für Brittens ›Albert Herring‹ schrieb, stützten sich bei ihrer Textfassung ganz auf die gleichnamige Erzählung des amerikanischen Dichters Herman Melville, dessen Bedeutung als einem der größten und genauesten Darsteller des Meeres und seiner Wirkung auf den Menschen (besonders in seinem Roman ›Moby Dick‹) erst im 20. Jahrhundert recht gewürdigt worden ist.

Geschichtliches
Brittens ›Billy Budd‹ entstand 1950/51 als Auftragswerk des Arts Council für das Royal Opera House Covent Garden und wurde dort am 1. Dezember 1951 uraufgeführt. Unter der Stabführung des Komponisten und in der Inszenierung von Basil Coleman sang damals Peter Pears die

Rolle des Kapitäns Vere, die er auch auf einer Platteneinspielung verkörpert hat. Die deutsche Erstaufführung fand am 2. März 1952 in Wiesbaden statt. Ungeachtet seiner musikalischen und dramatischen Qualitäten hat sich das Werk auf den deutschen Bühnen nur nach und nach durchsetzen können.

The Turn of the Screw (Die Drehung der Schraube)

Oper in einem Prolog und zwei Akten. Libretto nach der Erzählung von Henry James von Myfanwy Piper.

Solisten: *Der Prolog* (Lyrischer Tenor, kl. P.) – *Die Gouvernante* (Lyrischer Sopran, gr. P.) – *Miles* (Knabensopran, gr. P.) – *Flora* (Mädchenstimme: Sopran, gr. P.) – *Mrs. Grose*, die Haushälterin (Dramatischer Mezzosopran m. P.) – *Quint*, ein früherer Diener (Lyrischer Tenor, auch Charaktertenor, gr. P.) – *Miss Jessel*, eine frühere Gouvernante (Dramatischer Sopran, auch Jugendlichdramat. Sopran, m. P.). *Prolog* und *Quint* können mit einem Sänger besetzt werden.
Ort: Bly, ein ostenglischer Landsitz.
Schauplätze: Das Innere einer Kutsche. Vor dem Haus von Bly: Zunächst ist nur der Hauseingang, dann die ganze Front, schließlich auch ein das Gebäude überragender Turm sichtbar. In der Eingangshalle, wobei durch ein Fenster nach draußen zu sehen ist. Im Schulzimmer. An einem See im Park von Bly. In der Nacht vor dem Haus mit Blick auf den See – Nirgendwo. Vor der Kirche, auf dem Kirchhof ein Sarkophag. Im Schulzimmer. Miles' Schlafzimmer, daneben das Schulzimmer. Im Schulzimmer. Am See. Vor dem Haus.
Zeit: In den 1840er Jahren.
Orchester: Fl. (auch Picc. und Afl.), Ob. (auch Eh.), Kl. (auch Bkl.), Fag., H., Schl. (4 P., gr. Tr., kl. Tr., Wirbeltrommel, Tomtom, Gong, Becken, Triangel, Wbl., Glsp., Rgl.), Klav. (auch Cel.), Hrf., 2 Viol., Br., Vcl., 4 Kb.
Gliederung: Folge von mit Titeln versehenen Bildern, die durch Orchesterzwischenspiele (Variationen) miteinander verbunden sind.
Spieldauer: Etwa 1¾ Stunden.

Handlung

Der Sänger des »Prologs« führt anhand der längst verblaßten Aufzeichnungen der Gouvernante ins kommende Geschehen ein. Nach diesen Notizen suchte die damals noch junge Frau den Vormund und Onkel der Geschwister Miles und Flora in London auf, der sie mit der Erziehung der Kinder beauftragte. Freilich erklärte sie sich erst nach einigem Zögern dazu bereit. Der vielbeschäftigte junge Herr hatte ihre Anstellung nämlich an die Bedingung geknüpft, unter keinen Umständen mit den seine Mündel betreffenden Angelegenheiten behelligt zu werden, nicht einmal durch einen Brief. Doch beeindruckt von der eleganten, weltläufigen Art ihres Gesprächspartners willigte sie schließlich ein.
»Die Reise«: Die junge Frau sitzt mit klopfendem Herzen in der Kutsche auf dem Weg nach Bly. Sie ist sich nicht sicher, ob sie ihrer künftigen Aufgabe gewachsen sein wird. »Der Empfang«: Flora und der während der Sommerferien aus dem Internat nach Bly zurückgekehrte Miles warten vor dem Haus auf die Ankunft ihrer neuen Erzieherin. Mrs. Grose, die alte Haushälterin, kann die Ungeduld der beiden kaum bändigen. Mit fröhlicher Ausgelassenheit heißen die Kinder die Gouvernante willkommen. Kaum weniger herzlich wird sie von Mrs. Grose begrüßt, die froh ist, daß die Verantwortung für Miles und Flora nun nicht mehr in ihren Händen liegt. »Der Brief«: Mrs. Grose übergibt der Gouvernante ein Schreiben, aus dem hervorgeht, daß Miles wegen schädlichen Einflusses auf seine Mitschüler von der Schule gewiesen wurde. Zwar sind beide Frauen besorgt; angesichts der friedlich miteinander spielenden Geschwister können sie sich aber nicht vorstellen, daß Miles zu irgendwelchen schwerwiegenden Verfehlungen fähig wäre. Die Gouvernante will deshalb dem Brief keine tiefere Bedeutung beimessen. »Der Turm«: An einem milden Sommerabend genießt die Gouvernante draußen die Natur. Endlich glaubt sie sich frei von den Zweifeln, die sie zu Beginn ihrer Tätigkeit beschlichen hatten. Auch ist sie darüber erleichtert, daß sie den Schreck, den ihr des Nachts ein von draußen hereindringender Schrei und Schritte vor ihrer Tür bereitet hatten, inzwischen überwunden hat. Als sie aber zum Turm hinaufschaut, bleibt ihr Blick dort wie gebannt haften: Sie meint auf der Mauerkrone eine männ-

liche Gestalt zu erblicken, die schweigend auf sie herunterstarrt. Einen Moment lang hält sie den Unbekannten für den Vormund der Kinder, an den sie eben gedacht hat. Die Gouvernante reagiert verstört auf den ihr unheimlichen Fremden. »Das Fenster«: Flora und Miles vertreiben sich auf Steckenpferden in der Eingangshalle die Zeit. Die Gouvernante macht sich gerade für den Ausgang zurecht und schickt die beiden voraus. Plötzlich nimmt sie wieder den Unbekannten wahr, der von draußen zum Fenster hereinschaut. Vergeblich versucht sie ihn draußen zu stellen; es ist, als ob sich die Erscheinung in Luft aufgelöst hätte. Sie beschreibt Mrs. Grose den sonderbaren Fremden, die in ihm Peter Quint, den einstigen Diener des Hausherrn, wiedererkennt. Der habe sich nach dem Umzug des Vormunds nach London als Herrscher von Bly aufgespielt. Nicht nur Miles sei damals Quints Charme erlegen, sondern auch Miss Jessel, die Vorgängerin der jetzigen Erzieherin. Um die Beziehung mit dem so verführerischen wie lasterhaften Quint zu beenden, sei Miss Jessel von Bly fortgegangen und kurz darauf gestorben. Doch auch Quint sei um die Zeit ihres Verschwindens tot aufgefunden worden. Damit ist der Gouvernante klar, daß Quint ein Wiedergänger ist, der sich Miles' zu bemächtigen versucht, und ihre Aufgabe sieht sie nun darin, die Kinder vor ihm zu schützen. Mrs. Grose hat zwar mit Unverständnis den Ausführungen der Gouvernante gelauscht, versichert sie aber ihrer Unterstützung. »Die Unterrichtsstunde«: Während Flora dazwischenplappert, sagt Miles einen lateinischen Merkvers her. Von der Gouvernante aufgefordert, über seine sonstigen Lateinkenntnisse zu berichten, singt er ein seltsames Lied: »Malo, ich wollte lieber in einem Apfelbaum sitzen als ein unanständiger Junge im Unglück sein.« Die Gouvernante ist verunsichert: Ist das Lied ein Hilferuf? »Der See«: Flora und die Gouvernante nutzen den sonnigen Morgen für einen Spaziergang zu dem im Park von Bly gelegenen kleinen See. Der Teich hat Floras geographische Phantasie beflügelt, so daß sie sämtliche ihr bekannten stehenden Gewässer memoriert, darunter das Tote Meer. Danach singt und wiegt sie ihre Puppe in den Schlaf. Als am gegenüberliegenden Ufer eine Frauengestalt auftaucht, erkennt die Erzieherin in der Erscheinung Miss Jessel und schickt Flora augenblicklich fort zu ihrem Bruder. Die Gouvernante ist sich sicher, daß Flora, um keinen Argwohn zu erregen, nur so getan hat, als habe sie Miss Jessel nicht bemerkt. Sie folgert daraus, daß die Kinder mit den Gespenstern in geheimem Einverständnis sind. »Nachts«: Von Peter Quints Lockruf angezogen, hat sich Miles im Nachtgewand in den Garten begeben, um der auf dem Turm sichtbaren Spukgestalt zu antworten. Alsbald mischt sich in die Zwiesprache der beiden die Stimme von Miss Jessel, die wiederum Flora aus dem Schlaf ruft. Das Mädchen tritt ans Fenster, um nun ihrerseits der am Seeufer erscheinenden Gespensterfrau Antwort zu geben. Erst als Mrs. Grose und die Gouvernante nach den Kindern sehen, ziehen sich die Geister zurück. Mrs. Grose bringt Flora zu Bett, während die Gouvernante von Miles eine Erklärung für sein Verhalten fordert. Doch der erwidert nur: »Sehen Sie nicht selbst, daß ich böse bin?«

»Zwiegespräch und Selbstgespräch«: Quint und Miss Jessel treffen im Nirgendwo aufeinander. Miss Jessel wirft ihrem einstigen Liebhaber vor, sie ins Verderben gestürzt zu haben. Der aber streitet jegliche Verantwortung ab. Das einzige, was das Paar zusammenschweißt, ist der Neid auf die Unschuld der Lebenden. Ihnen wollen die beiden Geister gemeinsam nachstellen, um sie in den Abgrund ihrer eigenen Verworfenheit zu ziehen. Nachdem beide wieder verschwunden sind, zeigt sich die Gouvernante über ihr Unvermögen, den bösen Einfluß von Quint und Miss Jessel zu bannen, verzweifelt. »Die Glocken«: Während die Sonntagsglocken zum Kirchgang läuten, vergnügen sich Miles und Flora auf dem Kirchhof, indem sie Psalmengesänge erfinden. Anders als Mrs. Grose, die das Spiel der beiden für harmlos hält, erkennt die Gouvernante darin gotteslästerliches Treiben und einen neuerlichen Beweis für die Besessenheit der Kinder. Gleichwohl lehnt sie Mrs. Groses Vorschlag, angesichts der die Kinder umgebenden Gefahr den Vormund einzuschalten, einstweilen noch ab. Die Haushälterin geht mit Flora voraus in die Kirche. Miles aber bleibt zurück und wendet sich an die Gouvernante. Er möchte wissen, wann er wieder in die Schule gehen darf. Als die Erzieherin seiner Frage ausweicht, verwirrt er sie mit der Feststellung, sie denke zuviel über ihn und »die anderen« nach. Die Gouvernante glaubt nun erst recht an ein Bündnis zwischen den Geistern und den Kindern und erwägt, aus Bly zu fliehen. »Miss Jessel«: Zum Entsetzen der Gouvernante ist ihre Vorgängerin auf der Suche nach Flora inzwischen schon bis ins Hausinnere vorgedrungen, wo sie sich im Schulzimmer am Schreibtisch ihrer Nachfolgerin niedergesetzt hat. Erst als die Gouvernante sie anspricht, verschwindet Miss Jessel unter Wehklagen. Der Vorfall macht der Gouvernante deutlich, daß sie die Kinder unmöglich im Stich lassen kann. Weil sie aber im Kampf gegen die bösen Mächte zu unterliegen droht, sieht sie keinen anderen Ausweg mehr, als entgegen der Vereinbarung den Vormund in einem Brief um eine Unterredung zu bitten. »Das Schlafzimmer«: Miles sitzt bei Kerzenschein auf dem Bettrand und singt nachdenklich das Malo-Lied vor sich hin. Die Gouvernante teilt ihm mit, daß sie an seinen Onkel geschrieben habe. Auch versucht sie, von dem Jungen etwas über die Vorkommnisse in der Schule und über die Zeit davor zu erfahren. Doch Miles wird zunehmend nervös und verschlossen, zumal sich plötzlich die warnende Stimme Quints ins Gespräch mischt. Miles schreit auf, und die Kerze verlischt. Danach behauptet er, die Kerze gelöscht zu haben. »Quint«: Schon zuvor war Quints Gewisper zu entnehmen, daß ihn der Brief an den Vormund beunruhigt. Nun flüstert er Miles ein, sich in den Unterrichtsraum zu schleichen und das auf dem Schreibpult liegende Schriftstück an sich zu nehmen. Danach kehrt der Junge samt Brief in sein Zimmer zurück. »Das Klavier«: Im Schulzimmer schlägt Miles Mrs. Grose und die Gouvernante mit seinen klavieristischen Fertigkeiten in den Bann. Nachdem Flora die Haushälterin mit einem Kinderspiel schläfrig gemacht hat, schlüpft sie unbemerkt hinaus. Erst jetzt bemerkt die Gouvernante, daß Miles' Klavierspiel nichts anderes als ein Ablenkungsmanöver war. Die beiden Frauen eilen nach draußen, um das Mädchen zu suchen. »Flora«: Sie finden das Kind am See. Drüben aber, am jenseitigen Ufer, treibt Miss Jessel ihr Unwesen. Als die Gouvernante Flora darauf hinweist, leugnet sie, dort irgend jemanden zu sehen. Und da sie von Mrs. Grose darin bestärkt wird, bleibt sie um so hartnäckiger bei ihrer Meinung. Schließlich reagiert das von der Gouvernante bedrängte Kind mit Beschimpfungen und blankem Haß und wird von der Haushälterin weggeführt. Die Gouvernante aber muß sich eingestehen, daß sie das Mädchen für immer verloren hat. »Miles«: Am anderen Morgen stehen Flora und Mrs. Grose reisefertig vor dem Haus, um den Vormund in London aufzusuchen. Die Haushälterin ist bestürzt über die unaussprechlichen Dinge, die sie in der Nacht aus den Alpträumen des im Schlaf phantasierenden Mädchens erfahren hat. Beim Abschied kommt überdies heraus, daß der Brief der Gouvernante von Miles entwendet wurde. Nach Floras und Mrs. Groses Abreise sucht die Gouvernante im Kampf gegen Miles' Verderber die Entscheidung. Und obgleich Quint alles daransetzt, den Knaben auf seine Seite zu ziehen, gelingt es der Gouvernante, Miles das Geständnis abzuringen, den Brief gestohlen zu haben. Doch sie läßt nicht locker. Eindringlich beschwört sie den Knaben, die Existenz des inzwischen vom Turm herabgestiegenen Quint einzugestehen. Als Miles endlich den Teufel beim Namen nennt, ist es mit dem Spuk vorbei. Miles aber hat die Anstrengung nicht überlebt. Die Gouvernante erkennt, daß sie durch den Exorzismus das Kind getötet hat. Zutiefst erschüttert singt sie Miles' Malo-Lied.

Stilistische Stellung
Brittens ›The Turn of the Screw‹, uraufgeführt unter der Leitung des Komponisten 1954 während der Biennale in Venedig, ist eine Kammeroper und kommt mit einem gerade dreizehn Mitglieder umfassenden Instrumentalensemble aus. Trotz solcher Begrenzung der orchestralen Mittel sind es insbesondere die tonmalerischen Qualitäten der Partitur, die unmittelbar zu faszinieren vermögen, etwa wenn es darum geht, den Einzug des Unheimlichen ins ländliche Idyll von Bly ohrenfällig zu machen. Doch nicht nur im Atmosphärischen, das jeder Szene einen eigenen, unverwechselbaren Ton verleiht, bekundet sich Brittens Sinn fürs Charakteristische. Nicht minder entwickelt ist seine Fähigkeit, fest umrissene Gestalten auf die Bühne zu stellen. Im Zauberklang von Celesta, Holzbläsern und Harfe und im verlockenden Zierat seiner Koloraturen wird etwa Peter Quint zu einem britischen Erlkönig. Die Natürlichkeit der Kinder wiederum kommt zum einen im Rückgriff auf englische Kinderlieder (»Lavender's Blue« und »Tom, Tom, the Piper's Son«) oder traditionelle, lateinische Merkverse zum Ausdruck, zum andern in einer Gestaltung der Gesangspartien, der es – nicht zuletzt aus Rücksicht auf die jungen Interpreten – um eingängige Sanglichkeit zu tun ist.
Am differenziertesten ist die Gestalt der Gouvernante ausgelotet: Die Dramaturgie des Stücks legt sogar nahe, die Vorgänge in Bly, wie sie sich im Bühnengeschehen dokumentieren, als Kopfgeburten der Gouvernante zu verstehen. Allerdings liegt die Faszination des Stückes gerade darin, keine verbindliche Interpretation der auf

den ersten Blick übersinnlich anmutenden Ereignisse festschreiben zu wollen. Andererseits ist aber dem Werk – als gleichsam objektivierende Realitätsebene – ein Prolog vorangestellt, aus dem zu erfahren ist, daß die Handlung auf einer überaus subjektiven Quelle basiert, nämlich auf den Aufzeichnungen der in die Geschehnisse zutiefst involvierten Erzieherin. Ferner klingt im Prolog an, daß sie für den Vormund der Kinder geschwärmt hat. Nach psychologischer Lesart bringt also uneingestandene Liebe die junge Frau in einen Zustand der Überspanntheit, so daß ihre Phantasie sich Peter Quint und Miss Jessel zuwendet, weil diese sich gestattet hatten, was sie sich selbst versagt: die Übertretung des sexuellen Anstandsgebots. Damit ließen sich die Heimsuchungen durch das Geisterpaar als die psychopathologischen Hirngespinste einer Hysterikerin erklären, deren von viktorianischer Pflichterfüllung unterdrücktes Triebleben in der Zwangsvorstellung von der Besessenheit der Kinder ein Ventil gefunden hat. Zug um Zug scheint sich – gemäß dem Original-Titel »Schraubendrehung« – dieser Wahn in den Kopf der Erzieherin hineinzubohren.

Britten verdeutlicht den Vorgang durch eine die gesamte Oper umfassende kompositorische Konstruktion, für die zwei Komponenten wesentlich sind: Die eine ist mit einem aus zwölf Tönen bestehenden (allerdings nicht nach den Verfahrensweisen der Schönberg-Schule durchgeführten) Thema gegeben, dessen Tonmaterial sich aus zwei ganztönig aufsteigenden, im Quartabstand miteinander alternierenden Sechserskalen konstituiert und unmittelbar nach dem Prolog zum ersten Mal erklingt. Diese »Reihe« bildet im Sinne einer die Wahnidee der Gouvernante symbolisierenden Idée fixe den Bezugspunkt für sämtliche den Szenen vorausgehende Instrumentalteile. Im Unterschied zu einer Berliozschen Idée fixe stellt sich Brittens Pendant aber nicht als faßliche motivisch-melodische Gestalt dar, eher als ein passacaglia-artiges Gerüst, das den musikalischen Verlauf der orchestralen Zwischenspiele latent steuert. Folgerichtig bezeichnet der Komponist diese von Szene zu Szene überleitenden Werkteile als Variationen, die – ihrer artifiziellen Machart ungeachtet – eine immense Ausdrucksintensität entfalten, wobei sie meist motivisch-thematisches Material aus den benachbarten Szenen weiterführen oder antizipieren. Das andere wichtige Konstruktionsprinzip ergibt sich aus einem werkübergreifenden Tonarten-Antagonismus: Britten ordnet nämlich der Gouvernante die Tonart A-Dur zu, während As-Dur für Quints Geisterwelt steht. Die Tonarten der zweimal acht Szenen sind nun so gewählt, daß sie zur Mitte des Werkes hin, wo die Wirkungsmacht von Jessel und Quint im Finale des I. Akts ihren Höhepunkt erreicht, von A nach As skalenmäßig ansteigen, um anschließend im II. Akt in umgekehrter Richtung wieder in den Tonartenbereich der Gouvernante zurückzusinken. Dieser wie das Hinein- und wieder Herausdrehen einer Schraube konstruierte tonartliche Zirkel ist damit ein weiteres Indiz dafür, daß der Gespensterspuk nur im Kopf der Erzieherin existiert hat.

Textdichtung
Für ›The Turn of the Screw‹ griff Brittens Librettistin Myfanwy Piper auf die gleichnamige Erzählung des amerikanisch-britischen Autors Henry James (1843–1916) zurück, die 1898 als zwölfteilige Fortsetzungsgeschichte zuerst in der Zeitschrift »Collier's Weekly« veröffentlicht und 1908 in einer stilistischen Überarbeitung in den zwölften Band von Henry James' Gesamtausgabe eingefügt wurde. Die Erzählung fand eine ebenso spontane wie anhaltende Popularität, die sich nicht zuletzt im wissenschaftlichen Diskurs niederschlägt: Rund hundert Interpretationen sollen seit der Erstpublikation erschienen sein. Daran wird ersichtlich, daß schon der Dichter seiner Leserschaft eine Deutung der Ereignisse vorenthalten hat. Denn auch James schickt dem in Ich-form gehaltenen Haupttext einen Rahmenteil voraus. Darin kündigt ein Erzähler einem exklusiven Kreis von Zuhörern an, die schriftliche Beichte seiner längst verstorbenen Erzieherin vorlesen zu wollen. Nicht anders als die Oper endet James' Novelle mit dem katastrophalen Ende der Haupthandlung. Entgegen der Erwartung des Lesers kommt es also nicht zu einem Meinungsaustausch unter der Zuhörerschaft des Eröffnungskapitels, die Diskussion bleibt somit dem Lesepublikum überlassen. James' Text ist zu entnehmen, daß sich die Ereignisse in Bly in der Zeitspanne eines halben Jahres von Juni bis November zutragen. Und die Librettistin folgt dem Erzählfaden der literarischen Vorlage weitgehend, wobei Pipers opernmäßige Dramatisierung dem Komponisten immer wieder Gelegenheit für mehrstimmigen Ensemblegesang gibt, am eindrucksvollsten im zum Sextett sich steigernden Finale des I. Akts. Darüber hinaus greift

das Werk Elemente des Kinofilms auf. Wie durch scharfe Filmschnitte scheinen die knapp dimensionierten Szenen ihre Begrenzungen zu erhalten. Ausdrücklich ist in den szenischen Anweisungen das Auf- und Abblenden des Lichts vermerkt, als würde sich eine Kamera ins Geschehen einblenden. Auch werden als Äquivalent zu filmischen Nahaufnahmen zu Beginn des II. Aktes die Protagonisten durch Spotlights angestrahlt. Und die Schlußszene würde dem Showdown eines filmischen »Gruselthrillers« alle Ehre machen.

Geschichtliches
Wie schon ›The Rape of Lucretia‹ (1946) und ›Albert Herring‹ (1947) hat Britten ›The Turn of the Screw‹ für die English Opera Group geschrieben und das Werk auch dieser Operntruppe gewidmet. Darüber hinaus hat die Komposition mit den Vorgängerwerken das kleine Orchester gemeinsam, dem Britten lediglich den ins Ensemble integrierten Klavierpart hinzufügte. Nach der Premiere in Venedig brachte die English Opera Group das Stück noch im Uraufführungsjahr 1954 in London heraus. Auch gastierte das Ensemble damit 1955 in München und zwei Jahre darauf in Stratford (Ontario) und Berlin. Bleibt hinzuzufügen, daß die Produktion in Uraufführungsbesetzung auf CD dokumentiert ist. Die erste Aufführung in deutscher Sprache fand 1957 in Darmstadt statt. Als weitere Produktionen sind unter anderem Zürich (1962) und die österreichische Erstaufführung 1978 an der Wiener Kammeroper zu nennen. Inzwischen zählt ›The Turn of the Screw‹ zu den viel gespielten Klassikern der Moderne.

R. M.

A Midsummer Night's Dream (Ein Sommernachtstraum)

Oper in drei Akten. Text nach William Shakespeares gleichnamiger Komödie, eingerichtet von Benjamin Britten und Peter Pears.

Solisten: *Oberon*, König der Elfen (Contratenor, auch Alt, gr. P.) – *Titania*, Königin der Elfen (Koloratursopran, auch Lyrischer Sopran, gr. P.) – *Puck*, ein Elfe (Sprechrolle, gr. P.) – *Theseus*, Herzog von Athen (Seriöser Baß, m. P.) – *Hippolyta*, Königin der Amazonen, mit Theseus verlobt (Alt, m. P.) – *Lysander*, Liebhaber der Hermia (Lyrischer Tenor, gr. P.) – *Demetrius*, ebenfalls Liebhaber der Hermia (Lyrischer Bariton, gr. P.) – *Hermia*, in Lysander verliebt (Mezzosopran, gr. P.) – *Helena*, in Demetrius verliebt (Lyrischer Sopran, gr. P.) – *Zettel*, der Weber (Baßbariton, gr. P.) – *Peter Squenz*, der Zimmermann (Spielbaß, gr. P.) – *Flaut*, der Bälgeflikker (Lyrischer Tenor, auch Spieltenor, gr. P.) – *Schnock*, der Schreiner (Baß, m. P.) – *Schnauz*, der Kesselflicker (Tenor, m. P.) – *Schlucker*, der Schneider (Bariton, m. P.) – *Spinnweb, Bohnenblüte, Senfsamen, Motte* (Knabenstimmen oder Soprane, m. P.).
Chor: Elfenchor (Knabenstimmen oder Soprane, kl. Chp.).
Ort: Athen und ein nahegelegener Wald.
Zeit: In sagenhafter Zeit.
Orchester: 2 Fl. (auch Picc.), 1 Ob. (auch Eh.), 2 Kl., 1 Fag., 2 Hr., 1 Trp., 1 Pos., Schl., 2 Hrf., Cemb., Cel., Str. – Bühnenmusik: 2 Sopranino-Blockfl., kl. Zimbeln, 2 Holzblöcke.

Gliederung: Durchkomponierte Großform mit szenischen Einteilungen.
Spieldauer: Etwa 2¼ Stunden.

Handlung
Das Elfenkönigspaar Oberon und Titania hat sich entzweit wegen eines indischen Fürstenkindes, das jeder seinem Gefolge einzuverleiben wünscht, das Titania aber ihrem Gemahl verweigert. Oberon beauftragt seinen Diener Puck, ihm einen Zaubersaft zu beschaffen, der, auf die Augenlider eines Schlafenden geträufelt, diesen beim Erwachen in jede Kreatur, die er zuerst erblickt, sinnlos vergafft macht. Mit diesem Zauber hofft er, Titanias Trotz zu brechen. – Lysander und Hermia sind gemeinsam aus Athen in den nahen Wald geflohen. Sie lieben einander, aber da Hermias Vater seine Tochter lieber mit Demetrius verheiraten will und in Athen das Gesetz gilt, die Tochter habe dem Wunsch ihres Vaters zu folgen, sind sie entschlossen, anderswo ihr gemeinsames Glück zu finden. Helena, die Freundin Hermias, die Demetrius liebt, hat diesem die Flucht verraten. Auch er ist in den Wald gekommen, gefolgt von Helena, die er jedoch zurückstößt. Oberon, der dies beobachtet hat, beauftragt den mit dem Zauberkraut auftauchenden

Puck, auch den Athener mit dem Kraut zu salben, damit dieser anderen Sinnes werde. – Sechs Handwerker aus Athen treffen sich im Wald. Sie haben sich verabredet, hier, wo sie niemand belauschen kann, für die bevorstehende Hochzeit ihres Herzogs Theseus ein Schauspiel einzustudieren, das sie bei den Festlichkeiten aufführen wollen. Geprobt werden soll das Trauerspiel von Pyramus und Tisbe. Peter Squenz, der älteste der Meister, verteilt die Rollen. Zettel, der Weber, der den Pyramus spielen soll, würde lieber einen Tyrannen geben, erklärt sich dann aber einverstanden. Flaut, der Bälgeflicker, ziert sich, weil er mit Tisbe eine Frau spielen soll. Doch schließlich einigt man sich und verabredet für die Nacht eine Probe. – Lysander und Hermia haben im Wald den Weg verloren und legen sich zum Schlaf. Da findet sie Puck, der Lysander mit Demetrius verwechselt, und träufelt ihm den Zaubersaft ins Auge. Auch Demetrius und die ihm folgende Helena gelangen an diesen Ort. Während Demetrius davonläuft, erblickt Helena den schlafenden Lysander und weckt ihn. Dieser, vom Zauberkraut betört, schmachtet sie an, sie aber hält alles für Hohn. Als sie davonläuft, folgt ihr Lysander, und als Hermia erwacht, ist sie allein. – Titania läßt sich von ihren Elfen den Schlafplatz herrichten und ein Wiegenlied singen. Als sie eingeschlafen ist, erscheint Oberon und netzt ihr Auge mit dem Zaubersaft.

Am Abend treffen sich die sechs Handwerker und fangen an, zu probieren. Nachdem man beschlossen hat, dem Stück einen Prolog zu geben, um die vornehmen Damen nicht durch den im Stück vorkommenden Selbstmord und durch einen Löwen zu schrecken, beginnt die Probe. Zettel verläßt den Schauplatz, um aufs Stichwort zu erscheinen, und Puck, der zugeschaut hat, verpaßt ihm einen Eselskopf. Als er auftritt, fliehen seine Kollegen. Durch den Lärm gestört, erwacht Titania und verliebt sich in den eselsköpfigen Zettel, der sich von den Elfen pflegen läßt und schließlich mit Titania einschlummert. – Oberon und Puck bemerken mit Zufriedenheit, daß bei Titania der Zaubersaft schon gewirkt hat, doch Puck hat die beiden Liebhaber verwechselt und dadurch alles durcheinandergebracht, denn jetzt lieben Lysander und Demetrius Helena, während Hermia sich verschmäht sieht. Puck gefällt dies tolle Treiben, doch Oberon befiehlt ihm, die beiden rivalisierenden Liebhaber, die mit dem Schwert aufeinander losgehen wollen, voneinander weg in den Wald zu locken, bis sie müde sind, und dann alles wieder ins Lot zu bringen.

Oberon löst den Bann von Titania. Die Liebenden erwachen und glauben, sie hätten alles nur geträumt. Auch Zettel, von seinem Eselskopf befreit, kommt wieder zu sich und überrascht die verzweifelten Freunde, die das Schauspiel am Hofe schon verlorengegeben hatten, mit der Nachricht, ihr Stück sei zur Aufführung ausgewählt. – Die vier Liebenden erbitten von Theseus Gnade, und dieser gewährt sie und ordnet an, daß die beiden Paare gemeinsam mit ihm und Hippolyta im Tempel getraut würden. Zu den Hochzeitsfestlichkeiten wird zur allgemeinen Erheiterung das »komische Trauerspiel« von Pyramus und Tisbe aufgeführt. Nachdem sich die Hochzeitsgäste zur Ruhe begeben haben, betritt Oberon mit der versöhnten Titania den Palast, um das Brautbett der Neuvermählten zu segnen.

Stilistische Stellung

Brittens Shakespeare-Oper entstand ursprünglich für Kammerorchester, später hat der Komponist die Partitur dann für normales Orchester erweitert. Er sah in dem musikträchtigen Stoff die Chance, die verschiedenen Welten der Feen und Geister, der Liebenden und der Handwerker mit unterschiedlichen Orchesterklängen zu illustrieren und voneinander abzuheben. Während für das Elfenreich aparte Klangfarben von Harfe, Xylophon und Celesta stehen, sind die bisweilen ins Opernhaft-Pathetische gesteigerten Szenen der Liebenden durch Streicher und Holzbläser gekennzeichnet und die Rüpelszenen durch tiefe Holz- und Blechbläser, Kontrabässe und Schlagzeug. Besondere Farbe erhält die Elfenwelt auch durch die Besetzung Oberons mit einem Contratenor (die Ersetzung durch eine weibliche Altstimme ist nur ein Notbehelf, der vermieden werden sollte) und durch die Knabenstimmen der Elfen. Brittens Partitur ist höchst farbenreich, aber stets durchsichtig und schmiegt sich ganz dem Text an.

Textdichtung

Britten und Peter Pears, der Freund und Tenor, hielten sich bei der Umformung der fünfaktigen, aus dem Jahre 1594 stammenden Komödie Shakespeares eng an das Original, verkürzten jedoch die Exposition, indem sie den ersten Auftritt bei Theseus entfallen ließen und die notwendige dramaturgische Information in dem ersten Dialog Hermia-Lysander entwickelten. Im weiteren Verlauf beschränkten sie sich auf vorsichtige Kürzungen und Raffungen und gliederten das ursprünglich fünfaktige Schauspiel in 3 Akte.

Geschichtliches
Shakespeares Komödie war schon früh Ausgangspunkt für musikalische Ausgestaltungen verschiedenster Art. Zu den frühesten dürfte Henry Purcells Masque ›The Fairy Queen‹ (1692) gehören, 1777 schrieb ein englischer Komponist namens Smith eine ›Sommernachtstraum‹-Oper auf ein Libretto des berühmten Shakespeare-Schauspielers David Garrick, 1850 vertonte Ambroise Thomas diesen Stoff. Ganz zu schweigen ist von den zahlreichen Schauspielmusiken, von denen Felix Mendelssohn Bartholdys wohl die berühmteste ist. Britten schrieb seine Oper für das von ihm und Pears gegründete und geleitete Aldeburgh Festival. Uraufgeführt wurde das Werk am 11. Juni 1960 in Aldeburgh unter der musikalischen Leitung von Britten und in der Inszenierung von John Cranko mit so prominenten englischen Solisten wie Alfred Deller als Oberon, Jennifer Vyvyan als Titania, George Maran und Thomas Hemsley sowie Marjorie Thomas und April Cantelo in der Rolle der Liebenden, Owen Brannigan als Zettel und Peter Pears als Flaut. In der gleichen Besetzung gastierte das Ensemble im Juli 1960 beim Holland Festival. Die deutsche Erstaufführung fand am 21. Februar 1961 an der Hamburgischen Staatsoper statt. Seitdem ist Brittens ›Sommernachtstraum‹ ein regelmäßiger Gast auf deutschen Bühnen.

Death in Venice (Tod in Venedig)

Oper in zwei Akten. Libretto von Myfanwy Piper nach der Novelle von Thomas Mann.

Solisten: *Gustav von Aschenbach, Schriftsteller* (Charaktertenor, gr. P.) – *Der Reisende, auch: Der ältliche Geck, der alte Gondoliere, der Hotelmanager, der Coiffeur des Hauses, der Führer der Straßensänger, die Stimme des Dionysos* (Baßbariton, auch Heldenbariton, gr. P.) – *Die Stimme Apollos* (Contratenor, m. P.) – *Hotelportier* (Charaktertenor, m. P.) – *Hotelkellner* (Baß, kl. P.) – *Bootsmann am Lido* (Bariton, kl. P.) – *Straßensängerin* (Sopran, auch Mezzosopran, kl. P.) – *Straßensänger* (Tenor, kl. P.) – *Erdbeerverkäuferin* (Sopran, kl. P.) – *Fremdenführer in Venedig* (Bariton, auch Baß, kl. P.) – *Bettlerin* (Alt, kl. P.) – *Glasbläser* (Tenor, kl. P.) – *Spitzenverkäuferin* (Sopran, kl. P.) – *Priester in San Marco* (Baß, kl. P.) – *Clerk im englischen Reisebüro* (Bariton, kl. P.) – *Schiffs-Stewart* (Bariton, auch Baß, kl. P.) – *Zeitungsverkäuferin* (Sopran, kl. P.).
Chor: Junge Männer und Mädchen – Hotelgäste und Kellner – Gondolieri und Bootsmänner – Straßenverkäufer – Kundenwerber und Bettler – Bürger von Venedig – Chor in San Marco – Touristen – Gefolgschaft des Dionysos (vielfach geteilt, gr. Chp.).
Aus dem Chor sind noch die folgenden Solopartien zu besetzen:
Soprane: Dänische Frau. Russische Mutter. Englische Frau. Französische Mädchen.
Alte: Französische Mutter. Deutsche Mutter. Russisches Kindermädchen.
Tenöre: Zwei Amerikaner. Zwei Gondolieri.
Bässe: Polnischer Vater. Deutscher Vater. Russischer Vater. Restaurantkellner.
Tänzer: Die polnische Mutter. Tadzio, ihr Sohn. Ihre beiden Töchter.
Die Erzieherin. Jaschiu, Tadzios Freund. Weitere Jungen und Mädchen. Straßenmusikanten. Strandwärter.
Ort: Die Oper spielt in München, in Venedig und am Lido.
Schauplätze: München, Straße – Auf dem Boot nach Venedig – Die Reise zum Lido – Hotel am Lido – Am Strand – In der Hotelhalle – Beim Coiffeur des Hauses – Im Reisebüro – In den Straßen von Venedig – In San Marco.
Zeit: Um 1900.
Orchester: 2 Fl. (auch Picc.), 2 Ob., 2 Kl. (II. auch Bkl.), 2 Fag., 2 Hr., 2 Trp., 2 Pos., 1 Tuba, Hrf., Klav., P., Schl., Str.
Gliederung: Durchkomponierte Großform, gegliedert in 17 Szenen.
Spieldauer: Etwa 2½ Stunden.

Handlung
Der Münchner Schriftsteller Gustav von Aschenbach, international anerkannt, ist nach dem Tod seiner Frau und der Verheiratung seiner Tochter völlig vereinsamt. Auch sein Schaffensimpuls scheint versiegt. Auf einem seiner einsamen Spaziergänge, der ihn in die Nähe des Nordfriedhofs führt, trifft er einen Fremden, einen unbehaust

wirkenden Reisenden, der jene Gedanken ausspricht, die ihn im Innern schon lange bewegen: Sehnsucht nach Veränderung, nach Abenteuer. Er beschließt, nach Venedig zu reisen. – Auf dem Schiff von Triest nach Venedig sieht sich Aschenbach erneut der Begegnung mit einem Fremden ausgesetzt, einem ältlichen, geschminkten Stutzer, der ihn zugleich fasziniert und ekelt. – Nach der Ankunft in Venedig fährt ihn ein alter Gondoliere gegen seinen Willen nicht zum Anlegeplatz des Vaporetto, sondern direkt zum Lido. Als ihn dort der Hotelportier in Empfang nimmt, ist der alte Gondoliere, der Aschenbach wie Charon vorkam, ebenso schnell verschwunden wie wenige Tage zuvor der Fremde in München. – Der Hoteldirektor führt ihn in sein Zimmer. Er blickt auf das Meer. Grauer Himmel liegt über Venedig, die Luft ist stickig. – Aschenbach empfindet die internationale, unverbindliche Atmosphäre des Hotels als angenehm. Angeregt wird seine Phantasie durch das Erscheinen einer polnischen Aristokratenfamilie mit zwei Töchtern und einem Sohn. Die Schönheit des Jünglings fasziniert ihn. – Dunst und trübes Wetter lassen ihm den vertrauten Strand des Lido anders als sonst erscheinen. Die Anmut des polnischen Jungen verscheucht seine Depressionen, läßt ihn an die Vollkommenheit glauben. Aschenbach macht einen Ausflug nach Venedig. Der Dunst der Stadt, die Zudringlichkeit der Bettler und Straßenhändler widert ihn an. Er beschließt, abzureisen. – Die Koffer sind gepackt, doch als Aschenbach in der Hotelhalle den Knaben Tadzio sieht, schwankt er erneut in seinem Entschluß. Aber es ist zu spät, den Entschluß zu revidieren. Er verläßt das Hotel. Am Bahnhof teilt ihm der ungeduldig wartende Hotelportier mit, man habe sein Gepäck nach Como aufgegeben. Aufgebracht erklärt er, er wolle ja gar nicht nach Como, findet aber diesen Irrtum des Portiers im Grunde hilfreich, denn jetzt kann er, bis das Gepäck zurückbeordert ist, im Hotel bleiben. – Aschenbach kehrt in sein Hotelzimmer zurück. Vom Balkon aus erblickt er Tadzio am Strand. In ihm sieht er das Prinzip des Apollinischen verwirklicht, verkörpert. – In einem Liegestuhl am Strand, halb träumend, sieht Aschenbach den Spielen Tadzios und seiner Kameraden zu. Plötzlich erkennt er – übergangslos, verschreckt wie beglückt –, daß er die Grenzen seiner bisherigen Welt überschreitet – er bekennt sich zu seiner Liebe zu dem Knaben.
Immer mehr glaubt Aschenbach, in Tadzio die Möglichkeiten vollkommener Form zu erkennen, um die er als Schriftsteller ein Leben lang gekämpft hat. Beunruhigt erfährt er durch den Coiffeur des Hotels von einer Epidemie, die in Venedig grassieren soll, und mehr und mehr werden ihm verdächtige Anzeichen bewußt, die er bisher übersehen hat. – Bei einem erneuten Ausflug nach Venedig erfährt er, daß die Behörden der Stadt Anordnungen getroffen haben, um die Ausbreitung der Epidemie zu verhindern, aber auch dafür sorgen, daß nichts an die Öffentlichkeit dringen kann. Straßenhändler erklären ihm, es gebe keine Gefahr, aber aus einer deutschen Zeitung erfährt er den Ernst der Situation. Als er in Venedig der Familie Tadzios begegnet, ist sein erster Gedanke: Sie dürfen nichts erfahren. Die Familie nimmt in einem Café Platz und besucht dann San Marco. Aschenbach folgt ihnen. – Im Hotel wird Aschenbach Zeuge, wie Tadzio sein Zimmer betritt. Fast von Sinnen nähert er sich der Tür, die sich jedoch vor ihm schließt. Mit wachsendem Erschrecken erkennt Aschenbach die völlige Verwandlung seines Wesens – aus dem ernsten, gesetzten Schriftsteller wird ein vom Eros des Knaben verzauberter, willenloser Mensch. – Auf der Hotelterrasse findet ein Auftritt von Straßensängern statt. Um die wachsende Unruhe unter den Hotelgästen zu überspielen, hat die Hotelleitung diesen Auftritt arrangiert. Die Gäste, durch die Anzeichen der Seuche verängstigt und eben dadurch zu unkonventionellem Verhalten angestachelt, genießen die Darbietungen, und die Straßensänger, die die Empfänglichkeit ihres Publikums spüren, steigern sich zu immer größerer Wildheit. Als Aschenbach deren Anführer auf die Epidemie anspricht, verneint dieser jegliche Gefahr. Die Darbietung steigert sich zu solch brutalen Anzüglichkeiten, daß die Gäste vertrieben werden. Aschenbach hat nur Augen für Tadzio. – Im Reisebüro erfährt Aschenbach von einem englischen Clerk, der das Vertuschungsbemühen der Behörden mißbilligt, daß die Gefahr für Bevölkerung und Gäste inzwischen aufs höchste gestiegen ist. Aschenbach beschließt, mit Tadzios Mutter zu sprechen, aber er vermag es nicht. – Träumend vernimmt er die Stimmen des Dionysos und Apollons, die um ihn ringen. Der Hotelfriseur färbt Aschenbach die grauen Schläfen, er überredet ihn, sich zu schminken, damit er jugendlicher wirke. – In den Straßen Venedigs trifft Aschenbach erneut die polnische Familie. Tadzio löst sich von den Seinen, doch die kurze Begegnung bleibt stumm. –

Alles flüchtet aus Venedig, das Hotel wird schließen, auch die Polen reisen ab. Die allgemeine Ordnung löst sich auf: Der Portier ist betrunken, der Direktor tritt aus seiner scheinbaren Reserve – er prophezeit Aschenbach, auch er werde sie nun verlassen. – Tadzio ist noch einmal zum Strand gelaufen. Dort rauft er mit seinem Freund Jaschiu, der ihn niederwirft. Aschenbach, vom Fieber der Cholera erfaßt, glaubt ihn in Gefahr, will ihm zu Hilfe eilen, seinen Namen rufen. Er bricht sterbend zusammen.

Stilistische Stellung

Brittens letzte Oper umfaßt verschiedene dramaturgische und kompositorische Aspekte. Er sieht in ihr nicht nur die Vertonung einer Novelle Thomas Manns, sondern zugleich die Möglichkeit, die Arbeit schöpferischen Geistes, zwischen dem apollinischen und dem dionysischen Prinzip, deutlich zu machen. Und er sieht hier auch die Chance eines Plädoyers für die »Normalität« der homoerotischen Liebe. Musikalisch ist der ›Tod in Venedig‹ der Versuch, eine Fülle stilistisch divergierender Tendenzen noch einmal unter einem gedanklichen Überbau zu vereinen. Die Palette reicht von klarer Tonalität bis zu vielfach geschichteten Ostinatomodellen, von einfachen, klavierbegleiteten, rhythmisch freien Rezitativen bis zu komplizierten Ensemblesätzen.

Textdichtung

Brittens Librettistin Myfanwy Piper hat sich bei der Konzeption des Dramas im äußeren Handlungsablauf eng an der 1912 erschienenen Novelle Thomas Manns orientiert. Sie hat lediglich die Figur des Fremden – durchaus bühnengerecht – in die verschiedenen Erscheinungsformen aufgesplittert, sie aber – als Inkarnation des dionysischen Prinzips – einem Sänger vorbehalten. Thomas Mann hat – wie Katia Mann berichtete – die Geschichte selbst bei einem Venedig-Aufenthalt im Frühling 1911 teilweise erlebt; der gleichzeitige Tod Gustav Mahlers, von dem Mann aus den Zeitungen erfuhr, hat die Figur des Dichters Aschenbach »in ihren äußeren Zügen« geprägt; gleichermaßen hat sie aber auch Züge von August Graf von Platen, von Richard Wagner, ja solche eines Selbstporträts.

Geschichtliches

Brittens letzte Oper entstand in einer Zeit, in der die Beschäftigung mit Mahler fast so etwas wie eine Mode war. Luchino Viscontis Film ›Tod in Venedig‹ (1971) setzte die Figuren Aschenbach/Mahler gleich, und so schien Brittens Werk vielen nur auf einer Modewelle zu schwimmen. Der Uraufführung am 16. Juni 1973 im Rahmen des Aldeburgh Festivals folgten alsbald eine Plattenaufnahme in der Uraufführungsbesetzung (mit Peter Pears, dem die Oper gewidmet ist, in der Rolle des Aschenbach) und, in der darauffolgenden Spielzeit die deutsche Erstaufführung an der Deutschen Oper Berlin. Auch andere deutsche Bühnen schlossen sich an. Seit die Mahler-Mode etwas abgeklungen ist, besteht die Chance, das gedankenschwere, nicht gerade leicht zugängliche, zudem szenisch anspruchsvolle Werk erneut zur Diskussion zu stellen. Nicht zuletzt die Frankfurter Produktion von 2006 (Inszenierung: Keith Warner) und die im Jahr darauf als Koproduktion der Bregenzer Festspiele und des Aldeburgh Festivals gezeigte Inszenierung von Yoshi Oïda bewiesen, daß Benjamin Brittens nachdenkliches Lebensabschiedswerk nach wie vor zu faszinieren vermag, weil es das Publikum durch Intensität in seinen Bann zieht.

Ferruccio Busoni

* 1. April 1866 in Empoli bei Florenz, † 27. Juli 1924 in Berlin

Doktor Faust

Dichtung für Musik in zwei Vorspielen, einem Zwischenspiel und drei Hauptbildern. Text vom Komponisten, Musik ergänzt von Philipp Jarnach, neue Ergänzung nach den Quellen von Antony Beaumont.

Solisten: *Doktor Faust* (Heldenbariton, gr. P.) – *Wagner*, sein Famulus, dann Rector Magnificus (Seriöser Baß, m. P.) – *Mephistopheles*, als schwarzgekleideter Mann, Mönch, Herold, Hofkaplan, Kurier, Nachtwächter (Jugendlicher Heldentenor, gr. P.) – *Der Herzog von Parma* (Lyrischer Tenor, auch Lyrischer Bariton, m. P.) – *Der Zeremonienmeister* (Baß, kl. P.) – *Die Herzogin von Parma* (Jugendlich-dramatischer Sopran, gr. P.) – *Des Mädchens Bruder*, Soldat (Lyrischer Bariton, m. P.) – *Ein Leutnant* (Tenor, kl. P.) – *Drei Studenten aus Krakau* (Tenor, auch Bariton, kl. P. – Tenor, auch Bariton, kl. P. – Baß, auch Bariton, kl. P.) – *Theologe* (Baß, kl. P.) – *Jurist* (Baß, auch Bariton, kl. P.) – *Naturgelehrter* (Bariton, kl. P.) – *Fünf Studenten in Wittenberg* (Tenöre, kl. P.) – *Ein Student* (Baß, kl. P.) – Fünf Geisterstimmen: *Gravis* (Baß, kl. P.) – *Levis* (Baß, kl. P.) – *Asmodus* (Bariton, kl. P.) – *Beelzebuth* (Tenor, kl. P.) – *Megäros* (Tenor, kl. P.) – Erscheinungen: *Salomo* und *die Königin von Saba*, *Samson* und *Dalila*, *Johannes* und *Salome*, ein *Scharfrichter*, *Helena* (Stumme Rollen).
Chor: Kirchgänger – Soldaten – Hofleute – Jäger – Landleute – Katholische und lutherische Studenten (Frauenchor, m. Chp.; Männerchor, gr. Chp.).
Ort: Wittenberg und Parma.
Schauplätze: Fausts Studierzimmer in Wittenberg – Kapelle im Münster – Der herzogliche Park in Parma – Schenke in Wittenberg – Park in Wittenberg.
Zeit: Ausgehendes Mittelalter.
Orchester: 3 Fl., 2 Ob., 3 Kl., 3 Fag., 5 Hr., 3 Trp., 3 Pos., 1 Tuba, P., Schl., 2 Hrf., Cel., Org., Str. – Bühnenmusik: 2 Hr., 3 Trp., 1 Pos., Gl., Viol., Viola, Vcl.
Gliederung: Durchkomponierte musikalische Großform mit szenischen Einschnitten, Vorspiel und symphonischem Intermezzo.
Spieldauer: Etwa 2¾ Stunden.

Handlung

Faust ist in seiner Studierstube mit einem chemischen Experiment beschäftigt. Da meldet ihm sein Famulus Wagner den Besuch von drei Studenten. Faust will sie abweisen, hält jedoch inne, als ihm Wagner erklärt, sie wollten ihm das Buch ›Clavis Astartis magica‹ überreichen, und läßt sie eintreten. Die drei stellen sich als Studenten aus Krakau vor, überreichen Buch, Schlüssel und Eigentumsurkunde – und gehen. Der wieder eintretende Wagner hat ihren Weggang nicht bemerkt – da weiß Faust, wer ihm das Buch übergeben hat.

Um Mitternacht beschwört Faust mit Hilfe des Buches die Mächte der Hölle. Sechs Flammenzungen geistern durch den Raum. Faust forscht nach ihrer Geschwindigkeit und verwirft fünf; erst die sechste, die sich rühmt, so schnell zu sein wie der Gedanke des Menschen, genügt ihm – Mephisto erscheint. Er schlägt Faust einen Pakt vor: auf Erden wolle er ihm dienen und ihm Macht, Reichtum, Ruhm und die Liebe schöner Frauen verschaffen; dann aber müsse er ihm dienen. Faust scheut die ewige Verdammnis, aber ihm bleibt keine Wahl. Seine Gläubiger bedrängen ihn, die Kirche verfolgt ihn wegen Ketzerei. Auf Fausts Geheiß vernichtet Mephisto die Schergen, die gekommen sind, Faust zu holen. Mit einem Tropfen seines Blutes unterschreibt Faust den Pakt. Während draußen die Osterglocken klingen und das jubelnde Gloria gesungen wird, sinkt Faust ohnmächtig zu Boden.
In einer Kapelle des Münsters kniet ein Soldat, der Bruder jenes Mädchens (Gretchen), das Faust geliebt, verführt und dann verlassen hat. Der Soldat will sich an dem Verführer rächen, und Faust verlangt deshalb von Mephisto, er möge ihn ihm vom Halse schaffen. Als Mönch verkleidet nähert sich Mephisto dem betenden Soldaten, der ihn jedoch abweist. An der Spitze einer Patrouille erscheint ein Leutnant, glaubt in dem Soldaten den Mörder seines Hauptmanns zu erkennen und stößt ihn nieder.
Im Park des herzoglichen Schlosses in Parma feiert das Herzogspaar Hochzeit. Als besondere Attraktion weiß der Zeremonienmeister das Auftreten des berühmten Doktor Faust anzukündigen. Gegen den Willen des Herzogs, aber auf Wunsch der Herzogin beginnt Faust mit seinen Zaubereien. Er ruft berühmte Liebespaare der Vergangenheit vor das Auge der Hofgesellschaft: Salomo und die Königin von Saba, Samson und Dalila, schließlich Salome und Johannes. Die Herzogin verfällt dem Bann des Magiers, Faust ist von ihrer Schönheit hingerissen. Der Herzog, der dies bemerkt hat, unterbricht die Vorführung und lädt Faust zur Tafel, doch Mephisto warnt ihn – die Speisen seien vergiftet. Beide fliehen. Als sich die Hofgesellschaft entfernt hat, erscheint verschleiert auch die Herzogin, um Faust zu folgen. In der Maske des Hofkaplans berichtet Mephisto dem Herzog von der Entführung und rät ihm, an Stelle der Treulosen die Schwester des Herzogs von Ferrara zu heiraten und damit einen Krieg zwischen den beiden Ländern zu verhindern.

In einer Wittenberger Schenke diskutieren Studenten mit Faust. Einer versucht, anhand eines zerbrochenen Tellers zu beweisen, daß – nach der Philosophie Platons – der Begriff des Tellers gleichwohl erhalten bleibe. Ein Theologe, ein Jurist und ein Naturgelehrter nehmen dazu im Sinne ihrer Fakultäten Stellung. Faust, um Rat gefragt, verweist auf Luther, und dessen Name spaltet die Studenten in zwei Gruppen: während die katholischen Studenten das »Te Deum« anstimmen, versuchen die lutherischen Studenten, sie mit »Ein feste Burg« niederzusingen. Man befragt Faust nach seinen Liebesabenteuern, und er berichtet von der Herzogin von Parma. Da betritt Mephisto in Gestalt eines Kuriers die Schenke – als letzten Gruß der sterbenden Herzogin, die Faust ebenfalls verlassen hatte, überreicht er ihm ein totes Kind. Alles erstarrt, zumal, als Mephisto in einer spöttischen Ballade aufdeckt, daß Faust schuld am Tode der Herzogin sei. Doch dann löst er die Erstarrung: Das tote Kind ist nur ein Strohbündel, das er verbrennt. Während sich die Studenten davonstehlen, tritt aus dem Rauch des Strohbündels die Gestalt Helenas hervor. Faust versucht sie, das Idealbild menschlicher Vollkommenheit, zu fassen, doch sie entzieht sich ihm und verweht unter seinen Händen. Da erscheinen die drei Studenten aus Krakau, fordern das Buch zurück und verkünden Faust, um Mitternacht sei seine Lebensfrist abgelaufen.

In einer verschneiten Straße, vor dem Hause, das einst Faust gehörte, feiern die Studenten ihren neuen Rector Magnificus Wagner, den sie nach seiner Antrittsrede heimgeleitet haben. Bei ihrem Ständchen werden sie vom Nachtwächter (Mephisto) gestört. Faust kommt herbei. Auf den Stufen seines Hauses sieht er eine Bettlerin mit einem Bündel sitzen. In der Absicht, ein gutes Werk zu tun, will er ihr seine letzte Habe geben, da reicht ihm die Herzogin ihr Kind entgegen. Faust nimmt es, die Erscheinung verschwindet. Faust will im Münster Schutz suchen, doch der Soldat verwehrt ihm den Eintritt. Darauf wirft sich der verzweifelte Faust vor dem Kruzifix an der Straße nieder, doch Mephisto verwandelt es in Helena. Mit letzter Kraft rafft sich Faust zu einer phantastischen Beschwörung auf. Er beschreibt einen magischen Zirkel, legt das Kind hinein, damit sein Sohn vollenden möge, was ihm zu bewirken versagt war. Mit dem Mitternachtsruf des Nachtwächters sinkt Faust sterbend zusammen – aus dem Kreis jedoch erhebt sich ein Jüngling und schreitet, mit einem blühenden Zweig in der Hand, in die Stadt – Fausts ewiger Wille ist nicht gestorben, sondern ist zu neuem Leben erwacht.

Stilistische Stellung

Für Ferruccio Busoni hatte die Gattung Oper – ganz anders als bei Verdi oder den italienischen Veristen – nichts zu tun mit theatralischen Konflikten oder dramatischer Psychologie. »Es sollte«, so schrieb er, »die Oper des Übernatürlichen und Unnatürlichen, als der ihr allein zufallenden Region der Erscheinungen und Empfindungen, sich bemächtigen und dergestalt eine Scheinwelt schaffen, die das Leben entweder in einem Zauberspiegel oder einem Lachspiegel reflektiert; die bewußt das geben will, was in dem wirklichen Leben nicht zu finden ist.« Mit dem Stoff zu einer ›Faust‹-Oper hat sich Busoni mehr als zwanzig Jahre lang beschäftigt; diese Aufgabe erschien ihm – gerade während des Ersten Weltkriegs – als eine Art Mission, sollte sie doch deutlich machen, wie ein zwischen damals verfeindeten Nationen stehender Künstler nur im Auftrag des Geistes und der Humanität die Kraft finden konnte, sie über alle politische Entzweiung hinaus im Kunstwerk zu einen. »Busonis ›Faust‹-Oper ist«, wie Hans Heinz Stuckenschmidt schrieb, »ein gerade deshalb besonders bezeichnendes Kunstwerk sehr moderner Art, als in ihr das Formgewissen das erste und das letzte Wort hat.« Das Prinzip geschlossener, autonomer musikalischer Formen, wie es zur gleichen Zeit Alban Berg in seinem ›Wozzeck‹ bevorzugte, strebt auch Busoni an: Der Auftritt der drei Studenten aus Krakau ist ein phantastischer Gespenstermarsch, die Dämonenbeschwörung eine Variationsreihe. Besonders eindrucksvoll ist Busonis Partitur überall dort, wo er simultane Klangereignisse zu binden versteht: in der Szene des Teufelspakts, in der Sequenzen des Meßordinariums und organumartige Klanggebilde von draußen in die gespenstige Szenerie hineindrängen, in der Münsterszene, in der sakrale Orgelmusik mit militärischen Signalen verschwistert wird, und schließlich in dem berühmten, hochkomplexen Doppelchor, in dem »Te Deum« und »Ein feste Burg« miteinander wetteifern. Daneben atmet die Szene am Hof zu Parma südländischen Geist und zeremonielle Formstrenge zugleich. Man wird im 20. Jahrhundert nicht leicht ein Bühnenwerk finden, in dem die Organik der Synthese verschiedener Stilebenen und Ausdruckswelten so vollkommen gelungen ist.

Textdichtung

Busoni, hervorragender »Faust«-Kenner und Besitzer einer berühmten »Faust«-Bibliothek, ging bei seiner Textfassung Goethes Drama weitgehend aus dem Weg. Er legte seinem Text das alte Volksbuch zugrunde und verwendet auch Elemente aus den ›Faust‹-Dichtungen von Christopher Marlowe und Lessing sowie aus George Bernard Shaws ›Mensch und Übermensch‹. Letztlich ist aber Busonis »Faust«-Gestalt eine höchst komplexe, mit zahlreichen autobiographischen Zügen ausgestattete Originalfigur.

Geschichtliches

Busoni konnte die Partitur seiner Oper nicht vollenden – nach seinem Tode ergänzte sein Freund und Schüler Philipp Jarnach die Partitur, und in dieser Form wurde sie am 21. Mai 1925 in der Dresdner Staatsoper unter der Leitung von Fritz Busch und in der Inszenierung von Alfred Reukker uraufgeführt. Es folgten Inszenierungen an großen deutschen Opernhäusern wie Frankfurt, Berlin und Hannover. Nach dem Zweiten Weltkrieg begann eine vorsichtige Busoni-Renaissance, aus der eine wichtige Gesamteinspielung des ›Doktor Faust‹ auf Schallplatten hervorging. Besondere Beachtung fand 1980 die Frankfurter Neuinszenierung von Hans Neuenfels und 1988 die auch fürs Fernsehen aufgezeichnete Nürnberger Inszenierung von Jürgen Tamchina. Aus den Skizzen Busonis hat Antony Beaumont einen neuen Schluß des Werkes rekonstuiert, der die Intentionen des Komponisten präziser trifft als Jarnachs Vervollständigung. Dieser Schluß wurde erstmals anläßlich der Inszenierung von Werner Schröter in Bologna 1985 aufgeführt.

W. K.

Alfredo Catalani

* 19. Juni 1854 in Lucca, † 7. August 1893 in Mailand

La Wally (Die Wally)

Dramma lirico in vier Akten. Dichtung von Luigi Illica nach dem Roman von Wilhelmine von Hillern.

Solisten: *Wally* (Dramatischer, auch Jugendlichdramatischer Sopran, gr. P.) – *Stromminger*, ihr Vater (Seriöser Baß, m. P.) – *Afra* (Mezzosopran, kl. P.) – *Walter*, Zitherspieler (Lyrischer Koloratursopran, m. P.) – *Giuseppe Hagenbach* aus Sölden (Jugendlicher Heldentenor, gr. P.) – *Vincenzo Gellner* aus Hochstoff (Heldenbariton, auch Kavalierbariton gr. P.) – *Der Wirtshausbesucher aus Schnals* (Schwerer Spielbaß, m. P.).
Chor: Einwohner von Hochstoff und Sölden: Junge und ältere Leute, Kinder, Bürger, Bauern, Hirten und Jäger – Windchor (IV. Akt) hinter der Bühne (m. Chp.).
Komparsen: Fahrende Musiker – Bauern – Jäger aus Sölden und Hochstoff.
Ballett: Tänze der Mädchen und der Jäger.
Ort: Ötztaler Alpen (Tirol).
Schauplätze: Platz in Hochstoff mit Strommingers Haus; im Hintergrund eine Straße, die mittels einer Brücke über den durch einen Abgrund strömenden Fluss Ache hinauf nach Sölden führt – Platz in Sölden: rechts die Gaststätte Adler – Strommingers Haus, in dem Wallys Schlafzimmer sichtbar ist; wieder ist die über die Ache führende Straße zu sehen, aber aus einem anderen Blickwinkel – Auf dem Murzoll, vor einer Hütte.
Zeit: Um 1800.
Orchester: Picc., 2 Fl., 2 Ob., Eh., 2 Kl., Bkl., 2 Fg., 4 Hr., 3 Trp., 3 Pos., Bt., P., Schl. (gr. Tr., kl. Tr., Becken, Triangel, Tamburin, Tam-Tam), Hrf., Str.
Bühnenmusik: 6 Hr. (oder kl. Bombardons oder Flügelhörner), 2 Trp., Tam-Tam, Glocken, Org.
Gliederung: Durchkomponierte dramatische Großform.
Spieldauer: Etwa 2¼ Stunden.

Handlung

Der reiche Bauer Stromminger feiert seinen siebzigsten Geburtstag. Aus diesem Anlaß findet auf dem Dorfplatz von Hochstoff ein Wettschießen statt, aus dem Vincenzo Gellner, der Gutsverwalter des Jubilars, als Sieger hervorgeht. Stromminger blickt mit um so größerem Wohlgefallen auf Gellner, als bisher niemand aus Hochstoff es mit dem trefflichsten Schützen aus der Nachbargemeinde Sölden – dem prahlerischen Giuseppe Hagenbach – hat aufnehmen können. Auch der junge Zitherspieler Walter hat sich unter Strommingers Geburtstagsgesellschaft gemischt; er hält Ausschau nach dessen Tochter Wally, mit der er gerne gemeinsam singt. Aus einer abfälligen Bemerkung Strommingers geht hervor, daß er derlei Kurzweil geringschätzt. Doch Walter läßt sich davon nicht beirren und schlägt vor, ein besonders schönes Lied vorzutragen, die Ballade von einem in die Einsamkeit der Bergwelt sich flüchtenden Mädchen, das von einer Lawine erfaßt und nach seinem Tode in ein Edelweiß verwandelt wird. Alle – selbst Stromminger – zeigen sich von Walters Gesang angerührt, woraufhin dieser lächelnd erklärt, daß das Lied nicht von ihm stamme, sondern von Wally. Von Sölden her kommen Jägersleute nach Hochstoff, unter ihnen Hagenbach mit einem blutigen Bärenfell. Mit viel Aufhebens erzählt er, wie er den Bären erlegt hat. Stromminger geht Hagenbachs Angeberei auf die Nerven. Es kommt zum Streit, in dessen Verlauf Hagenbach den Alten zu Boden wirft. Plötzlich tritt Wally dazwischen und weist Hagenbach in die Schranken. Danach zerstreut sich die Menge, Wally geht ins Haus, ihr Vater und Gellner bleiben zurück. Gellner hat beobachtet, daß Hagenbachs Auftritt Wally nicht unbeeindruckt gelassen hat. Da er sich aber selbst insgeheim Hoffnungen auf Wally macht, sieht er in dem draufgängerischen Jägerburschen einen möglichen Rivalen, dem es zuvorzukommen gilt. Und so versucht Gellner, die Wut seines Dienstherrn auf Hagenbach für seine Zwecke zu nutzen. Er teilt Stromminger seinen Verdacht mit, daß Hagenbach bei Wally Chancen hätte, und bringt sich selbst als Schwiegersohn ins Gespräch. Stromminger ruft seine Tochter heraus, fordert sie auf, Gellner zu heiraten, und läßt die beiden allein. Zunächst bittet Wally Gellner, seinen Antrag zurückzunehmen. Als der in seiner Werbung fortfährt, weist sie ihn entschieden ab. Selbst dann bleibt Wally unbeugsam, als ihr Vater sie vor die Wahl stellt, entweder Gellner das Jawort zu geben oder noch zur Nacht das Haus zu verlassen. Wehmütig nimmt Wally von ihrem Zuhause Abschied; unter der Anteilnahme der Dörfler und begleitet von Walter, macht sie sich auf in die Berge.

Ein Jahr später, der alte Stromminger ist inzwischen gestorben und Wally wieder ins elterliche Haus zurückgekehrt, am Fronleichnamstag auf dem Dorfplatz zu Sölden: Vor dem Gasthaus Adler sind die Söldener zusammengekommen, um in die Kirche zu gehen. Hagenbach befindet sich unter ihnen und flirtet mit der feschen Adler-Wirtin Afra. Ein alter Soldat aus dem Dorf Schnals zieht Walter wegen seiner Freundschaft zu Wally auf und ermuntert die jungen Männer, um die reiche Stromminger-Erbin zu werben, die seit dem Tode ihres Vaters gerne die Dorffeste in der Umgegend besuche und sich gewiß auch in Sölden einfinden werde. Für Gellner ist klar, daß Wally nur unterwegs ist, um nach Hagenbach Ausschau zu halten. Der wiederum stimmt mit den übrigen Männern überein, daß eine derart stolze Frau wie Wally keine gute Partie sei. Gleichwohl wolle er gerne mit ihr tanzen. Die Warnungen Afras und anderer, die ihn wegen seiner Leichtfertigkeit tadeln, schlägt Hagenbach in den Wind. Als Wally, für den Festtag prächtig herausgeputzt, hinzukommt, wird sie sofort von allen jungen Männern umschwärmt. Auf die Frage, ob auch am traditionellen Kuß-Tanz teilnehmen werde, entgegnet sie, sie werde sich nur von demjenigen küssen lassen, den sie für sich erwählt habe. Inzwischen ist es Zeit für den Kirchgang. Da vertritt Gellner Wally den Weg. Für sie eine treffliche Gelegenheit, mit Gellner abzurechnen: Sie entläßt ihn aus ihren Diensten und reicht ihm zum Lohn eine Börse. Doch so einfach läßt sich Gellner nicht abspeisen, abermals gesteht er Wally seine Liebe. Sie aber hat nur Spott für ihn übrig. Endlich gibt Wally sogar zu, was Gellner ihr vorwirft: ihre bisher unausgesprochen gebliebene Zuneigung für Hagenbach. Nun ist es an Gellner, höhnisch zu werden, er behauptet, daß sein Rivale es auf eine Ehe mit Afra abgesehen habe. Damit ist es Gellner gelungen, Wallys Eifersucht zu entfachen. Und während die Leute sich nach der Messe wieder auf dem Dorfplatz einfinden, demütigt Wally Afra vor aller Augen. Hagenbach verspricht der weinenden Afra, sie zu rächen. Er wettet darauf, daß es ihm gelingen werde, beim Tanz Wally einen Kuß zu rauben. Während Wally und Hagenbach – beobachtet von den übrigen – miteinander tanzen, verschränken sich jedoch verlogene Werbung und ehrliches Liebesbekenntnis unentwirrbar ineinander, so daß Wally dem geliebten Mann nur zu gern Glauben schenkt. Als sie schließlich einander küssen, bricht tosendes Gelächter aus,

und die Umstehenden gratulieren Hagenbach zur gewonnenen Wette. Wally sieht sich bloßgestellt und dem allgemeinen Gespött preisgegeben, zumal sich Hagenbach von seinen Freunden zum Festtagsbesäufnis wegdrängen läßt. Lediglich Gellner bleibt in ihrer Nähe. Wally verspricht ihm für die Ermordung Hagenbachs die Ehe.
Es ist Abend. Wally kehrt in Begleitung Walters in ihr Haus zurück. Sie ist niedergeschlagen und von düsteren Vorahnungen erfüllt. Einen Moment lang glaubt sie draußen einen Klagelaut zu hören; tatsächlich ist es der Gesang des Soldaten aus Schnals, der betrunken seines Weges zieht. Auf Wallys Bitten läßt Walter sie allein. Inzwischen ist es dunkel geworden, und ein starker Wind kommt auf. Gellner trifft auf der Straße den betrunkenen Soldaten an. Von ihm erfährt er, daß Hagenbach nach Hochstoff unterwegs sei. Nachdem er dem Alten Geld für eine Nachtunterkunft gegeben hat, löscht Gellner die Laterne, die den Brückensteg über die Ache beleuchtet, und lauert Hagenbach auf. Indessen kann Wally keine Ruhe finden. Sie vergibt Hagenbach die Kränkung und bereut, Gellner zum Mord angestiftet zu haben. Am morgigen Tag will sie Hagenbach vor Gellners Anschlag warnen. Währenddessen tastet sich Hagenbach in der Finsternis über die Brücke. Er hat sich auf den Weg gemacht, um Wally von der Aufrichtigkeit seiner Liebe zu überzeugen. Hinterrücks wird er von Gellner in den Abgrund gestoßen. Danach klopft Gellner Wally aus dem Haus und meldet ihr den Vollzug des Attentats. Wally packt ihn, um sich gemeinsam mit Gellner ebenfalls von der Brücke zu stürzen. Doch als Hagenbach ein Lebenszeichen von sich gibt, läßt sie von Gellner ab und setzt alles an Hagenbachs Rettung. Auf ihr Rufen sind Leute aus Hochstoff und Sölden mit Bergungsgerät und Lampen herbeigeeilt, todesmutig steigt Wally in die Schlucht hinab und schleppt den inzwischen ohnmächtigen Hagenbach nach oben. Alle atmen auf. Wally aber will ihre Verfehlung sühnen. Sie verzichtet auf Hagenbach und überläßt seiner angeblichen Braut Afra Hab und Gut. Zum Abschied küßt sie den bewußtlosen Geliebten und begibt sich wieder in die Berge.
Weihnachten steht bevor. Walter hat Wally auf dem Murzoll aufgesucht, um sie wieder ins Tal zu holen. Vergeblich: Wally hat mit dem Leben abgeschlossen. Zum Abschied überreicht sie Walter jene Perlenkette, die sie bei dem Fest in Sölden einst getragen hat, und auf ihre Bitte singt er während des Abstiegs ihr gemeinsames Lied.

Alsbald tönt aus der Tiefe Wallys Name herauf: Was sie zunächst für eine Sinnestäuschung hält, ist in Wirklichkeit der Ruf des inzwischen wieder genesenen Hagenbach. Das Bedürfnis, Wally für seine Errettung zu danken, hat ihn auf den Murzoll getrieben, ebenso das Verlangen, ihr seine Liebe zu bekennen, die damals in Sölden durch den Kuß besiegelt worden sei. Selbst Wallys Geständnis, daß Hagenbach nicht das Opfer eines Unfalls, sondern eines von ihr veranlaßten Mordanschlags gewesen sei, macht Hagenbach in seiner Liebe nicht wanken. Das Paar träumt von einer gemeinsamen Zukunft, während bei hereinbrechender Nacht ein Schneesturm aufkommt. Beim Versuch, dem Unwetter ins Tal zu entkommen, geht Hagenbach voraus und wird von einer Lawine erfaßt. Als Wally erkennt, daß der Geliebte tot ist, stürzt sie ihm nach in die Tiefe.

Stilistische Stellung
Zwar ist das in Catalanis 1892 uraufgeführter ›La Wally‹ agierende Personal durch rigide Gepflogenheiten und Sitten geprägt, wie sie sich in der Abgelegenheit eines hinterwäldlerischen Alptals herausgebildet und erhalten haben mögen. Dennoch ist es dem Komponisten kein vordringliches Anliegen, diesem auf lokalen Gegebenheiten fußenden Verhaltenskodex ein musikalisches Pendant zur Seite zu stellen, wie es durch folkloristische Anleihen leicht möglich gewesen wäre. So zielen weder die mit Koloraturen durchsetzte Jodler-Ballade von Walter (I. Akt) noch die Ländlerweisen während der Tanzszene des II. Akts auf den Nachahmungseffekt alpenländischer Volksmusik. Vielmehr kommt Walters Lied die dramaturgische Funktion zu, auf Wallys tragisches Ende vorauszuweisen, während das Tanzgeschehen im II. Akt ganz wesentlich von einem situativen Spannungsmoment geprägt ist: dem intimen Liebesgeständnis in aller Öffentlichkeit. Dieser fast vollständige Verzicht auf eine naturalistische Wirkungsabsicht ist ein Indiz für Catalanis Distanz zum Verismo der nach-verdianischen Komponistengeneration (Mascagni, Leoncavallo, Puccini). Demgemäß gilt Catalani, dessen Opern alle außerhalb seiner Heimat spielen, unter den italienischen Opernkomponisten des ausgehenden 19. Jahrhunderts als Hauptvertreter einer vom deutschen Kulturraum inspirierten neuromantischen Strömung.
In ›La Wally‹ wird dieser Bezug vor allem mit Blick auf die hochalpine Szenerie des Schlußaktes

evident: Indem die Einleitungsmusik die Einöde der Gletscherwüste in fahlen Orchesterfarben und bizzarer Satzstruktur Klang werden läßt, setzt sie den Topos der heroischen Landschaft musikalisch um. Die Bergwelt wird somit in ein beseeltes Tongemälde transferiert und hierbei zum symbolhaften Abbild von Wallys einsamem und unnahbarem Naturell, gemäß ihrer hellsichtigen Selbsterkenntnis am Schluß der Oper, daß der Schnee ihr Schicksal sei. Seelenmusik ist auch das Vorspiel zum III. Akt, das Catalanis Klavierstück »A Sera« von 1888 zur Vorlage hat und in ostinater Bewegung und verhaltener Dynamik Wallys innerliche Unruhe vor Ohren führt. Auch das berühmteste Stück der Oper, Wallys »Ebben? ... Ne andró lontana« am Schluß des I. Aktes, ist eine Übernahme; es geht auf Catalanis 1876 geschriebene »Chanson groënlandaise« zurück. Wallys Arie ist neben den erwähnten Orchestervorspielen eine der wenigen geschlossenen Nummern innerhalb des Werkes. Ansonsten ist die Tendenz zur durchkomponierten Großform, die Szenen, Solo- und Ensemblegesänge aktweise zusammenschließt, vorherrschend. Hierbei spielt die Aufwertung des orchestralen Satzes durch eine überaus differenzierte Harmonik und eine originelle, farbenreiche Instrumentation eine wichtige Rolle, ebenso eine behutsam gehandhabte Leitmotivtechnik.

Wie wenig das Werk mit dem Verismo zu tun hat, zeigt sich in der musikalischen Charakterisierung der Protagonisten abseits moralischer Wertung. So bleibt beispielsweise Gellners Leidenschaftlichkeit weitgehend unhinterfragt. Für die Musik ist also nebensächlich, daß er sich von einer Ehe mit Wally den sozialen Aufstieg vom Verwalter zum Herrn verspricht und dafür sogar bereit ist zu morden. Um so emphatischer läßt sich die Musik auf Gellners Liebesbekundungen ein, so daß er als Brautwerber sogar sympathisch erscheint. Ebensowenig rücken Hagenbachs unangenehme Charakterzüge – seine Arroganz oder die Boshaftigkeit seines Wettvorhabens – ins Zentrum der musikalischen Betrachtung. Es geht Catalani also weniger darum, durch eine Analyse die Beweggründe der Protagonisten offenzulegen, als ihren Leidenschaften Ausdruck zu verleihen. Das gilt auch für die Titelheldin, für deren heftige, unausgeglichene Emotionalität der jähe Umschlag von Liebe in Haß charakteristisch ist. Aufgrund dieser Gefühlslage, zu der außerdem noch ein unbeugsamer Stolz tritt, begreift sich Wally als tragische, außerhalb der menschlichen Gemeinschaft stehende Gestalt, weshalb sie sich wiederholt in die Einsamkeit der Gletscherwelt zurückzieht. Und weil sie ihr Außenseitertum als eine ihrem Wesen eigentümliche, will sagen: unveränderbare, Persönlichkeitsstruktur angenommen hat, gibt es für Wally auch keine Rückkehr mehr in ihre frühere Umgebung. Hagenbachs tödlicher Lawinenunfall ist demnach nur Auslöser und nicht Ursache von Wallys Freitod. Mit dem Sturz in den Abgrund gibt sie sich nämlich jener Sphäre anheim, der sie sich seit jeher mehr verbunden gefühlt hat als den Menschen: der Natur. Hierin aber wird deutlich, daß Wally eine Nachfahrin jener unbezähmbaren Elementargeschöpfe ist, die Catalani in der deutschen Romantik kennengelernt hat.

Textdichtung

Urbild der Wally ist die österreichische Porträt- und Blumenmalerin Anna Stainer-Knittel (1840–1910). In ihrer Jugend erregte sie durch tollkühne Bergabenteuer – wiederholt holte sie ein Adlerjunges aus dem Nest – Aufsehen, so daß sie wegen ihres Mutes sogar zu einer Vorreiterin weiblicher Emanzipation stilisiert wurde. Berühmt wurde die Tiroler Nesträuberin vor allem durch den 1875 erschienenen Bestseller-Roman ›Die Geier-Wally‹ der Wilhelmine von Hillern, der überdies für die gleichnamigen Heimatfilme mit Heidemarie Hatheyer (1940) und Barbara Rütting (1956) jeweils in der Titelrolle die Vorlage lieferte. Catalani lernte den Roman durch eine Mailänder Zeitschrift unter dem Titel ›La Wally dell'avvoltoio‹ kennen und konnte Luigi Illica (1857–1919) als Librettisten gewinnen. ›La Wally‹ war das erste Opernbuch des Schriftstellers, der später auch mit Umberto Giordano und Giacomo Puccini zusammenarbeiten sollte. Die bedeutendste Abweichung von der Vorlage besteht in der Umwandlung des banalen Happy-Ends des Romans in den tragischen Opernschluß. Erstaunlicherweise stimmte Wilhelmine von Hillern, die überdies für die deutsche Erstaufführung in Hamburg 1893 die Übersetzung besorgte, dieser Änderung zu.

Geschichtliches

Vom Frühjahr 1889 bis in den Sommer 1891 war Catalani mit der Komposition der ›Wally‹ beschäftigt, wobei er die heikle Kuß-Szene als letztes Stück des Werkes vollendete. In diese Zeit fällt auch eine Reise, die den Komponisten gemeinsam mit dem für die Mailänder Uraufführrung vorgesehenen Bühnenbildner Adolf von Hohenstein nach München zu einer Besprechung mit Wilhelmine von Hillern und an die Originalschauplätze der Handlung führte. Am 20. Januar 1892 ging ›La Wally‹ an der Scala zum ersten Mal in Szene und erhielt viel Zustimmung. Die Oper wurde Catalanis Schwanengesang, kaum sieben Monate nach der Uraufführung erlag er der Schwindsucht. Insbesondere Arturo Toscanini, der dem Komponisten freundschaftlich verbunden war und seine Tochter nach Catalanis ›Wally‹ benannte, setzte sich in der Folgezeit für das Werk ein. 1907 brachte er es erneut an der Scala mit Eugenia Burzio als Wally heraus, 1909 folgte die New Yorker Met mit Emmy Destinn in der Hauptrolle. Gleichwohl gelang es nicht, der Oper einen festen Platz im Repertoire zu sichern. Nach dem Zweiten Weltkrieg war Renata Tebaldi (Mailand 1952, Rom 1960) die herausragende Interpretin der Wally. Und auch in der 1968 unter dem Dirigat von Fausto Cleva produzierten Schallplatten-Gesamtaufnahme ist die Tebaldi mit von der Partie. In der 1990 unter der Leitung von Pinchas Steinberg eingespielten CD fand sie in Eva Marton eine Nachfolgerin. Vor allem aber ist dem 1981 herausgekommenen Kultfilm ›Diva‹ des französischen Regisseurs Jean-Jacques Beinix die geradezu schlagermäßige Berühmtheit von Wallys Abschiedsarie aus dem I. Akt zu verdanken, die zuvor schon ein beliebtes Schmankerl der Spinto-Soprane gewesen war. In seiner Bremer Inszenierung anno 1985 erschloß Werner Schroeter das Stück mit den Mitteln des modernen Regietheaters: die Geschichte einer gescheiterten Emanzipation, in der die wahnsinnig gewordene Wally als Insassin einer geschlossenen Anstalt ihre letzte Begegnung mit Hagenbach sich lediglich einbildet und schließlich von den Wärtern an ihrem Selbstmord gehindert wird. 1990 wiederum erzielten die Bregenzer Festspiele mit ihrer im Festspielhaus gegebenen ›Wally‹-Produktion (Dirigent: Pinchas Steinberg, Inszenierung: Tim Albery, Wally: Mara Zampieri) einen viel beachteten Publikumserfolg.

R. M.

Emilio de' Cavalieri

* um 1550 und † 11. März 1602 in Rom

Rappresentazione di Anima e di Corpo (Das Spiel von Seele und Körper)

Melodramma spirituale. Dichtung von Agostino Manni.

Solisten: *Die Zeit* (Bariton, auch Baß, kl. P.) – *Der Verstand* (Tenor, gr. P.) – *Der Körper* (Bariton, gr. P.) – *Die Seele* (Sopran, gr. P.) – *Der gute Rat* (Baß, gr. P.) – *Die Lust* (Mezzosopran, Alt, auch Contratenor, kl. P.) – *1. Gefährte* (Tenor, kl. P.) – *2. Gefährte* (Baß, kl. P.) – *Antwort aus dem Himmel* (Echo, Mezzosopran, kl. P.) – *Der Schutzengel* (Sopran, auch Mezzosopran, m. P.) – *Die Welt* (Bariton, auch Baß, kl. P.) – *Das weltliche Leben* (Mezzosopran, kl. P.) – *Engel im Himmel* (je 1 Sopran I und II, 1 Mezzosopran und 1 Tenor, m. P.) – *Vier verdammte Seelen in der Hölle* (je 1 Tenor I und II, je 1 Baß I und II, m. P.) – *Vier selige Seelen im Himmel* (je 1 Sopran I und II, je 1 Alt I und II, m. P.).

Chor: 4–8stimmiger gemischter Chor (gr. Chp.).
Ballett: Festa (Feier).
Orchester (in der Einrichtung von Bernhard Paumgartner): 2 Fl., 1 Ob., 1 Eh., 2 Fag., 3 Pos., Triangel, Tamburin, Tamtam, Cemb., Org., Viol. I und II, Viola I und II, Viola da gamba I und II, Vcl., Kb.
Gliederung: Sinfonia; I. Akt: 5 Szenen, II. Akt: 9 Szenen, III. Akt: 9 Szenen.
Spieldauer: Etwa 1½ Stunden.

Handlung

Das Spiel von Seele und Körper stellt den Menschen in den Mittelpunkt des szenischen Geschehens. Daneben hat der Chor eine betrachtende

Funktion. Die beiden Komponenten der menschlichen Spezies – Körper und Seele – treten einander gegenüber, wobei die mit dem ewigen Leben ausgestattete Seele über den irdischen Freuden und Genüssen zuneigenden, jedoch der Sterblichkeit verfallenen Leib obsiegt. In dem Spiel suchen verschiedene allegorische Erscheinungen die gegensätzlichen Auffassungen von Seele und Körper über Sinn und Zweck des menschlichen Daseins zu beeinflussen oder zu bestärken.

Zunächst verweist die Zeit (Tempo) auf die rasche Vergänglichkeit des Lebens. Der Verstand (Intelletto) verzichtet auf Reichtum, Ehre und Vergnügen; sein heißer Wunsch ist, mit Gott im Himmel vereint zu sein. Der Körper (Corpo) gibt der leidenden Seele (Anima) den Rat, in dem Genuß irdischen Glücks Ruhe und Frieden zu suchen, doch sie ist sich des Trugs weltlicher Lust bewußt und erstrebt, vereint mit dem Leib, das ewige Leben in Gott.

Der gute Rat (Consiglio) weiß, daß Flittergold die Fäulnis des Fleisches verdecke; der kluge Streiter werde mit Hilfe des Glaubens als Sieger aus dem irdischen Kampf hervorgehen und dafür seinen Lohn im Himmel erhalten. Die Lust (Piacere) preist mit ihren zwei Gefährten die Freude, welche die kleinen Vögel und flinken Fische, die grünen Fluren, schattigen Wälder und bunten Blumen, die schönen Gewänder und die Liebe bereiten. Der Körper läßt sich von den verführerischen Tönen beeindrucken, während die Seele die verräterischen Trugbilder energisch zurückweist. Den von Zweifel bedrückten Körper sucht die Seele zu bekehren mit Unterstützung der Antwort (Riposta) aus dem Himmel, die verlangt, törichte Vergnügungen zu meiden und Gott und die Wahrheit zu lieben. Vom Himmel gesandt, sichert der Schutzengel (Angelo custode) den Streitern im Kampf um die wahre Erkenntnis seinen Beistand zu. Die Welt (Mondo) verspricht, dank ihren unermeßlichen Reichtümern alle Wünsche erfüllen zu können. Jetzt wird sogar die Seele wankend und überlegt, ob es nicht möglich sei, beiden Mächten, der Welt und dem Himmel, zugleich zu dienen. Aber der Schutzengel warnt, der Mensch könne nicht zwei Herren dienen. Da kommt das weltliche Leben (Vita mondana) der Welt zu Hilfe. Auf seine lockenden Versprechungen hin fordert der Körper die Welt auf, ihre wahre Natur zu zeigen. Enttäuscht muß der Körper die Armseligkeit der Welt und des weltlichen Lebens erkennen, nachdem diese sich ihrer verführerischen Kleider entblößt haben.

Vor Seele und Körper beschwört der gute Rat in einem dreimaligen Anruf die verdammten Seelen in der Hölle, die bekennen, durch ihre Sünden das ewige Feuer und den ewigen Tod erleiden zu müssen, Qualen, von denen sie niemals erlöst würden. Andererseits ruft der Verstand – ebenfalls dreimal – die seligen Seelen im Himmel, deren Stimmen verkünden, der Freuden des ewigen Reichs teilhaftig zu sein, die immerdar währen und niemals enden würden. Seele und Körper sind nun entschlossen, auf schnellem Pfad zum Himmel aufzusteigen. In einem Hymnus und unter feierlichen Tänzen spenden Seele und Körper, die Engel und die seligen Seelen, der Verstand und der gute Rat Preis und Dank dem Herrn des ewigen Alls.

Stilistische Stellung

Emilio de' Cavalieri (um 1550–1602) gehörte dem hochgebildeten, aus Dichtem, Musikern und Kunstmäzenen bestehenden Kreis der Florentiner Camerata des Grafen Giovanni Bardi di Vernio an, deren Bestrebungen, das antike Drama zu erneuern, zur Auffindung einer neuen Kunstgattung, der Oper, führten. Der Komponist wird nicht nur oft als der Erfinder des bezifferten Basses bezeichnet, sondern er hat auch nach dem Zeugnis Jacopo Peris, des Komponisten der ersten erhaltenen Oper ›Euridice‹, die am 6. Oktober 1600 im Palazzo Pitti zu Florenz aufgeführt wurde, als erster den »stile recitativo«, die Monodie (Einzelgesang) auf die Bühne gebracht. In den ›Rappresentazione‹ verbinden sich Elemente des mittelalterlichen Mysterienspiels mit den neuartigen Ausdrucksmitteln des frühen Oratoriums und der jungen Oper. In einem der Dichtung entsprechenden symmetrischen Aufbau wechseln Sinfoniesätze und Ritornelle mit solistischen Partien und Chören. Der Satzbau ist fast durchweg homophon gehalten, die Sologesänge bewegen sich in einem einfachen rezitativischen Stil über einem bezifferten Baß. Cavalieri hat der Partitur eine Vorrede vorangestellt, in der er mit erstaunlicher Ausführlichkeit ins Detail gehende Angaben macht über den Aufführungsstil, die Größe und Beschaffenheit des Saals oder Theaters, die Aufstellung des Orchesters, die Einteilung in Akte, die Kostümierung der Darsteller, den wechselweisen Einsatz von Sängern verschiedener Stimmlagen sowie des Chors und der Tänzer, die zahlenmäßige Besetzung der Instrumentalisten und Chorsänger, den Umfang der Dichtung und über die alternative Gestaltung des Werkschlusses entweder durch einen achtstimmigen Chor oder durch ein Ballett mit einer präzisen Anleitung der auszuführenden Tänze.

Textdichtung
Die Dichtung zu Cavalieris ›Rappresentazione‹ wurde früher Laura Guidiccioni, der Verfasserin des Textes zu den drei berühmten Pastoralszenen des Komponisten, zugeschrieben. Nach neueren Forschungsergebnissen dürfte aber mit ziemlicher Sicherheit der »Filippiner« Agostino Manni († 1618) als Textautor anzusehen sein, dessen literarisch-poetische Neigungen geistig im Humanismus verwurzelt waren.

Geschichtliches
›Rappresentazione di Anima e di Corpo‹ wurde erstmals aufgeführt zu Rom im Februar 1600 in dem Oratorio Santa Maria di Vallicella, dem Betsaal des Philosophen und Theologen Filippo Neri (1515–1595), der später heiliggesprochen wurde und der eine Brüderschaft, die »Congregatio Oratorii«, begründete, deren Mitglieder sich »Oratorianer« oder »Filippiner« nannten. Das dem Kardinal Pietro Aldobrandini gewidmete Werk hinterließ bei der Aufführung tiefen Eindruck und ist bald danach im Druck erschienen. Im Jahr 1968 legte Bernhard Paumgartner eine Neuausgabe der ›Rappresentazione‹ vor, die bei Aufführungen in der Kollegienkirche (seit 1969; 1968 in der Felsenreitschule) im Rahmen der Salzburger Festspiele großen Anklang gefunden hat. Der Bearbeiter ließ – von einigen Umstellungen abgesehen – das Original unangetastet, setzte den Continuo aus und legte der von ihm ebenfalls vorgenommenen instrumentalen Bearbeitung das Orchester der Barockzeit zugrunde.

Pier Francesco Cavalli
* 14. Februar 1602 in Crema, † 17. Januar 1676 in Venedig

La Calisto
Oper in drei Akten mit einem Prolog. Libretto von Giovanni Faustini.

Solisten: *Die Natur* (Alt, auch Mezzosopran, kl. P.) – *Die Ewigkeit* (Sopran, auch Mezzosopran, kl. P.) – *Das Schicksal* (Sopran, kl. P.) – *Jupiter* (Baß, gr. P.) – *Merkur* (Lyrischer Bariton, gr. P.) – *Calisto*, eine Nymphe aus Dianas Gefolge (Jugendlich-dramatischer Sopran, auch Lyrischer Sopran, gr. P.) – *Endimione*, ein Schäfer, verliebt in Diana (Contratenor, auch Mezzosopran, gr. P.) – *Diana*, Göttin der Jagd (Mezzosopran, gr. P.) – *Linfea*, Nymphe im Gefolge der Diana (Tenor, m. P.) – *Satirino*, ein kleiner Satyr, Begleiter des Pan (Sopran, m. P.) – *Pan*, Gott der Schäfer (Baß, m. P.) – *Sylvanus*, Waldgott (Baßbariton, auch Baß, m. P.) – *Juno*, Jupiters Gattin (Koloratursopran, m. P.) – *Echo* (Sopran, kl. P.).
Chor: Satyre – Himmlische Geister – Furien (kl. Chp.).
Ort: In einer Waldlichtung in Arkadien.
Schauplätze: Verschiedene Waldgegenden.
Zeit: Zeit der griechischen Mythologie.

Orchester Viol I und II, B. c.
Gliederung: Durchkomponierte Großform.
Spieldauer: Etwa 2¼ Stunden.

Handlung
Die symbolischen Prologfiguren Natur, Ewigkeit und Schicksal feiern den Aufstieg der Nymphe Calisto zu den Sternen.
Jupiter ist mit Merkur auf die Erde hinabgestiegen, um zu sehen, wie ein Feuer gewirkt hat, das er den Menschen wegen ihrer Freveltaten schickte. Da begegnet ihm die verdurstende Nymphe Calisto auf der vergeblichen Suche nach Wasser. Jupiter, der sich sofort in die schöne Nymphe verliebt hat, läßt eine Quelle aus dem Felsen springen und wirbt um Calisto, doch diese weist ihn ab. Merkur rät ihm, er solle sich, um die Spröde zu gewinnen, in seine Tochter Diana verwandeln – der Göttin würde die Nymphe Küsse sicherlich nicht abschlagen. Calisto, von Durst verzehrt,

kehrt zur Quelle zurück und hält den verwandelten Jupiter für Diana, deren Zärtlichkeiten sie unbefangen erwidert. Als beide sich in eine Grotte zurückgezogen haben, rät Merkur allen Männern, die Frauen zu betrügen – so komme man schneller zum Ziel. – Die frische Quelle hat die wüste Erde wieder mit Gras und Blumen bedeckt, aber auch dies vermag den Schäfer Endimione nicht aufzumuntern, denn er ist sterblich in die Göttin Diana verliebt. Auf der Suche nach jagdbarem Wild treibt es auch Diana und ihre etwas ältliche Gefährtin Linfea in diese Waldlichtung. Endimione bekennt Diana seine Liebe, doch die Göttin, die einen Eid der Keuschheit geschworen hat, muß ihn – obwohl sie ihn auch liebt – abweisen. Die altjüngferliche Linfea scheucht ihn davon. – Calisto kommt, noch ganz berauscht von Jupiters Küssen. Als Diana sie fragt, was sie so glücklich mache, versteht die Nymphe nicht so recht: die Göttin mit ihren Küssen sei es doch gewesen – ob sie es schon vergessen habe. Diana, die sich den Vorfall nicht erklären kann, ist erzürnt und weist Calisto aus ihrem Gefolge. Auch Linfea weiß nicht, was in die Nymphe gefahren ist, zumal sie die Liebe noch nicht erfahren hat. Heimlich aber bekennt sie, auch sie hätte gern einen Mann. Da macht ihr Satirino, ein kleiner Satyr, der sie belauscht hat, ein recht eindeutiges Angebot, doch Linfea will lieber sterben, als so ein Zottelier im Bett zu haben.

Nicht nur der Schäfer Endimione, auch der Hirtengott, der bocksfüßige Pan, wirbt um die keusche Diana und wird dabei von Satirino und dem Waldgott Sylvanus sekundiert, doch Diana weist ihn empört ab. Der liebestolle Pan weiß sich nicht zu helfen, aber seine Kumpanen Satirino und Sylvanus, die nicht an die Keuschheit der Göttin glauben, sondern vermuten, sie habe schon einen anderen Liebhaber, versprechen ihm, ihr nachzuspüren. Auf einem Hügel hat sich Endimione zum Schlafen niedergelegt. Leise nähert sich ihm Diana, im Schlaf will sie ihn küssen, so daß er den Kuß für ein Traumgebilde halten soll. Im Schlaf umarmt Endimione Diana, und als sie sich leise von ihm lösen will, erwacht er. Beide beschwören ihre Liebe, dann verläßt die Göttin den Schäfer. Satirino hat alles beobachtet, beklagt den Wankelmut der Frauen und will alles seinem Herrn Pan berichten.

Durch Eifersucht getrieben ist auch Juno, Jupiters Gattin, vom Olymp auf die Erde herabgekommen. Sie vermutet den Göttervater bei neuen Abenteuern und will ihn aufspüren. Da begegnet ihr die weinende Calisto. Als sich die Göttin teilnahmsvoll nach dem Leid der Nymphe erkundigt, erfährt sie, Diana habe sie zuerst geherzt und geküßt, dann aber, als wüßte sie nichts davon, aus ihrem Gefolge verstoßen. Juno, die die Verwandlungstricks ihres Mannes kennt, vermutet ihn hinter dieser verwickelten Geschichte, und als Jupiter, immer noch als Diana, mit Merkur auftaucht, verbirgt sie sich. Jupiter berichtet freudestrahlend von der süßen Liebesnacht, die er mit Calisto verlebt habe. Calisto will es noch einmal wagen, sich Diana zu zeigen, und ist überglücklich, als jetzt alles wieder im Lot scheint. Jupiter herzt sie und schickt sie voraus in eine Grotte, wo sie auf ihn warten soll. Da tritt Juno hervor und macht Jupiter deutlich, daß sie seine Verwandlung durchschaut habe. Dann kehrt sie zum Olymp zurück. Jupiter jedoch will nicht von seiner Calisto lassen und ihr gerade nachgehen, als Endimione auftaucht, verfolgt von Pan und seinen Kumpanen. Endimione zeigt sich entzückt, Diana schon wieder zu sehen, während Jupiter so erfährt, auch Diana spiele nur die Keusche. Pan und seine Kumpane aber, die nun Endimione und Diana auf frischer Tat ertappt zu haben glauben, fesseln Endimione und wollen ihn töten. Endimione bittet den als Diana verwandelten Jupiter, ihm zu helfen, aber der Gott verläßt ihn, und Pan verspottet ihn, weil er sich auf die Liebe der Götter verlassen habe. Währenddessen irrt Linfea liebesverwirrt durch den Wald, und Satirino sieht eine Chance, sie zu entführen – er ruft seine Satyrn herbei und schleppt sie davon. Calisto, vom Echo begleitet, schwelgt in süßen Liebeserinnerungen, während sie an der Quelle auf Jupiter wartet – da erscheint Juno mit den Furien und verwandelt sie zur Strafe, daß sie sich mit Jupiter eingelassen habe, in eine Bärin. In einem anderen Teil des Waldes versucht Pan, dem gefangenen Endimione die Liebe zu Diana auszureden – schließlich habe ihn die Undankbare verlassen. Doch er beharrt auf seiner Liebe, und so soll er sterben. Als die Satyrn ihn gerade an einem Baum aufhängen wollen, erscheint Diana und verjagt den Hirtengott und seine Helfershelfer. Sie befreit Endimione, und beide sinken einander glücklich in die Arme. Von einem Himmelschor angekündigt, erscheint Jupiter in eigener Gestalt und befreit Calisto von ihrer Verwandlung. Um sie immer bei sich zu haben, erhebt er sie zu sich zu den Sternen.

Stilistische Stellung

Pier Francesco Cavalli, Schüler von Claudio Monteverdi und mit diesem der Schöpfer der venezianischen Oper des 17. Jahrhunderts, hat insgesamt mehr als 40 Opern geschrieben – von ihnen kehren in letzter Zeit einige in musikalischen Neufassungen, die die Realisation im heutigen Theater ermöglichen, in die Spielpläne zurück. Cavalli war ein genuiner Musikdramatiker, dabei – anders als sein Lehrer Monteverdi, der die Charakterisierung der einzelnen Figuren ausprägte – auf das Schaffen dramatischer Situationen aus. Mehr und mehr ersetzte er so die aus der römischen Operntradition stammenden Pastoralspiele durch handfeste Intrigendramen, in denen insbesondere die heitere Seite immer mehr an Boden gewann. Anders als die römische Oper vermied Cavalli die schematische Trennung in Rezitativ und Arie, sondern schrieb höchst differenzierte, ausdrucksvolle rezitativische Monologe und aufgelockerte Dialoge, aus denen heraus sich kantablere, lyrisch empfundene Ariosi entwickeln. Eines seiner reifen Opernwerke ist ›La Calisto‹ – ein höchst verwickeltes Intrigenstück, in dem vom alten Schäferspiel lediglich noch die Figuren übriggeblieben sind, in dem aber nur eine Macht herrscht: sensible Liebe, handfeste Erotik. Alle – ob Götter oder Menschen – sind von diesem Liebestaumel erfüllt, wobei es zu höchst komischen Verwechslungen, Verwandlungen und Situationen kommt, aber auch zu lyrisch überhöhten Passagen. Die Ausrichtung auf die kommerziellen venezianischen Opernunternehmen garantiert Abwechslungsreichtum, übersprudelnde Phantasie und kluge Beschränkung der Aufführungsmittel.

Textdichtung

Über mehrere Jahre hinweg arbeitete Cavalli regelmäßig mit dem Librettisten Giovanni Faustini zusammen, der – weit mehr als nur ein Textbuch-Handwerker – mit den bekannten Figuren der antiken Götter- und Mythenwelt ein höchst vergnügliches Wechsel-das-Bäumchen-Spiel auf die Bühne bringt. Dabei ist der in der vorbildhaften Commedia dell'arte-Tradition bestehende Unterschied zwischen hohen, seriösen Liebespaaren und niederen, derb-komischen Figuren aufgehoben – hier sind Götter genau so liebestoll, verführerisch, hinterhältig und tölpelhaft wie Sterbliche.

Geschichtliches

Cavallis ›La Calisto‹ wurde 1651 am Teatro S. Apollinare in Venedig uraufgeführt. Weitere Aufführungen sind nicht belegt und auch nicht wahrscheinlich, da eine Repertoirebildung damals eher unüblich war. Die Edition und Spielfassung von Raymond Leppard wurde 1970 beim Glyndebourne Festival zum ersten Mal realisiert und fand danach Eingang auf verschiedenen deutschen Bühnen. Daneben haben eine ganze Reihe von Aufführungen auf die reichen Erfahrungen im Umgang mit historischen Instrumenten zurückgegriffen.

Emmanuel Chabrier

18. Januar 1841 in Ambert, Puy-de-Dôme; † 13. September 1894 in Paris

L'Étoile (Der Stern / Das Horoskop des Königs)

Komische Oper (Opéra bouffe) in drei Akten. Libretto von Eugène Leterrier und Albert Vanloo.

Solisten: *König Ouf Ier* (Spieltenor, m. P.) – *Patacha* (Tenor, kl. P.) – *Zalzal, zwei Männer aus dem Volk* (Bariton, kl. P.) – *Aloès, Frau von Porc-Èpic und Vertraute der Prinzessin Laoula* (Lyrischer Mezzosopran, m. P.) – *Prinzessin Laoula* (Lyrischer Koloratursopran, gr. P.) – *Hérisson de Porc-Épic (Igel von Stachelschwein,* Tenorbuffo, m. P.) – *Tapioca, Sekretär von Porc-Èpic* (Spieltenor, m. P.) – *Lazuli, Straßenhändler* (Lyrischer Mezzosopran, gr. P.) – *Siroco, Hofastrologe* (Spielbaß, m. P.) – *Demoiselles d'honneur (Brautjungfern): Oasis – Asphodèle – Youca* (Sopran, kl. P.) – *Adza – Zinna – Koukouli* (Mezzosopran, kl. P.) – *Le maître (Meister,* Baß, kl. P.) – *Le chef de la police (Polizeichef,* Sprechrol-

le) – *Le maire* (Bürgermeister, stumme Rolle) – *Ein Page* (stumme Rolle).
Chor: Hommes du peuple (Volk) – Gardes (Wachen) – Hommes et dames de la cour (Damen und Herren des Hofes) (m. Chp.).
Ort: Ein unbestimmtes orientalisches Königreich.
Schauplätze: Öffentlicher Platz mit Planetarium und Plattform – Der Thronsaal (mit Aussicht auf einen See) – Gartenpavillon.
Orchester: 2 Fl. (auch Picc.), Ob., 2 Kl., Fag., 2 Hr., 2 Trp., Pos., P., Schl., Glsp., Str.
Gliederung: 19 Musiknummern, die durch gesprochenen Dialog verbunden sind; mit Ouvertüre und zwei Entr'actes.
Spieldauer: 2½ Stunden.

Handlung
König Ouf, Herrscher über 36 Königreiche, sucht noch ein Opfer für eine alljährlich stattfindende Zeremonie, eine Hinrichtung zu seinem Geburtstag. Inkognito hat er sich deshalb unter sein Volk gemischt, doch es gelingt ihm nicht, eine Königsbeleidigung zu provozieren, überall hört er nur »Vive Ouf!« Der König berichtet seinem Hofastrologen Siroco, er wolle ihn in seinem Testament bedenken. Dort solle festgehalten werden, daß sein Schicksal an das des Königs gebunden sei: Siroco werde dem König innerhalb einer Viertelstunde ins Grab folgen. Siroco soll ihm außerdem ein Horoskop erstellen, denn er gedenke, die Prinzessin Laoula aus einem benachbarten Königreich zu heiraten. Vier Geschäftsreisende treten auf: die verkleidete Prinzessin Laoula in Begleitung des Hofbeamten Hérisson de Porc-Épic (Igel von Stachelschwein), dessen Gattin Aloès, die mit Laoula die Rollen getauscht hat und als Prinzessin verkleidet ist, und der Sekretär Tapioca. Sie steigen in ihrer Herberge ab; danach Auftritt des jungen Gewerbetreibenden Lazuli, der einen Bauchladen mit Damenkosmetik besitzt. Er hatte Laoula unterwegs bereits getroffen und sich unsterblich verliebt. Siroco will ihm unbedingt seine Zukunft vorhersagen. Die Damen Laoula und Aloès wecken den hübschen jungen Mann. Lazuli bietet seine Waren feil. Der zurückkehrende Porc-Épic behauptet, Laoulas Gemahl zu sein. Lazuli ist enttäuscht, da tritt Ouf auf. Lazuli, der nur seine Ruhe haben will, gibt dem verkleideten König wunschgemäß erst eine, dann eine zweite Ohrfeige. Ouf ist begeistert, endlich ein Opfer gefunden zu haben, und ruft seine Wachen. Von allen Seiten läuft man herbei. Der König führt den Pfahl vor, einen goldenen, mit Samt bezogenen Folterstuhl, doch Siroco erklärt, das Schicksal Lazulis sei mit demjenigen des Königs verbunden: Sterbe der eine, folge innerhalb eines Tages der andere. Lazuli wird begnadigt.
Die Damen des Hofes sorgen im Thronsaal für Lazulis Unterhaltung. Auch Ouf und Siroco kümmern sich um sein Wohlergehen, prüfen seinen Gesundheitszustand und schreiben ihm eine geregeltere Lebensführung vor. Lazuli will durch das Fenster entkommen, doch der zurückkehrende Siroco hindert ihn daran. Ouf verspricht ihm die Freiheit und die Frau, die er liebt, zur Gattin. Lazuli will sich mit dem Gemahl seiner Geliebten duellieren, doch um größeren Schaden abzuwenden, fordert Ouf Porc-Épic heraus und verliert. Die Gäste treten zur Audienz ein. Porc-Épic befiehlt Laoula, den König zu heiraten, die daraufhin in Ohnmacht fällt. Siroco verhaftet Porc-Épic. Laoula wird von Lazuli mit Küssen aufgeweckt, und auch Tapioca und Aloès sind zärtlich miteinander. Laoula enthüllt Lazuli, sie sei zwar nicht verheiratet, solle aber nun den König heiraten. Ouf hält die Verhältnisse für geklärt und Aloès für seine künftige Braut, er freut sich am Glück Lazulis. Er bereitet die Flucht der Liebenden in einem Boot über den See vor. Vor versammelter Hofgesellschaft wird Ouf vom wieder freigesetzten Porc-Épic über die vertauschte Identität der Frauen in Kenntnis gesetzt. Wachen verfolgen die Flüchtigen, ein Schuß fällt, die Hofgesellschaft ist bestürzt. Laoula kehrt zurück und berichtet, Lazuli sei untergegangen, während sie sich retten konnte. Ouf und Siroco befürchten, nun bald zu sterben.
Ouf und Siroco hadern mit ihrem Schicksal. Der Polizeichef kommt mit Hut und Mantel Lazulis. Ouf und Siroco sind am Boden zerstört. Lazuli aber hält sich derweil im Schilf verborgen und verfolgt von dort aus einen Streit zwischen Ouf und Porc-Épic: Ouf solle in Erwartung seines baldigen Todes auf die Heirat mit Laoula verzichten. Anschließend genehmigen Ouf und Siroco sich ein Gläschen Chartreuse. Die trauernde Laoula und Aloès, die sie als unvernünftig tadelt, treffen Lazuli, der sich aber sofort versteckt, als Ouf auftritt. Betrunken, verliebt er sich plötzlich in Laoula und will sie nun doch schnellstens heiraten und so noch vor seinem nahen Tod die Thronfolge sichern. Der Bürgermeister und die Hofgesellschaft treten auf, um Oufs Hochzeit und Ableben beizuwohnen. Siroco versucht

noch, eine Änderung der ihn betreffenden Klausel im Testament zu bewirken, doch die Stunde schlägt – und Ouf lebt. Nun will er Siroco, da er ihn betrogen hat, dennoch töten, da tritt der Polizeichef wieder auf: Lazuli ist gefunden, Ouf ernennt ihn zu seinem Thronfolger und verspricht ihm die Prinzessin.

Stilistische Stellung
Als Chabrier ›L'Étoile‹ komponierte, war er 39 Jahre alt und arbeitete als Jurist im Innenministerium. Er hatte, im Unterschied zu fast allen seinen Kollegen, nicht das Pariser Conservatoire durchlaufen, sondern seine musikalischen Kenntnisse privat ausgebildet. Als Komponist widmete er sich nicht den komplexen rein instrumentalen Formen, sondern vornehmlich der Klaviermusik, dem Lied und dem Theater. Sein populärstes Werk ist sicher das kurze Orchesterstück ›España‹. ›L'Étoile‹, Chabriers erster durchschlagender Erfolg, ist eine typische Opéra bouffe in Nummernform mit langen gesprochenen Dialogen, wobei die Absurdität der Handlung mit ihrem rabenschwarzen Humor nicht untypisch ist für die Zeit des späten Second Empire. Das Libretto parliert auf hohem Niveau und bietet Anlaß zu äußerst eingängigen musikalischen Nummern. Brillante Solo-Couplets, zuweilen unter Beteiligung des Chores, stehen neben sanglichen Ensembles. Fast durchweg handelt es sich dabei um rhythmisch-musikalische Delikatessen in stets ausgefeilter Instrumentation mit zahlreichen parodistischen Anklängen und gespickt mit Wortspielen. Vielfältig sind die Bezüge zu Chabriers zuvor entstandener und nie öffentlich aufgeführten Operette ›Fisch-Ton-Kann‹ (1873 war sie auf ein Libretto von Paul Verlaine entstanden und mit dem Komponisten am Klavier im Cercle de l'Union artistique aufgeführt worden), aus der er mehrere Nummern in ›L'Étoile‹ übernahm. Wie seine befreundeten Malerkollegen Édouard Manet und Edgar Degas bevorzugt er lichte, klare Farben. Hinzu kommen seine spezifisch musikalischen Qualitäten: der gekonnte Einsatz von Humor in der Musik, harmonisch dissonante Wagnisse und polyrhythmische Finessen.

Textdichtung
Die mit Chabrier befreundeten Maler Alphonse Hirsch und Édouard Manet brachten Chabrier mit den bereits im komischen Genre erfolgreichen Librettisten Eugène Leterrier (1843–1884) und Albert Vanloo (1846–1920) zusammen. Leterrier und Vanloo hatten jüngst zu drei Stücken von Charles Lecocq (1832–1918) das Libretto geschrieben. Chabrier schlug ihnen die Thematik vor und spielte zwei bereits komponierte Nummern vor (die Romance »Ô petit étoile« sowie die »Couplets du pal«). Die Librettisten waren begeistert und schufen für Chabrier die raffiniert konstruierte, possenhafte Handlung. Ihre Verortung in einer orientalischen Phantasiewelt erscheint in der Schwärze ihres Humors höchst absurd und gestaltet in ausgedehnten Dialogen, die in rapider Auftrittsfolge die Aktion quasi sprunghaft vorantreiben, den Raum für die zauberhaften musikalischen Nummern.

Geschichtliches
Chabrier komponierte die Oper im Sommer 1877 in quasi einem Zug. Charles Comte, Schwiegersohn von Jacques Offenbach und Direktor am Théâtre des Bouffes-Parisiens in Paris, nahm sie in sein Programm auf. Die Uraufführung erfolgte unter der Leitung von Léon Roques, der auch der Autor des damals verwendeten Klavierauszugs war, bereits am 28. November desselben Jahres. Während der Orchesterproben kam es zu einem Aufstand, denn den an einfache Operettenbegleitungen gewöhnten Musikern genügte die Anzahl der Proben nicht. Bis zum Januar 1878 fanden 48 Aufführungen statt; doch trotz der dichten Aufführungsfolge und einer sehr positiven Aufnahme durch die Presse kann man nicht von einem echten Erfolg sprechen: Zur ersten Wiederaufnahme in Paris kam es erst nach Chabriers Tod: 1925 am Théâtre de l'Exposition (unter der musikalischen Leitung von Albert Wolff) sowie 1941 an der Opéra-Comique (musikalische Leitung: Roger Désormière). Die erste deutsche Aufführung fand bald nach der französischen Uraufführung unter dem Titel ›Sein Stern‹ am 4. Februar 1878 am Friedrich-Wilhelmstädtischen Theater in Berlin statt, im selben Jahr folgte in Budapest eine Produktion in ungarischer Sprache. Produktionen in Brüssel, Tours und Toulouse verblieben aber in der Planungsphase. Erst eine Realisierung 1977 am Opernstudio in Brüssel war Auslöser für den weltweiten Durchbruch und hatte zahlreiche weitere Aufführungen zur Folge. Großen Anteil daran hatte auch die Einspielung von John Eliot Gardiner mit der Opéra de Lyon, die 1984 erschien.

Obwohl das Werk nur selten auf der Bühne zu erleben war, wurde die Partitur von den Komponisten offenbar häufig konsultiert: Francis Poulenc (Chabriers erster Biograph) überliefert, Claude Debussy habe beim »Duo de la chartreuse verte« Tränen gelacht, Vincent d'Indy stellt ›L'Étoile‹ auf eine Stufe mit Gioacchino Rossinis ›Barbier‹ (die Oper sei »amüsanter und musikalischer als jede Operette zuvor oder seitdem«), und auch von André Messager, Maurice Ravel und Igor Strawinsky ist bekannt, daß dieses Werk ihre Bewunderung für Chabrier begründete.

Die 2014 erschienene Neuausgabe (Herausgeber: Hugh Macdonald) re-etabliert Chabriers im Autograph vorgesehene Konzeption mit zwei Sopranen (Aloès und Laoula), wobei Aloès etwas höher liegt, während Lazuli ein Mezzosopran mit weitem Ambitus ist. Im ursprünglichen Klavierauszug und also auch in der früheren Rezeption war Aloès hingegen ein Mezzosopran, und Lazuli und Laoula waren Soprane. Eine weitere Änderung betrifft die Partie des Zalzal, der im Autograph (und der Neuausgabe) ein Tenor ist, im Klavierauszug hingegen ein Baß.

Auch ›Le Roi malgré lui‹ ist ein musikalisches Meisterwerk, dessen Wiederentdeckung noch aussteht.

A. Th.

Marc-Antoine Charpentier

* um 1643 in Paris; † 24. Februar 1704 ebenda

Médée

Tragédie en musique in fünf Akten. Text von Thomas Corneille.

Solisten: Prolog: *La Victoire* (Der Sieg, Sopran, kl. P.) – *Bellone* (Kriegsgöttin, Mezzosopran, kl. P.) – *La Gloire* (Der Ruhm, Mezzosopran, kl. P.) – Tragédie: *Médée*, Prinzessin von Kolchos (Lyrischer Mezzosopran, gr. P.) – *Jason*, Prinz von Thessalien (Haute-Contre, gr. P.) – *Créuse*, Tochter Créons (Lyrischer Sopran, gr. P.) – *Oronte*, Prinz von Argos (Kavalierbariton, m. P.) – *Créon*, König von Korinth (Charakterbaß, gr. P.) – *Nérine*, Vertraute von Médée (Lyrischer Sopran, m. P.) – *Cléone*, Vertraute von Créuse (Lyrischer Sopran, kl. P.) – *Arcas*, Vertrauter von Jason (Tenor, kl. P.) – *Eine von Amor Gefangene* (Sopran, kl. P.).

Chor: Prolog: Einheimische der Umgebung der Seine, heroische Hirten (gemischter Chor und Chorsolisten: Sopran, Haute-Contre, Tenor, zwei Bässe) – Tragédie: Korinther, Argonauten (gemischter Chor und Chorsolisten: Tenor, Haute-Contre, Baß) – Gefangene Amors verschiedener Nationen (gemischter Chor und Chorsolisten: zwei Haute-Contre, zwei Soprane, Mezzosopran) – Chor der Dämonen (Haute-Contre, Tenor, Baß und Chorsolisten: Tenor, Baß) – Chor der Geister als liebreizende Frauen (Sopran, Mezzosopran, Haute-Contre und Chorsolistinnen: zwei Soprane) – Bewohner von Korinth (gemischter Chor) (gr. Chp.).

Statisten: Ungeheuer der Hölle – Wachen Créons – La Fureur (Der Zorn) – Dämonen.

Ballett: Korinther, Argonauten – Gefangene Amors verschiedener Nationen – Dämonen – Geister als liebreizende Frauen.

Ort: Korinth.

Schauplätze: Prolog: Ländliche Gegend mit Felsen und Wasserfällen, später mit dem Palast der Victoire – Tragédie: Öffentlicher Platz mit Triumphbogen und Statuen – Vorhalle mit Säulen – Ort für die Beschwörungen Médées – Vorhof eines Palastes mit herrlichem Garten im Hintergrund – Palast Médées.

Zeit: Mythische Antike.

Orchester: Alternierend Grand Chœur und Petit Chœur: 2 Fl., 5 Blockflöten, 4 Ob., 2 Fag., 1 Trp., P., Str. (fünfstimmig, darunter die Haute-Contre, Taille und Quinte genannten Violen), Basse continue (Cembali, Theorben, Baßgambe, Violoncello).

Gliederung: Prolog und Tragédie untergliedert in Szenen mit Airs, Duetten und Divertissements.

Spieldauer: Etwa 3 Stunden.

Handlung

Prolog: König Louis XIV. wird für seine Siege besungen. Aus den Wolken senkt sich ein Palast mit drei Göttinnen herab. La Victoire bekundet ihre Huld für Frankreich. Bellone droht den Feinden des Königs. La Gloire beschwört ihre immerwährende Liebe zu Louis. Ein Hirt wirbt für wechselnde Liebschaften. Der Chor wiederholt den Wunsch nach Frieden, und der Palast Victoires verschwindet wieder in den Wolken.

Tragédie: Médée ist beschwert von dem Verdacht, daß Jason ihr untreu sei. Auch ahnt sie, daß ihr Asyl in Korinth in Gefahr ist. Doch möchte sie lieber verstoßen werden, als Jason verlieren. Gegenüber Nérine droht sie, im schlimmsten Fall ihre ganze Macht zu zeigen. Jason verwahrt sich gegen die Unterstellung seiner Untreue. Er möchte Créuse das goldglänzende Kleid Médées schenken. Médée willigt ein. Allein geblieben, beklagt Jason sein Schicksal, von Médée zu sehr geliebt zu werden. Er weiß, was er ihr schuldig ist, doch liebt er nun einmal Créuse. König Créon empfängt Oronte, den Prinzen von Argos. Oronte bietet militärische Hilfe an, um Korinth gegen die thessalische Aggression beizustehen und nennt sogleich sein Hauptmotiv: die Hoffnung auf eine Heirat mit Prinzessin Créuse. In einem Divertissement singen und tanzen sich Korinther und Argonauten für den bevorstehenden Kampf warm.

Zwischen Créon und Médée bricht ein Konflikt mit existentiellen Folgen auf. Créon verlangt von Médée, Korinth zu verlassen, um die Ängste des Volkes, sie bringe Unglück über die Stadt, zu zerstreuen. Médée bitte Créuse um Beistand für ihre Kinder; ihr eigenes Schicksal sei das einer Vagabundin. Sie geht ab. Beglückt geben sich Jason und Créuse ihrer Liebe hin. Oronte inszeniert ein großes Divertissement, um Créuse für sich zu gewinnen. Diplomatisch bekundet Créuse ihre Wertschätzung für einen ruhmreichen Liebhaber. Médée klärt Oronte darüber auf, daß Jason und Créuse einander lieben – dies sei der wahre Grund für ihre Vertreibung. Dann appelliert sie in einem Zwiegespräch mit Jason ein letztes Mal an seine Treue: Für ihn allein habe sie sich allen zum Feind gemacht. Jason mag davon nichts hören und geht ab. Unter Beschwörungen befiehlt Médée Dämonen der Unterwelt, das Kleid für Créuse mit Gift zu überziehen. Ungeheuer erscheinen, die bei Kontakt mit dem Gift sterben. Zufrieden verschwinden die Dämonen.

In dem fatalen Kleid erscheint Créuse Jason schöner denn je. Médée verspricht Oronte eine Rache mit Hintersinn: Niemals werde Créuse Jasons Gattin werden. Nérine gewahrt den eigentümlichen Blick ihrer Herrin, ihre unsteten Schritte. Créon kommt, um die Vertreibung zu vollstrecken. Siegesgewiß weist sie ihn zurück. Geister im Habit liebreizender Frauen erscheinen und verdrehen den Wachen und Créon selbst den Kopf. Der König verfällt dem Wahnsinn.

Médée wird von Rachegedanken gequält. Nach schwerem inneren Kampf entschließt sie sich dazu, Jasons Kinder – ihre eigenen – zu töten, um ihn leiden zu sehen. Créuse bittet Médée um Gnade für ihren Vater. Da hört man von draußen einen vielstimmigen Klagegesang. Créon hat im Wahn zunächst Oronte, dann sich selbst umgebracht. Créuse beschuldigt Médée der Grausamkeit. Die Zauberin erhebt ihren Stab gegen die Rivalin, und das Gift im Kleid beginnt zu wirken. Créuse stirbt in Jasons Armen. Médée erscheint auf einem fliegenden Drachen und verkündet Jason, sie habe ihre Rache vollendet, indem sie nun auch seine Kinder getötet habe. Korinth geht in Flammen auf.

Stilistische Stellung

›Médée‹ ist eine der packendsten, musikalisch konzisesten Opern der Ära Ludwigs XIV., vor allem im Vergleich mit den Werken Jean-Baptiste Lullys, der in den Jahrzehnten zuvor das Musiktheater Frankreichs beherrscht hatte. Das Werk beginnt mit einer Reverenz der versammelten Künste aus Bühnenbild und -maschinerie, Chorgesang und Soli sowie einer Truppe von Tänzern vor dem König. Danach geht das Drama sogleich in medias res und stellt Médée als leidenschaftlich Liebende und Rächende vor, eine Figur von antiker Größe. Auffahrende Streicherfiguren, empfindsame Flötenklänge und eine oftmals schneidende, von dissonierenden Vorhalten geprägte Harmonik durchwirken die Musik. Die vokalen Soli sind keine Arien, sondern, wie immer in der Tragédie en musique, eng am französischen Vers komponiert. Durch die musikalischen Mittel wird der deklamierte Text beredt. So offenbart sich im tänzerischen Gestus immer wieder auch eine semantische Bedeutung: Im gesungenen Menuett hört man das Ringen um Contenance, in der Sarabande eine tiefe Trauer. An Intensität kaum zu überbieten ist der Monolog »Quel prix de mon amour« (Welcher Preis meiner Liebe), genau in der Mitte des Stücks. In dem sarabandenartigen Arioso, eingebettet in einen fünfstimmigen gedämpften Streichersatz, formt sich die Gewißheit Médées über den Verrat ihres Geliebten. Médées drei Gegenspieler, der schwärmerische Jason, der zynische Créon und die aparte Créuse sind von Charpentier ebenfalls sehr sorgfältig charakterisiert – zu hören an der Wahl der Instrumente sowie der gestischen und farbenreichen »Klangrede«. Der Chor wächst im Trauerchor des V. Akts zu antikem Format heran und erinnert so an den großen Klagechor in Lullys ›Alceste‹. Die Divertissements als integraler Bestandteil der Handlung zeigen Médée in den Akten III und IV mit zauberischer Wirkungsmacht. So verbinden sich Effekte des Übernatürlichen mit den Tanzeinlagen und dem Drama zu einem ästhetischen Ganzen.

Textdichtung und Geschichtliches
›Médée‹ ist Charpentiers einzige abendfüllende Oper außer dem geistlichen Drama ›David et Jonathas‹ (1688). Thomas Corneille, der jüngere Bruder des Dramatikers Pierre, schuf mit ›Médée‹ ein psychologisches Meisterwerk. Der Text bereitet vor, was die Musik vollendet: In Charpentiers Interpretation wird die barbarische Kindsmörderin des Mythos zur tragischen Heroine. Die Uraufführung 1693 wurde vom Königshaus wohlwollend aufgenommen, die Sängerin der Titelpartie Marthe Le Rochois für ihre »Wärme und Feinheit« gelobt. Sowohl die erste Einspielung 1984 mit den Musikern von Les Arts Florissants unter William Christie war ein Ereignis als auch die szenische Produktion 1993 (Caen, Strasbourg, Paris) mit Lorraine Hunt als Médée. 2015 erregte eine Einstudierung am Theater Basel mit dem Ensemble La Cetra überregionales Aufsehen.

A. R. T.

Luigi Cherubini
* 14. September 1760 in Florenz, † 15. März 1842 in Paris

Medea (Médée)
Oper in drei Akten. Dichtung von François Benoît Hoffmann.

Solisten: *Medea* (Dramatischer Sopran, gr. P.) – *Jason*, Anführer der Argonauten (Jugendlicher Heldentenor, gr. P.) – *Kreon*, König von Korinth (Heldenbariton, gr. P.) – *Dircé*, seine Tochter (Dramatischer Koloratursopran, auch Jugendlich-dramatischer Sopran, gr. P.) – *Neris*, Dienerin Medeas (Dramatischer Alt, auch Mezzosopran, gr. P.) – *1. Begleiterin der Dircé* (Lyrischer Sopran, kl. P.) – *2. Begleiterin der Dircé* (Lyrischer Mezzosopran, kl. P.) – *Eine Choriphée* (Sprechrolle) – *Zwei Kinder Medeas und Jasons* (Stumme Rollen).
Chor: Dienerinnen Medeas – Volk von Korinth – Argonauten – Priester – Diener (gr. Chp.).
Ort: Korinth.
Schauplätze: Eine Galerie im Palast König Kreons – Ein Flügel von Kreons Palast – Ein mit Büschen bestandenes felsiges Gebirge.
Zeit: In sagenhafter Vorzeit.
Orchester: 2 Fl. (II. auch Picc.), 2 Ob., 2 Kl., 2 Fag., 4 Hr., P., Str. – Bühnenmusik: 2 Fl., 2 Ob., 2 Kl., 2 Fag., 2 Hr., 1 Pos. (aus dem Orchester zu entnehmen).

Gliederung: Ouvertüre und 15 musikalische Nummern, die entweder durch einen gesprochenen Dialog (Original) oder in der durchkomponierten Fassung von Franz Lachner durch Rezitative miteinander verbunden werden.
Spieldauer: Etwa 2¾ Stunden.

Vorgeschichte der Handlung
Jason war von seinem Oheim, dem König Pelias von Jolkos (Thessalien) ausgeschickt worden, das »Goldene Vlies«, einen von einem Drachen bewachten geflügelten Widder, dessen Vlies (= Fell) aus Gold war, von Kolchis am Schwarzen Meer nach Griechenland zu holen. Nach Überwindung zahlreicher gefährlicher Abenteuer des nach dem Schiff »Argo« benannten Argonautenzugs gelang es Jason mit Hilfe der Zauberkünste Medeas, der jüngeren Tochter des Königs Aetes von Kolchis, den Schatz zu gewinnen und ihn in die Heimat zu bringen. Die in Jason verliebte Medea war heimlich mit den Argonauten geflohen und dem Helden angetraut worden. Nach Jolkos zurückgekehrt, erhielt Jason jedoch nicht

den ihm vom Oheim versprochenen Thron, sondern mußte mit seiner Gattin nach Korinth flüchten, wo er mit Medea, die ihm inzwischen zwei Söhne geboren hatte, eine glückliche Zeit verbrachte, bis nach Ablauf von zehn Jahren Dircé, die Tochter des Korintherkönigs Kreon, ihn zu betören wußte, Medea zu verlassen und sich mit ihr zu vermählen.

Handlung
Am Morgen des Hochzeitstags ist Dircé von der heimlichen Sorge bedrückt, ob ihr Glück von Bestand sein werde; denn Jason habe um ihretwillen Medea verstoßen, mit der er lange Zeit verbunden gewesen sei. Die Begleiterinnen verscheuchen die dunklen Gedanken der Braut mit dem Hinweis, daß Hymen, der Gott der Liebe und Ehe, ihr Glück behüten werde. Als Dircé ihrem Vater, König Kreon, angsterfüllt entgegenhält, daß wohl einmal Medea ihren treulosen Gatten und die Kinder zurückfordern werde, beruhigt er sie mit der Versicherung, daß Medeas Zauberkünste, mit denen diese dereinst den jungen Abenteurer an sich gefesselt habe, nicht mehr wirksam seien und daher Jason die Barbarin aus Kolchis nicht mehr liebe. Da meldet einer aus der Schar der Argonauten, daß Jason das Goldene Vlies Dircé als Hochzeitsgeschenk zu Füßen legen wolle. Aber dieser durch Medeas Zaubermittel erbeutete Siegespreis versetzt Dircé von neuem in Schrecken. Jason beteuert der Braut, daß sie durch ihr liebendes Herz ihn endlich von einem unheilvollen Bann erlöst habe und daß keine Macht dieser Welt das Band seiner Liebe zu ihr zerreißen werde. In einem feierlichen Anruf bitten Kreon und das Volk die Götter, den Bund der Neuvermählten zu segnen und sie vor Leid zu bewahren. Daraufhin erhält der König Bericht, daß eine mit einem Schleier verhüllte Frau Einlaß begehre. Gleich darauf erscheint diese selbst und gibt sich zu erkennen: Medea! Dircé ist ohnmächtig zu Boden gesunken, und schon ziehen sich alle bis auf Jason zurück. Medea hält dem Undankbaren vor, was sie alles für ihn getan habe, und erinnert ihn an das gemeinsame Glück; schließlich fleht sie ihn an, ihr nur eines wiederzugeben: sich selbst. Jason bleibt stumm. Da kommt Kreon zurück, der Medea auffordert, noch diese Nacht Korinth zu verlassen. Sie beantwortet sein Verbannungsurteil mit der Verfluchung seines ganzen Hauses. Aber Kreon läßt sich nicht einschüchtern und droht der Barbarin, ihre Macht mit Gewalt zu brechen. Als Kreon sich mit den Seinen wieder entfernt hat, verwünschen Medea und Jason unter gegenseitigen Drohungen das Geschick, das sie zusammengeführt hat.

Scheu ist Medea mit ihren beiden Kindern heimlich aus dem Palast entkommen, da stürzt ihre Dienerin Neris herbei und berichtet, daß das Volk die Straßen versperre und Medeas Tod verlange. Gleich darauf treten aus dem Palast Kreon und Dircé. Die Kinder laufen rasch zu Dircé, die sie in den Palast zurückführt. Medea, dem Zusammenbruch nahe, fleht den König um Mitleid an. Als dieser darauf besteht, daß sie Korinth für immer verlassen müsse, erklärt sie sich nach einer kurzen Pause hierzu bereit; sie bittet nur um die Gnade, noch einen Tag bleiben zu dürfen. Gerührt über ihr Leid, erklärt sich Kreon einverstanden. Kaum hat sich der König entfernt, ruft Medea den Gott der Rache; nicht eine Nacht soll Dircé in Jasons Armen liegen, ja noch tiefer will sie sein Herz treffen: die Kinder... Jason erscheint und will von Medea den Grund ihrer verzögerten Abreise erfahren. Sie gibt vor, von ihren Kindern Abschied für immer nehmen zu wollen. Daraufhin willigt er ein, für diesen einen Tag ihr die Söhne zu überlassen. Innerlich ist er unsicher geworden; denn, wie er sich heimlich bewußt wird, nistet Medea immer noch in seinem Herzen. Erregt verläßt er sie, um sich zu dem Hochzeitsfest zu begeben. Schnell beauftragt nun Medea ihre Dienerin, die Kinder zu holen und Dircé als Hochzeitsgeschenk einen Schleier zu überbringen, in den sie geheimnisvolle Zeichen und Zaubersprüche eingewebt hat. Bei der Hochzeitszeremonie überreicht Neris Dircé das Kästchen mit Medeas Gewirk.

Im Dunkel der Nacht steht Medea vor dem Palast, während von fern Donnerrollen vernehmbar ist. Neris bringt die Kinder. Schon will Medea sie in die Arme schließen, da sieht sie in ihren Augen Jasons Blick. Sie greift nach dem Dolch, läßt ihn aber wieder fallen und dankt dem Gott, der sie davor bewahrt hat, an den Unschuldigen ihre Rache zu stillen. Von Neris erfährt sie, daß Dircé, hocherfreut über ihr Geschenk, den mit tödlichem Gift getränkten Schleier im Brautbett anlegen will. Rasch entfernt sich Neris mit den Kindern. Nun lodert in Medeas Herz der Haß gegen Jason wieder mächtig auf. Sollen die Kinder in den Händen dieses Vaters bleiben? Da ertönen aus dem Palast Schreckensschreie Jasons und des Volkes: »Dircé ist tot!« Medea triumphiert. Jetzt bleibt ihr nur noch eine Tat zu vollbringen. Sie ergreift den auf dem Boden liegenden Dolch und verschwindet eilig. Jason stürzt mit dem Volk herbei, um den Mord an Dircé zu sühnen. Gleich darauf kommt Neris und beschwört Jason, die Kinder vor Medeas Dolch zu retten, aber schon erscheint diese selbst und entgegnet kalt auf Jasons Frage: »Die Kinder schlafen ... Du wirst sie nie mehr sehen.« Anschließend fährt sie fort, er solle, den Menschen verhaßt und verlassen von allen, einsam die Länder durchziehen; sie selbst gehe den ihr vom Schicksal bestimmten Weg, und erst im dunklen Reich der Schatten würden sie sich wiedersehen. Unter dem Fluch aller geht sie durch die voller Entsetzen zurückweichende Menge weg.

Stilistische Stellung
Cherubini wurde von den großen Meistern der Tonkunst hochgeschätzt. Beethoven pries ihn als »den ersten unter den Zeitgenossen«, Joseph Haydn nannte ihn seinen »lieben Sohn«, Robert Schumann »den herrlichen«; Carl Maria von Weber stellte ihn Mozart und Beethoven gleich, und auch Felix Mendelssohn und Richard Wagner verehrten ihn sehr; Johannes Brahms, den Hans von Bülow einmal als »den Erben Luigis und Ludwigs« bezeichnete, hielt Cherubinis ›Medea‹ für »das Höchste in dramatischer Musik«. Der Medea-Stoff ist seit Pier Francesco Cavallis ›Giasone‹ (1649 Venedig) von den Opernkomponisten immer wieder mit Vorliebe aufgegriffen worden. Cherubinis im Geiste Glucks gestaltete ›Médée‹ kann wohl als die bedeutendste unter den zahlreichen Medea-Opern angesehen werden dank der groß und eindrucksvoll gezeichneten Titelgestalt, die in gleicher Weise Mitleid und Abscheu erregt. Mit überzeugender Aussagekraft charakterisiert auch die Musik die Schlangennatur der Zauberin, die warmen Gefühle der Liebenden und Mutter, den leidenschaftlichen Rachetrieb gegen den untreuen Mann und die Nebenbuhlerin, den Gram der Verstoßenen, das seelische Leid der Mörderin ihrer Kinder. Dementsprechend ist die Partie der Medea, so wie Wagners Brünnhilde oder Strauss' Salome und Elektra, dem Rollenkreis des sogenannten »interessanten Fachs« zuzurechnen. Der Aufbau des Werks erfolgt in einer Reihe musikalischer Nummern, wobei den mit teils lyrischem, teils leidenschaftlichem Ausdruck erfüllten Solonummern (Arien, Duette) imposante Chor- und Ensemblesätze gegenübergestellt sind; beide Formen halten sich zahlenmäßig ungefähr die Waage. Manche Themen kehren im Sinn von Erinnerungsmotiven im Verlauf des Stückes mehrmals wieder. Auch mit tonmalerischen Wirkungen ist auf die Seelenschilderung Bezug genommen. So symbolisiert der stürmische Charakter der Introduktion zum III. Akt, ähnlich wie in der Einleitungsmusik zu Glucks ›Iphigenie auf Tauris‹, nicht nur das Gewitter, sondern gleichzeitig die seelische Unrast der Heldin vor dem entscheidenden Racheakt. Der Komponist hat ›Medea‹ im Stil der Opéra comique geschrieben, worunter man zur Zeit der Entstehung des Werks eine Oper mit gesprochenem Dialog verstand. Für die Aufführung in Frankfurt/M. hat Franz Lachner die Prosatexte durch Rezitative ersetzt.

Textdichtung
Die wohl bedeutendste dichterische Gestaltung der Medea-Sage, auf der auch die späteren Bearbeitungen fußen, besorgte der große attische Tragödiendichter Euripides (484–406 v. Chr.). Nach Cherubini wurde der Stoff von dem österreichischen Bühnendichter Franz Grillparzer (1791–1872) in seiner Trilogie ›Das Goldene Vlies‹ (1822) dramatisch verarbeitet. Das Libretto zu Cherubinis Oper wurde von dem Pariser Musikschriftsteller François Benoît Hoffmann verfaßt.

Geschichtliches
Cherubini, der zunächst nur Werke der Kirchenmusik geschrieben hatte, widmete sich von 1780 an der Oper, auf deren Gebiet er seine größten Erfolge erzielen konnte. Er komponierte 15 Opern auf italienische und 14 auf französische Texte. Für Wien schrieb er 1805/06 seine einzige deutsche Oper: ›Faniska‹. ›Médée‹ ist im Jahr 1797 entstanden und wurde am 13. März des gleichen Jahres am Théâtre Feydeau in Paris uraufgeführt.

Francesco Cilea
* 26. Juli 1866 in Palmi (Kalabrien), † 19. November 1950 in Varazze

Adriana Lecouvreur
Dramatisches Schauspiel von Eugène Scribe und Ernest Legouvé, in vier Akten für die Opernbühne bearbeitet von Arturo Colautti.

Solisten: *Moritz, Graf von Sachsen* (Jugendlicher Heldentenor, gr. P.) – *Der Fürst von Bouillon* (Seriöser Baß, auch Charakterbaß, auch Baßbariton, m. P.) – *Der Abbé von Chazeuil* (Lyrischer Tenor, auch Charaktertenor, m. P.) – *Michonnet, Regisseur der Comédie Française* (Heldenbariton, auch Kavalierbariton, gr. P.) – *Adriana Lecouvreur, Schauspielerin der Comédie Française* (Jugendlich-dramatischer Sopran, gr. P.) – *Die Fürstin von Bouillon* (Dramatischer Mezzosopran, gr. P.) – *Mademoiselle Jouvenot, Mitglied der Comédie Française* (Lyrischer Sopran, m. P.) – *Mademoiselle Dangeville, Mitglied der Comédie Française* (Lyrischer Mezzosopran, m. P.) – *Quinault, Mitglied der Comédie Française* (Baß, auch Baßbariton, m. P.) – *Poisson, Mitglied der Comédie Française* (Lyrischer Tenor, auch Spieltenor, m. P.) – *Ein Haushofmeister* (Tenor, kl. P.) – *Eine Zofe* (Stumme Rolle).
Chor: Damen und Herren der Gesellschaft (gemischter Chor, kl. Chp.).
Ballett: Paris. Merkur. Juno. Pallas Athene. Venus. Götterboten. Amazonen.
Ort: Paris.
Schauplätze: Ein Foyer in der Comédie Française – Ein Salon in der Villa der Schauspielerin Duclos – Ein Festsaal im Palais Bouillon – Im Hause Adrianas.
Zeit: Im Jahre 1730.
Orchester: 3 Fl., 3 Ob., 2 Kl., 2 Fag. – 4 Hr., 3 Trp., 3 Pos., Tuba – P., Sch., Hrf. – Str.
Gliederung: Durchkomponierte Großform.
Spieldauer: Etwa 2¾ Stunden.

Handlung
Im Foyer der Comédie Française, kurz vor einer Aufführung von Racines ›Bajazet‹. Der Regisseur Michonnet sieht überall noch einmal nach dem Rechten. Das Ensemble drängt auf die Bühne, sucht nach den Requisiten, nach Hut und Mantel. Der Fürst von Bouillon und der Abbé treffen im Theater ein. Des Fürsten Geliebte, die Schauspielerin Duclos, ist noch in ihrer Garderobe, wo sie, wie man hört, einen Brief schreibt. Der mißtrauische Fürst beauftragt den Abbé, den Brief abzufangen. Adriana Lecouvreur, die beifallsumrauschte Schauspielerin, um deretwegen auch heute wieder das Haus bis zum letzten Platz gefüllt ist, kommt, ihren Text memorierend, aus ihrer Garderobe. Als alle anderen auf der Bühne sind, will der alte Michonnet die Gelegenheit nutzen und Adriana seine Liebe gestehen, aber sie kommt ihm zuvor, indem sie dem väterlichen Freund erzählt, ihr Herz gehöre einem Offizier aus dem Gefolge des Grafen von Sachsen. Er ist heute abend im Theater, und nur für ihn will sie spielen. Michonnet resigniert. In der Zwischenzeit hat der Abbé die Zofe der Duclos bestochen und so den Brief erhalten. Er vereinbart ein Stelldichein kurz vor Mitternacht in der Villa der Schauspielerin, die ihr der Fürst zur Verfügung gestellt hat. Der Fürst will die vermeintlich treulose Geliebte überraschen und arrangiert für den Abend ein Fest in der Villa. Er weiß nicht, daß der Brief nicht von der Duclos stammt, sondern von der Fürstin von Bouillon; er richtet sich an deren ehemaligen Geliebten, den Grafen Moritz von Sachsen. Dieser hat in der Zwischenzeit, in der Uniform eines einfachen Offiziers, Adriana seine Aufwartung gemacht. Beide verabreden, sich nach der Vorstellung zu treffen. Dann aber erhält der Graf den Brief der Fürstin, in der sie von einer wichtigen politischen Sache schreibt, und so sagt Moritz, der den Einfluß der Fürstin für seine Kandidatur um die Krone Polens verwenden will, der Schauspielerin mittels eines Briefes ab. Adriana ist enttäuscht und um so eher bereit, des Fürsten Einladung auf das schnell arrangierte Fest zu folgen.
Die Fürstin von Bouillon wartet unruhig in der Villa der Duclos. Endlich erscheint Moritz, aber er verhält sich ihren Liebesschwüren gegenüber kühl und will nur über politische Dinge sprechen. Zudem entdeckt die eifersüchtige Fürstin ein Veilchenbukett an seinem Gewand, ein Geschenk von Adriana. Verwirrt schenkt er es ihr, sie aber weiß nun, daß er eine andere liebt. Doch ehe sie

ihn deswegen zur Rede stellen kann, ist draußen das Geräusch eines vorfahrenden Wagens zu hören, und durchs Fenster entdeckt sie ihren Gatten. Moritz verspricht, ihr zu helfen, und versteckt sie in einem Kabinett. Der Fürst, der der Duclos bereits müde geworden ist, und der Abbé necken den vermeintlichen »ertappten Liebhaber« und wundern sich, daß Moritz, der zuerst nicht versteht, barsch reagiert und sich sogleich duellieren will. Schließlich aber durchschaut er das Spiel und hofft so, das Inkognito der Fürstin wahren zu können. Da trifft Adriana ein; sie wird dem Grafen von Sachsen vorgestellt und erkennt verwirrt in ihm den von ihr geliebten Offizier. Michonnet erscheint eilig und will mit der Duclos über eine neue Rolle sprechen, und der Abbé bedeutet ihm, er habe nicht weit zu gehen, die Schauspielerin sei ja hier. Adriana, die nun glaubt, Moritz habe ein Stelldichein mit ihrer Kollegin und Rivalin am Theater, ist eifersüchtig, aber der Graf schwört ihr, er habe sich nicht mit der Duclos getroffen, sondern – in einer politischen Mission – mit einer hochgestellten Dame, die auf keinen Fall entdeckt werden dürfte. Adriana glaubt ihm und verspricht ihm überdies, der Dame bei ihrer heimlichen Flucht zu helfen. Michonnet hat inzwischen in einem dunklen Zimmer die Fürstin entdeckt, weiß aber nicht, wer es ist. Adriana schaltet sich ein. In einem heimlichen Gespräch entdecken Adriana und die Fürstin, daß sie Rivalinnen um die Liebe des Grafen sind: Doch eingedenk ihres Versprechens ermöglicht sie ihr die Flucht.

Im Hause des Fürsten von Bouillon wird ein großes Fest vorbereitet, der Abbé organisiert die Vorbereitungen. Es soll ein großes Ballett aufgeführt werden, und der Fürst hat Adriana eingeladen und sie gebeten, zu rezitieren. Die Fürstin ist verwirrt und ängstlich: weiß sie doch nicht, wer ihre Rivalin um die Gunst des Grafen ist. Da erscheint Adriana neben anderen Gästen: An der Stimme glaubt die Fürstin sie zu erkennen, und auch Adriana weiß nun, wer ihre Nebenbuhlerin ist. Um ihren Verdacht zu erhärten, stellt die Fürstin eine Falle: Sie erzählt, Moritz würde zum Fest nicht kommen; er sei bei einem Duell schwer verwundet worden. Adriana fällt vor Schreck fast in Ohnmacht, und die Fürstin weiß nun, daß sie Recht gehabt hat. Im selben Augenblick betritt Moritz von Sachsen den Raum; er ist unversehrt. Während der Ballettvorführung – man gibt die mythologische Allegorie ›Das Urteil des Paris‹ – macht die Fürstin spöttische Bemerkungen; Adriana will erbost gehen, doch da bittet sie der Fürst, zu rezitieren. Adriana nutzt die Gelegenheit zur Rache: Sie rezitiert einen Monolog aus Racines ›Phaedra‹ und weiß den Schluß des Monologs so anzulegen, daß ihn die Fürstin auf sich beziehen muß.

Im Hause Adrianas. Der alte Michonnet wartet auf sie. Dann erscheinen die Kollegen vom Theater, die ihr zum Geburtstag gratulieren wollen. Sie überreichen ihr alle kleine Präsente – das wertvollste ist von Michonnet, der ihr damit seine vergebliche Liebe zeigen will –, aber Adriana hat nur Moritz im Kopf; sie ist verzweifelt, weil sie fürchtet, ihn an die Rivalin verloren zu haben. Schließlich bringt ein Bote noch ein Geschenk; in einem Kästchen ist das verwelkte Veilchenbukett, das sie einst Moritz geschenkt hat, dabei eine Karte des Grafen von Sachsen. Adriana ist zuerst gerührt, dann verzweifelt, daß ihr der Graf die Blumen zurückschickt; sie atmet tief den Duft der verwelkten Blumen ein, um damit noch einmal das Glück der vergangenen Tage einzusaugen. Dann wirft sie das Bukett ins Feuer. Da erscheint Moritz; sie will ihn zuerst abweisen, aber seine stürmische Liebe, ja sein Versprechen, sie zu heiraten, überzeugen sie schließlich; glücklich liegen die Liebenden einander in den Armen. Da faßt ein Schwindel die Schauspielerin; Moritz ruft um Hilfe, aber es ist zu spät. Die Fürstin hat das Bukett, daß sie ehemals von Moritz erhielt, vergiftet und so an die Rivalin geschickt. In den Armen des Grafen und Michonnets stirbt Adriana Lecouvreur.

Stilistische Stellung

Von den fünf Opern Cileas hat außerhalb Italiens nur ›Adriana Lecouvreur‹ einen festen Platz im Repertoire erobern können. Cilea, der wenig komponierte und auch ungern im Rampenlicht der Öffentlichkeit stand, gehört stilistisch zur Gruppe der »veristischen« Komponisten, aber er vermied gleichermaßen die effektvolle Brutalität eines Leoncavallo wie die schmeichelnde Süße Puccinis, doch ist die Partitur der ›Adriana Lecouvreur‹ voller feiner Klangwirkungen, aber auch dankbar-wohlklingender Gesangspartien. Am ehesten vergleichbar ist das zarte Flair der Musik mit Puccinis ›Manon Lescaut‹, ohne daß Cilea als Puccini-Epigone anzusehen wäre.

Textdichtung

Das Libretto von Arturo Colautti geht zurück auf ein schon 1849 geschriebenes Schauspiel von Eugène Scribe und Ernest Legouvé. Die Figur der Schauspielerin Lecouvreur ist, ebenso wie die des Grafen von Sachsen, historisch: die Lecouvreur (1692–1730) war eine der großen französischen Schauspielerinnen des 18. Jahrhunderts, ebenso wie ihre berühmte Rivalin auf der Bühne, die Duclos (1668–1748). Auch andere Figuren kennt man aus der Theatergeschichte; die von Scribe und Legouvé erzählte dramatische Handlung aber verarbeitet höchst virtuos Wirklichkeit und Fiktion, wie sie – im I. Akt, aber auch im III. Akt – Theater und Leben zu vermischen versteht. Und aus diesem Ineinander von Realität und Fiktion, von Traum und Wachheit, von Hoffnung und Verzweiflung schöpft Cilea die Kraft für seine Musik, der es um die seelischen Zwischenstadien geht.

Geschichtliches
Cileas ›Adriana Lecouvreur‹ wurde am 6. November 1902 am Teatro Lirico in Mailand uraufgeführt. Das Werk war ein großer Erfolg und setzte sich schnell an anderen italienischen Bühnen, aber auch im Ausland durch, so bereits 1903 in Spanien und Portugal sowie in Polen. Die deutsche Erstaufführung (in deutscher Übersetzung) fand am 15. November 1903 in Hamburg statt. 1930 überarbeitete Cilea das Werk und straffte es etwas; in dieser heute allgemein verbreiteten Neufassung wird es in Italien regelmäßig gespielt und erscheint mehr und mehr auch auf anderen Bühnen.

Domenico Cimarosa

* 17. Dezember 1749 in Aversa (Neapel), † 11. Januar 1801 in Venedig

Die heimliche Ehe (Il matrimonio segreto)

Komische Oper in zwei Akten. Dichtung von Giovanni Bertati.

Solisten: *Geronimo*, ein reicher Kaufherr (Spielbaß, auch Charakterbaß, gr. P.) – *Lisetta* (Lyrischer Sopran, auch Soubrette, gr. P.) und *Carolina* (Lyrischer Koloratursopran, gr. P.), seine Töchter – *Fidalma*, seine Schwester (Spielalt, auch Mezzosopran, gr. P.) – *Graf Robinsone* (Kavalierbariton, auch Lyrischer Bariton, gr. P.) – *Paolino*, Buchhalter bei Geronimo (Lyrischer Tenor, auch Spieltenor, gr. P.).
Ort: Die Handlung spielt in einer reichen Handelsstadt in Geronimos Haus.
Schauplätze: Zimmer in Geronimos Haus.
Zeit: Zweite Hälfte des 18. Jahrhunderts.
Orchester: 2 Fl., 2 Ob., 2 Kl., 2 Fag., 2 Hr., 2 Trp., P., Schl., Str.
Gliederung: Ouvertüre und 18 Musiknummern, die durch Secco-Rezitative miteinander verbunden werden.
Spieldauer: Etwa 2¾ Stunden.

Handlung

Der reiche Kaufherr Geronimo ist ehrgeizig; er möchte mit seinem vielen Geld nicht nur sich selbst in den adeligen Stand erheben, sondern er sucht auch für seine beiden Töchter Lisetta und Carolina vornehme Männer. So kommt es, daß Carolina dem Vater ihre Liebe (und heimliche Ehe) zu dem schüchternen Buchhalter Paolino bis heute noch nicht zu gestehen wagte. Als Geronimo nach Hause kommt, übergibt ihm Paolino einen Brief von seinem Gönner, dem Grafen Robinsone, in dem dieser seinen baldigen Besuch ankündigt. Er hat die Absicht, Lisetta zu heiraten, die er zwar noch nicht kennt, die aber immerhin die stattliche Mitgift von 100 000 Talern in die Ehe bringt. Aufgeregt ruft Geronimo seine beiden Töchter sowie seine Schwester Fidalma, die den Haushalt führt, und teilt ihnen die Neuigkeit mit. Lisetta, die sich als ältere Schwester Carolinen gegenüber an sich überlegen fühlt, triumphiert hochnäsig, während Carolinas gedrückte Stimmung als Neid ausgelegt wird. Fidalma tröstet Carolina, daß auch ihr noch das Glück der Ehe winken werde, so wie es ihr, Fidalma, selbst demnächst beschieden sein würde. Da erscheint Graf Robinsone; er wird von der Familie ehrfurchtsvoll begrüßt. Er ist ein Feind von Zeremonien und schlägt daher gleich einen familiären Ton an. Nachdem der Graf nunmehr die beiden Töchter in Augenschein genommen hat, entscheidet er sich aber plötzlich um; nicht Lisetta, sondern Carolina soll seine Frau werden. Die Mädchen haben sich enttäuscht auf ihre Zimmer zurückgezogen. Paolino nützt die Gelegenheit, den Grafen allein sprechen zu können, um ihn um seine Fürbitte bei Geronimo zu ersuchen. Aber der Graf verlangt erst von ihm einen Dienst: Zu Paolinos Schrecken beauftragt er ihn, seinem Herrn mitzuteilen, daß er statt der älteren Tochter die jüngere heiraten und sich dafür mit 50 000 Talern als Mitgift begnügen wolle. Als dann Carolina zurückkommt, erklärt sie dem Grafen, sie könne keine gnädige Frau werden. Lisetta kommt hinzu; eifersüchtig keift sie die Schwester und auch den Grafen an; Fidalma sucht zu beschwichtigen; schließlich erscheint Geronimo, dem nun der Graf seinen Entschluß selbst mitteilt. Der schwerhörige Alte verliert auf das Geschrei hin, mit dem alle auf ihn einreden, die Fassung; wütend jagt er die Weiber aus dem Zimmer.

Dann bleibt er zunächst hartnäckig darauf bestehen, daß der Graf Lisetta heiraten müsse. Als ihm dieser aber den Vorschlag macht, auf die Hälfte der Mitgift zu verzichten, wenn er Carolina bekäme, ist der profitgierige Alte schnell mit dem Handel einverstanden. Der arme Paolino fällt in Ohnmacht, als ihm Fidalma einen Heiratsantrag macht; während sie Medikamente herbeiholt, klärt er Carolina auf, die ahnungslos hinzugekommen war und schon geglaubt hatte, ihr Paolino sei ihr untreu geworden. Die beiden beschließen nun, heimlich in der kommenden Nacht zu fliehen. Fidalma hat dabei das Paar beobachtet, wie es sich zärtlich umarmte. Sie verbündet sich nun mit Lisetta, der inzwischen der Graf seine Abneigung zu verstehen gegeben hat; die beiden Frauen dringen in Geronimo, Carolina, die allen jungen Männern im Hause den Kopf verdrehe, ins Kloster zu stecken. Geronimo will erst davon nichts wissen, willigt aber doch ein, als ihm Fidalma droht, ihr Vermögen aus dem Geschäft zu ziehen, wenn er Carolina nicht aus dem Hause schicke. Als dann der Graf Carolina in Tränen antrifft, beteuert er, für ihr Glück und ihre Zufriedenheit alles zu geben. Daraufhin erklärt sie ihm, wenn er sie so sehr liebe, ihr ganzes Geschick in seine Hände legen zu wollen. Freudig schwört er, wenn es sein soll, ihr die schönste Hoffnung seines Lebens zum Opfer bringen zu wollen. Spät abends überlegt der Graf vor Carolinas Zimmer, ob er nicht zu ihr gehen solle. Dabei wird er von der eifersüchtig lauernden Lisetta ertappt. Kaum haben sich beide zurückgezogen, als Carolina mit Paolino aus ihrem Zimmer schleicht, um die Flucht zu wagen. Da sie Schritte hören, gehen sie wieder eilig zurück. Lisetta, noch immer auf der Lauer, weckt jetzt den Vater und die Tante; sie behauptet, der Graf sei bei ihrer Schwester. In diesem Augenblick kommt aber der Graf aus seinem Zimmer und gleich darauf erscheint aus ihrem Zimmer Carolina mit Paolino. Sie werfen sich dem Vater zu Füßen und gestehen, seit zwei Monaten heimlich verheiratet zu sein. Geronimo will sie verstoßen, aber der Graf fordert den Vater auf, dem Paar zu verzeihen; er ist dafür bereit, Lisetta seine Hand zu reichen, die daraufhin mit einem Mal, ebenso wie Fidalma, auch für eine Versöhnung ist. Nun kann Geronimo nicht umhin, seinen Segen zu geben.

Stilistische Stellung

Der geistreiche Wiener Kritiker Eduard Hanslick sagte, daß zwischen Mozarts ›Figaro‹ und Cimarosas ›Matrimonio segreto‹ eine Art heimlicher Ehe bestünde, deren Sprößling Rossinis ›Barbier von Sevilla‹ sei. Damit ist treffend der Stil von Cimarosas Meisterwerk gekennzeichnet. Der Komponist, der der neuneapolitanischen Schule zugehört, hat in Wien seine eigene Tonsprache mit dem Idiom des Salzburger Meisters so geschickt und geschmackvoll zu verbrämen gewußt, daß in seiner Musik zu ›Matrimonio segreto‹ wenn auch nicht direkt Anklänge, so doch Mozarts Patenschaft dauernd spürbar ist. Träger des musikalisch-dramatischen Ausdrucks sind die Singstimmen, die von einem filigranhaften Orchester dezent begleitet werden. Das Orchester tritt selbständig nur in der von sprudelndem Buffageist erfüllten Ouvertüre in Erscheinung, die nicht nur durch die gleiche Tonart, sondern auch in Form und Charakter der ›Figaro‹-Ouvertüre verwandt ist. Im Gegensatz zu der sinnlich weichen Melodik, wie sie sonst für die neapolitanische Oper typisch ist, bediente sich Cimarosa in seiner Melodieführung kräftigerer und frischerer Farben, ohne nicht auch gelegentlich einmal warme, gefühlvolle Töne anzuschlagen. Das geschliffene Parlando weist bereits auf Rossini und Donizetti. Wie Mozart läßt Cimarosa die Handlung nicht durchwegs im Secco-Rezitativ abrollen; der Ablauf des Geschehens vollzieht sich teilweise auch in den geschlossenen

Nummern, wobei durch Ensemblewirkungen Steigerungen und musikalische Höhepunkte erzielt werden.

Textdichtung
Das Libretto verfaßte nach dem Lustspiel ›The Clandestine Marriage‹ von George Colman und David Garrick Giovanni Bertati (1735–1815), einer der angesehensten Operntextdichter seiner Zeit, dessen ›Don Juan‹-Text Mozart und Da Ponte als Vorlage für ihren ›Don Giovanni‹ gedient hat. Der Aufbau des Stückes ist schlicht und dennoch kunstvoll. Auf die so beliebten Requisiten der Opera buffa: Verwechslungen und Verkleidungen, wurde gänzlich verzichtet; die Lösung der Verwicklungen wirkt zwanglos, und auch die Charaktere sind natürlich und lebensnah gezeichnet. Eine neue deutsche Textübertragung besorgte Joachim Popelka.

Geschichtliches
Da Cimarosa das Klima in St. Petersburg, wohin er 1788 aus Italien einem ehrenvollen Ruf der Kaiserin Katharina II. gefolgt war, nicht vertrug, übersiedelte er 1791 nach Wien. Dort schrieb er noch im gleichen Jahr im Auftrag des Kaisers Leopold II. die komische Oper ›Il matrimonio segreto‹. Die Uraufführung erfolgte am 7. Februar 1792 am Burgtheater in Wien; sie wurde mit derartigem Beifall aufgenommen, daß die ganze Oper am gleichen Abend wiederholt werden mußte. Das Werk eroberte sich im Sturm die Opernbühnen der Welt und fand vor allem in Italien begeisterte Aufnahme, wo es auch heute noch dauernd im Spielplan steht. ›Die heimliche Ehe‹ erscheint in jüngerer Zeit wieder häufiger, auch an deutschen Bühnen; ihre Wiederbelebung stellt eine willkommene Bereicherung des Repertoires dar.

Peter Cornelius
* 24. Dezember 1824, † 26. Oktober 1874 in Mainz

Der Barbier von Bagdad

Komische Oper in zwei Aufzügen. Dichtung vom Komponisten.

Solisten: *Der Kalif* (Bariton, kl. P.) – *Baba Mustapha*, ein Kadi (Spieltenor, auch Charaktertenor, m. P.) – *Margiana*, dessen Tochter (Lyrischer Sopran, m. P.) – *Bostana*, eine Verwandte des Kadi (Alt, m. P.) – *Nureddin* (Lyrischer Tenor, gr. P.) – *Abul Hassan Ali Ebn Bekar*, Barbier (Schwerer Spielbaß, auch Seriöser Baß, gr. P.) – *1. Muezzin* (Baß, kl. P.) – *2. Muezzin* (Tenor, kl. P.) – *3. Muezzin* (Tenor, kl. P.) – *Ein Sklave* (Tenor, kl. P.) – *Vier Bewaffnete* (2 Tenöre und 2 Bässe, kl. P.).
Chor: Diener Nureddins – Freunde des Kadi – Volk von Bagdad – Klagefrauen – Gefolge des Kalifen (II. Akt: Männerchor geteilt in Diener Nureddins, Freunde des Kadi und Bewohner Bagdads; Männerchor, gr. Chp.; Frauenchor, m. Chp.).
Ort: Bagdad.
Schauplätze: Zimmer im Haus Nureddins mit Ruhebett – Reiches, geräumiges Frauengemach im Haus des Kadi Mustapha.
Orchester: 2 Fl., 1 Picc., 2 Ob., 2 Kl., 2 Fag., 4 Hr., 2 Trp., 3 Pos., P., Schl., Hrf., Str.

Gliederung: Ouvertüre in h-Moll (oder an deren Stelle die nachkomponierte Ouvertüre in D-Dur). Die in sich geschlossenen musikalischen Szenen gehen pausenlos ineinander über.
Spieldauer: Etwa 2 Stunden.

Handlung
Nureddin liegt sterbenskrank vor Liebeskummer darnieder, seit ihn auf einem Spaziergang in Bagdad ein Blick aus den schönen Augen Margianas, der liebreizenden Tochter des Kadi Mustapha, getroffen hat, als sie gerade an ihrem Fenster die Blumen goß. Schon wähnen ihn seine Diener dem Tode nah, da überbringt ihm Bostana eine Aufforderung Margianas, beim Ruf des Muezzin zu einem Stelldichein zu ihr zu kommen, weil dann ihr Vater zum Gebet in die Moschee gehe. Die freudige Nachricht macht Nureddin mit einem Schlag gesund. Er muß sich aber, bevor er zu dem Mädchen geht, noch barbieren lassen; denn die lange Krankheit hat ihn entstellt. Bostana

verspricht ihm, sogleich einen alten Freund, den Abul Hassan Ali Ebn Bekar, die Krone aller Barbiere, zu schicken. Der geschwätzige Alte martert jedoch den zur höchsten Eile drängenden Nureddin mit allerlei umständlichen Vorbereitungen und mit Erzählungen von seinen Brüdern und von seinen tausenderlei Künsten und Wissenschaften. Er stellt ihm auch das Horoskop, wonach ihm die Sterne zwar günstig für das Rasiertwerden stünden, ihn aber mit Unheil bedrohten, wenn er das Haus verließe. Während des Rasierens weiß nun Abul dem Nureddin nach und nach sein Liebesgeheimnis herauszulocken. Zu seinem Schutz will er ihn zu Margiana begleiten. Nur mit List und mit Hilfe seiner Diener kann Nureddin den Alten in seinem Haus zurückhalten, während er selbst zu Margiana eilt.

Im Hause des Kadi herrscht freudige Stimmung. Margiana und Bostana erwarten Nureddin, Mustapha seinen alten Jugendfreund, den reichen Selim aus Damaskus, den er als Gatten für seine Tochter ausersehen und der soeben dem Mädchen eine große Kiste mit Kostbarkeiten als Morgengabe zugesandt hat. Mit dem Ruf der Muezzine geht Mustapha zur Moschee, und glückstrahlend eilt Nureddin in die Arme der Geliebten. Das traute Stelldichein wird jäh gestört durch das Wehgeschrei eines Sklaven, den der zurückkehrende Kadi wegen Zerbrechens einer wertvollen Vase auspeitscht. Eiligst verstecken die Mädchen Nureddin in der Kiste mit Selims Schätzen. Aber Abul Hassan, der inzwischen Nureddins Dienern entwischen konnte und vor dem Haus Mustaphas Wache hält, glaubt, daß die Wehrufe von seinem Schützling herrühren. Mit Straßenpassanten stürzt er ins Haus und erfährt von Bostana, daß Nureddin in der Kiste liege. Immer mehr Leute strömen herein, die unter lauten Wehklagen und Verwünschungen teils eine drohende Haltung gegen den vermeintlichen Mörder Mustapha einnehmen, teils sich schützend vor ihn stellen, bis der große Tumult sogar den Kalifen ins Haus ruft. Der Kadi klagt nun dem Herrscher, daß der Alte den in der Kiste befindlichen Schatz der Tochter stehlen wollte, während Abul beteuert, daß die Truhe seinen vom Kadi ermordeten Freund berge. Auf Befehl des Kalifen wird die Kiste geöffnet, und der Barbier weiß mit einem Zitat aus seinem Liebeslied auf Margiana den Ohnmächtigen schnell zum Leben zurückzurufen. Belustigt nimmt der Kalif den Kadi beim Wort, den »Schatz der Tochter« nun Margiana zu überlassen, und lädt selbst alle Anwesenden zur Hochzeit ein. Den wunderlichen Alten aber will er mit sich in seinen Palast nehmen. Unter tiefen Verbeugungen huldigt der Barbier dem Beherrscher aller Gläubigen mit dem muselmanischen Gruß Salemaleikum, in den alle begeistert einstimmen.

Stilistische Stellung
Schon die Dichtung zeugt von einer neuartigen Formung des heiteren musikalischen Dramas. Gegenüber der komischen Oper eines Lortzing, Nicolai oder Flotow wird das Humoristische dezenter gehandhabt, es bewirkt nicht ein Lachen, sondern nur ein Lächeln, und an die Stelle des Rührseligen tritt eine feinsinnige Lyrik, deren subtile Reize bisweilen durch kammermusikalische Wirkungen im Orchester unterstrichen werden. So kann Cornelius als Vater des modernen musikalischen Lustspiels bezeichnet werden. Äußerlich ist noch das Bild der Nummern-Oper beibehalten, doch sind die geschlossenen Formen durch Einbeziehung des musikdramatischen Dialogs zu ganzen Szenen erweitert. Dabei war der Meister nach seinen eigenen Worten bestrebt, »mit Courage auf Wagners Bahn voranzugehen«, aber »nur melodisch pikanter, freier humorvoll zu sein« und »sich mehr zu dem sprudelnden Berlioz zu neigen«. In der Tat hat Cornelius durch die feine Komik, die zarte und blühende Lyrik sowie die flüssige Sprachbehandlung in seinem ›Barbier‹ einen durchaus persönlichen Eigenstil entwickelt, ohne in Abhängigkeit von Wagner zu geraten, obgleich er im gewissen Sinn Wagners Wege zu gehen scheint, wenn er, wie allerdings auch schon Weber, Marschner und Lortzing, sich der poetisierenden Wirkung von Themenwiederholungen im Sinne von Erinnerungsmotiven bedient. Die Ouvertüre in h-Moll weist als »objektiv gehaltene Lustspielouvertüre« keine thematischen Zusammenhänge mit der Oper auf, während die nachkomponierte Ouvertüre in D-Dur, abgesehen von dem Seitenthema mit dem eingeschobenen $5/4$-Takt, durchweg Themen aus dem Werk verarbeitet.

Textdichtung
Cornelius entnahm den Stoff den Erzählungen aus ›Tausendundeine Nacht‹ (›Geschichte des Schneiders‹). Der ›Barbier von Bagdad‹ erschien bereits vor Cornelius auf der Bühne, und zwar um die Mitte des 18. Jahrhunderts in der einakti-

gen Komödie des Franzosen Charles Palissot de Montenoy (1730–1814), die einige Nachahmungen zur Folge hatte (darunter ein Singspiel von Johann André, 1783 Berlin). In der Originalpartitur heißt es bei dem Namen des Barbiers: Ebn (arabisch), in der Mottlschen Bearbeitung: Ebe.

Geschichtliches
Der erste Entwurf (als Einakter mit einer Verwandlung, 7 Szenen und einem großen Finale) wurde am 11. Oktober 1855 in Bernhardshütte beendet. Im November 1856 erfolgte dann die Fertigstellung des Textes (nunmehr als Zweiakter); mit der Vertonung begann Cornelius noch im gleichen Monat. Ab Oktober 1857 konnte er sich dann in Johannisgrunde bei Johannisberg am Rhein ganz der Komposition des ›Barbier‹ widmen. Die Reinschrift der Partitur wurde im März 1858 abgeschlossen. Die Uraufführung erfolgte am 15. Dezember 1858 in Weimar unter Franz Liszt. Das Werk fiel durch, wohl in erster Linie einer organisierten Opposition des Dingelstedt-Kreises zufolge, die sich eigentlich gegen Liszt richtete, der daraufhin die Weimarer Operndirektion niederlegte. Im Jahre 1874 komponierte Cornelius auf Anregung von Liszt eine zweite Ouvertüre (in D-Dur), die aber der Komponist nicht mehr instrumentieren konnte. Diese Ouvertüre liegt nun in vier Instrumentationen vor: von Carl Hoffbauer, Franz Liszt, Felix Mottl und Waldemar von Baußnern. Nach einem ebenfalls mißglückten Wiederbelebungsversuch in Hannover (am 24. Mai 1877 unter Karl Ludwig Fischer) begeisterte sich der junge Felix Mottl für das Werk, dem er auf Liszts Rat mit Strichen und Uminstrumentierungen ziemlich radikal zu Leibe rückte. In dieser Fassung führte Mottl es (einaktig) mit nur lauem Erfolg am 1. Februar 1884 in Karlsruhe auf. Hermann Levi übernahm sodann die Mottlsche Fassung für München, wobei er allerdings hinsichtlich der Striche und der Instrumentation wieder mehr auf das Original zurückgriff (zweiaktig mit D-Dur-Ouvertüre). In dieser Gestalt erlebte das Werk am 15. Oktober 1885 in München unter Leitung von Hermann Levi und mit Eugen Gura in der Titelrolle zum erstenmal einen wirklich durchschlagenden Erfolg. Die aus dem Zeitgeist geborene Bearbeitung Mottls beeinträchtigt durch ihre »Wagnerische« Instrumentierung die Wirkung der feinen Komik und Lyrik und verwischt somit den Eigenstil des Werkes. Max Hasse nahm im Jahre 1904 in einer polemischen Broschüre gegen die Mottl-Levische Bearbeitung Stellung und veröffentlichte 1905 bei Breitkopf & Härtel die Originalpartitur. Die Oper wurde in der Originalfassung beim Cornelius-Fest in Weimar am 10. Juni 1904 mit jubelndem Beifall aufgenommen.

Luigi Dallapiccola
* 3. Februar 1904 in Pisino, † 19. Februar 1975 in Florenz

Il Prigioniero (Der Gefangene)

Oper in einem Prolog und einem Akt. Dichtung nach ›La torture par l'espérance‹ von Villiers de l'Isle-Adam und ›La légende d'Ulenspiegel et de Lamme Goedzak‹ von Charles de Coster vom Komponisten.

Solisten: *Die Mutter* (Dramatischer Sopran, auch Dramatischer Mezzosopran, m. P.) – *Der Gefangene* (Kavalierbariton, auch Heldenbariton, gr. P.) – *Der Kerkermeister* (Lyrischer Tenor, auch Jugendlicher Heldentenor, m. P.) – *1. Priester* (Tenor, kl. P.) – *2. Priester* (Baß, kl. P.) – *Der Großinquisitor* (Tenor, kl. P.; Kerkermeister und Großinquisitor können von einem Darsteller gesungen werden) – *Ein Fra Redemptore* (Stumme Rolle).
Chor: Hinter der Bühne (kl. Chp.).
Ort: Ein Gefängnis in Saragossa.
Schauplätze: Die Gefängniszelle – Ein Garten.
Zeit: Zweite Hälfte des 16. Jahrhunderts.
Orchester: 2 Fl., Picc., 2 Ob., Eh., 3 Kl., Bkl., Alt-Saxophon, Tenor-Saxophon, 2 Fag., Kfag., 4 Hr., 3 Trp., 5 Pos., Tuba, P., Schl., Vibraphon, Xyl., Cel., 2 Hrf., Klav., Str. – Bühnenmusik: Org., 2 Trp., Pos., 3 Gl.

Il Prigioniero (Der Gefangene)

Vereinfachte Orchesterfassung: 2 Fl., 2 Ob., 2 Kl., 2 Fag., 4 Hr., 2 Trp., 2 Pos., Tuba, P., Schl., Vibraphon, Xyl., Cel., Hrf., Klav., Str.
Gliederung: Durchkomponierte Großform.
Spieldauer: Etwa 50 Minuten.

Handlung
Der Prolog der Oper ist ein Monolog der Mutter des Gefangenen, die ihren Sohn – wie sie fürchtet – zum letzten Mal sehen soll. Sie spricht von ihren düsteren Ahnungen und erzählt einen Traum, der sie jede Nacht quält: Ihr erscheint der Geist des spanischen Königs Philipp II. und verwandelt sich allmählich in die Figur des Todes.
In einer Zelle des Inquisitionsgefängnisses von Saragossa liegt der Gefangene. Seine Mutter ist bei ihm. Er erzählt von den Qualen der Folter, die er erlitten hat. Hoffnung habe er erst wieder gewonnen, als ihn eines Abends der Kerkermeister »Bruder« genannt habe. Der Kerkermeister kommt und fordert die Mutter auf, zu gehen.
Der Kerkermeister nennt den Gefangenen wieder »Bruder« und erzählt ihm vom flandrischen Aufstand gegen die Spanier und von den Taten der Geusen – sein glühender Bericht gibt dem Gefangenen neue Hoffnung. Als der Kerkermeister gegangen ist, bleibt die Zellentür unverschlossen; hinter ihr öffnet sich ein langer Gang, der Gefangene geht langsam hinaus.
In den unterirdischen Gewölben der Inquisition hat sich der Gefangene verborgen; verzweifelt sucht er nach einem Ausgang, immer in der Furcht, entdeckt zu werden. Aber ein Fra Redemptore mit Folterwerkzeugen und zwei Priester, die einen theologischen Disput führen und dabei erwähnen, die Gefangenen müßten morgen sterben, scheinen ihn nicht zu bemerken. Endlich findet er eine Tür und gelangt in einen Garten, in dem eine Zeder steht. Voller Freude, endlich frei zu sein, umarmt der Gefangene den Baum. Da berührt ihn eine Hand – es ist der Großinquisitor, der ihn mit sanfter Stimme als »Bruder« anspricht und ihm vorwirft, er habe sich der Strafe entziehen wollen. Da versteht der Gefangene: Er hat nun auch die härteste Folter erlitten – die Illusion der Hoffnung, der Freiheit. Wie ein Wahnsinniger lachend läßt er sich willenlos zum Scheiterhaufen führen.

Stilistische Stellung
Bereits während des Krieges und der Bedrohung durch den Faschismus dachte Dallapiccola daran, eine Oper über die Freiheit zu schreiben, doch erst 1944, im befreiten Florenz, fand er dazu die Gelegenheit. Voraufgegangen sind der einaktigen Oper die ›Canti di prigionia‹ (Gesänge aus der Gefangenschaft). Obwohl sich die Handlung auf den flandrischen Aufstand gegen die spanische Willkürherrschaft Philipps II. und die Ketzer-Verfolgung der Inquisition bezieht, ist sie von Dallapiccola im Sinne des Widerstandes gegen den Faschismus und als flammender Protest gegen jede Art von Diktatur und Unterdrückung gemeint und auch so verstanden worden. Dallapiccolas komplexe, oft zwölftönig geprägte Musik verleugnet in keinem Augenblick ihre Herkunft aus der italienischen Operntradition, ihre Wirkung ist elementar und unmittelbar, ungeachtet komplexer Formstrukturen.

Textdichtung
Dallapiccola hat als sein eigener Librettist Handlungs- und Situationselemente aus den ›Contes cruels‹ von Villiers de l'Isle-Adam und aus de Costers ›Ulenspiegel‹ entnommen, diese jedoch neu zusammengefügt und ins Symbolische überhöht, so daß die historische Konstellation nur als eine Deutungsmöglichkeit verstanden werden kann und die Aussage des Stückes weit darüber hinaus reicht.

Geschichtliches
Dallapiccolas ›Il Prigioniero‹ wurde am 1. Dezember 1949 in einer konzertanten Aufführung von Radio Turin herausgebracht; die szenische Uraufführung fand im Rahmen des Maggio musicale fiorentino am 20. Mai 1950 in Florenz statt; es dirigierte Hermann Scherchen. Während das Werk in Italien zu Beginn heiß umstritten war, setzte es sich in anderen Ländern schneller durch. Fast alle wichtigen deutschen Bühnen haben es in den fünfziger und sechziger Jahren aufgeführt. Doch auch die in Frankfurt gezeigte Inszenierung von Keith Warner (2004) und die Kölner Produktion von 2015 (Regie: Markus Bothe) machten deutlich, daß Dallapiccolas ›Prigioniero‹ nach wie vor tiefen Eindruck hinterläßt.

Peter Maxwell Davies

* 8. September 1934 in Manchester, † 14. März 2016 in Sanday

Eight Songs for a Mad King
(Acht Gesänge für einen verrückten König)

Musiktheaterwerk für männliche Singstimme und Kammerensemble. Text von Randolph Stow und George III.

Solist: *George III*. (Bariton, gr. P.).
Orchester: Fl. (Picc.)*, Kl.*, Schl. {Wirbeltrommel, gr. Tr. (sehr gr., kl.), hängende Becken (gr., normal, kl.), Hi-hat, Trillerpfeife, Wbl. (gr., kl.), Ketten, Ratsche (kl.), Tomtom, Tamtam, Rototoms, Tamburin, 2 Tbl., Vogelgezwitscher (Spielzeug), Krähengekrächze, Wind chimes, Crotales, sehr kl. Glöckchen (Schellen etc.), kl. Stahlstangen (nicht resonierend), Didgeridoo, Kinder-Glsp., Glsp., kl. Amboß, Hackbrett, Waschbrett, Quietschgeräusch (Squeak), Fußball-Ratsche, Bongos, Tabla, Xyl.}, Vl.*, Vcl.*, Klav. (Cemb.).
Das Orchester befindet sich auf der Bühne. Alle Orchestermitglieder sind mit Zusatzinstrumenten ausgestattet, die Vogelstimmen produzieren.
* Die mit Sternchen versehenen Instrumentalisten sitzen in überdimensionierten Käfigen und werden von König George für Dompfaffen gehalten, denen er das Singen beizubringen versucht. Der Schlagzeuger und phasenweise auch der Pianist verkörpern Aufseher des Königs.
Gliederung: Acht musikalische Nummern, die teilweise durch Übergangsmusiken miteinander verbunden sind.
Spieldauer: Eine halbe Stunde.

Handlung

1. »Der Wachtposten«: Im Begriff spazierenzugehen, glaubt König George, einen Wachtposten vor sich zu haben. Er gibt sich gegenüber dem imaginären Soldaten leutselig und verspricht ihm Gemüse aus seinem Garten. Als der König erkennt, daß er eingesperrt ist, ist er zunächst aufgebracht. Dann bittet er seinen Bewacher um Mitleid.
2. »Die Landpartie«: Der König bildet sich ein, einen Ausflug in die Natur zu unternehmen. Doch als ihm die Landschaft in immer bedrohlicher werdenden Bildern vors Auge tritt, bekommt er Angst.
3. »Die Hofdame«: Den Flötisten mit einem seiner Dompfaffen identifizierend, versucht der König, den vermeintlichen Vogel mit Lockrufen zum Tirilieren zu bringen. Gleichzeitig drängt George einer nur in seiner Einbildung vorhandenen Hofdame ein Gespräch auf, die jedoch bestrebt scheint, sich seiner Konversation zu entziehen.
4. »Auf dem Wasser zu singen«: Der König meint, sich in einem Nachen auf der Themse zu befinden, wo seine Untertanen im Wasser treiben. Er hofft, befreit von seinen herrscherlichen Pflichten, auf dem Fluß in den Garten Eden zu gelangen, der seiner Vorstellung nach in Hannover, auf den Bermuda-Inseln oder im australischen New South Wales gelegen ist.
5. »Die Phantom-Königin«: Eine berühmte Schönheit aus Georges Jugendzeit war Esther, Lady Pembroke. Im Glauben, mit Esther verheiratet zu sein, beklagt der König ihre Abwesenheit und vermutet, daß auch Esther gefangengehalten werde. Er ist sich ihrer Gefangenschaft um so sicherer, als die Ärzte ihm eine andere Frau (nämlich die wirkliche Königin Charlotte) als Gattin einzureden versuchen.
6. »Der Heuchler«: König George befindet sich in einer eingebildeten Unterredung mit seinen beiden Aufsehern Doktor Heberden und Sir George Baker. Er streitet ab, krank zu sein. Er sei lediglich nervös. Heberden und Baker mißtrauend, wirft der König insbesondere Sir George vor, ihn zu belügen.
7. »Bauerntanz«: Sein kranker Geist gaukelt George ein zu Windsor stattfindendes ländliches Fest vor, bei dem einfache Leute sich vergnügen. Im Bemühen, mit dem seinem Wahn entsprungenen Landvolk ins Gespräch zu kommen, will er durch genaue Kenntnis der örtlichen Gegebenheiten Eindruck schinden. Alsbald aber beunruhigt ihn die angeblich allerorten um sich greifende Schlechtigkeit der Welt. Und nachdem er dem

Geiger das Instrument zertrümmert hat, begreift er sich selbst als jemanden, den das Böse erfaßt habe. Er beschließt, von nun an mit eisernem Zepter über seine Untertanen zu herrschen.

8. »Der Rückblick«: In Trauerkleidung sieht sich König George vor seinem Volke stehen, dem er seinen eigenen Tod verkündet. In einem Nachruf auf sich selbst wendet er sich zunächst den glücklichen Jahren vor seiner geistigen Verwirrung zu. Dann schildert er die Auswirkungen seiner Krankheit, die ihn einen Baum für den Preußen-König Friedrich halten und gegen den Thronfolger gewalttätig werden ließ. Er erinnert an die Verstoßung seiner Frau zugunsten der Phantasie-Königin Esther, aber auch an die grausamen und entwürdigenden therapeutischen Maßnahmen, denen er von Seiten der Ärzte ausgesetzt war. Ebenso beschreibt er seinen körperlichen und seelischen Verfall, sein Grauen vor dem eigenen Spiegelbild, den Zwang zu endlosen Selbstgesprächen, die manchmal in das Jaulen eines Hundes übergegangen seien. Schließlich verläßt er, gefolgt vom Schlagzeuger, weinend die Bühne, um seinem Tod entgegenzugehen.

Stilistische Stellung

Mit dem Musiktheaterwerk ›Acht Gesänge für einen verrückten König‹ hat sich Peter Maxwell Davies in zweifacher Hinsicht in die Nachfolge Arnold Schönbergs begeben. Zum einen ist es der von Schönberg begründeten Tradition des modernen Monodrams verpflichtet, die in der ›Erwartung‹ (1909/1924) ihren Ausgang nahm. Zum andern knüpft der Komponist an Schönbergs Melodram ›Pierrot Lunaire‹ von 1912 an, dessen Instrumentalensemble für dasjenige von Davies' Stück Pate stand. Ein wesentlicher Unterschied zum Vorläuferwerk besteht allerdings darin, daß Davies das Instrumentarium um den Part des Schlagzeugers und um die den Musikern zugedachten Nebeninstrumente (mechanische Vogelstimmen) erweitert hat.

Vor allem aber haben die Instrumentalisten eine neuartige dramatische Funktion: Während Schönberg bei der Uraufführung des ›Pierrot‹ das instrumentale Ensemble hinter einem Vorhang unsichtbar machte, haben Davies' Instrumentalisten neben der traditionellen Aufgabe, das Bühnengeschehen klanglich zu begleiten, szenische Relevanz. Sowohl der in den Käfigen musizierende als auch der auf der Bühne sich frei bewegende Teil des Ensembles wird in die Wahnprojektionen des Königs einbezogen, indem er die eine Gruppe für Dompfaffen, die andere für Aufseher hält. Nummer 3 (im wesentlichen ein Duett zwischen Solostimme und Flöte, die mit dem vom Komponisten bereitgestellten, aleatorischen Motivmaterial den Solisten nachäfft) ist sogar in Form eines Vogelkäfigs notiert, wobei die Notenlinien das Käfiggestänge abbilden. In Nr. 4 befindet sich der König dagegen im Dialog mit dem Cello und in Nr. 6 mit der Klarinette. Und wenn zum Höhepunkt des Werkes gegen Ende von Nr. 7 der König durch die Gitterstäbe hindurchgreift, die Violine packt und zerbricht, so meint dies – so der Komponist – »nicht nur den Tod des Dompfaffs, sondern auch ein Bejahen des Irrsinns. Es bedeutet auch einen rituellen Mord, den der König an einem Teil seiner selbst begeht.« Folglich verkündet er danach (Nr. 8) seinen eigenen Tod.

Daß die Instrumentalisten und ihre Klangerzeugungen die Perspektive des Königs widerspiegeln und so seine verschobene Wahrnehmung der als teilnahmslos und gar aggressiv empfundenen Außenwelt wiedergeben, wird an den vielfach in den Notentext eingefügten, einen zutiefst befremdlichen Eindruck erweckenden Zitaten deutlich. Nicht anders als die geräuschhaften Elemente (Vogelstimmen, Türenquietschen usw.) haben die im wörtlichen Sinn verrückt erscheinenden Zitate die Funktion von Klangrequisiten, und über weite Strecken geben sie der Komposition den Charakter einer Kollage. Schon in der Nr. 1 klingt, gemäß der historisch bezeugten Vorliebe des Königs für Georg Friedrich Händels ›Messias‹, ein Motiv aus dem »Halleluja« an. In der Überleitungsmusik zu Nr. 4 wiederum wird ein altenglischer Tanz parodiert, der bei sich beschleunigendem Tempo durch sukzessive, polytonale Parallelschichtung und einer um ein Drittel schneller laufenden Variante aus den Fugen gerät. Nr. 5, die Jugenderinnerung des Königs an Esther, folgt dann einer aus den Sätzen Arietta, Allemande, Courante und Rondino gebildeten Suite aus dem 18. Jahrhundert, während die in Rezitativ und Arie eingeteilte Nr. 6 abermals auf Händel rekurriert. Im Rückgriff auf das Einleitungs-Accompagnato »Comfort ye« aus dem ›Messias‹ bekundet sich in Nr. 7 auf besonders nachhaltige Weise der Sinn dieser Zitate: In der Foxtrott-Verdrehung der Händel-Vorlage wird wahrnehmbar, daß mit der lokalen Desorientierung des Königs eine zeitliche korrespondiert. Er fällt sozusagen aus der Zeit und wird durch die Verschränkung historischer und gegenwartsnaher Bezüge zu einer paradigmatischen Gestalt menschlichen Leidens.

Insbesondere aber am Vokalpart, der einer hoch expressiven, qualvollen Lautentäußerung des dem Wahnsinns ausgelieferten Königs gleichkommt, wird die psychotische Verfaßtheit des Protagonisten ablesbar. Schufen sich schon die Opern-Komponisten des 19. Jahrhunderts in den Wahnsinns-Szenen Freiräume, um das exaltierte Gefühlsleben verstörter Heldinnen durch virtuose Gestaltung der Gesangslinie ohrenfällig zu machen, so überbietet Davies durch den sich über fünf Oktaven erstreckenden Ambitus des Soloparts, der mit der Festlegung auf eine Baritonstimme nur unzureichend beschrieben ist, seine Vorläufer beträchtlich. Auch erweitert der Komponist, ohne die Verständlichkeit des Textes aufzugeben, das bis dato im Musiktheater übliche Artikulationsspektrum der menschlichen Stimme in enormem Umfang. Schon zwischen gesprochenem Wort und Ariengesang ist die Ausdruckspalette vielfältig abgestuft. Darüber hinaus aber kommen gebrochene Akkorde, Falsett-Passagen und geräuschhafte Lauthervorbringungen (Flüstern, Schreien, Kreischen, Weinen, Wiehern, Jaulen etc.) hinzu, um das zerrüttete Innenleben des Königs nach außen zu kehren.

Dichtung
Infolge der Stoffwechselkrankheit Porphyrie wurde der britische König George III. (1738–1820, gekrönt 1760) wiederholt vom Wahnsinn befallen. 1811 mußte er gar aufgrund seiner Verwirrtheit die Regentschaft an seinen Sohn, den nachmaligen George IV., abgeben. Davies' Librettist Randolph Stow berichtet, daß die dem Werk zugrundeliegenden Gedichte durch eine ursprünglich im Besitz des Königs befindliche, acht Melodien spielende Miniaturorgel angeregt worden seien. Gelegentlich eines Besuches bei Sir Steven Runciman – späterer Besitzer der Orgel und Widmungsträger der ›Eight Songs‹ – lernte Stow den Musikapparat kennen. Über dessen Geschichte teilt der Autor mit, George III. habe – »eingehüllt in einen purpurnen Flanell-Morgenmantel und mit einer Hermelin-Schlafmütze auf dem Kopf« – versucht, mit Hilfe des Instruments seinen Vögeln das Musizieren beizubringen. Auch habe sich der kranke König darum bemüht, »mit einer durch tagelanges Monologisieren fast unmenschlich gewordenen heißeren Stimme« die Vögel auf Kosten Händels das Singen zu lehren. Ebenso sei überliefert, daß der Monarch in lichten Phasen sich seines Irrsinns bewußt geworden sei und dann geweint habe. Die Gesänge enthalten, so Stow, »einige von George III. wirklich gesprochene Sätze«. Beispielsweise zitiert Nr. 6 weitgehend wörtlich aus den Tagebuchaufzeichnungen der Hofdame Fanny Burney, die im November 1788 einen der Endlosmonologe des verwirrten Königs auszugsweise schriftlich festgehalten hat.

Geschichtliches
Zwar tendierten schon Davies' Trakl-Vertonung ›Revelation and Fall‹ von 1966 (revidiert 1980) und ›Missa super l'Homme armé‹ von 1968 (revidiert 1971) zu szenischer Realisierung. Von einem Musiktheater, in dem die Szene zum unverzichtbaren Teil des Kunstwerkes gehört, ist aber erst mit Blick auf die im Februar und März 1969 entstandenen und im April desselben Jahres in der Londoner Queen Elizabeth Hall uraufgeführten ›Eight Songs‹ zu sprechen, die hinsichtlich der musikalischen Behandlung des Textes bei der erwähnten Trakl-Komposition anknüpfen. Insbesondere aber ließ sich Davies für die Gestaltung des vokalen Parts vom großen Stimmumfang und dem technischen Können des Uraufführungs-Interpreten Roy Hart inspirieren. Den Instrumentalpart wiederum schrieb er dem Premieren-Ensemble »The Fires of London« auf den Leib. Diese Spezialistengruppe für zeitgenössische Musik war aus den in Besetzung und Namen auf Schönbergs Melodram Bezug nehmenden »Pierrot Players« hervorgegangen, die 1967 von Davies, Harrison Birtwistle und Alexander Goehr ins Leben gerufen worden waren. Der Erfolg ist den ›Eight Songs‹ bis heute treu geblieben. Davies' Monodram gilt inzwischen – die kontinuierliche Aufführungsgeschichte belegt es – als ein Klassiker der Avantgarde. Auch im Œuvre des Komponisten zeitigten die ›Eight Songs‹ Folgen und zogen weitere kammermusikalisch besetzte Musiktheaterwerke nach sich. In diesem Zusammenhang sei vor allem auf das Schwesterwerk ›Miss Donnithorne's Maggot‹ von 1974 hingewiesen, ebenfalls das Portrait einer Verrückten, wie ja ohnehin das Thema neurotisch verzerrter Wahrnehmung im Schaffen des Komponisten eine wichtige Rolle spielt, nicht zuletzt in der Kammeroper ›The Lighthouse‹ von 1980.

R. M.

Peter Maxwell Davies

The Lighthouse (Der Leuchtturm)

Kammeroper in einem Prolog und einem Akt. Libretto vom Komponisten.

Solisten: *Sandy / Offizier I* (Hoher Tenor, gr. P.) – *Blazes / Offizier II* (Baßbariton, gr. P.) – *Arthur / Offizier III / Voice of the Cards* (Tiefer Baß, gr. P.).
Ort und Schauplätze: In den Räumen eines Untersuchungsausschusses in Edinburgh – Ein Leuchtturm auf Fladda Island.
Zeit: Um 1900.
Orchester: Fl. (auch Picc. und Altfl.), Kl. (auch Bkl.), Hr., Trp., Pos., Schl.: Marimba, 4 P., Glsp., gr. Tr., Maracas, Rototom, gedämpftes Becken (klein), Knochen, Tamburin, Tomtoms (D und F), kl. Tr., Crotales (2 Oktaven), Klav. (auch Cel., leicht verstimmtes Pianino, Flexaton und Trillerpfeife), Gitarre (auch Banjo und gr. Tr.), Vl. (auch Tamtam), Va. (auch Flexaton), Vcl., Kb.
Gliederung: Prolog und ein Akt.
Spieldauer: Etwa 1¼ Stunden.

Handlung

»Der Untersuchungsausschuß«. Drei Offiziere eines Versorgungsschiffs werden vor einem Ausschuß befragt. Sie sollen den Hergang der Ereignisse berichten, die mit dem spurlosen Verschwinden der drei Leuchtturmwärter, die das Schiff beliefern sollte, verbunden sind. Anfänglich bemühen sich die Offiziere um eine sachliche und stimmige Rekonstruktion der Fakten. Sie verstricken sich dabei aber zusehends in Widersprüche untereinander, immer deutlicher treten ihre angstvollen Emotionen in den Vordergrund. Entsprechend geht das nüchterne Berichten in eine Nachstellung der Geschehnisse an Bord des Schiffs und am Leuchtturm über. Die Stimmung der Schilderungen wird merklich unheimlicher, der eigentliche Ablauf der Ereignisse unklarer. Es scheint, daß die Leuchtturmwärter den Ort in großer Eile verlassen haben, ohne sich weiter um den Betrieb des Leuchtsignals zu kümmern. Der Ausschuß kommt nicht weiter. Am Ende des Prologs verkünden die Offiziere wie aus einem Mund, daß der Ort mit Spuk und Geistern in Verbindung gebracht wurde und deshalb nun maschinell betrieben wird.

»Der Schrei des Biests«. Die drei Leuchtturmwärter Arthur, Blazes und Sandy verrichten ihren Dienst im Turm. In der Abgeschiedenheit auf engem Raum zusammengeschweißt, ist die Stimmung gereizt. Die drei werden als überaus verschiedene Persönlichkeiten gezeichnet: Arthur ist ein religiöser Eiferer, Blazes hingegen ist mehr den irdischen Dingen zugewandt. Die Beiden geraten aneinander. Sandy, ein weicherer Charakter, ist um Vermittlung bemüht. Um die gespannte Atmosphäre zu lockern, schlägt er vor, daß jeder ein Lied singe. Diese »Songs«, so leicht und fröhlich sie zunächst erscheinen mögen, entpuppen sich als tiefgründige Charakterstudien ihrer Urheber. Der von Rachegefühlen und religiösem Zorn erfüllte Gesang Arthurs gewinnt schließlich insofern die Oberhand, als die drei Wärter sich in apokalyptische Phantasien angstvoll hineinsteigern. Sie hören Stimmen von außen, die sie als Rufen von Rachegeistern verstehen, und sehen im Sturm näher kommende Lichter, die sie als Augen einer Bestie deuten. Panisch verlassen sie den Turm, um sich gegen den sich nähernden Antichristen zu verteidigen. Im blendenden Gegenlicht »verwandeln« sich die drei Wärter in die drei Offiziere aus dem Prolog, die Augen des Biests in die Scheinwerfer ihres Schiffes. Die Szene der landenden Besatzung erinnert stark an das, was die Offiziere im Prolog geschildert hatten. Doch was wurde dazwischen geboten? Ein Rätsel? Seine Lösung? Ein Geisterspiel?

Stilistische Stellung

Mit den Stücken der 1960er Jahre, vor allem ›Tavener‹ und ›Eight Songs for a Mad King‹, hat sich Davies Ansehen als Vertreter der englischen Avantgardeszene in einer neoexpressionistischen Spielart verschafft. Seine Stücke für Musiktheater kreisen um menschliche Abgründe und psychische Instabilitäten, gespannte Atmosphären und angstvolle, aber auch grotesk-heitere Stimmungen prägen Libretti und Musik. Für ›The Lighthouse‹ hat Davies zwei Genres kombiniert, die in prominenter und populärer Weise die angelsächsische Literatur seit dem ausgehenden 18. Jahrhundert bestimmt haben: der Schauerroman und die Detektivgeschichte. Das Verhör der Offiziere im Prolog dient der analytisch-rationalen Rekonstruktion eines »Tatorts«, während der Hauptakt sich zunehmend zu einer Spukgeschichte entwickelt, erzählt aus der Ich-Perspektive der drei Wärter. Das geschickt orchestrierte Instrumentarium – insbesondere der reichhaltige Schlagzeugapparat und die ausgefallenen Instrumente wie Banjo, Flexaton und verstimmtes Pianino – dient dazu, die Expressivität zu steigern und Stimmungen zu wecken. Das Verhör läßt Davies nicht durch eine mögliche weitere Gesangspartie (etwa eines Ausschußvorsitzenden), sondern durch das Horn im Orchester führen, was die Konzentration auf die drei Protagonisten und die symmetrische Anlage der beiden Teile untermauert. Zentral für die Musiksprache im Haupttakt sind die drei Songs, von denen jeder Wärter einen singt. Der jeweils unterschiedliche Charakter der Musik bis hinein in die Instrumentierung mit Banjo und Violine (Blazes), Cello und verstimmtes Klavier (Sandy) bzw. Klarinette und Blechbläser (Arthur) malt den jeweils unterschiedlichen Charakter der singenden Figur. Songs spielen in Davies Schaffen eine hervorgehobene Rolle, was im Bereich des Musiktheaters die »Eight Songs for a Mad King« und – deren feminines Pendant – »Miss Donnithorne's Maggot« bezeugen. Der Komponist hat überdies auf die Bedeutung des Tarots für die musikalische Struktur hingewiesen. Wenn die Wärter Cribbage spielen, erklingt eine – von Arthur oder seinem Darsteller intonierte – Stimme der Karten, die apokalyptische Zukunftsvisionen als vorherbestimmtes Schicksal ausgibt. Die Struktur dieser Musik kreise, so Davies, um die Zahl 16, welche im Tarot dem Turm, der Karte der gewaltsamen Veränderung, der Katastrophe, der Zerstörung, letztlich dem unnatürlichen Tod zugeordnet ist. Die Vorgänge im Leuchtturm werden über diese Symbolik auf die Ebene der Schicksalsparabel in die Sphäre des Allgemein-Menschlichen gehoben. Daraus ergibt sich die Möglichkeit, das Narrativ als Analogie zum Leben zu deuten, als Kreislauf von Generationen, die im Turm sitzen, um ihre Überzeugungen und Haltungen ringen, ohne zu wissen, wohin sie geraten, wenn sie diesen verlassen.

Textdichtung und Geschichtliches

Davies betätigt sich hier als Verfasser des Librettos, wie er es bei mehreren anderen Musiktheaterstücken auch getan hat. Die Idee zu dieser Oper geht auf wahre Begebenheiten zurück, welche sich im Dezember des Jahres 1900 auf den schottischen Hebrideninseln der Flannan Isles ereigneten. Das Versorgungsschiff Hesperus fand von Stromness, Orkney, kommend einen Leuchtturm leer vor. Die Wärter waren spurlos verschwunden. Davies erweist sich als Meister, zwischen den dramaturgischen Welten – Bericht, Erinnerung, Rückblende, Song, Vision etc. – zu pendeln. Viele Passagen besitzen einen ausgesprochen lyrischen Tonfall, gespickt mit Symbolen und Metaphern. Durch ihre Sprache offenbaren die Protagonisten, daß sie voller Ahnungen und unausgesprochenen Wahrheiten in sich tragen und mehr Wissen besitzen, als es zunächst bei oberflächlicher Betrachtung den Anschein hat. Dadurch werden die Charaktere vielschichtig, und die Motive ihrer Handlungen sind kaum ganz auszuloten. Die Sprache des Librettos hinterläßt also einen Rest, den die Musik nonverbal zu füllen weiß. Diese musikalisch-textliche Uneindeutigkeit eröffnet dem Hörer den Raum für Interpretationen, was einen wesentlichen Reiz des Unbekannten, Unheimlichen ausmacht.

Nach der Uraufführung in Edinburgh 1980 wurde das Stück von Peter Sellars inszeniert (Boston 1983) und war in jüngerer Zeit auf mehreren englischsprachigen Bühnen zu sehen (Boston Lyric Opera, Dallas Opera, English Touring Company).

G. H.

Claude Debussy

* 22. August 1862 in St. Germain-en-Laye, † 25. März 1918 in Paris

Pelleas und Melisande

Musikdrama in fünf Akten. Dichtung von Maurice Maeterlinck.

Solisten: *Arkel*, König von Allemonde (Seriöser Baß, m. P.) – *Genoveva*, Mutter von Pelleas und Golo (Tiefer Alt, m. P.) – *Pelleas* (Lyrischer Tenor, auch Lyrischer Bariton, gr. P.) und *Golaud* (Heldenbariton, auch Charakterbariton, gr. P.), König Arkels Enkel – *Melisande* (Charaktersopran, auch Jugendlich-dramatischer Sopran, auch Mezzosopran, gr. P.) – *Der kleine Yniold*, Golos Sohn aus erster Ehe (Sopran, wenn möglich, mit einem Knaben zu besetzen, m. P.) – *Ein Arzt* (Baß, kl. P.) – *Die Stimme des Hirten* (Baß, kl. P.).
Chor: Dienerinnen – Drei Greise (Gesangspart: nur Chor hinter der Szene für Alt, Tenor und Baß, kl. Chp.).
Ort: Schloß Allemonde und Umgebung.
Schauplätze: Im Wald – Ein Saal im Schloß – Vor dem Schloß – Springbrunnen im Park – Ein Gemach im Schloß – Vor einer Felsgrotte – Schloßturm mit einem unter einem Turmfenster laufenden Rundweg – In den Gewölben unter dem Schloß – Terrasse am Ausgang der Gewölbe – Vor dem Schloß – Ein Gemach im Schloß – Springbrunnen im Park – Ein Gemach im Schloß.
Orchester: 3 Fl. (III. auch Picc.), 2 Ob., 1 Eh., 2 Kl., 3 Fag., 4 Hr., 3 Trp., 3 Pos., 1 Bt., P., Schl., 2 Hrf., Str.
Gliederung: Durchkomponierte musikdramatische Großform (musikalische Szenen, die durch kurze Zwischenspiele miteinander verbunden werden und pausenlos ineinandergehen).
Spieldauer: Etwa 2¾ Stunden.

Handlung

Der flämische Ritter Golaud, ein Enkel des Königs Arkel von Allemonde, stößt bei der Jagd im Wald auf ein junges Mädchen, das einsam und verlassen am Rand einer Quelle sitzt und weint. Er kann von der Schönen, die ihn beschwört, sie nicht zu berühren, weder ihre Herkunft noch den Grund ihrer Betrübnis erfahren. Sie lehnt auch sein Anerbieten ab, ihr die goldene Krone, die ihr in den Bach gefallen ist, wieder verschaffen zu wollen. Sie gesteht nur, Melisande zu heißen, und sie folgt schließlich dem Ritter auf dessen inständiges Drängen. – Golaud hat es erst nach sechs Monaten gewagt, seinem Großvater Arkel und seiner Mutter Genoveva seine Vermählung mit Melisande in einem Brief an seinen geliebten Stiefbruder Pelleas bekanntzugeben. Denn der König hatte für Golaud nach dem Tode von dessen erster Frau eine politische Heirat gewünscht. Arkel und Genoveva bestimmen Pelleas, der das Schloß verlassen möchte, um einen sterbenden Freund zu besuchen, hier zu bleiben. Er soll den eigenen Vater, der gegenwärtig schwer erkrankt ist, durch seine Anwesenheit trösten und außerdem die von Golaud vorgeschlagenen Lichtzeichen nachts vom Turm aus nach der See geben zum Zeichen, daß der König Melisande als Tochter anerkennen wolle. – Eine seltsame Gewitterstimmung liegt über dem Meer, als Melisande am Abend nach ihrer Ankunft mit Genoveva in dem dunklen Schloßpark weilt und das Schiff absegeln sieht, das sie hierher gebracht hat. Pelleas, von der Mutter herbeigerufen, begleitet in der anbrechenden Dunkelheit Melisande zum Schloß zurück. Er spricht davon, daß er wahrscheinlich schon morgen sich auf die Reise begeben werde; mehr enttäuscht als neugierig fragt ihn Melisande, warum er reisen wolle.
Am nächsten Tag führt Pelleas Melisande zu einem Springbrunnen im Schloßpark, dessen Quelle früher Blinde sehend gemacht haben soll. Melisande setzt sich an den Rand des Beckens, ihre Hand kann den Wasserspiegel nicht erreichen, aber ihr langes Haar taucht in den Quell. Indessen fragt Pelleas sie nach Einzelheiten über ihr erstes Zusammentreffen mit seinem Stiefbruder. Sie erzählt, daß sie nicht eingewilligt habe, als Golaud sie küssen wollte; sie spielt dabei über dem Brunnen mit ihrem kostbaren Ehering. Da schlägt die Schloßuhr zwölf Uhr Mittag; in diesem Augenblick entgleitet Melisande der Ring und fällt in die Tiefe des Brunnens. Pelleas führt die über den Verlust des Ringes Erschrockene weg und ermahnt sie, ihrem Mann die Wahrheit zu sagen. – Gerade auch mit dem Schlag zwölf Uhr war Golaud von seinem scheuenden Pferd

gestürzt. Des Abends gesteht Melisande ihrem Gatten, der ihre Pflege wegen der geringfügigen Verletzungen ablehnt, daß sie sich hier im Schloß unglücklich fühle. Vergeblich dringt Golaud in sie, ihr den Grund anzugeben, den sie selbst nicht zu erkennen vermag. Als er dann ihre Hand liebkost, bemerkt er das Fehlen des Ringes. Melisande gibt vor, ihn wohl beim Suchen nach Muscheln für den kleinen Yniold, Golauds Sohn aus erster Ehe, am Meer bei der Felsengrotte verloren zu haben. In einem Angstgefühl fordert Golaud sie auf, sofort dort nach dem Ring zu suchen, bevor ihn des Nachts die Flut wegspüle. – Melisande sucht, auf Golauds Wunsch von Pelleas begleitet, im Mondenschein die Grotte auf, die ihr Fuß noch nie betreten hat, um sie kennenzulernen, falls ihr Gatte sie nach Einzelheiten fragen sollte. Als sie jedoch am Eingang der Grotte drei vom Hunger erschöpfte, eingeschlafene Greise erblickt, kehrt sie entsetzt um und geht mit Pelleas zum Schloß zurück.

Am geöffneten Fenster im Schloßturm kämmt Melisande in der Dämmerung ihr Haar. Da naht Pelleas; er will sich von ihr verabschieden, da er nun morgen fort soll. Aber Melisande reicht ihm erst dann die stürmisch begehrte Hand zum Fenster herab, als er ihr zusagt, sich noch nicht so bald auf die Reise zu begeben. Pelleas kann die Hand mit seinen Lippen nicht erreichen, Melisande neigt sich tiefer aus dem Fenster, da fällt ihr langes Haar auf Pelleas, der es an einem Weidenzweig festknüpft, damit sie ihm nicht mehr entweiche. Während er das Haar leidenschaftlich küßt, flattern aus dem Turm Tauben in die Nacht hinaus. Auf Melisandes Flehen löst er endlich das Haar von den Zweigen, als sich jemand naht. Es ist Golaud, der mit nervösem Lachen die beiden zurechtweist, von den Kindereien zu lassen. – Am nächsten Tag führt Golaud Pelleas in den unterirdischen Gewölben des Schlosses an eine Zisterne, in deren Abgrund er ihn blicken läßt, während er ihn am Arm festhält. Pelleas sieht darin ein Licht vorüberhuschen, es ist die Leuchte, mit der Golaud den Felsen beleuchtet. Stark beeindruckt geht Pelleas schweigend mit Golaud weg. Am Ausgang der Gewölbe atmet Pelleas erleichtert auf; Golaud richtet ein ernstes Wort an ihn. Er weiß von den vertraulichen Beziehungen des Bruders zu seiner Gattin; er warnt ihn und fordert ihn auf, Melisande künftig zu meiden. – Mit geheuchelter Ruhe sucht Golaud aus seinem kleinen Sohn Yniold Näheres über Melisandes Beziehungen zu Pelleas herauszubekommen. Arglos erzählt der Kleine, daß die beiden sich geküßt haben. Als Licht aus Melisandes Fenster fällt, hebt Golo Yniold hoch, so daß dieser in das Zimmer blicken kann. Der Knabe berichtet, daß Onkel Pelleas bei dem Mütterchen sei, und daß beide in die Flamme des Lichtes schauten. Das Kind wird von einer namenlosen Angst befallen, Golaud muß es zu Boden bringen und, bedrückt von der Sorge der Ungewißheit, geht er mit Yniold davon.

Im Schloß begegnet Melisande Pelleas, als er gerade aus dem Zimmer seines nun wieder genesenen Vaters kommt. Er verabredet sich mit ihr für den Abend am Springbrunnen zum Abschiednehmen; denn auf Wunsch des Vaters muß er nun endgültig fort. – König Arkel begrüßt die Genesung von Pelleas' Vater als gutes Omen und betrachtet Melisande als die Bringerin einer glückhafteren Zeit für das Schloß. Golaud kommt hinzu und erklärt, daß Pelleas noch diese Nacht reise. Er läßt sich von Melisande seinen Degen bringen; dann macht er seinem Unmut in einem unbeherrschten Wutanfall gegen Melisande Luft und entfernt sich, als der König dazwischentritt, mit drohenden Andeutungen. – Beim Spielen am Springbrunnen war Yniold sein goldener Ball zwischen die Felsen gefallen; er bemüht sich vergeblich, den schweren Stein wegzuheben. Es wird finster. Eine Schafherde naht blökend. Als der Hirte die Tiere in der Nähe des Springbrunnens vorbeitreibt, verstummen sie plötzlich, weil dieser Weg nicht zum Stall führe, wie der Schäfer Yniold erklärend sagt. Angstvoll entfernt sich das Kind, während die Nacht anbricht. Pelleas erscheint, auch Melisande kommt alsbald. In heftiger Umarmung gestehen sich die beiden zum ersten Mal ihre Liebe. Dann hört man, wie das große Schloßtor geschlossen wird; Melisande weiß, daß es sich für immer für sie geschlossen habe. Schließlich bemerken die beiden in der Dunkelheit eine Gestalt, die sie beobachtet. Es ist Golaud. Mit gezogenem Degen stürzt er sich auf das sich stürmisch umarmende Liebespaar; er streckt Pelleas nieder, dann verfolgt er die fliehende Melisande.

Mit tiefer Besorgnis umstehen Arkel und Golaud Melisandes Krankenlager. Der Arzt beruhigt Golaud, Melisande könne unmöglich an der kleinen Wunde sterben, die er ihr geschlagen hat. Golaud bittet mit seiner Gattin allein gelassen zu werden. Dann beschwört er sie, ihm wenigstens jetzt im Angesicht des Todes die Wahrheit über Pelleas zu gestehen; Melisande gibt zu, ihn geliebt zu haben, aber die Antwort auf die Frage, ob sie ihn mit verbotener Liebe geliebt habe, bleibt sie schuldig. Lautlos stirbt sie, nachdem man ihr noch ihr Kind gereicht hatte. Arkel tröstet Golaud, er sei schuldlos, das Schicksal habe es so gewollt und habe bestimmt, daß an Stelle dieses armen kleinen Wesens das Kind lebe.

Stilistische Stellung
Die stilistische Geschlossenheit von Debussys ›Pelléas et Mélisande‹ beruht vor allem auf einer seltenen Einheitlichkeit von Wort und Ton. Die Handlung wird in einer Reihe lose miteinander verknüpfter lyrischer Szenen vermittelt. Die Dichtung vermeidet kräftigere Akzente und läßt die Gefühle und Leidenschaften gleichsam nur durchschimmern. Ihr mystisch-symbolischer, verschwommener Charakter, ihr Nuancenreichtum sowie ihre zarten Farben inspirierten die Phantasie des Komponisten zu einer entsprechenden sensiblen Vertonung. Das Klangbild der ›Pelléas‹-Musik wird vornehmlich durch zwei Faktoren bestimmt: durch die subtile, dem Tonfall und Rhythmus der Sprache abgelauschte Deklamation und durch eine darauf abgestimmte Klangatmosphäre des Orchesters, die in einer um alterierte Akkordmischungen und -folgen bereicherten modernen polytonalen Harmonik und in der farbigen Instrumentation ersteht. Hinsichtlich der Deklamation knüpft Debussy an den Rezitativstil der alten französischen Tragédie lyrique (Jean-Baptiste Lully, Jean-Philippe Rameau) an. Die ihrer tonalen Funktionen entkleideten und dadurch spannungslosen Dissonanzen vermitteln in erster Linie koloristische Wirkungen. Das unentwegt dahinfließende musikalische Gefüge setzt sich mosaikartig aus symmetrisch gebauten kleinen und kleinsten Formgebilden zusammen, die bisweilen von rezitativischen Partien unterbrochen werden. Debussy hat in ›Pelléas et Mélisande‹ den Stil des musikalischen Impressionismus vielleicht am reinsten dargetan. Als Ziel schwebte dem Komponisten wohl die Schaffung eines richtunggebenden Typus des modernen französischen Musikdramas vor, das in Abkehr von Wagner der kühlen Mentalität des Franzosen entsprechend jeden Aufwand von Pathos und Gefühlsüberschwang vermeiden sollte. In der konsequenten Durchführung dieser Einstellung bedient er sich oft sogar der Pausen als Ausdrucksmittel, die er in solchen Fällen als einzige Art betrachtet, den Gefühlsgehalt eines Augenblicks »musikalisch« auszudeuten. Obwohl Debussy bis zu einem gewissen Grad unter dem Einfluß Wagners stand (Harmonik), lehnte er dessen musikdramatisches Gestaltungsprinzip grundsätzlich ab (das Pathos der Deklamation und der Tonsprache, die konsequente Anwendung des Leitmotivs, eine Methode, die er als aufdringlich empfand, die symphonische Technik, die nach seiner Ansicht im Widerspruch zur dramatischen Aktivität der handelnden Personen steht). Das Musikdrama ›Pelléas et Mélisande‹ verzichtet gänzlich auf die sogenannten dankbaren Opernwirkungen, wie auf die Entfaltung der Schönheit und des Glanzes der Singstimmen in Arien, Monologen, Duetten usw. oder auf Chor- und Ensemblewirkungen, es verlangt aber außergewöhnlich intelligente und musikalisch-sensible Darsteller, insbesondere in den beiden Titelrollen, und einen ebensolchen Dirigenten, ohne die jegliches Bemühen um dieses Ausnahmewerk von vornherein zum Scheitern verurteilt ist.

Textdichtung
Debussy komponierte das originale gleichnamige Schauspiel des belgischen Dichters Maurice Maeterlinck (1862–1949), der als einer der hervorragendsten Vertreter des Symbolismus anzusehen ist. Die Dichtung, die auf eine alte flämische Sage zurückgeht, versinnbildlicht die Abhängigkeit des Menschen vom Schicksal und seine innere Erhebung über den Zwang. Für die musikdramatische Gestaltung erfuhr das Drama Kürzungen, die dem Komponisten zum Teil vom Dichter selbst vorgeschlagen worden waren.

Geschichtliches
Vor Debussy hatte schon der französische Komponist Gabriel Fauré Musik zu dem Maeterlinckschen Stück geschrieben. Debussy kannte das Drama seit seinem Erscheinen im Druck. Er hatte bereits bei der Lektüre des Stückes spontan ein paar Themen aufgezeichnet (Golaud-Mélisande), aber wohl erst im Anschluß an die Aufführung des Schauspiels im Mai 1893 in den »Bouffes Parisiens« faßte er den Entschluß, den ›Pelléas‹ zu einem Musikdrama auszugestalten. Als erstes war im September 1893 die Springbrunnen-Szene (IV. Akt) entstanden. Debussy fand sie dann jedoch noch zu »wagnerisch« und arbeitete sie vier Wochen später nochmals um. Nach Einholung der Erlaubnis zur Vertonung beim Dichter in Gent waren zu Anfang des Jahres 1894 bereits der I. Akt sowie Teile des III. Aufzuges und im Frühjahr 1895 so ziemlich die ganze Oper

in der Skizze fertig. Aber der Komponist nahm immer wieder Veränderungen und Umarbeitungen vor, bis er durch seinen Verleger Georges Hartmann den Dirigenten der Opéra-Comique André Messager kennenlernte, der sich alsbald für das Werk begeisterte und es seinem Direktor Albert Carré empfahl. Debussy vollendete nun im Oktober 1899 die Komposition in der Skizze, aber erst im Frühjahr 1901 nahm Carré den ›Pelléas‹ endgültig zur Aufführung an. Als im Januar 1902 die Proben begannen, mußte Debussy eiligst die Instrumentierung vollenden, daneben hatte er auch noch auf Verlangen der Bühnentechniker einige Verlängerungen bei den Zwischenspielen nachzukomponieren. Verdrießlichkeiten mancher Art erschwerten den Gang der Einstudierung: Der ungewohnte Stil bereitete Sängern und Orchester Schwierigkeiten; der Dichter Maeterlinck suchte mit allen Mitteln und Intrigen die Besetzung der Mélisande mit seiner für diese Partie völlig unzulänglichen Freundin durchzusetzen, was aber schließlich unterblieb. Am 30. April 1902 ging ›Pelléas et Mélisande‹ dann endlich unter Leitung von Messager an der Opéra-Comique zum ersten Mal in Szene. Publikum wie Kritik standen dem neuartigen Werk, das nicht einmal das gewohnte Ballett servierte, größtenteils verständnislos gegenüber. Trotzdem gab es auch einige positive Stimmen. Angefacht durch den Streit der Meinungen, wurde dem ›Pelléas‹ immer mehr Interesse entgegengebracht, so daß sich der Erfolg wie auch der Besuch von Aufführung zu Aufführung steigerte. Es dauerte aber noch einige Jahre, bis sich das Werk mit dem wachsenden Ruhm seines Schöpfers auch die großen Bühnen des Auslandes eroberte (Brüssel 1906, Frankfurt 1907, München und New York 1908, London 1909).

Frederick Delius

* 29. Januar 1862 in Bradford (England), † 10. Juni 1934 in Grez-sur-Loing (Frankreich)

Romeo und Julia auf dem Dorfe (A village Romeo and Juliet)

Musikdrama in sechs Szenen nach der gleichnamigen Novelle von Gottfried Keller, Text vom Komponisten.

Solisten: *Manz*, ein reicher Bauer (Hoher Bariton, auch Kavalierbariton, m. P.) – *Marti*, ein reicher Bauer, sein Nachbar (Heldenbariton, auch Baßbariton, m. P.) – *Sali*, Manzens Sohn (Lyrischer Tenor, gr. P.) – *Vrenchen*, Martis Tochter (Lyrischer Sopran, auch Jugendlich-dramatischer Sopran, gr. P.) – *Der schwarze Geiger* (Charakterbariton, m. P.) – *1. Bauer* (Bariton, auch Tenor, kl. P.) – *2. Bauer* (Bariton, auch Baß, kl. P.) – *1. Bäuerin* (Sopran, kl. P.) – *2. Bäuerin* (Sopran, auch Mezzosopran, kl. P.) – *3. Bäuerin* (Mezzosopran, auch Alt, kl. P.) – *Pfefferkuchenfrau* (Sopran, kl. P.) – *Glücksradfrau* (Sopran, auch Mezzosopran, kl. P.) – *Schmuckwarenfrau* (Alt, auch Mezzosopran, kl. P.) – *Possenreißer* (Tenor, kl. P.) – *Karussellmann* (Bariton, auch Tenor, kl. P.) – *Schießbudenmann* (Baß, auch Bariton, kl. P.) – *Das schlanke Mädchen*, Vagabundin (Sopran, kl. P.) – *Das wilde Mädchen*, Vagabundin (Alt, auch Mezzosopran, kl. P.) – *Der arme Hornist*, Vagabund (Tenor, kl. P.) – *Der bucklige Baßgeiger* (Baß, auch Bariton, kl. P.) – *Der 1. Schiffer* (Bariton, auch Tenor, kl. P.) – *Der 2. Schiffer* (Bariton, kl. P.) – *Der 3. Schiffer* (Tenor, auch Bariton, kl. P.).
Chor: Bauern – Vagabunden – Schiffer (gemischter Chor, m. Chp.).
Ort: Seldwyla in der Schweiz.
Schauplätze: Ein Brachland – Martis Haus – Die Kirche in Seldwyla – Eine Dorfkirmes – Das Gasthaus »Zum Paradiesgarten«.
Zeit: Mitte des 19. Jahrhunderts. Zwischen dem 1. und 2. Bild liegen sechs Jahre.
Orchester: 3 Fl. (III. auch Picc.), 3 Ob., Eh., 3 Kl., Bkl., 3 Fag., Kfag. – 6 Hr., 3 Trp., 3 Pos., Tuba – P., Schl., 2 Hrf. – Str. – Bühnenmusik: Soloviol., 6 Hr., 2 Kornette, 2 Altpos., Tr., Stahlplatten, Kirchengl., Org.
Gliederung: In sechs Szenen gegliederte durchkomponierte Großform.
Spieldauer: Etwa 1¾ Stunden.

Handlung

Zwei Felder werden durch ein Stück verwildertes Brachland getrennt. Auf beiden Feldern pflügen die reichen Bauern Manz und Marti; beide haben schon längst ein Auge auf das herrenlose Land geworfen. Ihre Kinder Sali und Vrenchen kommen mit dem Vesperbrot für die Väter. Sie spielen gerne auf dem verwilderten, verzaubert wirkenden Land. Da taucht auf einmal der schwarze Geiger auf; ein Vagabund, dem das Brachland gehört, doch der – da er ein Fahrender und zudem ein Bastard ist – sein Recht nirgendwo durchsetzen kann. Er erlaubt den Kindern, im Brachland zu spielen, warnt aber davor, wenn das Land urbar gemacht würde – davon könne nur Unglück kommen. Die beiden Bauern wissen, daß das herrenlose Brachland demnächst öffentlich versteigert wird und daß nur sie beide als Käufer in Frage kommen. Über der Frage, ob der eine oder andere von ihnen beim Pflügen nicht schon vorab ein Stück Land »abgeknapst« hat, geraten sie in bösen Streit. Sie laufen auseinander, jeder in seine Richtung, und verbieten den Kindern den Umgang miteinander.

Es ist sechs Jahre später: Die beiden reichen Bauern haben sich wegen des Brachlandes in einen jahrelangen Prozeß eingelassen, der sie beide ins Elend gestürzt hat. Vrenchen und Sali sind herangewachsen und haben sich lange nicht gesehen. Dann aber hält es Sali nicht mehr aus, und er geht zu Vrenchen. Beide entdecken, daß sie sich lieben, aber aus Angst vor Entdeckung verabreden sie sich für den Abend an altbekannter Stelle auf dem Brachland. Dort treffen sie erneut auf den schwarzen Geiger, der sie auffordert, mit ihm in die schöne, weite Ferne zu ziehen; im Dorfe hätten sie nichts mehr zu erhoffen. Doch Sali und Vrenchen haben nur Sinn füreinander. Sie umarmen und küssen sich, als Marti auftaucht, der seine Tochter gesucht hat, und schimpfend und fluchend seine Tochter wegreißen will. Sali gerät in Zorn und schlägt den Bauern nieder.

Vrenchen hat ihren Vater, der durch die Kopfverletzung blödsinnig geworden ist, ins Krankenhaus nach Seldwyla gebracht und sitzt nun allein im veröden Haus, das sie hat verkaufen müssen und das sie am kommenden Morgen verlassen muß. Da tritt Sali ein; er bereut seine Tat. Vrenchen tröstet ihn; beide wollen einander nicht mehr verlassen. In zarter Umarmung schlafen sie ein und träumen beide denselben Traum: Sie sehen sich als glückliches Brautpaar in der Kirche von Seldwyla, beglückwünscht von den Menschen. Als sie in der Morgendämmerung erwachen, nehmen sie den Traum als gutes Vorzeichen. Sie wollen den Tag fröhlich und unbeschwert verbringen und gehen zur Dorfkirmes ins Nachbardorf Berghald. Dort stehen viele Buden, und fliegende Händler preisen ihre Waren an. Sali und Vrenchen sind ganz fasziniert von all den Dingen, aber zu arm, um etwas kaufen zu können. Ein paar Bauern aus Seldwyla erkennen sie und machen spöttische Bemerkungen. Hier fühlen sich Sali und Vrenchen nicht wohl; Sali aber weiß ein einsames Gasthaus »Zum Paradiesgarten«, wo sie niemand kennt und wo sie unbeschwert tanzen können. Sie machen sich auf den Weg in den »Paradiesgarten«. Dort erwartet sie zum dritten Mal der schwarze Geiger mit seinen Kumpanen, dem schlanken und dem wilden Mädchen, dem armen Hornisten und dem buckligen Baßgeiger. Wieder fordert er sie auf, mit ihnen zu ziehen und ein freies, hemmungsloses Leben zu genießen. Sali und Vrenchen aber fühlen sich in der Umgebung der Vagabunden nicht wohl; und sie beherzigen den Rat des wilden Mädchens, sie seien für ein solches Leben nicht geschaffen. Sie müssen erkennen, daß sie durch ihr Schicksal zueinander gehören, aber ohne Geld, heimatlos und rechtlos, keine Möglichkeit haben, ein gemeinsames Leben in Ehre und Anstand zu führen. Nur im Tode kann sie keine äußere Macht und kein Leid mehr trennen. Sie besteigen ein hochbepacktes Heuboot; Sali bindet es vom Ufer los und zieht den Pfropfen aus dem Schiffsboden. Eng umschlungen treiben sie auf dem sinkenden Boot auf den Fluß hinaus.

Stilistische Stellung

›Romeo und Julia auf dem Dorfe‹ ist Frederick Delius' wichtigste Oper; dem Komponisten, dessen feinsinnige, höchst subtil instrumentierte Musik stilistisch zwischen Edvard Grieg, Richard Strauss und Claude Debussy anzusiedeln ist, gelang hier eine bruchlose Einheit von Text und Musik, und seine in erster Linie atmosphärische Stimmungen beschwörende Musik hat hier das rechte Sujet gewonnen. Die stärksten Eindrücke des Werkes gewinnt der Hörer aus einer breit angelegten, wohlklingenden Gesangslinie, die von einer farbig-ruhigen Harmonik getragen ist, und von einer höchst differenzierten Orchestersprache, die aber stets lyrisch-dezent bleibt.

Textdichtung
Gottfried Kellers den Handlungsfaden aus Shakespeares Veroneser Tragödie aufgreifende Novelle, die 1856 zum ersten Mal in den ›Geschichten aus Seldwyla‹ erschien, gehört in ihrer namenlosen Sehnsucht und todgeweihten Seligkeit zu den eindringlichsten, dabei aber stets die die ausweglose Verstrickung hervorbringenden gesellschaftlichen Voraussetzungen mitdenkenden Beispielen deutscher Prosa des 19. Jahrhunderts. Delius ist es gelungen, den Text einfühlsam zum Libretto umzuformen, ohne seine bei Keller angelegten melodramatischen Elemente allzu sehr zu betonen, sondern gerade, in dem er den lyrisch-epischen Fluß der Handlung bestehen läßt und die eher innere als äußere Handlung vielfach im Orchester fortführt.

Geschichtliches
Frederick Delius schrieb seine wichtigste Oper in den Jahren 1900 und 1901 auf eine deutsche Libretto-Fassung seiner Frau Jelka Rosen; die Uraufführung fand am 21. Februar 1907 an der Komischen Oper in Berlin statt. Nach England kam das Werk am 22. Februar 1910 in einer Aufführung, die Thomas Beecham, einer der nachdrücklichsten Delius-Förderer, an Covent Garden leitete. Danach blieb es lange still um das Werk; erst im Rahmen einer Renaissance der spätromantischen Musik eines Zemlinsky, Schreker und Pfitzner ist man in den letzten Jahren auch wieder auf Delius gestoßen; nicht zuletzt die Frankfurter Produktion von 2014 (Regie: Eva-Maria Höckmayr, musikalische Leitung: Paul Daniel) war ein eindrucksvolles Plädoyer für dieses wie aus einem Guß wirkende Stück.

Paul Dessau

* 19. Dezember 1894 in Hamburg, † 28. Juni 1979 in Zeuten bei Berlin

Die Verurteilung des Lukullus

Oper in 12 Szenen. Text von Bertolt Brecht.

Solisten: *Lukullus*, römischer Feldherr (Jugendlicher Heldentenor, gr. P.) – Friesgestalten: *Der König* (Seriöser Baß, m. P.) – *Die Königin* (Koloratursopran, m. P.) – *Zwei Kinder* (Kinderstimmen, kl. P.) – *Zwei Schatten* (Bässe, kl. P.) – *Zwei Legionäre* (Bässe, kl. P.; können auch von den Zwei Schatten gesungen werden) – *Lasus*, Koch des Lukullus (Tenor, kl. P.) – *Kirschbaumträger* (Tenor, kl. P.) – Totenschöffen: *Das Fischweib* (Alt, m. P.) – *Die Kurtisane* (Mezzosopran, m. P.) – *Der Lehrer* (Lyrischer Tenor, m. P.) – *Der Bäcker* (Tenor, m. P.) – *Der Bauer* (Baß, m. P.) – *Tertullia*, eine alte Frau (Mezzosopran, auch Alt, kl. P.). – *Drei Frauenstimmen/Drei Ausruferinnen* (Soprane, kl. P.) – *Der Totenrichter* (Baß, auch Baßbariton, gr. P.) – *Fünf Offiziere* (Tenor, 2 Baritone, 2 Bässe, kl. P.) – *Lehrer der Kinder* (Tenor, kl. P.) – *Sprecher des Totengerichts* (Sprecher, m. P.) – *Drei Ausrufer* (Sprecher, kl. P.) – *Zwei junge Mädchen* (Sprecherinnen, kl. P.) – *Zwei Kaufleute* (Sprecher, kl. P.) – *Zwei Frauen* (Sprecherinnen, kl. P.) – *Zwei Plebejer* (Sprecher, kl. P.) – *Ein Kutscher* (Sprecher, kl. P.).
Chor: Chor der Menge – Soldaten – Sklaven – Schatten – Kinder (m. Chp.).
Ort: Das antike Rom.
Schauplätze: Der Totenzug des Lukullus – Das Grabmal des Lukullus – Das Totengericht.
Zeit: Antike.
Orchester: 3 Fl. (auch Picc., auch Altfl.), 3 Trp., 3 Pos., Tuba, 4 Vcl., 2 Kb., 2 Klav., 1 Konzertfl., 1 Hrf., 1 Akkordeon, 1 Trautonium (elektrische Org.), Schl.
Gliederung: Durchkomponierte Großform.
Spieldauer: Etwa 1¾ Stunden.

Handlung
Der römische Feldherr Lukullus ist gestorben. Im Trauerzug wird auch ein riesiger Grabfries mitgeführt, der die Taten des Feldherrn verherrlicht. Das Volk, das den Trauerzug begafft, verhält sich eher verwundert oder kritisch zu den Feierlich-

keiten. Als der Zug vorüber ist, geht alles wieder seiner Arbeit nach.

Auch der Trauerzug löst sich schnell auf, als die Feierlichkeiten beendet sind – der Alltag kehrt wieder ein. Nur noch für die Schulklassen, die zum Grabmal geführt werden, ist Lukullus historisches Wissen, abfragbar und überprüfbar.

In einem Vorraum des Totengerichts, wo die frisch verstorbenen Schatten auf ihre Verhandlung warten, steht auch Lukullus. Er beschwert sich, daß man ihn hier warten läßt. Tertullia, eine alte Frau, die vor ihm an der Reihe ist, versucht, ihn zu beruhigen. Tertullia wird vor das Totengericht gerufen, doch ihre Verhandlung ist schnell vorüber – dann ruft man Lukullus herein. Die Verhandlung wird – unter dem Vorsitz des Totenrichters – von fünf Schöffen geführt; die Schöffen waren einst Fischweib, Kurtisane, versklavter Lehrer, Bäcker und Bauer. Lukullus wird aufgefordert, einen Fürsprecher zu benennen, doch der von Lukullus geforderte Alexander der Große ist im Totenreich unbekannt. So beantragt der Feldherr, man möge seinen Grabfries holen – die dort abgebildeten Taten sollen für ihn sprechen.

Der Grabfries wird von Sklaven herbeigeschafft. Das Gericht beschließt aber, nicht die Abbildungen, sondern die Abgebildeten sollen aussagen. Die Friesgestalten: ein König und seine Königin, zwei Legionäre, zwei Kinder, ein Koch und ein Kirschbaumträger, werden als Zeugen gerufen. Der König – einer von sieben, die Lukullus überfiel – berichtet von dem Überfall. Die Königin schildert ihre Vergewaltigung durch römische Soldaten. Lukullus hält sich für schuldlos: der König selbst sei auch nicht gerade ein gerechter Herrscher gewesen, und er sei ja nur auf Befehl Roms in den Krieg gezogen. Der Lehrer-Schöffe weist dies zurück: nicht das römische Volk, sondern die Reichen hätten ihn geschickt. Die Kinder berichten von der Vernichtung von 53 Städten. Zu Lukullus' Gunsten kann nur vermerkt werden, daß er Gold nach Rom gebracht habe. Da der Feldherr müde scheint, ordnet das Gericht eine Pause an.

Lukullus hört das Gespräch von zwei neu eingetroffenen Schatten an und sehnt sich zurück nach Rom. Das Verhör wird fortgesetzt: Das Fischweib fragt nach dem Verbleib des Goldes. Lukullus antwortet, er sei nicht für Roms Fischweiber in den Krieg gezogen – aber mit unseren Söhnen, antwortet das Fischweib. Die beiden gefallenen Legionäre werden befragt. Lukullus lehnt es ab, mit denen über den Krieg zu sprechen, die nichts davon verstünden, doch das Gericht entscheidet, daß das Fischweib den Krieg sehr wohl verstehe, denn ihr Sohn sei gefallen.

Seine Triumphe und Taten, so faßt das Gericht zusammen, könnten nicht für ihn sprechen – so soll er von seinen Schwächen berichten; vielleicht lasse sich da ein menschlicher Zug finden. Lukullus benennt seinen Koch Lasus, und dieser nennt ihn menschlich, weil er ihn nach Herzenslust habe kochen lassen, und der Kirschbaumträger zeigt den Kirschbaum, den der Feldherr aus Asien nach Europa gebracht habe. Der Bauer und der Bäcker zeigen Verständnis für diese Eigenschaften, und der Bauer nennt den Kirschbaum die beste Eroberung, die Lukullus gemacht habe. Aber 80 000 Legionäre wurden für die »Eroberung« des Kirschbaums geopfert. Die Gefallenen der asiatischen Kriege treten auf, und mit ihnen spricht das Gericht das Urteil: »Ins Nichts mit ihm und mit allen wie er.«

Stilistische Stellung

Dessau/Brechts ›Die Verurteilung des Lukullus‹ ist zu sehen in der Tradition der musikalischen Bühnenwerke auf Brecht-Texte aus den dreißiger Jahren, einschließlich der Lehrstücke. In einer Gegenüberstellung konventioneller und »epischer« Oper bezeichnet Brecht den erzählenden, distanzierten Charakter der epischen Oper als deren Grundgestus, bei dem es darauf ankomme, zu verstehen, nicht aber, ergriffen zu sein. Dessau hat versucht, diese Prämisse auch musikalisch umzusetzen, indem er viele Stilmittel des »Darstellungstheaters« (Sprecher, kommentierende Stimmen, distanziert klingendes Orchester) verwendete; gleichwohl sind gerade die musikalischen Höhepunkte des unaufwendigen Werkes (die Erzählung der Königin, der Bericht des Fischweibs über den Tod des Sohnes) so voll musikalischer Dramatik und so anrührend, daß gleichwohl das Gefühl des Besuchers angesprochen wird und sich die Musik über das theoretische Postulat hinwegsetzt.

Textdichtung

Vorlage für die Oper war ein Hörspiel ›Das Verhör des Lukullus‹, das Brecht 1939 in Dänemark geschrieben hatte. In diesem Hörspiel blieb das Urteil offen: Es lag beim Zuhörer, den Feldherrn zu verurteilen oder freizusprechen. Bereits 1943 in Kalifornien gab es erste Besprechungen mit Dessau hinsichtlich der Komposition, aber erst 1949, als beide nach Berlin zurückgekehrt waren, kam der Plan zur Ausführung. In verschiedene Szenen wurde von offizieller Seite eingegriffen, so, als es um Heldenverehrung ging oder um die Verteidigung von Abwehrkriegen – hier behielt ideologische Festlegung auf die Parteilinie die Oberhand vor der ursprünglichen, radikaleren Konzeption. Gleichwohl ist der ›Lukullus‹ eine höchst eindringliche Friedensoper geblieben, in der deutlich gemacht wird, was vermeintliche militärische »Großtaten« in Wirklichkeit sind – Kriegsverbrechen, Verbrechen wider den Frieden und die Menschlichkeit. Dramaturgisch greift Brecht dabei auf ein altes Theatermittel zurück: Das Totenreich und das Totengericht, das über Verdammung oder Aufnahme in das »Gefilde der Seligen« entscheidet, ist ein »umgekehrter Spiegel der Realität« – was »oben« als bewundernswert gilt in der öffentlichen Meinung und im Bild der Geschichte, gilt »unten« als verbrecherisch.

Geschichtliches
Brecht/Dessaus Oper wurde – noch unter dem Titel ›Das Verhör des Lukullus‹ – am 17. März 1951 im Ost-Berliner Admiralspalast unter der Leitung von Hermann Scherchen uraufgeführt – allerdings vor einem engeren Kreis. Die Autoren reagierten auf den Widerspruch von offizieller Seite mit den erwähnten Änderungen, und so konnte das Werk am 12. Oktober 1951 seine »öffentliche« Uraufführung – jetzt unter dem Titel ›Die Verurteilung des Lukullus‹ – erleben. Eine vor allem die Sprechtexte vereinfachende Neufassung nahm Paul Dessau 1957 anläßlich einer Neuinszenierung in Leipzig vor, und für die Berliner Neuinszenierung von Ruth Berghaus 1960 änderte er nochmals Details in der Partie des Lukullus (Wegfall der Kochbuch-Arie) und im Schlußchor. In der Zwischenzeit ist das Werk an weit mehr als dreißig Bühnen in der DDR und in der Bundesrepublik, aber auch im Ausland, aufgeführt worden. Von nachhaltiger Wirkung war eine Inszenierung des Werkes von Giorgio Strehler 1973 in Mailand. Nach der Auflösung der DDR war auch eine weitgehende Rekonstruktion der ursprünglichen Fassung von Brecht und Dessau möglich. Heute gehört der ›Lukullus‹ zu den meistgespielten Bühnenwerken der zweiten Hälfte des 20. Jahrhunderts.

Gaetano Donizetti

* 29. November 1797, † 8. April 1848 in Bergamo

Viva la Mamma (Le convenienze e le inconvenienze teatrali)

Oper in zwei Akten nach einer Komödie von Simeone Antonio Sografi.

Solisten: *Corilla Sartinecchi*, die Primadonna (Lyrischer Koloratursopran, gr. P.) – *Stefano*, ihr Ehemann (Lyrischer Bariton, auch Kavalierbariton, gr. P.) – *Luigia Boschi*, die zweite Sängerin (Lyrischer Sopran, auch Soubrette, m. P.) – *Agata*, ihre Mutter (Schwerer Spielbaß, auch Heldenbariton, auch Charakterbariton, gr. P.) – *Dorotea Caccini*, die Mezzosopranistin (Mezzosopran, auch Alt, kl. P.) – *Guglielmo Antolstoinolonoff*, der erste Tenor (Lyrischer Tenor, m. P.) – *Vincenzo Biscroma*, der Komponist (Bariton, auch Baßbariton, m. P.) – *Orazio Prospero*, der Librettist (Baß, auch Baßbariton, m. P.) – *Der Impresario* (Bariton, m. P.).

Chor: Männerchor (m. Chp.).
Ballett
Ort: Das Theater in Rimini während der Proben zu der Oper ›Romulus und Ersilia‹.
Schauplätze: Eine Probenbühne – Die Bühne des Theaters in Rimini.
Zeit: 1840.
Orchester: 2 Fl., 2 Ob., 2 Kl., 2 Fag. – 2 Hr., 2 Trp., 3 Pos. – P., Schl. – Str.
Gliederung: Ouvertüre, durch Rezitative gegliederte Musiknummern.
Spieldauer: Etwa 2 Stunden.

Handlung

Im Theater von Rimini steckt man mitten in den Proben zu der neuen Oper ›Romulus und Ersilia‹, die zu Beginn der Stagione uraufgeführt werden soll. Komponist und Librettist sind anwesend, und man probt die Arie der Ersilia mit Herrenchor; es singt die Primadonna Corilla Sartinecchi, die sich von den Koloraturen und Trillern höchst angetan zeigt, kann sie doch damit ihre virtuose Technik vorführen. Dann soll sich die Arie des Tenors anschließen, doch der russische Tenor ist nicht recht bei Stimme und auch sprachlich etwas eigenwillig. Corilla hat noch Sonderwünsche an den Librettisten; so wünscht sie den Romulus in Ketten, doch der Librettist wehrt ab, denn Romulus ziehe als Triumphator ein – wo sollten da Ketten herkommen. Corilla aber findet Ketten sehr effektvoll, denn sie könne sich bei ihrem Rondo daran hängen. Der Impresario kommt mit dem Plakatentwurf. Plötzlich entsteht Tumult hinter der Bühne: Mamma Agata, die Mutter der zweiten Sängerin, tritt auf. Man hat versucht, ihr den Zutritt zur Probe zu verwehren, aber da kennt man die alte Dame schlecht. Agata knöpft sich sogleich den Komponisten vor: immer noch fehle das Rondo für Luigia; wenn Luigia kein Rondo bekäme, würde die ganze Stadt revoltieren. Agata hat sogleich auch Vorschläge, wie dies Rondo auszusehen habe: zuerst viele Triller, dann ein Presto mit Synkopen und alles dezent vom Orchester begleitet. Der Komponist beruhigt sie; er werde es schon recht machen. Dann vertieft man sich wieder in den Plakatentwurf: Stefano, der Ehemann der Primadonna, wünscht, daß der Titel des Werkes geändert werde: es müsse heißen ›Ersilia und Romulus‹, doch Prospero überzeugt ihn, schon seit Adam und Eva werde der Männername immer zuerst genannt. Der Name des russischen Tenors ist verdruckt und wird korrigiert. Agata bittet den Russen um etwas Schnupftabak und bewundert seine Tabatiere; galant schenkt ihr der Russe das Schmuckstück; doch als sie bei seiner Uhr denselben Trick versucht, weigert er sich. Man streitet sich über die Applausordnung, die Mezzosopranistin verläßt empört das Theater. Agata macht einige bissige Bemerkungen über die etwas zweifelhafte Herkunft von Corilla, die noch vor kurzem auf der Piazza Arancini verkauft habe, und Stefano sieht sich genötigt, in einer großen Arie die Ehre und die Kunst seiner Frau zu verteidigen. Agata macht sich noch einmal an den Komponisten heran: er solle für Luigia auch noch ein Duett mit der Primadonna komponieren. Als Corilla dies hört, wird sie böse: mit Luigia, diesem Flittchen, werde sie nie ein Duett singen; es kommt zu einem wilden Schimpfduett. Der Impresario kommt verzweifelt wieder: Die Mezzosopranistin ist abgereist. Stefano erbietet sich, deren Rolle zu übernehmen; aus der gefangenen Königin könne man ja einen gefangenen König machen. Doch auch Agata will einspringen: mit dem russischen Tenor wird das Duett probiert. Der Tenor jedoch ist empört: Agata schreie zu sehr und singe immer zu tief, zu solchem Dilettantismus lasse er sich nicht herab. Er zerreißt seine Partie und geht ebenfalls. Nun soll Stefano die Partie des Tenors übernehmen. Der Impresario bringt die Post: Luigia erhält einen Brief, Stefano eine Zeitung. Während Stefano die Ankündigung der Premiere vorliest, aber auch die Meldung, daß die Stadt noch über die Theatersubventionen berate, erfahren Luigia und ihre Mutter aus dem Briefe, dem Impresario sei nicht recht zu trauen; er habe nie Geld. Alle sind erschrocken, denn sie haben noch keinen Vorschuß bekommen; und als der Impresario zurückkommt, weigern sie sich, mit der Probe fortzufahren; erst wollen sie Geld sehen. Doch der Impresario droht ihnen, wenn sie vertragsbrüchig werden, noch zusätzlich mit einer Konventionalstrafe. Es herrscht große Verwirrung. – Mit viel Überredungskunst hat der Impresario die widerspenstigen Künstler dazu gebracht, weiterzuarbeiten; wer ein großer Künstler sein wolle, der dürfe erst zuletzt an die Gage denken.

Die Generalprobe beginnt; Corilla singt ihre Arie mit Chor. Agata bietet dem Impresario an, mit ihrem Schmuck, der Beute einer vielfältigen erotischen Vergangenheit, notfalls die Aufführung zu finanzieren; auf jeden Fall aber will sie die Rolle der Mezzosopranistin singen. Man probiert ihre Arie, das Orchester transponiert auf ihren Wunsch und spielt mit Dämpfer. Dann folgt die Arie Corillas und das Ballett, und schließlich der Triumphakt. Stefano kann seine Rolle noch nicht so recht und muß wiederholen; schließlich springt man zum Trauermarsch, bei dem Ersilia zum Opfertod geführt wird. Romulus soll Ersilia, obwohl er sie liebt, den Göttern opfern, doch ehe er zustimmt, kommt Luigia als Götterbote und sorgt fürs glückliche Ende. Doch Corilla ist die Szene zu kurz: sie wünscht vom Komponisten eine Verlängerung: er soll eine rechte Tempesta, eine Sturmmusik schreiben; auch der Chor ist angetan, denn Sturmmusiken sind traditionell mit

Chor. Ein Bote stört die Probe: Der Impresario geht hinaus und kommt verzweifelt wieder: da die wichtigen Gesangsstars abgereist seien, könne man die in Rimini gewohnte Qualität nicht garantieren und verweigert jeden Zuschuß, ja, man macht die Aufführung davon abhängig, daß eine hohe Kaution hinterlegt wird. Alles ist empört, entrüstet, bestürzt. Da kommt Agatas große Stunde: Sie stellt ihren Schmuck zur Verfügung; die Kaution kann gestellt werden, die Aufführung stattfinden. Alles feiert Mamma Agata.

Stilistische Stellung
Donizettis 25. Oper macht, wie ihr Untertitel ausweist, die »Sitten und Unsitten des Theaters« selbst zum Thema; die Bühnenkräche und Finanzierungsschwierigkeiten, die Eitelkeiten und Eifersüchteleien werden parodierend vorgeführt, und der Stoff bietet dem Buffa-Komponisten Donizetti genügend Raum für zugleich karikierende wie hochvirtuose Musik, für die glossierende Präsentation traditioneller Formen und Inhalte, für die zugleich belächelte und geliebte Sinnlosigkeit der Gattung. Und der Stoff erlaubt ihm zudem ein Stück Absurdität: Die Oper endet, bevor die Oper beginnt.

Textdichtung
Donizetti verwendete als Textvorlage für seine Oper die höchst erfolgreiche gleichnamige Farce von Simeone Antonio Sografi aus dem Jahre 1794, in der schon die bis heute aktuellen Theaterfiguren angelegt sind: die eitle Primadonna, der dümmliche Tenor, der aufgeblasene Impresario, schließlich die theaterverrückte Mamma Agata, die endlich auch einmal – und koste es sie ein Vermögen – auf den »Brettern, die die Welt bedeuten«, stehen will.

Geschichtliches
Donizettis Oper ›Viva la Mamma‹ kam am 21. November 1827 am Teatro Nuovo in Neapel heraus; sie war ein großer Erfolg und wurde allein in der ersten Saison fünfzigmal gegeben; Berlioz sah sie noch 1831. Für die Mailänder Premiere am 20. April 1831 hat Donizetti das ursprünglich einaktige Werk umgearbeitet und erweitert; die heute übliche zweiaktige Fassung entspricht weitgehend der Mailänder Aufführung. In der zweiten Hälfte des 19. Jahrhunderts geriet das Werk in Vergessenheit; erst 1963 wurde es, nachdem man die Noten in der Musikbibliothek in Siena wiederentdeckt hatte, anläßlich der XX. Settimana Musicale Senese wiederaufgeführt und hatte großen Erfolg. Die deutsche Erstaufführung in der Fassung von Horst Goerges und Karlheinz Gutheim kam 1969 an der Bayerischen Staatsoper in München heraus, und seitdem hat das heiter-unkomplizierte Werk seinen Siegeszug über alle Bühnen angetreten.

W. K.

Anne Boleyn (Anna Bolena)

Oper in zwei Akten. Dichtung von Felice Romani.

Solisten: *Heinrich (Enrico) VIII.*, König von England (Seriöser Baß, gr. P.) – *Anne Boleyn*, seine Gattin (Dramatischer Koloratursopran, gr. P.) – *Jane (Johanna) Seymour*, Hofdame Annes (Koloratur-Mezzosopran, gr. P.) – *Lord Rochefort*, Bruder Annes (Kavalierbariton, m. P.) – *Lord Richard Percy* (Lyrischer Tenor, auch Jugendlicher Heldentenor, gr. P.) – *Smeton*, Page Annes (Lyrischer Alt, m. P.) – *Sir Hervey*, Offizier (Charaktertenor, m. P.).
Chor: Hofgesellschaft – Offiziere – Jäger – Soldaten (m. Chp.).
Ort: I. Akt in Windsor, II. Akt in London.
Schauplätze: Empfangssaal der Königin im Schloß Windsor – Park beim Schloß Windsor – Salon der Königin im Schloß Windsor – Gemächer der Königin in London – Vorhalle zum Saal der Pairs in London – Vorhalle im Tower zu London.
Zeit: 1536.
Orchester: 2 Fl. (II. auch Picc.), 2 Ob. (II. auch Eh.), 2 Kl., 2 Fag., 4 Hr., 2 Trp., 3 Pos., P., Schl., Hrf., Str. – Bühnenmusik: 2 Hr., Tr., Banda.
Gliederung: Ouvertüre und 28 musikalische Szenen.
Spieldauer: Etwa 2¾ Stunden.

Handlung
Auf Schloß Windsor warten im hellerleuchteten Empfangssaal der Königin Anne die Hofherren auf den König; sie befürchten, daß der Herrscher sein Herz bereits wieder einer anderen zugewandt hat. Unterdessen hat die Königin ihre Hof-

dame Johanna Seymour rufen lassen, mit der sie ein Vertrauensverhältnis verbindet, ohne freilich zu ahnen, daß diese in ihrem ehrgeizigen Streben nach der Krone dem lüsternen Begehren des Königs entgegenkommt. Jetzt erscheint Anne selbst mit ihrem Pagen Smeton und den Hofdamen. Sie ist gedrückter Stimmung und fordert daher Smeton auf, zum Zeitvertreib etwas zu singen. Durch sein Lied weckt der Jüngling bei der Königin die Erinnerung an das verlorene Glück ihrer ersten Liebe, die sie dem Glanz der Königskrone geopfert hat. Resigniert entläßt sie die Hofgesellschaft zur Ruhe, da der König zu so später Stunde wohl doch nicht mehr kommen werde. Johanna ist allein zurückgeblieben; sie bereut bereits den Verrat an ihrer Herrin. Durch eine Geheimtür erscheint König Heinrich. Mit glühender Begierde verlangt er Johannas Liebe. Doch sie erklärt, ihm nur als Gattin angehören zu wollen, denn sie verlange nicht nur Liebe, sondern auch die Krone. Freudig stimmt Heinrich zu, ihre Wünsche zu erfüllen. Da wendet Johanna ein, ihre Ehre lasse es jedoch nicht zu, daß der König seine Gattin um ihretwillen verstoße. Heinrich erwidert erfahren zu haben, daß Anne vor ihm einen anderen geliebt und nur wegen des Thrones, nicht aber aus Liebe ihn geheiratet habe. Johanna tut, als ob sie sich entfernen wolle. Doch der König fordert sie in herrischem Ton auf zu bleiben und versichert ihr, er wolle und könne seine Ehe mit Anne lösen. Unter Gewissensbissen ist sich Johanna bewußt, nicht mehr zurück zu können. – Im Schloßpark stößt Lord Rochefort, der Bruder der Königin, auf Lord Richard Percy, den ehemaligen Geliebten Annes. Letzterer wurde vom König aus der Verbannung zurückgerufen. Er erkundigt sich sogleich bei dem Jugendfreund nach Anne und fragt, ob es wahr sei, daß Heinrich sie jetzt hasse. Rochefort reagiert ausweichend. Percy will sie aber noch einmal sehen, obwohl ihn der Freund auf die Gefahren seines Verlangens hinweist. Hörnerklang kündet den Beginn der königlichen Jagd an. Heinrich erscheint mit Herren seines Gefolges, auch Anne kommt mit ihren Hofdamen. Der König begrüßt die Gattin kühl und bedeutet Percy, daß er seine Begnadigung nur der Fürsprache der Königin verdanke. Mit Kniefall und Handkuß bezeugt Percy der höchst verlegenen Herrin seinen Dank. Als er bemerkt, sich in die Einsamkeit zurückziehen zu wollen, befiehlt Heinrich, er solle am Hof bleiben, Rochefort möge sich um ihn kümmern. – Der Page Smeton weilt allein im Salon der Königin, die er heimlich liebt. Er will ein Medaillon mit Annes Bild, das er sich unbemerkt angeeignet hatte, wieder zurückbringen. Doch da vernimmt er Schritte; eilig versteckt er sich hinter einem Paravent. Anne und Rochefort betreten erregt den Salon. Angstvoll gibt sie dem Drängen des Bruders nach, Percy zu empfangen, der darauf bestehe, sie ein einziges Mal allein zu sehen. Als sie mit dem Hinweis auf ihre eheliche Bindung den stürmischen Liebesbeteuerungen des Jugendfreunds gegenüber standhaft bleibt, zieht dieser einen Dolch, um sich das Leben zu nehmen. Da stürzt Smeton aus seinem Versteck hervor. Percy geht auf den Horcher los, in diesem Augenblick erscheint Heinrich mit seinem Gefolge. In naivem Ton beteuert der Page dem König, daß die Herrin schuldlos sei. Dabei fällt ihm das Medaillon auf den Boden. Heinrich hebt es auf und hat nun einen willkommenen Beweis für die Untreue seiner Gattin. Er läßt Anne, Percy und Smeton durch die Wache sogleich verhaften und erklärt der verzweifelt ihre Schuldlosigkeit beteuernden Königin, nicht vor ihm, sondern vor dem Richter solle sie sich rechtfertigen.

In dem streng bewachten Vorzimmer von Annes Gemächern in London überbringt Sir Hervey den Befehl des Königs, daß die auch jetzt noch treu zu ihrer Herrin stehenden Hofdamen sich einem Verhör des Richters unterziehen müßten. Inzwischen hat Johanna die Königin aufgesucht. Sie gibt ihr den dringenden Rat, sich schuldig zu bekennen, um dadurch dem König die Möglichkeit für die eheliche Verbindung mit einer anderen zu verschaffen und sich damit das Leben zu retten. Erbost verflucht Anne die Buhlerin, die ihr das Herz des Gatten geraubt hat. Als Johanna endlich gesteht, sie selbst sei die verruchte Verräterin, verzeiht die Königin in der Überzeugung, daß der König allein schuldig sei, da er ja in Johanna die Liebe erweckte. – In der Vorhalle zum Gerichtssaal berichtet Hervey den Hofherren, Smeton habe ein Geständnis abgelegt. Niemand ahnt freilich, daß der König die Aussage erpreßt hat unter dem Vorwand, der Page werde dadurch Annes Leben retten. Heinrich betritt den Raum, gleich darauf werden Anne und Percy von Wachen herbeigebracht. Im Verlauf der nun folgenden Auseinandersetzung fordert Percy seine älteren Rechte auf Annes Hand, denn sie und er seien bereits von einem Priester getraut worden, bevor Anne mit Heinrich die Ehe eingegangen war. Dem König paßt diese Enthüllung, die er zwar für erfunden hält, doch sehr wohl in seinen Plan. Triumphierend erklärt er, Englands Thron werde eine andere, würdigere besteigen, während Annes Namen verflucht und aus dem Buch der Geschichte ausgelöscht sei. Nachdem daraufhin Johanna den König vergeblich angefleht hat, Annes Leben zu schonen, überbringt Hervey das Urteil der Pairs: Anne ist des Ehebruchs überführt; sie wird mit ihren Komplizen zum Tod verurteilt. Umsonst bitten Johanna und die anwesende Hofgesellschaft den König um Gnade. – In der Vorhalle des Tower nehmen Percy und Rochefort voneinander Abschied. Da kommt Hervey und meldet, der König habe die beiden Freunde begnadigt. Als sie hören, daß Anne jedoch sterben müsse, verzichten sie auf die Gnade. In geistiger Verwirrung erscheint die Königin. Percy, Rochefort und Smeton werden gefesselt vor sie gebracht. Der Page gesteht seine große Schuld, durch eine falsche Aussage, zu der ihn der König verleitet hätte, zum Mörder der Königin geworden zu sein. Die Klänge einer aus der Ferne ertönenden Marschmusik bringen Anne wieder zu sich. Sie wird sich ihrer Situation bewußt. In der Stunde des Todes verzeiht sie Johanna und dem König so, wie der Himmel auch ihre Sünden vergeben möge. Als sie sich zu Percy wenden will, wird sie von den Wachen gewaltsam abgeführt.

Stilistische Stellung
Zu einer Zeit, als Rossini sein Bühnenschaffen eben abgeschlossen hatte, ist Donizetti mit ›Anna Bolena‹ hervorgetreten und hat aufgrund des durchschlagenden Erfolgs dieses Werks neben dem gleich erfolgreichen Sizilianer Vincenzo Bellini allgemein Anerkennung als einer der führenden Opernkomponisten Italiens gefunden. Anknüpfend an den Stil Rossinis, ohne ihn jedoch epigonenhaft nachzuahmen, offenbart sich Donizetti bei ›Anna Bolena‹ nicht nur als Meister des lyrischen Ausdrucks, sondern stellt gleichzeitig seine Befähigung als dramatischer Komponist unter Beweis. So ist vor allem die Titelpartie mit allen Nuancen musikdramatischer Charakterisierungskunst ausgestattet. Die vielfach mit energisch punktierten Rhythmen versehene Gesangslinie des Königs Heinrich zeichnet trefflich das hartherzige Wesen des Despoten. Bei der ausgedehnten Rolle von Annas Nebenbuhlerin, Johanna Seymour, herrscht ein leidenschaftlicher Stil vor, während in den Partien der Jugendfreunde, Percy und Rochefort, mehr das Lyrische bevorzugt ist. Instrumentation wie Ensembleszenen sind dagegen manchmal etwas unausgeglichen geraten. Das Allegro-Thema der Ouvertüre entnahm Donizetti der Sinfonia zu seiner 1828 entstandenen Oper ›Alina, regina di Golconda‹.

Textdichtung
Donizettis Oper ›Anna Bolena‹ handelt von den Ehewirren des sinnlichen Wüterichs und brutalen Despoten Heinrich VIII. von England und von einem der abscheulichsten Prozesse der Weltgeschichte. Um Anne Boleyn, die Hofdame seiner ersten Gattin Katherina von Aragon heiraten zu können, ließ er sich – ohne Dispens des Papstes Clemens VII. – von dieser scheiden (1533), was zu einem Bruch mit Rom führte. Der König setzte beim Parlament seine Erhebung zum »Obersten Lehensherrn und einzigem Haupt der englischen Kirche« durch. Daraufhin wurde jede Auflehnung gegen die königliche Gewalt, insbesondere die Bestreitung der Gültigkeit der Ehe mit Anne Boleyn und der alleinigen Erbfolgeberechtigung der aus dieser Ehe entsprossenen Prinzessin Elisabeth, der nachmals berühmten Königin, als Hochverrat geahndet. Aber schon nach drei Jahren seiner Verheiratung mit Anne Boleyn war der König seiner Gattin überdrüssig geworden; er ließ die Ehe mit der offenkundig schuldlosen Königin scheiden und diese wegen Untreue hinrichten. Daraufhin heiratete Heinrich, der von seinen sechs Frauen außer Anne Boleyn auch die fünfte, Catherine Howard, aufs Schafott brachte, Annes Hofdame Jane Seymour. – Der Genueser Theaterdichter Felice Romani (1788–1865), einer der angesehensten Librettisten zu Donizettis Zeit, verarbeitete den Stoff operngerecht zu einer theaterwirksamen Handlung.

Geschichtliches
Der im allgemeinen etwas langsam schaffende Felice Romani hat sein Libretto zu ›Anna Bolena‹, dessen Stoff ihn sehr fesselte, in kurzer Zeit vollendet und es Anfang November 1830 Donizetti übergeben. Aber auch der Komponist arbeitete mit Feuereifer an dem Werk, das er in der Villa der berühmten Sängerin Giuditta Pasta am Comer See im Verlauf eines Monats beendete. Die Uraufführung erfolgte am 26. Dezember 1830 am Teatro Carcano in Mailand mit Giuditta Pasta in der Titelrolle. Das Werk wurde mit außerordentlichem Beifall aufgenommen und erfuhr in der Folge eine rasche Verbreitung im In- und Ausland.

Der Liebestrank (L'elisir d'amore)

Komische Oper in zwei Aufzügen. Dichtung von Felice Romani.

Solisten: *Adina*, eine junge reiche Pächterin (Lyrischer Koloratursopran, gr. P.) – *Nemorino*, ein junger Landmann (Lyrischer Tenor, gr. P.) – *Belcore*, Sergeant (Lyrischer Bariton, auch Kavalierbariton, gr. P.) – *Dulcamara*, ein Quacksalber (Spielbaß, gr. P.) – *Gianetta*, ein Wäschermädchen (Soubrette, auch Mezzosopran, m. P.) – *Ein Notar* (Stumme Rolle) – *Ein Soldat* (Baß, kl. P.) – *Ein Diener* (Stumme Rolle) – *Ein Mohr* (Stumme Rolle).
Chor: Wäscherinnen – Landleute – Schnitter – Unteroffizier – Trommler – Trompeter – Soldaten – Knechte (m. Chp.).
Ort: Ein Dorf im Florentinischen.
Schauplätze: Dorfgegend, Berge, Wald, Getreidefelder, hinten eine felsige Erhöhung, links vorn der Pachthof mit Eingangstür – Innerer Hof von Adinas Pachtgut, Eingangstor links Mitte, rechts davon Musikantentribüne, rechts Eingang in das Pachthaus, links Wirtschaftsgebäude.
Zeit: 1815.
Orchester: 2 Fl. (II. auch Picc.), 2 Ob. (II. auch Eh.), 2 Kl., 2 Fag., 4 (2) Hr., 2 Trp., 3 Pos., P., Schl., Hrf., Str. – Bühnenmusik: 1 Hr., 1 kl. Tr., Banda (Blasmusik-Ensemble), Trp.
Gliederung: Präludium und 22 Musiknummern, die teils pausenlos ineinandergehen, teils durch Secco-Rezitative miteinander verbunden werden.
Spieldauer: Etwa 2¼ Stunden.

Handlung

In einem Dorf im Florentinischen trägt die junge, reiche und belesene Pächterin Adina ihren Leuten die Geschichte von Tristan und Isolde vor, die ihr reichlich komisch erscheint: Tristan, krank vor Sehnsucht nach Isolde, die ihn nicht erhört, erhält von einem Wundermann einen Liebestrank, durch dessen Zauber er Isoldens grausames Herz bezwingt. Adina bemerkt nicht, daß ihr der junge Bauer Nemorino eifrig zuhört, der sie innig, aber hoffnungslos liebt. Da kommt der Sergeant Belcore mit einer Abteilung Soldaten; er bezieht mit seinen Leuten Quartier in Adinas Hof. Galant überreicht er der Pächterin einen Blumenstrauß; als Gegengabe verlangt er ihr Herz. Schelmisch ermahnt ihn Adina, nicht gar so stürmisch vorzugehen. Als sich alle in den Pachthof begeben, hält Nemorino Adina zurück. Höhnisch lachend weist sie seine neuerlichen Liebesbeteuerungen ab; sie hält Treue für einen leeren Wahn und möchte frei und ungebunden bleiben. Ein Posthorn ertönt. Die Landleute halten den Fremden, der in einem vergoldeten Wagen vorfährt, für einen vornehmen großen Herrn. Er stellt sich den staunend gaffenden Bauern als Doktor Dulcamara vor, der durch seine Pillen, Medikamente und Wunderkuren in ganz Europa berühmt sei, und gibt vor, gegen alle nur erdenklichen Leiden und Kümmernisse Mittel zu haben. Die Landleute kaufen eifrig, als der Wunderdoktor ihnen einen Ausnahmepreis von nur drei Lire macht. Schließlich fragt Nemorino den Quacksalber schüchtern, ob er wohl auch den Liebestrank des Tristan habe. Der pfiffige Dulcamara ist sogleich im Bilde und verkauft Nemorino gegen dessen ganze Barschaft von einem Golddukaten eine Flasche Bordeauxwein als den gewünschten Wundertrank. Vorsichtigerweise fügt er hinzu, daß sich die Wirkung des Trankes erst in 24 Stunden einstellen würde; denn um diese Zeit weiß er sich längst über alle Berge. Nemorino nimmt sogleich den Trank zu sich; seine Stimmung hebt sich, und er singt fröhlich. Als Adina hinzukommt, stellt er sich plötzlich kalt; es soll nun umgekehrt sein wie bisher, und sie soll um seine Liebe flehen. Als er vollends behauptet, in 24 Stunden werde er seinen Liebeskummer gänzlich überwunden haben, will sich Adina Klarheit verschaffen, ob Nemorinos Gefühle für sie tatsächlich erkaltet seien. Sie erklärt kurzerhand, daß sie mit Belcore, der eben Befehl erhalten hat, morgen früh wieder weiterzuziehen, noch heute abend Hochzeit machen werde, woraufhin Nemorino sie anfleht, nur noch einen Tag zu warten, und hilflos nach dem Wunderdoktor ruft.

Es wird sogleich ein splendides Hochzeitsmahl gerüstet, bei dem Dulcamara mit Adina eine improvisierte Liebesszene spielt. Der Notar erscheint, aber Adina will erst abends den Ehekontrakt unterzeichnen. Inzwischen hat sich Nemorino von dem Quacksalber noch eine zweite Flasche von dem Wunderelixier erbeten, die ihm dieser gerne zu geben verspricht, wenn er sie ihm bezahlen kann. Aber Nemorino hat gar kein Geld mehr; in seiner Verzweiflung läßt er sich von Belcore als Soldat anwerben. Für das Handgeld besorgt er sich dann rasch den Trank. Bei der

Rückkehr in den Pachthof wundert er sich über die rasche Wirkung des Elixiers; denn er wird jetzt plötzlich von einer Schar Mädchen umschmeichelt. Freilich ahnt er nicht, daß das Wunder einen realen Hintergrund hat: Die kleine Wäscherin Gianetta hatte soeben den Mädchen die Neuigkeit mitgeteilt, daß Nemorinos Onkel gestorben sei und ihn zum alleinigen Erben seines großen Besitzes gemacht habe. Adina kommt hinzu; Nemorino verspricht den Mädchen, mit ihnen zu tanzen, während er Adina ignoriert. Das erweckt ihre Eifersucht. Gianetta und die Mädchen ziehen Nemorino mit sich fort. Jetzt bietet Dulcamara der Betrübten ebenfalls sein Liebeselixier an; aber sie fällt ihm nicht herein, sondern sie bemerkt, ein besseres Mittel zu haben: ihre Augen. Als Nemorino wieder zurückkommt, übergibt ihm Adina zunächst den Kontrakt der Anwerbung zu den Soldaten. Sie hat Belcore das Handgeld zurückgegeben und Nemorino freigekauft. Dann gesteht sie ihm endlich ihre Liebe. Während sich die beiden in den Armen liegen, erscheinen Belcore mit den Soldaten und Dulcamara mit den Landleuten. Der Sergeant verbirgt seine Enttäuschung gegenüber Adina mit dem Bemerken, ein Soldat brauche nicht lange zu suchen, es gäbe für ihn der Mädchen mehr. Dulcamara brüstet sich aber mit seiner Kunst, der Nemorino nicht nur sein Liebesglück, sondern auch seine reiche Erbschaft verdanke. Die Landleute drängen sich daraufhin, auch einen solchen Trank zu erwerben, während der Quacksalber strahlend das Geld kassiert. Triumphierend fährt er dann in seinem Wagen ab; die Landleute rufen ihm nach, baldigst wiederzukommen; nur Belcore verwünscht den Scharlatan.

Stilistische Stellung
Der feingebildete Donizetti hat, ähnlich wie Rossini, ernste und heitere Opern geschrieben – letztere wohl mit mehr Glück, wie der Erfolg bewiesen hat –, ohne allerdings an das Genie Rossini heranzureichen. So hat sich neben dem Meisterwerk ›Don Pasquale‹ auch die komische Oper ›L'elisir d'amore‹ auf den Spielplänen der Opernbühnen bis auf unsere Tage gehalten. Die Musik zum ›Liebestrank‹ ist anmutig, lebendig und frisch, vor allem aber in der blühenden und eingängigen Melodik voller Inspiration und ohne billige Sentimentalität. Die einzelnen Figuren erfahren, sowohl in den lyrischen wie in den Buffopartien, eine treffliche Charakterisierung, wie überhaupt das Schwergewicht auf dem Vokalen liegt. Selbständige Instrumentalnummern, wozu die Handlung Gelegenheit geben würde, fehlen, sogar die Einleitungsmusik ist nur in Form eines kurzen Vorspiels gehalten. So beschränkt sich der orchestrale Teil im großen und ganzen auf die Begleitung der Singstimmen. Instrumentale Pikanterien wie bei Rossini sind in den Donizettischen Opern weniger anzutreffen oder höchstens nur ausnahmsweise, wie zum Beispiel beim ›Liebestrank‹ die Begleitung mit Harfe und Holzbläsern zu Nemorinos berühmter Romanze Nr. 19. Das orchesterbegleitete Rezitativ ist den geschlossenen Formen eingebaut, die meist ineinander gehen; die Partitur weist nur wenige, vom Klavier begleitete Secco-Rezitative auf.

Textdichtung
Das Libretto verfaßte der Genueser Felice Romani (1788–1865), der beste italienische Operntextdichter zu Donizettis Zeit. Mit der kundigen Hand des Theaterpraktikers gestaltete er die Handlung abwechslungsreich und würzte sie mit Witz und Humor, wobei er auch gelegentlich einige feine poetische Züge einzuflechten verstand.

Geschichtliches
Möglicherweise empfing Donizetti die Anregung zu seinem ›L'elisir d'amore‹ durch die komische Oper ›Le philtre‹, Dichtung von Scribe und Musik von Auber, die etwa ein Jahr vorher, im Juni 1831, in Paris zur Aufführung gelangt war und die denselben Stoff behandelte. Der überbeschäftigte Donizetti soll den ›Liebestrank‹ in 14 Tagen komponiert haben. Die Uraufführung erfolgte am 12. Mai 1832 am Teatro della Canobbiana in Mailand. Dank des großen Erfolges verbreitete sich die Oper anschließend auch bald im Ausland. Der Komponist nahm später (1837 für Paris und 1842 für Neapel) noch einige Änderungen vor, während die Primadonna Malibran die Arie Nr. 20 für den eigenen Bedarf neu komponierte. Felix Mottl besorgte eine musikalische Neueinrichtung des ›Liebestrank‹, die durch Striche und allerlei kleine Veränderungen den künstlerischen Organismus des Werkes angreift und daher nicht als sehr glücklich bezeichnet werden kann.

Gaetano Donizetti

Lucrezia Borgia

Melodramma in einem Prolog und zwei Akten. Text von Felice Romani.

Solisten: *Alfonso I.*, Herzog von Ferrara (Kavalierbariton, gr. P.) – *Lucrezia Borgia*, seine Gattin (Dramatischer Koloratursopran, gr. P.) – *Gennaro*, ein junger Hauptmann (Lyrischer Tenor, gr. P.) – *Maffio Orsini*, ein römischer Adeliger (Koloratur-Mezzosopran, gr. P.) – *Jeppo Liverotto*, ein junger Edelmann (Lyrischer Tenor, auch Spieltenor, m. P.) – *Apostolo Gazella*, ein Edelmann aus Neapel (Baß, m. P.) – *Ascanio Petrucci*, ein Edelmann aus Siena (Baß, m. P.) – *Oloferno Vitellozzo*, ein weiterer Edelmann (Tenor, m. P.) – *Gubetta*, ein Spanier, Lucrezias Spitzel (Baß, m. P.) – *Rustighello*, Spitzel des Herzogs (Tenor, m. P.) – *Astolfo*, Straßenräuber im Dienst der Borgias (Baß, m. P.) – *Ein Diener* (Baß, kl. P.) – *Ein Mundschenk* (Baß, kl. P.).
Chor: Damen – Maskierte (Frauenchor, kl. Chp.) – Kavaliere – Schildknappen – Schergen – Pagen – Maskierte – Soldaten – Wachen – Hellebardiere – Mundschenke – Gondolieri (Männerchor, m. Chp.).
Ort: Venedig und Ferrara.
Schauplätze: Terrasse des Palazzo Grimani in Venedig – Platz vor dem Palazzo Ducale und Gennaros Haus in Ferrara – Saal im Herzogspalast – Hof bei Gennaros Haus – Saal im Palast der Fürstin Negroni.
Zeit: Um 1505.
Orchester: Picc., 2 Fl., 2 Ob., 2 Kl., 2 Fag., 4 Hr., 2 Trp., 3 Pos., Cimb. (auch Bt.), P., Schl. (kl. Tr., gr. Tr., Becken, Triangel, Gl.), Hrf., Str. – Bühnenmusik: Gl., kl. Tr., gr. Tr., Picc., Cimb. (auch Bt.), Fl., Kl., Hr., Trp.
Gliederung: 15 Musiknummern.
Spieldauer: Etwa 2½ Stunden.

Handlung

Gennaro, ein junger Hauptmann im Dienste Venedigs, und seine Freunde, allesamt junge italienische Edelleute, feiern im Palazzo Grimani ein Fest und besingen die Schönheit Venedigs. Am Folgetag werden sie als Gesandte an den Hof von Ferrara reisen. Als Gubetta, der sich als Spanier ausgibt, den Namen Lucrezia Borgias – der Gattin Herzog Alfonsos, die zugleich seine Herrin ist – erwähnt, erstarren alle vor Entsetzen. Gennaro verkündet, ihm sei die Borgia gleichgültig, er werde ein wenig schlafen. Orsini schildert, wie Gennaro ihm einst das Leben gerettet hat und die beiden sich ewige Freundschaft schworen. Da tauchte auf einmal ein schwarz gewandeter Greis auf, der sie vor der todbringenden Lucrezia Borgia warnte. Orsinis Freunde sehen darin ein schlimmes Omen, folgen aber gemeinsam mit Orsini der einsetzenden Tanzmusik nach drinnen. Eine Gondel nähert sich, eine maskierte Dame – Lucrezia – entsteigt ihr. Sie nimmt die Maske ab und betrachtet liebevoll den schlafenden Gennaro. Plötzlich erwacht dieser. Die maskierte Dame nimmt ihn für sich ein, er erzählt ihr seine Lebensgeschichte: Ein armer Fischer zog ihn auf, bis ihn eines Tages ein unbekannter Soldat mit Pferd und Waffen sowie einem Brief seiner Mutter versah. Seitdem sucht er sie und ist ihr in inniger Liebe verbunden. Lucrezia ist tief gerührt, denn sie ist seine Mutter, wagt aber wegen ihres schlechten Rufs und ihrer üblen Vergangenheit nicht, sich zu erkennen zu geben. Gennaros Freunde kehren auf die Terrasse zurück und hindern Lucrezia daran, die Maske wieder aufzusetzen. Der Reihe nach denunzieren sie Lucrezia; jeder von Gennaros Freunden hat ein Motiv, sie wegen ihrer Verbrechen an seinen Familienmitgliedern abgrundtief zu hassen. Als Gennaro erfährt, wen er vor sich hat, wendet er sich mit Grausen ab.

Ein Platz in Ferrara vor dem Herzogspalast. Der Spion Rustighello informiert den Herzog darüber, daß Gennaro auf Lucrezias Geheiß just an diesem Platz Quartier bezogen hat. Ohne zu ahnen, daß Gennaro Lucrezias Sohn ist, läßt er seiner Eifersucht freien Lauf und beschließt, Gennaro aus dem Weg zu räumen. Gennaros Freunde verabreden sich für den Abend beim Fest der Fürstin Negroni, Gennaro will nicht mitkommen. Ob ihn die Borgia verhext habe, verspotten ihn die Freunde. Verärgert bricht Gennaro mit der Schwertspitze das B des Namens Borgia aus dem an der Palastfassade angebrachten Namen. »Orgia«, Orgie, steht nun an der Front des Gebäudes. Die Freunde ziehen erschrocken von dannen, Gennaro begibt sich in sein Haus. Auf der Straße streiten Rustighello, der Scherge des Herzogs, und Astolfo, ein von Lucrezia beauftragter Häscher, darum, wer Gennaro in seine Gewalt bringen darf. Als Rustighello seine Kumpane herbeiruft, gibt Astolfo klein bei. Rustighellos Mannen dringen in Gennaros Haus ein. – Ein Saal im Herzogspalast. Der Herzog weist Rustighello an, den vergifteten Wein für Gennaro bereitzustellen. Lucrezia stürmt herein und drängt auf Rache: Ihr Name sei entehrt worden. Ob der Herzog den Schuldigen nicht mit dem Tod bestrafen werde? Süffisant läßt der Herzog Gennaro vorführen, der sich auch zu dem Vergehen bekennt. Bei einer Unterredung unter vier Augen fleht Lucrezia ihn an, Gennaros Leben zu schonen. Der Herzog läßt sich jedoch nicht umstimmen und bezichtigt seine Gattin der Untreue. Lucrezia widerspricht, wagt aber nicht, ihm die wahren Gründe ihrer Zuneigung zu Gennaro zu verraten. Immerhin gelingt es ihr, Alfonso dazu zu überreden, Gennaro Gift zu reichen und ihn nicht zu erstechen. Gennaro wird wieder hereingeführt, Lucrezia muß ihm den vergifteten Versöhnungstrunk reichen. Gennaro ist ganz beseelt ob des freundlichen Verhaltens des Herrscherpaars. Als er ausgetrunken hat, verläßt der Herzog den Raum, Lucrezia enthüllt dem entsetzten Gennaro die Wahrheit über die Absichten ihres Gatten, verabreicht ihm ein Gegengift und fleht ihn an, aus Ferrara zu fliehen.

Wehmütig nimmt Gennaro von seinem Freund Orsini Abschied. Orsini kann ihn dazu überreden, vor seiner Rückreise nach Venedig noch das Fest der Fürstin Negroni zu besuchen. Beide bekräftigen ihren Freundschaftsschwur. Rustighello und seine Schergen beschließen abzuwarten, bis Gennaro von selbst in die Falle läuft. – Ein Saal im Palazzo Negroni. Ausgelassenes Festtreiben. Die Freunde sprechen dem Alkohol zu, Gubetta bricht einen Streit vom Zaun. Erschrocken fliehen die Damen aus dem Saal. Zur Versöhnung der Männer wird Wein gereicht, Gennaro bemerkt, daß Gubetta nicht davon trinkt. Plötzlich hört man eine Totenglocke, ein düsterer Chor erklingt, die Fackeln verlöschen. Lucrezia Borgia erscheint, sie hat die Türen verriegeln lassen. Aus Rache für die Bloßstellung in Venedig hat sie Orsini und seinen Freunden vergifteten Wein verabreicht. Entsetzt stellt sie fest, daß auch Gennaro unter ihnen ist. Gennaros Freunde werden abgeführt. Gennaro versucht, Lucrezia mit einem Messer zu erstechen, da gesteht sie ihm, daß auch er ein Borgia ist. Sie beschwört ihn, ein Gegengift einzunehmen, doch diesmal lehnt er ab. Endlich gesteht sie ihm auch, daß sie seine Mutter ist. Gennaro stirbt in ihren Armen, Lucrezia klagt den eintretenden Herzog an, ihren Sohn auf dem Gewissen zu haben, und bricht zusammen.

Stilistische Stellung
Wenn man analog zum Schaffen Verdis auch bei Donizetti von einer frühen, einer mittleren und einer späten Phase sprechen wollte, so stünde die 1833 an der Mailänder Scala uraufgeführte ›Lucrezia Borgia‹ für den Gipfelpunkt der mittleren Periode. Der Komponist hatte die Imitation des klassischen Rossinischen Stilideals (welches sich seinerseits in Richtung französischer Modelle entwickelte) endgültig überwunden und – bereits bei ›Anna Bolena‹ deutlich zu erkennen – zu einem kraftvollen eigenen Stil gefunden, der Melos und Dramatik vereint und sich vor allem durch schroffe Kontraste auszeichnet, wie sie die Musik der italienischen Romantik liebte.

Kennzeichnend ist aber auch der souveräne Umgang mit verschiedenen Stilregistern. Besonders gut läßt sich dies an der Eingangsszene studieren. Hier oszilliert die Musik zwischen einem Tonfall, den man heute salopp als »Unterhaltungsmusik« bezeichnen würde (und der sich noch 18 Jahre später als deutliches Zitat in der Eingangsszene von Verdis ›Rigoletto‹ wiederfindet), erregter Dramatik und lyrischer Introspektion. Effektvolle Balladen, ausgefeilte Cantabile-Stellen und mitreißende Ensembles wechseln sich ab. Obwohl sich mehrere Einzelnummern ausmachen lassen – neben der Ballade Orsinis die Cavatina der Lucrezia und das Duett Lucrezia/Gennaro –, wird doch der große Bogen sichtbar, der den gesamten Prolog überspannt und der von einem sich großartig steigernden Ensemble beschlossen wird. Der folgende Akt zeichnet stärker die Zerrissenheit von Hugos Drama nach (das sich ja als Gegenmodell zur streng reglementierten Tragödie der französischen Klassik verstand), während der letzte Akt gleichsam spiegelbildlich die Dramaturgie des Eingangsaktes (Prologs) wieder aufnimmt und das Abschiedsduett zwischen Mutter und Sohn sowie die Klage der Mutter um den toten Sohn in die Gesamtarchitektur einbettet. Neben der meisterhaften Behandlung der Ensembles fällt Donizettis sicheres Gefühl für das richtige Timing auf. Die Handlung pulsiert, drängt vorwärts, und das nicht nur in den Rezitativen, sondern auch in den Ensembles, zuweilen sogar in den Arien und Duetten. Daneben besticht Donizetti mit der psychologischen Durchdringung einzelner Situationen und deren schlüssiger musikalischer Umsetzung, herausragendes Beispiel ist das Terzett Duca/Lucrezia/Gennaro im I. Akt, das von dem Changieren des Herzogs zwischen fingierter Jovialität und Drohungen, Lucrezias flehentlichem Bitten und Gennaros trügerischer Zuversicht viele Zwischentöne einfängt. Mehr Raum als sonst bekommen hier die Comprimari-Partien, die so zu vollgültigen Charakteren entwickelt werden (Rustighello, Gubetta, Astolfo). Daß die Oper auf Wunsch der für die Uraufführung vorgesehenen Henriette Méric-Lalande mit einer koloraturgespickten großen Szene der Primadonna endete, muß nicht zwangsläufig als dramaturgischer Rückfall verstanden werden. Führt man, ausgehend vom lateinischen Wort »color«, Farbe, den Begriff »Koloratur« auf den ursprünglichen Wortsinn zurück, so erschließt sich der Sinn dieser vermeintlichen Verzierungen: Nicht die Virtuosität steht im Vordergrund, sondern die Intensität. Interessanterweise hat sich die Fassung mit der abschließenden Cabaletta der Lucrezia durchgesetzt. Vergegenwärtigt man sich, daß die meisten Szenen nachts spielen, ist ›Lucrezia Borgia‹ Donizettis düsterstes Stück (und wohl auch das mit den meisten Toten). Eine unheilvolle »tinta« liegt über dem Ganzen; wenn sich aber vorübergehend die Atmosphäre aufhellt, dann greift Donizetti gern zu kräftigen Farben, etwa in Maffios Trinklied, in den grellen Akzenten der feiernden jungen Edelmänner oder in dem harmoniesüchtigen ersten Duett Gennaros und Lucrezias.

Textdichtung
Nur wenige Monate waren seit der Uraufführung von Victor Hugos Schauspiel ›Lucrèce Borgia‹ am 2. Februar 1833 in Paris vergangen. Hugo hatte diesem Stück ein Vorwort vorangestellt, in dem er sich für die Wahl einer derart übel beleumundeten Persönlichkeit als Titelheldin rechtfertigte und ihre edle Geisteshaltung betonte, die ihre moralischen Fehltritte der Vergangenheit aufhebe. Donizetti wußte, daß dieses Stück wie kein zweites seine musikalische Phantasie beflügeln würde. Der vielbeschäftigte Textdichter Felice Romani hat sich der Aufgabe, ein Libretto nach Hugos Vorlage zu verfassen, mit Anstand entledigt und zwar sehr kunstvolle, aber auch recht akademische Verse geschaffen, die die Monstrositäten des Geschehens eher verbrämen als bloßlegen. Sicherlich tat er dies auch im Hinblick auf die Zensur, die denn auch etliche Änderungen erzwang. Stärker als bei Hugo werden in Romanis Text Lucrezias menschlich-mütterliche Züge herausgearbeitet. Daher ist es nur folgerichtig, daß Gennaro seine Mutter – anders als im Schauspiel – am Ende des Stücks eben nicht erstischt. Freilich treten dadurch die Grausamkeiten von Hugos Originaltext in den Hintergrund. Auf die Greueltaten der Borgia, die inzestuösen Familienverhältnisse, wird allenfalls vorsichtig angespielt. Die Schwierigkeiten mit der Zensur – die Borgia war immerhin Papsttochter – blieben auch bei den Folgeaufführungen an anderen Theatern bestehen, so daß das Werk unter so irreführenden Titeln wie ›Eustorgia da Romano‹ oder ›Nizza di Granata‹ aufgeführt wurde. In Frankreich kam erschwerend hinzu, daß Victor Hugo gegen Aufführungen der Oper prozessierte, weil er sein Drama darin verunstaltet sah.

Geschichtliches
Als eine der wenigen Opern Donizettis konnte sich ›Lucrezia Borgia‹ – trotz der erwähnten Schwierigkeiten mit der Zensur – seit ihrer Uraufführung am 26. Dezember 1833 an der Mailänder Scala im internationalen Opernrepertoire halten. Die Uraufführung war mit Henriette Méric-Lalande (Lucrezia) und dem Jung-Star Marietta Brambilla (Maffio Orsini) prominent besetzt, doch der durchschlagende Erfolg blieb zunächst aus; erst nach und nach konnte sich das Werk international durchsetzen. Für spätere Aufführungen mit dem Tenor Nikolaj Ivanov komponierte Donizetti Gennaros Arie »T'amo qual s'ama« nach. 1904 stand ›Lucrezia Borgia‹ erstmals auf dem Spielplan der Metropolitan Opera in New York. Bis zum Beginn des Zweiten Weltkriegs war sie weltweit ein Repertoirestück, dann geriet sie allmählich in Vergessenheit. Im Zuge der Donizetti-Renaissance war es vor allem die katalanische Sopranistin Montserrat Caballé, die die Oper zu großen Erfolgen führte. Ausgangspunkt war eine Aufführung in der Carnegie Hall 1965, bei der sie für Marilyn Horne (später als Orsini sehr erfolgreich) in der Titelrolle einsprang und so ihren eigenen internationalen Durchbruch erwirkte. Weitere wichtige Rollenvertreterinnen waren Leyla Gencer und Joan Sutherland; eine der bedeutendsten in jüngster Zeit ist die slowakische Koloratursopranistin Edita Gruberová, die insbesondere in der für sie geschaffenen Inszenierung von Christof Loy an der Bayerischen Staatsoper aus dem Jahr 2009 Erfolge feiern konnte. Gelegentlich taucht das Werk auch an kleineren deutschen Bühnen auf.

O. M. R.

Lucia di Lammermoor

Dramma tragico in drei Akten (zwei Teilen). Text von Salvadore Cammarano nach dem Roman ›The Bride of Lammermoor‹ von Sir Walter Scott.

Solisten: *Lord Enrico Ashton* (Kavalierbariton, gr. P.) – *Miss Lucia*, seine Schwester (Dramatischer Koloratursopran, gr. P.) – *Sir Edgardo di Ravenswood* (Lyrischer Tenor, gr. P.) – *Lord Arturo Bucklaw* (Lyrischer Tenor, m. P.) – *Raimondo Bidebent*, Erzieher und Vertrauter Lucias (Seriöser Baß, gr. P.) – *Alisa*, Zofe Lucias (Mezzosopran, auch Spielalt, m. P.) – *Normanno*, Hauptmann der Wachen auf Schloß Ravenswood (Charaktertenor, m. P.).
Chor: Damen und Kavaliere – Verwandte Ashtons – Bewohner Lammermoors – Pagen – Bedienstete der Ashtons (m. Chp.).
Ort: Schottland, Schloß Ravenswood und Umgebung.
Schauplätze: In den Gartenanlagen rings um Schloß Ravenswood – Im Park von Schloß Ravenswood – Die Gemächer Lord Ashtons – Zur Hochzeit geschmückter Saal auf Schloß Ravenswood – In der Turmruine von Wolferag – Auf dem Friedhof mit den Ahnengräbern der Ravenswoods.
Zeit: Ende des 16. Jahrhunderts.
Orchester: 2 Fl., 1 Picc., 2 Ob., 2 Kl., 2 Fag., 4 Hr., 2 Trp., 3 Pos., P., Triangel, Becken, gr. Tr., Gl., Hrf., Str. – Bühnenmusik/Banda.
Gliederung: Preludio und 15 pausenlos ineinander übergehende Musiknummern.
Spieldauer: Etwa 2¼ Stunden.

Handlung

Die schottischen Familien Ashton und Ravenswood sind verfeindet, die Ashtons haben Schloß Ravenswood usurpiert. Edgardo, letzter Sproß der Ravenswoods, haust nahebei in einem verfallenen Turm. Normanno, Anführer der Leibgarde Enrico Ashtons, schickt bei Tagesanbruch seine Leute aus, damit diese endlich den geheimnisvollen Eindringling – möglicherweise ist es Edgardo – dingfest machen, der Lucia nachstellt. Enrico ist verzweifelt: Nur die Heirat seiner Schwester Lucia mit Arturo Bucklaw könnte ihm aus seiner wirtschaftlichen und politischen Misere heraushelfen, doch Lucia weigert sich, Bucklaw zu heiraten. Der Geistliche Raimondo erklärt dies mit Lucias tiefer Trauer um ihre verstorbene Mutter. Normanno widerspricht: Lucia treffe sich jeden Morgen im Park mit einem Mann, der vor geraumer Zeit einen wilden Stier erschoß, der die Unbekannte bedrohte. Normannos Leute kehren zurück, sie haben in Erfahrung gebracht, daß Edgardo der Unbekannte ist, mit dem Lucia sich trifft. Enrico läßt seiner Wut freien Lauf, vergeblich versucht Raimondo, ihn zu beruhigen. – Lucia wartet in Begleitung ihrer Vertrauten Alisa im Park von Schloß Ravenswood auf Edgardo. Als sie den Brunnen erblickt, wird sie unruhig. Ein Vorfahr der Ravenswoods habe dort einst seine Geliebte ermordet, deren Geist ihr einmal erschienen sei. Daraufhin habe sich das klare Brunnenwasser blutrot gefärbt. Beim Gedanken an Edgardo ändert sich ihre Laune schlagartig, und sie gerät in Verzückung. Alisa ahnt Schlimmes. – Edgardo muß noch vor Tagesbeginn als Gesandter Schottlands nach Frankreich reisen. Zuvor möchte er jedoch Frieden mit Enrico schließen. Lucia fleht ihn an, beider Geheimnis zu wahren. Edgardos Haß auf die Ashtons flammt erneut auf. Es gelingt Lucia, ihn zu besänftigen. Beide schwören sich vor Gott ewige Treue und tauschen Ringe. Edgardo verspricht Lucia, ihr von Zeit zu Zeit zu schreiben.

Unruhig wartet Enrico in seinen Gemächern auf Lucias Erscheinen. Seine Verwandten reisen bereits zur Hochzeit an, doch Lucia hat ihre Einwilligung zur Hochzeit mit Arturo noch nicht gegeben. Normanno beschwichtigt seinen Herrn: Hat Lucia erst den gefälschten Brief Edgardos gelesen, in dem dieser von einer neuen Liebe schwärmt, werde sie zweifellos einwilligen. Zögernd tritt Lucia ein. Enrico macht ihr ein Friedensangebot: Er habe seinen Zorn begraben, möge sie nun im Gegenzug ihre Liebe vergessen. Schließlich habe er einen adeligen Bräutigam für sie ausgewählt. Da rückt Lucia endlich mit der Wahrheit heraus. Sie sei bereits verheiratet, erklärt sie. Enrico greift daraufhin zur äußersten List und reicht ihr den gefälschten Brief. Lucia ist zutiefst verzweifelt. Enrico schärft ihr ein, das Glück der Familie nicht aufs Spiel zu setzen. Lucia bleibt allein zurück, als Raimondo den Raum betritt. Lucias religiöse Skrupel – sie hat Edgardo vor Gott die Treue geschworen – läßt er nicht gelten, da der Eid von keinem Priester abgenommen wurde. Er bittet sie inständig, ihrer verstorbenen Mutter zuliebe einzulenken und dieses Opfer um ihres Seelenheils willen zu erbringen. –

Ein zur Hochzeit geschmückter Saal auf Schloß Ravenswood. Arturo ist aus Edinburgh eingetroffen und betritt den Saal. Die versammelte Festgemeinde jubelt ihm zu: Durch ihn (und sein Geld) wandelt sich ihr Schicksal. Enrico zieht ihn beiseite und bittet ihn, sich an Lucias düsterer Stimmung nicht zu stören – zu groß sei ihr Schmerz über den Verlust der Mutter. Da erscheint Lucia. Arturo unterzeichnet den Ehevertrag als erster. Wie in Trance setzt auch Lucia ihre Unterschrift unter das Dokument. Plötzlich stürzt Edgardo herein. Lucia fällt in Ohnmacht. Allgemeines Entsetzen. Assistiert von Alisa, kommt Lucia wieder zu sich und sehnt nun nur noch den Tod herbei. Edgardo schwankt zwischen Wut, Haß und Mitleid mit Lucia. Zum ersten Mal empfindet Enrico Gewissensbisse. Auch Raimondo ist erschüttert. Dann ziehen Arturo und Enrico die Schwerter und bedrohen Edgardo. Raimondo zeigt Edgardo den unterschriebenen Ehevertrag. Edgardo stellt Lucia zur Rede und fordert seinen Ring zurück. Lucia gehorcht willenlos. Edgardo wirft sein Schwert von sich und stürzt hinaus.

Eine stürmische Gewitternacht in Wolferag (»Wolf's Crag«), dem verfallenen Turm, in dem Edgardo haust. Verbittert sieht Edgardo in dem Unwetter ein Symbol für seine entsetzliche Lebenssituation. Plötzlich sucht Enrico ihn auf. Es stehe Enrico nicht zu, sich an den Ort zu begeben, an dem noch der Geist seines Vaters herrsche, erklärt Edgardo entrüstet. Enrico will nur eines: Rache für die verletzte Familienehre. Er fordert Edgardo zum Duell am nächsten Morgen bei Tagesanbruch. – Zurück auf dem Hochzeitsfest. Auch nachdem Arturo und Lucia sich ins Brautgemach zurückgezogen haben, feiern die Gäste weiter. Plötzlich unterbricht Raimondo das ausgelassene Treiben mit einer entsetzlichen Nachricht: Lucia habe ihren Bräutigam erdolcht! Aus dem Brautgemach seien schreckliche Geräusche gedrungen, und da habe er Arturo in einer Blutlache liegend aufgefunden. Lucia habe den Verstand verloren! Da erklingt auch schon die Stimme Lucias. Im Nachtgewand betritt sie den Saal, wie magisch angezogen von Edgardos Stimme, die sie zu hören vermeint. Sie sieht erneut die Geistererscheinung am Brunnen und glaubt dann, gemeinsam mit Edgardo vor dem Traualtar zu stehen. Sie malt sich aus, Edgardo im Paradies wiederzusehen, dann bricht sie leblos zusammen. Erschüttert läßt Enrico Lucia fortbringen. Raimondo macht Normanno heftigste Vorwürfe: Er habe den Anstoß zu den schrecklichen Ereignissen gegeben. – Auf dem Friedhof mit den Ahnengräbern der Ravenswoods. Edgardo hat sich zum Duell eingefunden. Noch weiß er nicht, daß Lucia tot ist, und blickt voller Sehnsucht und Lebensüberdruß zu dem von Fackeln erleuchteten Schloß hinüber. Einige Männer kommen aus dem Schloß herüber und berichten von Lucias geistiger Umnachtung. Da ertönt die Totenglocke: Lucia ist gestorben. Nun hält Edgardo nichts mehr am Leben: Er ersticht sich im Angesicht der Umstehenden. Mit dem Namen Lucias auf den Lippen haucht er sein Leben aus.

Stilistische Stellung

Als einzige der rund 70 Opern Donizettis hat sich ›Lucia di Lammermoor‹ seit ihrer Uraufführung ununterbrochen im internationalen Opernrepertoire behauptet und zählt auch heute noch zu den meistgespielten Opern weltweit. Der romantische Stoff hat sich allen Moden widersetzt, unter denen insbesondere Donizettis tragische Opern zu leiden hatten. Schottisches Kolorit wird musikalisch nicht evoziert, dafür aber skizziert Donizetti in den kurzen Orchester-Vor- und -Zwischenspielen mit wenigen Strichen und geschicktem Einsatz obligater Instrumente bezwingende atmosphärische Stimmungsbilder.

Daß Donizetti die Komposition in nur sechs Wochen vollendete, war bei den damaligen Produktionsbedingungen zwar durchaus Usus, erstaunt aber dennoch im Hinblick auf die durchgehend hohen musikalischen Qualitäten des Werks, das als Prototyp einer italienischen Oper der Romantik gelten darf. Die beiden Arien Lucias, die Arie Edgardos und das Sextett zählen zum Besten, was das italienische Melodramma hervorgebracht hat. Im Sextett »Chi mi frena in tal momento« beweist Donizetti seine Meisterschaft in der Komposition großer Ensembles. Die kunstvolle Verflechtung der Stimmen, die markanten rhythmischen Akzente und die soghafte Steigerung des Stückes stehen zwar im Dienst einer allumfassenden Kantabilität, doch gerät diese nie zum Selbstzweck, sondern beleuchtet immer auch die Seelenzustände der Figuren neu. Die beiden innovativsten Stücke stehen am Schluß der Oper. Zum einen die Arie der Lucia »Ardon gli incensi«, die berühmteste Wahnsinnsszene der Operngeschichte. Donizetti verwendet hier eine Montagetechnik, die inhaltlich der Zerrissenheit der Figur genau entspricht. Im Orchester tauchen Reminiszenzen an das Liebesduett aus dem I. Akt auf. Der bis heute übliche »Wettstreit« mit einer konzertierenden Flöte hat sich als Aufführungstradition verfestigt, lenkt aber ein wenig von der irrwitzigen Situation ab, die auf der Bühne dargestellt wird. Die ursprünglich vorgesehene Glasharmonika mit ihrer unvergleichlich irisierenden Wirkung ersetzte Donizetti noch vor der Uraufführung durch die Flöte. Daß der Verzicht auf die Glasharmonika von der Demission eines eigentlich dafür engagierten Instrumentalisten herrührt, der sich im Streit von der Direktion des Teatro San Carlo getrennt hatte und daher die Uraufführung nicht spielte, wird durch spätere, von Donizetti betreute Aufführungsserien widerlegt – er hat auch bei der Umarbeitung der ›Lucia‹ für das Théâtre de la Renaissance (1839) auf die Glasharmonika verzichtet. Der Wechsel von ariosen Passagen einerseits und vom Orchester dramatisch untermalten und kommentierten rezitativischen Passagen andererseits sucht seinesgleichen und wurde nicht einmal von Verdi übertroffen. Auch Bellini bleibt in der ganz ähnlich gelagerten Wahnsinnsszene der Elvira in ›I puritani‹ viel stärker den formalen Konventionen und der festgelegten Abfolge von Cavatina, Tempo di mezzo und Cabaletta verhaftet. Daß aber nach der zumeist mit frenetischem Jubel bedachten Arie der Lucia ein zweites, gänzlich anderes geartetes Stück folgt, ist das eigentlich Erstaunliche an der Architektur der ›Lucia‹. Sicherlich ist diese Abfolge – die Tradition, eine Oper mit dem Finalrondo der Primadonna enden zu lassen, wird ja hier gebrochen – auch dem prominenten Status des Uraufführungstenors Gilbert Duprez geschuldet. Donizetti läßt den gebrochenen Helden Edgardo zu den Klängen der vier Hörner in einer getragenen Cavatina (»Tombe degli avi miei«) eine beinahe liedhafte Klage von Schubertschem Gestus anstimmen. Edgardos Cabaletta »Tu che a dio spiegasti l'ali« ist ein weiterer Beweis dafür, daß Donizetti in einem länger andauernden Prozeß die starre tradierte Form von Cavatine und Cabaletta aufzubrechen versuchte und von den koloraturgespickten Gesangslinien Abstand nahm, sofern diese nicht in engem Zusammenhang mit der Handlung standen. Eine Paraderolle für einen italienischen Kavalierbariton schuf Donizetti mit dem Enrico, der auf eine Reihe von Vorläufern zurückblicken kann: Cardenio in ›Il furioso all'isola di San Domingo‹, der Herzog in ›Lucrezia Borgia‹, Tasso, Azzo in ›Parisina‹. Von diesen Rollen führt eine direkte Verbindung zum neuen Typus des Verdi-Baritons, der ohne Donizettis Vorbilder nicht denkbar wäre.

Textdichtung

Am liebsten arbeitete Donizetti mit dem Librettisten Felice Romani zusammen, in den 1820er und 1830er Jahren einer der besten Autoren von Operntexten. Da dieser jedoch permanent ausgebucht war und sich nicht zuletzt deshalb durch eine gewisse Unzuverlässigkeit auszeichnete (die sich in Anbetracht der kurzfristigen Produktionsrhythmen als fatal erweisen konnte), akzeptierte Donizetti für ›Lucia di Lammermoor‹ den jungen Theatermann Salvadore Cammarano als Librettisten. Die Zusammenarbeit sollte sich als äußerst fruchtbar erweisen und Donizetti neue Denkräume eröffnen. Cammarano, der später unter anderem das völlig zu Unrecht als wirr und unlogisch verschriene Textbuch zu Verdis ›Il trovatore‹ verfaßte, lieferte Donizetti jene prägnanten Situationen, die dem Komponisten genügend Freiraum für die musikalische Ausgestaltung boten und ihm überdies einen Weg aufzeigten, das starre Nummernschema aufzubrechen und Musik und Szene enger zu verzahnen. Als Vorlage für das Libretto diente Walter Scotts Roman ›The Bride of Lammermoor‹ von 1819. Cammarano kannte vermutlich die italienische Übersetzung des Romans von Gaetano Barbieri, erschienen 1826. Scott war zur Entstehungszeit der ›Lucia‹ ein ausgesprochener Modeautor, zahlreiche Vertonungen von Boieldieu, Rossini, Nicolai, Marschner und anderen belegen dies.

Geschichtliches

Die Uraufführung von Donizettis bis heute meistgespielter Oper am 25. September 1835 im Teatro San Carlo in Neapel wurde zu einem der großen Triumphe in Donizettis Karriere – auch dank der glanzvollen Besetzung mit der jungen Sopranistin Fanny Tacchinardi Persiani und dem gefeierten Tenor Gilbert Duprez. Dieser steht für einen neuen Typus von Tenor, der mit der kräftigen Bruststimme auch die Spitzentöne sang, anstatt wie bislang die »voce mista« dafür einzusetzen. Es dauerte eine Weile, bis sich ›Lucia di Lammermoor‹ auf der ganzen Welt verbreitete. Das Teatro La Pergola in Florenz zeigte das Werk als zweites Theater Italiens, ein gutes halbes Jahr nach dem San Carlo. 1837 gelangte es bereits nach Wien, Madrid und Paris (zunächst ans Théâtre-Italien), auf Italienisch), 1838 nach Lissabon, London, Malta, Baden bei Wien, Graz,

Berlin, Prag und Lemberg, 1839 unter anderem schon an so exotische Opernhäuser wie Algier, Korfu und Odessa. 1840 spielten St. Petersburg und Havanna die Oper. 1841 gelangte ›Lucia di Lammermoor‹ auch nach Lima und New Orleans und schließlich nach New York – ein globaler Erfolg, der bis heute anhält. Daß ›Lucia‹ sich durchgehend im Repertoire halten konnte, ist auch einem gesangstechnischen Wandel geschuldet. Im Verlauf des 19. Jahrhunderts bildeten sich immer stärker voneinander getrennte Stimmfächer heraus. Der bei Donizetti vorherrschende Typus des dramatischen Koloratursoprans verschwand jedoch beinahe vollständig. Immer leichtere Stimmen übernahmen die Rolle der Lucia, der virtuose Anteil der Rolle wurde schließlich überbetont. In dieser Form jedoch konnte ›Lucia‹ überwintern. (Ganz ähnlich verhält es sich bei Rossinis ›Il barbiere di Siviglia‹, in dem Rosina ebenfalls zum hohen Koloratursopran mutierte, bis auch hier die Mezzosoprane sich die Partie zurückeroberten.) Im Zuge der Donizetti-Renaissance, die in den 1950er und 1960er Jahren einsetzte, und eines allgemein gewachsenen historischen Bewußtseins wurde die Titelpartie der Lucia wieder von gewichtigeren und dennoch agilen Stimmen übernommen, die speziell in der Technik und Stilistik des Belcanto geschult waren. Zu den großen Interpretinnen der Titelrolle gehörte neben Maria Callas, die das Werk auch in Deutschland, unter dem Dirigat Herbert von Karajans, sang, vor allem die australische Sopranistin Joan Sutherland, die eigentlich einen dramatischen Sopran besaß, diesen aber unter Anleitung ihres dirigierenden Ehemanns Richard Bonynge behutsam in Richtung eines dramatischen Koloratursoprans ausbaute und damit eine beispiellose Karriere machte. Aber auch unter den leichtgewichtigeren Stimmvertreterinnen hat es immer wieder große Interpretinnen der Lucia gegeben, etwa Lily Pons, Edita Gruberová, Beverly Sills oder in jüngerer Zeit Natalie Dessay und Diana Damrau.

O. M. R.

Maria Stuart (Maria Stuarda)

Tragedia lirica in drei Akten. Dichtung von Giuseppe Bardari.

Solisten: *Elisabetta / Elisabeth I.*, Königin von England (Koloratur-Mezzosopran, auch Dramatischer Koloratursopran, gr. P.) – *Maria Stuarda / Maria Stuart*, Königin von Schottland, Gefangene in England (Dramatischer Koloratursopran, gr. P.) – *Anna Kennedy*, Amme Marias (Mezzosopran, kl. P.) – *Roberto*, Graf von Leicester (Lyrischer Tenor, gr. P.) – *Lord Guglielmo Cecil*, Königlicher Schatzmeister (Kavalierbariton, auch Charakterbariton, m. P.) – *Giorgio Talbot*, Graf von Shrewsbury (Seriöser Baß, m. P.).
Chor: Edelleute – Hofdamen – Marias Bedienstete – Königliche Wachsoldaten – Pagen – Höflinge – Jäger – Soldaten aus Fotheringhay (m. Chp.).
Ort: London und Schloß Fotheringhay.
Schauplätze: Saal im Palast in Westminster – Park von Schloß Fotheringhay – Marias Gemächer auf Schloß Fotheringhay – Saal neben der Hinrichtungsstätte.
Zeit: 1587.
Orchester: 1 Picc., 2 Fl., 2 Ob., 2 Kl., 2 Fag., 4 Hr., 2 Trp., 3 Pos., P., gr. Tr., Hrf., Str. – Bühnenmusik: 2 Trp. hinter der Bühne.
Gliederung: Preludio und 9 Musiknummern.
Spieldauer: Etwa 2½ Stunden.

Handlung
Edelleute und Hofdamen kehren von einem Turnier zu Ehren des französischen Gesandten zurück und erwarten Königin Elisabetta. Diese ist der ihr angetragenen Heirat mit dem französischen König nicht abgeneigt, denn dadurch könnte sie ihre Machtfülle erweitern. Insgeheim liebt sie aber Leicester und müßte im Fall einer Heirat ihren Gefühlen zu ihm entsagen. Talbot und Cecil bedrängen sie vergeblich, eine Entscheidung über das Schicksal Maria Stuardas zu treffen, die von ihr auf Schloß Fotheringhay gefangengehalten wird; Talbot und die Hofleute bitten um Begnadigung, Cecil fordert ihren Tod. Elisabetta vermißt Leicester unter den Anwesenden. Als dieser schließlich erscheint, beauftragt sie ihn, dem französischen Gesandten ihren Ring zum Zeichen der Einwilligung zu übergeben – behält sich aber eine endgültige Zusage zur Heirat vor. Enttäuscht muß sie feststellen, daß Leicester diese Nachricht kaltläßt. Talbot überreicht Leicester einen Brief und ein Porträt Marias. Als er ihr Bild sieht, wird Leicester klar, daß er sie nach wie vor liebt; er schwört, alles für ihre Freilassung zu tun. Erregt tritt ihm Elisabetta ent-

gegen und stellt ihn zur Rede: Er liebe Maria, werde am Hof behauptet. Leicester leugnet dies und übergibt ihr mutig Marias Brief, in dem sie um eine Unterredung mit Elisabetta bittet. Daß Leicester im Überschwang der Gefühle Maria beinahe zu einer Heiligen verklärt, nimmt Elisabetta noch mehr gegen ihre Rivalin ein.

In Begleitung ihrer Hofdame Anna Kennedy darf Maria endlich wieder einmal im Park von Schloß Fotheringhay spazierengehen. Sie erinnert sich an ihre glückliche Jugend in Frankreich. Eine vorüberziehende Jagdgesellschaft in der Nähe versetzt Maria in Unruhe, denn dies bedeutet, daß auch die Königin in der Nähe ist. Leicester erscheint und verkündet Maria, das Ende ihrer Gefangenschaft stehe bevor – sie müsse sich lediglich Elisabetta gegenüber demütig zeigen. Marias Bittbrief habe Eindruck auf sie gemacht. Er schwört, sich für Maria einzusetzen und versichert sie seiner Liebe, während sie ihn anfleht, sich nicht um ihretwillen in Gefahr zu bringen. Die Begegnung mit Elisabetta verläuft zunächst in zeremonieller Steifheit. Elisabetta hat nur Verachtung für Maria übrig, die in ihr wiederum eine berechnende Tyrannin sieht. Talbot, Anna und Leicester halten zu Maria, Cecil zu Elisabetta. Dann gibt Maria sich einen Ruck und kniet vor Elisabetta nieder. Sie bittet sie, ihr zu verzeihen, nennt sie sogar Schwester. Elisabetta entgegnet, einer intriganten, verbrecherischen Gattenmörderin könne sie nicht vergeben. Maria verliert zusehends die Fassung. Nach einer neuerlichen Beleidigung Elisabettas (die pikanterweise auf Marias mit Schande besudelte Schönheit anspielt) kennt Maria kein Halten mehr und bezichtigt die regierende Monarchin, den Thron unrechtmäßig, als »uneheliche Tochter der Boleyn« bestiegen zu haben. Außer sich vor Wut läßt Elisabetta Maria von den Wachen ins Gefängnis zurückbringen. Maria genießt ihren Triumph, auch wenn er ihren sicheren Tod bedeutet.

Hin- und hergerissen zwischen Rachegefühlen und Schuldbewußtsein, zaudert Elisabetta, Marias Todesurteil zu unterzeichnen. Ganz England stehe hinter ihr, versucht Cecil sie zu überreden. Da betritt Leicester den Raum. Als sie ihn sieht, setzt Elisabetta trotzig ihre Unterschrift unter das Schriftstück. Leicester fleht sie an, wenigstens die Todesstrafe zurückzuziehen. Doch Elisabetta geht sogar noch einen Schritt weiter: Sie befiehlt ihm, der Hinrichtung beizuwohnen. – Cecil überbringt Maria das Todesurteil. Maria lehnt seinen Vorschlag, einen protestantischen Beichtvater kommen zu lassen, ab. Talbot bleibt bei ihr. Er läßt den Umhang fallen, unter dem er eine Soutane trägt – als Priester kann er ihr die Beichte abnehmen. Maria gesteht ihre Mitschuld am Tod ihres ersten Gatten sowie ihre Mitwisserschaft an der mißglückten Babington-Verschwörung, die Elisabettas Tod zum Ziel hatte. Die Getreuen Marias berichten entsetzt von den Vorbereitungen zur Hinrichtung. Maria tröstet sie. Als Cecil ihr auf Elisabettas Geheiß den letzten Wunsch erfüllen will, bittet sie lediglich darum, er möge ihr ausrichten, daß sie ihr vergeben habe. Cecil sieht den politischen Frieden wiederhergestellt, während Leicester seiner ohnmächtigen Wut Ausdruck verleiht. Maria, ganz gefaßt und mit sich im reinen, besänftigt ihn und läßt sich an Talbots Arm zum Richtblock führen.

Stilistische Stellung

Die Zensur machte Donizetti bei der Uraufführung dieses Werks – seiner 47. Oper – einen dicken Strich durch die Rechnung. Zu ›Buondelmonte‹ verballhornt und ins Mittelalter transportiert, wurde das Werk mit einem gänzlich neuen Libretto von Pietro Salatino uraufgeführt. Es spricht für Donizettis künstlerischen Gestaltungswillen, daß er es wagte, ›Maria Stuarda‹ zu vertonen, obwohl ihm klar gewesen sein muß, daß die Zensur an dem Libretto Anstoß nehmen würde. Eine Monarchin als Sünderin darzustellen, die auf der Bühne die Beichte ablegte, mußte der Zensur mißfallen. Ob er das Stück bereits im Hinblick auf eine Aufführung in Frankreich geschrieben hat, wo derartige Bedenken nicht bestanden, wäre im Lichte von Donizettis ehrgeizigen Karriereplänen durchaus denkbar. Daß die Oper, nachdem die Aufführungstradition fast ein Jahrhundert unterbrochen war, wieder Eingang ins weltweite Opernrepertoire fand, ist nicht nur ein Indiz für ihre musikalischen Qualitäten, sondern auch für die überzeugende musikdramaturgische Architektur des Werkes. Wie nur wenige Stücke des internationalen Opernrepertoires ist ›Maria Stuarda‹ eine Primadonnenoper (und dies bedeutet hier: für zwei Primadonnen, die Unterscheidung in »prima« und »seconda donna« ist weitgehend aufgehoben) – mit einer interessanten Abweichung. Obwohl ›Maria Stuarda‹ eine Oper der großen Duette ist – man denke an die Duette zwischen Elisabetta und Leicester, Elisabetta und Cecil, Maria und Leicester, Maria und Talbot –, verweigern Donizetti und sein Librettist genau das, was fester Bestandteil einer sogenannten Belcanto-Oper zu sein scheint: Es gibt hier kein einziges hochvirtuoses Belcanto-Duett für die beiden Protagonistinnen bzw. Frauenstimmen, wie Donizetti es etwa in ›Anna Bolena‹ geschrieben hat und wie es spätestens seit Rossinis ›Tancredi‹ Standard in der italienischen Oper des frühen 19. Jahrhunderts war. Bezeichnenderweise ist das absichtlich herbeigeführte Zusammentreffen im Park von Fotheringhay in ein großes Ensemble eingebunden, dient also nicht als Plattform für zirzensisches Virtuosentum. Der gesangliche Anteil Marias und Elisabettas innerhalb der gesamten Oper hält sich lange Zeit in etwa die Waage, bis Donizetti schließlich in der großen, zwanzigminütigen Schlußszene mit dem bewegenden Gebet Marias und ihrer finalen Cavatina und Cabaletta doch noch deutlich macht, weshalb die schottische Königin zur Titelheldin wurde. Die Männerrollen fallen nicht nur quantitativ gegen Maria und Elisabetta ab. Leicester hat etliche großartige Duettszenen, aber keine einzige Arie. Cecil, der durchaus eine der großen Donizetti-Baritonpartien abgegeben hätte, tritt nur während eines Terzetts mit Elisabetta und Leicester hervor und bleibt ansonsten bloßer Stichwortgeber, während Talbot zwar für das dramaturgische Gleichgewicht sorgt, ansonsten aber kaum musikalische Prägnanz zeigt.

Textdichtung
Donizetti kannte Schillers Drama ›Maria Stuart‹ dank der Übersetzung des italienischen Dichters Andrea Maffei. Ob ihn Rossinis Erfolg mit dem ›Tell‹ anstachelte, ebenfalls eine »Schiller-Oper« zu komponieren, ist nicht nachgewiesen, aber im Hinblick auf Donizettis Ehrgeiz und sein gestiegenes Qualitätsbewußtsein für Operntexte – zu den Autoren, die er Mitte der 1830er Jahre vertont, zählen immerhin Victor Hugo, Dumas d. Ä. und eben Schiller – durchaus denkbar. Giuseppe Bardari, zum Zeitpunkt der Entstehung des Librettos erst 17 Jahre alt, angehender Jurist und später einer der Wegbereiter der italienischen Einigung, hat ein klar strukturiertes, ganz auf die beiden Primadonnen zugeschnittenes Libretto verfaßt, das zwar den Konflikt der rivalisierenden Königinnen aufgreift, die politischen Irrungen und Wirrungen wie auch den amourösen Konflikt der vielleicht interessantesten Figur aus Schillers Drama, des Mortimer, allerdings völlig außer acht läßt. Bestechend ist jedoch die Stringenz, mit der die Handlung auf die beiden Gipfelpunkte zusteuert, zum einen auf die große, coram publico geführte Auseinandersetzung der beiden Monarchinnen (mit dem von Opernfans gespannt erwarteten, oft in veristischer Manier verbrämten Ausruf »Vil bastarda!«) und zum zweiten auf die große Vergebungsszene der Maria am Schluß der Oper. Bardari war dabei freilich nur eine Notlösung, da der von Donizetti favorisierte Libretto-Star Felice Romani seine Zusage, ihm ein Textbuch zu liefern, wieder einmal nicht einhielt.

Geschichtliches
Eine in letzter Minute aus Zensurgründen völlig veränderte Oper, eine weitere, auf eine bestimmte Primadonna zugeschnittene Fassung: Donizettis ›Maria Stuarda‹ mag als Paradebeispiel für die komplexe Genese eines posthumen Welterfolgs dienen. Die Uraufführung als ›Buondelmonte‹ mit völlig verändertem Sujet – eine florentinische Familienfehde aus dem Jahr 1200 – und teilweise von Donizetti selbst umgearbeiteter Musik fand am 18. Oktober 1834 am Teatro San Carlo in Neapel statt, das auf eine Donizetti-Uraufführung nicht verzichten wollte. Dabei war ›Maria Stuarda‹ bereits bis zur Generalprobe gediehen und die Beanstandungen der bekanntermaßen strengen neapolitanischen Zensur schienen aus dem Weg geräumt zu sein. Doch dann verbot der König selbst überraschend die Premiere. Daß die handgreifliche Auseinandersetzung der beiden Königinnen-Darstellerinnen während einer Probe dazu beigetragen hätte, gehört ins Reich der Legende. Auch die im Dezember 1835 an der Mailänder Scala aufgeführte sogenannte Malibran-Fassung für die berühmte Mezzosopranistin verlief wenig glücklich, eine Wiederaufnahme 1865 mit einigen Veränderungen von fremder Hand brachte ebenfalls nicht den Durchbruch für das Werk. Und so mutet es wie ein Treppenwitz der Operngeschichte an, daß ›Maria Stuarda‹ erstaunlicherweise erst 130 Jahre nach der Uraufführung des ›Stuarda‹-Verschnitts ›Buondelmonte‹ tatsächlich zu einer der meistgespielten Opern im internationalen Donizetti-Repertoire wurde. Auslöser für diesen späten Ruhm war die sogenannte Donizetti-Renaissance, die in den 1960er Jahren einen ersten Höhepunkt erreichte. Maßstäbe setzten Aufführungen mit Leyla Gencer und Shirley Verrett (Maggio Musicale Florenz, 1967) sowie Montserrat Caballé und erneut Shirley Verrett (Mailänder Scala, 1971). Joan Sutherland fügte die Titelpartie ihrem Belcanto-Repertoire 1971 in San Francisco hinzu, und Beverly Sills sang sie erstmals 1972 an

der New York City Opera im Rahmen der ›Tudor-Trilogie‹ (›Anna Bolena‹, ›Maria Stuarda‹ und ›Roberto Devereux‹). Eine wichtige Exponentin der Titelrolle wurde die englische Mezzosopranistin Janet Baker (unter anderem an der English National Opera), die sich damit auch von der Bühne verabschiedete – um so bemerkenswerter, als die Baker sonst in einem anderen Repertoire unterwegs war und sich auf der Bühne ohnehin rar machte. In den 1980er Jahren war es dann das Traumpaar Edita Gruberová / Agnes Baltsa, das dieser Primadonnenoper par excellence unter anderem an der Wiener Staatsoper zum späten Durchbruch verhalf. Ein wichtiger Faktor bei der Verbreitung des Werkes war die Schallplattenindustrie, die mehrere Studioaufnahmen, aber auch diverse halblegale Mitschnitte auf den Markt brachte. Heute wird ›Maria Stuarda‹ auch an kleineren Bühnen gespielt und darf als Repertoirewerk gelten.

O. M. R.

Roberto Devereux

Tragedia lirica in drei Akten. Text von Salvadore Cammarano nach einem Libretto von Felice Romani und der Tragödie ›Élisabeth d'Angleterre‹ von Jacques-Francois Ancelot.

Solisten: *Elisabetta / Elisabeth I.*, Königin von England (Dramatischer Koloratursopran, gr. P.) – *Lord duca di Nottingham / Herzog von Nottingham* (Kavalierbariton, gr. P.) – *Sara*, Herzogin von Nottingham (Lyrischer Mezzosopran, gr. P.) – *Roberto Devereux*, Graf von Essex (Lyrischer Tenor, auch jugendlicher Heldentenor, gr. P.) – *Lord Cecil* (Charaktertenor, auch Spieltenor, m. P.) – *Gualtiero Raleigh* (Seriöser Baß, m. P.) – *Ein Page* (Baß, kl. P.) – *Ein Bedienter Nottinghams* (Baß, kl. P.).
Chor: Hofdamen – Lords – Ritter und Knappen (m. Chp.).
Ort: London.
Schauplätze: Ebenerdiger Saal im Westminster-Palast – Gemächer der Herzogin von Nottingham – Prächtiger Saal im Westminster-Palast – Kerker im Tower in London – Kabinett der Königin.
Zeit: Ende des 16. Jahrhunderts (der historische Earl of Essex wurde 1601 hingerichtet).
Orchester: 2 Fl., Picc., 2 Ob., 2 Kl., 2 Fag., 4 Hr., 2 Trp., 3 Pos., P., gr. Tr., Str.
Gliederung: Preludio und 11 Musiknummern.
Spieldauer: Etwa 2¼ Stunden.

Handlung

Ein Saal im Westminster-Palast: Die Hofdamen Königin Elisabettas bemerken die Traurigkeit von Sara, der Herzogin von Nottingham, die ihre Tränen der Wirkung ihrer Lektüre zuschreibt. In Wirklichkeit ist Sara wegen ihrer heimlichen Liebe zu Roberto Devereux, dem Günstling der Königin und besten Freund ihres Gatten, todunglücklich. Elisabetta betritt den Saal und berichtet Sara, sie habe dem Drängen von Saras Gatten, Lord Nottingham, endlich stattgegeben und werde Roberto Devereux empfangen, damit dieser die Vorwürfe der Illoyalität und des Verrats entkräften könne. Sie gesteht Sara, ihr sei bange, Roberto könne eine Geliebte haben. Sara bebt vor Furcht entdeckt zu werden. Cecil tritt ein und fordert Devereux' Tod wegen Hochverrats. Zu Cecils großem Ärger verlangt Elisabetta weitere, eindeutige Beweise. Schuldbewußt tritt Roberto ein. Elisabetta macht ihm Vorwürfe, weil er mit den rebellischen Iren einen Waffenstillstand ausgehandelt hat, gibt aber zu erkennen, daß ein Eingeständnis seiner Liebe ihn vor der Verurteilung retten könnte. Roberto glaubt, Elisabeth spiele auf seine heimliche Liebe zu Sara an, und setzt zu einem Geständnis an. Als er jedoch bemerkt, daß Elisabetta gar nicht weiß, wen er heimlich liebt, versucht er, seinen fatalen Faux-pas ungeschehen zu machen. Vergeblich: Elisabettas Zorn ist entfacht. Wutentbrannt stürzt sie hinaus; sie schwört sich, Roberto und seine Geliebte dem Tod auszuliefern. Verzweifelt bleibt Roberto zurück, er hofft, daß Saras Liebe unentdeckt bleibt und nur er selbst sterben muß. Nottingham versucht ihn zu trösten, obwohl er, wie er dem Freund gesteht, seinerseits zutiefst besorgt ist: Seine Gattin ist von einer unerklärlichen Trauer befallen. Gedanken an Eifersucht schiebe er beiseite, da er in ihr einen wahren Engel sehe. Cecil tritt ein und fordert ihn auf, zu der von Elisabetta einberufenen Sitzung der Lords zu kommen. Nottingham versichert Roberto seiner aufrichtigen Freundschaft. – Roberto sucht Sara in ihren Gemächern im Palast des Herzogs von Nottingham auf und stellt sie zur Rede, weil sie Nottingham geheiratet hat. Sie rechtfertigt sich, daß Elisabetta sie, nach dem Tod ihres Vaters verwaist, zur Ehe mit Nottingham gezwungen habe. Im Gegenzug wirft sie ihm vor, einen Ring Elisabettas als Liebespfand am Finger zu tragen. Roberto zieht den Ring ab und schleudert ihn auf den Tisch. Sara schenkt ihm einen blauen Schal, den sie bestickt hat, und fleht ihn an, er möge sie für immer verlassen und rasch fliehen. Roberto gehorcht voller Verzweiflung und stürzt davon.

Prächtiger Saal im königlichen Palast: Voller Ungeduld erwarten die Lords das Erscheinen der Königin. Elisabetta tritt gleichzeitig mit Cecil auf, der das Urteil der Lords verkündet: die Todesstrafe für Roberto. Gualtiero tritt auf, er hat Roberto nach der Rückkehr vom Palast des Herzogs von Nottingham aufgelauert und ihn festnehmen lassen. Er überbringt Elisabetta den blauen Schal, den man bei Roberto gefunden hat. Mit Händen und Füßen habe sich Roberto dagegen gewehrt, daß man ihm den Schal abnimmt. Elisabetta begreift, daß es sich um ein Liebespfand handelt. Im Beisein von Nottingham, der zu seiner Bestürzung den Schal seiner Frau erkennt, diese aber nicht verrät, stellt sie Roberto zur Rede. Dieser weigert sich, seine Geliebte zu verraten. Damit ist sein Tod besiegelt. Nottingham würde sich am liebsten auf der Stelle mit Roberto duellieren und schwört Rache. Elisabetta tritt vor den Hofstaat und verkündet, sie werde das Todesurteil unterschreiben; am Mittag werde Roberto das Beil des Henkers treffen.

Im Palast des Herzogs von Nottingham wartet Sara bange auf die Rückkehr ihres Gatten. Sie fürchtet, Roberto könne vor seiner Flucht festgenommen worden sein. Ein Soldat überreicht ihr einen Brief Robertos – aus dem Kerker. Er fleht sie an, den Ring Elisabettas zur Königin zu bringen. Als Nottingham eintritt, entreißt er ihr den Brief. Er nimmt grausam Rache und setzt seine Frau mittels der Palastwache unter Hausarrest. Sara fällt in Ohnmacht, als sie einsehen muß, daß sie den rettenden Ring nun nicht mehr rechtzeitig wird überbringen können. Im Kerker wartet Roberto auf den erlösenden Befehl zur Freilassung, er glaubt fest daran, daß Elisabetta nach Erhalt des Rings ihr Versprechen einhalten wird. Nur weil er Saras Unschuld beweisen will, hält er am Leben fest. Doch die Wachen, die schließlich erscheinen, führen ihn zum Richtblock. In einer schwärmerischen Aufwallung im Angesicht des Todes beschwört Roberto das Bild der im Himmel um Sara weinenden Engel herauf. – In ihrem Kabinett sinniert die Königin, umgeben von ihren Hofdamen, über Robertos vermeintliche Untreue. Sie hat ihm längst vergeben und hofft voller Ungeduld auf das Eintreffen des Rings, der sie zwingen wird, das Todesurteil rückgängig zu machen. Plötzlich stürzt Sara herein und überreicht ihr Robertos Ring. Erst da wird der Königin klar, daß die Herzogin von Nottingham ihre Rivalin ist – oder besser: war, denn in diesem Augenblick bezeugen ein Kanonenschuß und der Aufschrei der Menge Robertos Tod durch das Richtbeil. Elisabetta läßt Sara und auch Nottingham, der ja für den todbringenden Aufschub verantwortlich ist, von den Wachen abführen. Sie wird von der entsetzlichen Vision des enthaupteten Roberto heimgesucht und ruft Jakob (James) I. als neuen König aus.

Stilistische Stellung
Obwohl unter schwierigsten privaten Umständen entstanden (seine Familie war binnen weniger Monate durch Krankheit fast vollständig ausgelöscht worden – eine Situation, die an die Entstehung von Verdis ›Nabucco‹ erinnert), schuf Donizetti mit ›Roberto Devereux‹ den Prototyp einer historischen Oper der ersten Hälfte des 19. Jahrhunderts. Die Sicherheit und Überlegenheit, mit der Donizetti dieses Genre bedient, dessen Parameter er selbst entscheidend mitbestimmt hat, ist erstaunlich und wird um so eklatanter, wenn man ähnlich geartete Werke zeitgenössischer Komponisten wie Pacinis ›Maria, regina d'Inghilterra‹ oder Persianis ›Ines de Castro‹ zum Vergleich heranzieht. Insbesondere Donizettis untrügliches Gespür für die Tektonik und das Timing ist beeindruckend, aber auch seine überlegene Behandlung des Orchesters, das immer wieder Träger der Melodie ist, während die Solisten nur Einwürfe dazu beisteuern, und der sensible Einsatz der Orchestersoli. Im Unterschied zu früheren Werken sind die einzelnen Nummern des Werks von gleichbleibend hoher musikalischer Qualität. ›Roberto Devereux‹ ist ein überraschend intimes Werk und durchaus keine verkappte Grand-Opéra Meyerbeerschen Zuschnitts. Auffallend ist – wie bereits in der inhaltlich verwandten ›Maria Stuarda‹ – die stark dialogische Struktur des Werks, die sich in einer Reihe von Duetten manifestiert. Besonders gelungen ist in seiner pulsierenden Dramatik darüber hinaus ein Terzett zwischen Elisabetta, Roberto und Nottingham, aber auch die Kerkerszene des Roberto, deren Vorspiel Anklänge an

die ähnlich geartete Szene in Beethovens ›Fidelio‹ aufweist. Besonders meisterhaft sind die oft mit Ariosi durchsetzten Scene gearbeitet, die den Arien und Ensembles völlig gleichwertig gegenüberstehen. Wie stets hat Donizetti der Schlußszene besondere Aufmerksamkeit gewidmet. Nach einer getragenen Einleitung der Primadonna mit Damenchor folgt eine ebenso schlichte wie weit ausschwingende Cavatina, in der Elisabetta ihrem unerfüllten Liebes- und Lebensglück nachtrauert. An ein spannungsgeladenes Tempo di mezzo – die Enthüllung der Intrige erfolgt schlaglichtartig – schließt als finales Musikstück der Oper die Cabaletta an, die sich vollkommen von den zirzensischen Finalrondos herkömmlicher Belcanto-Konfektion unterscheidet und im Gegenteil als schwerblütig pulsierendes, verinnerlichtes Psychogramm einer einsamen Herrscherin verstanden werden kann. Die instabile, zerrissene Verfassung der Heroine wird durch kühne Intervallsprünge verdeutlicht, die in rasende Koloraturen münden und Elisabetta am Rande des Wahnsinns zeigen. Von besonderer Bedeutung sollte ›Roberto Devereux‹ für den jungen Giuseppe Verdi werden: Als sein Erstling ›Oberto‹ an der Mailänder Scala uraufgeführt wurde, stand dort auch erstmalig ›Roberto Devereux‹ auf dem Spielplan.

Textdichtung
Elisabeth I. hat etliche Opernkomponisten fasziniert – darunter Benjamin Britten mit ›Gloriana‹ und Rossini mit ›Elisabetta, regina d'Inghilterra‹, aber auch Wolfgang Fortner mit ›Elisabeth Tudor‹. Salvadore Cammarano, mittlerweile zu Donizettis favorisiertem Librettisten herangereift, konnte bei ›Roberto Devereux‹ auf ein für Saverio Mercadante geschriebenes Textbuch von Felice Romani zurückgreifen. Dieser wiederum orientierte sich an französischen Vorbildern, insbesondere an Jacques-François Ancelots Drama ›Élisabeth d'Angleterre‹ von 1829. Cammaranos Verse sind oft nicht weniger elaboriert als diejenigen Romanis, aber seine große Stärke liegt darin, eine Szene mit wenigen Worten zusammenzufassen und ihr dadurch eine große Stringenz zu verleihen. Ob Elisabetta und Essex tatsächlich eine Liebschaft hatten, wie das Libretto dies nahelegt, ist historisch nicht erwiesen. Eine dramaturgische Unschärfe in Cammaranos Text liegt in dem Verhältnis von Roberto zu Sara. Daß die beiden ein keusches Liebespaar, aber dennoch in größter Leidenschaft zueinander entbrannt sind, ist nur bedingt nachvollziehbar – zumal Cammarano die Vorgeschichte weitgehend im Dunkel beläßt und sich auf äußerst spärliche Hinweise darauf beschränkt.

Geschichtliches
Die historische Elisabeth I. war die Tochter Heinrichs VIII. mit Anne Boleyn, die er hinrichten ließ, als sie ihm keinen männlichen Thronfolger schenkte (und die Donizetti zur Heldin der ersten seiner insgesamt drei »Tudor-Opern« machte). Donizetti schuf insgesamt drei Rollenporträts der streitbaren Monarchin: ›Elisabetta al castello di Kenilworth‹ (1829), später nur noch ›Il castello di Kenilworth‹ betitelt, basiert – wie Donizettis berühmteste Oper ›Lucia di Lammermoor‹ – auf einem Roman von Walter Scott. Erstmals taucht hier die Konstellation zweier weiblicher Hauptfiguren auf, und bereits hier wird die Monarchin als heimlich leidende, ihren Gefühlen unterworfene Herrscherin dargestellt, die freilich im Lieto fine vom Chor bejubelt wird und somit in die Nähe von Rossinis Elisabetta rückt. Die Elisabetta in ›Maria Stuarda‹ dagegen steht zwar ein wenig im Schatten der schottischen Regentin, liefert sich aber mit ihrer politischen Rivalin eine der spannendsten Auseinandersetzungen der gesamten Operngeschichte. Das eindringlichste Rollenporträt gelang Donizetti schließlich mit der Elisabetta in ›Roberto Devereux‹. Die erfolgreiche Uraufführung, mit Giuseppina Ronzi de Begnis als Elisabetta und Paul Barroilhet (Nottingham) ebnete dem Werk den Weg, Ende 1838 gelangte es mit der Starbesetzung Grisi, Rubini und Tamburini ans Théâtre-Italien in Paris. Für diese Aufführungsserie komponierte Donizetti unter anderem die Ouvertüre nach, in der die Melodie von »God Save the Queen« erklingt. Eine Serie am Wiener Kärntnertor-Theater geriet in Donizettis Augen zu einem kolossalen Mißerfolg. Wie bei fast allen Werken mit historischem Kontext – einzige Ausnahme: ›Lucrezia Borgia‹ – hielt der Erfolg dieser Oper nicht so lange an wie bei den stärker romantisch-phantastisch geprägten Werken Donizettis. Verantwortlich dafür dürfte das Erstarken Verdis sein, aber auch der immer stärkere Einfluß der französischen Oper. Dennoch ist die wegweisende Leistung Donizettis hier nicht hoch genug einzuschätzen. Eine Aufführungsserie 1964 am Teatro San Carlo in Neapel mit der türkischen Donizetti-Primadonna Leyla Gencer in der Rolle der Königin gab den entscheidenden Anstoß für eine Wiederbelebung

im 20. Jahrhundert. Die amerikanische Koloratursopranistin Beverly Sills fügte die Elisabetta ihrem Repertoire 1970 an der New York City Opera hinzu und sah in der Rolle die größte Herausforderung des gesamten Belcanto-Repertoires. 1967 kam eine Produktion beim Donizetti-Festival in Donizettis Geburtsstadt Bergamo heraus. Eine weitere bedeutende Wiederaufführung erfolgte 1977 beim Festival in Aix-en-Provence mit Montserrat Caballé. Eine der bemerkenswertesten Inszenierungen der jüngeren Vergangenheit war diejenige von Christof Loy 2004 an der Bayerischen Staatsoper München mit Edita Gruberová als Elisabetta.

O. M. R.

Die Regimentstochter (La fille du régiment)

Opéra comique in zwei Akten. Text von Jules Henri Vernoy de Saint-Georges und Jean François Alfred Bayard.

Solisten: *Marie*, Marketenderin, Tochter des Regiments (Lyrischer Koloratursopran, auch Lyrischer Sopran, gr. P.) – *Die Marchesa von Maggiorivoglio*, ihre Mutter (Alt, m. P.) – *Die Herzogin von Craquitorpi* (Sopran, auch Mezzosopran, kl. P.) – *Tonio*, ein junger Tiroler (Lyrischer Tenor, gr. P.) – *Sulpiz*, Feldwebel (Spielbaß, gr. P.) – *Hortensio*, Haushofmeister der Marchesa (Baß, auch Bariton, m. P.) – *Ein Korporal* (Baß, kl. P.) – *Ein Landmann* (Tenor, kl. P.) – *Ein Notar* (Sprechrolle) – *Ein Tanzmeister* (Stumme Rolle).
Chor: Grenadiere – Landleute – Damen und Herren – Bediente der Marchesa (gr. Chp.).
Ort: In den Tiroler Bergen.
Schauplätze: Eine ländliche Gegend – Schloß der Marchesa Maggiorivoglio.
Zeit: Um 1805.
Orchester: Fl., Picc., 2 Ob., 2 Kl., 2 Fag., 4 Hr., 2 Trp., 3 Pos., P., Schl., Str.
Gliederung: Ouvertüre, 10 musikalische Nummern, verbunden durch gesprochenen Dialog.
Spieldauer: Etwa 2½ Stunden.

Handlung

Marie ist die Tochter aus einer Liaison zwischen dem Offizier von Thalheim und der Marchesa von Maggiorivoglio. In den Kriegswirren kommt der Offizier um, und Marie gerät als Findelkind an ein österreichisches Regiment, wo sie als »Tochter des Regiments« aufgezogen wird. Inzwischen ist sie zur jungen Frau herangewachsen und verdient sich ihren Lebensunterhalt als Marketenderin im Regimente. Sie selbst hat zugestimmt, als ihre 2000 Väter bestimmten, nur ein Mitglied des Regiments dürfe ihr Mann werden. Aber verliebt hat sie sich in Tonio, einen jungen Tiroler, der ihr das Leben gerettet hat, als sie in einen Abgrund zu stürzen drohte. Dieser Tonio wird nun gerade von den Wachen des Regiments gefangengenommen und soll als Spion hingerichtet werden, als Marie die Sache aufklärt – was Tonio den Hals rettet, ihm aber in seiner Liebessache nicht weiterhilft, denn nur ein Soldat des Regiments darf Maries Mann werden. Die Kriegswirren haben auch die gealterte Marchesa mit ihrem Haushofmeister Hortensio in die Nähe des Regiments getrieben. An einem Brief, den der alte Sergeant Sulpiz aufgehoben hat und der damals bei dem Kinde gefunden worden war, erkennt sie ihre Tochter – gibt sich aber, um dem Kinde die Schmach einer unehelichen Geburt zu ersparen, als ihre Tante aus und will sie mit aufs Schloß nehmen. – Währenddessen hat sich Tonio entschlossen, aus Liebe zu Marie ins Regiment einzutreten, denn dann darf man sie ihm ja nicht mehr verweigern – doch er kommt zu spät: Mit der Marchesa verläßt sie traurig das Regiment, um nun ein standesgemäßes Leben zu führen: Tonio aber muß beim Regimente bleiben.
Nach einigen Monaten standesgemäßer Erziehung weiß sich Marie äußerlich zwar in der neuen Umgebung zu behaupten, aber immer wieder bricht in ihr die Anhänglichkeit an das alte Soldatenleben durch, kräftig geschürt von dem alten Sulpiz, der sie – da er Invalide ist – als einziger ihrer »Väter« hat aufs Schloß begleiten dürfen. So gerät sie beim Vortrag einer langweilig-gestelzten Arie, bei der sie von der Marchesa begleitet wird, unvermittelt in das anfeuernde Regimentslied; was zwar Sulpiz befriedigt, aber ihre »Tante« entsetzt – will sie doch Marie mit dem hochadeligen Herzog Scipio von Craquitorpi verheiraten. Da trifft Tonio, inzwischen zum Oberst des Regiments aufgestiegen, mit seinen Leuten auf dem Schloß ein – er hat Marie nicht vergessen und liebt sie noch immer, und auch Marie liebt ihn. Sulpiz

unternimmt bei der Marchesa einen erneuten Vorstoß: Immerhin ist der Bewerber ja jetzt Offizier, aber die Marchesa besteht auf der adeligen Verheiratung, auch, als ihr Tonio klarmacht, daß er Nachforschungen angestellt habe – nicht ihre gar nicht existierende Schwester, sondern sie selbst sei die Mutter Mariens. Vor dem ganzen Hofe wird der Heiratskontrakt verlesen; da greift Tonio, um sein Glück zu retten, zu einem letzten Mittel: er enthüllt der Mutter des Bräutigams und dem ganzen Hofe Maries »Vergangenheit« als Marketenderin. Eine adlige Verheiratung ist nun ausgeschlossen, auch die Marchesa will dem Lebensglück ihrer Tochter nicht mehr im Wege stehen, und so kann Soldatenhochzeit gefeiert werden.

Stilistische Stellung
›Die Regimentstochter‹ war zu Lebzeiten Donizettis eines seiner erfolgreichsten Bühnenstücke, und durch das ganze 19. Jahrhundert hin war es das Paradestück aller Koloratursopranistinnen. In der Faktur wie im musikalischen Anspruch hat sich Donizetti hier ganz der Tradition der französischen Opéra comique eines Auber und Boieldieu angepaßt. Musikalisch ist das Werk ein wenig uneinheitlich: Neben gleichermaßen volkstümlichen wie melodisch eingängigen Arien, in denen sich Donizetti dem verbreiteten Romanzenton nähert, überzeugt die sorgfältig gearbeitete Chorbehandlung, während es in den Ensembles durchaus auch weniger inspirierte Teile gibt.

Textdichtung
Donizettis Textdichter schrieben für die ›Regimentstochter‹ zwar ein Original-Libretto, griffen dabei aber auf stereotype Situationen und Handlungsstränge der Opéra comique zurück: so auf den Gegensatz zwischen derb-ehrlichem Soldatenleben und verzärtelt-hochgestochener Hofwelt; so auch auf die Verwicklungen und das schließlich glückliche Ende einer Liebesgeschichte.

Geschichtliches
Donizettis ›La fille du régiment‹ wurde am 11. Februar 1840 an der Opéra-Comique in Paris uraufgeführt und hatte dort einen großen Erfolg: Das Regimentslied wurde schnell zum vielgesungenen »Schlager«, die Arie im II. Akt das Glanzstück aller Koloratursoprane. Bereits am 11. Mai 1841 wurde das Werk in der deutschen Übertragung von Karl Gollmick in Wien zur deutschen Erstaufführung gebracht, alsbald folgten auch Aufführungen in Italien, für die – ob von Donizetti selbst, ist ungeklärt – Rezitative anstelle der gesprochenen Dialoge nachkomponiert wurden; seine rechte Wirkung entfaltet das Werk aber nur in der Originalgestalt. Obwohl das heitere, problemlose Stück in den letzten Jahren eher seltener auf deutschen Spielplänen auftaucht, gibt es eine Reihe von Neuübertragungen.

La Favorite (Die Favoritin)

Opéra in vier Akten. Dichtung von Alphonse Royer, Gustave Vaëz und Eugène Scribe.

Solisten: *Léonor de Guzman* (Dramatischer Mezzosopran, gr. P.) – *Fernand* (Lyrischer Tenor, gr. P.) – *Alphonse XI.*, König von Kastilien (Kavalierbariton, gr. P.) – *Balthazar*, Prior des Klosters von Santiago de Compostela (Seriöser Baß, m. P.) – *Don Gaspar*, königlicher Offizier (Tenor, kl. P.) – *Inès*, Vertraute Léonors (Lyrischer Koloratursopran, m. P.) – *Ein Edelmann* (Tenor, kl. P.).
Chor: Mitglieder des Hofstaats – Pagen – Wachen – Mönche – Pilger (m. Chp.).
Ballett: Divertissement (II. Akt).
Ort: Das Königreich Kastilien.
Schauplätze: Der Kreuzgang des Klosters von Santiago de Compostela – Am Ufer der Löweninsel – Die Gärten des Alcázar – Ein Saal im Alcázar.
Zeit: 1340.
Orchester: Picc., 2 Fl., 2 Ob., Eh., 2 Kl., 2 Fag., 4 Hr., 2 Ventil-Trp., 2 Natur-Trp., Ventil-Alt-Pos., 3 Pos., Ophikleide, Hrf., Org. (hinter der Szene), P., gr. Tr. und Becken, Triangel, Gl., Tamtam, kl. Tr. auf der Szene (Ballettmusik), Str.
Gliederung: Prélude und 15 Musiknummern.
Spieldauer: Etwa 2¾ Stunden.

Handlung
Kreuzgang im Kloster von Santiago de Compostela: Die Mönche begrüßen den Tagesanbruch. Fernand gesteht dem Prior Balthazar, er habe sich in eine schöne Unbekannte verliebt, der er während der Messe den Kelch gereicht hat. Balthazar ist außer sich, hatte er Fernand doch

schon zu seinem Nachfolger bestimmt. Seine Drohungen, er werde im weltlichen Leben scheitern, fruchten nichts; Fernand ist fest entschlossen, dem Kloster den Rücken zu kehren. – Am Ufer der Löweninsel warten Inès und die Hofdamen Léonors auf die Ankunft Fernands, der schließlich mit verbundenen Augen in einem Boot anlandet. Er hat hier wieder ein Rendezvous mit Léonor, die er ausfindig gemacht hat, deren wahre Identität ihm jedoch unbekannt ist. Als Léonor erscheint, macht Fernand ihr einen Heiratsantrag, doch Léonor wehrt ab. Sie sähen sich heute zum letzten Mal, verkündet sie und drückt ihm ein Schriftstück in die Hand. Das Kommen des Königs wird angekündigt, und Fernand glaubt zu begreifen: Léonor muß adeliger Abstammung sein. Daß sie die Favoritin, die Mätresse des Königs sein könnte, übersteigt seine Vorstellungskraft. Überraschenderweise ist das Schriftstück, das Léonor ihm übergeben hat, ein Offizierspatent. Fernand begreift dies als Aufforderung, im Krieg zu Ruhm und Ehre zu kommen, dann wäre er Léonors würdig.

Eine offene Galerie mit Blick auf den Alcázar und dessen Gärten, einige Zeit später: König Alphonse genießt den Triumph über die Mauren, die – vor allem dank der Hilfe des jungen Offiziers Fernand – zurückgedrängt werden konnten. Auch wenn die Höflinge gemeinsame Sache mit Rom machen, hält Alphonse an der Treue zu Léonor fest. Diese wirft ihm vor, sie nicht vor den Anfeindungen des Hofstaats zu beschützen. Er werde sie zu seiner Königin machen, erklärt er der widerstrebenden Léonor, die ihr Liebesglück mit Fernand in unerreichbare Ferne rücken sieht. Ein großes Ballett zu ihren Ehren vermag sie nicht aufzuheitern. Da stürmt Don Gaspar herein: Er hat einen Brief Léonors an Fernand abgefangen. Léonor gibt offen zu, Fernand zu lieben. Der von Don Gaspar angekündigte Balthazar taucht auf und übergibt ein Schreiben des Papstes, in dem dieser die Trennung Alphonses von seiner rechtmäßigen Gattin geißelt. Als Alphonse trotzig Léonor als künftige neue Königin präsentiert, trifft ihn Balthazars Bannfluch. Entsetzt stürzt Léonor hinaus.

Ein Saal im Alcázar: Fernand betritt voll innerer Unruhe den Raum. Er hofft, Léonor im Palast zu finden. Als Alphonse, dessen Liebe zu Léonor ins Wanken geraten ist, ihn empfängt, erbittet er als Dank für seine kriegerischen Erfolge die Hand seiner schönen Unbekannten. Alphonse muß feststellen, daß dies niemand anderes als Léonor ist, erkennt aber sogleich die ideale Gelegenheit, sich Léonors auf elegante Weise zu entledigen, und ordnet die Hochzeit der beiden binnen einer Stunde an. Léonor ist hin- und hergerissen zwischen der Erfüllung ihres privaten Glücks und dem Gefühl der Schande. Léonor beschließt, Fernand die Wahrheit zu sagen, und beauftragt Inès, Fernand über ihre wahre Stellung am Hof zu informieren. Doch da wird Inès von Don Gaspar festgenommen. Bei der Hochzeitszeremonie tritt der ahnungslose Fernand Léonor lächelnd entgegen – sie sieht darin das Zeichen für seine Vergebung. Als die Höflinge ihn jedoch schneiden und sich über ihn lustig machen, fordert er die Spötter zum Duell heraus. Wieder erscheint Balthazar und klärt ihn über die wahren Hintergründe auf. Außer sich vor Wut und Scham reißt Fernand die Kette ab, die ihm der König geschenkt hat, und zerbricht sein Schwert. Balthazar zieht Fernand, dessen Ehre nun wiederhergestellt ist, mit sich.

Der Kreuzgang des Klosters wie zu Beginn: Fernand ist zum Orden zurückgekehrt, und Balthazar spricht ihm Mut zu, da er bald das Gelübde ablegen wird. Dann wird er zu einem sterbenskranken Novizen gerufen. Allein gelassen, bittet Fernand Gott, ihn von der Erinnerung an Léonor zu befreien. Nachdem er in der Kirche sein Gelübde abgelegt hat, trifft er vor dem Gebäude auf den Novizen, der niemand anderes ist als Léonor. Fernand vergibt ihr, mehr noch: Er gesteht ihr seine Liebe und will mit ihr fliehen, doch es ist zu spät: Léonor sinkt tot zu Boden.

Stilistische Stellung

Nur wenige Opern weisen eine derart verworrene Genese auf. Dennoch: ›La Favorite‹ ist eines von Donizettis Meisterwerken. Dem Komponisten gelang das Kunststück, gewissermaßen eine Grand Opéra in nuce zu schreiben, die ohne großen szenischen Aufwand auskommt und mühelos die Brücke zwischen italienischer Tradition und französischer Innovation, zwischen Nummernoper und großem Tableau schlägt. Der Aufbau der vier Akte (schon von daher also keine vollgültige, fünfaktige Grand Opéra) ist symmetrisch: Die beiden im Kloster angesiedelten Akte bilden eine Art Klammer für die zwei im höfischen Milieu spielenden mittleren Aufzüge und sind naturgemäß die mit der größeren Geschlossenheit und intimeren musikalischen Textur. Dennoch gelingen Donizetti auch in den extrovertierteren Binnenakten Szenen von hoher emotionaler Dichte und Intensität. Der IV. Akt erreicht eine seltene musikalische Geschlossenheit.

Dies ist um so erstaunlicher, als Donizetti bei ›La Favorite‹ auf mehrere bereits komponierte Werke zurückgriff. ›L'Ange de Nisida‹, 1839 fertiggestellt, kam nicht zur Uraufführung, da das dafür vorgesehene Théâtre de la Renaissance kurz darauf in Konkurs ging. ›L'Ange de Nisida‹ wiederum basierte auf einer weiteren unvollendeten (italienischen) Oper Donizettis, ›Adelaide‹. Die berühmte Tenorarie »Ange si pur« stammt dagegen aus dem unvollendet gebliebenen ›Duc d'Albe‹. Der IV. Akt der ›Favorite‹ beruht im wesentlichen auf Material aus ›L'Ange de Nisida‹, was auch die Legendenbildung des an einem einzigen Abend komponierten Aktes erklärt. Die Figur des Don Gaspar war im ›Ange de Nisida‹ eine mit einem Baßbuffo besetzte komische Figur, die in der ›Favorite‹ zu einer kleinen Tenorpartie mutierte – immerhin löst Don Gaspar hier mit der Verhaftung von Léonors Vertrauter Inès die finale Katastrophe aus.

Ausnahmsweise hat Donizetti der ›Favorite‹ eine sorgfältig ausgearbeitete Ouvertüre vorangestellt (die in der kritischen Ausgabe der Partitur als »Prélude« firmiert). Die mit der Handlung nur durch angedeutetes spanisches Kolorit in Beziehung stehende Ballettmusik zeigt, daß Donizetti auch auf diesem Gebiet weiß, was »state of the art« ist. Für jede seiner Figuren findet Donizetti eine stringente musikalische Gestaltung. Die Rolle der Léonor erfordert einen Mezzosopran von großem Umfang und vielen Farbvaleurs und weist auf Verdi-Rollen vom Typus einer Azucena oder Eboli voraus. Verdi scheint von den deklamatorischen Ausbrüchen des streitlustigen Priors Balthazar einiges gelernt zu haben, was an seinem ›Nabucco‹-Priester Zaccaria leicht nachzuprüfen ist. Die Baritonrolle des Alphonse dagegen ist in ihrer verhaltenen Eleganz eindeutig französischen Zuschnitts.

Wie wichtig das französische Idiom für Donizetti war, zeigt sich beim direkten Vergleich der vielleicht berühmtesten Arie des Stückes, der Tenorarie »Ange si pur« / »Spirto gentil«. Während in der französischen Version nicht nur durch die Tonrepetition, sondern auch durch die Sprache eine Art Schwebezustand generiert wird, der einem bedächtigen Sinnieren, quasi einem Nachlauschen der innersten Gedanken gleicht, will sich die italienische Variante nicht von der Stelle bewegen und bleibt in ihrem Duktus viel zähflüssiger. Das in der Handlung angelegte spanische Kolorit hat Donizetti nicht interessiert, was zur Folge hatte, daß das Werk aufgrund von Zensurschwierigkeiten in allen möglichen Verballhornungen und in den unterschiedlichsten historischen Epochen spielend auf die Bühne kam.

Textdichtung

Was bei oberflächlicher Betrachtung sämtliche Vorurteile gegenüber Operntexten zu bestätigen scheint, erweist sich bei genauerem Hinsehen als ein überaus kontrastreiches Libretto, das die von Verdi später geforderte »parola scenica«, die typisch »opernhaften«, auf den Punkt gebrachten und daher schnell zu erfassenden Situationen vorwegnimmt. Stärker als im wirren italienischen Remake tritt in der französischen Originalfassung der Widerstreit zwischen Religion und weltlicher Liebe, zwischen Pflichterfüllung und persönlicher Erfüllung zutage. Hier wirkt Stendhals epochemachender Roman ›Le Rouge et le Noir‹ nach (eine andere Inspirationsquelle ist Victor Hugos Drama ›Marion Delorme‹). Interessanterweise ist es Léonor, die – neben eindeutig passiven Zügen – auch Spuren emanzipatorischen Verhaltens zeigt: Sie bekennt sich zu ihrer Liebe zu Fernand, und sie begehrt gegen den König auf, der sie auch tatsächlich wie ein Objekt behandelt und sich nach der öffentlichen päpstlichen Mißbilligung seines Ehebruchs so schnell wie möglich von ihr trennt. Fernand dagegen ist eine rein passive, stets nur reagierende Figur, ganz im Gegensatz zu Balthazar, eher ein religiös motivierter Politiker denn ein weiser Kirchenmann. Ein faszinierendes Charakterporträt ist den versierten Textdichtern mit dem wankelmütigen König Alphonse gelungen. Daß Léonor am Ende sterben muß, ist den Zeitläuften geschuldet – undenkbar, daß eine Sünderin zu ihrem privaten Lebensglück findet.

Wie groß der Anteil der Mitwirkung des berühmtesten französischen Librettisten seiner Epoche, Eugène Scribe, an der Umarbeitung von ›L'Ange de Nisida‹ zur ›Favorite‹ war, läßt sich nicht eindeutig nachweisen. Möglicherweise versuchte Pillet, der Direktor der Pariser Opéra, Scribe zu befrieden, welcher das Libretto zu dem damals nicht uraufgeführten ›Duc d'Albe‹ verfaßt hatte.

Geschichtliches

Nach ›Les Martyrs‹ (der Umarbeitung von ›Poliuto‹) war dies Donizettis zweiter Versuch, einen nachhaltigen Erfolg an der Pariser Opéra zu erringen, und sein erster, eine genuin französische Oper zu schaffen. Das ursprünglich geplante Werk, ›Le Duc d'Albe‹, mußte Donizetti fallenlassen, da der Direktor der Pariser Opéra, Léon Pillet, angeblich darauf bestand, daß seine Geliebte, die Mezzosopranistin Rosine Stoltz, eine Rolle darin erhielt. Neben der Stoltz war die Uraufführung am 2. Dezember 1840 mit Donizettis erstem Edgardo, Gilbert Duprez, und dem Bariton Paul Barroilhet, der sein mit Spannung erwartetes Debüt an der Opéra gab, prominent besetzt. ›La Favorite‹ entwickelte sich langsam, aber stetig zu einer sicheren Bank im Repertoire: Daß der Auftritt der berühmten Tänzerin Carlotta Grisi im Ballett des II. Aktes im Februar 1841 dem Werk zum Durchbruch verhalf, wird durch die Aufzeichnungen in den Kassenbüchern nicht bestätigt. Bis zum Ersten Weltkrieg brachte es ›La Favorite‹ an der Opéra auf stattliche Aufführungszahlen (700 Aufführungen bis 1918). Daß sich das Werk im internationalen Opern-Business seit dem letzten Viertel des 19. Jahrhunderts vor allem in der stellenweise völlig unlogischen italienischen Fassung mit dem melodramatischen Schluß erhalten hat (dabei aber von so hervorragenden Protagonistinnen wie Giulietta Simionato oder Fiorenza Cossotto profitierte), tat seiner Popularität keinen Abbruch. Um so erfreulicher sind die Bemühungen in den letzten Jahren, der französischen Originalgestalt der Oper zu ihrem Recht zu verhelfen, so beispielsweise durch Vincent Boussard mit seiner Inszenierung am Théâtre du Capitole in Toulouse. Der CD-Mitschnitt einer konzertanten Aufführung mit der bulgarischen Mezzosopranistin Vesselina Kasarova läßt zumindest erahnen, weshalb ›La Favorite‹ in Frankreich jahrzehntelang zu den Standardwerken des Opernrepertoires gehörte und unbedingt in der französischen Originalfassung gespielt werden sollte, zumal diese nun auch in einer historisch-kritischen Ausgabe vorliegt.

O. M. R.

Linda di Chamounix

Melodrama in drei Akten. Text von Gaetano Rossi.

Solisten: *Il marchese di Boisfleury / Der Marquis von Boisfleury* (Baßbuffo, gr. P.) – *Carlo, visconte di Sirval* (Lyrischer Tenor, gr. P.) – *Der Präfekt* (Seriöser Baß, m. P.) – *Antonio, Zinsbauer, Vater Lindas* (Lyrischer Bariton, auch Kavalierbariton, m. P.) – *Pierotto, Waisenjunge aus Savoyen* (Lyrischer Mezzosopran, m. P.) – *Der Verwalter* (Tenor, kl. P.) – *Maddalena, Mutter Lindas* (Lyrischer Mezzosopran, m. P.) – *Linda* (Lyrischer Koloratursopran, gr. P.).
Chor: Savoyarden und Savoyardinnen, Knaben und Mädchen (m. Chp.).
Ort: In Chamonix und in Paris.
Schauplätze: Das Innere einer Bauernhütte – Eine luxuriöse Wohnung in Paris – Dorfplatz von Chamonix.
Zeit: Um 1760.
Orchester: Picc., 2 Fl., 2 Ob., 2 Kl., 2 Fag., 4 Hr., 2 Trp., 3 Pos., Ophikleide, P., Schl. (gr. Tr., Becken, Triangel, Gl.), Hrf., Org./Harm., fakultativ: Drehleier (Ghironda), Str. – Bühnenmusik: Banda
Gliederung: Sinfonia und 14 Musiknummern.
Spieldauer: Etwa 2½ Stunden.

Handlung

»Der Abschied«: Während die Dorfbewohner hinter der Szene zum Kirchgang aufbrechen, wartet Maddalena voller Unruhe im Inneren einer schlichten Bauernhütte in den Savoyer Alpen auf ihren Mann Antonio. Dieser wollte sich beim Marchese um die Verlängerung des Pachtvertrags für die Hütte bemühen. Liebevoll betrachtet Maddalena ihre schlafende Tochter Linda im Nebenzimmer. Antonio kehrt mit guten Nachrichten zurück: Der Marchese steht seiner Bitte wohlwollend gegenüber, wie ihm der Verwalter der Lehensgüter versichert hat. Dennoch traut er dem Frieden noch nicht, denn der Präfekt, den er unterwegs traf, warnte ihn indirekt vor dem Marchese. Maddalena versucht seine Bedenken zu zerstreuen. Unter Jubelrufen der Dorfbewohner, die sich von ihm Geldgeschenke erhoffen, taucht auch schon der Marchese auf. Er versichert Lindas Eltern in zerstreuten Worten seiner materiellen Unterstützung, blickt sich jedoch die ganze Zeit suchend nach Linda selbst um, die er für eine Anstellung im Schloß ausersehen hat. Die ahnungslose Maddalena will Linda aus dem Nebenraum holen, doch Linda hat das Zimmer verlassen. Antonio entschuldigt sich für die Schüchternheit seiner Tochter, die er in der Kirche vermutet. Linda kommt zu spät zum vereinbarten Stelldichein mit ihrem Geliebten Carlo, der sich als mittelloser angehender Maler ausgibt, in Wirklichkeit aber der Vicomte von Sirval ist, was eine standesgemäße Verbindung unmöglich macht. Eine Gruppe Kinder tritt auf und bringt Linda Obst, Brot und Käse. Aus der Ferne ist eine wehmütige Romanze des Drehleierspielers Pierotto, eines Freundes von Linda, zu hören. Pierotto tritt zu der Gruppe, und Linda fordert ihn auf, sein neues Lied zu singen. Widerstrebend tut Pierotto ihr den Gefallen und entfernt sich dann mit den Kindern. Pierottos traurige Ballade über eine betrogene Unschuld läßt Linda mit gemischten Gefühlen zurück. Sie erkennt durchaus Parallelen zu ihrer eigenen Situation darin. Überraschend taucht Carlo auf. Doch es ist kein unbeschwertes Liebesduett, das sich entspinnt. Ein Geheimnis umgibt Carlo, und er bittet Linda, einstweilen noch niemandem von ihrer Liebe zu erzählen. – Bei einem Treffen enthüllt der Präfekt Antonio die wahren Pläne des Marchese, der Linda zu sich ins Schloß holt, um sie sich notfalls mit Gewalt gefügig zu machen. Entsetzt stürmt Antonio davon, um seine Frau darüber in Kenntnis zu setzen; der Präfekt sucht Linda auf. Diese präsentiert ihm stolz den vom Marchese erneuerten Pachtvertrag. Der Präfekt klärt Linda jedoch über die wahren Beweggründe des Marchese auf und legt ihr nahe, zusammen mit anderen Dorfbewohnern die Heimat zu verlassen. Linda ist verzweifelt, weil sie nun Carlo nicht mehr sehen wird. In einem großen Ensemble segnet der Präfekt die in die Fremde ziehende Gruppe.

»Paris«: Eine elegant eingerichtete Wohnung in Paris. Drei Monate sind vergangen. Linda verdient sich ihren Unterhalt als Straßensängerin. Plötzlich hört sie draußen auf der Straße den Gesang Pierottos und bittet ihren Kameraden überrascht herauf. Der völlig heruntergekommene Pierotto staunt über das luxuriöse Ambiente. Linda gesteht ihm, daß der Visconte ihr nach Paris gefolgt ist und diese Wohnung für sie eingerichtet hat. Bald werden sie heiraten, so hofft sie. Sie steckt Pierotto ein paar Goldmünzen zu und bittet ihn, sie oft zu besuchen. Kaum hat Pierotto die Wohnung verlassen, steht der Marchese vor der Tür, der Linda, sein »Patenkind«, ausfindig gemacht hat. Mit entschlossenen Worten will Linda ihm den Zutritt verwehren, doch der Marchese läßt nicht locker: Ihre Wohnung sei ja sehr hübsch, er aber könne ihr einen veritablen Palast mit Dienstpersonal, einem Bankier und Pferdekutschen bieten. Erst als Linda ihn warnt, er solle sich vor ihrem Wohltäter hüten, kommen dem Marchese Zweifel – sollte es zu einem Duell kommen, würde er den kürzeren ziehen. Nach einem erregten Wortwechsel verlassen beide den Raum. Carlo betritt durch eine Geheimtür Lindas Wohnung. Sein schlechtes Gewissen ist übermächtig, er kann sich nicht aus den Fesseln seines Standes befreien und beklagt seine hoffnungslose Lage. Da kommt Linda wieder herein. Carlo ist verwirrt, er erzwingt ein Liebesgeständnis und fleht Linda an, ihn zu umarmen. Die keusche Linda verweigert dies, Carlo stürmt hinaus. Da taucht ein neuerlicher Besucher auf: Diesmal ist es Lindas Vater, der um ein Almosen bittet. Linda schenkt ihm Geld und gibt sich schließlich zu erkennen – doch der Vater reagiert ganz anders als erwartet. Er bezichtigt Linda, die Mätresse des Visconte di Sirval zu sein. Pierotto kommt hinzu. Nicht unwürdig sei Linda, so verkündet er, sondern vielmehr bemitleidenswert. Gerade fänden die Hochzeitsfeierlichkeiten des Visconte di Sirval statt. Überzeugt davon, daß seine Tochter sich diesem treulosen Menschen hingegeben hat, verflucht Antonio Linda und stürzt nach draußen. – Fassungslos ist Linda zurückgeblieben. Sie sieht Carlo vor sich, der ihr die Ehe verspricht. Pierotto begreift, daß sie wahnsinnig geworden ist, und zieht sie fort.

»Die Rückkehr«: Auf dem Dorfplatz von Chamonix. Zu Ehren der aus Paris heimkehrenden jungen Dorfbevölkerung wird ein Fest veranstaltet. Der Präfekt ist düsterer Stimmung, da er Lindas Mutter über das Ausbleiben ihrer Tochter informieren muß. Da begegnet ihm Carlo, der sich zunächst in Andeutungen ergeht: Seine Mutter, die Marchesa und zugleich Lindas Patin, habe endlich seinen Wünschen nachgegeben. Linda sei für ihre Eltern gestorben, erklärt der Präfekt. Carlo gesteht, Lindas Geliebter zu sein. Er macht sich heftige Vorwürfe und beteuert Lindas Unschuld. Vergeblich hoffte er, sie hier wiederzufinden; nun ist sie verschwunden. Der Präfekt beruhigt ihn: Gott stehe den Unschuldigen stets bei. – Auch der Marchese ist nach Chamonix zurückgekehrt und berichtet von bevorstehenden Hochzeitsfeierlichkeiten im Schloß: Linda wird Carlo heiraten. Er stimmt ein Spottlied auf die Braut an. Voller Vorfreude zerstreut sich die Menge. Plötzlich taucht Pierotto auf, Linda hinter sich herziehend. Sie treten ins Haus ihrer Eltern ein. Lindas Geist ist noch immer völlig verwirrt, sie erkennt niemanden. Nur wenn Pierotto sein trauriges Lied erklingen läßt, folgt sie ihm bereitwillig. Carlo präsentiert einen Brief, der Lindas Eltern zu Eigentümern der Bauernhütte macht, in der sie bislang zur Miete wohnten. Gerade als er gehen will, hält ihn der Präfekt zurück und erzählt ihm von Lindas Rückkehr. Da taucht Linda erneut auf. Carlo versucht, ihre Erinnerung zu wecken. Zunächst erkennt Linda ihre Eltern wieder und dann endlich ihren Carlo, der Lindas innigsten Wunsch erfüllt und sich selbst als ihr Bräutigam bezeichnet; der Marchese schickt sich in seine neue Rolle als Lindas Onkel.

Stilistische Stellung
Donizetti stand auf dem Gipfel des Ruhms, als er den Kompositionsauftrag zu dieser Oper für das renommierte Kärntnertortheater in Wien erhielt. ›Linda di Chamounix‹ ist eine der wenigen Opere semiserie im Œuvre des Komponisten. Paradebeispiele dieser ursprünglich stark französisch geprägten Mischform aus buffonesken und tragischen Elementen sind Rossinis Opern ›Torvaldo e Dorliska‹ mit eher buffonesker Ausrichtung und ›La gazza ladra‹, deren Handlung deutlich in Richtung Tragik tendiert. Vorläufer der ›Linda‹ sind in Paisiellos ›Nina‹ und Piccinnis ›La buona figliuola‹ (nach Samuel Richardsons Roman ›Pamela or Virtue Rewarded‹) zu sehen. Insbesondere Bellinis ›La sonnambula‹ dürfte bei ›Linda‹ jedoch Pate gestanden haben. Stilbildend wirkte die Oper zum einen auf Verdi: Dieser beruft sich bei der Suche nach einem neuen Operntext einmal auf ein »libretto alla Linda o alla Sonnambula«. Und auch seine ›Luisa Miller‹ weist ungeachtet der Tatsache, daß es sich ja um eine Schillersche Vorlage handelt, etliche Querverbindungen zu Donizettis Werk auf. Aber auch ein Werk wie Ponchiellis ›La savoiarda‹ (später umgearbeitet zu ›Lina‹) ist Donizettis ›Linda‹ in vielem verpflichtet.

Donizettis Entscheidung für dieses Libretto verdankt sich einer genauen Kenntnis des Wiener Opernpublikums. Es überrascht nicht, daß die Wiener Gefallen an dieser Comédie-larmoyante-Verwandten, diesem »Rührstück«, so die oft pejorativ gemeinte Gattungsbezeichnung, fanden. Beeinflußt wurde die Wahl unterschwellig wohl auch durch den enormen Erfolg von Alessandro Manzonis Roman ›I promessi sposi‹ – hier dient die Bergwelt um den Comer See als Folie für die Intrige um das unschuldig verfolgte Paar Renzo und Lucia. Der bukolische Rahmen der tragischen Handlung läßt sich auch noch in etlichen nachfolgenden Opern erspüren und reicht bis zum Schwarzwaldidyll von Puccinis Jugendoper ›Le villi‹.

Die Handlung um die tapfer verteidigte Unschuld läßt durchaus Fragen unbeantwortet. So bleibt beispielsweise ungeklärt, was Linda dazu gebracht haben mag, eine von dem doch vorgeblich mittellosen Maler Carlo zur Verfügung gestellte luxuriöse Wohnung in Paris zu beziehen. Wenig glaubhaft – zumindest für ein heutiges Publikum – erscheint die Naivität, die Lindas Eltern dem Marchese entgegenbringen. Insofern entbehren die Figuren Rossis nicht einer gewissen Typisierung. Und doch hat Donizetti sie mit seinen musikalischen Mitteln fein psychologisiert. Die Musik für Linda ist von schnörkelloser bukolischer Grundstimmung, hier ist ein neues Zeitalter der Empfindsamkeit angebrochen. Auch Carlo, szenisch eher unterbelichtet – einer jener zum ständigen Reagieren verurteilten »schwachen« Tenorhelden –, wird musikalisch mit einer großen elegischen Szene bedacht. Auffallend ist – und das spricht für die Modernität der ›Linda‹ –, daß Donizetti für seine Heldin keine einzige Arie vorgesehen hat. Das heute bekannteste Stück aus der Oper, Lindas Arie »O luce di quest'anima«, hat er für Paris nachkomponiert. So ist Linda zwar in nicht weniger als fünf Duetten präsent, doch nur eines davon, das mit ihrem »Soulmate« Pierotto, hat einen ausgesprochen italienisch-belcantesken Charakter. Die Wahnsinnsszene selbst ist nun nicht mehr Anlaß für ein exaltiertes Koloraturfeuerwerk, das noch in der sieben Jahre zuvor uraufgeführten ›Lucia di Lammermoor‹ abgebrannt wurde. Linda ist hier viel näher am Realismus, sie stammelt kurze Melodiefetzen, die immer wieder abreißen.

Einen ganz eigenen Akzent setzen die melancholisch-volkstümlichen Balladen des Pierotto, Donizettis letzter Hosenrolle. Auch die Chöre sind in ihrem schlichten Volkston Teil des brüchigen Idylls. In Lindas Vater Antonio kann man einen Vorläufer der Verdischen Vaterfiguren sehen, etwa des Giacomo in ›Giovanna d'Arco‹ oder des Rigoletto. Der Marchese wiederum ist – zumindest musikalisch – ein Verwandter Dulcamaras aus dem ›Liebestrank‹.

Innerhalb seines eigenen Schaffens fungiert ›Linda di Chamounix‹ als bukolische Replik auf die inhaltlich wie musikalisch drastischere ›Maria Padilla‹. Auch hier gibt es einen Vater-Tochter-Konflikt, der hier im Wahnsinn des Vaters gipfelt. Die Extremsituationen, denen die Protagonisten darin ausgesetzt sind, werden in ›Linda di Chamounix‹ auf ein bürgerlich-erträgliches Maß zurechtgestutzt. Auf ›Linda di Chamounix‹ folgte mit ›Maria di Rohan‹ ein weiterer Triumph Donizettis am Kärntnertortheater. Er wurde zum Wiener Hofkapellmeister ernannt, ein Amt, das vorher schon Mozart innehatte. Der Wiener Erfolgsserie wurde jedoch durch die immer deutlicheren Krankheitssymptome Donizettis ein Ende bereitet.

Textdichtung
Der Veroneser Gaetano Rossi (1774–1855) gehört zu den wichtigsten Librettisten seiner Epoche. Er schrieb unter anderem das Libretto zu Rossinis letzter auf italienischem Boden uraufgeführter Oper ›Semiramide‹, den Weltruhm des Schwans von Pesaro half er seinerzeit mit dem ›Tancredi‹ begründen. Für Donizetti mag er eher eine Verlegenheitslösung gewesen sein, denn der favorisierte Salvadore Cammarano war schon bei ›Maria Padilla‹ unabkömmlich. Die Vorlage für Rossis Libretto zu ›Linda di Chamounix‹ lieferte Adolphe Philippe d'Ennerys und Gustave Lemoines Schauspiel ›La Grâce de dieu‹ (1841), das bereits Schauspielmusik vorsieht. Das Motiv des Wahnsinns, in der italienischen Oper der Romantik so ungemein populär, zeigt sich in ›Linda di Chamounix‹ von einer nunmehr bürgerlichen Seite. Da das Lieto fine in der Semiseria vorprogrammiert ist, führt der Wahnsinn der Titelheldin nicht zum Tod, sondern ist vorübergehender Natur, also heilbar.

Geschichtliches
»Vienna è bella, bella, bella!«, frohlockte Donizetti bei seiner ersten Begegnung mit der Donaumetropole, wo er mit offenen Armen empfangen wurde. 1842 stand Donizetti auf der Höhe seines Ruhms – gerade hatte er auf Bitten des Komponisten selbst die Uraufführung von Rossinis ›Stabat mater‹ dirigiert – und war doch ein vom Erfolg Besessener und ständig zu neuen Konkurrenzkämpfen Getriebener. Er wohnte kurz vor der Uraufführung der ›Linda‹ derjenigen von Verdis ›Nabucco‹ bei – und erkannte sehr wohl an, daß mit Verdi das Genie einer neuen Zeit heranreifte. In Wien war er jedoch zu jener Zeit der unangefochtene König der italienischen Oper. Bei der Uraufführung am 19. Mai 1842 am Kärntnertortheater stand Donizetti selbst am Pult und dirigierte eine glanzvolle Besetzung mit Eugenia Tadolini, Marietta Brambilla und Napoleone Moriani. Das Werk errang in Wien einen triumphalen Erfolg, verbreitete sich rasch innerhalb Italiens und gelangte im November 1842 auch nach Frankreich, wo das Théâtre-Italien in Paris eine Traumbesetzung mit der Uraufführungs-Lucia Fanny Tacchinardi-Persiani an der Spitze aufbot (hierfür komponierte Donizetti die Arie »O luce di quest'anima« nach). Das ganze 19. Jahrhundert hindurch und auch noch zu Beginn des 20. Jahrhunderts hielt sich ›Linda di Chamounix‹ im internationalen Opernrepertoire. Erst nach dem Zweiten Weltkrieg wurden die Aufführungen spärlicher. Tullio Serafin hat mit Kräften des Teatro San Carlo in Neapel eine Gesamtaufnahme eingespielt, die als interessantes Dokument für die Donizetti-Pflege der späten 1950er Jahre gelten kann – zu einer Zeit also, in der Maria Callas zu ihren großen Erkundungen des Belcanto-Kontinents aufgebrochen war. In jüngerer Zeit wurde das Werk vor allem für die slowakische Primadonna Edita Gruberová wieder auf den Spielplan diverser wichtiger Opernhäuser gesetzt. 1994 sang sie die Partie – nach einer konzertanten Version im Vorjahr in Stockholm – an der Oper Zürich, 1997 an der Wiener Staatsoper in Koproduktion mit der Mailänder Scala, 2015 kam eine Produktion am Theater Gießen heraus.

O. M. R.

Don Pasquale

Komische Oper in drei Akten. Dichtung nach Angelo Anelli von G. D. Ruffini und dem Komponisten.

Solisten: *Don Pasquale*, ein alter Junggeselle (Spielbaß, auch Charakterbaß, gr. P.) – *Doktor Malatesta, Arzt*, Freund von Ernesto (Lyrischer Bariton, gr. P.) – *Ernesto*, Neffe des Don Pasquale (Lyrischer Tenor, gr. P.) – *Norina*, eine junge Witwe (Lyrischer Koloratursopran, gr. P.) – *Ein Notar* (Tenor, auch Bariton, auch Baß, kl. P.).
Chor: Diener und Kammerzofen – Ein Haushofmeister – Eine Modistin – Ein Friseur (kl. Chp.).
Ort: Rom.

Schauplätze: Saal im Haus Don Pasquales – Garten mit Gebüsch am Haus von Don Pasquale.
Zeit: Zweite Hälfte des 18. Jahrhunderts.
Orchester: 2 Fl. (II. auch Picc.), 2 Ob. (II. auch Eh.), 2 Kl., 2 Fag., 4 Hr., 2 Trp., 3 Pos., 1 Bt., P., Schl., Hrf., Gitarre, Str.
Gliederung: Ouvertüre und 14 Musiknummern, die durch orchesterbegleitete Rezitative miteinander verbunden werden.
Spieldauer: Etwa 2½ Stunden.

Handlung

Der ebenso reiche wie geizige Junggeselle Don Pasquale hegt den Wunsch, sich noch auf seine alten Tage mit einem jungen Mädchen zu verehelichen, nicht zuletzt mit der Absicht, damit den Heiratsplan seines Neffen Ernesto, der die junge hübsche Witwe Norina liebt, zu durchkreuzen. Der Alte kennt zwar Norina nicht, sein Geiz will es aber nicht zulassen, daß ihm der Neffe eine vermögenslose Frau ins Haus bringt, die später auch seines Erbes teilhaftig werden sollte. Er stellt daher Ernesto vor die Wahl, entweder von Norina zu lassen und ein von ihm vorgeschlagenes reiches Mädchen zu heiraten oder enterbt und aus dem Haus gejagt zu werden. Da ersinnt Don Pasquales Arzt, Dr. Malatesta, ein intimer Freund Ernestos, – allerdings ohne zunächst diesen davon zu verständigen – eine köstliche Intrige, um dem Freund zu seinem Lebensglück zu verhelfen und gleichzeitig den alten Gecken von seinen Heiratsgelüsten zu kurieren: Er schlägt dem Alten seine im Kloster erzogene, so bescheidene und sparsame Schwester Sofronia als Braut vor.

Unter diesem Namen führt er dann die tief verschleierte und sich äußerst schüchtern stellende Norina bei Don Pasquale ein, der höchst entzückt auf eine sofortige Eheschließung drängt. Als Notar fungiert ein von Dr. Malatesta mitgebrachter Freund, als Zeuge Ernesto, der sich schon von Malatesta verraten glaubte, jetzt aber in das Komplott eingeweiht wird. Kaum ist der Ehekontrakt unterzeichnet, erscheint die junge Frau plötzlich wie umgewandelt und zeigt ihrem erstaunten Gatten erst Krällchen, dann Krallen: Sie verhält sich ablehnend gegenüber seinen unbeholfenen Zärtlichkeiten, während sie seine Eifersucht reizt, indem sie mit Ernesto kokettiert.

Zu ihrer Bedienung engagiert sie sich zwei Dutzend Kammerzofen und Diener, und auf Pasquales Tisch türmen sich die Rechnungen für Kleider, Hüte und Schmuck. Abends geht sie ins Theater und schickt den Alten, als er zu widersprechen versucht, mit einer Ohrfeige ins Bett. Als er gar einen Zettel findet, auf dem ein Liebhaber Sofronia zu einem abendlichen Stelldichein in den Garten bestellt, hat er nur noch den einen Wunsch, sie wieder loszuwerden. – Don Pasquale versteckt sich mit Dr. Malatesta im Garten, um Sofronia in flagranti zu ertappen. In seiner Verzweiflung ist er jetzt sogar bereit, Norina als Gattin Ernestos in sein Haus aufzunehmen, wenn dann Sofronia geht. Bei dem nun folgenden listigen Doppelspiel Norinas und Malatestas geht der leichtgläubige Alte prompt in die Falle, und er muß seine Zusage auch aufrecht erhalten, als er schließlich erfährt, daß seine vermeintliche Gattin in Wirklichkeit Norina ist. Gelassen nimmt der gutmütige Pasquale Norinas Moral hin: »Weiße Haare sollen nicht freien um der Jugend Lockenkranz!«

Stilistische Stellung

Die Einheit von Dichtung und Musik verleiht Donizettis Meisterwerk, das den Höhepunkt in seinem künstlerischen Schaffen darstellt, ein charakteristisches Profil. In flottem Lustspieltempo zieht die witzig geformte Intrigenhandlung leichtbeschwingt vorüber; sie wird von nur vier Figuren getragen, die unschwer als Abkömmlinge der entsprechenden Typen der alten Commedia dell'arte zu erkennen sind. Sie werden von dem Autor folgendermaßen charakterisiert: »Don Pasquale, altmodisch, geizig, leichtgläubig, eigensinnig, im Grunde gutmütig; Malatesta, ein Mann, der Rat weiß, witzig, unternehmend; Ernesto, ein leidenschaftlicher Jüngling; Norina, eine impulsive Natur, ungeduldig bei Widerspruch, aber aufrichtig und empfindsam.« Die Partitur ist sorgfältig gearbeitet, auch in der Instrumentation, wenngleich die häufige Anwendung des Blechs das Klangbild vielfach vergröbert. Ein blühender Belcanto- und perlender Ziergesangsstil stellt das feine musikalische Kammerspiel, das jeder derb-platten Komik aus dem Weg geht, dicht neben Rossinis ›Barbier von Sevilla‹, dem es auch in der formalen Anlage sehr ähnlich ist nur mit dem Unterschied, daß Donizetti die Rezitative vom Orchester begleiten läßt. Besondere Erwähnung verdient die delikate Behandlung des Chores (Dienerschaftschor).

Textdichtung
Vorlage zu Giovanni Ruffinis ›Don Pasquale‹-Libretto war Stefano Pavesis Oper ›Ser Marc' Antonio‹ (1810 Mailand), deren Text von Angelo Anelli (1761–1820) stammt. Beim Komponieren griff Donizetti stark in Ruffinis Libretto ein.

Geschichtliches
Während seiner Pariser Zeit vollendete Donizetti den ›Don Pasquale‹ Ende des Jahres 1842 in wenigen Wochen. Die Uraufführung fand am 3. Januar 1843 im Théâtre Italien zu Paris statt. Sie hatte großen Erfolg, der dem Werk eine rasche Verbreitung sicherte.

Paul Dukas
* 1. Oktober 1865, † 17. Mai 1935 in Paris

Ariane und Blaubart (Ariane et Barbe-Bleue)
Märchen in drei Aufzügen von Maurice Maeterlinck.

Solisten: *Ariane* (Dramatischer Mezzosopran, auch Dramatischer Sopran, gr. P.) – *Ihre Amme* (Alt, gr. P.) – *Blaubart* (Baß, kl. P.) – *Selysette* (Mezzosopran, gr. P.) – *Melisande* (Lyrischer Sopran, auch Jugendlich-dramatischer Sopran, m. P.) – *Ygräne* (Jugendlich-dramatischer Sopran, m. P.) – *Bellangère* (Sopran, auch Mezzosopran, m. P.) – *Alladine* (Stumme Rolle) – *Alter Bauer* (Baß, kl. P.) – *2. Bauer* (Tenor, kl. P.) – *3. Bauer* (Baß, auch Bariton, kl. P.).
Chor: Bauern (m. Chp.).
Ort: Blaubarts Schloß.
Schauplätze: Saal in Blaubarts Schloß, mit Tor und sechs Türen – Unterirdisches Gewölbe in Blaubarts Schloß.
Zeit: 16. Jahrhundert.
Orchester: 3 Fl., Picc., 2 Ob., Eh., 2 Kl., Bkl., 3 Fag., Kfag., 4 Hr., 3 Trp., 3 Pos., Tuba, P., Schl., 2 Hrf., Cel., Str.
Gliederung: Durchkomponierte dramatische Großform.
Spieldauer: Etwa 2 Stunden.

Handlung
Ritter Blaubart ist beim Volk als Frauenmörder verrufen – sechs Frauen soll er schon umgebracht haben, und so begleitet die Menge seinen Einzug ins Schloß mit der siebten Frau, Ariane, mit unverhohlenem Widerstand und mit Warnungen. Doch Ariane, von ihrer Amme begleitet, ist ohne Furcht. Sie kennt die Geschichten, die man sich im Volk erzählt, aber sie glaubt, Blaubarts frühere Frauen seien noch am Leben, und will sie retten. Sieben Schlüssel hat Blaubart ihr übergeben – sechs silberne und einen goldenen –, die zu den sechs silbernen Schlüsseln passenden Türen darf sie öffnen, nicht aber die siebte Tür. Doch Ariane will das unbegründete Verbot mißachten und sucht nach der verbotenen Tür, doch vergebens. Die Amme überredet sie, doch zuerst die anderen, erlaubten Türen zu öffnen, und Ariane läßt sie gewähren. Mengen von Edelsteinen und Perlen finden sich und versetzen die Amme in einen glückseligen Taumel, doch Ariane zeigt sich unberührt. Da entdeckt sie hinter der sechsten Türe die siebte und öffnet sie. Doch dahinter ist nur ein dunkler Gang, aus dem – von weither – ein trauriger Gesang dringt. Blaubart, der hinzukommt, bedroht Ariane wegen ihres Ungehorsams. Da dringen die Bauern ins Schloß ein, um Ariane zu retten, doch sie schickt die Helfer weg. Sie fühlt sich Blaubart gewachsen.

Blaubart hat die Burg verlassen. Zusammen mit der Amme dringt Ariane in den dunklen Gang ein, um die Frauen zu suchen. Sie findet sie schließlich im Dunkel eines tiefen Verlieses. Zögernd nur antworten sie auf ihre Fragen, und erst nach und nach gelingt es Ariane, die anderen aus ihrer Abwehr und Verängstigung zu lösen. Die Lampe verlischt, und auch Ariane scheint gefangen, aber sie sucht das Verlies ab und entdeckt ein Tor, das sie öffnet, und ein Fenster, das sie zerschlägt – das helle Tageslicht dringt in den Kerker ein. Nur vorsichtig entdecken die anderen Frauen die äußere Welt. Ariane überredet sie, mit ihr das Verlies zu verlassen.

Mit Ariane sind die Frauen in die oberen Burggemächer zurückgekehrt und haben sich mit den Edelsteinen geschmückt. Das Schloß können sie nicht verlassen, da Wasser und Mauern es ihnen wehren. Sie scheinen dem Zwange Blaubarts entkommen, doch als die Amme die Rückkehr des Schloßherrn meldet, kehrt ihre alte Furcht zurück. Aber die Bauern haben Blaubart aufgelauert, erschlagen seine Wache und richten ihn selbst übel zu. Gefesselt liefern sie ihn den Frauen aus, damit diese ihre Rache an ihm vollziehen können, doch niemand ist dazu in der Lage. Ariane versorgt die Wunden Blaubarts und löst seine Fesseln, dann fordert sie die anderen Frauen auf, mit ihr das Schloß zu verlassen – doch keine ist bereit, ihr zu folgen. Sie geht allein.

Stilistische Stellung
Paul Dukas griff in seiner einzigen Oper einen Text auf, den der belgische Dichter Maurice Maeterlinck, anders etwa als bei seinem Drama ›Pelléas et Mélisande‹, von vornherein als Opernlibretto angelegt hatte – und anders als Debussy verwendete Dukas in weit größerem Maße »symphonische« musikalische Mittel, in denen er an Wagner und Richard Strauss anknüpfend dem literarischen Symbolismus Maeterlincks weniger eine anschmiegsame als großangelegte, zur umfassenden Operngeste fähige Musik beigesellte und damit so etwas wie ein Gegenstück zu Debussys Oper schuf. Getragen ist diese anspruchsvoll-klangvolle, in allen Farben spätromantischen Raffinements schwelgende Musik durch die aktive, selbstgewisse Figur der Ariane, neben der Blaubart sich als der Schwächere, als der von Anfang an Unterlegene erweist, weil sich Ariane ohne Furcht über seine Verbote hinwegsetzen kann und so seine Macht untergräbt. Gleichwohl erweist sich Arianes heroische Befreiungstat als sinnlos, denn die früheren Frauen wollen die Befreiung nicht.

Textdichtung
Maurice Maeterlinck (1862–1949) schuf sein Drama ›Ariane et Barbe-Bleue‹ im Jahre 1899 und wollte es von Anfang an als eher beiläufig verfaßtes Opernlibretto verstanden wissen. Gleichwohl ist das Drama nicht frei von autobiographischen Zügen – nicht zufällig heißen die im Kerker gefangenen Frauen Selysette, Melisande, Ygräne, Bellangère und Alladine nach Frauengestalten aus seinen früheren Dramen, deren passiver Duldung die aktive Lebenskraft Arianes entgegengesetzt ist – der scheuen, dumpfen Schicksalsfurcht der früheren Werke begegnet hier ein kraftvoll-neuer Weltglaube, der sich des alten französischen Volksmärchens vom »Blaubart« bedient, um – den Handlungsverlauf umdrehend – die starke, selbstbewußte Frau als Befreierin darzustellen.

Geschichtliches
Dukas komponierte die Oper ›Ariane und Blaubart‹ zwischen 1904 und 1906; uraufgeführt wurde sie am 10. Mai 1907 unter Albert Carré in der Opéra-Comique. Sehr schnell verbreitete sich der Ruhm dieses Werkes, das Kenner und Zeitgenossen wie Karol Szymanowski, Ferruccio Busoni und der Dirigent Bruno Walter für das wichtigste Opernwerk der französischen Moderne neben Debussys ›Pelléas‹ hielten. Die deutschsprachige Erstaufführung in der Wiener Volksoper am 2. April 1908 dirigierte Alexander von Zemlinsky, die deutsche Erstaufführung fand am 26. Dezember 1911 statt. Der Chauvinismus des Ersten Weltkriegs verhinderte eine größere Verbreitung. In Frankreich blieb das Werk lebendig – allein in Paris wurde es zwischen 1907 und 1952 mehr als 125mal aufgeführt – seit 1935 an der Grand Opéra, wo es zuletzt 1975 neu herauskam.

W. K.

Dun → Tan Dun

Antonín Dvořák
* 8. September 1841 in Nelahozeves (Mühlhausen) bei Kralup (Böhmen), † 1. Mai 1904 in Prag

Vanda

Tragische Oper in fünf Akten. Dichtung von Václav Beneš Šumavský nach Julian Surzycki.

Solisten: *Vanda*, Tochter des Fürsten Krak (Dramatischer Sopran, gr. P.) – *Božena*, ihre Schwester (Lyrischer Mezzosopran, m. P.) – *Slavoj* (Jugendlicher Heldentenor, gr. P.) – *Hohepriester* (Baß, m. P.) – *Lumír*, Krakauer Sänger (Bariton, kl. P.) – *Homena*, Zauberin (Mezzosopran, kl. P.) – *Roderich*, Deutscher Fürst (Bariton, gr. P.) – *Roderichs Gesandter* (kl. P.).
Chor: Adlige niederen Standes – Soldaten – Die Ältesten des Krakauer Landes – Mädchen aus Vandas Gefolge – Heidnische Priester – Fremde Ritter (gr. Chp.).
Ballett: Polnisches Volk.
Statisten: *Velislav, Všerad* und *Vitomír*, polnische Edelmänner.
Ort: Krakauer Land in der Nähe des Vavel.
Schauplätze: Freier Platz am Fuße des Vavel – Nächtliche Landschaft inmitten von kahlen Felsen und bewaldeter Bergen, Statue des Gottes Cernobuh über einer Höhle – Innenraum eines heidnischen Tempels – An der Weichsel.
Zeit: Mythische Zeit, nach dem Tod des Fürsten Krak.
Orchester: 2 Fl. (II. auch Picc.), 2 Ob., 2 Kl., 2 Fag., 4 Hr., 2 Trp., 3 Pos., Tuba, P., Triangel, gr. Tr., Becken, Tamtam, Hrf., Str.
Gliederung: Fünf Akte in insgesamt 21 durchkomponierten Szenen; Vorspiel.
Spieldauer: Etwa 2¾ Stunden.

Handlung

Vanda schreitet mit ihrer besorgten Schwester Božena über die Ebene, berichtet ihr von einer schlechten Vorahnung und beklagt, daß die unbeschwerten Tage vorbei seien, seit ihr Vater Krak gestorben ist und sie zur Königin bestimmt hat. Bekümmert tritt Slavoj auf, der Vanda als Königin begrüßt und sich verabschieden will, da sie nun nicht mehr seine Gattin werden könne. Derweil kommt Roderichs Bote zur Burg geritten, um im Namen des Fürsten um Vandas Hand anzuhalten. Bereits zum dritten Mal lehnt sie den Antrag mit dem Hinweis, keinen Gemahl aus fremdem Land, von fremder Sprache und mit fremden Sitten erwählen zu können, ab. Als die Hohepriester Vanda zur Königin erklären, rät sie dazu, statt dessen einen Mann zu krönen. Ein Donnergrollen wird als Zeichen von Perun gedeutet, der die Zustimmung der Götter zu Vandas Wahl bekundet. Das polnische Volk feiert seine neue Königin.

Nach der Krönung verkündet der Hohepriester den Willen Kraks, daß Vanda denjenigen Adligen heiraten solle, der die drei von ihm vorgegebenen Prüfungen bestehe. Zur Auswahl stehen Vitomír, Velislav und Všerad, von denen jeder an einer anderen Aufgabe scheitert. Slavoj stellt sich zur Verfügung, wird jedoch vom Hohepriester nicht zur Prüfung zugelassen. Als Slavoj dennoch sämtliche Aufgaben besteht, feiert ihn das Volk bereits als Gemahl, nur der Hohepriester beharrt darauf, daß er Vanda niemals heiraten werde. In diesem Augenblick reist Roderich mit seinem Gefolge an und hält selbst um Vandas Hand an. Er fordert jeden, der sich der Hochzeit widersetze, auf, gegen ihn anzutreten. Slavoj tritt an, besiegt Roderich und läßt ihn auf Vandas Bitten am Leben.

Vanda fleht Cernobuh (den Schwarzen Gott) um die Vereinigung mit Slavoj oder um den Schwarzen Tod an. Geister erscheinen, verwandeln sich in Götzen und verschwinden erst beim Anblick des auftretenden Slavoj. Vanda und Slavoj geloben sich gegenseitig ihre ewige Liebe. Roderich sucht mit zwei Rittern die Zauberin Homena, um ihre Hilfe bei der Eroberung von Vanda zu erbitten. Aus ihrem Versteck hören Vanda und Slavoj, wie Roderich von Homena fordert, die Königin in die Höhle zu locken, damit er sie in sein Land entführen könne. Unter der Bedingung, dafür Gold zu erhalten, stimmt Homena zu. Vanda und Slavoj treten hervor, Slavoj zieht sein Schwert, doch Vanda verzichtet auf Roderichs Tod. Roderich zieht mit Rache drohend ab.

In einem heidnischen Tempel klagt der Hohepriester, daß Vandas Liebe zu Slavoj das Land in den Krieg gestürzt habe. Auch Božena berichtet vom aussichtslosen Kampf gegen Roderichs Soldaten. Darauf stürzt die bewaffnete und mit Blut bespritzte Vanda herbei, um im Tempel ein Opfer zu darzubringen. Sie verspricht den Göttern, ihnen nach einem Sieg ihr eigenes Leben zu opfern. Mit dem Banner ihres Vaters eilt sie zurück in den Kampf. Inmitten des Schlachtenlärms betet der Hohepriester mit dem Volk zum dreiköpfigen Gott Svantovít, bis plötzlich Siegesgesänge erklingen. Die Krieger preisen die Königin und Slavoj, Vanda dankt den Göttern und kündigt an, aus der Welt zu scheiden.

Der Hohepriester erinnert Vanda an ihr Versprechen. Obwohl sich Slavoj widersetzt und anbietet, an Vandas Stelle zu sterben, springt sie nach der Segnung ihres Landes in die Weichsel. Das Volk verspricht, ihr ein Denkmal zu setzen.

Stilistische Stellung
Nach einer intensiven Auseinandersetzung mit dem Wagnerschen Musikdrama in ›Alfred‹ sowie der ersten Fassung von ›König und Köhler‹ und mit der komischen Oper in der zweiten Fassung von ›König und Köhler‹ wandte sich Dvořák bei ›Vanda‹, seinem dritten Bühnenwerk, erstmals der großen historischen Oper zu. Ganz dem Modell der Grand Opéra verpflichtet, sieht die Dramaturgie die Kombination repräsentativer Tableaus mit Ballett, Arien, Duetten und Ensembles vor. Nachdem Dvořák bereits in ›Alfred‹ und in der ersten Fassung von ›König und Köhler‹ keinerlei Rücksicht auf die theaterpraktischen Bedingungen genommen hatte und die Werke auf der engen Bühne des Prager Interimstheaters nicht realisierbar gewesen waren, setzte er bei ›Vanda‹ erneut die praktische Umsetzung durch die vergleichsweise ambitionierten musikalischen und szenischen Anforderungen aufs Spiel. Wie bei zahlreichen anderen Frühwerken nahm Dvořák auch bei ›Vanda‹ mehrfach Überarbeitungen vor, die zu einer stärkeren kompositorischen Stringenz beitragen sollten (1879/80, 1883, 1900/01). Zu diesen Revisionen zählte nicht zuletzt die Neukomposition der Ouvertüre im Herbst 1879, die Dvořák mit Blick auf die Premiere der Neuproduktion von ›Vanda‹ am großen Prager Nationaltheater vom 13. Februar 1880 verfaßte.

Textdichtung
Das Libretto von Václav Beneš-Šumavský und František Zákrejs folgt in dramaturgischer und stofflicher Hinsicht dem Modell der Grand Opéra. Laut eigener Angaben haben sich die tschechischen Autoren bei der Adaption der Legende an einer Fassung des polnischen Schriftstellers Julian Surzycki orientiert. Ob dies tatsächlich zutrifft oder ob die Librettisten mit Blick auf die erstarkende tschechische Nationalbewegung eine slawische Quelle nur vorspiegelten, kann nicht eindeutig beantwortet werden.

Geschichtliches
Dvořák komponierte ›Vanda‹ in kurzer Zeit vom 9. August bis zum 22. Dezember 1875. Obwohl die Uraufführung am 17. April 1876 im Prager Interimstheater (Prozatímní Divadlo) durchaus erfolgreich ausfiel, verschwand das Bühnenwerk bald vom Spielplan. Eine nicht unwesentliche Rolle dürfte dabei der Stoff gespielt haben: Vor dem Hintergrund zunehmender Spannungen zwischen Böhmen und Polen, die darauf zurückgingen, daß polnische Vertreter im österreichischen Reichstag gegen die tschechischen Interessen gestimmt hatten, stieß die polnische Legende in Prag auf wenig Gegenliebe. In praktischer Hinsicht standen einer nachhaltigen Rezeption wiederum die musikalischen und szenischen Anforderungen von ›Vanda‹ entgegen, die die äußerst beschränkten Möglichkeiten am tschechischen Interimstheater (dem provisorischen Vorgängerbau des Nationaltheaters) bei weitem überstiegen.

I. R.

Der Jakobiner

Oper in drei Akten. Libretto von Marie Červinková-Riegrová.

Solisten: *Graf von Harasov* (Seriöser Baß, m. P.) – *Bohuš*, sein Sohn (Kavalierbariton, auch Lyrischer Bariton, gr. P.) – *Adolf*, sein Neffe (Charakterbariton, m. P.) – *Julia*, Bohuš' Gattin (Jugendlich-dramatischer Sopran, gr. P.) – *Filip*, Schloßverwalter (Spielbaß, gr. P.) – *Jiří*, ein junger Jäger (Lyrischer Tenor, gr. P.) – *Benda*, Lehrer und Regens chori (Spieltenor, auch Charaktertenor, m. P.) – *Terinka*, seine Tochter (Lyrischer Koloratursopran, auch Lyrischer Sopran, gr. P.) – *Lotinka*, Beschließerin im Schloß (Alt, auch Mezzosopran, kl. P.).

Chor: Bürger – Bürgerinnen – Jugend – Schulkinder – Musikanten – Wachen – Landleute (gemischter Chor und Kinderchor, gr. Chp.).
Ballett
Ort: Ein Landstädtchen in Böhmen.
Schauplätze: Marktplatz am Kirchweihsonntag – Stube bei Benda – Prunksaal im Schloß.
Zeit: Während der Französischen Revolution, um 1793.
Orchester: 2 Fl., Picc., 2 Ob., Eh., 2 Kl., Bkl., 2 Fag., Kfag. – 4 Hr., 2 Trp., 3 Pos., Tuba – P., Schl., Hrf. – Str.

Gliederung: Durchkomponierte Großform.
Spieldauer: Etwa 2¾ Stunden.

Handlung

In einem kleinen böhmischen Landstädtchen feiert man den Kirchweihsonntag. Während die Gemeinde in der Kirche noch den Schlußchoral anstimmt, kommen Bohuš und Julia. Bohuš ist der Sohn des Grafen, dem das Schloß und die Stadt gehören. Der alte Graf hat ihn vor Jahren verstoßen, weil Bohuš mit den Ideen der Französischen Revolution sympathisierte und weil ihn des Grafen Neffe Adolf denunzierte, er sei zu den Jakobinern übergelaufen, sei ein Räuber und Mörder geworden. Mit seiner Frau Julia ist Bohuš nun zurückgekehrt aus der Fremde; das Heimweh hat ihn nach Hause getrieben. Die Messe ist zu Ende; die jungen Leute streben zum Wirtshaus gegenüber, wo schon zum Tanze aufgespielt wird. Aus der Kirche kommt auch der Regens chori Benda mit seiner Tochter Terinka. Terinka will mit ihrem Liebsten, dem jungen Jäger Jiří, ebenfalls zum Tanz gehen, doch da erscheint der ältliche, aufgeblasene Schloßverwalter, macht Terinka den Hof und fordert sie zum Tanze auf. Da ihr Vater darauf besteht, kann Terinka sich nicht widersetzen. Jiří platzt fast vor Eifersucht, zumal er nun von den anderen jungen Burschen verspottet wird, der Alte habe ihm wohl seine Freundin ausgespannt. Terinka gelingt es, den alten Freier loszuwerden, und kommt zurück. Der aufgebrachte Jiří singt nun, von der Dorfjugend sekundiert, ein bissiges Spottlied auf den Schloßverwalter, der zunehmend böser wird und allen Konsequenzen androht. Bohuš tritt auf und fragt den Schloßverwalter nach dem Weg zum Grafen, doch dieser macht sich wichtig und will erst das Wer und Woher wissen, doch als er erfährt, die Fremden seien Künstler, wird er zugänglicher. Als der Schloßverwalter den mißratenen Sohn als Jakobiner verleumdet, ergreift Bohuš, sein Inkognito wahrend, dessen Partei – wer für die Freiheit der Menschen eintrete, sei noch lange kein Jakobiner. Als die Künstler dann auch noch sagen, sie wüßten, was wahre Jakobiner seien, denn sie kämen aus Paris, wird der Vogt vollends mißtrauisch. Doch ehe er etwas unternehmen kann, wird er unterbrochen: Ganz überraschend für alle wird die Ankunft des Grafen gemeldet, der seit dem Tod seiner Frau das Schloß und das Dorf gemieden hatte. Er will den Bürgern ihren neuen Herrn, seinen Neffen Adolf, präsentieren. Als die Rede auf den Sohn kommt, zeigt er sich unversöhnlich.

Der Lehrer und Chordirektor hat aus Anlaß der Erhebung des neuen Herrn ein musikalisches Festspiel geschrieben, das er nun einstudiert: Terinka und Jiří, der einen schönen Tenor hat, singen die Solopartien einer Allegorie um Amor, Flora und den Genius. Alles klappt vorzüglich. Als Benda den Chor entlassen hat, bleibt Terinka allein, denn Benda weiß es einzurichten, daß Jiří mit ihm geht – der Vater erhofft sich Ehre und Sicherheit für die Tochter aus einer Heirat mit dem Schloßverwalter und sieht deshalb den Umgang des Mädchens mit dem jungen Jäger nicht gern. Terinka wünscht, die ewige Heimlichtuerei vor dem Vater möge endlich ein Ende haben. Jiří schleicht sich herzu, und beide versichern sich ihre Liebe. Da kommt Benda plötzlich zurück: Schnell greifen die beiden nach Noten und »proben« noch einmal das Duett aus dem Festspiel. Doch der Lehrer ist mißtrauisch, weil die beiden so oft »probieren« und vorhin ja ganz richtig gesungen haben. Er entdeckt, daß die beiden aus den falschen Noten singen, und will Jiří hinauswerfen, denn er erwartet den Schloßverwalter, der um Terinkas Hand anhalten will. Doch da weigert sich Terinka, dem Alten anzugehören, und auch Jiří opponiert: Beide drohen, wenn der Vater nicht nachgebe, würden sie am Abend beim Festspiel nicht singen. Der Lehrer gerät in arge Not: wenn das Festspiel ausfallen müßte, welche Schande. Da erscheinen verängstigt einige Chormitglieder mit den neuesten Nachrichten: im Dorf sollen sich zwei Jakobiner herumtreiben, die Polizei suche schon nach ihnen, aber sie seien wie vom Erdboden verschluckt. Da betreten Bohuš und Julia die Schulstube: Sie wollen bei Benda um Quartier bitten, bis Bohuš beim Grafen vorgelassen wird. Alles erstarrt: Da sind ja die Jakobiner, die man sich hier in Böhmen als finstere Mörder, Räuber und Kinderfresser vorstellt. Doch als sie versichern, sie seien Künstler, will Benda sie auf die Probe stellen und fragt, ob sie etwas von Musik verstünden. Das sehnsuchtsvoll vertraute böhmische Lied, das daraufhin Bohuš und Julia anstimmen, überzeugt den Lehrer, dies könnten keine Jakobiner sein. Er nimmt sie herzlich auf und will auch für Bohuš beim Grafen vermitteln. Er befiehlt Terinka, die Fremden gut unterzubringen. Da erscheint, prächtig aufgeputzt und mit einem riesengroßen Blumenstrauß, der auf Freiersfüßen wandelnde Schloßverwalter. Benda begrüßt ihn ehrfurchtsvoll, aber er ist hin und her gerissen, denn er muß um sein Festspiel fürchten. Der eifersüchtige Jiří zudem will nicht aus dem Zimmer gehen. Doch Terinka weiß einen Rat: Sie erzählt dem Schloßverwalter, sie habe am Grabe ihrer Mutter einen Schwur getan, nicht vor Ablauf von fünf Jahren zu heiraten. So sei der Antrag für sie zwar sehr ehrenvoll, aber der Freier möge halt die fünf Jahre noch warten. Der Schloßverwalter ist entsetzt, doch ehe er sich recht fassen kann, erscheint Adolf, um mit ihm Details der Herrschaftseinführung zu besprechen. Besonders geht es ihm darum, daß die beiden »Jakobiner« eingesperrt werden, denn er hat den Verdacht, daß Bohuš zurückgekehrt sein könnte, und dann würde es nichts mit seiner Übernahme der Herrschaft. Jiří, dem der Schloßvogt mit der Zwangsrekrutierung gedroht hat, wenn er ihm noch weiter im Wege stehe, hofft, bei dem neuen Herrn Gehör zu finden: Er tritt hinzu und klagt den Schloßverwalter der Unterdrückung der Leute an. Doch bei Adolf ist er damit beim Falschen; er weist ihn barsch ab, und der Vogt droht ihm, er werde ihn zum Bettler machen. Da hält sich Bohuš nicht mehr zurück: er tritt ins Zimmer und gibt sich zu erkennen, ja, er beschuldigt Adolf, ihn beim alten Grafen verleumdet zu haben. Adolf hält ihm vor, er habe sich seinen Sturz selbst zuzuschreiben, warum habe er auch mit den neuen Ideen sympathisiert; es kommt zu einem heftigen Wortwechsel. Inzwischen hat sich der Verwalter fortgeschlichen und holt die Polizei. Adolf läßt Bohuš festnehmen; den Leuten sagt er, man solle ihn vor den Grafen führen, in Wirklichkeit aber läßt er ihn in den Kerker werfen. Alles ist entsetzt und verwirrt.

Jiří versucht, zum Grafen vorzudringen, um ihn von den Machenschaften seines Neffen und des Verwalters zu unterrichten, wird aber nicht vorgelassen. Adolf und der Verwalter verlassen das Schloß, um die letzten Vorbereitungen für das Fest der Herrschaftsübergabe zu treffen; sie schärfen der alten Beschließerin ein, niemanden zum Grafen zu lassen. Doch diese, die Bohuš aufgezogen hat, läßt heimlich Benda und Julia ein. Benda will zuerst versuchen, den alten Grafen umzustimmen. Er überreicht ihm seine neukomponierte musikalische Serenade und weiß das Gespräch auf die vergangenen Zeiten und den verlorenen Sohn zu bringen, aber der Graf läßt nicht mit sich reden, obwohl ihn die Erinnerungen an frühere Zeiten rühren. Da will Julia ihr Glück versuchen: Sie spielt auf der Harfe der verstorbenen Gräfin jenes alte Wiegenlied, das diese einst ihrem Sohn vorgesungen hat. Der Graf traut seinen Ohren nicht; er kommt, um zu sehen, wer da spielt, und Julia bittet ihn um Gerechtigkeit für Bohuš. Sie kann dem alten Grafen beweisen, daß Bohuš zu den gemäßigten Girondisten gehörte und nur mit Hilfe eines falschen Passes der Guillotine entfliehen konnte. Das Fest beginnt: Die Bürger treten auf und bringen ihre Huldigungen dar. Doch ehe der Graf Adolf zum neuen Herrn machen will, verkündet er, er wolle nach altem Brauch Gnade walten lassen über jene, die gefehlt haben, und er befiehlt, daß man die Eingesperrten vorführt. Bohuš erscheint, und der alte Graf schließt ihn glücklich in seine Arme. Adolf und der Schloßverwalter haben ausgespielt; Bohuš und Julia werden nun mit dem Grafen wieder auf dem Schlosse leben, und Bohuš sorgt auch dafür, daß Terinka und Jiří ein Paar werden. Dann kann das lang erwartete Festspiel beginnen.

Stilistische Stellung
Antonín Dvořáks siebente Oper ist – anders als die voraufgegangenen Werke, die sich an der großen historischen Oper und am Vorbild Wagners orientieren – bewußt volkstümlich gehalten. Nicht auf dramatische Situationen kam es Dvořák hier an, sondern auf die detailgenaue Zeichnung von Milieu und Typen: So liegt das Hauptgewicht der Partitur, die mit zahlreichen schlichten Gesängen und heiteren Tänzen durchsetzt ist, auf der Betonung der genrehaften Volks-Szenen und auf der heiteren Charakterisierung der Figuren: Terinka, ihr widerspenstig-störrischer Geliebter Jiří, der eitle, aufgeblasene, in seiner Verliebtheit lächerliche Schloßverwalter, der ernst-väterliche Lehrer Benda, mit dem Dvořák – zumal in der Serenadenprobe des II. Aktes – allen böhmischen Dorflehrern und Musikern ein unverlierbares Denkmal gesetzt hat; sie alle bieten den heiteren Hintergrund, vor dem sich die Heimkehr des verlorenen Sohnes vollzieht; ja, vor der Lebhaftigkeit des ländlichen Treibens droht der Hauptkonflikt der Oper – sieht man einmal vom III. Akt ab – fast in den Hintergrund zu geraten.

Textdichtung
Das Libretto der Oper schrieb Marie Červinková-Riegrová für Dvořák; sie mag dabei so etwas wie eine heiter-böhmische Variante der ›Räuber‹ im Sinn gehabt haben. Die pralle Charakteristik der Figuren mag für sie wichtiger gewesen sein als die dramaturgische Logik des Stückes, in dem es

zu einer Entwicklung nicht kommt, sondern – in fast märchenhafter Weise – das Gute siegt und das Böse bestraft wird.

Geschichtliches
Dvořák komponierte vom November 1887 bis zum November 1888 am ›Jakobiner‹. Die Uraufführung am 12. Februar 1889 im Prager Nationaltheater dirigierte Adolf Čech. Das Werk hatte großen Erfolg, allein 1889 wurde es zwanzigmal aufgeführt. 1897 entschloß sich Dvořák zu einer eingreifenden Umarbeitung; er straffte und konzentrierte die Handlung. In dieser bis heute gültigen Form kam das Werk am 19. Juni 1899 wieder am Prager Nationaltheater heraus, allerdings mit nur mäßigem Erfolg. 1909 gab es eine neue, mit einigen Strichen versehene Einstudierung, die dem Werk zum dauerhaften Erfolg verhalf. Bis heute gehört der ›Jakobiner‹ zu den meistgespielten Opern in der Tschechischen Republik: 1948 verzeichnete man die dreihundertste Aufführung allein in Prag. Außerhalb der ehemaligen Tschechoslowakei konnte sich das Werk nur langsam durchsetzen: Die erste Aufführung (als Gastspiel aus Bratislava) in Wien war 1929, in deutscher Sprache kam die Oper zuerst am Stadttheater Teplitz-Schönau am 12. Dezember 1931 heraus. Danach faßte sie Fuß an verschiedenen deutschsprachigen Bühnen (Mannheim, Dresden, Berlin, Kassel, Wiesbaden, Nürnberg, Weimar, Essen) und verdient noch heute wegen ihrer hohen musikalischen Schönheiten häufigere Berücksichtigung.

W. K.

Rusalka

Lyrisches Märchen in drei Akten. Dichtung von Jaroslav Kvapil.

Solisten: *Der Prinz* (Jugendlicher Heldentenor, gr. P.) – *Die fremde Fürstin* (Dramatischer Sopran, auch Dramatischer Mezzosopran, m. P.) – *Rusalka* (Jugendlich-dramatischer Sopran, gr. P.) – *Der Wassermann* (Seriöser Baß, auch Heldenbariton, gr. P.) – *Die Hexe* (Dramatischer Alt, auch Dramatischer Mezzosopran, m. P.) – *Der Heger* (Tenor, auch Bariton, m. P.) – *Der Küchenjunge* (Mezzosopran, m. P.) – *1. Elfe* (Sopran, m. P.) – *2. Elfe* (Mezzosopran, auch Alt, m. P.) – *3. Elfe* (Alt, m. P.) – *Ein Jäger* (Tenor, auch Bariton, kl. P.).
Chor: Gefolge des Prinzen – Hochzeitsgesellschaft – Elfen und Nixen (kl. Chp.).
Ballett: Elfen (3 Solotänzerinnen). Hochzeitstanz (1 Solotänzerin und 12 Paare).
Schauplätze: Eine Wiese am Ufer eines Sees, ringsum Wälder; seitwärts eine morsche Hütte (Behausung der Hexe) – Schloßpark. Im Hintergrund rechts: Säulengang und der Festsaal. Im Vordergrund links: unter alten Bäumen ein Weiher, zu dem aus der Loggia des Schlosses Stiegen führen – Wie 1. Bild.
Orchester: 2 Fl., 1 Picc., 2 Ob., 1 Eh., 2 Kl., 1 Bkl., 2 Fag., 4 Hr., 3 Trp., 3 Pos., 1 Bt., P., Schl., Hrf., Str. – Bühnenmusik: Hörner, Harm.
Gliederung: Durchkomponierte symphonisch-dramatische Großform.
Spieldauer: Etwa 2½ Stunden.

Handlung
Traurig sitzt am Seegestade eine Rusalka (Nixe). Auch die fröhlichen Tänze der Elfen im Mondenschein, die sogar den alten Wassermann aus der Tiefe des Sees herbeilocken, können sie nicht erheitern. Nachdem sich die Elfen entfernt haben, gesteht die Nixe dem Wassermann, unter den Menschen leben und einer menschlichen Seele teilhaftig werden zu wollen. Denn nur so werde sie die Liebe des schönen Prinzen gewinnen, der neulich hier im See gebadet habe und nach dem sich ihr Herz seither in Sehnsucht verzehre. Vergeblich warnt der Wassermann sie vor den Gefahren eines solchen Unterfangens. Schließlich, von Mitleid gerührt, rät ihr der gutmütige Alte, sich an die Hexe zu wenden. Diese erklärt der Rusalka, die Erfüllung ihres Wunsches sei möglich, aber nur unter harten Bedingungen: ihr Mund werde jedem menschlichen Ohr verschlossen bleiben, und sollte sie das Glück, das sie ersehnt, nicht finden, müsse sie wieder in das Geisterreich zurückkehren und gleichzeitig dem Geliebten den Tod bringen. Die Nixe ist zu allem bereit, ist sie doch überzeugt, durch ihre Liebe allen bösen Zauber zu bannen. Während die Hexe in ihrer Hütte die Verzauberung vornimmt, erscheint der Prinz, angelockt von einem weißen Reh. Träumend läßt er sich am Ufer des Sees nieder. Da erscheint aus der Hexenhütte, barfuß und ärmlich gekleidet, die Nixe in Gestalt eines

bezaubernd schönen Mädchens. Der Prinz ist hingerissen. Während aus der Tiefe des Sees die klagenden Stimmen des Wassermanns und der Nixen ertönen, fällt ihm die Rusalka stumm in die Arme. Er hüllt sie in seinen Mantel und führt sie hinweg auf sein Schloß.

Im Schloßpark unterhält sich der Heger mit dem Küchenjungen über das aufregende Ereignis, daß der Prinz heute ein Mädchen heirate, dessen Name und Herkunft niemand kenne und das noch mit keinem ein Wort gewechselt habe. Als die beiden das junge Paar herankommen sehen, laufen sie schleunigst davon. Mit ängstlichem Blick forscht der Prinz nach den Gründen des seltsamen Gebarens der Geliebten, die seinen leidenschaftlichen Liebesbeteuerungen gegenüber bis jetzt stumm geblieben ist. Da tritt zwischen die beiden eine fremde Fürstin, die als Hochzeitsgast gekommen ist. Spöttisch fragt sie den Prinzen, warum seine Braut sich nur durch Blicke mit ihm unterhalte. Schlagfertig antwortet der Prinz, daß ihre Blicke ihn offenbar seine Pflichten als Gastgeber vergessen ließen. Er reicht der Fürstin galant den Arm und entfernt sich mit ihr, während er die Rusalka in rauhem Ton auffordert, sich jetzt im Schloß für das Fest zu schmücken. Die Hochzeitsfeierlichkeiten beginnen mit einem höfischen Tanz. Der Prinz erscheint an der Seite der Fürstin. Gleichzeitig taucht, von den Anwesenden unbemerkt, der Wassermann aus dem Schloßteich auf. Schließlich kommt, reich gekleidet, die Rusalka. Während die Gäste kostbare Geschenke überreichen, unterhält sich der Prinz ausschließlich mit der Fürstin, und als sich anschließend die Gesellschaft in den Festsaal begibt, bleibt die Rusalka allein zurück. Verzweifelt stürzt sie an den Teich, wo sie den Wassermann erblickt, dem sie ihr tiefes Leid klagt. Da kommt der Prinz mit der Fürstin. Er macht ihr eine feurige Liebeserklärung und nennt die Hochzeit mit dem bleichen Mädchen nur ein Abenteuer zum Zeitvertreib. Als die Rusalka ihm daraufhin in die Arme stürzt, stößt er sie entsetzt von sich. Mit geisterhafter Stimme verkündet nun der Wassermann dem Prinzen das Schicksal, das ihm droht, und verschwindet mit der Rusalka in die Tiefe. In Todesangst beschwört der Prinz die Fürstin, ihm beizustehen. Sie weist ihn jedoch kalt ab und entfernt sich mit hochmütiger Miene.

Die Rusalka sitzt, gebrochen und gealtert, auf dem Weidenbaum am See. Aus dem frohen Kreis ihrer Schwestern ist sie für immer verbannt. Da kommt die Hexe. Sie weiß der Rusalka Rat für eine Rückkehr zu den Ihren: Mit dem Messer, das sie ihr überreicht, soll sie das Herz des Mannes durchbohren, der sie treulos verlassen hat. Aber die Nixe wirft das Messer in den See; lieber wolle sie ewig leiden, als dem Geliebten ein Leid antun. Während die Hexe hohnlachend in ihre Hütte zurückhumpelt, versinkt die Rusalka in hoffnungsloser Trauer in den See. Nun erscheint vor der Hexe der Heger mit dem Küchenjungen. Sie wollen ein Heilmittel für ihren kranken Herrn, den ein teuflisches Waldmädchen, das er heiraten wollte, verlassen und verzaubert habe. Empört taucht der Wassermann aus dem See; er verflucht das verlogene Menschenpack und schwört ihm Rache, woraufhin Heger und Küchenjunge sich eilig aus dem Staub machen. Bei Aufgang des Mondes versammeln sich wieder die Elfen zu fröhlichem Reigen. Betroffen ziehen sie sich in den Wald zurück, als der Wassermann ihnen von dem traurigen Los seiner liebsten Nixe berichtet. Von Gewissensbissen verfolgt stürmt der Prinz herbei. Er sucht nach seinem weißen Reh. Da taucht langsam aus dem See die Rusalka auf. Über ihrem Haupt glänzt ein Irrlicht. Sie ruft dem Prinzen, der sie um Vergebung bittet. Wehmütig hält sie ihm vor, daß ihr Kuß, der einst ein Labsal ihres Liebesglücks, ihm nun den Tod bringen werde. Der Prinz will aber seine Schuld sühnen. Die Rusalka umarmt den Wiedergefundenen, der an ihrem Kuß stirbt. Mit einem letzten Kuß empfiehlt sie die Menschenseele der Gnade Gottes, worauf sie in den Fluten des Sees verschwindet.

Stilistische Stellung

Dvořák war in seinem dramatischen Schaffen stark von Richard Wagner beeinflußt. Dies wird auch bei seiner vorletzten Oper, ›Rusalka‹, offenbar. Der zart-romantische Stoff, dessen poetischen Gehalt Lortzing in seiner ›Undine‹ durch eine volkstümliche Gestaltung in Libretto und Musik so stilvoll gewahrt hat, erscheint hier in dem schweren Gewand des Musikdramas, wobei nach dem Wagnerschen Vorbild die Erlösungsidee in den Brennpunkt gerückt ist. Auch rein äußere Parallelen, wie zum Beispiel die Szene der drei Elfen mit dem Wassermann (›Rheingold‹), finden sich. Wenngleich sich der tschechische Meister in seiner Musik der Wagnerschen Errungenschaften bedient hat (Harmonik, Instrumentation, formale Anlage), wahrt er in dem nationalen Stil seiner klangüppigen Tonsprache, in der charakteristischen Melodik und Rhythmik absolut ein starkes Eigenprofil. Überdies verzichtet er vollends auf das wesentlichste musikalische Gestaltungsmittel Wagners, die Leitmotivtechnik, obwohl gewisse prägnante Themen (wie das Rusalka-, das Wassermann-, das Elfenthema) im Lauf der Oper immer wiederkehren. In den musikdramatischen Dialog sind verschiedentlich geschlossene Gebilde eingebaut, die besonders der Titelheldin und dem Prinzen Gelegenheit zu lyrischen Ergüssen und arioser Entfaltung verschaffen.

Textdichtung
Das tragische Los jener verführerischen, aber seelenlosen Wasserweibchen, die ihr feuchtes Element verlassen haben, um die Liebe von Menschensöhnen zu gewinnen, hat in allen Kulturländern und zu allen Zeiten immer wieder Dichter und Musiker zu künstlerischer Gestaltung dieses Themas angeregt. Der tschechische Dichter Jaroslav Kvapil (1868–1950) verfuhr bei der Abfassung seines Textbuches zu Dvořáks ›Rusalka‹ ähnlich wie Richard Wagner bei der Gestaltung seiner Sagenstoffe, indem er nicht ein bestimmtes Märchen dramatisierte, sondern die Opernhandlung nach verschiedenen Quellen aufbaute. So liegt der Operndichtung in erster Linie Hans Christian Andersens Märchen ›Die kleine Seejungfrau‹ zugrunde. Daneben verarbeitete der Librettist auch noch Motive aus dem altfranzösischen Sagenkreis um die schöne Melusine sowie aus Friedrich de la Motte-Fouqués ›Undine‹ und Gerhart Hauptmanns ›Versunkene Glocke‹. Entsprechend der sentimentalischen Zeichnung der Titelheldin, welche die Handlung des Stückes dominierend trägt, gab Kvapil dem Opernbuch die Bezeichnung ›Lyrisches Märchen‹.

Geschichtliches
›Rusalka‹ ist das vorletzte Werk, das Dvořák vor seinem Tod geschrieben hat. Die Oper ist in der Zeit vom 21. April bis 27. November 1900 entstanden und wurde am 31. März 1901 am tschechischen Nationaltheater in Prag uraufgeführt. Beim tschechischen Opernpublikum erfreut sich das Werk einer ähnlichen Beliebtheit wie Smetanas ›Verkaufte Braut‹. Auch in den anderen slawischen Ländern hat es einen festen Platz im Repertoire der Opernbühnen erlangt. Und inzwischen ist Dvořáks ›Rusalka‹ nicht nur im internationalen Repertoire fest verankert, sondern auch zum Festspielstück (Salzburg 2008) avanciert – in einer ambitionierten Regietheater-Arbeit von Jossi Wieler und Sergio Morabito.

Armida

Oper in vier Akten. Libretto von Jaroslav Vrchlický nach Torquato Tasso.

Solisten: *Hydraot*, König von Damaskus (Baß, kl. P.) – *Armida*, seine Tochter (Jugendlich-dramatischer Sopran, gr. P.) – *Ismen*, Herrscher über Syrien und Zauberer (Lyrischer Bariton, gr. P.) – *Bohumír von Bouillon*, Heerführer der Kreuzritter (Bariton, kl. P.) – *Peter*, Eremit (Seriöser Baß, m. P.) – *Rinald*, Ritter (Jugendlicher Heldentenor, gr. P.) – *Gernand*, Ritter (Baß, kl. P.) – *Dudo*, Ritter (Tenor, kl. P.) – *Ubald*, Ritter (Baß, kl. P.) – *Sven*, Ritter (Tenor, m. P.) – *Roger*, Ritter (Tenor, kl. P.) – *Ein Herold* (Baß, kl. P.) – *Ein Muezzin* (Bariton, kl. P.) – *Eine Sirene* (Sopran, m. P.)
Chor: Sirenen – Nymphen – Feen – Ritter – Königliches Gefolge von Damaskus – Christliches und heidnisches Volk – Sklaven – Soldaten (gr. Chp.).
Ort: Damaskus.
Schauplätze: Die Gärten des Palastes von König Hydraot in Damaskus – Das Militärlager der Kreuzritter vor Damaskus – Ein Zaubergarten – Eine Wüstenoase.
Zeit: Während des Ersten Kreuzzuges im 11. Jahrhundert.
Orchester: 2 Fl., Picc., 2 Ob., Eh., 2 Kl., Bkl., 2 Fag., Kfag., 4 Hr., 3 Trp., 3 Pos., Tuba, P., gr. Tr., Becken, Triangel, Hrf., Str.
Gliederung: Fünf Akte in insgesamt 24 durchkomponierten Szenen; Vorspiel.
Spieldauer: Etwa 2 Stunden und 40 Minuten.

Handlung
In den Gärten des königlichen Palastes von Damaskus erklingen die Rufe des Muezzins, während sich die Angehörigen des Hofstaates vergnügen. Plötzlich ertönen Warnsignale, König Hydraot tritt auf, Ismen schreitet ihm entgegen. Besorgt fragt ihn Hydraot nach der Gefahr und beklagt, daß Armida die Hand von Ismen zurückgewiesen hat. Ismen bestätigt, daß Armida ihn

flieht, und berichtet von der Bedrohung durch die heranziehenden Kreuzritter. Die Franken seien auf ihrem Weg zur Befreiung des Grabes Christi in die Gegend vor Damaskus vorgestoßen, hätten bereits Gaza und Tyr erobert und wirkten, als wollten sie die ganze Welt beherrschen. Da das Heer von Hydraot zu schwach sei, rät Ismen zu einer List. Die schöne Armida solle sich ins Lager der Christen einschleichen, den Rittern den Kopf verdrehen und Zwietracht unter ihnen säen, damit sie sich am Ende gegenseitig vernichteten. Zur selben Zeit wandelt Armida durch die Gärten und denkt sehnsüchtig an einen unbekannten Ritter, den sie bei der Gazellenjagd erblickt hat. Als Hydraot sie darum bittet, Ismens Plan umzusetzen, lehnt sie ab und fragt – von Liebe beseelt –, was denn das Leben und der Thron für eine Bedeutung hätten. Der Vater will sie verstoßen, doch Ismen läßt vor ihren Augen das Bild des gegnerischen Militärlagers entstehen, in dem sie inmitten der bewaffneten Kreuzritter den geliebten Unbekannten – Rinald – erblickt. Begeistert stimmt Armida dem Plan zu.

Im Lager der Kreuzritter beendet der Eremit Peter am Feldaltar die heilige Opfergabe. Alle außer Rinald, der in Gedanken versunken ist, werden immer ungeduldiger, weil Bohumír von Bouillon die nächste Schlacht hinauszögert. Schließlich ruft der Herold die Ritter zusammen, damit Bohumír, dem im Traum der Erzengel Michael erschienen sei, den Aufbruch befehlen kann. In Trauerkleidung wird Armida von den Wachen am Eingang zum Lager aufgehalten. Von ihrer Sehnsucht nach Rinald beseelt, bittet sie, zum Heerführer vorgelassen zu werden. Peter erahnt sogleich die Gefahr, die von der wunderschönen Unbekannten ausgeht. Als er sie jedoch aus dem Lager wegschicken will, tritt Rinald dazwischen und erklärt es zur ritterlichen Pflicht, die mädchenhafte Unschuld zu verteidigen. Ungeachtet von Peters Warnung wird Armida, die in Rinald den Geliebten erkennt, zum Feldherrn geführt. Derweil ruft Bohumír, nicht ohne sich über das eigenartige Verhalten des Gegners in Damaskus zu wundern, zur Fortsetzung des Kreuzzuges auf. Rinald wirft ein, daß die Unbekannte die Wahrheit kenne. Armida, die sich als Tochter von Hydraot zu erkennen gibt, erzählt die erfundene Geschichte eines Onkels, der einen Aufstand angezettelt habe, ihren Vater blenden ließ und – nach ihrer Weigerung, den Anführer zu heiraten – ihren Bruder in der Wüste den Schakalen auslieferte. Armida fleht die Kreuzritter um Hilfe an und stellt ihnen die Eroberung von Damaskus in Aussicht. Die Ritterschaft spaltet sich in zwei Lager: Eine Hälfte will mit Rinald unverzüglich gegen Damaskus ziehen, die andere fordert die sofortige Befreiung Jerusalems. Bohumír entscheidet, die Soldaten mit dem Los in zwei Heere aufzuspalten. Armida und Rinald gestehen sich ihre Liebe, und Peter ruft eindringlich dazu auf, Rinald aus ihrem Bann zu befreien. Als die Ritter die Liebenden voneinander trennen wollen, entführt Ismen die beiden auf einem von Drachen gezogenen Wagen.

Im Zaubergarten geben sich Armida und Rinald ihrer Liebe hin. Ismen sehnt den Moment herbei, in dem Rinald an seiner Liebe zugrunde gehen und er selbst Armida für sich gewinnen würde. Als Ismen sie eindringlich an ihre Pflicht erinnert, den Feind zu vernichten, bekennt sie ihre tiefe Liebe zu Rinald. Der erschütterte Ismen gesteht ihr seine eigene Liebe, doch Armida bringt ihm nur Hohn entgegen. Wutentbrannt zerstört er den Palast, den sie sogleich wieder herbeizaubert. Nach Rache sinnend, lenkt Ismen die nach Rinald suchenden Ritter Ubald und Sven zum Palast. Er behauptet, wegen seiner Bekehrung zum Christentum von Armida verstoßen worden zu sein, und verrät, daß sich Armidas Zauber nur mit dem Schild des heiligen Michael brechen lasse, der sich im Verließ befinde. Durch eine reine Hand berührt, gewinne der Schild seine magische Kraft und ziehe jeden, der ihn erblicke, in seinen Bann. Vom Glanz des Schildes geblendet, folgt Rinald den beiden Rittern aus dem Palast hinaus. Ismen sprengt triumphierend den Palast, in dessen Trümmern die verzweifelte Armida zurückbleibt.

Rinald erwacht in einer Wüstenoase aus der Ohnmacht und bittet Gott um Vergebung. Den eintretenden Ubald, Sven und Peter gesteht er, das christliche Banner für eine kurze Leidenschaft verraten zu haben. Er sehnt seine Kräfte zurück, um für Christus in den Kampf zu ziehen; aus der Ferne ist der Gesang der Kreuzritter zu hören. Peter erteilt Rinald Absolution und läßt ihn den Schild des heiligen Michael berühren, worauf dieser sogleich zu Kräften kommt und sich in die Schlacht stürzt. Im Kampf trifft er auf Ismen, der ihn an Armida erinnert. Rinald verflucht die Zauberin und tötet Ismen. Darauf stellt sich ihm ein schwarzer Ritter in den Weg, der Armidas Tod erwähnt. Als Rinald erwidert, daß dies das beste Los sei, läßt sein Gegner das Schwert fallen und wird von Rinald erstochen.

Erst jetzt erkennt dieser im schwarzen Ritter Armida. Sie gesteht ihm ihre Liebe. Rinald bittet Gott um Beistand und tauft die sterbende Armida. In der Ferne erklingt der Siegesgesang der Kreuzritter.

Stilistische Stellung

›Armida‹ reiht sich stilistisch nahtlos in Dvořáks Opernschaffen der letzten Phase ein. So zeigt sich bereits in der Wahl des mythologischen Stoffs eine Verbindung zu der ebenfalls der Zeit enthobenen literarischen Gattung des Märchens, die den vorangegangenen Opern ›Die Teufelskäthe‹ und ›Rusalka‹ zugrunde lag. Charakteristisch für den Personalstil des späten Dvořák erscheint die Tendenz zur musikdramatisch determinierten Durchkomposition, in der Soli, Ensembles und Chöre ineinander übergehen. In musikalischer Hinsicht gewinnt das im kurzen Vorspiel exponierte Tonmaterial leitmotivische Bedeutung und trägt maßgeblich zum übergreifenden Klangcharakter der Oper bei. Auffallend ist zudem die im Kontext der Handlung orientalisierende Färbung der Melodik, die durch Leittonvermeidung und alterierte Akkorde geprägt ist und in den Gesängen des muslimischen Bühnenpersonals unverschleiert zutage tritt. Der erfahrene Opernkomponist verbindet seine dezidiert musikdramatische Grundhaltung mit einer starken Gewichtung sanglicher Melodik, die insbesondere die Soli und Duette von Armida und Rinald bestimmt. Dabei spielen regelmäßige Phrasenbildungen in den Gesangsstimmen ebenso eine prägende Rolle wie die differenzierte Orchestration, die etwa mit Hilfe gezielter Verdoppelung der Soli durch Melodieinstrumente eine geradezu suggestive Wirkung entfaltet.

Textdichtung

Jaroslav Vrchlický hatte sich 1887 im Zuge seiner Übersetzung von Torquato Tassos ›La Gerusalemme liberata‹ ins Tschechische dazu entschieden, mit der berühmten Episode der in einen Kreuzritter verliebten Zauberin Armida einen der meistvertonten Stoffe der Musikgeschichte zur Grundlage eines Opernlibrettos zu machen. Auffallend sind nicht zuletzt mehrere Parallelen zu Richard Wagners ›Parsifal‹: So erinnert etwa Armidas Zaubergarten im III. Akt an denjenigen Klingsors oder die im Sterben getaufte Armida an Kundry. Trotz der im späten 19. Jahrhundert in Prag blühenden Wagner-Rezeption gestaltete sich Vrchlickýs Suche nach einem Komponisten als schwierig. Während Karel Bendl und Zdenek Fibich kein Interesse zeigten, hinterließ Karel Kovarovic zumindest ein Opernfragment im Nachlaß. Auch Dvořák hatte das Textbuch zunächst abgelehnt, sich jedoch in Ermangelung einer Alternative 14 Jahre später – nach Vollendung der ›Rusalka‹ – trotzdem für eine Vertonung entschieden. Auf Dvořáks nachdrückliches Drängen, das Libretto sprachlich grundlegend zu überarbeiten, reagierte Vrchlický allerdings weitgehend gleichgültig.

Geschichtliches

Dvořák hatte im März 1902 mit der Vertonung von ›Armida‹ – seiner zehnten Oper – begonnen und stellte im August desselben Jahres die Partitur der ersten beiden Akte fertig. Nach einer für ihn ungewöhnlich langen Kompositionspause vollendete er den III. und IV. Akt erst am 29. Juni 1903 und das Vorspiel schließlich am 23. August. Die Uraufführung, die wegen erheblicher Probleme vom 3. auf den 25. März 1904 verschoben werden mußte, stand unter keinem guten Stern: Karel Kovarovic, der Kapellmeister des Nationaltheaters, gab bald nach Probenbeginn die Leitung an den überforderten Kapellmeister František Picka ab, und die als lächerlich gescholtene Ausstattung provozierte beißende Kritik. Der bereits schwerkranke Dvořák verließ die Uraufführung noch während der Vorstellung. Obwohl der Komponist selbst ›Armida‹ zu seinen Schlüsselwerken zählte, ließ sich mit der mangelhaften Produktion nicht mehr an die Erfolge der vorangegangenen ›Rusalka‹ anschließen.

I. R.

Gottfried von Einem

* 24. Januar 1918 in Bern, † 12. Juli 1996 in Oberdürnbach (Niederösterreich)

Dantons Tod

Oper in zwei Teilen (sechs Bildern). Text frei nach Georg Büchner eingerichtet von Boris Blacher und dem Komponisten.

Solisten: *Georg Danton*, Deputierter (Heldenbariton, gr. P.) – *Camille Desmoulins*, Deputierter (Lyrischer Tenor, gr. P.) – *Hérault de Séchelles*, Deputierter (Spieltenor, auch Lyrischer Tenor, m. P.) – *Robespierre*, Mitglied des Wohlfahrtsausschusses (Charaktertenor, m. P.) – *St-Just*, Mitglied des Wohlfahrtsausschusses (Charakterbaß, m. P.) – *Herrmann*, Präsident des Revolutionstribunals (Baßbariton, auch Seriöser Baß, m. P.) – *Simon*, Souffleur (Spielbaß, m. P.) – *Ein junger Mensch** (Tenor, kl. P.) – *Erster Henker** (Tenor, kl. P.) – *Zweiter Henker** (Baß, kl. P.) – *Julie*, Gattin Dantons (Mezzosopran, kl. P.) – *Lucile*, Gattin des Camille Desmoulins (Lyrischer Sopran, gr. P.) – *Eine Dame* (Sopran, kl. P.) – *Ein Weib*, die Frau Simons (Alt, kl. P.).
* Die mit Sternchen versehenen Partien sollen aus dem Chor besetzt werden.
Chor: Männer und Weiber aus dem Volke (gr. Chp.).
Ort: Paris.
Schauplätze: Ein Zimmer mit Spieltisch. Eine Gasse. Ein Zimmer – Gefängnisraum in der Conciergerie, dahinter der Platz vor der Conciergerie. Das Revolutionstribunal. Revolutionsplatz.
Zeit: Nach dem 24. März bis zum 5. April 1794.
Orchester: 3 Fl. (3. auch Picc.), 2 Ob., 2 Kl., 2 Fag., 4 Hr., 3 Trp., 3 Pos., Bt., P., Schl. (Triangel, Becken, Militärtrommel, Tamburin, Rührtrommel, gr. Tr.), Str. Hinter der Szene: ein Tamtam (tief).
Gliederung: Sechs Bilder zu insgesamt siebzehn Nummern, wobei jeweils drei Bilder einen Werkteil bilden und mit instrumentalen Zwischenspielen alternieren.
Spieldauer: Etwa 1½ Stunden.

Handlung

Beim Kartenspiel flirtet Hérault de Séchelles mit einer der anwesenden Damen, während Danton seine Frau Julie mit einer von Todesgedanken durchdrungenen Liebeserklärung beunruhigt. Camille Desmoulins tritt herein; er ist über die Willkürherrschaft des Wohlfahrtsausschusses besorgt, der, nachdem er die ultraradikalen Hebertisten aufs Schafott geschickt hat, deren Hinrichtungsterror weiterbetreibt. Mit Hérault ist sich Desmoulins darin einig, daß die revolutionären Verhältnisse in republikanische überführt werden müssen, und er fordert Danton auf, im Nationalkonvent dafür seine Stimme zu erheben. Doch der sieht die politische Entwicklung gegen sich und seine Freunde laufen, mahnt zur Vorsicht und wendet sich – ohnehin des Politisierens längst überdrüssig – zum Gehen. Auf der Gasse prügelt der angetrunkene Souffleur Simon auf seine Frau ein, weil sie ihre Tochter auf den Strich schickt. Sie ruft um Hilfe, Passanten eilen herbei und ergreifen Partei für Simons Frau. Sie zeigen sich darüber erbittert, daß die Armut die kleinen Leute zwinge, den durch die Revolution reich gewordenen neuen Herren ihre Frauen und Töchter als Dirnen anzubieten. Die Wut der aufgebrachten Menge richtet sich gegen einen jungen Mann, der sich durch den Besitz eines Schnupftuchs als Aristokrat verdächtig gemacht hat. Der lynchwütige Mob will ihn an der Laterne baumeln sehen. Nur durch die schlagfertige Bemerkung, daß deshalb keiner von ihnen heller sehen würde, kann er sein Leben retten und entwischen. Der Auflauf hat Robespierre hergeführt. Er versteht es, den Pöbel auf seine Seite zu ziehen, indem er sich und die Jakobiner als die legitimen Vollstrecker des Volkswillens hinstellt und ein Blutgericht über alle Volksfeinde ankündigt. Danton hat Robespierres Drohung vernommen und wirft ihm vor, im Glauben, die Moral für sich gepachtet zu haben, seine Vorstellung von Tugendhaftigkeit mit aller Gewalt durchsetzen zu wollen. Robespierre bleibt allein zurück und beschließt, Danton aus dem Weg zu räumen. Dafür hat St-Just, der nicht nur Danton, sondern auch dessen Anhängerschaft vernichten will, schon alles arrangiert. Bislang hat nur noch Robespierres Zustimmung gefehlt. Allenfalls seinen Jugendfreund Desmoulins will Robespierre zunächst verschont wissen. Doch mit der Vorlage einer gegen den »Blutmessias Robespierre« gerichteten Streitschrift aus der Feder Desmoulins' gelingt es St-Just, die Bedenken des »Unbestechlichen« zu zerstreuen. Wieder allein, bemitleidet sich Robespierre selbst. Er glaubt sich von allen seinen Freunden, die er ja selbst der Guillotine überantwortet hat, im Stich gelassen. Danton ist bei Desmoulins und seiner Frau Lucile eingeladen. Das Gespräch dreht sich um Theater und Kunst: Desmoulins bemängelt die Wirklichkeitsferne des Theaters; Danton hingegen kritisiert die Kaltblütigkeit des Revolutionsmalers Jacques-Louis David, der während der Septembermorde von 1792 die gerade Verstorbenen zu Objekten seiner Zeichenkunst gemacht habe. Danton wird kurz hinausgerufen und kehrt mit der Nachricht zurück, daß der Wohlfahrtsausschuß seine Verhaftung beschlossen hat. Ein Angebot zur Flucht habe er abgelehnt. Vergeblich mahnt Desmoulins den Freund, sich zu retten. Danton hat resigniert; er bricht auf – aber nur, um spazierenzugehen. Lucile wiederum sorgt sich um die Sicherheit ihres Mannes. Doch der glaubt sich aufgrund seiner alten Freundschaft zu Robespierre ungefährdet, zumal dieser ihm tags zuvor freundlich begegnet sei. Sie drängt Desmoulins, Robespierre aufzusuchen. Liebevoll nehmen die Eheleute voneinander Abschied. Lucile bleibt, bedrängt von Todesahnungen, ängstlich zurück.

Auf dem Platz vor der Conciergerie diskutiert das Volk über die Gefangennahme Dantons. In der Menschenmenge befindet sich der Souffleur Simon. Als Parteigänger Robespierres greift er die von den Jakobinern gestreuten Gerüchte auf, wonach Danton auf Kosten des Volkes im Luxus lebe und konterrevolutionäre Verbindungen pflege. Nach und nach wendet sich die Meinung gegen Danton, der in der Gefängniszelle den verzweifelten Desmoulins zu beruhigen versucht. Es ist inzwischen Nacht geworden, auf dem leeren Platze erscheint Lucile. Durch das vergitterte Fenster erblickt sie Demoulins, der an Luciles wirren Reden erkennt, daß seine Frau dem Wahnsinn nahe ist. Wie auch die übrigen Inhaftierten, die für ihre prominenten Mitgefangenen kaum mehr als Hohn und Spott übrig haben, beklagen Danton und Demoulins zwischen dumpfer Resignation und ohnmächtigem Aufbegehren ihre Hilflosigkeit. Danton, Desmoulins und de Séchelles haben sich vor dem Revolutionstribunal zu verantworten. Dessen Vorsitzender Herrmann beschuldigt Danton der mehrfachen Konspiration mit den Gegnern der Revolution. Doch der weist die Anschuldigungen mit solch leidenschaftlicher Beredsamkeit zurück, daß die Stimmung im Saal zu seinen Gunsten zu kippen beginnt und Herrmann das Verfahren zu entgleiten droht. Die Verhandlung wird unterbrochen. Währenddessen versorgt St-Just Herrmann mit gefälschten Papieren, nach denen Dantons und Desmoulins' Frauen das Volk durch Geldgeschenke zur Befreiung der Gefangenen und zur Ausschaltung des Nationalkonvents aufwiegelten. De Séchelles rät dem Freund, durch den Antrag auf Einsetzung einer Untersuchungskommission Zeit zu gewinnen. In diesem Sinne fährt Danton nach der Rückkehr der Geschworenen mit seiner Verteidigung fort. Überdies warnt er vor der durch die Herrschaft des Wohlfahrtsausschusses um sich greifenden Diktatur. Damit hat Danton dem Vorsitzenden einen Vorwand geliefert, ihn zur Ordnung zu rufen: Herrmann konfrontiert Danton nicht allein mit den neuerlichen Anklagepunkten, sondern kündigt ihm darüber hinaus den Ausschluß von der Debatte an, für den Fall, daß er weiterhin das Tribunal beleidige. Danton seinerseits bezichtigt daraufhin Robespierre, St-Just und das Tribunal des Hochverrats, was unter den Zuhörern zu tumultuarischen Auseinandersetzungen führt. »Die Gefangenen werden mit Gewalt abgeführt.« Auf dem Platz der Republik tanzt und singt das Volk die Carmagnole. Der Karren, auf dem die Verurteilten zum Schafott gefahren werden, wird von der johlenden Menge mit Schmährufen empfangen. Danton und seine Freunde antworten mit der Marseillaise und werden vom Pöbel niedergeschrieen. Desmoulins läßt sich als erster hinrichten. Bevor de Séchelles das Blutgerüst besteigt, will er Danton zum Abschied umarmen und wird unter dem Beifall der Masse von einem Henker zurückgestoßen. Als Dantons Kopf unter der Guillotine fällt, herrscht für einen Augenblick atemlose Stille. Die Anspannung entlädt sich im »Heil«-Gebrüll der Schaulustigen, die sich nach der Hinrichtung allmählich zerstreuen. Die Nacht ist inzwischen hereingebrochen, die Henker reinigen das Fallbeil und gehen mit einem sentimentalen Lied auf den Lippen nach Hause. Lucile betritt den Platz und setzt sich auf die Stufen der Guillotine. Sie singt das alte Lied vom Schnitter Tod vor sich hin, dann weint sie still in sich hinein. Plötzlich fährt sie auf und ruft: »Es lebe der König!« Damit hat sie sich Robespierres Schergen ans Messer geliefert und wird sofort arretiert.

Stilistische Stellung

Schon die Gliederung in klar voneinander unterscheidbare Nummern macht deutlich, daß Gottfried von Einem in ›Dantons Tod‹ sich vom Musikdrama Wagnerscher Prägung fernhält. Zwar schafft der Komponist mit dem anfangs und zum Schluß intonierten, gellenden Blechbläsersignal einen Werkrahmen, und auch darüber hinaus kommt das Gewaltpotential der Revolution in von schneidenden Dissonanzen geschärftem Bläserklang zum Ausdruck. Zwar hat der Komponist Dantons Gegenspieler Robespierre mit den gedämpften Trompeten eine personenspezifische Klangfarbe zugeordnet, und die kleine Sekund wird szenenübergreifend ganz im Sinne traditioneller Klangsymbolik als Klagelaut signifikant, während für die der Titelgestalt zugedachte Musik insbesondere das Tritonus-Intervall konstitutiv ist. Dennoch vernetzen sich derlei Querbezüge zu keinem leitmotivischen Geflecht, aus dem ein dramatisch-symphonischer Verlauf hervorgehen würde. Von Einems schon in seinem Opernerstling voll ausgeprägter Personalstil setzt statt dessen auf lapidare Faßlichkeit und verleiht den Bühnenvorgängen eine unmittelbar einleuchtende Prägnanz. Dies gilt auch für die mit den Bildern abwechselnden Zwischenaktmusiken, die, mit der Handlung nur lose verbunden, ein fast autonomes Eigenleben führen: sei es als Charakterstück wie der französische Geschwindmarsch zwischen 2. und 3. Bild, sei es als Kontrast wie jenes verhaltene Zwischenspiel, das die turbulenten Bilder 5 und 6 voneinander scheidet.

Überdies ist die psychologische Durchdringung der Protagonisten kein vorrangiges Anliegen der Musik, weshalb die Solopartien meist ein opernkonventionelles Profil aufweisen. So entspricht Desmoulins' Partie voll und ganz dem tenortypischen Fach des jugendlichen Liebhabers. Und Lucile ist als unglücklich Liebende natürlich ein lyrischer Sopran. Obendrein weist ihre Partie ins sentimentale Fach, wie ihre anrührenden Solo-Szenen jeweils zum Schluß der beiden Werkteile belegen, wobei Luciles letzter Auftritt auf der Volksweise »Es ist ein Schnitter, der heißt Tod« basiert. Danton wiederum ist die heldisch-virile Bariton-Attitüde eigen. Allenfalls Robespierre, hinter dessen Vorliebe für den psalmodierenden Predigerton eine eisige Gefühlskälte hervorzudringen scheint, wird als zwielichtige Charaktergestalt durchleuchtet. An seinen Kontrahenten aber wird – beinahe in der Art eines Lehrstücks – exemplifiziert, wie sie von den Ereignissen überrollt werden. Sie sind keine Akteure im politischen Geschehen, sondern sie sind ihm ausgeliefert. Selbst Dantons beredtes Aufbäumen vor dem Tribunal kann darüber nicht hinwegtäuschen. In diesem Sinne stellte der Komponist der Partitur ein Zitat Georg Büchners voran, in dem es unter anderem heißt: »Ich fühlte mich wie zernichtet unter dem gräßlichen Fatalismus der Geschichte.«

Vor allem aber nimmt von Einem bei seiner musikalischen Geschichtsbetrachtung das Verhalten der Massen ins Visier, ihre Aggressivität und Manipulierbarkeit. Und so ist ›Dantons Tod‹, namentlich im zweiten Teil, eine Choroper, deren Ensemblesätze durch rhythmische Kontur und Schlagkraft eine packende Wirkung erzielen. Die im Volk tobende Auseinandersetzung über Danton und Robespierre wird musikalisch sinnfällig, indem sich in kontrapunktischer Setzweise die widerstreitenden Stimmgruppen klar voneinander abheben. Und wenn im 5. Bild das Volk die Carmagnole intoniert und die Verurteilten unter dem Hinweis auf den »Unverstand der Massen« mit der Marseillaise dagegenhalten, wird die diagnostische Absicht, die der Komponist mit seiner Oper verfolgte, offenkundig: nämlich auf der Theaterbühne von der Verführbarkeit einer unaufgeklärten Gesellschaft ein Beispiel zu geben. Damit aber wird klar, wie die vom Chor skandierten Parolen und schließlich das »Heil«-Geschrei unmittelbar nach Dantons Tod zu verstehen sind: als Klangexzesse, die einen Bogen direkt zur Nazi-Zeit schlagen. Die aber war, als sich von Einem 1944 an die Komposition machte, noch nicht zuende. Demnach war die Oper ›Dantons Tod‹, während sie entstand, vor allem eines: ein mit dem Totalitarismus der damaligen Gegenwart ins Gericht gehendes Zeitstück.

Textdichtung

›Dantons Tod‹ ist das einzige dichterische Werk von Georg Büchner (1813–1837), das noch zu seinen Lebzeiten (1835) veröffentlicht wurde. In 4 Akten und insgesamt 32 Szenen agieren neben 30 namentlich genannten, oft genug auf historische Vorbilder zurückgehenden Protagonisten noch eine ganze Reihe anonymer Nebenfiguren. Um die Authentizität seines Geschichtsdramas zu unterstreichen, hat Büchner, so der Literaturwissenschaftler Karl Viëtor, rund ein Sechstel des Textes aus wörtlichen oder leicht abgeänderten Zitaten montiert. Bei der Umarbeitung des umfangreichen Dramentextes zum Libretto stand Gottfried von Einem sein Kompositionslehrer Boris Blacher zur Seite. Hierbei wurde die Vorlage stark gestrafft, wobei die in der Oper verbliebenen Figuren mitunter Textpassagen ausgeschiedener Nebenrollen zu übernehmen hatten. Für die Dialoge zwischen Desmoulins und seiner Frau fanden über die Vorlage hinaus Büchners Briefe an seine Braut Verwendung. Durch Umstellungen und durch die Konzentration ursprünglich getrennter Szenen in einem Bild wurde die lose Szenenfolge des Schauspiels in einen stringenten Handlungsablauf gebracht. Unvertont blieben unter anderem der Suizid Julies, außerdem die Debatten und Gespräche im Jakobinerclub, im Nationalkonvent und im Wohlfahrtsausschuß. Vor allem aber erscheint aufgrund tendenziöser Striche die Gestalt Dantons im Libretto idealisiert. In der Oper ist Dantons Verstrickung in die Septembermorde von 1792 also ebensowenig ein Thema wie seine Genußsucht, denn auch Büchners Bordellszene blieb unkomponiert.

Geschichtliches
Als ›Dantons Tod‹ 1947 bei den Salzburger Festspielen unter der musikalischen Leitung von Ferenc Fricsay und in einer Inszenierung von Oscar Fritz Schuh zur Uraufführung kam, wurde die Brisanz des Stückes sofort erkannt. Der geradezu sensationelle Erfolg machte Gottfried von Einem mit einem Schlage berühmt. Noch im gleichen Jahr wurde das Werk im Theater an der Wien nachgespielt, für den Komponisten die Gelegenheit, am Stück verschiedene Änderungen vorzunehmen und das Vorspiel zu streichen. Im März 1948 erfolgte die deutsche Erstaufführung unter der Regie von Günther Rennert in Hamburg. Um die fünfzig ›Danton‹-Produktionen hat es seitdem auf deutschen Bühnen gegeben, wie in großen Häusern, so auch in Stadttheatern. Und auch außerhalb des deutschsprachigen Raums hat sich das Stück, das etwa in Liège im März 1998 Premiere hatte, behauptet. In den jüngeren Bühnenrealisierungen wurde zum einen die zeitlose Aussage von ›Dantons Tod‹ hervorgehoben (Gernot Friedls Inszenierung an der Wiener Volksoper von 1992); zum anderen wurde das Stück von Johannes Schaaf (Münchner Staatsoper 1990) in seiner historischen Situation belassen, weil der Regisseur eine Übertragung der für die Französische Revolution geltenden Verhältnisse auf andere revolutionäre Konstellationen mit ihren ganz spezifischen Eigengesetzlichkeiten als unangemessen empfand. Die konzertante Wiederaufnahme des Werkes bei den Salzburger Festspielen 1983 unter dem Dirigat von Lothar Zagrosek und mit Theo Adam in der Titelrolle ist auf CD dokumentiert.

R. M.

George Enescu
* 19. August 1881 in Liveni Vîrnav, † 4. Mai 1955 in Paris

Œdipe (Ödipus)
Tragédie lyrique in vier Akten und sechs Tableaus. Dichtung nach Sophokles von Edmond Fleg.

Solisten: *Ödipus* (Heldenbariton, auch Charakterbaß, gr. P.) – *Teiresias*, Seher (Seriöser Baß, m. P.) – *Kreon* (Heldenbariton, m. P.) – *Ein Hirte* (Lyrischer Tenor, kl. P.) – *Der Hohepriester* (Seriöser Baß, m. P.) – *Phorbas* (Seriöser Baß, kl. P.) – *Ein Nachtwächter vor den Toren Thebens* (Baß, kl. P.) – *Theseus* (Baßbariton, kl. P.) – *Laios* (Tenor, kl. P.) – *Jokaste* (Dramatischer Mezzosopran, kl. P.) – *Sphinx* (Countertenor, kl. P.) – *Antigone* (Jugendlich-dramatischer Sopran, m. P.) – *Merope* (Mezzosopran, kl. P.) – *Ein thebanischer Bürger* (Countertenor, kl. P.) – *Zwei Frauen aus dem Palast* (Soprane, kl. P.). **Chor**: Thebanische Frauen, Eumeniden (Frauenchor, gr. Chp.) – Thebanische Soldaten, thebanische Bürger, Hirten, Athener Greise (Männerchor, gr. Chp.) – Athener Kinder (Kinderchor, kl. Chp.).
Ballett: Tanz der Hirten, thebanische Frauen und thebanische Soldaten (im I. Akt).
Ort und Zeit: Griechenland in mythischer Zeit.

Schauplätze: Ein Saal im Palast des Laios – Ein Saal im Palast des Polybos in Korinth – Lichtung, Kreuzung dreier Straßen – Sternklare Nacht vor den Toren der Stadt Theben – Öffentlicher Platz von Theben – Ein geheiligter Ort im Wald nahe Athen.
Orchester: 4 Fl. (III. auch Picc., IV. auch Picc. und Altfl.), 3 Ob. (III. auch Eh.), 4 Kl. (III. Es-Kl., IV. Bkl., auch Asax.), 3 Fag. (III. auch Kfag.), 4 Hr., 4 Trp. (I. auch Picctrp.), 3 Pos., 3 Tb. (I. Tenortb., II. Baßtb., III. Kontrabaßtb.), Timbales, Tamburin (auch gr. Tr. und Cymbales), Triangel (auch Tamtam, Timbales und Becken), Becken (auch Kastagnetten und Schellen), 2 Hrf., Klav., Cel. (auch Glockenspiel), Harm., Str., Zuspiel (Wind und Donner, Vogelgezwitscher).
Gliederung: Durchkomponierte Großform.
Spieldauer: Etwa 2½ Stunden.

Handlung

Jokaste gebiert Ödipus, den Thronfolger König Laios' von Theben. Während das Volk sich taumelnd dem Jubel ergibt, stört der Seher Teiresias die Feier, um zu berichten, was das Orakel Apollons dem König einst verkündete: Laios müsse kinderlos sterben. Sollte er einen Sohn haben, würde dieser Laios töten und seine eigene Mutter heiraten. Um dem furchtbaren Verhängnis zu entgehen, beschließt der König von Theben, seinen Sohn auszusetzen. Er übergibt ihn den korinthischen Hirten, die das Kind im Gebirge dem sicheren Tod überlassen sollen. Doch es kommt anders: Ödipus gelangt in die Obhut des Hirten Phorbas, der bereits von König Polybos und dessen Frau Merope zum Ziehvater ihres Sohnes ernannt wurde, dem Paar gegenüber allerdings in Erklärungsnöte geraten könnte, da der Sproß zwischenzeitlich im Gebirge verstorben ist. Phorbas gibt also kurzerhand Ödipus für das ihm anvertraute Königskind aus und erzieht ihn an dessen Stelle.
Einige Jahre später lebt der inzwischen erwachsene Ödipus als Polybos' Sohn in dessen Palast in Korinth. Gerüchte lassen ihn an seiner Herkunft zweifeln. Auf der Suche nach Antworten enthüllt ihm das Orakel von Delphi die schreckliche Prophezeiung, die den Mord an seinem wahren Vater und die Heirat mit seiner Mutter für ihn vorsieht. Von der Nachricht des Orakels tief erschüttert, berichtet Ödipus Merope von der Weissagung Apollons. Merope ahnt nicht, daß Ödipus nicht ihr leiblicher Sohn ist, und reagiert mit Bestürzung, als er ihr eröffnet, aus Liebe zu seiner Ziehfamilie Korinth verlassen zu wollen, um auf diesem Wege dem Schicksal zu entrinnen. Sie läßt ihn ziehen. Ödipus irrt fortan durch das Land. An einer Weggabelung, an der sich drei Straßen kreuzen, wird er von einem Reisenden und dessen zwei Gefährten gewaltsam bedroht. Sie versuchen, ihn von der Straße abzudrängen. In Notwehr erschlägt Ödipus alle drei auf einmal und setzt seinen Weg fort. Ein Hirte hat die Szene als einziger Zeuge heimlich beobachtet. Als er sich den Erschlagenen nähert, erkennt er in einem von ihnen König Laios, Ödipus' wahren Vater. Auf seiner Wanderschaft gelangt Ödipus indessen bald nach Theben, das von der monströsen Sphinx belagert wird. Sie hat sich vor den Toren der Stadt postiert und schneidet die Bewohner von der Außenwelt ab. Der einzige Weg, sich des magischen Wesens zu entledigen, ist, ihre Rätsel zu lösen. Des Nachts stellt sich Ödipus der Herausforderung. Die Sphinx, Tochter des Schicksals, hat ihn bereits erwartet und stellt ihm die Frage, wer oder was in aller Welt, im gesamten Universum, stärker als das Schicksal sei. Ödipus antwortet, der Mensch sei stärker als das Schicksal. Die Sphinx stirbt und verschwindet mit einer unheilvollen Drohung: Die Zukunft werde Ödipus offenbaren, ob der letzte Laut der Sphinx als Verzweiflungsschrei ob ihrer Niederlage oder als triumphales Gelächter ob ihres Sieges zu deuten sei. Mit dem Verschwinden der Sphinx ist Theben befreit und Ödipus wird von den Einwohnern als Held und Retter gefeiert.
Ödipus herrscht bereits zwei gute Jahrzehnte über Theben, als die Pest in der Stadt ausbricht. Viele sind bereits dahingesiecht, das Volk leidet und bittet seinen Herrscher um Hilfe. Ödipus tritt vor das Volk und verkündet, er habe seinen Schwager Kreon bereits zum Orakel nach Delphi geschickt, um Rat einzuholen. Nach seiner Rückkehr berichtet Kreon vor dem versammelten Volk von der erhaltenen Weisung: Der Mord an Laios liege wie eine schandhafte Last auf der Stadt, seine Umstände seien der Grund für die Heimsuchung durch die Pest. Erst wenn Licht ins Dunkel der Bluttat gebracht worden sei und der Mörder seine gerechte Strafe erhalten habe, ließe sich der Seuche Herr werden. Der Mörder des Laios befinde sich in der Stadt. Das Volk reagiert mit Erschütterung und verlangt die Aufklärung der Tat und den Tod des Mörders. Ödipus bittet Kreon, die notwendigen Schritte einzuleiten. Dieser lädt Teiresias den Seher vor das Tribunal, ebenso wie den Hirten, der die Tat beobachtet

hat. Teiresias verweigert zunächst die Aussage. Erst als Ödipus ihn selbst erbost als möglichen Täter ins Feld führt, offenbart der Seher Ödipus als Schuldigen. Ödipus weist die Anschuldigung von sich und vermutet ein verschwörerisches Komplott, um ihn zu stürzen. Die Nachricht verbreitet sich indes wie ein Lauffeuer, und im Volk wird bereits die Forderung nach Konsequenzen laut. Besorgt sucht Jokaste Ödipus zu beruhigen. Sie schildert, wie ihr Sohn nach der Geburt dem Tod überlassen wurde, um die Prophezeiung zu verhindern. Auch sei Laios' Ende – als Opfer eines Überfalls an einer Wegkreuzung – nicht wie vorhergesagt eingetreten. In Ödipus erhärtet sich damit aber nur der aufkeimende schreckliche Verdacht, seinem Schicksal doch unterlegen zu sein. Phorbas tritt als Herold des alten Königs Polybos von Korinth auf und versucht, Ödipus zur Rückkehr in seine alte Heimat zu bewegen. Dabei eröffnet er ihm, daß Merope und Polybos nicht seine wahren Eltern sind. Jokaste wird die Wahrheit nun schlagartig bewußt, und sie versucht, Ödipus von weiteren Nachforschungen abzuhalten. Dieser jedoch ist entschlossener denn je, das Geheimnis um seine Herkunft zu lüften. In einer brutalen Befragung zwingt er die Wahrheit aus dem Hirten heraus. Der Schock der Erkenntnis läßt ihn sich sein Augenlicht nehmen. Jokaste tötet sich selbst. Als Ödipus vor sein Volk tritt und seiner Verzweiflung Ausdruck verleiht, fordert die von Kreon geführte Masse seine Verbannung. Ödipus verdammt die Stadt und verläßt sie, begleitet von seiner ihn führenden Tochter Antigone.

Nach einer langen Irrfahrt erreicht der blinde und inzwischen ergreiste Ödipus Athen. Die Stadt wird von Theseus regiert. An einem geheiligten Ort im Wald nahe der Stadt werden Ödipus und Antigone Zeugen einer frommen Prozession der Athener. Ödipus erkennt in dem Ort seine letzte, ihm von Apollon verheißene Ruhestätte. Er bereitet sich auf den Tod vor. Kreon erscheint und stört die Szene; er ist mit einigen Thebanern gekommen, um Ödipus zu einer Rückkehr auf den Thron zu bewegen. Ödipus verweigert sich mit Verweis auf sein ihm von den Göttern bestimmtes Schicksal. Kreon läßt Antigone als Geisel nehmen, um Ödipus zum Einlenken zu zwingen, da erscheint Theseus mit seiner Prozession und verweist Kreon des Landes. Ödipus ist nun bereit, sein Schicksal anzunehmen, und steigt, von den Eumeniden geleitet und von Theseus gefolgt, gleichsam geheiligt, in den Hades hinab.

Stilistische Stellung

›Œdipe‹ bleibt das einzige Bühnenwerk und zugleich das Opus magnum des Rumänen George Enescu. Wie Bartók in Ungarn oder Janácek in Tschechien führte auch bei Enescu die Auseinandersetzung mit der Volksliedtradition seiner Heimat zu einer distinkten, individuellen Tonsprache. In der Oper führt dies zur Beibehaltung eines grundsätzlich in tonalen Strukturen verhafteten Vorgehens, das allerdings ebenso selbstverständlich Chromatik, Vierteltöne und ungewöhnliche harmonische Wendungen integriert. Modale Elemente werden dabei als Quelle sowohl für Einfachheit als auch Komplexität verwendet, wovon der letzte Akt mit seiner stillen Apotheose des tragischen Helden exemplarisch zeugt. Die Partitur ist stark gestrafft und auf ihren wesentlichen Kern reduziert, auf wortgleiche Wiederholungen wird vollständig verzichtet; die in der Literatur oftmals festgestellte Leitmotivtechnik ist gekoppelt an ein strenges Diktat der Variation: Kein Motiv erscheint zweimal unverändert. So wird die Entfaltung der Handlung musikalisch befeuert und das Tempo den dramatischen Ereignissen angepaßt. Mit dem Ziel absoluter Klarheit des Satzes legte Enescu bei der Instrumentierung großen Wert auf die Ausgewogenheit zwischen Solisten und Orchester, was meisterhaft gelang. In der Behandlung des syllabischen Rhythmus der französischen Sprache unterscheidet sich Enescus Kompositionsweise deutlich von der Debussys, obwohl dieser Bezug in der Literatur immer wieder hergestellt wird. Steht bei Debussy die Erkundung des unmittelbaren Intervallumraumes in Halbtonschritten und Repetition im Vordergrund, sind Enescus Gesangslinien permanent in chromatischer Bewegung.

Textdichtung

Enescu trug sich bereits länger mit dem Wunsch, eine Oper zu schreiben. Dieser konkretisierte sich, als der Komponist 1909 eine Aufführung von Sophokles' ›König Ödipus‹ an der Comédie Française in Paris sah. Die Darstellung, allen voran die des Schauspielers Mounet-Sully in der Titelpartie, beeindruckte Enescu derart, daß er das Libretto zu seinem Werk nur in französischer Sprache imaginieren konnte. Durch einen Kontakt mit dem Kritiker Pierre Lalo stieß er auf Edmond Fleg, der zuvor bereits das Libretto zu Blochs ›Macbeth‹ geschrieben hatte. 1912 stellte Fleg eine erste Version des Textbuchs fertig, die zwei abendfüllende Teile vorsah, die an aufeinanderfolgenden Tagen aufgeführt werden sollten. Enescu widerstrebte die epische Länge, er forderte eine Reduktion auf die wesentlichen dramatischen Bestandteile des Mythos. Aufgrund der folgenden Kriegswirren dauerte es bis nach 1918, bis das Textbuch in seiner finalen Form vorlag. Es gliedert sich in vier Akte und umspannt die vollständige Handlung von Sophokles' Mythos – sowohl die traumatischen Erkenntnisse um Ödipus' schwierige Abstammungsverhältnisse aus ›Ödipus Tyrannus‹ als auch sein Ende in ›Ödipus auf Kolonos‹. Die beiden Werke bilden die Grundlage zum III. und IV. Akt der Oper. Flegs I. und II. Akt bringen mit der Geburt des Helden und seinen mythischen Abenteuern, die ihn mit dem Sieg über die Sphinx schließlich zum König von Theben und zum Gemahl seiner Mutter werden lassen, Szenen auf die Bühne, die in der antiken Vorlage nur als gesprochene Erzählungen vorhanden sind.

Geschichtliches
Der Schaffensprozeß erstreckte sich über fast 25 Jahre, ein Zeitraum, der in krassem Kontrast zur Zeit der tatsächlichen Schreibarbeit steht: Enescu soll den letzten Akt mit 36 Minuten Aufführungsdauer in sechs Tagen, den dritten, 45-minütigen Akt, innerhalb von 24 Stunden im Sommer 1921 niedergeschrieben haben. Dabei bezog er sich zweifellos auf umfangreiche Notizen und Skizzen, die er bereits seit der Zeit vor dem Krieg angefertigt hatte. 1922 war die Musik fertig geschrieben, aufgrund von Enescus zeitraubenden Verpflichtungen als Violinvirtuose und international gefragter Dirigent konnte aber erst 1931 die Instrumentation abgeschlossen werden. Die Uraufführung fand am 13. März 1936 in der Opéra in Paris unter der Leitung von Philippe Gaubert und mit dem Baßbariton André Pernet in der Titelrolle statt. Obwohl die Kritiken ekstatisch ausfielen, wurde die Oper nach einer Serie von elf Aufführungen nicht mehr aufs Programm gesetzt. Erst 1955 war sie wieder als Produktion des Institut national de l'audiovisuel unter der Leitung von Charles Bruck im französischen Rundfunk zu hören. Nach der Uraufführung der Fassung in rumänischer Sprache 1958 in Bukarest unter Constantin Silvestri fand die Oper als bedeutendste des Landes sofort Eingang ins Repertoire und wurde fortan durch das Orchester und die Solisten der Rumänischen Staatsoper Bukarest auch konzertant oder halbszenisch im europäischen Ausland gespielt (unter anderem in Paris, Athen, Wiesbaden und Moskau). Große internationale Beachtung blieb aber aus. Dies änderte sich erst mit einer Koproduktion der Deutschen Oper Berlin und der Wiener Staatsoper, die am 29. Mai 1997 in Wien zur Aufführung kam und breites Interesse weckte. Seitdem wird das Werk häufiger und mit großer Publikumsresonanz inszeniert, wie etwa 2013 an der Oper Frankfurt.

P. K.

Peter Eötvös

* 2. Januar 1944 in Székelyudvarhely (Transsylvanien)

Drei Schwestern (Tri Sestri)

Oper in drei Sequenzen. Text von Claus H. Henneberg und dem Komponisten nach Anton Tschechows gleichnamigem Schauspiel.

Solisten: *Irina* (Countertenor oder Lyrischer Sopran, m. P.) – *Mascha* (Countertenor oder Lyrischer Mezzosopran, m. P.) – *Olga* (Countertenor oder Lyrischer Alt, m. P) – *Natascha* (Countertenor oder Soubrette, m. P.) – *Tusenbach* (Lyrischer Bariton, m. P.) – *Werschinin* (Kavalierbariton, auch Heldenbariton, m. P.) – *Andrej* (Lyrischer Bariton, auch Kavalierbariton, m. P.) – *Kulygin** (Spielbaß m. P.) – *Doktor* (Charaktertenor, auch Spieltenor, m. P.) – *Soljony* (Seriöser Baß, m. P.) – *Anfisa* (Spielbaß, kl. P.) – *Rodé** (Tenor, kl. P.) – *Fedotik** (Tenor, kl. P.).

* Bei den mit Sternchen gekennzeichneten Par-

tien hebt der Komponist den russischen Charakter der Stimmen hervor.
Ort: Eine Provinzstadt in Rußland.
Schauplätze: Im Salon, im Garten.
Zeit: Unbestimmt.
Orchester: Der Instrumentalapparat ist in zwei Gruppen geteilt. 18 Musiker sitzen im Orchestergraben (Ensemble), wobei die beiden Schlagwerke links und rechts zu postieren sind. 50 Musiker bilden hinter der Szene das von einem zusätzlichen Dirigenten geleitete Orchester, wobei Streicher und Schlagzeuger des Orchesters in eine linke und eine rechte Hälfte aufgeteilt sind.
Ensemble: Fl. (Picc., Afl.), Ob. (Eh.), Kl. (Es-Kl.), Bkl. (Kbkl., Kl.), Fag., Ssax., 2 Hr., Flügelhorn (Trp.), Tenor-Baß-Pos., 2 Schl. {linkes Schl.: 6 Tom-Toms, kl. Tr., gr. Tr., Tambour de basque (Tenor), 2 P., 2 kl. hängende Becken, 2 Tbl., gr. hängendes Becken, 3 Buckelgongs, Triangel, 2 Styroporblöcke; rechtes Schl.: 6 Tom-Toms, kl. Tr., gr. Tr., Tambour de basque (Sopran), P., Löwengebrüll, Kuhglocken, 2 Maracas, 3 Buckelgongs, Triangel, 2 Styroporblöcke; außerdem rechtes oder linkes Schl.: zerbrechendes Porzellan}, Akkordeon, E-Piano, Viol., Br. und Vcl., Kb.
Orchester: 2 Fl. (Picc.),. 2 Ob., 2 Kl., 2 Fag. (Kfag.), 2 Trp., 2 Hr., 2 Pos, Bt., 2 Schl. {linkes Schl.: Vib., Crotales, kl. Tr., gr. Tr., 1 Paar Becken, 2 chinesische Becken, 2 hängende Becken, 2 Tam-Tams, 2 Maracas, Regenmacher; rechtes Schl.: Mar., Rgl., Glsp., kl. Tr., gr. Tr., chinesisches Becken, 2 hängende Becken, 2 Tam-Tams, 2 Maracas, Regenmacher, chinesisches Tom-Tom}, E-Piano (CD), 8 Viol. I, 8 Viol II, 6 Br., 6 Vcl., 4 Kb.
Elektroakustische Verstärkung: 1 Sänger (Anfisa) mit Mikrophon, Akkordeon (Ensemble), 2 E-Pianos (Ensemble, Orchester), CD (Orchester).
Gliederung: Trotz Nummernunterteilung durchkomponierte Großform.
Spieldauer: Etwa 1¾ Stunden.

Handlung

Vorbemerkung: Zwar liegt Eötvös' Oper ein linear voranschreitender Handlungsablauf zugrunde, doch gelangt er so nicht zur Darstellung. Statt dessen läuft das Geschehen drei Mal ab, in sogenannten Sequenzen. Jede dieser Sequenzen stellt eine andere Hauptperson – Irina, Andrej und Mascha – ins Zentrum. Daraus ergeben sich Schwerpunktverlagerungen und Perspektivenwechsel, so daß die Sequenzen als variative Ausprägungen des ihnen gemeinsamen Handlungsgerüsts zur Geltung kommen und einander ergänzen.

Prolog: Die drei Schwestern Prozorow leiden darunter, in der Provinz zu verkümmern, seit sie elf Jahre zuvor aus Moskau fortgezogen sind. Indem sie die Öde ihres Daseins als allgemein menschliche Grunderfahrung zu begreifen suchen, geben sie sich der Hoffnung hin, daß ihr Unglück notwendige Voraussetzung für das Glück später lebender Generationen sei. Möglicherweise ist aber dieser wie eine vorweggenommene Quintessenz über dem Stück stehende Gedanke lediglich eine notwendige Lebenslüge der Schwestern, ohne die sie an ihrer Existenz zerbrechen würden. Denn während sie ihrer Conditio humana eingedenk werden, taucht im Hintergrund mit einer Kerze in der Hand ihre Schwägerin Natascha auf: wie sich zeigen wird, eine in ihrer gedankenlosen Rücksichtslosigkeit überaus vitale Person.

Irinas Sequenz: Noch heftiger als ihre beiden älteren Schwestern sehnt sich Irina zurück nach Moskau, wo sie den Mann ihrer Träume zu finden hofft. Zwar trifft sie bei Olga, der ältesten der Geschwister Prozorow, auf Verständnis. Nichtsdestoweniger rät Olga ihr, den Baron Tusenbach zu heiraten: Selbst wenn Irina keine Liebe für ihn empfinde, so solle sie sich dem rechtschaffenen Baron aus Pflichtbewußtsein verbinden. Vor sich hinpfeifend, hat Mascha den Dialog ihrer Schwestern verfolgt. Nachdem Olga gegangen ist, beobachtet Mascha ihre Schwägerin Natascha, die mit einer Kerze in der Hand vorüberhuscht, als sei sie – so Maschas spöttischer Kommentar – eine Brandstifterin. Des Nachts ist nämlich in der Stadt ein Feuer ausgebrochen, das nun von den dort stationierten Soldaten gelöscht wird, derweilen sich die Offiziere bei den Prozorows einfinden. Noch unter dem Eindruck des Stadtbrandes stehend, sind sie in aufgekratzter Stimmung. Auch Maschas Mann, der Gymnasiallehrer Kulygin, und der alkoholisierte Doktor Tschebutikin sind zugegen. Garnisonskommandeur Werschinin flirtet mit Mascha und teilt den Anwesenden das Gerücht von der Verlegung seiner Einheit nach Polen mit. Irina verbindet mit dem Wegzug der Soldaten die eigene Hoffnung auf eine Übersiedlung in die russische Hauptstadt, woraufhin der betrunkene Doktor versehentlich an die Glasuhr der Prozorows, ein Erbstück der verstorbenen Mutter, stößt, so daß sie zerbricht. Während Werschinins und Maschas Zweisamkeit sich immer inniger gestaltet, versucht Irina erfolglos den eben eintretenden Hauptmann Soljony, der wie Tusenbach in sie verliebt ist, zum Gehen zu bewegen. Tusenbach ist indessen an einem guten

Verhältnis zu Soljony gelegen, das mit einem Freundschaftstrunk besiegelt wird. Soljony aber bleibt aggressiv. Zunächst legt er sich mit dem Doktor an. Danach sucht er Streit mit Andrej, der zusammen mit seiner Schwester Olga, der alten Haushaltshilfe Anfisa und den Unterleutnants Fedotik und Rodé hinzugekommen ist. Vergeblich haben Andrej und Olga die feuchtfröhliche Runde um Ruhe ersucht. Erst ein stummer Auftritt Nataschas, die flüsternd den Doktor über eine Unpäßlichkeit ihres von ihr umhätschelten Söhnchens Bobik informiert, erzwingt den allgemeinen Aufbruch. Zurück bleiben Irina und Tusenbach, der in angetrunkenem Zustand Irina den Hof macht. Tusenbach hofft auf eine gesellschaftliche Umwälzung, derer er sich durch eine Änderung seines bisherigen müßiggängerischen Lebensstiles würdig erweisen will. Sein Bekenntnis zu einem arbeitsamen Leben stößt allerdings auf den Widerspruch des Doktors, der Tusenbach mit sich wegführt, um den sarkastischen Bemerkungen Soljonys zu entgehen. Nun hat der Brust und Hände parfümierende Soljony freie Bahn, Irina zu umwerben. Als sie seinen Antrag zurückweist, droht er, etwaige Rivalen umzubringen. Natascha wiederum setzt Irina zu, ihr Zimmer dem kleinen Bobik zu überlassen und mit Olga zusammenzuziehen. Anfisa schlurft verdrießlich herein und meldet den draußen wartenden Protopopow, Nataschas Liebhaber und Dienstvorgesetzter Andrejs. Grinsend schlägt Natascha, nachdem sie sich fürs Stelldichein hergerichtet hat, die Haustür hinter sich zu. Beim Abzug der Garnison aus der Stadt verabschieden sich im Garten der Prozorows Rodé und Fedotik von Tusenbach, Kulygin und Irina, die anderntags Tusenbach heiraten will, um mit ihm nach Moskau zu gehen. Im Gespräch mit ihrem Schwager und dem Doktor erfährt sie, daß sich ihr Verlobter von Soljony hat provozieren lassen. Ein Duell scheint unausweichlich. Schon taucht Soljony auf, der seine »nach Leichen« riechenden Hände mit Parfum besprengt, und führt den Doktor mit sich fort. Es kommt zu einer letzten Begegnung zwischen den Verlobten. Irina kann dem verzweifelt davonstürzenden Tusenbach nicht den Trost geben, seine Liebe zu erwidern. Ein Schuß ist aus der Ferne zu hören. Der Doktor eilt herbei und überbringt Olga und Irina die Nachricht, daß Tusenbach von Soljony im Duell getötet wurde.

Andrejs Sequenz: Die drei Schwestern sind darüber enttäuscht, daß ihr Bruder Andrej seine hochfliegenden Pläne einer universitären Karriere in Moskau nicht verwirklicht hat und sich statt dessen mit einem Posten in der städtischen Verwaltung begnügt. Sie lasten Andrejs mangelnden Ehrgeiz ihrer verhaßten Schwägerin an, zumal Natascha durch ihre Liebschaft mit Andrejs Chef den Bruder zum Gespött der Stadt mache. Doch auch mit ihrer eigenen tristen Existenz in der Provinzstadt sind die Schwestern unzufrieden. Wie schon in der vorausgegangenen Sequenz leitet Nataschas Gang mit der Kerze in der Hand zum Szenario der Brandnacht über. Andrej stürzt herein. Vergeblich dringt er auf eine Aussprache mit den Schwestern. Weit mehr als an einem klärenden Gespräch mit dem Bruder ist Mascha an einem Treffen mit dem von draußen hereinrufenden Werschinin gelegen, weshalb sie sich verabschiedet und geht. Ebensowenig leiht Olga Andrej ihr Ohr, als dieser seine Frau in Schutz nimmt und seine Berufswahl rechtfertigt. Währenddessen ist Olga nämlich damit beschäftigt, Anfisa zu beruhigen, die befürchtet, aufgrund ihres Alters entlassen zu werden, und so rennt Andrej wieder hinaus, ohne Gehör gefunden zu haben. In der Tat ist Anfisas Sorge nicht aus der Luft gegriffen: Natascha tritt hinzu, scheucht die Alte fort und fordert von Olga, Anfisa hinauszuwerfen. Mit ihrer Weigerung bringt Olga ihre Schwägerin zur Weißglut. Keifend und drohend macht sich Natascha, ohne etwas erreicht zu haben, wieder davon. Tusenbach, Kulygin, Fedotik und Rodé kommen herein, auch der betrunkene Doktor. Den Tod einer Patientin rechnet er sich als berufliches Versagen an, weswegen er vor Selbstmitleid zerfließt. Aufgrund seiner Unachtsamkeit fällt die Glasuhr der Prozorows zu Boden und geht zu Bruch. Ohne daß das Gejammer des Doktors weitere Beachtung fände, warten die Anwesenden das Verlöschen des Stadtbrandes ab. Rodé berichtet über die bisher bekanntgewordenen Schäden, Tusenbach von seinem Entschluß, den Militärdienst zu quittieren. Auch beratschlagt er mit Kulygin, ob Mascha sich im Rahmen einer Wohltätigkeitsveranstaltung zugunsten der Brandopfer auf dem Klavier hören lassen solle. Werschinin empört sich über seine Ehefrau, die die gemeinsamen Kinder während des Feuers im Stich gelassen habe. Irina fühlt sich von ihrer jüngst aufgenommenen Arbeit im Telegrafenamt geistig unterfordert und legt gemeinsam mit Fedotik, dem einzigen Brandgeschädigten in der Runde, Patience. Nachdem Olga den Salon verlassen hat, taucht auch Natascha wieder auf. Sie ist in Begleitung Soljonys, der sie allerdings mit einer taktlosen Bemerkung über den kleinen Bobik absichtlich beleidigt. Schließlich bleibt der Doktor allein zurück. Andrej zieht ihn wegen seiner schwindenden Liebe zu Natascha ins Vertrauen, und der Doktor rät ihm, der Stadt schleunigst den Rücken zu kehren. Als Andrej wieder allein ist, erweist sich, daß er von dem ihn umgebenden Stumpfsinn angewidert ist. Er kann sich aber nicht dazu aufraffen, gemäß dem Rat des Doktors einen Neuanfang zu wagen, und tröstet sich mit der Hoffnung auf eine bessere Zukunft. Seine Frau platzt herein und fordert aus Sorge um den Schlaf ihres Töchterchens Sophie Ruhe. Gleichwohl legt sie sich selbst keinerlei Zurückhaltung auf, nachdem Anfisa ihr die Ankunft Protopopows gemeldet hat: Laut mit der Türe schlagend geht sie ab. Zu gleicher Zeit verläßt ihr Ehemann gemeinsam mit dem Doktor durch eine Hintertür das Haus, um in der Stadt dem Glücksspiel zu frönen.

Maschas Sequenz: Anläßlich ihres Namenstages hat Irina nachmittags zum Tee geladen, und Baron Tusenbach kündigt der Gratulantenschar den Besuch Oberst Werschinins, des neuen Kommandeurs der Artilleriegarnison, an. Die gelangweilt vor sich hinpfeifende Mascha will gerade gehen, als Werschinin sich als ein Freund der Familie noch aus Moskauer Zeiten vorstellt. Damit gewinnt er augenblicklich die Aufmerksamkeit der Schwestern. Irina holt Olga herbei, und Mascha beschließt, entgegen ihrer ursprünglichen Absicht zu bleiben. Da kommt ihr Mann hinzu, der seiner Schwägerin zum allgemeinen Amüsement dasselbe Gratulationsgeschenk wie schon im Jahr zuvor überreicht. Mascha wiederum, der die besitzergreifende Liebe Kulygins auf die Nerven geht, weist seine Zärtlichkeiten zurück, und nur widerwillig erklärt sie sich bereit, ihn am Abend zum Schuldirektor zu begleiten. Die Gäste sind inzwischen gegangen, als Mascha und Werschinin, dem die alte Anfisa erst nach mehrmaliger Aufforderung eine Tasse Tee zubereitet, einander näherkommen. Sowohl die mit achtzehn Jahren an Kulygin verheiratete Mascha als auch Werschinin, der an eine selbstmordgefährdete Frau gebunden ist, haben ihr Eheleben gründlich satt. Seine Liebeserklärung wird von der den Tee und einen Brief hereintragenden Anfisa beendet. In dem Schreiben erfährt Werschinin von einem neuerlichen Selbstmordversuch seiner Frau. Unverzüglich bricht er auf, woraufhin Natascha ihrer Schwägerin wegen ihres Gesprächs mit dem Oberst Vorhaltungen macht. In der Brandnacht gesteht Mascha den Schwestern ihre Liebe zu Werschinin. Doch die pflichtbewußte Olga mißbilligt Maschas Verhalten und möchte ihre Beichte nicht hören. Es schließt sich im Garten der Prozorows der Abschied des mit seiner Garnison die Stadt verlassenden Oberst von den drei Schwestern an. Als Mascha den Geliebten zum letzen Mal umarmt und küßt, bricht sie weinend zusammen. Ihre Schwestern und auch Kulygin bemühen sich um die Verzweifelte, die schließlich nur noch resigniert vor sich hinpfeift.

Stilistische Stellung
Ohne sich an klischeehaften Hörerwartungen zu orientieren, ist Peter Eötvös mit den ›Drei Schwestern‹ ein Bühnenwerk gelungen, das wie kaum ein anderes Stück der heutigen Opern-Avantgarde das Publikum unmittelbar anspricht. Ein Grund dafür liegt in der dramaturgischen Eigentümlichkeit, das dieser Oper zugrundeliegende Geschehen dreimal aus verschiedenen Blickwinkeln zur Darstellung zu bringen. Für die Komposition ergibt sich daraus eine Verlaufsform, die durch reprisenhaft wiederkehrende Elemente (Nataschas als »Refrain« bezeichnete Nachtwandler-Episode, die Brandmusik, das mehrfache Türenschlagen, das zweifache Zu-Boden-Fallen der Glasuhr, Maschas provokatives Pfeifen) dem Hörer das Zurechtfinden erleichtert. Der Reiz des Wiedererkennens wird dadurch intensiviert, daß Eötvös schematische Wiederholungen vermeidet und entsprechend der für jede Sequenz spezifischen inhaltlichen Gewichtung musikalische Varianten bildet. Auch innerhalb der Sequenzen kommt es zu sinnfälligen Wiederaufnahmen bereits vorhandenen Materials. Beispielsweise äfft Natascha, als sie bei Olga wegen der Entlassung Anfisas auf Granit beißt, den Tonfall ihrer Schwägerin nach, und Werschinins Liebeserklärung an Mascha greift melodisch auf Kulygins Liebesgeständnis zurück. Ohnehin ist dem Komponisten um eine faßliche Motivik zu tun, die häufig aus dem russischen Sprachfall abgeleitet ist. Und wenn sich die sprachgezeugten Wendungen des vokalen Parts in den instrumentalen Bereich ausbreiten, wie etwa in Soljonys von Pauken-Glissandi grundierter, an Irina gerichteter Liebesarie, fasziniert Eötvös' Tonsprache durch ein Höchstmaß an Plausibilität. In den Abschiedsszenen der 1. Sequenz wiederum wird das »Tararabummbia« des Doktors für den Hörer als Tusenbachs Todeschiffre begreiflich,

weil es den musikalischen Satz wie eine fixe Idee durchsetzt.

Die Verschränkung zwischen Instrumental- und Vokalpart ist außerdem dadurch gewährleistet, daß die meisten Instrumente des im Orchestergraben sitzenden Kammerensembles den Protagonisten zugeordnet sind. Die Holzblasinstrumente repräsentieren hierbei die Familie Prozorow. So ist der Flötenklang mit Olga verbunden. Oboe und Englischhorn sind Irinas, die Klarinetten Maschas und Kulygins Instrumente. Das Fagott kommt für Andrej und das Sopransaxophon für Natascha zum Einsatz. Die Blechbläser hingegen korrelieren mit den Offizieren: Die Hörner stehen sinnigerweise für den romantischen Tusenbach, Flügelhorn und Trompete für Werschinin und die Posaune für den Militärarzt Doktor Tschebutykin. Soljony jedoch sind gemäß seiner aggressiven Wesensart die Schlaginstrumente zugewiesen. Violine, Bratsche und Cello werden zum instrumentalen Pendant für das Schwestern-Trio, während der Kontrabaß Anfisas Leitinstrument ist.

Durch den Einsatz des hinter der Bühne postierten großen Orchesters aber erfährt der Klangraum eine tiefenperspektivische Ausweitung, und es entstehen faszinierende Vorder- und Hintergrundeffekte: Wie von draußen tönt etwa in den Kaskaden des Orchestertuttis der Stadtbrand herein. Die tonmalerische Wirkung wird hier durch die CD-Zuspielung von realen Geräuschen (Sirenen, Hupen etc.) noch verstärkt. Doch auch auf ironische Weise wird die Musique concrète ins Spiel gebracht: in der für die Teetassen der Protagonisten komponierten Bühnenmusik zu Beginn der 3. Sequenz. Das Akkordeon wiederum beschwört gleich zu Beginn russische Atmosphäre herauf, jedoch ohne folkloristische Anleihen. Überdies wird die Scheinhaftigkeit dieser Imagination durch Verfremdung hervorgehoben. Die Akkordeonklänge tönen nämlich nicht von ihrem natürlichen Tonort – dem Orchestergraben – her, sondern künstlich verstärkt vom Schnürboden herab. Ebensowenig geht es dem Komponisten mit dem schon bei Tschechow vorkommenden Zitat aus Tschaikowskys ›Eugen Onegin‹ (Arie des Gremin) in der 1. Sequenz vordringlich um die Couleur locale, denn Werschinin und Mascha intonieren die einem Bildungsrequisit gleichkommende Melodie lediglich zum Zeichen ihres Einverständnisses.

Genausowenig spielt der historische Kontext in Eötvös' Oper eine maßgebliche Rolle. Vielmehr fokussiert die Musik auf das Innenleben der Figuren. Und in der Besetzung der Frauenrollen mit Countertenören und Baß (Anfisa) wird die Absicht, zugunsten der Abstraktion auf eine naturalistische Konzeption zu verzichten, überdeutlich. Zwar verfügen die Figuren des Stücks, von Soljony und der Außenseiterin Natascha einmal abgesehen, nur über ein sehr begrenztes Aktionspotential. Sie sind somit allesamt keine Helden. Dennoch hat Eötvös sie nicht statisch auf die Bühne gestellt. Insbesondere in den Ensembleszenen ist ihnen eine enorme Geschmeidigkeit eigen, da der Komponist zwischen nicht in Noten fixiertem Sprechen und Gesang vielfältig abzustufen weiß, woraus ein rasch dahineilender Konversationston resultiert. Doch auch die groteske Überzeichnung (die xanthippenhafte Natascha) und der humoristische Blickwinkel (auf die grantige Anfisa oder auf die während der 1. Sequenz sich in terzenseliger Eintracht verabschiedenden Offiziere Rodé und Fedotik) gehören zu Eötvös' Stilrepertoire. Darüber hinaus wird dem Belcanto (Prolog der drei Schwestern und Andrejs Monolog gegen Ende der 2. Sequenz) breiter Raum gegeben. Nicht zuletzt darin bekundet sich, daß das aus dem 19. Jahrhundert stammende Paradigma, wonach Musik Ausdrucksträgerin seelischer Befindlichkeit sei, in dieser Oper weiterhin gültig ist. In diesem Sinne schuf Eötvös mit dem Schluß des Werkes einen der eindringlichsten Abschiede der gesamten Opernliteratur.

Dichtung

Zwar basiert der Textbestand der ›Drei Schwestern‹ auf Anton Tschechows gleichnamigem Drama, das 1901 in Moskau uraufgeführt wurde. Dennoch entspricht Eötvös' Werk keineswegs dem Typus der sich an einer dichterischen Vorlage orientierenden Literaturoper, die allenfalls durch Striche im Text und in der Personnage (Tschechows alter Bote Ferapont wurde als einzige Figur getilgt) vom Original abweicht. Und so wird die weitgehende Umgestaltung von Tschechows vieraktigem Schauspiel zum in Sequenzen gegliederten Libretto darin ersichtlich, daß der Handlungsgang des Sprechdramas den linearen Ablauf der Ereignisse nachvollzieht. Überdies haben der Komponist und sein Librettist Claus H. Henneberg die im Schauspiel als Schluß-Resümée der drei Schwestern fungierenden Worte der Oper im Prolog vorangestellt, und auch innerhalb der einen chronologischen Anschein wahrenden Sequenzen wird durch Vor-

und Rückgriffe Tschechows Text in der Art einer virtuosen Collage neu montiert. Wie sehr Tschechow an der historischen Verortung der Figuren gelegen war, wird an den häufigen Verweisen in die Familiengeschichte der Geschwister Prozorow, an den geradezu akribischen Angaben über das Lebensalter der Protagonisten und an den mehrfachen Anspielungen auf ihren kulturellen Horizont wahrnehmbar. Indessen sind im Libretto diese zeitgeschichtlichen Bezüge merklich eingeschränkt. Die Figuren werden in der Oper demnach ihrer Zeit entrückt. Um so exemplarischer tritt ihr existentielles Grundproblem zutage, in Dreieckskonstellationen aufgerieben zu werden. So muß Irina zwischen Tusenbach und Soljony wählen, und Mascha zögert zwischen Kulygin und Werschinin. Andrej aber hat sich zwischen seinen Schwestern und Natascha zu entscheiden, die ihrerseits zwischen Ehemann und Geliebtem steht. Bezeichnenderweise wurde der altjüngferlichen Olga keine eigene Sequenz zugestanden, während Andrejs Sequenz nach Aussage des Komponisten auch »Natascha« heißen könnte, »weil sie die gleiche Problematik hat wie Irina und Mascha«.

Geschichtliches
Bereits 1988 erhielt Peter Eötvös jenen Opernauftrag, der zehn Jahre später, am 13. März 1998, zum sensationellen Uraufführungserfolg der ›Drei Schwestern‹ in Lyon unter der musikalischen Leitung von Kent Nagano und dem Komponisten als Kodirigenten führte. Die in einem Zeitraum von fünf Jahren vollendete Komposition entstand in engem Kontakt sowohl mit den Vokalsolisten als auch mit dem vom japanischen Buto-Tanz herkommenden Regisseur Ushio Amagatsu, der mit seiner choreographisch genauen, von der japanischen Kunst der Reduktion inspirierten Inszenierung dem Anliegen Eötvös' nach einer zeitlos-abstrakten Realisierung des Stücks vollauf entsprach. Und so betrachtet der Komponist die auch auf CD dokumentierte Lyoner Uraufführungsproduktion nach wie vor als mustergültig. Die deutsche Erstaufführung erfolgte im Oktober 1999 in Düsseldorf (musikalische Leitung: Wen-Pin Chien/Günther Albers) in deutscher Sprache, wobei Inga Levants Inszenierung sich wieder mehr dem Schauspiel annäherte – nicht zuletzt, weil in Düsseldorf die vom Komponisten autorisierte Alternativbesetzung mit Frauen in den weiblichen Partien, darunter Martha Mödl als Anfisa, uraufgeführt wurde. Wenige Wochen später erlebte das Werk seine niederländische Erstaufführung in Utrecht. Diese die Originalfassung präsentierende Produktion der Nationalen Reisopera (Regie: Stanislas Nordey) stand unter dem Dirigat von Zoltan Pesko und Jonathan Stockhammer und wurde außerdem unter der musikalischen Leitung von Ingo Metzmacher und Boris Schäfer zur Eröffnung der Spielzeit 2000/2001 an der Hamburgischen Staatsoper gezeigt. Nach der Budapester Premiere Ende März 2000 (in ungarischer Sprache und in der Fassung für Frauenstimmen) folgte im Oktober desselben Jahres Freiburg im Breisgau mit einer wegen ihrer musikalischen Qualität vielgelobten Interpretation (Dirigat: der Eötvös-Schüler Kwamé Ryan und Enrico Fresis). Die quasi-realistische Inszenierung von Gerd Heinz basierte auf der Einrichtung für Frauenstimmen, wobei in der vom Komponisten inzwischen klar favorisierten russischen Sprache gesungen wurde.

R. M.

Manuel de Falla

* 23. November 1876 in Càdiz, † 14. November 1946 in Alta Gracia (Argentinien)

Das kurze Leben (La vida breve)

Ein Spiel in zwei Akten. Dichtung von Carlos Fernández Shaw.

Solisten: *Salud* (Jugendlich-dramatischer Sopran, auch Mezzosopran, gr. P.) – *Die Großmutter* (Spielalt, m. P.) – *Carmela* (Mezzosopran, kl. P.) – *1. Verkäuferin* (Mezzosopran, kl. P.) – *2. Verkäuferin* (Sopran, kl. P.) – *3. Verkäuferin* (Sopran, kl. P.) – *4. Verkäuferin* (Sopran, kl. P.) – *Paco* (Jugendlicher

Heldentenor, m. P.) – *Der Onkel Sarvaor* (Charakterbaß, auch Charakterbariton, m. P.) – *Der Sänger* (Lyrischer Bariton, kl. P.) – *Manuel* (Charakterbariton, kl. P.) – *Eine Stimme aus der Schmiede* (Tenor, kl. P.) – *Die Stimme eines Verkäufers* (Tenor, kl. P.) – *Eine Stimme in der Ferne* (Tenor, kl. P.).
Chor: Stimmen hinter der Szene – Hochzeitsgäste (m. Chp.).
Ballett: Tänze in der Hochzeitsszene.
Ort: Granada.
Schauplätze: Hof eines Zigeunerhauses im Albaicín. Rechts das Wohnhaus, links der Eingang zu einer Schmiede. Im Hintergrund ein breites Tor mit Ausblick auf eine kleine freundliche Gasse – Panorama von Granada vom Sacro Monte aus – Eine kleine Straße in Granada. Giebelseite des Hauses von Carmela; durch die großen offenen Fenster erblickt man den Innenhof. – Der Innenhof des Hauses von Carmela; in der Mitte ein Marmorspringbrunnen, im Hintergrund ein Gitter, links und rechts Türen.
Orchester: 3 Fl. (III. auch Picc.), 3 Ob. (III. auch Eh.), 3 Kl. (III. auch Bkl.), 2 Fag., 4 Hr., 2 Trp., 3 Pos., 1 Bt., P., Schl., 2 Hrf., Cel., Gitarren, Str. – Auf der Bühne: Ambosse und Hämmer, kl. Gl. von Albaicín, Gl. von Granada.
Gliederung: Durchkomponierte symphonisch-dramatische Großform.
Spieldauer: Etwa 70 Minuten.

Handlung

Im Albaicín, dem Zigeuner- und Armenviertel von Granada, erklingen aus einer Werkstätte Hammerschläge und der melancholische Gesang der Schmiede: »Das Glück ist nur für die einen, das Elend für die andern; wehe über den Armen, dem Unheil die Sterne künden! Als Amboß ward er geboren und nicht als Hammer!« Da erscheint im Hof die junge hübsche Andalusierin Salud, die, wie jeden Abend um sieben Uhr, mit Ungeduld ihren Verlobten Paco erwartet. Ihre Großmutter beruhigt sie; Salud wisse selbst am besten, wie er sie liebe, daher könne sie auf seine ernsthaften Absichten bauen. Salud fleht die Großmutter an, auf die Straße hinauszugehen und Ausschau nach Paco zu halten; ihr selber fehlten hierzu die Kräfte. Die Großmutter entfernt sich. In gedrückter Stimmung gedenkt Salud des Liedes von den Blumen und von dem Vöglein, das ihre Mutter oft gesungen hat: Glücklich sind die Blumen, die morgens erblühen und abends sterben; denn sie erfahren nicht, welch großes Unglück es ist zu leben; das arme Vöglein fällt tot zur Erde, weil es in seiner Liebe betrogen ward; denn gegen verratene Liebe hilft einzig der erlösende Tod. Die Großmutter kommt eilig herbei mit dem Ruf: »Er kommt!« Salud stürzt Paco in die Arme und erklärt ihm in überschwenglichen Worten ihre Liebe. Er verspricht, niemals von ihr zu lassen, weil er sie allein liebe. Da naht, ohne von dem im Glück versunkenen Paar beachtet zu werden, Onkel Sarvaor. Die Großmutter tritt ihm rasch in den Weg. Er wolle den Schuft erschlagen, erklärt er der sich besorgt erkundigenden Schwester; denn dieser feiere, wie er soeben erfahren habe, morgen mit einem schönen Mädchen seines Standes Hochzeit. Während sich die Großmutter und Onkel Sarvaor in die Schmiede zurückziehen, verabschiedet sich Paco zärtlich von Salud mit dem Versprechen, morgen wiederzukommen.

Am nächsten Tag findet im Kreise einer vornehmen Gesellschaft bei Gesang und Tanz das fröhliche Hochzeitsfest von Paco und Carmela statt. Ein Sänger preist in Form eines andalusischen Liedes die schönen Augen der Braut. In ängstlicher Erregung nähert sich Salud dem Haus und überzeugt sich mit einem Blick durch die offenen Fenster von dem Verrat des Geliebten. Der Schmerz droht ihr das Herz zu brechen, und der Tod erscheint ihr willkommener als ein Leben voller Qual und Leiden. Die Stimme des Volkssängers ist wieder zu hören; er bewundert den Bräutigam, wie zärtlich er die Braut betrachtet. Da fährt Salud auf. Sie will dem Verräter unter die Augen treten. In diesem Augenblick kommen die Großmutter und Onkel Sarvaor. Dieser verflucht das Leben, die Seele, das Schicksal, die Mutter und die Familie des Betrügers, während sich Salud des Gesangs der Schmiede erinnert. Paco hat ihre Stimme vernommen; er erbleicht, faßt sich aber schnell wieder und fordert die Gäste zum Tanz auf. Nun begeben sich Salud und Onkel Sarvaor ins Haus. – Carmela beobachtet während des Tanzes besorgt ihren Bräutigam, der ihr aber versichert, daß er sich wieder wohlfühle. Da führt Onkel Sarvaor die vor Erregung zitternde Salud herbei. Manuel, der Bruder der Braut, fragt die beiden erstaunt, was sie wünschten. Mit höhnischem Ausdruck sagt Onkel Sarvaor, sie seien gekommen, weil auch sie gerne einmal tanzen und singen wollten. Salud entgegnet aber, sie sei nicht zum Gesang und Tanz gekommen, sondern, um den Mann, der sie betrogen, verlassen und entehrt habe, anzuflehen, daß er sie töte. Paco versucht zu leugnen, doch Salud schwört beim Kreuz des Heilands. Als er daraufhin behauptet, sie lüge, und fordert, man solle sie fortjagen, sinkt sie zu Boden. Mit dem zärtlich gehauchten Namen des Geliebten auf den Lippen stirbt sie. Verachtungsvoll schreien die Großmutter und Onkel Sarvaor dem Bräutigam vor der Hochzeitsgesellschaft ins Gesicht: »Verräter, Feigling, Judas!«

Stilistische Stellung
Manuel de Falla gilt neben Isaac Albéniz und Enrique Granados als Repräsentant jener Richtung der spanischen Kunstmusik, die auf dem Boden eines gesunden »Espagnolismus« bewußt das nationale Element zum Gestaltungsprinzip erhoben hat. So wandte sich der Komponist schon bei seinen Jugendwerken der Zarzuela, dem volkstümlichen spanischen Singspiel, zu. Auch bei seiner ersten Oper, ›La vida breve‹, dominiert die nationale Note. Der junge Meister bedient sich in dem Werk eines homophonen Stils unter Verzicht auf größere Ensemblewirkungen, jedoch mit einer originellen Harmonik. Seine Melodik ist in erster Linie dem andalusischen Volkslied verbunden, dessen vielfach synkopierte und melismatisch verzierte Gesangslinie auf eine von den Arabern nach Spanien exportierte orientalische Folklore zurückgeht. Sie ist in reiner Prägung vorhanden bei Saluds Monolog »Eine Blume, morgens geboren« sowie bei den von dem Volkssänger vorgetragenen Solearen (d. i. andalusischen Gesängen), die von Händeklatschen und von den Olé-Rufen des Chores sowie von Gitarren begleitet werden. In ähnlicher Weise sind die rhythmisch feurigen Tänze des Hochzeitsbildes im Charakter volkstümlicher Tanzweisen gestaltet. Gelegentlich hat de Falla seine Partitur mit impressionistischen Zügen ausgestattet, so vor allem in dem malerischen Stimmungsbild des Sonnenuntergangs, bei dem auch der hinter der Szene singende Chor maßgeblich beteiligt ist. Schließlich tritt bisweilen neben Anklängen an Wagner ein veristischer Einschlag nach dem Vorbild Mascagnis oder Puccinis in Erscheinung, insbesondere da, wo die melodische Linie sich zur blühenden Kantilene entfaltet.

Textdichtung
Das Libretto verfaßte Carlos Fernández Shaw, einer der erfolgreichsten Zarzuela-Dichter der Zeit um die Jahrhundertwende. Dem Textbuch liegt ein Gedicht des gleichen Autors zugrunde, das de Falla in einer Madrider Zeitschrift gelesen hatte und nach dem die Handlung der Oper gestaltet wurde. Dem Stoff fehlt es zwar an schlagkräftigen dramatischen Wirkungen, doch bot die Dichtung mit ihrer wirklichkeitsnahen Zeichnung des andalusischen Menschen und mit ihren feinen Stimmungsgehalten dem Komponisten reiche Entfaltungsmöglichkeiten.

Geschichtliches
Die Academia de Bellas Artes, Madrid, veröffentlichte im Jahre 1905 ein Preisausschreiben für eine einaktige Oper. De Falla schrieb hierfür ›La vida breve‹. Das Werk war nicht nur seine erste Oper, sondern es ist auch sein erstes Erfolgsstück geworden. Die Jury, an ihrer Spitze Konservatoriumsdirektor Tomás Bretón, erkannte de Falla den ersten Preis zu. Die in Aussicht gestellte Aufführung am Teatro Real in Madrid unterblieb jedoch. Im Frühjahr 1907 übersiedelte der Komponist nach Paris, wo er bald wertvolle Kontakte zu einflußreichen Musikern wie Debussy, Ravel und Dukas anknüpfen konnte. Für ›La vida breve‹ interessierte sich vor allem Paul Milliet, ein maßgebendes Mitglied der französischen Autorengesellschaft, der das Textbuch ins Französische übersetzte und das Werk dem Leiter der Grand Opéra, André Messager, und dem Direktor des Casino Municipal in Nizza, de Farconnet, empfahl. Verhandlungen mit Ricordi, Mailand, führten zwar zu keinem Ergebnis, dafür nahm der bekannte Verleger Max Eschig, Paris, die Oper in seinen Verlag. Inzwischen hatte der Komponist sein Werk mehrmals einer gewissenhaften Umarbeitung unterzogen, wobei er auch die ursprünglich einaktige Fassung in eine zweiaktige mit vier Bildern umwandelte. Am 1. April 1913 kam ›La vida breve‹ unter der musikalischen Leitung von J. Miranne und mit Lillian Grenville (Salud) und David Devries (Paco) im Casino zu Nizza endlich zur Uraufführung. Auf den großen Erfolg hin wurde das Werk noch im gleichen Jahr, am 31. Dezember, auch an der Opéra-Comique in Paris aufgeführt.

Friedrich von Flotow

* 27. April 1812 auf dem Rittergut Teutendorf (Mecklenburg), † 24. Januar 1883 in Darmstadt

Martha oder Der Markt zu Richmond

Romantisch-komische Oper in vier Akten. Dichtung von Wilhelm Friedrich.

Solisten: *Lady Harriet Durham*, Ehrenfräulein der Königin (Lyrischer Koloratursopran, gr. P.) – *Nancy*, ihre Vertraute (Spielalt, auch Lyrischer Mezzosopran, gr. P.) – *Lord Tristan Mickleford*, ihr Vetter (Spielbaß, m. P.) – *Lyonel* (Lyrischer Tenor, gr. P.) – *Plumkett*, ein reicher Pächter (Schwerer Spielbaß, auch Seriöser Baß, gr. P.) – *Ein Richter* zu Richmond (Charakterbaß, kl. P.) – *Drei Mägde* (Sopran und Alt, kl. P.) – *1. Pächter* (Baß, kl. P.) – *2. Pächter* (Tenor, kl. P.) – *1. Diener* (Baß, kl. P.) – *2. Diener* (Baß, kl. P.) – *3. Diener* (Tenor, kl. P.).
Chor: Pächter – Mägde – Knechte – Jäger, Jägerinnen im Gefolge der Königin – Pagen – Diener, Dienerinnen – Der Gerichtsschreiber (gr. Chp.).
Ort: Teils auf dem Schloß der Lady, teils zu Richmond und dessen Umgebung.
Schauplätze: Boudoir der Lady – Der Marktplatz zu Richmond – Das Innere einer Pächterwohnung – Wald mit einem kleinen Wirtshaus – Pächterwohnung wie im II. Akt – Platz vor dem Pächterhaus.
Zeit: Regierung der Königin Anna (1702–1714).
Orchester: 2 Fl. (II. auch Picc.), 2 Ob., 2 Kl., 2 Fag., 4 Hr., 2 Trp., 3 Pos., 1 Bt., P., Schl., Hrf., Str. – Bühnenmusik: 2 Hr., 2 Trp., 1 kl. Tr.
Gliederung: Ouvertüre und 18 Musiknummern, die pausenlos ineinandergehen.
Spieldauer: Etwa 2½ Stunden.

Handlung

Das langweilige Einerlei des Hoflebens versetzt die junge Lady Harriet, Ehrenfräulein der Königin, oft in trübe Stimmung. Weder ihre glanzvolle Stellung bei Hof noch Schmuck und prächtige Kleider können sie erheitern. Ihren schmachtenden Verehrer, den geckenhaften Lord Tristan, hält sie nur zum Narren. Gegen die Seelentrübsal weiß ihre Vertraute Nancy ein einziges Mittel: sich einmal richtig zu verlieben. Als an ihrem Fenster vorbei Mädchen nach Richmond ziehen, wo alljährlich die Landleute ihre Mägde dingen, bekommt sie Lust, diesen traditionellen Mädchenmarkt mitzuerleben. Sie beschließt daher, in Bauerntracht mit Nancy dorthin zu gehen. Lord Tristan muß sie, als Bauer »Bob« verkleidet, begleiten. Das bunte Volkstreiben macht den beiden Damen Spaß, und während die stellensuchenden Mädchen sich alle um den vermeintlich sehr reichen Meier »Bob« drängen, lassen sich die Lady und Nancy in übermütiger Stimmung von den Pächtern Lyonel und Plumkett anwerben. Nachdem sie aber das Handgeld angenommen haben, müssen sie nun auch zu ihrem Schrecken ihren neuen Herren auf den Gutshof folgen. Sie tun es, um einen Skandal zu vermeiden, der ihrem Ruf bei Hof schaden könnte.

Lyonel bewirtschaftet zusammen mit Plumkett nach dem Tod von dessen Eltern den Hof. Er war dort als Pflegekind aufgewachsen, und niemand kennt seine Herkunft. Als einziges Vermächtnis von seinem Vater besitzt er einen Ring, den er, wenn er einmal in große Bedrängnis geraten sollte, der Königin selbst übergeben soll. Auf dem Pachthof stellt sich heraus, daß die beiden Mägde von der Feld- und Hausarbeit nichts verstehen, ja nicht einmal das Spinnrad bedienen können. Trotzdem wollen die gutmütigen Männer sie nicht wieder fortlassen; denn ihr Interesse für die ungewöhnlichen Mägde geht tiefer: Plumkett findet großen Gefallen an der temperamentvollen »Julia«, wie sich Nancy nennt, während Lyonel der Lady, die sich den Namen »Martha« zulegt, offen seine Liebe gesteht, die sie mit leichtem Hohn zurückweist. Nachdem sich alle zur Ruhe begeben haben, entführt Lord Tristan in der Stille der Nacht die beiden Damen heimlich durch ein Fenster aus dem Gutshof.

Gelegentlich einer Jagd der Königin treffen die Lady und Nancy bei der Rast in einem Wirtshaus wieder mit Lyonel und Plumkett zusammen. Aus Angst vor der Aufdeckung ihres Abenteuers erklärt die Lady vor der Hofgesellschaft Lyonel für wahnsinnig, als er seine Rechte energisch geltend machen will, und läßt ihn festnehmen. Als sie jedoch der Königin Lyonels Ring zeigt, den ihr Plumkett übergab, erfährt sie, daß Lyonel der Sohn des seinerzeit unschuldig verbannten Grafen Derby sei.

Reumütig begibt sie sich wieder auf den Pachthof, um dem Schwergeprüften sein Glück zu verkünden und ihm die Hand fürs Leben zu reichen. Aber der von ihr so gedemütigte und in Schwermut verfallene Lyonel stößt sie jetzt zurück. Da versucht sie, mit einem Verkleidungsspiel wie damals das Herz des Geliebten von neuem zu gewinnen. – Auf dem Pachthof arrangiert sie in der Art wie auf dem Marktplatz zu Richmond ein Mägde-Dingen, und wieder erscheint sie mit Nancy als einfaches Bauernmädchen. Die Erinnerung an die frohe Stunde, in der seine Liebe zu diesem Mädchen erwachte, erweckt Lyonels Blick aus der Nacht dumpfer Verzweiflung, und strahlend folgt er dem Glück eines neuen Lebens, während »Julia«-Nancy ihrem Plumkett freudig die Hand reicht mit dem Versprechen, alles nachlernen zu wollen, was sie als Gutsherrin können muß.

Stilistische Stellung

Der durch Studiengang und langjährigen Aufenthalt in Paris bestimmte französische Kompositionsstil Flotows ist auch bei ›Martha‹ unverkennbar. Er erscheint nur bei dem deutschen Komponisten etwas vergröbert, besonders im Instrumentalen. Das Werk ist (wie ›Alessandro Stradella‹) durchkomponiert. Es fehlt also der gesprochene Dialog, während sonst an der Struktur der Opéra comique festgehalten ist. Die wirkungsvolle Dramatisierung des volkstümlichen Stoffes wie die eingängige Melodik und die rhythmisch lebendige Darstellung der humoristischen Szenen sichern der Oper mit ihren dankbaren Solopartien bleibende Anziehungskraft.

Textdichtung

Das Libretto verfaßte der versierte Theaterdichter Wilhelm Friedrich (um 1820–1879, Pseudonym für Friedrich Wilhelm Riese), der seinerzeit mit seinen deutschen Übertragungen ausländischer Lustspiele viel Erfolg hatte. Als Vorlage diente ihm das am 21. Februar 1844 an der Großen Oper zu Paris gegebene Pasticcio-Ballett ›Lady Harriet ou La servante de Greenwich‹ von Jules Henri Vernoy de Saint-Georges und Marzillier, Musik von Flotow (I. Akt), Friedrich Burgmüller (II. Akt) und Edouard Deldevez (III. Akt). Friedrich, der einen ausgesprochenen Sinn für musikalische Wirkungen in der Sprache besaß, konnte gerade bei dem ›Martha‹-Libretto mit sprudelnden Versen und witzigen Pointen seine besondere Befähigung für die komische Oper beweisen, so daß sich daraufhin eine Reihe Komponisten, darunter Heinrich Marschner und Konrad Kreutzer, bei ihm um Opernsujets bewarb. Leider kamen weitere Projekte nicht zur Ausführung, da Riese anscheinend ein empfindlicher Sonderling war und sich nach ›Martha‹ auch mit Flotow überworfen hatte. Der volle Titel des Werkes lautet: ›Martha oder Der Markt zu Richmond‹.

Geschichtliches

Der Stoff mit dem Mädchenmarkt war bereits vor Flotow verschiedentlich dramatisch gestaltet worden, so in Frankreich schon im 17. Jahrhundert in einem ›Ballet des Chambrières à louer‹ und später in einem Vaudeville ›La Comtesse d'Egmont‹, in Deutschland in Singspielen von Karl Ditters von Dittersdorf, Dionys Weber, Erdmann von Kospoth und anderen, in England fast gleichzeitig mit Flotows ›Martha‹ in der komischen Oper ›The maid of honour‹ (20. Dezember 1847 in London) von Michael William Balfe. Auf Grund seines Erfolges mit ›Alessandro Stradella‹ erhielt Flotow im Jahrhunderts 1845 von der Direktion der Wiener Hofoper den Kompositionsauftrag für eine neue Oper, wofür er sich von Wilhelm Friedrich ein Libretto nach dem Ballett ›Lady Harriet‹ ausarbeiten ließ. Die Uraufführung der nunmehr ›Martha‹ betitelten Oper erfolgte am 25. November 1847 am Theater an der Wien. Der Erfolg war außerordentlich, und auch heute noch gehört das ansprechende Werk zum eisernen Bestandteil des Opernrepertoires in aller Welt.

Beat Furrer
* 6. Dezember 1954 in Schaffhausen

Begehren

Musiktheater nach Texten von Cesare Pavese, Günter Eich, Hermann Broch, Ovid und Vergil. Libretto von Beat Furrer, Christine Huber und Wolfgang Hofer.

Besetzung: *Sie* (Lyrischer Sopran, gr. P.) – *Er* (Bariton, auch Sprechpartie, gr. P.).
Chor: Gemischter Chor (12 Stimmen, gr. Chp.).
Orchester: Fl., Ob., 2 Kl. (auch Bkl., II. auch Kbkl.), Sax. (Tsax. und Ssax.), Trp., Pos., Schl. (2 Spieler), Klav., 2 Vl., Va., Vc., Kb.
Gliederung: 10 Szenen.
Spieldauer: Etwa 90 Minuten.

Handlung

Sie und Er agieren in einem Zwischenbereich zwischen Erinnerung und der Suche nach einander und zugleich sich selbst: Wie aus der Rückschau ruft Er die Geschichte von Orpheus wach. Er berichtet von seinem Aufstieg aus dem Hades und dem schicksalsträchtigen Moment: dem Blick zurück zu Eurydike: »Und wandte mich um.« Chorstimmen beschreiben die Szenerie in den Worten Ovids. Wie in einer Erstarrung wird dieser Wendepunkt festgehalten. Sie ruft Orpheus. – Der Chor beschreibt Orpheus' Kraft, die Unterwelt zum Stillstand zu bringen. – Er sucht nach der Erinnerung und beschuldigt sich: »Ich suchte, als ich klagte, mich selbst.« Sie erzählt ihr Sterben in den Worten Vergils. – Der Chor kommentiert ihr abermaliges Entschwinden in die Unterwelt. – Er spricht von Vergessen und Stillstand. – Er, Sie und die Chorstimmen umkreisen in archaischer Klanglichkeit die Unmöglichkeit der Begegnung. – Eine Annäherung vollzieht sich. Sie: »Hörst du? Ich kann zu dir sprechen, als wärst du hier.« Für kurze Zeit sind die beiden Figuren im Dialog. – Der Chor spricht vom Tod des Orpheus, der im Lärm aufzugehen scheint: Der Sänger wurde von den Mänaden zerrissen. – Die Unerreichbarkeit und Einsamkeit sind »unübersteigbar endgültig«, wie Sie erläutert, ein unaufhörlich offenes Ende.

Stilistische Stellung

In seinem Musiktheater ›Begehren‹ entwickelt Beat Furrer eine neuartige musikdramatische Erzählweise. Das ganze Drama des Orpheus ist in einem Moment der Anfangsszene zusammengefaßt: »Und wandte mich um.« Das Musiktheater erzählt in der Retrospektive: Orpheus' Tragödie des Sehens, die Unmöglichkeit der Begegnung, das Begehren. Musikalisch ereignet sich in dieser Anfangsszene eine Überlagerung vielschichtiger klanglicher Phänomene in Orchester und Stimmen, die sich aus dem Zischlaut des Wortes »Schatten« ableitet. Es erklingt ein komplexes Total, das man als eine Matrix bezeichnen kann, die in den folgenden Szenen in ihren einzelnen Aspekten immer wieder neu erscheint. Ohne eine äußere Handlung zu konkretisieren, scheinen mehrere Ebenen der Orpheus-Geschichte auf: Zwei Figuren, ambivalent in der Zuordnung, bewegen sich in ihrer jeweils fremden Sprechweise aufeinander zu: Sie beginnt singend, sehr stilisiert – Furrer vergleicht sie mit der Abbildung auf einer antiken Vase – und entwickelt sich im Verlauf immer mehr zur gesprochenen Sprache hin. Er hingegen – als würde er sich daran erinnern, Orpheus gewesen zu sein – vollzieht eine Entwicklung vom Sprechen zum Singen hin. Sie und Er bewegen sich in ihrer Artikulation in gegensätzliche Richtungen, sprechen verschiedene Sprachen, repetieren ihre Texte, Befindlichkeiten. Im Punkt größter Annäherung findet Sie zum Sprechen, beide treffen sich im Klang des Atmens. Aus dem Erzählen im Rückblick entwickelt Furrer eine Konzeption der Gleichzeitigkeit. In der Erinnerung ist eine Geschichte komplett, mit Entwicklung und Konsequenz präsent, entsprechend ist in allen Szenen das ganze Drama musikalisch enthalten.

Und doch ist die Szenenfolge von ›Begehren‹ eine Erzählung, vollzieht die Geschichte des Orpheus nach und nähert sich dem Mythos aus verschiedenen Perspektiven. Furrers Erzählweise schafft einen Raum, der im Lauf des Stücks in einer zugrundeliegenden Struktur der musikalischen und der erzählerischen Wiederholung abgetastet wird. Es entsteht ein fortgesetztes Umkreisen der Geschehnisse. Beide Figuren verharren in ihrer Zuständlichkeit, in dem Beleuchten der Ereignisse aus der Retrospektive. Er rekapituliert seine Suche, Sie spricht zu ihm, mit einem Text von Günter Eich, der eine verlassene Frau die Entfernung vom Geliebten ausdrücken läßt: »Liegt doch die Nacht zwischen uns wie ein schwarzes Gebirge ...«. Am Schluß rückt Sie in den Vordergrund. Er ist nur noch in einer Atemstudie präsent, nähert sich aber in kleinen melodischen Floskeln dem Gesang an – gipfelnd in der virtuosen »Aria«, in der Sie ihren Monolog der Unerreichbarkeit hält: Musikalisch ist dies eine Synthese aus geräuschhaftem Sprechen, Singen, Klagen und Atmen, inhaltlich eine utopische Vereinigung. Ihr »Hörst du? Ich kann zu dir sprechen, als wärst du hier« schlägt den Bogen zu ihrem Rufen am Beginn, ihr Fazit »Du kamst aus der einen Einsamkeit und gehst in die andere« zieht den Schlußstrich.

Textdichtung
In zehn Szenen fokussiert Beat Furrers Musiktheater ›Begehren‹ den antiken Mythos des Orpheus. Neben den antiken Quellen von Ovid und Vergil verwendet Furrer Texte aus Günter Eichs Hörspiel ›Geh nicht nach El Kuwehd‹ (1954) sowie Cesare Paveses ›Der Untröstliche‹ (1947) und Hermann Brochs ›Der Tod des Vergil‹. Das dramatische Verfahren, das er für ›Begehren‹ entwickelte, vergleicht Furrer mit der Arbeit eines Restaurators, der ein Palimpsest Schicht für Schicht entziffert. Übereinandergelegte Textebenen, in Klanglichkeit umgesetzt, reflektieren die Geschichte zweier Figuren. Er und Sie sind Archetypen, die Stationen der gegenseitigen Nichterreichbarkeit, der Verzweiflung des Begehrens durchschreiten.

Geschichtliches
Nach ›Die Blinden‹ und ›Narcissus‹ ist ›Begehren‹ Furrers drittes Musiktheater und zählt zusammen mit dem Hörtheater ›FAMA‹ nach Arthur Schnitzler zu seinen erfolgreichsten szenischen Werken. Der konzertanten Uraufführung am 5. Oktober 2001 in Graz folgte dort eine vielbeachtete szenische Uraufführung am 9. Januar 2003 als Koproduktion des Steirischen Herbsts und der Ruhrtriennale in Kooperation mit Graz 2003 – Kulturhauptstadt Europas. Die Regie und Choreographie von Reinhild Hoffmann fand in einem Bühnenbild von Zaha Hadid statt, die musikalische Leitung hatte Beat Furrer.

M. L. M.

la bianca notte (die helle nacht)

Oper nach Texten von Dino Campana und dokumentarischem Material.

Besetzung: *Dino* (Lyrischer Bariton, gr. P.) – *Regolo* (Charakter-Baßbariton, m. P.) – *Il Russo* (Baß, kl. P.) – *Sibilla* (Lyrischer Sopran, auch Jugendlich-dramatischer Sopran, m. P.) – *Indovina* (Lyrischer Mezzosopran, gr. P.).
Chor: Menschen auf der Straße – Futuristen – Insassen des Nachtasyls (gr. Chp. mit Chorsoli).
Orchester: 3 Fl. (II. auch Afl., Picc., III. auch Bfl., Picc.), 2 Ob., Ssax., Tsax., 3 Kl. (auch Bkl, III. auch Kbkl.), 2 Fag., Kfag. – 3 Trp., 4 Hr., 3 Pos. – Klav., Akkordeon, Hrf., Schl. (3 Spieler), Str. (10, 10, 8, 6, 4).
Schauplätze: Hafen von Genua – Florenz – Nachtasyl.
Gliederung: 3 Teile, 19 Szenen.
Spieldauer: Etwa 90 Minuten.

Handlung
Zwei alte Bekannte, Dino und Regolo, treffen sich in einer Bar im Hafen von Genua. Sie waren Reisegefährten als Straßenverkäufer in Italien und – nach einer ebenfalls zufälligen Begegnung – in Argentinien, wohin sie unabhängig voneinander ausgewandert waren. Sie sprechen über die Zeit in Amerika. Dino beschreibt seinen Kumpanen als Vagabunden, als unruhige Seele, als von Ausschweifungen gezeichnet, als von Syphilis halbseitig gelähmt. Die Bardame (Indovina/Wahrsagerin) beteiligt sich am Gespräch in der poetischen Sprache Dinos, indem sie die Reise der Exilanten auf dem Schiff nach Amerika beschreibt: die Hoffnung und die schweren Herzen derjenigen, die gezwungen sind, ihre Heimat hinter sich zu lassen. Die Wahrsagerin wird immer wieder auftreten, sie verleiht Dinos

Worten eine utopische, beinahe mythische Dimension und weist ihm stets den Weg zu seinen kreativen Kräften. Nachdem die beiden Kumpanen der Erinnerung an ein erotisches Erlebnis nachgegangen sind, tritt Sibilla, eine Muse der Futuristen, auf. Sie erinnert Dino an die Tatsache, daß er selbst aus diesen Kreisen ausgeschlossen geblieben ist, und es kommt zu einer heftigen Reaktion und einer gewaltsamen Auseinandersetzung. Der Chor (Menschen auf der Straße) mischt sich in diesen Konflikt ein.

Dino wird der Geliebte Sibillas, rechtfertigt seine Reaktionen und erzählt von seiner Jugend. Es folgt eine Begegnung, eine Amour fou, der beiden in Florenz am Vortag einer futuristischen Aktion im Theater, zu der Dino der Zutritt verwehrt bleiben soll. Der Chor wird zum Chor der Futuristen mit all den modernistischen Phrasen aus dem ›Futuristischen Manifest‹ (»Zeit und Raum sind tot, wir leben im Absoluten ...«). Dino ist ein doppelt Ausgeschlossener, entflohen der Enge seiner kriegsbegeisterten Heimat und nicht bereit, sich den neuen Göttern der Futuristen zu unterwerfen. Er kämpft darum, sich in seiner künstlerischen Arbeit eine Existenz zu schaffen. Aber auch seine Liebe muß scheitern, Sibilla wendet sich ab.

Regolo, der mephistophelische Widerpart, erscheint nochmals in einem Armenasyl, in dem Dino inzwischen gestrandet ist. Er zeigt ihm in der Figur des Russo Dinos Spiegelbild und verurteilt ihn quasi zum Tode. Ein letztes Mal erscheint die Wahrsagerin mit den Worten: »Ich rufe dich noch immer ...« Die letzte Szene zeigt Dino, scheinbar glücklich, aber nicht mehr imstande, sein künstlerisches Ich zu behaupten: »Ich heiße Dino, und wie Dino heiße ich Edison. Ich bin eine telegraphische Station ...«

Stilistische Stellung

Beat Furrers Oper ›la bianca notte / die helle nacht‹ ist sein siebtes Musiktheaterwerk und das erste, das ein großbesetztes Orchester verwendet und eine ausschließlich gesungene Handlung präsentiert. Während er in früheren musikdramatischen Werken die gesprochene Sprache integrierte oder auch – wie im Hörtheater ›FAMA‹ – von der Sprechstimme ausging, wird in ›la bianca notte / die helle nacht‹ die gesungene Stimme in all ihren Abstufungen zum musikalischen Thema.

Vorlage für die Handlung ist eine historische Figur in ihrer geschichtlichen Situation: der Dichter Dino Campana, der im Umkreis der italienischen Futuristen ein bedeutendes literarisches Werk, die ›Canti Orfici‹ (Orphischen Gesänge), publizierte. Campana war Vagabund und Weltenbummler, der bis nach Südamerika gelangte. Er spukte als streitbarer Geist durch die Literatenzirkel und suchte vergeblich nach einer Existenzform, die ihm das Schreiben und Publizieren ermöglichte. Seine Dichtung wird in ihrer besonderen Qualität zum Ausgangspunkt der Gestaltung, vor allem die Aufhebung der Zeitkonstante in seinen Texten. Campana erlebte 1916 eine kurze und heftige Liebesgeschichte mit der Schriftstellerin und Feministin Sibilla Aleramo und wurde 1918 in die Anstalt von Castel Pulci eingeliefert, wo er bis zu seinem Tod 1932 blieb. Sein »Fall« wurde nach seinem Tod in der Publikation eines Psychiaters beschrieben, der das Bild eines wahnsinnigen Dichters vermittelt, der glaubt, die Geschicke der Menschheit mittels telegraphischer Ströme zu steuern und als »Edison« die Welt zu erleuchten. Beat Furrer greift Motive aus dieser Biographie auf und erzählt das Scheitern eines Menschen, der seine Identität verliert, in einer Zeit, die in Fortschrittseuphorie und Krieg aus den Fugen gerät.

Die Oper zeigt die Hauptfigur Dino in Begegnungen mit Menschen, die auch seine Erfindung oder seine Spiegelbilder sein könnten: dem mephistophelischen Verführer Regolo und dem manisch schreibenden Musiker Il Russo. Die Quelle seiner Inspiration tritt als eine personifizierte Muse auf: die Wahrsagerin Indovina. Sibilla ist eine Literatin aus der Futuristenszene.

Musikalisch ereignet sich eine zunehmende Überlagerung und Auffächerung bis hin zur Vervielfältigung des Personals und der Stimmen in den anspruchsvollen Chorszenen. Dieser Verlust von Individualität hat jedoch immer eine Gegenwelt: in der lyrischen Kraft und Konzentration der Indovina, deren Gesang letztlich die Utopie der Schönheit offenbart. Dies geschieht in der Fokussierung auf die Gesangsstimme, auf die verschiedensten Gestaltungsweisen von Melodie. Der Gesang wird in seinen Farbabstufungen mit dem Orchester in Beziehung gesetzt, wenn etwa in der vorletzten Szene Campanas berühmtes Gedicht ›La chimera‹ durch die instrumentalen Stimmen des Orchesters gefärbt, der Gesang dadurch also gleichsam vergrößert wird, in einer scheinbar ins Unendliche fallenden, berückenden Linie. Das entgegengesetzte Extrem, etwa in der ersten Szene, stellt eine rezitativische Struktur in den Vordergrund: Elemente der Sprache werden in melodische Floskeln verwandelt.

Campana, der orphische Sänger mit dem klingenden Namen, erscheint in einer Oper im 21. Jahrhundert, die den Gesang zum Thema macht. Singen ist hier einheitsstiftendes Moment als Realisation der im Kopf des Dichters sich abspielenden Begegnungen, im Kontrast zu der ihn umgebenden, in kubistische Strukturen zerfallenden Welt. Gesang gestaltet hier den utopischen Raum der Oper.

Textdichtung

Beat Furrer stellte das Libretto aus den Texten des italienischen Dichters Dino Campana zusammen, nicht nur aus seiner Dichtung, sondern auch aus Briefen und dokumentarischem Material, und kombiniert sie mit Marinettis ›Futuristischem Manifest‹ und Texten von Leonardo da Vinci. »Bei ihm ist in der Erzählung eine fast mythologische Zeitlosigkeit wichtig, die in einem dialektischen Verhältnis steht zu einer rastlos rasenden Erzählung.« (Furrer) Der historische Campana fiktionalisierte sich in seinem quasi autobiographischen Werk: Sein Leben und sein Scheitern verliefen in ihren Zäsuren auffallend parallel zu Ereignissen der Weltgeschichte. 1914 erschien im Selbstverlag sein Werk ›Canti Orfici‹, das eine einzigartige literarische Erzählform hat. Gedicht, tagebuchartige Erzählung, Notiz, Novelle, Aphorismus, Glosse vermischen sich zu einer autobiographischen Fiktion einer Figur, die als Wanderer, Beobachter, Reisender ein eindringliches Bild ihrer Welt zeichnet, in einer dichterischen Sprache von größter literarischer Qualität.

Geschichtliches

Die Oper wurde unter Leitung von Simone Young in einer Inszenierung von Ramin Gray am 10. Mai 2015 an der Hamburgischen Staatsoper uraufgeführt. Die Sänger der Hauptpartien waren Tomas Tomasson (Dino) und Derek Walton (Regolo) sowie Tanja Ariane Baumgartner (Indovina).

M. L. M.

George Gershwin

* 26. September 1898 in Brooklyn (New York), † 11. Juli 1937 in Hollywood

Porgy and Bess

Oper in drei Akten. Dichtung von Du Bose Heyward und Ira Gershwin.

Solisten: *Porgy*, ein verkrüppelter Schwarzer (Bariton, gr. P.) – *Bess*, eine junge Schwarze (Sopran, gr. P.) – *Sporting Life*, Rauschgifthändler und Schmuggler (Tenor, gr. P.) – *Crown*, ein gut verdienender, aber brutaler Schwarzer (Bariton, gr. P.) – *Jake*, ein Fischer, Besitzer des Bootes »Möve« (Bariton, m. P.) – *Clara*, seine Frau, Mutter eines kleinen Sohnes (Sopran, m. P.) – *Robbins*, ein junger Fischer (Tenor, kl. P.) – *Serena*, seine Frau (Sopran, m. P.) – *Peter*, ein alter Schwarzer, Honigverkäufer (Tenor, m. P.) – *Maria*, seine Frau (Mezzosopran, m. P.) – *Jim* (Bariton, kl. P.), *Mingo* (Tenor, kl. P.) und *Nelson* (Tenor, kl. P.), Schwarzer, Fischer – *Lily* (Mezzosopran, kl. P.) und *Annie* (Mezzosopran, kl. P.), Schwarze – *Scipio*, schwarzer Junge (Sprechrolle, kl. P.) – *Eine Erdbeerfrau* (Mezzosopran, kl. P.) – *Ein Krabbenverkäufer* (Tenor, kl. P.) – *Mr. Archdale*, ein weißer Rechtsanwalt (Sprechrolle, kl. P.) – *Simon Frazier*, Schwarzer, Advokat (Bariton, kl. P.) – *Ein Leichenbestatter* (Bariton, kl. P.) – *Ein Leichenbeschauer* (Sprechrolle, kl. P.) – *Ein Detektiv* (Sprechrolle, kl. P.).

Chor: Schwarze: Erwachsene und Kinder der Catfish Row – Polizisten (gr. Chp.).

Ort: Charleston in dem Staat Süd-Carolina (USA).

Schauplätze: Platz vor den Mietshäusern der Catfish Row – Zimmer Serenas – Wie 1. Bild – Strand von Kittiwah Island, im Hintergrund ein Dickicht – Wie 1. Bild – Zimmer Serenas – Letzte 3 Bilder wie 1. Bild.

Zeit: Übergangszeit nach dem Bürgerkrieg, um 1866 im Spätsommer.

Orchester: 2 Fl., 2 Ob. (II. auch Eh.), 1 Kl., 1 Bkl.,

2 Altsaxophone, 1 Tenorsaxophon, 1 Fag., 3 Hr., 3 Trp., 2 Pos., 1 Bt., Schl., Klav., Str.
Gliederung: Durchkomponierte Großform.
Spieldauer: Etwa 2½ Stunden.

Handlung

Die Häuser der Catfish Row, einer zum Hafen führenden engen Gasse in der Stadt Charleston, die früher von wohlhabenden Weißen bewohnt waren, dienen heute in halbverfallenem Zustand armen Schwarzen, die sich aus Fischern, Gelegenheitsarbeitern, Hausierern und Bettlern zusammensetzen, als Mietwohnungen. Ein starkes Gemeinschaftsgefühl verbindet sie wie eine Familie und läßt sie gegenseitig Anteil nehmen an ihrem Geschick. So sitzen sie am Sommerabend zusammen beim Würfelspiel, während Clara, die Frau des Fischers Jake, ihr Baby mit dem Lied ›Summertime‹ in den Schlaf singt. Jim ist unzufrieden mit seiner mühseligen Arbeit auf der Baumwollplantage, er läßt sich gern von dem Fischer Jake auf dessen Boot »Möve« anheuern. Da das Baby immer noch schreit, versucht Jake selbst es zum Schlafen zu bringen mit einem Spottlied auf die Frauen: »A woman is a sometime thing ...«. Da kommt Porgy auf seinem mit einer Ziege bespannten Wagen. Er wird von allen freundlich begrüßt. Jim sieht Crown herankommen. Porgy erkundigt sich, ob auch Bess mitkommt. Lachend fragt ihn Jake, ob er wohl ein Auge auf die hübsche Schwarze geworfen habe, die Geliebte des gewalttätigen Crown. Porgy antwortet, er habe noch kaum zwei Worte mit ihr gewechselt, überdies interessierten sich die Mädchen für einen Krüppel wie ihn nicht. Crown erscheint mit Bess. Er ist schwer betrunken und verlangt von dem Rauschgifthändler Sporting Life Whisky und eine Prise »happy dust« (Rauschgift). Das Würfelspiel wird fortgesetzt. Als der junge Fischer Robbins gegen das unfaire Spiel Crowns Einspruch erhebt, kommt es zu einer Prügelei, in deren Verlauf er von Crown mit Jims Baumwollhacke erschlagen wird. Crown ergreift die Flucht und läßt Bess zurück. Die Frauen weigern sich, sie, die sie als Hure verachten, in der Catfish Row aufzunehmen, Porgy gewährt ihr jedoch bei sich Unterkunft. Als in der Ferne Polizeisignale ertönen, verschwindet alles eiligst in die Häuser. – Im Zimmer Serenas, der Frau des Erschlagenen, liegt Robbins' Leiche aufgebahrt. Mit dem Spiritual »Where ist brudder Robbins?« veranstalten seine Freunde eine Totenehrung. Alle spenden in einen Teller Geld für das Begräbnis. Porgy und Bess erscheinen. Serena lehnt eine Gabe von Bess ab, nimmt sie aber schließlich doch an, als sie erfährt, daß das Geld von Porgy stammt. Die Totengesänge werden fortgesetzt, bis ein Detektiv erscheint. Dieser gibt bekannt, daß die Leiche, wenn sie nicht bis morgen bestattet sei, den Medizinstudenten ausgeliefert würde. Den alten Honigverkäufer Peter nimmt er als Tatzeugen ins Gerichtsgefängnis mit, wo er als Geisel bis zur Ergreifung des Mörders verbleiben soll. Nun erhebt Serena die Totenklage. Der Leichenbestatter kommt. Er weigert sich, die Bestattung für die gesammelten fünfzehn Dollar vorzunehmen. Als ihm aber Serena erklärt, sie wolle sich das fehlende Geld durch Arbeit verdienen, ist er bereit, die Leiche morgen früh zu bestatten. Die Totengesänge setzen wieder ein. Da erhebt sich Bess und verkündet ekstatisch, der Zug warte schon, um den Verstorbenen ins Gelobte Land zu bringen. – Die Fischer flicken ihre Netze, wobei sie unter Gesang (worksong) ihren Körper im Rhythmus von Ruderbewegungen schaukeln. Annie fordert sie auf, die Arbeit einzustellen, um sich zur Abfahrt für die heute anberaumte Picknick-Party auf Kittiwah Island fertig zu machen. Jake rüstet zur Ausfahrt mit seiner »Möve« zum Fischfang. Seine Frau bittet ihn, in diesen Tagen der gefährlichen Septemberstürme nicht auf See zu gehen. Aber Jake weist darauf hin, wie solle er seinem Sohn eine College-Erziehung ermöglichen, wenn er nicht genug Geld verdiente. Porgy, der die Unterredung mitangehört hat, ist über solche materiellen Sorgen erhaben. Er singt sein Lied von dem freien Leben eines Habenichts (»I got plenty of nutting ...«). Da naht der Advokat der Schwarzen Frazier, der dunkle Geschäfte mit Ehescheidungen zu machen pflegt. Er bietet Porgy an, gegen eine Gebühr von einem Dollar Bess von Crown zu scheiden. Es stellt sich heraus, daß Bess mit Crown gar nicht verheiratet ist. Frazier erklärt diesen Umstand für eine Komplikation, wegen der sich der Preis um einen halben Dollar erhöhe. Porgy erhält nun für 1½ Dollar eine Scheidungsurkunde, durch die Bess wieder zu einer ehrsamen Lady erhoben ist und die Porgy angeblich das Recht verschaffe, mit Bess zusammen zu leben. In diesem Augenblick erscheint der weiße Rechtsanwalt Mr. Archdale. Er kommt, um Porgy die baldige Freilassung seines Freundes Peter mitzuteilen. Frazier untersagt er unter Androhung der Erstattung einer Anzeige den weiteren Handel mit Ehescheidungsurkunden. Ein Bussard fliegt vorüber. Porgy weiß, ein Bussard bringt Unglück, aber gegen ein Glück wie das seine kann auch ein Bussard nichts ausrichten. Inzwischen hat sich Sporting Life heimlich an Bess herangemacht. Er bietet ihr an, mit ihm nach New York zu kommen, wo er ihr ein luxuriöses Leben bereiten wolle. Bess lehnt energisch ab. Vor Porgys harter Faust weicht endlich der Verführer. Bess will sich nicht an der Picknick-Party beteiligen und Porgy nicht allein lassen. Maria bittet sie jedoch, ihr behilflich zu sein, und als Porgy selbst ihr zuredet, schließt sie sich der zur Insel aufbrechenden Gesellschaft an. – Ausgelassen vergnügen sich die Schwarzen während der Party bei Tanz, Spiel und Gesang. Sporting Life doziert in einer Ansprache (»It ain't necessarily so ...«), alles im Leben, ja selbst das, was in der Bibel stünde, sei nicht so ernst zu nehmen. Schließlich ruft die Schiffssirene zur Rückkehr. Als alle schon an Bord gegangen sind, kommt als letzte Bess. Da tritt ihr plötzlich Crown in den Weg, der sich hier auf der Insel seit seinem Mord an Robbins vor der Polizei verborgen gehalten hat. Bess gesteht ihm offen, daß sie jetzt Porgy angehöre. Als er aber schließlich sie küssend in seine starken Arme nimmt, geht sie zurück in den Wald; triumphierend folgt er ihr.

Jake besteigt mit den Fischern sein Boot und fährt aufs Meer. Da kommt Peter aus der Haft zurück. Aus Porgys Zimmer vernimmt man Schreie von Bess in ihren Fieberträumen. Maria erzählt Peter, daß sich Bess bei der Picknick-Party im Dickicht der Insel verirrt habe und erst nach zwei Tagen schwerkrank zurückgekehrt sei. Porgy kommt aus seinem Zimmer und begrüßt seinen Freund Peter herzlich, der ihm rät, Bess in ein Krankenhaus der Weißen zu bringen. Aber Serena weiß ein besseres Hilfsmittel. Sie will, was sie schon öfters mit Erfolg getan habe, Bess gesund beten. In einem Spiritual, in das Peter und Porgy einstimmen, vollzieht sie die Zeremonie, und pünktlich um fünf Uhr, wie Serena prophezeit hatte, erscheint Bess, von Fieber und Krankheit befreit. Porgy ahnt, was auf der Insel vorgefallen war. Bess bittet ihn um Beistand gegen Crown, und er versichert ihr, daß sie nichts mehr von ihrem früheren Geliebten zu fürchten habe. Jakes Frau sitzt sorgenvoll vor ihrer Wohnung und schaut auf das Meer. Der Himmel verfinstert sich, und es ertönt die Sturmglocke. Ohnmächtig bricht Clara zusammen. – Während draußen der Sturm tobt, singen die Schwarzen, in Angst und Schrecken zusammengedrängt in Serenas Zimmer, ein Spiritual an Jesus zum Schutz ihrer Angehörigen auf hoher See. Da pocht es an die Tür. Die Schwarzen glauben, es sei der Tod, und stemmen sich gegen die Tür, aber sie wird gewaltsam aufgerissen, und Crown erscheint. Er ist trotz Sturm von Kittiwah gekommen, um sich Bess zu holen. Hätte er nicht Gottes Schutz, wäre er jetzt umgekommen. Übermütig mischt er in den frommen Gesang der schwarzen Frauen ein lasziver Lied von einem rothaarigen Weib. Mit einem Aufschrei sieht Bess Jakes Boot kieloben in den Fluten treiben. Clara übergibt ihr schnell das Baby und stürzt hinaus in den Sturm. Bess fordert die Männer auf, Clara beizustehen. Mit einem höhnischen Hinweis auf den Krüppel Porgy rühmt sich Crown als den einzigen Mann in dem Zimmer, er gehe, erst Clara zu retten, dann werde er sich Bess holen.

In einer frommen Betrachtung gedenken abends die Schwarzen der in den Fluten umgekommenen Fischer, Jakes und Claras. Sporting Life stört diese Stimmung, indem er sich mit frechen Worten über Bess' unglückliche Situation zwischen zwei Männern lustig macht. Bess singt Claras Baby in den Schlaf. Nachdem sich alle entfernt haben, schleicht sich Crown an Porgys Wohnung heran. Er kriecht an die Tür, da öffnet sich der Fensterladen, ein Arm wird sichtbar, dessen Hand ein Messer umfaßt. Es ist Porgy, der blitzschnell das Messer in Crowns Rücken stößt. Mit starker Kraft würgt er sodann Crowns Kehle, bis dieser stirbt. Dann schleudert er den Toten mit einem wuchtigen Stoß auf den Platz vor den Häusern. Triumphierend ruft er: »Bess, jetzt hast du einen Mann, jetzt hast du Porgy!« – Am nächsten Morgen sucht der Detektiv den Mörder Crowns ausfindig zu machen. Der Verdacht liegt nahe, daß die Witwe des gerade vor zwei Monaten von Crown erschlagenen Robbins eine Verbindung zu dem Mörder habe. Serena kann jedoch nachweisen, daß sie diese Nacht krank in ihrem Bett gelegen habe. Da kommt Porgy hinzu. Der Leichenbeschauer erkennt in ihm den gutmütigen Ziegen-Mann. Er ersucht ihn, mit ihm zu kommen, um die Leiche Crowns zu identifizieren. Als sich Porgy weigert, wird er gewaltsam fortgebracht. Nun macht sich Sporting Life an Bess heran. Er redet ihr ein, daß Porgy lange Zeit, vielleicht auch gar nicht mehr zurückkommen werde, und macht ihr neuerdings den Antrag, ihm nach New York zu folgen in ein neues, herrliches Leben. Entrüstet weist ihn Bess zurück. Aber Sporting Life ist sich jetzt seines Erfolges sicher. Lachend entfernt er sich, nicht ohne Bess ein Päckchen Rauschgift vor die Tür gelegt zu haben. – Nach einer Woche kehrt Porgy zurück. Er wird von allen freudig begrüßt. Zunächst erzählt er, daß er wegen Zeugnisverweigerung ins Gefängnis gesperrt wurde. (Er hatte in der Furcht, als Mörder Crowns entdeckt zu werden, in der Leichenhalle die Augen geschlossen, weil nach einem Neger-Aberglauben die Wunde eines Getöteten zu bluten beginnt, wenn sein Mörder den Leichnam ansieht.) Dann erkundigt er sich sogleich nach Bess, für die er eine Überraschung habe. Die Schwarzen weichen erst aus, schließlich gestehen die Frauen die Wahrheit: Bess ist fort, sie ist zurückgekehrt zum Rauschgift; sie habe sich dem Teufel ergeben, für Porgy sei es ein Glück, diese Frau sei seiner nicht wert, er möge sie vergessen. Porgy erkundigt sich zunächst, ob Bess noch am Leben sei. Er erfährt, daß sie nach New York gegangen sei. Porgy läßt sich die Richtung zeigen, wo New York liegt. Dann läßt er sich seinen Wagen mit der Ziege bringen und macht sich auf den Weg nach New York, wo er mit Gottes Hilfe seine Bess wiederzufinden hofft.

Stilistische Stellung
George Gershwin schrieb zu dem bühnenwirksamen Stück eine farbige Musik. Der Komponist legte dabei großen Nachdruck auf die Bezeichnung »Oper«. Der Naturalismus der Handlung wies bei der musikalischen Gestaltung von vorneherein in den Bereich der veristischen Oper. Eine opernhafte Vertonung erfuhr in erster Linie der dramatische Dialog, der, abgesehen von einigen wenigen gesprochenen Stellen, durchkomponiert ist. Darüber hinaus verwandte Gershwin aber auch Gestaltungsmittel der amerikanischen Operette (Musical) und des Films. So durchsetzte er das Werk mit einer Reihe geschickt in den Handlungsablauf eingefügter Spirituals und Songs, geschlossener Gebilde, deren Melodien bisweilen im Sinne von Erinnerungsmotiven wiederkehren. Im allgemeinen zeigt die Musik das für Gershwin typische stilistische Gepräge, einen Mischstil von ernster Musik im symphonischen Charakter und von Unterhaltungsmusik, die stark von Jazzelementen durchsetzt ist.

Textdichtung
Das Textbuch verfaßte Du Bose Heyward nach seiner Novelle ›Porgy‹, die er auf Anraten und unter Mitarbeit seiner Frau Dorothy erst zu einem erfolgreichen »Kriminal-Schauspiel« bearbeitet hatte. Heyward, der in Charleston, dem Ort, in welchem die Oper spielt, geboren wurde, lernte als Aufseher in einer Baumwollplantage das Leben der Schwarzen kennen. Zu seiner Novelle ›Porgy‹ wurde er angeregt durch einen damals stadtbekannten verkrüppelten Schwarzen, der auf einem »Geißen-Wägelchen« zu betteln pflegte und deshalb den Spitznamen »Goat-Sammy« führte. Die Liedertexte schrieben Du Bose Heyward und Ira Gershwin, der Bruder des Komponisten. Der Textdichter und die Brüder Gershwin hatten während eines monatelangen Aufenthalts auf Folly Island, einer zehn Meilen von Charleston entfernten Insel, die Lebensart der dort wohnenden Schwarzen studiert. Das Opernbuch ist durchweg in einem umgangssprachlichen Amerikanisch verfaßt, um den Slang der Schwarzen nachzuahmen.

Geschichtliches
›Porgy and Bess‹ ist in den Jahren 1934/35 entstanden. George Gershwin führte die Komposition im Laufe von zwanzig Monaten aus. Das Werk kam zunächst in einer Probeaufführung am 30. September 1935 in Boston heraus, die eigentliche Premiere fand am 10. Oktober 1935 am Alvin-Theater in New York statt. Bei der in den USA besonders in der damaligen Zeit noch sehr starken Pointierung der Rassenunterschiede hatte die Oper über Schwarze zunächst wenig Erfolg; insbesondere wurde sie von der Kritik heftig abgelehnt, so daß sie wieder vom Spielplan verschwand. Erst bei einer Neueinstudierung im Jahre 1943 konnte sie einen sensationellen Erfolg verzeichnen. Da das Werk nur von farbigen Sängern aufgeführt werden darf, ist es in Europa nur durch Tournee-Aufführungen bekannt.

Umberto Giordano

* 27. August 1867 in Foggia bei Neapel, † 12. November 1918 in Mailand

André Chénier

Oper in vier Akten. Text von Luigi Illica.

Solisten: *André Chénier*, ein Dichter (Jugendlicher Heldentenor, gr. P.) – *Charles Gérard* (Heldenbariton, auch Kavalierbariton, gr. P.) – *Madeleine von Coigny* (Jugendlich-dramatischer Sopran, gr. P.) – Die Mulattin *Bersi* (Lyrischer Mezzosopran, auch Lyrischer Sopran, m. P.) – *Die Gräfin von Coigny* (Mezzosopran, m. P.) – *Die alte Madelon* (Alt, auch Mezzosopran, m. P.) – *Roucher*, ein Freund Chéniers (Bariton, auch Baß, m. P.) – *Pierre Fléville*, der Romancier (Bariton, auch Baß, kl. P.) – *Fouquier-Tinville*, der öffentliche Ankläger (Bariton, auch Baß, kl. P.) – *Mathieu*, ein Sansculotte (Bariton, m. P.) – *Ein Incroyable*, ein Spion der Revolution (Lyrischer Tenor, auch Spieltenor, m. P.) – *Der Abbé* (Tenor, kl. P.) – *Schmidt*, der Schließer des Gefängnisses von St. Lazare (Baß, auch Baßbariton, kl. P.) – *Ein Haushofmeister* (Baß, auch Baßbariton, kl. P.) – *Dumas*, Präsident des Wohlfahrtsausschusses (Baß, auch Bariton, kl. P.).
Nach Angabe des Komponisten können die folgenden Partien auch von einem Darsteller ausgeführt werden: Die Gräfin/Madelon; Roucher/Pierre Fléville/Fouquier-Tinville; Ein Incroyable/Der Abbé; Schmidt/Der Haushofmeister/Dumas.
Chor: Damen und Herren – Abbés – Lakaien – Diener – Pagen – Schäferinnen – Bettler – Sansculotten – Mitglieder der Nationalgarde – Gendarmen – Marktweiber – Richter – Geschworene – Gefangene (gemischter Chor, m. Chp.).
Ort: Paris.
Schauplätze: Im Schloß der Gräfin von Coigny – Pariser Straßenszene – Der Sitzungssaal des Revolutionstribunals – Das Gefängnis St. Lazare.
Zeit: Vor und während der Französischen Revolution.
Orchester: 2 Fl., Picc., 2 Ob., Eh., 2 Kl., 2 Fag. – 4 Hr., 3 Trp., 3 Pos., Tuba – P., Schl., Hrf. – Str. – Bühnenmusik: Trommeln.
Gliederung: Durchkomponierte Großform.
Spieldauer: Etwa 2¾ Stunden.

Handlung

Im Ballsaal des Schlosses der Gräfin von Coigny bereiten Gérard und andere Diener eine Abendgesellschaft vor. Gérard schreit seinen Haß auf die aristokratische Gesellschaft heraus und klagt die Reichen an; er prophezeit ihren baldigen Tod. Die Gräfin tritt ein, um zu sehen, ob alles vorbereitet ist; sie wird begleitet von ihrer Tochter Madeleine und deren Mulattenzofe Bersi. Gérard verliert sich in Gedanken um die schöne Madeleine, mit der er aufgewachsen ist und die er heimlich, aber aussichtslos liebt. – Die Gäste treffen ein, unter ihnen der Romancier Fléville, der seinen Freund, den Dichter André Chénier, mitgebracht hat. Man erörtert die letzten, beunruhigenden Nachrichten aus Paris, dann bittet Fléville um Aufmerksamkeit für das Schäferspiel. Die Gräfin versucht, Chénier zum Rezitieren einiger Verse zu bewegen, aber er weicht aus. Madeleine aber gelingt dies, doch aus einer poetischen Beschreibung von Naturschönheiten wird plötzlich eine Anklage gegen die Tyrannei und die Bitte, den Armen zu helfen. Die aristokratische Gesellschaft ist empört. Chénier tadelt Madeleine wegen ihrer naiven Einstellung zum Leben, so daß diese, verletzt, aber doch angerührt von den Worten des Dichters, die Gesellschaft verläßt. Um die fröhliche Stimmung wiederherzustellen, befiehlt die Gräfin, mit dem Tanz zu beginnen. Da werden die Türen des Ballsaals aufgerissen, eine Menge armer Leute dringt herein, geführt von Gérard. Die Gräfin, aufgebracht über die erneute Störung, weist die Eindringlinge ab, und Gérard wirft seine Diener-Livree von sich; mit der Aristokratie will er nichts mehr zu tun haben. Verlegen sind alle Gäste, doch dann geht der Tanz weiter.
Einige Jahre sind vergangen; Paris steht unter dem Schrecken des Terror-Regimes von Robespierre. Die Mulattin Bersi, die mit Madeleine nach Paris fliehen konnte, lebt als Kurtisane, um ihre ehemalige Herrin zu unterstützen. Sie sitzt vor einem Café am Tisch mit einem Spitzel Robespierres. Dieser beobachtet Chénier, der mit seinem Freund Roucher in der Nähe ist. Roucher rät dem Freund, Paris zu verlassen, bevor es zu spät sei, doch Chénier hofft auf eine große Liebe, hat

er doch in der letzten Zeit einige geheimnisvolle Briefe erhalten. Er will hier den Boten der Absenderin treffen. Roucher liest den letzten Brief und macht Chénier klar, bei der geheimnisvollen Dame könne es sich nur um eine Kurtisane handeln; entmutigt willigt der Dichter ein, mit einem falschen Paß in der Dämmerung Paris zu verlassen. – Gérard, nun ein Führer der Revolution, geht mit anderen vorbei. Der Spitzel fragt ihn aus über eine schöne Frau, die Gérard sucht; es ist Madeleine. Der Spitzel glaubt, sie als Begleiterin Bersis gesehen zu haben, und verspricht Gérard, er solle sie bald sehen. In der Dämmerung nähert sich Bersi Chénier und teilt ihm mit, eine Frau, die sich in großer Gefahr befinde, wolle ihn sprechen. Der Spitzel bleibt in der Nähe, um zu beobachten, ebenso Roucher, der eine Falle vermutet. Madeleine kommt, im Gewand einer Dienerin; Chénier erkennt sie, als sie die Verse wiederholt, die er auf der Abendgesellschaft im Schlosse von Coigny vorgetragen hatte. Der Spitzel eilt fort, um Gérard davon zu unterrichten, daß er die Frau gefunden habe, die dieser suche. Madeleine erklärt, daß sie im Untergrund leben müsse, und Chénier entgegnet mit einer Liebeserklärung und der Bereitschaft, ihr zu helfen. Sie wollen gehen, doch der zurückkehrende Spion und Gérard halten sie auf. Roucher kommt ebenfalls dazu, und Chénier ruft ihm zu, er solle sich um Madeleine kümmern. Mit einer Pistole weiß Roucher den Spion im Schach zu halten. Chénier und Gérard fechten, und Chénier gelingt es, den Revolutionsführer zu verwunden. Der Spion ist fortgelaufen, um Hilfe zu holen. Im Fallen erkennt Gérard den Dichter, und er rät ihm, schnell zu fliehen, da sein Name auf der Liste des öffentlichen Anklägers mit den Konterrevolutionären stehe. Chénier entkommt, und als der Spion Hilfe herbeigeholt hat, behauptet Gérard, er habe seinen Gegner nicht erkannt.

Im Sitzungssaal des Revolutionstribunals versucht Mathieu vergebens, das Volk dazu zu bewegen, einen Beitrag für den Revolutionsfond zu spenden. Da erscheint der wiedergenesene Gérard, und ihm gelingt es mit einer aufrüttelnden patriotischen Ansprache, Spenden zu erhalten. Sogar die alte, blinde Madelon erscheint, die schon ihren Sohn und ihren ältesten Enkel in den Revolutionskriegen verloren hat, und die nun auch noch ihren jüngsten Enkel, einen fünfzehnjährigen Jungen, für den Kampf um die Freiheit Frankreichs hergibt. Der Spion erzählt Gérard, daß man Chénier am frühen Morgen bei einem Freund gefangengenommen habe, und er hofft, so auch Madeleine aus ihrem Versteck zu holen. Er bedrängt Gérard, die Anklageschrift gegen Chénier vorzubereiten, damit dieser vor Gericht gestellt werden könne. Gérard ist von gegensätzlichen Gefühlen zerrissen: Einerseits will er den unerwünschten Rivalen um die Gunst Madeleines aus dem Wege schaffen, andererseits fühlt er sich schuldig, wenn er die Ziele der Revolution, an die er auch nicht mehr glaubt, zynisch für seine eigene Gier und Eifersucht einsetzt. Doch das Verlangen nach Madeleine siegt: Er fertigt die Anklageschrift aus. Madeleine betritt den Sitzungssaal; Gérard erzählt ihr von seiner Suche nach ihr; er berichtet, er habe Chénier festnehmen lassen, um sie zu finden, und daß er sie für sich begehre. Erschüttert bietet sie sich ihm zum Austausch für Chéniers Freiheit an. Sie schildert ihm ihr Schicksal, seit ihre Mutter von Revolutionären umgebracht wurde, und ergriffen schreibt Gérard ein Billett an den Präsidenten des Revolutionstribunals und versichert, er wolle alles zur Rettung Chéniers unternehmen. Die Gefangenen werden hereingeführt, und Chénier darf sich verteidigen gegen die Anschuldigung, er sei ein Konterrevolutionär, der zum Feind überlaufen wolle. Er spricht von seiner Vaterlandsliebe, die er mit der Feder wie mit dem Schwert bewiesen habe, und fordert, man solle ihm – wenn schon nicht das Leben – so doch die Ehre lassen. Gérard gibt zu, daß er die Anklageschrift gefälscht habe, doch der Pöbel brüllt ihm entgegen, er sei bestochen. Das Gericht zieht sich zurück. Chénier ist glücklich, Madeleine zu sehen. Trotz der Intervention Gérards wird Chénier zum Tode verurteilt.

Im Gefängnis von St. Lazare wartet Chénier auf seine Hinrichtung. In Anwesenheit seines Freundes Roucher schreibt er seine letzten Verse nieder. Roucher muß gehen, und Madeleine und Gérard kommen. Madeleine will lieber mit Chénier sterben als ohne ihn weiterleben. Mit Geld und Schmuck besticht sie den Gefängnisaufseher und tauscht den Platz mit einer Verurteilten, Idia Legray. Die Liebenden finden einander, und Gérard eilt fort, um Robespierre um Straferlaß zu bitten, doch vergebens. Gemeinsam treten Chénier und Madeleine den Weg zur Guillotine an.

Stilistische Stellung

Umberto Giordano gehört – in der Ästhetik seines Opernschaffens wie in seiner musikalischen Ausdruckskraft – in den Umkreis der italienischen »Veristen« um ihren Wortführer Pietro Mascagni. Mascagni war es auch, dessen Urteil den zögernden Verleger Sonzogno zur Annahme des Werkes, das vorher als unaufführbar bezeichnet worden war, bewegte. Giordanos Musik ist in ihrer Verquickung von Melodienseligkeit und Revolutionsklängen der wenige Jahre späteren ›Tosca‹ von Puccini ähnlich, doch über den auch heute noch unmittelbar zündenden klanglichen und dramatischen Effekt hinweg hat die Partitur durchaus eigene Reize in ihrem plastischen, ausgeformten Wohlklang, in der Einbindung vor-revolutionärer (Menuett, Gavotte) und revolutionärer (Ça ira, Carmagnole, Marseillaise) Klangwelten, in der szenisch motivierten Tendenz zur Auflösung festgefügter Arienformen.

Textdichtung
Luigi Illica, später enger Mitarbeiter Puccinis, schrieb das Libretto zu ›André Chénier‹ zuerst für den Komponisten Alberto Franchetti, der das Werk dann aber an Giordano abtrat (wie übrigens später das Libretto der ›Tosca‹ an Puccini). Die Handlung benutzt die historische, ein wenig zwielichtige Figur des Dichters André Chénier (1762–1794), der zuerst vor der Aristokratie die Revolution beschwor, später aber den ihn früher stützenden Adelskreisen verhaftet blieb, an der Verteidigung Ludwigs XVI. mitwirkte und so unter Robespierres Schreckensregiment hingerichtet wurde. Doch die historische Figur und der ganze, sehr spektakulär eingesetzte Revolutionshintergrund sind nur Folie für eine operngerechte Dreiecks-Geschichte, in der Liebe und Eifersucht und großmütiges Verzeihen ohnehin eine größere Rolle spielen als politische Auseinandersetzungen.

Geschichtliches
Giordano komponierte in den Jahren 1894/95 an seiner Oper – zur gleichen Zeit, als Puccini die ebenfalls in Paris spielende ›Bohème‹ schrieb. Die Uraufführung am 28. März 1896 an der Scala in Mailand war ein überwältigender Erfolg; das Werk kam noch in demselben Jahr in mehreren italienischen Städten sowie in New York heraus, 1897 bereits in deutscher Übersetzung in Breslau. Gustav Mahler konnte das Werk in Wien gegen den Widerstand des Hofes nicht durchsetzen. Marksteine der Werkrezeption in Deutschland sind Aufführungen unter Fritz Busch 1925 in Dresden (mit Tino Pattiera) und 1926 in Wien (mit Lotte Lehmann und Alfredo Piccaver). Benjamino Gigli war ein begeisterter Anwalt der Oper, und auch heute noch weiß sie Erfolg zu machen, wenn man die drei Hauptpartien hochkarätig besetzen kann.

W. K.

Detlev Glanert
* 6. September 1960 in Hamburg

Joseph Süß

Oper in dreizehn Szenen. Libretto von Werner Fritsch und Uta Ackermann.

Solisten: *Joseph Süß Oppenheimer* (Heldenbariton, gr. P.) – *Karl Alexander*, Herzog von Württemberg (Schwerer Spielbaß, gr. P.) – *Magus*, Rabbiner, Erzieher von Naemi (Lyrischer Bariton, gr. P.) – *Naemi*, Tochter von Süß (Lyrischer Mezzosopran, m. P.) – *Graziella*, italienische Opernsängerin (Lyrischer Koloratursopran, m. P) – *Magdalena*, Tochter von Weissensee (Lyrischer Sopran, m. P.) – *Weissensee*, Sprecher der Landstände (Charaktertenor, gr. P.) – *Henker* (Sprechrolle, m. P.) – *Haushofmeister* (Sprechrolle, kl. P.) – *Richter* (Sprechrolle, kl. P.).
Chor: Vertreter der Landstände – Festgesellschaft – Jagdgesellschaft – Gericht – Stimmen (gr. Chp.).
Ort: Kerker.
Schauplätze: Kerker – Herzogsschloß – Waldhaus – Stadthaus.
Zeit: 1738.
Orchester: Picc. (auch Fl.), 2 Ob., 1 Eh., 1 Bkl., 1

Fag., 1 Kfag., 2 Trp. (auch 2 kl. Trp.), 2 Pos., 1 Bt., P., Schl. (3 Spieler), 1 Hrf., 2 Spieler (Klav., Cemb. eventuell elektronisch verstärkt, Cel., elektrische Org.), 6 erste Viol., 6 Va., 4 Vcl., 4 Kb. – Bühnenmusik: Violine, Sopransax., Synth. (alle verstärkt) – Präparierte Tonzuspielungen.
Gliederung: 13 Szenen, die sich attacca aneinanderreihen, wobei die Kerkerszenen das Werk einfassen und mit den übrigen Szenen abwechseln.
Spieldauer: Etwa 100 Minuten.

Handlung
Kerker: Joseph Süß, einst Finanzrat des württembergischen Herzogs Karl Alexander, wartet nach seinem Sturz im Kerker auf seine Hinrichtung. Die Lebenden und die Toten, die seinen Aufstieg und Fall begleiteten, nehmen vor seinem geistigen Auge Gestalt an. – Herzogsschloß: Herzog Karl Alexander und seine Mätresse, die italienische Opernsängerin Graziella, lassen sich beim Frühstück nicht stören, als die von Weissensee angeführten Landstände vorstellig werden, um gegen des Herzogs Steuererhöhungen zu protestieren, weil dieser sein Heer vergrößern, seine Hofhaltung prächtiger ausstatten und eine Oper bauen lassen will. Der Herzog kündigt an, Joseph Süß zum Finanzrat machen zu wollen. Den Karrieristen Weissensee zieht Karl Alexander, nachdem Süß ihn auf dessen Tochter Magdalena aufmerksam gemacht hat, auf seine Seite, indem er ihn zum Magistralrat ernennt. Weissensee führt seine Tochter dem Herzog zu. Nachdem dieser sie vergewaltigt hat, muß sie sich übergeben. Während sich der Herzog und Graziella gegenseitig Goldstücke in den Mund schieben, tröstet Süß Magdalena. – Kerker: Der Herzog und Weissensee werfen Süß Verrat vor, indem sie ihn für ihre eigenen Schandtaten verantwortlich machen. – Waldhaus: Unter Anleitung des Magus übersetzt Naemi, die Tochter von Süß, aus der hebräischen Bibel. Sie leidet unter der häufigen Abwesenheit ihres Vaters. Den hinzutretenden Süß mahnt der Magus zur Umkehr; bei Hof würden mächtige Feinde seinen Untergang betreiben. Doch Süß, der sich überdies durch seine Leidenschaft für Magdalena an den Hof gebunden fühlt, schlägt alle Warnungen in den Wind. – Kerker: Magdalena, von Süß schwanger, will ihn aus dem Gefängnis befreien. Die Voraussetzung sei seine Konversion zum Christentum. Süß lehnt ab. – Stadthaus I: Während eines Fests im Haus von Süß wird dieser vom Herzog zum Finanzrat ernannt, und der Herzog überläßt ihm Magdalena. Süß wirbt um sie, indem er ihr eine Saphirkette um den Hals legt, welche freilich das Begehren des Herzogs weckt. Beim Blick auf den Magus erfährt Weissensee vom Henker, daß Süß eine Tochter hat, die er unter der Obhut des Magus vom Hof fernhält. Der Magus aber läßt Süß wissen, daß er zwar von der Mutter her jüdisch sei, sein wirklicher Vater sei aber nicht sein jüdischer Namensgeber, sondern ein Christ, mit dem seine Mutter eine Affäre gehabt habe. Süß könne also frei wählen, ob er Jude oder Christ sein wolle. Weissensee mißfällt, daß sich zwischen Süß und seiner Tochter eine Liaison anbahnt, und warnt sie davor, sich mit Süß einzulassen. – Kerker: Der Magus fordert Süß vergeblich auf, sich unter Hinweis auf seine christliche Abkunft vor der Verurteilung zum Tod zu retten. – Stadthaus II: Das Fest setzt sich fort. Wiederholt werden Episoden eingeblendet, in denen Süß weiterhin Magdalena umwirbt. Dem Herzog aber deutet er seine christliche Abkunft väterlicherseits an. Der interessiert sich allerdings lediglich dafür, den Frauen nachzustellen. Im Zustand der Volltrunkenheit hat sich der Herzog überdies in den Kopf gesetzt, von den Festgästen den Kuß des Kreuzes zu fordern. Denn sein Geheimplan ist es, seinen protestantischen Landeskindern den eigenen katholischen Glauben aufzuzwingen. Weissensee rät ihm, katholische Truppen ins Land zu holen, mit deren Hilfe die Landstände zu entmachten und deren Kassen zu konfiszieren. Vollends durch den Alkohol enthemmt, fügt der Herzog aus Enttäuschung darüber, nicht in Besitz der Saphirkette gelangt zu sein, Graziella eine Wunde am Hals zu; in dem aus der Schnittwunde perlenden Blut, glaubt er eine Rubinkette zu erkennen. – Kerker: Süß ist in mystischer Entrückung. Er hört die Stimmen Naemis und des Magus und betet mit ihnen. – Waldhaus: Herzog Karl Alexander und sein Hofstaat sind auf der Jagd. Weissensee macht den Herzog auf die Tochter von Süß scharf. Als der Herzog sich an Naemi heranmacht, um sie zu vergewaltigen, stürzt sie sich vom Balkon. Süß, der gemeinsam mit dem Magus hinzugekommen ist, weist Karl Alexanders Ansinnen einer Entschädigungszahlung für den Tod seiner Tochter zurück. Weissensee hingegen sieht den Mißbrauch seiner eigenen Tochter mit dem Tod Naemis gerächt. – Kerker: Süß wird vom Herzog, nach dem gescheiterten Staatsstreich im Rollstuhl, und von Graziella, behängt mit dem Halsband von Süß, verhöhnt. – Herzogsschloß: Wäh-

rend des Staatsbanketts anläßlich der Eröffnung des neuen Opernhauses singt Graziella. Das Bankett findet jedoch nur die geteilte Aufmerksamkeit des Herzogs, denn ungeduldig erwartet er Nachricht vom Eintreffen der katholischen Truppen. Magdalena warnt Süß vor den Ränken ihres Vaters. Der gibt schließlich dem Herzog das Signal, den Staatsstreich auszurufen. Tatsächlich aber sind die dafür vorgesehenen katholischen Truppen aus dem Ausland nie in Württemberg eingetroffen. Weissensee gibt dem dafür zuständigen Finanzrat Süß die Schuld, während der Herzog, vom Schlag getroffen, zusammenbricht. Augenblicklich veranlaßt Weissensee Süß' Verhaftung. – Kerker: Die Stimmen des Gerichts, das Süß zum Tod durch den Strang verurteilt, dringen herein. Vergeblich erhebt der Magus Einspruch. Als die schwangere Magdalena sich zu Süß als dem Vater ihres Kindes bekennt, wird sie als »Judenhure« diffamiert. Süß versucht, Trost im Gebet zu gewinnen, und schreit sich, bevor er stirbt, »die Seele aus dem Leib«.

Stilistische Stellung
Mit Bedacht führt Detlev Glanerts Oper die Hauptperson Joseph Süß im Titel, denn das Publikum schaut durch die Brille der Titelfigur aufs Geschehen. Hieraus ergibt sich die eigenartige Dramaturgie des Stücks. Ein kontinuierlicher Erzählfaden ist ja nur in den Szenen mit wechselnden Schauplätzen, die spiegelsymmetrisch um das zweigeteilte Stadthausbild als Achse angeordnet sind, vorhanden. In den zwischengeschalteten Kerkerszenen hingegen ist das Zeitkontinuum aufgebrochen. Wie (alp-)traumhafte Assoziationen scheinen dort die Personen ins Gedächtnis der Titelfigur zu treten, um einen geistigen Prozeß in seinem Bewußtsein zu veranschaulichen: die Rückkehr des Joseph Süß zu seiner jüdischen Identität, weil er erkennt, daß es kein richtiges Leben im falschen gibt. Da also alles, was sich auf der Bühne zuträgt, aus dem Blickwinkel der Titelfigur zur Anschaulichkeit gelangt, ist die Sicht auf die im Stück agierenden Personen tendenziös. Die Sanftheit Naemis, die Scham Magdalenas, die Sorge des Magus treffen hierbei auf die geradezu schockierende Verdorbenheit der Hofgesellschaft. Grotesk, niederträchtig, brutal, sexgierig bis zur Obszönität und durchweg getrieben von einem unbändigen Haß auf die Juden im allgemeinen und auf ihn selber im besonderen: So nimmt Joseph Süß die ihn umgebenden Hofschranzen wahr, durchaus die eigene anpasserische Rolle als rücksichtsloser Aufsteiger beobachtend, der von den moralischen Krankheiten seiner Umgebung infiziert ist.

Musikalisch führt Glanert die Dramaturgie des Stücks zu einem polystilistischen Ansatz. So klingen in der Eröffnungsszene im Kerker bereits die wesentlichen Idiome auf, die im weiteren Verlauf des Stücks zum Tragen kommen werden: sozusagen eine Potpourri-Ouvertüre mit Sängern. Allen Kerkerszenen gemeinsam ist wiederum eine Bandzuspielung mit einer ins Schloß fallenden Eisentür und dem Geräusch von tropfendem Wasser. Vor allem aber gelingen Glanert trefflich schräge Barock-Imitationen, wie in den Koloraturgesängen Graziellas, so im ersten Bild »Herzogsschloß«. Wie die Szenenfolge dieses Bildes durch Zeitsprünge strukturiert ist, so hat Glanert hier eine aus Einzelsätzen bestehende Nummernfolge in der Art einer Suite komponiert. Insbesondere in solchen Stil-Imitationen wirkt die Tonalität wie herbeizitiert. Doch auch Volksliedanklänge (Jagdbild) und liturgisch anmutende Intonationen (in den Bibellesungen Naemis und des Magus) hat Glanert in die Partitur eingefügt. Insgesamt schreckt die Musik vor grellen, mitunter sogar plakativen Effekten nicht zurück. Stark metrisch konzipierte Sprech- und Gesangspassagen – nicht zuletzt des Chores – werden zu Metaphern der in diesem Stück zum Ausbruch gelangenden, letztendlich mörderischen Aggression. Für das Publikum ist es angesichts der durchgehend die Perspektive des Titelhelden wahrenden Stückkonzeption eine spannende Herausforderung, die Selbstwahrnehmung der Titelfigur zu eruieren.

Textdichtung
Der Geheime Finanzrat des Herzogs Karl Alexander von Württemberg, Joseph Süßkind Oppenheimer (1698–1738), ist eine historische Gestalt. Nach dem Tod des Herzogs erfolgte sein Sturz, und der darauffolgende Gerichtsprozeß, der Joseph Süß an den Galgen brachte, gilt als einer der schändlichsten Justizmorde des 18. Jahrhunderts. Eine frühe literarische Umsetzung erfuhr das Schicksal des Mannes in Wilhelm Hauffs 1827 erschienener Novelle ›Jud Süß‹, aus der einige Motive in den gleichnamigen nationalsozialistischen Hetzfilm von Veit Harlan aus dem Jahr 1940 übernommen wurden. Ein literarischer Welterfolg wurde aber Lion Feuchtwangers ›Jud

Süß‹-Roman von 1925, dem eine 1917 in München ohne Erfolg uraufgeführte Theaterfassung vorausgegangen war. Feuchtwanger mischte in seinem Roman Historie und Fiktion. So ist etwa der Verfassungskonflikt des zum katholischen Glauben übergetretenen Herzogs mit Württembergs protestantischen Landständen historisch verbürgt. Doch sind Romanfiguren wie Süß' Tochter Naemi und des Herzogs Mätresse Magdalena hinzuerfunden worden. Für das Libretto orientierten sich Werner Fritsch und Uta Ackermann an Feuchtwangers Vorlage.

Geschichtliches
›Joseph Süß‹ ist zwischen 1997 und 1999 als Auftragswerk des Bremer Theaters entstanden und wurde dort am 13. Oktober 1999 in einer Inszenierung Tilman Knabes und unter dem Dirigat von Rainer Mühlbach uraufgeführt. Dank seiner Bühnenwirksamkeit wurde das Stück insbesondere an den kleineren Bühnen der Bundesrepublik immer wieder nachgespielt, unter anderem 2000 in Regensburg, 2002 in Heidelberg, 2010 in Trier und 2011 in Mönchengladbach und Krefeld. Guy Montavons Inszenierung wurde 2012 zunächst am Staatstheater am Gärtnerplatz in München gezeigt, kam 2014 nach Erfurt und 2015 nach Münster. Für die Spielzeit 2013/14 in Zwickau und Plauen inszenierte wiederum Thilo Reinhardt das Werk.

R. M.

Scherz, Satire, Ironie und tiefere Bedeutung
Komische Oper frei nach Grabbe. Libretto von Jörg W. Gronius.

Solisten: *Der Teufel* (Countertenor, teilweise mit Voice Transformer, gr. P.) – *Der Baron* (Spielbaß, m. P.) – *Liddy*, seine Tochter (Lyrischer Mezzosopran, gr. P.) – *Freiherr von Mordax* (Schwerer Spielbaß, m. P.) – *Herr von Wernthal* (Kavalierbariton, m. P.) – *Rattengift*, ein Dichter (Charaktertenor, gr. P.) – *Mollfels* (Lyrischer Tenor, gr. P.) – *Der Schulmeister* (Charakterbariton, gr. P.) – *Gottliebchen*, sein Schüler (Soubrette, m. P.) – *Vier Naturhistoriker* (Sopran, Alt, Tenor, Baß, m. P., eventuell Chorsolisten) – *Des Teufels Großmutter* (Sprechrolle, Pantomime, kl. P.).
Ballett: 13 Schneidergesellen, 13 Spießgesellen, 13 Gendarmen.
Ort: Dorf in der deutschen Provinz.
Schauplätze: Garten vor einem anmutigen Schloß – Saal im Schloß mit Kamin – Anhöhe mit Schloß und Wald im Hintergrund – Im Wald – Die Ruinen des Waldschlößchens Lopsbrunn.
Zeit: Frühes 19. Jahrhundert.
Orchester: 2 Fl. (auch 2 Picc., auch 2 Altblockflöten), 2 Ob. (auch 1 Eh.), 2 Kl. (auch 1 Bkl.), 1 Fag., 1 Kfag., 2 Hr., 2 Trp., 1 Pos., 1 Tb., P., 3 Schl., Hrf., 1 Klav. (auch Cel., auch elektrische Org.) – Tonbandzuspielungen.
Gliederung: 2 in Bühnenbilder gegliederte Akte, wobei dem II. Akt ein Ballett-Intermezzo vorangestellt ist.
Spieldauer: Etwa 110 Minuten.

Handlung
Der Teufel flieht, weil Großputz in der Hölle angesagt ist, an einem heißen Augusttag auf die Erde, wo er vor Kälte erstarrt. Er wird von vier Naturhistorikern aufgefunden und ins Schloß gebracht. Dort wollen die Wissenschaftler die rätselhafte Gestalt sezieren. Als sie zum Schnitt ansetzen, richtet sich der Teufel plötzlich auf, stellt sich als »Theodor Teufel, Oberkirchenrat« vor und verfeuert im Kamin die Möbel. Der wissenschaftliche Aufruhr hat die Schloßgesellschaft herbeigerufen: den Baron, seine Tochter Liddy, den Freiherrn von Mordax, Liddys Verlobten Herrn von Wernthal und den Dichter Rattengift, außerdem den Schulmeister. Während Liddy die Annäherungsversuche der Herren Wernthal und Mordax zurückweist, macht es sich der Teufel im brennenden Kamin gemütlich und treibt die Naturhistoriker in die Flucht. Ein Niesanfall Wernthals bringt das Feuer zum Verlöschen, weshalb der Teufel hinter einem Kaminschirm als Sichtschutz heimlich ein neues Feuer entfacht. Zwischenzeitlich empört sich der Baron über das Theaterwesen. Seine Hoffnungen auf ein neues »Nationalgenie« glaubt der Schulmeister erfüllen zu können, indem er der Gesellschaft das Gottliebchen präsentiert, in Wahrheit ein boshaftes, verwahrlostes Bürschchen. Weil die Schloßgesellschaft glaubt, Gottliebchen examinieren zu müssen, entgeht den Anwesenden, daß das Feuer im Kamin bedrohliche Dimensionen annimmt.

Es bedarf eines weiteren Niesanfalls von Wernthal, um das Feuer zu löschen. Nur der Schulmeister und Gottliebchen beobachten, daß sich der Teufel durch den Kamin davonmacht. – Dem Teufel ist es ein Bedürfnis, sich am Baron für die im Schloß erlittene Unbill zu rächen. Er macht sich hierfür die Rivalität von Mordax und Wernthal zunutze, denn den einen treibt Sex-, den anderen Geldgier dazu, sich um Liddys Hand zu bewerben. Ohne daß die beiden voneinander wissen, lockt der Teufel sie für den Abend des kommenden Tages ins Waldhaus Lopsbrunn, wo Rattengift Liddy eine Tragödie vortragen will. Dort soll sich Mordax Liddys bemächtigen, freilich habe er dafür mit der Ermordung von 13 Schneidergesellen in Vorleistung zu treten. Herrn von Wernthal hingegen verspricht der Teufel eine riesige Summe, sollte dieser einer Entführung Liddys nicht im Wege stehen. Als drittes ermutigt der Teufel durch Schmeicheleien Rattengift zu seinem Tragödienvortrag in Lopsbrunn. Der Teufel und bald darauf Rattengift ziehen von dannen, gleichzeitig tritt Mollfels nach langer Abwesenheit in Italien auf den Plan und macht Liddy eine stürmische Liebeserklärung. Daß er hierbei in Versen dilettiert, triff bei der eher prosaisch aufgelegten Liddy auf Vorbehalte. Als sie ihm offenbart, inzwischen mit Wernthal verlobt zu sein, stürzt Mollfels davon, um sich umzubringen. Liddy würde das bedauern, denn nur Mollfels will sie ihr Jawort geben. – Im Klassenzimmer kassiert Gottliebchen wieder einmal vom Schulmeister wegen ausbleibender Lernerfolge eine Ohrfeige nach der andern. Da treten Rattengift und Mollfels herein. Nur noch ein Besäufnis kann letzteren davon abhalten, sich zu erschießen. Auch Gottliebchen wird zum Mittrinken gezwungen und schießt, vom Alkohol enthemmt, um ein Haar seinen Peiniger, den Schulmeister, über den Haufen. Die Wandtafel scheint sich in eine lebende Orgel zu verwandeln. Der Teufel traktiert ihr Manual, und aus den Orgelpfeifen ragen und singen die Köpfe der Höflinge. Schließlich kippt die Orgel nach vorn, die Schulstube stürzt ein und begräbt den Schulmeister, Rattengift und Mollfels unter sich, während Gottliebchen dem Teufel auf die Schulter springt.

Anderntags schlägt Mordax, wie mit dem Teufel verabredet, 13 Schneidergesellen tot. – Vor dem Schloß irren die vier Naturhistoriker durch die Gegend. Sie haben sich im Disput über die Identität des angeblichen Oberkirchenrats die Köpfe zerbrochen, die sie sich nun verbinden. Auch Rattengift, Mollfels und der Schulmeister, das Gottliebchen als Bündel hinter sich her schleifend, queren verkatert die Szene. Rattengift erhält von Liddy die Zusage, des Abends in Gesellschaft ihres Vaters in Lopsbrunn zu erscheinen. Mordax hingegen heuert 13 Spießgesellen für Liddys nächtliche Entführung an. Wernthal aber versorgt sich mit Zwiebeln: Mit künstlichen Tränen will er nach Liddys Entführung den Baron über seine Mitwisserschaft hinwegtäuschen. Mollfels wiederum engagiert 13 Gendarmen, weil er einen Anschlag auf Liddy befürchtet. – Es ist inzwischen Abend geworden. Nicht nur die vier Naturhistoriker hat es – nun mit ihren Köpfen unter den Armen – in den Wald verschlagen, wo alsbald nur noch ihre Köpfe unterwegs sind, sondern auch die übrigen Schloßbewohner haben sich nach und nach auf den Weg nach Lopsbrunn begeben. Der Schulmeister aber prügelt das Gottliebchen in einen Käfig: als Köder für den Teufel. Und in der Tat: Der Teufel läßt sich davon anlocken, so daß ihn der Schulmeister zu Gottliebchen in den Käfig sperren kann. – In den Ruinen des Waldschlosses Lopsbrunn trifft Rattengift Anstalten für seinen Tragödienvortrag, doch der Baron und seine Tochter ahnen die Gefahr, die sich von außen in der Gestalt von Mordax und seinen Spießgesellen nähert. Rattengift erweist sich als Angsthase. Liddy jedoch bewaffnet sich zur Verteidigung mit einer ihrer Haarnadeln. Als Mordax sich auf sie stürzen will, trifft ihn Liddys Haarnadel genau zwischen den Augen. Mollfels eilt mit seinen Gendarmen, die bereits Wernthal in Fesseln gelegt haben, zur Hilfe. Nachdem Mollfels die gegen Liddy geführten Intrigen aufgedeckt hat, bleibt dem Baron nichts anderes mehr übrig, als sich Liddys und Mollfels' Hochzeitsplänen zu beugen. Da schleift der Schulmeister seinen das Gottliebchen und den Teufel beherbergenden Käfig herein. Plötzlich aber ein riesiger Knall: Des Teufels Großmutter ist nach vollendetem Großputz aus der Hölle gestiegen, um ihren Enkel zu befreien und zurückzuholen. Sie würde gerne auch das Gottliebchen mitnehmen. Doch der Teufel zieht es vor, Gottliebchen als Quälgeist auf der Erde zurückzulassen. Nachdem der Teufel samt Großmutter wieder zur Hölle gefahren ist und von den Naturhistorikern nur noch die grauen Zellen übriggeblieben sind, läßt Gottliebchen Lopsbrunn zusammenstürzen. Alle Höflinge versinken in ein Bodenloch. Nur Liddy und Mollfels bleiben verschont. Sie werden von Gottliebchen verflucht, als seien sie wie Adam und Eva aus dem Paradies vertrieben.

Stilistische Stellung

Da Detlev Glanerts ›Scherz, Satire, Ironie und tiefere Bedeutung‹ eine Typenkomödie ist, wird eine psychologisierende Ausleuchtung des Innenlebens der Figuren erst gar nicht angestrebt, ebensowenig entwickeln sich hier Charaktere. Vielmehr sind die Protagonisten wie Comic-Figuren klar und einprägsam umrissen, woraus die leichte Faßlichkeit des Stücks resultiert. So tut sich etwa die Verstiegenheit des Dichters Rattengift in grotesken Tonsprüngen kund, und dem Liebespaar Liddy und Mollfels sind als Leitinstrumente die Oboe beziehungsweise das Englischhorn beigegeben, die sich in pseudoromantischer Klangumgebung ins Spiel bringen, wenn etwa in den beiden Romanzen des I. Akts ein biedermeierlich anmutendes Innerlichkeitsklischee zum Tragen kommen soll. Dem Schulmeister wiederum ist die Baßklarinette als Personalinstrument beigegeben, während das Gottliebchen mit zwei piepsenden Blockflöten (häufig im Quintabstand), drei Büchsen und einer großen Pappkiste eine absichtlich alberne Klangausstattung zugewiesen bekommt. Als Hosenrolle besetzt, weist Gottliebchen androgyne Züge auf, ebenso der in der Countertenorlage singende Teufel. Mitunter wird dessen Stimme (wie auch die seiner Großmutter) durch elektronische Manipulation verdoppelt, gemäß jener Tradition, die des Teufels Doppelzüngigkeit hervorhebt. Neben der Vorliebe für den Tritonus – seit alters her gilt das Intervall als Diabolus in musica – ist das Erscheinen des Teufels oft an ein pfeifendes Signal gebunden, und auch ein Trillermotiv wird von ihm gerne intoniert.

Außerdem handelt es sich bei dem Stück um eine Ensembleoper: Nicht nur während der beiden katastrophenstrebigen Finali legt es die Dramaturgie darauf an, die Protagonisten im Ensemble mit- und gegeneinander singen zu lassen. Hier erleichtert ein für Glanert typischer skandierender Deklamationsstil dem Publikum die Orientierung. Auch treten die Naturhistoriker durchweg als Quartett auf; und ihre im II. Akt eine schrittweise körperliche Demontage vor Augen führenden Auftritte werden zum Running Gag. Andernorts – etwa während des Besäufnisses im Finale des I. Akts – entstehen Refrainstrukturen, und ritornellhaft wiederkehrende Motiveinheiten durchziehen die Ballett-Pantomime zur Einleitung des II. Akts: eine wilde Tanzfolge zur Ermordung der 13 Schneidergesellen. Dann wieder läßt der Komponist im Waldbild die Protagonisten zu einer Variationenfolge nach Lopsbrunn, dem andernorts ein Hornsignal als geographisches Leitmotiv beigegeben ist, spazieren. Ansonsten zielt Glanerts kompositorische Dramaturgie aber keinesfalls auf einen bruchlosen Gesamtzusammenhang. Nicht auf Illusionismus ist dieses in rasantem Tempo ablaufende Spaßtheater angelegt, viel mehr auf ironische Distanzierung. So dräuen die Ruinen von Lopsbrunn zu düsterem c-Moll im Stil einer geisterbahnhaften Schauerromantik. Und wenn der Baron im Schlußbild des II. Akts seine mit einer Haarnadel bewaffnete Tochter als »kühnes, herrliches Kind« bezeichnet und die zugehörigen Takte aus Wagners ›Walküre‹ herbeizitiert, wird das pathosgesättigte Bildungs-Versatzstück zur komischen Pointe. Auch sonst werden Stil- oder Klanganleihen – etwa der Jahrmarktorgel-Sound im ersten Finale – vom Komponisten insbesondere dazu eingesetzt, um aus dem Stück herauszuweisen. Die Dekonstruktion ist geradezu ein Leitthema des Werks. Das machen vor allem die Bandzuspielungen klar. So werden zu Beginn beider Akte zur Imagination eines warmen Sommertags Naturgeräusche eingeblendet. Und in die Bildwechsel wird akustisch verstärkter Bühnenlärm hineinkollagiert, um die Theatersituation zu betonen. Sogar Musique concrète kommt ins Spiel, um beim Dirndl-Auftritt von des Teufels Großmutter die musikalische Hölle als einen Ort der volkstümlichen Musik vor Ohren zu führen. Und wenn ganz zum Schluß nach dem finalen Weltuntergang eine Eisentür zufällt, verweist Glanert offenbar auf jenen Schreckensort, an dem sich seine vorausgegangene Oper ›Joseph Süß‹ zugetragen hatte.

Textdichtung

Als Literaturoper greift ›Scherz, Satire, Ironie und tiefere Bedeutung‹ auf die gleichnamige Komödie von Christian Dietrich Grabbe (1801 bis 1836) zurück, die zwischen 1822 und 1827 entstanden ist. Bei der Umarbeitung zum Libretto durch Jörg W. Gronius kam es zu Szenenumstellungen, um etwa den bühnenwirksamen Beginn mit der den Teufel auf die Erde schleudernden Explosion zu ermöglichen. Auch wurden Grabbes drei Akte auf zwei zusammengezogen, so daß das Besäufnis, das bei Grabbe in der Anfangsphase des III. Akts zu stehen kommt, zum ersten

Finale geworden ist. Dessen infernalischer Schluß mit dem Teufel an der Orgel ging aus einer Bemerkung des Schulmeisters hervor, wonach er sich nach dem Alkoholexzeß vor den Pedalen der Kirchenorgel wiedergefunden habe. Außerdem ist der das Stück beschließende Weltuntergang ganz neu. Einige Nebenpersonen, insbesondere der Auftritt Grabbes zum Schluß, wurde gestrichen. Damit einher ging eine Aufwertung Gottliebchens zum Stellvertreter des Teufels auf Erden. Überdies ist Gottliebchen nun des Schulmeisters Köder, in Grabbes Text lockten noch Kondome den neugierigen Teufel in den Käfig. An den Wortlaut von Grabbes Dichtung hat sich Gronius nicht immer gehalten. Immer wieder baute er Kalauer ein und Anspielungen auf moderne Diskurse. So scheint etwa in der Theaterdiskussion des I. Akts Pierre Boulez' Polemik auf, wonach man die Opernhäuser in die Luft sprengen solle. Derlei aus der eigentlichen Handlung herausweisende Textzutaten sind ein Pendant zu jenen Dekonstruktionselementen, die in die Komposition eingestreut sind.

Geschichtliches
›Scherz, Satire, Ironie und tiefere Bedeutung‹ ist als Auftragswerk des Opernhauses Halle entstanden. Das Werk wurde dort am 2. Februar 2001 unter der musikalischen Leitung von Roger Epple in einer Inszenierung von Fred Berndt uraufgeführt und an etlichen deutschen Opernhäusern in zügiger Folge nachgespielt: 2002 in Krefeld, Mönchengladbach und Rostock, 2003 im Prinzregententheater in München und im Nationaltheater Mannheim. 2004 folgten Regensburg und Köln. In der unterhaltsamen Kölner Produktion (musikalische Leitung: Markus Stenz) inspirierte der Anspielungsreichtum von Musik und Text den Regisseur Christian Schuller zu szenischen Äquivalents, so daß beispielsweise Gottliebchen zum bösen Schluß wie Charlie Chaplins Großer Diktator mit einem Weltkugel-Luftballon hantierte. Die österreichische Erstaufführung wurde 2008 von der Neuen Oper Wien realisiert (musikalische Leitung: Walter Kobéra, Regie: Nicola Raab). 2011 folgte Pforzheim mit einer Inszenierung von Wolf Widder und mit Tobias Leppert als Dirigent.

R. M.

Caligula

Oper in vier Akten frei nach Albert Camus. Libretto von Hans-Ulrich Treichel.

Solisten: *Caligula*, 30 Jahre, Caesar (Dramatischer Bariton, auch Heldenbariton, gr. P.) – *Caesonia*, 35 Jahre, Caligulas Frau (Dramatischer Mezzosopran, gr. P.) – *Helicon*, 22 Jahre, Sklave Caligulas (Countertenor, gr. P.) – *Cherea*, 40 Jahre, Staatsprokurator (Baß, auch Baßbariton, m. P.) – *Scipio*, 18 Jahre, ein junger Patrizier (Mezzosopran, auch Alt, m. P.) – *Mucius*, 75 Jahre, Senator (Charaktertenor, m. P.) – *Mereia/Lepidus*, 60 Jahre, römische Adlige (Doppelrolle; Bariton, auch Baßbariton, m. P.) – *Livia*, 25 Jahre, Frau des Mucius (Sopran, m. P.) – *Vier Dichter* (Zwei Tenöre und zwei Bässe, Chorsolisten ad libitum, kl. P.) – *Drusilla* (stumme Rolle, kl. P.).
Chor: Römer – Patrizier – Stimmen (Gemischter Chor, mindestens 15, 15, 15, 15, gr. Chp.).
Ort und Zeit: Das antike Rom.
Schauplatz: Caligulas Palast.
Orchester: 3 Fl. (II. auch Altfl. und Picc., III. auch Picc.), 2 Ob. (II. auch Eh.), 2 Kl. (I. Es-Kl., II. Bkl.), 1 Fag. (Kfag.), 2 Hr. (I. Tenor-Wagnertuba, II. Baß-Wagnertuba), 4 Trp. (I. und II. auch Picc-Trp.), 3 Pos., Tb. (Kontrabaß-Tb.), P., Schl. (5 Spieler), 2 Hrf., 2 Klav., 2 Cel., 2 Pedalorgeln, Str., Tonzuspielungen.
Gliederung: Durchkomponierte Großform mit zwei instrumentalen Intermezzi nach Akt I und III.
Spieldauer: Etwa 2 Stunden.

Handlung
Ein markerschütternder Schrei zerreißt die Dunkelheit von Caligulas Palast: Drusilla, die Schwester des Kaisers, liegt tot auf ihrem Bett. Ihr Bruder steht – starr vor Erschütterung – neben ihrer Leiche. Nach einem wie ewig wirkenden Moment beugt er sich über sie, betrachtet ein letztes Mal ihr Gesicht, nimmt ihr Halstuch an sich und verschwindet in das Zwielicht der Nacht. Drei Tage später betritt Caligula allein seine Staatskanzlei, verstört und verwahrlost. Seine Kleider sind zerrissen, die Verzweiflung über den Tod seiner Schwester hat deutliche Spuren an ihm hinterlassen. Bei sich trägt er einen

Stock und Drusillas Tuch. Er tritt vor den großen Spiegel im Raum, betrachtet sich darin und beklagt die Einsamkeit. Sein Sklave Helicon bemerkt seine Anwesenheit als erstes. In der wahnhaften Überzeugung, daß alles möglich wird, wenn das Unmögliche eintritt, beauftragt Caligula ihn damit, ihm den Mond vom Himmel zu holen. Mit dem Himmelskörper in seinem Besitz wähnt er sich in der Lage, zu verhindern, daß Menschen weiter sterben müssen und unglücklich sind. Indessen hat sich die Nachricht von Caligulas Rückkehr verbreitet, und weitere Personen stürmen auf die Szene: Cherea, ein Staatsprokurator, Lepidus, ein römischer Adliger, der Senator Mucius und der junge Patrizier Scipio. Sie finden aber nur Helicon vor, Caligula hält sich vor ihnen versteckt. Caesonia, Caligulas Frau, erscheint. Auch sie kennt Caligulas Aufenthaltsort nicht. Wie aus dem Nichts kommend, befindet sich der Gesuchte plötzlich unter den Anwesenden. Alle außer Helicon weichen erschrocken zurück, nur um den Kaiser gleich darauf mit Fragen nach seinem Befinden zu bedrängen. Der verbittet sich dies und macht sich daran, das Regieren wieder aufzunehmen. Während Helicon ihn säubert, sein Haar ordnet und ihm neue Kleider bringt, erkundigt sich Caligula nach den anstehenden Entscheidungen. Um bestehende Defizite im Staatshaushalt auszugleichen, erläßt er mit sofortiger Wirkung drei ungerechte und absurde Gesetze, die jeden, der sein gesamtes Eigentum nicht unverzüglich dem Staat überschreibt, mit dem Tode bestrafen. Widerstände aus den Reihen der Versammelten bricht Caligula mit Verweis auf seine Autorität und die »Wahrheit«, daß Regieren Stehlen sei und jede andere Behauptung Heuchelei. Die Erlasse seien eine logische Konsequenz, sozusagen der nächste Schritt auf seinem Weg hin zur Totalität. Erschrocken verlassen alle Anwesenden die Staatskanzlei, nur Caligula und Caesonia bleiben zurück. Caligula weint, Caesonia wendet sich ab. Sie versichert ihm ihre Liebe und Unterstützung, er aber hat nur Augen für sein Spiegelbild. Als er sich ihr zuwendet, legt er ihr Drusillas Tuch um die Schultern und gesteht ihr seine wahre Absicht: Alles Unglück der Welt sei ausgemerzt, wenn bestehende Widersprüche verschmelzen. Dieses Ziel verfolgt er mit all seiner Macht. Caesonia schwört ihm ihre Loyalität.

Bei einem Festessen planen Mucius und seine Frau Livia, Scipio, Cherea und Mereia einen Staatsstreich gegen den wahnsinnig gewordenen Tyrannen. Persönlich durch seine neuerlichen Ausfälle gekränkt, sehen sie vor allem seine grenzenlose Macht als Bedrohung. In einem tumultartigen Aufruhr wollen sie losstürmen, um die entscheidende Tat auszuführen, als Caligula plötzlich mit Caesonia eintritt und die Aktion jäh unterbricht. Er durchschaut die Verschwörer und bringt sie mit naiven Fragen zusätzlich in Verlegenheit. Als er sich selbst zum Essen einlädt, wird die von Peinlichkeit erfüllte Atmosphäre hochbrisant. Er setzt seine Sticheleien fort, indem er die Verschwörer nötigt, anstelle der Sklaven die Tafel zu decken. Während des Essens benimmt er sich schlecht und wirft mit Essen um sich. Und er belästigt vor aller Augen Mucius' Frau Livia, zitiert sie in einen Nebenraum und vergewaltigt sie dort. Fassungslos bleiben die Anwesenden zurück. Als Caligula und die Geschändete den Raum wieder betreten, geht Mucius ihnen entgegen und führt seine Frau hinaus. Caligula geht derweil Mereia an, der aus einer Phiole Medizin zu sich genommen hat, um sein Asthma zu lindern. Caligula vermutet, der Adlige fürchte sich vor einer vermeintlichen Vergiftung und wolle sich mit einem Gegenmittel schützen. Alle Beteuerungen Mereias nützen nichts – der Tyrann zwingt ihn, tatsächlich Gift zu trinken. Helicon und Cherea tragen die Leiche hinaus. Als drittes Opfer wählt Caligula Scipio aus, dem er zunächst für seine Gedichte Komplimente macht, die sich schnell ins Gegenteil verkehren. Als Caligula sein wahres Gesicht zeigt, erschrickt Scipio und verläßt fluchtartig den Raum. Allein gelassen versichert sich Caligula der Anwesenheit aller Toten, die ihn immer umgeben. Mit seinem Stock schlägt er mehrmals kräftig auf den Spiegel ein und verlangt die Hinrichtung seines Volkes, dem er damit die grenzenlose Freiheit demonstrieren will, die er besitzt. Mit Verachtung erhebt er sich über die Massen.

Helicon und Caesonia künden öffentlich von einem Wunder: Die Götter haben sich offenbart und in Gestalt von Caligula ein Gefäß gefunden, das nun öffentlich ausgestellt wird. Gegen Entrichtung eines Obolus soll jeder an dem Spektakel teilhaben können. Zahlreiche Besucher drängen heran, darunter Livia, Scipio, Mucius, Lepidus und Cherea. Helicon verteilt an alle kleine Metallschlagzeuge zur Huldigung. Sklaven entzünden Feuer, und Caligula wird enthüllt. Er steht, als Venus verkleidet, auf einem Sockel. Bis auf Scipio werfen sich alle Anwesenden auf Geheiß nieder und beten die Gestalt an. Caligula räkelt sich unter den geheuchelten Ehrerbietungen des Volkes, das von ihm reinigende Schmerzen verlangt. Er gewährt und befiehlt, Opfergaben darzubringen. Auch an den Opferungen beteiligt sich Scipio nicht. Caligula bezeichnet ihn spöttisch als »kleinen Aufrührer« und fordert, wieder an sein Volk gewandt, Vorbereitungen für den rituellen Tanz der Mondgöttin zu treffen. Alle gehen ab, außer Helicon, der um Caligula herumstreicht. Caligula, die Geld- und Schmuckgeschenke in seinen Händen abwiegend, will wissen, ob Helicon den Mond bereits vom Himmel holen konnte. Der Sklave muß verneinen, vermeldet aber, ein Wachstäfelchen abgefangen zu haben, auf dem die Vorhaben der Verschwörer notiert sind. Caligula läßt Cherea rufen und stellt ihn als Anführer der Verschwörung zur Rede – dabei spricht er ganz offen und freundlich zu ihm. Cherea offenbart seine Pläne und gesteht, Caligula um des Wohles der Allgemeinheit willen töten zu wollen. Ausnahmslos alle seien Feinde Caligulas: Würde Cherea ihn nicht töten, würde es ein anderer tun. Zur Demonstration seiner Macht vernichtet Caligula daraufhin die Wachstafel, die als Beweis für Chereas Schuld hätte dienen können, und läßt ihn gehen. Das Ritual für die Mondgöttin beginnt, Caligula ist in Drusillas Tuch gekleidet und tanzt. Alle, auch die Verschwörer, müssen mittanzen, während sich das Fest bis zum Exzeß steigert.

Caligula fühlt das nahe Ende. In seine Verzweiflung mischt sich Wut darüber, daß Helicon ihm immer noch nicht den Mond gebracht hat. Zur Zerstreuung läßt er sich von vier Dichtern deren Werke über den Tod vortragen. Zu den Dichtern zählt auch Scipio, im Publikum befinden sich Livia, Mucius, Lepidus und Cherea. Der Dichterwettstreit folgt klaren Regeln: Wer sein Gedicht ohne einen Pfiff Caligulas vortragen kann, gewinnt, alle anderen sind des Todes. Dreimal pfeift der Kaiser bereits nach wenigen Worten, Scipio verschont er großmütig. Nach dieser erneuten Untat beschließen die Verschwörer, den Tyrannen noch in dieser Nacht zu richten. Plötzlich erscheint Caesonia und verkündigt Caligulas unvorhergesehenen Tod. Die Verschwörer bemühen sich, trotz aller Erleichterung Bestürzung zu zeigen, doch als Caligula eintritt und die Finte offenbart, kann er sie geradeheraus der Heuchelei beschuldigen. Mucius bietet zur Beschwichtigung leichtfertig sein Leben im Tausch gegen das Caligulas an – der Kaiser akzeptiert das Opfer und läßt Mucius hinrichten. Die Verschwörer ergreifen die Flucht. Nur Caesonia bleibt zurück, um Caligula zu beruhigen. In einer Vision spricht er ihr von seinem nahen Ende und fordert als Liebesbeweis ihren Tod. Als er sie mit Drusillas Tuch erdrosselt, leistet Caesonia keinen Widerstand. Caligula erkennt nun den Irrweg, den er beschritten hat: Sein Streben nach totaler Freiheit hat ihn isoliert und ihm alle Freuden der Welt verwehrt. Er resigniert. Helicon stürzt herein, um Caligula vor dem nahenden Mob zu warnen, und wird sofort erdolcht. Die Aufrührer sind in Caligulas Gemach eingedrungen, unter ihnen Livia, Scipio, Lepidus und Cherea. Caligula bricht unter den unaufhörlichen Dolchstößen zusammen, ein letztes Mal richtet er sich auf und verkündet: »Noch lebe ich!«

Stilistische Stellung
Früh im Kompositionsprozeß kristallisierte sich für Detlev Glanert die Notwendigkeit des großen Sinfonieorchesters für die Abbildung des facettenreich irisierenden Wahnsinns der Hauptfigur heraus. In den Ausdrucksmöglichkeiten eines solchen Klangkörpers fand der Komponist adäquate Werkzeuge für sein Vorhaben, durch die Musik das Innere Caligulas unmittelbar nach außen zu kehren. Alles Geschehen basiert auf einem komplexen, 25-tönigen Akkord über sieben Oktaven, der gleichsam Caligulas Körper darstellt. Die musikalische Handlung findet darin ihre Keimzelle und ist ausschließlich durch ihn bedingt. Als weiteres Stilmittel sind alle Instrumentengruppen nur mit Höhen und Tiefen ausgestattet, die Auslassung der Mittellagen illustriert plakativ die extremen emotionalen Affekte der Oper. Kompositorisch finden sich in Glanerts Werken für großes Orchester, ›Katafalk‹ (1997), ›Burleske‹ (2000) sowie ›Theatrum Bestiarum‹ (2004/05), Annäherungen an ›Caligula‹. Waren extreme und widersprüchliche Affekte wie tiefe Trauer (›Katafalk‹) und an Hysterie grenzende Heiterkeit (›Burleske‹) in diesen Werken noch voneinander getrennt, verschmelzen sie in der Person Caligulas zu einem abgründigen, erschreckend menschlichen Psychogramm.

Textdichtung
Das Libretto von Hans-Ulrich Treichel geht auf das gleichnamige Schauspiel von Albert Camus zurück, der darin die Auseinandersetzung des Menschen mit dessen als absurd erkanntem

Dasein und seine Auflehnung dagegen behandelt. Die historische Figur Caligula wird damit zur Folie für totalitäre Diktatoren, wie sie im 20. Jahrhundert das Weltgeschehen erschütterten. Glanert betont die zeitgenössische Relevanz seines ›Caligula‹, der keineswegs eine »Historienoper«, sondern zutiefst in der Gegenwart verankert sei. Wie bei Camus wird bei Treichel und Glanert der Tyrann nicht zum »Monster« stilisiert – er bleibt Mensch. Bei allem rasenden Wahn und der unbändigen Zerstörungswut ist er deshalb letztlich auch verletzlich und findet sein vorherbestimmtes Ende durch die Dolchstöße seines eigenen Volkes.

Geschichtliches
Der fiebrig-changierende Charakter in Camus' Bühnenstück ließ Glanert schon zehn Jahre vor der Uraufführung an eine Bearbeitung für die Opernbühne denken. Als Auftragswerk der Opern Frankfurt am Main und Köln konnte die Realisierung 2006 in Frankfurt umgesetzt werden. Markus Stenz dirigierte das Frankfurter Opern- und Museumsorchester und den Chor der Oper Frankfurt, inszeniert wurde von Christian Pade, die Partie des Caligula sang der Bariton Ashley Holland. Viele Inszenierungen folgten, unter anderem in London, Buenos Aires, Berlin und Hannover.

P. K.

Philip Glass
* 31. Januar 1937 in Baltimore (Maryland)

Echnaton (Akhnaten)

Oper in drei Akten. Libretto nach historischen Quellen vom Komponisten, in Zusammenarbeit mit Shalom Goldman, Robert Israel und Richard Riddell. Fassung der deutschen Texte von Thomas Körner.

Solisten: *Echnaton* (Countertenor, gr. P.) – *Nofretete*, Echnatons Gemahlin (Lyrischer Alt, m. P.) – *Teje*, Mutter Echnatons (Lyrischer Sopran, m. P.) – *Haremhab*, General und späterer Pharao (Lyrischer Bariton, m. P.) – *Der Hohepriester Amuns* (Lyrischer Tenor, m. P.) – *Ajeh*, Vater Nofretetes und Berater des Pharaos (Seriöser Baß, m. P.) – *Bekhetaten, Meretaten, Maketaten, Ankhesenpaaten, Neferneferuaten, Sotopenre*, die Töchter des Echnaton (3 Soprane, 3 Alte [auch Mezzosoprane], kl. P.) – *Amenhotep*, Sohn des Hapu (Sprechrolle, gr. P.) – *Amenophis III.*, Vater Echnatons (stumme Rolle).
Chor: Amun-Priester (kl. Männerchor) – Volk von Theben (gemischter Chor) – Amun-Priester (kl. Männerchor) – Aton-Priester und Soldaten (Männerchor, gr. Chp.) – Israeliten (hinter der Bühne, gemischter Chor) – Volk von Ägypten (gemischter Chor, m. Chp.).
Komparsen: Echnatons Dienerschar. Gefolge des Echnaton. Touristen.
Ballett: II. Akt, 3. Szene.
Ort: Ägypten.
Schauplätze: Theben, Stätte der Beisetzungsfeierlichkeiten für Amenophis III. Ein der Stadt zugewandter Balkon des Palastes – Der Tempel des Amun. Vor der Stadt-Silhouette von Echetaton – Innerhalb des Palastes zu Echetaton und vor der Palastmauer. Die Ruinen Echetatons.
Zeit: 1375 bis 1358 v. Chr.; I. Akt: Jahr 1 der Regierung Echnatons, II. Akt: die Regierungsjahre 5 bis 15, III. Akt: Echnatons letztes Regierungsjahr und Zeitsprung in die Gegenwart.
Orchester: 2 Fl. (auch 1 Picc.), 2 Ob. (auch 2 Ob. d'amore), 2 Kl., Bkl., 2 Fag., 4 Trp., 3 Hr., 3 Pos., Bt., 3 Schl. (Tom-tom, kl. Tr., gr. Tr., Becken, Fingerzimbeln, Rgl., Wbl.), Synth. (Cel.), Str. ohne Violinen – Bühnenmusik: 2 Tom-toms (I. Akt), Triangel, Wbl., Tamburin (II. Akt).
Gliederung: Vorspiel (»Prelude«) und durchkomponierte Szenen, die bisweilen von gesprochenen Texten unterbrochen werden.
Spieldauer: Etwa 2¼ Stunden.

Handlung

Vorspiel: Der Schreiber Amenhotep gibt den Tod des Pharaos Amenophis III. bekannt.

»Beisetzungsfeierlichkeiten für Amenophis III.«: Angeführt von zwei Trommlern, zieht singend der Leichenzug vorüber. An der Spitze des Totengeleits steht, gefolgt von den Amun-Priestern, Ajeh, der Vater Nofretetes und der Berater des verstorbenen sowie des künftigen Königs. Während des Zeremoniells erscheint hinter der Prozession der verstorbene Pharao. Er trägt seinen eigenen Kopf vor sich her. Allmählich wendet sich der Zug dem Hintergrund zu. Lediglich Ajeh verbleibt im Vordergrund, wo sich Echnaton und das Volk von Theben einfinden. Ajeh und das Volk erweisen dem toten König die letzte Ehre.

»Die Krönung Echnatons«: Die Prozession verliert sich im Hintergrund. Außer Echnaton sind nur noch seine Diener zugegen. Sie kleiden ihren Herrn neu ein, um ihn so auf den Empfang der Doppelkrone von Unter- und Oberägypten vorzubereiten. Alsbald treten der General und nachmalige Pharao Haremhab, außerdem der Hohepriester des Gottes Amun und Ajeh hinzu und rufen Echnaton zum König aus. Während der Schreiber Amenhotep die Namen und Ehrentitel des neuen Pharaos verkündet, nimmt Echnaton von den drei Würdenträgern die Doppelkrone in Empfang. Das Volk huldigt dem neuen Herrscher.

»Das Fenster der öffentlichen Auftritte«: Echnaton, seine Frau Nofretete und seine Mutter, Königin Teje, stellen sich in das für öffentliche Proklamationen vorgesehene Fenster des Palastes und kündigen ihren Untertanen die Heraufkunft eines neuen, monotheistischen Zeitalters an. Der Pharao bleibt allein zurück und starrt auf den in weiter Entfernung sichtbaren Konduit seines Vaters, der auf Barken über einen mythischen Fluß dem Totenreich zustrebt.

»Der Tempel«: Die Priester des Amun und ihr Oberhaupt preisen in einer Hymne ihren Gott. Echnaton und seine Mutter Teje führen ihre Anhängerschaft heran, die den Amun-Tempel umstellt. Die Amun-Priester werden überwältigt und abgesetzt. Das Tempeldach wird abgerissen, so daß das Licht Atons ins Allerheiligste der Amun-Kultstätte dringt und den Tempel entweiht. »Echnaton und Nofretete«: Amenhotep rezitiert ein Liebesgedicht, das sodann von dem Königspaar zum Zeichen seiner gegenseitigen Verbundenheit gemeinsam gesungen wird. Gegen Ende wird wieder der Leichenzug des verstorbenen Pharaos sichtbar: Amenophis steigt in diesem Stadium seiner Totenreise auf dem Gefieder großer Vögel ins himmlische Land des Gottes Ra auf. »Die Stadt. Tanz«: Der Schreiber Amenhotep trägt königliche Verlautbarungen vor, in denen die Ausnahmestellung der von Echnaton gegründeten Stadt Echetaton hervorgehoben wird. Musiker, Tänzer, Echnaton und sein Gefolge treten auf. Mit einer Tanz-Zeremonie wird die neue Stadt eingeweiht. Der König verherrlicht in einer Hymne seinen Gott Aton. Danach bleibt die Bühne leer, von Ferne schallt das Gotteslob der Israeliten herein.

»Die Familie«: Aus Echnatons Ehe mit Nofretete sind sechs Töchter hervorgegangen. Im Kreis der Familie geborgen, hat der König keinen Sinn mehr für die Nöte seines Landes. Amenhoteps Berichte, wonach Ägypten durch äußere Feinde unmittelbar bedroht ist, werden vom Pharao nicht zu Kenntnis genommen. Auch das Volk wird immer unruhiger und drängt zum Palast hin, wo Echnaton in der Gemeinschaft seiner Töchter weiterhin untätig verharrt. »Angriff und Sturz«: Haremhab, Ajeh und der Hohepriester des Amun haben sich an die Spitze der Unzufriedenen gestellt und wiegeln das Volk auf. Die Aufständischen brechen durch die Palasttüren, überwältigen Echnaton und führen ihn samt den übriggebliebenen Mitgliedern seiner Familie fort.

»Die Ruinen«: Amenhotep verkündet das Ende der Herrschaft Echnatons und beschreibt die Restauration des Amun-Kults und der Vielgötterei. Daraufhin erfolgt ein Zeitsprung in die Gegenwart. Amenhotep führt nun als Reiseführer Touristen durch die Trümmer der Stadt Echetaton. »Epilog«: Nachdem die Touristen das Ruinenfeld verlassen haben, erscheinen die Geister Echnatons, Nofretetes und Königin Tejes. Zunächst scheinen sie sich nicht im klaren darüber zu sein, daß sie längst gestorben und ein Teil der Vergangenheit sind. Später aber werden sie auf den Totenzug von Echnatons Vater aufmerksam, der sich immer noch auf der Reise ins Reich des Ra befindet. Echnaton, seine Gemahlin und seine Mutter machen sich auf den Weg, um sich der Prozession Amenophis' III. anzuschließen.

Stilistische Stellung

Wie in den meisten seiner Werke will Philip Glass auch in ›Echnaton‹ seinem Publikum ein meditatives Hörerlebnis vermitteln, das er, angeregt von der klassischen indischen Musik, durch die kompositorischen Verfahrensweisen der Minimal music zu erreichen sucht. Demgemäß bestimmen unablässig wiederholte, für jede Szene spezifische Patterns die musikalische Struktur, wobei fortlaufende geringfügige Modifikationen dieser Grundbausteine der Gefahr monotoner Eintönigkeit entgegenwirken sollen. Weil in ›Echnaton‹ nirgends von der minimalistischen Kompositionsmethode abgewichen wird, ist die stilistische Einheitlichkeit des Stücks beachtlich. Ebenso sorgt der abgedunkelte Orchesterklang, der vom Verzicht auf Violinen herrührt, für eine der ganzen Partitur eigentümliche Grundfarbe. Und auch die tonale Ausrichtung der Harmonik fördert mit a-Moll als Rahmen- und Bezugstonart, die außerdem durch den gleichen Motivbestand in den Außenteilen betont wird, den Eindruck der Geschlossenheit, zumal das harmonikale Geschehen Härten und Brüche weitestgehend vermeidet und fast nur durch Rückungen belebt oder durch bitonale Wendungen – etwa zu Beginn des II. Aktes – aufgerauht wird.

Indem der Komponist mit Bezug auf sein Werk von »musikalischer Archäologie« spricht, spielt er nicht allein auf die absichtliche Regression an, die er mit der Vereinfachung der kompositorischen Mittel betreibt, sondern auch auf musikhistorische Rückgriffe, die der Partitur oft genug einen archaischen Anschein geben. So verleihen etwa Quart- und Sekundvorhalte, auch terzlose, an modale Musik erinnernde Schlußklauseln dem Duett des Königspaares im II. Akt antikisierende Patina. Ebenso gemahnt die Besetzung der Titelpartie mit einem Countertenor an frühe Musik, wodurch Echnaton überdies eine androgyne Aura umhüllt. Die – übrigens historisch überlieferte – hermaphroditische Wesensart des Pharaos kommt während des Duetts um so mehr zum Tragen, als sich tiefe Frauen- und hohe Männerstimme immer wieder überkreuzen. Individuellen Reiz gewinnen die Szenen nicht zuletzt durch instrumentale und vokale Farbwechsel. Hierbei setzt Glass die Instrumente wie Orgelregister ein. Doch auch der Einsatz des Gesangsapparats legt diesen Vergleich nahe, wenn beispielsweise in der Krönungsszene des I. Aktes bei gleichbleibendem motivischem Bestand auf das Männerterzett der hohen staatlichen Würdenträger der gemischte Chor des Volkes folgt. Ähnliches gilt für die Solo-Tutti-Effekte während der Umsturz-Szene des III. Aktes. Insbesondere gelingt dem Komponisten mit der Festlegung von Echnatons »Familienszenen« auf hohe Gesangsstimmen, etwa in der Ensembleszene des III. Aktes mit Nofretete und den sechs Töchtern, ein bemerkenswerter Farbeffekt. Gerade für eine Opernpartitur ist es indessen ungewöhnlich, daß Glass' Musik weder ein narratives, noch ein psychologisch-analytisches Interesse verfolgt. Sie begnügt sich damit, Klangatmosphäre zu erzeugen. Musikalische Vorgaben, die den ohnehin handlungsarmen, ritualhaft anmutenden Bühnenvorgängen in der Art einer Klangregie die Richtung weisen würden, sind somit selten. Insgesamt muten die statischen, allenfalls von einfachen Handlungsabläufen geprägten Tableaus wie Bilder an, in die die Figuren ikonenhaft hineingestellt sind.

Textdichtung

Die Imagination von Zeitentrücktheit ist in ›Echnaton‹ nicht nur ein Anliegen der Musik, sondern auch des Textes. Und so waren Shalom Goldman, Robert Israel und Richard Riddell dem Komponisten dabei behilflich, aus historischen Quellen ein Textkonvolut zusammenzustellen, das meistenteils in den Originalsprachen – Altägyptisch, Akkadisch und Bibel-Hebräisch – gesungen wird. Lediglich die Hymne an Aton (II. Akt) wird von der Titelfigur in der Nationalsprache des Auditoriums vorgetragen, damit dieser für die Glaubensauffassung des Pharaos zentrale Text den Opernbesuchern unmittelbar verständlich ist. Ebenso ist durch die Rolle des Schreibers Amenhotep gewährleistet, daß die Zuhörerschaft dem Stück folgen kann, da der Sprecher die alten Texte durchweg in der Sprache des Publikums rezitiert, wobei die abschließende Beschreibung der Ruinen Echetatons einem neuzeitlichen Reiseführer entnommen ist. Hinzu treten Szenen (die Entmachtung der Amun-Priester im II. Akt, Echnatons Familienidyll und der Epilog im III. Akt), in denen die Protagonisten Vokalisen singen.

Geschichtliches

Glass' ›Echnaton‹ bildet zusammen mit den ursprünglich unabhängig voneinander entstandenen Opern ›Einstein on the Beach‹ (1976) und ›Satyagraha‹ (1980) eine Portrait-Trilogie. Deren Grundthema ist – so der Komponist – die revolutionierende Kraft der »inneren Vision«, die auf den Feldern der Wissenschaft (Albert Einstein), der Politik (Mahatma Gandhi in ›Satyagraha‹) und der Religion (Echnaton) vorgeführt wird. Hierbei faßt der Komponist Echnaton als Vorkämpfer für die Idee des Monotheismus auf. Als Amenophis IV. (zu deutsch: Gott Amun ist zufrieden) war dieser 1375 v. Chr. auf den Thron gelangt, um durch den Namenswechsel zu Echnaton (Nützlich dem Gott Aton) die Errichtung eines neuen Staatskultes zu Ehren des Sonnengottes Aton zu bekunden. Auch verlegte Echnaton die Residenz von Theben in die von ihm gegründete Stadt Echetaton (Stadt am Horizont des Aton). Freilich blieb die siebzehnjährige Regierungszeit des Pharaos ein bangloses Zwischenspiel in der ägyptischen Geschichte; schon bald nach Echnatons Tod wurde Echetaton wieder aufgegeben, ein Indiz für die Restauration des Amun-Kultes.

1979 wurde Philip Glass von dem Dirigenten Dennis Russell Davies auf die Idee gebracht, ›Einstein on the Beach‹ und ›Satyagraha‹ durch ein drittes Werk zu einem Zyklus auszubauen. 1982/1983 entstand die Komposition, und im März 1984 erlebte das Werk in der Regie von Achim Freyer unter dem Dirigat von Russell Davies und mit Paul Esswood in der Titelpartie im Stuttgarter Kleinen Haus seine Uraufführung. Kurz darauf wurde ›Echnaton‹ in Houston nachgespielt. Die Stuttgarter Produktion, die nicht zuletzt wegen Freyers bildkräftiger Inszenierung zum Publikumsmagneten avancierte, ist auf CD dokumentiert. Zu einer ersten Aufführung der Trilogie kam es im Stuttgarter Großen Haus im Juni 1990. Im Januar 2000 brachte die Lyric Opera in Boston (USA) das Werk anläßlich eines altägyptischen Kulturprogramms in einer Inszenierung von Mary Zimmerman mit Beatrice Jona Affron als Dirigentin und Geoffrey Scott in der Titelrolle neu heraus.

R. M.

Michail I. Glinka

* 1. Juni 1804 in Nowospaskoje bei Jelna, † 15. Februar 1857 in Berlin

Iwan Sussanin/Ein Leben für den Zaren (Schisn sa zarja)

Oper in vier Akten mit einem Epilog. Text von Baron Georgij F. Rosen. Oper revidiert von Nikolaj Rimskij-Korssakow und Aleksander Glasunow.

Solisten: *Iwan Sussanin*, ein alter Bauer aus dem Dorfe Domnin (Seriöser Baß, gr. P.) – *Antonida*, seine Tochter (Jugendlich-dramatischer Sopran, gr. P.) – *Bogdan Sobinin*, ein junger Bauer, ihr Bräutigam (Lyrischer Tenor, gr. P.) – *Wanja*, ein von Sussanin adoptierter Waisenknabe (Lyrischer Alt, gr. P.) – *Ein polnischer Hauptmann* (Baß, kl. P.) – *Ein Bote* (Tenor, kl. P.) – *Ein russischer Hauptmann* (Baß, kl. P.).
Chor: Bauern – Polen – Krieger – Volk (gr. Chp.).
Ballett: Tanzfolge im II. Akt.
Ort: Rußland.
Schauplätze: Eine Straße im Dorfe Domnin – Am Hofe des polnischen Königs Sigismund – Die Hütte Sussanins – Ein dichter Wald – Das Kloster – Der rote Platz in Moskau.
Zeit: 1613.
Orchester: 2 Fl., 2 Ob., 2 Kl., 2 Fag. – 4 Hr., 2 Trp., 3 Pos., 1 Tuba – P., Schl., Hrf. – Str.
Gliederung: Ouvertüre und 26 musikalische Nummern.
Spieldauer: Etwa 3½ Stunden.

Handlung
In dem Dorf Domnin in der Nähe von Moskau begrüßen die Bewohner voller Freude die Rückkehr eines Freiwilligenheeres, das gerade einen Sieg über die polnischen Invasoren des Königs Sigismund errungen hat. Die Polen haben versucht, in den Wirren nach dem Tod des Zaren Boris Godunow die Macht in Rußland an sich zu reißen und einen Polen auf den Zarenthron zu setzen. Nur Antonida, die Tochter des alten Bauern Iwan Sussanin, ist traurig, denn ihr Verlobter Sobinin ist noch nicht zurückgekehrt, und ihr Vater will auch in so unruhigen Zeiten einer Hochzeit noch nicht zustimmen, zumal er befürchtet, Moskau könne in die Hand der Feinde gefallen sein. Da ertönen vom Fluß her Rufe, und auf einem Boot erscheint der lang erwartete Sobinin, der nicht nur seine Braut freudig begrüßt, sondern auch gute Nachricht bringt: Das Heer unter Führung des Fürsten Posharskij hat die auf Moskau marschierenden Polen zurückgeschlagen. Zwar zögert Sussanin immer noch mit der

Zusage zur Heirat, doch als Sobinin erzählt, daß in Moskau bereits der große Rat zusammengetreten ist, um einen neuen Zar zu wählen, und daß der Gutsherr des Dorfes, Michail Romanow, wohl der neue Zar sein würde, willigt er ein. Die Dorfbewohner feiern den neuen Zaren, von dem sie sich Friede für Rußland erhoffen.

Am polnischen Hofe in Warschau feiert man den vermeintlichen Sieg über Rußland. Der ganze Adel ist versammelt, man singt und tanzt – es erklingen die polnischen Nationaltänze: Polonaise, Krakowiak und Mazurka. Da betritt ein Bote den festlich geschmückten Saal: Er berichtet, daß Moskau wieder in die Hand der Russen gefallen sei, daß der von den Polen eingesetzte Zar Wladislaw verjagt und Michail Romanow zum neuen Zaren gewählt worden sei. Doch dieser, der in einem Kloster bei Kostroma lebe, wisse noch gar nichts von seiner Wahl. Erzürnt beschließen die Polen, zum Gegenangriff überzugehen und sich so schnell wie möglich des neuen Zaren zu bemächtigen – dann sei der Aufruhr im Keime erstickt.

Im Hause Sussanins wird die Hochzeit von Sobinin und Antonida vorbereitet. Im Hause lebt noch der Waisenknabe Wanja, den Sussanin wie einen eigenen Sohn aufzieht. Sussanin berichtet ihm von dem Erfolg des Heeres gegen die Polen und von der Wahl Romanows, und Wanja hofft, bald so erwachsen zu sein, daß er auch gegen die Polen ziehen kann. Die Dorfleute versammeln sich, und auch Sobinin und Antonida erscheinen, und dem Glück scheint nichts mehr im Wege zu stehen. Sobinin verläßt kurz das Haus, um auswärtige Hochzeitsgäste abzuholen, als plötzlich polnische Soldaten eindringen und Sussanin auffordern, sie unverzüglich zum Versteck des neuen Zaren zu bringen. Sussanin versucht sie, davon abzulenken, indem er sich unwissend stellt, und indem er die Polen zur Hochzeit einlädt, doch sie bedrohen ihn und bieten ihm schließlich Geld, damit er sie führe. Sussanin beschließt schweren Herzens, zum Schein auf das Angebot einzugehen, die Polen aber in die Irre zu führen. In einem unbeobachteten Augenblick beauftragt er Wanja, schnell zum Kloster zu reiten, in dem sich der Zar aufhält, und ihn zu warnen; dann verabschiedet er sich schmerzerfüllt von seiner Tochter, denn er fühlt, daß er sie wohl nicht wiedersehen wird. Mit den Polen verläßt er das Haus und geht in die Nacht. Antonida bleibt verzweifelt zurück, und als die Dorfmädchen kommen, um ihr einen Hochzeitsgesang vorzutragen, berichtet sie von dem schrecklichen Ereignis. Als Sobinin endlich mit den Gästen zurückkehrt und von Sussanins Verschleppung hört, ruft er eilends die Bauern zusammen, die zu den Waffen greifen und den Polen folgen.

Trotz Dunkelheit und wildem Wetter erreicht Wanja noch in der Nacht das Kloster, in dem sich der Zar aufhält, und klopft die Bewohner aus dem Schlaf, die sich zuerst erstaunt und unwillig äußern, dann aber, als Wanja ihnen von der Gefahr berichtet hat, ebenfalls ihre Waffen nehmen und den Polen entgegenmarschieren. – Sussanin hat unterdes die Polen in unwegsame Wildnis geführt. Da sie immer noch nicht am Ziel sind, werden sie unruhig und mißtrauisch, aber da Nacht ist, können sie sich über den Weg nicht vergewissern. Erschöpft legen sie sich zum Schlaf, und Sussanin erhofft und befürchtet zugleich das Herannahen des Morgens – denn er weiß, daß dann der Zar gerettet ist, daß aber die Polen ihn, wenn sie seinen Betrug entdecken, sicherlich töten werden. Als der Morgen graut, sieht Sussanin seine Aufgabe erfüllt – er gesteht den Polen, daß er sie in die Irre geführt hat, und in blinder Wut erschlagen ihn die Feinde. Sobinin und seine Freunde kommen zu spät.

Vor dem Kreml in Moskau feiert das russische Volk die endgültige Befreiung von den Polen – dabei gedenkt man der Heldentat des alten Iwan Sussanin, der sein Leben ließ, um den Zaren und das Vaterland zu retten.

Stilistische Stellung

Michail Glinka, der seine hauptsächliche musikalische Ausbildung außerhalb Rußlands, in der Begegnung mit den Opern Bellinis und Donizettis und im Unterricht bei dem Berliner Kompositionsprofessor Siegfried Dehn, erworben hatte, war gleichwohl der »Vater« einer national geprägten russischen Musik. Und so ist seine erste Oper ›Ein Leben für den Zaren‹ zwar formal und in vielen Instrumentationsdetails geprägt durch die italienische Opera seria der dreißiger Jahre des 19. Jahrhunderts, doch melodisch und harmonisch herrscht in ihr der zugleich auch dramaturgisch verstandene Gegensatz zwischen elegant-aristokratischer polnischer Gesellschaftskunst und urtümlich-ungeschönter russischer Volksmusik vor. Dabei überwiegen die eher statischen Situationen, zumal in den ersten beiden Akten; es wird selten gehandelt, sondern fast nur vom Handeln berichtet. Peter I. Tschaikowskij, ein kritischer Bewunderer Glinkas, bezeichnete ihn als »lyrischen Symphoniker«, und dieser durchaus richtig gesehene Charakterzug der Glinkaschen Musik wird zumal in der breit angelegten Tanzfolge des II. Aktes, aber auch in den zahlreichen Chören deutlich, die selten – wie später bei Modest P. Mussorgskij – dramatische Funktion haben, sondern ganz im Dienste liebevoller folkloristischer Detailschilderung stehen.

Textdichtung
Die Geschichte der Textfassungen ist höchst verwickelt. Die Anregung zu dem historischen Stoff erhielt Glinka 1834 von dem Petersburger Dichter Wassilij A. Shukowskij, der dann aber die Erstellung des Librettos dem deutschstämmigen Baron Georgij von Rosen, dem Sekretär des Zarewitsch, übertrug. Den Plan, eine »vaterländischheroische Oper« zu komponieren, hatte Glinka selbst gefaßt, und Rosen beschränkt sich aufs mehr handwerkliche Verseschmieden. Gleichwohl erhielt das Werk eine durchaus zarenfreundliche Tendenz, die Glinka, der politisch eher den Dekabristen nahestand, aber nicht zu stören schien. Sie trug ihm die Förderung durch den Zaren Nikolaj I. ein, der nicht nur die Uraufführung besuchte, sondern Glinka auch anschließend zum Kapellmeister des Hofchores ernannte. So galt die Oper als Repräsentationsoper des Zarismus, und da man nach der russischen Revolution 1917 nicht auf das Werk verzichten wollte, verfaßte zuerst 1924 N. A. Krascheninnikow eine proletarisch-revolutionäre Textparaphrase, die zwar keine Note von Glinkas Werk antastete, aber einen Helden Grigorij Suslow für »Hammer und Sichel« – so hieß das Werk jetzt – sterben ließ. Da diese Fassung wenig Erfolg hatte, erstellte 1938 Sergej M. Gorodezkij eine weitere Neufassung, die den Handlungsverlauf beibehielt, lediglich alle an den Zaren gemahnenden Textpassagen durch die historische Figur des Nowgoroder Kaufmanns Kusma Minin ersetzte – und der Oper den Titel ›Iwan Sussanin‹, der von Glinka und Shukowskij ursprünglich vorgesehen war, zurückgab. In dieser Fassung wurde das Werk lange in Russland aufgeführt.

Geschichtliches
Den Hinweis auf den Stoff erhielt Glinka 1834 von Shukowskij – bereits in Berlin. Noch vor der Kenntnis des genauen Textes, hatte Glinka weite Teile des Werkes musikalisch entworfen, und zurück in St. Petersburg, vollendete er die Oper innerhalb eines Jahres (1835) – eine unglaubliche Leistung, wenn man bedenkt, daß Glinka zuvor kaum ein größeres Werk hatte fertigstellen können. Die Uraufführung fand am 9. Dezember 1836 im Großen Theater in St. Petersburg in Anwesenheit des Zaren unter der Leitung des Dirigenten Catterino Cavos statt, und wenn auch das italienische Musik gewöhnte Hofpublikum verächtlich von »Kutschermusik« sprach, so hatte die Oper doch Erfolg, zuerst in Rußland, dann auch im Ausland, wo sie 1866 in Prag, 1874 in Mailand, 1878 unter der Leitung von Hans von Bülow in Hannover, 1887 in London und 1896 in Paris herauskam. In Frankfurt wurde das Stück 2015 in einer auf fast dreißig Prozent der Musik verzichtenden Strichfassung (Dramaturgie: Norbert Abels, Inszenierung: Harry Kupfer) erneut zur Diskussion gestellt, wobei im zeitlichen Transfer der Handlung in den Zweiten Weltkrieg aus den polnischen Usurpatoren deutsch singende Besatzer wurden.

W. K.

Ruslan und Ludmila

Oper in fünf Akten. Text nach dem Poem von Aleksander S. Puschkin von Konstantin A. Bakturin, Walerijan F. Schirkow, Nestor W. Kukolnik, M. A. Gedeonow, N. A. Markewitsch und vom Komponisten.

Solisten: *Swetosar*, Großherzog von Kiew (Seriöser Baß, m. P.) – *Ludmila*, seine Tochter (Dramatischer Koloratursopran, gr. P.) – *Ruslan*, 1. Freier (Heldenbariton, auch Baßbariton, gr. P.) – *Ratmir*, Prinz von Khosaria, 2. Freier (Alt, gr. P.) – *Farlaf*, ein Ritter, 3. Freier (Schwerer Spielbaß, auch Charakterbaß, gr. P.) – *Gorislawa*, Geliebte Ratmirs (Lyrischer Sopran, auch Jugendlich-dramatischer Sopran, m. P.) – *Finn*, ein guter Zauberer (Charaktertenor, m. P.) – *Naina*, böse Zauberin (Mezzosopran, m. P.) – *Bajan*, ein Sänger (Lyrischer Tenor, m. P.) – *Der Zwerg Tschernomor* (Stumme Rolle).
Chor: Gäste – Kammerzofen – Kinderfrauen – Edelknaben – Diener – Waffenbrüder – Musikan-

ten – Volk von Kiew – Der Riesenkopf – Ungeheuer – Persische Sklavinnen der Naina – Wasserjungfrauen – Zaubermädchen – Untertanen von Tschernomor (gemischter Chor, gr. Chp.).
Ballett
Ort: Im sagenhaften Rußland.
Schauplätze: Ein Saal im Schlosse Swetosars in Kiew – Die Höhle des Zauberers Finn – Eine öde Gegend – Ein verlassenes Schlachtfeld – Das Zauberschloß Nainas – Der Zaubergarten Tschernomors – Ein Tal.
Zeit: In sagenhafter Zeit.
Orchester: 2 Fl., 2 Ob., 2 Kl., 3 Fag. – 4 Hr., 2 Trp., 3 Pos. – P., Schl., Hrf., Klav. – Str. – Bühnenmusik: Glsp. – Akkordeon – Trp.
Gliederung: Vorspiel und Zwischenspiele, 27 musikalische Nummern.
Spieldauer: Etwa 3¼ Stunden.

Handlung
Am Hofe des Großfürsten Swetosar von Kiew wird ein großes Fest gefeiert; Swetosars Tochter Ludmila wird den tapferen Ritter Ruslan heiraten. Anwesend sind auch die beiden abgewiesenen Freier, der Prinz Ratmir, der sich zurück in seine orientalische Heimat sehnt, und der Ritter Farlaf, der sich noch nicht geschlagen geben will bei seiner Werbung um Ludmila. Ludmila aber liebt Ruslan. Die ganze Festgesellschaft hört den Liedern des Sängers Bajan zu; da verdunkelt sich plötzlich der Saal, und ein Ungeheuer entführt Ludmila. Als sich der entsetzte Swetosar gefaßt hat, verspricht er demjenigen der drei Freier, der ihm Ludmila zurückbringt, die Hand seiner Tochter und das halbe Zarenreich dazu. Alle drei machen sich, von Segenswünschen des Volkes begleitet, in verschiedene Richtungen auf den Weg.
In der Höhle des Zauberers Finn erfährt Ruslan, daß sich Ludmila in der Gewalt des bösen Zwerges Tschernomor befindet. Finn, der allen Liebenden wohl will, warnt ihn zudem vor der Zauberin Naina und prophezeit ihm, er werde ein Schwert finden, mit dem er Tschernomor besiegen könne. Ruslan macht sich auf die Suche nach dem Zwergenschloß. Unterdessen begegnet, ebenfalls auf der Suche nach Ludmila, Farlaf der Zauberin Naina, die ihm rät, ruhig zu Hause abzuwarten, bis Ruslan Ludmila gefunden habe. Dann wolle sie ihm schon zu seinem Glück verhelfen. Bei seiner Suche ist Ruslan auf ein verlassenes Schlachtfeld geraten; verzweifelt irrt er im Nebel umher. Da bemerkt er einen riesenhaften Schädel, dessen Atem wie ein Sturmwind weht. Der Schädel fordert ihn auf, die Ruhe des Schlachtfeldes nicht zu stören, sonst werde er ihn wegblasen. Ruslan zertrümmert mit seiner Lanze den Schädel und findet darunter das verheißene Schwert und nimmt es an sich. Der Schädel berichtet ihm, er sei der Bruder Tschernomors, der ihn im Kampf um das mächtige Schwert hinterrücks umgebracht habe. Ruslan solle den Mord rächen; dazu müsse er Tschernomor seinen langen Bart abschlagen, in dem die ganze Macht des Zwerges stecke.
Im Palast der Zauberin Naina wartet Gorislawa sehnsüchtig auf Ratmir, ihren Geliebten, der sie verlassen hat, um um Ludmila zu werben. Ratmir erscheint; auch er ist auf der Suche nach Ludmila. Er gerät in den Bann der Naina ergebenen tanzenden Sirenen und verfällt ihrem Zauber; Gorislawa, die ihn warnen will, erkennt er nicht. Auch Ruslan kommt und droht dem Zauber der schönen Mädchen zu erliegen und damit in den Bann von Naina zu geraten. Doch da erscheint Finn: Er verwandelt Nainas Zauberschloß in einen Wald und befreit Gorislawa, Ratmir und Ruslan. Gorislawa und Ratmir finden wieder zueinander; vereint wollen sie nun weiterziehen, um Ludmila zu befreien.
Im Zaubergarten Tschernomors seufzt Ludmila nach dem geliebten Ruslan. Verzweifelt will sie sich ins Wasser stürzen, doch die Nixen halten sie zurück. Der alte Zwerg Tschernomor erscheint und hofft, mit orientalischen Tänzen Ludmila für sich zu gewinnen, doch sie weist ihn ab. Da ertönt Geschrei: Ruslan ist ins Schloß eingedrungen. Tschernomor stellt sich zum Kampf, versenkt aber vorher Ludmila in einen tiefen Zauberschlaf. Im Zweikampf unterliegt der Zwerg Ruslan, der ihm mit dem Schwerte den Bart abschlägt. Doch Ruslan gelingt es nicht, die schlafende Ludmila aufzuwecken. So trägt er sie in Richtung des Palastes von Swetosar.
Während einer Rast haben Geister der Nacht, die in Diensten Nainas stehen, die schlafende Ludmila geraubt. Während Ruslan ihnen nachjagt, begibt sich Ratmir zu Finn, der ihm einen Zauberring überreicht, mit dem Ludmila wieder aufgeweckt werden könne. Naina hat die schlafende Ludmila Farlaf übergeben, der nun stolz an den Hof nach Kiew zurückgekehrt ist, aber Ludmila nicht aufwecken kann. Da erscheint Ruslan mit dem Zauberring, und Ludmila kommt wieder zu sich. Ein jubelndes Freudenfest beschließt die Oper.

Stilistische Stellung

In seiner zweiten Oper erweist sich Glinka als ein Meister der musikalischen Verwandlungskunst. Der spielerisch-heitere Märchenstoff Puschkins bot ihm – anders als der strenge ›Iwan Sussanin‹ – ausreichend Gelegenheit zu Orientalismen und Exotismen jeglicher Art. Stilistisch sind weiterhin formale und dramaturgische Elemente nach dem Vorbild von Mozart, aber auch Bellini und Donizetti bunt gemischt; ihren hohen Reiz gewinnt die Partitur aus blühender vokaler Kantabilität und genialer Instrumentationskunst; mit leichter Hand eingewebt sind Anklänge an kaukasische, arabische und finnische Folklore, die in Verbindung mit dem russischen Melos eine ganz eigene, damals sensationell neue Klangästhetik erzeugten.

Textdichtung

Die Werke Aleksander Puschkins waren Vorbild für eine ganze Reihe von russischen Opern: Den 1820 erschienenen Versroman, dessen märchenhafte Mischung aus Ritterpoem, historisierendem Abenteuergeist, Erotik und Folklore die Adaption zum Opernlibretto gleichermaßen nahelegte wie in der Durchführung schwierig gestaltete, wollte ursprünglich Puschkin selbst zum Libretto einrichten; sein früher Tod verhinderte dies. Nicht weniger als fünf Librettisten arbeiteten zeitweise an dem Stoff, der in einzelnen Fragmenten entstand – zum Teil komponierte Glinka bereits, wie er in seinen Memoiren schrieb, ohne das Szenarium im Detail zu kennen. Diese kollektive Libretto-Arbeit mag Schuld sein an gewissen Schwächen des Textes, doch der märchenhaft-phantastische Charakter des Sujets läßt diese in den Hintergrund treten.

Geschichtliches

Glinka schrieb seine zweite Oper zwischen 1838 und 1842; zurückzuführen ist die Entstehung auf den Erfolg des ›Iwan Sussanin‹, der Glinka 1837 höchste Protektion (er wurde Kapellmeister der königlichen Kapelle mit hohem Gehalt) eintrug. Doch als ›Ruslan und Ludmila‹ am 9. Dezember 1842 in St. Petersburg uraufgeführt wurde, blieb der Erfolg aus. Zwar kam es zwischen 1842 und 1846 zu immerhin 56 Aufführungen, doch außerhalb von Rußland blieb das Werk eher unbekannt. Während man in St. Petersburg 1893 die 300. Aufführung feiern konnte (und 1899 das Werk in italienischer Sprache [!] herausbrachte), wurde es erst 1867 in Prag gespielt und erst 1930 in Paris. Eine konzertante Aufführung in deutscher Sprache fand am 19. Januar 1900 in der Berliner Philharmonie statt, die erste szenische Aufführung gab es 1950 an der Staatsoper Unter den Linden in Berlin. 1980 spielte man ›Ruslan und Ludmila‹ in Leipzig, 2000 in Karlsruhe.

W. K.

Christoph Willibald Gluck

* 2. Juli 1714 in Erasbach bei Berching (Oberpfalz), † 15. November 1787 in Wien

Orpheus und Eurydike (Orfeo ed Euridice)

Oper in drei Akten. Dichtung von Ranieri de Calzabigi.

Solisten:
a. Wiener Fassung von 1762: *Orpheus* (Lyrischer Alt, auch Lyrischer Mezzosopran, auch Contratenor, urspr. Kastrat, gr. P.) – *Eurydike* (Lyrischer Sopran, auch Jugendlich-dramatischer Sopran, gr. P.) – *Amor* (Lyrischer Sopran, auch Soubrette, kl. P.).
b. Pariser Fassung von 1774: *Orpheus* (Haute-Contre, auch Lyrischer Tenor, gr. P.) – *Eurydike* (Jugendlich-dramatischer Sopran, auch Lyrischer Sopran, gr. P.) – *Amor* (Lyrischer Sopran, auch Soubrette, kl. P.).
Chor: Schäfer und Schäferinnen – Furien und Höllengeister – Selige Geister (gemischter Chor, gr. Chp.).
Ballett: Pantomime der Schäfer und Schäferinnen. Furientanz. Tanz der seligen Geister.
Ort: Das sagenhafte Griechenland.

Schauplätze: Einsamer Hain mit Lorbeerbäumen – Felsige Gegend – Ideale Landschaft – Finstere Höhle – Dem Amor geweihter Tempel.
Zeit: In sagenhafter Vorzeit.
Orchester:
a. Wiener Fassung von 1762: 2 Fl., 2 Ob., 2 Eh., 2 Chalumeau (Kl.), 2 Fag. – 2 Hr., 2 Trp., 2 Kornette, 3 Pos. – P., Hrf., Cemb. – Str.
b. Pariser Fassung von 1774: 2 Fl., 2 Ob., 2 Kl., 2 Fag. – 2 Hr., 2 Trp., 3 Pos. – P., Hrf. – Str.
Gliederung:
a. Wiener Fassung von 1762: Ouvertüre und 45 Musiknummern (geschlossene Formen und Rezitative).
b. Pariser Fassung von 1774: Ouvertüre und 58 Musiknummern (geschlossene Formen und Rezitative, ausgedehntes Ballett).
Spieldauer: Wiener Fassung etwa 1¾ Stunden, Pariser Fassung etwa 2 Stunden.

Handlung

Ein grausames Geschick hat dem apollinischen Sänger Orpheus die heißgeliebte Gattin Eurydike entrissen, die durch den Biß einer giftigen Schlange getötet worden war. Seither ist seine Leier verstummt, und in dumpfem Schmerz klagt er den Hirten und der Natur sein Leid, das überall bewegte Teilnahme findet. In wilder Verzweiflung faßt er den kühnen Entschluß, Eurydike den unerbittlichen Göttern der Unterwelt wieder zu entreißen. Da erscheint plötzlich Amor, der Gott der Liebe, und teilt ihm mit, daß die Götter, gerührt über seine unerschütterliche Treue, ihm Eurydike wiedergeben wollen, er müsse sie aber selbst aus dem Reich der Schatten holen, wobei er sie nicht anblicken dürfe, bis er die Oberwelt wieder erreicht habe.

Mit der Macht seines Saitenspiels und seines Gesanges besänftigt Orpheus an der Schwelle des Tartarus den wilden Höllenhund Cerberus sowie die rasenden Furien und verdammten Geister, worauf er ungehindert in die Gefilde der Seligen gelangt. – Angelockt und gerührt durch die holden Töne seines sanften Bittgesanges, geben ihm die scheuen Schatten Eurydike heraus.

Mit hastigen Schritten und abgewandtem Blick eilt nun Orpheus, Eurydike an der Hand führend, durch die dunklen unterirdischen Klüfte der Oberwelt zu. Doch Eurydike ist das seltsame Benehmen des Gatten unerklärlich. Sie beginnt an seiner Liebe zu zweifeln, als er auf ihre Bitte sie anzusehen, ausweichend reagiert. Trotz ihrer vorwurfsvollen Klagen bleibt Orpheus standhaft, eingedenk des Gebotes der Götter. Als aber Eurydike mit matter Stimme aus Schmerz über des Gatten erkaltete Liebe zu sterben vorgibt, verliert Orpheus für einen Augenblick die Fassung und wendet sich nach ihr um. Sogleich sinkt sie tot zu seinen Füßen nieder. In rasender Verzweiflung über seine Schuld will Orpheus sich daraufhin das Leben nehmen. Aber Amor hindert ihn durch sein Dazwischentreten daran. Er verkündet ihm die verzeihende Gnade der Götter als Lohn für treue Gattenliebe und erweckt Eurydike neuerdings zum Leben. – Auf die Erde zurückgekehrt, huldigt das glückliche Paar mit der Hirtenschar in einem Dankfest dem mächtigen Gott der Liebe.

Stilistische Stellung

Der von dem Intrigenapparat der Metastasio-Oper gereinigte Text zeichnet das dramatische Geschehen in einfachen, klaren Linien, ähnlich wie bei der alten Renaissance-Oper eines Ottavio Rinuccini oder Alessandro Striggio. Der Dichtung folgend, ordnet sich Glucks geradlinige Musik ganz der Wahrheit des dramatischen Ausdrucks unter. Trotz der klassisch-strengen Haltung ermöglicht das durchwegs orchesterbegleitete dramatische Rezitativ den Sängern einen von Spannungen und natürlicher Lebendigkeit erfüllten Vortrag, freilich unter Verzicht auf die Würze brillanten Bravourgesanges. Auch Chor und Ballett sind sinnvoll in die Handlung eingebaut. In bewußtem Gegensatz zu dem feierlichen Ernst und der pathetischen Tonsprache bei den Klagegesängen des Orpheus und des Chors sowie bei den Szenen in der Unterwelt und den elysäischen Gefilden steht die zarte, graziöse Zeichnung des Liebesgottes im Geist des Rokokos. Auch bei der Ouvertüre, die mit ihren hellen C-dur-Klängen sehr zu dem Folgenden kontrastiert, handelt es sich nicht um ein geistloses Lärmstück im Zeitgeschmack; sie schildert vielmehr das rauschende Hochzeitsfest, das Calzabigis Dichtung nicht auf die Bühne bringt und das dafür der Komponist, weil es der Handlung unmittelbar vorangeht, in musikalischer Stilisierung an den Beginn der Oper stellt.

Textdichtung

Die Dichtung stammt von dem aus Livorno gebürtigen, feingebildeten Theaterschriftsteller Ranieri de Calzabigi (1714 bis 1795), der, ein geborener Dramatiker, Glucks Reformideen praktisch auszuwerten verstand. Gluck selbst schätzte offenbar Calzabigis Mitarbeit hoch, gestand er doch in der Bescheidenheit des echten Künstlers seinem Textdichter das Hauptverdienst an seiner Opernreform zu. Calzabigi gestaltete das Buch nach der Fabel in Ovids ›Metamorphosen‹, wobei er als Konzession an den Zeitgeschmack lediglich den Schluß veränderte (glücklicher Ausgang). Seine musikdramatische Formung des Stoffes stand infolge Weglassens des gesamten Ballastes an Nebensächlichem in starkem Gegensatz zu den anderen, nach metastasianischem Zuschnitt verfaßten ›Orfeo‹-Libretti seiner Zeit (wie z. B. bei dem wenige Jahre vorher von Leopoldo di Villati für Carl Heinrich Graun geschriebenen Textbuch).

Die textliche Einrichtung für die französische Fassung anläßlich der Aufführung des Werkes in Paris besorgte der Opernlibrettist Pierre Louis Moline (um 1750–1821); die erste deutsche Übersetzung stammt von dem Berliner Verleger Johann Daniel Sander.

Geschichtliches

Calzabigi war 1761 nach Wien gekommen. Nach einem Bericht, den er 1785 im ›Mercure de France‹ veröffentlichte, soll er auf der Suche nach einem geeigneten Komponisten für seine angeblich bereits vollendete Operndichtung ›Orfeo‹ von dem Hofopern-Intendanten Graf Giacomo Durazzo an Gluck verwiesen worden sein. Die Uraufführung fand unter der Leitung des Komponisten am 5. Oktober 1762 am Wiener Hofburgtheater in Anwesenheit des Hofes statt; Regie führte der Dichter, die Titelrolle sang der Altkastrat Gaetano Guadagni. Das Werk hinterließ einen tiefen Eindruck, verschwand aber trotzdem nach einigen Vorstellungen wieder vom Spielplan. Seine Verbreitung erfolgte nur langsam und in vereinzelten Aufführungen (z. B. 1765 anläßlich der Kaiserkrönung Josephs II. in Frankfurt), fand doch die Vertonung des Stoffes durch Ferdinando Gasparo Bertoni damals weit größeren Zuspruch, während man in Italien Glucks Reform in Tommaso Traettas Buffaoper ›Il cavaliere errante‹ (Venedig 1778) sogar parodierte.

Einen durchschlagenden Erfolg erzielte das Werk erst bei seiner Erstaufführung in Paris (am 2. August 1774). Gluck hatte die Partitur für diese Aufführung zusammen mit dem Dichter Moline einer Umarbeitung unterzogen, wobei er mehrere Nummern neu hinzukomponierte. Die Besetzung der Titelrolle mit einem Tenor (Joseph Le Gros) hatte auch zahlreiche Veränderungen im musikalischen Text, besonders bei den Rezitativen, zur Folge. In dem Bestreben, die Vorzüge der Wiener und der Pariser Partitur in einer Fassung zu vereinen, wobei an der Besetzung der Titelrolle mit einer Altistin festgehalten wurde, entstanden Bearbeitungen des Werkes, die in Frankreich von Hector Berlioz und in Deutschland von Alfred Dörffel vorgenommen wurden. In der Gluck-Gesamtausgabe liegen heute beide Fassungen in getrennten Editionen für die Praxis vor.

Alceste

Oper in drei Akten. Dichtung von Ranieri de Calzabigi (italienische Fassung)/Dichtung nach Ranieri de Calzabigi von Marius-François-Louis Gand Lebland, Bailli du Roullet (französische Fassung).

Solisten: *Alceste* (Dramatischer Sopran, auch Dramatischer Mezzosopran, gr. P.) – *Admetos* (Jugendlicher Heldentenor, gr. P.) – *Euander* (Tenor, kl. P.) – *Herakles* (Charakterbariton, m. P.) – *Der Oberpriester* (Heldenbariton, auch Charakterbariton, m. P.) – *Apollo* (Seriöser Baß, kl. P.) – *Thanatos* (Charakterbaß, kl. P.) – *Die Stimme des Orakels* (Baß, kl. P.) – *Ein Herold* (Bariton, kl. P.) – *Eine Thessalierin* (Sopran, kl. P.) – *Die beiden Kinder Alcestes* (Stumme Rollen).
Chor: Thessalier und Thessalierinnen – Höllengeister (Doppelchor, Soloquartett; gr. Chp.).
Ballett: Pantomime der Priesterinnen im Tempel des Apoll – Festballett anläßlich der Genesung Admets – Schlußballett.
Ort: Pherä in Thessalien.
Schauplätze: Platz vor dem Königspalast – Im Tempel des Apollo – Im Innern des Palastes – Platz vor dem Palast – An der Eingangspforte zur Unterwelt.
Orchester: 2 Fl., 2 Ob., 2 Eh., 2 Fag., 2 Hr., 2 Trp., 3 Pos., Str. – Bühnenmusik: 1 Trp.
Gliederung: Ouvertüre und 33 Musiknummern, die pausenlos ineinandergehen (französische Fassung).
Spieldauer: Etwa 2¼ Stunden.

Handlung (französische Fassung)

Ein Herold verkündet der vor dem Palast zu Pherä versammelten Menge, daß König Admetos hoffnungslos darniederliege und sein Leben dem Ende entgegengehe. Gleich darauf erscheint Alceste, Admets Gattin, mit ihren beiden Kindern. Sie fleht zu den Göttern um Hilfe und fordert das wehklagende Volk auf, mit ihr in den Tempel des Apoll zu kommen, um dort mit Opferspenden das Mitleid der Himmlischen zu wecken. – Aber das Orakel des Apollo verkündet einen unbarmherzigen Spruch: Admet kann nur gerettet werden, wenn ein anderer sein Leben für ihn gibt. Mit Schaudern verläßt das Volk das Heiligtum. Alceste bleibt allein zurück und erklärt sich bereit, für den Gatten zu sterben. Der Oberpriester verkündet ihr, daß die Gottheit sie erhört habe: Admet werde genesen, doch sie werde bei Einbruch der Dunkelheit in das Reich der Schatten abberufen.

Hocherfreut über die plötzliche Heilung des geliebten Königs, huldigt das thessalische Volk Admet mit Tänzen und Geschenken. Als dieser jedoch durch seinen Vertrauten Euander erfährt, daß er seine Genesung nur dem Opfertod eines Untertanen verdanke, weist Admet spontan eine Rettung um solchen Preis zurück. Da kommt Alceste. Admet bemerkt Kummer und Gram in ihren Zügen, und auf sein inständiges Drängen gesteht Alceste endlich den wahren Sachverhalt. Verzweifelt stürzt Admet in den Tempel, um die Götter anzuflehen, sein Leben, aber nicht Alcestes Aufopferung entgegenzunehmen.

Auf seinen Heldenfahrten gelangt Herakles an den thessalischen Hof, wo er von dem herben Geschick seines Freundes Admet erfährt. Er beschließt, sogleich dem König zu Hilfe zu eilen. – Vor den Pforten der Unterwelt bieten sich Alceste und Admet beide dem Todesgott Thanatos zum Opfer, als dieser zur Dämmerstunde am Ufer des Styx erscheint, um nach dem Willen der Götter das Leben des einen oder des anderen in Empfang zu nehmen. Aber Herakles' Keule hält die Höllengeister in Schach, bis schließlich Apollo selbst erscheint und zum Lobe des Helden die Rettung des Paares Alceste-Admet verkündet. In den Dankesjubel der drei zu Ehren des Gottes stimmen auch die herbeigeeilten Scharen des Volkes ein.

Stilistische Stellung

In der berühmten Vorrede, die Gluck der gedruckten ›Alceste‹-Partitur voranstellte, faßte der Meister in gedrängter Form die Grundsätze seiner Opernreform zusammen, indem er auf die Mißstände der zeitgenössischen italienischen Oper hinwies und seine künstlerischen Absichten in dem Satz formulierte: »Ich versuchte daher, die Musik zu ihrer wahren Bestimmung zurückzuführen, d. h. die Dichtung zu unterstützen, um den Ausdruck der Gefühle und das Interesse der Situationen zu verstärken, ohne die Handlung zu unterbrechen oder durch unnütze Verzierungen zu entstellen.« Es ist erstaunlich, wie Gluck die dramatische Wirkung von Calzabigis handlungsarmer Dichtung mit den einfachsten musikalischen Ausdrucksmitteln rhythmischer, harmonischer und instrumentaler Natur so zu steigern wußte, daß das Interesse des Zuhörers bis zum Schluß wachgehalten wird. Ein Vergleich der italienischen mit der französischen ›Alkeste‹ zeigt, wie sehr der Meister in dem zwischen beiden Fassungen liegenden Zeitraum von etwa acht Jahren als Musikdramatiker gewachsen war. Mit Ausnahme der Ouvertüre, die – ähnlich wie die zu ›Iphigenie in Aulis‹ – ohne Abschluß in die erste Szene überleitet und die ebenfalls ob ihrer edlen klassischen Monumentalität ein beliebtes Repertoirestück auf den Konzertprogrammen geworden ist, hat Gluck bei der französischen Bearbeitung die Partitur einer durchgreifenden Revision unterzogen, wobei oft kleine, auf den ersten Blick belanglos erscheinende Veränderungen gegenüber der Urfassung sich als Genieblitze offenbaren. In der Hauptsache erstreckte sich die Neubearbeitung auf eine Straffung der allzu breit geratenen lyrischen Partien. Bei dieser Gelegenheit fiel freilich so manche musikalische Perle den Kürzungen zum Opfer, wie zum Beispiel die Szene Alcestes bei den Totengöttern. Anderes wurde wiederum breiter ausgeführt, zum Beispiel der Schluß des I. Aktes, Alcestes Entschluß ihrer Aufopferung (mit den für Gluck ungewöhnlichen Tempi rubati), der in der berühmten Arie »Divinités du Styx« gipfelt, oder das Fest anläßlich Admets Genesung (Anfang II. Akt), das eine Auflichtung des düsteren Grundtons der Handlung bezweckt. Auf die Figur der Ismene und auf die Kinder konnte Gluck in der Zweitfassung verzichten, dafür nahm er – wohl nicht zum Vorteil des Werkes – den euripideischen Herakles herein, dessen Arie aber nicht von François-Joseph Gossec stammt, wie lange Zeit angenommen wurde, sondern Glucks ›Ezio‹ entnommen ist. Die Szene an der Pforte der Unterwelt bildet den grandiosen Höhepunkt der Oper; hier wurde ein Terzett Alceste-Admet-Herakles neu eingefügt.

Das abschließende Divertissement stammt größtenteils von Gossec. Es ist schwer zu entscheiden, welcher von den beiden Fassungen der Vorzug zu geben ist. Für Konzertaufführungen des Werkes dürfte sich vielleicht die Urfassung ihres lyrisch-epischen Charakters wegen, für die Bühne aber die französische ›Alceste‹ besser eignen.

Textdichtung
Nach dem ersten glückhaften Zusammenwirken bei ›Orfeo‹ bearbeitete der Dichter Ranieri de Calzabigi (1714–1795) für Gluck die Alceste-Sage, wobei ihm als Vorlage in erster Linie das Drama des Euripides gedient haben mag. (Die Griechen hatten für diese mythologische Frauengestalt zwei Namen: Alkeste und Alkestis.) In dem Bestreben, das dramatische Geschehen auf den schlichten Kern des Mythos zu konzentrieren und es von allem Nebensächlichen zu lösen, ging Calzabigi sogar weiter als Euripides (Streichung der Herakles-Szenen); allerdings war die Überbetonung des Seelischen und Verinnerlichten letzten Endes der dramatischen Schlagkraft abträglich. Gluck suchte deshalb bei der Neubearbeitung hier einen Ausgleich zu schaffen. Das französische Textbuch für die Neufassung, die in ihrer Gründlichkeit fast einer Neuschöpfung gleichkommt, schrieb der französische Gesandtschaftsattaché in Wien Bailli du Roullet, der dem Meister bereits das Libretto zu ›Iphigenia in Aulis‹ verfaßt hatte.

Geschichtliches
Die Alkestis-Sage wurde im 17. und 18. Jahrhundert wiederholt als Opernstoff verwertet, so unter anderen von Jean-Baptiste Lully (Text: Philippe Quinault, 1674), Georg Friedrich Händel (Text: Aurelio Aureli, 1727) und Anton Schweitzer (Text: Christoph Martin Wieland, 1773). Gluck und Calzabigi glaubten wohl, wie schon bei ›Orfeo‹, durch die Wahl eines bekannten Stoffes, die einen Vergleich mit den damaligen Bearbeitungen im Zeitstil ermöglichte, ihre Reformideen am eindringlichsten präsentieren zu können. Die Uraufführung der italienischen Fassung erfolgte am 26. Dezember 1767 am Burgtheater zu Wien mit Antonie Bernasconi in der Titelrolle und mit Giuseppe Tibaldi als Admet. Der Erfolg der von den Autoren mit großer Sorgfalt einstudierten Vorstellung war stark, wenn es auch nicht an abfälligen Urteilen fehlte; so bezeichnete zum Beispiel Leopold Mozart »Glucks traurige Alkeste« als »Seelenmesse«. Die 1769 in Wien gestochene Partitur widmete der Meister der Kaiserin Maria Theresia, der damit wohl nach einem Brauch der Zeit als Abbild der Alkeste geschmeichelt werden sollte. Nach dem großen Erfolg seiner ›Iphigenie in Aulis‹ arbeitete Gluck zusammen mit Bailli du Roullet im Fassung 1775 die ›Alceste‹ für Paris um. Die Partitur des I. und II. Aktes sandte er Ende des Jahres von Wien aus nach der französischen Hauptstadt, den III. Akt brachte er Anfang März 1776 selbst dorthin. Die Zweitfassung ging sodann am 23. April 1776 in der Académie Royale zum ersten Mal in Szene; die Titelrolle sang Rose Levasseur, den Admet Joseph Le Gros. Das von dem gewohnten Schema der Tragédie lyrique abweichende Werk hatte zunächst bei der Premiere einen Mißerfolg, doch steigerte sich später der Beifall von Aufführung zu Aufführung.

Iphigenie in Aulis (Iphigénie en Aulide)

Große Oper in drei Aufzügen. Dichtung von Marius-François-Louis Gand Lebland, Bailli du Roullet.

Solisten: *Agamemnon* (Heldenbariton, gr. P.) – *Klytämnestra* (Dramatischer Mezzosopran, gr. P.) – *Iphigenie* (Jugendlich-dramatischer Sopran, gr. P.) – *Achilles* (Haute-Contre, auch Lyrischer Tenor, gr. P.) – *Patroklos* (Bariton, auch Baß, kl. P.) – *Kalchas* (Seriöser Baß, auch Baßbariton, m. P.) – *Arkas* (Baß, auch Bariton, kl. P.) – *Diane (Artemis)* (Lyrischer Sopran, kl. P.).
Chor: Fürsten und Heerführer der Griechen – Thessalier – Leibwache des Agamemnon – Frauen der Klytämnestra – Mädchen von Aulis – Gefangene Frauen von Lesbos – Priesterinnen der Artemis (gr. Chp.).
Ballett: Tänze zu Ehren Iphigenies bei ihrer Ankunft in Aulis (I. Akt) sowie bei der Hochzeitsfeier (II. Akt).
Ort: Am Strand von Aulis.
Schauplätze: Das griechische Lager – Das Innere des Zeltes von Agamemnon – Freier Platz am Meeresufer mit einem Altar, die griechische Flotte im Hintergrund.
Orchester: 2 Fl., 2 Ob., 2 Kl., 2 Fag., 2 Hr., 2 Trp.,

3 Pos., P., Str. (in Richard Wagners Bearbeitung: 3 Fag., 4 Hr., 3 Trp.).
Gliederung: Ouvertüre, die in die 1. Szene überleitet, sowie 55 Musiknummern (Orchester-Rezitative und geschlossene Formen).
Spieldauer: Etwa 2¼ Stunden.

Handlung

Schon seit längerer Zeit wird das griechische Heer, das zur Ausfahrt nach Troja bereitsteht, durch vollkommene Windstille in Aulis festgehalten. Die Göttin Diane straft damit Agamemnon, den Führer der Griechen, für die Erlegung einer heiligen Hirschkuh. Nach einem Orakelspruch kann er die Erzürnte nur durch die Opferung seiner Tochter Iphigenie wieder versöhnen. In schweren Seelenkämpfen schwankt der König zwischen Vaterliebe und Pflicht. Ein Versuch, das geplante Kommen Iphigenies zur Vermählung mit dem jungen Thessalierfürsten Achilles durch Entsendung eines Getreuen (Arkas) zu verhindern, scheitert. Als Iphigenie mit ihrer Mutter Klytämnestra im Lager erscheint, wagt Agamemnon immer noch nicht, das furchtbare Begehren der Göttin bekannt zu geben; er sucht vielmehr durch die falsche Verdächtigung, Achilles habe sein Herz einer anderen zugewandt, die Tochter zur schleunigen Abreise zu veranlassen. Aber die feurigen Liebesbeteuerungen des strahlenden Helden verscheuchen bald alle Zweifel in dem Herzen des Mädchens, und eilig wird das Hochzeitsfest gerüstet.

Als das Paar im feierlichen Zug zum Tempel ziehen will, stürzt Arkas mit der Schreckensbotschaft dazwischen, daß Agamemnon und der Oberpriester Kalchas dort den Willen der Göttin vollziehen wollen. Achilles beruhigt Klytämnestra, die ihn auf den Knien um Schutz anfleht, daß er die Tat niemals zulassen werde, während Iphigenie den Geliebten beschwört, ihren Vater zu schonen.

Sie läßt sich nicht zurückhalten, in den Tempel zu gehen, um ihr junges Leben und ihr Glück der großen Sache des Vaterlandes zu opfern. Am Altar erscheint nun aber Artemis selbst, um dem unglücklichen Vater ihre Verzeihung zu verkünden und Iphigenie für eine hohe Aufgabe in ein fernes Land zu entrücken.

Stilistische Stellung

Gluck baut bei ›Iphigenie in Aulis‹ seinen im ›Orfeo‹ entwickelten neuen Stil weiter aus. Mit lapidaren Strichen und edler Einfachheit zeichnet er eine ganze Skala menschlicher Gefühle und Leidenschaften, so vor allem in den Rezitativen, aber auch bei den geschlossenen Formen, die in ihrer schlichten Klassizität vielfach liedhafte Prägung tragen. Dabei steigert er die Charaktere über ihre Zeichnung in der zeitgebundenen Textvorlage hinaus ins Monumentale gemäß der altgriechischen Auffassung der Helden des homerischen Zeitalters. In den Chor- und Ensembleszenen erstehen musikalische Höhepunkte von großartiger Wirkung.

Wie nach Glucks eigenen Worten alles in seiner Partitur, sogar die Pausen, so werden auch die Ballett-Einlagen – eine unumstößliche Forderung der Zeit und des Pariser Publikums im besonderen – durch ihre geschickte Placierung als Ruhepunkte der Handlung in den Dienst des dramatischen Ausdrucks gestellt. Richard Wagners Neufassung trägt bei der starken eigenschöpferischen Persönlichkeit des Bearbeiters trotz aller Pietät stilfremde Züge in das Werk. Von hervorragender Bedeutung sind seine dramaturgischen Bemerkungen über die szenische Gestaltung der Oper. Eine auf Stilreinheit bedachte Aufführung wird jedoch der von Gluck selbst überarbeiteten Partitur von 1775 den Vorzug geben.

Textdichtung

Der Verfasser des Textes war der französische Diplomat du Roullet (1716–1786). Als Vorlage benutzte er die gleichnamige Tragödie des französischen Klassizisten Jean Racine (1639–1699). Racines Dichtung unterscheidet sich von dem Urbild aller Bearbeitungen des Iphigenien-Stoffes, der Tragödie des Euripides (406 v. Chr.), vor allem durch die Einführung der Liebschaft Iphigenie-Achilles. Die Charaktere sind im Sinne des empfindsamen Zeitalters gezeichnet, und auch die Fassung des Schlusses entspricht dem Geschmack der Zeit (die von Richard Wagner getadelte »unerläßliche Mariage«). Gluck hat selbst noch in einer der Uraufführung folgenden Überarbeitung des Werkes (1775) auf den Schluß des Euripides zurückgegriffen (Entrückung der Iphigenie durch die Göttin Artemis).

Johann Daniel Sander besorgte 1809 für Berlin eine deutsche Übersetzung, die in der Folge auf den deutschen Bühnen allgemein gebräuchlich wurde. Wagner schuf für seine Bearbeitung des Werkes eine fast durchwegs neue Gestaltung des Textes, während die deutsche Übertragung von Peter Cornelius getreu dem originalen Notenbild folgt.

Geschichtliches
Im August 1772 empfahl du Roullet im ›Mercure de France‹ dem Direktor der Pariser Oper Antoine d'Auvergne die Annahme von Glucks ›Iphigenie in Aulis‹, die aber erst erfolgte, als sie von der Dauphine Marie Antoinette, Glucks ehemaliger Schülerin, befohlen worden war. Der Meister besorgte selbst die Einstudierung, und nach Überwindung mancherlei Schwierigkeiten und Intrigen erfolgte am 19. April 1774 die Uraufführung in der Académie Royale, die von dem überfüllten Haus zunächst mit Zurückhaltung aufgenommen wurde. Aber schon die zweite Aufführung hatte durchschlagenden Erfolg, der sich von Vorstellung zu Vorstellung steigerte und Serienaufführungen des Werkes zur Folge hatte. Glucks Sieg über seine Widersacher war damit endgültig. In Deutschland kam dagegen die Oper erst verhältnismäßig spät und nur in vereinzelten Aufführungen zu Gehör, bis Richard Wagners erfolgreiche Bearbeitung (24. Februar 1847 in Dresden) neues Interesse für das Werk erwecken konnte.

Armide

Heroisches Drama in fünf Akten. Dichtung von Philippe Quinault nach Torquato Tassos Epos ›Das befreite Jerusalem‹.

Solisten: *Armide*, Zauberin, Nichte Hidraots (Dramatischer Sopran, auch Jugendlich-dramatischer Sopran, gr. P.) – *Hidraot*, Zauberer, König von Damaskus (Heldenbariton, auch Charakterbariton, m. P.) – *Renaud*, Kreuzritter im Gefolge Gottfrieds (Haute-Contre, auch Lyrischer Tenor, auch Jugendlicher Heldentenor, gr. P.) – *Artémidore*, Ritter (Tenor, kl. P.) – *Ubalde*, Ritter (Kavalierbariton, auch Heldenbariton, m. P.) – *Der dänische Ritter* (Haute-Contre, auch Lyrischer Tenor, auch Jugendlicher Heldentenor, m. P.) – *Phénice*, Vertraute der Armide (Lyrischer Sopran, auch Lyrischer Mezzosopran, m. P.) – *Sidonie*, Vertraute der Armide (Lyrischer Sopran, m. P.) – *Aronte*, einer von Armides Hauptleuten (Bariton, auch Baß, kl. P.) – *La Haine/Der Haß* (Dramatischer Mezzosopran, m. P.) – *Eine Najade* (Sopran, kl. P.) – *Zwei Koryphäen* (Soprane, kl. P.) – *Eine Schäferin* (Sopran, kl. P.) – *Eine Phantasmagorie in Gestalt Lucindes*, der Geliebten des dänischen Ritters (Sopran, kl. P.) – *Eine Phantasmagorie in Gestalt von Melisse*, der Geliebten des Ubalde (Sopran, kl. P.) – *Ein Lustgeist* (Sopran, kl. P.).
Chor: Koryphäen – Volk des Königreichs Damaskus (Doppelchor) – In Nymphen, Schäfer und Schäferinnen verwandelte Dämonen – Gefolge des Hasses – Phantasmagorien in Gestalt von Landleuten – Lustgeister (m. Chp.).
Ballett: Volk des Königreichs Damaskus. In Nymphen, Schäfer und Schäferinnen verwandelte Dämonen, danach in Zephire verwandelte Dämonen. Gefolge des Hasses. Ungeheuer, danach Phantasmagorien in Gestalt von Landleuten. Lustgeister und glückliche Liebespaare, Dämonen.
Statisten: Gefolge des Hidraot.
Ort: In und um Damaskus.
Schauplätze: Ein Platz in Damaskus mit Triumphbogen – Ländliche Gegend mit einem Fluß und einer Insel – Einöde – Dieselbe Einöde, deren Abgründe sich öffnen; danach Verwandlung in eine liebliche Landschaft – Zauberpalast der Armide.
Zeit: Sagenhaft ausgeschmücktes Mittelalter, um 1100, zur Zeit des Ersten Kreuzzuges.
Orchester: 2 Fl., 2 Ob., 2 Kl., 2 Fag., 2 Hr., 2 Trp., P., Str., Cemb. (ad. lib.).
Gliederung: Ouvertüre und in Szenen unterteilte Akte, deren Nummern (Introduktionen, Arien, Ensemblegesänge, Chöre, Tänze) durch vom Orchester begleitete Rezitative miteinander verbunden sind.
Spieldauer: Etwa 3 Stunden.

Handlung
In Damaskus steht eine Siegesfeier bevor: Kraft ihrer zauberhaften Schönheit ist es Armide, der Nichte des syrischen Königs Hidraot, gelungen, Gottfried von Bouillon, dem Heerführer der Kreuzritter, einen Großteil seiner Kampfgefährten abspenstig zu machen und gefangenzunehmen. Armides Dienerinnen Phénice und Sidonie gratulieren ihrer Herrin zu diesem Erfolg. Anders jedoch als ihre Vertrauten ist Armide selbst mit dem Erreichten noch nicht zufrieden. Denn ausgerechnet der tapferste unter den christlichen Rittern – der als unbesiegbar geltende Renaud – ließ sich nicht von ihren Reizen blenden und kränkte ihren Stolz durch Gleichgültigkeit. Seitdem verfolgt Armide den Helden mit ihrem Haß.

Auch ängstigt sie ein Traumgesicht, in dem sie sich von Renaud im Kampf besiegt sah. Vor allem aber ist Armide darüber beunruhigt, daß sie im Traum in Liebe für Renaud entflammte, als dieser sich anschickte, ihr Herz zu durchbohren. Nachdem Sidonie versucht hat, ihre Herrin zu beruhigen, macht Hidraot, der König von Damaskus, Armide die Aufwartung. Angesichts seines fortgeschrittenen Alters will er noch zu Lebzeiten die Thronfolge geregelt wissen, und so drängt er seine Nichte, endlich zu heiraten. Doch diese beharrt auf ihrer bisherigen Freiheit und Unabhängigkeit. Nur demjenigen wolle sie angehören, der in der Lage sei, Renaud zu bezwingen. Inzwischen hat sich das Volk von Damaskus eingefunden. Gemeinsam mit dem König feiern die Damaszener Armides Triumph über die Kreuzritter. Da naht schwer verwundet der Hauptmann Aronte, den die Prinzessin mit der Überführung der Gefangenen aus dem feindlichen Lager nach Damaskus betraut hatte. Ein einziger Recke, so berichtet er, habe alle Gefangenen befreit. Armide ahnt, wer dieser kühne Befreier war: Renaud. Hidraot, Armide und das Volk schwören dem Helden Rache.

Renaud ist wegen eines im Totschlag seines Gegners endenden Ehrenhandels aus dem Kreuzzugsheer verbannt worden. Nun schickt er seinen treuen Begleiter Artémidore, der Renaud aus Dank für die Errettung aus der damaszenischen Gefangenschaft nicht mehr von der Seite gewichen ist, wieder zurück ins christliche Heerlager. Er selbst werde von nun an auf eigene Faust Ruhmestaten vollbringen. Artémidores Warnung, er solle sich hierbei von Armides Herrschaftsbereich fernhalten, um nicht ihren Verführungskünsten zu erliegen, schlägt Renaud in den Wind. Schon einmal habe er ihrem Zauber widerstanden, und er sei auch fürderhin nicht gewillt, seine Freiheit aufzugeben. Nachdem sich die beiden Ritter entfernt haben, treten Hidraot und Armide auf den Plan und rufen die Geister der Hölle ans Licht. Verwandelt in anmutige Gestalten, sollen die Dämonen bei der Überlistung Renauds mitwirken. Hingegen will sich Armide den tödlichen Streich gegen den verhaßten Ritter selbst vorbehalten. Unterdessen hat sich Renaud dem Gestade des die Gegend durchziehenden Flusses zugewendet. Immer mehr nimmt ihn der friedvolle Zauber der Landschaft gefangen, bis er schließlich von der Schönheit der Natur überwältigt ist und sich, von Müdigkeit übermannt, zum Schlafe niederlegt. Alsbald entsteigt eine zur Najade verwandelte Dämonin dem Fluß und lullt Renaud mit einem betörenden Schlummerlied ein. Andere Phantome der Unterwelt umtanzen den Träumenden in Gestalt von Nymphen, Schäferinnen und Schäfern und fesseln ihn mit Blumengirlanden. Damit ist für Armides Rache alles bereitet. Schon ist sie im Begriff, dem Wehrlosen ihren Dolch in die Brust zu stoßen, als sein Anblick sie mehr und mehr in den Bann zieht. Die bislang unterdrückte Liebe zu Renaud überwältigt Armide nun mit aller Macht und hindert sie an der Ausführung der Mordtat. Statt dessen faßt sie den Entschluß, Renaud mittels Magie seiner Heldenlaufbahn zu entfremden und zu ihrem Geliebten zu machen. Damit aber niemand etwas von ihrer Herzensschwäche erfährt, läßt sich Armide samt dem schlafenden Renauld von den in Zephire verwandelten Dämonen fort bis ans Ende der Welt tragen.

Dort hat Armide in einer Wüstenei Aufenthalt genommen und beklagt, ausgerechnet zu ihrem ärgsten Feind in Liebe entbrannt zu sein. Auch die Beschwichtigungen von Seiten ihrer Vertrauten Phénice und Sidonie, wonach Renaud inzwischen ihre zärtlichen Gefühle erwidere, können Armide nicht beruhigen. Ist sie sich doch schmerzlich dessen bewußt, daß sie ohne den Einsatz übernatürlicher Mittel Renauds Begehren wohl kaum hätte erwecken können. Um so schmählicher erscheint ihr ihre eigene Leidenschaft, da sie dem Helden ohne dessen geringstes Zutun verfallen ist. Diese Beeinträchtigung ihres Stolzes, so vertraut Armide ihren Dienerinnen an, habe ihren inneren Frieden zerstört, weshalb sie zur Wiedergewinnung ihrer Selbstachtung einen letzten Versuch unternimmt: Sie schickt Phénice und Sidonie weg, damit sie nicht sehen, wie ihre Herrin, um von Renaud wieder loszukommen, den Haß heraufbeschwört. Unterstützt von seinem Gefolge, macht sich der Haß nun daran, die Liebe aus Armides Herz zu tilgen. Der Sieg scheint schon errungen, da gebietet Armide auf dem Höhepunkt der Austreibung Einhalt. Sie erkennt, daß sie mit dem Verlust der Liebe ihr Herz verlieren würde. Zwar zieht sich der Haß mitsamt seinem Troß daraufhin zurück, nicht jedoch, ohne Armide Unheil anzukündigen: Sie werde den auf seinen Ruhm erpichten Helden nicht halten können. Nach Renauds Abschied aber werde sie vergeblich versuchen, den Haß in ihrer Brust wieder wachzurufen. Auch als verlassene Geliebte werde sie dann der Liebe ausgeliefert bleiben. Von der Drohung des Hasses verängstigt, bittet Armide die Liebe um ihren Beistand.

Ubalde und ein dänischer Ritter sind von Gottfried beauftragt worden, Renaud ausfindig zu machen und wieder ins Kreuzzugsheer zurückzuholen. Zum Schutz vor Armides Hexerei führen sie magische Werkzeuge mit sich: einen diamantenen Schild und ein goldenes Zepter, außerdem ein für Renaud bestimmtes Schwert. Inzwischen sind Ubalde und sein Gefährte in Armides Wüstenei vorgedrungen. Die Zauberin hat ihnen Ungeheuer entgegengesandt, die sie nun mit Hilfe des goldenen Zepters außer Gefecht setzen. Doch noch gibt sich Armide nicht geschlagen: Plötzlich erblüht die Einöde zum Idyll. Landleute kommen Ubalde und seinem Begleiter entgegen. Unter ihnen glauben die beiden Ritter ihre Geliebten Lucinde und Melisse auszumachen. Tatsächlich handelt es sich wieder um Gespensterspuk, der die Eindringlinge durch Vortäuschung arkadischer Glückseligkeit davon abbringen soll, Renaud zurückzuholen. Zunächst bewahrt Ubalde den dänischen Ritter vor den Berückungen der angeblichen Lucinde. Er berührt sie mit dem Zepter, und sofort ist die Phantasmagorie verschwunden. Danach klärt der dänische Ritter auf gleiche Weise Ubalde über die Truggestalt der falschen Melisse auf. Nach diesen mehr schlecht als recht überstandenen Liebesabenteuern fühlen sich beide Helden gerüstet, künftigen amourösen Anfechtungen widerstehen zu können. Und so nehmen sie die Suche nach Renaud wieder auf und schlagen den Weg zu Armides Zauberschloß ein.

Renaud ist inzwischen vom Liebreiz Armides gänzlich betört. Kaum kann er es ertragen, ohne sie zu sein. Gleichwohl sieht sich Armide gezwungen, Renaud für kurze Frist zu verlassen. Sie ahnt, daß ihrem Liebesglück keine Dauer beschieden ist, da Ruhmsucht, Vernunft und Pflichtgefühl ihr den Geliebten bald wieder entreißen könnten. Und so will sie bei den Mächten der Unterwelt Rat suchen. Auch Renauds Treueschwüre können sie von ihrem Vorhaben nicht abbringen. Und nachdem sich das Paar noch einmal seiner Liebe versichert hat, läßt Armide Renaud in der Obhut von Lustgeistern und glücklichen Liebespaaren zurück, die dem Helden mit Tanz und Gesang die Zeit vertreiben. Doch ohne die Gesellschaft der Geliebten wird er der heiteren Schar allmählich überdrüssig, so daß er es vorzieht, allein die Rückkehr Armides abzuwarten. Damit ist für Ubalde und den dänischen Ritter der Augenblick gekommen, Renaud aus seiner Verblendung zu reißen. Sie halten ihm den diamantenen Schild vor die Augen, so daß er darin sein von Blumengirlanden umkränztes Spiegelbild wahrnimmt. Peinlich berührt von seiner »verweichlichten« Aufmachung, nimmt er die von den Rittern mitgebrachten Waffen an sich. Unverzüglich brechen Renaud und seine Begleiter ins christliche Feldlager auf. Da stellt sich Armide ihnen in den Weg. Bestürzt erkennt sie, keine Macht mehr über Renaud zu haben. Eindringlich fleht sie ihn an, bei ihr zu bleiben. Sie bittet ihn sogar, sie als Gefangene mitzunehmen. Renaud wiederum ist hin- und hergerissen zwischen Pflicht und Neigung. Und als der Abschiedsschmerz Armide besinnungslos zu Boden sinken läßt, scheint der Kummer der Geliebten Renauds mitleidvolles Herz zu erweichen. Doch wird er von den Gefährten gegen seinen Willen fortgeführt. Als Armide wieder zu sich kommt, erkennt sie in ohnmächtiger Verzweiflung, daß sie Renaud entgültig verloren hat. Einzig der Gedanke an Rache hält sie noch aufrecht. Auf ihr Geheiß zerstören die Dämonen den Zauberpalast, unter dessen Trümmern Armide ihre unheilvolle Liebe begraben wissen will. Danach entflieht sie auf einem Höllenwagen durch die Lüfte.

Textdichtung und stilistische Stellung

Zwar war im 18. Jahrhundert die mehrfache Vertonung von Opernlibretti gängige Praxis, aber ebenso üblich war es, die Textvorlage für die anstehende Opernproduktion gemäß den neuen Aufführungsbedingungen umzuarbeiten und einzurichten. Um so erstaunlicher ist Glucks Texttreue mit Blick auf seine 1777 in Paris uraufgeführte ›Armide‹, deren Libretto Philippe Quinault (1635–1688) über neunzig Jahre zuvor für Jean-Baptiste Lullys gleichnamige Tragédie en musique verfaßt hatte. (Mehr zur Textdichtung ist in der Besprechung von Lullys ›Armide‹ zu finden.) Offenbar wollte Gluck dem auch noch in den siebziger Jahren des 18. Jahrhunderts als Klassiker verehrten Dichter die Reverenz erweisen, weshalb er Quinaults Poem bis auf den vollständigen Strich des Prologs – zu Glucks Zeit waren Opern-Prologe nicht mehr in Mode – weitgehend unangetastet ließ. Allenfalls tauschten an wenigen Stellen Armides Dienerinnen den Text, andernorts Ubalde und der dänische Ritter. Lediglich jene vier Verse am Ende des III. Aktes, in denen Armide den Beistand der Liebe erfleht, um der Verfluchung durch den Haß zu entgehen, ließ sich Gluck von Marius-François-Louis Gand-Leblanc, Bailli du Roullet, hinzudichten.

Diese Ergänzung ist insofern bedeutsam, als sich an ihr der Hauptunterschied zwischen Lullys und Glucks ›Armide‹ in nuce zeigt: Während in den mittleren Streicherstimmen ein pulsierender Ostinato-Rhythmus von den Nachwirkungen des Hasses in Armides Seele einen Eindruck gibt, findet die Titelheldin erst nach verstörtem Stammeln wieder zur sanglichen Linie zurück, so daß die melodische Abrundung zum Spiegel für Armides wiedergewonnene innere Fassung wird. Darüber hinaus aber wird das Orchester hier auf eine für die Komposition typische Weise in psychologisierender Absicht eingesetzt. Indem Gluck also die Spannung zwischen Singstimme und Orchester zur Charakterisierung der Protagonistin nutzt, geht er über Lullys aus der musikalischen Textdeklamation erwachsenden Schilderung von Armides Leidenschaften hinaus. Ferner klingt schon in der elegischen Orchester-Introduktion zum V. Akt die Traurigkeit der Titelheldin an, wodurch die Musik zu verstehen gibt, daß Armide hinsichtlich der Endlichkeit ihres Liebesglücks keine Illusionen hegt.

Zu Recht hebt der Komponist in einem Brief als Novum der Komposition die Feinheit hervor, mit der die Musik die Gefühlsschwankungen der von ihrer Haßliebe zu Renaud aufgeriebenen Armide nachzeichnet. Diesen Zugewinn an musikalischer Geschmeidigkeit meint Gluck, wenn er sagt: »In ›Armide‹ habe ich versucht, mehr Maler und Poet zu sein, denn Musiker.« Daß die Glucksche Tonmalerei aber nicht nur dazu dient, in der Art einer minuziösen Charakterzeichnung ein Portrait der unglücklich liebenden Armide zu entwerfen, erweist die koloristische Finesse der Partitur, die diese Oper zu einer wichtigen Vorbotin der Romantik macht. So werden die von Armide herbeigezauberten Idyllen des II., IV. und V. Aktes von Gluck in wunderbar aufeinander abgestimmten Farbtönen beschrieben, wodurch der sonst eher in der Malerei und Dichtung beheimatete Topos des Locus amoenus in ›Armide‹ eine seiner überzeugendsten musikalischen Umsetzungen erfährt. Insbesondere Renauds Schlummerszene im II. Akt ist mit bukolischen Details, für die der im doppelten Echo der Koryphäen sich verlierende Gesang der Najade eines der anmutigsten Beispiele ist, in reichem Maße bedacht. Neben dem durch dramatische Wucht faszinierenden Haß-Tableau des III. Akts ergeben sich in diesen Liebesparadiesen (etwa während der ausgedehnten Chaconne und den solistisch-chorischen Wechselgesängen des V. Aktes) für Chor und Ballett dankbare Aufgaben.

Mögen auch alle Protagonisten des Dramas außer der Titelheldin Episodenfiguren sein, so verleiht ihnen der Komponist gleichwohl Profil. Demgemäß teilt Gluck einem Briefpartner mit: »Ich habe das Mittel gefunden, die Personen sprechen zu lassen in der Art, daß Sie sogleich nach ihrer Weise, sich auszudrücken, erkennen werden, ob es Armida sein wird, die spricht, oder eine andere.« Beispielsweise äußert sich Armides Dienerinnenpaar – anders als seine Herrin – »in fest geformten, lieblichen kleinen Airs« und überdies mit behutsamem Buffo-Anklang, wohingegen die Kreuzritter die empfindsame Kantilene oder »hochtönende Fanfarenklänge bevorzugen« (Anna Amalie Abert). Dem Magier und König Hidraot wiederum ist eine düstere Großartigkeit eigen, so daß die imposante Beschwörungsszene des II. Akts mit der Duett-Konstellation Hidraot/Armide nachhaltigen Einfluß auf die deutsche Romantik ausgeübt hat: Die Parallelen zu den Verschwörungsszenen der finsteren Paare Eglantine/Lysiart aus Webers ›Euryanthe‹ und Ortrud/Telramund aus Wagners ›Lohengrin‹ sind jedenfalls auffällig. Ebenso evident ist, daß die Schlußszene der verzweifelten Armide, die den Komponisten sogar zum einzigen Male in seinen Reformopern auf das im 18. Jahrhundert nahezu unumgängliche Lieto fine (glückliche Ende) verzichten ließ, inspirierend auf den Gluck-Verehrer Hector Berlioz wirkte, als er in den ›Trojanern‹ den Lebensabschied der von Äneas (Énée) verlassenen Karthagerkönigin Dido (Didon) gestaltete.

Geschichtliches

Unter Einrechnung der für Paris revidierten, ursprünglich auf italienische Libretti geschriebenen Opern ›Orphée et Euridice‹ und ›Alceste‹ war ›Armide‹ Glucks fünftes für die französische Hauptstadt geschriebenes Reformwerk. Erste Hinweise auf das neue Projekt sind auf den November 1775 datiert, im Mai 1777 hat Gluck die Kompositionsarbeit an ›Armide‹ abgeschlossen. Die Entstehung fällt somit in die Zeit des von Intrigen und literarischen Fehden geprägten Pariser Opernstreits. Einen ersten Höhe- oder Tiefpunkt erreichten die Auseinandersetzungen, als Glucks Widersacher den darüber völlig ahnungslosen Niccolò Piccini für ihr Ränkespiel instrumentalisierten und mit der Komposition eines auf Quinaults Libretto basierenden ›Roland‹ beauftragten – im Wissen darum, daß Gluck neben den Arbeiten an ›Armide‹ bereits mit der Vertonung desselben Opernbuchs beschäftigt war. Der streitbare Gluck reagierte erzürnt, verbrannte seine bislang entstandenen ›Roland‹-Materialien und machte seinen Ärger öffentlich. Indessen wird am zweifachen Rückgriff auf Quinault ablesbar, wie der Komponist dem Publikum seine opernreformerischen Ideen nahezubringen suchte: Die Neuvertonung dermaßen prominenter Vorlagen bewies nämlich, daß nicht, wie damals behauptet wurde, die Neuartigkeit der Textbücher die Modernität von Glucks Werken bestimmte, sondern in erster Linie eine gewandelte Musiksprache. In diesem Zusammenhang mag aus heutiger Sicht überraschen, daß Gluck dennoch der seinerzeit gängigen Kompositionpraxis anhing, Musik aus früheren in spätere Werke einzuarbeiten – im konkreten Fall etwa aus dem ›Telemaco‹ von 1765. Der außerordentliche Erfolg, den ›Armide‹ erzielte, spiegelt sich nicht zuletzt darin wider, daß nach der Uraufführung am 23. September 1777 im Palais Royal die öffentliche Debatte um Gluck noch an Schärfe zunahm und erst nach der Premiere von Piccinis ›Roland‹, uraufgeführt am 27. Januar 1778, allmählich wieder abklang. Überdies waren die alsbald auf die Bühnen gelangenden ›Armide‹-Parodien – ›L'Opéra de Province‹ (1777) und ›Madame Terrible‹ (1778) – der Popularität des Originals zuträglich. Bis 1837 hielt sich Glucks Oper auf dem Pariser Spielplan, und die Neuinszenierung des Stücks an der Pariser Opéra brachte es von 1905 bis 1913 auf 340 Aufführungen. 1782 fand in Kassel die deutsche Erstaufführung statt, allerdings in italienischer Sprache.

Insbesondere in Berlin wurde das Werk immer wieder ins Repertoire gehoben: 1805 unter Bernhard Anselm Weber in der Übersetzung von Julius von Voß, 1820 in Bühnenbildern von Karl Friedrich Schinkel, 1843 unter dem Dirigat von Giacomo Meyerbeer. Im selben Jahr erklang ›Armide‹ unter der Leitung Richard Wagners zum ersten Mal in Dresden. Recht spät wurde das Werk in Italien rezipiert: 1890 erlebte es in Neapel seine italienische Premiere, und erst 1911 folgte unter der musikalischen Leitung von Tullio Serafin die Mailänder Scala. Bereits ein Jahr zuvor hatte Arturo Toscanini, der sich wiederholt für das Werk einsetzte, ›Armide‹ an der New Yorker Met mit Olive Fremstad in der Titelpartie und mit Enrico Caruso als Renaud herausgebracht. Auf 1906 wiederum datiert die erste szenische Aufführung im Londoner Covent Garden, nachdem 46 Jahre zuvor in Norwich die erste britische ›Armide‹-Aufführung auf dem Konzertpodium stattgefunden hatte. 1982 wurde das Stück mit Felicity Palmer als Armide in der Londoner Christ Church Spitalfields unter der Leitung von Richard Hickox in einer Inszenierung von Wolf Siegfried Wagner gegeben; die Produktion ist auf Tonträger dokumentiert. Auf diese erste Gesamtaufnahme der ›Armide‹ überhaupt folgte 1999 Marc Minkowskis CD-Einspielung auf historischem Instrumentarium und mit Mireille Delunsch als Titelheldin. Im Mai desselben Jahres kam das Stück in der prachtvoll ausgestatteten Inszenierung Pier Luigi Pizzis unter der musikalischen Leitung von Riccardo Muti und mit Anna Caterina Antonacci als Armide an der Mailänder Scala heraus.

R. M.

Iphigenie auf Tauris (Iphigénie en Tauride)

Oper in vier Akten. Dichtung von Nicolas François Guillard.

Solisten: *Iphigenie*, Oberpriesterin der Artemis (Dramatischer Sopran, auch Jugendlich-dramatischer Sopran, auch Dramatischer Mezzosopran, gr. P.) – *Orest*, Bruder der Iphigenie (Heldenbariton, auch Kavalierbar., gr. P.) – *Pylades*, griechischer Prinz, Freund des Orest (Jugendlicher Heldentenor, auch Lyrischer Tenor, gr. P.) – *Thoas*, König der Taurer (Heldenbariton, auch Charakterbariton, m. P.) – *Diane (Artemis)* (Mezzosopran, kl. P.) – *Ein Aufseher des Thoas* (Baß, kl. P.) – *Ein Skythe* (Bariton, auch Tenor, kl. P.) – *Eine Griechin* (Sopran, kl. P.), *2 Priesterinnen* (Soprane, kl. P.).
Chor: Priesterinnen – Skythen – Leibwache des Thoas – Eumeniden und Dämonen – Griechen im Gefolge des Pylades (Frauenchor, gr. Chp.; Männerchor, m. Chp.).
Ballett: Kriegerischer Freudentanz der Skythen (I. Akt).
Ort: Das Land der Taurer (Halbinsel Krim und südrussische Steppe).

Schauplätze: Der heilige Hain der Göttin Artemis, im Hintergrund die Vorhalle des Tempels – Innerer Raum des Tempels, für die Opfer bestimmt – Das Gemach der Iphigenie – Das Innere des Tempels der Artemis mit Bildsäule der Göttin.
Orchester: 2 Fl. (auch 2 Picc.), 2 Ob., 2 Kl., 2 Fag., 2 Hr., 2 Trp., 3 Pos., P., Schl., Str.
Gliederung: Kurzes Vorspiel, das in die 1. Szene überleitet. Die Akte werden in Szenen unterteilt. Die geschlossenen Formen, die nicht mehr mit ihren Gattungsnamen bezeichnet sind, werden durch Orchesterrezitative miteinander verbunden.
Spieldauer: Etwa 2 Stunden.

Handlung

Ein Orakelspruch hatte dem rauhen Barbarenfürsten Thoas den Tod durch die Hand eines Fremdlings verkündet, und deshalb wird jeder Fremde, der das Land der Taurer (Skythen) betritt, der Göttin Diane geopfert. Iphigenie, die edle Tochter des Agamemnon, die von der Göttin in dieses unwirtliche Land als Hüterin ihres Heiligtums versetzt worden war, muß dieses blutige Amt vollziehen. Sie schmachtet in Sehnsucht nach der fernen Heimat und den Ihren, von denen sie seit ihrem Scheiden in Aulis keine Kunde mehr erhalten hat. Böse Träume erfüllen ihr Herz mit banger Sorge.

Durch zwei Landsleute aus Mykene, die ihr von einer wilden Skythenschar zur Opferung übergeben werden, erfährt sie von den furchtbaren Ereignissen in ihrem Vaterhaus: Klytämnestra ermordete den Gatten Agamemnon nach seiner Rückkehr vom Trojanischen Krieg, und Iphigeniens Bruder Orest tötete in besinnungsloser Rache die eigene Mutter. Nun sei auch Orest tot, erzählt der Gefangene weiter, dem sich Iphigeniens Mitleid und Teilnahme in steigendem Maße zuwendet.

Mit einer Nachricht an die verwaiste Schwester Elektra will sie ihn heimlich nach der Heimat entkommen lassen. Aber der junge Mann, dessen verstörtes Wesen auf ein schwer zerrüttetes Inneres deutet, bittet und beschwört die Priesterin, die Gunst seinem mitgefangenen Freund Pylades zu gewähren, der es jedoch leidenschaftlich ablehnt und gerne bereit ist, den Tod auf sich zu nehmen. Betrübten Herzens willigt Iphigenie schließlich ein, Pylades entfliehen zu lassen, der in der heimlichen Absicht forteilt, den Freund mit Hilfe der in der Nähe verborgenen Landsleute noch rechtzeitig zu befreien.

Auf dem Opferaltar erkennt nun aber Iphigenie in dem Fremdling ihren Bruder Orest. Inzwischen hat König Thoas von der Flucht des einen Fremden erfahren; wütend stürzt er in den Tempel, um die Priesterin zur Rechenschaft zu ziehen. In diesem Augenblick kommt Pylades mit einer Schar Griechen zurück und streckt Thoas nieder. Dem darauffolgenden Kampf mit den Leibwachen des Königs gebietet die Göttin Diane durch ihr Erscheinen Halt. Sie verkündet Orest die Vergebung seiner durch Reue gesühnten Schuld und fordert ihn auf, ihr Bild und Iphigenie nach Mykene zurückzubringen und dort den verwaisten Thron als König zu besteigen.

Stilistische Stellung

Glucks reifste Reformoper war dank ihrer dramatischen Schlagkraft und Einheitlichkeit in Text und Musik den Zeitgenossen als etwas Neuartiges erschienen. Die Bezeichnungen für Rezitative und geschlossene Formen fehlen in der Partitur, an ihre Stelle ist eine Einteilung in Szenen getreten. Das Idealziel der italienischen Oper, die als Ohrenschmaus präsentierte schöne musikalische Linie, ist hier völlig aufgegeben; alles ordnet sich der Wahrheit eines echten und natürlichen Ausdrucks unter. Dieser wird bei Ausschaltung des Erotischen in erster Linie durch eine ergreifende Darstellung des rein Menschlichen, der Gefühle und Leidenschaften erzielt. Auch die Lösung des Konflikts erfolgt durch die sittliche Kraft geläuterten Menschentums. Selbst äußere Vorgänge des Spiels wollen als Spiegelbild innerer Erlebnisse aufgefaßt werden: So deutet der Sturm zu Anfang der Oper auf Iphigeniens Unruhe und Angst, während die Erscheinung der Eumeniden die Seelenqual des Orest symbolisiert. Mit den Chören werden durch die Gegenüberstellung von Kultur und Unkultur (Priesterinnen – Skythen) wirksame Kontraste erzielt, und sogar das Ballett ist diesmal nur zu pantomimischen Aufgaben im Dienst der Handlung herangezogen. Im Jahre 1892 besorgte Richard Strauss eine Neubearbeitung, die beträchtliche und stilistisch bedenkliche Veränderungen an dem künstlerischen Organismus des Werkes aufweist (Striche, Umstellungen, eigene Zutaten). Eine Bearbeitung erscheint bei der taurischen Iphigenie überflüssig, da gerade diese Oper von allen Bühnenwerken des Meisters die wenigsten Bindungen an den Zeitgeschmack aufweist.

Textdichtung

Das Buch schrieb der junge Nicolas François Guillard (1752–1814), ein Freund des Bailli du Roullet. Mehr als je bei einem anderen seiner Werke lenkte der Komponist die Gestaltung des Textes nach seinen Ideen und beeinflußte sie mit Anregungen. Die Dichtung geht, ähnlich wie bei ›Iphigenie in Aulis‹, die dem Verfasser bis zu einem gewissen Grad auch als Vorbild gedient haben mag, nicht eigentlich auf die Tragödie des Euripides zurück, sondern nähert sich mehr dem im Racineschen Geist gehaltenen gleichnamigen Stück des Franzosen Guymond de la Touche (1723–1760). Eine deutsche Übersetzung besorgte zunächst Johann Daniel Sander 1795 für Berlin, ferner schuf eine wertvolle, sich genau an den originalen Notentext haltende Verdeutschung Peter Cornelius. Gluck selbst hat zusammen mit dem jungen Dichter Johann Baptist von Alxinger eine deutsche Bearbeitung des Werkes für die Erstaufführung in Wien hergestellt.

Geschichtliches

Im Jahre 1778 beschäftigte sich Gluck mit der Komposition von zwei neuen Opern, der ›Iphigénie en Tauride‹ und von ›Echo et Narcisse‹, seinem letzten Bühnenwerk. Bereits Ende des gleichen Jahres konnte sich der Meister zur Einstudierung der ›Iphigénie‹ nach Paris begeben. Die Uraufführung am 18. Mai 1779 wurde ein Sensationsereignis ersten Ranges. Nach dem stürmischen Erfolg konnte das Werk noch mehr Wiederholungen mit außergewöhnlichen Einnahmen verzeichnen als ›Iphigenie in Aulis‹. In Deutschland setzte sich die Oper schwerer durch, obwohl sie bereits am 23. Oktober 1781 in einer glanzvollen Aufführung in Wien tiefen Eindruck hinterlassen hatte und Hermann Grimm in seinen ›Goethe-Vorlesungen‹ (1877) die Feststellung machte, wenn von der ›Iphigenie‹ gesprochen werde, dann sei immer nur die Glucksche, nie aber die Goethesche gemeint.

Berthold Goldschmidt

* 18. Januar 1903 in Hamburg, † 17. Oktober 1996 in London

Der gewaltige Hahnrei

Musikalische Tragikomödie in drei Akten. Libretto vom Komponisten nach ›Le cocu magnifique‹ von Fernand Crommelynck unter Benutzung der deutschen Übersetzung von Elvire Bachrach.

Solisten: *Bruno* (Jugendlicher Heldentenor, auch Lyrischer Tenor, gr. P.) – *Stella*, seine Frau (Lyrischer Sopran, gr. P.) – *Petrus*, Kapitän zur See, Stellas Vetter (Baßbariton, m. P.) – *Ochsenhirt* (Baßbariton, auch Spielbaß, m. P.) – *Estrugo*, Brunos Schreiber (Spieltenor, m. P.) – *Der junge Mann aus Ostkerke* (Tenor, kl. P.) – *Die Amme Mémé* (Lyrischer Mezzosopran, auch Spielalt, m. P.) – *Gendarm* (Bariton, kl. P.) – *Cornelie* (Sopran, kl. P.) – *Florence* (Mezzosopran, auch Alt, kl. P.).
Chor: Bauern – Bäuerinnen – Musikanten – Gendarmen (m. P.).
Ort: Flandern.
Schauplätze: In und vor Brunos Haus.
Zeit: Gegenwart.
Orchester: 3 Fl. (2. und 3. auch kl. Fl.), 2 Ob., Eh., (2 Ssax. ad. lib.), Es-Kl., A-Kl., Bkl., 2 Fag., Kfag., 4 Hr., 3 Trp., 3 Pos., Bt., Hrf., P., Xyl., Glsp., gr. Tr., kl. Tr., gr. Rührtrommel, chinesische Tr., Holztrommel, Becken, Tamtam, Triangel, Str. – Bühnenmusik (an kleineren Bühnen im Orchester zu spielen): Ob., Kl., Fag., Trp., Hr., Pos., gr. Tr. mit Becken.
Gliederung: Durchkomponierte Großform.
Spieldauer: Etwa 2 Stunden.

Handlung

Stella spricht zu ihren Blumen und denkt dabei an ihren über Nacht weggebliebenen Gatten Bruno. Cornelie, eine Nachbarin, kommt herein und übermittelt Stella einen Blumengruß ihres Mannes. Sie zeigt sich befremdet über Stellas übertriebene Liebesleidenschaft und geht wieder. Auch Stellas Amme Mémé verläßt das Haus und geht in den Gemüsegarten. Der Ochsenhirt tritt ein, um sich von dem schreibkundigen Bruno einen Brief abfassen zu lassen. Stella aber weist ihn auf Brunos Abwesenheit hin, für den Ochsenhirten eine günstige Gelegenheit, um zudringlich zu werden. Stella ruft um Hilfe. Die Amme eilt herbei, prügelt mit einem Knüppel auf den Ochsenhirten ein, so daß er benommen von Stella abläßt. Bevor er sich davonmacht, kündigt er Stella an, sie eines Tages dennoch zu sich zu holen. Nachdem sich Stella und Mémé wieder beruhigt haben, tritt Bruno herein. Überschwenglich begrüßen sich die beiden Liebenden, während sich die Amme daranmacht, Brunos staubige Joppe auszubürsten. Stella bringt das Gespräch auf ihren Vetter Petrus, seines Zeichens Kapitän, der nach langer Seereise sich für das nächste halbe Jahr bei ihnen im Hause einquartieren soll. Bruno schlägt den Raum neben dem ehelichen Schlafzimmer vor, damit der Gast »von Liebe umgeben« sei. Während Stella das Zimmer herrichtet, tritt Petrus ein. Bruno kann es kaum erwarten, dem Freund seine Frau zu präsentieren; seit Petrus' Abreise sei Stellas Schönheit noch gewachsen. Wiewohl Petrus und Stella früher einander nicht ausstehen konnten, begrüßen sie sich auf Brunos Drängen mit einem Kuß. Stella wird dem Gast regelrecht vorgeführt. Der soll ihren Wuchs, ihren Gang begutachten. Schließlich drängt Bruno seine widerstrebende Frau sogar, ihren Busen zu entblößen, damit Petrus dessen Schönheit bewundern könne. Doch als Petrus hinschaut, wird er plötzlich von Bruno in einem Anfall von Eifersucht zu Boden geschlagen. Nach einem kurzen Moment der Verwirrung hält Brunos Entschuldigung Petrus davon ab zurückzuschlagen. Die Amme kommt herein und begrüßt Petrus; gemeinsam mit Stella führt sie ihn in sein Zimmer. Währenddessen will Bruno von seinem Schreiber Estrugo wissen, ob er Stella der Untreue für fähig halte. Ungeduldig ruft er seine Frau zum Verhör herbei. Bereitwillig gibt Stella ihm über alles, was sich seit Brunos Weggang zutrug, Auskunft; natürlich ist sie sich keiner Schuld bewußt. Zornig trägt Bruno Estrugo auf, Petrus aus dem Hause zu weisen. Da er Bruno schlicht für verrückt hält, verabschiedet sich Petrus ohne Groll. Stella erkennt, daß Bruno vom Wahn der Eifersucht angefallen wurde, und bricht in Tränen aus.

Um Stella den Blicken ihrer vermeintlichen Liebhaber zu entziehen, hält Bruno die Fensterläden verschlossen. Er bezichtigt Estrugo der Mitwisserschaft von Stellas angeblichen Seitensprüngen und zitiert sie zu sich. Sie erscheint in einem schwarzen Mantel, ihr Gesicht ist von einer grotesken Maske bedeckt. Brunos Beschimpfungen bringen sie zum Weinen. Doch als Stella auf sein Geheiß die Maske abnimmt, glaubt Bruno in ihren traurigen Augen den Blick der verfolgten Unschuld zu erkennen. Nun mutmaßt er, Estrugo habe Zwietracht zwischen ihm und seiner Frau gesät. Als es klopft, wird Stella, die unmaskiert bleiben will, von ihrem Mann auf ihr Zimmer geschickt. Estrugo führt einen jungen Mann aus Ostkerke herein. Der erbittet sich einen Liebesbrief, den Bruno seinem Schreiber diktiert. Da der junge Mann erwähnt, daß seine Geliebte schön sei und aus dem hiesigen Dorf stamme, ist für Bruno klar, Stellas Geliebten vor sich zu haben. Augenblicklich hat Stella zu erscheinen. Gemeinsam mit Estrugo verläßt Bruno den Raum, um Stella und ihren mutmaßlichen Liebhaber von außen zu beobachten. Gerade die Tatsache, daß sich zwischen den beiden absolut nichts tut, weckt sein Mißtrauen. Estrugo stürmt herein und händigt dem Jüngling hastig den Brief aus. Von Estrugo gewarnt, entzieht sich der Bursche mit einem Sprung aus dem Fenster Brunos Zugriff. Wieder seine hilflose Frau mit Vorwürfen peinigend, schickt Bruno seinen Schreiber nach Petrus. Bruno sieht nämlich nur eine einzige Chance, von der Qual der Ungewißheit geheilt zu werden: indem Stella ihn in seiner Gegenwart mit Petrus betrüge. Vergeblich sträubt sie sich gegen diese Zumutung, aber aus Liebe zu ihrem Gatten bleibt Stella nichts anderes übrig als zu gehorchen. Für Brunos absurdes Ansinnen hat Petrus zunächst nur Gelächter übrig. Aber Stellas Bitte, ihrem kranken Manne zu helfen, und Brunos provokantes Manöver, Petrus' Manneskraft in Zweifel zu ziehen, tun Wirkung. Bruno geht mit Stella aufs Zimmer. Estrugo hat durchs Schlüsselloch zu spähen und über die dort zu sehenden Vorgänge Bericht zu erstatten. So unklar Estrugos Mitteilungen über das im Zimmer eingeschlossene Paar auch sind, Bruno fühlt sich von ihnen dermaßen in Rage gebracht, daß er nach der Flinte greift. Um Mord und Totschlag zu verhindern, ruft Estrugo die Nachbarn zusammen. Der Gendarm fällt Bruno in den Arm. Da dieser sich mit dem Hinweis rechtfertigt, Ehebruch im eigenen Hause bestrafen zu wollen, stellen sich die Dörfler auf Brunos Seite. Petrus und Stella treten aus dem Zimmer heraus und nehmen auf ewig Abschied. Als Bruno argwöhnt, Stella habe hinter dem anbefohlenen den wirklichen Ehebruch verbergen wollen, verspotten die Dorfbewohner Bruno als Hahnrei.

Stella wird vor dem Haus von den Bauern des Dorfes bedrängt. Sie stehen Schlange, seit Bruno seine Frau von einem zum anderen weiterreicht. Mit der Versicherung, keiner werde zu kurz kommen, hält er die Wartenden im Zaum. Der Gendarm wirft Bruno vor, Unfrieden und Schande über das Dorf gebracht zu haben. Bruno aber zeigt sich von den Vorhaltungen des Gendarmen unbeeindruckt. Viel mehr argwöhnt er, daß Stella in der Schar der Freier ihren wirklichen Liebhaber verberge. Und so will er einen zur Nacht stattfindenden Maskenzug dazu nutzen, seine Frau des Ehebruchs zu überführen. Zum Schein verabschiedet er sich von seiner Frau, die ihrer Amme Zweifel an ihrer Liebe zu Bruno gesteht. Bruno naht verkleidet und maskiert und umwirbt Stella. Die Ähnlichkeit des scheinbar Unbekannten mit ihrem Ehemann läßt Stella schwach werden, und sie nimmt ihn zu sich aufs Zimmer. Währenddessen schleichen sich, angeführt von Cornelie und Florence, die Dorfweiber heran. In der Annahme, der vermummte Liebhaber sei einer ihrer ungetreuen Ehemänner, wird Bruno verprügelt. Erst als der sich zu erkennen gibt, lassen sie unter Gelächter von ihm ab und schleppen Stella mit Brunos Zustimmung fort, um sie zu ertränken. Doch letzte Gewißheit über Stellas Untreue hat Bruno immer noch nicht, sie könnte ihn ja unter der Verkleidung erkannt haben. Stella stürzt ins Haus, gehüllt in den Mantel des Ochsenhirten, der sie vor den lynchwütigen Dörflerinnen schützt. Immer noch, so sagt sie der Amme, will sie bei Bruno bleiben. Noch einmal weist sie die Werbung des Ochsenhirts zurück und schlägt ihn, als er sie fortzutragen versucht. Erst als Bruno mit dem Gewehr auf seinen Rivalen anlegt, stellt sie sich schützend vor ihn. Während Stella mit dem Ochsenhirt davongeht, schaut Bruno den beiden vergnügt und zufrieden nach. Endlich glaubt er sich von seiner Leidenschaft für seine Frau, der er auch weiterhin ein liederliches Wesen unterstellt, kuriert.

Stilistische Stellung

Schon die Absurdität des Geschehens und die eindimensionale Ausrichtung der ohne innere Entwicklung, wie Marionetten agierenden und stark typisierten Figuren geben dem Stück ein dezidiert apsychologisches Gepräge. Ebenso legt die Beschränkung auf ein einziges handlungsbestimmendes Motiv, nämlich die Eifersucht, es nahe, Goldschmidts Opern-Farce gleichnishaft zu verstehen. Und zieht man die Entstehungszeit der Oper – Deutschland in der Endphase der Weimarer Republik – in Betracht, so bietet es sich an, den in Brunos Kopf sich festsetzenden Eifersuchtswahn als eine Metapher für die totalitären Ideologien zu sehen, wie sie sich damals in Deutschland und Europa ausbreiteten. Mit Blick auf die Folgeschäden von Brunos Leidenschaft wird die Totalitarismus-Parallele vollends evident: Führt doch Brunos durch die Eifersucht verzerrte, einer Korrektur von außen ermangelnde und einseitige Wirklichkeitswahrnehmung zu einer um sich greifenden Zerstörung der zwischenmenschlichen Beziehungen, die sogar in eine Pogromstimmung mündet, der Stella beinahe zum Opfer fällt. Indem die Komposition jeglichen Anklang an die Einfühlungsdramatik romantischer Provenienz, ans Illusionstheater oder Naturalismus vermeidet, verstärkt Goldschmidts Musikdramaturgie den parabelhaften Charakter des Werkes, zumal ihr eine »mörderisch sanfte und unnachgiebige Ironie« (Ulrich Schreiber) eigen ist. Damit geht einher, daß der eher plakative Gebrauch von Erinnerungsmotivik nicht im Sinne von Wagners Leitmotivtechnik der symphonischen Durchdringung und Deutung des Geschehens dient, sondern der leicht erfaßbaren Orientierung im Stück. Ohnehin sind in dessen rasch wechselnde Szenenfolge immer wieder in sich geschlossene Formteile (etwa die Chor-, die kurzen Ensemblesätze oder Brunos mehrstrophiges Verführungsständchen im III. Akt) eingelassen. Goldschmidts weniger auf ein gefühlhaftes als auf ein verstandesmäßiges Erfassen zielende Wirkungsabsicht macht sich überdies an einer nicht am natürlichen Sprachfall, sondern an den metrischen Möglichkeiten des Textes orientierten sprachlichen Diktion fest, die dennoch ins Melos der Kantilenen eingebunden ist. Und daß Goldschmidt in seinem Opernerstling ein Zeitgenosse der Neuen Sachlichkeit war, wird in der angeschrägten, gleichwohl noch tonalen Harmonik, der markanten Rhythmik, der linearen Führung der Stimmen ohrenfällig, die in einer abwechslungsreichen und luziden Instrumentation durchweg klar zur Geltung kommen.

Textdichtung

Goldschmidts Libretto basiert auf der 1920 erschienenen Farce ›Le Cocu magnifique‹ des belgischen Schriftstellers Fernand Crommelynck in einer Übersetzung von Elvire Bachrach, seinerzeit in Frankreich ein Erfolgsstück, das in einer Moskauer Inszenierung Wsewolod Meyerholds auch in Deutschland starke Beachtung fand. Hatte der Autor zuvor mehreren Komponisten die Vertonung des Schauspiels verweigert, so konnte Goldschmidt Crommelyncks Zustimmung gewinnen, indem er ihm Teile der im Entstehen befindlichen Oper am Klavier vorspielte.

Geschichtliches
1927 wurde der Komponist von dem Regisseur Arthur Maria Rabenalt auf Crommelyncks Stück aufmerksam gemacht. Mit der Komposition begann Goldschmidt dann im Oktober 1929, obwohl ihm erst im Februar 1930 von Crommelynck die notwendigen Bühnenrechte erteilt wurden. Zwar war die Komposition schon im Juni 1930 fertiggestellt, doch bevor es am 14. Februar 1932 im Nationaltheater Mannheim zur Uraufführung des ›Gewaltigen Hahnreis‹ unter der musikalischen Leitung von Joseph Rosenstock kam, erzwang die Zensur ungewollte Revisionen. Beispielsweise mußte die als anstößig empfundene Aufforderung, Stella solle ihre Brust entblößen, durch das Aufbinden der Haare ersetzt werden. Außerdem stellte Goldschmidt dem Werk ein im Klavierauszug nicht enthaltenes instrumentales Vorspiel voran, und er fügte gegen Schluß eine Variante ein, die den Anschein erwecken sollte, Stella habe bis zuletzt ihre Unberührtheit bewahrt. Um Protesten von Seiten der politischen Rechten zu begegnen, wurde die Inszenierung (Regie: Richard Hein, Bühnenbild: Eduard Löffler) in bescheidenem Rahmen gehalten. Daraus resultierte eine szenische Umsetzung, die sich am Brechtschen Lehrtheater orientierte. Die Premiere war ein solch großer Erfolg, daß ›Der gewaltige Hahnrei‹ 1933 in Berlin nachgespielt werden sollte, was durch den Machtantritt der Nazis allerdings verhindert wurde. Ein halbes Jahrhundert lang – 1935 mußte Goldschmidt nach England emigrieren – blieb es dann still um das Werk, bis es 1982 stark gekürzt und konzertant im Trinity College of Music in London erstmals wieder erklang. Der Durchbruch gelang aber erst zehn Jahre später in Berlin mit einer konzertanten Aufführung unter Leitung von Lothar Zagrosek, die im Rahmen der Reihe »Entartete Musik« auch auf CD veröffentlicht wurde. Einen späten Triumph durfte der Komponist genießen, als 1994 ›Der gewaltige Hahnrei‹ an der Komischen Oper Berlin in einer Inszenierung von Harry Kupfer und unter der Stabführung von Yakov Kreizberg zum ersten Mal nach 62 Jahren wieder über die Bühne ging. Seitdem wurde die Oper mehrfach nachgespielt, beispielsweise 1995 in Bern und 1998 in Darmstadt (Inszenierung: Bettina Auer, musikalische Leitung Franz Brochhagen).

R. M.

Charles Gounod
* 17. Juni 1818 und † 18. Oktober 1893 in Paris

Faust (Margarethe)
Oper in vier/fünf Akten. Dichtung von Jules Barbier und Michel Carré.

Solisten: *Faust* (Jugendlicher Heldentenor, auch Lyrischer Tenor, gr. P.) – *Mephistopheles* (Schwerer Spielbaß, auch Seriöser Baß, auch Heldenbariton, gr. P.) – *Valentin* (Kavalierbariton, auch Lyrischer Bariton, m. P.) – *Wagner* (Baß, kl. P.) – *Margarethe* (Dramatischer Koloratursopran, auch Jugendlichdramatischer Sopran, gr. P.) – *Siebel* (Lyrischer Sopran, m. P.) – *Marthe Schwerdtlein* (Spielalt, m. P.).
Chor: Studenten – Soldaten – Bürger – Mädchen und Frauen – Volk – Geistererscheinungen – Hexen und Gespenster – Dämonen – Engel (gr. Chp.).
Ballett: II. Akt: Walzerszene; V. Akt: Walpurgisnacht (nur in der Grand-Opéra-Fassung).
Ort: Die Handlung spielt in Deutschland.
Schauplätze: Fausts Studierzimmer – Vor einem Stadttor, links eine Herberge mit dem Schild »Zum Gott Bacchus« – Garten bei Margarethe, im Hintergrund Mauer mit Pforte, links Buschwerk, rechts ein Pavillon – Margarethens Zimmer – In

der Kirche – Straße, rechts Margarethens Haus, links eine Kirche – Im Harzgebirge, bei geöffnetem Berg prachtvoller Palast – Brocken-Tal – Im Gefängnis.
Orchester: 2 Fl., 1 Picc., 2 Ob., 2 Kl., 2 Fag., 4 Hr., 2 Trp., 3 Pos., 1 Bt., P., Schl., 2 Hrf., Str. – Bühnenmusik: Org., 1 Sopran-Saxhorn, 2 Cornetts in B, 2 Trp. in Es, 2 Altpos. in Es, 1 Tenorpos, in C, 1 Baßsaxhorn in B, 1 Kontrabaßsaxhorn in B.
Gliederung: Originalfassung: Vorspiel und geschlossene Nummern, verbunden durch Dialoge; Grand-Opéra-Fassung: Vorspiel und durch Rezitative verbundene Musiknummern.
Spieldauer: Originalfassung etwa 2 ½ Stunden, Grand-Opéra-Fassung etwa 3 Stunden.

Handlung
Verzweifelt erhebt sich Faust, der die ganze Nacht hindurch wieder über seinen Folianten gesessen hat, mit den ersten Sonnenstrahlen, die der anbrechende Morgen in seine Studierstube sendet. Trotz eifrigen Forschens ist es ihm nicht gelungen, den Nebel vor den Geheimnissen und Rätseln der Welt zu zerreißen. Bei seinem vorgerückten Alter ist er des Ringens nach Erkenntnissen müde geworden. Aber nur der Tod kann ihn von dem angeborenen Trieb nach Wissen befreien; er greift daher nach dem Giftbecher. In diesem Augenblick ertönt aus der Ferne der frohe Gesang junger Mädchen und der Landleute, die mit einem Lob auf Gott zu ihrer Arbeit ziehen. Die Nennung des Namens Gott erweckt in Faust neuen Unmut; er verflucht alles irdische Glück und ruft schließlich den Satan herbei. Dieser erscheint augenblicklich vor ihm in Gestalt eines Edelmannes und fragt ihn nach seinem Begehr; er bietet ihm seine Dienste an mit der Versicherung, daß er ihm alles verschaffen könnte, was sich sein Herz wünsche. Als Gegenleistung verlangt Mephisto die Unterzeichnung eines Paktes, wonach Faust im Jenseits ihm gehören solle. Faust hat nur einen Wunsch: die Wiedererlangung der Jugend mit ihrer Kraft, ihrer Hoffnungsfreudigkeit und ihrer Liebeslust. Mephisto zaubert ihm das Bild eines liebreizenden jungen Mädchens vor die Augen, worauf Faust berauscht den Vertrag unterschreibt. Nach dem Genuß eines Trankes, den ihm Mephisto reicht, verwandelt sich Faust in einen eleganten Junker.
An einem schönen Frühlingssonntag herrscht am Stadttor vor der Schenke ein lebhaftes Treiben von Jung und Alt. Der Soldat Valentin ist im Begriff, die Stadt zu verlassen; er betrachtet das geweihte Amulett, das ihm seine Schwester Margarethe zum Schutz in Gefahren mit auf den Weg gegeben hat. Studenten, an ihrer Spitze Siebel und Brander, versichern ihm, während seiner Abwesenheit Margarethe zu beschützen. Brander stimmt sodann ein fröhliches Lied an, da tritt plötzlich Mephisto dazwischen. Er ergötzt die lustige Gesellschaft mit dem Lied vom »Goldenen Kalb«; hierauf prophezeit er aus der Hand, und zwar Brander den baldigen Tod auf dem Schlachtfeld, Siebel, daß jede Blume, die er berührt, fortan verwelken werde, und Valentin ebenfalls den Tod in nicht allzu ferner Zeit. Als er gar aus dem als Kneipenschild dienenden Faß Wein hervorzaubert und höhnisch ein Hoch auf Margarethe ausstößt, gehen Valentin und die Studenten mit dem Degen gegen den Unheimlichen vor. Dabei zerbricht Valentins Schwert in der Luft. Beschwörend richten er und die Studenten den Schwertgriff im Zeichen des Kreuzes gegen Mephisto, der daraufhin bebend zurückweicht. Als sie sich entfernt haben, erscheint Faust. Er verlangt, daß Mephisto ihm das schöne Mädchen zuführen solle, das er ihm im Bild gezeigt hat. Während die Jugend mit dem Tanz beginnt, kommt Margarethe vorüber. Mephisto tritt Siebel, der Margarethe liebt und sie gerne sprechen möchte, in den Weg; inzwischen bietet ihr Faust sein Geleit an, was aber das Mädchen ablehnt. Faust ist von dem Liebreiz hingerissen, und Mephisto verspricht, ihm bald zum Ziel seiner Sehnsucht zu verhelfen.
Des Abends will Siebel Margarethe einen kleinen Blumengruß übermitteln, aber jede Blume, die er pflückt, verwelkt sogleich. Erst als er seine Hand mit dem geweihten Wasser an der Tür von Margarethens Häuschen benetzt, weicht der Zauber. Da betreten Faust und Mephisto den Garten. Mephisto schafft eiligst ein Kästchen mit kostbaren Juwelen herbei und stellt es vor Margarethens Tür. Dann entfernt er sich mit Faust, weil Margarethe aus der Kirche zurückkommt. Nachdenklich singt sie das Lied vom »König in Thule«, während zwischendurch ihre Gedanken immer wieder abschweifen in Erinnerung an das heutige Erlebnis auf der Straße mit dem vornehmen fremden Herrn. Als sie ins Haus gehen will, bemerkt sie neben Siebels Blumensträußchen das Schmuckkästchen. Neugierig öffnet sie die Schatulle und legt den Schmuck an. Als sie sich in dem dabeiliegenden Spiegel betrachtet, wünscht sie unwillkürlich, daß der fremde Herr sie so sehen möchte. Da kommt eine Nachbarin, die

geschwätzige Frau Marthe Schwerdtlein. Sie redet Margarethe zu, den Schmuck zu behalten. In diesem Augenblick kehren Faust und Mephisto zurück. Um Faust Gelegenheit zu bieten, sich Margarethen zu nähern, beschäftigt sich Mephisto mit Frau Marthe, der er die Nachricht vom Tod ihres Mannes überbringt und die sogleich mit dem Satan zu kokettieren beginnt. Beide Paare wandeln im Garten. Als Marthe Schwerdtlein immer zärtlicher wird, macht sich Mephisto plötzlich aus dem Staub; rufend und suchend läuft sie davon. Margarethe mahnt Faust, sie zu verlassen. Dämonisch beschwört nun Mephisto die Nacht, mit ihrem ganzen Liebeszauber das tugendsame Mädchen in ihren Bann zu ziehen. Aber Margarethe reißt sich schließlich aus Fausts Armen los. Ihrem innigen Flehen nachgebend, verläßt er sie, da tritt ihm Mephisto in den Weg, der ihn auffordert, noch zu lauschen, was sein Liebchen zu den Sternen spricht. »Geliebter komm!« ruft Margarethe sehnsüchtig aus dem geöffneten Fenster in die schwüle, von Blütenduft erfüllte Nacht hinaus. Faust stürzt in leidenschaftlicher Glut in ihre Arme und folgt ihr ins Haus, während Mephisto mit höhnischem Gelächter den Garten verläßt.

Margarethe ist von ihrem Geliebten verlassen worden; sie erwartet ein Kind. Ihre Umgebung höhnt und verachtet sie, nur Siebel steht ihr nach wie vor treu zur Seite. In der Kirche sucht sie Trost im Gebet. Aber Mephistos Stimme, die Stimme des Gewissens, hält ihr auch hier ihre Sünde anklagend vor; bewußtlos bricht sie schließlich unter Mephistos Fluch zusammen. – Aus dem Kriege zurückgekehrt, erfährt Valentin von der Schande seiner Schwester. Da naht Mephisto mit Faust, der reumütig zu der verlassenen Geliebten zurückzukehren beabsichtigt. Mit einem frivolen Ständchen begehrt Mephisto Einlaß. Aber anstelle von Margarethe erscheint Valentin, der den Verführer mit der Waffe zur Rechenschaft zieht. Unter Assistenz von Mephisto verwundet Faust Valentin tödlich, nachdem dieser das von Margarethe erhaltene schützende Amulett verächtlich weggeworfen hatte. Faust und Mephisto entfernen sich eilig, während die Nachbarn und schließlich auch Margarethe und Siebel sich um Valentin versammeln, der mit einem Fluch auf die Schwester stirbt.

Mephisto führt Faust zur Walpurgisnacht-Feier auf den Brocken im Harz, wo er die gespenstische Landschaft in einen üppigen, prächtig ausgestatteten Palast verzaubert. Hier erfreuen Faust sinnliche Genüsse aller Art, schöne Frauen, Wein, Gesang und Tanz. Aber plötzlich erscheint vor seinem Blick Margarethe, gefesselt und mit einem roten Ring um den Hals, gleich dem Schnitt eines Henkerbeils. Faust eilt davon, Mephisto mit sich ziehend. – Im Gefängnis wird Margarethe in der Nacht vor dem Tag, an dem sie wegen Ermordung ihres Kindes hingerichtet werden soll, von Fausts Stimme geweckt. Sie, die ihn immer noch liebt, ist entzückt über die Rückkehr des Freundes. Mit Hilfe Mephistos kann Faust Margarethe aus den Ketten befreien, doch muß sie ihm freiwillig folgen. Sie erinnert sich des vergangenen Glücks, hört aber nicht auf Fausts Drängen, mit ihm zu fliehen. Mephisto erscheint und mahnt zur Eile. Voll Angst bittet Margarethe den Geliebten, sie vor dem Bösen zu beschützen. Sie betet zum Himmel um Errettung ihrer armen Seele und stößt schließlich mit Abscheu Faust von sich. Auf Mephistos Ausruf »Gerichtet!« antwortet ein Engelchor »Gerettet!«, und während der Kerker versinkt, schwebt Margarethe in verklärter Gestalt, von Engeln umgeben, zum Himmel.

Stilistische Stellung

Gounods ›Faust‹ verdankt seine Weltberühmtheit nicht nur der Fülle schöner und eingängiger Melodien, sondern wohl auch zu einem Großteil dem geschickt angelegten Libretto, das in seinem Charakter ebenso typisch französisch ist wie die Musik. Die kluge Auswertung der verschiedenen Theaterwirkungen, wie sie das bunte Bühnengeschehen bietet, führte zu einer glücklichen Mischung der Stilelemente, woraus sich ein neuer Operntypus ergab: die Opéra lyrique, bei der das Lyrisch-Sentimentalische vorherrscht, daneben aber auch das Volkstümliche und der Humor zur Geltung kommen. Allerdings ist dieser Typus gerade bei Gounods ›Faust‹, der in vielem zur »Großen Oper« tendiert, noch nicht so rein ausgeprägt. Auch zur Berührung mit seinem ursprünglichen Schaffensgebiet, der Kirchenmusik, bot sich dem Komponisten bei ›Faust‹ Gelegenheit. Der gepflegte Satz zeugt von der gediegenen Bildung des Meisters, der neben Giovanni Pierluigi da Palestrina vor allem Mozart, Beethoven und Schumann eifrig studiert hat. Seine subtile Instrumentationskunst verdankt er wohl der Beschäftigung mit den Werken Hector Berlioz', denen er ebenfalls großes Interesse entgegenbrachte. Die Verflechtung von Dichtung und Musik wird in feinsinniger Weise durch Erinnerungsmotive sowie durch die Bezogenheit der Themen aufeinander erzielt. Die Musiknummern, denen das orchesterbegleitete dramatische Rezitativ eingebaut ist, stellen vielfach geschlossene musikalische Szenen dar. Der großen Anzahl der von Erfindungsreichtum geprägten geschlossenen Gebilde (Valentins Gebet, das Lied vom Goldenen Kalb, die Ballade vom König in Thule, die Juwelen-Arie, das Quartett und das Liebesduett im III. Akt, die Kirchenszene, Mephistos Ständchen, Valentins Tod, die Kerker-Szene) stehen auch einige schwächere Partien gegenüber (die beiden Szenen zu Anfang des IV. Aktes sowie die Walpurgisnacht). Dankbare Aufgaben sind Chor und Ballett zugeteilt (Volkschor im II. Akt, der Soldatenchor im IV. Akt; die Walzerszene im II. Akt sowie die große Ballett-Pantomime in der Walpurgisnacht-Szene).

Textdichtung
Obwohl das von Jules Barbier (1822–1901) und Michel Carré (1819–1872) verfaßte Libretto den Vermerk »nach Goethe« trägt, besteht nur ein loser und äußerlicher Zusammenhang zwischen dem Opernbuch und dem Werk des deutschen Dichters. Denn die Librettisten benützten die Goethesche Dichtung hauptsächlich als eine Art Geländer für die Erstellung ihres Szenariums. Sie behandelten unter Verzicht auf jede tiefsinnige philosophische Ausdeutung lediglich die Gretchen-Tragödie, deren Gestaltung in ihrer Theatralik und in der sentimentalischen Zeichnung der Charaktere (das deutsche »Gretchen« ist zum Beispiel etwas anderes als die französische »Marguerite«) typisch französisches Gepräge aufzeigt, während deutsche Wesenszüge (wie das Schwärmerische oder das Gefühlswarme) nur sporadisch und andeutungsweise in Erscheinung treten. In Deutschland hat sich daher der Operntitel ›Margarethe‹ durchgesetzt. Neuere deutsche Textfassungen wurden von Georg C. Winkler sowie von Fritz Oeser und Walter Zimmer vorgelegt, die auch die Originalfassung erstmals wieder zugänglich machen.

Geschichtliches
In der stattlichen Reihe der musikdramatischen Bearbeitungen des Faust-Stoffes ist lediglich Gounods Meisterwerk ein dauerhafter Erfolg beschieden geblieben. Gounod, von Haus aus Kirchenkomponist, hatte mangels nötiger Bühnenerfahrung mit seinen ersten Opern wenig Erfolg. Sein dramatisches Talent kam erst zur vollen Entfaltung, als er im Jahre 1856 den versierten Theaterdichter Jules Barbier und dessen Mitarbeiter Michel Carré als Librettisten gewinnen konnte. Sie akzeptierten Gounods Vorschlag, nach Goethes ›Faust‹ eine Oper zu schreiben, mit dem sich der Komponist von Jugend auf beschäftigt hatte, und da Léon Carvalho, der Direktor des Théâtre Lyrique, zusagte, diese Oper aufführen zu wollen, machten sich die Textdichter sogleich an die Arbeit. Das Werk war bereits zur Hälfte gediehen, als das Theater Porte-Saint-Martin die Aufführung eines Melodrams ›Faust‹ in großer szenischer Aufmachung herausbrachte. Carvalho zog daraufhin seine Zusage für Gounods Oper zurück und bot den Autoren an, als Ersatz dafür eine Oper nach Molières ›Le médecin malgré lui‹ aufführen zu wollen. Nachdem dieses Werk guten Erfolg (15. Januar 1858) und andererseits der ›Faust‹ bei Porte-Saint-Martin wenig Zuspruch gefunden hatte, entschloß sich Gounod, seinen ›Faust‹ zu vollenden. Die Partitur wurde am 1. Juli 1858 abgeschlossen. Die Proben begannen im September des gleichen Jahres, und am 19. März 1859 ging das Werk am Théâtre Lyrique zum ersten Mal in Szene; die Partie der Margarethe sang die Frau des Direktors, Caroline Carvalho. Merkwürdigerweise wurde die Oper zunächst mit Zurückhaltung aufgenommen; sie erschien den französischen Opernfreunden als zu deutsch. Diese Einstellung änderte sich aber bald, und Gounods ›Faust‹ entwickelte sich zu einem Welterfolg. Zehn Jahre nach der Uraufführung nahm auch die Grand Opéra den ›Faust‹ in ihren Spielplan auf. Gounod hatte hierfür das Werk, das erst im Stil der Opéra comique, also mit Dialog, gestaltet war, zu einer Volloper umgearbeitet und auch einige Änderungen und Ergänzungen an den musikalischen Nummern vorgenommen: So wurde zum Beispiel der aus einer unvollendet gebliebenen Oper (›Ivan le terrible‹) übernommene Soldatenchor im IV. Akt neu eingefügt und aus dem zweiten Thema des Vorspiels das in die Originalpartitur nicht aufgenommene Gebet Valentins gestaltet.

Charles Gounod

Mireille

Oper in fünf Akten nach einem Poem von Frédéric Mistral. Libretto von Michel Carré.

Solisten: *Mireille*, Tochter des Ramon (Jugendlich-dramatischer Sopran, auch Lyrischer Sopran, gr. P.) – *Vincent*, Sohn des Ambroise (Lyrischer Tenor, auch Jugendlicher Heldentenor, gr. P.) – *Taven*, eine Hexe (Lyrischer Mezzosopran, auch Spielalt, m. P.) – *Ourrias*, Stierhüter (Kavalierbariton, gr. P.) – *Ramon*, ein reicher Pächter (Baßbariton, auch Seriöser Baß, gr. P.) – *Vincenette*, Schwester von Vincent (Lyrischer Sopran, auch Soubrette, m. P.) – *Clémence*, ein junges Mädchen aus Arles (Sopran, kl. P.) – *Ambroise*, ein Korbflechter (Baß, auch Baßbariton, m. P.) – *Der Fährmann* (Baß, kl. P.) – *Andreloun*, ein Schäfer (Kinderstimme, auch Mezzosopran, kl. P.) – *Eine Stimme von oben* (Sopran, kl. P.).
Chor: Landleute – Seidenraupenzüchterinnen – Kameraden von Ourrias – Schnitter – Gläubige (gemischter Chor, gr. Chp.).
Ort: Provence, in der Nähe von Arles.
Schauplätze: Ein Maulbeerhain – Vor der Arena von Arles – Das Höllental – An der Rhone – Auf dem Hofe Ramons – Die Einöde von Crau – Die Kapelle in Saintes-Maries-de-la-Mer.
Zeit: Mitte des 19. Jahrhunderts.
Orchester: 2 Fl., Picc., 2 Ob., 2 Kl., 2 Fag. – 4 Hr., 2 Trp., 3 Pos., Tuba – P., Schl., Hrf. – Str. – Bühnenmusik: Trp., Org.
Gliederung: Vorspiel, durchkomponierte Großform.
Spieldauer: Etwa 2¾ Stunden.

Handlung

Am Morgen des Johannistages pflücken die Magnanarelles, die Seidenraupenzüchterinnen, in einem Maulbeerhain die für die Seidenraupen bestimmten Blätter. Die Mädchen singen. Da erscheint Taven, eine Zigeunerin, die in den Felsen des Höllentales lebt und von der man sagt, sie verstehe sich aufs Hexen. Sie schreitet durch die heitere Schar der Pflückerinnen und stellt, fatalistisch, deren Sorglosigkeit in Frage. Die Mädchen lachen, und Clémence, eine von ihnen, singt laut von ihrer Sehnsucht nach einem reichen Bräutigam. Mireille, die Tochter des reichen Pächters Ramon dagegen erklärt, sie würde denjenigen heiraten, der sie liebe, selbst wenn er arm und schüchtern sei. Die Pflückerinnen necken sie damit, zumal sie wissen, daß Mireille ihre Wahl schon getroffen hat: Sie liebt Vincent, den Sohn des Korbflechters Ambroise. Als Mireille mit Taven allein ist, warnt die Alte sie vor den Schwierigkeiten, die aus arm und reich zu entstehen pflegen, verspricht ihr aber ihre Hilfe. Da erscheint Vincent und gesteht Mireille seine Liebe. Als die anderen Mädchen nach Mireille rufen, müssen sie sich trennen, versprechen einander aber, in der Kapelle von Saintes-Maries-de-la-Mer aufeinander zu warten, wenn je ein Unglück geschähe.

Am Nachmittag desselben Tages vor der Arena von Arles. Man tanzt die Farandole. Mireille und Vincent erscheinen; sie werden freudig begrüßt und aufgefordert, ein Lied vorzutragen. Sie singen die Geschichte von Magali, die sich, um ihrem Liebsten zu entfliehen, in einen Vogel verwandelt, sich aber schließlich selbst verliebt. Auch die alte Taven ist da; sie nimmt Mireille zur Seite und vertraut ihr an, daß sie Zeuge wurde, wie sich drei junge Leute – der Stierhirt Ourrias, der Schäfer Alari und der Roßhirt Pascal, um sie stritten. Mireille jedoch sagt zu sich selbst, nichts könne ihre Entscheidung für Vincent beeinflussen. Ourrias macht ihr im Vorübergehen Komplimente und will ihr seine ganze Verehrung zu verstehen geben, doch umsonst – sie weist ihn ab. Da erscheinen Ramon und Ambroise. Ambroise berichtet ihm, Vincent habe sich in ein reiches Mädchen verliebt. Dagegen gebe es Mittel, meint Ramon gelassen, und deutet auf seinen Stock. Als ihm Ambroise widerspricht, erinnert ihn Ramon an die Rechte des Familienvaters, dem die Herrschaft über alle Familienmitglieder zustehe und der früher sogar über Leben und Tod habe entscheiden können. Da hält Mireille nicht mehr an sich. »So töte mich«, ruft sie, »ich bin es, die er liebt.« Ramon ist bestürzt und will die Tochter zuerst verstoßen, doch dann befiehlt er ihr, zu bleiben. Vergebens appelliert Mireille unter Tränen an seine väterlichen Gefühle für sie und beschwört die Erinnerung an die verstorbene Mutter herauf; nichts will helfen, und auch Vincent, seine Schwester Vincenette und Ambroise vermögen nichts gegen den Starrsinn des Pächters.

Es ist Abend geworden. Ourrias und seine Freunde streifen durch das Höllental. Er will zu Taven, weil die Zigeunerin, wie man sagt, einen Zaubertrank brauen könne, der unglücklich Liebenden hilft. Die Freunde lassen ihn allein. Vor der Höhle der Alten trifft Ourrias auf Vincent: Zunächst verspottet er den Korbflechter, doch dann reißt ihn Wut und Eifersucht mit, und mit seinem eisenbeschlagenen Stock schlägt er Vincent nieder. Entsetzt fürchtet er, er habe den Nebenbuhler erschlagen, und flieht. Taven hört einen Schrei und stürzt zu dem ohnmächtig daliegenden Vincent. Sie erkennt den fliehenden Ourrias und verflucht ihn. – Wie von Sinnen und von Gewissensbissen geplagt ist Ourrias bis ans Ufer der Rhone gelaufen. Erst als er merkt, daß alles um ihn ruhig ist, kommt er wieder zu sich. Er ruft nach dem Fährmann, doch nur das Echo scheint ihm zu antworten, und er hört seufzende Stimmen auf dem Wasser. Endlich erscheint der Fährmann mit dem Boot; und Ourrias drängt ihn zur Eile. Doch das Boot sinkt, und der Fährmann mahnt Ourrias an sein Verbrechen. Er ist verdammt zum Tode.

Auf dem Hof des Pächters sind die Schnitter um das Feuer versammelt und feiern das Johannisfest. Ramon aber ist schwermütig: Er weiß, daß seine Weigerung Mireille das Herz gebrochen hat und daß er damit sich selbst den glücklichen Lebensabend, den er erhoffte, zerstört hat. Fern hört man Mireille das Lied der Magali singen. Ein Schäfer geht vorüber; Mireille wünscht, sie wäre so unbeschwert wie er. Als es dunkel geworden ist, schleicht sich Vincenette in Mireilles Kammer: sie berichtet ihr, daß der Bruder verwundet sei, aber lebe. Mireille entschließt sich, nach Saintes-Maries-de-la-Mer zu gehen, um für Vincent zu beten. – Über der Einöde von Crau steht die Sonne hoch am Himmel. Mireille, die seit dem Morgengrauen unterwegs ist, ist am Ende ihrer Kräfte. Vor dem schwierigsten Wegstück ruft sie Magelone an, die Heldin eines alten provenzalischen Epos. Die Sonne brennt herab, und Mireille schwinden die Sinne; sie glaubt, Jerusalem und das heilige Grab zu sehen. In der Ferne hört man den Schäfer. Mit letzter Kraft rafft sich Mireille auf und zieht weiter.

In der Kapelle von Saintes-Maries-de-la-Mer singen die Pilger. Vincent kommt und sucht nach Mireille. Er fleht den Himmel um Schutz an. Schließlich kommt Mireille völlig erschöpft an; in Vincents Armen fällt sie in Ohnmacht. In der Kapelle singen die Gläubigen das »Lauda Sion Salvatorem«. Mireille kommt wieder zu sich, Vincenette ist mit Ramon herbeigeeilt, der ihr verzeihen will, doch es ist schon zu spät. In den Armen von Vincent stirbt Mireille; eine himmlische Stimme ruft sie.

Stilistische Stellung

Zu Recht halten viele Kenner die Oper ›Mireille‹ für den Höhepunkt in Gounods dramatischem Schaffen, auch wenn das Werk nie aus dem Schatten des ›Faust‹ getreten ist und außerhalb Frankreichs wenig bekannt ist. In ›Mireille‹ hat Gounod den für seine primär lyrische Begabung passenden Stoff gefunden, und es ist ihm zudem gelungen, die mittelmeerische Atmosphäre der Provence in Klang und Farbe der Partitur einzufangen, wobei Anleihen an die provenzalische Folklore (etwa im »Lied der Magali«) deutlich werden, jedoch stets so umgewandelt sind, daß sie bruchlos in Gounods farbenreich-lyrischer Tonsprache aufgehen.

Textdichtung und Geschichtliches

Das Libretto zu ›Mireille‹ geht zurück auf die 1859 in provenzalischer Sprache erschienene Novelle ›Mirèio‹ des in der Sprache des »langue d'oc« schreibenden Frédéric Mistral. Gounod, der die Novelle 1862 kennenlernte, fragte den Dichter, ob er der Einrichtung eines Librettos zustimme. Darauf antwortete ihm Mistral: »Mich freut, daß Ihnen mein Töchterchen gefallen hat – dabei haben Sie es nur in meinen Versen gesehen. Aber kommen Sie nach Arles, nach Avignon und Saint-Rémy und schauen es sich an, wenn es sonntags aus der Vesper kommt: Bei so viel Schönheit, Licht und Anmut werden Sie sehen, wie leicht und bezaubernd es ist, in diesem Land Seiten voller Poesie zu sammeln. Das heißt, Meister, daß die Provence und ich Sie im April erwarten.« Das Libretto richtete der erfahrene Michel Carré ein, und im Frühjahr 1863 fuhr Gounod für mehr als zwei Monate nach Saint-Rémy, wo er – in stetem Kontakt mit Mistral – die Oper in einem Zuge schrieb. Nach Paris zurückgekehrt, stellte er die Partitur im Spätsommer und Herbst 1863 fertig. Doch schon vor der Uraufführung gab es Probleme: Madame Carvalho, die schon die Margarethe im ›Faust‹ uraufgeführt hatte und die die Gattin des Direktors des Théâtre Lyrique war, erwies sich als unfähig, die Anforderungen der Partie zu bewältigen; die Uraufführung am 19. März 1864 war wenig erfolgreich, das Werk wurde bald abgesetzt. Der Realismus der Handlung, die Rezitative und das tragische Ende der Heldin verunsicherten die Opernbesucher. So sah sich Gounod gezwungen, gegen seinen Willen das Werk umzuarbeiten; er strich die Oper auf drei Akte zusammen, fügte – auf Wunsch von Madame Carvalho – eine brillante Walzer-Arie der Titelheldin ein und ließ das Werk – das nun auch Dialoge aufwies – glücklich enden. Doch auch diese Entstellung des Werkes sorgte nicht für den gewünschten Erfolg. Bis ins 20. Jahrhundert hinein experimentierte man an diesem Werk herum, bis 1939 Gounods Schüler Henri Busser die zum Teil in der Partitur verlorene Originalfassung wiederherstellte. Heute hat sich das Werk in Frankreich (zumal in den regelmäßigen Aufführungen bei den Festspielen in Aix-en-Provence) in dieser fünfaktigen Fassung durchgesetzt. Außerhalb Frankreichs ist ›Mireille‹ seltener zu hören. Zwar wurde das Werk schon im Juli 1864 in London gespielt, nach Wien kam es aber erst 1876 und nach Deutschland erst 1893 in Berlin (in französischer Sprache) und 1903 in Bremen (in deutscher Sprache). Die hohen musikalischen Qualitäten der Partitur und die Poesie des Sujets sollten ›Mireille‹ aber auch auf deutschen Bühnen heimisch machen können.

W. K.

Roméo et Juliette (Romeo und Julia)

Oper in fünf Akten. Libretto von Jules Barbier und Michael Carré (nach der Tragödie von Shakespeare).

Solisten: *Tybalt,* Capulets Neffe und Cousin von Juliette (Tenor, kl. P.) – *Pâris,* Herzog, Juliettes Verlobter (Bariton, m. P.) – *Capulet,* Herzog, Juliettes Vater (Spielbaß, m. P.) – *Juliette* (Lyrischer Koloratursopran, gr. P.) – *Mercutio* (Bariton, kl. P.) – *Roméo Montaigu* (Lyrischer Tenor, gr. P.) – *Gertrude,* Juliettes Amme (Mezzosopran, kl. P.) – *Grégorio,* Diener der Capulets (Bariton, kl. P.) – *Frère Laurent* (Bruder Laurent, Baß, kl. P.) – *Stéphano,* Roméos Page (Sopran, kl. P.) – *Benvolio* (Tenor, kl. P.) – *Le duc de Vérone* (Der Herzog von Verona, Baß, kl. P.) – *Frère Jean* (Bruder Jean, stumme Rolle).
Chor: Damen und Herren aus Verona – Bürger – Soldaten – Mönche – Pagen und Diener (m. Chp.).
Ort: Verona.
Schauplätze: Maskenball der Capulets – Der Garten der Capulets bei Nacht – Bruder Laurents Zelle bei Morgengrauen – Straße vor dem Haus der Capulets – Juliettes Gemach in den frühen Morgenstunden – Herrschaftliches Zimmer bei den Capulets – Unterirdische Krypta der Capulets.
Zeit: 14. Jahrhundert.
Orchester: 2 Fl. (II. auch Picc.), 2 Ob. (II. auch Eh.), 2 Kl., 2 Fag., 4 Hr., 2 Trp., 2 Cornets à piston, 3 Pos., P., Schl., 2 Hrf., Str. – Bühnenmusik: 2 Hrf. – Hinter der Szene: Org.
Gliederung: Romantische Nummernoper, Ouverture-Prologue mit Chor, 22 Nummern, Ballett zwischen dem IV. und V. Akt.
Spieldauer: Etwa 2½ Stunden.

Handlung
Prolog: Ein Chor berichtet von der Fehde zwischen den Familien Capulet und Montaigu.
Auf dem Maskenball bei den Capulets besingen Gäste die Annehmlichkeiten des Abends. Auch der junge Pâris zeigt sich begeistert vom Glanz des Festes, doch Tybalt versichert ihm, dieser verblasse im Vergleich mit der zauberhaften Juliette. Und wirklich, als Capulet seine Tochter in den Saal führt, rückt sie ins Zentrum der Aufmerksamkeit. Capulet bittet seine Gäste zum Tanz in die benachbarten Räumlichkeiten und überläßt seine Tochter gerne der Begleitung von Pâris. Auf der leeren Bühne kommen der maskierte Roméo, sein Freund Mercutio und Benvolio aus ihrem Versteck. Verkleidet konnten sie unerkannt das rivalisierende Haus betreten. Roméo will sich nicht zeigen und lieber die Feier verlassen. Er habe einen Traum gehabt, und nun würden dunkle Vorahnungen wach. Mercutio zerstreut diese, sie seien das Werk der Königin Mab. Roméo zeigt sich beruhigt, doch plötzlich sieht er Juliette durch eine offene Tür – und verliebt sich im selben Moment in sie. Wie unter einem Zauber stehend, muß Roméo von seinem Freund nach draußen gedrängt werden, als Juliette mit ihrer Amme Gertrude eintritt. Gertrude preist Pâris, Juliettes Verlobten, während Juliette ihrerseits anderen Wünschen als dieser Heirat Ausdruck verleiht. Die Amme tritt ab, und als Juliette sich bereit macht, zum Tanz zurückzukehren, erscheint Roméo in einer Ecke des Raumes. Nach nur wenigen Worten gestehen sie sich gegenseitig, daß ihre Schicksale miteinander verbunden sind. Im folgenden Gespräch erkennt Roméo, daß er sich

in eine Capulet verliebt hat. Obwohl er wieder maskiert ist, erkennt Tybalt ihn. Nach Roméos eiligem Aufbruch verkündet Tybalt Juliette, daß sie mit einem der verhaßten Montaigus gesprochen habe. Die Gäste, Roméo und seine Freunde unter ihnen, kehren zurück. Da Mercutio denkt, daß sie bemerkt worden seien, ziehen sie sich zurück. Capulet erlaubt Tybalt nicht, ihnen zu folgen, und hält die Gäste zum Feiern an.

Roméo hat sich von seinen Freunden getrennt und kommt heimlich in den Garten der Capulets. Er ruft Juliette als aufgehende Sonne an, die kurz darauf auf dem Balkon erscheint. Für einen Moment wird ihr zärtlicher Austausch von Grégorio und anderen Dienern der Capulets unterbrochen, die den Garten nach einem Pagen der Montaigus durchsuchen, der in der Gegend gesehen worden sei. Als wieder Ruhe einkehrt, springt Roméo aus seinem Versteck. Juliette versichert ihm, sie sei bereit, ihn zu heiraten, und auch Roméo wiederholt seinen Schwur. Diesmal werden sie von Gertrude unterbrochen, die Juliette nach innen ruft. Widerwillig trennen sich die beiden Liebenden.

Der Chor der Mönche ist zu vernehmen. Bruder Laurent tritt ein, einen Korb mit Pflanzen und Blumen in der Hand, die er verwendet, um Zaubertränke und Arzneien herzustellen. Er besingt die Kräfte der Natur. Roméo tritt auf und berichtet ihm von seiner Liebe zu Juliette Capulet. Bald folgt ihm Juliette mit Gertrude. Die beiden Liebenden bitten Bruder Laurent, sie zu vermählen. Von der Kraft ihrer Liebe zueinander überzeugt, vollzieht er die Zeremonie. – Roméos Page Stéphano verhöhnt die Capulets auf der Straße mit einem Lied über eine gefangene weiße Taube in einem Nest voller Geier. Diese Szene zieht Grégorio und andere Diener der Capulets nach draußen. Ohne Zögern fährt Stéphano mit seinem Lied fort und fordert Grégorio zum Duell. Ungehalten sieht Mercutio Grégorio mit dem noch Halbwüchsigen kämpfen. Tybalt ermahnt Mercutio, seine Worte zu zügeln, und beide beginnen zu kämpfen. Als Roméo kommt, wendet Tybalt sich gegen diesen, Roméo behält zunächst einen kühlen Kopf und fordert Tybalt auf, den Zwist zwischen den beiden Familien zu beenden. Mercutio aber will Roméos Ehre verteidigen und nimmt seinen Zweikampf mit Tybalt wieder auf. Mercutio wird verwundet, als sich Roméo zwischen die beiden Widersacher wirft. Roméo ist plötzlich von Zorn erfaßt und sinnt auf Rache; im Kampf fügt er Tybalt eine tödliche Wunde zu. Ein Marsch kündigt die Ankunft des Herzogs an. Die Widersacher der beiden Adelshäuser verlangen Gerechtigkeit, und nachdem sich der Herzog über das Vorgefallene informiert hat, verbannt er Roméo aus Verona. Mit dem Fallen des Vorhangs hört man beide Häuser ihre verbitterten Flüche erneuern.

Juliette verzeiht Roméo, ihren Cousin getötet zu haben. Während der Hochzeitsnacht besingen sie ihre Liebe. Als Roméo die Lerche vernimmt, die den Tag ankündigt, löst er sich plötzlich aus der Umarmung. Capulet, Gertrude und Bruder Laurent treten ein. Capulet verkündet, Tybalts letzter Wunsch sei es gewesen, Juliette mit Pâris verheiratet zu sehen. Als ihr Vater das Zimmer verläßt, vertraut sich die verzweifelte Juliette Bruder Laurent an: Lieber wolle sie sterben als Pâris heiraten. Er schlägt ihr eine Täuschung vor, durch die sie und Roméo entkommen könnten: Sie solle einen Trank zu sich nehmen, der sie wie eine Tote aussehen lasse. Capulet werde sie zur Grabstätte der Familie bringen lassen, wo Roméo sie erwarte. Juliette spricht sich selbst Mut zu diesem Plan zu. Eine Vision des blutbefleckten Tybalt läßt sie zögern, doch schließlich leert sie die Phiole. – Juliette betritt zu den Klängen eines Hochzeitsmarsches ein herrschaftliches Zimmer. Die Gäste bringen ihre Glückwünsche und Geschenke dar, doch als Capulet sie am Arm nimmt, um sie in die Kapelle zu geleiten, fällt sie in Ohnmacht. Im allgemeinen Tumult ruft Capulet aus, seine Tochter sei tot.

Juliette liegt aufgebahrt in einer Grabstätte. Bruder Laurent erfährt von einem anderen Mönch, Roméo habe den Brief, der ihn von dem Plan unterrichten sollte, nicht erhalten, da sein Page überfallen worden sei. Bruder Laurent schickt den Mönch, einen anderen Boten zu finden. Später tritt Roméo ein. Im Glauben, Juliette sei tot, trinkt er das Gift, das er bei sich trägt. In diesem Moment erwacht sie. Roméo gesteht ihr, sich gerade vergiftet zu haben. Während er schwächer wird, entdeckt Juliette einen Dolch in ihren Kleidern und ersticht sich. In einem letzten großen Aufbäumen erbitten Roméo und Juliette göttliche Vergebung.

Stilistische Stellung

Gounod selbst faßte die musikalisch-dramatische Entwicklung der fünf Akte folgendermaßen zusammen: »Der erste Akt endet *brillant*; der zweite ist *zärtlich* und *träumerisch*; der dritte *bewegt* und *schwer*, mit den Duellen und der Verurteilung Roméos ins Exil; der vierte *dramatisch*, der fünfte *tragisch* ... Das ist eine schöne Entwicklung.« Das somit dramatisch geschlossen wirkende Werk enthält einige der sinnlichsten und melodischsten Gesangsnummern Gounods. Die vier großen Liebesduette der beiden Protagonisten, die drei der fünf Akte beherrschen, bilden das musikalische Zentrum. Aber auch weitere Nummern etablierten sich zu Standard-Bravourstücken, wie Mercutios »Ballade de la reine Mab« (I. Akt), Juliettes Ariette »Je veux vivre dans le rêve« (I. Akt) und Stéphanos Chanson »Depuis hier je cherche en vain mon maître« (III. Akt). In Da-capo-Formen und mit rhythmischen Stereotypen wie der Mazurka und dem Walzer ganz den formalen und musikalischen Mustern der Zeit folgend, zeigt sich Gounod in der nächtlichen Atmosphäre, die die ganze Partitur durchtränkt, als Meister der Nuance und der Schattierungen in oftmals kammermusikalischer Besetzung. Doch auch die komischen Szenen sind besonders gelungen: Klar lassen sich Gluck und Mozart als seine musikalisch-dramatischen Vorbilder, besonders in Hinblick auf die Behandlung der Singstimmen, ausmachen; Einfachheit und Ökonomie der Mittel sind Prinzip. Mit diesen Verfahren setzte Gounod einen bewußten Kontrapunkt zu dem in Frankreich nicht nur auf der Opernbühne stark an Einfluß gewinnenden Richard Wagner.

Textdichtung
Mit den Librettisten Jules Barbier und Michel Carré arbeitete Gounod seit ›Le Médecin malgré lui‹ (Der Arzt wider Willen, 1858) bei allen seinen Opern zusammen. Im Unterschied zu anderen zeitgenössischen Shakespeare-Bearbeitungen, so etwa der Version Vincenzo Bellinis, lehnen sich die beiden Franzosen, darin eher an Héctor Berlioz anknüpfend, stärker an die Vorlage an. Ihre Aufgabe bestand nun darin, die Formate des Elisabethanischen Theaters den Konventionen der französischen Oper des 19. Jahrhunderts anzupassen. Die Ordnung der Bilder in fünf Akten vom Fest bis zum Grab folgt der Vorlage, doch die Mobilität, die vielen Wechsel der Shakespeareschen Szenen sind zugunsten einer stringenteren Abfolge der Aktion stark auf die Rahmenhandlung fokussiert. Während Berlioz 1839 noch auf die Übersetzung von Pierre Letourneur (erschienen 1822) zurückgreifen mußte, konnten sich Barbier und Carré von mehreren Übersetzungen inspirieren lassen, als Basis diente ihnen diejenige von François-Victor Hugo (erschienen 1860). Wie in anderen Opern Gounods auch erfährt die Handlung eine stark religiöse Ausdeutung.

Geschichtliches
Berlioz' Symphonie dramatique ›Roméo et Juliette‹, die Gounod 1839 hörte, dürfte den jungen Komponisten stark geprägt haben. Bereits als Prix-de-Rome-Preisträger 1842 vertonte Gounod Teile des Shakespeareschen Dramas auf dasselbe Libretto, das Bellinis Oper zugrunde liegt. Für Léon Carvalho, den Direktor des Pariser Théâtre-Lyrique du Châtelet, komponierte Gounod dann zwischen April 1865 und August 1866 die fünfaktige Oper, zunächst noch ohne Rezitative, also mit gesprochenen Dialogen. Die Uraufführung, für die er die Rezitative bereits ergänzt hatte, fand dort am 27. April 1867 statt. ›Roméo et Juliette‹ war ein noch größerer Erfolg als ›Faust‹, bis zum Ende des Jahres 1867 erlebte das Stück bereits 102 Aufführungen, und rasch wurde das Werk über Frankreich hinaus bekannt. Bereits 1867 fanden Aufführungen in London (Erstaufführung am 11. Juli, in italienischer Sprache), in New York (Erstaufführung am 15. November) sowie in Dresden (Erstaufführung am 30. November, deutsch von Theodor Gassmann), Brüssel und Mailand statt. Für den frühen internationalen Erfolg befördernd wirkte sicher die Pariser Weltausstellung, zu der im Jahr 1867 Hunderttausende Besucher aus dem Ausland in die Stadt reisten. Schnell kam auch eine Parodie unter dem Titel ›Rhum et eau en juillet‹ (Rum und Wasser im Juli) am Théâtre Déjazet heraus. Von London aus beauftragte Gounod Bizet mit der Einrichtung für die Opéra-Comique, wo am 20. Januar 1873 die Premiere stattfand. (Damit war sie die erste Oper, die an der Opéra-Comique ohne gesprochene Dialoge aufgeführt wurde.) Zwischen 1873 und 1887 wurde sie an der Opéra-Comique 291 Mal aufgeführt. Für die Rückkehr an die Salle Garnier der Opéra in Paris unter der musikalischen Leitung des Komponisten (Premiere am 28. November 1888) fügte Gounod dann noch ein Ballett hinzu. Spricht man darüber hinaus von einer vierten Fassung, so sind damit Kürzungen gemeint, die sich in der weiteren Rezeption, besonders in den Duetten, eingeschliffen haben. ›Roméo et Juliette‹ gehörte in Frankreich lange zu den meistgespielten Opern mit einer ununterbrochenen Aufführungsfolge bis 1963 (612 Vorstellungen), erst dann büßte das Werk an Popula-

rität ein, die es aber, insbesondere durch das Engagement berühmter Sänger der Hauptpartien, zum Beispiel durch die Produktion 2007 an der Metropolitan Opera in New York unter der Leitung von Plácido Domingo mit Roberto Alagna und Anna Netrebko in den Hauptpartien, zunehmend wieder gewinnt.

A. Th.

Georg Friedrich Haas
* 16. August 1953 in Graz

Nacht

Kammeroper in 24 Bildern. Libretto von Georg Friedrich Haas nach Friedrich Hölderlin.

Besetzung: *Der Bariton: Hölderlin, Hyperion, Empedokles, Ödipus, der alte Hölderlin 1* (Bariton, gr. P.) – *Der Tenor: Hölderlin 2, Hyperion 1, Pausanias, Bote 1 bzw. Kreon, Alabanda* (Tenor, gr. P.) – *Der Baß: Hölderlin 3, Hyperion 3, erster Bürger, Bote 2 bzw. Priester, Alabandas Freund 1* (Baß, gr. P.) – *Der Sprecher: der alte Hölderlin, Hölderlin 4, Hyperion 4, Bauer bzw. Kritias, Bote 3 bzw. Ödipus 1, Alabandas Freund 2* (Sprecher, gr. P.) – *Der Sopran: Diotima, Iokasta 2, zweiter Bürger, Alabandas Freund 3* (Sopran, m. P.) – *Der Mezzosopran: Susette Gontard, Hermokrates, Iokasta, Alabandas Freund 4, Diotima 2* (Mezzosopran, m. P.) – *Musiker des Ensembles* (Sprechpartie, kl. P.).
Schauplätze: Schreibtisch – Wohnung im Haus des Tübinger Tischlermeisters Ernst Zimmer – Gegend am Ätna, Bauernhütte.
Zeit: Keine Zeitangabe.
Orchester: Fl. (auch Picc., Afl., Bfl.), 2 Kl. (auch Bkl.), 2 Fag. (auch Kfag.), 3 Pos., 2 Bt., 4 Schl., Akk., 2 Vl., Va., 4 Vc., 3 Kb.
Gliederung: 24 Bilder.
Spieldauer: Etwa 65 Minuten.

Handlung

Drei Boten berichten davon, wie Ödipus sich selbst blendete, als er die Katastrophe um seine Eltern begriff und seine Gemahlin und Mutter erhängt auffand. Ödipus bittet Kreon, ihn des Landes zu verweisen. – Hyperion, am Schreibtisch sitzend, spricht von seiner Einsamkeit, seinem vergangenen Leben und dem Ideal der Gottheit: eins zu sein mit allem, was lebt. – Empedokles, auf seinem letzten Gang am Ätna, wird von Pausanias begleitet. Sie begegnen einem Bauern an seiner Hütte und bitten ihn um Bewirtung. – Der alte Hölderlin, in seiner Wohnung beim Tübinger Tischlermeister Ernst Zimmer, verabschiedet einen Besucher. – Susette Gontard und Hölderlin sprechen über ihre heimliche Liebe, über den Abschied voneinander und über ihren Schmerz. – Hölderlin skandiert die Erklärung des Landgrafen Friedrich Ludwig von Homburg: »Ich will kein Jakobiner sein.« – Hölderlin schreibt einen Brief über sein System des Denkens. Susette Gontard, von ihm unbemerkt, sendet ihm die Verabredung zu einem Treffen am nächsten Tag. – Hölderlin und Hyperion am Schreibtisch sprechen von Diotimas Tod und nehmen Abschied von ihr. – Der Dialog von Hölderlin und Susette Gontard über ihre schmerzliche Trennung erklingt erneut. – Wiederum die Erklärung: »Ich will kein Jakobiner sein.« – Auf ihrem Weg auf den Ätna wird Empedokles von den Bürgern von Agrigent aufgehalten, die ihn zur Umkehr bewegen wollen. Empedokles lehnt ab, Monarch zu werden: »Dies ist die Zeit der Könige nicht mehr.« – Der alte Hölderlin in seiner Tübinger Wohnung. – Hölderlin und Diotima sprechen von der Auflösung der Wirklichkeit. – Alabanda lehrt Hyperion das ›Schicksalslied‹. Alabandas Freunde suchen Hyperion auf. Empört über ihre verlorenen Ideale flüchtet er. – Hyperion, am Schreibtisch, spricht zu Diotima über seine Enttäuschung. – Hölderlin spricht über die Auflösung. – Susette Gontard wiederholt ihre Verabredung mit Hölderlin. – Iokaste versucht, Ödipus aufzuhalten, nach der Wahrheit zu suchen. – Alabanda und Diotima lehren Hyperion das Schicksalslied. – In seiner Tübinger Wohnung berichtet Hölderlin vom Kampf der Franzosen. – Hyperion fordert Alabanda auf, sich zu läutern, der sich aber widersetzt. Sie trennen sich. – Der Priester erzählt Ödipus vom Untergang der Stadt. – Hyperion, Alabanda und Diotima singen ›Hyperions Schicksalslied‹: »Doch uns ist gegeben, auf keiner Stätte zu ruhen ...« – Susette Gontard wiederholt ihre Verabredung mit Hölderlin. – Hyperion spricht vom Krieg, der Verlorenheit, der Nacht, von der Enttäuschung über den Verlust der Ideale. Diotima nimmt Abschied. – Der Traum von der Vollkommenheit des Lebens, von der Welt als Einklang freier Wesen wird von Hyperion und Diotima besungen. Der alte Hölderlin resümiert: »So dacht' ich, nächstens mehr.«

Stilistische Stellung
Inhaltlich ist Georg Friedrich Haas' Kammeroper ›Nacht‹ eine Positionsbestimmung des Künstlers, in der Abstraktion dargestellt anhand eines Dichters in der Zeit der Französischen Revolution, Friedrich Hölderlin. Das Streben nach Idealen und Erkenntnis, der Vorgang des Erkennens, der daraus folgenden Desillusionierung und deren Konsequenzen für das eigene Handeln werden anhand der Figuren aus Hölderlins Dichtung erzählt. Der Begriff der »Nacht, wo kein Schimmer eines Sterns leuchtet«, bezeichnet diesen Wendepunkt der Erkenntnis. Haas läßt in seiner Oper den Dichter und die Protagonisten seiner Werke auftreten: Hyperion als sein Alter ego, den geblendeten Ödipus, den Philosophen Empedokles auf seinem Weg in den Tod im Ätna, die ideale Geliebte Diotima, den Schüler und Widerpart Alabanda und deren Begleitfiguren. Die Doppelfigur Hölderlin/Hyperion wird in sämtliche Rollen projiziert, zudem die reale Biographie mit dem Auftreten von Susette Gontard sowie des alten Hölderlin in seiner Tübinger Wohnung integriert. Aus der Perspektive des geläuterten, weisen oder auch wahnsinnigen Philosophen und Dichters wird sein Leiden an der Welt thematisiert. Haas zeigt die Parallele »zwischen der – für uns heute nicht mehr nachvollziehbaren – Enttäuschung, die die Realisierung der Französischen Revolution für die Intellektuellen damals bedeutet haben muß, und unserer Enttäuschung über so viele Utopien, die nicht in Erfüllung gegangen sind ... Durch die Abstraktion kann ein Stoff auch für andere Menschen mit ganz anderen Problemen aktuell werden« (Haas).
Die multifokale Erzählung spiegelt sich in der Vielfalt der musikalischen Mittel: Vier Sänger und ein Sprecher stellen sämtliche Rollen dar, die fünf Vokalpartien werden in vielfachen Abstufungen und Kombinationen zwischen Sprache und Gesang aufgefächert, hinzu treten als Sprechchor die Musiker des Instrumentalensembles. Eine wichtige Rolle spielt der Einsatz von Mikrotonalität und tonalen Strukturen, die bewußt im Hinblick auf ihre geschichtliche Dimension verwendet werden: Die Schwebung, das heißt der mikrotonal verzerrte Klang ist Bedeutungsträger von emotionalem Gehalt. Dabei reicht das Spektrum von vielfach schwebungsreichen, komplexesten Mixturen bis zu »reinen« schwebungsfrei intonierten Intervallen. Das besondere Kennzeichen der Partitur ist die farbenreiche Pluralität ihrer Mittel, die im Dienst des Ausdrucks stehen.

Textdichtung
Der Komponist stellte das Textbuch aus der Dichtung Hölderlins, insbesondere aus ›Hyperion‹, ›Der Tod des Empedokles‹, ›Ödipus der Tyrann‹ nach Sophokles, sowie aus biographischem Material, Briefen von und an Hölderlin, seinen überlieferten mündlichen Aussagen und Äußerungen über ihn zusammen. Die Texte werden auf die fünf Vokalpartien verteilt, wobei die Hauptrollen, vor allem Hölderlin und Hyperion, wiederum mehreren Interpreten zugeordnet werden. Haas schreibt in der Szenenanweisung: »Die Tatsache, daß ein und derselbe Sänger/Schauspieler bzw. ein und dieselbe Sängerin mehrere Personen verkörpert, ist ein wesentliches Element der Komposition. So ist z. B. Hölderlin Ödipus, er ist Empedokles usw. Ein Aufteilen der Rollen auf mehrere Sänger/innen wäre daher unzulässig. Die Inszenierung muß Bedacht darauf nehmen, daß die Zuhörer/innen, die beibehaltene Identität der Sänger/innen auch deutlich wahrnehmen können. Umgekehrt muß auch erkennbar werden, daß Hölderlin = Hölderlin 2 = Hölderlin 3 = Hölderlin 4 ist. Letztlich gibt es in dieser Oper nur eine einzige Figur, nämlich Hölderlin/Hyperion. (Auch Diotima ist nur eine Projektion von Hölderlin. Lediglich in den beiden Briefen von Susette Gontard tritt eine reale zweite Person auf.)« Das Libretto schichtet ineinander geschnittene, verschiedene Texte zu einem komplexen Ganzen, das dennoch das Verständnis der zentralen Aussagen ermöglicht. Eine wichtige Rolle im Szenario bildet eine dezidiert ausformulierte Licht- und Farbendramaturgie.

Geschichtliches
Die Kammeroper ›Nacht‹ wurde 1996 zunächst konzertant in Bregenz uraufgeführt. Vorangegangen war die Kurzoper ›Adolf Wölfli‹, 1981 in Graz uraufgeführt. 1998 eröffnete die szenische Fassung von ›Nacht‹ in einer Inszenierung von Philippe Arlaud dann die Werkstattbühne der Bregenzer Festspiele, die seither ein wichtiges Podium für zeitgenössische Oper in Österreich bildete. Die deutsche Erstaufführung erfolgte 2005 an der Oper Frankfurt. Das Musiktheater bildet einen gewichtigen Schwerpunkt im Schaffen von Georg Friedrich Haas, der mehrfach Stoffe von Jon Fosse und des österreichischen Schriftstellers Klaus Händl in seinen Opern vertonte.

M. L. M

Georg Friedrich Händel
* 23. Februar 1685 in Halle, † 14. April 1759 in London

Agrippina
Dramma per musica in drei Akten. Dichtung von Vincenzo Grimani.

Solisten: *Claudio*, Kaiser von Rom (Seriöser Baß, auch Schwerer Spielbaß, m. P.) – *Agrippina*, Gemahlin des Claudio (Dramatischer Koloratursopran, auch Mezzosopran, gr. P.) – *Nerone*, Agrippinas Sohn aus erster Ehe (Lyrischer Koloratursopran, ursprünglich Kastrat, gr. P.) – *Poppea*, eine Römerin (Lyrischer Koloratursopran, auch Koloratursoubrette, gr. P.) – *Ottone*, Heerführer des Kaisers (Lyrischer Alt, auch Countertenor, gr. P.) – *Pallante*, ein Höfling (Bariton, auch Baß, m. P.) – *Narciso*, ein Höfling (Spielalt, ursprünglich Altkastrat, auch Countertenor, m. P.) – *Lesbo*, Diener des Claudio (Baß, kl. P.) – *Giunone* (Alt, kl. P.) – *Ein Page der Agrippina* (stumme Rolle).
Ort: Das antike Rom.
Schauplätze: Privatgemach Agrippinas. Platz vor dem Kapitol mit Thron. Zimmer der Poppea – An den Kaiserpalast angrenzende Straße, geschmückt für den Triumphzug des Claudio. Ein Garten mit Brunnen – Zimmer der Poppea mit drei Türen. Saal im kaiserlichen Palast.
Zeit: Um die Mitte des ersten nachchristlichen Jahrhunderts.
Orchester: 2 Blockflöten, 2 Ob., 2 Trp., Pk., Str. (für Va. fakultativ auch Violetta), B. c. (Cemb., Vcl., Kb.)
Gliederung: Ouvertüre und 49 musikalische Nummern, die durch Secco-Rezitative miteinander verbunden sind.
Spieldauer: Etwa 3½ Stunden.

Handlung
Agrippina, die Gemahlin des römischen Kaisers Claudio, hat Nerone, ihren Sohn aus erster Ehe, zu sich rufen lassen, um ihm mitzuteilen, daß endlich der Augenblick gekommen sei, sich des Kaiserthrones zu bemächtigen. Sie legt Nerone ein geheimes Schreiben vor, aus dem hervorgeht, daß der Kaiser bei seiner Rückkehr vom siegreichen britannischen Feldzug in einem Sturm auf hoher See umgekommen sei. Um die Thronbesteigung nicht zu gefährden, verpflichtet sie Nerone bezüglich der Todesnachricht auf unbedingtes Stillschweigen. Überdies solle er durch geheuchelte Freundlichkeit und unerwartete Freigebigkeit sein – offenbar angekratztes – Image aufbessern. Nachdem sie ihren Sohn entlassen hat, schickt Agrippina nach den Höflingen Pallante und Narciso. Beide haben der Kaiserin – ob aus echter Leidenschaft oder aus berechnendem Kalkül sei dahingestellt – Avancen gemacht. Obgleich Agrippina die beiden verachtet, will sie sie nun für ihre Zwecke einspannen. Und so empfängt sie zunächst Pallante. Nachdem sie ihm ein Liebesbekenntnis abgerungen hat, informiert sie ihn unter dem Mantel der Verschwiegenheit über den Tod des Kaisers. Wenn Pallante am kommenden Tag bereit wäre, Nerone zum Kaiser auszurufen, würde sie sich im Gegenzug mit ihm, Pallante, verheiraten. Natürlich ist Pallante sofort bereit, im Sinne Agrippinas tätig zu werden. Danach bespricht sich Agrippina in gleicher Weise

mit Narciso, den sie ebenfalls durch ein Eheversprechen ködert. Wieder allein, zeigt sich Agrippina über den bisherigen Verlauf ihres Ränkespiels höchst zufrieden. Anderntags verteilt Nerone auf dem Platz vor dem Kapitol milde Gaben an die Bedürftigen. Er gibt sich leutselig, und Narciso und Pallante überbieten sich im Lobpreis von Nerones angeblich so barmherzigen Wesen. Mit ernster Miene naht Agrippina in Begleitung von Volk und Würdenträgern. Mißtrauisch beäugen sich Narciso und Pallante gegenseitig, um sich dann insgeheim über die scheinbare Ahnungslosigkeit des anderen zu freuen. Nun ist nämlich der Augenblick gekommen, in dem die Kaiserin den Tod ihres Gatten öffentlich macht. Agrippinas Wunsch nach einem würdigen Thronerben lässt Narciso und Pallante, wie verabredet, in Aktion treten. Sie proklamieren Nerone zum Kaiser, der gemeinsam mit seiner Mutter den Thron besteigt. Plötzlich aber sind freudige Trompetenfanfaren zu vernehmen. Lesbo, ein Diener des Claudio, berichtet von der Errettung seines Herrn durch den Heerführer Ottone. Sofort verbergen die Anwesenden ihre Enttäuschung und üben sich in Erleichterung über die Bergung des Kaisers aus dem Meer, die ihnen alsbald von Ottone geschildert wird. Ebenso müssen sie sich beherrschen, als Ottone von der Belohnung spricht, die ihm Claudio zugedacht hat: nichts Geringeres als die Nachfolge auf dem Thron. Indessen faßt Agrippina wieder Mut, als Ottone ihr in einem Vieraugengespräch erklärt, er sei gar nicht daran interessiert, Kaiser zu werden. Vielmehr wolle er sich seiner Geliebten Poppea widmen, von der Agrippina nun wieder weiß, daß Claudio ihr nachstellt. Agrippina mimt deshalb die Uneigennützige und verspricht dem verliebten Ottone ihre Hilfe, so daß dieser schließlich sogar Thron *und* Liebste gewonnen glaubt. Währenddessen macht sich Poppea vor einem Spiegel zurecht und amüsiert sich darüber, gleich von drei Männern – Ottone, Claudio und Nerone – begehrt zu werden. Lesbo tritt herein, um den Kaiser anzukündigen, der auf ein nächtliches Beisammensein mit Poppea hofft. Das aber ist das letzte, was Poppea will, weshalb sie Angst vor der Eifersucht Agrippinas vorschützt und Claudio ausrichten läßt, ihn gerne als Herrscher, nicht aber als Liebhaber zu empfangen. Agrippina hat die Unterredung zwischen den beiden belauscht und erschleicht sich nun das Vertrauen Poppeas, die der Kaiserin ihre Liebe zu Ottone gesteht. Agrippina aber gelingt es, Mißtrauen zwischen den Liebenden zu sähen: Ottone habe Poppea um den Preis des Thrones an Claudio abgetreten. Um sich zu rächen, solle Poppea des Kaisers Eifersucht schüren und behaupten, Ottone zwinge sie, sich vom Kaiser fernzuhalten. Erst wenn Claudio Ottones Sturz verspreche, dürfe sie den Annäherungsversuchen des Kaisers nachgeben. Des weiteren solle sich Poppea auf sie, die Kaiserin, verlassen. Verwirrt bleibt Poppea allein zurück, als ihr Lesbo Claudio ankündigt. Poppea verhält sich dem Kaiser gegenüber, wie mit Agrippina verabredet, und der reagiert, wie seine Frau es vorausgesehen hat. Nachdem Claudio geschworen hat, Ottone fallenzulassen, kann Poppea ihren zudringlichen Galan allerdings kaum noch in Schranken halten. Endlich stürzt Lesbo herein und meldet, daß Agrippina im Anmarsch sei. Claudio bleibt nichts anderes übrig, als sich unverrichteter Dinge zurückzuziehen. Danach fördert Agrippina durch scheinheilige Bekundungen unverbrüchlicher Freundschaft Poppeas Zutrauen, die ihrerseits Rache brütend auf Ottones Verderben sinnt.

Inzwischen haben Pallante und Narciso Agrippinas Unaufrichtigkeit durchschaut und verbünden sich gegen sie. Als die beiden auf der zu Claudios Triumphzug geschmückten Straße Ottone begegnen, versuchen sie sich bei ihm einzuschmeicheln. Halten sie ihn doch – nicht anders als er selbst – für den künftigen Caesar. Aus dem kaiserlichen Palast treten Agrippina, Poppea und Nerone, in deren Gerede der naive Ottone offenbar alle Doppelzüngigkeit überhört. Ohnehin kommt der Kaiser gerade noch rechtzeitig auf dem Triumphwagen hereingefahren, bevor Agrippinas Intrige auffliegt. Er nimmt die Huldigungen der Hofgesellschaft entgegen. Als aber Ottone vom Kaiser den versprochenen Lohn begehrt, wird er von Claudio brüsk als Verräter abgewiesen. Bestürzt bittet Ottone die übrigen, für ihn einzutreten. Doch alle distanzieren sich von ihm, zuerst Agrippina, dann Poppea und Nero, schließlich auch die Hofschranzen Narciso, Pallante und Lesbo. Von allen verlassen, grübelt Ottone über sein plötzliches Unglück nach; vor allem Poppeas Sinneswandel ist ihm unerklärlich. Poppea wiederum hat sich nachdenklich in einen Garten zurückgezogen, sie möchte über Ottones Schuld völlige Gewißheit gewinnen. Deshalb bedient sie sich, als sie ihn nahen sieht, einer List: Sie stellt sich schlafend und hält ihm – scheinbar im Traume sprechend, dann im Erwachen Selbstgespräche führend – sein Vergehen vor, nämlich sie um des Thrones willen verlassen zu haben. Ottone wiederum stürzt der sich überrascht gebenden Poppea zu Füßen, reicht ihr sein Schwert, ihn zu richten, beteuert seine Unschuld und lenkt den Verdacht auf Agrippina. Nun endlich durchschaut Poppea die Durchtriebenheit der Kaiserin, bestellt Ottone, um unbelauscht zu sein, in ihre Gemächer und schwört Agrippina Rache. Dazu kommt ihr der kupplerische Lesbo, der wieder einmal als des Kaisers Postillon d'amour unterwegs ist, gerade recht: In ihren Gemächern, so läßt Poppea dem Kaiser mitteilen, wolle sie Claudio gerne empfangen. Und als sich auch noch Nerone einstellt, um sich an sie heranzumachen, wird er von Poppea ebenfalls in ihre Privaträume beordert. Zur selben Zeit hat sich Agrippina in ihr Kabinett zurückgezogen und analysiert ihre inzwischen alles andere als rosige Lage, da sie sowohl von Narciso und Pallante als auch von Ottone und Poppea Vergeltung befürchten muß. Und so stiftet sie zuerst Pallante, dann Narciso zu wechselseitigem Mord an. Beiden aber erteilt sie den Auftrag, auch Ottone aus der Welt zu schaffen. Zum Schein geben sich die beiden Hofschranzen als Agrippinas willfährige Spießgesellen. Darüber hinaus bringt Agrippina Ottone beim Kaiser weiter in Mißkredit: Um die Früchte seiner Rettungstat sich betrogen fühlend, plane der grollende Ottone Aufruhr; nur die schnelle Ernennung eines neuen Thronfolgers – natürlich Nerone – könne Ottone noch den Wind aus den Segeln nehmen. Claudio, dem Lesbo heimlich Poppeas Einladung zuträgt, ist aber im Gedanken schon beim avisierten Schäferstündchen. Agrippina muß deshalb alle Überredungskünste aufbieten, damit Claudio ihr verspricht, Nerone noch selbigentags zum Caesar zu machen. Erleichtert atmet sie auf, nachdem sie endlich Claudios Zusicherung erhalten hat.

Poppea erwartet Ottone in ihrem Gemach. Inzwischen von seiner Unschuld gänzlich überzeugt, bittet sie ihn, seinerseits nicht an ihrer Treue zu zweifeln. Vielmehr solle Ottone, verborgen hinter einer Tür, darauf achtgeben, wie sie ihre gemeinsamen Gegner zu überlisten gedenke. Kaum hat sich Ottone versteckt, ist auch schon Nerone zur Stelle. Allerdings gibt sich Poppea reserviert: Er habe sie zu lange warten lassen, nun müsse man mit dem augenblicklichen Eintreffen Agrippinas rechnen. Und so führt sie Nerone hinter eine andere Tür. Doch nicht die Kaiserin tritt ein, sondern, von Lesbo hergeleitet, der Kaiser. Auch ihm gegenüber verhält sich Poppea abweisend. Claudio habe, so klagt sie, leider noch nichts gegen jenen Rivalen unternommen, der sie notorisch belästige. Als Claudio zu seiner Verteidigung den Sturz Ottones anführt, entgegnet ihm Poppea, da habe er, Claudio, sich wohl verhört: Nicht Ottone, sondern Nerone bedränge sie. Überdies habe Nerone während Claudios Abwesenheit auf Rat Agrippinas den Thron an sich zu bringen versucht. Um des Kaisers Zweifel auszuräumen, komplimentiert Poppea ihn hinter eine dritte Tür. Von dort aus sieht er, wie der von Poppea flugs aus seinem Versteck herbei zitierte Nerone keck in seiner unterbrochenen Werbung fortfährt. Voller Zorn weist Claudio den in flagranti ertappten Nebenbuhler, dem Poppea noch hohnlachend einen Gruß an die betrogene Betrügerin Agrippina aufträgt, aus dem Haus. Den Kaiser wiederum hält sich Poppea vom Leib, indem sie Furcht vor Agrippinas Wut vortäuscht und ihn mit der Bitte wegschickt, seine rachsüchtige Gemahlin so schnell wie möglich zu besänftigen. Nachdem Ottone beobachten konnte, wie Poppea seine Konkurrenten abserviert hat, ist für die Versöhnung des Paares alles bereitet. Sie geloben einander im Verzicht auf kaiserliche Macht ewige Treue. In einem Saal des Kaiserpalastes beichtet Nerone Agrippina sein mißglücktes Liebesabenteuer. Er muß ihr versprechen, seiner Leidenschaft für Poppea zu entsagen. Pallante und Narciso wiederum halten, um ihre eigene Haut zu retten, den Zeitpunkt für gekommen, Claudio über die üblen Machenschaften seiner Gemahlin aufzuklären, und gestehen dem Kaiser ihre Mitwirkung bei Nerones voreiliger Thronbesteigung. Da kommt Agrippina hinzu und fordert von ihrem Mann die versprochene Inthronisierung Nerones. Claudio aber bezichtigt seine Frau der Machtgier. Doch die weiß sich dermaßen geschickt zu verteidigen, daß selbst ihre Ankläger der Kaiserin angesichts des Gerüchtes von Claudios Tod ein umsichtiges Krisenmanagement bescheinigen; danach habe sie Nerone nur einstweilen auf den vakant scheinenden Thron gesetzt, um etwaigen Machtansprüchen von dritter Seite die Grundlage zu entziehen. Nachdem Agrippina auf diese Weise ihren Gatten überzeugt hat, dreht sie den Spieß um und wirft ihm seine Leidenschaft für Poppea und seine Anfälligkeit für ihre Einflüsterungen vor. Allerdings bringt Agrippina mit der Bemerkung, daß Poppea bekanntlich von Ottone der Hof gemacht werde, den Kaiser, der ja Nerones Eskapaden mit eigenen Augen hat verfolgen können, wieder durcheinander, so daß Claudio über Poppeas Liebesbeziehungen endlich Klarheit gewinnen und die Beziehungen zwischen allen Beteiligten endgültig geregelt haben will. Dazu bedient er sich nun seinerseits einer List: Als nämlich Poppea, Nerone und Ottone hinzukommen, verfügt Claudio die Verheiratung von Poppea und Nerone und die Erhebung Ottones zu seinem Nachfolger. Die betretenen Reaktionen der drei veranlassen Claudio zur Gegenprobe: Nerone wird zum Thronfolger bestimmt und Ottone mit Poppea verbunden. Mit dieser Lösung sind alle zufrieden; Claudio bleibt nichts anderes übrig, als sich Poppea aus dem Kopf zu schlagen. Und schließlich bemüht sich auf des Kaisers Geheiß auch noch die Ehegöttin Giunone vom Himmel herab, um den Bund zwischen Ottone und Poppea zu segnen.

Stilistische Stellung
Händels ›Agrippina‹, uraufgeführt 1709 in Venedig, unterscheidet sich von den späteren, für London geschriebenen Opern in mehrfacher Hinsicht. So nehmen die mit enormem rhetorischem Schliff und harmonischen Überraschungen ausgestalteten Passagen im Secco-Rezitativ einen größeren Raum ein als in den Folgewerken: In Venedig war ein italienisches Libretto ja ein muttersprachlicher Text, und so mußte Händel nicht – wie später in England – auf die unzureichenden Fremdsprachenkenntnisse des Publikums mit der Verknappung des Rezitativanteils reagieren.

Noch stärker als in den Londoner Opern ist die Tendenz ausgeprägt, den für die spätbarocke Opera seria charakteristischen Schematismus von vorausgehendem Rezitativ und die Szene beschließender Abgangsarie zu lockern. Hierzu dienen die kleinen, in die Handlung integrierten Ensemblesätze (Quartett zur Ausrufung Nerones zum Kaiser, Terzett zur hastigen Verabschiedung des Claudio im I. Akt) oder die von den Solisten zu gestaltenden »Cori« (Jubelchor im II. Akt und im Schlußbild). Auch Auftrittsarien (Ottone zu Beginn des II. Aktes) verhindern eine allzu schematische Szenendramaturgie, ebenso Gesangsnummern, die innerhalb einer fortlaufenden Szene eingefügt sind – z. B. Claudios durch Einteiligkeit sich vom Gros der Da-capo-Arien unterscheidendes Ständchen »Vieni, o cara« im I. Akt. Die in formaler Hinsicht ungewöhnlichste Szenengestaltung gelingt Händel indessen im Gartenbild des II. Aktes: Ottone fällt nach dem Hauptteil seiner Arie »Vaghe fonti«, vom Anblick der schlafend scheinenden Poppea überrascht, ins Rezitativ, und rezitativische Einschübe der angeblich im Schlaf sprechenden Poppea unterbrechen den Mittelteil seiner Arie. Poppeas plötzliches Aufspringen jedoch unterbindet das noch ausstehende Da capo.

Vor allem aber unterscheidet sich ›Agrippina‹ von den Folge-Opern durch eine vornehmlich ironische Betrachtungsweise der Protagonisten. Einzige Ausnahme ist der elegisch gezeichnete Ottone, dessen durch ein ausdrucksstarkes Accompagnato eingeleitete Arie »Voi, che udite« (II. Akt) zu einem der empfindungsreichsten Gesänge aus der Feder des jungen Komponisten gehört. Ansonsten ist Händel eher an einer prägnanten Charakterisierung der Figuren gelegen, als daß er Einblick in ihr Seelenleben gewähren würde. So wirken die Hofschranzen Pallante und Narciso wie barocke Pendants zu den Kölner Puppentheaterfiguren Tünnes und Schäl, weil sie entweder als Paar auftreten oder von Agrippina in jeweils unmittelbar aufeinanderfolgenden Szenen auf haargenau dieselbe Weise behandelt werden. Nicht minder lächerlich wird Claudio als ein den Launen Agrippinas und Poppeas ausgelieferter Lustgreis gezeichnet, der sich seiner herrscherlichen Würde zum Trotz hin- und herschubsen läßt. Seine Eitelkeit aber kommt in den gespreizten Intervallsprüngen der Arie »Cade il mondo« (II. Akt) zum Tragen, auch darf er hier mit dem tiefen »C« protzen, wenn die Arie nicht in Chrysanders Transposition nach oben gesungen wird. Nerone aber ist in dieser Oper, der virtuosen Koloraturen seiner Arien im III. Akt ungeachtet, zu allererst ein folgsames Muttersöhnchen. Von der in den Geschichtsbüchern geschilderten Tyrannenkarriere ist dieser pubertäre Dekadent und genasführte Schürzenjäger also noch weit entfernt. Gleichwohl gibt er in dem grotesken f-Moll-Arioso »Qual piacer«, mit dem er sich im I. Akt als spendierfreudiger Freund des Volkes beliebt zu machen versucht, eine eindrucksvolle, von verlogenen Mitleidstränen geschwängerte Probe seiner Verstellungskunst. Von komischer Deplaziertheit ist kurz darauf die liedhafte Arietta des Lesbo, mit der Claudios Diener in die Feierlichkeiten zur Inthronisierung des Nerone hereinplatzt. Und selbst die Göttin Giunone wird dem Gelächter preisgegeben, da sie im Finale mit ihrem im Grunde völlig überflüssigen Auftritt als Dea ex machina letztlich nur bestätigen darf, was die Menschen gerade untereinander geregelt haben.

Am feinsten jedoch hat Händel das Verhältnis zwischen Agrippina und Poppea austariert. Zwischen anfänglichem Optimismus, wie er beispielsweise in Agrippinas einstmals berühmter C-Dur-Arie »Hò un non sò che nel cor« (I. Akt) zum Ausdruck kommt, und tiefster Nachdenklichkeit und Angst (die mit kontrastierendem Mittelteil gearbeitete g-Moll-Arie »Pensiere, pensieri« im II. Akt) erstreckt sich das affektuose Spektrum dieser mit allen Wassern gewaschenen Vollblutpolitikerin. Poppea hingegen, deren erotischer Antrieb zu den politischen Ambitionen der Agrippina in spannungsvollem Gegensatz steht, wächst an den Intrigen der Kaiserin und wird ihr dadurch nach und nach ebenbürtig. Ihre von der Putzsucht eines verwöhnten Luxusgeschöpfs zeugende Auftrittsarie »Vaghe perle« markiert den Ausgangspunkt, das so grazile, wie überlegene Spiel zwischen 3/8- und 2/4-Takt in der Arie »Bel piacere« (III. Akt) den Endpunkt dieser Entwicklung. Oft ist den Gesängen der Poppea – aber auch vielen anderen Arien der Oper – ein tänzerischer Duktus eigen: Ein Hinweis darauf, wie genau Händel den Geschmack seines Publikums zu treffen wußte. Denn solche Tanz-Arien waren damals in Venedig en vogue.

Textdichtung

Der Librettist der ›Agrippina‹ war Kardinal Vincenzo Grimani (1655–1710), von den Habsburgern installierter Vizekönig von Neapel und kaiserlicher Botschafter beim Vatikan, dessen Familie neben anderen venezianischen Opernhäusern auch das Teatro di S. Giovanni Grisostomo unterhielt, an dem die ›Agrippina‹ ihre Uraufführung erlebte. Vermutlich beabsichtigte der illustre Diplomat mit dem Libretto eine Satire auf den Hof von Papst Clemens XI., und offenbar spielte er mit den in der Oper geschilderten Thronwirren auf die dem spanischen Erbfolgekrieg (1701–1713/1714) zugrunde liegenden dynastischen Streitigkeiten an. Der Sprachwitz, die Situationskomik, die nicht zuletzt aus den zahlreichen beiseite gesprochenen Einschiebseln resultiert, machen das höchstwahrscheinlich eigens für Händel verfaßte Libretto zu einem der besten je von ihm komponierten Texte. Nicht genug ist zu bewundern, wie Grimani aus den antiken Quellen – die ›Annalen‹ des Tacitus (nach 112 n. Chr.) und Suetons Caesaren-Biographien (vor 122 n. Chr.) – sein Libretto zusammenfügte: Außer Lesbo sind alle handelnden Personen historisch bezogen. Mehr noch, Grimani hielt sich, was die Motivationen der Opernfiguren und ihre Charakterbilder anbelangt, in erstaunlichem Maße an die Überlieferung. Denn in der Tat glich der kaiserliche Hof zu den Zeiten des Claudius einer Schlangengrube.

Gleichwohl ist das in der Oper ablaufende Geschehen frei erfunden. Allerdings dienten einige geschichtliche Fakten als Aufhänger für die Handlung. So erzählt Sueton von der durch einen Triumphzug gekrönten britannischen Militärexpedition des Claudius (43 n. Chr.), wobei dieser zweimal Schiffbruch erlitten habe. Ebenso berichten die antiken Geschichtsschreiber über die Abhängigkeit des Claudius vom Rat seiner Frauen, gleichfalls vom Ehrgeiz Agrippinas, ihren Sohn Nero (Nerone) auf den Thron zu bringen. Nach Tacitus wurde sie darin von Pallas (Pallante) unterstützt, der der Kaiserin überdies durch ein ehebrecherisches Verhältnis verbunden war. Narcissus (Narciso) – der einflußreichste unter den Freigelassenen des Claudius – war hingegen in Wirklichkeit einer der erbittertsten Feinde der Agrippina. Neros Leidenschaft für Poppea, deren Verbindung zum kaiserlichen Hof und ihre Eheschließung mit Otho (Ottone) schließlich fallen – anders als in der Oper – in die ersten Jahre von Neros Herrschaft, nachdem Claudius auf Betreiben und unter tatkräftiger Mithilfe seiner Gattin im Jahre 54 ermordet worden war.

Geschichtliches

Ende des Jahres 1706 machte sich Händel von Hamburg nach Italien auf, wo er bis Anfang 1710 blieb. Die am 26. Dezember 1709 uraufgeführte ›Agrippina‹ ist damit wahrscheinlich das letzte Werk, das Händel während seines Italienaufenthalts geschrieben hat. Die Premiere geriet zu dem größten Triumph, den der junge Komponist bis dato erlebt hatte. Das Publikum, so berichtet Händels Biograph John Mainwaring, habe den Komponisten mit Hochrufen als »caro Sassone«, als den lieben Sachsen, gefeiert. Insgesamt 27 Vorstellungen sollen während der Karnevalssaison 1709/1710 über die Bühne gegangen sein. Mit einigen der Interpreten, darunter die Premieren-Agrippina Margherita Durastanti, sollte Händel alsbald in London wieder zusammenarbeiten. Es ist umstritten, ob Händel die von Kardinal Grimani in Auftrag gegebene Komposition tatsächlich schon 1708 in Rom fertiggestellt und danach den venezianischen Verhältnissen angepaßt hat. Übernahmen aus den in Italien komponierten weltlichen Kantaten, mit denen Händel sich die italienische Schreibart aneignete und in der Vertonung der Sprache übte, sind zahlreich. Ebenso arbeitete er – gemäß der im Barock üblichen Parodiepraxis – einige Arien aus dem Oratorium ›La Resurrezione‹ (HWV 47) für die Oper um. Darüber hinaus finden sich Entlehnungen aus Werken anderer Komponisten. Beispielsweise greifen Poppeas Perlen-Arie oder Claudios Ständchen thematisches Material aus Reinhard Kaisers Oper ›Die römische Unruhe oder Die edelmütige Octavia‹ (Hamburg 1705) auf. Zwar hat Händel die ›Agrippina‹ später nicht mehr auf die Bühne gebracht, doch ein Komponistenleben lang nutzte er sie als Materialfundus für neue Werke.

Zu Händels Lebzeiten wurde die ›Agrippina‹ mehrfach nachgespielt: 1713 in Neapel, 1717 bis 1722 in Hamburg und 1719 in Wien. 1943 wurde das Werk in Halle zum ersten Mal in neuerer Zeit wiederbelebt. Allmählich kam eine kontinuierliche Aufführungstradition in Gang. Die Produktionen in Leipzig (1959), London (1965), Zürich (1970 mit Lisa della Casa in der Titelrolle), Brighton und London (1982 mit Felicity Palmer als Agrippina) und Michael Hampes Inszenierung für die Schwetzinger Festspiele 1985 waren hierbei wichtige Wegstationen. Die vorzügliche ›Agrippina‹-Produktion der Göttinger Händel-Festspiele von 1991 (musikalische Leitung: Nicholas McGegan) kam im Jahr darauf auf CD heraus. Auch John Eliot Gardiners ›Agrippina‹-Einspielung mit Della Jones in der Titelpartie stammt aus dem Jahr 1991. Sechs Jahre später erzielten die Karlsruher Händel-Festspiele unter der Stabführung von Paul Goodwin und wieder in einer Inszenierung von Michael Hampe mit Händels Jugendoper einen bedeutenden Erfolg.

R. M.

Rinaldo

Opera seria in drei Akten. Text von Giacomo Rossi nach einem Szenario von Aaron Hill.

Solisten: *Goffredo*, der Oberbefehlshaber des christlichen Heeres (Lyrischer Mezzosopran, auch Countertenor, ursprünglich Altkastrat, gr. P.) – *Almirena*, seine Tochter (Lyrischer Koloratursopran, gr. P.) – *Rinaldo*, Almirenas Verlobter (Koloratur-Mezzosopran, auch Countertenor, ursprünglich Altkastrat, gr. P.) – *Eustazio*, Goffredos Bruder (Lyrischer Alt, auch Countertenor, ursprünglich Altkastrat, gr. P.) – *Argante*, König von Jerusalem, Geliebter der Armida (Bariton, gr. P.) – *Armida*, Zauberin, Königin von Damaskus (Dramatischer Koloratursopran, gr. P.) – *Ein christlicher Magier* (Alt, auch Countertenor, ursprünglich Altkastrat, kl. P.) – *Ein als Dame sich ausgebendes Geistwesen* (Sopran, kl. P.) – *Zwei Sirenen* (Soprane, kl. P.) – *Herold* (Tenor, kl. P.).
Statisten: Soldaten – Wachen – Ehrengeleit des Argante – 2 Furien – 2 Geister – Soldaten – 3 Anführer des Argante – Sarazenische und christliche Truppen.
Ort: Im Heiligen Land.
Schauplätze: Blick auf das belagerte Jerusalem mit Stadtmauer und Tor, seitlich das christliche Heerlager mit prächtigem Zelt und Thron. Ein Hain mit Quellen, Wegen und Volieren. – Ruhiges Meeresufer mit einem vor Anker liegenden Boot. Garten in Armidas Zauberschloß – Gebirgslandschaft mit Blick auf das Zauberschloß und dessen prächtiges Eingangstor; am Fuße des Gebirges, das sich später in eine bewegte Meereslandschaft verwandelt, eine Höhle. Armidas Garten, der alsbald verdorrt, woraufhin man von der Wüste auf Jerusalem hinuntersieht; in der Stadtmauer ein großes Tor mit Ausfallstraße, die sich durch die vorgelagerte Ebene windet.
Zeit: Um 1100 während des Ersten Kreuzzugs.
Orchester: Flageoletto, 2 Blockfl., 2 Ob., 2 Fag. (auch B. c.) 4 Trp., P., Str. (auch Solo-Viol. und Violetta), Cemb. (obligat und B. c.).
Gliederung: Ouvertüre und 40 musikalische Nummern, die durch Secco-Rezitative miteinander verbunden sind.
Spieldauer: Etwa 3 Stunden.

Handlung

Goffredo, der Oberbefehlshaber der Kreuzfahrer, seine Tochter Almirena, sein Bruder Eustazio und Almirenas Verlobter Rinaldo blicken auf das vom Christenheer belagerte und vom Sarazenen-König Argante beherrschte Jerusalem. Die Entscheidungsschlacht steht bevor, und Goffredo ist davon überzeugt, daß die christlichen Truppen die Heilige Stadt einnehmen werden. Gleichwohl macht er die Vermählung Rinaldos mit seiner Tochter von einem Sieg über die Sarazenen abhängig. Damit die Hochzeit nicht durch eine unvorhergesehene Niederlage noch gefährdet werde, fordert Almirena von ihrem Geliebten, dem in

seiner ungeduldigen Verliebtheit mehr am Heiraten als am Heldentum gelegen ist, mehr Kampfbereitschaft zu zeigen. Argante hat einen Herold vorausgesandt, um sein Kommen anzukündigen. Eustazio vermutet nicht zu Unrecht, daß den König die Furcht vor der bevorstehenden militärischen Schlappe zu Verhandlungen mit den Gegnern treibt. In der Tat ersucht Argante – dem Pomp seines Einzuges ins gegnerische Lager und seinem angeberischen Gehabe zum Trotz – den Heerführer der Christen um einen dreitägigen Waffenstillstand, der ihm von Goffredo großmütig gewährt wird. Argante bleibt allein zurück und sehnt seine Geliebte, die zauberkundige damaszenische Königin Armida, herbei. Die hat nämlich zwischenzeitlich die Unterwelt beschworen, um von dort Auskunft darüber zu erlangen, wie der unabwendbar scheinende Sieg der Christen noch zu verhindern sei. Ein von feuerspeienden Drachen gezogener Wagen braust durch die Luft heran und führt Armida herbei. Die finstren Mächte haben ihr prophezeit, daß nur die Ausschaltung Rinaldos die Sarazenen noch vor einem militärischen Debakel bewahren könne. Indessen weist Armida Argantes Angebot, Rinaldo unschädlich zu machen, zurück. Insgeheim nach alleiniger Weltherrschaft strebend, will sie selbst den Helden verderben. Almirena hat sich in Erwartung des Geliebten in einen Garten zurückgezogen, der vom Gezwitscher munter umherfliegender Vögel erfüllt ist. Rinaldo tritt hinzu. Doch nur kurz können sich die Liebenden ihrer trauten Zweisamkeit freuen. Denn plötzlich werden sie von der mit einem Schwert bewaffneten Armida überfallen, die dem Helden die Geliebte aus den Armen reißt. Um dem ihr nachsetzenden Recken zu entkommen, verschwindet die Zauberin samt ihrer Beute in einer von schnaubenden Ungeheuern produzierten Rauchwolke. Zwei Furien bleiben zurück, die den überrumpelten Helden, bevor sie ihrerseits in die Erde versunken sind, mit höhnenden Gesten verspotten. Rinaldo kann den jähen Verlust der Geliebten kaum fassen. Er steht immer noch unter Schock, als er Goffredo und Eustazio vom Raub Almirenas berichtet. Eustazio schlägt vor, den Rat eines christlichen Magiers einzuholen. Dank Eustazios Zuspruch faßt Rinaldo neuen Mut. Er bittet den Himmel und die Götter, ihm bei der Errettung der Geliebten beizustehen.
Eustazio, Goffredo und Rinaldo sind auf dem Weg zum Magier am Meer angelangt, in dem sich ein herrlicher Regenbogen spiegelt. Nahe dem Ufer liegt ein Boot vor Anker, an dessen Steuerruder eine schöne Dame steht, in Wahrheit ein der Armida untergebener Geist. Die Truggestalt behauptet, von Almirena übers Meer gesandt worden zu sein, um Rinaldo abzuholen. Als auch noch das verführerische Lied zweier im Meere schwimmender Sirenen ans Ufer dringt, wird Rinaldo von solch heftiger Sehnsucht nach der Geliebten ergriffen, daß er entgegen den Warnungen Goffredos und Eustazios in das Boot steigt. Unverzüglich steuert das Schiff ins hohe Meer hinaus, wo es mit den Sirenen alsbald außer Sichtweite gerät. Bestürzt nehmen die Gefährten den unbedachten Abgang Rinaldos zu Kenntnis. Während sich Eustazio über die Leichtfertigkeit des Helden entrüstet, ermahnt sich Goffredo, angesichts des doppelten Verlustes von Tochter und künftigem Schwiegersohn die Hoffnung nicht zu verlieren. Im Garten von Armidas Zauberschloß gesteht Argante der unglücklichen Almirena seine Liebe. Doch sie weist seine Avancen zurück und bittet ihn statt dessen um ihre Freiheit. Von Almirenas Flehen bewegt, beschließt Argante, ihr zu helfen. Nachdem die beiden gegangen sind, tritt Armida, hoch erfreut über Rinaldos Gefangenschaft, in den Garten. Zwei Geister führen den Helden heran. Rinaldos unbeugsamer Stolz und seine Schönheit entzünden Armidas Leidenschaft. Vergeblich buhlt sie um die Zuneigung des Helden, und so versucht sie, ihn in der Gestalt Almirenas zu verführen. Doch Rinaldo durchschaut nach anfänglicher Verwirrung das Blendwerk und macht sich erzürnt aus Armidas Umarmung los. Durch die harsche Zurückweisung in ein Wechselbad der Gefühle gestürzt, weiß sich Armida keinen anderen Rat, als den Helden abermals in der Gestalt Almirenas umgarnen zu wollen. Doch dieses Mal tritt ihr ausgerechnet Argante entgegen, der prompt auf Armidas Zaubermaskerade hereinfällt. Indem er die vermeintliche Almirena umschmeichelt, gesteht er unwissentlich Armida seine Zuneigung für die geraubte Prinzessin und obendrein deren bevorstehende Befreiung. Nachdem die rückverwandelte Zauberin den Treulosen mit Vorwürfen überhäuft hat, reagiert dieser mit Trotz; auch ohne die Unterstützung ihrer Magie werde er, fortan auf sich allein gestellt, zurechtkommen. Zutiefst empört, bleibt Armida zurück und brütet Rache.
Goffredo und Eustazio sind, von Gefährten begleitet, in einer wilden Gebirgsgegend vor der Höhle des weisen Magiers angelangt. Von ihm

erfahren sie, daß Rinaldo und Almirena in Armidas das Gebirge überragendem Zauberschloß gefangengehalten werden. Auch weist der Magier sie darauf hin, daß die Eroberung des von Ungeheuern bewachten Palastes ohne übermenschlichen Beistand nicht gelingen kann. Doch die beiden Ritter schlagen die Warnung in den Wind. Unterstützt von ihrem Gefolge, versuchen sie, Armidas Herrschaftssitz zu stürmen. Sie werden jedoch von den Höllenwesen zurückgeschlagen, so daß ein Teil von Goffredos und Eustazios Eskorte zu Tode kommt. Erst nachdem der Magier sie mit Zauberruten ausgerüstet hat, gelingt es den Kreuzfahrern, in einer neuerlichen, vom Gesang des Magiers begleiteten Attacke, die Ungeheuer unschädlich zu machen. Auch Armidas Schloß hält der Berührung mit den Zauberstäben nicht stand. Mit einem Schlage versinkt es mitsamt dem Gebirge im Meer. Lediglich ein von Gischt umbrandeter Fels gibt den Rittern noch Halt unter den Füßen. Im Garten ihres Palastes ist Armida inzwischen im Begriff, Almirena zu erdolchen. Rinaldo kann die Mordtat nur verhindern, indem er mit gezücktem Schwert auf die Zauberin eindringt. Freilich entgeht sie dem tödlichen Streich, weil plötzlich Höllengeister zum Schutze ihrer Herrin aus der Erde auffahren. Kurz darauf eilen Goffredo und Eustazio herbei und berühren mit ihren magischen Stäben den Garten, der sich augenblicklich in jene Wüste verwandelt, von der Jerusalem umgeben ist. Während sich die Ritter begrüßen, stürzt die mordgierige Armida abermals auf Almirena zu. Wieder fällt Rinaldo der Zauberin mit erhobener Waffe in den Arm. Dieses Mal flüchtet sie sich vor dem Schwerthieb in die Unterwelt. Goffredo, Eustazio, Rinaldo und Almirena sind erleichtert, wieder beisammen zu sein. Gleichwohl hält Goffredo seinem Schwiegersohn dessen »weichliche Liebesleidenschaft« vor, für die er sich in der bevorstehenden Schlacht zu rehabilitieren habe. Von Goffredos Tadel getroffen, beschließt Rinaldo, daß ihm von nun an die Liebe ein Ansporn zu heldenmütigem Handeln sein soll. Unterdessen trifft Argante Vorkehrungen für die Schlacht und erteilt dreien seiner Hauptleute Befehle. Armida kommt hinzu. Angesichts der feindlichen Bedrohung bleibt den beiden nichts anderes übrig, als sich zu versöhnen. Gemeinsam mustern sie ihre Truppen und erneuern danach ihr zweckmäßiges Liebesbündnis. Im Christenlager wiederum freut sich Almirena darüber, wieder mit dem Geliebten vereint zu sein. Goffredo unterstellt das Lager und seine Tochter dem Schutze Eustazios. Und nachdem sie die christliche Heerschar inspiziert haben, unterbreitet Rinaldo Goffredo seinen Kriegsplan: Dieser solle die Hauptstreitmacht ins Feld führen, während er selbst von der Flanke her das feindliche Heer durch einen Überraschungsangriff in Bedrängnis bringen wolle. Von Goffredo für seinen strategischen Verstand gelobt, sieht Rinaldo freudig der Schlacht entgegen. Nachdem Argante und Goffredo ihre Krieger durch Ansprachen ermutigt haben, treffen die Heere aufeinander. Die Schlacht bleibt unentschieden, bis Rinaldo Jerusalem eingenommen hat und durch seinen Flankenangriff die Sarazenen in die Flucht schlägt. Überdies hat Rinaldo Argante gefangengenommen, während Eustazio Armida in Fesseln mit sich führt. In Anbetracht von Rinaldos für den Sieg ausschlaggebenden Verdiensten hat Goffredo nun gegen die Vermählung seiner Tochter mit dem Helden nichts mehr einzuwenden. Armida und Argante indessen fügen sich den neuen Machtverhältnissen. Sie entsagt der Zauberei, und gemeinsam mit Argante tritt sie zum Christentum über. Goffredo schenkt ihnen dafür die Freiheit. Armida bittet Argante zu sich auf den Thron von Damaskus. Alle Beteiligten vereinen sich zum Lob auf die Tugend, da nur sie allein die Leidenschaften mäßigen könne.

Stilistische Stellung

Aus heutigem Blickwinkel mutet Händels 1711 in London uraufgeführter ›Rinaldo‹ gleich in mehrfacher Hinsicht wie eine barocke Vorwegnahme der Gattung Musical an. Denn keine andere Oper des Meisters befriedigt in solchem Ausmaß die Schaulust des Publikums wie diese. Armidas Flug durch die Luft im 1., ihre vexierbildhafte Metamorphose in die Gestalt Almirenas im II. Akt, Rinaldos Meeresfahrt, die Verwandlungen auf offener Bühne (III. Akt), das Verschwinden von Personen durch Falltüren oder in einer Rauchwolke: Mag derlei Bühneneffekten auch etwas Spektakelhaftes anhaften, so sind sie in einer Zauberoper gleichwohl sujetbedingt. Schon darin wird offensichtlich, daß ›Rinaldo‹ ein Ausstattungsstück ist, wie sich auch am Gepränge von Argantes Hofstaat, an Armidas Faible für Fabel- und Höllenwesen oder an den Kriegs- und Kampfszenen zeigt. Zwar stieß sich seinerzeit die Kritik an dem in ›Rinaldo‹ betriebenen Bühnenaufwand. Insbesondere wurde der Regieeinfall beanstandet, während Almirenas Arie »Augeletti, che cantate« (Ihr Vöglein, die ihr singt) zu Beginn des Gartenbildes im I. Akt lebende Sperlinge auffliegen zu lassen. Gleichwohl führt ›Rinaldo‹ mit seiner Schwäche für szenische Sensationen eine typisch britische Theatertradition fort, nämlich die der barocken Semi-Opera.

Musicalnähe ergibt sich für den heutigen Betrachter außerdem aus den »Action-Elementen« in der Handlung, etwa in der Entführung Almirenas oder den Mordversuchen, denen die Prinzessin von Seiten Armidas ausgesetzt ist. Und nicht zuletzt fördert die auf musikalische Abwechslung zielende Komposition den Unterhaltungswert des Stücks. Die auffälligsten Instrumentationseffekte ergeben sich aus der Verwendung eines vom Flageoletto angeführten Blockflöten-Consorts, das in Almirenas schon erwähnter Augeletti-Arie Vogelgezwitscher imitiert. Von imposanter Wirkung wiederum ist der Einsatz von Pauken und drei Trompeten in Argantes Auftrittsarie »Sibilar gli angui d'Aletto«, deren Klangpracht während des III. Aufzugs durch vierfachen Trompeteneinsatz in den instrumentalen Schlachtenmusiken und in Rinaldos von Siegeszuversicht kündender Arie »Or la tromba in suon festante« sogar noch übertrumpft wird. Zudem sorgen konzertierende Solo-Instrumente (Oboe in Armidas Arie »Molto voglio« im I. Akt, Violine und Fagott in Rinaldos Arie »Venti, turbini prestate« zum Schluß des I. Aktes) für die Buntheit der Partitur, wobei der obligate Cembalo-Part in Armidas Arie ›Vo' far guerra‹ zum Schluß des II. Aktes besondere Beachtung verdient, weil er eine notierte Version der von Händel in die Arie eingestreuten Improvisationen beinhaltet.

Der Komponist setzt aber nicht nur, wie in den eben genannten Nummern, auf die virtuose Koloratur-Arie, sondern auch auf getragene Gesänge wie Almirenas so berühmte wie schlichte Sarabande »Lascia ch'io pianga« (II. Akt) oder Rinaldos von Chromatik und Seufzern durchdrungenes Largo »Cara sposa« (I. Akt). Ebenso bereichert liedhafte Eingängigkeit (der barcarolenartige Unisono-Gesang der Sirenen im II. Akt) oder rhythmische Extravaganz (Almirenas mit mehrfachen Taktwechseln aufwartende Arie »Bel piacere è godere« im III. Akt) das Ausdrucksspektrum der ›Rinaldo‹-Partitur.

Zwar bietet das ›Rinaldo‹-Personal mit Blick auf die Handlung – nicht anders als das Musical unserer Zeit – typisierte Figuren. Ihr affektuoses Profil hingegen prägt sich durch die Komposition markant und differenziert aus. Dies gilt insbesondere für Rinaldo und seine Gegenspielerin Armida. Deren hervorgehobene Bedeutung kommt schon darin zum Ausdruck, daß entweder der eine oder die andere an den drei in die Oper eingestreuten Duetten (zwei Duette mit den jeweiligen Geliebten und der Streitgesang »Fermati! No, crudel« zwischen Armida und Rinaldo im II. Akt) beteiligt sind. Die affektuose Unbeständigkeit der beiden Protagonisten wird nicht zuletzt darin wahrnehmbar, daß sie als einzige Personen der Oper wiederholt durch Arien charakterisiert werden, deren Mittelteil im Tempo von den Außenteilen abweicht, wofür Armidas bewegende Liebesklage »Ah! Crudel« im II. Akt ein besonders eindrucksvolles Beispiel ist. Überdies sind die beiden Accompagnato-Rezitative (die Verkündigung des Orakelspruches im I. Akt, die aufgewühlte Einleitung, die der eben erwähnten Lamento-Arie vorausgeht) der ihren Leidenschaften ausgelieferten Zauberin vorbehalten. Armida jedoch kann ihr unausgeglichenes Naturell nicht bändigen.

Anders hingegen der zunächst kaum weniger maßvolle Rinaldo, dem anfänglich seine unverbrüchliche Liebe zu Almirena über alles geht, sogar über den Krieg: Aufgrund des Einflusses seiner Mentoren Goffredo und Eustazio und seiner Geliebten Almirena wandelt er sich zum besonnen, »tadellosen Galant homme« (J. Schläder), der sich schließlich den – zumindest nach heutiger Auffassung – fragwürdigen Normen einer den Glaubenskrieg propagierenden Gemeinschaft fügt. Indem die Oper also den aus moderner Sicht dubiosen Bildungsweg eines unbeherrschten Draufgängers zum »Idealbild des höfischen Menschen« schildert, kommt gleichwohl im Sinne barocker Wirkungsästhetik ein belehrendes Anliegen zum Tragen. Darin aber liegt ein fundamentaler Unterschied zu der ausschließlich aufs Publikumsvergnügen ausgerichteten Konzeption zeitgenössischer Musicals.

Textdichtung
Ursprünglich Torquato Tassos Kreuzfahrer-Epos ›Gerusalemme liberata‹ (1575) entstammend, war dem christlichen Ritter Rinaldo und der heidnischen Zauberin Armida bereits ein mehrfaches Bühnenleben vergönnt, noch bevor der Londoner Impresario Aaron Hill zur Eröffnung des von ihm gepachteten Queen's (später King's) Theatre am Haymarket auf den Stoff zurückgriff. Hills Unternehmung steht mit den um 1705 einsetzenden Bestrebungen, die italienische Oper in London zu etablieren, in Zusammenhang; und

›Rinaldo‹ ist die erste italienische Oper überhaupt, die eigens für London geschrieben wurde. Im Vorwort zum Libretto macht Hill deutlich, worin sich sein Projekt von den vorausgegangenen Londoner Opern-Veranstaltungen unterscheidet, nämlich durch die Berücksichtigung der spezifisch englischen Theatertradition mit ihrer Vorliebe für Bühnenmaschinen und -dekorationen. Deshalb habe er in ›Rinaldo‹ die Handlung so zusammengefügt, daß sie – offenbar im Gegensatz zu den sparsamer ausgestatteten Vorläuferwerken – »mehr eindrucksvolle Bühnenansichten« biete. Außerdem hebt Hill hervor, daß er sich in Abweichung von Tasso dichterische Freiheiten gestattete. Die Einfügung der in der Vorlage nicht enthaltenen Figur der Almirena ist in dieser ohnehin ziemlich freien Tasso-Adaption die auffälligste Ergänzung. Mit Rücksicht auf das der italienischen Sprache unkundige Londoner Publikum sorgte Hill, der die Versifizierung seines Prosa-Szenarios von Giacomo Rossi besorgen ließ, für eine Begrenzung der Rezitative auf ein für die Handlung unabdingbares Minimum. Auch für die späteren Opern Händels wird diese Verknappung des Rezitativ-Anteils typisch bleiben.

Geschichtliches

Schon bald nach dem sensationellen Erfolg der ›Agrippina‹ (1709) in Venedig verließ Händel Italien und reiste über Hannover, wo er im Juni 1710 zum Hofkapellmeister avancierte, und Düsseldorf gegen Ende des Jahres nach London. Unverzüglich wandte sich Hill an den berühmten Neuankömmling und beauftragte ihn mit der Komposition einer neuen Oper. Über Händels Arbeitseifer berichtet Rossi in seiner Einleitung zum ›Rinaldo‹-Libretto: »Ich sah zu meinem großen Erstaunen, daß er eine komplette Oper mit höchstem Genie und größter Vollkommenheit in nur zwei Wochen schuf.« Ohne das im Barock übliche Parodieverfahren, wonach bereits vorhandene Kompositionen durch mehr oder weniger weitreichende Veränderung in einen neuen Kontext integriert werden, wäre die schnelle Fertigstellung des ›Rinaldo‹ natürlich kaum möglich gewesen. Nahezu zwei Drittel der Partitur, darunter auch Almirenas populäre Sarabande aus dem II. Akt, stammen aus früheren Werken (Opern, Oratorien und Kantaten). Mitunter hatte der Librettist die Dialoge so zu gestalten, daß auch die originalen Texte der Arien übernommen werden konnten. Ein Beispiel dafür ist Almirenas Arie »Bel piacere è godere«, ursprünglich eine der Zugnummern aus ›Agrippina‹. Die Uraufführung des ›Rinaldo‹ am 24. Februar 1711 war ein außerordentlicher Erfolg. Von nun an galt Händel als der bedeutendste in England lebende Komponist.

Bis 1717 wurde die Oper fast fünfzigmal in wechselnden Besetzungen gegeben. Schon früh wurde der Zauberer mit einem Baß besetzt. Spätestens 1714 wurde die Rolle des Eustazio gestrichen, und 1717 die Baßpartie des Argante in Altlage umgeschrieben. Es fällt auf, daß die von hohen Stimmen gesungenen Männerpartien sowohl von Kastraten als auch von Frauen übernommen wurden. In einer Bearbeitung von fremder Hand wurde ›Rinaldo‹ 1715 auch in Hamburg gezeigt. Und als einzige von Händels Londoner Opern wurde ›Rinaldo‹ in Italien nachgespielt: 1718 in Neapel. 1731 unterzog Händel die hier besprochene erste Fassung des Werkes einer tiefgreifenden Revision, um sie den Aufführungsbedingungen seiner zweiten, 1729 ins Leben gerufenen Opernakademie anzupassen. Die Bühneneffekte wurden zurückgedrängt, und auf die Bekehrung Armidas und Argantes zum Christentum wurde verzichtet. Allerdings war dieser Neufassung kein nachhaltiger Erfolg beschieden.

Die Wiederentdeckung des ›Rinaldo‹ erfolgte in der zweiten Hälfte des 20. Jahrhunderts. 1956 gelangte das Werk in Händels Geburtsstadt Halle auf die Bühne. Insbesondere im angloamerikanischen Kulturraum erfreute es sich wachsender Beliebtheit. Die 1961 an der Sadler's Wells Opera London herausgebrachte ›Rinaldo‹-Produktion mit Helen Watts in der Titelrolle wurde auch an der Komischen Oper Berlin und wiederum in Halle gezeigt. Zu den herausragenden Interpretinnen der Titelrolle gehörten außerdem Yvonne Minton (1965 ebenfalls an der Sadler's Wells Opera) und Marilyn Horne (1975 in Houston und 1984 an der New Yorker Met). 1977 wurde das Stück unter der musikalischen Leitung von Jean-Claude Malgoire mit historischem Instrumentarium (La Grande Ècurie et la Chambre du Roy) auf Tonträger eingespielt (mit Carolyn Watkinson als Rinaldo und Ileana Cotrubas als Almirena). Anno 2000 kam die von Christopher Hogwood geleitete CD-Produktion mit David Daniels als Rinaldo und Cecilia Bartoli als Almirena heraus. Im selben Jahr war Daniels auch Titelheld der ›Rinaldo‹-Produktion, die anläßlich der Münchner Opernfestspiele im Prinzregententheater (Dirigent: Harry Bicket, Bühnenbild: Paul Steinberg) erfolgreich über die Bühne ging, wobei die Inszenierung mit ironischer Brechung den Klischees dieser »musical comedy« – so der Regisseur David Alden – beizukommen suchte.

R. M.

Acis und Galatea

Masque (Pastoral) in einem Akt. Dichtung nach Ovid von John Gay, John Hughes und Alexander Pope.

Solisten: *Galatea* (Lyrischer Sopran, gr. P.) – *Acis* (Lyrischer Tenor, gr. P.) – *Damon* (Lyrischer Tenor, m. P.) – *Polypheme* (Spielbaß, auch Schwerer Spielbaß, gr. P.).
Chor: Hirten und Nymphen (Sopran, Tenor I–III, Baß, m. Chp., in der hier besprochenen Uraufführungsfassung unter Einbeziehung eines 3. Tenors aus dem Solo-Ensemble besetzt).
Ort: Sizilien.
Schauplatz: Am Fuße des Ätna.
Zeit: Mythische Antike.
Orchester: 2 Altblockflöten (1. auch Sopranino-Blockflöte), 2 Ob., 4 Viol., 2 Vcl., Kb., Cemb.; vermutlich wurde das Werk in dieser Minimalbesetzung uraufgeführt, wobei die Oboisten auch die Flötenparte zu übernehmen hatten.
Gliederung: Ouvertüre (Sinfonia) und 21 meist durch Rezitative miteinander verbundene Arien, Ensembles und Chöre.
Spieldauer: Etwa 1½ Stunden.

Handlung

Während sich die übrigen Hirten und Nymphen ihres unbeschwerten Daseins erfreuen, halten sich Galatea und Acis abseits von der fröhlichen Runde. Sie lieben einander, ohne daß sie sich bisher ihre Zuneigung gestanden hätten. Und so hat sie der Schmerz unerfüllter Liebe die Einsamkeit aufsuchen lassen, wo sie nun einander herbeisehnen. Zwar versucht der Schäfer Damon, Acis für den Kreis der Freunde wiederzugewinnen und von seiner Leidenschaft für Galatea abzubringen. Doch Acis verharrt weiterhin in Schwärmerei für Galatea, die ihrerseits ebensowenig von Acis lassen will. Endlich kommt es zum Liebesgeständnis. Die Freunde aber sehen das Liebesglück von Acis und Galatea bedroht, denn mit Riesenschritten naht sich ein Unhold: der ebenfalls für Galatea entbrannte Polypheme. Freilich erweist sich der von Amors Pfeil getroffene Riese als ein durch die Liebe besänftigter Tolpatsch. Nichtsdestoweniger kränkt Galatea den täppischen Freier, indem sie seine Werbung mit höhnender Verachtung für sein ungeschlachtes Wesen zurückweist. Der enttäuschte Polypheme sinnt nun auf eine gewaltsame Eroberung der Nymphe, wohingegen Damon – offenbar nicht ohne geheimen Spott – dem plumpen Riesen rät, bei der nächsten Werbung sich auf zärtliches Flehen zu verlegen. Acis jedoch fühlt sich von Eifersucht gepackt. Kämpfend will er den Rivalen in die Schranken weisen, Damons und Galateas Ermahnungen zur Vorsicht in den Wind schlagend. Noch einmal versichern sich Acis und Galatea ihrer Liebe, während Polypheme vor Wut außer sich gerät. Er ergreift einen Felsblock, mit dem er den Nebenbuhler erschlägt. Die Nymphen und Hirten klagen um den erschlagenen Gefährten, und Galatea weiß sich vor Kummer kaum zu fassen. Da raten die Freunde der betrübten Nymphe, sich auf ihre göttliche Kraft zu besinnen und dem toten Acis Unsterblichkeit zu verleihen, woraufhin Galatea den leblosen Geliebten im Verzicht auf seine ursprüngliche Gestalt in eine Quelle verwandelt. Fortan wird das Murmeln des Gewässers Galatea an ihren Liebling erinnern. Und während Galatea wehmütig ihre Tränen trocknet, schauen die Hirten und Nymphen freudig auf den durch das Wunder der Metamorphose verklärten Acis. Sie grüßen ihn, dessen Liebe künftig durch den Gesang der Musen verherrlicht werden soll, als neue Flußgottheit.

Stilistische Stellung

Zwar hat Händel im Autograph ›Acis and Galatea‹ ohne Gattungsbezeichnung gelassen. Doch wesentliche Merkmale des 1718 in Cannons uraufgeführten Stückes weisen auf die Masque, wie sie etwa Johann Christoph Pepusch 1716 mit ›Apollo and Daphne‹ auf die Bühne gebracht hatte. Diese spezifisch britische Ausprägung von Musiktheater stellte während des zweiten Jahrzehnts des 18. Jahrhunderts einen Gegenentwurf zur italienischen Oper dar, die in England – nicht zuletzt aufgrund von Händels eigenem Opernschaffen – die Spielpläne dominierte. Mit Pepuschs Referenzstück, das im Unterschied zur Masque der Purcell-Zeit keine gesprochenen Dialoge mehr kennt, hat Händels Werk das Englische als Gesangssprache gemeinsam, ebenso die Durchkomposition, außerdem die Wahl des Sujets aus der antiken Mythologie und der Hirtendichtung, weshalb Händels Werk später auch unter der Bezeichnung ›Pastoral‹ firmierte. Anders aber als Pepusch, der lediglich zum Schluß den Chor einsetzte, bezieht Händel den Chor mehrfach in die Handlung ein. Die solistische Chorbesetzung aber weist auf die Serenata, eine kantatenhafte Kammeroper italienischer Provenienz. Zwar war die Serenata in England damals kaum bekannt, Händel aber hatte sich bereits 1708 in Neapel mit ›Aci, Galatea e Polifemo‹ der Gattung zugewandt. Obgleich also das italienische Werk mit dem englischen das Sujet gemeinsam hat, hatte die neapolitanische Komposition auf das englische Folgestück keinen Einfluß. Doch auch zur herkömmlichen Masque weist ›Acis and Galatea‹ Unterschiede auf: So verzichtet Händels konzertant uraufgeführtes Werk auf den Tanz und den für die Masque typischen szenischen Aufwand. Aus alledem geht hervor, daß sich das Werk gattungsmäßig kaum einordnen lässt. Um so mehr rückt sein individuelles Gepräge in den Vordergrund, das insbesondere in dem von Händel angeschlagenen »Naturton« zum Ausdruck kommt. Aufgrund des hochsensiblen Einsatzes tonmalerischer Mittel entsteht ein Idyll, das der Händel-Forscher Paul Henry Lang treffend als »ein utopisches Arkadien der Vergangenheit« beschrieben hat. Seinen poetischen Gehalt schöpft Händels Naturbild aus einem musikdramatisch gestalteten Verwandlungsprozeß. In ihm markieren die Rahmenchöre Anfangs- und Endpunkt, der Chor »Wretched lovers« aber den Wendepunkt, wobei der von Borduntönen durchzogene Eröffnungschor ein tönendes Sinnbild naiver Daseinsfreude gibt. Die Störung der natürlichen Harmonie hingegen wird, als der Chor den sich nähernden Polypheme beobachtet, mit dem barocken Pathos des fugierten Stils und dem aus der antiken Tragödie stammenden Mittel der Mauerschau musikalisch inszeniert. Im Schlußchor ist das Szenario dann wieder in eine friedliche Atmosphäre getaucht, nun aber mit sentimentalischem Einschlag: Indem der Chor das Murmeln der Quelle lautmalerisch nachahmt, wahrt er das Andenken des Acis, und die Natur scheint durch solches Erinnern wie beseelt. Bevorzugt Händel zunächst die Da-capo-Formen, so spielen sie ab dem zum Tode des Acis führenden Terzett »The flock shall leave the mountains« keine Rolle mehr, da zum Schluß hin nicht mehr Zustandsbeschreibungen, sondern die Idee der Metamorphose den Duktus des Werkes bestimmen. Ebenso zeigt sich im Tonartenplan Händels Sinn für durchdachte formale Gliederung: So steckt B-Dur – die hauptsächliche Tonart des Chores – den Rahmen ab; Acis' Tonarten sind Es-Dur und C-Dur sowie, dazwischen vermittelnd, c-Moll; F-Dur ist die Tonart Galateas, doch bei der Verwandlung des toten Geliebten übernimmt sie Acis' Hauptonart Es-Dur. Polypheme benutzt die Molltonarten, und gemäß seiner verbindlichen Art vermittelt Damon meist zwischen den Tonarten benachbarter Arien. Auch die anderen Figuren sind klar profiliert und in ihren Empfindungen glaubhaft. Anmut umgibt das Liebespaar, insbesondere die hier lieblich, dort melancholisch gezeichnete Galatea. Dem empfindsamen Acis wiederum verleiht Händel durch die Kampfansage an seinen Rivalen sogar einen heroischen Zug. Mit feiner Ironie jedoch schildert der Komponist den verliebten Polypheme, indem er dessen Liebeslied »O ruddier than the cherry« ausgerechnet von zierlichen Blockflötenklängen begleiten läßt. Die Wandlung dieses zunächst harmlos anmutenden Märchenriesen zum Mörder wird um so mehr nachvollziehbar, als Zurückweisung, Verspottung und Provokation ihn zuvor allmählich in Rage gebracht haben.

Textdichtung

Vermutlich vom Spätsommer 1717 bis 1718 war Händel Gast des Earl of Carnavon in Cannons (Middlesex). Neben Händel umgab sich der Fürst mit Geistesgrößen wie dem dichtenden Arzt Dr. John Arbuthnot, auf den wahrscheinlich die Idee zu einer Masque mit Musik von Händel zurückgeht. Außerdem gehörten zum Cannons-Kreis die Dichter John Gay (1685–1732), der nachmalige Autor der ›Beggar's Opera‹, Alexander Pope (1688–1744) und der Lyriker John Hughes, die das Libretto zu ›Acis and Galatea‹ in Gemeinschaftsarbeit erstellten. Zur textlichen Grundlage dienten ihnen die ›Metamorphosen‹ des Ovid (43 v. Chr. bis 18 n. Chr.), in deren XIII. Buch mit Acis' unglücklicher Liebesgeschichte die Entstehung des Flüßchens Aci am Fuße des Ätna aitiologisch erklärt wird. Auch lag dem Autorentrio John Drydens 1717 in London erschienene Ovid-Übersetzung ›Story of Acis, Polyphemus, and Galatea‹ vor, aus der kleinere Passagen wörtlich ins Libretto eingearbeitet wurden.

Geschichtliches
Außerhalb von Cannons wurde ›Acis and Galatea‹ erst 1731 im Theatre Royal in Lincoln's-Inn-Fields unter der Bezeichnung »Pastoral« zum ersten Mal wieder vollständig gegeben. Von einer Bühnenaufführung »in a theatratical way«, also mit schauspielernden Protagonisten, ist zum ersten Mal die Rede, als Thomas Arne (Vater) das als »Pastoral Opera« bezeichnete Werk im Mai 1732 am New Theatre in the Haymarket herausbrachte. Zu Arnes Produktion trat Händel kurz darauf im King's Theatre mit einer Darbietung in Konkurrenz, die zwar ohne szenische Aktion, aber in Dekorationen und Kostümen über die Bühne ging. Diese »Serenata« genannte Neufassung war mit Einschüben aus anderen Kompositionen, vor allem aus dem italienischen Parallelwerk von 1708, versehen und deshalb zweisprachig – wie auch das aus englischen und italienischen Sängern bestehende und um zusätzliche Rollen erweiterte Personal. Auch in den späteren Produktionen – mit rund fünfzig Vorführungen war ›Acis and Galatea‹ zu Händels Lebzeiten sein populärstes Werk – spiegeln sich die spezifischen Aufführungsgegebenheiten wider. Nach den Bedürfnissen und Möglichkeiten der jeweiligen Interpreten wurden neue Nummern hineingenommen, andere gestrichen, wieder andere transponiert. Stand ein englisch-italienisches Ensemble zur Verfügung, diente die Mischfassung als Vorlage, gab es nur britische Sänger zu beschäftigen, wurde die erste Fassung benutzt. Für die Londoner Aufführungen von Dezember 1739 bis März 1740 teilte Händel das Werk in zwei Akte, fügte in die Erstfassung neben einem Orgelkonzert zwei Concerti grossi aus Op. 6 ein und beschloß die Vorstellungen mit der »Caecilien-Ode«. Ebenso kombinierte der Komponist in seiner letzten Produktion (Dublin 1742) die durchgehend auf englisch gesungene Masque mit der »Caecilien-Ode«. Doch auch nach Händels Tod blieb das Stück unvergessen: 1788 arbeitete Wolfgang Amadeus Mozart im Auftrag Gottfried van Swietens ›Acis and Galatea‹ um. 1828 besorgte Felix Mendelssohn Bartholdy eine Neuorchestrierung für die Berliner Singakademie, und 1858 plante Giacomo Meyerbeer – damals preußischer Generalmusikdirektor zu Berlin – eine szenische Aufführung.

R. M.

Radamisto

Opera seria in drei Akten. Text von Nicola Francesco Haym nach Domenico Lalli.

Solisten: *Tiridate*, König von Armenien (Lyrischer Tenor, gr. P.) – *Fraarte*, Fürst von Armenien, Bruder des Tiridate (Lyrischer Sopran, ursprünglich Soprankastrat, gr. P.) – *Polissena*, Tochter des Farasmane und Frau des Tiridate (Lyrischer Koloratursopran, gr. P.) – *Farasmane*, König von Thrazien, Vater von Polissena und Radamisto (Seriöser Baß, auch Charakterbaß, m. P.) – *Radamisto* (Lyrischer Sopran, auch Jugendlich-dramatischer Sopran, gr. P.) – *Zenobia*, Frau des Radamisto (Lyrischer Alt, auch Lyrischer Mezzosopran, gr. P.) – *Tigrane*, Fürst von Pontus (Jugendlich-dramatischer Sopran, ursprünglich Soprankastrat, gr. P.).
Statisten: Wachen – Soldaten – königliches Gefolge – Volk.
Ballett
Ort: Thrazien.
Schauplätze: Im Inneren eines königlichen Lagerzeltes. Zeltlager des Tiridate vor der thrazischen Hauptstadt. Hof vor Radamistos Palast – Am Ufer des Flusses Araxes. Königlicher Garten mit Kabinett. Königlicher Saal – Hof um den königlicher Palast. Königliches Gemach mit Kabinett. Tempel.
Zeit: 51 n. Chr.
Orchester: 2 Fl., 2 Ob., 2 Fag. (auch B. c.), 2 Hr., 2 Trp., Str., B. c. (Vcl., Kb., Cemb.).
Gliederung: Ouvertüre, durch Secco-Rezitative miteinander verbundene musikalische Nummern; jeweils zu den Aktschlüssen Tänze (Balli).
Spieldauer: Etwa 3 Stunden.

Handlung
Während die Einnahme der thrazischen Hauptstadt durch den armenischen König Tiridate unmittelbar bevorsteht, befindet sich seine Frau Polissena, die Schwester des dort herrschenden thrazischen Königssohnes Radamisto, außerhalb der Stadt im Lager der Eroberer und zeigt sich besorgt über die kommenden Ereignisse. Da tritt Tigrane ins Zelt der Königin. Er trägt ihr zu, daß Tiridate ein Auge auf Zenobia, die Frau ihres Bruders, geworfen habe, und macht Polissena

den Hof. Sie weist den unerwünschten Verehrer aus dem Zelt. Das abweisende Verhalten des eintretenden Tiridate bestätigt aber Tigranes Enthüllung: Als Polissena nämlich für ihren Bruder Schonung erbittet, fordert Tigrane sie unwirsch auf, das Zelt zu verlassen. Auf Tiridates Befehl ist König Farasmane, der Vater Polissenas und Radamistos, in Ketten hereingeführt worden. Farasmane soll, bewacht von Tiridates Bruder Fraarte, seinen Sohn zur Kapitulation überreden. Sollte Radamisto sich aber widersetzen, werde Farasmane dies auf der Stelle mit dem Leben bezahlen. Radamisto und Zenobia sind zu dem von Tiridate anberaumten Gespräch vor die Mauern der Stadt gekommen und treffen auf den gefangenen Farasmane. Entgegen dem Auftrag des Tiridate rät Farasmane seinem Sohn jedoch, dem Angreifer nicht nachzugeben. Nur Radamistos Dazwischentreten rettet den Vater vor der von Fraarte angeordneten tödlichen Bestrafung. Zenobia wiederum hat erkannt, daß sie das eigentliche Ziel von Tiridates Eroberung ist, und wendet sich wieder zurück in die Stadt, um sich dort umzubringen. Auf Geheiß von Farasmane folgt Radamisto seiner Frau. Danach ist es Tigrane, der die Ermordung Farasmanes verhindert, offenbar um sich Polissena geneigt zu machen. Gemeinsam mit Fraarte gibt Tigrane den Befehl zum Sturmangriff auf die Stadt. Nach der Schlacht befindet sich Tiridate vor dem Palast des samt seiner Frau geflohenen Radamisto und ärgert sich über die Verschonung Farasmanes. Doch Fraarte redet sich auf Tigrane heraus, der sich von Tiridate im Tausch für die Auffindung von Radamisto und Zenobia das Leben des Farasmane garantieren läßt. Auch Fraarte wird von seinem Bruder auf die Suche nach dem flüchtigen Paar geschickt, eine Aufgabe, der er gerne nachkommt, da er insgeheim für Zenobia zärtliche Gefühle hegt. Auf dem Weg zum Palast stellt sich Polissena ihrem Mann in den Weg. Wieder bittet sie um Gnade für ihren Bruder, doch Tiridate macht sich ungeduldig von ihr los. Es bleibt ihr keine andere Wahl, als ihren verschmähten Liebhaber Tigrane um Radamistos Rettung anzugehen. Die Hoffnung darauf, Tiridate wiederzugewinnen, gibt sie aber nicht auf.

Radamisto und Zenobia sind durch einen unterirdischen Gang aus der eroberten Stadt ans Ufer des Araxes geflohen. Um den sich nähernden Feinden zu entgehen, bittet Zenobia ihren Mann, sie zu töten. Als der zögernde Radamisto sie nur leicht verletzt, wirft sie sich todesmutig in den Fluß. Tigrane kommt hinzu und schützt Radamisto vor den Häschern. Unerkannt will er Radamisto, der den vermeintlichen Tod seiner Gattin beklagt, zu Polissena bringen. Unterdessen hat Fraarte Zenobia den Fluten entrissen. Er gesteht ihr, was ihr mißfällt, seine Liebe; auch will er sie vor dem Zugriff seines Bruders schützen. Im Garten des Palastes erstattet Fraarte Tiridate über die Errettung Zenobias Bericht. Erst jetzt, als Zenobia Tiridates Avancen resolut zurückweist, erkennt Fraarte im Bruder den Nebenbuhler. Doch auch gegenüber Fraartes Werben bleibt sie weiterhin standhaft. Daraufhin führt Tigrane im Palastgarten den als einfachen Soldaten verkleideten Radamisto Polissena zu. Es kommt zum Streit zwischen den Geschwistern, weil Radamisto Tiridate nach dem Leben trachtet, Polissena aber Gewalt verabscheut. Im königlichen Saal bedrängt Tiridate Zenobia, als Tigrane hereintritt. Er hat Radamistos Kleider in Händen, die neben dem Bericht eines gewissen Ismeno dessen Tod beweisen sollen. Die Bestürzung der Königin hält allerdings nicht lange an. Denn anders als Tiridate, der Radamisto noch nie gesehen hat, erkennt sie in dem angeblichen Ismeno ihren Gatten. Ausgerechnet ihm verspricht Tiridate eine Belohnung, wenn er Zenobia unter vier Augen zur Aufgabe ihrer abweisenden Haltung überreden könnte: für die Liebenden eine willkommene Gelegenheit, sich in die Arme zu fallen.

Vor dem königlichen Palast verabreden sich Fraarte und Tigrane, Tiridate in die Schranken zu weisen, obwohl sich Tigrane darüber im klaren ist, daß er auf die in ihrer Gattentreue beständige Polissena verzichten muß. Aus Furcht vor Entdeckung versteckt Zenobia Radamisto in einem ihrem Gemach benachbarten Kabinett. Da tritt Tiridate samt Gefolge herein, präsentiert Zenobia auf einer goldenen Schale Krone und Zepter der vereinigten Königreiche Thrazien und Armenien und macht ihr einen Heiratsantrag. Doch Zenobia gibt ihm einen Korb. Mehr noch, sie brüskiert Tiridate, indem sie ihn als Tyrannen beschimpft. Als er sich an ihr vergreifen will, ruft sie Radamisto zu Hilfe, der sich inzwischen bewaffnet hat. Der Tumult hat Polissena und Farasmane herbeigeführt. Während Farasmane seinem Sohn beisteht, stellt sich Polissena vor Tiridate, weshalb Radamistos Attentat mißlingt. Damit aber hat sie Bruder und Vater der Willkür ihres Mannes ausgeliefert. Lediglich gegenüber Farasmane will Tiridate, da ihm die Bitten seiner Frau lästig fallen, Gnade walten lassen. Als er sie aber aufs neue verstößt, droht Polissena mit

Rache, falls Tiridate ihren Angehörigen etwas antun würde. Zenobia wiederum wird von Tiridate erpresst: Nur ihre Einwilligung in eine Heirat könne Radamistos Kopf retten. Zenobia läßt sich jedoch nicht einschüchtern und zieht es vor, mit ihrem Gatten zu sterben. Sie wird abgeführt, und Radamisto bleibt in tiefem Schmerz zurück. Tiridate hat den Tempel für die Trauung schmücken lassen. Natürlich läßt sich Zenobia von dem Prunk nicht blenden. Endgültig weist sie Tiridate ab. Bevor dieser den Tod Radamistos verfügen kann, eilt Polissena herbei und berichtet von einem gegen Tiridate gerichteten Aufstand, der von Fraarte und Tigrane angeführt werde; der Tempel sei schon umstellt. Als auch noch die Wachen ihn im Stich lassen, gibt sich Tiridate geschlagen und verzichtet zugunsten Farasmanes auf den thrazischen Thron. Nun wäre er ein Opfer der Rache von Radamisto und seinem Vater, würde sich Polissena nicht abermals zu ihrem Gatten bekennen. Wohl um nicht auch noch seine angestammte armenische Krone zu verlieren, wendet Tiridate sich wieder Polissena zu und besänftigt damit Radamisto. Und auch Fraarte sieht ein, daß seine Werbung um Zenobia verlorene Liebesmüh ist. Der neu gewonnene Friede soll festlich gefeiert werden.

Stilistische Stellung

Der von Händel vermutlich Anfang 1720 in Angriff genommene ›Radamisto‹ ist eine für den damaligen Zeitstil typische ernste Oper italienischer Machart. Dies manifestiert sich in der Dominanz der hohen Gesangsstimmen, der Vorherrschaft der meist als Abgangsarie plazierten und durchweg von einem Secco-Rezitativ eingeleiteten Da-capo-Arie und der weitgehenden Abwesenheit von Ensemblegesang. (Das Liebesduett von Radamisto und Zenobia zum Schluß des II. Akts und der solistische Schlußchor des III. Akts sind die einzigen mehrstimmigen Gesangsnummern.) Im Gegensatz zu der kurzen Schlachten-Sinfonia im I. Akt sind die übrigen Instrumentalsätze indessen französische Dreingaben: sowohl die aus einer wuchtigen Largo-Einleitung und einer konzertanten Allegro-Fuge bestehende Ouvertüre, als auch die von der Handlung unabhängigen Tanzsätze (Balli), die jeden Akt beschließen. Musikalisch aber sind diese Balli in den Gesamtplan integriert, da Händel darauf achtet, daß die einen Akt beendenden Gesangsnummern tonartlich auf die darauf folgenden Balli abgestimmt sind. Dieser tonartlichen Vereinheitlichung ordnet er sogar die Festlegung der Protagonisten auf personenspezifische Tonartengruppen unter. Zenobia bevorzugt beispielsweise die b-Tonarten, doch am Schluß des II. Aktes weicht sie nach a-Moll und im Duett mit Radamisto nach A-Dur aus, der Haupttonart der Tanzsätze. Am schwächsten ist die Tendenz zu tonartlicher Fixierung bei der Titelfigur ausgeprägt, am deutlichsten bei den Nebenfiguren. So liebt Fraarte die b-Vorzeichnungen, Tigrane G- und B-Dur, Tiridate D- und A-Dur, und Farasmanes einzige Arie steht in g-Moll. Zwar ist Polissenas Vorliebe für G- und B-Dur und die jeweiligen Paralleltonarten evident. Ihre abschließende Bravour-Arie indessen steht in A-Dur, möglicherweise aus Rücksicht auf die Klangeffekte der konzertierenden Sologeige. Doch mit dem Tonartenwechsel geht ein psychologisch einleuchtender Affektwechsel einher, da Polissena aufgrund der fortwährenden Kränkungen seitens ihres Gatten nun endlich ihre Friedfertigkeit fahrenläßt und aufbegehrt. Tiridates hier mit Solotrompete, dort mit konzertierenden Hörnern ausgestattete Arien wiederum geben dem Bösewicht eine der Schwarzzeichnung des Librettos entgegenwirkende herrschaftliche Grandezza.

Insgesamt besticht Händels Partitur durch eine Differenziertheit und Vielfalt, die zum einen die zahlreichen affektuosen Umschwünge der Handlung reflektiert und zum andern das schematische Hin und Her zwischen Rezitativ und Arie nicht eintönig werden läßt. So ist nicht zuletzt die Titelpartie aufgrund der Verschiedenartigkeit ihrer Arien facettenreich gestaltet. Neben Radamistos vom Solocello begleitete Arie »Cara sposa«, neben seine nach dem Prinzip der Triosonate organisierte Arie »Ferite, uccidete« treten sein mit Chromatik durchsetzter, von Händel selbst sehr geschätzter Trauergesang »Ombra cara« (II. Akt) und die Sarabande »Qual nave smarita« (III. Akt). Im Streit mit der Schwester wiederum ist Radamisto dermaßen ungehalten, daß er mit seiner Arie »Vanne, sorella ingrata« beginnt, ohne das Eingangsritornell abzuwarten.

Vor allem aber beeindrucken die Gesänge der unbeugsamen Zenobia durch formale und stilistische Mannigfaltigkeit. Über gehenden Bässen eilt sie in der Arie »Son contenta di morire« in die Stadt zurück. Anrührend bekundet sie während des II. Akts ihren Schmerz in der einteiligen, von der Solo-Oboe eingeleiteten Cavatine »Quando mai« oder während der herrlichen Arie »Troppo sofferse«, in der sie vor Leid verstummt, so daß es zu keinem Da-capo mehr kommt. Nicht weniger eindrucksvoll ist ihre vom Solocello begleitete Arie »Deggio dunque, oh Dio, lasciarti« im III. Akt: Da Zenobia zwischen Resignation und Verzweiflung hin- und hergerissen ist, setzt sich Händel über die barocke Konvention hinweg, wonach innerhalb eines Musikstücks der einmal angeschlagene Grundaffekt gewahrt bleiben soll. Noch im Hauptteil der Arie schlägt das Tempo vom Adagio ins Allegro um.

Textdichtung

Das höchstwahrscheinlich von Nicola Francesco Haym für Händel arrangierte Textbuch ist eine Bearbeitung von Domenico Lallis Libretto ›L'amor tirannico‹, welches von Francesco Gasparini 1710 für Venedig in Musik gesetzt und zwei Jahre später für eine Produktion in Florenz von einem Fünf- in einen Dreiakter umgearbeitet worden war. Lalli wiederum bezog sich auf zwei Quellen: zum einen auf die französische Tragikomödie ›L'amour tyrannique‹ von Georges de Scudéry (Paris 1639), zum anderen auf die ›Annalen‹ des römischen Geschichtsschreibers Tacitus, in deren zwölftem Buch über die armenischen Thronwirren berichtet wird. Die dort beschriebenen Ereignisse werden in der Oper aber nicht quellengetreu nachvollzogen; und da das historische Armenien im Libretto irrtümlich mit Thrazien gleichgesetzt wird, bleibt unklar, wo das Opern-Armenien (also Tiridates angestammtes Herrschaftsgebiet) eigentlich liegt.

Außerdem hat der historisch überlieferte Radamistus anders als in der Oper einen geradezu kriminellen Charakter: Nach Tacitus macht er, unterstützt von seinem Vater Pharasmanes, seinem Onkel und Schwiegervater Mithridates das armenische Königreich streitig und bringt ihn schließlich samt seiner Familie um. Darüber hinaus ist in den ›Annalen‹ die abenteuerliche Episode von Zenobias Verwundung durch Radamistus enthalten. Bezeichnenderweise stürzt sich Zenobia bei Tacitus aber nicht selbst in den Araxes, sondern Radamistus bringt es tatsächlich fertig, seine schwer verletzte, obendrein schwangere Frau mit eigenen Händen den Fluten zu überantworten. Tiridates hingegen ist in den ›Annalen‹ nur als Randfigur in die Geschehnisse involviert: als freundlicher Gastgeber der erretteten Zenobia. Erst von den Librettisten wurde er eingeschwärzt, außerdem mit dem unglücklichen Mithridates in eins gesetzt. Haym zog für seine Bearbeitung die dreiaktige Fassung von Lallis Libretto heran; er kürzte die Rezitative drastisch ein und tauschte einige Arientexte aus. Eine inhaltliche Abweichung ergibt sich aus der Aufwertung des Fraarte, der in Lallis Textbuch ohne Absichten auf Zenobia lediglich ein Kommandeur in Tiridates Armee ist. Da der für die Rolle vorgesehene Kastrat Benedetto Baldassari dagegen protestierte, nur »ein Hauptmann der Wache und ein Kuppler zu sein«, wurde Fraarte auf Anweisung von Händels Geldgebern, der Royal Academy of Music, »zu einem Prinzen gemacht«. Freilich stufte Händel Fraarte in den späteren ›Radamisto‹-Produktionen, da er auf Baldassari keine Rücksicht mehr zu nehmen brauchte, wieder zum bloßen »Confidente« des Tiridate herab.

Geschichtliches

›Radamisto‹ war die erste Oper, die Händel für die Royal Academy of Music geschrieben hat. Die Uraufführung am 27. April 1720 im King's Theatre am Haymarket stieß in London auf so großes Interesse, daß sogar »verschiedene Edelleute und Herren, die zehn Reichsthaler für eine Stelle auf der Gallerie geboten hatten, ... schlechterdings abgewiesen« wurden. Insgesamt zehn Mal stand das Stück bis in den Juni 1720 hinein in der hier besprochenen Fassung auf dem Spielplan, allerdings in einer Besetzung, die noch nicht Händels Wunschvorstellungen entsprach. 1719 war Händel nämlich von der Royal Academy of Music auf den Kontinent entsandt worden, um dort Sänger abzuwerben. Zwar war es Händel in Dresden gelungen, führende Ensemblemitglieder – darunter den berühmten Kastraten Senesino – unter Vertrag zu nehmen, aber erst ab September 1720. Nur die Sopranistin Margherita Durastanti stand schon für die Uraufführung des ›Radamisto‹ zur Verfügung und übernahm innerhalb eines italienisch/englischen Ensembles die Titelpartie. Die Wiederaufnahme des ›Radamisto‹ erfolgte am 28. Dezember 1720: nun unter Beteiligung der aus Dresden weggelockten Gesangstars. Die Neubesetzung der Rollen machte aber weitreichende Änderungen sowohl in den Rezitativen als auch in den Arien notwendig. Die Titelpartie mußte für Senesino in die Mezzosopranlage übertragen werden; und da die Durastanti nun für die Zenobia vorgesehen war, wurde deren Partie in die Sopranlage transponiert. Tiridate wurde wie Farasmane zum Baß. Polissena, Tigrane und Fraarte, dessen Rolle später entfiel, blieben Soprane. Von den zwölf neu hinzugekommenen Stücken sind neben Zenobias Siciliano-Arie »Fatemi, o cieli« (II. Akt) insbesondere einige den III. Akt betreffende

Nummern bemerkenswert: So kommt Radamisto nach dem mißlungenen Anschlag in der durch ein packendes Accompagnato eingeleiteten Arie »Vile! se mi dai vita« zu Wort; in einem kunstvollen Quartett gibt sich Tiridate gegenüber den Ermahnungen von Radamisto, Zenobia und Polissena uneinsichtig; und vor das Finale stellte Händel ein freudiges Duett Zenobias und Radamistos. Diese zweite Fassung der Oper blieb auch in der Saison 1721/1722 im Spielplan. Sie war überdies Grundlage einer neuerlichen, sich vornehmlich auf Transponierungen und Striche beschränkenden Bearbeitung, als Händel zu Beginn des Jahres 1728 ›Radamisto‹ ein letztes Mal auf die Bühne brachte. Und da ›Radamisto‹ schon bald nach der Uraufführung im Druck erschien, nimmt es nicht wunder, daß einige Arien daraus in Londoner Pasticcio-Opern der 1730er und 1750er Jahre enthalten sind. Nach dieser gedruckten Partitur richtete Johann Mattheson Händels ›Radamisto‹ für Hamburg ein und komponierte die im Druck fehlenden Rezitative in deutscher Übersetzung nach, weshalb das Werk während der Jahre 1722–1726 und 1736 in der Hamburger Gänsemarktoper unter dem Titel ›Zenobia oder Das Muster rechtschaffener ehelicher Liebe‹ in einer deutsch-italienischen Mischfassung erklang.

R. M.

Ottone

Oper in drei Akten. Dichtung von Nicola Francesco Haym nach Stefano Benedetto Pallavicino.

Solisten: *Ottone (Otto II.)*, deutscher König (Koloratur-Mezzosopran, ursprünglich Altkastrat, gr. P.) – *Teofane (Theophanu)*, Tochter des byzantinischen Kaisers Romanos (Lyrischer Koloratursopran, gr. P.) – *Emireno*, ein Pirat, in Wahrheit Teofanes Bruder Basilio (Charakterbariton, m. P.) – *Gismonda*, Witwe des italienischen Tyrannen Berengario (Lyrischer Mezzosopran, auch Lyrischer Sopran, gr. P.) – *Adelberto*, Gismondas Sohn (Lyrischer Mezzosopran, ursprünglich Altkastrat, gr. P.) – *Matilda (Mathilde)*, Ottones Cousine, verlobt mit Adelberto (Lyrischer Alt, auch Lyrischer Mezzosopran, gr. P.) – *Arrigo*, Wache (Stumme Rolle) – *Wachen, Soldaten* (Stumme Rollen).
Ort: Rom und Umgebung.
Schauplätze: Eine mit Statuen geschmückte Galerie – Meerstrand mit Zelten und Schiffen – Platz im Inneren des Palastes mit einem Thron an der Seite – Ort mit Brunnen, Grotten und Eingang zu einem unterirdischen Gang mit dem Tiber in Sichtweite – Ein königliches Gemach – Wald mit Blick auf den Tiber – Eingangshalle im Palast.
Zeit: 972.
Orchester: 2 Ob., 2 Fag., Str. (Violinen I–III, Br.), B. c. (Vcl., Kb., Cemb., Erzlaute).
Gliederung: Ouvertüre mit Gavotte und 36 Musiknummern, die durch Secco-Rezitative miteinander verbunden sind.
Spieldauer: Etwa 3 Stunden.

Handlung
Gismonda, die Witwe des Tyrannen Berengario (Berengar), will ihren Sohn Adelberto herrschen sehen. Deshalb solle sich Adelberto für Ottone, dessen Ankunft in Rom durch Seegefechte mit dem Korsaren Emireno verzögert wird, ausgeben, um Ottones eben aus Byzanz angelangte Braut, die oströmische Kaisertochter Teofane, zu täuschen und zu heiraten. Freilich gelingt es Adelberto nur unzureichend, Teofane irrezuführen. Ottones Porträt vor Augen kann Teofane keine Übereinstimmung mit demjenigen entdecken, der ihr nun auf aalglatte Weise den Hof macht. – Inzwischen hat Ottone die Piratenflotte geschlagen und Emireno in Ketten legen lassen, der trotz der Gefangennahme seinen Stolz nicht verloren hat. Im Begriff, nach Rom zu seiner Vermählung mit Teofane aufzubrechen, wird Ottone von seiner Cousine Matilda über die usurpatorischen Umtriebe ihres Verlobten Adelberto in Kenntnis gesetzt. Bei der Niederschlagung der Rebellion will sie, die ohnehin dem Kriegshandwerk zugetan ist, Ottone tatkräftig unterstützen, um sich an Adelberto dafür zu rächen, daß er ihr neuerdings die kalte Schulter zeigt. – Indessen wundert sich Teofane immer mehr über die Personen in ihrer neuen Umgebung: Die Kaiserinmutter Adelaide – in Wahrheit Gismonda – erscheint Teofane entgegen dem, was man ihr über sie berichtet hat, als kalt und hochnäsig. Vollends ist für Teofane die Verwirrung perfekt, als Gismonda Adelberto zu den Waffen ruft, weil Otto inzwischen in

Rom eingetroffen sei, und beide in überstürzter Flucht Teofane zurücklassen. – Adelbertos Gefangennahme folgt auf dem Fuß, ihm droht die Hinrichtung. Ottone läßt Adelberto zu Emireno in den Kerker sperren, und er hofft, nun bald seine Heiratspläne in die Tat umsetzen zu können.

Bevor Adelberto abgeführt wird, hält ihm Matilda seinen Treuebruch vor. Dennoch hat sie Mitleid mit ihm; und Gismonda versucht sie zu überreden, gemeinsam mit ihr vor Ottone für Adelberto um Gnade zu bitten. Doch dafür ist Gismondas Stolz zu groß. Freilich muß sie sich eingestehen, daß ihr der Tod des Sohnes das Herz brechen würde. Und so tritt Matilda ohne Gismondas Begleitung vor Ottone, um sich für Adelbertos Leben einzusetzen, wobei sie von Teofane beobachtet wird, die nicht weiß, wer die ihr unbekannte Frau ist. Obwohl es Matilda nicht gelingt, Ottone mild zu stimmen, weshalb Matilda sich enttäuscht und wütend zurückzieht, zeugt der Umgang zwischen Cousin und Cousine von privater Vertrautheit. Teofane vermutet deshalb ein Liebesverhältnis zwischen Ottone und Matilda. Ottone wiederum reagiert, als Teofane ihm zur Begrüßung eine Affäre mit einer Rivalin unterstellt, mit einer Retourkutsche: Schließlich habe Teofane Adelbertos Werbung um ihre Hand nicht zurückgewiesen. Letztlich ist Ottone aber zuversichtlich, daß sich Teofanes Verstimmung bald wieder legen werde. – Zur Nacht hat sich Teofane in die Nähe des Tibers begeben, um in der schönen Umgebung von Brunnen und Grotten zur Ruhe zu kommen. Da treten Emireno und Adelberto, deren Flucht von Gismonda und Matilda per Boot Richtung Meer organisiert worden ist, aus einem unterirdischen Gang hervor. Doch auch Ottone, der Teofane nachgegangen ist, und Matilda als Fluchthelferin suchen den Platz auf. Es gelingt Matilda, Ottone, den Teofanes Zurückweisung betrübt, wegzuführen. Adelberto nutzt die Gunst der Stunde und kidnappt die in eine Ohnmacht fallende Teofane. Das Boot mit Teofane, Adelberto und Emireno an Bord legt ab. Inzwischen ist auch Gismonda vor Ort, gemeinsam mit Matilda freut sie sich, daß die Flucht gelungen ist.

Ottone ist das plötzliche Verschwinden Teofanes unerklärlich. Noch mehr fühlt er sich beunruhigt, nachdem ihm Gismonda triumphierend den Ausbruch ihres Sohnes und Emirenos mitgeteilt hat. – Indessen hat schlechtes Wetter die Flucht von Ottones Gegnern gestoppt. Während Adelberto sich auf die Suche nach einem einstweiligen Unterschlupf macht, erkennt Emireno in Teofane seine Schwester. Seinen Versuch einer brüderlichen Umarmung weist sie empört zurück und mißdeutet ihn als Übergriff. Den zurückkehrenden Adelberto läßt Emireno daraufhin von seinen Leuten in Fesseln legen; und nun lüftet er endlich im Vieraugengespräch mit Teofane sein Inkognito. Diese unverhoffte Wendung ihres Schicksals läßt Teofane erleichtert aufatmen. – Im Palast hingegen ist man noch nicht auf dem neuesten Stand: Dort glaubt man Teofane nach wie vor in der Hand Adelbertos. Darüber kriegen sich Matilda, weil sie sich abermals von Adelberto betrogen sieht, und Gismonda, weil ihr Adelbertos Brautraub imponiert, vor den Augen Ottones in die Haare, so daß nun auch Matildas Verstrickung in Adelbertos Flucht offen zutage tritt. Die will sich nun durch die Ergreifung und die tödliche Bestrafung des untreuen Geliebten vor Ottone rehabilitieren. Doch bevor es dazu kommt, führt Emireno Adelberto in Ketten herein. Matilda will nun die Todesstrafe an Adelberto vollstrecken, während Gismonda im Begriff ist, sich selbst zu töten. Beides wird von Teofane verhindert. Sie wünscht zur Hochzeit allgemeine Versöhnung und klärt Ottone über die wahre Identität Emirenos auf. Nachdem sich Matilda und Adelberto ausgesöhnt und Adelberto und Gismonda sich Ottones Macht gebeugt haben, steht der Vermählung von Ottone und Teofane nichts mehr im Weg.

Stilistische Stellung

Zwar geben Täuschung, Flucht und Gefangennahme der Handlung des ›Ottone‹ ein abenteuerliches Gepräge. Auch kommen Kidnapping und kriegerische Aktionen hinzu, die mitunter von knapp gehaltenen orchestralen Zwischennummern illustriert werden. Doch scheint darin nur die Außenseite eines Werks auf, das ansonsten einem intimen musikalischen Kammerspiel gleicht. Bereits die kleine Orchesterbesetzung gibt einen Hinweis darauf, daß Händel in dieser Oper nicht unbedingt auf theaterwirksame Effekte setzt. Mehr interessiert ihn das Innenleben der Figuren, und deren heroische Zeichnung steht lediglich bei dem rauhbeinigen Emireno, für dessen Arien kraftvolle Unisono-Bewegungen typisch sind, im Vordergrund. Bezeichnenderweise zielen die Arien des Titelhelden durchweg auf sein Liebesleben. Hoffen auf, Klagen über und die Sorge um Teofane: Hierum kreisen Ottones

Gedanken. Alles andere ist für Ottone sekundär, so daß ihm etwa Matildas Intervention zugunsten Adelbertos im II. Akt äußerst lästig ist, weil sie ihn von der Begrüßung Teofanes abhält. Insbesondere ist Ottones Notturno-Arie »Deh! Non dir« (Ach! Sage nicht), in der er zum Schluß des Akts als Liebeskranker Zwiesprache mit den gleichsam aus dem Orchestergraben zwitschernden Vögeln hält, signifikant für diesen weithin auf sein Gefühlsleben konzentrierten Nichthelden. Auch Ottones Gegenspieler Adelberto entwickelt nur in der Arie »Tu poi straziarmi« (Du kannst mich zerfleischen) im I. Akt heroisches Profil, während seine Arie im III. Akt »D'innalzar i flutti« (Der furchtbare Südwind mag aufhören) ein Naturbild von der Wiederkehr der Ruhe nach dem Sturm bietet.

Ohnehin steht im Zentrum des Stücks Teofane. Ihre erste Arie »Falsa immagine« (Falsches Bildnis), in der sie Ottones Porträt, von dem sie sich getrogen glaubt, zum Sprechen zu bringen versucht, charakterisiert im Dialog von Cello und Singstimme Teofane als einsame Frau in fremder Umgebung und ohne Zuspruch. Darüber hinaus hat Händel Teofane im I. Akt eine tieftraurige Siciliano-Arie »Affanni del pensier« (Ihr ängstlichen Gedanken) in f-Moll mit chromatisch fallenden Lamento-Linien und intensiven Sekundreibungen zugeteilt, außerdem im II. Akt die harmonisch gewagteste Passage des Werks, das Accompagnato »O grati orrori« (O willkommene Schauder): Spannungsvoll setzt die Singstimme hier mit einer eine große Septime umfassenden Wendung ein. Im weiteren Verlauf kehrt das Accompagnato zu seinem Anfang zurück und vollzieht so das Kreisen von Teofanes Gedanken nach.

Mit Matilda und Gismonda sind gleich zwei leidenschaftliche Intrigantinnen in dieser Oper am Werk. Beide – die zurückgewiesene Geliebte zum einen und die Mutter zum andern – sind in einer höchst fragilen Zweckallianz auf Adelberto und seine Rettung fixiert. Wie wenig Matilda ihre Affekte unter Kontrolle hat, zeigen bereits die Tempowechsel ihrer ersten Arie »Diresti poi così« (Würdest du wirklich so sprechen) – ein Larghetto, das von einem kämpferischen Allegro-Mittelteil unterbrochen wird. Eindrucksvoll lotet Händel auch das Porträt Gismondas aus, wenn er diese als kalte Machtpolitikerin auftretende Frau im II. Akt die sanftmütige Arie »Vieni, o figlio« (Komm, o mein Sohn) singen läßt, in der Gismonda um das Leben ihres Sohnes bangt. Und so ist neben dem tänzerischen Versöhnungsduett von Ottone und Teofane zum Schluß der Oper insbesondere Matildas und Gismondas den II. Akt beschließendes Bündnisduett »Notte cara« (Teure Nacht), das mit der Verschränkung von Kontrapunktik und Stimmvirtuosität auftrumpft, ein Highlight des Werks.

Textdichtung

Der historische Rahmen für die frei erfundene Handlung des ›Ottone‹ ist durch die Italienpolitik Kaiser Ottos des Großen, der sich mit Berengar II., Markgraf von Ivrea, um die Vorherrschaft in Italien stritt, gegeben. Berengars Witwe Willa lieferte wiederum für Gismonda das Vorbild, während beider Sohn Adelbert II. (Adelberto) ebenso historisch verbürgt ist wie die Vermählung von Otto II. (Ottone) und Theophanu (Teofane) 972 in Rom, die früher als eine Schwester des byzantinischen Kaisers Basileios II. (Basilio alias Emireno) galt. Tatsächlich aber war sie eine Nichte von Kaiser Romanos II. Wegen Thronwirren am Hof zu Konstantinopel verschwand Basileios zeitweise von der Bildfläche: Hierin lag das Urmotiv für seine Korsarenexistenz im Opernlibretto. Zwar hatte Otto II. eine Cousine namens Mathilde, sie stand allerdings in keinem Zusammenhang mit den Vermählungsumständen ihres Cousins zu Rom. Händels Librettist Nicola Francesco Haym bearbeitete für den ›Ottone‹ eine Vorlage von Stefano Benedetto Pallavicino, dessen Dramma per musica ›Teofane‹ 1719 in Dresden in der Musik Antonio Lottis uraufgeführt worden war. Aus Pallavicinos Libretto übernahm Haym das »Argomento«, also die Vorbemerkung, wörtlich, wo über den historischen Hintergrund der Handlung Auskunft gegeben wurde. Bleibt noch hinzuzufügen, daß in Händels Oper ›Lotario‹ von 1729 einige Personen des ›Ottone‹ unter anderem Namen eine Rolle spielen. So verbirgt sich hinter dem dortigen Titelhelden niemand anderes als Otto der Große, und Berengarios Gattin heißt dort nicht Gismonda, sondern Matilde, und beider Sohn nicht Adelberto, sondern Idelberto.

Geschichtliches

Zur Vorgeschichte des Werks gehört Händels Reise 1719 nach Dresden, um dort Sänger für die Royal Academy in London abzuwerben. Drei Sänger der bereits erwähnten Dresdner ›Teofane‹-Produktion sollten dann zur Uraufführung von Händels ›Ottone‹ am 12. Januar 1723 im

King's Theatre am Haymarket in den gleichen Rollen wie in Dresden auf der Bühne stehen: der Starkastrat Senesino als Ottone, Margherita Durastanti als Gismonda und Giuseppe Boschi als Emireno. Zwar war der erste Entwurf der Oper bereits am 10. August 1722 fertiggestellt. Doch sollte es bis zur Premiere noch etliche Umarbeitungen von Text und Musik geben, denn die als Matilda vorgesehene Anastasia Robinson äußerte künstlerische Bedenken wegen des exaltierten Profils ihrer Rolle. Auch sollte der Primadonna Francesca Cuzzoni in der Rolle der Teofane ein wirkungsvolles Debüt in London ermöglicht werden. In diesem Zusammenhang soll sich jene Anekdote zugetragen haben, wonach Händel die widerspenstige Sopranistin packte und aus dem Fenster zu werfen drohte, würde sie sich weiterhin weigern, mit der Arie »Falsa immagine« ihren Einstand zu geben. Im Nachhinein wird die Cuzzoni Händel gedankt haben: Ihre Bildnisarie war das Zugstück der Oper, und auf ihr gründete der Ruf der Primadonna als einer »ausdrucksstarken und ergreifenden Sängerin« (Charles Burney).

Ohnehin ist es nicht möglich, für ›Ottone‹, dessen Premierenversion hier vorgestellt wurde, eine verbindliche Fassung festzulegen. Keine seiner Opern außer ›Rinaldo‹ führte Händel häufiger auf. Gemäß der damaligen Theaterpraxis waren Revisionen, Umarbeitungen und Neukompositionen von Arien etc. je nach Besetzung an der Tagesordnung. So gab es bereits 1723 anläßlich einer Benefizvorstellung für die Cuzzoni Änderungen. Früh belegt ist auch die Praxis, in Ottones Nachtgesang »Deh! Non dir« Blockflöten mit den Geigen colla parte gehen zu lassen. Händel setzte ›Ottone‹ dann noch in den Spielzeiten 1723/24, 1726, 1727 und 1733 auf den Spielplan. Im Jahr darauf wurde das Stück von Händels Konkurrenz, der Opera of the Nobility, gegeben. 1724 war es in konzertanten Aufführungen der Royal Academy of Music in Paris zu hören. Und Braunschweig (1723 und 1725) und Hamburg (1726, 1727 und 1729) gaben den ›Ottone‹ in Bearbeitungen. Mit seiner deutschsprachigen Bearbeitung ›Otto und Theophano‹ von 1921 gehörte diese Oper zu den Pionierproduktionen von Oskar Hagen, mit denen er im Rahmen der Göttinger Händel-Festspiele die neuzeitliche Händel-Renaissance einleitete. Eine deutschsprachige Produktion des Stücks aus jüngerer Zeit bot 2006 anläßlich der Zentenarveranstaltungen zum »Heiligen Römischen Reich Deutscher Nation 962–1806« das Nordharzer Städtebundtheater in der Regie André Bückers und unter musikalischer Leitung von Johannes Rieger. 2011 ging ›Ottone‹ in Händels Geburtsstadt Halle anläßlich der dortigen Händel-Festspiele in einer Inszenierung von Franziska Severin und mit Marcus Creed am Dirigentenpult über die Bühne. Und 2014 reiste die English Touring Opera mit ›Ottone‹ (Regie: James Conway, musikalische Leitung: Jonathan Peter Kenny) im Gepäck durch England.

R. M.

Giulio Cesare in Egitto (Julius Caesar in Ägypten)

Oper in drei Akten. Dichtung von Nicola Francesco Haym nach Giacomo Francesco Bussani.

Solisten: Römer: *Giulio Cesare (Julius Caesar)*, oberster Feldherr der Römer (Koloratur-Mezzosopran, ursprünglich Altkastrat, gr. P.) – *Curio (Curius)*, römischer Tribun (Baß, kl. P.) – *Cornelia*, Frau des Pompeio (Lyrischer Alt, gr. P.) – *Sesto (Sextus)*, Sohn der Cornelia und des Pompeio (Lyrischer Sopran, auch Lyrischer Mezzosopran, m. P.) – Ägypter: *Cleopatra*, Königin von Ägypten (Dramatischer Koloratursopran, auch Lyrischer Koloratursopran, gr. P.) – *Tolomeo (Ptolemäus)*, König von Ägypten, Cleopatras Bruder (Lyrischer Mezzosopran, ursprünglich Altkastrat, m. P.) – *Achilla (Achillas)*, oberster Befehlshaber der Truppen und Ratgeber des Tolomeo (Charakterbariton, m. P.) – *Nireno*, Vertrauter von Cleopatra und Tolomeo (Mezzosopran, ursprünglich Altkastrat, kl. P.) .

Chor: Soldaten – Verschwörer (kl. Chp.).

Ort: Ägypten, in und um Alexandria.

Schauplätze: Ebene am Nil, über den eine alte Brücke führt – Gemach Cleopatras – Platz im Lager Caesars, wo die Urne mit der Asche des Pompeius aufgestellt ist – Halle im Palast der Ptolemäer – Anmutiger Zedernhain, mit dem Parnaß im Hintergrund – Garten im Serail, angrenzend der Tierzwinger – Raum im Serail – Wald in der Nähe Alexandrias mit einem Teil des Hafens – Königssaal – Hafen von Alexandria.

Zeit: September 48 bis März 47 v. Chr.

Orchester: 1 Fl., 2 Blockflöten, 2 Ob., 2 Fag., 4

Hr., 1 Trp., Str. (Violinen I, II, III, Br., Vcl., Kb.), B. c. (Vcl., Kb., Fag., Erzlaute, Cemb.) – Bühnenmusik (II. Akt): 2 Ob., 2 Violinen, Br., Hrf., Viola da gamba, Theorbe, Vcl., Fag.).
Gliederung: Ouvertüre, 44 Musiknummern (neben Gesangsnummern auch »Sinfonie« genannte instrumentale Einlagen), die durch Secco-Rezitative und Accompagnati miteinander verbunden sind.
Spieldauer: Etwa 3¾ Stunden.

Handlung
Pompeio (Pompeius) ist vor Cesare nach Ägypten geflohen. Nun betritt Cesare an der Spitze seiner Truppen unter Jubelrufen ägyptischen Boden und verkündet den Sieg über Pompeio. Dessen Niederlage eingestehend, wendet sich Pompeios Frau Cornelia in Begleitung ihres Sohnes Sesto mit der Bitte um Frieden an Cesare, der sogleich nach Pompeio schicken läßt, um sich mit ihm zu versöhnen. Doch da tritt eine unter dem Kommando Achillas stehende Abordnung des ägyptischen Königs Tolomeo vor Cesare und übergibt ihm als Gastgeschenk den abgeschlagenen Kopf des Pompeio. Alle sind starr vor Entsetzen. Cornelia fällt in Ohnmacht und Cesare bricht in Tränen aus, während Achilla Cornelias Schönheit mustert. Über den Mord an Pompeio entrüstet, schickt Cesare Achilla zum König zurück, um diesem noch für den Abend seine Visite anzukündigen. – Der Tribun Curio und Sesto bemühen sich um Cornelia, nachdem sie wieder zu sich gekommen ist. Aus Kummer will sie sich umbringen, was Curio gerade noch verhindern kann. Er bietet Cornelia an, sie als seine Gattin unter seinen Schutz zu stellen. Das weist Cornelia allerdings stolz zurück, woraufhin Curio sich zurückzieht. Für sich und ihren Sohn aber hat sie keinen Rat, so daß sich Sesto vom Geist seines toten Vaters dazu aufgerufen glaubt, Rache zu üben. – Die Nachricht von der Ermordung des Pompeio veranlaßt Cleopatra, den Kontakt zu Cesare zu suchen. Den Anspruch ihres Bruders Tolomeo auf die ägyptische Krone weist sie energisch zurück. Tolomeo hingegen gibt Achilla freie Hand für ein Attentat auf Cesare, für das Achilla mit der Hand Cornelias belohnt werden will. – Nachdenklich betrachtet Cesare die mit der Asche des Pompeio gefüllte Urne, als ihn Cleopatra in Begleitung ihres Vertrauten Nireno aufsucht. Sicherheitshalber gibt sie sich als Lidia, eine der Damen der Königin, aus und bittet Cesare um den Schutz vor Tolomeo. Augenblicklich ist Cesare von ihrer Schönheit hingerissen und sagt ihr seine Unterstützung zu. Nach Cesares Abgang freut sich Cleopatra über ihre Wirkung auf den Imperator, und aus einem Versteck beobachtet sie, wie Sesto an der Urne des Pompeio seiner Mutter zusichert, daß er den Tod des Vaters an Tolomeo rächen werde. Daraufhin bietet sich »Lidia« Cornelia und Sesto als Verbündete an; Nireno könne ihnen Zugang zu Tolomeo verschaffen. Nun ist sich Cleopatra sicher, daß sie über Tolomeo triumphieren werde. – Tolomeo und Cesare treffen im Beisein des Achilla im Königspalast zum diplomatischen Austausch von Unfreundlichkeiten zusammen, woraufhin sich Cesare in die Gastgemächer begibt. Danach werden Cornelia und Sesto vor Tolomeo geführt. Insgeheim wirft er lüsterne Blicke auf Cornelia und ordnet im Weggehen Sestos Gefangennahme und Cornelias Unterbringung als Gartenarbeiterin im Serail an. Achilla bedrängt nun Cornelia mit seinen unziemlichen Gelüsten und wird zurückgewiesen. Mutter und Sohn nehmen, bevor Wachen Sesto abführen, voneinander Abschied.
Cleopatra gibt Nireno letzte Anweisungen für den unmittelbar bevorstehenden Empfang Cesares durch »Lidia«, woraufhin sie sich zurückzieht. Cesare wird alsdann zu den Klängen einer zarten Musik von Nireno hereingeführt. Im Hintergrund öffnet sich eine den Parnaß darstellende Szenerie, in der sich »Lidia« als Göttin der Tugend im Kreise der neun Musen präsentiert. Der Parnaß schließt sich, und Cesare läßt sich – betört von Cleopatras verführerischem Gesang – von Nireno zu »Lidia« bringen. – Unterdessen verrichtet Cornelia im Garten des Serails Sklavenarbeit. Auch muß sie sich der Zudringlichkeiten zunächst von Achilla, dann von Tolomeo erwehren. Bevor Cornelia ihren Entschluß, sich angesichts solcher Nachstellungen in den benachbarten Tierzwinger zu stürzen, in die Tat umsetzen kann, kommen Sesto und Nireno hinzu. Nireno hat Befehl, Cornelia dem königlichen Harem zuzuführen. Doch kann er Cornelia damit beruhigen, daß sich im Serail für Sesto die beste Gelegenheit böte, den waffenlosen Tolomeo niederzustrecken. Während Nireno und Cornelia sich auf den Weg machen, spricht sich Sesto Mut zu. – Cleopatra bittet die Liebesgöttin um Beistand und stellt sich schlafend, als Cesare sich ihr nähert. Heiter nimmt die scheinbar Schlafende Cesares Liebesschwüre und sogar sein Eheversprechen zur Kenntnis. Da stürzt Curio herein, um Cesare vor Tolomeos Mordgesellen zu warnen.

Angesichts der Gefahr gibt sich Cleopatra Cesare zu erkennen und bittet ihn zu fliehen. Doch Cesare zieht tapfer seinen Feinden entgegen. Cleopatra bleibt in Angst um den Geliebten allein zurück. – Inzwischen läßt es sich Tolomeo im Serail gutgehen und legt sein Schwert ab. Als er Cornelia zum Sex auffordert, hält es Sesto nicht länger in seinem Versteck. Er ergreift Tolomeos Waffe. Im selben Moment tritt Achilla herein, fällt Sesto in den Arm und berichtet, daß sich Cesare den Angreifern entgegengestellt habe. Dank ihrer Übermacht habe sich Cesare ins Meer gestürzt und sei seitdem nicht mehr gesehen worden. Nun aber führe Cleopatra eine Revolte gegen ihn, Tolomeo, an. Achilla fordert nun von Tolomeo die Hand Cornelias als Lohn für seine Dienste, worüber er und der König, als sie sich zu den Truppen aufmachen, in Streit geraten. Cornelia ermutigt ihren Sohn, in seinem Rachestreben nicht nachzulassen.

Wegen Tolomeos Undank hat Achilla die Seiten gewechselt und kämpft nun für Cleopatra, die allerdings von Tolomeos Soldaten gefangengesetzt wird. Siegestrunken läßt dieser seine Schwester in Ketten legen. Sie hält Cesare für tot und schließt mit dem Leben ab. – Tatsächlich aber konnte sich Cesare an Land retten. Er hält sich verborgen, während er beobachtet, wie der im Kampf tödlich verwundete Achilla Nireno und Sesto seine Schandtaten gesteht. Kurz vor seinem Tod übergibt Achilla Sesto ein Siegel, an das das Kommando über eine bereitstehende Kampfeinheit geknüpft ist. Dies nimmt Cesare zum Anlaß, sich Nireno und Sesto erkennen zu geben, und stürmt, nachdem ihm Sesto das Siegel überlassen hat, davon. Sesto seinerseits kann es kaum noch erwarten, Tolomeo zur Verantwortung zu ziehen. – Cesare aber führt sein erster Weg zu Cleopatra, die er aus der Hand der Wachen befreit. Zum Entscheidungskampf aufbrechend, läßt er die jubelnde Geliebte zurück. – Tolomeo wiederum versucht Cornelia zu vergewaltigen, sie hält sich ihn mit einem Dolch vom Leib, bis Sesto ihr zur Hilfe kommt und den König erschlägt. Cornelia triumphiert. – Im Hafen von Alexandria regelt Cesare die staatlichen Angelegenheiten. Er dankt Curio und Nireno für ihre Hilfe, söhnt sich mit Cornelia und Sesto aus, die ihm Tolomeos Krone und Zepter übergeben, und krönt mit diesen Herrschaftsinsignien Cleopatra zur ägyptischen Königin von Roms Gnaden. Die Liebenden versichern einander ihre Treue. Ägypten feiert den neu gewonnenen Frieden.

Stilistische Stellung

Händels ›Giulio Cesare‹ ist Liebesdrama und Politkrimi in einem. Mit einem sterbenden Bösewicht (Achilla) auf und dem Tod seines nicht weniger schurkischen königlichen Auftraggebers (Tolomeo) hinter der Bühne geht Händels Oper an die Grenzen dessen, was auf den Opernbühnen der damaligen Zeit gezeigt werden konnte, ohne gegen den Komment zu verstoßen. Der Mord und Totschlag beinhaltende Plot ist aber nur die spannende Außenseite eines Stücks, das durch dramaturgische Stringenz beeindruckt. Denn mit Blick auf die Protagonisten bietet diese Oper durchweg stimmige Charakterisierungen. So wird Tolomeos tyrannisches Wesen in seiner Schlußarie »Domerò la tua fierezza« (Deinen Stolz weiß ich zu zähmen), die zum Zeichen von Tolomeos an Irrsinn grenzender Unberechenbarkeit bizarre und überraschende Tonsprünge aufweist, vollends auf den Punkt gebracht. Cornelias Charakterbild hingegen erhält seine Unverkennbarkeit, indem der Affekt der Trauer mehrere ihrer Gesangsnummern bestimmt, nicht zuletzt in dem Siciliano-Duett mit Sesto »Son nata a lagrimar« (Ich bin geboren, um zu weinen) zum Schluß des I. Akts.

Vor allem aber zeichnet Händel die Entwicklungslinien Cesares und Cleopatras, die er jeweils mit acht Arien bedacht hat, überaus konsequent. Von Cesare entwirft er das Idealbild eines Helden, der sich als Staatsmann (in der Auseinandersetzung mit Tolomeo) und als Philosoph (etwa in seiner als Accompagnato gestalteten Vanitas-Reflexion bei Betrachtung der Urne des Pompeio) bewährt; und ebenso überzeugt er als Liebender. In Cleopatra zeichnet Händel das facettenreiche Porträt einer selbstbestimmten, um ihre erotische Ausstrahlung wissenden und leidenschaftlich liebenden Frau. Tonartencharakteristik – Cleopatra hat eine gewisse Vorliebe für die seinerzeit eher entlegene Tonart E-Dur, während Cesare die B-Tonarten bevorzugt – wird in diesem Zusammenhang zum wichtigen Gestaltungsmittel, wenn Cesare und Cleopatra in ihren Liebesgesängen tonartlich aufeinander zugehen. So steht etwa Cesares nach der ersten Begegnung mit »Lidia« gesungene Arie »Non è si vago e bello« (Es gibt keine Blume so lieblich und schön) in Cleopatras Tonart E-Dur, während Cleopatras Verführungsarie »V'adoro pupille« (Ich bete euch an, ihr Augen) zu Beginn des II. Akts mit F-Dur auf Cesare weist. Hier inszeniert Händel im Changieren zwischen der aus dem Parnaß tönenden Bühnenmusik, in deren Ensemble sich auch Instrumente abseits der damaligen Opern-Standardbesetzung wie Theorbe, Harfe oder Viola da gamba befinden, und den Orchesterstreichern »ein höchst raffiniertes Vexierspiel« (Silke Leopold): Denn zwar war es Cleopatras ursprünglicher Plan, Cesare aus politischem Kalkül mit Hilfe ihres Musenensembles zu umschmeicheln, doch nun wird sie selbst, wie der Orchesterpart verrät, von der Liebe überwältigt. Überdies ist der Beginn des II. Akts ein charakteristisches Beispiel dafür, wie Händel in dieser Oper Gesangsnummern in die Szene integriert. Zweimal läßt die Bühnenmusik Cesare erstaunt aufhorchen, bevor sich »Lidia« ihm als Tugendgöttin präsentiert, und das Da capo ihrer Arie wird durch Cesares im Rezitativ sich bekundende Begeisterung herausgezögert.

Auch gleich zu Beginn der Oper ist Händels musikdramatische Herangehensweise evident. Nicht nur sind die französische Ouvertüre und die Anfangsnummer der Oper durch die gemeinsame Tonart A-Dur verknüpft. Überdies mutet die Eröffnungsmusik zunächst wie das übliche, auf die Ouvertüre folgende Menuett an, um sich erst mit dem Choreinsatz als Huldigungsmusik für Cesare zu entpuppen. Auch im Folgenden richtet sich die Aufmerksamkeit ganz auf den Titelhelden, wenn er mit einer Siegesarie in D-Dur auftritt, um dann nach der Benachrichtigung über die Ermordung des Pompeio mit einer raschen Wut-Arie in c-Moll die Bühne zu verlassen. Ebenso bündig ist das Schlußtableau der Oper mit G-Dur als zentraler Tonart gestaltet. Französischer Einfluß zeigt sich hier nicht zuletzt in der von einer klangprächtigen, unter anderem mit zwei Hörnerpaaren aufwartenden Sinfonia als Entree. Nun endlich erklingt das bis zum Finale aufgesparte Liebesduett. Und auch in den G-Dur-Schlußchor ist als g-Moll-Mittelteil ein Zwiegesang Cesares und Cleopatras eingelassen.

Textdichtung

Das Ägypten-Abenteuer Gaius Julius Caesars bot die historische Folie, die Händels Publikum aus der antiken Überlieferung bekannt gewesen sein dürfte. Und Händels Librettist Nicola Haym verweist in diesem Zusammenhang auf Cassius Dio, Plutarch und Caesars ›Bellum civile‹. Mit Ausnahme von Nireno sind alle Protagonisten historisch bezeugte Personen, wobei der Volkstribun Curius bereits 49 v. Chr. gestorben war und Achillas und Ptolemäus XIII. ein ganz anderes Ende als in der Oper fanden. Auch war Sextus Pompeius kein leiblicher, sondern ein Stiefsohn Cornelias. Ohnehin wird mit den historischen Tatsachen in Händels Oper recht frei umgegangen. Die konzise Dramaturgie von Händels Oper läßt sich im Vergleich mit der Libretto-Vorlage erkennen: Giacomo Francesco Bussanis gleichnamiges und recht häufig vertontes Libretto, das 1677 in der Musik Antonio Sartorios in Venedig uraufgeführt worden war. So ist in Bussanis Libretto der Beginn der Oper viel breiter angelegt. Die Parnaß-Szene kommt dort nicht vor, während eine Mailänder Version des Librettos von 1685 »Lidia« als Tugendallegorie auf einer Wolke zeigt. Auch der Schluß der Oper mit dem in Ketten gelegten Tolomeo war weit weniger spektakulär als in Hayms den Showdown der Filmkunst vorwegnehmender Umarbeitung.

Geschichtliches

›Giulio Cesare‹ war eine der erfolgreichsten Opernproduktionen Händels, in der der Komponist ein Staraufgebot der Sonderklasse einsetzte, allen voran der Altkastrat Francesco Bernardi, genannt Senesino, in der Titelrolle und Francesca Cuzzoni als Cleopatra. Komponiert gegen Ende des Jahres 1723, hatte das Werk am 20. Februar 1724 im King's Theatre am Haymarket Premiere. Zwölf ausverkaufte Folgeaufführungen schlossen sich an. In drei weiteren Spielzeiten wurde ›Giulio Cesare‹ wiederaufgenommen, so daß das Werk bis 1732 insgesamt 45 Mal unter Händels Leitung auf dem Spielplan stand. Gemäß der damals üblichen Theaterpraxis kam es hierbei zu Umarbeitungen, die veränderten Aufführungsbedingungen Rechnung trugen. So mußte die prachtvolle Sinfonia des Schlußbilds offenbar in Ermangelung geeigneter Instrumentalisten später einer weniger aufwendigen Marchia weichen. Das Werk schaffte 1725 auch den Sprung auf den Kontinent, wo es in Braunschweig auf Italienisch und in Hamburg mit deutschen Rezitativen von Johann Georg Linike nachgespielt wurde. 1922 wurde ›Julius Caesar‹ in Oskar Hagens deutscher Umarbeitung anläßlich der Göttinger Händel-Festspiele wiederaufgeführt. Obgleich diese Version auf den Opernbühnen häufig gegeben wurde, wurde sie inzwischen von der Urfassung von 1724 verdrängt. Mittlerweile ist ›Giulio Cesare‹ fester Bestandteil des Opernrepertoires. Dies bezeugen nicht zuletzt Festspielaufführungen wie David McVicars Inszenierung von 2005 für Glyndebourne (musikalische Leitung: William Christie) und Moshe Leisers und Patrice Cauriers Produktion von 2012 für Salzburg mit Cecilia Bartoli als Cleopatra und Giovanni Antonini als Dirigenten.

R. M.

Tamerlano

Dramma per musica in drei Akten. Text von Nicola Francesco Haym nach einem Libretto von Agostino Piovene.

Solisten: *Tamerlano*, Herrscher der Tataren (Lyrischer Alt, auch Countertenor, ursprünglich Altkastrat, gr. P.) – *Bajazet*, Emir der Türken, Gefangener des Tamerlan (Jugendlicher Heldentenor, auch Lyrischer Tenor, gr. P.) – *Asteria*, seine Tochter (Dramatischer Koloratursopran, auch Lyrischer Sopran, gr. P.) – *Andronico*, griechischer Prinz (Koloratur-Mezzosopran, auch Countertenor, ursprünglich Altkastrat, gr. P.) – *Irene*, Prinzessin von Trapezunt (Lyrischer Alt, m. P.) – *Leone*, Vertrauter des Andronico (Baß, auch Bariton, kl. P.) – *Zaide*, Vertraute der Asteria (stumme Rolle).
Statisten: Wachen des Tamerlan.
Ort: Bursa (Prusa), Hauptstadt von Bithynien.
Schauplätze: Hof in Tamerlans Palast, Eingang zum Kerker des Bajazet. Gemächer für Bajazet und Asteria im Palast des Tamerlan. Säulenhalle in Tamerlans Palast – Galerie, die auf Tamerlans Gemächer hinführt. Thronsaal, in der Mitte zwei Thronsessel für Tamerlan und Asteria – Hof des Serails, wo Bajazet und Asteria gefangengehalten werden. Kaisersaal, hergerichtet für die Speisetafel des Tamerlan.
Zeit: 1402.
Orchester: 2 Fl., 2 Blockfl., 2 Ob., 2 Kl., Fag. (auch B. c.), Str., B. c. (Vcl., Kb., Fag., Cemb.).
Gliederung: Ouvertüre (mit anschließendem Menuett), durch Secco-Rezitative miteinander verbundene musikalische Nummern.
Spieldauer: Etwa 3 Stunden.

Handlung

Nachdem Tamerlan das Reich des türkischen Emirs Bajazet erobert hat, hält er diesen in Bursa gefangen. Der griechische Prinz Andronico, der trotz seines Bündnisses mit Tamerlan Bajazets Vertrauen genießt, eröffnet dem Gefangenen, daß er sich auf Geheiß des Tamerlan von nun an im Palast frei bewegen dürfe. Doch der stolze Bajazet will lieber sterben, als irgendwelche von seinem Feind ihm zugedachte Wohltaten annehmen, und entreißt einer der Wachen ein Schwert, um sich umzubringen. Nur mit der Ermahnung, Bajazet dürfe seine ebenfalls in Gefangenschaft geratene Tochter Asteria nicht schutzlos zurücklassen, kann Andronico den Selbstmord verhindern. Danach ist Andronico mit Tamerlan konfrontiert, der ihm die Wiedereinsetzung als byzantinischer Herrscher anbietet, wenn er Bajazets Versöhnung durch dessen Zustimmung zu einer Heirat mit Asteria erwirken würde. Hierbei mimt Tamerlan den Ahnungslosen und tut so, als wisse er nicht, daß der Griechenprinz und Bajazets Tochter einander lieben. Ohnehin hat er anderes mit Andronico vor. Hatte Tamerlan nämlich ursprünglich Irene, Prinzessin von Trapezunt, als Gemahlin auserkoren und deshalb zwecks Heirat nach Bursa einbestellt, so soll sich nun Andronico für die verschmähte Braut, deren Ankunft unmittelbar bevorsteht, als Ersatzbräutigam bereithalten. Schweren Herzens fügt sich Andronico Tamerlans Wünschen. Asteria, die sich in den ihr und ihrem Vater zugewiesenen Gemächern aufhält, hegt indessen, seit sie von Andronicos bevorstehender Rückkehr auf den byzantinischen Thron erfahren hat, Mißtrauen gegen den Geliebten. Ihr ist unerklärlich, warum er seitdem noch nichts gegen ihre Gefangenschaft unternommen hat. Ihr Argwohn erhält neue Nahrung, als Tamerlan sie aufsucht. Denn nicht nur sieht sie sich unvermutet von ihrem Feind als Braut umworben, zudem teilt Tamerlan Asteria mit, daß er ausgerechnet Andronico für seine Hochzeitspläne hat einspannen können, indem er ihm zum Lohn für seine Vermittlertätigkeit bei Bajazet und als Kompensation für den Verzicht auf ihre Hand die Heirat mit Irene versprochen hätte. Verstört bleibt Asteria, die sich von Andronico um den Preis der Kronen von Konstantinopel und Trapezunt an Tamerlan verschachert glaubt, allein zurück. Als Bajazet und Andronico in lebhafter Auseinandersetzung über das Eheansinnen des Tamerlan sich nähern, versucht sie ihnen auszuweichen. Dennoch von den beiden zu einer Stellungnahme gedrängt, hüllt sich Asteria über ihre Absichten in Schweigen und stößt damit den Vater genauso vor den Kopf wie Andronico, dem sie seine Hinwendung zu Irene vorhält. Angesichts seiner schweigenden Tochter sieht sich Bajazet veranlaßt, für Asteria zu antworten. Und so läßt er dem Tamerlan bestellen, daß er sich niemals um den Preis seiner Tochter die eigene Freiheit erkaufen würde. Asteria hingegen trägt Andronico auf, nur in ihres Vaters Namen, nicht aber in dem ihren, Tamerlan Bescheid zu geben. Wieder allein, sinnt sie traurig über ihre Liebe zu dem opportunistisch sich Tamerlans Willen beugenden Andronico nach. Inzwischen ist Irene in der Säulenhalle des Palasts angelangt und zeigt sich über das Ausbleiben Tamerlans verstimmt. Vollends ist sie aufgebracht, als sie nicht von Tamerlan, sondern von Andronico, der sich ihr als Bräutigam wider Willen vorstellt, in Empfang genommen wird. Immerhin erweist sich Andronico als kluger Ratgeber: Irene solle sich zunutze machen, daß Tamerlan sie noch nie gesehen habe, und inkognito auftreten. Dann könne sie als Irenes Botschafterin die angestrebte Heirat mit dem Tatarenfürsten weiter betreiben. Seinem Vertrauten Leone wiederum trägt er auf, Irene helfend beizustehen. Ohnehin ist die resolute Thronerbin Trapezunts nicht die Frau, die sich widerstandslos beiseite schieben läßt. Da ist Andronico zarter besaitet: Als er wieder allein ist, zerfließt er, sich im Widerstreit von Liebesneigung und Machtkalkül aufreibend, in Selbstmitleid. Letztendlich aber räumt er dann doch seinen Gefühlen für Asteria den Vorrang ein.

Vor seinen Gemächern trifft Tamerlan auf Andronico und bedankt sich bei ihm für die erfolgreiche Eheanbahnung, inzwischen habe ihm nämlich Asteria ihr Jawort gegeben. Sich auf die bevorstehende Hochzeit freuend, läßt Tamerlan den perplex dreinschauenden Andronico zurück, der gleich darauf Asteria wegen ihres für ihn unfaßlichen Sinneswandels zur Rede stellt. Doch seinen heftigen Vorwürfen begegnet sie, ihn an seine eigene unrühmliche Rolle in Tamerlans Hochzeitsgeschäft erinnernd, mit bitterer Ironie. Ihre Vertraute Zaide, die Asteria abholt, um sie in Tamerlans Gemächern einzuquartieren, kommt da gerade recht. Bevor sie sich nämlich in Zaides Begleitung davonmacht, gibt Asteria Andronico mit dem spöttischen Hinweis darauf, daß er seine Chance bei ihr gehabt, diese leider aber nicht genutzt habe, den Laufpaß. Jetzt kann, wie sich Andronico eingesteht, nur noch Bajazet seine Tochter von der Heirat abbringen. Im Thronsaal haben Tamerlan und Asteria auf den Herrschersesseln Platz genommen. Leone führt die als ihre eigene Botin sich ausgebende Irene herein, die von Tamerlan die Einlösung seines Eheversprechens fordert. Doch der verweist zum einen auf den gleichwertigen Ersatz, den er mit Andronico als Heiratskandidat präsentiere, zum andern – so fügt Tamerlan, die ihm unangenehme Unterhaltung mit seinem Abgang beendend, hinzu – müsse Irene, bevor er sich mit ihr einlasse, erst einmal Asteria bei ihm in Mißkredit bringen. Asteria aber gibt Irene gegenüber zu erkennen, daß sie allem Anschein zum Trotz an einer Verbindung mit Tamerlan überhaupt nicht interessiert sei, und so schöpft die Trapezunter Prinzessin wieder Hoffnung, wohingegen Leone sich einen Reim auf die verworrenen Liebeshändel an Tamerlans Hof zu machen versucht. Inzwischen hat Andronico Bajazet aufgesucht und ihn über Asterias Einwilligung zur Hochzeit mit Tamerlan unterrichtet. Bajazet reagiert auf das ihm unerklärliche Verhalten seiner Tochter mit Empörung und Enttäuschung, während Andronico, von Eifersucht übermannt, nun Mordgelüste gegen Tamerlan hegt. Im Thronsaal kommt es, als Tamerlan Asteria zur Thronbesteigung auffordert, zum Eklat, denn Bajazet tritt dazwischen. Auf Befehl des Tamerlan sollen die Wachen Bajazet zur Demütigung niederwerfen. Doch der legt sich freiwillig vor den Thron, um auf diese Weise Asteria zu zwingen, an der Hand Tamerlans über den Kopf des eigenen Vaters hinwegzusteigen. Andronico kommt in dem Moment hinzu, als die Wachen wegen Asterias Zögern Bajazet wieder aufrichten sollen. Bajazet aber gibt von sich aus den Weg frei und sagt sich gemeinsam mit Andronico von Asteria los. Für Tamerlan ist dies der probate Augenblick, Irene zur Verlobung mit Andronico herbeirufen zu lassen. Die jedoch spielt weiterhin Irenes Abgesandte, gemahnt Asteria an ihr nicht eingehaltenes Versprechen und besteht darauf, daß bei Ankunft ihrer Herrin der Thron neben Tamerlan frei zu sein habe. Tamerlan verhöhnt Irenes vermeintliche Botschafterin, indem er sie auffordert: »Mach, daß Asteria herabsteigt, und mich bekommt Irene.« Um Irene beizustehen, richtet Bajazet ein letztes Mal das Wort an Asteria und droht, sich aus Verzweiflung über ihren Verrat umzubringen. Da geschieht zum Ärger Tamerlans das Unglaubliche: Asteria steigt vom Thron herab und stößt einen bisher verborgen gehaltenen Dolch in die Stufen des Thrones. Damit macht sie offenbar, was sie insgeheim geplant hatte, was aber durch den Auftritt Bajazets vereitelt wurde: Sie hat Tamerlan nämlich nur heiraten wollen, um ihn hernach im Ehebett zu erstechen. Kaum erstaunlich, daß Tamerlan nun vor Wut tobt und grausame Rache schwört. Hingegen bewundern Bajazet, der alsbald von den Wachen abgeführt wird, Andronico und Irene den Mut Asterias. Und auch sie selbst verspürt Genugtuung darüber, dem Tyrannen, wenngleich das Attentat auch mißglückt sei, seine Liebesgelüste ausgetrieben zu haben.

Bajazet und seine Tochter werden im Hof des Serails gefangengehalten. Damit sie sich den von Tamerlan angedrohten Übergriffen durch Selbstmord entziehen könne, händigt Bajazet seiner Tochter Gift aus. Doch noch setzt er Hoffnung auf eine Befreiungsaktion, die einer seiner Generäle geplant habe. Sollte hingegen die Flucht scheitern, will auch er sich durch Gift das Leben nehmen. Tamerlan indessen hat immer noch nicht genug von Asteria und bittet deshalb Andronico um weitere Zwischenträgerdienste. Dieses Mal aber erhält er von Andronico eine Abfuhr. Mehr noch: Indem Andronico sich endlich zu Asteria bekennt, kündigt er seinem Gönner, sämtliche bislang genossenen Vergünstigungen zurückweisend, die Gefolgschaft auf. Er bringt Tamerlan damit dermaßen in Rage, daß dieser Bajazets Enthauptung und Asterias Erniedrigung zur Sklavin beschließt. Die aber wirft sich ihm zu Füßen, um für das Leben des Vaters Schonung zu erflehen. Da erscheint Bajazet selbst. Verärgert über die Demutsgeste seiner Tochter, gießt er durch seine unverhohlen zur Schau gestellte Geringschätzung Tamerlans noch zusätzlich Öl ins Feuer. Nachdem dieser wutentbrannt abgegangen ist, tadelt Bajazet die seiner Meinung nach kleinmütige Haltung Asterias und Andronicos, die sich, bedauert von Andronicos Diener Leone, in Erwartung des Todes aussöhnen. Im Festsaal hat Tamerlan die Speisetafel herrichten lassen. Leone macht Irene darauf aufmerksam, daß nun nach Asterias Fall die Gelegenheit gekommen ist, ihr Inkognito zu lüften und ihre Ansprüche auf den Thron geltend zu machen. Ihrer Zuversicht ungeachtet, hält sich Irene gleichwohl verborgen, als Tamerlan Bajazet und dem erregt die Freilassung der Geliebten fordernden Andronico die Entwürdigung ankündigt, die er sich für Asteria ausgedacht hat. Sie soll ihm beim Schmausen als Mundschenkin aufwarten. Zur Verwunderung von Bajazet und Andronico ist sie auf diese Sklavenarbeit geradezu erpicht. Allerdings wird Asteria von Irene dabei beobachtet, wie sie in Tamerlans Becher Gift träufelt. Für Irene ist das die Gelegenheit, sich Tamerlan unter Offenbarung ihrer wahren Identität durch die Warnung vor dem Trank zu Dank zu verpflichten. Der wiederum stürzt die verhinderte Attentäterin in Gewissensnöte, weil sie den Gifttrunk nun entweder ihrem Vater oder ihrem Geliebten zur Probe offerieren solle. Schließlich hebt Asteria selbst zu trinken an, doch Andronico stößt ihr den Kelch aus der Hand. Während sie abgeführt wird, rügt Asteria den Geliebten, weil sein Eingreifen ihr die Möglichkeit genommen habe, sich Tamerlans Rachgier durch Selbstmord zu entziehen. Und der sinnt in der Tat für Asteria ein widerliches Schicksal aus: Sie soll von seiner Sklavenschar vergewaltigt werden. Leer wirken da die Drohungen des als Augenzeuge zu dem schändlichen Schauspiel zwangsverpflichteten Vaters. Bevor auch er abgeführt wird, schwört Bajazet dem Tamerlan, ihn dereinst als böser Schatten heimsuchen zu wollen. Irene indessen darf sich nun der Gnade des Tyrannen erfreuen und endlich als Braut an seine Seite rücken. Da werden sowohl Asteria und Andronico, als auch Leone hereingebracht. Leone kündigt Bajazet an, der, nachdem die Gefangennahme seines Generals ihm den letzten Funken Hoffnung geraubt habe, nun klein beigeben wolle. In seltsam gelöster Stimmung tritt Bajazet herein. Bald wird klar, warum: Um angesichts der für ihn aussichtslos gewordenen Situation seine Würde zu wahren, hat er den Freitod gewählt und sich vergiftet. Herzzerreißend nimmt er Abschied von seinem geliebten Kind, das er nunmehr vor Tamerlans Willkür nicht mehr schützen könne. Grauenhaft aber verflucht er den Tyrannen, dem er aus dem Grab heraus die Rachegöttinnen auf den Hals hetzen wolle. Wehklagend folgt Asteria dem sich wankenden Schrittes entfernenden Vater, während sich Andronico vor Kummer ins Schwert stürzen will. Das um sich greifende Elend läßt selbst den verrohten Tamerlan nicht kalt. Seine Ehe mit Irene bestätigend, verfügt er abermals Andronicos Wiedereinsetzung als Herrscher von Byzanz und dessen Heirat mit Asteria. Ein trauriger Lobpreis auf die den Tod überwindende Liebe schließt sich an.

Stilistische Stellung

›Tamerlan‹ ist Händels erste Seria-Oper, in der mit der Partie des unterliegenden Helden Bajazet der Tenor ins Zentrum der Handlung gestellt wird. Auch in dramaturgischer Hinsicht beschritt

Händel mit der Rolle des Bajazet neue Wege, indem er dessen Sterben nicht – gemäß der damaligen Theater-Konvention – als Backstage-Ereignis per Botenbericht abhandelte, sondern dem Publikum auf der Bühne vor Augen führte. Das wiederum hatte weitreichende musikalische Folgen: Um Bajazets Sterbeszene glaubhaft zu gestalten, setzte Händel nämlich den Schematismus von Secco-Rezitativ und Arie außer Kraft. An dessen Stelle tritt die szenische Durchkomposition. Hierbei greift Händel zum einen auf das von Tempowechseln und von affektgeladenen, rhetorischen Figuren geprägte Accompagnato-Rezitativ zurück, das in den von Pausen durchsetzten Phrasen des Vokalparts die stockende Redeweise des Sterbenden nachahmt, zum andern aufs Arioso (Bajazets anrührendes Siciliano »Figlia mia, non pianger, no«). Darüber hinaus ist das Secco-Rezitativ, das hier Asterias verzweiflungsvollen Einwürfen vorbehalten ist, in den dramatischen Verlauf eingebunden.

Über den aus der ambitionierten Gestaltung der Szene resultierenden Zugewinn an realistischer Wirkung war sich Händel vollauf bewußt: Um den nachhaltigen Eindruck nicht zu schwächen, strich er sogar Nummern, die ursprünglich auf den Tod des Bajazet folgen sollten, darunter Asterias herrliche, einen kontrastierenden Mittelteil aufweisende Trauer-Arie »Padre amato«. Sie wurden durch ein die Handlung schnell zu Ende bringendes Secco-Rezitativ ersetzt, so daß Bajazets Tod weiterhin wie ein Schatten über dem in e-Moll stehenden melancholischen Schlußensemble liegt. Daran wiederum wird erkennbar, daß Händel die seiner Zeit im Operntheater vorherrschende Konvention des Lieto fine, also des glücklichen Ausgangs, fragwürdig geworden ist.

Auch in der Eklatszene des II. Aktes erweist sich Händel als wagemutiger Dramatiker. Ist ihm in seinen sonstigen für London komponierten Opern daran gelegen, die Rezitative äußerst knapp zu halten, damit sein Publikum über die durch den italienischen Text gegebene Sprachbarriere schnellstmöglich hinwegkommt, so riskiert er hier mit 235 Takten Länge die ausgedehnteste Rezitativ-Passage seines Œuvres. Der Grund hierfür liegt darin, daß die um den Thron sich abspielenden Aktionen sich im wörtlichen Sinne als Schauspiel, also im wesentlichen optisch mitteilen. Sie führen einen »Affektstau« herbei, der sich in dem von Tamerlan, Bajazet und Asteria bestrittenen, kontrapunktisch gearbeiteten Handlungsterzett »Voglio strage« entlädt. In einer aus den Arietten Bajazets, Andronicos und Irenes sowie Asterias Arie »Se potessi un dì placare« gebildeten Kette von Sologesängen folgen dann die Stellungnahmen der Protagonisten.

Es fällt auf, daß Händel Tamerlan, Irene und Leone – anders als dem Bajazet, seiner Tochter und ihrem Geliebten – Accompagnato-Auftritte vorenthalten hat. Ohnehin sind sie die am stärksten als Typen faßbaren Protagonisten des Werkes. So entspricht Leone etwa dem Rollenklischee des Confidente. Differenzierter weiß sich Irene als standesbewußte und zielstrebige Prinzessin zu profilieren. Demgemäß tritt sie gegen Schluß des I. Akts mit dem Bravourstück »Dal crudel che m'ha tradita« in die Handlung ein, und in tänzerischer Beschwingtheit schaut sie im III. Akt mit der Arie »Crudel più non son io« zuversichtlich auf ihren bevorstehenden Erfolg voraus. (Mit Irenes Siciliano-Arie »Par che mi nasca in seno« im II. Akt gibt Händel übrigens ein frühes Beispiel für den Einsatz von Klarinetten.) Tamerlan wiederum ist als ein ungehemmt seinen Leidenschaften frönender Despot gezeichnet, wobei Händel ihn äußerst raffiniert zunächst mit der Arie »Vuò dar pace« (I. Akt) als Friedensfürst ins Geschehen einführt. Erst im nachhinein wird Tamerlans Zynismus offenbar: Wenn er nämlich in seinem ersten Gespräch mit Asteria einfließen läßt, daß er dem Andronico im Tausch für sie Irene abtrete, gibt er für einen kurzen, verräterischen Moment zu erkennen, daß er über die Beziehung zwischen Bajazets Tochter und dem byzantinischen Prinzen längst im Bilde ist. Händel verfolgt mit Blick auf Tamerlan also eine Entlarvungsstrategie. Zwischenstationen sind hierbei Tamerlans geradezu kindische Vorfreude auf die Hochzeit in der Tanz-Arie »Bella gara« zu Beginn des II. Akts und die Verhöhnung Irenes, bis im Eklat des II. Akts die brutale Willkür des Tyrannen zum ersten Mal offen zutage tritt. Zwar nimmt sich Andronico in seinem notorischen Wankelmut wie eine typische Seria-Figur aus, dennoch verwendet Händel viel Sorgfalt darauf, den Gemütsschwankungen des Prinzen nachzugehen. Im tragischen Liebesduett »Vivo in te« mit Asteria im III. Akt klingt dann sogar ein inniger Ton an, der ihn zu einem gleichwertigen Partner seiner überaus leidenschaftlichen Geliebten macht. Asteria wiederum bietet ein affektuoses Spektrum, das sogar dasjenige ihres in der Niederlage unbeugsamen Vaters übertrifft. Anders als Bajazet verfügt sie nämlich auch über die Gabe der Ironie, wie sich in ihrer den Anschein von Unbeschwertheit erweckenden Arie »Non è piu tempo« zeigt, mit der sie zu Beginn des II. Aktes dem zögerlichen Andronico eine Abfuhr erteilt. In der mehrfach den Lamentobaß intonierenden Arie »Cor di padre« zu Beginn des III. Aktes kommt dann eine Schicksalsergebenheit zum Ausdruck, die sich von der bis zum bitteren Ende kämpferischen Haltung ihres Vaters durch einen resignativ-schmerzlichen Zug abhebt. Aufs Ganze gesehen wird deutlich, daß Händel in ›Tamerlan‹ die Sympathien des Publikums auf die Verlierergestalten lenkt, indem er diesen die progressivere, sich immer wieder über die Normierungen der Seria-Oper hinwegsetzende Musik zuteilt. Im Umkehrschluß ist damit gesagt, daß das Interesse für die in der Barockoper ansonsten zentrale Herrscherfigur in den Hintergrund rückt. Insofern mag sich in Händels ›Tamerlano‹ schon eine neue Ästhetik ankündigen, nämlich die der Empfindsamkeit und des bürgerlichen Trauerspiels.

Dichtung und Geschichtliches

Im Jahre 1402 besiegte Timur-i-Läng (1336 bis 1405), in Europa besser bekannt als Tamerlan, in der Schlacht bei Angora, dem heutigen Ankara, den türkischen Herrscher Bajazet und nahm ihn gefangen, wodurch Konstantinopel für ein halbes Jahrhundert vom Druck der Osmanen entlastet war. Schon von den frühen Geschichtsschreibern wurde das Geschehen in mehr oder minder fabulöser Ausschmückung überliefert. Das erste dramatische Werk über Tamerlan war dann Christopher Marlowes ›Tamburlaine the Great‹ von 1587 Händels Vorlage aber war vielmehr die Tragödie ›Tamerlan, ou la mort de Bajazet‹ des Racine-Zeitgenossen Jacques Pradon aus dem Jahre 1675, die Agostino Piovene zum Libretto umarbeitete. Piovenes ›Tamerlano, Tragedia per musica‹ wurde mit der Musik Francisco Gasparinis 1711 in Venedig uraufgeführt. Neuerlich bearbeitet durch den Librettisten Nicola Haym, begann Händel mit der Vertonung des Opernbuches am 3. Juli 1724. Am 27. Juli schien laut Datumsvermerk im Autograph die Komposition, die Händel gemäß der damals gängigen Praxis auch unter Rückgriff auf früher entstandene Werke fertigstellte, zunächst vollendet zu sein. Doch dies war nicht die Version von Händels ›Tamerlano‹, die am 31. Oktober im Londoner Haymarket Theatre mit Andrea Pacini in der Titelrolle, Senesino als Andronico und Francesca Cuzzoni als Asteria Premiere hatte. So war die Partie der Irene ursprünglich für eine Sopranistin geplant, wurde dann aber der Altistin Anna Dotti zugeteilt und mußte deshalb für deren tiefere Stimme umgeschrieben werden. Außerdem hatte Händel die Partie des Bajazet in Unkenntnis der recht tiefen Tessitura des für die Rolle vorgesehenen Tenors Francesco Borosini komponiert. Und so mußten auch hier, um dem Stimmvermögen des Interpreten gerecht zu werden, etliche Modifikationen vorgenommen werden. Noch stärker in die Werksubstanz eingreifende Änderungen ergaben sich aber aus einem anderen Umstand: Als Borosini Anfang September in London anlangte, brachte er Gasparinis Partitur ›Il Bajazet, Dramma per musica‹ nebst zugehörigem Libretto mit, eine 1719 für Reggio Emilia entstandene Neugestaltung des Tamerlan-Sujets, die von Ippolito Zanella und anderen Librettisten besorgt worden war. In dieser Produktion hatte Borosini die Titelrolle gesungen, mehr noch, der Sänger soll damals die entscheidende Verbesserung gegenüber Gasparinis früherer Tamerlan-Oper – nämlich Bajazets Sterben auf der Bühne – angeregt haben. Auch Händel erkannte die Vorteile von Gasparinis späterer Version und arbeitete dementsprechend das eigene Werk um. Doch ließ er es nicht allein bei der Einfügung der Sterbeszene bewenden, auch andere Passagen – etwa das Ende des II. Aktes, der Beginn des I. und des III. Aktes – wurden in einem teilweise fünf Stadien durchlaufenden Umgestaltungsverfahren revidiert, wobei es als fast sicher gilt, daß sich der Komponist für seine Revisionsarbeit von Gasparinis beiden Opern anregen ließ. In die während der Spielzeit 1724/1725 stattfindenden zwölf ›Tamerlano‹-Vorstellungen griff Händel dann noch in geringfügigem Umfang ein, und auch die drei ›Tamerlano‹-Aufführungen, mit denen Händel im Herbst 1731 die Saison eröffnete, brachten kleinere Veränderungen mit sich. Zwischenzeitlich wurde das Werk 1725 in einer deutsch-italienischen Bearbeitung, wahrscheinlich durch Georg Philipp Telemann, nachgespielt. 1924 wurde ›Tamerlano‹ aus einem fast 200 Jahre währenden Bühnenschlaf in Karlsruhe wiedererweckt, in einer deutschen Version von Herman Roth; Aufführungen in Leipzig (1925), Hannover (1927) und Halle (1952) folgten. Eliot Gardiners für die Göttinger Händel-Festspiele von 1985 rekonstruierte Uraufführungsversion wurde im gleichen Jahr auch in Lyon gezeigt und zwei Jahre später anläßlich einer konzertanten Aufführung in Köln für CD mitgeschnitten. Geradezu populär ist ›Tamerlano‹ in jüngster Zeit geworden. Dies belegen die Aufführungen 1997 in Turin (musikalische Leitung: Corrado Rovaris) und Düsseldorf (Jonathan Darlington), 2000 in Drottningholm (Christoph Rousset) und 2001 beim Maggio musicale in Florenz (Ivor Bolton). Trevor Pinnock wiederum leitete im selben Jahr die anläßlich der 50. Händel-Festspiele Halle im Goethe-Theater Bad Lauchstädt gegebene ›Tamerlano‹-Produktion in der Regie von Jonathan Miller, die auch im Théâtre des Champs Élysées in Paris und im Sadlers Wells Theatre in London gezeigt wurde. An der Komischen Oper Berlin wurde ›Tamerlano‹ 2002 in einer deutschen Fassung von Peter Brenner gegeben (Regie: David Alden, musikalische Leitung: Michael Hofstetter).

R. M.

Rodelinda, regina de' Longobardi
(Rodelinda, Königin der Langobarden)

Oper in drei Akten. Dichtung von Nicola Francesco Haym nach Antonio Salvi.

Solisten: *Rodelinda*, Königin der Langobarden und Bertaridos Gattin (Dramatischer Koloratursopran, gr. P.) – *Bertarido*, durch Grimoaldo vom Thron vertrieben (Koloratur-Mezzosopran, auch Countertenor, ursprünglich Altkastrat, gr. P.) – *Flavio*, Sohn Rodelindas und Bertaridos (Stumme Rolle) – *Grimoaldo*, Herzog von Benevent (Lyrischer Tenor, gr. P.) – *Eduige*, Schwester Bertaridos (Koloratur-Mezzosopran, m. P.) – *Unulfo*, Berater Grimoaldos, im Geheimen jedoch Bertaridos Freund (Lyrischer Alt, auch Countertenor, ursprünglich Altkastrat, m. P.) – *Garibaldo*, Herzog von Turin, in Aufruhr gegen Bertarido und Grimoaldos Freund (Charakterbaß, m. P.) – *Wachen* (Stumme Rollen).
Ort: Mailand.
Schauplätze: Rodelindas Gemächer – Zypressenhain mit den Gräbern der Langobardenkönige, unter diesen die Urne Bertaridos – Saal – Lustgarten – Galerie in den Gemächern Rodelindas – Finsterer Kerker – Königlicher Park.
Zeit: Um 665.
Orchester: 1 Fl., 2 Blockflöten, 2 Ob., 2 Hr., Str. (Violinen I–III, Br.), B. c. (Vcl., Kb., Fag., Cemb., Erzlaute).
Gliederung: Ouvertüre mit Menuett und 35 Musiknummern, die durch Secco-Rezitative miteinander verbunden sind.
Spieldauer: Etwa 3 Stunden.

Handlung

Vorgeschichte: Nach Gundebertos Tod war sein Sohn Bertarido der legitime Erbe des Langobarden-Throns. Grimoaldo versprach Eduige, der Schwester Bertaridos, die Ehe, im Falle daß es ihm gelingen sollte, Eduiges Bruder vom Thron zu stürzen. Bertarido mußte fliehen und gilt seitdem als tot. Seine Frau Rodelinda und den gemeinsamen Sohn Flavio ließ er in Mailand zurück, und nur sein treuer Vasall Unulfo, offiziell Berater des neuen Königs, weiß, das Bertarido noch lebt. Seit dem Putsch will Grimoaldo von Eduige nichts mehr wissen, sein Begehren richtet sich nun auf Rodelinda. Garibaldo, der Herzog von Turin, trachtet seinerseits insgeheim danach, legitimiert durch eine Heirat mit Eduige, König der Langobarden zu werden. – Obwohl in tiefer Trauer um ihren Mann, wird Rodelinda von Grimoaldo mit einem Heiratsantrag belästigt, den sie empört zurückweist. Für Garibaldo ist das die Gelegenheit, seine eigenen Pläne voranzutreiben. Er rät Grimoaldo zu einer endgültigen Absage an Eduige, während er Maßnahmen ergreifen werde, um Rodelinda zur Ehe mit Grimoaldo zu zwingen. Zunächst läuft alles nach Garibaldos Wünschen: Eduige wird von Grimoaldo durch die Lösung des Verlöbnisses brüskiert, so daß sie nun Garibaldo mit einem Eheversprechen auf ihre Seite zu ziehen hofft. Die einzige Bedingung sei der Sturz Grimoaldos. Garibaldo ist sich darüber völlig im Klaren, daß er Eduige nicht aus Herzensneigung, sondern aus reiner Machtgier heiraten will. – Inzwischen ist Bertarido, verkleidet als Ungar, nach Mailand zurückgekehrt. Im Hain mit den Königsgräbern wartet er an dem Grabmal, das für ihn, den Totgeglaubten, errichtet wurde, auf seinen Getreuen Unulfo. Der hat alle Mühe, Bertarido vorsichtshalber in einem Versteck verborgen zu halten, als Rodelinda in Begleitung Flavios das Grabmal aufsucht, um Bertaridos vermeintlichen Tod zu beweinen. Weiterhin beobachten Bertarido und Unulfo aus dem Versteck, wie Garibaldo Rodelinda zu einer Zwangsheirat mit Grimoaldo erpreßt. Er nimmt

Flavio als Geisel und rückt ihn erst wieder heraus, als Rodelinda sich zur Ehe mit Grimoaldo bereit erklärt. Gleichzeitig kündigt sie Garibaldo tödliche Rache an, sollte sie an der Seite Grimoaldos auf den Thron zurückkehren, und führt ihren Sohn weg. Nun ist es an dem hinzutretenden Grimoaldo, den um seinen Kopf fürchtenden Garibaldo zu beruhigen. Schockiert über die Vorkommnisse von eben, bleiben Unulfo und Bertarido zurück. Bertarido glaubt sich von seiner Frau verraten und stellt sich vor, wie er Rodelinda nach ihrer Wiederverheiratung gegenübertreten werde.

Garibaldo will angesichts Rodelindas Todesdrohung auf Nummer sicher gehen und noch vor Grimoaldos Sturz die Ehe mit Eduige schließen. Doch Eduige stellt klar: erst der Putsch, dann die Heirat. Statt dessen warnt sie Rodelinda vor einer Ehe mit Grimoaldo. Sie sei wild entschlossen, Grimoaldos Ermordung zu betreiben, sollte es dazu kommen. Rodelinda hat den Ausbruch der sich zurückziehenden Eduige erstaunlich gelassen über sich ergehen lassen. Offensichtlich hat sie bereits entschieden, wie sie sich aus ihrer Zwangslage zu befreien gedenkt. Und so tritt sie mit Flavio an der Hand Unulfo, Garibaldo und Grimoaldo gegenüber, um sich zu erklären. Auf den Kopf des niederträchtigen Garibaldo verzichte sie aus freien Stücken. Allerdings stelle sie für ihre Einwilligung in die Ehe folgende Bedingung: Zuvor müsse Grimoaldo vor ihren Augen ihren Sohn Flavio eigenhändig umgebracht haben. Wie das Eheleben eines Kindesmörders an der Seite einer auf Rache sinnenden Mutter aussehen werde, könne sich Grimoaldo ja ausmalen. Nach diesem Bescheid macht Rodelinda auf dem Absatz kehrt, und Grimoaldo weiß nicht, wie er nun reagieren soll. Garibaldo rät zur Grausamkeit, Unulfo drängt auf Verzicht, und Grimoaldo kann sich nicht entschließen, von seiner Leidenschaft für Rodelinda abzulassen, und zieht sich zurück. Danach stellt Unulfo Garibaldo wegen seiner Skrupellosigkeit zur Rede, und Garibaldo erläutert ihm seine Beweggründe: Er wolle Grimoaldo durch die Verführung zur Unmenschlichkeit zum Verbrecher machen; denn stehe Grimoaldo erst im Ruf eines Unholds, lasse er sich um so leichter stürzen. Anschließend macht sich Unulfo auf den Weg, um Bertarido von Rodelindas kluger Krisenbewältigung zu berichten. – Inzwischen klagt Bertarido der Natur sein Liebesleid und wird von Eduige erkannt. Bruder und Schwester söhnen sich aus, nachdem klar ist, daß Bertarido nur zurückgekehrt ist, um Frau und Kind mit sich ins Exil zu nehmen. Überdies berichtet Unulfo, wie Rodelinda Grimoaldo in die Schranken gewiesen hat. Bertarido ist zuversichtlich, bald wieder mit seiner Frau vereint zu sein. – Rodelinda, von Unulfo über Bertaridos wirkliches Schicksal aufgeklärt, kann kaum erwarten, ihren Mann wieder in ihre Arme zu schließen. Bevor es dazu kommt, bittet Bertarido sie um Verzeihung, weil er an ihrer Treue gezweifelt habe. Indessen werden sie im Moment der Umarmung von Grimoaldo überrascht. Er läßt den Rivalen festnehmen, wobei es ihm egal ist, ob er Rodelinda nun mit einem Liebhaber oder tatsächlich mit Bertarido erwischt habe. Er gewährt dem Paar eine letzte Umarmung, bevor Bertarido abgeführt wird.

Eduige und Unulfo verabreden die Befreiung des inzwischen zum Tode verurteilten Bertarido. Unulfo, dem die Bewachung des Gefangenen obliegt, soll ihn aus dem Kerker über einen Geheimgang herausführen, zu dem Eduige den Schlüssel hat. Beide sind zuversichtlich, daß ihr Plan gelingen werde. – Garibaldo drängt Grimoaldo zur Vollstreckung des Todesurteils. Ob es sich bei dem Gefangenen tatsächlich um Bertarido oder lediglich um Rodelindas Liebhaber handele, sei letztlich einerlei. Doch Grimoaldo fühlt Gewissensbisse. – In einem finsteren Kerker sieht sich Bertarido in Hoffnungslosigkeit gestürzt. Doch da fällt ein von Eduige hinabgeworfenes Schwert herunter ins Verlies. Plötzlich öffnet jemand das Tor zum Kerker und bewegt sich auf Bertarido zu. Er hält den Eindringling für seinen Henker und schwingt das Schwert gegen ihn. Zu spät erkennt Bertarido, daß er mit dem Hieb seinen Befreier Unulfo verletzt hat. Trotz blutender Wunde nötigt Unulfo Bertarido zur Flucht, und um unerkannt zu bleiben, soll er seinen ungarischen Mantel ablegen. Beide verschwinden durch eine Geheimtür. Kurz darauf betreten Eduige, Rodelinda und Flavio den Kerker. Anstatt Bertaridos finden sie nur seinen Mantel und Blutspuren vor. Und so glauben sie, die Hinrichtung sei bereits erfolgt. Rodelinda bricht weinend zusammen. – Unulfo hat Bertarido im Palastgarten hinter ein Gesträuch geführt, wo er sich verborgen halten solle, bis er Rodelinda und Flavio benachrichtigt habe und zurückgekehrt sei. Von seinem Versteck aus beobachtet Bertarido Grimoaldo, welcher in der Natur Linderung für seine Gewissensqualen sucht. Erschöpft fällt Grimoaldo in den Schlaf: für Garibaldo eine günstige Gelegenheit, um ihn zu erschlagen. Doch bevor es dazu kommt, geht

Bertarido dazwischen und trifft mit seinem Schwert Garibaldo tödlich. Grimoaldo erkennt, während Eduige, Unulfo, Rodelinda und Flavio hinzugekommen sind, in Bertarido seinen Retter. Er verzichtet zugunsten Bertaridos auf den Langobarden-Thron und bietet Eduige an, als seine Gattin gemeinsam mit ihm in Pavia zu herrschen. Rodelinda strahlt vor Glück.

Stilistische Stellung

Händels hier in der Uraufführungsversion besprochene Oper ›Rodelinda‹ ist ein Werk von ungewöhnlicher Düsternis. Dies wird deutlich, sobald die Handlung einsetzt: Zwar erklingen Ouvertüre und nachfolgendes Menuett in hellem C-Dur. Doch um so schärfer wirkt der Kontrast zur Eröffnungsnummer »Ho perduto il caro sposo« (Ich habe meinen teuren Gatten verloren) in c-Moll, in der die Titelheldin zur Totenklage anhebt. Bereits in diesem einteiligen Largo scheint die monumentale Gestalt der Rodelinda, die wie kaum sonst eine Protagonistin in Händels Bühnenschaffen das Gesamtgeschehen dominiert, wie auf den Punkt gebracht. Selbst wenn Rodelindas affektuoses Profil von Resolutheit und Zorn gekennzeichnet ist, wie etwa zum Schluß der Eingangsszene, wenn sie in der g-Moll-Arie »L'empio rigor del fato« (Die feindliche Wut meines Schicksals) in energischem Allegro Grimoaldos Heiratsantrag zurückweist, so bleibt dennoch das Lamento der bestimmende Gestus dieser Partie. Ebenso ist das einzige Duett der Oper am Schluß des II. Akts ein Klagegesang, der Rodelinda und Bertarido in einem fis-Moll-Larghetto zum vermeintlichen letzten Lebewohl vereint. Und so setzen lediglich Rodelindas von lyrischer Tongebung geprägte Siciliano-Arie »Ritorna, o caro e dolce mio tesoro« (Kehr zurück, mein teurer und lieber Schatz) im II. Akt und ihre schwungvolle Schluß-Arie »Mio caro bene« (Mein Liebster; beide in G-Dur) zuversichtliche beziehungsweise heitere Akzente im Porträt dieser ansonsten durchweg heroisch gezeichneten Bühnengestalt.

Letztlich ist es nur Bertaridos Vertrauter Unulfo, der in seinen Dur-Arien und seinem Einsatz für Bertarido immer wieder Zuversicht verbreitet, denn auch die anderen Nebenfiguren – die erst allmählich sich von ihrem Intrigantentum verabschiedende Eduige und der durchweg schwarz gezeichnete Bösewicht Garibaldo – tragen zur düsteren Grundstimmung des Werks bei.

Bertaridos gesangliches Spektrum setzt neben dem bereits mit Blick auf Rodelinda beschriebenen elegischen Duktus stärker auf die Bravour, beispielsweise in der Allegro-Arie des III. Akts »Se fiera belva ha cinto« (Wenn das wilde Tier). Doch der eigentliche Reiz dieser Partie liegt darin, daß Händel Bertaridos Auftritte immer wieder auf die Szene ausgerichtet hat. Schon seiner Auftrittsarie »Dove sei, amato bene« (Wo bist du, Geliebte) geht – eingeleitet von einer Sinfonia – ein eindrucksvolles Accompagnato voraus, in dem die Instrumentalbegleitung plötzlich aussetzt, als Bertarido die Aufschrift auf seinem Grabmal liest. Und sein mit feiner Instrumentierung aufwartender Naturgesang im Siciliano-Rhythmus »Con rauco mormorio« (Mit verhaltenem Murmeln; im II. Akt) wird vor dem Da capo von Eduiges rezitativischem Selbstgespräch, in dem sie die Stimme ihres Bruders erkennt, unterbrochen. Einen Höhepunkt der Oper bietet aber Bertaridos Kerkerszene im III. Akt, die bereits durch ihre seinerzeit abseitige b-Moll-Tonart von Händel herausgehoben wurde. Ihre wuchtige Orchestereinleitung vergegenwärtigt in avancierter, mit Trugschlüssen durchsetzter Harmonik Bertaridos stolpernden Schritt in der Finsternis des Kerkers. Ein in freier ABA-Form gehaltenes Arioso schließt sich an, das alsbald in ein Accompagnato und dann in ein Secco-Rezitativ übergeht: Minutiös inszeniert hier die Musik die szenischen Vorgänge.

Eine stringente Personenführung zeichnet wiederum die Partie Grimoaldos aus und steuert den Protagonisten konsequent in den Zustand einer totalen Erschöpfung. Grimoaldos anfängliche Gewißheit, sich alles erlauben zu können (I. Akt), wird im II. Akt zuschanden und führt zu Handlungsunfähigkeit und in der Wut-Arie »Tuo drudo è mio rivale« (Dein Buhle ist mein Rivale) zu affektuosem Kontrollverlust. So wird quasi im Nachhinein die Ich-Schwäche des Usurpators wahrnehmbar, die Rodelinda von vornherein bei ihrem kühnen Coup, Flavios Ermordung durch Grimoaldo zur Heiratsbedingung zu machen, einkalkuliert hat. Im III. Akt steigern sich Grimoaldos Gewissensqualen, so daß er sich in dem Accompagnato »Fatto inferno« (Zur Hölle geworden) in eine vom Orchester als Unterweltmusik gestaltete Angstvision hineinsteigert, der die Einschlaf-Arie »Pastorello d'un povero armento« (Der Hirte einer armseligen Herde) folgt. Dieses e-Moll-Siciliano kann als Läuterungsgesang des von einem verfehlten Lebensentwurf sich verabschiedenden Grimoaldo gelten, und gleichzeitig nimmt die Arie seine Abdankung als Tyrann vorweg.

Textdichtung
Historische Quelle für den Plot der ›Rodelinda‹ ist die ›Historia Langobardorum‹ des Paulus Diaconus aus dem späten 8. Jahrhundert. Dort ist über Rodelinda, die Mutter des Cunincpert (in der Oper Flavio), kaum mehr zu erfahren als ihr Name und ihre Heirat mit Perctarit (Bertarido). Die Wirren um den Langobarden-Thron waren nach der historischen Überlieferung mit dem zeitweisen Exil Perctarits und der Herrschaft des Grimoald(o) auf andere Weise kompliziert, als sie im Libretto zutage treten. Allerdings tritt bereits dort Garibald(o) von Turin als fieser Intrigant auf, wobei er Grimoald auf andere Art als in der Oper in Schuld verstrickt und ein anderes gewaltsames Ende findet. Vor allem aber gibt es für Rodelindas Aufforderung zum Kindesmord keinen historischen Beleg. Ohnehin greift das Libretto nicht direkt auf das mittelalterliche Geschichtswerk zurück, sondern auf Pierre Corneilles Bearbeitung des Stoffes in dem Sprechdrama ›Pertharite, roi des Lombards‹ aus den Jahren 1652/53. Hierbei arbeitete Händels Librettist Nicola Francesco Haym den auf Corneille basierenden Operntext von Giacomo Antonio Salvi um, dessen ›Rodelinda, regina de' Longobardi‹ in der Musik von Giacomo Antonio Perti 1710 in Florenz uraufgeführt worden war.

Geschichtliches
Auf die Premiere des ›Tamerlano‹ Ende Oktober 1774 folgte bereits am 13. Februar 1725 die Uraufführung der ›Rodelinda‹ am Londoner King's Theatre am Haymarket, deren Partitur Händel am 20. Januar des Jahres vollendet hatte. Wieder gruppierte sich Händels Solistenensemble um das Star-Duo Senesino (Bertarido) und Francesca Cuzzoni (Rodelinda). Und wieder setzte Händel auf den Ausnahmetenor Francesco Borosini, nun in der Rolle des Grimoaldo, der in der vorausgegangenen Oper als Bajazet Furore gemacht hatte. Im Dezember des Premierenjahres und im Mai 1731 starteten zwei weitere Aufführungsserien mit Anpassungen an geänderte Aufführungsbedingungen, wie sie seinerzeit gang und gäbe waren. Insbesondere zwei Einfügungen in den III. Akt anläßlich der Wiederaufnahme vom Dezember 1725 seien hervorgehoben: Unmittelbar nach dem Tod Garibaldos wurde Bertaridos mit einem konzertierenden Oboenpart aufwartende, brillante Triumph-Arie »Vivi, tiranno« (Lebe, Tyrann) eingeschoben, und direkt vor dem Schlußensemble kam Rodelindas und Bertaridos Duett »D'ogni crudel martir« (Aus all den schrecklichen Qualen) hinzu. Das Schlußtableau mit dem glücklichen Ende wurde dadurch verbreitet. Auch in aktuellen ›Rodelinda‹-Produktionen sind diese Einfügungen inzwischen Usus. In der modernen Aufführungsgeschichte hat das Stück überdies eine Pionierstellung inne, denn mit ›Rodelinda‹ setzte 1920 die Renaissance der Händel-Opern ein, als Oskar Hagen in Göttingen erstmals im 20. Jahrhundert die szenische Aufführung einer Händel-Oper wagte. Inzwischen ist ›Rodelinda‹ zum Repertoirestück geworden, wie etwa die Produktionen von 1998 in Glyndebourne (Regie: Jean-Marie Villégier, musikalische Leitung: William Christie) und 2003 in München (Regie: David Alden, musikalische Leitung: Ivor Bolton) belegen.

R. M.

Poro, Re dell'Indie (Poros, König von Indien)

Dramma per musica in drei Akten. Text nach Pietro Metastasio.

Solisten: *Poro*, König eines indischen Reiches (Lyrischer Mezzosopran, auch Countertenor, ursprünglich Altkastrat, gr. P.) – *Cleofide*, Königin eines anderen indischen Reiches (Lyrischer Sopran, gr. P.) – *Erissena*, Schwester des Poro (Lyrischer Alt, gr. P.) – *Gandarte*, Feldherr des Poro (Lyrischer Alt, auch Countertenor, urspr. Altkastrat, gr. P.) – *Alessandro/Alexander der Große* (Lyrischer Tenor, gr. P.) – *Timagene*, Vertrauter des Alessandro und insgeheim sein Feind (Baß, m. P.).

Statisten: Mazedonische Söldner – Indische Sklaven – Söldner beider Völkerschaften – Wachen – Bacchantinnen – Priester.
Ort: Indien.
Schauplätze: Schlachtfeld an den Ufern des Hydaspes. Von Palmen und Zypressen umzäunte Einfriedung in Cleofides Palast. Ein Garten – Zelte am Hydaspes mit einer über den Fluß führenden Brücke. In Cleofides Gemächern – Ein Lustgarten. Palmen- und Zypressenhain. Ein

dem Bacchus geweihter Tempel, in dessen Mitte später ein großer Scheiterhaufen entzündet wird.
Zeit: 327/326 v. Chr.
Orchester: 2 Fl. (Blockfl.), 2 Ob., Fag. (auch B. c.), 2 Hr., Trp., Str. (auch Viol. solo), B. c. (Cemb., Vcl., Kb.).
Gliederung: Ouvertüre, durch Secco-Rezitative miteinander verbundene Arien und instrumentale Sätze.
Spieldauer: Etwa 3 Stunden.

Handlung
In der Schlacht am Hydaspes hat die mazedonische Streitmacht Alessandros das Heer des indischen Königs Poro geschlagen. Nun will sich Poro umbringen und wird von seinem Feldherrn Gandarte daran gehindert, indem dieser dem lebensüberdrüssigen Herrscher dessen Geliebte – die über ein anderes indisches Reich gebietende Königin Cleofide – ins Gedächtnis ruft. Keinesfalls will Poro sie dem Mazedonen-Herrscher überlassen, den er auch in Liebesdingen als Rivalen betrachtet. Damit Poro von den näherrückenden Feinden nicht als König erkannt werde, tauscht Gandarte mit ihm den Helm und flieht. Von Alessandros Vertrautem Timagene anschließend im Zweikampf besiegt, wird Poro vor Alessandro geführt, dem er unter dem Namen Asbite entgegentritt. Alessandro gefällt der unbeugsame Stolz des Kriegers. Er schenkt ihm die Freiheit und trägt ihm auf, König Poro auszurichten, er möge wieder in sein Reich zurückkehren. Poro/Asbite macht sich, weiterhin Drohungen gegen Alessandro ausstoßend, davon. Daraufhin führt Timagene Erissena, die Schwester des Poro, vor seinen Herrn. Untergebene haben sie in Ketten geschlagen, um sich bei Alessandro einzuschmeicheln. Angewidert von derlei Liebedienerei, läßt er Erissena sofort wieder frei und schickt sie zurück zu ihrem Bruder. Erissena ist sichtlich beeindruckt von solch unvermuteter Großzügigkeit. Timagene hingegen hegt gegen Alessandro, der seinen Vater ermordet haben soll, einen geheimen Haß. Er macht der indischen Prinzessin, offenbar um sie als Bündnispartnerin zu gewinnen, Avancen, die von Erissena allerdings zurückgewiesen werden. Unter Palmen und Zypressen trifft Poro in Cleofides Palastanlage auf die Geliebte und hält ihr ihre angebliche Affäre mit Alessandro vor. Es gelingt ihr, Poro davon zu überzeugen, daß sie nur auf seine Rettung bedacht war, als sie mit dem Mazedonen-Führer geflirtet habe. Poro wiederum kann die über sein Mißtrauen verärgerte Cleofide nur durch einen Eid, mit dem er seiner Eifersucht abschwört, besänftigen. Gleich darauf erfaßt ihn jedoch neuer Argwohn. Nicht nur, daß seine in Begleitung einer mazedonischen Ehrengarde hinzukommende Schwester von Alessandros Wesen geradezu bezaubert scheint, darüber hinaus trägt Cleofide den Soldaten auf, Alessandro ein neuerliches Treffen anzukündigen. Bevor Cleofide ins gegnerische Feldlager aufbricht, versucht sie Poro mit einem Treuegelöbnis zu beruhigen. Dies glückt ihr ebensowenig, wie Erissena den mißtrauischen Bruder von seinem Vorhaben abbringen kann, nun seinerseits das mazedonische Heerlager aufzusuchen. Gleichfalls bleibt Poro gegenüber dem Rat seines Getreuen Gandarte taub, der den von seiner Liebesleidenschaft gequälten König aus politischen Gründen zur Besonnenheit mahnt: Aufgrund des Helmtauschs habe nämlich Timagene ihn, Gandarte, für den König gehalten und sich als heimlicher Bundesgenosse offenbart. Indessen sieht sich Gandarte durch die Alessandro-Schwärmerei Erissenas selbst in Liebesnöte gestürzt und muß sich von ihr Vorwürfe über seine Eifersucht anhören. Während Alessandro in einem Garten Cleofides Ankunft erwartet, schaffen indische Sklaven Geschenke herbei, mit denen die vor Alessandro tretende Cleofide ihrem Gastgeber zu gefallen sucht. Doch ist ihm offenbar mehr an ihr als an ihren Reichtümern gelegen, so daß die Schätze auf Alessandros Geheiß wieder zurückgetragen werden. In der Unterredung setzt Cleofide, die die Achtung ihrer politischen Neutralität erreichen will, ihren Liebreiz dermaßen geschickt als Verhandlungsmittel ein, daß ihr Gesprächspartner der von ihr ausgehenden erotischen Faszination zu erliegen droht. Da meldet Timagene den um eine Audienz ersuchenden Asbite, den Cleofide natürlich sogleich als ihren heißblütigen Geliebten erkennt. Weiterhin den Diener Poros spielend, überbringt er nicht nur die abschlägige Antwort seines Königs auf das von Alessandro vorgeschlagene Friedensangebot, sondern er macht sich auch sogleich daran, Cleofide als unverläßliche Verhandlungspartnerin hinzustellen, die seinen Herrn wiederholt betrogen habe. Immerhin holt das rabiate Dazwischentreten des Inders Alessandro wieder auf den Boden der Tatsachen zurück. Cleofide die Verschonung ihres Reiches vor Krieg zugestehend, verzichtet Alessandro von sich aus auf einen Ehebund mit

ihr. In der Attitüde des entsagungsvollen Staatsmannes sich entfernend, überläßt er Asbite/Poro und Cleofide ihrem Streit. Und in der Tat kommt es zwischen den beiden zu einer heftigen Auseinandersetzung: Höhnisch hält Poro der Geliebten ihr Treuegelöbnis vor, während Cleofide ihm mit bitterem Spott ins Gedächtnis ruft, was er ihr bezüglich seiner Eifersucht geschworen hat.

Auf Einladung Cleofides ist Alessandro samt Armee im Begriff, den Hydaspes zu überschreiten. Zum Schrecken der Königin naht aber eine von Gandarte angeführte Truppe des Poro und versperrt den Mazedoniern den Weg über die Brücke. Es kommt zum Kampf, in dessen Verlauf die Brücke zusammenbricht. Alessandro und seine Soldaten ziehen sich zurück, und Gandarte und seine Gefährten versuchen sich aus den Fluten zu retten. Danach treffen Cleofide, die in den Augen der Mazedonier nun als Verräterin gilt, und der seiner Kriegswaffen beraubte Poro aufeinander. Sie will sich in den Fluß stürzen, damit Poro ihre Treue endlich nicht mehr in Zweifel ziehe. Natürlich hält er sie davon ab und bittet sie wegen seines notorischen Mißtrauens noch einmal um Verzeihung. Mehr noch: Angesichts des anrückenden Feindes legen sie zum Zeichen ehelicher Verbundenheit die Hände ineinander. Als sie sich umzingelt sehen, zückt Poro einen Dolch, um Cleofide nicht lebend in die Hand der Mazedonier fallen zu lassen. Gerade noch rechtzeitig tritt Alessandro dazwischen und entwindet Poro die Waffe. Nur mit Mühe kann Cleofide verhindern, daß Poro seine wirkliche Identität preisgibt. Poro wiederum übernimmt die alleinige Verantwortung für den Hinterhalt am Hydaspes und reinigt damit Cleofide vom Verdacht der Mitwisserschaft. Dessen ungeachtet stößt Cleofides Bitte um Milde für den Geliebten bei Alessandro auf taube Ohren. Er wird von Timagene in Gewahrsam genommen. Bevor Cleofide wieder in ihren Palast zurückkehrt, verabschiedet sie sich von Asbite/Poro, indem sie ihm Liebesgrüße an seinen König aufträgt. Ebensowenig wie Alessandro hat Timagene Poros Rollentausch durchschaut, er läßt »Asbite« frei und übergibt ihm ein an seinen König gerichtetes Schreiben. Danach macht sich Poro Gedanken über die Arglosigkeit Alessandros. Gandarte hat den Fluten entkommen können, und Cleofide informiert ihn in ihren Gemächern über die jüngsten Ereignisse. Er verbirgt sich, als Alessandro eintritt. Dem ist daran gelegen, Cleofide vor seinen aufgebrachten Soldaten zu schützen, die die indische Königin nach wie vor für die Initiatorin des Hinterhalts am Hydaspes halten. Um ihr Leben zu retten, gäbe es nur eine Möglichkeit: Cleofide möge ihn, Alessandro, heiraten. Noch ist sich die Königin im unklaren darüber, wie sie Alessandros ritterliches Angebot zurückweisen soll, da hilft ihr Gandarte aus der Verlegenheit. Er tritt aus seinem Versteck hervor, bezeichnet sich als alleinigen Verantwortlichen für den Überfall am Hydaspes und behauptet obendrein, Poro zu sein. Er sei bereit, an Cleofides statt den Soldaten durch seinen Tod Genugtuung zu geben. Von der Opferbereitschaft des angeblichen Königs beeindruckt, sieht Alessandro von dessen Bestrafung ab und leistet sofort Verzicht auf Cleofide. Nachdem Alessandro gegangen ist, können Cleofide und Gandarte aber nur kurz aufatmen. Denn Erissena kommt weinend herein. Von Timagene habe sie erfahren, daß Poro, als er den Mazedoniern zu entkommen suchte, im Hydaspes ertrunken sei. Cleofide beklagt den Tod ihres Gemahls und entfernt sich. Gandarte bittet Erissena, mit ihm zu fliehen. Doch sie will seine Flucht nicht behindern, und so bleibt ihm nichts anderes übrig, als zärtlich von der Geliebten Abschied zu nehmen. Die allein zurückbleibende Erissena hingegen wundert sich über ihre Unvernunft, angesichts der aussichtslos scheinenden Lage noch auf einen glücklichen Ausgang der Ereignisse zu hoffen.

In einem Lustgarten trifft Erissena auf Poro, der seine Schwester darüber aufklärt, daß die Nachricht von seinem Tod eine geheimzuhaltende List des Timagene ist. Er übergibt Erissena ein Schreiben, in dem Timagene Poro auffordert, Alessandro hinterrücks zu ermorden. Nun möge Timagene seinen Herrn hierher in den Garten locken. Als Erissena zögert, die Botschaft auszurichten, weist Poro seine Schwester darauf hin, daß seine Zukunft und die seines Reiches von jetzt ab allein in ihrer Hand lägen. Nachdem sich Poro zurückgezogen hat, wird Erissena Zeugin einer Unterredung zwischen Cleofide und Alessandro, in deren Verlauf Cleofide den Mazedonen-Herrscher damit überrascht, ihn nun doch heiraten zu wollen. Der erklärt sich zur sofortigen Trauung bereit. Nach Alessandros Weggang tadelt Erissena Cleofide wegen ihres plötzlichen Sinneswandels. Cleofide wiederum entgegnet ihr, sie solle das Verhalten anderer Menschen nicht nach dem äußeren Schein beurteilen, und kehrt in den Palast zurück. Und wieder wird Erissena mit Alessandro konfrontiert, der, eskortiert von zwei Wächtern, in großem Zorn den Garten betritt. Als ihr Name fällt, glaubt sich Erissena als Mitwisserin des geplanten Attentats entdeckt und übergibt dem völlig ahnungslosen Alessandro, der sich offenbar nicht über sie, sondern über seine aufmüpfigen griechischen Soldaten aufgeregt hat, den von Timagene geschriebenen Brief. Von Alessandro aufgefordert, ihm aus den Augen zu gehen, besteht Erissena darauf, Alessandros Vertrauen nicht mißbraucht zu haben. Danach knöpft sich Alessandro Timagene vor. Da durch den Brief sein Verrat unwiderlegbar bewiesen ist, fleht Timagene auf Knien um Gnade, die ihm von seinem großmütigen Herrn auch gewährt wird. Hinter einer Säule verborgen, hat Poro das Scheitern des Mordkomplotts beobachtet. Er sieht sich nun um alle Hoffnungen gebracht und bittet seinen Vertrauten Gandarte, ihn zu töten. Der aber bringt es nicht über sich, gegen seinen Herrn die Waffe zu richten, und so zieht es Gandarte vor, sich selbst umzubringen. Im letzten Moment wird er durch das Eingreifen Erissenas daran gehindert. Mit der Ankündigung von Cleofides unmittelbar bevorstehender Hochzeit weiß sie überdies die Rachegeister ihres lebensmüden Bruders zu wecken, der sich, von Cleofides Verhalten zutiefst verletzt, in den für die Trauungszeremonie vorgesehenen Tempel aufmacht. Erissena bittet Gandarte, ihren verzweifelten Bruder im Auge zu behalten. Die damit verbundenen Gefahren voraussehend, verabschiedet er sich mit einem letzten Lebewohl von der Geliebten, die inzwischen ihre frühere Zuversicht gänzlich verloren hat. Im Tempel hält sich Poro versteckt; er hat vor, Alessandro und Cleofide zu erdolchen. Schon naht das Hochzeitspaar. Da wird deutlich, daß Cleofide die Trauung mit Alessandro nur vorgeschoben hat. Tatsächlich will sie sich, um dem ihrer Meinung nach toten Poro die Treue zu halten, in die Flammen des in der Mitte des Tempels brennenden Scheiterhaufens stürzen. Doch bevor es dazu kommt, wird Poro von Timagene als Gefangener vor Alessandro und Cleofide geführt. Angerührt von Cleofides und Poros leidenschaftlicher Liebe, bestätigt Alessandro ihren Ehebund und garantiert ihnen ihre jeweiligen Herrschaftsrechte. Gleichfalls werden Gandarte, den Alessandro als König jenseits des Ganges einsetzen will, und Erissena miteinander vereint. Von den übrigen Protagonisten wird Alessandro der Anspruch auf Weltherrschaft zugebilligt. Alle preisen den Wert beständiger Liebe.

Stilistische Stellung
Die Eigenart von Händels 1731 in London uraufgeführter Oper ›Poro‹ liegt nicht zuletzt darin, daß Text und Musik mit Blick auf das Publikum und seine Wahrnehmung der Protagonisten verschiedene Absichten verfolgen. So zielt der Text darauf, Sympathien für den bis nach Indien vorgedrungenen Eroberer Alexander den Großen zu wecken. Die Anmaßung eigener kultureller Überlegenheit hinterfragend, erkennt Alessandro, daß seine Gegner keine Barbaren sind, und respektiert deren Ringen um die Bewahrung der eigenen Würde. Dazu übt er die Tugenden der Milde, der Uneigennützigkeit, der Mäßigung und des Verzichts, wodurch er dem Idealbild eines absolutistischen, aufgeklärten Monarchen entspricht. Weil Alessandro demnach seine Affekte unter Kontrolle hat, handelt er nach den Geboten der Vernunft und damit nach einer Handlungsmaxime, der im Zeitalter der Aufklärung höchste Wertschätzung zukommt. Und so steht Alessandro zum Schluß nicht nur als moralischer Sieger da, sondern darüber hinaus wird ihm von den übrigen Protagonisten freiwillig zugestanden, worauf sein politisches Interesse zielt: nämlich seinem Anspruch auf Weltherrschaft Geltung zu verschaffen (ohne ihn freilich in die Tat umsetzen zu können).
Anders sein Gegenspieler Poro: Im unbändigen Haß auf den – zweifellos zu Recht – als Eindringling empfundenen Alessandro und in seiner stürmischen Liebe zu Cleofide ist er ein affektgesteuerter Hitzkopf, dem seine Leidenschaften den nüchternen Blick auf das vernünftige Handeln der Geliebten verstellen. Folglich glaubt er die Beständigkeit ihrer Treue anzweifeln zu müssen, obgleich Cleofide den Flirt mit Alessandro lediglich als taktisches Mittel einsetzt, um zum einen staatsklug die eigenen politischen Interessen zu wahren und zum andern den wenig diplomatisch agierenden Geliebten zu schützen. Ist Poro in der rationalistischen Dramaturgie der Handlung also eher eine negativ besetzte Figur, so verfolgt die Musik eine andere Strategie. Indem Händel den Arien Alessandros entweder einen galanten oder bravourösen Ton gibt, betont er dessen Zugehörigkeit zur höfisch-repräsentativen Sphäre. Das ist insofern folgerichtig, als der Mazedonen-Herrscher in der Personenhierarchie des Stückes am weitesten oben steht. Freilich geht mit dieser Festlegung auf die Standesfunktion eine Typisierung einher, die das Individuelle der Figur in den Hintergrund treten läßt.

Schon hinsichtlich Poros Vertrautem Gandarte, den Händel zunächst als »martialischen und opferbereiten Krieger« (Ludwig Finscher) ins Spiel bringt, ist aber eine andere Rollenkonzeption wahrnehmbar, die stärker die gefühlshafte Intensität der Protagonisten betont. So wird etwa Gandartes Naturell des empfindsamen Liebhabers in der Siciliano-Arie »Se viver non poss'io« (II. Akt) glaubhaft, die einst der zur Zeit des Komponisten lebende Musikgelehrte Charles Burney als »die beste der unzähligen Gesänge Händels in diesem Stil« bezeichnet hat. Was die Rolle der Erissena anbelangt, gelingt Händel dann vollends eine Vorwegnahme von Mozarts musikalischer Charakterisierungskunst. Exponiert im buffonesken Ton ihrer Arien im I. Akt, behält Erissena selbst in der den II. Akt beschließenden Arie »Di redermi la calma« ihre optimistische Grundhaltung bei, als wolle ihre heitere Wesensart den grüblerischen Wortlaut des Textes Lügen strafen. Musikalisch aber bricht sich diese Nachdenklichkeit erst während des III. Akts Bahn: in der Musette »Son confusa pastorella«, deren melodischer Fluß sich gedankenverloren einer starren metrischen Einteilung entzieht. Rondohaft kreisend kehrt dieses seit jeher als Zugnummer des ganzen Werkes empfundene Musikstück nach erstaunlichen harmonischen Ausweichungen immer wieder zur Grundtonart D-Dur zurück und bringt dabei eine sanfte Traurigkeit zum Tragen, die die Protagonistin zu einer Vorbotin der empfindsamen Epoche macht.

Dem Liebespaar Cleofide und Poro aber behielt Händel den pathetischen Ton vor. So erfolgen Poros schwurbekräftigte Absage an die Eifersucht und Cleofides Treuegelöbnis im I. Akt in der zeremoniellen Bewegungsart eines langsamen Dreivierteltaktes. In den am Schluß des Aktes stehenden Streitduett aber greifen die Protagonisten das Versprechen des jeweils anderen wort- und notengetreu auf: eine der seltenen Reminiszenzstrukturen in der spätbarocken Opera seria. Der dramaturgische Sinn dieses Kunstgriffs liegt darin, den Anlaß des Zerwürfnisses nicht nur im Wort, sondern auch in der Musik zu dokumentieren. Erst nach der Aktpause löst sich der zwischen den Liebenden bestehende Spannungszustand in dem von schmerzlich-süßen Vorhalten durchdrungenen, durch drei selbständige Streicherstimmen eine feierliche Aura erhaltenden Versöhnungsduett »Caro amico ampless«. Überdies hat Händel Poro und Cleofide jene in der Händel-Forschung als »Mittelpunktsarien« bezeichneten Sologesänge zugewiesen, in denen sie, gleichsam der Handlung enthoben, sich ihrer selbst vergewissern. Sowohl bei Poros durch eine reiche Instrumentierung faszinierender Arie »Senza procelle ancora« (II. Akt), als auch bei Cleofides »Se troppo crede al ciglio« (III. Akt), die durch den Tonartenwechsel von e-Moll (Außenteile) und E-Dur (Mittelteil) besticht, handelt es sich um Gleichnis-Arien: Anhand der Metapher eines auf dem Meere fahrenden Schiffes reflektieren die Protagonisten hier über die Täuschungsanfälligkeit der subjektiven Wahrnehmung, die dem Seemann bei tatsächlicher Bewegung seines Gefährts scheinbaren Stillstand suggeriert.

Den heroischen Ton schlägt Poro insbesondere in seiner f-Moll-Arie »Dov'è? S'affretti per la morte« im III. Akt an, deren »großartigen theatralischpathetischen Stil« schon Burney hervorgehoben hat. Cleofides Pendant folgt unmittelbar vor ihrem Versuch, sich in den Scheiterhaufen zu stürzen, mit dem über einen eintaktigen Grundbaß gearbeiteten, in c-Moll stehenden Ombra-Arioso »Spirto amato«. In Stücken wie diesem Lamento gewinnt der musikalische Stil ein solches Maß an Dignität, daß Cleofide und Poro als hohes Paar oder – gemäß einem damals brisant werdenden Thema – als »edle Wilde« auf Kosten Alessandros ins Zentrum der Oper rücken. Wohl um die ernste Grundstimmung zu wahren, entschloß sich Händel zu einer ungewöhnlichen Eintrübung des »happy endings«: Die grandiose Anlage der Steigerung im Finale, das bei sich allmählich anreicherndem Orchestersatz über Solo- und Duettstrophen zum Tutti führt, verharrt bis zum Schluß in melancholischem h-Moll.

Dichtung

Neben ›Siroe‹ (1728) und ›Ezio‹ (1732) gehört ›Poro‹ zu den Opern Händels, die auf einen Text des seinerzeit erfolgreichsten Librettisten Pietro Metastasio (1698–1782) zurückgreifen. Im Fall des ›Poro‹ handelt es sich um die Operndichtung ›Alessandro nell'Indie‹, die Metastasio in Anlehnung an Racines Tragödie ›Alexandre le Grand‹ (1665) und Domenico Davids Libretto ›L'Amante Eroe‹ (1691) verfaßte und die im Januar 1730, vertont von Leonardo Vinci, im römischen Teatro delle Dame ihre Uraufführung erlebte. Bereits im Jahr 1731 hatten neben Händels Londoner Produktion drei weitere auf Metastasios Libretto basierende Werke Premiere: in Turin der ›Poro‹ von Nicola Porpora, in Mailand Luca Antonio Predieris ›Alessandro nell'Indie‹ und in Dresden Johann

Adolph Hasses ›Cleofide‹. Insgesamt wurde Metastasios Text über sechzig Mal, zuletzt 1824 von Giovanni Pacini, in Musik gesetzt, natürlich mehr oder minder stark modifiziert. Es ist nicht belegt, wer für Händel das Textbuch, dessen englische Übersetzung von Samuel Humphrey (ca. 1698–1738) stammt, eingerichtet hat. Vermutet wird, daß Giacomo Rossi, damals der italienische Sekretär von Händels gemeinsam mit dem schweizerischen Impresario Johann Jakob Heidegger betriebener zweiten Opernakademie (1729–1734), den Text nach den Wünschen des Komponisten umgearbeitet hat. Um das Londoner Publikum nicht mit dem italienischen Text zu überfordern, wurden Metastasios Rezitative gekürzt. Und da für die Rolle des Timagene nur ein Interpret mit begrenzten sängerischen Fähigkeiten zur Verfügung stand, wurden ihm sämtliche Soloszenen und Arien gestrichen. Indessen wird nicht zuletzt im veränderten Schlußensemble, wo das von Metastasio vorgesehene Lob des Alessandro dem Preis von Poros und Cleofides leidgeprüfter Liebe weichen mußte, deutlich, daß die Umarbeitung des Librettos insgesamt in tendenziöser Absicht erfolgte. Denn Händels auf die Leidenschaften der Protagonisten zielendes Musiktheater wäre sonst mit der metastasianischen Opernästhetik, deren Hauptintention die theatralische Veranschaulichung abstrakter Tugenden ist, wohl kaum vereinbar gewesen.

Geschichtliches
Komponiert von Dezember 1730 bis Mitte Januar 1731, wurde ›Poro‹ am 2. Februar 1731 im Londoner King's Theatre am Haymarket mit großem Erfolg uraufgeführt, so daß es in der laufenden Saison noch zu 15 Folgeaufführungen kam. Neben der Zeitungsmeldung, daß »alle Kostüme neu« waren, wurde das Publikum sicher auch von der hochkarätigen Besetzung angelockt. Der legendäre Kastrat Senesino war in der Titelrolle zu hören, die vorzügliche Sopranistin Anna Maria Strada del Pò, die gleichwohl wegen ihres Äußeren mit dem Spitznamen »the pig« bedacht wurde, sang die Cleofide. Hinzu kamen die nicht nur wegen ihrer tiefen Altstimme, sondern auch wegen ihrer Schönheit berühmte Altistin Antonia Margherita Merighi (Erissena), die auf Hosenrollen spezialisierte Francesca Bertolli (Gandarte) und der mit einer – wie aus der Tessitura der Partie zu schließen ist – recht tiefen Tenorstimme begabte Annibale Pio Fabri (Alessandro). Als ›Poro‹ in der nächsten Spielzeit (1731/1732) wiederaufgenommen wurde, stand Händel mit Antonio Montagnana ein zuverlässiger Bassist als in der vorausgegangenen Saison zur Verfügung, so daß die Partie des Timagene wieder erweitert werden und um drei aus früheren Händel-Opern stammende Arien bereichert werden konnte. Eine weitere Aufführungsreihe folgte 1736/1737, nun allerdings mit weitreichenden Eingriffen in die ursprüngliche Partitur. So hatte der in der Titelrolle auftretende Kastrat Domenico Annibali drei Arien fremder Komponisten mitgebracht. Diese sogenannten Koffer-Arien fanden ebenso Eingang in die Produktion wie weitere aus Händels Feder stammende Erweiterungen und Alternativ-Nummern. Auch in der Hamburger Oper am Gänsemarkt wurde ›Poro‹ in einer von Georg Philipp Telemann besorgten Einrichtung gegeben und brachte es dort unter dem Titel ›Der Triumph der Großmuth und Treue oder Cleofida, Königin von Indien‹ zwischen 1732 und 1736 auf rund 27 Vorstellungen. Ebenso fand das Werk seinen Weg nach Braunschweig, wo es im Sommer 1732 unter dem Titel ›Poro ed Alessandro‹ auf dem Spielplan stand.

Erst in jüngster Zeit wird ›Poro‹ wieder größere Aufmerksamkeit zuteil. Vor allem wurde Fabio Biondi mit seiner in Monte Carlo aufgeführten, konzertanten ›Poro‹-Produktion in der hier besprochenen ersten Fassung zum Vorreiter für das Werk, das mit Gloria Banditelli in der Titelrolle, mit Rossana Bertini als Cleofide und dem Instrumentalensemble »Europa galante« auf CD eingespielt wurde. Für Mike Ashmans anläßlich der Händel-Festspiele in Halle 1998 kreierte ›Poro‹-Inszenierung (musikalische Leitung: Paul Goodwin, Poro: Patricia Spence, Cleofide: Romelia Lichtenstein) war wiederum Händels Zweitfassung maßgeblich. Graham Cummings, der für die Hallische Händel-Ausgabe die Edition des ›Poro‹ besorgt, hatte zu diesem Zweck die erweiterte Partie des Timagene rekonstruiert, wobei allerdings zwei verlorengegangene Rezitativ-Passagen nachkomponiert werden mußten.

R. M.

Georg Friedrich Händel

Orlando

Opera seria in drei Akten. Nach einem Libretto von Carlo Sigismondo Capece.

Solisten: *Orlando* (Lyrischer Mezzosopran, auch Lyr. Alt, auch Countertenor, ursprünglich Altkastrat, gr. P.) – *Angelica*, Königin von Catai (Dramatischer Koloratursopran, auch Lyrischer Sopran, gr. P.) – *Medoro*, afrikanischer Prinz (Lyrischer Mezzosopran, gr. P.) – *Dorinda*, Schäferin (Lyrischer Koloratursopran, auch Soubrette, gr. P.) – *Zoroastro*, Zauberer (Seriöser Baß, gr. P.).
Statisten: Genien – Schlafende Helden der Antike – Prinzessin Isabella – Vier Amoretten.
Schauplätze: Nächtliche Landschaft mit einem Berg, auf dessen Gipfel der das Himmelsgewölbe tragende Riese Atlas steht; danach Verwandlung in den Palast des Amor. Ein Hain mit Schäferhütten, der sich später in einen mit einem Brunnen ausgestatteten Garten verwandelt. – Ein Wald. Aussicht auf das ferne Meer; auf einer Seite ein Wäldchen mit Lorbeerbäumen, auf der anderen der Eingang zu einer Grotte. – Ein Platz mit Palmen, der sich später in eine schreckliche Höhle, dann in den Tempel des Mars verwandelt.
Zeit: In sagenhafter Zeit.
Orchester: 2 Fl., 2 Ob., 2 Hr., Fag. (auch B. c.), Str. (2 Violette marine), B. c. (Cemb., Vcl., Kb.).
Gliederung: Ouvertüre (mit anschließender Gigue) und durch Secco-Rezitative miteinander verbundene musikalische Nummern.
Spieldauer: Etwa 3 Stunden.

Handlung

Zu nächtlicher Stunde hat sich der Zauberer Zoroastro in Begleitung hilfreicher Geister zur astrologischen Sternenschau an den Fuß des Berges Atlas begeben. Am Lauf der Gestirne glaubt er zu erkennen, daß der Held Orlando, der über seiner Leidenschaft für Angelica, der Königin von Catai, seine Ritterkarriere vergessen hat, wieder auf den Pfad des Ruhmes zurückkehren werde. Da naht auch schon Orlando, dem der Zwiespalt zwischen Heldenlaufbahn und Liebe schwer zu schaffen macht. Um ihn von seiner Schwäche abzubringen, läßt der Magier vor den Augen seines liebeskranken Schützlings das klägliche Bild antiker Helden entstehen, die sich schlafend zu Füßen des über ihnen thronenden Knaben Amor niedergelassen haben. Doch Zoroastros Anschauungsunterricht über pflichtvergessene Heroen verfehlt seine Wirkung ebenso wie die Ermahnung, sich nun endlich zwischen Liebes- und Kriegsgott zugunsten des letzteren zu entscheiden. Im Gegenteil: Erst das Beispiel der antiken Helden bringt Orlando auf den Gedanken, daß Liebe und Rittertum möglicherweise unter einen Hut zu bekommen seien, denn weder habe das Ansehen des Herkules wegen seines müßiggängerischen Lebens bei Omphale Schaden genommen, noch habe Achill aufgrund seiner zeitweisen Verkleidung als Mädchen an Reputation eingebüßt. In einem Hain tritt die Schäferin Dorinda aus ihrer Hütte. Seit sich der afrikanische Prinz Medoro von ihr abgewandt hat, hat sie Liebeskummer. Sie beobachtet, wie Orlando eine – später unter dem Namen Isabella firmierende – Prinzessin aus Feindeshand befreit. Dorinda schließt daraus, daß der große Held, nicht anders als sie selbst, sein Leben der Liebe geweiht habe, für sie ein Anlaß, über ihre eigenen Empfindungen nachzudenken. Nachdem sich Dorinda zurückgezogen hat, betritt Angelica den Hain. Sie gesteht sich ein, wie wenig ihr Orlando bedeutet, seit ihr Medoro, den sie von seinen im Kampf empfangenen Wunden heilte, während der Krankenpflege ans Herz wuchs. Ihr Selbstgespräch ist indessen nicht unbelauscht geblieben. Glücklicherweise hat Medoro alles gehört, so daß er nun seinerseits Angelica seine Liebe gesteht. Gleichwohl fühlt er sich der königlichen Geliebten nicht ebenbürtig. Angelica will sich jedoch über Standesgrenzen hinwegsetzen, ihren Liebling allen hochgestellten Verehrern vorziehen und ihn zu Hause neben sich auf den Thron ihres Reiches setzen. Danach bittet Dorinda Medoro, ihr bezüglich seiner Beziehung zu Angelica reinen Wein einzuschenken. Der aber windet sich und versucht Dorinda, obwohl er ihr seine und Angelicas bevorstehende Abreise nach Catai ankündigt, zu besänftigen. Zwar hört Dorinda die Lüge aus Medoros Beschwichtigung heraus. Trotzdem zieht sie es vor, weiterhin dem trügerischen Schein von Medoros Ausreden Glauben zu schenken, damit sie nicht der traurigen Wahrheit des Liebesverlustes ins Auge sehen muß. Zoroastro rät der reisefertig auf Medoro wartende Angelica, sich vor der Eifersucht Orlandos in acht zu nehmen, versichert sie aber seines Schutzes. Als Orlando näherkommt, zieht sich der Magier zurück. Angelica wiederum hofft darauf, daß Orlando sich inzwischen für die von ihm befreite Prinzessin Isabella erwärmt habe. Um das zu eruieren und um Orlando von Medoro abzulenken, spielt Angelica nun die Eifersüchtige und wird darin von Zoroastro, der einen wunderschönen, mit Springbrunnen ausgestatteten Garten herbeizaubert, unterstützt. Angelica gibt vor, Dorinda habe sie über seine Liebe zu Isabella informiert, und vehement fordert sie von dem Helden, jener Dame sofort zu entsagen. Darauf beharrend, gegenüber Isabella lediglich seine Ritterpflicht erfüllt zu haben, ist es für Orlando natürlich ein leichtes, dem Willen seiner Herzensdame zu gehorchen. In Anbetracht ihres grundlosen Eifersuchtsanfalls schwört er sich allerdings, seiner Ritterlaufbahn künftig eine unverfänglichere Richtung zu geben und fürderhin nur noch im Kampf gegen Ungeheuer und Zauberei seinen Ruhm zu mehren. Medoro hat voller Mißtrauen die Begegnung zwischen den beiden beobachtet. Doch Angelica kann den Argwohn ihres Liebsten zerstreuen. Zum Zeichen wiedergewonnenen Einverständnisses umarmt sich das Paar. Just in diesem Moment kommt Dorinda hinzu. Angesichts der In-flagranti-Situation ist kein Leugnen des Liebesverhältnisses mehr möglich. Gemeinsam mit Medoro nach Catai aufbrechend, überreicht Angelica der betrübten Schäferin zum Abschied einen kostbaren Juwel. Zwar nimmt Dorinda das Geschenk an, die wohlfeilen Trostworte von Nebenbuhlerin und ungetreuem Geliebten weist sie aber zurück.

Im Walde mischt Dorinda ihre Klage in das traurige Lied der Nachtigall, als Orlando sich ihr nähert. Ihm ist unverständlich, wie Dorinda ihn bei Angelica wegen seiner angeblichen Beziehung zu Isabella hatte verleumden können. Im Verlauf des Gesprächs wird ihm Angelicas Unaufrichtigkeit offenbar, nicht zuletzt, als er in Dorindas Juwel ein Liebespfand erkennt, das er Angelica einstens vermacht hat. Überdies bringt sie mit der falschen Auskunft, das Schmuckstück von Medoro erhalten zu haben, den Ritter gegen seinen Rivalen auf. Zunächst aber bleibt Orlando, bestürzt über die Unverfrorenheit der ungetreuen Geliebten, erst einmal die Spucke weg. Stumm vor Schmerz, birgt er sein Gesicht in die Hände, so daß er nicht bemerkt, wie die ihrer Liebe nachtrauernde Dorinda sich entfernt. Plötzlich aber kommt er wieder zu sich; vor Wut bebend, kündigt er der betrügerischen Geliebten furchtbare Rache an. Angelica und Medoro haben sich unweit des Meeres nahe einem Lorbeerwäldchen in eine Grotte zurückgezogen. Zoroastro warnt die beiden vor dem in Zorn rasenden Orlando und sieht das Paar aufgrund seiner unvernünftigen Liebesleidenschaft in einen gefährlichen Abgrund taumeln. Wenigstens ist Angelica noch so besonnen, Medoro zum Aufbruch zu drängen. Doch dem ist zunächst vor allem daran gelegen, seinen und den Namen seiner Angebeteten zum Andenken an die hier genossenen seligen Stunden in die Rinde der Lorbeerbäume zu schnitzen. Freilich scheidet auch Angelica, die wegen ihres unehrlichen Verhaltens gegenüber Orlando Gewissensbisse hat, nicht ohne Zaudern. Danach betritt Orlando das Lorbeerwäldchen und gerät beim Lesen von Medoros Baumschnitzereien außer Rand und Band. Er hofft, in der Grotte auf Angelica zu stoßen. Die befindet sich allerdings gerade außerhalb und gibt sich nun wie zuvor schon Medoro einer melancholischen Abschiedsstimmung hin. In dieser Situation wird sie von Orlando überrascht, dem sie, gefolgt von Medoro, zu entfliehen versucht. Schon wäre sie der Rache Orlandos schutzlos ausgeliefert, würde nicht plötzlich eine Wolke herabschweben, die Angelica in der Obhut von Zoroastros Genien himmelwärts entrückt. Orlando bleibt, nun vollends dem Wahnsinn verfallen, allein zurück. Er bildet sich ein, die treulose Geliebte bis in die Unterwelt zu verfolgen, so daß er Anstalten macht, als würde er auf Charons Nachen ins Totenreich übersetzen. Er sieht sich mit dem Höllenhund Zerberus und den Furien konfrontiert. Auch glaubt er, Medoro zu erblicken, der sich in die Arme der Unterweltsgöttin Proserpina geflüchtet habe. Weiter gaukelt sein verwirrter Geist ihm Tränen in den Augen der Göttin vor, mit denen sie um Schonung für ihren Schützling bäte. Fast scheint ihn ihr flehender Blick zu erbarmen, schließlich aber stürzt er zerstörungswütig der Grotte zu, die im selben Augenblick explodiert. Gleich darauf wird Zoroastro sichtbar. Er hält Orlando in den Armen. Ein Flugwagen trägt die beiden durch die Lüfte fort.

Medoro hat sich auf Angelicas Anweisung wieder zurück zu Dorinda begeben. In einem Palmenhain trifft er auf das Mädchen, das ihn weiterhin ohne Hoffnung vorbehaltlos liebt. Er ist unglücklich darüber, Dorindas Liebe nicht erwidern zu können. Sich über Medoros neue Aufrichtigkeit freuend, will sich Dorinda zurückziehen, als plötzlich Orlando vor ihr steht und ihr überraschenderweise den Hof macht. Mag es ihr anfangs auch ein wenig schmeicheln, als einfache

Hirtin von einem so hohen Herrn wie Orlando umworben zu werden, so wird ihr doch recht schnell klar, daß ihr sonderbarer Freier nicht ganz richtig im Kopf ist. Vor allem, als Orlando plötzlich glaubt, gegen imaginäre Feinde vorgehen zu müssen, sucht sie schleunigst das Weite. Nachdem sich der verwirrte Ritter davongemacht hat, klärt Dorinda Angelica über Orlandos Geisteszustand auf. Angelica hofft, daß der Held wieder zu Verstand komme, und Dorinda macht sich darüber Gedanken, daß die Liebe schon manchem den Kopf verdreht habe. Danach bereitet Zoroastro gemeinsam mit den Genien die Errettung Orlandos vor. Während er eine schreckliche Höhle herbeizaubert, gibt er seiner Zuversicht Ausdruck, daß Orlando gestärkt aus seinen Verirrungen hervorgehen werde. Zunächst aber spitzen sich die Ereignisse noch einmal krisenhaft zu: Nachdem Dorinda Angelica weinend darüber informiert hat, daß der tobsüchtige Orlando ihre Hütte zerstört und in den Trümmern Medoro lebendig begraben habe, wirft Angelica Orlando seine Grausamkeit vor. Ihr Klagen trifft bei dem nach Blut dürstenden Helden auf taube Ohren. Er packt Angelica und schleudert sie in die Höhle, die sich aber in Blitzesschnelle zum Tempel des Mars umgestaltet. Im Hintergrund ist Angelica zu sehen, die von Zoroastros Genien behütet wird. Im Vordergrund aber wird Orlando, der glaubt, die Welt von einem gräßlichen Scheusal befreit zu haben, von Müdigkeit übermannt und schläft ein. Nun ist für Zoroastro der Augenblick gekommen, Orlandos Gesundung herbeizuführen. Auf des Magiers Geheiß schwebt der Adler des Zeus herab, im Schnabel trägt er ein goldenes Gefäß, das mit heilkräftigem Nektar angefüllt ist. Mit dem Göttertrank besprengt Zoroastro Orlandos Gesicht. Dorinda aber, die Orlando für den Mörder von Angelica und Medoro hält, ist über die Erweckung des gemeingefährlichen Ritters alles andere als erfreut. Gleichwohl ist es ihr überlassen, den wieder zu Sinnen gekommenen Orlando über seine im Wahnsinn begangenen Untaten aufzuklären. Da Orlando vor Verzweiflung über sein Verhalten schier außer sich gerät, glaubt sich Dorinda von einem neuerlichen Wahnsinnsanfall des Helden bedroht und läuft vorsichtshalber davon. Orlando aber will sich aus Reue über die Ermordung der Geliebten umbringen. Doch Angelica selbst hält ihn zurück. Erleichtert darüber, daß Angelica und Medoro noch leben, ist Orlando gemäß Zoroastros Wunsch bereit, die Liebe zwischen den beiden zu akzeptieren und sich selbst ausschließlich seiner Heldenlaufbahn zu widmen. Während sich alle im Lobpreis auf Ruhm und Liebe versöhnen, fährt in der Mitte des Tempels die Statue des Mars aus dem Boden, Feuer entzündet sich auf dem Altar, und vier Amoretten fliegen durch die Luft.

Stilistische Stellung

Wie an den spektakulären Bühneneffekten zu ersehen, ist der 1733 uraufgeführte ›Orlando‹ dem Genre der Zauberoper zuzurechnen, zu dem in Händels Œuvre außerdem ›Rinaldo‹ (1711), ›Teseo‹ (1713), ›Amadigi‹ (1715) und später ›Alcina‹ (1735) zählen. Indem zwei dieser optischen Attraktionen darin bestehen, den Liebesgott Amor und den Kriegsgott Mars als allegorisches Inventar herbeizuzitieren, wird augenfällig, welche antagonistischen Kraftzentren am Titelhelden dieser Oper zerren: Liebesleidenschaft und Ruhmsucht. Aus diesem Spannungspotential ergibt sich – gemäß den extremen Affektzuständen des Titelhelden – ein außergewöhnlich breites Spektrum an Ausdrucksqualitäten, so daß die Partie des Orlando als Paraderolle für vielseitig versierte und virtuose Interpreten gelten kann. Neben heroischen Bravour-Arien – »Fammi combatere« (I. Akt) und »Cielo! se tu il consenti« (II. Akt) – stehen empfindsame Gesänge wie etwa Orlandos Schlafszene »Già l'ebro mio ciglio« im III. Akt, wo übrigens zwei der Viola d'amore verwandte Spezialinstrumente, sogenannte Violette marine, zum Einsatz kamen, die Händels Konzertmeister Pietro Castrucci zusammen mit seinem Bruder entwickelt hatte. Das Außersichsein des Helden führt musikalisch dazu, daß seine Gesänge in der ohnehin an Accompagnato- und Arioso-Passagen reichen Oper immer wieder aus dem Rahmen fallen, der durch die Da-capo-Arie vorgegeben ist. So spiegelt sich Orlandos schizophrener Zustand etwa darin wider, daß die Gavotte-Arie »Già lo stringo« (III. Akt) einen kontrastierenden Mittelteil aufweist: Wird nämlich in den Außenteilen die Gesangslinie lediglich von einem harschen Unisono gestützt, so ist sie im Largo-Mittelteil in einen weichen, akkordischen Streichersatz eingebettet. Eines seiner kühnsten Formexperimente wagte Händel jedoch für Orlandos den Schluß des II. Aktes bildende imaginäre Unterweltsfahrt. Eingeleitet von einem wilden Accompagnato, in dem das Schwanken von Charons Boot im 5/8-Takt eines der bemerkenswertesten

Details ist, wird in dieser durchkomponierten Szene die an Proserpina gerichtete, rondohaft wiederkehrende Gavotte »Vaghe pupille« gleichsam zur fixen Idee, um die die wirren Gedanken des Helden kreisen. Orlandos geistige Lähmung kommt wiederum darin musikalisch zum Tragen, daß Händel die zwischen die Gavotte-Ritornelle geschobene Larghetto-Episode »Che del pianto ancor nel regno« mit der ostinat wiederholten Formel des chromatisch fallenden Quartgangs (Lamentobaß) grundiert. Die pathetische Stilhöhe der Komposition macht es für heutige Ohren kaum nachvollziehbar, daß die in der Tradition der barocken Unterweltsparodien stehende Szene – so Reinhard Strohm – »komisch beziehungsweise komödiantisch« verstanden worden sein soll.

Hingegen tritt andernorts das humoristische Moment deutlich zutage. So steht etwa die Grandezza der Arie »Non fu già« (I. Akt) in ironischem Gegensatz zum Text, der dem damals mythologisch bewanderten Publikum den gemeinsam mit Omphale am Spinnrocken sitzenden Herkules und den in Mädchenkleidern sich mit Deidamia amüsierenden Achill vors geistige Auge führte. Unverhüllt komisch ist aber die mit Takt- und Tempowechseln aufwartende Werbung Orlandos um Dorinda im III. Akt. Hingegen kommt bald darauf Orlandos Irrsinn in dem über gehenden Bässen gearbeiteten Duett »Finchè prendi ancora il sangue« wieder auf ernsthafte Weise zur Darstellung. Hier dokumentiert sich die Kommunikationsunfähigkeit des Helden darin, daß er das lyrische Melos von Angelicas Flehen nicht aufgreift und Koloratur-Passagen in schnellen Notenwerten dagegensetzt.

Obwohl der Titelheld das Werk dominiert, entwickeln auch die übrigen Protagonisten klares Profil. So schuf Händel in der Figur der Dorinda eine seiner anmutigsten Bühnengestalten. Rührend im den Nachtigallenschlag imitierenden Siciliano-Arioso zu Beginn des II. Aktes, wird in der textgemäß flatterhaften Arie »Amor è qual vento« (III. Akt) Dorindas Herkommen aus den neapolitanischen Intermezzi ohrenfällig. Es zeugt von Händels Sympathie für die glücklos liebende Schäferin, daß er Dorinda während des Terzetts zum Schluß des I. Aktes eigenständig gegen das Liebespaar in Stellung bringt, wie er sie auch im insgesamt versöhnlich gestimmten Schluß-Ensemble in einer Moll-Passage gute Miene zum bösen Spiel machen läßt. Fein nuanciert ist die Liebesbeziehung zwischen dem sanftmütigen, ja schwächlichen Medoro und der über eine kraftvolle Emotionalität verfügenden Angelica austariert. Indem im II. Akt zuerst Medoro mit der Siciliano-Arie »Verdi allori« (E-Dur), später Angelica mit der ebenfalls im Dreiertakt stehenden g-Moll-Arie »Verdi piante« von ihrem Liebesidyll Abschied nehmen, fügte Händel zwei elegische Ruhezonen von wunderbarer melodischer Innigkeit in die Partitur ein. Ein gänzlich anderer musikalischer Ausdrucksbereich greift in den dem Magier Zoroastro zugeteilten Szenen Platz, wobei die dramaturgische Volte des Stückes darin besteht, daß ausgerechnet der zum Schutze der übrigen Protagonisten fortwährend als Deus ex machina wirkende Zauberer in ›Orlando‹ das Vernunftprinzip verkörpert. Deshalb gibt Händel Zoroastros Gesängen gleich vom die Oper eröffnenden Accompagnato »Gieroglifici eterni« an einen dezidiert »gelehrten«, kontrapunktischen Stil, der sogar auf die mit konzertierendem Bläser-Trio (Oboen und Fagott) auftrumpfende Arie »Lascia amor« (I. Akt) durchschlägt. Darüber hinaus wird Zoroastros Zauberwelt durch Tonmalerei musikalisch faßbar – etwa in der das Auf- und Abschweben der Genien vergegenwärtigenden Streicher-Sinfonia des III. Aktes.

Dichtung

Weil sie alle auf Episoden aus Lodovico Ariostos Versepos ›Orlando furioso‹ (1516/1532) basieren, bilden ›Orlando‹, ›Ariodante‹ (1735) und ›Alcina‹ (1735) in Händels Opernschaffen gewissermaßen eine Trilogie. Allerdings griff Händels unbekannt gebliebener ›Orlando‹-Librettist nicht direkt auf Ariosts noch im 18. Jahrhundert überaus populäre Dichtung zurück, sondern er bearbeitete das Dramma pastorale ›Orlando ovvero La gelosa pazzia‹ von Carlo Sigismondo Capece, das 1711, vertont von Domenico Scarlatti, in Rom uraufgeführt worden war. Von dem dort vorhandenen zweiten Liebespaar Isabella/Zerbino verblieb nur der stumme Auftritt der Prinzessin in Händels Libretto. Hinzuerfunden wurde hingegen die Gestalt der Dorinda, die allerdings bei Ariost in einem dem verwundeten Medoro und seiner Pflegerin Angelica Obdach gewährenden Hirten rudimentär vorgebildet ist. Eine weder bei Ariost noch bei Capece vorhandene Gestalt ist der Magier Zoroastro, durch dessen Wundertätigkeit sich gegenüber der Vorlage der Anteil an zauberbedingten Spektakeleffekten steigern ließ.

Geschichtliches

Händels ›Orlando‹ ist bei weitem nicht die einzige Oper, die Ariosts Helden auf die Bühne stellte. Bedeutende Vorgänger-Werke waren unter anderen Luigi Rossis ›Il palazzo incantato‹ von 1642, Jean-Baptiste Lullys ›Roland‹ von 1685, Agostino Steffanis ›Orlando generoso‹ von 1691 oder Antonio Vivaldis ›Orlando furioso‹ von 1727; später sollten beispielsweise noch Niccolò Piccinis auf Lullys Libretto zurückgreifender ›Roland‹ (1778) und Joseph Haydns heroisch-komische Oper ›Orlando paladino‹ (1783) hinzukommen.

Händel schrieb das Werk für die vierte Saison der New Royal Academy of Music, die er 1728 nach dem Ende der Royal Academy zusammen mit dem Impresario Johann Jakob Heidegger gegründet hatte. Der Kompositionsbeginn ist nicht bekannt. Lediglich durchs Autograph ist überliefert, daß Händel am 10. November 1732 den II. Akt und zehn Tage darauf den III. Akt abgeschlossen hat. Die Premiere fand, nachdem sie um einige Tage verschoben werden mußte, am 27. Januar 1733 im Londoner Haymarket Theatre statt, wobei in den zeitgenössischen Quellen vor allem auf zwei Besonderheiten hingewiesen wurde: die neue Bühnenausstattung und die neuen Kostüme. Zum ersten Mal arbeitete Händel in ›Orlando‹ mit der neapolitanischen Intermezzo-Spezialistin Celeste Gismondi zusammen, deren in diesem heiteren Genre gewonnene Bühnenerfahrung die Partie der Dorinda nachhaltig prägte. Ebenso drückte der ausgezeichnete Baß Antonio Montagnana der Partie des Zoroastro seinen Stempel auf. Und mit Anna Strada del Pò als Angelica verfügte Händel über eine der ersten Sopranistinnen der damaligen Zeit, während Francesca Bertolli (Medoro) als Fachfrau für Hosenrollen berühmt war. Die Titelpartie schließlich ist die letzte, die Händel dem Starkastraten Senesino gleichsam in die Gurgel komponiert hat – am Ende der Stagione wechselte Senesino zur Konkurrenz der Opera of Nobility. Vermutlich war er als Orlando-Interpret unersetzlich. Daraus würde sich erklären, daß das Werk, trotz des in zehn Wiederholungen sich dokumentierenden Erfolgs, nicht mehr wiederaufgenommen wurde.

Anläßlich des Händelfests in Halle von 1922 wurde die Oper in Hans Joachim Mosers deutschsprachiger Bearbeitung ›Orlandos Liebeswahn‹ dem Vergessen entrissen. Nach einer 1959 in der Ausstattung von Pier Luigi Pizzi anläßlich des Maggio musicale gezeigten Produktion in Florenz erfolgte 1966 die erste Londoner Wiederaufnahme des ›Orlando‹ durch das Sadler's Wells Theatre. Der Durchbruch gelang freilich erst in den 1980er-Jahren (Göttinger Händelfestspiele und Lübeck 1980, Malmö 1982, Paris 1983). Insbesondere Marilyn Horne feierte in der Titelpartie 1985 in der von Virginio Puecher für das Fenice-Theater in Venedig besorgten Inszenierung unter dem Dirigat von Sir Charles Mackerras Triumphe (die Aufführung ist auf CD dokumentiert). Im Jahr darauf wurde das Werk, inszeniert von Uwe Wand, während der 2. Karlsruher Händelfestspiele unter der musikalischen Leitung von Charles Farncombe in deutscher Sprache (E. Röhling) gegeben. 1993 stand es bei den Festspielen in Halle und in Aix-en-Provence auf dem Programm. Große Anerkennung fand die 2001 im Wiener Odeon gezeigte ›Orlando‹-Produktion (Regie: John Lloyd Davies, Dirigent: Huw Rhys James) mit Christopher Josey in der Titelrolle.

R. M.

Ariodante

Dramma per musica in drei Akten. Text nach Antonio Salvi.

Solisten: *Der König von Schottland* (Seriöser Baß, gr. P.) – *Ariodante*, Vasall des Königs (Lyrischer Mezzosopran, auch Countertenor, ursprünglich Kastrat, gr. P.) – *Ginevra*, Tochter des Königs (Lyrischer Sopran, gr. P.) – *Lurcanio*, Ariodantes Bruder (Lyrischer Tenor, gr. P.) – *Polinesso*, Herzog von Albany (Dramatischer Alt, auch Tiefer Alt, gr. P.) – *Dalinda*, Hofdame Ginevras (Lyrischer Koloratursopran, gr. P.) – *Odoardo*, Günstling des Königs (Tenor, kl. P.).

Chor: Nymphen – Schäfer und Schäferinnen – Volk (kl. Chp.).
Ballett: I. Akt: Nymphen, Schäfer und Schäferinnen; II. Akt: Traumgestalten; III. Akt: Damen und Ritter.
Statisten: Pagen, Zofen, Wachen, königliche Räte.
Ort: Schottland.
Schauplätze: Gemach im Königspalast. Die königlichen Gärten. Anmutiges Tal – Mondnacht; zwischen verfallenen Gemäuern eine geheime

Tür zu den Gemächern Ginevras. Galerie – Wald. Die königlichen Gärten. Turnierplatz, der König auf dem Thron. Gemach, in dem Ginevra gefangengehalten wird. Saal im Palast; im Hintergrund eine große, von Säulen getragene Prunktreppe, die von einer Galerie (für die Bühnenmusik) herabführt; unten zu beiden Seiten der Treppe große Türen.
Zeit: In sagenhafter Zeit.
Orchester: 2 Fl. (auch Blockflöten), 2 Ob., 2 Fag. (auch B. c.), 2 Hr., 2 Trp., Str., B. c. (Vcl., Kb., Cemb.) – Bühnenmusik (aus dem Orchester zu besetzen): 2 Ob., 2 Fag.
Gliederung: Ouvertüre, durch Secco-Rezitative miteinander verbundene Sologesänge, instrumentale Sätze und Chöre; zu den Aktschlüssen Tänze.
Spieldauer: Etwa 3 Stunden.

Handlung

Die schottische Königstochter Ginevra macht sich im Beisein ihrer Dienerschaft und ihrer Hofdame Dalinda vor dem Spiegel zurecht. Sie liebt den königlichen Vasallen Ariodante und freut sich darüber, daß ihr Vater mit ihrer Wahl einverstanden ist. Unerwartet tritt Polinesso, der Herzog von Albany, ins Gemach, um Ginevra seine Liebe zu erklären. Doch sie weist den ihr widerwärtigen Eindringling brüsk ab. Sich zum Gehen wendend, überläßt sie es Dalinda, dem Herzog deutlich zu machen, daß er gegenüber Ariodante chancenlos ist. Da Dalinda Polinesso insgeheim liebt, nutzt sie die Gelegenheit, ihm ihre Zuneigung zu gestehen. Indessen geht es dem verschmähten Freier überhaupt nicht um die Tröstung durch eine neue Liebe, sondern ausschließlich um den schottischen Thron. Den Weg dorthin sieht Polinesso aber durch Ariodante versperrt, und so kommt ihm die Verliebtheit von Ginevras Vertrauter, die er für seine bösen Absichten einzuspannen gedenkt, gerade recht. In den königlichen Gärten erwartet Ariodante Ginevra. Sie geloben einander ewige Treue. In Begleitung seiner Wachen und seines Dieners Odoardo kommt der König hinzu. Er segnet Ariodantes und Ginevras Liebesbund und bestimmt seinen künftigen Schwiegersohn zum Thronfolger. Bevor sie sich den Vorbereitungen für die auf den nächsten Tag festgesetzte Hochzeit zuwenden, geben Ginevra und der König ihrer Freude über das bevorstehende Fest Ausdruck. Ariodante bleibt allein zurück und ist selig vor Glück. Danach treten Polinesso und Dalinda in den Garten. Der Herzog behauptet ihr gegenüber, dem königlichen Hof den Rücken kehren und Ginevra als Vergeltung für die kränkende Zurückweisung lächerlich machen zu wollen. Dazu solle Dalinda zur Nacht Ginevras Kleider anlegen und ihm die Tür zu den Gemächern ihrer Herrin öffnen. Dalindas Bedenken weiß Polinesso damit zu begegnen, daß er für die Wahrung ihrer Ehre garantiere. Zuletzt läßt sich Dalinda von Polinessos heuchlerischen Liebesschwüren ködern, und so reagiert sie kühl, als Ariodantes Bruder Lurcanio ihr den Hof macht; niemand soll sie von ihrer Liebe zu Polinesso abbringen. Ariodante und Ginevra haben sich unterdessen in ein liebliches Tal begeben. In der Gesellschaft von Nymphen, Schäfern und Hirtenmädchen freuen sie sich tanzend und singend ihres Glücks.
Die königlichen Gärten liegen im Mondschein. Polinesso hofft auf das Erscheinen seines Rivalen. Tatsächlich hat sich Ariodante zu einem nächtlichen Spaziergang durch die Parkanlagen entschlossen; die Vorfreude über seine morgige Heirat mit Ginevra habe ihm, so teilt er freudestrahlend Polinesso mit, den Schlaf geraubt. Polinesso aber mimt den Erstaunten, er selbst sei nämlich gerade auf dem Weg zu einem Stelldichein mit Ginevra. Augenblicklich will Ariodante den Verleumder mit dem Schwert zur Rechenschaft ziehen. Doch der versichert, daß Ariodante sich sogleich mit eigenen Augen von der Untreue seiner Braut werde überzeugen zu können. Während des Gesprächs hat sich unbemerkt von den beiden auch Lurcanio im Garten eingefunden. Verwundert über das nächtliche Zusammentreffen seines Bruders mit Polinesso, beschließt Lurcanio, die kommenden Ereignisse aus dem Verborgenen zu beobachten. Auf Geheiß Polinessos hält sich Ariodante ebenfalls versteckt. Er glaubt seinen Augen nicht zu trauen, als Ginevra – in Wahrheit Dalinda in den Kleidern ihrer Herrin – Polinesso nach mehrmaligem Klopfen zur Tür hereinläßt. Schockiert über den angeblichen Betrug, will Ariodante sich in sein Schwert stürzen. Doch Lurcanio gelingt es, ihm die Waffe zu entreißen. Und mit dem Hinweis, daß ein liederliches Frauenzimmer sowieso keinen Selbstmord wert sei, versucht Lurcanio den Bruder wieder zur Vernunft zu bringen. Ariodante bleibt in resignativer Verzweiflung allein zurück und beschließt, sich auf andere Weise das Leben zu nehmen. Kurz vor Tagesanbruch verabschiedet Dalinda Polinesso, dessen neuerlicher Liebesschwur sie beseligt in den Palast zurückkehren

läßt, während er sich über den bisherigen Verlauf seiner Intrige zufrieden zeigt. Am Morgen darauf ist der König gerade im Begriff, vor der Ratsversammlung Ariodante als Thronfolger auszurufen, da tritt Odoardo mit der Schreckensmeldung herein, Ariodante habe sich ins Meer gestürzt. Der König zieht sich tief betrübt mit seinem Gefolge zurück. Ginevra wiederum hat eine unerklärliche Bangigkeit beschlichen. Als der Vater ihr die Todesnachricht überbringt, wird sie vor Schmerz ohnmächtig und von Dalinda und der Dienerschaft hinausgetragen. Nun tritt Lurcanio vor den König und fordert Genugtuung für den Tod seines Bruders. Er beschuldigt Ginevra, Ariodante durch ein schamloses Liebesverhältnis in den Tod getrieben zu haben, und übergibt dem König eine Anklageschrift, in der er denjenigen zum Zweikampf fordert, der sich unterstehe, zur Rettung von Ginevras Ehre das Schwert zu ziehen. Mit der Ermahnung an den König, seine Richterpflicht über die Kindesliebe zu stellen, geht Lurcanio ab. Den König hat Lurcanios Auftritt dermaßen beeindruckt, daß er sich verächtlich von seiner Tochter abwendet und sie als Dirne beschimpft. Vom plötzlichen Zorn ihres Vaters gänzlich aus der Fassung gebracht, wendet sich Ginevra hilfesuchend an Dalinda, die sich zwar um ihre halb wahnsinnige Herrin bemüht, aber über ihren Anteil an dem von Polinesso initiierten Ränkespiel schweigt. Nur noch im Tod glaubt Ginevra ein Ende ihrer Leiden zu finden. Vom Kummer überwältigt, sinkt sie in einen Zustand vollständiger Ermattung, in dem sie zunächst von tröstenden, dann von beängstigenden Traumgestalten heimgesucht wird, so daß sie entsetzt aus den Träumen hochfährt.

Ariodantes Selbstmordversuch ist gescheitert, verkleidet hat er sich in die Einsamkeit des Waldes zurückgezogen. Doch da beobachtet er, wie Dalinda vor zwei von Polinesso gedungenen Mördern flieht. Ariodante verhindert die Mordtat und wird von Dalinda über Polinessos üble Machenschaften und Ginevras Unschuld aufgeklärt. Während Ariodante zur Rettung seiner Braut aufbricht, sagt sich Dalinda von Polinesso los. Im Garten des Palastes ermahnt Odoardo den König, seiner inzwischen gefangengesetzten und zum Tode verurteilten Tochter Gehör zu schenken. Doch der ist erst bereit, sie zu empfangen, als mit Polinesso ein Streiter für ihre Ehre bereitsteht. Den König bewegt der Zwiespalt zwischen väterlicher Zuneigung und richterlicher Pflicht um so mehr, als seine Tochter auf ihrer Schuldlosigkeit beharrt und ihn deshalb nicht um Gnade, sondern lediglich um ein Ende seines Grolls bittet. Gleichwohl hält er trotz Ginevras Protest daran fest, daß Polinesso sie verteidigen soll. Der König läßt seine aus melancholischer Niedergeschlagenheit in Verzweiflung fallende Tochter ungetröstet zurück. Vor König und Volk tragen Lurcanio und Polinesso auf dem Turnierplatz ihren Zweikampf aus. Nach kurzem Schlagabtausch schwer verwundet, wird Polinesso von Odoardo vom Kampfplatz geführt. Noch einmal ruft der siegreiche Lurcanio dazu auf, für Ginevra in die Schranken zu treten. Dieses Mal will der König selbst zur Verteidigung der Familienehre in den Ring steigen. Doch kommt ihm ein unbekannter Ritter zuvor, der sein Gesicht hinter dem geschlossenen Visier verbirgt: niemand anderes als Ariodante, der sich alsbald zu erkennen gibt. Er verspricht, Licht in die zurückliegenden kriminellen Vorgänge zu bringen, über die der sterbende Polinesso inzwischen vor Odoardo ein vollständiges Geständnis abgelegt hat. Außerdem setzt sich Ariodante für die reumütige Dalinda ein. Der König gewährt ihr großmütig Verzeihung und macht sich danach unverzüglich zu seiner Tochter auf, gefolgt von dem über die Wende zum Guten erleichterten Ariodante. Zurück bleiben Lurcanio und Dalinda. Indem er seine Werbung erneuert, schämt sich Dalinda, aus blinder Liebe der List des verräterischen Polinesso erlegen zu sein, und gibt Lurcanio Anlaß zur Hoffnung. Ginevra wartet währenddessen in dem zu ihrer Haft bestimmten Zimmer auf eine Benachrichtigung über den Ausgang des über ihr Leben entscheidenden Zweikampfes, bis endlich der König, Ariodante, Lurcanio und Dalinda mit der frohen Kunde ihrer vollständigen Rehabilitierung herbeieilen. Ariodante und Ginevra fallen einander in die Arme. Da sich die Liebenden wieder gefunden haben, kann endlich die Hochzeit in aller Pracht und mit Tanz und Gesang gefeiert werden.

Stilistische Stellung

Daß für Händel die italienische ernste Oper nicht bloß eine in Kostümen und Kulissen stattfindende Gesangsdarbietung, sondern veritables Musiktheater ist, zeigt sich zum einen im originellen kompositorischen Zugriff auf die gattungsspezifischen Konventionen der Opera seria, zum andern in der Erweiterung ihres recht engen Repertoires an musikdramatischen Formen. Mit Blick auf den 1735 uraufgeführten ›Ariodante‹ fällt hierbei vor allem die Einbeziehung des Tanzes in die Handlung ins Gewicht, wie sie ja für die damalige französische Oper typisch war. Hinzu kommt Händels Sinn für tonmalerische Wirkungen. So ist dem Schlußtableau des I. Aktes aufgrund des Nebeneinanders von Siciliano-Sinfonia, Musette und Gavotte, die zudem durch den reizvollen Wechsel zwischen Solisten, Chor und Instrumenten gegliedert ist, der pittoreske Charme einer heiteren Landpartie eigen, während im II. Akt der Gegensatz zwischen Trost- und Angstträumen in der gestischen Kontur der Tanzsätze ohrenfällig wird. Dank der vielen im Freien spielenden Szenen gibt ›Ariodante‹ dem Komponisten darüber hinaus Anlaß zu poetischen Naturschilderungen: etwa in Ariodantes mit dreigeteilten Violinen besetztem Auftritts-Arioso im I. Akt »Qui d'amor nel suo linguaggio«, das sich als musikalisches Abbild eines Locus amoenus darstellt, oder in der den II. Akt einleitenden Sinfonia, die das Aufgehen des Mondes malt. Auch andernorts ist Händels Instrumentierung von außerordentlicher Differenziertheit. So treten in der Arie »Scherza infida« (II. Akt) zu Ariodantes klagendem Gesang Pizzicato-Bässe, sordinierte hohe Streicher und melancholische Pianissimo-Phrasen der Fagotte. Und in Ginevras Arie »Si, morrò« (III. Akt) fächert Händel den Streichersatz auf, indem er die Violinen hier ebenfalls dreiteilt und außerdem noch eine Sologeige und ein Solocello als konzertierende Instrumente hinzufügt. Ohnehin ist diese Arie ein eindrucksvolles Beispiel für Händels Kunst der Personencharakterisierung durch Suspendierung der in der Seria üblichen formalen Gegebenheiten: Ginevras Affektwechsel von tiefster Schwermut zu hemmungsloser Todesangst ist so heftig, daß nicht allein durch den plötzlichen Umschlag des Tempos vom Largo ins Allegro, sondern auch durch den Verzicht auf die Wiederholung des ohnehin nur halbschlüssig endenden Anfangsteils und durch den Wegfall von Ritornellen das Formschema der Da-capo-Arie über den Haufen geworfen wird. Im I. Akt wiederum reagiert der König auf die Liebe zwischen Ariodante und Ginevra derart überschwenglich, daß er das Paar beim Da capo seines – übrigens wie die meisten Liebesgesänge dieser Oper in A-Dur stehenden – Duetts »Prendi da questa mano« unterbricht. Während des Duetts von Lurcanio und Dalinda im III. Akt »Dite spera« aber überlagert der Komponist das Da-capo-Schema, indem er die Stimmen sukzessive zusammenführt, so daß sich darin spiegelt, wie das Paar allmählich zueinanderfindet. Doch ebenso werden die Konventionen der Opera seria dramaturgisch sinnvoll genutzt: Wenn im 1. Akt Dalinda von ihren Verehrern umschmeichelt wird, trifft Polinessos aufgrund ihrer rhythmischen Forschheit kaum glaubwürdige Bekenntnis-Arie »Spero per voi« auf Lurcanios empfindsamen Legato-Gesang »Del mio sol vezzosi rai«, der durch den Wechsel zwischen 3/4- und 6/4-Takt überdies in sanfter Schwingung gehalten wird. Und wenn sich Dalinda im III. Akt von Polinesso distanziert, beschwört sie in ihrer Bravour-Arie »Neghittosi, or voi che fate?« gemäß der Seria-Tradition rächende Blitze auf das Haupt des Verräters. Wie sich in ›Ariodante‹ die jeweils einem Protagonisten zugedachten Gesangsstücke zu einem in sich stimmigen Charakterbild fügen, läßt sich insbesondere an der Gestalt der Ginevra verfolgen, deren heitere Art sich im I. Akt lediglich während der Zurückweisung Polinessos kurzfristig verdüstert. Ab dem II. Akt erscheint sie dann – nicht zuletzt aufgrund ihrer hochdramatischen Accompagnato-Rezitative – als gebrochener Mensch. Und so ist sie vor der abschließenden Wende zum Guten eine in schlichter Würde, Trauer und Verzweiflung leidende Dulderin, deren affektuosen Regungen Händel mit unvergleichlicher Sensibilität nachspürt.

Dichtung

Grundlage des Librettos ist eine Episode aus Ludovico Ariostos Epos ›Orlando furioso‹ von 1532, die dort im 4. bis 6. Gesang erzählt wird. Zum ersten Mal gelangte das Sujet in einem von Giovanni Andrea Spinola für den Komponisten Giovanni Maria Costa erstellten Libretto 1655 in Genua auf die Opernbühne. Weitreichendere Wirkung hatte aber die Libretto-Version des Florentiners Antonio Salvi (1664–1724). Dessen ›Ginevra, principessa di Scozia‹ kam 1708 in Florenz, vertont von Giacomo Antonio Perti, zur Uraufführung. In den folgenden vierzig Jahren setzten dann noch wenigstens elf weitere Komponisten Salvis Libretto in Musik. Wer für Händel Salvis Text bearbeitete, ist unbekannt; lediglich der Händel-Forscher Paul Henry Lang nennt Paolo Rolli als Bearbeiter. Händels Libretto folgt – in Anlehnung an Ariost um die im Mondschein spielende Szene des II. Aktes bereichert – weitgehend der Vorlage. Allerdings wurden die Rezitative aus Rücksicht auf die fehlenden Italienisch-Kenntnisse des Londoner Publikums stark gekürzt; sie sind sogar noch knapper gehalten als in Händels früheren Opern.

Geschichtliches
›Ariodante‹ war das erste Originalwerk, das Händel für John Richs Theatre Royal in Covent Garden komponierte, nachdem sein Vertrag mit dem King's Theatre am Haymarket Mitte 1734 ausgelaufen war. Da er vom 12. August bis zum 24. Oktober des Jahres an ›Ariodante‹ arbeitete, umfaßte der Entstehungsprozeß für Händels Verhältnisse einen relativ langen Zeitraum. Uraufgeführt wurde das Werk erst am 8. Januar 1735, da Bauarbeiten am Theater die Premiere verzögerten. Auch galt es, der Konkurrenz vom Haymarket, der mit dem Engagement des Star-Kastraten Farinelli Ende Oktober 1734 ein sensationeller Start in die neue Spielzeit gelungen war, etwas entgegenzusetzen. Händel konterte mit einem Ensemble, das sich um den kaum weniger berühmten Kastraten Giovanni Carestini in der Rolle des Ariodante und Anna Strada del Pò als Ginevra gruppierte, und dessen Virtuosität an den durchweg höchste Geläufigkeit fordernden Koloraturen heute noch ablesbar ist. Außerdem setzte Händel auf die französische Tänzerin Marie Sallé und ihre Truppe, für die die Ballettmusiken in ›Ariodante‹ entstanden sind. Offenbar hatte Händel ursprünglich eine andere Besetzung vorgesehen. Zunächst nämlich war die Partie der Dalinda für eine Altistin bestimmt und wurde später – für Cecilia Young – in die Sopranlage übertragen. Die Partie des Lurcanio wiederum, in der dann der junge Tenor John Beard debütierte, ist im Autograph meistens im Sopranschlüssel notiert. ›Ariodante‹ brachte es in der laufenden Saison auf elf Aufführungen. Bei der Wiederaufnahme im Mai 1736 mit dem Kastraten Gioacchino Conti in der Titelrolle waren die Tänze gestrichen und Ariodantes Arien durch solche unbekannter Herkunft ersetzt worden, die Conti vermutlich aus Italien mitgebracht hatte.

Seit einigen Jahren erlebt ›Ariodante‹ eine phänomenale Renaissance, nicht zuletzt dank Marc Minkowskis CD-Einspielung aus dem Jahr 1997 mit Anne Sofie von Otter in der Titelpartie, Lynne Dawson als Ginevra und Veronica Cangemi als Dalinda. Viel Beachtung fand auch die ›Ariodante‹-Produktion unter der musikalischen Leitung von Ivor Bolton und mit Ann Murray in der Titelpartie, die im Januar 2000 an der Bayerischen Staatsoper in Zusammenarbeit mit der English National Opera und der Welsh National Opera herauskam und im selben Jahr ins Programm der Münchner Opern-Festspiele übernommen wurde.

R. M.

Alcina

Oper in drei Akten. Text von Antonio Marchi.

Solisten: *Alcina*, Zauberin (Lyrischer Koloratursopran, auch Lyrischer Sopran, gr. P.) – *Ruggiero* (Lyrischer Sopran, auch Lyrischer Mezzosopran, urspr. Kastrat, gr. P.) – *Morgana*, Schwester Alcinas (Lyrischer Sopran, auch Soubrette, m. P.) – *Bradamante*, Braut des Ruggiero (Lyrischer Alt, gr. P.) – *Oronte*, Feldherr Alcinas (Lyrischer Tenor, m. P.) – *Melisso*, Vertrauter der Bradamante (Baßbariton, auch Baß, m. P.) – *Oberto*, Sohn des Astolfo (Lyrischer Sopran, m. P.)
Chor: Gefolge der Alcina – Opfer ihrer Zauberkünste (gemischter Chor, kl. Chp.).
Ballett
Ort: Die Insel der Zauberin Alcina.
Zeit: In sagenhafter Zeit.
Orchester: 2 Fl., 2 Ob., 1 Fag. – 2 Hr. – Cemb. – Str.

Gliederung: Ouvertüre, durch Rezitative gegliederte Arien und Chöre.
Spieldauer: Etwa 2½ Stunden.

Handlung
Bradamante, die Braut des Ritters Ruggiero, ist auf der Suche nach ihrem verschwundenen Bräutigam gemeinsam mit ihrem Erzieher Melisso auf eine wilde Insel verschlagen worden, als ihr Schiff kenterte. Es ist die Insel der Zauberin Alcina, die alle, die in ihre Gewalt kommen, verzaubert: im günstigsten Fall in Liebessklaven, sonst in Tiere, Pflanzen oder Felsen. Morgana, die ein wenig kokette Schwester Alcinas, heißt die beiden Verirrten willkommen und verliebt sich auf den ersten Blick in Bradamante, die sich als Mann verkleidet hat. Mit einem Donnerschlag verwandelt sich die wüste Insel in einen blühenden Garten, und Alci-

na erscheint, umgeben von ihrem Hofstaat, und mit ihrem neuesten Liebhaber: Ruggiero. Sie beauftragt Ruggiero, den Fremden die Insel zu zeigen, und läßt sie allein. Bradamante und Melisso überschütten ihn mit Vorwürfen, doch der verzauberte Ruggiero weiß nur, daß er Alcina liebt, und hält Bradamante in Männerkleidern für ihren Bruder Ricciardo. Schnell eilt er zu Alcina zurück. Der Knabe Oberto erscheint; er ist auf der Suche nach seinem Vater. Melisso vermutet zwar, Alcina habe ihn in ein Tier verwandelt, kann ihm aber nicht helfen. Kaum ist Oberto verschwunden, erscheint – voller Zorn – Oronte, der Feldherr Alcinas; er vermutet – nicht zu Unrecht – Bradamante-Ricciardo habe ihm die Liebe Morganas gestohlen. In ohnmächtiger Wut flüstert er Ruggiero ein, Alcina habe sich in Ricciardo verliebt, sei seiner überdrüssig und werde ihn alsbald in ein Tier verwandeln, wie sie dies mit abgelegten Liebhabern zu tun pflegt. Obwohl Alcina ihm ihre Liebe beteuert, glaubt Ruggiero den Einflüsterungen und wird seinerseits eifersüchtig auf Bradamante-Ricciardo; als sie sich ihm verzweifelt als seine Braut zu erkennen gibt, glaubt er ihr nicht. Morgana, die sich in Bradamante-Ricciardo verliebt hat, kommt, um ihn zu warnen: Alcina sei entschlossen, ihn/sie in ein Tier zu verwandeln, um Ruggieros Eifersucht zu besänftigen. Alcina wirbt noch einmal um Ruggieros verlorene Liebe. Tänze beschließen den Akt.

Ruggiero, der Alcina für untreu hält, liebt die Zauberin immer noch. Da tritt Melisso auf, in der Gestalt Atlantes, des alten Erziehers von Ruggiero. Er reicht ihm einen Zauberring. Als Ruggiero ihn überstreift, weicht Alcinas böser Zauber, der Garten verwandelt sich in eine Wüste, und Ruggiero wird vom Gedanken an die verlassene Bradamante überwältigt. Ruggiero und Melisso planen, von der Insel zu fliehen. Bradamante erscheint und gibt sich dem Bräutigam zu erkennen, doch dieser, immer noch verwirrt, hält dies für einen neuen Zaubertrick Alcinas und stößt die Braut von sich. Alcina bereitet sich vor, Bradamante in ein Tier zu verwandeln: im letzten Augenblick erscheint Morgana und hält sie auf, indem sie gesteht, Bradamante-Ricciardo liebe nicht Alcina, sondern sie, Morgana. Auch Ruggiero erscheint und erklärt, er sei von seiner Eifersucht geheilt und seiner Erwählten treu (doch diese sei, so spricht er für sich, nicht länger Alcina). Er bittet um Urlaub, weil er sich ablenken und auf die Jagd gehen will. Oberto erscheint zum zweiten Mal, wird aber von Alcina mit leeren Versprechungen abgewiesen. Da kommt Oronte und enthüllt den Verrat der Fremden; jetzt begreift Alcina, daß die Jagd nur ein Vorwand war, um zu den Waffen zu kommen; sie bricht verzweifelt zusammen. Morgana dagegen ist sich der Liebe Bradamante-Ricciardos sicher und verspottet den eifersüchtigen Oronte. Erst als sie Bradamante und Ruggiero zusammen beobachtet und entdeckt, daß Bradamante eine Frau ist, eilt sie zu Alcina und ruft die Schwester zur Rache auf. Ruggiero nimmt Abschied von den Schönheiten der Zauberinsel. Zerrissen von Rachedurst und Liebesschmerz, beschwört Alcina die Geister der Unterwelt, doch sie versagen ihr zum ersten Mal den Dienst: Alcinas echte Liebe zu Ruggiero hat die Zauberkraft zerstört.

Oronte hat nun den Spieß umgedreht und zeigt sich der reumütigen Morgana gegenüber störrisch. Ruggiero begegnet Alcina; als sie ihn zur Rede stellen will, weist er sie ab. Alcina, nun ganz beleidigte Herrscherin, schwört ihm furchtbare Rache. Melisso, Bradamante und Ruggiero bereiten sich auf den Kampf mit dem Heer und den wilden Tieren Alcinas vor. Ruggieros Schild mit dem Medusenhaupt läßt alle Angriffe abprallen; Oronte muß seiner Herrin melden, daß die Fremden siegen und die Insel zu zerstören drohen. Noch einmal beklagt sie den Verlust ihrer Liebe und der Zauberkraft, als aber Oberto zum dritten Mal erscheint und nach seinem Vater fragt, erwacht ihre Bosheit. Sie hetzt einen Löwen auf den Knaben und befiehlt ihm, die Bestie zu töten. Doch als sich das Tier freundlich nähert, erkennt dieser seinen verzauberten Vater. – Als Bradamante und Ruggiero erscheinen, versucht Alcina ein letztes Mal, sie zu betören, sie verspricht sogar, die verzauberten Tiere zu erlösen. Doch umsonst: Ruggiero zerschlägt mit seinem Schwert Alcinas Zauberurne; Alcina, Morgana und Oronte versinken mit ihrem Zauberschloß, den Gärten und den Wäldern; und Tiere, Pflanzen und Felsen verwandeln sich zurück in Menschen, die ihre Freiheit und ihre Befreier mit Chören und Tänzen begrüßen und feiern.

Stilistische Stellung
Händels Oper ›Alcina‹ entstand in einer Zeit größter wirtschaftlicher Schwierigkeiten: die Auseinandersetzungen mit der rivalisierenden »Opera of Nobility«, die ihm neben den berühmtesten Sängern auch den Librettisten abgewor-

ben hatte, führten ebenso wie das Ausbleiben des bürgerlichen Publikums zur Existenzkrise seines Opernunternehmens. Doch dessen ungeachtet schuf er mit ›Alcina‹ nach einem eher schematisch-verwickelten, konventionellen Textbuch ein musikdramatisches Werk, das in der Kunst der Personencharakterisierung, in der Individualität der Gestalten und ihrer anrührenden Leidenschaften alles übersteigt, was sonst um diese Zeit komponiert wurde, und darin bereits auf Gluck und Mozart vorausweist.

Hinzu kommt, daß es dem Komponisten gelingt, von Station zu Station fortschreitend immer neue Charakterzüge zu enthüllen und so die Figuren glaubwürdig zu machen. Dies gilt in erster Linie für die liebende, auf Täuschung bauende und selbst getäuschte Alcina, die in Lieben und Hassen tragische Dimensionen gewinnt wie sonst kaum eine Frauengestalt Händels; dies gilt ebenso für Bradamante mit ihrem jugendlich-heroischen Opfermut wie auch für den zuerst schwankenden, dann Festigkeit gewinnenden Ruggiero, und auch die Nebenfiguren Morgana und Oronte sind, mit Anleihen an die Buffotöne Italiens, plastisch gezeichnet.

Textdichtung
Das Libretto des sonst nicht in Erscheinung getretenen Antonio Marchi geht – wie zuvor schon die Texte zu ›Ariodante‹ und ›Orlando‹ – zurück auf eine Episode aus Ludovico Ariostos Versepos ›Orlando Furioso‹ und stützt sich zudem auf Antonio Fanzaglias Libretto ›L'isola di Alcina‹, das dieser 1728 für Riccardo Broschi verfaßt hatte. Das Libretto ist höchst schematisch in einer verwickelten Intrigengeschichte und bleibt unpsychologisch-typenhaft; Gewicht gewinnt das Werk erst durch die Vertonung.

Geschichtliches
Händel schrieb ›Alcina‹ im Frühjahr 1735; die Uraufführung fand am 16. April 1735 im Covent Garden Theatre statt und hatte stürmischen Erfolg, der allerdings nicht lange anhielt. Die deutsche Erstaufführung fand bereits im Februar 1738 in Braunschweig statt. Dann jedoch blieb das Werk lange vergessen. 1869 erschien ›Alcina‹ als erste Oper in der alten Gesamtausgabe, 1928 wurde die Oper in Leipzig (in der Revision von Herman Roth) zum ersten Mal wieder szenisch realisiert. Inzwischen gehört sie zu den meistgespielten Opern Händels.

W. K.

Xerxes (Serse)

Oper in drei Akten. Dichtung nach Nicolò Minato und Silvio Stampiglia.

Solisten: *Serse (Xerxes)*, König von Persien (Koloratur-Mezzosopran, auch Countertenor, ursprünglich Kastrat, gr. P.) – *Arsamene*, sein Bruder, liebt Romilda (Lyrischer Mezzosopran, auch Countertenor, gr. P.) – *Amastre*, Erbin des Thrones von Tagor, Serse als Braut bestimmt, verkleidet als Mann (Lyrischer Alt, gr. P.) – *Ariodate*, Prinz, Vasall von Serse (Charakterbaß, m. P.) – *Romilda*, seine Tochter, in Arsamene verliebt (Lyrischer Koloratursopran, gr. P.) – *Atalanta*, ihre Schwester, liebt heimlich Arsamene (Soubrette, gr. P) – *Elviro*, Diener des Arsamene (Spielbaß, m. P) – *Wachen* (Stumme Rollen) – *Gefährtinnen der Romilda* (Stumme Rollen) – *Diener der Amastre* (Stumme Rolle).
Chor: Soldaten – Seeleute – Priester (kl. Chp.).
Ort: Die persische Küstenstadt Abydos.
Schauplätze: Aussichtspavillon mit Blick auf eine inmitten eines Gartens stehende Platane – Ein Hof – Ein städtischer Platz – Heerlager am asiatischen Ufer einer nach Europa führenden Brücke – Ein nahe der Stadt gelegener einsamer Ort – Galerie – Wäldchen – Sonnentempel mit Altar.
Zeit: 480 v. Chr.
Orchester: 2 Blockflöten, 2 Ob., 2 Hr., 1 Trp., Str. (Violinen I–III, Br., Vcl., Kb.), B. c. (Vcl., Kb., Fag., Erzlaute, Cemb.).
Gliederung: Ouvertüre mit anschließender Gigue, 53 Musiknummern, die durch Secco-Rezitative oder Accompagnati miteinander verbunden sind.
Spieldauer: Etwa 3 Stunden.

Handlung
König Serse hat sich in eine Platane verliebt und umarmt sie. Seinen Bruder Arsamene hat aber seine Geliebte Romilda in die Nähe der Platane geführt. Denn Romilda beobachtet von einem zu ihren Besitzungen gehörenden Pavillon aus Serses absonderliches Treiben und kommentiert es

nicht ohne Spott. Serse aber betört der Klang ihrer Stimme. Er verlangt von seinem Bruder Auskunft über die verführerische Unbekannte, die er sich flugs zur Gattin erwählt. Arsamene hält es deshalb für klüger, seinem unberechenbaren Bruder nichts von seiner eigenen Leidenschaft für Romilda zu erzählen. Vielmehr nutzt Arsamene, als sich Serse einstweilen zurückzieht, die Gelegenheit, um die Geliebte vor der plötzlichen Eheanwandlung des Königs zu warnen. Für Romildas Schwester Atalanta hingegen ist diese Schicksalswendung erfreulich, hat sie doch schon seit längerem ein Auge auf Arsamene geworfen. Unverzüglich macht sie sich an ihn ran. Gleich darauf kommt der König in eigener Mission zurück. Über seinen Bruder, den er inzwischen als Rivalen ausgemacht hat, verhängt er die Verbannung. Arsamene bleibt also nichts weiter übrig, als das Feld zu räumen. Zwar hat Serse nun freie Bahn. Freilich beißt er bei Romilda auf Granit. Sie will – komme, was da wolle – Arsamene die Treue halten. – Tagors Thronerbin Amastre ist, als Soldat verkleidet, angereist, um ihren Verlobten Serse inkognito in Augenschein zu nehmen. Eben ist auch Ariodate, der Vater Romildas und Atalantas, aus siegreicher Schlacht heimgekehrt, und Amastre beobachtet, wie der König seinem Heerführer zum Dank für den militärischen Triumph verspricht, daß Romilda alsbald ins Königshaus einheiraten werde. Nach Ariodates Verabschiedung muß Amastre freilich erkennen, daß Serse sich selbst als Bräutigam ins Spiel gebracht und sich somit von ihr, Amastre, abgewendet hat. – Arsamene schickt seinen Diener Elviro mit einem Brief zu Romilda, in dem er sie um ein heimliches Treffen bittet. Elviro sorgt sich indessen um seine Sicherheit: Bei Erledigung dieses heiklen Auftrags möchte er nicht als Diener eines Verbannten erkannt werden. Während Arsamene voller Selbstmitleid und Amastre voller Zorn ihre Lage bedenken, kommt es zwischen den Schwestern Romilda und Atalanta zum Streit um Arsamene.

Amastre beobachtet in der Stadt einen seltsamen Marktschreier, der in einem kuriosen Kauderwelsch Blumen anpreist. Es handelt sich um den verkleideten Elviro, der in diesem Aufzug hofft, unerkannt Arsamenes Brief loszuwerden. Amastre horcht ihn aus, so daß sie schließlich über das Beziehungschaos zwischen Serse, Romilda und Arsamene vollständig im Bilde ist. Als nächste nähert sich Atalanta dem sonderbaren Blumenverkäufer, in dem sie alsbald Arsamenes Diener erkennt. Flugs schwatzt sie ihm den Brief ab, den sie angeblich an ihre Schwester weiterleiten will. Diese, so lügt sie Elviro vor, schreibe gerade zu Hause einen Liebesbrief an Serse; dessen Bruder hingegen habe Romilda bereits zu den Akten gelegt. Elviro macht sich aus dem Staub, als der König auf Atalanta zusteuert. Sie behauptet, Arsamenes Schreiben und die darin enthaltene Bitte um ein Treffen sei an sie gerichtet. Serse ist mißtrauisch: Arsamene liebe doch Romilda? Atalanta behauptet hingegen, dies tue er nur zum Schein, damit Romilda von Arsamenes wahrer Leidenschaft für sie, die Schwester, nichts mitbekomme. Und so bittet Atalanta den König, ihre Vermählung mit Arsamene zu arrangieren, und überläßt ihm den Brief. Nachdem sich Atalanta davongemacht hat, konfrontiert Serse Romilda mit Arsamenes Schreiben. Sie hat sich soweit unter Kontrolle, daß sie zwar gegenüber dem König trotz des vermeintlichen Beweises von Arsamenes Verrat an ihrem Bekenntnis zum Geliebten festhält. Sich selbst hingegen gesteht Romilda ein, daß nun Eifersucht in ihrem Herzen Platz greife. – Elviro ist auf dem Weg zu seinem Herrn abermals auf Amastre getroffen. Ihren Selbstmord kann Elviro gerade noch verhindern, doch dann bricht der Zorn des Arsamene über ihn herein, weil er den ominösen Brief fälschlicherweise an Atalanta weitergegeben hat. Als aber Elviro berichtet, daß sich Romilda nach Auskunft Atalantas inzwischen für den König entschieden habe, trifft diese Nachricht Arsamene tief. – Im Heerlager vor einer über den Hellespont nach Europa führenden Brücke gibt Serse Ariodate Befehl, in Dreitagesfrist überzusetzen. Danach widmet er sich seinen privaten Angelegenheiten. Im guten Glauben seinen Bruder damit zu versöhnen, bietet er ihm eine Doppelhochzeit Serse/Romilda und Arsamene/Atalanta an. Arsamene aber reagiert empört auf Serses Ansinnen und rauscht zornig ab. Allmählich begreift Serse, daß er von Atalanta über Arsamenes Liebe zu ihr belogen wurde. – Elviro ist auf der Suche nach Arsamene; überdies schaut er skeptisch auf Serses nach Europa führendes Überbrückungsabenteuer, und so zieht er es vor, sich zu betrinken. Vor der Stadt treffen zufällig Serse und Amastre aufeinander. Weiterhin wird sie von Serse für einen Soldaten gehalten, der nach eigener Auskunft im Dienst für den König verwundet und darüber hinaus undankbar behandelt worden sei. Bevor Serse auf Amastres Vorwurf antworten kann, kommt Romilda hinzu. Serse schickt den

»Soldaten« weg, so daß Amastre die Unterredung zwischen Serse und Romilda belauscht. Als der König trotz Romildas Zögern nicht abläßt, um ihre Hand zu bitten, tritt Amastre dazwischen und bezeichnet Serse als Betrüger. Der König befiehlt Amastres Gefangennahme und geht, als diese zu ihrer Verteidigung das Schwert zieht, wütend ab. Romilda nützt nun ihre Stellung als Serses Favoritin und bringt die Wachen dazu, den Gefangenen, der sie so mutig vor dem aufdringlichen König geschützt hat, laufenzulassen.

Im Beisein Elviros nehmen Romilda und Arsamene Atalanta ins Verhör. Der Lüge überführt, zieht sie sich zurück und faßt den Vorsatz, von nun an nach einem anderen Mann Ausschau zu halten. Arsamene und Elviro hingegen verstecken sich, um nicht dem herannahenden Serse unter die Augen zu kommen. Und schon wieder belästigt der König Romilda mit seinen Eheavancen. Sie weiß sich keinen anderen Rat mehr, als Serse auf ihren Vater zu verweisen, ohne dessen Zustimmung es ohnehin keine Hochzeit geben werde. Frohen Mutes eilt Serse nun zu Ariodate, um dessen Jawort einzuholen. Romilda wiederum gibt den Kampf um ihre Liebe zu Arsamene verloren und geht am Rande ihrer Kräfte von dannen, während Arsamene konsterniert zurückbleibt. – Inzwischen spricht sich Serse mit Ariodate ab. Der König glaubt sich am Ziel seiner Wünsche, als er Ariodates Zustimmung und Dank dafür erhält, daß Romilda einen Ehemann königlichen Geblüts erhalten soll. Allerdings reden beide aneinander vorbei: Ariodate ist nämlich davon überzeugt, daß Serse niemand anderen als Arsamene meint. Romilda wiederum greift zu einem allerletzten Mittel, um Serse die Ehe auszureden: Zwischen ihr und Arsamene habe es bereits Sex gegeben. Serse zieht den Wahrheitsgehalt dieses pikanten Geständnisses in Zweifel, und voller Wut befiehlt er, Arsamene zu töten. In ihrer Not wendet sich Romilda nun an Amastre. Sie schickt den vermeintlichen Soldaten zu Arsamene, um ihn zu warnen. Ihrerseits erklärt sie sich bereit, einen Brief Amastres dem König zu übermitteln. Danach treffen noch einmal Romilda und Arsamene zusammen. Doch was als letztes Lebewohl geplant ist, mißrät zum Streit. Denn Arsamene fühlt sich von ihr zugunsten seines Bruders verraten und verlassen. – Ariodate hat Romilda und Arsamene in den Sonnentempel kommen lassen. Zu ihrer freudigen Überraschung verheiratet Ariodate sie dort vor dem Traualtar: So habe er es mit Serse abgemacht.

Danach verlassen sie den Tempel, in den sodann Serse ungeduldig hereintritt. Er droht die Beherrschung zu verlieren, als ihm Ariodate fröhlich von der eben erfolgten Heirat zwischen Romilda und Arsamene berichtet. Vollends wähnt sich Serse in einem Narrenhaus, als ihm ein Page ein Schreiben aushändigt, angeblich von Romilda. Darin wird er mit Vorwürfen verratener Liebe überhäuft. Erst die Unterschrift macht klar, daß dies der Brief von Amastre ist. Serse spuckt Gift und Galle. Ihm wäre es am liebsten, wenn Arsamene Romilda erschlagen würde. Doch bevor es im allgemeinen Durcheinander zu Mord und Totschlag kommt, gibt sich Amastre zu erkennen. Angesichts der enttäuschten Ex-Geliebten bereut Serse sein Verhalten, und er und Amastre versöhnen sich. Alle atmen erleichtert auf.

Stilistische Stellung

Händels ›Serse‹ dürfte heutzutage als die berühmteste Soap-Opera des Spätbarock gelten. Das turbulente Geschehen, das von Täuschungen, Finten, Lügen, Mißverständnissen und possenhaften Wendungen vorangetrieben wird, bringt die Protagonisten fortwährend in Situationen scheinbar ausweisloser Ratlosigkeit. Dadurch kommen die affektuosen Stellungnahmen der Protagonisten, wie sie sich in den Arien durchaus ernsthaft bekunden, in einer Handlung komödienhaften Zuschnitts zu stehen, und zwar nicht nur, wenn Arsamenes Diener Elviro das Sagen hat, der von vornherein als komische Figur angelegt ist. Dem heutigen Publikum mag diese Oper aufgrund ihrer Neigung zur Groteske besonders modern anmuten, so daß man in Händels ›Serse‹ sogar eine Vorform des Boulevardtheaters vermuten könnte. Die Wahrnehmung zu Lebzeiten Händels könnte aber durchaus eine andere gewesen sein. Damals dürfte das ›Serse‹-Libretto, dessen Urform aufs mittlere 17. Jahrhundert zurückgeht, eher als verschroben und altertümlich gegolten haben. Denn gerade das Ineinander von Komik und Ernst, wie es für die frühere Librettistik typisch war, wurde von Händels zeitgenössischen Librettisten vermieden. Auch ein weiterer Zug angeblicher Modernität erklärt sich aus diesem historischen Rückgriff: Denn zu den für die Händel-Zeit und die barocke Opera seria typischen Abgangsarien in Da-capo-Form am Schluß einer Szene treten in ›Serse‹ immer wieder klein dimensionierte, oft einteilige Arien, die in die Szenen eingestreut sind. Auch dies ist ein Erbe des 17. Jahrhunderts. Insbesondere der Auftritt

Elviros als Blumenverkäufer im II. Akt erhält aus solcher Kleingliedrigkeit sein kurioses Profil. Doch auch andere Arien sind vom Handlungsmoment durchdrungen: beispielsweise die Gesänge Romildas, die zu Beginn des I. Akts Serses Liebesglut entfachen und überdies von einer wiederholt durch Rezitative unterbrochenen bukolischen Sinfonia eingeleitet werden. Ebenso ist Atalantas Arie »Sì, sì, sì, mio ben« im I. Akt, in der sie Arsamene zu bezirzen versucht, an Aktion gebunden.

Ein weiteres Moment, das die heutige Beliebtheit dieser Oper erklärt, ist die stringente Zeichnung der Protagonisten. Die an Ignoranz grenzende Ahnungslosigkeit des Heerführers Ariodate, die Tölpelhaftigkeit Elviros, die intrigante Verlogenheit der koketten Atalanta, Romildas Geradlinigkeit und Arsamenes Passivität und Selbstmitleid treten klar hervor, egal welch schräge Wendung die Handlung gerade nimmt. Eine besondere Pointe liegt in diesem Zusammenhang darin, daß die Personen von höchstem Stand – nämlich die Thronerbin Amastre und König Serse – sich am wenigsten unter Kontrolle haben. Beide sind gewaltaffin und unbeherrscht und neigen nicht zuletzt in ihren Arien zu Extremzuständen. Und doch gelingt Händel eine durchaus ambivalente Charakterisierung der beiden. Amastres sich in ihren Arien bekundender Schmerz über Serses Untreue ist nachvollziehbar, und Serse selbst ist nicht nur ein seine Launen auslebender Tyrann. Das zeigt sich gleich zu Beginn in der wohl berühmtesten Nummer nicht nur dieser Oper, sondern von Händels gesamtem Opernschaffen, dem als ›Largo‹ populär gewordenen Larghetto »Ombra mai fu«: Ein König, der sich in einen Baum verliebt, müßte auf den ersten Blick bizarr erscheinen. Jedoch schuf Händel in dieser Arie ein tönendes Denkmal der Hingabe an die Natur von geradezu überzeitlicher Gültigkeit und Anmut.

Textdichtung

Wir wissen nicht, ob Händel selbst oder ein anonym gebliebener Mitarbeiter das Textbuch des ›Serse‹ in die vorliegende Fassung gebracht hat. Jedenfalls greift es, wie bereits erwähnt, auf eine ältere Vorlage zurück, auf Nicolò Minatos ›Xerxes‹, eine Oper, die zu Beginn des Jahres 1655 in der Musik Francesco Cavallis in Venedig uraufgeführt wurde. Es handelt sich damit um die älteste Operntextvorlage, die Händel je verwendet hat. Außerdem lag ihm eine Bearbeitung von Minatos Libretto durch Silvio Stampiglia vor. Dieser ›Xerse‹ kam 1694 in der Musik von Giovanni Bononcini, von der sich Händel nicht zuletzt für das legendäre Larghetto inspirieren ließ, in Rom erstmals zur Aufführung.

Auch hinsichtlich des Sujets tauchte Händel mit ›Serse‹ so tief in die Vergangenheit ein wie in keiner seiner Opern mit historischem Bezug sonst. Alle seine nicht auf mythischen oder fiktionalen Quellen basierenden Opernwerke spielen also in späterer Zeit. Und die Handlung des ›Serse‹ läßt sich aus dem Umstand aufs Jahr genau datieren, daß im Libretto auf die von Herodot im VII. Buch seiner ›Historien‹ beschriebene Überquerung des Hellesponts durch das Heer des historischen Xerxes auf einer Pontondoppelbrücke im Jahr 480 v. Chr. Bezug genommen wird. Das Heerlager des Xerxes hatte sich damals bei der auch im Libretto namentlich erwähnten asiatischen Küstenstadt Abydos befunden. Herodot kommt in diesem Zusammenhang auch auf jene Platane zu sprechen, derer Xerxes auf dem Weg nach Abydos ansichtig geworden sei. Ihre Schönheit habe ihn veranlaßt, »sie mit goldenen Ornamenten zu dekorieren und einen Wächter für sie in alle Ewigkeit einzusetzen.« Bereits in Minatos Libretto wird im Vorwort darauf hingewiesen, daß das Intrigenspiel jedoch fiktional sei. Minato verschweigt allerdings, daß er sich hierfür offenbar von Lope de Vegas Theaterstück ›Lo cierto por lo dudoso‹ (›Sicherheit für Zweifel‹, vor 1625) hat anregen lassen.

Geschichtliches

In der von ruinösem Wettbewerb beherrschten Londoner Opernszene während der 1730er Jahre kam es 1737 dazu, daß Händel einen Schlaganfall erlitt. Überdies gingen sowohl das von Händel geleitete Covent Garden Theatre als auch das konkurrierende King's Theatre am Haymarket bankrott. Ende des Jahres wurde der durch eine Roßkur in den Bädern zu Aachen wiedergenesene Komponist jedoch vom früheren Konkurrenzunternehmen mit zwei Opernaufträgen betraut: ›Faramondo‹ und ›Serse‹. Noch während Händel von den Proben und Aufführungen von ›Faramondo‹ (Premiere: 3. Januar 1738) in Anspruch genommen war, machte er sich an die Fertigstellung des Nachfolgewerks, dessen Kompositionsprozeß sich vom 26. Dezember 1737 bis zum 14. Februar 1738 erstreckte. ›Serse‹ hatte dann am 15. April Premiere – mit dem Starkastraten Gaetano Majorano, genannt Caffarelli, in der Titelrolle. Von einem Erfolg konnte freilich nicht gesprochen werden, nach vier Folgeaufführungen war ›Serse‹ erst einmal Geschichte. Lediglich das »Ombra mai fu« sollte überleben. Obwohl etwa 1789 Charles Burney das Libretto als »Tragikomödie und Hanswurstiade« tadelte, rühmte er das Eröffnungs-Larghetto und lobte seinen »klaren und majestätischen Stil, zeitlos und nicht der Mode unterworfen«. Bis ins Jahr 1924 sollte es dauern, daß Oskar Hagen das Werk anläßlich der Göttinger Händel-Festspiele dem Opernschlaf entriß. Inzwischen ist ›Serse‹ eine der beliebtesten Händel-Opern. Großen Erfolg hatte insbesondere 2012 Stefan Herheims Produktion an der Komischen Oper Berlin, die die witzige und etwas flapsige deutsche Übersetzung von Eberhard Schmid zur Textgrundlage hatte.

R. M.

Deidamia

Oper in drei Akten. Text von Paolo Antonio Rolli.

Solisten: *Deidamia*, Tochter des Königs Lycomedes von Scyros (Lyrischer Sopran, auch Lyrischer Koloratursopran, gr. P.) – *Nerea*, eine Prinzessin, Freundin der Deidamia (Lyrischer Koloratursopran, gr. P.) – *Achilles*, unter dem Namen Pirrha, in Mädchenkleidern (Lyrischer Sopran, auch Lyrischer Mezzosopran, urspr. Soprankastrat, m. P.) – *Odysseus*, König von Ithaka, unter dem Namen Antilochos (Kontraalt, auch Countertenor, urspr. Altkastrat, gr. P.) – *Phönix*, König von Argos (Lyrischer Bariton, auch Kavalierbariton, gr. P.) – *Lycomedes*, König von Scyros (Seriöser Baß, m. P.) – *Nestor*, König von Pylos (Baß, auch Bariton, kl. P.).
Chor: Gefährtinnen der Deidamia – Hofstaat – Volk von Scyros (gemischter Chor, kl. Chp.).
Ort: Die Handlung spielt auf Scyros, einer Insel im Ägäischen Meer.
Schauplätze: Der Vorhof der Königsburg von Scyros – Das Gemach der Deidamia – Eine Jagd im Walde.
Zeit: Zu Beginn des Trojanischen Krieges.
Orchester: 2 Ob., 1 Fag. – 2 Hr., 2 Trp. – P. – Cemb. – Str.
Gliederung: Ouvertüre, Rezitative und Arien.
Spieldauer: Etwa 2¾ Stunden.

Handlung
Dem Myrmidonenkönig Peleus ist geweissagt worden, sein Sohn Achilles werde nach kurzem, ruhmvollen Leben den Tod in der Schlacht finden. Um ihn vor diesem Schicksal zu bewahren, wurde das Kind zu Peleus' Freund, dem König Lycomedes nach Scyros gebracht und dort als Mädchen erzogen. Als Achilles, der auf Scyros unter dem Namen Pirrha lebt, heranwächst, verliebt sich Deidamia, die Tochter von Lycomedes, in die »Freundin«; an Pirrhas Vorliebe für die Jagd und das Bogenschießen hat sie schon längst erkannt, daß in den Frauenkleidern ein junger Mann steckt.
Den in Aulis versammelten Griechenfürsten, die zum Kampf gegen Troja aufbrechen wollen, weissagt der Seher Kalchas, nur die Teilnahme Achills am Kriege verbürge den Sieg; gleichzeitig verrät er, daß Achilles sich auf Scyros aufhalte. Odysseus, der unter dem Namen Antilochos auftritt, Phönix und Nestor werden ausgesandt, um Achill aufzufinden und für den Krieg gegen Troja zu gewinnen.
Nach dieser Vorgeschichte setzt die Oper ein: Die Griechenfürsten sind in Scyros gelandet und werden von Lycomedes willkommen geheißen. Er selbst stellt sechzig Schiffe für den Krieg, kann aber wegen seines Alters nicht mitziehen. Als ihn Odysseus nach Achill fragt, behauptet Lycomedes, der Myrmidone sei schon längst zu seinem Vater zurückgekehrt. Als Beweis für seine Behauptung erlaubt er den Griechen, Achill auf der Insel zu suchen; in den Frauenkleidern hofft er ihn sicher vor Entdeckung. Deidamia und ihre Freundin Nerea warten zusammen auf die Rückkehr von Pirrha, die wieder einmal ihrer Lieblingsbeschäftigung, der Jagd nachgeht. Endlich kommt Achill und bekennt, er sei des Lebens in Frauenkleidern überdrüssig. Groß ist Deidamias Sorge, der Geliebte könnte sich so den Griechen verraten, von deren Ankunft Nerea erzählt hat. Odysseus trifft mit Deidamia zusammen und versucht, ihr ein wenig »auf den Zahn zu fühlen«, indem er den schmerzlichen Verlust des Geliebten beschreibt; doch die Prinzessin durchschaut, ebenso wie Nerea, das Spiel. Da der erste Plan Odysseus nicht zum Ziele geführt hat, er aber sicher ist, daß Deidamia verliebt sei, will er nun versuchen, die Eifersucht des Geliebten,

hinter dem er Achill vermutet, zu reizen. Zwar verfängt sein Werben um Deidamia nicht, aber Achill/Pirrha, der die beiden beobachtet hat, wirft der Geliebten Treulosigkeit vor. Nerea kommt mit der bestürzenden Nachricht, Lycomedes habe zu Ehren der griechischen Gäste eine Jagd angeordnet, an der auch die Mädchen teilnehmen sollen.

Nestor und Odysseus sind zum geselligen Trunk bei Lycomedes, der ihnen eine erfolgreiche Jagd wünscht, an der er selbst wegen seines Alters nicht mehr teilnehmen will. Die Jagd beginnt, Odysseus und sein Freund Phönix halten sich immer in der Nähe von Deidamia und Nerea. Als ein mächtiger Hirsch in Sicht kommt, gelingt es weder Odysseus noch Phönix, ihn zu erlegen; das Mädchen Pirrha ist schnell und geschickt genug. Nun beginnt Odysseus die Zusammenhänge zu ahnen: listig macht er der spröd-abweisenden Pirrha eine Liebeserklärung; die lauschende Deidamia ist fassungslos und läßt sich auch von Achilles nicht beruhigen. Auch Phönix nähert sich Pirrha und kommt, wie Odysseus, zu dem Schluß, daß dies der verkleidete Achill sein müsse. So wendet er sich der reizenden Nerea zu.

Odysseus holt nun zum letzten Schlag aus, um Achill zu entlarven. Er läßt, als Dank für die Gastfreundschaft, vom Schiff kostbare Geschenke holen, die sich die Mädchen aussuchen dürfen. Die List gelingt: während Deidamia und Nerea nach kostbaren Stoffen und Schmuck greifen, zeigt sich Pirrha fasziniert von Helm und Schwert. Um ganz sicher zu gehen, läßt Odysseus ein Trompetensignal ertönen und gibt vor, der Feind greife die Insel an – da ist Achill nicht mehr zu halten. Verzweifelt muß Deidamia sehen, daß die Verlockung von Ruhm und Ehre auch Liebesschwüre zu zerreißen vermag; sie verflucht Odysseus.

Deidamia erzählt ihrem Vater Lycomedes von ihrer Liebe; Lycomedes, der längst von der Neigung seiner Tochter weiß, läßt sie lächelnd mit Achill allein. Odysseus tritt zu ihnen, gibt sich zu erkennen und richtet Deidamia wieder auf, indem er von seiner Gattin Penelope erzählt, die er ebenfalls allein zu Hause zurücklassen mußte. Zwar ist Deidamia nicht vollends getröstet, denn sie weiß von dem Seherspruch, der Achill einen frühen Tod prophezeit; doch ihr Kummer geht unter in dem Jubel des Volkes, das zwei Ehebündnisse feiert: die Verheiratung von Deidamia und Achill wie die zwischen Nerea und Phönix.

Stilistische Stellung

Händels letzte Oper hat sich zwar nicht formal, aber doch inhaltlich von der Steifheit und Typenhaftigkeit der neapolitanischen Seria-Oper gelöst; sie schlägt vielmehr die gelöst-graziösen Töne einer Semi-Seria an, in der heitere Elemente eine ebenso große Rolle spielen wie die fein ausgeführte lyrische Empfindsamkeit der Hauptpartien. Der formale Rahmen mit seiner Reihung von Rezitativ und Arie verbleibt in der italienischen Operntradition, was auch der Verzicht auf große Accompagnati und Ensembles (das Werk hat, neben 29 Arien, nur ein Schlußduett und zwei kleine Chöre) zeigt. In der Verknüpfung jedoch von echten und vorgegebenen Gefühlen, in Affekt und Parodie weist das Werk weit über seine Entstehungszeit hinaus in die Nähe von Mozarts ›Così fan tutte‹.

Textdichtung

Das Libretto von Paolo Antonio Rolli geht zurück auf Ippolito Bentivoglios bereits 1663 für Giovanni Legrenzi geschriebenes Operntextbuch ›Achille in Sciro‹, erweitert jedoch den eher in traditionellen Bahnen gehaltenen Text um die Momente der Doppelbödigkeit zwischen Spiel und Ernst. Bemerkenswert erscheint, daß der »Deidamia«-Stoff in den dreißiger und vierziger Jahren des 18. Jahrhunderts offensichtlich sehr beliebt war: so schrieb André Campra 1735 ein Werk zum gleichen Thema für Paris; Antonio Caldara verwendete den Stoff 1736 für Wien, Niccolò Jommelli 1749 ebenfalls für Wien, beide auf ein Metastasio-Libretto.

Geschichtliches

Der alternde Georg Friedrich Händel schrieb die letzte seiner 46 Opern 1740 innerhalb weniger Wochen. Wirtschaftliche Schwierigkeiten und soziale Umwälzungen machten die Rolle der italienischen Oper in London immer schwieriger, und die mäzenatische Unterstützung durch die Adelsgesellschaft blieb aus. So kam es nach der eher erfolglosen Uraufführung am 10. Januar 1741 im Lincoln's Inn Fields Theatre nur zu zwei Wiederholungen; danach geriet das Werk so gründlich in Vergessenheit, daß es – sieht man von einigen Konzertausschnitten ab – erstmals wohl erst 1953 bei den Hallischen Händel-Festspielen wieder aufgeführt wurde. 1968 erstellten Wolfgang Kersten und Waldtraut Lewin eine Neuübersetzung und Neufassung, die zugunsten einer größeren dramatischen Einheit das Werk tragisch enden läßt, doch mag nicht nur historische Treue, sondern auch ein Theaterverständnis, das die Szene nicht nur als Verdoppelung der Musik versteht, in Händels »lieto fine« durchaus Möglichkeiten für eine glaubwürdig-überzeugende Inszenierungskonzeption finden.

W. K.

Fromental Elias Halévy
* 27. Mai 1799 in Paris, † 17. März 1862 in Nizza

La juive (Die Jüdin)
Oper in fünf Akten. Text von Eugène Scribe.

Solisten: *Prinzessin Eudoxia*, die Nichte des Kaisers (Lyrischer Koloratursopran, gr. P.) – *Rachel/Recha*, eine Jüdin (Jugendlich-dramatischer Sopran, gr. P.) – *Eleazar*, ihr Vater, Goldschmied in Konstanz (Heldentenor, gr. P.) – *Der Kardinal Brogni* (Seriöser Baß, gr. P.) – *Roger/Ruggiero*, Statthalter von Konstanz (Bariton, auch Baß, m. P.) – *Albert*, Offizier der kaiserlichen Leibgarde (Bariton, auch Baß, m. P.) – *Leopold*, Reichsfürst (Lyrischer Tenor, gr. P.) – *Ein Ausrufer* (Bariton, auch Baß, kl. P.) – *Ein Haushofmeister* (Baß, auch Bariton, kl. P.) – *Ein Offizier* (Tenor, kl. P.) – *Kaiser Sigismund* (Stumme Rolle) – *Ein Henker* (Baß, kl. P.) – *2 Männer aus dem Volk* (Tenor, Baß, kl. P.) – *Vertrauter des Hl. Offiziums* (Stumme Rolle).
Chor: Volk von Konstanz – Soldaten – Würdenträger – Gesellschaft am Hofe des Kaisers – Juden (gr. Chp.).
Ballett
Ort: Konstanz.
Zeit: Während des Konzils im Jahre 1414.
Schauplätze: Platz vor dem Dom, in der Nähe Eleazars Haus – Zimmer in Eleazars Haus – Garten. Festliches Bankett zu Ehren des Kaisers – Gotisches Gemach – Der Richtplatz vor den Toren von Konstanz.
Orchester: 1 Picc., 2 Fl., 2 Ob. (Eh.), 2 Kl., 2 Fag. – 4 Hr. (2 à pist.), 4 Trp. (2 à pist.), 3 Pos., Ophikleide – P., Schl. – Hrf., Org., 2 Git. – Str. – Bühnenmusik: Trommel, Glocken in g und c.
Gliederung: Ouvertüre und 25 Nummern.
Spieldauer: Etwa 3½ Stunden.

Handlung
Im Dom von Konstanz wird, anläßlich des Konzils, ein Te Deum gefeiert. Der kaiserliche Statthalter Roger verkündet als kaiserlichen Erlaß, daß heute der Sieg des Reichsfürsten Leopold über die Hussiten öffentlich gefeiert werden soll. Leopold erscheint, verkleidet und nur von Albert begleitet, aber der Volksauflauf vertreibt ihn wieder. Als aus dem Hause des jüdischen Goldschmieds Eleazar Arbeitsgeräusche zu hören sind, wird dieser mit seiner Tochter Rachel auf Befehl Rogers sogleich festgenommen. Beide sollen, wegen Verstoßes gegen eine kaiserliche Anordnung, die den Tag zum Festtag bestimmt, zum Tode verurteilt werden. Der Gottesdienst ist beendet, und aus der Kirche kommt der Konzilspräsident Kardinal Brogni. Er läßt sich die Gefangenen vorführen und erkennt Eleazar wieder. Beide hatten sich einmal in Rom getroffen, vor vielen Jahren, als der Kardinal noch der weltlichen Macht diente und gerade durch ein tragisches Schicksal Frau und Tochter verloren hatte. Der Kardinal ordnet die Freilassung der Gefangenen an, denn ein Christ müsse verzeihen können. Das Volk zerstreut sich, und erst jetzt traut sich Leopold, sich dem Hause Eleazars zu nähern. Er ist verliebt in Rachel, die ihn als Samuel, einen jungen jüdischen Maler, kennt. Rachel freut sich, daß er zurückgekehrt ist, und lädt ihn zum jüdischen Ostermahl ins Haus ihres Vaters ein. Als Eleazar und Rachel das Haus verlassen und vor dem Gedränge des Volkes, das nun ein großes Fest feiert, auf die Stufen des Domes ausweichen, fallen sie erneut Roger in die Hände, der der Begnadigung nur ungern zugesehen hat und nun erneut einen Frevel sieht, der mit dem Tode gesühnt werden müsse – hat doch der Jude die geweihten Stufen betreten. Leopold verteidigt sie, ohne sich zu erkennen zu

geben, doch der Pöbel kann erst abgewehrt werden, als Albert ihm mit den kaiserlichen Wachen zu Hilfe kommt.

Im Hause Eleazars wird, heimlich vor den Christen, das jüdische Osterfest gefeiert, auch Leopold ist anwesend. Entsetzt muß Rachel sehen, wie der Geliebte heimlich das geweihte Brot fortwirft. Sie fordert Aufklärung, da wird das Fest durch lautes Klopfen gestört. Die Prinzessin Eudoxia, die Nichte des Kaisers erscheint. Sie will bei Eleazar für den nächsten Tag eine kostbare goldene Kette kaufen und dort den Namen ihres Gatten eingravieren lassen – niemand anderes als der Reichsfürst Leopold, der am Abend in der Stadt erwartet wird. Den anwesenden Leopold, in der Verkleidung des Malers Samuel, erkennt Eudoxia nicht – erwartet sie doch erst die Ankunft ihres Ehemannes. Leopold verabschiedet sich, verabredet aber mit Rachel, daß er später wiederkehren wolle, um ihr Aufklärung zu geben. Als alles dunkel ist, erscheint er und gesteht der Geliebten, er sei Christ; nur aus Liebe zu ihr habe er gelogen. Rachel ist entsetzt und fürchtet den Fluch des Vaters. Leopold versucht, sie zur Flucht zu überreden, aber sie zögert. Da überrascht Eleazar das Paar und will Leopold töten, als er erfährt, daß dieser ein Christ ist. Das Entsetzen, die Trauer und die Liebe seiner Tochter lassen ihn jedoch von diesem Vorhaben abstehen, ja, er will schließlich der Eheschließung zustimmen, doch das lehnt Leopold ab, ohne eine Begründung geben zu wollen. Eleazar bedroht ihn mit seinem Fluch.

In den Gärten des Kaisers wird, zu Ehren Leopolds, ein großes Fest gefeiert. Prinzessin Eudoxia will hier Leopold die bei Eleazar bestellte Goldkette überreichen, die von Eleazar und Rachel überbracht wird. Eleazar erkennt Leopold wieder, aber er schweigt; Rachel jedoch kann die Überreichung der Kette nicht mitansehen. Sie stürzt vor und beschuldigt Leopold des Meineids und Treuebruchs. Die Gesellschaft ist verstört, doch da Leopold die Anschuldigungen der Jüdin nicht abstreitet, wird er, gemeinsam mit Rachel und Eleazar, verhaftet. Kardinal Brogni legt auf Leopold den schärfsten Kirchenbann.

Eudoxia hat sich Zugang zum Gefängnis verschafft. Sie läßt Rachel herbeiholen und beschwört die Rivalin, den gemeinsam Geliebten vor dem Tode zu bewahren – nicht für sie, denn ihr Glück sei zerstört, aber nur noch die Aussage der Jüdin vor dem Gericht könne Leopold retten. Rachel, die den Treulosen dennoch liebt, willigt ein. Der Kardinal läßt Eleazar rufen und erklärt ihm, er könne seine Tochter retten, wenn er seinem Glauben abschwöre, doch Eleazar weigert sich. Hohnlachend berichtet er dem Kardinal, bei dem schrecklichen Brand seines Hauses in Rom, als Brogni glauben mußte, Frau und Kind seien ein Opfer der Flammen geworden, sei seine Tochter von einem Juden gerettet worden. Obwohl der Kardinal inständig bittet, er möge ihm sagen, ob die Tochter noch lebe und wo sie sei, verweigert er jede Auskunft.

Der Statthalter Roger verliest, auf einem Platz vor dem Tore, das Urteil: Eleazar und Rachel sollen hingerichtet werden; Leopold, den Rachel entlastet hat, ist ins Exil verbannt worden und hat die Stadt schon verlassen. Eleazar teilt der Tochter mit, sie könne gerettet werden, wenn sie sich taufen lasse, aber stolz weist sie dies Angebot ab; sie will lieber mit dem Vater sterben. Noch einmal dringt der Kardinal in Eleazar, ihm, in der Stunde seines Todes, zu enthüllen, wo sich seine gerettete Tochter befinde. Da weist der Jude nur auf Rachel, die man eben in einen Kessel mit siedendem Wasser stößt; sie ist die Tochter des Kardinals, und Eleazar hat seine Rache vollzogen.

Stilistische Stellung

Halévy war in den dreißiger Jahren des 19. Jahrhunderts der große Rivale Giacomo Meyerbeers. In der Tradition Luigi Cherubinis, dessen Schüler er war, schrieb er eine Reihe von großen, zumeist historisch inspirierten tragischen Opern. Als sein Meisterwerk gilt ›La juive‹, in der die der Grand Opéra eigene Mischung von großen, effektvoll-dramatischen Chorszenen und intimen Soloszenen und Ensembles hervorragend getroffen ist. Dabei gelingt es Halévy, sich in den eindrucksvollsten Momenten der Partitur von schematischen Lösungen zu befreien, so im berühmten Gebet Eleazars, in dem dramatisch-spannungsvollen Duett von Eudoxia und Rachel, in der Cavatine des Kardinals gleich zu Beginn des Werkes.

Textdichtung

Eugène Scribes Libretto für Halévy zählt, was die Logik der Handlung angeht, sicherlich nicht zu seinen besten; zu unausgeformt sind da die Charaktere, zumal des Leopold; andererseits aber schafft der Text die besten Voraussetzungen für plakative Szenen, für große Chorauftritte, für Kolorit und Ausstattungsprunk.

Geschichtliches

Die Uraufführung der ›Jüdin‹ am 23. Februar 1835 an der Grand-Opéra in Paris war ein triumphaler Erfolg für den Komponisten wie für die führenden Solisten, denen Halévy die Partien »auf den Leib« geschrieben hatte – so für Adolphe Nourrit den Eleazar, so der außergewöhnlichen Sopranistin Marie Cornélie Falcon die Partie der Rachel. Das Werk blieb ein Serienerfolg der Opéra, bereits am 3. Juni 1840 verzeichnete man die 100. Aufführung, und bis 1893 spielte man das Werk mehr als 550mal. Bereits im Dezember 1835 kam es, in deutscher Sprache, in Leipzig heraus, am 3. März 1836 in Wien. Die Oper wurde in mehr als 20 Sprachen übersetzt und an fast allen großen Bühnen gespielt, 1921 wurde sie in New York in jiddischer Sprache, 1924 in Jerusalem in hebräischer Sprache aufgeführt. Nach größerer Pause ist das Werk in die Spielpläne zurückgekehrt – so 1991 in Nürnberg (Regie: John Dew) und 1999 in Günter Krämers Inszenierung in der Wiener Staatsoper.

W. K.

Karl Amadeus Hartmann

* 2. August 1905 in München; † 5. Dezember 1963 ebenda

Simplicius Simplicissimus – Drei Szenen aus seiner Jugend

Oper nach Hans Jakob Christoffel von Grimmelshausen von Hermann Scherchen, Karl Amadeus Hartmann und Wolfgang Petzet.

Solisten: *Simplicius Simplicissimus* (Dramatischer Mezzosopran, gr. P.) – *Einsiedel* (Lyrischer Tenor, auch Ernster Tenor, m. P.) – *Gouverneur* (Tenor, kl. P.) – *Landsknecht* (Bariton, m. P.) – *Hauptmann* (Baß, kl. P.) – *Bauer* (Baß, kl. P.) – *Sprecher* (Sprechrolle, m. P.).
Chor: Chor der Landsknechte – Chor der Bauern (Männerchor, auch Sprechchor, m. Chp.).
Ort und Zeit: Mitteldeutschland zur Zeit des Dreißigjährigen Krieges.
Schauplätze: Wiese mit Baum – Wald – Bankett beim Gouverneur.
Orchester: Fl. (auch Picc.), Kl., Fag., Trp., Pos., P., Schl. (2 Spieler), Hrf., Str.
Gliederung: Ouvertüre, Introduktion und drei durchkomponierte Teile mit jeweils einem Zwischenspiel nach Teil I und II. Die Ouvertüre kann bei szenischen Aufführungen gestrichen werden. In die Neufassung von 1956/57 integrierte Hartmann ein bereits komponiertes, aber in der ersten Fassung verworfenes Couplet nach »Drei Tänze der Dame« in Teil III.
Spieldauer: Etwa 1½ Stunden.

Handlung

Der Dreißigjährige Krieg hält sein blutiges Gericht. Millionen Menschen lassen ihr Leben. Simplicius wächst währenddessen abseits des Kriegsgeschehens beim Bauern auf. Er hat sich sein naives Gemüt bewahrt und kennt nicht die Schrecken der Welt, die er metaphorisch nur mit dem wilden Wolf gleichzusetzen weiß, den er fürchtet. Der Bauer weist ihn an, die Schafe zu hüten. Um den Wolf fern zu halten, überreicht ihm der Bauer eine Sackpfeife. Da Simplicius noch nie einen Wolf gesehen hat, fragt er den Bauern, wie er ihn erkennen könne. Der Bauer nennt den Wolf einen »Schelm und Dieb, der Menschen und Vieh frißt«. Simplicius graut es beim Gedanken an ein solches Ungeheuer, trotzdem schläft er bereits nach kurzer Zeit auf seinem Posten ein. Im Traum erscheint ihm ein Baum als Gleichnis der Gesellschaft, mit den Despoten in der Baumkrone sitzend und dem Bauernvolk ins Wurzelwerk gedrückt, wo es die Last der Oberen ertragen muß. Als ein Landsknecht sich in die Gegend verirrt, hält der aufgeschreckte Simplicius ihn für einen Wolf. Der Landsknecht ist auf der Suche nach dem Bauernhof, dessen Lage er von Simplicius allerdings nicht erfahren kann. Als er den Hof schließlich doch ausfindig macht, verschaffen sich die Landsknechte gewaltsam Zugang und richten eine gewaltige Zerstörung an; der Bauer wird von ihnen getötet, Simplicius kann fliehen.

Auf seiner Flucht irrt er durch den Wald und vermeint hinter jedem Baum den Wolf zu erblicken. Er trifft auf den Einsiedel, den er in seiner Panik ebenfalls für den Wolf hält. Der Einsiedel beruhigt Simplicius und gewinnt sein Vertrauen. Simplicius erzählt von der Zerstörung des Bauernhofs durch die Landsknechte. Nun heimatlos, bittet er den Einsiedel, bei ihm bleiben zu dürfen. Der Einsiedel lehnt zunächst entschieden ab, willigt aber unter der Bedingung ein, daß Simplicius ihm als Beweis seines guten Herzens das Vaterunser aufsagt. Simplicius versucht sich, spricht aber viel zu schnell und scheitert. Von Mitleid erfüllt nimmt der Einsiedel Simplicius bei sich auf, lehrt ihn das Beten und unterrichtet ihn in allem, »was ein guter Mensch wissen soll«. So verbringt Simplicius zwei friedliche Jahre im Einklang mit sich und der Welt beim Einsiedel. Als dieser seine Zeit gekommen sieht, ruft er Simplicius zu sich. Er erinnert seinen »wahren Sohn« ein letztes Mal an die Tugenden, die er ihn gelehrt hat und fordert ihn auf, beim Schaufeln einer Grube zu helfen. Simplicius folgt der Anweisung und erkennt zu spät, welchen Zweck das Loch in der Erde erfüllen soll – der Einsiedel legt sich hinein und stirbt. Simplicius steigt in seiner Verzweiflung in das Grab hinunter und versucht, den vermeintlich schlafenden Einsiedel wachzurütteln – aber dieser ist tot und Simplicius wieder allein in der Welt.

Beim Gouverneur findet ein Gelage statt, die Gesellschaft ist in ausgelassener Stimmung und eine Dame tritt zu drei Tänzen auf. Simplicius wurde gefangengenommen und wird vom Landsknecht hereingeführt, der vom erfolgreichen und blutigen Raubzug seiner Kameraden kündet. Die Anwesenden und der Gouverneur verhöhnen Simplicius, als dieser – durch die Zeit beim Einsiedel zum weisen Narren geworden – sie für ihre dekadente Unsittlichkeit kritisiert. Der Hauptmann beginnt mit der Dame zu tanzen. Simplicius kommentiert auf spitze und ironische Weise die merkwürdigen Verhaltensweisen der Gesellschaft: In der Dame erkennt er aufgrund ihrer freimütigen Kleidung und Schminke einen »Affen«, den Flüchen des Gouverneurs begegnet er mit feinem Spott. Es entsteht allgemeine Empörung. Der Gouverneur fordert Simplicius als »König aller Narren« auf, eine Rede an »sein Volk« zu halten. Simplicius erzählt also von seinem Traum, dem Gleichnis des Baumes als Abbild der Gesellschaft. Er erkennt nun im Rang des Gouverneurs diejenigen, die »oben sitzen« und Macht auf die darunter ausüben. Auf der nächsttieferen Ebene folgen diejenigen aus der Art des Hauptmanns, dann die Landsknechte. Simplicius entlarvt sie alle als Speichellecker einer unmenschlichen Machtstruktur, die nur Bestand haben kann, solange der Großteil der Bevölkerung von Entscheidungsprozessen ausgeschlossen bleibt und Not leidet. Er appelliert an die Bauern und beschwört ihr Aufbegehren. Die Bauern töten daraufhin alle Anwesenden. Simplicius aber verschonen sie; er sei es »nicht wert«, getötet zu werden. Beim Anblick der Toten preist Simplicius den »Richter der Wahrheit« und macht sich auf, den Bauern zu folgen.

Stilistische Stellung

Obwohl Hartmanns Musik oft ein ausgeprägt szenischer Gestus attestiert wird, bleibt ›Simplicius Simplicissimus‹ das einzige Musiktheaterwerk des Komponisten, das zu seinen Lebzeiten realisiert wurde. Eine weitere Auseinandersetzung mit dieser Gattung, das ›Wachsfigurenkabinett‹, erlebte seine Uraufführung erst 1988 und damit mehr als 20 Jahre nach Hartmanns Tod. Der ›Simplicius‹ stellt wie viele andere Werke des Komponisten ein bekenntnishaftes Zeugnis seines inneren Widerstandes während des deutschen Nationalsozialismus dar. Schon in der – erst 1939 und damit nach dem Beginn der systematischen Judenverfolgung und -ermordung komponierten – Ouvertüre sind Anklänge an die Melodik jüdischer Lieder omnipräsent. Im weiteren Verlauf tauchen Zitate und Allusionen an von den Nazis als »entartet« diffamierte Komponisten wie Alban Berg, Sergej Prokofjew oder Igor Strawinsky immer wieder in Schlüsselmomenten auf, und der häufig proklamierend gesprochene Text gemahnt an das epische Theater Bertolt Brechts. Sowohl Musik als auch Dramaturgie lassen sich somit als persönliche Stellungnahme Hartmanns gegen die NS-Ideologie verstehen.

Textdichtung

Die Idee zur Oper geht auf einen Impuls Hermann Scherchens zurück, der Hartmann auf die Parallelen zwischen den Geschehnissen des Dreißigjährigen Krieges und der Stimmung nach der Machtergreifung der Nationalsozialisten 1933 in Deutschland aufmerksam machte. Scherchen war es auch, der den Roman ›Der abentheuerliche

Simplicissimus teutsch‹ von Hans Jakob Christoffel von Grimmelshausen als Grundlage für die Vertonung vorschlug. Im Austausch mit Scherchen und dem Dramaturgen Wolfgang Petzet entstand so in kurzer Zeit das poetisch verknappte, aphoristisch gehaltene Textbuch zu ›Simplicius Simplicissimus‹, das sich auf wenige Kapitel des Beginns von Grimmelshausens 580 Seiten umfassenden Roman fokussiert. Vor allem die Allegorie des »Ständebaums« als Abbild einer nach Herrschenden und Beherrschten gegliederten Gesellschaft dient Hartmann als Pars pro toto, das die Dramaturgie der Oper bestimmt.

Geschichtliches
Die Urfassung von 1934/35 besteht aus den drei Handlungsteilen ohne Zwischenspiel, dafür – vor allem im zweiten Teil – mit erheblich differenzierter und ausgedehnter Szenerie. In der Neufassung von 1956 straffte Hartmann die Szenen und inkludierte die 1939 entstandene Ouvertüre, sowie Introduktion und Zwischenspiel. Das kleine Kammerorchester mit solistisch besetzten Streichern wich in der Überarbeitung einem mit 8-8-6-6-4 stärker besetzten Streicherapparat. Eine zeitnahe Aufführung der Urfassung war aufgrund der äußeren Umstände unmöglich – die verschärfte internationale Lage verhinderte etwa die für den 29. Mai 1940 geplante Radioaufführung in Brüssel. So kam es erst am 2. April 1948 unter Hans Rosbaud zur konzertanten Ursendung in einer Produktion von Radio München mit dem Orchester des Bayerischen Rundfunks, am 23. Oktober 1949 schließlich in den Kammerspielen des Kölner Stadttheaters unter Richard Kraus und in Regie von Erich Bormann zur szenischen Uraufführung. Die Neufassung wurde am 9. Juli 1957 am Nationaltheater Mannheim uraufgeführt.

P. K.

Johann Adolf Hasse
Getauft 25. März 1699 in Bergedorf, † 16. Dezember 1783 in Venedig

Cleofide

Dramma per musica in drei Akten. Dichtung von Michelangelo Boccardi nach Metastasios ›Alessandro nell'Indie‹.

Solisten: *Cleofide*, Königin Indiens, treue Geliebte des Poro (Koloratur-Mezzosopran, auch Lyrischer Mezzosopran, gr. P.) – *Poro*, König eines anderen indischen Gebietes, eifersüchtiger Geliebter der Cleofide (Countertenor, urspr. Altkastrat, gr. P.) – *Erissena*, Schwester Poros, liebt heimlich Alessandro (Lyrischer Koloratursopran, m. P.) – *Alessandro* (Alexander der Große), König Mazedoniens (Countertenor, urspr. Altkastrat, gr. P.) – *Timagene*, General der Armee Alessandros (Countertenor, urspr. Altkastrat, m. P.) – *Gandarte*, General der Armee Poros (Countertenor, urspr. Soprankastrat, m. P.).
Chor: Inder – Griechen – Faunen – Nymphen (zwei kurze Chorsätze).
Ballett: Die im Libretto vermerkten Tänze sind nicht erhalten.
Statisten: Gefolge von Indern – Gefolge von Griechen – Soldaten – Zwei Inder – Pagen Cleofides und Erissenas – Tempeldiener – Faune – Nymphen – Tiger – Löwen – Elefanten.
Ort: Indien, am Fluß Hydaspes und im Palast Cleofides.
Schauplätze: Schlachtfeld am Ufer des Hydaspes – Palmen- und Zypressenhain im Palast Cleofides – Kriegszelt Alexanders am Flußufer mit Blick auf den königlichen Palast am gegenüberliegenden Ufer – Königliche Gemächer, mit Federn und Porzellan geschmückt – Landschaft mit verstreuten antiken Bauten sowie Zelten für das griechische Heer, Brücke über den Hydaspes – Gemächer im Palast Cleofides – Säulengänge in den königlichen Gärten – Prachtvoller Bacchus-Tempel mit aufgeschichtetem Scheiterhaufen.
Zeit: 326 v. Chr.
Orchester: 2 Fl., 2 Ob., 2 Hr., 2 Trp., Str., B. c. (Vcl., Kb., Theorbe, Fag., Cemb.).
Gliederung: Sinfonia, Secco- und Accompagna-

to-Rezitative im Wechsel mit geschlossenen Nummern, zwei szenenbegleitende Märsche.
Spieldauer: Etwa 3¾ Stunden.

Handlung
Nach verlorenem Kampf bleibt König Poro auf dem Schlachtfeld zurück. Da seine letzten Soldaten fliehen, will er sich in sein Schwert stürzen. Cleofide kommt hinzu und fleht ihn bei ihrer Liebe an, sich nicht zu töten. Poro jedoch sieht sie schon in den Armen des Siegers Alessandro. Heerführer Gandarte tauscht mit Poro den Helmschmuck. Bei der Gefangennahme durch Alessandro gibt Poro sich als Vasall mit Namen Asbite aus. Seine Erscheinung und seine kühnen Reden beeindrucken den griechischen Eroberer so sehr, daß er ihn freiläßt und ihm das kostbare Schwert des Darius schenkt. Alessandros General Timagene führt die gefangene Prinzessin Erissena, Poros Schwester, vor. Alessandro weist ihn zurecht, er sei nicht an den Ganges gekommen, um junge Frauen zu bezwingen, und läßt sie ebenfalls frei. Timagene, der ein Auge auf die Prinzessin geworfen hat, ist verbittert über Erissenas Zuneigung zu Alessandro. Die Eifersucht gibt seinem alten Haß auf den Eroberer neue Nahrung; er sinnt auf Rache. – Poro sucht Cleofide in ihrem Palast auf. Er ist voller Groll über die großmütige Behandlung durch Alessandro und wirft seiner Geliebten von neuem Untreue vor. Sie wehrt sich entschieden gegen die ungerechten Vorwürfe: Anders als der hitzköpfige Poro verfolgt sie eine friedlichere Strategie gegenüber den Griechen. Zerknirscht schwört Poro ihr Treue. Auch Cleofide bekennt Poro ihre immerwährende Liebe. Erissena wendet sich vertrauensvoll an Gandarte und schwärmt ihm von dem hübschen Gesicht Alessandros vor. Dies betrübt Gandarte, dem sie als Frau versprochen ist. Doch Erissena entgegnet, strikte Treue sei heute nicht mehr Mode, er möge schweigend und dienend darauf hoffen, ihr Herz zu bekommen. – Cleofide und ihr Gefolge erscheinen vor Alessandros Kriegszelt in einem großen Boot, um dem Eroberer Geschenke darzubringen. In ihre diplomatischen Reden hinein platzt der eifersüchtige Poro unter dem Decknamen Asbite. Um ihn für seine Eifersucht zu strafen, erklärt Cleofide dem Alessandro scheinbar ihre Liebe. Sarkastisch erinnern sich Poro und Cleofide an ihre gegenseitigen Treueschwüre.
Zu den Klängen von Militärmusik will Alessandro mit Soldaten die Brücke über den Hydaspes überqueren. Cleofide kommt ihm von ihrem Palast her entgegen. Waffenlärm hinter der Szene kündigt einen Überraschungsangriff Poros an. Erzürnt zieht Alessandro seinen Degen und stürzt sich in den Kampf. Gandarte als einer der letzten Kämpfer für Poro springt von der zerstörten Brücke aus in den Fluß. Poro und Cleofide treffen aufeinander. Im Angesicht des Feindes sehen sie die Zukunft ihrer Liebe nur noch im gemeinsamen Tod. Alessandro geht dazwischen und läßt Poro, immer noch als Asbite getarnt, gefangennehmen. Timagene löst dem Feind heimlich die Fesseln und übergibt ihm einen Brief für seinen Herrn. – In den Gemächern des Palastes macht Alessandro Cleofide einen Heiratsantrag: Nur wenn sie sich mit ihm verbinde, könne er sie vor dem Siegesrausch seines Heeres schützen. Da erscheint der totgeglaubte Gandarte, gibt sich als Poro aus und bietet Alessandro sein Leben an. Bewegt von so viel Großmut, schenkt Alessandro den Liebenden die Freiheit. Allein geblieben, erfährt Cleofide durch Erissena, daß Poro sich in den Fluß gestürzt habe. Tiefste Verzweiflung übermannt sie.
Gandarte offenbart Erissena, daß Poro lebt und mit dem Verräter Timagene ein Komplott gegen Alessandro schmiedet. Erissena soll Timagene einen Brief überbringen, Alessandro soll ermordet werden. Cleofide, vom Tod Poros überzeugt, bietet Alessandro ihre Hand an, um Unglück von Indien abzuwenden. Alessandro entdeckt die Verschwörung, und Erissena zeigt ihm den Brief Timagenes. Der Verräter wirft sich Alessandro zu Füßen. Beschämt wünscht er sich weit weg von der intriganten Hofgesellschaft, ein unschuldiger Viehhirt möchte er sein. Durch das gescheiterte Attentat ist Poro seines Lebens müde, er befiehlt Gandarte, ihn zu töten. Der treue Gefährte kann sich dazu nicht durchringen und hebt den Dolch, um sich selbst zu erstechen. Erissena geht dazwischen und berichtet von den Hochzeitsfeierlichkeiten zwischen Alessandro und Cleofide. Poro ist außer sich vor Schmerz. Cleofide jedoch plante die Heirat nur zum Schein, sie sehnt sich nur noch nach dem Tod. – Im Tempel befiehlt sie, den Scheiterhaufen anzuzünden; sie sei Poros Witwe und folge ihm nun in den Tod. Poro, der sich verborgen gehalten hatte, tritt hervor und demütigt sich vor Alessandro. Der Eroberer schenkt ihm Reich, Gattin und Freiheit und triumphiert in seinem Ruhm.

Stilistische Stellung

Die Musik der ›Cleofide‹ ist von jugendlicher Frische; ein feuriges Brio durchzieht die gesamte Oper. Die Behandlung der menschlichen Stimme ist bei Hasse herausragend. Die italienischen Arienverse sind »eingekleidet« in gestische, mitreißende, dabei immer kantable Musik. Der Orchesterpart steht ganz im Dienst der Melodiebildung, die sich teils virtuos, teils schlicht zu Herzen gehend darstellt. Figuren im elegantpunktierten lombardischen Rhythmus, die um 1730 in der italienischen Oper en vogue waren, gehören auch bei Hasse zum Kernrepertoire musikalischen Ausdrucks. Vor allem die Arien des jugendlichen Heißsporns Poro sind Stücke von großer Zugkraft. Wenn gegen Ende der Oper die Verwirrungen kulminieren, erfleht der Liebhaber in höchster Erregung einen schnellen Tod: »Dov'è? Si affretti per me la morte.« Das Tempo der Arie, die übrigens fast ohne Koloraturen auskommt, ist mit Allegro assai e con spirito kaum zu überbieten; in einer fast blinden Verzweiflung stößt der Sänger immer wieder die Fragen »Dov'è?« und »Perché?« aus.

Das weibliche Gegenüber des temperamentvollen Primo uomo ist die Prima donna Cleofide. Gleich ihre erste Arie, »Che sorte crudele«, fließt über vor melodiöser Innigkeit. Damit markiert sie auch den Grundtopos im Charakter Cleofides, ihre Treue. In immer wieder neuen musikalischen Gesten der Zuwendung versucht sie, Poros verstocktes Herz zu erweichen. Eine Vertiefung dieses Affekts finden wir in der Arie »Digli ch'io son fedele«, die von der Dramaturgie her an Susannas »Rosenarie« (in Mozarts ›Le nozze di Figaro‹) erinnert: eine Liebeserklärung für einen nur vermeintlich Abwesenden, der in Wahrheit genau zuhört. Tonart und Tempo – E-Dur, Adagio – weisen auf den ernsthaften Anspruch der Arie hin. Es ist ein anrührendes Treueversprechen, das die ganze Vortragskunst der Sängerin erfordert.

Hasse greift Metastasios Sinn für theatralische Effekte kongenial auf: Das Treue-/Eifersuchtsthema zwischen Cleofide und Poro kulminiert dergestalt, daß Cleofide auf den Treueschwur Poros »Se mai più sarò geloso« mit einem lautmäßig ähnlichen Vers und derselben Musik antwortet, diesmal eine Quart höher: »Se mai turbo il tuo riposo«. Durch die Musik wird das Treuegelübde gleichsam feierlich beglaubigt. Wenig später gerät aber das Vertrauen wieder ins Wanken. Die Liebenden erinnern sich gegenseitig mit bitterem Sarkasmus an den Schwur und benutzen dazu in einer Art Anti-Liebesduett wieder die gleiche, nun schal und enttäuscht klingende Musik. In Händels Vertonung des Dramas, ›Poro‹, wird die spöttisch-sarkastische Wiederholung des Treueschwurs ähnlich gelöst.

Textdichtung und Geschichtliches

Mit seinem indischen Schauplatz ist das Stück ein frühes Beispiel für exotische Stoffe. Die Neugier auf Exotisches manifestierte sich auch am sächsischen Hof, etwa in der Gartenanlage des Schloßparks von Pillnitz. Ins Politische wendet sich der Exotismus, wenn Metastasio, angelehnt an Racines Drama ›Alexandre le Grand‹, kritische Fragen gegenüber abendländischem Imperialismus aufwirft: »Die ganze Welt ist dir schon untertan, und die ganze Welt ist dir noch zu wenig?«, fragt Poro den Alexander. Mit ›Cleofide‹ vertonte der 32 Jahre alte Hasse sein drittes Drama Pietro Metastasios. Seine Wertschätzung für die Stücke des fast gleichaltrigen Wiener kaiserlichen Hofpoeten drückte sich unter anderem darin aus, daß er mehrere Werke zweimal und auf unterschiedliche Weise in Musik setzte. Für die Dresdner Aufführung wurde das Drama zwar von Michelangelo Boccardi beträchtlich umgearbeitet, doch steht das »Urheberrecht« an der Gesamtkonzeption, der Zeichnung der Figuren und auch der sprachlichen Faktur Metastasio zu, diesem anregendsten und wohl auch musikalischsten Operndichter des 18. Jahrhunderts. In verschiedenen Vertonungen – insgesamt über sechzig – verbreitete sich ›Alessandro nell'Indie‹ schnell und weitreichend über ganz Europa. In Dresden war Hasses Ehefrau Faustina Bordoni die tragende Säule des Werks: Sie sang die weibliche Hauptrolle, für sie wurde der Titel geändert und die erste Szene umgeschrieben. Auf diese Weise erhielt sie mit der allerersten Arie im Stück einen prominenten Einstand, auch wenn die indische Königin Cleofide sich dafür, was wenig wahrscheinlich ist, auf das blutige Schlachtfeld zu begeben hat. Als eine der herausragenden Primadonnen der damaligen Opernwelt brachte Faustina das nicht unwichtige Identifikationspotential für die Hauptfigur mit, hatte sie doch die Cleofide schon in der Turiner Produktion (Musik von Nicola Porpora) gesungen.

Weitere Aufführungsgeschichte: Friedrich II. von Preußen war ein prominenter Bewunderer Hasses. 1755 schrieb er selbst Auszierungen zu Cleofides Arie »Digli ch'io son fedele«, 1777 ließ er die Oper in der Karnevalssaison in Berlin aufführen. Danach wurde ›Cleofide‹ erst 1986 wiederentdeckt, in einer konzertanten Version. Die zugehörige CD-Einspielung mit dem Dirigenten William Christie, dem Orchester Cappella Coloniensis sowie herausragenden Gesangssolisten nimmt einen besonderen Platz im kulturellen Gedächtnis für Opern des 18. Jahrhunderts ein. Im Jahr 2005 wurde ›Cleofide‹ von Karoline Gruber an der Dresdner Staatsoper neu inszeniert.

A. R. T.

Joseph Haydn
* 31. März 1732 in Rohrau an der Leitha, † 31. Mai 1809 in Wien

Die Welt auf dem Monde (Il mondo della luna)
Dramma giocoso in drei Akten. Dichtung nach Carlo Goldoni.

Solisten: *Ecclitico*, vorgeblicher Astrologe (Lyrischer Tenor, gr. P.) – *Ernesto*, ein Kavalier (Lyrischer Mezzosopran, auch Countertenor, urspr. Altkastrat, gr. P.) – *Buonafede* (Spielbaß, gr. P.) – *Clarice* (Lyrischer [Mezzo-]Sopran, m. P.) und *Flaminia* (Lyrischer Koloratursopran, m. P.), Buonafedes Töchter – *Lisetta*, Kammerzofe des Buonafede (Spielalt, auch Mezzosopran, gr. P.) – *Cecco*, Diener des Ernesto (Spieltenor, gr. P.),
Chor: Scholaren des Ecclitico – Kavaliere – Pagen – Diener – Soldaten in der vermeintlichen »Welt auf dem Monde« (Gesangspart: 4 Bässe; kl. Chp.).
Ballett: Nymphen und Schäfer.
Schauplätze: Terrasse auf dem Haus des Ecclitico – Zimmer im Haus des Buonafede – Phantastischer Lustgarten im Haus des Ecclitico, der die vermeintliche »Welt auf dem Monde« darstellt – Saal im Haus des Ecclitico.
Orchester: 2 Fl., 2 Ob., 2 Fag., 2 Hr., 2 Trp., P., Str., Cemb. – Bühnenmusik: 2 Fag., 2 Hr.
Gliederung: Sinfonia (Ouvertüre) und 29 Musiknummern, die durch Secco-Rezitative miteinander verbunden sind.
Spieldauer: Etwa 2½ Stunden.

Handlung
Dem schlitzohrigen Ecclitico macht es Spaß, Dummköpfe zum Narren zu halten und sich dabei Vorteile zu verschaffen. In einer Dunkelkammer auf seinem Haus hat er, der sich als Astrologe ausgibt, ein Fernrohr aufgestellt. Vor der Linse des Fernrohrs ist eine von innen beleuchtete Maschinerie angebracht, in der sich verschiedene Figuren bewegen. In einer mondhellen Nacht erscheint im Haus des Ecclitico der wohlhabende Buonafede, der sich lebhaft für die Welt des Mondes interessiert. Als er durch das Fernrohr das Gestirn betrachtet, setzt Ecclitico heimlich die Maschinerie in Gang. Buonafede ist hingerissen von den Beobachtungen, die ihm, wie er glaubt, einen Einblick in das Leben und Treiben auf dem Mond gewähren. Beim Weggehen überreicht er Ecclitico zum Dank eine Börse und erklärt, bald wiederzukommen. Ecclitico ist jedoch weniger an Buonafedes Geld als an dessen hübscher Tochter Clarice interessiert, die von dem Alten streng behütet wird. Da kommt Signor Ernesto mit seinem Diener Cecco zu Besuch. Wie sich alsbald herausstellt, ist Ernesto in Buonafedes zweite Tochter Flaminia und Cecco in die niedliche Kammerzofe Lisetta verliebt. Ecclitico schlägt den beiden vor, sich mit Geld zu versehen; er werde dann Buonafede mit Hilfe der Künste eines ihm bekannten Mechanikers so verblenden, daß sie alle drei ans Ziel ihrer Wünsche gelangten. – In einem Gespräch auf der Loggia von Buonafedes Haus bringen Flaminia und Clarice ihre Hoffnung auf eine baldige Vermählung zum Ausdruck; sie wollen heiraten, und sei es auch gegen den Widerstand des Vaters. Buonafede kommt heim. Er erzählt der Kammerzofe, der er sehr zugetan ist, begeistert, was er auf dem Monde gesehen hat, und verspricht ihr, sie das nächste Mal zu dem Astrologen mitzunehmen. Kurz darauf erscheint Ecclitico. Er gibt vor, vom Kaiser des Mondes eine Einladung erhalten zu haben, Mondbürger zu werden; ein Mond-Astrologe

habe ihm durch sein Fernrohr einen Trank herabgeschickt, der ein Aufwärts-Schweben zu dem Gestirn bewirken würde. Buonafede ist sogleich entschlossen, Ecclitico zum Mond zu begleiten. Nach einigem Sträuben erklärt sich dieser bereit, ihm die Hälfte des Elixiers zu überlassen. Buonafede fällt nach dem Genuß des Tranks in tiefen Schlaf. Entsetzt eilt Clarice mit Lisetta auf ihr Zimmer, um ihr Riechsalz zur Rettung des Vaters zu holen. Unterdessen läßt Ecclitico von seinen Dienern den Schlafenden rasch in seinen Garten fortschaffen.

Ecclitico hat in seinem Haus einen phantastischen Lustgarten aufbauen lassen, der mit einigen sonderbaren Gebilden die Welt auf dem Mond vorstellen soll. Er selbst ist bizarr gekleidet. Ernesto erfährt von ihm, daß Flaminia und Clarice in das bevorstehende Trugspiel eingeweiht worden seien; Lisetta sei vorsichtigerweise nicht informiert worden. Mit einem scharfen Riechsalz weckt Ecclitico den auf einem Blumenbett liegenden Buonafede aus seinem Opiumschlaf. Der Alte ist berauscht von den Schönheiten der Mondwelt, von den duftreichen Blumen, von dem wohlklingenden Gesang der Vögel, von den süßen Harmonien der sanft rauschenden Bäume, von dem Reigen der reizenden Nymphen und Schäfer. Buonafede will nun dem Kaiser seine Aufwartung machen. Zunächst bringen Kavaliere prächtige Gewänder herbei, die Buonafede von Pagen angelegt werden. Gleich darauf naht ein Triumphwagen, gezogen von vier phantastisch gekleideten Männern; auf ihm befinden sich Cecco, der den Mondkaiser darstellt, sowie Ernesto, der einen Stern vor der Stirn trägt und vorgibt, der Abendstern Hesperos zu sein. Buonafede richtet an den Kaiser die untertänige Bitte, zur Vollendung seines Glücks seine beiden Töchter und seine Zofe auf den Mond kommen zu lassen. Der Kaiser gewährt die Gnade, doch verlangt er, daß die Zofe ihm zu Diensten stehen müsse. Zunächst kommt Lisetta, die mit verbundenen Augen von Ecclitico herbeigeführt wird. Das schlaue Mädchen will jedoch, nachdem ihm die Binde abgenommen ist, nicht an das Märchen glauben, im Schlaf von einer Wolke auf den Mond getragen worden zu sein. Es möchte wissen, warum es aus seinem Bett von unbekannten Männern entführt worden sei. Ecclitico bemerkt, daß Buonafede die Frage beantworten könne. Dieser behauptet, Lisetta verdanke ihm das Glück, auf dem Mond zu sein, weil er sich nach ihr sehnte. Als er immer zudringlicher wird und einen Kuß verlangt, tritt der Kaiser dazwischen. Lisetta erkennt in ihm sogleich ihren Cecco. Großmütig erklärt sich der Kaiser bereit, Lisetta auf den Thron zu erheben und sie zur Kaiserin des Mondes zu machen. Ein Flugwerk bringt Flaminia und Clarice herbei. Die Mädchen huldigen dem Kaiser, der daraufhin Ernesto beauftragt, Flaminia zu betreuen, und Ecclitico auffordert, Clarice seinen Arm zu reichen. Buonafede versucht, Einspruch zu erheben, fügt sich aber schließlich doch den Anordnungen des Kaisers. Nun bringen zwei Pagen auf Präsentiertellern Krone und Zepter. Feierlich krönt der Kaiser Lisetta zur Kaiserin. Zum Lohn für treue Dienste will er aber auch Buonafedes Töchtern zur Ehe verhelfen. Nachdem er von Buonafede den Schlüssel zu dem Schrein, der die Mitgift enthält, in Empfang genommen hat, wünscht er, daß Ecclitico Clarice und Ernesto Flaminia die Hand zum Lebensbund reichen. Die Komödie ist damit zu Ende. Wutentbrannt schwört Buonafede Rache, als er erkannt hat, daß er auf einen Schwindel hereingefallen ist.

Der Geprellte wird in Ecclitos Haus festgehalten. Er soll erst freigelassen werden, wenn er allen an dem Intrigenspiel Beteiligten Verzeihung gewährt hat. Zunächst verlangt Buonafede den Schlüssel zu seinem Geldschrank zurück. Er hat aber eingesehen, daß er durch seine Schrulligkeit und durch seine närrische Leichtgläubigkeit die Blamage selbst verschuldet hat. So gibt er den drei Paaren seinen Segen und bedenkt jede seiner Töchter mit sechstausend Scudi Mitgift; die Kammerzofe Lisetta erhält ein Hochzeitsgeschenk von tausend Scudi. In froher Stimmung preisen alle das Glück, das ihnen heute vom Mond auf die Erde gefallen ist.

Stilistische Stellung

Unter den Bühnenwerken Joseph Haydns nehmen seine Buffa-Opern eine bevorzugte Stellung ein. Kommt doch der Stil einer Tonsprache, wie sie die Opera buffa oder das Singspiel erfordert, der Eigenart des Meisters in besonderem Maß entgegen. So ist, ähnlich wie bereits bei der neun Jahre früher entstandenen Goldoni-Oper ›Lo speziale‹ (›Der Apotheker‹), auch bei ›Il mondo della luna‹ das typische Bild Haydnscher Instrumentalkunst gewahrt: die eingängige Melodik teils volkstümlich frischen, teils warm empfundenen Ausdrucks, die feine Charakterzeichnung sowie der musikalische Humor, der mitunter durch tonmalerische Effekte verdeutlicht wird (z. B. im Finale I die Empfindung des Schwebens, charakterisiert durch ostinate Zweiunddreißigstel-Figuren). Den beengten Möglichkeiten des Esterházyschen Theaters entsprechend spielt der mit vier Männerstimmen besetzte und einstimmig singende Chor eine untergeordnete Rolle. Dafür werden die Ensemblewirkungen von den Solisten bestritten, so besonders in den Finali II und III, die musikalische Höhepunkte darstellen. Wie bei keiner anderen seiner Opern hat Haydn in seine ›Welt auf dem Monde‹ eine Anzahl reiner Instrumentalsätze eingestreut. So wird jeder der drei Akte mit einem Vorspiel (Sinfonia) eröffnet. Der II. Akt enthält drei Ballette (Nr. 13, 14 und 23) sowie einen Marsch (Nr. 17). In reizvoller Weise ist im I. Akt Buonafedes dreimalige Mondbetrachtung durch das Fernrohr von drei Intermezzi in varianter Instrumentierung und Tonart untermalt (Nr. 3), während im Ballett Nr. 13 die »süßen Harmonien« der Mondlandschaft durch die Bühnenmusik von zwei Fagotten und zwei Hörnern in Korrespondenz mit dem Hauptorchester zum Ausdruck gebracht werden.

Textdichtung
Dem Libretto liegt das gleichnamige Dramma giocoso des italienischen Bühnendichters Carlo Goldoni (1707–1793) zugrunde, das wohl als Satire auf menschliche Borniertheit aufzufassen ist. Wer das Textbuch für Haydn eingerichtet hat, ist unbekannt. Die Oper folgt im allgemeinen dem Vorwurf Goldonis; das Finale des II. Aktes und der III. Akt enthalten allerdings größere Abweichungen von dem Original. Die deutsche Textübertragung besorgte Hans Swarowsky.

Geschichtliches
Goldonis Stück erschien bereits vor Haydn mehrfach auf der Opernbühne, so in Vertonungen von Baldassare Galuppi (1750 Venedig), von Nicola Piccini (1770 Mailand), von Giovanni Paisiello (1774 Neapel) und von Gennaro Astaritta (1775 Venedig). Wie auf der Titelseite des gedruckten Textbuches angegeben ist, wurde Haydns Oper anläßlich der Verlobung des Sohnes Nikolaus von Fürst Nikolaus Esterházy am 3. August 1777 am Schloßtheater zu Esterháza uraufgeführt. Die in Paris, Berlin, Wien und Budapest erhaltenen Autographe des Werkes weichen im Notentext bisweilen voneinander ab, woraus geschlossen werden kann, daß Haydn seine Oper mehrfach überarbeitet hat. Im Jahre 1958 wurde ›Die Welt auf dem Monde‹ von Howard C. Robbins Landon in einer Neufassung vorgelegt, die im allgemeinen Haydns Original von 1777 folgt.

Die belohnte Treue (La fedeltà premiata)

Dramma pastorale giocoso in drei Akten. Text von Giambattista Lorenzi.

Solisten: *Celia*, die eigentlich *Fillide* heißt (Lyrischer Alt, gr. P.) – *Fileno*, Geliebter der Fillide (Lyrischer Tenor, auch Spieltenor, gr. P.) – *Amaranta*, eine eitle Dame (Lyrischer Mezzosopran, gr. P.) – *Lindoro*, Amarantas Bruder, zunächst verliebt in Nerina, später in Celia (Lyrischer Tenor, gr. P.) – *Perruchetto*, ein Graf von überspanntem Charakter (Lyrischer Bariton, gr. P.) – *Nerina*, eine Nymphe, verliebt in Lindoro (Lyrischer Sopran, auch Soubrette, gr. P.) – *Melibeo*, Priester des Diana-Tempels, verliebt in Amaranta (Spielbaß, auch Baßbariton, gr. P.) – *Die Göttin Diana* (Lyrischer Sopran, auch Jugendlich-dramatischer Sopran, kl. P.).
Chor: Nymphen und Schäfer – Jäger und Jägerinnen – Das Gefolge der Diana (gemischter Chor, kl. Chp.).
Ballett: Schäfer und Schäferinnen – Nymphen – Satyrn (ad libitum).

Ort: Die Handlung spielt in der Ebene von Cumae.
Schauplätze: Tempel und heiliger Hain der Diana – Ein Garten – Eine düstere Höhle – Eine Ebene am Meer.
Zeit: In pastoraler Zeit.
Orchester: Fl., 2 Ob., 2 Fag. – 3 Hr., 2 Trp. – P., Cemb. – Str.
Gliederung: Ouvertüre, durch Rezitative gegliederte musikalische Nummern.
Spieldauer: Etwa 3 Stunden.

Handlung
Eine Gruppe von Nymphen und Schäfern hat sich vor dem Tempel der Diana versammelt und bittet die Göttin um Barmherzigkeit. Der Diana-Priester Melibeo heißt die schöne Amaranta willkom-

men, die der Göttin ein Opfer bringt. Während sich alles auf die heilige Jagd der Diana vorbereitet, erfährt Amaranta aus einer Inschrift, warum alles so besorgt ist, denn jedes Jahr müssen dem Ungeheuer, das im See lebt, zwei treue Liebende geopfert werden, bis eine heldenhafte Seele sich freiwillig zum Opfer darbringt. Dann soll wieder Frieden ins Land einziehen. Melibeo, der in Amaranta verliebt ist, ergänzt die Kunde durch den Hinweis, der Diana-Priester sei von dieser Regelung natürlich ausgenommen. Die Nymphe Nerina beklagt sich bitter über Lindoro, den Bruder Amarantas, der sie früher liebte, ihr nun aber, seit Celia angekommen ist, keine Beachtung schenkt. Amaranta ist die Situation unangenehm; sie bittet deshalb Melibeo, seinen Einfluß geltend zu machen und Lindoro mit Celia zu verheiraten; sie werde sich dann auch den Liebesschwüren Melibeos gewogen zeigen. Doch ihre vorgetäuschte Bereitschaft wird jäh unterbrochen durch das plötzliche Auftauchen des Grafen Perruchetto, der von Räubern verfolgt worden ist und angstschlotternd hereinstürzt. Seine Angst schwindet allerdings, als er die schöne Amaranta sieht, und er beginnt sogleich ihr den Hof zu machen. Der Priester sieht mit Argwohn und unterdrückter Wut, daß seine Schöne offensichtlich Gefallen an dem Grafen findet. – Der Hirte Fileno trauert seiner verlorenen Liebe nach; er trifft auf Nerina, die ihrerseits traurig ist. Beide klagen einander ihr Leid: Nerina hat ihren geliebten Lindoro an Celia verloren, während Filenos geliebte Fillide von einer giftigen Schlange gebissen wurde. Sie wissen noch nicht, daß sie von derselben Person sprechen. Fileno verspricht der Nymphe, er wolle mit Celia reden und sie bitten, von Lindoro zu lassen. – In einem anderen Teil des Waldes hütet Celia, die in Wirklichkeit Fillide heißt, ihre Schafe und beklagt ihr Los; ihr Geliebter Fileno ist verschwunden, und unter dem Namen Celia reist sie umher, um ihn zu suchen. Sie schläft ein. Fileno erscheint, geführt von Nerina, um mit Celia zu reden. Zuerst verjagt er den eifersüchtig herumlungernden Lindoro, der seinerseits nun Melibeo holt. Dann weckt er das Mädchen, und überrascht und erfreut erkennen sich Fillide und Fileno. Doch aus dem Augenwinkel sieht Celia/Fillide Lindoro und Melibeo herankommen, und sie fürchtet, Melibeo könne sie – mit allen negativen Folgen – zum »treuen Liebespaar« des Jahres aussuchen. So leugnet sie ab, Fileno je gesehen zu haben, was diesen in Verzweiflung stürzt. Er will sich erstechen, doch man hält ihn zurück.

Lindoro bemüht sich erneut um Celia, aber auch der Graf macht der Schäferin verliebte Augen – was Amaranta in Wut versetzt. Trotz Celias Geistesgegenwart ahnt Melibeo die Zusammenhänge und setzt Celia unter Druck: entweder soll sie Lindoro heiraten oder dem Ungeheuer geopfert werden. Celia bittet Nerina, ihre unbegründete Eifersucht zu vergessen und Fileno zu warnen; Nerina jedoch versteht die Zusammenhänge nicht; zudem gefällt es ihr, daß der Graf Perruchetto auch sie umwirbt, wobei er erneut von Amaranta ertappt wird, deren Wut sich steigert. Amaranta, Lindoro und Melibeo besprechen ihren Plan, wie Celia zur Heirat gezwungen werden könne. Doch als Lindoro Celia umwirbt, antwortet sie ihm mit einer Ohrfeige und läuft fort. Nerina wird von Perruchetto umworben, und Amaranta hat Celia herbeigeholt, die nur in Sorge ist um das Wohlergehen Filenos, den man gefesselt herangeschleppt hat. Als man ihm erzählt, Celia werde Lindoro heiraten, bricht er in wilde Verzweiflung aus, doch aus Angst davor, dem Ungeheuer vorgeworfen zu werden, schweigt Celia. Die Verwirrung wird vollständig, als eine Gruppe von Satyrn hereinbricht, die ein Auge auf Nerina geworfen haben, nun aber Celia entführen. Da Fileno noch gefesselt ist und Melibeo und Perruchetto eher zu den Hasenfüßen gehören, bleibt Widerstand aus. Der Akt endet in totaler Verwirrung.

Nerina hat Fileno losgebunden, und dieser hat Celia aus der Gewalt der Satyrn befreit, um sie jedoch gleich wieder zu verlieren. Amaranta und Perruchetto geraten wegen der Unbeständigkeit des Grafen aneinander, doch löst sich – sehr zum Mißfallen von Melibeo – alles in schönster Eintracht auf. Melibeo rät Nerina, sich um Fileno zu bemühen, und dieser macht nun seinerseits der Nymphe den Hof, um sich an Celia zu rächen, die, wie er weiß, die Szene beobachtet. Als er gegangen ist, beklagt sich Celia bei Nerina, doch diese rät ihr, vom untreuen Fileno abzulassen. Die Jagd beginnt, doch scheinen die Rollen vertauscht: Perruchetto wird von einem Bären verfolgt und rettet sich auf einen Baum, Amaranta flieht vor einem wilden Keiler und wird von Fileno gerettet, der dann jedoch wieder verschwindet. Perruchetto klettert von seinem Baum und rühmt sich, als Amaranta aus ihrer Ohnmacht erwacht, das wilde Tier erlegt zu haben, was ihm allerdings niemand glaubt, so daß er den toten Keiler und den Baum, auf dem er gesessen, als Zeugen anruft. Fileno, von Verzweiflung getrieben, beschließt zu sterben: Zuvor schnitzt er jedoch als Botschaft in den Baum: »Für Fillide, die Treulose, starb Fileno.« Als er jedoch feststellt, daß seine Lanze zerbrochen ist, verschiebt er den Selbstmord. Celia findet die Inschrift und ist nun ihrerseits verzweifelt, da sie den Geliebten tot wähnt. Melibeos Intrige nähert sich dem Erfolg. Es gelingt ihm, es so zu arrangieren, daß Celia und Perruchetto zusammen in einer Höhle gefunden werden und nun als »treues Liebespaar« dem Ungeheuer vorgeworfen werden sollen. Amaranta glaubt sich nun zum dritten Mal vom Grafen betrogen. Fileno streift umher, um Celia zu suchen; Nerina, bereits von Gewissensbissen geplagt, möchte ihm helfen, wagt es aber nicht. Nerina, Lindoro und Fileno sehen, daß Melibeos schreckliche Pläne Erfolg zu haben scheinen. Amaranta fleht sie an, den Grafen zu retten; auch wenn er nicht gerade ein beständiger Ehemann sein dürfte, so möchte sie doch die Chance, Gräfin zu werden, nicht im Bauche des Ungeheuers verschwinden sehen. Melibeo führt, in vollem Priesterornat, die weißgekleideten Opfer herein. Celia und Perruchetto begehren auf gegen die Ungerechtigkeit des Schicksals, aber Melibeo bringt die Klage zum Verstummen und treibt alle zur Eile an – man dürfe die Göttin nicht warten lassen. Eine Rettung scheint nicht mehr möglich.

Celia und Fileno sehnen sich nach Versöhnung. Melibeo führt alle ans Ufer des Meeres, um das Ungeheuer zu erwarten. Es erscheint, und alle Hoffnung scheint vergebens; da bietet sich Fileno als freiwilliges Opfer an, das Cumae allein den Frieden bringen könne. Doch als er sich dem Ungeheuer vorwerfen will, ertönt ein Donnerschlag, und die Szene wandelt sich. Das Ungeheuer verschwindet und an seiner Stelle erscheint die Göttin Diana. Sie zeigt sich versöhnt durch Filenos Großmut und schenkt allen den langersehnten Frieden. Den betrügerischen Melibeo jedoch haben ihre Pfeile getötet. Diana bestimmt, daß Fileno seine Fillide bekommt und daß Perruchetto Amaranta heiraten soll (von Nerina und Lindoro ist nicht die Rede, ja Nerina ist gar nicht auf der Bühne – wohl, weil bei der Premiere die Partien der Nerina und der Diana von derselben Sängerin ausgeführt wurden). Die Oper endet mit einem Freudenfest und einem Lobgesang auf die Milde der Göttin.

Stilistische Stellung

Erst in jüngster Zeit hat man – neben dem weltberühmten Komponisten von Symphonien, Messen, Oratorien und Streichquartetten – auch den Opernkomponisten Haydn wiederentdeckt. Seine 1780 komponierte Oper ›La fedeltà premiata‹ gehört in ihrer Mischung aus tragikomischen und pastoralen Elementen zu den faszinierendsten und zukunftweisenden Partituren dieser Zeit; ihr musikalischer Charme, die Vielfalt der Formen und Emotionen und die faszinierende Behandlung der Singstimmen und der Instrumente machen sie zu einem Meisterwerk, das durchaus gleichberechtigt neben den Opern Mozarts Platz findet (der übrigens ›La fedeltà premiata‹ offensichtlich gut kannte, denn die Arie »Dell mio amor« der Amaranta aus dem II. Akt war unüberhörbar Vorbild für »Deh, per questo istante« aus ›La clemenza di Tito‹). Die komischen Elemente (interessanterweise nicht, wie im 18. Jahrhundert üblich, in den »niederen Schichten«, sondern in der überdreht-verrückten Figur des Grafen Perruchetto), der parodistische Sinn des Komponisten, seine Vielfalt in überraschenden Orchester-Reaktionen und Instrumentations-Illustrationen (die manche »Effekte« aus den späten Oratorien vorwegnehmen), aber auch die anrührende Leidenschaftlichkeit und vokale Sensibilität sollten der Oper (mit einigen überlegten Strichen) auch heute noch zu bühnenwirksamem Leben verhelfen können.

Textdichtung

Haydns Oper ›La fedeltà premiata‹, vom Fürsten Esterházy nach dem Brand des Opernhauses 1779 zur Eröffnung des geplanten Neubaus in Auftrag gegeben, entstand in wenigen Monaten. So blieb keine Zeit, ein neues Libretto zu verfassen, und Haydn griff zurück auf das Textbuch, das Giambattista Lorenzi 1779 für Domenico Cimarosa verfaßt hat. In der pastoralen Szene (die ihrerseits in vielen Handlungsdetails auf den Renaissance-Dichter Battista Guarini zurückgeht) mischen sich die tragischen und die komischen Elemente; denn anders als noch zu Beginn des Jahrhunderts war jetzt die pastorale Szene nicht mehr ungebrochen, als schöne Utopie eines vergangenen Arkadien zu erleben, sondern reizte gerade durch ihre geschlossene Welt der Sujets und Situationen zur Doppelbödigkeit, zur Parodie.

Geschichtliches

Im November 1779 brannte das Opernhaus in Esterháza ab; dabei ging ein Großteil der Haydnschen Aufführungsmaterialien verloren (die meisten Partituren wurden, da Haydn sie in seiner Wohnung aufbewahrte, gerettet). Fürst Nikolaus befahl den Wiederaufbau, zu dessen Einweihung Haydn ›La fedeltà premiata‹ komponierte. Die Uraufführung fand statt am 25. Februar 1781 und hatte großen Erfolg; bis 1785 spielte man das Werk in Esterháza allein fünfunddreißigmal; in deutscher Sprache wurde es 1785 in Preßburg und – von Emanuel Schikaneders Operntruppe – 1784 in Wien aufgeführt, wo es ebenfalls höchst erfolgreich war. Dann geriet das Werk aber in Vergessenheit.

Erst 1958 stieß der Haydn-Forscher Howard C. Robbins Landon in Budapest auf das unvollständige Partiturautograph und konnte nach und nach aus verschiedenen Abschriften die Partitur rekonstruieren. Seit der erfolgreichen Wiederaufführung im Rahmen des Holland-Festivals 1970 ist das Werk in Kiel, London, Braunschweig, Zürich und Karlsruhe mit Erfolg aufgeführt worden und liegt auch in einer authentischen Schallplatteneinspielung unter Antal Dorati vor.

W. K.

Armida

Dramma eroico in drei Akten. Libretto nach Torquato Tasso.

Solisten: *Idreno, König von Damaskus, Onkel Armidas* (Spielbaß, m. P.) – *Armida, Zauberin, Nichte Idrenos* (Lyrischer Koloratursopran, gr. P.) – *Rinaldo, Ritter im Heer Gottfrieds* (Jugendlicher Heldentenor, gr. P.) – *Ubaldo, fränkischer Ritter im Heer Gottfrieds* (Lyrischer Tenor, m. P.) – *Zelmira, Hofdame bei Armida* (Lyrischer Koloratursopran, m. P.) – *Clotarco, Ritter im Heer Gottfrieds* (Lyrischer Tenor, m. P.).
Ort: Damaskus.
Schauplätze: Thronsaal im Palast zu Damaskus – Ein steiler Berg; auf dem Gipfel Armidas Schloß – Armidas Gemach – Garten in Armidas Palast – Lager der Europäer – Lichtung in der Nähe des verzauberten Waldes – Grauenerregender Wald, darin ein dichter Myrtenbaum – Lager der Franken.
Zeit: Zur Zeit der ersten Kreuzzüge.
Orchester: 2 Fl., 2 Ob., 2 Kl., 2 Fag., 2 Hr., 2 Trp., P., Str., B. c. – Bühnenmusik: Banda.
Gliederung: Opera seria mit Rezitativen und Arien.
Spieldauer: 2½ Stunden.

Handlung

Auf ihrem Weg nach Jerusalem belagern die Kreuzfahrer die Stadt Damaskus. Rinaldo, der dem Liebreiz Armidas verfallen ist, zeigt sich im Thronsaal vor den versammelten Sarazenen bereit, gegen seine früheren Kameraden in den Kampf zu ziehen. König Idreno verspricht ihm dafür die Hand seiner Tochter. Seine Liebe zu Armida wird Rinaldo dazu die nötige Kraft verleihen. Armida sorgt sich um ihren Geliebten, doch Idreno verspricht ihr siegessicher, Rinaldo nach dem Gefecht als seinen Nachfolger einzusetzen. Armida ruft dunkle Mächte zu Hilfe. – Am Fuße des Schloßbergs rennen die Gefährten der Kreuzritter Ubaldo und Clotarco gegen einen Orkan mit Hagelschauern an. Die beiden vermuten hinter den unbändigen Naturgewalten und den Ungeheuern zu Recht Zauberkräfte, lassen sich jedoch nicht täuschen und bezwingen den Berg. Sodann steigt die schöne Sultanstochter Zelmira den Berg herab mit dem Auftrag Idrenos, den Franken schöne Augen zu machen, und schnell verfällt ihr Clotarco. – Rinaldo, von Armida gebeten, sich aus dem Kampf herauszuhalten, trifft auf Ubaldo, der ihn an der Richtigkeit seines Handelns zweifeln läßt. Armida spürt den Verrat. In einem großen Duett verleihen beide den Schmerzen, die ihnen ihre Liebe verursacht, Ausdruck.

Im Garten berichtet Idreno Zelmira, die Franken in einen Hinterhalt gelockt zu haben. Zelmira will Clotarco helfen. Gegenüber Clotarco äußert Idreno, er wolle mit dem Fürsten Ubaldo über einen möglichen Frieden verhandeln. Ubaldo wiederum möchte seinen Freund Rinaldo aus der Verzauberung Armidas befreien. Die Erinnerung an seine Herkunft und die Aussicht, Jerusalem zu erobern, lassen Rinaldo nicht länger zögern. Er verabschiedet sich von Armida, deren Liebe sich in Wut verkehrt. Auch in Rinaldo kämpfen sein Verlangen nach der Geliebten und sein Wille zur Pflichterfüllung miteinander. – Im Lager der Europäer wird Rinaldo von seinen früheren Gefährten herzlich aufgenommen, Ubaldo wünscht ihm für die kommenden Kämpfe seine frühere Tapferkeit zurück. Armida, zuvor noch dem Wahnsinn nahe und gewillt, Rinaldo ein Gewitter hinterherzujagen, erscheint nun als Gefangene im Lager der Franken. Wieder muß Rinaldo sich zwischen Pflicht und Liebe entscheiden, und traurig weist er sie nochmals zurück.

Auf einer Lichtung in der Nähe des Zauberwaldes zeigt sich Rinaldo erstarkt. Er fleht Gott um Hilfe an für seinen Plan, die Myrte zu fällen, von der die Zauberkräfte ausgehen. Zelmira umschmeichelt ihn zärtlich mit ihren Nymphen. Als Rinaldo das Schwert an die Myrte legt, öffnet sich diese und Armida tritt als Zauberin aus ihr heraus. Mit Hilfe ihrer Furien versucht sie, Rinaldo von seinem Tun abzubringen. Nach kurzem Widerstreit fällt jedoch die Myrte, und die Szene wechselt zum Lager der Europäer. Begleitet von einem Marsch ziehen die Sarazenen dort ein, Armida läßt für Rinaldo einen Höllenwagen auffahren und verflucht ihn.

Stilistische Stellung

Der Zwiespalt Rinaldos zwischen seiner leidenschaftlichen Liebe und seinem Drang zur Pflichterfüllung bot für die strukturelle Ausarbeitung einer Opera seria einen geradezu idealen Nährboden. Es ist dieser moralische Grundzug, der Kampf zwischen Gefühl und Verstand, der das Libretto zusammenhält und ihm Überzeitlichkeit verleiht. Typisch für die Opera seria der zweiten Hälfte des 18. Jahrhunderts sind außerdem die sechs Dramatis personae sowie ihre hierarchische Ordnung: ganz oben der Herrscher, dann die Hauptpersonen, der »primo uomo« sowie die »prima donna«, und schließlich die gesellschaftlich darunter angesiedelte zweite Gruppe mit dem »secondo uomo«, der »seconda donna« und einer weiteren Person. Musikalisch-dramatisch entwickelt sich die Handlung in Secco-Rezitativen, alternierend mit Arien, die den jeweils zugehörigen Affekt, angereichert mit virtuosen Koloraturen, effektvoll ausgestalten. Die Oper besticht durch ihre wirkungsstarke musikalisch-psychologische Personencharakteristik. Ungewöhnlich ist auch die lautmalerische Gestaltung des III. Aktes, in dem die Mittel des Orchesters zu vollem Einsatz kommen und die Zauberkräfte des Waldes musikalisch gesteigert werden; hier unterbrechen kaum noch Arien den Fluß der Handlung.

Textdichtung

Zu Haydns Zeit war ›Armida‹ (bzw. ›Rinaldo‹) das wohl beliebteste Sujet auf der Opernbühne; im 17. und 18. Jahrhundert wurde es insgesamt über 100 Mal vertont. Die Geschichte von der Zauberin Armida und dem Kreuzfahrer Rinaldo entstammt dem Epos ›Gerusalemme liberata‹ (1581) von Torquato Tasso. Nicht zweifelsfrei geklärt ist die Autorschaft des Librettos von Haydns Oper: Außer drei Nummern folgt der Text bei Haydn vollständig demjenigen von Antonio Tozzis Oper ›Rinaldo‹ (Venedig 1775), deren Libretto auf den Textbüchern von Jacopo Durandi (zu Pasquale Anfossis ›Armida‹, Turin 1770) und Francesco Saverio De Rogati (zu Niccolò Jommellis ›Armida abbandonata‹, Neapel 1775) fußt. Die drei Nummern, die nicht auf Tozzis Libretto zurückgehen, basieren auf dem Textbuch zu Johann Gottlieb Naumanns ›Armida‹ (Padua 1773); auch dies eine Kompilation eines anonymen Bearbeiters. Haydn hat also alle diese Vertonungen studiert und sich womöglich sein Textbuch selbst zusammengestellt.

Geschichtliches

›Armida‹ war nicht nur die erste Opera seria Joseph Haydns, sondern überhaupt die erste Seria, die in Esterháza zur Aufführung kam. Sie eröffnete am 26. Februar 1784 die Spielzeit und wurde bis 1788 insgesamt 54 Mal aufgeführt – damit war sie die erfolgreichste Oper des dortigen Betriebs und wurde auch andernorts schnell nachgespielt: in Preßburg (Bratislava, 1786), Budapest (1789), Wien (1797) und Turin (1805). Doch ist es nach Schließung des Hofes in Esterháza und seiner Übersiedelung nach Eisenstadt dort nicht wieder zu einer Aufführung gekommen.

Bei der pompös ausgestatteten Uraufführung waren, wie sich aus den Kostenvoranschlägen des Esterházyschen Theaterdirektors entnehmen läßt, 43 Komparsen beteiligt, die als Sarazenen, Kreuzritter und Nymphen auftraten; zudem wirkte eine sechsköpfige Banda mit, deren Musik (Harmoniemusik für die Märsche) nicht erhalten ist. Haydn selbst äußerte sich stolz über seine ›Armida‹; in einem Brief an seinen Verleger Artaria schrieb er am 1. März 1784: »Gestern wurde meine Armida zum 2ten Mahl mit allgemeinem Beyfall aufgeführt. Man sagt es seye bishero mein bestes.« Diesem Urteil folgt offenbar auch die jüngere Rezeption: Seit ihrer Wiederentdeckung bei einer konzertanten Aufführung in Köln 1968 (musikalische Leitung Ferdinand Leitner) und einer szenischen Produktion in Bern findet diese Oper, nachdem sie aus dem Opernrepertoire zunächst vollständig verschwunden war, deutlich häufiger als die anderen Opern Haydns ihren Weg auf die Bühne, und sowohl Jessye Norman wie Cecilia Bartoli dürfen als Parade-Besetzungen der Hauptpartie gelten.

A. Th.

Hans Werner Henze
* 1. Juli 1926 in Gütersloh, † 27. Oktober 2012 in Dresden

Boulevard Solitude
Lyrisches Drama in sieben Bildern. Text von Grete Weil, Szenarium von Walter Jockisch.

Solisten: *Manon Lescaut* (Lyrischer Koloratursopran, gr. P.) – *Armand des Grieux*, ein Student (Lyrischer Tenor, gr. P.) – *Lescaut*, Bruder von Manon (Lyrischer Bariton, gr. P.) – *Francis*, ein Freund von Armand (Bariton, kl. P.) – *Lilaque le père*, ein reicher alter Kavalier (Spieltenor, auch Charaktertenor, m. P.) – *Lilaque le fils*, sein Sohn (Baßbariton, auch Baß, m. P.) – *Eine Dirne* (Tänzerin) – *Diener* bei Lilaque le fils (Stumme Rolle).
Chor: Studenten – Kinder (Männerchor, kl. Chp.; Kinderchor, kl. Chp.).
Ballett: Kokainisten – Zigarettenboy – Blumenmädchen – Zeitungsjungen – Bettler – Dirnen – Polizisten – Reisende – Studenten.
Ort: Frankreich.
Schauplätze: Bahnhofshalle – Kleines Mansardenzimmer in Paris – Boudoir bei Lilaque le père – Universitätsbibliothek – Kaschemme – Wohnung von Lilaque le fils – Vor dem Gefängnis.
Zeit: Gegenwart.
Orchester: 2 Fl. (II. auch Picc.), Ob., Eh., Kl., Bkl., 2 Fag. – 4 Hr., 4 Trp., 3 Pos., Tuba-P., Schl., Hrf., Klav., Mandoline – Str.
Gliederung: Durchkomponierte Großform, instrumentale Intermezzi vor jedem Bild.
Spieldauer: Etwa 2 Stunden.

Handlung
In einer Bahnhofshalle sitzen Armand und Francis an einem Kaffeehaustischchen. Francis verabschiedet sich. Da kommt Lescaut mit seiner Schwester Manon, die er in ein Pensionat nach Lausanne bringen soll. Manon setzt sich zu Armand, und die beiden jungen Menschen verlieben sich ineinander. Manon reist mit Armand nach Paris. Lescaut, der sich an die Bar gesetzt hatte, greift nicht ein. – Manon und Armand bewohnen eine Mansarde in Paris. Manon möchte einen neuen Hut, aber Armand hat kein Geld mehr; sein Vater hat die Unterstützung eingestellt, weil der Sohn nicht mehr ordentlich studiert. Er will aber versuchen, Francis anzupumpen. Als er geht, erscheint Lescaut. Er hat einen neuen, reichen Liebhaber, den alten Lilaque, für Manon aufgetrieben. Manon zögert, doch dann willigt sie ein und gibt dem auf der Straße wartenden Lilaque das verabredete Zeichen.
In der eleganten Wohnung des alten Lilaque schreibt Manon einen Liebesbrief an Armand. Lescaut kommt dazu, zerreißt den Brief und fordert Geld von ihr. Als sie sich weigert, bricht er den Tresor auf. Der alte Lilaque kommt dazu, schöpft bei dieser »Familienidylle« Verdacht, entdeckt den Einbruch und wirft Manon und Lescaut aus dem Hause.
In der Universitätsbibliothek erzählt Francis seinem Freunde Armand von dem Skandal; Armand jedoch erklärt, er wolle zu Manon halten, selbst wenn sie ins Gefängnis käme. Francis geht, und Armand liest in Catulls Liebesgedichten. Da erscheint Manon und liest mit ihm gemeinsam; wieder verfällt der Student ihrer Schönheit und verzeiht ihr ihre Untreue.
Manon hat Armand erneut verlassen; aus Liebeskummer ist Armand rauschgiftsüchtig geworden und lungert in einer Kaschemme herum, wo ihn Lescaut mit Kokain versorgt. Während Armand wirren Träumen nachhängt, in denen er sich für Orpheus hält, der seine Eurydike befreien muß, verkuppelt Lescaut Manon an den jungen Lilaque. Als sie gegangen sind, überbringt eine Dirne Armand einen Brief von Manon, in dem sie ihm schreibt, sie erwarte ihn in der kommenden

Nacht im Hause ihres neuen Liebhabers, der dann verreist sei.

Armand und Manon erwachen am Morgen. Armand muß gehen, denn Lilaque le fils kann jeden Augenblick zurückkommen. Lescaut kommt und drängt den Studenten zu gehen. Da er erneut in Geldnöten ist, schneidet er ein modernes Bild aus dem Rahmen, um es zu verkaufen. Der Diener, dem dies alles nicht geheuer ist, hat den alten Lilaque alarmiert; Armand und Lescaut verbergen sich im Schlafzimmer. Manon zeigt sich liebenswürdig, und der Alte ist durchaus bereit, darauf einzugehen, und zerrt sie ins Schlafzimmer. Obwohl Manon Widerstand leistet, betritt er es und entdeckt den Diebstahl, aber auch Armand und Lescaut. Er läßt den Diener die Polizei rufen und versucht, die jungen Leute an der Flucht zu hindern. Lescaut drückt Manon eine Pistole in die Hand, und sie erschießt den alten Lilaque. Lescaut flüchtet mit dem gestohlenen Bild. Der junge Lilaque erscheint und findet die Leiche seines Vaters. Manon wird verhaftet.

An einem grauen Wintermorgen wartet Armand vor dem Gefängnis, um Manon, die in eine andere Strafanstalt gebracht werden soll, noch einmal zu sehen. Sie aber geht grußlos an ihm vorüber. Armand bleibt allein zurück.

Stilistische Stellung

Es ist sicher kein Zufall, daß sich Henze bei seiner ersten abendfüllenden Oper eines Sujets bediente, das zuvor schon Daniel François Esprit Auber, Jules Massenet und Giacomo Puccini vertont haben. Doch die Handlung wird in die Gegenwart gelegt. Die »asoziale Aggressivität« der Handlung (Klaus Geitel) kontrastiert dabei mit einem lyrisch-desperaten Grundgefühl: dem von Liebe, Sehnsucht und Verzweiflung, wodurch auch – mehr als bei den Vorbildern – die Rolle des Armand in den Mittelpunkt gerückt wird. Das Bürgerschreck-Moment, das das Stück auch hatte, tritt – heute erst recht – zurück hinter dem Sehnsuchtston. Henzes schöpferischer Eklektizismus verwendet bei diesem Stück traditionelle Formen und Abläufe; eine zwölftönige organisierte Musik erreicht durch klanglich diskret abgestimmte Atmosphäre, subtile tonale Grundlegungen und höchst differenzierte Vokalbehandlung (von gesprochenen Teilen bis zu fast puccinesken Arien) phantastische Biegsamkeit und kühle Schönheit. Die Musik identifiziert sich nicht: sie kommentiert und beschreibt.

Textdichtung

Das Szenarium zu Henzes ›Boulevard Solitude‹ (der Titel leitet sich ab von Billy Wilders Erfolgsfilm ›Sunset Boulevard‹, der in Paris, wo ihn Henze sah, unter dem Titel ›Boulevard du Crépuscule‹ gespielt wurde) entwarf der Regisseur Walter Jockisch, die – bewußt künstlich gereimten – Texte schrieb Jockischs Frau Grete Weil. Dabei ging es – darin abweichend von der literarischen Vorlage, dem Roman des Abbé Prévost (›L'Histoire du Chevalier des Grieux et de Manon Lescaut‹, 1731) – nicht um eine moralisierende Sicht, sondern um das Grundgefühl der Einsamkeit in Beziehungen wie in allen gesellschaftlichen Situationen. Verdeutlicht wird dieses Element durch die kommentierende und Figuren verdoppelnde Rolle des Balletts.

Geschichtliches

Henze schrieb ›Boulevard Solitude‹ ohne Auftrag zwischen 1950 und 1951. Die Uraufführung fand, nachdem sich Verhandlungen mit München und Hamburg zerschlagen hatten, am 17. Februar 1952 am Landestheater Hannover statt. Es dirigierte Johannes Schüler, es inszenierte Walter Jockisch in den Bühnenbildern von Jean-Pierre Ponnelle. Der große Erfolg des Werkes sorgte für zahlreiche Aufführungen an deutschen Theatern, aber auch im Ausland, zumal in Italien.

W. K.

König Hirsch

Oper in drei Akten von Heinz von Cramer.

Solisten: *Der König* (Jugendlicher Heldentenor, gr. P.) – *Das Mädchen* (Jugendlich-dramatischer Sopran, gr. P.) – *Der Statthalter* (Heldenbariton, auch Charakterbariton, gr. P.) – *Scolatella*, eine teilbare Frauenperson (Koloratursopran, gr. P.) – *Scolatella II* (Soubrette, m. P.) – *Scolatella III* (Mezzosopran, kl. P.) – *Scolatella IV* (Alt, kl. P.) – *Checco*, ein verträumter Bursche (Spieltenor, auch Lyrischer Tenor, m. P.) – *Coltellino*, ein schüchterner Mörder (Spieltenor, auch Charaktertenor, m. P.) –

Eine Dame in Schwarz (Alt, auch Mezzosopran, kl. P.) – *Die Clowns* (Clowns mit Gesang, Sprechpartien, m. P.) – *Der Hirsch* (Stumme Rolle) – *Der Papagei* (Tänzerin) – *Die Statuen* (2 Knabensoprane, auch 2 Frauensoprane, kl. P.) – *Stimmen des Waldes* (Sopran, Mezzosopran, Alt, Tenor, Baß, m. P.) – *1. Wache* (Tenor, kl. P.) – *2. Wache* (Baß, kl. P.) – *Stimmen der Menschen* (Sopran, Mezzosopran, Alt, Tenor, Bariton, Baß, Chorsoli, kl. P.) – *1. Frau* (Sopran, kl. P.) – *2. Frau* (Sopran, kl. P.) – *3. Frau* (Mezzosopran, kl. P.) – *4. Frau* (Alt, kl. P.) – *Drei Männer* (Tenöre, kl. P.).
Chor: Stimmen der Menschen – Volk – Jäger – Soldaten (Kinderchor, gemischter Chor, im III. Akt dreifach geteilter Männerchor, m. Chp.).
Ballett: Die Windgeister.
Statisterie: Tiere, Erscheinungen.
Ort: Die Szene spielt in einer südlichen Landschaft – Ein Venedig zwischen Wald und Meer.
Schauplätze: Im Innern eines Schlosses – Der Wald – Plätze und Straßen.
Zeit: In märchenhafter Zeit.
Orchester: 3 Fl. (III. auch Picc.), 2 Ob., Eh., 2 Kl., Bkl., 2 Fag., Kfag. – 4 Hr., 3 Trp., 2 Pos., Tuba-P., Schl., Klav., Cel., Cemb., Hrf., Akkordeon, Mandoline, Gitarre – Str. – Bühnenmusik: Fl., Kl., 3 Trp., Schl., Org., Cel., Mandoline, Viol.
Gliederung: Durchkomponierte, szenisch gegliederte Großform.
Spieldauer: Etwa 4½ Stunden.

Il re cervo oder Die Irrfahrten der Wahrheit

Oper in drei Akten, reduzierte Fassung des ›König Hirsch‹

Solisten: *Leandro*, der König (Jugendlicher Heldentenor, gr. P.) – *Costanza*, das Mädchen (Jugendlich-dramatischer Sopran, gr. P.) – *Tartaglia*, der Statthalter (Heldenbariton, auch Charakterbariton, gr. P.) – *Scolatella I* (Koloratursopran, m. P.) – *Scolatella II* (Soubrette, auch Lyrischer Sopran, kl. P.) – *Scolatella III* (Mezzosopran, kl. P.) – *Scolatella IV* (Alt, kl. P.) – *Checco*, ein melancholischer Musikant (Spieltenor, auch Lyrischer Tenor, m. P.) – *Coltellino*, ein schüchterner Mörder (Spieltenor, auch Charaktertenor, m. P.) – *Die beiden Statuen* (Knabensoprane, auch Frauensoprane, kl. P.) – *Sechs Alchimisten* (Clowns mit Gesang, Sprechrollen, kl. P.) – *Der Hirsch* (Stumme Rolle) – *Cigolotti*, ein Zauberer (Sprechrolle) – *Stimmen des Waldes* (Sopran, Mezzosopran, Alt, Tenor, Baß, kl. P.) – *Stimmen der Menschen* (Sopran, Mezzosopran, Alt, Tenor, Bariton, Baß, Chorsoli) – *1. Frau* (Sopran, kl. P.) – *2. Frau* (Sopran, kl. P.) – *3. Frau* (Mezzosopran, kl. P.) – *4. Frau* (Alt, kl. P.) – *Drei Männer* (Tenöre, kl. P.).
Chor: Stimmen der Menschen – Kinder – Volk (Kinderchor, gemischter Chor, im III. Akt dreifach geteilter Männerchor; m. Chp.).
Ballett
Orchester: 2 Fl. (II. auch Picc.), 2 Ob. (II. auch Eh.), 2 Kl. (II. auch Bkl.), 2 Fag. (II. auch Kfag.) – 3 Hr., 2 Trp., 1 Trp. piccola antica, 2 Pos. – P., Schl., Klav., Cemb., Cel., Hrf., Gitarre, Mandoline, Org. – Str. – Bühnenmusik: 2 Hr., 3 Trp., Gl., Glsp., Mandoline, Vibraphon, Schl.
Spieldauer: Etwa 2½ Stunden.

Handlung
Scolatella, ein etwas ordinäres weibliches Wesen, das die Gabe hat, in mehreren Gestalten zu erscheinen, kommt aus dem Regen ins Königsschloß; der junge König hat alle Mädchen des Landes zur Brautschau befohlen. Sie versucht, ihr ramponiertes Äußeres wieder herzurichten. Aus dem Spiegel zaubert sie ihr zweites Ich und berät mit ihm, wie man den jungen König zum Gemahl gewinnen könnte; doch als sich das zweite Ich selbständig machen will, scheucht sie es wieder in den Spiegel zurück. Der Statthalter kommt in den noch leeren Thronsaal. Er, dessen Macht jetzt zu Ende geht, kann das Krönungsfest nicht ertragen. Er hat vor Jahren den jungen König im Walde aussetzen lassen in der Hoffnung, dieser werde dort sterben, doch der König wuchs dort auf und kam, von den Tieren des Waldes geleitet, in die Stadt, um seine Herrschaft anzutreten. Aber der Statthalter hat noch nicht aufgegeben; er brütet über finsteren Plänen und beachtet auch Scolatella nicht, die ihn für den König hält. Checco, ein verträumter Jüngling, fragt den vermeintlichen König nach einem Papagei, fragt, ob die Statuen schon gesprochen hätten, und ob er »das Wort« wisse. Da der Statthalter nicht antworten kann, entlarvt ihn Checco, dann könne er nicht der König sein, und geht. Windgeister flattern vorüber, die dem schüchternen Mörder Coltellino die Pistole geraubt haben; verwirrt läuft er hinterher, kann aber die Waffe nicht erhaschen. Wachen schleppen ein Mädchen herein, das sich gewei-

gert hat, zur Brautschau zu gehen: einen Mann, den sie nicht kennt, könne sie doch auch nicht heiraten. Der Statthalter schildert ihr den König als ein wildes Tier und drückt ihr einen Dolch in die Hand; damit solle sie den König ermorden. Die Tiere des Waldes, die den König in die Stadt begleitet haben, treten auf und bilden einen Kreis um den Statthalter, der ängstlich um sein Leben fleht, aber schließlich entfliehen kann. Der eben gekrönte König kommt in den Saal; er fühlt sich einsam, zumal er feststellen muß, daß er nun nicht mehr die Sprache der Tiere spricht, daß sie seinen Blick meiden und sich von ihm zurückziehen. Er bittet die beiden Statuen um Hilfe; dann beginnt die Brautschau. Eine Dame in Schwarz tritt auf, außerdem Scolatella in vierfacher Gestalt; die Statuen aber bedeuten dem König, sie alle strebten nur nach Macht, ohne ihn zu lieben. Die Frauen verwandeln sich in allerlei schreckliche Gestalten, bis sie der König wegschickt. Das Mädchen wird hereingebracht. Sie erkennt, daß der König ganz anders ist, als ihn der Statthalter geschildert hat, und verliebt sich in ihn wie er sich in sie. Die Statuen schweigen; aus Angst, sie könnten ihm auch hier abraten, zerschlägt der König sie. Nun tritt der Statthalter auf; er klagt das Mädchen des Mordversuches an und weist auf den Dolch. Der König glaubt zwar an die Unschuld der Geliebten, wird aber vom Statthalter mit den Gesetzen konfrontiert; wer den König ermorden wolle, müsse sterben. Unter solchen Gesetzen will der König jedoch nicht König sein: er begnadigt das Mädchen, gibt dem Statthalter freiwillig die Krone zurück und kehrt zurück in den Wald. Der Statthalter befiehlt Coltellino, dem König zu folgen und ihn im Wald zu ermorden; dazu gibt er ihm eine schwarze Pistole. Die Clowns erscheinen: Sie haben für das Krönungsfest eine große Gala vorbereitet, sind jetzt aber traurig, weil der König in den Wald zurückgekehrt ist, und wollen ihn dort suchen.

Der Wald gleicht einem einzigen riesigen Lebewesen. Er spürt, daß Fremde kommen, und schweigt. Checco liegt im Wald und träumt: er sieht den König mit dem Papagei umherirren, er sieht Scolatella mit ihren drei Inkarnationen vor einer Hütte, er sieht Coltellino, der hinter dem König herschleicht, doch zu ungeschickt ist, den Mord auszuführen. Der König ist durstig und bittet Scolatella um einen Schluck Wasser, der ihm verweigert wird; er zieht weiter. Da erscheint der Statthalter. Er folgt dem König und hofft, ihn zu töten, denn vorher fühlt er sich nicht sicher in seiner Macht. Er wirft einen Dolch auf den König, doch der Papagei fängt ihn ab, wobei er am Flügel verwundet wird. Der König verschwindet, und Checco versorgt die Wunde des Papageis. Zum Dank gibt ihm der Vogel einige Maßregeln für den weiteren Weg, verrät ihm das Wort für den König und schenkt ihm eines seiner Augen, mit dem er die Wege des Königs sehen könne. Auch warnt er ihn vor dem Statthalter, bevor ihn die Windgeister wegführen, damit er seine Wunde ausheilen kann. Die Clowns, als Tiere verkleidet, sind im Wald und suchen ihren König. Sie haben Angst vor den Tieren, aber auch vor den Jägern des Statthalters, die sie für Tiere halten könnten. Checco und Coltellino ihrerseits fürchten sich vor den Tier-Clowns und klettern auf einen Baum. Da erscheint ein Hirsch. Die Clowns spielen mit ihm, doch da erscheint wieder der Statthalter und erschießt das Tier, das sterbend zu Boden fällt. Da der Statthalter vortäuscht, er habe den Papagei in seiner Gewalt, vermag er aus Checco, der um den Freund fürchtet, dessen Geheimnisse herauszupressen. Durch das Auge des Papageis sieht er den König bei dem toten Hirsch stehen. Er zwingt Checco, den Spruch in den Sand zu schreiben, der König liest ihn und verwandelt sich in den Hirsch, der davonschreitet, während die Hülle des Königs wie tot liegenbleibt. Da erkennt der Statthalter seine Chance: er tritt hinzu, murmelt ebenfalls den Spruch und verwandelt sich nun in den König. Um eine Rückkehr auszuschließen, schlägt er dem Körper des Statthalters den Kopf ab. Doch dann erkennt der falsche König, daß er versäumt hat, den König Hirsch zu töten. Er hetzt die Jäger auf alle Hirsche im Wald, aber der Wald verschließt sich und läßt niemanden ein außer dem echten König in Hirschgestalt. Dieser jedoch wandert unruhevoll und sehnsüchtig umher. Im Wandel der Jahreszeiten, in dem Scolatella und ihre Verdoppelungen immer mehr von Menschen zu Bäumen wachsen, erkennt er, daß er hier keinen inneren Frieden finden kann; er sehnt sich nach dem Mädchen, die Liebe ruft ihn in die Stadt zurück.

Der falsche König regiert die Stadt, doch alles ist verfallen und menschenleer; sein Terror-Regime hält die Menschen in Angst und Heimlichkeit, und das Mädchen kann der falsche König trotz aller Suche auch nicht finden. Zudem läßt ihn die Angst vor der Rückkehr des wahren Königs keine Ruhe finden. Checco hat er in Ketten legen lassen, da dieser ja der einzige Zeuge seiner Verwandlung ist und ihn verraten könnte. Der erfolglose Coltellino aber ist wahnsinnig geworden. König Hirsch ist in die Stadt gekommen. Auch das Mädchen, das sich den Häschern des falschen Königs hat entziehen können, sucht ihn; als sie sich finden, erkennt sie ihn nicht, fühlt sich aber zu ihm hingezogen. Er aber ist noch zu sehr Tier und hält den Blick des Menschen noch nicht aus. Der falsche König taucht auf und umwirbt das Mädchen, aber es empfindet nichts für ihn. Das Volk bemerkt das Auftauchen des Hirsches und erinnert sich an eine Prophezeiung, daß jetzt alles Leid ein Ende habe. Der Statthalter will nun den Hirsch töten, aber die Windgeister schützen ihn. Der Papagei, der mit dem König Hirsch aus dem Wald gekommen ist, kann Coltellino dazu veranlassen, im richtigen Moment abzudrücken und den falschen König zu töten. Der Hirsch verwandelt sich in den richtigen König zurück, Checco wird befreit, der König und das Mädchen finden einander, das Volk jubelt ihnen zu, und die Clowns geben eine Festvorstellung.

Stilistische Stellung

Henze hat sich bemüht, in der Partitur des ›König Hirsch‹ vielerlei Elemente zusammenzufassen: Erfahrungen aus der zwölftönigen und seriellen Musik und der Opernliteratur zwischen Alban Berg und Igor Strawinsky ebenso wie Einflüsse der italienischen Volksmusik, etwa in Canzonen und Arien. Henze schrieb zu seinem Werk: »Die Wunder, die in der Legende vom ›König Hirsch‹ vor sich gehen, die Idee der Metamorphose, der Gedanke einer grenzenlosen Freiheit, die über das Erträgliche hinausgeht, der Tod des Tyrannen und der Friede, all dies sind Motive, die dargestellt werden mußten ohne die geringste Verzerrung oder Perversion und ohne Trick. Der ›König Hirsch‹ ist weder als Märchenoper noch als Traumspiel gedacht und auch nicht als moderne commedia dell'arte, wiewohl er von alledem etwas an sich hat. Mit seinem ganz einfachen Titel ›Oper‹ ist angedeutet, welche Disziplin angestrebt wird. Es handelt sich auch nicht um ein modernes psychologisches Drama. Das von wunderlichen Vorgängen erfüllte Szenarium lenkt anfangs von dem Realismus, der gemeint ist, ab, um dann doch am Ende bestärkend auf ihn hinzuwirken. Auch hinsichtlich des theatralischen Aspektes versuche man sich in der Freiheit und der Auffindung der Schönheit.«

Textdichtung

Das Libretto Heinz von Cramers geht zurück auf Carlo Gozzis 1762 in Venedig uraufgeführte Tragikomödie ›Il re cervo‹, in der dieser – im Gegenzug zu Carlo Goldonis vermeintlichem »Realismus« – den Beweis erbringen wollte, daß selbst die absurdesten Zauberstücke und Verwandlungsszenen Lebenswahrheit vermitteln und dramatische Überzeugungskraft haben können. Von Cramers Libretto weicht deutlich von Gozzis Handlungsgerüst ab und überhöht (aber auch kompliziert) den Handlungsverlauf durch Symbolismen, die sich bisweilen schwer erschließen.

Geschichtliches

Henze schrieb das Werk zwischen 1952 und 1955 auf Ischia und in Neapel. Die Uraufführung an der Deutschen Oper Berlin war mit Nino Sanzogno am Pult und Gustav Rudolf Sellner als Regisseur geplant, wurde dann aber mit Leonard Steckel als Regisseur und Hermann Scherchen als Dirigent realisiert. Die tief in das Werkgefüge eingreifenden Striche brachten Henze dazu, die Partitur zurückzuziehen; die Uraufführung am 25. September 1956 in Berlin war teilweise ein Theaterskandal, da das Publikum der gut fünfstündigen Aufführung nicht folgen wollte. Eine Reihe von kürzenden Fassungen wurden erarbeitet, bis Henze schließlich selbst mit Heinz von Cramer unter dem Titel ›Il re cervo‹ eine erheblich gekürzte und in der Instrumentation reduzierte Fassung erarbeitete, die den Handlungsverlauf beibehält, aber deutlich rafft und als dramaturgisches Hilfsmittel den auch bei Gozzi vorkommenden Zauberer Cigolotti einführt, der als eine Art Spielführer die Handlung kommentiert und weitertreibt. Die Neufassung wurde am 10. März 1963 am Staatstheater Kassel uraufgeführt. Sie hat den Vorteil der Praktikabilität und Spielbarkeit (der Kürzung des Originals fiel u. a. die Jahreszeiten-Szene des II. Aktes zum Opfer, aus der Henze seine 4. Symphonie zusammenstellte, indem er – wie Berg bei der ›Lulu‹-Symphonie – die Singstimmen ins Orchester einbezog), aber sie rückt das Werk auch sehr in die Nähe der Commedia dell'arte und nimmt ihm dadurch den weiten Atem, die fast barock anmutende Vielfalt und die poetische Differenziertheit. Eine vollständige, den Intentionen des Komponisten entsprechende Aufführung der Originalfassung fand 1985 am Stuttgarter Opernhaus statt.

W. K.

Elegie für junge Liebende

Oper in drei Akten von Wystan Hugh Auden und Chester Kallman.

Solisten: *Gregor Mittenhofer*, ein Dichter (Heldenbariton, auch Charakterbariton, gr. P.) – Dr. *Wilhelm Reischmann*, ein Arzt (Seriöser Baß, auch Baßbariton, gr. P.) – *Toni Reischmann*, sein Sohn (Lyrischer Tenor, gr. P.) – *Elisabeth Zimmer* (Jugendlich-dramatischer Sopran, auch Lyrischer Sopran, gr. P.) – *Carolina Gräfin von Kirchstetten*, Sekretärin von Mittenhofer (Alt, gr. P.) – *Hilda Mack*, eine Witwe (Lyrischer Koloratursopran, gr. P.) – *Josef Mauer*, ein Bergführer (Sprechrolle, kl. P.) – *Bedienstete im »Schwarzen Adler«* (Stumme Rollen).
Ort: Halle und Terrasse des Berggasthofs »Schwarzer Adler« in den österreichischen Alpen.
Zeit: Um 1910.
Orchester: Fl. (auch Picc., auch Altfl.), Eh. (auch Ob.), Kl. (auch Bkl.), Altsaxophon, Fag. – Hr., Trp., Pos. – P., Glsp., Cel., Flexaton, Marimbaphon, Vibraphon, Schl., Mandoline, Gitarre, Hrf., Klav., 2 Viol., Viola, Vcl., Kb.
Gliederung: In 34 Situationen gegliederte durchkomponierte Großform.
Spieldauer: Etwa 2¼ Stunden.

Handlung

Der alternde Dichter Gregor Mittenhofer, begleitet von seinem »Hofstaat«, residiert in einem Gasthaus in den österreichischen Alpen. Sein Gefolge bilden eine ihm hörige, altjüngferliche Gräfin, die zugleich Sekretärin wie Mäzenin des Dichters ist, seine Geliebte, die junge Elisabeth Zimmer, sein Leibarzt Dr. Reischmann und Frau Hilda Mack, an deren Visionen sich Mittenhofers dichterische Inspiration zu entzünden pflegt. Hilda Mack hat vor vierzig Jahren, gleich nach ihrer Verheiratung, bei einer Bergtour auf das Hammerhorn ihren Gatten verloren. Jetzt lebt sie in einer irren Traumwelt und beobachtet, von Halluzinationen heimgesucht, die Berge, immer noch hoffend, der Verschollene werde zu ihr zurückkehren. Carolina Gräfin von Kirchstetten weiß alle Alltäglichkeit, alles Unangenehme vom »Meister« abzuhalten, und Dr. Reischmann kümmert sich um die Gesundheit des Dichters. Alle sind ihm blind ergeben. Die Ankunft Tonis, des Sohnes von Dr. Reischmann, bringt Unruhe in den geregelten Tagesablauf des Dichters und seiner Gefolgschaft. Aber noch mehr: der Bergführer Josef Mauer kommt und meldet, man habe im Gletscher einen Toten gefunden; es ist der vor vierzig Jahren verschollene Gatte von Hilda Mack. Elisabeth fällt die Aufgabe zu, diese Nachricht der Witwe zu überbringen; doch entgegen allen Befürchtungen bewirkt die Mitteilung bei Hilda Mack einen heilsamen Schock. Die Visionen verschwinden, sie findet aus der Traumwelt in die Wirklichkeit zurück. Der Dichter sieht sich seiner Inspiration beraubt. Toni Reischmann lernt Elisabeth kennen, und die beiden jungen Leute verlieben sich ineinander. – Toni und Elisabeth haben sich ihre Liebe gestanden; die Gräfin überrascht sie bei einer Umarmung. Die Gräfin und auch Dr. Reischmann sehen in dieser Liebe nur einen Affront gegen den Meister und versuchen, sie den jungen Leuten auszureden, doch umsonst. Toni Reischmann besteht auf einer Konfrontation mit Mittenhofer. Die Gräfin und der Arzt wollen diese verhindern, doch da erscheint der Dichter. In einem Akt imposanter Selbstüberwindung, garniert von altersweiser Resignation, gibt Mittenhofer das junge Mädchen, das sich seiner Gefühle nicht sicher ist, frei und fesselt es durch seinen edelmütigen Verzicht zugleich fester an sich. Toni jedoch, der die Gefahr spürt, besteht auf der sofortigen Abreise. Mittenhofer willigt ein, bittet aber vorher die jungen Leute noch um einen letzten Dienst: Sie mögen ihm vom Hammerhorn einen Strauß Altveternblüten mitbringen – Sinnbild seiner Resignation und zugleich Gegenstand neuer Inspiration, der er so nötig bedarf, arbeitet er doch an einem neuen großen Gedicht, das er bei der Feier seines bevorstehenden 60. Geburtstages vortragen will. Toni und Elisabeth willigen erleichtert ein – doch als sie Mittenhofer verlassen haben, läßt er seinen Gefühlen gekränkter Eigenliebe und wilden Zornes hemmungslosen Lauf.

Elisabeth und Toni sind auf den Berg gestiegen. Da kommt ein Schneesturm auf. Hilda und Dr. Reischmann sind bereits abgereist. Der Bergführer Josef Mauer kommt in den Gasthof und fragt die Zurückgebliebenen, den Dichter und seine Sekretärin, ob sich jemand aus ihrem Kreise auf dem Berg befinde, damit man Hilfe organisieren könne. Der Dichter verneint; und in einem Akt stillen Einverständnisses und wortloser Komplizenschaft schweigt auch die Gräfin. So überrascht der Schneesturm die beiden Liebenden auf dem Berg. Sie kämpfen um ihr Leben, sehen in einer seltsamen Vision ihre eigenen Gestalten Jahre später und erkennen schließlich, daß sie verloren sind. In enger Umarmung sterben sie gemeinsam.

Einige Tage später wird der 60. Geburtstag des berühmten Dichters Gregor Mittenhofer gefeiert: er selbst trägt sein neuestes Werk vor, dessen Anregung er aus dem wirklichen Leben geschöpft hat – es ist die Toni Reischmann und Elisabeth Zimmer gewidmete ›Elegie für junge Liebende‹.

Stilistische Stellung
Nach dem überbordenden, in seinen Ansprüchen fast megalomanen ›König Hirsch‹ ist die ›Elegie für junge Liebende‹ in fast allen Elementen ein Gegenzug: eine auf sechs Solisten beschränkte Sängerbesetzung, Verzicht auf Chor und Ballett, ein kleines, nicht einmal dreißig Musiker umfassendes Kammerorchester. Aber auch inhaltlich geht Henze hier andere Wege: An die Stelle der farbenreichen, vielstimmigen Partitur des ›König Hirsch‹ tritt musiktheatralische Kammermusik, mit klarer Instrumentenzuordnung zu den einzelnen handelnden Personen (Hilda Mack/Flöte; Carolina Kirchstetten/Englischhorn; Dr. Reischmann/Fagott; Elisabeth Zimmer/Violine; Toni Reischmann/Viola; Mittenhofer/Blechblasinstrumente), mit knappen, höchst delikat durchgeformten musikalischen »Situationen«, mit feiner vokaler Variabilität zwischen rhythmisiertem Sprechen bis zu reinem Vokalisen-Gesang (beim Vortrag der »Elegie«), mit kunstvoll ineinander verflochtenen Ensembles.

Textdichtung
Der englische Dramatiker Wystan Hugh Auden und der amerikanische Lyriker Chester Kallman, die schon gemeinsam Igor Strawinskys ›The Rake's Progress‹-Libretto geschrieben hatten, schrieben für Henze ein Textbuch, in dessen Mittelpunkt das Künstlergenie des 19. und frühen 20. Jahrhunderts steht. Das Thema der ›Elegie‹ läßt sich, wie es Auden formulierte, in zwei Zeilen von William Butler Yeats zusammenfassen: »Der Geist des Menschen muß sich entscheiden für die Vollkommenheit des Lebens oder des Werkes.« Dabei standen durchaus Modelle aus der Wirklichkeit Pate: neben Yeats selbst etwa Stefan George, Rainer Maria Rilke oder Richard Wagner. Henze schrieb zu seiner ›Elegie‹: »Nur, wenn die Künstlichkeit der Form ausreichend zum Vorschein gebracht werden kann, können die Reibungen zwischen Farce, Tragödie, Buffa und Psychodrama verstanden und genossen werden. Im wesentlichen geht es um die Geburt eines Gedichtes, dessen Werden wir verfolgen vom ersten Augenblick der ersten Idee bis zum schließlichen öffentlichen Vorlesen. Was sich abspielt um diesen Geburtsprozeß herum an Groteskem, Lächerlichem, Vulgärem, Bösartigem, Gemeinem, dient dazu, die Figur des Künstlers als Helden, dieses Konzept vom Heldenleben in Frage stellen, wie es das 19. Jahrhundert geschaffen und das 20. noch nicht vollständig losgeworden ist.«

Geschichtliches
Henzes ›Elegie‹ geht zurück auf einen Kompositionsauftrag des Süddeutschen Rundfunks für die Schwetzinger Festspiele. Henze schrieb das Werk in den Jahren 1959 bis 1961, die Uraufführung fand am 20. Mai 1961 in Schwetzingen statt, in einer Produktion der Bayerischen Staatsoper mit Dietrich Fischer-Dieskau in der Hauptrolle; es inszenierte der Komponist, die musikalische Leitung hatte Heinrich Bender. Die Oper hatte großen Erfolg, wurde noch im selben Sommer in Zürich, Glyndebourne und München aufgeführt und gehört unterdessen zum festen Repertoire von Opern des 20. Jahrhunderts.

W. K.

Der junge Lord

Komische Oper in zwei Akten. Dichtung nach Wilhelm Hauff von Ingeborg Bachmann.

Solisten: *Sir Edgar* (Stumme Rolle) – *Sein Sekretär* (Spielbariton, gr. P.) – *Lord Barrat*, Neffe Sir Edgars (Charaktertenor, m. P.) – *Begonia*, die Köchin aus Jamaica (Lyrischer Mezzosopran, auch Alt, m. P.) – *Der Bürgermeister* (Spielbaß, auch Charakterbaß, gr. P.) – *Oberjustizrat Hasentreffer* (Charakterbariton, auch Lyrischer Bariton, gr. P.) – *Ökonomierat Scharf* (Charakterbaß, gr. P.) – *Professor von Mucker* (Spieltenor, auch Lyrischer Tenor, gr. P.) – *Baronin Grünwiesel* (Dramatischer Mezzosopran, gr. P.) – *Frau von Hufnagel* (Spielalt, gr. P.) – *Frau Oberjustizrat Hasentreffer* (Koloratursopran, gr. P.) – *Luise*, Mündel der Baronin (Jugendlich-dramatischer Sopran, gr. P.) – *Ida*, deren Freundin (Lyrischer Koloratursopran, gr. P.) – *Ein Kammermädchen* (Soubrette, kl. P.) – *Wilhelm*, der Student (Lyrischer Tenor, gr. P.) – *Amintore La Rocca*, Zirkusdirektor (Heldentenor, auch Charaktertenor, m. P.) – *Ein Lichtputzer* (Baß, m. P.).
Chor: Damen und Herren – Junge Mädchen und junge Herren der guten Gesellschaft von Hülsdorf-Gotha – Einiges Volk (1. Bild: Chor geteilt in Damen und Herren – Volk. 3. Bild: Chor geteilt in Feine Leute – Volk, einige Chorsoli, gr. Chp.) – Kinder (Kinderchor, m. Chp.).
Ballett: Herr La Truaire, Anstands- und Tanzmeister. Meadows, der Butler. Jeremy, ein Mohr. Der Lehrer. Der Laubkehrer. Zwei Männer mit Farbe und Pinsel. Zirkusleute: Rosita, das Mädchen der Lüfte, eine kleine Seiltänzerin aus den beiden Sizilien. Brimbilla, Jongleur aus dem gefährlichen Istrien. Vulcano, Feuerschlucker aus dem großen Mailand. Der Affe Adam.
Ort: Hülsdorf-Gotha.
Schauplätze: Auf dem kleinen schönen Hauptplatz von Hülsdorf-Gotha. Nach einer Seite ist die Szene zum Stadtpark hin offen. Dahinter das Kasino. Eine einzige Fassade, die eines prächtigen alten Hauses, ist vernachlässigt. Die Fenster sind geschlossen und von Spinnweben versponnen. – Der große Salon bei der Baronin Grünwiesel – Kleiner Zirkus auf dem Hauptplatz von Hülsdorf-Gotha – Das Portal des Hauses von Sir Edgar von der Seite, Park hinter dem Haus – Die große Halle mit Bibliothek im Haus Sir Edgars mit Besonderheiten, wie eine Gesteinssammlung, Landkarten, Skelette, ausgestopfte Tiere, Amphibien in Glasbehältern, Glaskästen mit Reptilien – Der große Ballsaal im Kasino.
Zeit: Im Jahre 1830.
Orchester: 2 Fl. (auch Picc.), 2 Ob., 2 Kl., 2 Fag., 4 Hr., 2 Trp., 2 Pos., 1 Bt., P., Schl. (6 Spieler), Hrf., Cel., Klav., Gitarre, Mandoline, Str. – Bühnenmusik (Die Garnisonskapelle): 2 Picc., 2 Ob., 2 Kl., 2 Trp., 2 Pos., 1 Bt., gr. Tr., Becken, Triangel, Schellenbaum. – Klavier – 2 Röhrenglocken – 1 Viol., 1 Vcl., 1 Kb.
Gliederung: Durchkomponierte dramatische Großform.
Spieldauer: Etwa 2¾ Stunden.

Handlung

Auf dem Hauptplatz der kleinen Residenzstadt Hülsdorf-Gotha promeniert das Volk am Wochenend-Nachmittag. Die Leute beobachten neugierig eine Gruppe von prominenten Herren, die erwartungsvoll vor einem schönen, aber heruntergekommenen Haus stehen. Es sind dies der Bürgermeister, der Oberjustizrat Hasentreffer, der Ökonomierat Scharf und der Professor von Mucker. Sie wollen den vornehmen Engländer Sir Edgar offiziell begrüßen, der auf Empfehlung des Prinzen Heinrich das verlassene Haus gekauft hat. Die Herren sind indigniert, daß der Fremde nicht pünktlich zur avisierten Stunde eingetroffen ist. Während des Promenierens mit ihrer Freundin Ida bemerkt Luise, das reiche Mündel der Baronin Grünwiesel, den Studiosus Wilhelm von Thingen, der dauernd zu ihr herüberschaut. Der junge Mann hatte sie auf dem letzten Kasinoball immer wieder zum Kotillon geholt. Schüchtern wechselt sie jetzt mit ihm einige Blicke. Indessen hat der Lehrer seine Schulkinder aufgestellt. Als er gerade angefangen hat, den Empfangschor noch einmal zu probieren, setzt schmetternd die Garnisonskapelle ein. Eine Kutsche ist angerollt, aus der jedoch zum Erstaunen aller eine Ziege, ein Kranich, ein Äffchen, zwei Persianerkatzen und ein Käfig mit Perlhühnern ausgeladen werden. Es folgt eine zweite Kutsche. Ihr entsteigen der Mohr Jeremy, der würdige Butler Meadows und die Negerin Begonia aus Jamaica, während die Knechte das Gepäck ins Haus bringen: verhangene Kassetten, Koffer, griechische Plastiken, ein Fernrohr. Schließlich fährt eine dritte, reichbeschlagene Kutsche vor, aus der zunächst der Sekretär mit zwei Windhunden und endlich Sir Edgar steigen. Nach einer kurzen Begrüßung durch den Bürgermeister mit einem Tusch der Garnisonskapelle dankt der Sekretär im Namen seines Herrn für den Empfang, lehnt aber höflich die zugedachten Ehrungen, wie Empfangsdiner, Kasinofest, mit der Begründung ab, daß Sir Edgar seinen Studien nachgehen müsse und die Stadt nicht inkommodieren wolle. Ein plötzlich einsetzender Platzregen macht der Zeremonie ein rasches Ende. – Baronin Grünwiesel, eine Dame von Welt, hat mit den Damen der Gesellschaft von Hülsdorf-Gotha Sir Edgar zum Tee geladen. Sie verfolgt heimlich den Plan, Luise mit dem reichen und vornehmen Herrn in Kontakt zu bringen, den sie gerne als Mann für ihr Mündel hätte. Während alle den Gast mit Spannung erwarten, überbringt der Mohr Jeremy eine Absage seines Herrn. Die Baronin ist empört, sie wird zur Strafe den hochmütigen Engländer in der ganzen Stadt zu diffamieren wissen. – Auf dem Hauptplatz stellt Zirkusdirektor Amintore La Rocca im Anschluß an die soeben zu Ende gegangene Darbietung dem Publikum seine Artisten vor. Da kommt aus dem stattlichen Haus Sir Edgar mit seinem Sekretär. Er läßt sich weder durch die feindselige Haltung der Leute noch durch die Anbiederungsversuche des Bürgermeisters stören, der Vorstellung zuzusehen. Als zuletzt die Zirkusleute sich anschicken, mit ihren Hüten Geld einzusammeln, zerstreuen sich die Zuschauer rasch, als hätten sie gar nicht zugesehen. Lediglich Sir Edgar läßt jedem Mitwirkenden einen Beutel mit Geld überreichen. Nun nähert sich der Bürgermeister mit seinen Stadtvätern Sir Edgar und erklärt, die Zirkusleute müßten sofort die Stadt verlassen, da sie die Platzgebühren nicht voll entrichtet hätten. Sir Edgar läßt sogleich durch seinen Sekretär die Schuld begleichen; über diese Einmischung eines Fremden in die Angelegenheiten der Stadt herrscht allgemein Empörung. Jetzt bittet Sir Edgar die Zirkusleute als Gäste in sein Haus. Erneute Empörung bei den Stadtbewohnern! Schließlich malen zwei Männer auf Sir Edgars Haus mit weißer Farbe das Wort »Schande«.

An einem Winterabend vernimmt der Laternenputzer gräßliche Schreie aus Sir Edgars Haus. Eilig entfernt er sich. Im Park hinter dem Haus treffen sich Luise und Wilhelm zu einem heimlichen Rendezvous, bei dem sie sich gegenseitig ihre Liebe gestehen. Erneute Schreie aus dem Haus verschrecken das Paar. Nun kommt der Lichtputzer in Begleitung des Bürgermeisters und seiner Herren zurück. Wieder ertönen Schreie im Haus.

Von den Anwesenden gedrängt, klopft der Bürgermeister an die Tür. Als geöffnet wird, erscheinen auf der Schwelle zunächst der Mohr, der Butler, der Sekretär und schließlich Sir Edgar. Auf die Frage, was die entsetzlichen Schreie zu bedeuten hätten, antwortet der Sekretär, daß Sir Edgars Neffe, der junge Lord Barrat aus London, zu Besuch sei, um die deutsche Sprache zu lernen. Sir Edgar sei sehr streng mit der Erziehung des Neffen. Als vollends der Sekretär die Herren einlädt, in Bälde Gäste Sir Edgars zu sein, um sich von den Fortschritten des jungen Lords, besonders im Umgang mit Damen, selbst zu überzeugen, nehmen diese hochgeehrt die Einladung an. – Mit großer Spannung erwarten die Gäste Sir Edgars in der Bibliothek Lord Barrat. Nur Wilhelm interessiert sich mehr für die Sammlungen. Endlich erscheint Sir Edgar mit dem jungen Lord. Dieser ist extravagant gekleidet: Er trägt eine Brille, Handschuhe und einen Anzug von großer Eleganz. Nach Sir Edgar küßt auch der Lord galant der Baronin die Hand. Sie macht ihn daraufhin mit Luise bekannt, der er erst beide Hände küßt, dann das Handtäschchen entreißt, es durchwühlt und wieder zurückwirft. Die Baronin fordert Luise auf, dem Lord eine Tasse Tee zu bringen. Er trinkt in einem Zug die Tasse aus und schleudert sie dann gegen die Wand. Die Baronin ist hingerissen, daß endlich einmal jemand aus der großen Welt gekommen ist, der frischen Wind in die provinzielle Kleinstadt bringt. Während der Sekretär durch ein Gespräch über Goethes Farbenlehre Wilhelm abzulenken weiß und der Bürgermeister auf plumpe Weise Begonia den Hof macht, beschäftigen sich die Damen mit dem jungen Lord, der mit Schmeicheleien und Einladungen überhäuft wird. Da verliert Wilhelm die Beherrschung; er beschwört Luise, die in Tränen ausbricht, Vernunft anzunehmen. Ehe es zu einem Eklat kommt, greift der Sekretär ein: Er erklärt den Gästen, Lord Barrat müsse sich jetzt zu seinen Studien zurückziehen. Sich nach allen Seiten hin verneigend, verläßt der Lord den Raum. Luise fällt in Ohnmacht. Wilhelm glaubt, das Mädchen habe den Verstand verloren, trotzdem will er noch nicht aufgeben. – Beim großen Ball im Kasino überreicht Lord Barrat Luise eine Rose, mit deren Dornen er ihre Hand blutig ritzt. Wilhelm beobachtet die beiden im Gespräch, er fürchtet, das durch einen augenblicklichen Leidenschaftsrausch verblendete Mädchen endgültig zu verlieren. Denn allgemein wird angenommen, daß das Fest mit einer Verlobung Luisens und des jungen Lords enden wird. Beim Tanz bewegt sich Lord Barrat ausgelassen, die Gäste imitieren sein extravagantes Benehmen. Plötzlich entreißt er einem Musiker die Trompete und spielt darauf wilde Töne; dann wirft er das Instrument dem Musiker an den Kopf. Nun beginnt er wieder mit Luise zu tanzen, er wirbelt verrückt mit ihr durch den Saal und wirft sie schließlich an die Wand, wo sie niedersinkt. Daraufhin springt er auf den Tisch und wieder herunter, demoliert alle möglichen Gegenstände und reißt sich in rasender Erregung die Handschuhe, das Halstuch, die Brille, die Perücke und die Jacke vom Leib. Die Gäste erkennen jetzt mit Entsetzen in ihm den Menschenaffen Adam aus dem Zirkus La Rocca. Sir Edgar kommt mit der Peitsche, auf einen Wink von ihm entfernt sich der Affe aus dem Saal. Luise fällt zaghaft und beschämt Wilhelm in die Arme.

Stilistische Stellung
In seiner komischen Oper ›Der junge Lord‹ unterstreicht Henze durch die musikalische Zeichnung die heterogenen Seiten des Geschehens: buffoneske Persiflage – romantische Lyrik. Im übrigen folgt die Musik in engem Anschluß der im Stil der traditionellen Buffa-Oper dramatisierten Fabel. Hieraus resultieren sowohl der Verzicht auf intellektualistische Dodekaphonik als auch die Rückkehr zu tonaler Gebundenheit trotz einer reich und zum Teil scharfgewürzten Harmonik. In den musikalisch abwechslungsreich und witzig behandelten Dialog sind immer wieder geschlossene Gebilde und kunstvoll gearbeitete Ensembles eingebaut. Höhepunkte des instrumentalen Teils der Partitur sind die symphonischen Zwischenspiele, die unter Verarbeitung des motivischen Materials nahtlose Übergänge im szenischen Ablauf schaffen. In Übereinstimmung mit dem leichten und sprudelnden Buffa-Charakter des Werkes hat der Komponist den instrumentalen Apparat auf die Größe des Rossini-Orchesters beschränkt unter Hinzufügung der Baßtuba, die das tierische Wesen des Lords charakterisiert, und einer reichbesetzten Schlagzeuggruppe, die bei der Zirkusszene und am Schluß des I. Aktes auch solistisch zur Geltung kommt.

Textdichtung
Dem Libretto liegt eine Parabel aus der Märchensammlung ›Der Scheik von Alexandria und seine Sklaven‹ von Wilhelm Hauff zugrunde. In diesem Zyklus erscheint die Geschichte unter dem Titel ›Der Affe als Mensch‹ oder auch ›Der junge Engländer‹. Bei Hauff erzählt ein deutscher Sklave den Vorfall, der sich in seiner Heimat abgespielt hat, dem Scheik und seinem Gefolge, die sich über die Borniertheit der Franken weidlich ergötzen. Die Operndichtung wurde in Anlehnung an diese Vorlage von Ingeborg Bachmann gestaltet.

Geschichtliches
›Der junge Lord‹ ist im Auftrag der Deutschen Oper, Berlin, entstanden. Das Werk wurde am 7. April 1965 unter der musikalischen Leitung von Christoph von Dohnányi an dieser Bühne mit großem Erfolg uraufgeführt.

Die Bassariden

Opera seria mit Intermezzo in einem Akt nach den ›Bakchen‹ des Euripides von Wystan Hugh Auden und Chester Kallman.

Solisten: *Dionysos*, auch *Die Stimme* und *Der Fremde* (Lyrischer Tenor, auch Charaktertenor, gr. P.) – *Pentheus*, König von Theben (Heldenbariton, auch Charakterbariton, gr. P.) – *Kadmos*, sein Großvater, Gründer von Theben (Seriöser Baß, gr. P.) – *Teiresias*, ein blinder Seher (Charaktertenor, gr. P.) – *Der Hauptmann der königlichen Wache* (Lyrischer Bariton, m. P.) – *Agaue*, Tochter des Kadmos und Pentheus' Mutter, im Intermezzo *Venus* (Dramatischer Mezzosopran, gr. P.) – *Autonoe*, ihre Schwester, im Intermezzo *Proserpina* (Lyrischer Koloratursopran, auch Hoher lyrischer Sopran, gr. P.) – *Beroe*, eine alte Sklavin, vormals Amme der Semele und des Pentheus (Alt, auch Mezzosopran, m. P.) – *Junge Frau*, Sklavin (Stumme Rolle) – *Kind*, ihre Tochter (Stumme Rolle) – *Fünf Bacchanten* (Bässe, Chorsoli).
Chor: Bassariden – Mänaden – Bacchanten – Bürger von Theben – Wachen – Diener (gemischter Chor, gr. Chp.).
Ort: Theben.
Schauplätze: Der Hof des königlichen Palastes – Eine pastorale Idylle (Intermezzo) – Der Berg Kytheron.

Zeit: Mythologische Zeit.
Orchester: 4 Fl. (III. und IV. auch Picc., IV. auch Altfl.), 2 Ob., 2 Eh., 4 Kl. (III. und IV. auch Altsaxophon, IV. auch Es-Kl.), Bkl. (auch Alt- und Tenorsaxophon), 4 Fag. (IV. auch Kfag.) – 6 Hr., 4 Trp., 3 Pos., 2 Tuben, P., Schl., 2 Hrf., Cel., 2 Klav. – Str. – Bühnenmusik: 4 Trp., 2 Mandolinen, 1 Gitarre.
Gliederung: Durchkomponierte Großform.
Spieldauer: Etwa 3 Stunden.

Handlung
Der alte König Kadmos, der Gründer Thebens, hat sich von der Regierung zurückgezogen und hat die Herrschaft seinem Enkel Pentheus übergeben. Pentheus ist der Sohn der Agaue. Agaues Schwester Semele wurde von Zeus in der Gestalt eines Sterblichen verführt. Hera aber redete ihr ein, sie solle von ihrem Liebhaber verlangen, daß er sich ihr in göttlicher Gestalt zeige; unter Zeus' Blitzstrahl aber wurde sie zu Asche. Zeus rettete ihr ungeborenes Kind – Dionysos. Das Grabmal der Semele ist für die Anhänger des neuen Dionysoskultes eine Kultstätte geworden; Semeles Schwestern Agaue und Autonoe aber glauben nicht, daß Zeus ihr Liebhaber war, und verachten deshalb den neuen Kult.

Der Chor berichtet von Kadmos' Rücktritt und wünscht dem neuen König Pentheus Weisheit und der Stadt Theben Wohlergehen. Da ertönt der Ruf: Der Gott Dionysos zieht ein in Böotien. Das Volk der Thebaner stürzt hinaus, um ihn willkommen zu heißen.

Der alte Kadmos, seine Tochter Agaue, die alte Amme Beroe und der blinde Seher Teiresias reden über den neuen Dionysos-Kult. Während der alte Kadmos abwartend-skeptisch bleibt und Agaue offen ihre Ablehnung zeigt, meint Teiresias, man solle mit Vorsicht und Klugheit sich dem neuen Kulte nähern. Pentheus hat sich seit seiner Krönung in den Palast zurückgezogen, wo er die Zeit mit Fasten und Gebet verbringt. Teiresias geht zu dem anderen Volk hinaus zum Berg Kytheron. Der Hauptmann der Wache, ein gutaussehender junger Mann, ist auf dem Weg zu Pentheus, um des Königs Befehle entgegenzunehmen. Agaue versucht, mit ihm zu flirten, aber ohne Erfolg; Autonoe gesellt sich zu ihr, und beide scherzen über das gute Aussehen und die ernsthafte Naivität des Hauptmanns. Der Hauptmann kommt aus dem Palast und verliest eine Verlautbarung des Königs: Den Bürgern von Theben wird verboten, daran zu glauben, daß Semele mit Zeus einen Sohn zeugte; der König untersagt bei Todesstrafe auch jede andere Form des Dionysos-Kultes. Darauf erscheint Pentheus selbst, ein verstandesbewußter Asket. Er geht zu Semeles Grab, erstickt mit seinem Mantel die darauf brennende Opferflamme und bedroht jeden, der sie wieder entzünden sollte, mit dem Tod. Dann kehrt er, gefolgt vom Hauptmann, in den Palast zurück. Kadmos ist entsetzt über die Handlungsweise des Enkels: Er hat zu seiner Zeit, als er Theben groß machte, alle Götter geduldet und allen Altäre gebaut. Pentheus aber sieht im Dionysos-Kult, in der Verehrung der Sinnenleidenschaft, des Irrationalen, nur eine Gefahr, die es abzuwehren gilt. Agaue und Autonoe stimmen Pentheus zu. Da ertönt hinter der Bühne ein Saiteninstrument; eine Stimme singt und fordert dazu auf, zum Berg Kytheron zu gehen und seine verheißenden Entzückungen zu kosten. Wie hypnotisiert tanzen Agaue und Autonoe davon.

Kadmos warnt Pentheus vor übereilten Handlungen; Pentheus aber will den Dionysos-Kult ausrotten, selbst, wenn es die eigene Familie betrifft. Er befiehlt dem Hauptmann, mit seinen Wachen alle in Gewahrsam zu nehmen, die er auf dem Kytheron antreffe, und zu ihm zu bringen. Seiner alten Amme Beroe vertraut er an, was er wirklich glaubt: Er hält alle alten Götter für tot und glaubt nur an ein unpersönliches Gutes, das der menschlichen Vernunft fähig ist – nicht aber den Göttern, die den menschlichen Leidenschaften und Lastern unterworfen sind. Er schwört, nicht mehr zu trinken, kein Fleisch mehr zu essen und allen Frauen zu entsagen. Beroe betet für ihn. Der Hauptmann führt die Gefangenen herein, unter denen sich Teiresias, Autonoe und Agaue befinden, eine junge Frau mit ihrer Tochter und ein fremder junger Mann. Sie alle – bis auf den jungen Mann – sind in Trance und summen vor sich hin. Teiresias schwatzt hysterisch von Dionysos und Wein. Pentheus befiehlt ihm, zu schweigen, und beauftragt den Hauptmann, die junge Frau und die festgenommenen Bacchanten abzuführen und zu foltern, um von ihnen etwas Genaues über den neuen Kult zu erfahren. Er selbst befragt seine Mutter, die aber singt eine entrückte Arie über ihre Erfahrungen auf dem Berge Kytheron. Beroe, die sich im Hintergrund hält, hat in dem Fremden Dionysos erkannt und versucht Pentheus zu warnen; er hört aber nicht auf sie. Der Hauptmann kehrt zurück und berichtet, die Folter habe nichts geholfen: Die Gefangenen blieben stumm. Pentheus läßt Agaue und Autonoe im Palast einschließen; Teiresias wird verbannt, sein Haus soll zerstört werden. Pentheus hält den Fremden für einen Priester des Dionysos und versucht ihn zu befragen, erhält aber nur rätselhafte Antworten.

Der Hauptmann kehrt zurück, und Pentheus befiehlt ihm, auch den Fremden zu foltern. Allein gelassen, gibt der König seinem Zorn und seiner Verwirrung Ausdruck. Da verdunkelt sich der Palast; ein Erdbeben läßt Mauerwerk einstürzen, ein geheimnisvoller Wind hebt Pentheus' Mantel von Semeles Grab, die Opferflamme sticht wieder empor. Die Gefangenen fliehen. Der Fremde tritt wieder auf und bietet Pentheus an, ihn sehen zu@ lassen, was seine Mutter und die anderen nun wirklich auf dem Kytheron tun. Pentheus, zugleich abgestoßen wie fasziniert von der kühlsinnlichen Souveränität des Fremden, willigt ein und befiehlt Beroe, den Spiegel seiner Mutter zu bringen. Der Fremde hält ihn hoch, und Pentheus schaut hinein.

Intermezzo: Was der Zuschauer sieht, sind Pentheus' unterdrückte Phantasievorstellungen: eine überzüchtet-dekadente Welt, in der das Sexuelle zum Gegenstand des lüsternen Kicherns geworden ist. In einer dem Schäferspiel des französischen 18. Jahrhunderts nachempfundenen Szenerie schäkern Agaue und Autonoe ungeniert mit dem Hauptmann und führen als Scharade die Geschichte vom Urteil der Kalliope auf: Der König Kinyras prahlte, seine Tochter Myrrha sei schöner als Aphrodite. Die Göttin rächte sich für diese Beleidigung. Sie ließ Myrrha in Liebe zu ihrem Vater entbrennen und mit ihm schlafen, als er betrunken war. Sie wurde schwanger, und der erboste König jagte sie aus dem Palast und wollte sie töten. Doch da verwandelte Aphrodite die Tochter in eine Myrte; der Schwerthieb des Vaters spaltete den Baum, und heraus fiel Adonis. Aphrodite sah voraus, daß er zu einem schönen Jüngling heranwachsen würde, verbarg ihn in einem Kasten und gab ihn Persephone, der Totengöttin, zur Aufbewahrung. Diese aber gab ihrer Neugier nach, öffnete den Kasten und verliebte sich in den herangewachsenen Jüngling. Als Aphrodite davon Kunde erhielt, wandte sie sich an Zeus, der die Muse Kalliope beauftragte, das Urteil zu sprechen. Die Muse befand, beide Göttinnen hätten das gleiche Anrecht auf Adonis; die eine habe ihn gerettet, die andere aus dem Kasten befreit – darum solle er ein Drittel des Jahres bei Aphrodite sein, ein weiteres Drittel bei Persephone und ein Drittel frei und allein. Aber Aphrodite hintertrieb die Abmachung; mit ihrem Zaubergürtel fesselte sie Adonis das ganze Jahr an sich. Die betrogene Persephone hinterbrachte dies Aphrodites Ehemann Ares, und dieser tötete in Gestalt eines Ebers den sterblichen Nebenbuhler.

Pentheus ist angewidert von dem, was er da gesehen hat, aber unter dem hypnotischen Einfluß des Fremden beschließt er, selbst auf den Berg zu gehen. Der Fremde rät ihm, sich als Frau zu verkleiden, damit er nicht erkannt werde. Pentheus ist entsetzt, aber dann fügt er sich. Beroe fleht Dionysos an, Pentheus zu schonen, doch der Gott schenkt ihr keine Beachtung. Mit Pentheus steigt er auf den Berg. Die alte Amme bricht in Wehklagen aus, und Kadmos hält vor dem Palast Wache; er fürchtet, er werde den Enkel nicht wiedersehen, und falls doch, so werde er wünschen, er hätte ihn nie gesehen. Den Hauptmann, der Pentheus nachgehen will, hält er zurück, denn dies würde seinen sicheren Tod bedeuten.

Nachts auf dem Kytheron. Man hört die Bassariden, die Rehfell-Träger, die hymnisch den Ruhm des Dionysos singen. Pentheus hat sich auf einem Baum versteckt, steigt aber dann herab. Die Mänaden beschwören den Gott. Eine Stimme antwortet ihnen, es sei ein Spion im Walde versteckt, sie sollten ihn jagen und fangen. Pentheus wird eingekreist. Er weiß, daß seine Mutter unter den Mänaden ist, und beschwört sie, zu bedenken, wer sie sei und wer ihr Sohn sei, doch vergebens. Die Mänaden stürzen sich auf ihn, aus der Dunkelheit kommt sein Todesschrei. Die Mänaden feiern Agaue, die große Jägerin.

Kadmos und Beroe halten Wache; der Morgen dämmert. Teiresias kommt dazu. Die Mänaden, unter ihnen Agaue und Autonoe, nähern sich und betreten die Bühne. Agaue trägt im Arm den Kopf des Pentheus, aber meint, sie habe einen Löwen erlegt. Immer noch in Trance fragt Agaue nach Pentheus. Kadmos spricht zu ihr, und allmählich verliert sich die Trance; entsetzt muß sie feststellen, daß sie den Sohn getötet hat. Der Hauptmann und einige Wachen bringen auf einer Bahre den verstümmelten Leichnam des Pentheus herein. Agaue fleht Kadmos an, sie zu töten, und bricht in Wehklagen aus. Beroe führt sie beiseite. Autonoe, Teiresias und der Chor bestehen darauf, daß sie mit diesem schrecklichen Unheil nichts zu tun haben: sie waren nicht dabei, haben nichts gesehen und gehört. Agaue nimmt Abschied von ihrem Sohn; es ist nicht ihre Schuld und nicht die seine, die bösen Götter haben es so gewollt. Da betritt der Fremde den Hof: Er erklärt, er sei Dionysos, schickt Kadmos und seine Töchter in die ewige Verbannung und befiehlt dem Hauptmann, Feuer an den Palast zu legen. In einer letzten, trotzenden Rede wendet sich Agaue an ihn: Sie erinnert ihn an das Schicksal des Uranos und des Kronos – auch auf die Götter warte der Tartaros.

Die Bühne ist von einem Flammenmeer gefüllt. Dionysos ruft aus der Unterwelt seine Mutter Semele, die er nun gerächt hat und die mit ihm als Göttin Thyone zum Olymp emporsteigen wird. Die Flammen ersterben; auf Semeles Grab, das von Reben bekränzt ist, stehen zwei seltsame Statuen, die Dionysos und Thyone darstellen. Das Volk hat sich in blinder Ergebung niedergeworfen.

Stilistische Stellung

Der mythologische Symbolismus, den Auden und Kallman im Drama des Euripides entdeckten und klärend und verstärkend ins Libretto einbrachten, bedeutete für Henze eine gewaltige Herausforderung. Er stellte sich ihr, indem er den Zusammenprall von Ratio und Eros, wie er in den Figuren des Pentheus und des Dionysos personifiziert ist, formal einzubinden suchte in vier wie in einer Symphonie gegliederte ausufernde Klangblöcke; Henzes intensives Studium der Partituren Gustav Mahlers beeinflußt die Klangsprache der ›Bassariden‹, macht sie bisweilen grell, vulgär, kontrastreich im Aufeinanderprall von Komponiertem und zitathaft Montiertem. So beginnt das einaktige Werk mit einer sonatensatzähnlichen Exposition, in der mit Pentheus und Dionysos die »zwei Prinzipe« thematisch und klanglich aufeinandertreffen: hier blockhaft dichte Klänge, von Fanfarenmotiven durchsetzt, dort schwirrende luxurierende Klangwelten. Auf den Sonatensatz folgt als Scherzo eine Reihe bacchantischer Tänze, darunter die Arie des Dionysos, die den Anfang der Sarabande aus Johann Sebastian Bachs erstem Teil der ›Clavierübung‹ zitiert.

Mit dem Adagio, der großen Konfrontation der beiden Protagonisten, nimmt die Musik düstere Schwere an – es wird unterbrochen durch die bewußt dünn-satyrspielhafte Musik des Intermezzo und setzt sich fort in einer Fuge. Den Beschluß bildet eine höchst differenziert ausgeführte Passacaglia.

Textdichtung

Auden und Kallman haben sich streng an die um 408 v. Chr. entstandene letzte Tragödie des Euripides gehalten, doch geht es in der Tendenz ihrer Version nicht, wie bei Euripides, darum, zu zeigen, wohin menschliche Hybris führt, sondern um eine durchaus aktualisierte Sicht einerseits auf die revolutionär wirkende Sprengkraft einer unmittelbar erlebten Sinnlichkeit, andererseits auf die repressiven, ja totalitären Auswirkungen einer Rationalität, die sich aus der Unterdrükkung von Emotion und Eros speist.

Geschichtliches

Henze arbeitete an der Partitur der ›Bassariden‹ in den Jahren 1964 und 1965. Die Uraufführung des im Auftrag der Salzburger Festspiele komponierten Werkes fand am 6. August 1966 im Großen Festspielhaus in Salzburg statt. Die Produktion war eine Zusammenarbeit zwischen der Deutschen Oper Berlin, von der das Inszenierungsteam (Dirigent: Christoph von Dohnanyi, Regie: Gustav Rudolf Sellner, Ausstattung: Filippo Sanjust) und die Solisten (u. a. Ingeborg Hallstein, Kerstin Meyer, Loren Driscoll, Kostas Paskalis, William Dooley, Helmut Melchert, Vera Little) stammten, und Chor und Orchester der Wiener Staatsoper. Nach den Aufführungen in Salzburg übernahm Sellner die Produktion im Rahmen der Berliner Festwochen ins eigene Haus. Obwohl die Aufführungen in Salzburg und Berlin großen Beifall fanden, haben die hohen musikalischen Anforderungen des Werkes einer großen Verbreitung bisher im Wege gestanden.

W. K.

Die englische Katze (The English Cat)

Eine Geschichte für Sänger und Instrumentalisten in zwei Akten (sieben Bildern) von Edward Bond.

Solisten: *Lord Puff,* ein alter Kater (Charaktertenor, gr. P.) – *Arnold,* sein Neffe (Seriöser Baß, auch Charakterbaß, gr. P.) – *Louise,* eine Waisenmaus (Soubrette, m. P.) – *Mr. Keen/Peter/Der Verteidiger/ Lucian/Der Pfarrer* (Lyrischer Tenor, m. P.) – *Mr. Fawn* (Lyrischer Bariton, auch Charakterbariton, m. P.) – *Mr. Plunkett/Der Staatsanwalt* (Seriöser Baß, auch Charakterbaß, gr. P.) – *Miss Crisp*

(Lyrischer Sopran, auch Jugendlich-dramatischer Sopran, m. P.) – *Mrs. Gomfit* (Mezzosopran, m. P.) – *Lady Toodle* (Alt, auch Mezzosopran, m. P.) – *Minette*, eine Landkatze (Lyrischer Koloratursopran, gr. P.) – *Babette*, ihre Schwester (Lyrischer Mezzosopran, gr. P.) – *Tom* (Kavalierbariton, gr. P.) – *Mr. Jones*, ein Geldverleiher/Der *Richter* (Baßbariton, auch Charakterbaß, m. P).

Die Partien der Sterne übernehmen die Darsteller von Louise, Miss Crisp, Mrs. Gomfit und Lady Toodle, die des Mondes die Darstellerin der Babette; die Jury bei Gericht übernehmen die Darsteller von Louise, Miss Crisp, Mrs. Gomfit, Lady Toodle und Babette.

Ort: London.

Schauplätze: Ein Salon im Hause von Mrs. Halifax – Das Dach des Hauses von Mrs. Halifax – Die Hauskapelle von Mrs. Halifax – Ein Gerichtssaal im Londoner Justizpalast – Die Anwaltskammer im Londoner Justizpalast.

Zeit: In viktorianischer Zeit.

Orchester: 2 Fl. (II. auch Blockfl.), 2 Ob., 2 Kl., 2 Fag. – 2 Hr., Trp., Pos. – Schl., Hrf., Zither, Gitarre, Org., Cel., Klav. – Str. (6.4.3.3.1).

Gliederung: Szenengliedernde instrumentale Zwischenspiele, durchkomponierte Großform.

Spieldauer: Etwa 2¼ Stunden.

Handlung

Lord Puff, der alte Kater von Mrs. Halifax, soll auf Wunsch seiner Herrin (die nie auftritt) noch heiraten, damit sein Geschlecht nicht aussterbe. Mrs. Halifax hat für ihn auch die rechte Gattin ausgewählt, eine junge Landkatze, die man heute erwartet. Lord Puff hat seine Freunde von der K. G. S. R., der »Königlichen Gesellschaft zum Schutz der Ratten«, zusammengerufen, um ihn bei der Wahl zu unterstützen. Arnold, der böse Neffe von Lord Puff, argumentiert gegen die Verheiratung, denn er hat hohe Spielschulden und hofft diese durch eine baldige Erbschaft zu dekken, doch bei einer Verheiratung von Lord Puff ginge er leer aus. Es klopft, und man erwartet die Braut, doch zuerst erscheint deren etwas resolutere Schwester Babette, um sich umzuschauen, ob der Bräutigam auch ehrbar sei. Dann erscheint die schüchterne und fromme und dabei bildhübsche Minette. Lord Puff ist sehr angetan, und Arnold sieht die Erbschaft schwinden und beschließt, die Heirat, wo er kann zu hintertreiben. Minette und Babette zeigen sich erstaunt über die Ernährungssitten der Londoner Katzen der K. G. S. R., die nur vegetarisch leben. Zum Zeichen ihrer friedvollen Gesinnung versorgen sie im Hause auch die Waisenmaus Louise, deren Familie von einem gefräßigen Kater vom Kontinent ausgerottet worden ist. Babette ist etwas skeptisch, ob Lord Puff der richtige Partner für ihre Schwester ist, und Minette zieht sich, verwirrt von den vielen neuen und fremden Eindrücken, erst einmal aufs Dach des Hauses zurück. Dort singen verliebte Katzen und Kater eine Serenade. Die beiden Straßenkatzen Peter und Tom bemerken die hübsche Minette. Tom macht ihr verliebt den Hof, aber die unschuldige Minette erinnert sich der Warnungen, die ihr der Pfarrer auf dem Lande mitgab, und ist abweisend. Als sich Tom ihr zu Füßen wirft, erscheint Arnold und beobachtet die kompromittierende Szene. Tom jagt ihn davon. Minette hofft nun, Tom für die hehren Ziele der K. G. S. R. gewinnen zu können und den neuen Konvertiten ihrem Gatten als Hochzeitsgeschenk zu präsentieren. Der Mond und die Sterne singen den Katzen eine Serenade. – Die Hochzeit zwischen Lord Puff und Minette ist beschlossen. Arnold versucht, zusammen mit seinem Geldverleiher, Mr. Jones, doch noch an die Erbschaft zu kommen. Jones tritt als Arzt auf, untersucht Lord Puff und attestiert ihm Heiratsunfähigkeit, aber Puff beharrt mit sanfter Hartnäckigkeit auf der Ehe; schließlich will er im kommenden Jahr Präsident der K. G. S. R. werden. Der Pfarrer erscheint. Als letztes Mittel versucht Jones, den Lord mit einer als Medizin getarnten Essenz zu vergiften, doch da das Gebräu nach Brandy riecht, werfen die streng abstinenten Mitglieder der K. G. S. R. den vermeintlichen Arzt hinaus. Die Hochzeitszeremonie beginnt, doch Arnold erhebt Einspruch und berichtet von Minettes Rendezvous auf dem Dach. Minette leugnet nichts ab, sondern berichtet von ihrem Versuch, den Kater Tom (der bei der Zeremonie heimlich anwesend ist) für die K. G. S. R. zu gewinnen. Zwar werden Zweifel an der Glaubwürdigkeit der Braut laut, doch schließlich wird die Ehe geschlossen.

Einige Zeit später. Minette übt sich in städtischen Tugenden; sie bemüht sich, Cello spielen zu lernen. Dabei geht ihr aber der charmant-draufgängerische Tom nie aus dem Kopf. Babette kommt zu Besuch, da sie gehört hatte, Minette sei krank. Sie vermutet, die Schwester erwarte Nachwuchs, doch davon kann nicht die Rede sein. Als Minette erfährt, daß es der Schwester und der Mutter schlecht geht, gibt sie Babette das Geld, von dem sie sich ein neues Kleid für die

Jahresversammlung der K.G.S.R. kaufen sollte. Babette bedankt sich und geht. Draußen vor dem Fenster bringt Tom Minette ein Ständchen. Sie öffnet das Fenster und läßt ihn ein. Er ist in Uniform und erzählt, er sei zur Armee gegangen, um sie zu vergessen. Doch als sein Schiff nach Indien ablegte, sprang er von Bord und kam zu ihr, weil er sie nicht vergessen kann. Beide gestehen sich ihre Liebe und schwören sich ewige Treue. Zu Toms Entsetzen schlägt ihm die immer noch ehrbar-unschuldsvolle Minette vor, er solle ins Gefängnis gehen, seine Strafe absitzen, dann ein Geschäft eröffnen, reich werden, und nach Lord Puffs Tod werde sie ihm angehören. Doch Toms Wünsche sind auf weitaus kürzere Fristen berechnet; er wirft sich Minette verzweifelt zu Füßen, als die Tür aufgeht und die ehrenwerten Mitglieder der K.G.S.R. hereinkommen. Lord Puff hat nur milden Tadel für seine Frau, der er nichts Schlechtes zutraut, zumal, wenn sie ihm seine Ruhe läßt, aber auf den Druck der Freunde besteht er auf der Scheidung. Tom wird von der Polizei abgeführt. – In einem Gerichtssaal des Londoner Justizpalastes wird das Scheidungsverfahren von Lord Puff abgewickelt. Eine gewisse Voreingenommenheit von Richter und Jury ist nicht zu übersehen. Tom, der nach einer Prügelstrafe hat entkommen können, hat im Gericht den Verteidiger Minettes überwältigt und agiert nun selbst in Perücke und Talar. Er versucht nachzuweisen, daß Lord Puff mit Minette nie die Ehe vollzogen habe, aber man läßt ihn nicht zu Worte kommen. Da stürzt der wahre Verteidiger herein, der sich hat befreien können. Tom ist entdeckt, und Minette wird schuldig gesprochen. Doch der Staatsanwalt hat, als man Tom die Perücke entriß, eine Familienähnlichkeit festgestellt: Tom, der als Waise aufwuchs, ist der verschollen geglaubte Lord Fairport jr., der Erbe eines der größten Vermögen Englands. Staatsanwalt und Richter beschließen, die Ehebruchs- und Desertionsgeschichte zu vertuschen – sind halt »Jugendsünden« eines der reichsten Männer Englands. Tom will nun mit seinem Vermögen Minettes Strafe zahlen und sie dann heiraten. – Doch da greift Mrs. Halifax ein: Sie befindet, Minette sei nach ihrer Scheidung dem ehrenwerten Hause nicht mehr zuzumuten, läßt sie in einen Sack stecken und befiehlt dem Hausknecht, sie in der Themse zu ertränken. Babette kommt, um der Schwester nach ihrer Scheidung beizustehen, und findet sie weinend im Sack. Tom kommt dazu, will sich, da er ihr nicht helfen kann, mit ihr ertränken, doch dann findet er Gefallen an Babette. Minette im Sack gibt großmütig-selbstlos ihren Segen, und die beiden geloben, ihre Kinder nach der toten Tante zu benennen. Die ehrenwerten Mitglieder erscheinen, und Lord Puff dringt in den neuen Lord Fairport, sein Vermögen der K.G.S.R. zur Verfügung zu stellen, der es auch zugefallen wäre, wenn man den Erben nicht gefunden hätte. Doch Tom lehnt ab und geht mit Babette. Da es um einen guten Zweck geht, beschließt die K.G.S.R., Tom ermorden zu lassen, bevor er sein Erbe antreten kann. – In der Anwaltskammer des Londoner Justizpalastes erscheint Tom beim Staatsanwalt, um mit einer Unterschrift sein Erbe anzutreten, doch der Sekretär des Staatsanwalts sticht ihn von hinten nieder – das Erbe fällt nun der K.G.S.R. zu, die bereitwillig die Anwaltskosten übernimmt. Die Seelen von Tom und Minette vereinen sich zu einem jenseitigen Duett, und Louise, die Waisenmaus, beschließt, diese vermeintlich so ehrenwerte Gesellschaft zu verlassen und sich auf eigene Füße zu stellen.

Stilistische Stellung

Henzes musikalisches Bühnenwerk aus dem Jahre 1983 ist wieder – nach dem anspruchsvoll-umfangreichen ›Wir erreichen den Fluß‹ – ein intimes Kammerspiel; der Komponist hat es selbst in einem ausführlichen Werkstattbericht als »seinen Falstaff« bezeichnet. Die Partitur dieses Ensemblestückes gehört zum technisch Kunstvollsten und Kammermusikalisch-Durchsichtigsten, was im 20. Jahrhundert wohl für die Opernbühne geschrieben worden ist – in einer handwerklich souveränen Weise verfügt Henze über eine Fülle traditioneller und neuer Formen und Tonsprachen, die er zu einem höchst differenziert-anspruchsvollen Ganzen zu verbinden weiß.

Textdichtung

Das Libretto des englischen Dichters Edward Bond, der nach ›Wir erreichen den Fluß‹ und dem abendfüllenden Ballett ›Orpheus‹ mit der ›Englischen Katze‹ das dritte Textbuch für Henze schrieb, fußt auf dem Theaterstück ›Peines de coeurs d'une chatte anglaise‹ von Geneviève Serrault, das seinerseits wieder auf den gleichnamigen Briefroman Honoré de Balzacs wie auf die satirischen Tierfiguren Grandvilles (eigentlich Ignace-Isidore Gérard) zurückgeht. Bond hat die Handlung ins viktorianische England versetzt. Erweitert wird der Text – ganz im Sinne der Tradition der Tierfabeln – durch die kritische Beleuchtung, in der bürgerliche Institutionen wie Familie, Kirche und Justiz gesehen werden.

Geschichtliches
Henze schrieb seine ›Englische Katze‹ zwischen 1978 und 1982; die Uraufführung des Werkes, eine Auftragskomposition des Süddeutschen Rundfunks, fand in einer Produktion des Staatstheaters Stuttgart (Dirigent: Dennis Russell Davies, Regie: Hans Werner Henze, Bühne: Jakob Niedermeier) am 2. Juni 1983 in Schwetzingen statt. Der einhellige Uraufführungserfolg und die Aufführungen in Hannover und Paris haben dem Werk den Weg zu breiterer Wirkung geöffnet.

W. K.

Venus und Adonis

Oper in einem Akt für Sänger und Tänzer. Text von Hans-Ulrich Treichel

Solisten: *Die Prima Donna* (Dramatischer Sopran, auch Jugendlich-dramatischer Sopran, gr. P.) – *Clemente*, ein junger Opernsänger (Jugendlicher Heldentenor, gr. P.) – *Der Heldendarsteller* (Heldenbariton, auch Charakterbariton, gr. P.) – *Sechs Madrigalisten/Hirten* (Sopran, Sopran oder Mezzosopran, Alt, Tenor, Bariton, Baß, jew. m. P.).
Tänzer/Mimen/Akteure: Venus, Adonis, Mars – die Stute, der Hengst, der Eber.
Orchester: Der Komponist sieht drei Kammerorchester vor, die jeweils den drei Protagonisten zugeordnet sind:
Orchester 1 (Venus): 3 Fl. (2. auch Picc., 3. auch Afl. u. Picc.), Asax. (auch Ssax.), 3 Pos., Tb., Schl. (2 Spieler), Hrf., 4 Viol., 3 Va., 3 Vcl., Kb.
Orchester 2 (Adonis): 3 Ob. (3. auch Eh.), 3 Fag. (3. auch Kfag.), 4 Hr., Schl. (2 Spieler), Cel., 4 Viol., 3 Va., 3 Vcl., Kb.
Orchester 3 (Mars): 3 Kb. (2. auch Es-Kl., 3. auch Bkl.), 3 Trp., Btrp., Schl. (3 Spieler), Klav., 4 Viol., 3 Va., 3 Vcl., Kb.
Spieldauer: Etwa 1½ Stunden.

Handlung
In seinem Werkverzeichnis hat der Komponist das Sujet des Stückes knapp zu formulieren versucht: »Drei namenlose Konzertsänger erleben miteinander, untereinander einige starke erotische Konflikte, deren emotionelle Ausbrüche immer wieder von tanzenden Doppelgängern – Träger der Handlung und der Namen Venus, Adonis und Mars – aufgefangen und weiter ausgetragen werden, bis es zu einem Eklat kommt, durch den die Form des ganzen Werkes explosionsartig zerbricht.« (Henze 1996)
Basis dieses komplexen Handlungsgefüges ist der griechische Mythos vom schönen Jüngling Adonis, ein Kind aus der inzestuösen Verbindung des Königs Kinyras von Zypern mit seiner Tochter Myrrha (vgl. dazu das Zwischenspiel ›Das Urteil der Kalliope‹ aus Henzes ›Bassariden‹). Urheberin dieser Blutschande war die Liebesgöttin Aphrodite, der gegenüber die schöne Myrrha es an der angemessenen Ehrfurcht hatte mangeln lassen. Als der ahnungslos von seiner Tochter verführte König die Wahrheit entdeckte und sie töten wollte, verwandelte Zeus sie in einen Myrrhenbaum, aus dem Adonis entsprang, in den sich Aphrodite verliebte. Adonis wurde auf der Jagd von einem wilden Eber getötet, aus seinem Blut erwuchs die Rose. Henze und sein Librettist Hans-Ulrich Treichel strukturierten einen dreifachen, sich durchkreuzenden Handlungsverlauf. Träger der mythologischen Handlung sind drei Tänzer: Venus, Adonis und der eifersüchtige Ehemann der Venus, der Kriegsgott Mars. Ergänzt wird dieser Handlungsstrang durch drei allegorische Tierfiguren: Stute, Hengst und Eber, jeweils leicht zuzuordnen. Die drei Sänger: Primadonna, Tenor und Heldendarsteller übernehmen den Handlungsverlauf von Liebe und Eifersucht auf einer heutigen, zu Beginn durchaus boulevardesken Ebene, die zunehmend an poetischer Imagination gewinnt; zugleich wird in der Konstellation Sopran – Tenor – Bariton die dramatische Dreierkonstellation des italienischen Melodramma des 19. Jahrhunderts aufgenommen. Das kommentierende Element übernimmt die dritte Handlungsebene in den Madrigalen der Hirten: Henze schreibt hier für sechs Madrigalisten, deren lyrisch getönte Tonsprache orientiert ist an der Funktion der Chöre der griechischen Tragödie, umgedeutet auf die pastorale Ebene wie in Monteverdis ›Orfeo‹ – Henze zitiert hier das Element der »favola pastorale« und knüpft damit an eine Tradition an, die von Poliziano und Monteverdi bis zu einer ›Ariadne‹, ›Daphne‹ oder ›Danae‹ von Richard Strauss reicht.

Musikalisch übernimmt Henze das komplexe Ineinander von drei miteinander verklammerten und zugleich einander permanent kommentierenden Handlungsebenen durch die einander durchdringenden Strukturelemente von Madrigal (Hirten), Rezitativ/Tanzlied (Sänger) und Bolero (Tänzer); vier Madrigale, fünf Rezitative und sieben Boleros wechseln einander ab und finden sich am Schluß in einer gemeinsamen »Totenklage«. Die Tripelstruktur der Szene findet sich auch in den drei Orchesterteilen wieder, die jeweils den Protagonisten, aber auch den szenischen Korrelationen zugeordnet sind; die Farben wechseln von A-cappella-Gesängen (Madrigale I und II) bis hin zum differenzierten Einsatz aller drei Orchester. Das Rezitativ/Tanzlied wird – in der alten Kombination von »Rezitativ und Arie« – jeweils durch den Bolero ergänzt und erweitert, in dem die tänzerische Aktion fokussiert.

Stilistische Stellung
›Venus und Adonis‹ schlägt im Buch des Henze-Theaters eine neue Seite auf; niemals zuvor hat der Komponist auf so artifizielle Weise die verschiedenen szenischen Ebenen des Musiktheaters miteinander verbunden; anders als bei den vorhergehenden Mythenadaptionen wie den ›Bassariden‹ oder ›Orpheus‹ verzichtet der Komponist auf jede »Nutzanwendung« – der durch die Konstruktion evozierte Charakter des höheren Spiels dominiert, Komplexität und Hermetik haben ihr Ziel in sich. Gelten mag für diese Oper, was Hugo von Hofmannsthal einmal für den Geist der Antike reklamierte – sie war ihm »die Kreation unserer geistigen Welt, die Setzung von Kosmos gegen Chaos, und er umschließt den Helden und das Opfer, die Ordnung und die Verwandlung, das Maß und die Weihe«.

Geschichtliches
Henzes ›Venus und Adonis‹ wurde in den Jahren 1993 bis 1995 komponiert und am 15. Januar 1997 als Auftragswerk der Bayerischen Staatsoper in München (Musikalische Leitung: Markus Stenz; Regie: Pierre Audi; Ausstattung: Chloè Obolensky) uraufgeführt.

W. K.

Phaedra
Konzertoper in zwei Akten. Dichtung von Christian Lehnert.

Solisten: *Phaedra*, eine Königin (Koloratur-Mezzosopran, gr. P.) – *Aphrodite*, eine Göttin (Dramatischer Sopran, gr. P.) – *Hippolyt*, ein Jüngling, Stiefsohn Phaedras (Lyrischer Tenor, gr. P.) – *Artemis*, eine Göttin (Countertenor, gr. P.) – *Minotauros* (Baßbariton, kl. P.) – *Gehilfe der Artemis* (stumme Rolle).
Ort und Zeit: Griechenland und Italien zu mythischer Zeit.
Schauplätze: Das Labyrinth des Minotauros – Waldrand – Bezirk der Artemis im Wald – Palast des Theseus – Tempel am See von Nemi – Höhle mit Statuen von Aphrodite und Artemis – Hain am See von Nemi.
Orchester: 2 Fl. (I. auch Picc., II. Altfl. und Picc.), 2 Ob. (II. auch Eh.), 2 Kl. (I. Sopransax., Altsax. und Bkl., II. Altsax., Bkl. und Kbkl.), 2 Fag. (II. auch Kfag.), 2 Hr. (auch Wagnertuba), 2 Trp., 2 Pos. (I. Altpos., II. Tenorpos., auch Baßpos.), P., Schl. (2 Spieler), Hrf., Cel., Klav., Str., Zuspielung »Bruitage«.
Gliederung: Durchkomponierte Großform.
Spieldauer: Etwa 75 Minuten.

Handlung
Im dunklen Labyrinth des Minotauros künden Echos von dessen Tod durch die Hand des Theseus. Hippolyt, Sohn des Theseus, und seine Stiefmutter Phaedra, begleitet von ihren jeweiligen Göttinnen Artemis und Aphrodite, besingen die Heldentat des Königs. Phaedra hat sich im Geheimen in ihren Stiefsohn verliebt und verzehrt sich vor unerfülltem Verlangen. – Unheil wirft seine Schatten voraus. Mit dem ersten Tageslicht ist Hippolyt zur Jagd ausgezogen. Phaedra irrt währenddessen durch die Morgendämmerung. Begehren und Scham, die Liebe zu Hippolyt und der Ekel vor ihren eigenen Gefühlen treiben sie gleichermaßen. Sie sucht den Tod, wird aber von der Göttin Aphrodite daran gehindert, sich mit einer Scherbe die Pulsadern aufzuschneiden. Aphrodite, ihrerseits ebenfalls in Hippolyt verliebt, fühlt sich gekränkt von der Exklusivität, mit der dieser die Jagdgöttin Artemis verehrt, und will sich an ihm rächen. Nachdem sie Phaedra beruhigt hat, treffen beide bei ihrem ziellosen Streifzug durch Geröll und Dik-

kicht auf den schlafenden Hippolyt. Phaedra kniet vor ihm nieder und singt von ihrer Liebe. Hippolyt erwacht. Phaedra gesteht ihm offen ihre Gefühle. Artemis tritt aus dem Wald, um Hippolyt zu warnen. Hippolyt, entrüstet über seine Stiefmutter, stößt sie entschieden von sich. Phaedras Empfindungen verwandeln sich in aufflammenden Haß. In ihrer Wut vereinen sich Aphrodite und Phaedra. Hippolyt aber hört nur auf den Ruf der Artemis und wendet sich ungerührt ab. Als Phaedra nach Hippolyts Messer greift und erneut versucht, sich die Adern aufzuschneiden, kann Aphrodite sie noch einmal zurückhalten. Phaedra kehrt daraufhin in den Palast zurück und schreibt einen Brief an ihren Gemahl Theseus, in dem sie ihren Stiefsohn verleumdet und ihn bezichtigt, sie vergewaltigt zu haben. Hippolyt kehrt sorglos von der Jagd heim, als Artemis in den Palast tritt und verkündet, Theseus schenke dem Brief Phaedras Glauben. Im Entschluß, seinen Sohn zu töten, bat er Poseidon um Hilfe. Als Hippolyt mit seinem Pferdegespann an der Küste entlangfährt, läßt der Meeresgott den wieder zum Leben erweckten Minotauros aus dem Meer steigen. Die Pferde scheuen und schleifen Hippolyt über die Felsen. Tödlich verwundet bricht er zusammen. Unterdessen war Phaedra in ihrem Versuch, sich das Leben zu nehmen, ebenfalls erfolgreich: Sie hat sich erhängt.

Die Jagdgöttin Artemis hat Hippolyt in ihren Hain nach Nemi in Italien gebracht. Hier arbeitet sie mit einem Gehilfen an Hippolyts Körper, um ihm wieder Leben einzuhauchen. Als es gelingt, sperrt sie ihn in einen Käfig und gibt ihm einen neuen Namen: Virbius. Ein Vogelwesen – die aus der Unterwelt zurückgekehrte Phaedra – sucht den Gefangenen in seinem Käfig heim. Sie verspottet ihn als Machwerk und Haustier seiner Göttin, während sie ihn aufgeregt umflattert. Ein Gewitter zieht auf den Hain in Nemi zu, als Aphrodite im Strahlenkranz auftritt und das Recht der Götter einfordert, wonach Hippolyt in die Unterwelt gehört. Phaedra und Aphrodite umkreisen den Käfig Hippolyts, um sich seiner zu bemächtigen. Sie singen von den Toten und locken Hippolyt zugleich wie ein Tier, ihnen in die Unterwelt zu folgen. Artemis kann Hippolyt mit einem Netz einfangen und vor den beiden Furien in ihrer Höhle verstecken. Dort kauert er verstört an einer Quelle und betrachtet sein Spiegelbild im Wasser. Er erkennt sich selbst nicht wieder und hat alle Erinnerungen verloren. Er träumt von einem fernen Garten. Phaedra hat ihn aufgespürt und versucht wieder, ihn in den Hades zu locken. Verängstigt und verwirrt stößt Hippolyt Phaedra fort und kämpft sich aus der Höhle ins Freie. Die Höhle wird von einem Beben erschüttert, das zugleich Hippolyts Auferstehung als Waldgott begleitet. In der Morgendämmerung läuft er durch den Hain von Nemi, in dem er zu sich selbst gefunden hat. Vergangenheit, Gegenwart und Zukunft verschwimmen in einem Tanz des Minotauros.

Stilistische Stellung
Mit der Komposition der »Konzertoper« ›Phaedra‹ – der Untertitel verweist auf die Besetzung eines solistisch agierenden Ensembles mit einfach besetzten Streichern – wendet sich Henze erneut einem Stoff der klassischen Mythologie zu. Seit der Improvisation für Cembalo, Alt und acht Soloinstrumente ›Apollo et Hyacinthus‹ (1949) ist diese ein beständiges Reservoir an Themen und Figuren für Henzes Werke, in denen die existentiellen Krisen der Handelnden zu Initialzündungen für das Feuer des musikalischen Geschehens werden. In ›Phaedra‹ wird der Konflikt der titelgebenden Protagonistin zur Schablone der Musik: Klassische Mittel zur Charakterzeichnung (Phaedra wird als Ehefrau des Königs mit Blechbläsern assoziiert, Hippolyt als Naturmensch mit hohen Holzbläsern; beider Gesangslinien sind kompositorisch untrennbar mit ihren jeweiligen Göttinnen verbunden) treffen auf Henzes freien Umgang mit Zwölftonreihen, die allem musikalischen Geschehen zugrunde liegen. Die schlanke Instrumentierung schafft einen transparenten Satz, der die dramatischen und mitunter kuriosen Affekte und Szenen in aller Deutlichkeit hervorbringt.

Textdichtung
In der ursprünglichen Absicht, das Textbuch selbst zu verfassen, wurde Henze zufällig auf den Theologen Christian Lehnert aufmerksam, dessen – so Henze – »hölderlineske« Sprache dem Komponisten tauglich erschien, »tiefe Einsichten in das menschliche Empfinden« nach seinen Wünschen zum Ausdruck zu bringen. Ein erstes Treffen fand im Mai 2004 statt, woraufhin Lehnert eine ganze erste Szene aus dem Stoff entwarf und sich der Kritik des Komponisten gegenüber offen zeigte. In den Sommern 2004 und 2005 folgten jeweils mehrtägige gemeinsame Arbeitsphasen von Komponist und Librettist in Henzes Wohnort Marino. Im finalisierten Text

finden sich Anklänge an die Phaedra-Werke von Euripides, Seneca und Racine, in denen die Handlung mit dem Tod Hippolyts auf den Felsklippen endet, aber auch an die Versionen von Vergil und Ovid, in denen auf den Tod die Auferstehung folgt. Aufgrund der Identität der griechischen Artemis mit der römischen Diana, der in grauer Vorzeit das Heiligtum von Nemi nahe Henzes Wohnort geweiht war, bestand der Komponist darauf, die Auferstehung dort stattfinden zu lassen.

Geschichtliches
Erste Skizzen zum Werk datieren auf 2004. Schwere gesundheitliche Probleme Henzes, darunter eine Fraktur der linken Hand und ein physischer Zusammenbruch, verzögerten die Fertigstellung jedoch bis ins Frühjahr 2007. Gipfel der Schicksalsschläge war für den mittlerweile 80-jährigen Henze der Verlust seines Lebensgefährten, Fausto Moroni, wenige Tage nach Fertigstellung der Oper. Als Auftragswerk und Koproduktion der Staatsoper Unter den Linden Berlin, der Berliner Festspiele, dem Théâtre de la Monnaie Brüssel, der Alten Oper Frankfurt und der Wiener Festwochen fand die Uraufführung am 6. September 2007 an der Staatsoper Unter den Linden Berlin statt. Es spielte das Ensemble Modern, dirigiert von Michael Boder. Peter Mussbach inszenierte in einem Bühnenbild von Olafur Eliasson. Das Werk hat seitdem bereits mehrere Neuinszenierungen erlebt, unter anderem 2008 beim Maggio Musicale Fiorentino, Regie von Michael Kerstan, und 2010 am Theater Luzern, Regie von Stephan Müller.

P. K.

Paul Hindemith
* 16. November 1895 in Hanau, † 28. Dezember 1963 in Frankfurt/Main

Cardillac
Oper in drei Akten nach E. T. A. Hoffmanns Novelle ›Das Fräulein von Scuderi‹. Text von Ferdinand Lion.

Solisten: *Cardillac*, der Goldschmied (Heldenbariton, auch Charakterbariton, gr. P.) – *Seine Tochter* (Dramatischer Koloratursopran, auch Jugendlich-dramatischer Sopran, m. P.) – *Der Offizier* (Jugendlicher Heldentenor, auch Lyrischer Tenor, m. P.) – *Der Goldhändler* (Seriöser Baß, auch Charakterbaß, m. P.) – *Der Kavalier* (Jugendlicher Heldentenor, auch Lyrischer Tenor, m. P.) – *Die Dame* (Jugendlich-dramatischer Sopran, auch Dramatischer Mezzosopran, m. P.) – *Der Führer der Prévôté* (Bariton, auch Baßbariton, kl. P.) – *Der König* (Stumme Rolle).
Chor: Kavaliere und Damen des Hofes – Die Prévôté – Volk (m. Chp.).
Orchester: 2 Fl., 2 Ob., 3 Kl., Tenorsaxophon, 3 Fag. – 1 Hr., 2 Trp., 2 Pos., Tuba – P., Schl. – Klav. – Str. – Bühnenmusik: 1 Ob., 2 Hr., 1 Trp., 1 Pos. – 1 Viol., 2 Kb.
Spieldauer: Etwa 1¾ Stunden.

Handlung
Ganz Paris ist in Aufregung wegen der in letzter Zeit sich häufenden Mordfälle, die offenbar von ein und demselben Verbrecher herrühren. Der Führer der Prévôté beruhigt die Menge, die sich auf einem großen Platz der Stadt drängt, mit der Bekanntmachung, daß vom König zur Aufklärung der geheimnisvollen Morde eine eigene Instanz, die »brennende Kammer«, eingesetzt worden sei. Von der Menge ehrerbietig begrüßt, schreitet Cardillac vorüber. Neugierig fragt eine Dame einen Kavalier, der sie höflich grüßt, wer wohl dieser vornehme Mann sei. Der Kavalier berichtet, es sei der angesehene Goldschmied Cardillac. An seinen kunstreichen Schmuckgegenständen klebe jedoch Blut; denn jeder, der bei ihm etwas kaufe, fiele alsbald von Mörderhand. Die Dame fragt den Kavalier, ob er sie liebe. Als dieser antwortet, mehr als sein Leben, fordert sie ihn auf, ihr zum Beweis seiner Liebe den schönsten Schmuck aus Cardillacs Werkstatt zu erstehen.

Mit leisem Schaudern verspricht der Kavalier, den Wunsch zu erfüllen. – Des Abends erwartet die Dame den Kavalier in ihrem Schlafzimmer, doch er kommt nicht. Kaum ist sie eingeschlafen, betritt der Kavalier das Zimmer. Er überreicht der Dame einen prächtigen goldenen Gürtel. Als er liebeglühend seinen Kopf in ihren Schoß legt, bemerkt die Dame mit tödlichem Schrecken eine vermummte Gestalt, die soeben durch das geöffnete Fenster in das Zimmer eingedrungen ist. Der Kavalier deutet ihre Gebärde als Angst vor der Liebe. Sie umschlingt ihn, um ihn gleichsam mit den Armen zu beschützen. In diesem Augenblick tritt der Eindringling ans Bett; er reißt den goldenen Gürtel an sich und erdolcht gleichzeitig den Kavalier. Blitzschnell entfernt er sich daraufhin wie ein Raubtier mit seiner Beute durchs Fenster.

Am nächsten Tag erhält Cardillac in seiner Werkstatt Besuch von seinem Goldlieferanten. Der Goldschmied prüft mißtrauisch das ihm vom Händler überbrachte Gold. Dann fragt er den Händler, warum er sich beim Betreten der Werkstatt bekreuzigt habe. Nach einer ausweichenden Anwort gibt dieser zu, angesichts des neuerlichen Mordes in der vergangenen Nacht mit Unbehagen dieses Unglückshaus betreten zu haben. Er ist überzeugt, daß Cardillac im Bunde mit der Hölle steht. Um sich Klarheit zu verschaffen, beschließt er, ihn in den kommenden Nächten einmal zu überwachen. Cardillac geht aus und beauftragt seine Tochter, inzwischen seine Schätze zu behüten. Da betritt die Werkstätte ein junger Offizier, der Cardillacs Tochter liebt und sie auffordert, mit ihm zu entfliehen. Sie kann sich aber nicht von dem geliebten Vater trennen. Nach seiner Rückkehr wird Cardillac durch den Besuch des Königs geehrt. Der Goldschmied weigert sich jedoch, die ausgesuchten Schmuckgegenstände dem König zu verkaufen unter der Ausrede, für ihn noch sehr viel schönere anfertigen zu wollen. Nachdem der König weggegangen ist, kommt der Offizier wieder. Er begehrt von dem Goldschmied das Schönste, was er geschaffen habe; Cardillac ist zu Tode erschrocken. Als der Offizier aber dann um die Hand der Tochter anhält, atmet Cardillac erleichtert auf und gewährt sie ihm sogleich. Der Offizier will nun eine goldene Kette für seine Braut kaufen. Cardillac warnt ihn vor dem drohenden Unheil; aber der Offizier kennt keine Furcht und entfernt sich mit dem Schmuck. Cardillac zwingt sich zur Arbeit; sein Blick heftet sich jedoch wie gebannt auf die Stelle, wo die goldene Kette gelegen hat. Schließlich nimmt er aus einem Schrank Mantel, Maske und Dolch und entfernt sich.

In einer dunklen Straße wird der Offizier von einer vermummten Gestalt angefallen und verwundet. Cardillac, von dem Offizier erkannt, muß fliehen, ohne der Kette habhaft geworden zu sein. Der Goldhändler hatte den Überfall heimlich beobachtet und sogleich die Polizei alarmiert. Als Cardillac herbeigebracht wird, beschuldigt der Offizier den Goldhändler der Tat. Während dieser abgeführt wird, jubelt die Menge Cardillac zu und drängt ihn in eine Taverne. Die Tochter erfährt nun von dem Offizier den wahren Sachverhalt. Da stürzt Cardillac aus der Taverne, angeekelt von den Huldigungen, die ihm dort entgegengebracht wurden. Er gesteht jetzt, den Mörder zu kennen. Erregt fordert die Menge ihn auf, den Namen zu nennen. Als Cardillac sich weigert, droht schließlich das Volk, sein Haus zu stürmen und seine Werke zu vernichten. Da bekennt Cardillac endlich sich selbst als Täter. Er hat die Verbrechen begangen, weil er sich von seinen Werken nicht trennen konnte. Da er keine Reue zeigt, ja sogar kaltblütig erklärt, seinem dämonischen Trieb auch weiterhin folgen zu wollen, stürzt sich die Menge spontan auf ihn und schlägt ihn nieder. Vor dem Sterbenden knien die Tochter und der Offizier. Als sein irrer Blick am Hals des Offiziers die goldene Kette erblickt, verklären sich seine Züge; er greift nach dem Schmuck, küßt ihn und sinkt tot zusammen.

Stilistische Stellung

Hindemiths ›Cardillac‹ stellt einen Markstein in der Entwicklung des modernen musikalischen Theaters dar. Stoff und Gestaltung der Operndichtung knüpfen an die Tradition vorangegangener Richtungen (Romantik, Verismo) an, während die Musik mit ihren konzertanten Formen und ihrer polyphonen Tonsprache neue Wege weist. Dieser Zwiespalt zwischen Textbuch und Musik macht wohl die Inszenierung des Werkes zu einem Problem, die stilisierende Haltung der Musik beeinträchtigt aber durchaus nicht die dramatische Wirkung, wie der große Erfolg des ›Cardillac‹ bei Aufführungen bewiesen hat.

Textdichtung

Der Stoff ist der Novelle ›Das Fräulein von Scuderi‹ des romantischen Dichters E. T. A. Hoffmann (1776–1822) entnommen, die in dem ›Taschenbuch für Liebe und Freundschaft auf 1820‹ und in den ›Serapionsbrüdern‹ erschienen ist. Ferdinand

Lion führte die Operndichtung aus, in welcher der Stoff unter Ausschaltung alles Nebensächlichen in klarer Anschaulichkeit äußerst bühnenwirksam dramatisiert ist.

Geschichtliches
›Cardillac‹ wurde am 9. November 1926 an der Dresdner Staatsoper unter Fritz Busch uraufgeführt. Das Werk erregte damals großes Aufsehen und war in musikalischen Kreisen Gegenstand eifriger Diskussionen über die Formen und Ausdrucksarten des musikalischen Theaters. – Später hat der Komponist eine ziemlich radikale Umarbeitung des Werkes vorgenommen, bei der er den Text selbst neu faßte und musikalisch eine Angleichung an den ›Mathis‹-Stil vollzog. In dieser Form wurde ›Cardillac‹ am 20. Juni 1952 in Zürich zum ersten Mal aufgeführt.

R. K.

Hindemiths Neufassung ist der wohl folgenreichste Fall, in dem ein Komponist glaubte, er müsse ein älteres Werk seiner gewandelten neuen Kompositionsästhetik anpassen. So hat Hindemith nicht nur den Text verändert (und dabei Ferdinand Lions dicht-fesselnde Handlung eher verunklart und in ihrem Verlauf gehemmt), er hat auch seine Tonsprache in Anlehnung an den ›Mathis‹ geglättet. Zu Recht bevorzugen die Bühnen heute in der Regel die dramaturgisch glaubwürdigere und musikalisch einheitlichere Originalfassung.

W. K.

Neues vom Tage

Lustige Oper in drei Teilen. Text von Marcellus Schiffer.

Solisten: *Laura* (Dramatischer Koloratursopran, auch Jugendlich-dramatischer Sopran, gr. P.) – *Eduard*, ihr Ehemann (Kavalierbariton, auch Charakterbariton, gr. P.) – *Der schöne Herr Hermann* (Jugendlicher Heldentenor, auch Lyrischer Tenor, gr. P.) – *Herr M.* (Lyrischer Tenor, auch Spieltenor, m. P.) – *Frau M.* (Lyrischer Mezzosopran, m. P.) – *Ein Standesbeamter* (Baß, kl. P.) – *Ein Fremdenführer* (Baß, auch Bariton, kl. P.) – *Ein Hoteldirektor* (Baß, auch Bariton, kl. P.) – *Ein Zimmermädchen* (Sopran, auch Mezzosopran, kl. P.) – *Ein Oberkellner* (Tenor, kl. P.) – *Sechs Manager* (zwei Tenöre, zwei Baritone, zwei Bässe, kl. P.).
Chor: Standesbeamte – Sekretärinnen – Museumsbesucher – Hotelpersonal – Theaterpublikum (gemischter Chor, m. Chp.).
Ort: Großstadt.
Schauplätze: Ein Wohnzimmer – Das Standesamt – Das Büro für Familienangelegenheiten – Ein Saal im Museum – Badezimmer im Hotel Savoy – Geteilte Bühne: links ein Hotelzimmer, rechts eine Gefängniszelle – Ein Theaterfoyer – Die Bühne eines Varieté-Theaters.
Zeit: Die zwanziger Jahre des 20. Jahrhunderts.
Orchester: 2 Fl. (auch Picc.), Ob., Eh., Es-Kl., Kl., Bkl., Altsaxophon, 2 Fag., Kfag. – Hr., 2 Trp., 2 Pos., Tuba – Klav., Klav. zu 4 Hd., Hrf., Mandoline, Banjo, Schl. – Str. (6.0.4.4.4).
Gliederung: Vor- und Zwischenspiele, elf Bilder mit ineinander übergehenden musikalischen Nummern.

Spieldauer: Etwa 2½ Stunden.

Handlung
Am gedeckten Frühstückstisch geraten Laura und Eduard, ein junges Ehepaar, wie schon öfter in Streit. Sie zanken sich, werfen sich Schimpfworte zu und zertrümmern das Geschirr. Schließlich kommt ihnen ein erlösender Gedanke: Sie werden sich scheiden lassen. Die Nachbarn, das jung verheiratete Ehepaar M., kommen, um ihren Antrittsbesuch zu machen. Sie werden in die Auseinandersetzung hineingezogen, nehmen Partei und streiten sich ebenfalls. Auch sie wollen sich scheiden lassen. Auf dem Standesamt herrscht viel Betrieb: Geburten und Todesfälle werden angemeldet. Herr und Frau M. kommen zufrieden aus einem Büro; sie sind eben geschieden worden. Laura und Eduard kommen, um die zur Scheidung nötigen Unterlagen vorzulegen, und begegnen dem Ehepaar M. Auf die Frage, wieso es mit der Scheidung so schnell gegangen sei, berichten die M.s, daß sie sich vom »Büro für Familienangelegenheiten« einen »Scheidungsgrund« gemietet hätten. Eduard legt dem Standesbeamten die notwendigen Unterlagen vor, doch dieser sagt ihm, ohne Scheidungsgrund könnte die Ehe nicht geschieden werden. Dann schließt er den Schalter. Im Sekretariat des »Büros für Familienangelegenheiten« ist viel Betrieb: Trauzeugen werden bestellt, Kindspaten. Der beliebteste »Scheidungsgrund« ist der

schöne Herr Hermann, von allen geliebt. Doch er ist schwermütig; sein Herz nimmt zuviel Anteil am Schicksal der Klienten, besonders der weiblichen. So hat er sich – ganz gegen seine Geschäftsgrundsätze – leider in Frau M. verliebt. – Im Museum, im Saal mit der berühmten Venus-Statue. Ein Museumsführer schleust eine uninteressierte Besuchergruppe vorbei. Laura tritt ein; sie ist hier mit dem »Scheidungsgrund« verabredet. Sie informiert sich anhand eines Reiseführers über Venus, griechisch Aphrodite, Göttin der Liebe. Da erscheint Herr Hermann; in einem Duett heucheln beide leidenschaftliche Ekstase. Als sie sich küssen, stürzt – verabredungsgemäß – Eduard herein und ertappt die beiden. Doch er zeigt sich wirklich eifersüchtig, beschimpft den schönen Herrn Hermann und Laura; dann droht er dem »Scheidungsgrund« Prügel an und wirft schließlich dem Flüchtenden die Venus-Statue nach, die am Boden zerschellt.

In einem Badezimmer im Hotel Savoy sitzt Laura nackt in der Wanne und besingt die Vorzüge der Warmwasserversorgung. Da es mit dem ersten Termin nicht geklappt hat, ist sie hier – zwecks Schaffung eines neuen Scheidungsgrundes – mit dem schönen Herrn Hermann verabredet. Dieser tritt ins Badezimmer und beginnt, ungeachtet des Protestes von Laura, die einen etwas weniger verfänglichen Ort vorgesehen hatte, sich zu entkleiden. Außerdem wird er leider wieder seinen Geschäftsgrundsätzen untreu; er hat sich schon wieder verliebt. Doch da platzt Frau M. herein, die ihrerseits ein Bad bestellt hatte und nun höchst erstaunt und befremdet ist, Laura und ihren Geliebten, den schönen Hermann, zusammen in eindeutiger Situation zu ertappen. Hermann ist für sie erledigt, und gegenüber Laura besteht sie darauf, daß das Badezimmer für sie reserviert war, und klingelt das ganze Hotelpersonal zusammen, das peinlich berührt die Situation betrachtet. – Die Szene ist geteilt: Laura in ihrem Hotelzimmer, Eduard in der Gefängniszelle, wohin man ihn wegen der Zertrümmerung der Venus gesteckt hat, lesen beide in der Zeitung über die skandalösen Taten des anderen. Eduard wird zuerst sehr böse, als er von Lauras aufsehenerregendem Rendezvous liest, aber dann tröstet er sich: Denn jetzt werden sie sicherlich geschieden. – Eduard ist auf Bewährung entlassen worden, muß aber achtzigtausend Mark Entschädigung an das Museum zahlen, und weiß nicht, wie er das Geld aufbringen soll. Der schöne Hermann erscheint und bietet Eduard die erforderliche Summe an, denn ihm liegt daran, daß Eduard möglichst schnell geschieden wird: zum einen wegen der Reputation seines Geschäftes, zum anderen, weil er Laura liebt. Doch Eduard, der seine Frau immer noch liebt, wirft ihn hinaus. Hermann geht, nicht ohne seinerseits eine Rechnung für erbrachte Dienste als »Scheidungsgrund« zu hinterlassen. Da erscheinen auf einmal sechs Manager und bieten Eduard Verträge, viel Geld und Vorschuß. Ein Ehemann, der dem Liebhaber seiner Frau eine Venus nachwirft, eine Ehefrau, die nackt in der Badewanne Besucher empfängt: Das ist eine Sensation für jedes Varieté-Theater, für den Zirkus und für die Wochenschau. Eduard ist fast so populär wie Friedrich Schiller. Froh, so zu Geld zu kommen, unterzeichnet Eduard die Verträge.

Im »Büro für Familienangelegenheiten« läuft alles wieder seinen geordneten Gang, denn der schöne Hermann pflegt jetzt und künftig sein Herz aus dem Spiel zu lassen. – Im Theaterfoyer des Varieté-Theaters »Alkazar« versammeln sich sensationslüsterne Zuschauer: Eduard und Laura, das berühmte Ehepaar, geben heute ihre Abschiedsvorstellung. Unter den Besuchern sind auch die M.s, soeben glücklich zum zweiten Mal miteinander verheiratet. Die Vorstellung beginnt: Nach diversen anderen Attraktionen kommt es endlich zur Hauptsache: Laura und Eduard treten auf, beschimpfen sich und zertrümmern Teller, die ihnen eine Dame im Trikot zureicht. Revuegirls umtanzen die Szene. Das Publikum ist begeistert. Die letzte Vorstellung ist beendet. Eduard und Laura sind erleichtert; endlich können sie alle Schulden zahlen; aber an Scheidung denken sie nicht mehr; sie wollen es noch einmal miteinander versuchen. Doch da protestiert der Chor: Laura und Eduard sind keine Privatpersonen mehr, die machen können, was sie wollen; sie stehen im öffentlichen Interesse, sind – als Sensation – eine Handelsware ohne eigenen Willen: Sie sind »Neues vom Tage«.

Stilistische Stellung

Hindemiths abendfüllende Oper ›Neues vom Tage‹ setzt die Tendenz des kritisch-persiflierenden Zeitstücks fort, die bereits in dem Sketch ›Hin und zurück‹ angelegt ist. Dabei geht es – anders als in Richard Strauss' ähnlich angelegtem ›Intermezzo‹ – nicht um einen Familienkrieg, um eine Zimmerschlacht, sondern weit eher – und darin stets parodistisch geschärft, voller satirischer Aperçus – um Kritik am Sensationsrummel, an der Neuigkeitswut der Medien der zwanziger Jahre, deren Schlüsselloch-Journalismus auch vor dem Privatbereich nicht Halt machte. Hindemiths Musik ist eine gelungene Mischung aus Jazz-Elementen mit einem motorischen, bisweilen sich überdrehenden Neoklassizismus; prägend wirken knappe, oft revuehaft angelegte Szenen und Situationen, in denen traditionelle Opernformen durch die Inkongruenz des Textes der Lächerlichkeit preisgegeben werden, etwa, wenn eine virtuose Arie die Vorzüge der Warmwasserversorgung preist. Doch daneben gibt es auch eindringlich lyrische Stellen von kühlanrührender Schönheit.

Textdichtung

Der Varieté-Dichter Marcellus Schiffer, der schon die Textvorlage für ›Hin und zurück‹ geliefert hatte, geißelt in seinem Libretto auf parodistisch-witzige Weise gleichermaßen die modische Scheidungslust der zwanziger Jahre wie den Run auf intime Sensatiönchen. Stilistisch ist der Text in der Nähe der quasi objektiven, Gefühle nur »ausstellenden« Gebrauchstexte der späten zwanziger Jahre gehalten, wie wir sie auch in Brecht/Weills sehr viel erfolgreicherer ›Dreigroschenoper‹ finden.

Geschichtliches

Die Uraufführung von ›Neues vom Tage‹ am 8. Juni 1929 in der Berliner Kroll-Oper unter der Leitung von Otto Klemperer war nicht viel mehr als ein Achtungserfolg; zu sehr sah man das Werk in der Nachfolge der ›Dreigroschenoper‹. Gleichwohl attestierte ihm die Kritik eine »Parodie, hinter der eine latente Traurigkeit, Resignation steht«. Nach dem Krieg versuchte sich Hindemith an einer Neufassung, die eine Aktualisierung darstellen sollte, dabei aber zuviel tut und sich als nur noch irritierende Persiflage selbst aufhebt. Nach der Quellenlage scheint Hindemith allerdings diese Neufassung, die den Handlungsverlauf beibehält, aber einige Figuren ändert, trotz einer »Uraufführung« am 7. April 1954 in Neapel nie endgültig abgeschlossen zu haben. Da die im Stück angesprochenen Probleme heute so aktuell sind wie vor gut siebzig Jahren, könnte eine theaterwirksame Wiederbelebung eine erfreuliche Erweiterung des Spielplans darstellen.

W. K.

Mathis der Maler

Oper in sieben Bildern. Dichtung vom Komponisten.

Solisten: *Albrecht von Brandenburg*, Kardinal, Erzbischof von Mainz (Heldentenor, auch Charaktertenor, gr. P.) – *Mathis*, Maler in seinen Diensten (Heldenbariton, auch Charakterbariton, gr. P.) – *Lorenz von Pommersfelden*, Domdechant von Mainz (Seriöser Baß, auch Charakterbaß, m. P.) – *Wolfgang Capito*, Rat des Kardinals (Lyrischer Tenor, auch Charaktertenor, m. P.) – *Riedinger*, ein reicher Mainzer Bürger (Seriöser Baß, auch Charakterbaß, auch Charakterbariton, m. P.) – *Hans Schwalb*, Führer der aufständischen Bauern (Jugendlicher Heldentenor, m. P.) – *Truchseß von Waldburg*, Befehlshaber des Bundesheeres (Baß, auch Bariton, kl. P.) – *Sylvester von Schaumberg*, einer seiner Offiziere (Tenor, m. P.) – *Der Graf von Helfenstein* (Stumme Rolle) – *Der Pfeifer* des Grafen (Tenor, kl. P.) – *Ursula*, Riedingers Tochter (Dramatischer Sopran, auch Jugendlich-dramatischer Sopran, gr. P.) – *Regina*, Schwalbs Tochter (Lyrischer Sopran, m. P.) – *Gräfin Helfenstein* (Alt, m. P.).

Chor: Antoniterbrüder – Humanistische Studenten – Päpstliche und lutherische Bürger – Bürgersfrauen – Volk – Bauern – Offiziere und Truppen des Bundesheeres – Dämonen (m. Chp.).

Schauplätze: Antoniterhof am Main, Stiftsgebäude im Hintergrund, ebenso ein großes Tor, links bunter Blumengarten, ein Brunnen davor, dessen Wasser in einen ausgehöhlten Baumstamm läuft, rechts ein gedeckter Gang – Saal in der Martinsburg zu Mainz – Haus Riedingers am Marktplatz in Mainz, eine nach rückwärts offene Halle – Königshofen. Ein kleiner Platz mit beschädigten Häusern, links kleine Gastwirtschaft mit Tischen und Bänken, Fensterscheiben sind eingeschlagen, die Läden hängen halb abgerissen herunter, rechts eine offene Kapelle mit Marienbild und Ewiger Lampe. Die Stadt ist ziemlich zerstört – Arbeitszimmer des Kardinals auf der Martinsburg in Mainz – Odenwald. Gegend mit großen Bäumen – (Erscheinungen: Ein mittelalterliches Schloß – Ein Gewölbe – Platz vor einem Stadttor – Die auf der Versuchungstafel des Isenheimer Altars dargestellte Landschaft – Landschaft des Bildes der Begegnung zweier Heiliger auf dem Isenheimer Altar – Die Stadt Mainz und der Rhein) – Mathis' Werkstatt in Mainz mit einer Anzahl herumstehender Bildtafeln.

Zeit: Zur Zeit des Bauernkrieges, das letzte Bild einige Zeit später.

Orchester: 2 Fl. (auch Picc.), 2 Ob., 2 Kl., 2 Fag., 4 Hr., 2 Trp., 3 Pos., 1 Bt., P., Schl., Str. – Bühnenmusik: 3 Trp. in C.

Gliederung: Vorspiel (Engelkonzert) und 35 Musiknummern, die pausenlos ineinandergehen.

Spieldauer: Etwa 3 Stunden.

Handlung

In der Mittagspause eines sonnigen Frühlingstages betrachtet der Maler Mathis, der gerade damit beschäftigt ist, den Kreuzgang des Antoniterklosters in Mainz auszumalen, sinnend die wachsende Natur, deren Anblick in ihm Zweifel weckt, ob er alles, was Gott ihm aufgetragen, erfüllt habe. Da stürzt in Begleitung seiner jugendlichen Tochter Regina der verwundete Bauernführer Schwalb in den Hof. Während die Mönche sich des Erschöpften annehmen, unterhält sich Mathis mit Regina, deren unschuldiges Wesen tiefen Eindruck auf ihn macht. Sie wünscht sich ein Band, um sich das Haar zu binden. Mathis nimmt ein buntes Band von seinem Tisch und schenkt es ihr. Inzwischen ist Schwalb wieder zu sich gekommen; er hält dem nur seiner Kunst lebenden Mathis die Sorgen und Nöte des unterdrückten Bauernvolkes vor. Regina meldet ihrem Vater, daß ihm seine Feinde hart auf den Fersen folgten. Schwalb entflieht eilig auf Mathis' Pferd, das ihm dieser zur Verfügung stellt, und als Sylvester von Schaumberg, ein Offizier des Bundesheeres, hereinstürmt, gesteht der Maler offen, daß er dem Bauernführer zur Flucht verholfen habe.

Im Saal der Martinsburg zu Mainz sind katholische und protestantische Bürger in Erwartung des Fürsterzbischofs von Mainz, Kardinal Albrecht von Brandenburg, versammelt. Nach einem heftigen Wortgeplänkel geraten die beiden Parteien in ein Handgemenge. Erst das Erscheinen des Kardinals, der die Reliquie des heiligen Martin überbringt, macht dem Streit ein Ende. Jetzt erscheint auch Mathis; er wird von dem Kardinal freundlich begrüßt. Ursula, die Tochter des reichen protestantischen Bürgers Riedinger, ist freudig erregt, den Maler, den sie liebt, nach langer Zeit wiederzusehen. Inzwischen berichtet Riedinger dem Kardinal, daß auf dem Marktplatz sogenannte ketzerische Schriften verbrannt werden sollen. Albrecht verbietet die Verbrennung, widerruft aber schließlich widerwillig das Verbot, als ihm der fanatische Domdechant von Pommersfelden vorhält, daß ein Priester den Weisungen Roms zu folgen habe. Der Kardinal wendet sich dann an Mathis und beauftragt ihn, für die Reliquie einen kostbaren Schrein anzufertigen. Da kommt Sylvester von Schaumberg. Er verklagt Mathis bei dem Kardinal, dem Rebellen Schwalb die Flucht ermöglicht zu haben. Mathis, der seine Tat nicht leugnet, bittet den Kardinal kniefällig, den Bauern die Freiheit zu gewähren. Als ihm dieser entgegenhält, er möge sich nicht in fremde Händel mischen, und ihn schließlich in scharfem Ton an seine Arbeit verweist, verlangt der Maler leidenschaftlich seinen Abschied. Empört gibt Pommersfelden den Befehl, den Aufständischen zu verhaften. Aber der Kardinal bestimmt anders: Er entbindet Mathis seiner Verpflichtungen und stellt ihm anheim zu tun, was sein Herz verlangt. – Die protestantischen Bürger bringen heimlich ihre Bücher in Riedingers Haus, um sie dort sicherzustellen. Da erscheint Capito, der gerissene Rat des Kardinals, der das Versteck alsbald entdeckt und die Schriften den Landsknechten zur Verbrennung übergibt. Capito beruhigt die erregten Bürger, indem er sie von einem Schreiben Luthers an den Kardinal in Kenntnis setzt, in welchem dieser aufgefordert wird, zum Protestantismus überzutreten und sich dann als weltlicher Fürst zu verheiraten. Capito meint, daß der aufgeschlossene Bischof sich durchaus zu einem solchen Schritt entschließen könnte, weil er Frauen nicht ungern sieht und vor allem weil er durch eine reiche Heirat die Gesundung seiner Finanzen herbeiführen könnte. Jetzt kommt Ursula hinzu. Sie erklärt sich bereit, für ihren Glauben jedes Opfer bringen zu wollen. Als Riedinger sie fragt, ob sie im Interesse der Zukunft des Luthertums einen Mann heiraten würde, den er ihr vorschlage, wird sie allerdings wankend. Die Männer entfernen sich zur Bücherverbrennung. Gleich darauf erscheint Mathis, dem Ursula stürmisch in die Arme fällt. Er erklärt ihr jedoch, daß er, ein alter Mann, ihr junges, hoffnungsvolles Leben nicht an sein Ungewisses Schicksal ketten könne, zumal er sich jetzt an dem Bauernkrieg beteiligen wolle. Er läßt sich auch nicht umstimmen, als Ursula sich bereit erklärt, mit ihm alle Mühsale auf sich zu nehmen, und entfernt sich. Riedinger und seine Glaubensgenossen kehren von der Bücherverbrennung zurück. Sie trinken auf den Sieg ihres Glaubens, während Ursula abseits in dumpfer Verzweiflung verharrt.

Die Bauern haben die Stadt Königshofen erobert, wo sie plündern und rauben. Während Graf Helfenstein hingerichtet wird, muß die Gräfin die zechenden Bauern bedienen. Mit Entrüstung tritt Mathis den wüsten Ausschreitungen entgegen. Als er der Gräfin ritterlich seinen Schutz angedeihen läßt, wird er von den radikalen Elementen niedergeschlagen. Daraufhin erscheint Schwalb mit Regina. Mit Mühe kann er die Bauern bewegen, sich den heranrückenden Bundestruppen zum Kampf zu stellen. Die Bauern werden vernichtend geschlagen, Schwalb fällt vor den Augen seiner Tochter. Der Befehlshaber des Bundesheeres, Truchseß von Waldburg, will Mathis festnehmen lassen, die Fürbitte der Gräfin bewahrt ihn aber vor dem Henker. Vollends gebrochen entfernt er sich. Beim Weggehen stößt er auf Regina, die verzweifelt an der Leiche ihres Vaters zusammengebrochen war, und führt die Verwaiste fort.

Inzwischen hat Rat Capito Kardinal Albrecht zu überreden gewußt, den Plan einer Verheiratung in Erwägung zu ziehen. Er hat Ursula auf die Martinsburg zu einer Aussprache mit dem Kirchenfürsten bestellt. Dieser durchschaut aber bald die Zusammenhänge. Als ihn jedoch Ursula mit begeisterten Worten auffordert, als Bekenner seines Glaubens das Unentschiedene zu bezwingen, ruft Albrecht Capito und Riedinger herein. Er teilt ihnen seinen Entschluß mit, der Kirche treu zu bleiben. Die Richtschnur seines künftigen Handelns lautet: Dienen, Schweigen und Gehorchen, und sein Leben werde von nun an mehr dem eines Eremiten als dem eines Kirchenfürsten gleichen.

Auf einer Rast im Odenwald gelingt es Mathis, die über den Tod ihres Vaters untröstliche Regina mit der visionären Erzählung musizierender Engel in Schlaf zu versenken. Die Vision verdichtet sich bei dem Künstler schließlich zu einer göttlichen Eingebung: Vor Mathis, in Gestalt des heiligen Antonius, taucht zunächst ein prächtiges Schloß auf: die Gräfin Helfenstein als Sinnbild des Reichtums, Pommersfelden in Gestalt eines Kaufherrn als Symbol irdischer Macht, Ursula, erst als Bettlerin, dann als Buhlerin und schließlich als Märtyrerin, Capito als die Macht der Wissenschaft vertretender Gelehrter, Schwalb als die Kraft der Jugend versinnbildlichender Krieger und zuletzt die Dämonen seines eigenen Innern treten mit Versuchungen an ihn heran, denen Mathis-Antonius standhaft widersteht. Dann naht Kardinal Albrecht in Gestalt des heiligen Paulus. Mit den Worten: »Geh hin und bilde!« mahnt er den Künstler, seiner Berufung zu folgen. Während Mainz in goldenem Licht erscheint, krönt ein Hymnus der beiden Heiligen die Vision.

Die Gestaltung des nach der Intuition geschaffenen Altars hat Mathis' Lebenskraft aufgezehrt. In der Werkstatt des Künstlers haucht Regina, von Ursula liebevoll gepflegt, ihr junges Leben aus, nachdem sie zuvor noch Ursula das Band, das Mathis ihr einst geschenkt, überreicht hatte mit der Bitte, es dem Freund zurückzugeben.

Am frühen Morgen steht Mathis sinnend vor dem Tisch, auf dem seine Habseligkeiten zum Einpacken bereit liegen. Kardinal Albrecht sucht Mathis auf; er bietet dem Künstler an, nach Vollendung seines Lebenswerks den Rest des Lebens als Freund in seiner Nähe zu verbringen. Aber Mathis will in der Stille der Abgeschiedenheit seine Tage beschließen. Der Kardinal fügt sich dem Wunsch und entfernt sich. Mathis öffnet nun eine Truhe und versenkt darin Dinge, die Symbole sind für das, was seine Seele bewegte: Eine Papierrolle – seine guten Taten; Maßstab und Zirkel – sein Streben; Farben und Pinsel – seine Werke; einige Bücher – sein Wissen; und schließlich Reginas Band, das er zärtlich küßt – seine Liebe.

Stilistische Stellung

Auch bei ›Mathis‹ hält Hindemith an dem stilisierenden Prinzip fest, doch weist das Werk in der formalen Anlage eine größere Mannigfaltigkeit als bei ›Cardillac‹ auf. Die einzelnen Musiknummern sind durchkomponierte Szenen, die freilich von zahlreichen geschlossenen Gebilden (liedartige Gesänge, Duette, Vokalensembles, Chorsätze) oder rezitativischen Partien durchzogen sind. Das hervorstechende Merkmal der ›Mathis‹-Musik ist das transparente Klangbild. Es symbolisiert vortrefflich die mittelalterlich-mystische Atmosphäre eines Geschehens, das von Religionsstreit, Bauernaufstand und apokalyptischen Visionen handelt. Obwohl die Gesangslinie konzertant behandelt und motivisch mit dem Orchester verzahnt ist, hebt sie durch ihre Intensität die Ausdruckskraft der Worte.

Textdichtung
Die Operndichtung, die von dem Komponisten selbst verfaßt wurde, handelt von der legendären Entstehungsgeschichte eines der größten Meisterwerke der abendländischen Malerei, des Isenheimer Altars, und von dem rätselvollen Leben seines Schöpfers, des Malers Matthias Grünewald, über dessen Leben und Wirken historisch so gut wie nichts überliefert ist. Hindemith identifiziert Grünewald mit dem um 1480 in Aschaffenburg erwähnten Maler Mathis, der seit 1511 Hofmaler und Baumeister des Mainzer Erzbischofs war.

Geschichtliches
Die Uraufführung des 1934 entstandenen ›Mathis‹ erfolgte am 28. Mai 1938 am Stadttheater zu Zürich, die deutsche Erstaufführung am 13. Dezember 1946 an der Staatsoper in Stuttgart. Anschließend ging das Werk mit großem Erfolg über viele andere deutsche Bühnen.

Adriana Hölszky
* 30. Juni 1953 in Bukarest

Bremer Freiheit

Singwerk auf ein Frauenleben. Dichtung nach dem gleichnamigen Schauspiel von Rainer Werner Fassbinder, eingerichtet von Thomas Körner.

Solisten: *Geesche Gottfried* (Dramatischer Mezzosopran, gr. P.) – *Miltenberger*, ihr erster Mann (Charakterbariton, m. P.) – *Timm*, ihr Vater (Charakterbaß, auch Spielbaß, m. P.) – *Mutter* (Alt, m. P.) – *Gottfried*, ihr zweiter Mann (Heldentenor, auch Charaktertenor, gr. P.) – *Zimmermann*, ein Freund (Charaktertenor, m. P.) – *Rumpf*, ein Freund (Lyrischer Tenor, m. P.) – *Johann*, ihr Bruder/*Bohm*, ein Vetter (Heldenbariton, m. P.) – *Luisa Mauer*, eine Freundin (Soubrette, m. P.) – *Pater Markus* (Seriöser Baß, m. P.) – *Altstimme* (m. P.).
Vokalensemble: Gebildet aus den Solisten, solange sie nicht am Bühnengeschehen beteiligt sind. Für diese außerhalb der Szene zu bewältigenden chorisch/konzertanten Aufgaben ist neben stimmlicher Betätigung der Gebrauch von Zusatzinstrumenten gefordert. Hieraus ergibt sich folgende Zuordnung: *Geesche*: Caxixi, Snake Charmer, Star Chime, Bambusfl. – *Luisa*: Stielkastagnetten, Nachtigallschlag, Conga, Anklung (kl.), Schellen, Almglocke, Zeitungspapier, Bambusfl., Modal Chime, Waldteufel – *Mutter*: Donkey Rattle (Metall), Mundharmonika (Moll), Conga, Zeitungspapier, Modal Chime, Bambusfl. – *Altstimme*: Tamburin, Bambusfl., Conga, Anklung (gr.), Flex., Zeitungspapier, Tube Chime, Tbl. – *Zimmermann*: Bambusfl., Maracas, Flex., Almglocke, Zeitungspapier, Anklung (kl.), Rakatak, Chinka-Baum, Conga, Ratsche – *Rumpf*: Mundharmonika (Moll), Lotosfl., Schellen, Almglocke, Zeitungspapier, Caxixi, Agogoblock, Tube Chime, Conga, Autohupe – *Gottfried*: Kinderleier, Conga – *Johann/Bohm*: Wood Chime, hohe Trp. (oder Kindertrp.), indische Schellen, Kuckucksruf, Bellcluster, Tam (m.), Stielkastagnetten, Paradetr. (Rührtr.) – *Miltenberger*: Flex., Bambusfl., Almglocke, Zeitungspapier, Kupferglocke, Bukkelgong, Peitsche – *Timm*: hängende indische Kuhglocken, Sirenenpfeife, Almglocke, Rgl., Zeitungspapier, Donkey Rattle (Metall), Tam, Baß-Conga, Almglocke – *Pater Markus*: Sistrum, Mundharmonika (Moll), Glasrohr mit Glaskugeln, singende Säge, Anklung (gr.).
Alle Mitglieder des Vokalensembles außer Geesche und Zimmermann sind überdies mit Glasschalen ausgerüstet, die mittels einer Glasmurmel, eines Filzschlägels oder eines Geigenbogens zum Klingen gebracht werden. Alle außer Geesche, Gottfried und Pater Markus verfügen über eine Stahlbratpfanne (unterschiedliche Tonhöhen). Alle außer Gottfried, Johann/Bohm und Timm sind mit Rahmentr. und Kette ausgestattet. Alle außer Geesche, Gottfried, Timm und Pater Markus haben eine Dachrinne (unterschiedliche Größen) in Benutzung.
Ort: Bremen.

Adriana Hölszky

Schauplatz: Die Wohnstube Geesche Gottfrieds.
Zeit: Um 1820.
Orchester: Fl. (Picc., Afl., Baßfl.), Ob. (Eh.), Kl. (Es-Kl., Bkl., Kbkl.), Fag. (Kfag.), Trp. (Trp. Piccolo in D, Flügelhorn, Fagottmundstück, versch. Dämpfer), 2 Pos. (Tenor und Baß, versch. Dämpfer), 2 Viol., 2 Vcl., Kb., Zymbal (Hackbrett, Klav.), Akkordeon (Klav.), Schl. (2 Wbl., kl. Tr., Tom, gr. Tr., Triangel, türkisches Becken, 2 Tbl., Schlitztr., 1 Paar Bongos, tiefes Tam, tiefer Gong, Rgl., 2 antike Zimbeln, P., Becken, das auf die P. gelegt wird, Xyl., Mar., Vib.).

Die Instrumentalisten betätigen außerdem Zusatzinstrumente, die folgendermaßen zugeordnet sind. Fl.: Guero, chinesisches Becken*, Mundharmonika (Moll), Wood Chime – Ob: Guero, türkisches Becken*, Mundharmonika (Moll), Wood Chime, Triangel – Kl.: Guero, chinesisches Becken*, Mundharmonika (Moll), Wood Chime, Waldteufel – Fag.: Guero, türkisches Becken*, Mundharmonika (Moll), Wood Chime – Trp.: antike Zimbel, Stielkastagnetten – Pos. 1: Triangel, Tom – Pos. 2: antike Zimbel, Rgl. – Viol. 1: Cabaza, Wbl. – Viol. 2: Metallrassel, Guero – Vcl. 1: Maracas – Vcl. 2: Schellenbund – Kb.: Sistrum, Tam, 2 antike Zimbeln – Zymbal: Star Chime, gr. Tr. (Triangelstab, Bürste, Gummischläuche, Plastikhalme) – Akkordeon: 2 Cinelli, Modal Chime, Gong, Glsp. (Triangelstab, Bürste, harte Schlegel, Gummischläuche, Plastikhalme).

* Die Becken werden jeweils mit Schlegel, Kontrabaßbogen, Stricknadel oder Triangelstab zum Klingen gebracht.

Zuspielband: 7 Lautsprecher.
Bühnenmusik: Die Bühneninstrumente sind den jeweiligen Personen zugeordnet und werden von diesen auf der Szene betätigt. *Geesche*: Almglocke (tief), Maracas (tief) – *Miltenberger*: Buckelgong (tief), Peitsche, Baß-Conga, Mundharmonika (Moll) – *Timm*: 1 Paar Claves – *Mutter*: Wassergong, Sandblock – *Gottfried*: Brummtopf, Conga, Donnerblech, Mundharmonika (Moll) – *Zimmermann*: Ratsche, Conga, Mundharmonika (Moll) – *Rumpf*: Autohupe, Conga, Mundharmonika (Moll) – *Johann*: hohe Trp. (oder Kindertrp.), Paradetr. (oder Rührtr.) um den Hals gehängt – *Pater Markus*: Rgl.

Gliederung: In 9 durchkomponierte Phasen und 2 auskomponierte Pausen unterteilte Szenenfolge.
Spieldauer: Etwa 70 Minuten.

Handlung
Phase I: Es ist Feierabend. Miltenberger säuft seiner Gewohnheit gemäß Schnaps, fühlt sich durch das Weinen der Kinder beim Lesen in der Zeitung gestört und kommandiert seine Frau Geesche herum. Als sie den Wunsch äußert, mit ihm schlafen zu wollen, wird sie von Miltenberger brutal zusammengeschlagen. Es klopft. Miltenbergers Zechkumpane Zimmermann, Rumpf und Gottfried treten stark angetrunken ein. Als neueste Sensation teilen sie Miltenberger die Schließung des Bordells der Roten Leni mit, nachdem dort die Syphilis um sich gegriffen habe. Während Geesche auf Befehl ihres Mannes die Runde mit Schnaps versorgt, erzählen sich die Männer schmutzige Witze, auch freuen sie sich sensationslüstern auf eine in der Zeitung angekündigte Hinrichtung. Unterdessen wird Geesche von ihrem Mann fortwährend gedemütigt: Sie hat vor dem im Wohnzimmer befindlichen Kruzifix für sein Wohlergehen zu beten, ihre Lust auf Miltenberger zu bekunden, danach bedrängt er sie sexuell. Nachdem seine Freunde gegangen sind, zerrt Miltenberger seine sich vor ihm ekelnde Frau ins Schlafzimmer, um sie zu vergewaltigen.

Phase II: Geesche hat Miltenberger Gift gegeben, nun stirbt er unter gräßlichen Schmerzen. Traurig beobachtet sie seinen Todeskampf, dann kniet sie vor dem Kruzifix nieder und intoniert das auf ein jenseitiges Leben vertröstende Kirchenlied »Welt ade – ich bin dein müde, ich will nach dem Himmel zu«. Das Ehepaar Timm stattet seiner Tochter Geesche den Kondolenzbesuch ab. Der Vater diktiert ihr die Traueranzeige. Er stimmt Geesche zu, daß Gottfried für eine Übergangszeit den Sattlerbetrieb Miltenbergers leiten soll. Alsbald kommen Geesches Freundin Luisa Mauer und die Freunde des Verstorbenen herein und bekunden Geesche ihr Beileid. Gottfried erklärt sich bereit, vorübergehend die Geschäftsführung von Miltenbergers Firma zu übernehmen. Nachdem die übrigen Trauergäste gegangen sind, bekennt Geesche Gottfried ihre Liebe. Sie umarmen und küssen sich.

Phase III: Ein Arbeitstag, Gottfried und Geesche sind in der Wohnstube und besprechen Geschäftliches. Dabei läßt sich Gottfried von Geesche nicht anders bedienen als früher Miltenberger. Als sie ihn verführen will, wehrt er sie mit dem Hinweis ab, daß die Liebe der Nacht vorbehalten sei. Danach tritt Geesches Mutter herein, Gottfried läßt die beiden Frauen allein. Die Mutter macht Geesche bittere Vorwürfe, weil sie ohne Trauschein mit Gottfried zusammenlebt. Geesche aber gesteht ihr, daß sie Gottfried schon seit langem geliebt habe, und den frommen Ermahnungen der Mutter setzt sie das Recht auf sexuelle Selbstbestimmung entgegen. Geesche erkennt, daß sie die Mutter nicht besänftigen kann. Sie geht an den Herd, gießt ihrer Mutter eine Tasse Kaffee ein und tut in einem unbeobachteten Moment Gift dazu. Schwankenden Schrittes verläßt die alte Frau ihre Tochter, die vor dem Kruzifix in die Knie sinkt und eine weitere Strophe des Sterbechorals anstimmt. Da stürmt Timm mit der Nachricht vom Tod der Mutter zur Tür herein. Geesche fällt in Ohnmacht und wird vom Vater »sehr zärtlich« hinausgetragen.

Phase IV: Gottfried gehen Geesches Kinder auf die Nerven. Er teilt ihr mit, ausziehen zu wollen, damit er mit einer anderen Frau eine Familie gründen könne, um nur noch eigene Kinder zu haben. Geesche ist außer sich und bittet ihren Geliebten, sie nicht zu verlassen. Gottfried aber macht sich vorerst einmal aus dem Staub, er will sich im Wirtshaus vollaufen lassen. Vor die Alternative gestellt, auf Gottfried oder die Kinder verzichten zu müssen, entscheidet sich Geesche für den Geliebten. Und so bringt sie im Nebenzimmer ihre Kinder um. Nach vollbrachter Tat wendet sie sich wieder, während sie eine weitere Strophe des Kirchenliedes singt, dem Kruzifix zu.

Phase V: Nach der Beerdigung der Kinder droht Timm seiner Tochter, mit ihr zu brechen, wenn sie nicht ihr Liebes- in ein Eheverhältnis überführen werde. Zwar hat sie sich im Streit mit dem Vater vor den Geliebten gestellt. Gleichwohl drängt sie Gottfried, als sie wieder allein sind, zur Ehe. Der will sich jedoch nicht festlegen und bringt Geesche damit zum Weinen. Aus Mitleid umarmt und streichelt er sie.

Phase VI: Geesche überrascht Gottfried mit der Nachricht, schwanger zu sein. Wutentbrannt wirft er Geesche vor, die Schwangerschaft provoziert zu haben, um ihn mit einem Kind endgültig an sich fesseln. Er beschimpft sie und stößt sie angewidert von sich. Danach läuft er davon, Geesche rennt ihm hinterher.

Phase VII: Geesche hat Gottfried mit Gift krank gemacht, damit er, angewiesen auf ihre Hilfe, endlich einer Heirat zustimmt. Nun führt sie den stöhnenden und zitternden Geliebten herein und bettet ihn auf das Sofa. Pater Markus ist zur Nottrauung herbeigerufen worden. Unmittelbar danach stirbt Gottfried. Erschüttert wirft sich Geesche über die Leiche, indessen Pater Markus die Gültigkeit der Ehe konstatiert. Von ihrem Gewissen gepeinigt, beichtet Geesche dem Geistlichen ihre Schuld an Gottfrieds ungewolltem Tod. Während sie sich Trost suchend in die Arme ihres herbeigeeilten Vaters stürzt, zeigt sich jedoch, daß der Pater an Geesches Geständnis viel weniger interessiert ist als an der Begleichung der Trauungskosten. Daraufhin wird Geesche von einem hysterischen Lachanfall geschüttelt. Nachdem Pater Markus und Timm gegangen sind, schleppt Geesche den Leichnam hinaus. Von draußen dringt ein markerschütternder Schrei herein. Geesche, so vermeldet die Stimme, habe eine Fehlgeburt erlitten.

Phase VIII: Timm glaubt, als Mitfinanzier von Geesches Betrieb seiner Tochter Vorschriften machen zu können. Er hat sich in den Kopf gesetzt, sie mit seinem Neffen Bohm zu verheiraten, einem Sattler, der zudem die Firma leiten soll. Doch energisch widersetzt sich Geesche Timms Wünschen. Wieder befreit sie sich durch Mord aus ihrer Zwangslage und setzt Vater und Vetter, der in Anbetracht von Geesches vehementer Ablehnung von einer Heirat Abstand nimmt, vergifteten Kaffee vor. Außer sich vor Zorn über den Ungehorsam seiner Tochter, geht Timm samt dem abgewiesenen Freier ab, derweil Geesche mit dem Sterbelied auf den Lippen vor dem Kruzifix das Kreuz schlägt. Ihr nächstes Opfer ist ihr neuer Liebhaber Zimmermann, der in Geesches Betrieb Geld investiert hat. Weil Zimmermann nun seinen Anteil wieder zurückfordert und mit Pfändung droht, drängt Geesche ihm ihr tödliches Kaffeegebräu auf. Ihn hinausbegleitend, singt sie ihr Lieblingslied vor sich hin. Als nächster ist ihr Bruder Johann an der Reihe, der unverhofft aus dem Krieg heimgekehrt ist. Da außer Geesche alle Familienangehörigen tot sind, will er sich nun offenbar ins gemachte Nest setzen. In diesem Sinne versucht Johann, seine Schwester zum Heimchen am Herd zu degradieren und den Sattlereibetrieb an sich zu reißen. Geesche entscheidet den geschwisterlichen Machtkampf für sich, indem sie den Bruder durch eine Tasse Tee besänftigt, die offenbar nicht nur mit Zucker gesüßt ist. Johann wird nämlich von einer plötzlichen Müdigkeit überfallen, so daß er sich zur Ruhe begeben muß, woraufhin Geesche wieder einmal vors Kruzifix tritt und sich anschickt, ihr Lied zu singen.

Phase IX: Geesche hat ihre Freundin Luisa Mauer

zu einer Tasse Kaffee eingeladen. Aus der Unterhaltung der beiden geht hervor, daß Luisa Geesche um ihre wachsende Attraktivität beneidet und für deren unabhängige Lebensführung kein Verständnis hat. Geesche wiederum scheint die unemanzipierte, gefügige Art Luisas schon längst ein Dorn im Auge gewesen zu sein, und so teilt sie ihrer Freundin mit, daß sie eben mit dem Kaffee Gift zu sich genommen habe. Damit habe sie Luisa davor bewahren wollen, das Leben, das sie bis dato führte, noch weiter führen zu müssen. Luisa fällt, um Hilfe rufend, tot um. Da tritt Rumpf herein und stellt Geesche zur Rede. Er habe die verdächtigen weißen Kugeln, die sie ihm neulich in den Kaffee geschüttet habe, analysieren lassen. Geesche aber bleibt ihm auf die Frage, warum sie ihn habe ermorden wollen, die Antwort schuldig. Im Wissen, daß nun sie sterben werde, kniet sie nieder und singt ihr Lied.

Stilistische Stellung
Indem Adriana Hölszky ihren 1987 komponierten Opernerstling ›Bremer Freiheit‹ in ironischer Brechung ein »Singwerk auf ein Frauenleben« nennt, nimmt sie Bezug auf Robert Schumanns Liederzyklus ›Frauenliebe und Leben‹ aus dem Jahr 1840, dem verklärenden Lobpreis eines gänzlich auf den Ehemann ausgerichteten weiblichen Lebensentwurfs, dessen für das 19. Jahrhundert typische, kleinbürgerliche Begrenztheit gleichwohl thematisiert wird. Schon im Werk-Untertitel, der Hölszkys Titelfigur geradewegs zu einer Gegenschwester von Schumanns sich in Selbstbescheidung übender Biedermeier-Frau stilisiert, dokumentiert sich also das distanzierte Verhältnis der Komponistin zur Vergangenheit, das für den Stil von Hölszkys Musik insgesamt charakteristisch ist. Treffend ist deshalb ihre Bemerkung, sie habe ihre Oper geschrieben, ohne dabei »an die ganze Musikgeschichte zu denken«.

Dieser Neubeginn wird schon darin deutlich, daß die wenigen im Stück auffallenden musikhistorischen Bezüge nirgends den Eindruck erwecken, als wären sie unreflektiert geschehen. So folgt Hölszky in der Zuweisung der Stimmlagen auf die Protagonisten zwar den Rollenklischees, wie sie aus der Gattungstradition herrühren. Doch gerade darin wird erkennbar, daß nicht die Darstellung fein ausdifferenzierter Charaktere künstlerisches Anliegen ist, sondern eine klar konturierte Figurentypisierung, die es den Personen des Stückes ermöglicht, »nur als Gewalt, als Kräfte«, so die Komponistin, präsent zu werden. Gemäß der Operntradition wurde etwa Timm und Pater Markus als alten Männern die tiefste Stimmlage zugewiesen. Und aus demselben Grund singt Geesches Mutter Alt. Nicht anders als in einer Verdi-Oper sind Geesches ungeliebte Gegenspieler (Miltenberger, Bohm/Johann) Baritone, während ihre Liebhaber gemäß der Tradition Tenor singen. Geesche wiederum hat als Mezzo die sinistren Frauenfiguren und Femmes fatales (Carmen) der Opernromantik zu Vorläuferinnen. Hingegen bedient Geesches dümmliche Freundin Luisa Mauer das Klischee einer zur Karikatur überzeichneten Koloratur-Soubrette.

Auch auf andere Weise liefert der ironische Vorbehalt die Begründung zum Griff in den Opernfundus. So sind die Liebesduettpassagen zwischen Geesche und Gottfried Ausdruck eines Seelengleichklangs, von dem sich zum Schluß von Phase II die übrigen Protagonisten durch Dazwischenpfeifen distanzieren, oder der zu Beginn von Phase III den tatsächlichen Dissenz zwischen beiden übertüncht. Vollends waltet schwarzer Humor, wenn während der für Gottfried tödlich verlaufenden Hochzeitszeremonie in Phase VII imitiertes Glockengeläut (Ensemble) und Orgelklang (Tonbandzuspielung) herbeizitiert werden. Daß aber nicht historische Reflexion wesentliches Charakteristikum der Komposition ist, vielmehr ein kühner Avantgardismus, wird schon beim ersten Hören in der sperrigen, heterogenen Klanglichkeit der Komposition evident. Sie resultiert zum einen aus der durchweg solistischen Behandlung sowohl der Singstimmen als auch des recht unkonventionell besetzten Instrumentalapparats, für den die deutsch-rumänische Komponistin mit Zymbal und Akkordeon auch auf Instrumente zurückgriff, die ursprünglich in der Volksmusik ihrer früheren Heimat zu Hause waren. Zum anderen ist das Klangbild von perkussiven, geräuschhaften Elementen wesentlich geprägt. Mit ihnen wird die Grenze zwischen instrumentalem und vokalem Bereich aufgehoben, denn die Geräusche werden nicht allein von den zahlreichen Schlaginstrumenten produziert, sondern auch vom übrigen Instrumentarium, dessen Spielern (neben der Benutzung von Nebeninstrumenten) häufig unkonventionelle Spielweisen abverlangt werden. Beispielsweise haben die Posaunisten in Phase IV in ihre Instrumente hineinzusprechen und hineinzusingen.

Analog dazu wird von den Sängern nicht nur Belcanto-Stimmgebung gefordert. Hinzu kommt ein zwischen Singen und Sprechen (Geesches Beichte in Phase VII) vielfach abgestuftes Repertoire an Lauthervorbringungen, das selbst aus dem Text abgeleitete, semantisch kaum noch verständliche Phoneme, außerdem Atem-, Lippen-, Schnalzgeräusche etc., überdies Fingerschnipsen, Händeklatschen und ähnliche aus körperlichen Betätigungen hervorgehende Klangeffekte miteinbezieht. Mehr noch, die Protagonisten führen bei ihren szenischen Auftritten Bühneninstrumente mit sich. »Wo die Singstimme nicht reicht, wird«, so Helga Utz, »auf den mitgebrachten Instrumenten getrommelt und gepfiffen«: So wird etwa Geesches militaristischer Bruder Johann der Lächerlichkeit preisgegeben, indem er in eine Kindertrompete tutet und auf eine um den Hals gehängte Paradetrommel einschlägt.

Darüber hinaus bilden die Sänger, solange sie nicht szenisch agieren und über ihr Bühnenableben hinaus, ein mit weiteren Zusatzinstrumenten ausgestattetes Vokalensemble, dem die Komponistin noch eine Altistin hinzugefügt hat, um die Dominanz der männlichen Stimmen – deshalb auch die Doppelrolle Johann/Bohm – abzuschwächen. Hierbei illustriert das Vokalensemble die Bühnenvorgänge lautmalerisch, oder es kommentiert sie. Insbesondere ist es an den Kirchenliedstrophen beteiligt, die, an die Morde gekoppelt, »wie Säulen« (so die Komponistin) das Werk gliedern und zwischen verfremdetem Choral-Anklang, Grusel-Theatralik und spöttischer Begutachtung des Bühnengeschehens ein vielfältiges Ausdrucksspektrum bieten. Mag sich während der Kirchenlied-Interpolationen in der szenischen Aktion die Gewissensberuhigung der bigotten Mörderin schauspielerisch dokumentieren, so wird ihre Individualität durch den Ensemblegesang jedoch kollektiviert; ein erster Hinweis darauf, daß der herkömmliche Personenbegriff, wonach die Figuren eines Stückes auf jeweils einen Protagonisten festgelegt sind, hier erweitert ist.

Vollends wird Hölszkys ungewöhnliche Personenkonzeption in den Tonbandzuspielungen wahrnehmbar, die, vorab aufgenommen, die Stimmen der Protagonisten akustisch vervielfachen, so daß sie im apotheotischen Schlußensemble sogar vierfach zu hören sind. Dadurch entsteht der Eindruck, als solle der Rahmen einer Kammeroper gesprengt werden. Das gilt um so mehr, als das Publikum von dem per Tonband zugespielten Material gleichsam eingekreist wird, da die Lautsprecher sich auch hinter dem Auditorium befinden. Zudem suggerieren die Tonbandmaterialien ein wesentlich größeres Instrumentalensemble (z. B. in der gänzlich vom Tonband kommenden Pausenmusik zwischen Phase IV und V) als das real vorhandene. Während der in die Phase VIII eingeschobenen »Pause II«, der sogenannten »Glasmusik«, ist gar das Sirren von 26 gestimmten Gläsern zu hören, wobei das Geräusch von rollenden Glaskugeln an die Giftkügelchen denken läßt, die Geesche beabsichtigt, ihrem Bruder in den Tee zu schütten. Überdies bringen die Tonbandklänge eine zusätzliche Lautqualität ins Spiel, weil sie wie im instrumentalen, so im vokalen Bereich trotz ihrer natürlichen Entstehung mitunter wirken, als seien sie elektronisch erzeugt. Aufgrund ihres hochartifiziellen Charakters bilden sie im Klangspektrum dieser Partitur einen Gegenpol zu den von Alltagsgegenständen (Bratpfannen, Dachrinnen) produzierten Geräuschen.

Indem die wahllos scheinenden akustischen Mittel dazu dienen, die Bühnenvorgänge mit seismographischer Genauigkeit in musikalische Aktion zu verwandeln, entsteht ein spannungsreiches, kalkuliertes Chaos. In ihm spiegelt sich nüchtern und facettenreich zugleich wider, was nach Worten der Komponistin Handlungsantrieb der Hauptfigur ist: »Ich ermorde jeden, der mich stört, und dadurch gelange ich zur Befreiung. Diese Befreiung ist eigentlich eine Illusion. Sie kommt aus der Unfreiheit und führt zur Unfreiheit. Sie (Geesche) befreit sich nicht, sondern verwickelt sich in ihrem eigenen Netz.« Denn zuletzt tötet Geesche nicht mehr aus einem nachvollziehbaren Leidensdruck heraus, sondern weil ihr das Vergiften mißliebiger Zeitgenossen zu einem probaten Mittel der Konfliktlösung und sozusagen zur lieben Gewohnheit geworden ist.

Textdichtung

Hölszkys Titelfigur geht auf die Bremer Giftmischerin Gesche Gottfried (1775–1831) zurück, die von 1813 bis 1827 fünfzehn Menschen – darunter ihre Eltern, Kinder und Ehemänner – zu Tode brachte. Mindestens neunzehn weiteren Personen gab sie wiederholt Gift in nicht tödlicher Dosis. 1828 verhaftet, wurde sie 1831 in Bremen öffentlich hingerichtet. 1970/1971 schrieb Rainer Werner Fassbinder (1945–1982) ›Bremer Freiheit‹ als Auftragswerk für das Theater Bremen, das am 10. 12. 1971 dort uraufgeführt wurde und mit über 150 Produktionen (darunter die 1972 von Fassbinder und Dietrich Lohmann für den Saarländischen Rundfunk erstellte Fernsehbearbeitung) als das am häufigsten inszenierte Fassbinder-Schauspiel überhaupt Karriere machte. Zwar benutzte der Autor für sein Stück die damals verfügbaren Quellen über diesen im 19. Jahrhundert enormes Aufsehen erregenden Kriminalfall (beispielsweise werden die Todesanzeigen wortgetreu zitiert, und ebenso das Kirchenlied »Welt ade – ich bin dein müde«, dessen Text von Johann Georg Albinus stammt und 1649 von Johann Rosenmüller in Musik gesetzt wurde), dennoch war Fassbinder nicht an einer wirklichkeitsnahen Rekonstruktion von Gesche Gottfrieds Biographie gelegen. Dies wird schon daran ersichtlich, daß er das Stück nicht ohne Doppelsinn »ein bürgerliches Trauerspiel« nannte. Denn einerseits verweist der Untertitel gattungsgeschichtlich in die Lebenszeit der wirklichen Gesche Gottfried zurück. Andererseits verdeutlicht er, daß die im Stück sich ereignenden moritatenhaften Geschehnisse in jenen (klein)bürgerlichen, auch noch zu Lebzeiten des Autors gegebenen Verhältnissen gründen, gegen die die Protagonistin ihre berechtigten emanzipatorischen Ansprüche auf katastrophale Weise durchzusetzen versucht. Denn nach Fassbinders Auffassung wird Gesche zur Verbrecherin, weil sie »in einem falschen historischen Moment richtige Wünsche hat«.

Bei der von Thomas Körner besorgten Umarbeitung von Fassbinders Sprechdrama zum Libretto »wurde die Grundgestalt des Textes in inhaltlicher und formaler Hinsicht übernommen« (Christina E. Zech). Die notwendigen Kürzungen betrafen vor allem sich auf die ökonomischen und gesellschaftlichen Hintergründe beziehende Passagen, außerdem wurden die ohnehin sparsamen Hinweise auf psychologisch komplexe Beziehungen so weit reduziert, daß das Aktions- und Aggressionspotential der Figuren um so greller zur Geltung kommt.

Geschichtliches

Entstanden als Auftragswerk des Staatstheaters Stuttgart, wurde Hölszkys ›Bremer Freiheit‹ am 4. Juni 1988 im Rahmen der von Hans Werner Henze initiierten Münchener Biennale am 4. Juni 1988 unter der musikalischen Leitung von Andras Hamary und mit Helene Schneidermann in der Titelrolle im Carl-Orff-Saal des Gasteigs uraufgeführt und avancierte zum Erfolgsstück dieses damals zum ersten Mal veranstalteten Internationalen Festivals für Neues Musiktheater. Die Produktion, die in der Inszenierung von Christian Kohlmann Geesche Gottfried im spektakulären Finale wie eine heitere Nachfahrin Medeas gen Himmel entschweben ließ, wurde dann in den Stuttgarter Spielplan übernommen, 1989 mit Nancy Shade als Geesche bei ansonsten gleichgebliebener Uraufführungsbesetzung auf CD aufgenommen und auch bei den Wiener Festwochen (1989), den Wiesbadener Maifestspielen (1990) und dem Helsinki Festival (1991) gezeigt. Ende 1994 wurde das Werk mit Katherine Stone in der Hauptrolle (musikalische Leitung: István Dénes) in Bremen neu einstudiert. In der zwischen Wohnzimmer und schlachthausähnlichem Leichenschauhaus changierenden Ausstattung Carl Friedrich Oberles inszenierte Rosamund Gilmore, so Simon Neubauer, ein »Grusical grotesker, bitterer, hintergründiger Art ... und doch auch wieder erschütterndes Musiktheater.«

R. M.

Engelbert Humperdinck

* 1. September 1854 in Siegburg (Rheinland), † 27. September 1921 in Neustrelitz

Hänsel und Gretel

Märchenspiel in drei Bildern. Dichtung von Adelheid Wette.

Solisten: *Peter,* Besenbinder (Charakterbariton, auch Charakterbaß, m. P.) – *Gertrud,* sein Weib (Dramatischer Mezzosopran, auch Dramatischer Sopran, m. P.) – *Hänsel* (Lyrischer Mezzosopran, auch Spielalt, gr. P.) und *Gretel* (Lyrischer Sopran, gr. P.), deren Kinder – *Die Knusperhexe* (Dramati-

scher Mezzosopran, auch Charaktersopran oder Spieltenor, auch Charaktertenor, m. P.) – *Sandmännchen* (Sopran, kl. P.) – *Taumännchen* (Sopran, kl. P.).
Chor: Kinder (Sopran und Alt; kl. Chp.).
Ballett: Pantomime der vierzehn Engel.
Schauplätze: Daheim (kleine dürftige Stube mit Herd und Rauchfang) – Im Wald (tiefer Wald, im Hintergrund der »Ilsenstein«, von dichtem Tannengehölz umgeben) – Das Knusperhäuschen (Szene wie vorher, aber anstelle des Tannengehölzes das Knusperhäuschen, links ein Backofen, rechts ein großer Käfig, beide mit dem Knusperhäuschen durch einen Zaun von Kuchenmännern verbunden).
Orchester: 3 Fl. (III. auch Picc.), 2 Ob. (II. auch Eh.), 2 Kl., 1 Bkl., 2 Fag., 4 Hr., 2 Trp., 3 Pos., 1 Bt., P., Schl., Hrf., Str.
Gliederung: Durchkomponierte, symphonisch-dramatische Großform; Ouvertüre; das Vorspiel zum 2. Bild kann pausenlos an das 1. Bild angeschlossen werden.
Spieldauer: Etwa 2 Stunden.

Handlung

Hänsel und Gretel, die Kinder armer Besenbindersleute, fröhlichen Gemüts, obwohl Not und Sorge in der dürftigen Hütte heimisch sind, vertreiben sich die Zeit mit Singen und Tanzen, anstatt die von der Mutter aufgetragenen Arbeiten zu verrichten. Als diese nach Hause kommt und zornig die Kinder zurechtweist, zerschlägt sie im Eifer mit dem Stock den Milchtopf. Daraufhin jagt sie das Geschwisterpaar fort in den Wald mit dem Auftrag, ein Körbchen Beeren zu pflücken; denn sie hat nichts mehr im Haus, was sie der hungrigen Familie zum Abendessen vorsetzen könnte. In ihrer Verzweiflung über die große Not ist sie am Tisch eingeschlafen, da kommt angeheitert, trällernd und singend der Besenbinder heim und kramt zum Erstaunen seiner Frau aus seinem Kober Wurst, Speck, Butter, Kaffee, Eier, Bohnen und andere feine Dinge. Vor Freude tanzend, erzählt er, daß er drüben hinterm Herrenwald seine Waren, die dort wegen bevorstehender Festlichkeiten gerade sehr begehrt sind, zu höchsten Preisen verkaufen konnte. Mit einem Mal erinnert er sich der Kinder, und als auf sein Befragen, wo sie sich befänden, die Frau etwas schnippisch entgegnet: »Meinetwegen am Ilsenstein«, bemerkt er mit besorgtem Ernst, daß die Kleinen sich leicht in der Dämmerung verirren und der dort hausenden bösen Knusperhexe ins Garn gehen könnten. Von plötzlicher Angst gepackt, rennt die Mutter weg in den Wald, der Besenbinder ihr nach.

Inzwischen waren die Kinder bis in die Nähe des Ilsensteins gelangt. Gretel sitzt unter einer mächtigen Tanne und windet sich einen Kranz von Hagebutten, jubelnd schwenkt Hänsel das eben mit Erdbeeren vollgepflückte Körbchen. Er setzt nun der Schwester den Hagebuttenkranz auf den Kopf, überreicht ihr einen Blumenstrauß und das Erbelkörbchen und huldigt ihr als Waldkönigin. Beim Ruf eines Kuckucks beginnen sie – ähnlich wie es dieser nach dem Volksglauben mit den Eiern macht, die er in fremden Nestern findet – sich gegenseitig mit Erdbeeren zu füttern, bis schließlich das Körbchen leer gegessen ist. Rasch wollen sie neue Beeren suchen, aber es ist inzwischen dunkel geworden, und der Wald, der vorher so traut und freundlich gewesen war, sieht mit einem Mal drohend und gespenstisch aus. Gretel fürchtet sich immer mehr, Hänsel, dem selbst nicht recht geheuer zumute ist, sucht sie zu beruhigen. Da erscheint ein kleines Männlein mit einem Sack auf dem Rücken, das Sandmännchen; es nähert sich den Kindern freundlich und streut ihnen Sand in die Augen. Daraufhin beten sie ihren ›Abendsegen‹ und schlafen, Arm in Arm verschlungen, unter der Tanne ein. Alsbald zerstreuen sich die Nebel, und auf einer aus den Wolken sich bildenden Himmelsleiter schreiten in immer heller strahlendem Lichtscheine vierzehn Engel herab, die sich der Reihenfolge des ›Abendsegens‹ entsprechend schützend um die Kinder gruppieren.

Am frühen Morgen erscheint das Taumännchen und schüttet aus einer Glockenblume Tautropfen auf die Schlafenden. Zunächst erwacht Gretel. Sie grüßt die lieben Vöglein und wendet sich anschließend an den Siebenschläfer Hänsel, um ihn mit ihrem lerchenartigen Tirelireli-Liedchen zu wecken. Beide hatten den gleichen wunderschönen Traum, und als sich Hänsel nach rückwärts wendet, um der Schwester zu zeigen, wohin die Engel gegangen sind, erblicken die Kinder zu ihrem Erstaunen ein Häuschen aus Kuchen, Torten, Fladen, Zucker und Rosinen, umgeben von einem Lebkuchen-Zaun. Neugierig treten sie näher und brechen ein Stückchen von einer Kante ab. Da tönt eine Stimme heraus mit der Frage, wer an dem Häuschen knuspere. Die Kinder antworten: »Der Wind, der Wind, das himmlische Kind«, und knabbern lustig weiter. Sie lassen sich auch nicht stören, als die Stimme zum zweiten Mal ruft. Hänsel bricht nun ein großes Stück Kuchen ab, und während sich das Paar eifrig darüber hermacht, fühlt Hänsel plötzlich eine Schlinge um seinen Hals. Zu ihrem Schrecken erblicken die Kinder ein häßliches altes Weib auf sie zuhumpeln. Sie mißtrauen ihren heuchlerisch-freundlichen Worten und wollen eiligst davonlaufen, nachdem sich Hänsel freigemacht hat. Aber die Hexe bannt sie mit ihrem Zauberstab und einem Zauberspruch; beide stehen starr und können sich nicht mehr rühren. Sodann sperrt die Alte den Hänsel in einen Käfig, wo sie ihn mit Rosinen und Mandeln mästet, während sie Gretels Gliederstarre mittels eines Wacholderzweiges und einer Entzauberungsformel wieder löst. Hierauf schickt sie Gretel ins Haus, um dort den Tisch zu decken; sie selbst schürt inzwischen den Backofen, und in der Vorfreude über den zu erwartenden feinen Schmaus unternimmt sie auf einem Besen einen wilden Hexenritt um ihr Häuschen. Dann bringt Gretel auf Geheiß der Hexe Mandeln und Rosinen für Hänsel. Während die Alte den Buben im Käfig füttert, entzaubert ihn Gretel nach der erlauschten Entzauberungsformel. Die Hexe befiehlt nun dem Mädchen, in dem Backofen nach den Lebkuchen zu gucken; Hänsel warnt die Schwester. Die schlaue Gretel stellt sich äußerst ungeschickt an und bittet die Hexe, es ihr vorzumachen. Mürrisch steckt die Alte ihren Kopf in den Backofen, gleichzeitig schleicht sich Hänsel aus dem Käfig, und mit einem kräftigen Schwupps werfen die Kinder die Hexe in den Ofen. Jubelnd fallen sich die geretteten Geschwister in die Arme. Als mit einem lauten Knall der Backofen zusammenstürzt, erblicken sie anstelle des Zaunes eine große Anzahl verzauberter Kinder, von denen die Kuchenhülle abgefallen ist. Mit Wacholderzweig und Entzauberungsformel werden auch diese befreit. In den Freuden- und Dankesjubel klingt plötzlich aus der Ferne der Gesang des Besenbinders. Jauchzend eilen Hänsel und Gretel den beglückten Eltern in die Arme. Mittlerweile ziehen die anderen Kinder aus den Trümmern des Backofens die zu einem großen Lebkuchen verwandelte Hexe hervor. Mit einem lustigen Moral-Verslein leitet der Besenbinder-Vater zu seinem frommen Wahlspruch über, in den alle bewegt einstimmen: »Wenn die Not aufs höchste steigt, Gott der Herr die Hand uns reicht.«

Stilistische Stellung
Humperdincks ›Hänsel und Gretel‹ ist in zweifacher Hinsicht von operngeschichtlicher Bedeutung: Einmal stellt die liebenswürdige Märchenoper einen überragenden Gipfel in der zwar üppigen, aber größtenteils sterilen Produktion der Wagner-Epigonen dar, anderseits schuf sie ein wirksames Gegengewicht dem Verismo gegenüber, der in seinem siegreichen Vordringen das stagnierende Kunstschaffen zu verflachen drohte. Der hochpoetische Gehalt der Dichtung inspirierte die Phantasie des Meisters, vor allem in bezug auf das Stimmungshafte. Seit Carl Maria von Weber hatte kein Komponist mehr die Poesie des deutschen Waldes so eindrucksvoll zu gestalten gewußt wie Humperdinck; auch hinsichtlich der volkstümlichen Melodik ist er mit dem großen Romantiker in Parallele zu ziehen. Die meisten Themen in ›Hänsel und Gretel‹ hält man für originale Volksweisen, in Wirklichkeit hat aber Humperdinck nur drei Volkslieder in seiner Oper verwertet (»Suse, liebe Suse, was raschelt im Stroh?«; »Ein Männlein steht im Walde«; »Schwesterlein, hüt' dich fein!«). Die äußerst kunstvolle Verarbeitung der schlichten und eingängigen Motive besorgte der Wagner-Jünger ganz im Sinne seines Meisters. Bewundernswert ist die Symmetrie der musikalischen Architektur, die hinsichtlich der formalen Anlage eine große Anzahl geschlossener Gebilde aufweist.

Textdichtung
Ein nicht zu unterschätzendes Verdienst an der Breitenwirkung des Märchenspiels kommt der Verfasserin der feinsinnigen Dichtung zu, Humperdincks Schwester Adelheid Wette. Die glückhafte Gestaltung der Handlung und der Charaktere zeugt nicht nur von einer innigen Vertrautheit mit der Welt des Märchens, sondern auch von einem liebevollen Versenken in die Kinderseele. Die natürliche und dennoch poetische Diktion ist in geschickter Weise mit einer Reihe von Volksliedtexten und volkstümlichen Redensarten durchsetzt (Tanzduett »Brüderchen, komm tanz mit mir«; der einem bergischen Kindergebet wörtlich entnommene ›Abendsegen‹; die Grimmschen Märchentexte »Knusper, knusper Knäuschen« und »Der Wind, der Wind, das himmlische Kind«). Gegenüber der Vorlage, der 15. Erzählung aus den Grimmschen Kinder- und Hausmärchen, hat die Dichterin mit intuitivem Blick für die Bühnenwirkung manches verändert und psychologisch verbessert; daneben hat sie auch Motive aus anderen Märchen verwertet und eigene Ideen beigesteuert.

Geschichtliches
Im Frühjahr 1890 verfaßte Adelheid Wette zu ihrem Märchenspiel ›Hänsel und Gretel‹ einige Kinderlied-Verse, die sie ihren Bruder zu vertonen bat. Die Darbietung dieser Lieder im Familienkreis entzückte so sehr, daß sich daraufhin das Geschwisterpaar entschloß, das Märchen singspielartig für eine Haustheater-Aufführung zu bearbeiten. Humperdinck begeisterte sich aber im Verlauf der Arbeit immer mehr an dem Vorwurf, so daß entgegen dem ursprünglichen Plan schließlich ein schwieriges Opernwerk entstand, das nicht nur einen beträchtlichen szenischen Apparat, sondern auch ein großes Orchester und reife Bühnenkünstler verlangt. Ende 1891 war die Komposition in der Skizze fertig, die Partitur wurde im Lauf der beiden folgenden Jahre ausgearbeitet. Im Mai 1893 nahm Hermann Levi das Werk für München an, bald darauf erwarben es auch Felix Mottl für Karlsruhe und Richard Strauss für Weimar. Da sich die für Mitte Dezember in München geplante Uraufführung verzögerte und Karlsruhe die Premiere wegen Erkrankungen ebenfalls verschieben mußte, ging die Märchenoper in einer Nachmittags-Vorstellung am 23. Dezember 1893 in Weimar unter Leitung von Richard Strauss erstmalig in Szene. Gegen die Erwartungen der Fachleute schlug das liebenswürdige Werk sogleich gewaltig ein, kurz darauf auch in München und Karlsruhe, was seine rasche Verbreitung im In- und Ausland zur Folge hatte.

Königskinder

Märchenoper in drei Aufzügen. Dichtung von Ernst Rosmer.

Solisten: *Der Königssohn* (Jugendlicher Heldentenor, auch Lyrischer Tenor, gr. P.) – *Die Gänsemagd* (Jugendlich-dramatischer Sopran, auch Lyrischer Sopran, gr. P.) – *Der Spielmann* (Lyrischer Bariton, gr. P.) – *Die Hexe* (Dramatischer Alt, m. P.) – *Der Holzhacker* (Spielbaß, m. P.) – *Der Besenbinder* (Spieltenor, m. P.) – *Sein Töchterchen* (Soubrette, m. P.) – *Der Ratsälteste* (Charakterbariton, kl. P.) – *Der Wirt* (Baß, kl. P.) – *Die Wirtstochter* (Charaktersopran, m. P.) – *Der Schneider* (Tenor, kl. P.) – *Die Stallmagd* (Spielalt, kl. P.) – *Zwei Torwächter* (Bariton, kl. P.).
Chor: Volk – Ratsherren und Ratsfrauen – Bürger und Bürgersfrauen – Handwerker – Spielleute – Mädchen – Burschen – Kinder (im II. Akt ganzer Chor geteilt in Volk und in Ratsfrauen-Ratsherren; Kinderchor; m. Chp.).
Ort: I. und III. Akt vor der Hexenhütte im Hellawald, der II. auf dem Stadtanger von Hellabrunn.
Schauplätze: Kleine sonnige Waldwiese, im Hintergrund das Hellagebirge, links vorn Hexenhütte, von einem niedrig eingezäunten Gemüsegärtchen umgeben, im Hintergrund laufender Röhrenbrunnen, davor ein bemooster angefaulter Baumstamm als Trog, links vom Brunnen ein Felsblock als Sitz, rechts vorne ein uralter Lindenbaum über einem kleinen Grashügel – Anger in Hellabrunn, rechts Herberge mit langen Tischen und Bänken, links eine Tribüne aus Brettern, an deren Seite eine junge Linde mit Bank davor, im Hintergrund das durch Querbalken verschlossene Stadttor – Wie 1. Bild, Waldwiese in tiefem Winter, Hütte gewaltsam beschädigt, die Fenster von Steinwürfen zerbrochen, der Brunnen eingefroren, die Linde kahl.
Zeit: Die Kleidung ist mittelalterlich phantastisch.
Orchester: 3 Fl. (III. auch Picc.), 2 Ob., 1 Eh., 2 Kl., 1 Bkl., 2 Fag., 1 Kfag., 4 Hr., 3 Trp., 3 Pos., 1 Bt., P., Schl., Xyl., Glsp., Cel., Hrf., Str. – Bühnenmusik: 1 Eh., Hrf., 1 Soloviol., Str.
Gliederung: Durchkomponierte symphonisch-dramatische Großform.
Spieldauer: Etwa 2¾ Stunden.

Handlung
Tief im Hellawald haust eine alte Hexe. Sie hatte dereinst ein kleines Mädchen zu sich genommen, ein Kind freier Liebe, dessen Eltern in ihrem Freiheitsdrang zugrunde gegangen waren. Die Hexe hat das Kind, dem gegenüber sie sich als seine Großmutter ausgibt und das jetzt bei ihr im Dienst als Gänsemagd steht, in der Absicht großgezogen, ihm ihre bösen Hexenkünste zu vererben. Daher schließt sie die kleine Gänsemagd streng von der Welt ab und bannt sie, die von ihren Eltern den Drang nach Licht und Freiheit ererbt hat, durch Zauber an sich. Sie läßt sie heute ein Hexenbrot backen, das nicht alt und hart wird und das sie in einem Kästchen versteckt aufbewahren will, versehen mit dem Zauberspruch: »Wer von diesem Brot ißt, mag das

Schönste sehen, was er sich wünscht, und wer es zur Hälfte ißt, stirbt ganzen Tod.« Der Gänsemagd ist es schwer ums Herz geworden. Als sich aber die Hexe in den Wald fortbegeben hat, schmückt sie sich mit einem Blumenkranz und freut sich ihrer Schönheit, die ihr der Brunnen widerspiegelt. In diesem Augenblick kommt vom Berghang herunter der junge Königssohn, der das Schloß seiner Väter verlassen hat, um als schlichter Wandersmann Menschen und Welt kennenzulernen. Die Gänsemagd, die noch nie einen Menschen gesehen hat, staunt den schönen Jüngling an. Er erzählt ihr, woher er gekommen und daß er ein Königssohn sei. Zärtlich nimmt er sie, die Schönste, die er je gesehen hat, in seine Arme und küßt sie. Da wirft ein Windstoß der Gänsemagd den Blumenkranz vom Kopf. Der Königssohn hebt ihn rasch auf, aber sie will ihn nicht missen und sucht, ihn ihm wieder zu entreißen. Bei dieser Gelegenheit zerreißt der Kranz. Da holt der Königssohn eine goldene Krone aus seinem Bündel und bietet sie der Gänsemagd zum Geschenk. Sie hält sich aber einer Krone nicht wert; der Königssohn will die Krone nicht mehr haben, achtlos wirft er sie ins Gras. Jetzt, nachdem der Königssohn seinen Nimbus von sich geworfen hat, ist sie bereit, ihm zu folgen. Da fährt wieder ein Windstoß durch die Bäume, die Gänse flattern wild um die Gänsemagd, die mit einem Mal wie gebannt stehen bleibt. Der Hexenzauber wirkt, aber der Königssohn kann es nicht verstehen; enttäuscht und verächtlich stößt er das Bettelkind von sich und stürzt fort in den Wald. Verzweifelt bleibt die Gänsemagd allein zurück. Sie legt der grauen Gans die Krone um den Hals und zwingt sie durch einen Zauberspruch, das Kleinod vor der Großmutter zu verstecken. Wütend erfährt die Hexe bei ihrer Rückkehr, daß ein Mensch hier gewesen sei. Da ertönt aus der Ferne das Lied des Spielmanns, der im Auftrag der Bürger von Hellabrunn mit dem Holzhacker und dem Besenbinder die Hexe aufsucht, um sich einen Rat zu holen: Den Bürgern der Hellastadt fehlt zu ihrem Glück und Wohlstand noch ein König; die weise Hexe soll ihnen verraten, wo ein Königssohn oder -töchterlein zu finden wäre. Unwirsch antwortet sie den Männern, daß der erste, der morgen beim Schlag der Mittagsglocke zum Stadttor hereinkomme, ihr König sein möge. Der Spielmann hat die hinter dem Fenster des Hexenhauses lauschende Gänsemagd gesehen; er schickt seine beiden Begleiter zurück, während er, der offenbar Gewalt über die Hexe besitzt, sich die Gänsemagd aus der Hütte kommen läßt. Als er von dieser erfährt, daß der Königssohn bei ihr gewesen sei, fordert er sie auf, mit ihm sofort den Königssohn zu suchen. Die Hexe höhnt, daß ein Königssohn das Kind eines Mörders und der roten Henkerstochter freien soll, aber der Spielmann preist die Eltern der Gänsemagd »königsecht in ihrem Lieben und Leiden«. Er glaubt, somit in der Gänsemagd ein Königskind gefunden zu haben. Jetzt hat sie auch keine Scheu mehr, die Krone zu zeigen, die sie sich von der grauen Gans herbeibringen läßt. Aber noch darf sie sie nicht tragen, denn sie muß erst selbst den Hexenbann brechen. Die Krone gegen den Himmel haltend, fleht sie zu ihren Eltern um ein Zeichen, ob sie den Königssohn wiederfinden werde. Da fällt ein Stern vom Himmel auf die einsam im Hexengarten stehende Lilie, deren Kelch, bisher stets verschlossen, sich mit einem Mal leuchtend öffnet. Die Gänsemagd setzt sich jubelnd die Krone auf und entfernt sich mit dem Spielmann in den Wald. In ohnmächtiger Wut schlägt die Hexe mit ihrem Stock die Lilie zu Boden; der Kelch verlischt.

Am nächsten Tag rüsten sich die Bürger von Hellabrunn zum festlichen Empfang des verheißenen Königs. Der Königssohn, der als Bettler im Schweinestall des Wirtes nächtigen mußte, erscheint blaß und niedergeschlagen. Der schlanke Jüngling gefällt der drallen Wirtstochter. Als ihr aber trotz zudringlichen Werbens mit fettem Frühstück und schwerem Wein der Königssohn freimütig erklärt, sie gefalle ihm nicht, haut sie ihm eine Ohrfeige herunter. Enttäuscht will der Königssohn wieder nach der Heimat zurückkehren. Da dünkt ihm, daß die Blumen des zerrissenen Kränzleins der Gänsemagd, das er noch in seinem Wams trägt, ihm zuflüsterten zu bleiben. Er verdingt sich kurzerhand dem Wirt als Schweinehirt. Gegen die Mittagsstunde versammeln sich die Ratsherren auf der Tribüne an dem Tor, das, von zwei Hellebardisten bewacht, mit einem Querbalken verriegelt ist. Der Holzhacker erzählt von seinen Erlebnissen im Zauberwald, wobei er sehr aufschneidet. Der Königssohn vernimmt jetzt die Kunde, daß hier ein fremdes Königskind seinen Einzug halten werde. Mit Begeisterung erklärt er den Bürgern, was echte Königsart sei; er wird weidlich verlacht und schließlich bedroht. Als er die Hand an den Schwertgriff legt, ertönt der Mittagsschlag. Beim zwölften Glockenton reißen die Wächter das Tor auf; in strahlendem Sonnenlicht steht die Gänsemagd inmitten ihrer Gänseschar vor dem Tor, die Krone auf dem Haupt und begleitet von dem Spielmann. Sie schreitet auf den Königssohn zu, der ihr aufjauchzend zu Füßen fällt und sie als seine hohe Königin begrüßt. Unter dröhnendem Gelächter, das bald in Wut umschlägt, werden die beiden zum Tor hinausgejagt, während der Spielmann, der, wie man annimmt, den Bürgern einen schlechten Streich spielen wollte, in den Turm geworfen wird. Nur das kleine Töchterchen des Besenbinders bleibt zurück und erklärt schluchzend dem Ratsältesten: »Das ist der König und seine Frau gewesen!«

Der Winter ist ins Land gezogen. Der Spielmann, dem bei dem Ausbruch der Volkswut ein Bein lahm geschlagen worden war, ist schließlich wieder aus dem Kerker entlassen worden. Er haust jetzt in der halbzerstörten Hütte der Hexe, die von den Hellabrunnern auf dem Scheiterhaufen verbrannt worden war. Da naht, geführt von einer Kinderschar, der Besenbinder mit dem Holzhacker. Sie verkünden dem Spielmann, daß auf das unentwegte Drängen der Kinder hin der Rat ihm die Rückkehr in die Stadt wieder gestatte. Aber der Spielmann hat sich geschworen, nie wieder dorthin zu ziehen; doch ist er gerne bereit, mit den Kleinen nach den Königskindern zu suchen. Während er sich mit der Kinderschar in den Wald entfernt, durchsuchen der Holzhacker und der Besenbinder neugierig das Hexenhaus. Indessen kommt über den Berghang herab der Königssohn; er trägt die Gänsemagd. Sie rasten bei der Hütte. Der Königssohn klopft an die Tür und bittet für sein krankes Mägdlein um ein Stück Brot, wird aber von dem Holzhacker barsch abgewiesen. Nun erkennt der Königssohn die grenzenlose Not: Er hat den Pfad nach seiner Heimat, dessen Spur der Winter verweht hat, nicht mehr finden können. Da erinnert er sich plötzlich seiner im Bündel verwahrten Krone. Er will dafür ein Bettelgericht erstehen; die Gänsemagd fleht ihn an, seine Krone nicht zu verkaufen. In äußerster Verzweiflung zerbricht er die Krone und erhält dafür von dem Holzhacker ein Laibchen Brot, das dieser in einem versteckten Kästchen in der Hütte gefunden hatte. Die Königskinder essen das Brot je zur Hälfte, dann überkommt sie eine wohlige Müdigkeit, und sie schlafen, eng aneinandergeschmiegt, Lippe an Lippe ein. Schneeflocken fallen auf die Schlafenden, so daß sie bald unter einer leichten Schneedecke liegen. Der Spielmann kommt mit den Kindern aus dem Wald zurück. Der Holzhacker zeigt ihm das Gold, während eine Taube den Spielmann umflattert und seinen Blick zu den Ruhenden lenkt. Mit dem Aufschrei: »Verdorben! Gestorben!« stürzt er sich über die toten Königskinder. Der Holzhacker und der Besenbinder bringen eine Bahre aus Tannenzweigen, auf welche die Toten gebettet werden; der Spielmann bedeckt sie mit dem Mantel, auf den er die zerbrochene Krone legt. Im leuchtenden Abendrot schreitet der Zug langsam den Berg hinauf unter den leisen Rufen der Kleinen: »Königskinder!«

Stilistische Stellung
Seine erste Märchenoper, ›Hänsel und Gretel‹, hatte Humperdinck für die Kleinen geschrieben, bei ›Königskinder‹ wendet er sich an die Großen. Mit ihrer tiefsinnigen Symbolik handelt die Dichtung von der Tragik des nach hohen Zielen strebenden idealistischen Menschen; er zerbricht bei der Berührung mit der materialistischen Welt, in deren Augen er ein Bettler ist. Wohl giert auch sie nach Höherem, sie kann aber das wahrhaft Edle nicht erkennen. Nur die Einfalt der Kinderseele, noch jenseits von Gut und Böse, ist hierzu imstande. Humperdincks poesievolle Musik mit ihren vielfältigen und gegensätzlichen Stimmungswerten und mit ihrer sensiblen Deutung der seelischen Regungen kommentiert gleichsam das Hintergründige des Dargestellten. Der Dichtung entsprechend herrscht ein lyrisch-elegischer Grundton vor, doch kommt auch bisweilen der Humor zu seinem Recht. An dem Wagnerschen Gestaltungsprinzip hält Humperdinck auch bei ›Königskinder‹ fest. Die Thematik ist feinsinnig auf das Märchenmilieu abgestimmt und trotz ihrer Verwurzelung mit dem schlichten Volkslied originell und Humperdincks eigene Erfindung. Einmal zitiert sich der Meister selbst mit der aus ›Hänsel und Gretel‹ übernommenen Melodie »Der Besen, der Besen, was macht man damit«. Der Organismus der Motivik ist von zwingender Logik. Die Abwandlung der Themen und ihre farbige Verarbeitung in einem kunstvollen polyphonen Satz zeugen in gleicher Weise von dem Phantasiereichtum des schöpferischen Musikers wie von der meisterlichen Beherrschung des handwerklichen Könnens.

Textdichtung
Das Textbuch verfaßte die Münchner Schauspielerin und Dichterin Elsa Bernstein (1866–1949), Tochter des Musikschriftstellers und Wagner-

Jüngers Heinrich Porges, die ihre Werke unter dem Pseudonym Ernst Rosmer veröffentlichte. Der Stoff zu ›Königskinder‹ wurde von der Dichterin frei erfunden. Die Träger der Handlung sind Gestalten aus bekannten deutschen Märchen (Hexe, Gänsemagd, Spielmann, Königssohn, Besenbinder).

Geschichtliches
Humperdinck erhielt am 15. Dezember 1894 die Dichtung, die er auf Veranlassung des Münchner Generalintendanten Ernst von Possart mit einigen Musikstücken durchsetzen sollte. Die Komposition wurde mit der Vertonung des Kinderliedes ›Rosenringel‹ (II. Akt) im Februar 1895 in Frankfurt/Main begonnen. Im Verlauf der Arbeit begeisterte sich jedoch der Komponist an dem poetischen Gehalt des Stückes derart, daß er ein großes dramatisches Melodram schuf, bei dem Rhythmus und Tonhöhe des Sprechers durch die von Humperdinck eingeführten »Sprechnoten« (Sternchen statt Notenköpfe) genau festgelegt waren (»gebundenes Melodram«). Die Partitur wurde Ende Dezember 1896 in Frankfurt abgeschlossen. Die Uraufführung des Melodrams erfolgte unter großem Beifall am 23. Januar 1897 unter der musikalischen Leitung von Hugo Röhr in München. Die technischen Schwierigkeiten für ein Schauspielensemble (großes Orchester, Chor, die musikalisch gebundene Sprechweise) standen jedoch einer weiteren Verbreitung des Werkes hindernd im Weg. Daher entschloß sich Humperdinck, das Melodram zu einer Oper umzugestalten. Die Umarbeitung erfolgte in der Zeit von 1908 bis 1910 in Berlin. Die Partitur wurde am 3. Mai 1910 vollendet. Die Oper ›Königskinder‹ ging sodann am 28. Dezember 1910 an der Metropolitan Opera in New York mit triumphalem Erfolg zum ersten Mal in Szene; Dirigent war Alfred Hertz, die Hauptrollen sangen Geraldine Farrar (Gänsemagd), Hermann Jadlowker (Königssohn) und Otto Goritz (Spielmann).

Leoš Janáček
* 3. Juli 1854 in Hukvaldy (Mähren), † 12. August 1928 in Ostrava.

Jenůfa (Její pastorkyňa)

Oper aus dem mährischen Bauernleben in drei Akten. Dichtung von Gabriela Preissová.

Solisten: *Die alte Buryja*, Ausgedingerin und Hausfrau in der Mühle (Tiefer Alt, auch Dramatischer Alt, m. P.) – *Laca Klemen* (Jugendlicher Heldentenor, auch Charaktertenor, gr. P.) und *Stewa Buryja* (Lyrischer Tenor, auch Jugendlicher Heldentenor, gr. P.), Stiefbrüder, Enkel der alten Buryja – *Die Küsterin Buryja*, Witwe, Schwiegertochter der alten Buryja (Dramatischer Sopran, auch Dramatischer Mezzosopran, gr. P.) – *Jenůfa*, ihre Ziehtochter (Jugendlich-dramatischer Sopran, gr. P.) – *Altgesell* (Charakterbariton, auch Charakterbaß, m. P.) – *Dorfrichter* (Baß, m. P.) – *Seine Frau* (Spielalt, auch Mezzosopran, m. P.) – *Karolka*, ihre Tochter (Sopran, auch Mezzosopran, m. P.) – *Eine Magd* (Mezzosopran, auch Sopran, kl. P.) – *Barena*, Dienstmagd in der Mühle (Sopran, auch Mezzosopran, kl. P.) – *Jano*, Schäferjunge (Sopran, m. P.) – *Tante* (Alt, kl. P.) – *1. Stimme* (Sopran, kl. P.) – *2. Stimme* (Bariton, kl. P.).
Chor: Musikanten – Dorfvolk (im I. Akt Männerchor geteilt in Rekruten und in Gesinde; m. Chp.).
Ballett: Tanz der Burschen und Mädchen im I. Akt.
Ort: Der I. Akt spielt in der Mühle der Buryja, der II. und III. Akt in der Stube der Küsterin.
Schauplätze: Einsame Mühle im Gebirge, rechts vor dem Haus ein Vorbau aus Holzpfählen, gefällte Baumstämme, hinten die Bachrinne – Slowakische Bauernstube, Ofen, Bett mit hochaufgeschichteten Federbetten.
Zeit: Ende des 19. Jahrhunderts. Zwischen dem I. und II. Akt liegt ein halbes Jahr, zwischen dem II. und III. Akt sind zwei Monate vergangen.
Orchester: 2 Fl., 1 Picc., 2 Ob., 1 Eh., 2 Kl., 1 Bkl.,

3 Fag., 4 Hr., 2 Trp., 3 Pos., 1 Bt., P., Schl., Hrf., Str. – Bühnenmusik: Streichquintett, 2 Hr., 1 Kindertrompete, Schl., Xyl.
Gliederung: Musikalische Szenen, die pausenlos ineinandergehen.
Spieldauer: Etwa 2 Stunden.

Handlung

In einer einsamen Mühle im Gebirge haust die alte Mutter Buryja mit ihrem Enkel Stewa Buryja und dessen Stiefbruder Laca Klemen. Die schöne Jenůfa, Ziehtochter der Küsterin Buryja, einer Schwiegertochter der alten Buryja, betet zur Heiligen Jungfrau, daß ihr geliebter Stewa nicht zu den Soldaten kommen möge. Sie erwartet ein Kind, was noch niemand weiß, nicht einmal ihre Ziehmutter; wird Stewa bei der heutigen Assentierung ausgehoben, so kann er nicht heiraten, und dann ist sie der Schande preisgegeben. Der stille Laca liebt auch Jenůfa, obwohl sie von ihm nichts wissen will. In verhaltener Eifersucht vergräbt er heimlich in ihrem Rosmarintopf Würmer, da blühender Rosmarin nach dem Volksglauben Freude bringt, welker dagegen ein Fehlschlagen der Hoffnungen. Als der Altgeselle der Mühle die Nachricht überbringt, daß Stewa freigekommen sei, ist Laca empört, Jenůfa jubiliert. Die Rekruten erscheinen blumengeschmückt, unter ihnen Stewa, dem Jenůfa stürmisch um den Hals fällt. Ihre Freude erfährt aber sogleich eine Dämpfung, als sie bemerkt, daß der Geliebte schon wieder betrunken ist. Er wirft Geld unter die Musikanten und fordert sie auf, Jenůfas Lieblingslied aufzuspielen, worauf er mit ihr einen ausgelassenen Tanz aufführt. Die Küsterin kommt dazwischen und gebietet Einhalt. Sie besteht auf einer Prüfungszeit von einem Jahr und will dem Haltlosen die Ziehtochter nur dann zur Frau geben, wenn er in der Zwischenzeit nüchtern geblieben ist; Jenůfa soll nicht mehr in der Mühle verbleiben, sondern wieder zu ihr nach Hause kommen. In einer darauffolgenden Aussprache beruhigt Stewa Jenůfa, daß er schon ihrer »apfelglatten Wangen« wegen niemals von ihr lassen werde. Laca hat das Gespräch, das seine Eifersucht gewaltig anfacht, mitangehört. Als Stewa weggegangen ist, um sich auszuschlafen, steigert Jenůfa Verhalten noch Lacas gereizte Stimmung: Sie steckt das liegengebliebene Blumensträußchen von Stewas Hut an ihren Busen und schlägt Laca bei dem Versuch, sie zu umarmen, ins Gesicht. In diesem Augenblick zerschneidet er ihr mit seinem Messer die Wange, ist aber gleich darauf verzweifelt über seine besinnungslose Gewalttat. Jenůfa läuft ins Haus, wo sie der Großmutter ohnmächtig in die Arme fällt.

Die Küsterin versteckte Jenůfa in ihrem Haus, nachdem diese der Ziehmutter ihr Geheimnis anvertraut hatte, und gab nach außen hin vor, das Mädchen sei für einige Zeit nach Wien verreist. In aller Heimlichkeit war dann das Kind zur Welt gekommen und von der Küsterin getauft worden. Während sich Jenůfa in stiller Freude ihrem Mutterglück hingibt, brütet die Küsterin Tag und Nacht darüber, wie sie die Ziehtochter vor der Schande bewahren könnte. Schließlich ringt sie sich zu einem Entschluß durch: Sie gibt Jenůfa einen Trank, der sie in einen langen und tiefen Schlaf versetzt. Inzwischen erscheint auf Veranlassung der Küsterin Stewa, der sich um Jenůfa überhaupt nicht mehr gekümmert hatte. Die Küsterin beschwört ihn auf den Knien, Jenůfas Ehre zu retten, aber Stewa gesteht, daß er das Mädchen seit der Entstellung durch Lacas Messerstich nicht mehr liebe, und läuft davon. Als kurz darauf Laca kommt, der von Zeit zu Zeit nachzufragen pflegt, ob Jenůfa schon zurückgekommen sei, erfährt er von der Küsterin die volle Wahrheit, und da sie befürchtet, Laca schrecke jetzt wegen des Kindes vor einer Heirat mit Jenůfa zurück, beruhigt sie den Erregten mit der Behauptung, das Kind sei inzwischen gestorben. Eiligst schickt sie Laca weg, dann wickelt sie unter schrecklichen Gewissensqualen das Kind in ein Wolltuch und verschwindet mit ihm. Inzwischen ist Jenůfa aufgewacht; sie sucht das Kind und glaubt, daß die Ziehmutter es zu Stewa gebracht habe. Während sie für eine gute Heimkehr des Kindes betet, kommt die Küsterin verstört zurück. Sie gibt nun vor, daß der kleine Stewa während Jenůfas zweitägigem Fieberschlaf gestorben sei, und sie fordert die Tochter auf, nicht zu klagen, sondern Gott zu danken, daß sie wieder frei sei. Sie erzählt auch von Stewas Besuch und, daß dieser sich inzwischen mit Richters Karolka verlobt habe. Als Laca zurückkommt und er trotz aller Einwände Jenůfas darauf besteht, sie zu heiraten, willigt sie schließlich ein. Ein eisiger Zugwind, der die Küsterin maßlos erschreckt, reißt das Fenster auf, als sie dem Paar ihren Segen erteilt.

Am Hochzeitstag kommen auf Einladung Lacas auch Stewa mit seiner Braut Karolka sowie deren Eltern in das Haus der Küsterin. Die Gratulanten wundern sich, daß Jenůfa nicht im Brautschmuck zur Kirche gehe. Während die Gäste im Nebenzimmer Jenůfas stattliche Aussteuer besichtigen, überreicht Laca seiner Braut einen Blumenstrauß, den er heimlich besorgt hatte. Nachdem die Großmutter Buryja das Paar gesegnet hat und eben die Küsterin ihren Segen erteilen will, dringen von außen Stimmen ins Haus, daß unter dem Eis ein totes Kind gefunden worden sei. Jenůfa, die verzweifelt klagend in dem kleinen Leichnam ihr Kind erkannt hat, wird von den ins Zimmer strömenden Dorfbewohnern bedroht. Da tritt die Küsterin dazwischen und bekennt sich als die Mörderin. Jenůfa verzeiht der Unglücklichen, die sodann von dem Richter weggeführt wird. Karolka erblickt in Stewa den Hauptschuldigen; empört läuft sie weg mit der Erklärung, daß sie ihn niemals zum Mann nehmen werde. Laca hat Jenůfa verziehen; er steht trotz des Vorgefallenen weiterhin treu zu ihr. Überwältigt sinkt Jenůfa dem Edelgesinnten in die Arme, dessen unbeirrbare Liebe nun auch in ihr die gleichen Gefühle zu wecken vermochte.

Stilistische Stellung
Die starke Eigenart des Komponisten hat zu einer verschiedenartigen Beurteilung seiner Oper hinsichtlich ihrer stilistischen Einordnung geführt. Dadurch, daß Janáček bei ›Jenůfa‹ einen Text in ungebundener Sprache zu vertonen hatte, kam er auf die Idee einer neuartigen musikdramatischen Gestaltungsweise, die aus einer Stilisierung der »Melodie des gesprochenen Wortes« resultiert. Durch intensives Beobachten sprechender Menschen im Alltag, und zwar im Zusammenhang aller Begleitumstände, gewann der Komponist den Eindruck, daß jedes Wort unendlich viele Variationen der Sprachmelodie zu vermitteln vermag; er fühlte und hörte dabei aus dieser Melodik auch »seelische Elemente« heraus. Janáček betrachtete daher seine Wortmelodie-Theorie direkt als einen unentbehrlichen Zweig der Kompositionslehre, und er bezeichnete das Skizzieren von Wortmelodien als »Aktzeichnen der Musik«, also als eine Art Vorschule für den angehenden Opernkomponisten, der, ähnlich wie der junge Maler durch das Zeichnen nach der Natur, sich durch Einfühlen in die Melodie des gesprochenen Wortes erst die Fähigkeit erwirbt, alle Ausdrucksmittel souverän zu beherrschen. In Mißverstehung dieser Theorie ist Janáček fälschlich als Naturalist und Verist beurteilt worden. Der Komponist hat die Sprachmelodie nicht zum Gestaltungsprinzip erhoben, sondern sie diente ihm gewissermaßen nur als Wegweiser für die Auffindung des richtigen Ausdrucks bei der tondichterischen Ausdeutung einer Situation. Wagners Leitmotivtechnik ist ihm fremd. Die Szenen setzen sich aus geschlossenen Gebilden und aus freieren, aber immer symmetrisch gebauten Partien mit oft weit geschwungenen Melodiebögen zusammen. Janáček war ein hervorragender Kenner des mährischen Volksliedes; trotzdem hat er originale Volksliedmelodien bei ›Jenůfa‹ nicht verarbeitet. Seine Melodik ist aber tief in der nationalen Volksmusik verwurzelt, desgleichen auch die Harmonik mit ihren charakteristischen, überwiegend dunklen und satten Farbtönen. Nicht zuletzt wird das Eigenprofil von Janáčeks Musik durch die feinnervige Rhythmik bestimmt.

Textdichtung
Janáček benutzte als Textvorlage für seine Oper ›Její pastorkyňa‹ (Ihre Ziehtochter) oder ›Jenůfa‹, wie sie dann später an den deutschen Bühnen betitelt wurde, das gleichnamige, in Prosa abgefaßte Drama von Gabriela Preissová. Allerdings mußte der Komponist das Stück, dessen starke Wirkungsfähigkeit sich auf der Sprechbühne bereits erwiesen hatte, für die musikdramatische Gestaltung wesentlich kürzen. Gabriela Preissová war mit dem mährischen Volks- und Bauernleben innig verwachsen, daher liegen die Vorzüge ihres Dramas in der trefflichen realistischen Charakterzeichnung und in der anschaulichen, die Volksseele widerspiegelnden Darstellung des Stoffes. Die deutsche Übersetzung des Operntextes stammt von Max Brod; Hugo Reichenberger richtete das Werk textlich für die Aufführung an der Wiener Hofoper ein.

Geschichtliches
›Její pastorkyňa‹ ist in den Jahren 1896 bis 1903 entstanden. Obwohl das Werk bei seiner 1904 erfolgten Uraufführung in Brünn starken Beifall fand und es auch in den folgenden Jahren immer wieder auf dem Spielplan des Brünner Nationaltheaters erschien, blieb ihm der Zugang auf die Bühne des Prager Nationaltheaters zwölf Jahre lang versperrt. Die Ablehnung erfolgte wohl auf Veranlassung des damaligen leitenden Dirigenten Kovařovic, der aber später seine Ansicht über den künstlerischen Wert des Werkes revidierte. So kam die Oper am 26. Mai 1916 endlich auch in Prag zur Erstaufführung. Der durchschlagende Erfolg in der böhmischen Hauptstadt hatte eine

rasche Verbreitung der ›Jenůfa‹ nicht nur an sämtlichen tschechischen Bühnen, sondern auch im Ausland zur Folge, wo sie, wie vor allem in Deutschland, die erfolgreichste tschechische Oper nach Smetanas ›Verkaufter Braut‹ geworden ist.

Die Ausflüge des Herrn Brouček (Výlety pana Broučka)

Oper in zwei Teilen (9 Bildern). Nach einem Libretto von Svatopluk Čech, verfaßt von Viktor Dyk und František Serafin Procházka.

Solisten: *Matěj Brouček*, Hausbesitzer in Prag (Charaktertenor, auch Heldentenor, gr. P.) – *Mazal*, ein junger Techniker/*Mazalun*, Chefkonstrukteur/*Mazal*, Amálkas Bräutigam (Lyrischer Tenor, gr. P.) – *Der Sakristan von St. Veit/Lukristan/Der Glöckner der Teinkirche* (Baßbariton, auch Spielbaß, gr. P.) – *Málinka*, seine Tochter/*Lunamali*, seine Tochter/*Amálka*, seine Tochter (Lyrischer Sopran, auch Jugendlich-dramatischer Sopran, gr. P.) – *Würfl*, Gastwirt/*Präsident Würflun/Kostka*, Ratsherr (Baß, m. P.) – *Piccolo* in Würfls Gasthaus »Vikárka«/*Der Kultusminister/Ein Scholar* (Sopran, m. P.) – *Fanny Nowak*, Broučeks Haushälterin/*Der Ernährungsminister/Františka*, Wirtschafterin im Hause des Glöckners (Alt, m. P.) – *Ein Trambahn-Kondukteur/Der Verkehrsminister/Miroslav*, Torwächter (Tenor, kl. P.) – *Vacek* mit der eisernen Hand (Bariton, kl. P.).
Chor: Gäste der »Vikárka« – Zuschauer – Abgeordnete der Mondrepublik – Mondmädchen – Bürger und Bewaffnete – Volk (gemischter Chor, m. Chp.).
Ort: Prag.
Schauplätze: Auf dem Hradschin in Prag, bei Würfls Gasthaus – Eine Landschaft auf dem Monde – Der Start von Mazals Raumschiff auf dem Barrandow-Felsen über der Moldau – Der Altstädter Ring in Prag im Jahre 1420.
Zeit: Die Nacht vom 12. auf den 13. Juli 1920.
Orchester: 4 Fl. (alle auch Picc.), 2 Ob., Eh., 2 Kl., Bkl., 2 Fag., Kfag., 4 Hr., 4 Trp., 3 Pos., Tuba, P., Schl., Cel., Gl., Dudelsack, Org., Hrf., Str.
Gliederung: Durchkomponierte Großform.
Spieldauer: Etwa 2¼ Stunden.

Handlung

Matěj Brouček, Hausbesitzer in Prag, das Urbild des biederen Spießbürgers, verläßt in heiterer Stimmung seine Stammkneipe auf dem Hradschin in Prag, ehrerbietig zur Tür geleitet vom Gastwirt Würfl. Doch die heiteren Gedanken vergehen ihm, als er seinen Mieter Mazal mit Málinka, der hübschen Tochter des Sakristans von St. Veit, beim Stelldichein sieht. Zum einen ist ihm Mazal schon länger die Miete schuldig, zum andern ist er durchaus auch noch empfänglich für die weiblichen Reize von Málinka und weiß doch, daß er bei dem Mädchen nie eine Chance haben wird, auch wenn sie – verärgert über einige Sticheleien von Mazal – mit ihm tändelt. Herr Brouček wünscht sich weg von dieser Stelle, sein Blick fällt auf den hellerleuchteten Mond. Dort müßte man sein – da gibt es sicher weder zahlungsunfähige Mieter noch Steuern, die einem Hausbesitzer zusetzen. Herrn Broučeks hochfliegende Gedanken lassen ihn übersehen, daß er nicht mehr recht sicher zu Fuß ist – er stolpert, stürzt und schläft sofort ein. Sein Traum versetzt ihn auf den Mond, aber da ist die Welt ganz anders, als er es sich vorgestellt hat: Er begegnet seltsamen Wesen, die ihn anstarren, entsetzt auf seine Reden hören und sich die Ohren verstopfen, wenn von der Liebe die Rede ist. Er kommt vor den Mondpräsidenten Würflun, der gern wissen will, wie es auf der Erde aussieht, und sieht verwundert, daß sich die seltsamen Wesen dadurch ernähren, daß sie bunte Bilder einsaugen oder von Blumendüften leben. Und als er, hungrig bei diesen seltsamen Genüssen, ein paar Schweinswürstl herauszieht und abbeißt, ekeln sich die Mondbewohner sehr. Am meisten geht Brouček aber eine exaltierte Mondbewohnerin auf die Nerven, die ihm liebestoll nachsteigt und immer zudringlicher wird. Da ist er froh, daß er wieder vom Mond herunter kommt. In Prag ist es inzwischen früher Morgen. Die letzten Gäste verlassen das Gasthaus, Mazal und Málinka schleichen sich leise herbei – Mazal hat Málinka seine Mondrakete gezeigt, an der er baut. Brouček wälzt sich unruhig herum und fällt sogleich wieder in einen Traum. Er ist dabei, wie Mazals Raumschiff auf dem Barrandow-Felsen über der Moldau gestartet werden soll – ja, er ist der Flieger, der erste Prager, der auf den Mond fliegt. Er hält eine angemessene Abschiedsrede, klettert dann in die

Rakete, und unter dem Beifall der Zuschauer, unter ihnen der Wirt der Stammkneipe und Broučeks Haushälterin Fanny, entfernt sich das Fahrzeug.

Doch Brouček ist nicht auf dem Mond gelandet, sondern im Prag des Jahres 1420, mitten in den Auseinandersetzungen zwischen den Hussiten und dem deutschen Kaiser Sigismund. Eine Wache überrascht ihn, weil er so seltsam bekleidet ist und sein Tschechisch so fremdartig klingt. Man hält ihn für einen Spion des Kaisers und will ihn vor Gericht stellen, als sich der Glöckner der Teinkirche für ihn verwendet und Brouček die Ausrede einfällt, er sei Auslandstscheche und lange in Paris gewesen. Der Glöckner nimmt ihn auf in sein Haus, gibt ihm ein »zeitgemäßes« Gewand und macht ihn mit seiner Tochter und seinen Freunden bekannt – einen weiteren Kämpfer für die hussitische Sache kann man immer brauchen. Als der Angriff des kaiserlichen Heeres angekündigt wird, drückt man ihm eine Waffe in die Hand, doch Brouček versteht es, sich geschickt im Hintergrund zu halten. – Die Schlacht ist geschlagen, die Hussiten haben das kaiserliche Heer vertrieben, doch die zurückkehrenden Prager entdecken wutentbrannt, daß sich der seltsame Fremde feig aus dem Kampf geschlichen hat und stellen ihn zur Rede. Als Brouček sich gar eine Pfeife anzündet, halten sie ihn für den Teufel und wollen ihn auf einem schnell errichteten Scheiterhaufen verbrennen – vorher stecken sie ihn noch in ein altes Faß. – Brouček kommt wieder zu sich: Im Schlaf hat er sich umhergewälzt und ist in ein altes Faß gefallen, das beim Gastwirt im Hofe steht. Dieser hört das verzweiflungsvolle Ächzen Broučeks und hilft dem Stammgast aus dem Faß. Brouček deutet ihm an, er sei weit weg gewesen – zuerst auf dem Mond und dann bei den Hussiten –, aber er solle niemandem etwas erzählen.

Stilistische Stellung

Auch innerhalb von Janáčeks Schaffen stehen ›Die Ausflüge des Herrn Brouček‹ einzig da – in diesem Werk ist Janáček ganz Satiriker, der in der Figur des Hausbesitzers Matěj Brouček seine Landsleute in ihrer selbstzufriedenen Biederkeit, die sich nur auf Essen, Trinken und Auskommen bezieht, aufs Korn nimmt. Von der musikalischen Charakteristik her umfaßt das Werk höchst unterschiedliche Elemente: Während die Rahmenteile Janáčeks sprachgezeugtem Realismus entsprechen, ist die Mondepisode durch Einflüsse des musikalischen Impressionismus geprägt, während die mittelalterliche Episode von den Rückgriffen auf alte tschechische Kirchenmusik – darunter den Hussitenchoral – lebt.

Textdichtung

Janáček stützt sich bei seiner Oper auf zwei 1887 und 1888 erschienene Novellen des tschechischen Dichters Svatopluk Čech. Die Vielschichtigkeit der literarischen Vorlage mag mit dazu beigetragen haben, daß die Entstehung des Werkes sich relativ lange hinzog und nicht weniger als sechs Librettisten (neben den Autoren Dyk und Procházka, die jeweils die Mond- und die Hussitenepisode texteten, auch noch Karel Mašek, Zikmund Janke, František Gellner und Jiří Mahen) beschäftigt waren.

Geschichtliches

Janáček arbeitete von 1908 bis 1917 an der Oper, die zuerst nur den Ausflug auf den Mond umfassen sollte, dann aber – auch unter dem Eindruck des Ersten Weltkriegs – um die Hussitenepisode erweitert wurde. Die Uraufführung fand am 23. April 1920 in Prag statt. Nach Deutschland fand das Werk erst 1958, als Joseph Keilberth es in München herausbrachte, außerdem wurde es auch im Rahmen des Janáček-Zyklus' 1976 in Düsseldorf inszeniert.

W. K.

Katja Kabanowa (Káť'a Kabanová)

Oper in drei Akten. Dichtung nach Aleksander N. Ostrowskijs ›Gewitter‹ von Vincenc Červinka.

Solisten: *Sawjol Prokofjewitsch Dikoj*, ein Kaufmann (Seriöser Baß, auch Charakterbaß, auch Charakterbariton, gr. P.) – *Boris Grigorjewitsch*, sein Neffe (Lyrischer Tenor, auch Jugendlicher Heldentenor, gr. P.) – *Marfa Ignatjewna Kaban* (Kabanicha), eine reiche Kaufmannswitwe (Dramatischer Mezzosopran, gr. P.) – *Tichon Iwanytsch Kabanow*, ihr Sohn (Jugendlicher Heldentenor, auch Lyrischer Tenor, gr. P.) – *Katherina* (Katja), seine Frau (Jugendlich-dramatischer Sopran, gr. P.) –

Wanja Kudrjasch, Lehrer, Chemiker, Mechaniker (Charaktertenor, auch Lyrischer Tenor, gr. P.) – *Barbara*, Pflegetochter im Hause Kabanow (Mezzosopran, gr. P.) – *Kuligin*, Freund des Kudrjasch (Bariton, auch Baß, m. P.) – *Glascha* und *Fekluscha*, Dienstboten (Mezzosopran, kl. P.) – *Ein Vorbeigehender* (Stumme Rolle) – *Eine Frau aus dem Volk* (Alt, kl. P.).
Chor: Bürger beiderlei Geschlechtes (kl. Chp.).
Ort: Das Städtchen Kalinow am Ufer der Wolga.
Schauplätze: Park am Steilufer der Wolga. Rechts das Haus der Familie Kabanow – Zimmer im Kabanowschen Haus – Gemütliche Arbeitsstube (Erker) mit Tür im Hintergrund – Felsen, Gebüsch. Oben der Kabanowsche Gartenzaun mit Türchen. Den Abhang hinab ein Fußsteig – Vorn Galerie und Gewölbe eines zerfallenden Gebäudes. Hinter dem Bogen Ufer und Ausblick auf die Wolga – Einsame Gegend am Ufer der Wolga.
Zeit: Sechziger Jahre des 19. Jahrhunderts. Zwischen dem II. und III. Akt liegen zwei Wochen.
Orchester: 4 Fl. (auch Picc.), 2 Ob., 1 Eh., 2 Kl., 1 Bkl., 3 Fag., 4 Hr., 3 Trp., 3 Pos., 1 Bt., P., Schl., Hrf., Cel., Str.
Gliederung: Durchkomponierte symphonisch-dramatische Großform.
Spieldauer: Etwa 1¾ Stunden.

Handlung

Es ist Feiertag. Kudrjasch, ein Lehrer der Chemie und Physik in der Kleinstadt Kalinow an der Wolga, sitzt am Ufer des mächtigen Flusses, den er als Symbol der ewigen Natur bewundert. Durch das Erscheinen des Kaufmanns Dikoj wird er aus seinen Betrachtungen gerissen. Dikoj macht seinem ihn begleitenden Neffen Boris Vorwürfe, daß er untätig umhergehe; er verlangt von ihm, auch am Feiertag zu arbeiten. Nachdem sein Onkel sich in das Haus Kabanow begeben hat, wo die reiche Kaufmannswitwe Marfa Ignatjewna Kaban, genannt die Kabanicha, tyrannisch herrscht, schildert Boris Kudrjasch seine prekäre Situation: Seine Mutter, die dem Adel entstammte, konnte die widerwärtige Enge eines Lebens in der Kleinstadt nicht ertragen. Daher zog der Vater mit der Familie nach Moskau, wo er, Boris, und seine Schwester eine gehobene Erziehung genossen. Doch allzufrüh sind die Eltern an Cholera gestorben. Die Großmutter hat nach ihrem Tod ihr Vermögen wohl den beiden Waisen vererbt, jedoch mit der testamentarischen Bestimmung, daß sie es nur dann erhalten sollen, wenn Boris bis zu seiner Volljährigkeit seinem Onkel Dikoj zu Diensten stehe. Da kommt die Kabanicha mit ihrem Sohn Tichon und dessen Frau Katja aus der Kirche zurück. Boris gesteht Kudrjasch seine heimliche Liebe zu der jungen Frau und verschwindet eilig mit dem Lehrer. Die Kabanicha wünscht, daß Tichon noch heute zum Markt nach Kasan abreise. Obwohl dieser sich sogleich dazu bereit erklärt, macht sie ihm Vorhalte, daß seine Liebe nur mehr seiner Frau, nicht aber mehr seiner Mutter gelte. Katja weist diese Vorwürfe als ungerechtfertigt zurück und begibt sich ins Haus. – Mit Stickarbeiten beschäftigt, erzählt Katja Barbara, der Pflegetochter im Kabanowschen Haus, von ihrer fröhlichen Jungmädchenzeit, von ihren frommen Empfindungen beim Gottesdienst und von ihren schwärmerischen Träumen. In wachsender Erregung gesteht sie schließlich, einen anderen Mann zu lieben. In diesem Augenblick erscheint Tichon reisefertig, um sich von seiner Frau zu verabschieden. Katja fleht ihn an, entweder hierzubleiben oder sie mit auf die Reise zu nehmen. Tichon lehnt beides ab. Daraufhin bedrängt sie ihn kniefällig, ihr den Eid abzunehmen, daß sie während seiner Abwesenheit mit keinem Fremden einen Blick oder ein Wort wechsle. Aber Tichon findet einen solchen Eid lasterhaft. Da kommt die Kabanicha. Sie fordert den Sohn auf, dem guten alten Brauch entsprechend seinem Weib ausdrücklich den Auftrag zu geben, den Haushalt gut zu führen, immer höflich zu sein, sie wie die eigene Mutter zu ehren, nicht zu trödeln und nicht zum Fenster hinauszusehen, vor allem nicht nach anderen Männern. Schließlich verlangt sie, daß der Sohn vor ihr niederknie und sie küsse. Tichon verfährt nach dem Willen der Mutter. Als Katja ihrem Mann zum Abschied um den Hals fällt, ist die Kabanicha empört über dieses Verhalten, das der guten Sitte widerspricht.

Auch nach der Abreise Tichons macht sie Katja Vorwürfe, daß sie nicht weine und verzweifelt sei, wie es die Schicklichkeit erfordert, wenn der Mann verreist ist. Das Gartentürchen zum Wolga-Ufer ist stets abgeschlossen, und die Kabanicha verwahrt den Schlüssel bei sich. Die schlaue Barbara hat aber heimlich einen Nachschlüssel angefertigt. Diesen übergibt sie Katja mit dem Bemerken, daß sie Boris für den Abend dorthin bestellt habe. Katja wehrt sich zunächst gegen die Verführung. Als die Kabanicha Besuch von Dikoj erhält, mit dem sie stundenlang zu schwätzen pflegt, begibt sich Barbara zu dem Gartentürchen, wo sie von Kudrjasch zu einem nächtlichen Spaziergang abgeholt wird. Bald darauf kommt auch Katja; erst verlegen, schließlich aber von einer schicksalhaften Macht getrieben, fällt sie dem sie erwartenden Boris in die Arme. Zur späten Nachtstunde ruft Barbara Katja zurück, und alsbald geht diese langsam, wie mit einer schweren Last beladen, ins Haus zurück.

Zwei Wochen sind vergangen. Kudrjasch und sein Freund Kuligin suchen in einem halbverfallenen Haus Schutz vor einem aufziehenden Gewitter. Auch andere Passanten, darunter Dikoj, stellen sich dort unter. Während Kudrjasch in einem Gewitter einen elektrischen Ausgleich erblickt, hält Dikoj es für eine Strafe, durch welche die Menschen Gottes Macht zu fühlen bekämen. Hastig erscheint Barbara und flüstert Boris, der mit Dikoj gekommen war, heimlich zu, daß Katjas Mann zurückgekehrt sei. Gleich darauf erscheint angsterfüllt die junge Frau selbst, sie fürchtet sich vor den Blitzen. Als sodann die alte Kabanicha folgt, die, lauernd wie ein Raubtier, die Schwiegertochter nicht mehr aus den Augen läßt, fällt Katja ihr zu Füßen und bekennt laut vor allen die Schuld des Ehebruchs. Blitze und Donnerschläge begleiten das Geständnis; anschließend stürmt sie fort in das Gewitter hinaus. – In der Dunkelheit suchen mit einer Laterne Tichon und die Magd Glascha das Wolga-Ufer nach Katja ab. Als sich die beiden entfernt haben, naht Katja. Ekstatisch ruft sie die Lüfte an, ihr Boris herbeizuführen. Der Geliebte erscheint, beglückt liegen sich die beiden in den Armen. Boris ist gekommen, um sich von Katja zu verabschieden; denn sein Onkel hat ihn zu einem Geschäftsfreund an die chinesische Grenze nach Sibirien kommandiert. Vergeblich bittet ihn Katja, sie mitzunehmen. Ihre Verstandeskräfte schwinden, sie hört aus den Wellen der Wolga geheimnisvolle Stimmen. Verzweifelt entfernt sich Boris. Katja stürzt sich in den Strom. Der Vorgang wurde von den nach Katja Suchenden bemerkt. Dikoj holt in einem Kahn die Leiche aus dem Wasser. Während sich Tichon schmerzerfüllt über seine tote Frau stürzt, dankt die Kabanicha kalt und ungerührt den Umstehenden für die Anteilnahme.

Stilistische Stellung

Die Oper ›Katja Kabanowa‹ ist neben ›Jenůfa‹ Janáčeks bedeutendste Bühnenschöpfung. Ebenso wie bei ›Jenůfa‹ dürfte den Komponisten in erster Linie das Milieu der Handlung zur musikdramatischen Bearbeitung gereizt haben. Janáček hatte nicht nur familiäre Kontakte zu Rußland, sondern auch Gelegenheit, bei zwei längeren russischen Studienaufenthalten einen persönlichen Eindruck von dem Land und seinen Menschen zu gewinnen. In Ostrowskijs Drama fand er Landschaft und Lebensstil der russischen Welt in unverfälschter Weise vorgezeichnet: das von Menschenschicksalen unberührte ewige Naturgeschehen, symbolisiert durch den das weite Land durchziehenden mächtigen Wolga-Strom; das steinharte tyrannische Wesen der alten Kabanicha und des Kaufmanns Dikoj als Sinnbild des zaristischen Absolutismus; die Figur des schwächlichen Tichon als Symbol des willenlos gehorchenden Volkes; die weiche russische Seele, verkörpert durch den jugendlichen Boris, die bei der empfindsamen Katja einen elementaren Ausbruch aus der Zwangsjacke ihrer familiären Versklavung auslöst; die für die russische Mentalität typische freiwillige Selbstanklage der Heldin vor aller Öffentlichkeit zur Erleichterung ihres Gewissens. Katja hat sich aber gerade dadurch eine Rückkehr ins bürgerliche Leben selbst unmöglich gemacht und wählt daher als einzigen Ausweg aus ihrer hoffnungslosen Lage den Freitod. Bei der musikalischen Gestaltung hat Janáček den in seiner ›Jenůfa‹ eingeschlagenen Weg weiter beschritten (siehe ›Jenůfa‹, Absatz: Stilistische Stellung). Die Struktur des Klangbildes ist wohl noch konzentrierter als bei ›Jenůfa‹, so daß der Komponist mit einer kleinen Anzahl von Themen auskommt, aus denen der orchestrale Untergrund gestaltet ist. Darüber bewegen sich die überwiegend im dramatischen Deklamationsstil gehaltenen Singstimmen. Selbst bei lyrischen Ergüssen, wie in den Liebesszenen Katja-Boris des 4. und 6. Bildes, oder bei Handlungshöhepunkten, wie in der Selbstbezichtigungsszene, wird der musikalische Ausdruck weitgehend vom Orchester getragen. Bemerkenswert ist die Einfühlung in den Charakter des russischen Volksliedes bei den Barbara-Kudrjasch-Szenen des 4. Bildes.

Textdichtung

Der Oper liegt als Stoffquelle das Schauspiel ›Gewitter‹ des russischen Dichters Aleksander N. Ostrowskij (1823–1886) zugrunde. Der Moskauer Popensohn befaßte sich in seinen Dramen vielfach mit bürgerlichen Themen aus der von der Neuzeit verdorbenen Kaufmannsklasse. Das viel aufgeführte Bühnenstück ›Gewitter‹, das eine

Ehetragödie unter Provinzleuten behandelt, hat auch Peter I. Tschaikowskij zu einer gleichnamigen Tondichtung inspiriert. Das von Vincenc Červinka übersetzte Drama wurde von Janáček für seine Oper stark gekürzt. Die deutsche Fassung stammt von Max Brod.

Geschichtliches
›Katja Kabanowa‹ ist in der Zeit von 1919 bis 1921 entstanden. Die Uraufführung fand am 23. Oktober 1921 unter der musikalischen Leitung von František Neumann am Nationaltheater in Brünn statt.

Die Abenteuer der Füchsin Schlaukopf (Príhody lišky Bystroušky)

Oper in drei Akten. Dichtung nach einer Novelle von Rudolf Tesnohlídek.

Solisten: *Der Förster* (Charakterbariton, gr. P.) – *Seine Frau* (Spielalt, kl. P.) – *Der Schulmeister* (Charaktertenor, auch Spieltenor, m. P.) – *Der Pfarrer* (Schwerer Spielbaß, m. P.) – *Haraschta*, ein Geflügelhändler (Spielbaß, auch Charakterbaß, m. P.) – *Pásek*, ein Gastwirt (Tenor, kl. P., Chorsolist) – *Seine Frau* (Alt, kl. P., Chorsolistin) – *Frantík und Pepík*, zwei Buben (Knabensoprane aus dem Chor, kl. P.) – *Bystrouška*, die Füchsin (Lyrischer Sopran, gr. P.) – *Bystrouška*, als Kind (Kinderstimme, kl. P.) – *Der Fuchs* (Jugendlich-dramatischer Sopran, m. P.) – *Lapak*, ein Hund (Mezzosopran, kl. P.) – *Der Hahn* (Sopran, kl. P.) – *Chocholka*, eine Henne (Sopran, kl. P.) – *Eine Grille, eine Heuschrecke, ein kleiner Frosch* (Kindersoprane, kl. P.) – *Der Specht* (Alt, kl. P.) – *Die Mücke* (Tenor, kl. P.) – *Der Dachs* (Baß, kl. P.) – *Die Eule* (Alt, kl. P.) – *Der Eichelhäher* (Sopran, kl. P.) – *Ein Jungfuchs* (Knabensopran, kl. P., aus dem Chor).
Chor: Hennen, Waldtiere (Frauen), Fuchskinder (Frauen, auch Kinder), Stimmen des Waldes (gemischter Chor; Männer und Kinder: kl. Chp., Frauen: m. Chp).
Ballett: Kleine Fliegen, eine blaue Libelle, Eichhörnchen, ein Igel, Tiere beim Hochzeitsreigen.
Schauplätze: Waldlandschaft, im Hintergrund eine Dachshöhle – Hof des Forsthauses am See – Vor der Dachshöhle – Das Honoratiorenzimmer im Wirtshaus »Bei Pásek« neben der Schankstube – Wald mit einer an einem Zaun blühenden Sonnenblume – Vor Bystrouškas Fuchsbau – Am Waldrand – Im Garten bei der Kegelbahn des Wirtshauses »Bei Pásek« – Waldlandschaft wie im 1. Bild.
Orchester: 4 Fl. (alle auch Okarina, III. und IV. auch Picc.), 2 Ob., 1 Eh., 2 Kl., 1 Bkl., 2 Fag., 1 Kfag., 4 Hr., 3 Trp., 3 Pos., 1 Bt., P., Schl. (2 Spieler: Glsp., Gl., Xyl., gr. Tr., Becken, Triangel), Hrf., Cel., Str.

Gliederung: Durchkomponierte Bilder, die durch orchestrale Einleitungen und Überleitungen miteinander verbunden sind.
Spieldauer: Etwa 1¾ Stunden.

Handlung
Waldweben an einem gewitterschwülen Sommernachmittag: Die Fliegen schwirren, der Dachs kommt Pfeife rauchend aus seinem Bau, und eine blaue Libelle tanzt durch die Luft. Die Tiere verstecken sich, als sich der von der Hitze ermüdete Förster zu einem Schläfchen niederläßt und seine Flinte neben sich auf den Boden legt. Während er eindöst, bemerkt er nicht, daß Grille und Heuschrecke mit einem kleinen Leierkasten herangekommen sind, um alsbald zum Walzer aufzuspielen. Eine beschwipste Mücke, die vielleicht vom alkoholisierten Blut des Försters gekostet hat, gesellt sich hinzu, nimmt aber Reißaus, als ein kleiner Springfrosch nach ihr hascht. Der Frosch jedoch sieht sich selber in Gefahr, als Bystrouška angerannt kommt: Noch im Welpenalter, weiß Bystrouška nicht, ob man Frösche essen kann, und so hüpft der Springfrosch erschrocken davon und landet während seiner Flucht versehentlich auf der Nase des Försters. Der fährt aus dem Schlaf hoch, erspäht die kleine Füchsin, packt sie und schleppt sie mit sich fort nach Hause. – Die Försterin ist über den Neuzugang eines verflohten Fuchswelpen nicht erfreut, gießt freilich für Bystrouška, die inzwischen das Leben mit den Hoftieren teilt, Milch in einen Napf. Der Wachhund Lapak sieht in der winselnden Bystrouška eine Schicksalsgefährtin und beklagt sich darüber, daß er auf dem Hof auf ein Liebesleben verzichten müsse. Auch Bystrouška ist in Liebesangelegenheiten noch unerfahren, allerdings berichtet sie Lapak von sexuellen Ausschweifungen, die sie unter den Vögeln

beobachtet habe. Lapaks plumpen Annäherungsversuch weist sie jedoch energisch zurück. Ebensowenig nimmt sie hin, daß die beiden Buben Frantík und Pepík sie quälen. Sie schnappt nach ihnen und wird vom Förster zur Strafe an die Leine gelegt. Es wird Nacht: Im Schlaf erscheint Bystrouška in Mädchengestalt, und sie weint. Doch bei Sonnenaufgang ist sie zu einer jungen Füchsin herangereift. – Die Fügsamkeit der Hoftiere, die sich willig dem Regiment der Menschen unterordnen, geht Bystrouška gegen den Strich. Als der Hahn ihre Gefangennahme für gerechtfertigt hält und sich darüber mokiert, daß Bystrouška keine Eier legt, versucht sie, die Hennen gegen ihn aufzuhetzen, indem sie ihn als Lüstling und Schmarotzer verächtlich macht. Da die Hennen zu dumm für eine Revolte gegen den Hahn sind, gibt sich Bystrouška einen lebensmüden Anschein und stellt sich tot. Als sich die Hühnerschar ihr nähert, fällt sie über Hahn und Hennen her und erwürgt, so viele sie kann. Die Förstersfrau ist außer sich. Der Förster versucht Bystrouška mit einem Knüppel totzuschlagen, doch es gelingt ihr, den Strick durchzubeißen und zu fliehen.

In den Wald zurückgekehrt, sucht Bystrouška nach einem neuen Heim. Sie vertreibt den Dachs, der sich als Respektsperson aufspielt, aus seinem Bau, indem sie ihn mittels obszöner Gesten und aufsässiger Reden vor den Tieren des Waldes der Lächerlichkeit preisgibt. – Im Honoratiorenzimmer des Gasthauses »Bei Pásek« sitzen der Pfeife schmauchende Pfarrer, der Förster und der Schulmeister beim Kartenspiel in verdrießlicher Stimmung. Der Pfarrer hofft, da seine Versetzung in ein anderes Dorf ansteht, auf eine bessere Zukunft. Der Förster spottet über den heimlich nach einer Unbekannten schmachtenden Schulmeister. Der revanchiert sich, indem er den Förster damit aufzieht, daß ihm Bystrouška entwischt ist. Pfarrer und Schulmeister machen sich unabhängig voneinander auf den Nachhauseweg, während der Förster sich noch ein letztes Glas genehmigt und sich darüber ärgert, daß sich schließlich auch noch der Wirt nach der entlaufenen Füchsin erkundigt. – Es ist eine Mondscheinnacht. Auf dem Heimweg durch den Wald hält der angetrunkene Schulmeister eine hinter einem Zaun blühende Sonnenblume, als hinter ihr die Augen Bystrouškas aufleuchten, für seine Angebetete Terynka. Im Verlangen, die Sonnenblume zu umarmen, fällt er hinter den Zaun. Auch der Pfarrer kommt des Wegs und erinnert sich im Glanz von Bystrouškas Augen einer Liebschaft aus Studententagen, als ihn ein Mädchen mit einem Fleischergesellen betrog. Als Schulmeister und Pfarrer den alkoholisierten Förster rufen hören, laufen sie um ihr Leben, denn der Förster hat Bystrouška aufgespürt und schießt wild um sich. Auch sie kann sich retten. – In einer Sommernacht lernt Bystrouška den Fuchs Zlatohrbítek kennen. Beide finden Gefallen aneinander. Er gibt den Weltmann, und sie weckt sein Interesse, nicht nur, weil sie es bereits zu einem Eigenheim gebracht hat, sondern auch mit ihrem Bericht über ihre Zeit in der Gewalt des Försters, ihre Aufsässigkeit und ihre schließliche Selbstbefreiung. Ein wenig förmlich verabreden die beiden ein baldiges weiteres Treffen. Und Zlatohrbítek verspricht ihr beim nächsten Mal ein Stück vom Kaninchen als Gastgeschenk mitzubringen. Noch bevor sich Bystrouška ihrer Verliebtheit recht bewußt wird, ist Zlatohrbítek samt Kaninchenhappen wieder zur Stelle. Nun wird der Flirt leidenschaftlich, so daß sich beide in Bystrouškas Höhle zurückziehen. Das bleibt bei den übrigen Tieren nicht unbemerkt, insbesondere die Eule findet, daß Bystrouškas Verhalten gegen die guten Sitten verstoße. Doch auch Bystrouška selbst fürchtet nach der Liebesnacht als angehende ledige Mutter um ihren guten Ruf. Flugs arrangiert Zlatohrbítek die Hochzeit mit dem Specht als Pfarrer, und die Tiere tanzen den Hochzeitsreigen.

An einem Herbstnachmittag stößt der Geflügelhändler Haraschta am Rande eines Holzschlages auf einen toten Hasen. Doch hebt er ihn nicht auf, da er den Förster bemerkt, der Haraschta bereits bei anderer Gelegenheit als Wilddieb ertappt hat. Von Haraschta erfährt der Förster, daß dieser Terynka heiraten wird. Den toten Hasen aber versieht er mit einem Fangeisen, weil er vermutet, daß Bystrouška ihn erlegt hat. Nachdem Förster und Haraschta ihrer Wege gegangen sind, kommt Bystrouška in Begleitung ihrer Kinderschar und Zlatohrbíteks herbei, erkennt die Falle und warnt die kleinen Füchse. Zwischen ihr und Zlatohrbítek entspinnt sich ein zärtlicher Dialog, als Haraschta plötzlich zurückkehrt. In der Hoffnung, aus Bystrouška einen Muff für seine Braut zu machen, nimmt er sein Gewehr zur Hand. Bei der Jagd auf Bystrouška stolpert er aber und schlägt hin. Augenblicklich macht sich das Fuchsrudel über Haraschtas Geflügel her. Haraschta schießt in die Meute und trifft Bystrouška tödlich. – Am Hochzeitstag von Haraschta und Terynka ist es im Garten von Páseks Wirtschaft ungewöhnlich still. Der Förster erzählt dem Schulmeister, daß er Bystrouškas Bau verlassen vorgefunden hat, und die Wirtin berichtet, daß Haraschta seiner Braut zur Hochzeit einen neuen Muff geschenkt hat. Der Förster tröstet den Schulmeister, der seine Hoffnungen auf Terynka nun begraben muß: Sie beide seien nun in einem Alter, in dem man auf Liebesabenteuer besser verzichten sollte. Schulmeister und Förster gehen wehmütig auseinander, zumal ihnen ihr gemeinsamer Freund, der Pfarrer, fehlt, der sich nach Auskunft der Wirtin nach seiner alten Stelle zurücksehnt. – Dieselbe Szenerie wie am Anfang: Nach einem Regenschauer sind, von der Abendsonne beschienen, zur Freude des Försters die Pilze aus dem Boden geschossen. Die sich erneuernde Natur läßt den Förster in heiterer Gelassenheit auf sein Leben zurückblicken. Das Bild von ihm und seiner Frau als frisch verheiratetem Liebespaar kommt ihm in den Sinn. Von der Schönheit des Waldes überwältigt, fällt er lächelnd in einen Traum. Alles ist wie damals, als er Bystrouška zum ersten Mal begegnet ist. Wieder kommt ein kleines Füchschen hergelaufen, es scheint Bystrouška wie aus dem Gesicht geschnitten. Als der Förster nach ihm greifen will, hüpft ihm jedoch einen kleiner Springfrosch in die Hand, der Enkel des Frosches von einst. In Gedanken verloren, achtet der Förster nicht darauf, daß ihm das Gewehr aus der Hand gleitet.

Stilistische Stellung

›Die Abenteuer der Füchsin Schlaukopf‹ sind Janáceks ›Pastorale‹. Der Kreislauf des Lebens mit seinen Gesetzmäßigkeiten von Werden und Vergehen, von Geburt, Fortpflanzung und Tod, von Fressen und Gefressenwerden gelangt anhand der Lebensreise der Füchsin Schlaukopf, auf tschechisch Bystrouška, episodisch zur Darstellung. Hieraus ergibt sich die musikalische Form dieser Oper. Die den Akten vorausgehenden orchestralen Einleitungsmusiken und die Zwischenaktmusiken haben die Funktion der Ortsbeschreibung (wie etwa zu Beginn der Oper) oder von Zeitraffern, indem sie die zwischen den Bildern liegenden Zeitsprünge überbrücken. Unmittelbar einleuchtend wird dies vor allem im I. Akt, wenn während einer monumentalen Sonnenaufgangsmusik Bystrouška sich vom Fuchswelpen zur jungen Füchsin verwandelt. Janácek läßt in dieser Metamorphose die pubertierende Füchsin zunächst in Mädchengestalt erscheinen. Exemplarisch zeigt sich hierin die dramaturgische Doppelgesichtigkeit dieses zwischen Allegorie und Parabel changierenden Werks. Demgemäß sind den Tieren wie in der literarischen Gattung der Fabel anthropomorphe Verhaltensweisen eigen. Umgekehrt werden auch die Menschen mit den Tieren parallelisiert. Janácek weist etwa in einer Regiebemerkung darauf hin, daß der Pfeife rauchende Pfarrer dem Dachs ähnlich sei. Und durch Doppelbesetzungen von Dachs und Pfarrer, von beschwipster Mücke und betrunkenem Schulmeister bzw. der tratschenden Eule und der keifenden Förstersfrau wird diese Tier/Mensch-Spiegelung oft genug auf den Opernbühnen inszeniert. Doch nicht nur auf symbolischer Ebene sind diese Querverweise zwischen Mensch- und Tierwelt virulent, sondern auch in der Handlung. Indem etwa der Geflügelhändler Haraschta aus Bystrouška einen Muff für seine Braut gewinnen will, handelt er nicht anders als Bystrouškas Liebhaber Zlatohrbítek (zu deutsch: Goldene Mähne), der seine Liebste zum Kaninchenessen einlädt. Auch scheinen die Grenzen zwischen Mensch und Tier zu verwischen, wenn etwa in den nächtlichen Naturszenen des II. Akts Schulmeister und Pfarrer unter den erotisierenden Blicken Bystrouškas auf sinnliche oder geistige Abwege geraten.

Ohnehin werden in dieser Oper Fragen der Sexualität und des Jagdtriebes nicht auf moralischer Ebene abgehandelt: Die Tiere agieren in ihren Listen und Lüsten jenseits von Gut und Böse instinktiv und naiv. Indessen ist die Entfremdung von Tier und Mensch von der Natur ein zentrales Thema des Werks. Und so verhalten sich die satirisch gezeichneten Hofszenen der vom Förster gefangengehaltenen und ausgebeuteten Haustiere im I. Akt und die hymnische Hochzeitsfeier der in Freiheit lebenden Waldtiere zum Schluß des II. Akts wie Gegenbilder zueinander. Die gestörten Beziehungen der Menschen zur Natur führen wiederum zu exzessiver Gewalt oder wie in der erwähnten Szene des Schulmeisters in ein groteskes Mißverständnis. Der Förster hingegen gewinnt bei seinem Weg durchs Stück aufgrund seiner Fähigkeit zur Reflexion in der Anschauung der Natur ein tieferes Verständnis für sich selbst, so daß er sein Altern akzeptieren und als natürlichen Prozeß begreifen lernt. Spielte er sich anfangs bei Bystrouškas Gefangennahme noch als Herr über Wald und Tiere auf, so findet er über eine Phase des Wettkampfs mit

Bystrouška, in der er das Nachsehen hat, zu der Erkenntnis, sich selbst als Naturwesen anzunehmen. Wenn er schließlich träumend die Ausgangssituation der Oper mit der Nachkommenschaft von Bystrouška und Springfrosch noch einmal erlebt, so geschieht dies auf spielerische Art und als Glückserfahrung vom Eingebundensein in den Naturzusammenhang. Demgemäß schließt die Oper in einem Orchesterfinale von apotheotischer Strahlkraft.

In Janáčeks zwischen extremen Höhen und Tiefen sich aufspannendem Orchestersatz fallen insbesondere die lautmalerischen Qualitäten der Komposition ins Ohr, außerdem eine für den Komponisten und die tschechische Musik insgesamt typische Sextenseligkeit, die jedoch insbesondere in den Gewaltszenen mit einer expressionistischen, aus der Tonalität hinausführenden Harmonik kollidiert. Gleichfalls tut sich in der asymmetrischen, von Synkopen durchsetzen, oft tänzerischen Rhythmik ein typisch tschechisches Idiom kund. Für Motivbildung, Deklamationsstil und Melodik gilt in dieser Oper, was in den Ausführungen zu Janáčeks ›Jenufa‹ (siehe den Absatz »Stilistische Stellung«) bereits erläutert worden ist.

Textdichtung
Die episodische Struktur der Oper erklärt sich aus Janáčeks literarischer Vorlage, der gleichnamigen Fortsetzungsgeschichte von Rudolf Tesnohlídek (1882–1928), die in der Zeitung ›Lidové noviny‹ 1920 in 51 Folgen erschienen war. Tesnohlídek seinerseits hatte mit seinem Text auf Federzeichnungen des Malers Stanislav Lolek reagiert. Der Tod Bystrouškas kommt bei Tesnohlídek nicht vor. Doch ebensowenig findet sich in der Textfassung des Komponisten, was in der deutschen und internationalen Rezeption der Oper jahrzehntelang eine Rolle spielen sollte: Janáčeks Freund und Förderer Max Brod hatte den deutschen Text der Oper nämlich so eingerichtet, daß sich das erotische Begehren aller männlichen Hauptfiguren auf jene Terynka richtete, um die im Original lediglich Haraschta und der Schulmeister konkurrieren. Auf diese Weise sollten nach dem Willen des Übersetzers die »Schicksale des Füchsleins Schlaukopf mit denen des Zigeunermädchens Terynka« identifiziert werden. Auch setzte Brod, indem er Janáčeks Oper in ›Das schlaue Füchslein‹ umbenannte, die Inszenierungsgeschichte auf eine das Stück verniedlichende Spur.

Geschichtliches
Der Kompositionsprozeß für ›Die Abenteuer der Füchsin Schlaukopf‹ erstreckte sich vom Februar 1921 bis in den März 1923, und am 6. November 1924 erlebte die Oper unter der Leitung von František Neumann am Nationaltheater in Brünn ihre erfolgreiche Uraufführung. Prag folgte im Jahr darauf in einer umorchestrierten Fassung von Václav Talich, der 1937 auch eine Orchestersuite aus Janáčeks Oper erstellte. 1927 kam es in Mainz zur deutschen Erstaufführung der Brod-Fassung. Insbesondere Walter Felsensteins illusionistische Inszenierung von 1956 an der Komischen Oper Berlin, die ihrerseits den Brod-Text bearbeitete, verhalf dem Werk zum internationalen Durchbruch. Daß sich inzwischen aber auch Lesarten abseits aller Possierlichkeit durchsetzen, zeigte nicht zuletzt Johannes Eraths 2014 in Hamburg aufgeführte Produktion, die in surrealer Verfremdung Wirtshaus und Waldwelt ineinandergleiten ließ.

R. M.

Die Sache Makropoulos (Věc Makropulos)

Oper nach der gleichnamigen Komödie von Karel Čapek. Dichtung vom Komponisten.

Solisten: *Emilia Marty*, Sängerin (Dramatischer Sopran, gr. P.) – *Albert Gregor* (Jugendlicher Heldentenor, gr. P.) – *Vítek*, Sollizitator in der Kanzlei des Dr. Kolenatý (Charaktertenor, m. P.) – *Christa*, seine Tochter (Mezzosopran, m. P.) – *Jaroslav Prus* (Heldenbariton, gr. P.) – *Janek*, sein Sohn (Lyrischer Tenor, m. P.) – *Advokat Dr. Kolenatý* (Charakterbariton, auch Baßbariton, m. P.) – *Ein Theatermaschinist* (Baß, kl. P.) – *Eine Aufräumefrau* (Alt, kl. P.) – *Hauk-Schendorf* (Operettentenor, auch Spieltenor, m. P.) – *Kammerzofe Emilias* (Alt, kl. P.).
Chor: Männerchor (hinter der Bühne, kl. Chp.).
Ort: Prag.
Schauplätze: Das Zimmer des Sollizitators Vítek in der Kanzlei von Dr. Kolenatý – Die leere Bühne eines großen Theaters – Hotelzimmer von Emilia Marty.
Zeit: Gegenwart.

Orchester: 4 Fl. (IV. auch Picc.), 2 Ob., Eh., 3 Kl., Bkl., 2 Fag., Kfag., 4 Hr., 4 Trp., 3 Pos., Bt., P., Schl., Hrf., Cel., Str. – Bühnenmusik: 2 Hr., 2 Trp., P.
Gliederung: Durchkomponierte Großform.
Spieldauer: Etwa 1¾ Stunden.

Handlung
In der Kanzlei des Rechtsanwalts Dr. Kolenatý ist der Sollizitator Vítek dabei, die Akten eines jahrhundertealten Erbschaftsstreits um den Nachlaß des Barons Josef Ferdinand Prus in die Registratur einzustellen. Albert Gregor, eine der prozessierenden Parteien, kommt, um zu erfahren, wie das Verfahren vor dem Appellationsgericht ausgegangen ist, aber der Anwalt ist noch nicht vom Gericht zurückgekommen. In die erwartungsvolle Atmosphäre kommt Víteks Tochter Christa, eine junge Sängerin am Stadttheater. Sie ist voll des Lobes über die Gesangskunst und die Schönheit der hier gastierenden Sängerin Emilia Marty. Da erscheint, von Dr. Kolenatý begleitet, die Bewunderte selbst; sie interessiert sich für die Einzelheiten des langjährigen Streites. Der Anwalt erklärt ihr den Fall: Der Baron Josef Ferdinand Prus ist 1827 kinderlos gestorben. Ein Testament ist nicht bekannt. Seine Vettern haben Ansprüche auf die Erbschaft gestellt, zu der auch das Gut Loukov gehört; für dieses Gut macht auch ein Ferdinand Gregor Ansprüche geltend, die sich aus einer Schenkung des Barons herleiten. Seither streiten sich die Erben seit mehr als einhundert Jahren um das Erbe. Emilia Marty, die interessiert zugehört hat und durch Einwürfe und Hinweise offensichtlich die Situation sehr gut kennt, überrascht den Anwalt plötzlich mit der Behauptung, Ferdinand Gregor, der Großvater Albert Gregors, sei ein unehelicher Sohn des Barons und der Sängerin Ellian MacGregor gewesen, und der Baron habe in einem Testament diesem unehelichen Sohn das Gut vermacht – also sei Albert Gregor der rechtmäßige Erbe. Sie weiß auch, daß sich das Testament, das über einhundert Jahre unauffindbar war, in der Registratur im Hause des Barons befindet, und zwar unter der Jahreszahl 1816, dem Geburtsjahr von Ferdinand Gregor. Der Anwalt ist höchst skeptisch, zumal Emilia Marty behauptet, den Inhalt des versiegelten Testaments zu kennen, und erst, als Albert Gregor, der der Sängerin fasziniert zugehört hat, ihm droht, den Anwalt zu wechseln, ist er bereit, zu Prus zu gehen und nach dem Testament zu forschen. – Gregor bleibt allein mit der Sängerin zurück, spricht zu ihr von dem Eindruck, den ihre Schönheit auf ihn gemacht habe, aber sie weist ihn ab. Er versucht, zu erfahren, wieso sie so viel über seinen Großvater wisse, aber sie weigert sich. Seine Annäherungsversuche weist sie kalt ab, ja sie, die jünger ist als Gregor, behandelt ihn, als sei sie seine Großmutter, tituliert ihn »Bertel« und geht mit ihm um wie mit einem ungezogenen Jungen. Nur eines erbittet sie von ihm: er solle ihr die Briefe der Ellian MacGregor und ein dabei befindliches altes Dokument in griechischer Sprache aushändigen, doch Gregor weiß von diesen Dokumenten nichts. – Der Anwalt kehrt mit Baron Jaroslav Prus in die Kanzlei zurück: Zu seinem Erstaunen hat sich das Testament wirklich gefunden, daneben auch die Briefe und das alte Dokument – doch noch ist die Identität jenes unehelichen Ferdinand mit Ferdinand Gregor nicht bewiesen, und so können auch die Briefe noch nicht ausgehändigt werden. Emilia Marty verspricht, die nötigen Papiere dem Anwalt zu übersenden, die diese Identität beweisen. Das ist dem Anwalt zuviel, er bittet Gregor, sich einen anderen Rechtsbeistand zu nehmen.

Eine Aufräumefrau und ein Theatermaschinist unterhalten sich über den ungeheuren Erfolg, den das Gastspiel der Emilia Marty am vergangenen Abend hatte. Eine Reihe von Bewunderern wartet vor ihrer Garderobe, zu ihnen gesellt sich der Baron Prus, der Emilia geschäftlich sprechen will. Er zieht sich wartend in die Kulissen zurück. Christa kommt und mit ihr Prus' Sohn Janek, ein etwas scheuer junger Mann, der in die junge Sängerin verliebt ist. Christa hat nach dem Erlebnis der ungeheuren Kunst der Marty Zweifel an der eigenen Karriere. Emilia Marty erscheint, Prus stellt seinen Sohn vor, und dieser ist so fasziniert von der Sängerin, daß er auf alle ihre Fragen nur mit »Ja« antworten kann. Emilia verspottet ihn deswegen. Vítek und Gregor kommen, und Gregor überreicht der Sängerin einen Blumenstrauß mit einem Geschenk, das sie jedoch als Geldverschwendung zurückweist. Vítek preist ihren Gesang, indem er ihn mit der Kunst der Strada vergleicht, doch die Marty weist dieses Lob zurück – die Strada habe unsauber gesungen. Vítek wendet ein, dies könne man wohl kaum wissen, sei sie doch mehr als hundert Jahre tot. Die Sängerin bespöttelt das junge Paar Christa-Janek und fragt, ob sie schon miteinander geschlafen hätten. Da kommt der alte, närrische Diplomat Hauk-Schendorf, den die Marty an ein Zigeunermädchen,

Eugenia Montez, erinnert, das er vor fünfzig Jahren in Spanien kennengelernt und geliebt habe. Die Marty spricht ihn auf spanisch an, nennt seinen Vornamen und befiehlt ihm schließlich, zu gehen. Vítek erbittet ein Autogramm für seine Tochter Christa, das sie ihm widerwillig gibt. Dann schickt sie alle Bewunderer weg, weil sie mit Prus zu reden hat. Dieser berichtet, er habe in der vergangenen Nacht die Briefe der Ellian MacGregor gelesen; er sei ja nicht unerfahren, aber aus diesen intimen Einzelheiten könne ja ein Lebemann noch lernen. Emilia reagiert heftig, als Prus Ellian MacGregor eine Vagabundin nennt, doch dann beruhigt sie sich. Prus berichtet weiter, alle Briefe seien nur mit E. M. unterzeichnet – er habe im Pfarr-Register nachgesehen: Ferdinands Mutter hieß in Wirklichkeit Elina Makropoulos, und der Vater sei dort nicht genannt. Prus wird das Gut – und das versiegelte Dokument – weiter behalten, bis sich ein Erbe Makropoulos melde. Emilia versucht, dem Baron das Dokument abzukaufen, aber er weigert sich. Gregor kehrt zurück, bis zum Wahnsinn in Emilia verliebt – sie aber will ihn nur benutzen, um das Dokument, das sie an Kolenatý geschickt hat, durch ihn wieder zurückzubekommen; denn man brauche jetzt ein anderes, das auf den Namen Elina Makropoulos laute. Gregor bittet sie um ihre Liebe, doch sie weist ihn streng ab. Erschöpft schläft sie ein, und Gregor verläßt sie. Janek erscheint – auch er ist der Marty rettungslos verfallen. Sie versucht, ihn dazu zu bringen, das Dokument aus dem Hause des Vaters zu stehlen. Er willigt schließlich ein, doch in diesem Moment tritt Prus, der alles mit angehört hat, aus der Kulisse und schickt den Sohn weg. Auch er ist der Faszination der Marty erlegen, und er verspricht ihr das Dokument, wenn sie ihm eine Liebesnacht gewähre.

Im Hotelzimmer der Sängerin, früher Morgen. Prus hat mit Emilia Marty geschlafen, aber er fühlt sich betrogen: Ihm ist, als habe er einen Leichnam umarmt. Gleichwohl händigt er der Sängerin das versiegelte Dokument aus, das sie schnell öffnet, um sicherzugehen. Sie werden von der Kammerzofe gestört, die meldet, draußen frage ein Diener nach Herrn Prus. Prus geht hinaus, die Zofe beginnt, die Sängerin zu frisieren und berichtet, der Diener habe furchterregend ausgesehen – sicher sei etwas Schreckliches geschehen. Prus kommt zurück und schickt die Zofe weg – er ist völlig gebrochen. Janek hat sich umgebracht, und er hat in seinem Abschiedsbrief keinen Zweifel daran gelassen, daß seine Liebe zu Emilia Marty der Grund dafür war. Die zynische Reaktion der Sängerin läßt ihn fast tätlich werden, doch erneut werden sie gestört – durch Hauk-Schendorf, der die Sängerin wieder nach Spanien bringen will. Er hat die Juwelen seiner Frau gestohlen, um die Reise zu finanzieren. Emilia beschließt, mit ihm zu fahren, doch da betreten Gregor, Kolenatý, Vítek, Christa und Prus das Zimmer – und ein Nervenarzt, der Hauk zurück ins Spital bringen wird. – Kolenatý hat die Handschrift auf dem Dokument, das ihm die Marty geschickt hat, mit dem Autogramm verglichen, sie ist identisch. Er bezichtigt die Sängerin der Fälschung. Diese schwört, Ellian MacGregor habe das Dokument geschrieben, will aber nicht sagen, wann. Sie zieht einen Revolver hervor und versucht, mit Gewalt zu entkommen, aber Gregor entwindet ihr die Waffe. Da sie noch im Negligé ist, geht sie ins Nebenzimmer, um sich anzukleiden: Kolenatý, Gregor und Vítek durchsuchen ihr Gepäck: Sie finden eine ganze Anzahl von Schriftstücken, mit den Namen Elina Makropoulos, Elsa Müller, Ekaterina Myschkin – allen gemeinsam sind die Initiale E. M. Die Sängerin erscheint wieder, und nach und nach legt sie ein Geständnis ab: sie selbst ist Elina Makropoulos und 330 Jahre alt. Ihr Vater war Leibarzt und Alchimist von Kaiser Rudolf II., sie war die Geliebte von Josef Ferdinand Prus und also die Großmutter von Albert Gregor. Das Dokument, das sie so sehr zu erlangen gesucht hatte, hatte sie einst Josef Ferdinand Prus überlassen – dem einzigen, der ihr Geheimnis kannte. Das Dokument enthält die »Sache Makropoulos« – ein Lebenselixier, das ihr Vater für den Kaiser entdeckte, der jedoch befahl, der Alchimist solle es an seiner eigenen Tochter ausprobieren. Der Kaiser, der an dem »Versuchsobjekt« keinerlei Veränderungen wahrnahm, ließ den Vater als Betrüger verhaften und hinrichten, sie selbst sei mit dem Dokument geflohen. Jetzt, da sie merke, daß ihre Lebensspanne abzulaufen drohe, sei sie zurückgekehrt, um sie mit Hilfe des Elixiers zu erneuern. – Unter den drängenden Fragen Kolenatýs ist sie müde geworden, schließlich bricht sie zusammen. Man glaubt ihr endlich und ruft nach einem Arzt. Doch der Arzt kann ihr nicht helfen, und von ihm gestützt kehrt sie, wie ein Schatten ihrer selbst, zurück. Sie hat den Atem des Todes gespürt, und sie entsagt, ihres langen, leeren Lebens müde, dem Elixier – sie übergibt die Formel Christa. Diese verbrennt das Dokument – und Elina Makropoulos bricht tot zusammen.

Stilistische Stellung
Die ›Sache Makropoulos‹ ist die vorletzte Oper Janáčeks, entstanden auf dem Höhepunkt seines Wirkens und seiner äußeren Wirksamkeit. Ähnlich wie das folgende ›Aus einem Totenhaus‹ ist die ›Sache Makropoulos‹ geprägt von schöpferischem Wagemut hinsichtlich der Stoffwahl wie der musikalischen Mittel. Janáčeks realistische Tonsprache, ausgebildet an ›Jenůfa‹ und ›Katja Kabanowa‹, wird hier erweitert um expressionistische Züge, gleichermaßen aber um eine differenzierte psychologische Deutung der Figuren, in deren Mittelpunkt die dämonisch-tragische dreihundertjährige Emilia Marty steht, der Janáček – bei aller Knappheit der musikalischen Mittel – eine eigene, unverwechselbare Aura zu verleihen vermag. Den Typus des Konversationsstücks, den Čapeks utopische Komödie darstellt, behielt Janáček bei, ohne der Gefahr stereotypen Deklamierens zu verfallen. Neben der Hauptfigur sind die anderen Protagonisten zwar weniger entwicklungsfähig, aber stets knapp und unverwechselbar charakterisiert, wobei auch ironische Lichter dieser höchst kunstvollen und dabei unmittelbar dramatisch wirkenden Partitur nicht fehlen.

Textdichtung
Nach den schlechten Erfahrungen mit diversen Librettisten verließ sich Janáček bei der Erstellung des Textbuches der ›Sache Makropoulos‹ ganz auf sich selbst. Dabei verschob er – mit Zustimmung des Dichters – die Tendenz der 1922 veröffentlichten Komödie Karel Čapeks: War es Čapek darauf angekommen, mit der Figur der dreihundertjährigen Emilia Marty das Problem der Unsterblichkeit distanziert und fast wie ein intellektuelles Spiel darzulegen, so stellt Janáček nicht die Voraussetzungen infrage, sondern geht von der Realität der Komödie aus, versucht aber, die Tragik dieser unsterblichen Frau in den Mittelpunkt der dramatischen Handlung zu stellen, die damit von der Komödie unversehens zur ernsten Oper gerät. Als eigener Librettist erweist sich Janáček als höchst konzentriert arbeitender Figurenzeichner, der den Konversationscharakter der Čapekschen Vorlage beibehält und gleichwohl Raum für seine Musik läßt.

Geschichtliches
Janáček komponierte von 1923 bis 1925 an der dreiaktigen Oper. Die Uraufführung fand am 18. Dezember 1926 in Brünn statt. Schon 1929 gab es in Frankfurt/Main die deutsche Erstaufführung in der bis heute gültigen Übertragung von Max Brod, 1935 folgte die Erstaufführung in Wien. Im Rahmen der Janáček-Renaissance nach dem Zweiten Weltkrieg dem Zweiten Weltkrieg rückte die Oper nach Aufführungen in Stockholm (1965), Paris (1965) und New York (1970) insbesondere auf den deutschen Bühnen ins Repertoire. Die Partie der Emilia Marty avancierte geradezu zur Paraderolle für Charakterdarstellerinnen mit Bühnenerfahrung und schauspielerischer Intensität wie Anja Silja oder Angela Denoke.

W. K.

Aus einem Totenhaus (Z mrtvého domu)

Oper in drei Akten nach Fjodor M. Dostojewskijs ›Aufzeichnungen aus einem Totenhaus‹. Text vom Komponisten.

Solisten: *Aleksander Petrowitsch Gorjantschikow*, ein politischer Gefangener (Bariton, m. P.) – *Alej*, ein junger Tartar (Spieltenor, auch Sopran, m. P.) – *Filka Morosow*, im Gefängnis unter dem Namen Luka Kusmitsch (Heldentenor, auch Jugendlicher Heldentenor, gr. P.) – *Der große Sträfling* (Jugendlicher Heldentenor, auch Charaktertenor, m. P.) – *Der kleine Sträfling* (Baßbariton, auch Baß, m. P.) – *Der Platzkommandant* (Baß, m. P.) – *Der ganz alte Sträfling* (Charaktertenor, auch Spieltenor, m. P.) – *Skuratow*, der Narr (Lyrischer Tenor, auch Jugendlicher Heldentenor, gr. P.) – *Tschekunow* (Baß, auch Baßbariton, m. P.) – *Der betrunkene Sträfling* (Tenor, auch Bariton, kl. P.) – *Der Koch* (Baß, auch Bariton, kl. P.) – *Der Schmied* (Bariton, auch Baß, kl. P.) – *Der Pope* (Bariton, auch Baß, kl. P.) – *Der junge Sträfling* (Tenor, auch Bariton, kl. P.) – *Dirne* (Sopran, auch Mezzosopran, kl. P.) – *Ein Sträfling in der Rolle des Don Juan und des Brahminen* (Bariton, auch Baß, m. P.) – *Kedril* (Tenor, kl. P.) – *Schapkin* (Charaktertenor, gr. P.) – *Schischkow* (Heldenbariton, auch Baßbariton, auch Baß, gr. P.) – *Tsche-*

rewin (Tenor, auch Bariton, m. P.) – *Eine Stimme hinter der Szene* (Lyrischer Tenor, kl. P.) – *1. Wache* (Tenor, auch Bariton, kl. P.) – *2. Wache* (Bariton, auch Baß, kl. P.) – *Ritter, Elvira, Die Schustersfrau, Die Popenfrau, Müller, Müllerin, Schreiber, Teufel* (Stumme Rollen in dem von den Sträflingen aufgeführten Stück. Alle Partien sind von Männern auszuführen).
Chor: Sträflinge (Männerchor, gr. Chp.).
Ort: Ein Sträflingslager in Sibirien.
Schauplätze: Der Hof des Lagers – Arbeitsstelle der Sträflinge am Ufer des Irtysch – Das Gefängnislazarett.
Zeit: 19. Jahrhundert.
Orchester: 4 Fl. (II., III. und IV. auch Picc.), 2 Ob., Eh., 3 Kl. (III. auch Bkl.), 3 Fag. (III. auch Kfag.), 4 Hr., 3 Trp., Btrp., 3 Pos., Tuba, P., Schl., Hrf., Cel., Str.
Gliederung: Durchkomponierte Großform.
Spieldauer: Etwa 1¾ Stunden.

Handlung
Das Stück spielt in einer russischen Gefangenenstation in Ostrogg am Flusse Irtysch. Es ist früher Morgen. Die Gefangenen kommen aus den Hütten und werden an die Arbeit getrieben. Zwei geraten sich in die Haare, andere beschäftigen sich mit einem flügellahmen Adler, dem sie einen Käfig gebaut haben. Da wird ein neuer Häftling hereingeführt: der städtisch gekleidete Aleksander Petrowitsch Gorjantschikow. Der Platzkommandant verhört ihn, und als er erfährt, daß Gorjantschikow ein politischer Häftling ist, schlägt er ihn und läßt ihn zur Prügelstrafe abführen. Hinter der Szene hört man die Schmerzensschreie des Gefolterten. Ein Sträfling bemüht sich um den kranken Adler, doch der kann nicht fliegen, sondern humpelt nur hilflos über den Hof. Die Wachen treiben die Häftlinge mit Stockschlägen an die Arbeit. Während diese an die Arbeit gehen, singt der Häftling Skuratow, dem die Haft den Verstand geraubt hat, von seinem früheren schönen Leben und steigert sich in einem wilden Tanz, bis er zusammenbricht. Filka Morosow, der im Gefängnis unter dem Namen Luka Kusmitsch bekannt ist, erzählt, wie er in einem anderen Lager den Kommandanten, der die Häftlinge mißhandelte, mit einem gestohlenen Messer umgebracht hat und wie er dafür halb zu Tode geprügelt wurde. Der gefolterte Gorjantschikow wird hereingeführt. Auch er hat sich eine Waffe besorgt, doch als die Wache kommt, um ihn abzuholen, verläßt ihn der Mut, und er läßt sich willenlos abführen.

Am Ufer des Irtysch sind die Häftlinge damit beschäftigt, alte Schiffe abzuwracken. Gorjantschikow unterhält sich mit dem jungen Tartaren Alej, der sich ihm angeschlossen hat und ihm erzählt, daß er ins Lager kam, weil er bei einem Raubzug seines Bruders mitgemacht habe. Gorjantschikow bietet dem Jungen an, ihn lesen und schreiben zu lehren. Glocken ertönen, es ist Feiertag. Der Platzkommandant kommt mit dem Popen, der den Fluß und die Häftlinge segnet. Dann soll es eine von den Sträflingen vorbereitete Theateraufführung geben. Skuratow berichtet, warum er eingesperrt wurde. Er lebte als Soldat in der Garnison in Dorpat und verliebte sich in eine Deutsche, die auch seine Liebe erwiderte, dann aber nicht mehr zu ihm kam, weil sie mit einem reichen Verwandten verheiratet werden sollte. Skuratow erschoß den Nebenbuhler und bekam dafür lebenslänglich. Dann beginnt die Theateraufführung: Man spielt zuerst das Stück von ›Kedril und Don Juan‹, der nacheinander Elvira und die Popenfrau verführen will, dabei aber von den Teufeln, die ihn holen wollen, gestört wird; schließlich schleppt ihm sein Diener Kedril die Schustersfrau zu, die auch liebeswillig ist, aber da will Don Juan nicht – sie ist zu häßlich. Schließlich holen ihn die Teufel. Die Häftlinge sind begeistert, zumal noch die Pantomime von der schönen Müllerin folgt, die in Abwesenheit ihres Mannes ihre Liebhaber – den Nachbarn, den Schreiber und schließlich Don Juan im Gewande eines Brahminen empfängt. Der heimkehrende Müller wirft die beiden anderen Liebhaber hinaus, doch Don Juan ist er nicht gewachsen. Das Stück ist zu Ende, die Sträflinge kehren in ihre Hütten zurück. Ein junger Sträfling hat sich mit einer alten Dirne eingelassen, Gorjantschikow und Alej trinken Tee. Eifersüchtig nähert sich ihnen der kleine Sträfling, der erbost ist, daß Alej sich offensichtlich etwas Besonderes leisten kann. Er wirft mit einem Zuber und verletzt den Tartarenjungen. Die Wache treibt die Sträflinge auseinander.

Alej liegt im Gefängnislazarett, wo ihn Gorjantschikow besucht. Luka Kusmitsch ist auch dort – er liegt im Sterben. Sein Stöhnen kommentiert Schapkin, nur er wisse, was Schmerz sei – wenn man, wie er, lange an den Ohren gezogen würde. Er war bei einem Einbruch erwischt worden und wurde vom Wachtmeister, der ihn verhörte, so lange an den Ohren gezogen, bis sie einrissen. Es wird ruhig im Lazarett – nur Schischkow erzählt Tscherewin umständlich, warum er eingesperrt wurde. In seinem Dorfe lebte ein reicher Mann, der eine schöne Tochter hatte. Dort arbeitete auch Filka Morosow, der eines Tages den Dienst quittierte, sich auszahlen ließ und zudem überall herumposaunte, er habe mit der Tochter seines Dienstherrn Akulka geschlafen. Das ganze Dorf verachtete das »leichte« Mädchen, und schließlich wurde sie mit ihm, Schischkow, verheiratet. In der Hochzeitsnacht jedoch stellte er fest, daß Morosow gelogen hatte – Akulka war noch unschuldig. Am nächsten Tag jedoch machte ihm Filka weis, er sei in der Hochzeitsnacht ja stockbetrunken gewesen und hätte gar nicht merken können, ob seine Frau noch unberührt gewesen sei. Schischkow prügelte seine Frau, bis Filka, als er zu den Soldaten muß, sich von allen verabschiedet und bekennt, daß er gelogen habe. Als Schischkow seine Frau zur Rede stellt, bekennt sie, daß sie – trotz aller Schmach, die dieser über sie gebracht habe – nur Filka liebe. Daraufhin habe er sie in den Wald geführt und dort erstochen. Während der Erzählung Schischkows hat Luka Kusmitsch angstvoll zugehört, aber sein schwaches Herz erträgt die Verzweiflung nicht – er stirbt – und erst an dem Toten erkennt Schischkow, daß dieser sein früherer Nebenbuhler Filka Morosow war. Die Wache trägt die Leiche fort, und Gorjantschikow wird aufgerufen. Der halbbetrunkene Platzkommandant entschuldigt sich bei ihm, daß er ihn habe prügeln lassen, und verkündigt ihm, er sei frei. Alej fürchtet den Weggang des väterlichen Freundes, doch Gorjantschikow tröstet ihn – es werde sicherlich ein Wiedersehen in der Freiheit geben. Die unerwartete Freilassung eines der Ihren hat die Häftlinge erregt, sie öffnen die Käfigtür, und der geheilte Adler fliegt davon – und auch dies erfüllt sie mit Hoffnung.

Stilistische Stellung
Janáčeks letztes Bühnenwerk, dessen Premiere er nicht mehr hat erleben können, öffnet noch einmal weit die Türen zur Neuen Musik – in einer kühnen Mischung aus wortsprachlich gezeugtem Realismus und düsterem Expressionismus schuf er ein Musikwerk, in seiner Knappheit, Härte und klanglichen Sprödigkeit wohl nur dem ›Wozzeck‹ Alban Bergs vergleichbar. Dem ungewöhnlichen Thema und dem hohen Ethos dieses Musikdramas entsprechend verzichtete Janáček auf einzelne Helden, und bis auf die kleine Szene mit der Dirne sparte er auch Frauenrollen aus – es ist eine reine Männeroper und zugleich ein fast kollektives Theaterwerk. Angelpunkt sind die »Erzählungen« des Luka Kusmitsch, des Skuratow, des Schapkin und Schischkow, um die sich einzelne Kleinszenen des Lageralltags – bis hin zu dem szenischen Höhepunkt des »Theaters auf dem Theater« – gruppieren. Janáčeks Musik hat, bei aller klanglichen Sprödigkeit und fast verbissen wirkenden Expressivität, stetig vorwärtsstrebenden, motorisch-ostinaten Charakter – die ungeschminkte Wahrheit des Ausdrucks stand für ihn im Vordergrund, und so wenig er die Härte und Brutalität des Lagerlebens mildert, so sehr kommt es ihm doch auf Verständnis, ja Mitleid mit den Ärmsten der Armen an. »In jeder Kreatur ein Funke Gottes« – dieses Motto von Dostojewskij steht auch als Motto des Werkes auf der Originalpartitur.

Textdichtung
Quelle für Janáčeks ›Totenhaus‹ ist der 1861 erschienene Roman ›Aufzeichnungen aus einem Totenhaus‹ von Fjodor M. Dostojewskij, der ja selbst als politischer Häftling von 1848 bis 1859 in der sibirischen Katorga eingesperrt war und in dem Roman seine Erlebnisse verarbeitete. Janáček selbst verfaßte das Libretto und übernahm weite Passagen des Romans wörtlich. In der Urfassung ist das Textbuch ein Gemisch aus russischen und tschechisch-mährischen Sprachteilen, erst nach Janáčeks Tod wurde das Libretto in ein einheitliches Tschechisch übertragen. Die deutsche Übertragung besorgte der tschechische Dichter Max Brod.

Geschichtliches
Janáček arbeitete vom Februar 1927 bis zum Juni 1928 an seinem ›Totenhaus‹ – die Instrumentation konnte er nicht mehr vollenden; seine Schüler, der Komponist Osvald Chlubna und der Dirigent Břetislav Bakala, vervollständigten die Oper nach Janáčeks Hinweisen – dem Schluß gaben sie auf Wunsch des Regisseurs Otakar Zítek durch hinzugefügte Takte eine befreiendere Wirkung. Die Uraufführung am 12. April 1930 in Brünn dirigierte Bakala, die deutsche Erstaufführung am 14. Dezember 1930 (in der die Partie des Alej einem Tenor übertragen wurde) fand in Mannheim statt, 1931 dirigierte Otto Klemperer das Stück an der Kroll-Oper in Berlin. Nach dem Zweiten Weltkrieg kam das Werk zuerst wieder in Wiesbaden auf die Bühne; inzwischen gehört es zum festen Repertoire der Werke des Musik-

theaters des 20. Jahrhunderts. 1964 wurde in Prag erstmals der originale Schluß realisiert, 1974 stellte Václav Nosek in Brünn endgültig die auch heute gebräuchliche Urfassung der Partitur wieder her. Mehrere Gesamtaufnahmen und Aufführungen an allen großen europäischen Bühnen zeugen von der Lebenskraft dieses ungemein eindrucksvollen Werkes.

W. K.

Reinhard Keiser

12. Januar 1674 getauft in Teuchern bei Weißenfels, † 12. September 1739 in Hamburg

Masaniello furioso oder Die neapolitanische Fischer-Empörung

Musikalisches Schauspiel in drei Akten. Text von Barthold Feind.

Solisten: *Duca d'Arcos/Herzog von Arcos*, Vizekönig (Lyrischer Alt, auch Countertenor, ursprüngl. Altkastrat, m. P.) – *Don Velasco*, General und Vetter des Don Pedro (Lyrischer Tenor, gr. P.) – *Don Antonio*, spanischer Marquis (Seriöser Baß, gr. P.) – *Don Pedro*, spanischer Marquis (Lyrischer Tenor, gr. P.) – *Mariane*, Marquise (Lyrischer Koloratursopran, auch Lyrischer Sopran, gr. P.) – *Aloysia*, Gemahlin des Don Velasco (Lyrischer Sopran, gr. P.) – *Masaniello*, Fischer und Haupt der Empörer (Charakterbaß, gr. P.) – *Perrone*, Banditen-General (Charakterbariton, auch Charakterbaß, m. P.) – *Bassian*, Fruchtkrämer (Spieltenor, m. P.).
Chor: Fischerknechte – Banditen – neapolitanische Frauen und Männer – Gesindel – Gefolge des Masaniello – Volk von Neapel (kl. Chp.).
Statisten: Ein Bote – Gefolge des Perrone – Leute des Masaniello – Spanische Miliz – Hauptmann der königlichen Leibgarde – Sklaven – Arcos' Leibwächter – Gefangene – Galeerensklaven – Vier maskierte Personen.
Ballett: Satyrn (I. Akt).
Ort: Campanien, Neapel.
Schauplätze: Eine bei Pozzuoli gelegene Eremitage. Eine Gasse mit Gemüseläden. Ein mit Standbildern geschmücktes Amphitheater, das hinter dem Palast des Vizekönigs gelegen ist, im Vorhof des Palastes ein Brunnen. Ein Gemach im Palast des Don Velasco. – Der Hafen von Neapel, im Hintergrund der brennende Turm von Báias. Ein Park, der zum einen von dem brennenden Capuanischen Tor, zum anderen von einem brennenden Palast begrenzt wird. Ein Platz bei Terracina, unweit der vom Vinzenzturm überragten Zitadelle. Ein prächtiger Saal im Palast des Don Velasco. Eine Gegend bei Aversa mit Ruinen, die an wilde Klippen stoßen. Meeresufer mit Räubergaleere und dem brennenden Vesuv, an dessen Fuß eine Quelle entspringt. – Marktplatz mit der Kapelle des Conradin, zur Linken ein Schafott; später wird außerdem das Kastell von St. Elmo sichtbar. Meeresufer (s. o.). Im neapolitanischen Rathaus. Eine dem Palast des Don Velasco zugehörige Gartenanlage mit Statuen, Grotten und Orangerien. Ein Treppenaufgang, der zu einem großen Saal führt.
Zeit: Juli 1647.
Orchester: 3 Blockflöten, 2 Ob., 3 Fag. (auch B. c.), Str., B. c. (Vcl., Kb., Cemb.).
Gliederung: Sinfonia (mit anschließendem Menuett) und durch Secco-Rezitative miteinander verbundene musikalische Nummern.
Spieldauer: Etwa 3½ Stunden.

Handlung

Der Herzog von Arcos, Vizekönig von Neapel, hat sich, übersättigt von den alltäglichen Annehmlichkeiten höfischen Wohllebens, in Begleitung der Hofdamen Mariane und Aloysia und der Höflinge Don Velasco, Don Antonio und Don Pedro in eine bei Pozzuoli gelegene Eremitage zurückgezogen, um sich dort den Luxus zeitweiliger Askese zu gönnen. Die aristokratischen Aussteiger sind gerade im Begriff, ihr Einsiedler-Abenteuer zu beenden, als bei Sonnenaufgang eine Detonation zu hören ist. Der Fruchtkrämer

Bassian eilt mit der Nachricht herbei, daß in Neapel eine Rebellion ausgebrochen sei. Hastig bricht die Hofgesellschaft in Sorge um ihre Habe zur Rückkehr auf. Bevor Bassian sich seinerseits nach Neapel begibt und dabei von einer Schar von Satyrn genasführt wird, macht er sich über die neueste politische Entwicklung Gedanken. Ihm ist klar, daß die Aristokraten mit der jüngst verfügten Erhebung von Fruchtzöllen den Bogen überspannt und das Volk gegen sich aufgebracht haben. In einer Gasse mit Gemüseläden begegnen sich der Banditen-General Perrone und der Fischer Masaniello und verabreden ein Bündnis gegen die Obrigkeit. Der Schlachtruf der Rebellen und ihrer Gefolgschaft lautet: »Der König lebe! Und die Regenten sterben!« Als Bassian mit einem Fruchtkorb in der Hand des Weges kommt und sein verzolltes Gemüse und Obst anpreist, statuiert Masaniello an ihm ein Exempel. Er wirft Bassians Waren auf die Straße und mißhandelt ihn. Verunsichert vom Volksaufstand, gestehen Antonio und Mariane im Vorhof des vizeköniglichen Palastes einander ihre Liebe. Danach versuchen Aloysia und Velasco, den Grund für die Melancholie herauszubekommen, die Velascos Vetter Pedro bedrückt. Doch der verschweigt die Ursache seines Leidens, die dem Ehepaar eigentlich längst aufgefallen sein müßte, nämlich seine unausgesprochene Liebe zu Aloysia. Nachdem Velasco vom Vizekönig die schriftliche Aufforderung erhalten hat, sich den Rebellen entgegenzustellen, bittet er Pedro, sich um Aloysia zu kümmern. Auch unter vier Augen gelingt es ihr nicht, den Freund dazu zu bringen, sich seinen Kummer von der Seele zu reden. Vielmehr beschließt Pedro, sich künftig von Aloysia fernzuhalten. Antonio und der Vizekönig kommen hinzu, um mit Pedro über die Revolte zu beraten. Noch hält der Herzog von Arcos die Situation für nicht bedrohlich, so daß er sogar noch Zeit findet, die heimlich von ihm geliebte Mariane durch zweideutige Galanterien in Verlegenheit zu bringen. Erst als Velasco zurückkommt und wegen der Übermacht der Aufständischen auf Verstärkung der ihm unterstellten Truppen dringt, entschließt sich der Herzog zu weiterreichenden Maßnahmen: Während er sich zusammen mit Mariane in Sicherheit bringen wolle, solle Velasco gemeinsam mit Antonio den als Waffenlager dienenden Vinzenzturm schützen. Velasco und Antonio ist es überlassen, sich mit Masaniello und Perrone, die mit ihren Anhängern in den Palasthof eingedrungen sind, auseinanderzusetzen und deren Forderungen, die die Rücknahme der Zölle und die Bestätigung der von Kaiser Karl V. verbrieften Freiheitsrechte beinhalten, entgegenzunehmen. Im Anschluß daran treffen Mariane und Antonio aufeinander. Weil Mariane dem Vizekönig in den Palast gefolgt ist, ist Antonio auf die Geliebte eifersüchtig. Sie wiederum ärgert sich über Antonios grundloses Mißtrauen, hat sie doch im Palast einen Heiratsantrag des Vizekönigs mit dem Hinweis auf ihre Liebe zu Antonio zurückgewiesen. Pedro hat Aloysia und Velasco in ihrem Palast aufgesucht und nimmt nun von dem Paar Abschied, das weiterhin den Eindruck erweckt, als könne es sich das Verhalten des Freundes nicht erklären.

In Gedanken über seine Leidenschaft für Mariane schlendert Antonio im Hafen von Neapel umher, wo ihm Bassian begegnet. Der Gemüsehändler hat schnell erkannt, daß den hohen Herrn »der Liebeswurm im Magen sticht«, weshalb er sich über ihn lustig macht. Als Antonio aber von den Leuten des Perrone gefangengenommen wird, sucht Bassian flugs das Weite. Wie aus einem Gespräch zwischen Perrone und Masaniello hervorgeht, ist Don Antonio bei weitem nicht der einzige in die Hände der Aufständischen gefallene Adlige, für die Masaniello schlimmste Bestrafungen vorgesehen hat. Mariane geht voller Sorge über den Verbleib des Antonio in einem Park auf und ab. Der Vizekönig erkennt an Marianes Angst um den Geliebten die Chancenlosigkeit seiner Werbung. Da eilen Aloysia und Velasco mit der Nachricht von Antonios Verschleppung herbei, woraufhin der Herzog die Empörer mit »Strang und Schwert« bestraft sehen will und sich zum Erzbischof begibt. Wie unter Schock zieht sich auch Mariane zurück, so daß sich für Aloysia und ihren Mann die Gelegenheit zu einer Aussprache ergibt. Hierbei wird deutlich, daß für Velasco das Verhältnis seiner Gemahlin zu Don Pedro Anlaß zu Zweifeln gibt. Gleichwohl bekräftigt das Paar seine Zusammengehörigkeit durch ein Treueversprechen. Und als Aloysia allein ist, gesteht sie sich zwar ihre Zuneigung zum Vetter ihres Mannes ein, gleichwohl will sie dieser Leidenschaft nicht nachgeben und künftig die Nähe Pedros meiden. Im Kampf um das im Vinzenzturm befindliche Waffenlager gewinnen Masaniellos Leute die Oberhand. Die spanischen Milizionäre ziehen ab. Ein Hauptmann der vizeköniglichen Leibgarde übergibt der sich in der Nähe der Zitadelle aufhaltenden Mariane ein Schreiben des Herzogs, in dem Arcos ihr den Herzogstitel verleiht, einen reichen Schatz überläßt und sie außerdem als Erbin einsetzt. Sie will das Vermögen dazu nutzen, Don Antonio freizukaufen. Velasco wiederum betreibt die Rückkehr des Don Pedro, indem er seine widerstrebende Gattin zwingt, diesen durch ein leidenschaftlich gehaltenes Schreiben wieder zurückzuholen. Pedro hat indessen die wilde Umgebung von Aversa aufgesucht und verzehrt sich dort in Sehnsucht nach Aloysia, während der von Perrone zu Sklavendiensten gezwungene Antonio zur Versorgung einer vor Anker liegenden Räubergaleere aus einer am Fuße des Vesuvs entspringenden Quelle Wasser schöpft. So findet Mariane, die bei einem Schiffbruch das ihr vom Herzog übereignete Vermögen eingebüßt hat, den sein Schicksal beklagenden Antonio vor. Um den Geliebten frei zu bekommen, verhandelt sie mit Perrone und bietet sich als Ersatzgeisel an. Perrone geht, einen hohen Geldbetrag fordernd, auf Marianes Angebot ein und läßt Antonio frei, der das Lösegeld herbeischaffen soll. Danach nimmt das Paar voneinander Abschied.

Der Vizekönig befindet sich zusammen mit Aloysia, Velasco und Bassian auf dem Marktplatz. Arcos reagiert verstimmt, als er von Aloysia und Velasco erfährt, daß Mariane sich samt dem ihr zugeeigneten Schatz »aufs schleunigste davongemacht« habe, indessen Bassian Anlaß sieht, sich über die angebliche Geschwätzigkeit des weiblichen Geschlechts zu mokieren. Da tritt Masaniello dem Vizekönig in den Weg. Ohne sich auf Verhandlungen einzulassen, besteht er auf vollständiger Erfüllung seiner Forderungen. Die Hofgesellschaft flüchtet, während der Herzog mit Geld um sich wirft, im Schutz der vizeköniglichen Leibwache in das Kastell St. Elmo. Damit ist Masaniello auf dem Höhepunkt seiner Macht. Unterstützt von Perrone, erhebt er sich zum Richter, der sich mit drakonischen Urteilen Respekt verschafft. Velasco bestellt ihn im Auftrag des Vizekönigs zu neuerlichen Verhandlungen ins Rathaus. Inzwischen hat Pedro Aloysias Brief erhalten. Doch nicht nur er kehrt zu Velasco und seiner Gemahlin wieder zurück, sondern auch Antonio. Der schweigt sich allerdings über die Umstände seiner plötzliche Errettung aus, weil er neuerdings für Aloysia schwärmt. Seiner Befreierin Mariane wird unterdessen die Zeit als wasserschöpfende Galeerensklavin lang. Gleichwohl kann sie sich nicht darüber freuen, als Perrone sie endlich freiläßt, denn das Lösegeld wurde nicht von Antonio, sondern vom Vizekönig aufgebracht. Im Rathaus wird um ein Friedensabkommen zwischen der Obrigkeit und den Rebellen gefeilscht. Zähneknirschend müssen die Aristokraten die Aufhebung des Mehl- und Fruchtzolls, die Bestätigung der von Karl V. gewährten Freiheitsrechte und darüber hinaus eine Generalamnestie akzeptieren. Zum Zeichen der Einigung hängt Arcos dem Masaniello eine goldene Kette mit dem Porträt des spanischen Königs um den Hals. Unter dem Beifall seiner Anhänger küßt Masaniello daraufhin den Saum des herzoglichen Mantels. Im Garten von Don Velascos Palast glaubt Aloysia ihren Ohren nicht zu trauen, als Antonio ihr einen Antrag macht. Dabei wird er von Mariane überrascht, die sich über Antonios Verhalten nicht weniger entrüstet zeigt als ihre Rivalin wider Willen. Aloysia hat der Vorfall dermaßen zugesetzt, daß sie ermattet in den Schlaf sinkt, woraufhin sich Don Pedro der Schlummernden nähert und sie küßt. Anscheinend immer noch schlafend, macht Aloysia Pedro Glauben, sie fühle sich von ihrem Gatten liebkost, und erwidert die Zärtlichkeiten ihres Galans. In dieser pikanten Situation werden die beiden von Velasco angetroffen, der wutentbrannt seine Gemahlin zu erstechen versucht. Pedro gelingt es, dem Rasenden den Degen zu entwenden. Danach macht er sich davon und überläßt Aloysia den Vorwürfen ihres Mannes. Mag sie auch ihre Schuldlosigkeit beteuern, der Augenschein spricht gegen sie, weshalb Velasco seine Frau verstößt. Mittlerweile hat Perrone bemerkt, daß sich in Neapel der Wind wieder zugunsten des Vizekönigs gedreht hat. Mit der Rückerstattung des für Mariane gezahlten Lösegelds und dem Versprechen, die Rädelsführer des Aufstands der Obrigkeit auszuliefern, schmeichelt er sich bei Arcos ein. Ebenso bittet Mariane den Herzog um Verzeihung und erklärt sich nun sogar zur Ehe bereit. Zwar erlangt sie erneut seine Huld, in Kenntnis von Marianes wahrer Herzensneigung nimmt Arcos aber von einer Heirat Abstand. Hingegen bleibt Mariane gegenüber dem reumütigen Antonio unerbittlich. Erst als er sich aus Verzweiflung mit einem Dolch verwundet, erbarmt sie sich des ohnmächtig in ihre Arme sinkenden Geliebten. Masaniello hat indessen die Verzweiflung darüber erfaßt, daß er sich um seine revolutionären Hoffnungen betrogen sieht, und er schwelgt in Gewaltphantasien. Da nähern sich ihm, hergeführt von Perrone, vier maskierte Personen, die ihn erschießen. Am Treppenaufgang zu einem großen Saal knien Aloysia und

Don Pedro vor Don Velasco. Doch der läßt sich nicht milde stimmen, vielmehr zwingt er seine Frau zu einem schriftlichen Schuldbekenntnis, damit er sich von ihr scheiden lassen kann. Friedensstiftend kommt der Vizekönig hinzu. Indem er Aloysia einen versehentlichen Seitensprung bescheinigt, versöhnt er die Eheleute wieder miteinander. Ebenso vereint er Mariane, die er auch fürderhin als seine Erbin betrachtet, mit Antonio. Und während Bassian die Bizarrerien der aristokratischen Liebeswirren bespöttelt, beschließt Pedro, hinfort ein asketisches Leben zu führen. Alle aber sind erleichtert, daß in Neapel wieder der Friede eingekehrt ist.

Stilistische Stellung
Blickt man zum einen zurück auf das französische Musiktheater des 17. Jahrhunderts und die aufgrund ihres hohen Grades an Durchorganisation wie barocke Gesamtkunstwerke anmutenden Opern Jean-Baptiste Lullys, schaut man zum anderen voraus auf die durch den schematischen Wechsel von Secco-Rezitativ und Abgangs-Arie geprägte italienische Opera seria der Metastasio-Epoche, so tritt die Eigenwilligkeit von Reinhard Keisers 1706 in Hamburg uraufgeführtem ›Masaniello‹ deutlich zu Tage: Weder gibt es hier eine der französischen Oper vergleichbare Stringenz des dramatischen Verlaufs noch die im italienischen Genre zu beobachtende formale Klarheit der Szenengliederung. So kreuzen sich in Keisers musikalischem Schauspiel zwei nur lose miteinander verbundene Handlungsstränge: Volksaufstand und doppelte Liebesintrige, wobei die Revolte als Auslöser für die erotischen Verwirrungen der Aristokraten fungiert, die – verunsichert durch die politische Krise – ihre Beziehungen untereinander auf den Prüfstand stellen. Außerdem dienen Liebesgeschehen und politische Handlung (so Silke Leopold) dazu, »den Edelmut und damit die Legitimation des Vizekönigs herauszustellen und auf diese Weise eine Parabel von der Ordnung der Welt zu entwerfen«, wodurch Masaniellos Gegenspieler, der in Liebesdingen von seinen eigenen Interessen absehende und in der Sphäre des Politischen letztlich auf Ausgleich bedachte Herzog von Arcos, ungeachtet der Kürze seiner Rolle, zur eigentlichen Hauptfigur wird. Hierbei werden die Herzensangelegenheiten der Adeligen keinesfalls in eine (psycho-)logisch nachvollziehbare Handlungsfolge gebracht, vielmehr reihen sich die amourösen Eskapaden der vizeköniglichen Entourage gemäß einer auf unterhaltsame Abwechslung zielenden Wirkungsabsicht, der auch die Einfügung der komischen Episodenfigur des Bassian zu danken ist, in überraschenden, gar abenteuerlichen Wendungen aneinander. Nicht nur hinsichtlich des Gesamtablaufs, sondern auch bezüglich der Binnenstruktur der einzelnen Szenen erweist sich, daß die recht weitgehende Abwesenheit formaler Reglementierung für Keisers ›Masaniello‹ charakteristisch ist. So ist die später bei Metastasio zur Norm werdende Abgangs-Arie mit obligatem Da capo des Anfangsteiles hier nur eine unter mehreren musikdramatischen Gestaltungsmöglichkeiten, denn Keiser scheint aus der Situation heraus zu entscheiden, ob er zu Beginn, in der Mitte oder zum Schluß einer Szene eine, manchmal auch mehrere Arien plaziert, ob er Da-capo- oder einteilige Formen, sogar einfache Strophenlieder (Bassians Couplets) für angemessen hält. Solche Flexibilität wirft wiederum ein bezeichnendes Licht auf den Antagonismus von handlungsbestimmendem Secco-Rezitativ und zur Affektdarstellung dienendem Ariengesang: Nur weil die meisten von Keisers Arien außerordentlich knapp dimensioniert sind, wird der Einschub von Sologesängen nicht als störende Unterbrechung der Handlung empfunden. Die ungewöhnliche Kleingliedrigkeit der Partitur, die unter Einrechnung der Rezitative aus nicht weniger als 132 Nummern besteht, ist deshalb das auffälligste Merkmal des Werkes. Und zeichnen sich in Keisers Oper die Secco-Rezitative durch Sorgfalt in der Deklamation und durch dramatische Prägnanz aus (auch mit seinen übrigen Werken setzte der Komponist bezüglich des deutschen Rezitativs Maßstäbe), so kommt Keisers Originalität nicht zuletzt in der Instrumentierung der Arien zur Geltung. Ungeachtet der Begrenztheit der orchestralen Mittel »finden sich über zwanzig verschiedene Instrumentenkombinationen, mit denen Keiser zu einer feinen Wiedergabe der jeweiligen Affekte in den Arientexten gelangt« (Hans-Joachim Theill). Beispielsweise eröffnet Keiser die Oper mit der zum Septett sich auffächernden Eingangsarie »Seliger Stand!«, in der das über dem Generalbaß jubilierende Flöten-Trio den Topos des Naturidylls klanglich herbeizitiert. Bald darauf kommt es in Aloysias Arie »Philomele, kräusle die Züge« sogar zu einem konzertierenden Wettstreit zwischen der die Nachtigall symbolisierenden Soloflöte und der Sängerin. Instrumentale Virtuosität ist gleichfalls von der Solo-Geige in Aloysias Arie »Care

luci« gegen Schluß des I. Akts gefordert, während Pedros anschließende Arie »Die Tugend, Vernunft und die Liebe« mit einem Fagott-Trio eine neue Klangfarbe ins Spiel bringt. Im II. Akt wiederum wird in der Arie »Ti perdei, mio bel sole« Marianes Verlassenheit ganz lapidar darin ohrenfällig, daß der Generalbaß fehlt. Ohnehin gehören Marianes Zankduette mit Antonio »Senti, mio caro« gegen Schluß des I. Aktes und »Fellone spietato« im III. Akt zu den modernsten Passagen des Werkes. Doch nicht nur in der sorgsamen Beachtung des Details zeigt sich Keisers kompositorisches Vermögen, sondern auch in der Fähigkeit, werkübergreifende Zusammenhänge herzustellen. Der aphoristische, mehrfach erklingende Schlachtruf des Chores »Der König leb, und die Regenten sterben!« oder Bassians Marktruf »O che robba regolata!« sind dafür ebenso Beispiele, wie die Häufigkeit des Sarabandenrhythmus in den Liebesgesängen der Adligen. Indem Keiser sowohl dem in Gefangenschaft geratenen Antonio gegen Schluß des II. Akts, als auch der in Sklaverei ausharrenden Mariane während des III. Akts Accompagnato-Rezitative komponiert (zum einen Antonios »Verhängnis sonder Recht!«, zum andern Marianes »Wie zögerst du solange«), setzt er beide Szenen zueinander in Beziehung. Vor allem aber ist die Figur des als größenwahnsinniger Wüterich endenden Empörers Masaniello markant gestaltet. Seine Arien stehen entweder in D-Dur oder einer verwandten Tonart, auch ist in ihnen ein Hang zu kriegerischer oder fanfarenhafter Melodik auffällig. Nicht nur setzt sich Masaniello, obwohl er nur der Anführer einer aufständischen Unterschicht ist, mit diesem heroischen Ton über die Ständeklausel hinweg, in der musikalischen Unverwechselbarkeit der Gestalt wird überdies deutlich, daß Keiser auf zukunftsträchtige Art und Weise den Masaniello nicht als eine von ihren Affekten hin- und hergerissene Figur, sondern als »einen in sich schlüssigen, einheitlichen Charakter« (Silke Leopold) auf die Bühne gestellt hat.

Textdichtung

Die neapolitanische Revolte vom Juli 1647 war ein europaweit beachtetes Ereignis, und ihr Anführer, der 27jährige Fischer Tommaso Aniello, ist als Masaniello »bis heute im kollektiven Gedächtnis Italiens lebendig« (Silke Leopold). 1663 berichtete Johann Georg Schleder in seinem ›Theatrum Europaeum‹ unter Berücksichtigung italienischer Informationsquellen über den Aufstand. Schleders Chronik diente Keisers Librettisten, dem Advokaten und Schriftsteller Barthold Feind (1678–1721), als Vorlage, aus der er auch die Namen einiger der handelnden Personen bezog. Im »Vorbericht« des Librettos begründet der Autor seine Entscheidung für ein zeitgeschichtliches Sujet mit dem – im damaligen Hamburger Opernrepertoire übrigens öfters zu beobachtenden – Bestreben, »nicht allemahl Materie aus dem Alterthum zu holen.« Auch läßt Feind im Vorwort durchblicken, daß die »zweifach verworrene Liebes-Intrigue« ein Produkt dichterischer Freiheit ist. Der Stilbruch der zum Teil auf italienisch abgefaßten Arien mag als Modeerscheinung des frühen 18. Jahrhunderts heutzutage nicht weniger verwundern als die kurios anmutende Barock-Metaphorik mancher Texte, beispielsweise Marianes Arie aus dem II. Akt »Mein Magnet ist mir entzogen«, in der sie ihrer Verlassenheit Ausdruck verleiht. Indessen war Feind durchaus um Personencharakteristik bemüht, wie an Masaniellos Vorliebe für gleichsam polternd-ungestüme, daktylische Arien-Verse zu ersehen ist.

Geschichtliches

Reinhard Keiser war der Komponist, der die von 1678 bis 1738 bestehende Hamburger Oper am Gänsemarkt am stärksten prägte. Von seinen zirka 70 Opern – rund zwanzig sind erhalten, jedoch nur fünf bislang im Druck erschienen – wurden nicht weniger als 53 in Hamburg aus der Taufe gehoben. Den Erfolg des im Juni 1706 uraufgeführten ›Masaniello‹ bezeugen Wiederaufnahmen in den Jahren 1709 und 1714. Für die ›Masaniello‹-Produktion des Jahres 1727, in der die Titelpartie mit einem Sopran besetzt wurde, paßte Georg Philipp Telemann mehrere Arien des Arcos und des Masaniello den Stimmlagen der ihm zur Verfügung stehenden Interpreten an. Neun Arien ersetzte er durch eigene Kompositionen, eine weitere fügte Telemann hinzu. Während Aubers 1828 uraufgeführte, ebenfalls auf den neapolitanischen Volksaufstand rekurrierende ›Stumme von Portici‹ Musik- und Revolutionsgeschichte machte (die Brüsseler Erstaufführung löste in Belgien die 1830er-Revolution aus), ließ die Wiederentdeckung der barocken ›Masaniello‹-Oper bis 1967 auf sich warten. Bei der damals von J. Rudolph und H. Richter in Leipzig vorgelegten und an der Berliner Staatsoper herausgekommenen Bühnenfassung handelte es sich allerdings um eine weitreichende Bearbeitung des Originals. Nach ›Masaniello‹-Aufführungen in Basel (1973) und Heidelberg (1985) wurde Keisers Oper vor allem durch eine 1989 in Bremen produzierte, allerdings durch rabiate Striche enttäuschende CD-Aufnahme unter der musikalischen Leitung von Thomas Albert und mit Michael Schopper in der Titelpartie bekannt. Mit den Mitteln des modernen Regietheaters wurde in Tilman Knabes Stuttgarter Inszenierung (Februar 2001) die Vitalität des Stückes unter Beweis gestellt. In der von Alessandro de Marchi geleiteten Produktion mit Hernan Iturralde als Masaniello wurde die Alt-Partie des Duca d'Arcos mit dem Bassisten Peter Kajlinger besetzt.

R. M.

Erich Wolfgang Korngold

* 29. Mai 1897 in Brünn, † 29. November 1957 in Hollywood

Die tote Stadt

Oper in drei Bildern. Frei nach Georges Rodenbachs ›Bruges la morte‹ von Paul Schott.

Solisten: *Paul* (Heldentenor, gr. P.) – *Marietta*, Tänzerin/*Die Erscheinung Mariens,* Pauls verstorbener Gattin (Dramatischer Sopran, gr. P.) – *Frank,* Pauls Freund (Kavalierbariton, auch Lyrischer Bariton, m. P.) – *Brigitta,* Haushälterin bei Paul (Alt, auch Mezzosopran, m. P.) – *Juliette,* Tänzerin (Sopran, kl. P.) – *Lucienne,* Tänzerin (Sopran, auch Mezzosopran, kl. P.) – *Gaston,* Tänzer (Pantomime, kl. P.) – *Victorin,* der Regisseur in Mariettas Truppe (Lyrischer Tenor, m. P.) – *Fritz,* der Pierrot (Lyrischer Bariton, auch Kavalierbariton, m. P.; laut Hinweis des Komponisten kann diese Partie auch vom Sänger des Frank mit übernommen werden) – *Graf Albert* (Spieltenor, kl. P.).
Chor: Die Erscheinung der Prozession – Mönche – Kinder (gemischter Chor, kl. P.; Kinderchor, kl. P.).
Statisterie: Beghinen. Tänzer und Tänzerinnen.
Ort: Brügge.
Schauplätze: Ein Zimmer in Pauls Wohnung in Brügge – Ein öder Kai in Brügge, im Hintergrund ein Kloster und das Haus Mariettas.
Zeit: Ende des 19. Jahrhunderts.
Orchester: 3 Fl. (II. und III. auch Picc.), 2 Ob., Eh., 2 Kl., Bkl., 2 Fag., Kfag., 4 Hr., 3 Trp., Btrp., 3 Pos., Tuba, Mandoline, 2 Hrf., Cel., Klav., Harm., Schl., Str. – Bühnenmusik: Org., 2 Trp., 2 Kl., Schl., Gl., Windmaschine, 3 Trp., 2 Pos.
Gliederung: Durchkomponierte Großform.
Spieldauer: Etwa 2¾ Stunden.

Handlung
Paul hat sich nach dem Tode seiner jungen Frau Marie ganz vom Leben zurückgezogen. In der »toten Stadt« Brügge betreibt er, nur betreut von der Haushälterin Brigitta, einen sonderbaren Totenkult. Ein Zimmer des Hauses ist ganz dem Gedenken der Verstorbenen gewidmet. Hier hängt ein großes Bild, das sie zeigt, hier bewahrt er unter einem Glassturz eine Flechte ihres goldenen Haares, hier stehen mit Blumen geschmückte Photographien, hier hängt Mariens Laute. Pauls Freund Frank hat ihn in seinem Refugium aufgespürt; Brigitta berichtet ihm, der Herr sei auf einmal ganz verändert, und als Paul den Freund begrüßt hat, berichtet er ihm von einer wunderbaren Erscheinung: bei einem seiner einsamen Spaziergänge an den Kanälen Brügges sei er einer Frau begegnet, die in allem das vollkommene Ebenbild der Verstorbenen sei – er habe sie angesprochen, und sie habe versprochen, zu kommen. Frank warnt ihn, er solle nicht das Leben zur Puppe der Toten machen, aber Paul ist ganz fasziniert vom Traum der Wiederkehr. Frank verabschiedet sich, und Paul erwartet sehnsüchtig das Ebenbild. Marietta kommt, ist etwas erstaunt über die seltsame Dekoration des Zimmers. Paul, Traum und Wirklichkeit immer mehr verwirrend, will sie ganz der Verstorbenen gleich sehen: Er gibt ihr einen Schal und die Laute Mariens. Marietta, seltsam angerührt, und gleichzeitig den Kampf mit dem Bild der Toten aufnehmend, singt ein sehnsüchtiges Lautenlied,

in das Paul einstimmt. Doch die sentimentale Stimmung wird gestört durch heitere Klänge, die von draußen hereindringen – Mariettas Kollegen ziehen, ein freches Chanson singend, vorbei. Marietta erzählt Paul, daß sie Tänzerin in der Truppe sei, die gerade in Brügge in Meyerbeers ›Robert der Teufel‹ gastiere, und verführerisch fängt sie an zu tanzen und enthüllt dabei versehentlich das Bild Mariens. Paul verdeckt es bestürzt, und Marietta spürt, daß ein anderer Zauber jetzt stärker wirkt als ihr eigener, und verläßt ihn, nicht ohne die Chance eines Wiedersehens anzudeuten. Paul ist überwältigt vom Traum der Wiederkehr und sinkt in seinen Sessel zurück – in einer Vision tritt aus dem Rahmen das Bild der Verstorbenen, die ihn zur Treue mahnt.

Einige Wochen später: Paul verzehrt sich nach Marietta, die seine Geliebte geworden ist. Da er sie im Theater nicht gefunden hat, steht er wartend vor ihrem Hause. Eine Schar Beghinen zieht vorbei zum Gottesdienst, eine von ihnen ist Brigitta, die seinen Dienst verlassen hat, als er sich mit Marietta einließ – sie verspricht, für ihn zu beten. Da nähert sich eine männliche Gestalt dem Hause: Es ist Frank, auch er den Reizen Mariettas erlegen, doch glücklicher als Paul, denn er hat den Schlüssel zu Mariettas Haus. Nach heftigem Wortwechsel gelingt es Paul, dem Freunde den Schlüssel zu entreißen. Tief enttäuscht und verwundet verläßt Frank den Platz. Auf einem Boote nähert sich singend und lachend die Tänzergesellschaft, man will nach Marietta sehen, die heute auf der Probe gefehlt hat, und bringt ihr eine karikierende Serenade. Von hinten nähert sich Marietta, Arm in Arm mit Gaston. Man beschließt, am Kai zu tafeln, holt Sekt und Gläser aus dem Boot, und Marietta bittet Fritz, den ebenfalls unglücklich in sie verliebten Pierrot der Truppe, um ein Lied. Dann will Marietta tanzen, und man beschließt, die ausgefallene Probe vom Vormittag jetzt zu veranstalten – die Totenerweckung von Helene aus Meyerbeers ›Robert der Teufel‹. Der Gottesdienst ist zu Ende, die Glocken ertönen majestätisch, die Beghinen kommen aus der Kirche zurück, und für einen Augenblick scheint die tote Stadt durch das Spiel der Tänzertruppe zu orgiastischem Leben erweckt. Doch Paul, der hinter einem Baum verborgen das Treiben beobachtet hat, hält es nicht mehr aus – er stürzt auf Marietta zu und schreit ihr in plötzlicher Erkenntnis ins Gesicht, er habe in ihr nur die Tote geliebt, sie selbst aber verachte er. Marietta schickt die anderen weg, sie will nun erst recht den Kampf mit der Toten aufnehmen und läßt alle ihre Verführungskünste spielen. Paul wird schwach, und die neue Liebesnacht will sie mit Paul im Haus der Toten feiern, um das Gespenst für immer zu verscheuchen.

Am Morgen nach der Liebesnacht findet Paul Marietta triumphierend vor dem Bild der Toten. Draußen zieht eine Prozession vorbei – Marietta will zum Fenster treten, um das Schaugepränge zu beobachten, doch Paul, der immer noch die Leute fürchtet, verwehrt es ihr. Marietta, schmollend, wirft sich in einen Sessel und trällert das Lied des Pierrot und das freche Chanson Gastons, während Paul immer faszinierter die Prozession mit Kindern, Mönchen, historisch gekleideten Brügger Patriziern und schließlich dem Bischof mit einer Monstranz beschreibt. Ihm scheint fast, als schreite der Zug durchs Zimmer. Marietta, zugleich amüsiert und ergriffen von Pauls frommer Verzückung, will ihn wieder an sich ziehen, doch angstvoll weist er sie zurück. Sie wirft ihm Heuchelei vor, wenn er sie erst liebe, dann aber die Reinheit der Verstorbenen preise. Herausfordernd posiert sie, ihre Schönheit vergleichend, vor dem Bild der Toten und nimmt die Haarflechte aus der Kristallschale und legt sie sich spielerisch um den Hals. Hohnlachend steigert sie sich in einen ekstatischen Tanz, während Paul in wilder Raserei ihr die Haarflechte zu entreißen versucht. Er wirft sie zu Boden und erdrosselt sie mit der Haarflechte: Jetzt gleicht sie ganz der Verstorbenen. – Verwirrt kommt Paul wieder zu sich: Er sitzt in seinem Sessel in Mariens Zimmer – das Bild ist verhängt, die Haarflechte unberührt – alles war nur ein böser Traum. Marietta kommt zurück – sie hat ihren Schirm und die Rosen vergessen. Kokett deutet sie dies als einen Wink zum Bleiben, doch Paul reagiert nicht. Da verläßt sie ihn achselzuckend. Als sie geht, begegnet ihr der zurückkehrende Frank und findet Paul von seinem Totenwahn geheilt – der Traum hat ihm die Augen geöffnet. Mit dem Freunde wird er die tote Stadt Brügge verlassen – auf Erden wird es mit den Verstorbenen kein Wiedersehen geben.

Stilistische Stellung

Korngolds erstes abendfüllendes Opernwerk war zugleich auch sein größter Erfolg. Nicht nur die geschickt und dramaturgisch wirkungssicher Traum und Wirklichkeit, Tod und pralles Leben, erotische Verstrickung und Verfallenheit an die Vergangenheit mischende Handlung, sondern mehr noch Korngolds höchst raffinierte Partitur sicherten die Bühnenpräsenz des Werkes. Korngold, der früh von Gustav Mahler gefördert wurde und bei Alexander von Zemlinsky Unterricht erhielt, bediente sich in diesem Werk der Klangfarben und Orchesterräusche eines Richard Strauss und Giacomo Puccini, verknüpft die Handlung auf mehreren Ebenen mit von Richard Wagner abgeleiteter Leitmotivik, entbehrt aber bei allem Eklektizismus und bei aller effektsicheren, auch Sentimentalität nicht scheuenden Kompositionsart nicht eines eigenen Tones, in dem – sonst vielleicht nur noch Franz Schreker vergleichbar – die gebrochenen, diffusen Töne überwiegen. Zudem versteht Korngold, hervorragend für Stimmen zu schreiben – die Partien des Paul und der Marietta sind höchst anspruchsvolle, aber zugleich auch höchst dankbare Rollen.

Textdichtung
Der belgische Symbolist Georges Rodenbach (1855–1898) veröffentlichte 1892 seinen Roman ›Bruges la morte‹ (›Das tote Brügge‹), der schnell ein großer Erfolg wurde. Maurice Maeterlinck schätzte ihn hoch, und alsbald wurde das Werk dramatisiert (›Le mirage‹) und auch ins Deutsche übertragen. Das Raffinement der Szenen, das unentwirrbare Ineinander von Traum und Wirklichkeit faszinierte Korngold, dem Paul Schott das Libretto schrieb, das sich eng an Rodenbachs Roman anlehnt.

Geschichtliches
Dem Erfolg der ›Toten Stadt‹ war 1916 der Münchner Einakter-Abend mit ›Violanta‹ und dem ›Ring des Polykrates‹ voraufgegangen. Die neue, abendfüllende Oper des damals dreiundzwanzigjährigen Komponisten wurde am 4. Dezember 1920 gleichzeitig in Hamburg und Köln uraufgeführt, der überwältigende Erfolg führte dazu, daß sie schnell über alle europäischen Bühnen ging, schon 1921 in Wien und in New York herauskam, wo Maria Jeritza eine gefeierte Marietta war. Korngolds Vertreibung durch die Nationalsozialisten und das Verbot seiner Werke ließ die ›Tote Stadt‹ in Vergessenheit geraten: Erst lange nach dem Zweiten Weltkrieg kehrte sie – vereinzelt – auf die Bühnen zurück – so 1955 in München, 1967 in Wien und 1975 in New York sowie 1983 in Berlin. Auch eine Schallplatten-Gesamtaufnahme zeugt von ihrer neuen Aktualität. Wenn ein Theater die beiden Hauptpartien gut besetzen kann, ist auch heute noch der ›Toten Stadt‹ der Erfolg sicher.

W. K.

Hans Krása
* 30. November 1899 in Prag, † 18. Oktober 1944 in Auschwitz

Brundibár
Oper für Kinder in zwei Akten. Text von Adolf Hoffmeister.

Solisten: Sprechrollen mit Gesang; außer der Titelpartie wurden in Theresienstadt alle Partien mit Kindern besetzt: *Pepíček – Aninka*, seine Schwester – *Brundibár*, Leierkastenmann – *Eismann – Bäcker – Milchmann – Polizist – Spatz – Katze – Azor*, der Hund.
Kinderchor: Schulkinder – Erwachsene.
Ort: Eine Stadtstraße mit Schule, Molkerei, Bäckerei, mit den Ständen des Eismanns und des Leiermanns Brundibár.
Zeit: Alltag.
Orchester: Prager Fassung: Fl., 2 Kl., Trp., Schl., Klav., 2 Viol., Vcl.; Theresienstädter Fassung: Fl. (auch Picc.) Kl., Trp., Git., gr. u. kl. Tr., Klav., 4 Viol., Vcl., Kb. – auf der Szene: Akkordeon.
Gliederung: 14 Musiknummern und gesprochene Dialoge.
Spieldauer: Etwa 30 Minuten.

Handlung
Auf Geheiß des Arztes sind Aninka und Pepíček auf den Markt gegangen, um für die erkrankte Mutter Milch zu holen. Dort herrscht ein buntes Treiben; der Eisverkäufer, der Bäcker und der

Milchmann bieten ihre Waren feil. Der Milchmann weigert sich, den Kindern Milch zu geben, weil sie nicht bezahlen können. In ihrer Ratlosigkeit beobachten die Geschwister, wie der Leierkastenmann Brundibár mit seinem Drehorgelspiel Geld verdient. Und so versuchen sie nun ihrerseits, auf musikalische Weise das benötigte Geld zusammenzubekommen: durch den Vortrag ihres Lieblingsliedes. Doch ihre Stimmen sind zu schwach und niemand hört ihnen zu; ja, die Erwachsenen – allen voran Aninkas und Pepíčeks Konkurrent Brundibár – werden sogar ärgerlich. Niedergeschlagen bleiben die beiden bei hereinbrechender Dämmerung auf dem Marktplatz allein zurück und überdenken ihre Niederlage: Wären sie nicht bloß zwei, sondern viele Kinder gewesen, vielleicht hätten sie gegen Brundibár eine Chance gehabt. Der Spatz, die Katze und der Hund pflichten ihnen bei und sagen den in den Schlaf sinkenden Kindern für den morgigen Tag ihre Unterstützung zu.

Am nächsten Morgen belebt sich wieder die Straße, die Schulkinder sind auf dem Weg zum Unterricht. Die Tiere brauchen die Schulkinder nicht lange um Hilfe zu bitten. Nach Schulschluß ist es dann soweit: Hund und Katze vertreiben heulend und miauend, beißend und kratzend den bösen Leiermann, während sich die Schulkinder unter Pepíčeks und Aninkas Leitung zum Chor formieren. Das Lied der Kinder gefällt den Passanten, und bald ist Pepíčeks Mütze voller Münzen. Brundibár aber gibt noch nicht auf. Er entreißt dem Jungen die Mütze, doch die Schulkinder halten den Dieb und verjagen ihn. Mit einer Hymne an die Freundschaft feiern die Kinder ihren Sieg.

Stilistische Stellung
1938/1939 als Beitrag für einen Kinderopern-Wettbewerb des tschechoslowakischen Ministeriums für Schulwesen und Volksbildung entstanden, komponierte Krása eine Musik, die vor allem eines sein sollte: kindgemäß. Deshalb war es dem Komponisten darum zu tun, die Kinder-Interpreten in den Solo- und Chor-Partien nicht zu überfordern. Und so blieben die Partien hinsichtlich ihres stimmlichen Umfangs und ihrer zeitlichen Ausdehnung begrenzt. Indem in beiden Fassungen lediglich ein instrumentales Kammerensemble mitwirkt, wird außerdem Krásas Absicht deutlich, die Kinderstimmen nicht zu überdecken. Entworfen als Oper von Kindern für Kinder, behielt Krása überdies sein junges Publikum und dessen Aufnahmefähigkeit im Auge. In der knappen Dimensionierung nicht nur des ganzen Stückes, sondern ebenso der darin enthaltenen musikalischen Nummern schlägt sich Krásas Anliegen nieder, die Aufmerksamkeit junger Opernbesucher nicht überzustrapazieren. Mit Erinnerungsmelodien schafft er darüber hinaus ein leicht erfaßbares Beziehungsnetz. Der hier liedhafte, dort schmissige Songstil der Gesangsstücke, manche der tschechischen Volksmusik abgelauschte melodische und rhythmische Wendung, eine mit überraschenden Rückungen und Ausweichungen aufwartende Harmonik mögen gerade junge, auf Abwechslung sinnende Ohren ansprechen – ebenso die trotz kleinen Instrumentariums kurzweilige, in der Musik zur Abend- und Morgendämmerung sogar nuancierte und lautmalerische Orchestrierung.

Textdichtung
Das Brundibár-Libretto hat der Maler, Karikaturist und Autor Adolf Hoffmeister (1902–1973) auf tschechisch verfaßt, wobei im tschechischen Sprachgebrauch mit einem Brundibár (zu deutsch: einer Hummel) ein miesepetriger, mürrischer Mensch gemeint ist. Weil Kinder als Zielgruppe angesprochen werden sollten, entwarf Hoffmeister einen leicht überschaubaren, einsträngigen Handlungsverlauf. Zwar sind in ihn mit den Tierfiguren märchenhafte Elemente miteinbezogen, letztendlich aber bleibt das Stück dem Alltag und damit der Vorstellungswelt von Kindern verhaftet. In der Einfachheit der Handlung wird aber auch deutlich, daß in ihr ein Exempel gegeben werden soll – nämlich ein Beispiel von Solidarität der Schwachen (der Kinder) gegenüber den Starken (den Erwachsenen). In diesem Sinne veranschaulicht ›Brundibár‹ die Maxime »Gemeinsam sind wir stark«, und damit wird die Kinderoper zum Lehrtheater.

Geschichtliches
Die Entstehungs- und die frühe Aufführungsgeschichte von Krásas Kinderoper ist in mehrfacher Hinsicht durch die Einwirkungen des Nationalsozialismus geprägt. Und was die Nazis Krásas ›Brundibár‹ zwischen Behinderung und zynischem Mißbrauch des Stückes alles angetan haben, hat sich in die Werksubstanz eingebrannt. So verhindern die zur Zerschlagung der ersten Tschechoslowakischen Republik führenden politischen Ereignisse von 1938/1939 eine Auswertung jenes Kinderopern-Wettbewerbs, für den das Stück ursprünglich geschrieben worden war.

Die Uraufführung des Brundibár anno 1941 in dem von Otto Freudenfeld geleiteten Prager jüdischen Waisenhaus konnte aufgrund der Deportationen nach Theresienstadt nur in einer sich auf drei Instrumentalisten beschränkenden, sich am Klavierauszug orientierenden Version stattfinden. Nachdem Krása im August 1942 in Theresienstadt interniert worden war, gelang es Freudenfeld im Jahr darauf, den Klavierauszug des ›Brundibár‹ dorthin zu schmuggeln. So war es Krása möglich, das Stück für die in Theresienstadt verfügbare instrumentale Besetzung einzurichten. Neben der Auslassung weniger Nummern, kleineren Umarbeitungen und der Neukomposition des Serenaden-Intermezzos zwischen I. und II. Akt ist dies der weitreichendste Unterschied zwischen Prager und Theresienstädter Fassung. Am 23. September 1943 hatte »Brundibár« im Saal der Magdeburger Kaserne in Theresienstadt Premiere. Fünfzig Mal wurde das Stück im Ghetto offiziell gespielt und unzählige Male in den Gängen der Wohnbaracken und in den Hofecken.

Als das Internationale Rote Kreuz am 23. Juni 1944 das Lager inspizierte, mußte eine Aufführung des ›Brundibár‹ im Sinne einer Potemkinschen Kulisse dafür herhalten, den Inspektoren den Eindruck eines »fast normalen Lebens« in der Ghetto-Stadt zu vermitteln. In dem einen Monat später von den Nazis in Auftrag gegebenen Propagandastreifen ›Der Führer schenkt den Juden eine Stadt‹ wird Krásas Kinderoper abermals dazu mißbraucht, die Weltöffentlichkeit über die wahren Zustände im Ghetto hinwegzutäuschen. Mit dem dort eingeblendeten Schlußlied aus ›Brundibár‹ hinterließen die Theresienstädter Kinder ihr Testament. Wenig später begannen die Transporte ins Mordlager Auschwitz, wo auch der Komponist am 18. Oktober 1944 in der Gaskammer ermordet wurde. Seit 1992, der ersten Verlagsveröffentlichung in Prag und Berlin, ist ›Brundibár‹ mehr als hundert Mal in vielen Ländern der Welt aufgeführt worden.

R. M.

Ernst Krenek

* 23. August 1900 in Wien, † 22. Dezember 1991 in Palm Springs

Jonny spielt auf

Oper in zwei Akten. Libretto vom Komponisten.

Solisten: *Der Komponist Max* (Jugendlicher Heldentenor, gr. P.) – *Die Sängerin Anita* (Jugendlich-dramatischer Sopran, gr. P.) – *Der Neger Jonny*, Jazzband-Geiger (Lyrischer Bariton, auch Charakterbariton, gr. P.) – *Der Violinvirtuose Daniello* (Kavalierbariton, gr. P.) – *Das Stubenmädchen Yvonne* (Lyrischer Sopran, auch Soubrette, gr. P.) – *Der Manager* (Spielbaß, auch Charakterbaß, m. P.) – *Der Hoteldirektor* (Tenor, kl. P.) – *Ein Bahnangestellter* (Tenor, auch Bariton, kl. P.) – *1. Polizist* (Tenor, kl. P.) – *2. Polizist* (Bariton, auch Baß, kl. P.) – *3. Polizist* (Baß, kl. P.).
Chor: Hotelgäste – Autogrammjäger – Passanten – Stimmen des Gletschers (m. Chp.).
Statisterie: Stubenmädchen – Groom – Nachtwächter – Polizeibeamte – Chauffeure – Ladenmädchen – Gepäckträger.
Ballett: ad libitum.

Ort: In einer mitteleuropäischen Großstadt, in Paris, an einem Gletscher in den Hochalpen.
Schauplätze: Der Gletscher – Anitas Wohnung in einer Großstadt – Ein Hotelflur – Eine Bahnhofshalle.
Zeit: Gegenwart (20er Jahre des 20. Jahrhunderts).
Orchester: 2 Fl. (auch Picc.), 2 Ob., 3 Kl., 2 Fag. – 2 Hr., 3 Trp., 3 Pos., Tuba – P., Schl., Klav. – Str. – Bühnenmusik: 2 Saxophone, Harm., Glasharmonika ad libitum.
Gliederung: Durchkomponierte Großform.
Spieldauer: Etwa 2½ Stunden.

Handlung

Auf einem Gletscher in der Nähe eines Berghotels. Der Komponist Max will den Gletscher ersteigen, den er liebt und als Symbol seines Lebens versteht. Die Sängerin Anita hat sich verlaufen und fürchtet sich; ihr macht der Gletscher Angst. Die beiden begegnen einander und verlieben sich. Gemeinsam kehren sie in die Stadt zurück, in der beide leben. Doch nach ein paar Tagen schöner Gemeinsamkeit muß Anita zu einem Gastspiel nach Paris, wo sie in einer Oper von Max auftritt. Die beiden nehmen Abschied voneinander, der dem schwerblütigen Max sehr ans Herz geht; der Manager von Anita treibt zur Eile. – In dem Hotel in Paris, wo Anita abgestiegen ist, logiert auch der feurige Violinvirtuose Daniello, der eine wunderschöne, kostbare Amati-Geige spielt. In der Hotelband spielt der schwarze Jazzgeiger Jonny aus Alabama, verliebt in das Stubenmädchen Yvonne, die auch ihn liebt; er ist ihr aber nicht ganz treu. Jonny will unbedingt die Geige Daniellos haben und treibt sich in der Nähe seines Zimmers herum. Dabei begegnet er Anita, die neben Daniello wohnt, und macht der schönen Sängerin recht eindeutige Angebote. Anita ist teilweise angewidert, teilweise fasziniert; Yvonne, die die Szene beobachtet, wird eifersüchtig. Doch da erscheint Daniello und »kauft« Jonny Anita für 1000 Francs ab. Er führt sie ins Restaurant des Hotels; Yvonne gibt Jonny den Laufpaß. Später führt Daniello Anita zu ihrem Zimmer, küßt sie und gesteht ihr seine Liebe. Anita nimmt ihn mit in ihr Zimmer; sie braucht Nähe und Wärme. Jonny hat die Szene beobachtet und nutzt die Gelegenheit, um aus dem Zimmer Daniellos die kostbare Geige zu stehlen. Da er sie aus Angst vor Entdeckung nicht bei sich verstecken will, verbirgt er sie in der Banjohülle, die vor Anitas Zimmer hängt. Dort werde sie schon niemand suchen, hofft er. Am nächsten Morgen hofft Daniello auf eine Fortsetzung des Abenteuers, doch Anita gesteht ihm, daß sie Max liebe, und will abreisen. In der Banjohülle nimmt sie nichtsahnend, aber von Jonny beobachtet, die Geige mit. Daniello entdeckt den Diebstahl und alarmiert die Polizei, doch die Geige wird nicht entdeckt. Der Hoteldirektor ist aufgebracht und entläßt das Stubenmädchen Yvonne, weil der Diebstahl auf ihrem Flur passierte, doch Yvonne wird von Anita, die vor ihrer Abreise Zeugin der Szene wird, als Zofe engagiert. Da sieht Daniello eine Chance, sich an Anita, der er den plötzlichen Abschied übelnimmt, zu rächen; er gibt Yvonne den Ring Anitas, den ihm diese als Andenken geschenkt hat, und bittet sie, den Ring Max – mit schönem Gruß von ihm – auszuhändigen. Jonny erscheint beim Hoteldirektor und kündigt: angeblich aus Angst, auch seine Geige könne gestohlen werden, in Wirklichkeit aber, um der Geige nachreisen zu können.

In Anitas Wohnung wartet Max auf die Geliebte, die ihm telegraphiert hat, daß sie komme. Er ist voller Sehnsucht und Unruhe. Doch Anita kommt nicht mit dem verabredeten Zug; sie kommt erst am kommenden Tag. Max hat die Nacht wartend und träumend in einem Sessel verbracht. Als Anita da ist, wirkt sie seltsam geistesabwesend und hat kaum ein Ohr für ihn. Yvonne übergibt Max den Ring und richtet den Gruß Daniellos aus, und Max glaubt nun, Anitas Verhalten und ihre Verspätung zu verstehen: Verzweifelt über ihre Untreue stürzt er aus der Wohnung. Durch ein Fenster steigt Jonny in die Wohnung, auf der Suche nach der Geige. Er trifft auf Yvonne, die glücklich hofft, er sei ihr nachgereist, aber auch als sie erfährt, daß er nur auf die Geige aus ist, freut sie sich, ihn zu sehen. Jonny nimmt die Geige aus dem Banjofutteral und verschwindet. Als Anita kommt und nach Max fragt, erzählt Yvonne ihr die Sache mit dem Ring, und Anita versteht, warum er gegangen ist. – Max ist zum Gletscher hinausgefahren. Es ist Nacht, und er steigt hinauf, um sich dort umzubringen. Aber plötzlich hört er Stimmen des Gletschers, die ihn zurückweisen und ihm Mut und Vertrauen einflößen. Ruhig steigt er wieder hinab zum Hotel, angerührt durch Anitas Stimme, die er aus einem Hotel-Lautsprecher hört, wie sie eines seiner Lieder singt. Dann ertönt die Musik einer Jazzband. Daniello, der sich vom Verlust seiner Geige hier erholen will, ist elektrisiert: er erkennt sofort den Ton seiner gestohlenen Amati und stürzt zur Polizei, um feststellen zu lassen, von woher die Übertragung kam. Nun wird Jonny seines Lebens nicht mehr froh. Überall muß er fliehen, denn die Polizei ist ihm dicht auf den Fersen. Er beschließt, nach Amsterdam zu fahren, um von dort mit dem Schiff in seine Heimat Amerika zurückzukehren. Unterwegs verliert er seine Bahnfahrkarte, so daß die Polizei die verlorene Spur wiederfindet. – Auf dem Bahnhof wartet Max auf Anita; gemeinsam wollen sie nach Amerika fahren, wo die Sängerin eine große Tournee absolvieren wird. Als Jonny sieht, daß die Polizei dicht hinter ihm ist, muß er die Geige loswerden. Er legt sie in einem unbeobachteten Moment zum Gepäck von Max. Daraufhin wird dieser von der Polizei verhaftet und abgeführt. Anita erscheint auf dem Bahnhof, begleitet von Yvonne und dem Manager. Sie wartet auf

Max, der nicht erscheint. Die Abfahrt des Zuges nach Amsterdam rückt immer näher. Da erscheint Daniello und teilt der Sängerin triumphierend mit, man habe Max als Dieb der Geige überführt und verhaftet; sie müsse nun wohl ohne ihn nach Amerika fahren. Anita ist entsetzt: Sie glaubt an die Unschuld von Max und bittet Yvonne, die ja damals im Hotel Zeugin war, zur Polizei zu gehen und das Mißverständnis aufzuklären. Yvonne ist hin- und hergerissen: will sie doch Jonny nicht gefährden. Schließlich will sie gehen. Daniello versucht sie daran zu hindern und ihr den Weg zu verstellen; dabei fällt er auf die Gleise und wird vom einfahrenden Zug nach Amsterdam überfahren. Jonny hat die Geige immer noch nicht aufgegeben. Er überwältigt den Chauffeur des wartenden Polizeiautos und setzt sich an dessen Stelle. Von Yvonne darum gebeten, bringt er Max, nachdem er auch die beiden anderen Polizisten überwältigt hat, rechtzeitig zum Bahnhof zurück. Max erreicht noch den Zug, und Jonny schwingt triumphierend die Geige, die nun herrenlos ist. Alles beginnt zu tanzen, die Bahnhofsuhr verwandelt sich zur Weltkugel, auf der Jonny steht und aufspielt – der Jazz erobert Europa.

Stilistische Stellung
Ernst Kreneks vierte Oper war – für gut ein halbes Jahrzehnt – ein Welterfolg, zurückzuführen sicherlich darauf, daß der Komponist es verstand, mit seinem Textbuch und seiner Musik wie in einem Brennspiegel das Lebensgefühl der späten zwanziger Jahre einzufangen: Offenheit für Neues, Faszination durch Amerika und den Jazz (der in der Oper übrigens so gut wie keine Rolle spielt; das, was man damals in Deutschland für Jazz hielt, war eher die Unterhaltungsmusik eines Paul Whiteman), Sinn für surreale Elemente und die Übernahme von Traditionen aus dem vertrauten Operngenre – bis hin zu Puccini-nahen Melodien.

Textdichtung
Ernst Krenek, der häufig als sein eigener Librettist arbeitete, umschreibt mit seinem Operntext auf der Basis traditioneller Figurenbeziehungen (das ernste Liebespaar – Max/Anita, das heitere Liebespaar – Yvonne/Jonny, der Nebenbuhler – Daniello) und unter Einbeziehung kolportagehafter Elemente Gefühle und Sehnsüchte, die den Menschen der zwanziger Jahre wie eh und jeh vertraut waren, die aber die »Zeitoper« aus Angst vor Sentimentalität vermied.

Geschichtliches
Krenek schrieb seine zweiteilige Oper in den Jahren 1925/26 während seines Engagements am Stadttheater in Kassel. ›Jonny spielt auf‹ wurde am 10. Februar 1927 unter Gustav Brecher im Opernhaus Leipzig uraufgeführt und war ein überwältigender Erfolg; noch in demselben Jahr kam das Werk in Prag, Zürich, Berlin und Wien sowie an einer Reihe weiterer deutscher Opernbühnen heraus, bald folgten Budapest, Paris, Leningrad (1928) und Moskau (1929) und schließlich New York (1929), wo – wie Krenek mitteilt – kein Schwarzer, sondern ein schwarz geschminkter Weißer in der Rolle des Jonny auftrat. Doch schon vor der Machtübernahme der Nationalsozialisten wurde das Stück als »Asphaltkunst« angefeindet und verschwand dann 1933 von den Spielplänen. Aufgrund seiner bewußten Zeitgebundenheit ist es nach dem Zweiten Weltkrieg trotz einiger Versuche (Salzburg 1963, Graz/Wiener Festwochen 1980) nicht so recht gelungen, das Werk für den Spielplan zurückzugewinnen, zumal die Partitur für das heutige Publikum einiges an Ursprünglichkeit und überwältigend-provokanter Ausdruckskraft verloren haben dürfte.

W. K.

Helmut Lachenmann
* 27. November 1935 in Stuttgart

Das Mädchen mit den Schwefelhölzern

Musik mit Bildern. Nach einem Märchen von Hans Christian Andersen und Texten von Leonardo da Vinci und Gudrun Ensslin.

Solisten: 2 hohe lyrische Soprane (gr. P.) – ein, eventuell auch mehrere Sprecher (m. P.).
Chor: 4 Vokalistengruppen, jeweils mit 2 Sopranen, Alten, Tenören und Bässen (gr. Chp.); Zusatzinstrumente für die Vokalisten: kl. und gr. Panflöten, kl. japanische Tempelgongs (»Rin«) mit Kissen und Holzschwengel, Peitschen, Prallerschlegel (elastischer Vibra- oder Marimbaschlegel), handtellergroße Styroporplatten.
Ort und Zeit: In einer kalten Winternacht am Silvesterabend auf der Straße.
Schauplätze: Auf der Straße – An der Hauswand.
Orchester: Holz: 4 Fl. (alle auch Picc., 1. und 2. auch Baßflöte, 2. und 3. auch Afl.), 4 Ob. (1. oder 2. auch Eh.), 4 Kl. (1., 2. und 3. auch Bkl., 2. und 4. auch Kbkl.) 4 Fag. (2., 3., 4. auch Kfag.), 1 japan. Mundorgel (Shô); je 2 handtellergroße Styroporplatten für Holzbläser, außer Shô-Bläser.
Blech: 8 Hr., 4 (eventuell auch 6) Trp., 4 Pos. (2. eventuell auch Kpos.), 2 Bt. (eventuell auch Kbt.); je 2 handtellergroße Styroporplatten für alle Blechbläser, außer den Tubisten.
Schlaginstrumente: 2 mal 4 Pk., Zusatzinstrumente: je 2 Bongos, jeweils über einem Paukenfell befestigt, je 3 japanische Tempelgongs (»Rin«), kl. und mittlere Größe, die gegebenenfalls alle zusammen auf ein Paukenfell gestellt werden müssen; 2 Xylorimbaphone, Zusatzinstrumente: 1 Oktavsatz Cymbales antiques, je 1 chinesisches Becken, je 2 Plattenglocken, je 2 Reibestöcke, Styroporplatten; 2 Vib., Zusatzinstrumente: je 3 Becken, je 2 Plattenglocken, je 1 japanischer Tempelgong (»Rin«, etwas gr. als die der Vokalisten, mit Kissen und Schwengel zum Anreiben), Styroporplatten. 5 Perkussionisten: je 4 Wbl., je 5 Tbl., je 2 Holzschlitztrommeln, je 3 (zum Teil auch als Sizzle verwendete) Becken (1. Perkussionist hat 4 Becken), je 1 Tamtam, je 2 Bongos, je 1 kl. Tr., je 2 Tomtoms, je 1 Reibestock, je 1 Triangel, Panflöten; 1 gr. Tr. (1., 2. und 3. Perkussionisten), 2 Metallblocks (für 1., 2. und 3. Perkussionisten), Rgl. (für 1. und 5. Percussionisten), 1 Oktavsatz Cymbales antiques (4. Percussionist), je 2 Plattenglocken (für 3. und 5. Percussionisten).
Zupf- und Tasteninstrumente: 1 elektrische Org. oder Synth. mit Sampler; Cel., Zusatzinstrumente: Panflöte, Styroporplatten; 2 Konzertflügel mit Sostenuto-Pedal (auch 2 Flügeldeckelstemmer, um die Flügeldeckel zu heben und zu senken), wobei die Pianisten folgende Zusatzinstrumente benötigen: je 1 (harten Plastik-)Hammer für hallende Schläge gegen die Verstrebungen, je 1 Metallstab für Glissando-Aktionen über die Stimmstifte, je 2 Plastiktöpfchen (»Kiddycraft«) für Glissando-Aktionen entlang der Tastenfläche (»Guiro«), je 1 Plektrum oder Plastikplättchen für Reib-Aktionen entlang den tiefen Saiten, je 2 Styroporplatten; 2 E-Git. (auch 1 »akustische« Git.), Zusatzinstrumente: 1 Gleitstahl, Panflöten, Styroporplatten); 2 Hrf., zusätzlich ziemlich festes Papier für Wischaktionen an den tiefen Saiten und Styroporplatten; Anlage für 6 Tonträger (Zuspielbänder), die von ebenso vielen Musikern zu bedienen sind.
Streicher: 1 Streichoktett (4 Viol., 2 Br., 2 Vcl., jeweils in Skordatur), Tutti (10, 10, 8, 6, 4, teilweise im Saal).
Bühnenmusik: 1 gr. japanischer Tempelgong (Dôbachi) mit Kissen und Schwengel zum Anreiben am Rand, 1 Holzstab (für Schlagfolge auf Holzkante, 20 bis 25 cm lang).
Der Hauptteil der Instrumentalisten sitzt im Orchestergraben, Teile des Orchesters und zwei der vier Choristenensembles sind im Zuschauerraum (rechts und links hinten) zu plazieren.
Gliederung: 2 Hauptteile zu insgesamt 24 Nummern (Bildern), durchkomponierte Großform.
Spieldauer: Etwa 1¾ Stunden.

Handlung

Vorbemerkung: Zwar lassen sich die beiden fast durchweg aneinander gekoppelten Stimmen der Solo-Soprane der Titelfigur zuordnen. Freilich ist nicht verlangt, daß die Interpretinnen als Sängerdarstellerinnen auf der Bühne agieren müssen. Ebensowenig fordert die Partitur von den Choristen oder dem/den Sprecher(n) szenische Präsenz. Demnach bleibt im Verzicht auf zwingend vorgeschriebene Bühnenprotagonisten die Gestaltung der schauspielerischen Aktion der Regie vorbehalten und geschieht demnach durch pantomimisches Personal. Der nachfolgende Handlungsabriß kann nicht mehr bieten als eine äußerliche Orientierungshilfe, da sich die für den Verlauf des Stückes bestimmenden Ereignisse primär in der Musik abspielen. Nur auf einer oberflächlichen Ebene fügen sich diese Klangereignisse also zu einem Geschehen, das im Sinne einer herkömmlichen Inhaltsangabe nacherzählbar ist. Und selbst dies ist nur mit Einschränkungen möglich, da der Komponist ins Werkganze zwei die Haupthandlung unterbrechende, betrachtende Episoden interpoliert hat, die das Geschehen aus anderen Perspektiven beleuchten.

1. Teil »Auf der Straße«: In einer eisig kalten Silvesternacht befindet sich ein hungerndes, armes Mädchen ohne Mütze und mit nackten Füßen mutterseelenallein draußen auf der Straße. Seine Schuhe, die von der Mutter abgetragenen, viel zu großen Pantoffeln, hat das Kind verloren, als es beim Überqueren der Straße zwei ungestüm vorbeirasenden Wagen ausgewichen ist. Einer der Pantoffeln ist unauffindbar geblieben, und mit dem anderen hat sich ein Lausbub davongemacht. In der Tasche seiner alten Schürze trägt das Mädchen Streichhölzer bei sich, die es auf Geheiß seines Vaters hätte verkaufen sollen. Doch hat sich während des ganzen Tages kein einziger Käufer finden wollen. Ohne Geld aber traut sich das Mädchen trotz der bitteren Kälte und trotz einsetzenden Schneefalls nicht mehr heim.

2. Teil »An der Hauswand«: Das Mädchen kauert sich an einer Hauswand zusammen. So sehr es auch friert, es kann sich nicht entschließen, nach Hause zu gehen: Der Vater würde es aus Ärger über das ausgebliebene Geld bestimmt wieder verprügeln, und viel wärmer wäre es daheim in der zugigen Dachkammer ohnehin nicht. Um sich dennoch etwas aufzuwärmen, wagt das Mädchen, ein Schwefelholz zu entzünden. Und solange die Flamme leuchtet, glaubt das völlig durchfrorene Kind, vor einem wohlige Wärme verbreitenden Ofen zu sitzen. Als aber das Hölzchen heruntergebrannt ist, ist alles wieder wie zuvor. Es folgt der Einschub »Litanei« – die Selbstrechtfertigung einer anderen Außenseiterin, nämlich Gudrun Ensslins: Hier wird die Kriminalität des Kriminellen, der Wahnsinn des Wahnsinnigen und der Tod des Selbstmörders als »Ausdruck der Rebellion des zertrümmerten Subjekts« gewertet, auf dessen »Zertrümmerung« es das politische »System« abgesehen habe. Danach nimmt das Geschehen um das Mädchen, das ein weiteres Streichholz anzündet, seinen Fortgang. Diesmal ist ihm, als ob es unter einem prächtigen Weihnachtsbaum säße. Dessen Lichter scheinen sich nach dem Erlöschen des Hölzchens vor den Augen des halluzinierenden Kindes in das Funkeln der Sterne am inzwischen nachtklaren Himmel zu verwandeln. Als eine Sternschnuppe niedergeht, erinnert es sich an einen Ausspruch seiner verstorbenen Großmutter: »Wenn ein Stern fällt, so steigt eine Seele zu Gott empor.« Erneut wird die Handlung um das Mädchen unterbrochen: durch Leonardo da Vincis Reflexion ›Zwei Gefühle‹. In diesem Gleichnis wird der Zwiespalt des um Erkenntnis ringenden Menschen beschrieben, der zwar von seiner Neugier getrieben ist, trotzdem aber Furcht vor dem Gegenstand seiner Wißbegierde empfindet. Denn gerade weil er die zu erkundende Materie noch nicht kennt, erscheint sie dem Forschenden bedrohlich. Hierbei werden die Hemmnisse, die es zu überwinden gilt, mit der beängstigenden Gewalt des aufgepeitschten Meeres und den Schrecknissen der Feuer speienden Berge verglichen. Der an seinem Forscherdrang Verzagende wird einem vor einem Höhleneingang befindlichen Wanderer gleichgesetzt: Der schaudere zwar vor der Dunkelheit der Höhle zurück, trotzdem aber möchte er wissen, was in ihr zu entdecken ist. Hingegen macht das erfrierende Mädchen eine Grenzerfahrung ganz anderer Art, als es abermals ein Streichholz zum Brennen bringt. Nun erblickt es seine Großmutter, bei der es sich immer geborgen gefühlt hat und mit der es nun mitgehen will. Damit aber die Erscheinung der Großmutter anders als die vorigen Bilder nicht vergeht, gibt das Mädchen darauf Acht, daß die Flamme nicht verlischt, und zündet hastig ein Streichholz am anderen an. Schließlich fühlt sich das Kind von der Großmutter hinauf in den Himmel getragen. Am Neujahrsmorgen aber wird seine Leiche entdeckt. An den abgebrannten Zündhölzern ist zu erkennen, daß das Mädchen sich wärmen wollte, um dem Kältetod zu entgehen.

Textgrundlage und stilistische Einordnung

Lachenmanns Anfang 1997 in Hamburg uraufgeführte, bislang einzige Oper beschreibt die Agonie der Titelfigur und damit eine Leidensgeschichte. Daher läßt sich das Werk am ehesten als szenisch visualisierte, säkulare Passion bezeichnen, zumal die Tradition dieser ursprünglich kirchenmusikalischen Gattung die Physiognomie des Stückes auffallend mitgeprägt hat. Das zeigt sich schon an seiner textlichen Grundlage, die von einem traditionellen Opernlibretto erheblich abweicht, und für die Hans Christian Andersens 1846 veröffentlichtes Märchen ›Das kleine Mädchen mit den Schwefelhölzern‹ den Haupttext bereitstellt. Zwar hätte gemäß den Konventionen des Opentheaters eine Dramatisierung des Märchens nahegelegen. Lachenmann aber verzichtete darauf und beließ es beim narrativen Charakter seiner Vorlage, die nicht anders als die biblischen Vergleichstexte im Präteritum abgefaßt und darüber hinaus mit Rückblenden ausgestattet ist. Und nicht anders als in den barocken Vertonungen der Evangelienberichte folgt Lachenmanns Komposition kontinuierlich dem Erzählfaden des Märchens, aus dem lediglich eine Episode – die Vision des hungernden Kindes von der gebratenen Weihnachtsgans – herausgestrichen wurde. Ebenso orientierte sich der Komponist an der barocken Passion, indem er den Haupttext mit zusätzlichen Texten kombinierte. Zum einen griff Lachenmann hierbei auf einen Brief von Gudrun Ensslin (1940–1977) zurück, den die wegen vierfachen Mordes und vielfachen Mordversuchen zu lebenslanger Haft verurteilte RAF-Terroristin 1973 im Gefängnis geschrieben hatte. Daß der Brief Eingang in die Komposition gefunden hat, mag biographisch veranlaßt worden sein: Der Komponist kannte Gudrun Ensslin, die in ihrer Gefängniszelle erhängt aufgefunden wurde, nachdem ihre Freipressung durch arabische Terroristen gescheitert war, noch aus der Kindheit. Zum anderen bezog Lachenmann das »Höhlengleichnis« von Leonardo da Vinci (1452–1519) in die Komposition mit ein. Bereits 1991/92 diente Leonardos Dichtung als Textbasis für die zunächst separat entstandene kammermusikalische Komposition ›... Zwei Gefühle ...‹, die dann in überarbeiteter Form in die Oper integriert wurde. Beide Einfügungen verhalten sich zum Märchen wie Kommentare. So haben das Märchen und Ensslins Ausführungen die Darstellungsperspektive gemeinsam, denn in beiden Texten handelt es sich um subjektive Wahrnehmungen eigenen Leids, wobei Gudrun Ensslin gleichsam als Schattenschwester des Mädchens figuriert. Allerdings besteht ein fundamentaler Unterschied in der engelgleichen Unschuld des hilfsbedürftigen Kindes, dessen Elend sich aus der Gleichgültigkeit und der Herzlosigkeit seiner Mitmenschen erklärt, und der Verantwortlichkeit der Terroristin für ihre Situation. Freilich schiebt die Ensslin, die ihre Ächtung nicht als Folge ihrer Verbrechen begreifen will, in anklägerischem Gestus diese Verantwortung dem politischen »System« zu. Und im Gegensatz zu dem Mädchen fügt sie sich nicht passiv in ihr Schicksal, sondern sie proklamiert die Selbstvernichtung – für sie die letzte Möglichkeit autonomen Handelns, um der angeblich vom »System« betriebenen Zerstörung ihrer Individualität durch ein selbstbestimmtes Ende zuvorzukommen. Auf anderer Ebene greift der Leonardo-Text, in dem ja die Begriffe »Feuer« und »Dunkelheit« nicht anders als in Andersens Märchen eine wichtige Rolle spielen, deutend in die Oper ein. Hier wie dort ist Grenzüberschreitung das Thema. Doch während Leonardos Gleichnis die Überwindung der Furcht vor dem Unbekannten als ersten Schritt zur Wissenserweiterung metaphorisch ins Bild setzt, steht das erfrierende Kind vor einem viel weiter reichenden Übertritt ins Ungewisse, nämlich dem vom Leben in den Tod. Anders aber als Leonardos Höhlenerforscher hat Andersens Mädchen nicht die Freiheit, sich für oder gegen sein Los, das ihm von einer mitleidlosen Gesellschaft auferlegt wurde, zu entscheiden. Beide Begleittexte dienen also dazu, das einsame Sterben des Mädchens in seinen katastrophalen Dimensionen begreiflich zu machen. Die Orientierung an der Passion bekundet sich gleichfalls in der musikalischen Gliederung des Stückes. Denn zwar verweist die Binnenunterteilung in 24 teilweise noch weiter untergliederte Abschnitte auf die Nummernoper des 18. und 19. Jahrhunderts, doch wie die Bachschen Passionen besteht Lachenmanns Oper aus zwei Hauptteilen (Nr. 1 bis 10 und Nr. 11 bis 24). Darüber hinaus bringt der Komponist mit Abschnitt-Überschriften wie »Choralvorspiel: O du fröhliche« (zu Beginn), »Litanei« (Nr. 15), »Abendsegen« (Nr. 17), »Himmelfahrt« (Nr. 22) oder mit dem wiederholten Rekurs auf das Weihnachtslied »Stille Nacht« (etwa zum Schluß des ersten Teils) religiöse Konnotationen ins Spiel. Nirgends jedoch ist darin eine verklärende Absicht erkennbar, um so mehr der Ausdruck bitterer, verzweifelter Ironie. Einige der Titel wurden aus dem Text abgeleitet, z. B. »Streichhölzchen und Schneeflocken« (Nr. 9) oder die mit »Hauswand« (1 bis 4) oder »Ritsch« (1 bis 4) bezeichneten Werkteile. Andere stellen Verbindungen zu musikgeschichtlichen Formen oder Satztypen her. Die Nummernfolge 3 bis 6 reiht etwa die »Frier-Arie« (Nr. 3), deren Trio und Reprise (Nr. 4), gefolgt von den Scherzi »Königin der Nacht« (Nr. 5) und der »Schnalz-Arie« (Nr. 6) aneinander, wobei die beiden Scherzi als Einlage-Sätze fungieren, weil sie von der textlichen Vorlage absehen. Insgesamt mögen diese Überschriften der Regie Hinweise geben, mit welchen Bildern die Musik verbunden werden soll. Denn die vom Werkuntertitel geforderte Bild-Begleitung ist um so dringender, als der Wortlaut dem Rezipienten nur in wenigen Situationen Orientierung bietet. Lachenmann unterzieht sein Textmaterial nämlich einem Dekompositionsverfahren, das die Sprache in ihre phonetischen Bestandteile auflöst, so daß ihr semantischer Gehalt über weite Strecken keine Rolle mehr spielt. Lediglich blitzen in der vokalen Schicht der Komposition sinntragende Silben oder Worte wie Signale plötzlich auf. Von einem durchweg verstehbaren Text kann daher allenfalls bei der Leonardo-Interpolation (Nr. 18) und mit Einschränkungen bei der geflüsterten Ensslin-Litanei (Nr. 15) die Rede sein, in deren »Cadenza parlando: Schreibt auf unsere Haut« übrigens die Paukenstimme den Wortrhythmus einer Stelle aus dem Leonardo-Text zitathaft antizipiert. Durch den Verzicht auf Wortverständlichkeit wird aber das vokale Lautmaterial für die Komposition verfügbar. Dessen Geräuschhaftigkeit wird in onomatopoetischer Absicht genutzt, so daß zwischen Stammeln und Stottern eine musikalische Semantik des Frierens entsteht, die im Pusten, Japsen und stoßweisen Atmen (Hecheln) bis zu elementaren menschlichen Lautäußerungen bei extremer Kälteempfindung vordringt. Doch damit ist das Spektrum stimmlicher Lautartikulierung bei weitem nicht ausgeschöpft: So erweckt die »Schnalz-Arie« der Vokalisten durch sich im Metrum verfestigende Zungenschnalzer, die überdies an Stelle eines Trios den Rhythmus von »Stille Nacht, heilige Nacht« aufgreifen, die Assoziation an ein groteskes Ballett, das vielleicht vor Kälte klappernde Zähne oder schlotternde Glieder suggerieren will. Hingegen erinnern einige der Espressivo-Fragmente in den Solo-Sopranen an vergleichbare Passagen aus dem Œuvre von Lachenmanns Lehrer Luigi Nono. Ebenso klingt in ihnen das Gesangsmelos des 19. Jahrhunderts nach, wodurch das Mädchen mit den Schwefelhölzern wie eine spätgeborene Schwester all jener leidenden Opernheldinnen anmutet, die das Repertoire der romantischen Epoche geprägt haben. Es ist ein wesentliches Anliegen der Komposition, in einer aus verschiedenen Richtungen tönenden Klanglichkeit (siehe Aufstellung der Gesangs- und Instrumentalgruppen) die vokale mit der orchestralen Schicht durch Klang- und Geräuschverwandtschaften zu vernetzen. Hierbei macht die Komposition bei raschem Wechsel zwischen den Ensemblegruppen den Hörer immer wieder glauben, die musikalischen Ereignisse würden sich durch den Raum bewegen. Zum einen wird diese fluktuierende Klangvernetzung von etlichen Tonbandzuspielungen ins Werk gesetzt, zum andern mit Hilfe eines überaus vielfältigen Instrumentariums, weshalb Vokalisten und Instrumentalisten Zusatzinstrumente zugewiesen sind. In diesem Zusammenhang kommt Lachenmanns avantgardistischer Ästhetik, die sich gegen klischeehafte Reproduktion überkommener musikalischer Idiome verwahrt, große Bedeutung zu. Demgemäß gelangt der Komponist durch den unkonventionellen Gebrauch der Instrumente zu einerseits gebrochenen, andererseits völlig neuartigen und unabgenutzten akustischen Resultaten. Es würde den Rahmen eines Opernführers sprengen, wollte man auch nur einen Bruchteil dieser die kompositorische Farbpalette beträchtlich erweiternden Spielvorschriften aufzählen. Ihre Wirkung jedoch ist ohnegleichen: Denn im musikalischen Satz wird – wie in der Vertikalen, so in der Horizontalen – eine höchst subtile Kunst des Übergangs ohrenfällig. Sie weist Lachenmann als Meister der Klangdifferenzierung aus. Um ihretwillen schreibt er konsequent und zeitgemäß das Buch der Instrumentationslehre fort, in dessen früheren Kapiteln aus demselben Grund Berlioz, Wagner, Strauss, Mahler und die Komponisten der Wiener Schule als Autoren verzeichnet sind. Mit den genannten Komponisten und gleichfalls mit seinem geistigen Mentor Luigi Nono hat Lachenmann darüber hinaus eine weitere Gemeinsamkeit: Seine Tonsprache ist ganz entschieden dem Paradigma verpflichtet, Ausdruckskunst zu sein. Daher ist keiner von Lachenmanns Klangeffekten manieristischer Selbstzweck, sie alle haben Mitteilungscharakter. Denn Lachenmanns Kunst ist Musique engagée und legt sich für die Ecce-homo-Gestalt des Mädchens, das an der sozialen Kälte seiner Umgebung zugrunde geht, mit aufrüttelndem Pathos ins Zeug. Und mit welcher Unmittelbarkeit es dem Komponisten gelingt, sein Publikum zu ergreifen, erweist sich beispielsweise während der alptraumhaften »Jagd« (Nr. 8). Diese Angstvision von den vorbeibrausenden Wagen und dem Raub der Pantoffeln ist in der Art einer neo-expressionistischen Tonmalerei gestaltet, in der Lachenmanns kompositorische Dramaturgie besonders faßlich wird: Die übersteigerte Brutalität der orchestralen Klang-Entladungen läßt sich nämlich nur damit begründen, daß die Musik die inneren Bilder des Mädchens nach außen kehrt. Ebenso sinnfällig: die aufsteigende Sogbewegung der »Himmelfahrt« (Nr. 22), die sich gleichwohl panikartig wie ein Todeskampf vollzieht, und die nach der durchaus nicht tröstlichen Choral-Allusion »Sie waren bei Gott« während der ruhigen Epilog-Abschnitte in eine gläsern-ätherische Klanglichkeit mündet. Es ist, als ob sich in diesen von der japanischen Mundorgel Shô dominierten Klängen eine neue Einfachheit etablieren wollte. Wenn sie sich schließlich im gleichgültigen ›Tock-Tock der entfremdeten, hohen Klaviertasten« (Lutz Lesle) verliert, wirkt diese schlichte, akustische Ausblendung ins Nichts nicht weniger beklemmend als die expressive Dramatik der vorausgegangenen Bildszenen.

Geschichtliches
Die Genese von Helmut Lachenmanns Hauptwerk umfaßt einen Zeitraum von mehr als zwanzig Jahren. Erste konzeptionelle Überlegungen gehen auf das Jahr 1975 zurück. Und bereits 1978 wird Andersens Märchen zur Textgrundlage für Werkteile der Komposition ›Les Consolations‹, die darüber hinaus mit der späteren Oper in keinem Zusammenhang steht. In den nächsten Jahren rückt ›Das Mädchen mit den Schwefelhölzern‹ in den Hintergrund. Gleichwohl hat Lachenmann das Projekt nicht ad acta gelegt. 1985 kommt es zwischen Lachenmann und Peter Ruzicka zu ersten Gesprächen über eine Uraufführung des ›Mädchens mit den Schwefelhölzern‹ an der Hamburgischen Staatsoper, und 1988 ergeht der formelle Werkauftrag an den Komponisten. Als Premierentermin wird der 9. Februar 1992 ins Auge gefaßt, der in der Folgezeit wiederholt verschoben werden muß, weil Skrupel und Schreibblockaden dem Komponisten die Fertigstellung des Werkes erschweren. Im Frühjahr 1992 dann ein Schockerlebnis: Lachenmann werden während der Rückreise von einem Arbeitsaufenthalt auf Sardinien die in zwei Aktentaschen verstauten Skizzen zu dem im Entstehen befindlichen Werk aus dem Auto gestohlen. Glücklicherweise finden sich die durchnäßten und beschädigten Arbeitsmaterialien in einem Park wieder. Im Sommer 1992 liegt als erstes Teilergebnis und gleichzeitig als selbständige Partitur ›... Zwei Gefühle ...‹, eine ›Musik mit Leonardo‹ vor, deren Revision für die Oper im August 1996 abgeschlossen ist. 1994 muss der todkranke Axel Manthey, der ursprünglich als Regisseur vorgesehen war, die Inszenierung zurückgeben; an seine Stelle tritt Achim Freyer. Noch bis zum Jahreswechsel 1996/1997 – die Proben an der Hamburgischen Staatsoper haben inzwischen begonnen – feilt Lachenmann an der Partitur. Die Uraufführung am 26. Januar 1997 unter der musikalischen Leitung von Lothar Zagrosek wird zu einem spektakulären Erfolg, der weit über die Szene der zeitgenössischen Musik hinaus Aufsehen erregt. Alle Folgeaufführungen sind ausverkauft; und Publikum und Kritik sind sich über den außerordentlichen Rang des Werkes weitgehend einig. Im März 2000 folgte in Tokio die japanische Erstaufführung, in einer konzertanten Produktion mit dem unter der Leitung von Kazuyoshi Akiyama stehenden Tokio Symphony Orchestra. Im September 2001 gastierte die Staatsoper Stuttgart mit Lachenmanns Oper in einer Inszenierung von Peter Mussbach und abermals unter der musikalischen Leitung Lothar Zagroseks am Pariser Palais Garnier (Solosoprane: Elizabeth Keusch und Sarah Leonard). Auch die Produktion an der Deutschen Oper Berlin 2012 (Regie: David Hermann) wurde von Lothar Zagrosek dirigiert. In Frankfurt war das Stück 2015 in einer Inszenierung von Benedikt von Peter zu erleben, wobei der Komponist den Part des Sprechers übernommen hatte.

R. M.

Édouard Lalo

* 27. Januar 1823 in Lille; † 22. April 1892 in Paris

Le Roi d'Ys

Bretonische Legende in drei Akten (fünf Bildern), Dichtung von Édouard Blau.

Solisten: *Rozenn*, Tochter des Königs von Ys (Jugendlich-dramatischer Sopran, gr. P.) – *Margared*, ihre Schwester (Dramatischer Mezzosopran, gr. P.) – *Mylio*, Krieger (Jugendlicher Heldentenor, gr. P.) – *Jahel*, Höfling (Bariton oder Tenor, kl. P.) – *Karnac*, Prinz des feindlichen Lagers (Charakterbariton, gr. P.) – *Der König von Ys* (Baß, kl. P.) – *Saint Corentin* (Baß oder Bariton, kl. P.).
Chor: Lehnsherren – Krieger – Priester – Soldaten – Pagen – Ritter – Volk – Damen und Gefolge (gr. Chp.).
Ort und Zeit: Die legendäre bretonische Stadt Ys; der ursprüngliche Titel ›Legende der bretonischen Kriege des 5. Jahrhunderts‹ gibt die Zeit an, in der die Handlung spielt.
Schauplätze: Eine Terrasse im Palast der Könige von Ys – Ein großer Saal im Palast von Ys mit einem Fenster mit Blick auf die Landschaft – Eine weite Ebene, am Horizont die Stadt Ys – Eine Galerie des Palasts, die zur Kapelle führt – Die Hochebene eines Hügels, auf die sich das Volk geflüchtet hat.
Orchester: 2 Fl., 2 Ob., 1 Kl. in A, 1 Kl. B, 2 Fag., 4 Trp., 4 Hr., 4 Pos., Tb., P. gr. Tr., kl. Tr., Str. – Bühnenmusik: 4 Trp., Org.
Gliederung: Weitgehend klar abgegrenzte Stücke (Sologesänge, Duette, Quartette, Chöre, Szenen).
Spieldauer: 2½ Stunden.

Handlung

Auf der Terrasse des Palasts der Könige von Ys feiert das Volk Weihnachten. Jahel verkündet die aus politischen Gründen herbeigeführte Heirat der Königstochter Margared mit dem Erzfeind des Königs, dem Prinzen Karnac. Margared steht dieser jedoch ablehnend gegenüber, da sie Mylio liebt. Rozenn bekennt ebenso ihre Liebe zu Mylio, den ihr Vater mit Schiffen auf eine kriegerische Expedition geschickt hat. Er wird seit langem zurückerwartet, und man lebt mit der Furcht, er könne mit seinem Schiff in stürmischer See untergegangen sein. Doch unerwartet erscheint Mylio, der Rozenn liebt. Beide erneuern ihren Liebesschwur. – Der Hochzeitszug nähert sich. Als Margared von Rozenn erfährt, daß Mylio zurückgekehrt ist, kommt es zum Eklat. Sie weigert sich, Karnac zu heiraten, woraufhin dieser dem König den Fehdehandschuh vor die Füße wirft und ihm den Krieg erklärt. Mylio nimmt den Fehdehandschuh auf und schwört, mit seinen Waffenbrüdern den Feind zu besiegen.

Bevor er in den Feldzug gegen Karnac aufbricht, erhalten Mylio und seine Krieger im Saal des Königspalasts den Segen des Nationalheiligen der Bretagne, Saint Corentin. Der König verspricht Mylio im Fall seines Sieges die Hand Rozenns. Voller Zorn verflucht Margared Mylio und wünscht ihm den Tod im Kampf. Rozenn bemüht sich vergeblich, ihre Schwester zu besänftigen und in ihrem Schmerz zu trösten. Margared droht mit ihrer Rache. – Auf einer weiten Ebene – am Horizont ist die Stadt Ys zu sehen – dankt Mylio, der als Sieger aus dem Kampf mit Karnac hervorgegangen ist, mit seinen Soldaten seinem Beschützer Saint Corentin. Karnac ist dem Tod entronnen und trifft auf Margared, die ihn für ihren Racheplan gewinnt. Von ihr erfährt Karnac, daß die Stadt durch ein Stauwehr gesichert ist. Sie brechen auf, um es während des Sturms zu öffnen und die Stadt untergehen zu lassen.

Auf einer Galerie im Palast von Ys wird die Hochzeit Mylios mit Rozenn nach bretonischem Brauch vorbereitet. Mylio singt die Aubade »Vainement, ma bien-aimée«. Während der Zeremonie erklingt aus der Kapelle das »Te Deum laudamus«, von der Orgel begleitet. Karnac und Margared erscheinen. Als sie zögert, ihr Rachevorhaben zu realisieren, erinnert Karnac sie, daß Mylio von ihr geliebt wird, erregt dadurch ihre blinde Eifersucht und bringt sie dazu, den Racheplan doch umzusetzen. Als das Hochzeitspaar die Kapelle verläßt und vom Volk begrüßt wird, tritt Margared vor sie und kündigt die bevorstehende Katastrophe an. Mylio, der bereits den Lärm und die Alarmrufe nach der Öffnung des Stauwehrs vernommen hat, tötet den Schuldigen Karnac. – Der König, der Margared dazu bewegen konnte, mit ihm zu fliehen, Rozenn und viele Menschen haben sich vor den Wasserfluten auf die Ebene auf einem Hügel am Rande der Stadt gerettet. Die Fluten strömen in die Stadt. Das Volk betet, damit die Fluten nicht weiter steigen. Angesichts der Katastrophe quälen Margared Skrupel, und sie bekennt vor den Geflohenen ihre Schuld. In seiner Empörung verwünscht das Volk sie und droht ihr mit dem Tod. Der König, Mylio und Rozenn bitten um Gnade für Margared. Sie fleht Gott an, das Volk zu retten. Um der göttlichen Strafe zu entgehen, stürzt sie sich von einem Felsen in die Fluten. Nachdem Margared zu Tode gekommen ist, beruhigt sich das Meer, und die Stadt ist gerettet.

Stilistische Stellung

Lalo, ein glühender Bewunderer Wagners, wählte, der Tendenz unter den französischen Wagnerianern folgend, zusammen mit Blau einen mittelalterlichen bretonischen Legendenstoff. Die 1877 abgeschlossene erste Version der Oper stand vermutlich dem Musikdrama näher als die zweite Version von 1887, die das Ergebnis einer gründlichen Umarbeitung war, deren Ziel darin bestand, sich möglichst weit vom Stil des Musikdramas zu entfernen. Diese klare Distanz offenbart sich daran, daß ›Le Roi d'Ys‹ nach französischer Tradition in knappen geschlossenen Formen (Arien, Duette, Ensembles, ein symphonisches Tongemälde als Ouvertüre) komponiert ist, der Handlungsfortgang zügig verläuft und die Stimmen im Vordergrund stehen. Mit zwei originalen und weiteren neu erfundenen bretonischen Melodien in den Chören schuf Lalo das Lokalkolorit, um sich die eigenständige Stilistik zu bewahren. Die Kontrastierung eines positiven mit einem negativen Paar geht auf die Tradition von ›Euryanthe‹, ›Lohengrin‹ und ›Genoveva‹ zurück. Die Erscheinung Saint Corentins im II. Akt, der Margared und Karnac von ihrem Vorhaben abzubringen versucht, wird von der Orgel und den fernen Gesängen der Engel begleitet. Arthur Pougin erwähnt, bezogen auf die Aufführungen in der Opéra-Comique, den »chœur dialogué avec la danse« (Chordialog mit Tanz) zu Beginn der bretonischen Hochzeit. Der strophische Gesang, mit dem Rozenn auf Mylios Aubade (Morgenständchen) antwortet, erhält durch die Begleitung mit terzlosen Akkorden seine besondere Farbe. Zu den Glanzpunkten dieses Bildes gehören auch der Hochzeitszug und der diesen begleitende geistliche Chor, die Szene Karnacs und Margareds und schließlich die Szene des Königs, Margareds und Rozenns mit der Anrufung Gottes durch den König.

Seinem Freund Pablo de Sarasate teilte Lalo im Mai 1888 mit: »Als ich vor zwei Jahren [die Partitur von ›Le Roi d'Ys‹] demoliert und nach einem neuen Plan vollständig rekonstruiert habe, hatte ich den Vorsatz, daraus ein Drame lyrique im modernen Sinn zu schaffen, aber nach einigen Monaten ernsten Nachdenkens schreckte ich vor dieser Aufgabe zurück, da sie zu groß für meine Kräfte erschien. [...] Da ich nicht Wagner bin und um keinen Preis sein Nachahmer bin oder sein wollte, habe ich genau das Gegenteil davon getan, was sein System lehrt.« An Adolphe Jullien schrieb Lalo im gleichen Monat: »Man müßte Wagner übertreffen, um auf seinem Feld erfolgreich zu kämpfen. [...] Mir wurde zur rechten Zeit klar, daß ich dazu nicht in der Lage war, und ich schrieb deshalb eine einfache Oper. [...] Diese elastische Form erlaubt, *Musik* zu komponieren, ohne seine Vorgänger nachzuahmen. [...] Bei meiner Neukonstruktion des ›Roi d'Ys‹ habe ich mich sehr kurzer Formen bedient: Dies hat den Vorteil, die dramatische Handlung rasch verlaufen zu lassen, um den Zuschauer nicht zu ermüden. [...] Ich habe systematisch alle Themendurchführungen vermieden, um den Fortgang der Handlung nicht zu verlangsamen.«

Textdichtung

Die Legende von der Stadt Ys, der nächtlichen Überflutung dieser sagenhaften armorikanischen Stadt, die in den Fluten versank, war im Mittelalter berühmt, in Wales, in Irland und in Cornwall, wo sie bis ins 20. Jahrhundert populär blieb. Historischer Hintergrund sind die Kämpfe und Kriege zwischen den kleinen Königreichen während der Frühzeit der Bretagne. Édouard Blau lernte die Legende durch Jules de la Morandière kennen, dem er auch das Libretto widmete. Die Stadt Ys, in der der König Gradlou herrschte, wurde durch ein riesiges Bassin gegen Sturmfluten geschützt, das die Wassermassen des Ozeans auffangen konnte. Den Zugang zu dem Bassin eröffnete ein geheimes Tor, zu dem nur der König den Schlüssel besaß und das er im Notfall selbst öffnete. Eines Nachts, als der König schlief, wollte seine Tochter das ausgelassene Fest mit ihrem Liebhaber »krönen«, stahl den Schlüssel zu dem Tor, öffnete es und überflutete die Stadt. Aufgeschreckt durch die Katastrophe bestieg der König sein bestes Pferd und setzte seine Tochter darauf. Als die Fluten die Hufe seines Pferdes bereits erreicht hatten, erklang eine fürchterliche Stimme: »Stoße den Dämon hinter dir vom Pferd.« Der unglückliche Vater folgte dem Ruf, und die Sturmflut hielt ein.

Blau nahm einige Veränderungen vor und schrieb ein Libretto in reimenden Versen (I. Akt 212, II. 184, III. 203 Verse), das Lalo als »superbe, très dramatique et très varié« bezeichnet hat.

Geschichtliches

›Le Roi d'Ys‹ wurde zwischen 1875 und 1877 komponiert, 1887 umgearbeitet und 1888 vom Verleger Hartmann publiziert. Aufführungen wurden 1878 durch das Théâtre-Lyrique und 1879 durch die Opéra abgelehnt. Die Uraufführung am 7. Mai 1888 in der Opéra-Comique (damals Théâtre des Nations) und die Neuinszenierung von Albert Carré 1902 waren triumphale Erfolge. Die Interpreten der Uraufführung waren Blanche Deschamps-Jéhin als Margared, Cécile Simonnet als Rozenn, Jean-Alexandre Talazac als Mylio, Max Bouvet als Karnac, M. Cobalet als König und René Fournets als Saint Corentin. Die Rolle der Margared schuf Lalo für seine zweite, aus der Bretagne stammende Ehefrau Julie-Marie-Victoire Bernier de Maligny, die eine schöne Altstimme besaß, aber nur einzelne Stücke aus der Oper in Konzerten sang. Bis 1925 fanden in der Opéra-Comique 350 Aufführungen statt. Noch im Jahr der Uraufführung ging das Werk in Genf und in Amsterdam (in Niederländisch), 1889 in Antwerpen und Brüssel und 1890 in New Orleans über die Bühne. Es folgten 1890 Aufführungen in Rom in der Übersetzung von Angelo Zanardini, 1902 in Tschechisch in Prag, 1906 in Russisch in Moskau sowie 1926 in Rumänisch in Bukarest. Hartmann publizierte ca. 1890 einen Klavierauszug mit der deutschen Bearbeitung von Oskar Berggruen, ohne daß es zu Aufführungen des in Frankreich bis heute geschätzten Werkes in einem deutschen Opernhaus kam.

H. S.

Ruggero Leoncavallo
* 23. April 1857 in Neapel, † 9. August 1919 in Montecatini (Toscana)

Der Bajazzo (Pagliacci)

Drama in zwei Akten und einem Prolog. Dichtung vom Komponisten.

Solisten: *Canio*, Haupt einer Dorfkomödiantengruppe; in der Komödie: Bajazzo (Jugendlicher Heldentenor, auch Heldentenor, gr. P.) – *Nedda*, sein Weib; in der Komödie: Colombine (Lyrischer Koloratursopran, auch Jugendlich-dramatischer Sopran, auch Lyrischer Sopran, gr. P.) – *Tonio*, Komödiant; in der Komödie: Taddeo (Heldenbariton, auch Charakterbariton, gr. P.) – *Beppo*, Komödiant: in der Komödie: Harlekin (Spieltenor, m. P.) – *Silvio*, ein junger Bauer (Lyrischer Bariton, m. P.) – *Ein Bauer* (Baß, kl. P).
Chor: Landleute beiderlei Geschlechts. Gassenbuben (gr. Chp.).
Ort: Bei Montalto in Kalabrien.
Schauplatz: Platz vor der Dorfmauer, rechts eine aus Brettern aufgebaute Spielbude »Theater«.
Zeit: 15. August (Festtag) 1865.
Orchester: 2 Fl., 1 Picc., 2 Ob., 1 Eh., 2 Kl., 1 Bkl., 3 Fag., 4 Hr., 3 Trp., 3 Pos., 1 Bt., P., Schl., 2 Hrf., Str. – Bühnenmusik: 1 Viol., 1 Ob., 1 Trp., 1 gr. Tr., Gl. in F, A, C.
Gliederung: Prolog und musikalische Szenen, die pausenlos ineinandergehen; zwischen I. und II. Akt: Intermezzo.
Spieldauer: Etwa 1¼ Stunden.

Handlung

Im Prolog des Stückes tritt der Darsteller des Tonio vor den Vorhang und teilt dem Publikum mit, auch wenn es jetzt Figuren der Commedia dell'arte sehe, handele es sich um richtige Menschen, denn der Dichter habe »ein Stück Leben« aufzeichnen wollen.

Mit freudiger Begeisterung begrüßen die Bewohner des Dorfes Montalto eine eben angekommene Komödiantentruppe, deren Haupt, Canio, das Publikum zum Besuch des »herrlichen Schauspiels« für heute abend einlädt. Tonio, der häßliche, mißgestaltete Tölpel der Komödie, will Canios junger und hübscher Frau Nedda beim Herabsteigen vom Wagen behilflich sein, wird aber zum Gaudium der Zuschauer von dem Gatten mit einer Ohrfeige barsch weggewiesen. Canio liebt nämlich Nedda mit ebensolcher Leidenschaft wie Eifersucht, und er erklärt den Bauern, daß er im Leben auf einen Treubruch Neddas ganz anders reagieren würde als auf der Bühne, wo er als dummer, geprellter Bajazzo nachgibt und schließlich noch verprügelt wird. Dann kommen die Musikanten, die sich mit den Dorfbewohnern zur Festtags-Vesper in die Kirche begeben, während Canio mit dem Komödianten Beppo auf Einladung eines Bauern in die Taverne zu einem Glas Chianti geht. Inzwischen nähert sich Tonio, der sich vorgenommen hat, an Canio für die Demütigung bittere Rache zu nehmen, der allein zurückgebliebenen Nedda. Er verlangt mit tierischer Gier Liebe, wird aber, als er versucht, Gewalt anzuwenden, von Nedda mit einer Peitsche ins Gesicht geschlagen. Unter Androhung seiner Rache zieht er sich daraufhin lauernd zurück. Kurz danach schwingt sich der junge Bauer Silvio über die Dorfmauer, der Nedda liebt und sie, die seine Gefühle erwidert, inständig bedrängt, mit ihm heute Nacht ihrem rohen Gatten zu entfliehen. Nach anfänglichem Zögern willigt sie schließlich ein. Während sich die beiden mit einem langen Kuß in den Armen liegen, schleicht Tonio mit Canio herbei, den er rasch aus dem Wirtshaus geholt hat. Mit einem Aufschrei stürzt dieser dem über die Mauer entfliehenden Silvio nach, er kann ihn aber nicht mehr einholen. Von Nedda will er nun den Namen des Nebenbuhlers erfahren und er geht in höchster Erregung sogar mit gezücktem Dolch auf sie los, als sie sich weigert, den Geliebten zu verraten. Mit Mühe gelingt es dem eben dazukommenden Beppo, Canio zurückzuhalten. Tonio beruhigt ihn mit der Versicherung, er werde Nedda nicht aus den Augen lassen; denn vermutlich dürfte der Liebhaber zur Vorstellung kommen. Erschüttert über den Gedanken, jetzt in dieser Verfassung spielen zu müssen, schreitet Canio apathisch der Spielbude zu.

Vor der Vorstellung hat Nedda beim Geldeinsammeln Gelegenheit, Silvio zu warnen. Das gespannte Publikum kann kaum den Beginn erwarten, endlich hebt sich der Vorhang: Bajazzo (Canio) ist ausgegangen und kommt gewöhnlich erst nachts heim; inzwischen pflegt Colombine (Nedda) mit ihrem Liebhaber Harlekin (Beppo) süße Stunden zu verbringen. Der blöde Taddeo (Tonio), der auf dem Markt ein Huhn eingekauft hat und es Colombine bringt, verlangt von ihr Liebe; er wird aber mit einem Fußtritt zur Türe gewiesen, als Harlekin zum Fenster einsteigt. Mit einem ironischen Segen für das Liebespaar zieht sich Taddeo unter dem Gelächter der Zuschauer zurück. Als Colombine und Harlekin dann verliebt beim Mahl sitzen, reicht dieser ihr einen Trank, mit dem sie ihren Mann betäuben soll, damit sie beide zusammen entfliehen können. Da naht Bajazzo unerwartet; rasch verschwindet Harlekin durchs Fenster. Colombine ruft ihm die gleichen Worte nach wie am Nachmittag ihrem Silvio. Bajazzo-Canio hört diese Worte, und die Ähnlichkeit der Situation zwischen Spiel und Wirklichkeit verleitet ihn, alsbald aus seiner Rolle zu fallen, ohne daß die Zuschauer es zunächst bemerken. Er verlangt, wie vor der Vorstellung, den Namen des Buhlen zu erfahren. Mit kalter Ruhe setzt Colombine-Nedda das Komödienspiel fort. Aber Canio, nicht bloß Bajazzo, sondern betrogener Gatte, verlangt immer energischer den Namen und stellt schließlich zur Wahl: entweder den Namen oder das Leben. Nedda weigert sich auch jetzt noch, Verräterin zu werden, obwohl sie sich bewußt ist, daß aus dem Spiel Ernst geworden ist. Daraufhin sticht Canio sie in blinder Wut nieder. Sterbend ruft sie Silvio zu Hilfe, und Canio tötet blitzschnell den dadurch endlich entlarvten Nebenbuhler ebenfalls. Völlig gebrochen läßt er sich daraufhin von den Bauern entwaffnen und festnehmen.

Stilistische Stellung

Der ›Bajazzo‹ ist, ähnlich wie Mascagnis ›Cavalleria rusticana‹ in erster Linie wegen der wirklichkeitsgetreuen Darstellung des Stoffes der naturalistischen Stilrichtung zuzuordnen. Sehr geschickt erläutert Leoncavallo das Wesen des Verismo und seine Berechtigung als künstlerische Ausdrucksform in dem Prolog (anstelle eines instrumentalen Vorspiels), in dem auch – ähnlich wie nachher bei Canios berühmter Arie – das herbe Los des Künstlers geschildert wird, Kummer und Leid hinter der lachenden Maske verbergen zu müssen. Ein geistreicher Einfall des Dichterkomponisten war es, der heiteren Behandlung des Konfliktstoffes im Spiel den Ernst des Lebens gegenüberzustellen. Ebenso feinsinnig wird der Kontrast auch musikalisch gezeichnet: Der leidenschaftlichen Tonsprache und den freieren Formen bei den Szenen der Haupthandlung treten in der Komödie die spielerischen und graziösen Melodien sowie die strengen Formen von Menuett, Sarabande und Gavotte, etwa im Stile François Couperins, gegenüber. Die Chöre erfahren eine besonders farbige und rhythmisch lebendige musikalische Gestaltung, trefflich charakterisiert durch die dem Volkston abgelauschte Melodik (Glockenchor). Der Einfluß Richard Wagners beschränkt sich auf einige melodische oder harmonische Wendungen (z. B. Tonios Rache-Baßmotiv) und auf gelegentliche Themenwiederholungen im leitmotivischen Sinn. Die große Wirkungskraft verdankt aber der ›Bajazzo‹ der äußerst ansprechenden musikalischen Interpretierung der Gefühle und Leidenschaften durch die Macht des Belcanto.

Textdichtung
Leoncavallo schrieb sich das Textbuch zu ›Pagliacci‹ selbst. Die Operndichtung handelt von einer wahren Begebenheit, die der Dichterkomponist am Festtag Mariä Himmelfahrt, dem 15. August 1865, bei Montalto in Kalabrien persönlich erlebt hatte. Der damals siebenjährige Leoncavallo besuchte in Begleitung des Dieners der Familie die Vorstellung einer wandernden Komödiantentruppe, und als der Diener während der Vorstellung hinter den Kulissen mit der Frau des Bajazzo von dem eifersüchtigen Gatten ertappt wurde, erstach dieser beide; die Vorstellung endete mit der Verhaftung des Mörders. – Die deutsche Übersetzung stammt von Ludwig Hartmann. Die Titelübertragung ist ungenau; wohl wegen des schlecht klingenden deutschen Plurals (»Die Bajazzos« oder »Bajazzi«) wurde der Singular quasi als Sammelbegriff gewählt. »Pagliacci« bedeutet im Italienischen zunächst die zu Strohmännchen auf dem abgemähten Felde zusammengestellten Getreidegarben, im übertragenen Sinn dann die aus der Commedia dell'arte stammenden Lustspieltypen wie Harlekin, Taddeo, Colombine usw.

Geschichtliches
Leoncavallo beteiligte sich 1890 an dem Preisausschreiben des Mailänder Verlegers Edoardo Sonzogno mit seiner Oper ›Pagliacci‹, nachdem es zwischen ihm und seinem bisherigen Verleger Giulio Ricordi zu einem Bruch gekommen war. Preisgekrönt wurden damals Pietro Mascagnis ›Cavalleria rusticana‹ und Nicola Spinellis ›Labilia‹; der ›Bajazzo‹ mußte aus einem formalen Grunde bei der Konkurrenz ausscheiden, weil die Bedingungen des Preisausschreibens eine einaktige Oper verlangten, während Leoncavallos Werk, wenngleich es nicht abendfüllend ist, immerhin zwei Akte hat. Sonzogno setzte sich aber dennoch für das Werk ein, und zwei Jahre nach der Uraufführung der ›Cavalleria rusticana‹ (17. Mai 1890), am 21. Mai 1892, ging der ›Bajazzo‹ im Teatro dal Verme in Mailand zum ersten Mal in Szene. Leoncavallos Oper war derselbe Welterfolg beschieden wie Mascagnis ›Cavalleria rusticana‹, mit der sie gewöhnlich an einem Abend zusammen aufgeführt zu werden pflegt. Der außergewöhnliche Beifall, den der ›Bajazzo‹ bei seiner Erstaufführung in Berlin fand, trug Leoncavallo einen Opernauftrag Kaiser Wilhelms II. für einen Berliner Stoff ein (›Der Roland von Berlin‹).

György Ligeti

* 28. Mai 1923 in Dicsöszentmárton/Ungarn, † 12. Juni 2006 in Wien

Le Grand Macabre

Oper in zwei Akten (vier Bildern). Text von Michael Meschke und György Ligeti frei nach Michel de Ghelderodes ›La Ballade du Grand Macabre‹.

Solisten: *Chef der Geheimen Politischen Polizei (Gepopo*; Lyrischer Koloratursopran, m. P.) – *Venus* (Koloratursopran, kl. P.; kann auch von der Darstellerin des Gepopo mit übernommen werden) – *Clitoria* (Lyrischer Sopran, m. P.) – *Spermando* (Lyrischer Mezzosopran, m. P.) – *Go-Go*, Fürst von Breughelland (Knabensopran, auch Sopran, auch Countertenor, gr. P.) – *Astradamors*, Hofastrologe von Breughelland (Baß, gr. P.) – *Mescalina*, seine Frau (Dramatischer Mezzosopran, auch Dramati-

scher Alt, m. P.) – *Piet-vom-Faß*, Totengräber in Breughelland (Hoher Spieltenor, auch Charaktertenor, gr. P.) – *Nekrotzar* (Heldenbariton, auch Charakterbariton, gr. P.) – *Ruffiak* (Bariton, auch Baß, kl. P.) – *Schobiak* (Bariton, auch Baß, kl. P.) – *Schabernack* (Bariton, auch Baß, kl. P.) – *Weißer Minister* (Sprechrolle, m. P.) – *Schwarzer Minister* (Sprechrolle, m. P.).
Chor: Knabenchor, gemischter Chor (hinter der Bühne, m. Chp.).
Ort: Im Fürstentum Breughelland.
Schauplätze: Im schönen Breughelland – Im Hause des Hofastrologen – Am Hof des Fürsten Go-Go – Nach dem Weltuntergang im schönen Breughelland.
Zeit: Im soundsovielten Jahrhundert.
Orchester: 3 Fl. (II. und III. auch Picc.), 3 Ob. (II. auch Ob. d'amore, III. auch Eh.), 3 Kl. (II. auch Kl. in Es, auch Altsaxophon, III. auch Bkl.), 3 Fag. (III. auch Kfag.) – 4 Hr., 4 Trp., Btrp., 3 Pos., Tuba – Schl. (3 Spieler), 3 Mundharmonikas, Cel., Cemb., Klav./elektrisches Klav., Org./Regal, Mandoline, Hrf. – 3 Viol., 2 Violen, 6 Vcl., 4 Kb. – Bühnenmusik: Picc., Ob., Eh., Kl. in Es, Fag, 2 Trp., 2 Pos., Schl., Viol. (aus dem Orchester).
Gliederung: Durchkomponierte Großform.
Spieldauer: Etwa 2 Stunden.

Handlung
Im schönen Lande Breughelland. Piet-vom-Faß, Totengräber, Weinabschmecker und stets betrunken, erblickt mit Staunen ein schönes junges Liebespaar, Clitoria und Spermando, die außerhalb der Stadt ein ruhiges, ungestörtes Plätzchen suchen. Da erklingt aus einem Grab die warnende Stimme Nekrotzars, des Großen Makabren, der den nahen Untergang Breughellands prophezeit und die Zerstörung der Welt verkündet. Voller Zweifel und Angst fügt sich Piet dem Befehl Nekrotzars, ihm bei seinem Unternehmen als Knecht zu dienen, während das Liebespaar das leerstehende Grab entdeckt – der geeignete Ort für ungestörte Liebe. Nekrotzar schwingt die Sense, bläst auf der Trompete und präsentiert sich als Knochenmann; mit Piet im Gefolge bricht er auf, die Welt zu vernichten. – Im Haus des Hofastrologen. Von seinem Weib Mescalina wird der Hofastrologe Astradamors ausgepeitscht. Als er wie leblos zu Boden fällt, weckt sie ihn mit einer Spinne, vor der er sich höllisch fürchtet, wieder auf und treibt ihn zur Arbeit an. Durch sein Fernrohr entdeckt Astradamors sonderbare Lichterscheinungen und berechnet entsetzt die Ankunft eines Kometen, der um Mitternacht die Welt zerstören wird. Mescalina ist unterdessen eingeschlafen; im Traum erscheint ihr die Göttin Venus, und Mescalina fleht sie an, ihr endlich einen richtigen Mann zu schicken, denn ihre ersten zwei waren unbrauchbar. Da brechen Nekrotzar und Piet ein. Der Astrologe erschrickt, doch als ihm verkündet wird, er werde als Letzter sterben, bricht er in einen Freudentaumel aus. Nekrotzar geht auf die schlafende Mescalina los, und während diese noch glaubt, von Venus erhört worden zu sein, beißt ihr Nekrotzar in den Hals, worauf sie leblos zu Boden sinkt. Nekrotzar, Piet und Astradamors ziehen weiter zum fürstlichen Palast.
Am Hofe des Fürsten Go-Go. Der weiße und der schwarze Minister streiten sich und drohen dem kindlich-hilflosen Fürsten Go-Go mit ihrer Demission. Der Fürst ist hungrig, doch die Minister verweigern ihm das Essen, solange er nicht ein Dekret über astronomische Steuererhöhungen unterzeichnet. Da ändert der sonst so unterwürfige Go-Go seine Haltung: Er akzeptiert – zum Entsetzen der Minister – die Demission und stopft sich den Mund mit Essen voll. Der Chef der Geheimpolizei überbringt eine verschlüsselte Nachricht und deutet an, das Volk wolle den Palast stürmen. Die Minister versuchen, das Volk zu beschwichtigen, doch das Volk, voller Angst vor dem herannahenden Unheil, will seinen Fürsten sehen. Als dieser sich endlich an die Bürger von Breughelland wendet, erscheint der Geheimpolizeichef erneut und berichtet von der Ankunft einer schrecklichen, Unheil bringenden Gestalt. Es erscheint jedoch zuerst nur Astradamors, der fröhlich verkündet, er sei Witwer. Doch dann ertönen Alarmsirenen, und Go-Go versteckt sich voller Angst. Nekrotzar hält düster-prunkvollen Einzug und verkündet das Ende der Welt. Das Volk fleht um Erbarmen. Piet und Astradamors gelingt es, Nekrotzar zu einem Saufgelage zu überreden, und dieser hält im Rausch den Wein für Menschenblut. Plötzlich eine Explosion, blendendes Licht: Der Komet ist da. Nekrotzar scheint den Weltuntergang zu verpassen, doch dann verkündet er mit heroischer Geste: »Im Namen des Allmächtigen zerschmettere ich jetzt die Welt« und stürzt zu Boden. Alles ist still und dunkel im schönen Lande Breughelland. Piet und Astradamors träumen, sie seien im Himmel; Fürst Go-Go erscheint, und drei übriggebliebene Haudegen namens Ruffiak, Schobiak und Schabernack wollen die anderen Überlebenden ausrauben, als

sie ihren Fürsten erkennen. Da humpelt Nekrotzar herein, arg lädiert, und stellt entsetzt fest, daß seine Weltvernichtungsaktion fehlgeschlagen ist – der Komet hat die Erde knapp verfehlt. Mescalina, die Totgeglaubte, ist plötzlich springlebendig und erkennt in Nekrotzar ihren ersten Mann, und während Go-Go befiehlt, sie zu fesseln, schleppt Schabernack die beiden Minister herbei, die nun gegenseitig Mescalina beschuldigen, die Beseitigung des Fürsten geplant zu haben. Während des Streites dringen plötzlich erotische Laute aus dem Grab, und Clitoria und Spermando treten heraus; das Liebespaar hat den ganzen vermeintlichen Weltuntergang »verliebt«. Nekrotzar ist blamiert – war er der Tod oder nur ein Gaukler, der sich anmaßte, den Tod darzustellen? Während er von der Bühne schrumpft, feiern die Überlebenden das Hier und Jetzt. »Fürchtet den Tod nicht, gute Leut! Irgendwann kommt er, doch nicht heut', Und wenn er kommt, dann ist's so weit ... lebt wohl solang in Heiterkeit.«

Stilistische Stellung
Dem Komponisten György Ligeti ging es in seiner ersten abendfüllenden Oper (voraufgegangen waren nur die beiden knappen, lettristischen Aktionsstücke ›Aventures‹ und ›Nouvelles Aventures‹ ohne konkrete dramatische Handlung) darum, den Phantasieraum des Theaters zu nutzen zu einer raum- und zeitübergreifenden theatralischen Vision vom Ende der Welt; er griff dabei bewußt und vielfach parodierend auf die Gattungstradition der Oper zurück. Auch formal orientierte er sich an traditionellen Mustern und ging aus von einer Handlung »als Rückgrat, als Gerüst für Affekte, Charaktere und Bühnensituationen« (Ligeti). Dabei ging es ihm um eine primär musikalisch inspirierte Idee des »über-farbigen, comic-artigen« Geschehens: Charaktere und Bühnensituationen sollten direkt, knappgehalten, unpsychologisch und verblüffend sein. Bühnengeschehen und Musik sollten gefährlich-bizarr, ganz übertrieben, ganz verrückt sein: Die Neuartigkeit dieses Musiktheaters sollte sich nicht in den Äußerlichkeiten der Aufführung, sondern im Innern der Musik, durch die Musik manifestieren. Ligetis Musik ist – gesehen von diesen Voraussetzungen – durchaus theatergerecht: Vor allem aber weiß er kompositorische Latenz, die die Opernbühne braucht, mit rigorosen musikalischen Strukturen zu verbinden. So bleiben etliche Teile weitgehend unkomponiert, nur vom Orchester akzentuiert, während andererseits höchst komplexe Zitatcollagen und passacaglia-artige Strukturen musikalische Dominanz beanspruchen. Ligeti selbst hat seine Musik so charakterisiert: »Die Musik zum ›Macabre‹ ist nicht atonal, ist aber auch keine Rückkehr zur Tonalität. Sie nähert sich der Pop-Art. Sie ist auf eine Weise gegenständlich, es gibt darin Linien, melodische Zusammenhänge, die wie Gegenstände behandelt werden. Das Stück ist voll mit sehr viel Zitaten aus der Tradition, auch mit Pseudozitaten, ja oft falschen Zitaten.«

Textdichtung
Das Libretto von Ligetis Oper geht zurück auf das Schauspiel ›La Ballade du Grand Macabre‹ (1936) des flämischen Dichters Michel de Ghelderode. Ghelderode, der als Dramatiker der Todesgrotesken gilt, beschwört in all seinen Stücken die Breughel-Landschaft seiner Heimat: die eschatologische Atmosphäre der Bilder eines Hieronymus Bosch oder James Ensor, mit Szenen voll Unheimlichkeit und oft beklemmender Lächerlichkeit und grotesker Tragik – im ›Macabre‹ zumal deutlich bezogen auf den europäischen Faschismus. Ligeti und der Librettist Michael Meschke haben den Text in der Libretto-Fassung nicht nur gekürzt, sondern auch entpolitisiert: Neben dem wortmächtigen, barock ausufernden Original wirkt das Libretto sprachärmer und trivialer – was sicher daran liegt, daß es Ligeti darauf ankam, den Text zu »jarryfizieren«, wobei bisweilen aber eher Kalauer produziert wurden, und auch die Obszönität des Originals weicht einer bisweilen eher verklemmten Maulhurerei.

Geschichtliches
Ligetis ›Le Grand Macabre‹ entstand als Auftragswerk des Königlichen Opernhauses in Stockholm. Den Auftrag erteilte der damalige Opernchef Göran Gentele Ligeti bereits 1965, aber nach mehreren dann verworfenen Arbeitsansätzen und nach dem plötzlichen Unfalltod Genteles wurde ›Le Grand Macabre‹ erst im April 1977 abgeschlossen. Die Uraufführung fand am 12. April 1978 in Stockholm in der Inszenierung von Michael Meschke statt, die deutsche Erstaufführung am 15. Oktober 1978 inszenierte Gilbert Deflo in Hamburg; danach wurde das Werk in Saarbrücken, Bologna, Nürnberg, Paris, London und Houston (Texas) aufgeführt und hat sich inzwischen die Bühnen erobert.

W. K.

Albert Lortzing

* 23. Oktober 1801, † 21. Januar 1851 in Berlin

Zar und Zimmermann

Komische Oper in drei Aufzügen. Dichtung vom Komponisten.

Solisten: *Peter I.*, Zar von Rußland, unter dem Namen *Peter Michailow* als Zimmergeselle (Kavalierbariton, auch Lyrischer Bariton, gr. P.) – *Peter Iwanow*, ein junger Russe, Zimmergeselle (Lyrischer Tenor, auch Spieltenor, gr. P.) – *van Bett*, Bürgermeister von Saardam (Schwerer Spielbaß, gr. P.) – *Marie*, seine Nichte (Lyrischer Sopran, auch Soubrette, gr. P.) – *Admiral Lefort*, russischer Gesandter (Charakterbaß, m. P.) – *Lord Syndham*, englischer Gesandter (Baß, m. P.) – *Marquis von Chateauneuf*, französischer Gesandter (Lyrischer Tenor, m. P.) – *Witwe Brown*, Zimmermeisterin (Spielalt, kl. P.) – *Ein Offizier* (Sprechrolle, kl. P.) – *Ein Ratsdiener* (Sprechrolle, kl. P.).
Chor: Holländische Offiziere – Soldaten – Magistratspersonen – Ratsdiener – Einwohner von Saardam – Zimmerleute – Matrosen – Volk (gr. Chp.).
Ballett: Holzschuhtanz (III. Akt).
Ort: Saardam in Holland.
Schauplätze: Arbeitsplatz auf den Schiffswerften zu Saardam – Das Innere einer großen Schenke – Große Halle im Stadthaus zu Saardam mit großem Bogen im Hintergrund, der mit einem Vorhang geschlossen ist, bei geöffnetem Vorhang Ausblick auf den Hafen von Saardam.
Zeit: Das Jahr 1698.
Orchester: 2 Fl. (II. auch Picc.), 2 Ob., 2 Kl., 2 Fag., 4 Hr., 2 Trp., 3 Pos., P., Schl., Str. – Bühnenmusik: 1 Picc., 2 Kl., 2 Fag., 2 Hr., 1 kl. Tr.
Gliederung: Ouvertüre und 16 Musiknummern, die durch einen gesprochenen Dialog miteinander verbunden werden.
Spieldauer: Etwa 2¾ Stunden.

Handlung

Zar Peter I. von Rußland, der unter dem Namen Peter Michailow sich auf der Werft von Saardam als einfacher Zimmermann Kenntnisse in der Schiffsbaukunst erwirbt, entschließt sich zur sofortigen Heimreise, als ihm vom russischen Gesandten, Admiral Lefort, alarmierende Nachrichten über einen Aufstand in der Heimat überbracht werden. Er verschiebt jedoch die Abreise um einen Tag, um noch einem günstigen Vertragsangebot des französischen Gesandten Chateauneuf näherzutreten, der mit diplomatischem Geschick das Inkognito des Zaren zu lüften verstand. Auch der englische Gesandte, Lord Syndham, sucht Verbindung mit dem Zaren aufzunehmen. Der phlegmatische Engländer zieht es aber vor, den Gesuchten nicht selbst, sondern durch den Bürgermeister van Bett ermitteln zu lassen, und bietet diesem 2000 Pfund an für den Fall, daß er einen ausländischen Zimmergesellen namens Peter auf der Werft ausfindig macht. Das ebenso aufgeblähte wie einfältige Stadtoberhaupt erblickt hierin eine ehrenvolle Aufgabe für seine staatsmännische Klugheit und glaubt, den gewünschten Mann in dem munteren Peter Iwanow entdeckt zu haben, der in des Bürgermeisters hübsche Nichte Marie vernarrt ist und das Mädchen ständig mit übertriebener Eifersucht quält.
Am Abend beim Hochzeitsfest des Sohnes der Zimmermeisterin Witwe Brown führt van Bett dem Lord seinen Kandidaten zu, der aber in Wirklichkeit ein fahnenflüchtiger Ausreißer ist und in Syndham einen Abgesandten seines Obersts vermutet, während am Nebentisch der Zar mit Lefort und Chateauneuf ungestört den Staatsvertrag entwirft und abschließt. Eine gefährliche Situation entsteht für den Zaren, als plötzlich eine Abteilung Soldaten auf Weisung der holländischen Regierung den Hafen von Saardam sperrt, um die sich in letzter Zeit häufende Ausreise hochwertiger Arbeitskräfte zu verhindern, die von Agenten eines fremden Landes angeworben worden waren.
Aber während van Bett am nächsten Morgen mit großer Wichtigtuerei ein glänzendes Fest mit Kantate und Ballett zu Ehren des vermeintlichen Zaren vorbereitet, gelingt es Michailow, dem gutmütigen Iwanow einen Paß abzugewinnen, den dieser vom englischen Gesandten erhalten hat. Als Zar Peter sodann unter Kanonendonner auf einer ebenfalls vom Lord zur Verfügung gestellten englischen Yacht im Hafen zur Ausfahrt

ansetzt, wird endlich allen offenbar, wer der echte Kaiser ist. Nach bewegten Worten des Abschieds nimmt der Zar auch Marie und Iwanow an Bord, den er zum Dank für seine wertvollen Dienste als kaiserlichen Oberaufseher in die Heimat mitnimmt. Unter jubelnden Huldigungsbezeugungen des Volkes läuft das Schiff aus.

Stilistische Stellung

Von frühester Jugend auf mit den Brettern der Bühne verwachsen, war Lortzing als ausübender Praktiker (Schauspieler, Sänger, Spielleiter und zuletzt auch Kapellmeister) mit allen Zweigen der dramatischen Kunst in Berührung gekommen. Sein guter Geschmack verwies ihn als Schaffenden auf den Bereich, der seinem Talent entsprach: das volkstümliche musikalische Lustspiel. Anknüpfend an das deutsche Singspiel eines Johann Adam Hiller-Christian Felix Weiße und eines Karl Ditters von Dittersdorf verfaßte er wirkungsvolle Opernbücher; auf der Grundlage des musikalischen Vorbilds Mozart und unter Einbeziehung des flüssigen Konversationstons der Opéra comique (z. B. die filigranhafte Eifersuchts-Ariette der Marie) gelang ihm die Auffindung eines eigenen Stils, den er bereits in seiner Oper ›Die beiden Schützen‹ erfolgreich entwickelte und in ›Zar und Zimmermann‹ im wesentlichen endgültig festlegte. Die deutsche Oper bereicherte er dadurch um einen neuen Zweig: die Spieloper. Charakteristisch für diese Gattung ist die sinnfällige Darstellung einer Welt, deren Denken und Fühlen dem natürlichen Empfinden der Volksseele entspricht. Musikalisch sublimiert sich diese Gestaltungsweise in erster Linie in dem schlichten, unsentimentalen Lied, einem Wahrzeichen der Lortzingschen Partituren. Es erscheint im ›Zar und Zimmermann‹ in verschiedenen Schattierungen: bei dem kernigen Zimmermannslied, dem »Flandern«- und dem Brautlied, denen eine flandrische beziehungsweise russische Volksweise zugrunde liegt, sowie bei dem gefühlswarmen Zarenlied. Die Duette weisen eine für Lortzing typische Form auf, deren komische Wirkung darauf beruht, daß die Wiederholung der musikalischen Gedanken mit vertauschten Rollen erfolgt. Unter den Ensemblestücken, die auch für Chor und Ballett dankbare Aufgaben enthalten, ragen besonders das kunstvoll gearbeitete Sextett mit den diplomatischen Verhandlungen sowie die urkomische Kantatenprobe hervor.

Textdichtung

In der langen Reihe der Opern-, Lustspiel- und Singspielbearbeitungen des ›Zar‹-Stoffes sind zunächst hervorzuheben das bereits 1780 erschienene musikalische Drama ›Peter der Große‹ des Gothaer Komponisten Christoph Gottlob Hempel (1715–1801) sowie die Oper ›Pierre le Grand‹ von André-Ernest-Modeste Grétry (1790 Paris), Text von Jean Nicolas Bouilly, den Georg Friedrich Treitschke als Festoper für den Wiener Kongreß deutsch bearbeitete und Josef Weigl neu komponierte (1814 Wien). Auch Saverio Mercadante (1827 Lissabon), Gaetano Donizetti (1827 Neapel), Adolphe Adam (1829 Paris), Friedrich von Flotow (1835 Ludwigslust) und nach Lortzing noch Giacomo Meyerbeer (›Der Nordstern‹, 1854 Paris) bedienten sich dieses dankbaren Sujets. Lortzing lernte den ›Zar‹-Stoff schon als Knabe in Bamberg kennen, wo die Oper ›Frauenwert oder Der Kaiser als Zimmermann‹ von Karl August Ludwig Freiherr von Lichtenstein 1814 aufgeführt wurde. Als unmittelbare Vorlage diente ihm aber das französische Vaudeville ›Le bourgmestre de Sardam ou Les deux Pierres‹ (1818 Paris) von Mélesville (Pseudonym für Anne Honoré Joseph Duveyrier; 1787–1865), Jean Toussaint Merle und Eugène Cantiran de Boirie, das in zwei deutschen Übersetzungen von Ferdinand von Biedenfeld (1788–1862) und von Georg Christian Römer (1766–1829) erschienen war und in dem Lortzing selbst wiederholt den Marquis de Chateauneuf spielte. Während der Dichterkomponist das zweiaktige Lustspiel ziemlich szenengetreu übernommen hat, ist der III. Akt seiner Oper mit der köstlichen Kantatenprobe, dem wirksamen Zarenlied und dem veränderten Schluß seine eigene Erfindung. Die Anregung zu dem reizenden Duett Marie-Iwanow verdankte er wahrscheinlich einer entsprechenden Szene in Donizettis ›Borgomastro di Saardam‹, der am 2. August 1837 in Berlin zur Aufführung kam. Der volle Titel des Werkes lautet: ›Zar und Zimmermann oder Die beiden Peter‹. Die Handlung folgt den historischen Tatsachen nur in loser Anlehnung. Der holländische Ort, auf dessen Werft Peter der Große als Zimmermann arbeitete, heißt in Wirklichkeit Zaandam.

Geschichtliches

Bereits zehn Monate nach der freundlichen Aufnahme seiner Oper ›Die beiden Schützen‹ konnte Lortzing am 22. Dezember 1837 in Leipzig seinen ›Zar und Zimmermann‹ zur Uraufführung bringen, in der er selbst die Partie des Peter Iwanow übernahm. Erfuhr das Werk in Leipzig, vor allem von seiten der Kritik, noch keine einmütige Zustimmung, so hatte es bei seiner Erstaufführung in Berlin (4. Januar 1839) einen durchschlagenden Erfolg, der ihm bis auf unsere Tage treu geblieben ist. Die Oper wurde mehrfach in fremde Sprachen übersetzt. Bei Aufführungen des Werkes in Rußland wurde die Handlung unter Umbenennung der männlichen Hauptrollen nach Deutschland verlegt, weil dort der Zar auf der Bühne nicht erscheinen durfte.

Der Wildschütz

Komische Oper in drei Akten. Dichtung vom Komponisten.

Solisten: *Graf von Eberbach* (Kavalierbariton, auch Lyrischer Bariton, gr. P.) – *Die Gräfin*, seine Gemahlin (Alt, m. P.) – *Baron Kronthal*, Bruder der Gräfin (Lyrischer Tenor, gr. P.) – *Baronin Freimann*, eine junge Witwe, Schwester des Grafen (Lyrischer Koloratursopran, auch Lyrischer Sopran, gr. P.) – *Nanette*, ihr Kammermädchen (Mezzosopran, kl. P.) – *Baculus*, Schulmeister auf dem Gut des Grafen (Spielbaß, gr. P.) – *Gretchen*, seine Braut (Soubrette, m. P.) – *Pankratius*, Haushofmeister auf dem gräflichen Schloß (Spielbaß, auch Charaktertenor, m. P.).
Chor: Dienerschaft und Jäger des Grafen – Dorfbewohner – Schuljugend (im Finale des I. Aktes Männerchor geteilt in Jäger und Bauern, im Finale des III. Aktes Kinderchor; m. Chp.).
Ballett: Bäuerliche Contredanse zu Anfang der Oper.
Ort: Der I. Akt spielt in einem eine Stunde vom Schloß gelegenen Dorf, der II. und III. Akt im Schloß selbst.
Schauplätze: Ländliche Gegend, seitwärts das Haus des Schulmeisters, diesem gegenüber Gretchens Wohnung, im Hintergrund das Wirtshaus – Eleganter Salon mit Billard im Schloß zu Eberbach – Eleganter Park mit Gittertor im Hintergrund, links ein Pavillon, rechts Eingang zum Schloß und Laube.
Zeit: Anfang des 19. Jahrhunderts.
Orchester: 2 Fl. (II. auch Picc.), 2 Ob., 2 Kl., 2 Fag., 4 Hr., 2 Trp., 3 Pos., P., Schl., Str.
Gliederung: Ouvertüre und 16 Musiknummern, die durch einen gesprochenen Dialog miteinander verbunden werden.
Spieldauer: Etwa 2½ Stunden.

Handlung

Das fröhliche Verlobungsfest des ältlichen Schulmeisters Baculus mit dem niedlichen Gretchen findet eine jähe Unterbrechung, als dem Lehrer ein Brief überreicht wird, in dem der Herr des Dorfes, Graf Eberbach, ihn wegen Wilderns seines Postens enthebt. Baculus hatte sich nämlich durch seine Braut verleiten lassen, zur Bereicherung des Verlobungsmahles in den gräflichen Wäldern einen Bock zu schießen, wobei er ertappt worden war. Gretchen will nun selbst beim gnädigen Herrn Fürbitte für ihren Bräutigam einlegen, aber der eifersüchtige Alte läßt das hübsche Mädchen nicht aufs Schloß, da ihm dieser Schritt bei dem Grafen, der als Schürzenjäger bekannt ist, zu gewagt erscheint. Als Retter in der Not erscheinen zwei Studenten, von denen sich der eine bereit erklärt, in Mädchenkleidung aufs Schloß zu gehen und dort die Rolle der Braut zu übernehmen. Baculus und Gretchen sind froh und zugleich belustigt über diese Lösung. Sie ahnen freilich nicht, daß sie in den beiden jungen Männern die Schwester des Grafen, Baronin Freimann, und ihre Kammerzofe Nanette vor sich haben. Die Baronin wählte diese Verkleidung, um auf dem Schloß ihres Bruders, der sie seit ihrer Kindheit nicht mehr gesehen hat, zunächst einmal unerkannt sich den Baron Kronthal, Bruder der Gräfin Eberbach, zu besehen. Der Baron wie die Baronin sind verwitwet und wollen nach den trüben Erfahrungen ihrer Ehe unter Ignorierung aller Standesrücksichten bei einer Wiederverheiratung nur mehr der Stimme des Herzens folgen. Daher wahrt auch der Baron sein Inkognito als bürgerlicher Stallmeister, und außer dem Grafen weiß niemand auf dem Schloß, wer er ist, auch seine Schwester nicht, die ihn zuletzt als Säugling gesehen hat. Auf der Rückkehr von der Jagd lädt der Graf bei einer Rast im Dorfwirtshaus Gretchen und die nunmehr als Bauernmädchen verkleidete Baronin, von deren natürlichem Charme Baron Kronthal sogleich entzückt ist, zu seinem morgigen Geburtsfest ein.
Am Abend gewinnt sich Baculus im Anschluß an eine Sophokles-Vorlesung der gräkomanischen Gräfin bald die Gunst der Schloßherrin als

Fürsprecherin, indem er auf Rat des Haushofmeisters Pankratius sich ihr gegenüber mit ein paar rasch zusammengeklaubten Zitaten als begeisterter Gräzist ausweist. Da betritt der Graf den Salon. Zornig erklärt er, keine Gnade für den Wilddieb walten zu lassen. In seiner Bedrängnis ruft Baculus aus dem Fenster nach dem »Studenten«, der ihm Beistand leisten soll. Daraufhin erscheint zunächst der Baron und gleich danach die Baronin, die sich jetzt als Braut des Lehrers ausgibt. Sie fährt Baculus scharf an, weil er sie unbedacht als »Student« apostrophiert hat. Die Gräfin verlangt, daß sich das »Brautpaar« augenblicklich zur Versöhnung küssen soll. Als Baculus daraufhin der Baronin einen derben Schmatz gibt, reagieren der Graf und der Baron eifersüchtig. Ein Gewitter gibt den willkommenen Vorwand, das Mädchen die Nacht über auf dem Schloß festzuhalten. Nach eifriger Debatte, bei wem die »Braut« und bei wem der »Bräutigam« übernachten soll, ist der Graf einverstanden, daß beide die Nacht im Salon verbringen. Sowohl der Graf wie auch der Baron machen sich sogleich erbötig, als Hüter des Anstands im Salon zu verbleiben. Die beiden wollen sich die Zeit mit Billardspielen vertreiben. Baculus memoriert aus seinem Gesangbuch für den morgigen Festtag den Choral, während die Baronin aus ihrem Körbchen ein Strickzeug hervorholt und höchst amüsiert die Situation beobachtet. Da klingelt die Gräfin. Ärgerlich geht der Graf zu ihr, in der Zwischenzeit nützt der Baron eilig die Gelegenheit, der Baronin eine feurige Liebeserklärung zu machen. Der Graf kommt zurück und schickt den Baron unter einem Vorwand zur Gräfin. Rasch macht der Graf den Versuch, die Baronin zu küssen, aber der Baron ist gleich wieder zurück. Nun setzen die beiden ihre Billard-Partie in gereizter Stimmung fort, während Baculus durch wiederholtes Brüllen des Chorals »Wach auf mein Herz und singe!« sich »in den Schlaf zu singen« versucht. Die Spieler geraten so in Harnisch, daß sie mit ihren Stöcken die Lampe zum Verlöschen bringen. In der Dunkelheit sucht jeder der beiden Männer, die Baronin zu haschen, die sich aber schnell unter dem Billardtisch versteckt hat. Auf den Lärm hin erscheint die Gräfin im Negligé, gleich nach ihr kommt der Haushofmeister Pankratius mit Licht. Im Dunkeln hat der Graf die Gräfin, der Baron den Schulmeister in die Arme geschlossen. Die Gräfin ist sogleich im Bild, was hier vorgegangen ist, und holt das Mädchen für die Nacht auf ihr Zimmer. Der Baron nimmt sich aber schnell noch Baculus vor und bietet ihm fünftausend Taler an für den Fall, daß er ihm seine Braut abtritt. Freudig willigt der Schulmeister ein und überlegt sogleich hochtrabende Zukunftspläne.

Am nächsten Morgen führt Baculus dem erstaunten Baron seine wirkliche Braut, Gretchen, zu; verdutzt gesteht er dem Enttäuschten, daß »die andere« gar kein Frauenzimmer, sondern eine Mannsperson sei. Nun fallen der Reihe nach die Masken und jeder der in komischer Situation Betroffenen zieht sich dadurch aus der Affaire, daß er vorgibt, schuldlos zu sein und bei seinen Gefühlen nur der Stimme der Natur gefolgt zu sein. Dem Baron steht jetzt zu seinem Glück nichts mehr im Weg. Als bei der Gratulationscour der Dorfbewohner Baculus seine Schuljugend um Gnade für ihren Lehrer bitten läßt, will der Graf schon gerührt seine Vergebung bekannt geben, da wird ihm von Pankratius gemeldet, daß auch der schuldbewußte Schulmeister unschuldig sei, denn er habe in der Dämmerung statt eines Rehbockes seinen eigenen Esel geschossen.

Stilistische Stellung

›Der Wildschütz‹ ist Lortzings gelungenste und wertvollste Bühnenschöpfung. Mit Feinsinn und Geschmack wußte der Dichterkomponist die derbe Pikanterie des Kotzebueschen Stückes durch Veränderungen und eigene Zutaten zu veredeln und das Sujet durch seine liebenswürdige Musik in eine gehobene künstlerische Atmosphäre zu rücken. In diesem Sinn wird das Werk mit Recht in Parallele zu Mozarts ›Figaros Hochzeit‹ gezogen. Musikalisch baut Lortzing seinen im ›Zar und Zimmermann‹ entwickelten Eigenstil weiter aus. Schon die Ouvertüre stellt mit ihrer Anknüpfung an die charakteristischen Themen der Oper den Grundton des Werkes fest: sonnige Heiterkeit und Lebensfreude in einem ländlich-idyllischen Milieu; ein reizvoller Einfall: der Flintenschuß des Wildschützen Baculus hinter dem Vorhang während einer Generalpause der Ouvertüre, durch den die Vorgeschichte der Handlung angedeutet wird. Entsprechend der alten Singspielpraxis wird der Gegensatz Dorfbewohner und vornehme Adelspersonen in Melodik und Formen zum Ausdruck gebracht: die schlichte, volkstümliche Weise beim Lied der als Bäuerin verkleideten Baronin, Dudelsackbässe bei der altväterischen Contredanse der Dorfjugend und beim Aufzug der Landleute, der kindlichnaive Ton beim Gesang der Schulkinder sowie der lustige Dreher bei der Tanzprobe der Mädchen mit dem Grafen; demgegenüber: die elegant geschliffene Tonsprache bei der Arie des Grafen (Polonaise) und bei den Ensemble-Gesängen der Schloßbewohner, von denen das Billard-Quintett mit dem Choral des Schulmeisters als Cantus firmus besonders kunstvoll gearbeitet ist. Ein frisches Tempo wahrt den Lustspielcharakter der mit witzigen und humorvollen Zügen reich ausgestatteten Partitur, die den Begründer der deutschen Spieloper zugleich als Vollender dieser spezifisch deutschen Operngattung erscheinen läßt.

Textdichtung

Lortzing schrieb sich den Text zu seinem ›Wildschütz‹ nach dem 1815 erschienenen und seinerzeit vielgespielten Lustspiel ›Der Rehbock oder Die schuldlosen Schuldbewußten‹ von August von Kotzebue (1761–1819). Dabei wußte er die komische Wirkung der Vorlage durch eine Reihe glücklicher Einfälle wesentlich zu bereichern. So ist Lortzings eigene Erfindung: die köstliche Billard-Szene, der urkomische Haushofmeister Pankratius sowie vor allem die prächtige Buffo-Figur des Schulmeisters Baculus (anstelle des wenig sympathischen Pächters Grauschimmel bei Kotzebue). Lortzing wollte diese Partie ursprünglich nach dem Erziehungs-Reformator Johannes Bernhard Basedow (1724–1790) benennen, auf den er auch mit dem ›A-B-C-D-Lied‹ (»A-B-C-Buch der realen und nominalen menschlichen Erkenntnis«) sowie mit den von allen Mitwirkenden betonten »Grundsätzen« anspielte. Gretchen ist nicht wie im ›Rehbock‹ bereits Frau, sondern erst Braut, wodurch die Situation mit der Verwechslung wahrscheinlicher und schlagkräftiger geworden ist. Mit der Sophokles-Schwärmerei der Gräfin Eberbach parodierte Lortzing die Gräkomanie, von der ganz Leipzig im Anschluß an die Aufführung der ›Antigone‹ (mit der Musik von Felix Mendelssohn, 5. März 1842) befallen war. Sie erscheint so ungezwungen und natürlich mit der Oper verwachsen, daß sie auch heute noch ihre unverminderte Wirkung ausstrahlt, obwohl sie doch nur als Satire auf eine augenblickliche Tagesströmung gedacht war. Der volle Titel des Werkes lautet: ›Der Wildschütz oder Die Stimme der Natur‹.

Geschichtliches

›Der Wildschütz‹ entstand 1842 und wurde am 31. Dezember des gleichen Jahres im Alten Theater zu Leipzig uraufgeführt. Die Oper fand dank einem ausgezeichneten spielgewandten Sängerensemble lebhafte Anerkennung und hatte bereits im nächsten Jahr auch in Dresden und Berlin besten Erfolg.

Jean-Baptiste Lully (Giovanni Battista Lulli)

* 29. September 1632 in Florenz, † 22. März 1687 in Paris

Atys

Tragédie en musique in einem Prolog und fünf Akten. Dichtung von Philippe Quinault.

Solisten: Prolog: *Le Temps/der Gott der Zeit* (Bariton, auch Baß, kl. P.) – Die Frühlingsgöttin *Flore/Flora* (Sopran, kl. P.) – *Zephir* (Haute-Contre, auch Tenor, kl. P.) – *Melpomène/Melpomene*, die Muse der Tragödie (Sopran, kl. P.) – *Iris* (Sopran, kl. P.). Handlung: *Atys*, Verwandter der Sangaride und Freund des Celenus (Haute-Contre, auch Lyrischer Tenor, gr. P.) – *Idas*, Freund des Atys und Bruder der Nymphe Doris (Baß, m. P.) – *Sangaride*, Nymphe, Tochter des Flusses Sangar (Lyrischer Sopran, gr. P.) – *Doris*, Nymphe, Freundin der Sangaride (Lyrischer Sopran, auch Lyrischer Mezzosopran, m. P.) – Die Göttin *Cybèle/Kybele* (Jugendlich-dramatischer Sopran, gr. P.) – *Melisse*, Vertraute und Priesterin der Cybele (Sopran, kl. P.) – *Celenus*, König von Phrygien und Sohn des Neptuns, der Sangaride liebt (Charakterbariton, gr. P.) – *Le Sommeil, der Gott des Schlafes* (Haute-Contre, auch Tenor, kl. P.) – *Morphée/Morpheus* (Haute-Contre, auch Tenor, kl. P.) – *Phobetor* (Baß, kl. P.), *Phantase* (Tenor, auch Bariton, kl. P.) – *Ein unheilverkündender Traum* (Baßbariton, kl. P.) – *San-*

gar, Flußgott und Vater Sangarides (Baß, kl. P.) – *Ein Flußgott* (Tenor, kl. P.) – *Zwei Quellgottheiten* (Sopran, Mezzosopran, kl. P.) – *Alecton/Alekto* (Stumme Rolle).
Chor: Prolog: Die Stunden des Tages und der Nacht, Nymphen. Handlung: Männer und Frauen aus Phrygien. Männer und Frauen verschiedener, zur Verehrung der Cybèle erschienenen Völker, Zephire. Die unheilverkündenden Träume (Männerchor). Flußgötter, Gottheiten der Quellen und Bäche. Männer und Frauen aus Phrygien, Quellnymphen, Waldgottheiten, Korybanten (m. P.).
Ballett: Prolog: Nymphen und vier kleine Zephire im Gefolge der Flore, die Helden Hercule (Herkules), Antée (Antheus), Etheocle (Etheokles), Polinice (Polynikos), Castor, Pollux, Lincée (Lynceus) und Idas im Gefolge der Melpomène. Handlung: Männer und Frauen aus Phrygien. Männer und Frauen verschiedener zur Verehrung der Cybèle erschienenen Völker, Zephire. Angenehme und unheilverkündende Träume. Flußgötter, Gottheiten der Quellen und Bäche. Quellnymphen, Waldgottheiten, Korybanten.
Statisten: Gefolge des Celenus, Priesterinnen der Cybèle.
Ort: Phrygien.
Schauplätze: Prolog: Palast des Gottes der Zeit. Handlung: Ein der Cybèle geweihter Berg. Der Tempel der Cybèle. Der Palast des Hohenpriesters der Cybèle, der sich zeitweise in eine von Quellen sanft umrauschte Höhle verwandelt. Der Palast des Flußgottes Sangar. Eine liebliche Gartenlandschaft.
Zeit: Mythische Vorzeit.
Orchester: Blockflöten (Fl.), Ob., Tenorob., Krummhörner, Fag., Schl., Str., B. c. Es ist überliefert, daß die Zephire im II. Akt auf 5 Oboen, darunter mindestens 2 Tenorinstrumente, und 3 Krummhörnern spielten. William Christie besetzte in seiner CD-Einspielung von 1987 5 Blockflöten (darunter ein alternierend eingesetztes Baßinstrument), 5 Oboen (darunter 2 alternierend eingesetzte Tenorinstrumente) und 3 Fagotte. Aus den Violinen des Grand Chœur (Hauptorchester) rekrutierte er ein teilweise auch solistisch eingesetztes Favoritensemble für die Ritournelles. Die Continuo-Gruppe (Petit Chœur) besetzte er mit 2 Claveçins, Basse de violon, 2 Basses de viole, Laute, Erzlaute (alternierend mit Luth piccolo), Theorbe und Gitarre.
Gliederung: In Szenen unterteilte Akte, die sich in Rezitative, geschlossene Gesangsformen, Tänze, Orchestersätze (Préludes, Ritournelles etc.) und Chöre gliedern.
Spieldauer: Etwa 2¾ Stunden.

Handlung
Prolog: Der Gott der Zeit huldigt, umgeben von seiner aus den Stunden gebildeten Dienerschaft, Ludwig XIV., dessen Ansehen dasjenige sämtlicher bisher als berühmt geltender Heroen in den Schatten stelle. Obwohl es Winter ist, hat sich sogar die Frühlingsgöttin Flore in Begleitung von Zephiren und Nymphen bei Hofe eingefunden, um dem Souverän ihre Reverenz zu erweisen. Die Frühlingszeit stehe dazu nämlich nicht zur Verfügung, da sich der König dann wieder zur Mehrung seines Ruhms als Kriegsherr betätigen werde. Danach tritt – umgeben von streitsüchtigen Helden der Antike – Melpomène, die tragische Muse, herein. Sie will dem heiteren Treiben Flores Einhalt gebieten, damit auf Geheiß der Göttin Cybèle die Erinnerung an deren Liebling Atys wachgehalten werde. Den Dissens zwischen Flore und Melpomène schlichtet die Götterbotin Iris: Gemäß dem Wunsch der Cybèle sollen Frühlingsgöttin und Muse sich versöhnen, um im Einklang von Natur und Kunst das Schicksal des Atys zur Darstellung zu bringen. Alle hoffen, daß der König bei dem bevorstehenden Schauspiel Zerstreuung finden möge.
Handlung: Zur Morgenstunde ruft Atys die Phrygier aus dem Schlaf, damit sie der von ihrem heiligen Berg herabsteigenden Göttin Cybèle ihre Verehrung bekunden. Obwohl er sich nach außen hin heiter und ausgeglichen gibt, kann Atys seinen Vertrauten Idas über sein wirkliches Befinden nicht hinwegtäuschen; und so gesteht er dem Freund unter dem Siegel der Verschwiegenheit, daß ihn unerfüllte Liebe betrübe. Inzwischen haben sich auch Sangaride und ihre Freundin Doris zum heiligen Berg aufgemacht. Atys beglückwünscht Sangaride zu ihrer bevorstehenden Hochzeit mit Celenus, dem phrygischen König. Obwohl sie es ist, der seine unausgesprochene Zuneigung gilt, spielt er weiterhin den Gleichmütigen, der damit zufrieden ist, von der Liebe bislang verschont geblieben zu sein. Seine scheinbare Gleichgültigkeit stürzt Sangaride in tiefen Kummer, so daß sie Doris das Geheimnis ihrer stillen Liebe zu Atys anvertraut. Doris stimmt mit Sangaride darin überein, daß niemand von dieser unglücklichen Leidenschaft erfahren dürfe. Nachdem sich Doris aufgemacht hat, um die Nymphen zum Fest herbeizuführen,

treffen Sangaride und Atys abermals aufeinander. Nun können sie ihre wechselseitige Zuneigung voreinander nicht mehr verbergen. Angesichts des zum Fest herbeieilenden Volkes beschließen sie, weiterhin Stillschweigen zu wahren. Tanzend und singend sehnen alle das Kommen der Göttin herbei, die schließlich sich huldvoll zu ihrem Volke herabläßt. Sie lädt alle in den Tempel ein, in dem sie gesonnen sei zu verkünden, wen sie sich zum Hohenpriester erwählt habe.

Im Tempel der Cybèle erwarten Celenus und Atys, die beide als Kandidaten für das Priesteramt ausersehen sind, den Spruch der Göttin. Celenus ist darüber beunruhigt, beim vorausgegangenen Fest seine Braut in einem Zustand nur schlecht verborgener Aufgewühltheit vorgefunden zu haben. Er hegt Zweifel über die Aufrichtigkeit ihrer Zuneigung und vermutet, es mit einem unbekannten Rivalen zu tun zu haben. Indem Atys nach wie vor den Liebesverächter mimt, gelingt es ihm, jeden Verdacht von sich zu lenken. Allerdings kann er mit der Zusicherung, Sangaride werde sich gemäß der Pflicht und der Ehre an ihren künftigen Gatten binden, dem nach unbedingter Liebe verlangenden Celenus die Eifersucht nicht ausreden. Cybèle teilt im Kreise ihrer Priesterinnen und ihrer Vertrauten Melisse dem König mit, daß sie sich für Atys als Hohenpriester entschieden habe. Sie begründet ihre Wahl damit, daß Celenus aufgrund seiner Abstammung von Neptun auch ohne ihren Beistand mächtig sei. Der König zeigt sich um so mehr erfreut, als damit seiner Heirat mit Sangaride nichts mehr im Wege steht. Im Zwiegespräch mit Melisse wird aber der wahre Beweggrund für Cybèles Entscheidung offenbar: ihre Liebe zu Atys. Im Schlaf soll der Geliebte von der Zuneigung der Göttin erfahren. Und so weist Cybèle ihre Dienerin an, den Schlafgott und seine Söhne, die Träume, herbeizuholen. Zunächst aber führt sie Atys in sein Amt ein, wobei die Zephire und die Abgesandten zahlreicher Völkerscharen der Göttin und dem neuen Hohenpriester ihre Verehrung bezeigen.

Im Palast des Hohenpriesters trauert Atys seiner verlorenen Liebe nach, als er von Idas und Doris mit einer Botschaft von Sangaride aufgesucht wird. Sie wolle sich der Göttin anvertrauen und um Dispens von der Heirat bitten. Obgleich er sich der Hilfe Cybèles sicher glaubt, zögert Atys zunächst, den König zu verraten. Doch alsbald gewinnt seine Leidenschaft für Sangaride überhand, weshalb er Idas und Doris bittet, die Geliebte herzuführen. Danach wird Atys von Müdigkeit übermannt. Während sich der Palast in eine von Bächen sanft umrauschte Höhle verwandelt, schläft er ein. Der Schlaf und seine Söhne – die Träume Morpheus, Phobetor und Phantase – kommen herbei. Sie erzählen dem Schlummernden in Liedern und Tänzen von Cybèles Zuneigung und dem ihm daraus erwachsenden Glück, das allerdings an seine unverbrüchliche Treue gebunden sei. Plötzlich aber weichen die friedlichen Söhne des Schlafs einem ihrer unheilverkündenden Brüder, der eine ganze Schar häßlicher Alpträume anführt. In ihnen wird Atys vor einer Zurückweisung der Göttin und der daraus erwachsenden Rache gewarnt. Atys schreckt auf, die Höhle ist wieder zum Palast geworden, und Cybèle steht vor ihm. Sie glaubt ihn zu beruhigen, indem sie ihm ihre Liebe gesteht. Freilich nimmt sie irritiert zu Kenntnis, daß Atys ihr gegenüber lediglich von Verehrung spricht. Noch mehr beunruhigt sie sein Verhalten, als Sangaride zu ihren Füßen um Schutz vor der Ehe mit Celenus fleht, denn hastig fällt Atys der Bittstellerin ins Wort. Weil Sangaride ja noch unbekannt ist, daß sie in der Göttin eine gefährliche Rivalin hat, versucht Atys auf diese Weise zu verhindern, daß die Geliebte versehentlich das Geheimnis ihrer gegenseitigen Liebe preisgibt. Noch aber weiß sich Cybèle zu bezwingen. Sie entläßt die beiden mit der Zusage, sowohl König Celenus als auch Sangarides Vater, den Flußgott Sangar, zu besänftigen. Ihrer Dienerin Melisse aber teilt Cybèle ihren Verdacht mit, daß Sangaride und Atys einander offenbar nicht nur aufgrund familiärer Bande zugetan seien. Melisse, die die Zephire dem Atys zur Verfügung stellen soll, versucht vergeblich, den Argwohn der Göttin zu zerstreuen. Als sie allein ist, weint Cybèle über ihre aus ihrer unnahbaren göttlichen Natur resultierende Einsamkeit.

Sangaride hat sich in den Palast ihres Vaters begeben, wo die Hochzeitsfeierlichkeiten stattfinden sollen. Sie eröffnet Doris und Idas, nun doch in eine Ehe mit Celenus einwilligen zu wollen, da sie sich das seltsame Betragen des Atys während des Gesprächs mit der Göttin nicht anders erklären kann als durch ein heimliches Verhältnis zwischen den beiden. Danach tritt Celenus in freudiger Erwartung der Hochzeit zu Sangaride. Allerdings gelingt es ihm weiterhin nicht, ihr Herz zu gewinnen. Endlich aber sieht er sich am Ziel seiner Wünsche, als sie ihr unwillkürliches Erbeben beim Eintreten des Atys als eine Gefühlsaufwallung erklärt, die niemand anderem als ihm, ihrem künftigen Gatten, gelte. Erleichtert geht Celenus davon, so daß Sangaride und Atys Gelegenheit haben, sich unter vier Augen auszusprechen. Hierbei erkennt sie, daß sie den Freund zu Unrecht des Verrats verdächtigt hat. Danach bekräftigen die Liebenden ihre Versöhnung, indem sie einander ewige Treue schwören. Angeführt von Sangarides Vater tritt die aus Flußgöttern und aus Gottheiten der Quellen und Bäche bestehende Hochzeitsgesellschaft herein. Das Fest ist in vollem Gange, da weigert sich Atys mit Berufung auf Cybèle, die Trauungszeremonie zu vollziehen. Die Göttin, so begründet er seine Weigerung, habe Sangaride für sich auserkoren. Als sich lauter Protest erhebt, ruft Atys die Zephire herbei, die ihn und Sangaride davontragen.

In einer Gartenlandschaft beraten sich Celenus und Cybèle. Sie berichtet ihm, Sangaride und Atys dabei beobachtet zu haben, wie sie sich, von den Zephiren an einen verführerischen Ort verbracht, der Liebe hingegeben hätten. Die zurückgewiesene Göttin und der betrogene König sinnen auf Rache, deren Vollzug nicht lange auf sich warten läßt, als Sangaride und Atys hinzukommen, denn auf Befehl der Cybèle fährt die Rachegöttin Alecton aus der Unterwelt empor. Sie schwenkt ihre Fackel über dem Haupt des Atys, wodurch er den Verstand verliert. Cybèle für Sangaride und Sangaride für ein Ungeheuer haltend, glaubt er die vermeintliche Geliebte vor einem Angriff des Ungetüms schützen zu müssen. Zum Entsetzen der herbeigeeilten Phrygier und des Celenus tötet Atys die fliehende Sangaride mit seinem Opfermesser. Danach holt Cybèle Atys wieder aus seiner Umnachtung zurück und konfrontiert ihn mit Sangarides Leichnam. Nach und nach begreift er, was geschehen ist. Schon stimmt seine Verzweiflung die Göttin wieder milde, doch für ihre wieder erwachende Liebe ist es nun zu spät, denn in einem unbeobachteten Moment hat sich Atys mit dem Messer eine tödliche Wunde beigebracht. Sterbend gedenkt er Sangarides. Er sieht sich insofern gerächt, als die Göttin nun ewig Trauer um ihn tragen muß. Und in der Tat ist Cybèle über den von ihr verschuldeten Tod des Geliebten untröstlich. Zu seinem immerwährenden Andenken verwandelt sie seine sterblichen Überreste in eine Pinie, die fortan als heiliger Baum verehrt werden soll. Gemeinsam mit den Korybanten und den Gottheiten der Wälder und der Gewässer beklagt die Göttin das Schicksal und den Verlust des Atys.

Stilistische Stellung

»Alles ist erdacht, berechnet, gemessen, damit das Drama abrollt, ohne jemals Schwächen aufzuweisen«, so beschrieb ein anonymer Zeitzeuge im Dezember 1675 seine bei den Proben zu Lullys ›Atys‹ gewonnenen Eindrücke. Und auch heute noch beeindruckt das Werk durch seine Stringenz. In Lullys vierter Tragödie, die seine erste ohne glücklichen Ausgang ist, sind zum ersten Mal Nebenhandlungen und komische Szenen ausgeschlossen – allenfalls das Tableau mit den Flußgöttern (IV. Akt) eröffnet auch die Möglichkeit zu humoristischer Interpretation. Sämtliche Divertissements sind durch den Ereignisgang motiviert und in die Handlung integriert, so daß sich eine konsequente, im Tod des Liebespaares kulminierende Steigerungsanlage ergibt, deren Spannung sich in den mit der Baum-Metamorphose einsetzenden Funeralien zum Gedächtnis des Atys epiloghaft löst. Gleichwohl sind in den dramatischen Verlauf auch retardierende Episoden eingefügt, allen voran die berühmte Schlafszene des III. Aktes. Sie »wurde das Vorbild für viele ähnliche Traumdarstellungen in der französischen Oper bis hin zur Erinnyenszene in Glucks ›Iphigénie en Tauride‹ (1779)« (Silke Leopold). Wiederholungen sowohl des suggestiven, für Streicher und Blockflöten gesetzten Prélude, als auch der daraus abgeleiteten Gesangsstrophen und die ungestörte Friedlichkeit der Legato-Atmosphäre erwecken den Anschein kontemplativer Zeitenthobenheit. Um so krasser kontrastieren damit die rhythmisch prägnanten Folgepassagen der bösen Träume. Auch andernorts läßt sich der hohe Grad kompositorischer Durchorganisation an Refrainstrukturen erkennen. So kommt der den Akt beschließende Herrscherinnen-Monolog der Cybèle mehrfach auf das schmerzliche Ausgangsmotto »Espoir si cher et si doux, Ah! pourquoy me trompez-vous?« zurück. Auf ähnliche Weise intoniert Sangaride im ersten Akt dreimal die traurige Feststellung, daß Atys sie nicht liebe: »Atys est trop heureux!«, wobei das zugrundeliegende Baßfundament, ein fallendes Tetrachord, in Sangarides sich daraus entwickelndem Lamento zu ostinater Präsenz gelangt. Mehr noch: Die Baßformel wird zum Erinnerungsmotiv, wenn sie eine Quart tiefer die zum Liebesgeständnis führende Szene zwischen Sangaride und Atys einleitet. Ohnehin gewinnt gerade der I. Akt durch den Kunstgriff der Wiederholung große Geschlossenheit: Nicht weniger als fünf Mal kehrt der die Haupthandlung einleitende und das Fest der Cybele ankündigende Weckruf des Atys »Allons, allons, accourez tous« in Varianten wieder. Und nachdem der Chor Zeuge von Sangarides Ermordung geworden ist, kommentiert er – in Anlehnung an die ihm in der antiken Tragödie zugewiesene Funktion – das furchtbare Geschehen mit dem dreifachen, außerdem auch vom Titelhelden aufgegriffenen Ausruf »Atys luy-même, fait perir ce qu'il aime«.

Personencharakteristik gelingt insbesondere durch den rhetorischen Schliff der Rezitativpassagen, deren deklamatorischer Verlauf – anders als beim italienischen Secco-Rezitativ – durch ein flexibles Alternieren von Zweier- und Dreierrhythmen präzise festgelegt ist. So kommen Verunsicherung und Eifersucht des Celenus zu Beginn des II. Akts in einer kurzatmigen, hastigen und überstürzten Redeweise zum Ausdruck, und in ähnlich zerstückelten Phrasen äußert sich im V. Akt der Wahnsinn des Atys. Obwohl Idas und Doris als Vertrauenspersonen nur Stichwortgeber für die Hauptakteure sind, gelingt es Lully, ihre Übereinstimmung zu betonen, indem er ihre Singstimmen sowohl im III. als auch im IV. Akt aneinanderkoppelt. Vollends schlägt Lully aus der paarweisen Kopplung der Singstimmen in der Auseinandersetzung zwischen Celenus/Cybele versus Atys/Sangaride im V. Akt dramatischen Gewinn. Durch den schnellen Wechsel von Rede und Gegenrede, worin übrigens das der antiken Tragödie entstammende Stilmittel der Stichomythie zur Anwendung kommt, glückt ihm nämlich eine spannende Zuspitzung des Streitgesprächs. Daß darüber hinaus auch die Chorgruppen kompositorisch spezifiziert werden, wird nicht zuletzt während der Schlußszene ohrenfällig, wenn die Naturgottheiten einen eher elegischen, die Korybanten hingegen einen wildekstatischen Ton anschlagen.

Textdichtung

Auch ›Atys‹ ist wie die meisten Tragödien Lullys Frucht jener kongenialen Künstlerpartnerschaft, die den Komponisten mit dem Dichter Philippe Quinault (1635–1688) verband. Eine Aufgabe des Librettisten bestand darin, dem auf antiker Überlieferung beruhenden Geschehen eine fürs Theater schickliche Wendung zu geben, denn laut den ›Fasten‹ des Ovid betrog Attis trotz eines Keuschheitsversprechens die Göttin Kybele mit der Nymphe Sagaritis; die Göttin machte ihn daraufhin rasend, so daß er sich unter einer Fichte entmannte und starb. Die Kastration wurde aufgrund ihrer Bühnenuntauglichkeit durch den Selbstmord des Protagonisten ersetzt, während die anschließende Verwandlung in einen Baum auf einem Motiv beruht, das ebenfalls bei Ovid, in den ›Metamorphosen‹, erwähnt wird. Ebenso war Quinault daran gelegen, möglichst elegant aus der Gegenwart des Winters 1676 in die mythische Handlung überzuleiten. Im Huldigungsprolog auf die jüngst zurückliegenden siegreichen Kriegsunternehmungen des Königs an der Ostgrenze Frankreichs Bezug nehmend, wird die für militärische Aktionen hinderliche Winterzeit zum Stichwort, um die später fürs Stück wesentliche Sphäre der Natur mit dem Erscheinen der Frühlingsgöttin Flore ins Spiel zu bringen. Ihr folgt dann als weiterer allegorischer Vorgriff Melpomènes Auftritt, der auf den tragischen Ausgang des Stückes vorausweist. An der Haupthandlung wiederum ist bewundernswert, wie sich Quinault auf ein einziges Thema, nämlich den Konflikt zwischen der Freiheit des Herzens und den Ansprüchen autoritärer Macht, konzentriert und hierbei die Anmaßungen absolutistischer Herrschaft auf mehreren Ebenen zur Darstellung bringt. So wird von Sangaride die Einlösung der kindlichen Gehorsamspflicht verlangt, indem sie das Heiratsgebot des Vaters akzeptieren soll. Indessen ist Sangaride nicht nur der Fremdbestimmung elterlicher Autorität ausgesetzt, überdies fordert Celenus mit seinem Wunsch nach Gegenliebe mehr, als ihm kraft seines monarchischen Amtes, das seine Untertanen lediglich auf die Verehrung des Herrschers verpflichtet, gebührt. Wird also am Beispiel des Celenus die Vermessenheit staatlichen Zugriffs auf den privaten Bereich des Individuums vor Augen geführt, so exemplifiziert parallel dazu Cybèles Verlangen nach der Zuneigung des Atys die hybriden Zumutungen, die aus der religiösen Sphäre an den Einzelnen herangetragen werden, da die Göttin über die Verpflichtung zur Respektsbezeigung hinaus gleichsam einen Liebeszwang verordnet. Freilich kommt es in ›Atys‹ nicht zu einem versöhnlichen Ausgleich der Interessen. Vielmehr wird gezeigt, daß absolutistische Herrschaftsausübung letztlich auf willkürlicher Gewalt gründet, die im konkreten Fall durch eine Rache-Allianz von Thron (Celenus) und Altar (Cybèle) ausgeübt wird. Zwar haben sich Sangaride und Atys ihren Willen nicht nehmen lassen, doch sie bezahlen für ihre Rebellion der Herzen mit dem Tod. Obgleich König und Göttin damit einen Triumph errungen haben, über den sie sich nicht freuen, zeigt sich darin eine absolutistische Machtdemonstration – und zwar nicht nur in monumentaler, vielmehr in monströser Größe. Indem in ›Atys‹ an dem aufbegehrenden Liebespaar ein furchtbares Exempel statuiert wird, tritt die Einschüchterungsfunktion dieses Lehrstücks über den Umgang des Souveräns mit rebellischen Untertanen zutage. Insofern mag Quinault mit dem blutigen Sieg von Cybèle und Celenus den Bogen zurückgeschlagen haben zum Anfang, als es um die nicht weniger mörderischen Erfolge ging, die der Sonnenkönig auf den Schlachtfeldern errang.

Geschichtliches
Uraufgeführt am 10. Januar 1676 im Schloß Saint-Germain-en-Laye (Ausstattung: Jean Bérain), soll König Ludwig XIV. unter fünf ihm von Quinault vorgelegten Entwürfen sich für ›Atys‹ entschieden und die Entstehung der Oper mit großer Aufmerksamkeit verfolgt haben. Bereits im April 1676 wurde das Werk in Paris nachgespielt. Weitere Aufführungen in St. Germain folgten 1677, 1678 und 1682. Für die 1682er Produktion komponierte Lully zusätzliche Tänze, die von neben den professionellen Tänzern agierenden Höflingen ausgeführt wurden. Zwischen 1689 und 1747 wurde das Werk sieben Mal wiederaufgenommen, 1753 kam es auch am Hofe Ludwig XV. in Fontainebleau heraus, allerdings unter Streichung des Prologs. Schon 1738 war in Paris das letzte Divertissement gestrichen worden. Auch außerhalb der französischen Hauptstadt gelangte ›Atys‹ häufig zur Aufführung. So stand das Werk zwischen 1687 und 1749 auch in Amsterdam, Marseille, Rennes, Lyon, Rouen, Brüssel, Metz, Lille und Den Haag auf dem Programm. Gleichfalls wird an zahlreichen in Amsterdam erschienenen Arien- und Orchestersuitendrucken die Popularität des ›Atys‹ deutlich, ebenso an insgesamt acht szenischen Parodien, die in Paris zur Aufführung kamen. »Fast die Hälfte der Musiknummern war im 17. und 18. Jahrhundert in Form zeitkritischer Parodiechansons oder als geistliche Lieder verbreitet« (Herbert Schneider). Sangarides Arie aus dem I. Akt »Quand le péril est agréable« war sogar noch zur Mitte des 19. Jahrhunderts als Vaudeville-Weise geläufig. Der Schlußchor des Aktes wiederum wurde in eine populäre englische Tanzweise namens ›The old cibell‹ transformiert. Die Wiedererweckung des ›Atys‹ in neuerer Zeit datiert auf das Jahr 1986. Damals errang das Werk in einer Gemeinschaftsproduktion des Teatro Comunale Florenz, der Opéra Paris und der Opéra Montpellier in einer Inszenierung von Jean-Marie Villégier, die auch andernorts gezeigt wurde, einen sensationellen Erfolg. Die musikalische Leitung hatte William Christie, der ›Atys‹ im Jahr darauf auch auf CD einspielte.

R. M.

Armide (Armida)

Tragödie in Musik in einem Prolog und fünf Akten. Dichtung von Philippe Quinault nach Torquato Tassos Epos ›Das befreite Jerusalem‹.

Solisten: Prolog: *La Gloire/Der Ruhm* (Lyrischer Sopran, kl. P.) – *La Sagesse/Die Weisheit* (Lyrischer Sopran, kl. P.) – Tragödie: *Armide*, Zauberin, Nichte Hidraots (Jugendlich-dramatischer Sopran, gr. P.) – *Phénice*, Vertraute der Armide (Lyrischer Sopran, m. P.) – *Sidonie*, Vertraute der Armide (Lyrischer Sopran, auch Soubrette, m. P.) – *Hidraot*, Zauberer, König von Damaskus (Charakterbaß, m. P.) – *Renaud*, Kreuzritter im Gefolge Gottfrieds (Haute-Contre, auch Lyrischer Tenor, gr. P.) – *Ubalde*, Ritter (Charakterbaß, m. P.) – *Artémidore*, von Renaud aus Armides Gefangenschaft befreiter Ritter (Tenor, auch Bariton, kl. P.) – *Der dänische Ritter* (Haute-Contre, auch Lyrischer Tenor, auch Spieltenor, m. P.) – *Aronte*, einer von Armides Hauptleuten (Baß, kl. P.) – *La Haine/Der Haß* (Charaktertenor, auch Bariton, m. P.) – *Phantasmagorie der Lucinde*, Geliebte des dänischen Ritters (Sopran, kl. P.) – *Phantasmagorie der Melisse*, Geliebte des Ubalde (Sopran, kl. P.) – *Ein glücklicher Liebender* (Haute-Contre, auch Tenor, kl. P.) – *Eine heldenhafte Schäferin* (Sopran, kl. P.) – *Eine Najade* (Sopran, kl. P.).
Chor: Prolog: Gefolge von Ruhm und Weisheit (Haupt- und Favoritchor). Tragödie: Volk des Königreichs Damaskus – In Nymphen, Schäfer und Schäferinnen verwandelte Dämonen – Gefolge des Hasses – Phantasmagorien im Gefolge der Lucinde – Lustgeister (gr. Chp.).
Ballett: Prolog: Gefolge von Ruhm und Weisheit. Tragödie: Volk des Königreichs Damaskus. In Nymphen, Schäfer und Schäferinnen verwandel-

te Dämonen, danach in Zephire verwandelte Dämonen. Furien, Allegorien der Grausamkeit, der Rache, der Wut und der Leidenschaften. Ungeheuer, danach Phantasmagorien im Gefolge der Lucinde – Lustgeister und glückliche Liebespaare, danach Dämonen.
Statisten: Gefolge des Hidraot.
Ort: In und um Damaskus.
Schauplätze: Prolog: Palast. Tragödie: Ein großer Platz mit Triumphbogen – Ländliche Gegend mit einem Fluß und einer Insel – Einöde – Dieselbe Einöde, deren Abgründe sich öffnen; danach Verwandlung in eine liebliche Landschaft – Im Zauberschloß der Armide.
Zeit: Sagenhaft ausgeschmücktes Mittelalter, um 1100, zur Zeit des 1. Kreuzzuges.
Orchester: 2 Fl. (Blockfl.), 2 Ob., Fg., Str., B. c. (Es sei darauf hingewiesen, daß das barocke Opern-Orchester in Frankreich aus einem Haupt- und einem klein besetzten Favorit-Ensemble bestand und auch bei den Bläserstimmen mit chorischer Besetzung rechnete.)
Gliederung: In Szenen unterteilte Akte, die in Rezitative, geschlossene Gesangsformen, Tänze, Orchestersätze (Ritornelle, Préludes etc.) und Chöre gegliedert sind.
Spieldauer: Knapp über 2½ Stunden.

Handlung

Prolog: Gemeinsam mit ihrem Gefolge preisen der Ruhm und die Weisheit den König (Ludwig XIV.), der ihnen beiden in seinem Herzen eine Heimstatt gegeben habe. Da sie sich also gleichermaßen vom Herrscher geschätzt wissen, beenden sie ihren Wettstreit um seine Gunst. Statt dessen wollen sie sich dem Schicksal Renauds zuwenden, jenes Helden, der um des Ruhmes willen seiner Liebe zu der Zauberin Armide entsagte.
Tragödie: Lullys und Glucks ›Armide‹ basieren auf dem gleichen Textbuch. Lediglich den Prolog hat Gluck unvertont gelassen und den Schluß des III. Aktes um vier Verse erweitert, in denen Armide ihrer Angst wegen der Verfluchung durch den Haß Ausdruck gibt und die Liebe um ihren Beistand bittet. Ansonsten stimmen beide Opern im Handlungsablauf überein, der in der Besprechung von Glucks ›Armide‹ nachzulesen ist.

Stilistische Stellung

›Armide‹, uraufgeführt 1686 in Paris, ist Lullys letzte auf einen Text von Philippe Quinault geschriebene Tragédie en musique und neben ›Amadis‹ (1684) und ›Roland‹ (1685) die einzige, die nicht auf einer mythologisch-antiken Vorlage basiert. Daß ›Armide‹ in der Musikliteratur als eine besonders geglückte Gemeinschaftsarbeit des Autorenduos Quinault/Lully gilt, dazu mag nicht zuletzt die opernthreatralische Tauglichkeit des Sujets beigetragen haben. Zum einen ist Armides Haßliebe ein opernträchtiges Motiv, da die aus ihrem psychischen Ausnahmezustand resultierenden affektuosen Umbrüche und Gefühlsaufwallungen über das gesprochene Wort hinausweisen, so daß sich der Musik – sozusagen als Klangspiegel für die exaltierte Gemütslage der Zauberin – ein weites Feld öffnet. Zum anderen ist Armide durch ihre Zauberkünste speziell für die französische Barockoper prädestiniert. War doch die Darstellung des Wunderbaren, des »Merveilleux«, im Frankreich des 17. Jahrhunderts geradezu eine Conditio sine qua non, um das als opulentes Ausstattungsstück konzipierte und mit Chor und Tanz angereicherte Opern-Gesamtkunstwerk gegenüber dem Sprechdrama zu legitimieren. Und so liegt in der Schilderung und der geschickten szenischen Einbindung des im wörtlichen Sinne Fabelhaften ein wesentlicher Reiz von Lullys ›Armide‹. Hierbei kommt das Wunderbare, gemäß der das Stück bestimmenden Polarität von Liebe und Haß, in zwei gegensätzlichen Sphären zum Tragen, die Lully ebenso lapidar wie charakteristisch voneinander abhebt. Straffe, rhythmische Konturiertheit und herbe Dissonanzen, wie etwa in Armides und Hidraots Anrufung der Unterweltgeister (II. Akt, 2. Szene), prägen das chthonisch-chaotische Höllentreiben. In der Haß-Szene des III. Aktes ist außerdem das Klangbild mit dem Verzicht auf den Chorsopran und der Besetzung der Haß-Allegorie mit einem tiefen Tenor (Bariton) verdunkelt. Hingegen beschreibt Lully die von Armide geschaffenen künstlichen Paradiese in einer weichen, pastoralen Klanglichkeit. Gedämpfte Streicher ziehen etwa während Renauds Schlummermusik (II. Akt), die von Johann Sebastian Bach in der Matthäuspassion im begleitenden Chorsatz zu der Tenor-Arie »Ich will bei meinem Jesum wachen« zitiert wird, in unablässig fließender Achtelbewegung ihre Bahn. Und in den nachfolgenden Chorsätzen und Airs verzichtet der Komponist zur Aufhellung des Klangbildes auf die tiefen Singstimmen, phasenweise sogar auf die tiefen Streicher. Lullys Kunst, einen Zustand idyllisch-elegischer Zeitentrücktheit musikalisch zu gestalten, wird vor allem in der grandiosen Passacaille des V. Aktes ohrenfällig. Die Gesangs- und Tanzdivertissements, mit denen Armides Dienerschaft Renaud über das zeitweilige Fernbleiben der Geliebten hinwegzutrösten sucht, sind in dieses weitläufigste aller Ostinato-Stücke aus Lullys Feder eingebunden. Aber auch in den übrigen Werkteilen sind Chor und Ballett (z. B. als festlich-dekoratives Preis-Ensemble im panegyrischen Prolog oder als Jubel-Staffage für die Siegesfeier im I. Akt) sinnvoll ins Geschehen integriert. Eine differenzierte, bühnenwirksame Charakterstudie gelingt dem Komponisten wiederum mit Blick auf die von ihrer »Amour fou« gequälte Titelheldin, die sogar als paradigmatische Figur für das tragische Selbstverständnis des barocken Menschen Geltung beanspruchen kann: Zwar gelangt Armide zur »Selbsterfahrung menschlicher Sinnlichkeit«, indessen strebt sie diese Erkenntnis gar nicht an, da sie sich dessen bewußt ist, daß der Preis dafür ein gestörtes Gleichgewicht »zwischen Triebüberschuß und Vernunfthaushalt« (Ulrich Schreiber) ist. Indem sie den wesensimmanenten Zwiespalt der Titelheldin nach außen kehren, avancieren Armides Soloszenen zu Höhepunkten der Oper. Das Faszinosum liegt hierbei darin, daß Lullys musikalische Umsetzung des Textes in hohem Maße wortgezeugt ist. Gerade in der ›Armide‹ dringt der Erfinder des französischen Rezitativs, das in häufigem Wechsel zwischen Zweier- und Dreier-Metren den Sprachfall der Verse in sich aufnimmt, zu einer deklamatorischen Eindringlichkeit vor, die trotz Einhaltung des Versmaßes den Eindruck gesungener Prosa erweckt. Sind die Ausgewogenheit von Deklamation und Melodik und der geschmeidige Übergang von rezitativischen in arienhafte Partien für das Werk insgesamt charakteristisch, so erreicht der Komponist vollends in den Auftritten der Titelgestalt eine »bewundernswerte Fülle des Gesangsausdrucks« (Philippe Beaussant). Beispielsweise wird Armides beklemmende Traumerzählung aus dem I. Akt von tief geführten Streichern düster grundiert, während ihr Monolog am Ende des II. Aktes vorwiegend aus dem rhetorischen Schliff des Gesangsparts sein eindrucksvolles Pathos schöpft, da sich das Musikstück – von der orchestralen Umrahmung seiner beiden Hauptteile einmal abgesehen – lediglich auf den Generalbaß stützt. Die Liebesklage zu Beginn des III. Akts indessen ist in Da-capo-Form gehalten, während der vom Orchester gestützte Schluß-Monolog (V. Akt) zunächst einen rondeauartigen Formverlauf aufweist, alsbald aber löst sich die feste formale Struktur in knappen, wie gehetzt hervorgestoßenen rezitativischen Partikeln auf, um Armides Verlangen, den Ort ihrer Niederlage fluchtartig zu verlassen, Ausdruck zu verleihen.

Textdichtung

Torquato Tassos weitverzweigtes Kreuzfahrer-Epos ›Das befreite Jerusalem‹ von 1575 wurde wie mit der Liebesgeschichte von Tancredi und Clorinda, so mit derjenigen von Armide und Renaud zur Textgrundlage etlicher Opern. Aus Tassos gattungsspezifischer Erzählweise – Handlungsfäden werden nicht kontinuierlich durchgeführt, sondern durch andere Episoden unterbrochen und an späterer Stelle wieder aufgegriffen – ergibt sich für den Opernlibrettisten die Notwendigkeit, den Stoff zu komprimieren. Gerade hierfür wurde Philippe Quinault (1635–1688) von seinen Zeitgenossen gerühmt, wie etwa aus der dem Komponisten Pier Francesco Cavalli zugeschriebenen Aussage hervorgeht: »Quinault besitzt die große Fähigkeit unseres Zeitalters: Er weiß die Dinge zu ordnen.« Im konkreten Fall hieß das, die über Tassos Poem verstreuten Armide-Episoden zu bündeln und in die damals verbindliche fünfaktige Dramenform einzupassen, ohne allerdings die nur fürs damalige Sprechtheater maßgebliche Einheit von Handlung, Raum und Zeit wahren zu müssen. Dafür war zum einen die Kunst des Weglassens erforderlich, wie sich in Quinaults Verzicht auf das »Happy-End«, das Tasso dem Liebespaar zugedacht hatte, erweist. Zum andern aber ergänzte er die Vorlage um das Geschehen im III. Akt, so daß mit Armides Zurückweisung des Hasses und der Hinnahme ihres Liebesschicksals der Umschwung der Handlung erfolgt und somit die Peripetie des Dramas erreicht ist. Indessen griff er für den IV. Akt mit der Expedition Ubaldes und des dänischen Ritters wieder auf Tasso zurück und handelte darin das schon im Prolog angesprochene Thema des Liebesverzichts ab. Da den Eskapaden der beiden Kreuzritter aber ein chevaleresker, wenn nicht gar ironischer Zug eigen ist, hat der IV. Akt im Gesamtgefüge des Stückes in der Art eines galanten Kontrapunkts retardierende Funktion. Eine um so nachhaltigere Wirkung entfaltet daraufhin die Schlußkatastrophe im V. Akt. Indem Quinault die bei Tasso beschriebenen Geschehnisse in eine weitgehend stringente, sich am klassizistischen Drama orientierende Verlaufsform gebracht hat, glückte es ihm, nichts weniger als ein grundsolides Textfundament bereitzustellen, auf dem Lully und später Gluck ihre imposanten musikalischen Tragödien bauen konnten.

Geschichtliches
Zwar hatte König Ludwig XIV. den ›Armide‹-Stoff selbst ausgewählt. Entgegen seiner früheren Gewohnheit war er aber nur wenig am Entstehungsprozeß des Werkes interessiert. Krankheitsgründe, eine zeitweilige Abkehr des Monarchen von Lully spielten dabei ebenso eine Rolle wie der Einfluß der bigotten Marquise de Maintenon, seit 1685 des Königs heimliche Ehefrau, der Armides Sinnlichkeit ein Ärgernis gewesen sein soll. Und so kam es, daß ›Armide‹ im Februar 1686 nicht vor dem König in Versailles, sondern im Palais Royal zu Paris uraufgeführt wurde. Trotz anfänglichen Mißerfolgs gehörte das Werk alsbald zum eisernen Bestand des französischen Opernspielplans. Noch bis 1766 wurde es regelmäßig auf den Pariser Bühnen, teilweise in starken Bearbeitungen, gegeben und auch in der Provinz nachgespielt: seit 1686 mehrfach in Marseille, 1687 in Avignon, von 1689 bis 1750 in Lyon und 1710 in Lunéville. 1690 gelangte ›Armide‹ – als einzige in Italien aufgeführte Oper Lullys – nach Rom. Weitere Aufführungen im Ausland sind für Brüssel während der Jahre 1695 bis 1726 und für Den Haag (vermutlich im Jahr 1701) bezeugt. Die bis weit ins 18. Jahrhundert hineinreichende, beispiellose Popularität des Komponisten dokumentiert sich in zahlreichen Suiten, die fast durchweg von fremder Hand aus Lullys Œuvre zusammengestellt wurden und bis in die 1760er Jahre in Gebrauch waren. Hierzu wurden aus den Werken einzelne oder mehrere Sätze herausgelöst, um sie in den Suiten nach neuen Gesichtspunkten zusammenzustellen, wobei die Bearbeiter häufig auch auf Einzelstücke aus ›Armide‹ zurückgriffen. Ebenso lebten Teile des Werkes in geistlichen und weltlichen Umtextierungen fort, sogar von vier szenischen ›Armida‹-Parodien wird berichtet. Das ganze 18. Jahrhundert hindurch wurde neben der Schlußszene insbesondere Armides Monolog aus dem II. Akt »Enfin, il est en ma puisance« als vorbildhaft für die Vertonung der französischen Sprache angesehen. Indem jedoch Jean-Jacques Rousseau 1753 in seiner Streitschrift ›Lettre sur la musique française‹ gerade diese als sakrosankt geltende Modellkomposition kritisch hinterfragte, zog er sie ins Zentrum jener ästhetisch-politischen Debatte, die als Buffonistenstreit in die Musikgeschichte einging. Nachdem zu Beginn des 20. Jahrhunderts das Interesse an ›Armide‹ (Aufführungen 1905 in der Schola Cantorum Paris, 1911 in Florenz, 1918 in Monte Carlo und 1939 in Genf) wieder erwacht war, machte sich gegen Ende des Jahrhunderts insbesondere der Dirigent Philippe Herreweghe um das Werk verdient: 1984 und 1993 spielte er es mit der Chapelle Royale auf CD ein.

R. M.

Heinrich Marschner

* 16. August 1795 in Zittau, † 14. Dezember 1861 in Hannover

Der Vampyr

Romantische Oper in zwei Akten (vier Bildern). Dichtung von Wilhelm August Wohlbrück.

Solisten: *Sir Humphrey,* Lord von Davenaut (Seriöser Baß, m. P.) – *Malwina,* seine Tochter (Jugendlich-dramatischer Sopran, gr. P.) – *Edgar Aubry,* ein Anverwandter des Hauses Davenaut (Jugendlicher Heldentenor, gr. P.) – *Lord Ruthven,* auch als Lord Marsden auftretend, der Vampyr (Heldenbariton, auch Charakterbariton, gr. P.) – *Sir Berkley* (Baß, kl. P.) – *Janthe,* seine Tochter (Jugendlich-dramatischer Sopran, auch Lyrischer Sopran, m. P.) – *George Dibdin,* in Davenauts Diensten (Lyrischer Tenor, auch Spieltenor, m. P.) – *John Perth,* Verwalter auf dem Gute des Lord Marsden (Sprechrolle) – *Emmy,* seine Tochter, George Dibdins Braut (Lyrischer Sopran, auch Jugendlich-dramatischer Sopran, gr. P.) – *James Gadshill* (Tenor, m. P.) – *Richard Scrop* (Tenor, auch Bariton,

m. P.) – *Robert Creen* (Bariton, auch Baß, m. P.) – *Tom Blunt* (Baß, m. P.) – *Suse*, Blunts Frau (Mezzosopran, auch Alt, m. P.) – *Der Vampyrmeister* (Sprechrolle) – *Ein Diener Berkleys* (Baß, auch Bariton, kl. P.).
Chor: Edelherren und Damen – Jäger und Diener Davenauts und Berkleys – Landleute von Davenaut und Marsden – Geister – Hexen – Teufelsfratzen (gemischter Chor, gr. Chp.).
Ort: Auf dem schottischen Hochland.
Schauplätze: Wildnis mit Vampyrhöhle – Saal im Schlosse Davenaut – Platz vor dem Schlosse Marsden mit Schenktischen und Laube.
Zeit: 17. Jahrhundert.
Orchester: 2 Fl., 2 Ob., 2 Kl., 3 Fag. – 4 Hr., 2 Trp., 3 Pos. – P., Schl. – Str.
Gliederung: 20 musikalische Nummern, durch Dialog verbunden.
Spieldauer: Etwa 2¼ Stunden.

Handlung

Der Vampyr Lord Ruthven ist dem Vampyrmeister und damit der Hölle auf ewig verfallen, wenn es ihm nicht gelingt, binnen 24 Stunden drei junge Mädchen zu opfern. Aber er ist voller Hoffnung, denn mit der ersten hat er sich schon in der Nähe der im Volksmund so genannten Vampyrhöhle verabredet. Janthe, die Tochter von Lord Berkley, liebt Lord Ruthven, von dessen Vampyr-Eigenschaften sie nichts weiß. Sie ist von zu Hause weggelaufen, um sich mit ihm am verschwiegenen Ort zu treffen. Der aufgestörte Vater und die Dienerschaft, die das Verschwinden der Tochter bemerkt haben, kommen zu spät: Ruthven hat Janthe schon totgebissen, aber die Diener schleppen ihn aus der Höhle, und Lord Berkley sticht den Mörder seiner Tochter nieder. Doch als sie erfahren, daß sie sich bei der Vampyrhöhle befinden, flieht die ganze Gesellschaft. Der tödlich getroffene Vampyr versucht mit letzter Kraft, sich auf einen Hügel zu schleppen, denn der Schein des Mondlichtes kann ihn heilen; doch das Vorhaben droht zu scheitern. Da kommt Edgar Aubry, dem Ruthven einmal das Leben gerettet hat, und trägt ihn auf seine Bitten hin auf den Hügel, wo die Mondstrahlen ihn heilen. Edgar muß schwören, das Geheimnis, daß Ruthven ein Vampyr sei, auf 24 Stunden für sich zu behalten. – Malwina, die Tochter des Lords von Davenaut, erwartet freudig gestimmt den geliebten Edgar, doch ihr Vater hat beschlossen, sie mit Lord Marsden zu verheiraten, und hat den Schwiegersohn gleich mitgebracht. Malwina erschrickt, als sie den bleichen Mann sieht, und Edgar erkennt Lord Ruthven, muß aber, durch seinen Schwur gebunden, schweigen. Die Hochzeit wird noch für denselben Abend festgesetzt.

Auch im Hause von Lord Marsden gibt es eine Hochzeit. Emmy, die Tochter des Schloßverwalters Perth, will George Dibdin, Bedienten auf Schloß Davenaut, heiraten. Alle Gäste sind schon versammelt, nur der Bräutigam, den der Dienst zurückhält, läßt auf sich warten. So trinkt man, und Emmy unterhält die Gäste mit der Schauerballade vom bleichen Manne, dem Vampyr. Da schrickt alles zusammen, denn Lord Marsden ist plötzlich hinzugetreten. Alles begrüßt ihn ehrerbietig, aber er wendet sich sogleich Emmy zu, macht ihr Komplimente und schenkt ihr einen Ring. Emmy fühlt sich wider Willen zu ihm hingezogen, und Marsden bestürmt sie, doch da tritt George dazwischen. Der Schloßbesitzer läßt von ihr ab, aber es gelingt ihm später, sie aus dem Schloß und in eine Laube zu locken. Edgar, der Zeuge des Geschehens wird, kann nicht eingreifen, denn sein Schwur bindet ihn, und Ruthven hat ihm prophezeit, wenn er seinen Schwur breche, müsse er selbst als Vampyr umgehen. Vier Landleute trinken und singen ein heiteres Trinklied, als plötzlich Schüsse zu hören sind. George hat Marsden mit Emmy überrascht, kann aber nicht mehr helfen: die Braut ist tot, und Marsden ist entkommen. – Edgar ist auf Schloß Davenaut zurückgekehrt, und gemeinsam mit Malwina hofft er auf den Schutz des Himmels. Da taucht Marsden auf, und er drängt den Vater, die Hochzeit stattfinden zu lassen, wie er es versprochen habe. Edgar wirft sich ihm in den Weg und versucht, die Zeremonie wenigstens so zu verzögern, daß der Tag anbricht, aber der erzürnte Davenaut läßt ihn abführen. Auch Malwina bittet um Verschiebung, aber Marsden-Ruthven besteht auf dem Versprechen des Grafen, und man begibt sich zur Kapelle. Noch einmal gelingt es Edgar, sich loszureißen und einzudringen. Im letzten Augenblick spricht er das rettende Wort: »Dies Scheusal hier ist ein Vampyr.« Rechtzeitig schlägt die Turmuhr die erste Stunde, ein Blitz vernichtet den Vampyr, Edgar und die gerettete Malwina werden ein Paar.

Stilistische Stellung

›Der Vampyr‹ war Marschners erster großer Erfolg. In diesem Werk fand er zu seiner ihm eigenen Tonsprache, die heute vielfach nur durch die Mittlerstellung zwischen Carl Maria von Weber und Richard Wagner charakterisiert wird, die jedoch darüber hinaus hohen Eigenwert besitzt. Zu besonderer, individueller Gestaltung führte Marschner die formale Ausweitung der traditionellen Arienformen zu Szenen, dabei zum Teil durchaus noch auf ›Freischütz‹-Formen zurückgreifend (so hat die Arie der Malwina formale Ähnlichkeit mit der großen Szene der Agathe), aber auch vorausweisend auf Wagner, der nicht nur die Ouvertürenform des ›Fliegenden Holländer‹ an der des ›Vampyr‹ (für den er 1833 in Würzburg eine Arieneinlage komponierte) ausrichtete, sondern auch die Ballade der Senta aus der Romanze vom bleichen Mann aus dem ›Vampyr‹ entwickelte. Geschickt weiß Marschner die dämonischen Klänge des Vampyr und seiner Umwelt zu verbinden mit dem emphatischen Lyrismus der Liebenden und der derb-charakteristischen Realistik der Volksszenen.

Textdichtung

Wilhelm August Wohlbrück, der Librettist des ›Vampyr‹, stützte sich bei seinem Text auf ein Prosafragment, das Lord Byron zugeschrieben wird, und mag wohl auch das 1820 in Paris aufgeführte ›Vampyr‹-Drama von Charles Nodier, Pierre François Adrien Carmouche und Achille de Jouffroy gekannt haben. Der Stoff traf durchaus die Vorliebe der Zeit für das Dämonisch-Düstere und für tragisch verstrickte Zwischenwesen wie den Vampyr, der – in einem zweiten, ruhelosen Leben – morden muß, ohne es zu wollen, zur Strafe für Sünden seines ersten Lebens.

Geschichtliches

›Der Vampyr‹ wurde am 29. März 1828 in Leipzig uraufgeführt und war dort und in einigen anderen Städten, wo man ihn alsbald spielte (Hannover, Magdeburg, Budapest, Braunschweig, Weimar, Mannheim, Bremen, Königsberg, Breslau) ein großer Erfolg. Schon 1829 spielte man das Werk in London, wo es in der ersten Salson allein 60mal gegeben wurde. In der zweiten Jahrhunderthälfte nahm die Zahl der Aufführungen spürbar ab, und Hans Pfitzners intensiver Einsatz für das Werk, das er in einer musikalischen und textlichen Neueinrichtung 1925 in Stuttgart vorstellte, war so etwas wie eine Neuentdeckung. Seit dem Ende der siebziger Jahre ist Marschner – und mit ihm der ›Vampyr‹ – wieder häufiger auf den Spielplänen vertreten – zu Recht, wie der Publikumszuspruch ausweist.

W. K.

Bohuslav Martinů

* 8. Dezember 1890 in Polička, † 28. August 1959 in Liestal

Julietta (Julietta aneb Snár)

Lyrische Oper in drei Akten. Dichtung von Bohuslav Martinů nach Georges Neveux.

Solisten: *Julietta* (Lyrischer Sopran, gr. P.) – *Michel Lepic*, Buchhändler (Lyrischer Tenor, gr. P.) – *Kommissar, auch Briefträger und Waldhüter* (Spieltenor, auch Charaktertenor, gr. P.) – *Mann mit Helm* (Bariton, kl. P.) – *Ein kleiner Araber* (Mezzosopran, kl. P.) – *Ein alter Araber* (Baß, kl. P.) – *Vogelhändlerin* (Mezzosopran, kl. P.) – *Fischhändlerin* (Mezzosopran, kl. P.) – *Drei Herren*, einer in blauer, zwei in grauer Kleidung (drei Frauen-St., gesprochen, kl. P.) – *Großväterchen »Jugend«* (Baß, kl. P.) – *Großvater* (Baß, kl. P.) – *Großmutter* (Alt, kl. P.) – *Eine alte Dame* (Mezzosopran, kl. P.) – *Handleser* (Alt, kl. P.) – *Händler mit Erinnerungen* (Baßbariton, kl. P.) – *Ein alter Matrose* (Baß, kl. P.) – *Ein junger Matrose* (Mezzosopran, kl. P.) – *Hotelboy* (Mezzosopran, kl. P.) – *Bettler* (Bariton, kl. P.) – *Sträfling* (Baß, kl. P.) – *Beamter* (Tenor, kl. P.) – *Lokomotivführer* (Tenor, kl. P.) – *Nachtwächter* (Sprechrolle, kl. P.) – *Polizist* (Stumme Rolle).
Chor: Bewohner der Stadt.
Statisterie: Eine Gruppe graugekleideter Gestalten.
Ort: Eine kleine Stadt am Meer.
Schauplätze: Vor dem Hotel der kleinen Stadt – Wald – Ein kanzleiähnliches Reisebüro.
Zeit: 1938.

Orchester: 2 Fl. (III. auch Picc.), 3 Ob. (III. auch Eh.), 2 Kl., 2 Fag., 4 Hr., 3 Trp., 3 Pos., Tb., P., Schl. (gr. Tr, Becken, kl. Tr., Triangel, Glsp., Xyl., Tamburin, Tamtam), Cel., Klav., Str. – Bühnenmusik: Akkordeon.
Gliederung: In acht, zehn bzw. sieben durchkomponierte Szenen gegliederte Akte.
Spieldauer: Etwa 2½ Stunden.

Handlung
Der Pariser Buchhändler Michel Lepic kehrt in ein kleines Hafenstädtchen zurück, in dem er drei Jahre zuvor einem Mädchen begegnet ist. Er will sie wiedersehen. Seit er damals am Fenster ihr Lied hörte, verfolgen ihn die Stimme und das Lächeln des Mädchens. Ihr Name ist Julietta. Die Suche nach ihr erweist sich jedoch als schwierig, da alle Bewohner des Städtchens ihr Gedächtnis verloren haben und sich an alles Geschehene bereits nach wenigen Augenblicken nicht mehr erinnern können. Als Michel zu Beginn einen kleinen Araber nach seinem Hotel fragt, muß er zunächst hören, daß es überhaupt nicht existiert; im nächsten Augenblick erfährt er aber, daß er bereits davor stehe. Während Michel das Hotel betritt, belebt sich der Platz, eine Vogel- und eine Fischhändlerin geraten in lauten Streit. Wie auch der kleine Araber will ein Mann am Fenster seine Ruhe haben. Sein Akkordeonspiel bringt die Anwesenden aus der Fassung und ruft Erinnerungen wach. Der kleine Araber und der Mann am Fenster geben sich Erinnerungsfetzen hin, werden aber bald von einem Mann mit Hut gestört, der behauptet, Schiffsbesitzer zu sein. Plötzlich ruft Michel aus dem Hotel, in das ihn der alte Araber begleitet hat, um Hilfe. Der Kommissar eilt herbei, und Michel berichtet ihm, daß ihn der alte Araber mit einem Küchenmesser gezwungen habe, ihm seine Lebensgeschichte nachzuerzählen. Der Kommissar gibt Michel darüber Aufschluß, daß niemand in dem Ort Erinnerungen habe, und erklärt damit die Tat. Als das in der nächsten Situation wieder vergessen ist, soll Michel verhaftet werden, weil er Verwirrung stifte. Nachdem er seine früheste Kindheitserinnerung von einer Spielzeugente erzählt hat, ernennen die Bewohner ihn statt dessen zum Kapitän der Stadt. Erschöpft beginnt Michel, dem Mann mit Helm von seiner ersten Begegnung mit Julietta zu erzählen, dieser ist allerdings ein ebenso unzuverlässiger Gesprächspartner wie alle anderen in dem Städtchen. Es erklingt das Lied Juliettas, das Michel drei Jahre zuvor gehört hat. Julietta scheint sich an Michel zu erinnern und sogar all die Zeit auf ihn gewartet zu haben. Während sie sich auf den Weg hinunter zum Platz macht, stößt der in Leidenschaft schwelgende Michel mit dem Kommissar zusammen. Dieser ist jedoch nun nicht mehr Kommissar, sondern ein Briefträger, der vor drei Jahren aufgegebene Briefe austrägt. Wieder gerät ihr Gespräch ins Stokken, und sie verabreden sich an einer Wegkreuzung im Wald.
Michel wartet im Wald auf Julietta. Drei Herren kommen an ihm vorbei, die ebenfalls nach ihr suchen. Er begegnet dem »Altvater Jugend«, der im Wald ein sehr gerissenes Geschäft betreibt: Er schenkt Wein aus und erfindet seine Erinnerungen an die Gäste. Ein Handleser sagt Michel die Vergangenheit voraus, bis die Erwartete eintrifft. Wieder will das Gespräch nicht richtig in Gang kommen. Michel gerät mit einem Verkäufer von falschen Erinnerungen in Streit, da er nicht will, daß Julietta von ihnen fehlgeleitet wird. Während Julietta Begeisterung zeigt und sich von den erfundenen Erinnerungen mitreißen läßt, will Michel ihr seine wirkliche Erinnerung an sie erzählen. Als er ihr endlich sein Herz ausschüttet, ist Julietta davon gelangweilt, macht sich über Michel lustig und will ihn sofort verlassen. Michel zückt verzweifelt die Pistole; es löst sich ein Schuß, ein Schrei ertönt. Michel versichert sich noch, daß er nicht geschossen hat, doch schon ist ein Tribunal für die Hinrichtung zur Stelle. Die Gedächtnislosigkeit der Ankläger, Richter und Henker ausnutzend, beginnt Michel seine Erinnerung vom ersten Treffen mit Julietta zu erzählen, bis sie ihr Vorhaben, ihn hinzurichten, vergessen. Es gelingt schließlich, als er die erfundene Erinnerung des Verkäufers erzählt. Wieder allein, begegnet er dem Kommissar, der diesmal als Waldhüter unterwegs ist und ihm mitteilt, daß er es war, der auf eine Schnepfe geschossen, sie aber nicht getroffen habe. Ansonsten habe es keine Schüsse gegeben. Ins Dorf zurückgekehrt, bittet Michel zwei Matrosen, nach einem Mädchen im Wald zu suchen. Die Matrosen kehren mit Juliettas Schleier zurück, doch Michel ist sich bereits seiner selbst nicht mehr sicher. Er weiß nicht mehr, was er überhaupt in dem Städtchen wollte, und macht sich auf den Weg zum Dampfer. Es erklingt noch einmal Juliettas Lied, doch ihm ist es nunmehr fremd geworden.
Michel findet sich im Zentralbüro der Träume wieder. Von hier aus werden die Träume aller Schlafenden verwaltet und arrangiert. Ein Beam-

ter will ihn zurück ins Alltagsleben entlassen, aber Michel kann nicht akzeptieren, daß alles nur ein Traum gewesen sein soll; er will trotz der Warnungen, für immer im Traum gefangen zu sein, falls er nicht rechtzeitig wieder aufwache, zu Julietta zurückkehren. Nacheinander treten ein Bettler, der an diesem Tag als Wohnungsloser kein Anrecht auf seine Träume hat, ein Hotelboy, der während der Arbeit kurz ein Nickerchen hält, und ein Sträfling, der sich in der Nacht vor der Vollstreckung seiner Todesstrafe von einer größeren Zelle zu träumen wünscht, ein. Sie alle trafen in den für sie erstellten Träumen ein Mädchen namens Julietta. Michel hört hinter einer Tür die Stimme seiner Julietta, die ihn zu sich ruft. Er versucht erfolglos, die Tür zu öffnen, als ein Nachtwächter die Sperrstunde verkündet, so daß Michel das Traumbüro nicht mehr verlassen kann. Der kleine Araber tritt ein, es stellt sich die Anfangsszene wieder ein.

Stilistische Stellung
Die surreale Tonsprache der ›Julietta‹ beruht zum nicht geringen Teil auf einer signifikanten Umkehrung des konventionellen Verhältnisses von Text und Musik. Deren sonst die Worte transzendierende Tendenz gerät hier zum Modus der Wirklichkeitsbewahrung, des sich Erinnerns an das Vergangene. Es sind Wirklichkeitspartikel, die nicht selten wie Echos des Einst die phantasmagorische Traumtopographie durchhallen. Die dissoziative Dramaturgie des Träumens, die obstinate und pochende Wiederholung wirkungsmächtiger Gedächtnisbilder, Erfüllungswünsche und Symbolbildungen, die gleichsam der surrealistischen Ästhetik gemäß filmisch ablaufenden und sich übereinander lagernden auditiven und taktilen Pseudohalluzinationen: Sie mit den Mitteln der Tonkunst zum Ausdruck zu bringen, war das Ziel des Komponisten, der selbst als ambitionierter Protokollant und Deuter seiner eigenen Träume agierte, eine stupende Kenntnis der dafür spezifischen, auch neurobiologischen Fachliteratur besaß und in seinem gesamten Œuvre den Illusionismus der Traumwelt mit dem der Klangwelt zu verbinden verstand. Die ›Marienspiele‹ (1933/34) etwa mögen dafür als ein besonders exponiertes Beispiel angeführt sein. Die gravierende Differenz zwischen dem Neveux'schen Drama und der Oper macht das deutlich. Bei Neveux, dessen klanggewaltige Sprache Jean Cocteau mit dem »Raunen von Sphärenmusik« (France Illustration, Nr. 110, Juli 1952) verglich, drängt die Schlußszene auf Klärung und Enthüllung der Geschehnisse als Traumimagination. Bei Martinů führt aus dieser Landschaft kein Weg mehr heraus. Sie erweist sich als übermächtige, unser Dasein prägende Macht, geformt durch die frühesten Lebenserfahrungen. Die Oper führt in den Raum des Surrealismus, dessen Agierenden die Erinnerungskraft abhanden gekommen ist: eine Welt ganz ohne Gedächtnis und deshalb eine Welt ohne Zeit. Aber es erscheint noch ein anderes Thema, das diesem Vergessenszwang eng verbunden ist. Nichts, auch nicht der vermeintliche Revolverschuß auf die Begehrte, kann sich auf Reales stützen. Es ist wie in einem Traum, der nicht enden will, sich ewig im Kreise oder in einer Endlosschleife dreht, ein hartnäckiger Wiederholungstraum auf dem Wege, zum Wiederholungstrauma zu mutieren. Am Andante-Schluß taucht deshalb zu den hinter der Bühne erklingenden Harmonikatönen die Dekoration des Andante-Anfangs wieder auf. Nichts oder alles kann geschehen sein. Die Wiederkehr musikalischer Abschnitte in heterogenen Kontexten, die sich stets innerhalb der Grenzen einer geweiteten Tonalität bewegen, sind gleichsam Zeichen für die Bilder und Geschehnisse einer irrealen Traumwelt.

Textdichtung
Das Textbuch stammt vom Komponisten selbst nach dem zunächst wenig erfolgreichen Stück ›Juliette ou La Clé des songes‹ (1930) des französischen Autors Georges Neveux (1900–1982), der mit dem surrealen Stück soziale Zwänge und perpetuierende Denkstrukturen provozierend aufzeigen wollte. Martinů hielt sich recht eng an seine Vorlage, bis kurz vor dem Ende des Stückes: Das Geschehen versetzt Martinů wieder auf den Anfang.

Geschichtliches
Martinů stellte das Werk 1937 fertig, die Uraufführung erfolgte am 16. März 1938 am Nationaltheater Prag, sowohl Komponist als auch Neveux erlebten einen großen Erfolg. Die deutsche Erstaufführung fand 1959 in Wiesbaden statt (deutsche Textfassung: Ludwig Kaufmann, Inszenierung: Walther Pohl, musikalische Leitung: Kaufmann), worauf das Publikum zunächst irritiert, dann aber interessiert und enthusiastisch reagierte. 1976 wurde das Werk erstmals in Frankreich am Théâtre des Arts Rouen aufgeführt (Inszenierung: Jean-Jacques Etcheverry,

musikalische Leitung: Paul Ethuin), die englische Erstaufführung fand 1978 im Coliseum London als Koproduktion der New English Opera und der English National Opera statt (Inszenierung: Anthony Besch, musikalische Leitung: Charles Mackerras). Nach der Aufführung in Bregenz 2002 (Inszenierung: Katja Czellnik, musikalische Leitung: Dietfried Bernet) erlebt das Werk eine Wiederentdeckung, insbesondere im deutschsprachigen Raum: 2014 in Bremen (Inszenierung: John Fulljames, musikalische Leitung: Clemens Heil) sowie 2015 in Frankfurt (Inszenierung: Florentine Klepper, musikalische Leitung: Sebastian Weigle) und in Zürich (Inszenierung: Andreas Homoki, musikalische Leitung: Fabio Luisi), 2016 auch an der Staatsoper Prag (Inszenierung: Zuzana Gilhuus, musikalische Leitung: Jaroslav Kyzlink) und an der Staatsoper Unter den Linden in Berlin (Inszenierung: Claus Guth, musikalische Leitung: Daniel Barenboim).

N. A.

Griechische Passion (The Greek Passion)

Oper in vier Akten. Text vom Komponisten nach dem Roman von Nikos Kazantzakis.

Solisten: *Priester Grigoris* (Baßbariton, auch Heldenbariton, auch Charakterbaß, m. P.) – *Patriarcheas*, Dorfältester (Baßbariton, auch Baß, kl. P.) – *Ladas*, Dorfältester (Sprechrolle) – *Michelis*, Sohn des Patriarcheas (Lyrischer Tenor, m. P.) – *Kostandis*, Besitzer einer Kaffeeschenke (Lyrischer Bariton, auch Charakterbariton, m. P.) – *Yannakos*, Händler (Lyrischer Tenor, auch Charaktertenor, gr. P.) – *Manolios*, Schafhirt (Jugendlicher Heldentenor, auch Lyrischer Tenor, gr. P.) – *Panait*, Hirte (Tenor, m. P.) – *Nikolios*, Hirtenknabe (Sopran, auch Spieltenor, m. P.) – *Andoms*, Dorfbarbier (Tenor, kl. P.) – *Die Witwe Katěřina* (Dramatischer Mezzosopran, auch Jugendlichdramatischer Sopran, gr. P.) – *Lenio*, die Verlobte des Manolios (Lyrischer Sopran, m. P.) – *Ein altes Weib* (Alt, auch Mezzosopran, kl. P.) – *Priester Fotis* (Baßbariton, auch Charakterbaß, m. P.) – *Despinio*, eine junge Frau (Sopran, kl. P.) – *Ein alter Mann* (Baß, m. P.) – *Die alte Magdalena* (Stumme Rolle) – *Riesiger Bannerträger* (Stumme Rolle).
Chor: Die Bewohner des Dorfes Lycovrissi – Die Flüchtlinge (gemischter Chor, Doppelchor, gr. Chp.).
Ort: Das Dorf Lycovrissi am Fuße des Sarakina-Berges in Kleinasien.
Schauplätze: Vor der Kirche – Vor dem Haus des Yannakos und der Kateřina – Quelle des heiligen Vasilis – Siedlung der Flüchtlinge – Hütte des Manolios – Zimmer Kateřinas – Straße am Berge Sarakina.
Zeit: Gegenwart.
Orchester: 3 Fl. (III. auch Picc.), 3 Ob. (III. auch Eh.), 3 Kl., 3 Fag. – 4 Hr., 3 Trp., 3 Pos., Tuba-P., Schl., Hrf., Klav., Akkordeon – Str.
Gliederung: Durchkomponierte Großform.
Spieldauer: Etwa 2¾ Stunden.

Handlung
Es ist das Osterfest in dem kleinen griechischen Dorf Lycovrissi in Kleinasien. Nach altem Brauch haben die Dorfältesten mit dem Priester Grigoris einige Dorfbewohner ausgewählt, die in der kommenden Karwoche – wie alle sieben Jahre – die Passion Christi aufführen sollen. Der Priester verkündet die Namen: Der Kaffeehausbesitzer Kostandis soll den Jacobus, der Händler Yannakos den Petrus, Michelis, der Sohn des Dorfältesten Patriarcheas den Johannes spielen, der Hirte Panait den Judas, die Witwe Kateřina, die als die Dorfhure gilt, soll die Maria Magdalena spielen und der Schafhirt Manolios den Christus selbst. Der Priester ermahnt die Ausgewählten, sich der Würde ihrer Aufgabe zu stellen und ihr Leben danach einzurichten. Die einfachen Leute sind tief beeindruckt und wissen nicht recht, wie sie sich verhalten sollen. Lenio, die Verlobte Manolios', nähert sich ihm, aber er, tief in Gedanken versunken, reagiert nicht. Es ist Abend geworden. Da hört man sich nähernde Stimmen: Es sind, geführt von dem Priester Fotis, andere Griechen, die von den Türken aus ihrem Dorf vertrieben worden sind und nun, hungrig, entkräftet, verzweifelt, um Hilfe bitten. Die Dorfbewohner laufen zusammen, unter ihnen auch Kateřina und Panait, der ihr nachstellt. Die Dorfbewohner sind bereit zu helfen, während der Priester Grigoris, bedacht auf die Wahrung seiner Macht und seines Einflusses, die Fremden hier nicht haben will. Eine junge Frau aus der Gruppe der Flüchtlinge, Despinio, bricht plötzlich tot zusammen, und

Grigoris hofft, die Dorfbewohner einschüchtern zu können, indem er behauptet, die Flüchtlinge hätten die Cholera, aber dies gelingt ihm nur teilweise. Insbesondere die für das Mysterienspiel Ausgewählten werden sich immer mehr ihrer Verantwortung für die Armen und Elenden bewußt und spenden für sie, was sie übrig haben. Manolios rät ihnen, sich am Berge Sarakina niederzulassen und dort ein neues Dorf zu erbauen.

Vor den Häusern des Yannakos und der Kateřina. Der einfache Händler spricht mit seinem Esel, auf dem der Herr im kommenden Jahr einreiten werde nach Jerusalem. Kateřina kommt und berichtet, daß sie des Nachts von Manolios geträumt habe, zu dem sie sich hingezogen fühlt. Als die Witwe gegangen ist, kommt der geizige Ladas und macht Yannakos einen Vorschlag: die Flüchtlinge oben am Berg hätten sicher Schmuck bei sich, sie brauchten aber zu essen und zu trinken – das sei eine gute Gelegenheit, auf einfache Weise zu viel Geld zu kommen. Yannakos wird überwältigt von der Aussicht auf ein gutes Leben und stimmt zu. Katerina ist zu Manolios gegangen, der sich am Brunnen wäscht; sie bittet ihn, sie in ihren Träumen zu verschonen, fühlt sich aber zu ihm hingezogen. Auch er empfindet Begehren, aber er beherrscht sich. Kateřina geht. – Auf dem Berge Sarakina weihen die Flüchtlinge unter der Führung des Priesters Fotis die Erde für das neue Dorf; der alte Mann, der schon mehrfach aus seiner Heimat vertrieben worden ist, gibt den anderen neuen Mut – schon bald werde hier ein blühendes Dorf stehen. Der Priester und die Flüchtlinge weihen den Platz dem heiligen Georg, der heiligen Jungfrau. Yannakos, der die Zeremonie heimlich beobachtet, ist zuerst verwundert, dann aber sehr fasziniert und angerührt. Der alte Mann läßt ein Grab ausheben und legt sich hinein: Hier will er sterben, denn ein Dorf habe nur Bestand, wenn in seinen Grundmauern ein menschliches Wesen eingesiegelt sei. Yannakos nähert sich voller Reue dem Priester Fotis: Er beichtet, daß er sich auf den üblen Vorschlag des Ladas eingelassen habe, aber jetzt besser wisse, was für ihn gut sei. Er wolle den Flüchtlingen beim Aufbau des Dorfes helfen. Der Priester umarmt ihn, als die Flüchtlinge melden, der alte Mann sei gestorben. Yannakos zieht fröhlich wieder zu seinem Haus.

Es ist Abend. Manolios und der Hirtenjunge Nikolios legen sich zum Schlafe. Nikolios bläst noch ein wenig auf seiner Flöte. Manolios fällt in unruhigen Schlaf: Ihm erscheinen in Visionen Lenio, die ihn fragt, wann er sie denn endlich heirate, der Priester Grigoris, der ihn ermahnt, ein seiner großen Aufgabe angemessenes Leben zu führen, die Witwe Kateřina, die in ihm Begierden erzeugt, schließlich Yannakos, der ihn ermahnt. Am Morgen kommt Lenio mit der alten Magdalena, um nun endlich eine Antwort von Manolios zu bekommen, aber er wendet sich ab und geht. Nikolios spielt auf seiner Flöte, und Lenio nähert sich – wie magisch angezogen – dem Hirtenjungen, der sie umarmt. – Die Witwe Kateřina sitzt nachts in ihrem Zimmer, als es klopft und Manolios kommt. Kateřina hofft, er werde mit ihr schlafen, aber er bittet sie, nicht mehr an ihn zu denken, und nennt sie »Schwester«. Yannakos kommt singend vom Berg Sarakina herab; er hat den Flüchtlingen Waren gebracht; da begegnet ihm die Witwe Kateřina, die ihrerseits ihr Schaf den Flüchtlingen schenken will. Im Gespräch mit Yannakos erzählt Kateřina, daß sie nun endlich begriffen habe, warum man sie, die Sünderin des Dorfes, als Maria Magdalena ausgewählt habe; sie wolle wie eine treue Magd dem Herrn dienen. Die Dorfältesten mit dem Priester Grigoris kommen: Ihnen sind die Aktivitäten des Manolios, der sich für die Flüchtlinge einsetzt, ein Dorn im Auge. Sie wittern Aufruhr gegen ihre Herrschaft. Manolios kommt mit einer kleinen Schar von Dorfbewohnern, die ihm zuhören, wie er – aus seiner Sicht – die Lehre Christi auslegt. Der Priester Grigoris beschließt, er müsse aus dem Dorfe. Der Dorfbarbier Andonis und eine alte Frau geloben Manolios, sie wollten wohltätig sein und für die armen Flüchtlinge auf dem Berge sorgen. Am Abend treffen sich Michelis, Yannakos und Kostandis, um Neuigkeiten auszutauschen. Lenio ist zum Dorfältesten Patriarcheas gelaufen und hat ihm gesagt, sie wolle lieber Nikolios heiraten. Nikolios gesteht Manolios ängstlich und zum Kampf bereit, daß er Lenio heiraten werde. Er erwartet Widerspruch, ja, eine Auseinandersetzung, aber Manolios stimmt ihm zu. Zu den Leuten gesellt sich Kateřina, und die für das Mysterienspiel Ausgewählten hören Manolios zu, wie er von Christus erzählt.

Im Dorf feiert man die Hochzeit von Lenio und Nikolios; es wird gefeiert und getanzt. Da tritt der Priester Grigoris aus der Kirche und erklärt Manolios für ausgestoßen aus der Dorfgemeinschaft. Er habe gegen Gott und die gottgewollte Ordnung rebelliert, niemand dürfe ihn aufnehmen, niemand ihm zu essen geben. Michelis, Yannakos und Kostandis bekennen sich zu Manolios und werden von den Dorfbewohnern ängstlich gemieden. Manolios kommt gelaufen und setzt sich auf die Kirchentreppe. Er berichtet von dem Gefühl des Hochmuts, als er vom Priester für die Rolle des Christus ausgewählt wurde, er berichtet von seinen Ängsten vor der Ehe mit Lenio, vor dem Bett der Witwe Kateřina. Nun aber habe er diese Ängste überwunden, er sei zu einem neuen Menschen gereift, der wisse, was er zu tun habe. Von weitem hört man die Rufe der Flüchtlinge, und Manolios erklärt, er führe sie an, damit sie sich von den Dorfbewohnern durch Kampf holten, was man ihnen freiwillig nicht gebe. Die Kinder dort stürben vor Hunger. Auf ein Zeichen des Priesters Grigoris stürzen sich die Dorfbewohner auf Manolios; der Judas Panait ersticht ihn. Die Dorfbewohner weichen ernüchtert zurück. Der Zug der Flüchtlinge nähert sich: Sie beklagen den Tod des Manolios, aber sie werden, im Glauben gestärkt, weiterziehen.

Stilistische Stellung
Bohuslav Martinů bemüht sich, in seiner ›Griechischen Passion‹, die auch außerhalb der Tschechischen Republik zu den meistaufgeführten Bühnenwerken des Komponisten gehört, die Atmosphäre dieser bäuerlichen Allegorie auf die Passion Christi einzufangen. Die Hauptaufgabe liegt bei den Chören, deren inbrünstige Gesänge nach Gottes Gnade zwar an die Liturgie der orthodoxen Kirche erinnern, aber über melodische und formale Anleihen hinaus zu einer eigenen kompositorischen Lösung drängen. Eingebettet in diese Atmosphäre von Glaubenshoffnung und Glaubensverstrickung, aber auch Unsicherheit und Autoritätsgläubigkeit sind die Hauptfiguren des Dramas; einfache Leute, die bemerken, wie sehr sie durch ihre Wahl für das Mysterienspiel immer mehr dazu gebracht werden, das Leben Christi als vorbildhaft anzusehen – frei von den Machtverhältnissen und machterhaltenden Regeln einer erstarrten kirchlichen Orthodoxie.

Textdichtung
Martinů richtete den 1948 geschriebenen, aber erst 1954 veröffentlichten Roman des Griechen Nikos Kazantzakis selbst als Libretto ein. Stehen bei Kazantzakis in der Allegorie der Passion die Sozialkritik an den Pharisäern und Schriftgelehrten, an der machtbesessenen Obrigkeit und die Hoffnung auf ein anarchisches Urchristentum im Vordergrund (im Roman sind Manolios' letzte Worte, die er dem Priester entgegenschleudert: »Ihr Popen habt Christus gekreuzigt, und stiege er wiederum zur Erde herab, so würdet ihr ihn wieder kreuzigen«), so steht bei Martinů eher das gleichnishafte Element des Lebens und Sterbens Christi in der Gestalt des griechischen Schafhirten Manolios im Vordergrund.

Geschichtliches
Martinů schrieb seine vorletzte Oper 1956 in Prag und in der Schweiz; die Uraufführung des Werkes fand jedoch erst zwei Jahre nach seinem Tode, am 9. Juni 1961 in Zürich statt und war ein großer Erfolg. Seither wurde das Werk, das unzweifelhaft zu den wichtigsten »geistlichen Opern« des Repertoires gehört, zunächst eher selten aufgeführt. Das änderte sich mit der Produktion der Bregenzer Festspiele von 1999. Seitdem ist das Stück auf den Bühnen etabliert.

W. K.

Pietro Mascagni
* 7. Dezember 1863 in Livorno, † 2. August 1945 in Rom

Cavalleria rusticana
Melodram in einem Aufzug. Dichtung von Giovanni Targioni-Tozzetti und Guido Menasci.

Solisten: *Santuzza,* eine junge Bäuerin (Dramatischer Sopran, auch Dramatischer Mezzosopran, gr. P.) – *Turiddu,* ein junger Bauer (Jugendlicher Heldentenor, gr. P.) – *Lucia,* seine Mutter (Dramatischer Alt, auch Spielalt, kl. P.) – *Alfio,* ein Fuhrmann (Heldenbariton, auch Charakterbariton, m. P.) – *Lola,* seine Frau (Lyrischer Mezzosopran, auch Soubrette, m. P.)

Pietro Mascagni

Chor: Landleute – Kinder (in der 3. Szene sechsstimmiger Chor auf der Bühne und fünfstimmiger Chor hinter der Bühne; gr. Chp.).
Ort: Sizilianisches Dorf.
Schauplatz: Hauptplatz des Dorfes, im Hintergrund rechts eine alte Kirche, links das Wirtshaus und das Haus der alten Lucia.
Orchester: 2 Fl., 1 Picc., 2 Ob., 2 Kl., 2 Fag., 4 Hr., 2 Trp., 3 Pos., 1 Bt., P., Schl., Hrf., Str. – Bühnenmusik: Hrf., Org., Gl. in A und E.
Gliederung: Vorspiel und Siciliana sowie 10 musikalische Szenen, die pausenlos ineinander übergehen, zwischen der 8. und 9. Szene: Intermezzo sinfonico.
Spieldauer: Etwa 1¼ Stunden.

Handlung

In einem sizilianischen Dorf hatte sich der junge Bauer Turiddu vor seiner Rekrutierung mit der ebenso hübschen wie koketten Lola verlobt. Als er aus dem Militärdienst zurückkam, hatte Lola inzwischen den Fuhrmann Alfio geheiratet. Turiddu suchte daraufhin bei der jungen Bäuerin Santuzza Trost, zu der er alsbald intime Beziehungen anknüpfte und der er auch die Ehe versprach. Dies reizte Lolas Eifersucht, und als ihr Mann mit seinen Pferden auswärts ist, gelingt es ihr unschwer, den früheren Verlobten aufs neue zu umgarnen. Am Ostermorgen kehrt Alfio zurück. Er berichtet Turiddus Mutter Lucia, ihren Sohn in der Nähe seines Hauses gesehen zu haben, als diese behauptet, Turiddu sei noch nicht von Francofonte zurück, wohin er gestern gegangen sei, um Wein zu holen. Ängstlich unterbricht Santuzza die Unterhaltung. Als sich die Landleute in die Kirche begeben, hält Santuzza Mutter Lucia zurück und gesteht ihr ihren schweren Kummer. Sie weiß, daß Lola Turiddus Herz von neuem gewonnen hat, und sie will nun den Treulosen erwarten, um ihn zu beschwören, sie, die Entehrte, nicht zu verlassen. Aber Turiddu leugnet seine Liebe zu Lola, und als diese, ein Liebesliedchen singend und die Situation sofort erfassend, kurz darauf auf dem Weg zur Kirche bei beiden vorbeikommt, versteht sie mit koketten Blicken und scheinheiligen Bemerkungen Turiddu derart zu reizen, daß er in einer darauffolgenden heftigen Auseinandersetzung die verzweifelt um ihre Liebe kämpfende Santuzza schließlich brutal von sich stößt und zu Boden wirft. Turiddu ist Lola in die Kirche nachgeeilt. Santuzzas Liebe ist aber plötzlich in Haß umgeschlagen, und als Alfio kommt, klärt sie den Ahnungslosen über das, was während seiner Abwesenheit vorgefallen war, auf. Wütend beschließt Alfio, die verruchte Tat zu rächen; Santuzza, die ihre Aussage bereits wieder bereut, stürzt verzweifelt fort. Nach dem Kirchgang fordert Turiddu die Landleute auf, mit ihm Wein zu trinken. Alfio kommt hinzu. Er weist den ihm von Turiddu kredenzten Becher zurück; nach sizilianischer Sitte umarmen sich die Gegner und Turiddu beißt Alfio in das rechte Ohr zum Zeichen, daß er ihm für die Auseinandersetzung mit dem Messer zur Verfügung stehe. Während Alfio vorausgeht, ruft Turiddu seine Mutter. Er bittet sie um ihren Segen und fleht sie, die sich sein sonderbares Verhalten nicht erklären kann, an, der armen Santuzza beizustehen, wenn er nicht wiederkehren sollte. Dann küßt er die Mutter und läuft rasch weg. Bald darauf kommen Santuzza und die Dorfbewohner; entsetzte Spannung malt sich in ihren Gesichtern, bis schließlich eine Frauenstimme aus der Ferne ruft, daß Turiddu tot sei. Ohnmächtig sinken Santuzza und Lucia zu Boden.

Stilistische Stellung

Die in der zweiten Hälfte des 19. Jahrhunderts in Erscheinung getretene Stilrichtung des Naturalismus – in Italien als »Verismo« bezeichnet – fand mit Mascagnis ›Cavalleria rusticana‹ Eingang in die Oper. Naturalistische Züge finden sich zwar auch schon in früheren Opern (z. B. in Verdis ›Rigoletto‹ und ›La Traviata‹ oder in Bizets ›Carmen‹), doch erscheint in ›Cavalleria rusticana‹ die naturalistische Tendenz zum ersten Mal in einer Oper konsequent durchgeführt. Freilich erstreckt sich das naturalistische Prinzip hier zunächst nur auf Stoff und Formung der Dichtung, die musikalische Gestaltung ist noch rein opernhaft im Sinn der italienischen Melodienoper, und es fehlt noch die für die spätere veristische Oper typische musikalische Diktion: das Illustrierende und das Farbige in Harmonik und Instrumentation. Die ›Cavalleria rusticana‹ verdankt ihre große Wirkungskraft einem klar gebauten Textbuch und der Macht des Belcanto. In kontrastreicher Aufeinanderfolge sind zwischen die dramatisch erregten Szenen musikalische Ruhepunkte gestreut: das choralartige Ensemble, das mit dem aus der Kirche klingenden Chor in großartiger Steigerung kombiniert wird; Alfios originell harmonisiertes Fuhrmannslied, Turiddus schmissiges Trinklied, Lolas verführerisches Rispetto von den süßen »Lilien« und vor allem das berühmte

Intermezzo sinfonico, dessen Placierung als retardierendes Moment mitten in die Atmosphäre wilder menschlicher Leidenschaften, zu denen die friedliche Stille des Ostermorgens und die warme sizilianische Frühlingssonne in scharfem Gegensatz stehen, zweifellos als genialer Einfall zu bewerten ist. Sehr geschickt wird die Vorgeschichte der Handlung durch Turiddus hinter dem Vorhang gesungene Siciliana zum Preise der schönen Lola angedeutet, mit der er die Geliebte in früher Morgenstunde verläßt. Die eingängige, bisweilen im leitmotivischen Sinn verarbeitete Thematik atmet die heiße Glut des südlichen Himmels; in den symmetrisch gebauten musikalischen Szenen sind die geschlossenen Gebilde nahtlos verankert. Dem leidenschaftlichen Charakter des Werkes entsprechend ist die Instrumentation füllig, an manchen Stellen wirkt sie geradezu brutal.

Textdichtung

Das Libretto wurde von Giovanni Targioni-Tozzetti und Guido Menasci verfaßt. Als Vorlage diente den Textdichtern das durch die Schauspielerin Eleonora Duse bekannt gewordene naturalistische Volksstück ›Cavalleria rusticana – Volksszenen aus Sizilien‹ von Giovanni Verga (1840–1922), das dieser nach einer eigenen, 1889 erschienenen Novelle dramatisiert hatte. Die Librettisten verarbeiteten durch geringfügige Änderungen das meisterhaft gebaute Drama Vergas mit Geschick zu einem Opernsujet, indem sie einerseits durch die Weglassung einiger Nebenfiguren das Geschehen noch mehr strafften und anderseits zur dramatischen Belebung und für die musikalische Wirkung ausgiebig und dennoch zwanglos den Chor einbauten.

Geschichtliches

›Cavalleria rusticana‹ entstand in dem apulischen Städtchen Cerignola, wo Mascagni als Klavierlehrer und Kapellmeister der Stadtmusik wirkte. Um sich gleichsam von der musikalischen Fronarbeit seines Alltags zu erholen, beschloß er, sich auch einmal an einem der Preisausschreiben für eine einaktige Oper von bisher unaufgeführten Komponisten zu beteiligen, die der Mailänder Verleger Edoardo Sonzogno von Zeit zu Zeit veranstaltete. Die Librettisten konnten mit ihren Textlieferungen kaum dem von Schaffensdrang besessenen Komponisten nachkommen, und es soll vorgekommen sein, daß Mascagni die stellenweise vor Erhalt der Verse entstandene Musik erst nachträglich textierte. Unter den siebzig zur Konkurrenz stehenden Opern erhielt die im Jahre 1890 eingereichte ›Cavalleria rusticana‹ den ersten, Nicola Spinellis ›Labilia‹ den zweiten Preis. Mascagnis Werk wurde am 17. Mai 1890 am Teatro Costanzi zu Rom uraufgeführt und mit grenzenloser Begeisterung aufgenommen. Mit dem gleichen Erfolg verbreitete sich die ›Cavalleria rusticana‹ anschließend in raschem Siegeszug über den Erdball; ihr Schöpfer war mit einem Schlag weltberühmt geworden.

Jules Massenet

* 12. Mai 1842 in Montaud bei St-Etienne (Loire), †13. August 1912 in Paris

Manon

Oper in fünf Akten und sechs Bildern. Dichtung von Henri Meilhac und Philippe Gille.

Solisten: *Manon Lescaut* (Lyrischer Koloratursopran, gr. P.) – *Poussette* (Lyrischer Sopran, m. P.), *Javotte* (Soubrette, m. P.) und *Rosette* (Mezzosopran, auch Spielalt, m. P.), Manons Freundinnen – *Dienerin* bei Manon (Sprechrolle, kl. P.) – *Der Chevalier Des Grieux* (Lyrischer Tenor, gr. P.) – *Der Graf Des Grieux*, dessen Vater (Seriöser Baß, m. P.) – *Lescaut*, Garde-du-Corps, Manons Cousin (Kavalierbariton, auch Lyrischer Bariton, gr. P.) – *Guillot-Morfontaine*, ein reicher Pächter (Charaktertenor, auch Spieltenor, m. P.) – *von Brétigny* (Kavalierbariton, m. P.) – *Der Wirt* (Baß, kl. P.) – *Zwei Gardisten* (Tenöre, kl. P.) – *Der Pförtner* im Seminar St. Sulpice (Sprechrolle, kl. P.) – *Ein Sergeant* (Sprechrolle, kl. P.) – *Ein Soldat* (Sprechrolle, kl. P.).

Jules Massenet

Chor: Spieler, Falschspieler, Spielgehilfen. Soldaten – Reisende – Postillone – Gepäckträger – Bürger und Bürgerinnen – Verkäufer und Verkäuferinnen – Vornehme Damen – Fromme – Spaziergänger (1. Bild: Hauptchor: Bürger und Bürgerinnen; einige Mitglieder des Frauenchores: Reisende; einige Tenöre: Reisende, Postillone und Gepäckträger. – 3. Bild: Hauptchor: Bürger und Bürgerinnen, mehrere Solorollen [Verkäufer]. – 5. Bild: Tenöre geteilt in Falschspieler und allgemeinen Chor; m. Chp.).
Ballett: 4 Tänze (3. Bild).
Schauplätze: Der große Hof einer Gastwirtschaft in Amiens – Zimmer bei Manon und Des Grieux in der Rue Vivienne – Die Promenade Cours-la-Reine, zwischen großen Bäumen stehen Buden – Das Sprechzimmer im Seminar Saint-Sulpice – Das Transsylvanische Hotel (Spielsaal) – Auf der Landstraße nach Le Havre.
Zeit: Zweite Hälfte des 18. Jahrhunderts.
Orchester: 2 Fl., 2 Ob., 2 Kl., 2 Fag., 4 Hr., 2 Trp., 3 Pos., P., Schl., Hrf., Str. – Bühnenmusik: Streichquintett, 1 Kl., 1 Fag., Org.
Gliederung: Durchkomponierte musikdramatische Großform; kurzes Vorspiel.
Spieldauer: Etwa 3 Stunden.

Handlung

In dem Gasthof zu Amiens, wo die Postkutsche nach Paris haltzumachen pflegt, kehren der Roué Guillot und der elegante von Brétigny mit drei jungen Freundinnen ein. Die Gäste sind hungrig und durstig; auf ihr lautes Rufen erscheint endlich der Wirt, der sie auffordert, in einem Pavillon zur Tafel Platz zu nehmen. Mit dem Glockenzeichen, das die Ankunft der Postkutsche anzeigt, versammeln sich Neugierige, unter ihnen auch der Soldat Lescaut, der seine Cousine Manon abholen möchte. Lescaut, der Manon noch gar nicht kannte, ist überrascht von ihrer Schönheit. Manons Eltern haben sie wegen ihrer leichtfertigen Veranlagung für das Kloster bestimmt. Mit kindlichem Charme, untermischt von leichter Koketterie, erzählt sie dem Vetter von den Eindrücken ihrer ersten Reise. Nach Abfahrt der Kutsche versorgt Lescaut Manons Gepäck. Unterdessen ruft Guillot aus dem Pavillon nach dem Wirt. Er sieht die allein zurückgebliebene Manon und macht, gefesselt von ihrer Schönheit, ihr schnell das Angebot, mit ihm in einer Kutsche heimlich nach Paris zu fahren. Lescaut kommt mit zwei befreundeten Gardisten zurück, die ihn zu einem Spiel auffordern. Er ersucht daher Manon, eine kurze Weile hier auf ihn zu warten, und ermahnt sie, nicht zu antworten, sollte sie von jemandem angesprochen werden. Kaum ist sie allein, erscheint ein junger Mann, der die Post versäumt hatte. Beim Anblick Manons gerät er in Entzücken; er spricht sie an, erfährt ihren Namen und beteuert, daß er, Chevalier Des Grieux, es nicht zugeben werde, daß eine solche Schönheit hinter Klostermauern lebendig begraben würde, und daß er ihr sein Leben weihen wolle. Da kommt der von Guillot bestellte Kutscher. Des Grieux betrachtet es als eine Fügung des Himmels und beide fahren eilig mit dem Wagen ab. Gleich darauf kommt Lescaut betrunken zurück. Er macht Guillot den Vorwurf, ihm Manon geraubt zu haben. Der Wirt tritt dazwischen und berichtet von der Flucht des Paares. Guillot wird weidlich ausgelacht, er schwört aber der Falschen und ihrem Entführer Rache.

In der Rue Vivienne verleben Manon und Des Grieux in bescheidenen Verhältnissen eine glückliche Zeit. Des Grieux bittet nun in einem Schreiben seinen Vater um seinen Segen; denn er möchte Manon zu seiner Frau machen. Er will eben den Brief zur Post bringen, als Lescaut und der als Gardist verkleidete Herr von Brétigny ungestüm eindringen; Brétigny hat in der Nähe Wohnung bezogen und Manon bereits seit längerem heimlich Blumen geschickt. Lescaut spielt sich als Rächer der Familienehre auf, in Wirklichkeit trachtet er, seine Cousine an den reichen Brétigny zu verkuppeln. Des Grieux zeigt Lescaut den Brief als Beweis seiner ehrlichen Absichten. Indessen verständigt Brétigny Manon, daß ihr Freund noch heute auf Veranlassung von Des Grieux' Vater gewaltsam entführt werde; Brétigny bietet ihr gleichzeitig für ihre Liebe Reichtum und Glanz an. Trotz ehrlicher Gefühle für Des Grieux kann Manon nicht den Verlockungen eines Luxuslebens widerstehen. Sie unterläßt es daher, den Geliebten zu warnen, nachdem Lescaut, scheinbar befriedigt, mit Brétigny weggegangen ist. Schmerzerfüllt sieht sie dann vom Fenster aus den Wagen mit Des Grieux abrollen.

In dem Gedränge auf der Promenade Cours-la-Reine erfährt Manon aus einem zufällig mitangehörten Gespräch ihres jetzigen Freundes Brétigny mit dem alten Grafen Des Grieux, daß ihr einstiger Geliebter in den Priesterstand treten will und heute seine erste Predigt halte. Sie weiß Brétigny unter einem Vorwand zu entfernen. Dann spricht sie den Grafen an, dem gegenüber sie vorgibt, eine Freundin von Manon zu sein; sie erkundigt sich lebhaft nach Des Grieux, aber der Graf, der weiß, wen er vor sich hat, beendet die Unterhaltung bald mit dem Bemerken, sein Sohn habe die einzig vernünftige Lehre gezogen: er habe vergessen. – Des Grieux hat in St-Sulpice seine erste Predigt absolviert, die Andächtigen waren begeistert. Vergeblich sucht ihm sein Vater in einer Unterredung nach dem Gottesdienst sein Vorhaben, Geistlicher zu werden auszureden. Aber der Graf ist auch mit dieser Lösung einverstanden; er verständigt den Sohn beim Abschied, daß er ihm noch heute sein mütterliches Erbe, dreißigtausend Livres, anweisen werde. Kurz nachdem der alte Des Grieux fortgegangen ist, erscheint Manon. Des Grieux, erst kühl und abweisend, erliegt sehr bald Manons verführerischen Worten; er verzeiht ihr und liiert sich mit ihr aufs neue.

Aber Manons Luxusbedürfnis verschlingt hohe Summen. Ihrem Drängen nachgebend, besucht Des Grieux mit ihr das Transsylvanische Hotel, wo die Lebewelt, Falschspieler und auch Lescaut ihr Glück im Pharao versuchen. Des Grieux wird von Guillot zu einem Spiel herausgefordert, und da er auch hier Glück hat, inszeniert Guillot einen Skandal, indem er den Chevalier der Falschspielerei bezichtigt. Er holt die Polizei, die Manon und Des Grieux verhaftet. Fast gleichzeitig erscheint Graf Des Grieux, der dem Sohn die baldige Befreiung aus dem Gefängnis flüsternd in Aussicht stellt.

Auf der Landstraße nach Le Havre erwartet Des Grieux zusammen mit Lescaut das Kommando mit den zur Deportation verurteilten Mädchen, unter denen sich auch Manon befindet. Er plant, die Geliebte mit Gewalt zu befreien. Aber die hierfür gedungenen Leute haben im entscheidenden Augenblick abgesagt. Als die Soldaten nahen, weiß Lescaut den Sergeanten mit Geld zu bestechen. Manon wird für kurze Zeit freigelassen. Während die Soldaten zum nächsten Dorf weitermarschieren, bleibt ein Mann zur Bewachung Manons zurück. Lescaut will auch diesen bestechen, um dem Paar die Flucht zu ermöglichen. Aber die Aufregungen haben Manons zarte Lebenskraft zermürbt; sie stirbt in den Armen des verzweifelten Geliebten, nachdem sie ihn für das ihm durch ihre Flatterhaftigkeit zugefügte Leid um Verzeihung gebeten und ihm nochmals die einzelnen Stationen ihres Glückes in Erinnerung gebracht hatte.

Stilistische Stellung

Mit Massenets ›Manon‹ erreichte die Opéra lyrique dank der stilistischen Geschlossenheit des Werkes einen ihrer Höhepunkte. Der sinnliche Klangreiz der Melodik, das Raffinement der Instrumentierung machen ›Manon‹ geradezu zum musikalischen Inbegriff der Belle Epoque, die sich etwa in Manons berühmter Gavotte aus dem 3. Akt ›Obéissons quand leur voix appelle‹ talmihaft ins Rokoko zurückspiegelt. Die Dichtung, einem der größten Meisterwerke französischer Erzählungskunst nachgestaltet, wußte der Komponist mit einer adäquaten Musik zu verbinden, die den richtigen Ausdruck trifft für die Zeichnung dieses eigenartigen Wesens mit der Mischung von Liebesleidenschaft und Leichtsinn und seiner Umgebung, dieser äußerlich charmanten und innerlich morbiden Gesellschaft. Träger des Ausdrucks ist das Melodische, das mit einigen eingängigen, sich leitmotivartig durch das Stück ziehenden Themen Personen und Situationen bald sinnlich-weich, bald duftig-zart, bald zierlich-elegant charakterisiert. Bei dem stark entwickelten Formensinn Massenets baut sich die Oper aus musikalischen Szenen auf, die in sich wiederum häufig geschlossene Gebilde bergen. Der gesprochene Dialog kommt in ›Manon‹ nicht mehr vor, doch weist eine Reihe melodramatischer Stellen auf die Herkunft von der Opéra comique. Der Tonsatz ist, von gelegentlichen Imitationen abgesehen, durchwegs homophon gehalten. Der Einfluß Richard Wagners ist bei ›Manon‹ noch nicht in dem Grade vorhanden wie bei den späteren Bühnenwerken des Komponisten (z. B. ›Werther‹).

Textdichtung

Das Libretto wurde von dem erfolgreichen französischen Bühnendichter Henri Meilhac (1831–1897) zusammen mit Philippe Gille verfaßt. Als Vorlage diente die berühmte Erzählung ›Les aventures du chevalier Des Grieux et de Manon Lescaut‹ aus dem 1728 erschienenen Roman ›Mémoires d'un homme de qualité‹ von Abbé Antoine-François Prévost d'Exiles (1697–1763). Die Librettisten hielten sich bei der Dramatisierung ziemlich genau an das Original; lediglich der Schluß wurde abgeändert: Manon stirbt nicht in der unwirtlichen Prärie der amerikanischen Südstaaten, sondern auf dem Weg zur Deportation auf der Landstraße nach Le Havre. Dadurch wurde eine Konzentrierung des Geschehens und eine Vereinfachung des Szenariums erreicht, was zweifellos für die Oper von Vorteil war. Die dramaturgische Anlage zeugt auch hinsichtlich der Auswahl der Schauplätze und der Charakterzeichnung von dem sicheren Theaterinstinkt der Autoren.

Geschichtliches
Die Geschichte der kleinen Manon (der Name ist eine Koseform von Marie) wurde bereits vor Massenet für die Musikbühne dramatisiert, und zwar von Eugène Scribe, dessen Libretto zunächst von Jacques François Fromental Elias Halévy als Choreographie zu einem dramatischen Ballett (1830 Paris) verwertet und später von Daniel François Esprit Auber als Opéra comique (1856 Paris) vertont wurde. Massenet begann im Jahre 1881 sich mit ›Manon‹ zu beschäftigen. Die Uraufführung erfolgte am 19. Januar 1884 an der Opéra-Comique in Paris mit der hervorragenden Sopranistin Marie Heilbronn in der Titelrolle. Wenn auch einige abfällige Urteile mit dem Vorwurf des »Wagnerismus« erfolgten, so war doch die Anerkennung von allem Anfang an eine allgemeine. Die ›Manon‹ gehört bis auf unsere Tage neben Bizets ›Carmen‹ und Gounods ›Faust‹ zu den meistgespielten französischen Opern, nicht nur in Frankreich, sondern auch im Ausland.

Werther

Lyrisches Drama in vier Akten (fünf Bildern) nach Johann Wolfgang von Goethe. Dichtung von Édouard Blau, Paul Milliet und Georges Hartmann.

Solisten: *Werther* (Lyrischer Tenor, auch Jugendlicher Heldentenor, gr. P.) – *Albert* (Lyrischer Bariton, auch Kavalierbariton, gr. P.) – *Le Bailli*, der Amtmann (Charakterbariton, auch Spielbaß, m. P.) – *Schmidt*, ein Freund des Amtmanns (Spieltenor, auch Charaktertenor, m. P.) – *Johann*, ein Freund des Amtmanns (Charakterbariton, auch Charakterbaß, m. P.) – *Brühlmann*, ein junger Mann (Tenor, auch Bariton, auch Baß, kl. P.) – *Charlotte*, Tochter des Amtmanns (Lyrischer Mezzosopran, gr. P.) – *Sophie*, ihre Schwester (Lyrischer Sopran, auch Soubrette, m. P.) – *Kätchen*, junges Mädchen (Sopran, auch Alt, kl. P.) – *Fritz, Max, Hans, Karl, Gretel, Clara* (Kinder) – *Ein Bauernjunge, ein Diener* (Stumme Rollen).
Chor: Frauenchor zur Verstärkung der Kinderstimmen hinter der Szene, ad libitum.
Ort: Wetzlar.
Schauplätze: Das Haus des Amtmanns – Ein Dorfplatz mit Kirche, Pfarrhaus und Wirtschaft – Ein Salon im Hause Alberts – Werthers Arbeitszimmer.
Zeit: Sommer bis Weihnachten 178–.
Orchester: 2 Fl., 2 Ob., 2 Kl., Saxophon, 2 Fag. - 4 Hr., 2 Trp., 3 Pos., Tuba-P., Schl., 2 Hrf., Org., Glsp. – Str.
Gliederung: Kurzes Vorspiel, durchkomponierte Großform.
Spieldauer: Etwa 2½ Stunden.

Handlung
Ein kurzes Vorspiel leitet den I. Akt ein. Die Szene spielt im Haus des verwitweten Amtmanns, der mit sechs seiner kleineren Kinder ein Weihnachtslied einstudiert. Er tadelt ihren Gesang mit dem Hinweis, daß Charlotte, die älteste Tochter, die die Mutterpflichten übernommen hat, es im Nebenzimmer hören könnte. Schmidt und Johann, die Freunde des Amtmanns, schauen herein und wundern sich, daß schon im Sommer ein Weihnachtslied probiert wird. Sie erinnern den Amtmann daran, daß er sie später zu einem geselligen Abend im Wirtshaus treffen soll. Sophie, Charlottes jüngere Schwester, kommt hinzu, und man spricht vom Ball, auf den Charlotte gehen wird, und von Werther, ihrem Tanzpartner, einem melancholischen jungen Mann, und von Albert, dem künftigen Ehemann Charlottes, der in Geschäften unterwegs ist. Unbemerkt tritt Werther auf und sinniert über die Sommerabend-Atmosphäre. Charlotte, für den Ball angekleidet, kommt, und da ihr Partner noch auf sich warten läßt, findet sie Zeit, den Kindern ihr Abendbrot zu geben. So findet sie Werther, tiefbewegt von dieser Szene zufriedener Häuslichkeit. Zusammen mit anderen Ballgästen macht er sich mit Charlotte auf den Weg. Der Amtmann überläßt die Kinder der Obhut von Sophie und geht ins Wirtshaus; da taucht Albert, Charlottes Verlobter auf. Er ist überraschend früh zurückgekommen, verwundert, daß Charlotte abwesend ist, bittet aber, ihr nichts davon zu erzählen, um sie am

nächsten Morgen zu überraschen. – Im Mondschein kehren Werther und Charlotte vom Ball zurück. Charlotte erinnert sich an ihre Mutter, und Werther gesteht ihr seine Liebe. Da ruft der Amtmann vom Hause her, Albert sei zurückgekommen. Der Zauber ist gebrochen, und als Werther von Charlotte erfährt, Albert sei der Mann, den Charlottes sterbende Mutter für ihre Tochter bestimmt habe, ist er verzweifelt.

Ein Sonntagnachmittag im September. Schmidt und Johann sitzen vor dem Wirtshaus und beobachten die Dorfbewohner, die in die Kirche gehen, um die goldene Hochzeit des Pfarrers zu feiern. Auch Charlotte und Albert, seit drei Monaten zufrieden verheiratet, sind unter ihnen. Werther beobachtet die Szene aus der Ferne; er beklagt bitter, daß er Charlotte verloren habe. Albert, der von der kurzen Begegnung vor drei Monaten weiß, zeigt Verständnis für Werthers Gefühle. Sophie unterbricht das Gespräch und fordert Werther zum Tanz auf, doch dieser sucht das Gespräch mit Charlotte und spricht zu ihr von seiner Liebe, doch sie weist ihn sanft ab und rät ihm, sie zu vergessen. Er solle den Ort verlassen und erst zu Weihnachten zurückkehren. Wieder allein, überläßt sich Werther seiner Verzweiflung und weist Sophie, die ihn zum Tanz holen will, brüsk zurück. Er verläßt sie mit der Bemerkung, er werde nie zurückkommen. Als sie dies dem jungvermählten Paar erzählt, erkennt Albert an der Reaktion von Charlotte, daß ihr Werther nicht gleichgültig ist.

Es ist Weihnachtsnachmittag. Im Salon von Alberts Haus denkt Charlotte an Werther und liest wieder und wieder seine Briefe, in denen er sie an gemeinsame Erlebnisse erinnert. Sie weiß, daß sie ihn trotz aller Bemühungen, ihn zu vergessen, ebenso liebt wie er sie. Sophie kommt und lädt sie ein, den Weihnachtsabend im Hause des Vaters zu verbringen, kann sie aber nicht aus ihrer niedergeschlagenen Stimmung reißen. Charlotte ist hin und her gerissen zwischen einem übermächtigen Gefühl der Liebe zu Werther und ihrer Pflicht als Ehefrau Alberts. Plötzlich erscheint Werther selbst, bleich und verstört. Die Abwesenheit hat nichts an seinen Gefühlen geändert. Gemeinsam beschwören sie zärtliche Erinnerungen, an das Cembalo, an dem sie sangen, und an Bücher, die sie lasen, insbesondere die Balladen Ossians, die Werther für sie übersetzte. Doch Charlotte überwindet ihr Gefühl und weist Werthers heftige Werbung erneut zurück. Sie verläßt den Raum, und Werther entfernt sich ohne Hoffnung. Albert kehrt heim und ist verwirrt durch Charlottes offensichtliche Erregung. Als er zu erfahren sucht, was geschehen ist, tritt ein Diener auf und überreicht einen Brief Werthers, in dem dieser Albert, einer Reise wegen, um seine Pistolen bittet. Albert zwingt Charlotte, die Pistolen auszuhändigen, und als ihr der schreckliche Sinn des Briefes klar wird, stürzt sie aus dem Haus, um Werther zu finden.

Ein Zwischenspiel, das den IV. Akt mit dem vorausgehenden verbindet, kontrastiert den Weihnachtsfrieden mit der Tragödie Werthers. Charlotte kommt in Werthers Arbeitszimmer und findet ihn tödlich verwundet auf dem Fußboden liegen. Er bittet sie um Verzeihung, sie aber, von Reue gequält, klagt sich an. Werther verbietet ihr, Hilfe zu holen, die ohnehin zu spät komme – hier, in ihren Armen, will er sterben. Sie bekennt ihm ihre Liebe und erwidert seinen Kuß. Und während draußen die Kinder fröhlich ihr Weihnachtslied singen, muß Charlotte erkennen, daß der Mann, den sie liebte, tot ist.

Stilistische Stellung

Mit ›Werther‹, wenige Jahre nach ›Manon‹ komponiert, aber erst 1892 in Wien uraufgeführt, hat Massenet den weitgehend lyrischen Stil der ›Manon‹ weiterentwickelt, ohne das Primat der Melodik aufzugeben. Dramatischen Zuschnitt erhält das Werk durch die Einbeziehung einer von Wagner abgeleiteten Leit- und Erinnerungsmotivik sowie durch eine verknappende Lakonik. Der Orchestersatz ist lyrisch grundiert, findet aber an dramatischen Höhepunkten zu einer Schlagkraft, die veristische Töne vorwegnimmt.

Textdichtung

Das Libretto wurde von Édouard Blau und Paul Milliet und unter Mitarbeit von Massenets Verleger Georges Hartmann verfaßt. Vorlage ist Goethes berühmter Briefroman ›Die Leiden des jungen Werthers‹ von 1774, der wiederum zwei reale Begebnisse, Goethes vergebliches Werben um Charlotte Buff, später verheiratete Kestner, und den Selbstmord des Legationssekretärs Carl Wilhelm Jerusalem, zusammenzieht. Das Libretto hält sich in den Grundzügen ans Original, hat aber in der Personencharakteristik verändernd eingegriffen und auch den Gefühlskonflikt Charlottes verschärft: bei Goethe ist von einem Schwur am Totenbett der Mutter, Albert zu heiraten, keine Rede; ebenso wenig gibt es dort die im Libretto zu einer echten Partnerin herangewachsene Schwester Sophie. Albert erhält deutlich negative Züge: Er ist nicht nur – gegenüber dem wirren Feuerkopf Werther – der kühle Rationalist; der Zwang, den er auf Charlotte ausübt und unter dem sie die Pistolen aushändigen muß, hat etwas grausam Zynisches. Die hinzuerfundenen Randfiguren Johann und Schmidt, ironisch charakterisierte deutsche Biederkeit, personifizieren die idyllisch-spießbürgerliche Atmosphäre, in der – kontrastierend – das Gefühlsdrama abläuft.

Geschichtliches
Massenet arbeitete sogleich nach dem Erfolg der ›Manon‹ an ›Werther‹; das Werk entstand zwischen 1884 und 1886, doch nach der Vollendung fand sich keine Uraufführungsbühne. So lag die Komposition, bis sie – auf Betreiben des Tenors Ernest van Dyck, des ersten Sängers der Titelpartie – am 16. Februar 1892 in deutscher Übersetzung des Brahms-Biographen Max Kalbeck am Wiener k. u. k. Hofoperntheater uraufgeführt wurde. Der große Erfolg, den das Werk dort errang (trotz der Stimmen, die in jeder Veroperung eines Goethe-Sujets, zumal durch einen Franzosen, ein Sakrileg sahen), führte zur französischen Erstaufführung an der Opéra-Comique am 16. Januar 1893. In Paris erlebte das Werk eine Erfolgsserie wie sonst nur ›Carmen‹, ›Faust‹ und ›Manon‹: 1905 spielte man ›Werther‹ zum 500. Mal, 1938 feierte man die 1000. Aufführung. In Deutschland setzte es sich langsamer durch: nach Wien folgte 1892 Weimar, 1895 Hamburg, 1905 Berlin. Massenets Tod und der Chauvinismus des Ersten Weltkriegs verdrängten das Stück aus den deutschen Spielplänen, in die es erst – im Gefolge einer Massenet-Renaissance auf dem Schallplattenmarkt – in den letzten Jahren (München, Augsburg, Basel, Nürnberg, Aachen, Münster) mit nachhaltigem Erfolg zurückkehrte.

W. K.

Don Quichotte

Heroische Komödie in fünf Akten. Dichtung von Henri Cain nach dem Schauspiel von Jacques Le Lorrain ›Le chevalier de la longue figure‹ nach Miguel de Cervantes Saavedra.

Solisten: *Don Quichotte* (Seriöser Baß, auch Charakterbaß, auch Heldenbariton, gr. P.) – *Sancho Pansa*, sein Knecht (Charakterbariton, auch Baßbariton, auch Spielbaß, gr. P.) – *Dulcinea* (Dramatischer Sopran, auch Dramatischer Mezzosopran, auch Charaktersopran, gr. P.) – *Pedro* (Sopran, m. P.) – *Garcias* (Sopran, auch Mezzosopran, m. P.) – *Rodriguez* (Lyrischer Tenor, auch Charaktertenor, m. P.) – *Juan* (Lyrischer Tenor, auch Lyrischer Bariton, m. P.) – *Anführer der Banditen* (Sprechrolle) – *Vier Banditen* (Sprechrollen) – *Zwei Diener* (Tenöre, auch Baritone, kl. P.).
Chor: Volksmenge – Verehrer Dulcineas – Festgäste – Banditen (gemischter Chor, m. Chp.).
Ort: Spanien.
Schauplätze: Ein öffentlicher Platz vor dem Hause Dulcineas – Landschaft mit Windmühlen – In der Sierra – Ein Saal in Dulcineas Haus – Straße in einem Wald.
Zeit: 16. Jahrhundert.
Orchester: 3 Fl., 3 Ob., 3 Kl., 3 Fag. – 4 Hr., 3 Trp., 3 Pos., Tuba – P., Schl., 2 Hrf., Gitarre – Str. – Bühnenmusik: Fl., Ob., Schl., Cel., Org., Klav., Hrf., Viol., Viola, Kb.
Gliederung: Durchkomponierte, durch instrumentale Vor- und Zwischenspiele gegliederte Großform.
Spieldauer: Etwa 2 Stunden.

Handlung
Markttag in einer spanischen Kleinstadt. Die Menge und die vier Kavaliere Pedro, Garcias, Juan und Rodriguez huldigen vor ihrem Haus der schönen Kurtisane Dulcinea. Dulcinea tritt auf den Balkon ihres Hauses und bedankt sich mit einem Lied, das die Vergänglichkeit der Schönheit besingt, bei ihren Verehrern. Dann verschwindet sie. Fröhliches Lachen klingt die Straße herauf: Kinder und Volk begleiten den grotesk-gravitätischen Einzug von Don Quichotte, auf seinem alten Klepper Rosinante reitend, und seinem Diener Sancho Pansa auf einem Esel. In der Begrüßung des Volkes mischen sich Spott und ehrlicher Respekt; ist doch Don Quichotte bekannt als ein fahrender Ritter, der sich furchtlos und freigiebig für die Armen und Entrechteten einsetzt. So befiehlt er auch jetzt seinem Diener, Almosen an die Bettler zu verteilen. Es wird Abend. Don Quichotte will der schönen Dulcinea seine Aufwartung machen;

den durstigen Sancho Pansa beurlaubt er in die nächste Schenke. Dann beginnt er ein Ständchen, zu dem er sich auf der Mandoline begleitet. Eifersüchtig taucht da Juan auf, dem es nicht gefällt, daß der komische Ritter seiner Angebeteten ein Ständchen bringt. Es kommt fast zum Duell; nur das Auftauchen Dulcineas verhindert einen Kampf. Um Juan eifersüchtig zu machen, kokettiert Dulcinea mit dem Ritter und macht ihm das Kompliment, er sei ein vorzüglicher Poet und tapferer Mann. Und wenn er ihr den kostbaren Schmuck zurückbringe, der ihr von Banditen geraubt worden sei, dann – so macht sie dem verliebten Don Quichotte Hoffnung – könne sie ihn auch lieben. Lächelnd kehrt sie dann mit ihren Kavalieren ins Haus zurück, und Don Quichotte, alleingelassen, glaubt sich geliebt und schwört, er wolle nicht zurückkehren, bevor er ihr nicht den geraubten Schmuck zu Füßen legen könne.

Don Quichotte ist mit Sancho Pansa aufgebrochen und in einer Ebene unterwegs, in der Windmühlen stehen. Er ist ganz damit beschäftigt, ein neues Lied für Dulcinea zu dichten und sucht dabei ganz versunken nach Reimen; während Sancho jammert, sie seien gewiß auf dem falschen Wege, gestern erst hätten sie sich mit einer Hammelherde einen Streit geliefert, und heute wüßten sie noch nicht, was sie essen und wo sie schlafen sollten – und all dies nur wegen Dulcinea, der Schlange, der man kein Wort glauben könne. Als Don Quichotte ihn zurechtweist, bricht er aus in ein großes Lamento über die Untreue der Frauen im allgemeinen und die Dulcineas im besonderen, aber Don Quichotte beachtet ihn nicht. Er hat vielmehr die Windmühlen entdeckt, die er für Riesen hält, und läßt sich darin auch von seinem Diener nicht irre machen. Mit eingelegter Lanze stürmt er auf sie zu, wird aber von den sich drehenden Flügeln aus dem Sattel geworfen.

In der Sierra ist Don Quichotte den Räubern auf die Spur gekommen. Er will ihnen das Geschmeide Dulcineas wieder abjagen, während Sancho Pansa ängstlich rät, sich lieber zu verstecken. Da tauchen die Räuber auf: Sancho flieht und versteckt sich, Don Quichotte stellt sich zum Kampf, wird aber von der Übermacht schnell überwältigt und gefesselt. Die Räuber beschließen, ihn zu töten, aber er läßt alles stoisch und schweigend über sich ergehen. Dann erhebt er die Hände zum Gebet, und als ihn der Räuberhauptmann ergriffen fragt, wer er sei, berichtet Don Quichotte, er sei ein irrender Ritter, der durch die Welt ziehe und für die Armen eintrete. Alle Räuber sind gerührt, auf Don Quichottes Bitte gibt der Hauptmann auch den geraubten Schmuck wieder heraus. Sancho kann unbehelligt wieder aus seinem Versteck hervorkommen: Die Räuber schenken beiden die Freiheit und erbitten den Segen des Ritters, der so aufrecht und mannhaft für das Gute kämpft.

Im Hause der Dulcinea wird ein großes Fest gefeiert. Die Kavaliere bemühen sich eifersüchtig um die schöne Kurtisane, doch diese langweilen die immergleichen Liebesschwüre und Beteuerungen. In einem feurigen Trinklied fordert sie ihre Verehrer zu neuem, aufregendem Liebesdienst auf. Sancho Pansa kommt und befiehlt zwei Dienern, die Ankunft seines Herrn zu melden. Don Quichotte verspricht seinem treuen Knappen, er wolle ihn fürstlich belohnen. Als Dulcinea mit ihren Gästen kommt, macht Don Quichotte förmlich seine Aufwartungen, aber den Gästen vergeht der Spott, als er der Angebeteten den geraubten Schmuck zurückgibt. Sie bedankt sich herzlich bei ihm dafür, doch als ihr der Ritter, von Liebesglut übermannt, den Antrag macht, seine Frau zu werden, weist sie ihn lachend ab. Als sie aber sieht, wie sehr dies Don Quichotte verletzt, schickt sie die Gäste fort und erklärt ihm, sie wolle ihm nicht weh tun, aber als Kurtisane, die heute diesen, morgen jenen erhöre, sei sie für die Ehe nicht geeignet. Trotz der bitteren Enttäuschung dankt ihr Don Quichotte für ihre Offenheit und segnet sie. Sancho Pansa versucht, den gebrochen wirkenden Ritter zu trösten, und Dulcinea weist die Kavaliere, die ihn verspotten wollen, streng zurecht: der Ritter sei vielleicht ein Narr, aber einer mit dem Herzen auf dem rechten Fleck und ohne Fehler. Als Dulcinea gegangen ist, bricht sich doch die Spottlust Bahn; Sancho Pansa, den diese Erniedrigungen seines Herrn verletzen, rafft sich auf zu einer flammenden Anklagerede gegen jene oberflächlichen Geister, die sich an Äußerlichkeiten aufhalten, aber den inneren Wert nicht sehen können. Gemeinsam mit Don Quichotte bricht er auf zu neuen Taten.

In einer Schlucht im Walde bewacht Sancho Pansa den Schlaf seines Herrn. Don Quichotte kommt zu sich und fühlt sich krank zum Sterben. Er tröstet den verzweifelten Knappen. Aus der Ferne klingt Dulcineas Stimme, die das verlorene Glück beklagt. In Sanchos Armen stirbt der irrende Ritter.

Stilistische Stellung

All jenen, die in Massenet nur den Komponisten luxurierend-einschmeichelnder Musik sahen, dessen »Harmonien sind wie menschliche Arme, die Melodien wie Nacken, die von diesen Armen umschlungen werden« (Claude Debussy), mag die Stoffwahl seines letzten erfolgreichen Werkes etwas fremd vorkommen. Doch Massenet, der sich in seinem Werk vorschnellen Festlegungen immer zu entziehen wußte, hat mit dieser heroischen Komödie auf die lyrische Basis seiner Musiksprache geschickt Elemente des italienischen Verismo wie der Wagnerschen Leitmotivtechnik bezogen und vermochte mit seinem feinfühlig psychologisierendem Stil die grotesk-tragische Gestalt des irrenden Ritters ebenso einzufangen wie den biederen Realismus Sancho Pansas, der in manchen Momenten doch die Größe seines Herrn spürt, und wie die schillernde Gestalt der Dulcinea, durch deren vermeintliche Lebenslust Angst vor Vergänglichkeit, vor dem Verfehlen des eigentlichen Glücks schimmert.

Textdichtung

Massenet hatte am 3. April 1904 an der Comédie française die Uraufführung von Jacques Le Lorrains Schauspiel ›Don Quichotte‹ erlebt und war begeistert; der Plan, diesen Stoff zu einer Oper zu gestalten, kam ihm jedoch erst, nachdem er in Fjodor Schaljapin, dem berühmten russischen Bassisten, den idealen Interpreten für die Titelrolle entdeckt zu haben schien. Henri Cain arbeitete das Schauspiel des in der Zwischenzeit verstorbenen Le Lorrain durch geschickte Kürzungen und Zusammenziehungen zu einem Libretto um.

Geschichtliches

Massenet schrieb seinen ›Don Quichotte‹ 1908/09. Die Uraufführung am 19. Februar 1910 in Monte Carlo mit Schaljapin in der Titelrolle, Giuseppe De Luca als Sancho Pansa und Mary Garden als Dulcinea war ein großer Erfolg. Noch in demselben Jahr wurde die Oper in Brüssel, Moskau, Marseille und Paris aufgeführt; die deutsche Erstaufführung fand am 31. März 1911 in Nürnberg statt. Mit Massenets Tod und dem Ausbruch des Ersten Weltkriegs ging die Zahl der Aufführungen zurück. In den letzten Jahren haben Aufführungen in Belgrad (mit zahlreichen Gastspielen), an der Oper in Paris (die Mitwirkenden dieser Aufführung sind auch die Solisten einer Plattenaufnahme) sowie in Hamburg und Braunschweig die Wirksamkeit dieses späten Meisterwerks erneut erwiesen.

W. K.

Olivier Messiaen

* 10. Dezember 1908 in Avignon, † 27. April 1992 in Paris

Saint François d'Assise (Der heilige Franziskus von Assisi)

Oper in drei Akten und acht Bildern. Dichtung vom Komponisten.

Solisten: *Der Engel* (Lyrischer Sopran, gr. P.) – *Saint François/Der heilige Franziskus* (Heldenbariton, gr. P.) – *Der Aussätzige* (Jugendlicher Heldentenor, m. P.) – *Bruder Léon* (Kavalierbariton, auch Lyrischer Bariton, m. P.) – *Bruder Massée* (Lyrischer Tenor, m. P.) – *Bruder Élie* (Tenor, kl. P.) – *Bruder Bernard* (Seriöser Baß, m. P.) – *Bruder Sylvestre*[1] (Baß, kl. P.) – *Bruder Rufin*[1] (Baß, kl. P.).

[1] Die Partien des Sylvestre und des Rufin können mit Chorsolisten besetzt werden.

Chor: Brüder (Bässe) – Die Stimme Christi (gemischtes zehnstimmiges Ensemble zu 150 Personen), auf der Bühne, aber meist unsichtbar (gr. Chp.).

Ort: Italien.

Schauplätze: Auf einer Straße: In der Mitte des Bühnenhintergrunds eine Stiege, die zu einem vom Himmel sich abhebenden, großen schwarzen Kreuz führt. Im Inneren einer kleinen, ziemlich düsteren Klosterkirche, in der Bühnenmitte leuchtet vor einem kleinen Altar das ewige Licht. In der Leprastation des Hospitals San Salvatore bei Assisi ein niedriger, mit einer Bank und zwei Schemeln eingerichteter Raum, im

Hintergrund ein auf ein finsteres Gäßchen gehendes Fenster. – Auf dem Berg der Verna: Links das Innere eines sehr schlichten Klostersaales, dessen Tor sich zu einem in den Wald führenden Pfad öffnet, rechts eine kleine Grotte. In der am Monte Subasio gelegenen Einsiedelei der Carceri eine einen Abgrund überbrückende, vom Sonnenlicht überflutete Straße, aus dem Abgrund ragt eine riesige Eiche empor. – Die Felsenlandschaft der Verna, unterhalb eines Felsüberhangs (der »Sasso Spicco«) eine über eine kleine Treppe erreichbare Höhle. Ein Gewölbe im Inneren der Porziuncola-Kapelle in Santa Maria degli Angeli zu Assisi.

Zeit: Im frühen 13. Jahrhundert.

Orchester: 3 Picc., 3 Fl., Afl., 3 Ob., Eh., 2 Es-Kl., 3 Kl. (in B), Bkl., Kbkl., 3 Fag., Kfag., 6 Hr., Trp. in D, 3 Trp., 3 Pos., 2 Bt. in C, Kbt., 3 Ondes Martenots, 5 Schl. {I: Spiel von Rgl., Claves², kl. Tr., Windmaschine; II: Triangel², Claves², 6 Tbl. (in Terzen), sehr kl. Becken, kl. Becken, hängendes Becken; III: Triangel², Claves², Wbl., Peitsche, Maracas, Reco-Reco, Glass chimes, Schell chimes, Wood chimes, baskisches Tamburin, 3 Gongs (hoch, mittel, tief); IV: Triangel², Claves², Jeu de crotales, 2 hängende Becken (gr. und normal), mittleres und tiefes Tom-Tom, mittleres, gr. und sehr gr. Tamtam); V: Spiel v. Rgl., Donnerblech, Claves², gr. Tr., Geophon³}, Xyl., Xylorimba, Mar., Glsp., Vib., Str.

² Triangeln und Claves in versch. Größen.

³ Das Geophon ist ein platter Tambur, dessen beide Felle mittels eines Holzringes 20 cm auseinandergehalten werden. Gefüllt mit Bleikörnern, entsteht durch Schwenkbewegungen ein Geräusch, das an das Rollen von Sand und Kieseln in der Meeresbrandung erinnert.

Gliederung: Durchkomponierte Großform.

Spieldauer: Etwa 4 Stunden.

Handlung

1. Bild »Das Kreuz«: In Gedanken versunken gehen Bruder Léon und Saint François die Straße entlang. Während Léon über seine Angst vor Finsternis und Tod nachsinnt, sucht François zu ergründen, was der Inbegriff »vollkommener Freude« sei. Der karitative Dienst am Nächsten, das Streben nach wissenschaftlicher Erkenntnis, selbst ein vorbildhafter, zu höchster Heiligkeit führender Lebenswandel genügen ihm dafür nicht. Indem François also sämtliche herkömmlichen Tugendpfade als unzureichend abtut, erweckt er die Neugier Bruder Léons, der schließlich Auskunft über den rechten Weg zur gänzlichen Glückseligkeit erhalten will. Dieser liege, so erklärt ihm François, im gelassenen Ertragen von Demütigungen. Denn wer freiwillig Leid auf sich nehme, eifere Christus nach. Nachdem François und Léon gegangen sind, erstrahlt im hinteren Bühnenraum das Kreuz in vollem Licht, und unsichtbarer Gesang ist zu vernehmen: »Wer mein Jünger sein will, der verleugne sich selbst und nehme sein Kreuz auf sich und folge mir nach.« – 2. Bild »Die Laudes«: Die Brüder – unter ihnen Sylvestre, Rufin und Bernard – haben sich zur Morgenandacht in der Kirche versammelt und rühmen im Wechselgesang die heilige Dreifaltigkeit, während François dem Herrgott für die Schöpfung dankt. Danach bleibt François allein zurück. Er bekennt Gott seine Angst und seinen Ekel vor allem Häßlichen und bittet ihn um eine Begegnung mit einem Aussätzigen, damit er diesen lieben lerne. – 3. Bild »François küßt den Aussätzigen«: In einem Zimmer der von den Ordensbrüdern im Hospital San Salvatore betreuten Leprastation hadert der Aussätzige mit seinem Schicksal. Als François hinzutritt, muß er sich zweimal überwinden, um sich dem durch die Lepra grauenhaft entstellten Kranken zu nähern. Auch kann der Lepröse aus dem sanftmütigen Zuspruch des François keinen Trost ziehen. So groß ist sein Elend, daß er in seiner Verzweiflung Gott schmäht und sich als undankbar gegenüber seinen Pflegern erweist. Erst als François auf die innere Schönheit des Menschen zu sprechen kommt, setzt eine Wandlung ein. Plötzlich schaut – von François und dem Aussätzigen unbemerkt – ein Engel durchs Fenster herein. Dessen tröstende Worte lassen den Aussätzigen in seinen bitteren Anklagen innehalten, doch auch in François hat die Engelsstimme eine Veränderung bewirkt. Er begreift, daß er den Leprösen nicht genug geliebt hat. Und so geht er auf ihn zu, umarmt und küßt ihn. Augenblicklich ist der Kranke vom Aussatz geheilt. Zurückverwandelt in seine frühere Gestalt, ist er wieder der reich gekleidete Adelsmann, der er ehedem war. Außer sich vor Freude, beginnt er zu tanzen. Danach vergießt er, sich seiner Ungeduld gegenüber den Pflegern erinnernd, Tränen der Reue. François und der Geheilte verharren in stillem Gebet, als der Chor sichtbar wird und singt: »Denen, die viel geliebt haben, wird alles vergeben!«

4. Bild »Der wandernde Engel«: Auf Geheiß von Bruder Léon hat Bruder Massée den Pförtnerdienst übernommen und schließt von innen das

Tor zum Klostersaal. Einen Moment lang ist niemand auf der Bühne. Da tritt der Engel, dessen himmlisches Wesen nur dem Publikum, nicht aber den Mönchen ersichtlich ist, ans Tor und klopft sehr zart an. Indessen verursacht er damit ein gewaltiges Getöse. Massée eilt herbei, führt den Engel, den er für einen Wanderer hält, in den Saal und belehrt ihn darüber, wie man behutsam anklopft. Der Engel wünscht François zu sprechen. Um aber den in der Grotte sich frommen Betrachtungen hingebenden Heiligen nicht zu stören, will sich der Engel solange mit dem Ordensvikar Bruder Élie unterreden. Von Massée herbeigeholt, fühlt sich Élie durch den Besuch des Engels von seinen Alltagsgeschäften abgehalten. Anstatt dessen Frage nach der göttlichen Vorsehung zu beantworten, wirft er den lästigen Frager hinaus. Der Engel aber läßt sich nicht entmutigen. Wieder pocht er so vorsichtig wie möglich an die Klosterpforte, wieder ist der Lärm enorm, und abermals öffnet ihm Bruder Massée, der wie schon zuvor das laute Klopfen bemängelt. Dieses Mal bittet der Engel um ein Gespräch mit dem Klosterältesten, Bruder Bernard. Anders als Bruder Élie steht Bernard dem Engel ausführlich Rede und Antwort. Auf Bernards Frage nach dem Namen seines Gesprächspartners aber verweigert der Engel, der sich nun zu François begeben will, die Antwort. Er macht eine kleine Handbewegung, woraufhin sich die Pforte von selbst öffnet, und entschwindet. Danach dämmert es Bernard und Massée, daß sie von einem Engel heimgesucht wurden. – 5. Bild »Der musizierende Engel«: François weilt, in Kontemplation versunken, in der Grotte. Er preist Gott für die Erschaffung der Gestirne und äußert den Wunsch, noch zu Lebzeiten von den himmlischen Freuden einen Eindruck zu gewinnen. Da ist der Schrei des Turmfalken zu hören und kündigt den mit einer Fidel und einem Rundbogen ausgestatteten Engel an, der von François sogleich erkannt wird. Der Engel beginnt auf der Fidel zu spielen, und während die Nacht herniedersinkt, hallen die Klänge im Wald wider. Indem François ihren überirdischen Wohllaut als Abglanz der himmlischen Wonnen begreift, sinkt er ohnmächtig zu Boden. Nachdem der Engel wieder verschwunden ist, wird François von den Brüdern Léon, Bernard und Massée gefunden. Sie bemühen sich um den Bewußtlosen, so daß er alsbald wieder zu sich kommt. François dankt den Gefährten für ihre Hilfe; ohne ihren Beistand wäre seine Seele, überwältigt von der Schönheit der Engelsmusik, nicht mehr in seinen Leib zurückgekehrt. Als die Brüder des François den Blick gen Himmel richten, glauben sie am Firmament eine Erscheinung zu gewahren. – 6. Bild »Die Vogelpredigt«: Es ist ein heiterer Frühlingstag in der Einsiedelei der Carceri. Das Zwitschern der auf einer riesigen Eiche sitzenden Vögel erweckt die Aufmerksamkeit von Bruder Massée. François weiß ihm über jeden der gefiederten Sänger Bescheid zu geben und deutet ihren Gesang als Lobpreis Gottes. Er berichtet auch von den Vögeln einer fernen Insel, die ihm im Traum erschienen sei. Auch sie würden zur Ehre Gottes ihre Lieder erschallen lassen. Und während François und Massée schweigend innehalten, um dem Tirilieren zu lauschen, scheinen sich die Gesänge heimischer und fremder Vogelarten zu vermischen. Daraufhin stellt sich François unter die Eiche, predigt den Vögeln und segnet sie mit dem Zeichen des Kreuzes. Nach kurzer Stille heben die Vögel wieder zu singen an und fliegen, in Kreuzesformation die vier Himmelsrichtungen abbildend, davon.

7. Bild »Die Stigmata«: Es ist tiefe Nacht. François hat sich unterhalb des in der Verna gelegenen Sasso Spicco in eine Grotte zurückgezogen, um die Passion Christi am eigenen Leib zu erfahren. Aus dem Chor spricht die Stimme des Gekreuzigten zu François und kündigt ihm an, daß er die fünf Kreuzeswunden empfangen werde. Währenddessen erhellt »ein fahles, seltsames und beunruhigendes Licht« die Grotte. Dieses wandelt sich in dunkelgrünen und elfenbeinfarbenen Schimmer, als im Hintergrund ein immaterielles, riesiges schwarzes Kreuz sichtbar wird. Es weist ebenso auf die unmittelbare Anwesenheit des Gekreuzigten wie der Chorgesang, aus dem es vielstimmig tönt: »Ich bin das Alpha und das Omega«, der Anfang und das Ende. Danach erfüllt roter und violetter Schein den Raum, vom Kreuz richten sich vier Lichtstrahlen auf die Hände und die Füße von François, woraufhin sich ein fünfter Strahl in die rechte Seite seiner Brust bohrt. Blutrot zeigen sich die fünf Stigmata auf dem Leib des Heiligen, während die Stimme Christi ihm Trost spendet. Inzwischen wird die Grotte von rot-orangem Licht erhellt, und golden erstrahlt das Kreuz, während François kniend, mit erhobenen Armen und unbeweglich, wie in Ekstase verharrt. – 8. Bild »Der Tod und das neue Leben«: Die Brüder sind zur Zeit der Abenddämmerung in der Porziuncola-Kapelle versammelt. Kniend bilden sie einen Halbkreis um François,

der sterbend auf dem Steinboden liegt. Bei seinem Lebensabschied wendet er sich nicht allein den Brüdern zu, sondern zunächst richten sich seine Gedanken auf alles, was ihm im Leben lieb war. Und so wird auch sein Sterben ein – nicht zuletzt den »Bruder Tod« miteinschließender – Lobpreis der Schöpfung. Im Wechsel mit den Brüdern spricht er sein Sterbegebet. Für die anderen Mönche nicht sichtbar, erscheinen François der Engel und der als Heiliger gestorbene Aussätzige, um François in seiner letzten Stunde beizustehen. Bevor sie wieder unsichtbar werden, kündigt der Engel François an, daß er ins Paradies eingehen werde. Glockenklang läutet den Tod des François ein. In seinen letzten Worten gibt François der Hoffnung Ausdruck, vor dem Angesicht Gottes von jener Überfülle an Wahrheit geblendet zu werden, der er sich ein Leben lang durch Musik und Dichtung gleichnishaft anzunähern bemüht habe. Bruder Léon sucht sich und den Brüdern François' Hinscheiden als einen Übergang zu neuem Leben begreiflich zu machen. Danach ziehen sich die Mönche zurück, und der Leichnam des François verschwindet. Die Porziuncola-Kapelle ist gänzlich verfinstert. Nur von der Stelle, auf der François gelegen hatte, geht ein Lichtschein aus. Dessen Glanz steigert sich allmählich zu unerträglicher Helligkeit, während der Chor von der Auferstehung der Toten singt.

Stilistische Stellung
Indem Olivier Messiaen mit seiner einzigen Oper ›Saint François d'Assise‹ bruchlos an die aus dem Mittelalter stammende literarische Gattung der Heiligenlegende anknüpft, hat er gegen Ende des 20. Jahrhunderts das Musiktheater um einen Werktypus von faszinierender Unzeitgemäßheit bereichert. In Messiaens »franziskanischen Szenen«, so der Werkuntertitel, ist nämlich an keiner Stelle erkennbar, daß der Komponist das Leben des Heiligen von distanzierter Warte aus, gar mit ironischer Brechung hätte schildern wollen. Zieht man die Biographie des Komponisten – seine katholische Frömmigkeit, seine Liebe zu den als Mittlern zwischen Gott und Welt begriffenen Vögeln – in Betracht, ist vielmehr von einem identifikatorischen Verhältnis zwischen Messiaen und seiner Franziskusgestalt auszugehen. Zumal das vom Komponisten dem Heiligen zugesprochene Lebensziel, nämlich durch Musik und Poesie Gottesnähe zu erlangen, doch eher für Messiaens eigenes künstlerisches Tun die Begründung liefert, als daß es für den historischen Franziskus Geltung beanspruchen könnte. Insoweit François als Alter ego des Komponisten aufgefaßt werden kann, betreibt Messiaen in diesem Alterswerk, in dem ihm laut eigener Aussage eine Synthese seiner »musikalischen Entdeckungen« gelungen sei, also seine eigene Hagiographie.

Ob solche Selbststilisierung intendiert ist, sei dahingestellt. Jedenfalls hat die Ähnlichkeit zwischen Titelfigur und ihrem Urheber im Stück selbst eine Parallele, und zwar im Verhältnis zwischen Christus und François: Das einzige werkübergreifende Handlungsmovens in dem eher statischen und ereignisarmen Werk ergibt sich ja aus dem Bestreben des François, Christus ähnlich zu werden, wie nicht zuletzt an der Stigmatisierung ersichtlich wird. Aus der Legenden-Konzeption, die den Blick ganz und gar auf die Vorbildfunktion des Heiligen lenkt, erklärt sich auch, daß zwei für das Opentheater des 20. Jahrhunderts wesentliche dramaturgische Gestaltungsmöglichkeiten hier keine Rolle spielen: Denn weder geht es um eine psychologisch auslotende Menschendarstellung, die in der klanglichen Expression den Protagonisten zu plastischer Bühnenrealität verhelfen würde, noch tragen – von der Auseinandersetzung des François mit dem Leprösen einmal abgesehen – die Figuren dieser Oper untereinander Konflikte aus.

Daran wiederum wird deutlich, daß Messiaen darauf verzichtet, durch Konfrontationen zwischen den Bühnengestalten deren jeweiliges Charakterprofil zu schärfen. Statt dessen setzt der Komponist auf eine idealisierende, verklärende, kurzum: auf eine ikonenhafte Dramaturgie, die sich dermaßen stark auf die Titelfigur konzentriert, daß alle übrigen Protagonisten – selbst der Engel – als Nebenpersonen figurieren. Vollends erhält das Werk durch die dem Chor zugewiesenen Funktionen einen oratorischen Zug. So steht der Chor in den resümierenden Epilogen (Bild 1, 3 und 8) außerhalb der Handlung. Und wenn der Chor vielstimmig die Vox Christi (insbesondere Bild 7) intoniert, soll seine aus akustischen Gründen unabdingbare Anwesenheit auf der Bühne weitestgehend kaschiert werden.

Damit einher geht eine bildhafte Wirkung der Tableaus, da durch Messiaens eigenwilliges Kompositionsverfahren der Zeitfaktor gleichsam außer Kraft gesetzt scheint. Messiaens Musik ist nämlich der Entwicklungsgedanke völlig fremd, so daß zielstrebig sich verändernde Klangverläufe, die zwischen den Zeitkategorien Vorher und Nachher vermitteln wollten, in dieser Komposition nicht vorhanden sind. Statt dessen setzt Messiaen die Klangereignisse übergangslos nebeneinander, wobei die Partitur wie ein Mosaik aus vielfach wiederkehrenden, formelhaften Wendungen zusammengesetzt ist. Man wäre geneigt, von Leitmotiven zu sprechen, würden diese Formeln wie bei Richard Wagner einem symphonischen Durchführungs- und Verwandlungsprozess unterzogen. Das ist aber nicht der Fall. Einzig ein dem François zugeordnetes Streicherthema erfährt variative Veränderungen, so daß es beispielsweise während des Chor-Epilogs (8. Bild) in augmentierter Fassung in der Art eines Chorals erklingt. Ebensowenig verarbeitet Messiaen seine auch in ihrer Binnenstruktur meist ohne Gegenstimmen und Gegenrhythmen auskommenden Klangformeln kontrapunktisch. Lediglich während des 6. Bilds ergeben sich für mehrere Abschnitte, etwa für die als »kleines« und »großes Vogelkonzert« bezeichneten orchestralen Zwischenspiele, polyphone Strukturen, indem Messiaen von einem Teil der Instrumentalisten fordert, unabhängig vom Dirigenten und dem Tutti ihre Parte in individuell gewähltem Tempo zu spielen.

Die fortwährende Reprise des so gut wie unverändert bleibenden musikalischen Materials aber verleiht dem Werk den Charakter eines der Zeit enthobenen, rituellen und gleichnishaften Geschehens. Wenn etwa das wuchtige Motiv, mit dem der Engel im 4. Bild an die Klosterpforte klopft, im 7. Bild während der Stigmatisierungen wieder erklingt, so wird darin deutlich, daß hier wie dort der Einbruch der göttlichen in die menschliche Sphäre das gemeinsame Thema ist. Auch die übrigen Klangformeln sind faßlich und prägnant. Mit Blick auf Intervallik, Orchestrierung, Harmonik und Rhythmik sind sie präzise, ja sogar starr festgelegt. Hierbei lassen sich orchestrales und harmonisches Moment nicht voneinander trennen. Erst aus dem Ineinanderspiel beider Komponenten ergeben sich die für den Komponisten typischen Klangfarben, die im registermäßigen Einsatz der Instrumente – auch des Chores – und in subtil ausgehorchten Mixturen erkennen lassen, daß der Organist Messiaen sein riesiges Ensemble wie eine überdimensionierte Orgel handhabt. Demgemäß sollen auch die häufigen Einsprengsel tonaler Elemente (besonders auffällig in der den Ondes Martenots anvertrauten Engelsmusik des 5. Bildes oder dem aus der Turangalîla-Sinfonie von 1949 entlehnten Freuden-Thema, das in dem der Krankenheilung gewidmeten 3. Bild exponiert wird) wohl weniger als Regression ins überwundene Dur-Moll-Tonsystem aufgefaßt werden; viel eher sollen sie sich als Farbwerte mitteilen, denen ein das Reine, Einfache und Heile beinhaltender Symbolgehalt zukommt. Vor allem der blendend helle, lediglich durch den Ton A und Triller-Flimmern dissonant aufgeladene C-Dur-Schluß ist dafür ein eindrückliches Beispiel.

In der Rhythmik wiederum fallen die für den Komponisten charakteristischen Quantifizierungen, die von der traditionellen Dreier- oder Vierermetrik abweichen, ins Ohr. Durch subtile Verlängerungen, durch Quintolen oder Septolen entstehen asymmetrische Gebilde. Hinzu treten spiegelsymmetrisch angeordnete rhythmische Einheiten, außerdem von griechisch-antiken Versmaßen bestimmte Fügungen (das erwähnte Klopfmotiv des Engels). Insbesondere in der Motivgruppe der Vogelstimmen, die ja in viele Werke des Komponisten Eingang gefunden haben, wird Messiaens rhythmische Finesse ohrenfällig. Diese kompositorischen Nachahmungsprodukte natürlicher Vogelrufe sind in der Partitur mit ornithologischer Akribie tierspezifisch zugeordnet. Sie sind zum einen als ornamentales Beiwerk in die Partitur eingestreut, zum anderen kommt in ihnen die als göttliche Schöpfung verherrlichte Natursphäre zum Klingen, deren belebte und unbelebte Hervorbringungen vom Titelhelden zu Mitgeschöpfen erhoben werden, denen die Menschen geschwisterlich verbunden seien.

Aufgrund ihrer flüchtigen, instrumental-virtuosen Bewegungsart, die in den für Schlaginstrumente gesetzten Themen an den indonesischen Gamelan erinnert, stehen die Vogelstimmen zu den meistenteils ruhig dahinfließenden, ariosen Linien der Sologesänge in beträchtlichem Gegensatz. Auch in ihnen sind formelhaft wiederkehrende Wendungen vorherrschend. Sie sind personenbezogen, wie etwa an dem der Titelfigur zugewiesenen melodischen Repertoire, an Léons seine Auftritte einleitender Liedweise oder an den psalmodierenden Passagen der Mönche im 2. Bild und im Schlußbild zu erkennen ist. Insgesamt ist das Melos stark vom Tritonus geprägt, doch hat das Intervall den traditionellen Affektwert eines Spannungsträgers abgelegt. Ohnehin tragen gerade die vokalen Passagen zur meditativen Atmosphäre des Stückes bei. Häufig sind sie unbegleitet und alternieren mit den Orchesterpassagen. Insbesondere während der vom japanischen Nô-Theater inspirierten Auftritte des Engels ist das Tempo dermaßen gedehnt, daß in ihnen die Zeit still zu stehen scheint.

Textdichtung
Die Gestalt des Franz von Assisi (1181/82–1226) ist noch während des ausgehenden Mittelalters in legendenhafter Ausschmückung populär geworden. Und als Olivier Messiaen sich den Text für seine Oper schrieb, griff er auf dieses, Dichtung und Wahrheit mischende, Schrifttum zurück. So studierte der Komponist Thomas von Celanos Lebensbeschreibung, die gleich nach der Heiligsprechung des Franz von Assisi (1228) im Auftrag des Papstes Gregor IX. aufgeschrieben wurde. Gleichfalls zog er die 1260/1262 vom heiligen Bonaventura verfaßte, als offizielle Franziskus-Biographie geltende ›Legenda maior‹ zu Rate, außerdem die sogenannte ›Drei-Gefährten-Legende‹, deren Datierung (zwischen 1235 und 1312) in der Forschung umstritten ist. Mehrfach ließ sich Messiaen von den in den ›Fioretti di San Francesco‹ gesammelten Legenden aus der ersten Hälfte des 14. Jahrhunderts anregen, darüber hinaus von den nach seiner Auffassung einem authentischen »Zeugenbuch« gleichkommenden ›Betrachtungen über die heiligen Wundmale‹, die vermutlich aus derselben Zeit stammen. Des weiteren sind Zitate aus der Bibel und aus dem berühmten ›Sonnengesang‹, den Franz von Assisi 1225 gedichtet hat, in den Text eingearbeitet. Die dezidiert apsychologische Ausrichtung des Werkes zeigt sich darin, daß sowohl die Streitigkeiten zwischen Franziskus und seinem Vater Pietro Bernardone, als auch seine platonische Beziehung zur heiligen Clara unberücksichtigt blieben. Demgemäß erläuterte der Komponist: »Alles, was keine Farben, keine Wunder, keine Vögel, keine Frömmigkeit und keinen Glauben enthielt, habe ich ausgespart.« Wichtigen Einfluß auf die vom Komponisten gewünschte szenische Werkgestalt hat überdies ein Quellenfundus, der sonst nur selten für die Gattung Oper herangezogen wird: In den ausführlichen Regiebemerkungen verweist Messiaen nämlich auf Bildwerke, um Gestik und Kostümierung seiner Protagonisten festzulegen. So soll sich die Darstellung des François nach den Fresken von Cimabue und Giotto in Assisi richten, während das Vorbild für den Aussätzigen auf Matthias Grünewalds dem ›Isenheimer Altar‹ zugehöriger Bildtafel ›Versuchung des heiligen Antonius‹ zu finden ist. Der Engel wiederum ist in den Verkündigungsszenen des Fra Angelico vorgebildet.

Geschichtliches
1975 wandte sich Rolf Liebermann, damals Pariser Operndirektor, an Olivier Messiaen, um ihn zur Komposition einer Oper für sein Haus zu veranlassen. Freilich zögerte der Komponist, der bis dahin ja noch nie für die Bühne geschrieben hatte, zunächst mit seiner Zusage. Schließlich entschied er sich, Franziskus ins Zentrum des angefragten Werkes zu stellen, »weil er unter allen Heiligen derjenige ist, der Christus am ähnlichsten ist«. Zwischen 1975 und 1979 war Messiaen mit der Komposition des Werkes beschäftigt, wobei er an Text und Musik gleichzeitig arbeitete. Dabei hielt er sich allerdings nicht an die vorgesehene Szenenfolge. So begann er mit dem 4. Bild, und die Szenen 2 und 3 schlossen sich, gefolgt von den Szenen 5 und 7, an. Danach widmete sich Messiaen dem Schluß-, dann dem Anfangstableau, so daß die Vogelpredigt (6. Bild) als letzter Werkteil in Angriff genommen wurde. In einem zweiten, sich von 1979 bis 1983 erstreckenden Arbeitsgang führte er die Orchestrierung aus. Auch in die erste Bühnenrealisierung unter der Regie von Sandro Sequi (Ausstattung: Giuseppe Crisolini-Maltesta) und unter der musikalischen Leitung von Seiji Ozawa war Messiaen als Berater eingebunden. Als am 28. November 1983 ›Saint François d'Assise‹ im Palais Garnier mit José van Dam in der Titelpartie und Christiane Eda-Pierre als Engel zum ersten Mal über die Bühne ging, entsprach diese auf CD dokumentierte Produktion, in der bezüglich der Chor- und Streicherbesetzung allerdings aus Platzgründen Abstriche hingenommen werden mußten, den Wünschen Messiaens weitgehend. Aufgrund der Länge des Werkes und des exorbitanten Aufwands an Sängern und Instrumentalisten kam es in der Folgezeit meistenteils nur zu konzertanten Aufführungen einzelner Szenen, etwa 1985 in Salzburg mit Dietrich Fischer-Dieskau in der Titelpartie. Kent Nagano, der in Paris Ozawa bereits assistiert hatte, ließ 1988 an der Opéra Lyon eine vollständige konzertante Aufführung mit David Wilson-Johnson als François folgen. Während der Salzburger Festspiele 1992 erlebte das Werk, wieder mit José van Dam in der Titelrolle und mit Dawn Upshaw als Engel, unter dem Dirigat Esa-Pekka Salonens und in der Regie von Peter Sellars auf der Bühne der Felsenreitschule seine zweite szenische Realisierung. Anders als

die sich an den Regieanweisungen des Komponisten orientierende Uraufführungs-Inszenierung beschritt Peter Sellars in den Bühnenbildern George Tsypins, deren Hauptrequisiten aus einer Bildschirm-Batterie und einer riesigen Holzgestänge-Konstruktion bestanden, den Weg der Abstraktion. Diese Produktion wurde 1998 unter der musikalischen Leitung von Kent Nagano wiederaufgenommen und liegt inzwischen auch auf CD vor. Im selben Jahr fand darüber hinaus mit Frode Olsen in der Hauptrolle und Jiří Kout als Dirigenten in Leipzig die deutsche Erstaufführung statt, in welcher der Regisseur Gottfried Pilz Messiaens Heiligengeschichte der heutigen Zeit anzunähern versuchte. Einen Höhepunkt des Edinburgh Festivals 2001 stellte wiederum eine konzertante Aufführung des Werkes mit David Wilson-Johnson als François und dem unter der Stabführung von Reinbert de Leeuw musizierenden Radio Filharmonisch Orkest Holland dar.

R. M.

Giacomo Meyerbeer
* 5. September 1791 in Vogelsdorf bei Berlin, † 2. Mai 1864 in Paris

Die Hugenotten (Les Huguenots)
Große Oper in fünf Aufzügen. Dichtung von Eugène Scribe und Émile Deschamps.

Solisten: *Margarethe von Valois*, Königin von Navarra, Schwester Karls IX., verlobt mit Heinrich IV. (Dramatischer Koloratursopran, m. P.) – *Graf von Saint-Bris*, Gouverneur des Louvre (Charakterbaß, auch Charakterbariton, m. P.) und *Graf von Nevers* (Kavalierbariton, m. P.), Katholiken, französische Große von der Partei des Hofes – *Valentine*, Tochter des Grafen von Saint-Bris, Edelfräulein (Dramatischer Sopran, auch Jugendlich-dramatischer Sopran, gr. P.) – *Urbain*, Page der Königin (Koloratur-Mezzosopran, m. P.) – *Cossé* (Tenor, m. P.), *Tavannes* (Tenor, m. P.), *Thoré* (Baß, m. P.), *de Retz* (Baß, m. P.), *Méru* (Baß, m. P.) und *Maurevert* (Baß, m. P.), katholische Edelleute von der Partei des Hofes – *Raoul von Nangis* (Jugendlicher Heldentenor, gr. P.), *Marcel*, Soldat, Raouls Diener (Schwerer Spielbaß, auch Seriöser Baß, gr. P.) und *Bois Rosé*, Soldat (Tenor, kl. P.), Hugenotten von der Partei des Admirals Coligny – *Ein Wächter* (Baß, kl. P.) – *Drei Mönche* (Bässe, kl. P.).

Chor: Ehrendamen, Hofdamen – Katholische und protestantische Edelleute – Hofherren – Pagen – Königsdiener – Nobeldiener – Offiziere – Hellebardiere – Soldaten – Bürgermeister – Schöffen – Studenten – Schreiber – Grisetten – Angler – Musikanten – Marionettenspieler – Zigeuner – Zuschauer – Matrosen – Schiffsleute – Arbeiter – Hausierer – Händler – Gondelführer – Vermummte – Taschenspieler – Aufwärter – Bürger – Priester – Mönche – Annunziaten-, Zisterzienser-, Humiliaten-Nonnen – Chorknaben – Volk – Kinder (I. Akt: Männerchor geteilt in Ritter und in allgemeinen Chor; III. Akt: Männerchor geteilt in katholische Studenten [Tenöre], protestantische Soldaten [Bässe], Ritter und Hochzeitsgäste; gr. Chp.).

Ballett: III. Akt: Zigeunertanz (V. Akt: Ballett, wird meist gestrichen).

Ort: Die zwei ersten Aufzüge in der Touraine, die drei letzten in Paris.

Schauplätze: Säulenhalle im Schloß des Grafen von Nevers – Schloß und Garten von Chenonceau, auf eine Brücke gebaut, in der Mitte kleine Bodenerhebung zum Seeufer – Die Schreiberwiese vor Paris (Prés-aux-Clercs) mit Aussicht auf die Stadt, Mitte sehr großer Baum, rechts vorn die katholische Schenke, links vorn die Hugenottenschenke, rechts hinten Eingang zu einer Kapelle, links hinten das Stadttor mit Kletterbaum, hinten ein Marionettentheater – Großes gotisches Gemach im Haus des Grafen von Nevers zu Paris, breite Mitteltür, rechts Tür zu Valentines Schlafzimmer, links vorn ein hohes gotisches Glasfenster, links hinten eine Tür, hohe Gobelins mit Ahnenbildern – (Ballsaal im Hôtel de Nesle zu Paris) – Düsterer Kirchhof, im Hintergrund eine protestantische Kirche, links Gittertor als

Eingang zum Kirchhof – (Quai von Paris, links hinten ein Kloster, davor Saint-Bris' Palast).
Zeit: Im Monat August 1572.
Orchester: 2 Fl. (II. auch Picc.), 2 Ob. (II. auch Eh.), 2 Kl. (II. auch Bkl.), 2 Fag., 4 Hr., 4 Trp., 3 Pos., 1 Bt., P., Schl., 2 Hrf.,1 Viola d'amore, Str. – Bühnenmusik: Gl. in F und C, 1 Picc., 1 Es-Kl., 6 C-Kl., 2 Ob., 2 Fag., 4 Hr., 4 Tr., 1 Piston, 2 Pos., 1 Bt., Schl.
Gliederung: Ouvertüre und 28 Musiknummern; die orchesterbegleiteten Rezitative (musikalische Szenen) verbinden die geschlossenen Formen untereinander, sind aber auch teilweise diesen eingebaut.
Spieldauer: Etwa 3½ Stunden.

Handlung
Der ritterliche Graf Nevers, Katholik und Anhänger der Hofpartei, veranstaltet auf seinem Schloß in der Touraine ein Fest zu Ehren des jungen protestantischen Edelmanns Raoul von Nangis, den er damit offiziell in seinen Freundeskreis aufnimmt. Er folgt dem Beispiel des Hofes: Die Schwester König Karls IX., Margarethe von Valois, hat sich mit dem Protestanten Heinrich von Navarra verlobt, der mächtige Admiral und Führer der Hugenotten Coligny mit den Katholiken Frieden geschlossen. Nevers gibt Raoul bekannt, daß er morgen heiraten werde. Er fordert den Gast auf, der Tafelrunde den Namen seines Liebchens zu nennen. Raoul berichtet von einem Erlebnis, wie er bei einem Spaziergang ein junges Mädchen von Studenten befreite, die es bedrängten; er verliebte sich auf der Stelle in die Schöne, wisse aber nicht einmal ihren Namen. Da erscheint ein alter, derber Soldat; es ist Marcel, Raouls Diener, der ihm treu ergeben ist und der als fanatischer Lutheraner seinen unüberwindlichen Haß gegen alle Anhänger Roms kaum verbergen kann. Ihm ist nicht wohl in diesem Kreis und er befürchtet Gefahren für seinen Herrn; daher stimmt er den Lutherchoral an, den Raoul und die protestantischen Edelleute andächtig mit anhören. Auf die Aufforderung, etwas zu singen, trägt Marcel unbekümmert das blutrünstige Hugenottenlied vor. Raoul entschuldigt sich für Marcel bei dem Gastgeber, den der ungeschminkte rauhe Ton des alten Haudegens belustigt. Ein Diener meldet Nevers, daß ihn eine Dame dringend zu sprechen wünsche. Der Graf begibt sich in ein Nebenzimmer. Neugierig blicken einige Edelleute durch den Vorhang in das Zimmer; auf ihre Aufforderung hin wirft auch Raoul einen Blick in das Gemach. Zu seinem Schrecken erkennt er in der Dame jene Schöne, in die er sich verliebt hatte. Er glaubt sich von ihr in seinen heiligsten Gefühlen verraten, ahnt aber freilich nicht, daß sie, Valentine, die Tochter des Gouverneurs Saint-Bris und Braut Nevers', hierher gekommen ist, um ihren Bräutigam um die Lösung des Verlöbnisses zu bitten, welcher dieser als großzügiger Kavalier auch zustimmt. Als Nevers zurückkommt, betritt ein Page den Saal; er hat im Auftrag einer hochgestellten Dame einen Brief an den Ritter von Nangis abzugeben. Raoul wird in dem Schreiben aufgefordert, sich in einer Hofkutsche mit verbundenen Augen zu dieser Dame bringen zu lassen. Raoul erklärt sich hierzu bereit, obgleich er aus dem Brief den Namen der Auftraggeberin nicht entnehmen kann. Wohl aber erkennen Nevers und die anderen Edelleute mit Staunen das Siegel und die Handschrift der Königin; gratulierend drängen sie sich um den vom Glück begünstigten Edelmann.

Valentine erfreut sich der besonderen Gunst der Königin Margarethe von Valois, die sie glücklich machen will. Die Königin hat daher eine Zusammenkunft Valentines mit Raoul in ihrem Lustschloß arrangiert. Raoul wird mit verbundenen Augen vor die Königin geführt; als ihm die Binde abgenommen wird, sinkt er, geblendet von dem Glanz, vor Margarethe auf die Knie. Feurig gelobt er, ihr sein Leben zu weihen. Als dann der Page ehrfurchtsvoll der Majestät die Hof- und Edelleute anmeldet, erkennt Raoul erst die Königin. Margarethe erklärt ihm nun, sie wünsche, daß er zur Festigung des Religionsfriedens die Tochter des mächtigen Katholikenführers Saint-Bris heiraten möge. Raoul ist bereit, ihrem Befehl nachzukommen. Auf einen Wink der Königin werden die katholischen Edelleute, an der Spitze Saint-Bris und Nevers, sowie die protestantischen, unter ihnen Marcel, hereingerufen. Margarethe verlangt zunächst, daß die Parteien feierlich schwören, in Zukunft keinen Haß mehr gegeneinander zu hegen. Als aber dann Valentine herbeigeführt wird, erklärt Raoul zum großen Erstaunen aller, sie niemals zu seiner Gattin nehmen zu können. Empört will Saint-Bris Raoul für diese Kränkung mit dem Degen zur Rechenschaft ziehen, und nur mit Mühe kann die Königin verhindern, daß die beiden Parteien in ihrer Gegenwart aufeinander losgehen.

Raoul hat durch Marcel dem Grafen Saint-Bris eine Forderung überreichen lassen; das Duell soll auf der Schreiberwiese vor Paris ausgetragen werden. Saint-Bris' Freunde planen, bei dieser Gelegenheit den verhaßten Gegner durch einen Überfall zu erledigen. Valentine hat die Verabredung des Komplotts belauscht. Sie nähert sich verschleiert Marcel und warnt ihn vor der Gefahr, die seinem Herrn droht. Als dann bei dem Zweikampf Raoul sich plötzlich einer Übermacht gegenüber sieht, ist Marcel zur Stelle, der schnell hugenottische Soldaten aus der Schenke zu Hilfe ruft; auch die Katholiken erhalten Verstärkung durch Studenten. Da erscheint unerwartet die Königin; sie gebietet dem Kampf Einhalt. Beide Parteien geben vor, von der Gegenseite angegriffen worden zu sein. Aber Marcel hat einen Zeugen; er weist auf die verschleierte Dame, die eben herbeikommt. Saint-Bris muß zu seinem Entsetzen in der eigenen Tochter die Verräterin erblikken. Jetzt erst erkennt Raoul seinen Irrtum, freilich zu spät; denn Valentine hat neuerdings dem Grafen Nevers ihre Hand gereicht. Nevers erscheint mit dem Hochzeitszug, um die Braut zur Trauung abzuholen.

Raoul sucht an einem der folgenden Abende Valentine im Palast ihres Gatten Nevers auf. Er ist lebensmüde und will Valentine vor seinem Tod noch einmal sprechen. In diesem Augenblick betreten Saint-Bris, Nevers und die katholischen Edelleute das Haus zu einer Beratung. Nur mit Mühe kann Valentine Raoul bewegen, sich im Nebenzimmer zu verbergen. Von hier aus wird er Zeuge einer furchtbaren Verschwörung: Wenn bei St. Theobald zum zweitenmal die Abendglocke ertönt, sollen die Hugenotten meuchlings überfallen und ermordet werden. Nevers, der seinen makellosen Namen, vererbt durch eine staatliche Reihe von Ahnen, nicht durch gemeinen Mord beflecken will, weigert sich mitzumachen. Auf Weisung von Saint-Bris wird er in Haft genommen. Feierlich segnen Mönche die Waffen, und Nonnen verteilen weiße Armbinden mit einem Kreuz als Erkennungszeichen für die Verschworenen. Daraufhin entfernen sich alle, um sich auf ihre Posten zu begeben. Raoul kommt aus seinem Versteck und will eiligst fort, um die Freunde zu warnen. Aber Valentine tritt ihm in den Weg. Sie gesteht ihm ihre Liebe und fleht ihn an hierzubleiben, um sein Leben zu retten. Raoul schwankt zwischen Liebe und Pflicht. Als aber die Glocke von St. Theobald ertönt und Feuerschein sichtbar wird, enteilt er durch das Fenster.

Raoul hat sich zunächst in das Hôtel de Nesle begeben, wo bei einem Ball die protestantischen Edelleute versammelt sind. Er ruft sie eilig zu den Waffen und verkündet ihnen, daß Admiral Coligny bereits den Mördern zum Opfer gefallen sei. – Auf einem Kirchhof trifft sodann Raoul mit dem verwundeten Marcel zusammen. Kurz danach erscheint auch Valentine. Sie hat inzwischen von der Königin die Zusicherung für Raouls Leben erhalten für den Fall, daß er den katholischen Glauben annähme. Raoul lehnt ab. Da ist sie bereit, seinen Glauben anzunehmen, und da Nevers getötet worden ist, segnet Marcel das Paar ein. Die fanatischen Horden dringen in die Kirche ein und metzeln die dort schutzsuchenden Hugenotten nieder. – Valentine, Raoul und Marcel entkommen; sie suchen den Louvre zu erreichen, um bei der Königin selbst Hilfe zu finden. Am Quai de Paris tritt ihnen Saint-Bris mit Bewaffneten entgegen. Als sie auf Anruf antworten, Hugenotten zu sein, läßt Saint-Bris sie niederschießen. Zu seinem Entsetzen erkennt er unter den Getöteten die eigene Tochter.

Stilistische Stellung

Mit einem ausgezeichneten Anpassungsvermögen begabt, wußte sich Giacomo Meyerbeer an den einzelnen Stationen seines Werdegangs (Deutschland, Italien und Paris) die Vorzüge der jeweiligen nationalen stilistischen Eigenarten anzueignen. So wird Meyerbeers Stil trefflich durch die Definierung charakterisiert: Seine Melodik ist italienisch, seine Rhythmik französisch und seine Harmonik deutsch. Die Vermengung der Stilelemente tritt auch bei den ›Hugenotten‹ in Erscheinung. Der Handlungsverlauf spielt sich ohne Rücksicht auf die daraus entstehenden Unwahrscheinlichkeiten in den verschiedensten und gegensätzlichsten Situationen und Episoden ab, die Gelegenheit geben, alle nur möglichen dankbaren Theater- und Opernwirkungen zu entfalten: rauschende Feste, Kampfszenen, Romanzen, Kampflieder und Soldatenchöre, Choräle, Prozession, Litanei und Abendgeläut, die friedliche Atmosphäre im Lustschloß der Königin mit einer Badeszene, Schwurszene und feierliche Schwerterweihe, Hochzeitszug und Zigeunertänze. Der musikalische Höhepunkt ist unstreitig der grandiose Verschwörungsakt mit dem anschließenden Duett Valentine-Raoul (IV. Akt), wo die Konfliktspole (leidenschaftlicher Religionsfanatismus einerseits und anderseits die Tragik einer unseligen Schicksalsverkettung bei zwei sich liebenden Menschen) in packender musikdramatischer Form dargestellt werden. Die Ouvertüre ist auf den Lutherchoral »Ein feste Burg ist unser Gott« gestellt, dessen Melodie gleichsam als musikalisches Grundmotiv auch noch im Verlauf der Oper öfters wiederkehrt. Den Sängern sind durchwegs schwierige, aber dankbare Aufgaben zugewiesen. Die große Farbigkeit der Partitur wird bewirkt durch die zahlreichen Ensembles, an denen auch der Chor hervorragend beteiligt ist, und vor allem durch die feine und pikante Instrumentation, die hinsichtlich der musikalischen Charakteristik wettmacht, was eine allzu glatte, immer ansprechende Melodik vernachlässigt.

Textdichtung
Eugène Scribe (1791–1861), der äußerst fruchtbare, auf dem Gebiet der ernsten wie der komischen Oper gleich versierte französische Librettist, benützte als Vorlage für seine ›Hugenotten‹-Dichtung den 1829 erschienenen Roman ›Chronik der Regierung Karls IX.‹ von Prosper Mérimée (1803–1870). Das Stück behandelt in freier Anlehnung an die historischen Tatsachen die Ereignisse, die im Anschluß an die Hochzeit Heinrichs von Navarra mit Margarethe von Valois zu der berüchtigten Bartholomäusnacht (23./24. August 1572) führten. Die Bezeichnung »Hugenotten« bedeutet soviel wie Eidgenossen. An der Abfassung des Librettos war auch Émile Deschamps de Saint-Amand (1791–1871) beteiligt, der, obwohl von Beruf Verwaltungsbeamter, auch ein angesehener Literat war; unter anderem stammen die berühmte Cavatine des Pagen sowie die wirkungsvolle Szene der Schwerterweihe aus seiner Feder. Aber auch Meyerbeer selbst nahm auf die Entstehung des Buches mit Vorschlägen und Abänderungswünschen Einfluß.

Geschichtliches
Im Anschluß an den überwältigenden Erfolg seines ›Robert le diable‹ (1831) erhielt Meyerbeer von der Direktion der Opéra in Paris sogleich einen neuen Opernauftrag. Er wünschte nunmehr ein Sujet mit historischem Hintergrund. Scribe schlug zunächst die ›Sizilianische Vesper‹ vor, die später Giuseppe Verdi vertonte; schließlich entschied sich aber Meyerbeer für die ›Hugenotten‹. Die Komposition, der er sich mit Feuereifer hingab, sollte vertragsgemäß 1833 abgeschlossen sein. Infolge schwerer Erkrankung von Meyerbeers Frau, die eine Reise nach dem Süden notwendig machte, wurde jedoch das Werk zu dem vereinbarten Termin nicht fertig, und der Komponist mußte eine Konventionalstrafe von 30 000 Francs bezahlen, die ihm allerdings später nach dem glänzenden Erfolg der Oper wieder zurückerstattet wurde. Meyerbeer ließ sich auch in der Folge trotz verschiedener Versuche der Operndirektion, ihn durch Druckmittel zur Eile anzuspornen, nicht aus der Ruhe bringen und arbeitete im Verlauf von drei Jahren die Partitur sorgfältig aus. Die Uraufführung erfolgte dann am 29. Februar 1836 an der Großen Oper in Paris. Der Publikums- und Presseerfolg war gewaltig. Die Oper wurde bald in alle Kultursprachen übersetzt und feierte in aller Welt Triumphe. Freilich erfuhr sie dabei in katholischen Gegenden zum Teil weitgehende textliche Umgestaltungen: So wurde in einer Bearbeitung von Charlotte Birch-Pfeiffer die Handlung von Paris nach London verlegt und die Katholiken und Hugenotten in Anglikaner und Puritaner verwandelt; in dieser Gestalt wurde das Werk unter dem Titel ›Die Anglikaner und Puritaner‹ 1838 in München erstmals aufgeführt. In Wien erschien es unter dem Titel ›Die Welfen und Ghibellinen‹, in Kassel und in Prag als ›Die Ghibellinen in Pisa‹. Angesichts des außerordentlichen Erfolgs der ›Hugenotten‹ in Berlin (1842) ernannte Friedrich Wilhelm IV. den Komponisten zum preußischen Generalmusikdirektor und verlieh ihm den Orden Pour le mérite.

Der Prophet (Le prophète)

Oper in fünf Akten von Eugène Scribe und Emile Deschamps.

Solisten: *Johann von Leyden* (Heldentenor, auch Jugendlicher Heldentenor, gr. P.), *Zacharias*, Wiedertäufer (Seriöser Baß, auch Charakterbaß, m. P.), *Mathisen*, Wiedertäufer (Charakterbaß, auch Charakterbariton, m. P.), *Jonas*, Wiedertäufer (Lyrischer Tenor, auch Charaktertenor, m. P.), *Graf von Oberthal* (Heldenbariton, auch Charakterbariton, auch Charakterbaß, m. P.), *Bertha* (Jugendlich-dramatischer Sopran, auch Lyrischer Sopran, m. P.), *Fidès*, Mutter Johanns (Dramatischer Mezzosopran, auch Dramatischer Alt, gr. P.), *Erster Wiedertäufer* (Tenor, kl. P.), *Zweiter*

Wiedertäufer (Baß, kl. P.), *Erster Chorsolist* (Knabensopran, auch Sopran, kl. P.), *Zweiter Chorsolist* (Knabenalt, auch Mezzosopran, kl. P.), *Erste Bäuerin* (Sopran, kl. P.), *Zweite Bäuerin* (Mezzosopran, auch Alt, kl. P.), *Erster Bauer* (Baß, auch Bariton, kl. P.), *Zweiter Bauer* (Baß, kl. P.), *Ein Soldat* (Tenor, kl. P.), *Erster Bürger* (Tenor, kl. P.), *Zweiter Bürger* (Tenor, kl. P.), *Dritter Bürger* (Baß, kl. P.), *Vierter Bürger* (Baß, kl. P.), *Erster Offizier* (Baß, kl. P.), *Zweiter Offizier* (Tenor, kl. P.).
(Mögliche Doppelbesetzungen: Erster Wiedertäufer und Erster Bürger; Zweiter Wiedertäufer und Zweiter Offizier.)
Chor: Chor der Bauern, der Wiedertäufer, der Soldaten, der Bürger und Kinder (Gemischter Chor und Knabenchor, gr. Chp.)
Orchester: 2 Fl., Picc., 2 Ob., Eh., 2 Kl., Bkl., 4 Fag., 4 Hr., 2 Cor à pistons, 4 Trp., 3 Pos., Ophikleide (Tuba), 4 P., Schl. (gr. Tr., Triangel, Tamtam, Rührtrommel, Cymbales), 4 Hrf., Str.
Bühnenmusik: (hinter der Szene) Kl., 4 Trp., 4 Militärtrp., Org. (zu 4 Hden) – (auf der Szene): 2 Ssax., 4 Asax., 2 Ventilhr., 2 Ventiltrp., 4 Tenorhr., 4 Baritonhr., 4 Baßhr. (Ophikleiden), 2 Bombardons, 4 Militärtrp., Glöckchen, Steinspiel, Crécelle.
Schauplätze: Eine Landschaft bei Dordrecht in den Niederlanden, vor der Burg des Grafen Oberthal – Gastwirtschaft Johanns in Leyden – Lager der Wiedertäufer vor Münster – Vor dem Rathaus in Münster – Im Dom zu Münster – Gewölbe und Saal im Schloß zu Münster.
Zeit: Im Jahr 1534.
Spieldauer: Etwa 3½ Stunden.

Handlung
Ländliche Gegend vor der Burg des Grafen Oberthal. Fidès, die Mutter Johanns von Leyden, kommt, um Bertha zur Hochzeit mit ihrem Sohn nach Leyden abzuholen. Da Bertha eine Leibeigene ist, will Fidès mit ihr zum Grafen gehen, um dessen Einwilligung zu erbitten. Unterwegs werden die beiden Frauen von den drei Wiedertäufern Jonas, Mathiesen und Zacharias angehalten, die den Wiedertäuferhymnus »Ad nos, ad salutarem undam« singen und die Bauern mit sozialrevolutionären Parolen gegen den Grafen aufhetzen wollen. Die Soldaten des Grafen halten das aufbegehrende Volk nieder; der Graf, der bei Bertha nicht auf das angestammte Recht des Ius primae noctis (des »Rechts der ersten Nacht«, das den adligen Grundherren gestattete, mit jeder Braut eine Liebesnacht zu verbringen) verzichten will, läßt die beiden Frauen in der Burg gefangensetzen.

Die Gastwirtschaft Johanns in Leyden. Johann bedient in Abwesenheit seiner Mutter die Gäste, denkt aber nur an seine Braut Bertha. Die drei Wiedertäufer staunen über seine Ähnlichkeit mit dem Bild des Königs David im Dom zu Münster. Sie sehen in ihm einen Gottgesandten, einen neuen König von Zion, und wollen ihn für ihre Bewegung gewinnen. Johann berichtet ihnen von einem seltsamen Traum, hat aber nur im Sinn, seine Bertha heimzuführen. Da stürzt die Braut in die Gastwirtschaft. Sie konnte der Gefangenschaft entfliehen, wird aber vom Grafen verfolgt. Johann versteckt sie in einem Nebenraum, da betritt Oberthal mit der gefesselten Fidès den Raum. Er zwingt Johann, die Braut auszuliefern, um das Leben der Mutter zu retten. Hilflos muß er zusehen, wie der Graf seine Braut davonführt; in ohnmächtiger Wut schließt er sich den Wiedertäufern an.

Winter. Ein Lager der Wiedertäufer in einem Wald vor Münster. Die überfluteten Wiesen sind zugefroren. Die fanatisierten Wiedertäufer haben eine Armee aufgestellt und blutige Erfolge errungen. Bauern, die über das Eis kommen, schließen sich ihnen an. Die Burg Oberthals ist gestürmt worden, der Graf ist gefangen. Zacharias will ihn hinrichten lassen. Johann erfährt vom Grafen, daß Bertha ein zweites Mal fliehen konnte – nach Münster; daraufhin läßt ihn Johann laufen. Der Kaiser hat Truppen gegen die Wiedertäufer aufgestellt, Mathiesen berichtet von einer Niederlage der eigenen Armee. Johann steigert sich in ekstatische Visionen hinein; er sieht sich selbst als den neuen Propheten, den neuen König von Zion. Man beschließt den Sturm auf die Stadt.

Vor dem Rathaus von Münster. Die Wiedertäufer haben die Stadt gestürmt und ein Schreckensregiment errichtet. Die Bürger fühlen sich ausgebeutet und unterdrückt. Man hört, der Prophet, nämlich Johann, wolle sich im Dom zu Münster zum König von Zion krönen lassen. Fidès kommt in die Stadt, als Bettlerin verkleidet; sie hält ihren Sohn für tot, seitdem sie dessen blutige Kleider gefunden hat; eine Stimme habe ihr verkündet, der Prophet sei schuld an seinem Tod. Sie trifft auf Bertha, die, als Pilgerin verkleidet, in die Stadt gekommen ist. Bertha steigert sich in die Rolle einer neuen Judith hinein; jener alttestamentarischen Jungfrau, die den heidnischen Feldherrn Holofernes nach einer Liebesnacht ermordete, und will den Propheten töten, von dem sie nicht weiß, daß er ihr Bräutigam ist – ebensowenig wie Fidès weiß, daß er ihr Sohn ist. In einem prächtigen Aufzug wird Johann im Dom zu Münster gekrönt. Fidès, die in einer Seitenkapelle gebetet hat, erkennt ihn voller Entsetzen und drängt schreiend zu ihm. Johann, der in den Augen seiner Anhänger ein übernatürliches Wesen ist, verleugnet sie, um sie und sich nicht zu gefährden. Als Fidès dies erkennt, widerruft sie die Behauptung, sie sei seine Mutter. Ohnmächtig sinkt sie zu Boden. Johann segnet die Menge. Der Kaiser ist mit seinen Truppen im Anmarsch auf Münster. In einem Gewölbe des Schlosses treffen sich die drei Wiedertäufer Jonas, Mathiesen und Zacharias. Sie beschließen, das Angebot des Kaisers anzunehmen und den Propheten auszuliefern, um das eigene Leben zu retten. Fidès wird hereingebracht; bald verflucht sie den Sohn, bald bittet sie für ihn um Vergebung. Johann tritt im vollen Ornat ein; reuig bittet er die Mutter um Vergebung. Bertha kommt hinzu. Als sie den verlorengeglaubten Bräutigam erkennt, wendet sie sich voller Grauen und ersticht sich. Als Johann erfährt, daß ihn die drei Wiedertäufer verraten wollen, gibt er Befehl, sie zu bestrafen; seine Mutter vertraut er dem Schutz der Soldaten an. Die kaiserlichen Truppen rücken vor, der Widerstand der Wiedertäufer erlahmt; Johann erkennt, daß sein Schicksal besiegelt ist. In einem Festsaal im Schloß zu Münster feiert er mit den falschen Freunden ein letztes Fest; zugleich hat er seine Getreuen beauftragt, die unter dem Schloß lagernden Pulvervorräte in Brand zu setzen. Als Oberthal mit den kaiserlichen Truppen hereindringt, um den Propheten gefangenzunehmen, läßt Johann die Türen des Saales verschließen. Die Pulverlager explodieren, das Schloß brennt, die einstürzenden Mauern verschütten Freund und Feind. Im letzten Moment ist es Fidès gelungen, zu ihrem Sohn zu gelangen; gemeinsam sterben Mutter und Sohn in den Flammen.

Textdichtung

Den historischen Hintergrund der Handlung bildet die reformatorische Bewegung der Wiedertäufer (Anabaptisten), die – unabhängig von den Hauptströmungen der Reformation um Luther und Zwingli – um 1523 in Zürich entstand und sich vor allem am Ober- und Niederrhein ausbreitete. Das Ziel der Bewegung war eine innere Erneuerung des Christentums aus Wort und Geist des Evangeliums. Die Gemeinden bildeten sich aus Freiwilligen; man lehnte die Kindertaufe ab und lehrte die Taufe von entscheidungsfreien Erwachsenen. Der Name »Wiedertäufer« stammt nicht von der Bewegung selbst, sondern entstammt der Polemik der orthodoxen Gegner dieser Sekte. Unter den Sektenführern Johann von Leyden, Knipperdolling und Rothmann bekam die Bewegung sozialrevolutionäre Züge. 1534 besetzten die Wiedertäufer das katholische Bistum Münster und führten dort ein fundamentalistisches Gewaltregiment ein, das knapp ein Jahr Bestand hatte und nach blutigem Kampf beseitigt wurde.

Ähnlich wie in den ›Hugenotten‹ knüpften Meyerbeer und Scribe an die historischen Wirren und Kriege an, die es im Umkreis der Reformation gegeben hatte. War dort die »Bartholomäusnacht« das Zentrum der Oper, so hier die Sekte der Wiedertäufer und deren sozialrevolutionärer Impuls, der alsbald in eitles und eigensüchtiges Herrschenwollen umschlug. Meyerbeer und Scribe halten sich allerdings nicht streng an die Historie, sondern bauen sie im Sinne der notwendigen scharfen Kontraste, der dekorativen Massenszenen und lyrischen Intermezzi effektvoll um und ergänzen vor allem die zwei Frauenrollen der Bertha und der Fidès. Vor allem die Mutterrolle der liebenden und leidenden Fidès wurde schnell zu einer der wirkungsvollsten Altpartien des Repertoires.

Geschichtliches

Meyerbeer und Scribe schrieben das Werk im Auftrag der Pariser Oper. 1836 hatte der Librettist einen ersten Entwurf vorgelegt, doch erst zwei Jahre später begann Meyerbeer mit der Komposition. Es schloß sich eine lange Phase des Planens, Änderns, Verbesserns und Verwerfens an. Der ursprüngliche Termin der Uraufführung am 27. März 1841 verstrich, 1842 wurde Meyerbeer preußischer Generalmusikdirektor in Berlin, der Kontakt zur französischen Hauptstadt wurde schwächer, zudem zerstritt er sich mit der Direktion der Pariser Oper, was Besetzungsfragen anging. So dauerte es bis zum 16. April 1849, ehe die Oper in Paris uraufgeführt wurde. Der Erfolg war sensationell; bereits ein Jahr später wurde der ›Prophet‹ an vierzig europäischen Bühnen aufgeführt, so auch am 28. April 1850 in Berlin, wo – wie in Paris – Pauline Viardot-Garcia in der Partie der Fidès brillierte. Wagner war der künstlerische und finanzielle Erfolg des Werkes ein Dorn im Auge; im selben Jahr 1850 veröffentlichte er anonym seine Hetzschrift über ›Das Judentum in der Musik«, in der er Meyerbeer heftig angriff. Heinrich Heine, der dem Werk Meyerbeers zuerst kritisch gegenüberstand, feierte den Erfolg; Hector Berlioz pries die »Wahrheit des Ausdrucks« und die »packenden Wirkungen«. Bühnentechnisch ging die Pariser Uraufführung ebenfalls in die Geschichte ein: Am Ende des III. Aktes wurde die aufgehende Prophetensonne erstmals durch elektrisches Licht realisiert; Léon Foucault hatte dafür eine spezielle Bogenlampe konstruiert.

Stilistische Stellung
Meyerbeer knüpft musikalisch an die ›Hugenotten‹ an: Wie dort bildet der Choral die Basis für das religiöse Kolorit des Werkes, ist aber – gemeinsam mit Johanns Vision – zugleich leitmotivisches Fundament für die gesamte, von dunklen, glühenden Farben dominierte Partitur. Mehr als in den ›Hugenotten‹ arbeiten Meyerbeer und Scribe den ambivalenten Charakter der Massen heraus; Choral und Marsch bestimmen die großen Steigerungsbögen. Höhepunkt der Tableaukomposition ist die Krönung Johanns im IV. Akt, die mit dem Auftauchen der Fidès ins Katastrophische umbricht.

Wirkung
Der sensationelle Erfolg des Werkes überdauerte das ganze 19. Jahrhundert; erst mit dem Ersten Weltkrieg brach diese Tradition ab, und man spielte den ›Propheten‹ nur noch, wenn man überragende Interpreten für die Partien der Fidès und des Johann hatte – so 1918 in New York mit Margarete Matzenauer und Enrico Caruso, 1928 in Hamburg mit Sabine Kalter und Lauritz Melchior, 1930 in Berlin mit Sigrid Onegin und wieder Lauritz Melchior. Nach dem Zweiten Weltkrieg tauchte der ›Prophet‹ nur noch selten in den Spielplänen auf: 1962 in Zürich und 1966 in Berlin (jeweils mit James McCracken in der Titelpartie), 1977 an der Metropolitan Opera in New York (Marylin Horne, James McCracken). Eine ambitionierte szenische Realisierung gab es 1986 in Bielefeld in der Regie von John Dew.
Aus der Musik zum Schlittschuhläufer-Ballett im III. Akt (bei der Uraufführung getanzt von Maria Taglioni) sowie aus Musik zu ›L'étoile du nord‹ kompilierte Constant Lambert das einaktige Ballett ›Les patineurs‹, das Frederic Ashton 1937 kreierte.

W. K.

Claudio Monteverdi
Getauft 15. Mai 1567 in Cremona, † 29. November 1643 in Venedig

L'Orfeo (Orpheus)
Favola in musica in einem Prolog und fünf Akten. Dichtung von Alessandro Striggio dem Jüngeren.

Solisten: *La Musica / Die Musik* (Sopran, auch Mezzosopran, urspr. Kastrat, kl. P.) – *Orfeo* (Tiefer Lyrischer Tenor, auch Lyrischer Bariton, gr. P.) – *Euridice* (Sopran, kl. P.) – *Messaggiera/Botin* (Dramatischer Mezzosopran, auch Sopran, m. P.) – *Speranza/Hoffnung* (Sopran, auch Mezzosopran, kl. P.) – *Caronte/Charon* (Charakterbaß, kl. P) – *Proserpina* (Mezzosopran, urspr. Kastrat, kl. P.) – *Plutone/Pluto* (Baß, kl. P.) – *Apollo* (Tenor, auch Bariton, kl. P.) – *Ninfa/Nymphe* (Sopran, kl. P.) – *Eco/Echo* (Sopran, kl. P.) – *Pastore/Hirt I* (Countertenor, kl. P.) – *Pastore/Hirt II, III* (jeweils Lyrischer Tenor, m. P.) – *Spirito/Geist I, II* (jeweils Tenor, kl. P.) – *Spirito/Geist III* (Baß, kl. P.).

Chor: Nymphen und Hirten – Höllengeister (Frauen: m. Chp., Männer: gr. Chp.).
Ballett: Tänzerische Ausgestaltung der Sinfonien, Ritornelle und Strophenlieder sowie der abschließenden Moresca.
Ort: Thrakien.
Schauplätze: Hirtenlandschaft – Unterwelt.
Zeit: Mythische Vorzeit.
Orchester: 1 Flautino alle vigesima seconda [Garkleinflöte], 2 Cornetti [Zinken], 4 Trombe [Naturtrompeten], 5 Tromboni [Barockposaunen], 1 Arpa doppia [Doppelharfe], 2 Violini piccoli alla francese [Quartgeigen], 4 Violinen, 4 Br., 2 Vcl., 3 Baßgamben, 2 Contrabassi da viola [Vio-

lone], 3 Chitarroni [Theorben], 1 Ceterone [Baßcister], 2 Gravicembali [Cemb.], 2 Organi di legno [Holzpfeifen-Orgeln], 1 Regal.
Gliederung: Toccata (Einleitungsfanfare) und Folge von sog. Sinfonien, Ritornellen, Tänzen, Chor- und Sologesängen von strophischer oder freier Form.
Spieldauer: Etwa 1¾ Stunden.

Handlung
Prolog: Frau Musica tritt in persona auf und bittet um Aufmerksamkeit. Daß sie über die Leidenschaften und die Sehnsüchte der Menschen zu gebieten vermag, soll sich nun am Schicksal des Orfeo zeigen, dessen Gesang einst wilde Tiere zähmte und dessen Klagen sogar im Totenreich erhört wurden.
In der Gesellschaft von Hirten und Nymphen feiern Orfeo und Euridice Hochzeit. Die Landleute freuen sich darüber, daß Euridice endlich Orfeos Liebeswerben nachgegeben hat. Und auch Braut und Bräutigam preisen überschwenglich ihr Glück. Die Feiernden machen sich auf, um im Tempel den Schutz der Götter zu erbitten.
Orfeo abermals im Kreis der Landleute: Auf deren Wunsch stimmt er ein übermütiges Loblied auf Euridice an. Doch das ausgelassene Treiben nimmt ein jähes Ende. Silvia, Euridices Lieblingsgefährtin, stürzt herein und berichtet von deren plötzlichem Tod durch den Biß einer Schlange. Tief ist die Erschütterung, und die Freunde des Orfeo brechen in Wehklagen aus, während er vor Schmerz verstummt. Erst danach beginnt er zu begreifen, was ihm berichtet wurde. Er beschließt, Euridice aus der Unterwelt zurückzuholen, und verabschiedet sich von der Welt der Lebenden. Die zurückgelassenen Gefährten sehen bestürzt auf die Vergänglichkeit allen Glücks, und Euridices Todesbotin will sich aus Gram fortan in einer Höhle verbergen. Das Hirtenvolk beschließt, Euridices Leichnam die letzte Ehre zu erweisen.
Orfeo ist in Begleitung der Hoffnung in die Unterwelt herabgestiegen und zum Ufer des Totenflusses gelangt. Hier aber muß ihn die Hoffnung verlassen. Nun hat er nur noch seinen Todesmut und seine Gesangskunst. Da versperrt ihm auch schon Caronte, der Fährmann der Toten, den Weg. Caronte weigert sich, ihn, den Lebenden, ins Totenreich überzusetzen. Zwar gelingt es Orfeo, Caronte mit seiner ergreifenden Klage über den Tod Euridices zum Zuhören zu bewegen, doch erst Orfeos Anrufung der Unterweltgottheiten, ihm die Geliebte zurückzugeben, besänftigt Caronte, so daß er in Schlaf fällt. Singend setzt Orfeo über, während die Geister der Unterwelt darüber staunen, daß die Allgewalt des Menschen die Naturgesetze außer Kraft setzen könne, wie das Beispiel des Orfeo zeige.
Von Orfeos Gesang angerührt, bittet Proserpina ihren Gatten Plutone, Orfeo und Euridice wieder zu vereinen und gemeinsam in die Welt der Lebenden zurückkehren zu lassen. Da der Herrscher der Unterwelt sich selbst von der Liebe zu Proserpina ergriffen weiß, gibt er ihrer Bitte nach, allerdings nur unter der Bedingung, daß sich Orfeo auf dem Weg nach oben nicht nach Euridice umsehen dürfe. Die Geister der Unterwelt führen Orfeo Euridice zu. Doch während des Aufstiegs plagen ihn Zweifel, ob es wirklich die Geliebte ist, die ihm folgt. So übermächtig ist sein Verlangen nach ihr, daß er sich schließlich über das göttliche Verbot hinwegsetzt und sich nach ihr umdreht. Nun ist ihm Euridice, die seufzend von ihm scheidet, für immer verloren. Orfeo fühlt sich in die Welt des Lichts zurückgedrängt, und die Geister des Totenreichs konstatieren, daß Orfeo zwar die Unterwelt besiegt habe, selber aber von seinen Gefühlen überwältigt worden sei.
Orfeo ist in der Oberwelt angelangt. Abgeschieden von den Menschen, klagt er der Natur sein Leid. Nur das Echo antwortet ihm. Fortan soll seine Kunst ein einziges Gedenken Euridices sein. Von den anderen Frauen aber wendet er sich, weil keine von ihnen der verlorenen Geliebten das Wasser reichen könne, unter Schmähungen ab. Da greift sein Vater Apollo ein. Er ermahnt den Sohn, sich nicht mehr von seinen Leidenschaften treiben zu lassen und statt dessen den Blick zum Himmel zu erheben. Dort werde er in den Gestirnen Euridices Abbild erkennen. Vom Vater geleitet, steigt Orfeo in den Himmel auf. Auf der Erde aber bleiben die Menschen zurück. Sie versprechen dem vergöttlichten Orfeo Weihrauchopfer und Anbetung, danach geben sie sich wildem Tanz hin.

Stilistische Stellung
Nicht Claudio Monteverdi, sondern der Komponist Jacopo Peri schuf in Zusammenarbeit mit dem Librettisten Ottavio Rinuccini im Kreis der Florentiner Camerata mit ›La Dafne‹ (1597, Musik weitgehend verschollen) und ›L'Euridice‹ (1600) die ersten Opern der Geschichte überhaupt. Ebensowenig darf Giulio Caccinis 1600

gedruckte Konkurrenzvertonung von Rinuccinis Libretto (uraufgeführt 1602) in diesem Zusammenhang unerwähnt bleiben. Allen diesen Werken ist gemeinsam, daß sie eine seinerzeit neuartige musikalische Vortragsart für theatrale Darbietungen etablierten, die sogenannte Monodie. Gemeint ist damit, daß sich die Solisten in gesanglicher Nachahmung der monologischen oder dialogischen Rede im instrumental begleiteten und akkordisch gestützten Einzelgesang äußern.

Die erste Meisteroper kam allerdings nicht in Florenz zur Uraufführung, sondern 1607 im Palazzo Ducale zu Mantua: Monteverdis Favola in musica ›L'Orfeo‹. Wie die Vorgängerwerke gehört ›L'Orfeo‹ dem aus dem Sprechtheater stammenden Genre des Schäferspiels an, dessen herausragende Werke Angelo Polizianos ›Fabula di Orfeo‹ von 1480, Torquato Tassos ›Aminta‹ (erschienen 1580) und Battista Guarinis ›Pastor fido‹ (1590) waren. Mit den musikalischen Vorläufern gemeinsam hat Monteverdis ›Orfeo‹ die monodische Gestaltung der Solopartien. Doch bereits hierin geht Monteverdi weit über Peri und Caccini hinaus. Mit einer spannungsreicheren Harmonik, einer größeren rhythmischen Variabilität der gesungenen Diktion erreicht Monteverdi eine affektuose Aufladung der Solopartien, die seinerzeit unerhört war. Auch ist die musikalische Ausstattung von Monteverdis ›Orfeo‹ ungleich prächtiger ausgefallen als bei Peri und Caccini. Die Florentiner Kollegen verwendeten im Verzicht auf den farbenfrohen Einsatz von Instrumentengruppen, wie er in der Renaissance üblich war, nur wenige instrumentale Überleitungsritornelle; und vornehmlich an die Szenenschlüsse plazierten sie Chorsätze. Monteverdi hingegen setzt auf Opulenz: So beteiligt er gleich zu Beginn in der dreimal zu spielenden Toccata die Hoftrompeter. Zum eigentlichen Orchester gehören die Trompeten freilich nicht, weshalb sie nur hier zum Einsatz kommen. Und so ist auch klar, worum es sich bei dieser ersten aller Opernouvertüren eigentlich handelt: um ein Eröffnungssignal, und dieses ist mit der Fanfare der Herrscherfamilie der Gonzagas identisch. Auch sollte Monteverdi alsbald die Gonzaga-Fanfare in die Eingangsnummer seiner 1610 veröffentlichten ›Marienvesper‹ integrieren.

Vor allem aber sind in die ›Orfeo‹-Partitur zahlreiche Ritornelle oder Sinfonie genannte Instrumentalsätze eingefügt. Auch kommen Tänze, Strophenlieder, mehrstimmige Sologesänge und Madrigale hinzu. Letztere können im Sinne der griechischen Tragödie zum einen Bestandteil der Handlung, zum anderen betrachtenden Inhalts sein. Die Idee des Gesamtkunstwerks, in dem Gesang, Tanz, Dichtung und Bühne sich miteinander verbinden und einander durchdringen, wird also bereits hier – 350 Jahre vor Wagner – realisiert. Hinzu kommt der planvolle Einsatz der Mittel. Im Streben nach einem klar gegliederten Aufbau der Akte nimmt Monteverdi Gestaltungsprinzipien vorweg, wie sie künftig für die Gattung Gültigkeit behalten sollten. Beispielsweise entwirft er in den ersten beiden Akten im Wechsel von Ritornellen, Chor und Soli Tableaus. Und indem im II. Akt der Ausruf der Todesbotin »Ahi, caso acerbo« (Weh, bitteres Los) den Umschlag der Handlung markiert und dieser Schreckensruf im Laufe der Szene mehrfach wiederkehrt, wird das erste Leitmotiv der Operngeschichte ohrenfällig.

Darüber hinaus überläßt Monteverdi nicht nur der Bühnenausstattung die Szene, denn über die Komposition wird außerdem Klangregie geführt. So sind die hell klingenden Instrumente der Hirtenwelt zugeordnet, während Klangverdüsterung die Unterwelt-Akte bestimmt. Dort erst kommen Zinken, Posaunen und Regal zum Einsatz, auch treten nun erst die Baßsolisten hinzu, und dem Chor fehlen die Sopran- und Altstimmen. Mehr noch: Das bereits den Prolog einleitende und gliedernde Streicher-Ritornell kehrt mehrfach wieder. Es umrahmt die in der Oberwelt spielenden Akte und wird deshalb auch vor Beginn des V. Akts intoniert – gleichsam als geographische Auskunft über die Rückkehr zur Oberwelt. Analog dazu definieren die gemessen einherschreitenden Bläser-Sinfonien des III. und des IV. Akts den Unterweltbereich.

Monteverdis grundlegende und für die Gattung Oper wegweisende Neuerung ist aber, daß sich im ›Orfeo‹ Handlung tatsächlich ereignet. Weder werden – wie etwa in Emilio de' Cavalieris 1600 in Rom uraufgeführtem, allegorischem geistlichem Spiel, der ›Rappresentazione di Anima e di Corpo‹ – lediglich Standpunkte dargelegt, noch wird – wie in den Florentiner Vorgängerwerken – rhetorisches Räsonnement von der Musik bloß unterstützt. Vielmehr inszeniert Monteverdis Musik die Bühnenaktion, und die Musik erst macht aus den Sängern Akteure: So wird der Auftritt der Messaggiera im II. Akt zum Inbegriff des Coup de théâtre. Oder es findet der gemeinsame Aufbruch Orfeos und Euridices aus der Unterwelt über gehenden Bässen statt.

Orfeo wird in seiner affektuosen Exaltiertheit geradezu zum Prototyp des Sängerdarstellers. Wer in Freud und Leid dermaßen außer sich ist wie Orfeo, kann sich nur noch singend äußern. Es ist also Monteverdis Orfeo-Gestalt, in der sich die für die Gattung Oper bis heute grundlegende Auffassung, daß singende Bühnencharaktere als glaubhaft gelten, erstmals manifestiert hat. Außerdem hat Monteverdi in Orfeo eine für eine ganze Ära paradigmatische Figur geschaffen. Während des gesamten Barockzeitalters stellten diese Heldengestalten ohne Maß und Ziel und Mitte das Hauptfaszinosum dar. Überdies ist damit der Schluß der Oper mit der Entrückung des Orfeo in den Himmel gemäß dem damals virulenten Neuplatonismus letztlich folgerichtig: Wer sich dermaßen verausgabt wie Orfeo, dem bleibt nur noch ein Ausweg, nämlich sich in Abkehr von den die Persönlichkeit zerstörenden Affekten hinan ins Reich der reinen Anschauung und der Ideen aufzuschwingen.

Textdichtung
Monteverdi zog mit seinem Librettisten Alessandro Striggio dem Jüngeren (1573–1630) an einem Strang. Striggios umfassende humanistische Bildung bezeugen im Libretto zahllose Anspielungen auf die Literatur und Mythologie der Antike. Zu den Hauptquellen des Orpheus-Mythos – Ovids ›Metamorphosen‹ (10. und 11. Buch), Vergils ›Georgica‹ (4. Buch) – gesellen sich Übernahmen aus anderen Vorlagen. So gibt es etwa für die im Libretto erwähnte Vorgeschichte, wonach Orfeos Werbung von Euridice zunächst mehrfach zurückgewiesen wurde, keinen antiken Hinweis, wohl aber spielt das Motiv der sich lange unnahbar gebenden Geliebten in Tassos bereits erwähnter Favola ›Aminta‹ eine wichtige Rolle. Zitiert wird überdies aus Dantes ›Göttlicher Komödie‹, wenn sich die Hoffnung am Eingang zur Unterwelt mit den Worten »Lasciate ogni speranza, voi ch'entrate!« (Laßt alle Hoffnung fahren, die ihr hier eintretet) von Orfeo verabschiedet. Doch auch die Bibel wird in den Schlußversen zitiert, wonach derjenige, der mit Tränen sät, die Frucht der vollen Gnade ernte.
Anders als bei Rinuccini, wo von dem Verbot, sich nach Euridice umzudrehen, keine Rede ist, so daß Orfeo und Euridice nach überstandenem Unterweltabenteuer zum Happy-End wohlbehalten in die Oberwelt zurückkehren, läßt sich Striggio in Anlehnung an Ovid und Vergil die tragische Zuspitzung durch Orfeos Verstoß gegen das göttliche Verbot und den endgültigen Verlust Euridices nicht entgehen. In einer höchstwahrscheinlich unkomponiert gebliebenen Schlußversion, die im Libretto-Druck von 1607 wiedergegeben ist, sucht Orfeo nach seiner Frauenschmähung den sich beleidigt fühlenden und wütend herannahenden Bacchantinnen zu entkommen, die ihn nach Ovids und Vergils Auskunft zerrissen haben sollen. Andere Abweichungen zwischen Libretto und Komposition beinhalten vor allem Streichungen im Text.

Geschichtliches
›L'Orfeo‹ wurde am 24. Februar 1607 im Palazzo Ducale in Mantua uraufgeführt – in den Räumen der Herzogin Margherita Gonzaga d'Este vor einem aristokratischen Publikum. Der Mantuaner Thronfolger Francesco Gonzaga und der Intellektuellenkreis der Accademia degli Invaghiti waren Initiatoren dieser Produktion. Von den Solisten sind die beiden Caccini-Schüler Francesco Rasi (in der Titelrolle) und der Kastrat Giovanni Gualberto Magli (in der Rolle der Musica, der Proserpina und möglicherweise noch in einer dritten Partie) namentlich bekannt, außerdem soll Padre Girolamo Bacchini die Partie der Euridice übernommen haben. Der Erfolg war außerordentlich groß, so daß eine Woche darauf das Werk auf Befehl des Herzogs noch einmal gegeben wurde. Noch im Uraufführungsjahr folgte eine Teilaufführung in Monteverdis Geburtsstadt Cremona. Offenbar war das Werk auch in anderen norditalienischen Städten zu sehen. Am 22. August 1609 erschien die Partitur im Druck (Zweitauflage 1615). Aus der Widmungsadresse an Francesco Gonzaga geht hervor, daß die Uraufführung auf kleiner Bühne stattgefunden habe, während das Werk nun dem breiten Publikum auf dem »gran Teatro dell'universo« (dem großen Welttheater) gezeigt werden soll.
Anders als in modernen Partituren sind die Orchesterstimmen nicht mit Instrumentenangaben versehen. Es ist lediglich bei etlichen Instrumentalsätzen und Ritornellen vermerkt, welche Instrumente 1607 bei der Uraufführung beteiligt gewesen sind. Zwischen der der Partitur vorausgehenden Instrumentenliste und den in die Partitur eingetragenen Instrumentenhinweisen (siehe obige Orchesterbesetzung) bestehen kleinere Abweichungen. Ohnehin legt die damalige Musizierpraxis nahe, daß der Orchesterpart nach den vorhandenen Möglichkeiten eingerichtet, vergrößert oder verkleinert werden konnte. Auch

werden Schlaginstrumente während getanzter Passagen eingesetzt worden sein. Die zentrale Szene des Orfeo »Possente spirto« (Mächtiger Geist) im III. Akt sieht für die Gesangsstimme zwei Versionen vor: eine einfach gehaltene und eine hoch virtuose Fassung. Auf letztere wollte Monteverdi vermutlich jene Interpreten festlegen, die gemäß damaliger Gesangspraxis nach eigenem Gusto ihre Partien auszierten.

Nach seinem Tod 1643 gerieten Monteverdi und sein Werk noch während des 17. Jahrhunderts in Vergessenheit. 1881 lag dann Robert Eitners erste, freilich gekürzte Ausgabe des ›Orfeo‹ vor. 1904 führte Vincent d'Indy seine modern instrumentierte ›Orfeo‹-Bearbeitung konzertant in Paris auf, 1911 folgte die erste szenische Realisierung dieser Fassung ebenfalls in Paris. Weitere ›Orfeo‹-Experimente verschiedener Komponisten schlossen sich an, darunter drei Versionen von Carl Orff, wobei Orff in seiner letzten Fassung von 1940 ein Stück frei nach Monteverdis ›L'Orfeo‹ vorlegte. Paul Hindemith versuchte dann 1943 eine Rekonstruktion der Aufführung von 1607 zu erstellen. Doch letztlich erzielte das Stück erst 1969 den Durchbruch, als Nikolaus Harnoncourt mit einem durchweg mit Originalinstrumenten (bzw. deren Nachbauten) besetzten Orchester eine Gesamteinspielung auf Tonträger vorlegte. Nicht weniger bejubelt wurde 1975 Harnoncourts Zürcher ›Orfeo‹ in der Inszenierung Jean-Pierre Ponnelles. Seitdem ist Monteverdis Werk aus dem Opernrepertoire nicht mehr wegzudenken. Eine Gegenposition zur historisch informierten Aufführungspraxis bot 2012 die Komische Oper Berlin, als sie einen auf Deutsch gesungenen ›Orpheus‹ im Cross-Over-Klanggewandt (Elena Kats-Chernin) präsentierte in der spektakulären Bühnenshow des Regisseurs Barrie Kosky.

R. M.

Il combattimento di Tancredi e Clorinda (Der Kampf zwischen Tankred und Clorinda)

Canto guerriero. Worte von Torquato Tasso.

Solisten: *Testo* (Lyrischer Tenor, gr. P.) – *Clorinda* (Lyrischer Sopran, m. P.) – *Tancredi* (Lyrischer Bariton, auch Kavalierbariton, m. P.).
Zeit: Zeit der Kreuzzüge.
Orchester: 4 Viole da brazzo, Viola da Gamba, Cemb.
Gliederung: Durchkomponiertes Madrigal, das von der Erzählerfigur Testo strukturiert wird.
Spieldauer: Etwa 20 Minuten.

Handlung

Der Kreuzritter Tancredi verfolgt die bewaffnete und als Mann verkleidete Clorinda. Ihre Frage nach seinem Begehr beantwortet er mit: »Krieg und Tod!« Die beiden beginnen ein heftiges Gefecht, in dem Clorinda stärker verwundet wird als Tancredi. Erschöpft setzen beide den Kampf aus. Tancredi erlaubt sich die Frage nach ihrem Namen und Stand. Clorinda verweigert die Auskunft, erklärt aber, einer der beiden zu sein, die den großen Turm angezündet haben. Tancredis Zorn kehrt zurück, der Kampf beginnt aufs Neue. Sein Schwert trifft ihre Brust. Clorinda gibt sich geschlagen und verzeiht dem Gegner, den sie um die Taufe bittet. An einem nahen Bach füllt er seinen Helm mit Wasser. Als er ihren Helm löst, erkennt er die heimlich geliebte Clorinda. Während er die Taufe spendet, stirbt sie mit den Worten: »Der Himmel öffnet sich, ich gehe in Frieden.«

Stilistische Stellung

Monteverdis ›Combattimento‹ ist keiner musikalischen Gattung zuzuordnen. Erst wenige Jahrzehnte zuvor war die Gattung Oper entstanden, dramatische Szenen unterschiedlichen Ausmaßes mit und ohne Ballett wurden zu dieser Zeit aufgeführt. Der monodische Gesangsstil von Monteverdis Madrigalen und der Favola in musica ›L'Orfeo‹ prägt auch dieses für ein Musiktheater äußerst kurze Werk. Auffällig ist der Erzähler (Testo), der nicht nur die Handlung wiedergibt, sondern auch wie ein Stichwortgeber für die beiden erzählten Figuren wirkt. An vier Stellen unterbricht er die Handlung für längere Reflexionen. Aus geistlichen Werken ist der personifizierte Text als Testo bekannt, hier erscheint er als Stimme des Dichters, der wie später im epischen Theater die Handlung erzählt und diese zugleich wie ein griechischer Chor reflektiert. Die Dichtkunst wurde unter anderem von Torquato Tasso mit der Schöpfung Gottes parallelisiert, was das allumfassende Wissen und den Überblick des Testo erklärt. In seinem Vorwort zur Partitur schreibt Monteverdi dem Sänger eine klare und sichere Aussprache vor, zudem darf er »keine Verzierungen und Triller machen außer in der Strophe, die mit ›Notte‹ beginnt«. In dieser Strophe, seiner dritten im Werk insgesamt, ruft er die Nacht um Zustimmung an, daß er diese ruhmreiche Geschichte für künftige Zeiten ins helle Licht zieht.

Die Erzählhaltung des Testo wechselt mehrmals von einer neutralen in eine empathische Position. Schmerzerfüllt klingt die plötzliche Mollterz beim Wort »sangue« am Ende des ersten Kampfes. Erregt fährt seine Stimme mit kurzen Notenwerten nach oben, nachdem Tancredi seine Clorinda erkannt hat, gefolgt vom sprachlosen Verharren auf einer Tonhöhe und dem sich steigernden Ausruf »Ahi vista! Ahi conoscenza!« Diese konkreten musikalischen Wortausdeutungen kennzeichnen die von Monteverdi geprägte »seconda pratica«, deren rezitativischer Sologesang mit unvorbereiteten Dissonanzen Verteidiger der gewohnten Kompositionsweise erzürnte. Nur dieser monodische Gesang ermöglicht für Monteverdi ein »parlar cantando«, wodurch menschliche Gefühle und Textaussagen zum Ausdruck gebracht werden.

Hervorstechendes stilistisches Merkmal des ›Combattimento‹ ist die musikalische Gestaltung der beiden Kampfabschnitte. Die auf einer Tonhöhe wiederholten 16 Sechzehntelschläge entsprechen Monteverdis sogenannten »concitato genere« (erregten Stil). Im Vorwort zu seinem achten Madrigalbuch teilt der Komponist die menschlichen Gemütsbewegungen in Zorn, Mäßigung und Demut und ihren entsprechenden stimmlichen Ausdruck in erregt, gemäßigt und weich. Da er in älteren Kompositionen kein Beispiel für die erregte Art gefunden habe, schien ihm die Unterteilung der Semibrevis in 16 Sechzehntel, die einzeln angeschlagen werden, als passendes Stilmittel. Monteverdi wandte diesen instrumentalen Gestus auch auf die Gesangsstimme an, dessen Geschwindigkeit kann jedoch zum Zungenbrecher werden.

Die sechs Instrumente erfüllen auch szenische Funktionen. Kreisende Bewegungen am Beginn lassen Clorinda vor den Toren der Stadt hin- und hergehen, schwerer, schneller werdender Galopp kündigt den verfolgenden Tancredi an. Die blutigen Verletzungen werden im Spiel der Musiker mimetisch nachgeahmt, wenn Monteverdi auf dem Höhepunkt des ersten Kampfes vorschreibt: »Hier legt man den Bogen weg und reißt die Saiten mit zwei Fingern.« Statt eines auch in dieser kurzen Form erwartbaren fröhlichen Endes erstirbt der letzte Akkord aller Instrumente zu Clorindas friedlichem Tod.

Textdichtung

Den Text entnahm Monteverdi Torquato Tassos Epos über den Ersten Kreuzzug, dem 1575 beendeten und 1581 edierten ›Gerusalemme liberata‹, dessen revidierte Fassung zwei Jahre später unter dem Titel ›Gerusalemme conquistata‹ erschien. Im 12. Gesang des Epos schildert Tasso den Kampf zwischen Tankred und Clorinda. Für seine Komposition bezog sich Monteverdi weitgehend auf Tassos erste Fassung, veränderte jedoch einzelne Passagen und kombinierte sie mit Elementen der späteren Fassung.

Tassos Werk spielte für Monteverdi wie auch für spätere Komponisten eine wichtige Rolle. Schon vor ihrer wahrscheinlichen Begegnung am Hof in Mantua 1591 hatte Monteverdi Texte von ihm vertont, die er im ersten und zweiten Madrigalbuch mit nach Mantua brachte. Im siebten Madrigalbuch finden sich zwei weitere Vertonungen. Aus Monteverdis Briefen ist die heute verlorene Komposition einer Oper mit dem Titel ›Armida‹ bekannt, die auf dem 16. Gesang von ›Gerusalemme liberata‹ beruht.

Geschichtliches

Die szenische Darstellung von Kampfhandlungen diente schon vor Monteverdis Zeit der höfischen Unterhaltung. Auch kriegerische Auseinandersetzungen selbst wurden von musikalischen Darbietungen begleitet. Monteverdi entwickelte im ›Combattimento‹ die Tradition der Pferdeballette und Waffentänze weiter, die am Hof auch dazu dienten, in Friedenszeiten die Kriegslaune und deren Rituale aufrechtzuerhalten. Diese szenischen Formate folgten unterschiedlichen Strukturen, oft beinhalteten sie ein Auftrittszeremoniell, mehrere Stadien des Gefechts und einen abschließenden Tanz, was im ›Combattimento‹ teilweise noch zu erkennen ist. Verschiedene Begriffe wie Pferdeballett, Turnierspiel, Intermedium, Waffentanz, Battaglia, Barriera, Torneo bezeichnen diese Gattung.

Der ›Combattimento‹ wurde wahrscheinlich 1624 während einer Abendveranstaltung im venezianischen Palast von Monteverdis Gönner Girolamo Mocenigo uraufgeführt. Laut Monteverdis Äußerung wurden die Zuschauer dabei zu Tränen gerührt. 1638 ließ der Komponist das Werk im achten Madrigalbuch abdrucken, in dem auch das 1608 uraufgeführte Hofballett ›Il ballo delle ingrate‹ erschien. Weitere Aufführungen im 17. Jahrhundert sind nicht bekannt, allerdings stieß Wolfgang Osthoff 1960 auf ein Manuskript einer Testo-Stimme mit deutschem Text, das von Heinrich Schütz oder seinem Umkreis angefertigt worden sein könnte und damit eine Verbreitung der Partitur über Italien hinaus beweist.

Im 20. Jahrhundert wurde das Werk in zahlreichen Bearbeitungen, unter anderen von Luciano Berio, szenisch und konzertant aufgeführt, unter anderem 1937 in Turin, 1940 am Mailänder Teatro alla Scala, 1959 bei den Bregenzer Festspielen und in Wuppertal, 1978 in Avignon, 1979 in Zürich. Seit den achtziger Jahren des 20. Jahrhunderts findets das Werk stetige Verbreitung im Konzert- und Opernrepertoire.

O. A. S.

Die Heimkehr des Odysseus (Il ritorno d'Ulisse in patria)

Oper in einem Prolog und drei Akten. Text von Giacomo Badoaro.

Solisten: *L'humana fragilità/Die menschliche Gebrechlichkeit* (Sopran oder Tenor, kl. P.) – *Tempo/Die Zeit* (Baß, kl. P.) – *Fortuna/Das Glück* (Mezzosopran, auch Sopran, kl. P.) – *Amore/Die Liebe* (Sopran, kl. P.) – *Ulisse/Odysseus* (Kavalierbariton, auch Lyrischer Bariton, auch Lyrischer Tenor, gr. P.) – *Penelope*, seine Frau (Mezzosopran, gr. P.) – *Telemachos*, ihr Sohn (Lyrischer Tenor, auch Lyrischer Mezzosopran, gr. P.) – *Euryclea*, Penelopes Amme (Alt, auch Mezzosopran, m. P.) – *Melanto*, Penelopes Zofe (Lyrischer Sopran, auch Lyrischer Mezzosopran, m. P.) – *Zeus*, Göttervater (Tenor, auch Bariton, kl. P.) – *Hera (Juno)*, seine Gemahlin (Sopran, kl. P.) – *Poseidon (Neptun)*, Gott der Meere (Seriöser Baß, m. P.) – *Pallas Athene*, Göttin der Weisheit (Dramatischer Koloratursopran, auch Jugendlich-dramatischer Sopran, m. P.) – *Eurymachos*, ein Höfling (Lyrischer Tenor, auch Lyrischer Bariton, m. P.) – *Eumaios*, ein alter Hirte (Charaktertenor, m. P.) – Freier: *Anfinomos* (Lyrischer Tenor, auch Spieltenor, auch Alt, m. P.) – *Pisandros* (Lyrischer Bariton, auch Lyrischer Tenor, m. P.) – *Antinoos* (Baßbariton, auch Charakterbaß, m. P.) – *Iros*, im Gefolge der Freier (Charaktertenor, auch Spieltenor, m. P.).
Chor: Phäaken – Hirten – Höflinge – Freier (kl. Chp.).
Ort: Die Insel Ithaka.
Schauplätze: Am Meer – Strand von Ithaka – Halle im Königspalast – Vor dem Gehöft des Eumaios – Gemach im Königspalast.
Zeit: Nach Beendigung des Trojanischen Krieges.
Orchester: Monteverdi selbst hat keine Orchesterpartitur hinterlassen, sondern lediglich eine Notierung der Singstimme und des bezifferten Baßverlaufes. Die verschiedenen orchestralen Fassungen weichen erheblich voneinander ab. Die heute vielfach gebräuchliche Fassung von Raymond Leppard sieht vor: 2 Ob., Eh., 2 Fag. – 4 Pos. – Continuo: 2 Cemb., Hrf., Lauten, Gitarre, Org. – Str.
Gliederung: Durch instrumentale Ritornelle und Sinfonien gegliederte szenisch-musikalische Einheiten.
Spieldauer: Etwa 2¾ Stunden.

Handlung

Im Prolog beklagt die menschliche Gebrechlichkeit ihre Abhängigkeit von höheren Mächten: von der Zeit, dem Glück, der Liebe. – Penelope, die Gattin des Odysseus, beklagt ihre lange, nun schon zwanzig Jahre währende Einsamkeit. Sie wünscht, ebenso wie ihre alte treue Amme Euryclea, die Rückkehr des Odysseus. Dagegen versucht Penelopes leichtlebige Zofe, ihre Herrin umzustimmen. Odysseus komme nicht mehr zurück, sie solle doch das Trauern lassen und einen der Freier erwählen, die ihr seit längerer Zeit den Hof machen. Melanto wird dazu angespornt durch ihren Liebhaber Eurymachos, und der hat durchaus egoistische Gründe; denn solange Penelope trauert, kann er seine Liebschaft mit Melanto kaum in aller Öffentlichkeit genießen.

Am Strand von Ithaka liegt Odysseus in tiefem Schlaf: Die Phäaken haben ihn dorthin zurückgebracht. Zwar grollt Poseidon, der so lange die Rückkehr vereitelte, aber Zeus kann ihn dazu bewegen, nun endlich auf seine Rache zu verzichten und die Rückkehr zu ermöglichen. Als Odysseus erwacht, glaubt er sich von den Phäaken verraten und in einer Wildnis ausgesetzt. Da erscheint die Göttin Athene, erklärt ihm, daß er in Ithaka sei und bittet ihn, ihren Befehlen zu gehorchen: Als Bettler verkleidet soll er zu Penelope und den Freiern an den Hof gehen. Odysseus macht sich auf den Weg zum Palast, wo Melanto noch einmal in ihre Herrin dringt, einen der Freier zu erhören. – Auf seinem Wege trifft Odysseus den alten Schweinehirten Eumaios, der ihm treu blieb. Eumaios ärgert sich über Iros, einen verfressenen Parasiten im Gefolge der Freier. Den Hirten, der ihn in der Verkleidung nicht erkennt, beruhigt Odysseus mit der Versicherung, der Herr der Insel komme bald zurück. Athene führt Telemachos herbei, dem der Hirt die baldige Ankunft seines Vaters verrät. Dann eilt er zum Palast, um Penelope die gute Nachricht zu bringen. Odysseus gibt sich seinem Sohne zu erkennen. Im Palast schildert Melanto dem Eurymachos, daß sie sich vergeblich bemüht hat, Penelope die Trauer auszureden. Eurymachos erklärt, möge die Königin auch trauern, er wolle sein Leben der Liebe weihen. – Die Freier, die sich am Hofe längst häuslich niedergelassen haben, bitten Penelope, nun endlich ihre Trauer aufzugeben und sich für einen von ihnen zu entscheiden. Mit Späßen und Unterhaltung wollen sie sie aufheitern. Da stürzt Eumaios herein und kündigt des Odysseus baldige Ankunft an. Die Freier verstärken daraufhin ihre Werbung und beschließen insgeheim, Telemachos ermorden zu lassen, damit dieser seinen Vater nicht warnen könne.

Kurz vor dem Palast erscheint dem Odysseus noch einmal Athene und verspricht, ihm bei dem unausweichlichen Kampf mit den Freiern beizustehen. Eumaios berichtet dem Bettler, in dem er Odysseus immer noch nicht erkannt hat, von dem Aufruhr im Palast, den seine Nachricht hinterlassen hat. Dort tritt in der Zwischenzeit, wie mit dem Vater verabredet, Telemachos auf und berichtet von seiner Begegnung mit Helena, die ihm die baldige Rückkehr des Vaters angedeutet habe. – Alles hat sich in der Halle versammelt: neben Penelope, Telemachos und den Freiern auch Eumaios und ein alter Bettler (Odysseus), der sich am Feuer wärmt. Zu ihrer Unterhaltung haben die Freier Iros aufgefordert, mit dem alten Bettler zu ringen; zu ihrem Erstaunen unterliegt der verfressene Parasit. Die Freier breiten ihre Geschenke aus und tragen ihre Heiratsanträge vor, und Penelope sieht nur noch einen Ausweg, sich vor den Freiern zu schützen oder eine Entscheidung herbeizuführen. Sie läßt den Bogen des Odysseus holen und stellt den Freiern – dem alten, reichen Anfinomos, dem aufgeblasenen Gecken Pisandros und dem brutalen Antinoos – die Aufgabe, den Bogen zu spannen. Wer es vermöchte, dem wolle sie angehören und der solle Herrscher sein in Ithaka. Keinem Freier gelingt es, da bittet der Bettler darum, auch den Bogen spannen zu dürfen. Lachend gesteht man es ihm zu, sicher, daß er sich damit blamieren werde. Doch Odysseus spannt den Bogen und erschießt die Freier.

Iros trauert um die Freier und sein schönes sattes Leben: Da er nun niemanden hat, bei dem er schmarotzen kann, nimmt er sich selbst das Leben. Penelope, die fasziniert und entsetzt dem dramatischen Geschehen zugesehen hat, ist unsicher, und sie wird darin von Melanto unterstützt: Ist es ein neuer Betrug? Eumaios und auch Telemachos gelingt es nicht, die Mutter davon zu überzeugen, daß Odysseus zurückgekehrt sei. Noch einmal greifen die Götter ein: Athene und Hera bitten bei Zeus für Odysseus um Ruhe und Frieden, und Poseidon läßt endlich ab von seinem Groll. – Euryclea hat Odysseus erkannt: Als sie dem vermeintlichen Bettler die Füße wusch, spürte sie die Narbe von der Wunde, die ihm einst der wilde Eber schlug. Sie weiß nicht, ob sie der Herrin ihr Geheimnis enthüllen soll. Eumaios und Telemachos dringen in Penelope, sie möge endlich an die Rückkehr des Odysseus glauben, der nun in seiner wahren Gestalt auftritt, aber immer noch glaubt Penelope, ein Gott habe dem Fremden die Macht gegeben, in des Odysseus' Gestalt zu ihr zu kommen. Da bricht Euryclea ihr Schweigen, aber erst, als Odysseus Penelope die Decke des ehelichen Bettes beschreibt, die außer ihm und ihr niemand kennt, erkennt sie ihren Gatten wieder und will nun mit ihm den Tag der Freude feiern.

Stilistische Stellung

Monteverdi schrieb den ›Ulisse‹ ebenso wie seine ›Poppea‹ für das Teatro San Cassiano in Venedig, wobei das Stück 1641 vorab in Bologna uraufgeführt wurde. So liegen nicht nur 34 Jahre zwischen dem ›Orfeo‹ und dem ›Ulisse‹ – und damit einschneidende stilistische Entwicklungen –, sondern auch ein Wechsel des Aufführungsortes: vom höfischen Zeremoniell am Hofe von Mantua zum öffentlich zugänglichen, kommerziell geführten Operntheater einer Stadtrepublik. Musikalisch wirkt sich dieser Wechsel aus in einem Übergang von dem madrigalisch bestimmten, renaissancehaften Ton des ›Orfeo‹ zu einem wortgezeugten, rezitativischen Stil im Spätwerk, das weitgehend auf den Chor (aus Kostengründen) verzichtete und in der Instrumentation flexibel sich den jeweiligen Aufführungsmöglichkeiten anpaßte. Überliefert sind von Monteverdi – abgesehen von einigen fünfstimmigen Ritornellen – lediglich Vokallinie und Baß, dieser oftmals unbeziffert; es ist aber davon auszugehen, daß dieses – nur in Abschriften vorliegende – Material sozusagen nur der Ausgangspunkt für eine jeweils individuelle Aufführungsfassung war, die jedes Theater nach dem in ihm vorhandenen Instrumentarium erarbeitete.

Textdichtung
Monteverdi und sein Textdichter Giacomo Badoaro nahmen als Textvorlage für ›Il ritorno d'Ulisse‹ den 13. bis 23. Gesang aus Homers ›Odyssee‹. Sie folgten dem Ablauf der epischen Handlung fast pedantisch und übernahmen auch durchweg die bei Homer angelegten Personencharakteristiken; vorangestellt ist der eigentlichen Handlung, dem Zeitgebrauch entsprechend, ein allegorischer Prolog.

Geschichtliches
Monteverdis vorletzte erhaltene Oper – ›Le nozze d'Enea con Lavinia‹ ist verschollen – war nach dem Tode des Komponisten mehr als zweihundert Jahre verschollen. Erst 1885 entdeckte August Wilhelm Ambros in der Wiener Staatsbibliothek ein anonymes Manuskript, das er aufgrund von Textvergleichen mit dem gedruckten Libretto Badoaros Monteverdi zuschreiben konnte. Zwar entspann sich im Anschluß an diese Entdeckung und an die erste Publikation durch Robert Haas 1922 in den ›Denkmälern der Tonkunst in Österreich‹ eine lange wissenschaftliche Kontroverse, doch heute zweifelt ernsthaft niemand mehr an der Authentizität des Werkes, wobei allerdings offenbleiben muß, inwieweit die überlieferte Abschrift – die das Werk, anders als die erhaltenen Libretti, die fünfaktig sind, in Prolog und drei Akte einteilt – Abweichungen eines Bearbeiters aufweist. 1942 veröffentlichte Gian Francesco Malipiero den ›Ulisse‹ als Band 12 seiner Monteverdi-Gesamtausgabe. Aufführungspraktische Bearbeitungen gibt es von Vincent d'Indy (1924), Luigi Dallapiccola (1942), Hans Ferdinand Redlich (1948), Erich Kraack (1958), Götz Friedrich und Siegfried Matthus (1966), Raymond Leppard (1972) und Nikolaus Harnoncourt (1972), wobei wohl nur die beiden letztgenannten Fassungen versuchen, sich stilistisch und in der Instrumentation an der Aufführungspraxis des 17. Jahrhunderts zu orientieren, während die anderen Fassungen in der Regel modernes Instrumentarium verwenden und auch vor eingreifenden Bearbeitungen und Strichen nicht zurückschrecken. Monteverdis ›Ulisse‹ wurde nach seiner Wiederentdeckung zuerst am 16. Mai 1925 in der Fassung von Vincent d'Indy in Paris gespielt. Seither ist das Werk immer wieder auf den europäischen Bühnen aufgetaucht. Die durch die maßstabsetzende Produktion der drei Opern Monteverdis am Opernhaus Zürich (musikalische Leitung: Nikolaus Harnoncourt, Inszenierung und Bühnenbild: Jean-Pierre Ponnelle) und deren Verbreitung durch Fernsehen und Schallplatte ausgelöste Monteverdi-Renaissance hält an. Inzwischen gilt das ungemein bühnenwirksame und musikalisch eindrucksvolle Werk als ein Klassiker des Frühbarock.

W. K.

L'incoronazione di Poppea (Die Krönung der Poppea)

Dramma per musica in einem Prolog und drei Akten. Dichtung von Francesco Busenello.

Solisten: *Fortuna/Das Schicksal* (Sopran, kl. P.) – *Virtù/Die Tugend* (Sopran, kl. P.) – *Amore/Amor* (Soubrette, m. P.) – *Poppea* (Lyrischer Koloratursopran, gr. P.) – *Nerone/Nero* (Koloratur-Mezzosopran, auch Countertenor, urspr. Kastrat, gr. P.) – *Ottavia/Octavia* (Dramatischer Mezzosopran, auch Dramatischer Sopran, gr. P.) – *Ottone/Otho* (Lyrischer Alt, auch Countertenor, urspr. Kastrat, gr. P.) – *Seneca* (Seriöser Baß, auch Charakterbaß, gr. P.) – *Drusilla* (Lyrischer Sopran, auch Soubrette, m. P.) – *Nutrice,* Amme der Ottavia (Tenor, kl. P.) – *Arnalta,* Amme der Poppea (Spieltenor, m. P.) – *Lucano/Lukan* (Lyrischer Tenor, kl. P.) – *Drei Diener des Seneca* (Alt, Tenor, Baß, kl. P.) – *Konsuln, Tribune* (2 Tenöre, 2 Bässe, kl. P.) – *Liktor* (Baß, kl. P.) – *Freigelassener,* Prätorianer-Hauptmann (Tenor, kl. P.) – *Valletto/Page* (Lyrischer Sopran, m. P.) – *Damigella/Hoffräulein* (Soubrette,

kl. P.) – *Zwei Soldaten* (Tenöre, kl. P.) – *Mercurio/Merkur* (Baß, kl. P.) – *Pallade/Pallas Athene* (Mezzosopran, kl. P.) – *Venere/Venus* (Sopran, kl. P.).
Chor (nur neapolitanische Fassung): Amori/Amoretten (vier Frauenstimmen, kl. Chp.).
Ort: Rom.
Schauplätze: Vor Poppeas Haus – Im kaiserlichen Palast – In Senecas Garten – In Poppeas Garten – Thronsaal.
Zeit: 62 n. Chr.
Orchester: Str., B. c.
Gliederung: Musikalische Szenen mit ständigem Wechsel von monodischen, ariosen und strophischen, teils solistischen, teils duettierenden, teils mehrstimmigen Gesängen und Sinfonien und Ritornellen.
Spieldauer: Etwa 3 Stunden.

Handlung

Prolog: Das Schicksal und die Tugend haben Gestalt angenommen und machen einander den Vorrang streitig. Beide werden von Amor in die Schranken gewiesen. Durch sein Eingreifen würden sich binnen eines einzigen Tages die Zeitläufte so vollständig verkehren, daß Schicksal und Tugend die Allmacht der Liebe anerkennen müßten.

Vor Tagesanbruch umschleicht Ottone das Haus Poppeas. Er sieht sich als verschmähten Liebhaber, da er Poppea in den Armen Nerones weiß, denn kaiserliche Wachen befinden sich vor Ort, weshalb sich Ottone zurückzieht. Die Wachen wiederum mokieren sich über Nerones Amour fou. Seit ihm Poppea den Kopf verdreht habe, vernachlässige der Kaiser die Staatsgeschäfte. Da treten Poppea und Nerone vors Haus und nehmen Abschied voneinander, wobei Nerone der Geliebten verspricht, ihre Beziehung öffentlich zu machen, sobald er seine Gemahlin Ottavia verstoßen habe. Voller Zuversicht schaut Poppea Nerone nach. Poppeas Amme Arnalta hingegen hält Poppeas Ambitionen, an der Seite Nerones zur Kaiserin aufzusteigen, für ein gefährliches Hirngespinst, vergeblich versucht sie ihrer Herrin die Liebe zu Nerone auszureden. – Im kaiserlichen Palast ergeht sich die eifersüchtige Ottavia in Tiraden gegen ihren treulosen Gatten. Freilich weist sie den Vorschlag ihrer Amme, Nerone zu brüskieren, indem sie sich selber einen Liebhaber zulegen solle, entrüstet zurück. Doch auch Senecas Rat, ihr Leid als betrogene Ehefrau geduldig zu ertragen, um für ihre Standhaftigkeit gerühmt zu werden, kann sie nichts abgewinnen. Im Grunde ist sie mit ihrem Pagen einer Meinung, der Senecas salbungsvolle Rede als leere Phrasendrescherei abtut. Während sich Ottavia mit ihrem Gefolge zum Gebet in den Tempel begibt, zeigt sich Seneca die Göttin Pallade, um ihn vor seinem drohenden Untergang zu warnen. Auch werde ihm unmittelbar vor seinem Tod Mercurio erscheinen. Und tatsächlich kommt es gleich darauf zu Senecas Sturz: Als Nerone seinen einstigen Lehrer darüber informiert, daß er sich von Ottavia scheiden lassen wolle, ist der Bruch zwischen dem Kaiser und dem dagegen opponierenden Seneca nicht mehr zu vermeiden. Zornig wird Seneca von Nerone die Tür gewiesen. Somit hat Poppea leichtes Spiel, als sie Nerone umschmeichelt und ihm nicht nur das Versprechen abringt, sie zur Kaiserin zu erheben, sondern überdies ein Todesurteil gegen Seneca erwirkt. Als nächstes vollzieht Poppea die Trennung von Ottone in einer Kaltherzigkeit, daß sogar Arnalta Mitleid für den abgewiesenen Liebhaber empfindet. Der bleibt in seinem Schmerz über die erlittene Kränkung allein zurück und hegt in wütender Ohnmacht Rachegedanken gegen Poppea. Ohne mit dem Herzen dabei zu sein, gibt er dem Liebeswerben der hinzutretenden Drusilla nach.

Seneca hat sich in den Garten seines Anwesens zurückgezogen, als Mercurio ihm den Tod verkündet. Mit stoischer Gelassenheit nimmt Seneca sein Schicksal an, und er bleibt auch dann noch bei gelöster Stimmung, als der Hauptmann der Prätorianergarde ihm widerstrebend Nerones Befehl zum Selbstmord überbringt. Seinen bestürzten Dienern trägt Seneca daraufhin auf, ihm ein warmes Bad herzurichten, in dem er sich die Adern öffnen lassen will. – Unterdessen flirten im Kaiserpalast Ottavias Page und ein Hoffräulein, und Nero fühlt sich nach Senecas Tod wie von einer Last befreit. Übermütig fordert er den Hofpoeten Lucano zu einem dichterischen Wettstreit auf, dessen Thema Poppeas Reize sein sollen. Der Lobpreis auf die Geliebte versetzt Nerone in Ekstase, so daß er schließlich in seiner Wollust außer sich gerät. Ottone hingegen verwirft seine gegen Poppea gerichteten Todeswünsche. Doch zu spät: Ottavia will, daß Poppea von seiner Hand stirbt. Sollte er die Mordtat verweigern, würde sie Ottone beim Kaiser verleumden und behaupten, Ottone habe sie vergewaltigen wollen. Die Kaiserin rauscht ab, während Drusilla in Begleitung des Pagen und von Ottavias Amme hereintritt. Drusilla ist, seit Ottone ihre Liebeswünsche erhört hat, bester Laune und amüsiert sich über die frechen Späße des Pagen, der auf dem Weg zur Kaiserin die Amme wegen ihres fortgeschrittenen Alters neckt. Drusilla läßt sich ihre Fröhlichkeit selbst dann nicht nehmen, als Ottone sie in den geplanten Mordanschlag einweiht. Gerne stellt sie Ottone ihre Kleider zur Verfügung, damit dieser sich in Frauenkleidern Poppea unerkannt nähern kann. – Im Garten wiederum bereitet die fürsorgliche Arnalta ihrer Herrin zur Mittagsruhe ein Lager und singt sie in den Schlaf. Einzig Amor bewacht die schlummernde Poppea. Da schleicht sich der als Drusilla verkleidete Ottone mit dem Schwert in der Hand heran. Kaum kann er sich überwinden, die Mordtat auszuführen, als ihm auch schon Amor in den Arm fällt. Poppea erwacht und hält Ottone für Drusilla. Arnalta schlägt Alarm, während Ottone das Weite sucht. Amor freut sich seines Triumphs.

Im Palast glaubt Drusilla ihre Rivalin bereits tot. Doch Arnalta läßt sie vom Liktor und seinen Schergen in Gewahrsam nehmen und beschuldigt Drusilla vor Nerone des versuchten Mordes an Poppea. Der will von Drusilla unter Folterandrohung herausbekommen, wer sie zu dieser Tat verleitet habe. Doch Drusilla bleibt standhaft. Ottone ist inzwischen herbeigeeilt und gesteht, daß er von Ottavia zum Mord an Poppea angestiftet wurde. Damit hat er unwillkürlich Nerone einen Vorwand zur Verstoßung Ottavias geliefert. Über Ottone und Drusilla läßt Nerone deshalb kaiserliche Milde walten und erlaubt dem Paar, ins Exil zu gehen. Ottavia hingegen wird per kaiserlichem Edikt für immer aus Rom verbannt. Poppea aber kündigt er noch für den heutigen Tag die Erhebung zur Kaiserin an. Ihre Amme sieht sich nun schon als feine Dame, bei der Bittsteller mit verlogenen Komplimenten antichambrieren werden, um zur künftigen Kaiserin vorgelassen zu werden. Anders Ottavia: Sie ist nun eine gebrochene Frau; nach Worten ringend, nimmt sie Abschied von Rom. – Im Thronsaal erfolgt unter dem Applaus der Konsuln und Volkstribunen Poppeas Krönung. Sogar Venere hat sich vom Himmel herabgegeben, um ihren von Liebesgeistern umschwebten Sohn zu seinem Sieg zu beglückwünschen. Das letzte Wort aber haben Nerone und Poppea, die – ganz ineinander versunken – sich zueinander bekennen.

Stilistische Stellung

Ebenso wie Monteverdis ›Ulisse‹ ist sein letztes Werk, die ›Incoronazione di Poppea‹, maßgeblich von den Aufführungsbedingungen des damaligen venezianischen Opernbetriebs geprägt. 1637 öffnete in der Lagunenstadt das erste Opernhaus, das kommerziell betrieben wurde und von jedermann besucht werden konnte, der Eintrittsgeld entrichtete. Ausstattung, Bühnenmaschinen (um etwa das Erscheinen eines Deus ex machina zu ermöglichen) und virtuoser Gesang sollten das Publikum anlocken, auch wurden zur Belustigung komische Figuren von niederem gesellschaftlichem Rang (Diener, von Tenören gesungene Ammen etc.) in die Plots eingefügt. Gespart wurde aber am Chor und am Orchesterapparat. Hieraus erklärt sich, daß es in der ›Poppea‹ weder Chorpartien noch Tanzeinlagen gibt und daß die rein instrumentalen Passagen (Sinfonien und Ritornelle) zwar gliedernde Funktion haben, Bildwechsel überbrücken oder Auf- und Abgänge von Personen begleiteten, aber nicht in dem Maß zur Charakterisierung der Szenen beitragen wie im ›Orfeo‹.

Dieser Verlust wird aber mit Blick auf die Gesangspartien durch einen Zugewinn an Flexibilität aufgewogen. Zwar kommen auch in der ›Poppea‹ gebundene Gesangsformen vor, wie etwa das Madrigal von Senecas Dienern im II. Akt und die strophischen Liedgesänge des Pagen und des Hoffräuleins oder das Schlaflied Arnaltas (ebenfalls II. Akt); und in Nerones und Poppeas Schlußduett wird gar die dreiteilige Da-capo-Arie vorweggenommen, die während der ersten Hälfte des 18. Jahrhunderts den Operngesang dominieren sollte. Überdies ist der Lobpreis Nerones und Lucanos auf Poppea als virtuoses Duett zweier konzertierender Stimmen angelegt und in seinem Hauptteil über dasselbe Baßostinato (fallender Quartgang) gearbeitet wie das Schlußduett. Dennoch zeichnet Monteverdis ›Poppea‹ vor allem der stete Wechsel zwischen monodischen Passagen von enormer rhetorisch-affektuoser Intensität und kleineren, oft im Dreiertakt stehenden, arienhaften Einheiten aus. Aufgrund dieser von Monteverdi fein austarierten musikalischen Idiomatik wird diese Oper zum Konversationsstück. Da überblendet er etwa im I. Akt den Schluß von Ottones Eingangsmonolog mit dem Anfang der Szene der widerwillig Wache schiebenden Soldaten. Oder er inszeniert Poppeas Eigensinn, indem sie (gleichfalls im I. Akt) Nerones von Komplimenten überschäumenden Wortschwall mehrfach unterbricht, um ihn auf seine Wiederkehr festzulegen. Nicht anders begegnet sie den Vorhaltungen ihrer Amme, indem sie wiederholt deren Ermahnungen mit Einwürfen unterbricht, wonach Amor und das Glück auf ihrer Seite stünden.

Weil er also auf den riesigen Erfahrungsschatz eines langen Komponistenlebens zurückgreift, gelingt es Monteverdi, Licht und Schatten auf die Figuren so zu verteilen, daß sie ein glaubhaftes Profil entwickeln. Im Falle Nerones reicht das Spektrum von ungehemmtem Zorn, der im kriegerischen »concitato genere«, wie es im ›Combattimento‹ etabliert wurde, sich die Bahn bricht, bis zu schwärmerischer Liebesekstatik. Seneca wiederum mag in seinem Belehrungseifer zu floskelhaftem Figurenwerk neigen, und doch steht ihm zum Ende seines Lebens auch ein weicher, kantabler Tonfall zu Gebot. Zu monumentaler Größe erhebt sich schließlich die gestürzte Kaiserin Ottavia, wenn sie zum Abschied von Rom kaum noch der Worte mächtig ist, und doch war sie es, die in herrischem Ton den schwächlichen Ottone durch Erpressung zum Mordanschlag auf Poppea anstiftete. Und selbst die zunächst so anmutig und harmlos scheinende Drusilla wirkt abgründig, wenn sie trotz ihres Wissens um das Mordkomplott ihre heitere Liedmotivik beibehält. Indem also eine moralische Bewertung der Protagonisten ohnehin nicht intendiert ist, mag in diesem Opus ultimum Monteverdis künstlerisches Credo begreifbar werden, nämlich »auf den Fundamenten der Wahrheit« (Monteverdis Vorrede zum fünften Madrigalbuch) seine Kunst geschaffen zu haben.

Textdichtung

Der exzeptionelle Rang von Monteverdis Oper erklärt sich auch aus dem kongenialen Textbuch von Giovanni Francesco Busenello (1598–1659). Mit der ›Poppea‹ schuf Busenello das erste Opernbuch überhaupt, das eine aus der Realgeschichte genommene Handlung zum Inhalt hat. Damit wurde er für die weitere Entwicklung der Librettistik zum Trendsetter, wie nicht zuletzt das Libretto zu Händels ›Agrippina‹ mit tragenden Rollen für Nerone, Poppea und Ottone zeigt. Mochte sich Busenello einerseits am damals in Mode kommenden spanischen Schauspiel orientiert haben, in dem Intrige, Ehebruch, Kleidertausch und Mord den Gang der Handlung prägen, so ist andererseits der Konnex zur klassischen Literatur gewahrt. Eine antike Bezugsquelle dürfte die aus dem späten 1. Jahrhundert stammende ›Octavia‹-Tragödie des Pseudo-Seneca sein, in der die Auseinandersetzung zwischen Nero und Seneca ebenfalls in Form der schnellen Wechselrede, der sogenannten Stichomythie, gestaltet ist. Busenellos antiker Hauptgewährsmann ist jedoch Tacitus. Dessen ›Annalen‹ beschreiben in den Büchern 13 bis 15 die für das Libretto bedeutsamen Ereignisse, die sich in den Jahren 58 bis 65 (Selbstmord Senecas) zugetragen haben und von Busenello auf einen einzigen Tag des Jahres 62 zusammengezogen wurden.

Damit wahrt Busenello zum einen die aristotelische Regel der Zeiteinheit; zum anderen wird die Befristung auf einen Tag zum Treibmittel der Handlung. Denn es soll sich bestätigen, daß Amors Allmacht binnen Tagesfrist einen politischen Umsturz herbeiführen wird, um dadurch den allegorischen Wettstreit zwischen Tugend, Schicksal und Liebe einer Entscheidung zuzuführen. In diesem Zusammenhang ist vor allem Amors Selbstbeschreibung, als er den Schlaf der gefährdeten Poppea bewacht, bedeutsam: »Amor che move il sol e l'altre stelle« (die Liebe, die die Sonne und die anderen Gestirne bewegt). Dies ist der Schlußvers aus Dantes ›Göttlicher Komödie‹: Dort kündete der Vers von einer kosmologischen Ordnung, deren harmonische Einrichtung durch das Wirken der göttlichen Liebe garantiert ist. Doch hier wird die Aussage geradezu ins Gegenteil verkehrt. Denn indem in der Gestalt des Seneca die Tugend fällt und mit Ottavia das Schicksal unterliegt, weil in dem Paar Nerone/Poppea die Liebe siegt, sinkt in der ›Incoronazione‹ die Welt ins Chaos.

Auch setzt Busenello die Göttererscheinungen zur Verbildlichung psychologischer Vorgänge ein: Daß Amor dem schwankenden Ottone die Waffe aus der Hand nimmt, heißt nichts anderes, als daß Ottone diejenige, die er liebt, nicht töten kann. Er ist nicht Herr seiner Entscheidungen, viel mehr seiner Liebesleidenschaft ausgeliefert. Als rätselhafte Kraft wirkt sie auf die Gestalten dieser Oper in der Art einer von außen hereinbrechenden, unberechenbaren Heimsuchung – aber eben nicht gemäß moderner Psychologie als eine vom Unterbewußtsein gesteuerte Triebkraft von innen. Als mächtigster der Affekte bestimmt die Liebe Handeln und Empfinden der Protagonisten und schafft damit eine aus menschlicher Perspektive undurchschaubare Wirklichkeit: eine Welt jenseits alles Geregelten, jenseits aller Vernunft und jenseits von Gut und Böse. Somit lieferte bereits Monteverdis Textvorlage ein Welttheater, in dem dank Busenellos geschickter Verschränkung von allegorischem Spiel und markanter Personencharakteristik barockes Lebensgefühl zur Anschaulichkeit gelangt.

Geschichtliches
Die Quellenlage zur ›Poppea‹ ist in einer Weise dürftig, daß keine von Monteverdi autorisierte Fassung auf uns gekommen und ebensowenig aus dem Quellenbestand rekonstruierbar ist. Busenellos Libretto liegt unter anderem in einer gedruckten Ausgabe von 1656 vor und nennt 1642 als Uraufführungsjahr, freilich könnte die Premiere im venezianischen Teatro Santi Giovanni e Paolo auch Anfang 1643 stattgefunden haben, da nach dem venezianischen Kalender der Jahreswechsel auf den 25. März festgesetzt war. Jedenfalls kann, nachdem 1641 Monteverdis verschollene Oper ›Le nozze d'Enea con Lavinia‹ erstmals über die Bühne gegangen war, für die Werkentstehung das Jahr 1642 angenommen werden. Was die Uraufführung anbelangt, ist zumindest ein Lob auf Anna Renzi, die Darstellerin der Ottavia, überliefert.

Aus dem Jahr 1646 stammt das eine der beiden handschriftlich überlieferten Manuskripte, das möglicherweise mit der Wiederaufnahme des Werks durch Pier Francesco Cavalli im venezianischen Teatro Grimani in Zusammenhang steht. Das andere Manuskript ist neapolitanischer Provenienz und auf das Jahr 1651 datiert. Ob es mit einer damals in Neapel stattfindenden ›Poppea‹-Produktion in Verbindung gebracht werden kann, ist nicht gewiß. In beiden Handschriften fehlen Szenen und Textpassagen, die im Libretto vorhanden sind. Ob sie bereits von Monteverdi gestrichen wurden, ist nicht bekannt. Doch auch untereinander weichen die Handschriften wie im Text-, so im Notenbestand beträchtlich voneinander ab. So sind in der venezianischen Fassung die Sinfonien und Ritornelle mit zwei Oberstimmen und Generalbaß notiert, während die neapolitanische Version drei Oberstimmen zur Baßlinie setzt. Auch sind Szenen umgestellt, oder Passagen kommen nur in dem einen, nicht aber in dem anderen Manuskript vor. Beispielsweise endet die venezianische Version mit dem berühmten Schlußduett, während in der neapolitanischen Fassung die Amoretten ins Schlußtableau einbezogen sind und das Duett fehlt. Dessen Text steht allerdings nicht in Busenellos Libretto, ist aber unter anderem in einem Bologneser Libretto von 1641 für Benedetto Ferraris Oper ›Il pastor regio‹ nachweisbar, deren Musik allerdings verschollen ist. Es ist philologisch also nicht zu klären, ob mit dem Text auch die Komposition des Duetts in die ›Poppea‹ von wem auch immer eingefügt wurde. Für Monteverdis Autorschaft spricht ein ästhetisches Argument, nämlich der bereits erwähnte Querbezug zwischen dem Duett Nerone/Lucano im II. Akt und dem Schlußduett via Baßostinato. Es würde den Rahmen sprengen, die Diskussion über Transpositionen, weitere kompositorische Zusätze von fremder Hand etc. hier weiter auszubreiten. Jedenfalls wurde das Stück noch in den 1670er oder 1680er Jahren in Piazzola gegeben, und für 1681/82 ist eine Genueser Produktion bezeugt.

Aufgrund der Quellenlage ist klar, daß letztlich jede Aufführung dieser Oper eine Bearbeitung sein muß. Selbst bis in die jüngste Zeit ist es üblich, hinsichtlich der Stimmlagen nach Gutdünken umzudisponieren und beispielsweise die für hohe Stimmen gesetzten Männerpartien des Nerone, des Pagen oder des Ottone mit Tenören bzw. Baritonen, die Tenor-Ammen mit Altistinnen und die Partie des Amor mit einem Knabensopran zu besetzen. Womöglich noch größere Beliebigkeit herrscht bei der Wahl der Orchesterinstrumente: Von Umarbeitungen für modernes Instrumentarium bis zu Fassungen der historisch informierten Aufführungspraxis reicht das Spektrum. Die romantisierenden Versionen mögen sich – insbesondere in der Anfangsphase nach der Wiederentdeckung von Monteverdis Werk seit Ende des 19. Jahrhunderts – aus Unkenntnis der Musizierpraxis zu Lebzeiten des Komponisten erklären. Immerhin bot Gian Francesco Malipieros erstmals 1931 für die Monteverdi-Gesamtausgabe vorgelegte ›Poppea‹-Partitur Auskunft über die beiden Fassungen. Insgesamt ist seit der zweiten Hälfte des 20. Jahrhunderts zu beobachten, wie sich das Stück in etlichen Schallplatteneinspielungen und Bühnenproduktionen einen Platz im Repertoire erobert hat. Häufig wurde die Oper in der 1962 erstmals in Glyndebourne gezeigten zweiaktigen Umarbeitung von Raymond Leppard gegeben. Vor allem aber ist es Nikolaus Harnoncourt zu verdanken, daß Monteverdis ›Poppea‹ Breitenwirkung erlangte. Obgleich er nicht zuletzt in der Zürcher Produktion von 1977 (Regie: Jean-Pierre Ponnelle) die in Venedig übliche Streichergruppe zum buntfarbigen Renaissance-Ensemble erweiterte, hat sich seitdem eine historisch informierte Interpretation für das Stück durchgesetzt. Es sei denn, daß wie 2012 an der Komischen Oper Berlin (Inszenierung: Barrie Kosky) in der musikalischen Einrichtung von Elena Kats-Chernin der Cross-Over zur programmatischen Leitidee erhoben wurde, so daß im jazzigen Arrangement unter anderem das Vibraphon zum Einsatz kam und im Continuo (eingerichtet vom Dirigenten André de Ridder) zur Viola da Gamba, Banjos, Gitarren und E-Gitarre traten.

R. M.

Wolfgang Amadeus Mozart
* 27. Januar 1756 in Salzburg, † 5. Dezember 1791 in Wien

Bastien und Bastienne

Deutsches Singspiel in einem Akt. Dichtung von Friedrich Wilhelm Weiskern, Johann Heinrich Friedrich Müller und Johann Andreas Schachtner.

Solisten: *Bastienne*, eine Schäferin (Lyrischer Sopran, auch Soubrette, gr. P.) – *Bastien*, ihr Geliebter (Lyrischer Tenor, auch Spieltenor, m. P.) – *Colas*, ein vermeintlicher Zauberer (Spielbaß, m. P.).
Ort: In einem Dorf.
Schauplatz: Dorf mit Aussicht auf ein Feld.
Orchester: 2 Fl., 2 Ob., 2 Hr., Str., B. c. (Fag., Cemb.).
Gliederung: Intrada und 16 Musiknummern, die durch gesprochene Dialoge miteinander verbunden werden.
Spieldauer: Etwa 45 Minuten.

Handlung
Die junge Schäferin Bastienne ist zu Tode betrübt, da sie sich von ihrem geliebten Bastien verlassen glaubt, den das Edelfräulein vom Schloß durch kostbare Geschenke an sich zu ketten sucht. Bastienne klagt ihr Leid dem Magier Colas, und der belehrt sie, man dürfe einem Liebhaber seine Gefühle nicht so offen zeigen, sondern müsse sich im Gegenteil »flatterhaft« geben, um so seine Eifersucht zu wecken. Als Bastien, der leeren Schmeicheleien des Edelfräuleins überdrüssig, in Sehnsucht zu seiner Bastienne zurückkehren will, gibt Colas vor, zu wissen, daß die junge Schäferin inzwischen eine andere Wahl getroffen habe. Allerdings macht er dem unglücklichen Jüngling nach Befragen seines Zauberbuches Hoffnung, das Herz des Mädchens aufs neue gewinnen zu können, wenn er seinen leichten Sinn ändere. In der darauffolgenden Aussprache der Liebenden prahlt Bastienne mit ihren Möglichkeiten bei den reichen jungen Herren der Stadt, während Bastien seine Chancen bei dem schönen Edelfräulein aufzählt. Bald jedoch erfolgt die Aussöhnung, und strahlend preist das glückliche Paar die große Zauberkunst des weisen Colas.

Stilistische Stellung und Textdichtung
Nach frühen Versuchen der dramatischen Komposition durch gelegentliche Vertonungen einiger Schulspiele – kleinere Dramen und Schauspiele aus der Tradition der Lateinschulen mit vornehmlich pädagogischer Absicht – trat Mozart mit ›Bastien und Bastienne‹ zum ersten Mal als Singspielkomponist vor die Öffentlichkeit. Er knüpfte hierbei an den Wiener Liedstil eines Philipp Hafner an. Auch die Wiener Stegreifkomödie und vor allem Glucks komische Opern dürften als Vorbilder gedient haben. Das musikalische Schäferspiel mit seinen reizvollen Liedern, die Arien genannt werden, Duetten, einem Terzett und einem Orchesterrezitativ zeigt nicht nur die erstaunliche technische Frühreife des Jungen, sondern auch bereits seinen instinktiven Sinn für das Theater und seine Berufung zum dramatischen Komponisten. Bis heute ungeklärt ist die Frage, für welche Gelegenheit Mozart eine Seccorezitativfassung anfertigte, die allerdings nur bis Nr. 7 geht und in der die Partie des Colas für Alt geschrieben ist.
Das Libretto geht auf die Opéra comique ›Les Amours de Bastien et Bastienne‹ zurück, eine Parodie auf Jean-Jaques Rousseaus berühmtes Intermède ›Le Devin du village‹ von Harny de Guerville und Charles-Simon Favart. Das Stück mit seinem Vaudeville-Charakter war überaus populär, so daß Friedrich Wilhelm Weiskern (1710 bis 1768) und Johann Heinrich Friedrich Müller

(1738–1815) auf Geheiß des Generalspektakeldirektors Giacomo Graf Durazzo eine deutsche Übersetzung anfertigten. Aus der Zeit, in der sich Mozart der Vertonung des deutschen Textes annahm, stammt eine Überarbeitung von dem Salzburger Hoftrompeter und Freund der Familie Mozart Johann Andreas Schachtner, die der Komponist allerdings nur teilweise verwendete.

Geschichtliches
Im Alter von zwölf Jahren vertonte Mozart ›Bastien und Bastienne‹ vermutlich für seinen Gönner, den berühmten Heiler Dr. Franz Anton Messmer in Wien, der sich vor allem mit seinen Behandlungen durch Magnetismus einen Namen machte. Neben der Popularität des Stoffes bestimmte möglicherweise auch der Auftrag die Wahl des Stoffes; denn es liegt nahe, in der Gestalt des wohltätigen Zauberkünstlers Colas die Persönlichkeit des Wunderdoktors Messmer wiederzuerkennen. Eine Uraufführung des Werkes im Gartentheater des Arztes 1768 muß ausgeschlossen werden, da dieses zu dem Zeitpunkt noch nicht fertiggestellt war. Möglicherweise erfolgte die Uraufführung im Oktober des Jahres im Gartenhaus Messmers. Die erste nachweisbare Aufführung fand am 2. Oktober 1890 im Architektenhaus in Berlin statt. In Wien wurde anläßlich der Mozart-Zentenarfeier am 25. Dezember 1891 das Stück in einer textlichen Bearbeitung von Max Kalbeck aufgeführt. Die musikalische Einrichtung, die unter anderem aus Umstellungen und Kürzungen bestand, besorgte Johann Nepomuk Fuchs. Da ›Bastien und Bastienne‹ kein abendfüllendes Werk ist, wird es häufig mit anderen Kurzopern gekoppelt; auch Marionettentheater und Schülerbühnen nehmen sich seiner zunehmend an.

R. K./C. R.

La finta semplice (Die gespielte Einfalt)
Opera buffa in drei Akten. Dichtung von Carlo Goldoni und Marco Coltellini.

Solisten: *Rosina*, ungarische Baronin, Schwester von Fracasso (Lyrischer Koloratursopran, gr. P.) – *Fracasso*, Hauptmann (Spieltenor, gr. P.) – *Ninetta*, Zimmermädchen (Soubrette, gr. P.) – *Don Cassandro*, reicher Landbewohner (Lyrischer Bariton, gr. P.) – *Giacinta*, Schwester von Don Polidoro und Don Cassandro (Spielalt, m. P.) – *Don Polidoro*, Bruder von Donna Giacinta und Don Cassandro (Lyrischer Tenor, gr. P.) – *Simone*, Diener (Spielbaß, m. P.).
Ort: In der Umgebung von Cremona.
Schauplätze: Garten mit Allee, die sich bis zur Spitze eines von einem Landschlößchen gekrönten Hügels erstreckt – Vorhof im Haus des Don Cassandro – Saal im Haus des Don Cassandro – Garten.
Orchester: 2 Fl., 2 Ob. (auch 2 Eh.), 2 Kl., 2 Fag., 2 Hr. (auch 2 Corni da caccia), Str., B. c. (Vc., Cemb.).
Gliederung: Sinfonia und 26 Musiknummern, die durch Secco- oder Accompagnato-Rezitative miteinander verbunden sind.
Spieldauer: Etwa 2 Stunden.

Handlung
Auf dem Landgut der Geschwister Giacinta, Cassandro und Polidoro ist der Hauptmann Fracasso mit seinem Diener Simone einquartiert. Zwischen Giacinta und Fracasso sowie zwischen Simone und dem Zimmermädchen Ninetta haben sich bereits zarte Bande geknüpft, und die Paare sind zur Hochzeit entschlossen. Hierzu benötigen sie allerdings die Zustimmung des reichen und ältesten Bruders Cassandro, der wegen einer unglücklichen Liebe überzeugter Junggeselle und Frauenfeind ist. Ebenfalls steht dem Glück Polidoro im Wege, der anders als Cassandro nahezu jeder Frau hörig ist, allerdings auch auf seinen Bruder angewiesen bleibt und somit ebenfalls der Ehe ablehnend gegenübersteht. Die gerissene Ninetta weiß Rat: Die Brüder müssen sich ebenfalls verlieben, um überlistet werden zu können. Die Zeit ist günstig, denn der Besuch der ungarischen Baronin Rosina, Fracassos Schwester, ist bereits angekündigt, und dieser fällt es – verstellt als einfältiges Mädchen – zu, die beiden Brüder zu umgarnen. Schnell gelingt es ihr, Cassandros und Polidoros Herzen zu erobern. Beide Brüder finden sich in einem Wettstreit um die geschickte Rosina wieder, der mehr und mehr ihre gesamte Aufmerksamkeit fordert.
Während Ninetta Simone ihre Vorstellungen von einem zukünftigen Partner erzählt, geraten Fracasso und Cassandro betrunken in Streit. Giacin-

ta sieht bereits alle Pläne scheitern, doch Rosina, die sich wiederum der Avancen Polidoros erwehren muß, kann die Situation zunächst beruhigen. Als allerdings Cassandro behauptet, daß Rosina ihm einen Ring gestohlen hätte, fordert Fracasso den Bruder zum Duell. Nachdem es diesem nicht gelingt, Fracasso zu beruhigen und das Duell abzuwenden, flieht er vor dem Hauptmann.

Als Fracasso und Simone verkünden, daß Giacinta und Ninetta mit dem gesamten Familienvermögen verschwunden seien, zweifeln die beiden Brüder nicht daran, sondern versprechen Fracasso die Vermählung mit Giacinta, sofern er sie wiederfindet. Auf Anraten Rosinas wird unter den gleichen Bedingungen ebenfalls die Hochzeit von Simone und Ninetta beschlossen. Rosina selbst hat unterdessen wahre Liebesgefühle für Cassandro entwickelt, dessen Auftreten ihr von Anfang an imponiert hatte. Als die angeblich verschwundenen Giacinta und Ninetta mit den Familienschätzen von Fracasso und Simone zurückgeführt und alle Pläne und Absichten erklärt und vergeben werden, finden sich am Ende der Oper die drei glücklichen Paare Giacinta/Fracasso, Rosina/Cassandro und Ninetta/Simone zusammen. Nur der geprellte Polidoro ist der verstellten Einfalt der schlauen Rosina zum Opfer gefallen und bleibt allein.

Stilistische Stellung
Die frische, unbekümmerte Vertonung des im Zeitgeschmack gestalteten Intrigenspiels ist eine erstaunliche Leistung des erst zwölfjährigen Komponisten. Tatsächlich wurde von Neidern der Familie Mozart schon während der Probenphase behauptet, daß die Oper unmöglich von Wolfgang Amadeus, sondern vielmehr vom Vater Leopold komponiert wurde. Das Hauptgewicht liegt auf den treffend charakterisierenden Arien, während sich der Handlungsverlauf in den Secco- bzw. Accompagnato-Rezitativen abspielt. Die Melodik ist zumeist im Liedton gehalten, die Satztechnik und Instrumentation mit überraschender Kunstfertigkeit gehandhabt. Außer den Arien enthält die Partitur an geschlossenen Nummern ein Duett, in dem Cassandro prahlerisch den Hauptmann zum Duell herausfordert, und eine pantomimische Szene, in der Rosina dem um sie werbenden Cassandro nur mit nichtssagenden Gesten antwortet. Dazu kommen an den Aktschlüssen umfangreicher gebaute Finales, die einfach und ohne komplizierteren Aufbau angelegt sind.

Die Arie Nr. 7 übernahm Mozart aus seinem szenischen Oratorium ›Die Schuldigkeit des ersten Gebots‹. Als Ouvertüre zu ›La finta semplice‹ verwendete Mozart seine Symphonie in D-Dur KV 45.

Textdichtung
Die Handlung bewegt sich auf dem Gebiet der Posse, einer favorisierten Gattung der Zeit. Dem Libretto liegt die gleichnamige Komödie von Carlo Goldoni (1707–1793) zugrunde; der Text wurde von dem in Wien lebenden und dem Gluck-Kreis zugehörenden Florentiner Marco Coltellini ohne größerer Abänderungen des Originals für das Burgtheater eingerichtet.

Geschichtliches
Als Mozart mit den Eltern und der Schwester Nannerl im September 1767 nach Wien reiste, wurden die Kinder zunächst von der dort herrschenden Blatternepidemie befallen. Nach ihrer Genesung wurde im Januar 1768 die Familie von der Kaiserin Maria Theresia und ihrem mitregierenden Sohn Joseph II. empfangen. Bei dieser Gelegenheit äußerte Kaiser Joseph II. den Wunsch, Wolfgang solle eine Oper für Wien gegen ein Honorar von 100 Dukaten schreiben. Die Wahl des Textes fiel auf Carlo Goldonis ›La finta semplice‹. Mozart machte sich unverzüglich an die Arbeit und stellte die Partitur in kurzer Zeit fertig. Doch den Wiener Neidern, mit dem Pächter der Hofoper Giuseppe Afflisio an der Spitze, gelang es, trotz vielversprechender erster Proben, eine Aufführung in Wien mit allen Mitteln der Intrige hinauszuzögern und schließlich – trotz einer persönlichen Beschwerde Vater Leopolds bei Joseph II. – ganz abzuwenden. Nachdem die Familie nach Salzburg zurückgekehrt war, wurde Mozart von dem ihm wohlgesonnenen Erzbischof Sigismund von Schrattenbach mit einer Aufführung des Werkes entschädigt, das am 1. Mai 1769 an dem Fürsterzbischöflichen Theater in Salzburg in Szene ging.

Als erster abendfüllender Oper Mozarts steht auch bei ›La finta semplice‹ einer stärkeren Verbreitung der Ruf im Weg, daß die Frühwerke ausschließlich aus biographischem, nicht aber aus künstlerischem Interesse gespielt werden. Eine gelungene Inszenierung von Laurent Pelly, die vermied, das komödiantische Werk grotesk zu überzeichnen, wurde 2007 am Theater an der Wien gegeben.

R. K./C. R.

Mitridate, re di Ponto (Mithridates, König von Pontos)

Opera seria in drei Akten. Dichtung von Vittorio Amedeo Cigna-Santi.

Solisten: *Mitridate*, König von Pontos und anderer Reiche, Liebhaber von Aspasia (Jugendlicher Heldentenor, gr. P.) – *Aspasia*, Verlobte von Mitridate und bereits als Königin proklamiert (Dramatischer Koloratursopran, gr. P.) – *Sifare*, Sohn von Mitridate und Stratonica, Liebhaber von Aspasia (Sopran, urspr. Kastrat, gr. P.) – *Farnace*, Mitridates erster Sohn, ebenfalls Liebhaber von Aspasia (Alt, auch Countertenor, urspr. Kastrat, gr. P.) – *Ismene*, Tochter des Königs von Parthien, Geliebte des Farnace (Lyrischer Koloratursopran, m. P.) – *Marzio*, römischer Tribun, Freund des Farnace (Lyrischer Tenor, auch Charaktertenor, m. P.) – *Arbate*, Statthalter von Ninfea (Sopran, urspr. Kastrat, m. P.).
Statisterie: Offiziere – Soldaten – Stadträte – Priester – Königliche Wachen.
Ort: Ninfea.
Schauplätze: Platz in Ninfea mit Blick auf das Stadttor – Tempel der Venus mit einem von Myrten und Rosen geschmückten Altar – Hafen am Meer mit zwei sich gegenüberliegenden Flotten, auf einer Seite Blick auf Ninfea – Gemächer – Feldlager des Mitridate, rechts das große Königszelt, im Hintergrund dichter Wald – Hängende Gärten – Inneres eines Turmes der Mauer von Ninfea – An den Königspalast von Ninfea grenzender Vorhof, von dem aus die brennende römische Flotte auf dem Meer zu sehen ist.
Zeit: 64 v. Chr.
Orchester: 2 Fl., 2 Ob., 2 Fag., 4 Hr., 2 Trp., P., Str., B. c. (Vc., Cemb.).
Gliederung: Ouvertüre und 23 Musiknummern, die teils durch Secco-, teils durch Accompagnato-Rezitative miteinander verbunden sind.
Spieldauer: Etwa 3 Stunden.

Handlung

In Ninfea trifft die Nachricht ein, daß König Mitridate im Kampf gegen die Römer gefallen sei. Seine Söhne Farnace und Sifare, die politische Gegner sind, da Farnace als Freund der Römer bezeichnet wird, während Sifare auf Seiten der Griechen steht, beginnen, um die Gunst von Aspasia, der Verlobten ihres Vaters, zu buhlen. Aspasias Wahl fällt auf Sifare, und sie bittet ihn, sie vor den Nachstellungen des Halbbruders zu schützen, da sie befürchtet, Farnace könnte seine Forderungen notfalls mit Gewalt durchsetzen.

Als Arbate mit der Nachricht erscheint, daß Mitridate noch lebe, beschließen die Halbbrüder, dem Vater ihre Avancen gegenüber Aspasia zu verschweigen. Dieser jedoch ahnte bereits den Verrat und ließ die Nachricht seines Todes selbst verbreiten, um die Loyalität seiner Söhne zu überprüfen. Als der König seinem Sohn Farnace die Tochter des Königs der Parther, Ismene, zur Frau geben möchte, dieser aber ablehnt, erkennt Mitridate, wie es um die Gefühle Farnaces bestellt ist.

Im Feldlager rät Farnace dem König, ein von den Römern überbrachtes Friedensangebot anzunehmen. Er wird als Feind verdächtigt und festgenommen. Um von sich abzulenken, erzählt er Mitridate, daß Sifare in der Abwesenheit des Königs das Herz Aspasias erobert hätte. Durch eine List Mitridates gesteht Aspasia dem König ihre Liebe zu Sifare, und wie sein Halbbruder soll auch er daher mit dem Tode bestraft werden.

Durch die Vermittlung Ismenes stimmt Mitridate zu, die Todesstrafen auszusetzen, wenn Aspasia zu ihm zurückkehren würde. Doch diese weigert sich und erhält einen Becher mit Gift. Der von Ismene befreite Sifare kann im letzten Moment den tödlichen Schluck verhindern. Unterdessen wurde Farnace ebenfalls von dem römischen Tribun Marzio aus dem Gefängnis befreit, doch er ist sich seiner Treuepflicht gegenüber dem Vaterland bewußt geworden und verschmäht die angebotene Unterstützung. Um nicht in die Hände des Feindes zu fallen, hat sich Mitridate in sein Schwert gestürzt. Der Sterbende ernennt Sifare zu seinem Nachfolger auf dem Thron und gibt ihm Aspasia zur Gattin. Schließlich verzeiht er auch dem reumütig vor ihm knienden Farnace, nachdem er von Ismene erfahren hat, daß dieser Feuer auf den römischen Schiffen gelegt und die Römer auf diese Weise zum Rückzug gezwungen hat.

Stilistische Stellung und Textdichtung

Mozart stellte bei ›Mitridate‹ seine frühen erstaunlichen Fähigkeiten in der Opera seria unter Beweis. Mit frischer Unbekümmertheit und in großer Eile machte sich der erst Vierzehnjährige an die Komposition des umfangreichen Werkes, wobei er sich bei den Rezitativen vermutlich von

Padre Giovanni Battista Martini beraten ließ und bei den zahlreichen Arien sich der Hilfe der hochqualifizierten Sänger anvertraute. Läßt auf diese Weise die Musik bis auf wenige Ausnahmen stärkere individuelle Züge vermissen, so war dafür dem Werk der Publikumserfolg um so sicherer. Die Partitur enthält außer der Ouvertüre 21 zum Teil umfangreiche Arien, ein Duett und das Schlußensemble. Dem Brauch der Opera seria entsprechend sind die männlichen Hauptpartien (außer der des Mitridate) für Kastraten geschrieben, denen in den Arien ein weites Feld zur Entfaltung ihrer virtuosen Gesangskunst geboten wird.

Das Libretto geht auf das gleichnamige Drama des französischen Dichters Jean Racine (1639–1699), den »Dramatiker der höfisch kostümierten Liebesleidenschaften«, zurück. Der Turiner Vittorio Amedeo Cigna-Santi gestaltete das Opernbuch nach Racines Dichtung, wobei er nach dem Vorbild Pietro Metastasios die Welt der Antike in der Tradition barocker Anschauung behandelte. Als Vorlage diente die historische Persönlichkeit Mithridates VI. Eupator (auch Mithridates der Große genannt, ca. 134–63 v. Chr.), der sein Stammland Kappadokien am Pontos um das Bosporanische Reich der Krim, Kolchis sowie fast das gesamte nördliche Pontosufer erweiterte. Weitere Expansionsbestrebungen führten zu Konflikten mit dem Römischen Reich (Mithridatische Kriege), in denen er zunächst siegreich war, aber dann von den römischen Feldherren Sulla und Pompejus geschlagen wurde.

Geschichtliches

Auf seiner ersten Italienreise (Dezember 1769 bis März 1771) hatte Mozart in Mailand bei einem Hauskonzert im Palast des österreichischen Generalgouverneurs Graf Karl Joseph von Firmian großen Erfolg, der dem Dreizehnjährigen einen mit hundert Gigliati honorierten Opernauftrag für die Karnevalssaison 1770/71 einbrachte. In Bologna, wo der Komponist mit Vater Leopold von Juli bis Oktober 1770 als Gast im Haus des Feldmarschalls Graf Gian Luca Pallavicini-Centurioni weilte, begann er neben seinen Studien bei Padre Martini mit der Arbeit an der Oper ›Mitridate‹, deren Libretto ihm von Mailand aus zugeschickt worden war. In den letzten Wochen vor der Uraufführung vollendete er unter der Mitarbeit der ausgezeichneten Sänger in intensiver Arbeit die Partitur. Schon während der Proben waren die Mitwirkenden von dem Werk und seinem Schöpfer eingenommen. Die erste Aufführung am 26. Dezember 1770 unter der Leitung des Komponisten war ein triumphaler Erfolg, der etwa zwanzig Wiederholungen der Oper nach sich zog. Weitere Aufführungen im 18. und im 19. Jahrhundert sind nicht bekannt. Erst mit der Edition der NMA 1971 erschien ›Mitridate‹ in den 1970er und 1980er Jahren wieder einige Male auf der Bühne.

R. K./C. R.

Ascanio in Alba

Festa teatrale in zwei Teilen. Dichtung von Guiseppe Parini.

Solisten: *Venus* (Dramatischer Koloratursopran, m. P.) – *Ascanio*, ihr Sohn (Mezzosopran, auch Countertenor, urspr. Kastrat, gr. P.) – *Silvia*, dessen zukünftige Gattin (Lyrischer Koloratursopran, gr. P.) – *Aceste*, Priester der Venus (Lyrischer Tenor, m. P.) – *Fauno*, ein Anführer der Hirten (Sopran, urspr. Kastrat, m. P)
Chor: Genien – Hirten – Hirtinnen – Nymphen (m. Chp.).
Ballett: Grazien und Amoretten.
Ort: In der Landschaft von Alba.
Schauplatz: Weite Landschaft, von hohen belaubten Eichen begrenzt. In der Mitte ein ländlicher Altar mit dem Bild des wunderlichen Tiers Alba. Im Hintergrund sieht man Hütten, Gebirgsbäche und Berge, deren Gipfel sich im blauen Himmel verlieren.
Orchester: 2 Fl., 2 Ob., 2 Fag., 2 Serpentini (Zinken), 2 Hr., 2 Trp., P., Str., B. c. (Vc., Cemb.).
Gliederung: Ouvertüre und 33 Musiknummern, die teils durch Secco- teils durch Accompagnato-Rezitative miteinander verbunden sind.
Spieldauer: Etwa 1½ Stunden.

Handlung

Die Göttin Venus und ihr Sohn Ascanio erscheinen mit ihrem Gefolge in Alba. Grazien, Genien, Amoretten und Nymphen huldigen der Göttin mit Gesang und Tanz. Sie erklärt ihrem Sohn, daß sie ihn zu dem geweihten Feldaltar gebracht habe, der seinerzeit von seinem Vater Äneas errichtet worden war, um ihn mit der aus göttlichem Geschlecht stammenden Nymphe Silvia zu vermählen. Da sich Ascanio und Silvia noch nie zuvor getroffen haben, ist Ascanio beunruhigt, doch seine Mutter beschwichtigt ihn, daß sie Amor den Auftrag gegeben hätte, Silvia in ihren Träumen in der Gestalt Ascanios zu erscheinen, und daß das Herz der Nymphe in Liebe entbrannt sei. Ascanio solle Silvia treffen, doch dürfe er nicht Namen und Herkunft verraten, um die wahren Gefühle ihres Herzens zu prüfen. Die Göttin verschwindet mit ihrem Gefolge in den Wolken.

Ascanio, der allein zurückbleibt, gibt sich bei den Hirtinnen und Hirten, die ein Dankesfest zu Ehren der gnädigen Göttin vorbereiten, als Fremder aus. Als Silvia mit Aceste, dem Priester der Venus erscheint, fordert Fauno, der Anführer der Hirten, Ascanio auf, sich unter die Hirten zu mischen, da kein Fremdling der reinen, unberührten Silvia nahekommen dürfe. Aceste verkündet Silvia, daß sie noch am gleichen Tag mit dem Sohn der Venus, Ascanio, vermählt werde. Die Nymphe erschrickt sehr, da sie zwar den Venussohn ehre, aber ihr Herz bereits dem Jüngling gehöre, der ihr im Traum begegnet sei. Ascanio ist von der Tugend und Schönheit Silvias hingerissen, gibt sich ihr aber – dem Gebot der Mutter folgend – nicht zu erkennen, auch nicht, als sie ihn als ihren Geliebten erkennt und auf ihn zueilt. Silvia erinnert sich an ihre baldige Vermählung, und mit der Bemerkung, daß sie Ascanio versprochen sei, zieht sie sich enttäuscht zurück. Unterdessen eröffnen die Hirten mit Weihrauchspenden das Fest. Die Wolken zerteilen sich, und die Göttin Venus erscheint auf ihrem Wagen. Sie führt Ascanio und Silvia vor dem Altar zusammen, und unter den jubelnden Dankesbezeugungen des glücklichen Paares und der Hirten kehrt sie auf den Olymp zurück.

Stilistische Stellung

Das theatralische Festspiel ›Ascanio in Alba‹ besteht in der Hauptsache aus Arien – 14 an der Zahl –, die wiederum durch Secco- und Accompagnato-Rezitative miteinander verbunden sind und in denen sich in allegorisierender Weise der Handlungsverlauf abspielt. Zur szenischen Ausgestaltung werden darüber hinaus Chor und Ballett ausgiebig eingesetzt. Die Chöre werden allerdings mehrfach im Verlauf des Werkes unverändert wiederholt: Der erste Chor der Genien und Grazien erscheint noch zweimal, der zweistimmige, nur von Bläsern begleitete Hirtenchor noch fünfmal und die feierliche Herbeirufung der Göttin Venus im ganzen dreimal. Die Darbietung des instrumentalen Teils durch ein reichbesetztes Orchester mit Serpentini (Zinken), Trompeten und Pauken drückt den festlichen Charakter der kleinen Oper aus.

Textdichtung

Das Libretto zu der dramatischen Serenata verfaßte der Italiener Guiseppe Parini. Nach barockem Vorbild nimmt die Handlung auf den festlichen Anlaß Bezug: Venus ist die erlauchte, huldvolle Kaiserin Maria Theresia, Ascanio, der gehorsame Bräutigam, ihr Sohn Erzherzog Ferdinand, und in der tugendreichen Nymphe Silvia wird die Braut, Prinzessin Maria Ricciarda Beatrice von Modena, versinnbildlicht.

Geschichtliches

Nach der Rückkehr von seiner ersten Italienreise erhielt Mozart im März 1771 den ehrenvollen Auftrag, zur Hochzeitsfeier des Erzherzogs Ferdinand in Mailand ein theatralisches Festspiel zu schreiben. Die Wahl Mozarts als Komponist läßt sich durch den großen Erfolg der Oper ›Mitridate, re di Ponto‹ erklären, die 1770 in Mailand uraufgeführt wurde. Mozart begab sich daher mit seinem Vater am 13. August 1771 zum zweiten Mal nach Italien. In Mailand erhielt er sodann das Libretto ›Ascanio in Alba‹, das in Wien zuvor vom Hof untersucht und gebilligt werden mußte. In anstrengender Arbeit stellte er während kurzer Zeit die Komposition fertig. Als Hauptwerk der Festlichkeiten wurde am 16. Oktober 1771 Johann Adolf Hasses Oper ›Ruggiero‹ aufgeführt, einen Tag später folgte Mozarts Serenata mit dem berühmten Kastraten Giovanni Manzuoli in der Rolle des Ascanio und der ebenso beliebten Antonia Maria Girelli als Silvia. Nach der Darstellung Vater Leopolds fiel Hasses Oper ab, während Mozarts Werk außerordentlichen Beifall fand und viermal wiederholt werden mußte. Für lange Zeit blieben diese Aufführungen die einzigen. Weder zu Mozarts Lebzeiten noch bis in die erste Hälfte des 20. Jahrhunderts wurde die Oper gespielt. Erst 1958 bearbeitete Bernhard Baumgartner ›Ascanio in Alba‹ für eine Salzburger Produktion unter dem Dirigenten Robert Kuppelwieser. Während im Folgenden vor allem in den 1960er Jahren die Zahl an Aufführungen wuchs, unter anderem mit einer Inszenierung von Hellmuth Matiasek bei den Salzburger Festspielen 1967, finden sich gegenwärtig nur einzelne Produktionen, wie beispielsweise im Rahmen des jährlichen Mozart-Festivals der Kammeroper Warschau.

R. K./C. R.

Lucio Silla

Dramma per musica in drei Akten. Dichtung von Giovanni de Gamerra.

Solisten: *Lucio Silla*, Diktator (Lyrischer Tenor, gr. P.) – *Giunia*, Tochter des Gaius Marius, Verlobte des Cecilio (Dramatischer Koloratursopran, gr. P.) – *Cecilio*, verbannter Senator (Lyrischer Sopran, urspr. Kastrat, gr. P.) – *Lucio Cinna*, Patrizier, Freund Cecilios und heimlicher Feind Sillas (Lyrischer Sopran, urspr. Kastrat, gr. P.) – *Celia*, Schwester Sillas (Lyrischer Mezzosopran, m. P.) – *Aufidio*, Tribun, Freund des Lucio Silla (Charaktertenor, m. P.).
Chor: Wachen – Senatoren – Edle – Soldaten – Volk – Mädchen (m. Chp.).
Ort: Rom.
Schauplätze: Einsamer Ort am Ufer des Tibers. Bäume, Ruinen. Blick auf den Quirinal in der Ferne mit einem kleinen Tempel auf der Spitze des Hügels – Gemächer Giunias mit Statuen berühmter Frauen Roms – Stattlicher, etwas dunkler Vorhof mit unterirdischen Räumen verbunden, in denen sich prächtige Denkmäler römischer Helden befinden – Mit kriegerischen Trophäen geschmückter Säulengang – Hängende Gärten – Kapitol – Vorhof, der zu den Kerkern führt – Großer Saal.
Zeit: Nach dem Jahr 85 v. Chr.
Orchester: 2 Fl., 2 Ob., 2 Fag., 2 Hr., 2 Trp., P., Str., B. c. (Vc., Cemb.).
Gliederung: Ouvertüre und 23 Musiknummern, die teils durch Secco-, teils durch Accompagnato-Rezitative miteinander verbunden sind.
Spieldauer: Etwa 2½ Stunden.

Handlung
Cecilio, ein vom Diktator Lucio Silla geächteter Senator, ist heimlich nach Rom zurückgekehrt, um seine Verlobte Giunia, die Tochter des verstorbenen Volksführers Gaius Marius, zu sehen. Er trifft seinen Freund, den Patrizier Lucio Cinna, der ihm berichtet, Silla verbreite die Nachricht von Cecilios Tod, um Giunia für sich zu gewinnen. Giunia allerdings weist alles Werben Sillas würdevoll und stolz zurück. Auf Anraten Cinnas erwartet Cecilio seine Geliebte am Grabmal ihres Vaters Gaius Marius. Entzückt liegt sich das Paar in den Armen und freut sich über seine Wiedervereinigung.

Aufgewiegelt von dem Tribun Aufidio, beschließt Silla, Giunia noch am selben Tag öffentlich und mit der Zustimmung des Senats zur Frau zu nehmen. Darüber hinaus will er seine Schwester Celia mit Lucio Cinna vermählen. Unterdessen entschließt sich Cecilio, den Diktator zu ermorden. Doch er wird von seinem Freund Cinna von dem Vorhaben abgehalten, der selbst den Mord an Silla begehen will. Als jedoch Celia dem Patrizier ihre Liebe gesteht, nimmt auch Cinna Abstand von einer Ermordung Sillas. Vor den Augen des Senats und des Volkes weist Giunia einmal mehr Sillas Antrag zurück, und auch der Senat versagt Silla die Zustimmung. Als der Diktator ankündigt, trotz allem seine Heiratspläne umzusetzen, tritt Cecilio aus der Menge hervor, um Silla daran zu hindern, wird aber gefangengenommen und in Ketten abgeführt.

Im Kerker nimmt Giunia Abschied von dem todgeweihten Cecilio, während sich auf dem Kapitol Senat und Volk für Cecilio aussprechen. Zur Überraschung aller erklärt Silla den Verurteilten für frei und führt die Liebenden zusammen. Gleichzeitig gibt er Cinna, der offen seine Feindschaft bekannt hatte, seine Schwester Celia zur Gattin. Darüber hinaus verkündet Silla, daß er seinen Feinden verziehen habe, alle verbannten Bürger in die Stadt zurückkehren mögen und er als Herrscher abtrete. Jubelnd preisen daraufhin alle die Großmut des Diktators.

Stilistische Stellung
Die auf Reisen gewonnenen Erfahrungen, verbunden mit Wiener Einflüssen, führten bei ›Lucio Silla‹ bereits zur Konsolidierung eines eigenen Stils des jungen Komponisten. Im Dienst des dramatischen Ausdrucks wurden bei den Singstimmen große Intervallsprünge verwendet; auch verminderte Septakkorde oder Querstände treten auf. Aus der zunehmenden Beschäftigung mit sinfonischer Komposition resultiert die Verfeinerung der Orchestertechnik. So sind bei den

Accompagnato-Rezitativen auch die Bläser herangezogen, in der großartigen Gruftszene, die auf barocke Vorbilder zurückgeht, treten Hörner und Trompeten hinzu. Gesanglich hervorstechend ist der Part der Giunia gestaltet, der mit seinen vier anspruchsvollen Arien schon Vergleichen mit späteren Partien der Meisterzeit (Donna Anna, Donna Elvira, Fiordiligi) standhält. Die Anlage in der Partitur zeigt ein gewohntes Bild: Bei den musikalischen Nummern überwiegen die Arien, denen jeweils ein Secco- oder Accompagnato-Rezitativ vorausgeht und denen an Ensemblesätzen lediglich ein Duett, ein Terzett sowie einige Chöre gegenübergestellt sind.

Textdichtung
Die Handlung des ›Lucio Silla‹ bezieht sich auf die bei Plutarch geschilderten Ereignisse im Leben des römischen Diktators Cornelius Sulla (138–78 v. Chr.) und ist darüber hinaus mit den Liebesgeschichten, der Betonung der edlen Eigenschaften der Protagonisten sowie der von den Nebenpersonen bestimmten »zweiten« Handlung als typisch für das italienische Opernlibretto anzusehen. Der Text wurde von Giovanni de Gamerra verfaßt, der 1771 den Posten eines Theaterdichters am Mailänder Opernhaus übernommen hatte. Während sich Mozart auf seiner dritten Italienreise befand, wurde das Textbuch aufgrund inhaltlicher Schwächen in Wien von Pietro Metastasio durchgesehen und korrigiert, so daß Mozart, der sich schon in Salzburg mit dem Werk beschäftigt hatte und die überarbeitete Fassung 1772 in Mailand erhielt, entsprechende Abänderungen an seinen Vorarbeiten durchführen mußte.

Geschichtliches
Nach dem großen Erfolg seiner ersten Mailänder Oper ›Mitridate‹ 1770 erhielt Mozart gleich zwei weitere Aufträge für dramatische Kompositionen, und zwar für ein theatralisches Festspiel anläßlich der in Mailand angesetzten Hochzeit von Erzherzog Ferdinand, des dritten Sohnes von Maria Theresia, (›Ascanio in Alba‹) sowie den Auftrag für die erste Oper der Karnevalssaison 1772/73. Dies war der Anstoß dafür, daß der junge Komponist im Anschluß an seine erste große Italienfahrt (Dezember 1769 bis März 1771) noch zweimal über die Alpen reiste. Als Karnevalsoper schrieb Mozart die Oper ›Lucio Silla‹, die am 26. Dezember 1772 in Mailand im Teatro Regio Ducale zur Uraufführung gelangte und von ihm vom ersten Cembalo aus geleitet wurde. Die Vorstellung hatte allerdings unter allerlei Theatermißgeschick zu leiden, in erster Linie infolge der Erkrankung des Darstellers der Titelrolle, für den ein theaterunerfahrener Kirchensänger eingesprungen war. Aber auch die von der gewohnten Schablone abweichende musikalische Gestaltung, etwa in der Anlage des Primarierpaares, des inzwischen gereiften Komponisten irritierte das Publikum, so daß das Werk nicht den Beifall der vorangegangenen Opern fand. Die Folge war, daß Mozart keinen weiteren Opernauftrag mehr für Italien erhalten konnte. 1965 legte Bernhard Baumgartner eine Neueinrichtung und deutsche Textfassung vor, bei der einige Kürzungen vorgenommen und die Kastratenpartien (Cecilio und Cinna) für Männerstimmen umgeschrieben wurden. Heute pflegt man die Kastratenpartien mit Frauenstimmen zu besetzen, um Oktavierungen zu vermeiden. 1981 fand eine Gemeinschaftsproduktion der Mailänder Scala, des Théâtre de la Monnaie Brüssel sowie des Théâtre des Amandiers Nanterre mit einer Inszenierung von Patrice Chéreau und unter der musikalischen Leitung von Sylvain Cambreling statt, die bis heute Referenzfunktion besitzt.

R. K./C. R.

La finta giardiniera (Die Gärtnerin aus Liebe)

Dramma giocoso in drei Akten. Dichtung von Guiseppe Petrosellini (?), von Mozart autorisierte deutsche Fassung von (Johann) Franz Joseph Stierle.

Solisten: *Don Anchise*, Amtshauptmann von Schwarzensee (Spieltenor, auch Charaktertenor, gr. P.) – *Marchesa Violante Onesti*, unter dem Namen Sandrina als Gärtnerin verkleidet (Lyrischer Koloratursopran, gr. P.) – *Contino Belfiore* (Lyrischer Tenor, gr. P.) – *Arminda*, Nichte des Amtshauptmanns (Jugendlich-dramatischer Sopran, auch Dramatischer Koloratursopran, m. P.) – *Cavaliere Ramiro*, Armindas Liebhaber (Mezzosopran, urspr. Kastrat, m. P.) – *Serpetta*, Kammermädchen beim Amtshauptmann (Soubrette, gr. P.) – *Roberto*, Diener der Marchesa Violante,

unter dem Namen *Nardo* Gärtnerbursche beim Amtshauptmann (Spielbaß, auch Lyrischer Bariton, gr. P.).
Ort: Die Handlung spielt auf dem Landgut des Amtshauptmanns im Mailändischen.
Schauplätze: Garten im Schloß des Amtshauptmanns – Galerie – Saal im Schloß – Garten – Ein finsterer Wald mit Felsen und Höhlen – Saal – Garten.
Orchester: 2 Fl., 2 Ob., 2 Fag., 4 Hr., 2 Trp., P., Str., B. c. (Vc., Cemb.).
Gliederung: Ouvertüre und 28 Musiknummern, die in der italienischen Fassung durch Secco-Rezitative, in der deutschen Fassung durch gesprochene Dialoge miteinander verbunden sind.
Spieldauer: Etwa 3 Stunden.

Handlung
Im Garten vor seinem Schloß betrachtet der Amtshauptmann mit verliebten Augen Sandrina, die er vor kurzem zugleich mit ihrem Vetter, dem Gärtnerburschen Nardo, als Gärtnerin in seine Dienste genommen hat. Das Kammermädchen Serpetta beobachtet mit Eifersucht die Verliebtheit Don Anchises, hat sie es doch darauf abgesehen, sich selbst den reichen Junggesellen als Ehemann zu ergattern. Daher schenkt sie auch den schüchternen Annäherungsversuchen Nardos, der sich in sie verliebt hat, keine Beachtung. Aber auch Sandrina reagiert auf die Zärtlichkeiten des Amtshauptmanns nur mit Ausflüchten; ihre Seele ist offenbar von schwerem Kummer bedrückt. Der zu Gast weilende Cavaliere Ramiro steht abseits; seine Leiden durch enttäuschte Liebe lassen in ihm keine Lebensfreude mehr aufkommen, und er ist fest entschlossen, sein Herz nicht ein weiteres Mal sich in ein Liebesnetz verstricken zu lassen. Der Amtshauptmann erwartet seine Nichte Arminda, ein Edelfräulein aus Mailand, und ihren Bräutigam, den jungen Grafen Belfiore, die auf seinem Gut ihre Hochzeit feiern wollen. Um mit Sandrina alleine zu sein, schickt er Serpetta und Nardo unter einem Vorwand weg. Sodann gesteht er der Gärtnerin seine Liebe und verspricht ihr sogar die Ehe. Als er sich entfernt, um seine Nichte zu begrüßen, beklagt Sandrina gegenüber Nardo ihr Schicksal, denn der Gärtnerbursche ist in Wirklichkeit nicht ihr Vetter, sondern vielmehr ihr Diener Roberto, und sie selbst ist die Marchesa Violante Onesti, die vor einem Jahr von ihrem Verlobten, dem Grafen Belfiore, in einem Eifersuchtsanfall mit einem Dolch schwer verletzt worden war. Ihr Herz hängt noch immer an dem Geliebten, der nach der Tat in dem Glauben geflohen war, seine Braut getötet zu haben. Um sich eine Gelegenheit zu verschaffen, ihn wiederzusehen, hat sie sich als Gärtnerin beim Amtshauptmann einstellen lassen, da sie von der Vermählung des Grafen mit der Nichte gehört hatte. Traurig geht sie mit ihrem Diener in das Schloß zurück. Da erscheint Don Anchise mit seiner Nichte Arminda, und gleich darauf fährt ein Wagen mit dem Grafen Belfiore vor. Während dieser seiner Braut mit schmeichelhaften Worten den Hof macht, gibt sie ihm nüchtern zu verstehen, daß sie einen ungetreuen Mann mit eigener Hand zur Rechenschaft ziehen würde. Der Graf begibt sich mit dem Amtshauptmann in das Schloß, während Sandrina nach draußen zu Arminda zurückgekehrt ist. Als diese ihr eröffnet, daß sie bereits heute dem Grafen Belfiore die Hand zur Vermählung reichen werde, fällt Sandrina in Ohnmacht. Als Arminda ins Schloß eilt, um ihr Riechfläschchen zu holen, erscheint Belfiore, um der ohnmächtigen Frau zu helfen. Zu seinem Schrecken erkennt er seine frühere Verlobte Violante wieder.

Arminda kommt mit dem Riechfläschchen zurück, während von der anderen Seite Cavaliere Ramiro herbeieilt. Bestürzt erkennen sich auch diese wieder, da sie vordem verlobt waren. Schließlich erscheint Don Anchise. Serpetta berichtet ihrem Herrn, belauscht zu haben, wie sich Sandrina und der Grafen küßten. Nardo nimmt die Gärtnerin in Schutz und wirft Serpetta vor, zu lügen. Der Amtshauptmann und die beiden Paare beschuldigen sich gegenseitig, hintergangen worden zu sein. Belfiore ist in größter Verlegenheit, für welche Braut er sich entscheiden soll. Die Verwirrung erreicht ihren Höhepunkt: Ramiro macht Arminda Vorwürfe, daß sie nur aus Ehrgeiz einem Grafen den Vorzug gegeben habe, und er kündigt an, aus Gram über die verratene Liebe den Tod zu suchen. Nachdem er sich entfernt hat, erscheint Belfiore, der Sandrina sucht. Als er Arminda bemerkt, gibt er vor, sie gesucht zu haben. Wütend verläßt sie den ertappten Lügner, den sie allerdings trotzdem liebt. Nun erscheint Sandrina. Sie verstellt sich dem Grafen gegenüber und behauptet, nur eine Freundin der Marchesa Violante gewesen zu sein. Doch die Augen lassen den Grafen zweifeln. Als Sandrina sich anschickt zu gehen, will Belfiore ihr noch die Hand küssen, ergreift aber, ohne es zu merken, die Hand des Amtshauptmanns, der sich herangeschlichen hatte und der sich nun grinsend über das Versehen des Grafen lustig macht. Belfiore geht verärgert weg, und Don Anchise versucht Sandrina mit der Reihe seiner stolzen Ahnen zu beeindrucken. Diese läuft verschämt davon. Arminda kommt und meldet ihrem Onkel, daß der Graf bereut habe und der Hochzeitskontrakt zur Unterzeichnung vorliege. In diesem Augenblick jedoch übergibt Ramiro dem Amtshauptmann ein Schreiben, welches ihm von Sandrina zugesteckt wurde, in dem angezeigt wird, daß Graf Belfiore die Marchesa Violante ermordet habe. Mit strenger Amtsmiene ordnet der Amtshauptmann an, den Grafen zum Verhör zu holen. Als dieser erscheint, fordert ihn Don Anchise auf, seine Unschuld zu beweisen. Da gibt sich Violante als Marchesa Onesti zu erkennen. Enttäuscht bricht der Amtshauptmann die Verhandlung ab. Er entfernt sich mit Arminda, die fürchterliche Rache schwört. Kaum ist Violante mit Belfiore allein, erklärt sie ihm, sie wollte ihn durch ihre Aussage nur retten; er möge jetzt aber ungehindert seine aus dem Schloß geflüchtete Arminda suchen gehen.

Unter dem Eindruck der Ereignisse haben sich Sandrinas und Belfiores Sinne verwirrt. Sandrina läuft in den dunklen Wald hinaus und versteckt sich in einer Höhle. Als Don Anchise und Belfiore, Arminda, Nardo und Serpetta die Vermißte in der Dunkelheit suchen, kommt es zu allerlei Verwechslungen und Irrtümern. Der von Fackelträgern begleitete Ramiro kann die Situation auflösen, doch im allgemeinen Wirrwarr bedrohen sich alle gegenseitig mit ihrer Rache; nur Sandrina und Belfiore sind sich bereits einig. Am nächsten Morgen löst sich endlich der Knoten: Graf Belfiore und Sandrina, die Gärtnerin aus Liebe, sowie Don Ramiro und Arminda finden wieder zusammen, und auch Diener Roberta und Serpetta erhalten den Segen des Amtshauptmanns. Dieser erklärt, auf eine Frau warten zu wollen, die so treu wie Violante ist. Alle stimmen ein Hoch an auf die Gärtnerin aus Liebe.

Stilistische Stellung

Mozarts Originalpartitur von ›La finta giardiniera‹, deren I. Akt verlorengegangen ist, enthält 28 musikalische Nummern, die überwiegend aus Arien bestehen. Dem Buffa-Geist des Werkes entsprechend, überwiegen die komischen Partien. Den Hauptakteuren, insbesondere den beiden Liebhabern Belfiore und Ramiro, sind auch dankbare lyrische Aufgaben zugewiesen. Bisweilen nähert sich der musikalische Ausdruck dem schlichteren Ton des Singspiels, an anderen Stellen dem dramatischen Charakter der Opera seria, so beispielsweise in Armindas Arie Nr. 13, bei der vier Hörner besetzt sind. Als einer der instrumentalen Höhepunkte verdient die sogenannte Instrumentalarie des Don Anchise hervorgehoben zu werden. Weitere musikalische Höhepunkte werden durch die lebendigen Finali geschaffen, bei denen alle sieben Solisten mitwirken. Für die Entwicklung Mozarts als dramatischer Komponist stellt die Oper des 18-Jährigen eine bedeutsame Vorstufe zu den späteren Meisterwerken dar.

Textdichtung

Das Textbuch stammt vermutlich von dem römischen Librettisten und päpstlichen Kammerdiener Giuseppe Petrosellini. Es war ein Jahr vor der Entstehung von Mozarts Oper von Pasquale Anfossi für die Karnevalssaison 1773/74 vertont worden, und mit großer Wahrscheinlichkeit benutzte Mozart das Textbuch der Aufführung Anfossis. Die Handlung mit ihren Verkleidungen, Verwechslungen und komplizierten Verwicklungen, aber auch mit ihren Unwahrscheinlichkeiten, ist typisch für die Opera buffa jener Zeit. Um 1780 nahm (Johann) Franz Joseph Stierle eine von Mozart autorisierte textliche Umarbeitung vor und verwandelte ›La finta giardiniera‹ in ein deutsches Singspiel. In den geschlossenen Nummern traten an die Stelle der italienischen Texte deutsche Übersetzungen, während die Secco-Rezitative durch gesprochene Dialoge ersetzt wurden. Im Rahmen der NMA liegt eine Übersetzung in deutscher Sprache einschließlich der Rezitative von Dagny Müller vor.

Geschichtliches

1774 erhielt Mozart den ehrenvollen Auftrag, für den Münchner Karneval 1775 eine heitere Oper zu schreiben. Am 6. Dezember 1774 begab er sich mit seinem Vater Leopold in die bayrische Hauptstadt, und am 13. Januar 1775 gelangte ›La finta giardiniera‹ im Salvatortheater zur erfolgreichen Uraufführung. Der Komponist war zwar maßgeblich an der Einstudierung beteiligt, dirigierte allerdings nicht selbst. Damit die Böhmsche Theatertruppe das Werk aufführen konnte, wurde es unter der Mitwirkung von Franz Joseph Stierle zu einem Singspiel mit dem Titel ›Die verstellte Gärtnerin‹ umgearbeitet und im Mai 1780 in Augsburg uraufgeführt. Aus dem Libretto geht hervor, daß bereits hier einige

Kürzungen vorgenommen wurden. Ob diese Striche ebenfalls mit der Einwilligung Mozarts erfolgten, ist allerdings nicht bekannt. Das zeitgebundene Textbuch von geringem literarischem Wert war wohl in erster Linie schuld daran, daß ›La finta giardiniera‹ kein anhaltender Erfolg beschieden war. In den 1960er und 1970er Jahren wurden einige Versuche unternommen, durch Umarbeitungen, die bisweilen recht radikal ausfielen, das Werk dem Theater wieder zugänglich zu machen. Seit Erscheinen des NMA-Bands 1978 können sowohl die italienische als auch die deutsche Originalfassung gespielt werden, da es gelang, den früh verlorenen autographen I. Akt durch neu aufgefundene Quellen zu rekonstruieren. Dies verhalf der Oper als einem der zentralen Werke, in denen sich Mozart mit der Opera buffa auseinandersetzt, vor allem in den 1980er Jahren zu mehr Produktionen, so daß sie über die letzten Jahrzehnte hinweg eine niedrige, aber beständige Repertoire-Präsenz besitzt.

R. K./C. R.

Il re pastore (Der König als Hirte)

Serenata in zwei Akten. Dichtung nach Pietro Metastasio.

Solisten: *Alessandro*, König von Mazedonien (Lyrischer Tenor, m. P.) – *Aminta*, Sohn des von Strato vertriebenen Königs von Sidon, in Unkenntnis seiner Herkunft als Schäfer lebend (Sopran, urspr. Kastrat, gr. P.) – *Elisa*, eine junge, edle Phönizierin aus dem Stamm von Kadmos (Lyrischer Koloratursopran, gr. P.) – *Tamiri*, Tochter des Tyrannen Strato, flüchtig in Hirtenkleidung (Lyrischer Sopran, m. P.) – *Agenore*, ein edler Phönizier, Freund des Alessandro (Lyrischer Tenor, m. P.).
Statisterie: Königswache – Edle Sidonier – Griechische Hauptleute.
Ort: Vor der phönizischen Königsstadt Sidon.
Schauplätze: Eine weite, anmutige Landschaft, vorn links eine Hütte, in der Ferne die Türme von Sidon – Im Lager Alessandros, auf der einen Seite das große Königszelt, auf der anderen bewachsene Ruinen, im Hintergrund das Lager der Griechen – Eine große natürliche Grotte, fast ganz von herabhängendem Rankenwerk umwachsen, in der Ferne Lagerzelte – Vorhof des Herkules-Tempels zu Sidon, weiter reichgeschmückter Platz, rechts vorn ein Thron mit zwei Sitzen, auf derselben Seite der prächtige Tempeleingang mit breiter Treppe, hinten links Leuchtturm und Hafen von Sidon.
Zeit: Um das Jahr 334 v. Chr.
Orchester: 2 Fl., 2 Ob., 2 Kl., 2 Eh., 2 Fag., 4 Hr., 2 Trp., Str., B. c. (Vc., Cemb.).
Gliederung: Ouvertüre und 14 Musiknummern, die durch Secco- und Accompagnato-Rezitative miteinander verbunden werden.
Spieldauer: Etwa 2 Stunden.

Handlung
Die junge Phönizierin Elisa, die dem Geschlecht des Königs von Theben, Kadmos, entstammt, liebt den armen Hirten Aminta. Sie kommt, um dem Geliebten zu berichten, daß ihre Mutter endlich dem Bund mit ihm zugestimmt habe, obwohl sie, Elisa, dadurch das vornehme Elternhaus mit einer ärmlichen Schäferhütte tauschen müsse. Ohne sich zu erkennen zu geben, tritt Alessandro mit seinem Freund Agenore vor Aminta. Das edle Antlitz und das bescheidene Benehmen des Hirten beeindrucken den König; er schenkt daher Agenores Behauptung Glauben, daß sich in dem jungen Mann, ohne daß er dies wisse, der Erbe des Königsthrons von Sidon verberge. Als Agenore dem weggehenden Alessandro folgen will, hält ihn Tamiri, die Tochter des von Alessandro besiegten Tyrannen Strato, zurück, die, ebenfalls in Hirtenkleidung, Aufnahme bei Elisa gefunden hatte. Agenore, der sie als Geliebte erkennt, rät ihr, sich an Alessandro zu wenden; sie scheut sich jedoch, sich in die Hände des Mörders ihres Vaters zu begeben. Kaum hat sie sich entfernt, erscheint Elisa überglücklich mit der Nachricht, daß nun auch ihr Vater ihrer Vermählung mit Aminta zugestimmt habe. Da überbringt Agenore dem erstaunten Hirten die Königsinsignien und enthüllt ihm, daß er in Wirklichkeit Abdolonymus, der rechtmäßige König von Sidon sei. König Alceus, der von dem Tyrannen Strato seines Thrones beraubte Vater von Aminta, habe ihn seinerzeit als kleines Kind Agenores Vater übergeben, der ihn als Findelkind aufgezogen habe. Auf Wunsch des Pflegevaters sollte das Geheimnis von Amintas Herkunft nur einem großmütigen Mann gegenüber gelüftet werden; die-

sen habe Agenore nun in der Person Alessandros gefunden. Elisa ist hoch erfreut über die glückhafte Schicksalswendung und fordert den Geliebten auf, vorerst seinen Pflichten als König nachzugehen.

Alexander erkundigt sich bei Agenore nach Tamiri, der Tochter des von ihm bestraften Tyrannen Strato. Zögernd gesteht Agenore, daß er wisse, wo sie lebt. Alexander will eine weitere gute Tat vollbringen: Die schuldlose Tochter des Tyrannen soll als Gattin des Königs von Sidon ebenfalls den Thron besteigen. Als Elisa dieses hört, wendet sie sich an Agenore, der das Gerücht bestätigt und ausführt, daß die Pflicht des Königs Vorrang vor der Liebe haben müsse. Verzweifelt besteht Elisa darauf, daß Aminta selbst vor aller Welt den Verzicht auf ihre Liebe erklären solle. Auch Tamiri kämpft um ihre Liebe zu Agenore und fleht Alessandro an, die Vermählung zu überdenken. Gleich darauf erscheint Elisa, die nun ebenfalls vor Alessandro ihre älteren Rechte auf Aminta geltend macht. Alessandro wendet ein, daß es der Hirte Aminta gewesen sei, der ihr sein Herz geschenkt habe, nicht der König Abdolonymus. Da erscheint Aminta in seiner Hirtenkleidung und erklärt, er entsage lieber dem Thron und wolle ein schlichter Hirte bleiben, als auf seine Liebe zu Elisa zu verzichten. Gerührt von solch treuer Liebe, stimmt Alessandro den Paaren Elisa/Aminta und Tamiri/Agenore zu, die in Zukunft gemeinsam über Sidon gebieten sollen.

Stilistische Stellung

Mozart hat – ähnlich wie bei ›Ascanio in Alba‹ – das Schäferspiel ›Il re pastore‹ mit einer lebendigen und darüber hinaus gefühlsinnigen Musik ausgestattet. Das Hauptgewicht liegt auf den zwölf Arien, die ausgiebig mit Koloraturen und auch mit einer farbigen Orchesteruntermalung ausgestattet sind. Letztere beruht auf einer im Opernorchester der damaligen Zeit recht ungewöhnlichen Besetzung (eine obligate Solovioline, konzertant behandelte Flöten und Oboen, zwei Englischhörner und vier Hörner). Das bekannteste Stück des Werkes ist Amintas Gesangsrondo Nr. 10 mit Solovioline und Englischhörnern »L'amerò, sarò costante«. Das Hauptthema von Amintas Arie Nr. 3 hat Mozart in dem ersten Satz seines kurz nach der Oper entstandenen D-Dur-Violinkonzerts KV 216 nochmals verwendet. Die Ouvertüre in Sonatensatzform mit verkürzter Reprise leitet ohne Abschluß unmittelbar in die Arie Nr. 1 über.

Textdichtung

Das Libretto zu ›Il re pastore‹ war bereits im Jahr 1751 von Pietro Metastasio verfaßt worden. Es war sehr begehrt und wurde von den bekanntesten Opernkomponisten der Zeit wie beispielsweise Giuseppe Bonno, Pietro Guglielmi, Johann Adolf Hasse, Christoph Willibald Gluck und Baldassare Galuppi vertont. Für die Salzburger Aufführung wählte Mozart die Fassung, die Guglielmi 1774 in München hatte aufführen lassen und in der der Text von drei auf zwei Akte reduziert worden war, nahm allerdings selbst erhebliche Veränderungen vor. Hier lassen vor allem die Beziehungen zwischen dichterischem Text und musikalischer Organisation erkennen, daß der Komponist die ausgeprägte Vorstellung eines Werkganzen hatte, so daß keine Arie in ihrer formalen Anlage der Vorlage entsprach. Eine deutsche Textfassung besorgte Siegfried Anheißer; eine neue Übersetzung liegt von Peter Brenner im Rahmen der NMA vor.

Geschichtliches

Im Jahr 1775 erhielt Mozart neben dem Salzburger Hofkomponisten Domenico Fischietti von Erzbischof Hieronymus Graf Colloredo anläßlich des Besuches von Erzherzog Maximilian, dem jüngsten Sohn der Kaiserin Maria Theresia und nachmaligem Erzbischof und Kurfürsten von Köln, den Auftrag zu einer Vokalkomposition. Beide Komponisten wählten hierzu Libretti des allgegenwärtigen Pietro Metastasio. Mozart vollendete das Werk innerhalb kurzer Zeit. Die Aufführung fand am 23. April des gleichen Jahres im Fürsterzbischöflichen Residenztheater zu Salzburg unter der Leitung des Komponisten und mit dem Münchner Kastraten Tommaso Consoli in der Titelrolle des Aminta statt.

Nachdem die Edition der Oper in der NMA 1985 einige Aufführungen nach sich zog, wurden im Zuge des Mozart-Jahres 2006 Anstrengungen unternommen, die Oper häufiger auf die Bühne zu bringen, unter anderem bei den Salzburger Festspielen. Vor allem in konzertanter Form wird die Serenata in den letzten Jahren häufiger gespielt.

R. K./C. R.

Zaide (Das Serail)

Deutsches Singspiel in zwei Akten. Dichtung von Johann Andreas Schachtner.

Solisten: *Zaide*, eine junge Sklavin (Lyrischer Koloratursopran, gr. P.) – *Gomatz*, ein junger Sklave (Lyrischer Tenor, gr. P.) – *Sultan Soliman* (Spieltenor, gr. P.) – *Allazim*, Vertrauter des Sultans (Spielbaß, gr. P.) – *Osmin*, ein Aufseher (Schwerer Spielbaß, m. P.) – *Zaram*, Oberster der Leibwache (Sprechrolle).
Chor: Sklaven – Wachen (kl. Chp.).
Orchester: 2 Fl., 2 Ob., 2 Fag., 2 Hr., 2 Trp., P., Str.
Gliederung: Fragment: 15 erhaltene Musiknummern, die durch Dialoge miteinander verbunden sind.
Spieldauer: Etwa 1½ Stunden.

Handlung

Gomatz, ein Europäer, weilt in türkischer Gefangenschaft und ist Sklave im Palast des Sultans Soliman. Auch Zaide hält sich als Sklavin im Palast auf. Als sie den schlafenden Gomatz erblickt, verliebt sie sich und hinterläßt ihm ein Bildnis von sich. Beim Anblick des Bildes beginnt auch Gomatz für die Sklavin zu schwärmen, und als sie sich treffen, gestehen sie sich ihre Liebe. Sie fassen den Plan, nach Europa zu flüchten, und finden Hilfe bei Allazim, einem Vertrauten des Sultans. Als der Sultan von der Flucht erfährt, ist er außer sich vor Zorn, da er selbst Zaide begehrt, obwohl sie ihn bereits abgewiesen hatte. Der Aufseher Osmin jedoch, der die Gunst des Sultans gewinnen möchte, verrät, daß Allazim an der Flucht beteiligt war. Die Entflohenen werden gefangengenommen und dem Sultan vorgeführt. Als er erfährt, daß sich Gomatz und Zaide lieben, verurteilt er sie und auch ihren Helfer Allazim zum Tode. Allazim fleht um Gnade und berichtet, daß er auch schon Türken in schwerer Not geholfen habe. Der Sultan erkennt sich und seinen Lebensretter in diesem Bericht wieder und begnadigt ihn, allerdings nicht die beiden europäischen Sklaven.

Stilistische Stellung und Textdichtung

Die Entscheidung des Komponisten für die Gattung eines ernsten deutschen Singspiels für ›Zaide‹ ist erstaunlich. Denn eigentlich waren ernste Stoffe der italienischen Opera seria vorbehalten, außerdem war Mozart kurz zuvor geraten worden, sich mit einem heiteren deutschen Singspiel am Wiener Hof zu bewerben. Möglicherweise hatten hier Mozarts persönliche Lebensumstände Einfluß auf die Entscheidung für ein sozialkritisches Sujet genommen, fällt die Entstehung der ›Zaide‹ doch in die letzten Salzburger Jahre, die der Komponist selbst als Sklaverei bezeichnete. Das Libretto von Johann Andreas Schachtner, Hoftrompeter in Salzburg und ein guter Freund der Familie Mozart, geht zurück auf ›Ein musikalisches Singspiel, genannt: Das Serail, oder: Die unvermuthete Zusammenkunft in der Sclaverey zwischen Vater, Tochter und Sohn‹ von Joseph Friebert und Franz Joseph Sebastiani. Schachtner entfernt sich stark von dieser Vorlage, allerdings läßt sich durch diese Fassung ein glückliches Ende der Handlung auch für Mozarts Singspiel konstruieren.

Geschichtliches

Nachdem Mozart von Joseph Gottlieb Stephanie das Libretto zu dem – nun heiteren – Singspiel ›Die Entführung aus dem Serail‹ erhalten hatte und der Komponist Mitte des Jahres 1781 nach Wien ging, ließ er die Fertigstellung der ›Zaide‹ fallen und arbeitete an dem neuen Stück, das unverkennbare Parallelen zu seinem Vorgänger aufweist. Erst 1799 erwähnte Constanze Mozart in einem Brief an Breitkopf & Härtel, daß sie ein unbekanntes Werk im Nachlaß ihres Mannes gefunden habe. Ein Jahr später erwarb der Offenbacher Verleger Johann Anton André das Autograph. Er veröffentlichte 1838 eine Ausgabe des Werkes mit Textergänzungen von Carl Gollmick sowie einer Ouvertüre und einem Schlußstück aus eigener Feder. In dieser Gestalt erlebte die Oper ihre erste Aufführung am 27. Januar 1886 im Frankfurter Opernhaus.

War dem Stück infolge seines fragmentarischen Charakters kein Erfolg beschieden, so erfährt es seit der Ausgabe der NMA im Jahr 1957 als Vorstufe der ›Entführung aus dem Serail‹ zunehmend mehr Aufmerksamkeit. Gegen die Hypothese, daß die Symphonie in G-Dur KV 318 als Ouvertüre zu ›Zaide‹ komponiert wurde sprechen einerseits unterschiedlich große Besetzungen der Hörner, andererseits Mozarts Vorgehensweise, die Ouvertüre erst nach Beendigung der Oper zu komponieren. Dies schließt jedoch nicht aus, die Symphonie als Ouvertüre dem Singspiel voranzustellen, wie es häufig praktiziert wird.

C. R.

Wolfgang Amadeus Mozart

Idomeneo, re di Creta

Dramma per musica in drei Akten. Dichtung von Giambattista Varesco.

Solisten: *Idomeneo*, König von Kreta (Lyrischer Tenor, auch Jugendlicher Heldentenor, gr. P.) – *Idamante*, sein Sohn (Lyrischer Mezzosopran, auch Lyrischer Tenor, urspr. Altkastrat, gr. P.) – *Elettra*, Tochter des Agamemnon (Dramatischer Sopran, m. P.) – *Ilia*, Tochter des Priamus (Lyrischer Koloratursopran, auch Lyrischer Sopran, gr. P.) – *Arbace*, Vertrauter des Königs (Lyrischer Tenor, m. P.) – *Der Oberpriester des Neptun* (Tenor, kl. P.) – *Die Stimme des Orakels*, (Baß, kl. P.).
Chor: Volk von Kreta – Schiffsvolk – Heimkehrende Krieger – Kriegsgefangene Trojaner – Priesterinnen und Priester – Schiffbrüchige (m. Chp.).
Ballett: Am Schluß der Oper (Nr. 32 Ballett KV 367) sowie an verschiedenen Stellen im I. und II. Akt.
Ort: Kydonia, die Hauptstadt von Kreta.
Schauplätze: Gemächer Ilias im Königspalast, im Hintergrund eine Galerie – Abschüssiger Strand am noch aufgewühlten Meer, Schiffstrümmer am Meer – Königliche Gemächer – Der Hafen von Kydonia mit Schiffen längs des Ufers – Garten des Königs – Großer Platz mit Statuen vor dem Palast, dessen Vorderseite zu sehen ist – Der prächtige Poseidon-Tempel von außen, umgeben von einem weiten Atrium, durch das man in der Ferne den Meeresstrand erblickt.
Zeit: Nach Beendigung des Trojanischen Krieges.
Orchester: Picc., 2 Fl., 2 Ob., 2 Kl., 2 Fag., 4 Hr., 2 Trp., 3 Pos., P., Str., B. c. (Vc., Cemb.).
Gliederung: Ouvertüre und 32 Musiknummern, die durch Secco-, aber auch Orchesterrezitative miteinander verbunden sind.
Spieldauer: Etwa 3 Stunden.

Handlung

Sowohl Elettra, die an den kretischen Hof geflüchtete Tochter des Agamemnon, als auch die als Kriegsgefangene dort weilende trojanische Prinzessin Ilia, lieben Idamante, den Sohn des Kreterkönigs Idomeneo. Mit Eifersucht bemerkt Elettra Idamantes wachsendes Interesse für die Rivalin, während diese ihre Gefühle vor ihm verborgen hält. Idamantes Sorgen um seinen Vater, der sich mit seiner Flotte auf der Rückfahrt von Troja befindet, scheinen begründet, da Arbace meldet, daß die griechischen Schiffe in einem Sturm nahezu vollständig zerstört worden seien. Idamante eilt verzweifelt an den Strand, um nach Schiffbrüchigen Ausschau zu halten, während Elettra fürchtet, Idamante an Ilia zu verlieren. – Am Strand erkennt Idamante in einem Fremden schnell seinen totgeglaubten Vater. Doch statt den freudig erregten Sohn in die Arme zu schließen, eilt Idomeneo davon und läßt den enttäuschten Jüngling allein zurück.

Der König sucht sogleich seinen weisen Freund Arbace auf, um sich Rat in seiner verzweifelten Lage zu holen: In furchtbarer Seenot hatte Idomeneo für seine Rettung Poseidon ein Menschenopfer versprochen, und zwar die erste Person, der er an der heimatlichen Küste begegnen würde. Nun würde die Erfüllung des Gelübdes ihn zwingen, zum Mörder seines eigenen Sohnes zu werden. Auch die Verkündigung des furchtbaren Schicksals gegenüber Idamante wagt Idomeneo nicht. Als Ausweg schlägt Arbace vor, den Sohn eine Zeit lang außer Landes zu schicken, bis sich der Zorn der Gottheit gelegt habe. So verfügt Idomeneo, daß Idamante Elettra nach Argos zurückbringen und ihr dort den väterlichen Thron wiedergewinnen solle. – Idamante, tief betrübt von der scheinbaren Abneigung des Vaters und über den Abschied von Ilia, geleitet die frohlockende Elettra an die Küste, doch ein plötzlich einsetzender Gewittersturm vernichtet das zur Abfahrt bereitliegende Schiff. Gleichzeitig entsteigt dem Meer ein fürchterliches Ungeheuer, das im Land schwere Verwüstungen anrichtet und ein Opfer nach dem anderen fordert.

Als sich Idamante von Ilia verabschieden will, um den Kampf mit dem Ungeheuer aufzunehmen, gestehen sich beide ihre Liebe. Sie werden dabei vom König und von Elettra ertappt, die einmal mehr Idamante bitten, daß er Kreta verlassen solle. – In Verwirrung und Angst fordert das Volk von dem König, den erzürnten Meeresgott zu versöhnen und das Opfer zu bestimmen. Unter dem Druck des Oberpriesters nennt Idomeneo den Namen seines Sohnes. – Währenddessen ist es Idamante gelungen, das Untier mit seinem Schwert zu erlegen, nachdem ihn selbst Ilias Liebesgeständnis nicht hatte hindern können, sein Leben für die Rettung des Vaterlandes zu wagen. Als er im Tempel des Poseidon seinem Vater stolz den Sieg verkündet, erfährt er von diesem sein Los. Ohne zu zögern erklärt sich der Jüngling zu dem Opfer bereit, doch Ilia wirft sich dem Schwert des Priesters entgegen und bietet den Göttern ihr Leben anstelle des Geliebten an. In diesem Augenblick ertönt die Stimme des Orakels und verkündet Poseidons Entscheidung: Idomeneo verzichte auf den Thron, Idamante herrsche an seiner Stelle, und Ilia sei seine Gattin. Während alle ob der unerwarteten Wendung erleichtert sind, verfällt Elettra angesichts der Zusammenführung Idamantes mit Ilia in Raserei und verläßt die Gruppe, um ihrem Bruder Orest in die Unterwelt zu folgen. Idomeneo gibt beglückt den Willen der Gottheit dem Volk bekannt, das den Göttern für die Gnade dankt und euphorisch dem jungen Paar zujubelt.

Stilistische Stellung

›Idomeneo‹ eröffnet die Reihe der dramatischen Hauptwerke Mozarts. Die der französischen Operntradition nahestehende Fassung des mythologischen Stoffes begünstigten Glucksche Einflüsse, die besonders bei den Chor- und Priesterszenen (Orakel) sowie bei den dramatischen Orchesterrezitativen spürbar sind. So wird ›Idomeneo‹ häufig als Mischform von italienischer Opera seria und der französischen Tragédie lyrique bezeichnet. Außerdem fällt eine von Johann Christian Bach und Giuseppe Sarti beeinflußte weiche, zum Teil mit Chromatik durchsetzte harmonische Gestaltungsweise auf. Mit jugendlicher Schöpferkraft integrierte Mozart diese äußeren Anregungen in seinen Personalstil. Allerdings durchkreuzten Rücksichten auf Sängerwünsche und auf die Aufführungsverhältnisse Mozarts Ideen. So konnte er nicht, wie ursprünglich beabsichtigt, die Titelrolle für einen Baß (Bariton) schreiben, da in München kein geeigneter Sänger für die betreffende Stimmlage vorhanden war. Der Idomeneo mußte einem Tenor (Anton Raaff) zugeteilt werden, und den Idamante sang bei der Uraufführung am 29. Januar 1781 ein Kastrat (Vincenzo Dal Prato).

Mozart hat zeitlebens den ›Idomeneo‹ als eine seiner Lieblingsschöpfungen betrachtet. Immer wieder befaßte er sich mit dem Werk; so wollte er beispielsweise nach seiner Ankunft in Wien 1781 eine Umarbeitung für die Wiener Hofbühne vornehmen, bei der auch eine Neuübersetzung des Textes ins Deutsche durch den Dichter Johann Baptist von Alxinger erfolgen sollte. Da der Plan aber nicht zur Ausführung kam, legte Mozart bei späteren Aufführungen großen Wert auf eine angemessene Einrichtung des Werkes, so daß zum Beispiel die Rolle des Idamante für Tenor gesetzt wurde.

Der theatralischen Wirkung steht leider ein in Bezug auf die Dramaturgie verunglücktes Textbuch hindernd im Weg, eine Tatsache, an der auch die zahlreichen späteren Bearbeitungen nichts ändern konnten. Viele dieser Bearbeitungen weichen infolge radikaler Kürzungen oder Hinzufügungen beträchtlich vom Original ab. Neue Impulse bot die Wiederentdeckung der Partitur der Uraufführung des Orchesterdirektors Christian Cannabich (1731–1798) im Jahr 1980, die eine Reihe von Kürzungen beinhaltet, die Mozart selbst vorgenommen hatte.

Textdichtung

Das Libretto zu ›Idomeneo‹ verfaßte der Salzburger Hofkaplan Abbate Giambattista Varesco. Als Vorlage diente ihm ein alter französischer Operntext, den Antoine Danchet 1712 für die Tragédie lyrique ›Idoménée‹ von André Campra verfaßte. Varesco übertrug das Libretto mit einigen, dem von Pietro Metastasio bestimmten Zeitgeschmack angepaßten Veränderungen (Lieto fine) ins Italienische, wobei er das Fortschreiten der Handlung durch endlose kontemplative Verse im Secco-Rezitativ verzögerte, die Mozart für die Münchner Premiere jedoch zum Teil verkürzt und umgearbeitet hat.

Geschichtliches

Mozart erhielt 1780 den ehrenvollen Auftrag, für den Hof Kurfürst Karl Theodors in München eine Opera seria als große Karnevalsoper zu schreiben. Auch der Stoff soll in München bestimmt worden sein. Am 5. November begab sich Mozart zur Einstudierung des ›Idomeneo‹ in die bayerische Hauptstadt, wo er noch im Verlauf der Proben Änderungen vornahm. Durch den kurz zuvor erfolgten Umzug Karl Theodors mitsamt Orchester, Theatertruppe und Sängerensemble aus Mannheim standen für die Aufführung die besten Interpreten der Zeit zur Verfügung.

Am 29. Januar 1781 erfolgte im Münchner Hoftheater die vom Kurfürsten beifällig aufgenommene Uraufführung, die Mozart vom Cembalo aus leitete. Durch die häufigen Bearbeitungen der Oper – bereits während der Aufführungsserie in München wurde das Werk unterschiedlich eingerichtet – konnte sich bis heute keine konventionell verwendete Fassung durchsetzen. Nach wie vor wächst das Interesse an der Wiener Fassung des Werkes mit der Partie des Idamante in Tenorlage.

R. K./C. R.

Die Entführung aus dem Serail

Deutsches Singspiel in drei Aufzügen. Text von Christoph Friedrich Bretzner, bearbeitet von Johann Gottlieb Stephanie dem Jüngeren.

Solisten: *Bassa Selim* (Sprechrolle, gr. P.) – *Konstanze*, Geliebte des Belmonte (Dramatischer Koloratursopran, gr. P.) – *Blonde*, Mädchen der Konstanze (Lyrischer Koloratursopran, auch Koloratursoubrette, gr. P.) – *Belmonte* (Lyrischer Tenor, gr. P.) – *Pedrillo*, Bedienter des Belmonte und Aufseher über die Gärten des Bassa (Spieltenor, gr. P.) – *Osmin*, Aufseher über das Landhaus des Bassa (Schwerer Spielbaß, gr. P.) – *Klaas*, ein Schiffer (Sprechrolle, kl. P.) – *Ein Stummer* (kl. P.) – *Wache* (Sprechrolle, kl. P.).
Chor: Janitscharen und Gefolge des Bassa Selim (kl. Chp.).
Ort: Landgut des Bassa Selim in der Türkei.
Schauplätze: Platz vor dem Palast des Bassa am Ufer des Meeres – Garten am Palast des Bassa, an der Seite Osmins Wohnung – Ein vom Palast des Bassa und von der Wohnung Osmins eingefaßter Platz, hinten mit Aussicht aufs Meer – Zimmer des Bassa.
Zeit: Keine Zeitangabe.
Orchester: 2 Fl., Picc. (zu Mozarts Zeit war kein Picc., sondern ein Flageolett besetzt), 2 Ob., 2 Kl. (auch 2 Bh.), 2 Fag., 2 Hr., 2 Trp., P., Triangeln, Becken, Türkische Tr., Str., Klav. (Hammerklavier oder Cemb.) ad. lib. – Bühnenmusik: 2 Fl., 2 Kl., 2 Fag., 2 Hr., 2 Trp., 1 Deutsche Tr., 1 Türkische Tr.
Gliederung: Ouvertüre und 21 Musiknummern, die durch einen gesprochenen Dialog miteinander verbunden werden.
Spieldauer: Etwa 2¾ Stunden.

Handlung

Nach einem Piratenüberfall wurden Konstanze, ihre Bedienstete Blonde und deren Liebster Pedrillo als Sklaven verkauft und gelangten so in den Besitz des Bassa Selim. Seitdem wirbt der Bassa, ein zum Islam übergetretener Christ, um Konstanze, wurde bislang aber von ihr abgewiesen. Blonde wiederum wurde Osmin, dem Aufseher über das Landhaus des Bassa, als Sklavin zugeteilt. Pedrillo, der Bursche von Konstanzes Geliebtem Belmonte, schließlich wurde vom Bassa zum Aufseher über die Gärten seines Palastes eingesetzt. Belmonte hat inzwischen Kenntnis vom Verbleib der Gefangenen erhalten. Deshalb hat er sich in die Türkei aufgemacht, um sie zu befreien. – Zu Beginn der Handlung verwehrt Osmin dem mißtrauisch beäugten Belmonte den Zugang zu dem Anwesen. Und auch gegenüber Pedrillo zeigt er seine Aversion gegenüber allen Fremden. Belmonte hält zur Flucht ein Schiff in Bereitschaft und berät sich nun mit Pedrillo, der Belmonte als italienischen Baumeister in den Palast des Bassa einführen will. Der kommt, umgeben von seinen Janitscharen und in Begleitung Konstanzes, in einem Schiff herangefahren und reagiert unwirsch, als seine Werbung abermals von Konstanze zurückgewiesen wird. Er entläßt sie mit der Aufforderung, ihm anderntags ihr Jawort zu geben. Danach wird Pedrillo vorstellig, und es gelingt ihm, vom Bassa Belmontes Anstellung als Baumeister zu erwirken. Unter Osmins Protest verschaffen sich Belmonte und Pedrillo Zugang zum Palast.

Es ist inzwischen Abend geworden. Wieder einmal weist Blonde Osmin in die Schranken, der Besitzansprüche auf sie anmeldet, und sie jagt ihn ins Haus zurück. Mitleidig beobachtet sie ihre vom Kummer niedergedrückte Herrin, die sich abermals einer Konfrontation mit dem Bassa stellen muß. Der droht ihr für den nächsten Tag im Falle einer endgültigen Zurückweisung »Martern von allen Arten« an. Erstaunt nimmt er zur Kenntnis, daß sich Konstanze nicht einmal von einer derartigen Drohung einschüchtern läßt. Mit einem Appell an seine Anständigkeit zieht sie sich zurück, und der Bassa erkennt, daß er Konstanzes Liebe nicht erzwingen kann. – Blonde aber wird nun von Pedrillo auf den neuesten Stand der Dinge gebracht. Sie möge Konstanze auf die für die Nacht geplante Flucht vorbereiten. Während Blonde mit der freudigen Nachricht über die bevorstehende Befreiung zu Konstanze eilt, spricht sich Pedrillo für das kühne Unterfangen Mut zu. Um Osmin auszuschalten, überredet Pedrillo den Aufseher zu einem Besäufnis. Er drängt ihm eine mit einem Schlafmittel versetzte Flasche Wein auf. Die belebende Wirkung des Alkohols läßt bald nach, so daß Osmin wegdöst und von Pedrillo ins Haus verfrachtet wird. Erstmals treffen nun Belmonte und Konstanze wieder aufeinander, und gemeinsam mit Blonde und Pedrillo werden letzte Einzelheiten der bevorstehenden Entführung besprochen. Auch weicht der anfängliche Begrüßungsüberschwang alsbald Zweifeln über die Treue der vom Bassa beziehungsweise von Osmin bedrängten Frauen. Doch Konstanzes Tränen und Blondes sich in einer Ohrfeige entladende Wut über die unbegründeten Verdächtigungen lassen Belmonte und Pedrillo um Verzeihung bitten. Die Paare versöhnen sich wieder und feiern im Lobpreis auf die Liebe ihre Wiedervereinigung.

Um Mitternacht trifft Pedrillo mit Belmontes Schiffer Klaas Vorbereitungen für die Flucht, während Belmonte darauf hofft, daß die Liebe auch weiterhin die Schutzmacht des gefährlichen Vorhabens sei. Mit einem Ständchen gibt Pedrillo den beiden Frauen das vereinbarte Signal zur Entführung. Freilich wird die Flucht von einem Stummen bemerkt, der Osmin alarmiert, welcher wiederum Wachen herbeiruft, die die Fliehenden einfangen. Osmin läßt die Ausbrecher vor den Bassa führen, und er malt sich in sadistischer Vorfreude aus, wie sie auf dem Richtplatz zu Tode gebracht werden. – Der Bassa reagiert auf Osmins Bericht von der gescheiterten Entführung aufgebracht. Und als er in Belmonte den Sohn seines Erzfeindes Lostados erkennt, der ihn einst um seine Existenz brachte und ins Exil trieb, scheint das Schicksal der Ausbrecherschar besiegelt. Gefaßt nehmen Belmonte und Konstanze Abschied vom Leben, da sie sich in ihrer letzten Stunde vereint wissen. Auch Pedrillo und Blonde werden nun in Erwartung ihres Todesurteils hereingeführt. Doch der Bassa Selim setzt alle in Erstaunen. Er läßt, um Belmontes Vater zu beschämen, Milde walten und gibt Belmonte, Konstanze, Pedrillo und Blonde die Freiheit. Diese rühmen den Großmut des Bassa, wohingegen Osmin unter Protest wutschnaubend von dannen zieht. Während die Janitscharen den Bassa bejubeln, fällt der Vorhang.

Stilistische Stellung
Anno 1787 analysierte Johann Wolfgang von Goethe den Mißerfolg seines eigenen Singspiels ›Scherz, List und Rache‹ und kam hierbei auf Mozarts ›Entführung‹, die 1785 in Weimar nachgespielt worden war, zu sprechen: »Alles unser Bemühen daher, uns im Einfachen und Beschränkten abzuschließen, ging verloren, als Mozart auftrat. Die Entführung aus dem Serail schlug alles nieder, und es ist auf dem Theater von unserm so sorgsam gearbeiteten Stück niemals die Rede gewesen.« Goethes Überlegungen bieten einen Maßstab, nach dem sich die Eigenart von Mozarts Werk gut bestimmen läßt. Denn Mozart hatte sich gerade nicht mit dem »Einfachen und Beschränkten« begnügt, vielmehr den Rahmen eines Singspiels letztlich gesprengt. Anders als in Goethes Vergleichswerk wird in der ›Entführung‹ in der Mischung von Singspiel-, Buffo- und Seria-Elementen große Oper geboten: in Chören, in ausgedehnten Ensembles und Solonummern, die vom einfachen Lied bis zur hochvirtuosen Konzertarie nahezu alle Genres umfassen, mit denen seinerzeit Gesangskunst das Publikum in den Bann zu schlagen verstand. Diese Bandbreite erklärt sich natürlich auch daraus, daß Mozart in Wien Gesangsstars der allerersten Güte zur Verfügung standen (s. u.). Hinzu kommen noch drei weitere Aspekte, aus denen sich Erfolg und Einzigartigkeit der ›Entführung‹ erklären. Zum einen ist die ›Entführung‹ ein Werk, in dem das Kolorit eine herausragende Rolle spielt. Im Zugriff auf die damals grassierende musikalische Türkenmode mit dem zugehörigen Instrumentarium (Schlagwerk und Flageolett) macht die Musik ohrenfällig, daß sich die Handlung im Morgenland zuträgt. Und das geschieht bereits in der nach italienischem Muster gearbeiteten dreiteiligen Ouvertüre. Indem ihr langsamer Mittelteil eine Moll-Version von Belmontes unmittelbar anschließender Auftrittsarie »Hier soll ich dich denn sehen, Konstanze!« darstellt, ist die Ouvertüre zudem mit der Handlung verschränkt. Das Exotische wird darüber hinaus ambivalent wahrgenommen: Im Jubel der Janitscharen auf den Bassa, dessen Humanität sich am Schluß bewährt, rehabilitiert sich das türkische Idiom gleichsam, nachdem es in den Arien des Osmin zum Ausdrucksmittel von gleichermaßen schockierenden, wie verlachenswerten Mordfantasien geworden war. Zum zweiten hat Mozart im Sinne eines realistischen Musiktheaters die ›Entführung‹ zu einem Meisterwerk der Personencharakteristik gemacht. Die Tonfälle, in denen die Protagonisten singen, sind figurenspezifisch konzipiert und können nicht von einer auf die andere

Person übertragen werden. Zum dritten ist die Dramaturgie der ›Entführung‹ durch einen Überschuß an Musik bestimmt. Konstanzes 319 Takte umfassende und mit konzertierenden Instrumenten und auskomponiertem Kadenzteil aufwartende Marter-Arie wird so zum Dreh- und Angelpunkt des Stücks. Und im Finalquartett des II. Akts hat Mozart mit der Begrüßungsfreude zu Beginn, der zeitweisen Entfremdung und der Wiederversöhnung der Paare zum Schluß sogar eine kleine Oper innerhalb der Oper geschaffen. Zudem kommt im Lebensabschiedsduett von Belmonte und Konstanze im III. Akt zwischen Innigkeit und Ekstase ein Verklärungston zum Tragen, der die Schlichtheit der Singspielhandlung überhöht und transzendiert. Daß die kathartische Wirkung der Musik die dramaturgische Leitidee der ›Entführung‹ ist, wird mit Blick auf Bassa Selim begreifbar. Unter den Hauptdarstellern ist er der einzige Sprecher. Der Bassa steht damit der Musik nicht anders gegenüber als das Publikum: als Hörer, der sich vom Gesang bewegen läßt. Auf diese Weise ringt er sich zu Verzicht und Menschlichkeit durch und wird damit zur heimlichen Identifikationsfigur des Werks.

Textdichtung

Die Grundlage für Mozarts Textbuch lieferte Christoph Friedrich Bretzner (1748–1807) mit seiner dreiaktigen »Operette« (so der Untertitel) ›Belmont und Constanze oder Die Entführung aus dem Serail‹, die 1781 in der Musik von Johann André in Berlin herausgekommen war. Bretzner wiederum hatte unter anderem auf ein Libretto von Gaetano Martinelli ›La schiava liberata‹ zurückgegriffen, das 1777 in der Musik von Joseph Schuster in Dresden aufgeführt worden war. Umgearbeitet wurde Bretzners Text von Johann Gottlieb Stephanie dem Jüngeren (1741–1801), ohne daß Bretzners Einwilligung eingeholt worden wäre, weshalb dieser bald nach der Uraufführung in einer Leipziger Zeitung »feierlichst« dagegen protestierte, daß »ein gewisser Mensch namens Mozart in Wien« sein Drama zu einem Operntext mißbraucht habe. Bei seiner Umarbeitung folgte Stephanie dem Wortlaut von Bretzners Sprechdialogen weitgehend, auch wurden einige Gesangstexte der Vorlage übernommen. Es wurden allerdings wichtige Solonummern, etwa Osmins Arien im I. und im III. Akt oder Konstanzes Marter-Arie im II. Akt, eingefügt. Auch ist das Finale des II. Akts ganz neu gefaßt, und insbesondere der III. Akt entfernt sich noch weiter von der Vorlage. So führte Bretzner das glückliche Ende durch einen Zufall herbei: Denn dort erkannte der Bassa Selim in Belmonte seinen verschollenen Sohn. Selims Verzichtsleistung aus Mitmenschlichkeit spielte also in Bretzners Libretto noch keine Rolle.

Geschichtliches

Nach dem Willen Kaiser Josephs II. hörte das Wiener Burgtheater 1776 auf, ein exklusives Adelstheater zu sein. Auf der Bühne dieses »deutschen Nationaltheaters« sollte nach des Kaisers Wunsch nicht nur das Sprechtheater, sondern seit 1778 auch das »teutsche Nationalsingspiel« gefördert werden. Hiermit war der institutionelle Rahmen für Mozarts ›Entführung‹ geschaffen. Auch erwies es sich als günstig, daß sich Mozart nach dem Bruch mit dem Salzburger Erzbischof 1781 endgültig in Wien niedergelassen hatte. Denn der Hof war bereits auf Mozart aufmerksam geworden, so daß Stephanie dem Komponisten am 30. Juli in kaiserlichem Auftrag Bretzners ›Entführung‹ unterbreitete. Über die Umarbeitung des Librettos, die Stephanie in enger Absprache mit Mozart vornahm, über den bis Ende Mai 1782 währenden Kompositionsprozeß, über die Probenphase, die Uraufführung am 16. Juli 1782 (keine drei Wochen vor Mozarts Heirat mit Constanze Weber am 4. August) und die Folgeaufführungen sind wir durch Mozarts Briefe an den Vater gut unterrichtet. So wissen wir, daß Mozart beim Komponieren seinen »gedanken freyen lauf« ließ und hernach in einige Arien aus Rücksichten auf die Sänger »abkürzungen« einfügte, weshalb in solchen Fällen auch Kurzfassungen der betreffenden Gesangsnummern vorliegen. Ohnehin schrieb Mozart die Partien seinen Interpreten auf den Leib, allen voran der Primadonna Caterina Cavalieri, deren »geläufige Gurgel« dank Mozart bis heute ein Begriff ist. Aber auch der Bassist Johann Ignaz Fischer oder der Tenor Johann Valentin Adamberger gehörten zu den ersten Sängern ihrer Zeit. Ungeachtet einiger Intriganten, die durch Zischen das Werk in den ersten Aufführungen zu Fall bringen wollten, hatte die ›Entführung‹ durchschlagenden Erfolg, sie war zu Mozarts Lebzeiten seine populärste Oper, die rasch auch in anderen Städten des Heiligen Römischen Reiches nachgespielt wurde.

Erst in der Neuen Mozart-Ausgabe von 1982 fand zum Auftritt der Janitscharen im I. Akt die lange Zeit verloren geglaubte Marcia Nr. 5a Aufnahme in die Partitur. An diese als Bühnenmusik gedachte Komposition schließt sich dann attacca der Janitscharenchor »Singt dem großen Bassa Lieder« an.

Die Inszenierungsgeschichte war bis weit ins 20. Jahrhundert hinein vor allem der Idee einer Orient-Imagination verpflichtet. Um so auffälliger Hans Neuenfels' Stuttgarter Inszenierung von 1998: In ihr wurde durch Aufspaltung der Gesangsrollen in Sänger und Schauspieler die Diskrepanz zwischen der Wucht der von Mozart entworfenen Gestalten und den schwächlichen Profilen der Figuren im gesprochenen Text thematisiert. Der Regisseur François Abou Salem wiederum transferierte das Stück 1997 für die Salzburger Festspiele in die Gegenwart seiner palästinensischen Heimat, wobei der Bassa Sufi-Musiker in seiner Begleitung hatte. Und in Stefan Herheims Salzburger Nachfolgeinszenierung von 2003 wurde »ein abgeschabtes bürgerliches Wohnzimmer« (Frederik Hanssen) zum Psycho-Raum, in dem Paarbeziehungen analysiert wurden. Die ›Entführung‹ der Festspiele 2013 schließlich trug sich im Hangar-7 am Salzburger Airport (Regie: Adrian Marthaler) zu.

R. M.

Der Schauspieldirektor

Komödie mit Musik in einem Akt. Dichtung von Gottlieb Stephanie dem Jüngeren.

Solisten: *Frank*, Schauspieldirektor (Sprechrolle, gr. P.) – *Eiler*, Bankier (Sprechrolle, m. P.) – *Buff*, Schauspieler (Sprechrolle, gr. P., Spielbaß, kl. Gesangspartie) – *Herz*, Schauspieler (Sprechrolle, m. P.) – *Madame Pfeil*, Schauspielerin (Sprechrolle, m. P.) – *Madame Krone*, Schauspielerin (Sprechrolle, m. P.) – *Madame Vogelsang*, Schauspielerin (Sprechrolle, m. P.) – *Monsieur Vogelsang*, Sänger (Lyrischer Tenor, kl. P.) – *Madame Herz*, Sängerin (Lyrischer Koloratursopran, m. P.). – *Mademoiselle Silberklang*, Sängerin (Lyrischer Koloratursopran, m. P.).
Schauplatz: Ein Zimmer.
Zeit: Zur Zeit der Uraufführung.
Orchester: 2 Fl., 2 Ob., 2 Kl., 2 Fag., 2 Hr., 2 Trp., P., Str.
Gliederung: Ouvertüre und 4 Musiknummern, die durch einen gesprochenen Dialog miteinander verbunden werden und denen ein gesprochenes Konversationsstück vorausgeht.
Spieldauer: Etwa 1 Stunde.

Handlung

Der Schauspieldirektor Frank ist im Begriff, wieder einmal eine spartenübergreifende Theatertruppe zu gründen, nachdem ihn die vorausgegangene beinahe ruiniert hat. Der auf heitere Rollen spezialisierte Schauspieler Buff gibt ihm den Rat, um der Einnahmen willen künftig weniger Wert auf die Qualität der Aufführungen zu legen und sich viel mehr am Geschmack des Publikums, das seichte Kost bevorzuge, zu orientieren. Franks Sorge, nicht genügend Startkapital zur Verfügung zu haben, erweist sich indes auf überraschende Weise als unbegründet, denn der Bankier Eiler will großzügig Geld vorschießen, wenn nur seine Geliebte, die Schauspielerin Madame Pfeil, schleunigst unter Vertrag genommen werde. Seit sie ohne Engagement ist, muß Eiler nämlich in den eigenen vier Wänden mit ihr unentwegt Theaterszenen durchspielen. Und so kommt es auch jetzt, als die spielsüchtige Madame Pfeil hereintritt und dem Schauspieldirektor eine Kostprobe ihres Könnens aufdrängt, obwohl ihr Engagement bereits beschlossene Sache ist. Gemeinsam mit Eiler gibt sie eine Szene aus einem Lustspiel englischer Provenienz ›Der aufgehetzte Ehemann‹ zum besten, bevor sie an der Seite ihres Kavaliers wieder abrauscht. Als nächstes stellt sich zu Buffs Unmut und zu Franks Gefallen die dem ernsten Fach verpflichtete Madame Krone zum Vorsprechen ein. Gemeinsam mit ihrem Kollegen Herz wird eine Szene aus dem im venezianischen Hochadel des 16. Jahrhunderts sich zutragenden Historiendrama ›Bianca Capello‹ vorgeführt. Selbstverständlich will der kunstsinnige Frank auf das Tragödienpaar nicht verzichten – gegen alle Warnungen Buffs. Letzterer protegiert hingegen Madame Vogelsang. Sie war seine Partnerin in der im Kleine-Leute-Milieu angesiedelten Komödie ›Die galante Bäuerin‹, und nun beweist sie dem Schauspieldirektor an der Seite Buffs, daß ihr die Rolle der sich zu Höherem berufen fühlenden Bauernmagd Röschen auf den Leib geschrieben ist. Allerdings bricht Frank einen Streit zwischen den Damen Vogelsang und Krone vom Zaun, weil er unterschiedliche Gagen zusagt, weshalb Madame Vogelsang zur Verstärkung ihren Tenor singenden Ehemann herbeischaffen will, während Monsieur Herz seine Frau, eine ausgebildete Sopranistin, hereinruft. Madame Herz nimmt sogleich den Schauspieldirektor mit einer kleinen Arie für sich ein. Doch meldet sich noch eine weitere Sopranistin: Mademoiselle Silberklang, die sich mit einem Rondeau ihr Engagement ersingt. Weil Frank beiden Damen die gleiche Gage zusagt, hebt sogleich ein sängerisch ausgetragener Rangstreit zwischen den Sopranistinnen an. Kaum gelingt es dem inzwischen eingetroffenen Tenor, mäßigend auf die Diven einzuwirken, von denen die eine ein empfindungsreiches Adagio und die andere ein rasantes Allegro-Allegrissimo auf den Lippen führt. Da bringt sich zu guter Letzt die aufgebrachte Madame Pfeil noch einmal ins Spiel: Sie will keinesfalls mit der geringsten Gage von allen abgefunden werden. Damit seine Geliebte ihn nicht im Verzicht auf das Engagement zu weiteren häuslichen Theateraufführungen nötigt, gibt Eiler dem Schauspieldirektor grünes Licht für eine geheim bleibende Sonderzulage an Madame Pfeil und rettet damit die Situation. Auch ruft Franks Drohung, die Theatertruppe noch vor ihrer Entstehung wegen des Geplänkels zwischen den Akteuren platzen zu lassen, alle zur Besinnung. Während die Vokalisten trotz allen Wettstreits um der Kunst willen einstweilige Einigkeit demonstrieren, mischt sich der Schauspieler Buff, indem er seinem Namen ein O anhängt, als Baß-Buffo unters Sängerensemble.

Stilistische Stellung und Textdichtung
Das Libretto für diese »Komödie mit Musik« – so der Untertitel des ›Schauspieldirektors‹ – schrieb Gottlieb Stephanie der Jüngere, der für Mozart bereits das Libretto für die ›Entführung aus dem Serail‹ eingerichtet hatte. In Mozarts Musiktheater-Schaffen ist das Werk ein Unikum, denn es beginnt als Schauspiel mit eingefügten Szenen aus fiktionalen Theaterstücken und führt über musikalische Einlagen schließlich in eine komische Oper. Die Zwitterstellung des Werks erklärt sich aus der unten erläuterten Entstehungsgeschichte. Letztlich besteht ›Der Schauspieldirektor‹ aus lauter Kostproben. Bereits die als Sonatensatz angelegte Ouvertüre ist ein Vorzeigestück, das trotz dichter kontrapunktischer Machart (insbesondere in der Durchführung) in geschäftigem Presto den für das ganze Stück maßgeblichen Buffo-Ton anschlägt und vorwegnimmt. Die Theater-auf-dem-Theater-Szenen stellen dann drei Genres des Sprechtheaters – Lustspiel, Drama und Vorstadtposse – vor, denen die drei Stände (Bürgertum, Adel und Bauernstand) zugeordnet werden können. Darüber hinaus werden zum einen der hohe, zum andern der niedere Sprachstil angeschlagen. Die Gesangseinlagen der Sopranistinnen wiederum repräsentieren in der Ariette der Madame Herz das sentimentale und in Mademoiselle Silberklangs Rondo das naive Rollenfach. Mit dem Terzett »Ich bin die erste Sängerin« aber sind die Theater-auf-dem-Theater-Episoden aufgegeben, und das Werk kippt in ein Musiktheater Mozartscher Prägung. Die musikalischen Profile der Protagonisten sind hierbei klar umrissen und vollends auf den Punkt gebracht, wenn die Herz das Wort »Adagio« zu einer Espressivo-Kadenz inspiriert, worauf die Silberklang mit einer beschwingten »Allegro-Allegrissimo«-Koloratur antwortet, der der Tenor »pianississimo« Einhalt zu gebieten sucht. Die Protagonisten sind während des Terzetts also in einer Inszenierung durch Musik zu erleben, wobei der auf Vermittlung bedachte, sanftmütige Tenor in komischem Verhältnis zu den sich echauffierenden Sopranistinnen steht, die sich in einer Art Gesangswettbewerb wechselseitig auszustechen und zu übertrumpfen versuchen. In Sachen Geschwindigkeit trägt hierbei die geläufige Gurgel der Mademoiselle Silberklang den Sieg davon, den Kampf um den höchsten Ton aber entscheidet Madame Herz mit dem dreigestrichenen F für sich. Zum Kabinettstück wird das Terzett überdies dadurch, daß bei den Protagonisten trotz allem Zank dennoch ein Bemühen um Harmonie vorhanden ist, das freilich immer wieder komisch gebrochen wird. Erst im Schluß-Vaudeville kommen die Sänger während des Refrains zu einer einstweiligen Verständigung, hier aber setzt Mozart noch eine amüsante Pointe, indem sich überraschenderweise der Schauspieler Buff einschaltet und das letzte Couplet übernimmt.

Geschichtliches
Am 7. Februar 1786 hatte Kaiser Joseph II. seine Schwester Marie Christine und ihren Mann Herzog Albert von Sachsen-Teschen, die in ihrer Funktion als Generalgouverneure der Österreichischen Niederlande dem Kaiser einen Besuch abstatteten, in die Orangerie von Schloß Schönbrunn zur Festtafel geladen. Dort waren – einander gegenüberliegend – an den beiden Saalenden zwei provisorische Bühnen aufgebaut.

Nach Beendigung des Banketts wurde dort präsentiert, was der Kaiser selbst in Auftrag gegeben hatte: zwei Einakter, jeweils einstudiert von den Ensembles der beiden von ihm unterhaltenen Bühnen, der deutschen Singspieltruppe des Kärntnertortheaters und der Schauspieltruppe und dem italienischen Opernensemble des Burgtheaters. Zuerst wurde auf der einen Bühne ›Der Schauspieldirektor‹ gegeben, dann folgte auf der anderen Bühne Antonio Salieris Divertimento teatrale ›Prima la musica e poi le parole‹ (mehr dazu in der Besprechung des Salieri-Stücks). Für die szenische Einrichtung war hier wie dort Francesco Bussani – alsbald Mozarts Uraufführungs-Bartolo in ›Le nozze di Figaro‹ – zuständig. Offensichtlich handelte es sich hierbei um eine Art Leistungsschau, in der der Kaiser seinen Gästen vom hohen Niveau des Wiener Theaterlebens einen Eindruck verschaffen wollte, woraus sich der episodische Bau von Stephanies Libretto erklärt.

Mozart, der vom 18. Januar bis spätestens zum 3. Februar mit der Komposition beschäftigt war, wußte genau, für welche Interpreten er schrieb. So war Caterina Cavalieri (Mademoiselle Silberklang) Mozarts erste Konstanze in der ›Entführung‹. Die Höhensicherheit der Aloysia Lange (Madame Herz) war ihm ohnehin bekannt, schließlich war die Sängerin sein Jugendschwarm und inzwischen seine Schwägerin. Auch im wirklichen Leben waren Madame und Monsieur Herz verheiratet und Aloysias Ehemann Joseph Lange einer der Stars der Burgtheater-Truppe. Valentin Adamberger (Vogelsang) war wiederum Mozarts erster Belmonte, und Adambergers Frau Maria Anna spielte nun die Madame Krone. Der Librettist Stephanie hatte selbst die Titelrolle übernommen und seine Frau Anna Maria die Rolle der Madame Vogelsang. Gleichfalls waren die übrigen Interpreten (Johann Franz Hieronymus Brockmann als Eiler, Joseph Weidmann als Buff und Johanna Sacco als Madame Pfeil) erste Kräfte des Burgtheaters. Dennoch stach die italienische Buffa die deutsche Komödie sowohl in der Orangerie als auch in den drei Folgeaufführungen im Kärntnertortheater aus.

Allerdings war das Libretto dieses Gelegenheitswerks zu stark der Zeit verhaftet, um eine kontinuierliche Aufführungsgeschichte gewährleisten zu können. 1797 brachte Emanuel Schikaneder noch einmal den ›Schauspieldirektor‹ am Wiedner Freihaustheater heraus. Ansonsten überlebte lediglich Mozarts Musik, die in andere Werkzusammenhänge gestellt wurde. So arrangierte – ebenfalls 1797 – Christian August Vulpius für Weimar ein Pasticcio, das auf Goethes Text ›Die theatralischen Abenteuer‹ Mozarts Musik mit Cimarosas Buffa ›L'impresario in angustie‹ zusammenspannte. Seit 1845 erfreute sich Louis Schneiders erstmals in Berlin gegebene Bearbeitung ›Mozart und Schikaneder‹, in die neben ›Schauspieldirektor‹-Musik noch weitere versprengte Mozart-Kleinodien Eingang fanden, größerer Beliebtheit. Andere Rettungsversuche in Form von Umarbeitungen folgten. Wohl die erste Wiederaufführung des Originals brachte 1916 die Wiener Volksoper auf die Bühne. In jüngerer Zeit begegnet ›Der Schauspieldirektor‹ auch wieder in Kombination mit Salieris Schwesterwerk ›Prima la musica e poi le parole‹ oder in Aufführungen an Musikhochschulen und von jungen Ensembles. 2006 stand das Werk bei den Salzburger Festspielen in einer Marionettentheater-Version auf dem Programm, und 2014 gab Festspielleiter David Pountney seinen Abschied aus Bregenz in der Titelrolle des ›Schauspieldirektors‹.

R. M.

Le nozze di Figaro (Die Hochzeit des Figaro)

Komische Oper in vier Akten. Dichtung von Lorenzo Da Ponte nach Pierre-Augustin Caron de Beaumarchais.

Solisten: *Graf Almaviva* (Kavalierbariton, auch Lyrischer Bariton, gr. P.) – *Gräfin Almaviva*, genannt Rosina (Jugendlich-dramatischer Sopran, auch Lyrischer Sopran, gr. P.) – *Susanna*, Verlobte des Figaro (Lyrischer Sopran, auch Lyrischer Koloratursopran, gr. P.) – *Figaro* (Baßbariton, auch Charakterbaß, gr. P.) – *Cherubino*, Page des Grafen (Lyrischer Mezzosopran, auch Lyrischer Sopran, gr. P.) – *Marcellina* (Koloratur-Mezzosopran, auch Charaktersopran, m. P.) – *Bartolo*, Arzt in Sevilla (Schwerer Spielbaß, m. P.) – *Basilio*, Musiklehrer (Spieltenor, m. P.) – *Don Curzio*, Richter (Spieltenor, kl. P.) – *Barbarina*, Tochter des Antonio (Soubrette, kl. P.) – *Antonio*, Gärtner des Grafen und

Onkel Susannas (Spielbaß, kl. P.) – *Zwei Mädchen* (Soprane aus dem Chor, kl. P.) – *Ein Trupp Arbeiter* (Komparsen).
Chor: Landleute (kl. Chp.).
Ort: Auf dem Schloß des Grafen Almaviva bei Sevilla.
Schauplätze: Bis auf einen Lehnstuhl unmöbliertes Zimmer – Reich ausgestattetes Zimmer mit Alkoven und drei Türen – Reich ausgestatteter, zur Hochzeit vorbereiteter Saal mit zwei Thronsesseln – Kabinett – Dichter Garten mit zwei nebeneinanderliegenden Lauben.
Zeit: Um 1770.
Orchester: 2 Fl., 2 Ob., 2 Kl., 2 Fag., 2 Hr., 2 Trp., P., Str., B. c. (Cemb., Vcl.) – Hinter der Bühne: ein Glöckchen.
Gliederung: Ouvertüre (Sinfonia) und 29 Musiknummern, die durch Secco-Rezitative miteinander verbunden sind.
Spieldauer: Etwa 3 Stunden.

Handlung

Figaro und Susanna stehen im Dienst des Grafen Almaviva. Für den Abend ist ihre Hochzeit angesetzt und die morgendliche Vorfreude deshalb groß. Figaro mißt das vom Grafen für das Brautpaar bereitgestellte Zimmer aus, und Susanna begutachtet ihren selbstgemachten neuen Hut. Allerdings runzelt Susanna darüber die Stirn, daß das neue Zimmer den Privaträumen nicht nur der Gräfin, sondern vor allem auch des Grafen unmittelbar benachbart ist. So könne sich Almaviva bei Abwesenheit Figaros unbeobachtet zu ihr hereinschleichen. Denn für die Mitgift, die er ihr in Aussicht gestellt habe, erhoffe der Graf ein Entgegenkommen in Liebesdingen. Dies wiederum käme der Wiedereinführung des Rechts auf die erste Nacht, des »ius primae noctis«, durch die Hintertür gleich, auf das der Graf nach außen hin jüngst erst verzichtet habe. Susanna wird zur Gräfin gerufen, und Figaro beschließt, den Grafen in die Schranken zu weisen. – Marcellina bittet unter Hinweis auf ein Heiratsversprechen, das ihr Figaro vor einiger Zeit gegen ein Darlehen gegeben hat, Bartolo um Rechtsbeistand. Der sieht nun eine günstige Gelegenheit, sich an Figaro dafür zu rächen, daß dieser einst seine Heirat mit der jetzigen Gräfin, deren Vormund Bartolo seinerzeit war, vereitelt hat. – Susanna kommt in das Zimmer zurück. Sie läßt sich von den spitzen Bemerkungen Marcellinas über ihr angebliches Verhältnis zum Grafen nicht aus der Ruhe bringen und treibt Marcellina mit Anspielungen auf ihr fortgeschrittenes Alter aus dem Zimmer. Statt ihrer tritt der Page Cherubino herein, der Susannas Fürsprache erbittet, denn der Graf habe ihn mit Barbarina erwischt und deshalb aus dem Schloß gewiesen. Seine neueste, von ihm gedichtete Kanzonette, so fährt Cherubino fort, sei deshalb sein Abschiedsgruß an alle Frauen des Schlosses. Als plötzlich der Graf hereinkommt, versteckt sich Cherubino, um Susanna nicht zu kompromittieren, hinter einem Lehnstuhl. Und so bekommt er mit, wie der Graf Susanna zu einem nächtlichen Rendezvous zu überreden versucht. Da hört man Basilio, der als Susannas Musiklehrer für den Grafen Kupplerdienste leistet, sich nähern. Der Graf huscht hinter den Sessel, in den sich gleichzeitig Cherubino – vom Grafen unbemerkt – hineinkauert, während Susanna den Pagen mit einem Morgenrock verdeckt. Basilio unterstellt Susanna, sie würde wohl eher dem Pagen nachgeben, als dem Grafen zu Willen sein. Eine weitere Bemerkung Basilios über Cherubinos Schwärmerei für die Gräfin, veranlaßt den Grafen, sein Versteck aufzugeben. Susanna droht angesichts der sich zuspitzenden Situation in Ohnmacht zu fallen, vergeblich versucht sie, den Grafen und Basilio aus dem Zimmer zu drängen. Als der Graf Susanna und Basilio veranschaulichen will, wie er Cherubino jüngst bei Barbarina ertappt habe, zieht er den Morgenrock vom Sessel weg, und damit ist Cherubino abermals entdeckt. Basilio soll augenblicklich Figaro herbeischaffen, doch der kommt schon selber mit Bauern im Gefolge, die ihrem Herrn wegen seines Verzichts auf das »ius primae noctis« ein Loblied singen. Um für Marcellinas Einspruch gegen die Ehe Zeit zu gewinnen, zögert der Graf jedoch das der eigentlichen Hochzeit vorausgehende Zeremoniell heraus, in dem das Brautpaar vor die Herrschaften hintreten soll, um das gräfliche Ja zur Eheschließung öffentlich erteilt zu bekommen. Diese Zeremonie habe er, so Almaviva, als großes Fest geplant. Danach läßt er sich von Figaro und Susanna dazu überreden, den Rauswurf Cherubinos abzumildern. Der Page möge unverzüglich nach Sevilla aufbrechen, um im dort stationierten gräflichen Regiment als frisch ernannter Offizier Dienst zu tun. Figaro verabschiedet den Pagen nicht ohne Spott, freilich hat er ihm zuvor heimlich mitgeteilt, daß er ihn vor seiner Abreise noch einmal sprechen wolle.

In ihrem Salon hängt die Gräfin traurigen Gedanken nach; sie fühlt sich vom Grafen vernachlässigt. Überdies berichtet ihr Susanna von Almavivas neuestem Versuch, sie zu verführen. Figaro hingegen weist die beiden Frauen in die Intrige ein, die er gegen den Grafen geplant hat: Diesem wolle er ein Kärtchen über ein angebliches Treffen der Gräfin mit einem Liebhaber zukommen lassen. Susanna aber solle Almaviva für den Abend auf ein Stelldichein in den Garten bestellen, bei dem jedoch Cherubino, als Susanna verkleidet, erscheinen soll. Von seiner Frau in dieser peinlichen Situation überrascht, wäre der Graf kaum noch in der Lage, weiterhin gegen Figaros Hochzeit vorzugehen. Figaro läßt Cherubino zur Anprobe mit den beiden Frauen allein. Bei dieser Gelegenheit bringt Cherubino seine Kanzonette zum Vortrag. Während der Verkleidungsaktion fällt der Gräfin auf, daß auf Cherubinos Offizierspatent das gräfliche Siegel vergessen wurde. Als Susanna ihr Kleid holen geht, ist der Graf – durch das Kärtchen mißtrauisch geworden – auf dem Weg zu seiner Frau und findet die Tür zum Zimmer der Gräfin verschlossen. Nachdem sie Cherubino in der Garderobe versteckt hat, läßt sie den Grafen ein. Als aus der Garderobe Geräusche dringen, ist der Graf vollends im Glauben, es mit einem Nebenbuhler zu tun zu haben. Natürlich nimmt er seiner Frau die Ausrede nicht ab, Susanna würde dort im Brautkleid stehen. Die ist inzwischen aus ihrem Zimmer zurückgekehrt und beobachtet heimlich die Auseinandersetzung zwischen ihren Herrschaften. Da der Graf die Garderobentür mit Hilfe von Werkzeugen gewaltsam öffnen will, verläßt er zusammen mit seiner Frau den Salon, nicht ohne dessen Tür und die Tür zu Susannas Zimmer abzusperren. Cherubino nutzt beider Abwesenheit und springt aus dem Fenster, während sich Susanna in die Garderobe einschließt. Die Herrschaften kommen zurück, und die Gräfin bereitet ihren vor Eifersucht tobenden Mann darauf vor, in der Garderobe Cherubino vorzufinden. Doch groß ist die beiderseitige Verblüffung, als niemand anderes als Susanna aus der Garderobe tritt. Während der Graf hofft, dort doch noch auf den Pagen zu treffen, klärt Susanna die Gräfin über Cherubinos Fenstersprung auf. Der Graf bittet seine Frau um Verzeihung. Doch da kommt Figaro herein und drängt zum Aufbruch. Alles sei für die Hochzeitszeremonie vorbereitet. Der Graf hingegen bleibt, auf Marcellinas Einspruch hoffend, zögerlich. Und so fordert er Figaro zunächst einmal auf, seinen um Cherubino als Lockvogel gesponnenen Intrigenplan offenzulegen. Figaro aber gibt sich ahnungslos. Gleich darauf spielt dem Grafen in die Hände, daß der Gärtner Antonio hereinplatzt: Ein Mann sei eben aus dem Balkonfenster in seine Blumen gesprungen. Figaro behauptet, er sei das das gewesen. Dann – so fährt Antonio fort – habe Figaro beim Sturz jenes Papier verloren, das der Graf ihm sogleich aus der Hand reißt. Der Gärtner wird aus dem Salon gewiesen, woraufhin der Graf, der immer noch Cherubino in Verdacht hat, von Figaro wissen will, was es mit dem Schreiben auf sich habe. Geschickt fängt Figaro die Zuflüsterungen der Gräfin und Susannas auf, die in dem Papier Cherubinos Offizierspatent erkannt haben. Figaro lügt dem Grafen vor, von Cherubino das Schreiben erhalten zu haben, weil, wie ihm Gräfin und Susanna abermals zuflüstern, das fehlende gräfliche Siegel darauf noch angebracht werden müsse. Zur Freude des Grafen kommen nun endlich Marcellina, Bartolo und Basilio hinzu, um gegen Figaros Hochzeit zu protestieren. Der Graf verlangt Aufschub, um Marcellinas Ansprüche zu prüfen. Figaro, Susanna und die Gräfin sind außer sich, während ihre Gegner sich über ihren Etappensieg freuen.

Der Graf kann sich keinen rechten Reim auf die turbulenten Vorgänge im Salon der Gräfin machen. Seine Frau aber spinnt, ohne Figaro einzuweihen, eine neue Intrige: Susanna möge den Grafen in den Garten bitten, sie selber werde dann in Susannas Kleidern dort ihren Mann in Empfang nehmen. Gemäß dem Plan ihrer Herrin verabredet Susanna daraufhin mit dem Grafen ein abendliches Stelldichein, für das sie als Gegenleistung die versprochene Mitgift verlangt, mit der sie dann Marcellinas Darlehensansprüche an Figaro begleichen will. Almaviva zeigt sich voller Vorfreude. Als er aber hört, wie Susanna Figaro mitteilt, daß sein Prozeß gegen Marcellina auch ohne Rechtsanwalt schon so gut wie gewonnen sei, fühlt er sich ausgenutzt und sinnt auf Rache. – Der Richter Don Curzio erkennt Marcellinas Ansprüche für rechtens; Figaro solle sie auszahlen oder sie heiraten. Doch plötzlich stellt sich heraus, daß Figaro der Sohn Marcellinas und Doktor Bartolos ist. Sohn und Eltern liegen sich in den Armen. Natürlich hält die hinzutretende Susanna, die mit ihrer Mitgift Figaro nun auslösen will, die Umarmung für ein Zeichen ehelichen Einverständnisses zwischen Marcellina und Figaro, wofür sie Figaro eine Ohrfeige verpaßt. Doch alsbald ist sie über die tatsächlichen Zusammenhänge aufgeklärt, und nun beschließen auch Marcellina und Bartolo zu heiraten, so daß es am Abend zu einer Doppelhochzeit kommen soll. – Barbarina überredet Cherubino, Mädchenkleider anzulegen; zusammen mit Mädchen aus dem Dorf soll er der Gräfin Blumen überreichen. – Die Gräfin wartet voller Unruhe auf Susanna, sie hofft, durch die geplante Maskerade die Liebe ihres Mannes wiedergewinnen zu können. Indessen setzt Antonio den Grafen darüber in Kenntnis, daß sich Cherubino immer noch im Schloß aufhalte. Die Gräfin wiederum diktiert Susanna zur Vereinbarung des nächtlichen Tête-à-tête eine Briefbotschaft und versiegelt das Billett mit einer Haarnadel, die der Graf zum Zeichen seiner Zustimmung an Susanna zurücksenden soll. Da kommen auch schon die Dorfschönen – unter ihnen Cherubino in Mädchenkleidern –, um der Gräfin ihre Blumen zu übergeben, und Antonio deckt Cherubinos Inkognito auf. Nur deshalb kommt der Page dieses Mal ungeschoren davon, weil Barbarina das Liebesgeflüster Almavivas ausplaudert und von ihm für erwiesene Liebesdienste Cherubino zum Gemahl verlangt. Almaviva wiederum versucht nun, Figaro wegen seines angeblichen Fenstersturzes in Verlegenheit zu bringen. Der aber bleibt bei seiner Geschichte, allerdings räumt er ein, daß Cherubino ebenfalls aus dem Fenster gesprungen sein könnte. Alles ordnet sich zum Festzug. Während des Hochzeitszeremoniells für die beiden Brautpaare spielt Susanna dem Grafen das Billett zu. Figaro beobachtet, wie sich der Graf an der Nadel sticht.

Barbarina sucht die Nadel, die sie im Auftrag des Grafen Susanna zurückgeben soll. Figaro glaubt aufgrund von Barbarinas Auskünften über die Nadel an ein heimliches Einverständnis zwischen Susanna und dem Grafen, doch Marcellina warnt ihn vor vorschnellen Schlüssen und beschließt für sich, Susanna über Figaros Verdacht zu informieren. – Inzwischen ist es Abend geworden. Im Garten erwartet Barbarina Cherubino, versteckt sich aber in einer der Lauben, als Figaro in Begleitung einiger Arbeiter, Bartolos und Basilios erscheint. Er hat sie als Zeugen für die bevorstehenden Ereignisse herbestellt und legt sich auf die Lauer. Basilio äußert gegenüber Bartolo die Ansicht, es wäre für Figaro einfacher die Eskapaden des Grafen hinzunehmen, er selber sei mit seiner servilen Haltung gegenüber den Mächtigen immer gut gefahren. Figaro wiederum sieht sich bereits als gehörnter Ehemann. In getauschten Kleidern und von Marcellina über Figaros Eifersuchtswahn in Kenntnis gesetzt, betreten die Gräfin und Susanna den Garten. Susanna singt im Wissen um Figaros Anwesenheit ein Liebeslied, das sowohl an Figaro, als auch an den Grafen gerichtet sein könnte. Da kommt Cherubino herbei, hält die verkleidete Gräfin für Susanna und versucht mit ihr anzubandeln. Als er sie küssen will, geht der Graf dazwischen und empfängt den Kuß. Die Ohrfeige, die Almaviva Cherubino zugedacht hat, trifft aber den neugierig hinzugetretenen Figaro, während Cherubino sich in Barbarinas Versteck zurückzieht. Der Graf wiederum macht der als Susanna verkleideten Gräfin den Hof und zieht sie in die andere Laube. Aber auch Figaro hat sich vom Kleidertausch in die Irre führen lassen: Susanna für die Gräfin haltend, macht er seine vermeintliche Herrin auf das Techtelmechtel ihres Mannes mit seiner Braut aufmerksam. Doch alsbald erkennt er Susanna, als sie einen Moment lang vergißt, ihre Stimme zu verstellen, und mimt daraufhin in komischer Geziertheit den Liebhaber der Gräfin. Jetzt ist es an Susanna, eifersüchtig zu werden, und sie verabreicht Figaro eine Tracht Prügel. Lachend feiern die beiden Versöhnung und spielen nun das vorgebliche Liebesabenteuer zwischen Herrin und Diener zu Ende. Entrüstet trommelt der Graf Leute herbei, um ihnen den Ehebruch seiner Gattin vor Augen zu führen. Alle außer der Gräfin kommen aus ihren Verstecken hervor. Durch nichts läßt sich der Graf von seinem Zorn auf seine Gattin und ihren Liebhaber abhalten, mögen sie auch vor ihm knien und um Gnade flehen, wie alsbald die übrigen Anwesenden auch. Allerdings ist es gleich an ihm, um Verzeihung zu bitten, als nämlich die wirkliche Gräfin aus jener Laube tritt, in der sie von ihrem Gatten eben erst verführt worden war. Und wieder gewährt sie ihm Vergebung. Danach ist allgemeine Versöhnung angesagt. Alle eilen zum Hochzeitsfest.

Stilistische Stellung

Mozarts ›Hochzeit des Figaro‹ ist eine der rasantesten Komödien des Musiktheaters, und ihr turbulenter, mit unvorhersehbaren Wendungen gespickter Handlungsgang scheint bereits der wie ein Sturm vorüberziehenden Presto-Ouvertüre mit ihren spannenden dynamischen Gegensätzen und überraschenden rhythmischen Akzenten und Stauwirkungen den Stempel aufzudrücken. Wohl um den Elan der Ouvertüre nicht abzubremsen, hat Mozart die ursprüngliche Idee eines langsameren Mittelteils in d-Moll wieder verworfen. So wirkt die ›Figaro‹-Ouvertüre wie eine Initialzündung für das, was sich alsbald auf der Bühne ereignen soll – und zwar in einer Ereignisfülle, die sogar noch überbietet, was das Libretto an Handlung vorgibt. Es wäre nämlich ein Mißverständnis, die Musik als eine Illustration des Bühnengeschehens wahrzunehmen. Vielmehr scheinen die Aktionen auf der Bühne direkt aus der Musik hervorzugehen. Denn der ›Figaro‹-Musik eignet ein solches Maß an Autonomie, daß die Szene darauf geradezu reagieren muß. Insbesondere in den Ensembleszenen, die diese Partitur in einem Maße dominieren wie in kaum einer anderen Oper, führt die Musik Regie. Sie erzeugt die Gliederungsmomente, sie gibt das Tempo vor und organisiert das Mit- und Gegeneinander der Protagonisten nach Maßgabe des musikalischen Satzes. Eindrucksvollstes Beispiel für diese Choreographie durch Musik ist das Kettenfinale des II. Akts: mit 939 Takten Mozarts ausgedehnteste musikalische Nummer überhaupt. Ihre Steigerungsanlage folgt dem Prinzip der ansteigenden Personenzahl (nur Antonio geht während des Finales ab), und ab dem Auftritt Figaros (G-Dur) streben die Einzelabschnitte über C-Dur, F-Dur und B-Dur in Dominantschritten ins abschließende Es-Dur-Septett, um in einer Prestissimo-Stretta zu kulminieren.

Auch im Terzett des I. Aktes zwischen Susanna, Graf und Basilio ist das dortige Hauptereignis – die unabsichtliche Entdeckung Cherubinos – von der Musik inszeniert: unter Verwendung von Basilios Eingangsthema durch thematisch-motivische Arbeit. Gerade hier läßt sich ein für die ›Figaro‹-Musik insgesamt typisches Charakteristikum besonders schön beobachten: Durch Cherubinos Entdeckung ist eine neue Situation entstanden, der die Protagonisten mit einer Verhaltensänderung begegnen, wie die veränderte musikalische Diktion wahrnehmbar macht.

Dies gilt vor allem für das zentrale Ereignis des Schlußakts, als der Graf im Finale vor der Gräfin in die Knie geht und um Verzeihung bittet. Auch hier wird eine weitere Eigenart der ›Figaro‹-Musik ohrenfällig: Indem der Graf nun einen innigen Tonfall anschlägt, der zuvor von ihm nicht zu hören war, vergegenwärtigt die Musik einen individuellen Entscheidungsakt des Grafen. Es ist also nicht so, daß die Musik – wie ein Puppenspieler – den Grafen in diese Geste hineinzwingen würde. Vielmehr handelt er aus freien Stücken, jedoch nicht aus der Souveränität des Aristokraten, sondern aus reinmenschlicher Einsicht in die eigene Fehlbarkeit und in das Angewiesensein auf die Vergebung seiner Frau. Darin jedoch tut sich ein Freiheitsmoment kund, das jedem Protagonisten dieser Oper eigen ist. Indem also Mozarts Musik den Bühnenfiguren Inszenierungen selbstbestimmten Handelns ermöglicht, entstehen aus dem Aufeinandertreffen dieser Einzelstrategien die Konfliktsituationen dieses komödienhaften Dramas.

Mozarts Konzeption, autonome Personen auf die Bühne zu stellen, wirkt bis in die Solonummern hinein. Hieraus folgt, daß die Standesgrenzen zwischen den gräflichen Herrschaften zum einen und den Domestiken zum anderen in der Musik aufgehoben sind. Deshalb bekommen nicht nur Graf und Gräfin gemäß der damaligen Opernkonvention die für Personen höheren Standes reservierten Monolog-Arien mit einleitendem Accompagnato zugewiesen (beide im III. Akt), sondern eben auch das Dienerpaar Susanna und Figaro (jeweils im IV. Akt). Faszinierend an den Solonummern insgesamt ist ihre Vielfalt sowohl hinsichtlich ihrer Formgebung, als auch bezüglich ihrer dramaturgischen Funktion. So gibt es von Aktion bestimmte Nummern, wie Susannas »Venite inginocchiatevi« (II. Akt) mit Cherubino und der Gräfin als stummen Dialogpartnern. Im Schlußrondo des I. Akts, Figaros »Non più andrai farfallone amoroso« wiederum imaginiert Figaro in verspottender Absicht Cherubino Bilder seiner Vergangenheit als Liebling der Frauen und seiner rauhen Zukunft auf dem Schlachtfeld. Die Gräfin hingegen sucht in ihren Monologen nach Selbstvergewisserung und befreit sich hierbei aus ihrer anfänglichen Lähmung (Cavatine »Porgi amor« zu Beginn des II. Akts), so daß sie zum Schluß ihrer Soloszene des III. Akts (»Dove sono i bei momenti«) zur Zuversicht gelangt, weil sie sich entschlossen hat, initiativ zu werden. Der Graf allerdings braucht in seinem Monolog im III. Akt »Vedrò mentre io sospiro« ein imaginäres Gegenüber – nämlich Figaro und die übrigen Domestiken –, um sich seines aus Standesdünkel gespeisten Selbstwertgefühls zu versichern.

Doch sogar Figuren, die wie Marcellina, Basilio und Bartolo der Typenkomödie entstammen, scheinen sich selbst zu inszenieren, insbesondere Bartolo in seiner Auftrittsarie »La vendetta« im I. Akt, in der er sich freilich als Wichtigtuer entlarvt. Cherubino hingegen blickt in seiner Arie »Non so più cosa son, cosa faccio« (I. Akt) verstört auf das eigene Ich, und in seiner Arietta des II. Akts »Voi che sapete« überreicht er Susanna und der Gräfin sozusagen ein musikalisches Selbstporträt. Ohnehin schuf Mozart in der Gestalt des Cherubino einen Rollentypus ohne Vorbild. Pubertäres Liebeserwachen in der androgynen Anmut einer Hosenrolle zur Darstellung zu bringen, davon ließ sich nicht zuletzt Richard Strauss für die Titelrolle des ›Rosenkavaliers‹ und für die Rolle des Komponisten in ›Ariadne auf Naxos‹ inspirieren.

Textdichtung
Drei Opern schrieb Mozart auf Libretti von Lorenzo Da Ponte (1749–1838), deren erste war ›Le nozze di Figaro‹. Zurückgreifend auf die Komödie ›La Folle Journée ou Le Mariage de Figaro‹ (Der tolle Tag oder Die Hochzeit des Figaro) von Pierre-Augustin Caron de Beaumarchais (1732–1799), hatten sich Mozart und Da Ponte eines der brisantesten Theaterstücke der damaligen Zeit als Vorlage genommen. Bereits im Jahr 1778 erschienen, konnte das Stück jahrelang aufgrund eines vom französischen König Ludwig XVI. wiederholt verhängten Aufführungsverbots allenfalls in privatem Rahmen gezeigt werden. Erst am 27. April 1784 erfolgte die Pariser Uraufführung. Auch in Österreich galt Beaumarchais' Stück aufgrund seiner antiaristokratischen Tendenz als politisch bedenklich, so daß Kaiser Joseph II. die für den 3. Februar 1785 angekündigte Erstaufführung in deutscher Sprache durch Emanuel Schikaneder am Wiener Kärntnertortheater noch am Premierentag verbieten ließ; zwei anonyme deutsche Übersetzungen, von denen sich eine in Mozarts Nachlaß befand, konnten jedoch erscheinen.

Beaumarchais' ›Toller Tag‹ ist der Mittelteil einer Trilogie, die von ›La Précaution inutile ou Le Barbier de Séville‹ (Die nutzlose Vorsicht oder der Barbier von Sevilla) eingeleitet wurde. Diese 1775 uraufgeführte Komödie, aus der die Hauptrollen in den ›Tollen Tag‹ hinüberwechselten, war die Vorlage zum einen von Gioacchino Rossinis ›Barbier von Sevilla‹ (Rom 1816), zum anderen für Giovanni Paisiellos gleichnamige Buffo-Oper, die 1782 in St. Petersburg herauskam und im Jahr darauf in Wien nachgespielt wurde, weshalb davon ausgegangen werden kann, daß Mozart von Paisiellos Stück Kenntnis hatte. Der Schlußteil der Trilogie ›La Mère coupable ou L'Autre Tartuffe‹ (Die schuldige Mutter oder der andere Tartuffe) kam erst 1792, also nach Mozarts Tod, zur Aufführung.

Da Ponte zog Beaumarchais' Vorlage von fünf auf vier Akte zusammen, auch reduzierte er die Zahl der handelnden Personen von 16 auf 11 und brachte den Text nach den Erfordernissen der damaligen Librettistik in gebundene Sprache. Hinzu kamen die beiden Soloszenen der Gräfin im II. und III. Akt, und er ersetzte Figaros standeskritischen Monolog (V. Akt) durch den frauenfeindlichen Arientext »Aprite un po' quegl'occhi«. Vor allem aber gelang Da Ponte, indem er das Gerüst der Handlung beibehielt, eine »komprimierende Neufassung« (Stefan Kunze) des Schauspiels.

Geschichtliches
Mozart hatte Da Ponte Anfang des Jahres 1783 kennengelernt, doch sollte es noch dauern, bis es zur Zusammenarbeit kam. Nach Da Pontes Erinnerung war es Mozart, der Beaumarchais' Komödie als Opernstoff ins Gespräch brachte. An Da Ponte war es wiederum, des Kaisers Bedenken gegen den Komponisten und das Stück zu zerstreuen. Bleibt festzuhalten, daß ›Le nozze di Figaro‹ Mozarts einzige vollendete Oper ist, die zunächst ohne Auftrag in Angriff genommen wurde. Die Planungsphase dürfte Ende April 1785 eingesetzt und die Hauptarbeit an der Komposition sich von Mitte Oktober bis Ende November 1785 erstreckt haben, wobei Mozart das Werk freilich erst am 29. April 1786 in sein ›Verzeichnüß aller meiner Werke‹ eintrug, also einen Tag nach dem ursprünglich vorgesehenen Uraufführungstermin.

Tatsächlich ging ›Le nozze di Figaro‹ am 1. Mai erstmals auf der Bühne des Wiener Hoftheaters in Szene: mit großem, sich in den Folgeaufführungen sogar noch steigerndem Erfolg. Etliche Nummern mußten wiederholt werden, so daß der Kaiser nach der III. Aufführung Da capos für die Ensemblenummern untersagte. Die Besetzung – Luisa Laschi (Gräfin), Stefano Mandini (Graf), Nancy Storace (Susanna) und Francesco Benucci (Figaro), Dorotea Bussani (Cherubino) – war erstklassig. In Doppelrollen waren Francesco Bussani (Bartolo und Antonio) und Michael Kelly (Basilio und Don Curzio) zu hören. Ende des Jahres wurde das Werk in Prag mit einer solchen Begeisterung aufgenommen, daß das Ehepaar Mozart im Januar einer Einladung nach Prag folgte, wo Mozart eine der Aufführungen dirigierte. Die Reise zog den Auftrag für ›Don Giovanni‹ nach sich. Am 29. August 1789 kam es zur Wiederaufnahme des Werks in Wien, das sich dort bis Anfang 1791 auf dem Spielplan hielt. Aufgrund von Umbesetzungen – unter anderem wurde die Rolle der Susanna nun von Adriana Ferrarese del Bene gesungen – wurden Ersatznummern notwendig, weshalb Susannas »Venite inginocchiatevi« der Ariette »Un moto di gioia« (KV 579) und »Deh vieni non tardar« dem Rondo »Al desio di chi t'adora« (KV 577) weichen mußten. Vor allem aber veranlaßte die Wiederaufnahme der Oper den kaiserlichen Kompositionsauftrag für ›Così fan tutte‹.

Der Siegeszug der Oper war aber trotz weiterer italienischer Produktionen – in Monza (1787), Florenz (1788) und an der Hofoper Esterháza (1789) – in erster Linie an deutschsprachige Bearbeitungen geknüpft. Und so wurde bereits zu Mozarts Lebzeiten ›Figaros Hochzeit‹ als Singspiel mit gesprochenen Dialogen gegeben, eine Tradition, die sich bis Ende des 19. Jahrhunderts hielt. Erst 1895 kehrte man in München in der Regie Ernst von Possarts und 1906 in Wien anläßlich Gustav Mahlers Neueinstudierung wieder zur Rezitativfassung zurück. Am 28. Mai 1934 eröffnete das Glyndebourne-Festival mit einer italienischsprachigen Aufführung von ›Le nozze di Figaro‹ unter der musikalischen Leitung von Fritz Busch. Und seit 1922 ist die Oper im Repertoire der Salzburger Festspiele. Obgleich ›Le nozze di Figaro‹ seit der Uraufführung durchgängig auf den Spielplänen der Opernhäuser steht und ein Hauptwerk der Mozart-Rezeption ist, setzte die historisch orientierte Aufführungspraxis neue musikalische Impulse. Eine Vorreiterrolle übernahm hierbei der Dirigent Arnold Östman, als er 1981 ›Le nozze di Figaro‹ am Hoftheater Drottningholm bei Stockholm herausbrachte. Im Repertoirebetrieb hingegen hat sich bis in jüngste Zeit die Unsitte erhalten, im IV. Akt die Arien Marcellinas und Basilios zu streichen.

R. M.

Don Giovanni

Dramma giocoso in zwei Akten. Dichtung nach einer Vorlage Giovanni Bertatis von Lorenzo Da Ponte.

Solisten: *Don Giovanni*, ein ausschweifender junger Edelmann (Lyrischer Bariton oder Baßbariton, gr. P.) – *Il commendatore*, der Komtur (Seriöser Baß, kl. P.) – *Donna Anna*, seine Tochter und Verlobte Don Ottavios (Dramatischer Koloratursopran, gr. P.) – *Don Ottavio*, ihr Verlobter (Lyrischer Tenor, m. P.) – *Donna Elvira*, vornehme Dame aus Burgos, Don Giovannis verlassene Geliebte (Lyrischer Sopran, gr. P.) – *Leporello*, Don Giovannis Diener (Spielbaß, gr. P.) – *Masetto*, Geliebter von Zerlina (Baß, m. P.) – *Zerlina*, eine Bäuerin (Koloratur-Soubrette, auch Mezzosopran, m. P.).
Chor: Bauern und Bäuerinnen – Diener – Chor der Festgäste – Musikanten (kl. Chp.).
Ort: Eine Stadt in Spanien (Sevilla).
Schauplätze: Garten – Straße – Garten mit zwei von außen verschlossenen Türen – Erleuchteter, für einen großen Ball vorbereiteter Saal – Straße – Dunkler, im Erdgeschoß gelegener Vorhof mit drei Türen im Haus der Donna Anna – Geschlossener Platz (in Form eines Grabmals) – Dunkles Zimmer – Saal mit gedeckter Tafel.
Zeit: Keine Zeitangabe.
Orchester: 2 Fl., 2 Ob., 2 Kl., 2 Fag., 2 Hr., 2 Trp., 3 Pos., P., Mandoline, Str., B. c. – Bühnenmusik I. Akt: Orchester I: 2 Ob., 2 Hr., Str. ohne Vc (Fag. ad lib.); Orchester II und III: Vl., Basso; 2. Akt: 2 Ob., 2 Kl., 2 Fag., 2 Hr., Vc.
Gliederung: Ouvertüre und 24 Musiknummern, die durch Rezitative miteinander verbunden sind.
Spieldauer: Etwa 2¾ Stunden.

Handlung

Der Diener Leporello verflucht sein Los, für Don Giovanni Schmiere zu stehen. Plötzlich Lärm in der nächtlichen Stille: Donna Anna hält Don Giovanni gepackt, von dem sie wissen will, wer er sei. Der Wortwechsel ruft Donna Annas Vater auf den Plan. Er fordert den Beschuldigten zum Duell – und fällt bald tödlich getroffen. »Bravo«, lästert Leporello: »Die Tochter vergewaltigen und den Vater ermorden!« Herr und Diener fliehen. Donna Anna hat ihren Verlobten Don Ottavio zu Hilfe geholt. Sie kommen zu spät. Donna Anna rast vor Schmerz und Wut. Sie drängt Don Ottavio, mit ihr Rache zu schwören. – Leporello versucht auf der Straße, seinem Herrn ins Gewissen zu reden. Der steht aber schon vor dem nächsten Techtelmechtel. Donna Elvira, die Betrogene aus Burgos, läßt keinen Zweifel: Sie will sich am treulosen

Geliebten rächen. Don Giovanni erschrickt, als er sie erkennt. Virtuos verwickelt er sie in ein Gespräch und läßt Leporello alles Weitere erklären. Für seine Registerarie klappt Leporello sein Protokoll der amourösen Abenteuer Don Giovannis auf. Donna Elvira bleibt desillusioniert zurück. Das Brautpaar Zerlina und Masetto betritt mit seinen Gästen die Szene und singt in Vorfreude auf das Hochzeitsfest. Don Giovanni und Leporello stoßen dazu. Sofort übernimmt Giovanni das Kommando, lädt die Hochzeitsgesellschaft auf sein Schloß und macht Zerlina Avancen. Um den Bräutigam muß sich Leporello kümmern. Allein mit Zerlina, zerstreut Don Giovanni ihr Zögern. Donna Elvira setzt der Verführungskunst ein jähes Ende. Nachdrücklich warnt sie Zerlina. Don Giovanni versucht sich zu retten, indem er sie als Wahnsinnige diskreditiert, und läuft prompt Donna Anna und Don Ottavio in die Arme. Donna Elvira warnt auch diese vor Don Giovanni. Don Giovanni besitzt die Chuzpe, Donna Anna zu sich einzuladen. An der Stimme erkennt Anna den Mörder ihres Vaters. Don Ottavio drängt sie zu berichten, was sich vor dem Tod des Komturs zugetragen hat. Don Ottavio reagiert mit kühlem Kopf: »Alles ist zu tun, die Wahrheit zu entdecken«, schwört er, »entweder ihren Verdacht entkräften oder sie rächen.« Leporello ist lustlos; Don Giovanni dagegen ist sehr zufrieden mit dem Fortgang der Geschichte. Es entspinnt sich ein virtuoser Dialog zwischen Herr und Diener. – Zerlina versucht ihren eifersüchtigen Bräutigam zu besänftigen. Masetto versteckt sich, als sich Don Giovanni nähert. Don Giovanni gibt den Womanizer, doch Zerlina ziert sich, so daß das Versteckspiel auffliegt. Masetto glaubt Don Giovannis Ausflucht nur halb. Elvira schwört Donna Anna und Don Ottavio auf ihren Racheplan ein. Mit Masken verkleidet, werden sie prompt von Leporello zum großen Fest geladen. – Im erleuchteten Ballsaal zeigt Don Giovanni wie man Partys feiert. Masettos Argwohn ist ihm egal: Hemmungslos macht er Zerlina den Hof. Das maskierte Trio aus Donna Elvira, Donna Anna, Don Ottavio betritt den Saal. Don Giovanni will den Tanztrubel nutzen, Zerlina zu entführen. Auf ihren Hilferuf geben sich die Maskengestalten zu erkennen. Giovanni versucht vergebens, Leporello als Schuldigen vorzuführen. Don Ottavio sucht den Kampf, Donna Elvira geht dazwischen, Donna Anna fällt in Ohnmacht.

Leporello will wieder einmal kündigen. Geld stimmt ihn um. Don Giovanni erklärt sein Konzept der Liebe: »Wer nur einer treu ist, begeht Unrecht an allen anderen.« Unter dem Vorwand, Donna Elviras Zofe zu verführen, drängt Giovanni Leporello zum Kleidertausch. Donna Elvira gesteht sich: Sie liebt Don Giovanni noch immer. Giovanni nutzt die Schwäche und schwört erneut Liebe und Treue. Sein Plan: Der verkleidete Leporello soll sie ablenken. Dem ängstlichen Leporello gibt er die Erfahrung mit: Sie erkennt dich nicht, wenn du nicht willst. Und Donna Elvira will betrogen werden! Der echte Don Giovanni stört das Stelldichein, um der Zofe ein Ständchen zu singen. Nicht nur Donna Elvira fällt auf den Kleidertausch herein. Auch Masetto und die Bauern durchschauen nicht, daß sich ihrer Jagd auf Don Giovanni der Gejagte selbst anschließt. Umgehend übernimmt Don Giovanni die Führung. Die Bauern setzt er auf Leporello an; er selbst bleibt mit Masetto zurück, um ihn brutal zu verprügeln. Zerlina tröstet ihren Bräutigam. – Die anderen Paare sind weniger aufgeräumt: Leporello wünscht, er hätte nicht mit der verliebten Donna Elvira zu tun. Und Don Ottavio versucht, die am Boden zerstörte Donna Anna zu beruhigen. Zerlina und Masetto entdecken Leporello, den sie für Don Giovanni halten. Leporello türmt. Damit ist auch der aufgeklärt-vorsichtige Don Ottavio von Don Giovannis Schuld überzeugt. – Der erleichterte Leporello trifft in einem Friedhofsareal auf einen vergnügten Don Giovanni. Die sprechende Statue des Komturs mischt sich ins Gespräch. Don Giovanni läßt die Statue zum Abendessen einladen. – Donna Anna verlangt von Don Ottavio einen Aufschub der Hochzeit. Der Brave fügt sich ihrem Wunsch. – In Don Giovannis Schloß ist alles bereit für ein Fest. Die Musik spielt, der Hausherr tafelt, und Leporello versucht ein paar Bissen abzubekommen. Donna Elvira taucht auf und bekniet Don Giovanni vergeblich, sich zu ändern. Darauf erscheint der Komtur. Auch er drängt Don Giovanni erneut, seiner Lebensweise abzuschwören. Mit seinem »Nein« verschlingen ihn die Flammen. Die Rächerbande kommt zu spät. In der »Scena ultima« der Originalfassung besingen sie die Moral der Geschichte: So endet, wer Böses tut.

Stilistische Stellung
›Don Giovanni‹ ist die zweite Zusammenarbeit Mozarts mit dem Dichter Lorenzo Da Ponte. Mozarts in Wien geschärfter Sinn für musikalische Wirkung und psychologische Glaubwürdigkeit treffen hier auf die dramatische Raffinesse eines

literarischen Theatermannes. Ungewöhnlich ist die lineare Anlage der Oper: Sie resultiert aus Da Pontes Strategie, Giovanni Bertatis einaktige Vorlage zu einem abendfüllenden Werk zu strecken. Dafür teilt er die Handlung in zwei Akte, verzichtet auf Parallelhandlungen zugunsten einer Ausschmückung mit zusätzlichen Arien. Die episodenhafte Szenenfolge zielt auf Tempovariation und Überraschungsmomente. Da Ponte bedient sich hierfür geradezu filmhafter Montagetechniken. Die traditionelle Kritik mangelnder formaler Einheit deutet auf eine stilistische Sonderstellung des ›Don Giovanni‹-Librettos: Anders als in ›Figaro‹ oder ›Così fan tutte‹ spielen Paarkonstellationen eine untergeordnete Rolle. Vielmehr werden Einzelcharaktere schlaglichthaft in ihrer Beziehung zur Hauptfigur Don Giovanni dargestellt. In Abwesenheit eines klassischen Handlungskonflikts formt sie Da Ponte als Gravitationszentrum, auf das sich alle anderen Figuren beziehen. Don Ottavios Anlage etwa als prototypische Figur der Aufklärung wird dabei häufig übersehen. Mozart reagiert auf die Vorlage durch pointierte Charakterisierung insbesondere in den Rezitativen. Nachvollziehbar wird dies etwa in Leporellos schwerfälligen Versuchen, Don Giovannis Eloquenz nachzuahmen. Auch Don Giovannis Versuche der Manipulation lassen sich in Melodieführung und Orchesterbegleitung nachweisen.

Als »Dramma giocoso« steht ›Don Giovanni‹ in der reformierten Buffa-Tradition nach Carlo Goldoni. Während Charakterklischees zu reifen Persönlichkeiten entwickelt werden, bleiben Spielszenen dem Repertoire erprobter Stereotypen verhaftet. Mozart nutzt diese Szenen für detaillierte musikdramatische Gestaltung im Sinne psychologischer Glaubwürdigkeit. Musikalische Komik entwickelt Mozart nicht aus Überzeichnung der Handlung, sondern in den Bühnenorchestern durch Überlagerung und musikalische Zitate.

Textdichtung

Das erste erhaltene Don-Juan-Drama stammt vermutlich vom dichtenden Mönch Tirso de Molina (Spanien 1613, auch Andrés de Claramonte zugeschrieben). Ob für seine Figur ein historisches Vorbild oder Volkstraditionen existierten, ist unklar. Die uneindeutige Stellung zwischen komischem und ernstem Stoff ließ unterschiedliche Bearbeitungen zu: Molière adaptierte den Stoff 1665 als Komödie für das Palais Royal. Thomas Corneille schuf 1677 eine Versdichtung fürs französische Theater. Nachdem Don Juan im 17. Jahrhundert rasch ins Repertoire der Commedia dell'arte und des Stegreiftheaters gewandert war und mit Alessandro Melanis ›L'empio punito‹ 1669 die erste Don-Juan-Oper uraufgeführt wurde, legte erst Carlo Goldoni mit seinem ›Don Giovanni Tenorio‹ (1736) die eigentliche Basis für die Operntauglichkeit des Theaterstoffes. Lorenzo Da Pontes Libretto orientiert sich auch formal an Giovanni Bertatis Textfassung, die bereits von Gioacchino Albertini (1780) und Giuseppe Gazzaniga (1787) erfolgreich vertont wurde.

Geschichtliches

›Don Giovanni‹ entstand im Auftrag des Impresarios Pasquale Bondini, der in Prag an den Erfolg von ›Le nozze di Figaro‹ anknüpfen wollte. Nach mehrmaligen Verschiebungen fand die Uraufführung am 29. Oktober 1787 im Prager Nationaltheater (dem heutigen Ständetheater) statt. Die insgesamt knapp kalkulierte Produktionszeit hatte bereits bei Da Ponte zu einer Mehrfachbelastung geführt (»Nachts werde ich für Mozart schreiben, morgens für Martini und abends für Salieri«). Ungeachtet der Schwierigkeiten erlebte ›Don Giovanni‹ eine glanzvolle Premiere. Unmittelbar nach Mozarts Rückkehr aus Prag wurde eine Wiener Aufführung vorbereitet. Die Erstaufführung am 7. Mai 1788 war erfolglos und führte zu einer Reihe von theaterpraktischen Umarbeitungen im Lauf der folgenden 14 Aufführungen.

Für ›Don Giovanni‹ existiert eine ununterbrochene Aufführungstradition seit der Uraufführung – mit allerdings oft zwiespältigem Urteil. Die Vielzahl deutscher Übertragungen war dabei entscheidend für die Verbreitung im deutschsprachigen Raum. Die als unmodern empfundenen Rezitative wurden in Singspieltradition häufig in Dialoge aufgelöst und eröffneten Möglichkeiten zur Erweiterung, auch im Sinn einer Beseitigung angeblicher Konstruktionsfehler. Aber erst die romantische Umdeutung der Oper als »Inkarnation der Genialität des Sinnlichen« (Kierkegaard) festigte ihren Ruf als Ausnahmewerk, das Schriftsteller (George Bernard Shaw: ›Man and Superman‹), Maler (Max Slevogt) und Filmemacher (Alexander Payne: ›Sideways‹) bis heute inspiriert. Carl Maria von Weber benutzte ein vom Don Giovanni der Uraufführung, Luigi Bassi, eingerichtetes Buch für seine Aufführungen in Prag und Dresden. Richard Wagner bearbeitete die Oper in Zürich, wobei er insbesondere die Rezitative ausgestaltete.

Wichtige Impulse, zu einer Originalgestalt zurückzufinden, gingen von Ernst Heinrich Possart und Hermann Levi Ende des 19. Jahrhunderts in München aus. Gustav Mahler sorgte 1905 mit seinem Bühnenbildner Alfred Roller in Wien für eine Neubewertung, indem er den Orchesterklang verschlankte und das Cembalo zur Rezitativbegleitung wieder einführte. Richard Strauss dirigiert 1922 ›Don Giovanni‹ als erste Opernaufführung bei den Salzburger Festspielen. Als legendär gelten die Dirigate von Fritz Busch (Glyndebourne 1936) und Wilhelm Furtwängler (Salzburg 1953). Die romantisch motivierte Zeichnung Don Giovannis als dämonischer Anti-Held läßt sich bis Herbert von Karajan belegen. ›Don Giovanni‹ allerdings war immer auch Spiegel des Zeitgeschmacks, eine psychologisch motivierte Umdeutung findet nicht zufällig seit den 1960er Jahren statt, ausgehend von Walter Felsenstein (Berlin 1966). In der Folge ist eine erotische Heroisierung der Hauptfigur zu beobachten, die häufig weitere Narrative des Librettos sowie der Musik zu überdecken droht. Alternative Entwürfe gingen von Regisseuren aus, die gesellschaftliche Konventionen fokussierten: Peter Sellars, Peter Konwitschny oder Martin Kušej.

C. P.

Così fan tutte

Komische Oper in zwei Akten. Dichtung von Lorenzo Da Ponte.

Solisten: *Fiordiligi*, Dame aus Ferrara, wohnhaft in Neapel (Dramatischer Koloratursopran, gr. P.) – *Dorabella*, ihre Schwester (Lyrischer Mezzosopran, gr. P.) – *Guglielmo*, Liebhaber Fiordiligis (Kavalierbariton, gr. P.) – *Ferrando*, Liebhaber Dorabellas (Lyrischer Tenor, gr. P.) – *Despina*, Kammerzofe (Soubrette, gr. P.) – *Don Alfonso* (Spielbaß, auch Baßbariton, gr. P.).
Chor: Soldaten – Diener – Schiffsleute (kl. Chp.).
Ort: Neapel.
Schauplätze: Kaffeehaus – Garten am Meeresstrand – Vornehmes Zimmer – Gärtchen mit Rasenbänken an den Seiten – Zimmer – Garten mit zwei Tischchen am Meeresufer – Ein Zimmer mit mehreren Türen, einem Spiegel und Tischchen – Festlich erleuchteter Saal, eine Tafel für vier Personen.
Zeit: Zur Mozart-Zeit.
Orchester: 2 Fl., 2 Ob., 2 Kl. (1 Bh.), 2 Fag., 2 Hr., 2 Trp., P., Str., B. c. (Cemb., Vcl.) – Bühnenmusik: Militärtrommel.
Gliederung: Ouvertüre und 31 Musiknummern, die durch Secco-Rezitative und Accompagnati miteinander verbunden sind.
Spieldauer: Etwa 3 Stunden.

Handlung

Was für Hitzköpfe: Beinahe ziehen die jungen Offiziere Guglielmo und Ferrando gegen den Kaffeehaus-Philosophen Don Alfonso ihre Degen, um die Ehre ihrer Bräute, der Schwestern Fiordiligi und Dorabella, zu verteidigen. Denn gerade hat Don Alfonso die Treue der beiden Damen in Zweifel gezogen, ohne daß es dafür einen konkreten Anlaß gäbe. Die Unbeständigkeit sei vielmehr – so Don Alfonso, der sich als alter Mann auf seine Lebenserfahrung beruft – ein von Mutter Natur im Weibe angelegtes Laster. Warum also sollten sich Fiordiligi und Dorabella darin von ihren Geschlechtsgenossinnen unterscheiden? Eine Wette über 100 Zechinen soll den Streit schlichten. Alfonsos Bedingung: Die beiden jungen Männer haben einen Tag lang das zu tun, was er von ihnen verlangt. Dann werde man sehen, wie es um die Treue Fiordiligis und Dorabellas bestellt sei. – Unterdessen warten Fiordiligi und Dorabella zu früher Morgenstund in einem Garten in Strandnähe auf ihre Liebsten, schwärmerisch deren Porträts betrachtend. Da eilt Don Alfonso herbei und mimt den Unglücksboten: Ein Befehl des Königs rufe Guglielmo und Ferrando unverzüglich ins Feld. Es bleibe gerade noch Zeit für einen kurzen Abschied. Schon stehen die beiden Schein-Einberufenen bereit, um den bestürzten jungen Frauen Lebewohl zu sagen, und es erklingt ein das Soldatenleben preisendes Marschlied. Abschiedstränen fließen, eine Barke legt an und nimmt die beiden Herren Offiziere an Bord. Zurück bleiben die unversehens strohverwitweten Bräute und Don Alfonso, die den Davonziehenden Segenswünsche nachsenden. Gleichwohl hält Don Alfonso, die auf die Treue ihrer Geliebten wettenden jungen Männer für ausgemachte Narren. – Indessen ärgert sich zu Hause das Kammermädchen Despina über das Ausbleiben ihrer Herrinnen. Während sie ungeduldig in der Frühstücksschokolade rührt, steigt Despina der Schokoladenduft verführerisch in die Nase, schließlich nippt sie davon. Da treten Fiordiligi und Dorabella in aufgelöstem Zustand ins Zimmer. Doch deren Bericht über Guglielmos und Ferrandos Knall-auf-Fall-Einberufung, stimmt Despina fröhlich. Die Geliebten auf dem Feld der Ehre? Na und? Die beste Gelegenheit, sich zu amüsieren. Denn die allseits bekannte Treulosigkeit der Männer verdiene nichts Besseres als weibliche Seitensprünge. – Während die beiden Schwestern ihre frivole Kammerzofe fliehen, macht sich Don Alfonso an Despina heran. Zwanzig Scudi Bestechungsgeld genügen ihr, um zwei an Fiordiligi und Dorabella interessierten, durchaus vermögenden Herren – tatsächlich Don Alfonsos als Albaner verkleidete und mit buschigen Bärten versehene Wettpartner Guglielmo und Ferrando – ins Haus zu lassen. Die Täuschung ist perfekt: Despina lacht sich über den albernen Aufzug der angeblichen Fremden schlapp. Und auch ihre Damen halten die Eindringlinge für Unbekannte und zeigen sich über die ungebetenen Gäste aufgebracht. Von Don Alfonso als gute Freunde bezeichnet, machen die Schein-Albaner den beiden Schwestern sogleich den Hof. Doch Fiordiligi stellt sich, nachdem Despina vor dem flammenden Zorn ihrer Damen Reißaus genommen hat, den unerwünschten Verehrern wie ein Fels in der Brandung entgegen. Und als Guglielmo den machohaften Einfall hat, die eigenen körperlichen Vorzüge und die seines Freundes anzupreisen, rauschen Fiordiligi und Dorabella, über diese plumpe Anmache vollends erbost, ab. Guglielmo und Ferrando halten sich vor Lachen die Bäuche, während Don Alfonso davor warnt, den Tag vor dem Abend zu loben, und Ferrando sich bereits jetzt an jener Liebesseligkeit berauscht, die sich nach der erfolgreich bestandenen Treueprüfung einstellen werde. – Don Alfonso wiederum spricht sich mit Despina ab und überläßt fürs erste die Initiative ihr. Sie hat ihre Damen in den Garten verfrachtet, wo sie nun ihren fernen Geliebten nachtrauern. Doch da stürzen die beiden Fremden herein, aus verschmähter Liebe ein Fläschchen leerend, das angeblich Arsenik enthält. Entsetzt rufen Fiordiligi und Dorabella nach einem Arzt. Und während Guglielmo und Ferrando ihr Verscheiden mimen, trifft tatsächlich unversehens Hilfe ein – die als Arzt kostümierte Despina. Sie gibt sich als Parteigänger des Doktor Mesmer aus, dessen Magnetstein auch im speziellen Falle Wunder wirken würde. Mit Bangen und Staunen beobachten die beiden Schwestern den Hokuspokus, mit dem der sonderbare Arzt die vorgeblichen Arsenik-Opfer wiederbelebt. Die Augen aufschlagend, behaupten die beiden Pseudo-Patienten nun, sie sähen sich auf den Olymp versetzt und von huldreichen Göttinnen umhegt. Sofort verlangt es die Herren nach Küssen. Auch Don Alfonso und Despina versuchen Fiordiligi und Dorabella zu dieser Küsserei zu überreden, sie sei aus medizinischen Gründen geboten. Eine Knutsch-Therapie geht den Schwestern jedoch entschieden zu weit. Ihr heftiger Zorn läßt die Übrigen darüber nachdenken, ob solche Leidenschaft auch in Liebe umschlagen könnte.

Fiordiligi und Dorabella haben sich vor dem aufdringlichen Albaner-Doppel in der guten Stube in Sicherheit gebracht. Abermals werden sie von Despina aufgefordert, die Liebe »en bagatelle« zu nehmen. Und siehe da, dieses Mal treffen ihre Worte nicht auf taube Ohren. Als die Schwestern unter sich sind, verabreden sie sogar, wer sich um welchen der beiden Fremden kümmern soll: Dorabella um Guglielmo und Fiordiligi um Ferrando. Don Alfonso wiederum ruft die Mädchen in den Garten, wo sich ihnen ein neues Schauspiel bietet: Ferrando und Guglielmo bringen ihnen ein Ständchen. Daraufhin führen Despina und Alfonso die Paare zueinander und ziehen sich zurück. Recht fix werden sich Guglielmo und Dorabella einig. Es gelingt ihm, Dorabellas Medaillon mit Ferrandos Porträt durch einen Herzanhänger zu ersetzen. Ferrando hingegen glaubt bei Fiordiligi auf Granit zu beißen und zieht sich unter Vorwürfen und Liebesklagen zurück. Ihr hingegen wird klar, dem Drängen Ferrandos bald nichts mehr entgegensetzen zu können. – Danach treffen Ferrando und Guglielmo aufeinander. Während Ferrando die Unnahbarkeit Fiordiligis in höchsten Tönen preist, versucht Guglielmo seinem Freund möglichst schonend seinen Erfolg bei Dorabella beizubringen. Erst als ihm Guglielmo das Medaillon mit dem Bild präsentiert, hat Ferrando kapiert. Guglielmo gelingt es nicht, den tief bestürzten Freund mit einer Schmährede auf das ach so flatterhafte weibliche Geschlecht aufzuheitern. Vielmehr gesteht sich Ferrando ein, daß er sich immer noch zu der Geliebten hingezogen fühlt. Zunächst aber muß er den Spott Guglielmos und Don Alfonsos besserwisserisches Getue über sich ergehen lassen. – Fiordiligi wiederum sieht sich damit konfrontiert, daß sich nun auch noch ihre Schwester Despinas lose Reden zu eigen gemacht hat. Für ihre Schwester und sie selbst bleibt nach Fiordiligis Vorstellung deshalb nur noch ein einziger Ausweg: Beide müssen sie ihren Verlobten aufs Schlachtfeld folgen. Bei den Reisevorbereitungen wird Fiordiligi allerdings von Don Alfonso und Guglielmo heimlich beobachtet. Kaum hat sie eine Uniform Ferrandos angelegt, als dieser selbst schon zur Stelle ist. Und endlich gelingt ihm Fiordiligis Eroberung. Nun ist Guglielmos Empörung groß und Ferrando am Spotten. In der Wut auf das ungetreue Schwesternpaar sind sie sich freilich einig. Doch da greift der Wettgewinner Alfonso ein: Er rät zu Versöhnung und Heirat und verteidigt Fiordiligi und Dorabella. Sie hätten sich nur gemäß ihrer Natur verhalten. »Così fan tutte«: So wie die beiden Schwestern trieben es ja alle Frauen. Auf diese Formel können sich die drei Männer schließlich einigen. – Inzwischen hat Despina ihre Damen zu einer Blitzheirat überredet, und alles ist für ein festliches Souper hergerichtet. Die Dienerschaft begrüßt die Hochzeitspaare, die mit einem ihr Liebesvorleben verabschiedenden Trinkspruch einander zuprosten. Da tritt auch schon der Notar herein – niemand anderes als die verkleidete Despina. Gerade ist der Ehevertrag verlesen und unterzeichnet, als sich wieder jenes Soldatenlied hören läßt, das am Morgen Guglielmo und Ferrando zu den Waffen gerufen hat. Doch dieses Mal signalisiert es ihre Rückkehr. In aller Eile wird die Tafel weggeräumt, die scheinverheirateten Liebhaber flüchten sich in ein Nebenzimmer, Despina versteckt sich ebenfalls, und die Damen harren schreckensbleich der Dinge, die da kommen. Unverkleidet treten Ferrando und Guglielmo in den Saal, sie geben sich ahnungslos und über das stumme Entsetzen ihrer Geliebten verwundert. Despina wird entdeckt und tut so, als sei sie gerade von einem Kostümball zurückgekehrt. Don Alfonso spielt Guglielmo und Ferrando den Ehevertrag zu, die sich nun künstlich über den mit Brief und Siegel beurkundeten Verrat ihrer Bräute empören. Doch für Dorabella und Fiordiligi kommt es noch schlimmer: Don Alfonso schickt Guglielmo und Ferrando geradewegs in jenes Nebenzimmer, in dem die beiden Schwestern ihre frischgebackenen Ehemänner versteckt glauben. Als aber Guglielmo und Ferrando halbverkleidet heraustreten, begreifen die Schwestern, was mit ihnen gespielt wurde. Abermals mahnt Don Alfonso Versöhnung und Heirat an. Ob die jungen Leute nach diesem ernüchternden Tag wirklich gemäß der Schlußmoral in einem von der Vernunft geleiteten Leben zufrieden und glücklich werden können?

Stilistische Stellung

›Così fan tutte ossia La scuola degli amanti‹ (zu deutsch: So machen sie es alle oder Die Schule der Liebenden) lautet der vollständige Titel von Mozarts Drama giocoso, wobei das italienische »tutte« als weibliche Pluralform »alle Frauen« meint. Dieser Motto-Titel ist dem Andante Nr. 30 ›Tutti accusan le donne‹ (Alle klagen die Frauen an) entnommen, wo sich die männlichen Protagonisten auf den Slogan »Così fan tutte« einigen, nachdem Don Alfonso die Wette gewonnen hat. Darüber hinaus schließt diese Devise das einleitende Andante der Ouvertüre, auch steuert deren Presto-Sonatensatz mit seiner kleingliedrig-nervösen Motivik abermals auf das Motto zu. Überdies verweist es auf ›Le nozze di Figaro‹, wo Basilio im Terzett Nr. 7 behauptet: »Così fan tutte le belle« (So machen es alle schönen Frauen). Hierbei intoniert Basilio seine Feststellung unter anderem zu einem flinken Wechselton-Motiv, das in der Flötenstimme der ›Così‹-Ouvertüre (T. 35 ff.) wiederkehrt.

Trotz der das Werk insgesamt prägenden Rasanz, ist ›Così fan tutte‹ unter Mozarts Meisteropern die intimste. Die Öffentlichkeit ist auf der Bühne nicht vorhanden, weder im Kaffeehaus während der anfänglichen Wette noch sonstwo. Lediglich wird den Schwestern Öffentlichkeit vorgetäuscht: wie im Soldatenlied zur Abreise und zur Ankunft Guglielmos und Ferrandos so als Refrainchor zu deren Ständchen oder als Dienerschaft während des Finales. In all diesen Situationen sind die Leute von außen als gekaufte Komparsen Teil des Spiels. Damit dienen selbst die Außerhaus-Szenen im Garten oder am Strand lediglich der Täuschung der jungen Frauen.

Die durch das Intrigenspiel Don Alfonsos aus der Wirklichkeit der Handlung ausgesperrte Öffentlichkeit wird sozusagen auf die Sitze im Opernhaus verlagert. Und so wird das Publikum zum Beobachter der turbulenten Handlung und erfährt hierbei sogar mehr von den Bühnenakteuren und über sie als diese voneinander. Damit setzt Mozart beim mündigen Beobachter an und macht sich hierbei zunutze, daß Opernmusik, indem sie ihre Protagonisten zum Singen bringt, ohnehin ein emphatisches Moment eigentümlich ist. In Mozarts sublimer Partitur lernt der Hörer hierbei – und das mag seine aufs Publikum zielende Wirkungsabsicht gewesen sein – im Sinne einer Schule des Hörens die Unterscheidung der Tonfälle. Was an ihnen ist Ausdruck lauterer Innerlichkeit, wo tut sich in ihnen Überschwang, Aufgesetztheit, Ironie oder Selbststilisierung kund? Und damit erkennen die Hörer durch die Musik, was hinter den Selbsttäuschungen steckt, in denen alle Protagonisten, also nicht nur die beiden Liebespaare, befangen sind. Was soll man etwa von Don Alfonso halten, wenn er sich einerseits in dem zarten Terzettino »Soave il vento« (Sanft sei der Wind) den Segenswünschen der beiden Damen für ihre davonziehenden Liebsten vorbehaltlos anschließt, dann aber seinen nachfolgenden Rezitativ-Monolog »Non son cattivo comico« (Ich bin kein schlechter Komiker) in einem stürmisch aufbrausenden Accompagnato über die falschen Herzen der Frauen enden läßt? Steht diese Bitterkeit nicht mit seiner Selbstdarstellung eines Stoikers in Widerspruch? Ganz ähnlich läßt sich der Zynismus, mit dem Despina in ihren Buffo-Arien die Männer über einen Kamm schert, aus Erfahrungen der Kränkung und der Enttäuschung erklären.

Damit ist klar, daß die Musik Tiefenlotungen in die Charaktere vornimmt, unabhängig davon, ob sie dem Trug der Theater-auf-dem-Theater-Situationen erliegen oder diese Täuschungen selbst ins Werk setzen. Hierbei sind sie vor allem kommunikative und aufeinander reagierende Figuren. Daraus erklärt sich, daß nur 13 der 31 Nummern Arien sind, von denen wiederum lediglich drei innere Monologe darstellen. Und indem Mozart Secco-Rezitative immer wieder bruchlos in Accompagnati übergehen läßt oder Rezitative und Arien oft attacca aneinanderbindet, überspielt seine Musik gewissermaßen die Nummerngliederung, und zwar in noch virtuoserer Weise als in den vorausgegangenen Da-Ponte-Opern. Damit ist ›Così fan tutte‹ eine der brillantesten Ensemble-Opern des Repertoires, die Situationskomik und Charakterdarstellung auf einzigartige Weise verbindet. Nicht zuletzt wird darin die Verletzlichkeit der Protagonisten und die Brüchigkeit der zwischenmenschlichen Beziehungen thematisiert. Vielleicht am eindrucksvollsten im Trinkspruch des Larghetto-Kanons im Finale »E nel tuo, nel mio bicchiero« (Und in deinem und in meinem Glas): Am harmoniesüchtigen Herzenseinklang der beiden Frauen und Ferrandos mag sich der vierte im Bunde, nämlich Guglielmo, nicht beteiligen, so daß er in mühsam unterdrücktem Zorn verärgert dazwischengrummelt.

Ohnehin verfolgt die Musik nicht die Absicht, Don Alfonsos misogyne Ansichten über die Flatterhaftigkeit der Frauen zu bestätigen. Vielmehr schafft dessen Intrige unwillkürlich einen zeitlich begrenzten Erlebnisfreiraum: Zum einen machen die Protagonisten in ihm – durchaus auch schmerzliche – Grenzerfahrungen. Zum anderen setzt diese Spielzone in ihnen eine lustvolle Lebensintensität frei, die sie vorher wohl kaum in sich verspürt haben dürften. Dank dieser Ambivalenz wird das von Don Alfonso inszenierte Arrangement von den Akteuren transzendiert, indem sie ihrer Vitalität innewerden. Diese Selbsterkenntnis unterminiert geradewegs Don Alfonsos Absicht, die jungen Leute einer auf Ent-Täuschung gründenden und nüchternen Lebenshaltung zuzuführen, in der die Gefühle einer Vernunftsteuerung unterworfen sein sollen. Sowieso ist Alfonsos pädagogischem Vorgehen ein unfaires Moment eingraviert, nämlich das der Manipulation. So bleibt die ins Partnertausch-Szenario getriebene Jeunesse dorée des Stücks letztlich fremdbestimmt. Wie sich junge Leute autonom und selbstbestimmt auf ihrer Lebensreise bewähren, diese Fortsetzungsgeschichte zu ›Così fan tutte‹ erzählt Mozart dann in der ›Zauberflöte‹.

Textdichtung
Ursprünglich war Lorenzo Da Pontes Libretto, damals noch unter dem Titel ›La scuola degli amanti‹, für Antonio Salieri bestimmt, der bereits mit der Komposition begonnen hatte, freilich alsbald aus unbekannten Gründen das Projekt ad acta legte. Eine Auftragsvergabe direkt durch den Kaiser Joseph II. an Mozart, überdies nach einem vom Kaiser vorgeschlagenen Plot, ist damit als Legende entlarvt. Ebensowenig lassen sich für Da Pontes Text literarische oder sonstige Vorlagen finden, in denen das Handlungsgefüge des Operntextes bereits ausgeführt worden wäre. Freilich gibt es für die Motivkomplexe Treueprobe/Partnertausch in der Literatur von der Antike (Ovids ›Metamorphosen‹ mit dem Procris/Cephalus-Mythos in Buch VII) über Ariosts ›Orlando furioso‹ (1528) bis in die Gegenwart Da Pontes hinein etliche Bezüge, die einem belesenen Mann wie dem Librettisten geläufig gewesen sein dürften. Insbesondere sei in diesem Zusammen-

hang auf die damalige französische Literatur hingewiesen, etwa auf Pierre Carlet de Marivaux' Schauspiel ›La Dispute‹ (1744), auf Nicolas-Thomas Barthes Komödie ›Les Fausses Infidélités‹ (1768) und den 1782 erstmals erschienen Briefroman ›Les Liaisons dangereuses‹ von Pierre-Ambroise-François Choderlos de Laclos, der bereits im Jahr darauf ins Deutsche übersetzt worden war. Und daß Da Pontes Titel auf Molières Komödien ›Die Schule der Ehemänner‹ (1661) und ›Die Schule der Frauen‹ (1662) verweist, ist naheliegend. Der endgültige, auf dem gedruckten Libretto verzeichnete Doppeltitel ›Così fan tutte ossia La scuola degli amanti‹ dürfte wiederum eine Kompromißlösung darstellen zwischen Mozarts Eintrag in seinem eigenhändigen Werkverzeichnis, wo das Stück nur unter ›Così fan tutte‹ firmiert, und Da Pontes ursprünglichem Werktitel.

Ein dramaturgischer Kniff des Librettisten liegt darin, daß gleich am Anfang die zeitliche Begrenzung der Handlung auf einen einzigen Tag als Wettbedingung angesprochen wird. Die Zeit erscheint dadurch während des I. Akts gedrängt. Dieses Spannungsmoment tritt dann im II. Akt bis zum Beginn des Finales zugunsten von Zonen der Reflexion und der Vereinzelung der Protagonisten in den Hintergrund. Doch nicht nur im ausgeklügelten Zeitregime zeigt sich Da Pontes librettistisches Geschick, hinzu kommt der Anspielungsreichtum des Textes. Neben dem bereits erwähnten Selbstzitat aus ›Le nozze di Figaro‹ ist im Terzett Nr. 2 mit »l'araba fenice«, dem arabischen Phönix, eine Referenz an Pietro Metastasios ›Demetrio‹ (1731) eingebaut, und im Monolog Don Alfonsos in der 7. Szene zitiert Da Ponte aus der ›Arcadia‹ des Renaissance-Humanisten Jacopo Sannazaro. Bezüge zur Antike durchdringen das Libretto zuhauf, nicht zuletzt in Guglielmos Parade-Buffo-Arie »Rivolgete a lui lo sguardo« (KV 584), die noch vor der Uraufführung durch »Non siate ritrosi« (Nr. 15) ersetzt wurde. Selbst die klassische Juristensprache wird bemüht, wenn Despina als Notar die albanischen Fremden, weil sie deren Namen nicht kennt, Sempronio und Tizio nennt: Sempronius und Titius aber sind die im römischen Recht gebräuchlichen Namen zur Unterscheidung der in einer Rechtsangelegenheit involvierten Parteien. Überdies provozierte Despinas Hantieren im ersten Finale mit dem mesmerischen Magnetstein insbesondere in Wien das Gelächter des Publikums, da die wundersame Karriere des Doktor Franz Anton Mesmer (1734–1815) gerade dort ihren Anfang genommen hatte.

Geschichtliches

Zur Entstehung der Komposition liegen nur wenige gesicherte Daten vor. In einem an seinen Logenbruder Michael Puchberg aufgrund von Geldnöten gerichteten Bittbrief vom Dezember 1789 teilt Mozart dem Adressaten mit: »Künftigen Monat bekomme ich von der Direction (nach ietziger Einrichtung) 200 Ducaten für meine Oper.« Auf Silvester des Jahres lädt er Puchberg und Joseph Haydn »zu einer kleinen Oper=Probe« ein, und »im Jenner. 1790« trägt Mozart das Werk in sein ›Verzeichnüß aller meiner Werke‹ ein. Auch mit Blick auf das riesige kompositorische Arbeitspensum in Mozarts letzten Lebensjahren hält es die Forschung deshalb für wahrscheinlich, daß der Entstehungsprozeß für die Musik von ›Così fan tutte‹ auf den Herbst 1789 eingegrenzt werden kann. Überdies lassen zahlreiche Abbreviaturen und sonstige Notationserleichterungen in der autographen Partitur-Niederschrift darauf schließen, daß Mozart unter immensem Zeitdruck arbeitete. Am 26. Januar 1790 fand die Uraufführung im »kaiserl. königl. Nazional-Hoftheater« statt. Die Interpreten kannte Mozart bereits aus vorausgegangenen Produktionen, allen voran Da Pontes Geliebte Adriana Ferrarese del Bene, Mozarts Susanna in der ›Figaro‹-Wiederaufnahme von 1789, deren exorbitanter Stimmumfang nun die Rolle der Fiordiligi prägte. Die Oper war erfolgreich, so daß es zu vier Folge-Aufführungen kam. Doch verhinderte der Tod des Kaisers am 20. Februar und die folgende Zeit der Staatstrauer zunächst weitere Vorstellungen, erst im Juli und August des Jahres gelangte das Werk wieder auf den Spielplan.

Im darauffolgenden Jahr ging es in Frankfurt, Mainz, Prag, Leipzig, Dresden und auch in Amsterdam über die Bühne. Schon damals setzte eine beinahe das ganze 19. Jahrhundert anhaltende Bearbeitungswelle ein, in der das Stück, mit gesprochenen Dialogen versehen, zum deutschen Singspiel umgearbeitet wurde. Insbesondere wurde dem Libretto seine angebliche Frivolität vorgehalten. Neufassungen des Textes legten es darauf an, derlei Klippen zu umschiffen, doch etliche der Überarbeitungen glichen Verballhornungen. Auch Beethoven äußerte Vorbehalte gegen das Sujet, was ihn freilich nicht daran hinderte, an Fiordiligis Rondò aus dem II.

Akt »Per pietà, ben mio, perdona« (Ich bitte dich, Geliebter, verzeihe) für die Leonoren-Arie und am Kanon des Finales für den ›Fidelio‹-Kanon Maß zu nehmen.

Erst in der Münchner Inszenierung Ernst von Possarts (musikalische Leitung: Richard Strauss) von 1897 gelangte man wieder mit einer dem Original nahekommenden Übersetzung Hermann Levis – so Ulrich Schreiber – »zu einer werkgerechten Rezeption«. Daß der italienische Originaltext verbindlich wurde, ist nicht zuletzt den Salzburger Produktionen in den Jahren nach dem Zweiten Weltkrieg zu verdanken. Seitdem wird ›Così fan tutte‹ unter die Hauptwerke des Mozartschen Opern-Œuvres eingereiht, wobei selbst heute noch mitunter Kürzungen in den Rezitativen vorgenommen werden oder Ferrandos Arie Nr. 24 »Ah lo veggio, quell'anima bella« (Ich sehe, diese schöne Seele) gestrichen wird. Die Inszenierungsgeschichte ist inzwischen kaum noch überschaubar. Große Aufmerksamkeit erregte Peter Sellars' 1984 erstmals in Castle Hill, Boston, gezeigte und vielfach tournierende Inszenierung, die in einem amerikanischen Coffee-Shop der 1950er Jahre spielte. Doch auch ohne Zeit-Transfer gelangen unverstaubte Inszenierungen, etwa ebenfalls anno 1984 Willy Deckers im Schloßtheater von Drottningholm gezeigte Produktion unter der musikalischen Leitung von Arnold Östman, der im Zuge der sogenannten Originalklang-Bewegung auf historischem Instrumentarium musizieren ließ. Daß inzwischen auch auf modernen Instrumenten Mozarts Musik historisch informiert interpretiert wird, für diesen Standard setzte insbesondere Nikolaus Harnoncourt Maßstäbe, der in den zurückliegenden Jahrzehnten ›Così fan tutte‹ mit erstklassigen Gesangsstars an den ersten Bühnen der Welt mehrfach herausbrachte, beispielsweise 2000 in Zürich in der Regie von Jürgen Flimm. Eine neue Werkdeutung gelang Ursel und Karl-Ernst Herrmanns in Salzburg erstmals 2004 gezeigter Inszenierung, in der die Frauen die Männer bei der Planung der Intrige beobachteten. Nun war für alle Beteiligten Chancengleichheit hergestellt.

R. M.

La clemenza di Tito (Titus)

Opera seria in zwei Akten. Dichtung nach Pietro Metastasio von Caterino Mazzolà.

Solisten: *Titus Vespasianus*, römischer Kaiser (Lyrischer Tenor, gr. P.) – *Vitellia*, Tochter des Kaisers Vitellius (Dramatischer Koloratursopran, gr. P.) – *Servilia*, Schwester des Sextus (Lyrischer Sopran, auch Lyrischer Koloratursopran, m. P.) – *Sextus*, Freund des Titus (Lyrischer Mezzosopran, ursprünglich Kastrat, gr. P.) – *Annius*, Freund des Sextus (Lyrischer Mezzosopran, gr. P.) – *Publius*, Anführer der Prätorianer (Charakterbaß, m. P.).
Chor: Senatoren – Abgesandte fremder Völker – Prätorianer – Liktoren – Volk (m. Chp.).
Ort: Rom.
Schauplätze: Im Haus der Vitellia – Forum mit Triumphbogen – Kaiserlicher Garten auf dem Palatinischen Hügel – Platz vor dem Kapitol – Die kaiserlichen Gärten – Großer Saal – Prachtvoller Platz vor einem Amphitheater.
Zeit: Im Jahre 79 n. Chr.
Orchester: 2 Fl., 2 Ob., 2 Kl. (I. auch Bassettklarinette, auch Bh.), 2 Fag., 2 Hr., 2 Trp., P., Str.
Gliederung: Ouvertüre und 26 musikalische Nummern, die teils durch Secco-, teils durch Accompagnato-Rezitative miteinander verbunden sind.

Spieldauer: Etwa 2½ Stunden.

Handlung
Vitellia, die Tochter des entthronten Kaisers Vitellius, wird von dem jungen Römer Sextus geliebt. Sie ist jedoch nur unter der Bedingung bereit, ihn zu heiraten, daß er den ihr verhaßten Kaiser Titus töte. Denn dieser hat sie, die einen legitimen Anspruch auf den Thron zu haben glaubt, nicht zu seiner Gattin erwählt. Der ihr hörige Sextus ist bereit, die Tat auszuführen, obwohl er einer der besten Freunde des Kaisers ist. Als sich Vitellia entfernt hat, erscheint Annius, der mit Sextus befreundet ist und dessen Schwester Servilia liebt. Sextus ist einverstanden, daß er Servilia heirate. – Auf dem Forum begrüßt das Volk mit lautem Jubel Titus. Der Kaiser dankt und bekennt, daß er es als seine höchste Pflicht erachte, Bedrängten beizustehen und Wohltaten zu erweisen. Nachdem sich das Volk zerstreut hat, gibt Titus dem Sextus seinen Entschluß bekannt, Servilia zu heiraten. Als Annius der Geliebten die Nachricht von dem Vorhaben des Kaisers überbringt, versichert sie ihn ihrer Treue

aufs neue. – Mutig begibt sie sich zu dem Kaiser selbst und teilt ihm offen mit, daß sie ihre Hand bereits dem Annius versprochen habe. Titus ist von der ehrlichen Gesinnung des Mädchens bewegt und verzichtet zugunsten seines Freundes Annius auf die Heirat mit Servilia. Sextus schickt sich an, obwohl von Gewissensqualen bedrängt, Vitellias grausames Verlangen zu erfüllen. Unterdessen teilt Publius, der Führer der Prätorianer, Vitellia mit, daß Titus sich entschlossen habe, nunmehr sie als seine Gattin zur Kaiserin zu erheben. Verzweifelt sucht Vitellia Sextus von der veränderten Situation zu verständigen. – Es ist jedoch zu spät. Das Kapitol steht bereits in Flammen. Auf dem Platz vor dem Kapitol begegnet Annius dem ihm scheu ausweichenden Sextus. Er kann sich das sonderbare Verhalten des Freundes nicht erklären. Aus der Ferne ertönen die Schreckensschreie der Menge. Publius ist um Titus besorgt. Da stürzt Vitellia herbei; sie stößt auf Sextus, der mit verstörtem Gesichtsausdruck berichtet, daß Titus von Verräterhand gefallen sei. Mit Mühe kann Vitellia ihn davon abhalten, sich selbst als Täter zu bezichtigen. Erschüttert schließen sich die Anwesenden den von weitem vernehmbaren empörten Äußerungen des Volkes über die verruchte Tat an.

Annius beschwört Sextus, nicht zu fliehen, sondern sich dem Kaiser, der bei dem Aufruhr nicht ums Leben gekommen war, reumütig anzuvertrauen. Inzwischen wurde aber Sextus von Lentulus, dem Haupt der Verschwörer, verraten. Publius erscheint und nimmt Sextus das Schwert ab; sodann läßt er ihn von den Wachen abführen. – In einem großen Saal haben sich Römer und Abgesandte fremder Völker versammelt. Sie danken Zeus für die Errettung des gütigen Kaisers, während dieser sich über die Liebe und Zuneigung des Volkes beglückt zeigt. Der Senat hat Sextus zum Tod in der Arena verurteilt; der Kaiser muß aber das Urteil noch bestätigen. Annius weiß Titus zu bestimmen, vorher Sextus noch anzuhören. Tief beschämt tritt dieser vor die Augen seines Kaisers. Er wagt nicht, ihn um Begnadigung zu bitten, fleht ihn aber an, ihm angesichts seiner Reue noch einmal sein gütiges Herz zu öffnen und ihm zu verzeihen, dann würde er leichter sterben. Nachdem Sextus wieder abgeführt worden ist, bedenkt Titus die Sinnlosigkeit eines Herrschertums, das nur auf Tyrannei gegründet ist: könne er sich die Treue des Volkes nicht durch Liebe erringen, nütze ihm ein durch Sklaverei erzwungenes Untertanentum auch nichts. – Inzwischen wußte Servilia Vitellia zu überzeugen, daß sie nicht durch Tränen, sondern nur durch Taten den Geliebten retten könne. Vitellia ringt sich zu dem Entschluß durch, dem Kaiser zu gestehen, daß sie es war, die Sextus zu dem Verrat verführt habe. – Vor dem Kolosseum, in dem die Verräter angesichts einer großen Menschenmenge von wilden Tieren zerrissen werden sollen, fällt Vitellia dem Kaiser zu Füßen und bekennt sich als Anstifterin des Aufruhrs, die allein die harte Strafe verdiene. Aber Titus verzeiht großmütig seinen Feinden und läßt den Verurteilten die Ketten abnehmen. Bewegt rufen alle die ewigen Götter an, daß sie dem römischen Volk den gütigen Herrscher noch lange erhalten mögen.

Stilistische Stellung

Mozart hat bei seinem ›Titus‹ das starre Formschema der Opera seria dadurch aufgelockert, daß er elf Arien die gleiche Anzahl von Ensemble-Nummern gegenüberstellte. Ganz dem Brauch der Seria entsprechend erfolgt die Verwendung von Kastraten, die allerdings bei der Uraufführung nicht zur Verfügung standen und deren Partien (Sextus und Annius) daher mit Frauen besetzt werden mußten. Zur Erzielung prunkhafter musikalischer Wirkungen gehört auch die Ausstattung mit brillantem Koloraturgesang und mit viruosen Instrumentalsoli (Nr. 9 mit Soloklarinette und Nr. 23 mit obligatem Bassetthorn). Aus einem Erstentwurf geht hervor, daß Mozart die Partie des Sextus ursprünglich für Tenor setzen wollte. Dem Auftrag entsprechend ist das Werk vornehmlich auf äußeren Glanz angelegt.

Textdichtung

Das Libretto ›La clemenza di Tito‹ (›Die Güte des Titus‹) wurde von Pietro Metastasio (1698–1782), dem von den Zeitgenossen vergötterten kaiserlichen Hofpoeten Wiens, verfaßt. Das Stück kam zunächst mit der Musik von Antonio Caldara im Rahmen der Namenstagsfeierlichkeiten für Kaiser Karl VI. im Jahre 1734 in Wien zur Aufführung. Für Mozart wurde das Textbuch von dem Dresdner Hofdichter Caterino Mazzolà eingerichtet. Dabei kürzte der Bearbeiter das Original Metastasios auf zwei Akte und baute der Operndichtung – wohl auf Verlangen des Komponisten – eine Reihe von Ensemble-Nummern neu ein (neue deutsche Übersetzung von Kurt Honolka, 1971).

Geschichtliches
Mitte Juli 1791 erhielt Mozart von den böhmischen Ständen den Auftrag, zur Feier der Krönung Leopolds II. zum König von Böhmen eine Festoper zu schreiben. Als Sujet wurde dem Meister das schon früher vielfach vertonte Libretto Metastasios bestimmt. Mozart entledigte sich der Aufgabe neben der Arbeit an der ›Zauberflöte‹ in der kurzen Zeit von etwa fünfzig Tagen. Mitte August begab er sich nach Prag, wo er die Partitur zum Abschluß brachte und das Werk einstudierte. Zur Vertonung der Secco-Rezitative war der vielbeschäftigte Komponist in der Eile allerdings nicht mehr gekommen; er ließ sie wahrscheinlich von seinem Schüler Franz Xaver Süßmayr schreiben. Am 6. September 1791 erfolgte sodann unter der Leitung des Meisters die Uraufführung in Prag. Das Werk wurde nicht mit dem gleichen Enthusiasmus aufgenommen wie seinerzeit die Aufführungen von ›Figaros Hochzeit‹ und ›Don Giovanni‹. Der Hauptgrund hierfür dürfte wohl darin zu erblicken sein, daß Ende des 18. Jahrhunderts der Typus der Opera seria infolge der veränderten Kunstanschauungen nicht mehr zeitgemäß war. Anno 2002 wurde an der Nederlandse Opera Amsterdam (Regie: Pierre Audi, Dirigent: Hartmut Haenchen) eine Neufassung des ›Titus‹ vorgestellt, für die Manfred Trojahn bei unveränderter Übernahme der von Mozart stammenden Werkteile und der ursprünglichen Orchesterbesetzung die Rezitativtexte neu komponierte. Die Secco-Rezitative wichen hierbei orchestral durchkomponierten Passagen. Obschon auf historisierende Stilimitation verzichtend, lauscht Trojahns Musik an den von Mozart weg oder zu ihm hinführenden Scharnierstellen in die Original-Komposition hinein. In tonalen Rudimenten scheint dann in der Art von Nachklängen bzw. Antizipationen Mozarts Musik in derjenigen von Trojahn auf.

R. K./R. M.

Die Zauberflöte

Eine deutsche Oper in zwei Aufzügen. Dichtung von Emanuel Schikaneder.

Solisten: *Sarastro* (Seriöser Baß, gr. P.) – *Tamino* (Lyrischer Tenor, gr. P.) – *Sprecher* (Bariton, auch Baß, kl. P.) – *1. Priester, eine Stimme von innen* (Heldenbariton, auch Charakterbaß, m. P.) – *2. Priester* (Tenor, kl. P.) – *3. Priester* (Sprechrolle, kl. P.) – *Königin der Nacht* (Dramatischer Koloratursopran, m. P.) – *Pamina, ihre Tochter* (Lyrischer Sopran, gr. P.) – *1. Dame* (Jugendlich-dramatischer Sopran, m. P.) – *2. Dame* (Jugendlich-dramatischer Sopran, auch Dramatischer Mezzosopran, m. P) – *3. Dame* (Tiefer Alt, m. P.) – *1. Knabe* (Sopran, auch Knabensopran, m. P.) – *2. Knabe* (Mezzosopran, auch Knabenmezzo, m. P.) – *3. Knabe* (Alt, auch Knabenalt, m. P.) – *Ein altes Weib [Papagena]* (Soubrette, m. P.) – *Papageno* (Lyrischer Bariton, auch Spielbariton, gr. P.) – *Monostatos, ein Mohr* (Spieltenor, auch Charaktertenor, m. P.) – *1. geharnischter Mann* (Heldentenor, kl. P.) – *2. geharnischter Mann* (Seriöser Baß, auch Charakterbaß, kl. P.) – *3 Sklaven*, (Sprechrollen, kl. P.).
1. Priester vermutlich nicht identisch mit dem Sprecher, wie in der heutigen Bühnenpraxis üblich. **Chor**: Priester, Sklaven (Männer) – Gefolge: Männer und Frauen (Männerchor: m. Chp., Frauenchor: kl. Chp.).
Ballett: Mohrentanz (I. Akt, Finale).
Schauplätze: Rauhe Felsengegend – Prächtiges Gemach mit sternenverziertem Thron – Felsengegend wie zuvor – Prächtiges ägyptisches Zimmer – Ein von drei Tempeln eingefaßter Hain – Wald aus silbernen Palmen mit goldenen Wedeln, darin 18 Sitze, auf denen Pyramiden stehen – Vorhof des Tempels – Garten mit Laube und Rasenbank – Halle, in die ein Flugwerk hereinschwebt – Gewölbe von Pyramiden – Garten – Berg mit inwendigem Feuer und ein Berg mit Wasserfall im Innern, zwischen den Bergen erhöht eine Pyramide, eine Tür die sich später zu einem hell erleuchteten Tempel öffnet – Garten wie zuvor – Eine den Theaterraum ausfüllende Sonne.
Zeit: Keine Zeitangabe.
Orchester: 2 Fl. (II. auch Picc.), 2 Ob., 2 Kl. (auch 2 Bh.), 2 Fag., 2 Hr., 2 Trp., 3 Pos., P., Glsp., Str. – Bühnenmusik: Panflöte; für den dreimaligen Akkord im II. Akt (jeweils aus dem Orchester zu besetzen): 2 Fl., 2 Ob., 2 Bh., 2 Fag., 2 Hr., 2 Trp., 3 Pos.
Gliederung: Ouvertüre und 21 Musiknummern,

die durch einen gesprochenen Dialog miteinander verbunden sind.
Spieldauer: Etwa 3 Stunden.

Handlung
Vorgeschichte: Einst herrschten Paminas Eltern, die Königin der Nacht und ihr Mann, der Träger des siebenfachen Sonnenkreises, gemeinsam. In einer magischen Stunde fertigte Paminas Vater aus dem Geäst einer uralten Eiche eine Zauberflöte, deren Klang schützende und befriedende Kräfte entströmen. Kurz vor seinem Tod vermachte er den Sonnenkreis einer Schar geweihter Männer, deren Anführer Sarastro ihn seitdem verwaltet. Mit dem Verlust des Sonnenkreises hat sich die Königin der Nacht nie abgefunden. Die Feindschaft zu Sarastro resultiert daraus. Sarastro wiederum verschleppte Pamina in sein Reich, um sie dem Einfluß der Mutter zu entziehen.

Prinz Tamino hat sich auf der Flucht vor einer monströsen Schlange in eine felsige Gegend verirrt und fällt in Ohnmacht. Drei in Diensten der nächtlichen Königin stehende Damen bereiten dem Untier den Garaus und machen sich auf den Weg, um ihrer Fürstin über das Vorgefallene Bericht zu erstatten. Tamino kommt wieder zu sich und sieht Papageno, der den Haushalt der Königin mit wilden Vögeln beliefert, herannahen. Der versucht dem Prinzen zu imponieren, indem er sich als Bezwinger der Schlange ausgibt. Diese Lüge ruft die drei Damen wieder auf den Plan. Sie strafen Papageno für seine Aufschneiderei, indem sie ihm ein Schloß vor den Mund schlagen, so daß er nicht mehr sprechen kann. Sie geben sich Tamino als die tatsächlichen Siegerinnen über die Schlange zu erkennen und händigen ihm im Auftrag der Königin ein Medaillon mit Paminas Porträt aus. Sogleich erwacht Taminos Liebe zu Pamina. Als er von ihrer Entführung durch Sarastro erfährt, ist er zu Paminas unverzüglicher Befreiung bereit. Daraufhin erscheint die Königin höchstselbst und beauftragt Tamino mit der Rettung ihrer Tochter. Zum Lohn soll er Paminas Hand erhalten. Ebenso plötzlich, wie sie erschienen war, ist die Königin der Nacht auch wieder verschwunden. Die drei Damen entfernen das Schloß von Papagenos Mund, überreichen Tamino die schutzkräftige Zauberflöte, bestimmen Papageno, dem sie ein silbernes Glockenspiel übereignen, gegen seinen Willen zu Taminos Diener und verabschieden beide in das Reich Sarastros, wo sie sich unter den Schutz von drei Knaben stellen sollen. – Während sich drei Sklaven in einem ägyptisch eingerichteten Zimmer zu schaffen machen, freuen sie sich darüber, daß Pamina ihrem aufdringlichen Bewacher Monostatos entwischt sei. Tatsächlich aber hat Monostatos Pamina wieder eingefangen. Bevor er sich jedoch abermals an Pamina heranmachen kann, tritt Papageno herein: Wechselweise erschrecken Monostatos und Papageno über das Aussehen des anderen, so daß Monostatos Reißaus nimmt. Papageno berichtet Pamina über Tamino, seine Liebe zu ihr und sein Rettungsvorhaben, und Vogelfänger und Prinzessin fassen Zutrauen zueinander. – In einem Hain, der von der Vernunft, der Weisheit und der Natur geweihten Tempeln eingefaßt ist, trifft Tamino auf die drei Knaben, die ihn ermahnen, »standhaft, duldsam und verschwiegen« zu sein. Seine Versuche, in die Tempel zu gelangen, werden von unsichtbaren Stimmen vereitelt. Alsbald aber tritt aus dem Weisheitstempel ein Priester, dessen Worte und Verhalten Tamino zutiefst verunsichern. Obgleich der Priester Paminas Entführung durch Sarastro zugibt, weckt er in Tamino Zweifel über die redlichen Absichten von Paminas Mutter. Aufgrund eines Schweigegelübdes ist es dem Priester zwar nicht erlaubt, Tamino Klarheit über Sarastros Pläne zu verschaffen, doch bittet er Tamino freundschaftlich, sich der Priesterschaft anzuschließen. Danach zieht sich der Priester wieder zurück, doch Stimmen aus dem Inneren der Tempel bestätigen dem darüber zweifelnden Tamino, daß Pamina noch am Leben sei. Aus Freude über diese Nachricht spielt Tamino ein erstes Mal auf der Zauberflöte. Ihr Ton lockt wilde Tiere herbei, die unter ihrem Klang zahm werden. Auch Papageno hat die Flöte gehört, denn dessen Pfeifchen antwortet alsbald. Und so macht sich Tamino auf, um Papageno ausfindig zu machen. – Papageno und Pamina sind wiederum auf der Suche nach Tamino. Monostatos und seine Sklaven aber sind ihnen dicht auf den Fersen. Fast schon hat Monostatos die Fliehenden erreicht, da besinnt sich Papageno auf das Kästchen mit den Glöckchen. Zum Erstaunen von Papageno und Pamina zwingt ihr Klang Monostatos und seine Schar tanzend und singend zum Rückzug. Als ein freudiger Tumult Sarastro ankündigt, ist an Flucht nicht mehr zu denken. Pamina gesteht, aus Abscheu vor dem zudringlichen Monostatos die Flucht gewagt zu haben. Sarastro reagiert verständnisvoll, verweigert ihr aber weiterhin die Rückkehr zu ihrer Mutter. Da führt Monostatos

Tamino herein. Tamino und Pamina fallen einander in spontaner Zuneigung um den Hals. Monostatos rühmt sich, Paminas Flucht vereitelt zu haben, bekommt aber von Sarastro anstatt des erhofften Lohnes Stockhiebe auf die Fußsohlen in Aussicht gestellt. Auf Geheiß Sarastros werden Tamino und Papageno in den Prüfungstempel geführt.

In einem Palmenhain kommt die Priesterschaft zur Beratung zusammen. Sarastro erhält von den Priestern Zustimmung für sein Vorhaben, Tamino durch das dafür vorgesehene Prüfungsritual in den Kreis der Eingeweihten aufzunehmen und gemäß göttlicher Vorsehung mit Pamina zu verheiraten. Auch Papageno solle den Prüfungen unterzogen werden. Sarastro und die Priester erflehen für die Prüflinge den Schutz der Götter. – Tamino und Papageno werden zu nächtlicher Stunde vom Sprecher und einem anderen Priester in den Vorhof des Prüfungstempels geführt. Sie fordern von den beiden Probanden die verbindliche Zustimmung zum Prüfungsritual. Anders als Tamino, der sich ohne Zögern damit einverstanden erklärt, kann sich Papageno erst dadurch zu einem Ja entschließen, daß ihm eine Papagena in Aussicht gestellt wird. Als erste Probe ihrer Zuverlässigkeit bekommen die beiden ein Sprechverbot insbesondere gegenüber Frauen auferlegt. Kaum sind Priester und Sprecher davongegangen, haben sich auch schon die drei Damen zu Tamino und Papageno geschlichen, um sie von dem Prüfungsabenteuer abzubringen. Doch wird ihre Anwesenheit alsbald von den Priestern bemerkt, unter Blitz und Donner versinken sie im Boden. Auch Papageno fällt vor Schreck auf die Erde. – In einem Garten liegt die schlafende Pamina. Monostatos will die Gunst der Stunde nutzen und sich an dem Mädchen vergehen. Doch tritt die Königin aus einer Versenkung heraus, und Monostatos flüchtet in ein Versteck, um zu belauschen, was Mutter und Tochter miteinander zu bereden haben. Nichts weniger verlangt die Königin von Pamina, als Sarastro zu ermorden und ihr den Sonnenkreis auszuliefern. Pamina aber will sie verstoßen, sollte sie sich dem Ansinnen der Mutter verweigern. Die Königin drückt der bestürzten Pamina einen Dolch in die Hand und versinkt wieder in der Tiefe. Monostatos wiederum will nun Pamina mit seinem erlauschten Wissen um den Mordplan der Königin erpressen. Doch die wehrt seine Avancen selbst dann noch ab, als er sie mit dem Tode bedroht. Gerade noch rechtzeitig tritt Sarastro dazwischen und jagt Monostatos davon, der sich von jetzt ab der Königin der Nacht andienen will. Pamina befürchtet, daß Sarastro an ihrer Mutter Rache nehmen wolle. Aber Sarastro versucht sie mit der Friedensbotschaft zu beruhigen, daß in seinem Reich die Feindesliebe oberstes Gebot sei. – Sprecher und Priester haben Tamino und Papageno in eine Halle geführt. Von nun an ist über die beiden Prüflinge ein absolutes Sprechverbot verhängt. Papageno aber ist mißmutig und ihn dürstet. Da reicht ihm ein häßliches altes Weib einen Becher mit Wasser: Sie sei achtzehn Jahre und zwei Minuten alt, und ihr Liebster heiße Papageno. Bevor die Alte Papageno ihren Namen nennen kann, wird sie von Donnergetöse verscheucht. Statt dessen kommen die drei Knaben hereingeschwebt. Sie geben Tamino und Papageno die Zauberflöte und die Glöckchen zurück, die den beiden bei ihrer Gefangennahme abgenommen worden waren. Die Knaben haben auch eine Mahlzeit mitgebracht und ermahnen ihre Schützlinge zum Durchhalten. Wieder allein, läßt es sich Papageno schmecken, während Tamino auf der Flöte bläst und damit Pamina herbeilockt. Das Schweigen Taminos ist ihr unbegreiflich, und so geht sie im Glauben, daß Tamino sich von ihr abgewendet habe in Todesgedanken von dannen. Daraufhin ermahnt ein dreimaliges Signal Tamino und Papageno, ihre Wanderschaft fortzusetzen. Papageno aber will lieber weiter schmausen. Tamino zieht den widerwilligen Papageno mit sich fort. – In einem Pyramidengewölbe haben sich Sarastro und seine Priester versammelt. Sie sind zuversichtlich, daß Tamino die Prüfung bestehen werde. Sarastro eröffnet Tamino und Pamina, daß nun die Stunde des letzten Lebewohls geschlagen habe. Die Liebenden nehmen voneinander Abschied. Pamina ist außer sich. Alle entfernen sich, nur Papageno bleibt verängstigt zurück, bis der Sprecher zu ihm tritt, um ihm sein Scheitern im Prüfungsverfahren mitzuteilen. Papageno ist das herzlich egal. Viel lieber wäre ihm ein Becher Wein, der prompt aus der Erde emporsteigt. Beschwingt vom Alkoholgenuß, schlägt er das Glockenspiel an, dessen Gebimmel das alte häßliche Weib herbeiruft. Die Alte nötigt Papageno mit der Drohung, sonst für immer in dem Gewölbe eingesperrt zu bleiben, ein Eheversprechen ab. Doch nach dem Schwur verwandelt sie sich in eine entzückende junge Frau: niemand anderes als Papagena. Die wird vom Sprecher sofort verscheucht, weil Papageno ihrer noch nicht würdig sei. – Die drei Knaben schweben in einen Garten herab. Ihre Hoffnung darauf, daß der anbrechende Morgen dank Taminos Standhaftigkeit eine Zeitenwende zu allgemeinem Frieden herbeiführen möge, weicht der Sorge um Pamina, die sich aus Kummer über die erlittenen Enttäuschungen das Leben nehmen will. Im letzten Moment greifen die drei Knaben ein. Sie klären Pamina darüber auf, daß Tamino ihr nach wie vor in Liebe zugetan sei, und geleiten sie auf dem Weg zu ihm. – Vor zwei Bergen – der eine mit einem Feuer, der andere mit einem Wasserfall im Innern – stehen zwei Männer im Harnisch und lesen Tamino die Hieroglyphen vor, die auf einer zwischen den Bergen erhöht gelagerten Pyramide geschrieben stehen. Tamino ist im Begriff, sich der von der Inschrift geforderten Feuer- und Wasserprobe zu unterziehen, doch da ist Paminas Stimme zu vernehmen. Nun gilt das Schweigegebot nicht mehr, und Pamina und Tamino beschreiten gemeinsam unter dem schützenden Klang der Zauberflöte den gefährlichen Pfad durch das Feuer des einen und durch den Wassersturz des anderen Berges. Danach dringt aus einer sich öffnenden Tür helles Licht, und das Paar wird von einer Schar von Männern und Frauen ins Tempelinnere zu den Eingeweihten der Göttin Isis gerufen. – Indessen schwenkt die Szene zurück in den Garten: Aus Gram über den Verlust Papagenas will sich Papageno erhängen. Wieder verhindern die drei Knaben, daß es zum Äußersten kommt. Sie raten Papageno, abermals das Glockenspiel zum Klingen zu bringen, und siehe da: Papagena eilt herbei, um sich endlich mit Papageno zu vereinen. – Unterdessen tut sich die Erde auf, und Monostatos, die drei Damen und die Königin der Nacht treten zusammen. Sie haben einen Anschlag auf den Tempel geplant, und Monostatos' Lohn für seine Mittäterschaft soll die Ehe mit Pamina sein. Doch Donner, Blitz und Sturm setzen dem Komplott ein schnelles Ende. Unter Wehgeschrei stürzt die Verschwörerschar in die Tiefe, während Sarastro den Sieg des Tags über die Nacht verkündet. Im Glanz der Sonne werden Pamina und Tamino im Kreis der Eingeweihten umjubelt.

Stilistische Stellung
Mozarts letzte Oper ist ein pluralistisches Kunstwerk. Denn um den Protagonisten eine unverwechselbare musikalische Physiognomie und dem Geschehen Plastizität zu verleihen, griff der Komponist verschiedenste musikalische Genres auf. Der pathetische Ton der Opera seria (in den Arien der Königin der Nacht) steht neben dem Volkslied (etwa Papagenos Gesänge) und dem geistlichen Lied (Sarastros Hallen-Arie); gelehrte Kontrapunktik (etwa in der Ouvertüre oder dem Gesang der Geharnischten) begegnet empfindsamer Innerlichkeit (die Arien Taminos und Paminas), der Hymnus geht mit musikalischem Slapstick Hand in Hand, und Humor und Ernst treffen unvermittelt aufeinander oder durchmischen sich. Eine Wertigkeit der musikalischen Stile existiert in Mozarts Komposition also nicht. Mag sich diese stilistische Vielfalt auch aus den Erfordernissen des Wiener Vorstadttheaters, für das die ›Zauberflöte‹ ja geschrieben wurde, herleiten, so ist dennoch erstaunlich, daß kein einziges der damaligen Konkurrenzwerke dieses Genres im Repertoire geblieben ist. Daß sie samt und sonders von der ›Zauberflöte‹ verdrängt wurden, mag darin begründet sein, daß Komponist und Librettist nicht bloß ein unterhaltsames Klangspektakel ablieferten, sondern auf eine schlüssige Dramaturgie und werkübergreifende Vernetzung achteten. So agieren die Protagonisten in einer polaren Welt, die vom Gegensatz zwischen dem Reich der Königin der Nacht zum einen und dem Priesterstaat Sarastros zum anderen beherrscht ist. In diesem Zusammenhang schuf Mozart für die Priesterschaft mit Anleihen an die damalige Sakralmusik ein Idiom, das seinerzeit auf der Opernbühne ungewöhnlich war. Auch sind in Wort und Ton immer wieder Verweise auf die Freimaurerei und ihr dreistufiges Prüfungsritual eingearbeitet. Die Strukturierung von Handlung und Musik durch die Dreizahl ist hierbei das auffälligste Moment, sie gliedert beispielsweise das auch in die Ouvertüre eingearbeitete und im Verlauf des II. Aktes der Oper mehrmals erklingende Bläsersignal. Dennoch wäre es abwegig, die ›Zauberflöte‹ als Freimaurer-Apologie zu verstehen. Denn zwar herrschen in der nächtlichen Welt der Königin Machtgier und Trug, doch auch der Vernunftwelt der – überdies misogynen – Eingeweihten gebricht es an Menschlichkeit, wenn etwa das Prüfungsritual sogar Todesgefahren miteinschließt. Damit geht es sowohl für das hohe Paar (Tamino und Pamina), als auch für das niedere (Papageno und Papagena) letztlich darum, sich in der zerspaltenen ›Zauberflöten‹-Welt autonom einen Weg zum Lebensglück zu bahnen. Deshalb steht für die Figuren auf der Bühne wie auch für das Publikum immer wieder neu zur Debatte, wie es um Gut

und Böse in diesem Stück eigentlich bestellt ist. Aus diesem Grund spielt Mozarts Musik virtuos mit dem Wechsel zwischen Einfühlungsdramatik zum einen und der ironischen Distanz zum Geschehen oder zum Text zum anderen. In diesem Verunsicherungsfaktor liegt vielleicht ihr stärkstes, ihr aufklärerisches Potential.

Textdichtung

Es ist nicht bekannt, wie Mozart bzw. sein Librettist Emanuel Schikaneder (1751–1812) auf den Plot der ›Zauberflöte‹ kamen. Von einer dominierenden literarischen Vorlage kann jedenfalls keine Rede sein. Daß Komponist und Librettist mit ihrem Stück auf die Maschinenkomödien reagierten, die in den Wiener Vorstadttheatern das Publikum belustigten und mit Zaubereffekten in Erstaunen versetzten, liegt jedoch auf der Hand. Ebenso ist klar, daß Schikaneder als Prinzipal des in der Wiedener Vorstadt gelegenen Freihaustheaters dessen technische Möglichkeiten optimal nutzen wollte. Beispielsweise geben die im Stück vorgesehenen zahlreichen Versenkungen darauf einen Hinweis. Ebenso wurde die beträchtliche Tiefe der Wiedener Bühne dazu genutzt, vor einem Zwischenvorhang weiterspielen zu lassen, während dahinter für die darauffolgende Szene bereits umgebaut wurde. Auch ist davon auszugehen, daß das Stück so eingerichtet wurde, daß Schikaneders aus Sängern und Schauspielern bestehendes Ensemble glänzen konnte. Allen voran Schikaneder selbst: Denn die Rolle des Papageno hatte er sich auf den Leib geschrieben. Wie auch die Konkurrenz der anderen Vorstadttheater nutzten Mozart und Schikaneder die von Christoph Martin Wieland von 1786 bis 1789 herausgegebene Märchensammlung ›Dschinnistan‹ als Steinbruch. Etliche dieser Märchen lieferten Handlungsmotive und Vorläuferfiguren fürs ›Zauberflöten‹-Libretto. Außerdem boten die Produktionen auf den Wiener Konkurrenzbühnen Inspiration. So trug sich etwa die Handlung von Wenzel Müllers Singspiel ›Das Sonnenfest der Brahminen‹, das 1790 im Theater in der Leopoldstadt auf einen Text von Karl Friedrich Hensler aufgeführt wurde, wie alsbald in der ›Zauberflöte‹ in einem Priesterstaat zu. Eine weitere Fundgrube bot die ›Geschichte des Sethos‹, eine romanhafte Ägypten-Fiktion des Abbé Jean Terrasson aus dem Jahr 1731 in der deutschen Übersetzung von Matthias Claudius von 1777/78. Vor allem aber griff der Freimaurer Ignaz von Born neben allerlei antiken Quellen auf diesen Roman zurück, als er in seinem Essay ›Über die Mysterien der Aegyptier‹ von 1784 versuchte, den Logenbrüdern in einer auch von Mozart besuchten Vortragsreihe eine Verwurzelung des Freimaurertums in der Weisheitslehre und im angeblich priesterlich-aristokratischen Kult Altägyptens plausibel zu machen. Ein für die ›Zauberflöte‹ bedeutsamer antiker Mythos ist schließlich die Orpheus-Sage. Nicht zuletzt fand die besänftigende Wirkung von Orpheus' Sangeskunst in Taminos vor Gefahren schützendem Zauberflötenspiel ein Pendant.

Geschichtliches

Mozarts ›Zauberflöte‹ ist seit ihrer Uraufführung am 30. September 1791 ununterbrochen im Repertoire und seit Jahrzehnten die am häufigsten gegebene Oper überhaupt. Zur Werkentstehung gibt es nur wenig Quellen. Die Forschung geht davon aus, daß Mozart sich nicht vor dem Frühjahr 1791 an die Arbeit machte. Irgendwann im Juli trug Mozart dann »Die Zauberflöte [...] eine Teutsche Oper in 2 Aufzügen« in sein ›Verzeichnüß aller meiner Werke‹ ein. Die Ouvertüre und der Priestermarsch (Nr. 9) wurden am 28. September, also erst zwei Tage vor der Uraufführung, ins Werkverzeichnis nachgetragen. Weil er selbst wegen der Uraufführung von ›La clemenza di Tito‹ (am 6. September 1791) in Prag sein mußte, hatte Mozart die Einstudierung der ›Zauberflöte‹ Johann Baptist Henneberg anvertraut. Der Komponist hat lediglich die ersten beiden Vorstellungen dirigiert und die Folgeaufführungen wiederum Henneberg überlassen. Auch nach Mozarts Tod war die ›Zauberflöte‹ auf Schikaneders Bühne ein Dauerbrenner. 1798 hatte er in der Musik von Peter von Winter eine Fortsetzungsgeschichte der ›Zauberflöte‹ unter dem Titel ›Das Labyrinth oder Der Kampf mit den Elementen‹ aufführen lassen. Auf diese Idee hatte ihn Johann Wolfgang von Goethe gebracht, der 1796 einen Entwurf zu ›Der Zauberflöte zweyter Theil‹ verfaßt hatte. Dem war 1794 in Weimar eine dreiaktige Bearbeitung der ›Zauberflöte‹ in einer Textfassung von Goethes künftigem Schwager Christian August Vulpius vorausgegangen. Ohnehin glich der Siegeszug der ›Zauberflöte‹ auf den Bühnen der 1790er Jahre geradezu einem Hype. 1792 machten Lemberg und Prag den Anfang. Bereits Ende 1794 war die Oper in fast 50 Städten zu sehen, in einer Prager Produktion von 1794 auch auf Italienisch: mit Rezitativen von Johann Baptist Kuchar, die die

Sprechtexte ersetzten. Auch Schikaneders Wiederaufnahme von 1802 am Theater an der Wien glich einer starken Bearbeitung. Stilbildend bis ins späte 20. Jahrhundert hinein war die Berliner Produktion von 1816 in den ägyptisierenden Bühnendekorationen Karl Friedrich Schinkels. Eine Gegenbewegung dazu setzte Anfang des 20. Jahrhunderts ein, als sich 1917 der Mannheimer Intendant Carl Hagemann gegen die Ägypten-Klischees in den ›Zauberflöten‹-Inszenierungen wandte. Auch die von Ewald Dülberg 1929 für eine Produktion an Otto Klemperers Berliner Kroll-Oper gefertigten Bühnenbilder enthielten sich im Stil der Neuen Sachlichkeit der Ägyptomanie. Neben der auf die Stummfilmästhetik rekurrierenden Inszenierung Barrie Koskys an der Komischen Oper Berlin von 2012 und David Pountneys großformatiger Opern-Show der Bregenzer Festspiele von 2013/14 boten insbesondere die Salzburger Festspiele während der zurückliegenden Jahrzehnte in Inszenierungen von Achim Freyer (zwischen 1997 und 2002), Graham Vick (2005), Pierre Audi (2006) und Jens-Daniel Herzog (2012) ambitionierte und perspektivenreiche Auseinandersetzungen mit Mozarts letzter Oper.

R. M.

Modest P. Mussorgskij

* 21. März 1839 in Karewo (Gouvernement Pskow), † 28. März 1881 in St. Petersburg

Boris Godunow

Musikalisches Volksdrama in vier Aufzügen und einem Prolog. Dichtung nach Aleksander S. Puschkin und Nikolaj M. Karamsin vom Komponisten.

Solisten: *Boris Godunow* (Heldenbariton, auch Baßbariton, auch Seriöser Baß, gr. P.) – *Fjodor* (Mezzosopran, auch Lyrischer Sopran, m. P.) und *Xenia* (Lyrischer Sopran, auch Jugendlich-dramatischer Sopran, kl. P.), seine Kinder – *Xenias Amme* (Alt, m. P.) – *Fürst Wassilij Iwanowitsch Schujskij* (Heldentenor, auch Jugendlicher Heldentenor, auch Charaktertenor, m. P.) – *Andrej Schtschelkalow*, Geheimschreiber (Charakterbariton, kl. P.) – *Pimen*, Chronikschreiber, Mönch (Baß, m. P.) – *Grigorij Otrepjew*, später *Dimitrij*, der falsche Demetrius genannt (Jugendlicher Heldentenor, gr. P.) – *Marina Mnischek*, Tochter des Wojewoden von Sandomir (Dramatischer Sopran, auch Dramatischer Mezzosopran, m. P.) – *Rangoni*, geheimer Jesuit (Charakterbaß, auch Charakterbariton, m. P.) – *Warlaam* (Spielbaß, m. P.) und *Missaïl* (Spieltenor, m. P.), entlaufene Mönche – *Eine Schenkwirtin* (Mezzosopran, auch Spielalt, kl. P.) – *Ein Schwachsinniger* (Lyrischer Tenor, auch Spieltenor, kl. P.) – *Nikititsch*, Vogt (Charakterbaß, auch Charakterbariton, kl. P.) – *Ein Leibbojar* (Tenor, kl. P.) – *Bojar Chruschtschow* (Tenor, kl. P.) – *Lowitzkij* (Baß, kl. P.) und *Tschernjakowskij* (Baß, kl. P.), Jesuiten – *1. Bäuerin* (Sopran, kl. P.) – *2. Bäuerin* (Alt, kl. P.) – *1. Bauer* [Mitjuch] (Baß, kl. P.) – *2. Bauer* (Tenor, kl. P.) – *Hauptmann der Streifenwache* (Baß, kl. P.).

Im Notfall können folgende Doppelbesetzungen vorgenommen werden: Amme – Schenkwirtin; Pimen – Rangoni; Schujskij – Der Schwachsinnige; Schujskij – Missaïl; Der Leibbojar – Bojar Chruschtschow; Vogt – Einer der Jesuiten; Mitjuch – Der andere Jesuit.

Chor: Bojaren – Bojarenkinder – Strelitzen – Wachen – Hauptleute – Magnaten – Polnische Damen – Mädchen aus Sandomir – Wandernde Pilger – Volk (im 1. Bild Chor geteilt in Volk und in Pilger, bei letzteren auch Knabenchor [Sopran und Alt]. Im 2. Bild Bässe geteilt in Volk und in Bojaren (8). Im letzten Bild auch Knabenchor [Sopran und Alt]; gr. Chp.).

Schauplätze: Hof des Nowodjewitschij-Klosters bei Moskau, in der Klostermauer ein Tor mit einem Türmchen – Platz im Moskauer Kreml, im Hintergrund die rote Freitreppe des Zarenpalastes, Uspenskij- und Archangelskij-Kathedrale – Zelle im Kloster Tschudow – Schenke in der Nähe der litauischen Grenze mit Tür und Fenster – Inneres eines prunkvollen Zarengemaches im

Moskauer Kreml – Gemach im Schloß zu Sandomir – Garten mit Springbrunnen im Schloß zu Sandomir – Der große Empfangssaal im Kreml zu Moskau – Eine Waldlichtung bei Kromy, rechts ein Abhang mit einem Baumstumpf, dahinter die Stadtmauer.
Zeit: 1598–1605.
Orchester: 2 Fl., 1 Picc., 2 Ob. (II. auch Eh.), 2 Kl., 1 Bkl., 2 Fag., 4 Hr., 3 Trp., 3 Pos., 1 Bt., P., Schl., Hrf., Klav., Str. – Bühnenmusik: Trp., Tamtam, Gl.
Gliederung: In der Urfassung 7, in der Originalfassung sowie in der Bearbeitung von Nikolaj Rimskij-Korssakow 9, in der Fassung von Pawel A. Lamm 10 durchkomponierte Bilder, bei denen geschlossene Gebilde mit freieren Partien abwechseln.
Spieldauer: Etwa 3½ Stunden.

Handlung

Vorgeschichte: Der einem tatarischen Geschlecht entstammende Bojar Boris Godunow, dessen Schwester mit Zar Fjodor I., einem Sohn Iwans des Schrecklichen, verheiratet war, übte einen beherrschenden Einfluß auf den schwachen, kinderlosen Zaren aus. In Verfolgung seiner ehrgeizigen Pläne ließ Boris seines Schwagers Stiefbruder Dimitrij (Demetrius), den letzten männlichen Nachkommen der Dynastie Rurik, 1591 ermorden, als dieser noch ein Kind war. Im Jahre 1598 starb Zar Fjodor.
Prolog: Im Hof des Nowodjewitschij-Klosters drängt sich das Volk. Der Vogt Nikititsch droht mit der Knute, wenn die Menge in ihren Bittkundgebungen für die Wahl eines neuen Zaren müde zu werden droht. Da naht der Geheimschreiber Schtschelkalow und verkündet, daß sich Boris nicht entschließen könne, den Thron zu besteigen. Pilger ziehen zur Kirche mit dem Bittgesang, daß Aufruhr und Gottlosigkeit dem heiligen Rußland erspart bleiben mögen. – Die Entscheidung ist gefallen, und unter den Huldigungen der Bojaren und des Volkes begibt sich Boris zur feierlichen Krönung in die Kathedrale.
Im Kloster Tschudow arbeitet nachts der alte Mönch Pimen an der Vollendung seiner Geschichtschronik. Der in Klöstern aufgewachsene junge Grigorij Otrepjew schläft in der gleichen Zelle. Er erwacht und erzählt Pimen von seinem wundersamen Traum: er sei eine steile Treppe hoch über Moskau emporgestiegen, unter ihm drängte sich das Volk, bis er jäh herabstürzte und aufwachte. Der weise Mönch warnt den Jüngling vor dem zweifelhaften Glück weltlichen Treibens. Es ist ihm vor der Zukunft bange, seit Rußland sich einen Mörder als Herrscher auserkoren hat. Pimen will seine Chronik mit der Geschichte von der Ermordung Dimitrijs abschließen, der jetzt rechtmäßiger Zar und mit Grigorij ungefähr gleichaltrig wäre. Grigorij ist überzeugt, daß diese Annalen, die er nach Pimens Tod fortführen soll, dereinst auch die Vergeltung für Boris' Freveltat enthalten würden. – In einer Schenke unweit der litauischen Grenze erkundigt sich Grigorij bei der Wirtin nach dem nächsten Weg zur Landesgrenze. Sie warnt ihn vor den Häschern, die in diesen Tagen wieder einmal besonders eifrig schnüffelten. Kurz darauf erscheint eine Streifenwache; der Hauptmann zeigt einen Haftbefehl des Zaren gegen den Ketzer Grigorij Otrepjew und schöpft Verdacht gegen Warlaam, den einen der beiden abtrünnigen Mönche, die sich zufällig in dem Wirtshaus aufhalten. Da der Häscher des Lesens unkundig ist, läßt er Grigorij das Dokument verlesen, der die Personenbeschreibung so fälscht, daß sie auf Warlaam paßt. Als daraufhin die Häscher Warlaam festnehmen wollen, entreißt dieser Grigorij den Befehl und entziffert ihn mühsam, worauf der Schwindel herauskommt und Grigorij eiligst entflieht.
Im Kreml sucht Boris Entspannung im Familienkreis; er tröstet seine Tochter Xenia, die den frühen Tod ihres Bräutigams beweint, und er überwacht die Erziehung des Zarewitsch Fjodor. Seit seinem Regierungsantritt ist das Land unentwegt von Seuchen, Hunger und Aufruhr heimgesucht worden; seine Gewissensqualen rauben ihm nachts den Schlaf. Da naht der intrigante Fürst Schujskij und überbringt dem Zaren die Nachricht, daß von Polen aus ein Usurpator das Reich bedrohe, der sich für den seinerzeit angeblich gar nicht ums Leben gekommenen Dimitrij ausgibt und den der polnische König und Adel sowie auch der Papst unterstützen. Boris beschwört Schujskij, ihm wenigstens jetzt die Wahrheit zu sagen, ob damals Dimitrij wirklich getötet worden sei oder nicht. Im Anschluß an Schujskijs Schilderung des im Dom zu Uglitsch aufgebahrten ermordeten Kindes wird Boris von einem fürchterlichen Wahnsinnsausbruch befallen.
Die ebenso schöne wie ehrgeizige Marina Mnischek, Tochter des polnischen Magnaten und Wojewoden von Sandomir, hat sich in Grigorij verliebt, der glücklich über die litauische Grenze entkommen war und sich nun als Zar Dimitrij ausgibt. Der Jesuitenpater Rangoni setzt Marina

unter Gewissensdruck, ihre Hand dem falschen Demetrius nur unter der Bedingung zu reichen, daß er als Zar den Anschluß der russischen Kirche an Rom vollziehe. – Nachts erwartet Grigorij Marina zu einem Stelldichein im Garten des Schlosses der Mnischek. Aber es erscheint Rangoni, der zu verstehen gibt, daß er kraft der hinter ihm stehenden Macht Grigorij zu seinem Glück verhelfen werde, sofern er sich seinem Willen gefügig erweise. Marina naht aus dem Schloß in Gesellschaft einiger Magnaten, die vergeblich um ihre Gunst buhlen. Als die Gäste sich wieder entfernt haben, kommt Manna zu Dimitrij. Aber die Ehrgeizige will keinen schmachtenden Liebhaber, sondern einen Helden, der sie zu Glanz und Ruhm erhebe. Empört über das kalte Spiel mit seinen Gefühlen, erklärt ihr Dimitrij, er werde sie als Zar wie eine dumme Sklavin behandeln. Der herrische Ton imponiert Marina und versöhnt liegen sich schließlich die beiden in den Armen.

Die Bojarenduma verurteilt den falschen Dimitrij, der sich an der Spitze einer polnischen Armee Moskau nähert, in contumaciam zum Tode. Als daraufhin Schujskij den Bojaren von dem Wahnsinnsanfall des Zaren erzählt, den er durch einen Türspalt beobachtet hatte, betritt Boris in einem ähnlichen Zustand den Saal, ohne zunächst die Anwesenden zu bemerken. Zur Besinnung gekommen, erklärt er sich bereit, den von Schujskij angemeldeten Mönch Pimen sogleich zu empfangen, der ihm berichtet, daß ein an dem Grab des ermordeten Dimitrij betender Blinder plötzlich sehend geworden sei. Aufs neue umnachten sich Boris' Sinne; er fühlt sein Ende nahen und läßt den Zarewitsch rufen, dem er seine letzten Ratschläge erteilt. In feierlicher Prozession bringen die Bojaren das von Boris gewünschte Büßergewand, und mit der letztwilligen Verfügung, daß sein Sohn Zar werde, stirbt er. – Eine Gruppe aufständischer Bauern hat sich des Bojaren Chruschtschow bemächtigt und verhöhnt ihn. Buben nehmen einem Schwachsinnigen eine Kupfermünze ab, worüber dieser in herzzerreißendes Wehklagen ausbricht. Dann erscheinen die beiden abtrünnigen Mönche Missaïl und Warlaam, die das Volk gegen den Zaren aufstacheln; fast gleichzeitig kommen zwei Jesuiten, die für Demetrius Propaganda machen. Die Bauern wollen die verhaßten »schwarzen Raben« kurzerhand aufhängen. Diese werden aber ebenso wie der Bojar Chruschtschow aus ihrer mißlichen Lage durch das plötzliche Auftreten des falschen Dimitrij an der Spitze seiner Krieger befreit, dem die Menge sogleich zujubelt und begeistert folgt. Der Schwachsinnige bleibt allein zurück und beklagt wehmütig das tragische Geschick seines Heimatlandes, während aus der Ferne der Widerschein der brennenden Stadt Kromy flackert ...

Stilistische Stellung

Mussorgskij hat selbst eine schlagwortartige Charakterisierung des Stils seines ›Boris Godunow‹ gegeben, indem er das Werk als »Musikalisches Volksdrama« bezeichnete. Die Hauptrolle spielt also weniger der Titelheld als vielmehr das russische Volk. Mit großartiger Anschaulichkeit offenbart sich die Volksseele in den einzelnen Phasen der schicksalhaften Ereignisse, sei es bei den gewaltigen Massenszenen oder auch bei den realistisch gezeichneten Einzeltypen. So legte denn auch der Dichtermusiker weniger Wert auf eine nach den Regeln der dramatischen Kunst gestaltete geschlossene Handlung. Die Darstellung des Stoffes erfolgt in farbigen, kontrastreichen Einzelszenen, die nur lose miteinander verknüpft sind. Die stark nationale Note der Musik äußert sich vor allem in der Thematik und Harmonik, wobei ein enger Kontakt zur russischen Kirchen- und Volksmusik feststellbar ist (unregelmäßige, besonders fünftaktige Perioden, Schwergewichtsverschiebungen, häufiger Taktwechsel). Die Themen erfahren zeitweise eine leitmotivartige Behandlung. Auch einige originale Volkslied-Melodien wurden verarbeitet: in der Krönungsszene bei dem Huldigungschor ›Heil der Sonne‹, eine Melodie, die schon Beethoven in seinem Streichquartett op. 59, Nr. 2 (Rasumowsky-Quartett) verwertete, für das zweite Lied des Warlaam im Wirtshausbild ein Polterabendgesang ›Die Glocken von Nowgorod‹, im Revolutionsakt der Hohnchor der Bauern nach dem Volkslied ›Mädchens Rache‹ und schließlich der Duogesang der abtrünnigen Mönche im gleichen Bild nach dem Volkslied ›Jung Wolga und Mikula‹. In den Polenbildern grundieren nationale Tanzrhythmen das Milieu (Mazurka, Krakowiak, Polonaise), aber auch Italianismen charakterisieren die fremde Atmosphäre (Rangoni, Liebesszene). In formaler Hinsicht gehen geschlossene Gebilde, Parlando- und ariose Rezitative unmerklich ineinander über. Die Bezeichnungen »Arie«, »Duett« usw. sind nicht original und stammen von Nikolaj Rimskij-Korssakow. Auch sonst hat dessen Bearbeitung manche geniale Stelle des Originals verwischt, so vor allem durch Veränderung der Harmonien (bei unaufgelösten Vorhaltsakkorden, Einfügung von Leittönen), ferner durch rhythmische Vereinfachungen, durch Beseitigung des häufigen Taktwechsels oder durch Verweichlichung knorriger Kühnheiten infolge Uminstrumentierung; im allgemeinen stellen aber die instrumentalen Retouchen noch das Beste an der Bearbeitung Rimskij-Korssakows dar, der ja über eine meisterhafte Instrumentationstechnik verfügte. Die in der Originalpartitur kleinen Soli (Bauern, Bäuerinnen) zugeteilten Partien im ersten und im Revolutions-Bild wurden bei der Uraufführung in Ermangelung geeigneter Kräfte vom ganzen Chor gesungen; Rimskij-Korssakow hat in seiner Bearbeitung diese kleinen solistischen Aufgaben ebenfalls dem Chor zugeteilt.

Textdichtung
Mussorgskij gestaltete das Opernbuch in engem Anschluß an Puschkins ›Dramatische Chronik vom Zaren Boris und Grischka Otrepjew‹ (1830). Puschkin hatte den Stoff, der auch von Friedrich Schiller, Friedrich Hebbel und fast gleichzeitig mit Mussorgskij von Aleksej Tolstoj (1866–1870 in einer Trilogie) dichterisch behandelt wurde, dem großen Geschichtswerk von Karamsin (›Geschichte des russischen Reiches‹, 1816–1829) entnommen, dessen Darstellung der Ereignisse allerdings nicht immer exakt den historischen Tatsachen folgt. Mussorgskij mußte die in epischer Breite ausgeführte Handlung des Puschkinschen Dramas für die Verwendung als Libretto eines Musikdramas kürzen; so konzentrierte er zunächst das Geschehen von den 24 Szenen bei Puschkin auf 7 Szenen in seinem »Ur-Boris«: 1) Klosterhof, noch etwas breiter ausgeführt als bei der 2. Fassung; 2) Krönungsszene; 3) Klosterszene mit einer bei der 2. Fassung fallengelassenen Erzählung Pimens von der Ermordung des kleinen Dimitrij; 4) Wirtshausszene, noch ohne das Lied vom ›Enterich‹; 5) Kremlgemach; 6) Szene auf dem Roten Platz vor der Basilius-Kathedrale, die in der 2. Fassung ganz wegblieb; 7) Bojarenduma und Tod des Boris. Die spätere Umarbeitung erfuhr eine freiere Gestaltung, bei der vor allem auch eigene Ideen verarbeitet wurden. In der Hauptsache wurden bei der Zweitfassung, dem sogenannten »Original-Boris«, folgende Veränderungen vorgenommen: Die 1. Szene wird mit dem Gesang der abziehenden Pilger beendet. Bei der Szene in der Klosterzelle wurden die mystischen Choralgesänge der Mönche hinter der Bühne eingefügt. Der Text des im Wirtshausbild neu hinzugekommenen Liedes vom ›Enterich‹ stammt aus einer Sammlung russischer Kinderlieder von Paul W. Schein; aus der gleichen Sammlung wurden entnommen die Texte des Liedes ›Mück' und Wanze‹ sowie des ›Klatschhändchenspiels‹ im Kremlgemach-Bild, das ferner noch bereichert wurde durch das ›Papageienlied‹ (zu Anfang des 16. Jahrhunderts kamen die ersten Papageien nach Rußland!), durch das sogenannte »kleine Glockenspiel« am Anfang und das »große Glockenspiel« am Ende dieses Bildes sowie durch das Arioso des Boris und die Begrüßung Schujskijs. Die beiden Polenszenen kamen ebenfalls neu hinzu, wobei die Figur des Jesuiten Rangoni Mussorgskijs eigene Erfindung war. Die Sterbeszene des Boris steht nun an vorletzter Stelle, während das Werk mit der vom Komponisten frei erfundenen Revolutionsszene bei Kromy abgeschlossen wird. Die Anregung zu den beiden Jesuiten fand Mussorgskij bei Karamsin, den Text des Revolutionschores entnahm er einem alten russischen Räuberlied. Der schon bei Puschkin vorkommende Schwachsinnige ist ein in der russischen Literatur häufig zu findender Typus. Rimskij-Korssakow hatte bei seiner 1. Bearbeitung des ›Boris Godunow‹, abgesehen von den musikalischen Veränderungen, einschneidende Kürzungen vorgenommen, die er aber mit Ausnahme des erneut gestrichenen »kleinen Glockenspiels« bei der 2. Überarbeitung wieder beseitigte. Auch die Umstellung der beiden letzten Bilder des »Original-Boris« (Sterbeszene als Abschluß) stammt von Rimskij-Korssakow. Die deutsche Textübertragung, die neuerdings von Heinrich Möller redigiert wurde, besorgte Max Lippold. Im Jahre 1927 legte der russische Musikforscher und Mitherausgeber der Mussorgskij-Gesamtausgabe Pawel Aleksandrowitsch Lamm eine auf Grund sorgfältigen Studiums des Quellenmaterials erstellte Neufassung des Werkes vor, bei der in der Hauptsache eine Wiederherstellung von Mussorgskijs Originalpartitur vorgenommen ist: Aus dem »Ur-Boris« wurde auch das Bild auf dem Roten Platz vor der Basilius-Kathedrale (mit der Szene des Schwachsinnigen) wieder aufgenommen. Aus der 2. Fassung des Komponisten wurde das Lied vom ›Enterich‹ (4. Bild), die beiden Polenbilder, die Begrüßung Schujskijs sowie das Revolutionsbild beibehalten.
Eine Neuinstrumentierung des Werkes besorgte 1940 der russische Komponist Dmitrij Schostakowitsch.

Geschichtliches

Mussorgskij begann mit der Arbeit an seinem ›Boris Godunow‹ im September 1868. Sein Freund Professor Wladimir Nikolskij hatte ihn auf den Stoff aufmerksam gemacht. Der Meister begeisterte sich so sehr für die Aufgabe, daß er jede freie Stunde, soweit es ihm sein Beamtendienst erlaubte, dafür benutzte. So wurde die Oper bereits Ende 1869 in der Skizze fertiggestellt, im Sommer 1870 auch schon in der Instrumentation abgeschlossen. Die Kaiserliche Oper in St. Petersburg lehnte jedoch eine Aufführung des Werkes ab; die Prüfungskommission, in der übrigens nicht ein Russe vertreten war, beanstandete hauptsächlich das Fehlen einer großen Frauenrolle sowie das Überwiegen der Massenszenen. Auf Drängen seiner Freunde, in erster Linie Wladimir W. Stassows, arbeitete Mussorgskij daraufhin das Werk um. Die neue Fassung, die zum Unterschied von den späteren Bearbeitungen Rimskij-Korssakows als »Original-Boris« bezeichnet wird, stellt in der Hauptsache eine Erweiterung des »Ur-Boris« dar. Die vom Komponisten mit fanatischer Hingabe besorgte Umarbeitung wurde im Sommer 1872 beendet. Inzwischen war ›Boris Godunow‹ unter Mitwirkung Mussorgskijs an musikalischen Abenden bei Freunden wiederholt bruchstückweise oder auch ganz mit Klavier aufgeführt worden. An der Kaiserlichen Oper kamen zunächst nur drei Szenen (die beiden Polenbilder und die Wirtshausszene) zusammen mit einem Akt aus ›Lohengrin‹ im Februar 1873 zum Benefiz des Oberspielleiters Gennadij P. Kondratjew zur Aufführung. Der leitende Dirigent Eduard Franzewitsch Naprawnik, ein Tscheche, der kein Verhältnis zu Mussorgskijs Musik hatte, wußte eine Aufführung des ganzen ›Boris Godunow‹ zu verhindern, bis die gefeierte Primadonna Julija F. Platonowa, eine Verehrerin der Kunst Mussorgskijs, für die Erneuerung ihres Vertrags eine Aufführung des ›Boris Godunow‹ zur Bedingung stellte. Auf diese Weise gelangte das Werk am 8. Februar 1874 in St. Petersburg zur Uraufführung, obwohl es noch ein zweites Mal vom Prüfungskomitee abgelehnt worden war und nachdem ein letzter Versuch, die Aufführung mit dem Argument des Zeitmangels zu hintertreiben, dadurch zum Scheitern gebracht worden war, daß der Komponist selbst mit den Sängern die Partien in der Wohnung der Platonowa einstudierte. Die Aufführung, bei der vor allem die Sänger Osip A. Petrow (Warlaam), Iwan A. Melnikow (Boris), Platonowa (Marina) und Antonina I. Abarinowa (Schenkwirtin) hervorragten, fand geteilte Aufnahme: Begeistert war vor allem die Jugend, die Fachkritik verhielt sich dagegen fast durchwegs ablehnend, wobei selbst ein Anhänger der »Gruppe der Fünf«, Cesar A. Cui, das Werk verständnislos beurteilte. Trotzdem erzielte ›Boris Godunow‹ damals zwanzig ausverkaufte Häuser. Im Jahre 1896 bearbeitete Rimskij-Korssakow die Oper, eine zweite Überarbeitung ließ er im Jahre 1908 nachfolgen. Die Erstaufführung der Bearbeitung von Rimskij-Korssakow erfolgte am 10. Dezember 1896 am Konservatorium in St. Petersburg. Die Kaiserliche Oper nahm das Werk erst im Jahre 1904 wieder in ihren Spielplan auf. Die Titelrolle sang Fjodor Schaljapin, durch dessen grandiose Gestaltungskunst auch das Ausland auf den ›Boris Godunow‹ aufmerksam gemacht wurde.

Chowanschtschina

Musikalisches Volksdrama in fünf Aufzügen. Text nach Wladimir W. Stassow vom Komponisten.

Solisten: *Fürst Iwan Chowanskij*, Führer der Strelitzen (strelzy = Schützen) (Seriöser Baß, auch Heldenbariton, auch Charakterbaß, gr. P.) – *Fürst Andrej Chowanskij*, sein Sohn (Jugendlicher Heldentenor, auch Lyrischer Tenor, m. P.) – *Fürst Wassilij Golizyn* (Jugendlicher Heldentenor, auch Charaktertenor, gr. P.) – *Schaklowityj*, Bojar (Kavalierbariton, auch Charakterbariton, m. P.) – *Dosifej*, Oberhaupt der Altgläubigen (Seriöser Baß, gr. P.) – *Marfa*, eine junge Witwe, Altgläubige (Dramatischer Mezzosopran, auch Dramatischer Alt, gr. P.) – *Ein Schreiber* (Spieltenor, auch Charaktertenor, m. P.) – *Emma*, ein junges Mädchen aus der deutschen Vorstadt (Jugendlich-dramatischer Sopran, auch Lyrischer Sopran, m. P.) – *Warssonofjew*, Vertrauter Golyzins (Baß, auch Baßbariton, kl. P.) – *Kuska*, ein Strelitze (strelez = Schütze) (Bariton, auch Baß, kl. P.) – *1. Schütze* (Baß, auch Bariton, kl. P.) – *2. Schütze* (Baß, kl. P.) – *3. Schütze* (Tenor, kl. P.) – *Streschnew*, Bojar (Tenor, auch Bariton, kl. P.) – *Susanna*, eine Altgläubige (Sopran, kl. P.) – *Ein Pastor* (Baß, kl. P.).

Chor: Strelitzen – Altgläubige – Garde des Zaren – Volk (gemischter Chor, gr. Chp.).
Ballett: Persischer Tanz.
Ort: Moskau.
Schauplätze: Der rote Platz – Golizyns Arbeitszimmer in seinem Sommerhaus – In der Strelitzen-Vorstadt – Speisesaal im Schlosse Iwan Chowanskijs – Platz vor der Kirche des heiligen Basilius – Einsiedelei in einem Fichtenwald.
Zeit: 1682.
Orchester:
a. Fassung von Rimskij-Korssakow: 3 Fl., 2 Ob., 2 Kl., 2 Fag. – 4 Hr., 2 Trp., 3 Pos., Tuba – P., Schl., Hrf. – Str. – Bühnenmusik: 4 Trp., 3 Pos.
b. Fassung von Schostakowitsch: 3 Fl. (III. auch Picc.), 3 Ob. (III. auch Eh.), 3 Kl. (III. auch Bkl.), 3 Fag. (III. auch Kfag.) – 4 Hr., 3 Trp., 3 Pos., Tuba – Okarina, Schl., Glsp., Gl., Cel., 2 Hrf., Klav. – Str. – Bühnenmusik: Hr., Trp., Pos.
Gliederung: Vorspiel, fünf Akte mit 34 musikalischen Nummern, die ineinander übergehen.
Spieldauer: Etwa 2¾ Stunden.

Handlung

Auf dem roten Platz in Moskau. Zwei Strelitzen wecken den eingeschlafenen Posten Kuska und brüsten sich mit den Greueltaten, die sie vollbracht haben, und loben ihren Herrn, den Fürsten Chowanskij. Der rote Platz füllt sich mit Menschen. Ein öffentlicher Schreiber bezieht seinen Stand. Der Bojar Schaklowityj tritt zu ihm und diktiert ihm eine anonyme Anschuldigung gegen Iwan Chowanskij und seinen Sohn Andrej wegen angeblichen Hochverrats gegen den jungen Zaren Peter. Die Ängste des Schreibers beschwichtigt er mit Geld. Fürst Iwan tritt mit großem Gefolge auf und läßt sich vom Volk und seinen Strelitzen feiern. Sein Sohn Andrej, der nach der Anzeige Schaklowityjs angeblich neuer Zar werden soll, hat derzeit wenig mit Staatsgeschäften im Sinn – er stellt der jungen Deutschen Emma nach, die ihn beschuldigt, der Mörder ihres Vaters zu sein und ihren Bräutigam vertrieben zu haben. Andrej kennt kein Pardon und will das Mädchen ins Haus schleppen, als Marfa, seine frühere Verlobte, die er verlassen hat, die ihn jedoch immer noch liebt, dazwischentritt. Der Fürst geht mit einem Dolch auf Marfa los, doch diese weiß mit einer eigenen Waffe den Stoß zu parieren. Lärm des Volkes stört die Szene: Iwan Chowanskij kommt, und da ihm die junge Deutsche gut gefällt, will er sie für sich haben. Der Sohn widersetzt sich, und der Vater will ihn festnehmen lassen, als Dosifej, der Führer der Raskolniki, der Altgläubigen, hinzukommt und Emma in die Obhut Marfas gibt. Während Chowanskij mit seinen Leuten und mit Andrej weiter zum Kreml zieht, beklagt Dosifej die Zerrissenheit des Vaterlandes und betet zu Gott, er möge das Volk zum alten Glauben zurückführen.

In seinem Arbeitszimmer liest Fürst Golizyn, der das russische Heer gegen Polen geführt hat, einen Liebesbrief der Zarewna Sofia, die für ihren jüngeren Bruder Peter die Regentschaft führt. Golizyn, allen westlichen Einflüssen aufgeschlossen und von daher ein natürlicher Gegner der Altgläubigen wie der Bojaren, deren Einfluß er zugunsten des Zaren beschnitten hat, glaubt jedoch, die Waage des Schicksals werde sich Zar Peter zuneigen, und will sich deshalb nicht festlegen. Sein Vertrauter Warssonofjew kommt und meldet die Wahrsagerin. Marfa kommt, läßt sich ein Glas Wasser reichen und beschwört die Seelen der Abgeschiedenen, ihr das Schicksal Golizyns zu enthüllen. Als sie ihm mitteilt, er werde aller Macht beraubt und in die Verbannung geschickt, befiehlt er seinen Dienern, sie zu fangen und im Sumpf zu ertränken. Unangemeldet erscheint Chowanskij und beklagt sich darüber, daß Golizyn die Macht der Bojaren eingeschränkt habe. Die Fürsten geraten in Streit, und der hinzukommende Dosifej versucht, zu vermitteln. Marfa eilt hinzu und bittet das Oberhaupt der Altgläubigen um Schutz – da ihr die Palastwache zu Hilfe eilte, konnte sie den Häschern Golizyns entkommen. Der Bojar Schaklowityj erscheint: sein Brief hat Früchte getragen. Triumphierend meldet er, daß Peter seine Schwester in Haft genommen hat und nun allein regiert; außerdem habe er die Verbannung Golizyns verfügt und wolle die Chowanskij-Schurkereien (dies ist die wörtliche Übersetzung des Operntitels ›Chowanschtschina‹) untersuchen lassen.

Durch die Strelitzenvorstadt ziehen betend die Altgläubigen. Vor dem Hause Andrejs bleibt Marfa allein zurück. Sie beklagt ihre vergebliche Liebe zu dem jungen Fürsten, dem sie immer noch treu ist, und wird dabei belauscht von Susanna, einer eifernden Altgläubigen, die ihr wegen ihrer Sünden schwere Vorwürfe macht. Dosifej kommt hinzu und nimmt Marfa in Schutz, die keifende Alte schickt er weg, das Mädchen versucht er zu trösten. Die Strelitzen wissen noch nichts davon, daß sich der Zorn Peters über ihrem Haupte zusammenbraut. Sie singen und saufen und prügeln sich mit ihren Weibern, als schreckensbleich der Schreiber gerannt kommt und berichtet, die Reiter des Zaren seien auf dem Vormarsch gegen die Strelitzenstadt. Die Strelitzen sind zuerst ungläubig, aber dann faßt sie die Angst, und sie rufen nach ihrem Fürsten Iwan Chowanskij – doch seine beruhigenden Worte vermögen die Menge nicht zu zerstreuen.

In seinem Schlosse feiert Iwan Chowanskij ein Gelage: er fordert die leibeigenen Mädchen auf, nicht so traurige Lieder zu singen. Plötzlich erscheint Warssonofjew und übermittelt ihm eine Warnung Golizyns, doch Chowanskij hält dies für eine Verhöhnung und läßt den Boten durchprügeln. Dann sollen ihm seine persischen Sklavinnen mit ihren Tänzen die Sorgen vertreiben. Der Bojar Schaklowityj erscheint und sucht den Fürsten fortzulocken, indem er vorgibt, die Regentin Sofia begehre seinen Rat. Chowanskij geht in die Falle und wird beim Verlassen des Saales von Schaklowityj erstochen. – Vor der Basilius-Kathedrale erwartet das Volk den Zug der Verbannten: Unter ihnen ist Fürst Golizyn – Marfas Prophezeiung ist eingetroffen. Dosifej und Marfa spüren, daß nun für die Altgläubigen eine Zeit schwerer Prüfungen komme, denn Zar Peter gilt als fortschrittlicher Mann. Andrej versucht, von Marfa zu erfahren, wohin Emma gekommen sei, muß aber hören, daß sein Vater umgekommen ist. Die Strelitzen werden von den Reitern Zar Peters in die Enge getrieben, doch dann erscheint, als alle schon um ihr Leben fürchten, der junge Bojar Streschnew und verkündet im Namen des Zaren, daß die Strelitzen begnadigt würden, wenn sie ihrem neuen Herrn Treue gelobten. Marfa und Andrej fliehen.

In einer Einsiedelei im Wald halten sich die Altgläubigen vor ihren Verfolgern verborgen. Als jedoch Zar Peters Truppen heranrücken, wollen sie lieber gemeinsam den Freitod auf dem Scheiterhaufen suchen als den Feinden in die Hände fallen. Marfa gelingt es, den verzweifelten Andrej zum gemeinsamen Opfertod zu überreden. Zu spät erscheinen die Reiter Zar Peters.

Stilistische Stellung

Mussorgskij hat seine zweite große Volkstragödie als Torso hinterlassen; das macht eine Bewertung schwer, zumal auch der Handlungsablauf eher die Statik einer Reihe von Historienbildern annimmt und kaum durchlaufende Situationen kennt. Hinzu kommt, daß sich dem nicht-russischen Zuschauer die Verwicklung von politischen und religiösen Auseinandersetzungen kaum erschließt. Mussorgskij versucht – darin allerdings weniger auf Genauigkeit der Geschichte als auf kontrastreiche Dramatik ausgehend –, die verworrene Situation nach dem Tod des Zaren Fjodor III. 1682 zum Ausgangspunkt der Handlung zu machen. Ein erster Streit entspannt sich zwischen der Familie von Fjodors erster Frau, den Miloslawskijs (aus dieser Ehe stammt Sofia, die Zarewna), und der von Peters Mutter, den Naryschkins. Hinzu kommen religiöse Auseinandersetzungen: Die altgläubigen Sektierer, die Raskolniki, verschwören sich gegen den fortschrittlichen Peter (den späteren Zar Peter den Großen). Die Strelitzen in der Hand des ganz auf Machterhalt ausgehenden Fürsten Chowanskij versuchten, die Macht des Zaren in dieser Übergangsperiode zu mindern. Fürst Golizyn, der für die Zarewna Sofia einen Krieg gegen Polen geführt hatte, setzte sich zwar auch für ein modernes, fortschrittliches Rußland ein, wurde aber zur zaristischen Gegenpartei gerechnet. – Musikalisch spielt in diesem Werk der Chor fast eine noch größere Rolle als im ›Boris Godunow‹, in dem dem Volk die Figur des unglückseligen Zaren gegenübergestellt ist. Mussorgskij greift dabei in vielen Szenen auf folkloristische Quellen zurück; durch die getragenen Gesänge der Altgläubigen, in denen kirchenslawische Liturgie zitiert wird, erhalten weite Partien des Werkes einen sakralelegischen Ton. Weit mehr als im eher deklamatorisch angelegten ›Boris Godunow‹ sind auch die Solopartien, allen voran jene der Marfa, durch lyrisch-ariose Elemente geprägt.

Textdichtung

Mussorgskij arbeitete an ›Chowanschtschina‹ auf eine Textvorlage von Wladimir W. Stassow, die er selbst ergänzte und erweiterte, doch scheint es so gewesen zu sein, daß er bereits zu komponieren anfing, ehe noch das Gerüst des Volksdramas fertig entwickelt war. Zudem gelang es ihm nicht, die Stoff-Fülle in den Griff zu bekommen.

Geschichtliches

Mussorgskij arbeitete seit 1872 an ›Chowanschtschina‹; bei seinem Tode jedoch hinterließ er lediglich eine umfängliche Klavierskizze, der der Schluß fehlte. Nikolaj Rimskij-Korssakow nahm sich des Fragmentes an und arbeitete nicht nur die Instrumentation aus, sondern hatte die Aufgabe, den einzelnen Nummern eine sinnvolle Reihenfolge zu geben, Übergänge zu entwerfen und auch Teile der Musik wegzulassen. Seine Einrichtung des Werkes wurde von der Prüfungskommission des Petersburger Konservatoriums verworfen, so daß es lediglich zu einer von der Zensur deutlich gekürzten Laienaufführung am 21. Februar 1886 kam. Die erste offizielle Aufführung datiert man mit dem 20. November 1911 im Petersburger Mariinskij-Theater, vorausgegangen waren öffentliche Aufführungen 1892 in Kiew, 1892 in Moskau und 1893 in St. Petersburg. Zu ersten Auslandsaufführungen kam es kurz darauf: 1913 in London und in Paris, wo Maurice Ravel und Igor Strawinsky Teile der Partitur neu instrumentierten. Die deutsche Erstaufführung war am 19. Februar 1924 in Frankfurt/Main, besonders starkes Echo fand 1927 eine Dresdner Aufführung unter Issai Dobrowen. 1931 wurde erstmals Mussorgskijs originales ›Chowanschtschina‹-Material veröffentlicht; 1938 schrieb Boris Assafjew eine neue, sehr romantisierende Instrumentation, die aber kaum aufgeführt wird. 1958 legte Dmitrij Schostakowitsch eine stilsichere, sich stärker an der schärferen Instrumentation des ›Boris Godunow‹ orientierende Orchesterfassung vor, die in Belgrad und London, aber auch bei Inszenierungen in Köln und Hamburg verwendet wurde.

W. K.

Olga Neuwirth
* 4. August 1968 in Graz

Bählamms Fest

Musiktheater in 13 Bildern nach Leonora Carrington. Libretto nach der Übersetzung von Heribert Becker von Elfriede Jelinek.

Solisten: *Mrs. Carnis* (Dramatischer Alt, gr. P.) – *Philip* (Bariton, kl. P.) – *Theodora* (Jugendlich-dramatischer Sopran, gr. P.) – *Elizabeth* (Spielsopran, m. P.) – *Jeremy* (Countertenor, gr. P.) – *Robert/Schäfer/Schafbock* (Charaktertenor/Sprecher, m. P.) – *Violet* (Mezzosopran/Sprecherin, kl. P.) – *Henry* (Sprecher, m. P.) – *Spinne, Fledermaus / kleines Mädchen* (2 Knabenstimmen, m. P.).
Ort und Schauplätze: Ein einsames Landhaus in winterlicher Heidelandschaft.
Orchester: Fl. (auch Picc., Bfl., mit Live-Elektronik), Kl. (in B, auch in Es, Bh.), Bkl. (mit Live-Elektronik, auch Kbkl., Kindersax.), Sax. (auch Tsax., Bsax.), Fag. (auch Kfag., Kinderokarina), Hr. (auch Kinderinstr.), 2 Trp. (in B, 1 kl. Trp. in hoch B, 1 Kindertrp.), Pos., Bt. (mit Live-Elektronik, auch Kinderinstr.), 2 Schl., E-Git., Akk., Klav. (auch Cel., Synth.), Theremin-Vox, 2 Vl., 1 Va. (auch Va. d'amore), 2 Vc. (auch Kinderinstr.), 1 Kb.
Moderne akustische und optische Medien: Elektronik, Live-Elektronik, Sampler, Filme, Videogroßprojektionsleinwand.
Gliederung: 13 Bilder, 9 »Blackouts« genannte instrumentale Zwischenspiele.

Spieldauer: 1¾ Stunden.

Handlung
Ein einsames Landhaus in winterlicher Heidelandschaft. Mrs. Carnis fragt ihren Diener Robert nach dem Befinden ihres ältesten Sohns Philip. Es wird klar, daß er in schlechtem Zustand ist, unter anderem weil er zu viel trinkt. Henry, ein Hund in Menschengestalt, erscheint und bringt seine blutige Beute vor die Haustür. Mrs. Carnis betrachtet das Innere eines kleinen Sargs. Theodora, eine »wilde Schönheit«, Philips zweite Frau, kommt die Treppe hinab. Sie wischt mit ihrem Haar Staub und bestätigt den schlechten Zustand ihres Mannes und seiner Leber. – Philip tritt auf, schickt seine Mutter ins Bett und spricht mit Theodora über den neuen Schnee, der sie sichtlich erregt. Er erkundigt sich, warum sie sich so häufig im Kinderzimmer aufhält, was ihr unangenehm ist und sie wütend und aggressiv macht. Sie stößt Drohungen gegen ihn und seine Familie aus. – Ein Schäfer tritt ein und beklagt, daß wieder einem seiner Schafe der Kopf abgebissen wurde. Er wird hinausgeschickt, doch Theodora fühlt sich von ihm und dem toten Lamm angezogen.

Sie zeigt selbstzerstörerische Neigungen und stürzt sich schließlich auf den Schäfer. Mrs. Carnis kehrt zurück und treibt die beiden mit ihrem Stock auseinander, wobei sie sie des Ehebruchs bezichtigt. Dann schwenkt sie um und macht sich selber an ihre Schwiegertochter heran, die sie angeekelt abweist. – Henry, der Hund, bellt draußen jemandem oder etwas hinterher, das ihm angst macht. Mrs. Carnis deutet an, daß es sich dabei um ihren und Henrys Sohn Jeremy handelt, ein Wesen halb Mensch, halb Hund. – Es läutet an der Tür, Elizabeth, Philips erste, geschiedene oder verstorbene Frau tritt auf und bedauert den Zustand ihres Ex-Mannes. Der Diener Robert hat die Tür nicht geöffnet und läßt nun ein Glas fallen, weshalb er übel beschimpft wird. Er kündigt mit den Worten: »Eine Gruft ist das hier, eine Katakombe.« Wieder geht die Tür auf. Theodora kehrt bleich, blutverschmiert und animalisch, wie ein Raubtier von der Jagd heim. Kurz darauf fällt der Leichnam des enthaupteten Schäfers durch die Haustür. – Die Szene verwandelt sich in ein verwüstetes Kinderzimmer. Theodora wartet auf »ihn«. Jeremy, ein Wolfmann oder Werwolf, betritt über den Fenstersims das Zimmer. Die beiden tauschen romantische, »kitschige« Liebesbekenntnisse aus, wobei der Werwolf sich als anders, nonkonform, überlegen darstellt, sie hingegen sich ihm bedingungslos ausliefert. Anschließend melden sich die Gespenster getöteter Tiere und Haustiere zu Wort, die an Schnüren von der Zimmerdecke hängen oder auf Videoprojektionen erscheinen. Szenen grausamer Tierquälereien und -tötungen werden evoziert. Die Tierkadaver rufen Theodora und fordern sie auf, ihnen in die andere Welt zu folgen. – Mrs. Carnis, Henry und Elizabeth unterhalten sich über das Haus, verschwundene Frauen und Rachegefühle. – Polizisten, hechelnd wie Hunde, möchten den Fall des toten Schäfers untersuchen. – Das Haus verschwindet in winterlicher, unheimlicher Landschaft. Die Schafe und ein fetter Bock feiern ein archaisches Fest, sexuell aufgeladen, eine pervertierte Pastorale. Theodora und Jeremy als Erzengel Gabriel beobachten die Szene. Als Jeremy wie ein Stummfilm-Nosferatu dem Schaf Mary sein Messer in den Bauch rammt, merkt er, daß er fliehen muß, weil man ihm nachstellt. – Im Haus verfolgt man die Anzeichen der draußen stattfindenden Hetzjagd. Als Theodora die Vorgänge bemerkt, bricht sie schreiend, schlagend und beißend zusammen. – Mrs. Carnis unterhält sich mit einer Spinne. Sie hat Angst um ihren Sohn Jeremy. Eine Videoprojektion zeigt einen grellen, bunten Film, in dem ein kleines Mädchen, Margret, ihren ertrunkenen Hund vermißt, ihn aber auch beschimpft. Hund Henry erweckt den Eindruck, etwas mitteilen zu wollen, sabbert, winselt und wedelt aber nur. Es ertönt Wolfsgeheul, ein Wolfshund springt ausgelassen durch die Landschaft. – Jagdhunde und Wölfe heulen, Philip präsentiert triumphierend sein Gewehr. Notärzte tragen eine Krankenbahre ins Haus. Mrs. Carnis verhält sich wie ein jaulender, keifender Hund. – Theodora trifft am Brunnen auf den Geist Jeremys, dessen Stimme aus einem Ghettoblaster zu ihr spricht. Sie bittet ihn, zu bleiben oder sie mitzunehmen, was er abwehrt mit dem Hinweis darauf, daß er nur unsterbliche Frauen lieben könne. – Theodora sitzt allein auf der Bühne. Allmählich verwandelt sich ihr Gesicht in das einer alten Frau.

Stilistische Stellung

Olga Neuwirth gehört zu einer Reihe von Komponistinnen und Komponisten, die seit den 1990er Jahren für eine neue Art des zeitgenössischen Musiktheaters eintreten. Merkmale dieses Musiktheaters sind die Anknüpfung an populäre literarische oder musikalische Genres, Multimedialität, ein starkes Bewußtsein für die Geschichte des Musiktheaters ebenso wie eine direkte Übernahme aktueller Trends des Sprechtheaters. In ›Bählamms Fest‹ begegnen daher zahlreiche Elemente von Grusel- oder Horrorgeschichten – von Edgar Allan Poes ›The Fall of the House of Usher‹ über die Werwolf-Legenden und Bram Stokers ›Dracula‹ zu Murnaus ›Nosferatu‹. Stilprägend sind außerdem der obligate Einsatz von Tonbändern, Elektronik und Videoprojektionen, Zitate diverser musikalischer Stile sowie ein von Grund auf surreales und postdramatisches Setting. Dem vor allem im Bläsersatz differenzierten Orchester steht eine reiche Palette an Stimmfarben zur Seite: Zu den traditionellen Stimmlagen Sopran, Alt, Tenor und Bariton gesellen sich ein Countertenor für die Darstellung des Zwitterwesens Werwolf, Sprecher und Knabenstimmen. Daneben sind die instrumentalen Interludien, die sogenannten »Blackouts«, bemerkenswert. Der Komponistin zufolge könnten sie auch »Whiteouts« heißen, da sie die Kälte der Beziehungen, die »arktische« Stimmung, die Leere und Weißheit der Landschaft einfangen. Sie bilden orchestrale »Schneeinseln« zwischen den

Bildern. Die Kinderinstrumente dienen der Charakterisierung der vermeintlich heilen Erinnerungswelt des Kinderzimmers, wobei sie – analog zu ihrem Einsatz in zahlreichen Horrorfilmen – im grausamen Umfeld um so unheimlicher wirken.

Textdichtung und Geschichtliches
›Bählamms Fest‹ geht auf das Theaterstück ›Das Fest der Lämmer‹ (1940) der britisch-mexikanischen Schriftstellerin und Künstlerin Leonora Carrington zurück. Elfriede Jelinek arbeitete das Stück zu einem Libretto um, in dem sich Gestaltungsweisen des Surrealismus der Vorlage und des sogenannten postdramatischen Theaters kreuzen. Es handelt sich um den Versuch, mit »abrupten Schnitten, Überlagerungen, rasch aufeinanderfolgenden Kontrasten, ins Nichts führenden Gesten und Montagen heterogener Materialien gegen die Absurditäten des Alltags anzulaufen« (Neuwirth). Dabei ist Neuwirth bestrebt, der Wirklichkeit sinnlich näher zu kommen, tiefer in sie einzudringen. Zu den Verwicklungen der Geschichte gehört, daß Carrington 1940 beim Abfassen des Textes die Deportation ihres Künstlerfreundes Max Ernst in ein französisches Konzentrationslager erleben mußte, ein Ereignis, das sich in der Bedrohlichkeit und Ausweglosigkeit ihres Stücks widerspiegelt. Neuwirth und Jelinek begegnen diesem Strang, indem sie die nostalgischen, doch von Grausamkeit durchzogenen Kindheitserinnerungen der Theodora von einem jiddischen Kinderlied ›Huljet, huljet kinderlech, kolsmar ir sent noch jung, wajl fun friling bis zum winter is a kaznsprung‹ begleiten lassen. Der Werwolf repräsentiert das »Andere« der zerrütteten, leblosen Familie, mithin Theodoras Vehikel des Ausbruchs. Hier rekurrieren die Autorinnen auf Sigmund Freuds berühmten Fall ›Der Wolfsmann‹ (1914), sowie auf die Studie ›The Wolfman Grows Older‹ (1964) der amerikanischen Psychoanalytikerin Muriel Gardiner, die das Weiterleiden des Patienten nach seiner Entlassung aus Freuds Therapie beschreibt. Letzteres bildet den Schlüssel zur Interpretation des 13. Bildes, in dem sich Theodora zusehends in eine alte Frau verwandelt. ›Bählamms Fest‹ wurde am 19. Juni 1999 bei den Wiener Festwochen uraufgeführt und 2002 in Hamburg und Luzern nachgespielt.

G. H.

Otto Nicolai
* 9. Juni 1810 in Königsberg, † 11. Mai 1849 in Berlin

Die lustigen Weiber von Windsor

Komisch-phantastische Oper in drei Aufzügen nach William Shakespeares gleichnamigem Lustspiel. Dichtung von Salomon Hermann Mosenthal.

Solisten: *Sir John Falstaff* (Schwerer Spielbaß, gr. P.) – *Herr Fluth* (Lyrischer Bariton, auch Kavalierbariton, auch Charakterbariton, gr. P.) und *Herr Reich* (Seriöser Baß, auch Spielbaß, auch Charakterbaß, m. P.), Bürger von Windsor – *Fenton* (Lyrischer Tenor, m. P.) – *Junker Spärlich* (Spieltenor, auch Charaktertenor, m. P.) – *Dr. Cajus* (Baß, m. P.) – *Frau Fluth* (Dramatischer Koloratursopran, gr. P.) – *Frau Reich* (Mezzosopran, auch Spielalt, gr. P.) – *Jungfer Anna Reich* (Lyrischer Sopran, auch Soubrette, m. P.) – *Der Wirt* vom »Gasthaus zum Hosenbande« (Sprechrolle, kl. P.) – *Der Kellner* im »Gasthaus zum Hosenbande« (Sprechrolle, kl. P.) – *1. Bürger* (Tenor, kl. P.) – *2., 3.* und *4. Bürger* (Sprechrollen, kl. P.).
Chor: Bürger und Frauen von Windsor – Kinder – Masken von Elfen und anderen Geistern, Wespen, Mücken usw. (m. Chp.).
Ballett: Elfen-, Mücken- und allgemeiner Geistertanz (III. Akt).
Ort: Die Stadt Windsor.
Schauplätze: Hofraum, links das Haus des Herrn Reich, rechts das des Herrn Fluth – Zimmer in Fluths Haus mit einem großen Waschkorb – Gastzimmer im »Gasthaus zum Hosenbande« – Garten hinter Reichs Haus mit ver-

schiedenen Baumgruppen – Zimmer in Fluths Haus ohne den Korb – Zimmer in Reichs Haus – Der Wald bei Windsor mit der Eiche des Jägers Herne.
Zeit: Anfang des 17. Jahrhunderts.
Orchester: 2 Fl., 1 Picc., 2 Ob., 2 Kl., 2 Fag., 4 Hr., 2 Trp., 3 Pos., P., Schl., Hrf., Str.
Gliederung: Ouvertüre und 17 Musiknummern, die durch einen gesprochenen Dialog miteinander verbunden werden. Ein als Einlage gedachtes Rezitativ mit Arie des Fenton, bezeichnet mit Nr. 13, ist in der Originalpartitur nicht enthalten.
Spieldauer: Etwa 2½ Stunden.

Handlung

Die junge kapriziöse Frau Fluth und ihre Nachbarin, Frau Reich, stellen mit Entrüstung fest, daß sie beide von dem dicken Ritter Sir John Falstaff Liebesbriefe gleichlautenden Inhalts erhalten haben. Sie beschließen, ihre Frauenehre an dem lüsternen Alten zu rächen, indem sie scheinbar auf sein Begehren eingehen, um ihn dann tüchtig auszulachen, wenn er in der Falle zappelt. Frau Fluth beabsichtigt dabei auch, ihrem Gatten für seine ewige Eifersucht eine Lektion zu erteilen. Kurz nachdem Falstaff zu dem verabredeten Stelldichein bei Frau Fluth erschienen ist, stürzt wutschnaubend Herr Fluth mit Nachbarn ins Haus. Ein Briefchen, das ihm Frau Reich zukommen ließ, hatte ihm die Anwesenheit eines Liebhabers bei seiner Frau angezeigt. Wie geplant, stecken die schlauen Frauen den dicken Ritter rasch in einen großen Wäschekorb, den sie vor Fluths Augen fortschaffen lassen mit dem Auftrag, den Inhalt sogleich in die Themse zu entleeren. Die Durchsuchung des Hauses verläuft natürlich ergebnislos, und Fluth muß reumütig seine Frau, die sich tief gekränkt stellt, um Verzeihung bitten.

In übermütiger Laune bestellen die Frauen Falstaff gleich für den nächsten Tag zu einem neuen Stelldichein, und zwar zu der Stunde, wo Herr Fluth auf die Vogelbeize geht. Inzwischen hat aber der argwöhnische Fluth unter dem Namen Bach den Ritter in seinem Quartier selbst aufgesucht und ihm mit Hilfe von Sekt, Geld und Schmeicheleien die Zunge gelöst. Auf diese Weise erfährt er von dem mißglückten Abenteuer mit dem Wäschekorb und der neuerlichen Verabredung. Das unvermutete Erscheinen Fluths während des zweiten Stelldicheins bringt aber die geistesgegenwärtigen Frauen nicht in Verlegenheit; sie stecken Falstaff schnell in die Kleider der Verwandten einer Magd, der dicken Frau aus Brentford. Zunächst amüsieren sich die Frauen köstlich, als der äußerst aufgebrachte Fluth wütend mit seinem Degen in dem großen Wäschekorb herumsticht, der zufällig an ihm vorbeigetragen wird. Hierauf prügelt er die vermeintliche alte Vettel, der er das Betreten seines Hauses verboten hatte, zur Tür hinaus. Nachdem Herr Fluth wiederum das ganze Haus vergeblich nach dem dicken Kavalier abgesucht hatte, war endlich ein Geständnis der Frauen und die Aussöhnung des Ehepaares Fluth erfolgt.

Nunmehr wird beschlossen, den hartgesottenen Sünder in aller Öffentlichkeit zu blamieren. Er wird in der Verkleidung als Jäger Herne mit einem Hirschgeweih auf dem Kopf um Mitternacht zur Heiligen Eiche in den Wald von Windsor bestellt, wo er ohne Störung des gewünschten Liebesglücks teilhaftig werden könne, da nach einem alten Volksaberglauben dort um diese Zeit die Erscheinung des wilden Jägers Herne umgehe und daher niemand diesen Ort zu betreten wage. Halb Windsor wird zur Mitwirkung in der Maskierung als Elfen und andere Geister herangezogen. Gleichzeitig soll auch Ännchen, die Tochter des Ehepaares Reich, um deren Hand sich drei Verehrer bewerben, in der nahen Waldkapelle heimlich getraut werden, und zwar auf Wunsch des Vaters mit dem einfältigen, aber sehr reichen Junker Spärlich, und nach dem Willen der Mutter mit dem radebrechenden Franzosen und Prahlhans Dr. Cajus. Beide Ehegatten hoffen, den anderen auf diese Weise vor eine vollendete Tatsache zu stellen. Ännchen liebt aber treu und innig den sympathischen jungen Fenton, den sie trotz des Widerspruchs der Eltern heiraten will. Der abendliche Mummenschanz soll ihr nun zum Ziel ihrer Wünsche verhelfen, indem sie nicht, wie es die Eltern wünschen, als roter, beziehungsweise grüner Elf erscheint, sondern im weißen Kleid als Fee Titania. Außer Fenton verrät sie niemandem ihre Maske. Das lustige Abenteuer gelingt: Falstaff wird beim Stelldichein mit Frau Fluth und Frau Reich von dem ebenfalls als Jäger Herne verkleideten Herrn Reich aufgestöbert und von seinen »Geistern« solange mißhandelt, bis er ein Geständnis ablegt. Zum großen Erstaunen der Eltern kommt aber Ännchen an der Hand Fentons von der Kapelle zurück, während sich die beiden anderen Bewerber, von denen jeder in der Maske des anderen die Braut vermutet hatte, zum Gelächter aller geprellt sehen. Nach einer allgemeinen Versöhnung wenden sich die Frauen zum Schluß auch an das Publikum mit der Bitte um Verzeihung und geneigte Aufnahme ihrer lustigen Schwänke.

Stilistische Stellung
Die Titelrolle ist ausschließlich im Sinn einer lustigen Buffofigur gezeichnet; sie verliert dadurch an tragikomischer Wirkung, die der Held bei Shakespeare und auch bei Verdi auslöst, wo der heruntergekommene Edelmann ein Herr bleibt, der letzten Endes immer wieder über der Situation steht. Dafür entschädigt das mit romantischen Zügen ausgestattete komisch-phantastische Stück durch eine Vielfalt von glücklichen Eingebungen, die vor allem im Musikalischen zum Ausdruck kommen. Mit unvergänglichen Melodien sind die einzelnen Szenen bald voll inniger Gemütstiefe, bald voll köstlichen Humors farbig und abwechslungsreich gestaltet. Die Verbindung italienischer Einflüsse, die sich vor allem in der Hereinnahme des bravourösen Ziergesanges zeigen, mit Stilelementen der französischen Spieloper und deutscher Vorbilder (Mozart, Romantiker) verleiht dem Werk den Charakter einer Musizieroper von eigenartigem Reiz. Daneben zeugt die Partitur von dem imponierenden satztechnischen Können sowie der feinsinnigen Instrumentationskunst des Meisters. Obwohl dem in Italien geschulten Komponisten die durchwegs musikalisch ausgestaltete Opernform geläufig war, gab er bei seinen ›Lustigen Weibern von Windsor‹ doch der Dialogfassung den Vorzug, da er die deutsche Sprache für den rezitativischen Parlandostil der Opera buffa ungeeignet hielt.

Textdichtung
Nicolai war auf der Suche nach einem geeigneten Text für seinen Wiener Opernauftrag zuerst von dem Librettisten Siegfried Kapper auf den Falstaff-Stoff aufmerksam gemacht worden, nachdem sowohl ein Preisausschreiben in der ›Schmidtschen Musikzeitung‹ wie auch ein intensives Befassen des Komponisten mit Carlo Goldoni, Carlo Gozzi, Félix Lope de Vega, Pedro Calderón de la Barca und anderen nicht zu dem gewünschten Ergebnis geführt hatten. Verhältnismäßig spät erst wurde das 1602 erschienene Shakespearesche Lustspiel von dem dicken Ritter ›The Merry Wives of Windsor‹ in Deutschland bekannt und da zunächst nur in mehr oder minder freien Bearbeitungen als Lokalstück: ›Die lustigen Abentheuer an der Wienn‹ von J. B. Pelzel (1772), ›Gideon von Tromberg‹ von W. H. Brömel (1785 Berlin) und von einem anonymen Bearbeiter ›Die lustigen Weiber in Wien‹ (1794 Wien). Unter den Opernbearbeitungen des Stoffes vor Nicolai sind hervorzuheben: ein Singspiel von Peter Ritter (1794 Mannheim) sowie Karl Ditters von Dittersdorfs ›Lustige Weiber von Windsor‹ (1796 Oels) und Antonio Salieris ›Falstaff oder Der dreyhmal Gefoppte‹, Text von Carlo Prospero Defranceschi (1799 Wien), schließlich in England die komische Oper ›Falstaff‹, Text von Manfredo J. Maggioni, Musik von Michael William Balfe (1838 London). Ursprünglich hatte Nicolai mit der Textgestaltung den Kasseler Librettisten Jakob Hoffmeister (1813–1893) betraut, der auch bereits die beiden ersten Musiknummern (Nr. 1 noch als Terzett) dichtete, dann aber von Wien nach Kassel zurückkehrte, ohne das Buch vollendet zu haben. Unter reger Mitwirkung des Komponisten, der das Szenarium selbst entwarf, stellte hierauf der junge Salomon Hermann Mosenthal (1821–1877) die Dichtung fertig. Die Handlung folgt in den Grundzügen dem Shakespeareschen Lustspiel. Dabei wußten die Autoren eine glückliche Auswahl des für die Opernwirkung Zweckmäßigen zu treffen, indem sie das Szenarium gegenüber der Vorlage wesentlich kürzten und mehrere Nebenrollen teils ganz fallen ließen (Quickly, Bardolph, Pistol, Evans usw.), teils in etwas veränderter Zeichnung übernahmen (Dr. Cajus, Spärlich).

Geschichtliches
Nicolai begann im Dezember 1845 mit Feuereifer die Komposition seiner ›Lustigen Weiber von Windsor‹, die Arbeit erfuhr aber wiederholte Unterbrechungen wegen der starken Inanspruchnahme des Meisters durch seine Tätigkeit als Kapellmeister. Als er im September 1846 dem Wiener Hoferndirektor Balochino die vertraglich vereinbarte Fertigstellung seiner neuen Oper für Ende des Jahres ankündigte, lehnte dieser unter verschiedenen Ausflüchten die Annahme des Werkes ab. Nicolai gab auf diese Kränkung hin seine Stellung in Wien auf, wo er sich am 1. April 1847 in einem Philharmonischen Konzert mit Bruchstücken aus den ›Lustigen Weibern von Windsor‹ verabschiedete. Die unterbrochene Arbeit an der Komposition nahm er aber erst nach seinem Stellungsantritt in Berlin

(1. März 1848) wieder auf. Revolution und Besetzungsschwierigkeiten verzögerten abermals die Uraufführung, die dann endlich am 9. März 1849 an der Königlichen Oper zu Berlin unter Leitung des Komponisten mit großem Erfolg stattfand.

Luigi Nono
* 29. Januar 1924, † 8. Mai 1990 in Venedig

Intolleranza 1960

Handlung in zwei Teilen nach einer Idee von Angelo Maria Ripellino. Texte von A. M. Ripellino, Julius Fučik, Jean Paul Sartre, Paul Eluard, Wladimir Majakowskij und Bert Brecht.

Solisten: *Der Emigrant* (Jugendlicher Heldentenor, auch Lyrischer Tenor, gr. P.) – *Eine Frau* (Dramatischer Mezzosopran, auch Dramatischer Alt, m. P.) – *Seine Gefährtin* (Jugendlich-dramatischer Sopran, auch Dramatischer Koloratursopran, gr. P.) – *Sopran-Solo* (Koloratursopran, m. P.) – *Ein Algerier* (Lyrischer Bariton, auch Charakterbariton, kl. P.) – *Ein Gefolterter/Stimme des Julius Fučik* (Seriöser Baß, auch Charakterbaß, m. P.) – *Vier Gendarmen* (Sprecher) – *Henri Alleg* (Sprecher) – *Stimme Sartres* (Sprecher) – *Vier Paras* (Sprecher).
Chor: Bergarbeiter – Demonstranten – Gefangene – Gefolterte – Bauern (gemischter Chor, gr. Chp., kann auch vom Band kommen, dann Statisterie auf der Bühne).
Ort: Mitteleuropa.
Schauplätze: In einem Bergarbeiterdorf – Demonstration in einer Stadt – Auf dem Polizeibüro – Folterung – Im Konzentrationslager – Hochwasser.
Zeit: Gegenwart.
Orchester: 3 Fl., 3 Ob., 3 Kl., 3 Fag. – 6 Hr., 4 Trp., 4 Pos. – P., Schl. – Tonband – Hrf., Cel. – Str.
Gliederung: Szenisch gegliederte, durchkomponierte Großform.
Spieldauer: Etwa 1½ Stunden.

Handlung

Ein ausgewanderter Bergarbeiter wird von Heimweh nach seinem Land ergriffen und will das Bergarbeiterdorf verlassen. Er verläßt auch die geliebte Frau, die ihn nicht versteht und seine Handlungsweise ablehnt. Allein und allen unbekannt, gerät er auf dem Weg in seine Heimat in einer Großstadt in die Nähe einer Demonstration, die von der Polizei zerschlagen wird. Er wird als Demonstrationsteilnehmer verhaftet und verhört und, als er nichts auszusagen weiß, gefoltert. Er wird in ein Konzentrationslager gesperrt, wo er Willkür und Brutalität (in den Personifikationen der Nationalsozialisten gegen Julius Fučik und der französischen Paras gegen einen Algerier) erlebt, aber auch – unter seinen Mitgefangenen – Solidarität. Gemeinsam mit dem Algerier gelingt es ihm, aus dem Lager zu fliehen – beide wollen weiter gegen die Unterdrückung kämpfen. Der Bergarbeiter erlebt – zusammen mit seiner ihm in Liebe verbundenen Gefährtin – Bilder des Schreckens und des Fanatismus, Symbole und Alpträume der Intoleranz. Am Ende finden wir beide in einem Dorf, das von den Fluten eines Hochwassers hinweggerissen wird: das Wasser als reinigende Flut, die Neues möglich macht. Die Handlung schließt mit Brechts Gedicht ›An die Nachgeborenen‹.

Stilistische Stellung

Luigi Nonos erstes Opernwerk (nach dem 1954 geschriebenen Ballett ›Der rote Mantel‹) »entwickelte sich im Wechselverhältnis zwischen den Erfordernissen des Inhalts, seiner ideologischen Struktur und den heutigen technischen und sprachlichen Möglichkeiten: auf der einen Seite einige Situationen des menschlichen Lebens, darunter der Intoleranz, und das Wachsen des Bewußtseins und des Widerstandes gegen sie; auf der anderen Seite zum Beispiel die technischen Möglichkeiten der ›Laterna magica‹; sie ermöglicht durch ein mehrdimensionales Gesichtsfeld in der Einheit eines oder in der Gleichzeitigkeit mehrerer Fakten eine mehrschichtige Ausleuchtung in Konzeption und Abfassung des Textes« (Nono). Der Komponist knüpfte bei der Konzeption des musikdramatischen Ablaufs bewußt an Arnold Schönbergs experimentell-symbolische ›Glückliche Hand‹ an; wie Schönberg, dem ›Intolleranza‹ auch gewidmet ist, kam es Nono weit mehr auf die auf mehreren Ebenen (Darstellung, Musik, Szene, Licht) zugleich ablaufende und einander kommentierende symbolisch-stellvertretende Darlegung von Grundsituationen (Unterdrückung, Widerstand) an als auf eine durchgehende »Handlung« im traditionellen Sinne. Dabei bezieht sich Nono bewußt auf aktuelle Ereignisse (ein Bergwerksunglück in Belgien, Demonstrationen in Italien gegen eine Faschistische Restauration, der Kampf der Algerier um ihre Befreiung, Überschwemmungen in der Po-Ebene) des Jahres 1960. Musikalisch geht Nono von einem frei gehandhabten Serialismus aus, der – ausgehend von den Grundintervallen kleine Sekunde, große Sekunde, Quarte und Tritonus – diese den einzelnen Stimmen und Situationen zuordnet und sie in den chorischen und instrumentalen Elementen der Partitur kommentierend und kontrapunktierend aufgreift. Hohe strukturelle Differenziertheit geht – wie immer bei Nono – einher mit einer höchst eindrucksvollen Farbigkeit und einer durch alle Komplexität hindurchscheinenden zutiefst menschlichen Ausdruckskraft, die sich auch dem Hörer mitteilt, dem die kompositorische Technik fremd bleibt.

Textdichtung
Nono verbindet durch den eher losen Faden eines durchlaufenden Handlungsstranges, der mit der Person des Bergarbeiters verbunden ist (die deutsche Textfassung von Alfred Andersch, die von einem »Flüchtling« spricht, verschiebt etwas die Perspektiven des Gemeinten, der Begriff »Gastarbeiter« dürfte eher zutreffen), eine Reihe von Situationen, für die er collageartig zumeist lyrische Texte verwendet. Dabei knüpft er an an experimentelle Theaterformen der Zwanziger Jahre (Ernst Toller, Friedrich Wolf, Erwin Piscator) wie an das zeitgenössische amerikanische Theater (Eugene O'Neill, Arthur Miller) und zielt ab auf eine durchaus als erlebbar empfundene utopische Situation, »in der der Mensch dem Menschen Helfer sei«.

Geschichtliches
Luigi Nonos ›Intolleranza‹ entstand 1960/61 auf Anregung von Mario Labroca als Auftragswerk für das Festival Internazionale della Musica Contemporanea im Rahmen der Biennale Venedig 1961. Die Uraufführung fand am 13. April 1961 im Teatro La Fenice in Venedig statt; die musikalische Leitung hatte Bruno Maderna, es inszenierte Václav Kašlík in den Bühnenbildern von Josef Svoboda und mit Projektionen von Emilio Vedova. Es folgten Aufführungen in Köln und 1970 eine durch elektronische Musik erweiterte und im Text (von Yaak Karsunke) teilweise neugefaßte »Nürnberger Fassung«, die am 10. Mai 1970 aufgeführt wurde. Die französische Erstaufführung war am 26. März 1971 in Nancy. 1985 wurde das Werk in den Spielplan der Hamburgischen Staatsoper aufgenommen, in den letzten Jahren folgten Aufführungen in Stuttgart und Berlin.

W. K.

Al gran sole carico d'amore
(Unter der großen Sonne von Liebe beladen)

Szenische Aktion in 2 Teilen. Textauswahl vom Komponisten.

Solisten: 4 *Soprane* (gr. P.) – *Dramatischer Mezzosopran* bzw. *Contralto* (gr. P.) – *Bariton* (m. P.) – 2 *Tenöre* (kl. P.) – 2 *Bässe* (kl. P.).
Chor: Ein großes und ein kleines gemischtstimmiges Ensemble (gr. Chp.).
Orchester: 4 Fl., 4 Picc., 4 Ob., 4 Kl., Bkl., 4 Fag., 4 Hr., 4 Trp., 4 Pos., P. (I u. II), 2 kl. Tr. ohne Schnarrsaiten, 2 kl. Tr. mit Schnarrsaiten, 2 gr. Tr., 2 Tamtam, 4 Becken, Rgl., Mar., Glsp., Hrf. (verstärkt), Str., vierspuriges Tonband (Aufstellung der 4 Lautsprecher: 2 rechts und links der Bühne, 2 rechts und links hinten im Zuschauerraum).
Gliederung: 16 Szenen zu 2 Teilen, denen eine »als Vorspiel« titulierte Einleitung vorausgeht.
Spieldauer: Etwa 1½ Stunden.

Handlung

Vorbemerkung: Das Stück hat keine durchgängige Handlung, sondern ein Thema, nämlich an freiheitlich gesonnene Menschen – insbesondere Frauen – zu erinnern, die in Revolutionen und Erhebungen des 19. und 20. Jahrhunderts gescheitert sind. Hierbei nimmt Nono auf 5 Ereignisse Bezug: 1. die Niederschlagung der Pariser Commune von 1871, 2. die russische Revolution von 1905, 3. Arbeiterunruhen in Italien, insbesondere in Turin im Jahr 1950, 4. die mißlungene Erstürmung der Moncada-Kaserne 1953 auf Kuba, mit der Fidel Castro und seine Anhänger das Battista-Regime stürzen wollten, 4. Che Guevaras Bolivien-Abenteuer von 1966/67, das mit seinem und dem Tod seiner Gefährtin Tania Bunke endete, 5. auf den Vietnam-Krieg der sechziger und frühen siebziger Jahre des 20. Jahrhunderts. Freilich gelangen die Sujets nicht abgeschlossen voneinander oder sukzessive zur Darstellung, sondern in einer Montage von Zeitdokumenten, theoretischen Erörterungen, Kampfliedern und fiktiven Texten durchdringen und beleuchten sie sich gegenseitig. Ebensowenig gilt in dem Stück die herkömmliche Zuordnung, wonach ein Interpret einer Figur entspricht. Vielmehr übernehmen die Interpreten – mitunter in ein und derselben Szene – nicht nur eine, sondern mehrere Partien. Auch kann sich eine Figur auffächern, so daß sie in der Darstellung durch mehrere Interpreten und sogar durch den Chor sozusagen zu einer kollektiven Person wird. Der Übersicht halber wird deshalb in der folgenden Beschreibung den einzelnen Szenen die Aufzählung der Figuren und ihre Besetzung jeweils vorangestellt.

Als Vorspiel (Sopransoli I und IV, beide Chöre): Wie gesungene Überschriften stehen zwei Aussagen dem Werk voran, erstens Che Guevaras Ausspruch: »Die Schönheit setzt sich der Revolution nicht entgegen«, zweitens ein Satz der Pariser Communardin Louise Michel: »Für dieses weite und hilfsbereite Herz – trunken von Solidarität – ist die einzige atembare Luft die Menschenliebe.« Nach einem Orchesterzwischenspiel, in dessen Verlauf die Pauken das ursprünglich sowjetische Kampflied ›Wir sind nicht mehr die Pariser Commune‹ intonieren, halten die Frauen Rückblick auf den niedergeschlagenen Pariser Aufstand von 1871, indem sie die geschlagenen Communarden mit einem Zitat von Karl Marx als die moralischen Sieger bezeichnen.

I. Teil – »Wir werden wiederkehren, als Menge ohne Zahl«: 1. (Communarden – beide Chöre; Tania Bunke – Sopransolo): Furchtlos kündigen die Communarden der bourgeoisen Herrscherschicht den Gehorsam auf. Deren Gesetze werden für ungültig erklärt und die Übernahme der Fabriken durch die Aufständischen bekanntgegeben. Indessen stellt sich der Guerillera Tania Bunke angesichts der den einzelnen Menschen zerschmetternden Wucht revolutionärer Umschwünge die Frage nach der individuellen Selbstbehauptung: »Wird mein Name eines Tages nichts sein?« – 2. (Tania Bunke – Sopransolo; Guerilla-Kämpfer – Tenöre des gr. Chores; Genossen – gr. Chor): Abermals steht Tania Bunke, die, offenbar von den übrigen Guerilleros verlassen, einen einsamen Tod stirbt, im Mittelpunkt des Geschehens. Während sie über den Sinn ihres revolutionären Einsatzes nachdenkt, ertönt aus der Ferne wie ein letzter Gruß der Freunde abermals Che Guevaras Parole von der Schönheit, die sich der Revolution nicht entgegenstellt. Für die im Kampf gefallene Guerillera stimmen die Genossen leise und bruchstückhaft die Internationale an. – 3. (Volk von Paris – kl. Chor; Genossen – gr. u. kl. Chor, Sopransoli; Thiers – Tenorsolo; Favre – Baßsolo): Die Ursachen, die zum Aufstand der Pariser Commune führten, kommen zur Sprache, indem sich in einer Rückblende die bürgerlichen Politiker Thiers und Favre mit den harten Reparationsforderungen Bismarcks konfrontiert sehen, die nach dem Krieg von 1870/71 Frankreich auferlegt wurden. Das Pariser Proletariat und das verelendete Kleinbürgertum wiederum sind nicht bereit, die Zeche für den verlorenen Krieg zu zahlen. Sie schließen sich gegen die oberen Klassen und die staatliche Gewalt zusammen und übernehmen die Macht. – 4. (Communarden – gr. Chor, Sopransoli): Die Pariser Communarden rühmen eine ihrer Identifikationsfiguren, die unbeugsame Revolutionärin Louise Michel. – 5. (Communarden – gr. u. kl. Chor, Sopransoli, Altstimme): Paris ist im Aufruhr und die Communarden an der Macht. Sie erlassen Gesetze, in denen die Commune als Gegenmodell zur bürgerlichen Gesellschaft erkennbar wird. Weil die Gegensätze zwischen alter und neuer Ordnung nicht zu überbrücken sind, scheuen die auf Widerstand stoßenden Communarden vor der Lösung der Machtfrage durch einen Bürgerkrieg nicht zurück. – 6. (Louise Michel – Sopransoli; Communarden – kl. u. gr. Chor; ein Communarde – Baßsolo; heutige Arbeiter – Bässe des gr. Chores;

eine Communardin – 4. Sopransolo; Soldat – Tenorsolo; Offizier – Tenorsolo): Louise Michel, die sich nach der Niederschlagung der Pariser Commune gerichtlich zu verantworten hat, bekennt sich ausdrücklich zur Unterstützung der Aufrührer. Ihr Bekennermut erregt nicht allein die Bewunderung eines die Menschenliebe der Michel rühmenden Communarden, auch Arbeiter aus späterer Zeit schauen auf das Beispiel, das die Revolutionärin gegeben hat, zurück und intonieren das Arbeiterkampflied »Wir sind nicht mehr die Commune von Paris«. Es ist für Louise Michel selbstverständlich, sich noch im Nachhinein mit denjenigen, die gegen das konterrevolutionäre Militär die Waffen erhoben haben, zu solidarisieren. Insbesondere rückt hierbei eine Episode am Montmartre ins Zentrum der Betrachtung, als die Communarden gewaltsam die Auslieferung von Kanonen an die Regierung Thiers verhinderten, damit die Geschütze nicht gegen die Pariser Bevölkerung eingesetzt würden. Obgleich an diesen Aktionen unbeteiligt, rechtfertigt Louise Michel das damalige Vorgehen der Aufständischen: Wäre sie dabeigewesen, hätte sie nicht anders gehandelt. Außerdem räumt sie ohne Zögern ein, dabei mitgeholfen zu haben, Paris in Brand zu setzen, um den gegnerischen Truppen das Vordringen zu erschweren. – 7. (Bismarck – Baßsolo; Thiers – Tenorsolo): Bismarck drängt Thiers, für das Ende der Pariser Commune zu sorgen, woraufhin Thiers selbst vor der Anwendung äußerster Gewalt nicht zurückschreckt. – 8. Danach erstarrt die Szene zum Zeichen für das an den Communarden begangene Massaker. Pantomimisch wird dargestellt, wie in Versailles die Bourgeoisie den Sieg über die Commune feiert und Thiers zu Füßen liegt. – 9. (Louise Michel – Sopransoli; Tania Bunke – Frauen des gr. Chores, Sopransoli; Communarden – gr. Chor): Louise Michel kündigt ihren Richtern an, im Falle sie am Leben gelassen werde, für die Ermordung der Aufständischen Rache zu fordern. Wieder zweifelt Tania Bunke, ob ihr revolutionäres Engagement im Gedächtnis der Menschen fortleben werde. Dem steht ein Zeugnis Louise Michels entgegen, wonach die besiegten Revolutionäre der Pariser Commune beispielgebend in die Zukunft hineinwirken würden. – Finale (Sopransoli; Mütter – Frauen des gr. Chores; die Mutter – Mezzosopran): Wie zur Bestätigung von Louise Michels Auffassung, tritt die Mutter aus Maxim Gorkis/ Berthold Brechts gleichnamigem Stück auf und bestätigt die Fortdauer der Commune mit einem Lenin-Zitat: »Die russischen Revolutionen von 1905 und 1917 setzten in verschiedenen Situationen, unter anderen Bedingungen das Werk der Commune fort.«

II. Teil – »Die Nacht ist lang, aber schon bricht die Morgendämmerung an«: 1. (Die Mutter – Mezzosopran; gr. Chor, Deola – Sopransoli; Mezzosopran): Um einen Eindruck von der Unterdrückung der Werktätigen in Rußland vor 1905 und in Italien vor 1950 zu geben, ist im Hintergrund die »Repressionsmaschinerie« aufgezogen, die zum einen aus zaristischen, zum andern aus faschistischen Soldaten besteht. Bedrückt von der sie umgebenden Tristesse, beschreibt die Mutter das Elend einer russischen Arbeitervorstadt im Jahr 1905 anhand des allmorgendlichen Signalrufs der Sirene, die die übermüdeten Männer zur Maloche ruft. Danach tritt nicht weniger melancholisch Deola, die Geliebte eines Turiner Arbeiters, auf. – 2. (Deola – Sopransoli; die Mutter – Mezzosopran, Altistinnen des gr. Chores; Pavel – Baritonsolo; Arbeiter – Bässe des gr. Chores): Deola denkt über das harte Leben nach, das sie an der Seite ihres aus dem Süden zur Arbeit nach Turin gekommenen Gefährten führt. Was sie aufrecht hält, ist seine Liebe zu ihr. Auf andere Weise ist das Leben der russischen Mutter und ihres Sohnes Pavel reich an Entbehrungen: Seit ihm der Lohn gekürzt wurde, ist die Suppe noch dünner als sie ohnehin schon war. Beide leiden Hunger. Die Situation scheint ausweglos. – 3. (Sizilianische Emigranten – kl. Chor; Arbeiter – gr. u. kl. Chor, Baritonsolo, 2 Baßsoli, Mezzosopransolo; Arbeiterinnen – Sopransoli; die Gefährtinnen der Emigranten – Sopransoli, Frauen des kl. Chors; Mutter eines Turiner Arbeiters – Mezzosopransolo): Nach dem Aufmarsch der »Repressionsmaschinerie« wird die deprimierende Situation der aus Sizilien nach Turin emigrierten Arbeiter angesprochen. Die Mutter eines dieser Emigranten berichtet von ihrem Sohn, den der Hunger aus der Heimat nach Turin getrieben hat. Um sich der dort herrschenden Ungerechtigkeit zu erwehren, habe er sich den Genossen angeschlossen. Die aus den sozialen Mißständen resultierenden Unruhen fordern Tote. Ihrer gedenkend, stimmen die Arbeiter leise und verhalten die Internationale an. – 4. (Russischer Fabrikdirektor – Tenorsolo; Pavel – Baritonsolo; Arbeiter – Männerchor; Verräter – Tenorsolo; Deola – Sopransoli): Wieder marschiert die »Repressionsmaschinerie« auf, die dieses Mal neben den zaristischen und faschistischen Soldaten auch aus Militär der bürgerlichen Machthaber in Frankreich Anno 1871 besteht. Zunächst führt die Szene in eine russische Fabrik im Jahre 1905. Der in Begleitung eines Verräters auftretende Fabrikdirektor will Lohnkürzungen durchsetzen, woraufhin die von Pavel angeführten Arbeiter in den Streik treten. Ihre Solidarität kommt darin zur Geltung, daß sie ein seinerzeit in Rußland populäres Streiklied anstimmen, die sogenannte Dubinuska. Daraufhin gibt Deola, als ob sie ein knappes halbes Jahrhundert später aus der Solidarisierungsaktion der russischen Arbeiter noch Kraft schöpfe, ihrer Hoffnung auf eine bessere Zukunft Ausdruck. – 5. (Mütter – Frauenchor, Sopransoli; Arbeiter – Baßsolo; Mutter – Mezzosopran; Arbeiter – Chor; Haydée Santamaria – Sopransolo IV; Kubanerinnen – Sopransoli I bis III, Mezzosopran, Frauenchor; Pavel – Baritonsolo; Kubaner – Männerchor): Bei ihrem neuerlichen Aufzug hat sich die »Repressionsmaschinerie« abermals erweitert, nun um die Söldner des kubanischen Diktators Battista. Drei Vorgänge spielen nun in schnellem Wechsel ineinander: zum einen der Streik der russischen Arbeiter von 1905, den Pavels Mutter durch das Verteilen von Flugblättern tatkräftig unterstützt, zum andern der Arbeitskampf der Turiner Arbeiter von 1950, zum dritten der Angriff auf die Moncada-Kaserne 1953 in Kuba, für den sich insbesondere die Aktivistin Haydée Santamaria als Zeitzeugin hervortut. Alle drei Revolten enden, als die Arbeiter auf die Repressionsmaschinerie treffen, mit der Niederlage der Aufständischen. Pavel wird getötet; seine Mutter ist entschlossen, den Kampf ihres Sohnes fortzusetzen. Nicht anders Haydée Santamaria: Für sie war Moncada »die Mutter der Revolution.« – 6. (Vietnamesische Mutter – Sopransolo; Vietnamesische Frauen – Sopransoli, Frauenchor; Gefangene – Chor; Gramsci – Baritonsolo; Dimitroff – Baßsoli, Baritonsolo, Fidel Castro – Baritonsolo): Bewacht von der Repressionsmaschinerie sind im Süden ihres Landes Vietnamesinnen in Lagern inhaftiert. Trotz ihrer Leiden halten sie weiter an ihren Hoffnungen fest. Gleiches gilt für die mit anderen Leidensgenossen eingesperrten Gefangenen Antonio Gramsci, Georgi Michailović Dimitroff und Fidel Castro. – 7. (Sopransoli; Frauenchor): Nach dem Mord an der Mutter wird die »Repressionsmaschinerie«, deren Soldaten mit dem Rücken zum Publikum stehen, an die Bühnenrampe gedrängt. – Finale (Chor; Sopransolo; Mutter – Mezzosopran): Im proletarischen Geschichtsgedächtnis überlebt die Mutter ihren leiblichen Tod. Dies dokumentiert sich in ihrem Gesang. Aus der Internationalen intoniert sie die Verse: »Weder länger Knechte, noch Herren! Auf, zum letzten Gefecht!«

Stilistische Stellung

Mit Bedacht hat Luigi Nono sein 1975 in Mailand uraufgeführtes Musiktheaterwerk ›Al gran sole carico d'amore‹ nicht ›Oper‹, sondern ›szenische Aktion‹ genannt, denn das Stück hat mit traditioneller Operndramaturgie nur sehr wenig zu tun. Viel eher sind – was bei einem seinerzeit der kommunistischen Ideologie anhängenden Künstler wie Nono nicht verwundert – Einflüsse des politischen Theaters von Erwin Piscator und von Jean-Paul Sartres »théâtre de situations« greifbar. Außerdem hat die von Meyerhold und Majakowski geprägte russische Theateravantgarde des frühen 20. Jahrhunderts Nonos Werkkonzeption beeinflußt, nicht zuletzt vermittelt durch Nonos Uraufführungsregisseur Juri Ljubimow, den damaligen Leiter des Moskauer Taganka-Theaters. So sind in Ljubimows Produktionen für das Sprechdrama nicht anders als in Nonos Werk Textmontagen, Simultanaktionen und Mehrfachbesetzungen einer Figur wichtige Gestaltungsmittel. Und indem Nono an die Stelle einer nacherzählbaren Handlung ein Beziehungsgeflecht von Situationen, Geschichten und Figuren setzt, läßt er den Betrachter an einem »Bewußtseinstheater« (Jürg Stenzl) teilhaben, dessen Gegenstand der Rückblick auf die Geschichte der neuzeitlichen Revolutionen ist. Hierbei unterzieht Nono die von ihm ausgewählten geschichtlichen Episoden einem unablässigen, kaleidoskopischen Vergleichsverfahren, um an den darin involvierten Figuren im Grunde jedes Mal das gleiche Verhaltensmuster zum Vorschein zu bringen: Obgleich keine dieser Revolten erfolgreich ist, obgleich alle auf das Gelingen dieser Umschwünge hinwirkenden Figuren letztlich Niederlagen erleiden, beziehen Nonos durchweg als Überzeugungstäter auftretenden Protagonisten allesamt aus derselben Hoffnung ihre Würde: Aus der subjektiv empfundenen Legitimität ihres Tuns, das gleichfalls auf die Billigung des Komponisten trifft, leiten sie nämlich den Anspruch ab, nicht vergessen zu werden.

Hieraus wiederum erklärt sich Nonos Konzentration auf die Schicksale von Revolutionärinnen. Von der Beobachtung ausgehend, daß auch in marxistisch-leninistischer Geschichtsbetrachtung die Mitgestaltung revolutionärer Vorgänge durch emanzipatorisch gesonnene Frauen nur unzureichend gewürdigt wurde, soll der weithin vergessene weibliche Beitrag in der Geschichte der Revolutionen in Erinnerung gebracht werden. Somit ist Nonos Azione scenica ein Werk gegen Geschichtsverdrängung. In diesem Zusammenhang sei betont, daß Nonos Zugriff auf die Geschichte nicht wissenschaftlich, sondern künstlerisch ist. Sowohl die von ihm herangezogenen historischen Vorgänge, als auch das zugehörige Personal lösen sich also durch Mythologisierung aus dem vorgegebenen Kontext der Realgeschichte. Die Parallele zur Vorgehensweise Richard Wagners, der mit dem Rückgriff auf literarisch-mythologisches Schrifttum für seine Musikdramen allerdings ein völlig anderes Quellenmaterial verwendete, liegt auf der Hand. Und noch ein weiteres Moment verbindet Nono mit dem Bayreuther Meister: Wie Wagner ist Nono von der Notwendigkeit gesellschaftlicher Erneuerung dermaßen durchdrungen, daß er seine Kunst als probates Mittel zur Durchführung solcher Veränderung begreift.

Da nun in Nonos Werk das Empfinden, Denken und Handeln seiner revolutionär gestimmten Personage mit Überzeugungen im Einklang steht, denen im Stück Allgemeingültigkeit zugebilligt wird, ist die Auflösung einer eindeutigen Personenzuordnung, die das Individuelle (Sologesang) im Kollektiven (Ensemble- und Chorgesang) aufgehen läßt, nur konsequent. Insbesondere wenn die Partie des in sphärische Höhen sich aufschwingenden I. Solosoprans sich zum Sopranquartett erweitert, resultiert aus diesem Auffächerungsprozeß eine grandiose Wirkung. Zumal Nonos Melos, mag es auch auf serieller Kompositionstechnik gründen, die Verwurzelung in der italienischen Belcanto-Tradition des 19. Jahrhunderts deutlich anzuhören ist. Und so kommt in den weitgespannten Kantilenen ein elegischer Espressivo-Ton zum Tragen, der etwa die Figur der Mutter, die als einzige nur einer Sängerin – nämlich der Mezzosopranistin – zugeteilt ist, zu einer der eindringlichsten Bühnengestalten avantgardistischen Musiktheaters werden läßt. Dies ist um so erstaunlicher, als die Stückdramaturgie keine psychologisch sich entwickelnden Charaktere auf die Bühne stellt, sondern durch ihre soziale Situation definierte Figuren-Typen. Ihre an die klassische Tragödie gemahnende, heroische Stilhöhe erreichen sie durch das Pathos der Musik, das dem Werk insgesamt in der Art einer »linken Sakralmusik« (Rainald Goetz) die Aura eines weltlichen Requiems verleiht.

Dieser emphatische Ton durchdringt auch die überaus anspruchsvollen Chor-Partien, die mit Blick auf die Satztechnik und die variantenreiche Anordnung der Stimmgruppen immer wieder Nonos Beschäftigung mit vorbarocker Musik, etwa der Venezianischen Mehrchörigkeit, in Erinnerung bringen, wobei stellenweise das Artikulationsspektrum um Sprechen, Sprechgesang und textfreie Vokalisen erweitert ist.

Öfters sind in den Chor-, aber auch in den Orchestersatz Kampflieder der Arbeiterbewegung eingearbeitet. Im wesentlichen handelt es sich um die ›Internationale‹, ›La bandiera rossa‹, das ursprünglich sowjetische ›Non siam più la Commune di Parigi‹, ›O fucile vecchio mio compagno‹ (O Gewehr, mein alter Genosse), die kubanische Nationalhymne und das russische Streiklied ›Dubinuska‹. Auch klingt in der 4. Szene des I. Teils ein wahrscheinlich französisches Revolutionslied an, dem der Komponist Arthur Rimbauds auf Louise Michel gemünztes Gedicht ›Die Hände der Jeanne Marie‹ unterlegt hat; aus ihm wiederum ist jene Verszeile entnommen, die dem Werk den Titel gegeben hat. Die Lieder werden aber nicht in Agitpropmanier ostentativ herausgestellt, sondern sie sind, auf verschiedene Weise beleuchtet und verfremdet, in Nonos Musiksprache integriert – ein Hinweis darauf, daß der Komponist mit dem Werk kein dokumentatorisch-naturalistisches Anliegen verfolgt. Vielmehr ist ihm daran gelegen, sein Nachdenken über den Sinn von Revolutionen für Individuum und Gesellschaft musikalisch zu formulieren. Bezeichnenderweise heißen vier der in den ersten Teil eingefügten instrumentalen Teile »Riflessioni« (Reflexionen). Gleichwohl entbehrt solch nachdenkliche Herangehensweise keinesfalls des dramatischen Zugriffs. Denn das Stück schöpft gerade aus dem unkaschierten Herausstellen von Gegensätzen Energie. So stehen neben der unbegleiteten Soloszene (Eröffnung des II. Teils durch die Mutter) oder dem lediglich von sparsamen Zuspielungen des Tonbands begleiteten Solo Tania Bunkes (I. Teil, 2. Szene) Ensemble-Passagen, die oft genug nach der Methode des harten Schnitts gefügt sind. Vor allem der von krassen dynamischen Wechseln beherrschte Orchestersatz, der von brachialen Blechbläser-Attacken und rigorosem Schlagzeugeinsatz durchfurcht ist, setzt dann als antithetischer Kontrapunkt zum vokalen Geschehen markante Akzente. Nicht zuletzt diesen drastischen Brüchen ist es zu danken, daß Nonos ›Al gran sole‹ als ein Musiktheater von packender Spannungsgeladenheit zu faszinieren weiß.

Textdichtung
Bei der Erarbeitung des Librettos, das auf eigens für das Werk geschriebene Texte verzichtet, war Juri Ljubimow Nono behilflich. Und schon an den vielfältigen Textarten, die von Regisseur und Komponist zum Libretto kollagiert wurden, wird deutlich, daß dem Werk das diskursive Changieren zwischen Aktion und Reflexion eigentümlich ist. So finden sich etwa in den fiktionalen Texten – etwa in dem erwähnten, auf Louise Michel sich beziehenden Rimbaud-Gedicht oder in den Auszügen aus Brechts Schauspiel ›Die Tage der Commune‹ (1949) – historische Personen (Bismarck, Thiers, Favre) gespiegelt, während die Turiner Prostituierte Deola eine fiktive Figur aus der Lyrik Cesare Paveses (1908–1950) und die Mutter und ihr Sohn Pavel erfundene Gestalten aus Brechts Dramatisierung von Maxim Gorkis 1907 erschienenem Roman ›Die Mutter‹ sind. Mit den schon angesprochenen Lied-Zitaten nähert sich das Libretto hingegen der Dokumentation an, während in Auszügen aus Karl Marx' ›Der Bürgerkrieg in Frankreich‹ (1871) und Wladimir I. Lenins ›Dem Andenken der Kommune‹ (1911) die Geschichtsdeutung als betrachtendes Element hinzukommt. Wenn mit dem Beginn des von Marx' gemeinsam mit Friedrich Engels verfaßten ›Kommunistischen Manifests‹ (1848) – »Ein Gespenst geht um in Europa, das Gespenst des Kommunismus« – die 5. Szene des II. Teils eingeleitet wird, so bietet das Zitat den Wertungshorizont für die darauffolgenden Bühnenereignisse, gleiches gilt für die das Werk einleitenden Zitate Che Guevaras und Louise Michels. Mit Ausschnitten aus ihren 1886 veröffentlichten Memoiren, den schriftlichen Hinterlassenschaften Tania Bunkes und den Erinnerungen kubanischer Revolutionärinnen, findet autobiographisches Textmaterial Platz im Libretto, des weiteren anonyme Zeugnisse, die von Turiner Arbeitern um 1950 stammen, und Auszüge aus Briefen inhaftierter Vietnamesinnen. Hinzukommen zur Selbstverteidigung dienende Rechtfertigungen prominenter Kommunisten vor Gericht. Hierbei handelt es sich erstens um Antonio Gramsci, geboren 1891, der an den Folgen seiner Inhaftierung 1937 starb, zweitens um den bulgarischen Kommunisten Georgi Michailović Dimitroff, der sich 1933 erfolgreich gegen den von den Nazis erhobenen Vorwurf zu verteidigen wußte, den Deutschen Reichstag in Brand gesetzt zu haben, drittens um Fidel Castro, der sich nach der mißglückten Moncada-Revolte von 1953 mit dem berühmten, auch von Nono zitierten Satz rechtfertigte: »Die Geschichte wird mich freisprechen!« Freilich wird mit dieser Huldigungsadresse an den »Máximo Líder«, der in den Jahren nach seiner Machtübernahme (1959) durch die brutale Verfolgung von Andersdenkenden, von Homosexuellen oder anderer ihm mißliebiger Personen die kubanische Revolution in Verruf brachte, Nonos tendenziöse Textauswahl zum Ärgernis. Ohnehin kommt kein einziges Opfer zu Wort, das sich gegen sozialistische Gewalt- und Willkürherrschaft vergeblich erhoben hat. Über die Gulags in der UdSSR, den Arbeiteraufstand in der DDR (1953), den ungarischen Volksaufstand von 1956 oder den 1968 von den Sowjets und ihren Verbündeten niedergewalzten Prager Frühling geht das Werk stillschweigend hinweg. Nicht nur wird damit sein universalistisches Humanitätsengagement nachhaltig beschädigt, sondern darüber hinaus dokumentiert sich in diesem Versäumnis eine Sehschwäche auf dem linken Auge, die den Komponisten – in sperrigem Kontrapunkt zu seinem musikalischen Ingenium – als wenn nicht doktrinären, so doch naiven Salonkommunisten entlarvt.

Geschichtliches
Nono erhielt 1972 von der Mailänder Scala den Auftrag zu einer neuen Oper. Indem aber unvollendet gebliebene Werkprojekte Eingang in die im April 1974 fertiggestellten Komposition fanden, erstreckte sich der Entstehungsprozeß zu ›Al gran sole‹ über einen viel längeren Zeitraum. So wurden Teile aus dem in den Jahren 1962 bis 1964 verfolgten Projekt ›Aus einem italienischen Tagebuch‹ in die Azione scenica integriert. Beispielsweise basiert der Chor ›Ein Gespenst geht um in der Welt‹, der in abgewandelter Form bereits in das gleichnamige Konzertwerk von 1971 eine Rolle spielte, auf kompositorischem Material dieses Werkfragments. Um 1965 plante Nono ein Musiktheaterwerk ›Deola e Masino‹, aus dem die weibliche Titelfigur und einige Texte in die spätere Azione scenica übernommen wurden. Ebenso fanden Texte aus dem von 1965 bis 1968 verfolgten ›Progetto teatrale con Giovanni Pirelli‹ später

ihren endgültigen Platz in ›Al gran sole‹. Außerdem übernahm Nono fertig komponierte Teile aus älteren Arbeiten. So entstammt die uminstrumentierte Musik zum »Aufmarsch der Repressionsmaschinerie« (II. Teil) dem musiktheatralischen Vorgängerwerk ›Intolleranza 1960‹; darüber hinaus gibt es Entlehnungen aus ›La terra e la compagna‹ (1958), ›Canti di vita e d'amore‹ (1962) und aus dem Tonband für ›Non consumiamo Marx‹ (1969). Daß derlei Rückgriffe in der Partitur nicht als Fremdkörper auffallen, ist ein Hinweis auf den ausgeprägten Personalstil des Komponisten, der in ›Al gran sole‹ gleichsam eine Summa seiner mittleren Schaffensperiode vorlegte.

Die Premiere des Maurizio Pollini und dem Uraufführungsdirigenten Claudio Abbado gewidmeten Werks fand am 4. April 1975 im Mailänder Teatro Lirico statt, wobei Ljubimows Inszenierung eher oratorische Züge trug. 1975 kam es in Köln, abermals unter dem Dirigat Abbados, zu einer konzertanten Wiedergabe. Die revidierte, als verbindlich geltende Fassung des Stücks wurde 1978 von Michael Gielen in Frankfurt in einer die Situationen stärker konkretisierenden Inszenierung von Jürgen Flimm (Bühnenbild: Karl-Ernst Herrmann) aus der Taufe gehoben. Vier Jahre später folgte die französische Erstaufführung in Lyon (musikalische Leitung: Michael Luigi, Regie: Jorge Lavelli). Danach wurde es für Jahre still um ›Al gran sole‹, bis 1998 in Stuttgart das Werk unter der Leitung von Lothar Zagrosek in einer Inszenierung von Martin Kušej neu herauskam. Diese auch auf CD dokumentierte Produktion (Sopran-Solo I: Claudia Barainsky, Die Mutter: Lani Poulson) zeigte im Bühnenbild von Martin Zehetgruber einen auf den Kopf gestellten Supermarkt, in dem das Ensemble in den wie Geschichtsmüll herumliegenden Warenkartons die gescheiterten sozialistischen Revolutionen der Neuzeit nachspielte. Im April 1999 folgte Hamburg (Dirigent: Ingo Metzmacher) mit einer ein historisierendes Panoptikum bietenden Inszenierung von Travis Preston.

R. M.

Jacques Offenbach

* 20. Juni 1819 in Köln, † 5. Oktober 1880 in Paris

Hoffmanns Erzählungen (Les Contes d'Hoffmann)

Phantastische Oper in fünf Akten. Text von Jules Barbier.

Solisten: *Hoffmann* (Jugendlicher Heldentenor, gr. P.) – *Lindorf[1]* (Heldenbariton, auch Charakterbariton, m. P.) – *Coppélius[1]* (Heldenbariton, auch Charakterbariton, m. P.) – *Le docteur Miracle[1]* (Heldenbariton, auch Charakterbariton, gr. P.) – *Le capitaine Dapertutto[1]* (Heldenbariton, auch Charakterbariton, m. P.) – *Spalanzani* (Charaktertenor, m. P.) – *Crespel* (Seriöser Baß, auch Charakterbaß, m. P.) – *Peter Schlémil* (Tenor, kl. P.) – *Andrès[1]* (Spieltenor, auch Charaktertenor, m. P.) – *Cochenille[1]* (Spieltenor, auch Charaktertenor, m. P.) – *Frantz[1]* (Spieltenor, auch Charaktertenor, m. P.) – *Pitichinaccio[1]* (Spieltenor, auch Charaktertenor, kl. P.) – *Maître Luther* (Baß, kl. P.) – *Nathanaël[2]* (Tenor, kl. P.) – *Wolfram[2]* (Tenor, kl. P.) – *Hermann* (Baß, auch Bariton, kl. P.) – *Wilhelm* (Baß, kl. P.) – *Le capitaine des sbires* (Baß, kl. P.) – *Stella[3]* (Sopran, kl. P.) – *Olympia[3]* (Lyrischer Koloratursopran, m. P.) – *Antonia[3]* (Jugendlich-dramatischer Sopran, auch Lyrischer Sopran, m. P.) – *Giulietta[3]* (Jugendlich-dramatischer Sopran, auch Dramatischer Mezzosopran, m. P.) – *La Muse[1]* (Lyrischer Mezzosopran, auch Spielalt, m. P.) – *Nicklausse[1]* (Lyrischer Mezzosopran, auch Spielalt, m. P.) – *Die Stimme aus dem Grab* (Mezzosopran, kl. P.).
Chor: Studenten – Gäste bei Spalanzani – Gäste bei Giulietta – Geister des Bieres, des Weines und des Rums (m. Chp.).
Statisten: Kellner – Lakaien – Diener – Sbirren.
Schauplätze: Luthers Weinstube – Reich ausgestattetes physikalisches Kabinett, Türen führen in eine Galerie und in die angrenzenden Räume – In München bei Crespel, bizarr möbliertes Zimmer – Venedig, Festgalerie in einem Pa-

last, die sich zum Canale Grande öffnet – Eine Ecke des Gartens, vom Mond hell erleuchtet, im Hintergrund die Mauer einer Terrasse – Ein elegantes Boudoir, im Hintergrund ein Spiegel – Luthers Weinstube – Eine Öffnung hinter der leeren Bühne läßt Hoffmann erkennen, der an einem Tisch sitzt und schreibt.

Orchester: 2 Fl. (II. auch Picc.), 2 Ob., 2 Kl., 2 Fag., 4 Hr., 3 Trp., P., Schl. (Crotales, gr. Tr., Triangel), 2 Hrf. (II. ad lib.), Org., Str.

Gliederung: Die Partitur enthält 26 Nummern, die teilweise ohne Pause ineinander übergehen, teilweise durch Rezitative oder gesprochene Dialoge miteinander verbunden sind. Zwischen den einzelnen Akten Zwischenspiele. Das Supplement enthält zahlreiche Alternativversionen und Material aus dem Nachlaß.

Spieldauer: Etwa 3 Stunden.

[1] Diese Rollen sollten von der/m selben Darsteller/in gesungen werden.
[2] Bei der Uraufführung wurden diese beiden Rollen vom selben Darsteller gesungen.
[3] Diese vier Rollen sollten von derselben Darstellerin gesungen werden. Falls keine Sängerin den unterschiedlichen Anforderungen aller Rollen gerecht wird, empfehlen die Herausgeber, Stella und Antonia sowie Olympia und Giulietta von der derselben Darstellerin singen zu lassen.

Handlung

In einer deutschen Kneipe, Luthers Weinstube, preisen die unsichtbaren Geister des Bieres und des Weines die Vorzüge des Alkohols. Einem großen Faß entsteigt die Muse und kündigt an, den Künstler Hoffmann von seiner Schwärmerei für die Sängerin Stella zu befreien, die gerade in Mozarts ›Don Giovanni‹ auftritt. Um ihr Ziel zu erreichen, wird die Muse die Gestalt von Nicklausse annehmen. Der Geheime Rat Lindorf entlockt Stellas Diener Andrès einen Brief an Hoffmann, der einen Schlüssel zu ihrer Garderobe enthält. Lindorf prahlt mit seinen satanischen Zügen und möchte sich nach der Vorstellung selbst zu Stella begeben. Der Wirt Luther treibt die Kellner an, alles für die bald eintreffenden Pausengäste vorzubereiten. Durstig kommen die Studenten ins Lokal und loben Stellas Darbietung. Hoffmann tritt mit Nicklausse ein und wird zu einem lustigen Lied animiert. Widerwillig stimmt er das Lied von Klein-Zack an, schweift jedoch in der dritten Strophe in Schwärmerei für seine große Liebe ab. Auf Lindorfs Lachen gerät Hoffmann mit ihm in Streit. Er habe ihm bisher nur Unglück gebracht. Nicklausse lenkt das Gespräch auf die Geliebten der Studenten. Hoffmann gibt preis, daß seine Stella drei Wesen in einer Seele vereine: Künstlerin, junges Mädchen und Kurtisane. Von ihnen möchte er erzählen, Nicklausse komme als personifizierte Vernunft auch vor. Luthers Ankündigung des zweiten Aktes der Vorstellung bleibt ungehört, alle lauschen Hoffmann.

Spalanzani ist stolz auf die von ihm geschaffene Puppe Olympia, von der er sich die 500 Dukaten erhofft, die er durch den Bankrott des Juden Elias verloren hat. Er fürchtet jedoch, daß Coppélius, dem Olympia ihre Augen zu verdanken hat, seinen Anteil an der Urheberschaft fordern könnte. Hoffmann tritt herein, er möchte sich nun mit Physik beschäftigen. Spalanzani geht mit seinem Diener Cochenille den Champagner für seine Gäste holen. Allein im Raum, blickt Hoffmann hinter den Vorhang, der Olympia verbirgt, und ist gebannt von ihrer Schönheit. Nicklausse macht sich darüber lustig. Coppélius erscheint und stellt sich als Händler von Meßgeräten vor, die Hoffmann aber nicht interessieren. Ein Lorgnon kauft er hingegen gerne, wodurch er Olympia noch schöner findet. Der zurückgekehrte Spalanzani bittet Hoffmann und Nicklausse, Coppélius und ihn allein zu lassen. Diesem bietet er einen Wechsel von 500 Dukaten auf die Bank des Juden Elias an, wenn Coppélius ihn als alleinigen Schöpfer Olympias anerkennt. Coppélius akzeptiert und schlägt Spalanzani vor, Hoffmann mit Olympia zu verheiraten. Cochenille meldet die eintreffenden Gäste. Als Attraktion des Abends bringt Spalanzani mit Cochenille die Puppe in den Saal. Die allgemeine Begeisterung steigert sich, als Olympia mit Koloraturen beeindruckt. Der entzückte Hoffmann schließt sich nicht den anderen Gästen zum Souper an, sondern möchte mit Olympia sprechen. Unbemerkt zieht Spalanzani die Puppe wieder auf und läßt die beiden allein. Schwärmerisch gesteht Hoffmann ihr seine Liebe. Sie weicht seiner Berührung aus. Nicklausse rät Hoffmann, mit ihr zu tanzen und geht mit ihm in den Saal. Wütend tritt Coppélius auf, der sich nach dem Bankrott des Juden Elias von Spalanzani betrogen fühlt und Rache schwörend in Olympias Zimmer schleicht. Beim Walzer tanzen Hoffmann und Olympia immer wilder, Spalanzani fürchtet um seine Konstruktion, Hoffmann verliert seine Brille. Schließlich beendet sie den Tanz und zieht sich zurück. Cochenille meldet bestürzt, daß der Mann mit den Augen gekommen sei, Geräusche von zerbrechenden Metallfedern sind zu hören. Hoffmann wird sich bewußt, daß er sich in einen Automaten verliebt hat, und wird von den Anwesenden ausgelacht.

Im Haus ihres Vaters erinnert sich Antonia an ihre Liebe zu Hoffmann. Crespel beschwört seine Tochter, nicht mehr zu singen, dies könne er nach dem Tod seiner Frau nicht mehr ertragen. Er sorgt sich um ihre Gesundheit, da er ähnliche Symptome wie bei ihrer Mutter feststellt. Dafür macht er Hoffmann verantwortlich, der ihr den Kopf verdreht habe. Bevor er das Haus verläßt, weist er den schwerhörigen Frantz an, niemanden hineinzulassen. Frantz hält sich in einem Couplet für einen großen Sänger. Hoffmann und Nicklausse begehren Einlaß und erfahren von Frantz, daß Crespel bestimmt für eine Stunde außer Haus ist. Nicklausse besingt die Macht der Kunst. Hoffmann stimmt das gemeinsame Liebeslied mit Antonia an und lockt sie herbei. Beide geben sich ihrem Traum von einer gemeinsamen Zukunft hin. Sie hören Crespel nahen und beenden ihren Gesang. Antonia verläßt den Raum, Hoffmann versteckt sich. Frantz meldet den Besuch von Doktor Miracle, den Crespel für den Tod seiner Frau verantwortlich macht. Er verweigert Miracle, seine Tochter zu untersuchen, was dieser nun aus der Ferne tun möchte. Crespel, Frantz und Hoffmann in seinem Versteck beobachten, wie Miracle die abwesende Antonia untersucht und schließlich zum Singen animiert. Miracle bietet seine Hilfe mit nur bei ihm erhältlichen Medikamenten an. Crespel möchte ihn hinauswerfen und verschwindet mit ihm. Bestürzt durch diese Beobachtung, bittet Hoffmann Antonia in einem Brief, auf ihre Künstlerträume zu verzichten. Sie kommt herein und verspricht ihm zu gehorchen. Er verläßt den Raum. Miracle erscheint und führt Antonia vor Augen, worauf sie mit ihrem Entschluß verzichtet. Sie versucht, den Dämon zu verscheuchen. Miracle läßt die Stimme ihrer Mutter aus deren Porträt an der Wand erklingen und verführt Antonia dazu, gemeinsam mit ihr zu singen. Antonia bricht zusammen, Miracle verschwindet, das Porträt der Mutter nimmt seine ursprüngliche Gestalt wieder an. Crespel findet seine sterbende Tochter und möchte den hereinkommenden Hoffmann erstechen, woran ihn Nicklausse hindert. Hoffmann ruft nach einem Arzt, Miracle ist zur Stelle und stellt Antonias Tod fest.

An einer üppig gedeckten Tafel in einem venezianischen Palast kündigt Hoffmann eine Musik voller Liebe an. Gemeinsam mit Giuliettas Gästen stößt er auf den Gesang der Barcarolle an, die Giulietta und Nicklausse zum Besten geben. Hoffmann kann daran keinen Gefallen finden und stellt ein Lied auf die rauschhafte Liebe vor. Schlémil kommt herein und tadelt Giulietta, daß sie ihn offenbar nicht vermißt habe. Sie antwortet unter Zustimmung ihrer Gäste, daß sie drei Tage um ihn geweint habe, und lädt alle zum Kartenspiel. Nicklausse traut Hoffmann zu, daß er sich nun in eine Kurtisane verliebe, und hat vorsorglich zwei Pferde zur Flucht bereitgestellt. Davon unbeeindruckt, geht Hoffmann zum Kartenspiel. Dapertutto ist überzeugt, daß Giulietta wie bereits Schlémil auch Hoffmann mit ihren Blick verhexen wird, und möchte sie mit einem Diamanten gefügig machen. Nach einigem Zögern stimmt Giulietta zu, auch Hoffmann das Spiegelbild zu entwenden. Schlémil hat Hoffmann beim Spiel ausgenommen. Dapertutto führt ihm mit Tricks vor Augen, daß er keinen Schatten wirft. Hoffmann fordert Revanche im Spiel. Pitichinaccio mischt die Karten, Giulietta singt ein Lied über die Liebe. Davon abgelenkt, reicht Hoffmann seine Karten an Nicklausse weiter und gesteht Giulietta seine Liebe. Schlémil beobachtet die Szene eifersüchtig. Giulietta läßt Hoffmann wissen, daß Schlémil den Schlüssel zu ihrem Zimmer habe. Unter dem Gesang der Barcarolle besteigen die Gäste Gondeln, Giulietta geht mit Pitichinaccio ab. Hoffmann fordert von Schlémil den Schlüssel, den dieser nur um sein Leben herauszugeben bereit ist. Dapertutto reicht Hoffmann seinen Degen. – Im vom Mond erleuchteten Garten treffen sich Hoffmann und Schlémil zum Duell, Dapertutto beobachtet die Szene. Hoffmann stellt entsetzt Schlémils fehlenden Schatten fest, tötet ihn, entwendet ihm Giuliettas Schlüssel und verläßt den Garten. Dapertutto prüft Schlémils Puls, nimmt seinen Degen und wendet sich lachend ab. – In einem eleganten Boudoir mit einem Spiegel im Hintergrund berichtet Hoffmann Nicklausse von Schlémils fehlendem Schatten, schlägt aber trotzdem dessen Fluchtplan aus, weil er Giulietta liebe. Selbst Giulietta sieht Hoffmann in Gefahr und überredet ihn, ihr als Zeichen seiner Liebe sein Spiegelbild zu überlassen. Hoffmann vermutet zunächst einen Scherz, stimmt aber im Liebesrausch zu. Dapertutto tritt auf und streckt die Hand zum Spiegel, in dem Hoffmanns Spiegelbild verblaßt. Nicklausse warnt Hoffmann vor den herbeieilenden Sbirren, da Schlémils Leiche gefunden worden sei. Dapertutto hält Hoffmann einen Spiegel vor, dieser wird sich bewußt, was mit ihm geschehen ist. Auch die Gäste drängen Hoffmann zur Flucht, er zögert. Die eintreffenden Sbirren wollen Hoffmann verhaften. Hoffmann wirft Giulietta Täuschung vor und möchte sie erstechen. Dapertutto verwirrt seinen Blick, so daß er an ihrer Stelle Pitichinaccio tötet. Über dessen Leiche bricht Giulietta unter dem Gelächter der Gäste zusammen.

Zurück in Luthers Weinstube erklärt Hoffmann seine drei Erzählungen für beendet. Stella betritt nach absolvierter Vorstellung den Raum und beschwert sich, daß Hoffmann sie warten ließe. Betrunken weist er sie zurück und gesteht Lindorf zu, Stella hinauszugeleiten. Zuvor widmet er ihm aber noch die letzte Strophe des Liedes von Klein-Zack, zur Freude der angetrunkenen Studenten, die ihr Trinklied wiederholen. – Vor dem Hintergrund des schreibenden Hoffmann stimmt die zurückverwandelte Muse ein Loblied auf die Inspiration durch die Asche des Herzens an. Groß sei man durch die Liebe, aber noch größer durch den Schmerz!

Stilistische Stellung

Der Verflechtung von Phantasie und Wirklichkeit, die sämtliche Werke des Schriftstellers E. T. A. Hoffmann prägt, wird Offenbach mit der raffiniert gestalteten Verflechtung musikalischer Stile gerecht. Der Tonfall seiner komischen Opern ist besonders in den rahmenden Akten sowie dem Olympia-Akt erkennbar, während vor allem im III. Akt eine unheimliche Klangsprache überrascht. Der kaleidoskopartigen Szenenfolge setzt Offenbach eine symmetrische Struktur der Figuren entgegen, die zumindest die vollendeten ersten drei Akte zusammenhält. Dem Tenor-Protagonisten stehen in tieferer Stimmlage ein männlicher und weiblicher Antagonist zur Seite, die beide Hoffmann von seiner Liebe zu Stella abhalten wollen. Mit einer punktiert absteigenden Melodie, die mit einem Triller endet, wird der Bösewicht charakterisiert. Die Muse in den drei Binnenakten die Rolle des männlichen Nicklausse annehmen zu lassen, thematisiert als phantastische Travestie zudem die Frage nach einem männlichen und weiblichen Prinzip in der Kunst. Hoffmann gleichzeitig als erzählende und erzählte Figur auf die Bühne zu bringen, weist als selbstreflektierendes Element weit ins 20. Jahrhundert, ebenso wie die postmodern anmutende stilistische Vielfalt. Groteske und Humoreske, Grand opéra und Opéra comique: Scheinbar Unvereinbares kommt hier zusammen, nicht als aneinandergereihte Einzelelemente, sondern als komplexes Geflecht.

Textdichtung

Das Libretto beruht auf dem gleichnamigen Schauspiel von Jules Barbier und Michel Carré, das am 21. März 1851 im Pariser Théâtre de l'Odéon uraufgeführt wurde. Erste Hinweise auf Offenbachs Vertonung stammen von 1873, ein Jahr nach Carrés Tod, so daß Barbier das Libretto ohne ihn verfassen mußte. Zahlreiche Bezüge zu den damals in Frankreich populären Texten E. T. A. Hoffmanns sind erkennbar: Der Olympia-Akt ist der Novelle ›Der Sandmann‹ entlehnt, der Antonia-Akt ›Rat Krespel‹ aus den ›Serapionsbrüdern‹, der Giulietta-Akt dem Text ›Die Abenteuer der Sylvester-Nacht‹. Die Rahmenhandlung im I. und V. Akt weist Spuren der Novelle ›Don Juan‹ auf. ›Das Märchen von Klein-Zaches‹ gibt Hoffmann im I. Akt selbst zum Besten. Doktor Miracle trägt Züge des ›Magnetiseur‹ und des Trabacchio aus ›Ignaz Denner‹. Pitichinaccio stammt aus der Novelle ›Signor Formica‹. Auch Bezüge auf Hoffmanns Biographie und Umfeld sind zu finden. Die Weinstube Lutter & Wegner in Berlin besuchte er oft. Die Figur des Schlémil beruht auf Adelbert von Chamissos ›Peter Schlemihls wundersame Geschichte‹, in der der Protagonist seinen Schatten verkauft. Die Verwandlung der Muse in Hoffmanns Gefährten Nicklausse, der im Schauspiel Frédérick heißt, ist dort nicht explizit zu finden. Besonders im IV. Akt, den Offenbach nicht vollenden konnte, wirkt die Handlung im Schauspiel stringenter: Am Ende wird Giulietta von Pitichinaccio getötet und stirbt in Hoffmanns Armen. So enden alle drei erzählenden Akte mit dem Tod der Geliebten. Im erst 1993 wiedergefundenen Aktfinale der Oper tötet Hoffmann Pitichinaccio, zudem treten hier die Sbirren auf und wollen Hoffmann verhaften. Im Schauspiel spielt dieser Akt in Florenz, in der Oper in Venedig.

Geschichtliches

Weder die 1875 beabsichtigte Uraufführung an der Pariser Opéra-Comique noch eine am Théâtre-Lyrique kamen zustande. Offenbach plante von Anfang an, die gesprochenen Dialoge für spätere Aufführungen durch Rezitative zu ersetzen. 1879 stellte er in einem Hauskonzert

Teile der Oper vor, die Intendanten des Wiener Ringtheaters und der Opéra-Comique kündigten danach Aufführungen des Werks an. Der Pariser Intendant setzte zahlreiche Besetzungsänderungen durch. Während der Proben im Herbst 1880 verschlechterte sich Offenbachs Gesundheitszustand. Er starb, bevor er den IV. Akt beenden konnte. Nach seinem Tod beauftragte die Familie Ernest Guiraud, der bereits Rezitative für Georges Bizets ›Carmen‹ geschrieben hatte, mit der Orchestrierung und Vollendung der Oper. Die Premiere wurde verschoben, zahlreiche Szenen wurden gestrichen oder umgestellt. Die Uraufführung des zerstückelten Werks am 10. Februar 1881 an der Opéra-Comique war dennoch ein großer Erfolg. Zur geplanten Aufführung in Wien kam es aufgrund des Brands im Ringtheater nicht. 1887 wurden bei einem Brand in der Opéra-Comique die Orchesterstimmen zerstört, die Dirigentenpartitur blieb erhalten, wurde aber erst 2004 wiedergefunden. Verschiedene Fassungen erschienen im Verlag Choudens. Bei der Neuinszenierung in Monte Carlo 1904 wurde das Werk erneut bearbeitet und erhielt mit dem als Septett bezeichneten Sextett mit Chor und der Diamant-Arie Dapertuttos komplett neue Nummern. 1970 tauchten über tausend Manuskriptseiten auf, die in die Neuausgabe von Fritz Oeser Eingang fanden. 1984 wurden weitere Manuskriptseiten gefunden, die Michael Kaye und Jean-Christophe Keck für ihre Neuausgabe mit sämtlichen heute bekannten Quellen auswerteten.

O. A. S.

Carl Orff

* 10. Juli 1895 in München, † 29. März 1982 in München

Die Kluge

Die Geschichte von dem König und der klugen Frau. Dichtung vom Komponisten.

Solisten: *Der König* (Heldenbariton, auch Kavalierbariton, auch Charakterbariton, gr. P.) – *Der Bauer* (Spielbaß, auch Charakterbaß, m. P.) – *Des Bauern Tochter* (Jugendlich-dramatischer Sopran, auch Lyrischer Sopran, gr. P.) – *Der Kerkermeister* (Baß, m. P.) – *Der Mann mit dem Esel* (Tenor, m. P.) – *Der Mann mit dem Maulesel* (Bariton, m. P.) – *1. Strolch* (Tenor, m. P.) – *2. Strolch* (Bariton, m. P.) – *3. Strolch* (Baß, m. P.).
Schauplatz: Das Werk wird auf einer Simultanbühne gespielt. Vor- und Hauptbühne sind seitlich durch Stufen verbunden. Kostüme und Masken phantastisch und stark in Farben und Ausdruck.
Orchester: 3 Fl. (auch 3 Picc.), 3 Ob. (III. auch Eh.), 3 Kl. (auch Es-Kl. und Bkl.), 2 Fag., 1 Kfag., 4 Hr., 3 Trp., 3 Pos., 1 Bt., P., Schl., Hrf., Cel., Klav., Str. – 2. Fassung: keine Ob. und nur 3 Hr. – Bühnenmusik: verschiedene Tr., 1 kl. hellklingendes Trömmelchen, kl. Glöckchen, 3 Trp., Org.
Gliederung: 12 teils gesprochene, teils musikalische Szenen.
Spieldauer: Etwa 1½ Stunden.

Handlung
Der Bauer schmachtet im Kerker. Monoton klagt er unentwegt: »O, hätt ich meiner Tochter nur geglaubt!« Er hatte nämlich beim Pflügen in seinem Acker einen goldenen Mörser gefunden und diesen dem König überbracht, obwohl seine Tochter ihm davon abgeraten hatte, weil der König ihn möglicherweise verdächtigen würde, den dazugehörigen Stößel unterschlagen zu haben. Denn, so argumentierte sie, wer Macht hat, habe das Recht und beuge es, weil über allem die Gewalt herrsche. Nun ist es tatsächlich so gekommen, wie es die Tochter vorausgesehen hat. Als der König die Klagerufe des Bauern vernimmt, läßt er diesen durch den Kerkermeister aus dem Turm heraufholen. Der Bauer erzählt dem König von dem klugen Rat seiner Tochter. Da möchte der König diese Kluge einmal kennenlernen.
Drei Strolche ziehen des Wegs und jammern über schlechte Zeiten für Leute ihres Standes, die ehrbar stehlen wollen. Sie verstecken sich schnell, als der Bauer mit seiner Tochter und dem Kerker-

meister naht. Enttäuscht lassen sie die drei vorüberziehen mit dem Bemerken, daß bei armen Teufeln nichts zu holen sei.

Der König will von einer Bestrafung der Tochter des Bauern absehen, wenn sie ihm drei Rätsel richtig löse. Da sie dies spielend vermag und sie außerdem dem König gefällt, nimmt er sie sogleich zu seiner Frau. Den Bauern läßt er frei.

Man weiß nicht, ob die neue Frau des Königs schön oder häßlich, klug oder dumm ist. Die drei Strolche sind der Ansicht, der König werde sie nicht lange behalten, wenn sie klug ist. Da gesellt sich zu ihnen der Mann mit dem Maulesel. Er will die Zeit der ersten Verliebtheit des Königs nützen, um durch einen königlichen Machtspruch einen Streitfall zu seinen Gunsten entscheiden zu lassen; die Strolche sollen ihm dabei behilflich sein.

Geführt von dem Kerkermeister, erscheinen der Mann mit dem Esel und der Mauleselmann sowie die drei Strolche vor dem König, als dieser gerade mit seiner jungen Frau beim Brettspiel sitzt. Der Eselmann erhebt die Anklage: Sein Esel und der Maulesel waren zusammen in einer Herberge untergebracht. In dieser Nacht hatte sein Esel ein Füllen geworfen. Obwohl ein Maulesel doch niemals ein Füllen werfen könne, habe der Mauleselmann das Junge als sein Eigentum erklärt, weil es näher bei seinem Maulesel gelegen habe. Schließlich kommt es zwischen den Streitenden zu einer Balgerei, die der König, nachdem er gerade ein Spiel gegen seine Frau verloren hat, ärgerlich mit dem Richtspruch gegen den Eselmann beendet. Die Anwesenden ziehen aus dem Urteil die ironisierende Moral: »Wer klug ist, wählt Betrug und List, weil anders nichts zu holen ist.«

Enttäuscht verflucht der Eselmann den König. Da naht die Königin. Sie tröstet ihn mit dem Bemerken, auch ein König könne sich einmal irren, und verspricht ihm, daß er schon noch zu seinem Recht kommen werde, sofern er ihren Rat befolge, den sie ihm noch übermitteln werde.

Die drei Strolche bestechen mit dem Geld, das sie von dem Mauleselmann für ihre Mithilfe erhalten haben, den Kerkermeister, der auch den Weinkeller des Königs verwaltet. Sie erhalten von ihm Wein, und in feuchtfröhlicher Stimmung singen sie ein Lied von der Unbeständigkeit der Treue. Als sie sich dann auf den Weg machen, stoßen sie auf den Eselmann, der unentwegt ein großes Fischernetz über den Boden hinzieht, in der Art wie die Fischer beim Fischfang. Da kommt auch der König mit dem Kerkermeister hinzu. Verwundert fragt er den kuriosen »Fischer«, was er hier mache. Dieser antwortet, die Welt habe sich anscheinend umgedreht, und wenn schon ein Maulesel Junge werfen könne, warum sollte er nicht auf dem Trockenen fischen, und wenn schon keinen Fisch, so werde er vielleicht ein anderes Vieh erwischen. Der König ist sich sogleich bewußt, daß der Mann diese Weisheit nicht von sich habe, sondern das listige Spiel auf Rat seiner Frau ausgeführt habe, was der Eselmann zitternd zugibt. Wütend läßt er den Verdutzten in den Turm werfen.

In grimmigem Zorn über die Hinterlist und auch aus Eifersucht verstößt daraufhin der König seine Frau. Sie darf aber in einer Truhe von den Schätzen des Palastes das mitnehmen, woran ihr Herz am meisten hängt. Die Königin richtet noch das Nachtmahl, bei dem sie dem König heimlich einen Schlaftrunk mischt.

In der Nacht wird eine große Truhe aus dem Haus des Königs getragen. Die drei Strolche bemerken es, empfinden aber mit einem Mal Hemmungen und lassen die Kiste unbehelligt.

Der Eselmann wird von dem Kerkermeister aus dem Gefängnis entlassen; er erhält sein Füllen wieder und noch Geld vom König obendrein. Der Eselmann ist überzeugt, sein Glück der fremden Frau zu verdanken.

Zu seinem großen Erstaunen erwacht der König am nächsten Morgen in der Truhe. Schelmisch bemerkt die Kluge, sie habe lediglich von der Gnade des Königs Gebrauch gemacht, sich das Liebste aus dem Palast mitnehmen zu dürfen. Entzückt ruft der König aus, sie sei doch die Klügste. Aber die Königin entgegnet, sie habe sich nur verstellt, denn klug sein und lieben könne niemand auf der Welt. Glückstrahlend nimmt der König die Kluge in den Arm. Da geht der Bauer mit einer Laterne vorüber und meint: »Am End hat sie den Stößel doch gefunden!«

Stilistische Stellung

Orff gestaltete seine Bühnenwerke aus dem Urelement des Theaters, dem Mimisch-Tänzerischen, das unlösbar mit dem rhythmischen Erlebnis verwachsen ist. Mit einem überaus feinen Klangsinn verbindet er einen gleichgearteten Farbensinn. Auf diese Weise bewegt sich die Ausdrucksskala vom gesprochenen und zum Teil streng rhythmisierten Wort bis zur lyrischen Kantilene. Ähnliche Wirkungen werden bei dem untermalenden Orchester, das übrigens auf selbständige symphonische Formen verzichtet, durch eine entsprechende Klanggestaltung bei den einzelnen Instrumentengruppen: Streichern, Bläsern und Schlagzeug erzielt, wobei besonders letzteres mit raffinierter Differenzierung eingesetzt ist. Die Deklamation ist fein nuanciert und jeweils auf das szenische Geschehen sublim abgestimmt. Bei den komischen Partien herrscht ein leichtbeschwingtes Parlando vor, dessen Wirkung durch häufige Satz- und Wortwiederholungen eine bizarre Steigerung erfährt.

Textdichtung
Der Komponist schrieb sich das Buch nach dem Grimmschen Märchen ›Die kluge Bauerntochter‹ selbst. Die Geschichte von dem König und der klugen Frau stellt eine Variante jener zahllosen Fassungen des Stoffes von dem klugen Mädchen dar, der in dem Märchenschatz aller Kulturvölker vertreten ist. Zur Auflockerung der Handlung hat Orff mit großem Geschick drei episodenhaft wirkende Shakespeare-Gestalten, die drei Strolche, eingefügt, die in grotesk-komischen Rüpelszenen die Situationen auf ihre Art philosophisch kommentieren.

Geschichtliches
›Die Kluge‹ ist in den Jahren 1941/42 entstanden. Das Werk wurde am 20. Februar 1943 am Opernhaus in Frankfurt/Main uraufgeführt. Seither ging das liebenswürdige Stück über zahlreiche in- und ausländische Bühnen.

Giovanni Paisiello
* 9. Mai 1740 in Tarent, † 5. Juni 1816 in Neapel

Der Barbier von Sevilla oder Alle Vorsicht war vergebens (Il barbiere di Siviglia ovvero La precauzione inutile)

Komische Oper in zwei Akten (vier Bildern). Nach dem gleichnamigen Schauspiel von Pierre-Augustin Caron de Beaumarchais von Giuseppe Petrosellini.

Solisten: *Rosina*, Mündel des Bartolo, eine junge Waise (Lyrischer Sopran, auch Lyrischer Mezzosopran, gr. P.) – *Graf Almaviva*, Grande von Spanien, unter dem Namen Lindoro (Lyrischer Tenor, gr. P.) – *Bartolo*, Arzt in Sevilla, Rosinas Vormund (Spielbaß, auch Baßbariton, gr. P.) – *Figaro*, Barbier von Sevilla (Lyrischer Bariton, auch Kavalierbariton, gr. P.) –*Don Basilio*, Organist und Rosinas Musiklehrer (Baß, m. P.) – *Giovinetto** (Adonis), ein alter Diener (Tenor, kl. P.) – *Lo Svegliato⁺* (Argus), ein junger Diener (Baß, auch Bariton, kl. P.) – *Ein Notar⁺* (Baß, auch Bariton, kl. P.) – *Ein Alkalde** (Tenor, kl. P.) – *Polizeidiener, Bediente* (Stumme Rollen).
Die mit * und ⁺ versehenen Partien können von denselben Sängern ausgeführt werden.
Ort: Sevilla.
Schauplätze: Auf der Straße vor dem Hause des Doktor Bartolo – Im Hause des Doktor Bartolo.
Zeit: 18. Jahrhundert.

Orchester: 2 Fl., 2 Ob., 2 Kl., 2 Fag., 2 Hr., Mandoline ad libitum, Str.
Gliederung: Ouvertüre und 29 musikalische Nummern.
Spieldauer: Etwa 2 Stunden.

Handlung
Vor dem Hause des Doktor Bartolo in Sevilla wartet, inkognito, der Graf Almaviva. Er hofft, Rosina zu sehen, wird aber gestört durch Figaro, der gerade dabei ist, ein Liedchen auf Wein und Müßiggang zu komponieren. Beide erkennen einander – Figaro war einmal der Diener des Grafen –, der Graf vertraut ihm an, daß er wegen Rosina da sei, und Figaro erzählt von seinen Reisen durch Spanien. Da erscheint Rosina auf dem Balkon. Ein Blatt Papier in ihrer Hand erregt den Argwohn des eifersüchtigen Bartolo. Sie läßt es auf die Straße fallen und fordert den Doktor auf, es wieder heraufzuholen. Doch während dieser hinuntergeht, hat der Graf das Billett schon an sich

genommen. Bartolo kann nichts finden und zieht sich verärgert zurück, Rosina mit ins Haus nehmend. Der Graf und Figaro lesen das Billett, in dem Rosina den unbekannten Verehrer bittet, ihr in einem Ständchen Name und Stand mitzuteilen. Als der Doktor das Haus verlassen hat, stellt sich der Graf als Lindoro vor; Rosina antwortet, wird aber plötzlich gestört und zieht sich zurück. Der Graf ist begeistert von ihr, und Figaro verspricht ihm seine Hilfe, geht er doch als Barbier des Doktors im Hause ein und aus. Der Graf, so der Vorschlag des Barbiers, solle sich als Soldat verkleiden und vorgeben, bei Bartolo einquartiert zu sein. – Rosina schreibt einen Brief an Lindoro. Figaro hat die Diener mit einem Schlaftrunk übertölpelt und ist so ins Haus eingedrungen. Er versichert ihr, daß der Graf sie liebe, und verspricht, den Brief zu überbringen. Als er Bartolo kommen hört, versteckt er sich und wird so Zeuge der folgenden Szene. Der Doktor macht den Dienern heftige Vorwürfe, daß sie sich von Figaro haben hinters Licht führen lassen. Dann erscheint Don Basilio, der Musiklehrer Rosinas, mit einer schlechten Nachricht: Graf Almaviva halte sich in Sevilla auf. Da Bartolo weiß, daß der Graf Rosina nachstellt, versetzt ihn die Kunde in berechtigte Aufregung, hat er sich doch in den Kopf gesetzt, sein Mündel selbst zu heiraten. Don Basilio empfiehlt ihm, zur Sicherheit den Grafen bei Rosina tüchtig zu verleumden, aber Bartolo scheint die sofortige Heirat noch erfolgversprechender. Gerade, als er Rosina dabei ertappt, daß sie unerlaubterweise einen Brief geschrieben hat, erscheint der verkleidete Graf, spielt den betrunkenen Soldaten und verlangt Quartier. Bartolo, der ihn nicht erkennt, weist dies Ansinnen ab, da er von Einquartierungen befreit sei. Während er die Urkunde holt, die dies bezeugt, gibt sich der Graf Rosina gegenüber als Lindoro zu erkennen und steckt ihr ein Briefchen zu. Der Graf muß unverrichteterdinge wieder abziehen, und Rosina bleibt mit dem Liebesbrief allein.

Bartolo ist von dem ganzen Geschehen etwas verwirrt, als erneut jemand auftaucht: diesmal erscheint der Graf in der Verkleidung des Don Alonso, des Schülers und Vertreters des angeblich erkrankten Don Basilio, um Rosina eine Gesangstunde zu erteilen. Bartolo nickt bei der Musik ein, und die Liebenden kommen sich endlich näher. Da dem wieder erwachten Doktor die »neumodische« Musik nicht gefällt, singt er selbst eine Arie aus seiner Jugendzeit. Da betritt plötzlich Don Basilio das Zimmer, doch der Graf weiß die Situation zu retten, indem er dem Musiker Geld zusteckt, so daß sich dieser plötzlich »krank« fühlt und sich zurückzieht. In der Zwischenzeit ist Figaro gekommen, um den Doktor zu rasieren, doch obwohl er ihn abzulenken versucht, belauscht der mißtrauische Bartolo, wie Rosina und der Graf einen Fluchtplan bereden, und wirft alle drei aus dem Hause. – Ein Gewitter zieht vorüber. Don Basilio hat inzwischen den Doktor über die Ursachen seiner »Krankheit« aufgeklärt, und Bartolo beauftragt ihn, sofort den Notar zu holen, um den Ehevertrag aufzusetzen. Dann redet er Rosina ein, daß Lindoro sie gar nicht wirklich liebe, sondern sie nur dem Grafen Almaviva in die Arme treiben wolle: enttäuscht willigt sie in die Heirat mit dem Vormund ein. – Bartolo, der nun alles in seinem Sinne geregelt glaubt, eilt davon, um die Wache zu holen. Der Graf und Figaro erscheinen, um Rosina zu entführen, doch sie weigert sich; erst, als sich der vermeintliche Lindoro als Graf Almaviva zu erkennen gibt, stimmt sie zu, und als Don Basilio mit dem Notar herbeikommt, sorgen ein paar diskret gewechselte Geldscheine dafür, daß er sogar als Trauzeuge fungiert. Bartolo kehrt mit der Wache zurück, doch zu spät: Er muß sich in alles fügen.

Stilistische Stellung
Paisiello war einer der meistbeschäftigten und berühmtesten Opernkomponisten seiner Zeit. Besonderen Rang hatten dabei seine komischen Opern, in denen sich ein handfester Realismus mit blühender vokaler Kantabilität, zumal in den weiblichen Hauptpartien, sowie mit höchst subtilen Instrumentationsdifferenzierungen und mit viel Sinn für heitere und parodistische Situationen verband. Er hielt sich formal an die Konventionen der Zeit, erfüllte sie – wie den Wechsel von Rezitativ und Arie – aber durchaus frei und im engen Bezug auf den Text, in dem sich durchaus Sinn für musikalisch-szenische Psychologie mit den Forderungen des Buffa-Genres verband.

Textdichtung
1775 wurde Beaumarchais' ›Le barbier de Séville‹ uraufgeführt und fiel durch: Erst langsam setzte sich das Stück durch, insbesondere auch auf der Opernbühne, für die es wegen seiner einfachen Handlung und der Herkunft der Figuren aus dem Reservoir der alten Commedia dell'arte besonders geeignet schien: Neben Paisiello komponier-

ten Friedrich Ludwig Benda (1776 Leipzig), Johann Abraham Peter Schulz (1786) und Nicolas Isouard (1796 Malta) einen ›Figaro‹.

Geschichtliches
Knapp fünfundzwanzig Jahre lang beherrschte Paisiellos ›Barbier von Sevilla‹ die Bühnen Europas – dann mußte er, 1816, der Vertonung Rossinis weichen, nach dem Sprichwort vom Besseren, das des Guten Feind ist. Über ein Jahrhundert war das Werk – und mit ihm sein Komponist – so gut wie verschollen; erst seit einigen Jahrzehnten taucht das Stück vermehrt wieder auf den Spielplänen der Bühnen auf, und es zeigt sich, daß es mit seiner realistischen Charakterisierung, seiner Komik und sprühenden Laune (und nicht zuletzt dadurch, daß es ohne Chor zu realisieren ist) durchaus einen Platz neben dem Meisterwerk Rossinis beanspruchen darf.

W. K.

Krzysztof Penderecki
* 23. November 1933 in Dębica (Polen)

Die Teufel von Loudun
Oper in drei Akten. Libretto vom Komponisten nach ›The Devils of Loudun‹ von Aldous Huxley in der Dramatisierung von John Whiting.

Solisten: *Jeanne*, Priorin des Ursulinenordens (Dramatischer Sopran, auch Dramatischer Mezzosopran, gr. P.) – *Claire* (Mezzosopran, m. P.), *Gabrielle* (Sopran, m. P.) und *Louise* (Alt, m. P.), Schwestern des Ursulinenordens – *Philippe*, ein junges Mädchen (Sopran, kl. P.) – *Ninon*, eine junge Witwe (Mezzosopran, auch Alt, kl. P.) – *Grandier*, Pfarrer von St. Peter (Heldenbariton, auch Charakterbariton, gr. P.) – *Vater Barré*, Vikar von Chinon (Baß, gr. P.) – *Baron de Laubardemont*, Kommissar des Königs (Tenor, gr. P.) – *Vater Rangier* (Seriöser Baß, auch Charakterbaß, gr. P.) – *Vater Mignon*, Beichtvater der Ursulinen (Tenor, gr. P.) – *Adam*, Apotheker (Tenor, gr. P.) – *Mannoury*, Chirurg (Bariton, gr. P.) – *d'Armagnac*, Bürgermeister (Sprechrolle, m. P.) – *de Cerisay*, Stadtrichter (Sprechrolle, m. P.) – *Prinz Henri de Condé*, Gesandter des Königs (Bariton, kl. P.) – *Vater Ambrose*, ein alter Priester (Baß, kl. P.) – *Bontemps*, Kerkermeister (Baßbariton, auch Baß, kl. P.) – *Gerichtsvorsteher* (Sprechrolle, kl. P.).
Chor: Ursulinen – Karmeliter – Volk – Kinder – Wachen – Soldaten (gr. Chp.).
Ort: Loudun.
Schauplätze: Jeannes Zelle – Die Straßen von Loudun – In einem Zuber – Auf der Straße – In der Kirche – Auf der Straße – Im Beichtstuhl – Auf den Stadtmauern – Auf der Straße – Ein Kreuzgang – In der Apotheke – Jeannes Zelle – Die Kirche – Eine Zelle – Die Apotheke – Der Klostergarten – Auf den Befestigungswerken – Die Kirche – Straße und Kirche – Drei Zellen – 3. Zelle – Offener Platz – St. Peterskirche – Das Kloster St. Ursulas – Der Ort des Autodafés.
Zeit: 1634.
Orchester: 4 Fl. (auch 2 Picc. und Altflöte), 2 Eh., 1 Kl. in Es, 1 Kontrabaßklarinette, 2 Alt-Saxophone, 2 Bariton-Saxophone, 3 Fag., 1 Kfag., 6 Hr., 4 Trp. (auch 1 Trp. in D), 4 Pos., 2 Bt., Schl. (4 Spieler): P., kl. Tr., Saiten-Tr. (Caccavella, Reibtrommel), gr. Tr., Peitsche, 5 Holzblöcke, Raganella, Guiro, Sapo cubana, Beckenteller, 6 aufgehängte Becken, 2 Tamtam, 2 Gong, Javanischer Gong, Triangel, Röhrenglocken I, Röhrenglocken II, etwa 30 verschiedene Metallröhren ohne bestimmte Klanghöhe, Meßglöckchen, Kirchenglocke, Säge, Flexaphon, Elektrische Baßgitarre, Hrf., Klav., Harm., Org., 20 Viol., 8 Br., 8 Vcl., 6 Kb., Tonband mit Glockengeläute.
Gliederung: I. Akt: 13 Szenen, II. Akt: 10 Szenen, III. Akt: 7 Szenen. (Die Szenen gehen aktweise pausenlos ineinander.)
Spieldauer: Etwa 3 Stunden.

Handlung

Die mißgestaltete Priorin des Ursulinenordens Jeanne liegt nachts auf ihrem Bett und betet. Sie sieht in einer Vision Grandier, den Pfarrer von St. Peter, gefoltert auf eine Tragbahre geschnallt und begleitet von einer großen Prozession. Der Zug hält vor Jeanne an. Grandier wird auf den Boden gesetzt. Er fragt, was das für ein Ort und wer diese Frau sei. Der Kommissar des Königs antwortet, es sei das Ursulinenkloster und die Frau sei die Priorin Jeanne, an der er gesündigt habe und die er um Vergebung bitten solle. Grandier beteuert, nichts dergleichen getan zu haben. Die Vision verschwindet. Schwester Claire kommt mit einem Brief, in dem Pfarrer Grandier der Priorin mitteilt, er könne zu seinem Bedauern die angebotene Einladung, geistlicher Berater des Klosters zu werden, wegen seiner zahlreichen anderweitigen Pflichten nicht annehmen. Jeanne zerreißt den Brief und drückt ihn an ihr Herz. Sie gesteht sich ein, bei der Einladung nicht an Gott, sondern an den Mann gedacht zu haben. In ihrer krankhaften Phantasie sieht sie Grandier in den Armen der jungen schönen Witwe Ninon. Unter Zuckungen fällt sie auf die Knie und ruft: »Wo bist Du, Geliebter? Liebe? Jetzt, jetzt, jetzt!« Aus der Kirche St. Peter kommen Adam, der Apotheker, und Mannoury, der Chirurg. Adam äußert sich begeistert über die Predigt des Pfarrers. Als gleich danach die Witwe Ninon die Kirche verläßt, meint der Chirurg, dem zufriedenen Aussehen nach bekümmere die junge Frau anscheinend der Witwenstand nicht. Es folgen verdächtigende Andeutungen der beiden Männer. Der widerliche Anblick eines an der Straße baumelnden Gehenkten bringt sie von ihrem Gespräch ab. – In einem Zuber weilt Grandier bei Ninon. Sie erklärt, daß sie in ihm einfach den Mann gesehen habe, als er erstmals zu ihr gekommen war, um ihr nach dem Tod ihres Mannes, des reichen Weinhändlers, Trost zuzusprechen. Mit einem Kuß verabschiedet sich Grandier von ihr, die ihm heute ein »gutes kleines Tierchen« gewesen sei. – Auf dem Heimweg stößt Grandier auf Adam und Mannoury; letzterer hat soeben den Kopf des Gehenkten zu Studienzwecken erworben. Grandier läßt sich auf kein näheres Gespräch ein und entfernt sich. Adam bemerkt sogleich, der Pfarrer habe nach dieser Witwe gerochen, und beide Männer sind sich darüber einig: Erst lasse er sich am Morgen im Beichtstuhl von den Sünden der jungen Mädchen anregen, dann lebe er sich nachmittags im Bett der jungen Witwe aus und dann gähne er ihnen ins Gesicht. – Jeanne betritt mit den Ursulinen die Kirche; sie fragt Schwester Claire, ob sie schöne Augen habe; das Beten fällt ihr schwer. Da erscheint Grandier im vollen Priesterornat. Als Jeanne ihn erblickt, schreit sie auf und flieht aus der Kirche, während der Chor das Confiteor anstimmt. – Auf der Straße unterhalten sich Adam und Mannoury; sie beschließen, eine Anklage gegen Grandier einzureichen wegen seiner Ausschweifungen, seines Lasterlebens, seiner Gottlosigkeit. – Im Beichtstuhl bekennt das junge Mädchen Philippe dem Pfarrer seine unreinen Gedanken; es will von einem Mann genommen und besessen sein. Als sie schließlich flüstert: »Ich liebe Dich!«, zieht Grandier sie mit den Worten: »Komm Kind, ich will Dir helfen« in den Beichtstuhl und macht den Vorhang zu. – Auf den Stadtmauern begegnet Grandier dem Bürgermeister d'Armagnac und dem Baron de Laubardemont, der den Befehl des Königs überbringt, die Befestigungsmauern schleifen zu lassen. Als der Pfarrer sich gegen die Ausführung des Befehls ausspricht, entfernt sich der Baron wortlos. Der Bürgermeister warnt Grandier vor Richelieu, der den König gegen ihn aufbringen werde unter dem Vorwand, durch die Erhaltung der Befestigungswerke den Protestanten Gelegenheit zu einem Aufstand zu bieten. – Adam sammelt eifrig anschuldigendes Material gegen Grandier, aber auch Jeanne belastet ihn schwer, als sie ihrem Beichtvater, dem einfältigen Mignon erzählt, Vater Grandier sei ihr in einer der Visionen, die ihr der Teufel eingebe, nachts in Gestalt des verstorbenen Kanonikus Moussant erschienen und habe sie mit Obszönitäten heimgesucht. – In der Apotheke erscheint Mignon und berichtet Adam und Mannoury, Jeanne klage über akutes Anschwellen des Bauches, was Mannoury jedoch als ein nicht ungewöhnliches falsches Schwangerschaftssymptom bezeichnet, das nichts mit dem Teufel zu tun habe. Da kommt de Laubardemont, der Sonderkommissar Seiner Majestät; er muß in höherem Auftrag gewisse Erkundigungen über Vater Grandier einholen. – Mignon hat Vater Barré aus Chinon kommen lassen, der den Ruf hat, der beste Teufelsaustreiber zu sein. Dieser sucht Jeanne in ihrer Zelle auf und beschwört den bösen Geist, der durch die mit verzerrtem Mund und mit einer tiefen unnatürlichen Stimme sprechenden Priorin angibt, durch Vermittlung seines Freundes Grandier Einlaß in Jeanne erlangt zu haben.

In der Kirche nimmt in Gegenwart von Adam,

Mannoury und den Ursulinen Barré zusammen mit Mignon und Rangier in lateinischer Sprache die Zeremonie des Exorzismus an Jeanne vor. Sie wird schließlich von Barré und Rangier hinter ein Leinentuch gebracht, wo Mannoury ihr eine Klistierspritze verabreicht. – Der Bürgermeister und der Stadtrichter de Cerisay begegnen Grandier. D'Armagnac legt dem Pfarrer nahe, etwas zu seiner Rechtfertigung zu unternehmen, denn sein Name werde ständig im Zusammenhang mit der Affaire der Priorin genannt. Grandier beteuert, das Frauenzimmer nie gesehen zu haben. – Jeanne wird in ihrer Zelle verhört. Auf die Frage, wann sich ihre Gedanken erstmals diesen bösen Dingen zugewandt haben, antwortet sie, es sei nachts gewesen, als Grandier, der »herrliche goldene Löwe«, ihre Zelle betreten habe; er habe mit sechs Kreaturen sie und ihre Schwestern in die Kapelle gebracht, dort seien sie gezwungen worden, nackt mit ihren Leibern eine obszöne Andacht zu verrichten. Barré bestätigt dem Richter, daß drei Schwestern zu Protokoll gegeben hätten, mit Dämonen kohabitiert zu haben; auch eine Untersuchung durch den Arzt Mannoury habe erwiesen, daß die Mädchen nicht unberührt waren. Der Richter läßt sich jedoch nicht überzeugen und bemerkt, man wisse ja, was es für alle möglichen Verbindungen zwischen jungen Frauenzimmern in Klöstern gäbe. Er ordnet daraufhin an, die Exorzismen sofort einzustellen. – Grandier bedankt sich bei de Cerisay, daß er ihm geholfen habe. Da bringt der Bürgermeister die Nachricht, Grandier habe sich die Feindschaft des mächtigen Kardinals Richelieu zugezogen, weil er sich in der Frage der Schleifung der Befestigungsmauern gegen ihn gestellt habe. Den Pfarrer befällt nun Angst. – Grandier begibt sich in die Kirche, wo Philippe auf ihn zukommt und gesteht, schwanger zu sein. Angstvoll fleht sie ihn an, ihr zu helfen. Er rät ihr, ihrem Vater die Wahrheit zu sagen; dieser möge einen guten Mann für sie finden. Grandier reicht ihr seine eiskalte Hand zum Abschied und geht. – In der Apotheke berichtet Barré Vater Mignon, Adam und Mannoury, Wachposten hätten ihm den Zutritt zu dem Kloster verwehrt; der Vertrauensarzt des Erzbischofs habe die Frauenzimmer untersucht und festgestellt, daß keine echte Besessenheit bei ihnen vorliege. – An der Stadtmauer begegnen sich der Bürgermeister, der Richter und Grandier. D'Armagnac verständigt den Pfarrer, daß Richelieu beim König durchgesetzt habe, die Befestigungswerke zu schleifen. Grandier wird von dem Kardinal als Anstifter des Widerstands in dieser Angelegenheit beschuldigt. – In der Kirche weiß Mignon den Pfarrer zu belasten, indem er von Jeanne und den Schwestern unter Androhung ewiger Verdammnis die Aussage erpreßt, durch Grandiers Vermittlung von der Hölle besessen zu sein. – Barré ist aus Chinon zurückgeholt worden, auch ein Vertreter des Hofes, Prinz Henri de Condé, kommt aus Paris, und der Exorzismus soll nun in aller Öffentlichkeit vorgenommen werden. – Der Prinz übergibt Barré ein Kästchen, das angeblich eine Phiole mit dem Blut des Herrn Jesus Christus enthält und das Jeanne von Barré aufgelegt wird. Nach schrecklichen Schreien erklärt sie sich plötzlich von der Besessenheit befreit. Der Prinz stülpt die Kassette um, sie ist leer. Verlegen reagiert Barré auf die Frage de Condés, was für ein Kunststück er vorgespielt habe. In der Menge entsteht Unruhe: Mignon und Rangier fangen an, unter hysterischen Rufen zu tanzen, zwei Frauen fühlen sich besessen, Barré legt betend Besessenen wie Nichtbesessenen ein Kruzifix auf, die Ursulinen rühmen sich mit heiterer Stimme, nun in ganz Frankreich berühmt geworden zu sein. Nur Jeanne steht ängstlich abseits; der Prinz hält ihr entgegen, daß ihr Verhalten ihrer unsterblichen Seele die ewige Verdammnis einbringen würde, und entfernt sich. Unterdessen erklärt de Laubardemont Pfarrer Grandier, als dieser seine Kirche betreten will, für verhaftet und läßt ihn abführen.

In der Nacht liegt Grandier auf Stroh im Gefängnis, während draußen sich nach und nach die Menge versammelt, um das Schauspiel der Hinrichtung zu erleben. Grandier verlangt aber zunächst den Prozeß. – Zu gleicher Zeit weilt Beichtvater Mignon in Jeannes Zelle. Sie bittet ihn zu bleiben, denn sie wolle nicht mit Grandier, den sie in ihrer Vision bei sich glaubt, alleingelassen werden. – Der Priester Ambrose hat Grandier in seiner Zelle aufgesucht; der harmlose alte Mann wird aber von dem Kerkermeister herausgeholt; Grandier könne, wenn er den Beistand eines Priesters benötige, um Vater Barré oder Vater Rangier bitten. – Auf offenem Platz wird von dem Gerichtsvorsteher vor einer großen Menschenmenge das einstimmig gefaßte Urteil verlesen: Grandier ist schuldig befunden, Umgang mit dem Teufel gehabt und im Bund mit ihm gewisse Ordensschwestern von St. Ursula verführt und zu Ausschweifungen verleitet zu haben. Er ist auch der Unzucht und der Gotteslästerung schuldig befunden worden. Er soll vor den Toren von St. Peter und St. Ursula mit einem Strick um den Hals und einer zweipfündigen Kerze in der Hand Gott, den König und die Justiz um Vergebung bitten und schließlich auf dem Platz St. Croix an einen Pfahl gebunden und auf dem Scheiterhaufen bei lebendigem Leib verbrannt werden. Zuvor soll er einer peinlichen Befragung unterzogen werden, und zwar der ordentlichen wie auch der außerordentlichen Tortur. Im Verlauf der Vollstreckung des Urteils erduldet Grandier furchtlos die schrecklichen Martern der Folterung, er bittet auch vor St. Ursula die Schwestern nicht um Vergebung, da er ihnen nichts angetan habe, und er weigert sich bis zuletzt, das Dokument des Geständnisses seiner Schuld zu unterschreiben. Aus dem brennenden Scheiterhaufen ist seine Stimme zu vernehmen: »Vergib ihnen, vergib meinen Feinden!« Jeanne tritt durch die verstummte Menge vor den Scheiterhaufen und verharrt dort, allein sichtbar, im Gebet.

Stilistische Stellung

Mit seinem höchst persönlichen, avantgardistischen Stil hat sich Krzysztof Penderecki in kurzer Zeit und in steilem Aufstieg die Anerkennung der Musikwelt erobert. Nach seiner 1966 entstandenen erfolgreichen ›Lukaspassion‹ wandte er sich mit der gleichen Zustimmung von seiten des Publikums dem musikalischen Theater zu. In seiner ersten Oper, ›Die Teufel von Loudun‹, ist der Text in gewissem Sinn in der Art, wie Carl Orff bei der musikalischen Gestaltung seiner antiken Hölderlin-Dramen vorgegangen war, teils in rezitativischem Stil vertont, wobei die höchst anspruchsvoll geführten Singstimmen dem jeweiligen dramatischen Ausdruck entsprechend instrumental behandelt sind, teils werden die Worte über einer äußerst farbig behandelten Orchester- und Choruntermalung gesprochen. Dazwischen drängen sich immer wieder Blöcke von faszinierenden Geräuschklängen, die durch raffinierte Ton- und Schlagzeugmischungen erzeugt werden. Durch sie werden, oft mit aufpeitschender Realistik, seelische Reaktionen in bezug auf das grausige Geschehen gezeichnet. Instrumentation und Dynamik sind subtil behandelt. Für diese Klangimpressionen, die ohne Vorbild sind, hat der Komponist eine neuartige Notierungsweise erfunden, deren Symbole in einer eigenen Tabelle zu Anfang der Partitur erklärt werden.

Textdichtung

Das Textbuch wurde von dem Komponisten selbst verfaßt. Es ist als »Libretto« bezeichnet, womit der Autor wohl zum Ausdruck bringen wollte, daß es ausschließlich als Textvorlage für ein musikalisches Theaterstück aufzufassen sei. Pendereckis Opernbuch folgt dem Roman ›The Devils of Loudun‹ von Aldous Huxley, der einen historischen Hexenprozeß des Jahres 1634 behandelt. Huxleys Dichtung wurde von John Whiting dramatisiert. Auch die von Erich Fried besorgte deutsche Übersetzung dieser Bühnenfassung wurde von dem Komponisten benutzt. Die Handlung spielt im 17. Jahrhundert zu einer Zeit, in der – besonders in Frankreich und in Deutschland – der Hexenwahn weitverbreitet war und Teufelsaustreibungen und Hexenverbrennungen an der Tagesordnung waren. Der Stoff weist manche Parallelen zu ähnlichen Praktiken unserer Zeit auf. So führen auch heute noch da und dort in der Welt Widerstände gegen die Ideologien politischer Machthaber zu Folterungen und Schauprozessen, und wie oft werden Menschen durch bösartiges, aus Neid resultierendes Spitzeltum oder durch unwahre, sexuellen Nöten entsprungene hysterische Anschuldigungen ins Verderben gestürzt. In diesem Sinn dürfte das Sujet dem Komponisten als zeitnah erschienen sein und ihn zur Ausführung des Werks gereizt haben. Penderecki setzte der Partitur den Ausspruch des Kirchenlehrers St. Chrysostomos (um 345–407) voraus: »Daemoni, etiam vera dicenti, non est credendum« (Dem Teufel ist nicht zu glauben, wenn er auch die Wahrheit spricht).

Geschichtliches

Penderecki schrieb ›Die Teufel von Loudun‹ im Auftrag der Hamburgischen Staatsoper. Das Werk erlebte seine Uraufführung am 20. Juni 1969 in Hamburg unter der musikalischen Leitung von Henryk Czyz, dem die Oper auch gewidmet ist.

Giovanni Battista Pergolesi

* 4. Januar 1710 in Jesi bei Ancona, † 16. März 1736 in Pozzuoli bei Neapel

La serva padrona (Die Magd als Herrin)

Intermezzo in einem Aufzug. Dichtung von Gennaro Antonio Federico.

Solisten: *Uberto*, ein Hagestolz (Spielbaß, gr. P.) – *Serpina*, seine Magd (Lyrischer Sopran, auch Soubrette, gr. P.) – *Vespone*, sein Diener (Stumme Rolle).
Schauplatz: Ein Zimmer.
Zeit: Erste Hälfte des 18. Jahrhunderts.
Orchester: Str., Cemb.
Gliederung: 7 Musiknummern, die durch Secco-Rezitative miteinander verbunden sind.
Spieldauer: Etwa 1 Stunde.

Handlung

Der reiche Herr Uberto beklagt die Leiden des Junggesellendaseins: immer warten und nicht klagen; schlaflos liegen, wenn Sorgen nagen; artig bitten und dafür Grobheiten einstecken müssen. Seit drei Stunden wartet er vergeblich auf seine Frühstücksschokolade. Er bedauert tief, seine Magd Serpina so verzogen zu haben, daß sie seine Wünsche und Befehle frech ignoriert und sich wie eine allergnädigste Madame aufführt. Auch der Diener Vespone vermag nichts gegen sie auszurichten. Schnippisch erklärt Serpina dem Herrn, daß die Zeit des Frühstücks längst vorüber sei und bereits das Mittagsmahl bereitet werde; somit gäbe es heute kein Frühstück. Als Uberto energisch entgegnet, so gehe es nicht mehr weiter, und sie warnt, sie werde ihr Benehmen noch bereuen, steckt Serpina plötzlich um und schmollt. Ärgerlich will Uberto ausgehen, aber die Dienerin erlaubt es nicht, weil jetzt Mittagszeit ist; im Haus geschehe einzig ihr Wille, solle Frieden und Ruhe sein. Uberto zeigt sich zwar wieder nachgiebig, aber seine Geduld hat nun ein Ende. Er beauftragt den Diener, ihm unverzüglich eine Frau zu verschaffen, die er noch heute heiraten wolle. Serpina ist sehr einverstanden mit einer Heirat ihres Herrn, nur darf er, wie sie hinzufügt, keine andere als sie zu seiner Frau nehmen. Aber dazu ist Uberto nicht bereit. Als sie ihm jedoch schelmisch ihre Reize anpreist, wird er schon unsicher; sie bemerkt es und ist sich ihres Sieges gewiß. Um den Alten endgültig herumzukriegen, bedient sie sich einer List. Zunächst gibt sie vor, daß ein Freier, der Hauptmann Sturmwind, ein rauher Krieger, gekommen sei, der sie heiraten möchte. Uberto bemerkt, daß die Ehe zwischen dem eigenwilligen Mädchen und einem alten Haudegen wohl nicht sehr harmonisch verlaufen würde. Die gerissene Serpina schließt aus seinen Worten, daß der gutmütige Alte bereits Mitleid mit ihr empfinde. Jetzt spielt sie rasch die Sanftmütige und rührt sein Herz, indem sie ihm vorhält, daß er sich später ihrer, des armen Mädchens, in Reue und Sehnsucht erinnern werde und daß er ihr verzeihen möge, sollte sie ihn je einmal gekränkt haben. Uberto gesteht sich jetzt heimlich, daß er eigentlich ganz gerne Serpina heiraten würde, die er doch großgezogen habe und der er immer gut war. Aber was würden die Leute sagen, wenn er eine Dienerin zur Frau nähme? Er ist ganz verwirrt und weiß nicht, was er machen soll. Serpina führt daraufhin den als Hauptmann verkleideten Diener Vespone herein. Sie behauptet, ihr Bräutigam wünsche, daß Uberto sofort die Mitgift in Höhe von viertausend Talern ausbezahle. Als dieser sich weigert, macht der Krieger eine drohende Gebärde. Vergeblich ruft der Alte seinen Diener zu Hilfe. Serpina verkündet nun ein Ultimatum ihres Bräutigams: entweder zahle Uberto die Mitgift oder er nehme sie zu seiner Frau; sollte er sich weigern, zöge der Hauptmann seinen Degen. Uberto entscheidet sich schnell für Serpina. Vespone demaskiert sich, während Serpina sich herzlich bei ihm bedankt. Uberto verzeiht die Überlistung und schließt Serpina zärtlich in seine Arme.

Stilistische Stellung

Charakteristisch für Pergolesis Buffa-Technik ist zunächst die kurzgliedrige Thematik, die konsequent und stets mit feiner Bezugnahme auf die dramatische Situation durchgeführt wird und aus der kunstvoll in Arien, Duetten (Da capo-Arienform) und Rezitativen eine quellfrische Lustspielmusik gestaltet ist. Die Melodik ist in der neapolitanischen Volksmusik verwurzelt. Meisterhaft ist Pergolesis überlegene Charakterisierungskunst, welche die witzige Wirkung des Textes aufs glücklichste unterstreicht und hebt und die es dem Komponisten ermöglichte, mit nur zwei singenden Darstellern auszukommen. Auch die so beliebten Parodien auf die Pathetik der Opera seria fehlen nicht (z. B. das Accompagnato-Rezitativ vor Ubertos letzter Arie). Der anspruchslosen Handlung entsprechend ist der orchestrale Apparat bescheiden; er beschränkt sich auf Streicher und Cembalo, das den bezifferten Baß ausführt.

Textdichtung

Das wirkungsvolle Libretto verfaßte der neapolitanische Dichter Gennaro Antonio Federico, der die schlichte Handlung mit ihren harmlosen Verwicklungen lebens- und volksnah gestaltete. Er bediente sich dabei nicht nur der Sprache des Volkes, des neapolitanischen Dialekts, sondern auch der nie versagenden Kraft gewisser Wirkungen des komischen Theaters, die Urinstinkte des naiven Publikums ansprechen (z. B. Verwicklungen durch Verkleidung und Verwechslung, Düpierung von gehobenen Personen durch Leute aus dem niederen Volk, die, mit Mutterwitz ausgestattet, jenen in Fragen des praktischen Lebens überlegen sind). Die gebräuchlichste deutsche Übersetzung stammt von Hans Michael Schletterer, eine neuere deutsche Bearbeitung nahm Hermann Abert vor.

Geschichtliches

›La serva padrona‹ wurde gelegentlich einer Festvorstellung zur Feier des Geburtstags der Kaiserin Elisabeth Christine am 28. August 1733 am Teatro San Bartolomeo in Neapel uraufgeführt, und zwar nicht in Form einer selbständigen Oper, sondern aufgeteilt in zwei Intermezzi, die während der beiden Pausen der dreiaktigen Festoper, der Opera seria ›Il prigionier superbo‹ von Pergolesi, zur Unterhaltung des Publikums eingelegt wurden. Die Intermezzi hatten einen derartigen Erfolg, daß sie, losgelöst von der Rahmenoper, als selbständiges Stück schon gleich an den folgenden Abenden wiederholt werden mußten. Die außerordentliche Wirkung von ›La serva padrona‹, nicht nur in Italien, sondern auch im Ausland, besonders aber in Paris (1. August 1752) hatte zahlreiche Nachahmungen zur Folge, die zur Entstehung der komischen Oper (Opera buffa, Opéra comique) führten. Pergolesis Meisterwerk ist bis auf unsere Tage lebendig geblieben.

Hans Pfitzner

* 5. Mai 1869 in Moskau, † 22. Mai 1949 in Salzburg

Der arme Heinrich

Ein Musikdrama in drei Akten. Dichtung von James Grun.

Solisten: *Heinrich*, ein deutscher Ritter (Heldentenor, auch Jugendlicher Heldentenor, gr. P.) – *Dietrich*, einer seiner Mannen (Heldenbariton, auch Charakterbariton, gr. P.) – *Hilde*, dessen Weib (Dramatischer Sopran, gr. P.) – *Agnes*, beider Tochter, 14 Jahre alt (Lyrischer Sopran, gr. P.) – *Der Arzt*, Mönch im Kloster zu Salerno (Seriöser Baß, auch Charakterbaß, m. P.).
Chor: Mönche (m. Chp.).
Ort: I. und II. Akt: Heinrichs Burg in Schwaben; III. Akt: Kloster zu Salerno.
Schauplätze: Gemach in einem Turm, in der Mitte des Hintergrundes ein mit einem schweren Vorhang verhülltes hohes und breites Fenster, im Hintergrund großes, schweres Ruhebett, bis zur Hälfte mit Vorhängen verhüllt – Schlafgemach Dietrichs und Hildes – Offener Hofraum im Kloster zu Salerno, rechts und links niedrige Kreuzgänge, im Hintergrund begrenzende Mauer mit großem Doppeltor in der Mitte, links hinten Tür der Klosterkirche, drei durch schwere eiserne Halter an den Säulen befestigte Fackeln.
Zeit: Um das Jahr 1100.
Orchester: 3 Fl. (III. auch Picc.), 3 Ob. (III. auch Eh.), 3 Kl. (III. auch Bkl.), 3 Fag. (III. auch Kfag.),

4 Hr., 3 Trp., 3 Pos., 1 Bt., P., Schl., 2 Hrf., Str. – Bühnenmusik: 1 Hr., Org.
Gliederung: Durchkomponierte symphonisch-dramatische Großform, vor jedem Akt ein Vorspiel.
Spieldauer: Etwa 2½ Stunden.

Handlung
Heinrich, einer der angesehensten deutschen Ritter, liegt auf seiner Burg in Schwaben seit geraumer Zeit an einem geheimnisvollen Siechtum darnieder. Da trotz liebevoller Pflege durch seinen treuen Waffengefährten Dietrich und dessen Weib Hilde sowie beider Tochter Agnes keine Linderung in dem qualvollen Leiden eingetreten war, hat sich Dietrich nach Salerno begeben, um dort den berühmten Arzt-Mönch zu befragen, ob und durch welches Mittel der Ritter zu retten sei. Heinrich ist eben aus seinen Fieberträumen erwacht, als Dietrich von seiner gefahrvollen Fahrt glücklich zurückkommt. Aber er bringt eine niederschmetternde Kunde: Heinrichs Siechtum ist eine Strafe Gottes für jugendlichen Frevelmut; der Ritter kann wohl Heilung finden, aber nur, wenn eine reine Jungfrau am Altar des Klosters für ihn ihr Leben opfert. Wehmütig nimmt Heinrich von seinen Waffen Abschied, die er sich von Dietrich reichen läßt. Erinnerungen an vergangene Heldenfahrten werden in ihm wach, und in einem Verzweiflungsausbruch fleht er zu Gott um Erlösung durch den Tod. Erschüttert bedeutet Dietrich den Frauen, das Gemach zu verlassen. Da stürzt Agnes am Bett des Kranken nieder; ahnungsvoll treffen sich Heinrichs und des Mädchens Blicke, während Hilde und Dietrich den Vorgang entsetzt und erstarrt mitansehen.

In ihrem Schlafgemach werden des Nachts Hilde und Dietrich von einem dumpfen Gefühl drohenden Unheils bedrückt. Dietrich rüttelt sich gleichsam selbst aus seinem Hinbrüten auf, indem er Hildes angsterfüllte Stimmung zu verscheuchen sucht. Als sie schließlich auf sein inständiges Drängen den Grund ihrer Besorgnis gestehen will, betritt plötzlich Agnes den Raum. Mit schlichten Worten kündet sie den Eltern den Entschluß an, ihr Leben für den siechen Mann als Sühneopfer hingeben zu wollen. Sie läßt sich weder durch die polternde Abweisung des Vaters noch durch die herzzerreißenden Bitten der Mutter beirren. Nach einem stillen Gebet vor dem Kruzifix wendet sich Hilde in feierlichem Ton zu Agnes: Sie sei durch höhere Eingebung ihrer Pflicht inne geworden, sich der göttlichen Bestimmung nicht widersetzen zu dürfen, und sie segne die in ihrem Kinde wirkende Kraft des Herrn. Aus den gleichen Beweggründen erklärt mit bebender Stimme jetzt auch Dietrich sein Einverständnis. Nun steht Agnes nach Ansicht des Vaters noch ein schwerer Strauß bevor: die Erlangung der Zustimmung des Ritters.

In seiner Apathie hatte Heinrich auf Zureden von Agnes' Eltern das Anerbieten des Mädchens angenommen. In Salerno angekommen, begeben sich Hilde und Dietrich in früher Morgenstunde mit den Mönchen in die Klosterkirche, während sich unmittelbar darauf Agnes und Heinrich dem Tor des Opferraumes nähern, an dem sie der Arzt erwartet. Der Mönch wendet sich zunächst an Agnes und stellt die Frage, ob sie aus freiem Entschluß und ohne Furcht ihr Leben zu geben bereit sei, da sonst das Opfer wirkungslos wäre; er schildert auch in eindringlichen Worten die Schrecken des Märtyrer-Todes, aber Agnes weiß ihn in schalkhafter Art von ihrer Festigkeit und ihrem Mut zu überzeugen. Mit zarter und fast mütterlicher Innigkeit verabschiedet sie sich von dem Ritter und folgt furchtlos dem Arzt über die Schwelle des Heiligtums, dessen Tor sodann geschlossen wird. Da erwacht mit einem Mal Heinrich aus seiner Lethargie; er pocht gegen das Tor und beschwört den Arzt einzuhalten. Als dieser ablehnt, ruft er in höchster Verzweiflung den Ewigen um Hilfe an und erklärt gleichzeitig, auf die eigene Rettung verzichten zu wollen. In diesem Augenblick flammt ein greller Blitz auf. Heinrich, plötzlich im Vollbesitz seiner Kraft, schlägt mit wuchtigen Hieben das Tor auf, entreißt dem Arzt das Messer und reißt Agnes mit verzweifelter Kraft an sich. Durch seine Selbstüberwindung war dem Ritter das Wunder der Heilung zuteil geworden. Überglücklich schließen die Eltern, die mit den Mönchen aus der Kirche gekommen sind, ihr Kind in die Arme. Dietrich huldigt seinem Herrn, der aber nicht stolz zu Roß, sondern demütig zu Fuß in die Heimat zurückkehren will, während der Arzt kniend Agnes wie einer Heiligen den Saum des Kleides küßt.

Stilistische Stellung
In einem genialen Wurf hat der erst zweiundzwanzigjährige Pfitzner bei seinem Musikdrama ›Der arme Heinrich‹ bereits schöpferische Eigenart bewiesen. Mit erstaunlicher Frühreife schuf der junge Meister ein dramatisches Werk von konzentrierter Geschlossenheit, das hinsichtlich des Reichtums der musikalischen Erfindung

auch von seinen späteren Bühnenschöpfungen nicht überboten wurde. Der Einfluß Richard Wagners tritt am stärksten bei der Dichtung in Erscheinung, die einen mittelalterlichen Sagenstoff behandelt und auch die Erlösungsidee aufgreift. Ihre religiös-mystische Grundhaltung verleiht dem Werk den Charakter einer musikalischen Legende. Hinsichtlich der musikalischen Gestaltung weisen zunächst Deklamationsstil und Leitmotivtechnik wieder auf Wagner, doch geht Pfitzner bei der Thematik und vor allem bei der Harmonik völlig eigene Wege. Das Profil der Motive sowie die Art und Weise ihrer polyphonen Verarbeitung zeugen von Phantasie und Formgefühl. Trotz engem Anschluß an das dramatische Geschehen ist – ähnlich wie bei der absoluten Musik – eine klar disponierte Gebundenheit im Musikalischen vorhanden. Der symphonisch-dramatische Fluß wird vielfach auch von geschlossenen Gebilden lyrisch-epischen Charakters durchbrochen.

Textdichtung
Die Dichtung stammt von James Grun (1868 bis 1928). Er war Engländer, jedoch Sohn deutscher Eltern, und wurde während seiner Studienzeit am Hochschen Konservatorium in Frankfurt/Main Pfitzners Mitschüler und Freund. – Als Vorlage diente die gleichnamige mittelalterliche Legende von Hartmann von Aue († um 1215), die dem Sagenkreis um König Artus angehört. Grun folgte bei der Dramatisierung ziemlich genau dem alten Epos, mit dem sich auch schon Richard Wagner beschäftigt hatte. Freilich stand ihm dabei der Komponist mit Rat und Tat zur Seite. So gab Pfitzner, noch ehe Grun mit der Ausführung seiner Aufgabe begonnen hatte, mit der Dichtung des Textes von Heinrichs Fiebertraum (I. Akt, 2. Szene) den Charakter an, in welchem er die dichterische Gestaltung haben wollte. Das Hauptverdienst des Textdichters bestand darin, wie Pfitzner selbst bezeugt (›Zur Grundfrage der Operndichtung‹ in Band 3 der ›Gesammelten Schriften‹), daß er Krankheit und Heilung des Helden psychologisch begründete: Die mittelalterliche Mystik des Wunders deutet Grun nach der Richtung, daß durch die innere Wandlung und Selbstüberwindung des Ritters die Ursache seines Leidens überwunden ist, wodurch auch die für sündhafte Selbstsucht als Strafe verhängte Krankheit sinnlos geworden und daher gewichen ist.

Geschichtliches
Pfitzner wurde auf den Stoff von seinem Jugendfreund Paul Nikolaus Coßmann hingewiesen, dem das Musikdrama auch gewidmet ist. Im Jahre 1891 begann der Komponist zusammen mit dem Dichter James Grun die Arbeit am ›Armen Heinrich‹, und als er am 1. Oktober 1892 seine Lehrerstelle am Konservatorium zu Koblenz antrat, war das Werk nahezu fertig. Nachdem Pfitzner in einem Konzert mit den Berliner Philharmonikern (4. Mai 1893) bereits Dietrichs Erzählung erfolgreich aufgeführt hatte, vollendete er in den Sommermonaten den ›Armen Heinrich‹ auf Schloß Rheingrafenstein bei Kreuznach. Im Herbst begab sich der junge Meister zunächst auf Reisen, um an verschiedenen Theatern seine Oper vorzuspielen. Seine Bemühungen blieben indes erfolglos; lediglich in Berlin interessierte sich Dr. Karl Muck für das Werk, konnte aber die Annahme bei seiner Intendanz auch nicht durchsetzen. Überall stieß man sich an der Handlung, die als untragbar für die Bühne bezeichnet wurde. In Köln begeisterte sich der musikalisch vielseitige Heldentenor Bruno Heydrich für den ›Armen Heinrich‹ und versprach dem Komponisten, die Titelpartie zu studieren und sie zu singen, wo auch immer die Uraufführung stattfinden sollte. Im Herbst 1894 trat Pfitzner als unbezahlter Korrepetitor in den Verband des Mainzer Stadttheaters in der Hoffnung, als Mitarbeiter eines Theaters seinen dramatischen Erstling leichter anbringen zu können. Direktor Rainer Simons stellte ihm in der Tat die Aufführung des Werkes zu Ende der Spielzeit in Aussicht. Aber es bedurfte erst noch eines Druckmittels, um die Inszenierung endgültig durchzusetzen. Ohne Wissen Pfitzners war die Schwester des Textdichters, Frances Grun, bei dem kunstsinnigen Landgrafen Alexander Friedrich von Hessen, der selbst komponierte, in Darmstadt vorstellig geworden; sie ließ ihm einen Klavierauszug des Werkes überreichen mit der Bitte, er möge durch die Ankündigung seines persönlichen Besuches der Uraufführung die Intendanz zur baldigen Aufführung des ›Armen Heinrich‹ ermutigen. Der Landgraf kam dem Ersuchen nach, worauf mit Hochdruck die Einstudierung betrieben wurde. Die für den 24. März angesetzte Uraufführung, zu der Landgraf Alexander tatsächlich nach Mainz gereist war, kam zwar an diesem Tag wegen plötzlicher Heiserkeit Heydrichs nicht zustande, dafür ging das Werk dann endlich am 2. April 1895 unter der Stabführung

des Komponisten am Stadttheater in Mainz zum ersten Mal in Szene. Der Erfolg war bei Publikum und Presse groß, doch konnte wegen Spielzeitschluß nur noch eine Wiederholung stattfinden, was der Verbreitung des Werkes natürlich hinderlich war. In der Folge erschien der ›Arme Heinrich‹ nur sporadisch auf der Bühne; einen festeren Platz errang sich das Musikdrama, das schon seiner schwierigen Besetzung wegen selten im Opernalltag eine überzeugende Interpretation erfahren wird, erst an der Münchner Oper, wo Bruno Walter den Pfitznerschen Bühnenwerken liebevolle Pflege zuteil werden ließ.

Palestrina

Musikalische Legende in drei Akten. Dichtung vom Komponisten.

Solisten: I. Singende Personen: *Papst Pius IV.* (Seriöser Baß, kl. P.) – *Giovanni Morone*, Kardinallegat des Papstes (Charakterbariton, m. P.) – *Bernardo Novagerio*, Kardinallegat des Papstes (Charaktertenor, m. P.) – *Kardinal Christoph Madruscht*, Fürstbischof von Trient (Seriöser Baß, auch Spielbaß, m. P.) – *Carlo Borromeo*, römischer Kardinal (Heldenbariton, gr. P.) – *Der Kardinal von Lothringen* (Seriöser Baß, auch Charakterbaß, m. P.) – *Abdisu*, der Patriarch von Assyrien (Lyrischer Tenor, auch Charaktertenor, kl. P.) – *Anton Brus von Müglitz*, Erzbischof von Prag (Bariton, auch Baß, m. P.) – *Graf Luna*, Orator des Königs von Spanien (Kavalierbariton, auch Heldenbariton, m. P.) – *Der Bischof von Budoja*, italienischer Bischof (Lyrischer Tenor, auch Spieltenor, m. P.) – *Theophilus*, Bischof von Imola, italienischer Bischof (Tenor, kl. P.) – *Avosmediano*, Bischof von Cádiz; spanischer Bischof (Charakterbariton, auch Charakterbaß, m. P.) – *Giovanni Pierluigi Palestrina*, Kapellmeister an der Kirche St. Maria Maggiore in Rom (Jugendlicher Heldentenor, gr. P.) – *Ighino*, sein Sohn, 15 Jahre alt (Lyrischer Sopran, m. P.) – *Silla*, sein Schüler, 17 Jahre alt (Mezzosopran, m. P.) – *Bischof Ercole Severolus*, Zeremonienmeister des Konzils von Trient (Charakterbariton, auch Charakterbaß, m. P.) – *1. Kapellsänger* von St. Maria Maggiore in Rom (Baß, kl. P.) – *2. Kapellsänger* (Baß, kl. P.) – *3. Kapellsänger* (Tenor, kl. P.) – *4. Kapellsänger* (Tenor, kl. P.) – *5. Kapellsänger* (Tiefer Baß, kl. P.).
II. Stumme Personen: Zwei päpstliche Nuntien. Lainez, Salmeron, Jesuitengenerale. Masarelli, Bischof von Thelesia, Sekretär des Konzils. Giuseppe, der alte Diener Palestrinas.
III. Singende Erscheinungen: Die Erscheinung Lukrezias, Palestrinas verstorbener Frau (Dramatischer Alt, kl. P.) – Die Erscheinungen 9 verstorbener Meister der Tonkunst: 1., 2., 3. (Tenor, kl. P.) – 4., 5., 6. (Bariton, kl. P.) – 7., 8., 9. (Baß, kl. P.) – 1. Engelstimme (Dramatischer Koloratursopran, auch Lyrischer Sopran, kl. P.) – 2. Engelstimme (Jugendlich-dramatischer Sopran, kl. P.) – 3. Engelstimme (Dramatischer Mezzosopran, kl. P.).
Mögliche Doppel- und Tripel-Besetzungen: Papst Pius – Kardinal Madruscht; Morone – 4. Meister; Kardinal von Lothringen – 8. Meister – 5. Kapellsänger; Abdisu – 1. Meister; Brus von Müglitz – 9. Meister – 2. Kapellsänger; Graf Luna – 5. Meister; Bischof von Budoja – 2. Meister – 4. Kapellsänger; Theophilus – 3. Meister – 3. Kapellsänger; Avosmediano – 6. Meister – 1. Kapellsänger; Bischof Ercole – 7. Meister.
Chor: Kapellsänger der päpstlichen Kapelle – Erzbischöfe, Bischöfe, Äbte, Ordensgenerale, Gesandte, Prokuratoren geistlicher und weltlicher Fürsten, Theologen, Doktoren aller christlichen Nationen – Diener – Stadtsoldaten – Straßenvolk – Engel (I. Akt: Engelchor möglichst durch Knabenstimmen verstärken! II. Akt: Männerchor geteilt in Spanier und in Italiener und andere Nationen, später geteilt in spanische und in italienische und deutsche Diener. III. Akt: Männerchor geteilt in 3 Gruppen päpstlicher Kapellsänger; Frauenchor, kl. Chp., Männerchor, m. Chp.) – Kleine Chorsoli: Dandini von Grosseto (Tenor, kl. P.) – Bischof von Feltre (Baß, kl. P.) – Bischof von Fiesole (Tenor, kl. P.) – Ein spanischer Bischof (Baß, kl. P.) – Ein junger Doktor (Alt, kl. P.).
Ort: Der I. und III. Akt in Rom, der II. in Trient.
Schauplätze: Zimmer im Wohnhaus Palestrinas, nicht groß, einfach, fast ärmlich, in der Mitte Arbeitstisch mit sehr großem Armlehnstuhl, Mitte hinten eine Tür nach einem Vorraum und dann eine zweite größere Eingangstür nach dem Freien, links eine kleine Hausorgel (Portativ), links vorne eine kleine Tür ins Hausinnere, an der linken Hinterwand großes Bild Lukrezias,

rechts großes Fenster mit Blick auf das ziemlich entfernte Rom – Eine große, hohe, saalartige Vorhalle; im Hintergrund, etwas tiefer, die Straße, im Vordergrund ein kleines Gärtchen; auf beiden Seiten, die ganze Tiefe der Bühne beschreibend, zwei schwache Halbkreise von Stühlen und Bänken, in mindestens vier Abstufungen amphitheatralisch ansteigend; linker Halbkreis zweimal durch Treppen unterbrochen, die durch zwei Türen in Höhe der höchsten Bankreihe in den Palast führen – Zimmer Palestrinas wie zu Anfang, ohne Arbeitstisch.

Zeit: Die Handlung spielt im November und Dezember 1563, dem Jahr der Beendigung des Tridentiner Konzils. Zwischen dem I. und II. Akt liegen etwa 8 Tage, zwischen dem II. und III. etwa 14 Tage.

Orchester: 4 Fl. (auch Altflöte und Picc.), 3 Ob. (auch Eh.), 4 Kl. (auch Bkl.), 4 Fag. (auch Kfag.), 6 Hr., 4 Trp., 4 Pos., 1 Bt., P., Schl., 2 Hrf., Cel., Str. – Bühnenmusik: 3 Mandolinen, Gitarre, 2 Picc., 2 Kl., Org., Gl. in C, A, G, 3 tiefe Gl. in E, G, C, Tamtam.

Gliederung: Durchkomponierte symphonisch-dramatische Großform, vor jedem Akt ein Vorspiel.

Spieldauer: Etwa 3½ Stunden.

Handlung

Silla, Schüler des großen Kirchenkomponisten Giovanni Pierluigi Palestrina, probiert während der Abwesenheit des Meisters heimlich eine eigene Komposition in dem neuen Stil, der jüngst von Florenz ausgegangen ist. Da tritt Ighino, Palestrinas Sohn, ins Zimmer. Er macht sich Sorgen um den Vater, der offensichtlich an schwerem seelischen Kummer leidet. Aber Silla findet, der Meister habe keinen Grund zu klagen; denn er sei berühmt und daher glücklich. Schmerzerfüllt weist Ighino darauf hin, daß der ehrlich erworbene Ruhm dem Vater nur den Neid der Kollegen eingebracht und daß er, der für Ehe- und Familienglück seine Stelle bei der päpstlichen Kapelle aufgeben mußte, jetzt in dürftigen Verhältnissen sein Leben fristen müsse. Seit dem Tod der geliebten Gattin Lukrezia ist nun auch seine Schaffenskraft gebrochen; denn er hat seither keine Note mehr geschrieben. Um Ighino aus seinen trüben Gedanken zu reißen, singt und spielt Silla ihm sein Schäferliedchen vor. In seinem Eifer bemerkt er gar nicht, daß inzwischen Palestrina mit dem Kardinal Borromeo eingetreten ist. Der hohe Geistliche ist erstaunt, solche seltsam sündhaften Klänge im Haus des strengen Meisters zu vernehmen. Aber Palestrina legt, nachdem er die beiden Jungen weggeschickt hat, ein gutes Wort für Silla ein, in dem die neue Zeit gäre und dem vielleicht der Erfolg der Entwicklung recht geben werde. Mit Befremden vernimmt Borromeo die resignierten Worte des Meisters, er hat jedoch ein Mittel, das ihn von seiner Lethargie heilen soll. Der hohen Kunst, wie sie die großen Meister zweier Jahrhunderte gepflegt hatten, droht weniger von eitlen Dilettanten als von höchster Stelle Gefahr: Der Papst hat beschlossen, die Figuralmusik mit ihrem überladenen Stimmgefüge aus der Kirche zu verbannen und wieder auf die alten herben Klänge des Gregorianischen Chorals zurückzugreifen. Umsonst suchte er, Borromeo, die Kardinäle im Konsistorium für die Erhaltung der großen Meisterwerke umzustimmen. Da kam eine unerwartete Wendung: Kaiser Ferdinand setzte sich in einem Schreiben selbst für die Musik ein. Nun zeigte sich auch der Papst nachgiebiger, und Borromeo wußte ihn schließlich für folgenden Entschluß zu gewinnen: Sollte ein Meister eine neue Messe vorlegen, die den kirchlich-religiösen wie den künstlerischen Forderungen gleichermaßen gerecht werde, dann sollte dieses Werk fortan als Norm für den Stil der Kirchenmusik dienen. Borromeo ist nun heimlich gekommen, um Palestrina mit dieser Aufgabe von außerordentlicher Tragweite zu betrauen. Dieser dankt für die große Ehre, erklärt aber zur Enttäuschung des Kardinals, daß er nicht der Mann sei, ein solch gewaltiges Werk zu vollbringen. Umsonst droht ihm Borromeo mit der Vernichtung seiner Werke, mit dem Befehl des Papstes, und als Palestrina gar noch bezweifelt, ob Gottes Stimme aus seinem Inneren spreche, verläßt ihn der Kardinal in heftigstem Zorn. Traurig, aber gefaßt ist sich der Meister bewußt, nun auch den letzten Freund verloren zu haben. Er gedenkt der Zeit, als Lukrezia noch am Leben war und ihn der Quell der Eingebung beglückte. Unwillkürlich greift er nach den Notenblättern auf dem Tisch, aber dann fragt er sich wieder verzweifelt: »Wozu?« Da erklingen leise Stimmen: »Für ihn!« Überrascht sieht sich Palestrina um. Vor ihm stehen die Erscheinungen von neun verstorbenen Meistern der Tonkunst, die ihm wohlbekannt und vertraut sind. Sie mahnen ihn an seine Pflicht; sein Erdenpensum sei noch nicht erfüllt, daher müsse er schaffen, der alte Weltenmeister befehle es. Die Erscheinungen verschwinden. Voll Angst ruft Palestrina nach oben, da erscheinen nach und nach zahlreiche Engel, die Stube erstrahlt in hellem Himmelslicht, und auch die Gestalt Lukrezias wird sichtbar. Im Hochgefühl wiedererwachter Schaffenslust zeichnet Palestrina die musikalischen Gedanken auf, die ihm die Abgesandten des Himmels eingeben, und als der Morgen graut, ist die Messe vollendet. Ighino und Silla finden den Meister erschöpft und schlafend am Tisch. Zu ihrer Überraschung entdecken sie die beschriebenen Notenblätter. Die Komposition erscheint Ighino besonders schön und persönlich, während Silla feststellt, es sei wohl der alte Stil, aber nicht so schwer.

Im Palast des Fürstbischofs Madruscht zu Trient werden unter Anleitung des Zeremonienmeisters Ercole Severolus die letzten Vorbereitungen für die Abhaltung einer Generalkongregation, einer letzten gemeinsamen Vorberatung vor der feierlichen Session, getroffen. Man erwartet die Rückkehr des Kardinallegaten Morone, den der Papst zum Kaiser geschickt hat, um dadurch ihn und die deutschen Bischöfe möglichst von dem Konzil fernzuhalten. Novagerio, der andere Kardinallegat des Papstes, gewährt Borromeo, der eben in Trient angekommen ist, Einblick in die augenblickliche Situation. Max, der Sohn des Kaisers Ferdinand, sympathisiert heimlich mit den Protestanten; ein Übertritt hätte unabsehbare Folgen; er muß daher verhindert werden. So überbrachte Morone dem Kaiser die Zusicherung der Römischen Krone für seinen Sohn Max und des weiteren die Inaussichtstellung des spanischen Königsthrones. Auch sonst machte der Papst dem Kaiser Zugeständnisse in bezug auf seine reformatorischen Wünsche, so zum Beispiel in der Frage der Kirchenmusik. Borromeo berichtet nun von seinem Mißerfolg bei Palestrina; er fügt aber hinzu, daß er den Widerspenstigen habe festnehmen lassen, um ihn zur Einsicht zu bringen. Novagerio bemerkt kalt, die Messe müsse erzwungen werden, und sei es durch die Folter. Was die sonstigen Konzessionen gegenüber dem Kaiser anlangt, so ist Novagerio unbesorgt; denn der Papst behält sich die Auslegung der Konzilsbeschlüsse allein vor. Die Kurie wünscht schnellste Beendigung des Konzils. Aus diesem Grund wurden für die letzten Sitzungen italienische Bischöfe und Geistliche in großer Zahl nach Trient beordert, damit der Gang der Verhandlungen durch Majoritätsbeschlüsse im Sinn der Kurie gelenkt werde. Inzwischen ist Morone von Innsbruck eingetroffen. Seine Mission war von Erfolg gekrönt. Die Sitzung beginnt. Nach der Begrüßungsansprache des Kardinallegaten Morone wird zur Abstimmung über die noch strittigen Punkte geschritten. Zunächst wird die Frage der Kirchenmusik aufgeworfen. Die Italiener stimmen entsprechend ihren Instruktionen für die Erhaltung der Figuralmusik, dagegen erkundigen sich die Bischöfe von Cádiz und Prag sowie der Kardinal von Lothringen nach der versprochenen Probemesse. Borromeo erklärt ruhig und kalt: »Die Messe wird geschrieben.« Im weiteren Verlauf der Sitzung kommen sich der Kardinal von Lothringen und der Orator des Königs von Spanien, Graf Luna, in die Haare; letzterer besteht auf gründlichster Behandlung der einzelnen Fragen, worauf der Lothringer gereizt reagiert, da er sich ärgert, daß man dem Spanier durch Anweisung eines außerhalb der Reihe stehenden Ehrensessels den Vorrang vor ihm einräumte. Graf Luna drängt auf eine Verlängerung des Konzils und verlangt schließlich sogar die Einladung der Protestanten zur Schlußsession. Daraufhin entsteht ein großer Tumult, mit Mühe kann sich Morone Gehör verschaffen, und da es gerade zwölf Uhr schlägt, vertagt er die Sitzung auf den Nachmittag. Nachdem sich der Saal geleert hat, kommen während des Aufräumens die spanischen Diener mit den italienischen und deutschen in Streit. Als die beiden Parteien mit Dolchen aufeinander losgehen, erscheint Madruscht mit Soldaten, die mit einigen Gewehrsalven Ordnung schaffen und die Überlebenden zur Folterkammer abführen.

In seinem Lehnstuhl sitzt müde und gealtert Palestrina zu der Stunde, als die Messe vor dem Papst und den Kardinälen zum ersten Mal erklingt. Erwartungsvoll lauschen Ighino, der alte Diener Giuseppe sowie einige Kapellsänger von St. Maria Maggiore dem Glockengeläute von St. Peter. Nur Silla fehlt; er ist inzwischen fort nach Florenz zu Bardi, seinem neuen Lehrer. Ighino erzählt dem Vater die Vorgänge nach seiner Einkerkerung, wie er schließlich die Messe ausgeliefert habe, um ihn aus den Ketten zu befreien. In diesem Augenblick ertönen aus der Ferne Evviva-Rufe. Päpstliche Kapellsänger stürmen ins Haus; sie verkünden den großen Erfolg der Messe und das Erscheinen des Papstes, der dem Meister persönlich seine Anerkennung ausdrückt und ihn zum Leiter der Sixtina auf Lebenszeit ernennt. Nachdem sich alle bis auf Borromeo entfernt haben, stürzt dieser in tiefer Erschütterung Palestrina zu Füßen. Palestrina hebt ihn auf, und, von Rührung übermannt, reißt sich Borromeo aus der stummen Umarmung los und verläßt mit abgewandtem Gesicht das Zimmer. Den überglücklichen Ighino drängt es hinaus auf die Straße, wo noch immer das Volk mit lauten Evviva-Rufen den Retter der Musik feiert, während Palestrina, nachdem er eine Weile vor dem Bild Lukrezias gestanden, sich an seiner Orgel in musikalische Gedanken versenkt.

Stilistische Stellung
Pfitzner hat die musikalische Legende ›Palestrina‹ als sein Lebenswerk bezeichnet, und das wohl aus zwei Gründen: Einmal stellt dieses Musikdrama sein größtes und einheitlichstes Werk dar, das in langer Entstehungszeit gereift war, und dann ist es als eine Art Selbstbildnis zu betrachten, in dem der Meister aus eigener Erfahrung Wesen und Wirken des schöpferischen Menschen dem weltlichen Treiben gegenüberstellt. Bei der Qualitätsgleichheit von Dichtung und Musik ist es schwer zu unterscheiden, welcher von beiden der Vorzug zu geben ist. Schon allein die Idee und ihre dramaturgische Gestaltung in einem musikalischen Bühnenwerk trägt den Stempel des Außergewöhnlichen. Das in seiner Gegensätzlichkeit und Symbolhaftigkeit wohlausgewogene Geschehen ohne Erotik, die mit dichterischem Feingefühl behandelte Sprache ohne Pathos und die realistische Darstellung der typenhaft wirkenden Personen sind die Komponenten dieses Operntextes von seltenem Niveau. Im Musikalischen liegt der Schwerpunkt beim Orchester, das dementsprechend einen gewaltigen Instrumentenapparat mobilisiert. In der Thematik dominieren einige scharf profilierte Motive, die teils die Palestrina-Sphäre, teils die Außenwelt charakterisieren; sie ziehen sich leitmotivartig durch das ganze Musikdrama und bilden das eigentliche Fundament des musikalischen Baues. Aus der ›Missa Papae Marcelli‹ von Giovanni Pierluigi Palestrina, die nach der Legende die Rettung der Kirchenmusik bewirkte, wurden nur zwei Themen – und diese sehr frei – in der Komponierszene verarbeitet; einmal zitiert Pfitzner sich selbst mit dem Siechtums-Thema aus dem ›Armen Heinrich‹. Die Harmonik offenbart vornehmlich den Zug zum Diatonischen und eine Anlehnung an die Kirchentonarten, worauf die eigentümliche archaisierende Färbung der ›Palestrina‹-Musik beruht. Sehr feinsinnig werden auch die verschiedenen musikalischen Stile angedeutet: die Polyphonie der Niederländer (Erscheinung der verstorbenen Meister), der Gregorianische Choral (z. B. bei der Eröffnung der Sitzung durch den Zeremonienmeister) und die Florentiner Monodie (Schäferlied des Silla). Hinsichtlich der Stimmführung wird durchwegs eine strenge Linearität gewahrt. Der Anlage der Dichtung entsprechend herrscht das Deklamatorische vor, wobei die Dialogszenen trotz ihrer scheinbaren Ungebundenheit einen wohlgegliederten Aufbau fast im Sinn der absoluten Musik aufweisen. Hier ist – besonders im Konzilakt – auch das feine Charakterisierungsvermögen des Meisters zu bewundern, das, ohne den Boden des Reinmusikalischen zu verlassen, immer den richtigen Ausdruck vermittelt.

Textdichtung
Bevor Pfitzner die Dichtung selbst ausführte, erhielt er zwei Textentwürfe, die jedoch seine Billigung nicht fanden: in dem einen war die Frau Palestrinas in den Mittelpunkt des Geschehens gerückt, in dem anderen die Heirat von Palestrinas Tochter mit einem Schüler. Als Quelle diente Pfitzner zunächst die ›Geschichte der Musik‹ von August Wilhelm Ambros. Über das Tridentiner Konzil informierte er sich auf Vorschlag des Straßburger Historikers Martin Spahn vor allem in den beiden großen Geschichtswerken über dieses Konzil: Das eine stammt von Pater Paolo Sarpi, der wegen seiner ungeschminkten Darstellung der Ereignisse von der Kurie ziemlich verfolgt wurde, das andere von Sforza Pallavicini, der im Auftrag des Vatikans gegenüber Sarpi die Tatsachen in milderer Form interpretierte. Bei der Gestaltung des Stoffes nahm der Meister das Recht der dichterischen Freiheit in Anspruch. Die ›Missa Papae Marcelli‹ wurde weder zur Zeit des Tridentiner Konzils geschrieben, noch ist ihr der Konzilsbeschluß über die Beibehaltung der Figuralmusik zu verdanken. Auch die Zeichnung der Persönlichkeit Palestrinas sowie die Darstellung seiner Lebensumstände entsprechen nicht den historischen Tatsachen. Die Monodie ist als neue Stilrichtung in Wirklichkeit später in Erscheinung getreten. Pfitzner war es in erster Linie um die Herausarbeitung einer Idee zu tun entsprechend dem als Motto seiner Dichtung vorangestellten Schopenhauer-Zitat: die einsame Stellung des schöpferischen Menschen, der »wie eine ätherische Zugabe über dem Weltentreiben steht«. Der Konflikt ergibt sich aus dem Zusammenprall zweier Welten, die sich von Natur aus

feindlich gegenüberstehen: der äußeren mit ihrem eigensüchtigen, lauten Getriebe und der inneren, stillen des um ideelle Güter ringenden Künstlers. Der III. Akt bringt dann als glücklichen Ausgang die Verständigung der beiden Welten, ausgelöst durch die Macht des Kunstwerks, sowie die Befriedung der durch den Schaffensprozeß geläuterten Künstlerseele.

Geschichtliches
Bereits vor Pfitzner war Palestrina schon einmal als Held einer Oper auf der Bühne erschienen: Die 1886 in Regensburg aufgeführte gleichnamige Oper des Münchner Theorieprofessors Melchior Ernst Sachs behandelt die Intrige eines Mitbewerbers um die Stelle des päpstlichen Kapellmeisters, wobei der Konkurrent Palestrina ein Manuskript stiehlt und es für sein eigenes Werk ausgibt. Pfitzner beschäftigte sich mit der ›Palestrina‹-Idee etwa fünfzehn Jahre lang, ehe er an die Ausführung ging. Nach Abschluß seiner Studien am Hochschen Konservatorium in Frankfurt/Main befaßte er sich intensiv mit Musikgeschichte. Dabei begeisterte er sich für die Gestalt des großen Kirchenkomponisten Palestrina und dessen legendäre Rettungstat zugunsten der Figuralmusik. Nachdem Pfitzner vergeblich Ausschau nach einer geeigneten Dichterpersönlichkeit gehalten hatte (er stellte sogar in zwei Fällen seine eigenen Entwürfe zur Verfügung), war er zu der Einsicht gekommen, daß aus seinem Plan nichts würde, wenn er nicht auch die Dichtung selbst gestaltete. In einer Zeit äußerer und innerer Kämpfe (Boykott seiner Werke an der Münchner Hofoper – Zweifel an der eigenen Schaffenspotenz) entschloß er sich, förmlich einem Zwang seines Genius folgend, zur Ausführung des Werkes. So entstanden zunächst, Ende des Jahres 1909, der vierzeilige Epilog des Musikdramas »Nun schmiede mich ...« und im April 1910 die Szene mit den Erscheinungen der verstorbenen Meister. Am 7. August 1911 lag die ganze ›Palestrina‹-Dichtung fertig vor, und am 13. August las der Dichterkomponist sie seinen Freunden in München zum ersten Mal vor. Die Komposition wurde aber erst am Fronleichnamstag, dem 6. Juni 1912, in Straßburg begonnen, nachdem der Meister zuvor schon, am 1. Januar des gleichen Jahres, das Anfangsmotiv aufgezeichnet hatte. Während des Urlaubs in der Schweiz ging die Arbeit an der Vertonung weiter, die am 8. August ungefähr bis zur Mitte des I. Aktes gediehen war, und zwar gleich in Partitur. Dann trat infolge anderweitiger beruflicher Inanspruchnahme des Komponisten eine längere Unterbrechung ein. Erst im Juni 1914 konnte Pfitzner sich wieder intensiv mit dem ›Palestrina‹ beschäftigen. Trotz Ausbruch des Krieges arbeitete der Meister unermüdlich weiter, und am 24. Juni 1915 war die Komposition des ganzen Werkes endgültig fertig. Die Uraufführung sollte nun auf Wunsch des Autors erst nach dem siegreichen Ende des Krieges erfolgen. Als Bruno Walter für den Sommer 1917 in München eine Pfitzner-Woche plante und das Ende des Krieges immer noch nicht abzusehen war, entschloß sich Pfitzner, die Uraufführung des ›Palestrina‹ zur Eröffnung der Münchner Pfitzner-Woche freizugeben. Vor einem illustren Kreis ging das Werk in der Inszenierung des Komponisten am 12. Juni 1917 im Münchner Prinzregententheater zum ersten Mal in Szene; die musikalische Leitung hatte Bruno Walter, in den Hauptpartien sangen Karl Erb (Titelrolle), Fritz Feinhals (Borromeo), Friedrich Brodersen (Morone), Paul Bender (Papst), Gustav Schützendorf (Luna), Paul Kuhn (Novagerio), Maria Ivogün (Ighino) und Emmy Krüger (Silla). Der Erfolg war überwältigend. Auf Veranlassung des Auswärtigen Amtes erfolgte im November des gleichen Jahres ein Gesamtgastspiel der Münchner Oper mit ›Palestrina‹ zu Propagandazwecken in der Schweiz (Basel, Bern, Zürich); auch hier errang das Werk einen bedeutenden Erfolg. Die weitere Verbreitung des schwierigen Musikdramas mit dem großen Aufgebot von männlichen Darstellern konnte zwangsläufig erst nach dem Ersten Weltkrieg einsetzen.

Matthias Pintscher

* 29. Januar 1971 in Marl (Nordrhein-Westfalen)

Thomas Chatterton

Oper in zwei Teilen nach Hans Henny Jahnn. Libretto von Claus H. Henneberg und Matthias Pintscher.

Solisten: *Thomas Chatterton* (Kavalierbariton, auch Hoher Charakterbariton, gr. P.) – *Aburiel* (Sprechrolle, m. P.) – *Sarah Chatterton* (Dramatischer Mezzosopran, m. P.) – *William Smith**, Thomas' Freund (Hoher, leichter Tenor, gr. P.) – *Peter Smith**, dessen Bruder (Lyrischer Tenor, m. P.) – *John Lambert*, Advokat (Baßbariton, m. P.) – *Richard Smith*, Brauer, Vater von William und Peter (Bariton, kl. P.) – *William Barrett, Georges Symes Catcott, Henry Burgum*, Kaufleute in Bristol (Baß, Tenor, Bariton, kl. P.) – *Nancy*, eine Prostituierte (Sopran, kl. P.) – *Arran*, ein Strichjunge (Sprechrolle, kl. P.) – *Madame Angel*, Thomas' Zimmerwirtin (Sopran, kl. P.) – *Master Cheney*, ein Chorknabe (Knabensopran, kl. P.) – *vier Sopranstimmen* aus dem Orchestergraben heraus (kl. P.) – *Stimme von weitem** (Tenor, kl. P.) – *Stimme eines jungen Mannes* von außerhalb durch ein Mikrophon (ad lib., Sprechstimme, kl. P.).

* Die mit einem Sternchen versehenen Partien wurden in der Uraufführung von einem einzigen Sänger übernommen.

Stumme Rollen: *Sir Abraham Isaac Elton*, Notarzeuge, Erscheinung des Mönchs *Thomas Rowley*, weitere Erscheinungen.

Ort: Bristol, London.
Schauplätze: Ein Zimmer; Abend. Kanzlei des Advokaten Lambert, an den Wänden hohe Regale mit Büchern und Akten; Abend. Dachzimmer, starkes Mondlicht fällt durch ein großes Fenster, ein breites Bett. – Ein fast gänzlich leerer Raum. Ein Raum, der Boden ist mit zerrissenen Papieren übersät, es ist frühe Abenddämmerung.
Zeit: 1767–1770.
Orchester: 3 Fl. (1. und 2. auch Picc.), 3 Afl., 2 Tenorblockflöten, 2 Ob. (2. auch Heckelphon), Eh., 2 Kl. in B (2. auch Kl. in Es), Bkl., Kbkl., 2 Fag., Kfag., 4 Hr., 4 Trp., 3 Pos., Kbt., Hrf., Cel./Harm., Klav. (kl. Flügel)/Cemb., 3 Schlagzeuger {I: Vibraphon, 2 Tamtam (sehr tief, mittel), 3 Hängebecken (kl., m., gr.), 5 Bongos, kl. Tr., Triangel (kl.), Schellentrommel, Ratsche (hoch und laut), Vibraslap, Rührtrommel, Schellen, Maracas, Sistrum, Holzschlitztrommel, gr. Glocke, Schreibmaschine; II: Mar., Glsp., antike Zymbeln, gr. Tr., Tamtam (mittel), 3 Hängebecken (hoch, mittel, tief), kl. Tr., Triangel (hoch), Schellentrommel, Ratsche (fixiert, so gr. wie möglich), 2 Wbl., 2 Tbl., 3 Kuhglocken, 5 Bongos, 2 Maracas, Peitsche, Konzertkastagnetten (tief), Rute (auf dem Rand der gr. Tr.), Löwengebrüll, Gong; III: Xyl., Rgl., gr. Tr., 3 Hängebecken (hoch, mittel, tief), kl. Tr., 3 Triangel (hoch, mittel, tief), 3 Wbl., 4 Tbl., 3 Bongos, 4 Tamtam, Becken (à 2), Flex., Glass Chimes, Rute (auf dem Rand der gr. Tr.)}, P., Str.
Gliederung: Durchkomponierte Großform mit Überleitungsmusiken zwischen den Szenen.
Spieldauer: Knapp 2 Stunden.

Handlung

Während Thomas Chatterton schreibend vor sich hin träumt, liegt seine Mutter Sarah krank im Bett. Sie ärgert sich darüber, daß ihr Sohn in einem Buch über die Geheimwissenschaft der Nekromantie liest, das ihm sein toter Vater hinterlassen hat. Auf die Aufforderung, etwas zu essen, erwidert Thomas, ein Fremder habe ihn schon mit Essen versorgt. Die Mutter vermutet dahinter gestohlene Speisen oder ein neuerliches Hirngespinst ihres Sohnes. Auch macht sie dieser Fremde, von dessen Schmeicheleien Thomas berichtet, mißtrauisch. Ohnehin hat sie beschlossen, den Sohn – mag er wollen oder nicht – bei dem Advokaten John Lambert als Schreibgehilfe in Lehre, Kost und Logis zu geben – nicht zuletzt, um Thomas' Phantastereien ein Ende zu setzen, die sich etwa in dem geheimnisvollen Namen des Fremden bekunden: Aburiel. Lambert tritt ein in Begleitung des Stadtschreibers Sir Abraham Elton und Henry Burgums, die als Zeugen des bevorstehenden Vertragsabschlusses vorgesehen sind. Obgleich der Anwalt Chattertons Magerkeit bemängelt, will er ihn einstellen. Bei der Begutachtung von Schriftproben zeigt sich Lambert allerdings einen Moment lang darüber befremdet, daß Thomas in verschiedenen Schriftarten den Namen Aburiel zu Papier gebracht hat. Zögernd unterschreibt Thomas den Vertrag, der ihn für sieben Jahre an Lamberts Haus bindet und ausdrücklich Würfelspiel, Gasthausbesuche, Unzucht und Ehe verbietet. Nachdem Lambert samt Zeugenschaft gegangen ist, hofft Thomas auf eine bessere Zukunft, die seine Mutter allerdings unter dem Unstern Aburiels stehen sieht. Ohne anzuklopfen, tritt Chattertons Freund William Smith ein. Zur Nacht zieht sich Thomas mit ihm in die Dachstube zurück. – Widerwillig hilft Chatterton, als Lambert im Begriff ist, die Kanzlei zu verlassen, seinem Herrn in den Mantel. Allein zurückbleibend, hadert Thomas mit seinem Gehilfenschicksal und sehnt, während er in seinem nekromantischen Buch blättert, Aburiel herbei. Der tritt plötzlich von hinten an Chatterton heran, muß sich aber alsbald wieder verabschieden, als sich Besuch ankündigt. Eilig kommt Williams Vater, der Brauereibesitzer Richard Smith, herein, gefolgt von seinem Sohn Peter Damian. Dessen frappierende Ähnlichkeit mit William erweckt Chattertons Staunen und Neugier. Richard Smith ersucht dringend um Lamberts Rechtsbeistand: Peter drohe am nächsten Tag der Schulverweis, zum einen aufgrund seiner Schwäche in lateinischer Grammatik, zum andern, weil er bei einer Schlägerei mit einem Tierquäler erwischt und deshalb zeitweise in den Karzer gesteckt wurde. Chatterton bietet an, »dem jungen Herrn« im Lateinischen auf die Sprünge zu helfen. Nicht zu Unrecht vermutet dessen argwöhnischer Vater hinter dem Hilfsangebot einen Vorwand, der Chattertons eigentliches Interesse an einer Freundschaft mit Peter kaschieren solle. Nachdem Richard und Peter Smith gegangen sind, stellt sich Aburiel wieder ein. Mit zynischem Scharfblick deutet er Chattertons Hingezogenheit zu William und Peter als dünkelhafte Herablassung eines Intellektuellen zu »Einfältigen«. Aburiel zieht einen alten Folianten aus dem Regal, dessen Eintragungen bis ins Jahr 1479 zurückreichen. Thomas findet darin eine Notiz über die heimliche Beisetzung eines Selbstmörders in einem unter der Kirche gelegenen Gewölbe, und der auf Chattertons frisch gewonnenen Freund Peter deutende Name des Toten – Peter Damian Smity – macht ihn schaudern. Aburiel stellt Chatterton das Ende seiner dürftigen Gehilfen-Existenz vor Augen und verlockt ihn mit dem möglichen Erfolg eines Dichtertums, das sich in Verachtung für die Wirklichkeit vollständig von den inneren Bildern leiten lassen solle. Zum Zeichen dessen erscheinen, verwandelt in Figuren des ausgehenden 15. Jahrhunderts: Lambert, Sarah Chatterton, Richard Smith mit seinen beiden Söhnen und einige Fremde. Außerdem stellt sich ein Mönch namens Thomas Rowley ein, eine frei erfundene Gestalt, die Chatterton unsichtbar die Feder führen werde. Damit ist die Idee geboren, mit der Chatterton sein Glück versuchen wird, nämlich eigene Dichtungen als Werke jenes Mönchs Rowley auszugeben. Die Erscheinungen verschwinden wieder, ebenso Aburiel. Aufgewühlt, ratlos und voller Angst versucht Chatterton Klarheit über das eben Erlebte zu gewinnen. – In Chattertons Dachkammer scheint das Licht des Vollmonds herein. William ist in Sorge. Weil er Thomas' Nähe vermißte, war er aus dem Schlaf erwacht und beobachtete sodann, wie sein Freund sich schlafwandelnd in den Dom begab, vom Kirchturm aus auf Bristol herabstarrte und über den Friedhof schritt. Mit weit geöffneten Augen kehrt der Mondsüchtige nun zurück. Sanft wird er von William geweckt. Chatterton kann sich an seinen nächtlichen Ausflug nicht mehr erinnern, berichtet William aber davon, daß er in eine von Pseudo-Rowley verfaßte Bristol-Chronik ein grauenerregendes Pest-Kapitel eingefügt habe, das im Bild einer hohnlachend vom Kirchturm über die Stadt grinsenden Schreckgestalt kulminiere. Zwar mag deren Übereinstimmung mit dem Anblick des nachtwandelnden Freundes William ängstigen, doch Thomas weiß ihn durch joviale Bekundungen seiner Zuneigung zu beschwichtigen. Auch dankt er William gönnerhaft dafür, daß er dem Kaufmann Catcott von einem angeblichen Fund alter Pergamente etwas vorgeflunkert habe; mit deren Abschriften lasse sich nun gutes Geld verdienen. Nur einmal scheint Chattertons Verlangen nach Williams Liebe vorbehaltlos auf, als er dem Freund verzweifelt bekennt, nur »eine häßliche Freundschaft« zu hegen, nämlich die zu sich selbst. Gleichwohl muß William deprimiert zur Kenntnis nehmen, daß Chatterton demnächst zur Nacht ein Mädchen, die schwindsüchtige Sally, bei sich zu empfangen gedenkt. William zum Schlafen auffordernd, wendet sich Chatterton dem Schreiben zu. – Obszöner Gesang dringt in Chattertons Dachstube. Peter Smith tritt ein, Thomas begrüßt ihn mit einer langen Umarmung. Das für den Abend geplante erotische Abenteuer mit einer gewissen Elisabeth müsse Peter allerdings diesmal allein absolvieren, er,

Chatterton, habe an den Pergamenten zu arbeiten. Catcott sei mißtrauisch geworden und verlange die Herausgabe der Originale. Peters Warnung vor dem riskanten Betrug schlägt Thomas in den Wind. Gemeinsam preisen sie ihr Ideal einer alle Konventionen außer Kraft setzenden Lebensweise. Für den Fall seines Scheiterns baut Chatterton auf Peters Pistole. Dessen Bitte, Elisabeth wieder fortzuschicken, weist Chatterton zurück: Beim Liebesakt mit dem Mädchen solle Peter an ihn denken. – Unter dem Eindruck der Nachricht, William Smith habe sich umgebracht, wirft Sarah Chatterton ihrem Sohn Mitschuld an dessen Selbstmord vor. Diese Anschuldigung zurückweisend, verlangt Thomas außer sich vor Schmerz, Williams Leichnam zu sehen; er befürchtet, daß Williams als Anatom dilettierender Vater die Leiche seines Sohnes sezieren werde. Resigniert überläßt Sarah ihren Sohn sich selbst. Thomas sehnt sich danach, endlich einmal zu weinen: ein Moment der Introspektion, dem Worte Arthur Rimbauds zugrunde liegen. Chatterton fährt entsetzt auf, als plötzlich William im Zimmer steht. Nicht er, sondern Peter habe sich umgebracht. Elisabeth habe den Vater aufgesucht, mit der Nachricht, sie sei schwanger. Ihr Doppelverhältnis zu Peter und Thomas sei damit aufgeflogen. Nach einer heftigen Auseinandersetzung mit dem Vater habe sich Peter in den Mund geschossen. William beklagt den Tod des Bruders, sein Stolz habe ihn vernichtet. Williams Bemerkung, daß Peter im Gewölbe unter der Kirche beigesetzt werde, bringt Chatterton die ähnlichen Begräbnisumstände Peter Damian Smitys ins Gedächtnis und verstärkt sein Bedürfnis, den Leichnam zu sehen. Der sei inzwischen, so William, schon im Zinnsarg eingelötet. William händigt Chatterton Peters Pistole aus und bekräftigt, daß er auch jetzt noch zu ihm stehe.

Der Chorknabe Master Cheney trägt während der Introduktion zum II. Teil ein Lied Chattertons vor. Danach tritt eine gegen Chatterton gerichtete Ankläger-Phalanx der Herren Catcott, Burgum, Lambert und Barrat auf den Plan. Lambert empört sich über Selbstmorddrohungen Chattertons, von denen eine in Testamentform abgefaßt sei, er wirft ihm einen liederlichen Lebenswandel, eine auf vorgebliches Dichtertum sich berufende Arroganz vor, außerdem die Verstümmelung und Entwendung alter Folianten. Schließlich kündigt er Chatterton fristlos und macht sich wutschnaubend davon. Hatte William zuvor den Anwalt vor Handgreiflichkeiten gegenüber Chatterton gewarnt, so beruhigt er nun den bedrängten Freund mit dem Hinweis auf seine neu gewonnene Freiheit. Dieser freilich sieht für sich in Bristol keine Zukunft. Um so weniger, als die übrigen Herren Chatterton sein dichterisches Talent abstreiten und folglich die Erfindung Rowleys und seiner Schriften nicht zutrauen. Bevor sie sich unter Beschimpfungen des angeblichen Rowley-Plagiators fortmachen, läßt der geschäftstüchtige Catcott allerdings durchblicken, daß er bereit sei, Chatterton die gefälschten Papiere abzukaufen. Der aber will nach London, um sie dort unter eigenem Namen veröffentlichen zu lassen. Chattertons Weggang nach London beinhaltet aber den Abschied von William. Lieber verzichtet William ganz auf den Freund, als im Verzicht auf seine unmittelbare Nähe mit ihm verbunden zu bleiben. Als Chatterton William schmerzlich bewegt durch die Türe nacheilen will, steht Aburiel vor ihm, der ihm sein Scheitern ankündigt. – Chatterton teilt sich in London mit der Prostituierten Nancy und dem Strichjungen Arran ein Zimmer. Der Boden ist mit zerrissenen Papieren übersät, Zeugnisse von Chattertons schriftstellerischem Scheitern. Während Nancy sich für die Straße zurechtmacht, weckt er Arran. Madame Angel, Chattertons mannstolle Zimmerwirtin, tritt ein und verlangt die Begleichung der ausstehenden Miete. Seine Schulden könne Chatterton auch auf die »gewohnte Art« aus der Welt schaffen. Doch er verweigert sich. Die Angel, auf Bezahlung am morgigen Tage pochend, verzieht sich. Nancy kann Chattertons Abfuhr für die Vermieterin nicht verstehen, und so gesteht er ihr, geschlechtskrank zu sein. Nachdem Nancy gegangen ist, kleidet sich Arran an und zeigt sich um Chatterton besorgt. Aber auch er muß jetzt hinaus auf die Straße. Chatterton bleibt allein zurück. Es besteht kein Zweifel, daß er seinem Leben ein Ende setzen wird.

Stilistische Stellung

Der Sachverhalt, daß der Opernerstling eines jungen Komponisten das Scheitern eines genialischen Jungdichters zum Inhalt hat, mag zwar zu Spekulationen über biographische Bezüge zwischen Werk und Autor Anlaß geben. Werkrelevant daran ist lediglich, daß das eruptiv nach einem Ventil suchende Ausdrucksbedürfnis des Bühnenhelden in der Ausdrucksfähigkeit des Komponisten seine adäquate Antwort findet, wie an Pintschers farbenreichem, komplex strukturiertem Orchestersatz und den zwischen emphatischer Gesangslinie, Sprechgesang und Sprechen lavierenden Vokalpartien ohrenfällig wird. Für die Musik ergibt sich daraus bezüglich des Titelhelden ein identifikatorisches Anliegen: Mit seismographischer Genauigkeit verzeichnet sie die Umbrüche in Chattertons zwischen kühler Intellektualität und hitziger Emotionalität sich aufreibender Persönlichkeit. Damit kehrt Pintschers Tonsprache zum einen mit expressiver Kraft, zum andern in differenzierter Sensibilität Chattertons psychotisches Innenleben nach außen. Mit unerbittlicher Stetigkeit – nicht zuletzt dank der atmosphärisch ungeheuer suggestiven Überleitungsmusiken zwischen den Szenen – verfolgt der Komponist den in die Erkenntnis des Scheiterns führenden Leidensweg dieses berufenen, aber nicht erwählten jungen Genies, das sich im ohnmächtigen Aufbegehren gegen eine repressive und deshalb mit zynischer Verachtung behandelte Alltäglichkeit in einen zwar für die künstlerische Kreativität förderlichen, nichtsdestoweniger hoch problematischen Subjektivismus flüchtet. Demgemäß tut sich in Chattertons Abwendung von der Lebenswirklichkeit eine nekrophile Neigung kund, die den düsteren Grundton dieser Partitur nachhaltig prägt. Die dramaturgische Perspektive des Stückes wird insbesondere in der Gestalt Aburiels evident: Wie auch die Erscheinungen aus dem 15. Jahrhundert, ist sie nichts anderes als Chattertons Kopfgeburt, sein Alter ego, das aus ihm herausgetreten ist, um ihn zu schonungsloser Selbstanalyse zu zwingen. Da nun also die Musik die subjektive Wahrnehmung der Titelfigur umsetzt, werden all jene Protagonisten, die auf Chattertons Ablehnung stoßen, zu Karikaturen oder gar zu Schreckbildern verzerrt. Borniert und dünkelhaft erscheint die Bristoler Altherrenriege, nicht weniger grotesk sind die Frauengestalten gezeichnet, die keifende Madame Angel, die gefühlskalte Nancy und die hysterische Mutter. Die Kehrseite von Chattertons Geringschätzung der Außenwelt ist der Verlust der Mitmenschlichkeit. Schrankenlose Ichbezogenheit und hemmungslose Lebensgier zerstören seine Liebesfähigkeit. So schiebt Chatterton um eines rauschhaft gesteigerten Lebensgefühls willen die Liebe des einfältigen William, dessen Ichschwäche im Klageduktus seines Melos anrührend zum Tragen kommt, beiseite – zugunsten von sexuellen Ausschweifungen, deren selbstzerstörerische Antriebe sich schließlich in Chattertons Geschlechtskrankheit manifestieren. Weil die einheitliche Perspektive über die gesamte Oper hinweg gewahrt bleibt, teilt sich ›Thomas Chatterton‹ als ein Werk von beeindruckender innerer Geschlossenheit mit. Damit eröffnete gerade der Verzicht auf den Perspektivenwechsel Pintscher jene kompositorischen Freiräume, die aus Hans Henny Jahnns Tragödie keine durch Klänge illustrierte *Literatur*oper, sondern ein wirkliches *Musik*drama machten. Nicht zuletzt deshalb, weil der Komponist am Paradigma der Sprachfähigkeit musikalischen Materials festhält, weshalb es sich bei aller Avanciertheit zu nachvollziehbarer poetischer Klangrede formt.

Textdichtung
Keine 18 Jahre alt, setzte der englische Dichter Thomas Chatterton Anno 1770 seinem Leben ein Ende und wurde nach seinem Tode zu einer romantischen Symbolgestalt genialen jugendlichen Scheiterns. Hans Henny Jahn machte ihn in seinem letzten vollendeten Bühnenwerk zum Titelhelden einer 1956 von Gustaf Gründgens in Hamburg uraufgeführten Tragödie, die – so der Autor – »der geschichtlichen Wirklichkeit nachgezeichnet« sei. Indem der Librettist Claus H. Henneberg die ziemlich umschweifige fünfaktige Dramenvorlage auf sieben Szenen komprimierte, stellte er zum einen – etwa durch Striche im weiblichen Personal – die ohnehin kaum verhohlene homosexuelle Komponente der Liebeshandlung heraus. Zum anderen kürzte er insbesondere dort, wo Jahn nach Art einer historischen Milieustudie Chattertons psychopathologischen Zustand aus den soziokulturellen Zeitumständen erklärt hatte. Zwar zitiert der Komponist vor der 4. Szene ein als anonymer Text überliefertes »Graffito« aus dem 18. Jahrhundert und zu Beginn des II. Teils während des Tableaus »Air« ein Originalgedicht Chattertons, überdies in einem von Jahn mitgeteilten Generalbaß-Satz. Gleichwohl ist historische Rekonstruktion kein hervorstechendes Charakteristikum dieser Oper, denn deren Thema ist ja nicht Chattertons Zeitbedingtheit, sondern seine Befindlichkeit. Und so wird Chatterton, losgelöst von seiner geschichtlichen Wirklichkeit, für den Komponisten zum Bruder im Geiste Arthur Rimbauds: Weshalb Pintscher ihm in dem in die 5. Szene eingefügten »Tableau integrant« Worte aus Rimbauds »Veillées« in den Mund legt.

Geschichtliches
1993 hatte Matthias Pintscher der Auftrag erreicht, für die Sächsische Staatsoper in Dresden

seine erste Oper zu schreiben. 1996 zeichnete die Körber-Stiftung den Komponisten für ›Thomas Chatterton‹ mit dem Preis für Opernkomposition aus. Am 25. Mai 1998 wurde das Werk in der Semperoper in einer Inszenierung Marco Arturo Marellis und unter der Leitung von Marc Albrecht erfolgreich uraufgeführt und mit viel Kritikerlob bedacht. Von den Interpreten erhielt insbesondere Urban Malmberg in der Titelrolle große Anerkennung. Im Mai 2000 zog die Volksoper Wien mit einer ›Chatterton‹-Produktion (Regie: Tilman Knabe, Bühnenbild: Alfred Peter, musikalische Leitung: Oswald Sallaberger) abermals mit Urban Malmberg in der Titelpartie nach.

R. M.

Ildebrando Pizzetti

* 20. September 1880 in Parma, † 13. Februar 1968 in Rom

Murder in the Cathedral
(Assassinio nella cattedrale; Mord im Dom)

Tragödie in zwei Akten mit einem Zwischenspiel. Text von Ildebrando Pizzetti nach Alberto Castellis italienischer Übertragung des Versromans ›Murder in the Cathedral‹ von T. S. Eliot.

Solisten: *Erzbischof Thomas Becket* (Seriöser Baß, auch Baßbariton, gr. P.) – *Ein Herold* (Tenor, kl. P.) – *Erster Priester* (Lyrischer Tenor, m. P.) – *Zweiter Priester* (Seriöser Baß, m. P.) – *Dritter Priester* (Seriöser Baß, m. P.) – *Erster Versucher / Erster Ritter* (Lyrischer Tenor, m. P.) – *Zweiter Versucher / Zweiter Ritter* (Lyrischer Bariton, m. P.) – *Dritter Versucher / Dritter Ritter* (Seriöser Baß, auch Charakterbaß, m. P.) – *Vierter Versucher / Vierter Ritter* (Seriöser Baß, auch Charakterbaß m. P.) – *Erste Chorsolistin* (Sopran, kl. P.) – *Zweite Chorsolistin* (Mezzosopran, kl. P.).
Chor: Frauenchor (gr. Chp.), Männerchor (m. Chp.), Kinderchor (kl. Chp.).
Ort und Zeit: Canterbury am 2., 25. und 29. Dezember 1170.
Schauplätze: Die Kathedrale von Canterbury.
Orchester: 2 Fl., Picc., 3 Ob., Eh., 2 Kl., Bkl., 2 Fag., Kfag., 4 Hr., 3 Trp., 3 Pos. (III. auch Bt.), Schl. (2 Spieler), Hrf., Str.
Gliederung: Zwei durchkomponierte Akte und ein Zwischenspiel.
Spieldauer: Etwa 70 Minuten.

Handlung

Als Kanzler am Hof des englischen Königs führte Thomas Becket mit strenger Hand die Befehle seiner Majestät aus. Nach seiner Ernennung zum Erzbischof allerdings erkannte er die Autorität des Königs nicht mehr an und stellte sich ausschließlich in den Dienst Gottes, was zum unweigerlichen Bruch mit dem Königshaus führte. Sieben Jahre lebte der Erzbischof daraufhin im Exil. Als am 2. Dezember 1170 ein Herold vor der Gemeinde verkündet, daß die Rückkehr Beckets unmittelbar bevorsteht, ist das durch seine lange Abwesenheit geschwächte Volk voller Vorfreude. Der Herold läßt wissen, der Erzbischof komme gleichermaßen mit Stolz und Schmerz in seine Heimat zurück, aber auch im Bewußtsein seiner Rechte und der ihm gewissen Liebe seiner Gemeinde. Er habe Einigkeit mit dem Heiligen Vater und dem König von Frankreich erzielt, den offenen Dissens mit dem englischen König scheue er nicht. Als Becket selbst erscheint, trübt die Angst vor den Konsequenzen seiner Unbeugsamkeit die Freude des Volkes. Der Erzbischof ruft den Frieden und das Ende der Leiden aus, das die Gemeinde durch aktives Handeln und Abkehr vom stummen Ertragen erreichen könne. Er segnet die Frauen, die sich mittellos dem Schicksal ausgeliefert fühlen. Obwohl sie ihn anflehen, ins sichere Frankreich zurückzukehren, betritt Becket den Erzbischofspalast. In seinen Gemächern dankt er den drei Priestern der Kathedrale für den Empfang. Er läßt sie an einer düsteren Vorahnung seiner nahen Zukunft teilhaben und bleibt dann allein zurück. In der Kontemplation wird Becket von vier Versuchern gestört, die seine Integrität und Charakterstärke herausfordern. Der erste versucht ihn mit der weltlichen Lust, der zweite möchte ihn zur Wiederaufnahme des Kanzleramts bewegen, der dritte sieht ihn als Anführer des Adels im Komplott zum Sturz des verhaßten Königs. Aber weder niedere Gelüste noch Geltungssucht und Rache lassen den Erzbischof hadern – nur der vierte Versucher, der ihm die Möglichkeit, durch die alltägliche Aufopferung in der Priesterarbeit den Status eines Märtyrers und damit die höchste himmlische Ehre zu erreichen vor Augen führt, um dadurch die höchste himmlische Ehre zu erreichen, läßt den Erzbischof kurz mit sich ringen. Aber selbst sein geheimes Streben, ein Heiliger zu werden, kann ihn nicht von seinem Weg abbringen; er widersteht allen Versuchungen und bittet Gott um den Beistand seines Schutzengels.

Am Weihnachtsmorgen hält der Erzbischof vor der Gemeinde seine Predigt. Gereinigt von allem weltlichen Verlangen erklärt er die Suche nach dem Licht der Wahrheit fortan zu seiner obersten Priorität, die er durch die Versenkung in Gebet und heilige Lehren zu verfolgen gedenkt. Vier Tage später klagt eine Frau in der Kathedrale: Die Weihnacht habe keinen Frieden gebracht; einzig der Tod im Herrn könne der ewig streitsüchtigen Menschheit jetzt noch Seelenruhe bringen. Priester und Mönche erscheinen und preisen die Heiligen, darunter auch den Apostel Johannes. Das Auftauchen dreier Ritter des Königs unterbricht die Andacht. Als der Erzbischof diese anhört, werfen sie ihm Verrat am Königreich vor. Sie verlangen im Namen des Herrschers, daß der Bischof sich aufgrund seiner Taten wieder in die Verbannung zurückziehe. Der Erzbischof streitet alle Vorwürfe ab und schlägt das Ansinnen aus – er habe sich nichts vorzuwerfen, sein Gewissen sei rein. Die Ritter ziehen sich drohend zurück. In der Gemeinde breitet sich daraufhin Unbehagen aus: Die Frauen werden von dunklen Visionen befallen, und die Geistlichen bitten den Erzbischof, sich in Sicherheit zu bringen. Becket ist sich jedoch keiner Gefahr bewußt, sein Vertrauen auf Gott ist unerschütterlich. Er sieht sein Ende erst kommen, nachdem seine irdischen Aufgaben erfüllt sind. Die Priester zerren ihn mühsam ins Innere der Kathedrale und veranlassen das Schließen der Domtore zur Abendmesse. In seiner Hybris fordert Becket, die Tore wieder zu öffnen und so dringen die vier Ritter des Königs erneut in das Gotteshaus ein, um dem Bischof ein Ultimatum zu stellen: Wenn er den Exkommunizierten Absolution erteile, seiner Macht entsage und sich vollständig in den Dienst des Königs stelle, werde er verschont. Becket lehnt ab, woraufhin die Gesandten des Hofes über ihn herfallen und ihn erstechen. Dem Entsetzen der Gemeinde begegnen die Ritter mit Zynismus und erklären, Becket habe die Tat mit seinem herausfordernden Verhalten provoziert. Es handele sich sozusagen um »Selbstmord aufgrund von Geistesgestörtheit«. In der Gemeinde schwillt ein bestürzter Hymnus an, der den Erzbischof als heiligen Thomas bittet, für die Hinterbliebenen zu beten.

Stilistische Stellung

Pizzetti gilt als der einflußreichste unter den konservativen Komponisten Italiens im 20. Jahrhundert. Er hat die modalharmonischen Grundlagen nie aufgegeben und sich zu so gut wie jeder avantgardistischen Strömung seines Heimatlandes in seinen musiktheoretischen Publikationen kritisch geäußert, von der »giovane scuola« um Mascagni, Puccini und Giordano bis hin zur engagierten Bewegung um Nono. Für seinen Kompositionsstil blieben daher frühe Studien zur Musik der griechischen Antike, der Gregorianik und der Opern Monteverdis prägend. Unter Hinzunahme gelegentlicher impressionistischer Einfärbung liegt auch in seiner wohl bekanntesten Oper, ›Murder in the Cathedral‹, der Fokus auf den ausdrucksstarken und farbigen Chorpartien sowie den elaboriert geführten Gesangslinien der Solisten. Ganz im Dienste des Dramas ist dabei jeder Affekt unmittelbar aus dem Geschehen ableitbar, der Verzicht auf Ornamentik verleiht dem Werk zusätzlich eine straffe Konsistenz.

Textdichtung

Nachdem Pizzetti zuvor überwiegend selbst für die Textvorlagen seiner musiktheatralen Werke verantwortlich zeichnete, entschied er sich mit ›Murder in the Cathedral‹ von T. S. Eliot für eine vergleichsweise radikale Abkehr von seinen bisherigen Gewohnheiten. Die Übertragung der zwischen existentiellem Drama und machtkritischem Lehrstück irisierenden Vorlage ins Italienische von Alberto Castelli diente dem Komponisten als willkommene Ergänzung seiner farblichen Palette, die ansonsten überwiegend antike oder klassische Stoffe beinhaltet. Ausschlaggebend für die Auswahl dürfte vorrangig die Anlage des Textes gewesen sein, die mit ihrem stark religiös-moralischen Sujet, der hohen Fallhöhe der Hauptfigur und vielen Möglichkeiten zum musikalischen Affekt sehr genau Pizzettis dramatischem Verständnis entspricht. Zusätzlich dürfte besonders reizvoll gewesen sein, daß es sich bei Thomas Becket um eine historische Figur handelt. Eine weitere Lesart ergibt sich vor dem Hintergrund, daß sich Pizzetti zu Zeiten Mussolinis als engagierter Verfechter des Faschismus inszenierte: Eliots Bühnenwerk wurde 1935 uraufgeführt und thematisiert auf einer zweiten Ebene auch die Frage nach der Verantwortung der »mitlaufenden Masse« im Hinblick auf das Erstarken des faschistischen Nationalismus – 1958 konnte Pizzetti in der Bearbeitung des Stoffes möglicherweise Reue über seine frühere Haltung zum Ausdruck bringen.

Geschichtliches
Die Uraufführung fand am 1. März 1958 im Teatro alla Scala in Mailand unter der Leitung von Gianandrea Gavazzeni statt. In Italien war die Oper von Beginn an sehr erfolgreich, wurde im Ausland aber nur selten ins Programm genommen. Als Geheimtip für Freunde elegischer Chorpartien hat sie sich über die Jahre einen Namen gemacht und wird in jüngster Zeit häufiger gespielt. Nennenswerte Neuinszenierungen kamen etwa 2011 an der Oper Frankfurt oder 2013 in der San Diego Opera in englischer Sprache auf die Bühne – für die Rückübersetzung des Textbuchs ins Englische konnten Pizzetti und der Librettist Geoffrey Dunn Anfang der 1960er Jahre sogar T. S. Eliot selbst gewinnen.

P. K.

Amilcare Ponchielli
* 31. August 1834 in Paderno Fasolaro bei Cremona, † 16. Januar 1886 in Mailand

La Gioconda
Oper in vier Akten. Text nach Victor Hugo von Tobia Gorrio [= Arrigo Boito].

Solisten: *La Gioconda*, Straßensängerin (Jugendlich-dramatischer Sopran, gr. P.) – *Die Blinde*, ihre Mutter (Tiefer Alt, m. P.) – *Enzo Grimaldo*, ein genuesischer Fürst (Jugendlicher Heldentenor, gr. P.) – *Alvise Badoero*, ein hoher Inquisitionsbeamter (Seriöser Baß, gr. P.) – *Laura*, seine Frau (Dramatischer Mezzosopran, gr. P.) – *Barnaba*, ein Spitzel (Heldenbariton, auch Charakterbariton, gr. P.) – *Zuane*, ein Gondoliere (Baß, auch Bariton, kl. P.) – *Isepo*, ein öffentlicher Schreiber (Tenor, kl. P.) – *Ein Bootsmann* (Baß, auch Bariton, kl. P.) – *Ein Sänger* (Baß, auch Bariton, kl. P.) – *Ein Steuermann* (Baß, auch Bariton, kl. P.) – *Ein Kirchendiener* (Bariton, auch Baß, kl. P.).
Chor: Priester und Mönche – Schiffsleute – Edelleute – Masken – Matrosen und Schiffsjungen – Straßensänger – Volk (gemischter Chor, m. Chp.).
Ballett: Furlana im I. Akt, »Tanz der Stunden« im III. Akt.
Ort: Venedig.
Schauplätze: Im Hof des Dogenpalastes – Auf einer Insel in der Lagune – In der Ca d'Oro – In einem verfallenen Palast auf der Insel Giudecca.
Zeit: Im 18. Jahrhundert, während des Karnevals.
Orchester: 3 Fl., 2 Ob., 2 Kl., 2 Fag. – 4 Hr., 4 Trp., 3 Pos., Tuba – P., Schl., Glsp., Org., Hrf. – Str. – Bühnenmusik.
Gliederung: Vorspiel, 21 Musiknummern.
Spieldauer: Etwa 2¾ Stunden.

Handlung
Venedig feiert den Karneval. Das Volk und die Masken drängen sich vor San Marco und vor dem Dogenpalast. Am Rande des Trubels steht – bekümmert – der Spion Barnaba. Er liebt die Straßensängerin Gioconda, doch sie hat ihn mehrfach abgewiesen. Er will nun sein Ziel mit List erreichen und sieht auch schon eine Gelegenheit: Gioconda nähert sich mit ihrer alten blinden Mutter dem Dome. Dort bittet sie sie zu warten, weil sie nach ihrem geliebten Enzo sehen will. Das Volk, das einer Regatta zugeschaut hat, kommt zurück. Barnaba nähert sich dem unterlegenen Gondoliere Zuane und redet ihm ein, er habe verloren, weil die alte blinde Hexe die Gondel verzaubert habe. Die aufgebrachte Menge will die vermeintliche

Hexe zum Scheiterhaufen schleppen, als Alvise Badoero, ein mächtiger Ratsherr und hoher Inquisitionsbeamter, auf dem Wege zur Messe in San Marco mit seiner jungen Frau Laura vorbeikommt und dem wilden Treiben Einhalt gebietet. Laura macht ihn aufmerksam auf den Rosenkranz in den Händen der alten Frau und auf ihre offensichtliche Unschuld und erreicht so deren Freilassung. Zum Dank dafür schenkt die Alte Laura ihren Rosenkranz. Inzwischen war auch Gioconda mit Enzo aufgetaucht, um der Mutter beizustehen. Barnaba sieht seinen Plan gescheitert, sich der Mutter zu bemächtigen, um damit die Tochter unter Druck zu setzen, aber er beobachtet befriedigt, daß Laura in Enzo – trotz seines Schiffergewandes – jenen genuesischen Fürsten Grimaldo wiedererkennt, den sie geliebt hatte, bevor man sie zur Ehe mit dem älteren Alvise Badoero zwang. Enzo war ihr nach Venedig gefolgt, jedoch von den Behörden ausgewiesen worden. Als alles zur Messe in die Kirche geht, bleibt Enzo zurück: Barnaba nähert sich ihm, deckt sein Inkognito auf und bietet ihm zugleich an, ein Rendezvous mit Laura zu vermitteln. Enzo ist außer sich vor Freude und wird auch nicht mißtrauisch, als ihm Barnaba gesteht, daß er als Spitzel der venezianischen Inquisition arbeite und ihm nur helfe, weil er sich an der Gioconda rächen will und sich erhofft, eine Untreue Enzos sei für die Sängerin ein größerer Schmerz als sein Tod oder seine Verbannung. Enzo geht, nachdem er mit Barnaba verabredet hat, er wolle Laura am Abend auf seinem in der Lagune liegenden Schiff treffen und dann mit ihr fliehen. Barnaba diktiert einen Denunziationsbrief und wirft ihn in die »bocca di leone«, das Löwenmaul im Hofe des Dogenpalastes. Die aus der Kirche zurückkehrende Gioconda hat alles mit angehört; sie ist verzweifelt über die Untreue des geliebten Enzo.

Enzo erwartet an Bord seines Schiffes die geliebte Laura. Die Mannschaft bereitet alles für eine schnelle Abfahrt vor. Barnaba kommt, in Verkleidung eines Fischers, und inspiziert unauffällig die Größe und Bewaffnung des Schiffes. Dann bringt er Laura zum verabredeten Stelldichein. Die Liebenden treffen sich zu einem leidenschaftlich-verzückten Wiedersehen. Dann verläßt Enzo die Geliebte, um die letzten Vorbereitungen zur Abreise zu treffen. Die von der Aufregung überwältigte Laura bittet die Jungfrau Maria um Kraft. Da erscheint plötzlich die rasende Gioconda; in einem leidenschaftlichen Duett wetteifern die beiden Rivalinnen um ihre Liebe zu Enzo. Gioconda will die Nebenbuhlerin erstechen, als sie in deren Händen den Rosenkranz der Mutter sieht. Zugleich nähert sich ein Boot mit Lauras Ehemann Alvise, den Barnaba verständigt hat. Gioconda sieht, daß Laura es war, die durch ihre Fürsprache ihre Mutter gerettet hat; aus der zornigen Rivalin wird sie zum Schutzengel und verhilft Laura zur Flucht. Als Enzo wieder an Deck erscheint, enthüllt ihm Gioconda den Verlauf der Sache. Sie rät ihm, ebenfalls zu fliehen; doch er will bleiben und der Gefahr ins Auge sehen. Als die Venezianer das Schiff angreifen, setzt er es selbst in Brand und springt ins Meer.

In seinem goldenen Palast, der Ca d'Oro, sinnt Alvise Badoero, der sich in seiner Ehre verletzt fühlt, auf Rache. Er hat für den Abend zu einem großen Fest geladen und will den versammelten Gästen Laura präsentieren – tot, denn sie soll sich vergiften. Er ruft seine Frau, klagt sie der Untreue an und befiehlt ihr, eine Phiole mit Gift auszutrinken, bevor das heitere Lied, das vom Canal Grande heraufdringt, verklungen sei. Dann verläßt er sie. Laura ist verzweifelt, sie will nicht sterben, sieht aber keinen Ausweg. Da erscheint Gioconda, die beschlossen hat, Laura um Enzos Willen zu retten. Sie vertauscht die Phiolen und reicht Laura einen Trank, der einen totenähnlichen Schlaf erzeugt. Alvise begrüßt seine Gäste zum Fest und präsentiert in einer prachtvollen Ballettaufführung den »Tanz der Stunden«. Auch Gioconda ist unter den Gästen. Da erscheint Barnaba mit der Mutter Giocondas, die er im Palast entdeckt hat, weil sie für die Seele eines Sterbenden beten wolle. In diesem Augenblick ertönt eine Totenglocke, und Barnaba enthüllt Enzo, der sich heimlich ebenfalls Zutritt zum Fest verschafft hat, die Glocke läute für Laura. Alvise berichtet seinen entsetzten Gästen von der Untreue und der Vergiftung Lauras und enthüllt ihren leblosen Körper auf einem Katafalk im Nebenzimmer. Enzo will sich auf ihn stürzen, wird aber von den Wachen überwältigt.

Gioconda ist in ihre Behausung in einem alten verfallenen Palazzo auf der Insel Giudecca zurückgekehrt. Freunde bringen ihr die aus dem Grab geborgene scheintote Laura, und durch Freunde hat sie auch Enzo hierher bestellt. Sie hat seine Freilassung aus dem Gefängnis erreicht, weil sie Barnaba versprach, sie wolle sich ihm hingeben. Vor der scheintot daliegenden Laura widerstreiten in ihr noch einmal die Gefühle von Haß und Liebe; sie will selbst sterben und erwägt, Laura ebenfalls zu töten, doch sie widersteht der Versuchung. Enzo gerät außer sich, als er erfährt, Gioconda habe die Leiche Lauras stehlen lassen; er dringt in sie, ihm zu sagen, wo sich Laura befinde, sonst wolle er sie töten. Doch da erwacht Laura, und Gioconda enthüllt, alle ihre Pläne hätten nur dazu gedient, dem Paar die Flucht aus Venedig zu ermöglichen. Ein Boot trifft ein, die Liebenden stammeln Dank und Lebewohl. Kurz nach ihrer Abfahrt erscheint Barnaba, um seinen Lohn abzuholen. Gioconda versucht, Zeit zu gewinnen, indem sie vorgibt, sie wolle sich für ihn schön machen, doch dann ersticht sie sich vor seinen Augen. Der sich betrogen fühlende Barnaba schreit ihr noch ins Ohr, er habe ihre Mutter in der Lagune ertränkt, doch dieser Schmerz erreicht sie nicht mehr.

Stilistische Stellung
Ponchiellis einzige erfolgreiche Oper steht stilistisch zwischen der Verdi-Nachfolge und ersten veristischen Anklängen; sie ist zudem, mehr noch als die Werke Giuseppe Verdis, in ihren auf venezianische Lieder und Tänze zurückgehenden Chören eine ausgesprochene Volksoper mit großen, effektvollen Massenszenen und leidenschaftlich-dramatischen Soloauftritten.

Textdichtung
Das Libretto fußt auf Victor Hugos ›Angelo, Tyrann von Padua‹; den gleichermaßen effektvollwirkungsvollen wie in seinen übertriebenen Gefühlen und düsteren Schauerfiguren fragwürdigen Text verfaßte Arrigo Boito, jedoch benutzte er (als Anagramm seines Namens) das Pseudonym Tobia Gorrio. Der Text bietet ausreichend Chancen für kontrastreiche Musik und ist auch – akzeptiert man seine gattungsbedingten Voraussetzungen – in sich schlüssig, doch die Häufung von Schauereffekten und der Zusammenprall allzu edler und allzu schurkischer Charaktere mag dort, wo es auf szenische Glaubwürdigkeit ankommt, der Verbreitung im Wege stehen – andererseits ließe sich Gleiches sicherlich auch von Puccinis ›Tosca‹ sagen.

Geschichtliches
Eine Reihe von lokalen Erfolgen und die auf einen Text von Antonio Ghislanzoni geschriebene Oper ›I Lituani‹ (nach Adam Mickiewicz), die 1874 mit Erfolg an der Scala herauskam, ebneten dem damals schon achtunddreißigjährigen Komponisten den Weg zu seinem theatralischen Meisterwerk. Die Premiere am 8. April 1876 am Teatro alla Scala in Mailand war durchaus ein Erfolg, doch der Premierentermin am Ende der Spielzeit verhinderte eine höhere Zahl von Aufführungen. 1880 wurde sie – in einer überarbeiteten Fassung – erneut an der Scala vorgestellt, danach fand sie Eingang in die Spielpläne auch außerhalb Italiens: sie wurde 1882 in Santiago de Chile, 1883 in St. Petersburg, London, Barcelona, Budapest und New York und am 5. Mai 1884 in Wiesbaden zur deutschen Erstaufführung herausgebracht. Während das Werk außerhalb Italiens eher selten auf den Spielplänen erscheint, gehört es in Italien (zumal in der Arena von Verona) fest zum Repertoire. Die Ballettmusik vom »Tanz der Stunden« hat über die Oper hinaus große Popularität errungen.

W. K.

Francis Poulenc

* 7. Januar 1899 und † 30. Januar 1963 in Paris

Les dialogues des Carmélites
(Die Gespräche der Karmeliterinnen)

Oper in drei Akten (12 Bilder). Dichtung vom Komponisten nach Georges Bernanos.

Solisten: *Marquis de La Force* (Heldenbariton, auch Charakterbariton, m. P.) – *Blanche*, seine Tochter (Lyrischer Sopran, gr. P.) – *Der Chevalier*, sein Sohn (Lyrischer Tenor, auch Jugendlicher Heldentenor m. P.) – *Madame de Croissy*, Priorin (Dramatischer Alt, auch Dramatischer Mezzosopran, m. P.) –

Madame Lidoine, die neue Priorin (Jugendlich-dramatischer Sopran, gr. P.) – *Mutter Marie*, Novizenmeisterin (Dramatischer Mezzosopran, auch Dramatischer Sopran, gr. P.) – *Schwester Constance*, Novizin (Soubrette, auch Lyrischer Sopran, gr. P.) – *Mutter Jeanne* (Alt, kl. P.) – *Schwester Mathilde* (Mezzosopran, kl. P.) – *Der Beichtvater des Karmel* (Lyrischer Tenor, m. P.) – *Zwei Kommissare* (Tenor, Bariton oder Bass, kl. P.) – *Ein Offizier* (Bariton, kl. P.) – *Kerkermeister* (Baß, kl. P.) – *Thierry*, Diener (Bariton, kl. P.) – *Jalevinot*, Arzt (Bariton, kl. P.) – *Eine Frauenstimme aus der Kulisse* (Sopran, kl. P.) – *Zwei alte Frauen* (Sprechrollen, kl. P.) – *Ein alter Herr* (Sprechrolle, kl. P.), *Schwester Anne de la Croix, Schwester Gérald, Die Schwester Küsterin, 2 Kommissare, 2 Wachen, 2 Offiziere* (Stumme Rollen).
Chor: 11 Karmeliterinnen (m. Chp.) – Männer und Frauen aus dem Volk (kl. Chp.).
Orte: Paris und Compiègne.
Schauplätze: Die Bibliothek des Marquis de la Force. Sprechzimmer des Karmel von Compiègne. Ein Arbeitsraum im Kloster. Krankenzelle – Klosterkapelle. Vor dem Zwischenvorhang. Kapitelsaal. Vor dem Zwischenvorhang. Sprechzimmer. Sakristei – Klosterkapelle. Vor dem Zwischenvorhang. Die geplünderte Bibliothek des Marquis de la Force. Vor dem Zwischenvorhang: In der Nähe der Bastille. Eine Gefängniszelle in der Conciergerie. Vor dem Zwischenvorhang. Platz der Revolution.
Zeit: 1789–1794.
Orchester: Picc., 2 Fl., 2 Ob., Eh., 2 Kl., Bkl., 3 Fag. (3. auch Kfag.), 4 Hr., 3 Trp., 3 Pos., Bt., Pk., Schl. (Schellentrommel, kl. Tr, gr. Tr., Peitsche, Wbl., Crotales, Schellen, Triangel, Becken, Tamtam, Schalenglöckchen, Glocken, Glsp., Xyl.), Cel., 2 Hrf., Klav., Str. – Bühnenmusik: Glocken, Guillotine.
Gliederung: Durch instrumentale Überleitungsmusiken miteinander verbundene, bis auf eine Sprechszene durchkomponierte Szenenfolge.
Spieldauer: Etwa 2½ Stunden.

Handlung

Der Marquis de la Force ist in seiner Bibliothek eingenickt und fährt aus dem Schlaf auf, als sein Sohn hereintritt. Der sorgt sich um seine Schwester Blanche, die von einem Bekannten in ihrer Kutsche gesehen worden sei, umringt von einer aufgebrachten Volksmenge. Von dieser Nachricht beunruhigt, erinnert sich der Marquis an die traurigen Umstände von Blanches Geburt: Ihre Mutter war nämlich anläßlich der Hochzeit des Dauphins in eine von einem Feuerwerk verursachte Massenpanik geraten. Zwar konnten Soldaten die traumatisierte Frau noch aus ihrer Karosse befreien und nach Hause bringen. Dort aber verstarb die Marquise, als sie Blanche das Leben schenkte. In Blanches Wesen aber haben sich die damaligen Ereignisse eingeprägt. Von Geburt an ist sie von einer Furchtsamkeit gepeinigt, die Blanches Bruder als existentielle Daseinsangst begreift, die der Vater hingegen als kindlich-pubertäre Überempfindlichkeit herunterzuspielen versucht. Als Blanche wohlbehalten von ihrer Ausfahrt zurückkehrt, gelingt es ihr nur mühsam, vor Vater und Bruder den überstandenen Schreck zu verbergen. Vor dem Abendessen will sie sich zurückziehen, um ein wenig auszuruhen. Plötzlich ertönt ein Schrei: Blanche hat sich vor dem Schatten des Dieners Thierry erschrocken, als dieser im Begriff war, in ihrem Zimmer die Kerzen zu entzünden. Blanche nimmt den Vorfall zum Anlaß, um vom Vater die Erlaubnis für den Eintritt ins Kloster der Karmeliterinnen zu erhalten. Nur dort glaubt sie sich vor den Bedrohungen der Außenwelt sicher. Der Marquis will einer gewissenhaft getroffenen Entscheidung seiner Tochter nicht im Wege stehen. Blanche aber drängt nicht aus Gewissensgründen auf die Hilfe des Vaters, sondern um dem unerträglichen Zustand unablässiger Furcht endlich zu entfliehen. Wenige Wochen später bittet Blanche im Sprechzimmer des Karmel zu Compiègne die Priorin Madame de Croissy, eine von schwerer Krankheit gezeichnete Frau, um Aufnahme in den Orden. Blanches vorgeblichen Beweggrund einer heroischen Lebensführung weist die Priorin verächtlich zurück, da das Gebet die einzige Aufgabe des Ordens sei. Ebensowenig läßt sie Blanches wirkliche Motivation, nämlich im Karmel Zuflucht vor der Welt zu finden, gelten. Doch die Priorin zeigt sich gerührt, als sie von dem Mädchen erfährt, wie es sich als Novizin nennen würde: »Schwester Blanche von der Todesangst Christi«. Blanche und ihre Mitnovizin Constance de Saint Denis sind im Kloster mit Hausarbeiten beschäftigt. Constance schwelgt in fröhlichen Erinnerungen an die Hochzeit ihres Bruders. Blanche findet derlei Plaudereien unangebracht, da nicht weit von ihnen die Priorin im Sterben liege. Indem sich Constance bereit zeigt, ihr Leben für das der Ehrwürdigen Mutter hinzugeben, entspinnt sich zwischen den Novizinnen ein Gespräch über den Tod, wobei Blanche

Constances heitere Schicksalsergebenheit unbegreiflich ist. Noch mehr schockiert sie Constances Aufforderung zu einem förmlichen Gelöbnis, um sich Gott als Ersatz für die todkranke Priorin anzubieten. Vollends verunsichert wird Blanche von Constances Vorahnung, daß sie beide gemeinsam jung sterben würden. Im Krankenzimmer wartet die Priorin schwer leidend auf den Tod und wird von ihrer Stellvertreterin Mutter Marie de l'Incarnation betreut. Mit Entsetzen beobachtet die Priorin ihr eigenes Sterben und glaubt sich von Gott verlassen. Sie erkundigt sich bei Mutter Marie nach Blanche, die ihr als jüngstes Mitglied des Konvents besonders ans Herz gewachsen ist, deren Labilität ihr aber Anlaß zur Sorge gibt. Mutter Marie muß der Priorin bei Gehorsamspflicht versprechen, Blanche in ihre fürsorgliche Obhut zu nehmen. Blanche empfängt von der Sterbenden den Abschiedssegen und wird hierbei ermahnt, sich ihres furchtsamen Wesens nicht zu schämen. Es sei nämlich sündhaft, gegen eine von Gott gegebene Charakteranlage ankämpfen zu wollen. Nachdem Blanche das Zimmer verlassen hat, verlangt die Priorin von ihrem Arzt vergeblich nach einer Medizin, die es ihr erlaubt, gemäß der Sitte sich von der klösterlichen Gemeinschaft zu verabschieden. Mutter Marie wiederum tut alles, um das verzweifelte Sterben der Priorin, die in einer Wahnvorstellung das Kloster geplündert und verlassen sieht, vor den Schwestern geheimzuhalten. Mit letzter Kraft lehnt sich die Priorin gegen diese Bevormundung auf, als plötzlich Blanche wie in Trance ans Sterbebett tritt. Noch einmal versucht die Priorin sich in ihrer Todesnot Blanche zuzuwenden. Als sie endlich ausgelitten hat, vergräbt Blanche weinend das Gesicht in den Bettlaken.

Die Leiche der Priorin liegt offen aufgebahrt in der Klosterkapelle. Es ist Nacht, Constance und Blanche halten Totenwache. Constance geht, um die Wachablösung zu holen. Blanche bleibt allein zurück und wird von Angst überwältigt. Sie will ins Freie fliehen, doch in der Tür steht Mutter Marie und fordert Auskunft darüber, warum Blanche ihren Posten verlassen habe. Indem sie die Ursache von Blanches Fehlverhalten erkennt, besänftigt die Novizenmeisterin ihren Zorn und erteilt dem verschüchterten Mädchen für die künftigen Nachtwachen Dispens. Vor dem Vorhang: Die beiden Novizinnen sind auf dem Weg zum Grab der Priorin, um es mit Blumen zu schmücken. Constance hofft, daß Mutter Marie zur Nachfolgerin von Madame de Croissy gewählt werde. Deren schlimmer Todeskampf wiederum ist für Constance ein Rätsel; einer so gottesfürchtigen Frau wie der Verstorbenen wäre ein leichteres Ende doch angemessener gewesen. Ob sie für andere habe leiden müssen? Blanche verwundert sich über Constances Überlegung, daß jemand stellvertretend für andere Todespein aufgebürdet bekäme. Die Karmeliterinnen haben sich im Kapitelsaal versammelt und geloben der neuen Priorin Gehorsam. Gewählt wurde indessen nicht Mutter Marie de l'Incarnation, sondern Madame Lidoine, die sich in einer Ansprache an die Ordensschwestern wendet. Darin bedauert sie den Tod ihrer Vorgängerin, deren umsichtige Führung gerade in der neuen, revolutionären Zeit vonnöten wäre. Nicht das Martyrium sei die angemessene Reaktion auf die veränderten politischen Verhältnisse, sondern das Festhalten des Ordens an seiner eigentlichen Aufgabe: dem Gebet. Mutter Marie wird von der neuen Priorin dazu aufgefordert, den vorgegebenen Kurs zu bestätigen. Gemeinsam singen die Nonnen das Ave Maria. Vor dem Vorhang: Heftiges Klingeln schreckt das Kloster auf. Mutter Marie meldet Blanches Bruder, den Chevalier de la Force, der vor seiner Flucht ins Exil noch einmal seine Schwester zu sehen wünscht. Die Priorin erlaubt angesichts der besonderen Umstände den Bruch der Regel und weist Mutter Marie an, das Gespräch der Geschwister unbemerkt mitzuverfolgen. Im Sprechzimmer beschwört der Chevalier de la Force seine Schwester, zum Vater zurückzukehren; bei den Karmeliterinnen sei sie nicht mehr sicher. Blanche aber sieht sich unauflöslich dem Karmel verbunden und gibt vor, im Kloster ihre Angst verloren zu haben. Obwohl der Chevalier ihr dies nicht abnimmt, muß er sich dem festen Willen seiner Schwester beugen. Nachdem er gegangen ist, bricht Blanche zusammen. Mutter Marie beruhigt sie. In der Sakristei sind die Karmeliterinnen und ihr Beichtvater zu einer letzten gemeinsamen Messe zusammengekommen. Er teilt ihnen mit, daß er seines Amtes enthoben sei und untertauchen müsse. Bevor er sich zum Gehen wendet, verspricht der Kaplan Blanche, den Kontakt zum Kloster heimlich weiter aufrechtzuerhalten. Während die Karmeliterinnen aufgrund der um sich greifenden Priesterverfolgungen über die Konsequenzen für ihren Orden diskutieren, weist die Priorin Mutter Marie zurecht, die fordert, aktiv das Martyrium anzustreben. Indessen kehrt der Kaplan eilends zurück, nur knapp konnte er der Gefangennahme entgehen. Er flieht durch eine Seitentür, als von draußen der Mob lautstark Einlaß verlangt. Mutter Marie läßt öffnen. Revolutionskommissare treten ein und ordnen die Auflösung des Klosters an. Mutter Maries resolute Verhandlungsführung bringt einen der Kommissare dazu, sich als heimlicher Parteigänger der Katholiken zu offenbaren. Er ist bereit, die Besetzung des Klosters durch eine Patrouille zu verhindern. Danach sind die Nonnen wieder unter sich; Mutter Jeanne informiert sie über die unmittelbar bevorstehende Abreise der Priorin nach Paris. Jeannes Blick fällt auf die völlig verängstigte Blanche. Um das Mädchen zu ermutigen, legt sie Blanche die Christus-Statuette des Kleinen Königs der Ehre, die sonst nur zu Weihnachten von Zelle zu Zelle getragen wird, in die Arme. Doch Blanche läßt die Figur vor Schreck fallen, als von draußen das Revolutionslied »Ah! Ça ira!« hereintönt.

In der verwüsteten Klosterkapelle sind in Abwesenheit der Priorin die Karmeliterinnen zu einem konspirativen Treffen mit ihrem Beichtvater zusammengekommen. Mutter Marie schlägt der Versammlung vor, das Gelübde der Blutzeugenschaft abzulegen. Vorbehalte weiß sie auszuräumen, indem über ihren Vorschlag geheim abgestimmt und die Eidesleistung von der einhelligen Zustimmung aller abhängig gemacht werden soll. An einer einzigen Gegenstimme droht das Gelübde zu scheitern. Nicht ohne Grund haben die Schwestern Blanche, die mit augenscheinlichem Entsetzen den bisherigen Verlauf der Zusammenkunft verfolgt hat, in Verdacht. Doch um Blanche zu schützen und um das Gelübde zu retten, behauptet Constance, die Gegenstimme sei von ihr gekommen. Jetzt aber wolle sie sich dem Eid der übrigen anschließen. Blanche und Constance sind die ersten, denen der Beichtvater den Schwur aufs Evangelium abverlangt. Danach flieht Blanche, unbemerkt von den andern, aus dem Kloster. Vor dem Vorhang: Die Nonnen mußten ihren Habit gegen zivile Kleidung wechseln. Ein Offizier äußert sich wohlwollend über die Fügsamkeit der neuen »Bürgerinnen«, die gleichwohl weiterhin mit der Beaufsichtigung durch den Staat zu rechnen hätten. Die Priorin weist Schwester Gérald an, den Beichtvater aufzusuchen, um sicherheitshalber eine verbotene Messfeier abzusagen. Mutter Marie ist mit der vorsichtigen Haltung ihrer Vorgesetzten nicht einverstanden und fühlt sich bekennerhaft an ihr Gelübde gebunden. Doch die Priorin setzt ihre Verantwortlichkeit für alle über das individuelle Gelöbnis jeder einzelnen der Ordensschwestern. Die Bibliothek des Marquis de la Force wurde geplündert und zu einer Feuerstelle umfunktioniert, an der sich Blanche in der Verkleidung einer Magd zu schaffen macht. Mutter Marie hat sie aufgesucht, um sie zurückzuholen. Blanche scheint wie paralysiert, seit ihr Vater vor wenigen Tagen unter der Guillotine hingerichtet wurde. Blanches Elend bewegt Mutter Marie, der Verzweifelten eine sichere Zufluchtsadresse zu nennen, wo sie auf sie warten werde. Doch Blanche will bleiben. Als eine ungeduldige Frauenstimme nach ihr ruft, macht sich Blanche davon. Vor dem Vorhang: In einer Straße bei der Bastille erfährt Blanche, daß die Karmeliterinnen von Compiègne verhaftet worden seien. Die Nonnen haben ihre erste Nacht in einer Gefängniszelle der Conciergerie verbracht. Die Priorin spricht ihren Schützlingen Mut zu und schließt sich nun ihrem Gelübde an, das sie stellvertretend für alle vor Gott verantworten will. Als das Gespräch auf Blanche kommt und Constance sich von ihrer Rückkehr überzeugt zeigt, quittieren die Schwestern Constances naiv anmutende Hoffnung mit Gelächter. Der Kerkermeister tritt herein und verkündet den Nonnen das Todesurteil. Die Priorin ist darüber zutiefst bekümmert, daß sie die Schwesternschaft vor dem Fallbeil nicht hat bewahren können, und verpflichtet die Nonnen mit ihrem mütterlichen Segen aufs Martyrium. Vor dem Vorhang: Der Beichtvater unterrichtet Mutter Marie von der Verurteilung ihrer Mitschwestern. Als sie zu ihnen eilen will, hält der Priester sie zurück. Er macht ihr deutlich, daß Gott offenbar nicht sie, sondern nur die übrigen Ordensschwestern zu Märtyrerinnen bestimmt habe. Die Karmeliterinnen sind zur Hinrichtung auf den Platz der Revolution gekarrt worden, vom Blutgerüst ist der untere Teil sichtbar. In der gaffenden Menge befindet sich mit Jakobinermütze auf dem Kopf der Beichtvater, der den Todeskandidatinnen murmelnd die Absolution erteilt. Nachdem er verstohlen das Kreuz über sie geschlagen hat, verliert er sich im allgemeinen Gedränge. Angeführt von der Priorin schreiten die fünfzehn Karmeliterinnen, das Salve Regina singend, aufs Schafott zu. Da eine nach der andern unterm Beil fällt, wird der Gesang immer dünner, bis bald nur noch die Stimmen von Mutter Jeanne und Constance zu vernehmen sind. Als Constance schließlich alleine weitersingt, hält sie einen Moment lang freudestrahlend inne: Ihr letzter Gruß gilt ihrer Freundin Blanche, die sich durch die Menge den Weg hinauf zum Schafott bahnt. Die Angst ist aus Blanches Zügen gewichen. Mit den Schlußversen des Pfingsthymnus auf den Lippen, setzt sie den Gesang ihrer hingerichteten Schwestern fort. Nach Blanches Tod verstreut sich die Menge.

Stilistische Stellung

Zwar spielen Poulencs 1957 an der Mailänder Scala uraufgeführte ›Gespräche der Karmeliterinnen‹ zur Zeit der Französischen Revolution. Gleichwohl sind sie insofern ein Zeitstück, als sich in ihnen eine Wertediskussion widerspiegelt, die in der Nachkriegszeit aufgrund einer tiefen Verstörtheit geführt wurde: Hatte doch der Nazi-Terror offenbar werden lassen, wie fragil das moralisch-ethische Fundament abendländischer Zivilisation im Grunde ist. Demnach wird in Poulencs Oper jüngst erlebte Vergangenheit in die Zeit der Schreckensherrschaft durch den jakobinischen Wohlfahrtsausschuß zurückprojiziert, wobei dem Katholizismus – ohnehin die religiöse Heimat des Komponisten – die Bedeutung eines Tertium comparationis zukommt: als epochenübergreifender Garant für ein verbindliches Wertesystem. Gleichwohl wird die Wiedergewinnung humaner Normen von Poulenc nicht nur als ein für die fünfziger Jahre des letzten Jahrhunderts charakteristisches Zeitgeist-Thema abgehandelt. Vielmehr prägt das Ringen um menschliche Würde in einem repressiven, vor tödlicher Verfolgung nicht zurückschreckenden staatlichen System Poulencs Figuren bis ins Mark – von den distanziert und sogar ironisch dargestellten Parteigängern der Revolution einmal abgesehen. Übers Religiöse hinausweisend, wird so die Gemeinschaft der Karmeliterinnen einer verrohten Gesellschaft als Modellfall gelebter Mitmenschlichkeit gegenübergestellt, ohne deshalb die Spannungsgegensätze unter den Nonnen auszublenden. Insbesondere im ambivalenten Verhältnis der Mutter Marie zu ihren Vorgesetzten wird dieses Konfliktpotential wahrnehmbar, wenn etwa Mutter Maries bekennerhafter Heroismus auf die Schlichtheit Madame Lidoines trifft, der es in geradezu mütterlicher Fürsorglichkeit um die Rettung der ihr anvertrauten Schwesternschaft zu tun ist. Damit ist gesagt, daß Poulencs Musik trotz aller religiösen Versatzstücke, die in Glockenschlag und lateinischem Chorgesang anklingen, nicht Hagiographie betreibt. Obwohl sich die Gespräche der Karmeliterinnen ums Martyrium drehen, wird religiöse Verklärung von Tod und Leid nicht verteidigt, sondern problematisiert. Bezeichnenderweise gelangt das Sterben der alten Priorin in schonungsloser Entsetzlichkeit zur Darstellung. Ebensowenig beruht die kathartische Wirkung des Schlußtableaus auf einem religiösen Klischee. Denn Poulencs vor der Hinrichtung stehende Nonnen zelebrieren keinen Gottesdienst, sondern sie singen, um Haltung zu bewahren, als die durchweg spürbare Todesangst kaum mehr beherrschbar scheint und die Frauen um ihre Würde zu bringen droht. Zugleich ist ihr Salve Regina Ausdruck solidarischer Verbundenheit; und so geht auch Blanche aus Freundschaft in den Tod, um Constance in der Einsamkeit des Sterbens beizustehen. Poulenc hat dieses Werk dem Andenken seiner Mutter gewidmet. Darüber hinaus hat er es Debussy, Monteverdi, Verdi und Mussorgskij dediziert. Es liegt also nahe, die epische Anlage des Stückes als Bilderfolge oder Poulencs Kunst orchestraler Glockenimitatorik mit Mussorgskij in Verbindung zu bringen. Ebenso hat Poulenc mit Verdi in der Dominanz des Vokalen gegenüber dem Orchestralen eine Gemeinsamkeit. Aber das Melos der Gesangspartien, das zwischen Rezitativ und Arioso changierend den Sprachfluß des Französischen geschmeidig nachvollzieht, läßt sich gleichermaßen auf Debussy rückbeziehen, wie es Monteverdis Verdienste um eine Neuregelung des Wort-Ton-Verhältnisses ins Gedächtnis ruft. Die »romanische Clarté« der Partitur läßt hingegen nur bedingt Einflüsse von Debussy erkennen. Um so deutlicher sind die Spuren, die die romantische Tradition Frankreichs in der Orchestrierung hinterlassen hat. Wie sich am Marsch zum Schafott vor dem Schlußbild zeigt, scheint sogar der Poulenc eher fernstehende Berlioz mit dem 4. Satz »Gang zum Hochgericht« aus der ›Symphonie fantastique‹ inspirierend in die Oper hineingewirkt zu haben. Ohnehin ist metrisch starre (Marsch-)Bewegung – wie auch das hämmernde Gleichmaß des Glockengeläuts – die ganze Oper hindurch mit dem katastrophenstrebigen Fortschreiten der Zeit verknüpft. Als Klangchiffre des Todes weist Poulenc damit der konduktenhaften Gangart im Orchesterpart eine Funktion zu, die den Vergleich mit einer Berliozschen Idée fixe nahelegt. Hinzu kommen leitmotivische Bezüge, die sich allerdings nicht in der Art Wagners zu einem symphonischen Gefüge vernetzen. Erhellt der auf kompositorische und formale Kriterien gerichtete Vergleich zwischen Poulenc und seinen vier Widmungsträgern also nur Teilaspekte des Werkes, so zielt eine wirkungsästhetische Betrachtungsweise, die die Wahrnehmung auf die Art der Menschendarstellung richtet, ins Herz der Oper. Denn allen diesen Komponisten ist gemeinsam, daß sie sich in der ergreifenden Darstellung des leidenden Menschen hervorgetan haben. Und gerade Poulenc erreicht hierin eine Unmittelbarkeit, die in der Opernproduktion der 1950er Jahre selten zu finden ist. Aufgrund solcher Wirkungsintensität sind die nach der Uraufführung geäußerten Vorbehalte, die aufgrund tonaler Strukturen eine konservative kompositorische Grundhaltung bemängelten, inzwischen als letztlich nebensächliche Kritikpunkte erkannt worden.

Textdichtung

Das Libretto beruht auf einem Geschehen, das sich tatsächlich zugetragen und am 17. Juli 1794 in Paris sein katastrophales Ende gefunden hat. Damals gingen sechzehn Karmeliterinnen aus Compiègne singend in den Tod, als sie auf der Barrière de Vincennes durch die Guillotine exekutiert wurden. 1906 wurden sie durch Papst Pius X. als Märtyrerinnen selig gesprochen. 1931 erschien Gertrud von Le Forts Novelle ›Die Letzte am Schafott‹, in der die Autorin als einzige fiktive Gestalt die ihre Angst überwindende Blanche de la Force der Schwesternschaft von Compiègne hinzufügte. Georges Bernanos schuf nach Le Forts Erzählung 1947 ein Drehbuch, das allerdings erst 1959 mit Jeanne Moreau in der Hauptrolle unter dem deutschen Titel ›Opfergang einer Nonne‹ verfilmt wurde. Nach dem Tode des Autors machte sein Freund Albert Béguin aus Bernanos' Manuskript das Bühnenstück ›Die begnadete Angst‹, das 1951 in Zürich herauskam. Nachdem Francis Poulenc von der Mailänder Scala einen Kompositionsauftrag – ursprünglich zu einem Ballett über die heilige Margareta von Cortona – erhalten hatte, entschied er sich 1953 für eine Vertonung von Bernanos' Drama, da er das Ballettprojekt nicht weiter verfolgen wollte. Freilich wurde Poulenc in seiner Mitte 1956 abgeschlossenen Arbeit an der Komposition durch eine unerquickliche Auseinandersetzung mit dem amerikanischen Schriftsteller Emmet Lavery behindert, der von Gertrud von Le Fort die ausschließlichen Rechte zur Dramatisierung ihrer Novelle erhalten hatte. Für die Uraufführung am 26. Januar 1957 an der Mailänder Scala übersetzte Flavio Testi Poulencs auf Bernanos' Text basierendes Libretto aus dem Französischen.

Geschichtliches

Nach der Mailänder Uraufführung (Dirigent: Nino Sanzogno, Regie: Margareta Wallmann) wurde Poulencs Oper bald an den bedeutendsten Bühnen der Welt nachgespielt. In Frankreich hatte sie an der Opéra Paris unter der musikalischen Leitung von Pierre Dervaux im Juni 1957 in einer auch auf CD dokumentierten Starbesetzung (Blanche: Denise Duval, Madame Lidoine: Régine Crespin, Madame de Croissy: Denise Scharley, Mére Marie: Rita Gorr) Premiere. Diese vier Sängerinnen machten sich auch in späteren Produktionen um das Stück verdient, wobei Régine Crespin 1977 an der New Yorker Metropolitan Opera und Rita Gorr (Toronto 1997 und Essen 1998) in die Charakterrolle der Madame de Croissy wechselten. Die Partie der Blanche wiederum wurde von einigen der angesehensten lyrischen Sopranistinnen übernommen (Irmgard Seefried: Wien 1959, Kiri Te Kanawa: London 1968, Felicity Lott: London 1983). Die deutsche Erstaufführung fand 1957 in Köln unter der Regie Erich Bormanns statt, gesungen wurde in deutscher Sprache. Nach zurückgehenden Aufführungszahlen in den 1970er Jahren erlebte Poulencs Oper weltweit eine Renaissance. Inzwischen ist sie zum Repertoirestück geworden, nicht zuletzt aufgrund engagierter Produktionen auch an kleineren Häusern. So fand etwa im März 2000 Anthony Pilavachis innerhalb einer monotonen Mauerwelt spielende Interpretation am Freiburger Theater große Beachtung, weil sie im Verzicht auf Revolutionsfolklore das Martyrium der Karmeliterinnen als »das endgültige Ausbrechen aus allen Staats-Strukturen« (Heinz W. Koch) inszenierte.

R. M.

La voix humaine (Die menschliche Stimme)

Tragédie lyrique in einem Akt. Dichtung von Jean Cocteau.

Solistin: *Eine junge Frau* (Lyrischer Sopran, auch Jugendlich-dramatischer Sopran, auch Lyrischer Mezzosopran, gr. P.).
Ort: Das Schlafzimmer einer Frau. Links ein zerwühltes Bett, rechts eine halb geöffnete Tür zu einem weißen, hell erleuchteten Badezimmer. Vor dem Souffleurkasten ein niedriger Stuhl und ein kleiner Tisch, darauf das Telefon und eine Tischlampe, »von der ein grausames Licht ausgeht« (Jean Cocteau).
Zeit: Mitte des 20. Jahrhunderts oder etwas früher.
Orchester: 2 Fl. (I. auch Picc.), Ob., Eh., 2 Klar., Bkl., 2 Fag., 2 Hr., 2 Tr., Pos., Tuba, P., Schl. (Becken, Tamburin, Xyl.), Hrf., Str. [Poulenc hat auch die reine Klavierbegleitung autorisiert].
Gliederung: Durchkomponierte musikalische Großform.
Spieldauer: Etwa 40 Minuten.

Handlung

Eine junge Frau, nachdem ihr langjähriger Liebhaber sie plötzlich verlassen hat, um eine andere zu heiraten: Vergeblich hat sie versucht, sich das Leben zu nehmen. Nun wartet sie auf seinen Telefonanruf. Diese letzte Aussprache zwischen den beiden ist Inhalt des Stückes, wobei der Redeanteil des Geliebten nur aus den Reaktionen der jungen Frau erschlossen werden kann. Gleiches gilt für die Störungen in der Telefonleitung, die sich aus den Widrigkeiten des damaligen Fernsprechsystems in Frankreich ergeben und die mehrfach das Gespräch unterbrechen. Zu Beginn liegt die Frau – so Cocteau – »wie ermordet« auf dem Boden. Als das Telefon klingelt, greift sie hastig nach dem Hörer. Eine fremde Dame meldet sich, die sich erst durch die wiederholte Einschaltung der Telefonistin aus der Leitung drängen läßt. Danach hat die junge Frau endlich ihren Geliebten am Apparat, der vorgibt, von zu Hause aus anzurufen. Sie wiederum macht ihn glauben, daß sie am Abend zuvor eine Tablette genommen habe, um besser einschlafen zu können; gemeinsam mit ihrer Freundin Marthe habe sie gefrühstückt, tagsüber sei sie ausgewesen und seit zehn Minuten wieder zu Hause. Sie ist damit einverstanden, ihm seine und ihre Liebesbriefe zu überlassen. Bereitwillig akzeptiert sie seine mit Komplimenten verbrämten, entschuldigenden Ausführungen. Sie hat beschlossen, stark zu sein, ihm den Abschied so leicht wie möglich zu machen und ihn von aller Verantwortung für das von ihm so plötzlich beendete Liebesverhältnis freizusprechen. Offenbar aber nimmt er wahr, daß seine verstoßene Geliebte hinter dem Anschein einer gelassenen Haltung nur das verzweifelte Ringen um Fassung verbirgt. Allenfalls gibt sie zu, daß es ihr schwerfällt, alleine zu schlafen. Sie führt sich die Gestalt des Geliebten vor Augen, wie er – nicht anders als früher – in lässiger Haltung von seinem Schreibtisch aus mit ihr telefoniert. Sie selbst aber sei, wie sie betrübt bemerkt, seit der Trennung gealtert. Plötzlich ist die Verbindung unterbrochen. Die junge Frau veranlaßt das Fräulein vom Amt, ihren Geliebten unter seiner Telefonnummer zurückzurufen. Doch nun wird ihr deutlich, daß er sie belogen hat: Sein Diener Joseph ist nämlich am Apparat und erklärt, sein Herr sei nicht zu Hause und werde des Abends auch nicht mehr zurückerwartet. Unabhängig davon meldet sich ihr Geliebter gleich darauf wieder. Immer noch mißtraut er ihrer angeblichen Gefaßtheit. Und so gibt sie zu, was in der Nacht zuvor wirklich geschehen ist: Sie habe aus Liebeskummer Schlaftabletten genommen und aus Angst vor dem Sterben ihre Freundin Marthe verständigt, die daraufhin mit einem ersten Hilfe leistenden Arzt erschienen sei. Obwohl aus dem Telefonhörer im Hintergrund spielende Tanzmusik dringt, läßt die junge Frau ihren Gesprächspartner im Glauben, seine Lüge über seinen angeblichen Aufenthaltsort nicht durchschaut zu haben. Um so eindringlicher gibt sie ihm zu verstehen, daß sie nun als verlassene Geliebte vor dem Nichts stehe. Denn während der fünf Jahre ihres Verhältnisses habe sie ausschließlich für ihn gelebt. Selbst ihr Hund sei seit der Trennung wie verwandelt: Er verhalte sich ihr gegenüber aggressiv und verweigere die Nahrung. Sie selbst wiederum hat in einem autodestruktiven Akt alle ihre Porträtfotografien zerrissen. Abermals wird das Telefongespräch gestört: vermutlich wieder die Dame, die anfangs aus der Leitung komplimentiert worden ist. Sie hat Teile des Gesprächs mitgehört und mokiert sich nun zum Ärger des belauschten Paares darüber. Nachdem die junge Frau ihren Geliebten zwar dahingehend beruhigt hat, sich nicht ein zweites Mal umbringen zu wollen, erzürnt sie ihn durch den dezenten Hinweis darauf, daß sie sich über seine Lüge im Klaren ist. Abrupt bricht der Kontakt ab. Verzweifelt wartet sie darauf, daß ihr Geliebter noch einmal anruft. Bald darauf ist er wieder am Apparat, versöhnt durch ihr Verzeihen, da sie hinter seiner Unaufrichtigkeit eine Notlüge zu ihrem Schutze vermutet. Sie erfährt von ihm, daß er gemeinsam mit seiner zukünftigen Frau in den nächsten Tagen nach Marseille reisen werde; er muß ihr versprechen, dort nicht in jenem Hotel abzusteigen, in dem sie früher immer übernachtet hatten. Schon zuvor hat sie sich das Telefonkabel um den Hals geschlungen, nun legt sie sich samt Apparat ins Bett. Nach einem letzten Liebesbekenntnis aus ihrem Munde bricht die Verbindung endgültig ab, der Hörer fällt auf die Erde.

Stilistische Stellung
Mit dem Einakter ›La voix humaine‹ hat der Komponist im Geiste des 20. Jahrhunderts ein operntheatralisches, französisches Pendant zu Robert Schumanns romantischem Liederzyklus ›Frauenliebe und Leben‹ geschaffen. Hier wie dort spricht sich eine Frau aus, die ihr Selbstwertgefühl ausschließlich aus der Fixierung auf den Partner bezieht. Die fatale Konsequenz daraus ist, daß nach dem Verlust des geliebten Mannes keine der beiden Frauen noch eine Lebensperspektive hat. Doch während sich Schumanns trauernde Witwe in die Erinnerung flüchtet, macht Poulencs verschmähte Geliebte ihrem sinnlos gewordenen Leben ein Ende. Da die dem Stück zugrunde liegende Situation im ursprünglichen Wortsinn ein Ferngespräch ist, erlebt der Beobachter einen einseitigen Dialog. Denn lediglich die junge Frau ist ja präsent; einzig aus ihrem Verhalten und aus ihren Worten kann rekonstruiert werden, was sie beim Telefonieren hört. Ihre Wahrnehmung ist damit quasi ein Filter, der der Wahrnehmung des Beobachters vorgeschaltet ist. Für die Musik ergeben sich daraus verschiedene dramatische Funktionen. Zum einen ist sie Geräusch, das durch das Xylophon das Klingeln des Telefons simuliert, oder Lautverstärker, als Jazzmusik der jungen Frau den wirklichen Aufenthaltsort ihres Geliebten verrät. Zum andern aber spiegelt sich in der Musik, wie sich das, was die Protagonistin aus dem Telefonhörer erfährt, auf sie auswirkt. Auf diese Weise entsteht ein tönendes Psychogramm, das minutiös den Zusammenbruch der jungen Frau dokumentiert. Dem unvollständigen Dialog via Musik den Anschein eines Zwiegesprächs zu geben, ist also nur Mittel zum Zweck. Denn letztlich zielt die Musik auf theatralische Überhöhung, so daß sich die alltägliche Situation eines Telefonats zum Monodrama verwandelt, zur Tragödie der verlassenen Geliebten, für die zum Anfang der Operngeschichte Claudio Monteverdi mit dem ›Lamento d'Arianna‹ (1608) die paradigmatische Szene geschaffen hat. Nun ist aber der Verlauf des Stückes nicht geradlinig, sondern gemäß dem aufgewühlten Innenleben der jungen Frau von Gedankensprüngen und jähen Stimmungswechseln geprägt. Die weithin rezitativische, oft genug sogar unbegleitete Deklamation, die den natürlichen Sprachfall des Textes in bewunderungswürdiger Geschmeidigkeit in sich aufnimmt, wird hierbei gleichsam zu einer Fieberkurve, an der sich die psychische Befindlichkeit der Protagonistin ablesen läßt. In expressiven Gesten bricht sich ihr Kummer Bahn, in lyrisch ausgreifendem Melos hängt sie ihren glücklichen Erinnerungen nach. Gerade diese Passagen sind in puccineske Klangvaleurs gehüllt und tonal grundiert. Ebenso ist Tonalität latent wahrnehmbar, wenn die junge Frau ihrem Todesverlangen Ausdruck gibt, wobei sich gegen Schluß der orchestrale Gestus bis in die pathetisch punktierte Rhythmik eines Kondukts verfestigt. Hingegen scheut der Komponist, obwohl er den Primat der Singstimme nie außer acht lässt, vor dissonanten, grellen Wendungen und spröder, prägnant rhythmisierter Motivik nicht zurück, sobald sich die Akteurin der Trostlosigkeit ihrer Situation bewußt wird. Somit fungieren die Störungen in der Telefonleitung – ohnehin ein Sinnbild gestörter Kommunikation – und die Teilnahmslosigkeit der unerwünschten Gesprächsteilnehmer als Katalysatoren, um die enttäuschte Liebende schonungslos und schlagartig mit der Wirklichkeit eines Lebens ohne den Geliebten zu konfrontieren. Bleibt schließlich festzuhalten, daß Poulenc mit ›La voix humaine‹ trotz eines rhapsodischen Formverlaufs ein Werk von großer Geschlossenheit gelungen ist: nicht zuletzt, weil der Orchesterpart leitmotivisch vernetzt ist, ohne allerdings eine durchweg eindeutige hermeneutische Verankerung im Text anzustreben.

Textdichtung
Poulencs Textvorlage war ursprünglich ein Sprechstück aus der Feder Jean Cocteaus, das am 17. Februar 1930 an der Comédie Française in

Paris uraufgeführt und überdies 1948 von Roberto Rossellini mit Anna Magnani als Darstellerin verfilmt wurde. Außer einigen Strichen ließ Poulenc den Text unangetastet. Nichtsdestoweniger ergibt sich aus der musikalischen Umsetzung gegenüber dem Sprechstück ein wichtiger Unterschied und zwar im Hinblick auf die Funktion der titelgebenden »menschlichen Stimme«. Cocteau nämlich wollte sie als ein profanes Orakel verstanden wissen, das sich durchs Telefon verkündet und dessen Spruch über Leben und Tod der Akteurin entscheidet. In der Oper aber ist die Stimme entmystifiziert. Sie ist lediglich ein Vehikel, um die Protagonistin zu jenen Reaktionen zu veranlassen, die sich via Musik in der Art einer psychodramatischen Charakterstudie zum Porträt der verlassenen Geliebten zusammenfügen. Dennoch erachtete Cocteau die Opernfassung der ›Voix humaine‹ als verbindlich und verhalf ihr als Regisseur und Bühnenbildner im Februar 1959 in Paris an der Opéra-Comique unter der musikalischen Leitung von Georges Prêtre zur Uraufführung.

Geschichtliches
Zunächst war für das zwischen Februar und Juni 1958 komponierte Werk Maria Callas als Uraufführungsinterpretin ins Gespräch gebracht worden. Doch Poulenc entschied sich für Denise Duval, die das Werk bald nach der – übrigens auf CD dokumentierten – Pariser Premiere auch in Mailand an der Piccola Scala aus der Taufe hob. Edinburgh, Aix-en-Provence und Lissabon waren im Jahr darauf weitere Städte, in denen die Duval das Stück bekanntmachte. 1960 ging die Sängerin mit ›La voix humaine‹ auf Amerika-Tournee, begleitet von Poulenc als Klavierpartner. 1963 fand die deutsche Erstaufführung des Werkes in der Übersetzung von Peter Michael Jakob mit Gisela Knabbe als Darstellerin in Lübeck statt. Prominente Interpretinnen waren insbesondere Graziella Sciutti (Glyndebourne 1977), Magda Olivero (San Francisco 1980), Gwyneth Jones (Paris, Théâtre du Châtelet 1989), Elisabeth Söderström (Paris, Opéra-Comique 1989 und Edinburgh 1992) und Julia Migenes (Monte Carlo 1990). In den 1990er Jahren nahm sich darüber hinaus die experimentelle Theaterszene des Stückes an: So war ›La voix humaine‹ 1993 die erste Produktion der von Ursula Albrecht gegründeten Theatergruppe ›MusikTheaterKöln‹. Auch haben sich inzwischen konzertante Aufführungen etabliert: Im Jahr 2000 stand das Stück etwa in Genf mit Felicity Lott, in Wien mit Ingrid Habermann und in Köln mit Jennifer Ringo auf dem Konzertprogramm.

R. M.

Sergej Prokofjew

* 23. April 1891 in Sonzowka (Gouvernement Jekaterinoslaw), † 5. März 1953 in Moskau

Die Liebe zu den drei Orangen (Ljubow k trjom apelsinam)

Oper in vier Akten (zehn Bildern) und einem Vorspiel. Dichtung nach Carlo Gozzi vom Komponisten.

Solisten: *Der König Treff*, König eines imaginären Königreichs, kostümiert wie der Treffkönig im Kartenspiel (Seriöser Baß, auch Spielbaß, gr. P.) – *Der Prinz*, sein Sohn (Jugendlicher Heldentenor, gr. P.) – *Die Prinzessin Clarisse*, Nichte des Königs (Mezzosopran, auch Dramatischer Alt, m. P.) – *Leander*, Erster Minister, kostümiert wie der Piquekönig im Kartenspiel (Charakterbariton, auch Charakterbaß, m. P.) – *Truffaldino*, ein Spaßmacher (Spieltenor, auch Charaktertenor, gr. P.) – *Pantalon*, Höfling, Vertrauter des Königs (Kavalierbariton, auch Lyrischer Bariton, auch Charakterbariton, m. P.) – *Der Zauberer Tschelio*, Beschützer des Königs (Heldenbariton, auch Spielbaß, gr. P.) – *Fata Morgana*, Zauberin, Beschützerin Leanders (Dramatischer Sopran, gr. P.) – *Linetta* (Alt, kl. P.), *Nicoletta* (Mezzosopran, auch Sopran, kl. P.) und *Ninetta* (Lyrischer Sopran, m. P.), in Orangen verzauberte Prinzessinnen – *Die Köchin* (Charakterbaß [rauhe Stimme], kl. P.) – *Farfarello*, ein Teufel (Spielbaß, auch Charakterbaß, auch Baßbariton, kl. P.) – *Smeraldina*, eine Negerin

(Soubrette, auch Mezzosopran, kl. P.) – *Der Zeremonienmeister* (Tenor, kl. P.) – *Der Herold* (Baß, kl. P.).
Chor: Die Lächerlichen (5 Tenöre und 5 Bässe) – Die Tragischen (Bässe) – Die Komischen (Tenöre) – Die Lyrischen (Soprane und Tenöre) – Die Hohlköpfe (Alte und Baritone) – Die kleinen Teufel (Bässe) – Die Ärzte (Tenöre und Bässe) – Die Hofgesellschaft (ganzer Chor; Männerchor, gr. Chp., Frauenchor, m. Chp.).
Ballett: Die Mißgeburten. Die Fresser. Die Säufer. Die Wachen. Die Diener. Vier Soldaten (Stumme, z. T. tänzerische Rollen). – 2. Bild: Infernalischer Tanz der kleinen Teufel. 5. Bild: Pantomime der Mißgeburten, der Säufer und Fresser sowie der Hofgesellschaft.
Schauplätze: Vor dem Vorhang auf beiden Seiten des Proszeniums je ein Turm mit kleinen Balkonen und Balustraden – Saal im Königspalast – Vor einem kabbalistischen Vorhang – Wie 1. Bild – Zimmer des Prinzen – Der große Hof des Königspalastes – Wüste – Der Schloßhof der Zauberin Kreonta – Wie 6. Bild – Wie 2. Bild – Thronsaal im Palast des Königs.
Orchester: 2 Fl., 1 Picc., 2 Ob., 1 Eh., 2 Kl., 1 Bkl., 2 Fag., 1 Kfag., 4 Hr., 3 Trp., 3 Pos., 1 Bt., 2 Hrf., P., Schl., Str. – Bühnenmusik: 1 Baßpos., 3 Trp., 2 Pos., kl. Tr., Becken, Triangel, Hrf.
Gliederung: Durchkomponierte symphonisch-dramatische Großform.
Spieldauer: Etwa 2 Stunden.

Handlung

Im Proszenium erscheint vor dem noch geschlossenen Vorhang nacheinander je eine Gruppe von Anhängern der Tragödie (die Tragischen), der Komödie (die Komischen), des lyrischen Theaters (die Lyrischen) sowie des leichten Unterhaltungsstücks (die Hohlköpfe). Sie fordern nachdrücklich die Aufführung eines jeweils ihrem Geschmack zusagenden Stückes und geraten dabei in Streit. Da springen die Lächerlichen dazwischen. Sie treiben die Streitenden mit ihren großen Schaufeln zurück in die Kulissen. Mit Enthusiasmus verkünden sie sodann, ein echtes Theater zeigen zu wollen: ›Die Liebe zu den drei Orangen‹. Daraufhin begeben sie sich in die zu beiden Seiten des Proszeniums postierten Türme, um von den dort angebrachten Balkonen aus das Spiel anzusehen. Auf ihren Ruf: »Vorhang auf!« erscheint zunächst ein Herold, der nach einem Fanfarenstoß auf seiner Baßposaune verkündet, daß König Treff verzweifelt sei über seinen einzigen Sohn, den Erbprinzen, der an einer unheilbaren Krankheit, der Hypochondrie, langsam zu Tode sieche. Gespannt rufen die Lächerlichen dazwischen: »Jetzt geht es los!«
Der Vorhang hebt sich. Vor dem König sind die Ärzte versammelt. Sie zählen die lange Reihe der Leiden des Prinzen auf; die Diagnose lautet: unheilbare Hypochondrie. Der König ist gebrochen. Da erinnert ihn sein Vertrauter Pantalon daran, daß früher einmal die Ärzte sagten, es gäbe ein einziges Mittel gegen die Krankheit des Prinzen: Lachen. Der König ist pessimistisch. Aber Pantalon ruft kurzentschlossen den Spaßmacher Truffaldino herbei. Der König gibt diesem den Auftrag, Feste mit Maskeraden und lustigen Schwänken zu arrangieren, die den Prinzen zum Lachen bringen könnten. Leander, der Erste Minister, wird gerufen. Pantalon sieht es ungern, denn er weiß, daß Leander den Tod des Prinzen herbeiwünscht. Leander sucht sogleich dem König sein Vorhaben auszureden, aber dieser bleibt bei seinem Entschluß. – Vor einem kabbalistischen Vorhang erscheinen unter Blitz und Donner der mächtige Magier Tschelio, der Beschützer des Königs, und die Zauberin Fata Morgana, welche die verräterischen Pläne des Ministers Leander unterstützt. Kleine Teufel bringen einen Tisch mit Spielkarten herbei und stellen die hellleuchtenden Bilder des Treff- und Piquekönigs auf, das erstere hinter Tschelio, das letztere hinter Fata Morgana. Unter dem Geheule der Teufel machen Tschelio und Fata Morgana mehrere Spiele, bei denen der Magier stets verliert. Triumphierend verschwindet Fata Morgana, das leuchtende Bild des Piquekönigs im Arm, in die Erde, Tschelio folgt ihr mit dem inzwischen verdunkelten Bild des Treffkönigs nach. – Clarisse, die Nichte des Königs, verspricht Leander die Heirat, wenn der Prinz gestorben und sie des Thrones teilhaftig geworden sei. Sie ist unzufrieden mit Leander, weil er nicht schnell genug die Beseitigung des Prinzen herbeiführt. Leander hält es jedoch für richtig, langsam und vorsichtig, dafür aber mit um so sicherem Erfolg zu handeln: Er will dem Prinzen überaus tragische Prosa und martellianische Gedichte zur Nahrung geben, dann wird er eines Tages an hypochondrischem Alpdruck sterben. Begeistert stürzen die Tragischen mit dem Ausruf: »Tragödien! Tragödien!« aus den Kulissen, sie werden aber sogleich wieder von den Lächerlichen zurückgetrieben. Clarisse ist der Ansicht, man müsse zu anderen Mitteln greifen: Opium oder eine Kugel! Da eilt Truffaldino im

Narrengewand vorüber, hinter ihm eine Schar Diener mit Requisiten für ein Maskenfest. Clarisse und Leander werden von einer dumpfen Ahnung befallen: Am Ende könnte der Prinz vielleicht doch zum Lachen gebracht werden. In diesem Augenblick fällt klirrend eine Vase vom Tisch. Leander rückt den Tisch mit einem Fußtritt beiseite, unter ihm wird die kleine Negerin Smeraldina sichtbar. Leander glaubt sich belauscht, er will daher das Mädchen sofort dem Henker übergeben. Aber Smeraldina überbringt eine wichtige Kunde: Auf der Seite des Prinzen steht der Spaßmacher Truffaldino und dieser wird von dem Magier Tschelio inspiriert. Erregt fordert Clarisse Leander auf, sofort zu handeln: dem Prinzen Opium oder eine Kugel und Smeraldina an den Galgen! Smeraldina weiß jedoch ein Mittel gegen das Lachen: die Zauberin Fata Morgana; diese sei für Leander, und wenn sie beim Maskenfest erscheine, werde der Prinz nicht lachen. Mit erhobenen Armen rufen Smeraldina, Clarisse und Leander Fata Morgana an, beim Fest zu erscheinen.

Truffaldino sucht mit einem grotesken Tanz den Prinzen zu erheitern; vergeblich. Der Prinz ächzt und stöhnt, hustet und spuckt. Truffaldino findet, daß die Spucke des Prinzen moderig nach alten Versen rieche. Zornig werfen die Lächerlichen ein, das komme von den martellianischen Gedichten des Schurken Leander. Truffaldino fordert nun den Prinzen auf, sich für ein fröhliches Fest anzukleiden. Mit dem Ruf: »Komödien! Kömödien!« stürzen die Komischen auf die Bühne, sie werden aber gleich wieder von den Lächerlichen zurückgetrieben. In der Ferne ertönt der Königsmarsch. Truffaldino wirft Spucknapf und Medizinfläschchen zum Fenster hinaus. Eilig legt er dem sich verzweifelt wehrenden Prinzen einen Mantel um und trägt ihn auf seinen Schultern weg. – Vor versammeltem Hof beginnt das Fest zunächst mit einem Tanz der Mißgeburten. Die Hofgesellschaft applaudiert, aber der Prinz lacht nicht; er klagt und will fort. Als Nummer zwei der Veranstaltung werden nunmehr zwei Springbrunnen geöffnet. Aus dem einen kommt Öl und aus dem anderen Wein. Auf Truffaldinos Wink stürzen mit Krügen und Eimern die Fresser und Säufer herein und balgen sich um die Beute. Aber der Prinz lacht wieder nicht. Da erscheint Fata Morgana. Truffaldino tritt ihr entgegen und kommt mit ihr in ein Handgemenge. Schließlich fällt sie auf den Rücken, wobei sie die Beine hoch in die Luft reckt. Über diesen Anblick fängt der Prinz plötzlich leise zu lachen an, er lacht immer stärker und lauter bis zur Erschöpfung. Der König und die Hofgesellschaft jubeln. Da erhebt sich Fata Morgana, gleichzeitig erscheinen von allen Seiten kleine Teufel, die sie heulend umringen. Mit schreckenerregender Gebärde stößt sie einen Fluch gegen den Prinzen aus: Er sei auf der Stelle in drei Orangen verliebt und finde keine Ruhe, bis er sie in seinen Besitz gebracht habe. Nachdem Fata Morgana mit den Teufeln verschwunden ist, wird ihr Fluch sogleich wirksam. Eine unstillbare Sehnsucht nach den drei Orangen ergreift den Prinzen. Er verlangt nach seiner Rüstung und will sich sofort auf die Suche begeben. Umsonst flehen ihn der König, Pantalon und Truffaldino an, von dem gefährlichen Abenteuer zu lassen, denn die drei Orangen habe die böse Zauberin Kreonta in Verwahr. Ärgerlich erklärt der König, dies sei letzten Endes das Ergebnis jener dummen Schwänke. Mit dem Ruf: »Schwänke, Schwänke!« stürzen die Hohlköpfe aus den Kulissen, die Lächerlichen treiben sie zurück. Schließlich gibt der König dem Sohn seinen Segen. Daraufhin erscheint der Teufel Farfarello mit einem Blasebalg und bläst den Prinzen und Truffaldino pfeilschnell hinweg.

Der Magier Tschelio zwingt mit Zaubergesten Farfarello, vor ihm zu erscheinen. Tschelio beschwört ihn, den Prinzen und Truffaldino nicht zur Zauberin Kreonta zu blasen. Aber Farfarello erwidert spöttisch dem Magier, daß hier seine Zaubermacht versage, denn er habe im Kartenspiel mit Fata Morgana verloren. Als Farfarello verschwunden ist, kommen der Prinz und Truffaldino. Tschelio tritt ihnen in den Weg. Er warnt die beiden vor ihrem Vorhaben, denn die drei Orangen würden von einer fürchterlichen Köchin gehütet, die mit ihrem riesigen Suppenlöffel jeden Fremdling zu erschlagen pflege. Aber der Prinz läßt sich nicht abschrecken. Da übergibt Tschelio dem Truffaldino ein zauberisches Band, mit dem er vielleicht die Köchin besänftigen könnte. Außerdem gibt der Magier den beiden den Rat, sollten sie sich der Orangen bemächtigt haben, sie nur an einer Quelle zu öffnen. Farfarello erscheint wieder mit seinem Blasebalg und bläst den Prinzen und Truffaldino vor das Schloßtor der Zauberin Kreonta. – Bald darauf kommt die Köchin mit einem riesigen Löffel. Angsterfüllt verstecken sich der Prinz und Truffaldino. Aber die Köchin macht Truffaldino bald ausfindig. Sie droht, ihn in den Ofen zu stecken oder ihn mit ihrem Löffel zu erschlagen. Da bemerkt sie plötzlich das Zauberband. Während sich ihre ganze Aufmerksamkeit auf das Band konzentriert, schleicht sich der Prinz rasch in die Küche und entwischt mit den drei Orangen ebenso schnell durch das Tor. Mit zärtlichem Ausdruck bittet die Köchin Truffaldino, ihr das Band als Geschenk zu überlassen. Als er bemerkt, daß der Prinz sein Ziel erreicht hat, übergibt er das Band der Köchin und entfernt sich eilig. – Der Prinz und Truffaldino werden auf dem Heimweg nicht mehr von dem Rückenwind getragen. Sie ziehen die drei Orangen, die inzwischen zu Menschengröße angewachsen sind, mit einem Seil hinter sich her. In einer wüsten, dürren Gegend schläft der Prinz erschöpft ein. Truffaldino kommt vor Durst fast um. Nach längerem Zögern öffnet er mit seinem Schwert eine Orange. Zu seinem Erstaunen springt aus ihr ein junges Mädchen, das sich als Prinzessin Linetta zu erkennen gibt. Sie fleht Truffaldino an, ihr sofort zu trinken zu geben, sonst müsse sie verdursten. In seiner Verzweiflung öffnet Truffaldino eine weitere Orange; aus ihr hüpft Prinzessin Nicoletta, die ebenfalls um einen Trunk bittet. Aber Truffaldino kann nicht helfen, und so sterben die beiden Mädchen vor seinen Augen. Entsetzt ergreift er die Flucht. Der Prinz erwacht. Er bemerkt die beiden Toten. Zauberisch sind vier Soldaten zur Stelle, welche die Leichname auf Befehl des Prinzen entfernen. Nun ist er allein mit seiner Orange. Vorsichtig ritzt er mit seinem Schwert die Schale; da erscheint wiederum ein Mädchen: Prinzessin Ninetta. Leidenschaftlich erklärt ihr der Prinz sogleich seine Liebe. Sie gesteht, schon lange seiner zu harren. Aber auch sie droht zu verdursten, wenn sie nicht gleich einen Schluck Wasser erhalten könne. Da greifen die Lächerlichen in das Spiel ein. Sie übergeben dem Prinzen eine Kanne mit Wasser. Nun ist die Prinzessin gerettet. Beglückt liegt sich das Paar in den Armen. Jetzt sind auch die Lyrischen zufrieden. Auf Zuruf der Lächerlichen, das Liebesglück des Paares nicht zu stören, entfernen sie sich geräuschlos in die Kulissen. Der Prinz will die Geliebte nun rasch zum Schloß seines Vaters führen. Sie möchte aber nicht in diesen Kleidern vor den König treten. Daher bittet sie den Prinzen, ihr königliche Kleider zu verschaffen, sie werde unterdessen hier auf ihn warten. Kaum ist der Prinz fort, erscheint Fata Morgana mit Smeraldina. Die Zauberin verwandelt Ninetta in eine Ratte, an ihrer Stelle soll Smeraldina den Prinzen erwarten. In feierlichem Aufzug erscheint der König mit dem Prinzen und der Hofgesellschaft. Zu seinem Entsetzen entdeckt der Prinz den Betrug. Aber der König besteht darauf, daß sein Sohn das gegebene Wort halte und Ninetta, für die sich jetzt die Negerin ausgibt, zur Frau nehme.

Vor dem kabbalistischen Vorhang beschimpfen sich gegenseitig Tschelio und Fata Morgana. Letztere triumphiert, Tschelio ist machtlos. Da greifen nochmals die Lächerlichen in das Spiel ein. Sie locken Fata Morgana zu sich und werfen sie mit einem plötzlichen Stoß in den einen Turm und sperren sie dort ein. Jetzt kann Tschelio handeln. – Die Hofgesellschaft betritt den Thronsaal. Man öffnet die Vorhänge. Auf dem für die Prinzessin Ninetta bestimmten Sessel sitzt zum Entsetzen aller eine Ratte. Da erscheint Tschelio. Vergeblich sucht er die Ratte zu entzaubern. Der König ruft die Wachen herbei und befiehlt, auf die Ratte zu schießen. Der Schuß fällt, und anstelle der Ratte erscheint die wirkliche Prinzessin Ninetta. Der Prinz stürzt ihr, seiner geliebten Orange, in die Arme. Nun wendet sich der König gegen Smeraldina, die er als Hehlerin Leanders bezeichnet. Vergeblich suchen sich Leander und Clarisse zu verteidigen. Der König befiehlt, alle drei zu hängen. Die Hofgesellschaft bittet für sie um Gnade, aber der König bleibt hart. Da suchen die Verurteilten zu entkommen. Die ganze Hofgesellschaft verfolgt sie. Plötzlich erscheint aus dem Turm Fata Morgana. Vor ihr öffnet sich die Erde und sie verschwindet mit Smeraldina, Clarisse und Leander in die Tiefe. Die Lächerlichen beendigen das Spiel mit einem Hoch auf den König, das dieser mit einem Hoch auf den Prinzen und die Prinzessin beantwortet. Begeistert stimmen alle Anwesenden ein.

Stilistische Stellung
Prokofjew schrieb zunächst einen von impressionistischen Zügen untermischten farbigen Stil, bei dem neben dem tonmalerischen Element vor allem Witz und Ironie eine hervorstechende Rolle spielten. Dieser Schaffensperiode gehört die Oper ›Die Liebe zu den drei Orangen‹ an. Die phantastische, irrationale Welt des Gozzischen Märchens mit seiner teils feinen, teils bizarr-grotesken Komik wußte Prokofjew mit unerschöpflichem Erfindungsreichtum und imponierendem technischen Können ins Klangliche umzusetzen. Dabei werden die musikalischen Farbenwirkungen hauptsächlich durch eine differenzierte Instrumentation erzielt, welche die klangliche Mischung der orchestralen Mittel vir-

tuos handhabt. Ein vom Orchester subtil untermalter dramatischer Deklamationsstil herrscht vor, wobei die einzelnen Szenen nicht nur musikalisch auf eine gewisse Grundfarbe abgestimmt sind, sondern auch in formaler Hinsicht jeweils eine der dichterischen Vorlage entsprechende geschlossene Struktur aufweisen. Einige Themen (z. B. das Thema der drei Orangen oder der Königsmarsch) werden in leitmotivischem Sinn behandelt.

Textdichtung
Graf Carlo Gozzi (1720–1806), der Antipode des italienischen Lustspieldichters Carlo Goldoni, gestaltete seine Farcen und Maskenspiele aus der orientalischen Märchenwelt sowie aus den burlesken Elementen der alten venezianischen Volkskomödie, der Commedia dell'arte. Neben ›Turandot‹ war wohl sein erfolgreichstes Stück das Märchenspiel ›Die Liebe zu den drei Pomeranzen‹, das er im Jahre 1761 für die Truppe des berühmten Harlekin Antonio Sacchi schrieb. Nach dieser Vorlage verfaßte Prokofjew sein Opernbuch, wobei er einige unwesentliche Veränderungen vornahm und auch eigene Ideen beisteuerte.

Geschichtliches
Im Jahre 1918 hatte sich Prokofjew nach den Vereinigten Staaten begeben, wo ihm im darauffolgenden Jahr von der Chicago Opera Company der Opernauftrag erteilt wurde. Die Uraufführung der ›Liebe zu den drei Orangen‹ erfolgte am 30. Dezember 1921 in Chicago.

Krieg und Frieden (Woina i mir)

Oper in dreizehn Bildern. Text von Mira Mendelson und dem Komponisten nach dem gleichnamigen Roman von Lew Tolstoi.

Solisten: *Fürst Andrei Bolkonski* (Lyrischer Bariton, auch Kavalierbariton, gr. P.) – *Natascha Rostowa* (Jugendlich-dramatischer Sopran, auch Lyrischer Sopran, gr. P.) – *Sonja, ihre Cousine* (Lyrischer Mezzosopran, m. P.) – *Ein Würdenträger aus der Zeit Katharinas der Großen*, Gastgeber des Silvesterballs (Tenor, kl. P.) – *Dessen Lakai* (Tenor, kl. P.) – *Marija Dmitrijewna Achrossimowa*, eine angesehene Moskauerin (Dramatischer Mezzosopran, auch Dramatischer Alt, m. P.) – *Peronskaja*, Hofdame (Sopran, kl. P.) – *Graf Ilja Andrejewitsch Rostow*, Vater Nataschas (Seriöser [hoher] Baß, auch Baßbariton, m. P.) – *Graf Pierre Besuchow* (Jugendlicher Heldentenor, auch Charaktertenor, gr. P.) – *Gräfin Hélène Besuchowa*, geborene Kuragina, seine Frau (Spielalt, auch Mezzosopran, m. P.) – *Anatol Kuragin*, ihr Bruder (Charaktertenor, auch Jugendlicher Heldentenor, m. P.) – *Leutnant Dolochow*, Freund Anatols (Charakterbaß, m. P.) – *Zar Alexander I.* (stumme Rolle, Tänzer) – *Ein alter Lakai der Bolkonskis* (Bariton, kl. P.) – *Stubenmädchen der Bolkonskis* (Mezzosopran, kl. P.) – *Kammerdiener der Bolkonskis* (Baß, kl. P.) – *Fürstin Marija Bolkonskaja* (Mezzosopran, kl. P.) – *Fürst Nikolai Andrejewitsch Bolkonski* (Spielbaß, kl. P.) – *Balaga*, Kutscher (Hoher Baß, kl. P.) – *Matrjoscha*, Zigeunerin (Alt, kl. P.) – *Josef*, Kammerdiener Anatols (stumme Rolle) – *Dunjascha*, Stubenmädchen der Rostows (Sopran, kl. P.) – *Gawrila*, Lakai Achrossimowas (Bariton oder Baß, kl. P.) – *Métivier*, ein französischer Arzt (Bariton oder Baß, kl. P.) – *Ein französischer Abbé* (Tenor, kl. P.) – *Denisow* (Kavalierbariton, auch Baßbariton, m. P.) – *Tichon Schtscherbatyn*, Partisan (Baß, kl. P.) – *Fjodor* (Tenor, kl. P.) – *Matwejew* (Bariton, kl. P.) – *Wassilisa*, Frau des Gemeindevorstehers (Mezzosopran, kl. P.) – *Trischka* (Alt, kl. P.) – *Zwei deutsche Generäle* (Sprechrollen, kl. P.) – *Ordonnanzoffizier des Fürsten Andrei* (tiefer Tenor, kl. P.) – *Michail Illianorowitsch Kutusow*, Feldmarschall (Seriöser Baß, gr. P.) – *Kaisarow*, Adjutant Kutusows (Tenor, kl. P.) – *Erster Stabsoffizier* (Tenor oder Bariton, kl. P.) – *Zweiter Stabsoffizier* (Baß oder Bariton, kl. P.) – *Napoleon* (Charakterbariton, m. P.) – *Adjutant des Generals Compans* (Tenor, kl. P.) – *Adjutant des Generals Murat* (Alt, kl. P.) – *Marschall Berthier* (Baßbariton, kl. P.) – *Marquis de Caulaincourt* (stumme Rolle) – *General Belliard* (Baß, kl. P.) – *Adjutant des Fürsten Eugène* (Tenor, kl. P.) – *Stimme hinter den Kulissen* (Hoher Tenor, kl. P.) – *Adjutant aus dem Gefolge Napoleons* (Hoher Baß, kl. P.) – *De Beausset*, Minister der napoleonischen Hofhaltung (Tenor, kl. P.) – *General Bennigsen* (Baß, kl. P.) – *General Fürst Michail Barclay de Tolly* (Tenor, kl. P.) – *General Jermolow* (Baß, kl. P.) – *General Konownizyn* (Tenor, kl. P.) – *General Rajewski* (Bariton, kl. P.) – *Vorsänger* (Bariton, kl. P.) – *Capitaine Ramballe* (Baß, kl. P.) – *Leutnant Bonnet* (Tenor, kl. P.) – *Capitaine Jacqueau*

(Baß, kl. P.) – *Gérard*, Adjutant des Marschalls Berthier (Tenor, kl. P.) – *Ein junger Fabrikarbeiter* (Tenor oder Bariton, kl. P.) – *Händlerin* (tiefer Sopran, kl. P.) – *Mawra Kusminitschna, Schließerin der Rostows* (Alt, kl. P.) – *Iwanow, ein Moskauer* (Tenor, kl. P.) – *Marschall Davout* (Baß, kl. P.) – *Ein französischer Offizier* (Bariton, kl. P.) – *Platon Karatajew* (Tenor, kl. P.) – *Drei Gottesnarren* (Tenor, hoher Baß, stumme Rolle, kl. P.) – *Zwei französische Schauspielerinnen* (Sopran, Mezzosopran, kl. P.) – *Ein Begleitsoldat* (stumme Rolle).
In den Nebenrollen sind Mehrfachbesetzungen möglich.
Chor (Männer: gr. Chp., Frauen: m. Chp.): Gäste des Silvesterballs (gemischt), Epigraph: das russische Volk (gemischt). 8. Bild: Landwehr (gemischt), Smolensker Bauern (Bässe), Soldaten in unterschiedlichen Gruppen, Kosaken (Männer). 9. und 10. Bild: Russische Soldaten (Männer). 11. Bild: Französische Soldaten (Männer, Tenöre in 2 Gruppen), Moskauer Bevölkerung (gemischt). 12. Bild (Altistinnen hinter der Bühne). 13. Bild: befreite Kriegsgefangene (Männer), Partisanen, Volk (gemischt).
Ballett: Gäste des Silvesterballs und im Hause Besuchow.
Ort: Rußland.
Schauplätze: Garten und Haus auf dem Landgut der Rostows in Otradnoje – Ballsaal in einem St. Petersburger Palais – Ein kleiner Empfangsraum im düsteren Haus des alten Fürsten Bolkonski – Salon im Hause der Besuchows zu Moskau – Das mit Perserteppichen, Bärenfellen und Waffen dekorierte Arbeitszimmer von Dolochow – Ein Zimmer im Haus von Marja Dmitrijewna Achrossimowa – Arbeitszimmer Pierre Besuchows – Eine im Aufbau befindliche Bastion vor Borodino – Die Schanze von Schewardino, auf Napoleons Feldherrenhügel – Ein Bauernhaus in Filij, in dem der russische Kriegsrat tagt – Eine Straße in dem von den Franzosen besetzten Moskau – Ein düsteres Bauernhaus in Mytischtschi, in der hinteren Ecke ein Bett – Auf einer Smolensker Straße, am Straßenrand liegen zurückgelassene Waffen und zerbrochene Fuhrwerke.
Zeit: von Mai 1809 bis zum 22. Oktober 1812 (Julianischer Kalender).
Orchester: Picc., 2 Fl., 2 Ob., Eh., 2 Kl., Bkl., 2 Fag., Kfag., 3 Trp., 4 Hr., 3 Pos., Tuba, P., Schl. (4 bis 5 Spieler; Triangel, gr. Tr., Becken, kl. Tr., Holztr., Tamburin, Tamtam, Glsp., Xyl.), Hrf., Str. Bühnenmusik: Streichquintett (4. Bild); Picc., Fl., 3 Trp., Althr., Tenhr., Becken, kl. Tr. (8. Bild).

Gliederung: Ouvertüre, durchkomponierte Szenen und ein Epigraph genannter Chorsatz.
Spieldauer: Etwa 4 Stunden.

Handlung
1. Bild: Geschäftliche Angelegenheiten haben Fürst Andrei Bolkonski in das Landhaus der Familie Rostow geführt. Es ist eine herrliche Mainacht, und am Fenster stehend hat Bolkonski bei Kerzenschein gelesen. Nun schaut er in die vom Mondschein erleuchtete Landschaft hinaus und wird sich angesichts der frühlingshaft erblühenden Natur seiner von freudloser Einsamkeit bestimmten Lebenssituation schmerzlich bewußt. Da treten Natascha, die Tochter des Grafen Rostow, und ihre Cousine Sonja im oberen Stock des Hauses ans offene Fenster. Singend geben sich die beiden jungen Frauen, im Glauben unbeobachtet zu sein, der nächtlichen Frühlingsstimmung hin. Mit Entzücken belauscht Bolkonski ihren Gesang. Der Trübsinn weicht von ihm, und er verliebt sich insgeheim in die schwärmerische Tochter seines Gastgebers.
2. Bild: Ein Würdenträger noch aus Zeiten Katharinas der Großen hat zum Silvesterball in sein St. Petersburger Palais geladen. Das Fest ist in vollem Gange. Es wird getanzt und gesungen, während ein Lakai weitere Gäste meldet, unter ihnen die Rostows. Zusammen mit ihrer Cousine Sonja begibt sich Natascha in die Obhut ihrer Patentante, der sittenstrengen Marja Achrossimowa, die im Gespräch mit der ein wenig oberflächlichen Hofdame Peronskaja die Ankömmlinge kritisch begutachtet. So findet die ebenso glamouröse wie leichtlebige Hélène Besuchowa, die in Begleitung ihres als Sonderling geltenden Mannes Pierre erscheint, vor den Augen der Achrossimowa keine Gnade. Natascha freilich ist über das Eintreffen der Besuchows erfreut. Pierre hat ihr nämlich versprochen, sie den Kavalieren vorzustellen. Auch Hélènes hübscher Bruder, Anatol Kuragin, dem die Achrossimowa einen ebenso zweifelhaften Ruf wie seiner Schwester bescheinigt, ist in Begleitung seines Freundes Dolochow eingetroffen. Und schließlich gibt sich sogar Zar Alexander I. die Ehre. Er wird von den Anwesenden mit einer Ode des Dichters Lomonossow begrüßt. Natascha befürchtet bereits, auf dem ersten großen Ball ihres Lebens als Mauerblümchen beiseitestehen zu müssen. Doch Besuchow hält Wort und führt ihr, als Walzer angesagt ist, seinen besten Freund zu, den Fürsten Bolkonski, den Natascha zuvor schon

unter den Gästen entdeckt hat. Aber noch ein anderer hat ein Auge auf sie geworfen: Anatol, dem seine auf Liebesaffären offenbar spezialisierte Schwester Hélène zusichert, bei der Eroberung des unerfahrenen Mädchens behilflich zu sein. Freilich hat Natascha nur Augen für ihren Tanzpartner Bolkonski, der seinerseits in Erinnerungen an die Mainacht im Landhaus der Rostows schwelgt. Die beiden sind dermaßen ineinander versunken, daß sie gar nicht bemerken, wie nach und nach alle Paare den Ballsaal verlassen. Nataschas Vater kommt hinzu. Zufrieden stellt er fest, daß Bolkonski und seine Tochter Gefallen aneinander gefunden haben und lädt den Fürsten für den kommenden Sonntag nach Hause ein. Selig vor Glück eilt Natascha auf Sonja und die Achrossimowa zu. Bolkonski ist sich sicher, in Natascha die Frau seines Lebens gefunden zu haben.

3. Bild: Der alte Fürst Bolkonski hat, weil er die Verbindung seines Sohnes mit der nicht aus dem Hochadel stammenden Natascha für eine Mesalliance hält, Andrei für ein Jahr außer Landes geschickt. Nun stehen Rostow und seine Tochter vor der Tür des düster und altertümlich eingerichteten Hauses der Bolkonskis, um dem Fürsten ihre Aufwartung zu machen. Aus dem Gespräch der Bediensteten geht indessen hervor, daß der Fürst nicht gewillt sei, die Rostows zu empfangen. Statt dessen sei er gesonnen, seine Tochter Marja vorzuschicken. Jedoch begegnet auch Andreis Schwester den Rostows, die sich durchaus bewußt sind, im Hause Bolkonski alles andere als willkommen zu sein, zunächst reserviert. Nataschas Vater zieht es deshalb vor, eine Begegnung mit dem alten Bolkonski zu vermeiden und verabschiedet sich bis auf weiteres. Den beiden Frauen gelingt es in einem Verlegenheitsgespräch über die sich zuspitzende politische Lage nicht, einander näherzukommen. Als sich aber auch noch der Fürst herabläßt, Natascha en passant in Augenschein zu nehmen, wird die Situation ganz und gar peinlich, präsentiert er sich doch der jungen Frau zum Zeichen seiner Geringschätzung im Morgenmantel und mit Schlafmütze auf dem Kopf. Vollends kränkt er Natascha mit seinen von Standesdünkel diktierten Sottisen. Immerhin bringt Bolkonskis niederträchtiger Auftritt seine Tochter zum Umdenken: Als Rostow Natascha wieder in Empfang nimmt, ergreift Marja zum Abschied Nataschas Hand. Marja gibt der jungen Frau, die angesichts der erlittenen Demütigung an einer Zukunft mit Andrei zu zweifeln beginnt, zu verstehen, daß sie die Hochzeitspläne ihres Bruders von nun an unterstützen werde.

4. Bild: Am Sonntagabend darauf sind in Abwesenheit Pierres die Rostows zu Gast im Hause Besuchow. Die Einladung erging allerdings nicht ohne frivolen Hintergedanken: Obwohl Hélène über Nataschas Verlobung mit dem Fürsten Bolkonski unterrichtet ist, dient ihr die Soirée letztlich dazu, die ahnungslose Natascha mit ihrem Bruder Anatol zu verkuppeln. Scherzend weist Hélène Natascha auf Anatols Verliebtheit hin. Den zum Aufbruch drängenden Grafen Rostow hingegen nötigt sie zum Hierbleiben und begibt sich mit ihm zu den übrigen Gästen. Damit hat Anatol freie Bahn. Um so leichter läßt sich Natascha vom Draufgängertum des gewieften Schürzenjägers blenden, als sie sich seit der schlechten Behandlung durch den alten Fürsten Bolkonski ihrer Gefühle für Andrei nicht mehr sicher ist. Anatol bekräftigt seine feurige Liebeserklärung durch einen Kuß auf ihre Lippen. Auch händigt er Natascha ein Billet aus. In ihm erbittet er ihre Zustimmung zu einer heimlichen Hochzeit, wobei er geflissentlich verschweigt, daß er längst verheiratet ist. Und so trifft Sonja Natascha in einem Zustand tiefer Verwirrung an. Vergeblich versucht Sonja ihre Cousine wieder zur Vernunft zu bringen, indem sie Anatol einen Betrüger und Verbrecher nennt. Danach tritt abermals Graf Rostow, dem die freien Umgangsformen im Hause Besuchow ein Dorn im Auge sind, auf den Plan. Zusammen mit Nichte und Tochter begibt er sich nach Hause.

5. Bild: Wenige Tage später befindet sich Anatol, der Natascha tatsächlich für sich gewinnen und sogar zur gemeinsamen Flucht ins Ausland überreden konnte, im Arbeitszimmer seines Kumpanen Dolochow. Der war Anatol nicht allein bei der Abfassung des Liebesbriefes zur Hand gegangen, darüber hinaus hat Dolochow alles für Nataschas unmittelbar bevorstehende Entführung arrangiert. Dank Dolochows Umsicht liegen Geld und gefälschte Papiere bereit, außerdem hat er für die Scheinhochzeit einen entweihten Popen und einen Trauzeugen aufgetrieben. Trotzdem hält Dolochow es für seine Pflicht, Anatol sein Abenteuer auszureden, doch der schlägt alle Warnungen in den Wind. Anatol glaubt sich um so mehr auf der sicheren Seite, als er in dem Kutscher Balaga einen altbewährten Spießgesellen zur Seite hat, der im Dienste des schurkischen Grafen schon manches schlimme Ding gedreht

hat. Auch bei dem anstehenden Bubenstück ist Balaga, nachdem er sich eine horrende Löhnung erfeilscht hat, bereit mitzumachen. Hingegen muß sich die Zigeunerin Matrjoscha, die Anatol bisher zum Liebeszeitvertreib diente, damit abfinden, einen Zobelmantel wieder herauszurücken, den sie von ihrem illustren Gönner einst bekommen hat. In diesen Pelz gehüllt, will Anatol seine neue Flamme Natascha sicher über die Grenze bringen.

6. Bild: Natascha hält sich im Haus Marja Achrossimowas auf. Ausgerechnet von dort aus will sie mit Anatol durchbrennen. Indessen erfährt sie von dem Stubenmädchen Dunjascha, daß ihr Fluchtplan aufgeflogen ist. Und in der Tat läuft der in den Salon tretende Anatol geradewegs Gawrila, dem Hauslakeien der Achrossimowa, in die Arme. Unverrichteter Dinge macht Anatol sich wieder aus dem Staub, während die Achrossimowa ihrem Patenkind, das gleichwohl trotzig zu seinem liederlichen Verführer steht, eine Standpauke hält. Weinend läuft Natascha aus dem Raum. In diesem Moment läßt sich Pierre Besuchow melden. Der kommt der aufgebrachten Achrossimowa wie gerufen: In kurzen Worten setzt sie ihn über die neueste Eskapade seines Schwagers ins Bild und verlangt Anatols sofortige Entfernung aus Moskau. Pierre, der sich eingesteht, für Natascha mehr zu empfinden als »ein verheirateter Mann für die Braut des Freundes darf«, obliegt es, Natascha über Anatols wahres Wesen aufzuklären. Bestürzt erkennt sie, daß sie ihr Lebensglück an der Seite Andrei Bolkonskis verspielt hat, weil sie auf einen Heiratsschwindler hereingefallen ist. Das Liebesgeständnis Pierres, der beklagt, an die leichtfertige Hélène ehelich gebunden zu sein, ist Natascha in dieser Situation kein Trost. Von Kummer überwältigt, verläßt sie das Zimmer und versucht sich das Leben zu nehmen, was freilich von Sonja und der Achrossimowa verhindert wird.

7. Bild: Am selben Abend sind in Pierres Arbeitszimmer Hélène, Anatol, ein französischer Abbé und der ebenfalls aus Frankreich stammende Doktor Métivier versammelt, den der alte Fürst Bolkonski in einem Anfall von Frankophobie aus dem Haus gejagt hat. Hélène befürchtet, daß ihr Bruder von dessen Sohn zum Duell gefordert werden könnte. Da kommt Pierre herein und tadelt seine Frau und ihren Bruder wegen ihres unmoralischen Verhaltens. Nachdem die übrigen das Zimmer verlassen haben, zwingt Pierre seinen Schwager, die Briefe Nataschas herauszugeben, und fordert von ihm, über sein Verhältnis zu ihr Stillschweigen zu wahren. Auch steckt er ihm Geld zu, damit er unverzüglich aus Moskau verschwinde. Nach Anatols Abgang denkt Pierre über sein verfehltes Leben und seine unerfüllte Liebe zu Natascha nach. Da stürzt Denissow mit der Nachricht herein, daß der Krieg ausgebrochen ist.

Epigraph: Der Chor tritt als Sprachrohr des russischen Volkes auf und macht kund, daß Napoleons Truppen ins Land eingefallen seien und eine Schneise der Verwüstung schlügen. Doch über die Beschreibung des Kriegsgrauens hinaus betont der Chor, daß sich das Volk gegen die Aggressoren erhoben und zusammengeschlossen habe, um durch zähen Widerstand die Eindringlinge wieder zu vertreiben.

8. Bild: Am frühen Morgen vor der Schlacht von Borodino ist die Landwehr, unter ihnen Tichon und Fjodor, noch mit dem Ausbau der russischen Bastion beschäftigt. Denissow bekommt von dem ein Regiment führenden Andrei Bolkonski einen Trupp Soldaten bewilligt, die unter seiner Leitung hinter der Front als Partisanen gegen die Besatzer vorgehen sollen. Bauern, darunter Matwejew und Wassilissa, sind aus der Smolensker Gegend vor den Franzosen gen Osten geflohen. Sie berichten von feindlichen Übergriffen auf die Zivilbevölkerung und von der verbrannten Erde, die die fliehenden Bauern zum Schaden der Franzosen hinterlassen haben. Andrei, über Nataschas Verirrung maßlos enttäuscht, wird von Pierre, der als Zivilist manchen Spott der Soldaten zu ertragen hat, aufgesucht, doch vermeidet Andrei, das Thema auf seine einstige Verlobte zu bringen. Vielmehr gibt er dem Freund zu verstehen, daß er angesichts der Bedrohung des Vaterlands bereit sei, seiner Soldatenpflicht bis zum Tode nachzukommen. Danach verabschiedet sich Andrei mit einer Umarmung von Pierre. Dieser ist vom Todesmut des Freundes genauso beeindruckt wie von der Einsatzbereitschaft der gesamten Truppe. Mit gleichem Wohlgefallen inspiziert Feldmarschall Kutusow, der in Begleitung seines Adjutanten und einiger Offiziere erschienen ist, die Regimenter. Er fordert Bolkonski auf, dem Generalstab beizutreten, äußert aber Verständnis, als Andrei darum bittet, bei seinen Soldaten an der Front bleiben zu dürfen. Während der Feldmarschall die Bastion besteigt, ziehen zwei Stabsoffiziere in Zweifel, ob der alte Kutusow, der gegen den Willen des Zaren auf Wunsch des Volkes berufen worden sei, zum Oberbefehls-

haber tauge. Kanonenschüsse sind zu hören – die Schlacht hat begonnen.

9. Bild: Während der Schlacht von Borodino beobachtet Napoleon, umgeben von seinem Stab, von der Schanze von Schewardino aus das Kampfgeschehen. Noch ist er zuversichtlich, und in der arroganten Pose eingebildeter kultureller Überlegenheit sieht er sich schon vom Moskauer Kreml herab als Wohltäter agieren, der dem russischen Volk Gesetz und Zivilisation bringt. Freilich bleiben dieses Mal die gewohnten Siegesmeldungen seiner in der Schlacht befindlichen Regimenter aus, da die russische Gegenwehr unerwartet stark ist. Angesichts des mehr und mehr einer Niederlage sich nähernden Schlachtverlaufs ist es kein Wunder, daß Napoleon ungehalten reagiert, als ihm der für sein leibliches Wohl verantwortliche Minister de Beausset das kaiserliche Frühstück servieren will. Von Ferne tönt der zuversichtliche Gesang der russischen Soldaten herüber, eine Granate fällt direkt vor dem Kaiser zur Erde. Während de Beausset Reißaus nimmt, stößt Napoleon das sich als Blindgänger entpuppende Geschoß verächtlich mit dem Fuße weg.

10. Bild: Nachdem die Franzosen in der Schlacht von Borodino schließlich doch noch gesiegt haben, tagt wenige Tage später in einem Bauernhaus in Filij der russische Kriegsrat. Feldmarschall Kutusow steht vor der Entscheidung, entweder den so gut wie aussichtslosen Kampf um Moskau zu wagen, oder die Armee zurückzuziehen und damit die russische Hauptstadt zeitweise dem Feind zu überlassen. Er holt die Meinungen der Generäle Barclay, Bennigsen, Rajewski, Jermolow und Konownizyn ein, danach entschließt er sich schweren Herzens zur Preisgabe Moskaus. Während er die Tragweite des Beschlusses überdenkt, tönt von draußen ein Kriegslied herein, in dem die Soldaten ihre Verehrung für Kutusow kundtun.

11. Bild: Die Franzosen sind in Moskau einmarschiert. Ein Erlaß Napoleons wird plakatiert, in dem der Kaiser die Eigentumsrechte der Moskauer Bevölkerung garantiert. Doch noch während die Bürger das Dekret lesen, beginnen die Besatzer mit Plünderungen. Die Moskauer beschließen, ihre Stadt anzuzünden, damit den Franzosen nichts in die Hände fällt. Pierre, der ein Attentat auf Napoleon plant, hat sich unter die Leute gemischt und erfährt von Nataschas Zimmermädchen Dunjascha und Mawra Kusminitschna, der alten Schließerin der Rostows, daß ihre herrschaftliche Familie aus Moskau geflohen sei. Auf Nataschas Insistieren habe man große Teile des Hausrats zurückgelassen, um auf den Fuhrwerken Platz für die im Hause gepflegten Verwundeten zu schaffen, unter denen sich auch der Fürst Bolkonski befinde. Französische Soldaten passieren die Straße und schleppen Diebesgut fort, ihnen folgen die Moskauer Bürger mit Fackeln in den Händen und stecken die Stadt an. Ein von Marschall Davout befehligter Trupp hat eine Gruppe von Moskauern – unter ihnen Pierre – gefangengenommen, denen Brandstiftung vorgeworfen wird. Zwei von ihnen werden zur sofortigen Erschießung abgeführt, Pierre aber wird aufgrund seiner aristokratischen Herkunft begnadigt und als Kriegsgefangener behandelt. Mit ihm ist Platon Karatajew, ein einfacher alter Soldat, in Haft geraten. Karatajews Lebensklugheit beeindruckt Pierre, so daß er mit dem alten Mann Freundschaft schließt. Während die Gefangenen fortgeschafft werden, wütet das Feuer. Drei von apokalyptischen Visionen heimgesuchte Gottesnarren werden von ihren Mitbürgern wegen ihres durch die Kriegsereignisse zerrütteten Verstandes bemitleidet, französische Soldaten halten die drei hingegen zunächst für Geistliche. Dann kreuzen zwei französische Schauspielerinnen die Straße, die noch in Maske und Kostüm aus ihrem brennenden Theater geflohen sind. Als nächstes schreiten Napoleon und sein Gefolge die Straße entlang. Der Kaiser zeigt sich über die Entschlossenheit der Moskauer erstaunt. Nachdem der kaiserliche Trupp weitergezogen ist, nähert sich eine Prozession, in der die Moskauer ihre Kriegsopfer betrauern und den Franzosen Vergeltung ankündigen.

12. Bild: Es ist Nacht. In einem düsteren Bauernhaus liegt der schwerverwundete Bolkonski auf dem Krankenlager. Teils im Fieberdelirium, teils bei klarem Verstand nimmt er Abschied vom Leben und gedenkt Nataschas, die er nicht aufgehört hat zu lieben. Noch weiß er nicht, daß sie es ist, die ihn pflegt. Als Natascha an sein Bett tritt, erkennt er sie. Ein letztes Mal erwachen Bolkonskis Lebensgeister, und die Liebenden versöhnen sich. Jener Zeit sich erinnernd, in der sie miteinander glücklich waren, hoffen sie auf eine gemeinsame Zukunft. Doch Bolkonski ist schon zu geschwächt, er stirbt in Nataschas Armen.

13. Bild: Während eines eisigen Schneesturms schlagen sich die Reste der Grande Armée unter erbarmungswürdigen Umständen auf der von

Moskau nach Smolensk führenden Straße in Richtung Westen durch. Am Ende des Zuges treibt eine Eskorte eine Gruppe russischer Kriegsgefangener vor sich her, unter denen sich Pierre und Platon Karatajew befinden. Karatajew kann nicht mehr weiter und wird von einem der Bewacher erschossen. Denissows Partisanen greifen in einer von Tichon und einer von Dolochow geführten Gruppe den französischen Treck an und befreien die gefangenen Russen. Während sich die Soldaten an derben Späßen erheitern, bringt Denissow Pierre auf den neuesten Stand der Ereignisse. Dolochow hat Pierre zuvor schon mitgeteilt, daß Hélène gestorben ist und ihr Bruder Anatol im Kampf ein Bein verloren hat. Nun erfährt er vom Tod Andrei Bolkonskis und davon, daß sich dessen Schwester Marja in Moskau um die seit Andreis Tod kränkelnde Natascha kümmert. Pierre verwehrt sich, daran zu denken, daß nun einer Werbung um Natascha nichts mehr im Wege steht. Daraufhin wird der Feldmarschall Kutusow angekündigt. Partisaninnen, darunter Dunjascha und Wassilissa, treten zu den Männern, um den mit Gefolge einreitenden Kutusow zu empfangen. Der Fürst verkündet den Sieg über die Franzosen. Das Volk bejubelt die Befreiung Rußlands und feiert den Feldmarschall als Volkshelden.

Stilistische Stellung

Die Oper ›Krieg und Frieden‹, mit der sich Prokofjew von 1941 bis zu seinem Tode immer wieder befaßte, ist verspäteter Endpunkt und nachzüglerisches Hauptwerk einer schon seit über einem halben Jahrhundert vergangenen Opernepoche. In Prokofjews Werk laufen nämlich zwei für die russische Oper des 19. Jahrhunderts wesentliche Traditionsstränge zusammen: zum einen das Gesellschaftsdrama, für das Tschaikowskij mit ›Eugen Onegin‹ und ›Pique Dame‹ die stilbildenden Werke schuf, zum andern das als Geschichtschronik angelegte Volksdrama, wie es Mussorgskij in ›Boris Godunow‹ und ›Chowanschtschina‹ exemplarisch gestaltete. Hierbei ist der Tschaikowskij-Bezug vor allem im ersten, noch im Frieden spielenden Teil (Bild 1 bis 7) gegeben, d. h. in der um Natascha als zentraler Gestalt sich abspielenden Privathandlung, die allerdings erst im 2. Teil (12. Bild) mit dem Tod Bolkonskis ihren Abschluß findet. An Tschaikowskijs psychologische Porträtkunst anknüpfend, erfährt vor allem Nataschas Charakterbild eine Licht und Schatten fein differenzierende Ausleuchtung, so daß diese gerade auch wegen ihrer Schwächen überaus realistisch anmutende Gestalt den idealisierenden Vorgaben zuwidergelaufen sein dürfte, wie sie die stalinistische Diktatur unter dem Schlagwort des »Sozialistischen Realismus« von der Kunst einforderte. Doch auch die übrigen um Natascha gruppierten Personen erhalten bis in die Nebenrollen ihres gutmütigen Vaters, der resoluten Achrossimowa oder der halbseidenen Hélène hinein Plastizität. Dies gilt um so mehr für die differenziert ausgeführten Profile von Nataschas Verehrern: dem empfindungsreichen und virilen Andrei Bolkonski, dem leidenschaftlich-unausgeglichenen Pierre und dem öligen Schönling Anatol. Damit einher geht die pointierte Darstellung von Episodenfiguren (Lakaien und sonstiges subalternes Personal, aber auch der bis zur Lächerlichkeit dünkelhafte alte Bolkonski), worin Prokofjew freilich an Mussorgskij anknüpft. Denn wie Mussorgskij bringt auch er mit den Kleinpartien (zu denen während des im Krieg spielenden 2. Teils Soldaten verschiedener Ränge und Nationen, Bauern und Städter hinzukommen) genrehafte Figurentypen ins Spiel, die sich aus dem vom Chor-Ensemble gebildeten, seinerseits in Gruppen ausdifferenzierten Volkskollektiv herauslösen.

Nicht anders als in Mussorgskijs Opern ist der Chor mehr als bloße Staffage. Er ist als Handlungsträger ins Geschehen eingebunden, wie sich besonders eindrücklich im 11. Bild zeigt, als die Moskauer Bevölkerung die eigene Stadt in Brand setzt. Indessen wird gerade an den Chor-Tableaus des 2. Teils deutlich, daß Prokofjew mit ›Krieg und Frieden‹ in musikdramaturgischer Hinsicht neue Wege beschreitet. Denn in diesen Bildern geht es weniger darum, die Handlung als eine zielgerichtete Entwicklungslinie zur Darstellung zu bringen, vielmehr wird ein vielgliedriges Panoptikum geboten, das in einer vom Film herkommenden Schnittechnik Episoden aneinanderfügt. Sogar das filmische Mittel der Überblendung wird ins Musikalische transformiert, wenn etwa zum Schluß des 9. Bildes der Chor der russischen Soldaten ins napoleonische Lager herüberklingt, oder zum Schluß des 10. Bildes Kutusow seinen Gedanken nachhängt, während vom Chor und einem Vorsänger sein Lobpreis gesungen wird. Und bereits die brillante Ballszene des 2. Bilds, in der der Komponist auf Musik zu dem noch während der Drehphase abgebrochenen Film über Lermontow (1941) und zu dem unaufgeführt gebliebenen Schauspiel nach Puschkins ›Eugen Onegin‹ (1936) zurückgriff, scheint nach filmischen Gesichtspunkten gestaltet zu sein, da Prokofjew gemäß dem steten Wechsel von großformatiger Bildtotale und Nahaufnahme innerhalb des Tanzgeschehens immer wieder Einzelpersonen spotartig heraushebt.

Kommt in ›Krieg und Frieden‹ durch die Übertragung filmischer Konzeptionen aufs Musiktheater ein episches Moment zum Tragen, so weist der Komponist dem Chor darüber hinaus wie in der antiken Tragödie die Funktion eines kommentierenden Betrachters zu, und zwar mit dem sogenannten »Epigraph«, das der Komponist entweder noch vor die Ouvertüre an den Anfang der Oper oder – tonartlich anknüpfend an den Schluß des 7. Bilds – vor die mit dem 8. Bild beginnende Kriegshandlung gestellt sehen wollte. In diesem monumentalen Chorstück wird auf eindringliche Weise ohrenfällig, daß Prokofjew die Napoleons Rußlandfeldzug betreffenden Werkteile mit der beispiellosen nationalen Katastrophe parallelisiert, die über die Sowjetvölker durch Hitler-Deutschlands Überfall auf die UdSSR (22. Juni 1941) hereinbrach. Indem der Epigraph-Chor von dem Gedanken getragen ist, alle Kräfte des Volkes zur Abwehr der Eindringlinge zu bündeln, wird die aus dem zeitgeschichtlichen Bezug zum Zweiten Weltkrieg entwickelte, für die Kriegshandlung des Stückes bestimmende Leitidee eines die gesamte Gesellschaft umfassenden solidarischen Zusammenhalts ausformuliert. Keineswegs wird damit aber – etwa in der Art eines freiwilligen Kotaus vor der Sowjetzensur – einer konformistischen Gleichmacherei das Wort geredet. Es wird lediglich gesagt, daß angesichts der von außen kommenden Aggression die Angegriffenen nur dann eine Chance auf erfolgreichen Widerstand haben, wenn sie sich gewissermaßen in einer Notgemeinschaft zusammenschließen.

Gleichwohl eröffnet Prokofjews Geschichtsparallelisierung, mag sie auch aus dem Schockerlebnis des Zweiten Weltkriegs nur allzu verständlich sein, die Möglichkeit zu politischer Vereinnahmung und interpretatorischer Mißdeutung. Und so sieht sich das Werk dem Verdacht ausgesetzt, sich letztlich in den Dienst der Sowjetpropaganda gestellt zu haben. Insbesondere die den 2. Teil dominierende Figur des Feldmarschalls Kutusow gerät hierbei ins Zentrum der Kritik: In der Tat legt Prokofjew Kutusow »volkshafte Intonationen« – so Ulrich Schreiber – in den Mund, wie auch viele der chorischen Passagen durch den »Rückgriff auf ältere Liedsammlungen« von volksliedhaften Wendungen geprägt sind. Und tatsächlich weisen Kutusows Sologesänge – im 8. Bild seine Ansprache an das Heer und im 10. Bild seine auf einer Melodie aus der Filmmusik zu Sergej Eisensteins ›Iwan der Schreckliche‹ (1944) basierende, prachtvolle Monolog-Arie – die am wenigsten avantgardistische Musik auf. Ob es sich dabei aber wirklich um die »Spielart eines politischen Personenkults« (Ulrich Schreiber) handelt, womit eine Gleichsetzung von Prokofjews Kutusow mit Stalin naheliegen würde, sei dahingestellt. Ohnehin ist Kutusows Popularität als Volksheld keine Erfindung des Komponisten, sondern eine seit dem Sieg über Napoleon im Gedächtnis des russischen Volkes lebendige Geschichtserinnerung. Und so mag Prokofjews musikalisches Ausweichen in die Vergangenheit, das die Semantik des Tonmaterials bestimmt, der Kunstgriff gewesen sein, mit dem er sich stalinistischem Druck entzog. Auf diese Weise konnte sich Prokofjew nämlich in seiner Geschichtsbetrachtung auf eine Position des staatstragenden und traditionsverhafteten, nationalen Konsenses zurückziehen, die ihn ohne ausdrückliches Bekenntnis zum Stalinismus unangreifbar machte. Überdies wird das Thema der Gewaltherrschaft musikalisch durchaus reflektiert: an der Gestalt von Kutusows Antipoden Napoleon und an seiner Entourage. Mit Mitteln der Groteske werden der französische Kaiser als selbstgefälliger Gernegroß und seine Soldaten als leichtfertige Okkupantenschar porträtiert – auch dies ein Hinweis auf Prokofjews nicht politisch-doktrinäre, sondern patriotische Parteilichkeit.

Um ein Auseinanderfallen des gigantischen Werkkomplexes zu vermeiden, verstrebte Prokofjew das Werk durch wiederkehrende Themen und Motive. So antizipiert die Ouvertüre neben einer melancholischen Wendung aus dem 6. Bild vor allem Musik aus dem 8. Bild (Chor der Landwehr, Kutusows gleichfalls den Schluß des Epigraphs beinflussendes Arioso). Chromatik (3., 4., 6. und 12. Bild) wird zum Charakteristikum für Nataschas Verzweiflung, während der Walzertakt (2. und 4. Bild) zum klanglichen Signum für ihre Verführbarkeit wird. Aus dem Eröffnungsbild, das wie schon die Ballszene auf Prokofjews Schauspielmusik zu ›Eugen Onegin‹ Bezug nimmt, ist es wiederum Bolkonskis Kantilenengesang, der im Lauf des Werkes mehrfach wiederkehrt und damit zu einer Liebeserinnerung in

Tönen avanciert. Dies gilt nicht zuletzt für Bolkonskis ergreifende, mit Rückbezügen zum 1. Bild durchsetzte Sterbeszene (12. Bild), in der – als ein die Szene grundierendes Element – Tonrepetitionen des Orchesters und der hinter der Bühne singende Altistinnen-Chor Bolkonskis Herzschlag hörbar machen. Bei der Erinnerung des Sterbenden an Moskau klingt Kutusows Arie aus dem 10. Bild an, deren eingängige Melodie zum Schluß der Oper vom Chor in triumphaler Weise wiederaufgenommen wird; außerdem wird kurz vor Bolkonskis Tod – abermals wie im Film – in die Walzermusik des 2. Bilds rückgeblendet.

Dichtung

Bei dem Unterfangen, Lew Tolstois 1868/69 erschienenen vierbändigen Roman ›Krieg und Frieden‹ zum Libretto umzuarbeiten, wurde der Komponist von seiner Lebensgefährtin Mira Mendelson, seit 1948 seine zweite Ehefrau, unterstützt, wobei ein erstes Szenario bereits im April 1941, also noch vor Kriegsausbruch, vorlag. Natürlich war die Umwandlung eines weit über tausend Seiten umfassenden Prosawerkes in ein knappes Opernbuch nur mit dem Mut zur Lücke zu bewerkstelligen. So basiert das Eröffnungsbild der Oper auf einer Szene, die im Roman nach etlichen hundert Seiten Handlungsvorlauf im 3. Teil des zweiten Bandes erzählt wird. Da nun Tolstois Roman im Bildungskanon der Russen einen hervorragenden Rang einnimmt, konnte bei der Einrichtung des Librettos von der Bekanntheit der Vorlage bei der Hörerschaft ausgegangen werden. Somit war es möglich, sich auf wesentliche Episoden zu beschränken, ohne deren Zusammenhang weitläufig erklären zu müssen. Dennoch mußten zur Verknappung ganze Handlungsstränge gekappt und ihr zugehöriges Personal gestrichen werden, weshalb selbst Nataschas Bruder Nikolai – eine der Hauptpersonen des Romans – in der Oper unerwähnt bleibt. Obschon Prokofjew und seine Librettistin bestrebt waren, in ihrer Textauswahl den Wortlaut von Tolstois Prosa so weit wie möglich beizubehalten, fanden darüber hinaus zeitgenössische Texte Eingang ins Libretto. Demgemäß erwähnt Prokofjew in seinen Erinnerungen: »Außer Tolstoi benutzten wir die Aufzeichnungen des Partisanendichters Denis Dawydow über das Jahr 1812.« Auch hätten er und Mira Mendelson »russische Folklore – Sprichwörter, Redensarten und Lieder, die während des Vaterländischen Krieges von 1812 im Volk entstanden waren«, für die Fertigstellung des Werkes zu Rate gezogen. Außerdem hat der Komponist im 2. Bild dem Auftrittschor Lyrik von Konstantin Batjuschkow (1787–1855) und dem Begrüßungschor für den Zaren eine Ode von Michail Wassiljewitsch Lomonossow (1711–1765) zugrundegelegt, während der wie eine Einlagenummer wirkende Zwiegesang von Sonia und Natascha im 1. Bild Verse von Wassilij Andreiewitsch Zhukowsky (1783–1852) aufgreift.

Geschichtliches

Die Entstehungsgeschichte von Prokofjews ›Krieg und Frieden‹ ist von einer selbst fürs Operngenre ungewöhnlichen Kompliziertheit. So kamen in der Urfassung, deren Komposition Prokofjew im Klavierauszug bereits im April 1942 und damit ein Jahr nach dem ersten Libretto-Entwurf abgeschlossen hatte, die ersten beiden und das 10. Bild noch nicht vor, ebensowenig der Epigraph-Chor. Frühzeitig wurde das 1. Bild hinzugefügt, danach wurde der Klavierauszug dem Komitee für Kunstangelegenheiten in Moskau zur Stellungnahme vorgelegt. Bei insgesamt günstiger Beurteilung drängte die Zensur auf eine stärkere Profilierung des Feldmarschalls Kutusow und eine Hervorhebung der heroischen und patriotischen Momente. Prokofjew nahm – etwa mit der Einfügung des Epigraphs – die gewünschten Veränderungen vor und schloß bereits Anfang April 1943 die Partitur ab. Gleichwohl kam es zunächst nur zu einer konzertanten Teilaufführung der Oper mit Klavierbegleitung, die am 16. Oktober 1944 in Moskau stattfand; eine gekürzte Version mit Orchester folgte am 7. Juni 1945. Der damalige Dirigent Samuil Samossud ermunterte Prokofjew, das Werk zu einem Zweiteiler umzuarbeiten und um das 2. und das 10. Bild zu erweitern. Obwohl der um die Ballszene ergänzte erste Teil der Oper am 12. Juni 1946 im Leningrader Maly-Theater unter Samossuds Leitung begeistert aufgenommen wurde, blieb der zweite Teil nach der Generalprobe (20. Juli 1947) unaufgeführt. Offenbar warf die sogenannte Formalismusdebatte von 1948, die das kulturelle Leben der Sowjetunion vergiften sollte, bereits ihre Schatten voraus, denn nach Sammosuds Erinnerung »erschien so manchem die historische Konzeption des zweiten Teils der Oper als falsch.« Weil also das Werk in den Verdacht geraten war, möglicherweise gegen die Geschichtsauffassung der kommunistischen Partei zu verstoßen, wollte niemand eine Aufführung verantworten, auch eine weitere Probevorstellung im Herbst 1948 änderte daran nichts. Im Bemühen, seine Oper doch noch bühnenfähig zu machen, entschloß sich der Komponist im Dezember 1948 zu einer wieder auf einen einzigen Abend konzipierten Strichfassung. Da aber selbst diese Minimalversion keine Aussicht hatte, auf eine sowjetische Bühne zu gelangen, stellte Prokofjew im November 1952 unter Einfügung einiger Bearbeitungen und Ergänzungen die ursprünglichen dreizehn Bilder wieder her. Freilich sollte diese Fassung letzter Hand, die seit 1958 in einer verbindlichen Edition vorliegt, erst 1959 unter der Leitung von Alexander Melik-Paschajew am Bolschoi-Theater in einer weitgehend vollständigen Version über die Bühne gehen. Doch sollte es noch bis ins Jahr 1982 dauern, bis das Werk an zwei Abenden am Opern- und Balletttheater Perm seine erste strichlose Aufführung in der Sowjetunion erlebte. Das Bolschoi-Theater ging mit der Produktion von 1959 mehrmals auf Reisen – Mailand 1965, Montreal 1967, Wien 1971, New York 1975 – und machte dadurch das Werk im Westen bekannt. Unabhängig davon stand ›Krieg und Frieden‹ insbesondere in der Tschechoslowakei mit Einstudierungen in Brünn (1962 und 1971), Reichenberg (1962) und Prag (1971), in der DDR (deutsche Erstaufführung 1961 in Leipzig) und der Bundesrepublik (westdeutsche Erstaufführung 1969 während der Ruhrfestspiele in Recklinghausen) mehrfach auf dem Spielplan, wobei in Deutschland fast jede Neuinszenierung eine Neufassung der Oper darstellte. Diese Aufführungspraxis schlägt sich auch in dem 1969 bei der Alkor-Edition herausgekommenen deutschsprachigen Klavierauszug nieder, der einer nach Knappheit strebenden Bearbeitung gleichkommt. Vor allem der angelsächsische Raum hat eine Neigung zu dem Stück entwickelt: In London erlebte es durch das Sadler's Wells Theatre 1972 seine britische Erstaufführung, 1973 war Prokofjews Oper die erste offizielle Produktion im neuen Opernhaus von Sidney, 1974 folgte die US-amerikanische Premiere in Boston. Maßstäbe setzte vor allem eine werktreue, unter der musikalischen Leitung von Waleri Gergijew stehende Koproduktion des Londoner Covent Garden, der Pariser Bastille-Oper und des Petersburger Mariinski-Theaters aus dem Jahre 1991 (Regie: Graham Vick), der zehn Jahre darauf eine auf Edward Downes englischer Übersetzung basierende Koproduktion der English National Opera (Dirigent: Paul Daniel, Regie: Tim Albery), der Canadian Opera Company und der Minnesota Opera folgte. Ein Brite, nämlich Richard Hickox, leitete auch die inzwischen auf CD erschienene, strichlose Produktion des Spoleto-Festivals (Regie: Gian Carlo Menotti und Roman Hurko) von 1999.

R. M.

Giacomo Puccini

* 22. Dezember 1858 in Lucca, † 29. November 1924 in Brüssel

Manon Lescaut

Lyrisches Drama in vier Akten. Dichtung nach Abbé Prévost von Luigi Illica u. a.

Solisten: *Manon Lescaut* (Dramatischer Koloratursopran, auch Jugendlich-dramatischer Sopran, gr. P.) – *Lescaut,* ihr Bruder, Sergeant der Königlichen Garde (Kavalierbariton, auch Charakterbariton, gr. P.) – *Chevalier Renato Des Grieux,* Student (Jugendlicher Heldentenor, gr. P.) – *Geronte de Ravoir,* Königlicher Steuerpächter (Seriöser Baß, auch Charakterbaß, m. P.) – *Edmond,* Student (Lyrischer Tenor, auch Spieltenor, m. P.) – *Der Wirt* (Baß, kl. P.) – *Ein Musiker* (Lyrischer Sopran, auch Mezzosopran, kl. P.) – *Ein Ballettmeister* (Tenor, kl. P.) – *Ein Lampenanzünder* (Tenor, kl. P.) – *Ein Sergeant* der Bogenschützen (Bariton, auch Baß, kl. P.) – *Ein See-Kapitän* (Baß, kl. P.) – *Ein Perückenmacher* (Stumme Rolle).
Chor: Mädchen – Bürger – Männer und Frauen aus dem Volk – Studenten – Musiker – Alte Herren – Abbés – Hofleute – Schützen – Seeleute

(I. Akt: Frauenchor geteilt in Mädchen und in Studenten; Tenöre geteilt in Studenten und in Bürger; m. Chp.).
Ort: I. Akt in Amiens; II. Akt in Paris; III. Akt in Le Havre; IV. Akt in Amerika.
Schauplätze: Ein weiter Platz bei der Pariser Post zu Amiens, rechts eine Allee, links Wirtshaus mit Vorhalle, äußere in den ersten Stock führende Treppe – Eleganter Salon, im Hintergrund große Türen, rechts durch Vorhänge verhüllter Eingang zu einem Alkoven, links Fenster und luxuriöser Toilettentisch – Platz am Hafen, im Hintergrund Ausblick auf das Meer und die Schiffe, links die Ecke einer Kaserne, im Parterre ein mit dicken Eisenstäben vergittertes Fenster, Tor geschlossen, im Hafen die Hälfte eines Kriegsschiffes sichtbar, rechts ein Haus und ein Stück Trottoir, in der Ecke Leuchtturm – Unermeßliche Ebene an der fernsten Grenze von New Orleans, Boden gewellt und öde.
Zeit: Zweite Hälfte des 18. Jahrhunderts.
Orchester: 2 Fl., 1 Picc. (auch III. Fl.), 2 Ob., 1 Eh., 2 Kl., 1 Bkl., 2 Fag., 4 Hr., 3 Trp., 3 Pos., 1 Bt., P., Schl., Hrf., Str. – Bühnenmusik: 1 Cornett in A, Schellen.
Gliederung: Durchkomponierte musikdramatische Großform.
Spieldauer: Etwa 2 Stunden.

Handlung

Auf dem Platz bei der Pariser Post zu Amiens herrscht lebhaftes Treiben. Die Studenten necken ihren Kommilitonen Des Grieux wegen seines unbeholfenen Benehmens den jungen Mädchen gegenüber. Da kommt die Post an. Aus dem Wagen steigen neben anderen Passagieren der Sergeant Lescaut sowie der reiche Steuerpächter Geronte de Ravoir, der galant der auffallend schönen Manon, Lescauts achtzehnjähriger Schwester, beim Aussteigen behilflich ist. Während die beiden Männer dem Wirt auf die Zimmer folgen, nähert sich Des Grieux, der von dem Anblick des Mädchens bezaubert ist, Manon. Er fragt sie nach ihrem Namen und erfährt, daß sie nach dem Willen ihres Vaters morgen im Kloster den Schleier nehme. Des Grieux bedrängt sie, ihn nachts hier heimlich zu erwarten; er wolle ihrem Geschick eine andere Wendung geben. Nach anfänglichem Zögern sagt Manon zu und geht zu ihrem Bruder ins Haus. Lescaut und Geronte kommen zurück; während ersterer mit den Studenten spielt und zecht, ruft Geronte heimlich den Wirt herbei. Er bestellt einen Wagen, der bei Einbruch der Dunkelheit eine Dame und einen Herrn nach Paris bringen soll. Des Grieuxs Freund Edmond hat die Unterredung belauscht. Er verständigt Des Grieux und schlägt ihm vor, anstelle des alten Geronte selbst das Mädchen in dem Wagen zu entführen. Manon erscheint wie verabredet; sie wehrt sich erst gegen eine Flucht, besteigt aber dann mit Des Grieux den Wagen, als sie erfährt, daß Geronte sie zu entführen beabsichtige. Der betrunkene Lescaut und der geprellte Geronte werden nach der Abfahrt des Wagens von den Studenten weidlich verlacht.

In dem eleganten Salon in Gerontes Haus ist Manon eifrig mit ihrer Toilette beschäftigt. Sie hatte nach einer Zeit überschwenglichen Liebesglücks, der Nöte und Sorgen überdrüssig, Des Grieux verlassen und war, dem Rat ihres Bruders folgend, der dabei die Hand im Spiel hatte, die Geliebte des alten Roués Geronte geworden. Aber sie sehnt sich in der kalten Pracht jetzt wieder nach Des Grieuxs heißen Küssen. Von Lescaut erfährt sie, daß Des Grieux sie immer noch liebe. Ihr zuliebe ist er, um sich rasch ein Vermögen zu gewinnen, zum Spieler geworden. Als Geronte mit einigen Gästen den Saal betritt, entfernt sich Lescaut heimlich. Manon fasziniert durch ihre Schönheit und Grazie gelegentlich einer Tanzlektion die Gäste, die anschließend zu einer Spazierfahrt aufbrechen. Geronte bittet Manon, bald zu folgen. Kaum ist sie allein, erscheint zu ihrer Überraschung Des Grieux, dem Lescaut inzwischen Manons Aufenthalt verraten hatte. Sie weiß schnell den Zorn des verlassenen Geliebten zu besänftigen, und bald liegt er ihr verzeihend in den Armen. In dieser Situation werden die beiden von Geronte überrascht. Mit boshaftem Zynismus hält Manon dem Verblüfften den Spiegel vor und stellt die Frage, wer von den beiden Rivalen ihr Herz wohl mehr entflammen müsse. Geronte entfernt sich daraufhin und bemerkt in drohendem Ton, daß sie ihn bald wiedersehen würde. Des Grieux, dem unheimlich zumute ist, mahnt Manon zur raschen Flucht. Aber sie will eilig noch verschiedene Schmuckgegenstände an sich nehmen. Indessen kommt atemlos Lescaut hereingestürzt; er berichtet, daß sich eine Wache dem Haus nähere. Schon ist es zu spät; triumphierend erscheint Geronte mit Soldaten, die Manon festnehmen. Lescaut hält mit Mühe Des Grieux zurück, der mit seinem Degen der Geliebten beistehen will; denn er muß in Freiheit bleiben, um Manon retten zu können. Des Grieuxs zahlreiche Bemühungen, Manons

Entlassung aus der Haft zu erlangen, waren ohne Erfolg geblieben. Sie ist des Landes verwiesen worden. In der Nacht vor ihrer Deportierung nach Amerika macht Des Grieux zusammen mit Lescaut, der einen Wachtposten bestochen hat, in Le Havre einen letzten Versuch, die Geliebte aus dem Gefängnis zu befreien. Das Unternehmen schlägt jedoch fehl, und Manon wird mit anderen Mädchen zum Schiff gebracht. Als ein Sergeant Manon brutal aus Des Grieux' Armen reißt, droht dieser mit dem Mut der Verzweiflung, sich das Mädchen von niemandem entreißen zu lassen. Der Kommandant des Schiffes tritt dazwischen. Er hat Mitleid mit dem nun völlig gebrochenen Des Grieux, der ihn schluchzend anfleht, ihm die Mitfahrt gegen jede Art von Diensten zu gestatten; der Kommandant willigt schließlich ein.

Auch in Amerika hatte sich Manon in ihrem Luxusbedürfnis wieder von Des Grieux abgewandt. Da dieser dabei in eine blutige Affäre verwickelt worden war, mußte er mit Manon Rettung in der Flucht suchen. An der äußersten Grenze von New Orleans bricht Manon in der weiten öden Ebene völlig erschöpft zusammen. Von Fieber gepeinigt, fleht sie den Geliebten an, ihr Wasser zu verschaffen. Umsonst sucht der Verzweifelte in der trostlosen verdorrten Prärie nach einer Quelle oder einer Behausung. Manons Lebenskraft ist gebrochen. Mit verlöschender Stimme haucht sie, daß durch ihren Tod ihre Schuld wohl beglichen sei, ihre Liebe aber nicht stürbe. Schluchzend stürzt Des Grieux über die tote Geliebte.

Stilistische Stellung
Puccini hatte in seinen beiden ersten Opern noch Stoffe mit romantischer Färbung verarbeitet. Inzwischen war Mascagnis ›Cavalleria rusticana‹ erschienen, mit welcher der Naturalismus seinen Einzug in die Oper hielt. In seiner ›Manon Lescaut‹ wandte sich Puccini bereits merklich der neuen Stilrichtung zu, die er – insbesondere dann bei den folgenden Werken – durch Einbeziehung von Stilelementen der französischen Opéra lyrique eines Thomas und Massenet weiter ausbaute. Die Titelheldin in Puccinis ›Manon Lescaut‹ hat zwar infolge der mehr realistischen Auffassung viel von dem eigenartigen Zauber der Originalfigur eingebüßt, doch verstand es der Komponist durch seine von üppiger Erfindung strotzende und von südlicher Glut und leidenschaftlichem Temperament erfüllte Musik diesem Werk einen nicht minder einheitlichen Charakter zu verleihen, als es bei Massenets gleichnamiger Oper der Fall ist. Auch bei Puccini fehlen historisierende Farben nicht (das aus einem Jugendwerk, dem Agnus Dei der 1880 geschaffenen As-Dur-Messe, übernommene Madrigal; das duftige Menuett im II. Akt). Bei Vorherrschaft des Belkanto tritt die musikalische Charakterisierung etwas in den Hintergrund, obwohl manche Themen und ihre Verarbeitung ausgesprochen auf die dramatische Situation zugeschnitten sind. Puccini offenbart sich in ›Manon Lescaut‹ auch bereits als feiner Stimmungsmaler; in dieser Hinsicht ist bemerkenswert das Vorspiel zum III. Akt, dem der Komponist eine programmatische Erläuterung durch ein Zitat aus Prévosts Erzählung beigefügt hat. In der Harmonik ist Puccini bei dieser Oper noch ziemlich traditionsgebunden, der Einfluß Verdis, aber auch Richard Wagners, dessen ›Tristan‹ und ›Parsifal‹ er besonders liebte, ist unverkennbar. Die Instrumentation ist leuchtend und füllig; der feine Klangsinn des Komponisten ist bereits spürbar, wenngleich noch das Raffinement subtiler Mischungen wie bei den späteren Werken fehlt. Ein symmetrischer Aufbau bei den musikalischen Szenen, aus denen sich die geschlossenen Formen unschwer herauslösen lassen, ist durchwegs gewahrt. Sehr geschickt werden in den Massenszenen Stellen, bei denen es nicht so sehr auf die Wortverständlichkeit ankommt, zu großen Ensemblewirkungen ausgenützt.

Textdichtung
Als Stoffquelle diente die gleichnamige meisterhafte Erzählung des französischen Schriftstellers Abbé Antoine-François Prévost d'Exiles (1697–1763), die ursprünglich in dem Roman ›Mémoires d'un homme de qualité‹ (1728) erschienen und die bereits im Jahre 1884 von Jules Massenet als Vorlage zu einer Oper benützt worden war. Um der Gefahr eines Plagiats oder zum mindesten dem Vorwurf der Abhängigkeit zu entgehen, war Puccini bemüht, den Stoff in einem von Massenets Oper möglichst abweichenden Szenarium zu dramatisieren. Allerdings mußte dadurch auf wichtige Episoden verzichtet werden, die zur Charakterisierung der beiden Hauptfiguren wesentlich sind. Andererseits war aber wohl auch eine veränderte Zeichnung der Charaktere beabsichtigt. Manon (Kosename für Marie), jenes seltsame Wesen, in dem sprunghaft durcheinander leidenschaftliche Liebe mit Leichtfertig-

keit, Koketterie und Untreue gemischt ist, erscheint in Puccinis Oper ebenso wie ihr Partner Des Grieux realistischer gezeichnet; es sind Typen, denen man auch im Alltag begegnet. Die Partitur trägt keinerlei Angaben über den Textdichter. Entscheidenden Einfluß auf die Gestaltung des Textbuchs hatte wohl der Komponist selbst; außerdem waren noch einige Librettisten an der Ausarbeitung der Textdichtung beteiligt: Marco Praga entwarf das Szenarium, von Domenico Oliva stammt die Mehrzahl der Verse, Giulio Ricordi dichtete einen Teil des III. Aktes und Luigi Illica den Schluß. Es ist merkwürdig, daß Puccini, der nicht nur über einen zuverlässigen Theaterinstinkt, sondern auch über dichterische Fähigkeiten verfügte, sich zeitlebens mit Librettisten herumquälte, anstatt sich seine Opernbücher selbst zu schreiben.

Geschichtliches
Bei seinem sensiblen literarischen Gefühl erkannte Puccini nach der Aufführung seines ›Edgar‹ (1889) die Zwecklosigkeit einer weiteren Zusammenarbeit mit dem Verseschmied Ferdinando Fontana, dem Librettisten seiner beiden ersten Opern. Unentwegt auf der Suche nach einem geeigneten Stoff und noch mehr nach einem guten Textdichter – Puccini bemühte sich zu dieser Zeit vor allem, den ›Aida‹-Librettisten Antonio Ghislanzoni zu gewinnen, der jedoch ablehnte –, begeisterte sich der Komponist schließlich für Prévosts ›Manon Lescaut‹ so sehr, daß er sich zur Bearbeitung dieses Sujets entschloß, obwohl er eigentlich vorhatte, eine komische Oper zu schreiben. Das Werk entstand aktweise in Lucca, Mailand und Torre del Lago; die Vertonung wurde in dem Schweizer Gebirgsort Vacallo über Chiasso im Sommer 1892 abgeschlossen. Am 1. Februar 1893 ging ›Manon Lescaut‹ am Teatro Regio in Turin unter Leitung von Arturo Toscanini zum ersten Mal in Szene. Das Werk wurde mit riesigem Beifall aufgenommen und auch von der Fachkritik rückhaltlos anerkannt. Puccini hatte sich durch diesen Erfolg endgültig als Opernkomponist durchgesetzt.

La Bohème

Szenen aus Henri Murgers ›Vie de Bohème‹ in vier Bildern. Text von Giuseppe Giacosa und Luigi Illica.

Solisten: *Rodolfo,* Dichter (Jugendlicher Heldentenor, auch Lyrischer Tenor, gr. P.) – *Marcello,* Maler (Kavalierbariton, auch Lyrischer Bariton, gr. P.) – *Schaunard,* Musiker (Charakterbariton, auch Lyrischer Bariton, m. P.) – *Colline,* Philosoph (Seriöser Baß, auch Schwerer Spielbaß, m. P.) – *Benoît,* der Hausherr (Baß, kl. P.) – *Alcindoro,* Staatsrat (Charakterbaß, auch Charaktertenor, kl. P.) – *Mimì* (Lyrischer Sopran, auch Jugendlich-dramatischer Sopran, gr. P.) – *Musetta* (Lyrischer Koloratursopran, auch Koloratursoubrette, gr. P.) – *Parpignol* (Spieltenor, auch Charaktertenor, kl. P.) – *Sergeant der Zollwache* (Baß, kl. P.) – *Ein Zöllner* (Baß, kl. P.).
Chor: Studenten – Näherinnen – Bürger – Ladenbesitzer – Fliegende Händler – Soldaten – Kellner – Kinder (m. Chp.; Kinderchor).
Ort: Paris.
Schauplätze: In der spärlich möblierten Mansarde über den Dächern von Paris – Kleiner Platz im Quartier Latin mit zahlreichen Läden und auf der einen Seite dem Café Momus – Die Barrière d'Enfer (Zollschranke), links ein Cabaret und davor ein kleiner Platz – 4. Bild: Die Mansarde aus dem 1. Bild.
Zeit: Um 1830.
Orchester: 2 Fl., 1 Picc. (auch III. Fl.), 2 Ob., 1 Eh., 2 Kl., 1 Bkl., 2 Fag., 4 Hr., 3 Trp., 3 Pos., 1 Bt., P., Schl., 2 Hrf., Str. – Bühnenmusik: 2–6 Picc., 2–6 Trp., kl. Tr.
Gliederung: Vier Bilder, durchkomponierte Großform.
Spieldauer: Etwa 2 Stunden.

Handlung

In der Mansarde über den verschneiten Dächern von Paris. Der Maler Marcello und der Dichter Rodolfo können vor Hunger und Kälte kaum arbeiten. Marcello arbeitet an einem Gemälde ›Der Zug durchs Rote Meer‹, während Rodolfo träumerisch über die Dachlandschaft blickt. Zunächst überlegen sie, einen Stuhl zu verheizen, dann zünden sie eines von Rodolfos Manuskripten an. Ihr Freund Colline, ein Philosoph, kommt schimpfend herein: Da an Heiligabend die Leihhäuser geschlossen sind, konnte er seine Bücher nicht versetzen. Kurz darauf trifft auch der Musiker Schaunard mit Brennholz und einem Korb mit Lebensmitteln ein. Es ist sein Glückstag: Ein englischer Lord gab ihm den Auftrag, seinen Papagei so lange mit Musik zu quälen, bis der Vogel stirbt. Das Honorar für diesen ungewöhnlichen Auftrag teilen die Freunde unter sich auf und beschließen, den Heiligen Abend im Café Momus im Quartier Latin zu verbringen. Plötzlich klopft es: Der Hauswirt Benoît will die ausstehende Miete eintreiben. Die vier Freunde gießen ihm Wein ein und entlocken dem immer gesprächiger werdenden Vermieter das Geständnis seiner ehelichen Untreue. In gespielter Entrüstung werfen sie ihn hinaus. Rodolfo verspricht den Freunden nachzukommen, er will zuvor den Leitartikel für die Zeitschrift ›Castoro‹ fertigschreiben. Es klopft erneut. Diesmal steht eine Frau vor der Tür: die Nachbarin Mimì, deren Kerze erloschen ist und die um Feuer bittet. Rodolfo will der Bitte nachkommen, doch plötzlich sinkt Mimì nieder. Rodolfo betrachtet die Ohnmächtige und verliebt sich auf der Stelle in sie. Als sie wieder zu sich gekommen ist, stellt er sich erst einmal richtig vor. Mimì schildert daraufhin ihr bescheidenes Leben als Näherin. Von unten her rufen die Freunde ungeduldig nach Rodolfo. Bevor er ihnen zusammen mit Mimì folgt, erklären die beiden sich in der in Mondlicht getauchten Mansarde ihre Liebe.

Vor dem Café Momus herrscht reges Treiben: Passanten schieben sich durchs Gedränge, Händler preisen lauthals ihre Waren an. Colline ersteht einen gebrauchten Mantel. Rodolfo und Mimì bummeln an den Ständen vorbei, er kauft ihr das lang ersehnte rosa Häubchen. Die vier Freunde finden sich an einem Tisch vor dem Café wieder. Rodolfo stellt Mimì als seine neue Freundin vor. Die fünf bestellen ein Festmahl. Marcello ist abgelenkt durch das Erscheinen einer elegant gekleideten Frau, die in Begleitung eines wesentlich älteren Herrn aufgetaucht ist: Es ist Musetta, seine ehemalige Geliebte, der er noch immer nachtrauert. Musetta scheint ihren ältlichen Galan Alcindoro bereits satt zu haben und versucht nun ihrerseits, Marcellos Aufmerksamkeit auf sich zu lenken. Alcindoro schickt sie fort, er soll ihr neue Schuhe kaufen, ihre alten drücken sie auf einmal ganz entsetzlich. Kaum ist Alcindoro verschwunden, wirft sich Musetta Marcello in die Arme. Plötzlich zieht die Wache in Begleitung der Militärkapelle auf, die Freunde verlassen im Triumphzug das Café, ohne zu zahlen, die Kellner präsentieren dem wiederkehrenden Alcindoro die Rechnung.

Die Barrière d'Enfer (wörtlich: Der Schlagbaum der Hölle), eine Zollstation in der Nähe des Quartier Latin. Zwei Monate später. Ein grauer Februarmorgen. Marcello und Musetta sind in die Schenke an der Zollstation gezogen. Mimì taucht auf und erkundigt sich nach Marcello. Als dieser erscheint, freut er sich, sie zu sehen, erschrickt aber, als er feststellen muß, daß sich ihr Gesundheitszustand verschlechtert hat. Mimì ist verzweifelt: Rodolfo hat sich in der Nacht zuvor von ihr getrennt, seine krankhafte Eifersucht macht ihr schwer zu schaffen. Marcello rät ihr, die Liebe von der leichten Seite zu nehmen, so wie er und Musetta es tun. Mimì verzieht sich, belauscht aber hinter einem der Straßenbäume versteckt die nun folgende Szene. Rodolfo, der sich nach der Trennung von Mimì in der Schenke schlafen gelegt hat, ist erwacht und eilt auf Marcello zu. Dieser wirft ihm seine Eifersucht vor. Rodolfo gibt ihm recht, erklärt aber den wahren Grund für sein launisches Verhalten: Mimì sei sterbenskrank, das Leben, das er ihr biete, sei auf Dauer gesundheitsschädigend. Mimì, die erst jetzt erkennt, wie schlimm es um sie steht, wird von einem heftigen Hustenanfall geschüttelt, der in Schluchzen übergeht. Rodolfo entdeckt sie und nimmt sie in die Arme. Alarmiert durch Musettas aufreizendes Lachen, eilt Marcello ins Cabaret. Allein gelassen, gestehen sich Mimì und Rodolfo erneut ihre Liebe. Sie beschließen, sich erst im Frühjahr zu trennen. Musettas und Marcellos Streitgespräch überlagert die Bekräftigung ihrer Liebesschwüre.

Die Mansarde wie im 1. Bild. Rodolfo und Marcello denken wehmütig an ihre Verflossenen. Beide berichten, wie sie die Ex-Geliebte des jeweils anderen gesehen haben – sowohl Mimì als auch Musetta leben jetzt in großem Luxus. Das Eintreten Schaunards und Collines reißt sie aus ihren Träumereien. Im Unterschied zum 1. Bild fällt die Mahlzeit, die sie mitbringen, diesmal kärglich aus: ein Hering und vier Brote. Die vier fingieren ein herrschaftliches Diner, um sich über ihre armselige Situation hinwegzutäuschen. Schaunard möchte eine Romanze vortragen, doch die anderen unterbrechen ihn in gespielter Wut, sie wollen lieber tanzen. Eine fröhliche Quadrille der vier Herren schließt sich an. Die Stimmung wird immer ausgelassener, ein Scheingefecht entspinnt sich, in das auf einmal Musetta hereinplatzt: Sie hat Mimì hierher begleitet, die sich gerade im Treppenhaus nach oben schleppt. Die vier legen die völlig entkräftete Mimì ins Bett. Musetta verläßt den Raum, um ihre Ohrringe zu verpfänden und Medikamente und einen Arzt davon zu bezahlen. Um auch etwas zu Mimìs Heilung beizutragen, beschließt Colline, sich von seinem einzigen Mantel zu trennen und ihn ebenfalls zu verpfänden. Dann ziehen sich auch Colline und Schaunard zurück, um die beiden Liebenden allein zu lassen. Noch einmal durchleben Mimì und Rodolfo in der Erinnerung die glücklichen Momente ihrer Liebe. Musetta kommt zurück, sie schenkt Mimì den Muff, den diese sich immer gewünscht hat. Selig schläft Mimì ein, für immer. Rodolfo bemerkt erst am betretenen Schweigen seiner Freunde, daß sie tot ist, und wirft sich schluchzend über ihre Leiche.

Stilistische Stellung
›La Bohème‹ ist bis heute Puccinis erfolgreichste Oper – und das, obwohl die Konkurrenz mit ›Tosca‹ und ›Madama Butterfly‹ sehr stark ist. Das liegt zum einen an der unvergleichlichen Mischung aus tragischen und komischen Elementen der Handlung, zum anderen an deren musikalischer Umsetzung: Noch stärker als in der drei Jahre zuvor uraufgeführten ›Manon Lescaut‹ setzt Puccini auf eine kaleidoskopartige Feinarbeit, bei der er jedoch nie den großen Bogen aus den Augen verliert. Er verwendet eine Fülle von knappen Motiven, die immer wieder aufblitzen und als Erinnerungsmotive fungieren, ohne aber eine sinfonisch-dichte Durchdringung Wagnerscher Prägung anzustreben. Puccinis Formensprache ist kleinteiliger, aber auch konzentrierter. Gerne greift er auf bereits Bewährtes zurück: Das den Bohémiens zugeordnete Eingangsthema entstammt einem Orchesterwerk der Jugendzeit, dem ›Capriccio sinfonico‹. Rodolfos erstes Motiv stammt aus den Skizzen zur Oper ›La lupa‹. Zwei der berühmtesten Puccini-Arien folgen im 1. Bild aufeinander: Rodolfos ›Che gelida manina‹ und Mimìs ›Sì. Mi chiamano Mimì‹. Beide sind stark in den szenischen Kontext eingebunden und weisen jene für Puccini typische Anti-Klimax am Arienende auf; obschon es Paradestücke für den jeweiligen Sänger sind, fehlt die noch bis zu Verdis ›Don Carlos‹ typische ›corona‹, die krönende Schlußkadenz, die den Applaus herausfordert und die Handlung zum Stillstand bringt.
Starke Kontraste kennzeichnen das 2. Bild mit seinen bunten Genreszenen und dem ständigen Wechsel chorischer und solistischer Einwürfe.

Die Musik fließt in lockerem Parlando-Ton dahin, immer wieder durchsetzt von lyrischen Einsprengseln mit Musettas langsamem Walzer im Zentrum. Insbesondere dieses 2. Bild besteht aus einer Reihe gleichsam filmisch aneinandergereihter Sequenzen, die zum Schluß, beim Auftritt der Wache, in ein Marschlied münden, das die vorherige szenische Konfusion wieder ordnet. Einen deutlichen Gegensatz bildet das 3. Bild, an dessen Einleitung sich Puccinis Kompositions- wie Orchestrierungstechnik gut illustrieren läßt. Wie auf einem impressionistischen Gemälde skizziert Puccini mit sparsamen Pinselstrichen das Ambiente eines frühen Wintermorgens an der Peripherie von Paris. Die berühmten »leeren« Quinten fallen von oben herab, wie Schneeflocken. Was Puccini hier an Farbtupfern aufs Notenpapier zaubert, ist reinster musikalischer Impressionismus. Streicher und Holzbläser setzen vorsichtige Akzente. Die Harfe entwickelt eine kurze Melodie, die dann von den Männern im Cabaret und Musetta aufgenommen wird. Wie im Nebel antworten die Singstimmen einander, grüßen sich die Arbeiter der Frühschicht, rufen einander spärliche Informationen zu. Wie aus dem Nebel tritt Mimìs Thema hervor, und ein bewegendes Duett zwischen Mimì und Marcello entspinnt sich. Ein aufwühlendes Terzett mit Rodolfo folgt, dann, nach dem Auftritt Musettas, das berühmte Abschiedsquartett, eigentlich zwei parallelgeschaltete Duette. Musikalisch gesehen ein hohes und ein niederes Paar, ein Echo längst vergangener Opernzeiten, auch wenn die sozialen Unterschiede verwischt sind und die vier Hauptfiguren allesamt der Unterschicht angehören. Die musikalische wie inhaltliche Klammer schließt sich, wenn im 4. Bild zahlreiche Themen und Motive des 1. Bildes wieder aufgenommen werden. Die unbeschwerte Fröhlichkeit vom Beginn der Oper ist jedoch nurmehr Reminiszenz und wird überschattet von ihrem tragischen Ende. Oft wird ›La Bohème‹ mit relativ jungen Sängern besetzt – einerseits, weil dies bei dem realistischen Stoff entscheidend zur szenischen Glaubwürdigkeit beitragen kann, andererseits, weil Puccini mit dem Orchester auf die Sänger Rücksicht nahm und er hier – im Unterschied etwa zu ›Tosca‹, ›Butterfly‹ oder ›Turandot‹ – für eher lyrische Stimmen komponierte.

Textdichtung
Nach dem Erfolg mit ›Manon Lescaut‹ war Puccini auf der Suche nach einem neuen Opernlibret-

to. Zwei Strömungen beherrschten damals die italienische Literatur: der »Decadentismo«, eine italienische Variante des Symbolismus, repräsentiert durch Italiens berühmtesten Dichter Gabriele D'Annunzio und vor ihm Giosuè Carducci, und der »Verismo«, eine Spielart des Naturalismus, dessen bedeutendster Vertreter der Sizilianer Giovanni Verga war. Mit D'Annunzio kam Puccini zeitlebens trotz mehrerer Anläufe nicht ins Geschäft. Kurzzeitig interessierte sich Puccini für eine Vertonung von Vergas Novelle ›La lupa‹, verwarf das Projekt dann aber. Zeitgleich mit seinem Freund und Kollegen Ruggero Leoncavallo – und angeblich ohne daß der eine vom anderen wußte – machte sich Puccini an die Komposition des 1849 am Pariser Théâtre des Variétés uraufgeführten Theaterstücks ›La Vie de Bohème‹, das Henri Murger (1822–1861) zusammen mit Théodore Barrière auf der Basis von Murgers Fortsetzungsroman ›Scènes de la vie de Bohème‹ erstellt hatte (dieser war 1845 bis 1848 in der Zeitschrift ›Le Corsaire‹ erschienen). Luigi Illica (1857–1919) und Giuseppe Giacosa (1847–1906) waren eines der berühmten Duos der Librettogeschichte, mit genau verteilten Aufgaben: Illica war sozusagen für das Storyboard verantwortlich, während der auch als Theaterautor und Dichter erfolgreiche Giuseppe Giacosa die Versifizierung übernahm. Nach einer ersten Zusammenarbeit mit Puccini beim Libretto zu ›Manon Lescaut‹ verfaßten sie mit ›La Bohème‹ ein Meisterlibretto. Sie nahmen der Handlung zwar ihr sozialrevolutionäres Potential, indem sie sie um zehn Jahre in die unverdächtige Epoche der Restauration vorverlegten, destillierten aber aus dem recht umfangreichen Personenarsenal von Murgers Fortsetzungsroman sehr geschickt die zwei unterschiedlichen Paare und die diversen Typen der Pariser Künstlerszene. Unzählige realistische Details bereichern die Handlung und kamen Puccinis Neigung zum Auskomponieren solcher Details sehr entgegen. Die Glanzleistung Illicas und Giacosas besteht jedoch in der genau austarierten Mischung aus burlesken, sentimentalen und tiefempfundenen emotionalen Momenten, die ›La Bohème‹ zu jener unwiderstehlichen Mixtur aus Komik und Tragik, aus Humor und Melancholie macht. Darin unterscheidet sich das Libretto auch deutlich von der Romanvorlage, die am Ende eine zynische Weltsicht offenbart: Rodolphe und Marcel sowie auch Colline sind zu arrivierten Herren der Pariser Gesellschaft mutiert und werfen einen abgeklärten Blick auf ihre Vergangenheit, die sie, emotional gänzlich unbeteiligt, hinter sich gelassen haben.

Geschichtliches

»Da ›La Bohème‹ keinen großen Eindruck auf die Zuschauer gemacht hat, wird sie wohl auch keine tiefen Spuren hinterlassen«, schrieb ein Kritiker anläßlich der Uraufführung in der Zeitung ›La stampa – Gazzetta piemontese‹ und überlieferte der Nachwelt eines der krassesten Fehlurteile der Musikgeschichte. Seit seiner Uraufführung steht das Werk weltweit ganz oben in den Aufführungsstatistiken. Ein Hauptgrund für das harsche Urteil des Uraufführungsrezensenten war wohl der vermeintlich triviale Stoff und dessen musikalische Umsetzung, die offenbar als (für eine Oper) zu leichtgewichtig empfunden wurde. Die Uraufführung fand am 1. Februar 1896 statt, auf den Tag genau drei Jahre nach der ersten Aufführung der ›Manon Lescaut‹, abermals am Teatro Regio in Turin. Es dirigierte erneut Arturo Toscanini. Zwar reagierte die Kritik beinahe geschlossen mit Unverständnis, doch zeigte sich das Publikum begeistert. Aufführungen in Rom und Neapel folgten; den für den dauerhaften Erfolg entscheidenden Durchbruch erlebte das Werk dann in Palermo. Rodolfo wurde zu einer der beliebtesten Partien des italienischen Tenorfachs, nicht zuletzt dank der häufigen Auftritte Enrico Carusos in dieser Rolle. Interpretinnen wie die Australierin Nellie Melba sorgten für internationale Verbreitung des Werks, obschon ›La Bohème‹ lange Zeit eine Domäne italienischer Sänger blieb. Die stilbildende Inszenierung von Franco Zeffirelli mit Mirella Freni und Luciano Pavarotti als Liebespaar sorgte für einen Popularitätsschub des Werks im 20. Jahrhundert und markiert – auch dank des Dirigats von Herbert von Karajan – den Beginn einer Neubewertung Puccinis, der lange Zeit als Kitschier abgestempelt zu werden drohte. In Deutschland lieferten Götz Friedrich und Peter Konwitschny mit ihren Inszenierungen wichtige Beiträge zur Puccini-Rezeption.

O. M. R.

Tosca

Musikdrama in drei Akten. Dichtung nach Victorien Sardou von Luigi Illica und Giuseppe Giacosa.

Solisten: *Floria Tosca*, berühmte Sängerin (Dramatischer Sopran, auch Jugendlich-dramatischer Sopran, gr. P.) – *Mario Cavaradossi*, Maler (Jugendlicher Heldentenor, gr. P.) – *Baron Scarpia*, Chef der Polizei (Charakterbariton, auch Kavalierbariton, auch Heldenbariton, gr. P.) – *Cesare Angelotti* (Baß, kl. P.) – *Der Mesner* (Spielbaß, m. P.) – *Spoletta*, Agent der Polizei (Spieltenor, auch Charaktertenor, kl. P.) – *Sciarrone*, Gendarm (Charakterbaß, kl. P.) – *Ein Schließer* (Baß, kl. P.) – *Ein Hirt* (Knabenstimme, auch Mezzosopran, kl. P.) – *Ein Kardinal* (Stumme Rolle) – *Der Staatsprokurator* (Stumme Rolle) – *Roberti*, Gerichtsbüttel (Stumme Rolle) – *Ein Schreiber* (Stumme Rolle) – *Ein Offizier* (Stumme Rolle) – *Ein Sergeant* (Stumme Rolle).
Chor: Soldaten – Sbirren – Damen – Herren – Bürger – Volk – Geistliche – Ordensbrüder – Chorschüler – Kapellsänger usw. (gem. Chor u. Kinderchor, m. Chp.).
Ort: Rom.
Schauplätze: In der Kirche von Sant' Andrea della Valle; rechts die Kapelle Attavanti, links ein Malgerüst, darauf ein großes mit einer Leinwand bedecktes Gemälde – Palazzo Farnese; Scarpias Zimmer im oberen Stockwerk, weites, nach dem Hof des Palastes sehendes Fenster – Auf der Plattform der Engelsburg, links eine Kasematte, an der einen Wand ein Kruzifix mit einer Leuchte, rechts die Öffnung für eine kleine Treppe zur Plattform, im Hintergrund St. Peter mit dem Vatikan.
Zeit: 1800.
Orchester: 2 Fl., 1 Picc., 2 Ob., 1 Eh., 2 Kl., 1 Bkl., 2 Fag., 1 Kfag., 4 Hr., 3 Trp., 3 Pos., 1 Bt., P., Schl., Hrf., Cel., Str. – Bühnenmusik: 1 Fl., 1 Br., Hrf., kl. Tr., Org., Gl. in B, G, As, F, H, D, E, C (dazu ad libitum 4 Hr., 3 Pos.).
Gliederung: Durchkomponierte dramatische Großform.
Spieldauer: Etwa 2 Stunden.

Handlung

Atemlos und sich scheu umblickend betritt ein Mann in Sträflingskleidern die Kirche Sant' Andrea della Valle. Nach einigem Suchen findet er an dem Pfeiler mit dem Madonnenbild den Schlüssel zur Kapelle Attavanti, den dort seine Schwester, wie sie ihm schrieb, versteckt hatte.

Eilig schließt er sich in der Kapelle ein, als er Schritte vernimmt. Es kommt der Mesner, der die Kirche inspiziert und dem Maler Mario Cavaradossi die ausgewaschenen Pinsel überbringen will. Cavaradossi ist gegenwärtig mit dem Malen eines Bildes für die Kirche beschäftigt, das die Maria Magdalena darstellt. Während des Angelus-Läutens kommt Cavaradossi. Er begibt sich sogleich an die Arbeit. Mit dem Ausdruck der Verwunderung stellt der Mesner eine große Ähnlichkeit des Bildes mit der unbekannten Dame fest, die in letzter Zeit öfters andächtig vor dem Madonnenbild gebetet hat. Cavaradossi wiederum bemerkt eine Wesensgleichheit zwischen der von ihm gemalten schönen Blondine mit dem in seinem Medaillon verwahrten Bild seiner Geliebten, der Sängerin Floria Tosca. Der Mesner überreicht nun dem Maler die Pinsel sowie einen Korb mit Speisen, den er sich heimlich beiseite stellt, als Cavaradossi erklärt, keinen Hunger zu haben. Kaum hat sich der Mesner entfernt, kommt aus der Kapelle der Mann in den Sträflingskleidern. Nach anfänglichem Zögern streckt er plötzlich dem Maler freudig die Hände entgegen; jetzt erkennt auch Cavaradossi ihn wieder: Es ist Angelotti, der Konsul der ehemaligen Republik von Rom, der soeben der Engelsburg glücklich entkommen ist. Seine Schwester, die Marchesa Attavanti, hatte hier in der Kapelle Frauenkleider für ihn versteckt, um ihm die Flucht vor den Sbirren des berüchtigten Polizeichefs Baron Scarpia zu ermöglichen, der unter der heuchlerischen Maske des Kavaliers Sadist und Erpresser, Denunziant und Henker in einer Person ist. Da ruft von außen Tosca, die Einlaß begehrt. Auf Cavaradossis Drängen versteckt sich Angelotti rasch wieder in der Kapelle; der Maler übergibt dem Erschöpften seinen Essenskorb, damit er sich in der Zwischenzeit stärke. Dann öffnet er endlich die Tür. Tosca tritt argwöhnisch umherblickend in die Kirche; sie ist verwundert, daß Cavaradossi sich eingeschlossen hat. Nachdem sie die mitgebrachten Blumen vor dem Madonnenbild niedergelegt und dort gebetet hat, fordert sie den Freund auf, sie heute Abend nach der Oper abzuholen; in ihrem Häuschen werden sie sich dann ungestört ihrem Liebesglück hingeben. Unter dem Vorwand, daß die Zeit für seine Arbeit dränge, sucht Cavaradossi sie zum Gehen zu bewegen. Aber ihr Argwohn erhält wieder neue Nahrung, als sie auf dem Gemälde die Attavanti zu erkennen glaubt. Mit Mühe kann der Maler die Eifersüchtige beruhigen; er schwört ihr, daß er die Schöne gestern ganz zufällig beim Beten und, ohne daß sie es selbst bemerkte, gemalt habe. Durch seine leidenschaftlichen Liebesbeteuerungen endlich wieder von seiner Treue überzeugt, entfernt sich Tosca. Gleich darauf kommt Angelotti aus der Kapelle, aber schon kündet ein Kanonenschuß von der Engelsburg, daß man Angelottis Flucht bemerkt hat. Eilig geleitet Cavaradossi den Flüchtigen nach einem sicheren Versteck in einer Zisterne nahe seinem Haus. In großer Aufregung kommt der Mesner herein, um Cavaradossi eine frohe Neuigkeit, Melas' Sieg über Bonaparte, zu berichten. Er ist erstaunt, den Maler nicht anzutreffen. Die sich versammelnden jungen Geistlichen und Kapellsänger fordert er auf, sich für das Sieges-Tedeum fertig zu machen. Während diese lachend und singend ein Freudentänzchen aufführen, tritt Scarpia mit seinen Häschern durch die Tür. Scheu schleichen alle davon. Der Mesner wird von Scarpia zurückgehalten. Die Häscher entdecken in der Kapelle einen Fächer mit dem Wappen der Attavanti sowie den leeren Eßkorb. Scarpia ist nach den Aussagen des vor Angst schlotternden Mesners sogleich im Bilde, und als unmittelbar darauf Tosca erscheint, die ihren Mario davon verständigen will, daß sie heute Abend bei einer Abendgesellschaft vor der Königin im Palazzo Farnese eine Kantate zu singen habe, benützt er den Fächer als Beweis dafür, daß der Maler anscheinend bei einem Schäferstündchen mit der Marchesa durch eine Störung von hier verscheucht worden sei. Empört eilt Tosca weg, um in Cavaradossis Heim die beiden in flagranti zu ertappen. Scarpia schickt ihr seinen Agenten Spoletta mit Häschern nach. Er triumphiert über den glücklichen Zufall, der ihm die Möglichkeit gewährt, gleichzeitig die von ihm lüstern begehrte Tosca durch Erpressung seinem Willen gefügig zu machen und den verhaßten Rivalen als Staatsfeind dem Henker auszuliefern. Das feierliche Tedeum hat begonnen, in dessen Lobgesang Scarpia heuchlerisch frömmelnd mit einstimmt.

Im Palazzo Farnese erwartet abends Scarpia ungeduldig Spolettas Rapport. Endlich naht jener und meldet zitternd, zwar Angelotti selbst nicht gefunden, dafür aber den der Beihilfe verdächtigen Cavaradossi verhaftet zu haben. Scarpia läßt ihn sogleich vorführen; er bestellt auch den Richter und den Gerichtsbüttel Roberti. Während durch das geöffnete Fenster die Töne der Siegeskantate und Toscas Stimme aus dem Festsaal des Palastes heraufklingen, fragt Scarpia Cavaradossi nach dem Versteck Angelottis. Dieser beharrt auf seiner Aussage, nichts zu wissen. Da betritt Tosca, die Scarpia durch ein Billett hierher gebeten hat, das Zimmer. Cavaradossi soll nun durch die Folter zur Aussage gezwungen werden; er wird in das angrenzende Folterkabinett abgeführt, aber sowohl er wie auch Tosca bleiben standhaft, bis auf einen furchtbaren Schmerzensschrei hin die von Scarpia seelisch gefolterte Tosca Angelottis Versteck verrät. Der ohnmächtige Cavaradossi wird hereingetragen. Kaum zu sich gekommen, entnimmt er Scarpias Befehl an Spoletta, daß Tosca nicht standhaft geblieben war. Er ist empört über sie, da stürzt Sciarrone mit der Meldung herein, daß Bonaparte bei Marengo Melas vernichtend geschlagen habe. Cavaradossi jubelt laut über diese Nachricht. Scarpia läßt ihn, der dadurch seinen Kopf verwirkt hat, abführen. Dann fordert er Tosca mit liebenswürdigster Miene auf, sich zu Tisch zu setzen und mit ihm zu überlegen, was man zur Rettung des Freundes tun könnte. Verächtlich fragt Tosca ihn nach der Höhe des Lösegeldes. Laut lachend erwidert Scarpia, daß diese ihm nachgesagte Praxis bei einer schönen Dame nicht in Frage käme, hier kenne er nur einen Lohn: Liebe. Tosca will eilig zur Königin, aber Scarpia bedeutet ihr zynisch, daß die Königin nur einen Leichnam begnadigen würde. Als schließlich Spoletta meldet, daß sich Angelotti selbst umgebracht habe und daß man Cavaradossis Hinrichtung vorbereite, gibt Tosca in höchster Angst mit einem Nicken des Kopfes ihre Bereitwilligkeit zu erkennen, Scarpias Begehren zu erfüllen. Mit einem bedeutungsvollen Blick, den Spoletta entsprechend erwidert, zum Zeichen, daß er ihn verstanden habe, gibt Scarpia Befehl, daß Cavaradossi genau so wie seinerzeit im Falle des Grafen Palmieri nur zum Schein erschossen werde. Auf Wunsch Toscas stellt er ihr einen Geleitbrief aus; denn sie will nach der Befreiung mit Cavaradossi aus dem Staate fliehen. Inzwischen hat sie sich dem Tisch genähert, auf dem sie ein dolchartiges Messer bemerkt. Sie nimmt es heimlich zu sich, und als Scarpia ihr mit geöffneten Armen entgegenkommt, stößt sie ihm das Messer in die Brust. Aus der verkrampften Hand des Toten nimmt sie den zusammengeballten Passierschein, dann stellt sie links und rechts von Scarpias Haupt einen brennenden

Handleuchter und legt das von der Wand genommene Kruzifix auf seine Brust. Ein Trommelwirbel aus der Ferne schreckt sie auf; mit großer Vorsicht geht sie weg und schließt die Tür hinter sich ab.

Cavaradossi wird im Morgengrauen in eine Kasematte auf der Plattform der Engelsburg gebracht. Er gibt dem Schließer seinen Ring zum Geschenk, wofür ihm dieser einen letzten schriftlichen Gruß an eine geliebte Person überbringen soll. Von Erinnerung übermannt, bricht Cavaradossi schließlich in Tränen aus, da kommt, geführt von Spoletta, Tosca. Sie zeigt dem überraschten Geliebten den Geleitbrief und berichtet ihm von den Ereignissen, die sich nach seiner Verhaftung zugetragen haben; sie ermahnt ihn auch, bei der nun folgenden Scheinerschießung sich ja nicht zu verraten. Mit Begeisterung sehen die Liebenden hoffend dem neuen Tag entgegen. Die Soldaten kommen, die Gewehrsalve kracht, Tosca bewundert ihren Mario, wie geschickt er fällt. Als die Soldaten endlich abgezogen sind und sie den Geliebten vergeblich anruft, sich zu erheben, erkennt sie den Betrug. Schreiend wirft sie sich über Cavaradossis Leiche. Inzwischen war die Ermordung Scarpias bemerkt worden, man vermutet Tosca als Täterin. Als Spoletta mit Soldaten herankommt, um sie festzunehmen, springt Tosca auf die Plattform und stürzt sich in die Tiefe.

Stilistische Stellung

Mit ›Tosca‹ hat sich Puccini eindeutig und klar als Verist bekannt. Das in nacktem Naturalismus dargebotene krasse Geschehen erfährt allerdings durch eine von Wohllaut getränkte und von dem Schmelz eingängiger Kantilenen durchzogene Musik eine starke Milderung. Sie wird in erster Linie erzielt durch musikalische Stimmungskontraste, bei denen die auf die Umwelt bezogene Musik in schroffem Gegensatz zu den Handlungsvorgängen steht: das feierlich-pompöse Tedeum, über dessen liturgisch-stilgerechte Anlage sich der Komponist von einem befreundeten Priester beraten ließ, die zierlich-elegante Gavotte und die von Tosca und einem sechsstimmigen a cappella-Chor hinter der Szene vorgetragene Kantate im Zeitstil (hierfür war zuerst die Einlage einer Originalkomposition von Giovanni Paisiello geplant) sowie das friedliche Bild des erwachenden Rom mit dem Läuten der Kirchenglocken und dem Gesang des Hirtenknaben. Aber auch die blühenden Lyrismen bei Cavaradossis ariosen Monologen, bei Toscas sogenanntem Gebet und bei den beiden großen Duetten Tosca-Cavaradossi, von denen das des III. Aktes aus der Jugendoper ›Edgar‹ übernommen wurde, sowie die heiteren Szenen des Mesners und der tanzenden Chorknaben und Novizen stehen im wirksamen Gegensatz zu den Vorgängen des Grauens. Diese werden allerdings bisweilen auch musikalisch mit drastischem Naturalismus gezeichnet (z. B. das die Vorgänge in der Folterkammer charakterisierende Motiv). Der Einfluß Richard Wagners ist unter allen Puccini-Opern bei der als Musikdrama bezeichneten ›Tosca‹ vielleicht am stärksten spürbar. Hinsichtlich der formalen Anlage und der technischen Ausführung weist die farbenreiche Partitur gegenüber ›La Bohème‹ keine wesentlichen Unterschiede auf.

Textdichtung

Als Vorlage zur Operndichtung diente das gleichnamige Sensationsdrama des erfolgreichen französischen Theaterschriftstellers Victorien Sardou (1831–1908). Die Ausführung des Librettos besorgten wieder Luigi Illica und Giuseppe Giacosa unter der bestimmenden Mitwirkung des Komponisten. Das Opernbuch folgt ziemlich genau dem Original, wobei von den vier Akten Sardous die beiden mittleren in einen Aufzug zusammengezogen wurden; auch der letzte Akt, der bei Sardou im Kerker spielt, erfuhr einige Veränderungen.

Geschichtliches

Die erste Anregung empfing Puccini lange vor der Entstehung seiner Oper, als er im Winter 1889 in Mailand Sardous Drama mit Sarah Bernhardt als Tosca im Teatro dei Filodrammatici sah. Er war von dem Stück gepackt, obwohl er, des Französischen unkundig, kein Wort verstand. Aus diesem Grund hielt er sogleich das Sujet für einen guten Opernstoff, verlangte er doch grundsätzlich bei einer Oper zunächst eine rein mimodramatisch verständlich wirkende Handlung. Dennoch hatte er wegen der krassen Handlungsvorgänge gewisse Bedenken, die aber mit einem Mal schwanden, als er hörte, daß Verdi erklärt haben sollte, er würde die ›Tosca‹ komponieren, wenn er nicht schon zu alt wäre. Puccini überlegte daraufhin mit Illica das Szenarium, stellte aber dann den Plan wieder zurück, als er mit der Arbeit an ›La Bohème‹ begann. Nach der Uraufführung dieses Werkes erfuhr Puccini, daß der durch seine Oper ›Asrael‹ bekannt gewordene Komponist Alberto Franchetti ein von Illica verfaßtes Opernbuch ›Tosca‹ vertone. Puccini wollte nun aber auf den wirksamen Stoff doch nicht verzichten, und Giulio Ricordi, der auch der Verleger von Franchetti war, erwartete sich offenbar mehr von der Vertonung der ›Tosca‹ durch Puccini, denn er überredete zusammen mit Illica unter Hinweis auf die bedenklichen Klippen dieses Sujets Franchetti zum Verzicht, worauf Puccini sogleich mit Ricordi und den Librettisten Illica und Giacosa den Vertrag abschloß. Die Ausarbeitung der Dichtung erforderte wiederum geraume Zeit und verursachte infolge der Meinungsverschiedenheiten zwischen dem Komponisten und den Textdichtern aufregende Auseinandersetzungen; die Arbeit wurde diesmal auch noch dadurch erschwert, daß Sardou sich ebenfalls in den Entstehungsprozeß einschaltete. Aber Puccini ließ sich weder durch ihn noch durch die Librettisten beirren und bestand rücksichtslos auf der seiner Überzeugung entsprechenden Lösung der Probleme. Schließlich mußte selbst Sardou zugeben, daß das Opernbuch bühnenwirksamer geraten sei als sein Originaldrama. Die Uraufführung erfolgte am 14. Januar 1900 am Teatro Costanzi in Rom unter der musikalischen Leitung von Leopoldo Mugnone. Obwohl das Werk teilweise mit großem Beifall aufgenommen wurde – das Tedeum mußte wiederholt werden –, war der Erfolg doch unentschieden, hierzu mag viel die nervöse Spannung beigetragen haben, hervorgerufen durch Gerüchte von einem während der Vorstellung geplanten Bombenattentat. Aber auch die Kritik war größtenteils ablehnend, und nur wenige Stimmen prophezeiten dem Werk eine Zukunft. Die Verbreitung der ›Tosca‹ erfolgte zwar zunächst etwas zögernd, insbesondere im Ausland, doch im Laufe der Zeit wurde auch diese Oper ein Welterfolg.

Madame Butterfly (Madama Butterfly)

Tragödie einer Japanerin in drei Aufzügen. Dichtung von Luigi Illica und Giuseppe Giacosa.

Solisten: *Cho-Cho-San,* genannt *Butterfly* (Jugendlich-dramatischer Sopran, gr. P.) – *Suzuki,* Cho-Cho-Sans Dienerin (Mezzosopran, auch Spielalt, m. P.) – *Kate Pinkerton* (Sopran, auch Mezzosopran, kl. P.) – *B. F. Pinkerton* (Lyrischer Tenor, gr. P.) – *Sharpless,* Konsul der Vereinigten Staaten in Nagasaki (Kavalierbariton, auch Lyrischer Bariton, m. P.) – *Goro, Nakodo* (Spieltenor, auch Charaktertenor, m. P.) – *Der Fürst Yamadori* (Charaktertenor, kl. P.) – *Onkel Bonze* (Seriöser Baß, auch Spielbaß, auch Charakterbaß, kl. P.) – *Yakusidé* (Baß, kl. P.) – *Der kaiserliche Kommissar* (Bariton, kl. P.) – *Der Standesbeamte* (Baß, kl. P.) – *Die Mutter Cho-Cho-Sans* (Mezzosopran, auch Alt, kl. P.) – *Die Base* (Sopran, kl. P.) – *Die Tante* (Sopran, kl. P.) – *Das Kind* (Stumme Rolle).
Chor: Verwandte, Freunde und Freundinnen von Cho-Cho-San – Diener (nur Frauenchor und Tenöre; kl. Chp.).
Ort: Nagasaki.
Schauplätze: Ein Hügel bei Nagasaki. Japanisches Haus, Terrasse und Garten, im Hintergrund, tief unten, die Stadt mit Hafen – Inneres von Butterflys Häuschen.
Zeit: Anfang des 20. Jahrhunderts.
Orchester: 2 Fl., 1 Picc., 2 Ob., 1 Eh., 2 Kl., 1 Bkl., 2 Fag., 4 Hr., 3 Trp., 3 Pos., 1 Bt., P., Schl., japanischer Gong, Glsp., Hrf., Str. – Bühnenmusik: 1 Viola d'amore, japanisches Glöckchen, Tamtam.
Gliederung: Durchkomponierte dramatische Großform.
Spieldauer: Etwa 2 Stunden.

Handlung

Der amerikanische Marineleutnant B. F. Pinkerton, der auf dem Kriegsschiff »Abraham Lincoln« Dienst tut, hat sich während eines längeren Aufenthaltes seines Kreuzers in Nagasaki in Cho-Cho-San, genannt Butterfly, eine der hübschen, zierlichen Geishas von Goros Teehaus, verliebt. Um bei dem von ihren Verwandten streng behüteten Mädchen – es entstammt einer verarmten adeligen Familie – zum Ziel seiner Wünsche zu gelangen, geht er eine landesübliche Ehe ein, bei der nach japanischem Recht der Mann jederzeit abspringen kann. Der geschäftstüchtige Nakodo Goro hat gegen die Summe von hundert Yen alles Nötige besorgt: ein kleines Häuschen auf einem Hügel oberhalb Nagasakis, den kaiserlichen Kommissar mit dem Standesbeamten sowie die Braut und ihre Familie. Pinkerton hat auch seinen Landsmann, den Konsul Sharpless, zu der Zeremonie eingeladen. Dieser weist den leichtfertigen Offizier, der lachend mit ihm auf seinen zukünftigen Bund mit einer Amerikanerin anstößt, darauf hin, daß nach seinem Empfinden Butterfly die Eheschließung ernst nehme. Da naht Butterfly mit ihren Freundinnen. Sie begrüßen Pinkerton ehrerbietig nach der Sitte ihres Landes. Sharpless fragt Butterfly nach ihrer Herkunft und ihrer Familie sowie nach ihrem Alter; auch er ist von dem Liebreiz des zierlichen Wesens entzückt. In einem seltsamen Aufzug kommen sodann die Verwandten den Hügel herauf, die über den Bräutigam und über die Braut teils freundliche, teils unfreundliche Betrachtungen anstellen und sich neugierig das Häuschen und den Garten besehen. Butterfly zeigt Pinkerton inzwischen verschiedene kleine Dinge, die sie im Ärmel bei sich trägt, darunter auch Sachen, die ihr heilig sind, wie ein Futteral, das – wie Goro erklärend hinzufügt – einen Dolch enthält, mit dem ihr Vater auf Weisung des Mikado Harakiri machte, und die Ottokés, Figürchen, welche die Seelen ihrer Ahnen bedeuten. Leise und ohne daß es die Verwandten hören, gesteht sie Pinkerton, daß sie heimlich im Missionshaus den Glauben des Bräutigams angenommen hat. Nach der Trauungszeremonie geht Sharpless mit dem kaiserlichen Kommissar und dem Standesbeamten zur Stadt zurück. Pinkerton will sich nun auch der Familie entledigen, da naht mit drohender Stimme Onkel Bonze, der von Cho-Cho-Sans Besuch im Missionshaus Kenntnis erhalten hat. Er verflucht und verstößt sie, die den alten Glauben verraten hat, und als Pinkerton ihn energisch fortweist, begeben sich alle hastig und schreiend den Pfad hinab. Pinkerton tröstet das schluchzende Mädchen. Inzwischen ist es dunkel geworden. Butterfly legt ein weißes Gewand an. Pinkerton, hingerissen von dem Zauber ihrer Erscheinung im Licht des Mondes, nimmt sie liebeglühend in seine Arme und führt sie in das Haus.

Drei Jahre sind bereits vergangen, seit Pinkerton von Butterfly geschieden ist. Obwohl sie nichts mehr von ihm gehört hat und ihre Dienerin Suzuki starke Zweifel hegt, ist sie überzeugt, daß er eines Tages auf seinem Schiff zu ihr zurückkehren werde. Da kommt der Konsul, den sie fröhlich als Landsmann begrüßt. Sharpless hat einen Brief von Pinkerton erhalten. Butterfly, außer sich vor Glück, als sie hört, daß es ihm gut geht, fragt neugierig, ob die Rotkehlchen in Amerika ihr Nest später bauen als hier; denn Pinkerton habe ihr versprochen, zur Zeit der neuen Brut wiederzukommen. Höhnisch lacht Goro, der mit Sharpless gekommen war. Butterfly beklagt sich über den schlimmen Burschen, der sie seit Pinkertons Scheiden immerzu durch Geschenke zu bestechen sucht, einen anderen Mann zu heiraten, vor allem den reichen Fürsten Yamadori, der eben in einer Sänfte hereingetragen wird. Aber Butterfly hält sich für gebunden. Während sie den Tee bereitet, berichtet Goro, daß Pinkertons Schiff schon im Hafen gemeldet sei. Sharpless macht dem Fürsten Hoffnung, indem er ihm mitteilt, daß Pinkerton nicht die Absicht habe, sich Butterfly zu zeigen. Yamadori muß aber einsehen, daß alles Werben zwecklos ist. Nachdem er sich entfernt hat, beginnt Sharpless mit ernster Miene Linkertons Brief vorzulesen; er kommt aber nicht weit, da ihn Butterfly ständig unterbricht; endlich rafft er sich auf und fragt sie, was sie wohl begänne, wenn Pinkerton nicht mehr zu ihr zurückkäme. Butterfly ist starr, wie zu Tode getroffen, dann erwidert sie in stockendem Ton, daß sie entweder als Geisha wieder vor den Leuten singen und tanzen oder sterben müßte; und als Sharpless ihr rät, doch den reichen Yamadori zu nehmen, verliert sie vollends die Fassung und gibt dem Konsul zu verstehen, er möge sich entfernen. In einem plötzlichen Entschluß verläßt sie dann das Zimmer, um gleich darauf triumphierend mit einem kleinen Knaben, Pinkertons Kind, zurückzukommen. Gerührt nimmt Sharpless Abschied und verspricht, Pinkerton zu berichten. Mit lautem Schreien zerrt Suzuki Goro ins Haus, der überall behauptet, niemand wüßte, wer der Vater des Kindes sei. Butterfly holt aus dem Reliquienschrein das Harakirimesser, mit dem sie auf den Lügner losgeht, der sich darauf eiligst aus dem Staub macht. Da dröhnt ein Kanonenschuß vom Hafen herauf. Ein Schiff mit dem Sternenbanner am Mast geht eben vor Anker. Mit dem Fernglas kann Butterfly den Namen erkennen: »Abraham Lincoln«. Eilig schmückt sie mit Suzuki das Zimmer mit Kirschblüten. Dann läßt sie das Kind bringen. Sie rötet sich und dem Kind mit einem Pinsel die Wangen, legt das Gewand an, das sie als Braut trug, und läßt sich von Suzuki eine rote Mohnblume ins Haar stecken. Da die Nacht anbricht, macht sie in die Hauswand drei kleine Löcher, durch die sie, Suzuki und das Kind nach Pinkerton Ausschau halten.

Am nächsten Morgen blickt Butterfly immer noch regungslos hinaus, während Suzuki und das Kind eingeschlafen sind. Die Dienerin erwacht und schickt Butterfly mit dem Kind zur Ruhe auf ihr Zimmer mit dem Versprechen, sie zu wecken, sobald Pinkerton kommt. Kaum ist sie weggegangen, klopfen Pinkerton und Sharpless an die Tür. Suzuki will sogleich Butterfly holen, doch Pinkerton hält sie zurück. Im Garten bemerkt Suzuki eine Dame, es ist, wie Sharpless gesteht, Pinkertons Gattin. Suzuki fällt wie betäubt auf die Knie. Aber Pinkerton bringt nicht den Mut auf, Butterfly die Wahrheit zu sagen, und geht weg. Erregt kommt Butterfly zurück. Sie vermutet den Geliebten bereits hier und sucht nach ihm. Da bemerkt sie die fremde Dame. Aus den ausweichenden Antworten der weinenden Suzuki und des verlegenen Sharpless wird ihr klar, daß Pinkerton gekommen ist, nicht um sie in seine Heimat mitzunehmen, sondern um sich sein Kind zu holen. Butterfly erklärt Pinkertons Gattin, daß sie das Kind nur ihm selbst geben wolle; sie erwarte ihn in einer halben Stunde. Als sich alle entfernt haben, geht sie zum Reliquienschrein, nimmt das Messer und liest die darauf eingravierten Worte: »Ehrenvoll sterbe, wer nicht mehr in Ehren leben kann.« Da schiebt Suzuki das Kind ins Zimmer. Nach einem herzzerreißenden Abschied schickt Butterfly den Kleinen in den Garten zum Spielen. Dann verriegelt sie die Eingänge und geht mit dem Messer hinter die spanische Wand. Alsbald fällt das Messer zu Boden. In diesem Augenblick ertönt von außen Pinkertons Stimme, der nach Butterfly ruft. Wankend versucht sie sich zur Tür zu schleppen, sie bricht aber zusammen und stirbt.

Stilistische Stellung

Das Prinzip der Detailmalerei hat Puccini bei ›Butterfly‹ vielleicht am virtuosesten gehandhabt. Dies war wohl auch der Grund, daß diese Oper Puccini ganz besonders ans Herz gewachsen war und daß er sie zeitlebens als sein bestes und modernstes Werk bezeichnete. Es ist in der Tat erstaunlich, wie trotz der subtilen Kleinarbeit und trotz des mosaikartigen Aufbaus dieser »Musik der kleinen Dinge« bei leitmotivartiger Verarbeitung der Themen der Eindruck einer geschlossen dahinfließenden musikdramatischen Großform gewahrt ist. Bewunderungswürdig ist weiterhin die meisterhafte Technik, mit welcher der Charakter des Exotischen und der Zauber des fremdartigen Milieus vermittelt wird.

Wohl hat sich Puccini einiger japanischer Volksweisen bedient, ihre Verarbeitung erfolgte aber durchwegs im Rahmen seiner eigenen Tonsprache, deren stilistische Eigenart, wie Ganztonfolgen, übermäßige Dreiklänge, Quintenparallelen, auch bei früheren Werken schon vorhanden war. Von der Verwendung originaler japanischer Instrumente wurde abgesehen; zur folkloristischen Färbung wurden lediglich der japanische Gong und einmal japanische Glöckchen auf der Bühne herangezogen. Die verschiedenartigen Farbwirkungen dürften in erster Linie auf die feinnervige Instrumentation zurückzuführen sein. Puccinis Klangphantasie hat hier in ebenso subtilen wie raffinierten Mischungen die Ausdrucksmöglichkeiten des modernen Orchesters in einer Art und Weise aufgedeckt, wie sie anschließend einem großen Teil der jungen Komponistengeneration zum Vorbild diente.

Textdichtung

Als Vorlage diente die gleichnamige amerikanische Tragödie von David Belasco, dramatisiert nach einer japanischen Novelle von John Luther Long. Möglicherweise lag der rührseligen Geschichte der kleinen Japanerin eine wahre Begebenheit zugrunde, die von den geschäftstüchtigen Autoren zu einem wirkungssicheren Theaterstück verarbeitet worden war. Die Librettisten Luigi Illica und Giuseppe Giacosa übernahmen wieder die Ausführung des Textbuches, die natürlich ganz nach den Intentionen des Komponisten erfolgte. Puccini bestand auf einer Gliederung der Oper in zwei Akten, die durch Weglassung eines im Konsulat spielenden Aktes erzielt wurde. Auf diese Weise war der zweite Akt übermäßig lang geworden. Bei der Umarbeitung wurde dann eine Einteilung in drei Akte vorgenommen und der II. und III. Aufzug durch ein großes Orchesterzwischenspiel miteinander verbunden. Neben anderen kleineren Retouchen wurde auch eine überflüssige Szene mit dem betrunkenen Onkel Bonze (I. Akt) herausgenommen und dafür dem dürftig bedachten Tenor, der überdies im Rahmen des Geschehens eine unsympathische Figur darstellt, ein Arioso im III. Akt neu zugeteilt.

Geschichtliches

Obwohl Puccini kein Vielschreiber war – seine Werke erschienen in verhältnismäßig großen Zeitabständen –, war er doch unglücklich, wenn er einmal in Ermangelung eines geeigneten Textes zur Untätigkeit gezwungen war. So erging es ihm nach Vollendung der ›Tosca‹. Wieder wurden verschiedene Stoffe erwogen (u. a. eine Dante-Trilogie: Hölle-Fegefeuer-Paradies; Oscar Wildes

›Florentinische Tragödie‹; Gabriele D'Annunzios ›Alchimist‹), bis endlich aus New York die Genehmigung David Belascos zur Bearbeitung seiner Geisha-Tragödie ›Madame Butterfly‹ eintraf, für die sich Puccini unter all den Opernplänen am meisten begeisterte. Er hatte Belascos Drama in einer Aufführung in New York kennengelernt und war, ebenso wie bei der Aufführung des Schauspiels ›Tosca‹ in einer ihm unverständlichen Sprache, von dem rein bildhaften Eindruck derart gepackt, daß er sogleich eine Bearbeitung dieses Sujets in Erwägung zog. Puccini ging nach Erhalt des Originalbuches sofort mit seinen Librettisten an die Arbeit. Er ließ sich aus Tokyo eine große Anzahl Schallplatten mit Aufnahmen von originalen japanischen Volksliedern übersenden, er sah sich in Mailand die berühmte japanische Tragödin Sada Yacco an und er informierte sich auch bei der japanischen Gesandtin in Viareggio über einschlägige Fragen. Eine unliebsame Unterbrechung erfuhr die Arbeit an der Komposition durch einen Autounfall Puccinis (Februar 1903), bei dem er einen schweren Beinbruch erlitt, wodurch er monatelang ans Bett gefesselt wurde. Er nahm aber, sobald es ging, die Arbeit wieder auf und vollendete gegen Ende des Jahres 1903 die Partitur, die er unter dem Datum: 5. 2. 04 der Königin Elena widmete. Die Uraufführung fand am 17. Februar 1904 an der Scala in Mailand statt. Obwohl die Vertreterin der Titelpartie, Rosina Storchio, selbst den nicht leicht zufriedenzustellenden Maestro begeistert hatte, wurde das Werk unfreundlich aufgenommen. Auch die Kritik reagierte gehässig. Puccini entschloß sich hierauf zu einer Umarbeitung. In der Neufassung ging ›Madama Butterfly‹ am 28. Mai 1904 am Teatro Grande in Brescia mit Salomea Krusceniski in der Titelrolle und unter der musikalischen Leitung von Cleofonte Campanini zum ersten Mal in Szene. Puccini hatte mit seinem unbeirrbaren Glauben an sein Werk Recht behalten; die Oper wurde jetzt mit Enthusiasmus aufgenommen und verbreitete sich anschließend rasch um den Erdball; sie ist wohl Puccinis populärstes Werk geworden.

Das Mädchen aus dem goldenen Westen (La fanciulla del West)

Oper in drei Aufzügen. Dichtung nach dem Drama von David Belasco von Guelfo Civinini und Carlo Zangarini.

Solisten: *Minnie* (Dramatischer Sopran, auch Jugendlich-dramatischer Sopran, gr. P.) – *Jack Rance*, Sheriff (Heldenbariton, auch Charakterbariton, gr. P.) – *Dick Johnson* [Ramerrez] (Jugendlicher Heldentenor, gr. P.) – *Nick*, Kellner der Schenke zur »Polka« (Lyrischer Tenor, auch Spieltenor, auch Charaktertenor, gr. P.) – *Ashby*, Agent der Versandgesellschaft Wells Fargo (Seriöser Baß, auch Charakterbaß, m. P.) – *Sonora* (Bariton, m. P.), *Trin* (Tenor, m. P.), *Sid* (Bariton, m. P.), *Bello* (Bariton, m. P.), *Harry* (Tenor, m. P.), *Joe* (Tenor, m. P.), *Happy* (Bariton, m. P.), *Larkens* (Baß, kl. P.), Goldgräber – *Billy Jackrabbit*, Rothaut (Baß, kl. P.) – *Wowkle*, Billys Indianerweib (Spielalt, kl. P.) – *Jake Wallace*, Bänkelsänger, Minstrel (Bariton, auch Baß, kl. P.) – *José Castro*, Mestize, aus Ramerrez' Räuberbande (Baß, kl. P.) – *Ein Postillon* (Tenor, kl. P.).
Chor: Männer aus dem Lager (gr. Chp.).
Ort: Ein Goldgräberlager am Fuß der Sierra Nevada in Kalifornien.

Schauplätze: Das Innere der »Polka«: Ein großer hölzerner Raum, roh gezimmert, rechteckig. Im Hintergrund eine große, zweiflügelige Tür, die von innen verrammelt wird. Auf einem der Türflügel ist ein primitiver Briefkasten festgenagelt. An der rechten Seitenwand ein Treppchen, das zu einem Zwischenstock führt, der die Form einer ins Zimmer hineinragenden Galerie hat. Unter der Galerie ein kurzer Durchgang in ein anderes Zimmer. In der linken Wand führt vorn eine breite Tür, über der ein Bärenfell hängt, in den Tanzsaal; nahe der Tür ein etwas vorragender Kamin. – Minnies Wohnung: Sie besteht aus einem einzigen Zimmer und einem darüber befindlichen Söller. Hinten in der Mitte eine Tür zu einem kleinen Vorraum. Rechts und links zwei Fenster mit Vorhängen. Auf den Söller gelangt man mittels einer Leiter. – Im Kalifornischen Urwald: Eine freie Stelle inmitten der langen, umfangreichen, kerzengeraden Stämme uralter Nadelbäume, die ringsum eine Art riesigen Säulen-

ganges bilden. Im Hintergrund ein Pfad. Auf der Lichtung liegen große umgehauene Stämme herum, die als Bänke dienen.
Zeit: In der Zeit des Goldfiebers 1849–1850.
Orchester: 3 Fl., 1 Picc., 3 Ob., 1 Eh., 3 Kl., 1 Bkl., 3 Fag., 1 Kfag., 4 Hr., 3 Trp., 3 Pos., 1 Bt., P., Schl., Cel., Gl., Glsp., 2 Hrf., Str. (Reduzierte Orchesterfassung: 2 Fl., 1 Picc., 2 Ob., 2 Kl., 2 Fag., 4 Hr., 3 Trp., 2 Pos., 1 Bt., P., Schl., Cel., Gl., Glsp., 1 Hrf., Str.) – Bühnenmusik: 1 Hrf., 1 Fonica, 1 Windmaschine.
Gliederung: Durchkomponierte dramatische Großform.
Spieldauer: Etwa 2¼ Stunden.

Handlung

In der »Polka«, der Schenke eines Goldgräberlagers am Fuß der Sierra Nevada, herrscht abends lebhafter Betrieb. Die Männer kommen von der Arbeit zurück und vertreiben sich die Zeit mit Trinken, Spielen und Tanzen. Nur zwei halten sich abseits: der von der Regierung bestellte Sheriff Rance, ein Mann mit rauher Schale, der ungeduldig auf die von ihm umworbene hübsche Wirtin Minnie wartet, und der junge Larkens, der immer krank vor Heimweh ist. Der geschäftstüchtige Kellner Nick gibt bald dem, bald jenem der Männer heimlich zu verstehen, daß er hoffen dürfe, bei Minnie Gehör zu finden, was den Betreffenden veranlaßt, sogleich eine große Bestellung zu machen. Da erscheint der Bänkelsänger und Minstrel des Lagers, Jake Wallace, der mit seinem Heimweh-Lied vom alten Mütterchen, vom teuren Elternpaar und vom fernen Heimatland die sonst so rauhen und gierigen Herzen der Männer zu erweichen versteht. Gerührt stimmen sie in den Gesang ein und spenden dem armen Larkens Geld für die Heimreise. Das Spiel geht weiter. Plötzlich entsteht ein Tumult um den beim Falschspiel ertappten Sid; die Männer drohen ihm mit dem Revolver und schicken sich an, ihn zu lynchen. Sheriff Rance schreitet ein und schafft wieder Ruhe. Er bestimmt, daß Sid eine Spielkarte angeheftet werde, die ihn als Falschspieler brandmarkt; sollte er sie je ablegen, werde er gehenkt. Nun erscheint Ashby, ein Agent der Versandgesellschaft Wells Fargo. Er berichtet Rance, daß er dem berüchtigten Anführer einer aus Mexikanern bestehenden Räuberbande auf der Spur sei. Ermüdet von den Strapazen des anstrengenden Tages geht er ins Nebenzimmer, um sich etwas auszuruhen. Nick bringt eine Karaffe mit Wein, die Minnie den Goldgräbern spendet.

Als Rance prahlend bemerkt, Minnie werde bald Mistress Rance sein, entgegnet Sonora hämisch, daß sie ihn, den Sheriff, nur zum Narren halte. Die beiden gehen mit dem Revolver gegeneinander los, da erscheint Minnie, welche die Streitenden trennt und sie auffordert, sich wieder zu vertragen. Die ebenso anmutige wie energische Wirtin, das einzige weibliche Wesen in dem Lager, hat eine seltsame Autorität bei den Goldgräbern, die ihr in kindlicher Anhänglichkeit ergeben sind. Sie machen ihr kleine Geschenke und hören aufmerksam zu, wenn sie ihnen Bibelunterricht erteilt. Der Postillon bringt Briefe und Zeitungen; er übergibt Ashby, der inzwischen wieder in den Saal zurückgekommen ist, ein Telegramm, in dem eine Spanierin namens Nina Micheltorena sich erbötig macht, ihm an einem bestimmten Treffpunkt um Mitternacht das Versteck des Räuberhauptmanns Ramerrez verraten zu wollen. Da meldet Nick, draußen sei ein Fremder, der Whisky mit Wasser verlange. Minnie läßt ihm ausrichten, er solle nur hereinkommen, dann werde sie ihm schon klar machen, daß man in der »Polka« nur Whisky pur erhalten könne. Unterdessen hat sich Rance zu Minnie gesetzt. Er erklärt ihr, Frau und Kinder, deren er überdrüssig sei, verlassen zu wollen, wenn sie ihn zum Mann nähme. Minnie hält ihm entgegen, sie habe daheim an dem Beispiel ihrer sich treu liebenden Eltern kennengelernt, was ideale Liebe sei. Jetzt betritt der Fremde das Lokal. Er wie auch Minnie sind von ihrem gegenseitigen Anblick überrascht. Minnie läßt sogleich den begehrten Whisky mit Wasser servieren. Der Gast stellt sich als Johnson aus Sacramento vor; Minnie heißt ihn willkommen. Beide erinnern sich in allen Einzelheiten einer früheren Begegnung und schauen sich tief in die Augen. Von Eifersucht gepackt, alarmiert Rance die Goldgräber in dem Tanzsaal, daß ein Fremder widerrechtlich das Lager betreten habe. Als Minnie daraufhin erklärt, der Mann sei ihr wohlbekannt, wird Johnson von allen freundlich begrüßt und aufgefordert, mit ihnen zu tanzen. Während Johnson mit Minnie im Saal einen Walzer tanzt, bringt Ashby mit einigen Männern einen der Räuberbande angehörigen Mexikaner namens Castro herbei, der angibt, Ramerrez zu hassen und daher die Goldgräber auf seine Spur führen zu wollen. Johnson kommt zurück. Castro flüstert ihm heimlich zu, er habe sich fangen lassen, um die Goldgräber von der Schenke, in welcher der Goldschatz verwahrt sei, wegzulocken. Ein Pfiff werde das Zeichen sein, daß die

Luft rein sei, Johnson möge ihnen dann durch einen Pfiff seinerseits das Signal zu dem Überfall geben. Der Sheriff und die Goldgräber entfernen sich mit Castro. Minnie bleibt allein zurück zur Bewachung des Hauses. Johnson leistet ihr Gesellschaft. Sie erzählt ihm, daß sie auf halber Höhe in einer Hütte hause, jetzt aber hier warten müsse, bis die Goldgräber zurückgekommen seien. Denn die armen Teufel hätten die Früchte ihrer Arbeit ihr zur Aufbewahrung anvertraut; der Weg zu dem Goldfaß ginge daher nur über ihre Leiche. Johnson beruhigt Minnie und sagt, daß niemand in seiner Gegenwart es wagen würde, ihr ein Leid anzutun. Er bricht nun auf und verspricht, Minnies Einladung, sie während der Nacht in ihrer Hütte zu besuchen, Folge zu leisten, um dort die Unterhaltung mit ihr fortzusetzen.

In Minnies Wohnung, die nur aus einem Zimmer besteht, singt die Indianerin Wowkle ihr Kind in den Schlaf. Der rothäutige Billy Jackrabbit betritt den Raum und teilt Wowkle mit, daß sie beide auf Wunsch des Fräuleins morgen heiraten werden. Nun erscheint Minnie; sie beauftragt ihre Dienerin, ein Essen für zwei Personen anzurichten. Dann kleidet sie sich um und steckt sich Rosen ins Haar. Da kommt schon Johnson. Forschend fragt Minnie zunächst, ob er sich heute nicht im Weg geirrt habe und statt zu Nina Micheltorena in die »Polka« geraten sei. Rasch lenkt Johnson ab. Minnie erzählt nun von ihrem Leben hier auf dem Berg und im Lager, wo sie in den Wintermonaten den Goldgräbern Unterricht erteile. Johnson bringt das Gespräch auf die Liebe und erfleht schließlich von Minnie einen Kuß. Leidenschaftlich wirft sie sich an seine Brust und gibt ihm den Kuß, den ersten Liebeskuß ihres Lebens. In einem plötzlichen Entschluß öffnet Johnson die Tür, um sich zu entfernen. Draußen weht ein Schneesturm, der Saumpfad ist bereits tief verschneit. Minnie fordert Johnson auf, die Nacht in der Hütte zu verbringen, da fallen kurz hintereinander drei Schüsse. Johnson entschließt sich zu bleiben. Minnie überläßt ihm ihr Bett, während sie sich am Herd ein Nachtlager bereitet. Kaum haben die beiden sich niedergelegt, ertönt von draußen die Stimme Nicks. Johnson greift nach seinem Revolver, aber Minnie beschwört ihn, sich hinter den Bettvorhängen zu verbergen; denn Rance sei sehr eifersüchtig. Minnie öffnet die Tür. Rance, Ashby, Nick und Sonora treten ein. Sie sind gekommen, weil sie sich um Minnie ängstigten: ihr Tänzer in der »Polka« sei in Wirklichkeit der Räuberchef Ramerrez gewesen, wie ihnen Nina Micheltorena verraten habe. Als Beweis für die Wahrheit ihrer Angabe habe sie ihnen eine Photographie dieses Johnson übergeben, die Rance jetzt Minnie triumphierend vor die Augen hält. Minnie macht es Mühe, sich zu beherrschen; sie faßt sich aber und bittet die Herren, sie zu verlassen, damit sie schlafen könne. Kaum sind die Männer weggegangen, ruft sie wütend Johnson; er erscheint gebrochen und gibt zu, Ramerrez zu sein. Minnie kann es nicht verwinden, daß es ein Räuber war, der ihr den ersten Kuß abgerungen hat. Verstört weist sie ihm die Tür. Kaum hat sich Johnson entfernt, fällt ein Schuß. Johnson stürzt verwundet gegen die Tür. Minnie zieht ihn rasch in das Zimmer, und als er sich dagegen sträubt, gesteht sie, daß sie ihn liebe. Sie läßt die Leiter, die zum Söller führt, herab und hilft ihm hinaufzuklettern. Auf ein kräftiges Klopfen von draußen hin nimmt sie hastig die Leiter weg und öffnet die Tür. Rance stürzt mit vorgehaltenem Revolver ins Zimmer. Er weiß, Johnson ist hier. Brutal verlangt er nun von Minnie Liebe, sie wehrt sich jedoch und stößt ihn energisch zur Tür hinaus. In diesem Augenblick fällt ein Bluttropfen vom Söller herab auf Rances Hand. Der Sheriff zwingt den verwundeten Johnson herunterzusteigen. Da kommt Minnie eine rettende Idee. Sie schlägt dem leidenschaftlichen Spieler Rance ein Pokerspiel vor: Gewinnt er, so gehören sie und Johnson ihm, gewinnt aber sie, so gehört Johnson für immer ihr. Mit Hilfe einer falschen Spielkarte, die sie heimlich aus ihrem Strumpf holt und die sie, von Rance unbemerkt, in die Karten steckt, gewinnt sie das Spiel. Kalt grüßend entfernt sich Rance sogleich. Mit krampfhaftem Lachen fällt Minnie Johnson um den Hals.

Am Rande des kalifornischen Urwalds erwarten beim Morgengrauen Ashby, Rance, Nick und einige andere Männer die Goldgräber, die auf der Jagd nach Johnson sind. Der Räuber soll hier in der Waldlichtung abgeurteilt werden. Rance kann seine Schadenfreude nicht verbergen; denn der Augenblick ist nahe, sich an dem Nebenbuhler und an Minnie zu rächen. Eine Gruppe von Männern erscheint; sie berichten, daß ihnen Johnson wieder entwischt sei, da er sich eines Pferdes bemächtigen konnte. Da galoppiert Sonora herbei und erzählt atemlos, der Räuber sei gefangen und werde in Kürze hier sein. Lärmend rufen die herbeieilenden Goldgräber, er solle sogleich gehenkt und, wenn er baumelt, wie eine

Schießscheibe mit Revolverschüssen durchlöchert werden. Kurz darauf erscheint Ashby mit einigen Reitern, die den gefesselten Johnson herbeibringen. Ashby übergibt den Räuber Sheriff Rance zur Aburteilung. Die Goldgräber bringen die Verbrechen vor, die Johnson und seine Bande verübt haben. Johnson verteidigt sich: Er habe wohl gestohlen, jedoch nie gemordet. Sodann bittet er die Goldgräber um eine letzte Gnade: Das Mädchen, das er liebe und das auch sie alle liebhaben, möge nie erfahren, wie er gestorben sei; sie möge glauben, er sei frei entkommen. Johnson wird unter einen Baum gestellt, die Schlinge wird ihm um den Hals gelegt, da galoppiert Minnie herbei. Mit einem Sprung stellt sie sich vor Johnson und bedroht die Goldgräber mit dem Revolver, die daraufhin scheu zurückweichen. Als Rance die aufgebrachte Menge antreibt, die Strafe endlich zu vollziehen, erklärt Minnie mit vorgehaltenem Revolver, erst Johnson und dann sich töten zu wollen, wenn sie nicht von ihm abließen. Jetzt tritt Sonora dazwischen; er ergreift für Minnie und Johnson Partei. Minnie hält den Goldgräbern vor, daß sie ihre Jugend ihnen geopfert habe, und erinnert sie daran, was jeder einzelne ihr verdanke. Die hartherzigen Männer werden nach und nach von Rührung überwältigt; schließlich erklärt Sonora im Namen aller, Minnie den Geliebten zu schenken; das Paar möge das Land verlassen und sich anderswo ein neues Leben aufbauen.

Stilistische Stellung
Die Oper ›Das Mädchen aus dem goldenen Westen‹ vermittelt in naturalistischer Darstellung eine Episode aus dem Jahre 1849, jener Zeit, in der die Auffindung eines Goldklumpens durch den Goldgräber Marshall in dem damals noch ziemlich unzivilisierten äußersten Westen der Vereinigten Staaten von Amerika ein wahres Goldfieber hervorrief. Die Sorge um die Aufrechterhaltung der Ordnung überließ die Regierung ihren nach Kalifornien entsandten Sheriffs, die aber nicht verhindern konnten, daß die aus allen Teilen Amerikas zusammengeströmten Goldgräber, die in Lagern hausten, eine Art Selbstverwaltung mit eigener Justiz ausübten. Dabei wurden Delikte gegen fremdes Eigentum, wie sie vor allem von Räuberbanden verübt wurden, durch ein primitives Gerichtsverfahren mit Revolver und Strick blitzschnell und unbarmherzig geahndet. In diesem rauhen Milieu spielt die Geschichte einer Liebe, deren vielfach sentimentale und rührselige Darstellung eher einem Film-, als einem Opernsujet anstehen würde. Die Partitur bietet das gewohnte Bild des Puccini-Stils mit den symmetrisch gebauten geschlossenen Gebilden, den leitmotivisch behandelten Themen, den übermäßigen Dreiklängen sowie mit den subtilen Farbenmischungen und den robusten Klangausbrüchen. Die Besetzung des Orchesters ist die stärkste unter den Opern des Komponisten. In Übereinstimmung mit der wirklichkeitsnahen Darstellung des Geschehens herrscht ein naturalistischer Deklamationsstil vor, während das Lyrische in den Hintergrund gerückt erscheint. Wie bei ›Madame Butterfly‹ verschaffte sich Puccini auch bei ›La fanciulla del West‹ originale Volkslieder aus dem Land, in welchem die Handlung spielt. Er hat hier jedoch nur eine Indianerweise bei dem Heimweh-Lied des Minstrels Wallace verwertet.

Textdichtung
Als Vorlage für ›La fanciulla del West‹ diente das Drama des amerikanischen Bühnenautors David Belasco, dessen Handlung angeblich eine wahre Begebenheit zugrunde gelegen haben soll. Puccini sah das Stück bei einer Aufführung in englischer Sprache. Dabei erging es ihm ähnlich wie bei Belascos ›Butterfly‹-Drama: Die Handlung war ihm verständlich, obwohl er des Englischen unkundig war. Das dürfte nicht zuletzt der Grund gewesen sein für seinen Entschluß, den Stoff musikdramatisch zu verarbeiten, verlangte er doch von einem Opernstoff, daß er allein schon von der mimischen Darstellung her verständlich sei. Das Libretto wurde von den Textdichtern Guelfo Civinini und Carlo Zangarini abgefaßt. Puccini bediente sich ihrer Mitarbeit, da er sich mit dem jähzornigen Luigi Illica überworfen hatte und Giuseppe Giacosa bereits verstorben war. Wie bei seinen anderen Opern beteiligte sich der Komponist wieder maßgebend an der dramaturgischen Gestaltung des Stoffes, besonders bei dem gegenüber Belasco stark veränderten III. Akt.

Geschichtliches
Die Uraufführung von ›La fanciulla del West‹ fand am 10. Dezember 1910 an der Metropolitan Opera in New York statt. Die musikalische Leitung hatte Arturo Toscanini, die Hauptrollen waren mit Emmy Destinn (Minnie) und Enrico Caruso (Johnson) besetzt. Die Aufführung war für New York ein großes gesellschaftliches Ereignis

und brachte dem anwesenden Komponisten einen triumphalen Erfolg. Es folgten rasch hintereinander weitere Wiedergaben in Chicago, Boston und am 12. Juni 1911 – ebenfalls unter Toscaninis Leitung – die italienische Erstaufführung am Teatro Costanzi in Rom.

La rondine (Die Schwalbe)

Commedia lirica in drei Aufzügen. Libretto von Giuseppe Adami nach einem Szenario von Alfred Maria Willner und Heinz Reichert.

Solisten: *Magda de Civry/Madelaine* (Jugendlich-dramatischer Sopran, m. P.) – *Lisette* (Lyrischer Sopran, gr. P) – *Ruggero/Roger Lastuc* (Lyrischer Tenor, gr. P.) – *Prunier* (Lyrischer Tenor [2. Fassung: Lyrischer Bariton, m. P.) – *Rambaldo Fernandez* (Baßbariton, m. P.) – *Périchaud* (Bariton, kl. P.) – *Gobin* (Tenor, kl. P.) – *Crebillon* (Baß, kl. P.) – *Rabonnier* (Bariton, kl. P.) – *Yvette* (Sopran, kl. P.) – *Bianca* (Sopran, kl. P.) – *Suzy* (Mezzosopran, kl. P.) – *Un maggiordomo* (Baß, kl. P.) – *Una voce* (Sopran, kl. P.).
Chor: Bürger – Studenten – Maler – Elegante Damen und Herren – Grisetten – Blumenverkäuferinnen – Tänzerinnen – Kellner (m. P.).
Ort: Paris – Côte d'Azur.
Schauplätze: Der Salon Rambaldos – Ball Bullier – Villengarten.
Zeit: Zweites Kaiserreich.
Orchester: 3 Fl. (III. auch Picc.), 2 Ob., 1 Eh., 2 Kl., 1 Bkl., 2 Fag., 4 Hr., 3 Trp., 3 Pos., 1 Bt., P., Hrf., Cel., gr. Tr., Becken, Str. – Bühnenmusik: Picc., Glsp., Röhrenglocken, Klav.
Gliederung: Durchkomponierte Großform.
Spieldauer: Etwa 2 Stunden.

Handlung

Im mit raffinierter Eleganz ausgestatteten Salon Magdas (Madelaines), der Geliebten des Bankiers Rambaldo, erzählt der Salonpoet Prunier den anwesenden Damen von der neuen Pariser Mode, der romantischen Liebe. Die Zofe Lisette (seine Geliebte) widerspricht vehement. Er läßt sich drängen, die erste Strophe seines Gedichts von Dorettas Liebestraum vorzutragen, die die Werbung eines Königs zurückweist. Ein Schluß ist ihm noch nicht eingefallen. Magda findet ihn und setzt sich ans Klavier: Ein Student küßte Doretta leidenschaftlich, und so war sie glücklich. Die Freundinnen verspotten sie wegen ihres romantischen Idealismus. Rambaldo spürt Magdas Sehnsüchte und macht die gegenwärtige Situation deutlich, indem er seiner Geliebten demonstrativ eine teure Perlenkette überreicht. Ruggero (Roger), der Sohn eines provenzalischen Jugendfreundes von Rambaldo, wird von Lisette gemeldet; mit Magdas formeller Erlaubnis läßt der Bankier ihn eintreten. Die Freundinnen loben Rambaldos Großzügigkeit, Magda aber bekennt, daß Reichtum ihr (wie Doretta) nicht alles bedeute – es ist ihr sentimentales Wunschbild aus der Zeit, als sie von einer sittenstrengen Tante erzogen wurde, sich aber einer aufblühenden Leidenschaft zu einem Studenten beim Ball Bullier nicht hinzugeben wagte. Während Ruggero eintritt, liest Prunier in einer abgeschirmten Ecke Magda aus der Hand: Sie werde wie die Schwalbe in das Sonnenland fliegen, das sei jedoch mit Tragik verbunden. Der junge Mann übergibt Rambaldo einen Brief seines Vaters und schwärmt von Paris als Stadt der Sehnsüchte. Man diskutiert, wo Ruggero seine erste Nacht verbringen soll, Lisette schlägt ihm vor, das Ballhaus Bullier, das von Studenten und Grisetten frequentiert wird, zu besuchen. Der junge Mann bricht auf, Lisette erscheint, als dann alle sich verabschiedet haben, in einer Robe ihrer Herrin und geht mit Prunier ebenfalls ins Bullier. Magda denkt über Pruniers Prophezeiung nach, erinnert sich an ihr Jugenderlebnis, zieht ein Grisettenkleidchen an, betrachtet sich im Spiegel und bricht auch dorthin auf.
Im Bullier unterhalten sich die Nachtschwärmer, Ruggero sitzt schüchtern allein an einem Tisch, Magda erscheint, Studenten machen ihr den Hof, sie führen sie zu dem einsamen Ruggero, weil sie annehmen, sie sei mit ihm verabredet. Sie erklärt ihm ihren Auftritt. Als sie gehen will, fordert er sie zum Tanz auf. Sie willigt wie damals mit den Worten »seltsames Abenteuer« gern ein. Als er sie an den Tisch zurückführt, erzählt sie von ihrem früheren Besuch bei Bullier, er von den Mädchen in seiner Heimat Montauban und daß er eine ernste Auffassung von der Liebe habe, daher mit solchen Lokalen nicht vertraut sei. Magda nennt sich Paulette und erzählt von ihrem ersten Besuch im Bullier, sie spielt mit ihm den

Jugendflirt mit dem Studenten nach. Beide verlieben sich ineinander und tauschen leidenschaftliche Küsse. Inzwischen haben sich Prunier und Lisette unter die Tanzenden gemischt; Magda gibt ihnen ein Zeichen, daß sie nicht erkannt werden will. Prunier versteht, im Unterschied zu Lisette, sogleich die Situation, beide setzen sich zu den Verliebten und feiern mit Champagner das Leben und die Liebe. Als Rambaldo die Treppe herunterkommt und die Gesellschaft erblickt, versucht der Poet, die Situation zu retten, und schickt Ruggero mit Lisette in den Garten. Rambaldo fordert Magda brüsk auf, mit ihm zu kommen. Sie weist ihn zurück: Zwischen ihnen sei es vorbei, sie werde ihrer neuen Liebe folgen. Rambaldo verbeugt sich ironisch, Ruggero kehrt mit Magdas Schal zurück, sie verlassen Arm in Arm das Lokal. Eine Frauenstimme warnt: »Vertrau nicht der Liebe!«

In einer Villa an der Riviera leben Magda und Ruggero ihre Liebe. Er bekennt ihr, daß er seinem Vater geschrieben, um Geld und um die Erlaubnis gebeten habe, Magda heiraten zu dürfen. Er entwirft eine Zukunft mit einem Kind auf dem Familiensitz. Magda kämpft mit sich, ob sie ihm ihre Vergangenheit eröffnen soll.

Version 1: Als sie voller Zweifel abgegangen ist, kommen Prunier und Lisette. Sie hat in ihrer Karriere als Soubrette auf dem Theater schon bei ihrem ersten Auftritt Schiffbruch erlitten und will wieder Zofe sein. Magda begrüßt die Pariser Freunde. Als sie von Lisettes Mißgeschick erfährt, stellt sie sie wieder ein. Prunier deutet an, daß die Tür zu ihrem alten Leben offen stehe. Als er den Garten verläßt, übernimmt Lisette ihre alte Arbeit. Ruggero hat einen Brief seiner Mutter erhalten: Wenn die Auserwählte gut und rein sei, gebe sie der Verbindung ihren Segen. Daraufhin verkündet Magda ihrem Geliebten die Wahrheit über ihr Leben. Er beteuert, daß seine Liebe so groß sei, daß er ihr alles vergebe, doch sie kündigt an, ihn um seiner Zukunft willen zu verlassen. Die Zeit werde die Wunde heilen. Auf Lisette gestützt, geht Magda ab und läßt den schluchzenden Ruggero zurück.

Version 2 ›Die Schwalbe‹: Roger gibt Madelaine einen goldenen (Verlobungs-)Ring und geht ab. Lisette und Prunier kommen, um jener ihre romantische Liebe auszureden, und warnen sie vor der Ödnis bürgerlicher Ehe. Roger erscheint mit dem Brief seiner Mutter, Madelaine liest ihn und bekommt einen Schreck, ihr Geliebter beschimpft sie und verläßt sie unmotiviert, Prunier tröstet sie über das notwendige Ende ihrer Liebe, sie werde eines Tages eine süße Erinnerung daran haben. Madelaine beruhigt sich bei seinem Gedanken, das Opfer bringe sie letztlich ihm: Ihn rettet Ihr, und Euch erhaltet Ihr die Freiheit. »Es ist nötig«, kommentiert Prunier. Sie schreibt Roger zwei Zeilen: »Du kehrst in dein freundliches Heim zurück, ich nehme meinen Flug wieder auf – und mein Leid.« Auf den Brief legt sie den goldenen Ring und geht traurig fort.

Stilistische Stellung

Puccini wollte ausdrücklich keine Operette schreiben, sondern so etwas wie den ›Rosenkavalier‹, nur amüsanter und organischer, doch die Zwischenstellung zwischen dem hohen und dem leichten Genre wurde nach der erfolgreichen Uraufführung im März 1917 am Opernhaus von Monte Carlo (wegen des Krieges nicht in Wien) im Zusammenhang mit späteren Produktionen (Mailand Oktober 1917) immer wieder diskutiert und ist, da die Musik für eine lyrische Oper als zu leicht, für eine Operette hingegen als zu wenig eingängig befunden wurde, für die geringe Resonanz verantwortlich. Die Musik klingt oft zitathaft, verweist auf Eigenes und die Wiener Operetten. Tanzfragmente zitieren die zeitgenössische Tanzoperette: Vor allem der Walzer spielt eine durchgehende Rolle, eher die langsamere französische Variante als die schnelle Wiener Form, er entfaltet sich jedoch so gut wie nie zu geschlossenen Nummern. Entsprechendes gilt von den »anachronistischen« Tänzen: Tango, Onestep und Slowfox im zweiten Akt. Tänzerische und sentimentale Gesten charakterisieren die Musik. Ausgedehnte Melodien entfalten sich selten, sie werden meist in wiederkehrende Motive zerlegt zu einer gesungenen Konversation. Lediglich das Lied von Doretta und die später eingeschobene Tenorarie im ersten Akt bilden geschlossene Nummern, auch das Schlußduett im dritten Akt folgt der traditionellen Form. Die Instrumentation ist trotz des großen Orchesters differenziert und transparent mit leichten harmonischen Schärfungen. Am gewichtigsten ist der II. Akt, während der III. konventioneller wirkt. Er befriedigte Puccini nicht, so daß er ihn für die Aufführung in Palermo im April 1920 änderte (2. Version). Für die Wiener Premiere der deutschen Fassung (›Die Schwalbe‹) am 9. Oktober 1920 arbeitete er den III. Akt nochmals geringfügig um. Da die Musik im wesentlichen die der ersten Version blieb, gab es keinen

Gewinn an Glaubwürdigkeit, und die erste Fassung ist die heute nahezu ausschließlich gespielte. Der Vergleich mit dem ›Rosenkavalier‹ (der von Puccini selbst stammt) tut dem Werk nicht gut, man ordnet es am ehesten als späte und reflektierte Form des französischen Drame lyrique Massenetscher Prägung ein. Die Titelrolle bietet einem Soprano lirico spinto eine dankbare Partie, die übrigen Rollen treten deutlich dahinter zurück.

Textdichtung

Puccini war immer auf der Suche nach geeigneten Stoffen für eine Oper, so auch nach ›La fanciulla del West‹. Die Direktion des zweitwichtigsten Operettenhauses von Wien, des Carltheaters, bot Puccini im Oktober 1913 einen Vertrag über die Komposition einer Wiener Operette für 200.000 Kronen, mehr als ein Jahreseinkommen Puccinis. Der Komponist erhielt ein Szenario von Alfred Maria Willner und Heinz Reichert mit zum Teil bereits formulierten Dialogen, aber ohne eine feste Textgrundlage für die Musiknummern. Es dürfte im wesentlichen so ausgesehen haben (von der Motivation des Schlusses abgesehen) wie das fertige Libretto. Wien sollte ursprünglich der Schauplatz sein (wovon noch die deutsche Namensform Magda zeugt), doch Puccini bestand auf Paris, um andere Traditionsbezüge deutlich zu machen: auf ›La Bohème‹, die ›Traviata‹ von Giuseppe Verdi sowie auf ›Sapho‹ von Jules Massenet. Giuseppe Adami übertrug die Gesangstexte ins Italienische. Im Frühjahr 1914 hatte Puccini einige Nummern komponiert, fand jedoch das Ganze viel zu operettenhaft. Adami schrieb daraufhin alle Prosatexte in Verse um und schuf ein Opernlibretto, das die Zustimmung des Komponisten fand. Die Operettentradition ist jedoch bewahrt, denn die Personen sind entsprechende Stereotypen: die Femme fatale, der brave junge Mann vom Lande, die Kammerzofe, die wie die Adele aus der ›Fledermaus‹ konzipiert ist. Nicht nur besucht sie einen Ball in den Kleidern ihrer Herrin, sie hegt auch Bühnenambitionen wie ihr Urbild. Der Plot ist allerdings für eine Operette eher ungewöhnlich wegen des Entsagungsschlusses, wie er in dieser Absolutheit neu war. Daneben ist die Nähe zur Oper, vor allem zu ›La Traviata‹ und zu ›Sapho‹, deutlich.

Die Verbindung der »alten« Oper mit dem neuen Erfolgsgenre Operette war ein Trend der Zeit, auch Richard Strauss war von der Vorstellung fasziniert. Gerade die geballten Stereotypen aus beiden zogen Puccini an. Er wollte eine Meta-Oper/ette schaffen, die die verbrauchten Traditionen als solche ausstellte und auf dieser Basis Gefühle neu inszenieren konnte. Daß der Komponist in der Spätphase seines Schaffens mit solchen Aspekten umging, zeigen ›Il tabarro‹ mit den ›Bohème‹-Zitaten, ›Gianni Schicchi‹ und ›Turandot‹ mit den Commedia-dell'arte-Figuren: Theater auf dem Theater.

Geschichtliches

Die Wiener Aufführung in der Volksoper war nur ein Achtungserfolg und konnte das Werk trotz des angeblich »rückübersetzten« deutschen Librettos im deutschsprachigen Raum wegen der Konkurrenz zur »echten« Wiener Operette nicht im Repertoire etablieren. In kleineren Häusern gelegentlich angesetzt, wird ›La rondine‹ in großen Theatern eher selten gespielt; eine Ausnahme ist Venedig, wo sie 1973, 1983 und 2008 auf dem Spielplan stand; die Londoner Produktion von 2013 im eleganten Art déco mit Angela Gheorghiu war ein großer Erfolg beim Publikum, die Inszenierung von Rolando Villazón (ebenfalls in Dekors der Entstehungszeit, aber mit surrealistischen Untertönen) an der Deutschen Oper 2015 wurde als eher unbedeutend eingeschätzt.

V. M.

Der Mantel (Il tabarro)

Oper in einem Akt. Dichtung von Giuseppe Adami.

Solisten: *Michele*, Herr des Schleppkahns, 50 Jahre alt (Heldenbariton, auch Charakterbariton, gr. P.) – *Luigi*, Löscher, 20 Jahre alt (Jugendlicher Heldentenor, gr. P.) – *Il Tinca*, Löscher, 35 Jahre alt (Spieltenor, auch Charaktertenor, m. P.) – *Il Talpa*, Löscher, 55 Jahre alt (Charakterbaß, auch Spielbaß, m. P.) – *La Frugola*, dessen Frau, 50 Jahre alt (Spielalt, m. P.) – *Giorgetta*, Micheles Frau, 25 Jahre alt (Jugendlich-Dramatischer Sopran, gr. P.) – *Ein Liederverkäufer* (Lyrischer Tenor, auch Spieltenor, kl. P.) – *Ein Liebespärchen* (Sopran und Tenor, kl. P.) – *So-*

Giacomo Puccini

pranstimmchen (Sopran, kl. P.) – *Tenorstimmchen* (Tenor, kl. P.).
Chor: Löscher – Midinetten (kl. Chp.).
Ort: Paris.
Schauplatz: Ein Winkel der Seine mit Micheles Schleppkahn (im Charakter der üblichen Frachtfahrzeuge, das Steuer ragt hoch über die Kabine, diese anmutig und sauber, hübsch bemalt, mit grünen Fensterchen, Kaminrohr und flachem Dach). Der Kahn nimmt fast die ganze Vorderbühne ein, ein Landungssteg zum Kai, im Hintergrund die Pariser Altstadt und Notre-Dame, rechts im Hintergrund Gebäude längs der Seine, davor hohe Platanen.
Zeit: Frühes 20. Jahrhundert.
Orchester: 2 Fl., 1 Picc., 2 Ob., 1 Eh., 2 Kl., 1 Bkl., 2 Fag., 4 Hr., 3 Trp., 3 Pos., 1 Bt., P., Schl., Cel., Hrf., Str. – Bühnenmusik: 1 Trp., 1 Gl., 1 Schleppdampfersirene, 1 Autohupe.
Gliederung: Durchkomponierte dramatische Großform.
Spieldauer: Etwa 1 Stunde.

Handlung

In einem Winkel der Seine liegt Micheles Schleppkahn vor Anker. Die Löscher sind damit beschäftigt, die letzten Säcke auszuladen. Giorgetta, Micheles junge Frau, spendiert ihnen mit Einverständnis ihres Mannes in Anerkennung ihrer guten Dienste eine Karaffe Wein. Ein Drehorgelmann, der zufällig am Kai vorübergeht, spielt ihnen auf seinem verstimmten Leierkasten einen Walzer. Einer der Löscher mit Spitznamen »Tinca«, der Stockfisch, tanzt unbeholfen mit Giorgetta, worauf ihn der junge Luigi zur Seite stößt. Giorgetta überläßt sich wohlig seinen Armen. Als Michele naht, hören die beiden rasch auf zu tanzen. Die Löscher begeben sich zum Umkleiden in den Schiffsraum. Während ein Liederverkäufer drüben am Kai einigen Midinetten sein neuestes Chanson vorsingt, sucht Giorgetta aus Michele herauszubekommen, ob er Luigi auch weiterhin beschäftigen will. Forschend fragt sie den teils zerstreut, teils nervös Antwortenden, ob ihm etwas fehle. Da kommt »Frugola«, das Frettchen, um ihren Ehemann – von den Löschern »Talpa«, der Maulwurf, genannt – abzuholen. Sie hat die Marotte, in einem Sack alle möglichen Gegenstände zu sammeln, deren sie habhaft werden kann. Wollüstig wühlt sie in den Sachen, unter denen sie einen Kamm hervorholt, den sie Giorgetta schenkt. Triumphierend zeigt sie eine Tüte, in der sich ein Kalbsherz befindet für ihren geliebten Hausfreund, einen gelben Kater mit grünen Augen. Die Löscher kommen nach und nach aus dem Schiffsraum und verlassen, Michele grüßend, über den Landungssteg den Kahn. Tinca macht sich auf zum Wirtshaus, wo er seine elenden Gedanken wieder im Wein ersäufen will. Luigi hat Verständnis für ihn und ergeht sich in bitteren Betrachtungen über dieses Sklavendasein. Frugola erinnert ihren Mann an ihren Wunschtraum, ein kleines Häuschen mit einem hübschen Gärtchen zu besitzen, während Giorgetta, das Großstadtkind, davon träumt, daß Michele eines Tages von dem unsteten Leben lassen wird und sie dann wieder in der geliebten Vorstadt leben darf. Luigi stimmt ihr bei; denn auch er entstammt diesem Milieu. Als Frugola und Talpa gehen, wird Luigi von Giorgetta zurückgehalten. Mit leiser Stimme gedenken sie der glücklichen Stunde ihrer gestrigen Zusammenkunft. Luigi verspricht auch heute wiederzukommen, und wieder soll Giorgetta ihm mit einem brennenden Zündholz das Zeichen geben, wenn Michele eingeschlafen ist und er gefahrlos zu ihr auf den Kahn kommen kann. Als Michele mit den brennenden Schiffslaternen aus der Wohnkabine tritt, macht sich Luigi, von Giorgetta angetrieben, eilig davon. Giorgetta ahnt nicht, daß ihr sehr viel älterer Mann längst den Betrug gemerkt hat. Sie findet es richtig, daß Michele Luigi weiterhin beschäftigen will, und sie meint, lieber möge er den Säufer Tinca entlassen; sie wird aber sichtlich nervös, als Michele bemerkt, dieser trinke nur, um seine Frau, die eine Metze sei, nicht zu töten. Mit warmen Worten erinnert Michele nun Giorgetta an die vergangene schöne Zeit, wo er sie und ihr inzwischen verstorbenes Kind an den kühlen Herbstabenden schützend in seinen Mantel einzuhüllen pflegte. Sie hört nicht auf sein inniges Flehen, jetzt hier bei ihm zu bleiben, und sie gibt vor, todmüde zu sein und schlafen gehen zu wollen. Mit einem schmerzlich verächtlichen Ausdruck ruft er ihr »Dirne« nach, als sie in die Kabine geht. Nachdem er die Lichter an den dazu bestimmten Stellen des Kahnes angebracht hat, hüllt er sich in seinen Mantel und betrachtet, auf das Steuer gestützt, sinnend die Fluten der Seine. Er zündet sich seine Pfeife an, da huscht eine Gestalt über den Landungssteg. Michele packt den Eindringling mit einem plötzlichen Sprung an der Gurgel. Es ist Luigi. Michele erwürgt ihn, nachdem er ihn zu einem Geständnis seiner ehebrecherischen Liebe gezwungen hat. Dann hüllt er die Leiche in seinen

Mantel. Ängstlich und schuldbewußt naht sich Giorgetta aus der Kabine. Michele fordert sie, die sich mit geheuchelter Zärtlichkeit an ihn schmiegt, auf, unter seinen Mantel zu kommen. Zu ihrem Entsetzen rollt ihr aus dem Mantel Luigis Leiche vor die Füße. Mit furchterregender Miene packt Michele Giorgetta und drückt sie auf das Gesicht des toten Buhlen nieder.

Textdichtung und stilistische Stellung
Giuseppe Adami (1878–1946) verfaßte das Opernbuch zu ›Il tabarro‹ nach dem erfolgreichen Pariser Drama ›La Houppelande‹ von Didier Gold, wobei in Puccinis Musik feinsinnig Milieu und seelische Empfindungen miteinander verquickt und aufeinander abgestimmt werden. Das Stimmungshafte dominiert, ja, die Partitur setzt sich eigentlich nur aus einer Reihe unmittelbar aufeinanderfolgender knapper Stimmungsbilder zusammen; denn an Handlung ereignet sich nichts mit Ausnahme der erst ganz am Schluß eintretenden Katastrophe des Ehedramas. Die Musik ist in ihrer Sensibilität und in ihren Stimmungswerten von einer feinnervigen Spannkraft, die ungemein fesselnd wirkt. In Verbindung mit der subtilen Instrumentation vermitteln tonmalerische, aber auch naturalistische Färbungen Klangbilder von eigenartigem Reiz: das unentwegte, zeitlose Dahingleiten des Flusses; die verstimmte Drehorgel; Frugolas Katerlied; das Zapfenstreichsignal in B über der Quint auf A. Episoden von duftiger Zartheit (das Chanson des Liederverkäufers mit dem ›Bohème‹-Zitat; das kleine Duett des Liebespärchens) stehen leidenschaftliche Ausbrüche gegenüber (Duett Giorgetta/Luigi; Micheles Monolog »Fließe ewiges Wasser«, dessen Melodie aus einer vor Jahren komponierten ›Elegie‹ übernommen wurde). Streckenweise tritt auch ein naturalistischer Deklamationsstil in Erscheinung. Ein herber, gedämpfter Grundton durchzieht das ganze Stück.

Geschichtliches
Siehe ›Gianni Schicchi‹.

Schwester Angelica (Suor Angelica)

Oper in einem Akt. Dichtung von Giovacchino Forzano.

Solisten: *Schwester Angelica* (Jugendlich-dramatischer Sopran, gr. P.) – *Die Fürstin*, Schwester Angelicas Tante (Dramatischer Alt, auch Dramatischer Mezzosopran, m. P.) – *Die Äbtissin* (Mezzosopran, auch Alt, kl. P.) – *Die Schwester Eiferin* (Sopran, kl. P.) – *Die Lehrmeisterin der Novizen* (Spielalt, kl. P.) – *Schwester Genoveva* (Lyrischer Sopran, m. P.) – *Schwester Osmina* (Lyrischer Sopran, auch Soubrette, kl. P.) – *Schwester Dolcina* (Spielalt, kl. P.) – *Die Schwester Pflegerin* (Sopran, kl. P.) – *1. Almosensucherin* (Sopran, kl. P.) – *2. Almosensucherin* (Alt, kl. P.) – *Zwei Novizen* (Sopran und Alt, kl. P.) – *1. Laienschwester* (Sopran, kl. P.) – *2. Laienschwester* (Alt, kl. P.).
Chor: Nonnen (m. Chp.); Chor hinter der Szene: Knaben-, Frauen- und Männerchor (kl. Chp.).
Ort: Ein Kloster.
Schauplatz: Kirchlein und Klosterhof, nach dem rechten Bogengang der Friedhof, nach dem linken Bogengang der Nutzgarten, in der Mitte Zypressen, ein Kreuz, Kräuter und Blumen, im Hintergrund links ein Brunnen mit Steintrog, umgeben von wilden Schwertlilien.
Zeit: Gegen das Ende des 17. Jahrhunderts.
Orchester: 2 Fl., 1 Picc., 2 Ob., 1 Eh., 2 Kl., 1 Bkl., 2 Fag., 4 Hr., 3 Trp., 3 Pos., 1 Bt., P., Schl., Cel., Hrf., Str. – Bühnenmusik: 1 Picc., 3 Trp., Org., Klav., 1 Bronzeglöckchen in C, Gl. in C, D, E, F, G, A.
Gliederung: Durchkomponierte dramatische Großform.
Spieldauer: Etwa 50 Minuten.

Handlung
Aus dem Kirchlein ziehen nach der Abendandacht die Nonnen an der Äbtissin vorbei in den Klosterhof, wo die Schwester Eiferin den Mitschwestern, die sich Verfehlungen haben zuschulden kommen lassen, Bußen auferlegt. Beglückt begrüßen die Schwestern heute zum ersten Mal wieder die Sonne, die ihre goldenen Strahlen nur an drei Abenden des Jahres zur Maienzeit in den düsteren Klostergarten sendet. In stillem Gebet gedenken die Nonnen ihrer Mitschwester, die in dem nun wieder dahingegangenen Jahr gestorben ist. Sie glauben, es würde einem Wunsch der Verstorbenen entsprechen, wenn sie einen Eimer von dem sich im Sonnenglanz zu Golde färbenden Wasser auf ihr Grab gießen würden. Schwester Angelica

meint dagegen, Wünsche hegten nur die Lebenden, die Toten hätten sie dank der Gnade der Heiligen Jungfrau nicht mehr nötig. Die Frage, ob sie auch einen Wunsch habe, verneint Angelica. Die Schwestern wissen sehr wohl, daß dem nicht so ist. Sie erzählen einer Novize, daß Schwester Angelica, die anscheinend einer vornehmen Familie entstamme, in den sieben Jahren, seit sie dem Konvent angehöre, sehr zu ihrem Kummer von ihrer Familie nichts mehr gehört habe. Zwei Schwestern Almosensucherinnen bringen auf einem Esel allerlei köstliche Sachen für die Küche, die sie von mildtätigen Menschen geschenkt erhielten. Sie berichten, vor der Pforte eine vornehme Kutsche gesehen zu haben. Erregt fragt Angelica nach dem Aussehen des Wagens, da läutet schon das Sprechzimmerglöckchen. Die Spannung ist groß, als die Äbtissin kommt, um die Schwester aufzurufen, die Besuch erhält. Es ist Angelica. Die Nonnen ziehen sich auf einen Wink der Äbtissin mit einem Eimer Wasser aus dem sonnenbestrahlten Brunnen zum Klosterfriedhof zurück. Angelica erfährt von der Äbtissin, daß ihre Muhme, die Fürstin, gekommen sei. Zitternd vor Erregung geht Angelica der alten Dame entgegen, die ihr aber nur mit einem kurzen Blick, kalt und ohne irgendwelche Rührung die Hand zum Kuß entgegenstreckt. Die Fürstin eröffnet ihr zunächst, daß sie von den verstorbenen Eltern der Nichte mit der Verteilung des Familienerbes betraut worden sei. Da nun Angelicas jüngere Schwester heirate, habe sie die Vermögensverteilung nach Recht und Billigkeit vorgenommen; die Nichte möge sich nun die Urkunde ansehen und sie unterschreiben. Als Angelica sich nach dem Namen des Bräutigams ihrer Schwester erkundigt, erwidert die Fürstin bloß, es sei jemand, der aus Liebe zu seiner Braut Nachsicht geübt hätte gegenüber der Schande, die sie, Angelica, über die Familie gebracht habe. Demütig bemerkt Angelica, zu ihrer Buße alles der Heiligen Jungfrau geopfert zu haben, nur ein Opfer könne sie nicht bringen: ihr Kind zu vergessen. In großer Erregung erkundigt sie sich nun nach ihrem Söhnchen. Die Fürstin schweigt, und als ihr Angelica entgegenhält, die Heilige Jungfrau werde sie richten, wenn sie noch länger schweige, berichtet die Fürstin kalt, daß das Kind vor zwei Jahren einer schweren Krankheit erlegen sei. Mit einem Aufschrei stürzt Angelica zu Boden. Die Fürstin flüstert der Schwester Schließerin, die eben ein Öllämpchen bringt, einige Worte zu. Gleich darauf kommt diese mit der Äbtissin sowie mit Tinte und Feder zurück. Angelica erhebt sich und unterschreibt mit bebender Hand das Pergament. Als die Fürstin sich der Nichte zum Abschied nähern will, wird sie von ihr mit einer Bewegung des Widerwillens abgewiesen, worauf sie sich wortlos entfernt. Jetzt bricht Angelica in lautes Weinen aus, das in Verzückung übergeht, als sie sich plötzlich der Gnade der Heiligen Jungfrau teilhaftig geworden fühlt. Nachdem sich die Schwestern zur Nachtruhe in ihre Zellen begeben haben, kocht Angelica im Garten auf einem mit Steinen improvisierten Herd aus verschiedenen giftigen Kräutern einen Trank, den sie zu sich nimmt. Sie erblickt in dem Leuchten eines Sternes ein Zeichen dafür, daß ihr Kind sie zu sich in den Himmel ruft. Doch jetzt wird sie sich mit einem Mal der schweren Sünde des Selbstmords bewußt. Verzweifelt ruft sie die Madonna um Rettung und um ein Zeichen der Gnade an. Da ertönt aus der Ferne ein Engelschor, und die Türe des in hellem Glanz erstrahlenden und mit Engeln angefüllten Kirchleins öffnet sich. An der Schwelle erscheint die Königin des Trostes, die Angelica ein lichtes blondes Knäblein zuschickt. Angelica streckt, durch die Vision in Verzückung geraten, dem Kind die Arme entgegen und stirbt.

Stilistische Stellung

Wie beim ›Mantel‹ herrscht auch bei ›Schwester Angelica‹ das Stimmungshafte vor, das aber hier mehr auf intime Wirkungen abgestimmt ist. Die spannungsgeladene Szene zwischen Angelica und der Fürstin bildet den dramatischen wie musikalischen Höhepunkt des schon allein wegen der Besetzung mit lauter Frauenstimmen kontrastarmen Stückes. Puccini verarbeitete in dieser Oper auch einige Stellen aus den Skizzen zu einer unvollendet gebliebenen Oper nach Emile Zolas ›Abbé Mouret‹ sowie das Vorspiel zu der ebenfalls nicht zu Ende geführten Oper ›Die Holzpantöffelchen‹.

Textdichtung

Puccini wünschte für sein ›Triptychon‹ zwischen dem tragischen und dem heiteren Stück ein stark gegensätzliches lyrisches Intermezzo. Zur Vertonung einer Klostergeschichte dürfte ihn, der seine Laufbahn als Kirchenkomponist begonnen hatte, schon einmal das ausgefallene Milieu gereizt haben, das ihm auch durch die Besuche bei seiner im Kloster lebenden Schwester Ramelde vertraut geworden war. (Da diese bei der strengen Klausur kein Theater besuchen durfte, spielte und sang Puccini am Klavier ihr und ihren Mitschwestern einmal die ›Suor Angelica‹ im Kloster vor.) Das Opernbuch zu ›Suor Angelica‹ verfaßte Giovacchino Forzano (1884–1970), der erst Mediziner und Baritonist, dann Journalist und schließlich ein erfolgreicher Librettist geworden war. Der Stoff, der die Tragödie einer Mutterschaft behandelt, wurde von ihm frei erfunden und gleichsam als dramatische Charakterstudie in Form des knappen Einakters gestaltet.

Geschichtliches
Siehe ›Gianni Schicchi‹.

Gianni Schicchi

Oper in einem Akt. Dichtung von Giovacchino Forzano.

Solisten: *Gianni Schicchi*, 50 Jahre alt (Schwerer Spielbaß, auch Heldenbariton, auch Charakterbariton, gr. P.) – *Lauretta*, seine Tochter, 21 Jahre alt (Lyrischer Sopran, m. P.) – Die Verwandten des Buoso Donati: *Zita*, genannt die Alte, Base des Buoso, 60 Jahre alt (Dramatischer Mezzosopran, auch Dramatischer Alt, gr. P.) – *Rinuccio*, Neffe der Zita, 24 Jahre alt (Lyrischer Tenor, gr. P.) – *Gherardo*, Neffe des Buoso, 40 Jahre alt (Lyrischer Tenor, auch Charaktertenor, gr. P.) – *Nella*, seine Frau, 34 Jahre alt (Sopran, gr. P.) – *Gherardino*, beider Sohn, 7 Jahre alt (Knabenstimme, kl. P.) – *Betto von Signa*, Schwager des Buoso, unbestimmbares Alter, arm und schlecht gekleidet (Baß, gr. P.) – *Simon*, Vetter des Buoso, 70 Jahre alt (Baß, gr. P.) – *Marco*, sein Sohn, 45 Jahre alt (Bariton, gr. P.) – *Ciesca*, Frau des Marco, 38 Jahre alt (Alt, gr. P.) – *Magister Spinelloccio*, Arzt (Baß, kl. P.) – *Herr Amantio di Nicolao*, Notar (Bariton, kl. P.) – *Pinellino*, ein Schuster (Baß, kl. P.) – *Guccio*, ein Färber (Baß, kl. P.).
Ort: Florenz.
Schauplatz: Das Schlafzimmer Buoso Donatis. Links die Eingangstür, dahinter ein Treppenabsatz und Treppe, dann eine Glastür mit Scheiben bis zum Fußboden, durch sie gelangt man auf den mit einem Holzgeländer versehenen Balkon. Im Hintergrund links großes Fenster, durch das der Turm des Arnolfo zu sehen ist. Rechts eine hölzerne Treppe zu einer Galerie, auf der sich ein Schrein und eine Tür befinden. Unter der Treppe ebenfalls eine kleine Tür, rechts im Hintergrund ein Bett.
Zeit: 1299.
Orchester: 2 Fl., 1 Picc., 2 Ob., 1 Eh., 2 Kl., 1 Bkl., 2 Fag., 4 Hr., 3 Trp., 3 Pos., 1 Bt., P., Schl., Hrf., Cel., Str. – Bühnenmusik: 1 tiefe Gl. in Fis.
Gliederung: Durchkomponierte dramatische Großform.
Spieldauer: Etwa 1 Stunde.

Handlung
Mit scheinheiliger Anteilnahme umstehen, Gebete leiernd, die Verwandten das Bett, in dem der tote Buoso Donati liegt. Sie beteuern, den Verstorbenen ihr Leben lang zu beweinen. Da flüstert Betto, Buosos Schwager, seiner Nichte Nella etwas ins Ohr, das nach und nach alle in Schrecken versetzt: in Signa gehe das Gerücht um, der alte Buoso habe sein großes Vermögen dem Kloster vermacht. Man wendet sich an Simon, den Vetter des Verstorbenen, der als ehemaliger Podestà in Rechtsangelegenheiten bewandert ist. Dieser meint, wenn das Testament beim Notar liege, sei nichts zu machen, anders dagegen, wenn es hier im Haus des Buoso aufbewahrt sei, dann hätten die Klosterbrüder nichts zu lachen. Fieberhaft beginnen nun alle, nach dem Testament zu suchen. Betto nützt die Gelegenheit der allgemeinen Verwirrung und steckt heimlich einen schönen silbernen Teller mit Stilett und Schere zu sich. Da findet endlich Rinuccio, der Neffe von Buosos Base Zita, in einem Schrein die Pergamentrolle. Die Verwandten stürzen sich auf ihn, er wehrt sie aber ab und nimmt ihnen erst noch das Versprechen ab, seiner Verheiratung mit Gianni Schicchis Tochter Lauretta nichts mehr in den Weg zu legen, falls ihm der Onkel ein schönes Erbe hinterlassen habe. Während Zita umständlich des Testament öffnet, schickt Rinuccio den kleinen Gherardino zu Gianni Schicchi mit der Bitte, er möchte mit seiner Tochter sogleich hierher kommen. Die Verwandten drängen sich um Zita, und alles liest gespannt und lautlos das Vermächtnis. Aber bald verfinstern sich ihre Mienen und sie setzen sich schließlich wie versteinert nieder. Simon löscht die Kerzen am Bett des Toten. Nach und nach geht ihre Niedergeschlagenheit in helle Empörung gegen den Verblichenen über, der den lieben Verwandten überhaupt nichts und alles

den Klosterbrüdern vermacht hat. Mit einem Mal halten sie inne und fragen sich, ob es denn nicht ein Mittel gäbe, das Testament zu umgehen. Wieder wenden sie sich forschend an Simon. Da bedeutet ihnen Rinuccio, es gebe nur einen Mann, der dies fertig brächte: der schlaue Gianni Schicchi, den er soeben habe herbeiholen lassen. Die Verwandten wollen aber nichts von ihm wissen, sie wollen jetzt auch nicht mehr, daß ein Donati die Tochter eines zugewanderten Kerls heiratet. Rinuccio weist darauf hin, daß Florenz seinen Ruhm und seine Größe in erster Linie den Künstlern und Gelehrten verdanke, die von außerhalb in die Stadt gezogen waren. Da klopft es, und Gianni Schicchi tritt mit Lauretta ein. Die alte Zita lehnt barsch ein Mädchen ohne Mitgift für ihren Neffen ab; gekränkt will sich Gianni Schicchi mit seiner Tochter wieder entfernen. Als ihn aber Lauretta innig anfleht, um ihrer Liebe willen zu bleiben, läßt er sich das Testament reichen. Zunächst findet auch er, daß nichts zu machen sei, doch plötzlich hat er einen Einfall. Er schickt erst Lauretta aus dem Zimmer auf den Balkon, dann vergewissert er sich, ob außer den Verwandten noch jemand von dem Ableben Buosos Kenntnis erhalten habe. Als die Verwandten dies verneinen, läßt er den Toten in das Nebenzimmer bringen und von den Frauen das Bett machen. In diesem Augenblick klopft es. Es ist der Arzt. Auf Gianni Schicchis Weisung lassen die Verwandten den Doktor nur durch den Türspalt mit dem »Patienten« reden, der so täuschend die Stimme Buosos imitiert, daß der Arzt den Schwindel nicht merkt. Gianni Schicchi-Buoso bittet den Doktor, erst abends zu kommen, da er jetzt ruhen wolle, worauf sich dieser befriedigt über den Erfolg seiner Kunst entfernt. Nun schickt Gianni Schicchi eiligst nach dem Notar, um ihm das Testament neu zu diktieren. Die Verwandten machen Schicchi Vorschläge, wie er die einzelnen Erbgüter verteilen soll, wobei sie sich gegenseitig in die Haare kommen. Da ertönt plötzlich die Sterbeglocke; alle erbleichen, aber Gherardo kann in Erfahrung bringen, daß das Läuten dem tödlich verunglückten Mohren des Hauptmanns gegolten habe. Gianni Schicchi legt nun Nachthemd, Haube und Halstuch von Buoso an; die Verwandten machen inzwischen im Zimmer Ordnung. Dann erinnert Gianni Schicchi sie an das florentinische Gesetz, wonach ihnen, falls der Schwindel aufkomme, die rechte Hand abgehackt werde und sie verbannt würden. Da klopft es an der Tür. Gianni Schicchi schlüpft schnell ins Bett, während die Verwandten durch Zuziehen der Vorhänge das Zimmer abdunkeln. Der Notar erscheint mit zwei Zeugen. Gianni Schicchi beginnt sodann mit dem Diktat des Testamentes: für sein eigenes, Buosos Begräbnis, setzt er bescheiden bloß zwei Gulden ein, den Klosterbrüdern vermacht er gar nur ganze fünf Lire, dann verteilt er das Bargeld und die geringeren Werte unter die Verwandten, während er die fetten Brocken der Reihe nach seinem »lieben Freunde Gianni Schicchi« verschreibt. Als die Wut und die Empörung der Verwandten immer lauter wird, erinnert er sie zwischendurch mit leiser Stimme an die drohende Strafe. Nachdem er noch den Notar und die Zeugen großzügig aus Zitas Tasche hat bezahlen lassen, verabschieden diese sich gerührt von ihm. Wutschnaubend gehen jetzt die Verwandten auf Gianni Schicchi los, der rasch aus dem Bett springt und sie aus seinem Haus, das er sich eben vermacht hat, hinausjagt. In der Eile raffen sie noch, was nicht niet- und nagelfest ist, dann entfernen sie sich unter wüsten Beschimpfungen. Durch die Balkontür betreten nun, innig umschlungen, Lauretta und Rinuccio das Zimmer. Gerührt betrachtet Gianni Schicchi das Liebespaar. Dann wendet er sich an das Publikum mit dem Bemerken, daß ihn der große Dante für diese Schelmerei in die Hölle stecken würde, doch da er das Ganze zu einem guten Ende geführt habe, bitte er die Zuschauer um mildernde Umstände.

Stilistische Stellung

›Gianni Schicchi‹ ist nach ›La Bohème‹ fraglos Puccinis kunstvollste Oper. Trotz des mosaikartigen Aufbaus wirkt das ganze Werk außerordentlich geschlossen dank einer weisen Disposition und dank der leitmotivartigen Verarbeitung einiger prägnanter, originell harmonisierter Themen. Das ariose Element tritt lediglich in ein paar lose dazwischengestreuten lyrischen Episoden in Erscheinung (Rinuccios Hymnus auf Florenz, Laurettas zärtlich-schwärmerischer Bittgesang und das abschließende kleine Liebesduett). Im allgemeinen herrscht ein trefflich charakterisierender, manchmal sich in ein rhythmisiertes Sprechen auflösender Deklamationsstil vor, der von dem untermalenden Orchester sinnfällig gestützt wird.

Textdichtung

Mit ›Gianni Schicchi‹ hatte Puccini endlich den von ihm seit langem gesuchten Stoff für eine musikalische Komödie gefunden. Ein paar Verse aus Dantes ›Divina Commedia‹ (1311 bis 1321, Hölle, 30. Gesang, Vers 32 und 43) gaben ihm die Anregung zu dem burlesken Spiel, das Giovacchino Forzano in den Grundzügen nach den Terzinen und dem erläuternden Kommentar der Vorlage gestaltete.

Geschichtliches
Noch während der Arbeit an ›La fanciulla del West‹ sah Puccini sich bereits wieder nach neuen Opernstoffen um; Maurice Maeterlincks ›Pelléas und Mélisande‹, Gabriele D'Annunzios ›Kinderkreuzzug‹ und Victor Hugos ›Der Glöckner von Notre-Dame‹ wurden unter anderem erwogen. Aber zunächst mußte ein geeigneter Textdichter gefunden werden. Mit Illica hatte sich Puccini überworfen und mit Civinini und Zangarini, die ihm das Buch zu ›Fanciulla‹ geschrieben hatten, wollte er keine weitere Arbeitsgemeinschaft eingehen. Seinen Mentor in Operntextangelegenheiten, Giulio Ricordi, hatte er durch den Tod verloren (1912). Endlich glaubte er in dem phantasiebegabten Schriftsteller Giuseppe Adami eine geeignete Persönlichkeit gefunden zu haben. Dieser arbeitete zunächst ein Libretto nach einem spanischen Sujet (›Die fröhliche Seele‹) aus, das aber nicht ausgeführt wurde. Jetzt tauchte auch der schon früher erwogene Plan für einen Einakter-Zyklus wieder auf, der ein tragisches, ein lyrisches und ein burleskes Stück zur Aufführung an einem Abend umfassen sollte. Inzwischen hatte Puccini in Paris am Théâtre Marigny Didier Golds Einakter ›La Houppelande‹ gesehen, von dem er stark beeindruckt worden war. Er schickte das Buch zunächst an den Dichter Ferdinando Martini, der aber ablehnte. Daraufhin ließ er sich von Adami versuchsweise das Opernbuch entwerfen. Schon nach einer Woche erhielt Puccini das Gewünschte, worauf er sich anschließend sogleich an die Ausarbeitung von ›Il tabarro‹ machte, die – wiederum nach langwierigem Meinungsaustausch zwischen Dichter und Komponisten – im Jahre 1913 zum Abschluß gebracht werden konnte. In Ermangelung geeigneter Stoffe für die beiden anderen Einakter nahm Puccini dann die Operette ›La rondine‹ in Angriff, zu der er sich für das Carltheater in Wien vertraglich verpflichtet hatte. Nach der Uraufführung dieses Werkes (1917) konnte Puccini endlich von dem Librettisten Giovacchino Forzano zwei Bücher erhalten, die in ihrer Gegensätzlichkeit hinsichtlich des Milieus und des Zeitkolorits ihm für die Komplettierung des Einakter-Zyklus' geeignet erschienen. Zunächst arbeitete Forzano zur vollen Zufriedenheit des Komponisten das Libretto zu ›Gianni Schicchi‹ aus und, während Puccini bereits mit der Komposition der Komödie beschäftigt war, das Buch zu ›Suor Angelica‹. Da ›Il tabarro‹, ›Suor Angelica‹ und ›Gianni Schicchi‹ für die Aufführung an einem Abend gedacht waren, wurden sie unter dem Namen ›Il trittico‹ zusammengefaßt. Die geschlossene Uraufführung des Triptychons erfolgte am 14. Dezember 1918 an der Metropolitan Opera in New York unter der musikalischen Leitung von Roberto Moranzoni, die italienische Erstaufführung am Teatro Costanzi in Rom am 11. Januar 1919. Obwohl der Publikums- und Presse-Erfolg enorm war, erfuhr – besonders im Ausland – zunächst nur ›Gianni Schicchi‹ weitere Verbreitung. Erst in neuerer Zeit hat sich ›Il tabarro‹ durchgesetzt, und geschlossene Aufführungen des ganzen Triptychons wurden immer häufiger.

Turandot

Lyrisches Drama in drei Akten (fünf Bildern). Dichtung von Giuseppe Adami und Renato Simoni.

Solisten: *Turandot*, eine chinesische Prinzessin (Dramatischer Sopran, gr. P.) – *Altoum*, Kaiser von China (Charaktertenor, auch Lyrischer Tenor, m. P.) – *Timur*, entthronter König der Tataren (Charakterbaß, auch Seriöser Baß, m. P.) – *Der unbekannte Prinz [Kalaf]*, sein Sohn (Jugendlicher Heldentenor, gr. P.) – *Liù*, eine junge Sklavin (Lyrischer Sopran, m. P.) – *Ping*, Kanzler (Spielbariton, auch Charakterbariton, gr. P.) – *Pang*, Marschall (Spieltenor, auch Charaktertenor, gr. P.) – *Pong*, Küchenmeister (Spieltenor, auch Charaktertenor, gr. P.) – *Ein Mandarin* (Bariton, kl. P.) – *Der junge Prinz von Persien* (Stumme Rolle) – *Der Scharfrichter* (Stumme Rolle).
Chor: Die kaiserlichen Wachen – Die Gehilfen des Henkers – Knaben – Priester – Mandarine – Würdenträger – Die acht Weisen – Turandots Kammerfrauen – Diener – Soldaten – Bannerträger – Musikanten – Schatten der Verstorbenen – Geheimnisvolle Stimmen – Die Menge (I. Akt:

Männerchor geteilt in Volk, in Wachen [Tenöre], in Henker [12 Bässe] und in Weiße Priester; II. Akt: Bässe geteilt in Volk und in 8 Weise; Knabenchor; gr. Chp.).
Ort: Peking.
Schauplätze: Die Mauer der großen »violetten Stadt«, der »Kaiserstadt«, fast die ganze Szene im Halbkreis umschließend, rechts großer Laubengang voller Skulpturen und Schnitzereien, die Ungeheuer, Einhörner, Phönixe usw. darstellen, während die Pfeiler der Lauben auf den Rücken gewaltiger Schildkröten ruhen. Zu Füßen des Laubengangs großer bronzener Gong, auf den Zinnen Pfähle mit den Schädeln der Hingerichteten, links und im Hintergrund drei riesige Tore, in der Ferne die Stadt Peking – Ein von einem großen Zelt gebildeter Pavillon mit einem mittleren und zwei seitlichen Ausgängen – Der große Schloßplatz, fast in der Mitte eine riesige Marmortreppe, welche sich in der Höhe zwischen durchbrochenen Bogen verliert, mit drei geräumigen Zwischenebenen – Der Schloßgarten, bestehend aus lauter wellenförmigen Bodenerhebungen, Gebüschen und Götterbildnissen in dunkler Bronze, rechts ein Pavillon, zu dem fünf Stufen führen und den eine reich bestickte Zeltwand abschließt – Die Außenseite des Kaiserpalastes, ganz in weißem, durchbrochenem Marmor, in der Mitte eine hohe Treppe.
Zeit: In vergangenen Zeiten.
Orchester: 2 Fl., 1 Picc., 2 Ob., 1 Eh., 2 Kl., 1 Bkl., 2 Fag., 1 Kfag., 4 Hr., 3 Trp., 3 Pos., 1 Bt., P., Schl., 2 Hrf., 12 chinesische Gongs, Klav., Org., Cel., Str. – Bühnenmusik: Hörner, 6 Trp., 4 Pos., 2 Altsaxophone, 1 Tr.
Gliederung: Durchkomponierte dramatische Großform.
Spieldauer: Etwa 2 Stunden.

Handlung

Von den hohen Zinnen der Mauer, die den kaiserlichen Palast in Peking umgibt, verkündet ein Mandarin der Menge einen tragischen Erlaß: Die Prinzessin Turandot heiratet den Mann aus königlichem Blut, der die drei Rätsel löst, die sie ihm aufgibt. Wer die Probe nicht besteht, ist dem Henker verfallen. Der junge Prinz von Persien konnte die Rätsel nicht lösen, daher muß er bei Mondaufgang sterben. Unter großem Tumult akklamiert das Volk die Bekanntmachung. Während die Henkersknechte das große Henkersschwert schleifen, richtet der junge Prinz Kalaf einen von der Menge zu Boden gestoßenen alten Mann auf, in welchem er seinen Vater Timur erkennt. Dieser war als König der Tataren von dem Kaiser von China entthront worden; er befindet sich jetzt, wie sein Sohn Kalaf, unerkannt auf der Flucht, behütet von einer zierlichen Sklavin, Liù, die ihrem Herrn die Treue hält, weil ihr einst Prinz Kalaf zugelächelt hatte. Beglückt schließt der Greis den totgeglaubten Sohn in die Arme. Inzwischen ist der Mond aufgegangen. Das Volk empfindet jetzt Mitleid mit dem schönen persischen Prinzen, als er zur Richtstätte geführt wird. Aber Turandot, die in ihrer kalten Schönheit einer Vision gleich auf den Zinnen der Mauer erschienen ist, lehnt eine Begnadigung ab. Kalaf ist von Turandots Anblick geblendet. Angsterfüllt suchen Timur und Liù, ihn von hier wegzuführen, aber er hört nicht auf sie. Schon geht er zu dem großen Gong, da treten ihm drei Masken, der Kanzler Ping, der Marschall Pang und der Küchenmeister Pong in den Weg. Auch sie fordern den Unbekannten auf, von dem Wahn zu lassen und sich zu entfernen, und auch ihre Ermahnungen sind ebenso vergeblich wie Timurs und Liùs inniges Flehen. Selbst das Erscheinen des Scharfrichters Pu-Tin-Pao mit dem abgeschlagenen Haupt des persischen Prinzen kann ihn nicht abschrecken, gegen den Gong die drei Schläge zu führen als Zeichen, daß er sich als Freier melde. Hohnlachend entfernen sich die drei Masken, während sich Liù verzweifelt an Timur schmiegt.
In einem Pavillon treffen sich Ping, Pang und Pong zur Beratung: Siegt der Fremde, dann bereitet Pong, der Küchenmeister, das Hochzeitsfest; rät er fehl, dann richtet der Marschall Pang das Begräbnis. Der Kanzler Pong ist besorgt um das alte heilige China, in dem jahrtausendelang die Dinge nach alter Regel ihren Lauf nahmen, bis Turandot kam. Aus ihren Papyrusrollen rekapitulieren sie die Zahl der bisherigen Opfer der grausamen Prinzessin, die heuer im Jahr des Tigers bereits die Zahl von dreizehn erreichten. Sie rufen den großen Himmelsmarschall Tiger an, er möge China endlich wieder seine Ruhe geben. Aber der aus dem kaiserlichen Palast dringende Lärm ruft sie wieder in die traurige Wirklichkeit zurück. – Auf dem großen Schloßplatz versammelt sich die Menge. Die acht Weisen nehmen Aufstellung, von denen jeder drei versiegelte Rollen mit den Lösungen zu Turandots Rätseln in der Hand hält. Schließlich erscheint Kaiser Altoum mit Prinzessin Turandot. Nachdem auch der Kaiser den unbekannten Prinzen vergeblich

aufgefordert hat, von seinem Vorhaben abzustehen, und ein Mandarin die Satzung verlesen hat, gibt Turandot dem Fremden bekannt, daß sie, die kein Mann jemals besitzen soll, es auf sich genommen habe, die Freveltat eines Mannes an einer ihrer Urahninnen an all den Prinzen zu rächen, die um ihre Hand anhalten. Dann stellt sie die erste Frage: welches Phantom jede Nacht von neuem in den Herzen der Menschen geboren würde, um tags darauf wieder zu sterben. Der Prinz antwortet, es sei die Hoffnung. Die Weisen bestätigen aus der ersten Rolle die Richtigkeit der Lösung. Zornig tritt die Prinzessin näher und fragt weiter: es lodere wie eine Flamme und sei doch kein Feuer, im Fieber rase es ungestüm und es sei kalt im Tode, im Gedanken an den Sieg glühe es auf und gleich der Sonne am Abend sei sein Glanz. Nach einigem Überlegen erwidert Kalaf, es sei das Blut. Und wieder erklären die Weisen die Antwort als richtig. In höchster Erregung steigt jetzt Turandot die Treppe herab und beugt sich über den Prinzen, während sie die letzte Frage an ihn richtet: an welchem Eis, das durch des Prinzen Feuer noch mehr erstarre, verbrenne er? Höhnisch lächelt die Prinzessin, als sie bemerkt, daß ihre Nähe Kalaf verwirrt. Dieser springt jedoch plötzlich auf und nennt das Eis: Turandot. Die Weisen bestätigen, daß auch das dritte Rätsel richtig gelöst sei. Das Volk jubelt. Aber Turandot fleht außer sich den Kaiser an, sie, sein Kind, nicht wie eine Sklavin zu verschenken. Der Kaiser beruft sich jedoch auf sein gegebenes Wort. Als Turandot sich dann an den Prinzen selbst wendet mit der Frage, ob er sie denn mit Gewalt zwingen wolle, antwortet er, er begehre nur ihre Liebe. Jetzt gibt er ihr ein Rätsel auf, und zwar soll sie ihm, dem Unbekannten, bis zum nächsten Morgengrauen seinen Namen nennen; vermag sie es, so will er sterben.

In einem Erlaß befiehlt Turandot der gesamten Bevölkerung Pekings, diese Nacht nicht zu schlafen, und unter Androhung von Tod und Folter wird das Volk aufgefordert, den Namen des Fremdlings ausfindig zu machen. Ping, Pang und Pong schleichen in den Pavillon, in dem Kalaf ruht. Sie suchen vergeblich, mit schönen Mädchen, mit Körben und Säcken voll Gold und Kleinodien und mit dem Versprechen, ihm zur Flucht zu verhelfen, ihn zur Preisgabe seines Namens zu bewegen. Schließlich bedrohen sie ihn mit dem Dolch, da werden von Häschern Timur und Liù herbeigeschleppt, die mißhandelt und mit Blut besudelt sind. Der Prinz behauptet, daß diese seinen Namen nicht kennten. Turandot wird gerufen, und als neuerdings der greise Timur bedroht wird, tritt rasch Liù vor und gesteht, daß sie allein den Namen kenne. Aber sie läßt sich ihn durch keine Folter abpressen, und als man den Scharfrichter herbeiholt, tritt sie vor die Prinzessin und prophezeit ihr, daß Turandot Kalaf lieben werde, während sie, die ihn heimlich liebte, ihre Augen schließen werde, damit er nochmals siege und auf daß sie ihn dann nimmer sähe. Unversehens ergreift sie den Dolch eines Soldaten und ersticht sich. Nachdem die Tote, begleitet von Timur und der tief ergriffenen Menge, weggetragen worden ist, stehen sich Turandot und Kalaf allein gegenüber. Der Prinz reißt ihr den Schleier vom Gesicht, damit sie Liùs Blut sähe, das für sie geflossen ist, und als sie ihm entgegenhält, daß er in ihre Seele werde niemals vordringen können, packt er sie mit Gewalt und überschüttet sie mit Küssen. Nach und nach gibt sie zu, ihm, den sie von Anfang an gefürchtet und, wie sie jetzt erkennt, geliebt habe, unterlegen zu sein; er möge sich aber mit diesem Sieg zufrieden geben und mit seinem Geheimnis von dannen ziehen. Da nennt ihr Kalaf selbst seinen Namen mit dem Bemerken, sie möge ihn verderben, wenn sie es könne. Aus dem Palast ertönen die Fanfaren, der Morgen graut und es naht die Entscheidung. Vor dem Kaiser und allem Volk erklärt Turandot, den Namen des Fremdlings zu kennen: er heiße »Die Liebe«. Kalaf stürzt unter dem Jubel aller in Turandots Arme.

Stilistische Stellung
Das hervorstechendste Merkmal der ›Turandot‹-Partitur ist in dem Raffinement ausgesuchter und subtilster koloristischer Wirkungen zu erblicken, mit denen Puccini das bunte, farbenprächtige exotische Märchenmilieu in Klang umsetzte. Der ganze Zauber einer fernen, unwirklichen Welt tut sich auf, vermittelt durch musikalische Wirkungen verschiedener Art: zunächst durch die pittoreske Melodik, die in ihrer Pentatonik zum Teil originalen chinesischen Volksweisen nachgestaltet ist; die Klangwerdung der fremdländischen Atmosphäre bewirkt aber auch eine mit Figurenwerk verbrämte heterophone Harmonik, vielfach über Orgelpunkten und ostinaten Bässen, ferner die charakteristische Rhythmik mit zahlreichem Taktwechsel und Schwergewichtsverschiebungen und ganz besonders die feinnervige Instrumentation, die zur Erzielung

des nationalen Kolorits neben Harfe und Celesta Saxophone und zwölf chinesische Gongs mobilisiert. Auch Chorwirkungen (Knabenstimmen, Brummchöre) tragen zur folkloristischen Malerei bei. Dem pompösen Prunk der Massenszenen und dem leidenschaftlichen Pathos der Kalaf-Turandot-Stellen stehen die zart-lyrische Zeichnung der Liù einerseits und die scherzoartigen Intermezzi der drei Masken anderseits gegenüber. Im Vergleich zu den früheren Werken erscheint die formale Anlage breiter und großzügiger.

Textdichtung
Die chinesische Prinzessin Turandot ist Heldin einer persischen Erzählung aus ›1001 Tag‹. Das der Commedia dell'arte nahestehende skizzenartige Märchenspiel ›Turandot‹ des venezianischen Dichters Carlo Gozzi (1720–1806) erfuhr zunächst eine dramatische Bearbeitung durch Friedrich Schiller (1802) und in neuerer Zeit durch Waldfried Burggraf ([Friedrich Forster] 1925). Es diente auch schon einmal vor Puccini als Opernvorlage, und zwar für die gleichnamige Oper von Ferruccio Busoni (1917). Die Operndichtung für Puccini führten unter der bestimmenden Mitwirkung des Komponisten die Librettisten Giuseppe Adami (1878–1946) und Renato Simoni (1875–1952) aus. Gegenüber Gozzi und auch gegenüber Schiller erblickte Puccini in Turandot nicht jene kalte Schönheit, die ihre jungfräuliche Scheu vor dem Männergeschlecht hinter sadistischer Grausamkeit verbirgt, sondern eine liebesfähige Frau, deren unnatürliches, blutrünstiges Gebaren psychologisch-mythisch motiviert ist, nämlich durch Turandots Identifikation mit jener Urahnin, die einst von einem fremden Prinzen gewaltsam in Besitz genommen wurde und geschändet starb. Und aus der panischen Furcht vor gleichem Schicksal will Turandot ihre Jungfräulichkeit bewahren. Die Handlung wird, von einigen Veränderungen abgesehen, der Vorlage folgend in konzentrierter Form vermittelt, wodurch auch auf eine Reihe von Personen verzichtet werden konnte. An die Stelle der Commedia dell'arte – Figuren (Pantalone, Truffaldino, Brighella) treten in der Oper drei im Rahmen des Milieus bleibende, bizarre und feinkomische Märchengestalten (Ping, Pang, Pong).

Geschichtliches
Nach der Vollendung des ›Triptychon‹ suchte Puccini mit nervöser Ungeduld wie noch nie, gleichsam als ob er sein nicht allzufernes Ende ahnte, nach einem neuen Opernstoff. Eine Vorlage des französischen Lustspieldichters Tristan Bernard hatte er abgelehnt. Im Herbst 1920 bat der Komponist den Journalisten Renato Simoni gelegentlich eines Jagdbesuches in Torre del Lago, zusammen mit Adami ein Libretto auszuarbeiten. Adami war mit der Zusammenarbeit sehr einverstanden, und die beiden Autoren bearbeiteten zunächst das Stück ›Fanny‹ (nach Charles Dickens), das aber dem Komponisten nicht gefiel. Simoni schlug nun vor, einen Märchenstoff zu wählen, und bald fiel der Name Gozzi. Puccini stellte dessen ›Turandot‹ zur Debatte, die ihm vor Jahren beim Besuch einer Aufführung bei Max Reinhardt in Berlin großen Eindruck gemacht hatte. Simoni, der früher als Journalist in China lebte, kannte Land und Literatur sehr genau. Puccinis Freund, Baron Fassini, der ehemals in einem italienischen Konsulat in China tätig gewesen war, bot den Librettisten und dem Komponisten eine große Anzahl musikalischer Vorlagen in seinem Haus, das im chinesischen Stil eingerichtet war. So etwa eine kostbare Spieluhr, welche die echte chinesische Kaiserhymne spielte, die Puccini ziemlich unverändert in das Finale des II. Aktes übernahm, und eine weitere Melodie, nach der das Motiv der drei Masken gestaltet wurde. Eine chinesische Prinzessin, die vorgab, von Turandot direkt abzustammen, übermittelte ebenfalls einige Originalmelodien. Auch das Londoner Museum stellte dem Komponisten Anschauungsmaterial zur Verfügung. Anfang September 1924 wurde mit der Mailänder Scala der Aufführungsvertrag abgeschlossen. Die Partitur war bereits bis zu dem großen Duett Turandot – Kalaf (III. Akt) gediehen, da nahm der Tod dem Komponisten die Feder aus der Hand (29. November 1924). Der unvollendet gebliebene restliche Teil der Oper (Duett Turandot/Kalaf sowie das Schlußbild) wurde sodann von Franco Alfano anhand von Kompositionsmaterialien, die Puccini hinterlassen hatte, vervollständigt. Wie seit den 1980er Jahren durch die Forschungsarbeit von Jürgen Maehder bekannt ist, handelte es sich insbesondere um 23 beidseitig beschriebene Skizzenblätter à 36 Seiten, die Alfano in Fotografie und Transkription vorlagen, von denen Alfano allerdings lediglich vier verwendete. Auf Drängen Arturo Toscaninis, der als Uraufführungsdirigent vorgesehen war, mußte Alfano aus seiner ersten Schlußversion, die 377 Takte umfaßte, 109 Takte herauskürzen, wobei er noch ein weiteres

Skizzenblatt für seine zweite Version zur Grundlage nahm.
Die Uraufführung fand am 25. April 1926 an der Mailänder Scala statt. Toscanini brach an der Stelle, an der Puccinis Original zu Ende ist, die Vorstellung mit den an das Publikum gerichteten Worten ab: »Hier endet das Werk des Meisters.« Erst die zweite Aufführung ging dann mit dem von Alfano ergänzten Schluß zu Ende. Die ursprüngliche Langfassung des Alfano-Finales wurde 1982 zunächst von Owain Arwel Hughes konzertant in London vorgestellt, die erste szenische Erprobung folgte im Jahr darauf an der City Opera New York (Regie: Jack Eddleman, musikalische Leitung: Christopher Keene). Durchgesetzt hat sich das breitere Alfano-Finale – obgleich homogener als die gekürzte Fassung – allerdings nicht. Anders als das auftrumpfende Lieto fine Alfanos stellt sich das von Luciano Berio vervollständigte ›Turandot‹-Finale mit decrescendierendem Schluß dar. Berio integrierte in seine Version immerhin 24 der Puccini-Skizzen. Faszinierend changiert in dieser Fassung die Musik zwischen der Tonsprache des Altmeisters und derjenigen Berios, die ihr Herkommen aus dem späten 20. Jahrhundert nicht verleugnet. 2002 wurde der Berio-Schluß erstmals konzertant während des Festival de Música de las Canarias von Riccardo Chailly aufgeführt. Dann wurde er an der Los Angeles Opera von Kent Nagano in eine bereits vorhandene ›Turandot‹-Inszenierung Giancarlo del Monacos eingefügt. Eine Neuinszenierung durch Nikolaus Lehnhoff in Amsterdam – wieder mit Chailly als Dirigent und ebenfalls im Jahr 2002 – fußte auf Berios Bearbeitung.

R. K./R. M.

Henry Purcell

* 1659, † 21. November 1695 in Westminster (London)

Dido und Aeneas

Oper in drei Akten. Libretto von Nahum Tate.

Solisten: *Dido,* Königin von Karthago (Lyrischer Mezzosopran, auch Lyrischer Sopran, gr. P.) – *Aeneas,* ein trojanischer Prinz (Lyrischer Bariton, auch Lyrischer Tenor, gr. P.) – *Belinda,* eine Edelfrau im Gefolge der Königin (Sopran, m. P.) – *2. Frau* (Sopran, kl. P.) – *Zauberin* (Mezzosopran, auch Countertenor, m. P.) – *1. Hexe* (Mezzosopran, auch Sopran, m. P.) – *2. Hexe* (Mezzosopran, auch Alt, m. P.) – *Geist* (Sopran, auch Countertenor, kl. P.) – *Erster Matrose* (Sopran oder Tenor, kl. P.)
Chor: Gefolge der Dido – Hexen – Matrosen des Aeneas (gemischter Chor, m. Chp.).
Ballett: Diverse Tänze, ad libitum.
Ort: Karthago.
Schauplätze: Palast der Dido – Eine Felsenhöhle – Die Schiffe des Aeneas.
Zeit: Nach dem Ende des Trojanischen Krieges.
Orchester: Cemb. – Str.
Gliederung: Vorspiel, Rezitative, Arien, Ensembles, Chöre und Tänze.
Spieldauer: Etwa 1 Stunde.

Handlung
Eine Gruppe der überlebenden Trojaner unter der Führung des Prinzen Aeneas ist auf der Fahrt nach Italien in Karthago gelandet. Aeneas hat sich in die schöne verwitwete Königin Dido verliebt, und auch sie erwidert seine Liebe, doch zögert sie; weiß sie doch um seinen Auftrag, in Italien ein neues Troja zu errichten. Ihre Vertraute Belinda und der ganze Hof reden ihr zu, das Glück nicht auszuschlagen, und als Aeneas erneut kommt und um sie wirbt, willigt sie schließlich ein. – In einer wilden Felsenhöhle berät sich die Zauberin mit ihren Hexen, wie sie ihrer Feindin, der Königin Dido, schaden können. Die Zauberin will Aeneas durch einen Geist, der als Götterbote Merkur auftreten wird, an seinen Auftrag erinnern und ihn zur schnellen Abreise gemahnen; dies wird sicher Didos Herz brechen.
Dido und Aeneas befinden sich auf der Jagd und sind dabei sehr erfolgreich, als – von den Hexen

angezettelt – ein Unwetter droht. Alles zieht sich schnell zurück ins Schloß, doch dem alleingebliebenen Aeneas erscheint Merkur – so muß er jedenfalls glauben – und fordert ihn auf, noch in der Nacht das Land zu verlassen. Aeneas durchschaut weder den Betrug, noch vermag er sich dem göttlichen Gebot zu widersetzen. Die Zauberin und die Hexen triumphieren.

Die Matrosen rüsten fröhlich die Schiffe; endlich geht es weiter. Dido jedoch ist in ihrer Liebe tief verletzt. Als Aeneas kommt, um sich zu verabschieden, wirft sie ihm Heuchelei vor. Als Aeneas ihren Schmerz sieht, will er sich dem Spruch der Götter widersetzen, doch er vermag es nicht. Trauer umgibt Dido, sie stirbt.

Stilistische Stellung
›Dido und Aeneas‹ ist – ungeachtet ihrer Kürze – Purcells einzige Oper im Wortsinne, seine übrigen Bühnenwerke stehen mehr in der Tradition der englischen »Masques« und mischen Elemente des Musikdramas mit solchen des Balletts, des Masken- und des Schauspiels. Purcells Musik, voll reichen dramatischen Atems und lyrischer Empfindungen, macht dieses frühe Operndokument zu einem höchst abwechslungsreichen Meisterwerk: den tiefempfundenen Arien Didos stehen einfache Lieder, grotesk-höhnende Gesänge der Hexen, volkstümliche Matrosenlieder und virtuos-gefällige Tänze gegenüber.

Textdichtung
Purcell schrieb ›Dido und Aeneas‹ 1688/89 auf einen Text des englischen Dichters Nahum Tate, der sich darin eng an die entsprechenden Episoden in Vergils ›Aeneis‹ anlehnte und den Stoff, nach dem Vorbild der italienischen Oper, in drei Akte teilte, dabei aber – der englischen Tradition folgend – sehr viel Raum für Chöre und Tänze schuf.

Geschichtliches
›Dido und Aeneas‹, für eine Privataufführung gedacht, wurde wahrscheinlich im Dezember 1689 in einem Pensionat für Edelfräulein in Chelsea uraufgeführt, dessen Leiter Josias Priest allerdings als Choreograph und Regisseur verschiedener Londoner Bühnen ein Mann vom Fach war. In den Jahren 1700 und 1704 sind Londoner Aufführungen als Einlagen in Schauspielaufführungen (u. a. Shakespeares ›Maß für Maß‹) nachgewiesen. Dann geriet das Werk für gut eineinhalb Jahrhunderte in Vergessenheit. 1841 wurde eine Abschrift aus dem 18. Jahrhundert (das Originalmanuskript ist verschollen) zum ersten Mal publiziert, es folgte eine Reihe von weiteren Editionen. Die erste Bühnenaufführung gab es erst 1895 anläßlich des 200. Todestages von Purcell in London. Die deutsche Erstaufführung fand am 14. März 1926 in Münster statt, in Wien kam das Werk zuerst am 27. März 1927 heraus. Heute gehört ›Dido und Aeneas‹ zu den meistaufgeführten Opern des 17. Jahrhunderts.

W. K.

Jean-Philippe Rameau

Getauft 25. September 1683 in Dijon, † 12. September 1764 in Paris

Hippolyte et Aricie

Tragödie in fünf Akten und einem Prolog. Dichtung von Abbé Simon-Joseph Pellegrin.

Solisten: Prolog: *Diane/Diana* (Lyrischer Mezzosopran, auch Lyrischer Sopran, gr. P.) – *L'Amour/Amor* (Soubrette, kl. P.) – *Jupiter* (Bariton, auch Baßbariton, kl. P.) – *Ein Diener Amors* (Haute-Contre, auch Tenor, kl. P.) – Tragödie: *Aricie/Aricia* (Lyrischer Koloratursopran, gr. P.) – *Diane* (s. o.) – *Phèdre/Phädra* (Dramatischer Mezzosopran, auch Jugendlich-dramatischer Sopran, gr. P.) – *Œnone/* Önone (Mezzosopran, auch Sopran, kl. P.) – *Eine Priesterin der Diane* (Soubrette, kl. P.) – *Die Hohepriesterin der Diane* (Sopran, kl. P.) – *Hippolyte/Hippolytos* (Haute-Contre, auch Lyrischer Tenor, gr. P.) – *Arcas* (Tenor, auch Bariton, kl. P.) – *Thésée/Theseus* (Heldenbariton, auch Baßbariton, gr. P.) – *Tisiphone**, eine Furie (Tenor, auch Bariton, kl. P.) – *Pluton/Pluto* (Baßbariton, m. P.) – *Erste Parze*

(Haute-Contre, auch Tenor, kl. P.) – *Zweite Parze* (Tenor, kl. P.) – *Dritte Parze* (Baß, kl. P.) – *Mercure/ Merkur* (Tenor, kl. P.) – *Eine Matrosin* (Sopran, kl. P.) – *Eine Jägerin* (Sopran, kl. P.) – *Ein Jäger* (Baß, kl. P.) – *Neptune/Neptun* (Baß, kl. P.) – *Eine Schäferin* (Soubrette, kl. P.).
*In der Urfassung von 1733 war die Rolle der Tisiphone mit einem Tenor besetzt, in der Fassung von 1757 mit einem Bariton.
Chor: Prolog: Nymphen (Soprane I und II) – Bewohner des Erymanthos-Waldes (gemischter Chor). Tragödie: Priesterinnen der Diane – Gefolge der Phèdre – Götter der Unterwelt (Männer) – Leute aus Troizen – Matrosinnen und Matrosen – Jäger und Jägerinnen – Schäfer und Schäferinnen – Bewohner des Waldes von Aricia (gr. Chp. mit Wechseln zwischen gr. und kl. Chorgruppe).
Ballett: Prolog: Bewohner des Erymanthos-Waldes, Gefolge der Diane und Amors. Tragödie: Priesterinnen der Diane. Götter der Unterwelt. Leute aus Troizen, Matrosinnen und Matrosen. Jäger und Jägerinnen. Schäfer und Schäferinnen, Zephire, Bewohner des Waldes von Aricia.
Orte: Erymanthos-Gebirge, Troizen, Unterwelt, Aricia.
Schauplätze: Prolog: Waldgegend des Erymanthos-Gebirges. – Ein der Diane geweihter Tempel. – Der Eingang zur Unterwelt, der sich später zum Thronsaal des Pluton öffnet. – Der am Meer gelegene Palast des Thésée. – Ein der Diane geweihter Hain am Meeresufer. – Zunächst wieder der Hain der Diane, dann ein herrlicher Garten, der in den Aricia-Wald führt.
Zeit: Mythische Antike.
Orchester: 2 Fl. (2 Flageoletts), 2 Ob., 2 Musettes, 2 Fag., Trp., 2 Hr., P., Tambourin, Str., Cemb. (B. c.).
Gliederung: Ouvertüre, musikalische Szenen, die aus Rezitativen, Arien, Chören, tonmalerischen Orchesterstücken und Tänzen bestehen.
Spieldauer: Etwa 3 Stunden.

Handlung

Prolog: Die Nymphen rufen die Bewohner des Erymanthos-Gebirges zusammen. Da die Beherrscherin der Wälder, die Jagdgöttin Diane, vom Himmel herabgestiegen ist, soll sie gebührend empfangen werden. Zum Unwillen Dianes hält jedoch außerdem ein mächtiger Rivale Einzug in den Wald: der Liebesgott Amor. Diane fordert deshalb ihre Untertanen auf, unverzüglich mit ihr zu fliehen; dies sei die einzige Möglichkeit, sich vor dem Liebesgott zu schützen. Doch schon verfängt Amors Zauber und läßt die Anhänger Dianes zögern. Zwischen Liebesgott und Jagdgöttin entspinnt sich daraufhin ein Rangstreit, zu dessen Schlichtung Diane den Göttervater Jupiter herbeiruft. Donnergrollen kündigt den Obersten der Götter an, und sein Spruch bedeutet für Diane eine Niederlage: Einen Tag im Jahr muß sie das Walten Amors in ihren Wäldern dulden. Nachdem Jupiter wieder gen Himmel aufgefahren ist, überläßt Diane dem siegreichen Amor das Feld und entschwebt gleichfalls durch die Luft in Richtung Troizen. Dort will sie sich um Hippolyte und Aricie kümmern, die dringend ihrer Hilfe bedürfen. Nymphen und das Gebirgsvolk feiern zusammen mit Amor und seinem Gefolge ein Liebesfest.

Tragödie: Um auf den Thron Athens zu gelangen, hatte Thésée die gesamte attische Herrscherfamilie ausgelöscht. Als einziges Mitglied des Königshauses blieb die Prinzessin Aricie verschont, allerdings um den Preis eines Keuschheitsgelübdes. Mit ihm wollte Thésée verhindern, daß Aricie zur Stammutter eines ihm feindlich gesonnenen Geschlechts werde. Nun soll sie zu Troizen im Tempel der Diane ihren Eid ablegen, der Voraussetzung für Aricies Aufnahme in die Schar der jungfräulichen Diane-Priesterinnen ist. Freilich fällt Aricie der Abschied von ihrem bisherigen Leben schwer, ist sie doch in unausgesprochener, hoffnungslos scheinender Liebe dem sittsamen Hippolyte, Thésées wegen seines enthaltsamen Lebenswandels weithin geachteter Sohn aus erster Ehe und Verehrer der keuschen Göttin der Jagd, zugetan. Während Aricie traurig ihrem künftigen Schicksal entgegensieht, kommt Hippolyte hinzu und gesteht ihr, was er bislang verschwiegen hat: seine Zuneigung. Hippolytes Bekenntnis löst wiederum Aricie die Zunge. Allerdings kann sich das Paar der wechselseitigen Liebesbekundung angesichts von Aricies bevorstehender Weihe zur Priesterin nicht freuen, und so flehen die beiden jungen Leute um den Schutz der Göttin, damit sie ihnen aus ihrer Notlage heraushelfe. Die Priesterinnen treten ein und danken Diane dafür, daß sie im priesterlichen Dienst ein von leidenschaftlichen Gefühlsaufwallungen ungestörtes, zufriedenes Leben führen dürfen. Auch heben sie hervor, daß die Voraussetzung für den Eintritt in ihren Kreis freiwillige Enthaltsamkeit sei. Phèdre – Thésées zweite Gattin, die sich insgeheim in heftiger Leidenschaft nach ihrem Stiefsohn Hippolyte verzehrt – ist samt ihrem Gefolge hinzugekommen, um Aricies Einsetzung in das heilige Amt zu beaufsichtigen. Längst vermutet sie in der verwaisten Prinzessin eine Rivalin, und so reagiert sie äußerst ungehalten, als diese die ihr aufgenötigte Eidesleistung verweigert. Auch Hippolyte und die ein erzwungenes Opfer ablehnenden Priesterinnen stellen sich gegen die Königin, doch Phèdre hat für den Fall etwaigen Widerstands vorgesorgt und gibt den Befehl zur Zerstörung von Tempel und Altar. Gegen diesen Frevel rufen die Priesterinnen und sogar das königliche Gefolge die Götter zur Hilfe. Unter Blitz und Donner fährt Diane herab. Sie stellt die Liebenden unter ihren Schutz und droht Phèdre. Danach führt die Göttin Hippolyte, Aricie und die Priesterinnen ins Allerheiligste des Tempels. Rachebrütend bleibt Phèdre mit ihrer Vertrauten Œnone allein zurück. Da eilt Arkas mit der Nachricht herbei, Thésée sei seinem in Liebe nach der Unterweltsgöttin Proserpine entbrannten Freund Pirithoüs in die Unterwelt gefolgt und nicht mehr wiedergekehrt. Œnone legt nach Arkas' Abgang ihrer Herrin dar, sie sei demnach Witwe und könne nun, ohne gegen die Anstandsregeln zu verstoßen, Hippolyte für sich zu gewinnen trachten. Auch hätten sich ihre Chancen verbessert, da Hippolyte sich, anders als bisher vermutet, als liebesempfänglich entlarvt habe. Überdies habe Phèdre der Rivalin eines voraus: die königliche Stellung, mit der sie Hippolyte den Thron schmackhaft machen könne. Obwohl sie den Hoffnungen ihrer Vertrauten gerne Glauben schenken würde, bleibt Phèdre skeptisch.

Beim Versuch, Proserpine zu entführen, ist Pirithoüs umgekommen und somit Pluton, dem Herrscher über das Totenreich, verfallen. Thésée hingegen ist lebendigen Leibes an die Höllenpforte gelangt – dank der Hilfe seines göttlichen Vaters Neptune. Der hatte seinem Sohn einst, bekräftigt durch einen Eid, die Erfüllung dreier Wünsche zugesagt; und mit Thésées unbeschadetem Abstieg in die Unterwelt hat Neptune sein erstes Versprechen eingelöst. Nun ringt der Held mit der Furie Tisiphone, um seinen Einlaß zu erzwingen. Er bietet sich der Furie als Ersatz für den Freund an, doch die Rachegöttin bleibt hart. Plötzlich öffnet sich die Pforte und Pluton wird – inmitten seines Hofstaats thronend – sichtbar; ihm zu Füßen lagern die drei Parzen. Pluton will auch Thésée, den er für einen Komplizen des frevlerischen Pirithoüs hält, in seinem Reich behalten. Doch Thésées Einwand, er sei aus einem tugendhaften Motiv – nämlich aus Treue – dem Pirithoüs nachgefolgt, bewegt Pluton, die Höllenrichter über den ungebetenen Gast entscheiden zu lassen. Freilich wird schnell klar, daß es sich bei der Unterweltgerichtsbarkeit um ein höchst parteiliches, auf die Rachegedanken des Pluton eingeschworenes Gremium handelt. Weil Thésée weiterhin die Gegenwart des Freundes vorenthalten wird, begehrt er nun selbst den Tod. Die Parzen aber bedeuten ihm, daß seine Lebenszeit noch nicht abgelaufen sei. Und so fleht der Held, da er seine Mission gescheitert sieht, zu seinem Vater und bittet um die Erfüllung des zweiten Wunsches: seine unversehrte Rückkehr in die Welt der Lebenden. Zwar halten die Höllengeister dies für unmöglich, doch da schwebt der Götterbote Mercure herab. Neptunes leichtfertig geschworenen Eid und die daraus folgenden Verpflichtungen tadelnd, gibt Mercure Pluton zu bedenken, daß die kosmische Ordnung aus den Fugen geraten würde, wenn göttliche Versprechen nicht mehr eingehalten würden. Um derlei weitreichende Störungen zu vermeiden, hat Pluton ein Einsehen. Widerwillig entläßt er Thésée aus dem Totenreich. Die Parzen aber weist er an, dem Helden zuvor noch seine Zukunft zu enthüllen. Und die Schicksalsgöttinnen prophezeien dem Helden Schreckliches: Er werde die Hölle verlassen, um sie im eigenen Hause wiederzufinden. In Sorge um Phèdre und Hippolyte begibt sich Thésée, der seine Rückkunft zunächst vor Volk und Familie verheimlichen will, in Begleitung Mercures auf den Weg nach oben.

Phèdre hat nach ihrem Stiefsohn schicken lassen, um ihm ihre Leidenschaft zu offenbaren. Obwohl sie ihr Liebesbegehren für verwerflich hält, kann sie es nicht niederzwingen, weshalb sie inständig auf Hippolytes Gegenliebe hofft. Œnone kündigt den jungen Mann an, der in Respekt vor Phèdres angeblicher Trauer um Thésée seine Anteilnahme bekundet. Freilich mißversteht Phèdre den freundlichen Zuspruch ihres Stiefsohnes als Liebesbekenntnis. Phèdres erfreute Reaktion seinerseits mißdeutend, sucht Hippolyte anläßlich des unerwarteten Einvernehmens die nach Thésées vermeintlichem Tod anstehende Regelung der Thronfolge dahingehend zu klären, daß er zugunsten des aus Phèdres und Thésées Verbindung hervorgegangenen Sohnes auf die Herrschaft verzichten wolle. Ihm sei nämlich nicht am Thron, der ihm im Gegenzug von Phèdre angetragen wird, gelegen, sondern nur an Aricie. Kaum ist der Name gefallen, tritt Ernüchterung ein. Phèdres gegen Aricie gerichteten Haßausbruch kontert Hippolyte mit der Warnung an die Königin, seiner Geliebten ein Leid zuzufügen. Doch erst als Phèdre Aricie als Rivalin bezeichnet, wird Hippolyte mit einem Schlag klar, in welchem Verhältnis seine Stiefmutter zu ihm steht. Entsetzt und angewidert wendet er sich von ihr ab, sie aber reicht ihm ein Schwert, damit er sie wegen ihrer verabscheuungswürdigen Leidenschaft töte. Als er sich weigert, will sie sich selbst richten, doch er entreißt ihr die Waffe. In diesem unheilvollen Moment tritt Thésée herein und sieht, wie sein Sohn mit der Waffe in der Hand vor seiner Frau steht. Beide verweigern ihm eine Erklärung und ziehen sich zurück, wobei Hippolyte aus Scham über Phèdres Verhalten verstummt und sein freiwilliges Exil ankündigt. Œnone aber lenkt in Sorge um das Leben der Königin den Verdacht auf Hippolyte, der Phèdre in unsittlicher Absicht bedrängt habe. Indessen bleibt Thésée keine Zeit, sich zu besinnen: Das Volk hat inzwischen von seiner Rückkehr erfahren und bereitet zusammen mit einer Schar Matrosen dem König, der durch die Zurschaustellung einer heiteren Miene die Öffentlichkeit über den schändlichen Zustand seiner Familie hinwegtäuschen will, einen herzlichen Empfang. Freilich wendet sich Thésée, nachdem er die Untertanen verabschiedet hat, seinem Vater Neptune zu. Die Liebe zum Sohn zugunsten der Gier nach Rache für den angeblich erlittenen Betrug unterdrückend, verlangt Thésée vom Meeresgott die Erfüllung des dritten Wunsches: den Tod des Hippolyte. Wild schäumt das Meer auf – Thésée vermeint darin die Zustimmung des Neptune zu erkennen.

Hippolyte hat einen der Diane geheiligten Hain aufgesucht – seinen Lieblingsort, von dem er nun, sein Los beklagend, Abschied nimmt. Aricie kommt hinzu. In Furcht vor der rachsüchtigen Phèdre ist sie darüber verzweifelt, daß der Geliebte, der auch ihr gegenüber den eigentlichen Grund seines Exils schamvoll verschweigt, sie verlassen will. Hippolyte schlägt ihr daraufhin vor, gemeinsam zu fliehen. Zuvor aber wollen die Liebenden sich ewige Treue schwören und Diane bitten, ihren Bund zu segnen. Eine den Hain aufsuchende Jagdgesellschaft kommt da gerade recht; sie soll, nachdem sie die Göttin durch Tanz und Sang erfreut hat, die Vermählung bezeugen. Freilich findet das unbeschwerte Treiben der Jägerinnen und Jäger ein jähes Ende: Dem Meer entsteigt ein gräßliches Ungeheuer. Entschlossen geht Hippolyte dem Feuer und Rauch verbreitenden Untier entgegen, um es unschädlich zu machen. Doch als sich der Qualm verzogen hat, ist Hippolyte verschwunden. Aricie kann den Schmerz über den Verlust des Geliebten nicht verwinden und bricht ohnmächtig zusammen. Die Klagerufe der Umstehenden haben Phèdre herbeieilen lassen. Sie weiß sich nicht zu fassen, als sie von Hippolytes Ende erfährt, und bezichtigt sich, für seinen Tod verantwortlich zu sein. Das einzige, was sie nun für Hippolyte noch tun könne, sei, seine Unschuld zu bezeugen und damit seine Ehre wiederherzustellen. Und so bittet sie die Götter, ihre Bestrafung so lange hinauszuzögern, bis sie ihrem Gatten alles gestanden habe.

Zwischenzeitlich hat Phèdre ihrem Leben ein Ende gesetzt. Zuvor aber hat sie gemäß ihrem Vorsatz Thésée über ihre verhängnisvolle Leidenschaft und Hippolytes Schuldlosigkeit aufgeklärt. Zutiefst bereut der König nun seine Unbeherrschtheit, die seinen Sohn den Tod gebracht habe. Verzweifelt will er sich ins Meer stürzen. Doch da taucht Neptune aus den Wogen auf und verhindert mit der Nachricht, daß Hippolyte noch lebe, Thésées Selbstmord. Diane habe Hippolyte in eine ferne Gegend entrückt; Thésée aber werde zur Strafe für seine ungerechte Rache den Sohn niemals wieder zu Gesicht bekommen. Mag Thésée die Trennung auch schmerzen, er ist bereit, diese ihm vom Schicksal auferlegte Buße zu akzeptieren. Danach wechselt die Szene von Griechenland nach Latium. Auch der unglücklichen Aricie hat sich die Göttin erbarmt und sie in einen herrlichen Garten versetzt, wo sie nun, auf einem weichen Rasen liegend, wieder zu sich kommt. Noch aber trauert Aricie um ihren tot geglaubten Liebsten. Gleichwohl mischt sie, ihres Kummers ungeachtet, ihre Stimme in das Lied herbeigeeilter Schäferinnen und Schäfer, die Dianes Erscheinen freudig erwarten. Die Göttin verheißt dem Hirtenvolk einen neuen Herrscher und Aricie den künftigen Gatten. Verständlicherweise will die Trauernde von einer neuen Verbindung nichts wissen, deshalb dauert es eine ganze Weile, bis Aricie denjenigen überhaupt eines Blickes würdigt, den ihr die Zephire auf Geheiß der Diane zuführen: niemand anderen als Hippolyte. Überglücklich sinken sich die Liebenden in die Arme, und die jungfräuliche Göttin selbst ist es, die entgegen ihrer sonstigen Abneigung gegen die Liebe der Ehe von Hippolyte und Aricie ihren Segen spendet. Das Hirtenvolk wiederum bereitet auf Dianes Wunsch mit Spiel und Tanz dem neu eingesetzten Herrscherpaar ein Hochzeitsfest, das vom Tirilieren der Nachtigallen verschönt wird. Hingegen schlägt die Göttin Hippolyte den Wunsch nach einem Wiedersehen mit dem Vater ab: Thésée sei es für immer verwehrt, von Hippolytes Herrschaft zu erfahren, die einer Wiederkehr des goldenen Zeitalters gleiche.

Stilistische Stellung

Rameau war bereits 50 Jahre alt, als er der Öffentlichkeit 1733 mit ›Hippolyte et Aricie‹ seinen Opernerstling präsentierte, nachdem seine Tragédie en musique ›Samson‹ auf einen Text von Voltaire unaufgeführt geblieben war (die Musik ist verschollen und vermutlich zum Teil in andere Werke eingearbeitet worden). Und entsprechend der reflektierten Wesensart des auch als Musiktheoretiker hervorgetretenen Komponisten – sein ›Traité de l'harmonie‹ von 1722 gilt als epochaler Beitrag über die Grundlagen der tonalen Harmonik – handelt es sich bei Rameaus erster Tragédie en musique keinesfalls um ein mit Spuren von experimenteller Unsicherheit behaftetes Probestück, sondern um ein Werk der Reife. Demgemäß hob bereits die erste im ›Mercure de France‹ erschienene Werkbesprechung an Rameaus Opus »das Wissende im Ausdruck« hervor. Bewußt also knüpfte der Komponist an dem von Jean-Baptiste Lully kreierten und seitdem für das barocke Frankreich verbindlichen Opernstil an, wobei er sich die Verfeinerung und Steigerung der musikalischen Mittel angelegen sein ließ. Den Werken des großen Vorbilds vergleichbar, bietet somit auch Rameaus Oper – im Unterschied zu der vom virtuosen Sologesang dominierten barocken Opera seria der Italiener – ein musikdramatisches Gesamtkunstwerk. Bühneneffekte, Ausstattung und Tanz sind darin ebenso integriert wie die dazugehörige charakteristische Orchestermusik. Weitere integrale Bestandteile sind, nicht anders als bei Lully, chorischer, solistischer und Ensemble-Gesang, wobei der Interpret wie in der mimisch-gestischen Darstellung, so in der musikalischen Textdeklamation – sei sie nun rezitativisch oder arios geprägt – als schauspielernder Sänger agiert.

Eine über Lully hinausweisende dramaturgische Neuerung liegt allerdings darin, daß der Prolog vom Lobpreis des französischen Königs absieht und sich damit gänzlich auf die thematisch-inhaltliche Vorbereitung des Tragödienteils konzentriert. Insbesondere an der Behandlung des Orchesters wird Rameaus Anliegen einer nicht revolutionären, sondern evolutionären Erneuerung des französischen Musiktheaters erkennbar. So beläßt er es bei der tonmalerischen Umsetzung des die Göttin Diane ankündigenden Donners im I. Akt oder beim Auftauchen des Ungeheuers im IV. Akt nicht nur, wie traditionell üblich, bei schnellen Tonrepetitionen und Zweiunddreißigstelfiguren der Streicher, sondern er fügt noch Unisoni der Holzbläser hinzu. Rameaus die Tradition in den Schatten stellender Farbsinn kommt vor allem im Unterweltsbild (II. Akt) zum Tragen, wenn er etwa das Streitduett von Thésée und Tisiphone mit zwei konzertierenden Fagotten begleitet, denen in der Fassung von 1757 außerdem die gezackten Figuren der Geigen beigegeben sind. Und verzichtet der Komponist zur Abdunklung des Klangs beim Chor der Unterweltsgötter auf die Sopranstimmen, so ergibt sich aus dem Umstand, daß Chor und Orchester wie voneinander unabhängig scheinende Klanggruppen agieren, eine hoch spannende musikalische Wirkung. (In den Fassungen von 1742 und 1757 wird dieser Eindruck noch durch eine zusätzliche, eigenständig geführte Stimme für Pluton verstärkt.) Von archaischer Eindringlichkeit ist wiederum das erste Trio der Parzen, das, nur vom Continuo begleitet, in seiner homophonen Deklamation auf das Parzen-Trio aus Lullys ›Isis‹ (1677) zurückweist. Hingegen mutet das zweite Trio der Schicksalsgöttinnen wegen seines »sonderbaren Kontrast(s) zwischen bedrohlichen, liegenden Holzbläserakkorden und dem abgerissenen, zuweilen scharf punktierten Streichersatz« (Joachim Steinheuer) und aufgrund seiner intrikaten Harmonik wie Zukunftsmusik an. Die Uraufführungsinterpreten waren von dem seinerzeit avantgardistischen Musikstück dermaßen überfordert, daß es gestrichen werden mußte.

Sanftere, hellere Farben bestimmen die pastoralen Werkteile: So verzichtet etwa der Prolog öfters auf den Einsatz von Baßinstrumenten, und die virtuose Ariette »Rossignols amoureux« der Schäferin im Schlußdivertissement ahmt wie in der Gesangsstimme, so im konzertierenden Begleitensemble von Flöten und Solovioline den Nachtigallenschlag nach, während eine zweite Geigenstimme den Continuopart vertritt. Genrehaft ist der Einsatz der Musettes (seinerzeit in der Aristokratie beliebte Dudelsackinstrumente) im von Bordunbässen grundierten Tanzchor des Schlußdivertissements, und ein nicht weniger folkloristischer Effekt ist mit der Tambourin-Begleitung des von Thésées Untertanen getanzten Rigaudon im III. Akt gegeben, während die Hörner den Auftritt der Jagdgesellschaft im IV. Akt pittoresk einfärben.

Indessen gewinnt das Werk seinen exzeptionellen Rang aufgrund der ungeheuren Intensität, mit der das Herrscherpaar Phèdre und Thésée zur Darstellung gelangt. So betrauert Phèdre zu Beginn des III. Akts in ihrem am Schema der italienischen Da-capo-Arie sich orientierenden Monolog »Cruelle mère des amours« den Verlust ihres Seelenfriedens, der ihr durch ihre so unheilvolle wie unerwünschte Leidenschaft abhanden gekommen ist. Indem sie sich in diesem Klagegesang ihre Gewissensnöte eingesteht, bekundet sich Phèdres menschliche Größe in der Fähigkeit zur schonungslosen Selbstanalyse. Nicht weniger eindrucksvoll ihr Schuldbekenntnis zum Schluß des IV. Akts: eine von affektgeladener Textdeklamation getragene Accompagnato-Szene, die von chorischen Einschüben »Hippolyte n'est plus« durchdrungen ist.

Zu ebenso imposanter Bühnenpräsenz verhilft Rameau Thésée: Im III. Akt greift der Komponist sogar zum Mittel der tragischen Ironie, wenn er den um Fassung bemühten König, der gerade mit den schockierenden Verhältnissen innerhalb seiner Familie konfrontiert worden ist, dem fröhlichen Empfang durch die ahnungslosen Untertanen aussetzt. Thésées von arpeggierten Streichern begleitetes c-Moll-Arioso im II. Akt »Puisque Pluton est inflexible«, mit dem er von Neptune die Rückkehr in die Welt der Lebenden erfleht, ist ein die italienische Preghiera vorwegnehmender Bittgesang von schlichter Würde. Ein Meisterstück barocker Charakterisierungskunst bietet aber vor allem die abermalige Anrufung des Neptune zum Schluß des III. Akts: Hier mündet Thésées gegen Hippolyte gerichteter Todeswunsch in ein das Rauschen der Wellen malendes, auf siebenstimmiger Streicherbewegung basierendes Klangstück. Die tragische Pointe liegt nun darin, daß Thésée in das Aufbranden des Meeres die Zustimmung seines göttlichen Vaters Neptune hineininterpretiert, so daß nach dieser Lesart der Zustand des Meeres ein Abbild von Thésées aufgewühlter Seele wäre. Tatsächlich aber meint, wie aus Neptunes Aussage im V. Akt zu schließen ist, das Aufschäumen der Wogen etwas anderes: nämlich den ohnmächtigen Protest des Meeresgottes, der gegen seinen Willen durch seine voreilige Eidesleistung von Thésée zum Mord am Enkel gezwungen wird.

Im Gegensatz zu dem von heftigen Affekten beherrschten Königspaar Phèdre und Thésée ist das empfindsame Titelpaar, wie sich in Aricies melancholischer Da-capo-Arie »Temple sacré« zur Eröffnung des I. Akts und Hippolytes nicht minder elegischem Abschiedsgesang »Ah! faut-il, en un jour, perdre tout ce que j'aime?« zu Beginn des IV. Akts zeigt, überaus sanftmütig gezeichnet. Allenfalls im Streitduett mit Phèdre während des III. Akts, in dem Rameau den Gegensatz zwischen Stiefmutter und Stiefsohn durch die unabhängige Führung der Stimmen verdeutlicht, gewinnt Hippolyte energischere Züge. Insgesamt wird in der Frontstellung beider Paare ein Konflikt ausgetragen, in dem eine dominante Elterngeneration den bis zur Lebensuntüchtigkeit schwächlichen Nachgeborenen gleichsam die Luft zum Atmen nimmt, so daß die jungen Leute letztendlich nur noch in einem von der Welt abgesonderten Schutzraum, den die gnädige Göttin mit der Entrückung des Titelpaares in den arkadischen Aricia-Wald bereitstellt, überleben können: Liegt es daher nicht nahe, in diesen Generationenkonflikt den die Lebenswirklichkeit des Komponisten prägenden Epochenwechsel vom in monumentaler Wucht sich entfaltenden Barock zum fragilen Rokoko hineinzudeuten? Dies gilt um so mehr, als in der Oper selbst der Herrschaftsantritt von Hippolyte und Aricie in Latium als Zeitenwende interpretiert wird.

Dichtung
Bevor das Schicksal Hippolytes durch Rameaus Tragédie en musique erstmals auf die Opernbühne gelangte, war das Sujet bereits Grundlage eines der bedeutendsten Sprechdramen der französischen Klassik – der ›Phèdre‹ von Jean Racine (1677). Racine seinerseits bezog sich auf die antiken Tragödien vor allem des Euripides (›Hippolytos‹, 428 v. Chr.), ferner des Seneca (›Phaedra‹, vor 65 n. Chr.). Eine auffällige Abweichung von seinen Vorgängern erlaubte sich Racine indessen mit der hinzuerfundenen Gestalt der Aricie. Quelle hierfür ist offenbar eine Bemerkung in der ›Aeneis‹ des Vergil (7, 762), wonach Hippolytos nach seiner Entrückung aus Troizen unter dem Namen Virbius, verheiratet mit der Nymphe Aricia, in Latium weitergelebt habe. Mit Hippolytes Liebe zu der attischen Königstochter Aricie, die außer dem Namen sonst keine Gemeinsamkeit mit der italischen Nymphe hat,

wird in Racines Drama das rigide Asketentum des Helden, das von den antiken Autoren hervorgehoben wird, abgeschwächt. Anders aber als die Oper befindet sich Racines Tragödie mit der zum Tode des Hippolyte führenden Verleumdungsintrige wieder in Übereinstimmung mit den griechisch-römischen Vorlagen.

Zwar orientierte sich Rameaus Librettist, der Abbé Simon-Joseph Pellegrin (1663–1745), mitunter bis in die Wortwahl hinein an Racines Dichtung, dennoch bestehen zwischen Schauspiel- und Operntext weitreichende Unterschiede. So wahrt Racine die aristotelische Einheit von Handlung, Ort und Zeit. Außerdem verfolgt er eine dramaturgische Konzeption, für die die rational nachvollziehbare Wahrscheinlichkeit des aus den inneren Beweggründen der Protagonisten entwickelten Bühnengeschehens im Vordergrund steht. Folglich verzichtet Racine (anders als Euripides) auf das Eingreifen der Götter in die Handlung. Die Gattung der Tragédie en musique hingegen ist »durch Vielfalt, Kontrastwirkungen und Momente gekennzeichnet, in denen sich das Wunderbare (le merveilleux) ereignen kann« (Joachim Steinheuer), weshalb Pellegrin mit jedem Akt den Schauplatz wechselte und den Gang der Ereignisse beeinflussende Götter-Auftritte und weitere von der Bühnenmaschinerie zu bewerkstelligende Schaueffekte (z.B. die stürmische Bewegung des Meeres zum Schluß des III. Akts) ermöglichte. Gänzlich unabhängig von Racine verfuhr Pellegrin bei der Gestaltung des Prologs, des Unterweltakts und des ein versöhnliches Ende bietenden Schlußtableaus, für das der Librettist neben der erwähnten Vergil-Stelle sich außerdem an Ovids ›Metamorphosen‹ (15. Buch) orientieren konnte. Viel knapper als in der Racine-Tragödie, in der die dramatische Entwicklung hauptsächlich durch die Sprache vorangetrieben wird, sind im Libretto die Dialoge gehalten. Um so größere Bedeutung mißt Pellegrin der sichtbaren Aktion bei. Während etwa Racines Phèdre lediglich Hippolytes Schwert an sich nimmt, so daß es später als Beweisstück für einen angeblichen Übergriff auf die Königin eingesetzt werden kann, kommt es in der Parallelszene Pellegrins zu einem regelrechten Handgemenge, so daß der hinzukommende Thésée dem Glauben erliegt, den Sohn mit der gegen Phèdre gerichteten Waffe in der Hand sozusagen in flagranti erwischt zu haben. Und wird bei Racine von der Erscheinung des Untiers lediglich erzählt – nach dem Bericht von Hippolytes Erzieher scheuten beim Anblick des Ungeheuers Hippolytes Pferde und schleiften ihn zu Tode –, so ist in der Opernhandlung mit dem auf der Bühne sichtbaren Auftauchen des Scheusals im IV. Akt der katastrophale Höhepunkt erreicht. Eine weitere Abweichung vom Sprechdrama zeigt sich in metrischer Hinsicht: Hatte Racine sein Schauspiel durchweg im Versmaß des Alexandriners abgefaßt, so benutzte Pellegrin für das Libretto verschiedene Versarten, um dem Komponisten die Möglichkeit zu abwechslungsreicher Vertonung zu geben.

Geschichtliches

Der Uraufführung von ›Hippolyte et Aricie‹ am 1. Oktober 1733 in der Académie Royal de Musique zu Paris ging eine konzertante Privataufführung voraus, die Rameaus Mäzen, der Pariser Generalsteuerpächter Le Riche de la Pouplinière veranlaßt hatte. Schon in der ersten Saison brachte es das Werk auf rund 40 Aufführungen und sorgte in der Publizistik für erheblichen Zündstoff. Gespalten in die Lager der Lullisten und Ramisten, erörterten die Parteien das Für und Wider von Rameaus Fortentwicklung des Lullyschen Opernstheaters durch eine stärkere Gewichtung der Musik, der Rameaus Gegner eine die Einfachheit und Natürlichkeit gefährdende Künstlichkeit vorwarfen. Als das Werk 1742 und 1757 (ohne Prolog) neu einstudiert wurde, arbeitete Rameau ›Hippolyte et Aricie‹ um, wobei er – neben den bereits erwähnten Modifikationen bezüglich des Unterweltsakts – vor allem die Divertissements veränderte oder erweiterte. Auch bei einer Wiederaufnahme 1767 wurde auf den Prolog verzichtet. Eine Umarbeitung im italienischen Stil besorgten 1759 der Librettist Carlo Innocenzo Frugoni und der Komponist Tommaso Traëtta für Parma (›Ippolita e Aricia‹).

Die neuere Aufführungsgeschichte des Werkes begann 1908 mit einer für die Pariser Opéra erstellten Bearbeitung von Vincent d'Indy, der bereits acht Jahre zuvor die kritische Edition von ›Hippolyte et Aricie‹ für die Rameau-Gesamtausgabe herausgegeben hatte. 1931 kam es in Basel zur ersten Aufführung des Werkes in deutscher Sprache (Übersetzung: Lothar Jansen). Aus den jüngeren Produktionen ragten insbesondere die 1978 von Jean-Claude Malgoire dirigierte Aufführung an der Londoner Covent Garden Opera (Regie: Lila Lalandi) heraus, eine der ersten Einstudierungen, die auf weitgehende Eingriffe in den Notentext verzichtete. Nach einer von der

Deutschen Oper Berlin für die Schwetzinger Festspiele von 1980 erstellten historisierenden Produktion (Inszenierung: Herbert Wernicke, musikalische Leitung: Jean-Claude Malgoire) war es aber vor allem Pier Luigi Pizzis Inszenierung von 1983, mit der ›Hippolyte et Aricie‹ in Aix-en-Provence Furore machte (Dirigent: John Eliot Gardiner, Phèdre: Jessye Norman). Die 1995 von Marc Minkowski auf CD eingespielte Produktion (Phèdre: Bernarda Fink, Thésée: Russell Smythe) zeichnet sich dadurch aus, daß sie zwar das Hauptgewicht auf die Fassung von 1733 legt, dennoch aber nicht auf die aus den Versionen von 1742 und 1757 stammenden Vorzüge verzichtet.

R. M.

Les Indes galantes

Opéra-Ballet in einem Prolog und vier Akten. Dichtung von Louis Fuzelier.

Solisten: Prolog: *Hébé*, Göttin der Jugend (Lyrischer Koloratursopran, m. P.) – *Bellone*, Göttin des Krieges (Bariton, kl. P.) – *L'Amour/Amor* (Soubrette, kl. P.) – Akt I: *Osman*, Pascha einer türkischen Insel im indischen Meer (Charakterbaß, m. P.) – *Émilie*, junge Provenzalin, Sklavin des Osman (Lyrischer Koloratursopran, m. P.) – *Valère*, Marineoffizier, Émilies Geliebter (Haute-Contre, m. P.) – Akt II: *Huascar*, Inka, Oberpriester des Sonnenfestes (Charakterbaß, m. P.) – *Phani*, eine Palla (Prinzessin) von königlichem Geblüt (Lyrischer Koloratursopran, m. P.) – *Don Carlos*, spanischer Offizier (Haute-Contre, m. P.) – Akt III: *Tacmas*, persischer Prinz, indischer König, verkleidet als Haremshändlerin (Haute-Contre, m. P.) – *Ali*, bester Freund des Tacmas (Bariton, kl. P.) – *Zaïre*, tscherkessische Prinzessin, Alis Sklavin (Lyrischer Koloratursopran, m. P.) – *Fatime*, Georgierin, Sklavin des Tacmas, verkleidet als polnischer Sklave (Soubrette, kl. P.) – Akt IV: *Damon*, französischer Offizier einer amerikanischen Kolonie (Haute-Contre, kl. P.) – *Don Alvar*, spanischer Offizier einer amerikanischen Kolonie (Baß, kl. P.) – *Zima*, Tochter eines Stammeshäuptlings der Wilden (Lyrischer Koloratursopran, m. P.) – *Adario*, Zimas Geliebter, befehligt die Krieger der Wilden (Lyrischer Tenor, m. P.).
Doppelbesetzungen sind nach Stimmfächern möglich. Auch die Bariton- und Baßpartien können von einem Sänger übernommen werden.
Chor: Prolog: Gefolge der Hébé, der Bellone und Amors – Akt I: Matrosen – Akt II: Pallas (Prinzessinnen), Inkas, Peruaner und Peruanerinnen – Akt III: Musikanten, Sklaven, Odalisken verschiedener asiatischer Länder – Akt IV: Eingeborene (gr. Chp.).
Ballett: Prolog: Französische, italienische, spanische und polnische Tanzgruppen, Krieger, Amoretten – Akt I: Afrikanische Sklaven, Provenzalen und Provenzalinnen von Valères Flotte – Akt II: Ein Inka (Vertrauter des Huascar), Pallas, Inkas, Peruaner und Peruanerinnen – Akt III: Die Winde Boreas, Aquilon und Zephyr, Sklaven, tanzende Blumen unter ihnen eine Rose – Akt IV: Als Amazonen gekleidete Französinnen, französische Krieger, Eingeborene, Hirten.
Orte: Europa – Türkei – Peru – Persien – Nahe den spanischen und französischen Kolonien in Amerika.
Schauplätze: Der von Gärten umgebene Palast der Hébé – Die ans Meer grenzenden Gärten des Pascha – Einöde, im Hintergrund ein erloschener Vulkan – In den Gärten von Alis Palast – Waldlichtung.
Zeit: Frühes 18. Jahrhundert.
Orchester: 2 Fl. (auch 2 Picc.), 2 Ob., 2 Musettes de Cour, 2 Fag., 2 Trp., P. (Schl. ad lib.), Str., B. c. (Clavecin, Vcl.) – Bühnenmusik (Prolog): 2 Trp., P.
Gliederung: Ouvertüre, musikalische Szenen, die aus Rezitativen, Arien, Ensemblegesängen, Chören, Orchesterstücken und Tänzen bestehen.
Spieldauer: Etwa 3¼ Stunden.

Handlung

Prolog: Hébé, die Göttin der Jugend, gibt für junge Verliebte aus Frankreich, Spanien, Italien und Polen ein Fest. Doch da kommt die Kriegsgöttin Bellone herbei und ruft die jungen Leute zu den Waffen. Hébé bittet den Liebesgott um Beistand, und Amor schwebt in Begleitung der Amoretten aus den Wolken herab. Hébé läßt Amor und sein Gefolge in jene Gegenden der Alten und der Neuen Welt ausschwärmen, die für Indien gehalten werden: Die Liebenden in diesen fernen Zonen sollen nun von Amor und seinen dienstbaren Geistern aufgesucht und in Obhut genommen werden, nachdem Bellone die Jugend Europas auf die Schlachtfelder geführt habe.

Akt I, »Der großmütige Türke«: Osman liebt seine aus der Provence stammende Sklavin Émilie, die ihn aber zurückweist. Von Korsaren entführt, wurde sie von ihrem Geliebten, dem sie nach wie vor die Treue hält, getrennt und in die Sklaverei verkauft. – Ein Unwetter zieht auf, man hört die Hilferufe in Seenot geratener Matrosen. Die Mannschaft kann sich retten, unter ihnen ist Valère, Émilies Geliebter. Die Wiedersehensfreude des Paares währt nur kurz, denn Valère und Émilie wurden von Osman belauscht. Doch anders als erwartet verzichtet Osman auf Émilie. Er hat in Valère denjenigen erkannt, der ihn selbst einst aus der Sklaverei befreite. Inzwischen hat er Valères Schiffe mit Waren beladen lassen und sendet die Liebenden zurück in ihre Heimat. Sie loben Osman für seinen Großmut und bereiten sich frohgemut darauf vor, in See zu stechen.

Akt II, »Die Inkas von Peru«: Der spanische Offizier Carlos und Phani, eine Inka-Prinzessin, lieben einander. Phani schickt Carlos fort, um Hilfe zu ihrer Befreiung zu organisieren. Die Gelegenheit sei günstig, denn das Fest der Inkas zur Verehrung der Sonne stehe unmittelbar bevor. Der Oberpriester Huascar nutzt Carlos' Abwesenheit aus, um Phani für sich zu gewinnen. Der Sonnengott habe sie zu seiner, Huascars, Gattin bestimmt. Doch Phani weist den angeblich göttlichen Heiratsbefehl als einen Schwindel zurück, mit dem Huascar nur seine eigennützigen Ehepläne verfolge. Das Sonnenfest, währenddessen Phani Huascar zugeführt werden soll, hebt an. Die feierlichen Riten zur Anbetung der Sonne sind schon in vollem Gange, da bricht der die Kultstätte überragende Vulkan unter heftigem Erdbebenrollen aus und unterbricht die Feier. Phani versucht in dem allgemeinen Durcheinander die Flucht, wird aber von Huascar aufgehalten. Nur das Dazwischentreten von Carlos kann sie noch retten. Während die Liebenden gemeinsam fliehen, wird Huascar von glühenden Gesteinsbrocken erschlagen.

Akt III, »Die Blumen. Ein persisches Fest«: Das Fest der Blumen steht bevor, und der persische Prinz Tacmas hat in der Verkleidung einer Haremshändlerin die Gärten seines besten Freundes Ali aufgesucht. Denn in Alis Serail befindet sich die tscherkessische Prinzessin Zaïre, deren Herz er begehrt. Ali hingegen zeigt kein Interesse an Zaïre. Er gesteht aber dem Freund, daß er seinerseits für die aus Georgien stammende Fatime schwärmt, die wiederum, von Tacmas unbemerkt, in dessen Serail ein Sklavendasein fristet.

Tacmas' Verkleidung erklärt sich indessen daraus, daß er inkognito Zaïres Herz prüfen will. Zwar zeigt sie sich verliebt, doch in wen? Als Tacmas ihr ein Bild von sich zeigt, reagiert sie verwirrt, bleibt aber stumm. Da kommt, als polnischer Sklave verkleidet, Fatime herbei und wird von Tacmas für Zaïres Liebhaber gehalten. Schon zückt Tacmas den Dolch gegen den vermeintlichen Rivalen, doch als Ali hinzueilt, gibt sich Fatime, die ihrerseits für Ali zärtliche Gefühle hegt, zu erkennen. Die Paare finden sich, da sich nun endlich auch Zaïre, nachdem Tacmas sein Inkognito gelüftet hat, erklärt: Tacmas' Porträt habe sie aus Sehnsucht nach dem Geliebten verstummen lassen. Nun beginnt das Fest der Blumen: ein Reigen über das Schicksal der Blumen mit der Rose als ihrer Anführerin. Die kalten Winde des Nordens bringen Unwetter über die zarten Pflanzen. Doch der aus dem Süden wehende laue Zephir vertreibt die Wetterunbill, so daß sich die Blumen – allen voran die Rose – wiedererheben.

Akt IV, »Die Wilden«: Der indianische Krieger Adario beobachtet das Herannahen Damons und Don Alvars, die Offiziere der französischen und der spanischen Kolonisten sind. Er befürchtet, daß die Häuptlingstochter Zima dem Liebeswerben der Fremdlinge Gehör schenken könnte. Doch Zima weist beide zurück, denn den Franzosen hält sie für zu flatterhaft und den Spanier für zu draufgängerisch in Liebesangelegenheiten. Sie ziehe deshalb die aufrichtige Liebe Adarios vor. Als Don Alvar sich aus Wut über die Zurückweisung an Adario vergreifen will, tritt Damon dazwischen und überredet Alvar zum Verzicht auf Zima. Adario und Zima freuen sich ihres Liebesglücks und feiern mit den französischen Kolonisten, mit Hirten und Eingeborenen das Fest »der großen Friedenspfeife«, dessen Tänze von den Eingeborenen ausgeführt werden.

Stilistische Stellung

Für das Genre Opéra-Ballet lieferte André Campra 1697 mit ›L'Europe galante‹ den Prototyp. Als Jean-Philippe Rameau 1735 mit ›Les Indes galantes‹ seine erste von insgesamt sechs Tanzopern zur Uraufführung brachte, waren bereits rund vierzig Opéra-Ballets auf der Bühne der Pariser Königlichen Akademie gegeben worden. Hierbei löste Rameaus Stück die genrespezifischen Eigentümlichkeiten mustergültig ein: So verzichten ›Les Indes galantes‹ in Abgrenzung zur Tragédie lyrique auf Wundererscheinungen und ein aus dem Mythos gespeistes Geschehen; selbst die im Prolog auftretenden Götter sind bloße Allegorien. Kompensation für das »Merveilleux« (das Wunderbare) der Tragédie lyrique schafft in Rameaus Opéra-Ballet die räumliche Entrückung: trotz Aktualitätsbezug, der sich hier in Kolonialismus und Versklavungsproblematik bekundet. Durch den Exotismus können das Fremde und das Unbekannte dennoch ihre Faszination ausüben, wobei ein mimetisches Anliegen zur realitätsnahen Vergegenwärtigung außereuropäischer Kulturen allenfalls vorgeschoben ist, um die Darbietungen auf der Bühne mit dem Argument der Wahrscheinlichkeit zu legitimieren. Ebenso typisch für das Genre Opéra-Ballet ist der Fokus auf ein Grundthema (hier: die Liebe in fernen Weltgegenden), das in jedem Einzelakt in einer abgeschlossenen Handlung zur Darstellung gelangt. Damit war es, wie die Aufführungspraxis zeigt, möglich, in Anpassung an vorgegebene Bühnenbedingungen ganze Akte zu streichen, was die Verbreitung der Opéra-Ballets erleichterte. Hauptzweck des Opéra-Ballets ist aber nicht die Gesangsdarbietung. Vielmehr soll die aus Rezitativen, Arien, Ensemblegesängen, Chören und orchestralen Stücken (insbesondere Tänzen) gebildete musikalische Nummernreihe initiieren, was die Schaulust des Publikums befriedigen kann; und vor allem soll sie choreographische Aktion ermöglichen.

In der Art eines barocken Gesamtkunstwerks sind die Gesangsnummern immer wieder an szenische Effekte gebunden: So verfehlt im Prolog der spektakelhafte Auftritt Bellones mit Pauken und Trompeten nicht seine Wirkung, zumal mit der Baßbesetzung der Göttin ein groteskes Travestiemoment ins Spiel kommt. Im I. Akt wird wiederum die Gewittermusik in der Szene der Émilie »La nuit couvre les cieux!« zum Spiegel für den Aufruhr im Inneren der Protagonistin. Vollends wird im II. Akt die Ödnis des Bühnenbilds zur psychologischen Landschaft. Und Rameau erweist sich in der finalen Erdbebenszene des Akts als ein Meister der Tonmalerei; überdies wird die Partie des Huascar zu einem Musterbeispiel für spannende Personencharakteristik durch musikdramatische Deklamation. Das Quartett »Tendre amour« im III. Akt bietet wiederum den vokalen Glanzpunkt des gesamten Werks. Daß sich überdies italienische Einflüsse in der Partitur finden, zeigt beispielsweise die Arie der Fatime im III. Akt »Papillon inconstant«, die wie in den zarten Koloraturen des Gesangsparts, so im duftigen Begleitwerk des Orchesters das flatterhafte Schweben der Schmetterlinge nachahmt.

Trotz solcher Detailschönheiten zielen die Akte letztlich jedoch auf die Tanztableaus. Im Wechsel von Solo- und Chorgesängen mit instrumentalen Tanzsätzen, oft genug durchzogen von Refrains, errichtet Rameau hier klar gegliederte Klangarchitekturen, die immer wieder ausgedehnte Dimensionen erreichen. Herausragendes Beispiel dafür ist das Schlußtableau des IV. Akts mit der als Rundtanz angelegten »Danse du Grand Calumet de la Paix« (Tanz der Großen Friedenspfeife), die auf Rameaus Klavierstück ›Air des Sauvages‹ (Tanz der Wilden) von 1725 zurückgeht, zu dem ihn der Tanz zweier im Théâtre-Italien auftretender Indianer inspiriert haben soll. Zusammen mit Zimas Air »Régnez, plaisirs et jeux!« (Regiert, Lust und Spiel!) und der abschließenden Chaconne gestaltete Rameau hier eine der grandiosesten Festszenen des Barock.

Textdichtung und Geschichtliches
Mit Louis Fuzelier (1672/74–1752) hatte Rameau einen erfahrenen Librettisten an der Hand, der dem Publikum in einem Vorwort zu den ›Indes galantes‹ gemäß aufklärerischer Apologetik erläuterte, daß die Episoden des Stücks mit den Geboten der Vernunft vereinbar und nicht reiner Fiktion entsprungen seien. So verweist er für den »edlen Wilden« des I. Akts auf den türkischen Großwesir Topal Osman als historisches Vorbild. Für den Folgeakt führt er dann Sitten und Gebräuche der Inkas sowie topographische Gegebenheiten und Naturerscheinungen in Peru an, um der Szenerie und den spektakulären Effekten und Vorgängen Plausibilität zuzusprechen. Ebenso führt er das Blumenfest des III. Akts auf orientalisches Brauchtum zurück.

Sollte das Stück ursprünglich ›Les Victoires galantes‹ (Die galanten Siege) heißen, so wurde der endgültige Titel ›Les Indes galantes‹ zu einer gerade aufgrund ihrer Unschärfe präzisen Ortsbestimmung für die Schauplätze des Stücks. Denn nach damaligem Verständnis waren jene außereuropäischen Gegenden der Alten und der Neuen Welt, die unter dem Begriff der beiden Indien subsumiert wurden, geographisch nicht genau definiert.

Als ›Les Indes galantes‹ am 23. August 1735 im Saal der Königlichen Akademie uraufgeführt wurden, schloß das Werk mit dem II. Akt. Sehr bald fügten die Autoren den III. Akt hinzu, in dem übrigens jene Marie Sallé als Primaballerina auftrat, die im Jahr zuvor in London in Händel-Opern Furore gemacht hatte. Das Stück wurde durchaus kritisch aufgenommen. Vor allem wurde der III. Akt wegen der mit Geschlechtertausch verbundenen Verkleidungsmaskerade des Prinzen Tacmas getadelt, so daß Rameau und Fuzelier sich zu einer Neufassung des ins abschließende Blumenfest führenden Plots entschlossen. Danach glaubt sich die Sultanin Fatime von ihrem Ehemann Tacmas mit Atalide betrogen. Sie verkleidet sich als Sklavin, gewinnt das Vertrauen Atalides und erkennt, daß ihr Verdacht unbegründet war. In dieser Fassung des III. Akts und mit dem ganz neuen IV. Akt »Les Sauvages« wurden ›Les Indes galantes‹ am 10. März 1736 erneut vorgestellt.

Bis 1773 wurde das Stück an der Königlichen Akademie nicht weniger als 320 Mal aufgeführt, wobei Rameau wenigstens 15 Überarbeitungen vorgenommen hatte. Bis 1781 hielten sich ›Les Indes galantes‹ im Repertoire, wobei vollständige Produktionen selten waren. Die Wiederentdeckung des Werks lief über eine Transkription für Gesang und Klavier von Vincent d'Indy in den 1880er Jahren, und Paul Dukas legte 1902 für die Rameau-Ausgabe Jacques Durands den Band zu ›Les Indes galantes‹ vor. Nach einer Aufführung des III. Akts 1925 an der Opéra-Comique verhalf eine glanzvolle Produktion an der Garnier-Oper in einer Inszenierung von Maurice Lehmann unter dem Dirigat von Louis Fourestier dem Werk 1952 vollends zum Durchbruch. Seitdem gehören ›Les Indes galantes‹ zu den populärsten Rameau-Stücken im Repertoire.

R. M.

Castor et Pollux

Oper in einem Prolog und fünf Akten. Libretto von Pierre Joseph Justin Bernard.

Solisten: Im Prolog: *Minerva* (Lyrischer Sopran, auch Lyrischer Koloratursopran, m. P.) – *Venus* (Lyrischer Sopran, m. P.) – *Amor* (Haute-Contre, auch Lyrischer Tenor, m. P.) – *Mars* (Lyrischer Bariton, auch Baßbariton, kl. P.) – In der Tragödie: *Télaire*, Tochter der Sonne (Lyrischer Sopran, gr. P.) – *Phébé*, Prinzessin von Sparta (Lyrischer Mezzosopran, auch Lyrischer Alt, gr. P.) – *Castor*, Sohn des Tindarus (Haute-Contre, auch Lyrischer Tenor, gr. P.) – *Pollux*, Sohn des Jupiter und der Leda (Lyrischer Bariton, auch Baßbariton, gr. P.) – *Jupiter* (Baß, m. P.) – *Hebe* (Stumme Rolle) – *Zwei Begleiterinnen der Hebe* (Sopran, kl. P.) – *Ein Schatten* (Sopran, kl. P.) – *Der Hohepriester des Jupiter* (Tenor, kl. P.) – *Zwei Athleten* (Tenor, Bariton, kl. P.) – *Ein Planet* (Sopran, kl. P.).
Chor: Spartaner – Chor der Künste und Vergnügungen – Dämonen – Selige Geister – Himmlische Genien (m. Chp.).
Ballett: Divertissements in jedem Akt.
Ort: Griechenland.
Schauplätze: Eine zerstörte Halle – Die Begräbnisstätte der Könige von Sparta – Die Vorhalle des Jupitertempels – Eingang zur Hölle – Himmlische Gefilde – Ein hübscher Platz in der Umgebung von Sparta.
Zeit: Antike.

Orchester: 2 Fl., 2 Ob., 2 Fag., 2 Trp., P., Cemb., Streicher
Gliederung: Vorspiel, szenisch gegliederte Arien, Rezitative und Tänze.
Spieldauer: Etwa 2¾ Stunden.

Handlung

Im Prolog, zwischen umgestürzten Statuen und zerborstenen Säulen, bitten die Künste, die Vergnügungen sowie Minerva den Gott Amor um Fürsprache bei seiner Mutter Venus, damit diese den Kriegsgott Mars in Liebesfesseln lege und so endlich Friede einkehre. Venus steigt vom Himmel; Mars, von Amors Pfeil getroffen, ist bei ihr; Glück und Friede kehren wieder ein.

Die Spartaner beklagen an der Grabstätte ihrer Könige den Tod von Castor, der von Lynkeus erschlagen worden ist. Télaire ist verzweifelt über den Tod ihres Geliebten, auch Phébé vermag sie nicht zu trösten. Da kündigt Trompetenklang die Rückkehr der siegreichen Krieger an: Pollux hat Lynkeus getötet und damit den Tod des Bruders gerächt. Er versucht, Télaire zu trösten und gesteht ihr, daß er sie liebe. Sie aber liebt nur Castor und fordert Pollux auf, aus Liebe zu ihr und zu seinem Bruder hinab in die Unterwelt zu steigen und ihr Castor wiederzubringen.

Für Jupiter wird ein Opfer vorbereitet. Pollux ist zerrissen zwischen seiner Liebe zu Télaire und zu seinem Bruder, denn wenn er diesen aus der Unterwelt zurückholt, verzichtet er zugleich auf Télaire. Auf deren Drängen entschließt er sich, seinen Vater Jupiter zu bitten, Castor aus der Unterwelt zurückzuholen. Jupiter kann, obwohl der Höchste der Götter, die Gesetze von Leben und Tod nicht aus den Angeln heben. So kann er den Wunsch von Pollux nur erfüllen, wenn dieser sich bereit erklärt, für den Bruder in der Unterwelt zu bleiben. In einem Tanzdivertissement malt er ihm die Freuden des Lebens aus, auf die er dann verzichten müsse, um Pollux von seinem Vorhaben abzubringen: aber auch die Göttin Hebe und ihre lieblichen Gespielinnen können Pollux nicht umstimmen.

Vor der Pforte zur Hölle versucht Phébé, die Pollux liebt, ihn von seinem Gang in die Unterwelt abzuhalten. Sie feuert die Dämonen, die den Eingang bewachen, an, ihn nicht hineinzulassen; Télaire dagegen ermutigt Pollux, den gefährlichen Gang zu tun. Pollux gesteht Phébé, daß er nicht sie, sondern Télaire liebe, und verzweifelt muß sie mit ansehen, wie er mit Merkurs Hilfe die Dämonen überwindet.

Im Elysium, dem Reich der seligen Geister, findet Castor keine Ruhe. Die glücklichen Schatten können ihn nicht trösten, weil er sich nach Télaire sehnt. Da erscheint Pollux und erklärt ihm, er könne das Tageslicht und seine Geliebte wiedersehen. Doch als Castor erfährt, daß dies nur möglich ist, wenn Pollux dafür sein Leben hingibt, will er das Opfer nicht annehmen. Nur einen Tag wird er auf der Erde bleiben, dann aber zurückkehren und Pollux dem Leben wiedergeben.

In einer lieblichen Landschaft bei Sparta begegnen sich Télaire und Castor. Als Phébé dies sieht, glaubt sie den geliebten Pollux endgültig verloren und nimmt sich das Leben. Als Castor Télaire mitteilt, er sei nur für einen Tag gekommen, beschuldigt sie ihn, er liebe sie nicht, sondern wolle sie seinem Bruder und Rivalen um ihre Gunst überlassen. Doch er bleibt bei seinem Entschluß, und auch die Spartaner können ihn nicht davon abbringen, sein Versprechen einzulösen. Ein plötzliches Gewitter läßt Télaire in Ohnmacht fallen. Doch dann steigt Jupiter freundlich und versöhnlich vom Olymp herab und löst Castors Versprechen. Pollux lebt und steigt aus der Unterwelt herauf. Dem Bruder opfert er seine Liebe zu Télaire. Gerührt von dieser Leben und Tod überwindenden Bruderliebe macht Jupiter Castor und Pollux unsterblich und gibt ihnen einen Platz als Sternbild (der Dioskuren) am Firmament; Télaire wird als Göttin den Himmel zieren. Im Schlußdivertissement singen und tanzen Sterne, Planeten, Satelliten und Götter.

Stilistische Stellung
Rameau komponierte seine dritte Oper im Alter von 54 Jahren; versammelt sind in diesem Werk die Traditionen der französischen Oper Jean-Baptiste Lullys, aber auch Einflüsse der italienischen Oper und Rameaus individuelle Weiterentwicklungen des Tradierten, die sich insbesondere in der farbigen Instrumentation, in der Illustration von Naturereignissen (das Gewitter im V. Akt) und dramatisch belebten Accompagnati, die bereits auf Christoph Willibald Gluck vorausweisen, manifestieren.

Textdichtung
Das Libretto zu ›Castor und Pollux‹ schrieb Pierre Joseph Justin Bernard, ein Günstling der Madame Pompadour, der in Paris so hohes Ansehen genoß, daß ihn Voltaire mit dem Beinamen »Gentil« auszeichnete. Bernard ging von dem antiken Mythos von Castor und Pollux aus, wandelte ihn aber geschickt so ab, daß beide Brüder dieselbe Frau (Télaire, in der Sage oft auch Hilaire) liebten, was den Gewissenskonflikt von Pollux erhöhte und damit das dramaturgische Konzept enger gestaltete. Zugleich entstand als Kontrast die unerfüllte, unglückliche Phébé.

Geschichtliches
Rameaus ›Castor und Pollux‹ wurde am 24. Oktober 1737 in Paris mit großem Erfolg uraufgeführt; zu seinen Lebzeiten gab es 1754 und 1764 zwei weitere größere Aufführungsserien, für deren erste er das Werk einschneidend umarbeitete, den Prolog strich und die Personencharakteristik verdeutlichte. Steht die Originalfassung noch ganz in der Tradition der französischen Barock-Oper mit ihren vielschichtigen Divertissements, so zeigt die Neufassung bereits den Einfluß der beginnenden Opernreform des Zeitalters der Aufklärung. Allein bis 1785 wurde das Werk in Paris mehr als 250mal aufgeführt – für das 18. Jahrhundert mit seinem schnell wechselnden Repertoire eine erstaunlich hohe Zahl. 1758 war die italienische Erstaufführung in Parma. Mit dem Ende des 18. Jahrhunderts geriet Rameau in Vergessenheit: Erst am

29. Januar 1903 wurde ›Castor und Pollux‹ von der Schola Cantorum in Paris wieder aufgeführt (konzertant), seitdem erscheint das Werk zunehmend auch auf Opernbühnen außerhalb Frankreichs.

W. K.

Dardanus

Tragédie lyrique in fünf Akten und einem Prolog. Dichtung von Charles-Antoine Leclerc de La Bruère.

Solisten: Prolog: *Vénus* (Lyrischer Sopran, gr. P.) – *Amour* (Lyrischer Sopran, auch Mezzosopran, m. P.) – *Eine Schäferin* (Sopran, kl. P.) – Tragédie: *Iphise*, Tochter des Teucer (Sopran, auch Mezzosopran, gr. P.) – *Dardanus*, Sohn Jupiters (Haute-Contre, gr. P.) – *Anténor*, Prinz eines Nachbarreiches von Phrygien (Baßbariton, gr. P.) – *Teucer*, König von Phrygien (Baßbariton, m. P.) – *Isménor*, Seher und Priester Jupiters (Seriöser Baß, m. P.) – *Vénus* (Lyrischer Sopran, gr. P. – *Erster Traum* (Sopran, kl. P.) – *Zweiter Traum* (Haute-Contre, kl. P.) – *Dritter Traum* (Baß, kl. P.) – *Ein Plaisir* (Sopran, kl. P.) – *Eine Phrygierin* (Sopran, kl. P.) – *Ein Phrygier* (Baß, kl. P.).
Chor: Prolog: Menschen verschiedener Nationen und Zeitalter, Gefolge Amours, Gefolge der Eifersucht – Tragédie: Phrygier, Phrygierinnen, Soldaten – Das Gefolge Isménors – Träume – Spiele und Vergnügungen (gr. Chp. mit Wechseln zwischen gr. und kl. Chorgruppe).
Ballett: Prolog: Die Eifersucht, Gefolge Amours (Spiele und Vergnügungen), Gefolge der Eifersucht (Sorge und Argwohn), Menschen verschiedener Nationen und Zeitalter – Tragédie: Krieger, Phrygierinnen – Das Gefolge Isménors – Phrygier – Träume – Eine Solistin, Spiele und Vergnügungen.
Orte: Kythera (Prolog) und Phrygien (Tragédie).
Schauplätze: Prolog: Der Palast Amours auf Kythera – Tragédie: Heldengedenkstätte der Phrygier – Einsame Gegend mit Tempel – Galerie im Palast Teucers – Meeresufer – Der Palast im Fond, Landschaft und Meer zur einen, die Stadt zur anderen Seite.
Zeit: Mythische Antike.
Orchester: Fl., Ob., Fag., Str. (fünfstimmig), Basse continue, Cemb., Tambourin.
Gliederung: Ouvertüre, Tänze, Chöre, Arien, Duos, deklamierter Gesang.
Spieldauer: Etwa 3¼ Stunden.

Handlung
Prolog: Die Vergnügungen der Liebe welken dahin wie Frühlingsblumen. Der Friede von Vénus und Amour wird durch das Gefolge der Eifersucht, Sorge und Argwohn, gestört. Die Plaisirs, personifizierte Vergnügungen, fesseln die Störenfriede. Der Tanz wird immer langsamer, bis Amour und sein Gefolge einschlafen. Doch dieser Ruhe will Vénus ein Ende setzen und befreit die Geister der Eifersucht. Sie warnt sie jedoch, vergiftete Pfeile zu benutzen; vielmehr sollen sie in den verliebten Herzen ein Feuer entfachen. Sterbliche aller Länder und Zeitalter huldigen Amour.

Tragédie: Iphise ist allein inmitten der Gräberstätte und fleht den Liebesgott und die Manen (Geister der Vorfahren) an, sie von ihrer Liebe zu dem Todfeind ihres Volkes, Dardanus, zu befreien. Ihr Vater Teucer kommt hinzu und frohlockt über einen neuen Helden, der sein Reich gegen Dardanus verteidigen soll: Prinz Anténor. Anténor tritt auf und macht Iphise den Hof. An den Gräbern der gefallenen Helden schwören sich die Männer feierlich Treue. Soldaten, Phrygier und Phrygierinnen preisen singend und tanzend den künftigen Sieg. Iphise will sich in ihrer Not an Isménor wenden.

In einer Einöde liegt das Reich Isménors, eines Sehers und Priesters Jupiters. Dardanus, Sohn des Jupiter, sucht ihn auf, weil er hofft, hier Iphise zu finden. Isménor sagt Dardanus Schutz gegen die Feinde zu. Er führt eine Verfinsterung der Sonne herbei und übergibt Dardanus seinen Zauberstab. Anténor tritt auf und begegnet Dardanus in der Gestalt Isménors. Nach seinem Abgang tritt Iphise auf und begegnet Dardanus ebenfalls in der Gestalt des Sehers. Stockend berichtet sie von ihrer fatalen Liebessehnsucht und fleht um Hilfe, ihr diese Liebe aus dem Herz zu reißen. Der vermeintliche Seher offenbart ihr, daß ihre Liebe erwidert wird. Iphise ist entsetzt und will fliehen; da gibt Dardanus sich zu erkennen und wirft sich ihr zu Füßen. Doch für Iphise ist es ein

Verbrechen, ihn anzuhören, und sie flieht. Dardanus ist trotz dieses Rückschlags selig.

Iphise ist allein im Palast ihres Vaters. Ihr Unglück ist nun nicht mehr zu übertreffen: Dardanus wurde gefangen, sein Tod ist sicher. Iphise wird innerlich zerrissen zwischen der Angst, ihn zu verlieren, und dem Unrecht, ihn zu lieben. Anténor kommt und will Iphise hier und heute heiraten. Iphise ist empört: An diesem Tag will der König das Blut des Feindes vergießen, und an diesem schrecklichen Tag soll man an Liebe denken? Eher will sie sterben. An ihren Tränen erkennt Anténor Iphises Liebe zu Dardanus. Ein Triumphgesang der Phrygier ertönt; Iphise flieht. Mit Gesang und Tanz feiern die Menschen den Frieden. Da erschallt die Stimme des Königs, der Meeresgott Neptun habe ein furchtbares Ungeheuer losgelassen, um das Land der Phrygier zu verwüsten und den gefangenen Dardanus zu rächen. Teucer trotzt den Göttern und sieht sich im Recht. Anténor macht sich unter dem Beifall der Phrygier auf, den Drachen zu besiegen.

Vom Himmel herab kommt Vénus in einem Wagen, auf dem Dardanus schlafend liegt. Sie hat den Sohn Jupiters aus der Gefangenschaft befreit und ruft Träume herbei, die ihm zeigen sollen, welche Pläne die Götter mit ihm haben. Die Träume erscheinen und malen dem Schlafenden eine rosige Zukunft voller Liebe und Ruhm aus. Ein Ungeheuer werde er besiegen und seine Geliebte retten. Dardanus erwacht und erkennt in den verführerischen Träumen das Orakel der Götter. Finster tritt Anténor auf: Am liebsten möchte er sich von dem Ungeheuer töten lassen, empfindet er das doch als weniger schlimm als die Liebe, gegen die es keine Waffe gebe. Todesmutig fordert er das Ungeheuer heraus. Ein Sturm bricht los, gigantische Wellen stürzen über den Strand herein, Nacht senkt sich über die Szene. Vor dem flammenspeienden Drachen weicht Anténor zurück. Im gleichen Moment erscheint Dardanus, kämpft mit dem Ungeheuer und tötet es. Dankbar über die Rettung schenkt Anténor dem ihm unbekannten Dardanus sein Schwert und schwört bei Jupiter, alles nach seinem Willen zu tun. Zu Anténors Entsetzen verlangt Dardanus den Verzicht auf Iphise.

Die Phrygier und ihr König feiern den vermeintlichen Bezwinger des Ungeheuers, Anténor. Zum allgemeinen Erstaunen erscheint nun Dardanus und fordert Anténor auf, ihn als seinen Rivalen zu töten. Dazu reicht er ihm das Schwert, das er von Anténor empfing. Doch der unglückliche Anténor ist verzweifelt: Nicht er, sondern Dardanus habe den Meeresdrachen besiegt, und die Liebe für Iphise falle seinem Schwur zum Opfer. Er geht ab. König Teucer verspürt, wie gegen seinen Willen der Zorn weicht. Vénus steigt vom Himmel herab und verkündet die Hochzeit und den Frieden. Dardanus und Iphise besingen Amour, und das Gefolge der Vénus errichtet im Nu einen zauberhaften Palast für die Hochzeitsfeierlichkeiten.

Stilistische Stellung

Die Charakteristika der französischen Oper mit ihren getanzten, allegorischen Szenen und den übernatürlichen Erscheinungen wurden in ›Dardanus‹ besonders ausgestaltet. Der gesamte IV. Akt etwa ist eine Feier des »Merveilleux«, des Wunderbaren. Lieblich-Übernatürliches – Vénus und die von ihr inspirierten Träume – geht über in Schrecklich-Übernatürliches – Neptuns Rache in Gestalt eines Sturms und eines Seeungeheuers. Dazwischen wirkt das Aufeinandertreffen zweier Sterblicher nur wie eine kleine Episode. In der Figur des Sehers Isménor (II. Akt) vereinen sich sogar menschliche mit übermenschlichen Qualitäten. Auffällig ist jedenfalls, daß Tanz und Chöre in der Gewichtung eine ebenso prominente Rolle einnehmen wie der solistische Ausdruck der Protagonisten. Die musikalische Gestaltung mit Airs, Duos, pointierten Rezitativen, Chorsätzen und Tänzen ist äußerst abwechslungsreich. Man kann wohl sogar so weit gehen, zu sagen, daß der individuelle Ausdruck der Heldinnen und Helden musikalisch nicht ganz so markant gestaltet wurde wie die gruppendynamischen Ensembles in groß und klein besetzten Chorsätzen sowie in den Tänzen. Wie phantasievoll Rameau hier vorgeht, zeigt beispielsweise die Einleitung zum Einsatz des Chors der Träume, die er mit »Sommeil en rondeau«, Schlummer in Rondoform, überschreibt.

Einen Kontrapunkt zu den zahlreichen »Merveilleux«-Effekten bilden die beiden großen Soloszenen der Iphise, zu Beginn des I. Akts »Cesse, cruel Amour, de régner sur mon âme«, und zu Beginn des III. Akts »Ô jour affreux«. Letztere, eingeleitet von einem großen, chromatisch durchwirkten Prélude der Streicher, ist ein dramatischer, das heißt: auf den Text und die Situation verweisender gesungener Monolog. Aufgrund des dichten, differenzierten Satzes der begleitenden Streicher würde man ihn niemals als Rezitativ bezeichnen, auch gibt es keine rezitativischen

Floskeln. Ein vorwärtsdrängender Gestus und häufige Taktwechsel verweisen auf eine rhetorische Konzeption; es wird erfahrbar, daß Rameau sich hier in die Tradition der klassischen Tragödie und der Tragödinnen des französischen Theaters stellt.

Textdichtung und Geschichtliches

Der Textdichter Charles-Antoine Leclerc de La Bruère (nicht zu verwechseln mit dem Essayisten Jean de La Bruyère), Journalist, Historiker, Adelssekretär, galt als talentierter Poet. Nachdem ›Dardanus‹ am 19. November 1739 an der Pariser Académie Royale de Musique uraufgeführt worden war, fanden noch 25 weitere Aufführungen statt. Zum Erfolg trugen die Sänger des Dardanus, Pierre de Jélyotte (der Haute-Contre sang auch die Titelpartie in Rameaus ›Platée‹) und der Iphise, Mademoiselle Pélissier bei sowie François Le Page, der die Rollen Teucer und Isménor übernahm. Der berühmte Tänzer Louis (Le Grand) Dupré und die Ballerina Marie Sallé stehen stellvertretend für die herausragende tänzerische Klasse der Uraufführung. Gleichwohl begannen de La Bruère und Rameau schon im Dezember desselben Jahres mit Umarbeitungen. So begegneten die Autoren dem kritischen Echo des Publikums, das trotz des lohnenden, konfliktgeladenen antiken Themas einen zu blassen Titelhelden beklagte. Die zweite Fassung, die 1744 zur Aufführung kam, sah so tiefgreifende Änderungen vor, daß man fast von einem zweiten Werk sprechen kann – Rameau nennt sie »Nouvelle Tragédie«. Die übernatürlichen Aktionen – und mit ihnen die zugehörige Musik – wurden deutlich reduziert und das Drama der Sterblichen stärker herausgearbeitet. Die Gefangennahme Dardanus' wird ausgespielt, nicht nur berichtet; Träume und Schlummer gibt es nicht mehr; Iphise, nicht Vénus, befreit Dardanus, und Anténor stirbt am Ende, anstatt nur geschlagen abzuziehen. Von beiden Fassungen gibt es gleichermaßen überzeugende, historisch informierte Einspielungen auf dem Plattenmarkt: Marc Minkowski widmete sich mit dem Orchester Les Musiciens du Louvre 2000 der frühen Fassung, Raphaël Pichon dirigierte 2012 eine Aufführung der Version von 1744 an der Königlichen Oper Versailles.

A. R. T.

Platée

Ballet Bouffon in einem Prolog und drei Akten. Dichtung von Adrien-Joseph Le Valois d'Orville nach Jacques Autreau.

Solisten: Prolog: *Thespis*, der Erfinder der Komödie (Haute-Contre, auch Lyrischer Tenor, m. P.) – *Ein Satyr* (Leichter Spielbaß, kl. P.) – *Momus* (Spielbaß, kl. P.) – *Thalie* (Lyrischer Sopran, kl. P.) – *Amor* (Soubrette, kl. P.) – *Zwei Weinbäuerinnen* (Soprane, kl. P.) – Ballett: *Platée*, die Nymphe eines großen Sumpfgebietes (Haute-Contre, auch Spieltenor, gr. P.) – *Cithéron* (Charakterbaß, auch Spielbaß, m. P.) – *Jupiter* (Seriöser Baß, auch Charakterbaß, m. P.) – *Mercure* (Haute-Contre, auch Lyrischer Tenor, m. P.) – *Momus* (Charaktertenor, m. P.) – *Junon* (Dramatischer Sopran, kl. P.) – *La Folie*, die Narrheit (Koloratursoubrette, gr. P.) – *Clarine*, Quelle, eine der Dienerinnen der Platée (Sopran, kl. P.) – *Eine Najade*, Dienerin der Platée (Stumme Rolle) – *Iris* (Stumme Rolle).
Chor: Satyrn – Mänaden – Weinbauern- und -bäuerinnen – Gefolge der Platée – Gefolge des Momus und der Narrheit – Nymphen und Satyrn – Bauern und Bäuerinnen (gr. Chp.).
Ballett: Satyrn, Mänaden, Weinbauern, ihre Frauen und ihre Kinder (Prolog). Gefolge der Platée, Nordwinde (I. Akt). Nordwinde, ein kleiner Cupido, Gefolge des Momus, Gefolge der Narrheit: zum einen in alberner, mit Troddeln versehener Kleidung, zum andern nach Art der griechischen Philosophen (II. Akt). Dryaden und Satyrn, Nymphen aus der Schar Platées, drei als Grazien verkleidete Gefolgsleute des Momus, Bauernvolk und -kinder (III. Akt).
Ort: Böotien.
Schauplätze: Ein Weinberg in Griechenland – Eine ländliche Gegend, im Hintergrund der Berg Kitheron mit Bacchustempel auf dem Gipfel, unterhalb des Berges ein großer, von Schilf bewachsener Sumpf«.
Zeit: Mythologische Zeit.
Orchester: 2 Fl. (auch 2 Picc. und 2 Flageoletts), 2 Ob., 2 Fg., P. (ad. lib.), Schl. (ad. lib.), Cemb., Str.
Gliederung: Ouvertüre, musikalische Szenen,

die aus Arien, Rezitativen, Instrumentaleinlagen und Tänzen bestehen.
Spieldauer: Etwa 2½ Stunden.

Handlung

Prolog »Die Geburt der Komödie«: Die Weinlese ist vorüber. Satyrn, Mänaden und Landvolk preisen tanzend und singend den Gott Bacchus. Einem der Satyrn fällt auf, daß der Sänger Thespis, vom Weingenuß benebelt, eingeschlafen ist. Nur widerwillig läßt der Dichter sich von seinen Freunden, die seinen Gesängen lauschen wollen, wecken. Er bespöttelt das freizügige Liebestreiben der berauschten Mänaden und Satyrn, so daß diese bald bereuen, dem scharfzüngigen Thespis den Schlaf verscheucht zu haben. Indessen tritt Thalie, die Muse des Lustspiels, hinzu und ermutigt den Dichter, weiterhin menschliche Schwäche beim Namen zu nennen. Sie erhofft sich ein Schauspiel darüber, das ihr Begleiter Momus – die personifizierte Tadelsucht – gar bis in göttliche Sphären ausgeweitet wissen will. Und Momus weiß zu berichten, daß gerade hier – am Ort der momentanen Geselligkeit – einst Jupiter seiner Gattin Junon wegen ihrer notorischen Eifersucht eine Lehre erteilt habe. Auch Amor, der Gott der Liebe, kommt herbei und will sich in leitender Funktion an dem in Aussicht gestellten Spiel, das den »Überschwang schon überreifer Triebe« lächerlich machen soll, beteiligen. Zuletzt fordert Thespis alle Anwesenden auf, ihm dabei zu helfen, die von Bacchus inspirierte neue Kunstform der Komödie ins Leben zu rufen. Ein Lobpreis auf die Götter Bacchus, Momus und Amor beschließt den Prolog.

Ein schreckliches Gewitter geht über Böotien nieder, so daß Cithéron, der König der gleichnamigen Berggegend, die Götter entsetzt um Gnade anfleht. Da steigt der Götterbote Mercure vom Himmel herab und berichtet von Junons sich in Stürmen entladender Wut, seit sie in Eifersucht rase. Wie die – ausnahmsweise ohne jeden Anlaß – aufgebrachte Göttin zu besänftigen wäre, dafür sei guter Rat teuer. Cithéron aber hat eine Idee: Jupiter solle Junon durch Vortäuschung eines neuen Ehebundes zur Räson bringen. Damit aber Jupiter nicht der Versuchung erliege, amourösen Nutzen aus dieser Scheinehe zu ziehen, bringt Cithéron eine nur mäßig anziehende Attraktion als Braut ins Spiel: die ältliche Najade Platée, die unterhalb des Berges seit Urzeiten in einem Sumpf hause. Aufgrund ihrer Unansehnlichkeit bislang verschmäht, halte sich die mannstolle Platée gleichwohl für unwiderstehlich. Sicher werde sie sich geschmeichelt fühlen, wenn der höchste der Götter ihr den Hof mache. Mercure aber solle dafür sorgen, daß Junon von Jupiters neuester Eskapade Wind bekommt, so daß die Göttin sich bei der fingierten Hochzeitsfeier durch ihr entrüstetes Dazwischentreten von der Absurdität ihres Verdachts selbst überzeugen könne. Nachdem Mercure die von fern herannahende Platée in Augenschein genommen hat, fährt er, von ihrer Häßlichkeit begeistert, wieder auf in den Himmel, um Jupiter auf sein Liebesabenteuer vorzubereiten. Indessen erweist sich, daß Cithéron nicht ohne Eigennutz den Göttern Rat gespendet hat. Aus der Unterredung Platées mit ihrer Vertrauten Clarine geht nämlich hervor, daß die Najade für Cithéron, der sich bei ihrer Ankunft flugs versteckt hat, liebliche Gefühle hegt. Seine Versuche, sich ihren Nachstellungen zu entziehen, deutet Platée als Schüchternheit eines Sterblichen aus Respekt vor ihrer göttlichen Hoheit. Sie beschließt deshalb, der Wahl ihres Herzens nachzugeben und ohne Rücksicht auf ihren hohen Stand dem Opfer ihres Liebesverlangens Gunst zu gewähren. Höchst erfreut wird sie seiner ansichtig und fordert die Sumpfbewohner auf, Cithéron vielstimmig zu begrüßen. Selbst der Kuckuck und die Frösche lassen es sich nicht nehmen, Platées Liebling die Reverenz zu erweisen. Der aber versucht vor allem eines: sich mit höflichen Worten die lüsterne Najade vom Leib zu halten. Platée läßt sich jedoch so leicht nicht abwimmeln: Umtönt vom Quaken ihrer Frösche, macht sie wütend und weinend Jagd auf den unvermutet widerspenstigen Geliebten. Doch dem hart Bedrängten wird unversehens Hilfe von oben zuteil: Mercure ist im Begriff, sich wieder herabzubequemen, und augenblicklich lenkt Cithéron Platées Begehren in himmlische Höhen. Der Götterbote aber kündigt der Najade unter allerlei Ehrbezeigungen den nach ihrer Liebe verlangenden Jupiter an. Cithéron wiederum mimt den Bescheidenen, der Platée nur zurückgewiesen habe, weil ihr die Erhöhung zur Gattin des Göttervaters sozusagen auf die Stirn geschrieben stand. Platée indessen hat sich mit beeindruckender Selbstverständlichkeit in ihre neue Rolle gefunden und beanstandet die Säumigkeit ihres Gatten in spe. Mercure weiß ihre Ungeduld mit einer gen Himmel weisenden Geste zu zügeln: In dem aufziehenden Gewitter verberge sich Jupiters verstoßene Gemahlin. Natürlich können Junons aus ohnmächtigem

Zorn geweinte Regentränen Platée nicht schrekken; sie sieht durch die unverhoffte Wasserzufuhr lediglich ihr Reich vergrößert. Und so ruft sie ihren Hofstaat zur Begrüßung des Unwetters aus dem Sumpfgewässer herauf. Singend und tanzend erfreut sich die feuchte Gesellschaft der Wetterunbill. Erst als rauhe Winde aus dem Norden heranbrausen, ziehen sich Platées Nymphen auf Mercures Geheiß wieder in den Sumpf zurück.

Mercure ist es gelungen, die mißtrauische Junon auf eine falsche Fährte nach Athen zu setzen, so daß Jupiter nun freie Bahn hat. Während sich Mercure und Cithéron zurückziehen, schwebt Jupiter in Begleitung des Momus in einem Wolkenwagen herab. Auf des Gottes Gebot verziehen sich die Winde des Nordens. Neugierig nähert sich Platée dem Himmelsgefährt, dem alsbald Jupiter entsteigt. Nach alter Gewohnheit zeigt er sich seiner Auserwählten zunächst in Tiergestalt, genauer gesagt: als Esel. Platée fühlt sich sogleich zu dem von einem Cupido mit Blumengirlanden geschmückten Grautier hingezogen, wirft ihm verliebte Blicke zu und lauscht entzückt seinen eselhaften Liebesseufzern. Daraufhin verwandelt sich Jupiter in eine Eule, über deren Schönheit Platée schier außer sich gerät. Für schlichtweg unangebracht hält sie allerdings das hämische Gezwitscher der übrigen Vögel, und sie kann sich vor Verzweiflung kaum fassen, als die Eule plötzlich davonfliegt. Um so größer ist dann ihr Schreck, als Jupiter, Blitze schleudernd, in seiner wirklichen Gestalt vor ihr steht. Es verschlägt ihr die Sprache, so daß sie Jupiters galantem Liebeswerben mit nicht viel mehr als einem erleichterten »Ouffe« ihre Zustimmung erteilt. Ihr göttlicher Galan wiederum befiehlt seinem Begleiter Momus, die Zeit bis zur Hochzeit durch ein Fest zu verkürzen. Kichernd hält dessen Gefolge – darunter Mercure und Cithéron in Verkleidung – Einzug. Und noch ein weiterer Gast wird begrüßt: die Narrheit, die eben erst Apolls Leier gestohlen hat. Sie führt eine Schar von Tänzern mit sich, die zum einen lachhaft herausgeputzt, zum andern im ernsten Habitus der Philosophen angesichts der Mesalliance zwischen Herrschergott und Urwelt-Nymphe tanzend ein Exempel um sich greifender Verrücktheit geben. Ein Spottlied über Apoll, der Daphne zur Strafe für ihren Widerstand in einen Lorbeerbaum verwandelt habe, schließt sich an: In ihm verlacht die Narrheit den Liebeswahn der Götter. Nach einer weiteren Kostprobe ihrer unter dem Zeichen der geraubten Leier stehenden Sangeskunst und nach weiteren Tänzen fordert die Narrheit Momus und seinen Troß auf, in die Anrufung Amors miteinzustimmen, damit er den Liebesbund zwischen Jupiter und »seiner neuen Junon« segne. Insbesondere Platée tut sich dabei hervor, den Liebesgott zur Segnung ihres Glückes herbeizuwünschen.

Eskortiert von ihrer Vertrauten Iris, ist Junon zornentbrannt aus Athen zurückgekehrt und stellt Mercure wegen seines Täuschungsmanövers zur Rede. Der aber bittet sie, zu ihrem eigenen Vorteil von einer Bloßstellung Jupiters einstweilen abzusehen und sich zunächst versteckt zu halten. Junon zieht sich zurück, als eine Schar von Dryaden, Satyrn und Nymphen erscheint. Sie geleiten Platées von zwei Fröschen gezogene Hochzeitskarosse. Jupiter hilft seiner verschleierten Braut, die das lange Ausbleiben Amors und des Hochzeitsgottes Hymen verdrießt, aus der Kutsche. Offenbar ist die Najade mehr auf das eheliche Beilager erpicht als auf eine ausgedehnte Vermählungsfeier; und so ist ihr die Entgegennahme der Gratulationen eine lästige Pflicht, wobei Momus – mit überdimensionalem Bogen und Köcher als eine lächerliche Abart des Amor ausstaffiert – in Vertretung des angeblich anderweitig beschäftigten Liebesgottes die Gästeschar anführt. Er überreicht Platée Amors Hochzeitsgaben, die ihr allerdings überhaupt nicht gefallen, da sie aus Tränen, Liebespein, Sehnsuchtsseufzern und trügerischer Hoffnung bestehen. Dessen ungeachtet führt als nächste Gratulantin die Narrheit unverdrossen das Lob Amors auf den Lippen, woraufhin Momus abermals Platée seine Aufwartung macht: Der Liebesgott habe ihm außerdem aufgetragen, die drei Grazien in Platées Dienerschaft einzureihen – in Wahrheit drei verkleidete Gefolgsleute des Momus, deren kuriose Sprünge spontan den Beifall der Braut finden. Doch damit hat es zum Leidwesen Platées mit dem Huldigungszeremoniell immer noch kein Ende. Mit Cithéron an der Spitze hat sich auch das Landvolk eingefunden, um das Hochzeitsfest mit Tänzen zu verschönern und zusammen mit den anderen Gästen die Reize der Braut zu bejubeln. Für Jupiter ist es nun an der Zeit, der Farce ein Ende zu setzen. Während er bereits nach Junon Ausschau hält, muß er Platées plötzliche Sorge bezüglich der Rachsucht ihrer Vorgängerin zerstreuen. Umständlich zieht er die zum Jawort führende Eidesformel in die Länge, bis endlich Junon wutschnaubend hereinplatzt.

Sie reißt der vermeintlichen Rivalin den Schleier vom Gesicht und fängt bei ihrem Anblick schallend an zu lachen. Platée aber verläßt samt ihren Nymphen augenblicklich den Ort ihrer Demütigung. Und nachdem sich Jupiter und Junon versöhnt haben und zusammen mit den anderen Göttern wieder in den Himmel aufgefahren sind, bleibt alleine die Narrheit unter den Menschen zurück. Indessen zerren die Bauern Platée wieder herbei, um sie zu verhöhnen. Mit ihren leeren Drohungen fordert die düpierte Najade erst recht den Spott der Leute heraus. Den spitzbübischen Cithéron aber hat Platée längst als Urheber ihrer schmählichen Niederlage ausgemacht, keifend und zankend will sie ihm an die Kehle. Um endlich dem Schandreigen zu entkommen, den das Bauernvolk um sie herum gebildet hat, nimmt Platée Anlauf und springt mit einem wütenden Satz geradewegs hinein in ihren Sumpf. Gemeinsam mit der Narrheit feiern die Menschen Jupiters und Junons Versöhnung.

Stilistische Stellung

Gemäß dem Sprichwort »Alte Scheuern brennen hoch« ist die nymphomane Alte im komischen Genre ein stehender Typus. Gleiches gilt für den dünkelhaften Parvenü, der für seine Aufgeblasenheit nach dem Motto »Schuster, bleib bei deinen Leisten!« bestraft wird, so daß er schließlich den Schaden hat und für den Spott nicht zu sorgen braucht. In Rameaus vorsintflutlicher Sumpfblüte Platée fließen nun beide Figurentypen zusammen. Und so bewogen Platées runzlige Häßlichkeit zum einen, ihre im Vergleich zu den Göttern niedere Herkunft zum andern, den Komponisten dazu, der Titelpartie die halbamphibische Lautgestalt einer Schimäre zu verschaffen, gleichsam eine Kreuzung zwischen Najaden-Vettel und Kröte. In diesem Sinne spielt Rameau die onomatopoetischen Tendenzen des Textes, der sich in einsilbigen Worten wie »Quoi« dem Gequake nähert, voll aus. Mit ähnlich lautmalerischer Wirkungsabsicht setzt er die Fagotte und die Oboen in tiefer Lage ein. Sie verleihen den Tanz- und Chorszenen von Platées Gefolge im I. Akt die zu einem Feuchtgebiet passende »couleur locale«. Gleichfalls wird – wie im Rhythmischen, so im Melodischen – durch sprunghaftes Fortschreiten die Bewegungsart der Frösche nachgeahmt, weshalb sich die Pseudo-Grazien des Momus zum Vergnügen Platées im III. Akt auf hopsende Weise fortbewegen. Aus Platées Vorliebe für absonderliche Intervallsprünge resultieren wiederum witzige Registerwechsel in der Singstimme, insbesondere bei Besetzung der Partie mit einem Haute-Contre. Und in absichtlichen Unstimmigkeiten zwischen Wort- und musikalischem Akzent dokumentiert sich die vorzivilisatorische Unbildung der Nymphe, während sich ihre Einfalt in melodischer Behäbigkeit niederschlägt. Auch tragen die tonmalerischen Details des Orchestersatzes viel zu ihrem komischen Porträt bei: Entweder veranlassen sie Platée zu Kommentaren (etwa zu emphatischer Reaktion auf die von den Streichern imitierten Eselsschreie des Jupiters im II. Akt), oder das Orchester verleiht Platées Empfindungen Ausdruck (z. B. die greinende Vierteltonchromatik der Geigen, als sie im III. Akt die enttäuschenden Geschenke Amors entgegennimmt).

Indessen ist Platée aller hybriden Eitelkeiten und unwillkürlichen Ungeschicklichkeiten zum Trotz in ihrem treuherzigen Verlangen nach Liebe nicht nur eine lächerliche Gestalt, sondern der Betrachter hat mit der verspotteten Nymphe mehr Mitleid als das im Stück agierende Personal. Im Grunde nämlich ist sie eine tragische Figur, da sie aufgrund des wesensimmanenten Makels der Unansehnlichkeit bei Göttern und Menschen auf Ablehnung stößt. Ohnehin ist die Verkehrung des Tragischen ins Komische die zentrale Idee des Stückes. So beruft im Prolog Thalia, die Muse des Lustspiels, ausgerechnet den Thespis, nach klassischer Lesart der Begründer der Tragödie, zum Erfinder der Komödie. Dann wieder verdreht die Narrheit im II. Akt die eigentlich ernste Geschichte von Daphnes Metamorphose ins Spaßhafte, denn die auf die italienische Bravour-Arie weisenden Koloraturen ihrer als flinke Gigue dahinjagenden Ariette »Aux langueurs d'Apollon« sind nichts anderes als Gelächter-Imitationen. Überdies geht dem Auftritt der Narrheit eine »symphonie extraordinaire« voraus, die weit mehr ist als bloße Personen-Ankündigung: Indem dieses durch disparate Motivik reichlich merkwürdig ins Ohr fallende Instrumentalstück auch den Anfangsteil der Ouvertüre bildet, die zum Schluß des Prologs übrigens noch einmal erklingt, steht es in seiner rätselhaften Bizarrheit wie ein Menetekel über dem Werkganzen.

Daß Rameaus ›Platée‹ mehr Tragödien-Parodie als Komödie ist, wird hinwiederum an Junons übertrieben dargestelltem Affektzustand wahrnehmbar. Aus der affektuosen Enthemmtheit der Göttin freilich resultiert eine unkonventionelle dramaturgische Funktion der den I. Akt umrahmenden Gewittermusiken. Anders als in der ernsten Oper spitzt sich in ihnen die Handlung ja nicht zu, sondern sie »vergegenwärtigen den ›chaotischen‹ Ursprung des Geschehens« (Regine Klingsporn). Nicht zuletzt darin wird deutlich, mit welcher Umsicht und Bedachtsamkeit die tonmalerischen Instrumentalsätze und ebenso die überaus pittoresken Tanzeinlagen (Divertissements) in die Handlung eingebunden sind. Obwohl die Partitur darüber keine Angaben macht, ist in einigen dieser Sätze der Einsatz von Pauken oder Schlagwerk sicher kein Stilbruch.

Textdichtung
Der antike Geograph und Historiker Pausanias berichtet in seiner ›Beschreibung Griechenlands‹ (ungefähr 160–180 n. Chr.) im IX. Buch, der sogenannten ›Böotica‹, von Jupiters (Zeus') Scheinhochzeit mit einer als Platea firmierenden Holzfigur. Erst über eineinhalb Jahrtausende später wurde die Statue in dem Stück ›Platée ou Junon jalouse‹ (Platée oder die eifersüchtige Junon) von Jacques Autreau (1657–1745) zum Leben erweckt. Rameau erwarb um 1740 die Eigentumsrechte an Autreaus damals noch unveröffentlichtem Werk und beauftragte Adrien-Joseph Le Valois d'Orville mit der Umarbeitung. Hierbei schärfte Le Valois den sprachlichen Witz der Vorlage, wobei der I. Akt neu geschrieben wurde, stutzte die Rolle der Junon und fügte die Gestalt der Narrheit hinzu.

Geschichtliches
Über die Entstehung von Rameaus am 31. März 1745 im Théâtre de la Grande Ecurie zu Versailles uraufgeführter ›Platée‹ ist nichts bekannt. Ebensowenig ist überliefert, wie der Hof auf das Werk reagierte, das anläßlich der Hochzeit des Dauphins Ludwig mit Maria Theresia, der Infantin von Spanien, gegeben wurde und eine seit Februar 1745 stattfindende Serie von Abendveranstaltungen abschloß. Von einem aufsehenerregenden Erfolg ist also nicht auszugehen, möglicherweise weil die königliche Braut der Najade an Häßlichkeit vergleichbar gewesen sein soll. Von der Versailler Uraufführung, in der Rameau der seinerzeit berühmte Sänger Pierre de Jélyotte (1713–1797) in der Titelpartie zur Verfügung stand, ist keine vollständige Partitur erhalten geblieben. Deshalb stützen sich neuere Einstudierungen und Rekonstruktionen im wesentlichen auf das Notenmaterial, das 1749 bei der Wiederaufführung (dieses Mal mit Latour als Platée und wie schon bei der Uraufführung mit Marie Fel als Narrheit) an der Königlichen Musikakademie in Paris benutzt wurde. Kleinerer Abweichungen ungeachtet, fällt hier vor allem mit Blick auf das Ende der Oper eine Erweiterung ins Gewicht: die auf Platées finalen Sprung in den Morast folgenden Schluß-Divertissements. 1750 und 1754 kam es zu weiteren Aufführungsreihen des von den Enzyklopädisten sehr geschätzten Stückes. Von 1759 bis 1773 wurde zumindest der Prolog zur ›Platée‹ noch aufgeführt.

Während des 20. Jahrhunderts machte sich nach einer Münchner Privataufführung im Jahr 1901 (musikalische Leitung: Hans Schilling, Text: Felix Schlaginweit) und der ersten szenischen Wiedererweckung des Werkes 1917 in Monte Carlo mit Alice Zeppilli in der Titelpartie insbesondere der Tenor Michel Sénéchal um das Werk verdient. 1956 verkörperte er unter Hans Rosbaud in Aix-en-Provence, 1968 beim Holland-Festival unter der musikalischen Leitung von Bruno Maderna und 1977 an der Pariser Opéra-Comique (Dirigent: Michel Plasson) die Platée. In Deutschland wiederum nahm sich John van Kesteren wiederholt der Najade an, zum ersten Mal 1963 anläßlich der deutschen Erstaufführung (Übersetzung: Robert Schnorr) unter dem Dirigat von Hans-Georg Schäfer und in einer Inszenierung von Kurt Hübner in Bremen, sechs Jahre später bei der Wiedereröffnung des Münchner Theaters am Gärtnerplatz mit Ulrich Weder als Dirigent und Kurt Pscherer als Regisseur. Für die Renaissance der ›Platée‹ mögen darüber hinaus die erste schwedische Rameau-Aufführung überhaupt 1978 in Drottningholm oder Claude Malgoires ›Platée‹-Produktionen 1983 am Sadler's Wells Theatre in London, danach in Versailles und 1984 in Heidelberg stehen. 1988 kam das Werk in New York am Piccolo Teatro dell'Opera unter der musikalischen Leitung von Frederick Renz heraus. Marc Minkowskis entzückende CD-Einspielung mit den Musiciens du Louvre stammt aus dem Jahr 1990.

R. M.

Les Boréades ou Le Triumph d'Abaris
(Die Boreaden oder Der Triumph des Abaris)

Tragédie lyrique in fünf Akten. Libretto von Louis de Cahusac.

Solisten: *Alphise*, Königin von Baktrien (Lyrischer Koloratursopran, gr. P.) – *Sémire*, ihre Vertraute (Sopran, kl. P.) – *Borilée*, Bewerber um die Hand Alphises aus dem Geschlecht Borées (Charakterbariton, m. P.) – *Calisis*, Bewerber um die Hand Alphises aus dem Geschlecht Borées (Haute-Contre, auch Spieltenor, m. P.) – *Abaris*, Liebhaber Alphises (Haute-Contre, auch Spieltenor, gr. P.) – *Adamas*, Oberpriester Apollons (Charakterbaß, m. P.) – *Nymphe* (Sopran, kl. P.) – *L'Amour*, die Liebe (Sopran, kl. P.) – *Polymnie*, Muse des Gesangs und der Pantomime (Sopran, kl. P.) – *Borée*, Gott der Nordwinde (Spielbaß, m. P.) – *Apollon*, Gott des Lichts (Bariton, kl. P.).
Chor: Les Plaisirs (die Vergnügungen), die Grazien, Gefolge von Amour, Priester Apollons, Gefolge Borées, Volk, Jahreszeiten, Musen, Zephire, Genien der Stunden und der Künste, unterirdische Winde (gr. Chp.).
Ballett: Orithye und ihr Gefolge, Gefolge der Boreaden.
Ort: Im Königreich Baktrien und im Reich Borées.
Schauplätze: Im Wald auf der Jagd – Im Tempel Apollons – Ländliche Gegend – Verwüstete Landschaft – Borées Reich.
Zeit: In mythischer Zeit.
Orchester: 2 Musettes, 2 Fl., 2 Ob., 2 Kl., 2 Fag., 2 Hr., P., Tr., Str., B. c.
Gliederung: Tragédie lyrique mit Ouvertüre, Rezitativen, Airs, Arietten und Tänzen.
Spieldauer: 3½ Stunden.

Handlung

Der Hof bläst zur Jagd. Die Festlichkeiten finden zu Ehren der Königin Alphise statt, die sich einen Gatten wählen soll. Doch sie hat sich bereits entschieden, keinen der beiden Boreaden-Prinzen zu heiraten, und gesteht ihrer Vertrauten Sémire ihre Liebe zu einem Fremden, Abaris. Sémire bittet sie, ihre Wahl zu überdenken, insbesondere wegen der vom Gott der Nordwinde Borée zu erwartenden Wut. Borilée und später Calisis umschmeicheln und bedrängen Alphise. Die zaudernde Königin unterwirft sich der Entscheidung Apollons, dessen Kommen sie ungeduldig erwartet. Währenddessen präsentiert Calisis eine Gruppe von Plaisirs und Grazien. Ironisierend vergleicht Sémire die Vergnügungen eines ruhigen Tages auf dem Meer mit der ehelichen Zuneigung, die Gefahren eines plötzlich aufkommenden Sturmes aber mit den Wonnen leidenschaftlicher Liebe.

Der Oberpriester Adamas gedenkt im Tempel Apollons der Zeit, als dieser ihm Abaris als Kind mit dem Versprechen anvertraut hatte, daß man ihm das Geheimnis seiner Abstammung erst verrate, wenn er sich seines göttlichen Blutes würdig erweise. Abaris gesteht Adamas seine Liebe zu Alphise. Adamas befiehlt seinen Priestern, Abaris noch zu dienen wie ihm selbst, bis der neue König bestimmt sei. In großer Bedrängnis tritt die Königin auf, sie bittet den Oberpriester, um ihretwillen Apollon anzurufen. Borée habe ihr in einem Traum gedroht, ihr Königreich zu zerstören. Abaris will sie beschützen und gesteht ihr seine Liebe, die Alphise erwidert. Das Gefolge der Königin nähert sich: Abaris verwandelt seine Ausrufe der Freude in eine Ruhmeshymne auf Apollon, in die die Priester und die Höflinge einfallen. Eine Nymphe stimmt eine Hymne auf die Freiheit der Liebe an, und die Hofgesellschaft stellt die Geschichte von Borée und Orithye zu Ehren Apollons dar. Eine Prozession Orithyes und ihres Gefolges leitet über in Orithyes Tanz zu Ehren Athenes. Die Ankunft der Boreaden unterbricht diesen Tanz schlagartig. Calisis betont, man müsse sich den Launen Amors fügen, und Borilée sagt voraus, daß selbst das stolzeste Herz eines Tages sich für die Liebe erweichen lasse. Der Tempel wird von Licht erfüllt, doch nicht Apollon erscheint, sondern L'Amour, der Gott der Liebe. Er überreicht Alphise einen Pfeil und spricht dazu die mehrdeutigen Worte: »Alles kannst du erhoffen von diesem Stab, den die Liebe selbst dir gibt. Deine Liebe billige ich, sie ist mein Wille; doch die Nachfahren Borées werden die Krone gewinnen.«

Alphise ist beunruhigt wegen der möglichen Rachetaten Borées, wenn sie ihre Entscheidung bekanntgibt. Abaris nähert sich, besorgt, Alphise an seine Rivalen zu verlieren. Wieder versichert sie ihn ihrer Liebe. Das Gefolge und die Priester bitten den Hochzeitsgott Hymen um seinen Beistand. Nun drängt Adamas Alphise, ihren Gatten zu wählen. Diese erklärt, sie wolle auf ihren Thron verzichten, um dem Unbill der Götter zu entgehen und den Mann heiraten zu können, den sie liebe. Man solle einen König an ihrer Statt ernennen. Sie überreicht Abaris den magischen Pfeil. Calisis und Borilée reklamieren beide ihren Anspruch auf den Thron. Abaris reagiert auf die Überheblichkeit der beiden mit Wut und verteidigt die Königin. Alphise beruhigt ihn, aufrichtigen Herzens finde sie ihr Glück allein in ihrer Liebe zu ihm. Das Volk bejubelt die Königin und ihren Erwählten. Calisis und Borilée rufen Borée zur Rache auf. Ein fürchterlicher Sturm erhebt sich. Die Elemente sind entfesselt, und Alphise wird von einem Wirbelsturm hinweggetragen. Abaris und die übrigen bleiben klagend zurück.

Auch während des Zwischenspiels wütet der Sturm. Die erschreckten Bewohner versuchen Borée zu beruhigen, doch der schwört inmitten der Klagenden Rache an Alphise. Ganz plötzlich endet das Unwetter, Abaris tritt auf, verletzt und niedergeschlagen. Adamas bedrängt ihn, er müsse, um Land und Leute zu retten, auf seine Liebe verzichten. Abaris versucht, sich mit dem Pfeil zu verletzen, doch Adamas greift ein und erinnert ihn, daß dieser Pfeil geheime Kräfte besitze, die ihm zum Sieg über seine Feinde verhelfen könnten. Wieder alleine, ruft Abaris Apollon an, worauf die Muse Polymnie antwortet. Die Zephire werden Abaris über Länder und Meere zum Sitz des Donners tragen.

In seinem Reich befiehlt Borée den Winden, weiter zu wüten. Geschwächt gestehen sie, ein Sterblicher zwinge sie zur Erholung. Borée droht ihnen. Alphise tritt auf, gefolgt von Calisis und Borilée. Borée, wütend über seine Unfähigkeit, die Winde zu erheben, warnt Alphise ein letztes Mal, sie müsse einen der Prinzen zum Gatten nehmen oder ein Leben in Gefangenschaft führen, doch Alphise läßt sich nicht einschüchtern. Abaris erscheint, Alphise bedrängt ihn zu fliehen, und als er sich den Boreaden in den Weg stellt, verspotten ihn diese. Abaris läßt seinen Pfeil funkeln und enttarnt so den Hochmut seiner Rivalen. Die magische Kraft des Pfeiles bannt die beiden. Apollon erscheint und erklärt, Abaris sei sein Sohn, den eine von Borée abstammende Nymphe ihm geboren habe. Borée muß seine Niederlage eingestehen und vereint die Liebenden. Auf Anordnung Apollons erscheinen L'Amour, Le Plaisir und La Joie in den düsteren Gefilden. Die Liebenden feiern ihren Triumph. Abaris vergleicht die Liebe mit einem friedlichen Bach, der sich in einen reißenden Strom verwandle, wenn man sich ihr in den Weg stelle.

Stilistische Stellung

Die höfische, höchst prunkvolle Form der Tragédie lyrique grenzt sich ab vom eher bürgerlichen Drame lyrique, das Rameau in seiner intimeren Form zuletzt bevorzugt hatte. ›Zoroastre‹ war 1749 das letzte zuvor komponierte Stück der Gattung gewesen, und daß Rameau 1763 als Achtzigjähriger sie in seinem letzten Bühnenwerk noch einmal aufgreift, überrascht. Typisch ist, daß neben der Musik und der Dichtung auch das Ballett, die Kostüme und das Bühnenbild spektakulär zusammenwirken. Musikalisch findet Rameau mit diesem Libretto voller überraschender Wendungen zu einem Opus summum. Die musikalische Gestaltung und Verzahnung der einzelnen Akte dient nicht mehr allein der phantasievollen Ausgestaltung des Bühnengeschehens, sondern die Musik wird als Handlungsträger eingesetzt, ausgerichtet auf das zentrale szenische Ereignis, den Raub der Alphise während des Sturmes am Ende des III. Aktes, nimmt diesen vorweg und zitiert ihn mehrfach. Auch der Einsatz der Instrumentalfarben ist in diesem Stück höchst ausdifferenziert, und so haben die Instrumentalsuiten aus diesem Bühnenwerk heute den Weg in das Repertoire vieler Orchester gefunden.

Textdichtung

Das Libretto basiert auf dem antiken Mythos von Boreas und Oreithyia: Der rauhe Nordwind Boreas entführte die athenische Königstochter und zeugte mit ihr Kalais und Zetes, die Boreaden. Die Liebesgeschichte zwischen der Königin Alphise und dem Sohn Apolls Abaris ist in diese Rahmenhandlung hinein angelegt, so daß die Konkurrenz zwischen Borée und Apollon um die Thronfolge spannungsreich den Wirrungen der Liebe folgt. Eine Nymphe proklamiert die Freiheit in der Liebe als höchstes Gut: ein allzu fortschrittlicher Gedanke, der vielleicht auch zur Absage der Uraufführung des Stückes geführt haben könnte?

Geschichtliches

Zahlreich sind die Legenden, die sich um die ungeklärten Umstände der Entstehung der ›Boréades‹ ranken, zahlreich die Spekulationen darüber, warum es zu keiner Aufführung zu Rameaus Lebzeiten gekommen ist: Das Louis de Cahusac zugeschriebene Libretto sei zu subversiv gewesen, einen Opernbrand soll es am Palais Royal gegeben haben, die Musik sei für die Musiker zu schwierig gewesen, Madame de Pompadour soll gegen das Stück gewesen sein, u. v. m. Sylvie Bouissou vermutet Geldprobleme gepaart mit technischen Problemen der Sänger sowie des Orchesters als ursächlich. Tatsächlich wurden Proben des Stückes im April 1763 in Paris noch abgehalten, wohl für eine Privataufführung am Hof von Choisy durch die Académie Royal de Musique. Die erste Aufführung des Stückes fand (stark gekürzt und konzertant) aber erst 1964 mit dem Orchester und dem Chor des ORTF unter der Leitung von Pierre-Michel Le Conte anläßlich des 200. Todestages Rameaus statt, nachdem die Handschrift in der Bibliothèque National gefunden worden war. Sie blieb weitgehend folgenlos. Erst die konzertante Aufführung 1975 in der Queen Elizabeth Hall unter John Eliot Gardiner erbrachte internationale Aufmerksamkeit und zog die erste szenische Aufführung 1982 beim Internationalen Festival in Aix-en-Provence nach sich, ebenfalls unter der Leitung Gardiners. Von da an war der Aufstieg des Stückes bis zu seiner heutigen Popularität unaufhaltsam und ging einher mit der gleichzeitig stattfindenden Renaissance barocker Bühnenwerke allgemein. 1999 brachte Sir Simon Rattle das Stück bei den Salzburger Festspielen auf die Bühne, 2003 fand an der Opéra National de Paris unter der Leitung von William Christie eine Produktion in der Inszenierung von Robert Carsen statt (DVD), 2004 brachte das Zürcher Opernhaus unter der musikalischen Leitung von Marc Minkowski das Werk auf die Bühne. Die Reihe hochkarätiger Produktionen hält an.

A. Th.

Maurice Ravel

* 7. März 1875 in Ciboure (Niederpyrenäen), † 28. Dezember 1937 in Paris

Die spanische Stunde (L'heure espagnole)

Musikalische Komödie in einem Akt. Dichtung von Franc-Nohain.

Solisten: *Concepcion*, Frau des Torquemada (Mezzosopran, auch Sopran, gr. P.) – *Gonzalvo*, ein Schöngeist (Lyrischer Tenor, m. P.) – *Torquemada*, Uhrmacher (Spieltenor, auch Charaktertenor, kl. P.) – *Ramiro*, Mauleseltreiber (Kavalierbariton, gr. P.) – *Don Inigo Gomez*, Bankier (Spielbaß, auch Charakterbaß, m. P.).
Ort: Toledo.
Schauplatz: Der Laden eines spanischen Uhrmachers. Links der Eingang, rechts führt eine Tür in die Wohnung des Uhrmachers. Im Hintergrund ein breites, großes Fenster mit Blick auf die Straße. Rechts und links vom Fenster je eine große katalanische (d. h. normannische) Standuhr. Da und dort: Automaten, ein Kanarienvogel, ein kleiner Hahn, Spieldosen-Figuren.
Zeit: Im 18. Jahrhundert.
Orchester: 2 Fl., 1 Picc., 2 Ob., 1 Eh., 2 Kl., 1 Bkl., 2 Fag., 1 Kfag., 4 Hr., 2 Trp., 3 Pos., 1 Bt., 2 Hrf., Cel., Glsp., P., Schl., Str.
Gliederung: Durchkomponierte Großform.
Spieldauer: Etwa 1 Stunde.

Handlung

Der Uhrmacher Torquemada sitzt an seinem Werktisch bei der Arbeit. Man hört das Pendelschlagen der Uhren, die alle verschiedene Stunden schlagen; zwischendurch lassen Spieldöschen und Musikautomaten, wie ein Kanarienvogel oder ein kleiner Hahn, ihre Weisen ertönen. Im Laden erscheint der Mauleseltreiber Ramiro, der seine vom Onkel, einem Toreador, ererbte Uhr reparieren lassen möchte. Er braucht eine pünktlich gehende Uhr, weil er täglich zu bestimmter Zeit für die Obrigkeit Pakete mit seinen Tieren transportieren muß. Da kommt des Uhrmachers Frau Concepcion. Sie mahnt ihren

Mann, sich eilig auf den Weg zu machen, denn er müsse heute doch wieder die Rathausuhren aufziehen. Mißmutig fragt sie Torquemada, warum er immer noch nicht eine von den beiden Standuhren auf ihr Schlafzimmer gebracht habe. Als er antwortet, so eine Uhr sei nicht so leicht zu heben, bemerkt sie verächtlich, sie wisse nur zu gut, daß es ihm an Muskelkraft fehle. Im Weggehen ersucht der Uhrmacher den Mauleseltreiber zu warten, bis er wieder zurück sei. Concepcion will auch Ramiro entfernen, denn sie hat zu dieser Stunde ihren Galan, den schwärmerischen Dichterjüngling Gonzalvo hierher bestellt. Sie fragt den Mauleseltreiber, ob er nicht eine von den beiden Uhren auf ihr Zimmer bringen könne, was dieser bereitwillig und ohne Mühe tut. Gleich darauf erscheint Gonzalvo. Während er sich in phrasenhaften Tiraden ergeht, kommt Ramiro zurück. Verlegen erklärt Concepcion, er habe leider die falsche Uhr transportiert. Ramiro geht sofort zurück. Indessen steckt die junge Frau Gonzalvo schnell in den Uhrenkasten. Da betritt der wohlbeleibte Bankier Inigo Gomez den Laden. Auch er nützt die Stunde, in der Torquemada außer Haus ist, bei der schönen Concepcion sein Glück zu versuchen. Aber schon kommt Ramiro mit der Uhr zurück. Er nimmt die andere Uhr, in der Gonzalvo eingeschlossen ist, wie einen Strohhalm auf seine Schultern. Concepcion begleitet ihn, angeblich um behilflich sein zu können. Der enttäuscht zurückgebliebene Inigo zwängt seinen dicken Leib in die zurückgebliebene Uhr mit der Absicht, der Uhrmacherin für die kalte Abweisung einen Schabernack zu spielen. Ramiro kommt allein zurück. Er findet die junge Frau, die ihn gebeten hat, für kurze Zeit den Laden zu bewachen, äußerst charmant. Da kommt Concepcion zurück. Wütend erklärt sie, die scheußliche Uhr, die vollkommen versagt habe, nicht in ihrem Zimmer behalten zu wollen. Während Ramiro sich anschickt, die Uhr sogleich wieder zurückzuholen, entdeckt Concepcion den in der anderen Uhr eingeschlossenen Inigo, der ihr die Vorzüge eines gestandenen Mannes gegenüber einem unerfahrenen Poetenjüngling vorhält, und als Ramiro die Uhr mit Gonzalvo zurückbringt, bittet sie ihn kurzentschlossen, wieder die andere Uhr auf ihr Zimmer zu tragen. Concepcion öffnet daraufhin die zurückgebliebene Uhr; sie erklärt Gonzalvo, seine schmachtenden Reime nicht mehr anhören zu können, und geht auf ihr Zimmer. Ramiro kommt zurück. Er findet Gefallen an den klingenden Schlägen der Uhren, die ihn an die Schellen seiner Tiere erinnern, und gesteht, am liebsten als Uhrmacher bei der Uhrmacherin bleiben zu wollen. Die junge Frau erscheint, wiederum enttäuscht über die Uhr auf ihrem Zimmer. Ramiro geht sogleich, sie zu holen. Concepcion beklagt das jämmerliche Abenteuer und die Temperamentlosigkeit jener Männer, die sich Spanier und Landsleute Don Juans nennen. Sie bewundert den starken Ramiro, und als dieser die Uhr mit Inigo zurückbringt, fordert sie ihn auf, mit auf ihr Zimmer zu kommen – aber ohne Uhr. Gonzalvo steigt aus der Uhr. Als er Torquemada herannahen sieht, will er schnell wieder zurück, verwechselt aber in der Aufregung die Uhren und stößt auf Inigo. Der Uhrmacher betritt den Laden, hocherfreut gleich zwei Kunden anzutreffen. Er bietet den beiden die Uhren an. Sie gehen auf den Kauf ein, um keinen Verdacht zu erregen. Als Concepcion mit Ramiro wiederkommt, versuchen Torquemada, Gonzalvo und Concepcion vergeblich, Inigo aus dem Uhrkasten zu zerren. Da hebt ihn Ramiro mit einem kräftigen Ruck heraus. Der Uhrmacher sagt seiner Frau, sie müsse nun doch auf eine Uhr verzichten. Sie aber erklärt ihm frohgestimmt, dieser nicht mehr zu bedürfen; denn pünktlicher als seine Uhren käme der Herr mit den Mauleselfuhren früh an ihrem Bett vorüber, um sie zu wecken. Die Anwesenden wenden sich zum Publikum und ziehen die Moral aus der Geschichte: für jeden komme beim Liebesspiel ein Augenblick, wo der Maultiermann Glück verschaffe.

Stilistische Stellung

Ravel war ein großer Uhrenliebhaber. Kein Wunder, daß ihn das pikante, geistreich-ironische Uhrenlustspiel ›L'heure espagnole‹ von Franc-Nohain schon wegen des Milieus der Handlung anzog. Überdies gab ihm die mechanische Welt des fein differenzierten Uhren- und Spieldosengeklingels Gelegenheit, seinen sensiblen Sinn für impressionistische Farbwirkungen in Harmonik und Instrumentation auszuwerten. Zum anderen kam dem gebürtigen Basken dieses Stück mit »ein wenig Spanien drum herum« wegen seiner Vorliebe für iberische Tanzrhythmen entgegen. So ist das abschließende Quintett in Form einer Habanera, eines andalusischen Tanzes, gestaltet. Im übrigen vertonte Ravel den Text in Art einer musikalischen Konversationskomödie, wobei er etwa an den Parlando-Stil der italienischen Opera buffa anknüpfte. Deshalb verlangte er in einer Bemerkung der Partitur für die Aufführung; »Mit

Ausnahme des Schlußquintettes und, zum größten Teil, der Rolle des Gonzalvo, diese lyrisch mit Affektation, mehr reden als singen (kurze Schlußsilben, portando usw.)!« Auch für die Besetzung der Darsteller schwebten ihm bestimmte, außergewöhnliche Sängertypen vor, so für den Torquemada ein »Trial« und für den Ramiro ein »Bariton-Martin«. (»Trial« war eine im 18. Jahrhundert gebräuchliche Fachbezeichnung für einen Tenorbuffo, der tölpelhafte Bauern oder Diener darzustellen hatte, als »Bariton-Martin« wurde ein tenoraler Bariton mit spezieller Begabung für das komische Fach bezeichnet.)

Textdichtung
Der französische Lyriker und Romancier Franc-Nohain (eigentlich Maurice Legrand, 1873–1934), dessen Werke vielfach von geistreichem, echt französischem Humor zeugen, hat ›L'heure espagnole‹ ursprünglich als Sprechstück geschrieben. Bevor er seine Zustimmung für die Aufführung seines Werkes als Oper erteilte, mußte Ravel ihm die Vertonung erst auf dem Klavier vorspielen.

Geschichtliches
Ravel komponierte ›L'heure espagnole‹ in der Zeit von Mai bis September 1907. Bis zur Aufführung vergingen aber noch Jahre. Denn das ungewöhnliche und schwierige Werk verlangte eine ausgedehnte Vorbereitungszeit. Schließlich kam die Oper am 19. Mai 1911 an der Opéra-Comique zu Paris mit geteiltem Erfolg zur Uraufführung. Das Verständnis für die köstlichen Werte dieses Werkes blieb späteren Zeiten vorbehalten.

L'enfant et les sortilèges (Das Kind und die Zauberdinge)

Lyrisch-phantastische Begebenheit in zwei Bildern. Dichtung von Colette.

Solisten: *Das Kind* (Lyrischer Mezzosopran, gr. P.) – *Die Mutter* (Alt, m. P.) – *Eine Bergère* (Sopran, kl. P.) – *Die chinesische Tasse* (Mezzosopran, auch Alt, m. P.) – *Das Feuer* (Koloratursopran, gr. P.) – *Die Prinzessin* (Koloratursopran, gr. P.) – *Die Katze* (Mezzosopran, m. P.) – *Die Libelle* (Mezzosopran, m. P.) – *Die Nachtigall* (Koloratursopran, m. P.) – *Die Fledermaus* (Sopran, kl. P.) – *Die Eule* (Sopran, kl. P.) – *Das Eichhörnchen* (Mezzosopran, kl. P.) – *Eine Schäferin* (Sopran, kl. P.) – *Ein Schäfer* (Alt, kl. P.) – *Der Sessel* (Seriöser Baß, m. P.) – *Die Standuhr* (Bariton, m. P.) – *Die Wedgwood-Teekanne* (Tenor, m. P.) – *Das alte Männchen* (Contratenor, auch falsettierender Tenor, m. P.) – *Der Kater* (Bariton, m. P.) – *Ein Baum* (Baß, kl. P.) – *Der Laubfrosch* (Tenor, kl. P.).
Laut Angaben des Komponisten *sollen* von einem Darsteller gesungen werden: Das Feuer/Die Prinzessin/Die Nachtigall; Das alte Männchen/Der Laubfrosch; *können* von einem Darsteller gesungen werden: Die Mutter/Die chinesische Tasse/Die Libelle; Die Bergère/Die Eule; Die Katze/Das Eichhörnchen; Die Standuhr/Der Kater; Der Sessel/Der Baum.
Chor: Die Bank, das Kanapee, der Fußschemel, der Korbsessel, die Ziffern (Kinderchor, m. Chp.) – Hirtenmädchen – Hirten – Frösche – Tiere – Bäume (gemischter Chor, kl. Chp.).
Ort: Ein Kinderzimmer.
Schauplätze: Ein Kinderzimmer mit überdimensional großen Möbeln (aus der Perspektive des Kindes) – Ein Hausgarten mit Teich.
Zeit: Gestern und heute.
Orchester: 2 Fl., Picc., 2 Ob., Eh., Es-Kl., 2 Kl., Bkl., 2 Fag., Kfag., 4 Hr., 3 Trp., 3 Pos., Tuba-P., Schl., Cel., Hrf., Klav., Str.
Gliederung: Durchkomponierte Großform.
Spieldauer: 1 Stunde.

Handlung
Ein Kind müht sich verzweifelt bei seinen Hausaufgaben. In Gedanken hängt es verbotenen Wünschen nach: Es möchte die Katze am Schwanz ziehen oder die Mutter bestrafen. Als die Mutter kommt, muß sie feststellen, daß das Kind mit seinen Aufgaben nicht einmal angefangen hat. Zur Strafe bekommt es nur eine Tasse Tee ohne Zucker und ein Stück trockenes Brot und muß allein bleiben. Die Mutter geht, und das Kind läßt seine Wut an der Einrichtung des Zimmers aus: Es wirft die Möbel um, zerreißt die Schulbücher, zerfetzt die Tapete, zieht die Katze am Schwanz, quält das Eichhörnchen im Käfig und reißt das Pendel aus der Uhr. Schließlich fällt es erschöpft in einen Sessel. Doch da beginnt plötzlich ein Zauber: Der alte Lehnstuhl zieht sich vor dem Kind zurück, und mit einer zierlichen Bergère beginnt er einen

altertümlich-graziösen Tanz, bei dem beide Möbel beschließen, fortan solle das Kind auf ihnen keinen Platz mehr finden; sie seien die dreckigen Schuhe und die Mißhandlungen leid. Die alte Standuhr kommt angetrippelt: Sie jammert, weil ihr das Pendel fehlt und sie jetzt viel zu schnell schlagen muß. Vom Fußboden ertönen zwei näselnde Stimmen: die englische Wedgwood-Teekanne, ganz britisch, und die aus Hongkong stammende chinesische Teetasse tauschen ihre Erfahrungen aus der weiten Welt aus und beklagen das zügellose Treiben des Kindes. Das Kind ist niedergeschmettert; vorsichtig nähert es sich dem Kaminfeuer, doch das Feuer züngelt ihm bedrohlich entgegen und rügt den Mißbrauch der Feuerzange; schließlich geht es aus, und das Zimmer liegt im Dunkeln. Das Kind fürchtet sich. Die Märchenfiguren der zerfetzten Tapete beleben sich: Es sind Schäferinnen und Schäfer, die nun klagen, daß sie nicht mehr zusammenkommen können. Das Kind weint. Plötzlich erscheint die wunderschöne Prinzessin aus dem Märchenbuch. Sie beklagt, daß sie den schönen Prinzen nun nicht finden könne, da der Knabe das Buch zerrissen habe, und sie ohne Schutz in der Welt stehe. Plötzlich versinkt sie, und das Kind kann ihr nicht helfen. Es sucht nach dem Schluß der Märchenerzählung, kann ihn aber nicht finden. Statt dessen beleben sich die Ziffern des Mathematikbuches, an ihrer Spitze ein altes Männchen, das Brocken von Rechenaufgaben murmelt und tausend Fragen stellt – die Mathematik.

Unterdessen ist der Mond aufgegangen, und der Kater erhebt sich, um die Katze zu umschnurren. Beide singen ein herzzerreißendes, rechtes Katzenduett, und das Zimmer öffnet sich zum Garten. Die Frösche am Teich quaken. Das Kind läuft in den Garten und lehnt sich an einen alten Baum, der aber ächzt, weil ihn die Wunden schmerzen, die ihm das Kind mit einem Messer beigebracht hat. Die Libellen tanzen, warnen aber vor dem Kinde – wenn man sich in seine Nähe begebe, werde man gefangen und mit einer Nadel an die Wand gepickt. Die Nachtigall singt, und die Fledermaus beklagt den Verlust ihrer Frau, die das Kind aus Mutwillen getötet hat. Ein vorwitziger Frosch nähert sich dem verschüchterten Kind, doch da warnt das Eichhörnchen: Wer sich dem Kinde nähere, werde in einen Käfig gesperrt. Das Kind sieht, daß die Tiere einander zugetan sind – nur es selbst ist allein und von niemandem geliebt. Er ruft nach der Mama. Doch da werden alle Tiere aufmerksam: Sie bedrohen es, haben alle an ihm etwas auszusetzen und kommen immer näher; ein Handgemenge entsteht, bei dem das Kind, aber auch ein junges Eichhörnchen verletzt werden. Das Kind bindet sein Halstuch ab und verbindet damit die Pfote des Eichhörnchens. Die Tiere sind gerührt und beschämt durch die unerwartete Sanftheit und das Mitleid des Kindes. Vielleicht ist es doch gar nicht böse. Schließlich tragen sie es gemeinsam zum Haus zurück und rufen gemeinsam nach der Mama. Das Kind kommt zu sich, ruft auch nach der Mama, und der Traum ist aus.

Stilistische Stellung

Ravels ›L'enfant et les sortilèges‹ hat es bis heute schwer, sich im Spielplan durchzusetzen und dies ungeachtet seiner hohen musikalischen Qualität. Dies mag zum einen daran liegen, daß das Stück höchst anspruchsvoll ist und sich kaum als Märchen für Kinder, wohl eher für Erwachsene eignet, und zudem szenisch nur sehr schwer zu realisieren ist. Doch dessenungeachtet gehört das Werk nach Meinung von Kennern nicht nur zu den unbestreitbaren Höhepunkten in Ravels reichem Schaffen, sondern auch zu den – bei aller subtilen Intimität – maßstabsetzenden musiktheatralischen Werken des 20. Jahrhunderts.

Textdichtung

Die Dichterin Sidonie-Gabrielle Colette suchte einige Zeit nach einem Komponisten für ihr Bühnenstück, bis sie auf Ravel stieß. Die Zusammenarbeit gestaltete sich schwierig und langwierig, da Ravel viele Änderungswünsche hatte. Gleichwohl faszinierte ihn der Stoff ungeheuer: hatte er doch nicht nur selbst eine tiefe Neigung zu Kindern und zu allen schönen Dingen, sondern spürte er auch – durch seine eigene, kleine Figur – die Bedrohlichkeit überdimensional wirkender Gegenstände.

Geschichtliches

Ravel schrieb von 1920 bis 1924 an dem knapp einstündigen Werk, und hätte nicht Raoul Gunsbourg, der damalige Direktor des Theaters von Monte Carlo, Ravel einen Termin gesetzt, der ihn dazu zwang, die Partitur abzuschließen, vielleicht wäre das ursprünglich als Ballett geplante Werk nie abgeschlossen worden. Die Uraufführung fand statt am 21. März 1925 in Monte Carlo; es dirigierte Victor de Sabata, es inszenierte Raoul Gunsbourg, es choreographierte Georges Balanchine. Das Werk war zuerst beim Publikum und bei der Kritik stark umstritten; erst nach und nach, als weitere Aufführungen in Paris, Brüssel, New York und Florenz folgten, konnte es sich durchsetzen. Die deutsche Erstaufführung fand am 6. Mai 1927 in Leipzig statt, die österreichische in Wien am 14. März 1929. Heute ist das Werk ein zwar rarer und weiterhin schwierig zu realisierender, aber stets lohnender Gast auf unseren Opernbühnen.

W. K.

Aribert Reimann
* 4. März 1936 in Berlin

Melusine

Oper in vier Akten. Libretto nach dem gleichnamigen Schauspiel von Yvan Goll von Claus H. Henneberg.

Solisten: *Melusine* (Lyrischer Koloratursopran, gr. P.) – *Pythia* (Dramatischer Alt, auch Dramatischer Mezzosopran, gr. P.) – *Madame Laperouse* (Lyrischer Mezzosopran, auch Charaktersopran, m. P.) – *Max Oleander, Melusines Ehemann* (Charaktertenor, m. P.) – *Graf von Lusignan* (Lyrischer Bariton, gr. P.) – *Der Geometer* (Baßbariton, auch Baß, kl. P.) – *Der Maurer* (Baß, auch Bariton, kl. P.) – *Der Architekt* (Lyrischer Tenor, auch Charaktertenor, m. P.) – *Oger* (Seriöser Baß, auch Charakterbaß, m. P.) – *1. Dame* (Sopran, auch Mezzosopran, kl. P.) – *2. Dame* (Mezzosopran, auch Alt, kl. P.) – *3. Dame* (Sopran, auch Mezzosopran, kl. P.) – *1. Herr* (Tenor, kl. P.) – *2. Herr* (Bariton, auch Baß, kl. P.) – *3. Herr* (Tenor, kl. P.) – *Ein Arbeiter* (Sprechrolle) – *Ein Werkmeister* (Sprechrolle) – *Der Sekretär des Grafen* (Sprechrolle).
Ort: In der Nähe einer Großstadt.
Schauplätze: Ein Zimmer in Oleanders Villa mit Blick auf den Park – Seeufer mit einer Weide im Park – Vor dem Schlosse Lusignans – Ein Weg im Park – Schlafzimmer im Schlosse des Grafen.
Zeit: Jahrhundertwende.
Orchester: Fl. (auch Picc.), Altfl., Ob., Eh., Kl., Bkl., Fag., Kfag., 2 Hr., 2 Trp., 2 Pos., P., Cel., Hrf., Str. (4.4.3.3.2).
Gliederung: Durchkomponierte Großform mit Zwischenspielen.
Spieldauer: Etwa 2¼ Stunden.

Handlung
Melusine ist von ihrer vermeintlichen Mutter, Madame Laperouse, mit dem Immobilienmakler Max Oleander verheiratet worden. Obwohl die Ehe bereits seit einem halben Jahr besteht, ist Melusine immer noch unberührt. Oleander beschwert sich bei seiner Schwiegermutter, die früher einmal seine Geliebte war, über Melusine; nicht nur, daß sie sich ihm verweigert, Angst vor seinen behaarten Armen hat und nächtelang am Fenster sitzt, um in den Park zu starren – sie versäumt auch ihre Haushaltspflichten, sorgt weder für heißes Rasierwasser noch für Kaffee. Oleander geht mürrisch in sein Büro; was ihn einzig aufmuntert, ist die Hoffnung auf ein großes Geschäft. Melusine kommt mit einem Arm voller Blumen aus dem Park. Ihre Mutter macht ihr Vorhaltungen und verbietet ihr, sich mit der in einer Weide im Park wohnenden Pythia zu treffen, die die Menschen für eine Wahrsagerin halten – doch für Melusine ist sie eine Waldfee. – Im Park trifft Melusine auf einen Geometer, der ihr erzählt, der Park sei verkauft, und der Graf Lusignan wolle darin ein Schloß bauen. Melusine ist entsetzt, daß ihre Bäume gefällt, ihr Teich zugeschüttet werden sollen. Um dies zu verhindern, nutzt sie die Faszination, die ihre rätselhafte Schönheit und unwirkliche Zerbrechlichkeit auf den Geometer ausüben, und verspricht, ihn zu lieben, wenn er den Bau des Schlosses verhindere. – Oleander kommt wütend aus dem Büro nach Hause: das große Geschäft, der Verkauf des Parks, ist ihm entgangen. Melusine sagt ihm, sie werde verhindern, daß das Schloß gebaut, daß ihre Blumen, ihre Bäume, ihre Tiere vernichtet würden. Da stürzt Madame Laperouse mit der Nachricht herein, der Geometer sei von der Parkmauer gestürzt und tot.

Melusine geht zur Pythia, der Königin der Weiden, und will sie um Rat fragen, was man gegen die zerstörerischen Menschen tun könne. Die Pythia ist böse, weil Melusine durch ihre Heirat mit einem Menschen die Geisterwelt verraten habe; doch als sie erfährt, daß Melusine sich ihre Jungfräulichkeit bewahrt habe, rät ihr die Pythia, alle Männer, die mit dem Bau des Schlosses zu tun haben, zu verführen, sie aber nicht zu lieben – denn wenn sie liebe, verliere sie die Macht ihres Geheimnisses und müßte, wie alle Wesen des Parks, sterben. – Melusine bringt einen Maurer dazu, seine Arbeitskollegen zum Streik zu veranlassen, und auch der Architekt, der das Schloß bauen soll, verfällt ihrem Zauber. Er will ihretwegen seine Familie verlassen, mit ihr fliehen – er legt schließlich die Arbeit nieder, brennt mit einer Halbweltdame durch.

Doch Melusines Bemühungen fruchten nichts. Während des Winters, in dem die Natur erstarrt ist und ruht, wird das Schloß fertiggestellt. – Es ist der Tag der Schloßeinweihung: Oleander und Melusine sind auch eingeladen. Bevor die Festlichkeit beginnt, treffen sich vor dem Schloß Pythia und der alte Oger, der Vater Melusines. Pythia hat Angst vor dem Grafen Lusignan, dessen Charme und Liebenswürdigkeit alle Frauen verfallen sind, und Oger beschließt, die Tochter zu schützen. Er läßt sich als Lakai anwerben, um ihr nahe sein zu können. Melusine wird dem Grafen Lusignan vorgestellt, und nicht nur er verliebt sich in sie – und erkennt dabei ihre wahre Herkunft –, auch sie verliebt sich, ungeachtet der Warnungen der Pythia, in ihn.

Melusine hat sich vom Fest weg in den Wald geflüchtet, wohin ihr der Graf folgt. Beide gestehen einander ihre Liebe. Oger kommt zu spät. Melusines Verrat macht die Natur leiden: Pythia, die ihre Macht schwinden sieht, hat ihre Weide, in der sie wohnt, angezündet. Der ganze Park brennt, die Flammen greifen auch auf das Schloß über. – Oleander beobachtet mit Madame Laperouse von seiner Villa aus den Schloßbrand. Die Feuerwehr kommt, aber es ist nicht mehr viel zu retten. Aus der Ruine trägt man zwei Leichen: den Grafen Lusignan und Melusine.

Stilistische Stellung
Reimanns Vorliebe für Irrealität und Zwischenwelten, die schon in seinem Opern-Erstling ›Ein Traumspiel‹ eine Rolle spielten, prägt auch die sehr lyrisch-intime ›Melusine‹, ein musikalisches Kammerspiel, in dem die fein changierenden, flirrenden Klänge dominieren – eine Klangwelt zwischen Claude Debussy und Alban Berg hat man der Partitur attestiert. Im Mittelpunkt steht die extrem anspruchsvolle Koloraturpartie der Melusine: enge, schwebende Fioriituren mit chromatischen Färbungen und irisierenden Vokalen, oft mit extremen Höhenanforderungen. Daneben ist der Graf durch kantabel-weitschwingende Gesangsbögen charakterisiert, die große dramatische Geste kennzeichnet die Pythia und den Oger, die Melusine verfallenen Männer sind eher karikierend gezeichnet. Ein kleines Instrumentarium, oft reduziert auf weite Melismen der Altflöte oder der Viola, trägt den Handlungsverlauf in oft beklemmender Intensität und – bei aller Transparenz – hoher Ausdruckskraft.

Textdichtung
Die Figur der Nixe Melusine ist alt, sie reicht zurück bis in die griechische Antike. Die Kernsage von Melusine und dem Grafen Lusignan wurzelt im französischen Mittelalter; besonders beliebt war der Stoff in der deutschen Romantik, in der Ludwig Tieck und Friedrich de la Motte Fouqué Novellen um den Stoff schrieben und Franz Grillparzer ein Opernlibretto für Konradin Kreutzer verfaßte. 1922 schrieb der deutsch-französische Expressionist Yvan Goll ein ›Melusinen‹-Drama, das jedoch erst 1956 in Wiesbaden uraufgeführt wurde. Dieses Schauspiel, das den Gegensatz zwischen einer verwunschen-belebten Natur und einer rationalistischen Zivilisation zu dem Konflikt zwischen Mensch und Zwischenwesen hinzufügte, wurde von Claus H. Henneberg gekürzt und konzentriert und so den Erfordernissen eines Librettos angepaßt.

Geschichtliches
Aribert Reimann schrieb seine Oper ›Melusine‹ 1970, die Uraufführung dieses Auftragswerks des Süddeutschen Rundfunks fand am 29. April 1971 im Rahmen der Schwetzinger Festspiele statt. Die musikalische Leitung hatte Reinhard Peters, es inszenierte Gustav Rudolf Sellner, in der Titelpartie war die großartige Catherine Gayer zu hören. Nachgespielt wurde das Werk mit Erfolg in Berlin, Darmstadt und Braunschweig.

W. K.

Lear

Oper in zwei Teilen nach William Shakespeare, eingerichtet von Claus H. Henneberg.

Solisten: *König Lear* (Heldenbariton, auch Charakterbariton, gr. P.) – *König von Frankreich* (Baßbariton, auch Charakterbaß, auch Seriöser Baß, m. P.) – *Herzog von Albany* (Charakterbariton, m. P.) – *Herzog von Cornwall* (Charaktertenor, m. P.) – *Graf von Kent* (Charaktertenor, m. P.) – *Graf von Gloster* (Baßbariton, auch Charakterbariton, auch Heldenbariton, gr. P.) – *Edgar*, Sohn Glosters (Contratenor, auch Lyrischer Tenor, gr. P.) – *Edmund*, Bastard Glosters (Jugendlicher Heldentenor, auch Charaktertenor, gr. P.) – *Goneril*, Lears Tochter (Dramatischer Sopran, gr. P.) – *Regan*, Lears Tochter (Jugendlich-dramatischer Sopran, auch Dramatischer Koloratursopran, gr. P.) – *Cordelia*, Lears Tochter (Jugendlich-dramatischer Sopran, gr. P.) – *Narr* (Sprechrolle, gr. P.) – *Bedienter* (Tenor, kl. P.) – *Ritter* (Sprechrolle).
Chor: Gefolge von König Lear und Graf Gloster (Männerchor, m. Chp.).
Ort: England.
Schauplätze: Platz vor dem Schloß von König Lear – Hof im Palast – Heide – Eine Hütte – In Glosters Schloß – In Albanys Palast – Im französischen Lager bei Dover – Freies Feld.
Zeit: In mythischer Zeit.
Orchester: 3 Fl. (III. auch Baßfl., alle drei auch Picc.), 1 Altfl., 2 Ob., 1 Eh., 2 Kl. in B (II. auch in Es), 1 Bkl. in B, 2 Fag., 1 Kfag., 6 Hr. in F, 4 Trp. in C, 3 Pos., 1 Bt., P., Schl. (5 Bongos, 5 Tomtoms, 5 Tempelblocks, 5 Holzblocks, 3 Schlitztr., Rührtr., kl. Tr., gr. Tr., Becken, 4 hohe Gongs, 3 tiefe Gongs, 4 Tamtams, hängende Bronzeplatten, Metallfolie, Metallblock, Holzfaß), 2 Hrf., 24 Viol., 10 Violen, 8 Vcl., 6 Kb.
Gliederung: Zwei Akte: im I. Akt 4 Szenen und 3 Zwischenspiele, im II. Akt 7 Szenen und 2 Zwischenspiele.
Spieldauer: Etwa 2 Stunden.

Handlung

Des Regierens müde geworden, will der alte König Lear das Reich unter seine drei Töchter Goneril, Regan und Cordelia aufteilen. Diejenige unter ihnen, die von ihrer Liebe zum Vater am stärksten sprechen kann, soll den größten Anteil erhalten. Goneril und Regan überbieten sich an wortreichen Bezeugungen ihrer Liebe zum Vater und erhalten jede ein Drittel des Reiches. Cordelia, die nicht mehr und nicht weniger als echte Liebe zu ihrem Vater empfindet, vermag nichts zu sagen; sie schweigt. Lear gerät darüber in Zorn und will sein Kind verstoßen, doch sein Gefolgsmann widersetzt sich. Der Graf von Kent wird geächtet und Cordelia in aller Eile an den König von Frankreich verheiratet, der sie um ihrer Ehrlichkeit willen nimmt und es nicht auf die Mitgift abgesehen hat. Das junge Paar muß das Land verlassen, während sich Goneril und ihr Mann, der Herzog von Albany, sowie Regan und ihr Mann, der Herzog von Cornwall, in das Erbe teilen. Beide Schwestern sind sich darin einig, sich sobald als möglich des lästig gewordenen Vaters zu entledigen. Mit einem gefälschten Brief täuscht der Bastard Edmund seinen Vater, den Grafen von Gloster, der an Mordpläne des ehelichen Sohnes Edgar glauben muß. Edgar wird von Gloster verstoßen. – Als Diener verkleidet verdingt sich Kent bei Lear. Goneril und Regan bitten ihren Vater, er möge sein großes Gefolge entlassen. Als er ihren Wünschen nicht entsprechen will, jagen sie ihn vom Hof. – Über die Heide jagt ein Sturm. Der einsame Lear ist dem Wahnsinn nahe. Kent und der Narr, die bei ihm geblieben sind, bringen ihn zu einer Hütte. – Edgar, Glosters Sohn, ist vor den Verfolgungen durch seinen Vater in diese Hütte geflohen, wo er wie ein Gespenst haust. Vorgetäuschte und echte Geistesverwirrung begegnen sich. Gloster, der königstreu geblieben ist, erscheint mit seinem Gefolge, um den König zu retten. Den in der Maske des Toren auftretenden Sohn erkennt er nicht. Lear wird nach Dover gebracht.

Cornwall hat Gloster gefangengesetzt, um den Parteigänger des alten Lear auszuschalten. Goneril und Edmund, der auf seiten der neuen Machthaber steht, werden zu Albany entsandt, um diesen zu einem gemeinsamen Feldzug gegen den König von Frankreich zu bewegen, denn dieser ist mit seinem Heer in Dover gelandet, um mit Waffengewalt Cordelia in ihre Rechte einzusetzen. – Gloster verteidigt sich gegen die Unmenschlichkeit der Töchter Lears; er steht zur Rettung Lears. Da drückt ihm Cornwall ein Auge aus, wird aber von einem Bedienten, der seinen Herrn verteidigt, erstochen. Regan tötet den Bedienten und blendet Gloster vollständig, und als Gloster nach Edmund ruft, damit dieser ihm zu Hilfe komme, enthüllt ihm Regan den Verrat des

Sohnes. Man wirft Gloster auf die Straße nach Dover. – Goneril verspricht Edmund die Krone, wenn er ihr gegen Albany helfe, den die Mordlüsternheit seiner Frau anekelt. – Cordelia klagt um ihren sinnesverwirrten Vater. Sie hat Leute ausgeschickt, die ihn suchen sollen. Der blinde Gloster bittet seinen Sohn Edgar, ohne ihn zu erkennen, ihm den Weg nach Dover zu zeigen. – Gloster will seinem Leben ein Ende machen und bittet Edgar, ihn an eine Klippe am Meeresstrand zu führen, von der er sich hinabstürzen will. Edgar jedoch täuscht ihn und macht ihn glauben, er sei abgestürzt. Als den beiden der alte Lear begegnet, erkennt ihn Gloster an seiner Stimme und neidet ihm den Wahnsinn. Soldaten bringen König Lear ins Lager der Franzosen zu Cordelia.

Cordelia und Lear sind in Dover vereint. Die Tochter verspricht dem Vater ein ruhiges Alter und die Macht, das Land zu befrieden. – Edmund hat Lear und Cordelia gefangen genommen. Er gibt den Befehl, man solle Cordelia im Gefängnis umbringen. Als er sich am Ziel seiner Wünsche glaubt, stellt sich ihm Albany entgegen. Regan, die Edmund für sich gewinnen will, stellt sich auf seine Seite und ernennt ihn zum Führer des durch Cornwalls Tod verwaisten Heeres. Doch Goneril, die der Schwester nicht traut, hat ihr ein Gift gegeben, das nun seine Wirkung tut; und während Regan stirbt, tritt Edgar bewaffnet auf und fordert Edmund zum Zweikampf auf, in dem der Bastard fällt. Die Aussichtslosigkeit ihrer Lage treibt Goneril in den Selbstmord. Lear erscheint mit der toten Cordelia im Arm. In der Klage um die ermordete Tochter versagt ihm die Stimme; er stirbt.

Stilistische Stellung

Reimanns dritte Oper kennzeichnet eine neue Stilentwicklung des Komponisten nicht nur in seinem musikdramatischen Schaffen, sondern in seinem Gesamtwerk – vorausgegangen waren Vokal- und Orchesterkompositionen wie ›Wolkenloses Christfest‹, die Sylvia-Plath-Songs und die Orchestervariationen. Reimanns Tonsprache gewinnt hier an größerer Differenzierungskunst und erschließt sich eine düster-dramatische Klangwelt, die im ›Traumspiel‹ und in ›Melusine‹ noch fehlen. Die eingesetzten Kompositionsmittel reichen vom unbegleiteten Sprechgesang und solistischer Vokalise über die Streichquartettbegleitung der Monologe und Lieder des Narren bis zu vielfach geteilten vierteltönig gestuften Streicherclustern. Die Figuren der Oper sind durch genaue Instrumentalzuordnung und prägnante, zum Teil außerordentlich virtuose Stimmführung charakterisiert.

Textdichtung

Shakespeares ›King Lear‹ zum Libretto umzuformen, gehört sicherlich zu den schwersten Aufgaben eines Librettisten, der sich bemühen muß, den Text ohne allzu große Veränderungen zu reduzieren und zu straffen und Platz für die Musik zu schaffen. Der Librettist Claus H. Henneberg benutzte als Grundlage seiner Fassung die 1777 entstandene deutsche Übersetzung von Johann Joachim Eschenburg, die härter, klarer und theatralischer ist als die auf deutschen Bühnen gebräuchliche von Wolf Graf Baudissin. Henneberg hat die Zahl der Personen reduziert, insbesondere die verschiedenen Heide-Bilder Shakespeares zu einer großen Szene zusammengezogen und im zweiten Teil Handlungsstränge, die im Original zu verschiedenen Szenen gehören, zu Simultanszenen kombiniert und somit die dramatische Konstellation zugleich verknappt und verschärft.

Geschichtliches

Shakespeares ›King Lear‹ hatte schon Giuseppe Verdi zur Komposition gereizt, doch glaubte dieser, den dramatischen Dimensionen des Werkes nicht gewachsen zu sein und verwarf den Plan. Die Anregung, den ›Lear‹ zu komponieren, ging von Dietrich Fischer-Dieskau aus, der seinen langjährigen Liedbegleiter und Freund Reimann immer wieder mit dieser Aufforderung konfrontierte. Seit 1972 befaßte sich Reimann intensiver mit dem Werk und bat Claus H. Henneberg, ihm das Libretto zu schreiben. 1975 erteilte ihm die Bayerische Staatsoper den Kompositionsauftrag. Die Uraufführung fand – im Rahmen der Münchner Opernfestspiele – am 9. Juli 1978 an der Bayerischen Staatsoper statt. Dietrich Fischer-Dieskau sang die Titelpartie, Gerd Albrecht dirigierte, Jean-Pierre Ponnelle inszenierte und entwarf die Bühnenbilder. Die Uraufführung wurde für eine Schallplattenproduktion mitgeschnitten. Inzwischen ist das Werk mehrfach nachgespielt worden: 1979 in Düsseldorf, 1981 in Mannheim, 1982 in Nürnberg und San Francisco, 1984 in Berlin und 1985 in Braunschweig.

W. K.

Die Gespenstersonate

Text von August Strindberg, aus dem Schwedischen übertragen und für Musik eingerichtet vom Komponisten und von Uwe Schendel.

Solisten: *Der Alte,* Direktor Hummel (Baßbariton, gr. P.) – *Der Student Arkenholz* (Haute-Contre, gr. P.) – *Der Oberst* (Charaktertenor, kl. P.) – *Die Mumie,* Frau Oberst (Dramatischer Alt, m. P.) – *Das Fräulein,* ihre Tochter (Lyrischer Koloratursopran, m. P.) – *Johansson,* Diener bei Hummel (Tenor, kl. P.) – *Bengtsson,* Diener beim Oberst (Bariton, kl. P.) – *Die dunkle Dame,* Tochter des Toten (Dramatischer Mezzosopran, kl. P.) – *Die Köchin beim Oberst* (Tiefer Alt, kl. P.) – Stumme Rollen: *Das Milchmädchen – Die Portiersfrau – Der Tote,* Konsul – *Baron Skanskorg,* der Vornehme – *Fräulein Holsteinkrona,* Hummels Verlobte – *Bettler.*
Ort: Eine Stadt.
Schauplätze: Vor einer Hausfassade, in deren Türen und Fenster man hineinblicken kann, davor ein Brunnen – Runder Salon mit Tapetentür, einer Tür zum Hyazinthenzimmer und einem zum grünen Zimmer führenden Flur – Ein Zimmer in etwas bizarrem Stil (Hyazinthenzimmer) mit einer zum runden Salon führenden Tür im Hintergrund und einer zur Küche führenden Tür.
Zeit: Strindberg-Zeit.
Orchester: Fl. (auch Picc., auch Afl.), Ob. (auch Eh.), Bh. (auch Bkl.), Fag. (auch Kfag.), Hr., Trp., Hrf., Klav. (auch präpariert, auch Harm.), Violine, Va., Vcl., Kb.
Gliederung: Drei Bilder, die durch Verwandlungsmusiken miteinander verbunden sind.
Spieldauer: Etwa 1½ Stunden.

Handlung

Der Student Arkenholz hat in der Nacht aus einem einstürzenden Haus Menschen gerettet und läßt sich am Morgen darauf von einem Milchmädchen Wasser aus dem Brunnen schöpfen. Hierbei wird er von dem in einem Rollstuhl sitzenden Alten beobachtet, für den das Milchmädchen unsichtbar bleibt. Der Alte drängt dem Studenten ein Gespräch auf. Arkenholz erkennt in dem Alten jenen Direktor Hummel, der einst seinen Vater ruiniert haben soll. Hummel klärt Arkenholz über die in dem Gebäude lebenden Personen auf, die in Türen und Fenstern sichtbar werden. So beherbergt das Haus eine dunkel gekleidete Dame, die Tochter der Pförtnerin und des Konsuls, der jüngst erst im Haus erhängt aufgefunden wurde. Auch kann man den Oberst bei der Betrachtung einer Statue sehen: nach Auskunft des Alten die Frau des Oberst in jungen Jahren. Inzwischen sitze sie freilich wie eine lebende Mumie in einem Wandschrank. Beider Tochter hause in einem Zimmer, dessen Fenster mit Hyazinthen zugestellt sind. Eine weitere Mitbewohnerin sei das verwirrte Fräulein Holsteinkrona, vor sechzig Jahren Hummels Verlobte. Überdies kommt bei dem Gespräch heraus, daß Arkenholz über übersinnliche Kräfte verfügt, weshalb er verstorbene Menschen sehen kann: zum Entsetzen des Alten das Milchmädchen, aber auch den toten Konsul. Offensichtlich will der Alte den Studenten an sich binden und mit der jungen Frau aus dem Hyazinthenzimmer verkuppeln, doch Arkenholz zögert. Er nutzt die Gelegenheit, Hummels Diener Johansson unter vier Augen auszufragen, nachdem dieser den Alten zu einer Gruppe von Bettlern hingeschoben hat. Johansson sieht sich in Hummels Abhängigkeit, weil dieser über ein von Johansson heimlich begangenes Verbrechen Bescheid weiß, und warnt den Studenten vor der Herrschsucht des Alten. Schon will Arkenholz weggehen, als die junge Frau beim Blumengießen ihr Armband auf die Straße fallen läßt, das ihr Arkenholz sodann heraufreicht. Der Alte wird von einem Bettler wieder hergebracht und rühmt Arkenholz als Lebensretter. Auch behauptet Hummel, er selber habe einmal jemanden vor dem Ertrinken bewahrt. Doch da kann der Alte plötzlich das Milchmädchen sehen, woraufhin er seinem Diener hastig befiehlt, ihn wegzufahren.

Im runden Salon des Hauses ist zunächst nur die Mumie hinter der Tapetentür sichtbar; sie harrt wartend aus. Danach macht Bengtsson, der Diener des Hauses, Johansson mit den im Hause geübten Ritualen vertraut, denn wieder einmal steht das sogenannte Gespenstersouper an, zu dem sich wie seit zwanzig Jahren die immer gleichen Personen einfinden werden, die durch wechselseitige Verwundungen und Kränkungen aneinandergekettet sind. Dieses Mal wird sich die Gesellschaft um den Alten und den Studenten erweitern. Bengtsson läßt Johansson einen Blick auf die Mumie werfen, die sich als Papagei ausgibt und »Jakob« ruft. Daraufhin zieht er sich zurück, und Johansson wird von dem Alten weggeschickt, als dieser sich im runden Salon einfindet. Dort wird der Alte von den Papageienrufen der Mumie aufgeschreckt, denn Jakob ist sein Vorname. Aus dem Gespräch zwischen Mumie und Hummel wird deutlich, daß die junge Frau im Hyazinthenzimmer ihre gemeinsame Tochter ist. Auch war einer der Gäste, der durch Juwelendiebstahl zu Vermögen gekommene Baron Skanskorg, einst der Liebhaber der Mumie. Fräulein Holsteinkrona, Hummels ehemalige Braut, wurde wiederum vom Oberst verführt. Vergeblich bittet die Mumie den Alten, den Oberst zu schonen: Statt dessen gibt sich Hummel dem Oberst als Eigentümer des Hauses zu erkennen und verlangt aus Gründen, die er verschweigt, die sofortige Entlassung Bengtssons. Auch läßt er den Oberst wissen, daß dessen Adelstitel und militärischer Rang ungültig seien. Inzwischen treffen die Soupergäste ein. Arkenholz wird zu dem Fräulein ins Hyazinthenzimmer gebracht, und der Alte erlaubt sich, über die übrigen Anwesenden Gericht zu halten. Die Mumie aber ergreift das Wort und tadelt dessen Selbstgerechtigkeit, denn er sei der größte Verbrecher unter allen, weil er anders als die übrigen Anwesenden sich seine Vergehen nie eingestanden habe. Er habe den Konsul mit Schuldscheinen in den Tod getrieben; auch habe er den Studenten durch eine erlogene Schuld von dessen Vater ein schlechtes Gewissen gemacht, um über diesen moralischen Druck Macht über Arkenholz zu gewinnen. Dann läutet die Mumie Bengtsson herein. Dieser berichtet über das schäbige Vorleben des Alten als Bettler in einer Küche und bezeugt darüber hinaus, daß Hummel das Milchmädchen aufs Eis gelockt hat, weil es eines seiner Verbrechen beobachtet hatte. Der Alte akzeptiert seine Verurteilung durch die Mumie und händigt den Anwesenden Dokumente aus, die sie belasten. Danach begibt er sich in den Wandschrank hinter der Tapetentür, um sich darin zu erhängen.

Im Hyazinthenzimmer versuchen die junge Frau und der Student zueinanderzufinden. Doch seine Brautwerbung weist sie vorerst zurück. Noch habe sie im Hause Prüfungen zu überstehen. Zur Unterstreichung dessen erscheint die Köchin des Hauses, die den Bewohnern alle Lebenskraft aussaugt und sich nicht vertreiben läßt. Nach dem Abgang der Köchin erkennt der Student, daß er die junge Frau nicht aus ihrer Lebensuntüchtig-keit wird erlösen können. Das Fräulein stirbt und der Student sucht zu begreifen, was er in dem Haus erlebt hat.

Stilistische Stellung

›Die Gespenstersonate‹ ist ein Werk von klaustrophobischer Intensität, und bereits der kammermusikalische Orchestersound vermittelt den Eindruck von Enge und Bedrängnis. Auch fasziniert das Stück durch den Anschein des Verrätselten, der daraus hervorgeht, daß die auf Lebenslügen beruhenden Beziehungen zwischen den wie Un- oder Scheintote anmutenden Protagonisten erst nach und nach aufgedeckt werden. Der Komponist läßt vom ersten Moment an keinen Zweifel daran, daß die Handlung sich durchweg in einer unheilvollen Atmosphäre der Lebensfeindlichkeit und der Morbidität zuträgt. Die Ausdrucksmittel hierfür schöpft Reimann aus einem atonal strukturierten Tonmaterial. So setzt die Musik mit einem aus Tritonusintervallen bestehenden Signaltremolo in den Bläsern ein, während Geige und Bratsche in ausgezehrten chromatischen Linien mäandern, kontaminiert von vierteltönig verschobenen Flageoletts des Cellos. Sind die Bläsertremoli »Chiffren des Malignen« (Barbara Zuber), so weist die Streicherstruktur, die anfangs an die Figur des toten Milchmädchens gebunden ist, mit ihren Viertelton-Verschiebungen, die ja in der überkommenen halbtönigen Gliederung der Oktave nicht vorkommen, ins Jenseitige. Ebenso ist die Haute-Contre-Partie des Studenten, weil sie im hohen Register den gewohnten Ambitus der männlichen Stimme übersteigt, ein Klangindiz dafür, daß Arkenholz mit einer das Übernatürliche erfassenden Wahrnehmungsfähigkeit ausgestattet ist. Das schrille Signaltremolo der Bläser zum einen, die schattenhaften Figurationen der Streicher zum anderen kehren im Stück mehrfach wieder. Sie gehören gleichsam zum Kernbestand und zum Keimmaterial, aus dem die gesamte Komposition durch vielfältige Variantenbildungen hervorzugehen scheint. Die Verschränkung des Bedrohlichen mit dem Okkulten wird besonders eindrücklich im Epilog des Stücks: Dort intoniert Arkenholz exakt die Elegie »Die Sonne sah ich«, die das Fräulein zu Beginn der Schlußszene gesungen hat; doch mehr und mehr drängen sich in die gläsernen Streicherakkorde Tritonusmotive der Bläser hinein, um zum Schluß alles zu dominieren. Es ist, als hätte sich nun der Kreis geschlossen und als seien auch die von Schuld unbelasteten Figuren des Fräuleins und des Studenten in die Sphäre sündhafter Verstrickung hineingezogen worden.

Darüber hinaus erweist sich Reimann in der ›Gespenstersonate‹ als ein Meister der Personencharakteristik. Selbst Episodenfiguren wie etwa das verwirrte Fräulein Holsteinkrona, dessen Erscheinen in den Cluster-Harmonien des Harmoniums die Assoziation an Muffigkeit und Ausrangiertheit weckt, werden plastisch. Der Alte wiederum verfügt über einen forschen und virilen Sprachduktus, der seine herrische Attitüde glaubhaft macht. Eine Paraderolle für Sängerinnen im fortgeschrittenen Alter ist wiederum die groteske Partie der Papagei spielenden Mumie: Der zunächst nur vom Kontrabaß begleitete Klagemonolog »Lange Abende zu verbringen« ist ihre einzige Gesangsnummer. Ansonsten handelt es sich um eine gesprochene Partie, in die lediglich in Augenblicken höchster Erregung Gesangsphrasen eingelassen sind.

Indem die zwischen die Bilder gelegten Verwandlungsmusiken den Handlungsfaden nicht abreißen lassen, tragen sie dazu bei, daß das Stück als eine Verlaufsform wahrgenommen wird, der der Stempel der Unentrinnbarkeit aufgeprägt ist. Ebenso wird der Gang des zum Tode verurteilten Alten hinter die Tapetentür durch die Musik als ein von Determiniertheit und Zwangsläufigkeit beherrschtes Geschehen inszeniert: Hierbei greift Reimann auf musikalische Idiome zurück, wie sie aus den großen Trauermärschen der Musikgeschichte geläufig sind.

Textdichtung

›Die Gespenstersonate‹, auf Schwedisch ›Spöksonaten‹, war ursprünglich ein Sprechdrama von August Strindberg (1849–1912), das dieser 1908 in Stockholm auf dem von ihm gegründeten Intimen Theater zur Uraufführung brachte, allerdings mit wenig Erfolg. Der Titel ist eine Hommage an Ludwig van Beethovens d-Moll-Sonate op. 31,2, die sogenannte ›Sturm-‹ oder ›Gespenstersonate‹. Zusammenhänge zwischen dem Theaterstück und der Klaviersonate sind wohl eher assoziativer Natur. Doch kommt bereits im Titel trefflich die Atmosphäre des Unheimlichen zum Tragen, wie sie für Strindbergs Kammerspiel charakteristisch ist.

Gemeinsam mit Uwe Schendel (1953–1994) hat Aribert Reimann Anfang der 1980er Jahre Strindbergs Text zum Libretto umgeformt. Der Handlungsverlauf wurde beibehalten, insbesondere wurde der Text durch Streichungen komprimiert, mitunter wurden Texte zwischen den Figuren anders verteilt. Insbesondere singt das Fräulein zu Beginn der Schlußszene die bereits erwähnte Elegie »Die Sonne sah ich«, die im Schauspiel zu Beginn und zum Schluß der Szene vom Studenten vorgetragen wird. Um lyrische Momente und Zonen für die dunkle Dame und die Mumie zu gewinnen, wurden außerdem weitere Strindberg-Texte eingefügt, wobei die Mumie die Anfangszeilen ihres auf Deutsch gesungenen Eingangsmonologs später wieder aufnimmt, indem sie sie in der Originalsprache Schwedisch rezitiert.

Geschichtliches

Nach ›Ein Traumspiel‹ von 1964 ist ›Die Gespenstersonate‹ Aribert Reimanns zweite Oper, die ein Strindberg-Stück zur Vorlage hat. Und nach dem mit großer Orchesterbesetzung aufwartenden ›Lear‹ von 1978 hatte sich Reimann die Idee einer Kammeroper nach Strindberg bereits aufgedrängt, noch bevor der Chef der Berliner Festwochen, Ulrich Eckhardt, ihm den Auftrag dazu erteilte. Entstanden in den Jahren 1982/83, ging ›Die Gespenstersonate‹ am 25. September 1984 im Berliner Hebbel-Theater als Produktion der Deutschen Oper Berlin über die Bühne. Regie führte Heinz Lukas-Kindermann, und die musikalische Leitung des Ensemble Modern hatte Friedemann Layer inne. Die Uraufführungsbesetzung war mit Hans Günter Nöcker (der Alte), David Knutson (der Student) und Martha Mödl als Mumie hochkarätig. Seitdem gab es zahlreiche Wiederaufnahmen, auch außerhalb des deutschsprachigen Raums. In der Frankfurter Produktion von 2014 im Bockenheimer Depot (Inszenierung: Walter Sutcliffe, musikalische Leitung: Karsten Januschke) begeisterte neben Dietrich Volle (der Alte) und Alexander Mayr als Student Anja Silja in der Rolle der Mumie.

R. M.

Aribert Reimann

Bernarda Albas Haus

Oper in drei Akten. Dichtung von Federico García Lorca in deutscher Textfassung vom Komponisten nach der Übersetzung von Enrique Beck.

Solisten: *Bernarda Alba*, 60 Jahre (Dramatischer Alt, gr. P.) – *Maria Josefa*, Bernardas Mutter, 80 Jahre (Sprechstimme, kl. P.) – Bernardas Töchter: *Angustias*, 39 Jahre (Dramatischer Mezzosopran, m. P.) – *Magdalena*, 30 Jahre (Jugendlich-dramatischer Sopran, m. P.) – *Amelia*, 27 Jahre (Lyrischer Sopran, m. P.) – *Martirio*, 24 Jahre (Dramatischer Koloratursopran, gr. P.) – *Adela*, 20 Jahre (Hoher Lyrischer Sopran, auch Lyrischer Koloratursopran, gr. P.) – *La Poncia*, Magd, 60 Jahre (Dramatischer Sopran, dunkle Färbung, gr. P.) – *Magd*, 50 Jahre (Dramatischer Mezzosopran, kl. P.) – *Frauen* (Stumme Rollen).
Chor: Landarbeiter (Männer hinter der Bühne, kl. Chp.).
Ort: Ein Dorf in Spanien.
Schauplätze: Sehr weißer Innenraum, dicke Mauern, Bogentüren – Weißer Innenraum – Vier weiße, leicht bläuliche Wände des Innenhofes (Patio) in Bernardas Haus.
Zeit: Frühes 20. Jahrhundert.
Orchester: 1 Picc., 1 Fl., 1 Afl., 1 Bfl., 1 Kl. in Es, 1 Kl., 1 Bh., 1 Bkl., 1 Kbkl., 3 Trp., 3 Pos., 1 Tuba, 4 Konzertflügel (teilweise präpariert), 12 Vcl.
Gliederung: Drei in Szenen gegliederte Akte, die durch Zwischenspiele miteinander verbunden sind.
Spieldauer: Etwa 125 Minuten.

Handlung
Vorbemerkung: Fünf Töchter hat Bernarda Alba, alle leben unverheiratet in ihrem Haus, da die vom Standesdünkel beherrschte Bernarda keine ihrer Töchter an die lohnabhängigen Landarbeiter des Dorfes geben will. Ihre Älteste, Angustias, stammt aus Bernardas erster Ehe. Die vier jüngeren Töchter – Magdalena, Amelia, Martirio und Adela – gingen aus Bernardas zweiter Ehe mit dem jüngst verstorbenen Antonio Maria Benavides hervor. – Das Glockengeläut der Trauerfeier für Antonio Maria Benavides und die Rufe von Bernardas dementer Mutter Maria Josefa dringen ins Haus herein, während die Poncia und die andere Magd den Empfangsraum für die Trauergäste herrichten. Aus dem Gespräch zwischen den beiden wird deutlich, daß die Poncia ihre Herrin haßt, während die Magd in den Verstorbenen verliebt war. Inzwischen treten die Frauen der Trauergemeinde und Bernarda mit ihren Töchtern ein. Bernarda verbietet der Magd und Magdalena, um den Toten zu weinen und läßt die Frauen mit Limonade bewirten. Nach einer Trauerzeremonie haben die Frauen wieder zu gehen, die Männer hatten ohnehin draußen zu bleiben. Danach verhängt Bernarda nach alter Familiensitte über das Haus eine strenge, achtjährige Trauerzeit, gibt Anweisung, die nach ihr rufende Maria Josefa ruhigzuhalten, und schlägt Angustias, weil sie am Hoftor den Männern – unter ihnen der 25-jährige Pepe el Romano, einer der gefragten Junggesellen aus dem Dorf – hinterhergesehen hat. In Begleitung der beiden Mägde zieht sie sich zurück, um den Testamentsvollstrecker zu empfangen. Die Töchter spekulieren unterdessen über die neue Situation, denn das Gerücht wurde gestreut, daß Pepe ein Auge auf Angustias geworfen habe, ausgerechnet auf die älteste, die bereits das Vermögen ihres Vaters geerbt hat. Adela, die sich der Trauer zum Trotz ein grünes Kleid angezogen hat, kommt hinzu, und es wird deutlich, daß sie die Nachricht von Pepes angeblicher Werbung um Angustias empört. Als Pepe die Straße herunterkommt, laufen die Schwestern hinaus, um ihm nachzuschauen. Währenddessen bestätigt Bernarda der Poncia, daß Angustias in der Erbteilung zuungunsten ihrer Halbschwestern bevorzugt wurde. Grob wischt sie ihrer ältesten Tochter die Schminke aus dem Gesicht, als diese im Begriff ist, vor die Tür zu treten. Dieser Übergriff ruft die anderen Töchter herbei. Und plötzlich steht auch Bernardas verwirrte Mutter im Raum, die der Magd entwischt ist. Nur mit gemeinsamen Kräften gelingt es, die Alte wieder einzufangen und wegzusperren.
Bernardas Töchter sitzen bei schwüler Sommerhitze zusammen mit der Poncia im Zimmer und nähen und sticken. Nur Adela fehlt. Die Konversation dreht sich um die nächtlichen Verlöbnisgespräche, die gemäß der Sitte zwischen Pepe und Angustias am vergitterten Fenster ihres Zimmers stattfinden. Die Poncia und die Frauen wundern sich darüber, daß nach Angustias' Auskunft Pepe zwar bereits um halb zwei gegangen sei, man ihn aber noch gegen vier Uhr gehört habe. Magdalena hat Adela herbeigeholt, die übernächtigt wirkt. Bernarda wiederum hat nach

den Töchtern schicken lassen, weil der Spitzenhändler seine Waren feilbietet. Für die Poncia ist das die Gelegenheit, Adela auszuhorchen. Und es bestätigt sich, was die Poncia bereits vermutet hat: Es finden heimliche Treffen zwischen Adela und Pepe statt. Die Poncia warnt Adela davor, Angustias den Mann auszuspannen. Die Schwestern kommen mit Spitzen in den Händen zurück. Martirios hämische Bemerkungen gegenüber Adela lassen erkennen, daß auch sie Verdacht geschöpft hat. Als der Gesang der auf die Felder zurückkehrenden Landarbeiter zu vernehmen ist, rennen die Schwestern aus dem Zimmer, um den Männern nachzusehen. Nur Amelia und Martirio bleiben zurück. Martirio will von Amelia eine Bestätigung dafür, daß sie auch zu nächtlicher Zeit ungewöhnliche Geräusche gehört habe. Doch da stürmt Angustias herein: Irgendwer habe ihr Pepes Bild gestohlen. Angustias Auftritt ruft die übrigen Schwestern und Bernarda herbei. Diese weist die Poncia an, das Bild ausfindig zu machen. Alsbald kehrt sie mit Pepes Porträt zurück, sie habe es in Martirios Bett gefunden. Bernarda verabreicht Martirio eine Tracht Prügel. Auch überhäufen die Schwestern einander mit Gehässigkeiten und Verdächtigungen, weshalb Bernarda ihre Töchter aus dem Zimmer weist. Die Poncia versucht Bernarda vor den Zerwürfnissen unter ihren Töchtern, die durch Pepes Werbung um Angustias ausgelöst wurden, zu warnen. Insbesondere macht sie Bernarda auf Martirios heimliche Leidenschaft für Pepe und Adelas Verhältnis mit ihm aufmerksam. Bernarda aber weist die Verdächtigungen der Poncia zurück und demütigt sie, indem sie ihr ihre Abkunft von einer Mutter zweifelhaften Rufs vorhält. Dennoch läßt sich nicht wegdiskutieren, daß Pepe länger am Haus blieb als am Fenster Angustias', wie sich aus den Bemerkungen der wieder hinzutretenden Töchter ergibt. In dieser Situation läßt ein Lärm auf der Straße die Frauen an die Haustür eilen. Zurück bleiben Adela und Martirio: Die Schwestern geraten aneinander, Martirio ist auf Adelas Erfolg bei Pepe eifersüchtig. Von den wieder im Zimmer zusammenkommenden Frauen ist zu erfahren, daß eine junge Nachbarin ihr Neugeborenes umgebracht hat, um ihre Liebschaft mit einem Unbekannten zu verheimlichen. Zum Entsetzen Adelas und unter den Anfeuerungsrufen Martirios und Bernardas fällt die junge Frau dem Lynchmob zum Opfer. – Adela bittet die heilige Barbara um ihren Schutz.

Zur Nacht sitzen Bernarda und ihre Älteste im Innenhof. Angustias soll sich auf Geheiß der Mutter mit Martirio versöhnen, um die Fassade eines intakten Familienlebens wiederherzustellen. Angustias sorgt sich um Pepe, der ihr gegenüber etwas verheimliche. Diese Nacht werde er nicht vorbeikommen, er sei mit seiner Mutter in der Stadt. Bernarda schickt ihre Töchter zu Bett und legt sich ebenfalls schlafen. Zuvor hat sie der Poncia zu verstehen gegeben, daß sich deren Verdächtigungen gegen ihre Töchter als haltlos herausgestellt hätten. Im Gespräch mit der Magd zeigt sich die Poncia freilich davon überzeugt, daß es sich lediglich um die Ruhe vor dem Sturm handele. Nachdem alle zu Bett gegangen sind, verschwindet Adela heimlich durch die Hoftür zum Stall. Danach kommt Martirio aus ihrem Zimmer, wird aber von Maria Josefa aufgehalten, die ein Schaf auf den Armen trägt. Nur mit Mühe kann Martirio die Großmutter bewegen, wieder auf ihr Zimmer zu gehen. Danach trifft sie auf die von einer Liebesbegegnung mit Pepe zurückkehrende Adela. Es kommt zwischen den Schwestern zu einer haßerfüllten, in Tätlichkeiten endenden Auseinandersetzung. Bernarda will dazwischengehen. Doch Adele zerbricht den Stock der Mutter, sagt sich von ihr los und bekennt sich als Pepes Frau. Bernarda läßt sich ein Gewehr reichen und stürmt, gefolgt von Martirio, in den Stall. Dort fällt ein Schuß, Martirio kehrt mit der Mutter zurück und verkündet: »Es ist aus mit Pepe el Romano«, woraufhin Adele verzweifelt in den Stall rennt. Tatsächlich aber hat Bernarda vorbeigeschossen und Pepe sich aus dem Staub gemacht. Aus dem Stall ertönt ein Schlag. Die Poncia bricht die Tür auf: Adela hat sich im Stall erhängt. Bernarda verkündet, Adela sei als Jungfrau gestorben, und befiehlt ihren verbliebenen Töchtern absolutes Stillschweigen.

Stilistische Stellung

Aribert Reimanns ›Bernarda Albas Haus‹ ist ein Stück über sexuelle Repression. Hierbei werden weniger die Ursachen analysiert, die im lebensfeindlichen Sittenkodex einer rückständigen, nach dem Gewaltprinzip organisierten Gesellschaft mit strengen Regeln der Geschlechtertrennung zu suchen wären. Vielmehr gelangen in der Oper die Auswirkungen der Triebunterdrückung zur Darstellung. Bernarda Albas Haus ist somit das Lebensgefängnis derer, die unter der Oberaufsicht der tyrannischen Mutter, die lediglich an der nach außen hin intakten Fassade eines sittenkonformen Familienbildes interessiert ist, mehr vegetieren als leben. Auch bleiben die Männer aus diesem zur Wohnhölle verkommenen Frauenhaus, dessen Luft von unausgesprochenen oder eruptiv hervorbrechenden Aggressionen verpestet ist, ausgesperrt. Kein einziger Mann betritt in diesem Stück die Bühne. Als Objekte unerfüllten sinnlichen Verlangens sind die Männer freilich in den Köpfen der Insassinnen nahezu allgegenwärtig.

Reimann hat für die sich in Hysterie bekundende Psychopathologie der Protagonistinnen ein Ausdrucksmittel gefunden, das letztlich an den deutschen Expressionismus vom Beginn des 20. Jahrhunderts anknüpft: ein durch extreme Tonsprünge charakterisiertes Melos für die Gesangspartien. Auch vermeidet diese die Mittellage aussparende Gesangsdiktion, weil sie von kurzen, stoßhaft hervorgebrachten Phrasen geprägt ist, die melodische Rundung. Der Komponist erreicht dadurch eine affektive Auflade der Vokalpartien, und gleichzeitig vermeidet er auf diese Weise, daß die Protagonistinnen in einen rezitativischen Konversationston fallen. Überdies bietet die Gestaltung der Solopartien gesprochene und gesungene Passagen in jähem Wechsel. Hinzu kommen im Gesang des Schwesternensembles textlose Vokalisen (etwa in der Anfangsszene des II. Akts), deren aus einer Quintkonstellation hervorgehende Motivik mit Pepe verknüpft ist: Daß die Gedanken der Schwestern unentwegt um Angustias' Verlobten kreisen, wird darin ohrenfällig. Allusionen an liturgische Musik (während des Trauerrituals im I. Akt), an Liedintonationen (Gesang der Männer hinter der Bühne) oder Hispanismen (die synkopierende Rhythmik in Adelas Gebet an die heilige Barbara) werden vorsichtig eingesetzt, so daß sie im atonalen Duktus der Gesamtpartitur nicht als Fremdkörper wirken. Auch in die Sprechpartie der Großmutter sind liedhafte Wendungen eingearbeitet: ein musikalisches Pendant zu den lyrischen Einsprengseln der Textvorlage. Überdies wird die Verschiebung der Cello-Parte in den Flageolettbereich zum Leitklang für die geistige Verrückung der Großmutter, während der Poncia immer wieder die Celli in konventioneller Spielweise zugeordnet sind. Bernardas Klangchiffre ist wiederum jener schrille Bläserakkord, mit dem das Stück wie mit einem Handkantenschlag einsetzt und aus dem sich allerlei der Gewalttätigkeit verschriebene Motivderivate ableiten.

Immer wieder setzt Reimann den Orchesterapparat, aus dem mild klingende Instrumente wie Oboen, Hörner oder hohe Streicher ausgespart sind, blockhaft ein, indem er die Instrumentengruppen hart gegeneinandersetzt. Weichere Passagen sind mitunter durch instrumentale Soli grundiert. Im Verzicht aufs Schlagwerk übernehmen insbesondere die teilweise präparierten Klaviere – nicht zuletzt in Cluster-Passagen – den perkussiven Part. Die in den Klavierflageoletts erklingenden Totenglocken-Imitationen schlagen hierbei den Bogen vom Beginn zum Schluß des Werks. Durch eine variantenreiche Orchesterbehandlung gelingt es dem Komponisten, jeder Phase des Geschehens eine unverwechselbare Klangphysiognomie zu geben. Und welch atemberaubende Spannung Reimanns Musik zu erzeugen in der Lage ist, zeigt nicht zuletzt die nach Art einer Passacaglia gestaltete Schlußauseinandersetzung zwischen Martirio und Adela im III. Akt: Sie ist ein eindrucksvolles Beispiel für die Eindringlichkeit und unmittelbare Faßlichkeit von Reimanns Musiksprache.

Textdichtung

Federico García Lorca (1898–1936) hat ›Bernarda Albas Haus‹ (spanischer Originaltitel: La Casa de Bernarda Alba) zwei Monate vor seiner Ermordung durch spanische Faschisten fertiggestellt. Im Original trägt das Werk den Untertitel »Frauentragödie in spanischen Dörfern« (Drama de mujeres en los pueblos de España), und in einer Vorbemerkung hebt der Autor darauf ab, den drei Akten den »Charakter eines photographischen dokumentarischen Berichts zu geben«. García Lorca wollte also in der Aufführung seines Schauspiels die sozialen Determinanten, die die Unfreiheit seiner Protagonistinnen bestimmen, herausgearbeitet wissen. Dieser naturalistische Aspekt spielt aber für die Oper keine bedeutende Rolle.

Gemeinsam mit Axel Bauni ging Reimann Enrique Becks deutsche Übersetzung durch, und bei der Umarbeitung zum Libretto wurde der Text verknappt. Die Szene mit der Nachbarin Prudencia (im Schauspiel zu Beginn des III. Akts) wurde sogar gestrichen, außerdem wurden Nebenrollen getilgt. Ansonsten folgt das Libretto – ungeachtet einer kleinen Umstellung ganz zu Beginn des I. Akts – der Chronologie der Vorlage. Auch plaziert Reimann die ersten beiden Strophen des mittelalterlichen Liedes »Santa Barbara bendita« am Ende des Zwischenspiels zum III. Akt.

Geschichtliches

Nachdem Reimann seine Kafka-Oper ›Das Schloß‹ 1992 beendet hatte, begann seine Auseinandersetzung mit García Lorcas Drama. Zunächst aber hatte er den Blick auf Lorcas Schauspiel ›Das Publikum‹ gerichtet und bereits den ersten Teil einer auf dieser Vorlage basierenden Kammeroper vollendet. Indessen sah ›Das Publikum‹ fast nur Männerrollen vor. Für Reimann entpuppte sich dies als Kompositionshemmnis, woraufhin er sich dem nur unter Frauen spielenden Stück ›Bernarda Albas Haus‹ zuwendete. Als Auftragswerk der Bayerischen Staatsoper entstanden, wurde die Oper am 30. Oktober 2000 in München unter der musikalischen Leitung von Zubin Mehta in einer Inszenierung von Harry Kupfer und mit Helga Dernesch in der Rolle der Bernarda uraufgeführt. Es handelte sich um eine Koproduktion mit der Komischen Oper Berlin, die dort am 24. Juni 2001 unter der musikalischen Leitung von Friedemann Layer erstmals über die Bühne ging. Wenige Wochen später erfolgte anläßlich eines Gastspiels der Komischen Oper beim Peralada-Schloßfestival die spanische Erstaufführung. Die Schweizer Premiere fand im November 2002 in Bern statt (musikalische Leitung: Daniel Klajner, Regie: Eike Gramms) mit Ortrun Wenkel als Bernarda.

R. M.

Wolfgang Rihm

* 13. März 1952 in Karlsruhe

Jakob Lenz

Kammeroper Nr. 2. Text von Michael Fröhling frei nach Georg Büchners Novelle ›Lenz‹.

Solisten: *Lenz* (Lyrischer Bariton, auch Charakterbariton, gr. P.) – *Oberlin* (Seriöser Baß, auch Charakterbaß, m. P.) – *Kaufmann* (Spieltenor, auch Charaktertenor, m. P.) – *Stimmen* (2 Soprane, 2 Alte, 2 Bässe, m. P.) – 2 *Kinder* (Kinderstimmen).
Ort: Elsaß.
Schauplätze: Einheitsdekoration, darin Gebirge, Dorf, Haus des Pfarrers Oberlin, ein Bett.
Zeit: Um 1778.
Orchester: 2 Ob. (II. auch Eh.), Kl. (auch Bkl.), Fag. (auch Kfag.), Trp., Pos., Schl., Cemb., 3 Vcl.
Gliederung: Durchkomponierte Großform.
Spieldauer: Etwa 1¼ Stunden.

Handlung

Im Mittelpunkt der Handlung steht der Aufenthalt des Dichters Jakob Michael Reinhold Lenz im Hause des Elsässer Pfarrers Oberlin. Lenz, in Straßburg mit dem jungen Goethe befreundet, war als einer der Wortführer des »Sturm und Drang« mit seinen Dramen ›Die Soldaten‹ und ›Der Hofmeister‹ früh bekannt geworden. Er ging mit Goethe nach Weimar, doch dort zerbrach die Freundschaft; Goethe lehnt das »Kranke« im Charakter von Lenz ab. Unerwidert blieb auch die Liebe von – wie er sich selbst nannte – »Goethes jüngerem Bruder« zu Friederike Brion. In der Angst vor aufkommendem Wahnsinn suchte er 1778 Schutz und Hilfe bei dem vermögenden Literaturfreund Christoph Kaufmann in Winterthur, der ihn bei dem sozial engagierten Pfarrer Oberlin im Elsaß unterbringt. Jedoch weder der gütig-großherzige Oberlin noch der verstandesmäßig argumentierende Kaufmann können Lenz vor dem Verfall bewahren. Seine Schaffenskraft erlischt. Er quält die Freunde mit jähen Stimmungswechseln, mit Halluzinationen, mit wiederholten Selbstmordversuchen. Er versucht zu predigen, wird aber nicht verstanden, er versucht, ein totes Mädchen, in dem er Friederike zu erkennen glaubt, wiederzuerwecken. Er bleibt allein, kann sich den Gesunden um ihn herum, kann sich der Umwelt nicht mehr anpassen, wird nicht mehr verstanden. Ihm bleibt nur die Verwahrung.

Stilistische Stellung

Rihm versteht das Textvorbild des Lenz als unaufhaltsamen Abstieg, als Stadien eines Scheiterns an sich selbst und an der Umwelt; was er zu komponieren sich bemühte, sind Chiffren der Verstörung, des Außer-sich-Geratens, ausgedrückt in einer Art »extremer Kammermusik« – insistierend, hart, bisweilen monomanisch. Der extrem anspruchsvollen Titelpartie des Lenz sind – als personifizierte Umwelt – der hilfreich-hilflose Oberlin und der kühl-abwägende Kaufmann gegenübergestellt; im weiteren Sinne bilden die sechs Stimmen Lenzens Umwelt (Gemeinde, Bauern), aber auch die unbelebte »Natur«, schließlich Elemente der in Lenz vorgehenden Gefühle.

Textdichtung
Das Libretto Michael Fröhlings geht zurück auf die 1835 niedergeschriebene, aber erst 1839 veröffentlichte Novelle ›Lenz‹ von Georg Büchner, bei der dieser auf Briefe des Dramatikers und auf ein Tagebuch des Pfarrers Johann Friedrich Oberlin aus Waldbach bei Straßburg zurückgriff, bei dem Lenz vom 20. Januar bis 8. Februar 1778 gewesen war. Der bewußt fragmentarische Charakter der Novelle, die quasi objektiv-collagierend einzelne Details des Aufenthaltes aneinanderreiht, ist auch im Libretto beibehalten und durch die irrealen »sechs Stimmen« zugleich überhöht worden.

Geschichtliches
Rihms ›Jakob Lenz‹ entstand 1977/78 als Auftragswerk der Hamburgischen Staatsoper und wurde dort am 8. März 1979 in der Regie von Siegfried Schoenbohm und unter der Leitung von Klauspeter Seibel sowie mit dem Bariton Richard Salter in der Hauptrolle uraufgeführt. Das eindrucksvoll-publikumswirksame Stück erschien alsbald in einer Reihe von weiteren Produktionen (Gelsenkirchen, Nürnberg, Freiburg, Stuttgart, Hannover, Graz) und gehört derzeit zu den meistgespielten Werken des zeitgenössischen Repertoires.

W. K.

Hamletmaschine

Musiktheater in fünf Teilen. Text von Heiner Müller.

Solisten: Hamlet I (Schauspieler, alt, m. P.) – Hamlet II (Schauspieler, jung, gr. P.) – Hamlet III (Heldenbariton, auch Charakterbariton, gr. P.) – Ophelia* (Dramatischer Sopran, auch Jugendlich-dramatischer Sopran, gr. P.) – Drei Ophelia-Doubles; auch die drei »nackten Frauen«: Marx, Lenin, Mao; auch »Stimmen aus dem Sarg« (sehr hoher Sopran, Sopran, Mezzosopran, m. P.) – Vier Lachende (zwei Frauen, zwei Männer, Sprechrollen, kl. P) – Drei schreiende Männer (Sprechrollen, kl. P.) – Stumme Rollen und Statisterie: Horatio (auch Polonius und »Engel mit dem Gesicht im Nacken«), Claudius, außerdem Doubles, Bewegungschor, Leichen.
* Der Komponist nennt Ophelias Stimmfach »Hochdramatischer Sopran«.
Chor: Gemischter Chor, auch Sprechchor (gr. Chp.).
Vom Tonband: Die Stimmen der Darsteller, Chöre (auch mit gr. Org.), Kinderstimmen, Geschrei (historische Aufnahmen von Kundgebungen, Sportplätzen, Aufmärschen, Katastrophen: »echt« und »simuliert«).
Ort: »Die Ruinen von Europa«.
Schauplätze: Ein kahler Bühnenraum – Ein großer Raum – Ein privater Raum – Der große Raum, zerstört – Tiefsee.
Zeit: Gegenwart, nach der Schlußkatastrophe von Shakespeares ›Hamlet‹.
Orchester: 2 Fl. (auch Picc.), 2 Ob. (2. auch Eh.), 2 Kl. (2. Bkl.), 2 Fag. (2. auch Kfag.), 4 Hr., 3 Trp. (3. auch hohe Trp.), 3 Pos. (3. auch Btrp.), Tuba, Klav. (eventuell elektr. verstärkt), P., 6 Schl. {I, II auf der Bühne; III, IV im Orchester; V, VI im Raum; I: Wbl. (sehr tief), Bongo (hoch), kl. Tr., gr. hängendes Becken, Becken à 2, liegende Metallplatte, gr. Hammer, mehrere gr. hängende Metallplatten (mit schweren Eisenhämmern geschlagen), gr. Tamtam, gr. Tr.; II: wie I, aber ohne Bongo, dafür mit Hyoshigi (gr. Klappholz) und mit hohem anstatt sehr tiefem Wbl.; III: ein Satz Rgl., Triangel, 4 Wbl. (hoch, mittel, tief, sehr tief), 4 Tbl., Almglocke (tief), Cymbales antiques, Flex., Lotosflöte, Guiro, Peitsche, kl. Tr., 2 Tomtoms (hoch, tief), 3 hängende Becken (hoch, mittel, tief), liegende Metallplatte, Buckelgong, gr. Tam-Tam, gr. Tr.; IV: ein Satz Rgl., Plattenglokken, Triangel, 3 Wbl. (hoch, mittel, tief), 2 Bongos, kl. Tr., Tomtom (sehr tief), Conga (tief), gr. afrikanische Holzschlitztrommel, 4 hängende Becken (sehr hoch, hoch, mittel, tief), Becken à 2, Amboß (grell und scharf), 2 liegende Metallplatten, Löwengebrüll, Buckelgong, gr. Tam-Tam,

gr. Tr.; V: 3 Wbl., Bongo (hoch), kl. Tr., Becken à 2, liegende Metallplatte, Schreckschußpistole, gr. Tam-Tam; VI wie V, aber mit tiefem anstatt hohem Bongo, außerdem mit Trillerpfeife}, 4 Radioapparate (4 Spieler), Str. (14, 12, 10, 8, 6).

Gliederung: Fünfteiliges Musiktheater, wobei die Teile ihrerseits gemäß den musikalisch-szenischen Sinneinheiten in Nummern untergliedert sind.

Spieldauer: Etwa 1¾ Stunden.

Handlung

Vorbemerkung: Dieses Stück, das Hamlet und Ophelia als Überlebende der Shakespeare-Tragödie und darüber hinaus der abendländischen Geschichtskatastrophen auf die Bühne stellt, ist als ein »Theater aus dem Geist der Musik« (Wolfgang Rihm) konzipiert. Das heißt: Die Vorgänge auf der Bühne sind in eine »Klanghandlung« eingebunden, die sich allerdings nicht wie eine Handlung im üblichen Sinne aus einer sich stringent entwickelnden und deshalb nacherzählbaren Abfolge von Ereignissen zusammensetzt. Ebensowenig gilt in Rihms Musiktheater der herkömmliche Personenbegriff, wonach auf eine Rolle ein Darsteller kommt. So wird Ophelia in einer Szene von drei Ophelia-Doubles sekundiert, und die Gestalt des Hamlet ist drei Protagonisten zugeteilt, wobei Hamlet I und II – dargestellt von einem alten und von einem jungen Schauspieler – die Figur in ihren vergangenheits- bzw. gegenwartsbelasteten Verstrickungen verkörpern. In Hamlet III, dem Bariton, wiederum konzentriert sich ein utopisches Moment, das Hamlet in seinen – freilich scheiternden – Versuchen zeigt, Zukunft zu gewinnen. Ferner können Rihms Figuren auch ineinander übergehen: Beispielsweise agieren die Ophelia-Doubles an anderer Stelle in der Gestalt dreier nackter Frauen als Hamlets ideologische Verführer(innen) Marx, Lenin und Mao. Ebenso sind die drei schreienden Männer als Teilwesen der Hamletfigur zu verstehen, wie andernorts Kinderstimmen Hamlets bzw. Ophelias regressive Persönlichkeitsanteile ohrenfällig machen.

»I. Familienalbum«: Hamlet I und II stehen – der Küste zugewandt und hinter ihnen »die Ruinen Europas« – auf kahler Bühne, die Raum für Erinnerungsbilder aus Hamlets Vergangenheit bietet. Umtönt von Choralgesang wankt ein Leichenzug heran: das Staatsbegräbnis für Hamlets ermordeten Vater, den König von Dänemark. Das Trauergeleit wird angeführt von dessen Bruder und Mörder Claudius; an seiner Seite: die königliche Witwe, seine baldige Gemahlin. Hamlet II wird zu Hamlet III, hält den Leichenzug an, er bricht den Sarg auf, verteilt das Fleisch seines toten Vaters an die Umstehenden zum allseits bejubelten Verzehr, und der leere Sarg wird für Claudius und Hamlets Mutter zum Liebeslager. Monologisierend versucht Hamlet III von sich ein Bild zu gewinnen. In salbungsvoller, pseudobarocker Selbststilisierung beschreibt er sich als schimärisches Zwischenwesen. Er sieht sich zum einen als der von seinem Gewissen geplagte Schurkenkönig Richard III, zum andern als »zweiter Clown im kommunistischen Frühling«. Es folgt Hamlets Auseinandersetzung mit dem als stummes Gespenst erscheinenden Vater: Hamlet III wirft – teilweise souffliert von Hamlet II – dem Vater vor, ihn gezeugt zu haben. Währenddessen spielen Hamlet II und das Gespenst ihre wechselseitige Ermordung, wobei sich schließlich Hamlet I als Darsteller des Gespensts entpuppt. Um der Teufelsspirale von Gewalt und Gegengewalt zu entgehen, wünscht sich Hamlet III, mit gebrochenem Genick von einer Bierbank zu stürzen. Wie ein schlechtes Gewissen beginnen nun Wände (Hamlet hatte Ophelias Vater Polonius, als er hinter einer Tapetenwand lauschte, einst erschlagen) um ihn zu wachsen. Sein Freund Horatio tritt auf, Hamlet kann nicht verstehen, daß dieser einem wie ihm die Treue hält. Er fordert Horatio auf, Ophelias Vater zu spielen, wie er mit seiner Tochter geschlafen habe, woraufhin Polonius »als Geschwür« aus der Wand herauswächst. Wie Hamlet damals den Polonius niedergestreckt hat, sticht er nun in die Geschwulst, die daraufhin platzt. Horatio zieht eine Polonius-Leiche aus der Wand und schafft sie fort. Ein Bett wird sichtbar, darauf Hamlets Mutter; der unsichtbar aus der Wand heraus singende Frauenchor leiht ihr seine Stimme. Die drei Hamlet-Darsteller werfen der Mutter ihr Verhältnis mit dem Mörder ihres Mannes vor. Um ihre eigene Geburt rückgängig zu machen, versuchen sie in einem inzestuösen Vergewaltigungsakt in den Mutterschoß zurückzukehren. Am Schluß der Szene entpuppt sich Hamlets Mutter als Ophelia. In Ermangelung eigenen Gefühls fordert Hamlet: »Laß mich dein Herz essen, Ophelia, das meine Tränen weint.«

»II. Das Europa der Frau« befindet sich in einem großen leeren Raum. In ihm ereignet sich – durch schnell wechselnde Hell-Dunkel-Kontraste schlaglichtartig beleuchtet – Ophelias »Monodrama«. Ihr Herz ist eine Uhr – wie sich alsbald zeigen wird, offenbar eine Art Gefühlschronometer, das bislang von Leiderfahrungen am Laufen gehalten wurde. Mehrmals – aber von Mal zu Mal kraftloser – blendet sich Hamlet II mit dem Wunsch, Ophelias Herz zu essen, in das Monodrama ein. Immer wieder stützt der Frauenchor den Gesang Ophelias. Ophelia ist auf der Suche nach ihrer Identität. Gleichsam eine Wiedergängerin, begreift sie sich nach ihrem Selbstmord als mythische Figur, die eins ist mit allen von Männergewalt in den Tod getriebenen Selbstmörderinnen. Doch nun legt sie ihre Opferrolle ab. In anarchistischer Zerstörungswut macht sie Tabula rasa und wendet sich gegen alles, was sie in ihre bisherige Passivität gezwungen hatte. Deshalb versucht sie, die Erinnerung an ihr von den Männern ausgenutztes Liebesbedürfnis zu töten und reißt sich ihr blutendes Uhren-Herz aus dem Leib.

III. Ein makabres »Scherzo«, in das mehrmals Kinderstimmen mit Textfragmenten aus dem vorausgegangenen Monodrama eingeblendet werden: Anschwellendes Gewisper erfüllt die »Universität der Toten. Von ihren Grabsteinen (Kathedern) aus werfen die toten Philosophen ihre Bücher auf Hamlet«. Hamlet II mustert die »Galerie der toten Frauen«, in der die von Ophelia in ihrem Monodrama beschriebenen Selbstmörderinnen versammelt sind. Die reißen ihm die Kleider vom Leib, und der durchweg in Frauenkleidern auftretende gemischte Chor verlacht Hamlets Nacktheit. Ein aufrecht stehender Sarg mit der Aufschrift »Hamlet I« wird sichtbar. Aus ihm tritt – in der Doppelgestalt von König Claudius und seinem ermordeten Bruder – Hamlet I heraus, außerdem Ophelia als strippende Hure. Ironisch bietet sie Hamlet III ihr Herz zum Verzehr an, und mehrfach wird der Chor dieses Anerbieten im Verlauf des »Scherzos« wiederholen. Doch Hamlet will mehr: nämlich ganz heraus aus seiner Rolle und sich in eine Frau verwandeln. Und so zieht er Ophelias abgelegte Kleider an. Die Bühne verwandelt sich in einen privaten Raum. In ihm schminkt Ophelia Hamlet II eine Hurenmaske, danach begibt sie sich, wie auch Hamlet I (alias Claudius/Hamlets Vater) wieder in den Sarg. Während nun Hamlet II als Hure posiert, dringt unter Choralgesang Gelächter aus dem Sarg und die Choristen beißen nach ihm. Ein von Horatio gespielter Engel mit in den Nacken verdrehtem Gesicht kommt auf Hamlet zu. Sie tanzen miteinander in immer wilderen und schnelleren Schritten. Schließlich erscheint »auf einer Schaukel die Madonna mit dem Brustkrebs. Horatio spannt einen Regenschirm auf« und umarmt Hamlet. »Der Brustkrebs strahlt wie eine Sonne.«

»IV. Pest in Buda Schlacht um Grönland«. In dem von Ophelia zerstörten Raum, in dem zuvor ihr Monodrama stattfand, steht die leere Rüstung von Hamlets Vater mit einem Beil im Helm. Hamlet I, II und III kommen zusammen. Sie erinnern sich an den Ungarnaufstand vom Oktober 1956 und der damit verbundenen Ohnmachtserfahrung. (Diese wird stillschweigend mit Hamlets Selbstwahrnehmung in Shakespeares Tragödie gleichgesetzt, in der sich Hamlet zum einen als machtloser, zum andern als von eigenen Skrupeln gehemmter Akteur begriffen hat.) Die Konsequenz daraus ist der Ausstieg aus der Hamlet-Rolle. Deshalb legt Hamlet II Maske und Kostüm ab und bleibt allein zurück. »Mein Drama findet nicht mehr statt«, konstatiert der einstige Darsteller von Hamlet II, während drei überdimensionierte Fernsehgeräte hereingetragen werden, außerdem ein riesenhafter Kühlschrank – wie sich zeigen wird, ein Symbol für die eisesstarre Verhärtung von Hamlets Psyche, die sich dem Gebot des Handelns verweigert. Seine neue Rolle definiert der Hamlet-Darsteller folgendermaßen: »Mein Drama, wenn es noch stattfinden würde, fände in der Zeit des Aufstands statt.« Und so beschreibt er in der Art eines vor Ort anwesenden Reporters die im Aufstand von 1956 kulminierenden Vorgänge in Ungarn, die teilweise auf der Hinterbühne nachgespielt werden. Weil der Hamlet-Darsteller die Ereignisse aber nur wie eine »Schreibmaschine« oder eine »Datenbank« registriert, gelingt es ihm nicht, Stellung zu beziehen, weshalb er erkennt, daß in der Auseinandersetzung sein Platz »auf beiden Seiten der Front« wäre. Damit befindet er sich jedoch nach der Niederschlagung der Empörung sowohl auf seiten der Rächer als auch ihrer Opfer. Und mit den einen wie den andern teilt er den Selbstekel, als sich alle vom Trauma der gescheiterten Revolution durch den Genuß der von der Vergnügungsindustrie bereitgestellten Billigprodukte und durch Konsumrausch ablenken. In diesem Sinne bieten Hamlet I, II und III in den Fernsehgeräten Kasperltheater, und vier Lachende haben einander dermaßen satt, daß sie sich gegenseitig verzehren, um dann zu verfaulen. Die Hamlet-Darsteller wiederum erkennen die Privilegiertheit ihres Intellektuellen-Status innerhalb eines durch Mauer, Stacheldraht und Gefängnis gesicherten Staatswesens; und während Hamlet I und II die Fotografien des Librettisten und des Komponisten zerreißen, zerstört Hamlet III das Gehäuse seines Fernsehgeräts. Im Rückzug auf sich selbst sehnt er sich danach, eine bloß auf seine Körperfunktionen reduzierte Maschine zu sein – ohne Leidensfähigkeit und intellektuelle Reflexion. Sein Alter ego, Hamlet II, meldet dagegen Protest an. Zum Zeichen dafür, daß Hamlets psychische Vereisung vorüber ist, quillt Blut aus dem Kühlschrank. Hamlet II legt wieder Kostüm und Maske an, während drei nackte Frauen – Inkarnationen seiner ideologischen Verführer Marx, Lenin und Mao – zu singen beginnen. Hamlet II aber »tritt in die Rüstung, spaltet mit dem Beil die Köpfe« von Marx, Lenin und Mao. Ohne seine Übervater aber ist für ihn die geistige Eiszeit angebrochen.

»V. Wildharrend / In der furchtbaren Rüstung / Jahrtausende«. Ophelia sitzt auf dem Boden der Tiefsee im Rollstuhl; Fische, Trümmer und Leichen treiben vorbei. Ophelia, der alsbald drei Doubles und die ebenfalls als Ophelia-Dubletten auftretenden Choristinnen zur Seite stehen, begreift sich nun wie Elektra als Rächerin ihres Vaters. Doch ebenso ist sie eine sich der Fortpflanzung verweigernde Übermutter. Und mehr noch: »Im Namen der Opfer« will sie in den Schoß zurücknehmen, was sie geboren hat. Die blanke Aggression ist nun ihr Lied. Zwei schreiende Männer in Arztkitteln – ein dritter bleibt unsichtbar in der Wand verborgen – versuchen sie zu bändigen. Mit Mullbinden umwickeln sie Ophelia trotz ihrer Gegenwehr. Als sich schließlich der dritte der schreienden Männer als Hamlet III entlarvt, der ihr offenbar zur Besänftigung sein Herz zu essen anbietet, wird er von sämtlichen Ophelia-Darstellerinnen unter mänadischem Gebrüll zerrissen – wie einst Orpheus. Zwar gelingt es den schreienden Männern, Ophelia zu fesseln, nicht aber, sie zum Schweigen zu bringen. Ophelias letztes Wort ist eine Drohung, »mit Fleischermessern« werde sie durch die Schlafzimmer ihrer Peiniger gehen.

Stilistische Stellung

»Gegenwart war«, so der Komponist, »immer schon Endzeit.« In diesem Sinne ist Rihms während der Jahre 1983 bis 1986 entstandene ›Hamletmaschine‹ Zustandsbeschreibung und Rückblick. Betrachtungsgegenstand ist die abendländische Geschichte. Ihre Auswirkungen werden auf Hamlet und Ophelia projiziert, die insofern paradigmatische Gestalten des modernen Gegenwartsmenschen sind, als ihre Beschädigungen zweifach verursacht werden: Zum einen von den politisch-gesellschaftlichen Katastrophen aus Geschichte und Gegenwart, zum andern von den biographisch-familiären Verhältnissen, für die die Shakespeare-Tragödie Bezugsquelle ist. Und wie die europäische, so sind auch Hamlets und Ophelias individuelle Geschichten Geschichten des Scheiterns: Natürlich gelingt es Hamlet nicht, seine Geburt durch Rückkehr in den Mutterschoß ungeschehen zu machen, ebensowenig ist seine Verweiblichung eine realistische Alternative. Und selbst seine Beschränkung auf die allem Handeln sich versagende Chronistenrolle beschert ihm lediglich das Arrangement mit den bestehenden gesellschaftlichen Verhältnissen. Die Abkehr von seinen geistigen Vaterfiguren schließlich bringt ihn um sein intellektuelles Rüstzeug und wirft ihn ganz aufs Kreatürliche zurück, so daß er nur noch schreien kann.

Anders das Scheitern Ophelias. Zwar vermag sie aus ihrer bisherigen Opferrolle auszusteigen und ihre Aggressionen nach außen zu kehren. Doch nützt ihr das nichts. Nachdem ihre Zerstörungswut allenthalben Platz gegriffen hat, befindet sie sich jenseits von geschichtlicher und gesellschaftlicher Auseinandersetzung im Abseits der Tiefsee, dazu noch im Rollstuhl zwangssediert – ein weibliches Pendant zum gefesselten Prometheus. Nicht aber »dient« Rihms Musik der Analyse des psychotischen Innenlebens von Hamlet oder Ophelia. Vielmehr ist sie eine Größe eigenen Rechts; und in diesem Sinne ist Rihms ›Hamletmaschine‹ die musik-theatralische Inszenierung einer negativen Utopie. Deren geschichtliches Sediment wird von Rihm immer wieder durch das Zitieren vergangener Musik (Talmi-Händel, Sehnsuchtsmotiv aus Richard Wagners ›Tristan‹, Johann Sebastian Bachs ›Messe in h-Moll‹, Lamento-Baß) freigelegt, wobei der Komponist zwischen den Stilebenen virtuos, hoch flexibel und bedacht auf bruchstückhaft wirkende Diskontinuität hin und her springt. Insbesondere in den retrospektiven Werkteilen wie Hamlets ›Familienalbum‹ kommen diese historischen Schichten, die auch in Anklängen an die »Marcia funebre« und den Choral (Leichenzug für Hamlets Vater), ans Rondo (Horatios erster Auftritt), ans Arioso oder die Danse macabre (Teil IV) zum Tragen. Um jedoch Hamlets Distanzierung vom politisch-gesellschaftlichen Geschehen Musik werden zu lassen, reduziert Rihm im vierten Teil den kompositorischen Aufwand – zugunsten einer gewissermaßen klang-photographischen Abbildung der Realität. So bezieht er nun gehäuft Alltagsgeräusche (Massengebrüll, Radio-Apparate) ein, oder er greift gegenwartsnahe Idiome (Big-Band-Sound, »Coca-Cola«-Rap) auf. Zu diesem wie eine Klangcollage anmutenden Reporter-Melodrama, das mit der Anlage des »Scherzos« in der Art einer grotesken Revue eine Gemeinsamkeit hat, stehen die Arnold Schönbergs ›Erwartung‹ und ›Die glückliche Hand‹ fortschreibenden Ophelia-Monodramen im Gegensatz. Die apokalyptische Dimension des Stückes kommt insbesondere im Espressivo der Partitur zum Ausdruck, die in den Vokalpartien vom unartikulierten Schrei übers Sprechen bis hin zum lyrischem Melos ein weit aufgespreiztes Spektrum an menschlichen Lautäußerungen bietet. Der Orchesterklang wiederum ist stark von der percussiven Attacke des Schlagzeugapparates geprägt. Nicht zuletzt die Schockwirkung solch martialischer Klangentladungen macht Rihms ›Hamletmaschine‹ zum eindrucksvollen Zeitzeugnis der achtziger Jahre. Ihre von Overkill, Öko-Kollaps und Super-GAU beherrschte Angstatmosphäre verdichtet sich in Rihms ›Hamletmaschine‹ wie in einer Druckkammer.

Textdichtung

Das Stück ›Die Hamletmaschine‹ von Heiner Müller (1929–1995) entstand 1977 im Zusammenhang mit einer Neuübersetzung von William Shakespeares ›Hamlet‹ (1602). Immer wieder nimmt Müllers Text auf die Vorlage, aber auch auf andere Shakespeare-Dramen wörtlich Bezug. Hierbei werden die, teils auch auf englisch zitierten, Original-Sentenzen durch Dekonstruktion und Umbau verdreht, so daß sie in Müllers Stück den mit Bedacht paradoxen Eindruck windschiefer Neumontagen erwecken. Für seine Inszenierung des ›Hamlet‹ 1990 am Deutschen Theater in Berlin fügte der Autor den Text, der vor 1989 in der DDR nicht gespielt werden durfte, in die Shakespeare-Tragödie ein. Wohl gar zu eindeutig fiel bei Müller die Bewertung des Ungarnaufstands von 1956 aus. Nicht minder schonungslos war der Autor in der (selbst-)kritischen Analyse jenes in die Figur des Hamlet hineingespiegelten marxistischen Intellektuellen-Typs, der sich zwar der Notwendigkeit von Veränderungen im »real existierenden Sozialismus« bewußt war, sich dennoch mit dem gesellschaftlichen Status quo arrangiert hatte. Wolfgang Rihm hat Müllers Vorlage, von wenigen Texteinblendungen aus vorausgegangenen oder nachfolgenden Werkteilen einmal abgesehen, unangetastet gelassen. Die wesentlichste Veränderung besteht in der Aufteilung des Hamlet-Parts auf drei Protagonisten.

Geschichtliches

Rihms Komposition ist im Auftrag des Nationaltheaters Mannheim entstanden, und das Stück wurde dort am 30. März 1987 unter der musikalischen Leitung von Peter Schneider in einer Inszenierung von Friedrich Meyer-Oertel mit Johannes Kösters als Hamlet III und Gabriele Schnaut als Ophelia erfolgreich uraufgeführt; die Produktion ist auf CD dokumentiert. Noch im gleichen Jahr folgte Freiburg i. Br. mit einer Einstudierung, 1989 Hamburg und 1990 Frankfurt. Doch auch über die Bühne hinaus wirkte Rihms ›Hamletmaschine‹. In den Jahren 1997/1998 inspirierte sie den Basler Künstler Snues A. Voegelin zu einem 88 Zeichnungen (Kohle und Farbstift) umfassenden Werkzyklus.

R. M.

Die Eroberung von Mexico

Musiktheater nach Antonin Artaud. Textzusammenstellung vom Komponisten.

Solisten: Auf der Bühne: *Montezuma* (Dramatischer Sopran, gr. P.) – *Cortez* (Charakterbariton, gr. P.) – *Der schreiende Mann* (Sprechrolle, kl. P.) – *Malinche*, die Dolmetscherin (stumm, Tänzerin)
Im Orchester: *Sehr hoher Sopran* (gr. P.) – *Tiefer Alt* (gr. P.) – *Zwei Sprecher* (mit Mikrophonen diskret verstärkt; keine Mimen, sondern Musiker, aber auch keine Sängerstimmen; gr. P.)

Chor: Auf der Bühne: Bewegungschor (Spanier, Azteken, Tier und Mensch, Doubles; gr. Chp.).
Vom Tonband: gemischter Chor (auch Sprechchor, Flüsterchor; gr. Chp.).
Ort: Artauds Mexico-Imagination.
Schauplätze: Prachtvolle Stadtlandschaft – »Eine Art geschlossener Raum«, trotzdem nicht bestimmt.
Zeit: 1519–1521, trotzdem aber zeitlos.

Orchester: 3 Fl. (auch Picc.), 3 Ob., Eh., 3 Akl., Bkl., Kfag., 3 Hr., 3 Trp., 3 Pos., Kbt., 4 P. (1 Spieler), Schl. I–V {I: 5 Cymbales antiques, 2 Rgl., Claves, Guero, 2 Triangel, 3 Bongos (hoch, mittel, tief), kl. Tr.; II: 5 Cymbales antiques, 2 Rgl., Claves, Guero, 2 Triangel, Flex., 3 Bongos (s. o.), kl. Tr.; III: wie II; IV: Xyl., 8 Cymbales antiques, 3 Rgl., 5 Buckelgongs, 4 Wbl. (sehr hoch, hoch, mittel, tief), Guero, 3 Almglocken (hoch, mittel, tief), kl. Tr., 3 Tomtoms (hoch, mittel, tief), gr. Tr.; V: 10 Cymbales antiques, Vib., 3 Rgl., 5 Buckelgongs, 4 Wbl. (s. o.), Guero, 2 Triangel (hoch, mittel), gr. Tamtam, Bongo (sehr hoch), kl. Tr, gr. Tr.}, Hrf., Klav., Elektro-Org., 2 Elektro-Bässe (mit Verstärker), 2 Viol., 2 Br., 6 Vcl., 4 Kb., Tonband. Bühnenmusik: Windmaschine.

Die Orchesteraufstellung hat der Komponist genau festgelegt, wobei die Orchestergruppe I das Auditorium von hinten und seitwärts einfaßt. Im nicht sehr tief gefahrenen Orchestergraben befindet sich rechts vom Dirigenten die Orchestergruppe II, links die Orchestergruppe III.

Gliederung: Durchkomponierte Großform in 4 Teilen.

Spieldauer: Etwa 1¾ Stunden.

Handlung

Vorbemerkung: Das sich in diesem musiktheatralischen Werk ereignende Geschehen hat zum einen die Kollision zweier Kulturen zum Inhalt, wie sie sich exemplarisch in der Zerstörung des mexikanischen Aztekenreiches durch die von Hernán Cortez befehligten spanischen Eroberer konkretisiert hat. Zum anderen reflektiert das Stück über die Geschlechterproblematik. Hierbei ordnet der Komponist Cortez und die Spanier eher der männlichen Sphäre zu. Mit ihr sind außerdem Männer- und Bewegungschor, ebenso die Stimmen des Sprecherduos verknüpft. Montezuma und sein aztekisches Gefolge sind eher der weiblichen Sphäre zugehörig. Gleiches gilt für den Frauenchor und die Montezumas Gesang umgebenden vokalen Linien von Solo-Sopran und -Alt aus dem Orchester. Damit ist gesagt, daß in dem Stück der herkömmliche Personenbegriff im Sinne klar voneinander abgegrenzter Individuen aufgehoben ist. Ebensowenig fügen sich die das Stück prägenden Vorgänge zu einer Handlung, die nach Art einer sich stringent entwickelnden Ereignisabfolge, also als »Geschichte«, nacherzählbar wäre.

Erster Teil »Die Vorzeichen«: Das Stück beginnt ohne eigentlichen Anfang noch vor Auftritt des Dirigenten mit dem »Kontinuum eines sehr fernen, sehr leisen Schlagzeugklangs«, der alsbald von Trommelrhythmen abgelöst wird. Sie sind die »Melodie einer Landschaft, die das Gewitter kommen spürt«. Es folgen erste unbestimmbare Klänge, dann – sich zum Orgelpunkt verfestigend – der Ton fis, den der Frauenchor aufgreift und in schnellem Wechsel repetiert. Auch die Gegenwelt ist alsbald präsent: in den hechelnden, heiseren Atemstößen und den Sprachfragmenten der per Mikrophon verstärkten Sprecherstimmen, die schließlich die für das Stück maßgebliche Parole »neutral männlich weiblich« intonieren. Mehrfach dazwischengeschaltet ist der Frauenchor: Zunächst den Ton fis umkreisend, erweitert er nach und nach seinen Tonraum und greift dabei ins Melodische aus; gemeinsam mit Montezuma, der in Begleitung von Priestern mehrmals erscheint und wieder verschwindet. Montezuma ist es auch, der – umtönt von den Vokalisen von Solo-Sopran und -Alt – zu wortverbundener Melodie findet und darin einen poetischen Begriff von aztekischer Naturmystifizierung gibt. Cortez erscheint, ohne dabei mit Montezuma in Beziehung zu treten. Aus seinem Munde klingen Montezumas Worte wie verzerrt. Und als Cortez ausruft: »Ich möchte ein furchtbares Weibliches versuchen«, erkennt Montezuma darin eine mit (Geschlechter)-Krieg gleichzusetzende Bedrohung. Nachdem sich der Gesang wieder in wortlose Laute aufgelöst hat, reflektiert Montezuma über die bedrohlichen Aspekte der Liebe.

»Bekenntnis« ist der zweite Teil überschrieben, in dem Cortez zögernd eine nach und nach sichtbare prachtvolle Stadtlandschaft betritt. Schreie sind zu hören, die vielleicht von »heimlichen Kämpfen«, vielleicht von Menschenopfern herrühren. Vielleicht aber dringen sie auch aus dem Inneren des verängstigten Cortez. In einem die eigene Angst überschreitenden Befehlston gibt er den marschmäßig sich in Bewegung setzenden Soldaten die Parole vor: »neutral männlich weiblich«. Plötzlich ragen Köpfe über die Mauern, Montezuma wird sichtbar. Montezuma und Cortez gehen aufeinander zu. Ihr Dialog ist wortlos. Mehrfach versucht Cortez, Montezuma zu umarmen, und wird von indianischen Adligen daran gehindert. Umgekehrt wehrt Cortez Montezumas mehrfache Versuche, seine Hand zu küssen, ab. In Gesten bekunden sie einander ihren Respekt und zeigen mit höflichen Gebärden auf ihre

Waffen. Während Cortez Kreuz und Muttergottesfigur herbeischaffen und einige Böllerschüsse losmachen läßt, werden auf Montezumas Wink Banner aufgestellt, eine Figur des Aztekengottes Quetzcoatl herbeigeholt und Pfeile in die Luft geschossen. Das Zeremoniell kann aber die Verständigungsschwierigkeiten nicht verdecken – insbesondere als Cortez zur Sprache zurückfindet und den Azteken an Stelle ihrer eigenen »Götzen« die Mutter Gottes zur Verehrung aufdrängt. Im Tausch für die Marienstatue übergibt Montezuma dem Spanier die Dolmetscherin Malinche, die stummbleibend mit dem Körper spricht und ihre Übersetzungen tanzt. Cortez versucht Malinche im wörtlichen Sinne zu begreifen. Wieder beunruhigen hereindringende, »gepreßte Schreie« Cortez. Das Gold der Azteken, ihre prächtigen Banner wecken die Gier der Spanier und ihres Anführers, weshalb Montezuma – nun ebenfalls der Wortsprache mächtig – sie beschimpft. Gleichwohl findet – wohl zum Zeichen eines möglichen Miteinanders beider Kulturen – die Marienstatue neben einer Huitzlipochtlifigur auf einem Doppelaltar Platz. Der befindet sich an der Spitze einer Tempelpyramide, deren Treppe Montezuma und Cortez gemeinsam beschreiten. Doch oben angelangt, läßt Cortez Montezuma in Fesseln legen. Der gefangene Kaiser glaubt Cortez' Verhalten von einer »Liebe aus verletzter Einsamkeit« verursacht.

Dritter Teil »Die Umwälzungen«: Flüsterchor und Sprecher konstatieren eine »Revolte in allen Schichten des Landes« und »auf allen Bewußtseinsebenen Montezumas«, der seine Inhaftierung mit einer Vergiftung vergleicht. Cortez nötigt Montezuma mit der Frage »Neutral? Weiblich? Männlich?«, sich in seine weibliche Rolle, die durch das Erdulden der von den Spaniern ausgehenden Gewalt gekennzeichnet ist, zu fügen. Ohnehin deutet die Musik – heiseres, rhythmisches Geflüster, das immer wieder von Schreien unterbrochen wird – das Geschehen als Vergewaltigung. In einem geschlossenen Raum vollziehen die Azteken ein »stilles Ritual«, das in der Anbetung des Tierkreises astrologisch begründete Hinnahme des Schicksals zum Ausdruck bringt. Montezuma wohnt der Zeremonie wie gelähmt bei. Alsbald dringen die Spanier herein und richten unter »plärrendem« Absingen lateinischer Kirchengesänge unter den Azteken ein Blutbad an. Cortez kommt zu spät. Er erlebt das Massaker als einen in seinem Inneren wütenden Krieg. Zum Zeichen dessen bricht aus Cortez ein Mann hervor, »der mit äußerst rauher Stimme schreit.« Der schreiende Mann stürzt in den gleichsam »versteinerten« Montezuma und verschwindet in diesem, während Spanier und Azteken, beide zum Kampf bereit, aufmarschieren. Auf Cortez' Drängen spricht Montezuma zu den Azteken. Doch er kann nur das Erleiden von todbringender Gewalt, die ihn in Form mehrerer Wurfgeschosse verwundet, konstatieren. Sterbend erstarrt Montezuma zu einer Statue.

Der vierte Teil, »Die Abdankung«, führt das Gewalt-Thema fort, doch werden nun die Spanier Opfer von aztekischen Übergriffen. Mehrere Cortez-Gestalten sind sichtbar, was als ein Hinweis darauf verstanden werden soll, »daß es keinen Herrn mehr gibt.« Der eigentliche Cortez-Protagonist aber träumt vor der Montezuma-Statue. Falsettpassagen geben einen Eindruck von seiner Gebrochenheit und seinem Verlust an Selbstvertrauen. Sein Gesang wird nun auch nicht mehr durch die aggressiv-geräuschhaften Lautuntermalungen der Sprecher gestützt, sondern – wie bisher die Gesänge Montezumas – durch die Vokalisen von Solo-Sopran und -Alt. Gleichwohl ist damit der Ausgleich zwischen männlichem und weiblichem Prinzip in der Gestalt des Cortez nicht erreicht. Vielmehr verzweifelt Cortez daran, daß die Chance zu solcher geschlechtsneutralisierenden Annäherung durch den Tod Montezumas unwiederbringlich dahin ist. Als der Kopf der Statue abhebt und nach oben schwebt, wird Montezumas Leichenbegängnis mehr und mehr sichtbar. Ebenso fallen die Kriegsmaschinen der Spanier immer deutlicher ins Auge. Es kommt zur Zerstörung sowohl der aztekischen als auch der spanischen religiösen Bildwerke. Cortez versucht angstvoll, Montezumas Statue wiederzubeleben, denn plötzlich bricht eine Schlacht aller gegen alle aus, in der die Spanier unterliegen und von den Azteken niedergemetzelt werden. Der gemischte Chor bildet das Ensemble der Überlebenden. Während ein letzter Todesschrei aus der Ferne dringt, beklagen die Davongekommenen die vom Krieg hinterlassene Verwüstung. Montezuma und Cortez erkennen im Zwiegesang, daß hinter ihrem Geschlechterkampf nur die Gewißheit des Todes liegt.

Stilistische Stellung

Indem Wolfgang Rihm in seinem Musiktheater das Aufeinanderprallen der Kulturen mit dem Kampf der Geschlechter kurzschließt, bespiegeln und interpretieren sich die beiden Leitthemen des Stückes wechselseitig. Dabei wird erotisches Begehren, indem es Liebe zum einen, Unterwerfung zum anderen in sich fassen kann, zur janusköpfigen Metapher für die zwei Möglichkeiten kultureller Begegnung. Unter dem Aspekt der Liebe, die im Stück zwischen Cortez und Montezuma ja durchaus unterschwellig wirksam ist, scheint dann das Bestreben nach partnerschaftlicher, interkultureller Verständigung auf. Ihre Symbolgestalt ist die tanzende Dolmetscherin Malinche – eine historisch verbürgte, in der Wirklichkeit sprachfähige Vermittlerin zwischen Spaniern und Azteken, die als Cortez' Geliebte allerdings vornehmlich dessen Sache betrieben haben soll. Doch tritt die utopische Möglichkeit friedlicher Annäherung zwischen alter und neuer Welt hinter dem anderen Aspekt erotischen Begehrens zurück, nämlich dem des gewalttätigen Zugriffs. Denn entsprechend der geschichtlichen Realität ist die Eroberung von Mexico, wie der Werktitel schon sagt, ein Akt brutaler Inbesitznahme. In Abweichung von den historischen Vorgängen kommt aber als Folge dieser Unterjochung ein Aggressions-Mechanismus in Gang, der sich schließlich gegen die ursprünglichen Aggressoren, also die Spanier, kehrt. Damit veranschaulicht das Szenario die Mechanik konflikthafter Auseinandersetzung, und zwar in der Art eines theatralischen Rituals, das bis in die Binnenstrukturen hinein nicht von evolutionären Vorgängen, sondern von dem jähen Wechsel zwischen Aktion und Reaktion beherrscht wird.

Diese Dramaturgie hat für die Musik weitreichende Konsequenzen. Denn lediglich für den Prozeß allmählichen Zueinanderfindens und des Austausches wäre eine Musiksprache probat, die sich etwa nach Art thematisch-motivischer Arbeit im argumentativen Diskurs metamorphosenhaft entwickelt. Hier aber korrespondieren die plötzlichen Umbrüche des Geschehens mit einer Musik, die ihrerseits übergangslos Terrains unterschiedlicher Spannungsintensitäten lapidar aufeinanderfolgen läßt. Die Gegensätzlichkeit der beiden szenischen Sphären wiederum ist bis ins Orchester hinein virulent. So fungieren die beiden im Orchester postierten Gesangssolistinnen als Vermittlerinnen zwischen Montezuma und den Melodieinstrumenten. Und die geräuschhaften Lautäußerungen der Sprecher sind quasi akustische Scharniere zwischen Cortez und dem Perkussionsapparat. Wie obsolet Rihm ein Komponieren ist, das sich unreflektiert in die Kontinuität der Tradition stellt, ist daran erkennbar, daß er durch parodistische Brechung stilistische Anleihen nimmt: Etwa wenn er die Hohlheit des Begrüßungszeremoniells durch barockisierendes Pathos zur Kenntlichkeit entstellt, oder wenn er die glaubensfanatischen Spanier ihren die Azteken-Metzelei begleitenden liturgischen Gesang in karikierendem »stile antico« absingen läßt. Indem aber für die aztekische Welt das Intervall der Quint bestimmend ist, greift Rihm mit Blick auf die abendländische Musikgeschichte in archaisierender Absicht zeitlich weit zurück, wodurch abermals Rihms Skepsis gegenüber einer bruchlosen Fortschreibung der Moderne ohrenfällig wird. *Eine* vorbehaltlose Anknüpfung an die überkommene europäische Musiktradition ist jedoch um so auffälliger: der auf die Schlußkatastrophe zurückschauende A-cappella-Epilog des Chores. In einer auf die eindringlichen Bilder des Textes reagierenden Expressivität begibt sich Rihm hier in die Nachfolge motettischen Komponierens.

Textdichtung

Die doppelbödige Dramaturgie des Stückes ist das Ergebnis einer kühnen Textkompilation, wobei sich Rihm hauptsächlich auf zwei ursprünglich voneinander unabhängige Texte des französischen Surrealisten Antonin Artaud (1896–1948) stützt. Als Textbasis für den Kulturkonflikt dient dabei Artauds Prosaentwurf für ein Drama ›Die Eroberung von Mexico‹ von 1933, zitiert in Brigitte Weidmanns deutscher Übersetzung von 1975. Textliche Grundlage für den Geschlechterkampf hingegen ist Artauds 1936 entstandene, in der Form eines Briefes gehaltene Schrift »Das Seraphim-Theater« in einer Übersetzung von Bernd Mattheus. Obwohl also weder die eine noch die andere Artaud-Vorlage in dramatischer Textform abgefaßt wurde, gewinnt Rihm aus der einen wie der anderen durch wörtliche Übernahme den gesungenen Text. Artauds Mexico-Exposé ist außerdem für die szenischen Anweisungen maßgeblich. Darüber hinaus hat der Komponist einen vermutlich auf 1523 zu datierenden aztekischen Trauergesang, 1963 übersetzt von Renate Heuer, als Textquelle für die Schlußbetrachtung des Chores benutzt. Einen weiteren Textbaustein fand Rihm in dem Gedicht ›Urgrund des Menschen‹ aus dem 1937 entstandenen und 1987 von Maralde und Klaus Meyer-Minnemann übersetzten Zyklus ›Raíz del hombre‹ des mexikanischen Dichters und Nobelpreisträgers Octavio Paz: Jeweils eine der vier

Gedichtstrophen findet im Sinne eines retrospektiven Schlußkommentars am Ende eines jeden der vier Werkteile ihren Platz.

Geschichtliches
›Die Eroberung von Mexico‹, entstanden als Auftragswerk der Hamburgischen Staatsoper, wurde am 9. Februar 1992 unter der musikalischen Leitung von Ingo Metzmacher in einer Inszenierung von Peter Mussbach mit Renate Behle als Montezuma und Richard Salter als Cortez erfolgreich uraufgeführt und für eine CD-Produktion mitgeschnitten. Daß aber auch kleinere Häuser packende Aufführungen des Stückes zuwege bringen, erwies sich ein Jahr später in Ulm. In der Inszenierung von Kazuko Watanabe und unter der Stabführung von Alicja Mounk sangen Angela Denoke den Montezuma und Wilhelm von Eyberg-Wertenegg den Cortez. Weitere Inszenierungen folgten 1994 am Landestheater Innsbruck (Regie: Tilman Knabe, musikalische Leitung: Arend Walnkamp) und an der Oper Nürnberg (Regie: Wolfgang Quetes, musikalische Leitung: Stefan Lano). 1997 kam das Werk am Freiburger Theater in einer Inszenierung von Gerd Heinz mit Frank Beermann als Dirigent heraus. Die Oper Frankfurt brachte das Stück Anfang 2001 auf die Bühne. Es dirigierte Markus Stenz, und Nicolas Brieger führte Regie. 2015 war ›Die Eroberung von Mexiko‹ in der Inszenierung von Peter Konwitschny und unter der musikalischen Leitung von Ingo Metzmacher einer der Höhepunkte der Salzburger Festspiele.

R. M.

Dionysos

Szenen und Dithyramben. Eine Opernphantasie nach Texten von Friedrich Nietzsche.

Solisten: 1. *hoher Sopran*, »*Ariadne*« (Dramatischer Koloratursopran, gr. P.) – 2. *hoher Sopran* (Lyrischer Sopran, m. P.) – *Mezzosopran* (Lyrischer Mezzosopran, m. P.) – *Alt* (Lyrischer Alt, m. P.)[1] – *N.* (Lyrischer Bariton, auch Charakterbariton, gr. P.) – »*Ein Gast*«, auch »*Apollon*« (Lyrischer Tenor, gr. P.) – »*Die Haut*« (Stumme Rolle, Tänzer, kl. P.).
[1] Die Frauenstimmen sind jeweils Verkörperungen von Vorstellungen, Erscheinungen, Projektionen, realen Figuren, wobei der 1. hohe Sopran eine hervorgehobene Position einnimmt.
Chor: Gemischter Chor (gr. Chp.)[2].
[2] Nicht zu schwach besetzt. Der Chor ist gelegentlich Bestandteil des Bühnenbildes, agiert aber auch eigenständig.
Schauplätze: Ein See – Im Gebirge – Innenraum – Ein Platz.
Orchester: 2 Fl. (II. auch Picc.), 2 Ob. (II. auch Eh.), 3 Kl. (III. auch Bkl.), 2 Fag. (II. auch Kfag.), 4 Hr., 2 Trp., 3 Pos., Tuba, P. (1 Spieler), Schl. (5 Spieler, I. bis III. im Orchester, IV. und V. auf Außenposition), 2 Hrf., Cel., Klav., Str.
Gliederung: Durchkomponierte Großform.
Spieldauer: Etwa 2 Stunden.

Handlung
An einem Ufer versucht N., zwei »Nymphen« einzufangen. Es mißlingt ihm mehrmals, die »Nymphen« verhöhnen ihn mit Gelächter. Je verbissener die Jagd, desto wilder wird das Lachen – auf dem Höhepunkt des Spotts verschwindet eine der »Nymphen«, während die andere mit N. ein Boot besteigt. Er rudert sie auf den See hinaus. Sie wiederholt die Lockrufe der »Nymphen« und verwandelt sich in eine »Ariadne«, N. bleibt reaktionslos und rudert weiter. Auf ihre Annäherungen reagiert er nicht, was sie zunehmend wütender und drängender werden läßt. In ihrer Verzweiflung singt »Ariadne« N. direkt an, N. unterbricht sein Rudern aber nur, um abwesend ins Leere zu starren. Er bleibt stumm; erst mit dem Aufruf »Triff ein Mal noch! Zerstich, zerbrich dies Herz!« schaut er »Ariadne« unverwandt an, wendet seinen Blick aber sogleich wieder ab. Als sie ihn einen »unbekannten Gott« nennt, erhebt er sich im schwankenden Boot, bedrängt »Ariadne« und drückt sie an sich. »Ariadne« erschrickt ob der plötzlichen Nähe, die ihr zuteil wird. In der entstehenden Verwirrung läßt N. mehrmals von ihr ab, nur um sie sodann wieder zu umarmen. Er ist weiterhin unfähig, sich zu artikulieren. N. rudert weiter, bis das Boot gegen einen Felsen stößt. Zwischen N. und »Ariadne« kommt es zu einem kindlichen Kampf, als er sie wiederum bedrängt. Efeu beginnt, über das Boot und den Felsen zu wachsen. N. benutzt es, um »Ariadne« zu fesseln. Als sie protestiert, reißt N. seinen Mund auf und stammelt erstmals unartikulierte Laute, während er die gefesselte »Ariadne« auf

den Felsen zwingt. Er benötigt drei Versuche, bis er den Satz »Ich bin dein Labyrinth« hervorbringt. »Ariadne« wendet sich ab. N. rudert davon, und drei Delphine tauchen vor dem Felsen auf. Sie nähern sich der bewegungsunfähigen »Ariadne« und beginnen, die sich Windende anzusingen. Aus zunächst unverständlichen Vokalen formt sich langsam das Wort »Labyrinth«, welches »Ariadne« übernimmt, als die Delphine verschwinden. N. rudert in der Ferne. Nach einiger Zeit läßt er die Paddel ruhen und sitzt nur noch apathisch in seinem Boot. »Ariadne« windet sich glücklich auf dem Felsen. Mit spöttischem Gelächter tauchen die Delphine wieder auf, äffen »Ariadne« nach und tauchen wieder ab. »Ein Gast« erscheint am Ufer gegenüber und winkt hektisch, um auf sich aufmerksam zu machen. »Ariadne« – auf ihrem Felsen – zeigt sich bezaubert, und es kommt zum Liebesduett über das Wasser hin, bei dem sich »Ariadne« und »Ein Gast« echoartig Worte hin- und herspielen. N. verharrt währenddessen zusammengesunken im Boot. Kurz bevor die Stimmen von »Ariadne« und »Ein Gast« das Unisono erreichen, bäumt N. sich im schwankenden Boot auf und stößt einen kreatürlichen Schmerzenslaut aus, der vom Chor übernommen wird. Die Szene verwandelt sich. »Ein Gast« erscheint nun, wie ein Bergsteiger an einer Felswand hängend, im Hintergrund der Bühne. Er singt von »sechs Einsamkeiten«, auf die nun eine siebte folgen soll. N. erscheint ebenfalls an der Felswand hängend. Der Chor besingt die noch unerforschten »Meere der Zukunft«.

Plötzlich wird es hell, ein Gebirge offenbart sich. N. und »Ein Gast« drohen, an der Felswand in einen Abgrund zu stürzen. Sie stoßen Angstlaute aus und klammern sich aneinander. Schließlich finden sie an einem Felsvorsprung Halt. Sie balancieren auf dem Vorsprung, das Licht verändert sich und N. trägt das Gedicht »Der Wanderer und sein Schatten« vor. Danach ist das Licht wieder wie zuvor, und Vögel und ein geflügeltes Pferd fliegen still vorbei. Wie in Trance wiederholt »Ein Gast« die letzten Worte des Gedichts. Die Trance erfaßt auch N., und beide kämpfen miteinander. Als sie immer mehr außer sich geraten, erleben sie einen Höhenrausch. Kurz bevor sie in den Abgrund taumeln, fangen sie sich mühsam wieder. Sie verstricken sich in einen atemlosen Dialog. Plötzlich dringen Stimmen aus dem Berg, Parolen skandierend. N. und »Ein Gast« schenken den Stimmen aus dem Berg eine Weile Gehör und klettern dann weiter, immer am Rande des Absturzes. Die Stimmen reden von »Lösung«, diese ist N. und dem »Gast« ein sprichwörtliches »Rätsel«. »Ein Gast« krächzt einen vorbeifliegenden Vogel an und versucht, die sich nähernden Raubvögel zu verscheuchen. Plötzlich zucken Blitze, und ein Sturm bricht los. Das Duo schwankt stark an der Wand. Als der Himmel wieder aufklart, wird die Abendsonne sichtbar. Es zeigt sich ein schmaler Pfad zum Gipfel. N. und »Ein Gast« finden wieder Halt auf einem Felsvorsprung. Zwei »Luftgeister« materialisieren sich. Sie stimmen mit Mezzosopran und Alt ein Lied an, bevor es plötzlich wieder dunkel wird. »Ein Gast« fürchtet sich vor dem zurückkehrenden Unwetter, das nun erneut einen Sturm entfesselt. Als sich das Wetter wiederum beruhigt, schlagen N. und »Ein Gast« den Pfad zum Gipfel ein. N. beginnt, auf dem schmalen Pfad zu tänzeln. Sie erreichen den Gipfel. N. schaut mit einem Fernglas in die Weite. Das Wort »Einsamkeit« hallt von den fernen Bergen wider, N. und »Ein Gast« lauschen dem Echo. Sie nicken sich gegenseitig bestätigend zu: Sie haben die siebte Einsamkeit gefunden. Dunkelheit legt sich schnell über die Szene und die beiden sehen sich ängstlich um.

Szenenwechsel: In einem Foyer stehen Menschentrauben mit Getränken in den Händen. Es herrscht allgemeines Gemurmel, hin und wieder durchsetzt von vereinzeltem lautem Auflachen. N. und »Ein Gast« tauchen aus der Menge auf, beide bewegen sich unsicher in der Gesellschaft. Das Gemurmel ebbt mehr und mehr ab, und das Foyer entpuppt sich als Salon eines Bordells aus der Zeit um 1900. Unter den Anwesenden befinden sich vier Mädchen, die »Hetären« »Esmeralda 1–4«. N. beklagt, daß er seit zehn Jahren keine Liebe mehr erfahren hat. Die »Hetären« nähern sich und bringen N. mit ihrer Anklage »Der Wahrheit Freier!« in Bedrängnis. Er beteuert, »nur ein Dichter« zu sein. Die »Hetären« versuchen trotzdem immer wieder vergebens, N. und »Ein Gast« zu verführen. Um der Verlegenheit durch die Aufdringlichkeit der Damen zu entgehen, nennen sich beide gegenseitig einen Narren und geraten in einen Streit, der die »Hetären« aber nicht abhalten kann. Sie rücken den beiden noch entschlossener zu Leibe und werfen N. gleichzeitig ein dekadentes Schwelgen in Überfluß und Reichtum vor. Sie drängen N. und »Ein Gast« zu einer Klavierattrappe, an der N. eine liederabendliche Haltung einnimmt und das

Lied »Der Wanderer« vorträgt. »Ein Gast« begleitet ihn indessen am falschen Instrument, sabotiert aber den Vortrag, indem er zwischenzeitlich das Klavierspielen läßt und statt dessen auf einer pantomimischen Flöte bläst. N. weist ihn zurecht und »Ein Gast« setzt sich – begleitet vom Kichern der Hetären – wieder an die Klavierattrappe. Nach dem Lied bricht »Ein Gast« am Klavier zusammen. Während N. in die Runde blickt und die Hetären Beifall spenden, kriecht »Ein Gast« unter dem Klavier hervor. Esmeralda 4 versucht, N. zu küssen, der verschreckt zurückweicht. Die Hetären rücken immer näher an N. heran und beschwören den Asketen in ihm. N. zeigt sich hilflos und beginnt, mit Esmeralda 1 und 2 Fangen zu spielen, während 3 und 4 »Ein Gast« vom Boden aufhelfen. Plötzlich begeben sich alle in Tanzformation und tanzen einen Walzer. Vom Tanzen erschöpft, fallen sie danach auf einen Diwan. N. singt ein Lied über die Wüste und spielt dabei auf einer falschen Harfe, die anderen lauschen gebannt. Bald lachen die Hetären wieder und fesseln N. mit Harfensaiten und Schlingpflanzen aus herumstehenden Blumenkübeln. N. stößt Laute des Schmerzes und der Lust aus, als ihn die Hetären auf einen Stuhl zwingen. Er versucht vergeblich, aufzubegehren, aber immer wieder drücken ihn die Hetären auf den Stuhl. Sie fletschen ihre Zähne, lassen aber schließlich von N. ab und wenden sich »Ein Gast« auf dem Diwan zu – N. ruft den Hetären sehnsüchtig hinterher, aber sie sind bereits dabei, »Ein Gast« in Stücke zu reißen. Anschließend werfen sie die Gliedmaßen durch den Raum. Ein Chor von Mänaden stürmt mit Gebrüll auf die Bühne. Alles hält den Atem an, als sie plötzlich verstummen und sich um N. gruppieren, der ein abgerissenes Bein in Händen hält. Die Mänaden stimmen einen leisen Choral an, an dessen Ende sie ein zum Publikum offenes Quadrat um N. bilden. In der Mitte befindet sich ein Arbeitstisch, an dem der gefesselte N. sinnlos zu arbeiten beginnt. Aus den von den Mänaden gebildeten Wänden treten drei junge Frauen, die je zwei Tiere an ihren Brüsten säugen: Die erste säugt Stier und Löwe, die zweite Bock und Panther, die dritte Esel und Luchs. Alles dies ist das unbeholfene Werk des gefesselten N., der unentwegt versucht, sich von seinen Fesseln zu lösen. Just als er sich befreit, verschwinden die Säugenden wieder in der Menge. N. prallt beim Versuch, sie zu erhaschen, von der Mänaden-Wand ab. Er geht unruhig hin und her; schließlich nimmt er eine betende Haltung ein und bittet seinen »unbekannten Gott«, zurückzukehren. Auf einem Blasinstrument »spielt« er eine Weise, und »Ein Gast« erscheint aus der Menge, verwandelt in Apollon. N. verfällt in eine Trance. Apollon bricht in hysterisches Lachen aus, während der hypnotisierte N. sich entkleidet und seine Tierhaut und einen Schweif entblößt. Apollons Abscheu wächst sichtlich, er schüttelt sich vor Ekel. Als N. wieder in sein Instrument bläst, hält Apollon sich die Ohren zu. Schließlich entreißt er N. die Flöte, woraufhin N. in Apollon seinen »Henker-Gott« erkennt. Vier lachende Nymphen erscheinen aus der Mänaden-Wand. Apollon wird daraufhin von wilder Heiterkeit gepackt. Er und die Nymphen schütteln sich vor Lachen. Auf dem Höhepunkt der Hysterie verstummen die Nymphen abrupt und klammern sich verängstigt aneinander. Apollon fesselt den nackten N. erneut und hängt ihn an einen Baum, der plötzlich aus dem Boden wächst. In großer Ruhe zieht Apollon N. die Haut ab. Die Mänaden werden starre Zeugen der Szene. Als die Schändung abgeschlossen ist, legt Apollon sein Ohr an die Brust des Gehäuteten. N. verhöhnt Apollon, und seine Haut erhebt sich, wie von Geisterhand neu belebt. Die Mänaden weichen langsam zurück. »Die Haut« taumelt umher, verfolgt einzelne Nymphen und Mänaden. Apollon ist entsetzt. Als sich die Mänaden-Wand auflöst, werden alle auf der Bühne mit fortgerissen.

Es wird langsam hell, ein städtischer Platz taucht auf. In dessen Mitte ein Pferd und ein Mann ohne Gesicht, der das Pferd wiederholt mechanisch mit einem Stock schlägt. »Die Haut« und »Ariadne« nähern sich aus unterschiedlichen Richtungen der Szene. Der gehäutete N. steht abseits. »Die Haut« erzittert bei jedem der Schläge, die das Pferd treffen. Sie nähert sich stockend dem Pferd, um es eindringlich zu betrachten und auch die gesichtslose Gestalt zu beriechen. »Ariadne«, die sich langsam genähert hat, ist nun bei Pferd und »Haut« angekommen. Als »Die Haut« das Pferd lang und innig umarmt, scheint »Ariadne« die Umarmung selbst zu spüren. Daraufhin wird der das Pferd schlagende Mann in die Höhe gerissen, er entschwindet der Szene. »Ariadne« besingt »Die Haut«, und diese sinkt auf »Ariadne« zu. Sie hält »Die Haut«, so daß das Bild einer Pietà entsteht. Von überall kommen nun alle Figuren der Handlung auf die Szene und gruppieren sich um »Ariadne« und »Die Haut«. Schließlich fällt »Die Haut« aus der Pietà-Position herab auf den Boden. Im rasch einbrechenden Dunkel verneigen sich alle Figuren zum Publikum, bevor der Vorhang fällt.

Stilistische Stellung

Wie im Untertitel – »Szenen und Dithyramben. Eine Opernphantasie« – abzulesen, beabsichtigt Rihm eine Verwischung und Verschmelzung von Gattungsgrenzen. Als Reaktion auf die enge Verwobenheit von Wort und Musik entstehen fließend ineinander übergehende Bilder, die ebenso wenig als Tableaus wie als Szenen gelten können. Die Situationen entspringen der assoziativ-spielhaften Grundhaltung, der »Phantasie« im Sinne einer realitätstranszendierenden, eben phantastischen Romantik. Das Ergebnis ist hochvirtuos, todernst, aber auch humorvoll und bildet damit den Titelgebenden auf einer charakterlichen Meta-Ebene ab. Rihm bringt den irrlichternden Text sprichwörtlich zum Klingen und greift dafür auf sein vollständiges, hochdifferenziertes tonsprachliches Arsenal zurück. ›Dionysos‹ läßt sich als Höhepunkt und vorläufiger Abschluß einer kompositorischen Linie Wolfgang Rihms bezeichnen, die auf die untrennbare Vereinigung von Musik und Wort abzielt.

Textdichtung

Über das Libretto schrieb Wolfgang Rihm im Programmheft zur Uraufführung bei den Salzburger Festspielen: »Jedes Wort stammt von Nietzsche. Aber der Text ist von mir.« Der Komponist entwarf die frei zusammenhängenden szenischen Fragmente als Reflex auf und logischen Schluß aus seiner jahrzehntelangen Auseinandersetzung mit Nietzsches ›Dionysos Dithyramben‹, die 1892 als Anhang zum Spätwerk ›Also sprach Zarathustra‹ veröffentlicht wurden. Obwohl die Verse fertiggestellt waren, bevor Nietzsche infolge seiner Syphiliserkrankung von der geistigen Umnachtung heimgesucht wurde, lassen sich die jegliche Form und Stringenz ignorierenden Gedichte bereits als Vorboten des Wahnsinns lesen. Rihm sieht in den Wort-, Sprach- und Form-Spielen »szenische Keime«, »Entzündungsfelder für die verschiedensten – auch konträren – Bühnenhandlungen«, die wiederum »fiebrige Assoziationsfelder« und somit das Libretto in ihnen und aus ihnen heraus haben entstehen lassen.

Geschichtliches

Bereits 15 Jahre vor der Uraufführung hatte Rihm dem Dirigenten Ingo Metzmacher eine Oper mit dem Dionysos-Stoff versprochen. Seit der 3. Symphonie von 1976/77 bildete das schriftliche Werk Friedrich Nietzsches immer wieder einen Bezugspunkt für Rihms Kompositionen, zuletzt in den ›Sechs Gedichten von Friedrich Nietzsche‹ für Bariton und Klavier und in der »Szenarie« ›Aria/Ariadne‹ für Sopran und Kammerorchester, beide von 2001. In diesen beiden Stücken finden sich bereits die Assoziationen bestimmter szenischer Affekte mit stimmlichen Eigenschaften, wie sie sich auch im ›Dionysos‹ wiederfinden. Der Kompositionsauftrag zur Oper kam schließlich von den Salzburger Festspielen, der Staatsoper Unter den Linden Berlin und der Nederlandse Opera Amsterdam. Die Uraufführung fand am 27. Juli 2010 im Rahmen der Salzburger Festspiele mit Ingo Metzmacher am Pult und Johannes Martin Kränzle in der Hauptpartie statt. Das Bühnenbild besorgte der Künstler Jonathan Meese. Mojca Erdmann, für die Rihm eigens die Partie des 1. Sopran schrieb, sang die Ariadne. Das Werk war ein großer Publikumserfolg; weitere Aufführungen folgten, wie etwa 2012 im Berliner Schillertheater und 2013 als Neuproduktion in der Oper Heidelberg.

P. K.

Nikolaj Rimskij-Korssakow

* 18. März 1844 in Tichwin (Gouvernement Nowgorod), † 21. Juni 1908 in Ljubensk (Gouvernement St. Petersburg)

Die Mainacht (Majskaja notsch)

Oper in drei Akten. Text vom Komponisten nach einer Erzählung von Nikolaj W. Gogol.

Solisten: *Der Dorfschulze* (Seriöser Baß, auch Baßbuffo, m. P.) – *Lewko*, sein Sohn (Jugendlicher Heldentenor, auch Lyrischer Tenor, gr. P.) – *Hanna* (Lyrischer Mezzosopran, gr. P.) – *Die Schwägerin des Dorfschulzen* (Alt, kl. P.) – *Der Schreiber* (Baß, m. P.) – *Der Schnapsbrenner* (Tenor, kl. P.) – *Der betrunkene Kalenik* (Bariton, auch Baß, m. P.) – *Das als Nixe verzauberte Mädchen* (Lyrischer Sopran, m. P.) – *1. Nixe* (Die Henne; Sopran, kl. P.) – *2. Nixe* (Der Rabe; Sopran, kl. P.) – *3. Nixe* (Die Stiefmutter; Sopran, auch Mezzosopran, kl. P.).
Chor: Burschen und Mädchen – Gemeindewächter – Nixen (gemischter Chor, auch Doppelchor, m. Chp.).
Ort: Ein kleinrussisches Dorf bei Dikanka.
Schauplätze: Vor der Hütte Hannas – In der Hütte des Dorfschulzen – Die Hütte des Schreibers – Am Ufer des Sees.
Zeit: Frühes 19. Jahrhundert.
Orchester: 3 Fl., 2 Ob., 2 Kl., 2 Fag., 4 Hr., 2 Trp., 3 Pos., P., Schl., 2 Hrf., Str.
Gliederung: Ouvertüre, durchkomponierte Großform.
Spieldauer: Etwa 2½ Stunden.

Handlung

Die Burschen und Mädchen des kleinrussischen Kosakendorfes singen das Lied von der Hirse. Der junge Lewko, der Sohn des Dorfschulzen, erscheint; vor der Hütte der jungen Kosakin Hanna singt er ein Liebeslied. Hanna kommt heraus, und beide versichern sich ihrer Liebe. Es wird Nacht – von jenseits des Sees zeichnen sich in der Dämmerung die Umrisse des alten, verwahrlosten Herrenhauses ab. Hanna bittet Lewko, ihr von diesem lange verlassenen Haus zu erzählen, und er berichtet von dem verwitweten Kosakenhauptmann, der dort mit seiner Tochter lebte, sich spät noch einmal verheiratete – aber die junge Frau war eine Zauberin. Sie haßte ihre Stieftochter und erreichte es, daß der Hauptmann sie aus dem Hause jagte. Das verzweifelte Mädchen sprang aus Kummer in den See und verwandelte sich in eine Nixe. Gemeinsam mit den anderen Nixen des Sees wollte sie auch ihre Stiefmutter ins Wasser ziehen, aber jene verwandelte sich ebenfalls in eine Nixe, so daß die Tochter des Kosakenhauptmanns jetzt nicht weiß, welche ihrer Nixen-Freundinnen die böse Stiefmutter ist. Lewko wird unterbrochen durch die ins Dorf einziehenden jungen Mädchen, die mit ihren Pfingstliedern das Fest des frühlingshaften Erwachens besingen. Da kommt der betrunkene Kalenik, der unbeholfen versucht, einen Hopak zu tanzen und dabei in aller Öffentlichkeit den Dorfschulzen beschimpft. Da er vor lauter Betrunkenheit seine Hütte nicht finden kann, machen sich die Dorfmädchen einen Spaß und schicken ihn zur Hütte des Schulzen. Sie wollen gerade auseinandergehen, als vor der Hütte von Hanna die beleibte, kurzatmige Figur des großsprecherischen Dorfschulzen auftaucht, der der hübschen Hanna nachstellt. Der eifersüchtige Lewko beobachtet die Szene und beschließt, dem Vater eine Lektion zu erteilen; er verabredet mit den Burschen des Dorfes, dem Schulzen eins auszuwischen, und da dieser, wie auch der Schreiber, herzlich unbeliebt ist, wollen alle mitmachen.
In der Hütte des Dorfschulzen unterhalten sich der Hausherr und seine Schwägerin mit einem Gast, dem ehrenwerten Schnapsbrenner, der im Dorf eine Brennerei einrichten will. Da kommt Kalenik, der die Hütte für seine eigene hält, hereingetorkelt. Er nimmt keine Notiz von den Anwesenden, zieht noch ein wenig über den Schulzen her und legt sich dann schlafen, als sei er zu Hause. Der empörte Schulze will gerade den ungebetenen Gast hinauswerfen, als ein Stein das Fenster zertrümmert und auf der Straße ein Spottlied auf den Schulzen erklingt. Wütend stürzt dieser auf die Straße, um den Anstifter dieser spöttischen »Serenade« zu packen, und schleppt den in einem schwarzen Schafspelz verkleideten Lewko herein. Doch da

verlischt das Licht, Lewko kann sich befreien, und die Burschen schieben dem Schulzen seine Schwägerin zu. Diese protestiert, aber der Schulze, der ihre aufgeregt hohe Stimme für Verstellung hält, glaubt den Rädelsführer gefangen zu haben und sperrt sie in eine dunkle Kammer. – Da erscheint der Schreiber des Dorfes, der die Gemeindewache alarmiert hat, und teilt dem Schulzen mit, man habe den Anführer des nächtlichen Aufruhrs gefangengenommen. Aber den habe doch er selbst in die Kammer gesperrt, antwortet der Schulze. Um den Streit zu beenden, wird die Kammer geöffnet, und aus ihr kommt die wütende Schwägerin. Darauf beschließen der Schulze, der Schreiber und der Schnapsbrenner, nun den wahren Anführer, der in der Hütte des Schreibers eingesperrt ist, zu verhören. Doch an der Hütte angekommen, blikken sie erst einmal furchtsam durchs Schlüsselloch – und sehen erneut die Schwägerin. Sie halten diese Erscheinung für den Teufel und wollen die Hütte mitsamt Inhalt verbrennen, wogegen der vermeintliche Teufel lauthals protestiert. Da ermannt sich der Schreiber, öffnet die Tür, schlägt ein Kreuz – und steht wieder vor der Schwägerin, die die Burschen des Dorfes gepackt und durch ein Fenster in die Hütte geschoben hatten. Da erscheinen andere Dorfleute mit triumphierendem Geschrei. Auch sie glauben, sie hätten den Unruhestifter gefangen, aber es ist nur der betrunkene Kalenik, den sie mitschleppen.

Alles hat sich zerstreut, es ist wieder Ruhe eingekehrt. Lewko kommt ans Ufer des Sees. Er denkt an die geliebte Hanna und spielt auf der Pandora: da erhellt sich ein Fenster des alten Herrenhauses, und es erscheint der Kopf des ertrunkenen Mädchens, der Tochter des Kosakenhauptmanns. Sie bittet ihn, weiterzusingen, und auch andere Nixen tauchen auf und tanzen einen nächtlichen Reigen. Das Mädchen bittet Lewko, aus der Schar der Nixen die böse Stiefmutter herauszufinden, und er verspricht es ihr. Die Nixen beginnen mit einem Fangspiel, aber niemand will der böse Rabe sein, der der Henne ihr Küken raubt – nur eine bietet sich schließlich an, und Lewko erkennt sie: das ist die Zauberin. Aufschreiend stürzen sich die Nixen auf die Stiefmutter und ziehen sie ins Wasser. Das Mädchen bedankt sich bei Lewko, wünscht ihm Glück und übergibt ihm ein Schreiben für den Vater. – Es wird Tag. Lewko erwacht und findet das Schreiben in seiner Hand. An der Spitze der Dorfleute kommen der Schulze und der Schreiber; man hat in Lewko den Anstifter des nächtlichen Treibens erkannt und will ihn fesseln, aber da gibt Lewko dem Vater das Schreiben, durch das das Kommissariat dem Schulzen den Befehl gibt, seinen Sohn mit Hanna zu verheiraten. Nichts kann das Glück der Liebenden mehr stören.

Stilistische Stellung
Rimskij-Korssakows zweite Oper setzt ganz auf den lyrischen Märchenton und knüpft dabei in der Durchsichtigkeit der Instrumentation sowie im Rückgriff auf ukrainische Folklore eng an den Stammvater der russischen Oper Michail Glinka an. Dabei mischen sich – wie auch später bei Rimskij-Korssakow – stets grotesk-realistische, durchaus auch von Sozialkritik erfüllte Szenen mit Elementen märchenhafter Phantastik; für die theatralische Wahrheit dieses russischen »Sommernachtstraums« mit Elfen- und Nixenspuk und Rüpelszenen gibt es keine Grenzen der Logik. Der volkstümliche Zuschnitt der Gesangspartien ebenso wie die realistische Zeichnung der komischen Figuren und das auch musikalisch subtil ausbalancierte Ineinander von parodistischer Schärfe und poetischer Stimmungsmalerei machen den hohen Reiz dieser kunstvollen Partitur aus.

Textdichtung
Rimskij-Korssakow griff bei dem von ihm selbst geschriebenen Libretto zurück auf die Erzählung ›Die Mainacht‹, die in Nikolaj Gogols Novellensammlung ›Die Abende auf dem Vorwerk nahe Dikanka‹ enthalten ist. Die Handlung spielt in der »Rusalka«(Nixen)-Woche vor dem russischen Pfingsten, in der in christlicher Zeit noch in Rußland ein halbheidnischer Mummenschanz stattfand. Das Libretto wahrt diese Atmosphäre und setzt die einzelnen Schichten der literarischen Vorlage – derb-realistische Szenen, phantastisch-märchenhafte Elemente und die Liebesgeschichte zwischen Hanna und Lewko – kongenial um. Auch die Sprachebene und die ukrainische Dialektfärbung in Gogols Novelle sind im Libretto gewahrt, lassen sich aber kaum adäquat übersetzen.

Geschichtliches
Rimskij-Korssakow komponierte die ›Mainacht‹ im Jahre 1878; uraufgeführt wurde sie am 21. Januar 1880 unter der Leitung von Eduard Na-

prawnik im Mariinskij-Theater in St. Petersburg. Während das Werk in Rußland durchweg populär blieb und noch heute viel gespielt wird, hat es sich auf deutschen Bühnen nur vereinzelt durchsetzen können.

W. K.

Das Märchen vom Zaren Saltan (Skaska o zare Saltane)
Oper in sechs Bildern nach Aleksander S. Puschkin. Dichtung von Wladimir I. Bjelskij.

Solisten: *Zar Saltan* (Seriöser Baß, auch Heldenbariton, m. P.) – *Zarin Militrissa* (Jugendlich-dramatischer Sopran, gr. P.) – *Prinz Gwidon*, beider Sohn (Jugendlicher Heldentenor, auch Lyrischer Tenor, gr. P.) – *Muhme Babaricha* (Spielalt, m. P.) – *Ihre jüngere Tochter* (Charaktersopran, auch Soubrette, m. P.) – *Ihre ältere Tochter* (Mezzosopran, m. P.) – *Prinzessin Swanhild* (Lyrischer Sopran, auch Lyrischer Koloratursopran, gr. P.) – *Der Narr* (Spielbaß, auch Charakterbaß, auch Bariton, m. P.) – *Der Bote* (Bariton, kl. P.) – *Der alte Mann* (Spieltenor, auch Charaktertenor, kl. P.) – *1. Seemann* (Bariton, kl. P.) – *2. Seemann* (Baß, auch Bariton, kl. P.).
Chor: Diener – Bewaffnete – Soldaten – Kinderfrauen – Wächter – Adlige – Priester – Mädchen – Seeleute – Narren – Herolde – Volk (gemischter Chor, m. Chp.).
Ballett
Ort: Rußland.
Schauplätze: Am Hofe des Zaren Saltan – Auf dem hohen Meer – Eine einsame Insel – Die versunkene Stadt.
Zeit: In alter Märchenzeit.
Orchester: 3 Fl. (III. auch Picc.), 2 Ob., Eh., 3 Kl. (III. auch Bkl.), 2 Fag., Kfag., 4 Hr., 3 Trp., 3 Pos., Tuba, P., Schl., Cel., Hrf., Streicher – Bühnenmusik: 3 Trp.
Gliederung: Durchkomponierte Großform, gliedernde instrumentale Zwischenspiele.
Spieldauer: Etwa 2¼ Stunden.

Handlung
Babaricha, die alte Muhme des Zaren Saltan, und ihre beiden einfältigen Töchter sind neidisch auf die junge Zarin Militrissa und das Kind, das sie in Kürze erwartet. Die Töchter selbst wären gern Zarin geworden, doch jetzt müssen sie Windeln für den Thronfolger weben. Alle drei überlegen, ob es ein Mittel gibt, die Zarin bei ihrem Gatten zu verleumden. Der Zar erscheint, um sich von seiner Frau zu verabschieden; er zieht in den Krieg und bittet, man möge ihm schreiben, ob ein Junge oder ein Mädchen geboren worden ist.

Er bittet die Muhme Babaricha, auf die Zarin und das Kind achtzugeben. Darauf gründet die neidische Babaricha nun ihren Plan: sobald der Zarewitsch geboren ist, wird sie dem Zaren eine falsche Botschaft schicken: Militrissa habe kein menschliches Wesen geboren, sondern einen Wechselbalg, ein Ungeheuer.
Der Zar ist in den Krieg aufgebrochen; die Zarin hat einem gesunden Knaben das Leben geschenkt. Das ganze Volk freut sich, aber Babaricha schreibt den denunzierenden Brief an den Zaren und schickt einen Boten damit ins Heerlager. Ein alter Mann kommt und erzählt, was ihm geträumt habe: für den Zarewitsch und seine Mutter werde es siebzehn Jahre der Leiden und Not geben, aber auch einen glücklichen Ausgang, wenn der Zarewitsch den Greif bezwingen könnte. Da erscheint ein Bote: der Zar, von Babarichas falscher Nachricht aufgebracht, hat einen Brief an den Hofnarren geschrieben. Darin ordnet er an, man solle die Zarin und das, was sie geboren habe, in einem offenen Boot auf dem hohen Meere aussetzen. Jedermann ist entsetzt über den grausamen Befehl, aber Babaricha wehrt dem Widerstand, indem sie den opponierenden Narren einsperren läßt. Da sich die Zarin auch nicht weigert, wird sie mit ihrem Kind ausgesetzt.
Siebzehn Jahre später: Die Zarin und ihr Kind haben die Meerfahrt glücklich bestanden und sind auf einer einsamen Insel gelandet, wo sie seither leben. Die Zarin ist alt geworden, der Prinz ist zum jungen Mann herangewachsen, als ihn die Mutter über seine Herkunft aufklärt. Schon länger ist er auf der Jagd nach dem bösen Vogel Greif, der auch heute wieder erscheint und einen Schwan jagt. Doch Gwidon weiß ihn mit einem gezielten Schuß seines Bogens zu erlegen. Der Schwan ist gerettet. Er ist der menschlichen Sprache mächtig, dankt dem Zarewitsch für seine Rettung und verspricht ihm jeden Beistand. Gwidon und Militrissa sinken in Schlaf – da steigt eine versunkene Stadt aus dem Meer, die der Greif in seiner Gewalt hatte. Jetzt, wo das Untier

tot ist, preist das Volk seine Erlösung und macht den Befreier zum neuen Herrscher.

Alles scheint gut, aber Militrissa lebt in Kummer über die Trennung von Saltan, den sie immer noch liebt, und Gwidon sehnt sich nach der Prinzessin Swanhild, von der er gehört hat. Er ruft den Schwan, ihm zu helfen, und dieser verspricht ihm, die Prinzessin herbeizuholen, wenn er ihm, dem Schwan, ewige Treue schwöre. Gwidon willigt ein, und der Schwan verwandelt sich in die Prinzessin. Die hochbeglückte Zarin segnet den Bund.

Gwidon überlegt, wie er den Kummer der Mutter lindern kann, und Swanhild rät ihm, zum Zaren Saltan zu reisen und ihn zu holen. Sie selbst will ihn in der Gestalt einer Hummel begleiten.

Der Zar ist ebenfalls alt geworden; er verzehrt sich in Reue wegen seiner bösen Tat, da er annehmen muß, daß Frau und Kind tot sind, und auch der traurige Narr kann ihn nicht trösten. Babaricha und ihre Töchter beherrschen das Leben am Hofe. Da erscheint Gwidon, als einfacher Seemann gekleidet, und berichtet seinen Kameraden von der wunderbaren, von Schätzen reichen meerentstiegenen Stadt, von deren Fürsten Gwidon und der zaubermächtigen Prinzessin Swanhild. Im Zaren erwacht der Wunsch, diese Wunder mit eigenen Augen zu sehen. Babaricha und ihre Töchter, die um ihren Einfluß fürchten, wollen ihn davon abhalten, werden aber von der Hummel gestochen. Der Zar rüstet sich zur Reise übers Meer.

Gwidon ist in die meerentstiegene Stadt zurückgekehrt und bereitet alles für den Empfang des Zaren vor, der wenig später eintrifft. Saltan ist beeindruckt von der Pracht der Stadt und der Schönheit der Prinzessin und bittet sie, mit ihrer Zauberkraft das Bild der Zarin Militrissa zu beschwören. Militrissa erscheint, und der Zar muß überwältigt und glücklich feststellen, daß die Vision Wirklichkeit ist. Glücklich schließt er die Gattin in die Arme und freut sich an seinem Sohn Gwidon. Babaricha und ihren Töchtern wird gnädig verziehen, da alles ein gutes Ende gefunden hat. Glück und Jubel beschließen das Märchen vom Zaren Saltan.

Stilistische Stellung

Rimskij-Korssakows lyrisch-märchenhafte Oper vom ›Zaren Saltan‹ kennzeichnet vielleicht noch deutlicher als die ›Mainacht‹ sein Bestreben, zu einer lyrisch-epischen Märchenform zu gelangen; anders als Aleksander Borodin, der mit seinem ›Fürst Igor‹ so etwas wie das Nationalepos der Russen in Form einer großen Historienoper in Musik zu setzen sich bemühte, ging es ihm um weniger: um die heiter-ironisch erzählte Märchengeschichte vom Zaren Saltan, seiner Frau Militrissa, der bösen Babaricha und der wunderschönen Swanhild. Es ist fast ein Ballettstoff, den Rimskij-Korssakow hier vertont: voller Poesie, Bilderfülle und Farbenreichtum, gefaßt in eine Musik, die weitausschwingende Kantabilität, folkloristisch abgetönte Chorsätze und höchst virtuos-abwechslungsreiche instrumentale Zwischenspiele zu einem faszinierenden Bilderbogen zusammenfaßt – nicht nur der weltbekannte »Hummelflug«, das Zwischenspiel zwischen dem 4. und 5. Bild, sondern auch die weitere Musik dieses Werkes verdienen Beachtung.

Textdichtung

Aleksander Puschkins Œuvre war für die russischen Komponisten des 19. Jahrhunderts eine unerschöpfliche Fundgrube; allein Rimskij-Korssakow vertonte drei auf Puschkin zurückgehende Libretti (neben dem ›Zaren Saltan‹ noch ›Mozart und Salieri‹ und ›Der goldene Hahn‹). Der Textdichter Wladimir Iwanowitsch Bjelskij hielt sich bei der Erstellung seines Librettos eng an Puschkins um 1830 entstandene Verserzählung.

Geschichtliches

Bjelskij und Rimskij-Korssakow arbeiteten in engem Kontakt in den Jahren 1898/99 an der Oper; im Winter 1899 war das Werk fertiggestellt. Die Oper wurde am 2. November 1900 in Moskau uraufgeführt. In Rußland war das Werk (und ist es bis heute) sehr erfolgreich, ins Ausland gelangte es erst in den 1920er Jahren: so war die deutsche Erstaufführung am 2. März 1928 in Aachen, in Paris kam das Werk 1929, in London 1933, in New York 1937 heraus.

W. K.

Der goldene Hahn (Solotoj petuschok)

Ein Märchen. Oper in drei Akten. Text nach Aleksander S. Puschkin von Wladimir I. Bjelskij.

Solisten: *König Dodon* (Spielbaß, auch Charakterbaß, auch Heldenbariton, gr. P.) – *Prinz Gwidon* (Lyrischer Tenor, auch Jugendlicher Heldentenor, kl. P.) – *Prinz Afron* (Lyrischer Bariton, auch Kavalierbariton, kl. P.) – *General Polkan* (Spielbaß, auch Charakterbaß, m. P.) – *Amelfa*, Aufseherin (Dramatischer Alt, auch Spielalt, m. P.) – *Der Astrologe* (Contratenor, auch Lyrischer Tenor, auch Spieltenor, m. P.) – *Die Königin von Schemacha* (Lyrischer Koloratursopran, gr. P.) – *Der goldene Hahn* (Sopran, auch Tenor, kl. P.) – *1. Bojar* (Tenor, auch Bariton, kl. P.) – *2. Bojar* (Baß, auch Bariton, kl. P.).
Chor: Adlige – Volk – Soldaten – Dienerinnen der Königin von Schemacha (gemischter Chor, m. Chp.).
Ballett: Tänze im II. Akt.
Ort: Rußland.
Schauplätze: Halle im Palast des Königs Dodon – Eine Schlucht mit dem Zelt der Königin von Schemacha – Vor der Halle des Palastes.
Zeit: Märchenzeit.
Orchester: 3 Fl. (II. und III. auch Picc.), 2 Ob., Eh., 3 Kl., Bkl., 2 Fag., Kfag., 4 Hr., 3 Trp., 3 Pos., Tuba, P., Schl., 2 Hrf., Cel., Str.
Gliederung: Durchkomponierte Großform.
Spieldauer: Etwa 2 Stunden.

Handlung

Der Astrologe tritt vor den Vorhang und kündigt das märchenhaft vieldeutige Spiel an. – Im Palaste des alt, faul und fett gewordenen Königs Dodon ist der Rat der Bojaren versammelt. König Dodon hat Sorgen, denn ringsum bedrohen Feinde das Reich und lassen ihm, der doch viel lieber ißt und schläft, keine Ruhe. Bei seinen beiden Söhnen, Prinz Gwidon und Prinz Afron, sucht der König Rat, was zu machen sei, doch ihre Abwehrvorschläge sind Hirngespinste und werden alsbald vom alten Haudegen, dem General Polkan, abgewehrt, und obwohl der König den Realismus Polkans nicht schätzt, muß er ihm doch schließlich zustimmen. Keiner weiß einen Rat, als ein Astrologe den Saal betritt. Er trägt in den Händen einen kunstvoll gearbeiteten goldenen Hahn, der mit den Flügeln schlägt und laut kräht, wenn dem Land Gefahr droht. Dodon ist sehr erleichtert und bietet dem Astrologen an, er wolle ihm einen Wunsch erfüllen. Doch der Astrologe bittet, die Erfüllung des Wunsches zu verschieben, bis er das Richtige gefunden habe. – Dodon kann nun seinen Lieblingsbeschäftigungen frönen. Von der alten Aufseherin Amelfa betreut, nippt er ein wenig an den dargebotenen Köstlichkeiten, dann schlummert er ein. Da beginnt der Hahn mit den Flügeln zu schlagen und zu krähen. Auf Befehl des Königs rücken Gwidon und Afron, ein wenig widerwillig, mit dem Heer ins Feld. Dodon gibt sich wieder dem süßen Schlummer hin und träumt von einer unbekannten, verführerischen Schönen. Da warnt ihn der Hahn zum zweiten Mal. Ängstlich versammelt sich das Volk, und Polkan gelingt es, den König zu wecken. Mißmutig läßt sich der König die alte Rüstung bringen, die ihm längst zu eng ist, nimmt sein verrostetes Schwert und zieht mit dem Rest des Heeres unter dem Jubel der Untertanen los, um seinen Söhnen beizustehen.

In einer engen Schlucht, es ist dunkel, findet Dodon die Reste seines Heeres, das vom Feinde geschlagen wurde. Auch die beiden Söhne sind tot. Dodon will sich fürchterlich rächen. Aus dem Morgennebel tauchen die Umrisse eines Prunkzeltes auf. In ihm vermuten Dodon und Polkan den Feind, und so wird die letzte Kanone feuerbereit gemacht. Doch da tritt aus dem Zelt eine verführerische junge Frau, in der Dodon sogleich sein Traumbild wiedererkennt, und besingt die aufgehende Sonne. Es ist die Königin von Schemacha, die Dodon gegenübertritt und unverhohlen bekennt, sie wolle sein Reich mit der Macht der Schönheit erobern. Dodon weiß gar nicht so recht, wie ihm geschieht: mit rätselhaft-spöttischem Lächeln umgarnt ihn die Königin, und auch, als sie ihm erzählt, seine beiden Söhne seien ihr verfallen gewesen, hätten ihr beide die Krone angeboten und seien im Kampf um sie aneinander geraten und hätten sich gegenseitig getötet, weicht der Zauber nicht. Dodon ist ihrer gleißenden Schönheit ganz verfallen, läßt sich umwerben, läßt sich zum Tanze führen und merkt nicht, wie ihn die Königin verhöhnt. Ganz im Liebesrausch bietet er der Königin seine Hand und sein Reich. Mit Sklaven, Soldaten und kostbaren Schätzen tritt das ungleiche Paar den Zug in die Hauptstadt an.

Dort berichtet die Aufseherin Amelfa dem wartenden Volk, wie der Krieg ausgegangen sei, und daß Dodon mit einer fremden Königin heimkehren werde. Als der Festzug naht, wundern sich die Untertanen über die seltsamen Wesen – Riesen, Zwerge, Hundeköpfige – im Gefolge der Königin. Kaum hat Dodon mit der Königin im Palast Platz genommen, da erscheint der Astrologe; nun weiß er, was er als Belohnung für den Wundervogel haben will: die Königin von Schemacha. Diese lächelt amüsiert, doch Dodon schlägt wutentbrannt mit dem Zepter auf den Astrologen ein und tötet ihn. Der Himmel verfinstert sich, ein Unwetter zieht auf. Dodon will die Königin küssen, doch die weist ihn brüsk ab. Der goldene Hahn erhebt sich in die Luft, fliegt zum König und hackt ihn mit seinem eisernen Schnabel tot. Ein Donnerschlag ertönt, die Erde verfinstert sich: und als es wieder hell ist, sind Königin und Wundervogel verschwunden. Verlegen betrachtet das Volk die neue Lage. – Der Astrologe tritt noch einmal vor den Vorhang und warnt davor, die Geschichte zu ernst zu nehmen.

Stilistische Stellung
Rimskij-Korssakows letztes musikdramatisches Werk bedient sich erneut der Märchenform, und auch hier – wie bei ›Mozart und Salieri‹ und beim ›Zaren Saltan‹ – lieferte Puschkin das Vorbild. Rimskij-Korssakows Musik ist noch einfallsreicher, vielgestaltiger, farbiger als im ›Zaren Saltan‹ – die Konzentration auf wenige Situationen anstelle des Bilderbogens ermöglicht eine präzisere Personencharakterisierung. Von chromatisch schweifender Kühnheit ist die Harmonik der Partitur, die Feinheit der Melodiebildung, die Raffinesse der am französischen Impressionismus Claude Debussys geschulten Orchestration machen die späte Partitur zu einem Meisterwerk. Illustrative und aggressiv-parodistische Momente wechseln einander ab.

Textdichtung
Wladimir Bjelskij, bereits erprobter Mitarbeiter Rimskij-Korssakows, hat das 1834 veröffentlichte satirisch-hintergründige Kunstmärchen Puschkins zum Libretto umgeformt. Dabei ging es ihm und dem Komponisten, der 1905 offen für die Revolution Partei ergriffen hatte und deshalb vorübergehend seinen Posten am Konservatorium in St. Petersburg verlor, in erster Linie um die satirischen Züge, die eher verschärft werden: Zarentum, Herrscherwillkür und Despotie werden deutlich gebrandmarkt.

Geschichtliches
Rimskij-Korssakow arbeitete vom November 1906 bis zum Herbst 1907 an seiner letzten Oper. Als die Zensur Einwände erhob und Kürzungen und Änderungen verlangte, blieb das Werk liegen und konnte erst nach seinem Tod am 7. Oktober 1909 in Moskau uraufgeführt werden. 1914 errang das Werk in Paris als Ballett-Oper (in einer Choreographie von Michail Fokin) einen großen Erfolg, ebenfalls 1914 kam es in London heraus. Die deutsche Erstaufführung fand am 18. Juni 1923 in Berlin statt. Nach dem Krieg wurde ›Der goldene Hahn‹, der zu den meistgespielten Opern Rimskij-Korssakows gehört, unter anderem in München, Leipzig, Berlin, Hagen und beim Edinburgh Festival gespielt.

W. K.

Gioacchino Rossini

* 29. Februar 1792 in Pesaro (Romagna), † 13. November 1868 in Passy bei Paris

Tancredi

Melodramma eroico in zwei Akten. Text von Gaetano Rossi und Luigi Lechi.

Solisten: *Argirio* (Lyrischer Tenor, gr. P.) – *Tancredi* (Koloratur-Mezzosopran, auch Alt, gr. P.) – *Orbazzano* (Seriöser Baß, auch Charakterbaß, m. P.) – *Amenaide* (Dramatischer Koloratursopran, gr. P.) – *Isaura* (Lyrischer Alt, m. P.) – *Roggiero* (Lyrischer Mezzosopran, auch Lyrischer Sopran, auch Lyrischer Tenor [nur dritte Fassung], m. P.).
Männerchor: Ritter (im II. Akt in zwei Gruppen) – Edelleute und Krieger (zwei Gruppen) – Schildknappen – Volk – Sarazenen* (m. Chp.).

Gioacchino Rossini

Statisten: Soldaten – Pagen – Wachen – Dienerinnen – Volk – Damen – Ehrenfräulein – Wachen – Sarazenen*.
* Die Sarazenen nur in der 1. Fassung.
Ort: Syrakus.
Schauplätze: Galerie in Argirios Palast. Ein in Argirios Palastanlage gelegener Garten mit Blick auf das Meer. Ein Platz vor einem großartigen gotischen Tempel nahe der Stadtmauer; uralte Denkmäler – Galerie in Argirios Schloß, ein kleiner Tisch und ein prächtiger Stuhl. Kerker. Die Gran Piazza von Syrakus. Berglandschaft mit steilen Schluchten und rauschenden Wasserfällen, die sich zur Aretusa-Quelle vereinen; in der Ferne der Ätna; die untergehende Sonne spiegelt sich im fernen Meeresspiegel; sarazenische Zelte in den Bergen.
Zeit: Im Jahr 1005.
Orchester: 2 Fl. (Picc.), 2 Ob., Eh., 2 Kl., 2 Fag., 2 Hr., 2 Trp., P., »Banda turca« (Catuba, ansonsten in der Partitur nicht näher spezifiziert), Str., Cemb.; hinter der Bühne: Trp.
Gliederung: Ouvertüre (Sinfonia) und durch Secco-Rezitative verbundene Musiknummern.
Spieldauer: Etwa 3¼ Stunden.

Handlung (erste Fassung)

Wegen der Bedrohung durch die von Solamir befehligten Sarazenen haben sich in Syrakus die rivalisierenden Adelsgeschlechter des ehrgeizigen Clan-Chefs Orbazzano und des dem Senat vorstehenden Argirio verbündet. Zur Friedensfeier sind im Palast Argirios beide Parteien zusammengekommen, und Isaura, die Vertraute von Argirios Tochter Amenaide, schmückt die Ritter beider Familien zum Zeichen der neuen Eintracht mit weißen Halsbinden. Allerdings ist Isaura bestürzt, als sie von den zwischen Argirio und Orbazzano getroffenen Abmachungen erfährt. Die Verständigung zwischen den einstigen Feinden geht nämlich auf Kosten Tancredis, der als Erbanwärter des dritten in Syrakus maßgeblichen Patrizierhauses bereits in früher Kindheit ins byzantinische Exil verbannt wurde, und dessen Besitztümer nun an Orbazzano fallen sollen. Überdies ist Tancredi der heimliche Verlobte Amenaides, die die Hand des Solamir einst zurückgewiesen hat und nun als Unterpfand des Friedens an Orbazzano verheiratet werden soll. Amenaide wiederum hat an Tancredi via Boten einen Brief gesandt, in dem sie den Geliebten zurückruft, damit er nach erfolgreichem Kampf über Syrakus herrsche. Um aber Tancredi nicht zu gefährden, falls der Brief abgefangen würde, hat sie in dem Schreiben vermieden, den Geliebten explizit beim Namen zu nennen. Nachdem sie sich in gänzlicher Ahnungslosigkeit über die von Argirio betriebene Heirat bei der Versammlung eingefunden hat, kann Amenaide zum Befremden der Anwesenden nur mit Mühe ihre Fassung wahren, als sie vom Vater erfährt, welche Verwendung er für sie vorgesehen hat. Einzig Isaura ist über Amenaides Situation völlig im Bilde und rät der Freundin, die ihren Vater um einen Tag Aufschub für ihre Entscheidung in der Eheangelegenheit bittet, sich nicht zu verraten. In dem Argirios Palast zugehörigen Garten ist Tancredi, den es in Unkenntnis von Amenaides Brief aus eigenem Antrieb nach Syrakus zurückgetrieben hat, in Begleitung seiner Knappen an Land gegangen. Er genießt das Gefühl, nach Jahren des Exils endlich wieder heimatlichen Boden unter den Füßen zu spüren, und in freudiger Erwartung sieht er der Wiederbegegnung mit Amenaide entgegen. Seinen Getreuen Roggiero schickt er mit der Botschaft zur Geliebten, ein fremder Ritter wünsche sie zu sprechen. Seine Knappen weist er an, auf der Gran Piazza die Ankunft eines unbekannten Ritters zu verkünden, der der bedrängten Stadt Syrakus zur Hilfe geeilt sei. Er versteckt sich, als Amenaide und ihr Vater näherkommen. Entgegen dem Wunsch seiner Tochter will Argirio, der von Tancredis angeblicher Landung zu Messina und von Solamirs Anmarsch auf Syrakus erfahren hat, die Trauung unverzüglich vollzogen sehen, damit Orbazzano danach sofort in den Kampf ziehen könne. Dem Staatsfeind Tancredi aber sei, so läßt er seine entsetzte Tochter wissen, der Tod bestimmt. Sie aber habe sich den väterlichen Plänen und der Staatsräson ohne Widerspruch zu fügen. Nach dieser ernsten Mahnung wendet sich Argirio zum Gehen, und während Amenaide noch darüber nachsinnt, in welche Gefahr sie Tancredi durch ihr Schreiben gebracht hat, steht der Geliebte zu ihrem großen Schrecken plötzlich vor ihr. Sie fleht ihn an, so schnell wie möglich aus Syrakus zu fliehen, um sein Leben zu retten. Doch bringt sie es nicht übers Herz, den an ihrer Liebe zweifelnden Tancredi über ihre bevorstehende Zwangsverheiratung in Kenntnis zu setzen. Volk, Edle und Krieger haben sich auf einem vor einem gotischen Tempel gelegenen Platz versammelt, um bei Orbazzanos und Amenaides Vermählung dabeizusein. Roggiero, der inzwischen in Erfahrung gebracht hat, daß Tancredi in seiner Heimatstadt alles andere als willkommen ist, kann seinen Herrn nur mit Mühe vor unbedachten Schritten zurückhalten, während er ihn über Amenaides vermeintlichen Verrat und das über ihm schwebende Todesurteil unterrichtet. Noch bevor Argirio dazu kommt, die Anwesenden in den Tempel zu bitten, macht sich Tancredi von Roggiero los und stellt sich unter Wahrung seines Inkognitos den Syrakusern als Verbündeter zur Verfügung. Argirio nimmt das Angebot an, und nun sieht Amenaide, durch eine ihre Aufrichtigkeit in Zweifel setzende Bemerkung Tancredis provoziert, keine andere Möglichkeit mehr, als dem Vater in aller Öffentlichkeit den Gehorsam zu verweigern: Lieber würde sie sterben, als Orbazzano heiraten. Der aber stürmt wutentbrannt herbei. Er hält Amenaides Brief in der Hand, der einem ihrer Sklaven abgenommen worden sei. Alle, selbst Tancredi, beziehen den Inhalt des Schreibens, weil ihm eine eindeutig zuweisbare Anrede ja fehlt, auf Solamir, so daß Amenaide nun als Sarazenen-Liebchen und damit als Hochverräterin dasteht. Nur Isaura hält zu der in schlimmen Verdacht geratenen und vergeblich ihre Schuldlosigkeit beteuernden Freundin. Bestürzung und Abscheu sind allgemein, der Ruf nach Amenaides Bestrafung führt zu ihrer Gefangennahme.

Im Palast des Argirio treffen Orbazzano und Isaura aufeinander. Er ist im Begriff, den Senatsbeschluß, der Amenaide als Landesverräterin zum Tode verurteilt, Argirio zur Unterschrift vorzulegen. Gleichwohl ist Orbazzano bereit, mit seinem Schwert für Amenaide einzustehen, wenn sie ihm die Hand zur Ehe reiche. Doch Argirio, der seine Tochter im Gefängnis aufgesucht hat, teilt Orbazzano mit, daß sich Amenaide weiterhin weigere, ihn zu heiraten. Wütend fordert Orbazzano nun die Unterzeichnung des Todesurteils. Vergeblich versucht Isaura Argirio davon abzuhalten. Im Konflikt zwischen Vaterliebe und Amtspflicht entscheidet Argirio schließlich gegen das Leben der eigenen Tochter. Isaura ist über diesen Triumph des rachsüchtigen Orbazzano zutiefst empört. Dennoch will sie die Hoffnung für ihre Freundin nicht aufgeben. Währenddessen beklagt Amenaide im Kerker ihr Schicksal, das für sie um so schwerer zu tragen ist, als sie sowohl von Tancredi als auch von ihrem Vater für schuldig gehalten wird. Gefolgt von Argirio, der von seiner Tochter Abschied nehmen will, kommt Orbazzano herein, um Amenaide zur Richtstätte zu führen. Da tritt Tancredi Orbazzano in den Weg, nennt ihn einen Räuber fremden Eigentums und wirft ihm den Fehdehandschuh hin. Im Zweikampf will er gegen Orbazzano und zum Schutze Amenaides antreten. Orbazzano nimmt den Handschuh des auf sein Inkognito beharrenden Herausforderers auf und begibt sich zum Kampfplatz. Bevor er sich ebenfalls zum Duell aufmacht, umarmt Tancredi den verzweifelten Argirio und verspricht ihm die Errettung Amenaides, obwohl er sie weiterhin für treulos hält. Weil sie in der Stunde der Entscheidung der Freundin beistehen möchte, hat sich Isaura in den Kerker zu Amenaide begeben. Auch Argirio ist zu seiner Tochter zurückgekehrt, da er es angesichts des wechselvollen Duells auf dem Kampfplatz nicht mehr hat aushalten können. Amenaide ist mehr in Angst um das Leben Tancredis als um ihr eigenes und fleht um den Beistand Gottes. Da tönen von draußen Jubelrufe herein. Die Anhänger Argirios verkünden der überglücklichen Amenaide den Sieg des fremden Kämpfers und Orbazzanos Tod und führen sie aus dem Gefängnis; auch Isaura atmet erleichtert auf. Auf der Gran Piazza von Syrakus wird Tancredi vom Volk begeistert gefeiert. Doch er bleibt von der festlichen Stimmung unberührt und weist Roggiero an, zum Aufbruch zu rüsten. Da tritt ihm Amenaide entgegen, doch für ihre Liebes- und Unschuldsbeteuerungen hat er nur bittere Worte. Er wendet sich von ihr ab und gibt auch Roggiero zu verstehen, daß er allein gelassen werden möchte. Wenigstens gelingt es Isaura, in Roggiero, dem die Verzweiflung seines Herrn zu Herzen geht, Zweifel an der Schuld Amenaides zu wecken. Tancredi hat unterhalb des Ätna die Bergeinsamkeit aufgesucht, wo er Amenaide zu vergessen hofft. Als die Gesänge der Sarazenen an sein Ohr dringen, beschließt er, zur Rettung der bedrängten Vaterstadt auf dem Schlachtfeld den Heldentod zu suchen. Inzwischen hat Amenaide Argirio ihre Liebe zu Tancredi gestanden und den Vater von ihrer Unschuld überzeugen können. Beide sind dem Helden ins Gebirge gefolgt, um nun auch Tancredi von seinem falschen Verdacht abzubringen. Schon scheint Tancredis Mißtrauen beseitigt, als durch eine sarazenische Abordnung erneut seine Zweifel geschürt werden. Denn die Sarazenen bieten Amenaide für ihre Einwilligung in eine Heirat mit Solamir die Sarazenen-Krone und die Verschonung ihrer Heimatstadt. Eifersüchtig auf den Nebenbuhler, begibt sich Tancredi an der Spitze des syrakusischen Heeres und an der Seite Argirios in den Kampf. Verzweifelt bleibt Amenaide mit Isaura im Schutze einer Sicherheitseskorte zurück. Ängstlich horchen die beiden Frauen auf das Kampfgetöse. Endlich ist die Schlacht geschlagen, und Tancredi und Argirio kehren als Sieger wieder. Vor allem aber hat Tancredi, als er Solamir tödlich verwundete, von diesem Amenaides Lauterkeit bestätigt bekommen. Einer allgemeinen Versöhnung steht damit nichts mehr im Wege.

Schluß der zweiten Fassung
Nach Tancredis Flucht in die Bergeinsamkeit haben sich die syrakusischen Ritter, Amenaide und ihr Vater, der inzwischen über Amenaides Liebe zu Tancredi Bescheid weiß, auf die Suche nach dem Helden begeben. Als sie ihn antreffen, versucht Amenaide weiterhin vergeblich, Tancredis Vertrauen wiederzugewinnen. Statt dessen überhäuft er sie mit bitteren Vorwürfen. Seinen Rivalen Solamir aber will er an der Spitze der sich um ihn scharenden syrakusischen Krieger im Feld besiegen und damit gleichzeitig die Heimatstadt vor den Sarazenen retten. In der Obhut von Wachen wartet Amenaide zusammen mit Isaura das Ende der Schlacht ab, als Argirio zwar mit der Siegesnachricht zurückkommt, aber auch mit der Botschaft von Tancredis schwerer Verwundung. Die Krieger tragen Tancredi herein. Von Argirio über die Nichtigkeit der gegen Amenaide erhobenen Beschuldigungen aufgeklärt, versöhnt sich der Held mit der Geliebten und stirbt.

Stilistische Stellung
›Tancredi‹ gilt als Rossinis erstes Meisterwerk auf dem Feld der Opera seria. Mit Tancredis Auftrittsarie ›Tu che accendi‹, die mit der überaus eingängigen Cabaletta »Di tanti palpiti« schließt, enthält das Werk den ersten Opernschlager, der Rossini zu weltweiter Popularität verhalf. Noch in Wagners ›Meistersingern‹ findet sich im Schneiderchor (III. Akt ›Festwiese‹) ein parodistischer Reflex auf das zu volkstümlicher Beliebtheit gelangte Gesangsstück, in dessen klarer Gliederung – durchaus charakteristisch für die gesamte Partitur – ein mehr klassizistischer als romantischer Gestaltungswille zum Tragen kommt. Damit geht einher, daß ›Tancredi‹ weniger, wie das Libretto vermuten lassen könnte, durch überbordende Leidenschaftlichkeit der Protagonisten fasziniert, als durch eine Belcanto-Kunst, deren ebenmäßiger Wohllaut die in der Textvorlage sich überaus dramatisch ausnehmenden Konflikte in eine Welt des schönen Scheins – nämlich die einer pseudo-arkadischen Mittelalter-Beschwörung – entrückt. Hieraus wiederum resultiert die eher lyrische Grundhaltung des Werkes, das in den großen Soloszenen der Protagonisten seine Höhepunkte hat.

Neben der erwähnten Auftrittsarie des Titelhelden sind in diesem Zusammenhang Tancredis große Szene in der Bergeinsamkeit »Dove son io?« (II. Akt) und Amenaides eindrucksvolle Kerkerszene (ebenfalls im II. Akt) zu nennen, die in die vom Englischhorn eingeleitete, anrührende Cavatine »No, che il morir non è« mündet. Allen drei Szenen läßt Rossini ausführliche, differenziert instrumentierte Orchestereinleitungen vorausgehen, die im Einklang mit den Szenerien als Seelenspiegel der Protagonisten fungieren. So nimmt etwa das Vorspiel zu Tancredis Auftrittsarie lautmalerisch Bezug auf die bukolische Gartenanlage, die dem aus dem Exil zurückkehrenden Helden einen Empfang bereitet, der seiner zuversichtlichen Stimmungslage entspricht. Im Gegensatz dazu erweist sich die Einleitung zu Tancredis Szene im II. Akt schon wegen der »heldischen« Tonart Es-Dur als klangliches Äquivalent zu jener heroischen Gebirgslandschaft, in die sich der an seiner Liebe verzweifelnde Tancredi zurückgezogen hat. Die c-Moll-Introduktion zu Amenaides Kerkerszene ist dazu ein der trostlosen Seelenlage der Heldin entsprechendes düsteres Pendant.

Andere Partien des Werkes haben für Rossinis spätere Opernproduktion geradezu Modellcharakter. So sieht der Rossini-Forscher Philip Gossett in Amenaides und Tancredis mehrteiligem, in einer Cabaletta a due endendem Duett »Lasciami: non t'ascolto« aus dem II. Akt die beispielhafte Realisierung einer Rossini-typischen Duettform, »die den Charakteren die Möglichkeit zum lyrischen Ausdruck« gibt, »während sie sich auf ihre dramatische Konfrontation« konzentrieren. Gleichermaßen vorbildhaft für Rossinis späteres Opernschaffen nimmt sich das Hauptstück der Oper, das Finale des I. Akts aus, das – »zwischen statischen und kinetischen Teilen« (Ulrich Schreiber) wechselnd – über 428 Takte hinweg die Spannung hält. Sich aus der anfänglichen Erstarrung (Andante sostenuto) lösend, führt es, sich chromatisch nach oben schraubend, in einen Allegro-Teil, in dem Amenaide sukzessive von den übrigen Protagonisten und schließlich auch vom Chor zurückgewiesen wird. Es folgt ein kontemplatives, auf das Orchester fast ganz verzichtendes Soloquartett, das wiederum durch eine auf Motivik des Allegro-Teils zurückgreifende, bewegte Episode abgelöst wird. In schnellerem Tempo schließt sich eine Stretta an, deren harmonische Flächen durch Rückungen verschoben werden, die auf das erste Finale aus dem ›Barbiere di Siviglia‹ vorausweisen.

Ebenso ist die aus ›La pietra del paragone‹ von 1812 übernommene Ouvertüre für Rossini repräsentativ: Wie bei den meisten Vergleichswerken handelt es sich hierbei um einen Sonatensatz ohne Durchführungsteil, dem eine langsame Einleitung vorausgeht, wobei im schnellen Hauptteil die erste Themengruppe von den Streichern und die zweite von den Bläsern intoniert wird. Und natürlich machen auch in der ›Tancredi‹-Ouvertüre jene »Crescendo-Raketen« Effekt, die zu Rossinis Markenzeichen werden sollten. *Eine* herausragende Szene der Oper sollte indessen keine Schule machen: die Todesszene des Tancredi aus der zweiten, für Ferrara erstellten Fassung. Diese durch ihre Schlichtheit ergreifende Musik, die in von Pausen durchsetzten Phrasen das stockende Sprechen des Sterbenden nachahmt, stieß seinerzeit beim Publikum auf Ablehnung, weshalb Rossini für die Mailänder Erstaufführung das ursprüngliche, den glücklichen Ausgang feiernde Vaudeville-Finale wieder hervorholte.

Dichtung

Rossinis Librettist Gaetano Rossi (1780–1855) stützte sich auf Voltaires 1760 in Paris uraufgeführtes, tragisch endendes Drama ›Tancrède‹. Bereits 1768 diente Voltaires Schauspiel zum ersten Mal als Opernvorlage, als in Turin Ferdinando Gasparo Bertonis auf einem Libretto von Silvio Saverio Balbi basierender ›Tancredi‹ uraufgeführt wurde. Schon hier wurde das tragische durch ein glückliches Ende ersetzt. Das gleiche gilt für Stefano Pavesis auf einen Text von Luigi Romanelli geschriebenen ›Tancredi‹ (Mailand 1812). Hingegen beließ es Alessandro Graf Pepoli in seinem für Francesco Grandi verfaßten Libretto (Venedig 1795) bei dem von Voltaire vorgegebenen traurigen Ende. Vermutlich waren Rossi die Libretti von Balbi und Romanelli bekannt. Der Schluß der Ferrara-Fassung stammt indessen von dem adligen Humanisten und Anhänger des Neoklassizismus Luigi Lechi, der neben der Voltaire-Tragödie auch Pepolis Text gekannt haben mag. Insgesamt aber leidet Rossinis Libretto unter zwei Mängeln: Weder wird die Vorgeschichte nachvollziehbar aufbereitet, noch entwickelt es den Handlungsfaden knapp und stringent, vielmehr ist der Text mit entbehrlichen Informationen, Stellungnahmen und Ausschmückungen überhäuft. Hinzu kommen schlecht plazierte, belanglose, durchs dramatische Geschehen nur unzureichend motivierte Auftritte der Nebenpersonen. Hieraus erklären sich die rigorosen Striche (vor allem in den Secco-Rezitativen), die sich in der Aufführungspraxis zum Wohle des Stückes durchgesetzt haben.

Geschichtliches

Nach ›L'occasione fa il ladro‹ (November 1812, Teatro San Moisè) und ›Il Signor Bruschino‹ (Januar 1813, ebenfalls Teatro San Moisè), war ›Tancredi‹ (6. Februar 1813, Teatro La Fenice) Rossinis dritte Oper, die in rascher Folge in Venedig herauskam. Allerdings wurde wegen gesundheitlicher Probleme der Hauptdarstellerinnen (Adelaide Malanotte in der Titelpartie und Elisabetta Manfredini Guarmani als Amenaide) erst in der dritten Vorstellung das Stück vollständig gespielt. Überdies war in der Premiere noch nicht die zu späterer Popularität gelangte Auftrittsarie des Tancredi zu hören. Rossini hatte sie auf Betreiben der Titel-Interpretin durch das Alternativstück »Dolci d'amor parole/Voce che tenera« ersetzt. Außerdem wurde Argirios Arie »Ah! Segnar invano io tento« zu Beginn des II. Akts samt einleitendem Rezitativ vermutlich wegen der exorbitanten sängerischen Schwierigkeiten gestrichen, eine Kürzung, die während des gesamten 19. Jahrhunderts beibehalten wurde. Als das Werk im März 1813 in Ferrara nachgespielt wurde, erfolgten neben der erwähnten Wendung des Schlusses ins Tragische weitere Änderungen. So wurde der Chor der Sarazenen durch den der syrakusischen Ritter ersetzt, und die daran anschließende Szene wich Tancredis in einer brillanten, chorgestützten Stretta schließendem Rondo »Perchè turbar la calma«. Außerdem wurde Tancredis und Amenaides Duett »Lasciami: non t'ascolto« aus dem II. in den I. Akt vorgezogen, wo es das Duett »L'aura che intorno spiri« ersetzte, und die Kerkerszene der Amenaide erhielt eine neue Cavatine (»Ah, se pur morir degg'io«). Eine dritte Fassung, die im Dezember 1813 in Mailand Premiere hatte, führte neben der Wiederherstellung des ursprünglichen Schlusses zur Wiederaufnahme beider Duette von Tancredi und Amenaide. Aus der Ferrara-Fassung wurden allerdings der syrakusische Chor und Tancredis Rondo übernommen. Bedingt durch die Umwandlung von Roggieros Hosenrolle in eine Tenorpartie trat an die Stelle seiner bisherigen Arie

»Torni, alfin ridente, e bella« (II. Akt) ein neues Stück (»Torni d'Amor la face«), das möglicherweise ebensowenig von Rossini stammt wie die beiden in Mailand gesungenen Arien des Argirio. Eroberte ›Tancredi‹ nach den Aufführungen in Ferrara und Mailand bald ganz Italien, so begann der bis in die fünfziger Jahre des 19. Jahrhunderts anhaltende weltweite Siegeszug der Oper 1816 in München. ›Tancredi‹ avancierte regelrecht zum Kultstück, das etwa Stendhal 1824 in ›Vie de Rossini‹ überschwenglich feierte. Allein das Jahr 1822 zählt nicht weniger als 22 ›Tancredi‹-Inszenierungen. Damals sang auch Giuditta Pasta im Pariser Théâtre-Italien zum ersten Mal den Tancredi, der zu einer ihrer Starpartien werden sollte.

1952 begann die Renaissance der Oper im Rahmen des Maggio Musicale Florenz mit Giulietta Simionato in der Titelrolle (Dirigent: Tullio Serafin, Regie: Enrico Frigerio), die durch die kritische ›Tancredi‹-Ausgabe von 1977 befördert wurde. Insbesondere hat sich Marilyn Horne um das Werk verdient gemacht, mit dem sie 1977 in Houston ihr Rollen-Debüt gab (Dirigent: Gabriele Ferro, Regie: Filippo Sanjust). In einem Live-Mitschnitt von der am Fenice-Theater in Venedig laufenden ›Tancredi‹-Produktion von 1981 (Dirigent: Ralf Weikert, Inszenierung: Jean Claude Auvray, Amenaide: Lelia Cuberli) ist Hornes atemberaubend virtuose Interpretation der Titelrolle in der Ferrara-Fassung auf CD dokumentiert. 1989 wurde das Werk, ebenfalls in der zweiten Fassung und mit Marilyn Horne unter der Regie von John Copley in einer Koproduktion von Chicago, Los Angeles und Genf gegeben, wobei in Genf Anne Sofie von Otter die Titelpartie übernommen hatte. Die dritte Fassung wurde 1991 mit Lucia Valentini-Terrani als Tancredi in Pesaro gezeigt (Regie: Pier Luigi Pizzi), während 1992 in Pizzis für die Mailänder Scala und die Schwetzinger Festspiele erstellter Inszenierung beide Finali gespielt wurden. In der Berliner Staatsoper Unter den Linden wiederum ging das Werk 1994 zum einen in der Ferrara-Fassung mit Jochen Kowalski in der Titelpartie, zum andern mit Kathleen Kuhlmann als Tancredi in der Venedig-Fassung über die Bühne. Die konzertante Produktion des ›Tancredi‹ 1997 in Frankfurt (musikalische Leitung: Eve Queler, Tancredi: Dolores Ziegler) folgte unter Beibehaltung der ursprünglichen Arien des Argirio und des Roggiero der Mailänder Fassung.

R. M.

Die Italienerin in Algier (L'italiana in Algeri)

Komische Oper in zwei Akten. Text von Angelo Anelli.

Solisten: *Mustafa*, Bey von Algerien (Baßbuffo, auch Baßbariton, gr. P.) – *Elvira*, seine Gattin (Lyrischer Sopran, m. P.) – *Zulima*, Lieblingssklavin Elviras (Mezzosopran, auch Alt, kl. P.) – *Haly*, Kapitän der algerischen Korsaren (Baß, auch Bariton, m. P.) – *Lindoro*, ein junger Italiener, Lieblingssklave Mustafas (Lyrischer Tenor, gr. P.) – *Isabella*, eine italienische Dame (Koloratur-Mezzosopran, gr. P.) – *Taddeo*, Isabellas ältlicher Verehrer (Bariton, auch Baßbuffo, gr. P.).
Chor: Eunuchen im Harem – Algerische Korsaren – Italienische Sklaven – Pappataci – Haremsdamen – Europäische Sklaven – Seeleute (gemischter Chor, m. Chp.).
Ort: Algier.
Schauplätze: Ein Gemach im Palast des Beys von Algier – Eine Küste – Ein Prunksaal im Palast – Der Harem des Beys – Ein Prunksaal.
Zeit: 18. Jahrhundert.
Orchester: 2 Fl., 2 Ob., 2 Kl., 2 Fag., 2 Hr., 2 Trp., 1 Pos., P., Schl., Cemb., Str.

Gliederung: Ouvertüre, durch Secco-Rezitative verbundene Arien und Ensembles.
Spieldauer: Etwa 2½ Stunden.

Handlung

Im Harem des Beys von Algier herrscht Trübsinn: Der Bey möchte seine Hauptfrau Elvira nach langer Ehe loswerden, und mit orientalischer Offenheit sagt er ihr ins Gesicht, wie sehr sie ihn langweilt. Elvira, von ihrer Lieblingssklavin Zulima assistiert, beklagt ihr Schicksal. Der Bey Mustafa hat auch schon einen Plan: Er will Elvira kurzerhand weiterverheiraten, und er weiß auch schon mit wem – mit seinem Lieblingssklaven, dem jungen Italiener Lindoro, der sich seit einigen Monaten im Palast befindet. Dem Bey sind die sanften orientalischen Frauen langweilig, deshalb beauftragt er Haly, den Kapitän der ihm unterstellten Piratenflotte, ihm sofort eine junge, schöne Italienerin zu besorgen. Er hat gehört, wie diese Italienerinnen mit ihren Ehegatten umspringen, und es reizt ihn ungeheuer zu zeigen, daß man so etwas mit einem wie ihm nicht machen kann. – Lindoro betrauert seine Gefangenschaft und die Trennung von der Geliebten; da erscheint Mustafa und will ihn bereden, Elvira zu heiraten. Lindoro, der sich ja schon gebunden fühlt, macht allerhand Ausflüchte und stellt höchste Ansprüche, aber der ungeduldige Mustafa versichert ihm, die Dame sei unwiderstehlich, und jeder, der sie sähe, würde sich sofort in sie verlieben. – An der wilden Küste Algeriens ist ein Schiff im Sturm gestrandet. Die Piraten jubeln, weil sie fette Beute gemacht haben. Haly erscheint und fragt, ob sich unter den neuen Sklaven auch hübsche Mädchen befinden, aber er kann sich sogleich selbst überzeugen – denn Isabella tritt auf. Sie hat die Gefahren dieser Reise auf sich genommen, nur um den geliebten Lindoro, der in die Sklaverei gelangt ist, wiederzufinden. Sie weiß sich sogleich in die neue Situation zu schicken, denn solange es ihr gelingt, alle Männer um den Finger zu wickeln, fürchtet sie nichts. Isabella ist nicht allein – sie wird begleitet von Taddeo, einem älteren, etwas geckenhaften Herrn, der sie hoffnungslos liebt und ihr mit der Anhänglichkeit eines Hundes überallhin folgt. Isabella weiß die Situation zu retten, indem sie Taddeo als ihren Onkel ausgibt, doch als die beiden einen Augenblick allein sind, lassen sie die Maske fallen und überhäufen sich mit gegenseitigen Verwünschungen: Sie ist aufgebracht über die Eifersucht des ältlichen Freiers, er ist gereizt, weil sie ihn nie erhört; zudem fürchtet er um seine Männlichkeit, hat er doch gehört, daß die Orientalen damit wenig Umstände machen. Doch beide merken, daß sie aufeinander angewiesen sind, und hoffen, daß das Spiel mit Onkel und Nichte ihnen weiterhelfen wird. – In der Zwischenzeit hat Mustafa beschlossen, sich Elvira so schnell wie möglich vom Halse zu schaffen – er schenkt Lindoro die Freiheit, nach Italien zurückzukehren, wenn dieser Elvira und Zulima mitnimmt; und Lindoro, der hofft, so wieder die Freiheit zu erlangen, willigt ein – später kann man ja immer noch weitersehen. Da meldet Haly, daß man eine hübsche Italienerin gefangen habe, und Mustafa läßt alles für ihren Empfang vorbereiten. In einem großen Prunksaal, vor dem ganzen Harem, wird Isabella vorgestellt: Mustafa ist glücklich, weil der Anblick seine kühnsten Hoffnungen übertrifft, und Isabella erkennt, daß sie mit diesem pompösen, innerlich jedoch weichen Mann leichtes Spiel haben wird. Taddeo, den nur die Onkel-Rolle davor bewahrt, sogleich eingesperrt zu werden, ist wütend, denn er sieht, daß sich der Bey bereits in die lange Reihe der Bewunderer Isabellas eingereiht hat. Elvira, Zulima und Lindoro betreten den Raum, um sich vom Bey zu verabschieden. Da erkennt Isabella ihn, dem sie unter Lebensgefahr in die Barbarei gefolgt ist, an der Hand einer anderen, und er erkennt sie und glaubt, sie habe sich bereits der Gewalt Mustafas gebeugt – Befangenheit breitet sich aus. Doch dann zeigt Isabella Geistesgegenwart: Sie sagt zum Bey, sie könne doch an seinem Hofe nicht ohne Dienstpersonal sein, und er solle ihr Lindoro zum Sklaven geben. Mustafa protestiert, aber Isabella ist siegessicher. Der Akt endet in völliger Konfusion; keiner weiß mehr, woran er ist.

Die Abreise Elviras ist erst einmal verschoben; ja, Elvira ist erheitert, weil sie sieht, daß sich der tyrannische Mustafa in einen hilflosen Liebhaber verwandelt hat. Da ordnet Mustafa an, man solle Isabella darauf vorbereiten, er wolle in einer halben Stunde mit ihr Kaffee trinken. Isabella sinnt unterdessen über die Treulosigkeit Lindoros nach, doch Lindoro findet sie, und es gelingt ihm, alle ihre Ängste und Zweifel zu zerstreuen. Beide beschließen, sich später im Garten zu treffen, um dort einen Fluchtplan zu besprechen. Lindoro ist glücklich. – Mustafa hat, um Isabella zu schmeicheln, ihren »Onkel« Taddeo zu einem Kaimakan, einem hohen Offizier, ernannt. Sklaven kleiden ihn in orientalische Gewänder, setzen ihm einen Turban auf und huldigen ihm, doch Taddeo ist dies alles lästig; er empfindet nur die Liebelosigkeit seines Lebens. – Isabella wird für das Kaffeestündchen mit Mustafa angekleidet, Elvira und Zulima warten im Nebenzimmer. In ihrer großen Arie schwärmt Isabella von ihrem Geliebten, wohl wissend, daß die drei Männer, die sie anbeten – Lindoro, Taddeo, Mustafa – sie dabei belauschen; eine Szene voller sublimer Koketterie. Mustafa stürzt zu ihr, zusammen mit Taddeo und Lindoro, den niemand beachtet – er ist ja nur ein Sklave. Mustafa will ihr kurz den Onkel als Kaimakan vorstellen und dann mit Isabella allein sein; er schärft dem »Onkel« ein, wenn er niese, habe dieser zu gehen. Isabella ist amüsiert über die Verkleidung Taddeos, bedankt sich dann aber ganz herzlich für die hohe Ehre. Der Bey niest, aber Taddeo scheint ertaubt; er rührt sich nicht von der Stelle. Der Kaffee wird serviert, und Isabella versucht Mustafa einzureden, er solle sich doch wieder mit Elvira aussöhnen. Dies aber will der Bey nun am wenigsten hören, und er gönnt sich einen cholerischen Ausbruch. In einer Art Intermezzo singt Haly eine kleine Arie, ein Ständchen über die Frauen Italiens. Isabella hat Lindoro und Taddeo in ihren Plan eingeweiht. Dem immer noch wütenden Mustafa teilt Lindoro nun mit, auch ihm werde eine hohe Ehre zuteil: Isabella sei zur Versöhnung bereit, und die Versöhnung zwischen Abendland und Morgenland solle mit einer großen symbolischen Handlung gefeiert werden. Mustafa habe Taddeo zum Kaimakan gemacht; dafür würden die Italiener jetzt Mustafa zum Pappataci machen. Mustafa fühlt sich hochgeehrt, weiß aber nicht, was die Ehre bedeutet. Lindoro erklärt ihm, in den Orden der Pappataci würden nur die standhaften und seelisch ausgeglichenen Liebhaber gewählt, dafür hätten sie ein Gelübde abzulegen, daß sie, um ihre überragende Konzentrationsfähigkeit zu beweisen, eine Zeitlang nichts anderes tun als essen, trinken und schlafen und nicht auf das achten, was um sie herum passiert. Mustafas Aufnahme in den Orden der Pappataci soll groß gefeiert werden – alles wird festlich vorbereitet, und währenddessen ordnet Isabella die Vorbereitungen zur Flucht an. Unter zeremoniellen Klängen wird Mustafa hereingeführt; er legt den Eid ab, ein guter Pappataci zu sein, dann wird ein Test durchgeführt. Während sich Mustafa übers Essen hermacht, beteuern sich Isabella und Lindoro laut ihre Liebe. Mustafa will eingreifen, aber Taddeo rügt ihn, weil er die Regeln des Ordens offensichtlich noch nicht begriffen habe, und Mustafa beteuert reumütig, er wolle nun ein wahrer Modell-Pappataci sein. Dann geht alles sehr schnell: ein Schiff erscheint im Hintergrund, die italienischen Sklaven gehen an Bord, ebenso auch Isabella und Lindoro. Jetzt erst merkt Taddeo, den man nur teilweise eingeweiht hat, woran er ist. Er will Isabella nicht dem Rivalen Lindoro überlassen und versucht, Mustafa zum Handeln zu bewegen, doch vergebens: der frischgebackene Pappataci ist durch nichts zu erschüttern, er ißt und schweigt. Da gibt Taddeo klein bei und rennt schnell aufs Schiff: dann will er doch lieber ungeliebt, aber als freier Mann in die Heimat zurückkehren. Kaum ist das Schiff fort, stürzen Elvira, Zulima und Haly auf die Bühne und erzählen dem Bey, wie man ihn betrogen hat. Doch auch sein Wutausbruch nützt nichts mehr, die Liebenden sind in Sicherheit. So wendet sich Mustafa wieder seiner Elvira zu – die Italienerinnen sind nichts für ihn.

Stilistische Stellung

Obwohl innerhalb eines Monats komponiert, ist die ›Italienerin in Algier‹ Rossinis erster großer Erfolg gewesen. Es gelang ihm in diesem Werk, nicht nur an die seit Mozart und Gluck beliebten Serail-Stücke anzuknüpfen, sondern die Handlung mit ihren vielen Windungen und überraschenden Situationen vollständig zu »musikalisieren« – am deutlichsten vielleicht im Finale des I. Aktes, in dem die handelnden Personen so verwirrt sind, daß sie keinen Text mehr singen, sondern Geräusche: die Damen haben das Gefühl, in ihren Ohren läuten Glocken, Lindoro hört einen Hahn krähen, Haly hört Hammerschläge, Mustafa Kanonen; Dindin, cra, cra, bum, bum, tac, tac – besser läßt sich die Verwirrung nicht ausdrücken. Rossini gelingt es darüber hinaus, die Figuren der Komödie musikalisch subtil zu charakterisieren: die Geistesgegenwart und List, aber auch die Liebesfähigkeit Isabellas, die lyrische Emphase Lindoros, die verklemmte Zuneigung Taddeos, die bramarbasierende Weichheit Mustafas sind so überzeugend ausgeformt, daß wir es nicht mit den üblichen Buffa-Typen zu tun haben, sondern mit liebenswürdig-lebendigen Menschen.

Textdichtung

Das Libretto von Angelo Anelli geht wahrscheinlich zurück auf eine wahre Geschichte, die Roxelane, die wunderschöne Lieblingssklavin des Sultans Soliman II., in einer Erzählung überliefert hat. Anellis Libretto war bereits 1808 von dem heute vergessenen Luigi Mosca vertont worden.

Geschichtliches

Rossini schrieb die ›Italienerin in Algier‹ im Frühjahr 1813 im Auftrag des Teatro San Benedetto in Venedig. Die Uraufführung am 22. Mai 1813, mit Manetta Marcolini als Isabella, Filippo Galli als Mustafa und Serafino Gentili als Lindoro, war ein überwältigender Erfolg, der zweite in diesem Jahr nach der Premiere des ›Tancredi‹ am 6. Februar, ebenfalls in Venedig. Das Werk kam auch als erste Rossini-Oper über die Alpen – die Münchner Erstaufführung am 18. Juni 1816 wird als die erste deutsche Aufführung einer Rossini-Oper verzeichnet. Die erste deutschsprachige Aufführung fand am 6. September 1818 in Stuttgart statt, und innerhalb weniger Jahre eroberte das Werk nicht nur ganz Europa, sondern die ganze Welt – so kam es bereits 1824 in Mexiko heraus, 1826 in Buenos Aires, 1832 in New York,

1836 in Havanna und 1842 in Algerien. In der zweiten Hälfte des 19. Jahrhunderts geriet die ›Italienerin in Algier‹ in Deutschland weitgehend in Vergessenheit, wird aber – seit der Rossini-Renaissance nach dem Zweiten Weltkrieg – auch hierzulande immer häufiger mit Erfolg in die Spielpläne aufgenommen.

W. K.

Der Türke in Italien (Il turco in Italia)

Opera buffa in drei Akten. Text von Felice Romani.

Solisten: *Selim*, türkischer Prinz (Baß, auch Baßbariton, gr. P.) – *Don Geronio* (Spielbaß, gr. P.) – *Donna Fiorilla*, seine Gattin (Lyrischer Sopran, auch Dramatischer Koloratursopran, gr. P.) – *Don Narciso*, Verehrer der Donna Fiorilla (Lyrischer Tenor, m. P.) – *Prosdocimo*, ein Dichter (Lyrischer Bariton, auch Kavalierbariton, gr. P.) – *Zaide*, eine Zigeunerin (Lyrischer Mezzosopran, m. P.) – *Albazar*, ein Offizier, Vertrauter des Selim (Tenor, kl. P.).
Chor: Zigeuner – Türken – Italiener – Masken (gemischter Chor: Frauenchor, kl. Chp.; Männerchor, m. Chp.).
Ballett
Ort: In der Nähe von Neapel.
Schauplätze: Hafengegend – Eine Terrasse im Hause Don Geronios – Meeresstrand bei Nacht.
Zeit: 18. Jahrhundert.
Orchester: 2 Fl., 2 Ob., 2 Kl., 2 Fag., 2 Hr., 2 Trp., 1 Pos., P., Schl., Str.
Gliederung: Ouvertüre und 19 durch Rezitative verbundene Musiknummern.
Spieldauer: Etwa 2½ Stunden.

Handlung

Der Dichter Prosdocimo soll eine neue Oper schreiben, aber es fällt ihm nichts ein. Da beschließt er, die Personen seiner Bekanntschaft – so die hübsche Fiorilla, die Frau des reichen, aber alten Don Geronio – für die Handlung zu verwenden. Nicht wissend, wie die Handlung ausgehen wird, läßt er diese sich aus sich selbst entwickeln und übernimmt – teilweise beobachtend, teilweise eingreifend – selbst eine Rolle in dem Stück. Am Hafen begegnet er der Zigeunerin Zaide, der ehemaligen Geliebten des Türkenprinzen Selim, der sie aber verstoßen hat. Don Geronio läßt sich von der Zigeunerin das Horoskop stellen und erfährt nur, was er schon weiß: daß ihm seine Gattin Hörner aufsetzt. Fiorilla kommt, von einem Haufen von Verehrern umgeben, die sie jedoch langweilen. Da landet ein Schiff an der Mole: Ein Türkenprinz ist in Neapel angekommen, um die Schönheiten Italiens kennenzulernen. Auch er verfällt sogleich der Schönheit Fiorillas, und sie findet nichts dabei, ihn zum Kaffeetrinken einzuladen. Geronio ist ganz entsetzt, einen Türken in seinem Haus zu finden: Mit dem Dichter und Don Narciso, einem unerhörten, aber hartnäckigen Verehrer Fiorillas, beratschlagt er, was nun zu tun sei. Furchtsam nähert er sich dem Türkenprinzen, der zuerst mit dem Dolch auf ihn los will, dann aber erfahren muß, wie »tolerant« – durch leichten Druck ihrer Ehefrauen – die italienischen Ehemänner sind. Da Fiorilla und der Türke nicht mehr unbeobachtet sind, verabreden sie, sich später am Strand zu treffen. Geronio will nicht länger den Pantoffelhelden spielen und beschimpft – nachdem der Türke gegangen ist – seine Frau, doch sie weiß ihn mit falschen Tränen und Schmeicheleien erneut »einzuwickeln«. Der Poet ist zufrieden, der erste Akt ist vollständig. Nun gilt es, Selim und seine verlassene Geliebte Zaide wieder zusammenzubringen. Selim findet sich am Strand ein: er will Fiorilla mit sich in die Türkei nehmen, sie notfalls entführen. Der Poet arrangiert ein Zusammentreffen mit Zaide, die Selim sofort erkennt. Er jedoch will sich von der unbekannten Zigeunerin die Zukunft vorhersagen lassen, und als sie ihm sagt, Zaide liebe ihn immer noch, und er habe sie zu Unrecht verstoßen, erkennt er die Geliebte. Beide finden wieder zueinander, aber damit lösen sich, nach dem Geschmack des Poeten, die Verwicklungen zu schnell – er arrangiert ein Zusammentreffen aller vier Hauptfiguren. Fiorilla freut sich, den Prinzen zu sehen, Zaide ist, ebenso wie Geronio, eifersüchtig, und schließlich kommt es fast noch zu einer handgreiflichen Auseinandersetzung zwischen Fiorilla und Zaide. Das Tohuwabohu ist vollkommen, der Dichter sehr zufrieden mit diesem Finale.

Doch Don Geronio ist ganz verzweifelt. Da taucht Selim auf und bietet ihm an, ihm nach türkischem Brauch Fiorilla zu verkaufen, Geronio will aber nicht, und Selim droht ihm an, Fiorilla zu entführen. In der Zwischenzeit hat Fiorilla Zaide zu sich gebeten: Sie lehnt es ab, sich hinter dem Rücken der Rivalin mit Selim zu treffen; er soll vielmehr zwischen ihnen wählen. Selim ist hin und hergerissen und will schließlich Zaide folgen, doch zuvor arrangiert der Poet noch ein Duett zwischen Fiorilla und Selim. Dann warnt er Geronio: eine Entführung werde vorbereitet; Don Narciso, der dies mit anhört, ist verzweifelt. Dann entwickelt der Dichter seinen Plan: er hat einen Maskenball für den Türken arrangiert, auf dem Fiorilla verkleidet erscheinen wird. Der Türke hofft dort, Fiorilla entführen zu können, weiß aber nicht, daß auch Zaide, in derselben Verkleidung wie die Rivalin, auf dem Fest sein wird. Geronio soll sich als Türke verkleiden, dann könne er auf seine Frau aufpassen. Narciso, der alles mit angehört hat, will seinerseits die Flucht verhindern und beklagt die Treulosigkeit seiner angebeteten Fiorilla.

Auf dem Ball erscheint Fiorilla in Verkleidung, im ebenfalls verkleideten Don Narciso glaubt sie den Türken zu sehen, während Selim Zaide für Fiorilla hält und ihr den Hof macht. Zuletzt erscheint auch Geronio und ist total verwirrt, weil er nun zwei Fiorillen und zwei Selims sieht. Er will sie zwingen, sich zu demaskieren, aber die Paare entkommen ihm immer wieder, und als er Geschrei macht, verlassen sie das Fest. Der Poet ist zufrieden, doch eine neue Schwierigkeit tut sich auf: als er Fiorilla überreden will, mit dem Türken zu fliehen, weigert sie sich; sie spielt nicht mehr mit und will lieber bei ihrem alten, reichen Geronio bleiben, mit dem sie machen kann, was sie will, und bei ihrem »offiziellen« Verehrer Don Narciso. Da auch Zaide und Selim wieder zueinander gefunden haben und gemeinsam Italien verlassen wollen, deutet alles auf ein glückliches Ende hin, dem schließlich auch der Dichter zustimmen kann.

Stilistische Stellung

Rossinis ›Der Türke in Italien‹ fand nach der Uraufführung nicht so viel Anklang wie die vorausgegangene ›Italienerin in Algier‹ oder wie später der ›Barbier von Sevilla‹. Dies lag sicherlich weniger daran, daß es der Musik an Einfallskraft, zündendem Rhythmus und perlend-virtuoser Instrumentation gefehlt hätte, denn darin steht der ›Türke in Italien‹ den beiden anderen Werken kaum nach; es mag zurückzuführen sein auf die geniale, aber ihrer Zeit wohl ein wenig fremde Handlungsidee, die fortwährend auf zwei Ebenen abläuft und damit theatralische Prinzipien des 20. Jahrhunderts, etwa die Luigi Pirandellos, vorwegnimmt.

Textdichtung

Felice Romani, einer der meistbeschäftigten Librettisten seiner Zeit, der zwischen 1813 und 1840 Operntexte für Johann Simon (Giovanni Simone) Mayr, Rossini, Francesco Morlacchi, Giovanni Pacini, Giacomo Meyerbeer und später für Vincenzo Bellini und Gaetano Donizetti schrieb, wich mit dieser doppelbödigen Komödie deutlich ab von den konventionellen Operntexten seiner Zeit, indem er – in ironischer Brechung – die Handlung stets kommentieren ließ von einem Außenstehenden, der die Figuren und Situationen als Elemente einer zu schreibenden Oper sieht und somit die Distanz zu den dargestellten Gefühlen sogleich mitliefert und sich dabei über die festgelegten Orte für Liebe, Eifersucht und Verzweiflung lustig machen und das Genre Oper liebevoll verspotten kann.

Geschichtliches

Rossinis ›Türke in Italien‹ wurde am 14. August 1814 am Teatro alla Scala in Mailand uraufgeführt und stand stets etwas im Schatten der sehr erfolgreichen ›Italienerin in Algier‹. Die erste deutsche Aufführung war am 30. November 1816 in Dresden, die erste in deutscher Sprache am 23. April 1819 in Stuttgart. Auch in Deutschland erreichte das Werk nie so zahlreiche Aufführungen wie der ›Barbier von Sevilla‹, aber besonders in der neuen Übersetzung Günther Rennerts hat sich das ironisch-heitere Spiel auch hierzulande durchgesetzt.

W. K.

Der Barbier von Sevilla (Il barbiere di Siviglia)

Komische Oper in zwei Akten. Dichtung von Cesare Sterbini.

Solisten: *Graf Almaviva* (Lyrischer Tenor, gr. P.) – *Figaro*, Barbier (Lyrischer Bariton, gr. P.) – *Bartolo*, Doktor der Medizin (Spielbaß, gr. P.) – *Rosina*, dessen Mündel (Koloratur-Mezzosopran, gr. P.) –

Don Basilio, Musikmeister (Schwerer Spielbaß, gr. P.) – *Fiorillo*, Diener Almavivas (Tenor, auch Bariton, kl. P.) – *Ambrosio*, Diener Bartolos (Baß, kl. P.) – *Marzelline [Berta]*, Haushälterin Bartolos (Sopran, m. P.) – *Ein Notar* (Stumme Rolle) – *Ein Offizier* (Baß, kl. P.).
Chor: Musikanten – Soldaten (kl. Chp.).
Schauplätze: Straße mit dem Haus des Dr. Bartolo, an dem sich ein praktikabler Balkon befindet – Zimmer in Bartolos Haus.
Zeit: Mitte des 18. Jahrhunderts.
Orchester: 2 Fl. (beide auch Picc.), 2 Ob., 2 Kl., 2 Fag., 2 Hr., 2 Trp., 3 Pos., P., Schl., Gitarre (Hrf.), Str.
Gliederung: Ouvertüre und 16 Musiknummern, die durch Secco-Rezitative miteinander verbunden sind.
Spieldauer: Etwa 2½ Stunden.

Handlung

Dr. Bartolo, ein alter geiziger Junggeselle, will sein hübsches Mündel Rosina heiraten, um sich in den Besitz ihrer reichen Erbschaft zu setzen. Seit einigen Tagen erregt ein junger Mann, der jeden Morgen ein Ständchen bringt, die Aufmerksamkeit des Mädchens. Trotz der Wachsamkeit des Vormundes gelingt es Rosina, ihrem Verehrer bei dieser Gelegenheit einen Zettel zuzuwerfen, auf dem sie ihn um Bekanntgabe seines Namens und seiner Absichten ersucht. Als sie nach Weggang des Alten wieder den Balkon betritt, erfährt sie von ihrem Galan, daß er Lindoro heiße und sie zu seiner Gattin machen möchte. Er verschweigt absichtlich, daß er Graf Almaviva ist, um erst die aufrichtige und uneigennützige Liebe des Mädchens festzustellen. Zur Erreichung seines Zieles sichert sich Almaviva mit einer wohlgefüllten Börse die Mithilfe des schlauen Barbiers Figaro. Inzwischen hat Rosina heimlich ein Briefchen an Lindoro geschrieben, das sie schnell in ihrem Busen verbirgt, als Figaro das Zimmer betritt. Gleich darauf naht Dr. Bartolo. Figaro versteckt sich in einem Seitenkabinett und wird nun Zeuge einer Unterredung Dr. Bartolos mit Rosinas Musiklehrer, dem intriganten Don Basilio. Dieser teilt dem Alten aufgeregt mit, daß Graf Almaviva in Sevilla angekommen sei. Bartolo wittert in dem Grafen einen gefährlichen Rivalen, aber Basilio weiß Rat: Der Graf soll durch böswillige Verleumdungen unschädlich gemacht werden. Siegesgewiß entfernen sich die beiden, während Figaro triumphierend aus seinem Versteck hervorkommt. Als Rosina wieder im Zimmer erscheint, berichtet er ihr, daß Lindoro sie liebe und gerne auch von ihr ein Liebeszeichen hätte. Schelmisch überreicht daraufhin Rosina dem Barbier das bereits geschriebene Briefchen, das dieser eiligst seinem Auftraggeber übermittelt. Um das von Dr. Bartolo ängstlich bewachte Mädchen endlich sprechen zu können, dringt Almaviva auf Figaros Rat zunächst als quartiersuchender Soldat in Bartolos Haus ein. Der Versuch schlägt jedoch fehl, da Bartolo als Arzt von Einquartierungen befreit ist.

Daraufhin gelingt es dem Grafen, sich in der Verkleidung als Gesangslehrer »Don Alonzo« für den angeblich erkrankten Basilio bei Dr. Bartolo Zutritt zu verschaffen. Allerdings kann er das Vertrauen des argwöhnischen Alten nur dadurch gewinnen, daß er ihm Rosinas Liebesbriefchen übergibt mit dem Bemerken, er habe dieses von dem Grafen Almaviva erhalten und er wolle nun gelegentlich einer Gesangsstunde Rosina davon überzeugen, daß Almavivas Absichten unehrlich seien. Da erscheint unerwartet Basilio. Er erfaßt sogleich die Situation, als Figaro bei ihm das »gelbe Fieber« diagnostiziert, während Almaviva ihm gleichzeitig eine mit Gold gefüllte Börse zusteckt, und entfernt sich wieder. Bartolo ist immerhin mißtrauisch geworden und läßt sich daher während der Lektion im gleichen Zimmer von Figaro barbieren; dennoch findet »Don Alonzo« Gelegenheit, am Klavier der Geliebten zuzuflüstern, daß er Lindoro sei und sie in der kommenden Nacht aus den lästigen Ketten ihres Vormunds befreien werde. Durch eine unvorsichtige Bemerkung Almavivas, die Bartolo auffängt, kommt jedoch der Schwindel mit der Verkleidung auf. Wütend jagt der Alte daraufhin »Don Alonzo« und Figaro zur Tür hinaus. Durch den eiligst herbeigerufenen Don Basilio läßt er einen Notar für seine sofortige Trauung besorgen, während er Rosina triumphierend das von Alonzo erbeutete Briefchen zeigt. Empört über Lindoros vermeintlichen Verrat ihrer Liebe erklärt sie sich jetzt zur Heirat mit Bartolo bereit. Als dieser durch Rosina von der geplanten Entführung erfährt, eilt er schleunigst weg, um die Wache zu holen. Inzwischen kommen Almaviva und Figaro durch die Balkontür zurück, deren Schlüssel sich der schlaue Figaro vorher anzueignen wußte. Der Graf zerstreut Rosinas Zweifel schnell, indem er endlich seine Identität mit Lindoro zu erkennen gibt. Sobald dann Basilio mit dem Notar erscheint, veranlaßt Figaro die Unterzeichnung des Ehevertrags zwischen Rosina und dem Grafen, wobei er und der mit einem goldenen Ring bestochene und durch Drohungen eingeschüchterte Basilio als Zeugen fungieren. Schließlich stürzt Bartolo mit der Wache ins Zimmer, um nun aber erkennen zu müssen, daß all seine »Vorsicht« unnütz gewesen war. Der überglückliche Graf entschädigt dafür den geprellten Alten, indem er ihm großzügig Rosinas Mitgift überläßt.

Stilistische Stellung
Sprühende Melodik, Eleganz der Formen, pikante Rhythmik, subtile Instrumentation, geistreicher Witz und virtuose Buffa-Technik sind die Wahrzeichen von Rossinis ›Barbier‹-Partitur. Die ideale Verschmelzung des bühnenwirksamen Librettos mit einer von einem göttlichen Funken inspirierten Musik macht dieses musikalische Lustspiel zu einem der bewunderungswürdigsten Meisterwerke der gesamten Opernliteratur.

Textdichtung
Das Libretto verfaßte der römische Dichter Cesare Sterbini nach dem gleichnamigen, 1775 in Paris erschienenen Lustspiel von Pierre-Augustin Caron de Beaumarchais.

Geschichtliches
Rossini verpflichtete sich am 15. Dezember 1815 vertraglich, für das Teatro Argentina in Rom eine Karnevalsoper auf irgend ein ihm zu übergebendes Libretto zu schreiben. Da die Zensur die in Aussicht genommenen Texte ablehnte, entschloß man sich in der Eile für die Neubearbeitung eines älteren Werkes und kam so auf Beaumarchais' beliebtes und zugkräftiges Lustspiel, das bereits mehrfach vertont worden war (1776 von Friedrich Ludwig Benda, 1782 von Giovanni Paisiello, 1786 von Johann Abraham Peter Schulz und 1797 von Niccolò Isouard). Rossini vollbrachte die Komposition in 26 Tagen. Allerdings nahm er dabei auch einige passende Stücke aus früheren Werken in die ›Barbier‹-Partitur auf, so zunächst die Ouvertüre, die ursprünglich für die Oper ›Aureliano in Palmira‹ geschrieben und später auch bei ›Elisabetta, regina d'Inghilterra‹ verwendet worden war; ebenfalls aus ›Elisabetta‹ wurde der zweite Teil von Rosinas Auftritts-Arie übernommen. Auch die Musik zu Almavivas Ständchen war bereits in zwei früheren Werken Rossinis erschienen, erst als Chor in ›Ciro in Babilonia‹ und dann in ›Aureliano in Palmira‹. Dennoch konnte der vertraglich vereinbarte Uraufführungstermin vom 5. Februar nicht eingehalten werden. Die Premiere fand schließlich am 20. Februar 1816 unter Leitung des Komponisten im Teatro Argentina zu Rom statt. Die von allerlei Theatermißgeschick heimgesuchte Aufführung stieß auf eine scharfe Ablehnung der zahlreichen Paisiello-Anhänger, die das Werk als einen Affront gegen den verehrten alten Meister und seinen als unübertrefflich geltenden ›Barbier‹ betrachteten, obwohl Rossini vorsichtshalber den Titel seiner Oper in ›Almaviva o sia L'inutile precauzione‹ abgeändert, auf eine Anfrage bei Paisiello dessen ausdrückliche Zustimmung zur Komposition erhalten und überdies durch Abdruck einer entsprechenden Erklärung im Textbuch auch das Publikum aufgeklärt hatte. Aber bereits die zweite Vorstellung, die der Komponist nicht mehr selbst dirigierte und für die er einige Abänderungen und Kürzungen vorgenommen hatte, konnte einen großen Erfolg verzeichnen, der sich von Aufführung zu Aufführung steigerte. In raschem Siegeszug eroberte sich dann das Werk die Herzen der Opernfreunde in aller Welt. Der ›Barbier‹ mußte sich wie kaum eine andere Oper willkürliche Veränderungen und Zutaten von seiten der Interpreten gefallen lassen, die im Laufe der Zeit die Originalgestalt immer mehr verwischten. Es war daher eine verdienstvolle Tat des Verlages Ricordi, Mailand, durch die Drucklegung der Partitur auf Grund des am Konservatorium »G. B. Martini« zu Bologna erhaltenen Autographs den authentischen Noten- und Gesangstext von Rossinis Meisterschöpfung der Musikwelt vermittelt zu haben.

La Cenerentola (Aschenbrödel)

Komische Oper in zwei Akten. Dichtung von Jacopo Ferretti.

Solisten: *Don Ramiro*, Prinz von Salerno (Lyrischer Tenor, gr. P.) – *Dandini*, sein Kammerdiener (Lyrischer Bariton, gr. P.) – *Don Magnifico*, Baron von Montefiascone (Spielbaß, gr. P.) – *Tisbe* (Spielalt, gr. P.) und *Clorinde* (Lyrischer Sopran, gr. P.), seine Töchter – *Angelina*, seine Stieftochter

(Koloratur-Mezzosopran, gr. P.) – *Alidoro*, Philosoph, Erzieher des Prinzen (Seriöser Baß, auch Charakterbaß, m. P.).
Chor: Kavaliere des Prinzen – Damen und Herren der Hofgesellschaft – Pagen – Trabanten (Gesangspart nur Männerchor, m. Chp.).
Ort: Teils in einem alten, vernachlässigten Palast des Don Magnifico, teils in einem eine halbe Stunde davon entfernten prächtigen Lustschloß des Prinzen.
Schauplätze: Ein alter Saal, rechts ein Kamin – Kabinett im Palast des Don Ramiro – Herrlicher Saal im Palast des Don Ramiro, rechts Tür zu einem Kabinett, links große Tür zum Speisesaal – Saal wie zu Anfang – Reicher Thronsaal in Ramiros Palast.
Zeit: Zweite Hälfte des 18. Jahrhunderts.
Orchester: 2 Fl. (auch 2 Picc.), 2 Ob., 2 Kl., 2 Fag., 2 Hr., 2 Trp., 1 Pos., P., Schl., Str.
Gliederung: Ouvertüre und 13 Musiknummern, die durch Secco-Rezitative miteinander verbunden sind.
Spieldauer: Etwa 2½ Stunden.

Handlung

Clorinde und Tisbe, die beiden ebenso hochmütigen wie hartherzigen Töchter des Barons Don Magnifico, behandeln ihre Stiefschwester Angelina als Aschenbrödel. Sie, die immer nur mit ihrem Putz beschäftigt sind, lassen sich von Angelina wie von einer Magd bedienen und dulden nicht, von ihr als Schwestern angesprochen zu werden. Der reiche Prinz Don Ramiro von Salerno ist auf der Suche nach einer Lebensgefährtin. Er läßt daher seinen Erzieher, den Philosophen Alidoro, Ausschau halten unter den Töchtern des Landes. Der schlaue Gelehrte nähert sich aber den Heiratskandidatinnen in der Verkleidung als Bettler, um so ein ungeschminktes Bild von ihrem wahren Charakter zu erhalten. Als er um eine milde Gabe bittend an die Türe des Palastes von Don Magnifico klopft, wird er von den beiden gefühlsrohen Schwestern schroff abgewiesen, während ihm Angelina heimlich Brot und Kaffee zusteckt. Als die Schwestern dies bemerken, schlagen sie das Aschenbrödel. Prinz Ramiro läßt durch seine Diener den Töchtern des Hauses eine Einladung überbringen. Clorinde und Tisbe beziehen diese natürlich nur auf sich, und jede von ihnen sieht sich schon als die Auserwählte des Prinzen. Eilig erzählen sie die Neuigkeit ihrem Vater Magnifico, der sich durch eine reiche Heirat einer seiner Töchter Rettung vor dem finanziellen Ruin erhofft. Während sich die beiden Mädchen und Don Magnifico in Staat werfen, betritt der Prinz selbst das Haus. Er hat sich, als Stallmeister verkleidet, neugierig hierher begeben, nachdem ihm sein Meister Alidoro verraten hatte, daß er unter diesem Dach die rechte Braut finden würde. Da kommt Angelina. Der Prinz ist sogleich von ihrer Anmut und ihrem Liebreiz entzückt, und auch sie faßt schnell Zutrauen zu dem fremden Mann. Kurz darauf erscheint in Begleitung von Hofkavalieren Dandini, Don Ramiros Kammerdiener, der verabredungsgemäß jetzt den Prinzen spielt. Zu Ramiros Belustigung läßt er sich von Magnifico, Clorinde und Tisbe huldigen. Als Angelina dann schüchtern den Vater bittet, auch zum Tanz mit aufs Schloß genommen zu werden, weist dieser sie barsch ab. Da tritt Alidoro dazwischen. Er bringt Don Magnifico in große Verlegenheit, als er ihn nach seiner dritten Tochter fragt, von deren Existenz er aus einem Dokument Kenntnis erhalten habe. Magnifico behauptet, daß diese gestorben sei. Als Angelina seiner Lüge entgegenzutreten sucht, ergeht er sich in wütenden Drohungen gegen das Mädchen. Daraufhin begibt er sich mit den beiden Töchtern, Dandini und den Hofherren nach dem Schloß des Prinzen. Der allein bei Angelina zurückgebliebene Alidoro tröstet sie mit dem Versprechen, daß er in einer halben Stunde mit prächtigen Kleidern und Schmuck zurückkommen und sie zum Fest des Prinzen fahren werde.

Während nun Clorinde und Tisbe dort Dandini, den vermeintlichen Prinzen, umschmeicheln, wobei jede die andere auszustechen sucht, weisen sie den »Plebejer« Don Ramiro verächtlich ab, als er erklärt, daß er die vom Prinzen verschmähte heiraten wolle. Von Alidoro eingeführt, erscheint Angelina in strahlender Schönheit auf dem Fest. Don Magnifico und seine Töchter sowie auch Don Ramiro sind erstaunt über die auffallende Ähnlichkeit mit dem Aschenbrödel. Nach der Tafel gesteht Angelina dem vermeintlichen Prinzen Dandini, der ihr ebenfalls den Hof macht, daß sie nicht ihn, sondern den »Stallmeister« liebe. Don Ramiro, der das Gespräch belauscht hat, bietet ihr daraufhin hochentzückt seine Hand an. Da übergibt ihm Angelina ein Armband und bemerkt dazu, er möge sie suchen; er werde sie daran erkennen, daß sie genau das gleiche Armband an ihrer Rechten trage, und wenn sie ihm dann nicht mißfalle, werde sie die Seine. Nachdem sie sich entfernt hat, befiehlt der Prinz seinem Kammerdiener, daß nunmehr die

Rollenvertauschung ein Ende habe, und noch in der gleichen Nacht macht er sich mit Dandini auf, die Geliebte zu suchen. – Alidoro arrangiert vor Don Magnificos Palast einen Wagenunfall, und da gerade ein heftiges Gewitter niedergeht, sucht Don Ramiro mit Dandini in dem Haus Schutz vor dem Regen. Dort findet er, wieder in Lumpen gehüllt, das arme Aschenbrödel. Zu seiner großen Überraschung entdeckt er aber an ihrer Rechten das Armband. Mit einem feierlichen Schwur reicht er der Geliebten die Hand zum Lebensbund. Obwohl Magnifico und die vor Neid platzenden Schwestern in ihrer Enttäuschung auch jetzt noch Angelina schmähen, verzeiht ihnen die Herzensgute und läßt sie als Gattin des Prinzen teilhaben an ihrem Glück und ihrem Glanz.

Stilistische Stellung

Die ›Cenerentola‹-Partitur zeigt das gewohnte stilistische Gepräge der Rossinischen Buffa-Oper: einerseits in den lyrischen Partien die blühende Kantilene, die durch perlende Koloraturen reich verziert und variiert ist, und anderseits bei den komischen Szenen das sprudelnde Parlando. Pikante Wirkungen werden auch bei den Ensembles durch rhythmisch-dynamische Effekte erzielt (z. B. Sextett Nr. 12). Im formalen Aufbau entspricht die Anlage ganz der des ›Barbier von Sevilla‹, sogar die »Tempestà« (Gewittermusik) fehlt nicht. Von meisterhafter Faktur ist wiederum die filigranhafte, witzige und delikate Instrumentation.

Textdichtung

Das Libretto zu Rossinis ›La Cenerentola ossia La bontà in trionfo‹ (Aschenbrödel oder der Triumph der Herzensgüte) schrieb der römische Textdichter Jacopo Ferretti. Als Vorlage diente ihm die 1810 in Paris mit außerordentlichem Erfolg gegebene Oper ›Cendrillon‹ von Niccolò Isouard, Text von Charles Guillaume Étienne. Das alte Zaubermärchen vom Aschenbrödel ist seit Carlo Goldonis berühmter ›Buona figliuola‹ (La Cecchina), komponiert von Niccolò Piccinni (1760 Rom), immer wieder als Opernstoff herangezogen worden. Ferrettis Bearbeitung hält mit dem Gestaltungsprinzip der Opera buffa (Verkleidung, Verwechslung) auch an der von der Commedia dell'arte hergeleiteten Typisierung der Charaktere fest; sie rückt daher gegenüber der ferneren, von duftiger Märchenstimmung erfüllten Zeichnung in Isouards Opéra comique mehr das Komische in den Vordergrund.

Geschichtliches

Der Impresario Domenico Barbaja (1778–1841), dessen Aufstieg vom Kellner über Zirkusdirektor zum Theaterkönig und Beherrscher des gesamten italienischen Opernwesens (nicht bloß in Italien, sondern auch in Wien) eine der merkwürdigsten Karrieren in der Theatergeschichte darstellt, hatte mit Rossini in den Jahren 1815 bis 1823 einen Vertrag, wonach ihm dieser jährlich zwei neue Opern liefern mußte. Barbajas Geliebte war die dramatische Koloratur-Mezzosopranistin Isabella Colbran, eine der gefeiertsten Sängerinnen ihrer Zeit, die später Rossinis Frau wurde (1822). Für sie schrieb Rossini die meisten seiner großen Frauenpartien, so auch die Titelrolle in ›Cenerentola‹. Die Uraufführung des Werkes erfolgte am 25. Januar 1817 am Teatro della Valle zu Rom mit großem Erfolg. Nach Rossinis Triumphen in Wien, wo ihn Barbaja 1822 eingeführt hatte, brachte es ›Cenerentola‹ auch an deutschen Bühnen zu hohen Aufführungsziffern.

Mosè in Egitto (Moses in Ägypten)

Azione tragico-sacra in drei Akten. Text von Andrea Leone Tottola.

Solisten: *Faraone/Pharao* (Charakterbaß, gr. P.) – *Amaltea*, seine Frau (Dramatischer Koloratursopran, auch Dramatischer Mezzosopran, gr. P.) – *Osiride*, Pharaos Sohn (Jugendlicher Heldentenor, auch Lyrischer Tenor, gr. P.) – *Elcìa*, Israelitin, Osirides heimliche Geliebte (Lyrischer Sopran, gr. P.) – *Mambre* (Charaktertenor, auch Lyrischer Tenor, m. P.) – *Mosè/Moses* (Seriöser Baß, gr. P.) – *Aronne/Aron* (Lyrischer Tenor, m. P.) – *Amenofi*, die Schwester Aronnes (Mezzosopran, kl. P.).
Chor: Ägyptische Granden und Edelfrauen – Die Israeliten mit ihren Frauen, Müttern und Kindern – Gefolge der Amaltea (Männer) – Ägyptische Granden (Männer) und israelitische Edelfräulein – Das israelitische Volk (m. Chp.).
Statisten: Gefolge des Osiride und Mambre, Wachen des Pharao. Die ägyptische Streitmacht.

Ort: Ägypten.
Schauplätze: Königspalast. Weite Ebene mit Blick auf die Mauern von Tani – Königliche Gemächer. Düsteres Kellergewölbe, zu dem eine gewundene Treppe herabführt. Thronsaal. – Am Ufer des Roten Meeres.
Zeit: In biblischer Zeit.
Orchester: 2 Fl. (auch Picc.), 2 Ob., 2 Kl., 2 Fag., 4 Hr., 2 Trp., 3 Pos., Serpent, P., Schl. (gr. Tr., Bekken, Triangel), Hrf., Str. Bühnenmusik (hinter der Szene): Hrf., Banda (auf der Szene): Picc., kl. Kl. in F, 2 Kl., 2 Hr., 4 Trp., 2 Pos., Serpent, gr. Tr.
Gliederung: 11 ineinander übergehende Musiknummern.
Spieldauer: Etwa 2½ Stunden.

Handlung (Fassung von 1818/1819)

Weil der Pharao sein Versprechen gebrochen hat, die Israeliten aus der Knechtschaft zu entlassen, hat der Gott Israels Ägypten in tiefe Finsternis gehüllt. Bedrängt von seinen verängstigten Untertanen und von Amaltea, seiner insgeheim zum jüdischen Glauben übergetretenen Frau, gelobt der König erneut die Einhaltung seiner Zusage und läßt deshalb Mosè herbeiholen. Der ägyptische Thronfolger Osiride jedoch will den Auszug Mosès und der Seinen verhindern, weil er sonst seine heimliche Geliebte, die Israelitin Elcìa, verlieren würde. Abermals gibt der König dem in Begleitung seines Ratgebers Aronne erscheinenden Mosè bezüglich der Freiheit der Israeliten sein Wort. Und obwohl Aronne auf die notorische Wankelmütigkeit des Pharao hinweist, hilft Mosè den Ägyptern aus der Not. Er schwingt seinen Stab, und augenblicklich weicht zum Erstaunen aller das Dunkel hellem Tageslicht. Unter dem Eindruck des Wunders bekräftigt der ägyptische Herrscher sein Versprechen. Er erlaubt den Israeliten, unverzüglich in die Wüste zu ziehen. Alle außer Osiride sind erleichtert. Doch noch gibt er sich nicht geschlagen, denn in dem Oberpriester Mambre, der in Mosè nichts weiter als einen mit faulen Zaubertricks Eindruck schindenden Scharlatan sieht, hat Osiride einen einflußreichen Verbündeten. In einem Vieraugengespräch verabreden sie, das ägyptische Volk durch Gold zu bestechen und mit dem Hinweis aufzuwiegeln, daß es mit dem Weggang der Israeliten seine Sklaven verlieren würde. Nachdem sich Mambre zurückgezogen hat, sucht Elcìa Osiride auf, um von ihm Abschied zu nehmen. Vergeblich versucht er die Geliebte umzustimmen, die trotz ihrer Liebe zu dem ägyptischen Prinzen glaubt, göttlichem Gebot Folge leisten und sich dem Auszug ihres Volkes aus Ägypten anschließen zu müssen. Unterdessen hat Mambre dafür Sorge getragen, daß sich eine erzürnte Volksmenge, die vom Pharao den Widerruf des den Israeliten gegebenen Versprechens verlangt, vor dem königlichen Palast zusammengerottet hat. Amaltea ist darüber in großer Beunruhigung. Als sie auf Mambre trifft, verweist der seine Genugtuung über den Volksauflauf kaum verhehlende Oberpriester Amaltea an den Pharao. Der aber hat für die Warnung seiner Frau vor dem Zorn des israelitischen Gottes kein Ohr. Vielmehr schlägt er sich auf die Seite seines Sohnes und verbietet den Israeliten bei Todesstrafe zu fliehen. Inzwischen hat sich das Volk Israel vor den Mauern von Tani versammelt. Zuversichtlich und mit Dankgebeten auf den Lippen schauen alle dem Abmarsch entgegen. Nur Elcìa ist in trauriger Stimmung. Als Aronnes Schwester Amenofi in sie zu dringen versucht, schweigt sich Elcìa aber weiterhin über ihre Liebe aus. Da eilt in Begleitung des Oberpriesters und ägyptischer Soldaten Osiride herbei und stoppt mit der Nachricht vom neuerlichen Gesinnungswandel seines Vaters den Aufbruch. Die Israeliten sind empört, und Mosè kündigt den Ägyptern die Verwüstung durch Feuer und Hagel an, woraufhin Osiride seinen Soldaten befiehlt, Mosè zu töten. Lediglich das Dazwischentreten des Pharao und seiner Frau kann die Gewalttat verhindern. In der Sache aber bleibt der Pharao unnachgiebig. Auch läßt er sich zu wütenden Schmähungen gegen Mosè hinreißen, so daß dieser seine Drohung wahr macht: Als er seinen Stab hebt, bricht mit einem Donnerschlag ein gräßliches Unwetter herein, und zum allgemeinen Entsetzen fallen Hagel und Feuer vom Himmel.

Nach der jüngsten Heimsuchung ist dem Pharao daran gelegen, das Volk Israel schnellstmöglich loszuwerden. Und so teilt er Aronne mit, daß jeder Israelit, der sich bei Tagesanbruch noch nicht davongemacht habe, des Todes sei. Danach eröffnet der Pharao seinem Sohn, er wolle ihn mit einer armenischen Prinzessin verheiraten. Ihm ist unerklärlich, warum Osiride (der selbst jetzt noch seine Zuneigung zu Elcìa verschweigt) über die in Aussicht gestellte Hochzeit alles andere als erfreut ist. Mosè wiederum bedankt sich bei der ängstlich zur Abreise drängenden Amaltea für ihren Beistand. Sie hofft, daß nach dem Wegzug der Israeliten wieder Frieden einkehren werde. Doch kaum ist die Königin gegangen, stürzt Aronne mit einer Nachricht herein, die den Aufbruch abermals zu gefährden droht: Osiride habe Elcìa entführt. Mosè schickt Aronne zu Amaltea, gemeinsam sollen sie das Paar zurückholen. Die Liebenden haben sich in einem entlegenen Tal in ein Kellergewölbe geflüchtet. Dort setzt Osiride die Geliebte über die von seinem Vater betriebene Heirat in Kenntnis, der er sich dadurch zu entziehen trachtet, daß er gemeinsam mit Elcìa in den Wäldern das Leben eines einfachen Schäfers führen will. Lange indessen ist es den beiden nicht gestattet, ihrem Traum vom Glück zu zweit nachzuhängen, denn Aronne und Amaltea haben in Begleitung von Wachen ihr Versteck inzwischen aufgespürt. Osiride und Elcìa werden von Aronne und Amaltea mit Vorwürfen überhäuft, und bevor das Liebespaar nach oben geführt wird, kündigt Osiride an, auf den Thron verzichten zu wollen. Der Pharao wird indessen gegenüber Mosè erneut wortbrüchig. Dieses Mal schützt er außenpolitische Bedrohungen vor, die ihn zwängen, dem Volk Israel die versprochene Freiheit zu verweigern. Als ihm daraufhin Mosè den Tod des Thronfolgers und aller ägyptischen Erstgeborenen voraussagt, gibt der Pharao Befehl, seinen Widersacher in Fesseln zu schlagen. Den Oberpriester wiederum läßt er wissen, daß er Osiride unverzüglich zum Mitregenten zu erheben gedenke, damit dieser über Mosè das Todesurteil fällen möge. Auf diese Weise hofft der König, die Prophezeiung des Mosè Lügen strafen zu können. Im Thronsaal haben sich inzwischen die Granden des Reiches versammelt und billigen die Thronbesteigung Osirides, der insgeheim beabsichtigt, seinen neuen Rang zur Legitimierung seines Liebesverhältnisses zu nutzen. Den gefesselten Mosè jedoch zwingt Osiride, sich vor ihm zu verneigen, was Mosè allerdings nicht davon abhält, Osiride vor seinem unmittelbar bevorstehenden Tod zu warnen, falls dem israelitischen Volk weiterhin die Freiheit verweigert würde. Doch Osiride bleibt verstockt. Da schaltet sich Elcìa in die Auseinandersetzung ein und macht ihre Liebesbeziehung zu Osiride öffentlich. Sie fleht den Geliebten an, Mosè frei- und ihr Volk ziehen zu lassen. Darüber hinaus bittet Elcìa Osiride, ihr zu entsagen. Sie selbst aber wolle für ihre den Zorn Gottes heraufbeschwörende Liebe mit dem Tode büßen. In Verzweiflung über Elcìas Verzicht gerät Osiride außer sich und zückt einen Dolch gegen Mosè. Im selben Augenblick fällt ein Blitz vom Himmel und erschlägt den mordlüsternen Königssohn. Während Mosè das Eintreffen seiner Prophezeiung konstatiert, sind der Pharao, Elcìa und die übrigen Anwesenden über den Tod des Osiride entsetzt.

Nachdem sie die Wüste durchquert haben, sind die Israeliten auf ihrem Zug ins gelobte Land am Ufer des Roten Meeres angelangt, von wo aus kein Weg weiterführt. In feierlichem Gebet bitten Mosè und sein Volk in der ausweglos scheinenden Situation um göttlichen Beistand. Doch das Gottvertrauen weicht banger Verzagtheit, als eine Horde ägyptischer Verfolger sich nähert. Einzig Mosè bleibt unbeirrt. Er berührt mit seinem Stab das Meer. Das Wasser teilt sich und gibt einen Durchgang frei, der es den Israeliten ermöglicht, trockenen Fußes überzusetzen. Gleich darauf erreichen die Ägypter – an ihrer Spitze der Pharao und Mambre – das diesseitige Ufer und versuchen ebenfalls, die Passage zu nutzen. Doch die Fluten schlagen über ihnen zusammen, so daß sie alle ertrinken. Danach beruhigt sich das Meer wieder. In der Ferne am jenseitigen Ufer sind die Israeliten zu sehen. Auf Knien danken sie Gott für ihre wunderbare Errettung.

Textdichtung und stilistische Stellung

Daß sich Rossini nach ›Ciro in Babilonia‹ (1812 Ferrara) mit der am 5. März 1818 im Teatro San Carlo zu Neapel uraufgeführten Azione tragicosacra ›Mosè in Egitto‹ zum zweiten Mal einem biblisches Sujet zuwandte, erklärt sich daraus, daß die Theater das damals geltende Verbot weltlicher Bühnenaufführungen während der Fastenzeit mit Opern in sakralem Gewand umgingen. Das Textbuch ist das erste, das Andrea Leone Tottola für Rossini verfaßt hat. Bis 1822 sollte der Komponist mit dem Librettisten, von dem neben seinen zahlreichen Textbüchern kaum mehr bekannt ist als die Daten seiner von 1796 bis 1831 währenden schriftstellerischen Karriere, noch mehrfach zusammenarbeiten. Für ›Mosè‹ griff Tottola auf die Tragödie ›L'Osiride‹ (1760 Padua) von Francesco Ringhieri zurück. Hier fand er die frei erfundene Liebesgeschichte vor, die in die nach Passagen aus dem 2. Buch Mose gestaltete biblische Handlung eingeflochten ist. Zwar war dem Librettisten an einem gleichgewichtigen Verhältnis zwischen dem Volksdrama, das seine Spannung aus dem Freiheitsdrang der sich um Mosè scharenden Israeliten schöpft, und dem Privatkonflikt des an der Unvereinbarkeit von Pflicht und Neigung scheiternden Liebespaares gelegen, gleichwohl durchdringen sich beide

Sphären in musikalischer Hinsicht letztlich nur während Elcìas Auftritt zum Schluß des II. Akts. Daß ihre Arie »Porgi la destra amata« mehr ist als eine für den Handlungsfortgang im Grunde irrelevante affektive Stellungnahme, wird an den Kommentaren der übrigen Beteiligten deutlich, insbesondere des über Elcìas Verzicht in wachsende Verzweiflung geratenden Osiride, der schließlich außer sich vor Enttäuschung mit gezücktem Dolch auf Mosè eindringt. Doch dies ist nicht das einzige Handlungselement, durch das sich Elcìas Arie zur dramatischen Szene weitet. So lösen die um den Tod des Osiride sich abspielenden Vorgänge die Cabaletta aus. In ihr läßt nicht allein Elcìa ihrem Schmerz über den Tod des Geliebten freien Lauf, sondern gleichzeitig bringt der Chor sein Entsetzen über die göttliche Heimsuchung zum Ausdruck, wodurch wiederum der Zusammenhang mit dem biblischen Geschehen hergestellt ist. Die übrigen Arien weisen, indem sie, so Sabine Henze-Döhring, »lediglich das bereits im Rezitativ entfaltete dramatische Ereignis« resümieren, in dramaturgischer Hinsicht auf das traditionelle italienische Melodramma. Sie sind auch musikalisch eher konventionell gehalten. Allerdings ragt das Kellerbild des II. Akts aufgrund seiner melodischen Schönheit und seiner Steigerungsanlage, die vom Duett zum Quartett mit chorgestütztem Stretta-Schluß führt, aus den der Liebesgeschichte zugehörigen solistischen Nummern heraus.

Indessen legte Rossini das kompositorische Hauptgewicht auf den aus dem biblischen Bericht entwickelten Handlungsstrang. Hier fasziniert nicht allein die markante Deklamatorik der Protagonisten, für die Mosès kraftvolle, vom tiefen Blech gestützte Anrufung »Eterno! immenso! incomprensibile Dio!« aus dem 1. Bild des I. Akts ein eindrucksvolles Beispiel ist. Darüber hinaus ist das auf die Wiederkehr des Lichts folgende kanonartige Quintett »Celeste man placata!« ein klanglich fein ausdifferenzierter Belcanto-Hymnus, nicht zuletzt aufgrund der subtilen Begleitung durch Bratschen, Celli, Harfe, Hörner und tiefe Bläser. Ohnehin ist gerade das 1. Bild der ohne Ouvertüre mit drei vom Schlagwerk dominierten Orchesterschlägen einsetzenden Oper ein imposantes Zeugnis für das Genie des Komponisten: In unablässigem Wechselgesang greifen die Stimmen des Solo-Ensembles und des Chores während der Klage über die Finsternis ineinander, wobei eine nahezu allgegenwärtige, in sich kreisende Streicherfigur zum Tonsymbol für die verfahrene Situation wird, in die der wortbrüchige Pharao sein Land gebracht hat. Steht dieses beklemmende Einleitungs-Tableau in c-Moll, so findet die Wiederkehr des Tageslichts, für die die Lichtwerdung in Haydns ›Schöpfung‹ die paradigmatische Referenzstelle ist, als überwältigendes Crescendo in C-Dur statt.

Diese Moll/Dur-Verschiebung ist die Klangsigle für die heilsgeschichtlich-utopische Dimension des Werkganzen, das von der in der nachnapoleonischen Epoche hochbrisanten Idee der Volksbefreiung durchdrungen ist. Daß solch politischer Gehalt von Rossinis Musik seinerzeit außer Frage stand, dafür ist Heinrich Heine ein prominenter Gewährsmann, indem er 1828 in einer Huldigung an den als »Helios von Italien« verherrlichten Komponisten formulierte: »Dem armen geknechteten Italien ist ja das Sprechen verboten, und es darf nur durch Musik die Gefühle seines Herzens kundgeben.« Der Wechsel von c-Moll nach C-Dur ist überdies die geistige Klammer der Oper. Denn auch im Orchesterepilog tritt, nachdem die Musik das schreckliche Ende des ägyptischen Heeres in den Meeresfluten tonmalerisch vergegenwärtigt hat, an die Stelle von c-Moll ein stiller C-Dur-Teil, dessen abschließende dynamische Steigerung Rossini in der späteren Umarbeitung der Oper für Paris zugunsten eines Sotto-voce-Schlusses revidiert hat. Und auch das Glanzstück der Oper, die Preghiera »Dal tuo stellato soglio« zu Beginn des III. Akts, erzielt seine grandiose Wirkung durch eine spektakuläre Dur-Aufhellung, wobei Rossini aus der regelmäßigen, dreistrophigen Anlage dieses wohl berühmtesten aller Operngebete den Überraschungseffekt gewinnt: Jeder der Protagonisten intoniert eine der in g-Moll beginnenden Strophen, deren elegische Melodie zunächst ins parallele B-Dur führt. Diese Wendung ins Tröstliche hat jedoch keinen Bestand, da der von den Solisten und dem Chor gemeinsam gestaltete Refrain wieder in die Ausgangstonart zurückkehrt. Im dritten Durchgang aber wird mit dem letzten Akkord, weil entgegen der Erwartung nicht g-Moll, sondern G-Dur eintritt, die Wiederholungsstruktur aufgegeben. Der Wechsel des Tongeschlechts bricht einer Coda Bahn, in der die Anfangsmelodie – dieses Mal nicht solistisch, sondern vom Tutti vorgetragen – in hymnischer Durfassung erklingt und gleichsam das für die Israeliten glückliche Ende vorausnimmt. Die frappierende Wirkung wird durch Rossinis ausgeklügelte Klangregie (Harfe hinter, Banda auf der Bühne und Orchestertutti aus dem Graben) noch verstärkt.

Geschichtliches

Die große Eile, mit der Rossini an der erst eine Woche vor der Premiere abgeschlossenen Partitur arbeitete, zeigt sich zum einen in Übernahmen aus früheren Werken, unter anderem Amalteas aus der oben erwähnten Oper ›Ciro in Babilonia‹ stammende Arie »La pace mia smarrita« aus dem II. Akt, die Rossini bei der Wiederaufnahme des Werkes ein Jahr später strich. Zum anderen überließ er Michel Carafa die Komposition der für den Pharao bestimmten Arie »A rispettarmi apprenda« (I. Akt), die später von Rossini durch die aus eigener Feder stammende Arie »Cade dal ciglio il velo« ersetzt wurde. Die Premiere mit Isabella Colbran (von 1822 bis 1845 Rossinis erste Ehefrau) in der Rolle der Elcìa war wohl auch wegen Francesco Tortolis Ausstattung und trotz bühnentechnischer Probleme im III. Akt ein Erfolg. Indessen enthielt diese Urversion des ›Mosè‹ noch nicht die Preghiera. Sie kam erst in der Zweitfassung (uraufgeführt am 7. März 1819 ebenfalls in Neapel) hinzu, als Rossini den Beginn des III. Akts neu gestaltete.

Doch damit nicht genug: Obgleich ›Mosè‹ in und außerhalb Italiens häufig gegeben wurde, revidierte Rossini das Werk anläßlich einer am 26. März 1827 an der Pariser Opéra in französischer Sprache uraufgeführten Produktion tiefgreifend, so daß es sich bei ›Moïse et Pharaon, ou Le passage de la mer rouge‹ (Libretto von Luigi Balocchi und Étienne de Jouy) letztendlich um ein anderes, sich nach den ästhetischen Maßstäben einer Grand Opéra richtendes Stück handelt. In ihm sind weitere Chöre, außerdem Tänze und Divertissements hinzugekommen. Die meisten Personen erhielten andere Namen, und bei unterschiedlichem Handlungsgang (das Eröffnungsbild des ›Mosè‹ steht etwa zu Beginn des II. Aufzugs des vieraktigen ›Moïse‹) hat Rossini sämtliche Arien neu komponiert. Lediglich Elcìas Arie wurde übernommen, erhielt aber einen völlig anderen Charakter. In seinem Plädoyer für die Version von 1819 hebt der Rossini-Forscher Philip Gossett hervor, daß »die Klarheit der Grundlinien und die dramatische Kraft des Aufbaus ... in der originalen Oper deutlicher und fesselnder in Erscheinung« treten als im ›Moïse‹.

In der Folgezeit machten ›Mosè‹ und ›Moïse‹ einander Konkurrenz, doch immer häufiger wurde die Pariser der neapolitanischen Fassung vorgezogen. Insbesondere trug Calisto Bassis Übersetzung des ›Moïse‹ ins Italienische, die bereits 1827 in Rom in einer konzertanten Aufführung vorgestellt wurde (erste szenische Präsentation zwei Jahre später in Perugia), zur Verdrängung der früheren Fassung bei. Während der ›Moïse‹ von 1827 nie ganz aus dem Repertoire verschwand und beispielsweise 1983 in Paris und 1988 in München in Bassis italienischer Bearbeitung aufgeführt wurde, war der ›Mosè‹ von 1819 im 20. Jahrhundert vergessen. Erst 1981 kam es unter der musikalischen Leitung von Claudio Scimone in Lissabon zu einer ersten szenischen Wiederbelebung des ›Mosè‹, der je zwei konzertante Aufführungen in Lugano und New York vorausgegangen waren. Im selben Jahr spielte Scimone das Werk mit Ruggero Raimondi in der Titelrolle außerdem auf CD ein. Auch die 1983 im Rahmen des Rossini-Festivals von Pesaro gezeigte Inszenierung von Pier Luigi Pizzi wurde von Scimone betreut. 1985 in Pesaro wiederholt, wurde diese Produktion 1988 von der römischen Oper übernommen. Darüber hinaus lag die Eröffnung der Stagione 2000/2001 am Teatro Filarmonico von Verona mit ›Mosè‹ in den Händen des Duos Pizzi/Scimone. 1996 wiederum brachte die Opera Camerata Washington unter dem Dirigat von Micaele Sparacino ›Mosè‹ in der St Matthew Cathedral der amerikanischen Hauptstadt oratorisch zur Aufführung. Die kritische Ausgabe des Notenmaterials steht bislang noch aus, was die zögerliche Verbreitung des Werkes erklärt.

R. M.

La donna del lago (Die Dame vom See)

Oper in zwei Akten. Libretto von Andrea Leone Tottola.

Solisten: *Uberto/Giacomo*, König von Schottland (Lyrischer Tenor, gr. P.) – *Douglas d'Angus* (Seriöser Baß, m. P.) – *Elena* (Lyrischer Koloratursopran, Dramatischer Koloratursopran oder hoher Koloratur-Mezzosopran, gr. P.) – *Malcolm Groeme* (Koloratur-Mezzosopran, gr. P.) – *Rodrigo di Dhu* (Lyrischer Tenor, m. P.) – *Albina* (Mezzosopran, kl. P.) – *Serrano* (Tenor, kl. P.) – *Bertram* (Baß, kl. P.).

Chor: Hochlandkrieger – Königliche Soldaten – Adlige Damen und Herren – Jäger – Barden – Wachen – Hirten – Hirtinnen (m. Chp.).
Ort und Zeit: Schottland in der ersten Hälfte des 16. Jahrhunderts.
Schauplätze: Das schottische Hochland, wechselnde Szenarien – Der Königspalast in Stirling.
Orchester: 2 Fl., 2 Ob., 2 Klar., 2 Fag., 2 Trp., 2 Hr., 2 Pos., Cimb. (auch Bt.), P., Hrf., Str.
Gliederung: Dreizehn Musiknummern in zwei Akten
Spieldauer: Etwa 2½ Stunden.

Handlung
Vorgeschichte: König Giacomo (Jakob V. 1512–1542), der Schottland regiert, hat vor Jahren seinen Erzieher (Vormund), den schottischen Adligen Douglas von Angus, vom Hof verbannt. Mit anderen Clanführern, allen voran Rodrigo di Dhu sowie Malcolm (Groeme, Scott: Graeme), führt er eine Rebellion der unterdrückten Hochländer gegen den König an, mit dem Ziel, ihn zu stürzen. Seine Tochter Elena (die »Dame vom See«) und Malcolm sind miteinander heimlich in Liebe verbunden.

Am Loch Katrine begrüßen Schäferinnen und Schäfer den Tag und preisen die reiche Natur: Wiesen, Eichen und Blumen. In der Ferne hört man Jäger vom Hof des Königs, die zur Jagd unterwegs sind. Elena, die Tochter des Douglas, rudert über den See und sorgt sich in einem Morgenlied um ihren geliebten Malcolm, der ihr schon länger fernbleibt. Als sie das Ufer erreicht hat und ihr Boot festbinden will, kommt König Giacomo, der als Jäger Uberto an der Jagd teilnimmt, den Berg herunter, weil er Elena treffen will, deren Schönheit man ihm gerühmt hat. Ihr Anblick bestätigt diesen Ruf. Er behauptet, sich auf der Pirsch verirrt zu haben, und bittet sie um Hilfe. Sie ist bereit, ihn in ihre Hütte auf der anderen Seeseite zu geleiten, als Schottin ist Gastfreundschaft ihr eine Ehre. Uberto meint, ein persönliches Interesse zu erkennen. Als sie in das Boot gestiegen sind, kommen die Jäger, die sich um Uberto sorgen und ihn suchen. – In der Behausung Elenas entdeckt Uberto Kriegstrophäen an der Wand und erkennt, daß sie einem schottischen Ritter gehören, der einst seinen Vorfahren gedient hat. Elena nennt ihren Vater, den berühmten Douglas. Uberto beteuert, seine Exilierung bedauere der König – zumindest sage das ein Gerücht, fügt er hinzu, um sich nicht zu verraten. Elenas Freundinnen besuchen sie und singen von einem Fräulein, das Liebe in dem schottischen Nationalhelden Tremmor entfachte; Elena habe den Führer Rodrigo zu ähnlicher Leidenschaft entzündet. Sie ist bestürzt, denn dann hätte ihre Liebe zu Malcolm keine Chance. Uberto, der sich in Elena verliebt hat, wird von Eifersucht gequält und fragt sie, ob sie mit Rodrigo verlobt sei. Elena antwortet ausweichend: Sie habe in einem einzigen Augenblick ihr Herz verloren, was ihn zu süßen Hoffnungen bewegt. Aus Sorge, erkannt zu werden, will er sich zu seinen Jagdfreunden zurückbringen lassen. Beim Abschied wünscht er, immer bei ihr bleiben zu dürfen, was sie ebenso als ungehörig zurückweist, wie den höfischen Handkuß, den er ihr bietet. Beide singen sie von ihrer Liebe, sie von ihrer zu Malcolm, er von seiner Leidenschaft für sie. – Malcolm zweifelt an Elenas Liebe und schwankt zwischen dem Willen, sie dem Nebenbuhler zu entreißen, und Verzweiflung. Als Elena mit ihrem Vater kommt, versteckt er sich und muß mit anhören, daß dieser Elena Rodrigo versprochen hat. Doch ihre Weigerung, jetzt in Kriegszeiten an Hochzeit und Liebe zu denken, versteht er richtig als Ausdruck ihrer Treue zu ihm. Douglas ist empört über die Weigerung Elenas und verlangt von ihr, Rodrigo ihre Hand zu reichen. Als er abgegangen ist, tritt Malcolm hervor, Elena und er geloben einander unverbrüchliche Treue. – Auf einem weiten Feld versammeln sich die rebellischen Clans und huldigen ihrem Anführer Rodrigo. Douglas und Elena stoßen zu ihnen. Auf Rodrigos verliebte Worte findet Elena keine Antwort. Als Malcolm an der Spitze seiner Männer zur Streitmacht stößt, erkennt Douglas, wen seine Tochter wirklich liebt; Malcolm verrät sich zudem, als Rodrigo Elena als seine zukünftige Gattin vorstellt. Eine Konfrontation wird nur vermieden, weil das Heranrücken der feindlichen Scharen gemeldet wird. Die Barden feuern die Schotten an, ein glänzender Meteor wird als Ankündigung eines großen Sieges gedeutet. Die Frauen rufen zu Gott, den Kampf gegen die Unterdrücker zu unterstützen.

Als Schäfer verkleidet, sucht Uberto Elena nahe einer Waldhöhle, in die sie ihr Vater zu ihrem Schutz geschickt hat. Sie sendet einen Boten zu ihrem Vater, da er, anders als versprochen, nicht vor der Schlacht zurückgekommen ist. Als Uberto vortritt, will sie sofort gehen, da sie ihn zunächst nicht erkennt, dann weist sie seine Avancen zurück. Sein Liebesgeständnis trifft sie unvorbereitet, da sie seine Reden nur als Höflichkeit verstanden hat; ihre Standhaftigkeit, die sich mit Mitleid mit seinem Leiden verbindet, bewegen ihn, ihre Gefühle zu achten, und er schenkt ihr einen Ring, den er von König Giacomo erhalten haben will, als er ihm das Leben rettete. Der König werde ihr bei Gefahr für sich, ihren Vater oder ihren Liebsten helfen. Rodrigo hat die beiden beobachtet, er fordert Uberto auf, zu sagen, wer er sei, denn er hält ihn für einen Mann des Königs. Uberto widerspricht nicht, so daß Rodrigo ihn angreifen will; Elena gebietet Einhalt, doch die beiden Rivalen sind nicht aufzuhalten. – Das königliche Heer durchbricht die Reihen der Schotten, Rodrigo, so wird berichtet, sei gefallen. Douglas ergibt sich daraufhin dem König. Elena ist auf letztere Nachricht hin in das Königsschloß geeilt, wo sie als Tochter des früheren Königserziehers ihre Kindheit verbrachte. Sie hofft, mit Hilfe des Rings ihren Vater, Malcolm und selbst Rodrigo (von dessen Tod sie noch nicht weiß) zu erretten. Im Nachbarraum hört sie Ubertos Stimme mit dem Morgenlied, das sie auf dem See gesungen hatte. Sie will ihn bitten, sie zum König zu führen. Beim Betreten des Thronsaals wird der König begrüßt: Sie muß erkennen, daß er und Uberto die gleiche Person sind. Aus Liebe zu Elena verzeiht er ihrem Vater. Als der gefangene Malcolm hereingebracht wird, behauptet er, ihn für seine Rebellion bestrafen zu wollen, zeigt sich dann jedoch als großzügiger Herrscher und gibt Elena mit Malcolm zusammen. Sie freut sich des Sieges ihrer Standhaftigkeit, alle preisen den Frieden.

Stilistische Stellung

Die Personenkonstellationen sind operntraditionell: ein Dreiecksverhältnis, Konflikte zwischen Ehre und Liebe, Heldentum und Großmut. Die Figuren sind allerdings vielfältiger: die unglückliche, aber selbstbewußte naturverbundene Unschuld, der empfindsame, aber heroische Liebhaber, der wilde, leidenschaftliche Nebenbuhler, der tyrannische Vater, der verzeihende König. Dem entspricht die Bandbreite der Musik, die allerdings keine der bekannten originalen schottischen Melodien verwendet, wie sie Ludwig van Beethoven beispielsweise in den Schottischen Liedern op. 108, WoO 152-157 zwischen 1815 und 1818 gesetzt hatte. Es handelt sich um Formen, die aus der Tradition genommen sind, hier jedoch in charakteristischer Zusammenstellung erscheinen: liedhafte Romanzen, zärtliche Duette, pathetische Arien und, neu für die Seria, handlungstragende Chöre. In die empfindsame Ausdruckswelt treten Koloraturen, die zur Kennzeichnung der höfischen Figuren eingesetzt werden, jedoch auch den Sängern virtuose Entfaltungsmöglichkeiten bieten sollen. Vor allem die Titelrolle ist durch ein breites stilistisches Spektrum gekennzeichnet.

Textdichtung

›Donna del lago‹ ist die drittletzte der acht Opere serie Rossinis für das anspruchsvolle Publikum der neapolitanischen Oper und die differenzierteste. Dafür ist nicht zuletzt die stoffliche Neuorientierung des Librettos verantwortlich, das auf den modernen, ja modischen Keltenkomplex zurückgreift, der seit den 1780er Jahren für eine Abkehr von der antiken und französischen Klassik und eine Öffnung zu Naturszenerien, mystischen Stimmungen, wilden Helden und unschuldigen Liebenden steht. Die europäische Begeisterung für die ossianischen Gedichte löste die Aufnahme von schottischen Sujets in der Literatur, aber auch in der Musik aus. In den 1820er Jahren war es Walter Scott, der diesem Interesse neue Nahrung gab. Rossinis Oper basiert auf Scotts epischem Gedicht in sechs Gesängen ›The Lady of the Lake‹ (1810), das den Autor zu einer europäischen Berühmtheit gemacht hatte. Der Komponist las Scott in einer französischen Übersetzung und ließ sich von Andrea Leone Tottola ein Libretto nach den Hauptthemen anfertigen.

Geschichtliches

Obwohl die Uraufführung 1819 kein großer Erfolg war, erschien die Oper in den wichtigsten europäischen Häusern und war dort bis etwa 1860 präsent. Sie begründete eine Scott-Mode für die nächsten 20 bis 30 Jahre. Allein 25 italienische Werke basierten auf Scottschen Themen, das berühmteste ist Donizettis ›Lucia di Lammermoor‹ von 1835.
In Wien wurde die ›Dame vom See‹ im Juli 1823 aufgeführt, sie riß das Publikum zu Begeisterungsexzessen hin, denen sich weder Carl Maria von Weber noch Franz Schubert ganz entziehen konnten. Beide wählten für ihre neuen Opern Stoffe nicht aus der Antike, sondern aus dem europäischen Mittelalter, dem Scott in verschiedenen Romanen gehuldigt hatte: Weber reagierte mit der ›Euryanthe‹ (1823), Schubert mit ›Fierrabras‹ (1823); auch seine sieben Gesänge aus Scotts ›Fräulein vom See‹, komponiert 1825,

gehen vermutlich auf die Anregung durch Rossinis Oper zurück.
Die Wiederbelebung der Oper begann 1958 in Florenz, seit den 1980er Jahren ist sie immer wieder an den großen Häusern, nicht zuletzt als Primadonnenfutter, aufgeführt worden: in London und Paris, an der Scala und bei den Salzburger Festspielen, in jüngster Zeit in erneut in Paris (2010) und London (2013) sowie in New York (2015).

V. M.

Maometto secondo

Dramma per musica in zwei Akten. Libretto von Cesare Della Valle.

Solisten: *Paolo Erisso*, Gouverneur der Venezianer in Negroponte (Lyrischer Tenor, gr. P.) – *Calbo*, ein venezianischer General (Koloraturalt, m. P.) – *Condulmiero*, ein weiterer venezianischer General (Tenor, kl. P.) – *Anna*, Erissos Tochter (Dramatischer Koloratursopran, gr. P.) – *Maometto II.* (Mehmed II., Baßbariton, gr. P.) – *Selimo*, sein Vertrauter (Tenor, kl. P.) – *Acmet* (stumme Rolle) – *Omar* (stumme Rolle).
Chor: Venezianische Hauptmänner – Frauen von Negroponte – Muslimische Krieger – Muslimische Mädchen – Venezianische Soldaten – Muslimische Soldaten (Männer: gr. Chp., Frauen: m. Chp.).
Statisterie: Venezianische Soldaten – Wachen.
Ort: Negroponte (Chalkis) in der Ägäis.
Schauplätze: Saal im Palast – Annas Gemach – Platz vor der Kirche – Baldachin Maomettos – Krypta der Kirche mit Gräbern.
Zeit: 1470.
Orchester: 2 Fl., 2 Ob., 2 Kl., 2 Fag., 4 Hr., 2 Trp., 3 Pos., Serpent, P., Schl., Hrf., Str. – Bühnenmusik: Picc., Quartino, 4 Kl., 2 Trp., 3 Pos., Ophikleide, gr. Tr., kl. Tr.
Gliederung: Opera seria in zwölf Nummern mit Rezitativen, 2. Fassung (Venedig) mit Ouvertüre.
Spieldauer: 3 Stunden.

Handlung

Die Truppen des Sultans Maometto II. belagern nach der Eroberung von Byzanz die zu Venedig gehörende Stadt Negroponte im ägäischen Meer. Im Palast des Gouverneurs Paolo Erisso tagen die Hauptmänner. Erisso muß die drohende Übernahme einräumen, doch der junge Calbo drängt Erisso, die Stadt weiter zu verteidigen, während General Condulmiero die Übergabe vorschlägt. Gemeinsam beschließt man weiter zu kämpfen; die Truppen schwören Erisso ihre Treue. – In ihrem Zimmer beklagt Anna die Lage. Ihr Vater kommt mit Calbo herein. Er wünscht, daß Anna diesen zu ihrem Schutz heirate, doch sie weigert sich. Sie hat sich in einen Mann namens Uberto verliebt. Erisso aber muß ihr erklären, daß Uberto mit ihm in Venedig gewesen sei und Anna wohl einem Betrüger Glauben geschenkt habe. Zum Zwecke der Selbstverteidigung übergibt Erisso seiner Tochter einen Dolch. Man hört das Donnern einer Kanone, Erisso und Calbo eilen in den Kampf, während Anna in die Kirche zum Gebet aufbricht. – Frauen haben sich auf dem Platz vor der Kirche versammelt. Als Anna hinzukommt, berichtet man ihr, ein Türke sei in die Stadt eingeschleust worden. Anna betet mit den Frauen, und alle suchen Zuflucht in der Kirche. – Am nächsten Morgen betreten Maometto und seine Mannen die dem Herrscher offenbar gut bekannte Stadt. Omar tritt mit seinen Soldaten auf; sie lassen verlauten, Erisso und Calbo seien gefangengenommen worden. Die beiden werden in Ketten vorgeführt. Maometto verlangt von ihnen, sich zu ergeben, dann hätten sie keine Folter zu befürchten und würden befreit. Schweigend lehnt Erisso ab, und die beiden werden abgeführt. Anna und die Frauen kommen aus der Kirche. Anna erkennt in Maometto den Mann, der sich ihr gegenüber als Uberto ausgab und in den sie sich verliebt hat. Sie droht, sich zu töten, sollten Erisso und Calbo nicht befreit werden. Maometto, der über ihre anhaltende Zuneigung verwundert ist, gewährt ihr diesen Wunsch und verspricht ihr eine glorreiche Zukunft.
In Maomettos Zelt ist Anna umringt von muslimischen Mädchen, die sie umschmeicheln und dazu bringen wollen, zu Maometto zärtlich zu sein. Unwirsch weist sie die Mädchen zurück, sie will fliehen. Da tritt Maometto ein. Er zeigt Verständnis für ihre gemischten Gefühle, doch er liebe sie und wolle, daß sie als Königin über Italien herrsche, wo ihr Vater und ihr Bruder (für den er Calbo hält) leben sollen. Anna weist ihn zurück. Von draußen ertönt Lärm: Maomettos

Truppen bereiten eine weitere Attacke auf die Stadt vor. Im Aufbruch verspricht Maometto, solange er hoffen könne, Anna zur Frau zu haben, werde er ihren Vater schützen. Sie fragt nach einem Pfand, das ihre Sicherheit während seiner Abwesenheit garantiere, und er übergibt ihr sein herrschaftliches Siegel. Von seinen Hauptmännern angestachelt, schwört Maometto, zu kämpfen oder zu sterben. Anna sucht einen Weg, ihre Ehre zu verteidigen. – Erisso und Calbo halten sich in der Grabkammer unter der Kirche versteckt. Erisso wünscht sich, für seine Stadt kämpfen zu können. Am Grab seiner Frau kniend, wünscht auch er sich, tot zu sein, um nicht die Schande erleben zu müssen, daß seine Tochter mit Maometto verbunden sei. Calbo versucht ihn von Annas Unschuld zu überzeugen. – Anna tritt auf. Anfänglich beschuldigt Erisso seine Tochter, sich mit dem Feind eingelassen zu haben, doch sie schwört, sie werde Maometto niemals heiraten. Zum Beweis gibt sie ihm Maomettos Siegel, mit Hilfe dessen die beiden Männer ihr Versteck verlassen können. Sie sagt, sie wolle sterben, doch erst nachdem ihr Vater sie hier, am Grab der Mutter, mit Calbo vermählt habe. Die beiden Männer ziehen in den Kampf gegen Maometto. – Anna beklagt ihre Situation. Aus der Kirche über ihr dringen die Gebete der Frauen. – Die Frauen rufen nach Anna. Einige von ihnen betreten die Krypta und erzählen ihr, Erisso habe Maometto besiegt. Der sei nun auf der Flucht, sie aber sei in Gefahr, da er sich an ihr rächen wolle. Anna zeigt sich zum Sterben bereit. Maomettos Männer treten ein, doch sie sind machtlos. Maometto und seine Hauptmänner folgen. Maometto fragt nach seinem Siegel. Während sie ihm gesteht, daß sie es ihrem Vater gegeben und Calbo geheiratet habe, erdolcht sie sich und stirbt auf dem Grab ihrer Mutter.

(Die Fassung Venedig 1822 weicht im II. Akt ab der zweiten Szene deutlich ab: Maometto tritt auf und erklärt, Anna heiraten zu wollen. Erisso erwidert, lieber wolle er seine Tochter töten. Calbo gesteht seine Liebe zu Anna, Erisso enthüllt, Anna sei Calbos Frau, Maometto schwört Rache. Calbo fordert ihn auf, in den Kampf zurückzukehren. In der Grabkammer kommen in dieser Fassung die Frauen zu Anna, kriegerischer Tumult ist zu vernehmen. Plötzlich treten venezianische Soldaten ein, die ihren Sieg proklamieren. Erisso und Calbo folgen, Erisso umarmt seine Tochter und will sie mit Calbo verheiraten, sie stimmt zu. Frauen und Soldaten besingen den Sieg der Venezianer, und Anna tritt mit Calbo vor den Altar.)

Stilistische Stellung

Zu einem nicht geringen Teil waren es die frühen Opern Rossinis, die die musikalisch-dramatischen Konventionen der italienischen Oper des 19. Jahrhunderts etablierten. Philip Gossett konstatiert, Rossini kodifiziere in diesen Jahren das fein abgestimmte musikalisch-dramatische System neu. Die zahlreichen Brüche mit der Tradition werden auch der Grund gewesen sein, warum das neapolitanische Publikum das Werk so zurückhaltend aufnahm: Befremdend mußte etwa die Länge der relativ wenigen musikalischen Nummern erscheinen sowie infolgedessen die Ausdehnung der Akte insgesamt: der I. Akt dauert 90 Minuten, von denen das große Trio (»terzettone«) allein circa 25 Minuten beansprucht, und der II. Akt weist ähnliche Dimensionen auf. Die Handlung wird auch innerhalb der dramatischen Nummern stark vorangetrieben. Insgesamt gibt es lediglich fünf geschlossene Arien, nur zwei von ihnen enden mit einer Cabaletta. Die Abkehr vom Finale der Belcanto-Ära ist eine weitere bedeutende Änderung gegenüber der Tradition. Für das Lieto fine der venezianischen Fassung von 1822 schob Rossini in das ursprüngliche Finale die Arie »Tanti affetti in tal momento« aus ›La donna del lago‹ ein, um eine konventionellere Finalform zu erreichen. Insgesamt darf die Oper deshalb als ein Meilenstein in der Überwindung der traditionellen Nummernform angesehen werden. Auch in den früheren Opern ›La donna del lago‹ und ›Mosè in Egitto‹ sind Tableaus bereits formbildend, doch das Libretto Della Valles erlaubte Rossini durch die gelungene Verknüpfung der Rahmenhandlung mit dem persönlichen Schicksal Annas dramatisch besonders wirkungsvolle Wechsel zwischen den musikalischen Ebenen.

Textdichtung

Cesare Della Valle, Graf von Vetignano, war ein bedeutender Literat mit Einfluß am Teatro San Carlo in Neapel, doch als Librettist war er noch nicht hervorgetreten. Sein Textbuch zu ›Maometto II.‹, das auf seiner Tragödie ›Anna Erizio‹ basiert, ist von recht großzügigen Freiheiten gegenüber den Usancen der Zeit gekennzeichnet, weil die Handlung weniger auf Sensationen ausgerichtet ist, sondern nach historisch-realistischer Darstellung strebt. Die Verquickung des persönlichen Schicksals von Anna, die in ihrer Liebe zwischen den zwei Kulturkreisen zerrissen wird, mit der politischen Situation des Eroberers von Konstantinopel Mehmed II. (1432–1481) bilden zusammen einen höchst dramatischen Gegensatz von äußerer und innerer Handlung. Auch im Italien der 1820er Jahre unter König Ferdinand I. war dieser Spannungsrahmen nicht ohne politische Brisanz, in die Entstehungszeit fällt der sogenannte Carbonari-Aufstand gegen die Herrschaft der Bourbonen in Neapel. Rossini milderte während des Kompositionsprozesses bestimmte nationalistische Formulierungen, in denen die Unabhängigkeit und Stärke der italienischen Nation eingefordert wird, ab und akzentuierte dabei die Einzelschicksale.

Geschichtliches
Die Uraufführung fand am 3. Dezember 1820 am Teatro San Carlo in Neapel statt. Chronologisch steht ›Maometto II.‹ damit zwischen ›Bianca e Falliero‹ und ›Matilde di Shabran‹. Ganz wichtig für die Gestaltung der Partie des Maometto war der Bassist Filippo Galli, der Rossini zu seiner einzigen Partie für heroischen Baß inspirierte, ein italienspezifisches Stimmfach, das sich im deutschen Repertoire am ehesten mit dem des Baßbaritons vergleichen läßt und sich durch eine hohe Tessitura und eine große Beweglichkeit der Stimme auszeichnet.

Wird ›Maometto II.‹ heute in der Forschung als seine ambitionierteste Oper angesehen, zudem als die bedeutendste seiner Zeit in Neapel, so kann die erste Produktion dort nur als ein großer Mißerfolg bezeichnet werden. Erst 1825 kam es zu einer Wiederaufführung vor Ort, und für die Aufführung am La Fenice in Venedig 1822 (prominent plaziert zur Eröffnung der Karnevalssaison am 26. Dezember) überarbeitete Rossini, wohl unter Erfolgsdruck, wesentliche Elemente, die offenbar als zu kühn empfunden worden waren. Die Änderungen waren tiefgreifend: Sie beginnen im Duett Maometto/Anna Nr. 7, in dem die Banda eingeführt wurde, die Szene und Arie Maomettos Nr. 8 wurde umfassend geändert und gekürzt, und die Gesangslinie von Calbos Arie Nr. 9 komponierte Rossini für Anna neu. Zusätzlich erfuhr das Finale durch die Wendung zum Lieto fine eine neue Ausrichtung. Ein Erfolg war aber auch diese Aufführungsserie nicht, doch einigen Zeitgenossen war früh schon die Bedeutung des Werkes, »das weniger reich an schmelzenden Melodien als an wahrhaft dramatisch gedachten Szenen« sei, bewußt (Michael Beer 1821 in einem Brief an seinen Bruder Giacomo Meyerbeer). Die Pariser Fassung ›Le siège de Corinthe‹, die 1826 als Rossinis erstes Stück an der Opéra zur Aufführung gelangte, wird aufgrund ihrer vollständigen Neukonzeption als ein eigenständiges Werk betrachtet.

A. Th.

Il viaggio a Reims (Die Reise nach Reims)

Komische Oper in einem Akt. Dichtung von Luigi Balocchi.

Solisten: *Corinna*, berühmte römische Improvisationskünstlerin (Lyrischer Koloratursopran, gr. P.) – *Marquise Melibea*, polnische Edelfrau und Witwe eines italienischen Generals (Koloratur-Mezzosopran, gr. P.) – *Gräfin von Folleville*, eine junge Witwe, modenärrisch (Dramatischer Koloratursopran, gr. P.) – *Madame Cortese*, eine Dame aus Tirol, Frau eines französischen reisenden Kaufmanns und Besitzerin des Badehotels (Lyrischer Koloratursopran, gr. P.) – *Chevalier Belfiore*, französischer Offizier, der nicht nur der Gräfin von Folleville den Hof macht, Hobbymaler (Lyrischer Tenor, gr. P.) – *Graf von Libenskof*, russischer General, eifersüchtig verliebt in die Marquise Melibea (Lyrischer Tenor, gr. P.) – *Lord Sydney*, englischer Oberst, heimlich verliebt in Corinna (Charakterbaß, gr. P.) – *Don Profondo*, Literat, Freund Corinnas, Sammler von Altertümern (Spielbaß, gr. P.) – *Baron von Trombonok*, deutscher Major, Musikfanatiker (Schwerer Spielbaß, m. P.) – *Don Alvaro*, spanischer Grande, Admiral, verliebt in Marquise Melibea (Kavalierbariton, auch Baß, m. P.) – *Don Prudenzio*, Arzt des Badehotels (Baß, m. P.) – *Don Luigino*, Cousin der Gräfin von Folleville (Tenor, auch Bariton, kl. P.) – *Delia*, junge griechische Waise, in der Obhut Corinnas (Sopran, kl. P.) – *Maddalena*, geboren in der Normandie, Hausdame des Hotels (Lyrischer Mezzosopran, kl. P.) – *Modestina*, zerstreutes Mädchen, Zofe der Gräfin von Folleville (Mezzosopran, kl. P.) – *Zefirino*, Bote (Tenor, kl. P.) – *Antonio*, Haushofmeister

(Baß, kl. P.) – *Gelsomino*, Hausdiener (Tenor, kl. P.).
Chor: Hotelpersonal – Gärtnerinnen – Vier Mitglieder einer Wandertruppe – Bauern und Bäuerinnen – Diener der Hotelgäste (Frauen: m. Chp., Männer: kl. Chp.).
Ballett: Tänzerinnen und Tänzer während des Festes.
Ort: Plombières-les-Bains.
Schauplatz: Kurhotel »Goldene Lilie«.
Zeit: 28. Mai 1825.
Orchester: 2 Fl., 1 Picc., 2 Ob., 2 Kl., 2 Fag., 4 Hr., 2 Trp., 3 Pos., 1 Serpent, P., gr. Tr., Becken, Triangel, Hrf., Str., Cemb.
Gliederung: Neun Musiknummern, die durch Rezitative miteinander verbunden sind.
Spieldauer: Etwa 2½ Stunden.

Handlung
Maddalena, die Hausdame des in Plombières gelegenen Kurhotels »Goldene Lilie«, und der Badearzt Don Prudenzio scheuchen das unter der Aufsicht des Haushofmeisters Antonio stehende Personal herum, damit alles für die Hotelgäste hergerichtet ist, die unmittelbar nach dem Frühstück nach Reims abreisen wollen, um bei der kommenden Tags stattfindenden Krönung Karls X. zum König von Frankreich dabeizusein. Madame Cortese, die Besitzerin des Hotels, bedauert, aufgrund ihrer beruflichen Verpflichtungen auf die Reise nach Reims verzichten zu müssen, und weist das Personal zu besonderer Aufmerksamkeit an, damit ihre ziemlich spleenigen Gäste die »Goldene Lilie« in guter Erinnerung behalten. Da naht auch schon die Gräfin von Folleville: Ohnehin schon genervt von der Trägheit ihrer Zofe Modestina, gerät die Gräfin in einen Ausnahmezustand, als sie von ihrem Cousin Don Luigino erfahren muß, daß die Kutsche, die die neuesten Kreationen des Pariser Schicks nach Plombières transportiert hat, umgestürzt sei. Für eine der Mode verfallene Frau wie die Gräfin ist dies eine ohnmachtswürdige Katastrophe. Insbesondere der Badearzt ist nun um das Leben der besinnungslosen Dame besorgt, die freilich recht fix wieder zu sich kommt und sich darüber beklagt, Reims aufgrund des Mangels an würdiger Kleidung vom Reiseplan nehmen zu müssen. Doch eine von Modestina hereingetragene Schachtel birgt, was die Gräfin freudig aufatmen läßt: Ein darin befindlicher prachtvoller Damenhut hat den Kutschensturz unbeschadet überlebt. Alle ziehen sich in heiterer Stimmung zurück. Indessen regelt der deutsche Baron von Trombonok – seines Zeichens Kassenwart der Reisetruppe – mit Antonio die für die Fahrt nach Reims nötigen Angelegenheiten, als Don Profondo und Don Alvaro hinzutreten. Alvaro macht den Baron mit der polnischen Marquise Melibea bekannt, die auf der Reise nach Reims mit von der Partie sein will. Freilich stellt sich heraus, daß Don Alvaro und ein weiterer Kurgast – der russische General Graf von Libenskof – um das Herz der polnischen Dame rivalisieren. Überdies werden Madame Cortese und ihre Gäste allmählich nervös, weil die Pferde auf sich warten lassen. Fast kommt es sogar zum Duell zwischen Libenskof und Alvaro. Doch da dringt aus einem der Nebenzimmer der harfenumflorte Gesang der römischen Improvisationskünstlerin Corinna, der zum Frieden mahnt. Solchermaßen von der Macht der Musik besänftigt, begeben sich die Hotelgäste wieder auf ihre Zimmer, und der Blick Madame Corteses fällt auf den gerade hereintretenden Lord Sydney, dem auf die Stirn geschrieben steht, daß er Corinna heimlich anbetet. Und in der Tat: Kaum ist er allein, beklagt er auch schon sein Liebesleid. Selbst die Blumen, die er wie jeden Tag von Gärtnerinnen für Corinna anliefern läßt, haben bislang noch nicht bewirkt, daß sich Corinna zu seiner Werbung geäußert hätte. Einem Gespräch mit Don Profondo über Artefakte aus grauer Vorzeit ist der in sein Zimmer ausweichende Lord abgeneigt, und so kümmert sich Profondo um Corinna und ihr Mündel Delia, ein griechisches Flüchtlingskind, denen er einen Brief offenbar mit guten Nachrichten aus dem aufständischen Griechenland zu lesen gibt. Profondo und Delia lassen Corinna allein, die sich über Lord Sydneys Blumen freut. Da tritt der Chevalier Belfiore hinzu und umwirbt Corinna. Sie gibt ihm einen Korb, und Belfiore muß zum Amüsement des die Szene beobachtenden Don Profondo den Rückzug antreten. Daraufhin geht Don Profondo eine Gepäckliste durch, auf der all diejenigen absonderlichen Dinge verzeichnet sind, die er und seine Reisebegleiter für unverzichtbar halten. Auch nimmt er belustigt zur Kenntnis, daß die Gräfin von Folleville sich darüber ärgert, daß Belfiore Corinna Avancen gemacht hat. Indessen werden auf Veranlassung von Trombonok alle zusammengerufen, um von dem Boten Zefirino den Grund für den bislang ausstehenden Aufbruch zu erfahren: Sämtliche Pferde der Umgebung sind ausgebucht, die Fahrt nach Reims muß deshalb ins Wasser fallen. Die

Bestürzung ist allgemein. Doch da eilt Madame Cortese mit der neuesten Neuigkeit herbei. Aus dem Brief ihres in Paris befindlichen Mannes ist zu erfahren, daß der König nach seiner Rückkehr aus Reims in Paris mit einem rauschenden Fest begrüßt werden soll. Gräfin von Folleville lädt ihre Freunde in ihr Pariser Palais ein. Mit dem regelmäßigen Kutschendienst werde man am morgigen Tag dorthin gelangen. Für den heutigen Abend aber soll die Reisekasse geplündert werden, damit Madame Cortese im Hotelgarten ihre Gäste und Freunde aus der Umgebung zum Souper bitten könne. Alle begeistern sich für diesen Plan, und Trombonok nutzt die Gunst der Stunde, um die Marquise Melibea und den General Libenskof zu einer Aussprache zu überreden. Beider Versöhnung schließt sich an. – Am Abend zeigt sich das Personal der »Goldene Lilie« über die prächtig gedeckte Tafel zufrieden, auch hat Trombonok gemäß seiner Leidenschaft für die Tonkunst Musikanten und Tänzer engagiert. Nach der Musik- und Tanzdarbietung fordert Trombonok die Damen und Herren der Festgesellschaft auf, gesungene Trinksprüche gemäß ihrer jeweiligen nationalen Herkunft zum Besten zu geben. Als schließlich die Reihe an Corinna kommt, bittet sie die Freunde um Themenvorschläge. Per Los soll bestimmt werden, worüber sie improvisieren soll. Das Los fällt auf »Karl X., König von Frankreich«. Nach Corinnas Lobpreis auf den König werden Porträts der Königsfamilie und von Karls Vorgängern sichtbar. Alle vereinen ihre Stimmen zur Königshymne und lassen Frankreich und seinen neuen Monarchen hochleben.

Stilistische Stellung
›Il viaggio a Reims o sia L'albergo de Giglio D'Oro‹ (Die Reise nach Reims oder Das Hotel zur Goldenen Lilie) ist Rossinis letzte italienischsprachige Oper und ein Gelegenheitswerk, dessen Ausformung und Inhalt ganz wesentlich vom Uraufführungsanlaß, der Krönung Charles' X. zum französischen König am 29. Mai 1825 zu Reims, geprägt sind. Gleich auf den ersten Blick wird erkennbar, daß es weder auf eine stringente Handlung, noch auf glaubhafte Bühnencharaktere ankommt, denn der Plot bietet lediglich ein Szenenarrangement, um wie in einer Revue oder in einer »Kantate« (so Rossinis eigene Charakterisierung des Werks), eine Abfolge von musikalischen Nummern zu ermöglichen, damit alle Hauptakteure solistisch, im Duett oder im Ensemble auftrumpfen können.

Hierbei folgt das Stück einer Dramaturgie der Wirkung ohne Ursache. Der daraus hervorgehende komische Effekt sei am ersten Auftritt der Gräfin von Folleville exemplifiziert, der nach dem Scena-Modell der ernsten italienischen Oper gearbeitet ist. Der nichtige Anlaß eines fehlenden Mode-Accessoires löst das Cantabile aus; als dann die Zofe Ersatz liefert, erfolgt der Handlungsumschwung, der die Tempobeschleunigung für den Cabaletta-Teil herbeiführt. Indem die Musik sowohl den trauernden, als auch den freudigen Affekt der Protagonistin beim Wort nimmt und zudem in den Gesangspart Schwierigkeiten von höchster Virtuosität packt, ist die komische Wirkung perfekt. Letztlich ist Rossinis Musik für dieses Werk weithin ein ironischer Essay über die Künstlichkeit der Gattung Oper und ihre seinerzeit standardisierten Situationen und austauschbaren Formteile. Und Rossinis Witz besteht darin, auf hohem kompositorischem Niveau hierfür Kabinettstücke zu liefern: allen voran das mit kanonischen Satzkünsten aufwartende Sextett, als die beiden um die Marquise Melibea konkurrierenden Rivalen Alvaro und Libenskof beinahe aneinandergeraten. Höhepunkt des Werks ist aber der Gran Pezzo Concertato (das große Konzertstück) zu 14 Stimmen, der durch die Nachricht ausgelöst wird, daß aufgrund fehlender Pferde die Reise nach Reims ausfallen muß. Es handelt sich um »das größte Ensemble, das je in einer Oper erklang« (Volker Scherliess), und insbesondere der einleitende A-cappella-Teil gehört zu Rossinis delikatesten Kompositionen überhaupt. Doch auch die übrigen Gesangsnummern bezeugen Rossinis Originalität. So stellt er dem Soloauftritt Lord Sydneys eine wie ein Flötenkonzertsatz anmutende Einleitung voran; dann wieder legt er Don Profondo eine flinke Parlando-Arie in den Mund, in der dieser die Akzente seiner polyglotten Reisegefährten nachäfft. Ebenso bezeugen die Sologesänge Corinnas und die Duette, daß ›Il viaggio a Reims‹ vor allem anderen ein Belcanto-Fest ist.

Fürs Finale aber zog Rossini einen weiteren Joker aus dem Hut: Es erklingt ein Potpourri von damals berühmten patriotischen Gesängen, die von den internationalen Protagonisten des Stücks zum Besten gegeben werden, darunter Joseph Haydns Kaiserlied, das heutzutage als deutsche Nationalhymne gesungen wird, und das britische »God Save the King«, aber auch eine mit Jodlern aufwartende alpenländische Tirolese. Diesem Konzert der Nationen schließt sich Corinnas von der Harfe begleiteter und bei aller gesangstechnischen Finesse lyrisch gehaltener Panegyrikus auf den französischen Monarchen an. Vor dem Schluß-Vivat erklingt die altertümliche d-Moll-Weise der von 1815 bis 1830 gebräuchlichen Bourbonen-Hymne »Le Retour des princes français à Paris«, zuerst im Unisono, dann in sich prachtvoll auffüllendem Tutti-Satz.

Textdichtung und Geschichtliches
In der seinem Textbuch zu ›Viaggio a Reims‹ vorausgehenden Personenliste gibt Rossinis Librettist Luigi Balocchi stichwortartige Kurzbeschreibungen der Protagonisten, so daß das Publikum über deren spezifische Verschrobenheiten vorab informiert war. Indessen wurden die in dieser Oper auftretenden typisierten Figuren einer gesamteuropäischen Hautevolee von Müßiggängern nicht vom Librettisten frei erfunden, sondern sie wurden entworfen in Anlehnung an Persönlichkeiten der damaligen Zeitgeschichte und an Figuren aus Madame de Staëls populärem halbbiographischem Roman ›Corinne ou L'Italie‹ von 1807. Dort tritt Corinne, deren Namen auf die altgriechische Lyrikerin Korinna verweist, als italienische »poetessa laureata« auf, deren historisches Urbild die Improvisationskünstlerin Maria Maddalena Morelli Fernandez (1727–1800), genannt Corilla Olimpica, war. Überdies ließ sich die Staël gleich zweimal als Corinne porträtieren. Auch sind Anspielungen auf die politische Gegenwart ins Libretto eingearbeitet: So ist Madame Corteses Kurhotel nach jener goldenen Lilie benannt, die das Wappen des königlichen Hauses Bourbon zierte, und die Themenvorschläge für Corinnes abschließende Improvisation verweisen allesamt auf die Tradition des französischen Königtums.
Bleibt hinzuzufügen, daß 1825 noch niemand wissen konnte, daß Charles X. 1830 würde abdanken müssen. Dennoch war im nachnapoleonischen Frankreich allseits bekannt, daß es sich bei ihm um einen Reaktionär reinsten Wassers handelte, denn bereits unter der Herrschaft seines konstitutionell regierenden Bruders Louis XVIII. führte er die Ultraroyalisten an. Nach dem Tod des Bruders am 16. September 1824 auf den Thron gelangt, erfreute sich Charles dennoch einer gewissen Popularität. Und in dieses schmale Zeitfenster von Charles' Beliebtheit komponierte Rossini ›Il viaggio a Reims‹ hinein.
Bereits am 30. Juli 1824 hatte er in Paris die Leitung des Théâtre-Italien übernommen; als dort am 19. Juli 1825 das Werk in einer nicht öffentlichen Premiere für den Hof gegeben wurde, lag ein wesentlicher Reiz dieser Uraufführung in der zeitlichen Koinzidenz zu dem im Stück angekündigten Fest nach der Rückkehr des Königs aus Reims nach Paris. Rossini stand für den ›Viaggio‹ die erste Garde der Belcanto-Sänger dieser Jahre – allen voran Giuditta Pasta in der Rolle der Corinna – zur Verfügung, woraus sich die exorbitanten sängerischen Anforderungen der Partien erklären. Auch konnte Rossini auf das Ballett, überdies auf Soloinstrumentalisten der Pariser Oper zurückgreifen, so daß er etwa dem Flötisten in Lord Sydneys Arie einen anspruchsvollen Virtuosenpart auf den Leib schrieb.
Für die Öffentlichkeit folgten noch drei weitere Aufführungen, daraufhin zog Rossini das Werk zurück. Ein nicht unbedeutender Teil der Nummern sollte 1828 in Rossinis einzige französischsprachige komische Oper ›Le Comte Ory‹ Eingang finden. Im Revolutionsjahr 1848 wurde dann ohne Zutun des Komponisten eine Adaption des Stücks unter dem Titel ›Andremo a Parigi?‹ am Théâtre-Italien gezeigt, die zum Aufbruch zu den Barrikaden anspornen sollte, und 1854 wurde in Wien eine Bearbeitung ›Un viaggio a Vienna‹ aus Anlaß der Hochzeit des österreichischen Kaisers Franz Joseph I. mit Elisabeth von Bayern gegeben. Danach war das Werk für lange Zeit vergessen. Erst in den siebziger und achtziger Jahren des 20. Jahrhunderts wurde in mehreren europäischen Bibliotheken zum ›Viaggio‹ gehörende Aufführungsmaterialien und Autographen gefunden, so daß eine Rekonstruktion möglich wurde, die Janet Johnson 1996 edierte. Insbesondere Claudio Abbado hat sich um die Wiederaufführung des Werks verdient gemacht, das er 1984 beim Rossini-Opernfestival in Pesaro (Inszenierung: Luca Ronconi / Gae Aulenti) gemeinsam mit einer illustren Sängerriege aus dem Opernschlaf erweckte. Seitdem wurde ›Il viaggio‹ zum Repertoirestück und weltweit an großen und kleinen Häusern vielfach nachgespielt.

R. M.

Wilhelm Tell (Guillaume Tell)

Oper in vier Akten. Dichtung von Victor Joseph Étienne de Jouy und Hippolyte Louis Florent Bis.

Solisten: *Geßler*, Kaiserlicher Landvogt der Schweiz (Seriöser Baß, auch Charakterbaß, m. P.) – *Rudolph der Harras*, sein Vertrauter (Charaktertenor, m. P.) – *Wilhelm Tell* (Heldenbariton, gr. P.), *Walther Fürst* (Baßbariton, auch Charakterbaß, m. P.), *Melchthal* (Seriöser Baß, m. P.), *Arnold*, Melchthals Sohn (Lyrischer Tenor, gr. P.) und *Leuthold* (Charakterbariton, kl. P.), Schweizer – *Prinzessin Mathilde von Habsburg* (Jugendlich-dramatischer Sopran, gr. P.) – *Hedwig*, Tells Gattin (Dramatischer Mezzosopran, auch Spielalt, gr. P.) – *Gemmy*, Tells Sohn (Lyrischer Sopran, auch Soubrette, gr. P.) – *Ein Fischer* (Tenor, kl. P.).
Chor: Edelherren und Frauen – Zwei Herolde – Hellebardiere – Soldaten – Pagen – Männer, Frauen und Kinder aus Schwyz, Uri und Unterwalden – Ein Scherenschleifer – Fischer – Bogenschützen – Volk (I. Akt, Finale: Männerchor geteilt in Soldaten und in Volk; Rütli-Szene: Männerchor geteilt in drei Gruppen; Apfelschuß-Szene: Männerchor geteilt in Soldaten und in Volk, auch Doppelchor a cappella; gr. Chp.).
Ballett: Hochzeitsfest (I. Akt); Festszene (III. Akt).
Ort: Die Schweiz; Umgebung des Vierwaldstättersees; Bürglen, Altdorf und das Rütli.
Schauplätze: Freier Platz im Dorf Bürglen, im Hintergrund der See, an einer Landungsbrücke ein Kahn, rechts vorn Tells Haus, einige Häuser nach rechts rückwärts, links vorn eine Laube, weiter zurück ein Felsweg von oben nach unten, links hinten ein Scheibenstand, Scherenschleiferkarren – Wald – Das Rütli, Aussicht auf den Vierwaldstättersee, im Hintergrund die Gletscher von Schwyz, in der Tiefe Dorf Brunnen, dichte Tannenwälder und Felssteige – Marktplatz zu Altdorf mit Linden- und Apfelbäumen, rechts hinten Geßlers Burg, Stange, an der ein hermelinverbrämter Hut angebracht ist, links vorn Estrade mit zwei Thronsesseln, links rückwärts großer Baum – Wohnung des alten Melchthal – Felsgegend am Vierwaldstättersee, auf einer Anhöhe rechts Tells Wohnhaus, links eine Felsplatte.
Zeit: Zu Anfang des 14. Jahrhunderts.
Orchester: 2 Fl. (II. auch Picc.), 2 Ob. (II. auch Eh.), 2 Kl., 2 Fag., 4 Hr., 4 Trp., 3 Pos., 1 Bt., P., Schl., 2 Hrf., Str. – Bühnenmusik: 4 Hr.

Gliederung: Ouvertüre und 21 Musiknummern, die pausenlos ineinandergehen.
Spieldauer: Etwa 3 Stunden.

Handlung

Die Bewohner des inmitten einer friedlichen Berg- und Seelandschaft gelegenen Schweizer Dorfes Bürglen feiern heute die Hochzeit von drei jungen Paaren aus ihrer Gemeinde. Nur Wilhelm Tell, der vortrefflichste Bogenschütze weit und breit, steht abseits und nimmt nicht an den fröhlichen Vorbereitungen teil. Er freut sich auch nicht der warmen Maiensonne; denn es bedrückt ihn tief die Not des nunmehr schon seit hundert Jahren seiner Freiheit beraubten Vaterlandes, dessen Schmach durch die Willkürherrschaft des Kaiserlichen Landvogts Geßler gegenwärtig wieder so recht offenbar geworden ist. Der greise Melchthal, der als aufrechter Patriot und Ältester der Gegend die Hochachtung aller genießt, naht mit seinem Sohn Arnold. Dieser hatte sich sehr zum Gram des Vaters um seiner Liebe zur habsburgischen Prinzessin Mathilde willen in den Dienst der Feinde seiner Heimat gestellt. Von Tell an seine Pflicht gemahnt, verspricht Arnold, künftig treu zu den Schweizern zu stehen. Der Gedanke, daß er der Sache des Vaterlandes auch seine Liebe opfern müßte, macht ihn allerdings wieder schwankend, was er aber Tell gegenüber verbirgt. Der Hochzeitszug erscheint, und Melchthal segnet feierlich die drei Brautpaare. Da verkündet Hörnerschall das Nahen von Geßlers Jagdgesellschaft. Arnold stiehlt sich heimlich weg, es zieht ihn mit unwiderstehlicher Gewalt dorthin, wo er Mathilde vermutet. Indessen ist ein Gewitter aufgezogen. Plötzlich stürzt atemlos der Hirte Leuthold herbei, der, um seine Tochter vor Schändung zu bewahren, einen fremden Landsknecht mit seiner Axt erschlagen hat. Er fleht den Fischer an, ihn mit seinem Kahn an das andere Ufer in Sicherheit vor den Verfolgern zu bringen. Aber dieser wagt es nicht, bei dem fürchterlichen Gewittersturm überzusetzen. Im Vertrauen auf den Himmel unternimmt es daraufhin Tell, Leuthold ans andere Ufer zu rudern. Wütend über die gelungene Flucht des Verfolgten legen die Landsknechte Feuer an die Häuser und schleppen den greisen Melchthal als Geisel mit sich fort.

Inzwischen hat Arnold Mathilde bei der Jagdgesellschaft angetroffen. Um den Preis ihrer Hand will er sich nun ganz von dem Land seiner Väter wenden. Als ihm jedoch kurz darauf Tell und Walther Fürst in den Weg treten und ihm berichten, daß die kaiserlichen Schergen seinen Vater ermordet hätten, schlägt er sich endgültig auf die Seite seiner Landsleute. – Nachts treffen sich heimlich auf dem Rütli über dem Vierwaldstättersee die Männer aus Uri, Schwyz und Unterwalden. Sie verschwören sich, das Vaterland von der Tyrannei zu befreien.

Auf dem Marktplatz von Altdorf hat Geßler zur Feier des vor hundert Jahren erfolgten Siegs über die Schweiz seinen Hut auf einer Stange anbringen lassen. Feierlich erklärt er der Menge, daß jeder, der dem Hut als Symbol der kaiserlichen Hoheit nicht Reverenz erweise, sein Leben verwirkt habe. Bald darauf geht Tell mit seinem Sohn Gemmy achtlos an dem Hut vorüber. Als er sich auch dem Landvogt gegenüber weigert, dem Befehl der Ehrenbezeugung nachzukommen, erklärt Geßler, daß Tell seinen Sohn, der mit ihm dem Tod verfallen sei, nur dadurch retten könne, daß er mit seiner Armbrust einen Apfel von des Kindes Haupt schösse. Vergeblich fleht der arme Vater, schließlich sogar auf den Knien, den sadistischen Machthaber um Gnade an. Da wagt denn Tell den Schuß; er gelingt. Auf Geßlers Frage, warum er einen zweiten Pfeil zu sich genommen habe, antwortet Tell erst ausweichend. Als ihm dann der Landvogt das Leben zusichert, gesteht Tell freimütig, daß dieser Pfeil ihm gegolten hätte, falls er sein liebes Kind getroffen hätte. Tell soll nun dafür in einen tiefen Kerker geworfen werden, denn der feige Landvogt fühlt sich jetzt nicht mehr sicher vor den unfehlbaren Pfeilen des Schützen. Mit Mühe kann Mathilde wenigstens Gemmy vor der Wut des Tyrannen in Sicherheit bringen.

Die Festnahme Tells wirkt als Fanal zur offenen Volkserhebung. Unter Führung Arnolds ziehen die Schweizer nach Geßlers Burg bei Altdorf, um Tell zu befreien. Inzwischen ist aber das Schiff, auf dem der Landvogt den gefesselten Tell nach Altdorf bringt, in einen schweren Gewittersturm geraten. In der Angst, das Schiff könnte an dem felsigen Ufer zerschellen, läßt der Vogt Tell die Ketten abnehmen und befiehlt ihm, das Steuer zu übernehmen. Tell steuert das Boot an eine Felsenplatte und springt mit einem kühnen Satz an Land, während er das Schiff mit seinem Fuß in die Wellen zurückstößt. Es gelingt Geßler und seinen Trabanten den Fluten zu entkommen. Sogleich nehmen sie die Verfolgung des Flüchtigen auf. Als sie an dem Felsen in der Nähe des Tell-Hauses vorbeikommen, wird der Tyrann von Tells Geschoß tödlich getroffen. Triumphierend erscheint bald darauf Arnold mit den Schweizern: Geßlers Zwingburg bei Altdorf wurde erstürmt, als Siegespreis gewann sich Arnold Mathildes Hand. Im Strahl der Abendsonne feiern alle hochbeglückt die Stunde der Befreiung.

Stilistische Stellung

Der ›Barbier von Sevilla‹ ist wohl Rossinis genialstes, der ›Tell‹ aber sein reifstes Bühnenwerk. Der Komponist war sich offenbar dieser Tatsache selbst bewußt; denn, obwohl er noch vierzig Jahre lebte, schrieb er nach ›Tell‹ keine Oper mehr, um sein Lebenswerk auf dem Höhepunkt seiner Schöpferkraft abzuschließen. Der ›Tell‹ stellt aber nicht nur einen Höhe-, sondern auch einen stilistischen Wendepunkt in Rossinis Schaffen dar, den er bei einigen früheren Werken (›Otello‹, ›Mosè‹) bereits angebahnt hatte. Die angeblich von dem Komponisten selbst stammende Charakterisierung seines Stils, daß, wer eine seiner Opern kenne, sie alle kenne, trifft jedenfalls bei seinem letzten Bühnenwerk nicht zu. Die oberflächliche, zum Teil flüchtige Arbeitsweise, die Manieren und stereotypen Kadenzen, die virtuosen Koloraturen und Rouladen sind bei ›Tell‹ verschwunden. Der kontrastreichen Vielfalt des dramatischen Geschehens entsprechend erfuhr das Werk in musikalischer Hinsicht bei großzügiger Anlage eine formen- und farbenreiche Gestaltung, die hauptsächlich bei der lebendigen Individualisierung der Personen (im Gegensatz zu den bisweilen kalten, attrappenhaften Sänger-Typen) sowie bei den Stimmungsmalereien (Kolorit) und grandiosen Steigerungen, aber auch bei der glänzenden Instrumentation in Erscheinung tritt. So ist eigentlich von der Struktur der früheren Rossinischen Oper nur mehr die typische Melodik mit ihrer blühenden Anmut und ihrem sinnlichen Schmelz übriggeblieben. Die orchesterbegleiteten Rezitative sind den musikalischen Nummern eingebaut. Das berühmteste Stück ist die Ouvertüre; sie schildert zunächst in der Einleitung mit dem Hirten-Idyll das friedliche Schweizer Land, über das dann (im Hauptteil) Gewitterstürme hinwegbrausen; mit dem strahlenden Schluß wird der glückliche Ausgang angedeutet. Von eindringlicher Wirkung sind des weiteren: die Verschwörungsszene auf dem Rütli, das Duett Tell – Arnold, die Arie der Mathilde zu Anfang des II. Aktes, die Sturmmusik bei Tells Flucht aus dem Geßlerschiff, das Finale des I. Aktes sowie das Quartett und das große Ensemble in der Apfelschuß-Szene.

Textdichtung
Das Libretto wurde von den französischen Schriftstellern Victor Joseph Étienne de Jouy, so genannt nach seinem Geburtsort (1764–1846), und Hippolyte Louis Florent Bis (1789–1855) verfaßt. Beide waren versierte Theaterdichter und insbesondere Etienne de Jouy ein erfolgreicher Opern-Librettist, der Textbücher für Gasparo Spontini, Luigi Cherubini, Charles-Simon Catel, Etienne Nicolas Méhul und Gioacchino Rossini schrieb. Die Autoren lehnten sich bei ›Guillaume Tell‹ einigermaßen an den Schillerschen Vorwurf an, aus dem sie aber nur die handlungsmäßig wichtigsten Szenen herausgriffen und ihrem Opernbuch zugrunde legten. Auf diese Weise ging natürlich die von Schiller feinsinnig psychologisch begründete Entwicklung der einzelnen Phasen des Freiheitskampfes verloren. Infolge der Kürzung konnte auf eine Reihe von Personen des Schillerschen Schauspiels verzichtet werden; auch die Namen wurden zum Teil verändert; so wurde aus dem Freiherrn von Attinghausen und seinem Neffen Ulrich von Rudenz ein Dorfältester Melchthal mit seinem Sohn Arnold, aus dem Fräulein Bertha von Bruneck eine habsburgische Prinzessin Mathilde, aus Baumgarten wurde Leuthold; Tell hat in der Oper nur einen Sohn. Auch im Handlungsverlauf ist einzelnes anders als bei Schiller.

Geschichtliches
Im Jahre 1828 ging in Paris mit aufsehenerregendem Erfolg Daniel François Esprit Aubers ›Stumme von Portici‹ zum ersten Mal in Szene. Auch Rossini war von dem Werk und vor allem von der meisterhaften Behandlung des Orchesterparts tief beeindruckt. Es reizte ihn, den Parisern zu beweisen, daß auch er imstande sei, ein Werk im Stil der Großen Oper zu schreiben. Wahrscheinlich angeregt durch eine im gleichen Jahr (1828) erfolgte Neueinstudierung von André-Ernest-Modeste Grétrys ›Guillaume Tell‹ (in der Bearbeitung von Henri-Montan Berton), entschloß sich Rossini zu diesem Stoff. Um mit Intensität und Konzentration arbeiten zu können, zog er sich aus der Großstadt zurück und komponierte den ›Tell‹ im Verlauf eines halben Jahres auf dem Landgut seines Freundes, des Bankiers Aguado in Petit-Bourg. Die Uraufführung erfolgte am 3. August 1829 an der Großen Oper zu Paris. Der Eindruck war jedoch zwiespältig: Während die Musiker in ihrer Begeisterung über den ›Tell‹ den Meister mit Ehrungen überhäuften – Rossini wurde unter anderem in die Ehrenlegion aufgenommen –, war die breite Masse des Publikums, das diesmal auf den Ohrenschmaus von Koloraturen und Rouladen verzichten mußte, zunächst enttäuscht. Es dauerte noch geraume Zeit, bis die Pariser die Qualität des Werkes erkannten und es dann allerdings mit uneingeschränktem Enthusiasmus aufnahmen. Der ›Tell‹ wurde bald Repertoire-Oper auf allen Bühnen Europas, wobei er mancherorts, möglicherweise aus politischer Rücksichtnahme, böse Verstümmelungen erfahren mußte. So wurde zum Beispiel bei der Erstaufführung des Werkes an der Berliner Hofoper (1830) der Rossinischen Musik ein ganz neuer Text nach einem von Freiherr Carl August Ludwig von Lichtenstein zurechtgezimmerten englischen Opernlibretto (›Hofer, the Tell of Tirol‹ von James Robinson Planché) unterlegt und die Oper unter dem Titel ›Andreas Hofer‹ aufgeführt; erst 1842 wurde in Berlin die Originalfassung gegeben.

Kaija Saariaho

* 14. Oktober 1952 in Helsinki

L'amour de loin (Die Liebe aus der Ferne)

Oper in fünf Akten. Libretto von Amin Maalouf.

Solisten: *Jaufré Rudel*, Prinz von Blaye und Troubadour (Heldenbariton, auch Kavalierbariton, gr. P.) – *Clémence*, Gräfin von Tripoli (Lyrischer Sopran, gr. P) – *Der Pilger* (Dramatischer Mezzosopran, gr. P.) – *Eine Sopranstimme aus dem Chor* (kl. P.).
Chor: Tripolitanerinnen – Jaufrés Gefährten (gr. Chp., teilweise oder ad. lib. vollständig offstage).
Ort: Aquitanien, Tripoli, auf See.
Schauplätze: In dem kleinen mittelalterlichen Schloß von Blaye – Ein Garten innerhalb der Zitadelle, in der die Grafen von Tripoli residieren – Im Schloß von Blaye. In Tripoli am Strand – Auf dem Schiff, das Jaufré in den Orient trägt – Der Garten der Zitadelle in Tripoli.
Zeit: 12. Jahrhundert.
Orchester: 4 Fl. (2. Fl. auch Afl., 3. Fl. auch Picc., 4. Fl. auch Picc. und Afl.), 3 Ob. (Eh.), 3 Kl. (Bkl.), 3 Fag. (Kfag.), 4 Hr., 2 Trp., 3 Pos., Tuba, Schl. I–V [I: Crotales mit Bogen, Triangel, Glsp., II: Vib. mit Bogen, Triangel, 2 Tbl., 2 Tomtoms, Tamtam wie III, Tamburin, Xyl., Odaiko, Shell chimes, III: 4 frei hängende Becken (kl., mittel, mittelgr., gr.), Tamtam (gr.), Triangel, Mar., gr. Baßtr., Tamburin, Glass chimes, Rahmentr., IV: Baßtr., hängende Becken und Tamtam (wie III), Glsp., Mar., Xyl., Triangel, Small finger cymbal, Tomtoms, Rahmentr., Guiro, V: P.], 2 Hrf., Klav. (auch Keyboard für elektronische Effekte, über deren technische Details der Verlag Auskunft gibt), Str.
Gliederung: Durchkomponierte Großform.
Dauer: Etwa 2 Stunden.

Handlung

Im heimatlichen Schloß zu Blaye schreibt der Troubadour Jaufré Rudel an einem neuen Lied. Doch dessen Vollendung will ihm nicht gelingen, da er sich am Ende seiner Dichtkunst sieht: Seine Verse hätten bislang nur neue Verse nach sich gezogen, aber anders als der Ruf der Nachtigall keine Gefährtin herbeigelockt. Währenddessen sind Jaufrés Freunde hinzugekommen. In Sorge um den melancholisch gewordenen Dichter ermuntern sie ihn, seinen früheren unbekümmerten Lebenswandel wieder aufzunehmen. Jaufré aber hat die Gesellichkeit feuchtfröhlicher Runden und das Vergnügen an erotischem Zeitvertreib bis zum Überdruß genossen. An die Stelle dieser oberflächlichen Zerstreuungen ist das Verlangen nach einer fernen Liebe getreten, an deren Erfüllung Jaufré nicht zu glauben vermag. Und als er den Freunden die Frau seiner Träume beschreibt, ziehen sie ihn wegen seiner Wunschvorstellungen auf. Inzwischen ist ein Pilger eingetreten, der Jaufrés Frauenpreis mit ersichtlichem Wohlwollen zugehört hat und zur Überraschung aller von einer Frau erzählt, die mit Jaufrés Idealbild möglicherweise übereinstimme. Er habe sie in Tripoli auf dem Weg zur Kirche gesehen. Jaufré klebt förmlich an den Lippen des Pilgers, um mehr über die schöne Fremde zu erfahren, gleichwohl bittet er ihn, ihren Namen zu verschweigen. Ohnehin weiß der Pilger über die Dame aus Tripoli gar nicht soviel zu berichten, wie Jaufré im voraus schon über sie zu wissen glaubt. Und so setzt der Troubadour selbst die Beschreibung ihrer Schönheit fort. Seiner Phantasie freien Lauf lassend, treten der Pilger und die Gefährten völlig aus seinem Bewußtsein. Erst nachdem sie sich still zurückgezogen haben, kommt er wieder zu sich. Jaufré beschließt, die Liebe zu der fernen Unbekannten zu seinem einzigen Lebensinhalt zu machen, obwohl er sich gewiß ist, daß er sie niemals sehen wird.

Von ihrem Garten aus blickt Clémence, die Gräfin von Tripoli, zum Meeresufer hin, wo eben ein Schiff eingelaufen ist. Als der Pilger des Weges kommt und sie ihn nach der Herkunft des Schiffes fragt, gibt dieser sich als dessen Passagier zu erkennen. Von Blaye sei er nach Marseille gezogen, um sich ins Heilige Land übersetzen zu lassen. Damit erweckt er das Heimweh der Gräfin, die, aus Toulouse stammend, dort ihre Kindheit verbracht hat und trotz ihrer sorgenfreien Lebensumstände im Libanon fremd geblieben ist. Schmerzlich vergegenwärtigt sie sich, daß keiner in Aquitanien sich noch an sie erinnern könne.

Zögernd wirft der Pilger ein, daß es dort einen Mann gebe, der an sie denke. Damit hat der Pilger Clémences Neugierde erweckt. Halb pikiert, halb geschmeichelt erfährt sie nun, daß Jaufré Rudel, seit er von ihr gehört habe, sie in Liedern besinge, die keinen anderen Inhalt hätten als sein unstillbares Liebessehnen nach ihr. Und wie zum Beweis stimmt der Pilger aus dem Gedächtnis eines von Jaufrés Liedern an, das Clémence mehr berührt, als sie den Pilger erkennen lassen will. Sie wendet sich von ihm ab – für den Pilger das Zeichen zu gehen. Davor aber hört er, verborgen hinter einer Säule, wie Clémence nun ihrerseits gedankenverloren einige Verse aus Jaufrés Lied vor sich hin singt, allerdings in der Sprache ihrer Heimat: auf okzitanisch. Schließlich bezweifelt Clémence, ob sie jener Frau gleicht, die in den Versen des Troubadours so verehrungswürdig erscheint.

Der Pilger hat sich ins Schloß von Blaye begeben, um Jaufré von seiner neuerlichen Begegnung mit Clémence Bericht zu erstatten. Er sorgt sich um den Troubadour, der für nichts anderes mehr einen Kopf hat als für seine Liebe. Jaufré selbst ist darüber ebensowenig glücklich. Wie alle Welt hält er sich für verrückt und beklagt vor allem, daß die Frau, der seine Verehrung gilt, von seiner Zuneigung keine Ahnung habe. Um ihn zu trösten, klärt der Pilger Jaufré darüber auf, daß seine Dame inzwischen von ihm erfahren habe. Doch nun ist es mit dem Seelenfrieden des Troubadours erst recht vorbei: Genau will er darüber Bescheid wissen, wie seine Angebetete auf die Eröffnungen des Pilgers reagiert habe. Obwohl dieser ihm nach bestem Wissen und Gewissen Auskunft gibt, glaubt Jaufré, nur in unzureichenden Worten unterrichtet worden zu sein. Vollends braust er auf, als er vernehmen muß, auf welche Weise die geliebte Frau seine in zäher Arbeit entstandenen und mit Herzblut geschriebenen Gedichte kennengelernt habe: nämlich durch den Vortrag des Pilgers, der allerdings einräumt, über kein besonders zuverlässiges Gedächtnis zu verfügen. Weil er nun weiß, daß er für die Dame seines Herzens kein Unbekannter mehr ist, beschließt Jaufré, sie aufzusuchen, um ihr ohne verfälschende Vermittlung in seinen Liedern seine Liebe zu gestehen. Jetzt ist er auch bereit, ihren Namen zu erfahren. Die Szene wechselt an den Strand von Tripoli. Dort geht Clémence spazieren. Sie singt Jaufrés Lied, während einige Tripolitanerinnen ihr folgen und sich über die in ihren Augen absurde Zuneigung Clémences zu einem unerreichbaren Troubadour mokieren. Ihnen ist unbegreiflich, daß Clémence ihr auf Distanz gründendes Liebesverhältnis angenehm sein könne. Sie selbst erklärt sich ihre momentane Ausgeglichenheit damit, daß sie auf das Erscheinen Jaufrés nicht warte, denn seine Lieder würden ihr genügen, sie schlügen eine Brücke in ihre Heimat, der sie sich beim Klang von Jaufrés Worten näher fühle.

Jaufré hat zum Kreuzzug ins Heilige Land gerüstet und ist in Begleitung seiner Gefährten und des Pilgers in See gestochen. Zum ersten Mal in seinem Leben befindet er sich auf dem Meer. Der Geliebten ungeduldig entgegenfiebernd, sprüht er vor Leben, so daß der Pilger Mühe hat, Jaufré bei Einbruch der Dunkelheit zur Ruhe zu bewegen. Endlich fällt er in Schlaf, und während das Meer zunehmend unruhig wird, beginnt Jaufré zu träumen. Er schreckt auf, weckt den Pilger und beschreibt ihm seinen Traum, der sich in einer Vision der übers Meer wandelnden und nach ihm verlangenden Clémence vor Jaufrés geistigem Auge materialisiert. Hat er zu Anfang der Überfahrt der ersten Begegnung mit der Geliebten zuversichtlich entgegengesehen, so nun voller Angst, und die wachsende Furcht macht ihn, als bei Tagesanbruch das Meer noch rauher geworden ist, krank und kränker. Als er vor Schwäche das Gleichgewicht zu verlieren droht, wird er von den Gefährten, die ihn nicht für seelen-, sondern für seekrank halten, verspottet. Jaufré fragt den Pilger, ob Clémence von seiner Reise schon wisse. Und dessen Antwort, daß Gerüchte darüber sicher schon an ihr Ohr gelangt seien, hält Jaufré davon ab umzukehren. Denn längst bereut er, überhaupt ins Morgenland aufgebrochen zu sein. Bei immer stürmischerer See kann er sich schließlich kaum noch auf den Beinen halten. Der Pilger stützt ihn und hilft ihm sich niederzulegen.

Die in ihrem Garten zwischen Bangen und Hoffen nach Jaufrés Schiff Ausschau haltende Clémence erfährt aus dem Gezischel der Tripolitanerinnen, daß ihr Verehrer nun tatsächlich angekommen ist. Da tritt auch schon der Pilger herein. Doch bringt er nicht die Neuigkeit, die Clémence erwartet hat, vielmehr kündigt er Jaufré als einen Todkranken an. Kurz darauf wird der bewußtlose Troubadour auf einer Bahre hereingetragen. Unter Clemences Blick kommt er wieder zu sich und sieht sich, als er der geliebten Frau ansichtig wird, am Ziel seiner Wünsche. Während die Gefährten Jaufrés Schicksal beklagen, fallen angesichts des nahenden Todes zwischen den Liebenden alle Schranken fort, und sie gestehen einander ihre Zuneigung. Clémence nimmt den Sterbenden in die Arme. Angesichts des wechselseitigen Bekenntnisses aber verzweifelt Jaufré über die Kürze seines vom Tod bedrohten Liebesglücks. Vergeblich sind da die als Trost gemeinten Worte des Pilgers, daß nur die Gewißheit von Jaufrés unmittelbar bevorstehendem Lebensende die Liebenden einander nahegebracht habe. Erst als Clémence dem Geliebten einen Kuß auf die Lippen haucht, kann Jaufré vom Leben lassen. Doch noch begreifen Clémence und die Umstehenden nicht, daß er gestorben ist, noch hoffen sie auf die Hilfe Gottes, der Jaufrés Genesung herbeiführen möge. Es ist der Pilger, der Clémence durch ein Zeichen zu verstehen gibt, daß Jaufré nicht mehr atmet. Sie beugt sich über ihn und beginnt ihn wie ein schlafendes Kind zärtlich zu streicheln. Nach und nach aber weicht ihre Trauer der Verzweiflung, und sie hadert zum Entsetzen ihrer Frauen und von Jaufrés Freunden mit Gott. Sie macht ihre Schönheit für den Tod des Geliebten verantwortlich und beschließt, sich nie mehr einem Manne hinzugeben und ins Kloster zu gehen. Währenddessen wendet sich der Pilger ebenfalls verbittert gegen die göttliche Vorsehung: In der guten Absicht, das Glück zwischen Jaufré und Clémence zu stiften, habe er gegen seinen Willen die Sache des Todes betrieben. Der Pilger »entfernt sich wie ein gefallener Engel oder erstarrt wie eine Salzsäule.« Clémence aber kniet, als wäre sie bereits im Kloster, vor Jaufrés Leiche nieder, die sie wie ein Altar anmutet. So bleibt offen, ob sie den toten Geliebten oder ihren Herrgott meint, als sie betend ihre Stimme erhebt: »Herr, du bist die Liebe, du bist die Liebe aus der Ferne ...«

Stilistische Stellung
Kaija Saariahos im Jahr 2000 uraufgeführter Opernerstling ›L'amour de loin‹ hat mit dem experimentellen zeitgenössischen Musiktheater nichts zu tun. Vielmehr ist diese Oper ein so unzeitgemäßes wie faszinierendes Bekenntnis zu altbewährten dramaturgischen Konzeptionen, die in der klassisch-romantischen Epoche entwickelt worden sind. Schaut man auf die Anlage des Stückes, könnte man sogar meinen, Glucks Reformopern hätten Pate gestanden: Nicht anders als etwa in dessen ›Orpheus und Eurydike‹ liegt Saariahos Werk eine unkomplizierte, klar verständliche Handlung zugrunde, deren geradliniger, einsträngiger Verlauf sich mühelos nacherzählen läßt. Überdies konzentriert sich ihr novellistischer Kern auf ein einziges Thema – die Liebe zweier einander völlig unbekannter und voneinander entfernt lebender Menschen. Innerhalb des Geschehens profilieren sich die Protagonisten als Charaktere, wobei dies weniger durch Aktion als durch Selbstreflexion geschieht. Damit lenkt Saariaho die Wahrnehmung auf die inneren Konflikte der Gestalten, wodurch wiederum eine Parallele zu jenen musikalischen Liebesdramen gegeben ist, die die Komponistin selbst als Referenzstücke nennt: Wagners ›Tristan und Isolde‹ und Debussys ›Pelléas et Mélisande‹. Mit beiden Werken hat Saariahos Oper aber noch eine weitere Gemeinsamkeit. Hier wie dort handelt es sich um geschlossene Kunstwerke, die dem Betrachter einen von der realen Welt losgelösten Imaginationsraum eröffnen. Für die Komposition als einer in der Zeit sich vollziehenden Klangkunst aber heißt dies, daß sie die reale, außerhalb des Werkes weiterlaufende Zeit zugunsten der musikalischen ausblendet und vergessen macht. Das wiederum bedeutet, daß es Saariahos Musik gelingt, die Vorstellung von bruchloser Kontinuität zu suggerieren. Die Partitur erweckt nämlich den Eindruck eines von der ersten bis zur letzten Note gegebenen organischen Zusammenhalts. Dessen Ursache liegt in dem von Saariaho angewandten, in den letzten Jahrzehnten des 20. Jahrhunderts in Paris entwickelten kompositorischen Verfahren der sogenannten Spektralmusik: Danach prägt ein zentraler Akkord, den die Komponistin als »Aggregat« bezeichnet, das ganze Werk, wobei sämtliche musikalische Erscheinungen durch Auffächerung und Zerlegung gewonnene Derivate dieser akkordischen Keimzelle sind. Damit geht einher, daß »die Harmonik des Werkes durch stark herausgestellte Grundtöne bestimmt« (Klaus Georg Koch) ist. Über ihnen ziehen Klangströme dahin, die etwa in der »Traversée« (Überfahrt) genannten Einleitungsmusik eine sogartige Wirkung entfalten. In ihnen gelangen wie in zähflüssiger Lava unablässig einzelne Stimmen zu konturierter Gestalt, um hernach wieder im Tonfluß unterzutauchen und zu verschwinden. Hierbei ist die Klangfarbe nicht nur koloristisches Beiwerk, sondern wesentlicher Bestandteil der Komposition. Und so schafft Saariaho eine neoimpressionistische Klanglichkeit, deren Maxime nicht der Spaltklang ist, sondern das fein abgemischte Farbenspiel.

Selbst die reiche Palette der Schlagzeugeffekte und die elektronischen Zuspielungen sind darin integriert. Ebenso fügt sich der Chorsatz dem Konzept der Klangverschmelzung, wenn der Chor nicht als szenisch relevantes Ensemble agiert, sondern durch Zischlaute sich der Geräuschebene des Schlagzeugs bzw. der Elektronik annähert oder durch sphärische Klänge das Farbenspektrum des Orchesters erweitert. Diese Chorpartien, in denen »ahnungsvoll geraunt, ängstlich gewarnt« (Irmgard Schmidmaier) und spöttisch getuschelt wird, haben die Funktion von Kommentaren. Indem sie zwischen vokaler und instrumentaler Ebene vermitteln, werfen sie wiederum ein bezeichnendes Licht auf die Funktion des Orchesterparts, der gleichfalls – nicht anders als in einem Wagnerschen Musikdrama – das Geschehen reflektiert und deutet, wobei mitunter leitmotivische Strukturen aufscheinen.

So wirkungsmächtig Saariahos Musik im Erzeugen einer dem Stück eigentümlichen, traumartigen Atmosphäre auch ist, sie verliert sich nicht im nebulösen Ungefähr. Vielmehr ist sie in der semantischen Festlegung präzise. Beispielsweise evoziert die wie eine Passacaglia strukturierte, mit ›Mer indigo« überschriebene Introduktion zum IV. Akt aufgrund der von Orchester und Chor initiierten Schaukelbewegung den Eindruck von langsam heranrollenden Wellen. Nicht weniger tonmalerisch gelingt bald darauf die Sturmmusik, in der sich gemäß klassisch-romantischer Ästhetik Jaufrés innere Unruhe in der aufgewühlten Natur spiegelt. Im III. Akt wiederum gibt die Musik durch himmelwärts strebende Motivik einen Eindruck von Jaufrés mystifizierender Verehrung der Geliebten, als er vom Pilger ihren Namen erfährt. Geradezu lapidar ist Jaufrés Sterben musikalisch inszeniert: Nach und nach dünnt der Orchestersatz aus; von den hohen Streichern, die im Flageolett Jaufrés Pulsschlag markieren, bleibt schließlich nur noch eine Violine übrig; zum Schluß verhaucht in der Altflöte ein im Glissando fallender Halbtonschritt wie ein letzter Seufzer, worauf eine Generalpause folgt.

Charakteristisch für die Partitur ist überdies eine archaisierende Aura, die Saariahos Oper den Reiz einer Mittelalter-Beschwörung gibt. So klingt in Quart- und Quint-Bordunen die alte Musik nach, die in den von markanter Rhythmik beherrschten Chorpassagen der Gefährten an tänzerische Spielmannsmusik gemahnt. Ebenso wird der Jaufrés Liedweisen begleitende Harfenschlag zum in die Troubadourzeit zurückverweisenden Klangsymbol. Auch greift die Komponistin in der Melodiegebung auf modale Skalen zurück, ohne jedoch originale Weisen Jaufrés zu zitieren. Gleichfalls klingt im arabeskenhaften, filigranen Verzierungswerk der mittelalterliche Vokalstil an, sobald im Stück entweder die konkrete Situation des Vortrags von Jaufrés Lyrik gegeben ist oder – insbesondere im Part des Troubadours – dichterische Stilisierung ins Spiel kommt. Vor allem aber avanciert Jaufrés Lied »Jamais d'amour je ne jouirai« (II. Akt) im Vortrag durch den Pilger, dessen Gesang in ariosem Belcanto-Melos quasi improvisatorisch über den Borduntönen der Choristinnen schwebt, zu einem grandiosen musikalischen Glanzlicht nicht nur dieser Oper, sondern zeitgenössischer Gesangskomposition überhaupt. Doch auch die mitunter zu Duettpassagen sich überlagernden dialogischen Partien und die monologischen Abschnitte, die – anknüpfend an die Sprachbehandlung Wagners und Debussys – eher rezitativisch-deklamatorisch geprägt sind, besitzen einen gleichermaßen ausgefeilten wie expressiven musikrhetorischen Schliff, in dem sich etwa das Wesen der Clémence zwischen kapriziöser Allüre und schmerzlicher Entsagung nuancenreich entfalten kann.

Dichtung

Jaufré Rudels in okzitanischer Sprache verfaßtes künstlerisches Œuvre, das ihn durch die Verklärung der unerfüllten »amor de lonh« – der Liebe auf Distanz – als frühen Propagandisten der Hohen Minne ausweist, ist lediglich in sieben Liedern auf uns gekommen, darunter die auch in der Oper zitierte Chanson »Lanquan li jorn son lonc en mai« (Wenn die Tage lang sind im Mai). Von der Biographie des südfranzösischen Troubadours, dessen Dichtertätigkeit von dem Mittelalterforscher Friedrich Gennrich auf den Zeitraum von 1130 bis 1147 datiert wird, ist indessen so gut wie nichts bekannt. Lediglich wird für wahrscheinlich gehalten, daß er 1147 am Kreuzzug teilgenommen hat. Hingegen ist die aus dem 13. Jahrhundert überlieferte »Vida« des Jaufré, deren Handlungsgang in Saariahos Oper nachvollzogen wird, eine frei erfundene Liebesgeschichte.

Nicht anders als Jaufré Rudel ist Saariahos Librettist, der 1949 in Beirut geborene und seit 1976 in Frankreich lebende Schriftsteller Amin Maalouf, ein Wanderer zwischen den Welten, der als Journalist aus rund 60 Ländern berichtet und in preisgekrönten Essays und Romanen das Verhältnis zwischen Orient und Okzident perspektivenreich ausgeleuchtet hat. In der Umarbeitung von Rudels Vita zum Operntext schuf Maalouf nicht weniger als ein librettistisches Meisterwerk, das in seiner symmetrischen Anlage den Handlungsverlauf übersichtlich und logisch gegliedert zur Darstellung bringt und in der Ausgewogenheit der Proportionen geradezu klassizistisches Ebenmaß aufweist. In diesem Zusammenhang ist insbesondere Maaloufs Geschick hervorzuheben, aus der anekdotisch knappen Vorlage eine Personenkonstellation zu entwickeln, die über fünf Akte hinweg das Interesse am Stück wachhält. Da in der mittelalterlichen Erzählung nur Jaufrés Gestalt ein deutliches Profil erhielt, mußte der Librettist das Porträt der in der Quelle noch ohne Vornamen erscheinenden Gräfin von Tripoli weitgehend selbst entwerfen. Er kam dabei auf den klugen Einfall, Clémence die Herkunft aus Toulouse anzudichten. Weil die Gräfin nun ihrerseits von Sehnsucht – nämlich nach dem für sie unerreichbaren Land ihrer Kindheit – durchdrungen ist, wird ihre Empfänglichkeit für Jaufrés aus der Heimat abgesandte dichterische Liebesgrüße erst nachvollziehbar. Hinzuerfunden sind ferner die nach Art der antiken Tragödie ins Spiel kommenden chorischen Begleitensembles von Jaufré und Clémence, außerdem die Gestalt des Pilgers. Ihn läßt Maalouf nicht nur als Postillon d'amour auftreten, darüber hinaus verleiht er ihm allegorische Züge, da sich in ihm personifiziert, was als Gerücht zwischen Morgen- und Abendland umherschweift. So bringt der Pilger seine Zwischenträgerei folgendermaßen auf den Punkt: »Wann immer ich eine Neuigkeit in eine Stadt trage, hat jemand sie bereits vor mir gebracht.«

Ein weiterer Vorzug von Maaloufs Libretto liegt in seiner schlichten, aber nicht unpoetischen Sprache. Ihre Diktion ist von solcher Klarheit, daß die Verhaltensweisen der Protagonisten unmittelbar einleuchten. Überdies würzt Maalouf den Text mit einer feinen Prise Ironie, wenn er die Eitelkeit des Troubadours, die Konsterniertheit des vom aufbrausenden Naturell Jaufrés öfters überforderten Pilgers oder die ein wenig launenhafte Art der Clémence schildert. Freilich greift die Komposition, indem sie auf die Emotionalität der Protagonisten abhebt, die ironische Brechung der Textvorlage nicht auf. Dichtung und Musik geraten dadurch in ein reizvolles Spannungsverhältnis, woraus sich wiederum für die Regie ein interessanter interpretatorischer Freiraum eröffnet.

Geschichtliches

Wie ihre Opernfiguren und ihr Librettist verfügt auch die Komponistin über eine Cross-over-Biographie, die sie aus ihrer finnischen Heimat nach Paris führte. Ihr Kompositionsstudium absolvierte Kaija Saariaho an der Sibelius-Akademie in Helsinki (1972–1980) und in Freiburg (1981–1983). Bereits 1982 ging sie an das von Pierre Boulez gegründete IRCAM-Institut nach Paris, wo sie die Techniken der Computermusik studierte, um sie für ihr eigenes Komponieren nutzbar zu machen. Der Gedanke, eine Oper zu komponieren, kam Saariaho 1992 anläßlich der Aufführung von Olivier Messiaens Franziskus-Oper bei den Salzburger Festspielen mit Dawn Upshaw in der Rolle des Engels. 1996 hatte die Sopranistin bereits zwei Werke Saariahos aus der Taufe gehoben, zum einen den symphonischen Liederzyklus ›Château de l'âme‹, zum andern die ebenfalls auf Jaufré Rudels Lyrik basierende Komposition ›Lonh‹ für Sopran und Elektronik, die gewissermaßen als Keimzelle der späteren Oper gelten kann. Dawn Upshaw war dann auch die Uraufführungs-Clémence, als Saariahos vom Pariser Théâtre du Châtelet und den Salzburger Festspielen in Auftrag gegebene und dem damaligen Festspielleiter Gerard Mortier gewidmete Oper am 15. August 2000 zum ersten Mal in der Salzburger Felsenreitschule über die Bühne ging. Die musikalische Leitung lag in den Händen Kent Naganos, Regie führte Peter Sellars, Dagmar Pekkova war als Pilger und Dwayne Croft als Jaufré Rudel mit von der Partie. Während Saariahos Werk beim Publikum auf große Zustimmung stieß, waren die Meinungen der Kritiker zwischen überschäumendem Lob und deutlicher Ablehnung geteilt. Im November 2001 wurde die wieder von Nagano musikalisch betreute Produktion – inzwischen hatte die Komponistin den Part der Clémence in manchen Passagen etwas tiefer gelegt – am Châtelet-Theater nachgespielt. Mit Dawn Upshaw bildeten dieses Mal Gerard Finley (Jaufré Rudel) und Lilli Paasikivi (Pilger) das Solistentrio. Im Dezember 2001 folgte in einer Inszenierung von Olivier Tambosi am Berner Stadttheater die Schweizer Erstaufführung (Dirigent: Hans Drewanz). In Darmstadt fand im April 2003 die deutsche Erstaufführung statt (Inszenierung: Philipp Arlaud, Dirigent: Stefan Blunier).

R. M.

Camille Saint-Saëns

* 9. Oktober 1835 in Paris, †16. Dezember 1921 in Algier

Samson und Dalila

Oper in drei Akten. Dichtung von Ferdinand Lemaire.

Solisten: *Dalila* (Dramatischer Mezzosopran, auch Dramatischer Alt, gr. P.) – *Samson* (Jugendlicher Heldentenor, auch Heldentenor, gr. P.) – *Oberpriester des Dagon* (Heldenbariton, m. P.) – *Abimelech, Satrap von Gaza* (Charakterbaß, kl. P.) – *Ein alter Hebräer* (Seriöser Baß, kl. P.) – *Ein Kriegsbote der Philister* (Tenor, kl. P.) – *1. Philister* (Tenor, kl. P.) – *2. Philister* (Baß, kl. P.).
Chor: Philister – Hebräer (m. Chp.).
Ballett: Tanz der Priesterinnen (I. Akt); Bacchanale (III. Akt).
Ort: Gaza in Palästina.
Schauplätze: Freier Platz, links das Portal des Dagon-Tempels – Das Tal Sorek, links Dalilas Haus, Eingang mit einem leichten Portikus überdacht – Gefängnis – Das Innere des Dagon-Tempels, vor der Kolossal-Statue des Gottes ein Opferaltar, in der Mitte des Tempels zwei Säulen, dicht nebeneinander, auf denen das Deckengewölbe ruht.
Zeit: 1150 v. Chr.
Orchester: 2 Fl., 1 Picc., 2 Ob., 1 Eh., 2 Kl., 1 Bkl., 2 Fag., 1 Kfag., 4 Hr., 4 Trp., 3 Pos., 1 Bt., 2 Hrf., P., Schl., Str.
Gliederung: Musikalische Szenen, die pausenlos ineinandergehen.
Spieldauer: Etwa 2½ Stunden.

Handlung

Die von den Philistern unterworfenen Israeliten rufen die Hilfe Gottes für ihre Befreiung vom fremden Joch an. Samson gebietet den vorwurfsvollen Klagen Halt. Mit der Aufforderung, dem Herrn zu vertrauen, der so oft ihre Väter in Not und Sorge beschirmt hat, erweckt er neuen Mut bei den Verzagten. Da naht der Satrap von Gaza, Abimelech, mit seinem Gefolge. Er preist Dagon, den mächtigen Gott der Philister, und schmäht den schwachen Judengott Jehova, der sein Volk, das an ihn glaubt, nicht aus der Sklaverei zu befreien vermag. Jetzt überkommt Samson der Geist des Herrn. Er ruft die Hebräer auf, sich zu erheben. Abimelech zieht sein Schwert, doch Samson entreißt es ihm und erschlägt ihn damit. Entsetzen und Verwirrung ergreift die Philister-Krieger. Während Samson mit den Hebräern fortstürmt, kommt der Oberpriester aus dem Dagon-Tempel; wütend schilt er die Philister Feiglinge. Ein Bote meldet, daß die Juden unter Führung Samsons die Felder von Gaza verwüstet und die Ernte vernichtet hätten. Mit einem Fluch auf Israel flieht der Oberpriester mit seinem Gefolge, das Abimelechs Leiche mit sich nimmt, in die Berge. Dann versammeln sich die siegreichen Hebräer vor den Toren des Dagon-Tempels, aus dem jetzt die strahlend schöne Dalila mit einer Anzahl blumenbekränzter Mädchen schreitet. Mit verführerischen Worten fordert sie Samson auf, sie im Tale Sorek zu besuchen, wo ihn der Liebe Freuden erwarteten. Ein alter, weiser Hebräer warnt Samson vor der Gefahr, und auch Samson bittet den Himmel um Kraft gegen die Netze der Versuchung.

Nachts erscheint bei Dalila zunächst der Oberpriester. Er verspricht ihr jeden Lohn, sollte sie den Feind gefangen ausliefern. Dalila weist eine Belohnung zurück; wenn sie Samson zu vernichten trachte, dann geschehe es nur deshalb, weil sie ihn als Gegner der Philister hasse. Dalila hatte Samson schon dreimal nach der geheimnisvollen Macht gefragt, die ihm übernatürliche Kräfte verleiht; aber jedesmal wurde sie von ihm getäuscht. Doch heute hofft sie ihm das Geheimnis zu entlocken. Endlich naht Samson. Er erklärt Dalila, daß er nur gekommen sei, um ihr Lebewohl zu sagen; denn er sei auserwählt, sein Volk von allen Leiden zu erlösen. Aber Dalila weiß ihn mit allen Registern ihrer Verführungskunst in ihren Bann zu ziehen. Völlig in ihre Fallstricke verfangen, stürzt er ihr ins Haus nach, als sie, Empörung heuchelnd, sich von ihm abwendet. Unterdessen versammeln sich lauernd die Krieger der Philister vor Dalilas Türe. Mit einem Triumphschrei ruft Dalila nach geraumer Zeit die Männer herbei. Sie hat Samson das Geheimnis entrissen: Nachdem sie ihm das Haar abgeschnitten hat, ist er machtlos seinen Feinden ausgeliefert.

Im Gefängnis von Gaza dreht Samson unentwegt

eine Handmühle; die Augen sind ihm geblendet worden. Von außen dringen die vorwurfsvollen Klagen seiner nunmehr wieder in Knechtschaft schmachtenden Stammesbrüder an sein Ohr. Krieger der Philister kommen; sie lösen seine Ketten und führen ihn ab. – Er wird in den Tempel des Dagon gebracht, wo die Philister eben ihr Siegesfest feiern. Mit kaltem Hohn wendet sich Dalila an Samson und bekennt, daß sie die Liebe nur dazu benutzt habe, um ihm sein Geheimnis zu entlocken. Der Oberpriester erklärt spöttisch, dem Geist Jehova ein Opfer bringen zu wollen, wenn er Samson wieder sehend machen könnte. Mit Inbrunst fleht dieser zu Gott, er möge ihm noch einmal das Augenlicht und seine frühere Kraft verleihen, damit er den Frevel an den Feinden rächen könnte. Alles lacht brüllend, als der Held darauf weiterhin blind bleibt. Jetzt fordert ihn der Oberpriester auf, dem über Jehova triumphierenden Gott Dagon ein Siegesopfer zu bringen. Samson läßt sich von einem Knaben zwischen die Säulen führen, auf denen das Deckengewölbe des gewaltigen Tempelbaues ruht. Nach einem nochmaligen Hilferuf zu Jehova umschlingt er mit seinen Armen die Säulen, die er plötzlich mit riesiger Kraft zum Bersten bringt. Krachend stürzt der Tempel zusammen und begräbt mit Samson die vieltausendköpfige Menge des Philistervolkes.

Stilistische Stellung
Im Ringen um die Durchsetzung seiner Kunst erging es Saint-Saëns ähnlich wie seinen Zeitgenossen Bizet, Verdi und Tschaikowskij; es erfolgte in einer Zeit leidenschaftlicher Auseinandersetzungen für oder gegen Richard Wagner, wobei damals noch die größere Anzahl der Musiker gegen den deutschen Meister eingenommen war. Insbesondere wurde jeder Opernkomponist, der dem Orchester eine größere Selbständigkeit einräumte, von vornherein verdächtigt, ein Wagnerianer zu sein. So wurde ›Samson et Dalila‹ nicht nur des biblischen Stoffes wegen, sondern auch aus dem Grund lange Zeit in Frankreich abgelehnt, weil sein Schöpfer als ein »Wagnérien impénitent« oder als »partisan de la musique de l'avenir« galt. Saint-Saëns stand Wagner wohl näher, als es bei Bizet der Fall war, doch war er, der kühle Romane und Klassizist, weit davon entfernt, in eine Abhängigkeit von dem deutschen Musikdramatiker zu geraten. Hans von Bülow urteilte sehr treffend nach einer Aufführung von ›Samson und Dalila‹ in Hamburg, Saint-Saëns habe in dem Werk bewiesen, daß er der einzige zeitgenössische Musiker sei, der sich von der Wagnerschen Doktrin nicht habe beirren lassen, der aber eine heilsame Lehre aus ihr gezogen hätte. Wenngleich einige Themen im leitmotivischen Sinn verarbeitet sind, so ist doch die Anwendung des Leitmotivs nicht zum Gestaltungsprinzip erhoben. Saint-Saëns, der in seinem Stil stets Reinheit und Formvollendung anstrebte, suchte eine Erneuerung des musikalischen Dramas auf traditionsgebundenem Weg, also auf dem Fundament der Großen Oper unter Abschüttelung des ganzen Ballastes geistloser Schablonen. In feinsinniger musikalischer Charakterisierung stellt der Komponist die beiden Stämme, Hebräer und Philister, einander gegenüber: bei ersteren durch eine gewisse Nüchternheit und Strenge in Melodik und Formen (z. B. die alten Synagogengesängen assimilierte Psalmodie der hebräischen Greise; Fugatos) und durch einen primitiven (Unisono-Arioso des Abimelech) oder sinnlichweichen Ausdruck (Chor der Philister-Mädchen, Chromatik bei den Dalila-Szenen) bei den Heiden. Exotischen Einschlag weist das Bacchanale auf, während der Tanz der Priesterinnen im I. Akt mehr konventioneller Natur ist. Es ist bewunderungswürdig, wie der Komponist dem handlungsarmen Stoff durch einige packende musikalische Steigerungen dramatische Impulse zu verleihen vermochte. Symmetrie und Geschlossenheit der Form, die nur gelegentlich von einigen sporadisch dazwischengestreuten Rezitativen unterbrochen werden, feine kontrapunktische Arbeit sowie vor allem ein farbenreiches Orchester zeugen von der Meisterhand des Komponisten ebenso wie originelle melodische Einfälle, denen zufolge besonders die beiden Dalila-Arien des II. Aktes Berühmtheit erlangten. ›Samson und Dalila‹ stellt jedenfalls eine der markantesten Schöpfungen der musikdramatischen Literatur Frankreichs dar.

Textdichtung
Saint-Saëns entwarf das Szenarium selbst. Als Stoffquelle diente ihm die Bibel: Altes Testament, Buch der Richter, 16. Kapitel. Der Handlungsverlauf folgt ziemlich genau dem Vorwurf, nur wird die entscheidende Wendung: das Abschneiden von Samsons Haarschmuck durch Dalila, wodurch der Held seiner übernatürlichen Kräfte verlustig geht, hinter die Szene verlegt. Die Autoren setzten somit die Kenntnis der biblischen Geschichte beim Zuschauer voraus. Die Operndich-

tung führte ein angeheirateter Verwandter Saint-Saëns aus: Ferdinand Lemaire, ein junger Kreole aus Martinique. Auch er suchte, ähnlich wie der Komponist, durch strenge Gebundenheit der Sprache dem der Handlung entsprechenden altbiblischen Charakter Form zu geben.

Geschichtliches
Die Geschichte des von der buhlerischen Heidin Delila überlisteten israelitischen Volkshelden Simson (Saint-Saëns wählte die Namenslesung gemäß der »Vulgata«, der von der katholischen Kirche einzig anerkannten Bibelübersetzung des Hieronymus) hat Dichter und Musiker wiederholt zu künstlerischer Gestaltung angeregt: Schauspiele von Hans Sachs (1556) und Frank Wedekind (1914), Oratorium von Georg Friedrich Händel (1741) und Oper von Jean-Philippe Rameau auf einen Text von Voltaire (1732), letztere wurde wegen des biblischen Sujets nicht zur Aufführung angenommen. Zu Anfang des Jahres 1868 wurde Saint-Saëns von einem Freund auf den Samson-Stoff hingewiesen. Der Komponist wollte zunächst ein Oratorium nach diesem Sujet schreiben; aber der Textdichter Ferdinand Lemaire wußte ihn umzustimmen, daraus eine Oper zu machen. Kaum hatte Saint-Saëns die Operndichtung erhalten, begann er sich eifrig mit der Vertonung zu beschäftigen. Das große Duett Samson-Dalila im II. Akt ist zuerst entstanden, und bald darauf (Frühjahr 1868) führte er diese Szene auf einer seiner musikalischen Soireen vor, die er an Montagen bei sich zu veranstalten pflegte. Enttäuscht und entmutigt über den lauen Erfolg dieser Probe legte er daraufhin die ›Dalila‹, wie die Oper ursprünglich heißen sollte, beiseite. Ende Juni 1870 erwähnte Saint-Saëns gelegentlich eines Besuches bei Franz Liszt in Weimar den aufgegebenen ›Samson‹-Plan. Liszt zeigte aber großes Interesse für die Oper und ermutigte Saint-Saëns zur Weiterarbeit mit dem Versprechen, das Werk in Weimar zur Aufführung bringen zu lassen. Aber infolge des Ausbruchs des Deutsch-Französischen Krieges und dessen Folgen blieb ›Samson‹ weiterhin liegen. Erst bei einem Erholungsaufenthalt in Algier fand Saint-Saëns die Kraft, die Arbeit an der Oper wieder aufzunehmen. Am 20. August 1874 führte die berühmte Sängerin Pauline Viardot-García, für die eigentlich die Rolle der Dalila geschrieben und der auch das Werk später gewidmet wurde, in einem Parktheater in Croissy den II. Akt mit dem Komponisten am Klavier auf. Obwohl diesmal der Beifall größer war als 1868 in Saint-Saëns' Hauskonzert, wurden doch wieder die alten Einwände erhoben. Der Direktor der Großen Oper, welcher der Aufführung beiwohnte, erklärte sich entschieden gegen die Annahme eines »biblischen Oratoriums«. Am 26. März 1875 gelangte sodann in einem Châtelet-Konzert der I. Akt mit Orchester zur Aufführung; auch diesmal war die Beurteilung kühl. Im Januar 1876 hatte Saint-Saëns die Partitur endgültig abgeschlossen. Liszt hielt Wort, und nachdem die Oper in Frankreich überall abgelehnt worden war, kam durch seine Vermittlung ›Samson und Dalila‹ am 2. Dezember 1877 in Weimar unter Leitung von Eduard Lassen zur Uraufführung, die in Anwesenheit des Großherzoglichen Hofes ein bedeutendes künstlerisches und gesellschaftliches Ereignis wurde. Saint-Saëns, der die letzten Proben persönlich überwacht hatte, wurde stürmisch gefeiert. Trotzdem dauerte es noch 13 Jahre, bis die Oper zum ersten Mal auf einer französischen Bühne erschien (3. März 1890 in Rouen; 31. Oktober 1890 in Paris am Eden-Theater und erst am 23. November 1892 an der Pariser Oper), nachdem sie inzwischen an verschiedenen deutschen und ausländischen Bühnen (in Brüssel erst in Form eines Oratoriums) erfolgreich aufgeführt worden war. Längst gehört das Stück zum eisernen Bestand des Welt-Repertoires. Denn der Typus der Femme fatale fasziniert hier um so mehr, als der Komponist es sich trotz des biblischen Sujets nicht entgehen ließ, die Verführungskunst der Dalila in berückender Belcanto-Sinnlichkeit ohrenfällig werden zu lassen. Kurzum: Die Partie der Dalila avancierte zu einer der großen Paraderollen der Mezzosopranistinnen und Altistinnen.

Antonio Salieri

* 18. August 1750 in Legnago, † 7. Mai 1825 in Wien

Prima la musica e poi le parole
(Zuerst die Musik und dann die Worte)

Divertimento teatrale in einem Akt. Libretto von Giambattista Casti.

Solisten: *Eleonora* (Lyrischer Koloratursopran, gr. P.) – *Tonina* (Soubrette, gr. P.) – *Dichter* (Baßbariton, auch Charakterbariton, gr. P.) – *Maestro* (Spielbaß, gr. P.).
Schauplatz: Zimmer im Haus des Kapellmeisters.
Zeit: Zur Zeit der Uraufführung.
Orchester: 2 Ob., 2 Kl., 2 Fag., 2 Hr., 2 Trp., Str., B. c. (Cemb.).
Gliederung: Ouvertüre und 13 Musiknummern, die durch Secco-Rezitative miteinander verbunden sind.
Spieldauer: Etwa 1¼ Stunden.

Handlung

Graf Opizio hat für eine in vier Tagen stattfindende Festgelegenheit einen Opernauftrag vergeben: Was den Dichter schier zur Verzweiflung treibt, ist dem Komponisten keine Aufregung wert. Er will bereits vorhandene Kompositionen recyceln, fehlen nur noch die passenden Verse dazu. Überdies hat der Graf eine Darstellerin bereits in petto: die Provinzdiva Eleonora, die im fernen Cádiz und auf den Kanaren Erfolge feierte. Der Dichter macht sich hingegen für die Soubrette Tonina stark, mit der er eine Liebschaft hat. Deren Mäzen würde im Falle eines Engagements 100 Zechinen springen lassen – von denen der geschäftstüchtige Maestro gleich einmal 90 Prozent für sich reserviert. Und da tritt auch schon Donna Eleonora auf den Plan. Schnell einigt man sich bei der Durchsicht von herumliegenden Partituren auf ›Giulio Sabino‹ – ein Erfolgswerk der laufenden Saison – für eine Gesangsprobe. Mit der Einlagearie eines gewissen Salieri wird begonnen. Doch dann ist der Diva danach, die weiteren Ausschnitte aus ›Giulio Sabino‹ in szenischer Aktion zu geben: Dichter und Maestro müssen auf Geheiß der resoluten Donna als Dialogpartner, Orchesterersatz und Komparsen in mehreren Rollen mitmachen und können sich in dieser schweißtreibenden Zwangsimprovisation bald kaum noch auf den Beinen halten. Erleichtert nehmen Dichter und Komponist zur Kenntnis, daß Eleonora weitere Exempel zur Einschätzung ihrer Sangeskunst für unnötig hält und sich zurückzieht. Und so machen sich Komponist und Librettist an die Arbeit. Der Poet sucht in seinem Notizbuch nach Arientexten, die in Versmaß und -zahl auf die vom Maestro vorgegebenen Kompositionen passen oder passend gemacht werden können. Und während der Maestro seine abgelegten Kompositionen mit den neuen Versen seines Kollegen auffrischt, erfindet der Dichter eine Handlung, die ein Zusammenspiel von Eleonora und Tonina ermöglicht. Danach soll eine schwangere Fürstin, deren Gatte von einem sie begehrenden Tyrannen verfolgt wird, durch das Zureden ihrer Zofe vor dem Selbstmord bewahrt werden. Der Maestro ist's zufrieden. Jetzt muß nur noch geschwind die Probearie für die Soubrette eingerichtet werden. Während er die Noten zum Kopisten trägt, holt der Dichter Tonina herbei. In der Abwesenheit des Maestros sucht dieser die Zärtlichkeit der kratzbürstigen Tonina, der die Warterei auf den Maestro auf die Nerven geht. Nach dessen Rückkehr läßt sich Tonina nach einigem Hin und Her dazu herab, improvisierend Proben ihrer Kunst zu geben. Hierbei erweist sie sich als Spezialistin für abseitige und exaltierte Charaktere. So mimt sie eine französisch sprechende Quäkerin aus Kanada, die beim Bemühen, Frieden zu stiften, in religiöse Verzückung gerät. Es folgt eine heiter anhebende Hochzeitsszene, in der die Protagonistin alsbald vom Schatten des verblichenen Gemahls heimgesucht wird. Schließlich gibt Tonina eine Stotterarie zum Besten, mit der sie sich des Maestros Zustimmung zum Engagement ersingt. Eben hebt Tonina an, die gerade fertiggestellte Arie für die vom Grafen anberaumte Opernaufführung zu proben, als Donna Eleonora hinzutritt und ihrerseits auf eine sofortige Probe besteht. Die Damen wollen einander den Vortritt nicht lassen, und so singen sie zur Verwirrung des Maestros und des Dichters ihre Arien gleichzeitig. Freilich weicht der Tumult alsbald der Versöhnung. Zuversichtlich sehen die Interpreten der Premiere in vier Tagen entgegen.

Stilistische Stellung und Textdichtung
Antonio Salieris auf ein Libretto von Giambattista Casti (1724–1803) geschriebenes Divertimento teatrale ›Prima la musica e poi le parole‹ ist das Schwesterwerk von Mozarts ›Schauspieldirektor‹ und mit diesem durch die gemeinsame Uraufführung am 7. Februar 1786 in der Orangerie von Schönbrunn verbunden (wie in der Besprechung von Mozarts Stück in diesem Handbuch nachgelesen werden kann). Darüber hinaus gibt es eine musikalisch-motivische Übereinstimmung zwischen beiden Stücken, denn beide Ouvertüren setzen in raschem Tempo mottohaft mit einem Fanfarenmotiv ein, das mit einem Quartsprung nach unten anhebt. Salieris knapper gehaltener Sonatensatz verzichtet freilich im Gegensatz zu Mozarts Eröffnungsmusik auf eine Durchführung, als solle so schnell wie möglich der Schluß der Ouvertüre und damit der Beginn der Handlung erreicht werden. Es ist nicht zu entscheiden, ob die motivische Querverbindung zwischen den Ouvertüren von den Komponisten abgesprochen war. Freilich ist ein Hauptcharakteristikum von Salieris Stück – wie auf textlicher, so auf musikalischer Ebene – sein Anspielungsreichtum. Überdies gehört dieses Divertimento teatrale in das seit Beginn des 18. Jahrhunderts geläufige Genre des Meta-Melodrama, in dem die Konventionen und Produktionsbedingungen der Opera seria aufs Korn genommen wurden. Und im konkreten Fall wird insbesondere das seinerzeit übliche sogenannte Parodieverfahren, bei dem vorhandener Musik neue Texte unterlegt wurden, ins Zentrum der Satire gerückt. Ein Lesefehler des Maestros, der »costato« mit »castrato« verwechselt, gibt in diesem ohnehin an Situationskomik reichen Stück Anlaß zu deftigen Späßen übers Kastratenwesen.

Vor allem aber ist der virtuose Umgang mit Allusionen und Zitaten, die aus dem Stück ins damals aktuelle Theaterleben herausweisen, eine Spezialität Salieris und seines Librettisten. Bereits der kurzfristig erteilte Auftrag durch den Grafen Opizio reflektiert die reale Entstehungsgeschichte des Stücks. Darüber hinaus ist das Libretto gespickt mit Arienversen von fremder Feder. Unablässig wird auf Titel und Protagonisten von Opern des zeitgenössischen Repertoires angespielt. Vor allem aber rückt mit Donna Eleonoras Kostproben eine Produktion von Giuseppe Sartis Opera seria ›Giulio Sabino‹ (Venedig 1781) ins Blickfeld, die im August 1785 in Wien unter Salieris Leitung mit dem berühmten Kastraten Luigi Marchesi in der Titelrolle großen Erfolg hatte. Nicht allein wird Marchesi im Libretto in der Verkleinerungsform Marchesino genannt, vielmehr stammen sämtliche Nummern, die Eleonora während ihrer Opernprobe ansingt, aus dieser Produktion, darunter die von Salieri für ›Giulio Sabino‹ komponierte Einlage-Cavatine »Pensieri funesti« (Dunkle Gedanken). In Toninas pseudo-improvisatorischen Vortragsstücken werden dann zum einen Szenentypen des ernsten Genres parodiert: die Vorliebe der französischen Oper fürs Wunderbare in Toninas Auftritt als übergeschnappte Quäkerin und die in der Opera seria beliebte Ombra-Szene zur Anrufung Verstorbener. Zum anderen schlägt Toninas Stotterarie die Brücke zur Opera buffa und zum Stegreiftheater der Commedia dell'arte. Ein besonderes Schmankerl hatte Salieri fürs Finale aufgespart: Dort läßt er die während des Stückes entstandenen Arien »Se questo mio pianto« (Wenn mein Weinen) von Eleonora und »Per pietà, padrona mia« (Um Himmels willen, meine Herrin) von Tonina gleichzeitig absingen, während Maestro und Dichter dieses Quodlibet der Diven im Parlando kommentieren.

Geschichtliches
Über die in der Besprechung des ›Schauspieldirektors‹ genannten Uraufführungsumstände von Mozarts und Salieris Einaktern hinaus kann mit Blick auf Salieris Stück Nancy Storaces Auftritt als Eleonora nicht unerwähnt bleiben. Die Storace – alsbald Mozarts Susanna im ›Figaro‹ – imitierte nämlich während der Nummern aus ›Giulio Sabino‹ den bereits erwähnten Kastraten Marchesi so perfekt, »daß man wirklich ihn selbst zu hören glaubte; sogar dessen Spiel stellte sie mit besonderer Geschicklichkeit dar«, wie es in der damaligen Presse hieß. Auch der Bassist Francesco Benucci (Maestro) und der Bariton Stefano Mandini (Dichter) sollten im ›Figaro‹ mit von der Partie sein, der eine als Figaro, der andere als Graf Almaviva. Celeste Coltellini wiederum war insbesondere aufgrund ihres schauspielerischen und tänzerischen Talents geschätzt. Ob sie damals auch die Quäkerinnenszene zum Besten geben durfte, scheint eher unwahrscheinlich.

Vermutlich wurde diese Nummer von der Zensur gestrichen.
Zwar bescherten die Zeitbezüge Salieris Divertimento teatrale einen größeren Tageserfolg als Mozarts ›Schauspieldirektor‹, doch verhinderten sie für einen langen Zeitraum ein Weiterleben auf der Bühne. Lediglich der Titel wurde zum geflügelten Wort. Erst jüngere Editionen (Friedrich Wanek und Josef Heinzelmann 1972) und insbesondere Thomas Betzwiesers Edition von 2013, die die zeitgenössischen Querbezüge des Stücks offenlegte und überdies mit einer witzigen deutschen Übersetzung von Stefan Troßbach kombiniert wurde, sorgten für eine Renaissance. Immer wieder bemühte sich Nikolaus Harnoncourt (etwa 2005 in einer konzertanten Produktion im Wiener Musikverein in Kombination mit Mozarts Parallelwerk) um das Stück. 2007 kam es unter Leitung von Christoph Ulrich Meier (Regie: Stephan Jöris) während des 13. Bayreuther Osterfestivals im Markgräflichen Opernhaus auf Grundlage der Betzwieser-Edition auf die Bühne. 2015 brachte das Luzerner Theater eine Inszenierung von Christian Kipper (musikalische Leitung: Andrew Dunscombe) heraus.

R. M.

Max von Schillings
* 19. April 1868 in Düren, † 24. Juli 1933 in Berlin

Mona Lisa
Oper in zwei Akten. Dichtung von Beatrice Dovsky.

Solisten: Personen der ersten und letzten Szene: *Ein Fremder* (Heldenbariton) – *Eine Frau* (Dramatischer Sopran) – *Ein Laienbruder* (Jugendlicher Heldentenor).
Personen der übrigen Szenen: *Messer Francesco del Giocondo* (Heldenbariton, gr. P.) – *Messer Pietro Tumoni* (Charakterbaß, m. P.) – *Messer Arrigo Oldofredi* (Lyrischer Tenor, m. P.) – *Messer Alessio Beneventi* (Spieltenor, m. P.) – *Messer Sandro da Luzzano* (Lyrischer Bariton, m. P.) – *Messer Masolino Pedruzzi* (Charakterbaß, m. P.) – *Messer Giovanni de' Salviati* (Jugendlicher Heldentenor, m. P.) – *Mona Fiordalisa*, Gattin des Francesco (Dramatischer Sopran, gr. P.) – *Mona Ginevra ad Alta Rocca* (Charaktersopran, m. P.) – *Dianora*, Francescos Töchterchen aus erster Ehe (Soubrette, kl. P.) – *Piccarda*, Zofe der Mona Fiordalisa (Spielalt, kl. P.) – *Sisto*, Diener des Messer Francesco (Tenor, kl. P.).
Doppelbesetzungen: Fremder – Francesco; Frau – Mona Lisa; Laienbruder – Giovanni.
Chor: Volk von Florenz. Nonnen von Santa Trinità. Mönche von San Marco, darunter Savonarola. Diener (kl. Chp.).
Ort: Florenz.
Schauplätze: Von der ersten Gasse rechts zur ersten Gasse links eine al fresco bemalte Wand mit Mitteltür, rechts vorn eine Tür, links vorn ein Spitzbogenfenster mit bunten Scheiben – Saal mit Loggia und Balkon, von dem eine Freitreppe hinunterführt; festliche Tafel (farbenprächtiges Bild im Stil eines Gemäldes von Paolo Veronese).
Zeit: Die erste und letzte Szene in der Gegenwart, die anderen zu Ende des 15. Jahrhunderts.
Orchester: 3 Fl. (III. auch Picc.), 2 Ob., 1 Eh. (auch III. Ob.), 1 Heckelphon, 2 Kl. (II. auch Es-Kl.), 1 Bkl. (auch III. Kl.), 3 Fag. (III. auch Kfag.), 6 Hr., 4 Trp., 3 Pos., 1 Bt., P., Schl., 2 Hrf., Cel., Mandoline, Str. – Bühnenmusik: 2 Viol., 1 Br., 1 Vcl., Mandoline, Hrf., kleine Gl. in B, große Gl. in A, E, Fis, D.
Gliederung: Kurzes Vorspiel, durchkomponierte dramatische Großform.
Spieldauer: Etwa 2½ Stunden.

Handlung
Bei der Besichtigung der Sehenswürdigkeiten von Florenz läßt sich ein Ehepaar von einem Laienbruder durch den Palast führen, den einstens der reiche Handelsherr Francesco del Giocondo mit seiner schönen jungen Frau Mona Fiordalisa Gherardini bewohnte, die er im vorgerückten Alter ehelichte und die durch Leonardo da Vincis Meisterwerk »Mona Lisa« Unsterblichkeit erlangt hat. Die junge Fremde, die zweite Frau ihres we-

sentlich älteren Gatten, zeigt lebhaftes Interesse für Mona Lisa. Sie blickt heimlich dem jungen Laienbruder in die Augen; dabei zerreißt sie durch eine ungeschickte Bewegung ihre Perlenschnur, das Hochzeitsgeschenk ihres Mannes; sie, die Perlen nicht liebt, übergibt ihrem Gatten hastig die Kette zur Aufbewahrung. Innerlich erregt beginnt der Bruder, seinen Blick auf die junge Frau geheftet, das Drama jener Karnevalsnacht zu erzählen. – In fröhlicher, ausgelassener Stimmung sitzen einige Freunde des Edelmannes Francesco im Saal seines Hauses am Nachmittag des Karnevaldienstags in Erwartung des Festzuges. Während einer der jungen Leute zum Zeitvertreib ein »Lied auf die Jugend« singt, kommt Francesco von einer geschäftlichen Besprechung zurück. Da naht endlich der Karnevalszug, in dessen ausgelassene Klänge sich, näherkommend, religiöse Töne mischen. Es sind Nonnen, die in feierlicher Prozession ein Standbild der Heiligen Maria unter einem Baldachin tragen. Auf dem Höhepunkt des Tumultes erscheinen die Mönche von San Marco mit Savonarola an der Spitze, die mit Donnerstimme »Florenz, die feile Dirne und schamlose Buhlerin« zur Buße auffordern. Das Volk reagiert mit dem demütigen Bußschrei »Misericordia«; alle Fröhlichkeit ist zerstört, und die Züge lösen sich auf. Ginevra, die Darstellerin der Venus auf dem Venuswagen des Karnevalszuges fühlt sich durch Savonarolas Fluch empfindlich getroffen. Francescos Freunde holen sie von der Straße herauf in den Saal, wo im Kreise der jungen Männer ihre gedrückte Stimmung sich bald wieder legt und sie bei Wein und Gesang ihrem ungebundenen Naturell zügellos den Lauf läßt. Inzwischen ist unauffällig Mona Lisa heimgekehrt, von Francesco ungeduldig erwartet. Er fragt sie mißtrauisch, wer ihr die Blumen gegeben habe; ruhig wie immer antwortet Mona Lisa, sie komme von der Beichte und habe die weißen Iris, ihre Lieblingsblumen, zufällig auf der Straße gefunden. Als sie sich mit Ginevra auf ihr Zimmer begeben hat, findet Francesco Gelegenheit, mit einem der Gäste, dem Kardinal Pietro, kurz allein zu sprechen. Er gesteht dem Kardinal, wohl keinen Grund zum Mißtrauen gegen seine junge Frau zu haben; sein Argwohn werde aber immer wieder aufs neue geweckt, wenn er Mona Lisas Bild von Meister Leonardo betrachte: dieser Blick und dieses Lächeln stünden in seltsamem Widerspruch zu der sonstigen kühlen Art und zu dem ruhigen, marmorblassen Gesicht seiner Frau. In wilder Erregung erklärt Francesco schließlich, er müsse das Rätsel ihres Lächelns lösen. Da kommen die anderen Gäste vom Balkon zurück, und gleich darauf erscheint der schlanke, schöne Giovanni de' Salviati, ein junger Römer, der bei dem berühmten Perlensammler Francesco eine kostbare Perle für den Heiligen Vater erwerben soll. Er erzählt zunächst von dem Erlebnis, einer unbekannten jungen Frau mit ein paar unirdisch schönen Augen begegnet zu sein; aber leider müsse er bereits morgen früh wieder zurück nach Rom. Francesco fordert die Freunde auf, dazubleiben und einmal seine Schätze in Augenschein zu nehmen. In einer Kammer, die durch zwei Türen mit komplizierten Schlössern versperrt ist und die so eng ist, daß ein dort eingeschlossener Mensch kaum eine Stunde würde atmen können, befindet sich ein nochmals verschlossener Schrein, in dem mittels einer Winde ein goldenes Kästchen heraufgeholt werden kann, das bis auf den Grund des unter dem Haus fließenden Arno versenkt ist; in dem Kästchen befinden sich winzige Löcher, durch die immerzu Wasser sickert, das die Perlen umspült. Inzwischen ist Mona Lisa mit Ginevra zurückgekommen. Während erstere auf den Balkon tritt, verabschiedet sich Ginevra von den Herren. Dabei läßt sie sich Giovanni vorstellen, den sie während des Weggehens sogleich für die Nacht zu sich lädt. Dann zeigt Francesco den Freunden die Perlen, die er über alles liebt; Mona Lisa steht abseits; sie mag Perlen nicht. Trotzdem muß sie allabendlich die schönsten Perlen um ihren Hals legen, da Francesco glaubt, daß sie mit ihrem jungen Blut den Perlen eine Seele einhauche. Die rosa Perle für seine Heiligkeit zeigt ein mattes Fleckchen; Mona Lisa soll sie daher noch die Nacht über tragen; Francesco will sie dann am Morgen dem Messer Giovanni übergeben. Während Francesco das Kästchen wieder zurück in den Tresor bringt, tritt Mona Lisa näher. Als Giovanni sie erblickt, taumelt er zurück. Mona Lisa faßt sich schnell, da Francesco zurückkommt. Die Freunde brechen nun auf, und Francesco will sie noch ein Stück des Weges geleiten; Giovanni schließt sich ihnen nicht an, er geht nach der anderen Seite weg. Nach kurzer Weile kommt er jedoch zurück. Mona Lisa und Giovanni kommen sich langsam näher: Sie, die sich schon früher kannten und liebten, ließ ein widriges Geschick nicht zusammenkommen. Giovanni will sie nun aber aus den Händen des ungeliebten Mannes befreien. Er schlägt vor, Mona Lisa solle mit ihm morgen nach der Frühmette entfliehen. Da Francesco zurückkommt, fordert sie Giovanni auf, sich in der Loggia zu verstecken. Francesco nähert sich langsam Mona Lisa, die in Gedanken versunken, selig vor sich hinlächelnd, dasteht. Zum ersten Mal sieht er bei seiner Frau jenes rätselhafte Lächeln wie auf Leonardos Bild. Als sie aber Francesco gewahrt, nimmt ihr Gesicht wieder die gewohnte Maske an. Vergeblich sucht Mona Lisa den mißtrauisch gewordenen Gatten davon abzuhalten, das Tor nach der Piazza selbst abzuschließen. Er entfernt sich, da stürzt Giovanni aus der Loggia, preßt Mona Lisa in seine Arme und küßt sie. In dem gleichen Augenblick erscheint Francesco auf dem Balkon. Er verschließt nun mit geheuchelter Ruhe alle Fenster, während Giovanni von Versteck zu Versteck huscht. Schließlich flieht er durch die offengebliebene Doppeltüre in die kleine Tresorkammer. Francesco, der es bemerkt hat, wirft rasch die Außentür ins Schloß. Zu Lisas tödlichem Schrecken versperrt er daraufhin die Tür mit dem Schlüssel. Dann zieht er plötzlich einen Dolch aus dem Gürtel und zwingt Mona Lisa, die Inschrift auf dem eingelegten Griff zu lesen: »Ich räche den Verrat an Lieb' und Ehre«. Ein von der Piazza herübertönendes Liebesmadrigal erregt jetzt Francescos verhaltene Leidenschaft. Mona Lisa sucht verzweifelt, Giovanni zu befreien. Francesco sagt ihr die Erfüllung einer großen Bitte zu, wenn sie sich ihm willfährig zeige. Mona Lisa verlangt den Schlüssel zum Schrein. Unter forciertem Lachen wirft Francesco jedoch den einzigen Schlüssel zu der Tresorkammer hinunter in den Arno, damit Mona Lisa, wie er höhnt, in Zukunft nicht mehr auf die Perlen eifersüchtig zu sein brauche. Mit tierischer Begierde ergreift er daraufhin Besitz von der kraftlos auf das Ruhebett Gesunkenen.

Am nächsten Morgen, dem Aschermittwoch, erwacht Mona Lisa, am Boden vor dem Ruhebett im Saal liegend, aus tiefem Schlaf. Sie glaubt erst, einen bösen Traum gehabt zu haben, überzeugt sich aber, als ihr Blick auf die Tür des Tresors fällt, daß der Traum Wirklichkeit war. Ängstlich pocht sie an die Tür und ruft nach Giovanni; es kommt aber keine Antwort. Da erscheint Dianora, Francescos Töchterchen aus erster Ehe; sie übergibt Mona Lisa einen sonderbaren Schlüssel, ähnlich dem zu dem Perlenschrein ihres Vaters, den sie soeben in ihrem neuen Boot am Lungarno gefunden hat. Mona Lisa schickt das Kind schnell fort zur Frühmette. Dann sperrt sie zögernd die erste Tür auf; wieder ruft sie nach Giovanni, und wieder kommt keine Antwort. Sie findet nicht den Mut, auch die zweite Tür zu öffnen, und schlägt schaudernd die erste Tür wieder zu. Nun kommt Francesco; bleich berichtet er Mona Lisa, den Messer Salviati nicht angetroffen zu haben. Lauernd bemerkt er, vielleicht sei dieser in ein Liebesabenteuer verwickelt worden, das nicht gut für ihn ausgegangen sei. Da wendet sich plötzlich Mona Lisa mit jenem geheimnisvollen Lächeln gegen ihn. Sie zeigt ihm den wiedergefundenen Schlüssel und sie ersucht ihn, die Perlenkette für Mona Borgia aus dem Schrein zu holen, die sie anlegen wolle, damit sie an Glanz gewänne. Francesco ist sich unsicher, ob Giovanni nicht doch noch entkommen ist. Er öffnet die erste Tür, wendet sich um und sieht Lisa sanft lächelnd hinter sich stehen, dann springt durch einen Druck auf die Feder die innere Tür auf; mit einem Aufschrei prallt Francesco zurück; aber Lisa fordert ihn auf, sollte sich jemand eingeschlichen haben, doch den Schurken zu fassen. Wütend springt Francesco in die Kammer, und blitzschnell schlägt Lisa hinter ihm die Außentür zu. Sie zieht den Schlüssel ab und birgt ihn in ihrem Busen. Mit wilder Leidenschaft triumphiert sie, daß Francesco, durch ihr Lächeln berückt, in die Falle gegangen ist. Alsdann will sie sich zur Frühmette begeben; aber da erinnert sie sich Savonarolas Fluch; wankend bricht sie zusammen. – »Hier endet die Chronik«, bemerkt der Laienbruder. Die Frau legt ihre Börse auf den Opferstock, der Laienbruder soll dafür eine Messe für das Seelenheil der armen Mona Lisa lesen lassen. Betroffen reagiert der Gatte und fordert seine Frau auf zu gehen. Die Frau läßt unmerklich vor dem Bruder einen Strauß weißer Iris fallen, den sie am Gürtel trägt, und blickt im Weggehen nochmals mit großen Augen lächelnd zurück. Der Bruder preßt den Irisstrauß an seine Lippen und ruft, ihr mit leidenschaftlichem Ausdruck nachblickend: »Mona Lisa!«

Stilistische Stellung

Die Berührung mit dem lebendigen Theater seit Antritt seiner Stellung als Operndirektor in Stuttgart erweiterte Schillings' Blick für die Bühnenwirkung. Die dramaturgisch geschickt angelegte Dichtung ›Mona Lisa‹ erfährt bei Schillings' gepflegtem Stil eine musikalische Ausdeutung, durch die einerseits das Grausige gemildert und anderseits die Schlagkraft der dramatischen Wirkung noch gesteigert wird. Das melodische Element herrscht in dem symphonisch-dramatischen Tongemälde vor, das durch eine Reihe scharfprofilierter, polyphon verarbeiteter Motive und in einer mit Chromatik kräftig dosierten Harmonik nach dem Wagnerschen Gestaltungsprinzip geformt ist und in das sich auch gelegentlich impressionistische Züge mischen. Die üppige Farbenpracht des starkbesetzten Orchesters versinnbildlicht die lebensfrohe Atmosphäre des medizäischen Florenz mit der ganzen Zügellosigkeit der Leidenschaften, wie sie für jene Zeit typisch ist.

Textdichtung
Die bühnenwirksame Dichtung wurde von der Wiener Schriftstellerin Beatrice von Vay-Dovsky (1866–1923) verfaßt nach einer Legende um das Geheimnis jenes rätselhaften Lächelns der Mona Fiordalisa auf Leonardo da Vincis berühmtem Gemälde. Man hat nach diesem Lächeln den Charakter Mona Lisas, über die historisch so gut wie nichts überliefert ist, verschieden beurteilt: hochmütig, kokett, lüstern, grausam. Die Dichterin interpretiert die Geschichte in wirklichkeitsnaher Darstellung, wobei sie die Alltäglichkeit der Mona-Lisa-Tragödie dadurch zum Ausdruck brachte, daß sie das Stück durch eine in unserer Zeit spielende knappe Rahmenhandlung einfaßte, die in der Problemstellung mit der Haupthandlung konform geht.

Geschichtliches
Im April 1911 lernte Schillings in Stuttgart Beatrice von Dovsky kennen, von der er zunächst die dramatische Legende ›Lady Godiva‹ vertonen wollte. Die Arbeit an dem Werk war bereits weit gediehen, als im Frühjahr 1913 Frau von Dovsky dem Komponisten ihre Dichtung ›Mona Lisa‹ zur Beurteilung zusandte. Schillings war gleich so begeistert von dem Sujet, daß er beschloß, anstelle der ›Lady Godiva‹ ›Mona Lisa‹ zu komponieren. Er fuhr nach Wien, um mit der Dichterin die Einzelheiten zu besprechen. Während des Sommers 1913 entstand sodann innerhalb von sechs Wochen die komplette Klavierskizze auf dem Gutshof Gürzenich. Aber Schillings ging nur zögernd an die Vollendung der ›Mona Lisa‹, hatte er doch noch immer Hemmungen, mit einem Werk an die Öffentlichkeit zu treten, das so weitgehend von seiner bisherigen künstlerischen Linie abwich. Bei Ausbruch des Weltkriegs (1914) war die Instrumentation bis zur Mitte des II. Aktes gediehen; den Rest vollendete der Komponist, der sich freiwillig an die Front gemeldet hatte, während der Kampfpausen im Feld; kurz vor Weihnachten 1914 wurde die Partitur abgeschlossen. Im Hinblick auf die Aktualität des Stoffes, hervorgerufen durch den Diebstahl von Leonardo da Vincis Gemälde aus dem Louvre in Paris wenige Jahre vor Entstehung der Oper (1911, Wiederauffindung 1913 in Florenz), bewarben sich um die Uraufführung New York, Berlin und Wien. Aber Schillings überließ sie der Stätte seines Wirkens. So ging ›Mona Lisa‹ am 26. September 1915 in Stuttgart unter Leitung des Komponisten zum ersten Mal in Szene. Das Werk erfuhr eine widerspruchsvolle Beurteilung; fast einmütig wurde die »allzu krasse« Handlung abgelehnt, derentwegen es auch zu Aufführungsverboten (z. B. in München) kam. Aber der Publikumserfolg war überall durchschlagend, so vor allem in Berlin unter Richard Strauss mit Barbara Kemp sowie in Wien mit Maria Jeritza in der Titelrolle. ›Mona Lisa‹ ging anschließend über die meisten Bühnen des In- und Auslandes.

Alfred Schnittke
* 24. November 1934 in Engels (Rußland), † 3. August 1998 in Hamburg

Leben mit einem Idioten
Oper in zwei Akten. Text von Viktor Jerofejew nach seiner gleichnamigen Erzählung.

Solisten: *Ich* (Charakterbariton, gr. P.) – *Frau* (Lyrischer Koloratursopran, gr. P.) – *Wowa* (Lyrischer Tenor, gr. P.) – *Wärter* (Spielbaß, m. P.) – *Junger Irrer* (Tenor oder Countertenor, kl. P.) – *Marcel Proust* (Lyrischer Bariton, m. P.).
Chor: Freunde – Idioten – Homosexuelle – Er-

Alfred Schnittke

zähler – vereinzelte solistische Stimmen (gr. Chp.).
Ort: Sowjetische Großstadt.
Schauplätze: Ichs Wohnung – Im Keller eines Irrenhauses.
Zeit: Endphase der UdSSR.
Orchester: Fl.* (auch Picc., Afl.*), Ob.* (auch Eh.*), Kl.* (auch Es-Kl., Bkl.*), Fag.* (auch Kfag.), Hr.*, Trp.*, Pos.*, Tuba*, P., Schl. 4 Spieler (Rgl., Glsp., Xyl., Vib., Mar., Flex., Becken, Triangel, Tamburin, kl. Tr., Militärtrommel, Holzblocktrommel, 3 Tomtoms, gr. Tr., Ratsche, Peitsche, Kuhglocke, Bongos), Klav. (auch Cemb., Org., Cel.), Str. (5, 5, 4, 4, 5). Das Gesamtorchester soll sich räumlich auf der ganzen Fläche des Orchestergrabens verteilen. Im 2. Bild des I. Akts bilden die mit Sternchen gekennzeichneten Blasinstrumente eine Band, die im Zuschauerraum verteilt sitzen soll.
Gliederung: Durchkomponierte Szenen, wobei der I. Akt durch einen Prolog und ein Intermezzo umrahmt wird.
Spieldauer: Etwa 1¾ Stunden.

Handlung

In einem kurzen Prolog konstatiert der Chor: »Das Leben mit einem Idioten ist voller Überraschungen!« Ich und seine Frau wiederum bekunden ihre Abhängigkeit von ihrem Idioten Wowa. Zunächst erzählt das Ehepaar, unterstützt von seinen Freunden, weshalb es Wowa bei sich aufnehmen mußte, und welche Auswirkungen sein Aufenthalt auf die beiden hatte. Hierbei veranschaulichen Rückblenden das Geschehene, das sich zusammengefaßt wie folgt darstellt: Aufgrund eines Mangels an Mitgefühl ist Ich – ein Schriftsteller, der sich nach dem Scharlachtod seiner ersten Frau mit einer Proust-Leserin aufs neue verehelicht hatte – zum Zusammenleben mit einem Wahnsinnigen seiner Wahl verurteilt worden. Aus diesem Anlaß gratulieren ihm seine Freunde, die wegen der oben genannten moralischen Verfehlung zu Ich offenbar auf Distanz gegangen waren, bei einem Versöhnungsessen zu der als unerwartet milde angesehenen Strafe. Ichs Freunde sehen darin eine Resozialisierungsmaßnahme, und er will sie dahingehend nutzen, sich einen weisen Narren zuzulegen. Freilich wird in einem Erinnerungsbild vorweggenommen, daß Ichs Frau das Zusammenleben mit Wowa nicht eben gut bekommen ist: Während Ich hager und nackt im Zimmer sitzt, Tomatensaft trinkt und masturbiert, schneidet Wowa, vor Anstrengung ächzend, mit einer Gartenschere aus der DDR Ichs Ehefrau den Kopf ab. Die darauffolgende Szene führt Ich in einer neuerlichen Rückblende in die Irrenanstalt, wo er seinen »seligen Narren« aufzufinden hofft. Ichs Frau wiederum glaubt eingedenk der für sie tödlichen Folgeentwicklungen ihr damaliges Zuhausebleiben rechtfertigen zu müssen: Sie habe ihren Mann seinerzeit ja nur deshalb nicht ins Irrenhaus begleitet, weil sie sich bei schlechtem Wetter nicht in sein für Pannen anfälliges Auto habe setzen wollen. Der Wärter ist erst nach einer Bestechung mit Wodka bereit, Ich einzulassen. Er führt den Besucher in den Keller des Instituts. Denn dort sind die Geisteskranken verwahrt. Ich schaut sich unter ihnen um. In einer Auseinandersetzung unter den Irren vermeint er jenen Streit wiederzuerkennen, der ihn im Büro als Plan-Saboteur verdächtig gemacht und der Bestrafung ausgeliefert hatte. Fürs erste fällt Ichs Wahl auf einen jungen Mann, der das russische Volkslied von der Birke singt, aber der beißt ihn in die Wade. Doch dann gerät Wowa in seinen Blick. Den späteren Ereignissen vorausgreifend, kommt Ich in den Sinn, wie seine Frau ihm nach seiner Rückkehr aus dem Irrenhaus wegen der Entscheidung für Wowa eine Szene gemacht und so vehement wie vergeblich auf Umtausch des in der Küche ein Schinkenbrot verschlingenden Idioten bestanden hat. Der Wärter hingegen preist Wowa als einen »fügsamen und verständigen« Irren an und betont seine Eloquenz, obwohl Wowa lediglich einen einzigen Laut zu formen versteht, nämlich ein – allerdings äußerst variantenreiches – »Äch«. Ich sitzt der Lüge des Wärters auf und ist um so mehr über den Erwerb Wowas erfreut, als ihm bei Tageslicht dessen rote Behaarung auffällt. Nach einem Schäferstündchen mit seiner Frau kündigt Ich den zweiten Teil seines Berichts über sich und Wowa an: »Und jetzt erzähle ich, wie ich sein wurde.«

Anfangs erweist sich Wowa als ein stiller und unauffälliger Mitbewohner. Gleichwohl ist sein Blick beim Essen »feindselig, wie bei einer Katze«, und Ich muß sich damit abfinden, daß außer dem Geächze nichts aus dem zur Melancholie neigenden Wowa herauszubekommen ist. Um seiner Schlaflosigkeit abzuhelfen, gehen seine Wirtsleute mit ihm öfters spazieren, wobei sie sich von den erschrockenen Blicken der Passanten nicht weiter beunruhigen lassen. Erst als Wowa eine unschöne Freßorgie veranstaltet, wird er ausgeschimpft. Per Telefon sucht Ich Rat bei seinen Freunden, die aber nur geheucheltes Mitleid und wohlfeile Durchhalteparolen parat haben. Bald darauf beginnt Wowa, sämtliche im Haus befindlichen Bücher zu zerreißen, also auch die Werke des dagegen protestierenden Marcel Proust. Doch nach einer Morddrohung gegen Wowa kommt es noch schlimmer: Er klaut, entblößt sich, verunreinigt mit seinen Ausscheidungen die Wohnung und verhindert durch die Zerstörung des Telefons den Kontakt nach draußen. Seine Gastgeber verbarrikadieren sich im Schlafzimmer. Doch Uneinigkeit und fortwährendes Gezänk geben dem marodierenden Wowa die Möglichkeit, einen Keil zwischen die beiden zu treiben: Als Ich sich mordlüstern auf ihn stürzen will, packt Wowa dessen Ehefrau und vergewaltigt sie. Seitdem ist sie Wowas Geliebte. In dem Neu-Arrangement dieser Menage à trois findet sich Ich aus dem Schlafzimmer verbannt und mit Wattebäuschen in den Ohren auf die Couch im Eßzimmer ausgelagert. Seitdem ist die Situation wieder entspannt. Wowa hilft bei der Renovierung der von ihm demolierten Wohnung. Wechselseitige Geschenke schaffen Vertrauen: Wowa wird neu eingekleidet, Ich ersetzt seiner Frau – zur Zufriedenheit des Autors – ihre vernichtete Proust-Bibliothek, und Wowa verehrt Ich ein Blumengebinde nach dem andern. Ich fühlt sich geschmeichelt und veranlaßt damit seine Frau zu spitzen Bemerkungen, die nur schwer ihre nicht ganz unbegründete Eifersucht kaschieren können. Bald darauf aber ist es an Ich, eifersüchtig zu sein: als er nämlich erfährt, daß seine Frau von Wowa schwanger ist. Sie selbst hingegen ist über ihren Zustand vor allem verwundert, denn im Hinblick auf Wowas sexuelle Vorlieben kommt sie zu dem Schluß: »Eine Schwangerschaft war völlig ausgeschlossen.« Sie läßt abtreiben; und es braucht eine gewisse Zeit, bis der in väterlicher Vorfreude schwelgende Wowa dahinterkommt. Dann aber reagiert er um so heftiger und verprügelt eine Nacht lang die »wie eine ergebene Hündin« ihre Bestrafung hinnehmende Frau. Am Morgen darauf tritt Wowa mit einem Arm voll Nelken ins Badezimmer, wo Ich gerade mit eingeseiftem Kopf in der Wanne sitzt. Sekundiert vom Chor der Homosexuellen berichtet Ich, wie er sich von Wowa hat verführen lassen. Nun ist es Ichs Ehefrau, die samt Proust und seinen Büchern auf die Couch im Eßzimmer ausquartiert wird. Zwar protestiert sie mit Beschimpfungen, der Zerstörung der Proust-Bände und mutwilliger Inkontinenz gegen das Liebesverhältnis der beiden und stilisiert sich dabei zu einer verlassenen Ophelia. Auch versucht sie, das Liebespaar auszuhungern. Sie handelt sich damit aber nur neuerliche Prügel ein. Schließlich stellt sie Wowa vor die Entscheidung: »Er oder ich!« Der muß nur kurz überlegen und holt die Gartenschere, mit der er, wie zu Beginn der Oper schon gezeigt, Ichs Ehefrau um ihren Kopf bringt. Nach einem Tanz mit dem enthaupteten Körper beseitigt Wowa den Torso im Müllschlucker, danach verschwindet er auf Nimmerwiedersehen. Unter dem betrüblichen Eindruck dieses plötzlichen Abschieds begibt sich Ich ins Irrenhaus, wo er vom Wärter wie ein alter Bekannter empfangen wird. Ich ist bissig geworden und singt das Volkslied von der Birke. Seine tote Frau und er beklagen den Verlust ihres Idioten, dem Marcel Proust Frühlingsblumen überreichen will und dessen Ächzen weiterhin zu hören ist.

Stilistische Stellung

Schon an der Anhäufung brutaler und obszöner Handlungselemente wird wahrnehmbar, daß es in Alfred Schnittkes erster Oper nicht darum geht, ein naturalistisches Bild von der Wirklichkeit zu zeichnen oder dem psychischen bzw. psychotischen Innenleben der auf der Bühne agierenden Figuren nachzuspüren. Viel mehr betont die Übersteigerung ins Groteske die Zeichenhaftigkeit des Geschehens. Gleiches gilt für die eigenartige Dramaturgie des Stückes: Indem sie Chor und Solisten in der Doppelfunktion von Erzählern und Akteuren ins Spiel bringt, indem sie den im Grunde einsträngigen und stringenten Handlungsfaden durch ein virtuoses Hin- und Herspringen zwischen Vorwegnahmen und Rückblenden absichtsvoll verwirrt, zwingt sie den Betrachter, will er den kontinuierlichen Verlauf der Geschichte rekonstruieren, in die Rolle eines distanzierten Beobachters. Da nun Schnittkes Idiot Wowa den Spitznamen Lenins trägt, liegt es nahe, in dem Stück mit Blick auf die absurden Züge des Sowjetsystems eine Polit-Parabel zu sehen. Diese Deutung wird von der Komposition insofern gestützt, als die ›Internationale‹ und das Arbeiterlied »Brüder, zur Sonne, zur Freiheit« zitathaft anklingen. Doch der Komponist stiftet – nicht allein durch Volksliedweisen wie das Lied von der Birke oder durch Eigenzitate aus ›Moz-Art‹ (1976–1980) und ›Peer Gynt‹ (1986) – weitreichendere Bezüge, die wiederum einer eindimensionalen Festlegung der Oper auf den Kontext der Sowjetgesellschaft entgegenwirken. In diesem Sinne hob der Komponist die Allgemeingültigkeit des Sujets hervor und bekundete sein ausschließliches Interesse am »wahnsinnigen Surrealismus« seiner Textvorlage, obwohl darin auch zeitgebundene, »reale Kritik« enthalten sei.

Das heißt, daß für Schnittke die Komponierbarkeit des Textes durch seinen abstrakten Gehalt gegeben war. Denn damit war er dem für den Komponisten typischen polystilistischen Zugriff verfügbar, der ein facettenreiches Verweissystem auf bereits vorhandene Musik beinhaltet. So ist die kleine Klagesekunde, die für Wowa und die Verrückten im Keller leitmotivische Signifikanz erhält, eine Anspielung auf Mussorgskijs Gottesnarren aus ›Boris Godunow‹. Und neben dem Tango-, Walzer- oder Marschidiom, neben Ausflügen in eine karikaturenhafte Tonalität stehen Stilimitationen anderer Komponisten (unter anderen Schostakowitsch und sogar Mahler) in windschiefem Verhältnis zum Text. Nicht weniger ironisch sind die Rückgriffe auf überkommene Kompositionsverfahren zu verstehen, wenn etwa Wowas häusliche Terroraktionen zu Beginn des II. Akts dem Komponisten Anlaß zu tonmalerischer Illustration geben, oder wenn Wowas Tick, fünf Schritte vor und dann wieder zurückzugehen, mit einem Erinnerungsmotiv verknüpft wird. Darüber hinaus nimmt das Werk oft genug die Züge einer Opernpersiflage an. Beispielsweise führt Schnittke am Schluß des I. Akts die Stimmen des lügenden Wärters und des belogenen Ichs für einen kurzen Moment zusammen; die Konvention des Zwiegesangs als Ausdruck von Übereinstimmung kaschiert hier also einen Betrug. Dann wieder nimmt der Komponist eine Anleihe bei der Oper des 19. Jahrhunderts, wenn er das Ende der Ehefrau, die ihrem scherenbewaffneten Mörder mit einem Liebesbekenntnis entgegengeht, ausgerechnet als Liebestod inszeniert. Die Ausdrucksästhetik des vorletzten Jahrhunderts scheint indessen in den sprachgestischen Melismen des einsilbigen Wowas wieder aufzuleben, während die gespreizte Intervallik in den Gesangslinien der Eheleute einem klinischen Befund über die Verrücktheit der beiden gleichkommt: Ihr Gesang macht Ichs Frau als Hysterikerin kenntlich, und ihm schnappt im Falsett nicht nur die Stimme über.

Textdichtung

Der Librettist Viktor Jerofejew ist einer der führenden russischen Gegenwartsautoren, der aufgrund eines 1979 verfügten Publikationsverbots lediglich literaturwissenschaftliche Arbeiten veröffentlichen durfte. Sein schriftstellerisches Werk jedoch konnte er zunächst nur in privaten, dann im Zuge von »Glasnost« auch in öffentlichen Lesungen bekanntmachen, bis er 1989 endlich vollständig rehabilitiert wurde. Um das Jahr 1985 lernte Alfred Schnittke bei einer dieser Veranstaltungen Jerofejews fünf Jahre zuvor entstandene Erzählung ›Leben mit einem Idioten‹ kennen und bemerkte ihre Operntauglichkeit. Nachdem Jerofejew von Schnittkes Opernplan erfahren hatte, arbeitete er selbst die Erzählung zum Libretto um, das während des Kompositionsprozesses noch um ein Drittel komprimiert wurde. Eine dieser Verknappungen betraf die Geschichte von Ichs zur Bestrafung führendem Delikt. Auch fiel die Nebenperson des ausländischen Diplomaten Craig Benson weg, bei dem Ich nach seinem Aufenthalt im Irrenhaus als geistiger Ziehsohn Wowas seinerseits Idioten-Dienste versieht. Hinzuerfunden wurden hingegen die Auftritte Marcel Prousts. Ansonsten aber hielt sich der Autor bis in die Formulierungen hinein und ebenso in der szenischen Abfolge weitgehend an die Vorlage.

Geschichtliches

Zur Entstehung des Werkes trug der Cellist und Dirigent Mstislav Rostropowitsch maßgeblich bei, indem er sich bei der Amsterdamer Oper und der Eduard-van-Beinum-Stiftung für einen ›Das Leben mit einem Idioten‹ betreffenden Opernauftrag verwendete. Schnittke unterbrach zugunsten des neuen Projekts, das er im Winter 1990/1991 in Angriff nahm, seine Arbeit an der ›Historia von D. Johann Fausten‹. Nachdem er ein Particell erstellt hatte, begann Schnittke im Frühsommer 1991 mit der Orchestrierung. Doch ein schwerer Schlaganfall machte ihn für drei Monate arbeitsunfähig. Erst Anfang Oktober konnte er mit der Fertigstellung der Partitur fortfahren, und am 13. April 1992 ging das ›Leben mit einem Idioten‹ in Amsterdam zum ersten Mal über die Bühne. Rostropowitsch, auf dessen Wunsch hin ein Tango und ein Walzer als Instrumentaleinlagen in die Oper eingeschoben wurden, dirigierte und wirkte in der auf CD festgehaltenen Produktion auch als Akteur, Pianist und Cellist mit. Ichs Partie teilten sich Dale Duesing und Romain Bischoff, Teresa Ringholz übernahm die Partie der Ehefrau und Howard Haskin die des Wowa. In der Ausstattung von Ilja Kabakow betonte Boris Pokrowski einerseits die surrealen Züge des Stückes, andererseits unterstrich er seinen politischen Gehalt, indem er Wowa in der Maske Lenins auftreten ließ. Pokrowski führte auch in der Gemeinschaftsproduktion der Wiener Kammeroper (Februar 1992) und des Kammertheaters Moskau (Juni 1993) Regie. Opernhäuser in aller Welt nahmen das Stück ins Repertoire, z. B. 1995 die English National Opera London in einer Inszenierung von Jonathan Moore. Die deutsche Erstaufführung fand im März 1993 in Wuppertal statt. In dieser deutschsprachigen Koproduktion mit dem Musiktheater im Revier Gelsenkirchen machte der Regisseur Friedrich Meyer-Oertel aus Wowa ein »biederes Familienmitglied« (Jürgen Köchel). Er fügte damit den Interpretationen, die Wowa als Diktatoren-Allegorie auf die Bühne stellten, eine auf die privaten Beziehungsverhältnisse zwischen den Protagonisten fokussierende Deutung hinzu.

R. M.

Othmar Schoeck

* 1. September 1886 in Brunnen (Vierwaldstättersee), † 8. März 1957 in Zürich

Penthesilea

Nach dem Trauerspiel von Heinrich von Kleist in einem Aufzug. Dichtung vom Komponisten.

Solisten: *Penthesilea*, Königin der Amazonen (Dramatischer Mezzosopran, auch Dramatischer Alt, gr. P.) – *Prothoe* (Dramatischer Sopran, gr. P.) und *Meroe* (Dramatischer Mezzosopran, m. P.), Fürstinnen der Amazonen – *Die Oberpriesterin der Diana* (Dramatischer Alt, m. P.) – *1. Priesterin* (Sopran, kl. P.) – *2. Priesterin* (Sprechrolle, kl. P.) – *1. und 2. Amazone* (Sprechrollen, kl. P.) – *Achilles* (Heldenbariton, gr. P.) und *Diomedes* (Jugendlicher Heldentenor, m. P.), Könige des Griechenvolkes – *Ein Herold* (Charakterbariton, kl. P.) – *Ein Hauptmann* (Sprechrolle, kl. P.).
Chor: Griechen (Männerchor, m. Chp.) und Amazonen (Frauenchor, gr. Chp.).
Schauplatz: Schlachtfeld bei Troja.
Orchester: 3 Fl. (auch Picc.), 1 Ob. (auch Eh.), 2 kleine Kl., 6 Kl., 2 Bkl. (auch für insgesamt 3 Kl. aufführbar), 1 Kfag., 4 Hr., 4 Trp., 4 Pos., 1 Bt., P., Schl.,2 Klav., 4 Soloviolinen, tiefe Str. (Br., Vcl., Kb.). – Bühnenmusik: 3 Trp.
Gliederung: Durchkomponierte dramatische Großform.
Spieldauer: Etwa 1½ Stunden.

Handlung

Auf dem Schlachtfeld vor Troja hält die Oberpriesterin der Amazonen mit ihren Priesterinnen Ausschau nach dem Stand der Kämpfe. Aus der Ferne ertönt Schlachtengetümmel. Die Amazonenfürstin Meroe stürzt herbei und berichtet der Oberpriesterin mit Entsetzen, daß Penthesilea im Kampf mit Achilles vom Pferd gestürzt sei. Der Pelide sei aber sofort vom Roß gesprungen, habe die Ohnmächtige emporgerichtet und seine Waffen weggeworfen. Jetzt folge er unerschrocken der Königin nach; denn ein Gott habe offenbar sein erzhartes Herz in Liebe erweichen lassen. Da kommt, gestützt auf Prothoe, Penthesilea. Die Amazonen beschwören sie, vor Achilles zu fliehen. Aber sie kann es nicht, denn »lieber Staub als ein Weib sein, das nicht reizt!« Vor den herannahenden Griechen fliehen die Amazonen, nur Penthesilea bleibt mit Prothoe zurück. Der Griechenfürst Diomedes stürmt herbei; er fordert die Frauen auf, sich zu ergeben. Aber Prothoe entgegnet wild, daß sich Penthesilea nur dem Sieger ergeben würde. Da kommt Achilles. Er fordert Diomedes auf, die fliehenden Amazonen zu verfolgen; er selbst wolle hier bleiben. Teilnahmsvoll erkundigt sich der Pelide nach den Wunden der ohnmächtig niedergesunkenen Penthesilea. Prothoe wendet ein, nicht der Wundschmerz, sondern das Bewußtsein, im Kampf unterlegen zu sein, habe die Unglückliche zu Boden geschmettert. Da gesteht Achilles, daß er Penthesilea liebe. Freudig erregt bittet ihn Prothoe, sich zu verbergen, da soeben Penthesilea aus der Ohnmacht erwache. Die Königin erzählt Prothoe, sie habe geträumt, im Kampf dem Peliden unterlegen und unter Hohngelächter als Gefangene in sein Zelt abgeführt worden zu sein. Erregt erklärt sie, nie einem Mann zu folgen, den ihr das Schwert nicht würdig zugeführt. Prothoe sucht sie zu beruhigen, da erblickt Penthesilea Achilles. Rasch greift sie nach ihrem Dolch. Prothoe hält sie aber zurück und bedeutet ihr, der Waffenlose gäbe sich ihr gefangen. Freimütig bekräftigt Achilles Prothoes Worte, indem er sein Knie vor Penthesilea beugt. Überwältigt jauchzt Penthesilea auf: »Der junge Nereïdensohn ist mein!« Sie schmückt Achilles mit Rosenranken. Als er ihr auf ihre Frage bestätigt, daß er es war, der den großen Priamiden im Kampf gefällt hat, küßt sie ihn emphatisch. In jubelnder Freude bekennen sich die beiden gegenseitig ihre Liebe. Jetzt nennt Penthesilea dem Geliebten auch ihren Namen und erklärt, sie schenke ihm die Freiheit; er möge ihr sogleich auf die Amazonenburg Themiscyra folgen, dort könne sie sich ihm erst ganz weihen. Zuvor habe sie aber noch Pflichten zu erledigen. In der Ferne ertönt Feldgeschrei. Achilles fordert Penthesilea auf, mit ihm nach dem blühenden Phtya zu kommen, wo er sie auf den Thron seiner Väter als seine Herzenskönigin setzen werde. Penthesilea versteht den Sinn seiner Worte nicht. Da wird Achilles deutlicher. Durch der Liebe Macht sei wohl er ihr Gefangener, aber durch das Waffenglück gehöre sie ihm. Mit wilder Gebärde ruft Penthesilea die Himmelsmächte an. Ein Hauptmann naht mit der Kunde, das Schlachtenglück habe sich gewendet; die Amazonen bedrängten jetzt die Griechen und stürmten mit der Losung: »Penthesilea!« siegreich heran. Während sich das Schlachtengetümmel immer mehr nähert, sucht Penthesilea Achilles zu überreden, ihr nach Themiscyra zu folgen, der Pelide seinerseits drängt Penthesilea, mit ihm nach Phtya zu kommen. Fluchtartig stürzen die Griechen vorüber. Alsbald erscheint Meroe mit den Amazonen. Sie legen ihre Pfeile auf Achilles an, doch Penthesilea hält sie mit drohender Gebärde zurück. Gelassen, aber siegesbewußt ruft Achilles Penthesilea entgegen: »Nach Phtya, Königin!« Dann eilt er rasch hinweg. Die Amazonen erheben ein Triumphgeschrei, aber Penthesilea verflucht diesen Triumph. Da stößt die Oberpriesterin einen Fluch gegen Penthesilea aus, die ihr Volk verraten habe, da sie ihr Herz nicht mäßigen konnte. Sie entbindet im Namen des Volkes Penthesilea ihrer Pflichten als Königin und gibt sie frei, auf daß sie dem folgen könne, der sie in Fesseln schlug. Penthesilea ist gebrochen. Jetzt erscheint ein Herold, der einen Auftrag von Achilles bringt. Da Penthesilea ihn als Gefangenen nach ihrer Heimat abzuführen wünsche und er umgekehrt dasselbe mit ihr, so schlage er einen neuen Zweikampf vor, bei dem das Waffenglück entscheiden solle, wer der Stärkere sei und wer als der Schwächere dem anderen folgen müsse. Penthesilea glaubt, ihren Ohren nicht zu trauen: Er, der sie zu schwach weiß, sich mit ihm zu messen, ruft sie zum Kampf. Die provozierende Demütigung läßt ihre Liebe in Haß umschlagen. In einem bis zum Wahnsinn gesteigerten Zornesausbruch legt sie die Rüstung an, und mit Hunden, Elefanten und Sichelwagen bricht sie mit ihren Amazonen zum Kampf auf. Achill erscheint mit Diomedes. Verwundert sieht dieser in der Ferne Penthesilea mit Waffentroß herannahen. Aber Achilles ist unbesorgt. Er legt seine Waffen ab und erklärt, auf ein bis zwei Monate sich Penthesileas Willen fügen zu wollen, um sie dann in seine Heimat zu führen. Nachdem der Pelide weggegangen ist, rafft Diomedes dessen Waffen auf und entfernt sich kopfschüttelnd. Kurz darauf stürzt Achilles, nach Diomedes rufend, herbei. Penthesilea folgt ihm auf den Fersen. Mit erhobenen Händen ruft er Penthesilea an: »Meine Braut! Was tust Du?« Eilig entflieht er vor ihrer drohenden Gebärde. Da legt plötzlich Penthesilea den Bogen an und schießt. Mit einem rasenden Triumphschrei stürzt sie Achilles nach. Entsetzt beobachten die Amazonen, wie ihre Königin mit Unterstützung von grimmigen Hunden die Glieder des Achilles zerreißt. Die Nacht ist hereingebrochen. In feierlichem Zug wird die mit Purpur bedeckte Leiche herbeigetragen. Anschließend naht, mit den Zeichen des Wahnsinns behaftet, Penthesilea. Mit Grauen wenden sich die Amazonen von ihr ab; nur Prothoe nimmt sich ihrer an. Penthesilea will den Leichnam sehen. Erstaunt fragt sie, warum sich Achilles nicht gewehrt habe. Von Prothoe erfährt sie die tragisch-schuldhafte Verkettung des Geschicks: Achilles habe sie zum Kampf aufgefordert, um sich ihr als Gefangener zu ergeben und sie zum Tempel der Artemis zu führen. Erst jetzt weicht von Penthesilea die Verwirrung ihrer wilden Sinne, die sie »Küsse und Bisse« verwechseln ließ. Sie beugt sich über den Toten und küßt ihn. Einem giftigen Dolch gleich durchbohrt ihr die Reue über ihre Untat die Brust. Sie stirbt und gleitet aus den Armen Prothoes auf die Leiche Achills.

Stilistische Stellung
Es ist unschwer zu erkennen, daß bei Schoecks ›Penthesilea‹ die Tondramen ›Salome‹ und ›Elektra‹ von Richard Strauss Pate standen. Hier wie dort dienten als Textvorlagen literarisch wertvolle Dichtungen, die eigentlich für die Sprechbühne geschrieben waren. Die Darstellung eines übermenschlichen Stoffes mit den Elementen des Musikdramas erforderte eine ekstatisch gesteigerte Tonsprache und ein entsprechendes Format in der Wahl und Anwendung der musikalischen Mittel. In diesem Zusammenhang ist es zunächst erstaunlich, daß Schoeck, der von Haus aus Lyriker war, das Kleistsche Trauerspiel vertonte, das so gut wie keine Gelegenheit zu lyrischen Ergüssen bietet. Immerhin wurde auf einem Höhepunkt der Handlung nachträglich das Duett zwischen Penthesilea und Achilles eingefügt, das mit seinen melodischen Bögen einen wirksamen Kontrast schafft, zu dem sonst überwiegend im scharf akzentuierten Deklamationsstil gestalteten dramatischen Dialog. Dieser umfaßt eine ganze Skala von Ausdrucksschattierungen vom gesungenen über das rhythmisch fixierte und melodramatisch behandelte bis zum frei gesprochenen Wort. Sehr wirkungsvoll ist das im Verlauf der Handlung wiederholt vernehmbare Schlachtengetümmel stilisiert durch den vibrierenden Klang der Frauenstimmen (Amazonen) und die Rufe des Männerchors (Griechen) im Verein mit dem Geschmetter von drei scharf dissonierenden Trompeten. In formaler Hinsicht ergibt sich eine Gliederung in geschlossene Szenen. Dem düsteren Charakter des Trauerspiels entsprechend herrschen bei den Singstimmen wie im Orchestralen die dunklen Farben vor. Ähnliche Wirkungen werden auch durch die Harmonik erzielt, bei der die Dissonanz polytonaler Akkordverbindungen überwiegt. Bei der Instrumentation fällt die starke Bevorzugung der Bläser auf, die vielfach im Zusammenklang mit zwei Klavieren wuchtige dramatische Akzente vermitteln und in Ausnutzung ihrer exponierten Register das klangliche Profil der Partitur entscheidend bestimmen.

Textdichtung
Schoeck benützte als Textvorlage das gleichnamige, im Jahre 1808 entstandene Trauerspiel von Heinrich von Kleist (1777–1811). Der Komponist nahm den dramaturgischen Forderungen des Musikdramas entsprechend Kürzungen und einige unwesentliche Veränderungen an dem Kleistschen Stück vor. Im übrigen übernahm er die Dichtung Kleists wörtlich.

Geschichtliches
Die Uraufführung des Werkes erfolgte am 8. Januar 1927 an der Staatsoper zu Dresden. Anschließend nahm der Komponist eine Umarbeitung vor, bei der das Duett Penthesilea/Achilles neu hinzukomponiert und einzelne Stellen metrisch umnotiert wurden. Das Werk verzeichnet seit den späten 1970er-Jahren eine kontinuierliche Aufführungsgeschichte, aus der Hans Neuenfels' 2007 in Basel gezeigte und 2011 nach Frankfurt übernommene Produktion herausragte.

Arnold Schönberg
* 13. September 1874 in Wien, † 13. Juli 1951 in Los Angeles

Erwartung
Monodram. Dichtung von Marie Pappenheim.

Solistin: *Die Frau* (Dramatischer Sopran, auch Dramatischer Mezzosopran, gr. P.).
Schauplätze: Am Rande eines Waldes – Im Dunkel des Waldes – Vor einem Haus am Waldrand.
Zeit: Gegenwart.
Orchester: 3 Fl. (III. auch Picc.), Picc., 4 Ob. (IV. auch Eh.), 4 Kl., Bkl., 3 Fag., Kfag., 4 Hr., 3 Trp., 4 Pos., Tuba, Hrf., Cel., P., Schl., Str.
Gliederung: Durchkomponierte Großform.
Spieldauer: Etwa 40 Minuten.

Handlung

Am Waldrand im Mondlicht erwartet eine Frau ihren Geliebten. Sie scheut sich vor der unbewegten Nachtluft, schließlich geht sie in den Wald hinein, um den Geliebten zu suchen. Im Walde hat die Frau den Eindruck, ein Weinen zu hören, aber sie sieht niemanden; sie fühlt zugleich unsichtbare Gestalten, die sie festzuhalten scheinen. Das Rauschen der Bäume, einige Vogeltöne ängstigen sie. Sie läuft davon und stolpert über einen Baumstumpf. Auf einer Waldlichtung hält sie inne, weil sie die Stimme des Geliebten zu hören glaubt. Doch sie hat sich getäuscht; erneut überfällt sie die Angst – ihr ist, als faßten hundert Hände nach ihr, als starrten sie riesige Augen an. Am Waldrand in der Nähe des Hauses der Rivalin will sie sich, erschöpft, an den Händen blutig gerissen, ausruhen. Sie sinkt auf eine Bank nieder und stößt dabei mit dem Fuß gegen etwas: Es ist der tote Körper des Geliebten, ermordet. Sie kann nicht fassen, was sie sieht, dann bedeckt sie, wie im Delirium, den toten Körper mit Küssen und stürzt über ihm zusammen.

Stilistische Stellung

Schönbergs erstes Bühnenwerk auf den Text der jungen, expressionistischen Dichterin Marie Pappenheim ist das Werk weniger Wochen; wie in einer Explosion entstand die ausdrucksgeladene, klanglich fast überbordende Szene, in der die Stimme oft Teil des differenziert-virtuosen Orchesterparts ist. Ein zeitgenössischer Kritiker schrieb anläßlich der Uraufführung, das Monodram sei »die konzentrierteste Zusammenfassung alles dessen, was die Zeit nach Wagner hervorgebracht habe, sozusagen ein kritischer Essay nicht aus Worten, sondern aus Tönen, der mit der Kraft seiner Absicht, seiner schöpferischen Vision keinerlei rationalistische Erklärung mehr erlaubt«. Schönbergs Werk, die seismographische Aufzeichnung traumatischer Schocks, steht in der Stilentwicklung des Komponisten am Ende seiner frei-atonalen Periode und ist so etwas wie eine unüberbietbare Extremposition spätexpressionistischen Komponierens, in dem sich Klangdifferenziertheit und Klangvariabilität eines Richard Strauss und Franz Schreker verbinden mit einer radikal nur aus sich selbst und aus dem Text heraus ableitbaren nichttonalen Harmonik und einer subtilen Weiterentwicklung Wagnerscher Leitmotivtechnik.

Geschichtliches

Die Uraufführung des Monodrams fand am 6. Juni 1924 am Deutschen Theater in Prag statt; Alexander Zemlinsky dirigierte, die Solopartie sang Marie Gutheil-Schoder. Die enormen vokalen und instrumentalen Anforderungen der bereits 1909 abgeschlossenen Partitur waren nicht nur der Grund für die späte Uraufführung, sondern verhinderten auch eine größere Verbreitung: vor dem 2. Weltkrieg kam das Werk noch in Wiesbaden, Berlin (1930 an der Kroll-Oper) und in Brüssel heraus, nach dem Krieg gab es erfolgreiche Aufführungen in Hamburg (1954) und Hannover (1963), aber sonst hat das Werk fast mehr durch Schallplatte und Rundfunk Verbreitung gefunden.

W. K.

Die glückliche Hand

Drama mit Musik. Text vom Komponisten.

Solisten: *Der Mann* (Heldenbariton, auch Charakterbariton, gr. P.) – *Eine Frau* (Stumme Rolle) – *Ein Herr* (Stumme Rolle) – *Sechs Frauen* (3 Soprane, 3 Alte, m. P.) – *Sechs Männer* (3 Tenöre, 3 Bässe, m. P.).
Orchester: 3 Fl. (III. auch Picc.), Picc., 3 Ob., Eh., 4 Kl., Bkl., 3 Fag., Kfag., 4 Hr., 3 Trp., 4 Pos., Tuba, P., Schl., Glsp., Xyl., Cel., Hrf., Str.
Gliederung: Durchkomponierte Großform.
Spieldauer: Etwa 20 Minuten.

Handlung

Noch weniger als bei dem Monodram ›Erwartung‹ kann man bei der ›Glücklichen Hand‹ von einer Handlung im traditionellen Sinn der Operngeschichte reden. Es sind eher – fast im Sinne von August Strindberg – theatralisch gedeutete Gefühlsobsessionen der Hauptfigur. Vier Szenen folgen aufeinander. In der ersten liegt der Mann auf dem Boden; ein Fabelwesen, ein Ungeheuer hockt ihm im Nacken. Der Chor ermahnt den Mann, der Wirklichkeit zu glauben und nicht den Träumen, auf das Unerreichbare zu verzichten und den Gefühlen nicht zu trauen. Das Ungeheuer verschwindet; der Mann springt auf.

In der zweiten Szene: Der Mann glaubt sich von der schönen Frau geliebt, die ihm einen Becher überreicht. Doch die Frau wendet sich von ihm ab und dem Herrn, Symbol der kalten Realität, zu.

In der dritten Szene kommt der Mann bewaffnet in eine Felsgegend, in der Arbeiter in einer Goldschmiedewerkstatt arbeiten. Ohne ihre drohende Reaktion zu beachten, läßt er mit einem einzigen Hammerschlag aus einem Stück Gold ein herrliches Diadem entstehen. In einer Höhle hockt die Frau, halb entkleidet: Der Herr hat ihr vom Oberteil des Kleides ein Stück Stoff weggerissen. Der Herr geht und läßt den Stoff fallen. Der Mann versucht, die Frau wieder für sich zu gewinnen, kann aber nicht zu ihr gelangen. Sie läuft fort und löst mit ihrem Tritt einen Felsbrocken, der den Mann unter sich begräbt.

Im vierten Bild hat sich der Felsbrocken wieder in das Ungeheuer verwandelt, das seine Zähne in den Nacken des Mannes geschlagen hat. Auch der Chor vermag ihm nun keinen Mut mehr zuzusprechen.

Stilistische Stellung

Schönberg entwarf den Text zu seinem »Drama mit Musik« 1910; die Partitur jedoch wurde erst 1913 abgeschlossen. ›Die glückliche Hand‹ ist der Versuch, mit symbolischen Bildelementen und theatralischen Situationen eine Allegorie auf die Isolierung des Künstlers zu realisieren; eine Isolierung angesichts der Arbeitsteilung der modernen Gesellschaft, aber auch angesichts der Beziehungsarmut zwischen den Geschlechtern. Als Bühnenstück geht das Werk gänzlich neue, experimentelle Wege, zumal in der dritten Szene, in der Schönberg – anknüpfend an Wassily Kandinskys farbsymbolische Theorie – auch die Farbabfolge der Beleuchtung präzise in der Partitur festhält. Musikalisch verwendet Schönberg dasselbe große Orchester wie in der ›Erwartung‹, doch weniger expressionistisch aufgeladen als farblich höchst differenziert abgestuft, das strukturell ausbalancierte Ineinander verschiedener Farbwelten wird – mit feinsten dynamischen Schattierungen – unmittelbar als dramatisches Mittel eingesetzt. Noch mehr als in der ›Erwartung‹ tritt das vokale Element zurück: Der Chor beschränkt sich auf rhythmisch fixierten Sprechgesang (wie später im ›Pierrot lunaire‹), die Frau und der Herr sind stumme Figuren, nur der Mann hat eher rezitativische Gesangslinien und einen großen vokalen Ausbruch. Nicht zu Unrecht hat man Schönbergs Theaterpartitur mit dem expressionistischen Stummfilm derselben Zeit verglichen.

Geschichtliches

Die Uraufführung der ›Glücklichen Hand‹ fand am 14. Oktober 1924 in Wien unter der Leitung von Fritz Stiedry statt und war ein großer Publikumserfolg. Gleichwohl wurde das Werk nur selten aufgeführt: 1928 in Breslau, 1930 in Berlin und in New York, nach dem Kriege in Hannover und Hamburg. Die hohe Sensibilität und Überzeugungskraft der Musik verdiente eine überlegte Neu-Realisierung des anspruchsvollen Stückes.

W. K.

Von Heute auf Morgen

Oper in einem Akt. Text von Max Blonda.

Solisten: *Der Mann* (Heldenbariton, auch Charakterbariton, gr. P.) – *Die Frau* (Jugendlich-dramatischer Sopran, gr. P.) – *Der Sänger* (Jugendlicher Heldentenor, m. P.) – *Die Freundin* (Lyrischer Sopran, m. P.) – *Das Kind* (Sprechrolle).
Schauplatz: Ein modernes Wohn-Schlafzimmer.
Zeit: Gegenwart.
Orchester: 2 Fl. (auch Picc.), 1 Ob., 1 Eh., 3 Kl., Bkl., 1 Altsaxophon (auch Sopransaxophon), 1 Tenorsaxophon (auch Baritonsaxophon), 2 Fag. (II. auch Kfag.), 2 Hr., 2 Trp., 3 Pos., Tuba, P., Schl., Hrf., Klav., Mandoline, Gitarre oder Banjo, Streicher
Gliederung: Durchkomponierte Großform.
Spieldauer: Etwa 1 Stunde.

Handlung

Der Mann und die Frau kommen nachts von einem Fest zurück. Während die Frau nach dem Kind sehen will, ist der Mann noch ganz fasziniert von der Freundin seiner Frau, die er am Abend kennengelernt hat. Als ihn die Frau auffordert, zu

Bett zu gehen, da er doch am kommenden Morgen früh zur Arbeit müsse, wehrt er ab und besteht darauf, über die Freundin zu sprechen: wie klug sie sei, wie anziehend, wie modern. Innerlich vergleicht er die Nüchternheit der ehelichen Umarmung mit der aufreizenden Trunkenheit, die ihm ein Kuß der Freundin bedeuten würde. Die Frau ist verärgert: Sie weist daraufhin, wie leicht es sei, die Männer zu faszinieren, wenn man sich nicht um Kinder, um den Haushalt kümmern müsse. Zudem könne auch sie selbst so ganz passé ja auch nicht sein, habe sich doch den ganzen Abend über die Berühmtheit der Einladung, der angesehene Sänger, zu ihr gesetzt und ihr Komplimente gemacht. Sie wirft ihrem Mann vor, er lasse sich blenden von allem, was ein bißchen modern daherkomme. Jede Frau könne beides sein: treusorgende Hausfrau und Mutter und faszinierend-modernes Weib. Der Mann tut dies ab: ein Vergleich zwischen der Freundin – einer Frau von Welt – und ihr – einer braven Hausfrau – sei nun wirklich nicht möglich. Doch die Frau will es ihm beweisen: sie schminkt sich, zieht ein verführerisches Negligé an und präsentiert sich so ihrem Mann. Und er ist fasziniert, macht ihr den Hof und zeigt sich eifersüchtig auf den Sänger. Sie aber übergeht seine Komplimente: Sie will sich jetzt vergnügen, das mondäne Leben genießen, spricht nur noch von ihren zahlreichen Bewunderern und künftigen Liebhabern. Mit ihrer (gespielten) Aufregung weckt sie das schlafende Kind auf, überläßt es aber dem Mann, es wieder zur Ruhe zu bringen. Er muß auch das Frühstück machen und den Gasmann bezahlen. Dann läutet das Telefon: Aus einem Nachtklub in der Nähe ruft der Sänger an, wo er sich mit der Freundin amüsiert. Er lädt die Frau ein, noch herüber zu kommen – natürlich mit ihrem Mann, wenn sie wolle. Der Mann platzt fast vor Eifersucht. Außerdem muß er befürchten, er habe mit seiner Schwärmerei für die »moderne Frau« seine eigene Frau verloren. Die Frau geht und verwandelt sich wieder zurück in die »normale«, tüchtige, ruhige Ehefrau. Der Mann ist zugleich verunsichert, aber doch erleichtert, als sie ihm sagte, das Ganze sei ein – allerdings gefährliches – Spiel gewesen. Als das Ehepaar beim Frühstück sitzt, kommen die Freundin und der Sänger vorbei, die im Nachtklub vergeblich gewartet haben, und bewundern etwas spöttisch die »Familienidylle«. Für den Mann steht fest, daß der mondäne Charme und die Geistreicheleien der beiden »modernen Menschen« an Faszination für ihn verloren haben. Sie prallen ab an dem schweigenden Einverständnis der Eheleute. Die Freundin und der Sänger verabschieden sich enttäuscht: Auch in dem Ehepaar haben sie keine wirklich »modernen Menschen« gefunden. Als sie gegangen sind, meint der Mann, jetzt kenne er den Unterschied: Sie werden von der Mode geleitet, wir aber von der Liebe. Und das Kind fragt neugierig: »Mama, was sind das, moderne Menschen?«

Stilistische Stellung
Schönbergs dritter Beitrag zum Genre des Musiktheaters versucht stilistisch, sich ein ganz neues Genre zu erschließen: das des unterhaltsamen Gesellschafts-Stückes, der leicht kritisch-satirischen Zeitoper. Nicht zufällig steht das Werk in engem zeitlichen Zusammenhang mit Paul Hindemiths ›Neues vom Tage‹, mit Kurt Weills ›Dreigroschenoper‹ und ›Aufstieg und Fall der Stadt Mahagonny‹, mit Ernst Kreneks ›Jonny spielt auf‹. Doch im Gegensatz zu diesen Werken, die sich musikalisch an die verbreitete Unterhaltungsmusik der späten zwanziger Jahre anpassen, schreibt Schönberg ein weitgehend strenges Zwölftonstück, in dem allerdings – stark parodistisch verfremdete – Karikaturen von gängiger Unterhaltungs- und Tanzmusik sowie – aus dem Munde des Sängers – witzig verformte Wagner-Zitate auflockernd wirken. Den ironisch-liebenswürdigen Text schrieb – unter dem Pseudonym Max Blonda – Schönbergs Frau Gertrud, und auch dieses Werk mag – wie die voraufgegangene ›Glückliche Hand‹ – in Details autobiographische Züge tragen.

Geschichtliches
Die Oper entstand 1928/29 und wurde am 1. Februar 1930 an der Frankfurter Oper unter der Leitung von Hans-Wilhelm Steinberg und in der Regie von Herbert Graf uraufgeführt, fand aber wenig Beachtung; auch nach dem Krieg gab es (bis 1975) lediglich eine Inszenierung. Gleichwohl dürfte auch hier ein erneuter Versuch lohnen, auch wenn Schönbergs Vermutung, er habe mit diesem Werk ein publikumswirksames Stück geschrieben, wohl nicht zutrifft.

W. K.

Moses und Aron

Oper in drei Akten. Dichtung vom Komponisten.

Solisten: *Moses* (Sprechrolle, gr. P.) – *Aron* (Heldentenor, auch Jugendlicher Heldentenor, gr. P.) – *Ein junges Mädchen* (Lyrischer Sopran, m. P.) – *Eine Kranke* (Alt, kl. P.) – *Ein junger Mann* (Tenor, m. P.) – *Der nackte Jüngling* (Tenor, kl. P.) – *Ein anderer Mann* (Lyrischer Bariton, m. P.) – *Ephraimit* (Charakterbariton, kl. P.) – *Ein Priester* (Seriöser Baß, m. P.) – *Vier nackte Jungfrauen* (1. und 2. Sopran, 3. und 4. Alt, kl. P.) – 6 Solostimmen (im Orchester, Sopran, Mezzosopran, Alt, Tenor, Bariton, Baß, m. P.). Doppelrolle: Ein junges Mädchen – 1. nackte Jungfrau.
Chor: Stimme aus dem Dornbusch (Sopran, Knaben, Alt, Tenor, Bariton, Baß, mehrfach besetzt, je 3–6) – Bettlerinnen und Bettler (6–8 Alt, 6–8 Bässe) – Einige Greise (Tenöre) – Die 70 Ältesten (Bässe: ein Drittel Sänger [etwa 25], die übrigen Komparserie) – Die 12 Stammesfürsten (1. und 2. Tenor, 1. und 2. Baß). Chor (ausreichend besetzt: Sopran, Mezzosopran, Alt, Tenor, Bariton, Baß; gr. Chp.).
Ballett: Tänzer, Tänzerinnen. Statisten aller Art.
Orchester: 3 Fl. (auch Picc.), 3 Ob. (III. auch Eh.), 1 Kl. in Es, 2 Kl., 1 Bkl., 2 Fag., 1 Kfag., 4 Hr., 3 Trp., 3 Pos., 1 Bt., P., Schl., Hrf., Klav., Cel., 2 Mandolinen, Str. – Bühnenmusik: 1 Picc., 1 Fl., 1 Eh., 1 Kl., 1 Hr., 2 Trp., 2 Pos., P., gr. dumpfe Trommeln, Schellen, hohe und tiefe Gongs, Bekken, Xylophon, Klav., 2 Mandolinen, 2 Gitarren.
Gliederung: Musikalische Szenen, die pausenlos ineinandergehen; zwischen dem I. und II. Akt: Zwischenspiel (mit Chor). – I. Akt, 1. Szene: Moses' Berufung – 2. Szene: Moses begegnet Aron in der Wüste – 3. Szene: Moses und Aron verkünden dem Volk die Botschaft Gottes – 4. Szene – Zwischenspiel. – II. Akt, 1. Szene: Aron und die 70 Ältesten vor dem Berg der Offenbarung – 2. Szene – 3. Szene: Das Goldene Kalb und der Altar – 4. Szene – 5. Szene: Moses und Aron. – III. Akt, 1. Szene (Sprechszene).
Spieldauer: Etwa 1¾ Stunden ohne den unvertont gebliebenen 3. Akt.

Handlung

Aus dem Dornbusch spricht die Stimme Gottes zu Moses. Er erhält den Auftrag, sein Volk aus der Macht der Blindheit zu befreien, auf daß es nicht mehr dem Vergänglichen diene. Durch Wunder und durch die Kraft seines Stabes werde er seine Sendung glaubhaft legitimieren. Moses wendet ein, er könne denken, aber nicht reden. Die Stimme erwidert, aus Aron werde Moses' Stimme sprechen, wie Gottes Stimme aus Moses' Mund spreche. Aron solle dem Volk verkünden, daß es auserwählt sei, das Volk des einzigen Gottes zu sein. Moses solle sich in die Wüste begeben, wo ihm Aron entgegenkommen werde. – Moses begegnet in der Wüste seinem Bruder Aron, dem er die schwere Bürde auferlegt, die Botschaft Gottes zu verkünden und das Volk, das nur glaubt, was es sieht, von der Existenz des unvorstellbaren und unsichtbaren Gottes zu überzeugen. – Die Kunde von dem neuen Gott löst zunächst geteilte Meinungen aus. Während die einen in ihm einen stärkeren Gott als Pharao erhoffen, der die Kinder Israels vor den falschen Göttern schützen werde, befürchten andere, daß der neue Gott Blutopfer fordern werde; sie zögen es vor, weiterhin den alten Göttern zu dienen und im Frieden ihrer Sklavenarbeit nachzugehen. Aus der Ferne nahen Moses und Aron. Dieser fordert das Volk auf, sich niederzuwerfen und den Einzigen, Ewigen, Allmächtigen, Allgegenwärtigen, Unsichtbaren, Unvorstellbaren anzubeten. Aber das Volk, das in der ägyptischen Gefangenschaft durch die Bilder und Statuen eine Vorstellung von den Gottheiten hat, erwidert höhnisch, wie könne es jemanden anbeten, der unsichtbar und unvorstellbar ist. Aron weiß durch zwei sichtbare Wunder die Existenz des unvorstellbaren Gottes zu beweisen: Er wirft Moses' Stab zur Erde, der sich sogleich in eine Schlange verwandelt, und als er sie in Moses' Hand zurückgibt, ist sie wieder zum Stab geworden; sodann führt er die plötzlich vom Aussatz befallene Hand Moses' an dessen Herz, woraufhin sie geheilt ist. In großer Bewegung erhebt sich das Volk. Aron verspricht, es durch die Wüste in ein Land zu führen, wo Milch und Honig fließt.
Aron, der Priester und die siebzig Ältesten liegen nun schon vierzig Tage lang vor dem Berg der Offenbarung und erwarten Moses, dem Gott auf dieser Höhe das Gesetz offenbaren soll. In großer Erregung stürzt das Volk herbei und verlangt die Auslieferung von Moses, der es betrogen und ins Unglück gestürzt habe. Vergeblich sucht Aron, die Menge zu beruhigen, die stürmisch ihre alten Götter wiederverlangt. Da resigniert Aron. Im Hintergrund erscheint das Goldene Kalb mit

dem Opferaltar. Von allen Seiten kommen Züge beladener Kamele, Esel und Pferde; Lastträger und Wagen bringen Gold, Getreide, Wein- und Ölschläuche sowie Vieh aller Arten herbei. Eine auf der Bahre herbeigetragene Kranke berührt mit ihrem Finger das Goldene Kalb; sie steht auf und geht geheilt durch die staunende Menge. Bettlerinnen und Bettler legen ihre letzten Habseligkeiten vor dem Kalb nieder, Greise bieten sich als Opfer und nehmen sich das Leben. Im Galopp reiten die Stammesfürsten und der Ephraimit vor das Kalb und fallen vor ihm auf die Knie, um ihre Unterwerfung zu demonstrieren. Ein junger Mann, der die Umstehenden von dem Götzendienst abzuhalten sucht, wird von den Stammesfürsten erschlagen. Es folgen der Reihe nach eine Orgie der Trunkenheit und des Tanzes, eine Orgie der Vernichtung und des Selbstmordes von vier nackten Jungfrauen und schließlich eine erotische Orgie, bei der die Männer sich entkleiden, den Frauen ihre Gewänder abreißen und mit ihnen am Altar vorbei unter Geschrei und Gejohle im Hintergrund verschwinden. Allmählich ist Beruhigung eingetreten. Da erhebt sich ein Mann in der Ferne und ruft: »Moses steigt vom Berg herab!« Die Schlafenden erwachen. Auf einen verächtlichen Wink Moses' verschwindet das Goldene Kalb. Rasch entfernt sich das Volk. – Aron sucht seine Tat vor Moses zu rechtfertigen. Mit zunehmender Überlegenheit erinnert er den Bruder, daß er an seinen Gedanken, seine Mission gebunden sei. Verzweifelt zertrümmert Moses die Gesetzestafeln, die er von Gott empfangen hatte. Im Hintergrund zieht das Volk, geführt von einer Feuersäule, weiter durch die Wüste hin zum Gelobten Land. Aron erklärt, die Feuersäule weise nachts, eine Wolkensäule tags den Weg; es seien keine Götzenbilder, wie Moses meint, sondern sichtbare Zeichen, mit denen Gott nicht sich, sondern den Weg zu sich zeige. Während sich Aron langsam entfernt, sinkt Moses verzweifelt zu Boden.

Aron wird als Gefangener gefesselt vor Moses geführt. Dieser beschuldigt den Bruder, mit seinem Handeln das Volk, das auserwählt ist, dem Gottesgedanken zu dienen, den fremden Göttern, dem Goldenen Kalb, der Feuer- und der Wolkensäule unterworfen zu haben. So sei der Gott, den er zeige, ein Bild der Ohnmacht, der tun müsse, um was er gebeten wird. Der Allmächtige sei jedoch an nichts gebunden. Und immer, wenn die Gaben für den Gottesgedanken zu kämpfen zu nichtigen Zwecken niedriger Freuden mißbraucht würden, folge der Sturz zurück in die Wüste. Aron soll leben, wenn er es vermöge. Die Krieger nehmen ihm die Fesseln ab; er aber fällt tot zu Boden.

Stilistische Stellung

Schönberg hat ›Moses und Aron‹ als Oper bezeichnet. Das Werk, das in weiten Abschnitten eine epische, ja undramatische Anlage zeigt, könnte wohl auch als Oratorium aufgefaßt werden. Noch zwei Jahre vor seinem Tod hat der Komponist erklärt, er habe ›Moses und Aron‹ nicht im Gedanken an Aufführungen geschrieben und halte das Werk zum Teil überhaupt nicht für aufführbar. Anderseits hat er die Partitur, wie zum Beispiel in der Szene vor dem Goldenen Kalb, vielfach mit ausführlichen Regieanweisungen versehen, die unmißverständlich für eine szenische Darstellung gedacht sind. Bei der musikalischen Gestaltung knüpfte Schönberg an den Stil seines unmittelbar vorher entstandenen Einakters ›Von Heute auf Morgen‹ an, bei dem er als erster das Zwölftonprinzip in die Opernkomposition eingeführt hat. Trotz ihrer ins Monumentale gesteigerten Ausdruckswelt basiert die Musik zu ›Moses und Aron‹ auf einer einzigen Zwölftonreihe, aus der in allen möglichen kunstvollen Verarbeitungen der musikalische Bau konstruiert ist. Neuartig ist die Besetzung der Hauptrolle in einer Oper mit einem Sprecher, bei dem allerdings der Vortrag des gesprochenen Wortes durch eine genaue Fixierung von Rhythmus und Tonhöhe festgelegt ist. Auch die Gesangsrollen und insbesondere die gewaltigen Chöre, auf die das Schwergewicht des musikalischen Geschehens gelegt ist, sind mit gesprochenen Partien durchsetzt. In dieser Art ist sogleich die Exposition des Werkes, der Dialog zwischen der Stimme aus dem Dornbusch und Moses, gestaltet. In origineller Weise interpretieren hier sechs Soli und ein Sprechchor die Stimme des Herrn. Derartige differenzierte Mischungen, die aus der Kombination von polyphoner Stimmführung, abwechslungsreicher Instrumentation und abgestufter Dynamik resultieren, ergeben interessante Klangbilder, die bisweilen bereits in die Bezirke elektronischer Wirkungen vorstoßen.

Textdichtung

Schönberg, der sich das Textbuch zu seiner Oper ›Moses und Aron‹ selbst geschrieben hat, entnahm den Stoff den Geschichtsbüchern des Alten Testaments: 2. Mose 3, 4, 12, 13, 19, 32; 3. Mose

20. Der Komponist legte dem Geschehen als philosophische Leitidee die Auseinandersetzung zweier gegensätzlicher Auffassungen der Gottes-Erkenntnis zugrunde: Moses, der Denker, fordert Abkehr von dem Irdischen und Unterordnung unter den ewigen, unsichtbaren Geist. Aron, der Erdenverbundene, glaubt, dem in der Materie verwurzelten und der Sinneswahrnehmung unterworfenen Menschen eine entsprechende Anschauung des Göttlichen zugestehen zu müssen. So ist Schönbergs Operndichtung als eine symbolhafte Versinnbildlichung der unüberbrückbaren Kluft zwischen Idealismus und Materialismus, zwischen Gedanken und Wort, zwischen Geist und Ungeist, zwischen Freiheit und Versklavung gedeutet worden. Möglicherweise wollte Schönberg selbst die Frage offenlassen. Denn er zögerte in jahrelanger Überlegung, die nur dichterisch ausgeführte einzige Szene des III. Aktes zu vertonen und damit das Werk zum Abschluß zu bringen.

Geschichtliches
Der Komponist arbeitete an ›Moses und Aron‹ in den Jahren 1930 bis 1932. Das Werk wurde in Berlin begonnen, die weitere Ausführung erfolgte teils an der Riviera, teils in Bachada de Briz bei Barcelona, wo der II. Akt am 10. März 1932 abgeschlossen wurde. Aus Briefzitaten, welche die Witwe des Komponisten veröffentlicht hat, geht hervor, daß Schönberg in Amerika immer wieder die Absicht geäußert hat, auch noch den III. Akt vertonen zu wollen. Kurz vor seinem Tod (13. Juli 1951) hat er sich einverstanden erklärt, daß der III. Akt gesprochen werde, falls er nicht mehr zur Ausführung der Komposition kommen sollte. Nachdem die große Szene »Tanz um das Goldene Kalb« aus dem II. Akt bereits 1951 von Hermann Scherchen in einem Konzert in Darmstadt aufgeführt worden war, erfolgte die konzertante Uraufführung der ganzen Oper (ohne den III. Akt) durch den Nordwestdeutschen Rundfunk unter der musikalischen Leitung von Hans Rosbaud am 12. März 1954 in Hamburg. Im Rahmen der Juni-Festwochen und des Kongresses der Internationalen Gesellschaft für Neue Musik wurde das Werk, wieder ohne den III. Akt, unter dem gleichen Dirigenten am 6. Juni 1957 am Stadttheater in Zürich szenisch uraufgeführt. Die enormen Schwierigkeiten, die eine Realisierung der gewaltigen Partitur bereitet, standen anfangs einer weiten Verbreitung des Werkes im Weg. Inzwischen aber ist seine Bühnentauglichkeit längst erwiesen.

Dmitrij D. Schostakowitsch
* 25. September 1906 in St. Petersburg, † 9. August 1975 in Moskau

Die Nase (Nos)

Oper in drei Akten und einem Epilog. Text vom Komponisten nach der Novelle von Nikolaj W. Gogol.

Solisten: *Platon Kusmitsch Kowaljow* (Charakterbariton, auch Lyrischer Bariton, gr. P.) – *Iwan Jakowlewitsch*, Barbier (Baßbariton, auch Charakterbaß, m. P.) – *Ein Wachtmeister der Polizei* (Sehr hoher Tenor, m. P.) – *Iwan*, Diener des Kowaljow (Lyrischer Tenor, auch Spieltenor, m. P.) – *Die Nase in Gestalt eines Staatsrates* (Lyrischer Tenor, auch Charaktertenor, m. P.) – *Aleksandra Grigorjewna Podtotschina* (Mezzosopran, auch Spielalt, m. P.) – *Ihre Tochter* (Lyrischer Sopran, m. P.) – *Eine vornehme Matrone* (Alt, kl. P.) – *Praskowja Ossipowna*, Frau des Iwan Jakowlewitsch (Sopran, kl. P.) – *Brezel-Verkäuferin* (Sopran, kl. P.) – *Angestellter in der Annoncenredaktion* (Baßbariton, auch Bariton, kl. P.) – *Ein Arzt* (Baßbariton, auch Baß, kl. P.).
Chorsoli und Chor: Kunden und Bekannte des Iwan Jakowlewitsch – Reisende – Beter in der Kathedrale von Kasan – Arme Verwandtschaft – Spaziergänger und Gaffer – Eunuchen – Polizisten (gemischter Chor, m. Chp.).
Ort: St. Petersburg.
Schauplätze: Wohnung des Iwan Jakowlewitsch – Uferstraße an der Newa – Kowaljows Schlafzimmer – Kathedrale von Kasan – Annoncen-Redak-

tion – Poststation am Rand von Petersburg – Wohnzimmer Kowaljows und Wohnzimmer der Podtotschina – Ein Teil der Newsker Promenade.
Zeit: Um 1870.
Orchester: Fl. (auch Picc., auch Altfl.), Ob. (auch Eh.), Kl. (auch Es-Kl., auch Bkl.), Fag. (auch Kfag.), Hr., Trp., Pos., 2 Hrf., Klav., Schl., Str.
Gliederung: Ineinander übergehende Nummernfolge.
Spieldauer: Etwa 1½ Stunden.

Handlung
Der Barbier Iwan Jakowlewitsch entdeckt zu seinem Entsetzen in seinem Frühstücksbrot eine abgeschnittene Nase. Seine Frau wirft ihm vor, er habe sie wohl aus Versehen einem Kunden abgeschnitten und befiehlt ihm, sie schleunigst aus dem Hause zu schaffen. Auf der Straße wird er sie nicht los, also wirft er sie kurzentschlossen in die Newa. – Der Kollegienassessor Platon Kusmitsch Kowaljow erwacht und muß verzweifelt feststellen, daß seine Nase verschwunden ist. Er macht sich auf die Suche. In der Kathedrale von Kasan begegnet Kowaljow der Nase in der Uniform eines Staatsrates. Kowaljow spricht sie an und bedeutet ihr, sie solle an ihren Platz zurückkehren, doch der Staatsrat versteht nicht. Als Kowaljow einmal kurz abgelenkt wird, verschwindet die Nase im Gewühl.

Da Kowaljow den Polizeimeister nicht antrifft, fährt er zur Zeitungsredaktion, um eine Annonce aufzugeben. Nachdem der Angestellte einen Lakai abgefertigt hat, kann Kowaljow sein Anliegen vorbringen, aber der Angestellte lehnt es ab, das Inserat anzunehmen – da könnte ja jeder kommen; selbst, als er und die Umstehenden sich überzeugen können, daß die Nase fehlt. Kowaljow kommt verzweifelt nach Hause, wo sein Diener sich einen guten Tag gemacht hat, auf dem Sofa liegt und Balalaika spielt.

Auf einer Poststation am Rande von St. Petersburg ist viel Betrieb. Ein Wachtmeister mit zehn Polizisten tritt auf und schärft den Beamten ein, sie sollten sich verstecken, um auf sein Zeichen einen Räuber zu fangen. Verschiedene Reisende treffen ein, die Postkutsche füllt sich. Eine hübsche Brezelverkäuferin verdreht den Polizisten die Köpfe. Als die Postkutsche losfahren will, kommt die Nase gerannt und versucht, die Kutsche aufzuhalten, um noch mitfahren zu können. Es gibt großen Tumult, der Wachtmeister befiehlt, die Nase festzunehmen, doch diese gibt einen Schuß ab; sie kann allerdings nicht entkommen und wird festgenommen. Der Wachtmeister wickelt sie vorsichtig in Papier. Er gibt die Nase bei Kowaljow ab und erhält dafür eine Belohnung. Kowaljow versucht, die Nase wieder im Gesicht zu befestigen, aber vergeblich; auch ein Arzt kann nicht helfen. Kowaljow vermutet, die Podtotschina habe ihm die Nase aus dem Gesicht gehext, weil er ihre Tochter nicht heiraten wolle, und schreibt deshalb einen geharnischten Brief an sie. Gleichzeitig wird das Wohnzimmer der Podtotschina sichtbar, in der diese mit ihrer Tochter sitzt und aus den Karten die Zukunft liest. Der Diener Iwan bringt den Brief Kowaljows, erhält eine Antwort und kehrt zurück. Der Inhalt des Antwortbriefes überzeugt Kowaljow, daß die Podtotschina nicht Urheberin seines Unglücks sein könne. In der Stadt ist währenddessen große Unruhe. Jeder glaubt die Nase gesehen zu haben, und die Gaffer laufen hinterher: zuerst ins Kaufhaus, dann in den Sommergarten, doch keine Nase ist zu sehen. Polizei und Feuerwehr haben Mühe, im Gedränge Ordnung zu halten. – Eines Morgens wacht Kowaljow auf: Die Nase ist wieder am rechten Platz. Aber erst, als er ein Stück spazierengegangen ist und verschiedenen Bekannten begegnet ist, denen allen nichts Außergewöhnliches auffällt, kann er sein Glück genießen.

Stilistische Stellung
Schostakowitschs erste Oper ist in ihrer zeitlichen Erstreckung und der orchestralen Besetzung eine Kammeroper, verlangt aber bis zu 46 verschiedene, durchweg allerdings episodenhafte Solorollen, die vielfach von denselben Darstellern ausgeführt werden können. Ausgehend von dem grotesk-satirischen Text Gogols hat Schostakowitsch ein Werk geschrieben, bei dem sich Verzicht auf herkömmliche Kantabilität und vokale Lyrik mit expressionistischen Elementen und solchen der westlichen neuen Sachlichkeit (Ernst Krenek) verbinden zu einer formal vielfach doppeldeutigen, höchst virtuosen Partitur, in der das groteske Moment auch in der Musik Platz findet.

Textdichtung
Gogols 1836 zuerst erschienene Novelle nahm das Petersburger Hofleben mit seinen festgefügten Hierarchien und bürokratischen Schemata satirisch aufs Korn, erlaubte sich allerdings die damals schon von Realisten bemängelte Freiheit der nicht-logischen Assoziation. Vieles bleibt unerklärt. Auch Schostakowitsch hat sich in seinem

Libretto nicht damit befaßt, zu erklären, warum die Nase aus dem Gesicht des Kollegienassessors Kowaljow verschwindet und schließlich wieder auftaucht, sondern nutzt die bizarre Situation und die grotesken Verwicklungen als Anlaß für satirische Szenen.

Geschichtliches
Schostakowitschs erste Oper, an der der Komponist 1927/28 arbeitete, kam – nach einigen Voraufführungen und kritischen Anmerkungen der offiziellen Kulturpolitik – am 18. Januar 1930 in Leningrad heraus. Trotz eines unbestreitbaren Erfolges beim Publikum geriet das Werk ins Kreuzfeuer der Kritik und wurde vom Komponisten zurückgezogen. Die deutsche Erstaufführung des Werkes fand 1963 in Düsseldorf statt, es folgten Aufführungen 1966 in Frankfurt und 1969 an der Deutschen Staatsoper Berlin. 1974 präsentierte die Moskauer Kammeroper eine erste russische Neuinszenierung, die dann auf vielen Gastspielreisen im westlichen Europa zu sehen war.

W. K.

Lady Macbeth von Mzensk
(Ledi Makbet Mzenskowo ujesda)

Oper in vier Akten (neun Bildern). Libretto von Aleksander G. Preiss und vom Komponisten nach Nikolaj S. Ljeskows gleichnamiger Erzählung.

Solisten: *Boris Timofejewitsch Ismailow,* Kaufmann (Heldenbariton, auch Charakterbariton, auch Charakterbaß, gr. P.) – *Sinowij Borissowitsch Ismailow,* sein Sohn, Kaufmann (Charaktertenor, auch Lyrischer Tenor, m. P.) – *Katerina Ismailowa,* dessen Frau (Dramatischer Sopran, auch Jugendlichdramatischer Sopran, gr. P.) – *Sergej,* Handlungsgehilfe bei Ismailow (Jugendlicher Heldentenor, gr. P.) – *Aksinja,* Köchin (Charaktersopran, auch Dramatischer Mezzosopran, m. P.) – *Der Schäbige,* ein verkommener Arbeiter (Spieltenor, auch Charaktertenor, m. P.) – *Verwalter* (Baß, auch Bariton, kl. P.) – *Hausknecht* (Baß, auch Bariton, kl. P.) – *1. Vorarbeiter* (Tenor, kl. P.) – *2. Vorarbeiter* (Tenor, kl. P.) – *3. Vorarbeiter* (Tenor, auch Bariton, kl. P.) – *Mühlenarbeiter* (Bariton, kl. P.) – *Kutscher* (Tenor, kl. P.) – *Pope* (Baß, m. P.) – *Polizeichef* (Bariton, auch Baßbariton, m. P.) – *Polizist* (Baß, auch Bariton, kl. P.) – *Lehrer* (Tenor, kl. P.) – *Betrunkener Gast* (Tenor, kl. P.) – *Sergeant* (Baß, auch Bariton, kl. P.) – *Wächter* (Baß, auch Bariton, kl. P.) – *Sonjetka,* Zwangsarbeiterin (Alt, auch Mezzosopran, kl. P.) – *Alter Zwangsarbeiter* (Baß, auch Bariton, kl. P.) – *Zwangsarbeiterin* (Sopran, kl. P.) – *Geist des Boris Timofejewitsch* (falls nicht vom Darsteller des Boris Timofejewitsch gesungen: Baß, auch Bariton, kl. P.).
Chor: Arbeiter – Polizisten – Gäste – Zwangsarbeiter (gemischter Chor, m. Chp.).
Ort: Die Kreisstadt Mzensk.
Schauplätze: Ein Zimmer im Haus des Boris Timofejewitsch Ismailow – Der Hof des Kaufmannshauses – Katerinas Schlafzimmer – Ein Keller im Kaufmannshaus – Die Polizeistation – Ein freies Feld.
Zeit: 1865, im zaristischen Rußland.
Orchester: 2 Fl., Picc., 2 Ob., Eh., Es-Kl., 2 Kl., Bkl., 2 Fag., Kfag., 4 Hr., 3 Trp., 3 Pos., Tuba, P., Schl., Gisp., Xyl., 2 Hrf., Cel., Str. – Bühnenmusik: Banda ad libitum: 5 Kornette, 2 Trp., 2 Altsaxophone, 2 Tenorsaxophone, 2 Baritonsaxophone, 2 Baßsaxophone.
Gliederung: Szenisch durchkomponiert, gliedernde Zwischenmusiken.
Spieldauer: Etwa 2¾ Stunden.

Handlung
Die junge, schöne Katerina hat den langweiligen Kaufmann Sinowij Borissowitsch Ismailow geheiratet. Sie leidet unter der Liebesunfähigkeit ihres Gatten und unter der Ereignislosigkeit ihres Daseins und hat es außerdem noch mit dem tyrannischen Boris Timofejewitsch, ihrem Schwiegervater, zu tun, der im Hause das Sagen hat. Sinowij muß für einige Zeit verreisen, da ein Mühlendamm gebrochen ist und der Mühlbach die Speicher überflutet hat; er muß dort die Instandsetzungsarbeiten überwachen. Vor seiner Abreise zwingt der Schwiegervater Katerina, ihrem Gatten ewige Treue zu schwören. Sinowij hat vor seiner Abreise noch einen neuen Handlungsgehilfen eingestellt, Sergej, dem der Ruf eines Schürzenjägers vorausgeht. – Unbeaufsichtigt treiben auf dem Hof des Kaufmannshauses der

Verwalter und einige Arbeiter, unter ihnen Sergej, ihr gnadenloses Spiel mit der alten fetten Köchin Aksinja, die sie in ein Faß gesperrt haben, dem der Boden fehlt, und der Sergej sexuell zusetzt. Da kommt Katerina dazu: die Arbeiter lassen von der Köchin ab, und auf die Vorhaltungen von Katerina, sie sollten die Frauen doch nicht immer nur als Spielzeug betrachten, sondern einsehen, daß sie ebenso wie die Männer leistungsfähig seien, reagiert Sergej mit der Aufforderung an die Herrin, sie solle mit ihm ihre Kräfte messen. Katerina, die an dem jungen draufgängerischen Arbeiter längst Gefallen gefunden hat, läßt sich auf den Ringkampf ein, den Boris Timofejewitsch laut schimpfend unterbricht. Er befiehlt Katerina ins Haus. – In ihrem Schlafzimmer findet Katerina keine Ruhe: Unerfüllt ist ihr Leben ohne Liebe und ohne Verständnis. Da klopft es an der Tür: Unter dem Vorwand, er wolle sich ein Buch leihen, verschafft sich Sergej Einlaß und erreicht es, daß Katerina sich ihm hingibt.

Der alte, schlaflose Boris Timofejewitsch umschleicht aus Angst vor Dieben mißtrauisch Haus und Hof. Als er sieht, daß in Katerinas Zimmer noch Licht ist, verwünscht er seinen kraftlosen Sohn. Er selbst war in seiner Jugend ein ganz anderer Draufgänger, ja, selbst jetzt fühlt er sich noch stark genug, Katerina zu verführen. Gerade, als er diesen Entschluß in die Tat umsetzen will, sieht er, wie sich das Fenster von Katerinas Zimmer öffnet und Sergej hinaussteigt. Boris ergreift ihn, schreit das Haus zusammen und prügelt ihn – unter der hämischen »Anteilnahme« der anderen Arbeiter, die jenem seine Liebschaft mit der Kaufmannsfrau längst neiden, halbtot. Erschöpft läßt er ihn einsperren und befiehlt Katerina, die versucht hat, den Geliebten zu schützen, ihm noch etwas zu essen zu bringen. Katerina rächt sich, indem sie Rattengift in das Pilzgericht mischt. Bald windet sich Boris Timofejewitsch in Todesqualen. Katerina nimmt ihm die Hausschlüssel weg und läßt ihn allein. Am frühen Morgen finden ihn einige Arbeiter, die nur noch den Popen holen können. Boris stirbt, ohne daß er etwas von der Vergiftung erzählen kann, so daß kein Verdacht auf Katerina fällt. – Katerina verbringt nun regelmäßig ihre Nächte mit Sergej im ehelichen Bett. Doch das Gewissen läßt ihr keine Ruhe; immer wieder erscheint ihr der Geist des toten Boris Timofejewitsch. Unerwartet kommt mitten in der Nacht Sinowij von der Reise zurück. Sergej kann sich gerade noch verstecken. Sinowij ist aufgebracht und stellt Katerina zur Rede, weil man sich überall schon Geschichten von ihrer Untreue erzähle. Katerina streitet dies ab, doch da findet Sinowij im Zimmer einen fremden Gürtel, und mit diesem schlägt er auf seine Frau ein. Da kommt Sergej aus seinem Versteck und hält Sinowij fest, Katerina würgt ihn, und Sergej erschlägt ihn mit einem Leuchter. Gemeinsam schaffen sie die Leiche in den Keller, wo sie sie notdürftig vergraben.

Katerina hat ihr Ziel erreicht: Sie kann Sergej heiraten. Die Hochzeit wird aufgeboten. Betrunken kommt der Schäbige aus dem Wirtshaus auf den Hof: Er hat kein Geld mehr, und er vermutet in dem fest verschlossenen Keller Wodka. Deshalb bricht er das Schloß auf, flieht aber dann zuerst vor dem Gestank und entdeckt schließlich die Leiche. Entsetzt rennt er zur Polizei. – Auf der Polizeistation ist der Polizeichef ungehalten, denn Katerina hat ihn nicht zur Hochzeit eingeladen, wo es viel zu essen und zu trinken gäbe. Leider gibt es auch keinen Anlaß, uneingeladen dorthin zu gehen. Ein Polizist erscheint: Er hat einen »gefährlichen Nihilisten« verhaftet, der sich als hilfloser, etwas wirr denkender Lehrer entpuppt, aber dennoch eingesperrt wird. Die Anzeige des Schäbigen, bei Katerina habe er eine Leiche entdeckt, bietet nun den gewünschten Anlaß, an der festlichen Tafel mitzuprassen. – Das Hochzeitsfest ist auf seinem Höhepunkt; die meisten Gäste sind schon betrunken oder liegen schlafend auf den Tischen. Da entdeckt Katerina, daß der Keller aufgebrochen ist. Sie will schnell mit Sergej fliehen, aber es ist zu spät – schon erscheint die Polizei. Obwohl der Polizeichef eher ans gute Essen denkt als an die Untersuchungen der Anzeige, muß er Katerina, die sofort gesteht, ebenso wie Sergej, der noch fliehen will, festnehmen.

Katerina und Sergej sind zu lebenslanger Zwangsarbeit verurteilt worden. Auf dem Wege ins Zwangsarbeiterlager macht der Gefangenentransport für die Nacht Rast. Katerina besticht einen Wächter, um zu Sergej zu gelangen, aber dieser will nichts mehr von ihr wissen; ihm gefällt die junge Verurteilte Sonjetka viel besser. Doch die will erst mit ihm schlafen, wenn er ihr warme Strümpfe verschaffen könne. Sergej nähert sich Katerina und schwatzt ihr mit falschen Versprechungen ihre Strümpfe ab, um sie der Rivalin zu bringen. Als Katerina den Betrug entdeckt, wird sie von Sonjetka und den anderen

Gefangenen verspottet. Doch als der Zug weitergeht und über eine Brücke führt, stößt sie Sonjetka in den reißenden Fluß und springt selbst hinterher. Beide kommen um; der Zug aber geht weiter.

Stilistische Stellung

Schostakowitschs zweite Oper ist, ausgehend von dem krassen Realismus des Textes, gekennzeichnet durch ungeheure dramatische Spannung und suggestive Kraft. Gespeist wird diese zum einen – zumal in den Chören – durch Rückgriffe auf russische Volksmusik, zum anderen durch eine der irregulären Rhythmik und den schneidenden Orchesterfarben des jungen Igor Strawinsky nahe krasse Realistik. Lyrisches Pathos wechselt mit groteskem Zwielicht, illustrative Vulgarität mit parodistischer Überspitzung zumal in der Zeichnung der Figuren des alten, herrschsüchtig-lüsternen Boris Timofejewitsch und seines schwächlichen Sohnes, des dummen Popen und der aufgeblasenen Polizisten. Daneben gibt es Stellen voll lyrischer Zartheit und weiter kantabler Spannung und in den Zwischenspielen oft streng gebaute symphonische Formen von raffinierter, oft schlagzeuggrundierter Farbigkeit.

Textdichtung

Nikolaj Ljeskows Novelle ›Lady Macbeth des Mzensker Bezirks‹ geht zurück auf ein authentisches Geschehen; doch der Dichter beschreibt dieses Geschehen in dem grauenhaft niederdrückenden Milieu der russischen Provinz unter dem Aspekt der erbarmungslosen Sozialkritik. Die 1865 veröffentlichte Novelle unter dem ironisch auf Shakespeare anspielenden Titel präsentiert vitale Menschen voller Leidenschaft, von Ljeskow aber quasi objektivierend-distanziert beschrieben. Schostakowitschs und Preiss' Libretto-Einrichtung kürzt den Handlungsverlauf etwas, ohne ihn zu verändern; das Hauptgewicht des Librettos aber liegt in einer von der Hauptfigur ausgehenden Psychologisierung, die die Leidenschaften und Handlungen der Katerina Ismailowa für den Zuhörer als nachvollziehbar, als verstehbar ablaufen läßt.

Geschichtliches

Schostakowitsch komponierte zwischen Ende 1930 und Dezember 1932 an seiner Oper, deren Uraufführung am 22. Januar 1934 im Kleinen Akademischen Opernhaus in Leningrad stattfand. Zwar gab es kritische Stimmen gegen den krassen Realismus und die bisweilen obszönen Vulgarismen des Textbuches, aber die Oper hatte großen Erfolg. Sie wurde innerhalb von zwei Jahren mehr als 80mal aufgeführt und sogleich nachgespielt. Erst ein in der ›Prawda‹ vom 26. Januar 1936 erschienener, anonymer Artikel, der heftige Angriffe gegen Schostakowitsch richtete und die ›Lady Macbeth‹ als »Negation der Oper« bezeichnete, zwang den Komponisten dazu, das Werk für Rußland zurückzuziehen. Im Ausland fand es ebenso schnell Verbreitung: 1935 wurde es in New York, Philadelphia und Stockholm aufgeführt, 1936 kam es – in deutscher Sprache – in Prag und Zürich heraus sowie in London. Der Stalinismus verhinderte dann weitere Aufführungen. Nach dem Krieg gab es noch zwei Aufführungen: 1950 eine Rundfunkproduktion in München und 1959 eine Inszenierung in Düsseldorf. Anschließend arbeitete der Komponist das Werk um: Er änderte Orchesterzwischenspiele, milderte »Vulgarismen« und entschärfte die Partitur. Unter dem neuen Titel ›Katerina Ismailowa‹ kam das Werk am 8. Januar 1963 in Moskau heraus und konnte fortan auch in dieser – nun allein zugänglichen – Neufassung viel gespielt werden. Seit 1979 jedoch kann auch die Originalfassung von 1932, die unzweifelhaft den Vorzug verdient, wieder aufgeführt werden.

W. K.

Franz Schreker

* 23. März 1878 in Monaco, † 21. März 1934 in Berlin

Der ferne Klang

Oper in drei Aufzügen. Dichtung vom Komponisten.

Solisten: *Der alte Graumann*, pensionierter kleiner Beamter (Baß, kl. P.) – *Seine Frau* (Mezzosopran, auch Alt, kl. P.) – *Grete*, beider Tochter (Jugendlich-dramatischer Sopran, gr. P.) – *Fritz*, ein junger Künstler (Jugendlicher Heldentenor, gr. P.) – *Der Wirt des Gasthauses zum »Schwan«* (Charakterbaß, m. P.) – *Ein Schmierenschauspieler* (Charakterbariton, auch Lyrischer Bariton, m. P.) – *Dr. Vigelius*, ein Winkeladvokat (Charakterbariton, auch Heldenbariton, auch Charakterbaß, m. P.) – *Ein altes Weib* (Dramatischer Mezzosopran, auch Alt, m. P.) – *Mizzi*, Tänzerin (Lyrischer Sopran, kl. P.) – *Milli*, Tänzerin (Mezzosopran, auch Sopran, kl. P.) – *Mary*, Tänzerin (Sopran, auch Soubrette, kl. P.) – *Eine Spanierin* (Mezzosopran, auch Alt, kl. P.) – *Der Graf* (Kavalierbariton, auch Lyrischer Bariton, m. P.) – *Der Baron* (Baßbariton, auch Charakterbaß, m. P.) – *Der Chevalier* (Lyrischer Tenor, auch Charaktertenor, m. P.) – *Rudolf*, Fritzens Freund und Arzt (Seriöser Baß, auch Charakterbariton, kl. P.) – *1. Chorist* (Tenor, kl. P.) – *2. Chorist* (Baß, kl. P.) – *Kellnerin* (Mezzosopran, auch Alt, kl. P.) – *Ein zweifelhaftes Individuum* (Charaktertenor, auch Spieltenor, kl. P.) – *Ein Polizist* (Baß, auch Bariton, kl. P.) – *Ein Mädchen* (Sopran, auch Mezzosopran, kl. P.) – *Ein Diener* (Sprechrolle).
Chor: Gäste – Kellner und Kellnerinnen des Gasthauses zum »Schwan« – Mädchen – Tänzerinnen – Männer und Frauen – Theaterpersonal – Theaterbesucher – Kellnerinnen – Wagenausrufer (gem. Chor, gr. Chp.).
Ballett: Im 2. Akt ad libitum.
Ort: Europa.
Schauplätze: Das Haus des alten Graumann in einer Kleinstadt, gegenüber das Gasthaus zum »Schwan« – Ein Wald in der Nähe eines Sees – »La casa di maschere«, ein etwas zweifelhaftes Tanzetablissement bei Venedig – Vorgarten eines Theaterbeisels, in der Nähe des Hoftheaters – Das Arbeitszimmer von Fritz.
Zeit: Jahrhundertwende.
Orchester: 3 Fl. (III. auch Picc.), 3 Ob. (III. auch Eh.), 2 Kl., Bkl., 2 Fag., Kfag., 4 Hr., 3 Trp., 3 Pos., Tuba, P., Schl., 2 Hrf., Cel., Str. – Bühnenmusik: Fl., Kl., 2 Hr., P., Schl., 3 Mandolinen, 2 Gitarren, Zymbal, Hrf., Streicher (mindestens: 2.2.1.1.1).
Gliederung: Durchkomponierte Großform mit umfangreichen instrumentalen Zwischenspielen.
Spieldauer: Etwa 2¾ Stunden.

Handlung

Der junge Künstler Fritz nimmt Abschied von seiner Geliebten Grete, der Tochter des pensionierten Beamten Graumann. Er jagt einem fremden »fernen Klang« nach, Symbol für künstlerischen Erfolg. Erst wenn er diesen Klang gefunden hat, wenn er anerkannt, berühmt, reich ist, will er zurückkehren und Grete zur Frau nehmen. Vergebens bittet sie ihn, sie mitzunehmen, sie aus ihrer grauen Umwelt herauszunehmen, oder bei ihr zu bleiben. Nach einem letzten Kuß verläßt er sie. Eine alte Frau hat diese Szene beobachtet; sie drängt sich zu Grete und spricht aus, was diese fühlt: Sie möchte frei sein, selbständig, möchte arbeiten, doch die Mutter verbietet dies, obwohl der Vater sein Geld vertrinkt und die Familie Schulden hat. Der Vater ist wieder im Gasthaus beim Kegelschieben; man hört das Gejohle der Zechkumpanen. Plötzlich kommen sie – neben dem Vater der Wirt des Gasthauses, ein Winkeladvokat und ein Schmierenschauspieler – ins Haus, und Schauspieler und Advokat berichten, daß der alte Graumann beim Kegelspiel gegen den Wirt seine Tochter als Preis eingesetzt und verloren hat. Grete ist entsetzt und bekennt, sie sei schon verlobt. Darauf beginnt der Vater zu toben und kann von den Saufkumpanen nur mit Mühe von Tätlichkeiten zurückgehalten werden. Der Wirt macht Grete noch einmal einen förmlichen Antrag, und da er zwar nicht mehr jung, aber reich und somit »eine gute Partie« ist, hat auch die Mutter nichts gegen die Verbindung. Grete stimmt zum Schein zu, doch nur, um in Ruhe gelassen zu werden. In einem unbeobachteten Moment flieht sie aus dem Elternhaus, Fritz nach. – Am Ufer eines Waldsees verlassen sie die Kräfte. Fritz ist längst weit weg, und so einsam und verzweifelt will sie nur noch sterben. Doch da geht der Mond auf und taucht die Gegend in wundersames Licht; hingerissen von der Schönheit des Anblicks entdeckt das Mädchen seinen Lebenswillen, seine Lebenslust, seine Sinnlichkeit. Sie will nicht sterben, sie will das Leben genießen. Die alte Frau taucht wieder auf und verheißt ihr eine verführerische Zukunft. Grete, die nur nicht nach Hause zurück will, geht willenlos mit ihr.

Der II. Akt spielt etwa zehn Jahre später. Grete ist von der alten Kupplerin in ein Halbwelt-Etablissement auf einer Insel im Golf von Venedig gebracht worden, wo sie als »die schöne Greta« und als Königin der »Casa di maschere« gefeiert wird. Für alle Männer ist sie zu haben, nur nicht für einen jungen Grafen, der sie glühend begehrt, den sie aber bis heute zurückgewiesen hat, weil er sie flüchtig an Fritz und damit an ein vergangenes Glück erinnert. Auch heute sind der Graf und eine Reihe anderer Lebemänner auf der Insel, und wie immer steht Greta im Mittelpunkt. Um sich von ihren düsteren Gedanken zu befreien, schlägt sie einen poetischen Wettkampf vor: Wer sie und die anderen Mädchen durch eine Erzählung am meisten rühren könne, dem wolle sie für eine Liebesnacht angehören. Zuerst trägt der Graf die eher düster-traurige »Ballade von der glühenden Krone« vor, doch er wird übertrumpft von dem Chevalier, der ein zweideutiges Lied von den Blumenmädchen aus Sorrent singt. Da nähert sich ein Schiff der Insel; ihm entsteigt Fritz, ein gereifter, vom Leben enttäuschter Mann. Er berichtet der Jugendliebe, daß er das Phantom, den fernen Klang, dem er nachgejagt sei, nicht gefunden habe. Grete wirft sich voll Freude an seine Brust; er hat den Preis gewonnen. Doch als Fritz merkt, was aus Grete geworden ist, stößt er sie von sich und geht. Verzweifelt über den Verlust der letzten Hoffnung gibt Greta nun dem Werben des Grafen nach und verläßt mit seiner Gondel die Insel.

Der III. Akt spielt erneut fünf Jahre später. Der Graf hat Greta nach einiger Zeit verlassen; sie ist zur Großstadtdirne herabgesunken. Im Hoftheater wird an diesem Abend das Stück ›Die Harfe‹ von Fritz uraufgeführt. In der Theaterkneipe nebenan sitzen der Schmierenschauspieler und der Winkeladvokat und kommentieren das neue Stück. Ein Chorist kommt und prophezeit einen großen Erfolg; ein Polizist führt Grete herein, die im Theater war, aber vor lauter Erregung einen Ohnmachtsanfall hatte und sich hier erholen will. Der Advokat glaubt Grete wiederzuerkennen, ihn reut längst das frivole Spiel, das er vor Jahren mit angeführt hat. Als sich ein zweifelhaftes Individuum Grete nähert und in ihr die Dirne Tini zu erkennen glaubt, nimmt er sie vor ihm in Schutz. Das Theater ist zu Ende; das Stück, das so erfolgreich zu sein schien, ist aufgrund des schwachen dritten Aktes durchgefallen. – Fritz sitzt verzweifelt in seinem Arbeitszimmer. Er hat längst erkannt, daß er damals auf der Insel falsch gehandelt hat, noch immer sehnt er sich nach Grete. Und nun, da sein Stück, auf das er alle Hoffnungen gesetzt hat, durchgefallen ist, schwindet ihm der Lebensmut. Sein Freund Rudolf will ihn trösten und rät ihm, den dritten Akt umzuarbeiten, doch Fritz fühlt sich dazu nicht in der Lage. Das Elend habe er schildern können, aber die Liebe zu beschreiben, sei ihm versagt. Rudolf macht sich auf seine Bitten hin auf den Weg, um Grete zu suchen. Da läßt sich der Advokat Dr. Vigelius melden: Fritz kennt ihn nicht und beachtet auch zuerst seine Rede nicht, doch dann wird er aufmerksam. Da führt Vigelius Grete herein. Glücklich umarmen die Liebenden einander; Fritz schöpft neuen Mut und will das Stück umschreiben; jetzt wisse er, wie die Liebe sei. Doch die Aufregungen waren zuviel für sein krankes, müdes Herz. Er stirbt in den Armen der verzweifelten Grete.

Stilistische Stellung

Franz Schrekers erste Oper brachte einen neuen Ton in die nachromantische Opernliteratur vor dem Ersten Weltkrieg. Seine Tonsprache, aufbauend auf einem riesigen, differenziert und farbenreich behandelten Orchester, knüpft an den Richard Strauss der ›Salome‹ und der ›Elektra‹ an, geht aber in der frei schweifenden, hyperchromatischen Harmonik darüber hinaus und weiß zudem mit fast puccinihafter Kantabilität für Singstimmen zu schreiben. Neben Strauss werden auch Einflüsse des französischen Impressionismus, etwa von Claude Debussy, Gabriel Fauré und Paul Dukas, spürbar. Auch inhaltlich knüpft Schreker, der in der Regel sein eigener Textdichter war, an den damals aktuellen Symbolismus eines Maurice Maeterlinck, Hugo von Hofmannsthal oder Hermann Bahr an; die enge Verbindung von Text und Musik und ein psychologisierendes Feingefühl, das von der damals entstehenden Psychoanalyse Sigmund Freuds geprägt war, machten sicherlich einen Großteil der unmittelbaren Wirkung aus.

Textdichtung

Schreker, der bei seinem Text von dem Dichter Ferdinand von Saar beraten wurde, vereinte in dem wirkungsvollen Libretto Elemente der Künstlerproblematik mit einer feinfühligen Beschreibung der aktuellen Aufbruchsstimmung – heraus aus bürgerlicher Enge – und den ästhetisierenden Fluchtbewegungen in künstliche Paradiese zu einer reale, irreale und symbolische Figuren und Konstellationen virtuos mischenden Handlung.

Geschichtliches

Schreker arbeitete – nach den Forschungen Gösta Neuwirths – zwischen 1901 und 1909 am ›Fernen Klang‹; die Arbeit wurde immer wieder unterbrochen durch Selbstzweifel und Kritik seines klassizistisch ausgerichteten Wiener Kompositionslehrers Robert Fuchs, aber auch durch die Notwendigkeit, sich durch Stundengeben wirtschaftlich über Wasser zu halten. Die Uraufführung am 18. August 1912 in Frankfurt am Main (die musikalische Leitung hatte Ludwig Rottenberg) war ein geradezu sensationeller Erfolg: alsbald folgten Aufführungen in Prag, Graz, Leningrad, Berlin und Stockholm. Nach der Machtübernahme der Nationalsozialisten und Schrekers frühem Tod geriet sein Werk in Vergessenheit – erst seit gut zwanzig Jahren haben eine Funkproduktion der Oper in Wien und Aufführungen in Kassel den ›Fernen Klang‹ wieder mehr ins Bewußtsein zurückgeholt. Als reizvoll-wirkungssichere Alternative zu manchen Werken Richard Strauss' dürften Schrekers Werke auch heute das Repertoire sinnvoll bereichern.

W. K.

Die Gezeichneten

Oper in drei Akten. Dichtung vom Komponisten.

Solisten: *Herzog Antoniotto Adorno* (Heldenbariton, auch Charakterbariton, gr. P.) – *Graf Andrea Vitelozzo Tamare* (Kavalierbariton, gr. P.) – *Lodovico Nardi*, Podestà der Stadt Genua (Seriöser Baß, auch Charakterbaß, gr. P.) – *Carlotta Nardi*, seine Tochter (Jugendlich-dramatischer Sopran, auch Dramatischer Mezzosopran, gr. P.) – *Alviano Salvago*, ein genuesischer Edelmann (Jugendlicher Heldentenor, auch Charaktertenor, gr. P.) – *Guidobaldo Usodimare*, Edler (Lyrischer Tenor, auch Spieltenor, m. P.) – *Menaldo Negroni*, Edler (Lyrischer Tenor, m. P.) – *Michelotto Cibo* (Lyrischer Bariton, auch Charakterbariton, m. P.) – *Gonsalvo Fieschi*, Edler (Lyrischer Bariton, auch Charakterbariton, m. P.) – *Julian Pinelli*, Edler (Baßbariton, auch Baß, m. P.) – *Paolo Calvi*, Edler (Baß, m. P.) – *Der Capitano di giustizia* (kann von dem Darsteller des Herzogs Adorno gegeben werden; Charakterbariton, auch Charakterbaß, m. P.) – *Ginevra Scotti* (Lyrischer Sopran, auch Lyrischer Mezzosopran, kl. P.) – *Martuccia*, Haushälterin bei Salvago (Alt, m. P.) – *Pietro*, ein Bravo (Tenor, m. P.) – *Ein Jüngling* (Lyrischer Tenor, kl. P.) – *Dessen Freund* (Baß, auch Bariton, kl. P.) – *Ein Mädchen* (Sopran, kl. P.) – *1. Senator* (Tenor, kl. P.) – *2. Senator* (Bariton, kl. P.) – *3. Senator* (Baß, auch Bariton, kl. P.) – *Diener* (Baß, auch Bariton, kl. P.) – *1. Bürger* (Tenor, kl. P.) – *2. Bürger* (Bariton, kl. P.) – *3. Bürger* (Baß, auch Bariton, kl. P.) – *Vater* (Baß, auch Bariton, kl. P.) – *Mutter* (Sopran, auch Mezzosopran, kl. P.) – *Kind* (Kinderstimme, kl. P.) – *Drei junge Leute* (Baß, Bariton, Tenor, kl. P.) – *Ein riesiger Bürger* (Baß, auch Bariton, kl. P.) – *Die Frau des Podestà* (Stumme Rolle).
Chor: Acht Vermummte – Volk – Edle – Bürger – Soldaten – Dienerinnen – Frauen – Mädchen – Kinder (gem. Chor, m. Chp.).
Ballett: Faune, Najaden, Bacchanten und Bacchantinnen (im III. Akt).
Ort: Genua.
Schauplätze: Eine Halle im Palast Alviano Salvagos – Eine Halle im Palast des Herzogs Adorno – Carlottas Atelier – Das Eiland Elysium – Eine unterirdische Grotte.
Zeit: 16. Jahrhundert.
Orchester: 3 Fl., Picc., 3 Ob., Eh., 3 Kl., Bh., Bkl., 2 Fag., Kfag., 6 Hr., 4 Trp., 3 Pos., Tuba, P., Schl., Glsp., Xyl., Gl., Cel., Klav., 2 Hrf., Str. (16.14.12.10.8). – Bühnenmusik: Aus dem Orchester zu besetzen.
Gliederung: Durchkomponierte Großform.
Spieldauer: Etwa 2¾ Stunden.

Handlung

Der reiche, aber häßliche und verkrüppelte genuesische Edelmann Alviano Salvago hat sein halbes Vermögen und seine ganze liebesbedürftige Phantasie in die Ausgestaltung eines Eilandes vor der Stadt gesteckt, das er Elysium nennt. Mit seinem Wissen haben dort die genuesischen Edlen in einer unterirdischen Grotte ein Liebesnest eingerichtet, wohin sie die schönen Bürgertöchter Genuas verschleppen, um sie dort zu verführen und mit ihnen Orgien zu feiern. Salvago selbst hat seitdem die Insel nicht mehr betreten, und ihn plagen Gewissensbisse. So hat er sich entschlossen, die Insel den Bürgern Genuas zu schenken. Die jungen Adligen, die er von seinem Plan unterrichtet hat, versuchen, etwas dagegen zu unternehmen, müssen sie doch fürchten, daß ihr Liebesnest verlorengeht, ja, daß ihr Treiben aufgedeckt wird. Sie dringen in ihren Anführer, den Grafen Vitelozzo Tamare, bei seinem Freund, dem Herzog Adorno, vorstellig zu werden und ihn zu bitten, seine Erlaubnis zu verweigern. Tamare aber hat anderes im Sinn: er hat eben eine wunderschöne junge Frau gesehen und sich in sie verliebt, weiß aber nicht, wer sie ist. Da betritt der Podestà der Stadt Genua zusammen mit seiner Tochter Carlotta sowie mit einigen Senatoren den Palast Salvagos: Sie sind gekommen, um sich für die Schenkung zu bedanken. Tamare erkennt in Carlotta seine unbekannte Schöne wieder und macht ihr den Hof, aber sie behandelt ihn kühl und spöttisch. Die Gesandtschaft verhandelt mit Salvago die Einzelheiten der Schenkung und einigt sich mit ihm, noch die Zustimmung des Herzogs Adorno einzuholen. Dann lädt Salvago alle zu einem festlichen Gastmahl. Die Haushälterin Salvagos, Martuccia, erhält Besuch von ihrem Geliebten, dem Bravo Pietro, der im Auftrag der jungen genuesischen Edelleute die schönen Töchter der Stadt entführt, um sie auf die Liebesinsel zu bringen. Er ist in Bedrängnis, denn man ist ihm auf der Spur, und er hat die junge Ginevra Scotti bei sich. So bittet er Martuccia, die Schöne für einige Zeit im Hause zu verbergen. Carlotta hat Alviano aus dem Saal gebeten; allein mit ihm gesteht sie ihm, daß sie eine Malerin sei und sich bemühe, Seelen zu malen. Sie bittet ihn, ihr Modell zu sitzen. Alviano fühlt sich zuerst verspottet, stimmt aber dann zu, als er merkt, daß sie ihn schätzt und ernst nimmt.

Der Podestà und die Senatoren sind bei Herzog Adorno vorstellig geworden, um ihn um Zustimmung für die Schenkung zu bitten, aber er hat – das Interesse der Edelleute im Sinne – Ausflüchte gemacht und um Bedenkzeit gebeten. Nachdem ihn die Vertreter der Stadt verärgert verlassen haben, spricht Tamare bei ihm vor und gesteht ihm seine Liebe zu der schönen Carlotta, die ihn aber abgewiesen habe. Außerdem berichtet er – als Sprecher der jungen Edelleute – über das Treiben auf Salvagos Eiland und bringt deren Forderung vor, der Herzog solle die Schenkung verhindern. Adorno ist entsetzt über das Treiben dort und will Salvago zur Verantwortung ziehen, Tamare warnt er, die Insel weiter zu besuchen, will aber für ihn bei Carlotta den Fürsprecher machen. – Carlotta hat Alviano in ihrem Atelier empfangen. Während sie ihn malt, erzählt sie ihm von einer Malerin, die mit ihr in Antwerpen gelernt habe und nur Hände gemalt hätte – zuletzt eine kalte Totenhand, die sich um ein Herz krampfe. Schließlich gesteht sie ihm ihre Liebe, und Alviano kann, nachdem er seine Angst vor Zurückweisung, vor Spott überwunden hat, diese Liebe erwidern. Als das Bild fertiggestellt ist, sinkt Carlotta erschöpft zu Boden; Alviano bemüht sich um sie und enthüllt dabei ein Bild, daß eine Totenhand zeigt, die sich um ein Herz krampft – er versteht nun und ist Carlotta noch mehr zugetan. In zarter Liebe umfangen die Beiden einander. Alviano ist unendlich glücklich.

Der Herzog hat schließlich die Schenkung genehmigt. Alviano gibt ein großes Fest, und zum ersten Mal dürfen die Bürger Genuas die Insel betreten und stehen staunend, ängstlich und verwundert vor den Herrlichkeiten, aber auch vor den ihnen heidnisch vorkommenden Darstellungen der Liebe. Der Podestà läßt sich von Alviano, die Insel zeigen. Alviano ist glücklich über die Liebe Carlottas, aber er vermißt seine Braut und geht sie suchen. Herzog Adorno kommt mit Carlotta, die plötzlich vor dem Anblick Alvianos zurückschreckt. Sie hat zwar den Antrag Tamares erneut zurückgewiesen, aber fühlt sich in ihrer Liebe zu Alviano auch nicht mehr sicher, ja, sie glaubt, daß diese ein Irrtum sei. Da erscheint der maskierte Tamare, und es gelingt ihm, Carlotta, die fasziniert ist von der sinnlichen Atmosphäre der Insel, in die unterirdische Grotte zu ziehen. Alviano sucht nach Carlotta, da huldigt ihm das dankbare Volk für seine Großherzigkeit. Plötzlich erscheint der Polizeichef und beschuldigt ihn; er sei es gewesen, der die schönen Bürgertöchter geraubt und zu den Orgien auf der Insel gebracht habe. Das Volk stellt sich vor ihn und verlangt Beweise. Da tritt die schöne Ginevra Scotti auf, die Martuccia hatte entfliehen lassen, und bezeugt, daß sie im Hause Salvagos festgehalten worden sei. Alviano aber ist nur in Sorge und

Sehnsucht nach Carlotta, und als man ihm meldet, sie sei mit einem Maskierten verschwunden, begreift er die Zusammenhänge. Er ruft dem Volke zu, er wolle ihm die geraubten und geschändeten Töchter zeigen, und führt alle in die Grotte. Nach kurzem Kampf werden die Edlen dort überwältigt, unter ihnen Tamare. Alviano beschuldigt ihn, Carlotta entführt und vergewaltigt zu haben, aber Tamare besteht darauf, sie habe sich ihm freiwillig und mit höchster Lust hingegeben. In rasender Eifersucht ersticht Alviano den Nebenbuhler. Da kommt die zuvor ohnmächtig niedergesunkene Carlotta zu sich, verlangt nach Tamare und stößt den Krüppel Alviano voller Abscheu von sich. Dann sinkt sie sterbend zusammen. Alviano taumelt, von Wahnsinn geschlagen, davon.

Stilistische Stellung
Schrekers dritte Oper setzt die schon in seinem ›Fernen Klang‹ angelegten Grundelemente seines Schaffens fort: differenzierteste Orchesterbehandlung, ausgehend von einem riesigen Orchesterapparat, der selten zu voller Tuttiwirkung, aber in höchst raffinierten Klangmischungen und Farbvaleurs eingesetzt wird. Noch mehr als im ›Fernen Klang‹ bietet der Text in seiner Mischung aus psychologischen Details in der Deutung der Psyche des verkrüppelt häßlichen Alviano, aus Mystik und Erotik ein reiches Feld für schwebend-einfühlsame, dabei oft höchst anspruchsvolle Gesangsmelodik und eine Fülle instrumentaler Klangvarianten.

Textdichtung
Schreker schrieb das Textbuch zu den ›Gezeichneten‹ ursprünglich für Alexander Zemlinsky, der ihn um einen Stoff über die »Tragödie des häßlichen Mannes« gebeten hatte, entschloß sich dann aber selbst, den Text zu vertonen. (Zemlinsky vertonte schließlich Oscar Wildes ›Der Geburtstag der Infantin‹, dessen Problematik ähnlich ist.) Die Ansiedlung der Handlung in der italienischen Renaissance sowie erneut das Bild eines »künstlichen Paradieses« und die in Carlotta und in Alviano enthaltene Darstellung der Künstlerproblematik bilden so etwas wie Leitmotive in der Dramaturgie Schrekers.

Geschichtliches
Auch die Uraufführung der ›Gezeichneten‹ fand in Frankfurt statt, am 25. April 1918. Der Erfolg des Werkes führte alsbald zu Aufführungen in München, Wien und Berlin sowie in zahlreichen anderen deutschen Städten. Seit 1933 war das Werk dann vergessen und kam erst 1979 in einer vielbeachteten, allerdings auch umstrittenen szenischen Realisierung von Hans Neuenfels und unter der musikalischen Leitung von Michael Gielen in Frankfurt neu heraus. Das Werk verdient eine Neudeutung, die sich mehr auf den Text Schrekers einläßt.

W. K.

Der Schatzgräber

Oper in einem Vorspiel, vier Aufzügen und einem Nachspiel. Text vom Komponisten.

Solisten: *Der König* (Seriöser Baß, m. P.) – *Die Königin* (Stumme Rolle) – *Der Kanzler* (Tenor, kl. P.) – *Der Graf/Der Herold* (Bariton, kl. P) – *Der Magister*, Leibarzt des Königs (Baß, kl. P.) – *Der Narr* (Lyrischer Tenor, gr. P.) – *Der Vogt* (Lyrischer Bariton, auch Charakterbariton, m. P.) – *Der Junker* (Bariton, auch Baß, kl. P.) – *Elis*, ein fahrender Sänger und Scholar (Jugendlicher Heldentenor, gr. P.) – *Der Schultheiß* (Baß, kl. P.) – *Der Schreiber* (Tenor, kl. P.) – *Der Wirt* (Baß, kl. P.) – *Els*, dessen Tochter (Dramatischer Sopran, gr. P.) – *Albi*, dessen Knecht (Tenor, kl. P.) – *Ein Landsknecht* (Baß, kl. P.) – *Erster Bürger* (Tenor, kl. P.) – *Zweiter Bürger* (Bariton, kl. P.) – *Dritter Bürger* (Baß, kl. P.) – *Erste alte Jungfer* (Mezzosopran, kl. P.) – *Zweite alte Jungfer* (Mezzosopran, auch Alt, kl. P.) – *Ein Weib* (Mezzosopran, auch Alt, kl. P.).
Chor: Herzöge, Grafen, Ritter, Edle und ihre Frauen, Landsknechte (Soldaten), Mönche, ein Henker, ein Büttel, Volk (m. Chp.).
Ort: Ein deutsches Königreich.
Schauplätze: Gemach im Palast des Königs – Eine Waldschenke – Platz in einer mittelalterlichen Stadt – Die Kammer Els' – Ein Saal im Schloß des Königs – Die Klause des Narren, irgendwo im Gebirge.

Zeit: Mittelalter. Die vier Aufzüge spielen im Zeitraum einer Woche, das Vorspiel etwa acht Wochen früher, das Nachspiel ein Jahr später.
Orchester: 3 Fl. (III. auch Picc.), 2 Ob., Eh., 2 Kl., Bkl., 2 Fag., Kfag., 4 Hr., 3 Trp., 3 Pos., Bt., P., Schl. (Xyl., antike Zimbeln, Gl., Kastagnetten, Triangel, Schellen, Becken, Tamtam, Tamburin, kl. Tr., Rührtr., gr. Tr., 2 Hrf., Cel., Str.
Gliederung: Durchkomponierte Großform mit einem instrumentalen Zwischenspiel im III. Aufzug.
Spieldauer: Etwa 2½ Stunden.

Handlung

Der König zeigt seinem Narren den neu erworbenen Schmuck für seine Frau, die diesen aber zurückweist. Er berichtet ihm, daß sie einzig den ihr gestohlenen Schmuck begehrt, an dessen Wirkung von ewiger Schönheit sie glaube. Der verzweifelte König bittet den Narr um Rat und verspricht ihm als Belohnung eine Frau. Der Narr erzählt ihm von einem fahrenden Sänger, der mit seiner Laute Schätze aufspüre. Sollte dieser den gestohlenen Schmuck der Königin zurückbringen, verspricht der König ihm die Ritterschaft.

In einer Waldschenke fordert der Junker die Zuneigung seiner Verlobten, der Wirtstochter Els, beobachtet von Albi. Doch sie verlangt vom Junker zunächst ein goldenes Kettchen mit fünf Smaragden und einem Krönchen, das er einem Schmuckhändler entwenden solle. Zerknirscht reitet der Junker davon. Mit der Aussicht auf das Kettchen sieht Els sich im vollen Besitz des Schmucks der Königin und träumt von ewiger Schönheit und einem Prinzen, der sie auf sein Schloß führt. Albi erhält von Els das Versprechen ihrer Zuneigung, wenn er den Junker, wie die Männer vor ihm, tötet und ihr das goldene Kettchen bringt. Der Wirt tritt auf und freut sich, nun einen neuen Bräutigam für seine Tochter gefunden zu haben, nachdem die bisherigen Verlobten vor der Hochzeit gestorben sind. Der Vogt, der Schultheiß, der Schreiber und ein Landsknecht betreten das Lokal und stoßen auf den abwesenden Verlobten an, der laut Els den Brautschmuck besorgt. In dem Moment, als Els' Glas zu Boden fällt, steht der fahrende Sänger Elis in der Tür. Er bekommt Wein und wird zu einem Lied aufgefordert. Darin erzählt er von einem dreimaligen Traum, in dem er im Wald die Jagd auf ein Reh erlebt hat, das von einem fünfäugigen Tier verteidigt wurde, welches die Verfolger in Stücke riß. Als er nachts mit seiner Laute in den Wald zog, begann sich deren Klang plötzlich zu verändern, und er erblickte an einem Strauch ein Kettchen mit fünf Smaragden. Der taumelnden Els schenkt er diesen Schmuck. Albi stürzt herein und berichtet von einem Toten im Wald. Der Vogt rät Elis zur Flucht, doch Els bestürmt den Sänger mit leidenschaftlicher Liebe und zwingt ihn zu bleiben. Die zurückkehrenden Männer haben den Toten als Els' Bräutigam identifiziert. Der Mordverdacht fällt sofort auf Elis, der vom Vogt im Namen des Königs verhaftet wird. Leise gesteht der Vogt Els seine Liebe. Diese bleibt verzweifelt zurück.

Auf einem öffentlichen Platz vor einem errichteten Galgen sorgt sich der Narr, ob seine Suche nach Elis jemals Erfolg haben werde. Er erblickt die traurige Els und erfährt, daß ihr Geliebter, ein fahrender Sänger, dessen Name sie nicht kennt, heute gehängt werden soll. Der Narr verspricht, daß er Elis vor diesem Tod bewahren werde. Schaulustige bevölkern den Platz. Drei Bürger und ein Weib beargwöhnen Els, die sie als Hexe bezeichnen, und vermuten die Unschuld des Sängers. Zwei alte Jungfern malen sich aus, wie sie den schönen Sänger vom Galgen holen. Aus der Ferne wird ein Miserere hörbar. Els bittet den Vogt, sich von ihrem Geliebten verabschieden zu dürfen. Sie kündigt Elis seine Rettung an und erwartet ihn für den nächsten Tag. Vor dem Henker preist Elis singend das Leben und wehrt gewaltsam die Versuche der Soldaten ab, ihn zu ergreifen. Als Els jede Hoffnung auf das Nahen des Befreiers schwinden sieht, bekennt sie sich schuldig und fordert, sie an seiner Statt zu töten. In diesem Moment erscheint der Herold des Königs, der Elis nach seiner Fähigkeit befragt, mittels seiner Laute Schätze aufzuspüren. Gelänge es ihm, den gestohlenen Schmuck der Königin zu finden, sei ihm jeder Lohn sicher. Scheitert er, werde er des Landes verwiesen. Das Volk feiert den König und den begnadigten Sänger. Elis verspricht Els, sie am nächsten Tag zu besuchen, und verschwindet mit dem Gefolge des Herolds. Albi verlangt von Els die Belohnung für seine Tat. Sie wirft ihm sein ungeschicktes Handeln vor und fordert ihn auf, Elis die Laute zu entwenden. Für ihre Verworfenheit bittet sie Gott um Verzeihung.

In ihrer prachtvoll orientalisch eingerichteten Kammer entsinnt sich Els des Lieds, mit dem sie ihre Mutter in den Schlaf sang. Elis kommt und berichtet aufgewühlt vom Verlust der Laute. Els versucht ihn mit ihrer Liebe zu beruhigen, doch

Elis erklärt ihr, daß für einen Mann die Liebe nicht alles sei und er sich schaffend verwirklichen müsse. Els bietet an, ihm den Schatz der Königin zu geben, wenn er ihr verspreche, sie nie zu fragen, woher sie diesen habe. Sie entwindet sich seinen Küssen und verschwindet durch einen Vorhang in den Nebenraum. Im Halbdunkel des späten Abends hört Elis geheimnisvolle Stimmen und sieht sich von betörenden Düften umhüllt. Els, nur mit Schleiern bedeckt, erscheint im Mondlicht unter dem Vorhang, behängt mit dem Schmuck der Königin. Elis zweifelt an seiner Wahrnehmung und bezeichnet sie als Göttin, sie bestätigt ihm aber, kein Schemen zu sein. Voneinander berauscht, rufen sie die Nacht an, sie aufzunehmen. In der Morgendämmerung legt Els den Schmuck ab und gibt ihn Elis, damit er ihn der Königin bringe. Irritiert fragt Elis seine Geliebte nach ihrem erwarteten Lohn. Sie antwortet ihm, er möge sie auch dann noch lieben, wenn er kaum mehr an sie glauben könne.

Im Festsaal des Schlosses wird die Königin, ihr wiedergefundener Schmuck und der frisch gekürte Ritter Elis von Ilsenborn gefeiert. Der König lobt den Narren und animiert ihn, an seine Belohnung zu denken. Elis wirft sein Glas zu Boden und entschuldigt sich für seine Unachtsamkeit. Er wird aufgefordert zu berichten, wie er den Schatz gefunden habe, und nach seiner Laute gefragt. Elis erzählt verzückt von einer rauschhaften Nacht, in der ihm der Schatz an einem zauberhaften Wesen begegnet sei. Den Anwesenden wirft er vor, nichts von Schönheit zu wissen. Erzürnt fordert er den Schmuck der Königin zurück und wird von der Gesellschaft als besessen beschimpft. Der Vogt tritt auf, klagt die sich bedeckt haltende Els an, Albi zum Mord angestiftet zu haben, und präsentiert die Laute. Der König fordert Els zum Geständnis auf, sie fleht um Gnade. Er befiehlt, sie zu verbrennen. In diesem Moment kündigt der Narr zum Entsetzen aller an, Els zur Frau nehmen zu wollen. Der König vertreibt den Narren und verläßt mit seinem Gefolge den Saal. Elis beschwört Els, daß er alles nur geträumt habe. Sie rät ihm, sie zu vergessen, bekennt aber, sich an ihm nur aus Liebe versündigt zu haben. Der Narr führt Els davon.

Irgendwo im Gebirge kommt Elis zur Klause des Narren und wundert sich über dessen altes Aussehen. Der Narr bekennt, daß das Narrenkostüm sein Ich und damit sein Alter verborgen gehalten habe. Während des vergangenen Jahres habe er sich liebevoll um Els gekümmert, doch sie sei krank und schwach. Elis wendet sich der fiebernden Els zu und erinnert sie an ihre gemeinsame Nacht. Zu seiner Laute singend malt er eine gemeinsame Zukunft in einem fernen Land aus. Der Narr verspricht den beiden das Glück, das sie auf Erden nicht fanden, im Himmel.

Stilistische Stellung
Schrekers vierte mehraktige Oper zeichnet sich vor allem durch ihre raffinierte Orchestrierung, klangliche Effekte und eine auf alle Sinne zielende Ästhetik aus. Die feinsinnig und oft an der Grenze zur Hörbarkeit eingesetzten Schlaginstrumente stehen vor allem im III. Aufzug in Verbindung mit Els' Betörung des Geliebten durch den Schmuck. Zu diesen fragilen Klängen kommen Chorstimmen aus der Ferne, die gemeinsam mit den orientalischen Elementen der Raumbeschreibung auf eine veränderte Wahrnehmung Elis' zielen. Den inhaltlichen Höhepunkt der Oper, die Liebesnacht, gestaltet Schreker mit einem Orchesterzwischenspiel, das von Zitaten von Richard Wagners Tristan-Akkord eingerahmt wird und auch dessen Tonart As-Dur in der Liebesnacht von ›Tristan und Isolde‹ aufgreift. Wagners Leitmotivtechnik entwickelt Schreker weiter: Die Motive verweisen nun überwiegend auf unbewußte Vorgänge. Eine ursprüngliche Gestalt läßt sich kaum ausmachen, vielmehr sind die Motive einer permanenten Veränderung unterworfen. Bedeutend für die Handlung und ihre Figuren sind die rhapsodischen Erzählungen besonders von Elis, aber auch das Schlaflied von Els' Mutter am Beginn des III. Aufzugs.

Textdichtung
Als sein eigener Librettist schrieb Schreker einen märchenhaften Text voll von Symbolen – wie dem Schatz als Versprechen von ewiger Schönheit – und zeitgenössischem Gedankengut. Wie auch in seiner ersten Oper ›Der ferne Klang‹ ist der Protagonist von der Suche nach Klang bestimmt, die Musik wird in ihrer geheimnisvollen Kraft dargestellt. Vielfältig und zeittypisch ist die Inspiration durch die Psychoanalyse, einerseits durch Sigmund Freuds Traumtheorie und seine Thematisierung des Unbewußten, andererseits durch Otto Weiningers Geschlechtertheorie, was Schreker auch in einem Text bekennt. Weiningers Auffassung der Frau als sexualisiertes Wesen mit dem Geschlechtsakt als oberstem Ziel, das den auf seinen Schaffensprozeß konzentrierten Mann betört, läßt sich an zahlreichen Stellen des Textes

wie auch der Musik finden. In der zentralen Liebesnacht greift Schreker Wagners von Arthur Schopenhauer inspirierte Sehnsucht nach Weltflucht auf: »Schlage zusammen, / Welt über uns! / Nimm uns auf, Nacht!«

Geschichtliches
1915 entstand das Textbuch, in den beiden folgenden Jahren komponierte Schreker die Oper, die am 21. Januar 1920 in Frankfurt am Main uraufgeführt wurde. Innerhalb der nächsten fünf Jahre erlebte das Werk über 40 Inszenierungen im deutschsprachigen Raum. Schrekers erfolgreichstes Stück gehörte damit zu den meistgespielten Opern der Zeit. Ab 1932 verschwand das Werk aus den Spielplänen. 1989 brachte es die Hamburgische Staatsoper unter der musikalischen Leitung von Gerd Albrecht in der Regie von Günter Krämer wieder auf die Bühne. Seitdem wurde der ›Schatzgräber‹ unter anderem am Badischen Staatstheater Karlsruhe, an der Oper Frankfurt und an Het Muziektheater Amsterdam neu inszeniert.

O. A. S.

Franz Schubert
* 31. Januar 1797 in Liechtental (Wien), † 19. November 1828 in Wien

Alfonso und Estrella
Romantische Oper in drei Akten. Dichtung von Franz von Schober.

Solisten: *Mauregato*, König von Leon (Kavalierbariton, gr. P.) – *Estrella*, seine Tochter (Lyrischer Sopran, gr. P.) – *Adolfo*, sein Feldherr (Charakterbaß, auch Charakterbariton, gr. P.) – *Froila*, entthronter König von Leon (Lyrischer Bariton, gr. P.) – *Alfonso*, sein Sohn (Lyrischer Tenor, gr. P.) – *Vier Jäger* (2 Tenöre, 2 Bässe, aus dem Chor zu besetzen, kl. P.) – *Anführer der königlichen Leibwache* (Tenor, kl. P.) – *Ein Mädchen* (Sopran, kl. P.) – *Ein Jüngling* (Tenor, kl. P.).
Chor: Landleute – Frauen (Estrellas Gefolge) – Jäger – Krieger – Männer (Mauregatos Diener und Leibwache) – Verschworene (Männer, auch doppelchörig, gr. Chp.; Frauen, m. Chp.).
Ort: Königreich Asturien-Leon.
Schauplätze: Idyllisches Felsental mit Froilas bescheidener Behausung – Im Königspalast zu Oviedo – Im Felsental, am Waldrand – Versammlungsort der Verschwörer in Oviedo – Im Königspalast – Im Felsental, auf den Bergeshöhen wird gekämpft.
Zeit: Spätes 8. Jahrhundert.
Orchester: 2 Fl., 1 Picc., 2 Ob., 2 Kl., 2 Fag., 4 Hr., 2 Trp., 3 Pos., P., Becken, gr. Tr., 1 Hrf., Str. – Bühnenmusik: 2 Ob., 2 Kl., 2 Fag., 2 Hr., 2 Trp.
Gliederung: Ouvertüre und 35 Musiknummern, die durch Accompagnato-Rezitative miteinander verbunden sind.

Spieldauer: Etwa 2¾ Stunden.

Handlung
Vorgeschichte: Vor 20 Jahren stürzte Mauregato König Froila, der seitdem tot geglaubt wird. Tatsächlich aber zog sich Froila in ein von der Welt abgeschiedenes Tal zurück, wo er den Bewohnern ein wegen seiner Milde und Weisheit hoch verehrter Anführer ist. Aus seiner früheren Existenz als König ist ihm einzig eine Kette aus den fernen Zeiten des Westgotenkönigs Eurich geblieben, die Froilas weiterhin bestehenden Herrschaftsanspruch symbolisiert. – In der Morgendämmerung schmücken die Landleute anläßlich der Wiederkehr des Jahrestages von Froilas Ankunft im Tal heimlich seine Behausung. Zum Sonnenaufgang tritt er heraus und freut sich der Zuneigung, die ihm von der Landbevölkerung entgegengebracht wird. Bedrückt hingegen zeigt sich sein Sohn Alfonso. Der väterliche Befehl, das Tal nicht verlassen zu dürfen, engt ihn ein. Der Vater aber bittet Alfonso um Geduld. Noch sei die von Mauregato ausgehende Gefahr zu groß. Daß Alfonso aber dereinst anstelle des Usurpators herrschen würde, dafür verbürgt sich Froila, indem er seinem Sohn die Kette Eurichs als schützenden Talisman überreicht. – Estrella und ihre Damen sind im Begriff, zur Jagd aufzubrechen, als Adolfo

ihr seine Liebe erklärt. Ihre Zurückweisung verletzt seinen Stolz, so daß er Estrella droht, sie gegen ihren Willen zur Ehe zu zwingen. Die Gelegenheit, seinen Heiratsplan umzusetzen, ergibt sich, als Mauregato Adolfo aus Dank für dessen Siege gegen die Mauren unter Eidesschwur die Erfüllung jedes Wunsches zusagt. Adolfos Forderung nach Estrellas Hand bringt den König in arge Verlegenheit, da seine Tochter aus ihrer Abneigung gegen Adolfo keinen Hehl macht. Mauregato knüpft deshalb – zum Ärger Adolfos und zur Erleichterung Estrellas – an die Heiratszusage mit Berufung auf eine alte Weissagung eine Bedingung: Nur wer Eurichs Königskette wieder herbeischaffe, dürfe Estrella heiraten.

Alfonso bittet den Vater, die Ballade vom Wolkenmädchen zu singen. Für Froila ist das die Gelegenheit, seinen Sohn davor zu warnen, sich Wunschphantasien hinzugeben. Das Wolkenmädchen hatte nämlich der Sage nach einen Jäger in ein Luftschloß entführt. Nachdem dieses sich im Dunst aufgelöst hatte, stürzte der Jäger zu Tode. Froila läßt seinen Sohn mit dieser Ermahnung allein, doch alsbald glaubt Alfonso, daß das Wolkenmädchen Wirklichkeit geworden sei: Denn er trifft auf Estrella, die sich bei der Jagd verirrt hat. Alfonso führt Estrella auf einen sicheren Weg aus dem Tal. Obwohl beide ihr Inkognito wahren, fassen die jungen Leute Zutrauen zueinander und gestehen einander ihre Liebe. Weil aber Estrella ihren Vater nicht in Sorgen warten lassen will, nehmen die beiden Abschied voneinander, und Alfonso schenkt Estrella seine Kette. – Adolfo hat Verschwörer gegen Mauregato um sich gesammelt, die ihm Treue schwören, nachdem er die Legitimität von Mauregatos Herrschaft bestritten hat. – Mauregato ist über das Verschwinden seiner Tochter tief besorgt. Endlich wird ihre Rückkehr gemeldet. Überschwenglich schließen sich Vater und Tochter in die Arme. Hierbei fällt Mauregatos Blick auf Eurichs Kette, und Estrella berichtet dem Vater, daß ihr die Kette von einem unbekannten Jüngling überreicht worden sei, dem sie ihr Herz geschenkt habe. Bevor noch recht erwogen werden kann, was die Wiedererlangung der Herrschaftsinsignie bedeute, bricht Adolfos Aufstand los. Mauregato erwägt auszuharren, um dadurch seinen Leuten die Flucht zu ermöglichen. Doch deren Treue und Estrellas Zuspruch ermutigen ihn, im Kampf gegen Adolfo den Oberbefehl zu übernehmen.

Oberhalb des Tales wird während eines Gewitters gekämpft, ein Mädchen und ein Jüngling sind auf der Flucht. Adolfo hat Estrella geraubt und schleppt sie nun mit sich. Noch einmal will er sie zu einem gemeinsamen Leben überreden. Als sie sich ihm weiterhin verweigert, zieht er einen Dolch. Ihre Hilferufe führen Alfonso herbei. Er entwaffnet Adolfo, nimmt ihn gefangen und übergibt ihn seinen Jägern zur Bewachung. Nun erfährt Alfonso auch, daß Estrella Mauregatos Tochter ist. Sie bekräftigen ihr Liebesbündnis, und Alfonso entschließt sich, mit seinen Jägern Estrellas bedrängtem Vater und dessen in Auflösung befindlichem Heer zur Hilfe zu eilen. Estrella aber wird von Alfonso unter den Schutz Froilas gestellt, der die Zeit zur Aussöhnung mit Mauregato gekommen sieht. – Mauregato kann sich den Frevel, einst Froila gestürzt zu haben, nicht verzeihen. Als sich dieser ihm nähert, hält er zunächst den Totgeglaubten für ein Gespenst. Mauregato und Froila versöhnen sich, und Froila übergibt Mauregato seine Tochter. Daraufhin kehrt Alfonso mit seinen Kriegern und Jägern siegreich aus der Schlacht zurück. Mauregato verzichtet zugunsten Froilas auf die Königswürde und schenkt Adolfo die Freiheit. Estrella präsentiert dem Vater Alfonso als denjenigen, der ihr Eurichs Kette geschenkt habe, und Mauregato willigt in die Heirat Alfonsos und Estrellas ein. Da Froila es vorzieht, weiterhin bei den Talbewohnern zu bleiben, überläßt er seinem Sohn den Thron. Alle preisen das neue Herrscherpaar.

Stilistische Stellung

›Alfonso und Estrella‹ ist Schuberts einzige durchkomponierte Oper. Sie ist insofern ein musiktheatralischer Sonderfall, als diese Oper weithin aus dem Geist des Liedes konzipiert wurde. Aus diesem Grund ist die Musik weniger auf die szenische Aktion fokussiert, um so mehr rückt ins Zentrum der Wahrnehmung, auf welche Weise sich die Protagonisten äußern. Damit tritt das Wort-Ton-Verhältnis in den Vordergrund, woraus sich wiederum erklärt, daß dem Werk ein epischer Zug eigen ist. So spinnt sich etwa zu Beginn des I. Akts die Handlung im idyllischen Felsental kantatenhaft fort, ohne überhaupt dramatisch sein zu wollen. Schubert gestaltet hierfür auf der Grundlage seines durchweg in Versen geschriebenen Librettos einen additiven Verlauf, innerhalb dessen in sich abgeschlossene Nummern aufeinanderfolgen, mitunter verbunden durch Rezitative mit Orchester-Accompagnato. Auf diese Weise ist das Werk reich gegliedert und zwar bis in die Binnenstruktur der einzelnen Nummern hinein. Letztlich durchdringt das strophische Moment alle Gesangsnummern, obwohl es sich nur ausnahmsweise um Strophenlieder im strengen Sinne handelt. So ist selbst jenen Nummern, die in Anlehnung an italienische Arienformen in zügigen Cabaletta-Teilen schließen, ein liedhafter Zug eigen. Durchweg hält dieser Reigen der Melodien das Werk im Fluß, weshalb das Interesse nicht erlahmt, obwohl die Handlung selbst kaum Überraschungsmomente bietet. Ein Musterbeispiel hierfür ist die Liebesszene des II. Akts, die in der Opernliteratur ihresgleichen sucht. Sie gliedert sich in gleich drei Duette, mit zwischengeschobenen Arien zunächst von Alfonso, dann von Estrella. Doch auch in den übrigen Gesangsnummern wird wahrnehmbar, wie Schubert seine im Kunstlied gewonnenen Erfahrungen auf die Oper überträgt. So finden sich auch in ›Alfonso und Estrella‹ die für Schuberts Lieder typischen Tonartenrückungen oder Wechsel des Tongeschlechts auf engem Raum. Hinzu tritt in der Oper eine sorgfältige Instrumentierung, die die jeweiligen Phrasen einfärbt, verschattet oder aufhellt. Wollte man Schuberts Klavierlieder orchestrieren, könnte die Partitur von ›Alfonso und Estrella‹ geradewegs als Blaupause herhalten – insbesondere die Ballade vom trügerischen Wolkenmädchen zu Beginn des II. Akts. Auf eine ihrer Strophen sollte Schubert dereinst in der ›Winterreise‹ zurückgreifen und daraus das Lied ›Täuschung‹ gewinnen. Der erzählende Ton charakterisiert freilich nicht nur diese Ballade, sondern die Oper insgesamt. So mutet etwa das in düsteren Farben gehaltene Bild mit den Verschwörern und Adolfo im II. Akt wie eine zur Opernszene gewordene Schauerballade an.

Natürlich finden sich auch operntypische Elemente in diesem Werk, allen voran der Ouvertüren-Sonatensatz mit seiner wuchtigen, aus punktierten Oktavsprüngen hervorgehenden Andante-Einleitung. Ebenso stehen die Sonnenaufgangsmusik, die Froilas Auftrittsarie einleitet, und die lautmalerische Gewittermusik zu Beginn des III. Akts in der Gattungstradition der Oper. Gleichfalls sind die genrehaften Chorsätze mit walzernden Episoden für die Landleute, die das Marsch-Idiom aufgreifenden Kriegergesänge und die mit Signalmotivik aufwartenden Jagdchöre operntypische Zutaten. Insbesondere die Finalszenen wahren mit eklathaften Zuspitzungen im I. und II. Akt, mit Ensembleszenen und mehrchörigen Effekten den Operncharakter, wobei das Finale des I. Akts besonders hervorzuheben ist. Schubert veranschaulicht hier nach Estrellas Eheverweigerung die Krisensituation, indem die Handlung zum Zeichen ausweglos scheinender Ratlosigkeit in einem stehenden Bild erstarrt. Es gleicht einer kontemplativen Zone, in der sich die Stimmen von Mauregato, Estrella und Adolfo kanonisch ineinanderschlingen. Zusammenfassend läßt sich sagen, daß Schuberts ›Alfonso und Estrella‹ zwar mit der auf die Charaktere und den Plot fixierten Opernästhetik des frühen 19. Jahrhunderts ein wenig fremdelt, doch moderne Ausprägungen des Musiktheaters, die eher episch-lyrisch ausgerichtet sind, mögen in Schuberts Oper einen Vorläufer haben, selbst wenn sie sich nicht darauf beziehen.

Textdichtung und Geschichtliches

Die Oper ›Alfonso und Estrella‹ ist ohne Auftrag entstanden, und sie ist das Dokument einer Freundschaft. Vermutlich ging die Initiative zu diesem Werk von Franz Schuberts Freund Franz von Schober (1796–1882) aus, der in enger Abstimmung mit dem Komponisten das Libretto verfaßte. Seit Herbst 1821 beschäftigte sich Schubert mit der Komposition, und für einige Wochen zogen sich Librettist und Komponist nach St. Pölten zurück, um dort gemeinsam an ihrer Oper zu arbeiten. Es ist nicht bekannt, wie präzise Schober und Schubert über die in der zweiten Hälfte des 8. Jahrhunderts sich in Asturien ereignenden historischen Vorgänge, die ihre Oper aufgriff, informiert waren. Jedenfalls wird der historische König Fruela I. in den geschichtlichen Quellen als wild und gewalttätig und als Brudermörder beschrieben, als altersweiser Froila sollte er in Schobers Libretto wiederauferstehen. Eine Historienoper nach überlieferten Quellen war also offensichtlich nicht das Anliegen von Komponist und Librettist. Viel eher ging es wohl um die Gestaltung eines sich auf den Gegensatz von Frieden und Krieg konzentrierenden Ideendramas. In ihm strahlt der Friede, der im Naturidyll des Tales waltet, auf die kriegerische Intrigenwelt des Hofes aus und ermöglicht die finale Versöhnung. Auch wenn das durchweg in gebundener Sprache verfaßte Libretto wegen sprachlicher Mängel und dramaturgischen Ungeschicklichkeiten (insbesondere das unbegründete Inkognito der Liebenden im II. Akt, das erst im III. Akt aufgegeben wird) in der Kritik steht, »ist mit Sicherheit anzunehmen, daß kaum eines der Schubertschen Bühnenwerke seinen (und Schobers) ästhetischen Überzeugungen« (Walther Dürr) so nahekam wie dieses – auch weil es, wie Schober Jahre später meinte, »in sehr großer Unschuld des Herzens und des Geistes« geschrieben worden war.

Am 27. Februar 1822 hatte Schubert die Oper vollendet. Vor November 1822 war auch die Ouvertüre fertiggestellt, denn auf dieses Datum ist ihr autographer Klavierauszug datiert. In überarbeiteter Form sollte die Ouvertüre 1823 Helmina von Chézys Schauspiel ›Rosamunde, Fürstin von Zypern‹ eröffnen, zu dem Schubert die Bühnenmusik lieferte. Zu Schuberts Lebzeiten ist ›Alfonso und Estrella‹ nie aufgeführt worden, obgleich es Bemühungen gab, das Werk in Wien, dann in Dresden oder Berlin herauszubringen. Erst am 24. Juni 1854 kam es in Weimar unter der Leitung von Franz Liszt zur Uraufführung, allerdings in einer Strichfassung. 1881 wurde in Karlsruhe ›Alfonso und Estrella‹ in einer Überarbeitung von Johann Nepomuk Fuchs gezeigt, der Aufführungen auf mehreren deutschsprachigen Bühnen (Kassel, Wien, Berlin, München, Mannheim, Hannover) folgten. Erstmals in der Originalfassung wurde das Werk 1977 an der Universität Reading szenisch dargeboten, jedoch in englischer Sprache. Im Jahr darauf wurde es von Otmar Suitner in einer Referenzaufnahme auf Schallplatte eingespielt. In jüngerer Zeit bemühten sich insbesondere Mario Venzago (Graz 1991, Regie: Martin Schüler) und Nikolaus Harnoncourt (Wiener Festwochen 1997, Regie: Jürgen Flimm) um ›Alfonso und Estrella‹, und während der Salzburger Mozartwoche 2015 brachte das Mozarteumorchester unter der Leitung von Antonello Manacorda das Werk konzertant zur Aufführung.

R. M.

Fierrabras

Heroisch-romantische Oper in drei Akten. Text von Josef Kupelwieser.

Solisten: *König Karl* (Seriöser Baß, gr. P.) – *Emma*, seine Tochter (Jugendlich-dramatischer Sopran, auch Lyrischer Sopran, gr. P) – *Roland* (Heldenbariton, auch Kavalierbariton, gr. P.) – *Ogier* (Tenor, kl. P.) – *Olivier** (Sprechrolle) – *Gui von Burgund** (Sprechrolle) – *Richard von der Normandie** (Sprechrolle) – *Gerard von Mondidur** (Sprechrolle) – *Eginhard*, Ritter an Karls Hofe (Lyrischer Tenor, gr. P.) – *Boland*, Fürst der Mauren (Charakterbaß, m. P.) – *Fierrabras*, sein Sohn (Jugendlicher Heldentenor, gr. P.) – *Florinda*, Bolands Tochter (Lyrischer Sopran, auch Jugendlich-dramatischer Sopran, gr. P.) – *Maragond*, in ihrem Gefolge (Sopran, auch Mezzosopran, kl. P.) – *Brutamonte*, maurischer Anführer (Baß, kl. P.) – *Ein Mädchen aus Emmas Gefolge* (Sopran, kl. P.) – *Ein maurischer Hauptmann* (Sprechrolle).

* Die mit Stern gekennzeichneten Partien treten während der Sprechszenen solistisch aus dem Männerchor-Ensemble heraus.

Chor (Männer: gr. Chp., Frauen: m. Chp.): Die Hoffräulein der Emma – Ritter – Damen – Pagen und Trabanten – Volk – Fränkische und maurische Ritter (im II. und III. Akt in zwei Chorhälften) – maurisches Volk.

Statisten: Wachen und Gefolge Karls, gefangene Mauren – Fränkische Soldaten.

Ort: Diesseits und jenseits des fränkischen Reichsgebietes.

Schauplätze: Frauengemach im königlichen Schloß. Festlicher Prunksaal im Schloß, links der Thron Karls des Großen. Garten mit hell erleuchtetem Flügel des Schlosses – Freie Gegend jenseits der fränkischen Grenze, von einer Anhöhe begrenzt. Gemach im Schlosse Bolands, das sich durch das Öffnen eines im rückwärtigen Teil befindlichen Vorhangs nach hinten zu erweitern läßt. Turmverließ mit über eine Stufe erreichbarem, vergittertem Fenster und einer starken eisernen Tür – Gemach im königlichen Schloß mit Ausgang in der Mitte. Turmverließ (s. o.). Platz vor dem Turm, an der Seite ein Holzstoß.

Zeit: Vor 800, zur Zeit der Regierung Karls des Großen.

Orchester: Picc., 2 Fl., 2 Ob., 2 Kl., 2 Fag., 4 Hr., 2 Trp., 3 Pos., P., Schl. (gr. Trommel, Becken), Str.; Bühnenmusik: 2 Ob., 2 Kl., 2 Fag., 2 Hr., 2 Trp., 3 Pos., Trommeln.

Gliederung: Ouvertüre und 23 Musiknummern, die durch gesprochene Dialoge miteinander verbunden sind.

Spieldauer: Etwa 3 Stunden.

Handlung

Emma, die Tochter König Karls, sitzt im Kreise ihrer Hoffräulein am Spinnrad. Unter fröhlichem Singen gehen die Mädchen ihrer Beschäftigung nach. Emma jedoch, die in geheimgehaltener Liebe Eginhard – einem jungen Edelmann ohne Vermögen und ritterliche Verdienste – zugetan ist, bringt einen melancholischen Ton in das Lied. Beim Hereintreten Eginhards, der die jungen Frauen über die unmittelbar bevorstehende Ankunft des als Sieger aus der Schlacht gegen die Mauren heimkehrenden Königs in Kenntnis setzt, gelingt es Emma deshalb nur schlecht, ihre Gefühlsaufwallung zu verbergen. Als sie zu zweit sind, wird deutlich, warum weder Eginhard noch Emma sich über das siegreiche Ende des Feldzugs so recht freuen können: Nach der Rückkehr des Hofstaats wird sich ihre unstandesgemäße Verbindung nämlich nur noch schwer verbergen lassen. Die einzige Chance für eine gemeinsame Zukunft sieht Emma darin, daß Eginhard sich durch Heldentum die Anerkennung ihres Vaters, dem der junge Mann bereits günstig aufgefallen ist, erwerbe. In der Hoffnung darauf, daß Eginhard dereinst als geachteter Ritter um die Hand der Geliebten anhalten werde, versichern sich die Liebenden ihrer Treue. Die Huldigungen seiner Untertanen entgegennehmend, zieht König Karl, geleitet von seinen Paladinen, in den Prunksaal des Schlosses ein und nimmt auf dem Thron Platz. Der König beruft eine ritterliche Gesandtschaft, die er unter die Führung von Roland, Ogier und Eginhard stellt. Bereits am folgenden Tag solle sie sich nach Agrimore ins Lager der Gegner aufmachen, um dem geschlagenen Maurenfürsten Boland die Friedensbedingungen – Bolands Übertritt zum Christentum und die Herausgabe geraubter Heiligtümer – zu unterbreiten. Roland läßt die Gefangenen vor den König führen. Karl gestattet ihnen, sich an seinem Hofe frei zu bewegen. Einen der Gefangenen scheint freilich die Großzügigkeit des Königs völlig unbeeindruckt zu lassen; trotzig zu Boden starrend, würdigt er Karl keines Blickes. Doch insbesondere für diesen Helden setzt sich Roland ein. Es handele sich, so läßt er den König wissen, um den prominentesten unter den gefangenen Mauren: um Fierrabras, den Sohn des Boland, den er erst nach härtestem Kampfe überwunden habe. Auch ihm gewährt Karl nach kurzem Zögern die zugesagte Freizügigkeit. An der Spitze ihrer Hofdamen betritt Emma den Saal und schmückt auf Geheiß ihres Vaters Roland mit einem Siegerkranz. Während der Zeremonie fährt – lediglich von Roland und Emma bemerkt – Fierrabras plötzlich auf, als sein Blick unwillkürlich auf Emma fällt. Emma, durch das seltsame Verhalten des ihr offensichtlich unbekannten maurischen Fürstensohnes verunsichert, zieht sich daraufhin scheu wieder in den Kreis ihrer Freundinnen zurück, indessen Fierrabras Roland anvertraut, in Emma die Frau seiner insgeheimen Liebe zu erkennen, woraufhin Roland ihn erschrocken um einstweiliges Stillschweigen ersucht. Erst als die beiden Helden unter sich sind, kommt es zu einer Aussprache, in deren Verlauf beide entdecken, daß sie einander näher stehen, als sie bisher wußten: Einst nämlich besuchte Fierrabras zusammen mit seiner Schwester Florinda Rom. Dort wandte er sich nicht allein dem christlichen Glauben zu, überdies erblickte er dort eine junge, ebenfalls auf Bildungsreise befindliche Fremde, die er nun als die Tochter Karls wiedererkannt habe. Heimlich habe er sich damals in sie verliebt, ohne jedoch von ihr wahrgenommen worden zu sein. Seine Schwester hingegen habe bei einem Kavalier aus dem Gefolge Emmas mehr Glück gehabt – wie sich herausstellt, niemand anderes als Roland. Zuversichtlich künftigem Liebesglück entgegensehend, gehen Roland und Fierrabras auseinander. Zur Nacht bringt Eginhard im Garten des Schlosses Emma ein Abschiedsständchen, die daraufhin den Geliebten für ein Stelldichein einläßt. Danach tritt Fierrabras, den die unverhoffte Wiederbegegnung mit Emma in einen Aufruhr widerstreitender Gefühle gestürzt hat, ins Freie. Plötzlich aber wird es im Schloß unruhig. Emmas Verschwinden ist bemerkt worden, und die Höflinge suchen nach ihr. Hastig begleitet sie Eginhard zur Pforte des Schlosses, und so laufen die Liebenden Fierrabras geradewegs in die Arme. Die beiden erkennend, ist sich Fierrabras über das Verhältnis zwischen Emma und Eginhard sofort im klaren, doch leistet er nach kurzem, innerem Ringen Verzicht und verhilft Eginhard zur Flucht. Ebenso bereitwillig verspricht er der verängstigten Emma, dem König über ihre Liebe zu Eginhard nichts zu verraten. Als Fierrabras Emma ins Schloß zurückführt, tritt Karl samt Gefolge den beiden in den Weg. Eine Entführung argwöhnend, läßt Karl Fierrabras gar nicht erst zu Worte kommen. Wutentbrannt ruft der König Eginhard herbei, damit dieser den angeblichen Verächter huldreich gewährten Gastrechts in den Kerker abführe. Bestürzt darüber, seinen uneigennützigen

Retter in Ketten legen zu sollen, ist Eginhard bereit, um des Königs Gnade zu flehen, als ihm von Emma und Fierrabras Schweigen auferlegt wird. Schon bläst bei Tagesdämmerung die Trompete zum Aufbruch der Gesandten, so daß sich Eginhard auf Befehl des Königs der Friedensabordnung zugesellt. Schweren Herzens läßt er Fierrabras im Stich.

Die Ritter haben inzwischen die Grenze ins Maurenland überschritten. Sie halten kurz inne, wenden noch einmal den Blick der Heimat zu, dann ziehen sie weiter. Indessen bleibt der von seinem Gewissen gequälte Eginhard allein zurück. Er wird von einem unter dem Befehl des Brutamonte stehenden maurischen Trupp überrascht, gefangengenommen und weggeführt. Zwar hat Eginhard die Freunde durch sein Horn zur Hilfe gerufen, doch als sie herbeieilen, ist er bereits spurlos verschwunden. In ihrem Gemach hängt Florinda wie schon so oft ihren Erinnerungen an Roland nach, und wieder einmal gelingt es ihrer Vertrauten Maragond nicht, ihre Herrin von dieser nach menschlichem Ermessen hoffnungslosen Liebe abzubringen. Da kommt Boland in Begleitung Brutamontes herein, der seinem Herrn den gefangenen Eginhard überstellt. Als Boland den jungen Fremden nach dem Verbleib seines Sohnes ausforscht, ist Eginhard besonnen genug, seine klägliche Rolle bei der Inhaftierung des Fierrabras zu verschweigen. Doch auch so gerät Boland außer sich, als er von der Erniedrigung seines Sohnes erfährt. Gerade recht zur Rache kommt ihm da die Mitteilung von der Ankunft der fränkischen Gesandten. In Anwesenheit der verschleierten Florinda werden sie mit viel Pomp vor Bolands Thron geführt. Listig verlangt der längst auf den Tod der Ritterschar sinnende Fürst von den Gästen, die Waffen abzulegen. Im Vertrauen auf Achtung der ihrem Vermittlerstatus zukommenden Immunität, willfahren Roland und seine Gefährten dem Begehren des maurischen Herrschers. Doch kaum hat Roland die Forderung nach Bolands Übertritt zum Christentum ausgesprochen, werden die Ritter auf Befehl ihres Herrn von den Mauren überrumpelt. Vergeblich tritt Florinda, die Roland sofort wiedererkannt hat, für den Geliebten und seine Freunde ein. Trotz heftiger Gegenwehr werden sie überwältigt und abgeführt. Florinda bleibt allein zurück; um ihrer Liebe willen sagt sie sich vom Vater los und beschließt die Befreiung Rolands und seiner Kameraden. Eingesperrt in ein Turmverließ beklagen die Ritter ihr Los, fernab der Heimat sterben zu sollen. Angesichts des bevorstehenden Todes beichtet Eginhard den Freunden nicht allein seine Liebe zu Emma, sondern vor allem seine Schuld gegenüber Fierrabras, den er nun nicht mehr aus dem Kerker retten könne. Eginhards unrühmliches Verhalten mißbilligend, wenden sich die Gefährten von ihm ab. Da stürzt Florinda, die sich gewaltsam Zutritt zu den Gefangenen verschafft hat, herein und sinkt, zur Flucht mit den fränkischen Rittern bereit, in Rolands Arme. Nur kurz währt die Freude der Liebenden über das Wiedersehen, denn Bolands Leute haben bereits Gegenmaßnahmen ergriffen. Ein unbemerktes Entkommen ist also nicht mehr möglich. Doch Florinda weist die Ritter auf im Turm verwahrte Waffen hin. In Anbetracht der maurischen Übermacht ist gleichwohl an eine gemeinsame Flucht nicht zu denken, und so faßt Roland den Plan, sich allein durch die feindlichen Reihen zu schlagen, um aus der Heimat Hilfe herbeizuholen. Die Freunde aber sollen solange ausharren und den gegnerischen Attacken Paroli bieten. Eginhard wiederum erkennt in Rolands tollkühnem Plan die Gelegenheit, sich zu rehabilitieren; gemeinsam mit dem Helden will er den Ausbruch wagen. Während sich die beiden auf den Weg machen und die übrigen Ritter zur Verteidigung des Turms ausschwärmen, verfolgt Florinda durch das Gitterfenster des Gefängnisses in atemloser Spannung das Kampfgeschehen. Ohnmächtig sinkt sie zu Boden, als sie erkennen muß, daß Roland den maurischen Kriegern in die Hände gefallen ist. Niedergeschlagen kehren die Ritter in den Kerker zurück und bemühen sich um die bewußtlose Florinda.

Zusammen mit ihren Hoffräulein ist Emma damit beschäftigt, den festlichen Empfang der aus dem Maurenland zurückerwarteten Ritterschar vorzubereiten. Ihre heitere Stimmung weicht allerdings banger Sorge, als sie von ihrem Vater erfährt, daß die Ritter offenbar durch unvorhergesehene Umstände aufgehalten worden seien. Und als Karl insbesondere auf die Unerfahrenheit Eginhards abhebt, kann Emma dem Vater ihre Liebe zu dem jungen Mann nicht mehr verhehlen. Auch gesteht sie Karl ihre Schuld an Fierrabras' Verhaftung. Erzürnt über die feige Unaufrichtigkeit seiner vor Scham schier in den Boden sinkenden Tochter, läßt Karl Fierrabras sofort aus dem Kerker holen, um sich bei ihm zu entschuldigen. Da eilt Eginhard, der den Mauren hat entwischen können, herbei und teilt dem König mit, in welch verzweiflungsvoller Lage sich seine Kameraden befänden. Er bittet den König, ihm das Kommando über einen Rettungstrupp zu erteilen; im todesmutigem Einsatz für die in Not geratenen Freunde wolle er sich kämpfend bewähren. Zwar gibt Karl dazu seine Erlaubnis, gleichwohl macht er Eginhard deutlich, daß der erfolgreiche Vollzug der Befreiungsaktion die letzte Chance sei, seinen angeschlagenen Ruf wiederherzustellen. Ferner bittet der König Fierrabras, bei dem Unternehmen mitzuwirken, im Falle von Eginhards Tod solle die Leitung des Kampfeinsatzes auf ihn übergehen. Verzagt nehmen Eginhard und Emma voneinander Abschied. Fierrabras hingegen spricht den beiden Mut zu und klärt sie jetzt erst über seine – inzwischen überwundene – Leidenschaft für Emma auf. Im Turmverließ schöpfen indessen die gefangenen Ritter aus Eginhards gelungener Flucht Hoffnung – anders Florinda, die sich über die Neigung ihres Vaters zu zügig ins Werk gesetzten Grausamkeiten keinen Illusionen hingibt. Und tatsächlich hat ihre Ahnung sie nicht getrogen: Durchs Gitterfenster beobachtet einer der Ritter, wie die Mauren Roland zu einem eilends errichteten Scheiterhaufen führen. In der Absicht, das Schicksal des Geliebten zu teilen, gibt Florinda das Zeichen zur Kapitulation, indem sie eine mit ihrem Schleier versehene Lanze aus dem Fenster streckt. Die Ritter folgen Florinda nach draußen. Dort wirft sie sich zu ihres Vaters Füßen. Um Erbarmen bittend, enthüllt sie ihm ihr Liebesverhältnis zu Roland. Doch vergebens – Boland ist ebenso unerbittlich wie seine Krieger. Schon ist er im Begriff, seine Tochter und die fränkischen Ritter den Flammen zu überantworten, da stürmt sein General Brutamonte herein. Zwecklos ist dessen Mahnung zu fliehen, denn auf dem Fuß folgen ihm Eginhard, Fierrabras und ihre Kämpfer. Boland will sich mit Florinda als Geisel in den Turm durchschlagen. Aber Roland entreißt dem Maurenfürsten die Tochter und zückt gegen ihn das Schwert. Einzig Florindas und Fierrabras' Bitte um Schonung des Vaters rettet Boland das Leben. Unterdessen hat Eginhard seine Kameraden befreit, und auch Karl ist in Begleitung seines Gefolges und Emmas in Agrimore eingerückt. Zur Erleichterung aller gesteht Boland nun endlich seine Niederlage ein. Dank erwiesener Tapferkeit verzeiht der König dem reumütigen Eginhard die früheren Verfehlungen, mehr noch, Karl besiegelt den Liebesbund zwischen Emma und Eginhard. Gleichfalls bleibt dem Maurenfürst nichts anderes übrig, als der Aufforderung seines Sohnes Folge zu leisten und Florinda und Roland miteinander zu vereinen. Fierrabras aber will sich Karls Ritterrunde anschließen und findet dort unter allgemeinem Jubel herzliche Aufnahme.

Stilistische Stellung
Schuberts anno 1823 fürs Wiener Kärntnertor-Theater geschriebener ›Fierrabras‹ firmiert nicht anders als Carl Maria von Webers im selben Jahr dort uraufgeführte ›Euryanthe‹ unter dem Titel heroisch-romantische Oper. Im Gegensatz zu Webers durchkomponiertem Parallelwerk knüpft Schubert aber in seiner letzten vollendeten Oper mit der Einbeziehung von Sprechdialogen ans deutsche Singspiel an, nachdem er bereits 1821/1822 mit ›Alfonso und Estrella‹ seinerseits ein aufs gesprochene Wort verzichtendes Werk geschaffen hatte. Ähnlich Beethovens ebenfalls in der Singspieltradition stehendem ›Fidelio‹ bietet Schuberts Partitur hierbei eine vielfältige Mischung verschiedener musikalischer Genres. Selbst das biedermeierliche Männerchorstück findet mit dem A-cappella-Chor der gefangenen Ritter im II. Akt »O teures Vaterland!« Eingang in die Partitur. Überdies ist der Chorsatz in die langsame Einleitung der im schnellen Hauptteil als Sonatensatz gestalteten Ouvertüre eingefügt, die mit Seufzergesten und Marschmotivik und trotz sanglichem Episodenthema offenbar in die kriegerische Atmosphäre des Stückes einstimmen will. Den Romanzenton wiederum greift Schubert in der das Finale des I. Akts eröffnenden Serenadenszene auf. Und zu Beginn des II. Akts erweckt Eginhards und Rolands als Strophenlied mit Chorrefrain vertonter Abschiedsgruß an die Heimat »Im jungen Morgenstrahle« den Eindruck, als kämen die Ritter nicht aus dem Frankenreich, sondern geradewegs von einer Schubertiade.

Einen ebenso beschaulichen Eindruck hinterlassen Singspiel-Nummern wie der Spinnerinnen-Chor »Der runde Silberfaden« (Introduktion des I. Akts), der allerdings mit Emmas nachdenklicher Strophe eine für Schubert charakteristische Eintrübung nach Moll erfährt, und das anschließende Liebesduett Emmas und Eginhards »O mög' auf froher Hoffnung Schwingen«. Vollends bezaubert das Duett Florindas und Maragonds »Weit über Glanz und Erdenschimmer« (II. Akt) durch lyrische Anmut und differenzierte Instrumentierung. Indem Schubert mit diesem Zwiegesang Florinda als feinfühlige Frau ins Geschehen einführt, wirkt ihr mutiger Einsatz für die fränkischen Ritter um so eindrucksvoller. Und welch herausragende Bedeutung Florinda in dem Stück zukommt, zeigt sich darin, daß sie die einzige gänzlich für sich stehende Arie »Die Brust, gebeugt von Sorgen« (II. Akt) erhalten hat: eine kraftvolle Seria-Nummer, in der die Sopranistin übers geballte Orchestertutti hinwegzusingen hat. Damit erweist sich an der Gestalt der Florinda in nuce, was für die Musikdramaturgie dieser Oper insgesamt wesentlich ist: Die auf Heimatverbundenheit oder idyllische Häuslichkeit abhebenden musikalischen Nummern und jene Musikstücke, in denen zwischen Behaglichkeit und leiser Melancholie eine nur sanft schwankende Emotionalität zum tragen kommt, dienen gleichsam als Sprungbrett, um die Protagonisten ins dramatische Geschehen zu katapultieren.

Die zum einen aus Eginhards und Emmas moralischem Versagen, zum andern aus dem »Kultur-Clash« zwischen Franken und Mauren resultierenden Konflikte handelt Schubert indessen nicht in den faßlich dimensionierten Formen des Singspiels ab, vielmehr tendiert die kompositorische Gestaltung hier zur musikdramatischen Szene. Insbesondere die sogenannte Schreckens- und Rettungsoper französischer Provenienz spielt dabei eine Rolle, und damit wiederum Beethovens ebenfalls diesem Operntypus zuneigender ›Fidelio‹. Das zeigt sich etwa darin, daß Florinda in ihrem kühnen Befreiungsdrang wie eine jüngere Schwester der Beethovenschen Leonore anmutet, ohne allerdings von Leonores menschheitsumfassender, universeller Freiheitsidee beseelt zu sein. Gerade in den Szenen um die gefangenen Ritter gelingt Schubert eine packende Musik. Durch das Neben- und Ineinander der deutlich voneinander unterscheidbaren Chorgruppen der Ritter und der Mauren, außerdem mittels irritierender Bläsersignale und Trommelwirbel wird die Turbulenz der Ereignisse in Musik übersetzt. Bezeichnenderweise erklingen derlei aktionsgebundene Klangelemente – ebenso die als Begleitmusik für Rolands Gang zum Scheiterhaufen fungierende Marcia funebre des III. Akts – nicht aus dem Orchestergraben, sondern aus dem Bühnenraum. Vor allem aber nutzt Schubert mehrfach das mit plastischer Tonmalerei aufwartende Melodram zur Erzeugung atemberaubender Spannung – allen voran Florindas Mauerschau zum Schluß des II. Akts, in der sie den Ausbruchsversuch Rolands und Eginhards beobachtet.

Indem der Komponist in den handlungsbestimmten Szenen schnelle Zeitmaße bevorzugt, überspielt er geschickt dramaturgische Schwächen des Librettos. So ist die eher kontemplative, chorbegleitete Wiedersehensszene Rolands und Florindas im II. Akt angesichts der Tatsache, daß Florindas Befreiungsaktion jeden Moment aufzufliegen droht, ziemlich ungeschickt plaziert; nachvollziehbar wird die Situation aber dadurch, daß Schubert den kantabel geführten Singstimmen eine rastlose Instrumentalbegleitung beigibt, in der sich die Unruhe der fluchtbereiten Protagonisten im Orchester spiegelt. In solchen Phasen gelingt es der Musik, die reale Zeit zugunsten der subjektiven Zeitwahrnehmung der Akteure außer Kraft zu setzen. Dies gilt gleichfalls für das Finale des I. Akts, in dem Schubert trotz der Dringlichkeit von Eginhards Verschwinden den Beteiligten eine lyrische Verschnaufpause für den Abschied gönnt. Ohnehin dienen während der ganzen Oper Schuberts mit großer Kunst komponierte Ensembleszenen dazu, den dramatischen Knoten zu schürzen, indem er wie in den solistischen, so in den chorischen Partien auf konturierte und charakteristische Linienführung achtet.

Vor die schwierigste Aufgabe sah sich der Komponist indessen bei der Behandlung des Titelhelden gestellt: Ein kardinaler Fehler des Librettos besteht nämlich darin, daß Fierrabras von vornherein als Verlierer auf der Bühne steht. Und da sein einziger relevanter Beitrag zur Handlung ein Akt der Untätigkeit ist, nämlich zu schweigen, versinkt er aufgrund seiner Passivität dann während des II. Aufzugs vollends in der Versenkung, will sagen: im Kerker. Dadurch aber hat der Librettist es versäumt, den Sublimationsvorgang, in dem Fierrabras seine Liebe zu Emma überwindet, zur Darstellung zu bringen. Überdies ist Fierrabras, wenn er im III. Akt als jemand wiederkehrt, der mit sich im reinen ist, nur noch eine Randfigur. Aufgrund solcher librettistischen Unterbelichtung kann deshalb auch die Musik kaum mehr leisten, als die Titelfigur zu exponieren; zu einer Entwicklung ihres Charakters im dramatischen Verlauf fehlen hingegen die textlichen Voraussetzungen. Das ist um so bedauerlicher, als Fierrabras aufgrund seines ihn zur Entsagung zwingenden Schicksals eine für Schubert typische Gestalt ist – gewissermaßen die heroische Bühnenvariante zu den glücklosen Wandergesellen aus den Liederzyklen ›Die schöne Müllerin‹ und ›Winterreise‹. Dennoch gelingt es Schubert gerade mit einem auf Fierrabras bezogenen kompositorischen Detail einen werkübergreifenden Zusammenhang zu schaffen: Wenn nämlich Karls Blick im I. Akt auf Fierrabras fällt, erklingt ein punktiertes Motiv, das im weiteren Verlauf verwandte Orchestermotive nach sich zieht, z. B. während Fierrabras' ins Finale des I. Akts integrierter Monolog-Arie »In tiefbewegter Brust«, die im Widerstreit von kämpferischem Aufbegehren und depressiver Resignation ein faszinierendes Porträt der Titelgestalt entwirft. Doch auch kurz darauf, während Eginhards Flucht, ist diese punktierte Motivik gegenwärtig, ebenso zu Beginn des II. Akts, als Eginhard die Rettung des Fierrabras beschließt und von den Mauren gefangengenommen wird. Ohne damit ein Leitmotiv in Wagners Sinne geschaffen zu haben, verhilft Schubert dem Titelhelden mit diesem Stilmittel im II. Akt zumindest zu musikalischer Präsenz.

Dichtung

Das Libretto zu Schuberts Oper verfaßte der Sekretär des Kärntnertor-Theaters Josef Kupelwieser (1791–1866), der Bruder des mit Schubert befreundeten Malers Leopold Kupelwieser (1796–1862). Neben Details aus dem mittelalterlichen ›Rolandslied‹ (um 1170) lieferten Kupelwieser vor allem zwei Stoffkreise das Fundament für sein Textbuch: Zum einen handelt es sich um die aus der zweiten Hälfte des 12. Jahrhunderts stammende altfranzösische Chanson ›Fierrabras‹, deren deutsche Prosaübersetzung 1809 in Büsching und Hagens ›Buch der Liebe‹ erschienen war. Aus demselben Jahr stammt auch August Wilhelm Schlegels Übertragung von Calderóns Ritterstück ›Die Brücke von Mantible‹. Beide Quellen haben den Zug Karls des Großen gegen den Sarazenenfürsten Balan (in der Oper: Boland) und die Gefangennahme von dessen zum christlichen Glauben übergetretenen Sohn Fierabras – ein sprechender Name, der soviel wie »Stolzer Arm« bedeutet – zum Inhalt, außerdem die Liebe von Balans Tochter Floripas (in der Oper: Florinda) zu Gui de Bourgogne (in der Oper: Roland), den sie aus sarazenischer Gefangenschaft befreit. Zum andern bezieht sich Kupelwieser auf die Legende um Eginhard (Einhard), den späteren Schreiber und Kanzler des fränkischen Herrschers, und Karls Tochter Emma: Sowohl Friedrich de la Motte-Fouqué (1777–1843), als auch Helmina von Chézy, die Verfasserin des von Schubert ebenfalls 1823 mit Musik versehenen Schauspiels ›Rosamunde‹, hatten ein Drama ›Eginhard und Emma‹ geschrieben (wobei das 1817 aufgeführte Stück der Chézy verschollen ist).

Neben den schon erwähnten handwerklichen Mängeln fällt die ideologische Ausrichtung des Librettos besonders schwer ins Gewicht: Eginhard erkennt nicht, daß sein Liebesglück nur deshalb gefährdet ist, weil ein durch nahezu unüberwindliche Standesschranken hierarchisch gestuftes Gesellschaftssystem den natürlichen Herzenswünschen der Liebenden entgegensteht. Vielmehr wächst sich Eginhards Liebesleiden zu einem veritablen Schuldkomplex aus, weil er sein Begehren nach der Königstochter als ein unsittliches, geradezu kriminelles Vergehen wider die Ständeklausel begreift. In Eginhards Verinnerlichung der von oben aufoktroyierten Ordnungsprinzipien tut sich indessen ein Untertanengeist kund, der sich offenbar über »das verzwergte Bewußtsein Kupelwiesers« (Ulrich Schreiber) Eingang in das Textbuch verschafft hat.

Doch auch mit Blick auf die Titelgestalt entsteht der Eindruck, als ob der Librettist vor dem Ungeist der Metternichschen Restaurationspolitik kapituliert hätte. Fierrabras' Aufnahme in den Kreis der Paladine, die seiner Belohnung mit einer staatstragenden Funktion gleichkommt, gründet ja nicht allein im Proselytentum des Titelhelden und seiner, selbst gegen die eigenen Leute sich richtenden, Kampfbereitschaft. Zu diesen Gehorsamsbezeigungen des sich den siegreichen Franken aus welchen Gründen auch immer unterwerfenden Fierrabras kommt ja noch eine weitere Leistung, die der König für belohnenswert hält: die im Liebesverzicht sich bekundende, grundsätzliche Entsagungsbereitschaft des Helden. Fierrabras' resignative Abkehr vom privaten Glücksstreben aber wird von Kupelwieser zugunsten eines entindividualisierten, im Dienst für die Krone sich aufzehrenden Pflichtbewußtseins verklärt. Dadurch wird ›Fierrabras‹ zu einem Zeitstück, in dem sich die misanthropischen Herrschaftsstrukturen der Restaurationsepoche wie in einem Krankheitsbild dokumentieren.

Geschichtliches

Kupelwieser hatte das Textbuch im Auftrag des Pächters der Hofoper und Impresarios Domenico Barbaja geschrieben und es noch während der vom 25. Mai bis zum 2. Oktober 1823 sich erstreckenden Kompositionsphase von der Zensur genehmigen lassen. Schubert konnte also davon ausgehen, daß sein Werk auch tatsächlich aufgeführt würde. Seine Hoffnungen zerschlugen sich allerdings, nachdem Kupelwieser wenige Tage nach der Beendigung der Komposition überraschend seine Stelle am Theater aufgab. Vor allem aber dürfte der nur mäßige Erfolg von Webers am 25. Oktober 1823 uraufgeführter ›Euryanthe‹ die Theaterleitung bewogen haben, von Schuberts ebenfalls im Rittermilieu spielendem ›Fierrabras‹ Abstand zu nehmen und noch stärker als bisher aufs italienische Repertoire zu setzen. Bis ins Jahr 1897 sollte es dauern, daß ›Fierrabras‹ in einer Bearbeitung Felix Mottls in Karlsruhe das erste Mal szenisch gegeben wurde. Lediglich die Ouvertüre war noch zu Lebzeiten des Komponisten der Öffentlichkeit zugänglich gemacht worden: in Carl Czernys bei Diabelli erschienener Bearbeitung für Klavier zu vier Händen. Am 6. Januar 1829 erfolgte ihre orchestrale Uraufführung im Wiener Musikverein unter Ignaz Schuppanzigh. Gelegentlich wurden in Wien während der nächsten Jahre einzelne Nummern konzertant zu Gehör gebracht, unter anderem 1835 von Konradin Kreutzer im Theater in der Josefstadt. Nach konzertanten Aufführungen (1971 in London, 1978 in Perugia und 1980 in Aachen unter Gabriel Chmura) folgten szenische Wiederbelebungsversuche der Originalfassung (1980 in Philadelphia, 1981 in Hermance bei Genf, 1982 in Augsburg und 1986 im Oxford University Opera Club). Der Durchbruch gelang freilich erst 1988 mit einer Inszenierung von Ruth Berghaus, die während der Wiener Festwochen im Theater an der Wien Premiere hatte und 1990 in die Staatsoper übernommen wurde. Die hochkarätig besetzte Produktion mit Josef Protschka in der Titelrolle stand unter der musikalischen Leitung von Claudio Abbado. Sie wurde überdies im Fernsehen übertragen und ist sowohl auf Video als auch auf CD dokumentiert. In einer Inszenierung Tilman Knabes und unter der Leitung von Paolo Carignani hatte ›Fierrabras‹ im Oktober 2002 in Frankfurt am Main Premiere.

R. M.

Robert Schumann
* 8. Juni 1810 in Zwickau, † 29. Juli 1856 in Endenich

Genoveva

Oper in vier Akten. Dichtung vom Komponisten nach Ludwig Tieck und Friedrich Hebbel.

Solisten: *Hidulfus,* Bischof von Trier (Bariton, kl. P.) – *Siegfried,* Pfalzgraf (Kavalierbariton, gr. P.) – *Genoveva* (Lyrischer Sopran, auch Jugendlichdramatischer Sopran, gr. P.) – *Golo* (Lyrischer Tenor, auch Jugendlicher Heldentenor, gr. P) – *Margaretha* (Dramatischer Mezzosopran, gr. P.) – *Drago,* Haushofmeister (Seriöser Baß, m. P.) – *Balthasar,* Diener in Siegfrieds Schloß (Charakterbaß, m. P.) – *Caspar,* Diener in Siegfrieds Schloß (Charakterbariton, kl. P.) – 2 Sopranstimmen, 2 Tenorstimmen hinter der Szene (kl. P., auch mehrfach zu besetzen) – *Angelo,* ein stummer Diener (Stumme Rolle) – *Conrad,* Siegfrieds Edelknecht (Stumme Rolle).
Chor: Ritter – Geistliche – Knappen – Knechte – Volk – Erscheinungen (gr. Chp.).
Ort: Deutsche Königspfalz, Straßburg.
Schauplätze: Schloßhof – Genovevas Zimmer (gotische Halle) – Ein einfaches Herbergszimmer in Straßburg – Margarethas Zimmer, im Hintergrund ein Zauberspiegel – Wilde Felsengegend – Schloßhof wie zu Anfang.
Zeit: Legendenhaftes Mittelalter, zur Zeit Karl Martells.
Orchester: 2 Fl., 1 Picc., 2 Ob., 2 Kl., 2 Fag., 4 Hr., 2 Trp., 3 Pos., 1 Bt., P., Tamtam, Str. – Bühnenmusik: 2 Picc., 2 Kl., 4 Trp., 4 Hr., 1 Bpos., Glocken.
Gliederung: Ouvertüre und 21 Musiknummern, die pausenlos ineinander übergehen.
Spieldauer: Etwas über 2 Stunden.

Handlung
Bischof Hidulfus ruft im Hof von Pfalzgraf Siegfrieds Schloß das Heer zusammen, das Siegfried für Karl Martell in den Kampf gegen die Saraze-

nen führen soll. Auch Golo würde gerne mit in den Heiligen Krieg ziehen, um Siegfrieds Frau Genoveva aus dem Weg zu gehen, der seine Leidenschaft gehört, ohne daß sie oder sonst irgendwer davon weiß. Die Gatten nehmen Abschied voneinander; Siegfried bestimmt seinen Haushofmeister Drago zum Verwalter über Haus, Gesinde und Hof und Golo zum Beschützer Genovevas. Während Siegfried und das Kriegsvolk davonziehen, fällt Genoveva aus Schmerz über den Abschied in eine Ohnmacht. Golo kann der Verlockung nicht widerstehen, nutzt die Situation aus und küßt die Ohnmächtige, die er, nachdem sie wieder zu sich gekommen ist, zurück ins Schloß führt. Jedoch hat Margaretha – einst Golos Amme, nun aber den Schwarzen Künsten ergeben und deshalb von ihm gemieden – den Übergriff beobachtet. Nun setzt sie ihn mit ihrem Wissen unter Druck, schleicht sich in sein Vertrauen ein und verspricht ihm, bei der Verführung Genovevas behilflich zu sein.

Genoveva sehnt die Rückkehr ihres Mannes herbei, zumal die Knechte seit Siegfrieds Abwesenheit außer Rand und Band sind. Ihre derben Trinksprüche und Margarethas Anwesenheit unter der Dienerschaft ängstigen Genoveva. Um so mehr freut sie sich über einen abendlichen Besuch Golos, der die Ausgelassenheit der Knechte mit der Kunde vom Sieg über die Sarazenen erklärt. Genoveva bittet Golo, ihr noch ein wenig Gesellschaft zu leisten, und so singen sie gemeinsam ein sehnsuchtsvolles Lied. Doch Golo kann nun nicht mehr an sich halten und bedrängt die erschrockene Genoveva. Erst als sie ihn einen ehrlosen Bastard nennt, läßt er von ihr ab, so daß sie sich ihm entziehen und entwischen kann. Während Golo noch auf Rache sinnt, tritt Drago herein. Mit der Lüge, Genoveva habe ein Verhältnis mit dem Hofkaplan, überredet Golo den Haushofmeister, sich in Genovevas Schlafgemach zu verstecken, um sie des Ehebruchs zu überführen. Margaretha wiederum hat alles belauscht und will sich nun nach Straßburg aufmachen, wo sie den im Kampf verwundeten Siegfried aufsuchen und vergiften will. Genoveva kehrt, da sie ihre Gemächer inzwischen verlassen wähnt, zurück und begibt sich, nachdem sie ihr Abendgebet verrichtet hat, im Nebenzimmer zu Bett. Nach Mitternacht aber schleichen sich Gesinde und Höflinge ins Wohngemach und wollen unter dem Protest Genovevas auch ins Schlafzimmer vordringen. Von dort aber tritt nun Drago heraus. Doch bevor er etwas zur Verteidigung Genovevas sagen kann, wird er von dem Diener Balthasar niedergestreckt. Als Margaretha sie schließlich einer Liebschaft mit Drago bezichtigt, wird Genoveva von der Verleumderschar in den Gefängnisturm geschleppt.

Margaretha ist inzwischen in Straßburg eingetroffen. Ihre Gifttränke haben Siegfrieds Heilung nicht verhindern können. Auf ihr Gerede von einem Zauberspiegel, in dem man sehen könne, was sich andernorts ereignet habe, gibt Siegfried nicht viel. Er entlohnt seine vorgebliche Heilerin, denn unverzüglich will er in die Heimat aufbrechen. Doch überraschenderweise trifft Golo ein und händigt Siegfried einen Brief des Hauskaplans über die jüngsten Vorkommnisse im Schloß aus. Siegfried ist über die angebliche Untreue Genovevas außer sich. Um aber letzte Sicherheit zu gewinnen, will er nun doch mit Golo als Zeugen in Margarethas Zauberspiegel schauen. – Währenddessen erwacht Margaretha in ihrer Behausung aus einem Alptraum, der ihr ins Gedächtnis gebracht hat, daß sie einst ihr Töchterchen ertränkte. Siegfried und Golo treten herein, und Margaretha läßt in ihrem Spiegel drei Bilder aufscheinen. Die ersten beiden – Genoveva und Drago beim abendlichen Spaziergang, dann bei einer nächtlichen Unterredung in einer Laube – hält Siegfried für unverfänglich. Aber das dritte Bild – Genoveva und Drago gemeinsam im Schlafgemach – ist zu viel für ihn. Er zertrümmert den Spiegel und macht sich zusammen mit Golo davon. Doch aus dem zerschlagenen Spiegel ruft der Geist des toten Drago nach Margaretha. Er droht ihr den Tod auf dem Scheiterhaufen an, sollte sie Siegfried über Genovevas Unschuld nicht so schnell als möglich aufklären.

Genoveva wurde von Balthasar, Caspar und dem stummen Diener Angelo in die Wildnis gebracht, wo sie hingerichtet werden soll. Nachdem sich ihre Bewacher unter Spottversen zurückgezogen haben, wird sie von Todesgedanken heimgesucht. Doch da entdeckt sie ein mit einem Kreuz geschmücktes Bildnis der Jungfrau Maria. Dieses erglüht in rosigem Schein und spendet Genoveva Trost. Danach tritt noch einmal Golo an sie heran. Ein letztes Mal versucht er sie zu einem gemeinsamen Leben zu überreden. Vergeblich. Golo weist Balthasar und Caspar an, das Todesurteil zu vollstrecken, und macht sich aus dem Staub. Genoveva gelingt es nicht, die Diener zu ihrer Freilassung zu bewegen; doch schrecken sie davor zurück, Genoveva vor dem Kreuz zu ermorden. In letzter Sekunde geht der stumme Angelo dazwischen und verjagt die beiden, während Genoveva ohnmächtig wird und bereits Rufe zu vernehmen sind, die ihre Rettung verkünden. Denn Siegfried wurde von Margaretha hergeführt und bittet seine wieder zur Besinnung kommende Frau um Verzeihung dafür, daß er an ihrer Schuldlosigkeit gezweifelt hat. Im Schloßhof wird das wiedervereinigte Paar unter allgemeinem Jubel von Bischof Hidulfus begrüßt.

Stilistische Stellung
Indem Robert Schumann in seiner einzigen Oper mit der Titelfigur den Frauentypus der verfolgten Unschuld ins Zentrum der Handlung stellte, knüpfte er an Carl Maria von Webers ›Euryanthe‹ an. Golo wiederum nimmt sich wie eine Fortschreibung des Max aus Webers ›Freischütz‹ aus, woraus sich die in der Romantik ungewöhnliche Besetzung des Bösewichts mit einem Tenor aus Golos opernhistorischer Abkunft erklärt. Wie Max ist auch Golo ein fehlbarer, schwacher Charakter, nur daß Golo schließlich vollständig dem von seiner Seele Besitz ergreifenden Bösen erliegt, gegen das er vergeblich ankämpft. Golos selbstkritisches Hinterfragen des eigenen moralischen Verfalls ist für die Eigenart der Oper bezeichnend, denn hierin kommt eine Innerlichkeit zum Tragen, die insbesondere auch die Partie der Genoveva prägt und sich vollends in den lyrisch gehaltenen Soloszenen der Titelheldin entfaltet. Höhepunkte der Oper sind die Szenen, in denen beide Protagonisten aufeinandertreffen. Vor allem die Übergriffszene des II. Akts, die sich aus Schumanns zweistimmiger Liedkomposition op. 43/1 »Wenn ich ein Vöglein wär'« entwickelt, bietet im Vorgriff auf ein realistisches Musiktheater Zukunftsmusik: Vom Sehnsuchtston des Zwiegesangs erotisiert, läßt Golo Wort und Weise des Volkslieds außer Acht, und schließlich versucht er Genoveva zu vergewaltigen. Solcher Bühnenrealismus kollidiert allerdings mit einer anderen Eigenart des Werks: den romantischen Mittelalterverklärungen in Musik, Wort und Szene, bei denen übrigens historische Genauigkeit keine Rolle spielt. So residiert Genoveva nicht etwa zeitgemäß in einem frühkarolingischen, sondern in einem gotischen Gemach. Historismus waltet auch in den von Chorgesang und Massenaufzügen dominierten Szenerien der Rahmenbilder, in denen unter dem Zeichen des Kreuzes kirchliche und weltliche Herrschaft ineinandergreifen. Plastisch hebt sich wiederum die Gestalt der Genoveva von den Trinkgesängen der Knechte (im II. Akt aus dem Off) oder von dem »Gaunerlied« der Mordbuben Balthasar und Caspar im IV. Akt ab. Besonders raffiniert ist Schumanns Klangregie während der Spiegelimaginationen der Hexe Margaretha: Hier läßt er die ansonsten recht konventionell geratene Rittergestalt Siegfried in eine künstliche Welt – womöglich seiner eigenen Phantasie – hineinhorchen, in der unsichtbare Stimmen mit bukolischen Gesängen locken. Der Intrigantin Margaretha hat Schumann überdies personengebundene Erinnerungsmotive beigegeben, und ihr Leitinstrument ist die Piccoloflöte. Auch war dem Komponisten daran gelegen, die als Sonatensatz mit langsamer Einleitung angelegte Ouvertüre mit der Oper motivisch zu verzahnen. In diesem Zusammenhang sei vor allem auf ein Quintfall-Motiv mit anschließendem Terzanstieg und auf ein markantes Trillermotiv in Celli und Bratschen in der Einleitung hingewiesen: Beiden Motiven kommt nicht nur in der bereits erwähnten Übergriffszene große Bedeutung zu. Auch läßt sich die Ouvertüre, die nach Beethovenschem Modell aus düsterem Beginn in einen das glückliche Ende der Oper vorwegnehmenden Jubelschluß führt, mit drei Personen des Stücks in Verbindung bringen: Die grüblerische Einleitung und das leidenschaftliche erste Thema des Sonatensatzes weisen auf Golo, während das zweite Thema mit forschem Hörnerruf und lyrischer Antwort in den Holzbläsern Siegfried und Genoveva zugeordnet werden kann.

Textdichtung
Die auf spätmittelalterlichen Quellen basierende Legende der Genoveva von Brabant war in der ersten Hälfte des 19. Jahrhunderts in Wort und Bild sehr populär. Im Jahr 1800 erschien etwa Ludwig Tiecks einem Mysterienspiel gleichendes Lesedrama ›Leben und Tod der heiligen Genoveva‹, das ebenso wie Friedrich Hebbels fünfaktige ›Genoveva‹-Tragödie von 1841 die Vorlage für Schumanns Libretto bildet; aus beiden Dramen haben Verse Eingang in den Operntext gefunden. Hingegen blieb Genovevas Sohn Schmerzenreich anders als bei Tieck und Hebbel im Libretto unberücksichtigt und damit das für die literarischen Vorlagen bedeutsame Motiv von Genovevas Mutterschaft. Auch wurde der bei Tieck und Hebbel sich über mehrere Stufen entwickelnde Konflikt zwischen Genoveva und Golo in der großen Szene des II. Akts zusammengefaßt. Ursprünglich hatte Schumann auf Robert Reinick als Libretti-

sten gesetzt, doch der zog sich nach vermutlich zwei Textfassungen aus dem Projekt zurück. Welche Bausteine aus Reinicks Textbeständen Eingang ins Libretto fanden, ist nicht mehr feststellbar, da Reinicks Entwürfe – so Hansjörg Ewert – verlorengegangen sind. Auch Hebbel konnte der Komponist nicht für eine Zusammenarbeit gewinnen, weshalb er schließlich sein eigener Textdichter wurde. Möglicherweise hat das glückliche Ende der Oper Hebbel veranlaßt, seiner Tragödie 1851 einen versöhnlichen Epilog mit der Wiedervereinigung Siegfrieds und der sterbensschwachen Genoveva anzuhängen.

Geschichtliches
Schumann hatte seit Anfang der 1840er Jahre nach einem geeigneten Opernstoff gesucht und offenbar Kenntnis davon gehabt, daß auch Felix Mendelssohn Bartholdy eine Zeitlang ein ›Genoveva‹-Opernprojekt verfolgte. Der Kompositionsprozeß zog sich vom 1. April 1847 bis August 1848 hin. Revisionsarbeiten im Text (August bis Anfang Oktober 1848) und in der Komposition (Ende Januar 1850) schlossen sich an. Eine Uraufführung in Dresden scheiterte bereits im Vorfeld. Und so wurde am 25. Juni 1850 das Werk im Leipziger Stadttheater unter Leitung des Komponisten aus der Taufe gehoben, ohne allerdings nachhaltigen Erfolg verbuchen zu können. Nach Aufführungen in Karlsruhe, München und Wien resümierte Eduard Hanslick 1877 mit Blick auf den Komponisten: »Leider krankt seine Musik an dem einen unheilbaren Uebel, undramatisch zu sein«, weshalb er Schumann eine Eignung zum Opernkomponisten rundheraus absprach. Erstaunlicherweise wurden im 19. Jahrhundert die psychopathologischen Abgründe, die sich in den Personen des Stücks auftun, nicht wahrgenommen. Genoveva als entsexualisierte Frau, der von Ehrsucht getriebene Siegfried, der seine Frau wie einen Besitz behandelt, der verklemmte Golo, der seine Sexualität nicht mehr unter Kontrolle hat, schließlich die von ihrer Vergangenheit als Mörderin ihres Kindes traumatisierte Margaretha: Es sollte lange dauern, bis sich die Opernregie ernstlich darauf einließ – letztlich erst in der 2008 in Zürich gezeigten Produktion von Martin Kušej mit Nikolaus Harnoncourt als Dirigent und mit Juliane Banse in der Titelrolle und Shawn Mathey als Golo.

R. M.

Salvatore Sciarrino
* 4. April 1947 in Palermo

Die tödliche Blume (Luci mie traditrici)
Oper in zwei Akten. Text vom Komponisten.

Solisten: *La Malaspina* (Lyrischer Mezzosopran, auch Koloratur-Mezzosopran, auch Lyrischer Sopran, gr. P.) – *Il Malaspina* (Kavalierbariton, auch Heldenbariton, auch Spielbaß, gr. P.) – *L'ospite* (Countertenor, m. P.) – *Un servo della casa* (Tenor, kl. P.) – *Voce dietro il sipario* (Sopran oder Countertenor, kl. P.).
Schauplätze: Im Garten, am Morgen – Im Garten, am Mittag – Im Innern, am Mittag – Im Innern, bei Einbruch der Dämmerung – Im Innern, am Abend – Im Schlafzimmer, nachts.
Orchester: 2 Fl., 2 Sax., 1 Bkl., 2 Fag., 2 Trp., 2 Pos., Schl. (Tamtam, gr. Tr., Stahlplatte, Crotales, 2 Röhrenglocken, 2 Campane a piastra), Str.

Gliederung: Prolog und acht Szenen. Buio (Dunkel) nach der ersten und vierten Szene, Intermezzo nach der zweiten, sechsten und siebten Szene.
Spieldauer: Etwa 75 Minuten.

Handlung
Eine Stimme hinter dem Vorhang fragt, was aus ihrer Liebe geworden sei. – Am Morgen zeigt der Graf der Gräfin im Garten eine versteckte Rose, die er pflücken möchte. Sie bittet, es tun zu dürfen. Er warnt sie vor den Dornen, an denen sie sich sticht. Er verflucht die Rose und sinkt beim Anblick ihres Blutes in Ohnmacht. Sie ruft um Hilfe. Als er wieder erwacht, spricht sie von der

Kühnheit des Liebenden, er von dessen Furchtsamkeit. Der Diener belauscht die beiden und ist verzweifelt in seiner Liebe zur Gräfin. Der Graf und die Gräfin schwören sich ewige Liebe. Am Mittag entbrennen der Gast und die Gräfin vor Liebe zueinander und sehen sich ihren leidenschaftlichen Gefühlen hilflos ausgeliefert. Der Diener belauscht das Liebesgeständnis der Gräfin und des Gastes. Beide sind sich ihrer Grenzüberschreitung bewußt. Sie verabreden sich an einem heimlichen Ort. – Im Innern berichtet der Diener dem Grafen von der heimlichen Verabredung. Der Graf sieht sich entehrt und beabsichtigt, die beiden zu töten.

Bei Einbruch der Dämmerung bereut die Gräfin ihre Schuld. Der Graf möchte nicht davon sprechen und fragt sie nach ihrer Liebe für ihn. Sie verspricht ihm, nicht mehr zu sündigen, und schwört ewige Treue. Er schwört ihr ewige Liebe. Er bricht mit den Worten auf, sie möge ihn in der Nacht erwarten. Am Abend trifft der Graf die mit einer Stickerei beschäftigte Gräfin. – Im nächtlichen Schlafzimmer bemerkt die Gräfin die Unruhe des Grafen. Sie ist bereit, für ihn zu sterben. Er entzündet eine Fackel und fordert sie auf, die Bettvorhänge zu öffnen. Sie sieht den ermordeten Gast. Der Graf ersticht die Gräfin.

Stilistische Stellung

Sciarrinos einzigartiger Gesangsstil kommt in dieser kurzen Oper besonders zum Ausdruck. Seine Figuren atmen die Worte eher aus, als daß sie sie singen. Die kurzen Phrasen beginnen oft mit langen Noten und schließen mit Sechzehntelfiguren ab oder umkreisen mit Figurationen einzelne Worte. Glissandi, melodische Bögen und Sprechgesang gehen organisch ineinander über und auseinander hervor. Sciarrinos Komposition ist horizontal aus der Gesangslinie heraus gedacht, Akkorde dienen der Klangfarbe, aber nicht der Harmonik. Dieses lineare, vokale Prinzip herrscht auch bei der Behandlung der Instrumente vor. Blasinstrumente werden mit viel Atem gespielt oder übernehmen perkussive Funktionen, die Streichinstrumente erklingen oft in extrem hoher Lage. Sowohl der Gesang als auch die Instrumente reizen die Grenzen der Hörbarkeit aus und bewegen sich häufig in mehrfachem Piano. Sciarrinos Stil knüpft an den monodischen Gesang an, wie er in den frühen Opern zu finden ist. Die Oper beginnt denn auch mit unbegleitetem Sologesang der Stimme hinter dem Vorhang, die Claude Le Jeunes 1608 veröffentlichtes Madrigal ›Qu'est devenu ce bel œil‹ auf einen Text von Pierre de Ronsard singt. »Die antike Schönheit schwindet: Sie wird immer wiederkehren – dieselbe Musik und jedes Mal von den Wunden der Zeit gezeichnet«, erklärt Sciarrino. In den drei Intermezzi, die wie die beiden »Buio« (Dunkel) zwischen einzelnen Szenen stehen, greift der Komponist diese Melodie auf. Beim ersten Mal erklingt sie im barocken Gestus, lediglich von einigen dissonanten Tönen getrübt. Im zweiten Intermezzo fügt Sciarrino für ihn typische Elemente wie das Hauchen und Tremolo der Instrumente hinzu, im dritten ist die Melodie durch die extreme Dehnung und die mahnenden Schläge der großen Trommel nurmehr schwer zu erkennen. Die zunehmende Entfremdung von der Ausgangsmelodie und ihrer Klangsprache spiegelt die fortschreitende Entfremdung der beiden Hauptfiguren wider. In der letzten Szene spitzt Sciarrino den Gesangsstil der Protagonisten zu und kreiert eine unheimliche Atmosphäre. Sie flüstern auf gleichbleibender Tonhöhe, der Graf bricht gelegentlich in laut geschriene Worte aus.

Textdichtung

Der Stoff geht zurück auf den Mord des Komponisten Carlo Gesualdo, Fürst von Venosa (1566–1613), an seiner Frau Maria d'Avalo. Nach dem frühen Tod seines älteren Bruders heiratete Gesualdo seine Cousine aus politischen Gründen. Nachdem die Geburt eines Sohnes die Erbfolge gesichert hatte, widmete sich Gesualdo neben der Musik seiner Jagdleidenschaft und war oft tagelang nicht zu Hause. Seine vernachlässigte Frau fand im Fürsten von Andria, Fabrizio Carafa, der selbst verheiratet und Vater mehrerer Kinder war, einen Liebhaber. Erst als Maria die Avancen ihres Onkels zurückwies, enthüllte dieser seinem Neffen Carlo Gesualdo das Geheimnis von dessen Gattin. Gesualdo täuschte daraufhin seine Abwesenheit vor und ließ seine Gattin und ihren Liebhaber nachts im Bett ermorden. Seine gesellschaftliche Stellung garantierte ihm Straffreiheit. Trotz seiner erneuten Heirat mit Leonora d'Este 1594 lastete die Tat zeitlebens auf ihm. Er wurde zu einer legendären Figur, die in zahlreichen Kunstwerken aufgegriffen wurde. Giacinto Andrea Cicognini machte ihn 1664 zum Protagonisten seines Theaterstücks ›Il tradimento per l'onore‹. Sciarrino bearbeitete für seine Oper Cicognis Theaterstück, das er von Nebenfiguren und zeitlichen Umständen befreite. Er unterwarf seine Handlung dem zeitlichen Ablauf eines Tages vom Morgen bis zur Nacht. Immer wieder spart die Handlung zentrale Ereignisse aus wie den Verrat des Dieners, von dem nur im folgenden Dialog mit dem Grafen zu erfahren ist, sowie den Mord an dem Gast.

Geschichtliches
Die Uraufführung von ›Luci mie traditrici‹ fand 1998 bei den Schwetzinger Festspielen mit Sharon Spinetti, Kai Wessel und Georg Nigl in den Hauptrollen sowie Pascal Rophé am Pult des Radio-Sinfonieorchesters Stuttgart in der Regie von Peter Oskarson statt. Seitdem wird das Werk mit großem Erfolg international an zahlreichen Opernhäusern und bei Festivals aufgeführt, teilweise auch in der jeweiligen Landessprache. Die geringe Anzahl der Sängerinnen und Sänger, die überschaubare Dauer und Größe des Ensembles machen das Werk auch für kleine Opernhäuser und Festivals attraktiv. Außergewöhnlich für eine zeitgenössische Oper liegt sie bereits auf vier Einspielungen vor. Die erste Aufnahme entstand 2000 mit Annette Stricker, Otto Katzenmeier und Kai Wessel in den Hauptrollen sowie dem Klangforum Wien unter der musikalischen Leitung von Beat Furrer.

O. A. S.

Bedřich Smetana

* 2. März 1824 in Litomyšl (Leitomischl), † 12. Mai 1884 in Prag

Die verkaufte Braut (Prodaná nevěsta)

Komische Oper in drei Akten. Libretto von Karel Sabina.

Solisten: *Krušina*, ein Bauer (Bariton, m. P.) – *Ludmila*, seine Frau (Sopran, m. P.) – *Mařenka (Marie)*, beider Tochter (Lyrischer Sopran, gr. P.) – *Mícha*, Grundbesitzer (Seriöser Baß, m. P.) – *Háta*, seine Frau (Spielalt, m. P.) – *Vašek (Wenzel)*, beider Sohn (Spieltenor, m. P.) – *Jeník (Hans)*, Míchas Sohn aus erster Ehe (Jugendlicher Heldentenor, gr. P.) – *Kecal (Kezal)*, Heiratsvermittler (Schwerer Spielbaß, gr. P.) – *Principal*, Direktor der Komödianten (Tenor, auch Bariton, kl. P.) – *Esmeralda*, Komödiantin (Soubrette, kl. P.) – *Indián*, ein als Indianer verkleideter Komödiant (Baß, kl. P.) – *1. Bub* (Sprechrolle, kl. P.) – *2. Bub* (Sprechrolle, kl. P.).
Chor: Dorfbewohner, Komödianten, Buben (m. Chp.).
Ballett: Finale I. Akt: Polka; II. Akt: Furiant; III. Akt: Komödiantenszene.
Ort: Ein Dorf in Böhmen.
Schauplätze: Der Hauptplatz des Dorfes mit Wirtshaus – Wirtsstube – 3. Bild wie 1.
Zeit: Mitte des 19. Jahrhunderts.
Orchester: 2 Fl., 1 Picc., 2 Ob., 2 Kl., 2 Fag., 4 Hr., 2 Trp., 3 Pos., P., Schl., Str. – Bühnenmusik: 1 Picc., 1 Trp., kl. und gr. Tr., Becken.
Gliederung: Ouvertüre und 23 Musiknummern, die durch orchesterbegleitete Rezitative miteinander verbunden sind.
Spieldauer: Etwa 2¾ Stunden.

Handlung
Mařenka, die bildhübsche Tochter des Bauernehepaares Krušina und Ludmila, liebt den aus der Fremde zugewanderten Knecht Jeník, dessen Herkunft niemand im Dorf kennt. Selbst Mařenka konnte von ihm nicht mehr erfahren, als daß er, Sohn eines reichen Bauern, durch eine böse Stiefmutter aus dem elterlichen Haus verdrängt worden sei. Am heutigen Kirchweihfest soll sich nun aber das Mädchen auf Wunsch der Eltern mit dem Sohn des auswärtigen Grundbesitzers Mícha verloben, den es gar nicht kennt und den es auch niemals heiraten will. Mařenka und Jeník versprechen daher einander, treu zu bleiben, komme, was da kommen möge. Der geschwätzige Heiratsvermittler Kecal erscheint mit Krušina und Ludmila. Er preist mit emsiger Geschäftigkeit die Vorzüge des von ihm vermittelten Freiers Vašek an, und er erinnert auch Krušina an sein dem alten Mícha gegebenes Versprechen, Mařenka dessen Sohn zur Frau geben zu wollen. Auf Ludmilas Frage, welcher von den beiden Söhnen

Míchas sich um ihre Tochter bewerbe, erwidert Kecal, daß nur einer, der Vašek, in Frage käme, da der andere von zu Hause weg und wahrscheinlich verstorben sei. Die Eltern erklären sich mit dem begüterten Schwiegersohn einverstanden. Da kommt Mařenka; sie versichert, ihrem Jeník treu zu bleiben, und erklärt das Schriftstück, in dem die beiden Väter die Ehe ihrer Kinder vereinbart hatten, ohne ihre Unterschrift für ungültig.

Als sie im Wirtshaus mit Míchas blödem und stotterndem Sohn Vašek zusammentrifft, gibt sie sich nicht zu erkennen. Mit koketter Verstellung weiß sie den schüchternen Tölpel zu dem Schwur zu bewegen, um ihretwillen auf Mařenka, die sie als falsch und ungetreu schildert, zu verzichten. Kecal wendet sich nun an Jeník. Er ist überzeugt, den armen Schlucker mit einer ansehnlichen Abstandssumme bewegen zu können, auf Mařenka zu verzichten. Jeník geht auch auf den Vorschlag ein, allerdings unter der Bedingung, daß Mařenka nur den Sohn Míchas und keinen anderen heiraten dürfe und daß der alte Mícha den vereinbarten Kaufpreis von dreihundert Gulden nach der Trauung nicht wieder von Mařenkas Vater zurückverlangen könne. Der Vertrag wird sogleich von Kecal aufgesetzt und von Jeník sowie von den als Zeugen herbeigerufenen Mädchen und Burschen unterzeichnet, die empört den Verkauf der eigenen Braut als Schande bezeichnen.

Auf dem Hauptplatz gibt eine wandernde Komödiantengruppe, die anläßlich des Kirchweihfestes abends eine Vorstellung veranstalten wird, vor den neugierigen Dorfbewohnern einige Proben ihrer Kunst zum besten. Vašek fängt dabei sogleich Feuer bei der Tänzerin Esmeralda, Tochter des Direktors, und als man für den völlig betrunkenen Darsteller des Bären unter der Dorfjugend einen Ersatz sucht, läßt sich Vašek von Esmeralda, die vorgibt, ihn zu lieben, zur Mitwirkung bei der Vorstellung bereden. – Mařenka will nun den Betrug, den sie ihrem geliebten Jeník nicht zutraut, absolut nicht glauben. Aber Kecal zeigt ihr den Vertrag. Nachdem sie sich eine kurze Bedenkzeit erbeten hat und Jeník selbst ihr gegenüber vorgibt, es sei sein Wille, daß sie Míchas Sohn nehme, erklärt sie sich hierzu bereit in der Überzeugung, dadurch ihren treulosen Geliebten für den Verrat zu strafen. In diesem Augenblick erscheinen Mícha und dessen Frau Háta, die in Jeník sogleich den verschollen geglaubten Sohn beziehungsweise Stiefsohn erkennen. Jeník stellt nun an Mařenka die Frage, welchen von den beiden Söhnen Míchas sie heiraten wolle; glückstrahlend eilt sie dem Geliebten in die Arme. Kecal erkennt jetzt sein Spiel als verloren und läuft wütend davon. Da naht unter dem Gekreisch der Frauen und Kinder ein Bär; es ist aber nur Vašek, dem die Komödianten bereits sein Kostüm für die Vorstellung, ein Bärenfell, angelegt hatten. Beschämt zieht Háta ihren einfältigen Sohn mit sich fort. Nun gibt auch Vater Mícha dem Liebespaar seinen Segen, und jubelnd feiern die Anwesenden die Verlobung der »verkauften Braut«.

Stilistische Stellung

Smetanas ›Verkaufte Braut‹ bedeutet den Tschechen das, was den Deutschen Richard Wagners ›Die Meistersinger von Nürnberg‹ sind: die nationale Festtagsoper. Allerdings war dies nicht von Anfang an der Fall, war doch der Komponist wegen seiner freundschaftlichen und künstlerischen Beziehungen zu Franz Liszt dem tschechischen Publikum zunächst als Wagnerianer verdächtig. Die böhmische Volksseele spricht gleichermaßen aus Text und Musik, was dem Werk einen ausgesprochen einheitlichen Charakter verleiht. Der urwüchsige Humor, wie er vor allem in der grotesk-realistischen Schmierenkomödiantenszene zum Ausdruck kommt, und die köstliche Zeichnung der Dorftypen bestimmen schon von der textlichen Seite her eine wirkungssichere Atmosphäre. Der volkstümliche Einschlag offenbart sich im Musikalischen besonders in den lyrisch-elegischen sowie in den rhythmisch lebendigen tänzerischen Partien der Oper. In formaler Hinsicht hält die Partitur an der Nummerneinteilung der Spieloper fest, die nationalen Tänze des Balletts sind zwanglos der Handlung eingebaut. Farbige Wirkungen vermitteln auch die Chöre, von denen in erster Linie der Einleitungschor in seiner folkloristischen Eigenart zu den Paradestücken der Opernchor-Literatur gehört. Die Ouvertüre, die ob ihrer rhythmischen Vitalität ein dankbares, virtuoses Orchesterstück darstellt, ist auch im Konzertsaal heimisch geworden.

Textdichtung

Das Libretto wurde von Karel Sabina (1813–1877) verfaßt, der Smetana schon das Textbuch zu seiner Oper ›Die Brandenburger in Böhmen‹ geschrieben hatte. Sabina dramatisierte den volkstümlichen Stoff im Charakter eines beschwingten Singspiels mit Dialog. Der tschechische Titel lautet: ›Prodaná nevěsta‹. Die deutsche

Übersetzung des Opernbuches besorgte Emanuel Züngel (1869). Neuere deutsche Textfassungen schufen Walter Felsenstein und Kurt Honolka.

Geschichtliches
Der Anlaß zur Entstehung der Oper ›Die verkaufte Braut‹ war eigentlich ein äußerlicher. Smetanas erste, im Jahre 1862 entstandene Oper ›Die Brandenburger in Böhmen‹ hatte trotz ihres nationalen Charakters dem Komponisten den Vorwurf eingebracht, ein Wagnerianer zu sein. Smetana wollte seinen Kritikern, die ihm damit Mangel an Originalität nachsagten, beweisen, daß er auch den nationalen volkstümlichen Stil beherrsche, und so entschloß er sich am 5. Juli 1863 zur Vertonung der ›Verkauften Braut‹. Smetana arbeitete zwei Jahre an der Komposition dieses Werkes. Die Uraufführung erfolgte am 30. Mai 1866 am tschechischen Interimstheater zu Prag (dem ersten national-tschechischen Operntheater) als Spieloper in zwei Akten und mit gesprochenen Dialogen mit schwachem Erfolg, der wohl der hastig vorbereiteten, unzulänglichen Aufführung und vielleicht auch der Ungunst der Zeit (österreichisch-preußischer Krieg) zuzuschreiben war. Der Beifall steigerte sich zwar später, aber immerhin interessierte sich für das Werk nicht einmal Wien, geschweige denn das Ausland. Anlässlich des Besuchs von Kaiser Franz Josef I. im Interimstheater ergänzte Smetana ein Ballett (aus der Tanzszene der Prager Hungernden in *Die Brandenburger in Böhmen*), um die repräsentative Wirkung der Oper zu steigern. Für eine an der Opéra-Comique zu Paris vorgesehene, aber nicht zustandegekommene Aufführung komponierte Smetana den Chor der Dorfburschen zu Anfang des II. Aktes, ferner die Arie der Mařenka sowie die Polka und den Furiant nach, für St. Petersburg (1871) ersetzte er den Dialog durch Rezitative und gliederte die ursprünglich zweiaktige Oper in drei Aufzüge. In dieser (endgültigen) Gestalt hatte die ›Verkaufte Braut‹ anläßlich einer Aufführung 1871 im Marinskij-Theater St. Petersburg sowie durch die Prager Oper bei der großen Musik- und Theaterausstellung 1892 in Wien einen sensationellen Erfolg zu verzeichnen, auf den hin das Werk alsbald zu seinem Siegeszug in die Welt startete. Die erste Aufführung in deutscher Sprache fand am 2. April 1893 am Theater an der Wien statt. Die moderne Erstaufführung in der ursprünglichen Singspielfassung der Oper mit gesprochenen Dialogen 2000 in Dortmund konnte diese Fassung bislang nicht für die Bühne zurückgewinnen.

Dalibor

Oper in drei Akten. Dichtung von Josef Wenzig und Erwín Špindler.

Solisten: *Wladislaw II.*, König von Böhmen (Heldenbariton, auch Seriöser Baß, m. P.) – *Dalibor* (Jugendlicher Heldentenor, gr. P.) – *Budivoj*, Befehlshaber der Wache (Charakterbariton, auch Charakterbaß, m. P.) – *Ein Richter* (Charakterbaß, kl. P.) – *Benesch*, Kerkermeister (Seriöser Baß, auch Charakterbaß, m. P.) – *Vítek*, Dalibors Knappe (Lyrischer Tenor, auch Spieltenor, m. P.) – *Milada*, Schwester des ermordeten Burggrafen (Dramatischer Sopran, auch Dramatischer Mezzosopran, gr. P.) – *Jitka [Jutta]*, ein Waisenmädchen (Lyrischer Sopran, auch Jugendlich-dramatischer Sopran, m. P.).
Chor: Hofstaat – Vasallen des Königs – Volk – Krieger – Frauen – Räte des königlichen Gerichts (m. Chp.).
Ort: Die Burg in Prag und ihre Umgebung.
Schauplätze: Hofraum in der Prager Burg; im Hintergrund der Königsthron und die Sitze der Richter, durch eine Barriere vom Volk getrennt – Straße der unteren Stadt mit Wirtshaus – Hof und offene Halle in der Burg mit der Wohnung des Kerkermeisters – Ein finsterer Kerker, hinten eine Steintreppe mit geschlossenem Gitter – Königshalle mit Thron – Freier Platz vor der Burg.
Zeit: 15. Jahrhundert.
Orchester: 2 Fl., 1 Picc., 2 Ob., 2 Kl., 2 Fag., 4 Hr., 2 Trp., 3 Pos., 1 Bt., P., Schl., Hrf., Str. – Bühnenmusik: 4 Trp., 3 Pos., 1 Bt., Gl.
Gliederung: In Szenen unterteilte durchkomponierte Großform.
Spieldauer: Etwa 2½ Stunden.

Handlung
In dem von Wachen besetzten Hofraum der Prager Burg drängt sich das Volk in Erwartung der vom König Wladislaw geleiteten Gerichtsverhandlung gegen den aufständigen Ritter Dalibor. Jitka hat Angst vor dem Urteil gegen ihren Wohl-

täter, der sie, die heimatlose Waise, treusorgend in seine Burg aufgenommen hat. Der König erhebt nun vor seinen Räten und dem Volk Anklage auf Hochverrat gegen Dalibor, den Milada beschuldigt, ihren Bruder, den Burggrafen, ermordet und sein Schloß in Schutt und Asche gelegt zu haben. Der gefangengesetzte Ritter wird vorgeführt. Er bekennt offen seine Tat, die er als Vergeltungsakt bezeichnet. Der Burggraf hatte in einer ritterlichen Auseinandersetzung Dalibors Herzensfreund Zdenko, der mit dem Schwert ebenso umgehen konnte wie mit Gesang und Fiedel, gefangengenommen. Als er, Dalibor, für die Freilassung des Freundes Lösegeld anbot, schickte ihm der Burggraf Zdenkos abgeschlagenes Haupt. Der Ritter reizt Wladislaw, als dieser die Tat verurteilt, mit der verächtlichen Äußerung, daß ein König, der das Recht mit Füßen trete, nicht nach seinem Sinn sei. Dalibor wird zu lebenslänglichem Kerker verurteilt. Er nimmt den Richterspruch im Gedenken an die Lieder und Geigentöne seines toten Freundes mit stolzer Gelassenheit entgegen und wird abgeführt. Da wendet sich Milada, auf die die männliche Haltung Dalibors Eindruck gemacht hatte, an seine Richter und fleht sie an, den Verurteilten freizugeben. Doch der König entgegnet, der Frevler, der mit Empörung gedroht habe, sei einer Begnadigung nicht würdig. Wladislaw verläßt mit seinem Gefolge und dem Volk den Hof. Miladas Haß gegen Dalibor ist jedoch in Liebe umgeschlagen. Jitka, die sich verborgen gehalten hatte, tritt jetzt zu Milada und fordert sie auf, zusammen mit ihr den Helden zu befreien.

Aus dem Wirtshaus der unteren Stadt ist lauter Gesang von Zechern zu vernehmen. Es sind die von Dalibors Knappen Vítek angeworbenen Soldaten, die hier in der Nähe des Gefängnisses auf das Zeichen zur Befreiung Dalibors warten. Von seiner Braut Jitka erfährt Vítek, daß Milada in Männerkleidern in den Dienst des Kerkermeisters Benesch getreten sei. Mit ihrer Hilfe soll Dalibor freikommen. – Vor der Wohnung Beneschs ermahnt Budivoj, der Befehlshaber der Wache, den Kerkermeister, das Verlies streng und sorgsam zu bewachen. Da naht Milada in Knabenkleidern; sie kommt mit einem Korb vom Einkauf aus der Stadt zurück und lädt Benesch zum Abendtisch, den sie ihm mit feinen Speisen und Wein gerichtet habe. Doch der Kerkermeister will vorher noch dem gefangenen Helden, dessen Unglück ihm nahegeht, die sehnlich verlangte Geige bringen, die er aus seiner Jugendzeit in seiner Kammer aufbewahrt hat. Milada erklärt sich spontan bereit, das Instrument selbst in den Kerker hinunterzutragen, damit Beneschs Essen nicht kalt werde. Der Kerkermeister willigt ein, da die Wachen jetzt abgezogen sind. Er übergibt dem »Jungen« die Geige und eine Fackel und entläßt ihn in das tiefe Verlies mit der Anweisung, die sieben eisernen Zwischentüren zu öffnen und sie auf dem Rückweg wieder sorgsam zu verriegeln. In dem dunklen untersten Kerker tritt Milada vor Dalibor, als er eben aus einem Traum erwacht, in dem ihm, die vertraute Melodie geigend, der Geist seines Freundes Zdenko erschienen war. Erstaunt fragt der Ritter den »Knaben«, wer er sei und woher er komme. Da gibt sich Milada zu erkennen; sie, die ihn gehaßt und sein Unglück verschuldet habe, sei jetzt in Liebe zu ihm entbrannt und wolle ihn befreien. Auch in Dalibor sind tiefe Gefühle für das tapfere Mädchen erwacht; zärtlich liegen sich die beiden in den Armen.

In dem hellerleuchteten Thronsaal erklärt Budivoj dem König, daß ein neuer Aufstand der Anhänger Dalibors bevorstehe. Er läßt als Zeugen den Kerkermeister herbeibringen, der einen Zettel und eine Geldbörse in Händen hält. Benesch erzählt, daß er, der stets treu und gewissenhaft seinen Dienst versehen habe, auf einen bettelnden Knaben hereingefallen sei, der, wie sich jetzt herausstellte, ein Freund Dalibors gewesen sei. Dieser sei plötzlich spurlos verschwunden und habe eine Geldbörse und einen Zettel mit der Aufschrift »Dies zum Dank!« hinterlassen. Zum Glück habe er, Benesch, sogleich bemerkt, daß die Riegel der Kerkertüren geöffnet waren, und so ein Entkommen des Gefangenen verhindern können. Im Einvernehmen mit dem Richter bestimmt der König, daß Dalibor noch heute hinzurichten sei. Der Häftling wird gefesselt vorgeführt; das Todesurteil wird ihm verkündet. Gefaßt erklärt er, Milada und er würden in Treue dem toten Freund Zdenko ins Jenseits folgen. – Auf dem Platz vor der Burg erwarten in kriegerischer Rüstung Milada, Jitka, Vítek und Dalibors Getreue das verabredete Zeichen: das Ertönen der Geige. Doch plötzlich erklingen in der Stille der Nacht das Armesünderglöckchen und dumpfer Gesang der Mönche. Rasch entschlossen setzen Dalibors Anhänger mit Milada an der Spitze zum Sturm auf die Burg an. In dem Kampfgetümmel erscheint Dalibor mit der tödlich verwundeten Milada, die er auf den Rasen bettet. Mit verklärtem Ausdruck nimmt Milada von Dalibor

Abschied und stirbt. Aus der Burg stürmen Bewaffnete auf Dalibor los, doch ehe sie seiner habhaft werden, ersticht er sich mit dem Schwert.

Stilistische Stellung
Schon bei Smetanas erster Oper, ›Die Brandenburger in Böhmen‹ (1862), wurde dem Komponisten Abhängigkeit von Richard Wagner vorgeworfen. Es war zu der Zeit, als auch in Böhmen Musiker und Publikum sich noch leidenschaftlich für oder gegen den Bayreuther Meister auseinandersetzten. Nach dem großen Erfolg seiner hauptsächlich auf dem Boden der Volksmusik basierenden ›Verkauften Braut‹ glaubte der Meister, mit einem historischen Stoff die nationalen Gefühle seiner Landsleute ansprechen zu können. Aber auch die Vertonung des ›Dalibor‹ rief wieder die alten Einwände epigonaler Verbundenheit mit Wagner wach, obwohl Smetanas blühende Melodik durchwegs Züge von profilierter Eigenart aufweist. Die Themen sind vielfach im Sinn von Erinnerungsmotiven verarbeitet, ohne die Leitmotivtechnik Wagners zum Gestaltungsprinzip zu erheben. In feinsinniger Beziehung zu dem Bühnengeschehen steht den in dramatischem Deklamationsstil gestalteten Partien der volkstümliche Ausdruck in den Szenen mit Jitka-Vítek und den Soldaten gegenüber. Eine Farbe von apartem Reiz vermittelt das harfenumrauschte und sehnsuchtsgetränkte Violinsolo bei der Erscheinung von Zdenkos Geist, während das Fehlen von größeren Ensemblewirkungen musikalische Höhepunkte allerdings vermissen läßt.

Textdichtung
Das Libretto wurde von Schulrat Josef Wenzig in deutscher Sprache abgefaßt. Die tschechische Übersetzung des Textes, auf die Smetana das Werk vertonte, besorgte der Jurist Ervín Špindler. Die Opernhandlung bewegt sich auf historischem Hintergrund: Dalibor von Kozojedy lebte während der Regierungszeit König Wladislaws II. (1456–1516). Der freiheitlich gesonnene Ritter eignete sich mit Unterstützung seiner Bauern, denen er die Freiheit geschenkt hatte, das Gut seines Nachbarn Adam Ploschkovsky von Drahonitz an. Er wurde daraufhin als Landfriedensbrecher gefangen gesetzt und als erster Häftling in dem neuerrichteten Turm der Prager Burg festgehalten, der noch heute den Namen »Daliborka« führt. Mit Urteil vom 13. März 1498 wurden seine Güter eingezogen; er selbst wurde gefoltert und schließlich mit dem Schwert enthauptet. Die Geschichte mit dem ermordeten Freund Zdenko und der Geige ist Legende, die wohl darauf zurückzuführen ist, daß im Volksmund die Folterbank »Geige« und die bei der Folter verwendeten Stricke »Saiten« genannt wurden. Um das düstere Geschehen aufzulichten, hat Wenzig das Liebespaar Jitka-Vítek eingefügt. Die dilettantische Verarbeitung des an sich operngerechten Stoffes steht leider Smetanas Musik hindernd im Weg. So zieht der nach dem Vorbild ›Fidelio‹ gestaltete Befreiungsversuch – anders als in Beethovens Werk – Unwahrscheinlichkeiten nach sich, und die in das Geschehen verwobene Erscheinung von Zdenkos Geist vermag zwar dem romantischen Charakter des Werks entgegenzukommen, wirkt aber – ähnlich wie die mystische Episode Emma-Udo bei Carl Maria von Webers ›Euryanthe‹ – im Rahmen der realistisch gezeichneten Handlung verwirrend. Als Vorlagen dürften dem Librettisten die romantischen Dichtungen: ›Der Turm des Dalibor‹ (1824) von Eduard von Bauernfeld, ferner ›Dalibor‹ (1829) von Karl Egon Ebert, ›Dalibor, der blinde Geiger‹ (1839) von J. N. Vogel sowie ›Das Blutgericht im Turm der Daliborka‹ (1841) von Josef Alois Gleich gedient haben.

Geschichtliches
Smetana hat seinen ›Dalibor‹ in der Zeit vom Sommer 1866 bis Ende 1867 komponiert. Die Uraufführung des Werks erfolgte am 16. Mai 1868 unter der Leitung des Komponisten, der seit dem 15. September 1866 am tschechischen Interimstheater in Prag als Kapellmeister angestellt war; sie war zugleich Festvorstellung zur Feier der Grundsteinlegung des großen tschechischen Nationaltheaters. ›Dalibor‹ hatte an diesem Abend einen außergewöhnlichen Erfolg. Er war allerdings in erster Linie der gehobenen Stimmung der von allen Seiten des Landes herbeigeströmten Zuhörerschaft zuzuschreiben; denn die Oper fand in der Folge nicht den gleichen Zuspruch, und es dauerte noch geraume Zeit, bis sich das Werk – dann allerdings mit steigendem Erfolg – durchsetzen konnte. Nach der ›Verkauften Braut‹ ist ›Dalibor‹ Smetanas meistgespielte Opernschöpfung geworden. Für Aufführungen des Werks an deutschsprachigen Bühnen existieren mehrere Fassungen. So nahm Gustav Mahler, der ›Dalibor‹ sehr schätzte, für Wien einen veränderten Schluß vor. Weitere deutsche Einrichtungen besorgten Julius Kapp (1940) sowie neuerdings Kurt Honolka.

Zwei Witwen (Dvě vdovy)

Komische Oper in zwei Akten. Dichtung nach Jean Pierre Felicien Mallefille von Emanuel Züngel.

Solisten: *Karoline* (Lyrischer Koloratursopran, gr. P.) und *Agnes* (Jugendlich-dramatischer Sopran, gr. P.), zwei junge Witwen – *Ladislav*, ein Gutsbesitzer (Lyrischer Tenor, gr. P.) – *Mumlal*, Heger (Spielbaß, gr. P.) – *Toník*, Gärtner (Spieltenor, m. P.) – *Lidka*, Kammermädchen (Lyrischer Sopran, auch Soubrette, m. P.).
Chor: Landvolk (m. Chp.).
Ballett: Tanzszene (Polka).
Ort: Ein Schloß in Böhmen.
Schauplätze: Im Schloßgarten – Gartensaal mit großer Terrasse.
Zeit: In der Biedermeierzeit.
Orchester: 2 Fl., 2 Ob., 2 Kl., 2 Fag., 4 Hr., 2 Trp., 3 Pos., P., Triangel, Str.
Gliederung: Ouvertüre, Vorspiel zum II. Akt sowie 18 Auftritte (Musiknummern), die durch orchesterbegleitete Rezitative miteinander verbunden sind.
Spieldauer: Etwa 2½ Stunden.

Handlung

Am Kirchweihtag versammelt sich das Landvolk im Schloßgarten. Es läßt Karoline, die Gutsherrin, hochleben, die freundlich dankend die Leute auffordert, nach altem Brauch das Fest mit einem fröhlichen Trunk zu feiern. Nachdem das Landvolk zum Wirtshaus abgezogen ist, erscheint Agnes im schwarzen Kleid, die ebenso wie ihre Cousine Karoline in jungen Jahren bereits Witwe geworden ist. Der Witwenstand bedrückt Karoline keineswegs; sie entbehrt nichts und genießt, umschwärmt von Kavalieren, ihr junges Leben in vollen Zügen. Anders Agnes, die ihren verstorbenen Gatten nicht vergessen kann und es als Pflicht betrachtet, sich nicht wiederzuverheiraten. Da erscheint Mumlal, ein altes redseliges Faktotum der Familie, der seit dreißig Jahren in treuen Diensten Wald und Wild hegt. Er beklagt sich, daß ihm die beiden Damen nicht erlaubten, den Wilderer festzunehmen, der seit einiger Zeit sein Unwesen in den Wäldern des Gutes treibe. Aber die beiden Witwen amüsieren sich nur über Mumlal, der sich so sehr ereifert wegen eines harmlosen Wilddiebs, der immer nur in die Luft schießt und nie etwas trifft. Da krachen wieder ein paar Schüsse. Jetzt beauftragt Karoline den Heger, den Kerl einmal vorzuführen; es interessiert sie, ob er jung und hübsch sei. Brummig führt Mumlal den Wilderer vor sich her, der ihn so lange mit Beschimpfungen reizt, bis er ihn endlich für verhaftet erklärt und ihn in das Gartenhäuschen sperrt. Jeder von ihnen ist nun befriedigt: der Wilddieb, der in Wirklichkeit der Gutsbesitzer Ladislav Podhájsky ist und der hofft, jetzt endlich sich der angebeteten Agnes nähern zu können, sowie Mumlal, der sich für seine Heldentat klingenden Lohn erhofft. Ladislav wird den Damen vorgeführt; die schlaue Karoline bemerkt sogleich die innere Erregung, von der er und Agnes erfaßt sind. Mit komischem Pathos sitzt nun Karoline über Ladislav zu Gericht, der gesteht, daß es ihm so ergehe, wie es in dem alten Lied vom Jägersmann heißt: »Ruhelos vor Herzensweh sucht er die schöne Fee, die ihn verzaubert hat.« Das Verhör geht weiter: Ladislav nennt Namen, Stand und Alter und übergibt Agnes eine Spende für die Armen des Ortes. Inzwischen hat sich Mumlal eine Personenbeschreibung des Delinquenten notiert, welche die Damen belustigt entgegennehmen. Nun verkündet Karoline den Urteilsspruch: Ladislav erhält einen Tag Gefängnis, den er hier im Schloß abzusitzen hat. Die Frauen begeben sich auf ihre Zimmer, während Ladislav von Mumlal ins Gartenhäuschen abgeführt wird. Unterdessen haben sich Burschen und Mädchen aus dem Dorf eingefunden, die sich neugierig bei Mumlal erkundigen, was es mit dem merkwürdigen Besuch für eine Bewandtnis habe. Die Kammerzofe Lidka und der Gärtner Toník vermuten, daß etwas »Verliebtes« dahinterstecke.

Ladislav vertreibt sich die Zeit mit Singen. Agnes ist auf den Zehenspitzen aus ihrem Zimmer gekommen und lauscht mit sichtlichem Entzücken dem Gesang. Sie entfernt sich eilig, als Lidka und Toník nahen. Ladislav übergibt Toník einen Brief, den er Agnes überreichen soll. Lidka steckt alsbald das Schreiben Agnes heimlich zu. Im Gartensaal unterhalten sich Karoline und Agnes, wer von ihnen bei dem jungen Mann wohl mehr Chancen hätte. Ihrem Vorsatz entsprechend winkt Agnes sogleich ab. Nun, dann werde sie ihn nehmen, erklärt Karoline und amüsiert sich heimlich über ihre Cousine, die ihre Enttäuschung schlecht verbergen kann. Karoline geht auf ihr Zimmer, während Agnes zurückbleibt und schnell Ladislavs Brief öffnet. Sie zündet eine

Kerze an und will das Schreiben verbrennen. Aber gleich zieht sie es wieder zurück und drückt es liebevoll ans Herz. Da steht plötzlich Ladislav vor ihr. Agnes lügt ihm vor, sie habe seinen Brief ungelesen verbrannt. Ladislav entgegnet, dann wolle er ihr mündlich mitteilen, was in dem Brief gestanden hat: Er, der sie schon vor ihrer Verheiratung geliebt habe, flehe sie an, offen zu bekennen, ob sie Angst vor ihm habe. Mit ihrer vorschnellen Antwort, dies habe in dem Brief aber nicht gestanden, verrät sich Agnes; schließlich erklärt sie sich zu einer Freundschaft, nicht aber zu einer Ehe bereit. Ladislav geht daraufhin entschlossen zur Tür, wo ihm die festlich gekleidete Karoline in den Weg tritt. Sie fordert ihn auf, sie zum Tanz auf das Kirchweihfest zu begleiten. Arm in Arm gehen die beiden ab, während Agnes zerknirscht zurückbleibt in der Erkenntnis, sich selbst belogen zu haben, als sie glaubte, Ladislavs Werbung aus Pietätsgründen abweisen zu müssen. Sie haßt nun mit einem Mal ihr schwarzes Witwenkleid und fragt sich, ob ihr Herz verwelken und sie an diesem schönen Tag mit ihrer Pein einsam, ohne Hoffnung und ohne Liebe sein soll. Mumlal kommt und berichtet, daß die Herrin zärtlich mit dem Wilddieb schäkere. Agnes ist empört. Da rät ihr Mumlal, die Sache philosophisch zu nehmen und sich nicht aufzuregen, so wie er es in einem solchen Fall immer zu tun pflege. Mit dem Bemerken, daß sie sich so schnell nicht geschlagen gebe, eilt Agnes auf ihr Zimmer. Gleich darauf kommen Lidka und Toník; vergeblich sucht der neiderfüllte Mumlal ihr verliebtes Tändeln zu stören. Nun erscheinen auf der Terrasse die Burschen und Mädchen. Karoline und Ladislav haben Platz genommen und lassen sich von den jungen Leuten eine Polka vortanzen. Danach will Ladislav fort; er gesteht Karoline seinen Herzenskummer. Als sie andeutet, ihm in seiner Not helfen zu wollen, fällt er dankerfüllt vor ihr auf die Knie. In diesem Augenblick betritt Agnes in einem eleganten Ballkleid den Saal. Während Ladislav in höchster Verwirrung sich zurückzieht, klärt Karoline ihre Cousine auf, daß sie das ganze Spiel mit Ladislav nur getrieben habe, um Agnes von ihrem Vorsatz, nicht mehr zu heiraten, abzubringen. Mit heiterem Pathos winkt sie Ladislav sowie die Burschen und Mädchen herein. Agnes und Ladislav fallen sich in die Arme. Mit Zustimmung aller stellt Mumlal fest, gegen zwei Witwen sei man verloren, denn »der Liebe sich zu entziehen, bleibt doch am Ende eitles Bemühen«.

Stilistische Stellung

Nach seinen pathetischen Musikdramen ›Dalibor‹ und ›Libuše‹ hat Smetana bei dem musikalischen Lustspiel ›Dvě vdovy‹ wieder auf den Stil der tschechischen Volksoper zurückgegriffen, trotz des aristokratischen Milieus, in welchem die Handlung spielt. Der formale Bau des Werkes ist, wie bei der ›Verkauften Braut‹, in eine Reihe musikalischer Nummern gegliedert, die, wieder wie bei der ›Verkauften Braut‹, zunächst durch einen gesprochenen Dialog, in der Zweitfassung vom Jahre 1877/78 durch orchesterbegleitete Rezitative miteinander verbunden wurden. Die überwiegend mit zarten Farben getönte Musik, die ebenso von dem Erfindungsreichtum ihres Schöpfers wie von der hohen Qualität seines technischen Könnens zeugt, schließt sich mit den zum Teil volksliedartigen Arien und mit den locker gestalteten Ensembles eng an das mit harmlosen Verwicklungen ausgestattete Bühnengeschehen an. Dabei verdient besonders hervorgehoben zu werden die feine musikalische Charakterzeichnung der vier Hauptdarsteller mit ihren unterschiedlichen Temperamenten: die sanguinische Karoline, die melancholische Agnes, der draufgängerische Ladislav und der cholerische Mumlal. Bemerkenswert ist auch die Verwendung des Melodrams in der wichtigen Szene, in der Ladislav sein lustiges Spiel unterbricht und zum ersten Mal ernsthaft mit Agnes über seine Absichten spricht. Die Chöre, die in keiner direkten Beziehung zur Handlung stehen, unterstreichen, ähnlich wie die schmissige Polka, das nationale Kolorit. Die Ouvertüre, die in der Hauptsache mit den Themen des Verhaftungsduetts (Ladislav-Mumlal) und des Liedes vom Jägersmann (Ladislav) gebaut ist, leitet in ihrem unproblematischen Charakter und mit ihrem zündenden Brio trefflich das heitere Spiel ein.

Textdichtung

Dem Textbuch liegt der Einakter ›Les deux veuves‹ des französischen Vaudeville-Dichters Jean Pierre Felicien Mallefille zu Grunde, der in der Übersetzung von Emanuel Züngel 1868 am Tschechischen Theater zu Prag gespielt wurde. Der als Übersetzer und Gelegenheitsdichter bekannte Züngel formte aus Mallefilles Einakter ein Libretto für eine zweiaktige Oper, indem er zu dem Dialog des französischen Stücks die Verse für die Musiknummern hinzudichtete. Auf Wunsch des Komponisten verlegte er die Handlung von Frankreich nach Böhmen.

Geschichtliches

Smetana hat seine Oper ›Zwei Witwen‹ in der verhältnismäßig kurzen Zeit vom Juni 1873 bis Januar 1874 geschrieben. Das Werk gelangte bereits am 27. März des gleichen Jahres unter der Leitung des Komponisten am Interimstheater in Prag zur erfolgreichen Uraufführung. Dennoch hielt sich die Oper nicht lange auf dem Spielplan, so daß sich Smetana im Jahre 1877 zu einer Umarbeitung entschloß, bei der er anstelle des gesprochenen Dialogs orchesterbegleitete Rezitative, mehrere neue Musiknummern sowie das Buffo-Paar Lidka-Toník einfügte. Den lauten Beifall der Erstaufführung der Zweitfassung am 15. März 1878 konnte der Komponist nicht hören, da er inzwischen – am 20. Oktober 1874 – völlig ertaubt war. Für die deutsche Bühne hat 1958 der Stuttgarter Musikschriftsteller Kurt Honolka eine Neufassung in einer ausgezeichneten Übersetzung hergestellt. Ohne die Partitur anzutasten, hat der Bearbeiter auch einige kleine Veränderungen vorgenommen, wodurch das Werk zweifellos an Bühnenwirkung gewonnen hat.

Miroslav Srnka

* 23. März 1975 in Prag

South Pole

Doppeloper in zwei Teilen. Libretto von Tom Holloway.

Besetzung: *Scott* (Heldentenor, gr. P.) – *Bowers* (Tenor, m. P.) – *Evans* (Tenor, m. P.) – *Wilson* (Tenor, m. P.) – *Oates* (Tenor, m. P.) – *Kathleen* (Mezzosopran, m. P.) – *Amundsen* (Heldenbariton, gr. P.) – *Bjaaland* (Bariton, m. P.) – *Hanssen* (Bariton, m. P.) – *Wisting* (Bariton, m. P.) – *Johansen* (Bariton, m. P.) – *Landlady* (Lyrischer Sopran, auch jugendlich dramatischer Sopran, m. P.).
Schauplatz: Antarktis.
Zeit: 1911.
Orchester: 4 Fl. (II. und III. auch Picc., IV. auch Bfl.), 3 Ob., 6 Kl. in B (V. und VI. auch Bkl.), 3 Fag. (II. und III. auch Kfag.), 6 Hr., 4 Trp., 3 Pos., Bt., P. (vierhändig), Schl. (4 Spieler), Klav., Akkordeon, Hrf., Str. – Bühnenmusik: 6 Kl., 6 Hr.
Gliederung: 2 Teile mit 10 Szenen.
Spieldauer: Etwa 2 Stunden.

Handlung

Der Wettlauf des Norwegers Roald Amundsen und des Briten Robert Scott mit ihren Teams zum Südpol beginnt mit einem Telegramm: Amundsen teilt seinem Konkurrenten mit, daß auch er den Südpol erobern wolle. – In der Antarktis rüsten sich beide Teams und vertreiben sich die Zeit bis zum Aufbruch. Die Briten setzen Ponys und Motorschlitten ein, die Norweger Schlittenhunde. – Im Basislager gilt es, den antarktischen Winter mit seiner Kälte und Dunkelheit zu überstehen, wobei Musik aus dem Grammophon behilflich ist. Erste Differenzen treten auf. Amundsen treibt sein Team an, vorzeitig aufzubrechen, doch kehren sie ins Lager zurück. Scott erscheint seine Frau Kathleen. Er ist eifersüchtig und mißtraut ihrer Liebe. – Johansen lehnt sich gegen Amundsen auf. Dieser verbietet seinem Team, Tagebuch oder Briefe zu verfassen. Scott hingegen ermuntert seine Leute, zu schreiben. Beide Teams brechen auf. – Der Wettlauf beginnt mit Hindernissen: Die Ponys erweisen sich als untauglich, die Norweger geraten in Gletscherspalten, doch kommen alle gut voran. Zweifel an der ganzen Unternehmung tauchen auf. Amundsen erscheint seine frühere Geliebte und Vermieterin, die Landlady. Sie erklärt, Chemikalien holen zu müssen. – Beide Teams töten ihre Tiere, die Ponys sind ausgelaugt, die Hunde haben ihren Dienst erfüllt und werden als Proviant für den Rückweg im Eis vergraben. Scott wohnt der Schlachtung bei, während Amundsen sich zum Schreiben zurückzieht. – Beide Kapitäne beschäftigen sich mit dem Konkurrenten und werden von Zweifeln und der Angst vor dem Scheitern gequält. In der albtraumartigen Vision erscheinen die beiden Frauen. Es wird klar, daß die Landlady sich einst mit den Chemikalien umgebracht hat. Die Einsamkeit der beiden Kapitäne wird immer quälender, die Furcht immer größer. – Der Brite Oates und der Norweger Johansen schreiben an ihre Mütter über ihre Angst und Einsamkeit. Es kommt zum Streit mit Amundsen, der Johansen bestraft, weil er sich dem Schreibverbot widersetzt hat. – Die Norweger kommen am Pol an. Das Ziel ist erreicht, die norwegische Fahne aufgestellt. Amundsen hinterläßt Scott einen Brief an den norwegischen König für den Fall, daß er den Rückweg nicht überlebt, und befiehlt, sofort den Heimweg anzutreten. – Die Frauen sprechen in einer imaginären Begegnung über ihre Sorgen und über Amundsens Erfolg. – Erschöpft und enttäuscht finden die Briten am Pol die norwegische Flagge und den Brief Amundsens vor. – Johansen vom norwegischen Team entdeckt Möwen, verheißungsvolle Vorboten einer glücklichen Rückkehr. Sie finden ihr Vorratslager mit dem Hundefleisch. Die Briten sind zunehmend erschöpft. Als erster bricht Evans zusammen. – Evans stirbt. Im Zwischenlager der Briten ist der Brennstoff verdunstet, sie bereiten sich auf den Tod vor. Oates geht in den Kältetod. – Die Norweger erreichen ihr Basislager. Der Machtkampf zwischen Johansen und Amundsen eskaliert, letzterer verkündet, die Beteiligung Johansens in seinen Aufzeichnungen, also der Nachwelt gegenüber, zu verschweigen. Die drei Briten sehen dem Tod entgegen, als letzter stirbt Scott, nachdem er ein letztes Mal seine Frau Kathleen gesehen hat. Auch die Landlady erscheint und spricht über die Unmöglichkeit der Liebe. – Ein Telegramm verkündet den Tod Scotts. Amundsen ist zwar Sieger, doch gehört der wahre Ruhm dem Briten: »The pole is yours«.

Stilistische Stellung
Miroslav Srnkas ›South Pole‹ erzählt das berühmte, in der großen Öffentlichkeit der Medien inszenierte Wettrennen aus dem Jahr 1911 in einer zusammen mit dem Librettisten Tom Holloway eigens generierten Form: als »Doppeloper«. In einer strikten Symmetrie entwickeln sich die Vorgänge in zwei parallel auf der Bühne agierenden Sängerensembles aus fünf Tenören für das britische Expeditionsteam von Robert Falcon Scott und fünf Baritonstimmen für die Norweger um Roald Amundsen. Hinzu treten als Visionen zwei Frauen aus der Biographie der Protagonisten: die Ehefrau Kathleen Scott und eine Geliebte Amundsens, die Landlady. Mit einem großbesetzten, in zahlreiche Einzelpartien differenzierten Orchester evoziert Srnka das Klangbild eines sich fortwährend zuspitzenden dramatischen Geschehens, dessen Erregungskurven zwischen Euphorie, Hoffnung und Verzweiflung nachgezeichnet werden. Der weit aufgefächerte Orchesterapparat personifiziert gleichsam das Naturelement einer fernen, lebensfeindlichen, kaum vorstellbaren Welt im Eis in einem fließenden Kontinuum. Dynamische Extremzustände werden auch in den beiden in gleicher Stimmlage besetzten Sängerteams darstellbar, deren Stimmgewalt um die Bühnenmusiken der begleitenden Tiere aus jeweils sechs Hörnern und Klarinetten erweitert wird. Einen ersten dramatischen Höhepunkt bietet die Tötungsszene der Tiere, in der die Differenzierung der beiden Hauptrollen sichtbar wird: Dem kühl agierenden, machtbewußten Amundsen steht ein intuitiv handelnder, weicherer Charakter von Scott gegenüber. Diese sind auf der Bühne jeweils als Heldenpartien dramatischer und lyrischer Ausprägung umgesetzt. Die konträren Persönlichkeiten werden letztlich auch in den Szenen mit den beiden Frauen charakterisiert, in denen biographische Hintergründe aufgerollt werden. Die Symmetrie der Ereignisse unterliegt zunehmend größeren Schwankungen: Beide Charaktere treffen sich in ihren Visionen und Ängsten in einer imaginierten Begegnung, während die äußeren Umstände immer weiter auseinanderklaffen bis zum bekannten Ende: der siegreichen Heimkehr von Amundsen und dem Tod von Scott im ewigen Eis. Die Oper stellt, über die historischen Ereignisse hinaus, die Fragen nach der Motivation einer solchen extremen Unternehmung, nach Macht, der Gier des Besitzens, dem Wettbewerb, nach der Hybris, einem Mythos der Moderne. Die Reise offenbart sich zunehmend als eine Suche nach sich selbst.

Textdichtung
In ihrer zweiten Zusammenarbeit entwickeln der Australier Tom Holloway und der Tscheche Miroslav Srnka ein komplexes, ineinander verzahntes Doppelgeschehen von höchster Dramatik. Das Libretto ist zweispaltig verfaßt, das heißt: Die Ereignisse und Gespräche sind als nebeneinander ablaufende Handlung geschrieben. Holloway realisiert dies in einer lakonischen und pointierten Sprache, die in einem Staccato der kurzen Sätze ineinander montiert wird.

Geschichtliches

Nachdem Miroslav Srnka 2005 für die Berliner Staatsoper Unter den Linden die Kurzoper ›Wall‹ nach Jonathan Safran Foer komponiert hatte, präsentierte 2011 die Bayerische Staatsoper die Uraufführung der Kammeroper ›Make No Noise‹ nach dem Film ›The Secret Life of Words‹ von Isabel Coixet. Konzept und Libretto entstanden zusammen mit Tom Holloway im Rahmen eines Fellowship des Aldeburgh Festival. Als Nachfolgeprojekt wurde von der Bayerischen Staatsoper eine großbesetzte Oper in Auftrag gegeben und in München am 31. Januar 2016 unter der Leitung von Kirill Petrenko in einer Regie von Hans Neuenfels mit prominenten Protagonisten uraufgeführt: Rolando Villazón als Scott und Thomas Hampson als Amundsen.

M. L. M.

Richard Strauss

* 11. Juni 1864 in München, † 8. September 1949 in Garmisch

Salome

Musikdrama in einem Aufzug nach Oscar Wildes gleichnamiger Dichtung in deutscher Übersetzung von Hedwig Lachmann vom Komponisten.

Solisten: *Herodes* (Charaktertenor, auch Heldentenor, gr. P.) – *Herodias* (Dramatischer Mezzosopran, auch Dramatischer Alt, m. P.) – *Salome* (Dramatischer Sopran, auch Jugendlich-dramatischer Sopran, gr. P.) – *Jochanaan* (Heldenbariton, gr. P.) – *Narraboth* (Jugendlicher Heldentenor, auch Lyrischer Tenor, m. P.) – *Ein Page* der Herodias (Mezzosopran, auch Alt, kl. P.) – *1. Jude* (Tenor, kl. P.) – *2. Jude* (Tenor, kl. P.) – *3. Jude* (Tenor, kl. P.) – *4. Jude* (Tenor, kl. P.) – *5. Jude* (Baß, kl. P.) – *1. Nazarener* (Seriöser Baß, kl. P.) – *2. Nazarener* (Charaktertenor, kl. P.) – *1. Soldat* (Baß, kl. P.) – *2. Soldat* (Baß, kl. P.) – *Ein Cappadocier* (Baß, kl. P.) – *Ein Sklave* (Sopran, auch Tenor, kl. P.).
Schauplatz: Eine große Terrasse im Palast des Herodes.
Zeit: Zur Zeit der Regierung des Herodes II. Antipas.
Orchester: 3 Fl., 1 Picc., 2 Ob., 1 Eh., 1 Heckelphon (Baßoboe), 1 Es-Kl., 2 A-Kl., 2 B-Kl., 1 Bkl., 3 Fag., 1 Kfag., 6 Hr., 4 Trp., 4 Pos., 1 Bt., P., Schl., Xyl., 1 Gisp., 2 Hrf., Cel., 16 Viol. I, 16 Viol. II, 10–12 Br., 10 Vcl., 8 Kb. – Bühnenmusik: Org., Harm. – (Im Verlag Fürstner sind mit Genehmigung des Komponisten auch die Stimmen für folgende vereinfachte Bläser-Besetzung erschienen: 3 Fl. [III. auch Picc.], 2 Ob., 1 Eh., 2 Kl., 1 Bkl., 3 Fag., 4 Hr., 3 Trp., 3 Pos., 1 Bt.).
Gliederung: Durchkomponierte symphonisch-dramatische Großform.

Spieldauer: Etwa 1¾ Stunden.

Handlung

Die judäische Prinzessin Salome ist ein seltsames Wesen. Die Männer ihrer Umwelt – Juden, die immerzu über Religionsfragen streiten, listige Ägypter und brutale Römer – sind ihr unsympathisch; dekadente Schwächlinge wie ihren Stiefvater Herodes, der sie fortwährend mit seinen lüsternen Blicken verfolgt, oder den weichlichen, jungen Hauptmann Narraboth verachtet sie. Als sie gelegentlich des nächtlichen Festbanketts auf die Terrasse des Palastes tritt, vernimmt sie aus einer Zisterne die Stimme des Propheten Jochanaan, den der Tetrarch wegen seiner Schmähreden auf das Lasterleben der Herodias dort gefangensetzen ließ und den er aber dennoch vor dem Zugriff der Juden schützt, weil er ihn für einen heiligen Mann hält. Salome will Jochanaan sehen und sprechen, als sie erfährt, daß er ein junger Mann sei. Mit bestrickenden Worten weiß sie Narraboth zu überreden, daß er ihn trotz des Verbots des Tetrarchen heraufkommen läßt. Das asketische und unnahbare Wesen des Propheten reizt Salomes Sinnlichkeit gewaltig, sie will seinen Leib und sein Haar berühren und seinen Mund küssen. Als schließlich Jochanaan ihre leidenschaftlichen Verführungsversuche mit einer Verfluchung beantwortet und wieder in die Zisterne zurückkehrt, reift in ihrem

Innern ein unheilvoller Plan. Herodes erscheint mit Gefolge auf der Terrasse. Er sucht Salome und will, daß sie vor ihm tanze. Die Prinzessin lehnt es ab. Als aber der Tetrarch unter Eid verspricht, ihr zur Belohnung jeden Wunsch erfüllen zu wollen, zeigt sie sich plötzlich bereit, seinem Verlangen zu willfahren. Hingerissen von der erotischen Wirkung des Tanzes, im Verlauf dessen nach und nach die sieben, Salomes Körper bedeckenden Schleier gefallen waren, fragt Herodes die Prinzessin, was sie sich wünsche. Mit kalter Miene verlangt sie den Kopf des Jochanaan in einer Silberschüssel. Umsonst bittet und beschwört sie der Tetrarch, ein anderes Geschenk zu fordern, umsonst bietet er ihr die kostbarsten Schätze, ja sogar den Vorhang des Allerheiligsten an. Salome besteht auf ihrem Verlangen. Als sie dann das abgeschlagene Haupt des Propheten aus der Hand des Henkers empfangen hat, küßt sie triumphierend den Mund des Toten. Angeekelt und in unheimlicher Angst vor dem zu erwartenden Unheil als Strafe für die Ermordung des Gottgesandten, gibt Herodes seinen Soldaten den Befehl, Salome augenblicklich zu töten.

Stilistische Stellung
Mit dem genialen Wurf der ›Salome‹ hatte Strauss die seiner künstlerischen Individualität gemäße Form des musikalischen Dramas gefunden, an der er auch in seinem späteren Bühnenschaffen im wesentlichen festgehalten hat. Das Wagnersche Gestaltungsprinzip ist beibehalten, etwa 30 Leitmotive bilden das Fundament der ›Salome‹-Musik. Die Struktur des Werkes zeigt aber in Thematik, Rhythmik, Harmonik und Instrumentation so sehr das Gepräge eines Eigenstils, den der Komponist in seinen symphonischen Werken bereits vor der Entstehung der ›Salome‹ zu hoher Meisterschaft entwickelt hatte, daß man gar nicht mehr an Wagner denkt. Die formale Anlage folgt dem wohlgegliederten Aufbau der Dichtung. Dementsprechend enthält die Partitur eine Reihe geschlossener Gebilde, die zum Teil ganze Szenen umfassen (Jochanaans Gesänge, das Juden-Quintett, Salomes Tanz, die Szene Salome-Jochanaan, Herodes' Geschenkangebote, Salomes große Schlußszene). Die Verarbeitung der Thematik, die jeweils aus der Situation geboren ist, scheut im Dienst des dramatischen Ausdrucks gelegentlich auch nicht vor häßlichen Verzerrungen zurück. Oft werden die vielseitigen Abwandlungen der Themen und Motive durch rhythmische und metrische Veränderungen erzielt (häufiger Taktwechsel und Schwerpunktsverschiebungen). Die Harmonik hält trotz kühner Erweiterung des Alterierungsbegriffes immer die Beziehung zu einer Dur- oder Moll-Tonika aufrecht. Erstaunlich ist, was der feine Farbensinn des Komponisten aus dem instrumentalen Apparat, der das Wagner-Orchester im wesentlichen nur um die Farbe der Baßoboe (Heckelphon) bereichert, herauszuholen vermochte. Die virtuos differenzierte Behandlung des gewaltigen Klangkörpers, dessen Vollwerk nur an den dramatischen Höhepunkten, insbesondere bei den symphonischen Zwischenspielen, entfesselt wird, gestattet den Singstimmen einen nuancenreichen Vortrag.

Textdichtung
Der englische Dichter Oscar Wilde (1856–1900) schloß sich bei der Darstellung des Salome-Stoffes in seinem 1893 in französischer Sprache geschriebenen Dramolet ›Salome‹ nicht der Auffassung des Franzosen Gustave Flaubert an, in dessen ›Hérodias‹ (1877) die judäische Prinzessin auf Anstiften ihrer rachsüchtigen Mutter den Kopf des Täufers verlangt, wie auch die schlichte Historie der Bibel berichtet (Matthäus 14, 1–12 und Markus 6, 14–29). Für Strauss arbeitete zunächst der Wiener Dichter Anton Lindner einen Operntext nach dem Wildeschen Stück aus, der aber nicht den Intentionen des Komponisten entsprach. Schließlich übernahm Strauss das Wildesche Original selbst als Textvorlage, das er in der deutschen Übersetzung von Hedwig Lachmann ohne wesentliche Veränderungen vertonte.

Geschichtliches
Schon bald nach der Uraufführung der ›Feuersnot‹ (1901) befaßte sich Strauss mit dem Plan der ›Salome‹, zu dem ihn der große Bühnenerfolg des Wildeschen Stückes (deutsche Erstaufführung in der Übersetzung von Dr. Kiefer, 1901 Breslau) angeregt hatte. Infolge starker anderweitiger beruflicher Inanspruchnahme erfolgte die Vollendung des Musikdramas, dessen Komposition im Sommer 1903 begonnen wurde, erst am 20. Juni 1905. Die Uraufführung fand unter Leitung von Ernst von Schuch und mit Maria Wittich (Salome), Karel Burian (Karl Burrian; Herodes), Carl Perron (Jochanaan) in den Hauptrollen am 9. Dezember 1905 an der Dresdner Hofoper statt. Der triumphale Erfolg machte Strauss mit einem

Schlag zum führenden Musikdramatiker der Gegenwart, und weder das Zetergeschrei der Philister noch die Prüderie mancher Hoftheater-Zensurstellen konnten es verhindern, daß sich das aufsehenerregende Werk in Kürze alle großen Bühnen des In- und Auslandes eroberte.

Elektra

Tragödie in einem Aufzug. Dichtung von Hugo von Hofmannsthal.

Solisten: *Klytämnestra* (Dramatischer Mezzosopran, m. P.) – *Elektra* (Dramatischer Sopran, gr. P.) und *Chrysothemis* (Jugendlich-dramatischer Sopran, gr. P.), ihre Töchter – *Aegisth* (Jugendlicher Heldentenor, auch Heldentenor, kl. P.) – *Orest* (Heldenbariton, auch Seriöser Baß, m. P.) – *Der Pfleger* des Orest (Seriöser Baß, auch Charakterbaß, kl. P.) – *Die Vertraute* (Sopran, kl. P.) – *Die Schleppträgerin* (Sopran, kl. P.) – *Ein junger Diener* (Tenor, kl. P.) – *Ein alter Diener* (Baß, kl. P.) – *Die Aufseherin* (Sopran, kl. P.) – *1. Magd* (Alt, kl. P.) – *2. Magd* (Mezzosopran, kl. P.) – *3. Magd* (Mezzosopran, kl. P.) – *4. Magd* (Sopran, kl. P.) – *5. Magd* (Sopran, kl. P.).
Chor: Dienerinnen und Diener (kl. Chp.).
Ort: Mykene.
Schauplatz: Der innere Hof, begrenzt von der Rückseite des Palastes und niedrigen Gebäuden, in denen die Diener wohnen, links vorn ein Ziehbrunnen.
Orchester: 1 Picc., 3 Fl. (auch 2 Fl. und 2 Picc.), 2 Ob., 1 Eh. (auch III. Ob.), 1 Heckelphon (Baßoboe), 1 Es-Kl., 4 B-Kl. (auch 2 B- und 2 A-Kl.), 2 Bh., 1 Bkl., 3 Fag., 1 Kfag., 4 Hr., 2 B-Tbn., 2 F-Tbn. (auch 5.–8. Hr.), 6 Trp., 1 Btrp., 3 Pos., 1 Kpos., 1 Ktb., 6–8 P., Glsp., Schl., Cel., 2 Hrf. (womöglich zu verdoppeln), 8 Viol. I, 8 Viol. II, 8 Viol. III, 6 Br. I (auch Viol. IV), 6 Br. II, 6 Br. III, 6 Vcl. I, 6 Vcl. II, 8 Kb. – (Im Verlag Fürstner sind mit Genehmigung des Komponisten auch die Stimmen für folgende vereinfachte Bläserbesetzung erschienen: 3 Fl., 2 Ob., 1 Eh., 4 Kl., 3 Fag., 4 Hr., 6 Trp., 3 Pos., 1 Bt.).
Gliederung: Durchkomponierte symphonisch-dramatische Großform.
Spieldauer: Etwa 1¾ Stunden.

Handlung

Auf dem Herrscherhaus der Pelopiden oder Atriden, wie das Geschlecht nach dem Stammvater Pelops beziehungsweise nach dessen Sohn Atreus heißt, lastet von alters her ein Fluch, der sich darin auswirkt, daß Mord und Totschlag unter den nächsten Familienangehörigen im Königspalast zu Mykene heimisch geworden sind. Agamemnon, ein Enkel des Atreus und Heerführer der Griechen vor Troja, war nach seiner Heimkehr von dem siegreichen Feldzug von seiner Gattin Klytämnestra und deren Buhlen Aegisth im Bad mit einem Beil erschlagen worden. Das verbrecherische Paar wollte auch Agamemnons minderjährigen Sohn Orest umbringen, aber dessen Schwester Elektra wußte den Bruder noch rechtzeitig durch einen getreuen Diener zu König Strophios nach Phokis in Sicherheit zu bringen. Seit dieser Zeit muß sich Elektra schlechte Behandlung und Demütigungen schlimmster Art gefallen lassen. In ständiger Klage um den Vater und erfüllt von Ekel vor ihrer Umgebung, lebt sie nur mehr dem Tag der Vergeltung, für die der junge Orest von seinem Pfleger, einem harten und entschlossenen Mann, sorgsam herangezogen wird. Elektra will daher nichts von einer Flucht wissen, wozu sie ihre jüngere Schwester Chrysothemis, die sich nach Liebe und Mutterglück sehnt, zu veranlassen sucht. Sie läßt sich auch nicht durch Chrysothemis' Warnung abschrecken, daß man sie in einem Turm einzukerkern beabsichtige. Im Gegenteil: Sie stellt sich ihrer Mutter zu einer Aussprache, als diese, über und über mit Amuletten und Edelsteinen behangen, mit einem Opferzug herannaht. Klytämnestra sucht nach einer Opfergabe zur Versöhnung der Götter, damit ihre quälenden Träume aufhörten. Mit gleisnerischen Worten gibt Elektra vor, das einzig wirksame Mittel dagegen zu kennen. Sie lenkt dabei das Gespräch auf Orest. In wildem Haßausbruch schleudert sie schließlich der Mutter ins Gesicht, daß sie erst bluten müsse für ihre Verbrechen, bevor sie Ruhe fände. Die auf den Siedepunkt gelangte Auseinandersetzung wird durch das eilige Erscheinen der Vertrauten Klytämnestras unterbrochen. Diese flüstert der Herrin einige Worte ins Ohr, worauf Klytämnestra strahlend und triumphierend abgeht. Gleich darauf meldet Chrysothemis der Schwester, es seien soeben zwei Männer – ein älterer und ein junger – angekommen mit der Botschaft, daß Orest tot sei. Daraufhin beschwört Elektra Chrysothemis, die Tat in der kommenden Nacht mit ihr zusammen zu vollbringen. Aber diese weigert sich und läuft davon. Mit einem Fluch auf die Schwester beschließt Elektra, nunmehr die Vergeltung allein durchzuführen. Hastig scharrt sie nach dem vergrabenen Beil, mit dem einst der Vater getötet worden war. In diesem Augenblick nähert sich ihr der jüngere Trauerbote, dem Elektra zunächst mißtrauisch und scheu gegenübersteht. Er erzählt ihr von Orests Ende; als ihm aber Elektra ihren Namen nennt, flüstert er der Verzweifelten zu, daß Orest noch am Leben sei. Gleich darauf stürzen einige ältere Diener in den Hof und küssen dem Fremden ehrfurchtsvoll den Saum des Gewandes, der sich nun endlich Elektra zu erkennen gibt: Es ist Orest selbst. Nach Worten seligen Entzückens wehrt sich die in ihrer Schmach gedemütigte Elektra, sich von ihrem Bruder umarmen zu lassen. Das Elend und die Trauer der Schwester erinnern Orest wieder an seine Mission der rächenden Sühne. Mahnend erscheint der alte Pfleger am Hofeingang; sichtlich von einem inneren Schauer erregt, rafft sich Orest auf und geht mit seinem Erzieher ins Haus. In höchster Aufregung läuft Elektra wie ein wildes Tier im Käfig vor der Türe hin und her; sie konnte dem Bruder das Beil nicht mehr geben. Aber bald verraten gellende Schreie Klytämnestras aus dem Innern des Hauses, daß der Rächer bereits am Werk ist. Als dann Aegisth, der eiligst herbeigeholt worden ist, um die Nachricht von dem Tod des Orest aus dem Munde der Boten selbst zu hören, in den Hof schlendert, leuchtet ihm Elektra, heuchlerisch-liebenswürdig, mit einer Fackel ins Haus. Auf die Hilferufe und Todesschreie des Aegisth strömen die Diener und Mägde des Hauses herbei, die Anhänger des Aegisth werden von der überwiegend dem Orest ergebenen Dienerschaft rasch überwältigt. Klytämnestra und Aegisth haben ihre Schuld gesühnt, Elektra ihr Lebensziel erreicht. Sie hört nicht auf die Jubelrufe der treuen Dienerschaft und nicht auf den von neuen Lebenshoffnungen erfüllten Zuspruch der Schwester. Im Taumel des Glückes fordert sie Chrysothemis und das Gesinde auf, sich an ihrem Freudentanz zu beteiligen, den sie in wilder Ekstase zu einem Gipfel seelischen Lustrausches steigert, bis sie, in diesem gleichsam ertrinkend, tot zusammenbricht.

Stilistische Stellung

Es ist in hohem Grade bewunderungswürdig, wie Strauss Hofmannsthals Dichtung, die ja gar nicht als Textvorlage für ein Musikdrama gedacht war, trotz ihres beklemmend-schauerlichen Stoffes, in Musik zu setzen und dadurch die Wirkungskraft des allein schon durch seine sprachlichen Qualitäten wertvollen literarischen Kunstwerkes noch erheblich zu steigern wußte. Das Pathologische in Handlung und Charakteren erforderte eine außergewöhnliche musikalische Gestaltungsweise: Diese äußert sich zunächst schon in der melodisch-rhythmischen Prägnanz einer Thematik, die in ihrem tonmalerischen Naturalismus oft von greifbarer Plastik ist, dann vor allem in einer kühnen Harmonik, die sich bei der Schilderung des Gräßlichen und Häßlichen durch das polyphone Gewebe der Motive (etwa 45 an der Zahl) vielfach in harten Dissonanzen und Mißklängen oder auch in kalten und fahlen Klanggebilden ergeht. Dabei wird die Verbindung polytonaler Klänge bis an die Grenze der Atonalität getrieben. Gleichsam wie ein anklagender Aufschrei leitet das Agamemnon-Thema ein, das im Verlauf des Werkes immer wieder erklingt, wenn auf den Griechenfürsten Bezug genommen wird. Hinsichtlich der Instrumentation ist als wesentliches Charakteristikum der ›Elektra‹-Partitur die in ihrem Stärkeverhältnis genau vorgeschriebene Unterteilung der Streicher anzusehen. Die Gliederung der Streichinstrumente in der Hauptsache in drei Chöre bewirkt offenbar den eigentümlich gedämpften Grundklang des ›Elektra‹-Orchesters, der selbst im Fortissimo des mit 40 Blasinstrumenten besetzten Riesenapparates keine brutalen Wirkungen aufkommen läßt. Daher werden auch die Singstimmen bei richtiger Beachtung der dynamischen Vorschriften nicht nur nicht zugedeckt, sondern in ihrer plastischen Wirkung gehoben und getragen. Die Auflichtung der schwülen Atmosphäre bei den Szenen, in denen normal-natürliche Gefühle die Oberhand gewinnen (Chrysothemis, Erkennungsszene), schafft wirkungsvolle Kontraste.

Textdichtung

Die Tragödie des mykenischen Königshauses wurde im Altertum von den drei großen attischen Trauerspieldichtern Aischylos (›Orestie‹), Euripides (›Elektra‹ – ›Orestes‹) und Sophokles (›Elektra‹) dramatisch behandelt. Hofmannsthals im Jahre 1903 als Sprechstück entstandene Dichtung stellt gegenüber der lichten hellenistischen

Darstellung des Stoffes, die das Heroische betont, die dunklen Gewalten des Mythos in den Vordergrund. Das dramatische Interesse konzentriert sich auf die Gestalt der Elektra. Sie ist zwar aktiv an der eigentlichen Durchführung des Rachewerks gar nicht beteiligt, führt aber in der großen Spannweite ihrer Emotionen die ganze Tragik der schicksalhaften Ereignisse mit packender Realistik vor Augen.

Geschichtliches
Nach ›Salome‹ wollte Strauss ursprünglich eine komische Oper schreiben; es fehlte ihm aber ein geeigneter Stoff. Ein Freund machte ihn auf ›Elektra‹ aufmerksam. Strauss entschloß sich, Hofmannsthals Dichtung zu vertonen, nachdem er das Stück in Max Reinhardts Inszenierung mit Gertrud Eysolt am Deutschen Theater, Berlin, gesehen hatte. Für die Komposition wurden ein paar unwesentliche Kürzungen vorgenommen, die Erkennungsszene Elektra-Orest wurde um einige Verse erweitert. Im September 1906 hatte Strauss mit der Arbeit an der ›Elektra‹ begonnen. Die Berliner Hofoper gewährte ihm für die Ausarbeitung des Werkes einen einjährigen Sonderurlaub ab 1. Oktober 1908; denn das gewaltige Drama beanspruchte die gesamte Schaffenskraft des Komponisten, mußten doch manche Abschnitte mehrmals entworfen werden, bis sie die endgültige Gestalt annahmen. Die Uraufführung erfolgte am 25. Januar 1909 unter Ernst von Schuch und mit Annie Krull (Titelrolle), Margarete Siems (Chrysothemis), Ernestine Schumann-Heinck (Klytämnestra), Carl Perron (Orest) in den Hauptrollen an der Dresdner Hofoper. Der äußere Erfolg stand zwar hinter dem der ›Salome‹ zurück, doch fand das Werk trotzdem eine rasche Verbreitung im In- und Ausland. ›Elektra‹ wird heute von vielen Musikern als der Höhepunkt im Schaffen des Meisters angesehen.

Der Rosenkavalier

Komödie für Musik in drei Aufzügen. Text von Hugo von Hofmannsthal.

Solisten: *Die Feldmarschallin Fürstin Werdenberg* (Jugendlich-dramatischer Sopran, gr. P.) – *Der Baron Ochs auf Lerchenau* (Schwerer Spielbaß, auch Seriöser Baß, gr. P.) – *Octavian, genannt Quinquin, ein junger Herr aus großem Haus, als Zofe verkleidet »Mariandel« genannt* (Dramatischer Mezzosopran, auch Lyrischer Mezzosopran, gr. P.) – *Herr von Faninal, ein reicher Neugeadelter* (Heldenbariton, auch Charakterbariton, m. P.) – *Sophie, seine Tochter* (Lyrischer Koloratursopran, auch Lyrischer Sopran, gr. P.) – *Jungfer Marianne Leitmetzerin, die Duenna* (Sopran, kl. P.) – *Valzacchi, ein Intrigant* (Spieltenor, auch Charaktertenor, m. P.) – *Annina, seine Begleiterin* (Mezzosopran, auch Spielalt, m. P.) – *Ein Sänger* (Jugendlicher Heldentenor, auch Lyrischer Tenor, kl. P.) – *Ein Polizeikommissar* (Baß, kl. P.) – *Der Haushofmeister bei der Feldmarschallin* (Tenor, kl. P.) – *Der Haushofmeister bei Faninal* (Tenor, kl. P.) – *Ein Notar* (Baß, kl. P.) – *Ein Wirt* (Tenor, kl. P.) – *Drei adelige Waisen* (Sopran, Mezzosopran, Alt, kl. P.) – *Eine Modistin* (Sopran, kl. P.) – *Ein Tierhändler* (Tenor, kl. P.) – *Vier Lakaien der Marschallin* (zwei Tenöre und zwei Bässe, kl. P.) – *Vier Kellner* (ein Tenor und drei Bässe, kl. P.) – *Vier kleine Kinder* (Sopran, kl. P.) – *Drei Läufer* (ein Tenor und drei Bässe, kl. P.) – *Hausknecht* (Baß, kl. P.).

Chor: Dienerschaft bei Faninal (Diener, Mägde, Küchenpersonal, Stallpagen) – Dienerschaft des Barons (Kammerdiener, Almosenier und Sohn, Leibjäger und Lümmel, zwei weitere Diener) – Zuschauer (Gasthofpersonal, andere Gäste, Musikanten) – Fünf verdächtige Gestalten (kl. Chp.).
Statisterie: Ein Gelehrter – Ein Flötist – Ein Friseur (Solotänzer) – Dessen Gehilfe (Tänzerin) – Eine adelige Witwe – Ein kleiner Mohr – Lakaien bei der Feldmarschallin und bei Faninal – Lakai und Livree Octavians – Haiducken – Ein Schreiber – Ein Arzt – Eine Alte – Ein Kellnerjunge – Zwei Wächter – Hausknechte.
Ort: Wien.
Schauplätze: Das Schlafzimmer der Feldmarschallin – Saal bei Herrn von Faninal – Ein Extrazimmer in einem Gasthaus.
Zeit: In den ersten Jahren der Regierung Maria Theresias.
Orchester: 3 Fl. (III. auch Picc.), 2 Ob., 1 Eh. (auch III. Ob.), 1 D-Kl. (auch Es-Kl. und III. B-Kl.), 2 B-Kl., 1 Bh. (auch Bkl.), 3 Fag. (III. auch Kfag.), 4 Hr., 3 Trp., 3 Pos., 1 Bt., P., Schl. (3 Spieler), Cel., 2 Hrf., 16 Vl. I, 16 Vl. II, 12 Br., 10 Vcl., 8 Kb. – Bühnenmusik: I. und II. Vl., Br., Vcl., Kb., 2 Fl., 1 Ob., 1 C-Kl., 2 B-Kl., 2 Fag., 2 Hr., 1 Trp., 1 kl. Tr., Klav., Harm.

Gliederung: Durchkomponierte sinfonisch-dramatische Großform in drei Akten.
Spieldauer: Etwa 3¼ Stunden.

Handlung

Nach einer stürmischen Liebesnacht erwachen die Marschallin und ihr junger Liebhaber Octavian. Er ist stolz, daß ihm diese schöne, begehrte Frau ihre Liebe schenkt. Der kleine Mohr bringt das Frühstück. Octavian versteckt sich hinter einem Wandschirm, läßt aber seinen Degen liegen. Die Marschallin tadelt ihn deswegen. Während des zärtlichen Frühstücks erwähnt Octavian den Feldmarschall, der auf der Jagd ist. Die Marschallin erzählt, daß sie von ihrem Mann geträumt hat. Octavian ist eifersüchtig. Lärm im Vorzimmer scheint die Rückkehr des Feldmarschalls anzukündigen. Octavian versteckt sich im Alkoven. Die Marschallin stellt erleichtert fest, daß der Eindringling ihr Vetter Baron Ochs ist. Octavian kommt als Kammerzofe verkleidet aus seinem Versteck hervor. Der Baron macht sich sogleich an sie heran. Er erzählt von seiner Verlobung mit Sophie, der einzigen Tochter des reichen Neuadligen Herrn von Faninal, und bittet die Marschallin um Rat, wen er beauftragen könnte, der Braut als Rosenkavalier die silberne Rose, das Verlobungssymbol, zu überbringen. Die »Mariandel« genannte Zofe bittet er um ein Tête-à-Tête. Die Marschallin beobachtet seine Annäherungsversuche und erinnert ihn daran, daß er Bräutigam sei. Der Baron erzählt von seinen erotischen Abenteuern mit den Mägden auf seinem Gutshof. Er möchte »Mariandel« als Bedienstete für seine künftige Gemahlin gewinnen, sie sei wohl das Kind eines Adligen. Er selber habe einen unehelichen Sohn, den er als Leiblakai halte. Die Marschallin schlägt dem Vetter als Rosenkavalier den Grafen Octavian Rofrano vor und zeigt ihm ein Medaillon mit dessen Bild. Dem Baron fällt sogleich die Ähnlichkeit mit der Zofe auf, er vermutet, diese sei eine illegitime Schwester Octavians. Die Marschallin heißt den verkleideten Octavian, die im Vorzimmer wartenden Bediensteten und Bittsteller hereinzulassen, so daß dieser endlich entwischen kann. Während sie frisiert wird, trägt ein italienischer Sänger eine Arie vor, wird aber vom Baron, der mit dem Notar wegen seines Ehevertrages streitet, abrupt unterbrochen. Die Marschallin ist verstimmt, der Friseur habe eine alte Frau aus ihr gemacht. Ochs erkundigt sich bei Valzacchi und Annina nach »Mariandel«. Sein Leiblakai bringt das Futteral mit der silbernen Rose. Allein geblieben, erinnert sich die Marschallin daran, wie sie als junges Mädchen verheiratet worden ist, und denkt über das Altwerden und die Vergänglichkeit nach. Octavian kehrt zurück, die Marschallin bleibt melancholisch. Sie spürt, daß sie Octavian an eine Jüngere verlieren wird. Sie schickt ihn fort, ohne ihn geküßt zu haben. Ihre Diener sollen ihn zurückholen, erreichen ihn aber nicht mehr. Sie übergibt das Futteral dem kleinen Mohren, damit er es dem Grafen überbringe.

Vor dem Eintreffen des Rosenkavaliers herrscht im Palais Faninal freudige Erwartung. Faninal verabschiedet sich, um den Bräutigam abzuholen. Sophie versucht vor dem Eintritt in den Stand der Ehe demütig zu bleiben, wie man es ihr in der Klosterschule beigebracht hat. Ihre Anstandsdame Marianne Leitmetzerin beobachtet durch das Fenster die Ankunft des Rosenkavaliers. Sophie ist überwältigt von Vorfreude und Stolz. Octavian erscheint mit seiner Dienerschaft und überreicht Sophie die silberne Rose. Beide sind voneinander bezaubert. Sophie erzählt, daß sie Octavians Stammbaum studiert habe, und zählt all seine Vornamen auf. Unbefangen plaudert sie von ihren Erwartungen an den Ehestand. Faninal führt den Baron herein. Sophie ist angewidert von dessen Arroganz und Zudringlichkeit. Er verrät Faninal, Octavian habe eine illegitime Halbschwester. Faninal ist am Ziel seiner Wünsche: Seine Tochter wird in den alten Adel einheiraten. Octavian platzt schier vor Wut auf den unverschämten Baron. Der Notar erscheint, Faninal und Ochs gehen mit ihm ins Nebenzimmer, um den Ehevertrag vorzubereiten. Ochs hat nichts dagegen, wenn Octavian Sophie ein wenig den Hof macht, sie sei noch sehr zimperlich. Sophie ist entschlossen, den Baron nicht zu heiraten, und bittet Octavian um Hilfe. Das Gefolge des Barons erscheint und stellt den Mägden nach. Sophie und Octavian gestehen einander ihre Liebe und umarmen sich. Valzacchi und Annina haben die beiden belauscht und rufen den Baron herbei. Octavian eröffnet ihm, daß Sophie ihn nicht heiraten werde. Ochs geht nicht darauf ein und will Sophie zum Notar führen. Octavian zieht den Degen und verletzt den Baron. Die Dienerschaft eilt herbei, ein Arzt wird geholt. Faninal ist außer sich über den Vorfall und droht Sophie mit dem Kloster, wenn sie den Baron nicht heirate. Bevor Octavian weggewiesen wird, beruhigt er Sophie: Sie werde von ihm hören. Die Laune des Barons bessert sich, als ihm Wein serviert wird, erst recht aber, als ihm Annina einen Brief von »Mariandel« überbringt: Sie habe am nächsten Abend frei. Ochs freut sich auf das Rendezvous.

Octavian hat sich einen Streich ausgedacht, um die Heirat des Barons mit Sophie zu verhindern. Im Extrazimmer eines Gasthauses bezahlt er Valzacchi, der das Ganze organisiert hat. Mit Annina verläßt er den Raum. Ochs erscheint mit »Mariandel« und seinem Leiblakai. Er will das »Mariandel« küssen, doch ihr Gesicht erinnert ihn an den Streit mit Octavian. Er erschrickt, als ein Mann unter einer Falltür im Boden erscheint. »Mariandel« spielt die Naive. Die Musik, die draußen erklingt, und der Wein machen sie weinerlich, mit ihrem Weltschmerz vermiest sie dem Baron das Souper. Abermals erschrecken ihn Gesichter. Die verkleidete Annina erscheint mit einer Kinderschar und behauptet, der Baron sei ihr Mann. Er ruft die Polizei. Der Kommissar befragt ihn wegen des Mädchens in seiner Begleitung. Ochs gibt sie als seine Braut Sophie von Faninal aus. Faninal eilt herbei und läßt seine Tochter heraufholen. In der Aufregung erleidet Faninal einen Schwächeanfall und wird, von Sophie begleitet, in einen Nebenraum geführt. Octavian entledigt sich der Frauenkleider und gibt sich dem Kommissar zu erkennen. Überraschend erscheint die Marschallin. Sophie kehrt aus dem Nebenzimmer zurück und teilt Ochs mit, daß ihr Vater nichts mehr mit ihm zu tun haben wolle. Der Baron durchschaut das Spiel allmählich und gibt der Marschallin zu verstehen, daß er ahnt, was es in ihrem Schlafzimmer mit der falschen Zofe auf sich hatte. Sie reagiert souverän: Als Kavalier solle er sich darüber keine Gedanken machen. Der Baron will kein Spielverderber sein. Doch seinen Heiratsplan gibt er erst auf, als ihm die Marschallin energisch die Tür weist. Zurück bleiben die Marschallin, Octavian und Sophie. Sophie spürt die Vertrautheit zwischen der Marschallin und Octavian und glaubt, sie bedeute ihm nichts mehr. Octavian steht verlegen zwischen den beiden Frauen. Die Marschallin schickt ihn zu Sophie hinüber. Durch ihren Verzicht führt sie die beiden zusammen. Mit Faninal geht sie hinaus, während Octavian und Sophie sich selig umarmen. Sophie läßt ihr Taschentuch fallen. Die beiden verlassen die Gaststube. Der kleine Mohr kommt mit einer Kerze, findet das Tuch und trippelt hinaus.

Stilistische Stellung

Der ›Rosenkavalier‹ bedeutete im Schaffen von Strauss einen Wendepunkt. Mit ›Elektra‹ war er an die äußersten Grenzen der Tonalität vorgestoßen. Das nächste Werk sollte heiterer Natur sein, eine »Mozart-Oper«, die er nicht wie ›Salome‹ und ›Elektra‹ auf einen bereits vorliegenden Text komponieren, sondern mit Hugo von Hofmannsthal (1874–1929) gemeinsam erarbeiten wollte. Entstanden ist so eine Komödie mit Tiefsinn. Aus dem Mozartschen Secco-Rezitativ entwickelte Strauss ein vom Orchester polyphon untermaltes Parlando, das sich dem natürlichen Sprechtempo annähert. Innerhalb dieses »Konversationsstils« gibt es retardierende Abschnitte, die Raum bieten für geschlossene lyrisch-melodische Gebilde, als deren Vorbilder Arie (Monolog), Duett, Terzett und Ensemble erkennbar sind. Der große Orchesterapparat und die Verwendung von »Erinnerungsmotiven« leiten sich von Wagner her, zu dessen ›Meistersingern von Nürnberg‹ auch inhaltliche Parallelen bestehen (Porträt einer Stadt, Verzicht des Hans Sachs auf die junge Eva). Die Wiener Walzer, die wesentlich zur Popularität des Werkes beitragen, verdanken sich einer Anregung Hofmannsthals. Einige Kritiker der ersten Aufführungen nahmen an diesem anachronistischen Element Anstoß – Walzer gab es zur Barockzeit noch nicht – und empfanden es als zu operettenhaft.

Textdichtung

Am 11. Februar 1909 teilte Hofmannsthal dem Komponisten mit, er habe »ein komplettes, ganz frisches Szenar einer Spieloper gemacht, mit drastischer Komik in den Gestalten und Situationen, bunter und fast pantomimisch durchsichtiger Handlung, Gelegenheit für Lyrik, Scherz, Humor [...]. Zwei große Rollen für einen Bariton und ein als Mann verkleidetes graziöses Mädchen.« Trotz dem schon damals festgelegten Schauplatz »Wien unter Maria Theresia« entstammen die Primärquellen der gemeinsam mit Harry Graf Kessler (1868–1937) entworfenen ersten Handlungsskizze der französischen Literatur: den Molière-Komödien ›Monsieur de Pourceaugnac‹ und ›Le Médecin malgré lui‹ sowie dem erotischen Roman ›Les Aventures du Chevalier Faublas‹ von Jean-Baptiste Louvet de Couvray. Bildliche Anregungen vermittelte der Zyklus ›Marriage à la mode‹ des englischen Malers und Grafikers William Hogarth. Für die Ausgestaltung der Handlungsführung, die Personenzeichnung wie auch für einzelne sprachliche Wendungen läßt sich eine Vielzahl weiterer Quellen nachweisen, unter anderem ›Le nozze di Figaro‹ von Mozart, Dialektstücke von Ferdinand Raimund und Johann Nestroy, historische Werke von Johann Josef Khevenhüller und Eduard Vehse. Aus divergierenden Elementen erschuf Hofmannsthal ein halb imaginäres, halb reales Wien der Barockzeit mit seinen Ständen und Bräuchen und einer kunstvoll erfundenen Sprache. Traditionelle Ingredienzien der Buffa-Oper – Verkleidung, Verwechslung, Intrige – sind in die »höhere Region des Rührenden« transponiert. Dem Komponisten ging die Vertonung so leicht von der Hand, daß Hofmannsthal dessen Drängen nach weiteren Textlieferungen oft kaum genügen konnte. Doch bei aller Begeisterung über das Werk seines kongenialen künstlerischen Partners war Strauss ein kritischer Leser. Seine praktische Opernerfahrung ließ ihn im Interesse der Bühnenwirksamkeit immer wieder konkrete Änderungsvorschläge machen, die vom Dichter meist bereitwillig aufgenommen wurden. So geht insbesondere die Gestaltung des II. Akts ab dem Auftritt des Barons auf die Anregungen des Komponisten zurück.

Geschichtliches
Am 26. September 1910 war die Partitur vollendet. Das Vertrauen, das Strauss nach den Uraufführungen von ›Feuersnot‹, ›Salome‹ und ›Elektra‹ in den Dresdener Generalmusikdirektor Ernst von Schuch setzte, war ausschlaggebend für den Entschluß, auch den ›Rosenkavalier‹ an der Sächsischen Hofoper uraufführen zu lassen. Hauptbedingung war, den Wiener Bühnenbildner Alfred Roller (1864–1935) als Ausstatter zu verpflichten. Da der Dresdener Hausregisseur Georg Toller mit dem von Strauss und Hofmannsthal gewünschten neuen, natürlichen Darstellungsstil überfordert war, wurde für die Schlußproben Max Reinhardt hinzugezogen. Die Hautpartien waren mit Margarethe Siems als Marschallin, Eva von der Osten als Octavian, Minnie Nast als Sophie und Carl Perron als Ochs besetzt. Die Uraufführung am 26. Januar 1911 war ein sensationeller Erfolg. Ab 4. März fuhren Extrazüge von Berlin zu den Aufführungen nach Dresden (die Berliner Erstaufführung fand erst im November 1911 statt). Die Erstaufführungen in München und Wien (dort mit Richard Mayr, Strauss' und Hofmannsthals Wunschbesetzung als Ochs) waren nicht minder erfolgreich. Ende der Saison hatten mehr als 20 europäische Bühnen den ›Rosenkavalier‹, teils in Übersetzungen, in ihr Repertoire aufgenommen.

Nach dem Willen der Autoren sollte die Modellinszenierung Rollers, der jedes Detail der Regie, der Bühnenarchitektur und der Kostüme festgelegt hatte, für alle Bühnen verbindlich sein. Bis in die sechziger Jahre des 20. Jahrhunderts hinein orientierten sich die meisten Inszenierungen an diesem Vorbild. Als Bewahrer der Tradition wirkte in zahlreichen Einstudierungen Rudolf Hartmann. Große Sängerpersönlichkeiten verliehen den Hauptpartien individuelle Züge, als Marschallin unter anderem Lotte Lehmann, Viorica Ursuleac, Maria Reining, Lisa Della Casa, Elisabeth Schwarzkopf, Régine Crespin, Christa Ludwig und Renée Fleming, in der Rolle des Ochs Kurt Böhme, Otto Edelmann und Kurt Moll, als Octavian Marta Fuchs, Sena Jurinac, Christa Ludwig, Yvonne Minton und Agnes Baltsa, als Sophie Hilde Güden, Anneliese Rothenberger und Lucia Popp. In den sechziger Jahren verlegten Luchino Visconti in London und Claus Helmut Drese in Wiesbaden die Handlung in die Entstehungszeit des Werkes. Jüngere Inszenierungen beleuchteten gesellschaftskritische oder geschlechterspezifische Aspekte (Götz Friedrich 1981 in Stuttgart, Ruth Berghaus 1992 in Frankfurt, Peter Konwitschny 2002 in Hamburg, Robert Carsen 2004 in Salzburg). Sven-Eric Bechtolf und das Ausstatterteam Rolf und Marianne Glittenberg adaptierten 2004 in Zürich das originale Rokoko auf spielerisch-komödiantische Weise. Individuelle ästhetische Wege gingen auch Herbert Wernicke 1995 in Salzburg und Stephan Herheim 2009 in Stuttgart. Bald nach der Uraufführung bürgerten sich im Bühnenalltag Striche ein, namentlich in der »Mägdeerzählung« des Ochs, gegen die Strauss vergeblich protestierte. Ungekürzt brachte Franz Welser-Möst den ›Rosenkavalier‹ 2014 in Salzburg zur Aufführung.

1923 verfaßte Hofmannsthal ein von der Opernhandlung weitgehend unabhängiges Skript für einen ›Rosenkavalier‹-Stummfilm.

M. Z. V.

Richard Strauss

Ariadne auf Naxos

Oper in einem Aufzug nebst einem Vorspiel. Dichtung von Hugo von Hofmannsthal.

Solisten: Personen des Vorspiels: *Der Haushofmeister* (Sprechrolle, kl. P.) – *Ein Musiklehrer* (Heldenbariton, auch Charakterbariton, m. P.) – *Der Komponist* (Dramatischer Mezzosopran, auch Jugendlich-dramatischer Sopran, m. P.) – *Der Tenor [Bacchus]* (Heldentenor, auch Jugendlicher Heldentenor, m. P.) – *Ein Offizier* (Tenor, auch Bariton, kl. P.) – *Ein Tanzmeister* (Spieltenor, auch Charaktertenor, m. P.) – *Ein Perückenmacher* (Bariton, kl. P.) – *Ein Lakai* (Baß, kl. P.) – *Zerbinetta* (Lyrischer Koloratursopran, gr. P.) – *Primadonna [Ariadne]* (Dramatischer Sopran, auch Jugendlich-dramatischer Sopran, gr. P.) – *Harlekin* (Spielbariton, m. P.) – *Scaramuccio* (Spieltenor, auch Charaktertenor, m. P.) – *Truffaldin* (Spielbaß, m. P.) – *Brighella* (Tenor, m. P.). Personen der Oper: *Ariadne* (Dramatischer Sopran, auch Jugendlich-dramatischer Sopran, gr. P.) – *Bacchus* (Heldentenor, auch Jugendlicher Heldentenor, m. P.) – *Najade* (Lyrischer Koloratursopran, auch Lyrischer Sopran, m. P.) – *Dryade* (Mezzosopran, auch Spielalt, m. P.) – *Echo* (Lyrischer Sopran, auch Jugendlich-dramatischer Sopran, m. P.) – Als Intermezzo: *Zerbinetta* (Lyrischer Koloratursopran, gr. P.) – *Harlekin* (Spielbariton, m. P.) – *Scaramuccio* (Spieltenor, auch Charaktertenor, m. P.) – *Truffaldin* (Spielbaß, m. P.) – *Brighella* (Tenor, m. P.).
Ort: Wien.
Schauplätze: Ein tiefer, kaum möblierter Raum im Haus eines großen Herrn, links und rechts je zwei Türen, im Hintergrunde Zurichtungen zu einem Haustheater – Vor einer Höhle (Grotte).
Orchester: 2 Fl., 2 Ob., 2 Kl., 2 Fag., 2 Hr., 1 Trp., 1 Pos., P., Schl., 2 Hrf., Klav. (Konzertflügel), Cel., Harm., 6 Viol., 4 Br., 4 Vcl., 2 Kb.
Gliederung: Im Vorspiel: Durchkomponierte, häufig vom streng rhythmisierten Rezitativ durchzogene Großform; in der Oper: Freie Nachbildungen von geschlossenen Formen der Barockoper und der Opera buffa, die pausenlos ineinandergehen.
Spieldauer: Etwa 2¼ Stunden.

Handlung

In dem Palais eines reichen Grafen werden auf der Bühne des Haustheaters eifrig die letzten Vorbereitungen zur Aufführung einer Oper ›Ariadne auf Naxos‹ getroffen. Es herrscht große Aufregung, da der Lehrer des jungen Komponisten soeben erfahren hat, daß nach der Oper seines Schülers noch ein lustiges Tanzspiel ›Die ungetreue Zerbinetta mit ihren vier Liebhabern‹ gespielt werden soll. Man erblickt hierin eine Entwürdigung der hohen Kunst. Anderseits macht sich die kokette Zerbinetta mit dem komödiantischen Tanzmeister über die langweilige Oper lustig, und die Buffoleute erhoffen sich mit ihren amüsanten Darbietungen einen um so größeren Erfolg. In diese an sich schon geladene Atmosphäre platzt nun wie eine Bombe der durch den Haushofmeister überbrachte Befehl des großen Herrn, die beiden Stücke, also die seriöse Oper und das Tanzspiel, nicht hintereinander, sondern gleichzeitig vorgeführt zu bekommen. Schon will der Komponist sein Werk zurückziehen, da rettet der Tanzmeister die Situation, indem er vorschlägt, die Oper zu kürzen und dazwischen an geeigneten Stellen die sich in jeder Lage zurechtfindende Zerbinetta mit ihren aufeinander eingespielten Partnern Brighella, Scaramuccio, Harlekin und Truffaldin auftreten zu lassen. Schweren Herzens willigen der Musiklehrer und schließlich auch der Komponist ein. Durch das zwischen Ironie und Ernst pendelnde Wortgeplänkel mit dem unglücklichen Jüngling erweckt Zerbinetta, die ihre Bühnenrolle als kapriziöses, verführerisches Weibchen auch im Leben zu spielen pflegt, bei diesem neuen Mut, den er daraufhin seinem Lehrer gegenüber in pathetischen Worten und mit einem schwärmerischen Hymnus auf »die heilige Musik« zum Ausdruck bringt. Ein frecher Pfiff, mit dem Zerbinetta ihre Partner zu der nunmehr beginnenden Vorstellung auf den Plan ruft, reißt ihn aber wieder in die rauhe Wirklichkeit zurück, und in verzweifelter Resignation begibt er sich zu seinen Musikern.

Die Vorstellung auf dem Haustheater beginnt zunächst mit der Oper ›Ariadne auf Naxos‹. Auf einem Lager vor einer Grotte ruht Ariadne in dumpfem Schmerz. Der melancholische Gesang der Nymphen Najade, Dryade und Echo symbolisiert die Teilnahme der Natur an Ariadnes Trauer. Mit einem Klageruf erwacht Ariadne aus dunklen Träumen. Soll sie nochmals zum Leben zurückkehren? In ihrer Erinnerung taucht ein schönes Bild auf: die Liebe Theseus-Ariadne, doch sie will vergessen, und ihre Sehnsucht kennt nur mehr ein Ziel: das Totenreich. Sie erwartet den Götterboten Hermes, der die Seelen der Abgeschiedenen in das dunkle Reich geleitet. Nun erscheint auf der Bühne die Buffogruppe, Zerbinetta mit ihren vier Partnern, die schon vorher Ariadnes Monolog mit ironisierenden Bemerkungen unterbrochen hatten. In einem duftigen Tänzchen im Polkaschritt suchen sie die trauernde Prinzessin zu erheitern. Doch vergeblich! Zerbinetta schickt ihre Leute weg. Sie will nun allein die im Schmerz Erstarrte zu ihrer Auffassung über die Männer und die Liebe bekehren und fordert sie auf, dem weiblichen Urtrieb zu folgen und sich hinzugeben, sobald sich Gelegenheit bietet. Empört hat sich Ariadne in ihre Grotte zurückgezogen. Daraufhin beginnt Zerbinetta ein kokettes Spiel mit ihren vier Liebhabern, bei dem schließlich der feurige Harlekin den Sieg davonträgt und die drei anderen geprellt und zornig abziehen. Aufgeregt stürzen die drei Nymphen herbei und künden der Ariadne das Nahen eines Schiffes mit dem jugendlichen Gott Bacchus an, dem Sohn des Zeus und der Semele. Die Mutter war nach der Geburt des Bacchus von den Strahlen des Zeus in Asche verwandelt worden, und Nymphen zogen den jungen Gott auf. Er kommt soeben von seinem ersten Abenteuer, das er gegen die Zauberin Circe bestanden hat. Diese pflegt, harmlos an einem Webstuhl sitzend, die Fremdlinge, die zu ihr kommen, zum Mahle zu laden und sie dann mit einem Zauberstab in Tiere zu verwandeln. An Bacchus, dem Gott, versagte jedoch ihre Zauberkunst, und er entkam heil. Im strahlenden Glanz der Jugend erscheint er auf dem Felsen der Insel, noch benommen von dem Erlebnis mit der Circe. Ist Ariadne, deren Schönheit ihn mächtig erregt, auch so eine Zauberin, fragt sich der Unerfahrene. Ariadne ihrerseits vermutet in Bacchus den ersehnten Todesboten, der ihre Seele in die Unterwelt geleiten soll. In tastender Annäherung überwinden die vom Schicksal füreinander Bestimmten ihre gegenseitige Scheu, und beide erfahren durch das wunderwirkende Erlebnis der Liebe eine Wandlung: Ariadne zum Leben und Bacchus zum Gott. Befriedigt über den Erfolg ihrer Lehre, erscheint Zerbinetta und weist ironisch mit ihrem Fächer gegen das Paar, auf das sich vom Himmel herab ein Baldachin aus Weinlaub und Efeu gesenkt hat: »Kommt der neue Gott gegangen, hingegeben sind wir stumm, stumm ...«

Stilistische Stellung
In Hofmannsthals Dichtung tritt dem Pathos der mythologischen Opernhandlung die Ironie des Tanzspiels gegenüber. Strauss folgte dem Dichter durch eine entsprechend gegensätzliche Gestaltung der Tonsprache: homophon bei der Oper und polyphon bei der Buffonerie. Die Angleichung des Musikalischen an die Atmosphäre der Molièreschen Rahmenhandlung bestimmte den Komponisten, auf die Welt der Barockoper zurückzugreifen. Die archaisierende Tendenz zeigt sich am meisten bei den geschlossenen Gesangsnummern, die trotz einer in ihrer harmonischen Würze modernen musikalischen Diktion unschwer als freie Nachbildungen älterer Opernformen zu erkennen sind. In den Zerbinetta-Szenen erfährt die prunkhafte barocke Bravourgesangs-Praxis ihre Wiedererweckung. Von reizvoller Wirkung ist schließlich im Orchestralen die Nachahmung des alten konzertanten Soli-Tutti-Stils inklusive der Continuo-Instrumente (Klavier, Harmonium und Harfe). Der Charakter des Werkes als Spiel im Spiel, und zwar im intimen Rahmen einer privaten Haustheater-Aufführung, bestimmte den Kompositionsstil entscheidend: Das feine musikalische Kammerspiel verzichtet auf Chor und großes Orchester, verlangt aber dafür ein hochqualifiziertes Ensemble von Sängern und Instrumentalvirtuosen. Der stoffliche Dualismus, der fraglos das Verständnis des an sich durchsichtigen Werkes – besonders für den unvorbereiteten Hörer – wesentlich erschwert, wurde von Strauss in der Gegensätzlichkeit seiner Stimmungs- und Gefühlswelten musikalisch virtuos gestaltet. In ihrer überreichen Fülle von Einfällen stellt die ›Ariadne‹-Musik das Schönste und Kunstvollste dar, was Richard Strauss je geschrieben hat.

Textdichtung
Bei der ersten Fassung zog Hofmannsthal die fünf Akte der Molièreschen Komödie ›Der Bürger als Edelmann‹ unter Streichung des bürgerlichen Liebespaares Cléonte-Lucile und der Türkenszenen in zwei Aufzüge zusammen. Das Stück handelt in dieser Gestalt von der Düpierung des tölpelhaften, den Allüren großer Herren nacheifernden Emporkömmlings Jourdain durch das adelige Liebespaar Dorantes-Dorimène. An die Stelle des abschließenden Balletts (bei Molière) setzte der Dichter den burlesk-lyrischen Operneinakter ›Ariadne auf Naxos‹, den er durch eine selbständige, höchst geistreiche Dialogszene mit

dem Vorhergehenden verband. Bei der Umgestaltung vom Jahre 1916 wurde dann das Schauspiel, also die Molièresche Komödie, von der Oper ›Ariadne‹ abgetrennt; aus der ursprünglichen Verbindungsszene dichtete Hofmannsthal ein burleskes Vorspiel als ersten Teil des gesamten Werkes. Die Handlung wurde nach Wien verlegt und aus Jourdain wurde ein reicher Graf, der aber auf der Bühne nicht in Erscheinung tritt. Für die Opernhandlung hat der Dichter die Kenntnis der griechischen Mythologie vorausgesetzt, ohne die jedoch die Oper ›Ariadne auf Naxos‹ schwer verständlich ist: Die Königstochter Ariadne rettete dem griechischen Helden Theseus das Leben, als er sich anschickte, ein Ungeheuer, den Minotauros, zu töten, der in einem Labyrinth auf der Insel Kreta hauste. Sie steckte ihm heimlich einen Knäuel Bindfaden zu, den er am Eingang des Labyrinths festband, dann in der Hand abspulen ließ und mit Hilfe dessen er nach Tötung des Minotauros den Weg durch die Irrgänge wieder zurückfand. Ariadne entfloh anschließend mit Theseus auf die Insel Naxos, wo beide eine überaus glückliche Zeit verbrachten, bis dem Helden der Gott Dionysos (Bacchus) im Traum erschien und ihm ein schweres Unheil androhte, wenn er nicht von Ariadne ließe, die das Schicksal ihm, Dionysos, als Braut bestimmt hätte. Theseus segelte daher eines Nachts heimlich ab und ließ Ariadne verlassen zurück.

Die Griechen stellten sich die ganze Natur von Gottheiten beseelt vor. So ist jede Grotte von einer Najade bewohnt, der die Quellen und Flüsse heilig sind. Jeder Baum beherbergt eine Dryade und jeder Fels ist Wohnsitz einer Echo, die in der Sprache gehemmt, nur einzelne aufgefangene Worte nachzureden vermag.

Geschichtliches
Max Reinhardt hatte Hofmannsthal und Strauss durch sein hilfsbereites Einspringen kurz vor der ›Rosenkavalier‹-Uraufführung einen großen Dienst erwiesen. Die beiden Autoren revanchierten sich dafür in der Weise, daß sie bei ihrem nächsten Zusammenwirken dem Meister der Szene ein Werk zum Geschenk machten, das seiner Regiekunst zahlreiche Entfaltungsmöglichkeiten bieten sollte. ›Ariadne auf Naxos, zu spielen nach dem Bürger als Edelmann des Molière‹ wurde nach etwa einjähriger Arbeit am 24. April 1912 beendet. Der große Raum der Dresdner Hofoper erschien für die intimen Wirkungen des feinen Kammerspiels wenig geeignet. Man entschloß sich daher, *die* Uraufführung in das neu erbaute »Kleine Haus« des Stuttgarter Hoftheaters zu verlegen. Ein auserlesenes Ensemble von Sängern, Schauspielern und Instrumentalisten (mit wertvollen alten Instrumenten) wurde hierfür verpflichtet. Die musikalische Leitung besorgte der Komponist selbst, die Inszenierung Max Reinhardt; die Titelrolle sang Maria Jeritza (Wien), den Bacchus Hermann Jadlowker (Berlin), Zerbinetta Margarete Siems (Dresden). Am 24. Oktober 1912 erfolgte zunächst eine Voraufführung für geladene Gäste. Dabei stellte sich heraus, daß die überaus lange Spieldauer das Publikum ermüdete und die Aufnahmefähigkeit bereits erschöpft war, bevor die eigentliche Oper begann. Man nahm daher für die bereits am nächsten Tag stattfindende erste öffentliche Aufführung in der Eile noch einige Streichungen vor. Aber auch dadurch konnte der zwiespältige Eindruck nicht verhindert werden, den die Überfülle von Wirkungen der aus Schauspiel, Oper und Ballett zusammengekoppelten Ausstattungskomödie hinterließ. Als ein Hemmnis für die Verbreitung des Werkes erwies sich auch die betriebstechnische Schwierigkeit, an einem Abend gleichzeitig ein komplettes Schauspiel- und Opernensemble einsetzen zu müssen. Die Autoren entschlossen sich daher zu einer grundlegenden Umarbeitung, für die Hofmannsthal bereits im Sommer 1913 einen Entwurf abfaßte und die im Jahre 1916 dann endgültig abgeschlossen werden konnte. Das neue Vorspiel wurde von Strauss durchkomponiert und der Wortverständlichkeit zuliebe großenteils im streng rhythmisierten Rezitativstil gestaltet. Als einzige Sprechrolle verblieb nur noch der Haushofmeister. Im Opernakt wurden einige Striche bei den Buffoszenen vorgenommen. In dieser Form erlebte ›Ariadne auf Naxos‹ ihre erfolgreiche Erstaufführung am 4. Oktober 1916 an der Wiener Hofoper unter Franz Schalk mit Maria Jeritza (Titelrolle), Selma Kurz (Zerbinetta) und Bêla Környei (Bacchus) in den Hauptrollen. Strauss hat in den nunmehr abgetrennten Schauspielteil, der in Neubearbeitung als ›Der Bürger als Edelmann‹ im Jahre 1917 erschien, in der Art, wie seinerzeit Jean-Baptiste Lully die Molièreschen Komödien mit musikalischen Stücken durchsetzte, eine Reihe köstlicher, von überreichem Klangreiz erfüllter Musiknummern eingestreut. Im Jahre 1920 faßte er neun dieser Stücke zu einer Orchestersuite unter dem Titel ›Der Bürger als Edelmann‹ zusammen, die als-

bald ein beliebtes Repertoirestück auf den Konzertprogrammen geworden ist. Die Suite wird auch gelegentlich als Ballettmusik verwendet, wobei ihr eine der Molièreschen Komödienhandlung entsprechende Choreographie unterlegt wird.

Die Frau ohne Schatten

Oper in drei Akten. Dichtung von Hugo von Hofmannsthal.

Solisten: *Der Kaiser* (Jugendlicher Heldentenor, m. P.) – *Die Kaiserin* (Dramatischer Sopran, auch Jugendlich-dramatischer Sopran, gr. P.) – *Die Amme* (Dramatischer Mezzosopran, auch Dramatischer Sopran, gr. P.) – Der *Geisterbote* (Heldenbariton, auch Charakterbariton, kl. P.) – *Ein Hüter der Schwelle des Tempels* (Sopran oder Falsettsänger, kl. P.) – *Erscheinung eines Jünglings* (Lyrischer Tenor, kl. P.) – *Die Stimme des Falken* (Sopran, kl. P.) – *Eine Stimme von oben* (Alt, kl. P.) – *Barak, der Färber* (Heldenbariton, gr. P.) – *Sein Weib* (Dramatischer Sopran, gr. P.) – *Der Einäugige* (Bariton, auch Baß, m. P.), *Der Einarmige* (Charakterbaß, m. P.) und *Der Bucklige* (Tenor, m. P.), des Färbers Brüder – *Sechs Kinderstimmen* (je zwei Sopran, Mezzosopran und Alt, kl. P.) – *Die Stimmen der Wächter der Stadt* (drei hohe Bässe, kl. P.).
Chor: Kaiserliche Diener – Fremde Kinder – Dienende Geister – Geisterstimmen (m. Chp.).
Schauplätze: Auf einer Terrasse über den kaiserlichen Gärten, seitlich der Eingang in Gemächer – Färberhaus, Werkstatt und Wohnung in einem – Wald vor dem Pavillon des Falkners – Färberhaus – Schlafgemach der Kaiserin im Falknerhaus – Färberhaus – Unterirdische Gewölbe, durch eine querlaufende, dicke Mauer in zwei Kammern geteilt – Felsenterrasse, steinerne Stufen führen vom Wasser aufwärts zu einem mächtigen, tempelartigen Eingang ins Berginnere – Das Innere eines tempelartigen Raumes mit einer von einem Schleiervorhang verhängten Nische, dahinter ein steinerner Thron – Eine schöne Landschaft, steil aufsteigend, inmitten ein goldener Wasserfall, durch eine Kluft abstürzend.
Orchester: 2 Fl., 2 Picc. (auch II. und IV. Fl.), 2 Ob., 1 Eh. (auch III. Ob.), 1 Es-Kl. (auch D-Kl.), 2 B-Kl. (auch C-Kl.), 1 Bh., 1 Bkl. (auch C-Kl.), 3 Fag., 1 Kfag. (auch IV. Fag.), 4 Hr., 4 Tenortuben in F und B (auch 5.–8. Hr.), 4 Trp., 4 Pos., 1 Bt., 1 Glasharmonika, 2 Cel., 1 Glsp., 5 chinesische Gongs, P., Schl., 2 Hrf., 16 Viol. I, 16 Viol. II, 12 Br., 12 Vcl., 8 Kb. – Bühnenmusik: 2 Fl., 1 Ob., 2 C-Kl., 1 Fag., 1 Hr. (im Notfall im Orchester zu spielen), 6 Trp., 6 Pos., 4 Tamtams, Org.

Gliederung: Durchkomponierte symphonisch-dramatische Großform (kein Vorspiel, 8 Zwischenspiele).
Spieldauer: Etwa 3½ Stunden.

Handlung

Auf einer einsamen Insel, umflossen vom schwarzen Wasser und eingerahmt von sieben hohen Mondbergen, suchte der mächtige Geisterkönig Keikobad seine Tochter, die von der Mutter den Trieb zu den Menschen ererbte, unter dem Schutze ihrer Amme den Sterblichen fernzuhalten. Er verlieh ihr auch die zauberische Fähigkeit, sich in Tiere verwandeln zu können. Der junge Kaiser dieses südöstlichen Inselreiches erjagte sie jedoch in der Gestalt einer weißen Gazelle mit Hilfe seines roten Lieblingsfalken, der mit seinen Schwingen die Augen des Tieres schlug, so daß des Jägers Pfeil die in ihrem schnellen Lauf Gehemmte erreichen konnte. Zum großen Erstaunen des Kaisers stand nun aber plötzlich anstelle der Gazelle ein junges schönes Weib vor ihm. Er verliebte sich augenblicklich in die Tochter des Geisterkönigs und machte sie zu seiner Frau. Nunmehr bewohnt sie schon fast ein Jahr lang mit ihrer Amme einen Garten-Pavillon; der Kaiser begehrt sie jede Nacht, während er tagsüber der Jagd obliegt. Durch ihre Vermählung mit einem Sterblichen ist die Kaiserin wohl dem Geisterreich entrückt, nach dem Geistergesetz gehört sie aber erst dann völlig zu den Menschen, wenn sie einen Schatten wirft, das heißt, sich Mutter fühlt. Der zürnende Keikobad sandte jeden Monat heimlich einen Boten zur Amme, um sich zu erkundigen, ob die Tochter des Schattens teilhaftig sei. Als jetzt zum zwölften Mal ein Bote erscheint, berichtet hochbefriedigt die dämonische Alte, welche die Menschen und auch den Kaiser haßt, daß das Ereignis noch immer nicht eingetreten sei. Es verbleiben nur mehr drei Tage bis zum Ablauf der Jahresfrist; wirft die Kaiserin bis dahin keinen Schatten, dann kehrt sie wieder in das Geisterreich zurück, und der Kaiser muß zur Strafe versteinern. So hat es Keikobad bestimmt. Die Kaiserin, welche die Sprache der Vögel versteht, erfährt dies aus dem Klageruf des plötzlich über dem Pavillon kreisenden roten Falken, den der Kaiser seit der Jagd auf die weiße Gazelle nicht mehr gesehen hat. Sie beschwört nun die Amme, ihr zur Rettung des Gatten einen Schatten zu verschaffen. Diese weiß, daß bei den Menschen unter Umständen ein solcher zu erhandeln wäre, und sie hält als geeignetes Objekt hierfür die junge Frau des Färbers Barak, die, unzufrieden mit ihrem Los, ihren gutmütigen Mann verachtet und in kaltem Egoismus seinen Herzenswunsch nach Kinderglück unerfüllt läßt. – Nachdem der Färber Barak mit einem großen Pack Fellen zum Markt weggegangen ist, betreten Kaiserin und Amme das ärmliche Färberhaus. Die Amme, welche die Kaiserin als ihre Tochter ausgibt, bietet der Färbersfrau für drei Tage ihre Dienste an. Als höheres Wesen mephistophelischer Natur verfügt die Alte über allerlei Zaubermittel. So gaukelt sie der verdrossenen Färbersfrau ein Wohlleben mit feinsten Speisen, Schmuck und Dienerinnen vor. Als Lohn für solche Dinge soll die Frau ihren Schatten verkaufen. Zögernd erklärt sich diese hierzu bereit, freilich nicht ohne heimliches Bangen im Herzen, und der Angstschweiß tritt ihr auf die Stirn, als sie nach dem Weggang von Kaiserin und Amme aus der Bratpfanne, in der fünf durch Zauber dorthin gelangte Fischlein schmoren, die wimmernden Stimmen ihrer ungeborenen Kinder vernimmt. Barak findet bei seiner Heimkehr sein Lager von dem der Gattin getrennt. Mit stiller Resignation vernimmt er von draußen den Ehe und Elternschaft verherrlichenden Ruf der Stadtwächter.

Die in das böse Spiel der Amme verstrickten Paare müssen nun zu ihrer Reinigung Prüfungen bestehen. Am nächsten Tag zaubert die Amme der Färbersfrau zunächst das Phantom eines schönen Jünglings vor, dem diese bereits früher einmal bewundernd begegnet sein will; die Frau bringt es aber nicht fertig, ihren Mann zu betrügen. – Des Abends führt der rote Falke den Kaiser vor das Falknerhaus, in das er seine mit Menschendunst behaftete Gattin hineinhuschen sieht. Er verzichtet darauf, die vermeintlich Treulose zu töten und stürzt verzweifelt davon. – Im Färberhaus reicht die Amme dem bei der Arbeit sitzenden Barak einen Trank, in den sie heimlich einen Schlafsaft gemischt hat. Wieder zaubert sie den schönen Jüngling herbei, nachdem der Färber eingeschlafen ist. Doch die Färbersfrau weckt, wie aus einem Traum erwachend, eilig ihren Mann. Sie macht ihm Vorwürfe, daß er das Haus nicht vor Dieben und Eindringlingen bewache. Als er zum Hammer greift, verläßt sie höhnend mit der Amme das Haus. – In unruhigem Schlaf liegt die Kaiserin im Falknerhaus. Mit Gewissensbissen gedenkt sie des gutmütigen Barak. Dann schläft sie ein. Im Traum sieht sie den Kaiser in Begleitung seines Falken, wie er eine Felsenhöhle betritt, in der sich Grabstätten befinden. Er schreitet durch eine eherne Tür, die sich hinter ihm wieder schließt, während die Stimme des Falken kläglich ruft: »Die Frau wirft keinen Schatten, der Kaiser muß versteinen!« Mit einem Schrei fährt die Kaiserin aus dem Schlaf. Sie ist sich bewußt geworden, den Kaiser wie Barak durch ihre Schuld ins Verderben gestürzt zu haben. – Im Färberhaus wird es mitten am Tag dunkler und dunkler. Ängstlich heulen Baraks Brüder auf. In dieser unheilschwangeren Situation bezichtigt sich die Färbersfrau ihrem Mann gegenüber des ehelichen Treubruchs und gesteht, daß sie unter Verzicht auf ihre weibliche Fruchtbarkeit dafür ihren Schatten verkauft habe. Im Schein des von den Brüdern angezündeten Feuers wirft sie tatsächlich keinen Schatten mehr. Triumphierend über den gelungenen Handel fordert die Amme die Kaiserin auf, eiligst den Schatten zu greifen und an sich zu reißen. Der gutmütige Barak zeigt sich nun aber mit einem Mal verwandelt: Mit einem Schwert, das ihm höhere Mächte aus der Luft in die Hand drücken, will er die Schmach vergelten. In höchster Angst weist die Kaiserin den Schatten zurück, den sie nicht für Menschenblut erkaufen will. Demütig nähert sich jetzt die Frau – ebenfalls wie gewandelt – ihrem Gatten mit der Erklärung, die Tat gar nicht begangen zu haben. Zur Sühne ihres kalten Spiels mit seinen Gefühlen möge er sie töten! In diesem Augenblick strömt Wasser in das Haus, die Erde öffnet sich, und Barak und seine Frau versinken – jedes für sich – in die Tiefe.

Ein Kahn, der zauberisch zur Stelle ist, bringt Kaiserin und Amme auf dem Wasser vor den Tempeleingang, den die Kaiserin in der vergangenen Nacht schon im Traum gesehen hatte, als gerade ihr Gatte dort eintrat. Umsonst sucht die Amme die Kaiserin zurückzuhalten, sie überschreitet furchtlos die unheimliche Schwelle. Zur gleichen Zeit ruft eine Geisterstimme Barak und seine Frau, die getrennt in den tiefen Gewölben des Tempels in Sehnsucht nach einander schmachten, nach oben. Mit teuflischer Freude weist die Amme sie auf eine falsche Fährte, als die beiden – sich gegenseitig suchend – nacheinander an ihr vorbeikommen. Ein Geisterbote vertritt der Alten den Weg, als sie den Tempel betreten will. Keikobad verstößt sie zu den ihr so verhaßten Menschen, mit denen sie zur Strafe für ihre schlechten Dienste nunmehr hausen muß. – Im Tempelinnern erblickt die Kaiserin ihren schon nahezu versteinerten Gatten auf einem Thron sitzend. Ein goldener Quell sprudelt aus dem Boden. Die Stimme des Tempelhüters fordert die Kaiserin auf, von dem Lebenswasser zu trinken, worauf sie des Schattens der Färberin teilhaftig würde und der Kaiser zum Leben zurückkehrte. Aber sie will sich ihr Glück – und selbst das Leben des Geliebten – nicht um den Preis des Lebensglücks zweier Menschen erkaufen. Durch ihre Selbstüberwindung hat die Kaiserin die von Keikobad auferlegte Prüfung siegreich bestanden. Ihr Körper wirft plötzlich einen scharfen Schatten, der Kaiser erhebt sich, und jubelnd klingen von draußen die Stimmen der Ungeborenen herein. – In eine schöne, steil ansteigende Landschaft versetzt, schickt das kaiserliche Paar seinen Freudengesang nach unten, den Menschen entgegen, während das Färberpaar – nun ebenfalls glücklich vereint – nach oben singt. Dazu erklingt ein unsichtbarer Chor, der symbolisch ein brüderliches Band um beide Welten schließt. In ihn mischen sich jubelnd die Stimmen der Ungeborenen.

Stilistische Stellung
Die ›Frau ohne Schatten‹ wurde von Hofmannsthal selbst zu Mozarts ›Zauberflöte‹ in Parallele gezogen. Aber während der große Theaterpraktiker Emanuel Schikaneder bei der Abfassung seines Opernbuchs vor allem auf die Bühnenwirksamkeit, also auf die Forderungen des lebendigen Theaters bedacht war, in sprachlicher Hinsicht dagegen mit ziemlicher Unbekümmertheit zu Werke ging, ist bei Hofmannsthal gerade das Gegenteil der Fall. Der sensiblen dichterischen Gestaltung in Form und Sprache steht eine in ihrer dämmerigen Märchensymbolik episch-lyrische, also im Grund undramatische Formung des Stoffes gegenüber. Daran können auch die zahlreichen Zaubereffekte wie die abwechslungsreiche Bilderfolge nichts ändern. Statt der beabsichtigten Wirkung – nämlich durch theatralische Überraschungen zu fesseln – tritt das Gegenteil ein: Die Überfülle des Zauberspuks verwirrt den Zuschauer, so daß er sich in dem Labyrinth von Vorgängen nicht mehr zurechtfindet und ihm die Handlung unverständlich wird. Wenn Strauss trotz seiner konträren künstlerischen Individualität dieses Buch dennoch vertonte, so offenbar deshalb, weil ihn die ethische Grundidee anzog; vielleicht mag ihn aber auch die reiche Artistik gereizt haben, die seiner Klangphantasie weite Entfaltungsmöglichkeiten eröffnete. Nach seinen eigenen Worten beabsichtigte er bei der ›Frau ohne Schatten‹-Musik eine Synthese von ›Elektra‹- und ›Ariadne‹-Stil zu schaffen. Das bedeutet zunächst, daß Strauss auf seinem bisherigen Weg weiterschritt, ohne in neue Regionen vorzustoßen. In der Tat zeigt die ›Frau ohne Schatten‹-Partitur den in seiner Vollreife schaffenden Komponisten auf dem Höhepunkt seiner Meisterschaft, wenngleich hinsichtlich der Inspiration streckenweise Ermattungserscheinungen zutage treten. Bewunderungswürdig ist wieder die plastische, tonmalerische Gestaltung der Motive (z. B. das Amme-Motiv, das mit seinen zackigen Intervallsprüngen das ruhelose und zerrissene Wesen dieser Persönlichkeit widerspiegelt) und ihre kunstvolle polyphone Verarbeitung im unentwegt dahinfließenden musikdramatischen Dialog. Dazwischen schieben sich geschlossene, symmetrisch gebaute Partien, die auf lyrischen Grundton gestellt, eine schlicht homophone, ja zum Teil volksliedhafte Behandlung erfahren (Lied der Stadtwächter, Gesang der Ungeborenen, Barak-Thema) oder die auch von romantischem Klangzauber erfüllt sind (Monolog des Kaisers). Beim Vorstoß in die Geisterwelt charakterisieren seltsame harmonische Folgen (Motiv des Zu-Steinwerdens) oder kühne Verbindungen alterierter Klänge das Unheimliche der Situation. Ganz im Sinn der Romantiker wird das Melodram als dramatisches Steigerungsmittel auf einem Spannungshöhepunkt verwendet. Ein Namensrhythmogramm (Keikobad) zeichnet den auf der Bühne nicht in Erscheinung tretenden Spiritus rector des Dramas, das in ähnlicher Weise behandelt wird wie das Agamemnon-Thema in ›Elektra‹; es eröffnet die Oper und kehrt in ihrem Verlauf immer wieder, sobald auf den Geisterfürsten Bezug genommen wird. Die Instrumentation ist vielleicht als die stärkste Potenz des Werkes anzusehen; sie vermittelt ungezählte Farbenwirkungen vom blechgepanzerten Tutti bis zum leuchtenden Kammerklang der Soloinstrumente, zu denen sich diesmal außer den für die besonderen Effekte der Zauberoper beanspruchten chinesischen Gongs und der Glashar-

monika auch die menschliche Stimme im Orchester gesellt.

Textdichtung
Der Dichter befaßte sich zur Zeit der Entstehung der ›Frau ohne Schatten‹ eingehend mit den Textbüchern Wagners, dessen Methode der Verbindung verschiedener verwandter Sagenkreise bei der Abfassung seiner Texte er sich bis zu einem gewissen Grade zu eigen machte. So verarbeitete der universal gebildete Hofmannsthal (1874–1929) in der frei erfundenen Märchenhandlung von ›Frau ohne Schatten‹ eine stattliche Reihe von Motiven und Symbolen aus der morgen- und abendländischen Märchen- und Sagenwelt; aber auch Zusammenhänge mit anderen Literaturzweigen sind erkennbar (Altes Testament; Goethe ›Faust‹ II). Das in ein sagenhaft fernöstliches Inselreich verlegte Spiel bevorzugt orientalische Motive, die insonderheit der persisch-arabischen Mythologie sowie der Märchensammlung ›Tausendundeine Nacht‹ entlehnt sind (der verwundete Falke, das feenhafte Wesen in Gazellengestalt, das Zu-Stein-werden, die in der Pfanne schmorenden Fischlein gleich den ungeborenen Kindern). Der Schatten als Symbol der weiblichen Fruchtbarkeit ist dagegen ein mehr in nordischen Gegenden beheimatetes Sagenelement. Das in der christlichen Legende vielfach behandelte Motiv des Verkaufens der Seele wird hier abgewandelt in einen Handel mit dem Schatten, und anstelle des Teufels fungiert eine mephistophelische Amme. Mit ihrer tiefsinnigen poetischen Symbolik ist der Hofmannsthalschen Dichtung – abgesehen von der Verherrlichung der menschheitserhaltenden weiblichen Fruchtbarkeit – eine uralte ethische Forderung zugrunde gelegt: Das in den Kreis dieser Erde tretende Wesen baut sich sein Lebensglück durch leid-geläuterte Selbstüberwindung; unterliegt seine sittliche Kraft den lockenden Einflüsterungen des bösen Prinzips, dann ist es der vernichtenden Strafe höherer Mächte verfallen.

Geschichtliches
Die Entstehung des Werkes fällt in der Hauptsache in die Zeit des Ersten Weltkriegs 1914–1918. Die Idee der ›Frau ohne Schatten‹ tauchte zwar schon in den Jahren 1910–1912 auf, doch reifte die Dichtung, die von Hofmannsthal zunächst in Form einer Märchenerzählung abgefaßt war, erst nach langem, regem Meinungsaustausch zwischen Dichter und Komponisten, der nicht zuletzt durch die Zeitverhältnisse behindert wurde, da Hofmannsthal zwischendurch zur Kriegsdienstleistung herangezogen worden war. Im Sommer 1917 wurde die Partitur vollendet. Die außergewöhnlichen Schwierigkeiten, die diese Zauber- und Geisteroper vor allem an den bühnentechnischen und Ausstattungsapparat stellt, machten jedoch eine Aufführung während des Krieges unmöglich. So kam die Uraufführung erst am 10. Oktober 1919 zustande. Sie fand an der Wiener Staatsoper unter Leitung von Franz Schalk statt mit Maria Jeritza (Kaiserin), Lotte Lehmann (Färberin), Lucie Weidt (Amme), Karl Aagard Oestvig (Kaiser) und Richard Mayr (Barak) in den Hauptrollen. Unter dem Eindruck der verwirrenden Märchensymbolik in Dichtung und Musik waren die Urteile – selbst bei der sonst Strauss gegenüber freundlich eingestellten Fachkritik – größtenteils ablehnend. Trotzdem ging der mit Spannung erwartete »neue Strauss« rasch über alle Bühnen, die den gewaltigen Anforderungen des Werkes gewachsen waren.

Intermezzo

Eine bürgerliche Komödie mit sinfonischen Zwischenspielen in zwei Aufzügen. Dichtung vom Komponisten.

Solisten: *Christine* (Dramatischer Sopran, auch Jugendlich-dramatischer Sopran, gr. P.) – *Der kleine Franzl* (8jährig), ihr Sohn (Sprechrolle, kl. P.) – *Hofkapellmeister Robert Storch*, ihr Mann (Heldenbariton, auch Kavalierbariton, gr. P.) – *Anna*, ihre Kammerjungfer (Lyrischer Sopran, auch Soubrette, m. P.) – *Baron Lummer* (Jugendlicher Heldentenor, auch Lyrischer Tenor, gr. P.) – *Der Notar* (Bariton, kl. P.) – *Seine Frau* (Sopran, kl. P.) – Roberts Skat-Partner: *Ein Kapellmeister* (Spieltenor, auch Charaktertenor, m. P.), *Ein Kommerzienrat* (Bariton, m. P.), *Ein Justizrat* (Bariton, auch Baßbariton, m. P.), *Ein Kammersänger* (Seriöser Baß, m. P.) – *Ein junges Mädchen* (Sopran, kl. P.) – *Stubenmädchen, Hausmädchen, Köchin* bei Storch (Sprechrollen, kl. P.).

Ort: Die Handlung spielt teils am Grundlsee, teils in Wien.
Schauplätze: Im Ankleidezimmer – Auf der Rodelbahn – Ball beim Grundlseewirt – Möbliertes Zimmer im Haus des Notars – Wohnung der Frau Storch. Eßzimmer – Zimmer des Barons im Haus des Notars (wie 4. Bild) – Eßzimmer der Frau (wie 5. Bild) – Das Schlafzimmer des Kindes – Komfortables Wohnzimmer mit guten modernen Bildern und Bronzen im Haus des Kommerzienrats – Büro des Notars – Im Prater – Das Toilettenzimmer der Frau – Das Eßzimmer (wie 5. Bild).
Orchester: 2 Fl., 2 Ob., 2 Kl., 2 Fag., 3 Hr., 2 Trp., 2 Pos., P., Schl., Hrf., Klav., Harm., 11 Viol. I, 9 Viol. II, 5 Br., 5 Vcl., 3 Kb.
Gliederung: Durchkomponierte Großform; die einzelnen Bilder sind durch sinfonische Zwischenspiele miteinander verbunden.
Spieldauer: Etwa 2½ Stunden.

Handlung

Es ist 7 Uhr früh. Der Herr des Hauses, Hofkapellmeister Robert Storch, steht vor der Abreise zu einem längeren Dirigentengastspiel in Wien. In dem Ankleideraum herrscht große Unordnung, offene Koffer stehen herum. Die Packerei wird von einem erregten Disput zwischen Storch und seiner Frau Christine begleitet, wobei das mehr oder minder scharfe Wortgeplänkel alle neuralgischen Punkte des häuslichen Lebens berührt: Dienstboten, die Betreuung der Küche, Haus und Garten, das ewige Telefonieren, Rechnungen bezahlen, lauter Aufgaben der Frau, die vom Mann nicht als Arbeit anerkannt würden. Dieser entgegnet, er sei ständig in seinem produktiven Denken eingesponnen, was für Künstler, Gelehrte und Erfinder nicht Arbeit, sondern Vergnügen bedeute. Nach dem Frühstück geht die Unterhaltung teils in gereiztem, teils in fürsorglichem Ton weiter, bis das Hausmädchen meldet, daß der Schlitten zur Abfahrt bereitstehe. Als die Frau dem Mann den Abschiedskuß verweigert, geht er verärgert mit dem Ausdruck »unausstehliche Kratzbürste« weg; hinter der Gardine versteckt, erspäht sie mit Befriedigung, daß ihr Mann zum Abschied heraufwinkt. Die schlechte Laune der Frau ergießt sich nun auf die Kammerjungfer Anna beim Frisieren und auf die Köchin, die sich wegen des Speisezettels erkundigt. Nur als Bubi, der achtjährige Sohn, fragt, welche Schuhe er anziehen solle, schlägt sie einen zärtlichen Ton an. Dann klagt sie der Kammerjungfer weiter, sie fühle sich einsam, entweder sei ihr Mann verreist oder, wenn er zu Hause ist, bei der Arbeit; es wäre ihr auch sehr viel lieber, wenn er sie gelegentlich brutal behandeln würde, als ihr immer nur mit süffisanter Überlegenheit zu begegnen, womit er zeige, daß er alle Weiber für dumme Gänse halte. Da läutet das Telefon. Eine Bekannte will Frau Christine zum Schlittschuhlaufen abholen. Plötzlich vergnügt und aufgeräumt, überlegt sie sogleich, was sie anziehen solle. – Auf der Rodelbahn stößt Frau Christine bei der Abfahrt mit einem jungen Mann zusammen, der sich unter Entschuldigungen als Baron Lummer vorstellt. Es stellt sich heraus, daß er der Sohn guter Freunde von Frau Christine ist. Sie lädt ihn daraufhin ein, sie einmal zu besuchen. – Auf dem Ball beim Grundlseewirt tanzt sie ausgiebig mit dem Baron. Sie genießt es außerordentlich, denn, wie sie bemerkt, ihr Mann tanze nicht mehr. In mütterlicher Art erklärt sie dem jungen Mann, der hier zur Kur weilt, daß sie sich seiner etwas annehmen wolle. Sie fügt gleichzeitig hinzu, daß ihr Mann immer sage, sie sei der beste Arzt. – Frau Christine bringt den Baron auf eigene Kosten in einem angenehmen, luftigen Zimmer bei der Frau Notar unter. Sie kümmert sich in allen Einzelheiten um die Sauberkeit des Raumes sowie um die Bequemlichkeit und Pflege ihres Schützlings. – In einem langen Brief erzählt sie ihrem Mann von dem netten, bescheidenen jungen Baron, der ein selten geeigneter Begleiter für seine arme, verlassene, von ihm stets so vernachlässigte Frau sei. Sie fügt hinzu, daß er ihr versprechen müsse, sich des jungen Mannes etwas anzunehmen, dessen Familie anscheinend nicht in den besten Verhältnissen lebe und auch kein Verständnis für seine geistigen Interessen habe. Die Köchin bringt das Küchenbuch, gleichzeitig meldet das Mädchen Baron Lummer. Er hilft Frau Christine bei der Abrechnung und sagt, daß er wegen einer Verabredung mit einem Freund nicht zum Abendessen bleiben könne. Die Unterhaltung ist stockend, beide lesen zunächst Zeitung. Der Baron hat etwas auf dem Herzen, Frau Christine läßt ihn aber nicht dazukommen, sich näher zu äußern. Auf seine Bemerkung, daß er von keiner Seite Hilfe habe, spricht sie in schwärmerischen Worten von ihrem Mann, der immer das Richtige fände und der sich auch für ihn verwenden werde. Schließlich gelingt es ihr, ihn mit dem Hinweis auf seine Verabredung zu verabschieden, nicht ohne ihn morgen zu einem neuen Rendezvous, einem Spaziergang nach Aussee, bestellt zu haben. – Der Baron sitzt auf seinem Zimmer, denn die Gesellschaft seiner Gönnerin langweilt ihn auf die Dauer. Da steckt sein »Theresulein« den Kopf zur Tür herein und fragt, ob er fertig sei. Er wirft sie schleunigst hinaus und ruft ihr nach, daß er in einer Viertelstunde bei ihr sein werde. Dann setzt er sich an den Tisch und schreibt einen Brief an Frau Christine, den er ihr morgen beim Spaziergang überreichen will. – Der Baron hat seine Gönnerin um tausend Mark angepumpt. Als er bei ihr erscheint, erklärt sie ihm, daß es ausgeschlossen sei, ihm das erbetene Darlehen zu geben; es würde nur ihre Freundschaft zerstören. Da bringt das Mädchen einen Brief, adressiert an Herrn Hofkapellmeister Robert Storch. Frau Christine denkt, es sei wieder ein Bettelbrief oder ein Operntext; sie öffnet den Umschlag und schreit entsetzt auf. Wie versteinert liest sie: »Lieber Schatz! Schicke mir doch wieder zwei Billetts morgen zur Oper! Nachher in der Bar wie immer! Deine Mieze Maier.« Sie schickt den Baron gleich weg, nimmt ein Telegrammformular und schreibt: »Du kennst Mieze Maier! Deine Untreue erwiesen! Wir sind auf immer geschieden!« Rasch läßt sie das Telegramm zur Post bringen und befiehlt ihrer Kammerjungfer, sofort die Koffer zu packen. – Weinend sitzt sie am Bett ihres kleinen Sohnes. Sie sagt dem Kind, Papa sei furchtbar böse, es müsse mit ihr gehen und werde Papa nie wieder sehen. Bubi fängt zu heulen an und meint, Papa sei immer gut zu ihr, sie sei aber böse zu Papa und zanke sich mit ihm.

Im Haus des Kommerzienrats sitzen der Justizrat, der Kommerzienrat, der Kammersänger und Kapellmeister Stroh gemütlich beim Kartenspiel. Die Herren unterhalten sich über die Frau ihres Skatbruders Storch, wobei sie eine verschiedenartige Beurteilung erfährt. Jetzt erscheint Storch selbst, er kommt von der Probe und freut sich auf die Entspannung beim Skat. Er tritt sogleich in das Spiel ein, das von den üblichen Kartenspielersprüchen begleitet wird. Der Kommerzienrat setzt zwischendurch seine stichelnden Bemerkungen gegen Frau Christine fort, Storch verteidigt ihre für Außenstehende gewiß unverständlichen Allüren und nennt sie eine von den ganz zarten, schamhaften Naturen mit rauher Schale. Da übergibt das Dienstmädchen Storch ein Telegramm, über dessen Inhalt er zunächst sprachlos ist. Dann liest er es vor. Bei dem Namen Mieze Maier stutzt Kapellmeister Stroh und fragt verwundert: »Sie kennen die auch?« Auf Storchs Frage, wer diese Mieze Maier sei, entgegnet Stroh, dieses Mädchen sei »etwas – so, so, la, la«. Storch faßt sich nun und verabschiedet sich. Das Spiel geht weiter. – Frau Christine erscheint schon frühmorgens beim Notar, um die Scheidung zu beantragen. Der Notar vermutet zunächst, der Grund sei der bei ihm wohnende Herr Baron. Als er aber hört, daß Storch der schuldige Teil sein soll, lehnt er eine Behandlung des Falles ab, da er den Künstler viel zu sehr verehre. Trotzdem interessiert ihn natürlich der Scheidungsgrund. Triumphierend hält Frau Christine den Brief hoch und fragt, ob er Mieze Maier kenne. Da eine Verwechslung ausgeschlossen sei, will sie sofort die Scheidung. Als der Notar entgegnet, er könne nichts machen, bevor er ihren Mann gesprochen habe, rauscht Frau Christine empört ab mit der Bemerkung, es gäbe ja auch noch andere Notare. – Indessen irrt Storch verzweifelt im Prater herum; er bekommt auf seine Telegramme und Briefe keine Antwort. Da trifft er auf den Kollegen Stroh. Stockend erklärt dieser, ein Geständnis machen zu müssen: Er habe mit Mieze Maier gesprochen, der Brief habe ihm gegolten, das Mädchen habe die Namen verwechselt und im Telefonbuch Storchs Adresse gefunden. Wütend verlangt Storch, Stroh solle sofort an Frau Christine telegraphieren und zur Aufklärung mit einer schriftlichen Bestätigung seiner Donna zu ihr fahren. Storch ist erleichtert. – Inzwischen rast Frau Christine planlos in ihrem Toilettenzimmer umher, mit dem Packen einer Unzahl von Koffern beschäftigt. Die Mädchen bekommen ihre schlechte Laune zu spüren. Sie hat den Baron Lummer auf ihre Kosten zu Mieze Maier nach Wien geschickt. Die Kammerjungfer Anna bemerkt schüchtern, der Herr Baron hätte vergessen, eine Photographie des Herrn mitzunehmen. Wie sollte da das Mädchen die Identität ihres Liebhabers mit dem Herrn feststellen? Wieder kommt ein Telegramm. Frau Christine will es schon gar nicht mehr aufmachen. Auf Annas Zureden läßt sie es sich schließlich doch vorlesen: »Unselige Verwechslung mit Kollege Stroh« ... Unterschrift »Dein unschuldiger, höchst vergnügter Robert«. Frau Christine hält das Ganze für ein abgekartetes Spiel ihres Mannes, sich mit Hilfe des Untergebenen aus der Affaire zu ziehen. Da meldet das Mädchen Herrn Kapellmeister Stroh. – Im festlich geschmückten Eßzimmer erwartet Frau Christine freudig erregt die Ankunft ihres Mannes. Schon ist er da. Als er sie in seine Arme schließen will, weicht sie, sich kühl überlegen stellend, zurück. Für sie sei die Sache noch nicht in Ordnung, entgegnet sie: denn ihre Erkundigungen seien noch nicht abgeschlossen. Wütend geht Storch schließlich aus dem Zimmer, während Baron Lummer erscheint. Er gesteht, nicht viel ausgerichtet zu haben, da er keine Photographie des Herrn Hofkapellmeisters zur Hand hatte. Er macht ein dämliches Gesicht, als Frau Christine ihn über die Verwechslung aufklärt. Rasch empfiehlt er sich, gleichzeitig kommt Storch ins Zimmer zurück, der verwundert fragt, wer der junge Mann war. Er erkundigt sich näher nach dem Baron, und Frau Christine gesteht, für ihn ein wenig Sympathie gehabt zu haben, bis er sie um tausend Mark gebeten habe. Storch amüsiert sich über das Malheur seines armen Christinchens; er verspricht, sich für den jungen Mann verwenden zu wollen, weil er zu seiner Frau nett gewesen sei. Frau Christine läßt nun endlich ihren wahren Gefühlen freien Lauf und bittet ihren Mann um Verzeihung. Als er sie gerührt in seine Arme schließt, meint sie, man nenne das doch wahrhaftig eine glückliche Ehe.

Stilistische Stellung
Strauss hat, ähnlich wie Gluck bei seiner ›Alceste‹, der Partitur seines ›Intermezzos‹ ein bedeutsames Vorwort vorangestellt. Neben verschiedenen, besonders für Dirigenten wertvollen Ratschlägen zur Aufführungspraxis, gibt hier der Komponist eine Definition des Stils seiner »Bürgerlichen Komödie«. Demnach entspricht die musikalische Gestaltung dem »eigentümlichen, ganz aus dem realen Leben geschöpften, von nüchternster Alltagsprosa durch mancherlei Dialogfarbenskalen bis zum gefühlvollen Gesang sich steigernden Stoff«. Ein lebendig sprudelndes Parlando, das auch das gesprochene Wort mit einbezieht, bildet das Wahrzeichen der ›Intermezzo‹-Partitur. Lyrische Ergüsse mit der für Strauss typischen schwelgerischen Kantilene finden sich verhältnismäßig wenig in dieser Opera domestica, bei der nach den Worten des Komponisten »keine Arienapplause zu holen und für die arme Claque nicht mal ein Abendbrot zu verdienen ist«. Sie sind in der Hauptsache bei den zwei Aktschlüssen und bei den symphonischen Zwischenspielen anzutreffen. Mit letzteren werden die zwölf Verwandlungen überbrückt, die in symphonisch-programmatischer Zeichnung teils den meist knapp behandelten Inhalt des vorangegangenen Bildes weiter ausführen oder ergänzen, teils thematisch zu der nächsten Szene überleiten. Eine wichtige Rolle spielt das Orchester, das eine der Buffaoper entsprechende reduzierte Besetzung aufweist. Der Instrumentalpart, der bisweilen mit Zitaten aus dem klassich-romantischen Repertoire witzig durchsetzt ist, untermalt den musikalischen Dialog der Darsteller in feinsinniger Charakterisierung. Die wirkungsvolle Verwendung des Ländlers und des Walzers sowie die Raffinesse tonmalerischer Kolorierungen, wie zum Beispiel die Illustration des Rodelns, verdienen besondere Erwähnung. Die leitmotivisch behandelten Themen erfahren, insbesondere in den Zwischenspielen, eine kunstvolle polyphone Verarbeitung. Der »Alltagsprosa« des Textbuches entspricht eine unproblematische Harmonik, die sich jedoch gelegentlich, wenn es die Situation erfordert, auch in scharfgewürzten Dissonanzen ergeht.

Textdichtung
Wie der Titel des Werkes andeutet, behandelt ›Intermezzo‹ eine Episode aus dem Alltagsleben. Es ist unschwer zu erkennen, daß der Komponist hier, ähnlich wie bei seiner ›Symphonia domestica‹, zur Demonstrierung seiner künstlerischen Idee, nämlich einer neuartigen Formung des musikalischen Lustspiels, einen Ausschnitt aus der Intimsphäre des eigenen Familienlebens preisgegeben hat. Der Stoff zu der »kleinen Eheoper« beruht auf einer wahren Begebenheit, verursacht durch den Brief eines kessen Berliner Mädchens namens Mitze Mücke, in dem diese ihren »lieben Schatz« um eine Freikarte für die Oper bat. Infolge einer Namensverwechslung hatte sie im Telefonbuch die Adresse des Komponisten herausgesucht, und da Strauss damals sich gerade auf einer Reise befand, fiel der Brief Frau Pauline in die Hände. Neben den Hauptpersonen, Hofkapellmeister Robert Storch und Frau Christine (Richard und Pauline Strauss) sowie deren Sohn Franzl haben auch andere Akteure der bürgerlichen Komödie ihre Urbilder, so die Kammerjungfer Anna (die langjährige treue Hausangestellte der Familie Strauss), der Baron Lummer (ein sich schüchtern benehmender junger Hochstapler, den Frau Pauline erst bemuttern zu müssen glaubte und der sie schließlich anpumpte), der Kammersänger (Paul Knüpfer), der Kommerzienrat (der Berliner Kommerzienrat Willy Levin) sowie der Kapellmeister Stroh (Kapellmeister Edmund von Strauss, der an der Berliner Oper unter Richard Strauss tätig war). Da Hugo von Hofmannsthal es ablehnte, nach die-

sem Stoff eine Operndichtung zu verfassen, schrieb sich Strauss, wie er es schon früher einmal, bei ›Guntram‹, gemacht hatte, das Textbuch selbst. Das Libretto ist in ungebundener Sprache ausgeführt.

Geschichtliches
Gleichsam zur Erholung von der Beschäftigung mit der im Symbolischen verhafteten irrealen und metaphysischen Welt der ›Frau ohne Schatten‹, wollte Strauss mit der seinem Sohn Franz gewidmeten »Bürgerlichen Komödie« ein unbeschwertes Gegenstück schaffen, das er neben der Ballett-Pantomime ›Schlagobers‹ den Bühnen zu seinem sechzigsten Geburtstag präsentierte. Das Werk, dessen Partitur am 21. August 1923 in Buenos Aires abgeschlossen wurde, kam am 4. November 1924 im Schauspielhaus der Sächsischen Staatstheater zu Dresden unter der musikalischen Leitung von Fritz Busch mit Lotte Lehmann und Josef Correck in den Hauptrollen zur erfolgreichen Uraufführung.

Die ägyptische Helena

Oper in zwei Aufzügen. Dichtung von Hugo von Hofmannsthal.

Solisten: *Helena* (Dramatischer Sopran, gr. P.) – *Menelas* (Jugendlicher Heldentenor, gr. P.) – *Hermione*, beider Kind (Sopran, kl. P.) – *Aithra*, eine ägyptische Königstochter und Zauberin (Dramatischer Koloratursopran, gr. P.) – *Altair* (Heldenbariton, m. P.) – *Da-ud*, sein Sohn (Lyrischer Tenor, auch Charaktertenor, kl. P.) – *Die Erste* und *die Zweite Dienerin der Aithra* (Sopran und Mezzosopran, gr. P.) – *1. Elf* (Sopran, m. P.) – *2. Elf* (Sopran, m. P.) – *3. Elf* (Alt, m. P.) – *Die alleswissende Muschel* (Tiefer Alt, kl. P.).
Chor: Elfen (4 Soli, Sopran und Alt, im Orchester aufgestellt) – Männliche und weibliche Krieger – Sklaven – Eunuchen (Männerchor, kl. Chp.; Frauenchor, gr. Chp.).
Ort: Der I. Aufzug spielt auf der kleinen Insel der Aithra, unweit von Ägypten, der II. in einem einsamen Palmenhain zu Füßen des Atlas.
Schauplätze: Gemach in Aithras Palast. Ein Ausgang ins Freie seitlich rechts. Zur Linken ein Tisch, zwei thronartige Stühle dabei. In der Mitte auf einem Dreifuß die alleswissende Muschel. An der rechten Seitenwand der Thronsessel Aithras, vor ihm ein niedriger schemelartiger Stuhl. – Ein Gezelt, weitgeöffnet auf einen Palmenhain, hinter dem das Atlasgebirge sichtbar wird. Zur Linken Eingang in den inneren Raum des Gezeltes. Truhe mit reichen vergoldeten Beschlägen.
Orchester: 2 Fl., 2 Picc. (auch III. und IV. Fl.), 2 Ob., 1 Eh., 1 C-Kl., 2 B-Kl., 1 Bkl., 3 Fag. (III. auch Kfag.), 6 Hr., 6 Trp., 3 Pos., 1 Bt., P., Schl., 2 Hrf., Glsp., Cel., Org., 16 Viol. I, 14 Viol. II, 10 Br., 10 Vcl., 8 Kb. – Bühnenmusik: 6 Ob., 6 Kl., 4 Hr., 2 Trp., 4 Pos., 4 Triangeln, 2 Tamburine, P., Windmaschine.

Gliederung: Durchkomponierte symphonisch-dramatische Großform.
Spieldauer: Etwa 2½ Stunden.

Handlung
Auf einer kleinen Felseninsel herrscht Aithra, eine ägyptische Königstochter und Zauberin. Sie erwartet ihren Geliebten, den Meeresgott Poseidon zum Mahl. In ihrem Gemach befindet sich auf einem Dreifuß eine Muschel, die allwissend und redekundig ist. Sie berichtet Aithra, daß Poseidon in Äthiopien weile. Aithra will aber Gesellschaft haben. Da spricht die Muschel von einem an der Insel vorbeifahrenden Schiff, auf dem sich der von Troja heimkehrende Held Menelas gerade anschickt, seine ehedem geraubte und jetzt zurückgewonnene Gattin Helena, die Ursache jenes blutigen zehnjährigen Krieges, als Sühneopfer zu töten. Zur Rettung der schönsten Frau der Welt entfacht Aithra rasch einen Sturm; das Schiff zerbricht, schwimmend rettet Menelas Helena und sich an den Strand von Aithras Insel. Das Paar betritt den Palast der Zauberin. Helena soll nun hier ihr buhlerisches Verbrechen büßen. Entschlossen zieht Menelas sein krummes Schwert, mit dem er dereinst auch Paris getötet hatte, und zückt es gegen die Kehle des ungetreuen Weibes. Aithra, welche hinter einem Vorhang die Auseinandersetzung verfolgt hat, beschließt, mit Hilfe der ihr zu Diensten stehenden zauberischen Wesen und Mittel, der schönen Frau beizustehen: Elfen, teilweise als Krieger verkleidet, erheben ein lautes Kampfgetöse. Menelas hält sie für trojanische Soldaten und glaubt, unter ihnen auch Paris zu erkennen. Er stürzt hinaus. Unterdessen reicht Aithra Helena einen aus Lotos be-

reiteten Beruhigungstrank und läßt sie durch ihre Dienerinnen auf ihr Ruhelager betten. Menelas kommt mit hochgehaltenem Dolch zurück. Er hat mit ihm draußen zwei Truggestalten durchbohrt, die er für Paris und Helena hielt. Nun gibt Aithra auch ihm von dem Vergessenssaft zu trinken und erzählt ihm, daß vor zehn Jahren nicht Helena, sondern ein Phantom von dem jungen Königssohn Paris nach Troja entführt worden und daß die wirkliche Helena damals von den Göttern nach Ägypten in den Palast ihres, Aithras, Vaters entrückt worden sei, wo sie, ohne zu altern, die ganze Zeit hindurch geschlafen habe. Da erstrahlt das Nebengemach in hellem Licht. Die auf dem Bett ruhende Helena wacht auf und geht in jugendlicher Schönheit Menelas entgegen, der nunmehr Aithras Erzählung Glauben schenkt. Mit leiser Stimme bittet Helena Aithra, sie und Menelas durch ihre magische Kunst in ein fremdes Land zu versetzen, wo noch niemand etwas von dem Namen Helena und dem Trojanischen Krieg vernommen habe. Helena zieht den vor ihr knienden Menelas zärtlich zu sich empor und geht mit ihm in das Schlafgemach, vor dem sich sogleich ein Vorhang senkt. Aithra läßt von ihren Dienerinnen in die Truhe Kleider, Schmuck und Kostbarkeiten, darunter das in einem goldenen Behälter verschlossene Fläschchen mit dem Lotossaft, legen und wendet sich dann, ihren schwarzen Zaubermantel schwingend, dem Schlafgemach zu.

Auf Aithras Zaubermantel ist das Paar während der Liebesnacht in einen Palmenhain am Fuß des Atlasgebirges versetzt worden. In Menelas erwachen jetzt Zweifel. Die Wirkung des Vergessenheitstranks ist nicht so vollkommen, daß in ihm alle Erinnerung ausgelöscht wäre. So ist er davon überzeugt, gestern auf der Insel der Aithra die wirkliche Helena getötet zu haben, und er glaubt, diese junge Helena sei nur ein zauberisches Trugbild der wirklichen, das ihm Aithra zum Trost in die Arme geführt habe. Auf dem Ritt durch die Wüste stößt Altair, der Fürst der Berge, mit seinem Sohn Da-ud und seinem Gefolge auf das Zelt. Vater und Sohn sind von Helenas Schönheit geblendet. Altair bietet Menelas Waffen zum Geschenk. Er veranstaltet zu Ehren des Fremden eine Jagd, und Da-ud soll sein Begleiter sein. Nachdem sich Menelas umgekleidet hat, bricht er mit den schwarzen Dienern, die ihm Jagdwaffen überreicht haben, auf, nicht ohne auch sein Schwert in den Gürtel gesteckt zu haben. Aus dem Zeltinnern erscheinen drei als Sklavinnen gekleidete Frauen: es ist Aithra mit ihren zwei Dienerinnen. Sie ist gekommen, um Helena zu schützen; denn ihre Dienerin hatte in der Eile neben dem Vergessenstrank auch einen Erinnerungstrank in die Truhe verpackt. Aber Helena ist entschlossen, sich Menelas jetzt ganz zurückzugewinnen. Trotz Aithras Warnung will sie, daß er durch den Erinnerungstrank wieder hellsichtig werde und in ihr die zu bestrafende Schuldige erkenne. Während die Dienerinnen den Trank mischen, kommt Altair. Er macht Helena gegenüber keinen Hehl aus seinen lüsternen Absichten, die er gelegentlich eines ihr zu Ehren veranstalteten nächtlichen Gastmahls in die Tat umzusetzen gedenkt. Die Dienerinnen verfolgen unterdessen den Gang der Jagd, bei der mit einem Mal Menelas und Da-ud gegeneinander losgehen. Da-ud stürzt, von Menelas' Waffe tödlich getroffen. Seine Leiche wird hereingetragen; traurig erklärt Menelas, daß er nunmehr den gleichen Weg gehen müsse. Da entgegnet Helena, er bedürfe eines Tranks. Auf ihren Wink bringen die Dienerinnen den Mischkrug herbei, in den Helena den Zaubersaft des Erinnerungstranks träufelt. Unter den dröhnenden Schlägen der Pauke naht sich ein Zug exotischer Gestalten, die Altairs Einladung zu dem nächtlichen Gastmahl überbringen. Helena kredenzt jetzt in der Stunde der Entscheidung Menelas den Erinnerungstrank. Er, der noch immer wähnt, die Gattin getötet zu haben, glaubt, durch den von ihrem Spiegelbild gereichten Todestrank seine Tat sühnen zu müssen. So leert er mit Helena den Becher. Vollbewußt geworden, zückt Menelas den Dolch, doch Helena lächelt dem Rächer entgegen; er läßt die Waffe sinken und fällt der Gattin versöhnt in die Arme. In diesem Augenblick betritt Altair mit seinen Kriegern das Zelt, um Menelas wegen des gebrochenen Gastrechts zur Rechenschaft zu ziehen. Als er sich Helenas zu bemächtigen versucht, erscheinen gepanzerte Mannen des Poseidon, die der Gott Aithra zur Hilfe geschickt hat. Altair und die Seinen werfen sich vor Aithra in den Staub. Auf einem weißen Roß naht Menelas' und Helenas Kind Hermione, das den Vater fragt, wo seine schöne Mutter sei. Zwei prächtig gezäumte Pferde werden vorgeführt, die Menelas und Helena, aufs neue vereint, zu ihrer Burg nach Sparta bringen.

Stilistische Stellung

Nach dem Ausflug auf das Gebiet der unbeschwerten Konversationsoper bei ›Intermezzo‹

wandte sich Strauss in seinem Bühnenschaffen wieder dem mythologischen Stoffkreis zu. Der Dichtung mit ihrer überfeinerten, ausgeklügelten Mischung heterogener Elemente stellte der Meister eine geradlinig empfundene musikalische Gestaltung gegenüber, die das Melodische bevorzugt und polyphone Überladungen meidet. Die leitmotivartig sich durch das Werk ziehenden Motive sind von einfacher Struktur. Auffallend ist ein natürlich dahingleitender Deklamationsstil, der die Stimmen nicht in exponierten Lagen forciert und der damit auch die Wortverständlichkeit fördert. Das orientalische Milieu des Geschehens sowie die Zeichnung der verschiedenen Zaubertränke und magischen Wirkungen haben Gelegenheit zu üppiger Klangfarben-Malerei gegeben, die von einem umfangreichen Instrumentalapparat realisiert wird. Bemerkenswert ist die originelle Besetzung der Bühnenmusik mit je sechs Oboen und Klarinetten, zwei Tamburinen, vier Triangeln und Pauke, die mit exotischen Klängen den Aufzug von Altairs Gefolge begleitet. So wahrt auch die ›Helena‹-Partitur trotz manchen Ermüdungserscheinungen bei der musikalischen Erfindung das typisch Strauss'sche Gepräge.

Textdichtung
Hugo von Hofmannsthal (1874–1929) knüpfte bei der von ihm frei erfundenen Märchenhandlung seiner Operndichtung ›Die ägyptische Helena‹ an den großen griechischen Dramatiker Euripides (um 480–407 v. Chr.) an, der in seiner ›Helena‹ bereits die Sage einer Doppelexistenz, nämlich einer »griechischen« und einer »ägyptischen« Helena behandelt hat: danach habe Paris nur ein Phantom entführt, die wirkliche Helena sei aber von den Göttern nach Ägypten entrückt worden und dort nach zehn Jahren unberührt wieder in die Arme ihres Gatten zurückgekehrt. In den Mittelpunkt des Geschehens hat Hofmannsthal die Zauberin Aithra gestellt, die als Spiritus rector die Titelheldin vor dem drohenden Unheil bewahrt und mit Hilfe der ihr zu Gebote stehenden Zaubermacht ein glückliches Ende herbeiführt. Die auf hohem Kothurn sich bewegende, sprachlich feingeschliffene Dichtung gab zweifellos der Phantasie des Komponisten reiche Anregungen. Anderseits führt die überwiegend epische, also im Grund undramatische Darstellung des Geschehens mit seinen oft schwerverständlichen Zusammenhängen den unvorbereiteten Zuschauer in ein Labyrinth verwirrender Eindrücke und an die Grenze seines Aufnahmevermögens. Für den Griechenfürsten Menelaos wählte Hofmannsthal die dorische Form des Namens: Menelas.

Geschichtliches
Der Briefwechsel zwischen dem Dichter und dem Komponisten gewährt auch einen interessanten Einblick in die Entstehungsgeschichte der ›Ägyptischen Helena‹. Das Werk ist in der Zeit von 1923 bis 1927 entstanden. Die Partitur wurde am 8. Oktober 1927 in Garmisch abgeschlossen. Die erfolgreiche Uraufführung fand unter der musikalischen Leitung von Fritz Busch und mit Elisabeth Rethberg (Helena), Maria Rajdl (Aithra) und Curt Taucher (Menelas) in den Hauptrollen am 6. Juni 1928 im Dresdner Opernhaus statt. Zu den Äußerungen begeisterter Zustimmung fanden sich auch kritische Urteile der Ablehnung, die vor allem den mystisch verschlüsselten II. Akt betrafen. Auf Anregung von Clemens Krauss nahm Strauss daher eine Umarbeitung dieses Aktes vor und zwar ab der Stelle, wo Menelas zur Jagd davoneilt. Dabei wurde versucht, dem Zuschauer die Zusammenhänge des szenischen Geschehens in einer verständlicheren Form näher zu bringen. Die musikalische Neufassung besorgte der Meister selbst, während die textliche von Lothar Wallerstein ausgeführt wurde, da Hofmannsthal bereits verstorben war. Die Zweitfassung wurde am 14. August 1933 bei den Salzburger Festspielen unter der musikalischen Leitung von Clemens Krauss erstmals aufgeführt.

Arabella

Lyrische Komödie in drei Aufzügen. Dichtung von Hugo von Hofmannsthal.

Solisten: *Graf Waldner*, Rittmeister a. D. (Spielbaß, auch Seriöser Baß, m. P.) – *Adelaide*, seine Frau (Dramatischer Mezzosopran, auch Spielalt, m. P.) – *Arabella* (Jugendlich-dramatischer Sopran, gr. P.) und *Zdenka* (Lyrischer Sopran, auch Jugendlich-dramatischer Sopran, auch Lyrischer Koloratursopran, gr. P.), ihre Töchter – *Mandryka* (Kavalierbariton, auch Heldenbariton, gr. P.) –

Matteo, Jägeroffizier (Jugendlicher Heldentenor, auch Lyrischer Tenor, m. P.) – *Graf Elemer* (Jugendlicher Heldentenor, auch Lyrischer Tenor, m. P.), *Graf Dominik* (Lyrischer Bariton, kl. P.) und *Graf Lamoral* (Charakterbaß, kl. P.), Verehrer Arabellas – *Die Fiaker-Milli* (Lyrischer Koloratursopran, m. P.) – *Eine Kartenaufschlägerin* (Sopran, kl. P.) – *Welko*, Leibhusar des Mandryka (Sprechrolle, kl. P.) – *Djura* (Sprechrolle, kl. P.) *und Jankel* (Sprechrolle, kl. P.), Diener des Mandryka – *Ein Zimmerkellner* (Sprechrolle, kl. P.) – *Begleiterin* der Arabella (Stumme Rolle) – *Drei Spieler* (Bässe, kl. P.) – *Ein Arzt* (Stumme Rolle) – *Groom* (Stumme Rolle).
Chor: Fiaker – Ballgäste – Hotelgäste – Kellner (kl. Chp.).
Ort: Wien.
Schauplätze: Salon in einem Wiener Stadthotel – Vorraum zu einem öffentlichen Ballsaal, links und rechts logenartige Räume, in der Mitte eine Treppe zu einer Estrade, von der man in den eigentlichen Ballsaal hinabsieht und zu dem man links und rechts von dieser Treppe hinabsteigt – Offener Raum im Hotel, zugleich Stiegenhaus, vorn rechts die Portierloge und der Ausgang auf die Straße.
Zeit: 1860.
Orchester: 2 Fl., 1 Picc. (auch III. Fl.), 2 Ob., 1 Eh., 3 Kl., 1 Bkl., 3 Fag. (III. auch Kfag.), 4 Hr., 3 Trp., 3 Pos., 1 Bt., P., Schl., Hrf., Str.
Gliederung: Durchkomponierte symphonischdramatische Großform. Bei der zweiaktigen Fassung schließt der III. Akt unmittelbar an den II. an, wobei ein kleiner Sprung am Ende des II. Aktes direkt in das Vorspiel zum III. Akt überleitet.
Spieldauer: Etwa 2½ Stunden.

Handlung
Der k. u. k. Rittmeister a. D. Graf Waldner, ein leidenschaftlicher Spieler und gänzlich verarmt, aber peinlichst bedacht auf das adelige Ansehen, suchte sich die Geldmittel für eine standesgemäße Lebenshaltung seiner Familie im Glücksspiel zu erwerben. Allmählich bis über die Ohren verschuldet, erblickte er in einer reichen Verheiratung seiner bildschönen Tochter Arabella die einzige Rettung vor dem Ruin. Er übersiedelte daher mit seiner Familie nach Wien, wo in einem vornehmen Hotel Logis genommen wurde. Dabei war seine Gattin Adelaide auf die absonderliche Idee gekommen, ihre liebreizende jüngere Tochter Zdenka unter dem Namen Zdenko als Buben zu verkleiden, damit sich das Interesse der heiratslustigen Verehrer ganz auf Arabellas Schönheit als etwas Einmaliges konzentrierte. – In ihrer verzweifelten Lage sucht die Gräfin Rat bei einer Kartenschlägerin, die wohl eine nahe bevorstehende Verlobung mit einem reichen Herrn prophezeit, gleichzeitig aber das Zustandekommen der Heirat durch das Dazwischentreten der zweiten Tochter in Frage gestellt sieht. Vier Anbeter werben stürmisch um Arabellas Hand: der forsche und reiche Graf Elemer, der liebenswürdige Graf Dominik, der vornehme Graf Lamoral und der gänzlich vermögenslose Leutnant Matteo, der, da seine leidenschaftliche Liebe unerwidert bleibt, sich sogar mit Selbstmordgedanken trägt. In tiefer Besorgnis setzt Zdenka, die sich ihrer Herzensregungen für den schmucken jungen Offizier zunächst wohl selbst gar nicht bewußt ist, alles daran, diesen durch die Erweckung immer neuer Hoffnungen von seinem finsteren Vorhaben abzuhalten. So bedrängt sie nicht nur ihre Schwester, Matteo zu erhören, sondern sie schreibt sogar fingierte Liebesbriefe Arabellas an ihn. Die schöne Komtesse wartet indes immer noch auf den »Richtigen«, den, wie sie überzeugt ist, ihr das Schicksal eines Tages ungesucht in die Arme führen wird. Aber die Zeit drängt, die unbezahlten Rechnungen türmen sich, und Arabella wird sich am heutigen Faschingsdienstag auf dem »Fiaker-Ball« notgedrungen entscheiden müssen. Graf Waldner hatte sich vor einiger Zeit an seinen alten Regimentskameraden, den steinreichen Gutsbesitzer Mandryka gewandt; er legte dem Brief, auf den merkwürdigerweise keine Antwort erfolgt ist, auch Arabellas Bild bei. Da überreicht der Zimmerkellner eine Visitenkarte mit dem Namen Mandryka. Zu Waldners Erstaunen tritt ihm aber ein fremder, äußerst sympathisch wirkender Kavalier entgegen, der erzählt, daß er als Erbe und neuer Gutsherr den an seinen verstorbenen Onkel gerichteten Brief erhalten hätte und so sehr von dem beigelegten Bild hingerissen gewesen wäre, daß er nach Wien gekommen sei, um bei dem Vater um die Hand der Schönen anzuhalten. Dieser willigt um so freudiger ein, als ihm Mandryka bei der Schilderung seiner Besitzverhältnisse die mit Tausendern prall gefüllte Brieftasche entgegenhält mit der Bitte sich zu bedienen, wenn er gerade in Geldverlegenheit sein sollte.
Auf dem Fiaker-Ball wird Mandryka Arabella vorgestellt. Sie erkennt sogleich in ihm den Fremden wieder, den sie bereits auf der Straße und von

ihrem Fenster aus gesehen hatte und dessen männlich-vornehme Erscheinung mit den klugen, ernsten Augen ihr nicht mehr aus dem Sinn gehen wollte. Beide erblicken in ihrem Zusammentreffen eine schicksalhafte Bestimmung und sind sich daher schnell einig. Arabella erbittet sich von dem Bräutigam noch eine Stunde, um von ihren gräflichen Verehrern und damit von ihrer Jungmädchenzeit Abschied zu nehmen. Dann hinterläßt sie einige Zeilen an Mandryka und begibt sich – allein mit ihrem Glück – ins Hotel zurück. Inzwischen hatte jedoch Zdenka in ihrer Angst um Matteos Leben einen verhängnisvollen Plan ersonnen: Auf dem Fiaker-Ball übergibt sie in ihrer Verkleidung als Zdenko Matteo ein Kuvert mit einem Schlüssel, der, wie sie erklärend beifügt, das Zimmer neben dem Arabellas sperre; dort solle er in einer Viertelstunde die Geliebte erwarten. Mandryka, der das Gespräch zufällig belauscht, glaubt sich betrogen. Das ihm überreichte Billett Arabellas bestärkt ihn in seinem Argwohn, und in einer skandalösen Szene verdächtigt er die Braut öffentlich vor der Ballgesellschaft. Von Graf Waldner aufgefordert, begibt er sich schließlich ins Hotel.

Dort trifft Mandryka in der Hotelhalle auf Arabella mit Matteo. Dieser hatte Arabella bei ihrer Rückkehr ins Hotel zufällig im Stiegenhaus angetroffen. Es war zwischen Arabella und Matteo zu einer erregten Auseinandersetzung gekommen, weil sie nach dem Liebesabenteuer, das er – wie er glaubt – soeben mit ihr erlebt hatte, noch ausgehen wolle. Mandrykas Aufgeregtheit erfährt durch die kompromittierende Situation noch eine Steigerung, und er beleidigt mit verletzenden Worten die Braut, die sich diese plötzliche unglückliche Wendung nicht erklären kann. Schon werden Vorbereitungen zu einem Duell Waldner-Mandryka in die Wege geleitet, da schafft das unvermutete Erscheinen Zdenkas im weiblichen Nachtgewand und mit aufgelösten Haaren die Lösung des verwirrten Knotens. Sie gesteht der Schwester, sich im Finstern Matteo hingegeben zu haben, damit der Verzweifelte in dem Glauben, Arabella besessen zu haben, wieder neuen Lebensmut fände. Tief beschämt tritt Mandryka als Brautwerber für Matteo und Zdenka vor den Vater und bleibt schließlich, nachdem sich alle beruhigt und zurückgezogen haben, zerknirscht allein zurück in der Überzeugung, durch sein sträfliches Mißtrauen sich Arabellas Liebe verscherzt zu haben. Aber sie kommt aus ihrem Zimmer zurück und überreicht ihm ein Glas Wasser, das, wie sie von Mandryka erfahren hat, in dessen Heimat einem alten Brauch zufolge ein Mädchen dem Freier zu übergeben pflegt zum Zeichen, daß sie ihn in Liebe zum Herrn ihres Lebens mache.

Stilistische Stellung

Nach den mystisch-symbolistischen Opernmärchen ›Frau ohne Schatten‹ und ›Ägyptische Helena‹ verließ das Dioskurenpaar Strauss-Hofmannsthal das mythologische Gebiet, um sich mit ›Arabella‹ wieder einmal einem unbeschwerten Stoff zuzuwenden. Dem Charakter der »Lyrischen Komödie« entsprechend sind in den vom Komponisten virtuos behandelten Lustspiel-Dialog lyrische Partien, das heißt geschlossene Gebilde von melodieseliger Zartheit eingestreut (vor allem die Duette Arabella-Zdenka und Arabella-Mandryka, denen je eine südslawische Volksweise zugrunde gelegt ist). Wie beim ›Rosenkavalier‹ charakterisieren auch hier schwungvolle Walzerweisen das Wiener Milieu. Die halsbrecherischen Koloraturen der Fiaker-Milli versinnbildlichen in stilisierter Form die Jodlerfreudigkeit des historischen Vorbildes dieser Figur. Der Verzicht auf scharfe Dissonanzen und die Bevorzugung einfacher Harmonien schaffen eine sonnige Atmosphäre und unterstreichen den biedermeierlichen Charakter des Werkes. Die außerordentlich kunstvolle und feine polyphone Verarbeitung der prägnanten Motive zeugt von einer weisen und souveränen Beherrschung der Materie, die in ihrer Gestaltungsreife wettmacht, was dem nahezu Siebzigjährigen an Erfindungskraft nicht mehr zu Gebote stand.

Textdichtung

Die von Hofmannsthal frei erfundene Geschichte hatte dieser ursprünglich (1910) in Form einer Prosa-Novelle ›Lucindor oder Figuren zu einer ungeschriebenen Komödie‹ verarbeitet. Strauss fand Gefallen an dem Stoff, woraufhin der Dichter die Erzählung in ein Opernlibretto umgestaltete. Die leichtgeschürzte Handlung mit ihren zahlreichen Unwahrscheinlichkeiten hätte sich freilich vielleicht ebenso gut für ein Operetten- oder Filmsujet geeignet. Hofmannsthals feingeschliffene Bühnendichtung vermittelt – ähnlich wie beim ›Rosenkavalier‹ – wieder ein lebendiges Sitten- und Kulturbild, diesmal aus dem biedermeierlichen Wien zur Faschingszeit mit seinem traditionellen Fiaker-Ball, auf dem in den 1860er Jahren die berühmte »Fiaker-Milli« als »Lady Patroness« mit ihren Gstanzln und Jodlern Alt und Jung, Hoch und Niedrig faszinierte.

Geschichtliches
Hofmannsthal hatte kurz vor seinem Tod (15. Juli 1929) die Operndichtung ›Arabella‹ beendet. Strauss begann noch im gleichen Jahr mit der Komposition, die aber eine Unterbrechung durch die Vornahme der ›Idomeneo‹-Bearbeitung erfahren mußte. Die Uraufführung der ›Arabella‹ erfolgte an der Dresdner Staatsoper am 1. Juli 1933 unter der musikalischen Leitung von Clemens Krauss und mit Viorica Ursuleac (Arabella) und Alfred Jerger (Mandryka) in den Hauptrollen. Das leichtbeschwingte Werk fand trotz den von der Fachkritik vorgebrachten Bedenken gegen die Handlung eine begeisterte Aufnahme und anschließend eine rasche Verbreitung.

Die schweigsame Frau

Komische Oper in drei Aufzügen. Dichtung frei nach Ben Jonson von Stefan Zweig.

Solisten: *Sir Morosus* (Seriöser Baß, auch Heldenbariton, gr. P.) – *Seine Haushälterin* (Alt, m. P.) – *Der Barbier* (Spielbariton, gr. P.) – Komödianten: *Henry Morosus* (Lyrischer Tenor, gr. P.) – *Aminta*, seine Frau (Lyrischer Koloratursopran, gr. P.) – *Isotta* (Dramatischer Koloratursopran, auch Jugendlich-dramatischer Sopran, gr. P.) – *Carlotta* (Spielalt, auch Lyrischer Mezzosopran, gr. P.) – *Morbio* (Charakterbariton, auch Charakterbaß, gr. P.) – *Vanuzzi* (Spielbaß, auch Charakterbaß, gr. P.) – *Farfallo* (Spielbaß, auch Charakterbaß, gr. P.).
Chor: Komödianten (Chorus: 2 Tenöre und 2 Bässe) und Nachbarn (ganzer Chor, kl. Chp.).
Ort: In einem Vorort Londons.
Schauplatz: Zimmer des Sir Morosus, weiter, unordentlich gehaltener Raum mit vielen Zeichen, die erkennen lassen, daß hier ein ehemaliger Seemann haust: Schiffsmodelle, Fahnen, Gewehre, Anker, Fischgerippe, Takelwerk. Besonders auffällig, daß alle Türen mit dichten Vorhängen oder Säcken geschützt sind.
Zeit: Etwa 1780.
Orchester: 3 Fl. (III. auch Picc.), 2 Ob., 1 Eh., 1 Kl. in C, 2 Kl. in A und B, 1 Bkl., 3 Fag. (III. auch Kfag.), 4 Hr., 3 Trp., 3 Pos., 1 Bt., P., Schl. (3–4 Spieler), kl. Gl., gr. Gl. (4 Spieler), Cel., Hrf., 14 Viol. I, 12 Viol. II, 8 Br., 8 Vcl., 5–6 Kb. – Bühnenmusik: Org., Cemb., Trompeten, Dudelsäcke, Trommeln.
Gliederung: In Szenen unterteilte durchkomponierte symphonisch-dramatische Großform; zu Anfang der Oper: Potpourri (an Stelle von Ouvertüre).
Spieldauer: Etwa 2¾ Stunden.

Handlung
Sir Morosus, ehemals Offizier der britischen Flotte, bewohnt mit seiner Haushälterin ein behagliches Haus, das angefüllt ist mit Schätzen, die er sich während seiner ruhmreichen Seemannslaufbahn erworben hat. Als am Morgen der Barbier kommt, um Morosus zu rasieren, tut die treue Haushälterin ihrem Redebedürfnis Genüge, wozu sie sonst keine Gelegenheit hat. Denn ihr Herr ist äußerst geräuschempfindlich, seit er dereinst mit der Pulverkammer seines Schiffes in die Luft geflogen war und dabei sein Trommelfell verloren hatte. Durch die laute Unterhaltung aus dem Schlaf geweckt, erscheint Morosus im Morgenrock und schickt in barschem Ton die Haushälterin sogleich aus dem Zimmer. Während des Rasierens gibt der Barbier Morosus den Rat zu heiraten; da er wohlhabend und ohne familiären Anhang sei, würde er trotz seines vorgerückten Alters sicherlich eine junge, schweigsame Frau finden, die ihn umsorgen könnte. Lauter Lärm von außen deutet auf einen Besuch. Schon geht Morosus mit einem Stock zur Tür, da erkennt er zu seinem großen Erstaunen in dem Eindringling seinen totgeglaubten Neffen Henry. Freudig bietet er dem jungen Mann an, in seinem Haus zu bleiben und später sein Erbe anzutreten. Stockend gesteht jetzt Henry, daß er nicht allein, sondern mit seiner Truppe gekommen sei. Morosus hat »Truppen« verstanden und glaubt, es handle sich um Soldaten. Zu seinem Entsetzen muß er jedoch erfahren, daß der Neffe als Sänger einer italienischen Operntruppe angehört, deren Erste Sängerin, Aminta, überdies seine Frau sei. Schon betreten die Komödianten unter der Führung ihres Prinzipals Cesare Vanuzzi das

Haus. Der Gedanke, lärmende Schauspieler und Sänger bei sich zu haben, bringt Morosus außer Fassung. Er enterbt Henry und weist ihm und seiner Truppe die Tür. Gleichzeitig beauftragt er den Barbier, ihm sofort eine Frau zu besorgen, wie dieser sie vorgeschlagen habe, und verläßt wutschnaubend das Zimmer. Schon will Henry resignieren, da hält ihn der Barbier zurück mit der Frage, ob er denn auf eine so große Erbschaft verzichten wolle. Gegen gute Bezahlung will der gerissene Bader Morosus den Geschmack an der Ehe abgewöhnen. In einem Intrigenspiel soll unter Mitwirkung der Operntruppe der Alte zum Eingehen einer Scheinehe verleitet werden. Sogleich werden die Rollen verteilt: Es spielen Vanuzzi den Pfarrer, Morbio den Notar, Farfallo und der Chorus rüde Seeleute, Carlotta eine dumme Landmagd, Isotta ein kokettes Zierpüppchen und Aminta ein stilles, bescheidenes Mädchen.

Am Nachmittag des nächsten Tages erwartet Morosus, der sich in großen Staat geworfen hat, die vom Barbier verschafften Heiratskandidatinnen. Die Mitglieder der Komödiantengruppe treten in der verabredeten Verkleidung auf. Wie erwartet, fällt Morosus' Wahl auf die schüchterne, schweigsame Aminta, die sich Timida nennt. Der »Pfarrer« und der »Notar« nehmen die Trauungszeremonie vor, der Barbier und die Haushälterin sind die Trauzeugen. Unter großem Tumult kommen mit Farfallo an der Spitze die »Seemänner« zur Gratulationskur; auch die Nachbarn werden hereingerufen. Morosus ist aufgebracht über das laute Getriebe; erst die Aufforderung des Barbiers, im Wirtshaus auf Kosten von Sir Morosus drei Fässer flämischen Biers zu trinken, kann die Leute bewegen, sich zu entfernen. Als Timida und Morosus endlich allein sind und dieser beginnt zärtlich zu werden, zeigt sich die junge Frau plötzlich wie umgewandelt. Sie schreit und brüllt, daß sie ihre Ruhe haben wolle und daß sie nicht daran denke, ihr Leben still und schweigsam zu vertrauern. Sodann reißt sie die dicken Vorhänge von den Türen und zerschlägt zu Morosus' Entsetzen die an den Wänden hängenden Trophäen aus seiner Seemannszeit. Auf den Krach hin erscheint Henry, der natürlich sofort für den Onkel Partei ergreift und Timida aus dem Zimmer jagt. Er verspricht, umgehend eine Scheidung in die Wege zu leiten. Gerührt und beglückt begibt sich Morosus zur Ruhe. Leise ruft Henry Aminta herbei und nimmt sie liebevoll in seine Arme; sie gesteht froh zu sein, wenn das böse Spiel mit dem alten Herrn zu Ende sei, für den sie Mitleid empfinde.

In aller Frühe des nächsten Tages sind Handwerker, die das Zimmer neu einrichten, mit lärmenden Arbeiten beschäftigt. Auch ein Clavecin wird aufgestellt. Timida erhält sogleich Unterricht von Henry und Farfallo, die in der Verkleidung als Gesangslehrer und Klavierbegleiter aufgetreten sind. Vergebens bittet Morosus um eine Pause. Endlich kommt der Barbier mit dem »Hohen Gericht«. Vanuzzi als »Chief-Justice« sowie Farfallo und Morbio als »Advokaten« verkleidet, treten mit feierlichem Pomp auf. Sie absolvieren schnell noch ein lustiges Tänzchen, bis Morosus wiederkommt, der sich inzwischen seine Uniform mit Orden angelegt hat. In der nun beginnenden Verhandlung zählt zunächst der eine der »Advokaten« die zwölf Ehehindernisse auf, die als Scheidungsgründe gelten. Morosus nimmt gleich den ersten für sich in Anspruch: Er habe gemeint, »eine andere Person zu heiraten, als die er geheiratet hat«. Das »Gericht« hält jedoch einen solchen Irrtum für eine Scheidung nicht ausreichend. Als weiteren »error« führt der »Advokat« an: verletzte Jungfräulichkeit. Sofort bezeugen der Barbier sowie Carlotta und Isotta, daß Timida vor ihrer Eheschließung bereits mit einem anderen Mann Umgang gehabt habe, was diese energisch bestreitet; sie beschwört, nie einem anderen als ihrem Ehegatten angehört zu haben. Der Barbier ruft jedoch einen weiteren Zeugen auf den Plan. Henry, der, unkenntlich getarnt durch einen Bart, sogleich auftritt, beeidet, mit der jungen Frau Umgang gepflogen zu haben. Da opponiert der eine der »Advokaten«: in dem Ehevertrag habe Sir Morosus nicht die Bedingung der jungfräulichen Unberührtheit gestellt, daher liege auch kein »error« vor; somit könne die Ehe nicht geschieden werden. Morosus sinkt wie vernichtet auf die Liegestatt. Jetzt lassen Henry und Aminta endlich die Masken fallen. Morosus nimmt das Spiel, das mit ihm getrieben wurde, schließlich mit Humor auf und bekennt, auf diese Weise von seiner Schrulligkeit und von seiner Abneigung gegen Musik geheilt worden zu sein. Leise entfernen sich nach und nach die Komödianten. Dankbar drückt Morosus Aminta und Henry die Hände und genießt, behaglich seine Pfeife schmauchend, die neugewonnene Ruhe.

Stilistische Stellung

›Die schweigsame Frau‹ ist das einzige Bühnenwerk von Richard Strauss, das den Untertitel »Komische Oper« trägt. Daraus läßt sich schließen, daß das Werk dem Stil der alten Opera buffa angenähert ist und ein witzig geformtes Intrigenspiel mit den für diese Gattung typischen Verkleidungen und Verwechslungen behandelt. In der Tat weist die Oper stofflich manche Parallelen zu Donizettis ›Don Pasquale‹ und Rossinis ›Barbier von Sevilla‹ auf. Die Oper wird eingeleitet von einem Potpourri, einer Form, bei der in loser Aneinanderreihung die wichtigsten Themen eingeführt werden. Anstelle der Nummereinteilung tritt eine Gliederung in Szenen mit je einem Finale an den Aktschlüssen. Musikalisch herrscht ein flüssiger Konversationsstil vor, der häufig von melodramatischen oder gesprochenen Stellen unterbrochen ist. Sprudelnden Parlandopartien in schnellem Tempo sind getragene ariose und lyrische Abschnitte gegenübergestellt. In Anlehnung an die alte Buffaoper enthält das Werk zahlreiche geschlossene Gebilde, wie die Canzonen des Barbiers im I. und II. Akt, die Arie des Henry im III. Aufzug sowie bei der Musikunterrichts-Szene die Arie der Aminta und das Duett Aminta-Henry, die Claudio Monteverdis ›L'incoronazione di Poppea‹ (1642) beziehungsweise der Oper ›Eteocle e Polinice‹ von Giovanni Legrenzi (1675) entnommen sind. Das pompöse Auftreten des »Chief Justice« im III. Akt erfolgt über das Thema »In Nomine« des Doktors John Bull (1563–1628) aus dem ›Fitzwilliam Virginal Book‹. Der musikalische Fluß wird gelegentlich von größeren und kleineren Ensembles unterbrochen, unter denen der wirkungsvolle Schluß des I. Aktes hervorragt, dem nach den Worten des Komponisten das Schlußensemble des II. Aktes von Mozarts ›Figaros Hochzeit‹ als Vorbild gedient hat.

Textdichtung
Nach dem Tod Hugo von Hofmannsthals (15. Juli 1929) hielt Strauss Ausschau nach einem Textdichter. Die Wahl fiel noch Ende desselben Jahres auf einen Künstler aus dem Kreis des Verstorbenen, den Lyriker, Roman- und Bühnenschriftsteller Stefan Zweig (1881–1942). Dieser brachte sogleich einen Stoff zum Vorschlag, der den Komponisten interessierte: ›Epicoene or The Silent Woman‹ des englischen Dichters und Zeitgenossen Shakespeares Ben Jonson (1573–1637), der mit seinen realistischen Sittenkomödien zu seiner Zeit viel Erfolg hatte. Zweig hat eine freie Nachdichtung von dessen Erbschleicherkomödie ›Volpone‹ und auf Strauss' Wunsch nach ›The Silent Woman‹ ein Opernlibretto geschrieben. Der Komponist war mit seinem neuen Textdichter sehr zufrieden, denn er hat, wie Zweig in seinem Buch ›Die Welt von Gestern‹ bemerkte, an dem ganzen Libretto nicht eine einzige Zeile geändert und nur einmal ihn gebeten, um einer Gegenstimme willen noch drei oder vier Zeilen einzufügen.

Geschichtliches
Noch während der Instrumentierung des III. Akts von ›Arabella‹ hat Strauss am 1. Oktober 1932 mit der Komposition seiner ›Schweigsamen Frau‹ begonnen. Die Partitur wurde am 20. Oktober 1934 abgeschlossen; das die Oper einleitende Potpourri wurde nachkomponiert und am 17. Januar 1935 in Garmisch vollendet. Nach den Bestimmungen des nationalsozialistischen Regimes war es zunächst fraglich, ob eine Oper, deren Textdichter Jude war, in Deutschland gespielt werden dürfe. Strauss setzte jedoch die Uraufführung an höchster Stelle durch, und so ging ›Die schweigsame Frau‹ am 24. Juni 1935 unter der Leitung von Karl Böhm und mit Friedrich Plaschke (Morosus), Mathieu Ahlersmeyer (Barbier), Martin Krämer (Henry), Maria Cebotari (Aminta) und Kurt Böhme (Vanuzzi) in den Hauptrollen an der Dresdner Staatsoper erstmals in Szene. Aber schon nach der dritten Vorstellung wurden weitere Aufführungen des Werks in Deutschland verboten – die Gestapo hatte Briefe von Strauss an Zweig abgefangen, in denen sich der Komponist abfällig über das Regime äußerte. Strauss legte daraufhin sein Amt als Präsident der Reichsmusikkammer nieder.

Daphne

Bukolische Tragödie in einem Aufzug. Dichtung von Joseph Gregor.

Solisten: *Peneios* (Seriöser Baß, m. P.) – *Gaea* (Tiefer Alt, m. P.) – *Daphne* (Dramatischer Koloratursopran, auch Jugendlich-dramatischer Sopran, gr. P.) – *Leukippos* (Lyrischer Tenor, gr. P.) – *Apollo* (Jugendlicher Heldentenor, gr. P.) – *1. Schäfer* (Bariton, kl. P.) – *2. Schäfer* (Tenor, kl. P.) – *3. Schäfer* (Bariton, auch Baß, kl. P.) – *4. Schäfer* (Baß, kl. P.) – *1. Magd* (Lyrischer Sopran, kl. P.) – *2. Magd* (Mezzosopran, auch Spielalt, kl. P.).
Chor: Schäfer – Maskierte des bacchischen Auf-

zugs – Mägde (Gesangspart nur Männerchor, kl. Chp.).
Ballett: Tanz-Pantomime beim Dionysosfest (Furioser Tanz der Widder und Rundtanz der Thyrsosträgerinnen).
Ort: Bei der Hütte des Peneios am Fluß dieses Namens.
Schauplatz: Steiniges Flußufer, dichte Ölbaumgruppen, rechts ansteigende Landschaft zum Haus des Fischers Peneios, im Hintergrund der Fluß, als Abschluß das gewaltige Massiv des Olymp.
Orchester: 2 Fl., 1 Picc. (auch III. Fl.), 2 Ob., 1 Eh., 1 C-Kl., 1 A-Kl., 1 Bh., 1 Bkl., 3 Fag., 1 Kfag., 4 Hr., 3 Trp., 3 Pos., 1 Bt., P., Schl., 2 Hrf., 16 Viol. I, 16 Viol. II, 12 Br., 10 Vcl., 8 Kb. – Bühnenmusik: Alphorn, Org.
Gliederung: Durchkomponierte symphonisch-dramatische Großform.
Spieldauer: Etwa 1¾ Stunden.

Handlung
In einer von Ölbaumgruppen durchzogenen Flußlandschaft am Fuß des Olymp lädt mit den letzten Strahlen der untergehenden Sonne das Horn des Fischers Peneios die Schäfer zur Dionysos-Feier, dem Fest der blühenden Rebe, das die große Hochzeit aller Natur im Leben der Herden und im Herzen der Hirten weiht, die Zeit der Paarung. Daphne, die Tochter des Peneios und der Gaea, beklagt das Scheiden der Sonne, in deren Schein ihr die Bäume und Sträucher, die Blumen und Blüten, die tanzende Quelle und die bunten Falter als Gespielen und Gespielinnen lachen, die sie alle als ihre Brüder und Schwestern betrachtet. Sie schmiegt sich innig an den Baum, der in ihrer Kindheit gepflanzt, ihr besonders geliebter Bruder ist. Da springt hinter diesem der junge Leukippos hervor. Er erinnert sie daran, wie sie als Kinder zusammen spielten und wie Daphne gern den Tönen seiner Flöte lauschte, in denen sie jedoch nur die Stimmen der sie umgebenden Natur vernommen zu haben vorgibt. Nun aber ist Leukippos zum Mann gereift; er haßt die Spiele und zerbricht deshalb seine Flöte; er begehrt jetzt Daphne selbst, die er liebt. Ihr ist aber das Fest des Dionysos fremd, und fremd erscheint ihr jetzt auch Leukippos, in dem sie nur den Gespielen sehen kann. Verzweifelt hat sich Leukippos entfernt. Mutter Gaea ist besorgt wegen Daphnes Verhalten. Sie läßt ihr durch zwei Mägde ein prächtiges Kleid und Schmuck für das Fest überbringen. Aber Daphne will so bleiben, wie sie ist. Sinnend geht ihr die Mutter ins Haus nach. Die beiden Mägde überreden indes Leukippos, das von Daphne verschmähte Kleid anzulegen; in der Verkleidung könne er sich Daphne nähern und sich so Liebe erringen. Nach kurzem Zögern geht Leukippos auf den Vorschlag ein. Vater Peneios erscheint mit Gaea im Kreis der Hirten. Er, der selbst einst ein Gott war, schildert in einer Vision, wie die Bewohner des Olymp zum Mahl herabschreiten und lachen. Sein Lachen wiederholt sich von überall wie ein Echo; erschreckt flüchten sich die Hirten zu Gaea. Da kommt ein fremder Rinderhirt mit Bogen und Köcher herbei. Er erzählt, daß er eine Herde am Fuß des Olymp weide. Durch einen seltsamen Dunst aus Blütendüften und Fettdämpfen, der von dieser Gegend hergekommen sei, sei der Stier brünstig geworden, und jetzt, nachdem er mit Hilfe seiner Knechte die Tiere wieder beruhigt habe, habe es ihn, den Hirten, hierhergezogen. Gaea und die Schäfer atmen erleichtert auf, während Peneios den Fremden zum Fest einlädt und durch Gaea seine Tochter herbeirufen läßt. Allein zurückgeblieben, schämt sich der Hirte, der Gott Phöbus Apollo ist, in dem niederen Gewande und mit Lügen sich bei den Menschen eingeschlichen zu haben, nur weil er selbst ein brünstiges Tier ist. Daphne naht, eine Schale mit beiden Händen tragend. Apollo ist fasziniert von der Erscheinung. Er hält sie zunächst für seine Zwillingsschwester Artemis. Der Anruf »Schwester« erweckt Vertrauen bei Daphne. Sie gießt die Schale über Apollos Hände aus und legt ihm einen weiten blauen Mantel um. Seine Worte von den Fahrten mit des Lichtes Wagen erscheinen ihr rätselhaft; sie ahnt in dem Hirten einen Gewaltigen, kann aber den Gott nicht erkennen. Anderseits vermag sie sich ihm doch auch nicht zu verschließen, als er sie in wachsender Begeisterung in seine Arme nimmt und sie schließlich küßt. In höchster Verwirrung entringt sich daraufhin Daphne seiner Umarmung; in seiner Liebesglut erscheint er ihr mit einem Mal als der Fremdeste von allen. Das Dionysosfest beginnt. Nach dem Tanz der als Widder maskierten Schäfer naht ein Zug Mädchen, unter ihnen der verkleidete Leukippos. Er nähert sich mit lockenden Gebärden Daphne. Sie trinkt aus der Schale, die er ihr reicht, und folgt ihm mit hieratischen Tanzschritten, da sie ihn, der ihr in Aussehen und Kleidung ähnlich ist, für eine schwesterliche Gespielin hält. Aber Apollo deckt den Betrug auf. Die Schäfer scharen sich schüt-

zend vor Leukippos. Apollo schafft jedoch mit Donner und Gewitter große Verwirrung unter den Herden, so daß sich die Hirten eiligst mit Peneios und Gaea zu den Hürden entfernen. Leukippos reißt sich nun selbst die Frauenkleider ab, und mit männlicher Entschlossenheit fordert er Daphne in Dionysos' Namen auf, sich von dem Fremden abzuwenden und ihm und seiner Liebe zu folgen. Dann verlangt er von Apollo, seine Maske ebenfalls fallen zu lassen, und als auch Daphne die Wahrheit wissen will, gibt der Gott zu erkennen, daß er die Sonne sei. In der darauffolgenden Auseinandersetzung erklärt schließlich Daphne, daß sie wohl dem Gott des Lichtes, nicht aber seinen Gluten folgen wolle, und als Leukippos ihre Entscheidung zu seinen Gunsten mit einem Fluch auf Apollo begleitet, streckt dieser ihn mit seinem Pfeil nieder. Daphne, nun mit einem Mal geläutert, bekennt an der Leiche des Geliebten ihre große Schuld; zur Sühne will sie ihm alles opfern, was sie je geliebt, die Blumen, die Falter, die Quelle, die Spiele und ihr kindliches Glück. Aber auch Apollo ist sich seines Unrechts bewußt geworden. Er hatte sich fälschlich mit Dionysos' Kraft geziert und bittet daher den Bruder um Verzeihung für die Tötung seines Jüngers. Dann wendet er sich an Vater Zeus, er möge ihm Daphne wiedergeben, aber nicht in Menschengestalt, sondern in Form des ewig grünen, göttlichen Lorbeers, den er zum Symbol höchster Ehre für seine besten, im friedlichen Wettstreit ringenden Jünger erheben wolle. Nachdem Apollo verschwunden ist, will sich auch Daphne entfernen; doch plötzlich bleibt sie festgewurzelt stehen, ihr Körper verwandelt sich langsam in einen Baum und ihre Rede geht in ein Lispeln der Blätter über.

Stilistische Stellung
Dem Grundcharakter des idyllenhaften Stoffes entsprechend dominiert in Strauss' bukolischer Tragödie das Lyrische, das zunächst schon in dem pastoralen Vorspiel, sodann in dem ersten, das anmutig-kindliche, aber kühle Wesen trefflich zeichnenden Daphne-Monolog sowie in der wundervollen, die Metamorphose begleitenden symphonischen Musik am Schluß des Werkes besonders eindrucksvoll blüht. Aber auch leidenschaftliche und dramatische Akzente fehlen nicht, die vor allem in der Gewitterszene und in der darauffolgenden Auseinandersetzung Daphne-Apollo-Leukippos wirksame Gegensätze schaffen. Das Dionysosfest bringt mit seinen teils furiosen, teils graziösen Tanzrhythmen ebenfalls Farbe und Abwechslung in das musikalische Geschehen. Obwohl das Werk äußerlich auf eine Gliederung in Szenen oder musikalische Abschnitte verzichtet, ist in formaler Hinsicht eine weise Architektonik zu bewundern. Als Wahrzeichen der ›Daphne‹-Partitur könnte man ihre Instrumentation bezeichnen, die außerordentlich kunstvoll gehandhabt ist. In seiner abgeklärten Schönheit und in seinem ausgewogenen Wohllaut ist das Klangbild von einer Durchsichtigkeit, wie sie unter den Strauss'schen Bühnenwerken höchstens noch bei ›Ariadne auf Naxos‹ anzutreffen ist. Das immense technische Können schuf hier einen Ausgleich gegenüber dem Nachlassen der Erfindungskraft des im achten Lebensjahrzehnt schaffenden Meisters.

Textdichtung
Die Dichtung entstand in drei Phasen, deren Entwicklung vom Komponisten entscheidend beeinflußt wurde. Die erste Anregung zur Gestaltung des alten griechischen Mythos (Daphne ist das griechische Wort für Lorbeerbaum) erfuhr Joseph Gregor (1888–1960) durch eine Lithographie ›Apollo und Daphne‹ von Théodore Chassériau, die ob ihrer romantischen Grundhaltung aber zur späteren Operndichtung in keiner Beziehung steht. Auf Strauss hinwieder wirkte inspirierend das Standbild ›Apollo und Daphne‹ des großen Barockmeisters Gian Lorenzo Bernini (1598–1680) in der Villa Borghese zu Rom, später neigte der Komponist der mehr archaischen Auffassung zu, wie sie in dem Gemälde ›Primavera‹ des Sandro Botticelli (1445–1510), des Hauptmeisters der italienischen Frührenaissance, zum Ausdruck kommt. In der ersten Skizze identifizierte Gregor, gemäß der hellenistischen Auffassung von der Beseelung der Natur, die Menschen mit der Natur und mit den Göttern. Der alte Peneios ist gleichzeitig der Fluß und der am Fluß wohnende Fischer, Gaea ist sein Weib und zugleich die grünende Erde am Fluß, beider Tochter Daphne das rätselhafte und unerschlossene Naturwesen. Demgegenüber erblickte Strauss zunächst in Daphne »die menschliche Verkörperung der Natur, die von den beiden Gottheiten Apollo und Dionysos, den Elementen des Künstlerischen, berührt wird, die sie ahnt, aber nicht begreift und erst durch den Tod zum Symbol des ewigen Kunstwerkes, des vollkommenen Lorbeer, wieder auferstehen kann«. Die Hereinnahme des Schuldbegriffs im antiken Sinn hält

der Komponist für notwendig: »Apollo vergeht sich gegen seine Gottheit, indem er mit dionysischen Gefühlen sich Daphne naht, welche diese Untreue im Kuß fühlt und den unreinen Gott als reines Instinkt- und Naturwesen ablehnt ... Apollo muß also in sich eine Läuterung vollziehen, die darin ihren Gipfel hat, daß er in Leukippos das dionysische Element in sich selbst tötet. Das Symbol für diese eigene Läuterung wäre die Erlösung der Daphne durch Verwandlung in den Lorbeer.« Ergänzend fügt er später noch hinzu: »Auch Daphne kann nicht weiterleben, nachdem sie einmal durch den Dionysostrank ihrer wahren Natur untreu geworden. Da findet der Gott zu seiner eigenen Läuterung und zu ihrer Erlösung das Wunder der Verwandlung in den Lorbeer.« Schließlich war es auch Strauss, der, als er bereits mit der Arbeit an der Komposition ziemlich weit fortgeschritten war, noch eine Abänderung des Schlusses der Dichtung verlangte, nämlich daß am Ende der Oper auf leerer Bühne der singende Baum allein übrigbleiben soll.

Geschichtliches
Am 7. Juli 1935 legte Gregor in einem Alpenkurort dem Komponisten unter anderen Opernstoffen auch den flüchtigen Entwurf der ›Daphne‹ vor. Strauss zeigte sogleich für diesen Vorschlag Interesse, da er sich seit langem schon mit dem Gedanken trug, den ältesten Opernstoff, der nicht nur der ersten Oper überhaupt (›Dafne‹ von Jacopo Peri und Jacopo Corsi, komponiert 1597), sondern auch der ersten deutschen Oper (komponiert von Heinrich Schütz 1627) zugrunde lag, durch eine neuzeitliche musikdramatische Bearbeitung der Opernbühne wieder zuzuführen. Daher arbeitete Gregor noch im Verlauf des Sommers 1935 eine von der ersten Skizze abweichende »bukolische Tragödie mit Tänzen und Chören« aus. Nach einem regen Briefwechsel zwischen Dichter und Komponisten, der einen interessanten Einblick in die Entstehung des Werkes gewährt, wurde die Dichtung in ihrer dritten und endgültigen Fassung im Jahre 1936 vollendet. Nach Fertigstellung des ›Friedenstag‹ (Januar 1936) konnte sich der Komponist intensiv der ›Daphne‹ widmen. Die Partitur wurde am 24. Dezember 1937 in Taormina abgeschlossen. Die Uraufführung erfolgte am 15. Oktober 1938 an der Dresdner Staatsoper unter der musikalischen Leitung von Karl Böhm und mit Margarethe Teschemacher (Titelpartie), Torsten Ralf (Apollo) und Martin Kremer (Leukippos) in den Hauptrollen.

Capriccio

Ein Konversationsstück für Musik in einem Aufzug. Dichtung von Clemens Krauss.

Solisten: *Die Gräfin* (Dramatischer Sopran, auch Jugendlich-dramatischer Sopran, gr. P.) – *Der Graf*, ihr Bruder (Kavalierbariton, gr. P.) – *Flamand*, ein Musiker (Jugendlicher Heldentenor, auch Lyrischer Tenor, gr. P.) – *Olivier*, ein Dichter (Kavalierbariton, auch Charakterbariton, gr. P.) – *La Roche*, der Theaterdirektor (Spielbaß, auch Baßbariton, gr. P.) – *Die Schauspielerin Clairon* (Dramatischer Mezzosopran, auch Jugendlich-dramatischer Sopran, gr. P.) – *Monsieur Taupe* (Spieltenor, kl. P.) – *Eine italienische Sängerin* (Lyrischer Koloratursopran, kl. P.) – *Ein italienischer Tenor* (Lyrischer Tenor, kl. P.) – *Eine junge Tänzerin* (Solotänzerin) – *Der Haushofmeister* (Baß, kl. P.).
Chor: 8 Diener (4 Tenöre und 4 Bässe, von denen 3 Tenöre [1., 3. und 6. Diener] sowie 3 Bässe [2., 4. und 5. Diener] auch solistisch eingesetzt sind; kl. Chp.).
Ballett: 1 Solotänzerin.
Ort: Ein Schloß in der Nähe von Paris zur Zeit, als Gluck dort sein Reformwerk der Oper begann.
Schauplatz: Gartensaal eines Rokokoschlosses.
Zeit: Etwa um 1775.
Orchester: 3 Fl., 2 Ob., 1 Eh., 3 Kl., 1 Bkl., 3 Fag., 4 Hr., 2 Trp., 3 Pos., P., Schl., 2 Hrf., Str. – Bühnenmusik: Ein Streichsextett, 1 Solovioline, 1 Solovioloncello, Cemb.
Gliederung: Durchkomponierte, symphonisch-dramatische Großform.
Spieldauer: Etwa 2¼ Stunden.

Handlung
Im Gartensaal eines Rokokoschlosses in der Nähe von Paris betrachten der Komponist Flamand und der Dichter Olivier durch die geöffnete Tür die junge verwitwete Gräfin, die sich soeben in ihrem Salon eine Komposition Flamands vorspielen läßt. Beide sind verliebt in die Kunstbegeisterte und sind überzeugt, daß sie ihr Herz dem-

jenigen von ihnen schenken werde, dessen Kunst sie den Vorzug gebe. Natürlich glaubt jeder, daß er der Erwählte sein werde. Denn der Dichter vertritt den Grundsatz: Prima le parole – dopo la musica! (Erst die Worte, dann die Musik), während der Musiker den gegensätzlichen Standpunkt einnimmt: Prima la musica – dopo le parole! Den alten Streit, welcher von den beiden Schwesterkünsten der Vorrang einzuräumen sei, soll also die Gräfin durch ihre Herzenswahl entscheiden. In dem Saal befindet sich auch noch der Theaterdirektor La Roche. Er war während der Musik in einem Armlehnstuhl eingeschlafen. Als der musikalische Vortrag zu Ende ist, erwacht er und bemerkt, bei sanfter Musik könne man am besten schlafen. Empört beklagen sich Dichter und Musiker, einem Mann mit einer derartigen Einstellung gegenüber der hohen Kunst ausgeliefert zu sein. Aber der Direktor weist darauf hin, daß die Werke der Künstler ohne ihn totes Papier blieben. Er weiß aus Erfahrung, daß die große Masse des Publikums heiteren Stücken mit gefälliger Musik, wie der der italienischen Opera buffa des Maestro Piccinni, entschieden den Vorzug gebe, während man sich bei den heroischen Opern eines Lully, Rameau oder Gluck langweile und hier im besten Fall schöne Dekorationen und Kostüme oder die hohen Töne eines beliebten Tenors Interesse erwecken würden. Im Theatersaal des Schlosses soll heute ein Stück des Dichters Olivier geprobt werden, wozu die berühmte Schauspielerin Clairon aus Paris erwartet wird, die zwar ihre zarten Beziehungen zu Olivier abgebrochen hat, von dem Dichter aber immer noch wegen ihrer großen Kunst bewundert und verehrt wird. Musiker, Dichter und Direktor begeben sich in den Theatersaal, als sie die Gräfin mit ihrem Bruder herankommen sehen. Die Gräfin schwärmt von dem heutigen musikalischen Erlebnis. Ironisch bemerkt der Graf, daß ihre Bewunderung nicht bloß der Musik, sondern wohl auch deren Schöpfer Flamand gelte. Ihn lasse Musik kalt, dagegen begeistere ihn das geistreiche Wort, wie es in dem vortrefflichen Stück Oliviers zu finden sei. Sarkastisch antwortet die Gräfin, daß sich sein Interesse wohl noch in höherem Maß der Mittlerin des Wortes, der schönen Clairon zuwende. Flamand, Olivier und La Roche kommen aus dem Theatersaal zurück. Der Direktor gibt jetzt dem gräflichen Geschwisterpaar das Programm für die Geburtstagsfeier der gnädigsten Frau Gräfin bekannt: zunächst eine berauschende Sinfonia des jungen Flamand, dann Oliviers Drama, in dem der Graf die Rolle des Liebhabers spielen werde, und zum Schluß eine grandiose »azione teatrale«, bei der man die erhabensten Dekorationen, das schönste Ballett und Sänger der italienischen Oper bewundern werde. Schließlich soll ein Huldigungsfestspiel vorgeführt werden, über dessen Inhalt und Titel er aber vorerst nichts verraten wolle. Inzwischen ist Clairon angekommen. Nach der Begrüßung rezitiert sie mit dem Grafen eine Szene aus Oliviers Drama, die mit einem schönen Sonett abschließt, das dem Dichter erst heute früh eingefallen war. Clairon ist zufrieden mit dem theatralischen Talent ihres Partners; sie begibt sich sogleich mit dem Grafen und dem Direktor zur Probe in den Theatersaal. Olivier trägt nun sein Liebes-Sonett der Gräfin vor, währenddessen sich Flamand an das Clavecin setzt und eine Melodie improvisiert. Daraufhin entreißt der Musiker der Gräfin das Blatt mit dem Gedicht und eilt in den Salon, um dort die Verse zu komponieren. Olivier ist entsetzt über den Gedanken, daß sein schönes Gedicht durch eine Vertonung entstellt werden solle. Er nützt aber die Gelegenheit, mit der Gräfin allein zu sein, um ihr seine Liebe zu gestehen, und er fordert sie auf, doch endlich den Sieger zu krönen. Mit den Worten »Hier ist er!« stürzt Flamand herein. Er setzt sich an das Clavecin und singt und spielt das soeben von ihm komponierte Sonett. Begeistert nimmt die Gräfin das Notenblatt zu sich und erklärt den beiden Autoren: »Unzertrennlich seid Ihr vereint in meinem Sonett!« Als Olivier von dem Direktor in den Theatersaal gerufen wird, macht Flamand der Gräfin eine leidenschaftliche Liebeserklärung. Aber sie will sich heute noch nicht entscheiden. Sie bestellt den Komponisten auf morgen mittag um elf in die Bibliothek; dort will sie ihm ihren Entschluß mitteilen. Die Probe ist beendet. Der Graf kommt in den Rokokosaal zurück und hört von seiner Schwester, daß Dichter und Musiker zugleich ihr Herz bestürmen. Belustigt fragt er, was daraus werden solle. Die Gräfin meint: »Vielleicht gar – eine Oper!« Jetzt kehren auch Clairon, Direktor und Dichter frohgelaunt aus dem Theatersaal zurück. Zur Erfrischung wird nun Schokolade serviert. Dazu bietet der Direktor eine kleine Abwechslung für Auge und Ohr: eine Tänzerin und ein italienisches Sängerpaar. Während der Darbietungen entspinnt sich eine Diskussion über das Thema »Wort oder Ton« und über das Problem »Oper«. Schließlich bedrängt die Gräfin den Direktor, nun endlich seine Pläne für das

Huldigungsfestspiel zu verraten. La Roche gibt bekannt, es bestehe aus zwei Teilen: zunächst die erhabene Allegorie »Die Geburt der Pallas Athene«. Als der Direktor die Fabel erzählt, rufen ironische Bemerkungen der Anwesenden ein allgemeines Gelächter hervor. Halb enttäuscht, halb verärgert teilt der Direktor auf Befragen der Gräfin den Titel des zweiten Teils mit: »Der Untergang Karthagos«. Dichter und Musiker finden ein solches Sujet für ein Festspiel wenig geeignet. Sie fallen mit Schmähungen über den Direktor her. La Roche beendet den Streit, indem er Flamand und Olivier in die Schranken weist und sie fragt, was ihnen, die noch nichts für das Theater geleistet hätten, das Recht gebe, überheblich den wissenden Fachmann zu schmähen. Mit komödiantischem Pathos weist er, der heute im Zenith seiner ruhmreichen Laufbahn stehe, auf seine großen Verdienste um das lebendige Theater hin, die noch späteren Generationen durch die Inschrift auf seinem Grabstein vor Augen gehalten würden: »Die Götter haben ihn geliebt, die Menschen ihn bewundert! – Amen.« Stürmischer Applaus der Anwesenden folgt seinen Ausführungen. Nun ergreift die Gräfin die Initiative. Sie fordert die Künstler auf, die Worte des Freundes zu beherzigen und gemeinsam ein Werk für das Fest zu schaffen. Clairon, Flamand und Olivier stimmen zu; im Verein mit der Gräfin huldigen sie der Göttin Harmonie in theatralischem Ton. Man ist sich nun einig: Eine neue Oper soll entstehen. Doch aus welchem Stoff? Da hat der Graf einen verblüffenden Einfall: »Schildert die Konflikte, die uns bewegen! Die Ereignisse des heutigen Tages – was wir alle erlebt – dichtet und komponiert es als Oper!« Die Idee wird begeistert aufgenommen. Ein Diener meldet, daß der Reisewagen bereitstehe. Der Graf begleitet Clairon nach Paris; Dichter, Musiker und Direktor folgen ihnen. Diener erscheinen, um den Salon aufzuräumen. Sie glossieren und kommentieren auf ihre Art die Ereignisse, die sich hier abgespielt haben. Während der Haushofmeister die Armleuchter anzündet, stolpert ein kleiner, unscheinbarer Mann mit einem großen Buch unter dem Arm herein. Es ist Monsieur Taupe, der Souffleur, der während der Probe eingeschlafen war. Auf die Frage des Haushofmeisters, wer er sei, bezeichnet er sich als den »unsichtbaren Herrscher einer magischen Welt«. Aber, wie soll er jetzt nach Paris zurückkommen? Der freundliche Haushofmeister läßt ihm einen Wagen einspannen und entfernt sich mit ihm. Hierauf betritt die Gräfin in Abendtoilette den leeren Saal. Der Haushofmeister kommt zurück und meldet der Gräfin, daß der Herr Graf sich für heute abend entschuldigen lasse; Herr Olivier werde morgen um elf Uhr in der Bibliothek seine Aufwartung machen, um von der gnädigsten Frau Gräfin den Schluß der Oper zu erfahren. Bestürzt erinnert sich die Gräfin, daß sie um die gleiche Zeit auch Flamand bestellt hat. Nun ist es ihr klar: Seit dem Sonett sind Dichter und Musiker unzertrennlich verbunden. Sie setzt sich an die Harfe und beginnt, sich selbst begleitend, das Sonett zu singen. Sodann erhebt sie sich leidenschaftlich und erblickt sich plötzlich im Spiegel. Erregt fragt sie sich, für wen sie sich nun entscheiden solle. Sie ist sich bewußt, daß sie, wenn sie den einen wählt, den andern verlieren wird. Aber auch ihr Spiegelbild weiß ihr nicht Rat für die Auffindung des richtigen Schlusses ihrer Oper. Da erscheint der Haushofmeister und bittet die Gräfin zum Souper. Sie winkt mit dem Fächer kokett ihrem Spiegelbild zu und verabschiedet sich von diesem graziös mit einem tiefen Knicks. Daraufhin begibt sie sich in heiterer Laune, die Melodie des Sonetts summend, in den Speisesaal. Verwundert sieht ihr der Haushofmeister, mit einem Blick auf den Spiegel, nach.

Stilistische Stellung

Hatte Strauss bei ›Frau ohne Schatten‹ eine Synthese ›Elektra‹-›Ariadne‹-Stil angestrebt, so scheint ihm bei ›Capriccio‹, das sein musikdramatisches Lebenswerk abschließen sollte, in retrospektiver Weise eine Verschmelzung der Gestaltungselemente jener Meister vorgeschwebt zu haben, die er zeitlebens als Schöpfer vollendeten musikalischen Theaters liebte und verehrte: Mozart und Wagner. Dank einer aus fünfzigjähriger Opernerfahrung und Altersweisheit resultierenden sublimierten Meisterschaft konnte Strauss auf dieser Basis ein neuartiges Werk schaffen, obwohl er auch bei ›Capriccio‹ hinsichtlich der musikalischen Diktion seinem Eigenstil treu geblieben war. Nicht zuletzt verdankt diese Oper aber auch, ähnlich wie Verdis ›Falstaff‹, ihre Bühnenwirksamkeit der glückhaften Zusammenarbeit des Komponisten mit einem in Fragen der Theaterpraxis höchst versierten Textautor von kultiviertem Geschmack. Dominierend ist ein überaus durchsichtiger Parlando- und Konversationsstil. Die zwanglos eingebauten geschlossenen Formen geben Raum für die verschiedensten musikalischen Wirkungen: Zu Anfang führt das klangprächtige Streichsextett feinsinnig in das Spiel mit seinem Dualismus der Problemstellung. Musikalischer Mittelpunkt ist das Sonett, dessen Kantilene in dem anschließenden Terzett eine hymnusartige Steigerung erfährt und das auch am Schluß der Oper in der großen Soloszene der Gräfin wiederkehrt. Zu den weiteren lyrischen Ergüssen des Werkes gehören das die letzte Szene einleitende Orchesterzwischenspiel, ein melodieseliges Stück mit einem Thema aus des Komponisten satirischem Liederzyklus ›Krämerspiegel‹, sowie das Belcanto-Duett des italienischen Sängerpaares. Von fein charakterisierender Wirkung sind die stilisierten Tänze (Passepied, Gigue und Gavotte), das mit komischer Pathetik vorgetragene »Huldigungsquartett« an die Göttin Harmonie sowie vor allem die große Ansprache des Theaterdirektors La Roche, bei der er in komödienhaft-eitler Selbstgefälligkeit seine Verdienste um das Theater rühmt. Die hohe satztechnische Meisterschaft des Komponisten offenbaren schließlich die großen Ensemblesätze: die »theatralische Fuge«, eine in Form eines Fugatos mit ariosen Zwischensätzen komponierte Diskussion der sechs Hauptdarsteller über das Thema »Wort oder Ton« sowie das gewaltige Oktett (I. Teil: Lach-Ensemble, II. Teil: Streit-Ensemble), in welchem die Pläne des Theaterdirektors für seine »azione teatrale« in entsprechender Weise von den Beteiligten kommentiert werden.

Textdichtung
Die Anregung zu ›Capriccio‹ empfing Strauss durch das Libretto des Abbé Giambattista Casti ›Prima la musica – poi le parole‹. Es war von Antonio Salieri als Konkurrenzstück zu Mozarts ›Schauspieldirektor‹ komponiert worden und hatte bei seiner Aufführung im Schloß Schönbrunn (1786) dank seiner witzigen Pointen, die auch auf lokale Theaterverhältnisse anspielten, den Sieg Salieris über Mozart bewirkt. Strauss interessierte sich für das Sujet; denn auch er hatte, ähnlich wie Casti, das Bedürfnis, künstlerische Fragen, die ihm am Herzen lagen, einmal auf der Bühne zur Diskussion zu stellen. So wollte er zunächst keine Oper, sondern nur eine »dramaturgische Abhandlung«, »Verstandestheater mit trockenem Humor, ohne Lyrik und ohne Arien«, eine »theatralische Fuge«, ein »Diskussionsöperchen« schreiben, das als Vorspiel zu seiner ›Daphne‹ dienen sollte. Als er diesen Plan dem ihm befreundeten Münchner Staatsopernintendanten Clemens Krauss mitteilte, wies dieser den Komponisten darauf hin, daß kein Bühnenwerk ohne Handlung bestehen könne. Strauss ließ sich überzeugen und betraute Krauss mit der Ausarbeitung der Textdichtung, die dann in fruchtbarem Gedankenaustausch zwischen Komponisten und Librettisten entstanden ist. Ein Sonett des französischen Klassizisten Pierre de Ronsard (1525–1585), ins Deutsche übertragen von Hans Swarowsky, wurde in den Mittelpunkt des Geschehens gerückt. Krauss verlegte die Komödienhandlung sehr geschickt nach Paris, in die Zeit, als Gluck dort wirkte, also in einen Ort und eine Zeit, wo die im ›Capriccio‹ behandelten Probleme allgemein heftig diskutiert wurden. Auch die Idee der Fuge (Diskussion über das Thema »Wort oder Ton«) stammt vom Textdichter. Anderseits war es wiederum Strauss, der die Gestaltung des Stoffes bestimmend beeinflußte. So wünschte er ein großes Ensemble ›à la Figaro, Finale II. Akt«, wonach Krauss, sehr zur Zufriedenheit des Komponisten, das Oktett schrieb. Vor allem aber geht die Fassung des Schlusses auf Strauss selbst zurück, der kein »happy end, sondern alles in der Schwebe gelassen« haben wollte, sowohl die persönlichen Beziehungen der Paare als auch die Entscheidung über das Problem »Wort oder Ton«. Mit dieser Lösung gab Strauss sein künstlerisches Testament, wie er es selbst ausdrückte: Es besteht in einer geistreichen Definition des musikdramatischen Stils, dessen Eigenart auf einer Synthese Verstand – Gefühl beruht, bewirkt durch die Verschmelzung von Wort und Ton zu einer unzertrennlichen Einheit. Den Titel des Werkes erfand Krauss. Über den Untertitel konnten sich Komponist und Textdichter erst nach längerer Auseinandersetzung einig werden. Während Strauss hierfür »Musikalisch-dramatische Herzensfragen« – »Theatralische Fuge über das Thema Wort und Ton« – »Theoretische Komödie« und anderes vorschlug, proponierte Krauss »Ein Theaterstück für Musik« oder »Ein Konversationsstück für Musik«. Für letzteren Vorschlag entschieden sich schließlich die Autoren.

Geschichtliches
Bereits im Spätsommer 1939 beschäftigte sich Strauss mit dem Plan einer »Theoretischen Komödie« und schon am 22. November des gleichen Jahres lag eine Kompositionsskizze des Sonetts vor. Die Vertonung des ganzen Werkes wurde im Februar 1941 in Skizze und im Juli 1941 in

Partitur abgeschlossen. Bei der glanzvollen Uraufführung an der Münchner Staatsoper am 28. Oktober 1942 hatte ›Capriccio‹ unter der musikalischen Leitung des Textdichters Clemens Krauss und mit Viorica Ursuleac in der Hauptrolle (Gräfin) einen durchschlagenden Erfolg.

Igor Strawinsky

* 17. Juni 1882 in Oranienbaum bei St. Petersburg, † 6. April 1971 in New York

The Rake's Progress (Das Leben eines Wüstlings)

Oper in drei Akten. Eine Fabel von Wystan Hugh Auden und Chester Kallman.

Solisten: *Trulove* (Seriöser Baß, m. P.) – *Ann*, seine Tochter (Lyrischer, auch Jugendlich-dramatischer Sopran, gr. P.) – *Tom Rakewell* (Jugendlicher Heldentenor, gr. P.) – *Nick Shadow* (Heldenbariton, auch Charakterbariton, gr. P.) – *Mutter Goose* (Alt, kl. P.) – *Baba*, genannt die Türkenbab (Dramatischer Mezzosopran, gr. P.) – *Sellem*, Auktionator (Spieltenor, auch Charaktertenor, m. P.) – *Wärter* des Irrenhauses (Baß, kl. P.).
Chor: Diener – Dirnen und grölende Burschen – Bürger – Irre (m. Chp.).
Ort: Die Handlung spielt in England.
Schauplätze: Garten an Vater Truloves Haus auf dem Land, rechts das Haus, im Mittelgrund die Gartenpforte, links vorn eine Laube – Mutter Gooses Freudenhaus in London – 3. Bild wie 1. Bild – Frühstückszimmer in Toms Haus in einem Villenviertel Londons – Straße vor Toms Haus, links Eingang für die Dienerschaft, rechts ein Baum – Zimmer wie 4. Bild, jetzt überladen mit allen möglichen Gegenständen, wie ausgestopfte Vögel und Tiere, Schaukästen mit Mineralien, Porzellan, Glas usw. – Wie voriges Bild, nur daß alles mit Spinngewebe und Staub bedeckt ist – Kirchhof, Gräber, vorn Mitte ein unbeschrifteter, hochgestellter Grabstein, davor ein frisch ausgehobenes Grab, rechts eine Eibe – Irrenhaus, im Mittelgrund ein Strohsack.
Zeit: 18. Jahrhundert.
Orchester: 2 Fl. (II. auch Picc.), 2 Ob. (II. auch Eh.), 2 Kl., 2 Fag., 2 Hr., 2 Trp., P., Str., Cemb. (Klav.).
Gliederung: Geschlossene Formen (Arien, Duette, Terzette usw., Chöre), die teils unmittelbar ineinandergehen, teils durch Secco- oder Accompagnato-Rezitative miteinander verbunden sind.
Spieldauer: Etwa 2¼ Stunden.

Handlung
Tom Rakewell, ein stattlicher junger Mann mit guten Anlagen, aber von leichtfertigem Charakter, schlägt, obwohl er seine Verlobte Ann Trulove aufrichtig liebt, eine vom Schwiegervater angebotene Stellung aus, die ihm eine baldige Verheiratung ermöglichen würde. Er will frei sein und er will vor allem Geld. Da erscheint an der Gartentür ein Fremder, der sich als Nick Shadow vorstellt und der Tom die Nachricht von einer großen Erbschaft überbringt. Shadow bietet Tom seine Dienste an, für die er erst nach Ablauf eines Jahres einen Lohn entgegennehmen möchte. Glückstrahlend begibt sich Tom auf Aufforderung seines Dieners sogleich nach London, um dort seinen Pflichten zu obliegen. Beim Abschied erklärt ihm Ann, daß sie mit ihrem liebenden Herzen immer und überall bei ihm sein werde; Tom verspricht seinerseits, die Geliebte alsbald nachkommen zu lassen, um sie dann als Gattin heimzuführen. – In der Weltstadt gibt sich Tom, angeleitet von seinem Diener Shadow, in vollen Zügen den Freuden und Genüssen des Lebens hin. Er hat Ann nicht vergessen, dennoch findet er nicht die Kraft, zu ihr zurückzukehren. So ist Ann auch ohne Nachricht von ihm geblieben. In der Überzeugung, daß der Geliebte ihrer dringend bedürfe, macht sie sich nachts heimlich und ohne Wissen des Vaters auf den Weg nach London.
Dort trifft sie Tom, als er gerade von der Trauung mit einem Jahrmarkts-Monstrum mit wallendem schwarzen Vollbart, der Türkenbab, nach Hause kommt, die er, wiederum auf Veranlassung seines Famulus Shadow, aus Sensationslust geheiratet hat. Nach einer Auseinandersetzung mit dem Treulosen vor den Toren seines Hauses entfernt

sich Ann mit wehmutsvollem Herzen. – Die Türkenbab mit ihrem unentwegten Plappern und ihren Wutausbrüchen geht Tom aber bald so sehr auf die Nerven, daß er ihr mit seiner Perücke den Mund verstopft. Erschöpft schläft er daraufhin ein. Da naht sich Shadow mit einer phantastischseltsamen Maschine, in die er einen Brotlaib legt. Als Tom aufwacht, wirft Shadow einen Porzellanscherben in die Maschine, worauf durch Drehen einer Kurbel das Brot zum Vorschein kommt. Mit dieser schwindelhaften Manipulation macht er Tom weis, Steine in Brot verwandeln zu können. Tom sieht sich als Wohltäter der Menschheit und ist bereit, den Rest der durch sein zügelloses Leben ohnehin stark zusammengeschrumpften Erbschaft zur Finanzierung des Unternehmens aufs Spiel zu setzen.

Tom hat Bankrott gemacht. Das Mobiliar wird versteigert. Im Frühstückszimmer sitzt immer noch die Türkenbab mit der über ihr Gesicht gestülpten Perücke. Als der Auktionator ihr die Perücke abnimmt, erhebt die Bab ein wüstes Geschrei gegen die Plünderer, die ihr ihre Habe wegzunehmen versuchen. In diesem Augenblick tritt Ann herein. Sie sucht Tom. Verzweifelt erklärt sie der Bab, durch ihre Zaghaftigkeit verschuldet zu haben, daß es mit Tom so weit gekommen sei. Die Türkenbab fordert sie auf, ihn vor seinem Begleiter zu retten, der sein böser Geist sei. Damit betrachtet die Bab das Abenteuer für beendet und sie entfernt sich mit der Erklärung, daß sie nun wieder zu ihrer Kunst zurückkehren werde. – Auf einem Kirchhof trifft Tom mit Shadow zusammen. Vor einem offenen Grab verlangt nun Shadow seinen nach Ablauf der Jahresfrist fälligen Lohn. Es ist Toms Seele. Zynisch legt Shadow ihm einige Mordwerkzeuge zur Auswahl der Todesart vor die Füße. Tom weiß jetzt, mit wem er es zu tun hat. Aber Shadow will ihm nochmals eine Chance geben. In einem Kartenspiel, bei dem der Einsatz Toms Los sei, soll dieser drei Karten erraten. Geheimnisvoll schützt Anns Liebe Tom vor dem teuflischen Zauber, und er gewinnt das Spiel. Wütend über seine Niederlage verschwindet Shadow durch das Grab in die Erde, zuvor raubt er aber durch eine Zaubergeste seinem Opfer noch den Verstand. – Im Irrenhaus lebt Tom in dem Wahn, er sei Adonis. Er fordert die ihn umstehenden Leidensgenossen auf, sich festlich zu kleiden zum Empfang von Venus, die ihn besuchen werde. Während die Irren mit höhnischen Gebärden um ihn herumtanzen, öffnet sich die Tür, und Ann betritt mit dem Wärter den Saal. Sie geht auf Toms Wahnidee ein und erklärt ihm, hier im Gefilde des Elysiums gäbe es keine »Entfremdung« und kein »Zuspät«, sondern nur den Sieg der Liebe. Tom ist plötzlich müde geworden, er bittet seine Venus, ihn in den Schlaf zu singen. Sie tut es und entfernt sich, als Vater Trulove sie abholt, nicht ohne dem schlafenden Geliebten noch zu versichern, daß ihr Eid ewig gelte. Tom erwacht, er beschuldigt die Irren, ihm Venus geraubt zu haben, dann bricht sein Herz. – Nach Fallen des Vorhangs erscheinen die Hauptdarsteller vor dem Publikum und ziehen die Moral aus der soeben erlebten Geschichte: »Wo Faule sind auf dieser Welt, der Teufel find't sein Feld bestellt.«

Stilistische Stellung

Strawinsky hatte sich in seiner Schrift ›Poétique musicale‹ zu der Aufforderung Verdis bekannt: »Laßt uns zu den alten Meistern zurückkehren, und es wird ein Fortschritt sein!« In ›Rake's Progress‹ hat er für die Richtigkeit dieser Theorie den praktischen Beweis erbracht, indem er die alten klassischen Ausdrucksformen mit dem Geist moderner Gestaltungsprinzipien erfüllte. Er knüpfte hierbei zunächst an einen Stil an, den er schon einmal bei seiner 1922 entstandenen Opera buffa ›Mavra‹ vertreten hatte. Hatten damals Glinka und Tschaikowskij Pate gestanden, so ist diesmal die Ahnherrschaft Rossinis, Bellinis und vielleicht auch Mozarts spürbar. ›The Rake's Progress‹ ist eine Musizier- und Sängeroper, bei der Strawinsky vor allem die ebenfalls in der ›Musikalischen Poetik‹ vorgebrachte Forderung praktisch durchgeführt hat, daß »die Melodie den obersten Platz in der Hierarchie der Elemente behalten muß, aus denen die Musik sich zusammensetzt«. Die klassizistische Haltung des ›Rake's Progress‹-Stils offenbart sich aber auch in der formalen Anlage des Werkes. Es ist nach dem Schema der alten Nummern-Oper gebaut, wobei entsprechend den zahlreichen gegensätzlichen Stimmungen in den lyrischen, grotesken, heiteren und tragischen Episoden in bunter Reihenfolge geschlossene Formen, wie Arien, Duette, Terzette und Chöre, mit dem vom Cembalo (Klavier) oder auch hin und wieder vom Orchester begleiteten Rezitativgesang abwechseln. In der Harmonik unproblematisch, hält die Musik durchwegs an der Tonalität fest. Dennoch wahrt Strawinsky in der Melodiebildung wie auch in der Rhythmik, die gegenüber früheren Werken wesentlich vereinfacht erscheint, sein Eigenprofil.

Mit Delikatesse ist der instrumentale Part behandelt; hier begnügt sich der Komponist mit dem kleinen Apparat des Mozart-Orchesters, aus dem er – insbesondere bei den überwiegend solistisch eingesetzten Bläsern – farbenreiche Wirkungen hervorbringt.

Textdichtung
Eine wörtliche Übersetzung des Titels ›The Rake's Progress‹ ins Deutsche ist nicht möglich. Dem Sinne nach bedeutet der Originaltitel etwa: das stufenweise fortschreitende (progressive) Absinken eines liederlichen Menschen. Als Vorlage für das Sujet diente die Bilderfolge ›Das Leben eines Wüstlings‹ des englischen Malers William Hogarth (1697–1764), der in moralisierender Absicht in einigen Sittenbilderserien das gesellschaftliche Leben Englands kritisch-satirisch beleuchtete. Das Libretto wurde von den anglo-amerikanischen Schriftstellern Wystan Hugh Auden und Chester Kallman geschrieben, wobei die Autoren aus der in der Hogarthschen Bilderreihe gebotenen Substanz die Fabel gestalteten. Mit der von ihnen erfundenen mephistophelischen Figur des Nick Shadow verwoben sie auch das uralte Teufelspakt-Motiv in die Handlung. Die deutsche Übersetzung des englischen Originaltextes besorgte Fritz Schröder.

Geschichtliches
Im Jahre 1947 lernte Strawinsky die berühmte Kupferstich-Serie von Hogarth kennen, die ihm die Anregung zu dem Opernstoff vermittelte. Die Oper wurde am 11. September 1951 in Venedig im Rahmen der Musikwochen am Teatro La Fenice unter der Leitung des Komponisten und unter Mitwirkung von Chor und Orchester der Mailänder Scala mit stürmischem Erfolg uraufgeführt.

Karol Szymanowski
* 6. Oktober 1882 in Tymoszówka (Ukraine), † 29. März 1937 in Lausanne

König Roger (Król Roger)

Oper in drei Akten. Text von Jaroslaw Iwaszkiewicz und vom Komponisten.

Solisten: *Roger II., König von Sizilien* (Heldenbariton, gr. P.) – *Roxane, seine Frau* (Jugendlich-dramatischer Sopran, gr. P.) – *Edrisi, ein arabischer Gelehrter, Berater des Königs* (Charaktertenor, m. P.) – *Der Hirte* (Jugendlicher Heldentenor, gr. P.) – *Der Erzbischof* (Seriöser Baß, m. P.) – *Die Diakonissin* (Alt, kl. P.) – *Vier Musikanten* (Stumme Rollen).
Chor: Priester – Mönche – Nonnen – Ministranten – Volk – Normannische Ritter – Frauen und Männer des Hofes – Diener – Wachen – Bacchanten und Bacchantinnen – Mänaden (gemischter Chor, gr. Chp.; Knabenchor, kl. Chp.).
Ort: Sizilien.
Schauplätze: In der Kathedrale von Palermo – Eine Halle im Königspalast – Ein zerstörtes griechisches Theater.
Zeit: 12. Jahrhundert.
Orchester: 3 Fl., 3 Ob., 4 Kl., 3 Fag., 4 Hr., 3 Trp., 3 Pos., Tuba, P., Schl., 2 Hrf., Cel., Klav., Org., Str. – Bühnenmusik: 4 Trp., Tamtam.

Gliederung: Durchkomponierte Großform.
Spieldauer: Etwa 2 Stunden.

Handlung
In der Kathedrale von Palermo wird eine feierliche Messe gelesen. Der Erzbischof wendet sich mit einer Anklage an König Roger: ein Hirte zieht im Lande umher und predigt den Glauben an einen neuen Gott. Der Erzbischof dringt in den König, den Ketzer zu verurteilen. Doch des Königs Frau Roxane vermittelt: sie schlägt vor, der König solle den Hirten anhören und sich selbst ein Urteil bilden. Roger stimmt diesem Vorschlag zu, zumal auch sein Berater Edrisi dafür stimmt. Der Hirte wird geholt und tritt in die Kirche. Es ist ein junger, schöner Mann mit faszinierender Ausstrahlung. Im Volk entsteht Unruhe: die einen, vom Erzbischof und der Diakonissin geführt, wollen ihn verurteilen, getötet sehen, die anderen, ihnen voran Roxane, verfallen seinem Zauber. Auch der König kann sich der

Faszination des Hirten nicht ganz entziehen. Er versucht, sich durch ein hartes Urteil von dem Zauber zu lösen, aber Edrisi rät ihm, abzuwarten, und Roxane tritt erneut für den Hirten ein. So befiehlt Roger dem Hirten, zum Entsetzen des Erzbischofs, er solle am Abend zu ihm in den Palast kommen.

Im Palast wartet Roger mit Edrisi auf das Erscheinen des seltsamen fremden Hirten. Mit den Wachen ist ein Losungswort ausgemacht, das ihn vor den König führt. Roger ist verwirrt und nervös: Edrisi gegenüber äußert er, er habe Angst vor dem Ungreifbaren, Unheimlichen, was er um den Hirten, aber auch in sich selbst spüre. Der Araber versucht, ihn zu beruhigen. Im Hintergrund ertönt Roxanes Stimme, die den König beschwört, Rachegedanken fallen zu lassen und dem Hirten Gerechtigkeit zu schenken. Dann erscheint der Hirt mit einigen Musikanten. Er berichtet dem König von Indien, wo er her komme, und als ihn dieser nach seinem Gott fragt, antwortet er, der Gott sei wie er selbst: jung, schön und voller Lebenslust, existent überall in der Natur. Erneut spürt der König, wie er der Faszination des Hirten zu erliegen droht, und wie sein Hofstaat immer mehr in den Bann des Fremden gerät. Noch einmal versucht er den Bann zu brechen und befiehlt den Wachen, den Hirten in Fesseln zu legen, doch dieser zerreißt die Fesseln. Seine Musikanten beginnen einen wilden Tanz, zu dem der Hofstaat, aber auch Roxane tanzen. Der Hirt wendet sich zum Gehen: wer frei sei, der solle ihm folgen. Roxane und viele Männer und Frauen folgen ihm, der König bleibt mit Edrisi allein. Da entschließt er sich, seiner Sehnsucht nachzugeben und dem Fremden ebenfalls zu folgen.

Edrisi hat den König in ein zerstörtes griechisches Theater geführt. Es ist Nacht. Noch immer ist der König ängstlich, vermag sich nicht zu seiner neuentdeckten Freiheit des Fühlens, seiner Sehnsucht nach unbeschwerter Sinnlichkeit zu bekennen. Er ruft nach Roxane und hört ihre Stimme, hört auch die Stimme des Hirten, der mit seinem Gefolge auftaucht. Er hat nun die Gestalt des alten griechischen Gottes Dionysos angenommen. Roger und Roxane entfachen gemeinsam ein großes Opferfeuer, das Gefolge des Fremden und mit ihm Roxane verwandeln sich in Bacchanten und Mänaden. Sie ziehen davon. Roger bleibt allein, nur Edrisi ist bei ihm, aber er fühlt sich neu belebt und begrüßt in einem überschwenglich-feierlichen Hymnus die aufgehende Sonne.

Stilistische Stellung

Das Schaffen des polnischen Komponisten Karol Szymanowski steht in der ersten Hälfte des 20. Jahrhunderts ziemlich für sich: Zwar hat er Einflüsse von Frédéric Chopin ebenso aufgenommen wie solche von Aleksander Skrjabin, Richard Strauss, Max Reger und Claude Debussy und zeigte sich auch gewissen Tendenzen bei Igor Strawinsky oder Béla Bartók verpflichtet, aber letztlich war seine Individualität groß genug, um einen eigenen Weg zu gehen. Seine dreiaktige Oper ›König Roger‹ (voraufgegangen war der inhaltlich wie musikalisch an der ›Salome‹ orientierte Einakter ›Hagith‹, der vor dem Ersten Weltkrieg entstand, aber erst 1922 uraufgeführt wurde) verarbeitet wichtige biographische Eindrücke: so vermochte sich Szymanowski erst in den Jahren zwischen 1910 und 1914 durch Fahrten nach Süditalien, Sizilien und Nordafrika, wo er die ihm unbekannte mittelmeerische Kultur aufnahm, von dem übermächtigen Eindruck der deutschen Musiktradition zu lösen. In Szymanowskis Musik, zumal im ›König Roger‹, steht eine differenzierte, klanglich von der lapidaren Strenge eines Modest Mussorgskij bis zu luxurierend-impressionistischen Farben eines Debussy changierende Orchestersprache im Mittelpunkt; ihr zugeordnet sind die teils deklamierenden, teils – wie in den Partien des Hirten und von Roxane – weich melismatisch sich in großen Bögen ausschwingenden Vokallinien der Solisten, denen archaisch-strenge Chorblöcke gegenübergestellt sind.

Textdichtung

Szymanowski entwarf das Libretto zu ›König Roger‹ gemeinsam mit dem polnischen Dichter Jaroslaw Iwaszkiewicz, wobei beide Elemente aus den ›Bakchen‹ des Euripides (wie später Hans Werner Henze in seinen ›Bassariden‹) der Handlung zugrunde legten, dabei aber auch auf die in einem althochdeutschen Gedicht aus dem 12. Jahrhundert anonym überlieferte Geschichte des Normannenkönigs Roger zurückgriffen. Dabei ging es ihnen weniger um die tragisch verlaufende Auseinandersetzung zwischen Ratio und Sinnlichkeit, sondern um den Zusammenprall zwischen frühchristlicher Askese und spätantiker, durch die arabische Welt überlieferte Lebensbejahung und Diesseitigkeit.

Geschichtliches

Szymanowski komponierte zwischen 1914 und 1920 an ›König Roger‹; die Uraufführung fand am

19. Juni 1926 in Warschau statt. Auch außerhalb Polens hatte die Oper Erfolg: so kam sie am 28. Oktober 1928 in Duisburg heraus und am 21. Oktober 1932 in Prag; 1949 gab es eine vielbeachtete Inszenierung in Palermo. Das Werk, obwohl musikalisch höchst anspruchsvoll, verdient auch hierzulande größeres Interesse.

W. K.

Tan Dun
* 18. August 1957 in Si Mao (Hunan), China

Marco Polo
Eine Oper in der Oper. Dichtung von Paul Griffiths.

Solisten: Erinnerung: *Polo* (Dramatischer Tenor, gr. P.) – *Marco*[1] (Lyrischer Mezzosopran, gr. P.) – *Kublai Khan*[1] (Seriöser Baß, m. P.) – Natur: *Wasser* (Lyrischer Koloratursopran, gr. P.) – Schatten I: *Rustichello/Li Po* (Sänger der Peking Oper, hoher Tenor, gr. P.) – Schatten II: *Scheherazade/Mahler/Königin* (Dramatischer Sopran, m. P.) – Schatten III: *Dante/Shakespeare* (Baßbariton, gr. P.).
[1] Anders als die übrigen Figuren bezeichnet der Komponist Marco und Kublai Khan als Wesen (»Beings«), für die er zur Unterscheidung von den übrigen Protagonisten realistisch-historisierende Kostüme fordert.
Chor: Gemischtes Ensemble (m. Chp.).
Ballett: Pantomime im Bild »Wüste« und Tanz zum Schluß des Bildes »Himalaja«.
Schauplätze: Buch des Zeitraums: Winter – Piazza (Venedig) – Buch des Zeitraums: Frühling – Meer – Basar (Naher Osten) – Buch des Zeitraums: Sommer – Wüste (Indien) – Himalaja (Tibet) – Die Mauer (Mongolei) – Buch des Zeitraums: Herbst – Die Mauer (China).
Orchester: Fl. (Picc.), Blockfl. (ad. lib.), Ob. (Eh.), Kl. (Bkl.), Fag. (Kfag.), 2 Hr., 2 Trp. (ad. lib. tibetanische Hr.[2]), 2 Pos., Schl. I–III (I: Tabla-Tr., Wassergong, Tamburin, Baß-Tr. [gemeinsam mit III], Crash cymbals [mittel], Kuhglocken, Chinese cymbals, kl. Tr. [gemeinsam mit II], Triangel; II: Flex., Rgl., Tamtam, Bogen, 2 Bongos, Slapstick, Crash cymbals [groß], kl. Tr. [gemeinsam mit I], kl. Gong der Peking Oper [gemeinsam mit III]; III: 5 P, Bogen, Xyl., Baßtr. [gemeinsam mit I], chinesische kl. Tr., kl. Gong der Peking Oper [gemeinsam mit II], gr. Gong der Peking Oper [vom Pipa-Spieler oder einem IV. Schlagzeuger zu betätigen], Hrf., Klav. (teilweise präpariert), Sitar (ad. lib.), Pipa (ad. lib.), Str.
Zusätzliche Schlaginstrumente: 6 tibetanische Singschüsseln (Singing bowls)[2] (3 für die Schlagzeuger, 3 für Kublai, Dante u. Rustichello), 16 Paar tibetanische Glocken[2] (oder Finger bells für den Chor).
[2] Die mit einer Hochzahl versehenen Instrumente sind über den Komponisten oder den Verlag zu erhalten.
Gliederung: Durchkomponierte Großform, wobei die von der Peking Oper inspirierten, dem »Buch des Zeitraums« zugehörigen Teile mit den von der westlichen Oper ausgehenden Teilen (»Piazza, Meer, Bazar, Wüste, Himalaja, Die Mauer«) abwechseln.
Spieldauer: Etwa 1¾ Stunden.

Handlung
Vorbemerkung: Aus den in dieser Oper zur Darstellung gelangenden Vorgängen geht kein kontinuierlich sich fortspinnender Erzählfaden hervor. Auch ist der herkömmliche Personenbegriff erweitert. So ist lediglich die Gestalt des China beherrschenden Mongolenführers Kublai Khan im traditionellen Sinn als fest umrissenes Individuum konzipiert. Die Titelrolle hingegen ist einem Darstellerpaar zugeteilt. Hierbei sind auf die Figur Marco die handelnden und auf die Figur Polo die reflektierenden, erinnernden Persönlichkeitsanteile konzentriert. Marco und Polo verhalten sich dabei für den Betrachter zueinander wie die Außen- und Innenseite derselben Person. Das Wasser wiederum ist eine Allegorie, in der sich jener Naturaspekt verkörpert, der aufgrund seiner Unstetigkeit dem Reisenden Marco/Polo am

nächsten verwandt ist, und in den Schattenfiguren personifizieren sich die kulturellen Einflüsse und Prägungen, denen Marco/Polo ausgesetzt ist. Weil sie wandelbar sind, nehmen sie verschiedene Gestalten an. So mag sich im Verhältnis Dante/Shakespeare (Schatten III) der Epochenwechsel vom Mittelalter zur Neuzeit symbolisieren. Aus der Schattengestalt II wiederum treten erstens Scheherazade heraus, die mythische Erzählerin aus Tausendundeiner Nacht, zweitens der im ›Lied von der Erde‹ sich dem Fernen Osten zuwendende Komponist Gustav Mahler und drittens eine chinesische Königin – vermutlich diejenige, die zur Verheiratung von China nach Indien aufbrach und von Marco Polo begleitet wurde, von wo aus er die Heimreise nach Venedig antrat. Die Schattengestalt I schließlich verkörpert den Schriftsteller Rustichello, der Marco Polos Erinnerungen an seinen Aufenthalt in Asien aufgeschrieben hat, außerdem den chinesischen Dichter Li Po (Li T'ai-po, 702–763). Indem sich das Werk gemäß dem Untertitel als Oper in der Oper präsentiert, ist es so geordnet, daß zwei Opern-Sphären, nämlich die der Peking Oper und die der westlichen Musiktradition, miteinander abwechseln und – insbesondere zum Schluß hin – ineinandergreifen. Die fernöstliche fungiert hierbei als eine Art Rahmen und folgt im »Buch des Zeitraums« dem Jahreszeitenzyklus. Sie beinhaltet eine spirituelle Reise, die nach Aussage des Komponisten einen Eindruck von der Zusammengehörigkeit der drei Bewußtseinsebenen menschlicher Erfahrung – Vergangenheit, Gegenwart und Zukunft – gibt und die Titelfigur aus ihrer anfänglichen Gespaltenheit zur inneren Einheit führt. Die eher der westlichen Tradition verhaftete »Binnenoper« vollzieht mit dem Wechsel der von West nach Ost sich verlagernden Schauplätze die physische Reise der Titelfigur nach.

Buch des Zeitraums »Winter«: Es ist dunkel, lediglich die Gesichter Polos, Marcos und Rustichellos sind zu erkennen. Abwechselnd erklären Marco und Polo, daß sie nur die Hälfte dessen berichtet hätten, was sie sahen. Erneut wollen sie ihre Reise antreten, gemeinsam mit Rustichello, der ihnen versichert, daß sich die Reise nun anders als das letzte Mal darstellen werde.

»Piazza«: Licht erhellt die Piazza, ein chaotischer Ort, durch den Dante sicher zu führen weiß, obgleich er ihn als Heimat und Unterwelt, Stadt und Wald in einem beschreibt. Es herrscht ein Kommen und Gehen. Aufbruchstimmung liegt in der Luft und legt sich auf Polo, der sich in seiner Heimatstadt Venedig von der Ferne berührt sieht. Von Marco veranlaßt, ergeht an Polo mehrsprachig die Aufforderung zu reisen. Schließlich macht Polo das allgemeine Drängen zu seinem eigenen Wunsch. In diesem Moment ist außerhalb der Szene im Zuschauerraum Kublai Khan zu sehen, der sich ebenfalls im Aufbruch befindet. »Er wird«, so die Regiebemerkung, »eine Reise zu sich selbst unternehmen, von der dritten in die erste Person, um Kublai Khan zu werden.« Wind aus dem Westen verspürend, harrt er, von sich selbst in der dritten Person sprechend, der kommenden Ereignisse. Unterstützt vom Wasser, den beiden Schattenfiguren I und II, zuletzt auch vom Chor, verstärkt Marco noch einmal den Druck auf Polo, um den einer Geburt gleichkommenden Loslösungsprozeß von der Heimat abzuschließen.

Buch des Zeitraums »Frühling«: Wieder ist es dunkel. Polo, Marco, Rusticello und Dante beschreiben die Abfahrt bei Morgengrauen. Als Marco bei der Erwähnung der Reisebegleiter – Vater und Onkel – vergißt, auf deren kaufmännisches Profitinteresse hinzuweisen, wird er von Rustichello und Dante korrigiert. Die Schatten vergessen auch nicht, die beiden Mönche zu erwähnen, die bereits in einer frühen Phase der Reise sich ängstlich davongemacht haben.

»Meer«: Während die Sonne aufgeht, vertraut sich Marco dem Wasser an. Dies ist der Moment, in dem die Reise ihren Anfang nimmt. Zunächst erweist sich das Wasser als ein freundliches Element. Doch alsbald beunruhigt Polo die zunehmende Rauheit der See, während Dante beobachtet, wie die Gebäude Venedigs hinter dem Horizont versinken. Das Wasser wird immer bewegter, Sturm kommt auf. Ängstlich greift Marco nach der Hand des Vaters. Polo hingegen wartet das Abflauen des Orkans gelassen ab, und Dante begreift das Vorübergehen des Unwetters, das Marco noch in der Erinnerung ängstigt, als ein zeitliches Pendant zur örtlichen Distanzerfahrung, wie sie durch die Fortbewegung per Schiff gegeben ist.

»Bazar«: Konfrontiert mit dem undurchschaubaren Treiben auf dem Bazar, zeigt sich das Fremde den Reisenden in seiner Ambivalenz. Während Rustichello die mit Argwohn betrachteten Versuche von Marcos Vater, Geschäfte zu machen, in Erinnerung bringt, erleben Polo und Marco im Genuß von Tee und frischem Wasser den faszinierenden Reiz des Neuen. Dante hingegen empfindet das Gewirr des Bazars als Bedrohung. Dieser Orientierungsverlust scheint die Reise zu gefährden, doch Marco und Polo überwinden die Unsicherheit und setzen den Weg fort, obgleich sie wissen, daß sie jeder Schritt ins Unbekannte führt.

Buch des Zeitraums »Sommer«: Rustichello fordert Marco und Polo auf, ihm in die Wüste zu folgen. Für beide ist sie ein Ort der Sprachlosigkeit, weshalb sie nur mehr die Geräusche des über den Sand wehenden Windes nachahmen und sich nur noch wortlos äußern.

»Wüste«: Scheherazade erscheint und greift die Sprachlosigkeit Marcos und Polos in verführerischem Summen auf. Als sie beobachtet, daß Marco sich von Polo entfernt hat, sieht sie ihre Chance gekommen, Polo in der Wüste festzuhalten. Sie beschwört ein Tanzspiel herauf, eine Liebesgeschichte, die sie in einer Sprache ohne Worte erläutert. Das Wasser aber mischt sich – in Sorge, Polo zu verlieren – in die wortlose Kommunikation. Scheherazade will die störende Rivalin mit dem Ruf nach Ruhe vertreiben. Doch dadurch ist der Zauberbann der Wortlosigkeit gebrochen, und nicht das Wasser verschwindet, sondern die Tanzpantomime. Abermals greift Scheherazade zum Wort, indem sie mit der Aufforderung zur Ruhe dem Wasser beizukommen sucht. Doch damit hat sie nur der Rückkehr der Sprache das Stichwort gegeben. Und während Marco, im Verlangen, die Reise fortzusetzen, sich in Begleitung des Wassers wieder zu Polo begibt, wird der Einfluß Scheherazades schwächer. Gleichwohl ist der Wettstreit zwischen Scheherazade und dem Wasser erst entschieden, als Kublai Khan – immer noch von außerhalb der Bühne – ins Spiel eingreift und zu einem Ortswechsel überleitet. Er führt tibetanische Glocken mit sich. Inzwischen hat er sein Selbst gefunden und singt von sich in der ersten Person. Gleichwohl fühlt er sich weiterhin als Fremder, und immer noch ist er in Wartestellung.

»Himalaja«: Wie ein Meditationswort murmeln Kublai Khan, Dante und Rustichello den Namen des Gebirges vor sich hin, es ist, als ob die Zeit stillstehen würde. Das Dach der Welt erscheint Marco als ein Ort jenseits aller gewohnten Erfahrungen, wo die Sonne kalt und der Schnee seiden glänzt, und Dante und Rustichello bestätigen Marco in seiner Reflexion, indem sie ihm erneut das Profitstreben von Vater und Onkel ins Gedächtnis bringen, das hier auf jeden Fall nicht befriedigt werden kann. Selbst das Wasser gerät bei Betrachtung des Eises zunächst in Erstarrung. Jemand kommt herbei und bindet Marco und Polo mit einem seidenen Tuch aneinander. Polo reagiert mit Verwunderung.

»Die Mauer«: Nach und nach richtet sich die Mauer auf. Sie ist »real, machtvoll, massiv, unüberwindbar.« Ihre Stimme tönt aus dem Chor und aus Rustichello. Während Polo schweigt, versucht Marco, den Gesang der Mauer zu verstehen. Er erkennt, daß sie auf ihn gewartet habe. Nachdem er das Erreichen der Mauer konstatiert hat, wird es plötzlich dunkel.

Buch des Zeitraums »Herbst«: Chor und Mauer sind nicht mehr zu sehen, die Solisten sind übriggeblieben »wie die Überlebenden einer Katastrophe«. Marco und Polo erscheinen jetzt wie eine Person und werden von Rustichello und Dante danach befragt, ob sie denn in ihrem Buch über die Mauer berichtet hätten – eine rhetorische Frage, die Chor und Orchester mit einem Nein beantworten. Damit steht der Vorwurf der Lüge im Raum. Wohl geht es Marco und Polo nun darum, den Verdacht zu entkräften, ihren Reisebericht frei erfunden zu haben. Unterstützt vom Wasser, weisen sie deshalb auf weitere Beobachtungen, Geschehnisse und Vorgänge hin, die keinen Eingang in ihr Buch gefunden hätten (wobei offenbar das Verteidigungsargument darin besteht, daß unerwähnt gebliebene Sachverhalte kein Beweismittel gegen die beschriebenen Fakten sein können). Und während Kublai Khan erwägt, ob Marco und Polo den Charakter ihrer Reise prägten oder umgekehrt die Reise sie geformt habe, gelangen die übrigen zu der Einsicht, »Luft im Wind«, also Einbildungen der Phantasie zu sein. Auch die Schatten sinnen darüber nach, ob sie nur Traumgestalten seien. Dazu verwandeln sie sich in den chinesischen Dichter Li Po (Schatten I), in Gustav Mahler (Schatten II) und Shakespeare (Schatten III).

»Die Mauer«: Kublai Khan hat nun die Bühne erreicht, ein Zeichen dafür, daß er im Reich der Mitte angekommen und mit sich selbst im Reinen ist. Denn hier wird er selbstbestimmt ausüben, was ihm im weiteren Verlauf auch von den übrigen Beteiligten als wesensgemäße Aufgabe zugesprochen wird, nämlich die Welt zu beherrschen. Marco und Polo begreifen sich als Bestandteil der Mauer. Und die als Königin auftretende Schattengestalt II ermuntert beide zu bleiben. Polo, der sich, bis in die Sprache hinein, der chinesischen Welt geöffnet hat, steht wie gelähmt, hingegeben an die Gegenwart. Den schweigenden Marco aber drängt es weiter. Er wendet sich von Polo ab und wieder Dante zu. Der sieht sich in der neuen Situation von todesgleicher Erstarrung umgeben und versucht, Marco mit dem Versprechen auf ein Leben im Jenseits (der Mauer) fortzulocken. Ein solches Jenseits wird aber von den übrigen bestritten, denn die Herrschaft des Khans sei überall und immerwährend, vergleichbar dem sich nicht verändernden Licht einer beständig scheinenden Sonne. Nach und nach stimmen alle in dieser Erkenntnis überein, wobei Polo sich wie in Trance und Marco gegen seinen Willen dem Gleichklang einfügen. Es ist aber Polo, der sich schließlich aus dem Kollektiv löst und Marco mit einem Blick auffordert, etwas gegen die allumfassende Konformität zu unternehmen. In einem Akt der Selbstbehauptung bricht Marco durch die Mauer.

Stilistische Stellung
Aus der Durchdringung von spiritueller und geographischer Reise ergibt sich für die Konzeption von Tan Duns 1996 uraufgeführter Oper eine musikalische Tour d'horizon, die in wahrhaft polyglotter Manier ein postmodernes Kunstwerk von faszinierender Eigenart hervorbringt. Denn würde man bei der Definition einer musikalischen Postmoderne westlicher Prägung den Rekurs auf historisches Material, wie es durch die Kompositionsstile der abendländischen Musikepochen gegeben ist, hervorheben und schon das Aufgreifen verschiedener soziokultureller Genres (Klassik, Jazz, Pop usw.) als polystilistischen Sonderfall betrachten, so stellt Tan neben den musikgeschichtlichen Bezug den geographisch-ethnischen. Daß hierbei dem Gesangs- und Instrumentationsstil der Peking-Oper große Bedeutung zukommt, ist gleich in der Eingangsszene (Einsatz chinesischen Schlagwerks, von Glissandokurven und Falsettpassagen bestimmte Gesangslinien) feststellbar. Zwar ist Tan daran gelegen, daß der Hörer den chinesischen Theaterstil sofort erkennt, nicht aber geht es dem Komponisten um eine sterile Stilkopie. So sind die Streicher, obgleich ihr Instrumentarium dem westlichen Kulturkreis zugehört, bei einer die chinesische Vortragsart nachahmenden Tongebung in die fernöstliche Klanglichkeit integriert, und im gesungenen Text lösen sich mitunter Bedeutungs- und Lautschicht, so daß das phonetische Material in der Art westlich-avantgardistischer Textbehandlung kompositorisch verarbeitet wird.

Gerade die Detailbetrachtung macht deutlich, daß Tans Stilmischung zwischen eklektizistischer Collage, Konglomerat und Amalgam virtuos changiert. Bezeichnenderweise übernehmen die westlichen Vokalisten immer wieder Elemente des östlichen Gesangsstils, der gleichwohl den Part des der Peking Oper entstammenden Sängers (Schatten II) am stärksten prägt. Und häufig findet das chinesische Musikidiom auch in die Werkteile Eingang, die außerhalb des »Buches des Zeitraums« stehen.

Tans Stilanleihen werden immer klar und deutlich ohrenfällig. So sind zu Beginn der Reise Anklänge ans europäische Mittelalter (Pseudo-Gregorianik im Bild »Piazza«, Quintparallelen, Blockflötensolo und Landino-Klausel zu Beginn des Bildes »Meer«) unschwer auszumachen. Polo wiederum bringt sich im Piazza-Bild als Typus ins Spiel: Seine Auftrittsarie »Venezia«, auf deren melodische Substanz Tan Dun im weiteren Verlauf nach Art einer Idée fixe bis ins Schlußbild hinein mehrfach zurückkommt, weist ihn nämlich als italienischen Operntenor des späten 19. Jahrhunderts aus. Je weiter indessen die Reise gen Osten führt, um so stärker treten die Bezüge zur europäischen Tradition in den Hintergrund. So klingt etwa nach der rhythmisch-prägnanten, scherzoartigen »Bazar«-Szene die Kantilene von Polos erwähnter Arie im »Wüsten«-Bild zwar wieder an, aber in ironisierender Wirkungsabsicht, wie das genießerische Summen verrät, mit dem Marco und Polo sich den Verführungskünsten der Scheherazade hingeben. Daß die Episode im indischen Kulturkreis spielt, erweist sich kurz darauf im Einsatz von Sitar und Tabla (in Kombination mit den verfremdeten Klängen des präparierten Klaviers) und im Melos der Gesangsstimmen (Scheherazade und Wasser), das sich an der sogenannten Zigeunertonleiter orientiert. Von tibetanischem Mönchsgesang inspiriertes Baßgemurmel und das ebenfalls für Tibet charakteristische Instrumentarium prägen dann die im Himalaja spielende Szene, und mit dem Obertongesang des Männerensembles wechselt der Schauplatz vor die chinesische Mauer in die Mongolei. Hier greift auch die Pipa, eine chinesische Kurzhalslaute, erstmals ins musikalische Geschehen ein. In der »Herbst«-Episode aber kommt neben pentatonischer Melodik (Gesang des Wassers) mit dem Auftritt der zweiten Schattengestalt das deutlichste Zitat ins Spiel: Gustav Mahler verkörpernd, stimmt die Protagonistin dessen aus dem ›Lied von der Erde‹ stammendes und auf Li Pos Gedicht basierende Lied »Der Trunkene im Frühling« an.

Aus dem Aufeinandertreffen der verschiedenen Musikidiome, den Stil(um)brüchen, die sich – etwa zum Schluß der Oper – nach Manier der westlichen zeitgenössischen Musik in heftigen Dissonanzballungen entladen, resultieren Farbigkeit und Spannungsgehalt dieser überaus vitalen, zeitweise opulenten und durch und durch abwechslungsreichen Partitur. Indem der Komponist all diese verschiedenen Kulturkreisen entnommenen Klangelemente gleichwertig nebeneinanderstellt, entgeht er dem Verdacht, seine Materialien als exotische Stimulanzien zu mißbrauchen. Und da er sie in ihrer unverfälschten Eigenart zur Geltung bringt, kann auch von folkloristischer Vereinnahmung keine Rede sein. Um so eindrücklicher teilt sich Tans multikulturelles Anliegen mit, so daß er als der erste Komponist überhaupt betrachtet werden kann, dem es gelungen ist, die zukunftsweisende Idee einer Weltmusik für die Gattung Oper fruchtbar gemacht zu haben.

Textdichtung

Marco Polo, der im Jahre 1271 als Siebzehnjähriger seinen Vater Niccolò und seinen Onkel Maffeo nach China begleitete, dort in den Dienst des Großkhans Khubilai (1215–1294) trat, in dessen Auftrag als Gesandter und Berichterstatter nahezu ganz Südostasien bereiste und erst 1295 nach Venedig zurückkehrte, hat seine Reise nicht selber in Buchform gebracht. Nachdem Polo 1298/1299 in genuesische Kriegsgefangenschaft geraten war, schilderte er einem Mithäftling, dem Schriftsteller Rustichello da Pisa, seinen Aufenthalt in Asien. Rustichello wiederum verfertigte daraus mit Polos Billigung jenen Bericht, der in mehreren Versionen überliefert ist und bis in die Neuzeit hinein rezipiert wurde, so daß Marco Polo als Inbegriff des Fernostreisenden in der abendländischen Kultur zu einer mythischen Figur avancierte. Seit jeher ist die Glaubwürdigkeit Marco Polos diskutiert worden, zumal bei verworrener Quellenlage Dichtung und Wahrheit in einem undurchschaubaren Maße durcheinandergehen.

Bei dieser Offenheit des fragwürdig überlieferten Reisegeschehens für Deutungen setzte Tan Duns Librettist, der Musikkritiker und Schriftsteller Paul Griffiths, in seiner Auseinandersetzung mit Marco Polo an, als er 1989 seinen bald darauf mit dem Commonwealth Writers' Prize prämierten Roman ›Myself and Marco Polo‹ veröffentlichte. Auch in der Libretto-Fassung ist die Interpretierbarkeit des als mythisches Gebilde betrachteten Marco-Polo-Sujets das eigentliche Thema, dessen Darstellung allerdings nicht in dem argumentativen, auf eine stringent sich entwickelnde Handlung bezogenen Verfahren geschieht, wie es dem Theater westlicher Prägung eigentümlich ist. Vielmehr muten die nach Maßgabe asiatischer Theatertraditionen ablaufenden Bühnenvorgänge ritualhaft an. Hierbei sind die nicht als Charaktere, sondern als Typen auftretenden Protagonisten in symbolhafte Vorgänge eingebunden. Damit einher geht eine metaphorische, verrätselte Sprachlichkeit, die auch aus dem literarischen Fundus von Ost und West schöpft (z. B. Dantes auf die Anfangsverse der ›Göttlichen Komödie‹ bezugnehmendes »Selbstzitat« in der »Bazar«-Episode oder das Aufgreifen von Li Pos Gedicht in der oben erwähnten Mahler-Vertonung). Hinzu kommt an mehreren Stellen des auf Englisch abgefaßten Textes der Wechsel in andere Sprachen (insbesondere Italienisch, Chinesisch, Deutsch). Griffiths erstellt also aus sprachlichen und optischen Chiffren ein sich vernetzendes Zeichensystem, das freilich seltsam abstrakt bleibt und erst durch die Konkretheit der Komposition zu sinnlicher Relevanz findet.

Geschichtliches

Mit Marco Polos kulturellem Cross-over korrespondiert derjenige des Komponisten, der sich allerdings in gegenläufige Richtung vollzog. Geboren und aufgewachsen im ländlichen Südwesten Chinas, studierte Tan Dun nach der Kulturrevolution Ende der siebziger Jahre am Pekinger Zentralkonservatorium, wo ihm Gastdozenten wie Alexander Goehr, George Crumb, Hans Werner Henze, Toru Takemitsu, Isang Yun und Chou Wen-Chung die klassische Moderne und die zeitgenössische Musik des Westens nahebrachten. Noch während seiner Pekinger Studienzeit erregte Tan mit seinem Bestreben, im Spannungsfeld von chinesischer Musiktradition und westlicher Avantgarde einen eigenen künstlerischen Standpunkt zu finden, Anstoß, so daß seine Musik 1983 im Zuge einer politischen Kampagne gegen »geistige Verschmutzung« für ein halbes Jahr verboten wurde. Anfang 1986 wurde Tan an die Columbia University in New York eingeladen: der Ausgangspunkt seiner internationalen Laufbahn, nachdem bereits 1983 sein Streichquartett ›Feng Ya Song‹ mit dem Weber-Preis der Stadt Dresden

ausgezeichnet worden war und sein Orchesterwerk ›On Taoism‹ von 1985 ihm weltweite Reputation verschafft hatte.
Den Auftrag für seine zwischen 1992 und 1996 entstandene Marco-Polo-Oper erhielt Tan Dun vom Edinburgh Festival. Die Uraufführung unter der musikalischen Leitung des Komponisten (Regie: Martha Clarke, Marco: Alexandra Montano, Polo: Thomas Young, Rustichello: Shi Zheng Chen) fand allerdings im Rahmen der Münchner Biennale statt. Bald darauf wurde die auch auf CD dokumentierte Produktion beim Holland Festival und beim Hong Kong Arts Festival nachgespielt. Wiederholt erhielt der Komponist für sein Werk, das 1997 an der New York City Opera, 1998 in Turin (Settembre Musica Festival) und in London (Huddersfield Festival) erstaufgeführt wurde, Auszeichnungen: 1996 wählten ihn die Kritiker der Zeitschrift ›Opera‹ zum »Komponisten des Jahres« und ›Marco Polo‹ zur »Oper des Jahres«. 1998 bekam Tan Dun für das Werk den renommierten Grawemeyer Award for Music Composition. 1999 erfolgte die österreichische Erstaufführung durch die Neue Oper Wien unter der musikalischen Leitung von Walter Kobéra (Marco: Gisela Theisen, Polo: Robert Hillebrand, Rustichello: Alexander Kaimbacher). Die szenische Umsetzung von Erwin Piplits und Ulrike Kaufmann wurde als »farbenprächtiges, opulentes Bildtheater« (Heinz Rögl) mit viel Lob bedacht.

R. M.

Georg Philipp Telemann
* 14. März 1681 in Magdeburg, † 25. Juni 1767 in Hamburg

Pimpinone oder Die ungleiche Heirat
Ein Zwischenspiel. Text nach dem Italienischen des Pietro Pariati von Johann Philipp Praetorius.

Solisten: *Vespetta*, ein Kammermädchen (Lyrischer Sopran, auch Soubrette, gr. P.) – *Pimpinone*, ein alter reicher Junggeselle (Baßbuffo, auch Baßbariton, gr. P.).
Schauplätze: Straße – Ein Zimmer.
Zeit: 18. Jahrhundert.
Orchester: Str., Cemb.
Gliederung: Ohne Vorspiel, 23 Nummern in drei Abteilungen.
Spieldauer: Etwa 45 Minuten.

Handlung
Das Kammermädchen Vespetta ist ohne Anstellung. Da sieht sie den reichen Junggesellen Pimpinone und beschließt, sich ihm zu nähern. Auch Pimpinone hat bereits ein Auge auf das hübsche Mädchen geworfen, und da sie ihm verspricht, ihm den Haushalt zu führen, werden sie schnell einig.
Doch nach kurzer Zeit will Vespetta den Dienst aufkündigen; sie klagt, Pimpinone hetze sie nur herum und rede ihr in die Wirtschaft hinein. Der Alte, der sich längst in seine Magd verliebt hat, will sie nicht verlieren und gibt ihr in allem nach. Vespetta findet einen neuen Grund für ihren Abschied: die Leute würden sich über ihr Zusammenleben das Maul zerreißen, und ihrem Ruf schade das Gerede. Pimpinone ist auch schnell zur Eheschließung bereit, stellt das Mädchen aber vorher auf die Probe, und als sie ihm versichert, sie gehe weder auf Opern und Ballette, noch spiele sie oder lese Romane, sondern sei ausgesprochen häuslich, nimmt er sie zu seiner Frau und setzt ihr auch 10 000 Taler Mitgift aus. Doch kaum ist die Ehe geschlossen, kehrt die angeblich so häuslich-anschmiegsame Vespetta ihr wahres Wesen hervor, sie geht fort, ohne dem eifersüchtigen Pimpinone zu sagen, wohin, und als sie ihm erklärt, sie gehe zu ihrer Frau Gevatterin, fürchtet er, sie werde über ihn klatschen, und kann sich auch den Dialog gleich so recht vorstellen. Vespetta weist ihn zurück, und als er sie an ihr Versprechen gemahnt, sich häuslich und sittsam zu betragen, sagt sie, dies habe sie ihm zugesagt, als sie noch seine Magd gewesen sei; jetzt aber sei sie seine Frau, und im Hause hätte es jetzt nach ihrem Kopfe zu gehen. Sie will auf Bälle gehen, teure Kleider kaufen, sich gut

unterhalten. Das ungleiche Paar gerät in Streit und wirft sich Schimpfworte an den Kopf. Schließlich zieht Pimpinone den kürzeren, als ihm Vespetta droht, wenn er ihr nicht in allen Dingen zustimme, so habe er ihr auf der Stelle den Brautschatz von 10 000 Talern auszuzahlen. Pimpinone gibt klein bei – was bleibt ihm auch anderes übrig.

Stilistische Stellung
Telemanns heiteres Intermezzo kennzeichnet den damals höchst aktuellen Stand der Hamburger Oper; realistische Figurenzeichnung, musikalische Nähe zu volkstümlichen Klängen und Musizierformen, Sinn für dramaturgische Konzentration und für parodistische Formen (etwa bei dem höchst virtuosen »Klatsch-Terzett«, das Pimpinone, drei Stimmen [zwei im Falsett sowie seine eigene] zugleich singend, beisteuert). Dabei manifestiert sich der Realismus darin, daß das Stück nicht – wie damals vielfach üblich – einen heiteren Schluß hat; der betrogene und ausgenutzte Pimpinone kann nicht in »die Moral von der Geschicht«, ein alter Mann solle halt kein junges Weib freien, einstimmen – er bleibt stumm, innerlich zerbrochen, zurück.

Textdichtung
Telemann ließ sich von dem Hamburger Dichter Johann Philipp Praetorius den Intermezzo-Text des italienischen Librettisten Pietro Pariati, den bereits 1708 Tommaso Albinoni komponiert hatte, teilweise ins Deutsche übertragen; die in Hamburg damals übliche Sprachmischung, nach der die Arien auf italienisch, die Rezitative aber, in denen die Handlung weitergeführt wurde, auf deutsch gegeben wurden, findet sich auch hier. Deutsch getextet sind lediglich die derb-volkstümlichen Teile, so die beiden Schlußduette.

Geschichtliches
Telemann, der 1722, zusätzlich zu seiner Tätigkeit als Musikdirektor der fünf Hamburger Hauptkirchen, auch die musikalische Leitung der Oper übernommen hatte, um dieser in eine Krise geratenen Unternehmung aufzuhelfen, schrieb seinen ›Pimpinone‹ 1725 als damals übliche heitere Einlage, wohl in Georg Friedrich Händels tragische Oper ›Tamerlano‹. 1727 schrieb er dazu eine Fortsetzung ›Die Amours der Vespetta, oder der Galan in der Kiste‹, von der aber die Musik verloren scheint. Das Intermezzo war lange vergessen, erst mit der Wiederentdeckung Telemanns im 20. Jahrhundert wurde man auch auf den Opernkomponisten Telemann aufmerksam. Heute gehört das vom Aufwand her anspruchslose, aber stets theaterwirksame Stück zum festen Repertoire all jener Bühnen, die auch mobile Produktionen anbieten, oft in sinnvoller Kombination mit Giovanni Battista Pergolesis handlungsgleichem, acht Jahre später entstandenen Intermezzo ›La serva padrona‹.

W. K.

Ambroise Thomas

* 5. August 1811 in Metz, † 12. Februar 1896 in Paris

Mignon

Oper in drei Akten. Dichtung von Jules Barbier und Michel Carré.

Solisten: *Mignon* (Lyrischer Mezzosopran, auch Jugendlich-dramatischer Sopran, gr. P.) – *Philine* (Lyrischer Koloratursopran, gr. P.) – *Wilhelm Meister* (Lyrischer Tenor, gr. P.) – *Lothario* (Seriöser Baß, m. P.) – *Laertes* (Spieltenor, m. P.) – *Friedrich* (Spieltenor, auch Mezzosopran, kl. P.) – *Jarno* (Charakterbaß, kl. P.) – *Der Fürst* (Tenor, kl. P.) – *Der Baron* (Bariton, kl. P.) – *Antonio* (Sprechrolle, kl. P.) – *Ein Souffleur* (Sprechrolle, kl. P.) – *Ein Bedienter* (Sprechrolle, kl. P.).
Chor: Zigeuner – Schauspieler – Herren und Damen – Bürger – Bauern und Bäuerinnen (im I. Akt Männerchor geteilt in Zigeuner und in Schauspieler und Volk; m. Chp.).
Ballett: I. Akt: Zigeunertanz und Walzer; beim »Französischen Schluß«: Forlana.

Ort: I. und II. Akt in Deutschland, III. Akt in Italien.
Schauplätze: Der Hof eines deutschen Wirtshauses, links Gebäude, im ersten Stock eine Glastür auf eine Treppe nach außen führend, rechts Schuppen, Tische und Tonnen – Elegantes Boudoir, Mittel- und Seitentüren, links ein Kamin, rechts ein Fenster – Ein Winkel des Parks, im Hintergrund rechts ein zum Schloß gehörendes Treibhaus, links ein großes Wasser, von Rohrdickicht umgeben – Eine italienische Galerie mit Statuen, rechts ein offenes Fenster, im Hintergrund große geschlossene Tür, Seitentüren – Die Ufer des Gardasees, rechts ein Wirtshaus, in der Ferne italienische Villen. (Das letzte Bild nur, wenn die Oper mit dem »Französischen Schluß« gegeben wird.)
Zeit: Gegen 1790.
Orchester: 2 Fl. (II. auch Picc.), 2 Ob., 2 Kl., 2 Fag., 4 Hr., 2 Trp., 3 Pos., P., Schl., Hrf., Str. – Bühnenmusik: Hrf.
Gliederung: Ouvertüre und 16 (beim »Französischen Schluß« 18) Musiknummern, die durch einen gesprochenen Dialog miteinander verbunden werden.
Spieldauer: Etwa 2½ Stunden.

Handlung

In dem Hof eines Wirtshauses sitzen die Bürger beim Bier. Sie laden freundlich den alten Harfner Lothario ein, mit ihnen zu trinken. Der Greis, dessen Herkunft niemand kennt und der anscheinend geistesverwirrt ist, pflegt in der Gegend umherzuziehen und von Sehnsucht nach einem geliebten Wesen erfüllt, traurige Lieder zu singen. Da kommt eine Zigeunertruppe an; die Männer ziehen einen Wagen, auf dem ein Mädchen schläft. Die Zigeuner beginnen sogleich mit ihren tänzerischen Vorführungen; dann kündet Jarno, das Haupt der Gesellschaft, als Clou den berühmten Eiertanz der Mignon an. Inzwischen hat auf dem Balkon die gegenwärtig in dem Gasthof logierende Schauspielerin Philine mit ihrem Kollegen Laertes Platz genommen. Sie fragt Jarno, als die aus dem Schlaf geweckte und in einen Mantel gehüllte Mignon herbeigebracht wird, ob es ein Knabe oder ein Mädchen sei, worauf dieser antwortet, es sei weder das eine noch das andere, es sei Mignon! Die Zuschauer lachen, was Mignon als Demütigung und Beleidigung empfindet; sie weigert sich daher zu tanzen. Als Jarno brutal mit dem Stock droht, stellt sich der alte Lothario schützend vor das Kind. Aber Jarno läßt sich durch den Bettler nicht einschüchtern. Da tritt ein eleganter junger Herr dazwischen, der soeben angekommen ist. Mit vorgehaltener Pistole zwingt er Jarno, das Mädchen in Ruhe zu lassen. Philine wirft dem Zigeuner eine Börse zu, als er sich über den Einnahmeausfall wegen des unterbliebenen Eiertanzes beklagt. Mignon bedankt sich unterdessen bei Lothario und dem Fremden, indem sie ihr Blumenbukett – ihre einzige Habe – zwischen beiden teilt. Laertes stellt sich dem jungen Mann vor und erzählt, daß Philine und er einer Schauspielergesellschaft angehörten, die gegenwärtig beschäftigungslos sei, da ihr Direktor mit der Kasse durchgegangen sei. Auch der Fremde nennt nun seinen Namen: es ist Wilhelm Meister, der Sohn eines reichen Wiener Bürgers, der nach Absolvierung seiner Universitätsstudien nunmehr ausgezogen ist, um die Welt kennenzulernen. Laertes warnt ihn aus eigenen trüben Erfahrungen vor den Frauen, am meisten vor Philine, die ebenso verführerisch wie treulos sei. Philine hat das Gespräch mitangehört; es reizt sie, den eleganten Jüngling zu ködern. Er fängt auch sogleich Feuer und überreicht ihr auf Laertes' Aufforderung das Bukett, das er von Mignon erhalten hatte. Als sie sich, Wilhelm kokett zu einem Wiedersehen einladend, mit Laertes entfernt hat, kommt Mignon zurück, die sich nochmals für die Beschützung bedankt. Sie bemerkt mit einer gewissen Enttäuschung, daß Wilhelm ihre Blumen bereits weggegeben hat. Nach ihrer Herkunft befragt, erzählt sie Wilhelm, daß sie weder wisse, wie alt sie sei, noch ihren Namen kenne. Sie erinnere sich dunkel daran, daß sie als Kind geraubt worden sei und aus einem glanzvollen Haus stamme in dem Land, wo die Zitronen blühen. Gerührt über das tragische Geschick der Armen, kauft Wilhelm dem Jarno Mignon ab. Während die beiden Männer im Wirtshaus den Kaufvertrag abfassen, berichtet Mignon hochentzückt dem alten Lothario die glückliche Wendung. Philines Lachen dämpft jedoch wieder ihre Freude; sie hat eine instinktive Abneigung gegen das buhlerische Wesen. Dem zurückkommenden Wilhelm stellt Philine einen jungen Freund namens Friedrich vor, der ihretwegen seiner Familie und der Universität entlaufen ist und der sie schon einige Male aus Eifersucht verlassen hat, um gleich darauf wieder reumütig zu ihr zurückzukehren. Da naht Laertes mit einer Freudenbotschaft: Philines Verehrer, Baron von Rosenberg, hat die Schauspielertruppe zu einigen Vorstellungen auf sein Schloß eingeladen. Die Komödianten rüsten schleunigst zum Aufbruch. Wilhelm, der es nicht zulassen will, daß Mignon als Bettlerin mit Lothario weiterzieht, erklärt sich mit ihrem Vorschlag einverstanden, ihn in Knabenkleidern als Diener begleiten zu dürfen.

Wilhelm ist der Schauspielertruppe auf Schloß Rosenberg gefolgt. Philine führt Wilhelm als Theaterdichter bei dem Baron ein. Indes ist Mignon allein im Boudoir zurückgeblieben. Ihr Dankbarkeitsgefühl gegenüber Wilhelm ist inzwischen in Liebe umgeschlagen. Sie weiß aber, daß sie in der verführerischen Schauspielerin eine gefährliche Rivalin zu erblicken hat. Als sie an den mit Schönheitsmitteln bedeckten Toilettentisch tritt, erfaßt sie plötzlich eine unwiderstehliche Lust, sich auch einmal dieser Dinge zu bedienen. Fröhlich trällernd, schminkt sie sich vor dem Spiegel; dann zieht sie sich im Ankleideraum eines der prächtigen Kleider Philines an, währenddessen der Student Friedrich heimlich durchs Fenster das Boudoir betritt. In diesem Augenblick kommt Wilhelm allein zurück. Eifersüchtig zieht Friedrich seinen Degen, da stürzt Mignon aus dem Ankleidezimmer und stellt sich schützend vor Wilhelm. Belustigt entfernt sich Friedrich, um den Vorfall sogleich Philine zu berichten. Verärgert über die Blamage, gibt Wilhelm jetzt Mignon seinen Entschluß bekannt, sich von ihr zu trennen. Aber Mignon lehnt es ab, sich dann von ihm noch weiter betreuen zu lassen, sie will vielmehr sich wieder ihr Brot als arme Zigeunerin erbetteln. Als Wilhelm, von Rührung übermannt, sie in seine Arme schließt, betritt hohnlachend Philine mit Friedrich das Boudoir. Wütend reißt Mignon die Spitzen vom Kleid, als Philine es ihr mitleidig zum Geschenk machen will; eilends legt sie im Ankleidezimmer wieder ihr altes Zigeunergewand an, während Philine triumphierend sich an Wilhelms Arm zur Vorstellung geleiten läßt. – Als Mignon aus dem Schloß begeisterte Beifallsrufe für Philine vernimmt, sucht sie im See des Parks ihrem freudlosen Dasein ein Ende zu machen. In diesem Augenblick vernimmt sie Lotharios Harfenklänge. Vertrauensvoll klagt sie dem Alten ihr Leid. In ihrer Verzweiflung wünscht sie, daß ein mächtiger Feuersbrand das verhaßte Schloß in Schutt und Asche legen möge. Die Vorstellung ist beendet. Unter den Huldigungen der vornehmen Zuschauer betritt Philine den Park, wo sie, noch im Kostüm als Titania, die Gäste durch einen weiteren Beitrag ihrer Kunst entzückt. Lothario hat in seiner geistigen Umnachtung unterdessen im Schloß Feuer gelegt in der Meinung, dadurch der armen Mignon aus ihrer unglücklichen Situation zu helfen. Als der Greis Mignon von seiner Tat unterrichtet, kommt Wilhelm, der angstvoll im Park nach dem Mädchen gesucht hatte, mit Philine. Diese gibt Mignon den Auftrag, ihr aus dem Theater ein dort liegengebliebenes Bukett zu holen. Kaum hat Mignon das Schloß betreten, schlagen Flammen aus dem Gebäude. Wilhelm stürzt sofort in das brennende Haus, und es gelingt ihm gerade noch, bevor der Bau krachend zusammenstürzt, das ohnmächtige Mädchen aus den Flammen zu retten.

Wilhelm hat Mignon zur Genesung in ein Schloß an den Gardasee gebracht. Lothario hat die beiden dorthin begleitet. Durch den alten Diener Antonio erfährt Wilhelm von den traurigen Ereignissen, die sich vor fünfzehn Jahren in diesem Haus zugetragen haben: das Töchterchen des gräflichen Paares war anscheinend im See ertrunken; die Mutter sei aus Gram darüber gestorben, während der Graf wahnsinnig geworden und spurlos verschwunden sei. Als Wilhelm Lothario den Namen des Schlosses: Cypriani nennt, reagiert dieser mit heftigem Zittern. Er sieht sich erst lange um, dann will er ein Zimmer betreten, das nach Angabe des Dieners seit dem Verschwinden des Grafen nicht mehr geöffnet worden ist. Schließlich entfernt er sich durch eine andere Tür. Gleich darauf erscheint Laertes, der berichtet, daß Philine Wilhelm hierher nachgereist sei. Wilhelm beschwört ihn bei seiner Freundschaft, Philine zur sofortigen Abreise zu veranlassen, da ihre Gegenwart Mignon töten könnte. Laertes sichert ihm seine Unterstützung zu. Inzwischen ist Mignon erwacht. Beglückt über ihre Genesung, gesteht Wilhelm ihr seine Liebe, da ertönt von außen Philines Stimme. Mignon fällt vor Schreck in Ohnmacht. Mit Mühe kann Wilhelm ihr einreden, als sie wieder zu sich gekommen ist, daß ein Fiebergespenst sie getäuscht habe. Die Mitteltür öffnet sich; aus dem Zimmer tritt in vornehmer Kleidung Lothario. Die geistige Umnachtung ist von ihm gewichen. Er ist der Herr dieses Hauses, Graf Cypriani. Als Mignon die in einem Kästchen verwahrten Kindheitserinnerungen sowie auf dem Wandgemälde das Bild ihrer Mutter wiedererkannt hat, steht fest, daß sie des Grafen totgeglaubte Tochter Sperata ist. In Liebe vereint, danken die drei Gott für das große Glück, das ihnen zuteil geworden ist.

Stilistische Stellung
Thomas hat bei ›Mignon‹ den von Gounod erfolgreich eingeschlagenen Pfad beschritten und mit dieser Oper einen entscheidenden Beitrag zur Entwicklung der Opéra lyrique geleistet. Der von der Opéra comique kommende Komponist mischt feinsinnig die Stilelemente dieser Gattung mit dem lyrisch-sentimentalen Grundcharakter, wie er durch das Libretto vorgezeichnet ist. Den teils graziösen, teils rhythmisch lebendigen, eingängigen Melodien, die trefflich die leichte Welt der Komödianten charakterisieren, sind kontrastierend die von Sentiment erfüllten Gesänge Mignons und Lotharios gegenübergestellt. Von dem meisterhaften Können des Komponisten zeugen die mit leichter Hand gestalteten eleganten Formen sowie die subtile, farbenreiche Instrumentation. Bei den melodramatischen Stellen kehren Themen im Sinn von Erinnerungsmotiven wieder. Hierbei ist der Gegensatz zwischen dem geradlinigen Wilhelm und dem träumerischen Wesen Mignons trefflich mit einfachen Mitteln gezeichnet, indem Mignon über einer unbegleiteten Geigenmelodie auf einem gleichbleibenden Ton singt, während Wilhelm spricht (Rezitativ Nr. 4 und Nr. 11 b). Hervorzuheben ist auch die individuelle Behandlung der einzelnen Stimmen in den Ensemblenummern (z. B. Terzette Nr. 3 und 9 a). Als Stimmungsexposition wirkt zu Anfang des letzten Aktes ein sechsstimmiger a cappella-Chor hinter der Szene. Reizvolle Farbenwirkungen vermittelt zwischendurch auch das Kolorit nationaler Tanzweisen (die melancholische ›Zigeuner-Romanze‹ und die dem Wiener Walzer nachempfundenen Zigeunertänze sowie Mignons ›Styrienne‹ und Philines ›Forlana‹ im Charakter eines steirischen bzw. italienischen Volkstanzes). Von den rein orchestralen Stücken sind die pikante, graziös-elegante Gavotte (Entreact Nr. 7) sowie die zündende Ouvertüre bemerkenswert, die in der Hauptsache aus dem Themenmaterial der populärsten Nummern der Partitur: Mignons Romanze (Nr. 4 »Kennst Du das Land«) und Philines brillanter ›Titania‹-Polonaise gebaut ist.

Textdichtung
Den Librettisten Michel Carré (1819–1872) und Jules Barbier (1822–1901) diente Goethes Bildungsroman ›Wilhelm Meisters Lehrjahre‹ (1795/96) mehr als Stoffquelle denn als Vorwurf. Sie verfuhren bei der Gestaltung des ›Mignon‹-Buches ähnlich wie bei ›Faust‹, indem sie, wie schon durch den Titel angedeutet wird, die Frauenrolle, also das Schicksal des anmutigen, rätselhaften Wesens Mignon, in den Vordergrund des Interesses rückten. Aus dem Helden des Goetheschen Romans, dem deutschen Bürgerssohn, der nach Bildungsidealen strebt und den Goethe selbst als sein »geliebtes dramatisches Ebenbild« bezeichnete, wurde ein eleganter französischer Kavalier, der zwar nicht unsymphatisch, aber immerhin passiv wirkt. Auch die übrigen Charaktere erfuhren eine der französischen Mentalität angepaßte Umdeutung, was für das Werk hinsichtlich seiner stilistischen Einheitlichkeit nur von Vorteil ist.
Freilich verfügten die Autoren nicht über die nötige Erfindungskraft, um dem dramaturgisch ohnehin abfallenden letzten Akt einen überzeugenden Schluß zu geben, nachdem hier die Goethesche Vorlage keine Lösung bot, die ihnen für einen wirksamen Opernschluß geeignet erschien. So existieren nicht weniger als vier verschiedene Schlußfassungen. Der originale, sogenannte »Französische Schluß« vermittelt bei nochmaligem Szenenwechsel einen glücklichen Ausgang: Philine versöhnt sich mit Mignon und heiratet Friedrich. In einer weiteren, etwas verkürzten Fassung schließt sich die Versöhnung Philines ohne Szenenwechsel unmittelbar an die Erkennungsszene an. In Deutschland wird ›Mignon‹ meistens mit einem Lobgesang auf Gott, ausgeführt von Mignon, Wilhelm und Lothario, im Anschluß an die Erkennungsszene beendet, ohne daß Philine nochmals auftritt. Schließlich gibt es auch noch eine Fassung mit tragischem Ausgang: beim Eintreten Philines in das Zimmer des Schlosses fällt Mignon tot in Wilhelms Arme.

Geschichtliches
Angespornt durch den großen Erfolg von Gounods ›Faust‹, der zweifellos ebenfalls zu einem Teil dem geschickten Libretto von Jules Barbier und Michel Carré zu danken war, entschlossen sich die beiden Textdichter, auch nach Goethes ›Wilhelm Meister‹, der in Frankreich ebenso bekannt war wie ›Faust‹, ein Opernbuch zu schreiben. Die Vertonung übernahm diesmal Ambroise Thomas, der infolge mehrerer Opernerfolge an der Opéra-Comique bereits damals in Paris großes Ansehen genoß. Am 17. November 1866 ging ›Mignon‹ an der Opéra-Comique zum ersten

Mal in Szene. Im Gegensatz zu Gounods ›Faust‹, der zunächst kühl aufgenommen worden war, hatte ›Mignon‹ gleich bei der Uraufführung einen durchschlagenden Erfolg, der dem Werk anschließend auch in aller Welt zuteil geworden ist.

Michael Tippett
*2. Januar 1905, † 9. Januar 1998 in London

Die Mittsommer-Hochzeit (The Midsummer Marriage)
Oper in drei Akten. Text vom Komponisten.

Solisten: *Mark*, ein junger Mann unbekannter Herkunft (Jugendlicher Heldentenor, auch Lyrischer Tenor, gr. P.) – *Jenifer*, seine Verlobte, ein junges Mädchen (Dramatischer Koloratursopran, auch Jugendlich-dramatischer Sopran, gr. P.) – *King Fisher*, Jenifers Vater, ein Geschäftsmann (Heldenbariton, auch Charakterbariton, gr. P.) – *Bella*, King Fishers Sekretärin (Lyrischer Sopran, auch Lyrischer Koloratursopran, gr. P.) – *Jack*, Bellas Freund, ein Mechaniker (Lyrischer Tenor, auch Spieltenor, gr. P.) – *Sosostris*, eine Hellseherin (Dramatischer Alt, m. P.) – *Der Alte*, Priester des Tempels (Seriöser Baß, m. P.) – *Die Alte*, Priesterin des Tempels (Dramatischer Mezzosopran, m. P.) – *Ein angetrunkener Mann** (Bariton, kl. P.) – *Ein tanzender Mann** (Tenor, kl. P.) – *Ein Mann** (Baß, kl. P.) – *Ein Mädchen** (Alt, kl. P.) – *Strephon* (Tänzer).
* Die mit Sternchen versehenen Partien können mit Chorsolisten besetzt werden.
Chor: Marks und Jenifers Freunde (auch Doppelchor, gr. Chp.).
Ballett: Bei den Alten diensttuende Tänzerinnen und Tänzer.
Schauplatz: Eine Waldlichtung, im Hintergrund eine griechisch anmutende Tempelanlage; von der in der Mitte befindlichen Pforte führt eine Treppe hinab, die sich verzweigt: Der nach rechts führende Teil mündet in eine Wendeltreppe, deren letzte Stufen in den Himmel zu führen scheinen; die andere Stiege führt hingegen, sich nach links wendend, zu einem durch ein Tor verschlossenen Höhleneingang hinab. – Im II. Akt ist die Szene nach rechts verschoben, so daß nun der Eingang zur Höhle in die Mitte gerückt und vom Tempel nur noch der linke Teil zu sehen ist.
Zeit: Gegenwart, der Tag der Sommersonnenwende.
Orchester: 2 Fl. (auch 2 Picc.), 2 Ob., 2 Kl., 2 Fag., 4 Hr., 2 Trp., 3 Pos., P., Schl. (gr. Tr., kl. Tr., Becken, Zimbeln, Rgl., Gong), Cel., Hrf., Str.
Gliederung: Durchkomponierte Großform mit als Ballettmusiken fungierenden instrumentalen Abschnitten.
Spieldauer: Etwa 2¾ Stunden.

Handlung
Es ist der Tag der Sommersonnenwende, an dem Marks und Jenifers Hochzeit stattfinden soll. Noch vor dem Morgengrauen kommen die Freundinnen und Freunde des Paares auf einer in Nebelschwaden liegenden Waldlichtung zusammen, die Mark zur Hochzeitsfeier ausersehen hat. Bei Sonnenaufgang löst sich der Dunst auf und gibt den Blick frei auf eine im Hintergrund befindliche Tempelanlage, von deren Portal eine nach rechts abzweigende Wendeltreppe gen Himmel strebt und ein nach links biegender Stufenpfad hinab zu einer Höhle führt. Die jungen Leute verstecken sich, als unerwartet Musik erklingt und aus dem Tempel der eine Flöte blasende Strephon und eine Schar von Tänzern treten, gefolgt vom Priester und der Priesterin. Auf ein Zeichen der beiden alten Leute beginnt ein Tanzritual, das der hinzukommende Mark unterbricht. Anläßlich seines Hochzeitstags will er das althergebrachte Zeremoniell durch einen neuen Tanz ersetzt wissen. Die beiden Alten warnen Mark vor den Gefahren des Neuen, und wie zum Exempel läßt der Priester, scheinbar auf Marks Wunsch eingehend, das Tanzritual noch einmal beginnen. Zunächst verwirrt, dann verärgert, er-

kennt Mark, daß es sich um denselben Tanz wie zuvor handelt. Plötzlich aber stellt der Alte Strephon ein Bein, so daß dieser stürzt. Mark ist empört, die Alten aber ziehen sich samt den Tänzern wieder ins Innere des Tempels zurück, wobei der Priester dem jungen Mann ankündigt, daß er noch am selben Tag einen neuen Tanz erlernen werde. Die Freunde haben sich inzwischen wieder aus ihren Verstecken hervorgewagt. Über den Priester und die Priesterin weiß Mark ihnen nicht viel zu berichten: Er kenne die beiden seit jeher alten Leute von Kindesbeinen an, vermutlich verschwiegen sie ihm das Geheimnis seiner ihm unbekannten Herkunft. Danach wendet er seine Gedanken dem Sommermorgen zu, wobei er in freudiger Erwartung der Hochzeit seine Braut herbeisehnt. Jenifer aber tritt ihm nicht im Brautgewand, sondern in Reisekleidung entgegen. Zum Erstaunen der übrigen will sie von Hochzeit nichts wissen. Nicht nach Liebe strebe sie, sondern nach Wahrheit. Marks Zärtlichkeit als Zudringlichkeit schroff abwehrend, weist sie ihm den Weg in den Schatten, während sie selber sich anschickt, auf der schon in ihren Kindheitsträumen geschauten Wendeltreppe den Weg hinauf ins Licht zu nehmen. Während die Mädchen Jenifer in ihrem Ansinnen unterstützen und Mark verspotten, schlagen sich die jungen Männer auf dessen Seite. Schon ist Jenifer zu Marks Kummer gänzlich ins Licht entrückt, da macht er sich von den ihn tröstenden Freunden los und begibt sich gemäß Jenifers Weisung hinab ins Schattenreich, indem er die zur Höhle führende Treppe beschreitet. Das Tor öffnet sich von selbst und fällt, nachdem Mark in der Höhle verschwunden ist, krachend zu. Inzwischen hat King Fisher, der Jenifers Hochzeit zu verhindern trachtet, auf der Suche nach seiner Tochter die Lichtung erreicht. Er ist in Begleitung seiner Sekretärin Bella und vermutet, daß Jenifer Mark in die Höhle gefolgt sei. Da King Fisher gewohnt ist, als Geschäftsmann andere für sich arbeiten zu lassen, schickt er Bella als Kundschafterin zu dem alten Priesterpaar. Doch dieses verachtet King Fisher und verweigert ihm jede Auskunft über Jenifer. Ebensowenig erhält King Fisher einen Rat, wie er durchs Höhlentor gelangen könne, dieses sei nur auserwählten Personen zugänglich. Nachdem sich die beiden Alten wieder zurückgezogen haben, schlägt Bella King Fisher vor, ihren Verlobten Jack – einen Mechaniker – das Tor aufbrechen zu lassen. Derweil Bella Jack herbeiholt, besticht King Fisher die jungen Leute, die im Wald das verschollene Paar ausfindig machen sollen, mit Geld. Anders als die sich sofort auf die Suche machenden Burschen widerstehen die Mädchen jedoch der Verlockung des Geldes, weshalb King Fisher sie verjagt. Unverzüglich macht sich der von Bella hereingeführte Jack ans Werk. Zweimal jedoch unterbricht er die Arbeit, weil aus der Höhle die Stimme der Wahrsagerin Sosostris erklingt. Eindringlich warnt sie King Fisher vor der gewaltsamen Öffnung des Tores. Sosostris' Warnruf hat die jungen Leute wieder herbeigelockt. Abermals tut sich ein Gegensatz zwischen den Mädchen – unter ihnen Bella – und den Burschen auf: Raten die jungen Frauen Jack, auf Sosostris zu hören, so sind sich die jungen Männer, Jack und King Fisher einig, daß es sich bei der aus der Höhle dringenden Orakelstimme um einen Bluff handelt. Gleichwohl gerät Jack mehr und mehr über die Rechtmäßigkeit seines Handlangerdienstes in Zweifel, doch bevor er sich noch recht entschieden hat, mit Widerwillen seinem Auftraggeber Folge zu leisten, machen er und Bella sich davon, als das Geschehen eine unvermutete Wendung nimmt: Herbeigerufen von den Mädchen, ist nämlich auf der höchsten Stufe der Himmelstreppe Jenifer erschienen. Sie ist teilweise verwandelt und gleicht der aus dem Haupte des Zeus entsprungenen Athene, der Göttin der Weisheit, und führt einen Spiegel mit sich. Ihr Vater allerdings vermutet hinter allem eine »kindische Maskerade«. Alsbald erscheint auch Mark, der einen goldenen Zweig in Händen hält. Ebenfalls halbverwandelt, ähnelt er dem im Schenkel des Zeus herangereiften Dionysos, dem Gott des Weines und der Lebenskraft. Auf Geheiß der mit ihren Tänzern aus dem Tempel tretenden Alten berichten Jenifer und Mark von ihren im Licht bzw. im Schatten gewonnenen Erfahrungen. Hierbei veranschaulicht eine auf einer silbernen Trompete blasende Tänzerin zusammen mit ihren Gefährtinnen Jenifers einem Sternentanz gleichendes Verklärungserlebnis. So sehr beeindruckt Jenifer ihre Freundinnen mit dem Bericht von ihrem geistigen Höhenflug, daß diese am liebsten nun selbst zu Himmelsstürmerinnen werden wollen. Mark wiederum hat einen bronzene Zimbeln schlagenden Tänzer und dessen Gefährtenschar zur Seite, als er die Freunde mit der Beschreibung seiner aus dem Höhlenaufenthalt hervorgegangenen Metamorphose begeistert, die ihn in den Zustand eines orgiastischen Sinnenrausches gelangen ließ. Daraufhin hält Jenifer Mark ihren

Spiegel vor, in dem er Aufschluß darüber gewinnen soll, daß sein inneres Wesen unvollkommen ist, solange er sich nur seiner übersteigerten und absolut gesetzten Sinnlichkeit überläßt. Doch mit dem Blick auf Marks goldenen Zweig gleitet Jenifer der Spiegel aus den Händen und fällt zu Boden: ein Zeichen dafür, daß ihre nach spiritueller Erkenntnis strebende Geistigkeit die Konkretheit von Marks ungestümer erotischer Begierde nicht zu begreifen vermag. Um diesem Mangel abzuhelfen, beschreitet Jenifer den Weg, den Mark bereits gegangen ist, und begibt sich hinab in die Höhle. Er hingegen nimmt den Pfad, den Jenifer schon absolviert hat, und entschwindet hinauf ins Licht. Das Priesterpaar und seine tanzenden Zöglinge begeben sich wieder in den Tempel, und auch der über seine Machtlosigkeit sich ärgernde King Fisher räumt das Feld. Zuvor nämlich wurde er von Mark schlicht ignoriert, als er dem unerwünschten Schwiegersohn die Zustimmung zur Heirat offerierte, wenn er Jenifer aus der Höhle zurückholen würde. Die jungen Leute aber sind zuversichtlich, daß Mark und Jenifer ihre neuerlichen Unternehmungen allen Gefahren zum Trotz wohlbehalten überstehen werden.

Die Höhle ist ins Zentrum der Bühne gerückt. Es ist Nachmittag. Strephon tanzt vor sich hin, rennt aber weg, als er die Stimmen der jungen Leute hört, die sich zusammen mit Bella und Jack der Lichtung nähern. Als sie merken, daß Bella mit Jack allein sein will, ziehen sich die Mädchen und Burschen zurück. Bella eröffnet Jack, daß sie ihn heiraten wolle. Jack zeigt sich freudig überrascht. Der Traum vom Familienglück in stiller Häuslichkeit läßt beide zärtlich miteinander werden. Sie verschwinden im Schatten der Bäume, um sich der Liebe hinzugeben. Währenddessen findet ein dreistufiges, in Tierpaaren den Geschlechterkampf allegorisch darstellendes Tanzritual statt: Entsprechend der Jahreszeitenfolge Herbst, Winter und Frühling, ist jeder Jahreszeit eines der Grundelemente – Erde, Wasser und Luft – zugeordnet. Hierbei übernimmt Strephon jeweils den Part des verfolgten Männchens, während Tänzerinnen als jagende Weibchen agieren. Und so entwischt im Herbst/Erde-Szenario Strephon in der Gestalt eines Hasen einer ihm nachhetzenden Hündin. Als Fisch entkommt er während der Winter/Wasser-Episode nur mit Mühe einem Otterweibchen und zieht sich dabei eine Verletzung zu, die ihn auch im anschließenden, dem Frühling und der Luft gewidmeten Tanz beeinträchtigt. Nun nämlich mimt Strephon einen hüpfenden Vogel. Allerdings scheitert er wiederholt beim Versuch zu fliegen, weil einer seiner Flügel gebrochen ist. Schon naht drohend, zunächst als Schattengestalt, dann einen Augenblick lang als geflügeltes Mädchen erkennbar, ein Falke. Als der Raubvogel im Begriff ist, sich auf sein lädiertes Opfer zu stürzen, beendet ein Entsetzensschrei Bellas, die zusammen mit Jack den letzten Teil des Rituals beobachtet hat, das tänzerische Geschehen. Mehr und mehr ist ihr die Tanz-Vorführung zum Alptraum geworden, und gemäß ihrer schlichten Wesensart lehnt sie derlei übernatürlich anmutende Darbietungen instinktiv ab. Jack beruhigt seine verstörte Geliebte, deren Miene sich zusehends aufheitert, als die Tänzer die Lichtung verlassen haben. Bella holt aus der Handtasche ihr Schminkzeug, und Jack hält ihr den Spiegel, damit sie sich zurechtmachen kann. Danach ist Bella wieder mit sich im reinen. Sie erinnert Jack daran, daß sie sich beide für weitere Aufträge von King Fisher bereithalten sollen. Jack ist über Bellas Mitteilung nicht sonderlich erfreut, doch sie weiß seine Laune dadurch zu heben, daß sie ihn mit einem Fangespiel in den Wald lockt. Von fern dringt der Gesang von Jenifers und Marks Freunden herein, während über dem Wald die Nachmittagshitze brütet.

Die Sonne geht über der sich wie im I. Akt darbietenden Lichtung unter, und die jungen Leute feiern mit Tanz und Sang und bei Brot, Fisch und Wein ausgelassen ein Fest. Der inzwischen mit einer Pistole bewaffnete King Fisher hat sie zusammengerufen, um ihnen zu demonstrieren, wie er das Priesterpaar zur Herausgabe Jenifers zwingen will: Madame Sosostris höchstselbst soll die beiden Alten, die von Bella herbeigeholt werden, der Scharlatanerie überführen. Ausdrücklich warnt der Priester King Fisher vor der tödlichen Gefahr, in die er sich mit seinem Vorhaben begebe, doch King Fisher weist alle Bedenken zurück. Daraufhin wird in einer Prozession eine auf einem Thron sitzende, maskierte Gestalt in einem grünen Mantel und mit Zauberhut auf dem Kopf hereingetragen, die eine Kristallkugel vor ihr Gesicht hält. Tatsächlich handelt es sich um ein Täuschungsmanöver King Fishers, und das Gelächter ist groß, als sich die Gestalt als Jack entpuppt. Plötzlich aber ertönt ein Gong und eine überlebensgroße, verschleierte Gestalt erscheint – die wirkliche Madame Sosostris. Auf King Fishers Frage nach dem Verbleib seiner Tochter zunächst noch keine Antwort gebend, beklagt Sosostris ihr entbehrungsreiches Seherinnen-Schicksal, auch ermahnt sie den um Rat suchenden King Fisher eindringlich, ihrem Spruch Glauben zu schenken. Danach läßt sich Sosostris von Jack die Kristallkugel vor die Augen halten, in der sie die nackt auf einer Wiese liegende Jenifer wahrnimmt. Außerdem erkennt Sosostris den zum geflügelten Löwenmenschen verwandelten Mark, der sich Jenifer nähert, um sich mit ihr liebend zu vereinigen. Das ist zuviel für King Fisher: Sosostris des Betrugs bezichtigend, greift er nach der Kugel und wirft sie zu Boden. Jack aber befiehlt er, Sosostris zu entschleiern. Vehement begehrt Bella gegen diesen Tabubruch auf, und im Namen ihres ungeborenen Kindes drängt sie Jack zum Ungehorsam. Nach einem Moment inneren Ringens entscheidet sich Jack gegen King Fisher, gemeinsam mit Bella geht er davon. Damit ist King Fisher auf sich allein gestellt. Der Warnungen der jungen Leute und des Priesterpaares ungeachtet, entfernt er von Sosostris einen Schleier nach dem anderen. Der letzte Schleier aber fällt von selbst: Zum Vorschein kommt eine weißglühende Lotosblumenknospe, die die inzwischen hereingebrochene Nacht erhellt. Als sich die Knospe öffnet, werden in ihrem Innern Mark und Jenifer sichtbar. Sie sind in gegenseitiger, kontemplativer Betrachtung versunken und haben die Gestalten des indischen Götterpaares Shiva und Parvati angenommen. King Fisher indessen zielt mit seiner Pistole auf Mark, woraufhin das Paar in »einer machtvollen Geste« die Augen auf ihn richtet. King Fisher aber kann Marks und Jenifers Blick nicht standhalten; sich ans Herz greifend, sinkt er tot zu Boden. In einem Zeremoniell wird seine Leiche herausgetragen. Danach ereignet sich das letzte den Elementen und den Jahreszeiten gewidmete Tanzritual, welches den Sommer und das Feuer feiert. Strephon und die anderen Tänzer entzünden durch Reiben einen Holzstab. Während Jenifers und Marks harmonisches Miteinander zunehmend leidenschaftlichere Formen annimmt, kauert sich der mit der Fackel tanzende Strephon, von den übrigen Tänzern zu Jenifer und Mark gedrängt, erschöpft zu Füßen des Paares. Die Blätter der Lotosblume schließen sich über der Dreiergruppe, während die von Sosostris zurückgelassenen Schleier, durch die Fackel in Brand gesetzt, hell auflodern: das Sonnwendfeuer. Nach seinem Verglimmen bleiben, vom Licht des Mondes sanft beschienen, die jungen Leute zurück. Die Nacht bricht herein, alsbald kündigt der Gesang der Vögel das Morgengrauen an. Wie am Morgen zuvor ist der Hintergrund in Nebel gehüllt. Von verschiedenen Seiten treten Mark und Jenifer herein, beide tragen zum Zeichen ihrer Verbundenheit Hochzeitsgewänder, und Jenifer ist nun bereit, mit Mark den Ring zu tauschen. Zusammen mit den Freundinnen und Freunden verläßt das Paar die Lichtung bei strahlendem Sonnenlicht. Nachdem die Sonne den Morgendunst vertrieben hat, werden die Gemäuer der Tempelanlage wieder sichtbar, als Ruinen heben sie sich vor dem klaren Himmel ab.

Stilistische Stellung
Es liegt nahe, in Tippetts 1955 uraufgeführter ›Midsummer Marriage‹ eine moderne ›Zauberflöte‹ zu sehen. Und der Komponist selbst weist auf diesen Zusammenhang hin, wenn er »die beiden sich ergänzenden Liebespaare« Jenifer/Mark und Jack/Bella als »direkte Nachkommen« Paminas und Taminos bzw. Papagenos und Papagenas bezeichnet. Während es sich aber bei Mozarts Singspiel um einen »dramatisierten Bildungsroman« (Robert Braunmüller) handelt, der nach allerlei Prüfungsstadien mit der Aufnahme Taminos und Paminas in den elitären Führungskreis der Eingeweihten endet, beschreibt Tippetts Oper einen über mehrere Wandlungen führenden Initiationsprozeß, der im wesentlichen nach Maßgabe der psychoanalytischen Lehren Carl Gustav Jungs (1875–1961) abläuft. Hierbei knüpft Tippett an Jungs Theorie vom »kollektiven Unbewußten« an, wonach klar unterscheidbare, allen Menschen gemeinsame innerseelische Komponenten – die sogenannten Archetypen – die Psyche formen. In Zeichen und Symbolen werden diese Archetypen für das Bewußtsein wahrnehmbar, und demgemäß agiert in Tippetts Oper ein allegorisches Personal auf symbolhafte Weise.
Dechiffriert man Tippetts auf Jung basierendes Zeichensystem, so stellt sich das die Dramaturgie des Stückes bestimmende Handlungs- und Personengefüge wie folgt dar: Die auf das Seelenleben der beiden Paare von außen einwirkenden Faktoren sind in den Figuren des Priesterpaares und King Fishers personifiziert, wobei das unwandelbare Alter der beiden Weisen aus dem Tempel ein Hinweis darauf ist, daß sie für die naturgegebenen und deshalb nicht veränderbaren Grundkonstanten des Lebens stehen, über

die sich niemand hinwegsetzen kann. In der Gestalt des als Geschäftsmann auftretenden King Fishers hingegen sind, wie sich an seiner Sterblichkeit erweist, die unbeständigen (also nur zeitlich begrenzt gültigen und deshalb fragwürdigen) kulturell-zivilisatorischen Einflüsse präsent, von denen sich die Nachgeborenen im Generationenkonflikt freimachen müssen, wollen sie ihr Leben nach eigenen Vorstellungen gestalten. Madame Sosostris wiederum ist im ursprünglichen Wortsinn Wahrsagerin: Zwar bleibt sie als Medium passiv, aber wegen ihrer Fähigkeit, die natürlichen Lebensprozesse in einleuchtenden Bildern zu Bewußtsein zu bringen, wird sie, wie sich im III. Akt zeigt, bei der für Jenifer und Mark entscheidenden Lebenswende gleichsam zur Geburtshelferin, so daß ihr eine katalysatorische, den Gang der Ereignisse kanalisierende Funktion zukommt. Die zur Hochzeit geladenen Gefährten und Gefährtinnen (Chor) wiederum sehen sich in Übereinstimmung mit den beiden Paaren, die quasi stellvertretend für das Kollektiv der Freundinnen und Freunde handeln.

Tippett führt nun Jenifer und Mark auf den Weg der Selbsterkenntnis, deren Voraussetzung die Vereinzelung (die Individuation) ist. Die Initiative dazu geht von der ihrem Vater entflohenen und ihren Verlobten verlassenden Jenifer aus. Mit dem Aufbruch in den Himmel wird sich Jenifer ihrer Geistigkeit als bestimmendem Teil ihres Wesens bewußt. Mark aber erkennt durch den Abstieg in die Höhle, daß die sein Inneres beherrschende Kraft sein sexuelles Verlangen ist. Freilich wirkt nach C. G. Jung in der männlichen Psyche auch das weibliche Prinzip (die sogenannte Anima), und umgekehrt glaubt er die weibliche Psyche auch vom männlichen Prinzip (dem Animus) durchdrungen. Hierbei gelten Anima und Animus als die seelischen Strukturen, die die Hingezogenheit zum anderen Geschlecht bestimmen. Dieser Gedanke wiederum hat zur Folge, daß Mark und Jenifer sich noch einmal auf den Weg machen und jeweils die Reise des anderen antreten. Erst danach haben sie das geistig-seelische Fundament ihrer Ehe gefunden.

Hingegen korrespondiert Marks und Jenifers Vordringen in ihr Unbewußtes mit der bewußten Entscheidungsfindung, die dem im praktischen Leben und in pekuniärer Abhängigkeit von King Fisher stehenden Paar Bella und Jack abverlangt wird. Indem sich Bella und Jack von ihrem Geldgeber abwenden, entschließen sie sich zu einem selbstbestimmten Leben. Schon darin, daß hohes und niederes Paar nie gemeinsam auf der Bühne stehen, wird deutlich, daß Jenifer und Bella zum einen, Mark und Jack zum andern Teilwesen jeweils einer Person sind. Hinzu treten, wie während der Paartänze des Jahreszeitenzyklus im II. Akt ersichtlich wird, in den Gestalten Strephons und seiner Tanzpartnerinnen weitere geschlechtsspezifisch zugeordnete Teilwesen. Nach Jung existieren nämlich in der menschlichen Psyche verdrängte Persönlichkeitsanteile – sogenannte »Schatten«. In der Oper sind nun die von Mark/Jack abgewehrten Persönlichkeitsaspekte in der Gestalt des scheuen Strephon zusammengefaßt, der gemäß seines verschwiegenen Wirkens tänzerisch-pantomimisch auftritt: Kommt während der Jagdszenarien in Strephons Fluchtverhalten die Furcht vor der weiblichen Sexualität zum Tragen, so wird umgekehrt am Jagdverhalten der Tänzerinnen offenbar, daß sie Schattenprojektionen von Bella sind, die in ihrer ungebändigten Sexualität eine die Persönlichkeit des Partners vernichtende Kraft erkennt. Diese Einsicht kommt wie ein heilsamer Schock über Bella und lehrt sie, konstruktiv mit ihrem Sexualtrieb umzugehen und ihn in ihre Persönlichkeit zu integrieren. Deshalb treten von dem Augenblick an keine weiblichen Schattenfiguren mehr auf, als Bella das Jagdszenario umkehrt: Sie macht sich durch die Schminkprozedur begehrenswert, um sich hernach wie im Kinderspiel von Jack fangen zu lassen. Damit überläßt Bella, die (nicht anders als Jenifer im Verhältnis zu Mark) bis dahin in der Beziehung zu Jack den Ton angegeben hatte, die Initiative dem Geliebten. Daß Bellas freiwilliger Verzicht auf Dominanz gleichermaßen für Jenifer gilt, erweist sich in der Vision der Madame Sosostris im III. Akt, wo Jenifer die »Eroberung« durch Mark geradezu provoziert, indem sie sich nackt in die Wiese legt.

Indem aus Sosostris' entschleiertem Leib Mark und Jenifer gleichsam wiedergeboren werden, ist der Reifungsprozeß beinahe abgeschlossen: Dem göttlichen Ehepaar Shiva und Parvati gleichend, sind sie in vergeistigtem Zustand einander zugewandt. Zwar sind sie nun, wie in King Fishers Tod deutlich wird, bereits kraftvoll genug, um die in King Fisher personifizierte materialistische Lebenskonzeption als überkommenen Daseinsentwurf abzulehnen, eine produktive, in die Heirat mündende Zukunftsgestaltung gelingt aber erst, als Marks Schattenbruder Strephon im Ritual des Feuermachens eine aktive Rolle übernimmt. Und indem während des einem Geschlechtsakt gleichkommenden Sonnwendtanzes Strephon schließlich in der (Liebes-)Glut verschwindet, wird evident, daß Mark seinen Schatten als integralen Teil seines Selbst angenommen hat. Da also Tippetts Oper in der Art eines psychoanalytischen Aufklärungsprozesses die sexuelle Emanzipation von Mann und Frau beinhaltet, erweisen sich die Parallelen zu Mozarts ›Zauberflöte‹ als weniger substantiell, als sie auf den ersten Blick hin scheinen.

Freilich wäre Tippetts in ihren psychedelischen Aspekten auf die Hippie-Bewegung der 1960er und 1970er Jahre vorausweisende Oper kaum mehr als ein zeitgeschichtliches Kuriosum, hätte die optimistische Grundhaltung des Sujets den Komponisten nicht zu einer üppig ausufernden, wohlklingenden, farbenreich instrumentierten, vor allem aber vitalen Musik inspiriert. Diese unverbrauchte Frische der Komposition ist um so faszinierender, als Tippett mit größter Selbstverständlichkeit an der Tonalität festhält. Mit ebensolcher Gelassenheit übernimmt er Formprinzipien, die in der Oper des 19. Jahrhunderts entwickelt wurden (etwa die motivische Verklammerung der Rahmenteile oder die Wiederkehr der zur Tempelsphäre gehörigen grazilen Themen aus dem I. Akt in den folgenden Aufzügen). So finden sich – nicht anders als in der klassisch-romantischen Oper – in Tippetts Werk zur Staffage dienende Chorsätze, die sich zu Beginn des III. Akts zu einer breit angelegten Chorszene fügen. Außerdem gestaltet der Komponist kunstvolle, meist den Chor mit einbeziehende Ensemble-Abschnitte, etwa während Jenifers Aufbruch gen Himmel (I. Akt). In kontemplativen Ensembles wiederum kommt die Handlung zum Stillstand. Dies gilt zum einen für Jacks Zögern nach dem zweiten Warnruf der Madame Sosostris im I. Akt, zum andern für den über einem Orgelpunkt sich entwickelnden, fugiert einsetzenden Quartettsatz der Solisten, als King Fisher zu Anfang des III. Aktes das Priesterpaar herausfordert, und zum dritten für das Ensemble unmittelbar vor Jacks endgültigem Bruch mit King Fisher (III. Akt). Hinzu kommen solistische Nummern, z. B. Marks von lyrischem Überschwang getragene Arie zu Beginn des I. Akts oder die in ihren Parlando-Passagen an die italienische Buffo-Tradition erinnernde Aufforderung King Fishers (ebenfalls I. Akt) an den Chor, ihn bei der Suche nach Jenifer und Mark zu unterstützen.

Mit liebenswürdigem Humor charakterisiert Tippett das Verhältnis von Bella und Jack während ihres Liebesduetts im II. Akt, nicht weniger amüsant porträtiert er Bella in der entzückend biederen Schmink-Arie »Oh – my face, my nose, my hair!« gegen Ende des Akts. Madame Sosostris hingegen entfaltet während ihres grandiosen Auftritts im III. Akt »Who hopes to conjure with the world of dreams« eine tragische Intensität, die Tippetts Hellseherin als ebenbürtige Nachfahrin von Wagners Erda aus dem ›Ring des Nibelungen‹ ausweist. Gleichwohl wirken Tippetts musikalische Rückbezüge nirgends epigonal, selbst wenn in Jenifers nach ihrer Rückkehr von der Himmelsreise gesungenen Arie »Sweet was the place« im I. Akt die sphärischen Celestaklänge an Richard Straussens ›Rosenkavalier‹ gemahnen und pseudobarockes, von einer obligaten Trompete begleitetes Koloraturenwerk erklingt. Während nämlich Quarten und Quinten der Melodik dieser Oper einen werkspezifischen Reiz verleihen, kommt Tippetts Personalstil vor allem in der sorgfältigen kontrapunktischen Ausarbeitung zur Geltung. Hierin bekundet sich außerdem die genuin britische Eigenart des Komponisten. Denn wie sonst kein anderer Meister des 20. Jahrhunderts ließ sich Tippett von der Musik der englischen Renaissance – insbesondere von ihrer kunstvollen Vokalpolyphonie – anregen.

So wird etwa während des Feuerrituals im III. Akt der Kanon zum musikalischen Symbol für die von Jenifer und Mark herbeigeführte Eintracht. Auch die Tänze des II. Akts (mit denen der Komponist übrigens an die spezifisch englische Musiktheatergattung der barocken »Masque« und ihrem Faible für Ballettspiellagen anknüpft) hat Tippett einem recht strengen kompositorischen Konstruktionsplan unterworfen, der Ritornellstrukturen, strophische Elemente und Variationsbildungen miteinander kombiniert. So läßt sich der Herbst-Tanz als Variationenfolge über einen ostinaten Baß, einen sogenannten »Ground«, beschreiben (ebenso der Kondukt für den toten King Fisher). Aus der altenglischen Tradition rühren auch die vom Komponisten als »madrigalesk« bezeichneten, zu häufigen Taktwechseln führenden »Springrhythmen«. Sie fungieren als Impulsgeber für den in dieser Partitur selbst über weite Strecken nicht erlahmenden Bewegungsdrang, durch den Tippetts Musik den Hörer mitreißt.

Michael Tippett

Textdichtung

Tippett – seit der ›Midsummer Marriage‹ immer sein eigener Textdichter – hat sich für das Libretto seiner ersten von ihm einer Veröffentlichung für wert befundenen Oper auf eine Vielzahl von mythischen, esoterischen und literarischen Quellen gestützt, von denen in diesem Rahmen nur die wichtigsten Erwähnung finden können. So handelt es sich bei dem der Partitur vorangestellten Leitgedanken: »Du sollst sagen: ich bin ein Kind der Erde und des gestirnten Himmels« um einen Grabspruch aus dem 4. vorchristlichen Jahrhundert, der auf kretischen und süditalienischen Steintafeln gefunden wurde. Und der Titel der Oper verweist mit Bedacht auf Shakespeares ebenfalls in einem Zauberwald zur Zeit der Sonnenwende spielende Heirats-Komödie ›A Midsummer Night's Dream‹ (vor 1600). Der Schauplatz der Handlung wiederum ist im fünften Teil von Bernard Shaws ›Back to Methusalem. A Metabiological Pentateuch‹ (1920) vorgebildet. Überdies treten in Shaws Drama eine auf Tippetts Strephon vorausweisende gleichnamige Gestalt auf, außerdem die »Ancients«, die als Prototypen für Tippetts als »He-Ancient« und »She-Ancient« bezeichnetes Priesterpaar gelten können.

Auch die übrigen Personen der Oper tragen Namen mit Verweischarakter. So haben Jenifer und Mark ihre Vorläufer im keltischen Sagenbereich, ebenso King Fisher: Er ist ein Nachfahre jenes der Gralssage zugehörigen Fischerkönigs, der aufgrund einer Verletzung an den Hoden impotent ist. Ist der Fischerkönig also hinsichtlich seiner Zeugungskraft zukunftsunfähig, so Tippetts Geschäftsmann aufgrund seines in der Oper als überlebt geltenden materialistischen Lebensentwurfs. Auch die Jagdszenen des II. Akts sind keltischen Ursprungs und gehen auf die von Robert von Ranke-Graves mitgeteilte Geschichte der Zauberin Cerridwen, die den Knaben Gwion verfolgt, zurück, wobei Gwion sich in einen Hasen, einen Fisch, danach in einen Vogel verwandelt, während Cerridwen ihm als Hund, Otter und Falke nachstellt. Bella, »die Schöne«, führt wiederum einen sprechenden Namen, gleichfalls Jack, dessen Name im Englischen mit einem umtriebigen Kerl (im Sinne des »Hans Dampf in allen Gassen«) gleichgesetzt wird. Darüber hinaus ist »Jack« als Terminus technicus für »Wagenheber« eine Anspielung auf den Mechaniker-Beruf von Bellas Gefährten. Außerdem ist Jack die umgangssprachliche Form für John, womit eine weitere Brücke zum Stück geschlagen ist, da die Sonnwendfeiern nach altem Brauch in der Johannisnacht mit dem Entzünden des Johannis-Feuers zu ihrem Höhepunkt gelangen. Madame Sosostris hingegen hat ihre Vorgängerin in dem 1921 erschienenen Gedicht ›Das wüste Land‹ von Thomas Stearns Eliot, ihre Worte allerdings lehnen sich an Paul Valérys (1871–1945) Gedicht ›Pythia‹ an. In dem zwischen 1890 und 1936 erschienenen 13-bändigen Werk ›The Golden Bough‹ des Anthropologen James George Frazer aber wird der altrömische Mythos vom titelgebenden goldenen Zweig erzählt: Danach bewachte ein Priesterkönig den der Diana geheiligten Hain von Nemi. Nur derjenige konnte dort die Herrschaft übernehmen, der von einem dem Heiligtum zugehörigen Baum einen goldenen Zweig brach und damit den Priester erschlug. Aus dieser Mythe hat Tippett nicht allein Marks Mitbringsel aus der Höhle übernommen, sondern vor allem den zum Tode King Fishers führenden Plot entwickelt. Das optimistische Resümee des Werkes »All things fall and are built again, and those that build them again are gay« schließlich ist eine wörtliche Übernahme aus dem Gedicht ›Lapis Lazuli‹ von William Butler Yeats (1865–1939).

Geschichtliches

Der ungewöhnliche Einfall, eine Oper im Geiste C. G. Jungs zu schreiben, erklärt sich aus Tippetts Biographie. 1939, nach dem Ende seiner Beziehung zu Wilf Franks, analysierte Tippett nach Beratung mit dem der Schule Jungs zugehörigen Psychiater John Layard über neun Monate hinweg täglich seine Träume. Auch ist bereits in dem zwischen 1939 und 1941 entstandenen Oratorium ›A Child of Our Time‹ (gemeint ist damit Herschel Grünspan, der durch die Erschießung des deutschen Gesandtschaftsrats von Rath in Paris den Nazis den Vorwand zu dem Judenpogrom vom 9. November 1938 lieferte) die auf eine ganzheitliche Menschenbildung abzielende Grundidee der späteren Oper angedacht. Dort nämlich ruft der Titelheld im Schlußensemble aus: »Ich möchte meinen Schatten und mein Licht kennen, damit ich schließlich ganz sein werde.« An seiner ohne Auftrag in Angriff genommenen Oper arbeitete Tippett zwischen 1946 und 1952. Im Jahr darauf machte Paul Sacher mit der konzertanten Vorauführung der vier ›Rituellen Tänze‹ in Basel auf Tippetts Oper aufmerksam. Die szenische Uraufführung der ›Midsummer Marriage‹ fand am 27. Januar 1955 im Londoner Covent Garden statt (Dirigent: Sir John Pritchard, Mark: Richard Lewis, Jenifer: Joan Sutherland, Regie: Christopher West, Choreographie: John Cranko). Das Echo war zwiespältig, insbesondere das Libretto stieß auf Unverständnis und wurde im ›Daily Express‹ zu »einem der schlechtesten in der 350 Jahre alten Geschichte der Oper« erklärt.

Nach einer Studioproduktion der BBC unter Norman Del Mar (1963) nahm die Covent Garden Opera das Stück 1968 in einer Inszenierung von Ande Anderson abermals ins Repertoire. Die von Sir Colin Davis geleitete Aufführung (Mark: Alberto Remedios, Jenifer: Joan Carlyle) kam auch auf Langspielplatte heraus und wurde wie im Vereinigten Königreich, so in den USA zu einem Bestseller. Die von Davis gemachten Striche, die leider auch das Quartett und das große Ensemble vor Jacks Absage an King Fisher (jeweils im III. Akt) umfassen, sind vom Komponisten autorisiert und in der Partitur als Kürzungsmöglichkeiten vermerkt. 1973 folgte die deutsche Erstaufführung in Karlsruhe (Übersetzung: Claus H. Henneberg, Dirigent: Arthur Grueber, Inszenierung: Barrie Gavin). Als mustergültig galt insbesondere die 1976 im walisischen Cardiff gezeigte Produktion von Ian Watt Smith unter der musikalischen Leitung von Richard Armstrong. Ohnehin verfügt ›The Midsummer Marriage‹ in den englischsprachigen Ländern über eine kontinuierliche Aufführungsgeschichte (1978 australische Erstaufführung in Adelaide, 1983 amerikanische Erstaufführung in San Francisco), die in Graham Vicks 1996 am Covent Garden gezeigter Inszenierung (musikalische Leitung: Bernard Haitink) ihr vorläufiges Ende fand. Außerhalb des angelsächsischen Raumes aber steht das Stück seltener auf dem Programm. So erfolgte 1982 in Stockholm unter dem Dirigat Per Engstroms und in einer Inszenierung von Erik Appelgren die schwedische Erstaufführung, während die 1986 anläßlich der Internationalen Maifestspiele in Wiesbaden gezeigte Produktion ein Gastspiel der englischen Opera North (Regie: Tim Albery, Dirigent: David Lloyd-Jones) war, die bereits im Jahr zuvor in Leeds Premiere gehabt hatte. 1985 hatte auch die English National Opera das Stück in einer Inszenierung von David Poutney auf dem Spielplan. Dirigent war damals Mark Elder, der auch 1998 am Pult stand, als die Bayerische Staatsoper München dem Werk in Deutschland zum Durchbruch verhalf. In der Inszenierung von Richard Jones, die mit ironisch herbeizitierten Requisiten aus dem Alltagsleben der 1950er Jahre aufwartete, glänzten Philip Langridge als Mark und Lauren Flanigan als Jenifer. Nicht zuletzt Amir Hosseinpours tiefenpsychologische, in Kastrationsphantasien mündende Choreographie traf auf nahezu einhellige Zustimmung.

R. M.

Manfred Trojahn

* 22. Oktober 1949 in Cremlingen bei Braunschweig

Enrico

Dramatische Komödie in neun Szenen. Dichtung nach Luigi Pirandellos Drama »Enrico IV« von Claus H. Henneberg.

Solisten: *Enrico* (Kavalierbariton, auch Charakterbariton, gr. P.) – *Marchesa Matilde Spina* (Jugendlich-dramatischer Sopran, auch Dramatischer Sopran, gr. P.) – *Frida*, deren Tochter (Lyrischer Sopran, m. P.) – *Carlo di Nolli*, Fridas Verlobter, Neffe Enricos (Lyrischer Tenor, m. P.) – *Barone Tito Belcredi* (Heldenbariton, auch Charakterbariton, gr. P.) – *Dottore* (Charakterbariton, m. P.) – Bedienstete im Haus Enricos: *Landolfo (Lollo)* (Hoher Tenor, m. P.) – *Bertoldo* (Spieltenor, m. P.) – *Arialdo (Franco)*, Diener (Bariton, m. P.) – *Ordulfo* (Spielbaß, m. P.) – *Giovanni*, alter Kammerdiener Enricos (Baß, kl. P.).
Schauplatz: Eine Villa in Umbrien.
Zeit: Zu Beginn der zwanziger Jahre des 20. Jahrhunderts.
Orchester: 2 Fl. (1. auch Afl., 2. auch Picc.),

2 Ob. (2. auch Eh.), 2 Kl. (2. auch kl. Kl.), Bkl., 2 Fag. (2. auch Kfag.), 2 Hr., 1 Trp. (auch kl. Trp. in hoch B), 2 Pos., P., Schl. (1 Spieler): kl. Tr., gr. Tr., gr. Tamtam, Crotales, Ratsche, Tischglokke (auf der Bühne), Schellentrommel, Becken, Peitsche, Hrf., Cel., 4 Viol., 2 Br., 2 Vcl., Kb.
Gliederung: Neun durchkomponierte Szenen in zwei Teilen, mit einem Notturno als instrumentaler Überleitung zwischen 7. und 8. Szene (1. und 2. Teil).
Spieldauer: Etwa 1½ Stunden.

Handlung

Vorgeschichte: Enrico, ein italienischer Adliger, hat die Rolle Heinrichs IV., jenes Salierkaisers, der sich 1077 zu Canossa dem Papst beugen mußte, angenommen. Von der Außenwelt isoliert, lebt er in seiner im Stile der Kaiserpfalz zu Goslar eingerichteten Villa; Dienerschaft und Besucher haben sich in seiner Gegenwart als Personen der Salierzeit auszugeben und zu kostümieren. Vor 20 Jahren war Enrico bei einem Maskenzug aus Verliebtheit in diese Rolle geschlüpft, um die Marchesa Matilde zu umwerben, die ihrerseits als Markgräfin Matilde von Toskana und damit als Gegenspielerin des Kaisers auf dem Maskenball erschienen war. Baron Belcredi, Enricos Rivale um die Gunst der Marchesa, hatte aber Enricos Pferd zum Scheuen gebracht, so daß dieser schwer gestürzt war. Jahrelang lebte Enrico seitdem im Wahn, tatsächlich Heinrich IV. zu sein. Zwar ist er inzwischen längst wieder bei Verstand, seine Umgebung aber läßt er weiterhin im Glauben, verrückt zu sein.

Wenn der Vorhang sich hebt, klären Landolfo, Arialdo und Ordulfo – Bedienstete Enricos – ihren neuen Kollegen Bertoldo über die im Hause geltenden Usancen auf. Insbesondere erläutern sie ihm zwei im Saal hängende Porträts. Das eine zeigt Enrico als jungen Mann im Kostüm des Kaisers, das andere die junge Marchesa Matilde, gewandet als Markgräfin von Toskana. Da tritt Giovanni, Enricos alter Kammerdiener, herein und vermeldet die Ankunft von Gästen: Enricos Neffe, Carlo di Nolli, in Begleitung seiner Verlobten Frida und von deren Mutter, der Marchesa Matilde. Die hat wiederum ihren Liebhaber Belcredi mitgebracht, während Nolli außerdem einen Arzt ins Haus führt. Seiner jüngst verstorbenen Mutter hatte Nolli nämlich versprochen, für die Heilung ihres Bruders Enrico Sorge zu tragen. Nachdem sich die Dienerschaft entfernt hat, um Enrico auf den Besuch vorzubereiten, gibt Matilde des Porträt Anlaß zu einem Streit zwischen Tochter und Mutter. Während sich Frida über ihre Ähnlichkeit mit dem Jugendbild ihrer Mutter ärgert, will diese ihr fortgeschrittenes Alter nicht wahrhaben und sieht sich gleichsam im wandelnden Abbild ihrer Tochter verjüngt weiterleben. Der Doktor wird über die zu Enricos Wahnsinn führende Vorgeschichte in Kenntnis gesetzt. Die Diener legen den Gästen die historischen Kostüme an und führen Frida und di Nolli heraus. Matilda, Belcredi und der Doktor beäugen sich unter hämischen Kommentaren gegenseitig in ihren Verkleidungen. Im Büßerhemd und mit einer Krone auf dem Kopf betritt Enrico als Heinrich IV. die Bühne. Einerseits behandelt er die Anwesenden gemäß ihrer angenommenen Rollen als Zeitgenossen des Kaisers, andererseits deutet er vage an, daß er ihre wahre Identität durchschaut und seinen Wahn überwunden hat. Vor allem Matilde zeigt sich vom Auftritt Enricos, der die »Audienz« alsbald mit seinem Abgang beendet, verunsichert. Frida tritt herein, in einer exakten Kopie jenes Kleides, das ihre Mutter auf dem Porträt als Markgräfin von Toskana getragen hat. Der Plan des Doktors geht nämlich dahin, Enrico mit beiden als Markgräfin verkleideten Frauen zu konfrontieren. So solle Enrico anhand des Altersunterschieds zwischen Mutter und Tochter »das Bewußtsein der zeitlichen Distanz« wiedererlangen. Obwohl alle an dem Täuschungsmanöver Beteiligten – insbesondere die ängstliche Frida – skeptisch sind, stimmen sie dem Vorschlag des Arztes zu. Um Enrico in Sicherheit zu wiegen, beenden die Gäste ihren Besuch. Und als sich der Doktor und Matilde von Enrico verabschieden, beunruhigt er Matilde, indem er ihr von seinen ebenso anrüchigen wie enttäuschenden Liebeserlebnissen mit Frauen erzählt, die ihm als Berta von Susa, Ehefrau Heinrichs IV., zugeführt wurden. Danach läßt Enrico zum ersten Mal vor seinen verblüfften Dienern die seit mehreren Jahren gewahrte Maske der Verstellung fallen. Zwar genießt er die Macht, mit der er seine Umgebung zum Mitspielen zwingt, dennoch verachtet er die zu Narren herabgewürdigten Teilnehmer an der von seinem angeblichen Wahnsinn erzwungenen permanenten Maskerade. Und längst ist er des einer Realitätsflucht gleichkommenden Dauer-Bluffs überdrüssig. Lediglich gegenüber seinem treuen Kammerdiener Giovanni wahrt er den Anschein des Wahnsinns, weil der aus Liebe zu ihm mitgespielt habe.

Während die Diener alles nach den Anweisungen

des Doktors vorbereiten und die zwei Wandnischen verbergenden Porträts abhängen, zeigen sie sich überzeugt, daß sich Enrico verraten werde. Frida und di Nolli – gekleidet wie Matilde und Enrico auf den Porträts – haben sich in den Posen der Gemälde in den Nischen aufzustellen. Als Enrico eintritt, verliert Frida weinend die Nerven und springt aus der Nische. Im allgemeinen Durcheinander beobachtet Belcredi Enrico und entlarvt dessen scheinbaren Wahnsinn. Zunächst erwägt Enrico, in ein normales Dasein zurückzukehren. Weil aber der echte und der gespielte Irrsinn ihn dem wirklichen Leben entfremdet haben, beschließt Enrico, nunmehr »bei klarstem Bewußtsein« wahnsinnig zu bleiben. Zum Zeichen dessen stürzt er sich auf Frida. Und als sich ihm Belcredi entgegenstellt, sticht er diesen in einem Anfall verspäteter Rache mit einem Degen nieder. Um einer strafrechtlichen Verfolgung zu entgehen, bleibt Enrico nun gar nichts anderes mehr übrig, als die Farce der Unzurechnungsfähigkeit weiterzuspielen.

Stilistische Stellung
Zwar weisen die knappe Spieldauer, das Fehlen des Chores, die reduzierte Orchesterbesetzung Manfred Trojahns Opernerstling als Kammeroper aus. Gleichwohl sind in ›Enrico‹ die Einflüsse verschiedenster Operngenres auszumachen. Indem nämlich Trojahn keinen Moment lang die Bühnenwirksamkeit des Stückes außer acht läßt, bedient er sich in souveräner Weise altbewährter dramaturgischer Mittel, wie sie der Fundus des europäischen Musiktheaters bereitstellt. So steht das auf Pirandellos Drama basierende Werk einerseits in der Tradition der Literaturoper, andererseits begnügt sich der Komponist nicht mit musikillustrativer Ausschmückung von Schauspieldialogen. Denn genuin musikalische Formgestaltung – etwa ritornellhaft wiederkehrende Motiv-Einsprengel in den Dienerszenen – und leitmotivische Vernetzung bemächtigen sich des Textes. Zudem wird in arienhaften Abschnitten und Monologen, in eher aktionsgebundenen oder eher kontemplativen Ensembles der Einfluß der italienischen Nummernoper spürbar. Und scheint im schlanken, beweglichen und prägnanten Orchestersatz die italienische Buffo-Oper des frühen 19. Jahrhunderts oder Verdis ›Falstaff‹ auf, so ist es in der auf den Eklat zusteuernden Führung der Handlung mit den Schockeffekten der Schlußkatastrophe die Schlagkraft des Verismo.

Den Anspielungsreichtum der Partitur, in deren atonales Grundidiom der Komponist überdies mit hier parodistischer, dort nachdenklicher Brechung manch tonales Versatzstück integriert hat, charakterisiert außerdem das Zitat. Neben Bezügen zu eigenen Werken erweist der Komponist anderen Komponisten wie beispielsweise Puccini, Rossini und im schiefen Choral der Diener Kurt Weill die Reverenz. Ja, eine wesentliche Qualität der Musik liegt gerade in ihrem Verweischarakter. Denn die geborgten Klänge sind das klangliche Pendant zu dem Identitätsverlust, den die sich selbst entfremdeten Personen des Stückes, versinnbildlicht durch das fortwährende Maskenspiel, erleiden. Dennoch weiß Trojahn deren Profile mit großer Präzision unmittelbar einleuchtend zu zeichnen: etwa die buffoneske Ironie der Diener, die in exaltierter Führung der Singstimme sich bekundende Überspanntheit Matildes, die nüchterne Art Belcredis, die trockene Wissenschaftlichkeit des Dottore. Vor allem die Partie Enricos, deren vielfältige Palette vom reinen Sprechen über brachiale Expression zu introvertiertem Lyrismus reicht, bietet ein differenziertes Porträt des pseudo-verrückten Titelhelden, so daß die Musik hinter dessen tragikomischer Fassade einen vereinsamten Menschen aufspürt, den seine Lebensgeschichte zerstört hat.

Textdichtung
Neben ›Sechs Personen suchen einen Autor‹ war das Drama ›Enrico IV‹, uraufgeführt 1922 in Mailand, Luigi Pirandellos (1867–1936) größter Bühnenerfolg. Ohnehin schlägt Pirandellos Drama aufgrund seiner kolportagehaften Elemente und des Eifersuchtsdreiecks Enrico/Belcredi/Matilde ein wenig ins Operntheatralische. Und so folgte Claus H. Henneberg, der sich bereits als Librettist Aribert Reimanns Meriten erworben hatte, bei seiner Umarbeitung des Stückes zum Operntext mit untrüglichem Instinkt für die Erfordernisse des Musiktheaters Pirandellos Handlungsführung. Dabei bewies er zum einen in der Verknappung des Textes großes Geschick, zum anderen in der Plazierung und dem Arrangement der das Werk vielfach durchziehenden Ensemble-Abschnitte.

Geschichtliches
Vor Manfred Trojahn hatte bereits Manfred Stahnke eine Oper ›Heinrich der Vierte‹ (Kiel 1987) nach Pirandellos Schauspiel heraus-

gebracht. Trojahns erste Beschäftigung mit dem Stück geht wiederum auf das Jahr 1984 zurück. Die Kompositionsphase lag dann in den Jahren 1989/1990. Der Süddeutsche Rundfunk hatte das Werk für die Musikfestspiele in Schwetzingen in Auftrag gegeben, wo es am 11. April 1991 von einem Ensemble der Bayerischen Staatsoper, München, und dem unter Leitung von Dennis Russel Davies stehenden Radio-Symphonieorchester Stuttgart in einer Inszenierung von Peter Mussbach mit großem Erfolg uraufgeführt wurde. Im selben Jahr wurde die Produktion während der Münchner Opernfestspiele im Cuvilliès-Theater abermals gezeigt. 1994 zog Kassel mit einer »Enrico«-Inszenierung von Ralph Bridle nach, 1997 folgten Hannover mit einer Inszenierung von Katja Czellnik und Saarbrücken (Inszenierung: Philipp Himmelmann). Die österreichische Erstaufführung des ›Enrico‹ fand im August 1998 während des KlangBogen-Festivals unter der Regie von Werner Pichler in Wien statt.

R. M.

Was ihr wollt

Oper in vier Akten. Dichtung nach William Shakespeares ›Twelfth Night‹ von Claus H. Henneberg.

Solisten: *Orsino*, Herzog von Illyrien (Lyrischer Tenor, gr. P.) – *Sebastiano*, ein junger Edelmann, Violas Bruder (Lyrischer Bariton, m. P.) – *Antonio*, Schiffshauptmann, Sebastianos Freund (Schwerer Spielbaß, auch Charakterbaß, m. P.) – *Sir Toby Belch*, Olivias Onkel (Heldenbariton, auch Baßbariton, gr. P.) – *Sir Andrew Aguecheek*, Sir Tobys Freund (Charaktertenor, auch Spieltenor, gr. P.) – *Malvolio*, Olivias Haushofmeister (Charakterbariton, gr. P.) – *Narr*, in Olivias Diensten (Charakterbariton, auch Baßbariton, gr. P.) – *Olivia*, eine junge Gräfin (Jugendlich-dramatischer Sopran, gr. P.) – *Maria*, Olivias Kammerzofe (Koloratursoubrette, auch Lyrischer Sopran, gr. P.) – *Viola (Cesario)*, Sebastianos Schwester (Lyrischer Koloratursopran, gr. P.) – *Vier Männer/Vier Gerichtsdiener* (2 Tenöre, Bariton, Baß, kl. P.).
Ort: Illyrien.
Schauplätze: Stürmische Küste. Das Haus der Olivia. Orsinos Haus. Das Haus der Olivia – Stürmische Küste. Eine Straße. Das Haus der Olivia. Orsinos Haus. Olivias Garten – Olivias Garten. Das Haus der Olivia. Eine Straße. Der Garten der Olivia – Olivias Garten. Eine Straße, später dieselbe Straße vor dem Garten der Olivia. Im Garten der Olivia.
Orchester: 3 Fl. (3. auch Picc.), 2 Ob., Eh., 2 Kl. (beide auch Kl. in Es), Bkl., 3 Fag. (3. auch Kfag.), 4 Hr., 3 Trp., 3 Pos., 1 Kpos., P., 4 Schlagzeuger {kl. Tr., gr. Tr., Rührtr., Becken (hängend und paarweise), kl. Tamtam, gr. Tamtam, Donnerblech, Windmaschine, Ratsche, Peitsche}, Hrf., Str.
Gliederung: Durchkomponierte Großform mit instrumentalen Intermezzi zwischen 1. und 2. bzw. 3. und 4. Akt.
Spieldauer: Etwa 2 Stunden.

Handlung
Nach einem Schiffbruch wird Viola an die illyrische Küste geworfen, wo sie von Einheimischen geborgen wird. Im Ungewissen darüber, ob ihr Zwillingsbruder Sebastiano ebenfalls den Fluten hat entkommen können, erfährt sie von ihren Rettern, daß sie sich im Land des Herzogs Orsino befindet. Dieser werbe um die Gunst der Gräfin Olivia, doch ohne Erfolg. Denn aus Trauer um den Tod ihres Bruders habe sich Olivia entschieden, unverheiratet zu bleiben. Viola beschließt, sich vorsichtshalber als Mann zu verkleiden und in Orsinos Dienste zu treten. – Maria, die Zofe Olivias, macht Sir Toby Belch, dem trunksüchtigen Onkel ihrer Herrin, Vorwürfe wegen seines liederlichen Lebenswandels. Insbesondere tadelt sie ihn dafür, daß er seinen Zechkumpanen Sir Andrew Aguecheek im Haus einquartiert habe, einen stotternden, dukatenschweren Trottel, dem Toby mit der gänzlich abwegigen Aussicht auf eine Ehe mit Olivia das Geld aus der Tasche zieht. Maria macht sich fort, als Aguecheek hinzukommt. Berechtigterweise plagen ihn Zweifel, ob Olivia seiner Werbung zugeneigt sei, doch Toby versteht es, den trübseligen Freier mit Wein und Tanz auf andere Gedanken zu bringen. – Inzwischen ist Viola unter dem Namen Cesario als Page in Orsinos Dienste getreten und vertreibt ihrem liebeskranken Herrn die Zeit mit Musik. Schnell hat der vermeintliche Knabe, dessen mädchenhafte Grazie den Herzog bezaubert, Orsinos Vertrauen gewonnen, und so schickt der Herzog Cesario als Postillon d'amour zu Olivia. Natürlich ist dem selbstgenießerisch seiner Liebesleidenschaft hingegebenen Orsino entgangen, daß Viola sich mittlerweile in ihn verliebt

hat. – In Olivias Haus treffen Maria und der Narr – offenbar der ehemalige Liebhaber der Kammerzofe, der ihr davongelaufen ist – aufeinander. Sie schilt ihn wegen seines langen Wegbleibens, wodurch er auch die Herrin verärgert habe. Die Gräfin ist dem Narren allerdings schnell wieder zugetan, als dieser einen Scherz auf Kosten ihres Haushofmeisters Malvolio macht. Da meldet Maria den Besuch eines jungen Mannes, den Sir Toby vergeblich abzuwimmeln versuche. Während Maria sich auf Geheiß der Gräfin mit dem Narren im Schlepptau wegbegibt, schickt Olivia Malvolio an die Tür, um den ungebetenen Gast abzuweisen. Indessen wankt schwer alkoholisiert Toby herein, um seiner Nichte von dem im Auftrag des Herzogs kommenden Besucher Bericht zu erstatten. Als Toby aber von ihr seine Trunksucht vorgehalten wird, zieht er es vor, sich rülpsend und torkelnd wieder wegzutrollen. Mittlerweile ist Malvolio unverrichteter Dinge zurückgekehrt und erweckt mit seiner Beschreibung des unverdrossen auf ein Gespräch mit Olivia beharrenden herzoglichen Abgesandten die Neugier der Gräfin, so daß sie ihm schließlich eine Unterredung gewährt. Zwar bringt Cesario nun mit ungestümer Leidenschaft und nach allen Regeln der Kunst Orsinos Werbung vor, Olivia jedoch bleibt davon unberührt – nicht aber von der Erscheinung des Liebesboten selbst. Und nachdem sie ihn mit abschlägiger Antwort für den Herzog hinausgewiesen hat, schickt sie dem Pagen ihren Haushofmeister mit einem Ring hinterher, den der junge Mann angeblich liegengelassen habe. Mit diesem Ring versucht die Gräfin, Cesario dazu zu verleiten, sie noch einmal aufzusuchen.

Auch Violas Zwillingsbruder Sebastiano hat den Schiffbruch überlebt und wird von seinem illyrischen Schiffshauptmann Antonio an Land gebracht. Verzweifelt über den vermeintlichen Tod der Schwester, macht sich Sebastiano auf den Weg zum Hofe Orsinos. Zwar hat Antonio dort mächtige Feinde, doch will er den Jüngling nicht ohne seinen Schutz lassen, weshalb er beschließt, Sebastiano zu folgen. – Malvolio ist dem herzoglichen Pagen hinterhergeeilt, um ihm den Ring zu überreichen. Natürlich reagiert Cesario zunächst mit Unverständnis. Er bringt damit den Haushofmeister dermaßen in Rage, daß dieser ihm schließlich den Ring vor die Füße wirft und sich wieder davonmacht. Das Schmuckstück betrachtend, begreift Viola allmählich, daß der Ring einem Liebesgeständnis Olivias an sie gleichkommt. – Toby, Andrew und der Narr vertreiben sich in Olivias Haus den Abend feuchtfröhlich und mit grölendem Gesang. Die drei Zechbrüder vor dem im Auftrage Olivias anrückenden Malvolio warnend, läßt sich Maria alsbald von dem ausgelassenen Treiben anstecken. Und so droht Malvolio nicht allein Sir Toby wegen seines rüpelhaften Verhaltens mit der Aufkündigung des Gastrechts, darüber hinaus will er Maria bei ihrer Herrin anschwärzen. Verärgert über die Zurechtweisung stellt Maria nach dem Abgang des Haushofmeisters Toby, Andrew und dem Narren in Aussicht, Malvolio lächerlich machen zu wollen. Längst nämlich hat sie herausgefunden, warum der Haushofmeister gegenüber Olivia ein kriecherisches Verhalten an den Tag legt: weil er nämlich in sie verliebt ist. Diese Schwäche ausnutzend, will Maria dem Haushofmeister einen Liebesbrief zuspielen. Zwar wird der Brief von ihr selbst verfaßt sein, weil sie aber die Schrift Olivias täuschend echt nachzuahmen versteht, wird Malvolio glauben, das Schreiben stamme von der Gräfin. – Orsino stellt wieder einmal Betrachtungen über seine unerwiderte Liebesleidenschaft an. Von seinem Pagen will er wissen, ob dieser auch schon einmal geliebt habe. Dem Herzog über die eigene verschwiegene Liebe in doppelbödiger Rede Auskunft gebend, verrät Cesario beinahe seine wahre Identität. Orsino aber ignoriert weiterhin die Herzensnöte seines Pagen. Erneut sendet er ihn zur Gräfin, deren Zuneigung Cesario durch das Geschenk eines wertvollen Ringes zu gewinnen suchen soll. – Maria und ihre drei Komplizen halten sich in Olivias Garten versteckt, wo der fingierte Brief dem des Weges kommenden und in Selbstgespräche vertieften Malvolio unweigerlich ins Auge fallen muß. In seinen Tagträumereien malt sich der Haushofmeister die Annehmlichkeiten eines Ehebundes mit Olivia aus, weshalb seine im Verborgenen lauernden Zuhörer ihre Lästermäuler kaum im Zaume zu halten vermögen. Endlich trifft Malvolios Blick auf den Brief, dessen Inhalt er zuerst zögernd, schließlich restlos überzeugt und außer sich vor Freude auf sich bezieht. Auch will er sich die dem Schreiben beigefügten Verhaltensmaßregeln angelegen sein lassen, wonach er künftig gegenüber Olivias Verwandten und Bediensteten arrogant auftreten und vor der Gräfin in gelben Strümpfen und kreuzweise geknoteten Knieriemen erscheinen soll – ein Aufzug, den Olivia in Wahrheit nicht ausstehen kann. Zum Zeichen geheimen Einverständnisses aber wird ihm aufgetragen, in Gegenwart der Herrin immerfort zu lächeln. Nachdem Malvolio beschwingten Schrittes davongegangen ist, kommen seine Gegner aus ihrem Versteck wieder hervor und verlassen unter übermütigem Gejohle ebenfalls den Garten.

Olivia gesteht Cesario ihre Liebe und wird von dem Pagen mit der Bemerkung zurückgewiesen, daß er nie eine Frau lieben werde. Danach läßt Cesario die Gräfin in ihrer Ratlosigkeit allein zurück. – Andrew Aguecheek beklagt sich bei Toby, daß Olivia ihn im Gegensatz zu dem Pagen keines Blickes würdige und er deshalb abzureisen gedenke. Um dies zu verhindern, hetzt Toby ihn gegen Cesario auf. Andrew soll seinen Rivalen zum Duell fordern. Maria eilt mit der Nachricht herbei, daß Malvolio inzwischen gelb bestrumpft sei. – Auf der Straße hat Antonio mittlerweile Sebastiano eingeholt. Freilich läuft der Schiffshauptmann in der Stadt Gefahr, als einstiger Kriegsgegner Orsinos verhaftet zu werden. Er will sich deshalb in einen abgelegenen Gasthof zurückziehen, der ihm und Sebastiano als Treffpunkt dienen soll, und leiht dem Freund seine Börse. – In ihrem Garten trifft Olivia auf Malvolio, dessen bizarres Gebaren ihr unerklärlich ist. Nicht nur wundert sie sich über sein notorisches Lächeln, auch gelangt die Gräfin aufgrund Malvolios Äußerungen, die gespickt sind mit Formulierungen aus Marias Lügenbrief, zur Auffassung, daß ihr Haushofmeister übergeschnappt sei. Als er ihr dann auch noch Kußhände zuwirft und ihr liebeslüstern zu Leibe rückt, ruft Olivia Maria und Toby zur Hilfe. Sie macht sich los und läuft ins Haus zurück. Toby und Maria aber schleppen eine riesige Kiste herbei. Beide tun so, als wäre der Teufel in Malvolio gefahren, und stürzen sich auf ihn. Unter groben Mißhandlungen sperren sie ihr Opfer mit verbundenen Augen, geknebelt und gefesselt in die Kiste. Danach kreuzt Sir Andrew mit seiner schriftlich ausgefertigten Duellforderung auf, die Toby zur Vernichtung eines etwaigen Beweisstücks insgeheim auf nimmer Wiedersehen in seiner Tasche verschwinden läßt. Ist es nun Marias Aufgabe, den alles andere als kampfeswilligen Cesario gegen Sir Andrew aufzubringen, so kümmert sich Toby um den hasenfüßigen Herausforderer. Als Maria und Toby endlich ein Aufeinandertreffen der zaghaften Duellanten arrangiert haben, kommt justament Antonio des Wegs. Cesario für Sebastiano haltend, will er augenblicklich für ihn eintreten. Auf den Fuß aber folgen Antonio herzogliche Gerichtsdiener, um ihn zu verhaften. Von dem vermeintlichen Sebastiano Geld aus der ihm kurz zuvor überlassenen Börse fordernd, erlebt Antonio eine böse Überraschung, behauptet doch sein angeblicher Freund, von keinem Geld zu wissen und ihn noch nie gesehen zu haben. Einen Moment lang versuchen alle, Klarheit über die verworrene Situation zu gewinnen. Für Viola indessen ist Antonios Ungemach ein Hoffnungszeichen; sie ahnt, daß sie mit ihrem offenbar dem Tod entronnenen Zwillingsbruder verwechselt wurde. Während Antonio abgeführt wird, macht sie sich aus dem Staub.

Der Narr räsoniert über die trügerischen Wirrungen der Liebe und vergleicht die Welt mit einem Narrenhaus, als plötzlich aus der Kiste die Stimme Malvolios dringt. Der Narr befreit den Haushofmeister aus seiner mißlichen Lage, löst ihm die Fesseln und führt ihn von dannen, ohne allerdings Malvolios Augenbinde zu lösen. – Auf der Straße stoßen Toby und Andrew auf Sebastiano und verwechseln ihn mit dem Pagen. Darauf spekulierend, im Kampf zwei gegen einen leichtes Spiel zu haben, ziehen sie ihre Degen, doch Sebastiano weiß sich zu wehren; leicht verletzt suchen die Angreifer das Weite. Noch wundert sich Sebastiano über die rauhen Landessitten, da tritt ihm Olivia entgegen. In der Annahme, mit Cesario zu sprechen, umwirbt sie ihren vermeintlichen Liebling mit glühenden Worten. Für Sebastiano wiederum ist es Liebe auf den ersten Blick, und nicht wissend, ob er wacht oder träumt, läßt er sich von der schönen Fremden zum Traualtar führen. Toby und Andrew wollen ihre Niederlage mit Alkohol begießen und brüsten sich gegenüber Maria, eine Rotte Verrückter heldenmütig in die Flucht geschlagen zu haben. Um ihre Wunden zu versorgen, führt Maria die beiden mit sich hinein ins Haus. – Noch immer darauf hoffend, Olivias Herz erweichen zu können, stattet Orsino der angebeteten Gräfin in Begleitung Cesarios in ihrem Garten einen Besuch ab. Nachdem sie Orsino endgültig abgewiesen hat, droht der verzweifelte Herzog im Wissen um Olivias Zuneigung für Cesario, den Pagen aus Eifersucht umzubringen, obgleich dieser ihm zutiefst ans Herz gewachsen sei. Zu ihrer Bestürzung reagiert Cesario, den die Gräfin ja als ihren frisch angetrauten Gatten betrachtet, überaus rätselhaft auf Orsinos mörderische Ankündigung: Er schlägt sich nämlich mit einem innigen Liebesbekenntnis auf die Seite seines Herrn. Der Herzog hingegen wendet sich empört von ihm ab, als Olivia Cesario ihren Gemahl nennt. Auch die übrigen in die Handlung verstrickten Personen haben sich inzwischen im Garten eingefunden. Als schließlich noch Sebastiano hinzukommt, sind alle wie erstarrt. Bruder und Schwester gehen aufeinander zu und umarmen sich. »Alle, bis auf den Narren, der beobachtend abseits steht, beginnen um das bewegungslose Geschwisterpaar zu kreisen« und verlassen nach und nach die Bühne. Zum Schluß ist nur noch der Narr übrig und erklärt das Stück für beendet.

Stilistische Stellung
Auch in seiner zweiten, 1998 uraufgeführten Oper ist Manfred Trojahn nicht daran gelegen, das Musiktheater durch eine experimentelle Musikdramaturgie neu zu definieren. Vielmehr setzt der Komponist in ›Was ihr wollt‹ insofern auf eine in der Gattung Oper altbewährte Konzeption, als er ein erzählbares Geschehen zur Darstellung bringt, das sich aus dem Agieren der im Stück auftretenden Personen ergibt, wobei sich deren Handeln aus den jeweiligen Interessen- und Gemütslagen erklärt. Trojahns Rückgriff auf Shakespeare mag überdies nahelegen, das Stück als Literaturoper zu betrachten, zumal das Handlungsgerüst mit seinem kaleidoskopartigen Wechsel zwischen Szenen und Schauplätzen aus der literarischen Vorlage auf die Oper übertragen wurde.

Gleichwohl bietet Trojahn keine an Shakespeares Text sich entlanghangelnde Vertonung, sondern ein eigenständiges Parallelwerk zum Schauspiel. Dies wird insbesondere an der zentralen Rolle deutlich, die dem Motiv des Sturms in der Oper zukommt: Nicht nur wirft ein Orkan, den Trojahn in virtuoser Tonmalerei ohrenfällig werden läßt, in den nahezu parallel gebauten Szenen zu Beginn des 1. und des 2. Aktes Viola bzw. Sebastiano an Land. Darüber hinaus »weht uns der Wind« – so der Komponist über die von einer Szene zur nächsten überleitenden, knappen Orchesterpassagen – »sozusagen die jeweilige Szene vor die Füße«, weshalb die Bühnenauf- und -abgänge der Protagonisten meist in hastiger Bewegung erfolgen. Ohnehin ist in ›Was ihr wollt‹ ein schnelles Tempo vorherrschend, das von den Protagonisten in Anlehnung an die Opera-buffa-Tradition ein beträchtliches Maß an Parlando-Eloquenz fordert. Doch auch innerhalb der Szenen tönen nicht zuletzt bei dramatischen Zuspitzungen Sturmböen aus dem Orchester. Aus diesem szenisch-musikalischen Zusammenhang wiederum wird begreifbar, wie Trojahns Version der Sturm-Musik, die sich in die illustre Traditionsreihe der für die Opernbühne geschriebenen Tempesta-Kompositionen einfügt, zu verstehen ist: als Gewalt-Metapher. Den Figuren ist nämlich ein beträchtliches Aggressionspotential eigen, das gerade den burlesken Szenen um Malvolio und seine Widersacher eine abgründige Doppelbödigkeit verleiht. Markantestes Beispiel dafür ist Malvolios brutale Überrumpelung durch Toby und Maria im 3. Akt, die zudem von einem hinter der Bühne erklingenden Teufelsaustreibungs-Choral begleitet wird. Das komödiantische Element kommt aber nicht nur als makabre Groteske zum Vorschein. So ist das Stottern Aguecheeks ein altbekannter Komödien-Gag, hinzu treten amüsante stilistische Spielereien wie der Renaissance-Anklang in der derben Tanz-Episode von Andrew und Toby im 1. Akt. Auch mutet der Trunkenbold Toby wie ein vollends auf den Hund gekommener Bruder von Verdis Falstaff an. (Auch bei der Orchesterbesetzung orientierte sich Trojahn an Verdis letzter Oper.) Und Stimmcharakter und gehetzter Sprachfall weisen Malvolio als einen Nachfahren von Wagners Beckmesser aus, mit dem Trojahns Haushofmeister ja das Schicksal des verschmähten, verspotteten und erniedrigten Freiers gemeinsam hat.

Rossini wiederum könnte für die Ensemblesätze des 2. und 3. Aktes Pate gestanden haben: So findet das gegen Malvolio gerichtete und mit kanonischer Stimmführung aufwartende Verschwörungsquartett des 2. Akts in Nonsens-Silben, die möglicherweise im 1. Finale aus der ›Italienerin in Algier‹ ihr Vorbild haben, zu einem ruhigen Ende; in dem ebenfalls kontrapunktisch gearbeiteten, kontemplativen Quintett zum Schluß des 3. Akts erstarrt die Handlung gemäß italienischer Opernkonvention sogar völlig. Hier wie dort bringen von Pausen durchsetzte, ostinate Baß-Einwürfe das Anhalten der Zeit zum Ausdruck. Für besinnliche Zonen im ansonsten turbulenten Stückverlauf sorgen darüber hinaus die wunderbar verhaltenen Intermezzi, die 1. und 2. bzw. 3. und 4. Akt miteinander verbinden und die mit Hölzern (ohne Flöten), Hörnern und Solo-Kontrabaß kammermusikalisch besetzt sind. Ebenso sind die Liebesmusiken (etwa Orsinos Auftritts-Arien aus dem 1. und dem 2. Akt oder das Duett von Sebastiano und Olivia im 4. Akt) in ruhigen Zeitmaßen gehalten. Hierbei gelingt Trojahn eine faszinierende Charakterstudie des in seiner Selbstfixierung befangenen Herzogs: Pseudobarockes melodisches Figuren- und Koloraturenwerk und tonale Ausrichtung sind Orsinos wie Einlage-Nummern wirkenden Gesängen eigentümlich. Ihr vergangenen Belcanto-Wohllaut beschwörender Zitatcharakter entlarvt den Seelenschmerz Orsinos als selbstgefällige Leidenspose.

An der Gestalt des Narren aber läßt sich Trojahns von Shakespeare wegführende Stück-Konzeption eindrücklich festmachen: Nachdem er sich im 2. Akt noch an der gegen Malvolio gerichteten Intrige beteiligt hat, entwickelt sich der Narr im weiteren Verlauf des Werks zum Moralisten. Zu Beginn des 4. Akts überdenkt er in einem von Englisch Horn und Celli eingeleiteten, melancholisch-bitteren »Wahnmonolog« die aus den Selbsttäuschungen der Akteure resultierenden Ereignisse. Und die erste Konsequenz, die er daraus zieht, ist, Mitleid für den malträtierten Malvolio aufzubringen und ihm aus seiner Kiste zu helfen. Mehr noch: Als die Handlung gegen Ende des 4. Akts unmittelbar vor dem Auftreten Sebastianos in einem Ensemblesatz, in dem jede(r) gegen jede(n) anzusingen scheint, ihren chaotischen Höhepunkt erreicht, ist der Narr der einzige auf der Bühne, der schweigt. Er ist quasi aus der Handlung ausgestiegen, »stellt ... sich neben die Figuren und betrachtet sie kommentierend von außen« (Jürgen Schläder), wobei sein epiloghaftes Resümee, das dem in der Originalsprache gesungenen Schlußlied des Shakespeare-Stücks entspricht, mit Bedacht auf einer niederen Stilebene angesiedelt ist: Weil das Schlußwort des Narren nur der gleichgültigen Hinnahme des menschlichen Daseins das Wort redet, erweist es sich als wohlfeile Allerweltsweisheit, gerade gut genug für ein mit Fiedel-Begleitung versehenes Bänkellied.

In der Tat besteht in der Oper, nachdem sich Viola und Sebastiano wiedergefunden haben, für die übrigen Protagonisten zu Glücksbekundungen kein Anlaß. Ihr Unvermögen, mit der überraschenden Wendung konstruktiv umgehen zu können, dokumentiert sich darin, daß sie auf Phrasen- und Text-Fragmente zurückgreifen, die sie bereits gesungen haben. »Die Einwürfe sind«, so heißt es in der Partitur, »zeitlich und simultan nicht genau festgelegt. Es ist vorgesehen, daß das Stimmengemisch ... sich ausdünnt«, bis alle Figuren abgegangen sind. Dieser aleatorische Ensemble-Gesang ist trotz der Wiederaufnahme bereits erklungenen musikalischen Materials das Gegenteil von einer Sinnzusammenhang stiftenden leitmotivischen Vernetzung, was um so mehr ins Ohr fällt, als andernorts in der Komposition Leit- oder Erinnerungsmotive immer wieder aufhorchen lassen. Vielmehr spiegelt sich in diesem Anti-Ensemble die Unfähigkeit der Protagonisten zur Interaktion und Kommunikation. Es ist, als würden sie versuchen, sich auf sich selbst zu besinnen. Doch fördert ihr introspektives Bemühen nur belanglose Floskeln zutage, die nicht mehr sind als zufällige Gedankensplitter vereinzelter, zutiefst verstörter Individuen. Anders Viola: Im Anblick des tot geglaubten Bruders findet sie ihre weibliche Identität wieder, gemeinsam mit ihm steht sie zwar im Zentrum des Geschehens, doch schweigend vor Glück scheint das Geschwisterpaar zugleich dem Kreis der Umstehenden entrückt.

Textdichtung

Shakespeares vermutlich 1601 uraufgeführte Komödie weist im Originaltitel ›Twelfth Night‹ auf die vor dem Dreikönigstag gelegene zwölfte Nacht nach Weihnachten hin – Höhe- und Endpunkt jener von allerlei heidnischem Brauchtum und Mummenschanz geprägten »krummen Tage« um den Jahreswechsel, die im deutschen Sprachraum als »Rauhnächte« firmieren. Und wie sich alle Irrungen jener tollen Nacht post festum wieder in Wohlgefallen auflösen, so endet auch Shakespeares Stück versöhnlich: Viola wird Orsinos Gemahlin, Olivia hält an ihrer versehentlich mit Sebastiano geschlossenen Ehe fest, und Sir Toby nimmt sich Maria zur Frau. Einzig der düpierte Malvolio bleibt außen vor und geht rachebrütend ab. Zwar erweist sich die vom Komponisten gefundene Schlußlösung ohne Happy-End als auffälligste Abweichung der Oper von der Vorlage, doch ist sie beileibe nicht die einzige. Das Libretto bietet also nicht nur eine Strichfassung, in der die Handlung von fünf auf vier Akte zusammengezogen, die Dialoge gekürzt und mehrere Nebenpersonen (unter anderen Olivias Diener Fabio) getilgt wurden. Darüber hinaus kam es zu einer grundlegenden, die Atmosphäre der Oper von vornherein festlegenden Umstellung, indem Violas Schiffbruch – anders als bei Shakespeare – als Eröffnungsszene fungiert. Das Schauspiel nämlich setzt mit jener Szene ein, aus der in der Oper Orsinos Auftritts-Arie »Wenn die Musik der Liebe Nahrung ist« wurde, und der zweite Gesang des Herzogs »Komm herbei, komm herbei, Tod« (2. Akt) ist bei Shakespeare eine Vortragsnummer des Narren, mit der er den fürstlichen Herrn unterhält.

Ohnehin haben die bereits angesprochenen konzeptionellen Überlegungen zur Gestalt des Narren zu beträchtlichen Unterschieden zwischen Libretto und Original geführt: So hat der Monolog des Narren (4. Akt) bis auf die Eingangssentenz »Nichts ist so, wie es ist« im Sprechstück kein Pendant, und Shakespeares Narr ist bis zum Schluß in das gegen Malvolio gerichtete Schelmenstück involviert: Den Pfarrer Sir Topas (in August Wilhelm von Schlegels Übersetzung: Ehrn Matthias) mimend, will Shakespeares Narr den eingesperrten Haushofmeister vollends in den Wahnsinn zu treiben, indem er Malvolio einzureden versucht, vom Teufel besessen zu sein. Wenn hingegen Trojahns Narr mitleidig den weiterhin von Blindheit geschlagenen Malvolio wegführt, so nimmt das Stück mit dem aus ›König Lear‹ geliehenen Satz »'s ist Fluch der Zeit, daß Tolle Blinde führen« eine Wendung zum Trauerspiel. Bleibt noch daran zu erinnern, daß ›Was ihr wollt‹ das letzte von Claus H. Henneberg (1936–1998) verfaßte Opernbuch ist. Krankheitshalber konnte der Librettist nur noch eine Work-in-Progress-Fassung erstellen, dem Komponisten oblag es, den Text in eine endgültige Form zu bringen.

Geschichtliches

Nach ›Enrico‹ (1991) trug sich Manfred Trojahn mit dem Gedanken, aus Tankred Dorsts ›Merlin‹ eine Oper zu machen. Da aber aus diesem Projekt nichts wurde, wandte sich der Komponist der Shakespeare-Komödie zu, die ihm in einer Inszenierung von Ariane Mnouchkine (1982 Paris) nachhaltigen Eindruck gemacht hatte. Als Auftragswerk der Bayerischen Staatsoper München ging ›Was ihr wollt‹ am 24. Mai 1998 in einer Inszenierung von Peter Mussbach erstmals über die Bühne (Dirigent: Michael Boder, Viola: Iride Martinez, Narr: Bjørn Waag, Malvolio: Jan Zinkler). Diese Inszenierung wurde 2001 in Düsseldorf und Duisburg unter der musikalischen Leitung von Jonathan Darlington mit Marlis Petersen als Viola, Thomas Berau als Narren und Stefan Heidemann als Malvolio nachgespielt. Im Jahr darauf hatte ›Was ihr wollt‹ in Weimar in einer Inszenierung von Michael Schulz (Dirigent: Gregor Bühl, Viola: Wendy Waller, Narr: Damon Nestor Ploumis, Malvolio: Alexander Günther) Premiere. Die österreichische Erstaufführung (Regie: Ralph Bridle, Dirigent: Arend Wehrkamp, Viola: Hege Gustava Tjonn, Malvolio: Jan Zinkler, Narr: Frank Sonnberger) fand im März 2000 in Innsbruck statt.

R. M.

Limonen aus Sizilien

Drei italienische Geschichten nach Texten von Luigi Pirandello und Eduardo De Filippo. Dichtung von Wolfgang Willaschek.

Solisten: I. Geschichte ›Der Schraubstock‹: *Giulia Fabbri* (Lyrischer Sopran, m. P.) – *Andrea Fabbri* (Charakterbariton, m. P.) – *Antonio Serra* (Lyrischer Bariton, m. P.) – *Anna* (Lyrischer Mezzosopran, kl. P.).
II. Geschichte ›Limonen aus Sizilien‹: *Sina Marnis*, eine Sängerin (Soubrette, kl. P.) – *Marta Marnis*, ihre Mutter (Lyrischer Sopran, m. P.) – *Dorina*, eine Schließerin (Lyrischer Mezzosopran, m. P.) – *Micuccio Fabbri*, Flötist in einem städtischen Orchester (Lyrischer Tenor, gr. P.) – *Ferdinando*, ein Schließer (Lyrischer Bariton, m. P.).
III. Geschichte ›Eine Freundschaft‹: *Carolina Fabbri* (Lyrischer Sopran, m. P.) – *Micuccio Fabbri* (Charaktertenor, m. P.) – *Alberto Serra* (Charakterbariton, m. P.).
Ort: Auf Sizilien (I. und III. Geschichte), irgendwo in Italien (II. Geschichte).
Schauplätze: I. Geschichte: Zimmer – II. Geschichte: Vor dem Eingang zu einer Premierenfeier – III. Geschichte: Ein Landhaus.
Zeit: Während der zwanziger Jahre bis in die siebziger Jahre des 20. Jahrhunderts.
Orchester: 1 Fl. (auch Afl., auch Picc.), 1 Ob. (auch Eh.), 1 Kl., 1 Bkl., 1 Fag. (auch Kfag.), 1 Hr., 1 Trp., 1 Pos., P., Schl. (1 Spieler: 2 Becken, Becken hängend, 2 Tbl., Peitsche, Cowbell, 3 Tomtoms) 2 Vl., 2 Va., 2 Vcl., 1 Kb.
Gliederung: Drei Konversationsszenen, die durch orchestrale Intermezzi miteinander verbunden sind.
Spieldauer: Etwas über eine Stunde.

Handlung

I. Geschichte: Giulia Fabbri hat mit Antonio Serra, der der beste Freund ihres Mannes Andrea und dessen Rechtsanwalt ist, ein Verhältnis. Nun befürchten sie, daß Andrea, der von einer Geschäftsreise zurückerwartet wird, sie beobachtet und Verdacht geschöpft haben könnte. Anna, das Kindermädchen der Fabbris, wird von Giulia, um Normalität vorzutäuschen, angewiesen, den Tisch zu decken. Auch schickt sie ihren Liebhaber weg, um ein Aufeinandertreffen Antonios mit ihrem Mann zu vermeiden. Von Giulia unbemerkt, tritt Andrea ein. Zunächst gibt er sich den Anschein, ahnungslos zu sein. Er erkundigt sich nach den Kindern, denen er nach seiner Gewohnheit ein Geschenk mitgebracht hat: frische Limonen. Er fragt nach Antonio, dessen Besuch Giulia für später ankündigt. Doch als er das Gespräch auf einen gewissen Mantegna lenkt, der von seiner Frau betrogen und verlassen wurde, konfrontiert er Giulia mit ihrer schuldbewußten Miene, indem er ihr einen Taschenspiegel vors Gesicht hält. Es kommt zum Streit. Anna tritt herein, um den Eltern mitzuteilen, daß die Kinder aus Freude über die mitgebrachten Früchte ein den Limonen gewidmetes Lied sängen. Diese Bemerkung nimmt Andrea zum Anlaß, die Kinder unter die Obhut seiner Mutter zu stellen und Giulia den künftigen Umgang mit ihnen zu untersagen. Giulia stürzt ins Nebenzimmer und wirft die Tür zu. Antonio tritt zögernd ein. Im Nebenzimmer fällt ein Schuß. Giulia hat sich umgebracht.

II. Geschichte: Micuccio, der Sohn des Ehepaares Fabbri, ist inzwischen erwachsen und Flötist im Orchester seiner Heimatstadt Palma Montechiaro geworden. Sein Vater hat sich von ihm abgewendet, zum einen, weil Micuccio die künstlerische Laufbahn einschlug, zum anderen, weil er die Gesangsausbildung eines unehelich geborenen Mädchens, das mit ihm aufgewachsen ist, förderte und dafür sein mütterliches Erbe versetzte: Teresina, die inzwischen als Sina Marnis berühmt geworden ist. Nun steht Micuccio, frisch genesen von einer schweren Krankheit, vor der Einlaßtür zu einer Premierenfeier der Diva, die er jahrelang nicht mehr gesehen hat. Er wird von den Schließern Dorina und Ferdinando zurückgewiesen. Doch Micuccios Lebensgeschichte bewegt sie, Marta Marnis, die Mutter der Sängerin, herauszurufen. Diese wiederum hat Micuccio erst für den kommenden Tag erwartet. Beide schwelgen in Erinnerungen an ihre gemeinsamen Jahre in Palma, und sie stimmen das Limonenlied an, das Teresina und Micuccio so gerne zusammen gesungen haben. Für eine kurze Zeit macht sich auch Sina frei, um Micuccio zu begrüßen.

Doch an ihrer fahrigen Art erkennt Micuccio, daß er nicht willkommen ist und es zwischen ihr und ihm keine Gemeinsamkeit mehr gibt. Er wirft ein Geldbündel, das ihm Sina wegen seiner Krankheit hat zukommen lassen, auf den Boden, verweigert ihr die Limonen, die er aus der Heimat für sie mitgebracht hat, und stürzt davon.

III. Geschichte: Jahre später ist Micuccio schwer erkrankt und liegt im Delirium, seine Schwester Carolina pflegt ihn. Sein bester Freund Alberto Serra, der Sohn Antonios, will ihm, obwohl selber nicht ganz gesund, einen Besuch abstatten, aber Micuccio will ihn nicht sehen. Um so dringender fragt er nach Anna, dem früheren Kindermädchen, die freilich bereits verstorben ist. Carolina bringt Alberto dazu, sich notdürftig als Anna zu verkleiden. Micuccio will mit der vermeintlichen Anna wie in alten Tagen das Limonenlied singen, das Alberto jedoch unbekannt ist. Bevor der Schwindel für Alberto nicht mehr durchzuhalten ist, scheint Micuccio einzuschlafen. Doch alsbald soll sich Alberto als Micuccios einstiger Dirigent Saro Malavati ausgeben, der für Sina Marnis eine Oper komponiert hat, die nie fertig wurde. Eine alte Zeitung muß als Partitur herhalten. Als nächstes verlangt es den Todkranken nach John, einem schwarzen Musiker aus Iowa. Mit einem schwarzen Strumpf über dem Kopf hat Alberto nun zusammen mit Carolina Boogie-Woogie zu tanzen. Schließlich ruft Micuccio nach dem Notar, dem Vater Albertos. Alberto, inzwischen am Rande seiner Kräfte, bleibt nichts anderes übrig, als auch noch den eigenen Vater zu spielen. Dem angeblichen Notar händigt Micuccio Briefe aus, die an seine langjährige Geliebte zurückgehen sollen, mit der er zwei Kinder gezeugt hat – niemand anderes als die Frau Albertos. Alberto bricht zusammen.

Stilistische Stellung

Die ›Limonen aus Sizilien‹ sind nach dem ›Enrico‹ Manfred Trojahns zweiter Beitrag zu dem insbesondere von Benjamin Britten um die Mitte des 20. Jahrhunderts etablierten Genre der Kammeroper. Auch kann man das Werk in die Nachfolge von Puccinis ›Trittico‹ stellen. Wie dort folgt auf ein Eifersuchtsdrama ein eher lyrisches Stück, dem sich wiederum eine Groteske anschließt. Anders als bei Puccini stehen aber dieses Mal die drei Einzelstücke in inhaltlichem und in musikalischem Zusammenhang. So läßt sich das Werk mit Blick auf die Handlung als eine Familiensaga en miniature über die Clans der

Fabbri und der Serra begreifen. Musikalisch sind die drei Episoden durch zwei als Intermezzi bezeichnete Überleitungsmusiken miteinander verbunden. Sie überbrücken sozusagen die viele Jahre umfassenden Zeitsprünge zwischen den Szenen und lassen den aus den vorausgegangenen Schlußkatastrophen herrührenden Schockeffekt abklingen. Vor allem aber fungiert das Limonenlied in der von leitmotivischen Wendungen durchsetzten Komposition als werkübergreifendes Orientierungsmoment. Trojahn hat sich hier an das Lied der Marina aus dem I. Akt von Ermanno Wolf-Ferraris Oper ›Die vier Grobiane‹ erinnert, ohne es freilich genau zu zitieren. Im atonalen Umfeld und in der stark gestischen Motivik der Komposition, die gleichsam das hektische Parlando der Sänger in die Orchestersprache übersetzt, ist das Lied aufgrund seiner tonalen Melodieführung leicht auszumachen. Als »Chiffre für das Nichtverfügbare« (Sebastian Hanusa) wird das Lied für die Protagonisten zum nostalgisch verklärten Erinnerungsbild angeblich unbeschädigter Zwischenmenschlichkeit. Andernorts wird es auch als Leitmotiv eingesetzt und deformiert, wenn es in den Zusammenhang von Verlogenheit und Lebenslüge gestellt ist. Denn die (Selbst-)Täuschung ist das Grundthema dieses Dreiakters, sie bestimmt das Verhältnis der Figuren zueinander, insbesondere wenn sie von erotischen Obsessionen angetrieben werden. Hierbei gelangen die Konflikte zwischen den Personen, ohne sie psychologisch erklären zu wollen, in knappster Form zum Austrag und in seismographischer Präzision zur Darstellung, so daß es sich bei den ›Limonen aus Sizilien‹ um eine der rasantesten Partituren des Opernrepertoires handelt. Lediglich innerhalb der zweiten Geschichte ist ein ausdrucksstarker Molto-Adagio-Abschnitt eingefügt, der mit einer aus dem Limonenlied abgeleiteten Hornkantilene und tristanhafter Sehnsuchtsmotivik aufwartet: ein Porträt Micuccios als nachdenklicher Träumer.

Textdichtung

Der Komponist hatte aus einer rund 30 Titel umfassenden Sammlung von italienischen Einaktern jene drei ausgewählt, die dann die Textgrundlage für die ›Limonen aus Sizilien‹ bildeten. Und Trojahns Librettist Wolfgang Willaschek hat dann das Kunststück fertiggebracht, aus diesen drei sketchartigen Bühnenstücken, obwohl sie ursprünglich nichts miteinander zu tun hatten, ein Libretto zu formen, in dem eine Figur, nämlich Micuccio Fabbri, ins Zentrum rückt. Hierbei lieferte Luigi Pirandellos 1892 entstandener Epilog in einem Akt ›La morsa‹ (Der Schraubstock) für die zerrüttete Ehe von Micuccios Eltern den Plot. Der Einakter wurde zusammen mit Pirandellos ebenfalls einaktiger Komödie ›Lumie di Sicilia‹ (Lumien aus Sizilien) 1910 in Rom uraufgeführt, in der wiederum Micuccios enttäuschender Besuch bei Sina Marnis vorgebildet war. Für Micuccios Sterbegroteske war dann Eduardo De Filippos Dreipersonenkomödie ›Amicizia‹ (Freundschaft) von 1952 die Vorlage. Neben den Namensangleichungen der in den literarischen Vorlagen anders heißenden Personen gelang Willaschek insbesondere mit Hilfe des Limonenmotivs eine Verschränkung der Einzelstücke zu einer schlüssigen Szenenfolge. Auf diese Weise schuf er eine Familiengeschichte, in der zwischen den Fabbris und den Serras Lug und Trug und Rache herrschen. Unwillkürlich weist damit diese Kammeroper auf Trojahns monumentale Tragödie ›Orest‹ voraus, wo ebenfalls die Gewaltmechanik der Rache eine Familie zugrunde richtet, dieses Mal das mythische Königshaus der Tantaliden.

Geschichtliches

Als der Komponist einmal dem kleinen West-End-Theater in Köln einen Besuch abstatte, kam ihm die Idee zur Komposition von »Mini-Opern« in den Sinn. Zwar erwies sich das Theater aufgrund der baulichen Gegebenheiten dann doch als ungeeignet, woraufhin die Hinterbühne der Kölner Oper in die planerischen Überlegungen trat. Dort sollte für die Freunde der Oper Köln sozusagen ein halber Opernabend mit anschließendem Souper stattfinden, woraus sich die knappen Dimensionen dieses Dreiakters, was Zeitdauer und Besetzung anbelangt, erklären. Schließlich aber kamen die ›Limonen aus Sizilien‹ am 22. März 2003 auf der Hauptbühne der Oper Köln unter der musikalischen Leitung von Jürg Henneberger in der Inszenierung von Günter Krämer heraus, freilich ohne den kulinarischen zweiten Teil dieses Opernprojekts. Überdies zog der Regisseur, da der dritte Teil der Oper zwar noch rechtzeitig, aber spät fertig wurde, für den Schlußteil eine eigene Version vor. Die Fassung des Komponisten wurde erst zwei Jahre darauf im Mainfranken-Theater Würzburg vorgestellt. Es dirigierte Daniel Klajner, und der Komponist führte in der Ausstattung seiner Frau Dietlind Konold Regie – zum ersten Mal überhaupt. Für eine Aufführungsserie des Theaters der Universität der Künste Berlin im Juni 2008 (Musikalische Leitung: Errico Fresis) übernahm Trojahn dann die Regie des Schlußstücks, während die vorausgegangenen Geschichten von Dagny Müller und Karoline Gruber inszeniert wurden. Auch die Produktion im Mozarteum Salzburg (Mai 2015) fand in der Ausstattung von Dietlind Konold statt, abermals inszenierte der Komponist selbst, allerdings nur den ›Schraubstock‹, während die beiden Folgeteile von Mascha Poerzgen in Szene gesetzt wurden.

R. M.

La Grande Magia (Der große Zauber)

Frei nach Eduardo De Filippos gleichnamigem Schauspiel. Libretto von Christian Martin Fuchs.

Solisten: *Marta Di Spelta*, eine junge Frau (Hoher Lyrischer Sopran, gr. P.) – *Calogero Di Spelta*, ihr Mann (Lyrischer Tenor, gr. P.) – *Matilde Di Spelta*, seine verwitwete Mutter (Dramatischer Sopran, m. P.) – *Rosa Intrugli*, Calogeros Schwester (Lyrischer Sopran, m. P.) – *Oreste Intrugli*, deren Mann, Calogeros Schwager (Charaktertenor, m. P.) – *Marcello Polvero*, der Schwager Matildes (Kavalierbariton, m. P.) – *Gregorio Polvero*, der Fehltritt seiner Frau (Spieltenor, m. P.) – *Mariano D'Albino* (Lyrischer Bariton, kl. P.) – *Otto Marvuglia*, ein Zauberer (Charakterbariton, auch Baßbariton, gr. P.) – *Zaira*, seine Frau (Lyrischer Mezzosopran, m. P.) – *Arturo Recchia,*, ein Überlebenskünstler (Lyrischer Tenor, m. P.) – *Amelia*, ein krankes Mädchen, angeblich seine Tochter (Lyrischer Koloratursopran, m. P.).
Ort: In Italien.
Schauplätze: Seeterrasse des Hotels Metropole – Irgendwo, unterwegs – Ärmliche Wohnung – Speisesaal der Wohnung der Di Speltas.
Zeit: Erste Hälfte des 20. Jahrhunderts.
Orchester: 2 Fl. (II. auch Picc.), 2 Ob. (II. auch Eh.), 2 Kl. (beide auch Bh.), Bkl., 2 Fag. (II. auch Kfag.), 2 Hr., 1 Trp., 1 Pos., P., Schl. (1 Spieler), 1 Hrf., 2 Spieler: Klav., Cel., Harm., 6 Vl., 4 Br., 4 Vcl., 2 Kb. – Bühnenmusik: Kl., Akkordeon, Tuba.
Gliederung: Fünf Bilder in der Art von durchkomponierten Konversationsszenen und Ensembles, wobei die ersten beiden Bilder durch ein orchestrales Zwischenspiel »Seestück im Nachtwind« miteinander verbunden sind.
Spieldauer: Etwa 1½ Stunden.

Handlung

Wie jedes Jahr verbringt die Familie Di Spelta die Ferienzeit des Ferragosto gemeinsam im Hotel Metropole. Auf der Seeterrasse des Hotels ist es inzwischen Spätnachmittag. Marcello Polvero und sein angeblicher Sohn Gregorio, der aus einem Liebesabenteuer von Marcellos verstorbener Frau Julia Di Spelta hervorgegangen ist, beobachten Rosa Intrugli, die Tochter von Julias verwitweter Schwester Matilde. Bereits Marcello hatte eine Affäre mit Rosa, nun macht sich Gregorio an sie heran, die einem Flirt nicht abgeneigt ist. Denn ihr Mann Oreste Intrugli zeigt wenig Interesse an ihr: nicht nur, weil er von seiner politischen Karriere absorbiert ist, sondern auch aufgrund seiner verheimlichten Homosexualität. Rosas Bruder und Familienoberhaupt Calogero Di Spelta und seine Frau Marta wiederum leben aneinander vorbei, seit Marta ihre Opernkarriere auf Bitten ihres Gatten aufgegeben hat und in der Rolle der Ehefrau verkümmert. So ist sie für die Avancen Mariano D'Albinos empfänglich, der Fotos von ihr gemacht hat, die von ihrem eifersüchtigen Mann zerrissen werden, woraufhin sie sich gekränkt zurückzieht. Ihren Abgang hat Matilde beobachtet, die ihre Schwiegertochter aufgrund ihrer Theaterallüren nicht ausstehen kann und von ihrem Sohn verlangt, für Nachwuchs zu sorgen, um seine Frau auf andere Gedanken zu bringen. Ihre mit Gregorio kokettierende Tochter Rosa hingegen warnt sie vor den Männern. Unterdessen führt Calogero Arturo Recchia und dessen angebliche Tochter Amelia, ein schwerkrankes Mädchen, auf die Terrasse. Arturo und Amelia werben bei dem mißtrauischen Calogero für die als Abendunterhaltung bestellte Vorstellung des Zauberers Otto Marvuglia, der die Zeitverhältnisse außer Kraft setzen könne. Als sich die Di Speltas zurückgezogen haben, betritt der Zauberer die Terrasse. Er macht einen enttäuschten und heruntergekommenen Eindruck. Mariano, der ihm den Termin vermittelt hat, kann ihn nicht dazu bewegen, die Hauptattraktion – das Verschwindenlassen einer Person – von fünf Minuten auf eine Viertelstunde zu verlängern, und geht nach einer Vorauszahlung wütend ab. Statt dessen findet sich Ottos Frau Zaira ein, wie Otto ist sie des Reiselebens überdrüssig.

Es ist inzwischen Nacht geworden. Marta blickt in Abschiedsstimmung aufs Meer heraus, während Otto zu ihr tritt. Beide verbindet die Utopie eines Künstlerdaseins, das sie nicht ausgelebt haben. Zunächst unterhält Otto, assistiert von Zaira, die Familie mit gängigen Zaubertricks. Endlich läßt Otto unter dem Protest Calogeros Marta verschwinden. Indessen halten sich Marta und Mariano nicht an die ursprüngliche Verabredung und machen sich aus dem Staub. Zunächst versuchen Otto und Zaira durch weitere Zaubertricks vom Ausbleiben Martas abzulenken. Dann muß Otto, nachdem er von Zaira verschlüsselte Hinweise auf Martas Unauffindbarkeit erhalten hat, erkennen, daß er sie nicht mehr zurückholen kann. Um insbesondere den immer ungeduldiger nach seiner Frau fragenden Calogero sich vom Leib zu halten, reicht Otto ihm eine Schatulle. In der sei Marta verborgen. Calogero dürfe das Kästchen aber nur öffnen, wenn er von der beständigen Liebe seiner Frau überzeugt sei. Andernfalls würde er die Schatulle leer vorfinden, und Marta bliebe für immer verschwunden. Trotz des Drängens seiner Familie hält Calogero die Schatulle verschlossen. Denn nun ist Marta ihm wieder jene unerreichbare Geliebte, nach der er sich von der Opernloge aus einst gesehnt hatte.

Marta und Mariano sind unterwegs. Marianos besitzergreifende Leidenschaft für die Geliebte hemmt die von Lebensdurst getriebene Marta, weshalb sie ihn um ihrer Leidenschaft für die Bühne willen verläßt.

Einige Tage später in Ottos ärmlicher Wohnung: Amelias Gesundheitszustand hat sich verschlechtert, und sie fantasiert. Einen in einem Käfig befindlichen Vogel hält sie für ihren Bräutigam. Otto hat ihr Futter für den Vogel mitgebracht. Auch Calogero ist hinzugekommen, er möchte von Otto Auskunft darüber, ob seine Frau wirklich in der Schatulle sei. Amelias dem Fieber geschuldete Wachträume, wonach Calogeros Frau sich nicht mehr in dem Kästchen befinde, sondern übers Meer verschwunden sei, verunsichern ihn. Deshalb behauptet Otto nun, daß sich Calogero gegenwärtig in einer illusionierten Wirklichkeit befände. Tatsächlich aber stünde die reale Zeit still, und die Zaubervorstellung auf der Terrasse würde immer noch andauern. Über das, was innerhalb dieser Illusion geschehe, würde aber er, Calogero, alleine bestimmen. Zur Probe aufs Exempel wird Amelias Sterben: Es wird von Calogero als ein Scheinereignis abgetan, obwohl Zaira und Arturo, die von Otto herbeigerufen wurden, alsbald Amelias Tod konstatieren. Calogero hingegen glaubt sich auf der Terrasse und horcht auf die Stille des Meeres.

Sieben Jahre später im Speisesaal der Di Speltas: Da Calogero nach wie vor seiner Illusion anzuhängen scheint, befindet sich die von ihm als Familienoberhaupt abhängige Verwandtschaft in einem Zustand ohnmächtiger Lähmung und überdies der finanziellen Mittellosigkeit. Auch Otto und seine Entourage sind inzwischen in Calogeros Abhängigkeit geraten. Marcellos Überlegungen zu einer Rebellion erteilt Otto eine Absage, denn ließe er den Schwindel auffliegen, habe er mit der Feindschaft Calogeros zu rechnen. Überdies hat sich die Situation inzwischen sogar noch verschärft: Seit Calogero nicht einmal mehr das Bedürfnis nach Essen verspürt, droht er zu verhungern. Zaira aber sieht einen Ausweg: Marta gibt im Theater der Stadt eine Vorstellung. Zaira stiehlt sich davon, um Marta herzuführen. Calogero wiederum macht Otto glauben, daß er selbst zu keiner Zeit der Illusion, in einer anderen Wirklichkeit gefangen zu sein, erlegen sei. Und so drückt er Arturo Geld in die Hand und schickt ihn fort, um Lebensmittel einzukaufen. Ebensowenig läßt sich Calogero von seiner Familie beeindrucken. Als sich seine Verwandten endlich zu einer Revolte aufgerafft haben, bringt er sämtliche schmutzigen Familiengeheimnisse zur Sprache, die bislang ängstlich unter der Decke gehalten wurden. Er bewirft seine Verwandten mit den von Arturo besorgten Lebensmitteln und verjagt sie. Nun endlich will er die Schatulle öffnen. Doch bevor es dazu kommt, tritt in Begleitung Zairas und Ottos Marta ein. Sie erzählt Calogero von ihrem erfüllten Leben als Künstlerin, das sie nun mit ihm teilen wolle. Calogero aber erträgt Martas Gegenwart nicht. Er schickt sie fort. Denn seine Marta lebe weiterhin in der Schatulle. Mit dem Kästchen in der Hand, folgt er Arturo in die Küche.

Stilistische Stellung

Wie bereits in ›Enrico‹ und den ›Limonen aus Sizilien‹ spielt in ›La Grande Magia‹ ein italienischer Familienclan eine wichtige Rolle. Doch würde man das Wesentliche dieses Stücks verpassen, wollte man lediglich in der Art einer systemischen Analyse den vertrackten und durchaus abgründigen innerfamiliären Verhältnissen nachspüren. Für die Musik sind diese Beziehungen eine bloße Gegebenheit, dazu ohne irgendein Entwicklungs- oder Veränderungspotential, kurzum ein absurdes Geflecht. Dies wird vor allem im Schlußbild deutlich, wenn der Clan sozusagen in einer Endlosschleife einen sich mehrmals wiederholenden polyphonen A-cappella-Ensemblesatz intoniert, der in den späteren Handlungsverlauf bei orchestraler Begleitung teils vollständig, teils fragmentarisch hineinkollagiert wird: ein musikalisches Abbild der Erstarrung und des Nichtausbrechen-Könnens aus der von den Protagonisten als unveränderbar hingenommenen Familienstruktur. Das eigentliche Thema des Stücks ist aber ein anderes und ein eminent theatermäßiges obendrein: das geradezu surreal anmutende Spiel mit verschiedenen Wirklichkeitsebenen, je nach Auffassung der auf der Bühne agierenden Personen. So driftet etwa Amelia in rasenden Koloraturen in eine andere, letztendlich todbringende Parallelwelt ab, die mit der der übrigen Bühnenfiguren nichts mehr zu tun hat; die der familiären Enge entflohene Marta erzählt in lyrischer Emphase von ihrem geglückten Leben als Künstlerin, die sich in den Theaterrollen, die sie verkörperte, selbst gefunden hat. Hinzu kommt die Theater-auf-dem-Theater-Situation der Zaubervorführung. Ein wesentliches Spannungsmoment des Stücks resultiert daraus, daß für das Opernpublikum Calogeros Verhalten nicht mit letzter Gewißheit einzuschätzen ist: Ist ihm wirklich durch das Spiel mit der Illusion die Sicherheit darüber abhanden gekommen, in welcher Wirklichkeit er sich tatsächlich aufhält? Indessen lernt Calogero, damit umzugehen, welche Wirklichkeit wann gelten soll. Und dadurch gewinnt er Macht über die übrigen Personen, die sich seinem Wirklichkeitsempfinden anpassen und in der von ihm als gültig bestimmten Wirklichkeitssphäre ihr Leben fristen müssen. Selbst der Illusionist Otto Marvuglia. War er anfangs derjenige, der die übrigen Personen manipulierte, so findet er schließlich in Calogero seinen Meister und muß sich ihm fügen.

Wie bereits in Trojahns vorausgegangenen Opernkompositionen finden sich auch hier leitmotivische Bezüge, oft personengebunden. Das wird insbesondere ohrenfällig, wenn Calogero sich anschickt, die Schatulle zu öffnen. Hier kommt es zu Motivwanderungen aus der Begegnung Martas mit Otto in die Schlußszene. Und wie auch in den früheren Werken ist das Melos aus der emphatischen Textdeklamation der Protagonisten entwickelt. Von der an Strauss' ›Ariadne auf Naxos‹ sich orientierenden kammermusikalischen Orchesterbesetzung und dem ironischen ›Rosenkavalier‹-Zitat »Die Zeit, die ist ein sonderbar Ding« im 2. Bild einmal abgesehen, läßt sich die Lust des Komponisten an Anspielungen vor allem assoziativ wahrnehmen. Die bläserdominierten Risoluto-Ritornelle, die in die Zauberszene des 2. Bildes eingestreut sind, um Varieté-Atmosphäre heraufzubeschwören, lassen an Strawinsky denken. Die ironische Absicht ist hier ebenso evident wie in Zairas Habanera, als sie Otto auf das Verschwinden Martas aufmerksam macht. Gleichfalls waltet Ironie im Schlußbild, wenn Calogero zum Zeichen seines nichtvorhandenen Wahnsinns Arturo mit einem »Valzer Inglese« auf den Lippen zum Einkaufen schickt. Einen besonderen Kunstgriff gestattet sich Trojahn mit der Bühnenmusik von Klarinette, Akkordeon und Tuba, zum einen im 3. Bild, zum anderen als Ausblendungsmusik ganz zum Schluß. Mit ihr bringt er eine weitere Wirklichkeitssphäre ins Spiel, denn in diesen der Bühnenrealität zugehörigen Musiken werden zwei Abschiedsszenarien verklammert: Martas Trennung von Mariano und Calogeros Situation nach dem Verzicht auf Marta.

Textdichtung

Dem Libretto hat Christian Martin Fuchs das gleichnamige Stück von Eduardo De Filippo (1900–1984) aus dem Jahr 1948 zugrunde gelegt, das der Autor 1964 auch verfilmt hatte. Fuchs strich etliche Personen, und mittels Figurenkompilationen begrenzte er die Personenzahl. Dem Di-Spelta-Clan kommt gegenüber der Vorlage größere Bedeutung zu, überdies sind die innerfamiliären Verhältnisse im Libretto noch verlogener als im Sprechstück. Amelias Todesszene (im Schauspiel ein Backstage-Ereignis) rückt in den Vordergrund. Die Figur der Marta als Künstlerin ist sogar ganz eigenständig entwickelt. Vor allem geht die Regie in der Vorlage erst sehr viel später von Otto auf Calogero über. Den argumentativen Realismus in der Dialogführung des Theaterstücks ersetzte Fuchs, von einer amüsanten Hommage an Fellinis ›Casanova‹ im 2. Bild einmal abgesehen, vor allem durch eine poetische Diktion. Sie ermöglichte dem Komponisten, in das groteske Geschehen Zonen verinnerlichter Selbstreflexion einzufügen, in denen geradewegs neoromantische Valeurs zum Tragen kommen. Mitunter sind die Beziehungen zwischen den Protagonisten – etwa zwischen Amelia und Arturo oder zwischen Marta und Otto – nur angedeutet, so daß sie eine rätselhafte Atmosphäre umgibt.

Geschichtliches
›La Grande Magia‹ entstand zwischen 2006 und 2008 als Auftragswerk der Sächsischen Staatsoper Dresden. Das Werk wurde in der Semperoper am 10. Mai 2008 unter der musikalischen Leitung von Jonathan Darlington in einer Inszenierung von Albert Lang und in der Ausstattung Rosalies mit Marlis Petersen als Marta, Rainer Trost als Calogero und Urban Malmberg als Otto uraufgeführt. 2012 wurde das Stück in Gelsenkirchen im Musiktheater im Revier nachgespielt. Dieses Mal dirigierte Lutz Rademacher, und im Bühnenbild von Dieter Richter führte Gabriele Rech Regie. Die Hauptpartien waren nun mit Alfia Kamalova (Marta), Daniel Magdal (Calogero) und mit Urban Malmberg abermals als Otto besetzt.

R. M.

Orest

Musiktheater in sechs Szenen, frei nach Euripides. Dichtung vom Komponisten.

Solisten: *Orest* (Heldenbariton, gr. P.) – *Menelaos* (Charaktertenor, m. P.) – *Apollon/Dionysos* (Hoher lyrischer Tenor, m. P.) – *Hermione* (Hoher lyrischer Koloratursopran, m. P.) – *Helena* (Lyrischer Koloratursopran, m. P.) – *Elektra* (Dramatischer Mezzosopran, gr. P.).
Chor: 8 Männer von Argos (4 Tenöre, 4 Bässe, kl. Chp.) – 6 Frauenstimmen aus dem Off (4 Soprane, 2 Alte, über Lautsprecher in den Saal übertragen, gr. Chp.).
Ort: Argos.
Zeit: Unbestimmt, mythisch, während des Übergangs vom Matriarchat zum Patriarchat.
Orchester: 3 Fl. (2 Picc., 1 Afl.), 2 Ob., 1 Eh., 1 Heckelphon, 1 Kl., 1 Bkl., 1 Kbkl., 2 Fag., Kfag., 4 Hr., 3 Trp., 2 Pos., 1 Kpos., P., 3 Schl., 2 Hrf., Str.
Gliederung: Durchkomponierte Szenenfolge mit orchestralem Intermezzo nach der 4. Szene.
Spieldauer: Etwa 1 Stunde 20 Minuten.

Handlung
Vorgeschichte: Nachdem Klytämnestra gemeinsam mit ihrem Liebhaber in Mykene ihren aus dem Trojanischen Krieg heimkehrenden Gatten Agamemnon erschlagen hatte, rächte Orest auf Drängen seiner Schwester Elektra den Tod des Vaters an der Mutter. Nach deren Ermordung flohen die Geschwister ins benachbarte Argos, wo ihnen die Bürger mit der Steinigung drohen. – Orest ist gepeinigt von den Erinnerungen an die Untat. Gellend scheinen die Rachegöttinnen nach ihm zu rufen, und Orest versucht sich seiner Gewissenslast zu entledigen, indem er sich als Werkzeug göttlicher Bestimmung sieht: Apollon und Dionysos, die ihm als zwei Erscheinungsformen eines göttlichen Willensprinzips vors geistige Auge treten, hätten ihn zu dem Verbrechen verleitet. Der eine, um das Matriarchat durch das Patriarchat zu ersetzen, der andere, um ihn mit der Aussicht auf Ruhm zu ködern. Orest sinkt delirierend zurück. – Klytämnestras Schwester Helena ist inzwischen zusammen mit ihrem Mann Menelaos aus Troja nach Griechenland zurückgekehrt. Nun trifft sie auf ihre Nichte Elektra, die ihre Tante aufgrund ihrer verheerenden Rolle als Auslöserin des Trojanischen Krieges verachtet. Empört weist Elektra Helenas Ansinnen zurück, eine von Helenas Haarsträhnen gemäß überkommener Sitte auf Klytämnestras Grab zu legen, da sich Helena selbst aus Furcht vor dem Volkszorn dort nicht hintraut. Helenas Tochter Hermione, einst von ihrer Mutter in Griechenland zurückgelassen und nun das erste Mal ihr wieder begegnend, zeigt sich hingegen willig, den Wunsch der Mutter zu erfüllen. – Menelaos versucht, Orest zur Flucht aus Argos zu bewegen. Er verweigert den Geschwistern seinen Schutz, weil er sich von den Argivern zum König ihrer Stadt wählen lassen will. Aufgebracht über den Opportunismus ihres Onkels, hofft Elektra auf den Tod von Menelaos und seiner Frau. Menelaos will mit dem von Gewaltphantasien besessenen Geschwisterpaar nichts zu tun haben und macht sich davon. – Orest und Elektra bleiben zurück. Sie beklagen ihr Schicksal: Dieses habe ihnen die Pflicht, den Vater zu rächen, auferlegt, so daß ihnen die Hoffnung auf ein glückliches Leben abhanden gekommen sei. Währenddessen ist Orest abermals in einen Erschöpfungszustand gefallen, wird aber von einem auf weitere Mord-

taten drängenden Alptraum wieder in den Wachzustand getrieben. Elektra, die in ihrem Gerechtigkeitswahn nicht einmal vor Sippenhaft zurückschreckt, hetzt Orest nun gegen Helena und sogar gegen die durch Verbrechen unbelastete Hermione auf und zieht den widerstrebenden Bruder mit sich fort. – Hermione ist von Klytämnestras Grab zurückgekehrt und überdenkt traurig die von Mord und Totschlag geprägte Geschichte ihres Familienclans. Sie fürchtet, dieser Gewaltspirale ebenfalls zum Opfer zu fallen. Auf der Suche nach einem Ausweg bietet ihr die selbstverliebte Lebensgestaltung ihrer Mutter keine Orientierung. Als diese sich ihr nähert, will sich Hermione gemeinsam mit der Mutter im Palastinneren verbergen, um dort abzuwarten, was kommt. Doch Orest stürzt auf Helena zu und tötet sie, während Elektra Hermione überwältigt und festhält. Diese aber wendet sich Orest zu und bittet ihn, sie anzusehen. – Männer von Argos und der entsetzte Menelaos treten hinzu, und Elektra fordert weiterhin den Tod Hermiones. Doch auf Hermione blickend sieht Orest von seinem Mordvorhaben ab. Die Szene erstarrt, bevor Elektra Hermione erwürgen kann: Tanzend tritt Dionysos in Erscheinung und versetzt Helena – unter gleißendem Licht in ein Sternbild verwandelt – ans Firmament. In der Gestalt des Apollon will der Gott Orest als Herrscher über Argos einsetzen. Der aber lehnt ab, selbst als der Gott – wieder in der Gestalt des Dionysos – ihm Herrscherruhm in Aussicht stellt. Statt dessen wendet sich Orest Hermione zu. Gemeinsam mit ihr verläßt er Argos, während die nach Sühne verlangenden »Orest«-Rufe der hereindringenden Frauenstimmen schwächer werden.

Stilistische Stellung
Orest ist Trojahns erste vollendete Oper mythischen Inhalts, nachdem ein auf Tankred Dorsts ›Merlin‹ basierendes Opernprojekt Fragment geblieben ist. Kamen in den vorausgegangenen Opern immer wieder Groteske und Ironie zum Tragen, so nun der hohe Ton der Tragödie. Und so gelang Trojahn in diesem »Musiktheater in sechs Szenen« – so der Untertitel – ein Werk von großer Dichte und Geschlossenheit, indem der Komponist den Schmerzensmann Orest ins Zentrum des Stücks stellte. So sind etwa die »Orest«-Rufe der Frauen aus dem Off, die wie Schreckensritornelle die Komposition durchziehen und per Surround-Lautsprecher zugespielt werden, ebenso Kopfgeburten des durch den Mord an der Mutter traumatisierten Orest wie die Erscheinungen des Doppelgottes Apollon/Dionysos. Indem er sich von den Göttern zu dem Verbrechen angestiftet glaubt, will Orest sich seiner Gewissenslast entledigen, ohne daß ihm das gelingt. Vielmehr führt ihn seine Verstörung in die Erschöpfung und an den Rand des Sprachverlusts. Die übrigen Protagonisten scheinen wie Kometen um die Titelfigur zu kreisen. Dennoch entwickeln sie ein klares Profil: Menelaos als Opportunist, Helena als selbstverliebte ehemalige Schönheit, die sanftmütige Hermione, die Orest aus seiner Selbstbezüglichkeit löst, indem sie ihn dazu bringt, sie anzusehen. Elektra wiederum ist eine Fortschreibung von Richard Strauss' Elektra: Sie wird bei Trojahn zu einer von Gewaltphantasien besessenen Terroristin, die den Bruder schließlich sogar zum Mord an Helena und ihrer Tochter treibt. In einem instrumentalen Intermezzo im $15/8$-Takt wird die Mordabsicht in ostinater, maschinenhafter Motivik virulent, als würde sie sich schmerzhaft in die Köpfe der Protagonisten einhämmern. Zum Eindruck der Geschlossenheit trägt der Gebrauch von Leitmotiven bei. So übernimmt Trojahn aus Strauss' bereits erwähnter ›Elektra‹ das Beil-Motiv. Doch auch Hermiones leitmotivische Wendung, wenn sie von ihrer »schönen Mutter« spricht, ist – zumindest in textlicher Hinsicht – eine Verbeugung vor Strauss/Hofmannsthal, diesem Mal vor der ›Ägyptischen Helena‹. Noch weitere Strauss-Anspielungen – etwa die Besetzung des Heckelphons – fallen ins Ohr. Dennoch steht ›Orest‹ nicht in der Strauss-Nachfolge. Die Konfliktlage des Stücks – Orests Versuch, sich aus der die Handlung bestimmenden Gewaltmechanik zu befreien – ist von Trojahn nämlich ganz eigenständig entwickelt. Demgemäß setzt der Komponist an den Schluß der Oper einen »Madrigal der Erstarrung« genannten Ensemblesatz, aus dem gegen Ende Orest und Hermione gleichsam heraustreten, um die Stadt zu verlassen.

Textdichtung
Sich orientierend am Handlungsgang der 408 v. Chr. uraufgeführten ›Orestes‹-Tragödie des Euripides, hat Trojahn, der hier sein eigener Textdichter ist, insbesondere das kolportagehafte Ende seiner Vorlage stark modifiziert. Auch verwandelte er Euripides' Apollon, der dort als Deus ex machina auftrat, in die Doppelgestalt Apollon/Dionysos, die eine Imagination der Titelfigur ist. Als Apollon dringt sie auf die Einhaltung der

Tradition und der göttlichen Weisungen. In diesem Zusammenhang wird eine kühne Deutung des Mythos evident, zu der sich Trojahn von Robert von Ranke-Graves hat anregen lassen: Danach trage sich die Handlung nach einem Paradigmenwechsel weg vom Matriarchat und hin zum Patriarchat zu, dem Klytämnestra zum Opfer gefallen sei, da sie nach früher geltender Auffassung das Recht zum Gattenmord gehabt habe. Deshalb läßt Trojahn seinen die patriarchale Neuzeit propagierenden Apollon sagen: »Die Macht der Mütter, sie ist dahin.« In ihrer Ausprägung als Dionysos lockt die göttliche Doppelgestalt wiederum mit der Verheißung ewigen Nachruhms, damit Orest weiterhin gemäß den mythischen Handlungsvorgaben agiere. Die aus dem Euripides-Stück entlehnte Metamorphose der toten Helena zum Sternbild dient als Beispiel für solche Belohnung. Der Doppelgott Apollon/Dionysos ist damit eine Allegorie der Unfreiheit durch kulturelle Prägung. Hierin wird deutlich, daß Trojahns ›Orest‹ eine über die antike Stoffvorlage hinausgreifende theatrale Parabel ist, in der die Gültigkeit von Wertmaßstäben und Normen und ihre Prägekraft aufs Individuum zum einen und das Streben des Individuums nach Freiheit und Selbstbestimmung zum anderen gegeneinanderstehen.

Geschichtliches
Trojahn erhielt den Auftrag für den ›Orest‹ von der Nederlandse Opera, und so fand die Uraufführung am 8. Dezember 2011 unter der musikalischen Leitung von Marc Albrecht in der Regie von Katie Mitchell und mit Dietrich Henschel in der Titelrolle in Amsterdam statt – ein Ereignis, über das nicht nur die Fachpresse, sondern auch überregionale Medien berichteten. In der Zeitschrift ›Opernwelt‹ wurde die Produktion zur »Uraufführung des Jahres« gekürt. Die deutsche Erstaufführung ging Anfang Februar 2013 in der Staatsoper Hannover (Dirigent: Gregor Bühl, Inszenierung: Enrico Lübbe) mit Bjørn Waag als Orest über die Bühne. Ende Oktober 2014 folgte die österreichische Premiere durch die Neue Oper Wien unter der musikalischen Leitung ihres Intendanten Walter Kobéra. Regie führte Philipp M. Krenn, und Klemens Sander gab den Orest.

R. M.

Pjotr I. Tschaikowskij

* 7. Mai 1840 in Kamsko-Wotkinsk (Gouvernement Wjatka), † 6. November 1893 in St. Petersburg

Eugen Onegin (Jewgeni Onjegin)

Lyrische Szenen in drei Aufzügen. Dichtung von Konstantin S. Schilowskij.

Solisten: *Larina*, Gutsbesitzerin (Dramatischer Mezzosopran, m. P.) – *Tatjana* (Jugendlich-dramatischer Sopran, auch Lyrischer Sopran, gr. P.) und *Olga* (Mezzosopran, auch Alt, m. P.), deren Töchter – *Filipjewna*, Amme (Spielalt, m. P.) – *Eugen Onegin* (Kavalierbariton, gr. P.) – *Lenskij* (Lyrischer Tenor, gr. P.) – *Fürst Gremin* (Seriöser Baß, m. P.) – *Ein Hauptmann* (Baß, kl. P.) – *Saretzkij* (Charakterbaß, kl. P.) – *Triquet*, ein Franzose (Spieltenor, auch Charaktertenor, kl. P.) – *Gillot*, Kammerdiener (Stumme Rolle).
Chor: Landleute – Ballgäste – Gutsbesitzer – Offiziere (m. Chp.).
Ballett: Walzer, Mazurka, Polonaise und russischer Tanz.

Ort: Die Handlung spielt teils auf einem Landgut, teils in St. Petersburg.
Schauplätze: Garten, links Haus mit Terrasse, rechts schattiger Baum, im Hintergrund zerfallener Zaun, Ausblick auf Dorf und Kirche – Einfaches Zimmer – Garten mit dichten Sträuchern, eine alte Bank und schlecht gepflegte Beete – Saal, in der Mitte Kronleuchter, an der Seite Wandleuchter – Eine an einem mit Bäumen bewachsenen Flußufer liegende Dorfwassermühle, Winterlandschaft – Seitensaal eines reichen, vornehmen Hauses in St. Petersburg – Empfangszimmer im Haus des Fürsten Gremin.
Zeit: Im zweiten Jahrzehnt des 19. Jahrhunderts.

Zwischen dem II. und III. Aufzug liegt ein Zeitraum von mehreren Jahren.
Orchester: 2 Fl., 1 Picc., 2 Ob., 2 Kl., 2 Fag., 4 Hr., 2 Trp., 3 Pos., P., Hrf., Str.
Gliederung: Vorspiel und 22 Musiknummern, die pausenlos ineinandergehen.
Spieldauer: Etwa 2½ Stunden.

Handlung

Die Gutsbesitzerin Larina hat zwei noch sehr junge Töchter: die ätherisch-zarte, sensible Tatjana und die lebenslustige, temperamentvolle Olga. Letztere wird leidenschaftlich von dem idealistisch veranlagten Dichter und Gutsnachbarn Lenskij verehrt, während Tatjana den Männern gegenüber scheu ist und sich bei der Lektüre von Büchern schwärmerischen Phantasien hingibt. Zur Erntezeit führt Lenskij seinen Freund und neuen Gutsnachbarn Eugen Onegin bei Larina ein. Mutter Larina, die gerade mit der Amme Filipjewna mit Einkochen beschäftigt ist, begibt sich sogleich ins Haus, um für die Bewirtung der Gäste zu sorgen. Lenskij ergreift die Gelegenheit, Olga wieder einmal seine heiße Liebe zu beteuern; Tatjana unterhält sich indessen mit Onegin. Die stattliche Erscheinung und das kavaliermäßige, gewandte Benehmen machen auf sie Eindruck, und sie verliebt sich unversehens in ihn. – Vergeblich sucht sie Rat bei ihrer Amme Filipjewna. So glaubt sie, keinen anderen Ausweg zu finden, als Onegin in einem Brief ihre Gefühle mitzuteilen. – Als verwöhnter Petersburger Adeliger, der die herrschende Byron-Mode des Menschenverächters mitmachen zu müssen glaubt, tritt Onegin tags darauf Tatjana mit kühler Überlegenheit gegenüber und erklärt ihr, daß er die Offenheit ihrer reinen Seele ehre, daß er aber ihr Gatte nicht werden könne, da er zur Ehe nicht tauge; die Liebe sei nur Phantasie eines jungen Mädchenherzens, und der Ehestand würde, obwohl Tatjana sein Idealtyp sei, beiden bald zur Qual werden.
Der Winter ist ins Land gezogen. Mutter Larina veranstaltet zu Tatjanas Namenstag einen Hausball, zu dem auch Onegin und Lenskij geladen sind. Während einer Tanzpause trägt der Franzose Triquet ein Gratulations-Couplet vor. Das schüchterne Mädchen nimmt die Ehrung vor den Ballgästen verlegen entgegen. Onegin, den die aus lauter Provinzlern bestehende Gesellschaft maßlos langweilt, rächt sich an Lenskij dafür, daß er ihn hierher geführt hatte, indem er unentwegt mit Olga tanzt. Als sie Lenskij auch den Kotillon zugunsten Onegins ausschlägt, um dadurch ihren Bräutigam für seine unbegründete Eifersucht zu strafen, fühlt sich dieser in seinen heiligsten Gefühlen tief verletzt. Er ereifert sich so weit, daß es zu einem offenen Skandal vor der Ballgesellschaft kommt, wobei er Onegin nicht nur die Freundschaft kündigt, sondern ihn sogar fordert. In dem Duell wird Lenskij von Onegin erschossen.
Nach mehrjährigem, unsteten Wanderleben kehrt Onegin, der nach dem Duell sein Gut verlassen hatte, nach St. Petersburg zurück. Sein Gewissen ist immer noch schwer bedrückt von dem Bewußtsein, seinen besten Freund durch mutwillige Leichtfertigkeit in den Tod getrieben zu haben. Er besucht nun eine feudale Abendgesellschaft, wo er in einer vornehmen Dame Tatjana zu erkennen glaubt. Vorsichtig fragt er den ihm befreundeten Fürsten Gremin, wer die Dame mit dem roten Barett sei. Gremin antwortet, daß sie Larinas Tatjana und seit zwei Jahren seine Frau sei, die er glühend liebe und verehre. Als daraufhin der Fürst ihn Tatjana vorstellt, erwidert sie scheinbar unbefangen, daß sie sich wohl schon früher einmal gesehen hätten. Sie fragt ihn, ob er aus ihrer Heimat käme. Onegin erwidert, er sei soeben von einer langen Reise aus fernem Land zurückgekehrt. Tatjana bittet ihren Gatten aufzubrechen, da sie sich müde fühle. Auf seinen Arm gestützt, verläßt sie freundlich grüßend den Saal. Onegin sieht ihr mit starrem Blick nach. Er erkennt mit einem Mal den Irrtum seiner damaligen Handlungsweise und ist sich bewußt geworden, daß er Tatjana liebt. – Stürmisch begehrt er in einer Aussprache, um die er sie brieflich gebeten hat, ihr Herz. Tatjana, deren Gefühle für den einst so heiß Geliebten durchaus noch nicht erloschen sind, kämpft zwischen Liebe und Pflicht. Eingedenk des Treueschwurs, den sie ihrem edlen Gatten am Altar gegeben hatte, verläßt sie schließlich den Salon, nicht ohne Onegin unmißverständlich bedeutet zu haben, daß dies ein Abschied für immer sei. Verzweifelt entfernt sich Onegin mit der bitteren Erkenntnis, durch seine kaltherzige Haltung sein Leben selbst verpfuscht zu haben.

Stilistische Stellung

Mit Recht wird ›Eugen Onegin‹, die meistgespielte Oper des Meisters, als das schönste und vollkommenste Bühnenwerk Tschaikowskijs bezeichnet. Die Verbundenheit des Komponisten mit dem Sujet hat zwei Ursachen: Zunächst war ›Eugen Onegin‹ für Tschaikowskij ein Opernstoff, der seiner Eigenart ungewöhnlich entgegenkam: »Ich wünsche nichts, was Bestandteil der sogenannten Großen Oper ist. Ich halte Ausschau nach einem intimen, aber kraftvollen Drama, das aufgebaut ist aus dem Konflikt von Umständen, den ich selbst erfahren und gesehen habe, einem Konflikt, der mich wirklich berührt. Dabei verschmähe ich nicht das phantastische Element; denn es kennt keine Hindernisse, weil das Reich der Phantasie keine Grenzen hat« (Brief Tschaikowskijs vom 14. Januar 1878 an Sergej I. Tanejew). Die Schlichtheit des Stoffes und sein großer poetischer Reichtum ließen auch alle Bedenken über die geringe Bühnenwirksamkeit der Handlung verstummen, deren sich der Komponist wohl bewußt war. Zum andern war es das persönliche Erlebnis mit seiner Schülerin Antonina Iwanowna Miljukowa, die ihm, ähnlich wie Tatjana Onegin, in einem Brief ihre Liebe erklärte. Tschaikowskij antwortete zwar ungefähr ebenso wie Onegin auf Tatjanas Brief, doch war er nicht so hartherzig wie dieser, und die Miljukowa wurde während der Entstehung der Oper Tschaikowskijs Frau. In der musikalischen Gestaltung dominiert das Lyrische; es verklärt mit subtilen Klängen vor allem die Gestalt der Tatjana, die ganz besonders Tschaikowskijs Phantasie fesselte. Nicht minder wundervolle Lyrismen zeichnen die Gefühle des jugendlichen Lenskij und des abgeklärten Fürsten Gremin. Daneben werden auch Töne verhaltener Leidenschaft (z. B. Briefszene), der Wehmut und des Schmerzes (z. B. Duellszene) mit eindringlicher Wirkung angeschlagen. Im Gegensatz hierzu stehen die frischen Chöre, bei denen auch die nationale Note am stärksten hervortritt (z. B. Chor der Schnitter), sowie die schmissigen, populär gewordenen Tänze (Walzer, Polonaise). Das Klangbild ist – abgesehen von den für Tschaikowskijs Stil charakteristischen kanonartig durchgeführten melodischen Imitationen – durchwegs homophon gehalten. Die Hauptthemen kehren der dramatischen Situation entsprechend leitmotivartig im Verlauf der Oper immer wieder. Trotzdem hat Tschaikowskij mit Richard Wagner, den er übrigens sehr verehrte, nichts gemein, eher sind Berührungspunkte mit dem Stil des von ihm überaus geliebten Hector Berlioz zu bemerken. In der formalen Anlage wechseln geschlossene Formen mit freieren, zum Teil rezitativischen Partien.

Textdichtung
Konstantin Schilowskij, der Bruder von Tschaikowskijs Schüler und Reisebegleiter Wladimir Schilowskij, führte das Libretto nach einem Entwurf des Komponisten aus. Der Operndichtung liegt der 1833 erschienene gleichnamige Roman in Versen von Aleksander Puschkin (1799–1837) zugrunde. Tschaikowskij legte bei der Dramatisierung des Puschkinschen Gedichtes weniger Wert auf eine solid gezimmerte Handlung, sondern es war ihm für die musikalische Gestaltung in erster Linie um die Herausarbeitung der feinen poetischen Wirkungen des Stoffes zu tun. Deshalb wurde auch auf ausdrücklichen Wunsch des Komponisten nicht die Bezeichnung »Oper«, sondern der Untertitel »Lyrische Szenen« gewählt. Für den Zuschauer, der den Puschkinschen Roman nicht kennt, ist der Handlungszusammenhang mit den beiden letzten Bildern allerdings etwas schwer verständlich, da bei der Operndichtung wichtige Abschnitte der Vorlage unberücksichtigt geblieben sind, so die weiteren Geschicke der beiden Töchter Larinas nach dem Duell, Onegins Reisen, Tatjanas Aufenthalt bei ihrer Tante in Moskau, wo sie den Fürsten Gremin kennenlernte. Bemerkenswert ist auch, daß Tschaikowskij ursprünglich der Oper einen anderen Schluß gegeben hat: Tatjana sinkt Onegin in die Arme. In diesem Augenblick betritt Fürst Gremin den Salon. Tatjana fällt in Ohnmacht, während Onegin davonstürzt mit dem Ausruf, daß er nunmehr den Tod suche. Diese Veränderung des Ausgangs der Handlung wurde Tschaikowskij in Moskau übel vermerkt, so daß er sich entschloß, der Oper endgültig den Puschkinschen Originalschluß zu geben.

Geschichtliches
Zu Anfang des Jahres 1877 war Tschaikowskij auf der Suche nach einem neuen Operntext. Er überlegte ›Othello‹ und auf Wladimir Stassows Rat Alfred de Vignys ›Cinq-Mars‹. Im April des gleichen Jahres wurde er auf einer Gesellschaft bei der Sängerin Jelisaweta A. Lawrowskaja auf ›Eugen Onegin‹ hingewiesen. Er beschaffte sich Puschkins Gedicht und begeisterte sich sofort derart für den Stoff, daß er gleich selbst ein Szenarium entwarf. Mit der Ausarbeitung des Librettos betraute er anschließend Konstantin Schilowskij. »Mit unbeschreiblichem Vergnügen und Enthusiasmus« ging der Komponist an die Vertonung des Buches, die er neben der Arbeit an seiner 4. Symphonie ausführte. Trotz der Unter-

brechungen, veranlaßt durch die seelischen Nöte im Anschluß an seine inzwischen erfolgte unglückliche Verheiratung, war die musikalische Skizzierung des ›Eugen Onegin‹ bis Juni 1877 bereits zu zwei Drittel fertig. Mit der Instrumentierung wurde im Oktober in Clarens (Schweiz) begonnen. Der I. Akt wurde am 1. November, der II. Ende Dezember und der Rest Anfang des Jahres 1878 vollendet. Am 1. Februar wurde die Partitur abgeschlossen. Tschaikowskij hatte bereits im November 1877 den Wunsch geäußert, daß ›Eugen Onegin‹ am Moskauer Konservatorium herauskommen möge, da das Werk »für einen sparsamen Etat und eine kleine Bühne« gedacht sei. Die Uraufführung erfolgte aber erst – Tschaikowskij hatte inzwischen schon eine weitere Oper, ›Die Jungfrau von Orléans‹, vollendet – am 29. März 1879 am Kleinen Theater zu Moskau unter Leitung von Nikolaj Rubinstein. Die solistische Besetzung war unzulänglich – die Sänger bestanden durchwegs aus Studierenden des Konservatoriums –, und so errang das Werk damals nicht viel mehr als einen Achtungserfolg für den Komponisten. Die Kritik war freundlich, aber nicht begeistert. Einen durchschlagenden Erfolg hatte die Oper erst am 31. Oktober 1884 bei ihrer Erstaufführung am Kaiserlichen Theater in St. Petersburg unter Leitung von Eduard Franzewitsch Naprawnik. ›Eugen Onegin‹ ist von da an in Rußland ein Standardwerk geworden und auch im Ausland ist er neben Mussorgskijs ›Boris Godunow‹ die meistaufgeführte russische Oper.

Mazeppa (Masepa)

Oper in drei Akten. Dichtung von Viktor Burenin und dem Komponisten nach Alexander Puschkin.

Solisten: *Mazeppa/Masepa* (Heldenbariton, gr. P.) – *Kotschubej* (Seriöser Baß, gr. P.) – *Andrej* (Jugendlicher Heldentenor, gr. P.) – *Orlik* (Charakterbaß, m. P.) – *Iskra* (Tenor, kl. P.) – *Betrunkener Kosak* (Tenor, kl. P.) – *Ljubov* (Dramatischer Mezzosopran, gr. P.) – *Maria/Marija* (Jugendlich-dramatischer Sopran, gr. P.).
Chor: Freundinnen Marias – Kosaken und ihre Frauen – Gäste und Diener Kotschubejs – Leibwache Mazeppas – Volk, Mönche und Scharfrichter (gr. Chp.).
Ballett: Tänzerinnen und Tänzer bei Kotschubejs Fest.
Ort: Ukraine.
Schauplätze: Der an einem Fluß gelegene Garten von Kotschubejs Landhaus mit zum Garten blickender Galerie – Saal im Hause Kotschubejs – Kellergewölbe in Mazeppas Palast – Ein Gemach in Mazeppas Palast, dessen hintere Front den Blick auf eine Terrasse freigibt – Richtplatz – Das kriegszerstörte Anwesen Kotschubejs (Garten und Landhaus).
Zeit: Zu Beginn des 18. Jahrhunderts, vor und nach der Schlacht zu Poltava (1709).
Orchester: 3 Fl. (III. auch Picc.), 2 Ob., 1 Eh., 2 Kl., 2 Fag., 4 Hr., 2 Trp., 2 Cornets à pistons, 3 Pos., Bt., P., 2 Schl. (Triangel, Becken, gr. Tr., Tamburin, Militärtrommel), 1 Hrf., Str. – Bühnenmusik: Banda (u. a. 4 Trp., Militärtrommel), ansonsten nicht näher ausgeführt, hinter und auf der Szene).

Gliederung: 19 durchkomponierte Szenen, die pausenlos ineinander übergehen. Dem I. Akt geht eine Introduktion, dem III. Akt ein sinfonisches Gemälde »Die Schlacht von Poltava« voraus.
Spieldauer: Etwa 3 Stunden.

Handlung

Auf dem am Garten Kotschubejs gelegenen Fluß fahren Marias Freundinnen in kleinen Booten vorbei und laden Maria zu sich ein. Doch Maria lehnt ab, denn im Hause ihres Vaters Kotschubej weilt gerade Mazeppa, der Hetman (Oberbefehlshaber) der Kosaken. Ohnehin ist sie in Gedanken bei Mazeppa, mit dem sie trotz seines fortgeschrittenen Alters heimlich eine Liebesbeziehung eingegangen ist. Als ihr Jugendfreund Andrej sich ihr nähert, nutzt Maria die Gelegenheit, um dessen Liebeswerben zurückzuweisen. Da treten auch schon Mazeppa und Kotschubej samt ihrer jeweiligen Gefolgschaft aus dem Haus heraus. Herzlich bedankt sich Mazeppa für Kotschubejs Gastfreundschaft. Der ist um den hohen Besucher sehr bemüht und sucht ihn mit Wein, Gesangs- und Tanzdarbietungen zu erfreuen. Mazeppa nutzt nun die Ausgelassenheit des Festes, um bei Kotschubej um die Hand Marias anzuhalten. Doch der zeigt sich augenblicklich ernüchtert und verweigert Mazeppa nicht zuletzt unter Hinweis auf dessen Alter die Einwilligung zur Heirat. Als Mazeppa andeutet, daß er und Maria ein Verhältnis haben, weist Kotschubej den Gast entrüstet aus dem Haus. Der Streit spitzt sich zu. Es droht eine Prügelei zwischen Mazeppas Leibwachen und Kotschubejs Leuten. Da tritt Maria dazwischen, und Mazeppa verlangt von ihr eine sofortige Entscheidung. Zur Bestürzung ihres Vaters, ihrer Mutter Ljubov und von Kotschubejs Gefolgsleuten wirft sich Maria Mazeppa in die Arme. Verteidigt von seiner Leibwache, macht sich Mazeppa gemeinsam mit Maria davon. – Im Kreis der Frauen beklagt Ljubov den Verlust ihrer Tochter. Sie fordert Kotschubej auf, Maria gewaltsam zurückzuholen. Doch Kotschubej hat einen anderen Plan. Im Wissen, daß Mazeppa insgeheim ein Bündnis mit den Schweden gegen Zar Peter anstrebt, will er Mazeppa dem Zaren als Hochverräter ausliefern. Ein Bote an den Zaren ist leicht gefunden: Andrej, der in Mazeppa den Rivalen sieht, der ihm Maria genommen hat. Alle sind sich darin einig, grausame Rache an Mazeppa üben zu wollen.

Indessen ist es anders gekommen: Weil der Zar Kotschubejs Bericht keinen Glauben schenkte, lieferte er Kotschubej gemeinsam mit dessen Vertrauten Iskra Mazeppa aus. Im Keller von Mazeppas Palast beklagt der von der Folter zerschundene Kotschubej sein Los. Der Hetman jedoch hat Orlik, seinen Mann fürs Grobe, herunter ins Verlies geschickt: Ohnehin sei er, Kotschubej, des Todes. Um sich weitere Folterqualen zu ersparen, solle er das Versteck seines Vermögens preisgeben. Doch Kotschubej verharrt in Schweigen und bricht in der Angst vor der angedrohten Folter zusammen. – Mazeppa plagen trübe Gedanken angesichts der bevorstehenden Hinrichtung Kotschubejs. Orlik berichtet, daß auch weitere Torturen Kotschubejs Schweigen nicht haben brechen können. Mazeppa bestätigt den Hinrichtungsbefehl und läßt Orlik abtreten. Seine Gedanken wenden sich seiner Leidenschaft für Maria zu. Sie tritt ein und beklagt sich über Vernachlässigung. Eifersüchtig vermutet sie eine Rivalin. Seinen Beschwichtigungen schenkt sie keinen Glauben, bis Mazeppa ihr endlich offenbart, warum er in den zurückliegenden Wochen kaum Zeit für sie hatte: Er plane eine politische Umwälzung, deren Ziel eine unabhängige Ukraine mit ihm, Mazeppa, als Zar sei. Augenblicklich begeistert sich Maria für die ukrainische Zarenkrone. Und als Mazeppa sie noch einmal vor die Entscheidung stellt, sich für ihn oder für ihren Vater zu entscheiden, bekennt sie sich abermals zu dem Geliebten. Mazeppa wendet sich zum Gehen, und Maria bleibt nachdenklich zurück. Da schleicht sich über die Terrasse Marias Mutter herein, die ihre Tochter um Vermittlung im Streit zwischen Kotschubej und Mazeppa bittet. Erst durch Ljubov erfährt Maria, wie es wirklich um ihren Vater steht. Kaum begreift sie, was ihr die verzweifelte Mutter über des Vaters Schicksal berichtet. Unfähig zum Handeln, fällt sie ihn Ohnmacht. Zur Besinnung kommend, stürzt sie mit der Mutter zur Rettung des Vaters davon. – Aufgeregt strömt das Volk auf dem Weg zur Hinrichtung Kotschubejs und Iskras zusammen. Es herrscht allgemeine Bestürzung über das bevorstehende Ende der beiden, und so weisen die Leute einen betrunkenen Kosaken zurecht, der glaubt, in dieser entsetzlichen Situation noch Witze machen zu sollen. Scheu schauen die Leute auf die Scharfrichter und auf den stumm vorbeireitenden Mazeppa und sein Geleit. Und groß ist das Mitleid, als Kotschubej und sein Vertrauter Iskra auf ihrem letzten Gang um Gottes Gnade bitten. Kotschubej und Iskra ersteigen das Blutgerüst. Ljubov und Maria erreichen die Hinrichtungsstätte. Als die Richtbeile aufblitzen und niedersausen, schreit Maria auf und fällt der Mutter in die Arme.

Nach Mazeppas Niederlage in der Schlacht von Poltava: Andrej hat zu nächtlicher Stunde den verödeten Garten von Kotschubejs Anwesen aufgesucht und erinnert sich dessen, was er hier erlebt hat. Als Reiter nahen, versteckt er sich. Es handelt sich um Orlik und Mazeppa auf der Flucht. Während sich Orlik um die Pferde kümmert, bedenkt Mazeppa seine aussichtslose Lage und schaudert, als er begreift, wo er sich gerade befindet. Andrej erkennt Mazeppa. Es kommt zum Kampf. Mazeppa schießt Andrej nieder, der verwundet zusammenbricht. Da fällt das Mondeslicht auf eine andere Gestalt: Maria. Sie ist wahnsinnig geworden. Mazeppa will sie mit sich nehmen, doch der zurückkommende Orlik will die Flucht nicht durch eine Verrückte gefährdet sehen und drängt zum Aufbruch. Er zieht Mazeppa mit sich fort. Maria aber hört nun eine andere Stimme rufen – die des sterbenden Andrej. Halb scheint sie ihn zu erkennen, sie nimmt ihn in den Arm, singt ihm ein Schlaflied und wiegt ihn wie ein Kind in den Tod.

Stilistische Stellung

Tschaikowskijs Oper ›Mazeppa‹ weist insofern eine gewisse Nähe zu Modest Mussorgskijs musikdramatischem Schaffen auf, als russische Historie und Volksdrama das Stück mitprägen. So bieten die schwedisch-russischen Auseinandersetzungen um das Jahr 1709 den historischen Hintergrund; und als sinfonisch konzipierte Zwischenaktmusik ist die Schlacht von Poltava, in der der historische Masepa gemeinsam mit dem schwedischen König Karl XII. eine verheerende Niederlage im Kampf gegen das russische Heer einstecken mußte, vor Beginn des III. Aktes sogar musikalisch präsent. Wie bereits in der 1882 uraufgeführten Ouvertüre solennelle ›1812‹ sind hier Zitate eingearbeitet: das bereits bei Beethoven (›Rasumowski‹-Quartett, op. 59,2) und Mussorgskij (›Boris Godunow‹) zitierte Volkslied ›Slava‹ und der liturgische Gesang ›Spasi Gospod‹, der ebenfalls in der eben genannten Ouvertüre Verwendung gefunden hat. Auch sonst greift Tschaikowskij in ›Mazeppa‹ immer wieder auf Volkslieder des russisch-ukrainischen Kulturraums zurück, nicht zuletzt in den Chorsätzen. Ebenso ist die folkloristische Färbung der Balletteinlage im I. Akt unverkennbar, die von dem ukrainischen Volkstanz ›Gopak‹ inspiriert ist. Doch bezieht sich der Komponist in ›Mazeppa‹ nicht nur auf die national-russischen Bestrebungen Mussorgskijs und des Mächtigen Häufleins, sondern auch die französische Grand opéra bot ihm für die Dramaturgie der Ensembleszenen Orientierung. Die Eklat-Struktur des 2. Bildes hat ebenso französische Vorbilder wie das Hinrichtungs-Tableau im II. Akt mit aufziehender Banda, Schaugepränge und Schockeffekten. So ist nach Kotschubejs und Iskras ergreifendem Gebet auf ihrem Gang zum Schafott Marias und Ljubovs Zuspätkommen unmittelbar in dem Augenblick, als die Henkersbeile aufblitzen, ein Coup de théâtre von Meyerbeerscher Drastik.

Die Opulenz dieser Massenszenen korrespondiert mit einer Orchestrierung, die gemäß der kriegerischen Handlung vor grellen und sogar martialischen Klangeffekten nicht zurückscheut. Gleichwohl legt es Tschaikowskijs Gesamtdramaturgie darauf an, die Protagonisten mehr und mehr aus dem Kollektivzusammenhang herauszulösen und sie zu vereinzeln, so daß es im III. Akt dann überhaupt keine Ensembleszenen mehr gibt. Der Titelheld ist jedoch bereits in der Introduktion zum I. Akt präsent: Im Unisono der Baßinstrumente wird gleich zu Beginn sein energisches Personenmotiv vorgestellt, das in der Oper mehrfach wiederkehrt. Nach Auskunft des Komponisten greift die Introduktion jene Jugendepisode aus Mazeppas Leben auf, wonach er zur Strafe für ein Liebesverhältnis auf seinem Pferd festgebunden und von Polen in die Ukraine verjagt worden sei. Damit böte die Introduktion eine Parallelversion zu Franz Liszts 1856 veröffentlichter ›Mazeppa‹-Tondichtung. Vor allem aber führt Tschaikowskijs Introduktion eine musikalische Auslöschung vor Ohren. Denn ihr lyrisch gehaltener Mittelteil erliegt gleichsam dem Ansturm des wiederkehrenden Mazeppa-Themas. Nicht anders das Charakterbild der Titelfigur in der Oper: Der Machtmensch Mazeppa verbreitet Not und Zerstörung, und skrupellos nimmt er sich, was er haben will. Wer sich ihm in den Weg stellt, ist wie Kotschubej des Todes. Und selbst Maria, die er gemäß seiner an Gremins Arie aus ›Eugen Onegin‹ orientierter Monolog-Arie im II. Akt nach eigenem Bekunden doch aufrichtig liebt, wird von Mazeppa rücksichtslos zur Gewissensentlastung benutzt: So verlangt er von ihr ein gegen den Vater gerichtetes Treuebekenntnis, obwohl er längst Kotschubejs Tod beschlossen hat, worüber er Maria freilich im Unwissen läßt. Nachdem sie an dem Konflikt zwischen dem Geliebten und dem Vater zerbrochen ist und den Verstand verloren hat, läßt Mazeppa Maria, ungeachtet aller Mitleidsbekundungen, hilflos zurück und macht sich aus dem Staub.

Letztlich steht Maria im Zentrum des Stücks. Den Jugendfreund Andrej zurückweisend, begibt sie sich mit ihrem Bekenntnis zu Mazeppa auf den »Irrweg« (Kadja Grönke) einer Liebe, die wegen des großen Altersunterschieds zwischen Maria und Mazeppa gegen die Konventionen verstößt und die von Sitte und Herkommen geforderte Gehorsamspflicht des Kindes gegenüber dem Vater aufkündigt. Durch diese Entscheidung wird Maria im klassischen Sinne zur tragischen Figur. Aufgerieben vom wechselseitigen Haß Kotschubejs und Mazeppas, hat sie nur noch in den Untergang führende Handlungsoptionen, so daß ihr Geist an der sie in Schuld verstrickenden Realität zerbricht. Insbesondere in dem hochdramatischen Gespräch mit der Mutter im II. Akt wird wahrnehmbar, wie Maria der Sinn für die Wirklichkeit abhanden kommt. Anknüpfend an die Wahnsinnsszenen der italienischen Oper, projiziert dann die Musik im III. Akt die inneren Bilder von Fürsorglichkeit und Zärtlichkeit nach außen, mit denen Maria die verstörenden Eindrücke des sie umgebenden Kriegselends zu bannen versucht, die ihr zerrütteter Geist nicht mehr bewältigen kann. Der schlichte Wiegenlied-Duktus des still ausklingenden Finales ist aber ohne

Beispiel in Wahnsinnsszenen italienischer Provenienz.

Textdichtung
Historisches Urbild der Titelfigur ist der Hetman der ukrainischen Kosaken Iwan Masepa (1639–1709). In der Ukraine als Volksheld verehrt, weil er die Unabhängigkeit seiner Heimat von Rußland zu erlangen suchte, gilt er in Rußland als Erzverräter, weil er im Bündnis mit dem schwedischen König Karl XII. Zar Peter dem Großen in den Rücken fiel. 1828 entstand Alexander Puschkins Versepos ›Poltava‹, das Viktor Burenin (1841–1926) zur Textvorlage für sein ›Mazeppa‹-Libretto nahm. Burenins Opernbuch war ursprünglich für einen anderen Komponisten bestimmt und gilt als verschollen. Als Tschaikowskij sich an die Einrichtung seines Operntextes machte, war Burenins Libretto aber nicht die einzige Textquelle, vielmehr griff der Komponist häufig auf Originalverse aus Puschkins Poem zurück, zumal einige Passagen der ›Poltava‹-Dichtung bereits als Dialog gestaltet waren, die dann insbesondere zu den Gesprächen zwischen Mazeppa und Maria im II. und III. Akt die Textgrundlage bildeten. Aus einem bei Puschkin namenlos bleibenden Kosaken wurde für die Oper die Tenorpartie Andrejs entwickelt. Dramaturgisch bedeutsam ist außerdem, daß im II. Akt anders als bei Puschkin das Kerkerbild vor dem Gespräch zwischen Mazeppa und Maria zu stehen kommt, so daß das Opernpublikum anders als die ahnungslose Maria über Kotschubejs Gefangennahme und bevorstehenden Tod informiert ist. Auftritte des Zaren und des Schwedenkönigs wurden aus der Vorlage nicht in die Oper übernommen, denn das private Schicksal Marias, die an der patriarchalen Gesellschaftsordnung zerbricht, sollte in den Vordergrund gerückt werden, wodurch die pejorative Wertung Mazeppas – gemäß der seinerzeit geltenden national-russischen Perspektive – sekundär wird. Das Finale des II. Akts bereitet die Beschreibung Puschkins von Kotschubejs und Iskras Hinrichtung operngemäß auf, während es für die Schlußszene der Oper bei Puschkin keine Vorlage gibt. Hier greift Tschaikowskij für das Wiegenlied auf Verse Michail Jurjewitsch Lermontows zurück.

Geschichtliches
Bald nach der Uraufführung seiner Oper ›Die Jungfrau von Orléans‹ beginnt Tschaikowskij auf Grundlage des Burenin-Librettos im Sommer 1881 mit der Komposition des ›Mazeppa‹. Doch erst die Entscheidung, auch das Puschkin-Original in das Werk zu integrieren, löst ab Dezember den auf eine Werkvollendung zielenden Schaffensprozeß aus, so daß im Frühling 1883 Partitur und Klavierauszug vorliegen. Mazeppas Liebesmonolog wurde wohl Ende des Jahres als Einlagearie nachgereicht. Am 3. Februar 1884 hatte das Werk im Moskauer Bolschoi-Theater, drei Tage später im Petersburger Marinskij-Theater Premiere. Noch im März kürzt der Komponist in allen drei Akten. Insbesondere streicht er den ursprünglichen Schluß mit dem Selbstmord der sich im Fluß ertränkenden Maria und ersetzt ihn durch eine erweiterte Fassung des Wiegengesangs. Revisionen, die das Gespräch zwischen Mazeppa und Maria im II. Akt betreffen, folgen noch im Januar 1885. Damit lag das Werk in einer Fassung letzter Hand vor. Seitdem ist ›Mazeppa‹ fester Bestandteil des russischen und bald auch des osteuropäischen Opernrepertoires. Daß ›Mazeppa‹ auch im deutschsprachigen Raum mehr und mehr Beachtung findet, zeigen Aufführungen bei den Bregenzer Festspielen 1991 (Dirigent: Pinchas Steinberg, Inszenierung: Richard Jones) und bei den Salzburger Festspielen 2005 (konzertant unter der musikalischen Leitung von Valery Gergiev). Auf den deutschen Bühnen war das Stück seit der Jahrtausendwende immer häufiger zu sehen: 2010 in Bremen, 2012 in Krefeld und Mönchengladbach, außerdem zur Wiedereröffnung des Heidelberger Theaters, 2013 an der Komischen Oper Berlin.

R. M.

Pique-Dame (Pikowaja dama)

Oper in drei Akten. Dichtung von Modest I. Tschaikowskij.

Solisten: *Hermann* (Jugendlicher Heldentenor, gr. P.) – *Graf Tomskij* (Heldenbariton, auch Charakterbariton, gr. P.) – *Fürst Jeletzkij* (Kavalierbariton, m. P.) – *Tschekalinskij* (Charaktertenor, m. P.) – *Ssurin* (Seriöser Baß, auch Charakterbaß, m. P.) – *Tschaplitzkij* (Spieltenor, auch Charaktertenor,

kl. P.) – *Narumow* (Charakterbaß, kl. P.) – *Festordner* (Tenor, kl. P.) – *Gräfin* (Dramatischer Mezzosopran, auch Dramatischer Alt, m. P.) – *Lisa* (Jugendlich-dramatischer Sopran, gr. P.) – *Pauline* (Alt, m. P.) – *Gouvernante* (Spielalt, kl. P.) – *Mascha* (Sopran, kl. P.). – Personen des Zwischenspiels: *Chloë* (Lyrischer Sopran, auch Soubrette, m. P.) – *Daphnis [Pauline]* (Alt) – *Plutus [Graf Tomskij]* (Heldenbariton, auch Charakterbariton).
Chor: Wärterinnen – Gouvernanten – Ammen – Kinder – Spaziergänger – Gäste – Spieler usw. (Kinderchor [Knaben und Mädchen]; im 3. Bild ganzer Chor geteilt in Gäste und in Schäfer und Schäferinnen; m. Chp.).
Ballett: Im 3. Bild verschiedene Tänze in dem Intermezzo.
Ort: St. Petersburg.
Schauplätze: Sommergarten mit Kinderspielplatz – Zimmer mit Tür zur Gartenveranda – Großer Saal in einem vornehmen Haus, an den Seiten Logen – Schlafzimmer der alten Gräfin – Zimmer in einer Kaserne – Kanal am Winterpalais, im Hintergrund der Newa-Quai und die Peter-Pauls-Festung – Spielhaus.
Zeit: Ende des 18. Jahrhunderts.
Orchester: 2 Fl., 1 Picc., 2 Ob. (II. auch Eh.), 2 Kl., 1 Bkl., 2 Fag., 4 Hr., 2 Trp., 3 Pos., 1 Bt., P., Schl., Hrf., Str. – Bühnenmusik: 2 Trp., 1 kl. Tr.
Gliederung: Introduktion und 24 Musiknummern, die pausenlos ineinandergehen.
Spieldauer: Etwa 2½ Stunden.

Handlung

Dem Freundeskreis um Graf Tomskij gehört auch der junge Offizier Hermann an, seiner Abstammung nach ein Deutscher. Er ist sparsam und vorsichtig und riskiert nicht sein vom Vater ererbtes Vermögen, obwohl er für das Kartenspiel seiner Kameraden, dem er als stummer Zuschauer beizuwohnen pflegt, ein leidenschaftliches Interesse zeigt. Bei einem Spaziergang in der Frühlingssonne fällt Tomskij die gedrückte Stimmung des ohnehin wortkargen Hermann auf. Dieser gesteht schließlich, in ein ihm unbekanntes Mädchen verliebt zu sein, doch befürchte er, geringe Aussichten zu haben, da die Angebetete anscheinend einem vornehmen Haus entstamme. Zu den beiden tritt Fürst Jeletzkij. In seiner Begleitung befinden sich die alte Gräfin und deren Enkelin Lisa, in der Hermann sogleich seine unbekannte Geliebte erkennt. Zu Hermanns Bestürzung stellt der Fürst Lisa als seine Braut vor, während sich die alte Gräfin bei Tomskij nach dem ihr unheimlich erscheinenden jungen Offizier erkundigt. Als sich Jeletzkij mit den Damen entfernt hat, erzählt Tomskij den Freunden, daß die achtzigjährige Gräfin dereinst als »Venus moscovite« ganz Paris durch ihre Schönheit bezaubert hätte; sie war auch eine leidenschaftliche Spielerin, und als sie eines Tages alles verspielt hatte, verriet ihr der mit den Künsten der Magie vertraute Graf Saint-Germain um den Preis ihrer Gunst das Geheimnis von drei Karten, mit denen sie in der Folge ein großes Vermögen gewinnen konnte. Sie wurde daraufhin nur mehr die »Gräfin Pique-Dame« genannt. Nachdem sie das Kartengeheimnis ihrem Mann und einem jungen Galan verraten hatte, war ihr nachts ein Geist erschienen, der ihr prophezeite, daß ein Dritter, der, von Liebe durchdrungen, sie mit Gewalt zur Preisgabe des Kartengeheimnisses zwänge, ihr den Tod bringen würde. Die Freunde lachen über die unglaubwürdige Geschichte, nur Hermann ist tief beeindruckt. Er beschließt, zunächst den Fürsten in Lisas Herz zu verdrängen. – An ihrem Verlobungstag dringt er nachts durch die Veranda in ihre Zimmer ein. Er droht, sich das Leben zu nehmen, wenn sie ihn nicht erhöre; nach verzweifeltem Ringen siegt die Liebe über die Pflicht, und Lisa gesteht ihm den schicksalsschweren Entschluß.

Die Geschichte mit den drei Karten läßt Hermann nicht zur Ruhe kommen. Seine Freunde ahnen, was ihn bewegt; sie necken ihn auf einem Ball, indem sie sich maskiert an ihn heranschleichen und ihm zuflüstern, er sei jener Dritte. Da er gleichzeitig die ihn starr anblickende alte Gräfin an sich vorbeigehen sieht, glaubt er, Stimmen aus der Geisterwelt vernommen zu haben. Nach der Vorstellung des Intermezzos ›Daphnis und Chloë‹ übergibt Lisa, die während des Balles von ihrem edlen und vornehmen Bräutigam warmherzig aufgefordert wurde, sich ihm voll und ganz anzuvertrauen, Hermann heimlich einen Schlüssel, mit dem er durch die Gartentür über das Schlafzimmer ihrer Großmutter in ihr Zimmer gelangen könne. Hermann betrachtet dies als einen Wink des Schicksals. Während die Ballgesellschaft sich anschickt, die eben ankommende Zarin zu empfangen, verschwindet er unbemerkt, um sich sogleich in dem Schlafzimmer der alten Gräfin zu verbergen. – Nach ihrer Rückkehr wird die Gräfin von ihren Zofen umgekleidet, während Lisa mit bebendem Herzen allein auf ihr Zimmer eilt. Die Greisin will die Nacht im Lehnstuhl verbringen. Alte Erinnerungen an vergangene glanzvolle Tage tauchen in ihr auf, da tritt Hermann vor sie und fleht sie an, ihm das Kartengeheimnis zu verraten. Aber die Gräfin bleibt stumm, und als er plötzlich seine Pistole zieht, um sie zum Reden zu zwingen, bricht die Gräfin tot zusammen. Auf den Lärm hin kommt Lisa; entrüstet weist sie Hermann die Tür, der offenbar nicht ihretwillen, sondern nur der Karten wegen gekommen war.

Hermann erhält zwar bald einen versöhnlichen Brief von Lisa, in dem sie ihn zu einer nächtlichen Zusammenkunft am Newa-Quai auffordert; sollte er bis Mitternacht nicht gekommen sein, so müßte sie allerdings ihren ursprünglichen Verdacht bestätigt finden. – Zur späten Abendstunde allein in seinem Kasernenzimmer, muß Hermann immerzu an die Bestattungsfeier denken, und wie ihn die in ihrem Sarg aufgebahrte Alte höhnisch anblinzelte. Da steht plötzlich ihr Geist vor ihm. Die Erscheinung fordert ihn auf, Lisa zu heiraten, dann würden ihm die Karten Drei, Sieben und As Glück im Spiel bringen. – Am Newa-Quai wartet Lisa zur angegebenen Zeit auf Hermann, und als er kommt, ist sie bereit, mit ihm zu fliehen; sein Ziel ist aber das Spielhaus. Verzweifelt sucht sie ihn, der offensichtlich dem Wahnsinn nahe ist, zu retten. In höchster Ekstase stößt er sie schließlich von sich und läuft weg. Für Lisa ist das Leben sinnlos geworden, und sie stürzt sich in die Newa. – Im Spielsalon erscheint zum Erstaunen der Gäste Fürst Jeletzkij. Er, der sonst nie spielt, will heute sein Glück im Spiel versuchen, da er in der Liebe Unglück hatte; er hat seine Verlobung gelöst. Hermann betritt den Saal; die Freunde wundern sich über sein verstörtes Aussehen und noch mehr darüber, daß er sich mit einem Mal am Spiel beteiligen möchte. Er setzt erst vierzigtausend Gulden und gewinnt mit Karte Drei, verdoppelt hierauf und gewinnt mit Karte Sieben. Schon will niemand riskieren, mit ihm weiter zu spielen, da tritt der Fürst vor. Hermann setzt seinen gesamten bisherigen Gewinn auf das As. Als er die Karte aufdeckt, hält er aber die Pique-Dame in der Hand. In diesem Augenblick erscheint ihm der Geist der Gräfin, die ihn höhnisch angrinst. Entsetzt weichen die Freunde vor dem Wahnsinnigen zurück, der sich vor ihren Augen ersticht. Sterbend bittet er den Fürsten um Verzeihung, und in einer Vision wird ihm auch Lisas Vergebung zuteil.

Stilistische Stellung

Tschaikowskij war von Haus aus Lyriker. Es zogen ihn daher in erster Linie intime Stoffe mit seelischen Konflikten an. In dieser Hinsicht kam, wie schon ›Eugen Onegin‹, auch ›Pique-Dame‹ seiner Eigenart sehr entgegen. Den Höhepunkt in der musikalischen Gestaltung stellen die dramatischen Szenen des 4., 5. und 6. Bildes dar, wo das Stimmungshafte dominiert und die verschiedenen seelischen Regungen eine sensible Ausdeutung erfahren. Die übrigen Szenen bevorzugen einen flüssigen Konversationston, der gelegentlich von lyrischen Ergüssen in Form von geschlossenen Gebilden oder von kleinen Ensembles und frischen Chören durchzogen wird (Hermanns Liebesgeständnis im 1. Bild und sein elegischer »Trinkspruch« im letzten Bild, Ballade des Tomskij, Romanze und Lied der Pauline, die Ariosi der Gouvernante und des Fürsten, Lied des Tomskij im Schlußbild). Sehr reizvoll in seiner Kontrastwirkung ist das eingelegte Intermezzo ›Die aufrichtige Schäferin‹, von dem der Komponist sagt, es sei »eine getreue Nachbildung des Stils des vorigen Jahrhunderts und daher kein schöpferisches Werk, sondern eigentlich Entlehnung«. Die Gräfin zitiert in ihrem Schlafgemach ein Liedchen aus André-Ernest-Modeste Grétrys Oper ›Richard Löwenherz‹. Ausgesprochen national-russische Töne werden lediglich in dem russischen Lied der Pauline und in dem kleinen Chor der Spieler angeschlagen. Typisch russisch ist aber auch das jähe Umschlagen der Stimmungen und die unmittelbare Gegenüberstellung von zarten Lyrismen und leidenschaftlichen Gefühlsausbrüchen. In der formalen Anlage weist die Partitur gegenüber ›Eugen Onegin‹ keine Strukturveränderungen auf.

Textdichtung

Das Libretto verfaßte des Komponisten Bruder Modest Iljitsch Tschaikowskij (1850–1916), der sich etwa seit 1875 literarisch betätigte. Als Vorlage diente ihm die 1834 erschienene gleichnamige Novelle von Aleksander Puschkin (1799–1837). Modest folgte in den Grundzügen der Originalerzählung, steuerte aber auch einige eigene, die dramatische Wirkung zweifellos fördernde Ideen bei. Die Veränderungen betreffen in erster Linie den Schluß der Handlung (bei Puschkin kommt Hermann ins Irrenhaus, während Lisaweta Iwanowna den Sohn des Verwalters der alten Gräfin heiratet); die Figur des Fürsten Jeletzkij und dessen Verlobung mit Lisa wurde frei dazu erfunden, ebenso die schicksalhafte Bestimmung, daß der Gräfin von einem Dritten, der sie zur Preisgabe des Geheimnisses zwingt, der Tod droht. Lisa ist bei Puschkin das Pflegekind der alten Gräfin, Graf Tomskij deren Enkel. Der schizophrene Charakter von Hermanns Persönlichkeit, dieses Vorgängers von Dostojewskijs Raskolnikow, kommt in der Oper vielleicht noch stärker zum Ausdruck als in der Novelle. Ursprünglich war das Opernbuch etwas breit angelegt; der Komponist nahm daher Kürzungen vor, steuerte aber anderseits auch einige Verse aus eigener Feder bei, so zum Beispiel den Text zu Lisas berühmter Arie »Bald ist es Mitternacht«.

Geschichtliches
Modest Tschaikowskij hatte Puschkins Novelle 1887 für den Komponisten Nikolaj Semjonowitsch Klenowskij dramatisiert, der das Buch jedoch nicht vertonte. Auch Pjotr Tschaikowskij interessierte sich damals schon für die ›Pique-Dame‹, verzichtete aber auf den Stoff, da sein Bruder den Text bereits Klenowskij zugesprochen hatte. Ende des Jahres 1889 tauchte bei einer Verhandlung Tschaikowskijs mit dem Kaiserlichen Theater in St. Petersburg wieder der ›Pique-Dame‹-Plan auf. Da die Theaterbehörde das Libretto befürwortete, entschloß sich der Komponist zur Vertonung, obwohl seine Begeisterung für das Sujet in der Zwischenzeit etwas abgeflaut war. Am 31. Januar 1890 wurde in Florenz mit der Komposition der Oper begonnen. »Mit völliger Selbstvergessenheit und Freude« vertiefte sich Tschaikowskij aber alsbald in die Arbeit, so daß die Skizze bereits am 15. März und der Klavierauszug am 5. April fertig waren. Anschließend wurde die Instrumentation ausgeführt und am 5. Juni die Partitur in Frolowskoje abgeschlossen. Tschaikowskij kam zu den letzten Proben selbst nach St. Petersburg. Die Hauptprobe fand am 17. Dezember in Anwesenheit des Zarenpaares und die Uraufführung am 19. Dezember 1890 an der Kaiserlichen Oper zu St. Petersburg unter Leitung von Eduard Franzewitsch Naprawnik statt. Das Publikum war begeistert, und der Oper war ein großer und dauerhafter Erfolg beschieden.

Iolanta (Yolanthe)

Lyrische Oper in einem Akt. Dichtung nach Henrik Hertz von Modest I. Tschaikowskij.

Solisten: *René*, König von Neapel, Graf der Provence (Seriöser Baß, gr. P.) – *Robert*, Herzog von Burgund (Kavalierbariton, m. P.) – *Graf Vaudemont*, ein burgundischer Ritter (Jugendlicher Heldentenor, gr. P.) – *Ebn-Jahia*, ein maurischer Arzt (Charakterbariton, m. P.) – *Almerik*, Waffenträger des Königs (Tenor, kl. P.) – *Bertrand*, Pförtner des Schlosses (Baß, kl. P.) – *Iolanta*, Tochter des Königs (Jugendlich-dramatischer Sopran, gr. P.) – *Martha*, ihre Amme und Frau Bertrands (Lyrischer Alt, m. P.) – *Brigitte* und *Laura*, Freundinnen Iolantas (Sopran und Mezzosopran, kl. P.).
Chor: Dienerinnen und Freundinnen Iolantas – Gefolge des Königs und Gefolge des Herzogs von Burgund (Frauen: m. Chp., Männer: kl. Chp.).
Ort: In den Bergen Südfrankreichs.
Schauplatz: Ein Garten mit gotischem Pavillon, im Hintergrund eine Mauer mit kleiner Eingangspforte.
Zeit: 15. Jahrhundert.
Orchester: 3 Fl. (III. auch Picc.), 2 Ob., 1 Eh., 2 Kl., 2 Fag., 4 Hr., 2 Trp., 3 Pos., 1 Bt., 2 Hrf., P., Str.

Gliederung: Introduktion und neun aus Musiknummern bestehende Szenen, die pausenlos ineinander übergehen.
Spieldauer: Etwa 1½ Stunden.

Handlung
Vorgeschichte: König René und der damalige Herzog von Burgund beschlossen, ihre Kinder Iolanta und Robert dereinst miteinander zu verheiraten. Allerdings ist Iolanta kurz nach ihrer Geburt erblindet, so daß sie nicht weiß, was Sehen ist. Seitdem hält der König den Zustand seiner Tochter geheim und hofft auf ihre Genesung. In gänzlicher Abgeschiedenheit hat er sie aufwachsen lassen, in einem idyllischen Anwesen, dessen Zutritt Unbefugten bei Todesstrafe verboten ist. Iolanta weiß noch nicht einmal, daß ihr Vater König ist. Auch wird sie von einer Dienerschar umhegt, die auf Geheiß des Königs alles vermeidet, was Iolanta erahnen lassen könnte, daß eine Welt der Farben und des Lichts überhaupt existiert.
Während Spielleute musizieren, pflückt Iolanta

im Garten Früchte. Ist es die Musik, die sie melancholisch stimmt? Doch auch nachdem sich die Musikanten zurückgezogen haben, bleibt die Traurigkeit in ihr. Auf ihre Frage, warum sich die Dienerschaft so liebevoll um sie kümmert, bekommt sie keine zufriedenstellende Antwort. Wie aber konnte ihre Amme Martha bemerken, daß sie weint, ohne die Tränen auf ihren Wangen zu ertasten? Schmerzlich spürt Iolanta, daß Martha, die Freundinnen und die Dienerinnen ihren Fragen ausweichen. Die bringen Blumen herbei, um Iolanta auf andere Gedanken zu bringen, singen Iolanta in den Schlaf und tragen die Schlummernde ins Schloß. – Signalhörner sind zu hören, und der Pförtner Bertrand läßt Almerik, den neuen Abgesandten des Königs, ein. Almerik wird von Bertrand und seiner Frau Martha über die im Schloß geltenden Regeln instruiert und meldet des Königs baldige Ankunft. König René kommt in Begleitung des berühmten maurischen Arztes Ebn-Jahia, der von Bertrand und Martha vor die schlafende Iolanta geführt wird, während der König inständig darauf hofft, daß Ebn-Jahia ihr das Augenlicht zurückgeben kann. Nachdem dieser die Schlafende in Augenschein genommen hat, läßt er den König wissen, daß Heilung möglich sei, freilich nur unter der Bedingung, daß Iolanta über ihre Blindheit aufgeklärt werde. Denn nur, wenn sie selber wünsche, das Augenlicht wiederzuerlangen, könne sie gesunden. Noch aber lehnt René ab, Iolanta mit der Wahrheit zu konfrontieren. – Der Garten ist verlassen, als der Herzog von Burgund, Robert, und sein Freund Graf Vaudemont sich dorthin verirren. Das in die Eingangspforte gemeißelte Verbot, das Anwesen zu betreten, schlagen sie in den Wind. Wie zufällig kommen sie auf die geheimnisvoll entrückte Iolanta zu sprechen und damit auf Roberts Heiratsverpflichtung. Der aber will von der seltsamen Unbekannten nichts wissen, seit er in Liebe zu der seine Sinne berückenden lothringischen Herzogin Mathilde entbrannt ist. Anders Vaudemont: Der sehnt sich – bislang vergeblich – nach einer engelsgleichen Frau; da tritt Iolanta in den Garten. Augenblicklich sieht er sein Idealbild Wirklichkeit geworden, während Robert diese Begegnung nicht geheuer ist. Als Iolanta auf die beiden Fremden aufmerksam geworden ist und für sie einen Begrüßungstrunk aus dem Haus holt, macht sich Robert aus dem Staub. So kann Vaudemont die Wein kredenzende Iolanta ungestört umwerben. Von seinem Überschwang verwirrt, bricht Iolanta für Vaudemont zur Erinnerung an ihr Beisammensein eine weiße Rose, doch ihn verlangt nach einer roten. Als sie weiter nach weißen Rosen greift, erkennt Vaudemont bestürzt ihre Blindheit. Er versucht, Iolanta die Welt des Lichts als ein Geschenk Gottes zu erklären, doch sie weiß sich auch ohne die Gabe des Sehens in Gott geborgen. Und so finden beide in ihrer Unterschiedlichkeit zueinander. Der Hofstaat ist auf der Suche nach Iolanta, und der König muß erkennen, daß seine Tochter durch die Begegnung mit Vaudemont nun über ihren Zustand Bescheid weiß. Er macht sie mit Ebn-Jahia bekannt, der zu ihrer Heilung angereist sei. Aus Gehorsam gegenüber dem Vater will sie sich Ebn-Jahias Behandlung unterziehen. Doch der Arzt kann bei Iolanta kein eigenes Verlangen nach dem Sehen erkennen, weshalb er keinen Heilungserfolg versprechen kann. Da greift der König zu einer List: Vaudemont sei des Todes, weil er das Zugangsverbot zum Schloß mißachtet habe. Aus Angst um den Geliebten bittet Iolanta Ebn-Jahia nun inständig um ihr Augenlicht. Nun erst kann er sie zur Behandlungsprozedur hinausführen. Inzwischen würde der König einer Heirat zwischen Vaudemont und Iolanta gerne zustimmen, wäre da nicht das seinerzeit dem Herzog von Burgund gegebene Heiratsversprechen. Da trifft es sich gut, daß Robert mit einer kriegerischen Schar herbeigeeilt ist, um Vaudemont aus dem ihm unheimlichen Schloß zu befreien. Doch nicht Roberts Kampfeinsatz ist nun gefordert, sondern sein Bekenntnis zu Mathilde. Augenblicklich nimmt der König die Gelegenheit wahr, das unsinnige Eheversprechen von einst zu lösen. Einer Heirat von Vaudemont und Iolanta steht damit nichts mehr entgegen, zumal Vaudemont Iolanta auch dann zum Altar führen will, wenn sich kein Heilungserfolg eingestellt haben sollte. Der Hof verharrt nun zwischen Hoffen und Bangen. Da führt Ebn-Jahia Iolanta herein. Er löst ihr die Augenbinde. Noch ist sie unsicher und geblendet vom Licht. Doch nach und nach erkennt sie die Menschen und ihre Umgebung. Der König führt ihr Vaudemont als künftigen Gatten zu. Ergriffen und freudig danken alle Gott für die Heilung Iolantas.

Stilistische Stellung

Tschaikowskijs letzte Oper ›Iolanta‹ ist ein Werk von großer Stringenz. Es beschreibt den Weg aus Depression und Dunkel in eine Welt der Freude und des Lichts. Am Anfang steht eine von chromatischer Seufzermotivik dominierte Introduktion, die ausschließlich von den Holzbläsern und den Hörnern gestaltet wird mit dem melancholischen Englischhorn als Leitinstrument. Im volltönenden Schlußjubel vereinen sich dann Orchestertutti und das gesamte Gesangsensemble, wobei sich Tschaikowskij in der unmittelbar vorausgehenden Phase der Handlung, als Iolanta ihr Augenlicht wiedererlangt, als ein Meister der Klangfarbenkunst erweist: Ein ätherischer Orchestersatz, dominiert von hohen Bläsern, Harfen und mehrfach geteilten Streichern, entfaltet in einer von Rückungen bestimmten Harmonik eine geradezu synästhetische Wirkung.

Außerdem ist ›Iolanta‹ eine Gesangsoper par excellence. Von der Amme Martha abgesehen, kann jede der Hauptfiguren mit einer bühnenwirksamen Solonummer aufwarten, die den jeweiligen Personentypus klar umreißt. Hinzu kommen opulente Ensemblesätze, allen voran das kontemplative Oktett der 8. Szene mit einer für jede Gesangspartie spezifischen Linienführung. Verdis Ensemblekunst mag hier Tschaikowskij inspiriert haben. In den Chorsätzen der Dienerinnen (2. und 3. Szene) ließ er sich wiederum von Wagners ›Parsifal‹, dessen Partitur er 1884 studiert hatte, anregen: Für die Verschränkung der solistischen und der chorischen Parte nahm er offensichtlich an der Blumenmädchenszene Maß.

Die Form des Einakters macht insbesondere die Entwicklung der Titelfigur von der Kindfrau, deren Weiblichkeit erwacht, zur Liebenden eindrücklich. Iolanta ist eine Femme fragile, die zunächst nur schmerzlich fühlt, daß sie in Unmündigkeit gehalten wird. Und so bietet das breit angelegte Duett mit Vaudemont gleichsam die Zone ihres geistigen Erwachens. Daß sie hierbei – gleichsam in einer beklemmenden Menschenversuchsanordnung – einer Schocktherapie ausgesetzt wird, zeigt das Verwirrspiel mit den weißen und roten Rosen. Doch Iolanta geht aus dieser Krise gestärkt hervor, sie erkennt ihre durch Blindheit verursachte Andersartigkeit. Daß sowohl Iolanta selbst und schließlich auch Vaudemont dieses Anderssein nicht als Mangel werten – darin tritt der utopische Kern des Duetts zutage. Diese visionäre Botschaft, deren Musik im Finale wieder aufgegriffen wird, bekommt im marschartig voranschreitenden 3/2-Takt und im hymnischen Tonfall geradewegs Verkündigungscharakter, der um so mehr ins Ohr fällt, als ›Iolanta‹ ansonsten eher einem intimen Seelendrama in der Art von ›Eugen Onegin‹ gleicht. Ohnehin mag die Aufhebung von gesellschaftlicher Ausgrenzung, die in ›Iolanta‹ auf der Bühne sich ereignet, den sich aufgrund seiner Homosexualität als randständig begreifenden Tschaikowskij zur Komposition des Sujets bewogen haben. Dann wäre auch ›Iolanta‹ ebenso wie manch anderes seiner Hauptwerke Bekenntnismusik.

Textdichtung und Geschichtliches

Das Textbuch geht auf das Drama ›König Renés Tochter‹ (Kong Renés Datter) des dänischen Autors Henrik Hertz (1798–1870) zurück, das 1845 in Kopenhagen uraufgeführt worden war und auch außerhalb Dänemarks populär wurde, wie etliche Übersetzungen ins Deutsche, Englische und sogar in die Kunstsprache Esperanto belegen. Auch ins Russische wurde das Stück wiederholt übersetzt, so 1864 von Wladimir Sotow. Auf Sotows Version griff Modest Tschaikowskij zurück, als er das Stück für seinen Bruder zum Libretto umarbeitete, der sich 1888, während er mit der Komposition seiner 5. Sinfonie beschäftigt war, zur Vertonung des Hertz-Dramas entschlossen hatte. Am 14. Dezember 1891 vollendete Tschaikowskij die Partitur. Auf Wunsch des Uraufführungstenors lieferte der Komponist am 7. Oktober 1892 noch jene Romanze nach, die unmittelbar vor der ersten Begegnung zwischen Vaudemont und Iolanta plaziert wurde. Gemeinsam mit dem ›Nußknacker‹-Ballett wurde ›Iolanta‹ am 18. Dezember 1892 im Petersburger Marinski-Theater unter der musikalischen Leitung von Eduard Nápravník aus der Taufe gehoben. Tags zuvor war Zar Alexander III. bei der öffentlichen Generalprobe anwesend und lobte den Komponisten überschwenglich. Weniger freundlich waren die Presse-Reaktionen, und nach nur elf Vorstellungen wurde das Werk aus dem Spielplan genommen.

Kein anderer als Gustav Mahler sorgte im Januar 1893 für die deutsche Erstaufführung in Hamburg, wo Tschaikowskij bei einer der Folgevorstellungen anwesend war. Anno 1900 dirigierte Mahler das Werk auch an der Wiener Staatsoper. In Rußland rückte ›Iolanta‹ in einer zweiaktigen Umarbeitung, die 1940 am Moskauer Bolschoi-Theater erstmals gezeigt wurde, ins Repertoire ein. Gemäß der damaligen Staatsideologie waren in dieser Version die religiösen Bezüge aus dem Libretto eliminiert worden.

Aufführungen der ›Iolanta‹ blieben im deutschen Sprachraum bis Ende des 20. Jahrhunderts sporadisch, immerhin war das Werk 1993 in Chemnitz in einer Inszenierung Sir Peter Ustinovs zu sehen. Danach machte sich die Sopranistin Anna Netrebko um die Einbürgerung der ›Iolanta‹ im Westen verdient: Nicht nur in konzertanten Aufführungen, wie 2011 bei den Salzburger Festspielen, brach sie eine Lanze für Tschaikowskijs letzte Oper. Vor allem die 2009 in Baden-Baden gezeigte Koproduktion mit dem Petersburger Marinski-Theater (musikalische Leitung: Valery Gergiev, Regie: Mariusz Trelinski) mit Netrebko in der Titelrolle bewies, daß der im deutschen Sprachraum immer wieder gegen das Stück ins Feld geführte Kitschverdacht unberechtigt ist. Vielmehr gelingt es gerade dem modernen Regietheater, die verstörenden Momente dieses Musiktheaterwerks über den Ausgang eines Menschen aus Fremdbestimmung und Unmündigkeit herauszuarbeiten.

R. M.

Viktor Ullmann

* 1. Januar 1898 in Teschen (österreichisch Schlesien), heute Český Těšín (Tschechien), † 18. Oktober 1944 in Auschwitz-Birkenau

Der Kaiser von Atlantis oder Die Tod-Verweigerung

Spiel in einem Akt. Dichtung von Peter Kien.

Solisten: *Overall*, Kaiser von Atlantis (Kavalierbariton, gr. P.) – *Der Lautsprecher* (Spielbaß, m. P.) – *Der Tod* (Schwerer Spielbaß, auch Charakterbaß, m. P.) – *Harlekin* (Spieltenor, m. P.) – *Ein Soldat* (Lyrischer Tenor, kl. P.) – *Bubikopf*, ein Soldat (Lyrischer Sopran, m. P.) – *Trommler* (Lyrischer Mezzosopran, m. P.).
Ort: Überall.
Schauplätze: Eine Sitzbank – Der leere Kaiserpalast, ein Schreibtisch, der Rahmen eines schwarz verhängten Spiegels, ein phantastischer Lautsprecher – Schlachtfeld – Der Kaiserpalast.
Zeit: In modernen Kriegszeiten.
Orchester: Fl. (auch Picc.), Ob., Kl., Asax., Trp., Banjo (auch Git.), Cemb. (auch Klav.), Harm., Schl. (2 Spieler): kl. Tr., Becken (hängend), Triangel, Tamtam (gr.), 2 Viol., Br., Vcl., Kb.; auf und hinter der Bühne: kl. Tr.
Gliederung: Prolog, 18 teilweise durch Rezitative eingeleitete Gesangsnummern, auch instrumentale Zwischenspiele und gesprochene Dialoge.
Spieldauer: Etwa 1 Stunde.

Handlung

Ein Prolog per Lautsprecheransage: In ihm wird »Der Kaiser von Atlantis – eine Art Oper in vier Bildern« angekündigt, das Personal des Stückes vorgestellt und zur im »Irgendwo« spielenden Eröffnungsszene übergeleitet. Dort sitzen der Tod in Gestalt eines abgedankten Soldaten und der das Lebensprinzip verkörpernde, nun aber zum bärtigen Greis gealterte Harlekin melancholisch auf einer Bank. Sie schauen auf das freudlose, ärmliche Einerlei der Gegenwart, auf die sie, gleichsam in der Rolle von Statisten auf die Zuschauerplätze verbannt, anders als in der Vergangenheit keinen gestalterischen Einfluß mehr haben. Harlekin beklagt sich über seine Nutzlosigkeit, die daher rühre, daß die Menschen das Lachen verlernt haben. Der Tod wiederum fühlt sich in seiner Berufsehre als »kleiner Handwerker des Sterbens« gekränkt und aufs Altenteil verwiesen, seit die moderne Kriegsmaschinerie das Sterben zu einem Massenphänomen gemacht habe. Da tritt der Trommler auf und ruft im Namen des die Welt beherrschenden Kaisers von Atlantis den Krieg aller gegen alle aus. Den Tod indessen wünsche sich der Kaiser »im Namen unserer großen Zukunft und seiner großen Vergangenheit« als Fahnenträger, der dem Feldzug voranschreiten solle. Doch zum Popanz eines in allgemeiner Vernichtung endenden Krieges will sich der Tod nicht machen lassen. Er besinnt sich auf die ausschließlich ihm eigene Fähigkeit, den Sterbenden die Seele nehmen zu können, und zerbricht zum Zeichen seiner Weigerung, dieser Aufgabe weiterhin nachgehen zu wollen, seinen Säbel.
Wie schon seit Jahren sitzt Kaiser Overall in seinem von ihm allein bewohnten Palast am Schreibtisch. Seine Einsamkeit ist selbstgewählt.

Kontakt hält er zur Außenwelt, indem er sich per Lautsprecher über die Ausführung seiner Befehle informieren läßt. Nach Entgegennahme einiger, den verheerenden Erfolg seines Krieges beinhaltender Nachrichten erfährt er zu seiner Bestürzung, daß ein Attentäter zwar auftragsgemäß gehenkt worden sei, der Tod aber seit über einer Stunde überfällig sei. Auch durch Erschießen sei der Mann nicht zu Tode zu bringen, darüber hinaus rängen inzwischen Tausende »mit dem Leben, um sterben zu können.« Den eigenen Machtverfall durch das Dauerleben seiner Untertanen befürchtend, beschließt Overall, den Streik des Todes propagandistisch auszuschlachten und als kaiserliche Wohltat hinzustellen, die seinen für ihn kämpfenden Soldaten Unverwundbarkeit und Unsterblichkeit sichere.

Auf dem Schlachtfeld treffen eine junge Frau, genannt Bubikopf, und ein Soldat aufeinander. Im Glauben, ihn totgeschossen zu haben, nähert sie sich dem zu Boden gegangenen jungen Mann, der plötzlich in die Höhe schnellt und sie überwältigt. Während von Ferne der Trommler mit den neuesten Verlautbarungen des Kaisers zu hören ist, kommen sich Bubikopf und der Soldat näher und verlieben sich ineinander. Die beiden haben kein Ohr für den Trommler, der das Paar vergeblich an die kaiserlich verfügte Kriegspflicht erinnert. Da der Tod nicht mehr seines Amtes waltet, ist das Kämpfen sinnlos geworden, und in der Abkehr vom Krieg entdecken die jungen Leute die Schönheiten des Lebens und der Liebe.

Im Kaiserpalast treffen durch den Lautsprecher Meldungen von einer gegen Overall gerichteten Revolution ein, die durch die Abdankung des Todes verursacht wurde. Von den Auflösungserscheinungen seiner Herrschaft scheinbar unbeeindruckt, geht der Kaiser wie eh und je von seinem Schreibtisch aus den Regierungsgeschäften nach. Plötzlich aber taucht Harlekin aus der Versenkung auf und ruft Overall Kindheitserinnerungen ins Gedächtnis zurück. Der Trommler hingegen bestärkt den Kaiser weiter in seinem Größenwahn. Als aber dem Kaiser aus dem Lautsprecher ein zu Mitmenschlichkeit und Versöhnung aufrufender Radioappell der Aufrührer entgegentönt, nimmt seine Schreibtischtäter-Attitüde vollends paranoide Züge an. Wie ein Wahnsinniger addiert er zur Feststellung seines Vernichtungspotentials die sich zu astronomischen Beträgen steigernden Stückzahlen seines aus Bomben und Kanonen bestehenden Waffenarsenals, bis er sich schließlich als »Rechenmaschine Gottes« begreift und sich dadurch dem eigenen Menschsein entfremdet fühlt. Dieser Selbstzweifel drängt ihn zur Selbstvergewisserung, die er durch einen Blick in den seit langem durch ein Tuch verhängten Spiegel gewinnen will. Er reißt das Tuch herunter, doch begegnet ihm dort nicht sein Spiegelbild, sondern der Tod, der dem Kaiser in der erhabenen Würde eines zu letztem Frieden führenden Gärtners des Lebens entgegengetreten. Der Kaiser beugt sich seiner Macht, indem er die Bedingung akzeptiert, von der der Tod seine Wiederkehr abhängig macht: Overall soll der erste sein, der wieder dem Tod anheimfällt. Vom Leben Abschied nehmend, reicht er dem Tod, der allmählich die Züge des antiken Totenführers Hermes angenommen hat, die Hand. Sanft geleitet der Tod Overall durch den Spiegel in sein Reich. Aus dem Hintergrund mahnt ein Choral: »Du sollst den großen Namen Tod nicht eitel beschwören!«

Stilistische Stellung und Textdichtung

Viktor Ullmann schrieb den ›Kaiser von Atlantis‹ während seiner letzten Lebenszeit im nördlich von Prag gelegenen Konzentrationslager Theresienstadt (heute: Terezín), von wo aus er am 16. Oktober 1944 nach Auschwitz deportiert und dort ermordet wurde. Mit seinem »Spiel« – so die Werkbezeichnung des Komponisten – vom größenwahnsinnigen Kaiser, der sich so lange als Herr über Leben und Tod geriert, bis ihn schlußendlich kein anderer als der Tod selbst zur Strecke bringt, schuf Ullmann ein Kunstwerk, dem die bedrückenden Umstände seiner Entstehung in beklemmend wörtlichem Sinne eingeschrieben sind – dienten doch die Rückseiten von Deportationslisten als Notenpapier. Mehr noch, ohne die aus der konkreten Lebenssituation resultierenden Erfahrungen ist das Stück nicht zu denken, so daß sich ganz lapidar im kammermusikalischen, einer Ad-hoc-Besetzung gleichenden Instrumentenensemble und im engen zeitlichen Rahmen die Begrenztheit der zur Verfügung stehenden Mittel dokumentiert. Und doch gelangt Ullmanns Oper wie im musiktheatralischen Erscheinungsbild, so auch in ihrer ideellen Ausrichtung zu einer ästhetischen Ausformung, die die Lebenswirklichkeit des Konzentrationslagers zwar miteinschließt, gleichzeitig aber auch transzendiert. Dies geschieht um einer utopischen Zielsetzung willen, nämlich aus dem KZ heraus der Hoffnung auf eine Rehumanisierung der menschlichen Gesellschaft, wie sie in der

Hinwendung des Soldaten und des Mädchens Bubikopf zur Liebe und nach dem Vernichtungsexzess des Kaisers in der Wiedereinsetzung des Todes als »Gärtner des Lebens« zum Ausdruck kommt, ein musikdramatisches Denkmal zu setzen.

Damit ist gesagt, daß ›Der Kaiser von Atlantis‹ – sowohl in textlicher als auch in musikalischer Hinsicht – Zeitstück und Parabel in einem ist. Ja, Dichtung und Komposition sind in diesem zwischen instrumentalen Sätzen, Gesang und gesprochenem Wort changierenden Operneinakter dermaßen virtuos ineinander verschränkt, daß die Stückkonzeption wohl zum allergrößten Teil dem Komponisten zuzuschreiben ist. Demnach hätte der Librettist Peter Kien (1919–1944), der mit Ullmann nach Auschwitz verschleppt und dort umgebracht wurde, vor allem Formulierungshilfe beim Text geleistet. Mit Blick aufs Libretto erweist sich der Zeitstück-Charakter an der auf die Propaganda-Maschinerie der NSDAP Bezug nehmenden Figur des die kaiserlichen Verlautbarungen ausrufenden Trommlers; ebenso setzt die blitzschnelle Informiertheit des Lautsprechers einen staatlichen Überwachungsapparat logisch voraus, dem wie der NS-Verwaltung an der umfassenden Kontrolle aller Lebensbereiche gelegen ist. Nicht weniger offensichtlich ist die Parallele zwischen dem auf dem Schlachtfeld spielenden 2. Bild und der Wirklichkeit des Zweiten Weltkriegs. Und daß das Liebespaar anfänglich durch kaiserliche Indoktrination ähnlich manipuliert erscheint wie deutsche Jugendliche durch die Nazis, ist sicher kein Zufall. Vor allem aber klingt in Overalls Proklamation eines Krieges aller gegen alle Goebbels Berliner Sportpalastrede vom 18. Februar 1943 mit ihrem Aufruf zum »totalen Krieg« nach.

Hingegen besteht ein wesentlicher Unterschied darin, daß des Kaisers Krieg sich nach innen – also nicht gegen einen äußeren Feind – richtet, da Overall ja ohnehin längst Weltenherrscher ist. Darin aber wird die gleichnishafte Ebene des Stückes deutlich, sein Endspiel-Charakter. Denn der Kaiser ist – ebenso wie der das Leben verkörpernde Harlekin und der Tod – eine allegorische Gestalt. Überdies ist er eine apokalyptische Figur, in der sich eine bis zum Overkill entfesselte Herrschgier manifestiert. Indem sich Overall nach der Eroberung des menschlichen Machtbereichs den übermenschlichen untertan machen will, stößt er an seine natürlichen Grenzen, die ihm der sich verweigernde Tod setzt. Und versinnbildlicht sich das Scheitern des Kaisers in seinem Übertritt in die irreale Sphäre des hinter der Spiegelfläche liegenden Totenreiches, so kommt das Eingeständnis seiner Niederlage darin zum Ausdruck, daß Overall sich zum Schluß – ganz im Sinne einer Katharsis – ohne Widerstreben der Macht des Todes beugt.

Auch auf musikalischer Ebene ist Ullmanns Zeit- und Lehrstück miteinander verbindende Doppelstrategie festzumachen. So ist der Anspielungsreichtum der Partitur auffällig. Zahlreich sind die Anklänge an den Songstil von Kurt Weill. Ebenso rücken Blues (erste Arie des Todes »Das waren Kriege«) und Shimmy (das von Overall, Harlekin und dem Trommler bestrittene Terzett »Fünf, sechs, sieben, acht«) das Stück in die Nähe des für die Zwischenkriegszeit charakteristischen Genres der Zeitoper, während die Hinwendung zu barocken Formen – wie etwa Präludium (zu Beginn des 1. Bilds) oder Passacaglia (zweiter Teil der Arie des Trommlers, ebenfalls 1. Bild) – an den Formen-Rückgriff der Neuen Sachlichkeit, aber auch der Wiener Schule (Bergs ›Wozzeck‹) erinnert. Darüber hinaus stellt sich das Werk durch zitathafte Anklänge in einen Traditionszusammenhang, der die im Machtbereich der Nazis geltenden und aus rassistisch-nationalistischer Verfemung herrührenden Beschränkungen des Kulturhorizonts nicht anerkennt. Ganz selbstverständlich bekundet der von den Nazis wegen seiner jüdischen Herkunft als angeblich undeutsch gebrandmarkte und deshalb ins KZ gesteckte Komponist seine Zugehörigkeit zur deutschen Kultur, wenn er im 4. Bild Johann Friedrich Reichardts »Schlaf, Kindlein, schlaf« in chromatisierter Fassung Harlekin in den Mund legt, oder wenn er dem Schlußensemble die Weise des von den Nazis mißbrauchten Luther-Chorals »Ein feste Burg ist unser Gott« zugrundelegt. Und indem Harlekins Mond-Arie zu Beginn des 1. Bilds sich als Hommage an Gustav Mahlers ›Lied von der Erde‹ entpuppt, erweist Ullmann dem von den Nazis verbotenen Komponisten die Reverenz. Mit dem zu Beginn des Prologs von der Trompete intonierten, aus zwei Tritonussprüngen bestehenden Signal bezieht sich Ullmann wiederum auf ein prägnantes Motiv aus Josef Suks ›Asrael-Symphonie‹ von 1906, die Suk im Gedenken an den Tod seiner Frau und seines Schwiegervaters Antonín Dvořák komponiert und nach dem Todesengel benannt hatte: 1937 war dieses Asrael-Motiv im tschechischen Rundfunk das Signet der Gedenksendungen anläßlich des Todes von Tomáš Masaryk, dem Staatsgründer der 1938/1939 von den Nazis zerschlagenen 1. Tschechoslowakischen Republik.

Offenbart sich also in dem Trompeten-Motiv Ullmanns Verbundenheit mit der im »Reichsprotektorat Böhmen und Mähren« unterdrückten tschechischen Kultur, so weist die dramaturgische Funktion der vielfach wiederkehrenden Fanfare in der auch sonst durch Leitmotive vernetzten Komposition auf den Parabel-Charakter des Stückes. Als Aufmerksamkeit heischendes Klangsymbol ist das Tritonus-Signal dem Wirkungsbereich des Kaisers und seiner Erfüllungsgehilfen (Trommler und Lautsprecher) zugehörig, und kompositorisch wird dies an seiner Intervallstruktur deutlich. Nach der Analyse des Ullmann-Forschers Ingo Schultz hat der Komponist nämlich das Personal jeweils spezifischen harmonischen und intervallischen Konstellationen zugeordnet. Demnach ist die Sphäre des Todes durch Quartenharmonik bestimmt, »während die Sphäre des Kaisers durch Tritonusakkorde charakterisiert wird und der Sphäre des Lebens (Harlekin) der auf übermäßigen Dreiklängen beruhende Klangbereich vorbehalten bleibt. Entsprechend finden sich in der melodischen Entfaltung die Intervalle Quarte und kleine Septime (Tod), Tritonus und große Septime (Kaiser) sowie große Terz (Harlekin, Soldat, Bubikopf).« Diese für die Geschlossenheit der Partitur bürgenden harmonisch-intervallischen Konstanten übersetzen gleichsam das im tripolaren Spannungsgefüge zwischen Tod, Leben und Kaiser sich entfaltende Ideenspiel in Musik. Für wie grundlegend Ullmann diese Klangstrukturen hielt, zeigt sich an der bereits erwähnten Arie des Trommlers: Ursprünglich komponierte Ullmann die darin enthaltene Aufzählung der kaiserlichen Herrschertitel »Wir, zu Gottes Gnaden Overall« auf die grotesk verzerrte Melodie des Deutschlandlieds, wodurch er die hybriden Machtallüren des Kaisers mit denen Hitlers kurzschloß. Ihrer geistreichen Machart ungeachtet, fügt sich Ullmanns Parodie aber nicht den für den Sinngehalt des Stückes bedeutsamen Harmonie- und Intervallvorgaben. Deshalb erhielt die Arie in einer zweiten Fassung eine Melodik, der das dem Kaiser zugeordnete Leitintervall der großen Septime eingeprägt ist.

Geschichtliches

Als Ullmann im September 1942 in Theresienstadt interniert wurde, lagen bereits vier Opernprojekte hinter ihm: Neben dem Bühnenweihefestspiel ›Der Sturz des Antichristen‹ und dem auf Kleists gleichnamiger Komödie basierenden Einakter ›Der zerbrochene Krug‹ handelt es sich um die Opern ›Peer Gynt‹ und ›Die Heimkehr des Odysseus‹, die nur im Titel überliefert sind. Anhand des Autographs läßt sich für den ›Kaiser von Atlantis‹ eine Entstehungszeit vom Juni 1943 bis Januar 1944 belegen. Darüber hinaus sind letzte Änderungen noch im August 1944 erfolgt, bereits im März des Jahres wurde eine Aufführung in Theresienstadt projektiert. Ungeklärt ist freilich, warum die Einstudierungsphase (September 1944) dann in keine Aufführung mündete, möglicherweise weil Mitwirkende des Opernprojekts nach Auschwitz abtransportiert worden waren. Bevor Ullmann seinerseits Theresienstadt verlassen mußte, übergab er – so Bernhard Helmich – »das zahlreiche Varianten und Striche aufweisende Autograph der Oper sowie eine handschriftliche und eine maschinenschriftliche Fassung des Textbuchs einem Mithäftling, der das Werk vor der Vernichtung bewahrte.« Ullmanns Freund H. G. Adler gab das Material dann in den 1970er Jahren an den Dirigenten Kerry Woodward weiter, der das Werk – allerdings in stark bearbeiteter Form – 1975 in Amsterdam uraufführte (Regie: Rhoda Jane Levine, Overall: Meinard Kraak).

Die authentische Gestalt von Ullmanns Oper ist in der Forschung stark umstritten. So gilt etwa die Miteinbeziehung von Banjo und Piccolo ins Instrumentalensemble, wie sie in der von Schott 1994 vorgelegten Partitur vorgeschlagen wird, als fragwürdig. Völlige Uneinigkeit herrscht darüber, welche Version der Trommler-Arie (s. o.) gesungen werden soll und welcher Text für Overalls Schlußgesang »Des Kaisers Abschied« gültig ist. Denn neben der Textfassung »Der Krieg ist aus« – ein resignatives Resümee über die aller Leiderfahrung zum Trotz fortbestehende Unfähigkeit der Menschen zum Frieden – existiert eine später erfolgte Umtextierung (»Von allem, was geschieht«), die auf Felix Brauns ›Tantalos‹-Drama von 1917 fußt. Brauns Verse hatte Ullmann schon einmal vertont, in der verlorengegangenen ›Symphonischen Phantasie‹ für Tenor und Orchester von 1925. Indem Brauns Dichtung in den Versen schließt: »Denn es ist das Ferne nicht beklagenswert, vielmehr das Nahe, das in ewigem Schatten ruht«, nimmt der Lebensabschied des Kaisers in der Neufassung eine Wendung ins Tröstliche. Vielleicht lag sie dem

Komponisten deshalb am Herzen, weil er sein des Trostes allemal bedürftiges Theresienstädter Publikum im Blick hatte? Freilich wurde in der frühen Aufführungsgeschichte der ursprüngliche Text bevorzugt. 1982 erfolgte unter dem Dirigat von Shalom Ronly-Riklis und in einer Inszenierung von Alexander Simberger und Mosche Hoch die israelische, in hebräischer Sprache gesungene Erstaufführung in Tel Aviv. 1985 fand die deutsche Erstaufführung in Stuttgart statt (Dirigent: Dennis Russel Davies). Regie führte Ernst Poettgen, der auch für die unter der musikalischen Leitung von Manfred Schreier stehende Produktion (Stuttgart 1998) die szenische Einrichtung besorgte. Viel Beachtung fand 1987 George Taboris Inszenierung an der Wiener Kammeroper. Inzwischen hat sich das Werk im Repertoire durchgesetzt. Von den jüngsten Produktionen sei insbesondere Kurt Ockermüllers Inszenierung (musikalische Leitung: Thomas Kerbl) hervorgehoben, die am 8. August 2000 im Garagenhof des ehemaligen Konzentrationslagers Mauthausen zum ersten Mal gezeigt wurde.

R. M.

Giuseppe Verdi

* 10. Oktober 1813 in Le Roncole bei Busseto (Parma), † 27. Januar 1901 in Mailand

Nabucco (Nabucodonosor)

Oper in vier Teilen. Text von Temistocle Solera

Solisten: *Nabucco*, König von Babylon (Kavalierbariton, gr. P.) – *Ismaele*, Neffe des Königs Sedecia von Jerusalem (Jugendlicher Heldentenor, m. P.) – *Zaccaria*, Hohepriester der Hebräer (Seriöser Baß, gr. P.) – *Abigaille*, Sklavin, vermeintliche erstgeborene Tochter Nabuccos (Dramatischer Koloratursopran, auch Dramatischer Sopran, gr. P.) – *Fenena*, Tochter Nabuccos (Jugendlich-dramatischer Sopran, auch Dramatischer Mezzosopran, m. P.) – *Der Oberpriester des Baal* (Seriöser Baß, m. P.) – *Abdallo*, Getreuer Nabuccos (Tenor, kl. P.) – *Anna*, Schwester des Zaccaria (Sopran, kl. P.).
Chor: Das Volk der Hebräer – Leviten, hebräische Jungfrauen und Frauen – Hebräische und babylonische Krieger – Babylonische Priester (Magier) und Würdenträger (gr. Chp.).
Ort: Jerusalem und Babylon.
Schauplätze: Das Innere des Salomonischen Tempels – Gemächer im Königspalast – Die hängenden Gärten – Am Ufer des Euphrat.
Zeit: Zur Regierungszeit Nebukadnezars II., nach der Eroberung Jerusalems im Jahr 587 v. Chr.
Orchester: 2 Fl., 1 Picc., 2 Ob., 1 Eh., 2 Kl., 2 Fag., 4 Hr., 2 Trp., 3 Pos., 1 Cimbasso (auch Bt.), P., Schl., 2 Hrf., Str. – Bühnenmusik: 1 Kl. in Es, 3 Kl. I, 2 Kl. II, 3 Hr., 3 Trp., 3 Pos., 2 Bombardini, 2 Bassi, 1 kl. Tr., 1 gr. Tr., Glsp., Banda.

Gliederung: Ouvertüre und 16 Musiknummern, die pausenlos ineinander übergehen.
Spieldauer: Etwa 2¼ Stunden.

Handlung
»Jerusalem«. In höchster Bedrängnis haben sich Hebräer und Leviten im Innern des Salomonischen Tempels versammelt. Sie flehen Jehova an, er möge sie vor den Babyloniern beschützen, die vor den Toren Jerusalems stehen. Der Hohepriester Zaccaria versucht, das Volk zu beruhigen, denn neben ihm steht als Geisel Fenena, die Tochter des assyrischen Königs Nabucco. Ismaele stürzt mit der Nachricht herein, Nabucco durchbreche soeben in blindem Haß die Tore der Stadt. Zaccaria übergibt Fenena der Obhut Ismaeles. Allein gelassen, gestehen sich Ismaele und Fenena erneut ihre Liebe, die sich unter schwierigen Umständen bewähren muß, da beide unterschiedlichen Religionen angehören. Zudem hat Ismaele Fenenas Schwester Abigaille verschmäht, die daraufhin bittere Rache geschworen hat. Fenena hat Ismaele vor einiger Zeit aus dem Gefängnis Nabuccos befreit; er verspricht ihr, sie nun seinerseits zu befreien. Da tritt Abigaille mit gezücktem Schwert und einigen als Hebräern getarnten babylonischen Kriegern herein. Sie droht Ismaele, sich für die Schmach zu rächen, die er

ihr angetan hat. Zaccaria kehrt mit dem Volk zurück, als auch schon Nabucco hereinsprengt. Mit Schmähreden provoziert er Zaccaria, der daraufhin einen Dolch zückt und Fenena ermorden will. Ismaele entwindet ihm jedoch die Waffe, Fenena flüchtet sich in die Arme ihres Vaters. Nabucco schwört, den Tempel zu zerstören und keine Gnade walten zu lassen. Die Hebräer werden nach Babylonien verschleppt.

»Der Gottlose«. Abigaille hat ein Schriftstück entdeckt, aus dem hervorgeht, daß sie das Kind einer Sklavin ist. Dies trifft sie um so schlimmer, als Nabucco während seines Feldzugs gegen die Hebräer Fenena vorübergehend die Herrschaft übertragen hatte. Der Oberpriester des Baal tritt ein und berichtet, daß Fenena die Hebräer freigelassen habe. Abigaille ist außer sich. Der Oberpriester beschwichtigt sie: Er habe das Gerücht in Umlauf gebracht, daß Nabucco gefallen sei; das Volk wolle sie auf dem assyrischen Königsthron sehen. Abigaille faßt neuen Mut. – Zaccaria läßt sich von einem Leviten die Gebetstafeln bringen. Er betet um Kraft bei seiner Mission, die ihm Gott auferlegt habe, dann begibt er sich in Fenenas Gemächer. – Die herbeigeeilten Leviten treffen auf Ismael, den sie des Verrats bezichtigen. Anna, Zaccarias Schwester, bürgt für ihn: Er habe eine Konvertitin gerettet, Fenena. Doch diese schwebt in höchster Gefahr: Abdallo verkündet, Gerüchten zufolge sei Nabucco bei einem seiner weiteren Eroberungszüge gefallen, das Volk habe Abigaille zur Königin erwählt. Der Oberpriester des Baal erscheint, hinter ihm Abigaille, die von Fenena die Krone fordert. Da tritt plötzlich der totgeglaubte Nabucco ein, wirft sich zwischen die beiden Frauen und reißt die Krone an sich. Es gebe nun nur noch einen einzigen Gott, verkündet er: Nabucco. In das allgemeine Entsetzen hinein fährt plötzlich ein Blitz auf Nabucco hernieder und fegt ihm die Krone vom Haupt. Züge des Wahnsinns werden auf Nabuccos Antlitz sichtbar, dann fällt er in Ohnmacht. Abigaille rafft die Krone an sich.

»Die Prophezeiung«. Abigaille sitzt auf dem Thron und nimmt die Lobpreisungen der Babylonier entgegen. Der Oberpriester präsentiert ihr das Todesurteil für Fenena. Scheinheilig empört sie sich darüber. Da wird plötzlich der völlig verwahrloste Nabucco von Abdallo hereingeführt, dem die Wachen respektvoll Platz machen. Abigaille schickt alle Anwesenden bis auf Nabucco hinaus. Sie stachelt den Haß des geistig Verwirrten auf die Hebräer so sehr an, daß Nabucco tatsächlich sein Siegel unter das Schreiben setzt, das ihren Untergang anordnet. Auf seine bange Frage, wie es Fenena ergehe, antwortet sie voller Hohn, er habe eben ihr Todesurteil unterzeichnet, da sie zum Judentum konvertiert sei. Wütend will Nabucco Abigaille mit ihrer niederen Herkunft konfrontieren, da zerreißt sie das sie belastende Dokument vor seinen Augen. Abigaille sieht endlich ihre ehrgeizigen Pläne erfüllt. Vergeblich fleht Nabucco sie an, das Leben Fenenas zu schützen. – Am Ufer des Euphrat beklagt das hebräische Volk sein Los. Zaccaria gelingt es erneut, ihm Zuversicht einzuflößen. In einer grandiosen Vision sieht er das Volk der Hebräer vor sich, dessen Mut unter Jehovas Führung erwacht und die Babylonier für immer besiegt.

»Das zerbrochene Götzenbild«. Nabucco findet sich im Gefängnis wieder und hadert mit seinem Schicksal; noch immer ist sein Geist verwirrt. Da hört er von draußen den Namen Fenenas rufen. Er eilt ans Fenster – gerade wird sie mit den Hebräern zur Hinrichtung geführt. Daraufhin fällt er auf die Knie und betet zu Jehova. Wie durch ein Wunder öffnet sich plötzlich die Tür, und Abdallo und seine Getreuen treten ein; sie sind gekommen, um Nabucco zu befreien. Dieser kommt wieder zur Vernunft und eilt mit seinen Anhängern davon, um Fenena und die Hebräer vor dem Tod zu bewahren. – Mit dem Beistand Zaccarias sieht Fenena gelassen der Hinrichtung entgegen. Plötzlich bahnt sich Nabucco mit seinem Gefolge einen Weg durch die Menge. Er weist seine Krieger an, das Standbild Baals zu zertrümmern, das in dem Augenblick von selbst in sich zusammenfällt. Dann schenkt er den Hebräern die Freiheit. Abigaille schleppt sich herbei – sie hat die Auswegslosigkeit ihrer Situation begriffen und Gift genommen. Im letzten Augenblick ihres Lebens bekennt sie sich zum Gott der Juden. Zaccaria verheißt Nabucco, er werde im Dienst Jehovas König aller Könige.

Stilistische Stellung

›Nabucco‹ war Verdis erster großer und internationaler Erfolg, der seinen Anspruch auf die Vormachtstellung unter Italiens Komponisten eindrucksvoll untermauerte. Nach einem leidlichen Erfolg mit dem Erstling ›Oberto‹ und einem Mißerfolg mit der Opera buffa ›Un giorno di regno‹ bedeutete die Oper über den babylonischen König den Durchbruch für ihn. Äußerst geschickt mischte Verdi hier Tradition und Innovation. Wenn die feierlichen Posaunenklänge zu Beginn der Ouvertüre anheben, ist die Sinfonia zu Rossinis ›Semiramide‹ nicht weit. Doch die brutalen Tuttischläge, die gleich darauf folgen, sprechen eine andere, unmittelbarere Sprache. Und so herrscht ein gewisses Ungleichgewicht in dieser Partitur, in der ein junger Komponist einerseits zeigen will, was er handwerklich kann und daß er den akademischen, nach wie vor koloraturgesättigten Stil sehr wohl beherrscht, andererseits sein Publikum mit einer ganz eigenen Direktheit gewinnen möchte. Letzteres zeigt sich etwa in den zahlreichen Chören des Werkes, die häufig unisono geführt sind und dadurch etwas ungemein Volkstümliches erhalten. Bei aller da und dort aufscheinenden Genialität orientiert sich Verdi deutlich an älteren Modellen, hier insbesondere an Rossini – neben der genannten ›Semiramide‹ vor allem an der großen Choroper ›Mosè in Egitto‹. Auf eine Liebeshandlung verzichtet ›Nabucco‹ fast völlig – Verdi selbst war es, der von der Komposition eines vom Libretto vorgesehenen Duettinos für Fenena und Ismaele absah. ›Nabucco‹ ist die einzige Verdi-Oper ohne größeres Solo für den Tenor. Seinen drei Hauptsolisten – Dramatischer Koloratursopran, Kavalierbariton und Seriöser Baß – verlangt Verdi einiges ab, die Partien der Abigaille, des Nabucco und des Zaccaria sind höchst anspruchsvoll und fordern großen Stimmumfang, rhythmische Prägnanz und Koloraturfähigkeit. Verdi experimentiert hier erstmals mit stückimmanenten Farbstimmungen, die »tinta musicale« der Abigaille wird bestimmt durch grelle Holzbläser in hohen Lagen, während etwa das Gebet des Zaccaria »Vieni, o levita ... Tu sul labbro de' veggenti« nur von den zum Teil solistisch eingesetzten tiefen Streichern begleitet wird. Daß Verdi bei aller Treue zur »solita forma«, der festgelegten Abfolge von Einzelelementen innerhalb einer größer angelegten Nummer, auf eine ausladende Schlußszene der Primadonna verzichtete, spricht für die dramatische Wahrhaftigkeit seiner ersten großen Oper.

Textdichtung

Temistocle Solera (1815–1878) war eine der schillerndsten Figuren der italienischen Musikwelt der 1840er Jahre; er trat nicht nur als Librettist hervor, sondern auch als Komponist und war zeitweilig sogar im Zirkusmetier tätig. Das Libretto zu ›Nabucco‹, auf einem Drama von Auguste Anicet-Bourgeois und Francis Cornu (1836) sowie einem Ballett von Antonio Cortesi (1838) basierend, war ursprünglich für Otto Nicolai bestimmt, der es jedoch abgelehnt hatte. Titelfigur ist der babylonische König Nebukadnezar (um 640–562 v. Chr.), unter dessen Herrschaft bedeutende Bauten wie die Mauern Babylons mit dem berühmten Ischtar-Tor, der Turm zu Babylon und die Hängenden Gärten erschaffen wurden. Bei Solera stehen freilich weniger die kulturellen Errungenschaften als vielmehr die kriegerischen Eigenschaften des Herrschers im Vordergrund, der aber sehr differenziert gezeichnet wird und dessen Gefühlsspektrum von blinder Wut bis zu aufopfernder Vaterliebe reicht. Ein Meister psychologischer Feinzeichnung ist Solera hingegen nicht und will es auch gar nicht sein. Nabuccos Wahnsinnsszene im III. Akt erinnert an die ganz ähnlich gestaltete Szene des Assur in Rossinis ›Semiramide‹. Äußerst plastisch ist die Halbsklavin Abigaille gezeichnet. Am Ende muß die von ihren eigenen Ambitionen zerfressene Figur den Weg zur (christlichen) Religion finden – ein Zugeständnis an den damals vorherrschenden Zeitgeist.

Geschichtliches

Von Verdi selbst in Umlauf gebrachte Legenden ranken sich um die Entstehungsgeschichte des ›Nabucco‹. Nach dem Mißerfolg von ›Un giorno di regno‹ und dem Tod seiner beiden Kinder und seiner Ehefrau Margherita habe er ernsthaft erwogen, die Komponistenlaufbahn aufzugeben. Merelli, der Impresario des Teatro alla Scala, habe ihm daraufhin das von Otto Nicolai abgelehnte ›Nabucco‹-Libretto zugesteckt, an dem sich Verdis Genius augenblicklich entzündete, insbesondere an den Versen des Chores »Va, pensiero, sull'ali dorate«. Daß ausgerechnet dieser insgesamt eher verhaltene Chor zum Symbol für das Risorgimento und damit für den ersehnten italienischen Nationalstaat werden sollte, hat die jüngere Verdi-Forschung als nachträgliche Interpretation gewertet. Schließlich mutet dem berühmten Chorstück nichts von jenem revolutionären Impetus an, wie er auch inhaltlich geeigneteren Chören aus ›I lombardi alla prima crociata‹ oder ›Ernani‹ zu eigen ist. Interessant ist die Anekdote insofern, als sie Verdi als seine Karriere zeitlebens ganz bewußt steuernden Komponisten zeigt. Immerhin hatte Verdi mit einigem Nachdruck erreicht, daß ›Nabucco‹ noch während der prestigeträchtigen Karnevalsspielzeit an der Scala uraufgeführt wurde. Mit einer glanzvollen Besetzung – darunter Prosper Dérivis als Zaccaria

Giuseppe Verdi

und Giorgio Ronconi als Nabucco – ging am 9. März 1842 die Uraufführung über die Bühne; lediglich Giuseppina Strepponi, Darstellerin der Abigaille und viel später zweite Gattin Verdis, scheint bei jener ersten Aufführungsserie nicht in bester stimmlicher Verfassung gewesen zu sein. Bedeutsam war eine Wiederaufnahme in der Herbstsaison 1842 mit 57 Vorstellungen. Rasch verbreitete sich das Werk auch im Ausland. Erstmals gelangte mit ›Nabucco‹ 1844 eine Verdi-Oper nach Deutschland, ans Stuttgarter Hoftheater. Bis heute zählt ›Nabucco‹ zu den meistinszenierten Bühnenwerken Verdis; es sind viele Open-Air-Aufführungen darunter, wofür sich die Oper aufgrund einer gewissen Monumentalität und der vielen Chorszenen besonders eignet. Doch auch das Regietheater hat einige bemerkenswerte Beiträge zur Rezeptionsgeschichte geleistet – signifikantestes Beispiel dafür ist wohl Hans Neuenfels' Inszenierung aus dem Jahr 2000 an der Deutschen Oper Berlin mit den berühmten zu »Killerbienen« stilisierten Anhängern Abigailles. – Mit ›Nabucco‹ hatte Verdi den Grundstein für seine europäische Karriere gelegt. Der Kreis schloß sich, als bei Verdis Trauerzug 1901 in Mailand der Gefangenenchor erklang: Verdi war zum Nationalheiligen geworden.

O. M. R.

Ernani

Lyrisches Drama in vier Akten. Text nach Victor Hugos Drama ›Hernani‹ von Francesco Maria Piave.

Solisten: *Ernani*, ein Bandit (Jugendlicher Heldentenor, gr. P.) – *Don Carlos* (später *Karl V.*), König von Spanien (Heldenbariton, auch Kavalierbariton, gr. P.) – *Don Ruy Gomez de Silva* (Seriöser Baß, auch Charakterbaß, gr. P.) – *Elvira*, seine Nichte und Verlobte (Dramatischer Koloratursopran, gr. P.) – *Giovanna*, deren Amme (Sopran, auch Mezzosopran, kl. P.) – *Don Riccardo*, Waffenträger des Königs (Tenor, kl. P.) – *Jago*, Waffenträger des Don Ruy (Baß, auch Bariton, kl. P.).
Chor: Banditen – Silvas Ritter und Hofstaat – Elviras Dienerinnen – Ritter des Königs – Spanische Edelleute und Damen – Kurfürsten und deutsche Adlige (gemischter Chor, m. Chp.).
Ort: Spanien und Deutschland.
Schauplätze: Im Gebirge Aragoniens – Elviras Zimmer in Silvas Kastell – Prachtsaal im Kastell – Grabgewölbe im Dom zu Aachen – Terrasse vor dem Palast Don Juans in Saragossa.
Zeit: 1519.
Orchester: 2 Fl., 2 Ob., 3 Kl., 2 Fag., 4 Hr., 2 Trp., 3 Pos., Cimb. (auch Bt.), P., Schl., Hrf., Str. – Bühnenmusik: Trp., Pos.
Gliederung: Vorspiel und 15 szenisch gegliederte, ineinander übergehende Nummern.
Spieldauer: Etwa 2½ Stunden.

Handlung

Der Bandit Ernani führt eine Gruppe von Rebellen gegen den spanischen König Carlos. Doch mehr als die politische Auseinandersetzung beunruhigen ihn Intrigen gegen seine Liebe zu der schönen Elvira. Elvira ist die Nichte des spanischen Granden Silva, auf dessen Kastell sie lebt und der sie nun, trotz seines hohen Alters, selbst noch zum Traualtar führen will. Ernani beschließt, sie zu entführen, und seine Genossen versprechen ihm ihre Hilfe. Sie alle brechen auf zu Silvas Kastell. – In ihrem Zimmer beklagt Elvira, daß sie mit dem alten Silva verheiratet werden soll. Sie sehnt sich nach Ernani. Die Dienerinnen kommen und breiten Silvas Hochzeitsgeschenke aus, doch Elvira ist davon nicht zu blenden; sie bleibt traurig und freudlos. Da dringt Carlos, der spanische König, in ihr Gemach ein. Auch er liebt Elvira und beteuert ihr seine Liebe. Sie aber wehrt ihn entschieden ab und beteuert, sie wolle nur Ernani angehören. Daraufhin will Carlos sie entführen, doch ehe er den Plan verwirklichen kann, tritt Ernani dazwischen. Carlos weiß sogleich, daß er es mit dem Rebellenführer zu tun hat, doch aus Geringschätzung will er ihn laufen lassen. Ernani aber schleudert ihm entgegen, sein Vater sei von Carlos' Vater ermordet worden, sein Eigentum, seine Ehre habe man ihm genommen. Elvira versucht zu vermitteln, als plötzlich Silva eintritt. Er ist entsetzt, gleich zwei Eindringlinge in Elviras Zimmer zu finden, und ruft die Wache herbei. Zwar fühlt er selbst, daß er für Elvira zu alt sei, und beklagt, daß er noch so liebesempfänglich sei, wo ihn doch sonst das Alter starr gemacht habe; aber jung genug, um Nebenbuhler abzuwehren, fühlt er sich doch noch. Da verlangt Don Riccardo, der Schwertträger des Königs, eingelassen zu werden, und durch ihn erfährt Silva erst, daß der inkognito auftretende Fremde der spanische König ist, der ihn, um die Situation zu entschärfen, um ein Nachtlager bittet und um Rat wegen der bevorstehenden Kaiserwahl. Ernanis Anwesenheit erklärt der König, dieser sei einer seiner Gefolgsleute. Zwar will Ernani Elvira noch heute Nacht entführen, doch sie rät ihm ab; ungünstig sei die Stunde, und so nutzt Ernani die Chance, um zu entkommen, während Silva und sein Hofstaat die Anwesenheit des Königs begrüßen.

Einige Zeit ist vergangen. Elvira glaubt, Ernani sei im Kampf gegen Carlos gefallen, und so ist sie bereit, Silva zum Traualtar zu folgen, will sich aber dort das Leben nehmen. Alles freut sich auf die prächtige Hochzeitsfeier, als Silva ein Pilger gemeldet wird. Der verkleidete Ernani bittet um das Gastrecht, das ihm Silva gern gewährt. Als Elvira im Brautkleid hereinkommt, glaubt sich Ernani verraten: er bietet Silva an, er wolle ihm ein Hochzeitsgeschenk machen: seinen Kopf. Er sei kein Pilger, sondern der Rebellenführer Ernani, im Kampf gegen Carlos unterlegen und nun auf der Flucht vor den Schergen des Königs. Auf seinen Kopf sei ein Preis ausgesetzt, Silva möge ihn dem König ausliefern. Doch Silva schwört, gerade dies werde er nicht tun; wer in seinem Haus das Gastrecht genieße, sei auch vor dem König sicher. Da meldet Jago, der König begehre Einlaß; er ist auf der Suche nach Ernani. Silva eilt, das Kastell gegebenenfalls zur Verteidigung zu rüsten. Als Ernani mit Elvira allein ist, macht er ihr Vorwürfe, sie habe ihn verlassen; als sie ihm aber erklärt, sie habe ihn für tot gehalten und wollte sich am Altare selbst den Tod geben, ist er versöhnt. Doch gerade, als sich beide in den Armen liegen, kehrt Silva zurück. Er schwört dem Nebenbuhler fürchterliche Rache; zunächst jedoch wird er ihn, dem Gastrecht gemäß, vor dem König verbergen. – Des Königs Truppen haben die Besatzung des Schlosses überwältigt, und der König fordert die Herausgabe Ernanis. Als sich Silva weigert, läßt er das Schloß durchsuchen, doch Ernani wird nicht gefunden. Der König dringt noch einmal in Silva, der lieber seinen eigenen Kopf verlieren will als das Gastrecht zu verletzen, den flüchtigen Rebellenführer herauszugeben; doch da Silva standhaft bleibt, verfügt der König, Elvira als Geisel mitzunehmen, bis sich Silva eines Besseren besonnen habe. Kaum ist der König gegangen, holt Silva Ernani aus seinem Versteck und fordert ihn zum Zweikampf. Ernani klärt ihn darüber auf, daß der König ein doppeltes Spiel spiele: auch er liebe Elvira und habe sich so nicht der Geisel, sondern der Geliebten versichert. Sofort ruft Silva seine Mannen zum Kampf gegen den König zusammen. Auch Ernani will sich daran beteiligen, geht es ihm ja auch um seine Rache, doch Silva will zuvor sein Leben. Da übergibt Ernani dem Alten sein Jagdhorn und schwört ihm: wann immer er von Silva den Ruf des Horns vernehme, werde er selbst sein Leben beenden. Mit einem Schwur wird der Pakt besiegelt, dann brechen alle auf zum Kampf gegen den König.

Carlos ist nach Aachen gefahren. In der Gruft Karls des Großen erwartet er die Entscheidung der deutschen Kurfürsten, die ihn zum Kaiser wählen sollen. Zugleich erwartet er hier, von seinem Schwertträger Don Riccardo gewarnt, das Zusammentreffen der Verschwörer, die ihm ans Leben wollen. Er, der zuvor geschworen hat, im Falle seiner Wahl ein guter Regent zu werden, und der Elvira entsagt hat, verbirgt sich in der Grabkammer, als die Verschwörer eintreffen, zu denen auch Ernani und Silva gehören. Dabei geht es nicht nur um persönliche Rache, sondern auch um politische Gegnerschaft. Man wirft das Los, um denjenigen zu ermitteln, der den König ermorden soll, und das Los fällt auf Ernani, der dieses Urteil mit Stolz aufnimmt. Silva, dem es ebenso um die Rache zu tun ist, bietet ihm an, ihm sein Leben zu schenken, wenn er dieses Recht an ihn abtrete, doch Ernani lehnt ab. Die Verschwörer bestätigen sich ihre Verbundenheit auf Leben und Tod. Da ertönen von draußen drei Kanonenschüsse: Carlos ist zum Kaiser gewählt. Als Karl V. läßt er die Verräter festnehmen: die Adligen sollen enthauptet werden, die übrigen will er einsperren. Da die Wachen Ernani von den Rädelsführern absondern, tritt er stolz in den Kreis und eröffnet dem Kaiser, er sei Herzog Juan von Segorbia. Da es ihm nun nicht vergönnt sei, den erschlagenen Vater zu rächen, wolle auch er lieber sterben. Elvira, in Karls Gefolge, fleht um Gnade, und der frischgekrönte Kaiser, das Vorbild Karls des Großen vor Augen, begnadigt die Verschwörer, ja, er gibt Elvira und Ernani den Segen zum ehelichen Bund.

Im Palast des Herzogs von Segorbia in Saragossa wird ein jubelndes Fest gefeiert; alles freut sich auf die Hochzeit von Ernani und Elvira. Doch unter den Ballgästen befindet sich, wie ein Bote aus dem Jenseits, eine düstere Maske im schwarzen Domino. Ernani und Elvira schwören einander ewige Treue und berauschen sich am endlich errungenen Liebesglück – da tönt von ferne ein Hornruf. Ernani erblaßt: er weiß das Zeichen zu deuten. Silva kommt und fordert die Einlösung des Schwures; weder durch Bitten noch durch Elviras Flehen läßt er sich erweichen. Da stößt sich Ernani einen Dolch ins Herz. Elvira bricht über dem Toten zusammen. Silvas Rache hat triumphiert.

Stilistische Stellung
Mit seinem ›Ernani‹ schrieb Verdi zum ersten Mal eine Oper auf ein Drama Victor Hugos. Was uns heute eher grotesk als heroisch anmutet, galt damals als befreiende Überwindung eines wirklichkeitsfremden Klassizismus, und zudem fand Verdi in dem Stoff jene »kühnen Situationen«, die er für die Veroperung brauchte. Auch mag ihn die finster-unerbittliche Gestalt des Silva besonders gereizt haben. Zwar ist das Werk im formalen Aufbau noch vielfach der Konvention verhaftet (selbst wenn öfter Chöre die starre Schematik von Cavatina und Cabaletta auflockern), doch unzweifelhaft eignet der Musik ungeheure dramatische Schlagkraft – mit Chören, die bereits auf den ›Troubadour‹ vorausweisen, mit höchst differenziert gestalteten Ensembles, mit Arien voller frei ausschwingender Kantabilität, mit zupackend-dramatischen Finali und Aktschlüssen. Der Verschwörerchor aus dem III. Akt wurde – neben dem »Va, pensiero« aus ›Nabucco‹ – zum Signal des italienischen Risorgimento.

Textdichtung
Victor Hugos 1830 aufgeführtes Schauspiel ›Hernani ou L'honneur castillan‹ wurde von Verdi selbst für die Vertonung ausgewählt; er legte auch das Szenarium fest, während Piave lediglich die Versifizierung vornahm. Im Vordergrund stand für Verdi damals die schockierende Stoßkraft, die krasse Wirklichkeit, die dieser »Büffel der Poesie« (so Heinrich Heine über Hugo) ihm bot, weniger die dramaturgische Glaubwürdigkeit.

Geschichtliches
›Ernani‹ entstand 1843/44 für das Teatro La Fenice in Venedig; die Uraufführung am 9. März 1844 war ein großer Erfolg, obwohl die Sänger nicht ganz den Ansprüchen der Partitur genügten, und schnell verbreitete sich das Werk über viele italienische Bühnen. Donizetti setzte sich für eine Aufführung in Wien ein, die bereits am 30. Mai 1844 stattfand, 1845 kam das Werk in London heraus, 1846 in Paris (wo es, da Hugo gegen die Verwendung seines Werkes protestierte, unter dem Titel ›Il Proscritto‹ gegeben wurde). Die deutsche Erstaufführung fand am 27. Dezember 1845 in Berlin statt. Im ganzen 19. Jahrhundert gehörte ›Ernani‹ zu den meistaufgeführten Opern Verdis, erst im 20. Jahrhundert wuchsen die Zweifel an der dramatischen Schlüssigkeit der Handlung. Julius Kapp legte 1934 eine deutsche Version vor, die allerdings den IV. Akt streicht, um der Handlung ein glückliches Ende zu geben. Vorzuziehen ist auf jeden Fall die Originalfassung.

W. K.

I due Foscari (Die beiden Foscari)

Lyrische Tragödie in drei Akten. Libretto von Francesco Maria Piave.

Solisten: *Francesco Foscari*, Doge von Venedig (Heldenbariton, gr. P.) – *Jacopo Foscari*, sein Sohn (Jugendlicher Heldentenor, gr. P.) – *Lucrezia Contarini*, seine Frau (Jugendlich-dramatischer Sopran, gr. P.) – *Pisana*, Freundin und Vertraute der Lucrezia (Mezzosopran, auch Sopran, m. P.) – *Jacopo Loredano*, Mitglied im Rat der Zehn (Seriöser Baß, m. P.) – *Barbarigo*, Senator (Tenor, m. P.) – *Ein Söldner* (Tenor, kl. P.) – *Ein Diener des Dogen* (Baß, auch Bariton, kl. P.).
Chor: Der Rat der Zehn – Senatoren – Begleiterinnen Lucrezias – Bürger Venedigs (m. Chp.).
Ballett: Masken.
Ort: Venedig.
Schauplätze: Vorraum zum Sitzungssaal im Dogenpalast von Venedig – Kerker in den Bleikammern – Die Piazetta von San Marco.
Zeit: 1457.
Orchester: 2 Fl., 2 Ob., 2 Kl., 2 Fag., 4 Hr., 2 Trp., 3 Pos., Cimb. (auch Bt.), P., Schl., Hrf., Str. – Bühnenmusik: Banda, 2 Trp.
Gliederung: Ouvertüre, 14 durch Rezitative gegliederte Musiknummern.
Spieldauer: Etwa 2 Stunden.

Handlung

In einer Halle des Dogenpalastes in Venedig hat sich der Rat der Zehn versammelt: ein wichtiger Fall steht zur Verhandlung an, in dem es um Jacopo Foscari, den Sohn des greisen Dogen geht. Foscari, schon einmal wegen des Verdachtes eines Umsturzversuches nach Kreta verbannt, ist heimlich in seine Vaterstadt zurückgekehrt, aber alsbald gefangengenommen worden – in erster Linie auf Betreiben des Foscari-Gegners Loredano. Jacopo wird aus dem Staatsgefängnis, wo er gefoltert worden ist, vorgeführt; er soll das Urteil des Rates erwarten. Freudig begrüßt er seine Heimatstadt, doch gegen den Rat der Zehn stößt er Verwünschungen aus – nur alter Haß zwischen den Patrizierfamilien sei es, der ihn verfolge. Lucrezia Contarini, die Gattin Jacopos, will sich vor Gericht für ihren Mann einsetzen, aber man läßt sie nicht vor. Schließlich muß ihr ihre Vertraute Pisana melden, Jacopo sei ein weiteres Mal nach Kreta verbannt worden. Lucrezia bricht in ohnmächtigen Zorn aus. – Die Senatoren und der Rat der Zehn haben Jacopo erneut verurteilt: zwar hat er unter der Folter geschwiegen, aber sein Brief an den Herzog von Mailand, in dem er um Vermittlung mit Venedig gebeten hatte, wird als Schuldbeweis genommen. Verbittert sinnt Francesco Foscari über seine schwindende Macht nach; wohl ist er der Doge, aber seine Macht reicht nicht einmal, den eigenen Sohn vor den Nachstellungen seiner Feinde zu schützen. Da erscheint Lucrezia; sie bittet den Schwiegervater, das Urteil gegen Jacopo aufheben zu lassen. Als Francesco erwidert, die Gesetze Venedigs ließen dies nicht zu, dringt sie in ihn, sich mit seiner ganzen Macht für den Sohn einzusetzen; die Tränen des alten Mannes geben ihr neue Hoffnung.

Jacopo wartet im Staatsgefängnis. Im Fieberwahn erscheint ihm der berühmte Condottiere Carmagnola, der in Venedig verhaftet und hingerichtet wurde; er fällt in Ohnmacht. Er erwacht in den Armen Lucrezias; für beide ist die erneute Verbannung und Trennung schlimmer als der Tod. Von der Lagune her klingt eine heitere Barcarole ins Gefängnis und gibt den Verzweifelten neuen Mut. Der Doge tritt auf: er verkündet seinem Sohn, er müsse noch einmal vor dem Rat der Zehn erscheinen und das Urteil vernehmen; dann werde man ihn sogleich mit dem Schiff nach Kreta bringen. Auch Loredano erscheint; er genießt die Niederlage der Foscaris. Man bringt Jacopo vor den Rat: unter dem Vorsitz des Dogen wird der Urteilsspruch bestätigt, und Francesco kann dem Sohne nur raten, sich zu fügen. Da erscheint Lucrezia mit ihren beiden kleinen Söhnen und bittet um Gnade für den Verbannten; selbst der erbitterte Gegner der Foscari, Barbarigo, wird von Mitleid ergriffen; Loredano jedoch drängt auf eine rasche Abreise des Verurteilten. Die Senatoren schließen sich ihm an.

Auf der Piazetta von San Marco herrscht geschäftiges Treiben; man bereitet eine Regatta vor, und das Volk jubelt mit einer Barcarole dem siegreichen Gondoliere zu. Doch die Fröhlichkeit verstummt, als sich die Staatsgaleere mit dem Polizeichef an Bord dem Ufer nähert. Aus dem Dogenpalast führt man Jacopo, der traurig von Frau und Kindern Abschied nimmt. Loredano weidet sich in seinem Triumph. – Francesco Foscari trauert um den letzten Sohn, den man ihm nun noch genommen hat; da betritt Barbarigo den Raum und überbringt den Geständnisbrief eines gewissen Erizzo, der bekennt, jenen Mord, den man Jacopo Foscari angelastet habe, habe er begangen. Der alte Doge atmet auf, alles scheint sich glücklich zu wenden: doch da erscheint weinend Lucrezia und berichtet, Jacopo sei, kaum daß er das Schiff betreten habe, das ihn nach Kreta bringen sollte, an gebrochenem Herzen gestorben. Sie fleht den Zorn des Himmels auf die Verfolger herab. Der Diener des Dogen kündet eine Delegation der Ratsmitglieder an, die den Dogen bitten, wegen seines hohen Alters und wegen des eben erlittenen Verlustes sein Amt niederzulegen. Da zum einen Loredano diese Delegation anführt, zum anderen der Doge schon zweimal um Erlaubnis gebeten hatte, sein Amt niederzulegen, man ihm dies aber verweigert hatte, ist er jetzt nicht bereit, nachzugeben. Doch man setzt sich über seinen Willen hinweg und erklärt ihn für abgesetzt. Die zurückkehrende Lucrezia findet ihren Schwiegervater seiner Dogenwürde beraubt. Als sie ihn hinwegführt, ertönt die Glocke, die die Wahl des neuen Dogen Malipiero ankündigt. Als er den Glockenklang vernimmt, stirbt auch der alte Francesco Foscari. Loredano, der dies beobachtet, zieht ein Rechnungsbuch hervor und trägt gegenüber dem Namen der beiden Foscari das Wort »beglichen« ein.

Stilistische Stellung

Verdis sechste Oper wird höchst selten aufgeführt: und dies ungeachtet einer mitreißenden, glutvollen Musik. Dies mag an dem wenig geglückten Libretto liegen, dessen Handlung zum einen verzwickt, zum anderen ohne rechte Höhepunkte und dramatische Wendestellen ist; ein weiterer Grund könnte sein, daß der junge Verdi vielfach noch an den traditionellen Arienformen festhält. Sieht man jedoch genauer hin, so bemerkt man nicht nur, daß der Komponist die drei Hauptfiguren thematisch unverwechselbar gekennzeichnet hat (es sind mehr als »thematische Reminiszenzen«, aber auch keine rechten »Leitmotive« im Sinne Richard Wagners, eher schon, da auf bestimmten verbalen Rhythmen basierend, Vorwegnahmen solch eindrucksvoller Klangsymbole wie später der Fluch des Monterone im ›Rigoletto‹), sondern daß er darüber hinaus in den Finali sich mehr und mehr von Bellinischen Schemata löst und zu eigenen, ganz aus der Situation entwickelten mehrteiligen Formen findet. Bleiben die Chöre in ihrer Machart wie in den Situationen noch relativ statuarisch, so gelingt eine feine, durch höchst differenzierte Orchesterbehandlung gestützte Personencharakteristik: daß diese über das knappe Werk hinweg unverändert bleibt, liegt am schwachen Libretto, dessen dramatisches Gefälle zu eindimensional ist.

Textdichtung

Das Textbuch zu ›I due Foscari‹ geht zurück auf Lord Byrons Drama ›The Two Foscari‹, das Verdi 1843 kennenlernte, als er nach einem Stoff für sein Debüt am Teatro La Fenice in Venedig suchte, »ein prächtiger Vorwurf, empfindsam und voller Pathos«, schrieb er an seinen neuen Librettisten Francesco Maria Piave. Zwar zog man für Venedig dann doch ›Ernani‹ vor, doch gab er den Stoff nicht auf und als die römische Zensur eine Oper über Lorenzino de' Medici nicht erlauben wollte, machte sich Verdi für eine Premiere des Teatro Argentina erneut an die ›Foscari‹, obwohl er durchaus die Schwächen des Textes erkannte. »Ich stelle fest, daß das Stück nicht ganz die bühnenmäßigen Qualitäten besitzt, die nun einmal für eine Oper erforderlich sind; strengen Sie also Ihren Geist an und versuchen Sie, etwas auf die Beine zu stellen, was ein bißchen Furore macht«, schrieb er an Piave, doch diesem gelang es nicht, die Eintönigkeit der Vorlage zu beleben; seine dem »melodramma«-Stil der Zeit entsprechenden Schock- und Überraschungseffekte bleiben äußerlich und nutzen sich so schnell ab. In jüngster Zeit hat Kurt Honolka versucht, das Werk dadurch spielbar zu machen, daß er – durch Übernahmen aus anderen Verdi-Opern – die Figur des Gegenspielers Loredano aufgewertet hat; ob damit allerdings nicht die feine musikalische Balance gestört ist, mag dahinstehen.

Geschichtliches

Verdis ›I due Foscari‹ wurden am 3. November 1844 am Teatro Argentina in Rom uraufgeführt. Obwohl es keinen überragenden Erfolg – wie kurz zuvor bei der ›Ernani‹-Premiere in Venedig – gab, erschien das Stück doch bald in den Spielplänen vieler italienischer Theater und auch im Ausland: so gab man die ›Foscari‹ bereits am 1. April 1845 in Wien, 1846 in Kopenhagen und Paris, 1847 in St. Petersburg, London und New York; die deutsche Erstaufführung dagegen scheint erst 1856 unter Franz Liszt in Weimar stattgefunden zu haben. Seit den 1870er Jahren erschien das Werk seltener auf den Spielplänen: zu groß war der Unterschied zwischen diesem Frühwerk und den reifen Kompositionen, zumal zum ›Simone Boccanegra‹, in dem Verdi einen vergleichbaren Stoff noch einmal aufgenommen hat. Heute dagegen, wo man bereit ist, sich auf die spezifisch musikalischen Qualitäten des jungen Verdi wieder einzulassen, kann eine Aufführung, die die drei Hauptpartien hoch besetzen kann und zudem den Librettoschwächen mit einer überlegten Regiekonzeption begegnet, sicherlich erfolgreich sein.

W. K.

Attila

Oper in einem Vorspiel und drei Akten. Libretto von Temistocle Solera.

Solisten: *Attila*, König der Hunnen (Seriöser Baß, gr. P.) – *Ezio*, römischer Feldherr (Heldenbariton, auch Kavalierbariton, gr. P.) – *Odabella*, Tochter des Fürsten von Aquileia (Dramatischer Koloratursopran, auch Jugendlich-dramatischer Sopran, gr. P.) – *Foresto*, Edelmann aus Aquileia (Jugendlicher Heldentenor, gr. P.) – *Uldino*, junger Bretone, Sklave Attilas (Lyrischer Tenor, auch Charaktertenor, m. P.) – *Leone*, ein alter Römer/*Leo I.*, Bischof von Rom (Baß, kl. P.).

Chor: Fürsten – Könige – Soldaten – Hunnen – Priester – Männer und Frauen aus Aquileia –

Amazonen – Römische Offiziere und Soldaten – Sklaven – Volk (gemischter Chor, m. Chp.).
Ort: Italien.
Schauplätze: Die Piazza von Aquileia – Rivo-Alto in der Lagune von Venedig – Ein Wald in der Nähe von Attilas Heerlager vor Rom – Im Zelt Attilas – Das Feldlager Ezios.
Zeit: 425 nach Christi Geburt.
Orchester: 2 Fl., 2 Ob., 2 Kl., 2 Fag., 4 Hr., 2 Trp., 3 Pos., Cimb. (auch Bt.), P., Schl., Gl., Hrf., Str. – Bühnenmusik (aus dem Orchester zu besetzen).
Gliederung: Vorspiel und 13 ineinander übergehende musikalische Nummern.
Spieldauer: Etwa 2 Stunden.

Handlung
Attila, die »Geißel Gottes«, ist in Italien eingefallen und hat Aquileia, die Hauptstadt Venetiens, erobert. Die Hunnen feiern den Sieg und ihren Feldherrn. Da nähert sich ihm, geführt von Attilas Sklaven Uldino, eine Gruppe von Frauen, unter ihnen Odabella, die Tochter des Herzogs von Aquileia, der von Attila erschlagen wurde. Sie haben wie die Männer gegen die Hunnen gekämpft, sind aber gefangen worden. Attila bewundert den Mut Odabellas und ist bereit, ihr eine Gunst zu gewähren. Sie bittet um ein Schwert, und er gibt ihr sein eigenes, das sie annimmt und zugleich schwört, mit dieser Waffe wolle sie den Tod des Vaters rächen. Als Odabella gegangen ist, bittet Attila den römischen Feldherrn Ezio zu einer Unterredung ins Lager. Ezio, den er als tapferen und würdigen Gegner kennt, schlägt ihm eine geheime Vereinbarung vor: der Kaiser von Konstantinopel sei alt, Valentinian, der Westrom regiere, noch ein Kind – er solle ihm, Ezio, Italien überlassen, Attila bleibe dafür die übrige Welt. Doch der Hunnenkönig schlägt den Vorschlag als verräterisch ab, er will in Rom einmarschieren. Ezio seinerseits, nun wieder ganz Attilas Gegner, schwört ihm, er werde Rom nie erreichen. – Einige Bewohner Aquileias, angeführt von Foresto, haben sich aus der Stadt auf die Insel Rivo-Alto in der Lagune gerettet. Foresto jedoch muß immer an seine Geliebte Odabella denken, die er in den Händen der Hunnen weiß. Die Sonne geht auf, und die Flüchtlinge aus Aquileia nehmen dies als Vorzeichen der Hoffnung. Foresto ermuntert sie, an dieser Stelle – zwischen Himmel und Meer – eine neue Stadt zu gründen, das spätere Venedig.
Odabella ist im Lager Attilas geblieben und mit ihm bis vor die Stadt Rom gezogen. Jetzt irrt sie im Walde nahe dem Lager herum und ist verstört: in den Wolken glaubt sie die Gesichter des toten Vaters und Forestos zu erkennen, den sie ebenfalls für tot hält. Da taucht plötzlich Foresto auf. Er ist ihr bis hierher gefolgt und beschuldigt sie nun, ihn und den toten Vater vergessen zu haben und zum Feind übergelaufen zu sein. Odabella aber erinnert ihn an die alte biblische Geschichte von Judith und Holofernes und kann ihn von ihrem Entschluß, Rache zu üben, überzeugen. Foresto bittet sie um Vergebung, und beide umarmen einander voll Hoffnung und Liebe. – Attila ist nachts in seinem Zelt aus dem Schlaf aufgeschreckt. Seinem Sklaven Uldino erzählt er von einem schrecklichen Traum: vor den Toren Roms habe ihm ein alter Mann den Weg versperrt und ausgerufen: »Du bist als Geißel ersehen für die Menschheit. Hier aber ist das Gebiet der Götter.« Doch dann schämt er sich der furchtsamen Anwandlung, findet seine Fassung wieder und ruft die Truppen zusammen, die mit klingendem Spiel und kriegerischen Gesängen gegen Rom ziehen. Da hört man von weitem andere Lieder: Kinder und Jungfrauen in weißen Kleidern, mit Palmzweigen in den Händen, ziehen den Hunnen entgegen, an ihrer Spitze der römische Bischof Leo. Als er genau dieselben Worte ausspricht, die Attila geträumt hat, und als der Hunnenkönig über ihm die Gestalten der Heiligen Peter und Paul mit flammenden Schwertern zu sehen glaubt, ist er vor Schreck gelähmt und wirft sich vor dem Bischof auf den Boden. Die Hunnen sehen erstaunt zu, die Christen aber preisen die Macht des ewigen Gottes.
Attila hat mit Valentinian einen Waffenstillstand geschlossen. Der Kaiser teilt dies Ezio in einem Brief mit und beordert ihn zurück nach Rom. Der Feldherr ist aufgebracht und sinnt verbittert nach über Roms frühere Größe und seine jetzige Dekadenz. Da kommen Sklaven Attilas und laden Ezio zu einem Bankett ein; der Feldherr nimmt die Einladung an. Ihm nähert sich Foresto, der ihn in den Plan zur Ermordung Attilas einweiht und ihn bittet, seine Truppen für einen Angriff während des Festes bereitzuhalten. Ezio ist Feuer und Flamme bei der Aussicht, das Vaterland retten zu können; selbst wenn er in der Schlacht fiele, so habe er doch noch Roms Größe bewahrt. – Im Lager begrüßt Attila die römischen Gäste. Die Warnung der Druiden, ihm drohe von den früheren Feinden Gefahr, läßt er unbeachtet. Tanz und Lied der Priesterinnen unterhalten die Gäste, als plötzlich ein Windstoß durchs Lager fährt und

die Feuer, die das Bankett beleuchten, auslöscht. In der entstehenden Verwirrung erneuert Ezio seinen Vorschlag zur Teilung der Macht, aber Attila weist ihn erneut ab. Foresto seinerseits vertraut Odabella an, er werde Attila mit einem vergifteten Becher Weines töten. Doch Odabella fühlt sich dadurch in ihrer Rache geprellt. Als die Feuer wieder entzündet sind, will Attila auf das Wohl Wotans trinken, doch Odabella hält ihn zurück und erklärt, der Wein sei vergiftet. Als Attila wütend zu wissen verlangt, wer dies getan habe, tritt Foresto vor. Der Hunnenkönig will ihn töten lassen, doch Odabella verlangt, er solle Foresto in ihre Hand geben, da sie ihn gerettet habe. Attila, der Odabella auf seiner Seite glaubt, stimmt ihr zu, ja, er schwört, er wolle sie aus Dankbarkeit zu seiner Frau machen. Odabella drängt Foresto zur Flucht, und dieser schwört Rache gegen ihre vermeintliche Untreue. Die Hunnen aber verlangen von ihrem König, gegen die verräterischen Römer wieder den Kampf aufzunehmen.

Foresto ist, von Zweifeln zerrissen, in der Nähe des Hunnenlagers im Wald geblieben. Am frühen Morgen muß er von Uldino erfahren, daß die Hochzeitsvorbereitungen in vollem Gange sind. Ezio eilt herbei und teilt ihm mit, die römischen Truppen stünden bereit, um auf ein Zeichen von ihm loszuschlagen. Odabella hat sich vom Festzug abgesondert: sie ist verwirrt und bittet den Geist ihres Vaters um Verzeihung, daß sie jetzt seinen Mörder heirate. Foresto erklärt ihr, nun käme die Reue zu spät, sie aber entgegnet ihm, daß sie nur ihn stets geliebt habe. Attila kommt auf der Suche nach seiner Braut, und als er sie bei Foresto und Ezio findet, klagt er alle der Undankbarkeit und des Verrates an: Odabella, die er zu seiner Königin gemacht habe, Foresto, dem er das Leben geschenkt habe, Ezio, um dessen wegen er Rom verschont habe. Doch alle drei antworten ihm voller Haß, und als aus dem Lager das Getümmel der angreifenden Römer dringt, ersticht Odabella den Hunnenkönig. Begeistert feiern die Römer ihre Rache.

Stilistische Stellung

Die chronologische Stellung des ›Attila‹ zwischen ›Ernani‹ und ›Macbeth‹ ist zugleich auch eine stilistische: in vielen Details greift der Komponist auf die »rauhe Risorgimento-Schreibweise« (Julian Budden) zurück, in anderen findet er bereits zu ausgeformten, arienübergreifenden Szenen. Eindrucksvoll sind die grandios-bestimmten Chöre, zumal in der Doppelchörigkeit von Hunnen und Römern, die Arien sind gekennzeichnet durch elegante Führung und rhythmische Energie; eine feinere Personencharakterisierung allerdings bleibt aus; dies mag auch an der dramaturgisch nicht gerade gelungenen Handlungsführung liegen.

Textdichtung

Um 1844 lernte Verdi das 1808 geschriebene ›Attila‹-Drama des deutschen Romantikers Zacharias Werner kennen und erkannte sogleich – zumal in den an griechische Tragödien angelehnten Chören – die Eignung für die Veroperung; er beauftragte Temistocle Solera, der für ihn gerade den Text zu ›Giovanna d'Arco‹ geschrieben hatte, mit der Ausarbeitung des Librettos, doch verließ dieser Italien, bevor der Text beendet war, so daß Piave den III. Akt vollendete. Der Spannungsabfall, der hier dramaturgisch und in der Personenkonstellation zu verzeichnen ist, mag zum einen auf Piave zurückzuführen sein, zum anderen auf Verdis Drang zur Kürze, die das Geschehen hier fast überstürzt erscheinen läßt.

Geschichtliches

›Attila‹ wurde am 17. März 1846 im Teatro La Fenice uraufgeführt. Die Premiere war kein voller Erfolg, und die Presse reagierte eher kühl, doch nach und nach faßte das Werk in Italien Fuß, so daß der englische Impresario Benjamin Lumley, der später die ›Räuber‹ in Auftrag gab, schreiben konnte: »Vielleicht hat keines von Verdis Werken mehr Begeisterung in Italien ausgelöst und den glücklichen Komponisten mit mehr Lorbeeren gekrönt.« Patriotische Begeisterung erzeugte stets Ezios Forderung an Attila: »Avrai tu l'universo, resta l'Italia a me.« Außerhalb Italiens kam ›Attila‹ bereits 1847 in Kopenhagen, Lissabon und Madrid heraus, 1848 in London, 1849 in Konstantinopel und 1850 in New York. In Wien wurde das Werk zuerst am 11. Juni 1851 gespielt, die deutsche Erstaufführung fand am 12. Februar 1854 in Stuttgart statt. In den letzten Jahren hat man sich auch außerhalb Italiens wieder an das Werk erinnert; so gab es 1980 Aufführungen an der Wiener Staatsoper, aber auch in Flensburg und St. Gallen.

W. K.

Macbeth

Oper in vier Akten. Text von Francesco Maria Piave und Andrea Maffei nach William Shakespeare.

Solisten: *Duncano*, König von Schottland (Stumme Rolle) – *Macbeth* (Heldenbariton, gr. P.) und *Banco* (Seriöser Baß, m. P), Anführer des königlichen Heeres – *Lady Macbeth*, Macbeths Frau (Dramatischer [Mezzo-]Sopran, gr. P.) – *Kammerfrau der Lady Macbeth* (Mezzosopran, auch Sopran, kl. P.) – *Macduff*, schottischer Edler (Jugendlicher Heldentenor, m. P.) – *Malcolm*, Sohn Duncanos (Lyrischer Tenor, m. P.) – *Fleanzio*, Sohn Bancos (Stumme Rolle) – *Ein Diener Macbeths* (Baß, kl. P.) – *Arzt* (Baß, kl. P.) – *Ein Mörder* (Baß, kl. P.) – *Ein Herold* (Baß, kl. P.) – *Drei Erscheinungen* (Sopran, Sopran, Baß) – *Bancos Geist* (Stumme Rolle) – *Hekate*, Göttin der Nacht (Tanzrolle).
Chor: Hexen – Boten des Königs – Schottische Edle und Flüchtlinge – Mörder – Englische Soldaten – Luftgeister (gr. Chp.).
Ballett: Ballett der Hexen und Luftgeister (III. Akt).
Ort und Zeit: Schottland im 11. Jahrhundert.
Schauplätze: Wald – Vorhalle in der Burg Macbeths – Burggemach – Park, in der Ferne Macbeths Burg – Prunksaal – Dunkle Höhle – Öde Landschaft an der Grenze von Schottland und England, in der Ferne der Wald von Birnam – Zimmer in Macbeths Burg – Burgsaal – Weite Ebene, von Höhen und Wäldern umgeben.
Orchester: Picc., Fl., 2 Ob., Eh., 2 Kl., Bkl., 2 Fag., Kfag., 4 Hr., 2 Trp., 3 Pos., Cimbasso (auch Kbt.), P., Schl., Hrf., Str. – Bühnenmusik auf der Szene: Banda; unter der Szene: 2 Ob., 6 Kl., 2 Fag., Kfag.
Gliederung: Vorspiel und 15 Nummern.
Spieldauer: 2½ Stunden.

Handlung

Drei Gruppen von Hexen erscheinen nacheinander unter Blitz und Donner. Sie erzählen sich, welches Unwesen sie am Tag getrieben haben. Trommeln kündigen die Ankunft Macbeths und Bancos an, die siegreich aus der Schlacht zurückkehren. Die Hexen weissagen Macbeth, er werde erst Herr von Cawdor und bald darauf König von Schottland, Banco aber später der Vater von Königen sein. Gleich nachdem die Hexen verschwunden sind, melden Boten, Macbeth sei vom König zum Nachfolger des als Rebell hingerichteten Herrn von Cawdor erhoben worden. Banco und Macbeth erkennen mit Schauder, daß die Weissagungen zutreffen. Die Hexen kehren zurück. Sie triumphieren: Ihr Schicksalsspruch wird sich erfüllen. – Die machtgierige Lady bestärkt Macbeth in seinen Hoffnungen und Wünschen und ist entschlossen, den Zögernden zum Königsmord anzustacheln. Als bald darauf der König auf Macbeths Burg übernachtet, nutzt sie die günstige Gelegenheit, faßt den Entschluß zur Tat und überredet den Gatten zum Mord. – Dem Willen seiner Frau vermag Macbeth nicht zu widerstehen. Seine Sinne sind von Angstvisionen gepeinigt. Als die Glocke Mitternacht schlägt, ersticht er den schlafenden König. Nach der Tat kommen ihm Gewissensbisse. Aber die Lady verhöhnt ihn und vollendet den Plan, indem sie nochmals ins Zimmer des Königs geht, um den Verdacht auf die Wache zu lenken. Mit blutbefleckten Händen kehrt sie zurück. Heftige Schläge ans Burgtor kündigen den Morgen an. Macduff entdeckt als erster das Verbrechen. Er ruft das ganze Schloß herbei. Alle – selbst das heuchlerisch einstimmende Paar – verfluchen den unbekannten Mörder und flehen die Rache des Himmels herab.

Macbeth hat das Ziel erreicht und ist König. Den Verdacht der Täterschaft lenkt er auf Duncanos Sohn Malcolm, der nach England geflohen ist. Noch aber lebt Banco, dessen Erben die Hexen den Thron geweissagt haben. Die Lady überredet ihren Mann, auch Banco und dessen Sohn Fleanzio zu beseitigen. – Bevor Banco aus Schottland fliehen kann, wo Unglück und Verbrechen herrschen, fällt er gedungenen Häschern, die ihm im nächtlichen Burgpark auflauern, zum Opfer. Nur Fleanzio entkommt lebend aus dem Hinterhalt. – Am selben Abend haben Macbeth und die Lady zum Bankett geladen. Der unfrohen Stimmung tritt die Lady mit einem Trinkspruch entgegen. Als Macbeth mit heuchlerischer Miene das Fehlen Bancos bedauert, erscheint – nur für ihn sichtbar – Bancos Geist. Er reagiert mit wirren Gesten und verräterischen Worten und kommt erst wieder zu sich, als der Geist verschwindet. Als der Geist abermals erscheint, verliert Macbeth vollends die Fassung. Die Ahnungen der Gäste um Macbeths Verbrechen verdichten sich zur Gewißheit.

In seiner Angst beschließt Macbeth, die Hexen in ihrer dunklen Höhle aufzusuchen. Er beschwört die Geisterwesen, ihm die Zukunft zu enthüllen. Drei Erscheinungen verkünden ihm, vor Macduff solle er sich hüten, beruhigen ihn dann aber mit der Weissagung, daß keiner, der von einem Weib geboren sei, ihm schaden könne und daß er unbesiegbar bleibe, bis der Wald von Birnam wie ein Heer gegen ihn anrücke. Auf die Frage, ob sein Thron sicher sei, ziehen zu geheimnisvoller unterirdischer Dudelsackmusik sieben Könige aus Bancos Geschlecht stumm an Macbeth vorüber, als achter und letzter Banco selbst, der einen Spiegel in der Hand hält. Als der verstörte Macbeth mit dem Schwert gegen die Erscheinungen losstürmt, verkünden ihm die Hexen, daß Bancos Nachkommen leben werden. Da erkennt er, daß er verloren ist, und bricht ohnmächtig zusammen. Luftgeister bringen ihn ins Leben zurück. Die Lady findet Macbeth in völliger Verstörung. Doch es gelingt ihr, seinen Mut wieder anzufachen. Beide beschließen, Bancos Sohn und Macduffs Familie zu beseitigen.

An der Grenze von Schottland und England, nahe dem Wald von Birnam, haben die schottischen Flüchtlinge ihr Lager aufgeschlagen und beklagen ihre in die Hände von Verbrechern gefallene Heimat. Macduff trauert um seine Familie und schwört dem Tyrannen Rache. Unter Trommelwirbel tritt Malcolm als Anführer einer englischen Streitmacht gegen Macbeth auf. Er befiehlt seinen Soldaten, Äste abzureißen und diese als Deckung beim Sturmangriff vor sich herzutragen. – Im Schloß ist die Lady unter der übergroßen Last ihrer Untaten zusammengebrochen. Ihre Sinne sind verwirrt, nachtwandelnd versucht sie wieder und wieder, das vom Mord an ihren Händen klebende Blut wegzuwaschen. – Währenddessen erkennt Macbeth im Burgsaal die Sinnlosigkeit seines Lebens: Der Fluch des Mordes wird ihn bis ins Grab verfolgen. Auf die Nachricht vom Tod der Lady reagiert er mit verächtlicher Gleichgültigkeit. Macbeth ahnt, daß die höllische Weissagung wahr gesprochen hat. – Die feindliche Armee, mit Ästen des Waldes von Birnam getarnt, rückt vor. Schlachtenlärm ertönt. Macbeth erfährt, daß Macduff aus dem Schoß seiner Mutter geschnitten wurde, stellt sich zum Zweikampf und stirbt hinter der Szene. Alle huldigen Malcolm, dem neuen König.

Stilistische Stellung

›Macbeth‹ ist Verdis erster konsequenter Versuch, unter den Bedingungen der »solite convenienze«, den »gewohnten Regeln« des italienischen Melodramma, ein musikalisches Drama zu erschaffen. Zwar hält er sich weithin an die formalen Vorgaben der in der Regel vierteiligen Anlage der musikalischen Nummern, aber er behandelt sie, wenn nötig, mit großer Freiheit. Die Neuerungen betreffen dabei gleichermaßen die Anlage der Szenen wie die Disposition des Ganzen, die planvolle Tonartendisposition, die außerordentlich subtile Instrumentation, nicht zuletzt die ganz im Dienst der Charakterzeichnung stehende vokale Schreibweise, die grundsätzlich von einer Gleichberechtigung von Wort und Melodie ausgeht. Sein Ziel war es, außergewöhnliche Charaktere und außergewöhnliche Leidenschaften in einer neuartigen musikalischen Sprache zu artikulieren. Das zeigt sich insbesondere an zwei Nummern, auf deren Bedeutung Verdi selbst immer wieder hingewiesen hat: dem Duett Lady/Macbeth im I. Akt, in dem der verstörte Macbeth den Mord an Duncano gesteht, und der Nachtwandelszene der Lady im IV. Akt. Neuartig an dem Duett wie schon an dem vorausgehenden, formal völlig freien Monolog Macbeths ist, daß jede Wendung im Text auch einen neuen musikalischen Gedanken hervorbringt – eine musikalisch-szenische Gestik, die sich bis in die detaillierten Vortragsanweisungen der Gesangspartien erstreckt. Verdi – das ist sicher die folgenreichste Abweichung von Shakespeare – verändert die Paarkonstellation. Während er beim ängstlich-schuldbewußten Macbeth die schwächlichen Züge verstärkt, hebt er an der ihn beherrschenden Lady die männlichen Charaktereigenschaften hervor und verkehrt damit die Rollentypologie des aktiven Helden und der passiven Primadonna ins Gegenteil. Das schlägt auch im Gesang der Lady durch, etwa im großspurig intonierten Trinklied mit seiner gequält-verlogenen Fröhlichkeit oder in der für Paris nachkomponierten düsteren Arie »La luce langue«. Auf jeden im vordergründigen Sinn »schönen« Gesang verzichtet Verdi auch in der Nachtwandelszene, in der die Lady im Traum alle begangenen Verbrechen enthüllt. Die traditionelle Wahnsinnsszene der italienischen Opernromantik erscheint hier in neuer Gestalt – keine schöne, gar sinnlich berückende, sondern eine häßliche, gerade in ihrer Häßlichkeit aber erschütternde Musik, die den psychischen Zerfall der Lady mit fast klinischer Genauigkeit festhält. Dagegen bleiben die Soloszenen der Nebenfiguren Banco und Macduff, so wirkungssicher sie auch komponiert sind, ganz im Rahmen der Konventionen, während die für das Melodramma obligatorischen Finalensembles des I. und II. Aktes durchaus originell behandelt sind. Neuartig schließlich ist auch der Hexenchor – für Verdi neben den beiden Protagonisten die dritte Hauptrolle. Wie bei Shakespeare sind die Hexen beides: vulgär und geschwätzig, zugleich aber auch erhaben und prophetisch. Vor allem in der Introduktion des I. Aktes, aber auch zu Beginn des III. Aktes schlagen sie mit ihrer kalkulierten, tänzerisch beschwingten Häßlichkeit einen ausgesprochen schrillen, geradezu provozierenden Ton an. Ihre prophetische Magie dagegen hat Verdi überall dort musikalisch originell und dramatisch überzeugend eingefangen, wo die Handlung eine freiere Gestaltung erlaubte, also in der Weissagung der Hexen an Macbeth und Banco in der Introduktion des I. Aktes, in der Phantasmagorie der geisterhaften Erscheinungen des III. Aktes, nicht zuletzt im geheimnisvollen Klang der unterirdischen Dudelsackmusik, die den stummen Aufmarsch der acht Könige begleitet.

Von völlig anderem Charakter ist dagegen der für Paris nachkomponierte, dramaturgisch eher statische Chor der schottischen Flüchtlinge zu Beginn des IV. Aktes. Mit seiner dissonanten Harmonik, sparsamen Instrumentation und beklemmenden Stimmführung gehört er zu den eindrucksvollsten Chorsätzen Verdis.

Neugefaßt für Paris hat Verdi auch die Schlußszene. Während die Erstfassung die individuelle Tragödie Macbeths – er stirbt nach dem Zweikampf mit Macduff auf offener Szene und spricht sich in einem finsteren Monolog selbst sein Urteil – in den Mittelpunkt rückte, gibt Verdi, im Einklang mit Shakespeare, mit dem neukomponierten Finale der Handlung eine gesellschaftspolitische, die Staatsräson akzentuierende Lösung. Nach einer bewegten Schlachtmusik stirbt Macbeth hinter der Szene. Die Oper schließt mit einer pompösen Siegeshymne, in deren Tonfall die finstere Hexenmusik nachhallt. Pessimistischer und kälter als dieser ist jedenfalls kaum ein anderer Dur-Schluß der Operngeschichte. Zum ersten Mal in seinem Schaffen ist Verdi in ›Macbeth‹, trotz gelegentlicher Kompromisse auch noch in der Pariser Fassung, die Verschmelzung von Musik und Drama geglückt – der Ausgleich von unmittelbar schlagender theatralischer Wirkung und einer musikdramaturgischen Tiefenstruktur, die schonungslos den »Abgrund Mensch« (Georg Büchner) aufdeckt.

Textdichtung

Shakespeares damals in Italien so gut wie unbekannte Tragödie – in Verdis Worten »eine der großartigsten menschlichen Schöpfungen« – war der ungewöhnlichste Opernstoff, zu dem er bis dahin gegriffen hatte: ein der Nachtseite der Natur zugewandtes Drama um die Abgründe der Psyche und die Versuchungen der Macht. Er war sich im Klaren über das Wagnis, das er mit dieser Wahl einging: Das Stück kennt nicht nur keine Liebeshandlung, was schon befremdlich genug für die italienische Opernbühne war, sondern verweigert dem Publikum auch den Tenorhelden. Gegenüber der Vorlage ist die Handlung auf ihren dramatischen Kern reduziert. Von den schottischen Edlen bleiben drei übrig: Banco, Macduff und Malcolm. Im Zentrum stehen das verbrecherische Herrscherpaar und, als sein Gegenspieler, die vulgären, bewußt häßlichen Hexenchöre.

Verdi entwarf nicht nur, wie stets, das Szenarium der Handlung, sondern schrieb selbst einen vollständigen Prosaentwurf des Textes, den Francesco Maria Piave nur noch in Verse zu bringen hatte. In einem Gespräch mit der Wiener ›Neuen Freien Presse‹ hat er es 1875 bedauert, seine Textbücher nicht wie Wagner selbst dichten zu können. Die Unzufriedenheit mit Piaves Arbeit führte dazu, daß er seinen Freund, den Dichter und Schiller-Übersetzer Andrea Maffei um Korrekturen und Ergänzungen bat. Das Libretto erschien ohne Nennung eines Verfassers. Für die Pariser Neubearbeitung 1865 hat Verdi einige Nummern der beiden ersten Akte retuschiert, den III. Akt weitgehend neu gefaßt, den Chor der schottischen Flüchtlinge zu Beginn des IV. Aktes durch eine Neukomposition ersetzt und nicht zuletzt dem Finale eine vollkommen neue Gestalt gegeben. Hinzu kam das große Ballett im III. Akt, das auf den Hekate-Szenen von Shakespeares Drama beruht. Die Textergänzungen stammen teils von Piave, teils von Verdi selbst.

Geschichtliches

Bei der Florentiner Uraufführung am 14. März 1847 hat Verdi zum ersten Mal versucht, seine Vorstellungen eines integralen, Musik, Darstellung und Szene umfassenden Dramas zu verwirklichen. Schon die musikalische Einstudierung muß außergewöhnlich sorgfältig gewesen sein. Nach dem Zeugnis Marianna Barbieri-Ninis, die in Florenz die Lady Macbeth sang, ließ er das

Duett Lady/Macbeth aus dem I. Akt – für ihn neben der Nachtwandelszene das Zentrum der Oper – mehr als 150 Mal proben. Er kümmerte sich aber auch um die szenische Realisierung, legte Wert auf die historische Genauigkeit der Kostüme und Bühnenbilder und gab präzise Anweisungen zur Bühnenmaschinerie des III. Aktes. Für die Erscheinung der Könige wurde dabei eine Laterna magica verwendet. Die von Verdi dirigierte Aufführung wurde vom Publikum enthusiastisch aufgenommen. Die Kritik war wohlwollend, aber insgesamt zurückhaltend und bemängelte das Fehlen einer Liebeshandlung. Die Oper eroberte sehr schnell die Bühnen der Alten wie der Neuen Welt. Dennoch blieb ihr der durchschlagende Erfolg der Opern der frühen 1850er Jahre versagt. Die Pariser Premiere der Neufassung am 21. April 1865 war im nüchternen Urteil des allerdings nicht anwesenden Verdi gar ein »Fiasko«. Das Werk konnte sich nicht gegen die eine Woche später stattfindende Uraufführung von Meyerbeers nachgelassener Oper ›L'Africaine‹ behaupten. Während es diese innerhalb eines Jahres an der Pariser Opéra auf 100 Vorstellungen brachte, wurde ›Macbeth‹ am Théâtre-Lyrique nur 14 Mal gespielt. In den 1880er Jahren verschwand ›Macbeth‹ allmählich aus den Spielplänen der italienischen Opernhäuser und wurde zwischen 1890 und 1931 so gut wie nicht aufgeführt. Die Oper wurde erst als Folge der von Georg Göhler und Franz Werfel inspirierten deutschsprachigen Verdi-Renaissance wiederentdeckt. Heute gehört sie als einzige der frühen, vor dem ›Rigoletto‹ entstandenen Opern zum Kernbestand des Verdi-Repertoires und wird häufiger aufgeführt als ›Nabucco‹.

U. S.

Die Räuber (I masnadieri)

Oper in vier Akten. Text nach Friedrich Schillers Drama von Andrea Maffei.

Solisten: *Maximilian*, regierender Graf von Moor (Seriöser Baß, m. P.) – *Karl*, sein älterer Sohn (Jugendlicher Heldentenor, auch Lyrischer Tenor, gr. P.) – *Franz*, sein jüngerer Sohn (Kavalierbariton, auch Charakterbariton, gr. P.) – *Amalia*, eine Waise, Nichte des Grafen Maximilian (Jugendlich-dramatischer Sopran, auch Dramatischer Koloratursopran, gr. P.) – *Hermann*, Kämmerer der gräflichen Familie (Charaktertenor, auch Lyrischer Tenor, m. P.) – *Moser*, ein Pfarrer (Baßbariton, auch Charakterbaß, kl. P.) – *Roller*, ein Gefährte Karl Moors (Tenor, auch Bariton, kl. P.).
Chor: Räuber – Frauen – Kinder – Diener (Männerchor, gr. Chp.; Frauenchor, kl. Chp.).
Ort: Deutschland.
Schauplätze: Eine Schenke an der sächsischen Grenze – Zimmer im Schloß des Grafen Moor – Ein anderes Zimmer – Die Schloßkapelle – In den böhmischen Wäldern – Einsame Gegend im Wald in der Nähe des Schlosses – Halle im Schloß.
Zeit: Ausgehendes 18. Jahrhundert.
Orchester: 2 Fl. (II. auch Picc.), 2 Ob., 2 Kl., 2 Fag., 4 Hr., 2 Trp., 3 Pos., P., Schl., Hrf., Str.
Gliederung: Vorspiel und 18 szenisch gegliederte, ineinander übergehende Nummern.
Spieldauer: Etwa 2¼ Stunden.

Handlung
Der alte Graf Moor hat zwei Söhne: den älteren, begeisterungsfähigen Karl, und den jüngeren, Franz, der dem Bruder das Erstgeburtsrecht und die Liebe des Vaters neidet. Karl ist auf der Universität in schlechte Gesellschaft geraten und erwartet mit seinen Kameraden in einer Schenke nach der sächsischen Grenze einen Brief des Vaters, in dem er dessen Verzeihung erhofft. Doch die Freunde bringen ihm einen Brief des Bruders, in dem dieser – angeblich im Namen des Vaters – ihm schreibt, er sei verstoßen und solle nie mehr nach Hause zurückkehren, wolle er nicht ins Gefängnis geworfen werden. Als so seine Sehnsucht nach dem Vaterhaus und nach der geliebten Amalia enttäuscht wird, folgt er dem Angebot seiner Freunde, mit ihnen eine Räuberbande zu bilden und als ihr Hauptmann mit ihnen in die böhmischen Wälder zu ziehen. – Franz dagegen reicht es nicht, durch diesen Brief, den er dem Vater untergeschoben hat, den Bruder zu vernichten; er will auch noch seinen Vater aus dem Wege räumen, um Herr zu sein. Er befiehlt dem ihm verpflichteten Kämmerer Hermann, sich zu verkleiden und so als Bote dem Vater zu berichten, daß sein Sohn in der Schlacht um Prag gefallen sei. Die Trauer um den Sohn, so hofft Franz, werde

den Vater töten. – Amalia, die Nichte des Grafen, die als Waise im Hause lebt, bewacht den Schlummer des alten Grafen. Nachdem der alte Moor von dem Räuberleben seines Sohnes gehört hatte, hatte er ihn wirklich verstoßen, aber Amalia liebt den Greis dennoch. Da kommt Franz mit dem vermummten Hermann, der den Tod Karls meldet. Als Beweis überbringt der vermeintliche Bote das Schwert Karls, auf dem dieser mit seinem Blute das letzte Vermächtnis aufgezeichnet hat: er entbindet darin Amalia ihres Treueschwurs und bittet sie, die Gemahlin von Franz zu werden. Amalia ist verzweifelt und will sterben, und den alten Grafen trifft der Schmerz um den Sohn, den er in den Tod getrieben zu haben glaubt, so stark, daß er wie tot zu Boden sinkt.

Franz feiert mit einem großen Gelage seine neue Macht; Amalia aber hat sich in die Schloßkapelle geschlichen, um am Grabe des alten Moor zu beten. Von Gewissensbissen geplagt, sucht Hermann sie auf und gesteht ihr, daß Karl und der alte Moor noch leben. Amalia schöpft neuen Mut; da taucht Franz auf, um sie zu bitten, seine Frau zu werden. Empört weist sie ihn zurück; nie könne sie ihm angehören. Wutentbrannt droht ihr Franz daraufhin, er werde sie zu seiner Hure machen, und will sie gar niederstechen, doch mit einem vermeintlichen Eingehen auf seine Wünsche vermag sie sich ihm zu nähern und ihm seinen Degen zu entreißen. Sie droht nun ihrerseits, ihn niederzustechen, wenn er nicht von ihr abließe.

Der Räuber Roller aus Karls Bande ist in einen Hinterhalt geraten, gefangen worden und soll nun gehängt werden. Doch Karl gelingt es mit einigen Räubern, im Ort Feuer zu legen und die Verwirrung zur Befreiung des Kameraden zu nutzen. Die Hochstimmung seiner Leute, die diesen mutigen Coup feiern, erinnert ihn aber daran, daß er im Himmel und auf Erden ein Ausgestoßener ist. Als ihm die Räuber angstvoll mitteilen, der Wald sei von Soldaten umzingelt, faßt er neuen Mut, und es gelingt ihm, sich mit ihnen durchzuhauen. Amalia ist aus dem Schloß, wo sie vor den Nachstellungen von Franz nicht mehr sicher ist, in den Wald geflüchtet, in dem auch Karl seine Räuber wieder sammelt. Die beiden treffen aufeinander und erkennen sich erstaunt und überglücklich. Sie wollen einander nun nicht mehr verlassen. Amalia berichtet von Maximilians Tod und Franzens finsteren Plänen mit ihr; er schwört dem Bruder Rache, verschweigt Amalia aber, daß er Hauptmann einer Räuber- und Mörderbande ist. Er bringt Amalia in Sicherheit und kehrt zu seinen Leuten zurück. Während er ihren Schlaf bewacht, überkommt ihn wieder die Verzweiflung: er will sich das Leben nehmen, verwirft die Lösung jedoch als unwürdig. Da sieht er, wie sich Hermann einem in der Nähe gelegenen alten Turm nähert. Er verbirgt sich und sieht, wie der Kämmerer dort mit jemandem spricht und ihm Essen reicht. Als Karl ihn anspricht, flieht der Kämmerer; daraufhin bricht er das Tor des Turmes auf und befreit den zum Skelett abgemagerten Maximilian. Der alte Mann erkennt seinen Sohn nicht und berichtet nur, wie er hierher gelangte. Nach seiner Ohnmacht erwachte er, bereits geschmückt im Grabe liegend. Er rief um Hilfe, und sein Sohn Franz kam, sperrte ihn dann aber hier ein, um ihn verhungern zu lassen; nur die Hilfe Hermanns habe ihm bisher das Leben gerettet. Erneut fällt er – entkräftet und erschöpft – in Ohnmacht. Karl ruft seine Leute zusammen und läßt sie schwören, das Unrecht an dem alten Mann zu rächen und Franz herbeizuschaffen, um ihn zu strafen.

Franz ist von Alpträumen gejagt: er befiehlt, daß man den Priester hole, und erzählt Hermann seinen Traum, in dem die Toten aus ihren aufgesprungenen Gräbern auferstanden seien und man vor dem Jüngsten Gericht seine Taten gewogen habe. Christi Blut habe die Schale der Vergebung trotz aller Untaten in der Tiefe gehalten, aber eine Locke des alten Mannes habe ihn als einzigen der ewigen Verdammnis überantwortet. Der Priester kommt und beschuldigt ihn, den Bruder und den Vater ermordet zu haben – zwei Verbrechen, von denen auf Erden ihn niemand freisprechen könne. Da kommt die Nachricht, daß das Schloß von Räubern überfallen werde. Franz fürchtet um sein Leben. Im Walde bittet Maximilian, wieder zu sich gekommen, mit Franz milde zu verfahren. Karl, der sich immer noch nicht zu erkennen gegeben hat, erbittet – als Gegengabe für die Befreiung – den Segen des alten Mannes, und dieser gewährt ihn ihm gerne. Die Räuber erscheinen enttäuscht: beim Sturm auf das Schloß ist Franz ihnen entkommen. Karl, dem das Blutvergießen längst zu viel ist, spürt fast Erleichterung. Da kommen andere Räuber mit besserer Beute: mit Amalia. Erleichtert glaubt sie sich bei Karl gerettet, doch dieser ist verzweifelt: nun muß er der Geliebten und dem Vater gestehen, wie tief er als Räuberhauptmann gesunken ist. Dennoch steht sie trotz aller Untaten zu ihm und erklärt ihm ihre Liebe, und für einen Augenblick träumt er von einer seligen gemeinsamen Zukunft. Während sich der alte Moor bittere Vorwürfe macht, den Sohn in dieses Leben getrieben zu haben, erinnern die Räuber den Hauptmann an seinen Schwur, sie nie zu verlassen. Da Karl glaubt, er könne Amalia weder an sein schändliches Leben binden noch ihr untreu werden, was sie nicht ertragen würde, ersticht er sie und geht, um sich in die Hände der Justiz zu begeben.

Stilistische Stellung
Verdis ›Räuber‹ gehören, obwohl sie nach dem ›Macbeth‹ uraufgeführt wurden, in der Chronologie der Konzeption und der formalen Anlage vor die erste Shakespeare-Vertonung; zu spüren ist dies an der vielfach noch konventionellen Mustern verpflichteten Akteinteilung und Szenengestaltung, die in den Arien oft noch die ältere Cavatina-Cabaletta-Form beibehält, jedoch in den Finali bereits zu freierer Gestaltung findet.

Textdichtung
›I masnadieri‹ sind Verdis erste Beschäftigung mit einem Drama Schillers; später folgten dann noch ›Luisa Miller‹ und ›Don Carlos‹. Aufmerksam gemacht auf das Jugenddrama des deutschen Klassikers hatte Verdi der Schiller-Kenner Andrea Maffei, der dann auch das Libretto verfaßte. Es zeigt sich jedoch, daß der Versuch, Schillers ungestümes Drama auf ein Libretto-Gerüst zusammenzuziehen, eher zu einem kolportagehaften Spektakel wird, zumal nichts von der Gesellschaftskritik, die Schiller seinem alter ego Karl in den Mund gelegt hatte, gerettet worden ist. Weiter ausgearbeitet wurde dagegen die bei Schiller eher blasse Partie der Amalia, und auch Franz ist kein konventioneller Bösewicht, sondern hat schon auf den späten Jago vorausweisende Züge.

Geschichtliches
Verdis ›I masnadieri‹ entstand auf Veranlassung des Impresarios Benjamin Lumley für Her Majesty's Theatre in London. Die Uraufführung am 22. Juli 1847 dirigierte Verdi selbst; die Premiere war hoch besetzt: Jenny Lind kreierte die Amalia, Italo Gardoni den Karl, Filippo Coletti den Franz und Luigi Lablache den Maximilian. Obwohl die Premiere vom Publikum bejubelt wurde, war die Presse eher negativ. Erfolgreicher war das Werk in Italien, wo es bereits 1848 in Rom und Florenz, 1851 in Venedig und 1853 in Mailand herauskam. In Wien wurde das Werk am 3. Juni 1854 zum ersten Mal gegeben, in Paris kam es 1870 auf die Bühne, in Deutschland jedoch erst am 29. März 1928 in Barmen. Auch heute gehört das Werk, ungeachtet einiger wirkungsvoller Elemente und brillanter Gesangspartien, zu den seltener gespielten Verdi-Opern.

W. K.

Luisa Miller

Oper in drei Akten. Libretto von Salvadore Cammarano nach Friedrich Schiller.

Solisten: *Graf von Walter* (Seriöser Baß, auch Charakterbaß, gr. P.) – *Rodolfo*, sein Sohn (Jugendlicher Heldentenor, gr. P) – *Federica*, Herzogin von Ostheim, Walters Nichte (Dramatischer Mezzosopran, auch Dramatischer Alt, m. P.) – *Wurm*, Walters Schloßverwalter (Charakterbaß, m. P.) – *Miller*, ein alter Soldat im Ruhestand (Heldenbariton, auch Charakterbariton, gr. P.) – *Luisa*, seine Tochter (Dramatischer Koloratursopran, auch Jugendlich-dramatischer Sopran, gr. P.) – *Laura*, ein Bauernmädchen (Lyrischer Mezzosopran, auch Soubrette, kl. P.) – *Ein Bauer* (Tenor, kl. P.).
Chor: Damen im Gefolge Federicas – Pagen – Bedienstete – Leibwachen – Dorfbewohner (m. Chp.).
Ort und Zeit: Tirol in der ersten Hälfte des 18. Jahrhunderts.
Schauplätze: Liebliches Dorf, auf der einen Seite das bescheidene Haus von Miller, auf der anderen die kleine Kirche, in der Ferne die Türme des Schlosses von Walter, ein sehr klarer, frühlingshafter Sonnenaufgang am Horizont – Saal im Schloß Walters, im Hintergrund ein prächtiges Portal – Inneres im Haus Millers, durch die Fenster sieht man die Dorfkirche – Die Räumlichkeiten des Grafen im Schloß – In den hängenden Gärten des Schlosses – Inneres im Haus Millers.
Orchester: Picc., 2 Fl., 2 Ob., 2 Kl., 2 Fag., 4 Hr., 2 Trp., 3 Pos., Cimbasso (auch Kbt.), P., Schl., Hrf., Str. – Bühnenmusik: 4 Hr., Gl., Org.
Gliederung: Ouvertüre und 13 Musiknummern.
Spieldauer: Etwa 2¼ Stunden.

Handlung

»Die Liebe«: Die Bewohner des Dorfes, unter ihnen Laura, kommen zusammen, um Luisas Geburtstag zu feiern. Miller tritt zu den Gratulanten, aber Luisa ist unruhig, weil sie ihren Geliebten vermißt. Miller traut dem bei Hofe gänzlich unbekannten »Jäger Carlo« nicht, aber Luisa ist sich der Wahrhaftigkeit seiner Liebe völlig sicher. Als Carlo endlich erscheint, versichern sich er und Luisa ihrer Liebe; Miller jedoch hat düstere Vorahnungen, seine Tochter könnte das Opfer eines Verführers sein. Alle gehen in die Kirche, nur Miller bleibt zurück und wird von Wurm aufgehalten. Seit einem Jahr wirbt er vergeblich um Luisa und hofft auf die Unterstützung des Vaters. Aber Miller lehnt es ab, Liebe und Ehe zu erzwingen. Darauf enthüllt ihm Wurm, wer der »Jäger Carlo« in Wirklichkeit ist: Rodolfo, der Sohn des neuen Grafen Walter. Miller sieht seine böse Ahnung bestätigt und ist fest entschlossen, das heiligste seiner Güter, die Ehre, vor Betrug zu bewahren. – Der ins Schloß zurückgekehrte Wurm berichtet Walter von der Liebe Rodolfos zu Luisa. Empört befiehlt Walter seinen Sohn zu sich. Er hat viel gewagt, um ihm eine glanzvolle Laufbahn zu eröffnen. Rodolfo soll das nie erfahren, aber es auch nicht wagen, sich seinen machtpolitischen Plänen zu widersetzen. Als Rodolfo eintritt, konfrontiert ihn Walter mit der Nachricht der bevorstehenden Ankunft der Herzogin Federica von Ostheim, seiner inzwischen verwitweten Nichte, um deren Hand der Sohn anhalten soll. Walter unterbindet jeden Versuch Rodolfos, sich zu erklären, und erwartet, daß sein Sohn den väterlichen Befehlen gehorcht. Federica tritt mit großem Gefolge auf und wird von Walter freudig begrüßt. Als Rodolfo mit Federica allein ist, gesteht er ihr, daß er bereits eine andere liebt und ihr versprochen ist. Eher werde er sich töten, als auf sie zu verzichten. Federica ist empört und zugleich entschlossen, um ihre Liebe zu kämpfen. – Im Haus ihres Vaters wartet Luisa auf Carlo. Statt dessen erscheint dieser selbst und enthüllt Luisa die wahre Identität ihres Geliebten. Miller schwört Rache, doch der hereinstürzende Rodolfo bekennt sich zu seiner Liebe und verspricht Luisa die Ehe. Da erscheint auch schon der wütende Graf und beschimpft Luisa als Hure. Miller weist diese Ehrverletzung empört zurück; Walter befiehlt seinen Soldaten, den Alten und seine Tochter zu verhaften. Alle Versuche Rodolfos, ihn von seinem Befehl abzubringen, scheitern. Erst als er ihm mit unterdrückter Stimme ins Ohr schreit, bekannt zu machen, »wie du es anstelltest, Graf von Walter zu werden«, gibt er nach und läßt Luisa frei, den Vater aber festnehmen.

»Die Intrige«: Als Luisa von den Dorfbewohnern erfährt, daß ihr Vater arretiert ist, will sie sofort zum Schloß gehen, wird jedoch vom eintretenden Wurm zurückgehalten, um ihr im Auftrag des Grafen mitzuteilen, wie sie ihren Vater vor dem Tod retten kann: Sie soll einen Brief schreiben, in dem sie erklärt, niemals Rodolfo, sondern immer nur Wurm geliebt zu haben. Voller Verzweiflung läßt Luisa sich den Brief diktieren, unterschreibt ihn und beschwört beim Leben ihres Vaters, das erzwungene Liebesgeständnis freiwillig geschrieben zu haben. Auf dem Schloß soll sie ferner vor Federica selbst das Geschriebene bestätigen. – Im Schloß berichtet Wurm dem Grafen von seinem Erfolg bei Luisa. Walter gesteht Wurm, daß er Rodolfo nur nachgegeben habe, weil dieser Zeuge des Mordes am vorherigen Grafen war, dem er seinen Aufstieg verdankt. Gemeinsam gedenken Walter und Wurm des Verbrechens, das sie beide – würde es bekannt – dem Galgen ausliefern würde. Federica kommt hinzu. Walter versichert Federica, daß Rodolfo sich eines Besseren besinnen werde, weil Luisa ihn nie geliebt habe. Bei der Gegenüberstellung kann Luisa ihre wahren Gefühle kaum unterdrücken, aber die Herzogin hält ihr falsches Geständnis, immer nur Wurm geliebt zu haben, für wahr und triumphiert. Auch Walter und Wurm glauben ihr Spiel gewonnen. – Als Rodolfo den Brief erhält, stürzt er in den Garten. Da er an der Handschrift nicht zweifeln kann, beklagt er in schmerzvoller Verzweiflung Luisas Verrat. Den herbeizitierten Wurm fordert er zum Duell. In der Angst um sein Leben schießt Wurm in die Luft und ruft damit Walter und dessen Diener herbei. Walter bittet seinen Sohn um Verzeihung und gibt vor, in die Heirat mit Luisa einzuwilligen. Als Rodolfo ihm daraufhin vom schändlichen Betrug Luisas berichtet, rät ihm der Vater um so entschiedener, die Herzogin zum Altar zu führen. Doch Rodolfo kennt nur noch eines: Todessehnsucht.

»Das Gift«: Laura und die Bäuerinnen besingen das traurige Schicksal Luisas, verschweigen ihr aber den Grund für die festlich geschmückte Kirche: die bevorstehende Trauung von Rodolfo und Federica. Als der aus dem Gefängnis entlassene Miller kommt, ziehen sich die Bäuerinnen zurück. Aus dem Abschiedsbrief, den Luisa soeben an Rodolfo geschrieben hat, entnimmt Miller, daß sie zum Selbstmord entschlossen ist, aber es gelingt ihm, sie davon abzubringen und sie zu überreden, gemeinsam mit ihm beim Morgengrauen die Heimat zu verlassen. Aus der Kirche tönt Orgelmusik herüber. Während Luisa ins Gebet versunken ist, tritt Rodolfo ein und gießt unbemerkt Gift in die auf dem Tisch stehende Tasse. Als Luisa bestätigt, daß sie den Brief an Wurm geschrieben habe, veranlaßt er sie, nach ihm aus der Tasse zu trinken. Trotz seiner Beschimpfungen bricht sie nicht den geleisteten Eid. Erst als Rodolfo ihr den bevorstehenden Tod ankündigt, fühlt sie sich von jedem Schwur befreit und enthüllt ihm die Wahrheit. Während der zurückgekehrte Miller den Tod Luisas beweint, feiern die Liebenden ihre Vereinigung im mitleidvollen Himmel. Walter, Wurm, die Diener des Grafen und die Dorfbewohner stürzen herein. Der sterbende Rodolfo ersticht Wurm, dem Vater aber ruft er, bevor er neben Luisa tot niederfällt, zu: »Du, sieh jetzt deine Strafe.«

Stilistische Stellung
Zusammen mit dem 1850 für Triest komponierten ›Stiffelio‹ markiert ›Luisa Miller‹ den letzten Schritt zu den Meisterwerken aus Verdis mittlerer Schaffensperiode. Das Textbuch genießt seit jeher – zu Unrecht –, nicht zuletzt im Blick auf Schiller und im Vergleich mit der Vorlage, einen schlechten Ruf. Aus Schillers Schauspiel, dessen Intrigenmechanismus sich in der Komplexität des Dialogs entfaltet, wird ein intimes Melodramma um die Unmöglichkeit der Liebe zwischen dem adligen Rodolfo und der bürgerlichen Luisa. Mag auch das Libretto von vergleichsweise konventionellem Zuschnitt sein: Entscheidend ist, was Verdi daraus macht. Und hier, auf der Schwelle zur Meisterschaft, ist der Komponist bereits weit davon entfernt, die Formen bloß mechanisch zu erfüllen, sondern gibt ihnen oftmals eine neue Bedeutung, ja verändert sie, wo immer ihm dies im Interesse des musikalischen Dramas notwendig erscheint. Das gilt gleich für die pastorale Idylle der schulgerechten Introduktion: Schillers spannungsvolle dramatische Exposition weicht einer operngerechten statischen Zustandsbeschreibung, die die Gefühle aller Beteiligten schildert. Wie hier am Beginn gelingt es Verdi auch im weiteren Verlauf, die Chöre dramaturgisch überzeugend in die Handlung einzubinden.

Unter den vier Solonummern ragen zwei heraus: diejenige Luisas am Beginn des II. Aktes und diejenige Rodolfos an dessen Ende. Vor allem im langsamen Teil von Rodolfos Arie (»Quando le sere, al placido«) ist es Verdi gelungen, die weltschmerzlich-melancholische Verzweiflung des egoistischen Heißsporns in Tönen einzufangen. Die Melodie, eine der berückendsten Eingebungen des frühen Verdi, erinnert an Chopin. Ihr ebenbürtig ist die ebenso einfache wie die emotionale Verfassung Rodolfos instrumental subtil konnotierende Begleitung. Formal innovativer ist die Umdeutung von Luisas Doppelarie »Tu punisci mi, o Signore« zur handlungserfüllten Szene. Sie gab Verdi die Möglichkeit, das Briefdiktat dergestalt in die Solonummer zu integrieren, daß Wurm in den rezitativischen Teilen dominiert und an der abschließenden Cabaletta sogar melodisch partizipiert. Die dialogische Ausweitung führt zu einer Auflockerung und Dramatisierung der starren Standardform, die uns Luisas Gefühle gleichzeitig von außen wie von innen wahrnehmen läßt. Verdi gleicht auf diese Weise mit der affektiven Rhetorik seiner Musik jenen Verlust an sprachlicher Tiefendimension aus, der zwangsläufig mit der Reduktion des Schauspiels in ein Opernbuch einherging. Rationalität, erst recht Politik sind für die Musik nur in ihrem emotionalen, sinnlichen Substrat erfahrbar. Evident wird das vor allem im Finale des I. Akts, wenn höfische und bürgerliche Welt beim Versuch Walters, Miller zu verhaften, erstmals zusammenprallen und Rodolfo seinen Vater in die Schranken weist. Im Zentrum steht dabei nicht der kinetische Dialog, sondern das langsame, statische Quartett mit Chorbeteiligung. Das Tableau als Zustandsbild gibt allen Beteiligten die Möglichkeit, ihre Emotionen auszudrücken. Musikalisch wird es von Luisa beherrscht (bei Schiller ist sie an dieser Stelle stumm). Unbeirrt singt sie in regelmäßigen viertaktigen Phrasen, während Verdi in den Soloeinsätzen Millers, Rodolfos und Walters auf je unterschiedliche Weise die Quadratur aufbricht (obwohl das Libretto für alle dasselbe Versmaß bereitstellt) – ein Fingerzeig, wie genau Verdi der dramatischen Situation und den Empfindungen der Figuren auch in der Form folgt. Auf die effektvolle Schlußsteigerung des Finales in Gestalt einer schnellen Stretta allerdings hat er bewußt verzichtet. Kürze ist eines der Geheimnisse seiner theatralen Wirkung. Noch mehr als 30 Jahre später wird er im Finale des III. Akts von ›Otello‹ ähnlich verfahren.

Der Schlußakt von ›Luisa Miller‹ ist in Verdis Schaffen das erste Beispiel einer szenenübergreifenden Struktur, die die gewohnten Formen zwar noch benützt, sie aber zu einem nahtlosen Ganzen verklammert. Er besteht aus drei Nummern: einem einleitenden Chor, dem Duett Luisa/Miller, einem weiteren Duett Luisa/Rodolfo, das sich durch das Hinzutreten Millers zum Finalterzett erweitert, ehe die gerade einmal 26 Takte umfassende Schlußszene das Drama zu einem schnellen Ende bringt. Die einzelnen Teile sind zwar durch zwei lange dialogische Rezitative voneinander geschieden, aber Verdi setzt einen dramatischen Spannungsbogen, der bis zu den Schlußakkorden nicht abbricht. Wesentlich zu diesem Eindruck trägt das Wiederaufgreifen des schon die Ouvertüre beherrschenden Motivs am Aktbeginn bei – Emblem des tragischen Schicksals, das sich mit der Unerbittlichkeit eines antiken Dramas vollzieht. Wie schon im Finale des I. Aktes hält sich Cammarano auch hier eng an Schiller. Musikalisch übernimmt Luisa in beiden Duetten die Führung. Zum ersten Mal in seinem Œuvre gestaltet Verdi mit großer Emphase eine Vater-Tochter-Beziehung, ein Hohes Lied auf die religiös konnotierten heiligen Bande der Familie, in dem die erotische Spannung zwar anklingt, aber nicht im Zentrum steht, während im Duett Luisa/Rodolfo die Gegensätze der beiden Liebenden, Luisas gefaßte Selbstlosigkeit und Rodolfos hysterisches Selbstmitleid, in aller Deutlichkeit aufbrechen. Verdi zwingt den Antagonismus in einen einzigen musikalischen Verlauf: Beide singen im selben Versmaß, aber jeder auf seine eigene Melodie. Die erregte Cabaletta, nachdem Luisa die Wahrheit an den Tag gebracht hat, bricht mit der ersten Strophe ab, ohne daß noch eine zweite folgt, als wollte die Musik sagen: Der Tod wartet nicht. Und jetzt schlägt der große Augenblick des Musiktheaters. Bei Schiller stirbt Luise lautlos. Verdi musikalisiert Luisas Sterben – wir hören, wie der Tod nach ihr greift – und transzendiert die Agonie geradezu ins Metaphysische. Wir werden zu Ohren- und Augenzeugen eines szenischen, ja geradezu inszenierenden Komponierens, dem es auf unmittelbar nachvollziehbarer Weise gelingt, die Psyche der handelnden Figuren in Musik, in melodische wie instrumentale Gesten, zu übersetzen und damit das Innere nach außen zu kehren. Verdis Musik macht hörbar, was die Figuren unsichtbar bewegt.

Textdichtung
Ursprünglich wollte Verdi nach ›La battaglia di Legnano‹ (1849), deren Textbuch gleichfalls von Salvadore Cammarano stammt, ein weiteres Mal einen politischen Stoff vertonen. Aber die neapolitanische Zensur verbot das Vorhaben, Francesco Domenico Guarazzis ›L'assedio di Firenze‹ (1836), einen historischen Roman über den Untergang der florentinischen Republik 1529/30, zur Grundlage einer patriotischen Oper zu machen. In dieser Situation griff Cammarano mit Schillers bürgerlichem Trauerspiel ›Kabale und Liebe‹ einen alten Vorschlag Verdis – »Es ist ein großartiges Drama, voller Leidenschaft und theatralisch sehr effektvoll« – auf, schrieb in großer Eile einen Prosaentwurf, der die Handlung bereits in allen Einzelheiten festhält, und reichte wenig später die Verteilung der Nummern nach. Im weiteren Verlauf der Ausarbeitung sind daran nur noch wenige Änderungen erfolgt. Cammarano hielt sich bei seinem Vorgehen an die zeitüblichen Konventionen des Musiktheaters, die um 1850 im konservativen Neapel noch strikter praktiziert wurden als in anderen italienischen Opernzentren. Bei seiner Einrichtung, die in hohem Maße den Bedürfnissen des Teatro San Carlo Rechnung trug, entschärfte er deshalb nicht nur die politisch brisante, antifeudale Tendenz des Stücks mit der Anklage der Günstlings- und Mätressenwirtschaft eines absolutistischen deutschen Fürstenhofes, sondern paßte mit der Reduzierung der Personen und der Verknappung des Textes die Vorlage auch der Ranghierarchie der am Haus engagierten Sängertruppe an, die in der Regel von drei Protagonisten als den wesentlichen Handlungsträgern ausging. Zwei erste Sopranpartien, wie Verdi sie sich wünschte, hätten hier Probleme geschaffen – eine Argumentation, der er sich, wenn auch widerstrebend, nicht verschloß. Neben der satirischen Karikatur des Hofmarschalls von Kalb und Luisas Mutter entfiel deshalb auch Lady Milford – bei Schiller ein doppelbödiger Charakter – als Rivalin Luisas, die durch die dramatisch belanglosere, musikalisch blasse Nebenrolle der Herzogin Federica von Ostheim nicht angemessen ersetzt wurde. Leichter fiel die Entscheidung im Falle der tiefen Männerstimmen. Cammarano macht den alten Miller zur dritten Hauptfigur neben Luisa und Rodolfo und stuft damit Walter und Wurm, die bei Schiller eine gleichwertige Bedeutung besitzen, zurück. Auch mit der Streichung des Hofmarschalls von Kalb und damit der Adressierung des Briefes von

Luisa an Wurm erklärte sich Verdi, der den erfahrenen, renommierten Cammarano schätze und ihn, anders als Piave, nicht als subalternen Textlieferanten behandelte, schließlich einverstanden. Die Aufteilung in Haupt- und Nebenrollen hatte musikalische Konsequenzen. Allein den Hauptrollen – Luisa, Rodolfo, Miller – standen größere Solonummern in der zweiteiligen Arienform zu. Die Nebenrollen – Federica, Walter, Wurm – mußten sich mit Soloanteilen in Duetten oder Ensembles begnügen. Daß aus Schillers Ferdinand ein Rodolfo wurde, geschah mit Rücksicht auf den neapolitanischen König Ferdinando II., dessen Name auf der Bühne nicht genannt werden durfte. Schließlich verlegte Cammarano, um das Auftreten von Chören zu ermöglichen, die Handlung aus Schillers ungenannter deutscher Residenzstadt in ein Dorf in den Tiroler Alpen.

Geschichtliches
Die von Verdi und Cammarano, dem Hauslibrettisten und Regisseur des Teatro San Carlo, einstudierte Uraufführung fand am 8. Dezember 1849 statt und errang, trotz 19 weiteren Vorstellungen, nur einen Achtungserfolg. Das lag sicher teilweise an der Sopranistin Marietta Gazzaniga, mit deren Luisa auch Verdi unzufrieden war, hauptsächlich aber wohl doch an der Unvereinbarkeit von Verdis künstlerischen Zielen mit dem konservativen Geschmack des neapolitanischen Publikums. In den beiden folgenden Jahren wurde ›Luisa Miller‹ an allen größeren italienischen Bühnen gespielt. Die deutsche Erstaufführung fand 1851 in Hannover statt. In den 1870er Jahren verschwand ›Luisa Miller‹ von den Spielplänen. Auch nach der Jahrhundertwende wurde sie nur vereinzelt aufgeführt, so 1903 durch Arturo Toscanini an der Mailänder Scala. Erst seit dem Verdi-Jahr 1963 gehört sie wieder zu den häufiger gespielten, wenn auch nicht gerade populären Opern aus Verdis erstem Schaffensjahrzehnt.

U. S.

Rigoletto

Oper in drei Aufzügen. Dichtung von Francesco Maria Piave.

Solisten: *Der Herzog von Mantua* (Lyrischer Tenor, auch Jugendlicher Heldentenor, gr. P.) – *Rigoletto*, sein Hofnarr (Heldenbariton, auch Charakterbariton, gr. P.) – *Gilda*, dessen Tochter (Lyrischer Koloratursopran, gr. P.) – *Graf von Monterone* (Charakterbaß, auch Charakterbariton, kl. P.) – *Graf von Ceprano* (Lyrischer Bariton, m. P.) – *Die Gräfin*, seine Gemahlin (Sopran, kl. P.) – *Marullo*, Kavalier (Charakterbariton, m. P.) – *Borsa*, Höfling (Spieltenor, auch Charaktertenor, m. P.) – *Sparafucile*, ein Bravo (Seriöser Baß, auch Charakterbaß, m. P.) – *Maddalena*, seine Schwester (Mezzosopran, auch Spielalt, m. P.) – *Giovanna*, Gildas Gesellschafterin (Alt, kl. P.) – *Ein Gerichtsdiener* (Baß, kl. P.) – *Ein Page* der Herzogin (Mezzosopran, auch Sopran, kl. P.).
Chor: Damen und Herren vom Hof – Hellebardiere – Diener (Gesangspart nur Männerchor, m. Chp.).
Ballett: Gesellschaftstanz (I. Akt).
Ort: Mantua und Umgebung.
Schauplätze: Ein prächtiger Säulensaal im herzoglichen Palast – Öder Stadtteil in Mantua, rechts schlichtes Haus mit Vorhof und Terrasse von einer sehr hohen Mauer umgeben, links hinten der Palast des Grafen Ceprano – Ein kleiner Saal im herzoglichen Palast – Öder unheimlicher Stadtteil am Ufer des Flusses Mincio, hinten eine Brücke über den Fluß, rechts alte verfallene Häuser, links ein halb verfallenes Haus, unten das Innere eines ländlichen Gasthauses, eine Treppe führt auf den Boden, nach vorn mit einem breiten Balkon ohne Dach.
Zeit: Das 16. Jahrhundert.
Orchester: 2 Fl. (II. auch Picc.), 2 Ob. (II. auch Eh.), 2 Kl., 2 Fag., 4 Hr., 2 Trp., 3 Pos., Cimb. (auch Bt.), P., Schl., Str. – Bühnenmusik: Banda (1 As-Kl., 2 Es-Kl., 2 B-Kl., 2 Flügelhr., 4 Trp., 3 Hr., 1 Baßflügelhr., 2 Bombardons, 2 Bässe, gr. und kl. Tr.), Streichquintett, Gl. in H und C.
Gliederung: 20 Musiknummern, die pausenlos ineinandergehen.
Spieldauer: Etwa 2 Stunden.

Handlung
Keine Schöne ist vor dem Zugriff des lüsternen Herzogs von Mantua sicher, der sich seine Beute bald in seinem Palast bei rauschenden Festen, bald in einer Verkleidung bei nächtlichen Abenteuern erjagt. Dabei schreckt er auch nicht vor

Gewalttaten zurück. So ließ er, um der Tochter des Grafen Monterone habhaft zu werden, den betagten Vater unter nichtigem Vorwand festsetzen. Und als der Graf nach seiner Freilassung den Herzog während eines Festes wegen der Schändung seiner Tochter zur Rechenschaft ziehen will, höhnt der bucklige Hofnarr Rigoletto auf Geheiß seines Herrn mit beißendem Spott den Schmerz des Vaters. In seiner Ohnmacht schwört Monterone den Fluch des Himmels auf den Herzog und den Buckligen herab. Aber auch den übrigen Hofleuten ist Rigoletto verhaßt, da er seine Narrenfreiheit gewöhnlich auf ihre Kosten in weitgehendstem Maß ausnützt. Willkommene Gelegenheit zur Rache bietet sich ihnen, als der Hofkavalier Marullo ein Haus ausfindig gemacht hat, in dem Rigoletto jede Nacht heimlich ein Mädchen – offenbar sein Liebchen – besucht. Sie beschließen, die Schöne zu entführen und sie dem Herzog auszuliefern. Niemand bei Hof ahnt freilich, daß der Mann mit der scharfen Lästerzunge ein Doppelleben führt und in der stillen Gasse die zärtlich geliebte Tochter Gilda vor dem gefährlichen Herzog und seiner Hofgesellschaft verborgen hält. – Der Gedanke an Monterones Fluch verfolgt Rigoletto unablässig und erfüllt ihn mit bösen Ahnungen. Er ermahnt daher bei seinem nächsten abendlichen Besuch Gilda und ihre Gesellschafterin Giovanna besonders inständig, ja nicht auszugehen und niemand ins Haus zu lassen. Aufgeschreckt durch das Geräusch von Schritten eilt Rigoletto, ängstlich spähend, auf die Straße; inzwischen schlüpft unbemerkt der Herzog durch die offene Gartentür ins Haus. Giovanna hatte ihm gegen eine wohlgefüllte Geldbörse den Wohnsitz des Mädchens verraten, mit dem er schon seit einigen Monaten an Festtagen in der Kirche sehnsüchtige Blicke getauscht hatte. Nachdem Rigoletto weggegangen ist, gibt sich der Herzog Gilda gegenüber in einer feurigen Liebeserklärung als Student Gualtier Maldè aus. Schritte auf der Straße lassen die Rückkehr Rigolettos vermuten, daher entläßt Giovanna den Herzog rasch durch die Hintertür. Eine Gruppe Höflinge – die Gesichter mit Masken verhüllt – erscheint zu der beabsichtigten Entführung Gildas, als gerade Rigoletto, wie von einer inneren Stimme geleitet, zurückkehrt. Geistesgegenwärtig geben die Hofleute vor, aus dem gegenüberliegenden Palast die Gattin des Grafen Ceprano entführen zu wollen. Sie fordern Rigoletto auf, ihnen dabei behilflich zu sein, und veranlassen ihn, die Leiter zu halten, nachdem sie ihm Augen und Ohren mit einer Binde umwickelt haben. Auf die Hilferufe Gildas hin erkennt Rigoletto zu spät die Überlistung.

Am nächsten Morgen sucht er im Herzogspalast verzweifelt nach den Spuren der Entführten; seine herzzerreißenden Klagen rühren selbst die kalten Höflinge. Aus Gildas Mund erhält er schließlich die traurige Gewißheit, daß ihr vertrauensvoll liebendes Herz dem Unwürdigen zum Opfer gefallen ist. Er beabsichtigt nun, zusammen mit der Tochter an einem anderen Ort ein neues Leben aufzubauen; zuvor aber will er noch blutige Rache an dem Verführer nehmen. Dabei erinnert er sich an das Angebot Sparafuciles, eines Bravos, der gegen die Bezahlung von zwanzig Scudi seine Opfer mit Hilfe seiner bildschönen Schwester Maddalena in eine halb verfallene Vorstadtspelunke lockt und sie dort erledigt.

In einer finstern Gewitternacht folgt der Herzog Maddalena in Sparafuciles Behausung. Rigoletto führt auch Gilda dorthin, damit sie, die noch immer an die echten Gefühle des Herzogs glaubt, mit einem Blick durch einen Mauerspalt sich von dem Betrug selbst überzeugen kann. Die Liebe überwindet aber Zorn und Empörung, und so erscheint Gilda, nachdem sie inzwischen für die Abreise Männerkleider angelegt hatte, nochmals vor dem Haus des Bravos. Dort belauscht sie eine Auseinandersetzung des Geschwisterpaares Maddalena-Sparafucile und erfährt dadurch von der beabsichtigten Ermordung des Herzogs, der auf dem Dachboden inzwischen in Schlaf gesunken ist. Als sich Sparafucile auf die dringenden Bitten der Schwester hin bereit erklärt, sofern noch ein Fremder vor Mitternacht an die Tür pochen sollte, diesen anstelle des Herzogs töten zu wollen, opfert Gilda ohne lange Überlegung ihr junges Leben. Triumphierend empfängt Rigoletto nach zwölf Uhr von Sparafucile den Sack mit der Leiche. Schon will er diese dem Fluß übergeben, da ertönt die ihm wohlbekannte Stimme der Herzogs, der auf dem Heimweg sein Lied über die Unbeständigkeit der weiblichen Herzen in die Nacht singt. Im grellen Lichtschein eines Blitzes erkennt Rigoletto in dem Sack die ermordete Tochter und mit einem wilden Aufschrei in Erinnerung an den Fluch des Alten stürzt er verzweifelt über die Leiche.

Stilistische Stellung

›Rigoletto‹ begründete mit den in kurzer Zeitspanne aufeinander folgenden Opern ›Il Trovatore‹ und ›La Traviata‹ Verdis Weltruhm. Ein kühner Stoff inspirierte die Phantasie des Komponisten zu reicher Entfaltung und gab ihm Gelegenheit, in der musikalischen Zeichnung der Charaktere und Stimmungen neuartige Wirkungen zu erzielen. Überreiche melodische Erfindung von eingängiger Schlagkraft sichert dem Werk eine seltene Popularität für alle Zeiten. Das mit der Entwicklung der Verdischen Oper (vor ›Rigoletto‹ besonders bei ›Macbeth‹ und ›Luisa Miller‹) immer prägnanter in Erscheinung tretende Stilprinzip: die musikalische Szene, das ist die Zusammenfassung von Rezitativ, ariosen Stellen und geschlossenen Formen (Arien, Ensembles) zu einer höheren Einheit, erreicht bei ›Rigoletto‹ bereits einen hohen Grad künstlerischer Reife, so daß die einzelnen Musiknummern nahezu durchwegs unmerklich ineinander gehen und auf diese Weise der Eindruck einer durchkomponierten musikalischen Großform entsteht. Trägerin des dramatischen Ausdrucks (auch bei den Chören der Höflinge) ist die Gesangslinie, deren Charakter aus der jeweiligen Situation gewachsen erscheint. Einen kunstvollen Höhepunkt bildet in dieser Hinsicht das berühmte Quartett des III. Aktes. Mit einfachen musikalischen Mitteln teils instrumentaler (Ball-Akt, Sparafucile-Szenen), teils vokaler (Windchor) Art wird die Atmosphäre der kontrastreichen Stimmungen in einer selbst für Verdi einmaligen genialen Eingebung vermittelt.

Textdichtung

Der venezianische Librettist Francesco Maria Piave (1810–1876) arbeitete das wirkungsvolle Bühnenstück ›Le roi s'amuse‹ des französischen Romanciers und Dramatikers Victor Hugo (1802–1885) nach Verdis Skizze zu einer Oper um, die den Titel ›La maledizione‹ (›Der Fluch‹) tragen sollte. Der Komponist hatte Ende des Jahres 1850 bereits einen großen Teil des Buches vertont, als die österreichische Zensurbehörde in Venedig gegen die Aufführung des Werks in der geplanten Form Einspruch erhob. (Auch Hugos Drama hatte bei seiner Uraufführung in Paris [1832] Anstoß erregt.) Neben anderen Einwänden machten die Zensoren vor allem geltend, daß ein regierender Souverän (Franz I. von Frankreich) nicht als Wüstling auf der Bühne erscheinen dürfe. Zum Glück fand Verdi bei dem Polizeidirektor Carlo Martello, einem Verehrer seiner Kunst, mit wohlbegründeten künstlerischen Gegenargumenten Verständnis, so daß sich die Zensur schließlich mit der Abänderung der Person des Fürsten und der Verlegung von Ort und Zeit der Handlung begnügte. Nicht mehr der Fürst, sondern die tragische Gestalt des Hofnarren wurde jetzt in den Mittelpunkt gerückt, der statt Triboulet (Triboletto) nunmehr den Namen Rigoletto (nach dem französischen rigolo = Spaßvogel) erhielt und nach dem auch die Oper – zunächst noch ›Rigoletto, buffone di corte‹ – betitelt wurde.

Geschichtliches

Im März 1850 erhielt Verdi neuerdings einen Opernauftrag für das Teatro La Fenice in Venedig, an dem er bereits 1844 seinen ›Ernani‹ (nach Victor Hugos ›Hernani‹) erfolgreich zur Uraufführung gebracht hatte. Der Komponist entschied sich für die Bearbeitung von Hugos Drama ›Le roi s'amuse‹, mit dem er sich schon im Jahre 1845 und dann wieder 1849 beschäftigt hatte. Die Vertonung des ihn gewaltig fesselnden Buches vollendete er in relativ kurzer Zeit. Nach Überwindung der Zensurschwierigkeiten ging ›Rigoletto‹ am 11. März 1851 am Teatro La Fenice in Venedig zum ersten Mal in Szene (Gilda: Teresa Brambilla, Rigoletto: Felice Varesi, Herzog: Raffaele Mirate). Der enthusiastische Erfolg hatte eine rasche Verbreitung des Werkes – auch im Ausland – zur Folge.

Der Troubadour (Il trovatore)

Oper in vier Akten. Text von Salvadore Cammarano und Leone Emmanuele Bardare.

Solisten: *Der Graf von Luna* (Kavalierbariton, gr. P.) – *Leonora*, Palastdame der Prinzessin von Aragon (Jugendlich-dramatischer Sopran, auch Dramatischer Koloratursopran, gr. P.) – *Azucena*, eine Zigeunerin (Dramatischer Mezzosopran, auch Dramatischer Alt, gr. P.) – *Manrico* (Jugendlicher Heldentenor, gr. P.) – *Ferrando*, Hauptmann des Grafen von Luna (Seriöser Baß, auch Charakterbaß, m. P.) – *Ines*, Leonoras Vertraute (Sopran, kl. P.) – *Ruiz*, Gefolgsmann Manricos (Spieltenor, auch Charaktertenor, kl. P.) – *Ein alter Zigeuner* (Baß) – *Ein Bote* (Tenor)

Chor: Diener des Grafen – Wachen – Zigeunerinnen und Zigeuner – Gefährtinnen Leonoras –

Nonnen – Soldaten – Mönche (Herrenchor gr. Chp., Damenchor m. Chp.).
Ort: In Aragonien und Bizkaia.
Schauplätze: Vorhalle im Palast Aliaferia – Gärten des Palastes Sargasto – Ruine am Abhang eines Berges – Kreuzgang eines Klosters bei Castellor – Feldlager – Saal in der Festung Castellor – Vor dem Gefängnisturm des Palastes Aliaferia – Kerker.
Zeit: Zu Beginn des 15. Jahrhunderts.
Orchester: Picc., Fl., 2 Ob., 2 Kl., 2 Fag., 4 Hr., 2 Trp., 3 Pos., 1 Bt. (Cimbasso), P., Schl., Str. – Bühnenmusik: 2 Hr., kl. Tr., Amboße, Org., Gl. in E, F und Es.
Gliederung: 23 Musiknummern, die pausenlos ineinander übergehen.
Spieldauer: Etwa 2¼ Stunden.

Handlung
Vorgeschichte: Nach dem Tod des Königs Martin I. von Aragón im Jahr 1410 herrscht Bürgerkrieg in Spanien. Graf Luna kämpft auf Seiten Ferdinands, des Infanten von Kastilien, sein Bruder Manrico ist Parteigänger des rebellischen Grafen von Urgel. Beide wissen nicht, daß sie Brüder sind.

»Das Duell«. Während Graf Luna zu später Stunde der Hofdame Leonora im Garten des Palastes Sargasto nachstellt, bitten die schläfrigen Diener und Wachen in Lunas Palast Ferrando, den Hauptmann Lunas, ihnen die Geschichte vom Bruder des Grafen zu erzählen. Ferrando berichtet also vom alten Grafen Luna, der zwei Söhne hatte. Eines Tages drang eine Zigeunerin zum Bett des einen Knaben vor, der daraufhin erkrankte. Die Zigeunerin wurde zur Strafe auf dem Scheiterhaufen verbrannt. Doch ihre Tochter rächte die Mutter, und als der Scheiterhaufen niedergebrannt war, fand sich neben dem Skelett der Zigeunerin dasjenige eines Knaben. Der alte Graf starb bald darauf, war aber zeitlebens überzeugt, sein Kind sei noch am Leben. Die Tochter der Zigeunerin treibe als Spukgestalt noch immer ihr Unwesen, munkeln die Gefolgsleute Lunas. Als es plötzlich Mitternacht läutet, streben die Wachen auseinander. – Leonora wartet in den Palastgärten auf den Troubadour Manrico, den sie bei einem Turnier kennengelernt hat. In den Wirren des Bürgerkriegs hatten sie sich jedoch aus den Augen verloren. Ihre Vertraute Ines beschwört sie, ihn zu vergessen. Für Leonora bedeutet er jedoch höchste Seligkeit. Sie gehen hinauf in Leonoras Gemächer. Unter ihrem Balkon hat sich voller Liebessehnsucht Graf Luna eingefunden. Da erklingt ein Ständchen Manricos im Dunkeln. Leonora eilt herab und wirft sich Luna in die Arme, bemerkt jedoch sofort ihren Irrtum. Manrico tritt hinzu und gibt sich als Leonoras Verehrer zu erkennen. Blind vor Wut muß Luna einsehen, daß sein Rivale um die Gunst Leonoras zugleich sein politischer Todfeind ist. Mit gekreuzten Klingen stürmen die beiden Kontrahenten davon.

»Die Zigeunerin«. Die Bewohner einer Zigeunersiedlung sind bereits am frühen Morgen bei der Arbeit. Nur Azucena teilt die fröhliche Stimmung nicht. Sie singt ein schauriges Lied, das den Flammentod ihrer Mutter zum Thema hat. Als die Zigeuner zur Arbeit ins Dorf gezogen sind, bleibt sie allein mit Manrico zurück. Er bedrängt sie, die Geschichte, die in dem Lied anklang, zu Ende zu erzählen. Als ihre Mutter zum Scheiterhaufen geschleppt wurde, sei sie ihr, fährt Azucena fort, mit ihrem kleinen Sohn auf dem Arm gefolgt. »Räche mich!«, rief die Mutter ihr zu. Daraufhin habe sie den Sohn des Grafen ins Feuer schleudern wollen, doch aus Versehen ihren eigenen Sohn ergriffen. Zutiefst beunruhigt fragt Manrico, wer er denn sei, da sie ja ihren Sohn ins Feuer geschleudert habe. Azucena versucht ihn zu beschwichtigen. Sei sie nicht zum Schlachtfeld von Pelilla gekommen und habe ihn, den von Luna schwer Verwundeten, gesund gepflegt? Dies, so Azucena, sei der Dank für Manricos Nachgiebigkeit im Duell mit dem Rivalen. Manrico kann sich diese seltsame Regung auch nicht erklären. Ein Bote überbringt einen Brief von Manricos Gefährten Ruiz. Manrico solle auf Befehl des Herzogs von Urgel die Festung Castellor verteidigen. Außerdem stehe Leonora kurz davor, ins Kloster einzutreten, in dem Glauben, Manrico sei tot. Manrico stürzt davon, Azucena kann ihn nicht zurückhalten. – Auch Luna hat von Leonoras Plan erfahren und will sie entführen. Leonora nimmt von ihren traurigen Gefährtinnen Abschied. Da tritt Graf Luna mit einer kleinen Schar Getreuer hervor. Die allgemeine Verwirrung wird noch gesteigert durch das plötzliche Auftauchen Manricos, den alle für tot gehalten hatten. Leonora kann ihr Glück kaum fassen. Als auch noch Ruiz mit Manricos Gefolgsleuten hinzukommt, ziehen sich der Graf und seine Männer zurück. Leonora flieht mit Manrico.

»Der Sohn der Zigeunerin«. Die Soldaten Lunas warten auf den Befehl, die Festung Castellor einzunehmen, in der sich Manrico und Leonora verschanzt haben. Ferrando hat eine in der Umgebung herumstreunende Zigeunerin aufgegriffen. Als sich herausstellt, daß es Azucena ist, die in höchster Not nach Manrico ruft, läßt Graf Luna sie gefangennehmen. – In der Kapelle der Festung ist alles bereit zur Heirat Manricos und Leonoras. Diese ist beunruhigt über den Waffenlärm von draußen. Manrico erklärt, daß er und seine Gefolgsleute die kriegerische Auseinandersetzung mit den Belagerern am nächsten Morgen sicherlich gewinnen würden. Als sich die beiden in die Kapelle begeben wollen, stürzt Ruiz herbei und berichtet von der Gefangennahme Azucenas. Der Tod auf dem Scheiterhaufen sei ihr gewiß. In höchster Aufregung folgt ihm Manrico, obwohl die Festung umzingelt ist. – Ruiz führt Leonora zu dem Turm, in dem Manrico gefangen ist. Tatsächlich hat Luna ihn ergreifen lassen, nun erwartet ihn der Tod. Düstere Mönchsgesänge erklingen, dann auch die Stimme Manricos aus seinem Gefängnis. Leonora beschließt, aus Liebe zu ihm ihr Leben zu opfern. Als Graf Luna erscheint, wirft sie sich ihm zu Füßen. Verblüfft geht er auf ihr Angebot ein, sie werde sich ihm hingeben, sofern er Manrico die Freiheit schenke. In einem unbeobachteten Augenblick nimmt Leonora Gift, das sie in ihrem Ring immer bei sich führt.

»Die Hinrichtung«. In ihrem gemeinsamen Kerker dämmern Azucena und Manrico dem Tod entgegen. Manrico versucht seine von Wahnvorstellungen gepeinigte Mutter durch die Erinnerung an die Heimat zu besänftigen. Leonora stürzt herein und fleht Manrico an, den Kerker zu verlassen, der Weg sei frei. Mißtrauisch widersetzt sich Manrico. Erst als das Gift bereits zu wirken beginnt, begreift Manrico, daß sie sich für ihn geopfert hat. In dem Augenblick tritt Graf Luna ein und erkennt ebenfalls die Situation. Leonora haucht ihr Leben aus. Graf Luna läßt Manrico zum Schafott bringen und zwingt Azucena, vom Fenster aus zuzusehen. Da eröffnet Azucena dem Grafen, daß er seinen eigenen Bruder hat hinrichten lassen. Triumphierend ruft sie aus: »Du bist gerächt, o Mutter!«

Stilistische Stellung
Wie glühende Lava strömen die Melodien im ›Troubadour‹ – weder zuvor noch danach hat Verdi eine Oper mit einer vergleichbaren Fülle melodischer Geistesblitze ausgestattet. Auf den ersten Blick erscheint die lange Zeit populärste Oper des größten italienischen Opernkomponisten wie ein Rückschritt in überwunden geglaubte Zeiten, in denen Verdi eine schablonenhafte Figurenzeichnung in Kauf nahm, um packende Bühnensituation zu kreieren. Dabei bedeutet jede Oper in Verdis Schaffen eine Weiterentwicklung, auch wenn diese nicht immer folgerichtig und zum Teil schubweise verlief. ›Il trovatore‹ ist streng symmetrisch aufgebaut: Jeder der vier Akte ist in zwei Bilder unterteilt. Schlüsselszene des gesamten Werks ist gleich der Beginn mit Ferrando und dem Chor der Bediensteten und Wachen Lunas. Auf ein Preludio hat Verdi ebenso verzichtet wie auf den obligatorischen Eingangschor. Der Zuschauer findet sich augenblicklich inmitten einer spannenden Scena, in der aber nur referiert wird. Interessant ist, wie Verdi die gruselige Szene mit dem Flammentod des kleinen Jungen musikalisch ausmalt. Er greift zum Stilmittel der Spezzatura, Ferrandos Gesangslinie wird also immer wieder unterbrochen. Der Belcanto, in zahlreichen Fiorituren das ganze Werk hindurch nach wie vor präsent, weicht einem zunehmend realistischen Gesangsstil. Das ständige Umschlagen der Handlung – mal hat Luna, mal Manrico die Oberhand – findet auch musikalisch seinen Widerhall. Wie in keiner anderen Oper mit Ausnahme der ähnlich gearteten ›Forza del destino‹ hat Verdi hier sein Konzept der »varietà«, der Vielfalt, umgesetzt. Die romantisch ausladenden Kavatinen Leonoras stehen neben dem schlichten Lied der Azucena, das mit seinen knappen Verzierungen einen ständig um sich selbst kreisenden Geist auch musikalisch symbolisiert. Der fröhliche Zigeunerchor mit den berühmten Schlägen der Ambosse bildet einen harten Kontrast zu den Gesängen der Nonnen im zweiten und der Mönche im vierten Teil. Relativ strikt hält Verdi sich noch immer an das Schema »Scena – Cavatina – Tempo di mezzo – Cabaletta«, neu ist jedoch die Prägnanz und Knappheit, die er den traditionellen Formen angedeihen läßt. Genau in der Mitte der Oper, am Ende des 4. Bildes, ist das einzige große Chorfinale plaziert, das aber auf eine Stretta verzichtet. Den Rebellen Manrico hat Verdi mit der vielleicht aufregendsten aller Tenorarien ausgestattet. Seine berühmte Stretta – die hohen Cs sind nicht original, doch von Verdi gebilligt – ist in ihrem Changieren zwischen Dur und Moll symptomatisch für die hin- und hergerissene Heldenfigur. Wie unkonventionell Verdi mit dem Liebespaar umgeht und wie sekundär diese Liebesbeziehung letztlich ist, zeigt sich darin, daß Leonora und Manrico kein richtiges Lie-

besduett singen. Denn die Figur, die Verdi am meisten interessiert hat, so sehr, daß er die Oper nach ihr benennen wollte, ist Azucena. Ihr Entschluß und die gleichzeitige Unfähigkeit, Rache zu üben, sind Dreh- und Angelpunkt der Handlung. Und auch musikalisch steht sie mit ihren drei großen Szenen – zwei davon gewissermaßen Wahnsinnsszenen bei klarem Verstand – im Zentrum. Vorbild könnte hier Giacomo Meyerbeers Fidès aus der 1849 uraufgeführten Oper ›Le Prophète‹ gewesen sein. Überdies ist dies auch Verdis einzige Oper, in der die Liebe zwischen Mutter und Sohn eine derart große Rolle spielt – auch dies ein möglicher Hinweis auf Meyerbeers ›Prophète‹. Azucena bewegt sich stilistisch oft auf einer populären, balladenhaften Ebene im ³/₈-Takt des »Volkstons«, während Leonora, aber auch Luna mit ihren weit ausladenden Kantilenen die Welt des Adels symbolisieren. Manrico, der Außenseiter, der bei Zigeunern aufwuchs, steht zwischen beiden Welten und beherrscht beide Idiome. Was die Orchesterbehandlung anbelangt, hat Verdi hier zur vollen Meisterschaft gefunden, souverän setzt er die diversen Instrumentengruppen ein, düstere Farben stehen grellen Klängen oft bruchlos gegenüber. Nicht zuletzt auch wegen seiner unverwechselbaren rhythmischen Prägnanz ist ›Il trovatore‹ eines der Gipfelwerke Verdis.

Textdichtung
Das Libretto zu ›Il trovatore‹ galt lange Zeit als Inbegriff für einen konfusen, ja bisweilen grotesk übersteigerten Text eines Melodramma aus der Mitte des 19. Jahrhunderts. Dabei schuf es der sehr erfahrene Salvadore Cammarano, der bereits dreimal mit Verdi zusammengearbeitet hatte (bei ›Alzira‹, ›La battaglia di Legnano‹ und zuletzt ›Luisa Miller‹). Im Unterschied zu dem Librettisten Francesco Maria Piave hat Verdi den älteren und erfahrenen Theatermann Cammarano stets mit großem Respekt behandelt, was ihn nicht daran hinderte, ihm seine Vorstellungen zu oktroyieren. Er stellte sich sogar eine Oper vor, die nur aus einer einzigen Nummer besteht. Die Handlung, die auf dem seinerzeit äußerst erfolgreichen Drama ›El trovador‹ (1836) von Antonio García Gutiérrez basiert (Verdi vertonte von ihm außerdem ›Simon Boccanegra‹), ist kompliziert, aber nicht unlogisch. Sie ist auf besondere Weise sogar äußerst stringent – wenn man bereit ist, eine wichtige Prämisse zu akzeptieren: Die Handlung hat stark epischen Charakter, ist aber aufgrund des Zwangs zur Kürze im Libretto oft so stark komprimiert, daß wichtige Handlungsabläufe zwischen den einzelnen Akten und Bildern stattfinden. Cammarano hat jedem einzelnen Akt – wie damals üblich – einen Titel gegeben und so den episodenhaften Zug jedes Bildes betont. Die Handlung weist typische Facetten der Schauerromantik auf und ist in ihrem unbekümmerten Umgang mit den aristotelischen Einheiten Zeit, Raum und Handlung ganz von der Dramentheorie Victor Hugos geprägt. Historische Glaubwürdigkeit beansprucht weder das zugrundeliegende Theaterstück, noch das Libretto: Zu Beginn des 15. Jahrhunderts gab es keine Troubadours mehr, und die Zigeuner, die erstmals 1425 in Spanien auftauchten und zunächst etliche Privilegien hatten, gerieten erst im weiteren Verlauf des Jahrhunderts in Mißkredit. Cammarano, der über der Arbeit am ›Trovatore‹ verstarb, so daß der junge Dichter Leone Emmanuele Bardare das Libretto vollenden mußte, hat ein kühnes, zuweilen postdramatisch anmutendes Nachtstück geschaffen.

Geschichtliches
Ursprünglich hatte Verdi unmittelbar nach der Uraufführung des ›Rigoletto‹ den ›Trovatore‹ mit Cammarano als Librettist für Bologna geplant, doch das Projekt verlief im Sande. 1852 kam ein Vertrag mit dem Teatro Apollo in Rom zustande. Am 1. März 1853 fand die Uraufführung statt, das Werk verbreitete sich sofort rasch innerhalb und außerhalb Italiens. Für die Pariser Opéra schuf Verdi eine französische Fassung, die als ›Le Trouvère‹ und mit einer prominent besetzten Balletteinlage 1857 uraufgeführt wurde. Gemäß dem Caruso zugeschriebenen Diktum, für eine erfolgreiche Aufführung des ›Trovatore‹ genüge es, die vier weltbesten Sänger aufzubieten, galt das Werk lange Zeit vor allem als Vehikel für außerordentliche Sänger. Doch gerade in seiner epischen Anlage hat ›Il trovatore‹ viele Regisseure zu umstrittenen Deutungen beflügelt. Es ist sicherlich kein Zufall, daß die Geburtsstunde des deutschen Regietheaters – 1974 in Nürnberg durch Hans Neuenfels – ausgerechnet mit diesem Werk eingeläutet wurde. Dmitri Tcherniakov zeigte 2012 in Brüssel am Théâtre de la Monnaie die vier Protagonisten als Gefangene ihrer Vorgeschichte bei einer Gruppentherapie, die schließlich völlig außer Kontrolle gerät.

O. M. R.

Giuseppe Verdi

La Traviata

Oper in drei Akten. Dichtung von Francesco Maria Piave.

Solisten: *Violetta Valéry* (Dramatischer Koloratursopran, gr. P.) – *Flora Bervoix* (Lyrischer Mezzosopran, auch Spielalt, m. P.) – *Annina*, Violettas Dienerin (Mezzosopran, auch Alt, kl. P.) – *Alfredo Germont* (Lyrischer Tenor, auch Jugendlicher Heldentenor, gr. P.) – *Giorgio Germont,* sein Vater (Kavalierbariton, gr. P.) – *Gaston*, Vicomte von Létorières (Tenor, m. P.) – *Baron Douphal* (Bariton, m. P.) – *Marquis von Obigny* (Baß, m. P.) – *Doktor Crenvil* (Seriöser Baß, m. P.) – *Joseph*, Diener Violettas (Tenor, kl. P.) – *Ein Diener* bei Flora (Bariton, kl. P.) – *Ein Kommissionär* (Baß, kl. P.).
Chor: Freunde und Freundinnen Violettas und Floras – Matadore – Pikadore – Zigeunerinnen – Diener Violettas und Floras – Masken (m. Chp.).
Ort: Paris und seine Umgebung.
Schauplätze: Eleganter Salon, reich möbliert, mit offener Tür zu einem anderen Saal – Salon zu ebener Erde auf einem Landgut, im Hintergrund zwei Glastüren – Reich dekorierter Ballsaal – Violettas Schlafgemach, im Hintergrund Nische mit Bett.
Zeit: Um 1850.
Orchester: 2 Fl. (II. auch Picc.), 2 Ob., 2 Kl., 2 Fag., 4 Hr., 2 Trp., 3 Pos., Cimb. (auch Bt.), P., Schl., Str. – Bühnenmusik, I. Akt: Hrf., Banda (ad. lib.); III. Akt: 2 Picc., 4 Kl., 2 Hr., 2 Pos., Tamburine, Kastagnetten.
Gliederung: Vorspiele zum I. und III. Akt, 11 ineinander übergehende Musiknummern.
Spieldauer: Etwa 2¼ Stunden.

Handlung

Alfredo Germont wird von seinem Freund Gaston bei Violetta Valéry eingeführt, einer Pariser Schönheit, die, umgeben von einem Schwarm von Anbetern, in ihrem Salon häufig üppige Feste zu veranstalten pflegt. Von Violetta aufgefordert, übernimmt Alfredo den Trinkspruch; er preist in feurigen Worten die Liebe, worauf Violetta vorgibt, einzig in dem Genuß der Freuden dieses Lebens das wahre Glück zu erblicken. Als sich die Gesellschaft zum Tanz in den Nebensaal begibt, zwingt ein plötzlicher Schwächeanfall Violetta zurückzubleiben. Alfredo nähert sich ihr besorgt und bringt in einer bewegten Liebeserklärung spontan zum Ausdruck, mit ihr für immer vereint, über ihre Gesundheit wachen zu wollen. Obwohl sie seine Werbung mit leichtem Hohn zurückweist, machen ihr die empfindungswarmen Worte und das männliche, offenherzige Auftreten des Jünglings Eindruck. Daher überreicht sie ihm beim Abschied eine Kamelie mit dem Bemerken, er möge ihr die Blume wiederbringen, wenn ihre Blätter welk geworden seien. Als sie allein ist, wird sie in ihrem Inneren Regungen gewahr, die ihr bis dahin fremd gewesen sind. Vergeblich sucht sie diese Gefühle zu unterdrücken. Und so macht sie einen gewaltigen Strich unter ihr bisheriges Leben.

Sie zieht sich mit Alfredo in die Einsamkeit des Landlebens zurück, wo die beiden, fern von dem Trubel der Großstadt, zunächst eine glückliche Zeit verbringen. Als Alfredo von Violettas Dienerin Annina erfährt, daß ihre Herrin für die Bestreitung der Lebenskosten ihre Wertsachen zu verkaufen beabsichtige, eilt er nach Paris, um von sich aus die benötigte Summe zu beschaffen. Inzwischen erhält Violetta den Besuch eines Herrn, den sie erst für den erwarteten Käufer ihres Besitzes hält. Es ist aber der Vater Alfredos, Giorgio Germont, der von ihr das schwere Opfer fordert, von Alfredo zu lassen, da der Bräutigam seiner Tochter die Verlobung zu lösen drohe, wenn Alfredo nicht zurückkehre. Den eindringlichen Bitten des Alten schließlich nachgebend, entschließt sie sich, für das Lebensglück einer anderen ihr eigenes selbstlos hinzuopfern. Durch Annina übersendet sie einen Brief an ihre Freundin Flora, von der sie und Alfredo für heute abend zu einem Fest eingeladen worden waren. Dann schreibt sie einen weiteren Brief, wobei sie von dem zurückkommenden Alfredo überrascht wird. Unter dem Vorwand, sich wegen des angekündigten Besuches von Alfredos Vater zurückziehen zu wollen, entfernt sie sich mit einem in großer innerer Erregung vorgebrachten Bekenntnis ihrer unbeirrbaren Liebe zu Alfredo. Hastig erscheint der Diener Joseph mit der Meldung, daß die Herrin soeben in Richtung Paris weggefahren sei. Ein Kommissionär überbringt bald darauf einen an Alfredo adressierten Brief, den ihm eine Dame im Vorbeifahren zur Besorgung gegeben hatte. Hastig liest er das Schreiben und fällt verzweifelt seinem soeben eintretenden Vater in die Arme. Dieser fordert den Sohn mit tröstenden Worten auf, einen Ersatz für das verlorene Glück im Vaterhaus und im Kreis der Seinen zu suchen. Aber

Alfredo eilt mit einem plötzlichen Entschluß weg. – Er begibt sich nach Paris in den Salon Floras, wo Violetta am Arm ihres früheren Freundes, Baron Douphal, erscheint. Während des Kartenspielens mit seinem Nebenbuhler macht Alfredo diesem in unmißverständlicher Weise Andeutungen, daß er sich auch in anderer Form mit ihm zu messen wünsche. Nachdem die Gesellschaft sich zu Tisch begeben hat, findet Alfredo Gelegenheit, Violetta allein zu sprechen. Mit dem Aufgebot ihrer ganzen Kraft gibt sie jetzt vor, den Baron zu lieben. In besinnungsloser Wut ruft daraufhin Alfredo die Gesellschaft herbei und wirft Violetta als Bezahlung für das kalte Spiel, das sie nach seiner Meinung mit seinem liebenden Herzen getrieben hat, ein Bündel Banknoten vor die Füße. In diesem Augenblick erscheint Vater Germont. Er weist den Sohn wegen seiner Unbeherrschtheit zurecht, während Violetta Alfredo, der seine Tat nunmehr bereits wieder bereut, von neuem ihrer innigen Liebe versichert.

Die Aufregungen haben Violettas Kräfte gebrochen. Als Alfredo, der nach einem Duell mit dem Baron zunächst außer Landes gehen mußte, von seinem Vater über den wahren Sachverhalt aufgeklärt worden war, eilt er sofort an das Krankenbett der Geliebten, um ihre Vergebung zu erbitten. Auch Giorgio Germont kommt, um den beiden seinen Segen für den Lebensbund zu geben. Doch zu spät! Beim Wiedersehen mit Alfredo flackert Violettas mattes Lebenslicht nochmals kurz auf, um anschließend gänzlich zu verlöschen. Vergeblich versucht sie noch ihre schwachen Kräfte zusammenzuraffen, um mit dem Geliebten zur Kirche zu gehen. Nach einem rührenden Abschied, bei dem sie Alfredo ein Medaillon mit ihrem Bild übergibt, stirbt sie in seinen Armen.

R. K.

Textdichtung und stilistische Stellung
Zu Verdis Unwillen spielte die Uraufführungsproduktion der ›Traviata‹ am 6. März 1853 in Venedigs Teatro La Fenice um das Jahr 1700. Denn konzipiert war das Werk als Zeitstück, was auf italienischen Bühnen für Opern tragischen Inhalts ein Novum darstellte. Der Gegenwartsbezug ergab sich aus der literarischen Vorlage: dem Drama ›La Dame aux camélias‹ (Die Kameliendame) von Alexandre Dumas d. J. von 1852, das auf dem gleichnamigen Roman des Autors von 1848 fußte. Darin hatte Dumas seine Liaison mit der Pariser Kurtisane Marie Duplessis, eigentlich Alphonsine Plessis, literarisiert, die 1847 im Alter von nur 23 Jahren an Tuberkulose gestorben war. In Dumas' Roman und Drama in Marguerite Gautier umbenannt, wurde die Duplessis auf der Opernbühne zu Violetta Valéry, während Dumas' Alter Ego Armand Duval in Alfredo Germont umgetauft wurde. Verdis Librettist Francesco Maria Piave hielt sich eng an Dumas' Drama, das er freilich stark einkürzte, so daß die Protagonisten der Pariser Halbwelt in der Oper – anders als Violetta und die beiden Germonts – kaum individuelles Gepräge aufweisen. Denn Verdi wollte kein Sittengemälde über Glanz und Elend der Kurtisanen bieten. Das wird schon darin deutlich, daß er eine Zeitlang den Titel ›Amore e morte‹ (Liebe und Tod) erwogen hat. Und im tatsächlichen Werktitel ›La Traviata‹, der einen Vers aus dem III. Akt aufgreift, in dem sich Violetta als eine vom rechten Weg Abgekommene bezeichnet, klingt die Tragödie gesellschaftlicher Ausgrenzung an.

Denn zwar nutzt Verdi – kulminierend im Trinklied des I. Akts, dem berühmten Brindisi – insbesondere den Walzer, um der Vergnügungssucht der Demimonde Ausdruck zu geben, wie auch aus Violettas glitzernden Koloraturen eine geradezu zum Taumel sich steigernde Lebenslust tönt. Doch dies ist nur die Außenseite. Das wird bereits im Preludio deutlich, das mit seinen zarten Violinenfigurationen auf den Beginn des III. Akts in Violettas Sterbezimmer und mit der anschließenden Kantilene auf ihr emphatisches Liebesbekenntnis im II. Akt vorausweist. Violettas Krankheit und Tod, ihr selbstloser Verzicht auf eigenes Liebesglück, um einer Unbekannten – nämlich Alfredos Schwester – die nach dem Sittenkodex kompromittierende Verwandtschaft mit einer Prostituierten zu ersparen: Das ist der eigentliche Inhalt der ›Traviata‹-Tragödie. In ihr wird Alfredos Liebeswerbung aus dem I. Akt, deren betörende Weise die Partitur als Erinnerungsmusik durchzieht, gleichsam zu Violettas Lebensmelodie. Während des II. Akts aber kommt im Gespräch Giorgio Germont / Violetta der Konflikt zwischen bürgerlicher Moralauffassung und Violettas daran scheiternder Hoffnung auf privates Glück eindringlich zum Austrag und verursacht den Eklat zum Schluß des Akts. Solche bühnenwirksame Dramatik überbietet Verdi womöglich noch durch Violettas Lebensabschied im III. Akt, in dem die Brillanz der Koloraturen einem weithin lyrischen Melos gewichen ist. Hier changiert die Musik zwischen ätherischen Verklärungsidiomen und beklemmenden Todessymbolen, wenn etwa die dumpf pochenden Paukenfiguren an ein Beerdigungszeremoniell gemahnen, und führt Violettas Agonie in bestürzender Realistik vor Ohren.

Geschichtliches
Nachdem sich Verdi Mitte Oktober 1852 entschlossen hatte, Dumas' Drama auf die Opernbühne zu bringen, lief die Ausarbeitung des Librettos parallel zur Komposition am ›Trovatore‹. Nach dessen Premiere am 19. Januar 1853 blieben gerade einmal sechs Wochen zur Komposition der ›Traviata‹-Partitur. Verdi hegte Vorbehalte gegen die Premieren-Violetta Fanny Salvini-Donatelli, weil er sich für die Partie einer Schwindsüchtigen eine fragilere Interpretin vorgestellt hatte. Allerdings erhielt gerade die Sopranistin am Schluß des I. Akts großen Beifall. Dennoch bezeichnete Verdi die Uraufführung als Fiasko. Vermutlich war die Probenzeit zu kurz gewesen, weshalb insbesondere Felice Varesi und Ludovico Graziani in den Rollen von Germont Vater und Sohn unter ihren Möglichkeiten geblieben waren. Den Durchbruch erzielte die ›Traviata‹ erst in der zweiten Produktion am 6. Mai 1854 abermals in Venedig, doch dieses Mal am Teatro San Benedetto. Verdi hatte die Partitur überarbeitet, und die zerbrechlich wirkende Maria Spezia in der Titelpartie entsprach ganz den Wünschen des Komponisten. Daran wird deutlich, daß Verdi die Violetta als Glanzpartie für Sängerdarstellerinnen angelegt hat. Zwar mag das Stück seitdem in jedem kleinen und großen Haus zum Kernbestand des Repertoires gehören. Es waren aber insbesondere die Diven mit unbedingter Bühnenpräsenz, die der Interpretationsgeschichte den Stempel aufdrückten – allen voran Maria Callas in der zweiten Hälfte des 20. und Anna Netrebko zu Beginn des 21. Jahrhunderts.

R. M.

Die sizilianische Vesper (Les vêpres siciliennes)

Oper in fünf Akten. Text von Eugène Scribe und Charles Duveyrier.

Solisten: *Guido de Montfort*, Gouverneur von Sizilien (Heldenbariton, auch Kavalierbariton, gr. P.) – *Sire de Bethune*, französischer Offizier (Baß, m. P.) – *Graf Vaudemont*, französischer Offizier (Baß, m. P.) – *Thibaut*, französischer Unterführer (Tenor, kl. P.) – *Robert*, französischer Unterführer (Baß, auch Bariton, kl. P.) – *Herzogin Elena*, Schwester des Herzogs Friedrich von Österreich (Dramatischer Koloratursopran, auch Jugendlich-dramatischer Sopran, gr. P.) – *Ninetta*, ihre Zofe (Sopran, auch Mezzosopran, kl. P.) – *Arrigo*, ein junger Sizilianer (Jugendlicher Heldentenor, gr. P.) – *Giovanni da Procida*, ein sizilianischer Arzt (Seriöser Baß, gr. P.) – *Danieli*, Sizilianer (Tenor, kl. P.) – *Manfredo*, Sizilianer (Tenor, kl. P.) – *Ein sizilianisches Mädchen* (Sopran, kl. P.).
Chor: Französische Soldaten – Sizilianer und Sizilianerinnen – Gäste von Montfort – Gefangene – Priester – Aufständische (gemischter Chor, gr. Chp.).
Ballett: Tarantella und Siziliana im II. Akt; »Die vier Jahreszeiten« im III. Akt.
Ort: Palermo.
Schauplätze: Großer Platz in Palermo – Ein Tal bei Palermo in der Nähe des Meeres – Arbeitszimmer in Montforts Palast – Saal in Montforts Palast – Hof vor dem Gefängnis – Garten und Kapelle bei Montforts Palast.
Zeit: 1282.
Orchester: 2 Fl. (II. auch Picc.), 2 Ob., 2 Kl., 2 Fag., 4 Hr., 4 Trp., 3 Pos., Cimb. (auch Bt.), P., Schl., Gl., Hrf., Str.
Gliederung: Durchkomponierte Großform im Stil der französischen Grand opéra.
Spieldauer: Etwa 3 Stunden.

Handlung
Sizilien ist von französischen Truppen besetzt, die von dem Gouverneur Guido de Montfort befehligt werden. Auf dem Großen Platz in Palermo, in der Nähe des Gouverneurspalastes, beobachten die Sizilianer argwöhnisch und haßerfüllt das lockere Treiben der französischen Soldaten. Die Herzogin Elena erscheint, begleitet von ihrer Zofe Ninetta und dem jungen Sizilianer Danieli. Sie beklagt den Tod ihres Bruders Friedrich, der mit dem inzwischen entmachteten staufischen Königshaus sympathisiert hatte und deshalb auf Befehl des Gouverneurs als Verschwörer hingerichtet worden ist; eine harte Maßnahme, die, wie ein Gespräch zwischen zwei französischen Offizieren zeigt, nicht einmal unter den Besatzungstruppen Zustimmung findet. Der Unterführer Robert fordert Elena auf, zur Unterhaltung der Besatzungssoldaten zu singen. Sie erklärt sich bereit, aber ihr Lied, ein Gleichnis vom

untergehenden Schiff, das nicht durch Klagen oder Bitten, sondern nur durch Tatkraft gerettet werden könnte, ist eine kaum verschlüsselte Aufforderung an ihre Landsleute, sich gegen die Besatzungsherrschaft zu wehren. Es kommt wahrhaftig zu einem Handgemenge zwischen Sizilianern und Franzosen, bis der Gouverneur auftritt. Da ihn alle fürchten, ziehen sich die Sizilianer zurück. Auf dem fast verlassenen Platz erscheint der junge Sizilianer Arrigo, der Elena liebt. Er berichtet ihr, daß er soeben aus der Gefangenschaft freigelassen worden sei, da sich seine Unschuld erwiesen habe. Da tritt Montfort, der das Gespräch belauscht hat, hinzu und belehrt ihn, er habe seine Freiheit nicht der Gerechtigkeit, sondern einer Gnade des Gouverneurs zu danken. Nachdem er Elena, Ninetta und Danieli fortgeschickt hat, fragt er ihn nach Namen und Familie, da ihn der Mut und die Unbeugsamkeit des jungen Mannes für ihn einnehmen. Arrigo kann nur unvollständig Auskunft geben. Montfort warnt ihn vor Elena, die heimlich eine Verschwörung plane, und versucht, ihn für die französischen Truppen und den Ruhm der Siegermacht zu gewinnen, doch Arrigo lehnt ab.

Nach Jahren des Exils kehrt der sizilianische Arzt Giovanni da Procida mit einem Boot heimlich in sein Heimatland zurück. Er hat in Byzanz und in Spanien um Unterstützung für die Sizilianer gebeten, und König Peter von Aragon hat ihm mitgeteilt, daß er zu ihren Gunsten eingreifen werde, wenn sich die Sizilianer gegen die Franzosen erheben. Dies berichtet er am Strand Elena und Arrigo; die Liebe des jungen Mannes zur Herzogin hat er in seinen Aufstandsplan einkalkuliert – und auch Elena verspricht Arrigo ihre Liebe, wenn er bereit sei, den Tod ihres Bruders zu rächen. Der Offizier Bethune überbringt Arrigo eine Einladung zu einem Ball in den Gouverneurspalast – der junge Mann lehnt ab und wird deshalb festgenommen und zum Palast abgeführt. Procida weiß ein Mittel, um den schwelenden Haß der Sizilianer in Rebellion zu verwandeln. Als junge Sizilianer mit ihren Bräuten kommen, um ihre bevorstehende Hochzeit in einem Tanz-Zeremoniell zu feiern, stiftet er die französischen Soldaten an, die hübschen Sizilianerinnen zu entführen. Die Wut der Sizilianer steigert sich noch, als nahe dem Strand ein Schiff vorbeifährt, auf dem Besatzungssoldaten mit Sizilianerinnen tändeln.

In seinem Arbeitszimmer beschäftigt sich Montfort mit einem Brief, den er seit vielen Jahren immer wieder gelesen hat. Er stammt von einer Sizilianerin, mit der er eine kurze Affäre hatte. Den Sohn aus dieser Verbindung zog die Sizilianerin im Haß gegen den Vater und gegen alle Franzosen auf; doch kurz vor ihrem Tode beschwor sie ihn in diesem Brief, das Leben Arrigos, der nicht wisse, wer sein Vater sei, zu schonen. Der Offizier Bethune führt den verhafteten Arrigo vor und wundert sich, als ihm der Gouverneur befiehlt, den Gefangenen mit Ehrerbietung zu behandeln. Als er mit Arrigo allein ist, enthüllt er ihm das Geheimnis seiner Herkunft und sagt ihm, wie sehr er sich nach der Liebe des Sohnes sehne. Arrigo aber ist verzweifelt: er kann den Vater nicht lieben und erkennt zugleich, daß es unmöglich ist, als Sohn eines Franzosen die Hand Elenas zu gewinnen. – Auf einem großen Ball will Montfort Franzosen und Sizilianer miteinander versöhnen. Elena und Procida jedoch sind gekommen, um auf dem Maskenfest unerkannt Montfort zu ermorden. Arrigo weihen sie in das Vorhaben ein, und Elena heftet das Zeichen der Verschwörer, eine seidene Schleife, an sein Gewand. Montfort nähert sich erneut dem Sohn und bittet um Verständnis, doch Arrigo weist ihn ab. Als aber Elena vorstürzt, um Montfort zu erstechen, wirft er sich dazwischen und verhindert das Attentat. Die Verschwörer verfluchen den Verräter. Montfort dankt dem Sohn und läßt Elena und Procida verhaften.

Im Gefängnis warten Elena und Procida auf ihre Hinrichtung. Arrigo hat vom Vater die Erlaubnis erhalten, Elena zu besuchen. Sie überschüttet ihn mit Vorwürfen und verabscheut den Verrat, aber als er ihr sagt, daß er mit der Verhinderung des Attentats nur seiner Sohnespflicht genügt habe, und ihr versichert, jetzt stehe er gänzlich auf der Seite der Verschwörer, verzeiht sie ihm. Beide bestätigen einander ihre Liebe. – Montfort befiehlt den sofortigen Vollzug der Hinrichtung. Procida wird herbeigeführt. In einem unbeobachteten Moment unterrichtet er Elena, im Hafen liege ein Schiff mit Waffen, das der spanische König zur Unterstützung des Aufstandes geschickt habe. Montfort verspricht den Verurteilten die Begnadigung, wenn Arrigo sich durchringen könne, ihn öffentlich als seinen Vater zu bezeichnen. Der Anblick der zum Richtblock geführten Elena zwingt ihn zu diesem Bekenntnis. Montfort begnadigt die Verschwörer und erklärt zugleich, noch heute, zur Stunde der Vesperzeit, wolle er die Hochzeit von Elena und

Arrigo verkünden. Elena zögert, doch Procida rät ihr, im Interesse seiner Umsturzpläne zuzustimmen.

Der Friede zwischen Franzosen und Sizilianern scheint hergestellt. Elena dankt allen, die ihr Huldigungen und Glückwünsche überbringen; sie und Arrigo glauben nun an eine glückliche gemeinsame Zukunft. Da kommt Procida und läßt sie wissen, das Läuten der Vesperglocke sei das Zeichen zum Überfall auf die ahnungslosen Franzosen. Elena sucht einen Ausweg. Sie will das Blutbad verhindern, aber Procida nicht verraten – so sieht sie keinen anderen Ausweg, als die Hochzeit zu verweigern. Arrigo kann ihr Zögern nicht verstehen, auch Montfort durchschaut die Lage nicht. Er will alles zu einem guten Ende bringen und befiehlt mit einem gutgemeinten Machtwort zur Einleitung der Hochzeitszeremonie das Läuten der Vesperglocke. Sogleich fallen die bewaffneten Sizilianer über die Franzosen her und machen sie nieder.

Stilistische Stellung

›Die sizilianische Vesper‹ ist das erste Werk, das Verdi für die Grand-Opéra in Paris schrieb. Aus seinen oft unzufriedenen Briefen über die Arbeits- und Produktionsbedingungen dieser von ihm abschätzig sogenannten »grand boutique« hat man einen grundsätzlichen Gegensatz zu konstruieren versucht zwischen dem Komponisten und der französischen Oper, die damals – durchaus im Sinne der großen historischen Opern Meyerbeers – in ihrer Anlage (fünfaktig, mit großem Ballett im III. Akt) relativ schematisch festgelegt war. Dieser Gegensatz mag stimmen für den Verdi des ›Don Carlos‹, aber weniger für den der ›Sizilianischen Vesper‹. Zumal: heißt es nicht den Komponisten des ›Rigoletto‹ und der ›Traviata‹ unterschätzen, wenn man unterstellt, die Bedingungen einer französischen Grand opéra hätten ihn so belastet, daß er nur Mittelmäßiges habe liefern können? Sieht man genauer hin, so zeigt sich, daß die ›Sizilianische Vesper‹ zwar nicht Verdis melodienseligste Oper ist, aber – gerade in der Darstellung des Freiheitskampfes der Sizilianer – ein dem Risorgimento verhaftetes, bisweilen wild-herbes, in den Gefühlen der Helden ungeschönt-leidenschaftliches Stück, in der schneidenden Härte der Instrumentation, in ihrer fast wütenden rhythmischen Schlagkraft von ähnlicher Wirkung wie bisweilen der in der Handlung viel verworrenere ›Troubadour‹.

Textdichtung

Vorbild für das Libretto, das Eugène Scribe und sein Mitarbeiter Charles Duveyrier verfaßten, war der historisch belegte sizilianische Aufstand gegen die Franzosen im Jahre 1282, bei dem damals binnen weniger Stunden fast alle Franzosen in Palermo niedergemacht wurden. Die Forschungen von Steven Runciman haben gezeigt, daß sich Scribe und Duveyrier verhältnismäßig eng an das historische Geschehen gehalten haben, und wenn auch Verdi ein gewisses Nachlassen der dramatischen Spannung im V. Akt und eine ungenügende Verzahnung des Freiheitskampfes mit der Liebesgeschichte zwischen Elena und Arrigo monierte, so ist doch ein schlagkräftiger, situationsbezogener Operntext entstanden, der zumal mit den psychologisch erfaßten, eher »gebrochenen« Helden (Arrigo, Montfort) Verdis musikdramatischen Interessen sehr entgegenkam.

Geschichtliches

Die Uraufführung der ›Sizilianischen Vesper‹ fand am 13. Juni 1855 in Paris statt und war ein Erfolg – innerhalb von zehn Jahren wurde das Werk mehr als 60mal dort aufgeführt. An italienischen Bühnen (zuerst am 26. Dezember 1855 in Parma, dann am 4. Februar 1856 an der Mailänder Scala) wurde die Oper zuerst mit erheblichen, zensurbedingten Texteingriffen als ›Giovanna de Guzman‹ gespielt – erst nach Gründung der italienischen Republik konnte das Werk in seiner Originalgestalt aufgeführt werden. In London wurde die Oper zuerst 1859 gespielt, die deutsche Erstaufführung fand am 14. März 1857 in Darmstadt statt; durchsetzen konnte sich die Oper jedoch erst 1929 in der deutschen Fassung von Gian Bundi in Stuttgart, Zürich und Basel. 1932 publizierte Julius Kapp eine Bearbeitung (die mit dem Tod des Liebespaares Elena-Arrigo endet), 1969 legte Kurt Honolka eine auf drei Akte zusammengezogene Neufassung vor, die in Hamburg, München, Stuttgart und Köln gespielt wurde, die aber dem Ziel einer dramaturgischen Straffung und Verdeutlichung nur teilweise und nur durch den Verzicht auf bedeutende Teile der Musik näherkam. Heute jedoch erscheint es an der Zeit, sich dem Werk wieder so zu nähern, wie Verdi es hinterlassen hat; eingehend auf die Bedingungen der französischen Grand opéra, aber auch ihre theatralischen Schau-Werte nutzend.

W. K.

Simon Boccanegra

Oper in einem Prolog und drei Akten. Text von Francesco Maria Piave mit Ergänzungen von Giuseppe Montanelli nach Antonio García Gutiérrez, Neufassung von Arrigo Boito.

Solisten: Prolog: *Simone Boccanegra*, Korsar im Dienst der Republik Genua (Heldenbariton, gr. P.) – *Jacopo Fiesco*, adliger Genueser (Seriöser Baß, gr. P.) – *Paolo Albiani*, Goldwirker aus Genua (Charakterbariton, auch Charakterbaß, gr. P.) – *Pietro*, Bürger von Genua, Anführer der Volkspartei (Charakterbaß, auch Baßbariton, m. P.) – Drama: *Simone Boccanegra*, Erster Doge von Genua (Heldenbariton, gr. P.) – *Maria Boccanegra*, Simones Tochter, die unter dem Namen Amelia Grimaldi lebt (Jugendlich-dramatischer Sopran, gr. P.) – *Jacopo Fiesco*, unter dem Namen Andrea (Seriöser Baß, gr. P.) – *Gabriele Adorno*, adliger Genueser (Jugendlicher Heldentenor, gr. P.) – *Paolo Albiani*, Favorit unter den Höflingen des Dogen (Charakterbariton, auch Charakterbaß, gr. P.) – *Pietro*, Höfling (Charakterbaß, auch Baßbariton, m. P.) – *Ein Hauptmann der Armbrustschützen* (Tenor, kl. P.) – *Eine Dienerin Amelias* (Mezzosopran, kl. P.).
Chor: Prolog: Seeleute, Volk, Diener des Fiesco – Drama: Soldaten, Seeleute, Volk, Senatoren, Hofstaat des Dogen.
Ort: In Genua und Umgebung.
Schauplätze: Ein Platz in Genua, im Hintergrund die Kirche San Lorenzo, rechts der Palast der Fieschi – Garten der Familie Grimaldi außerhalb von Genua am Meer – Ratssaal im Palast – Zimmer des Dogen im Dogenpalast zu Genua – Das Innere des Dogenpalastes, große Fenster, durch die man das festlich erleuchtete Genua erblickt, im Hintergrund das Meer.
Zeit: Um die Mitte des 14. Jahrhunderts. Zwischen Prolog und Drama liegen 25 Jahre.
Orchester: Picc., Fl., 2 Ob., 2 Kl., Bkl., 2 Fag., 4 Hr., 2 Trp., 3 Pos., Cimbasso (auch Bt.), P., Schl. (gr. Tr., kl. Tr., Tamtam), Hrf., Str. – Bühnenmusik hinter der Szene: Hrf. – Bühnenmusik auf der Szene: 4 Hr., 2 Trp., 3 Pos., Cimbasso (auch Bt.), 2 Tamburine, Glocken.
Gliederung: 11 musikalische Szenen, die pausenlos ineinander übergehen.
Spieldauer: Etwa 2½ Stunden.

Handlung

Vorgeschichte: Boccanegra, Korsar im Dienst der genuesischen Republik, liebt Maria, die Tochter Jacopo Fiescos, des Anführers der Adelspartei. Fiesco verweigert dem Plebejer die Hand seiner Tochter, die er gewaltsam in seinen Palast bringen läßt und dort gefangen hält. Nach drei Monaten stirbt sie. Simone hat das gemeinsame Kind aus Angst, Fiesco könnte auch die Enkelin entführen, einer alten Frau in Pflege gegeben. Eines Tages findet er das Haus verlassen und die Frau tot vor. Das Kind bleibt spurlos verschwunden. Es wurde in ein Kloster bei Pisa gebracht. Am selben Tag stirbt dort die gleichaltrige Tochter der Grimaldi. Um die Erbschaftsansprüche der aus Genua ins Exil geflohenen Grimaldi aufrechtzuerhalten, wird das Kind für Amelia Grimaldi ausgegeben und in den Palast der Grimaldi gebracht.

Prolog: Patrizier und Plebejer kämpfen um die Macht in der Stadt. Paolo überredet den Anführer der Volkspartei, Pietro, Simone Boccanegra zum Dogen zu wählen. Als Belohnung verspricht er ihm Macht und Reichtum. Pietro willigt ein. Der zögernde Simone stimmt in der Hoffnung zu, auf diese Weise doch noch den Starrsinn Fiescos zu brechen. Pietro ruft die Seeleute und Handwerker zusammen; sie sind bereit, Simone zu wählen. Nachdem sich alle zurückgezogen haben, tritt Fiesco aus seinem Palast, beklagt den Tod seiner soeben verstorbenen Tochter und verflucht den Verführer. Der zurückkehrende Simone trifft auf Fiesco. Er bittet seinen Todfeind um Barmherzigkeit und Frieden. Fiesco will ihm verzeihen, wenn Simone bereit ist, ihm das Kind zu überlassen. Da Simone diesen Wunsch nicht erfüllen kann, verweigert Fiesco die Hand zum Frieden. Fiesco entfernt sich. Währenddessen betritt Simone den leeren Palast. Man hört seinen gellenden Schrei, als er im Innern auf die aufgebahrte Tote trifft. Während Simone noch unter dem entsetzlichen Eindruck steht, erklingen Stimmen, die seinen Namen ausrufen. Das Volk hat ihn zum Dogen gewählt.

Amelia Grimaldi erwartet in den frühen Morgenstunden ihren Geliebten. Sie erinnert sich ihrer einsamen Kindheit und der im Sterben liegenden alten Frau. Da erscheint Gabriele Adorno, der zusammen mit dem unter dem Namen Andrea untergetauchten Fiesco eine Verschwörung gegen Simone plant. Pietro kündigt die überraschende Ankunft des Dogen an. Für seinen

Günstling Paolo will er um Amelias Hand anhalten. Die Liebenden wollen dem durch eine schnelle Hochzeit zuvorkommen. Obwohl Fiesco Gabriele eröffnet, daß Amelia keine Grimaldi, sondern eine adoptierte Waise ist, ist Gabriele bereit, sie zu heiraten. Der Doge tritt mit seinem Gefolge auf. Als er mit Amelia allein ist, wirbt er für Paolo. Amelia gesteht ihm, daß sie nicht adlig, keine Grimaldi, sondern eine Waise sei. Ihr Bericht über ihre Kindheit gibt dem erschütterten Simone die Gewißheit, daß er in Amelia seine verlorene Tochter Maria wiedergefunden hat. Dem wiederauftretenden Paolo teilt Simone ohne Angabe von Gründen mit, er möge jede Hoffnung aufgeben. Paolo und Pietro beschließen daraufhin, Amelia gewaltsam zu entführen. – Der Rat stimmt Simones Vorschlag zu, mit den Tataren Frieden zu schließen. Einen weitergehenden Friedensschluß mit Venedig, zu dem auch der Dichter Francesco Petrarca aufgerufen hat, lehnen die Senatoren dagegen ab. Als der Doge daran erinnert, daß »Adria und Ligurien« zu einem gemeinsamen Vaterland gehören, hört man von außen die Rufe einer aufgebrachten Menschenmenge. Vom Fenster aus beobachtet Simone, wie Gabriele Adorno vom Pöbel verfolgt wird. Er läßt den Saal abriegeln. Die Menge fordert den Tod der Patrizier und des Dogen. Daraufhin läßt dieser die Türen des Palasts öffnen und stellt sich der eindringenden Meute. Gabriele hat Lorenzino erschlagen, weil dieser Amelia entführt hatte. Der Sterbende gestand, daß ein mächtiger Mann ihn zu dem Verbrechen angetrieben habe. Für Gabriele besteht kein Zweifel, daß es Simone ist. Als er sich mit dem Schwert auf den Dogen stürzt, wirft Amelia sich zwischen die beiden und rettet Simone das Leben. Sie bittet für Gabriele um Gnade und berichtet den Ablauf der Entführung. Nur den Namen des Entführers verschweigt sie, während sie Paolo fixiert. Die erregten Gruppen der Patrizier und Plebejer bedrohen einander gegenseitig. Doch der Doge beschwört sie in leidenschaftlichen – von Petrarca geborgten – Worten, vom Brudermord abzulassen. Gabriele überreicht dem Dogen sein Schwert, der ihm jedoch vertraut und ihn und Fiesco nur bis zur Aufklärung des Komplotts gefangenhalten will. Simone ruft Paolo mit schrecklicher Stimme aus der Menge hervor. Ohne den Schuldigen beim Namen zu nennen, spricht er ihm sein Urteil und zwingt Paolo, in seine eigene Verfluchung einzustimmen.

Es ist Nacht. Paolo läßt Gabriele und Fiesco aus dem Gefängnis holen. Paolo, der noch unter dem Bann des Fluchs steht, beschließt, Simone zu töten. Er träufelt Gift in das auf dem Tisch stehende Glas des Dogen. Fiesco weist es empört von sich, Simone meuchlings zu ermorden. Aber es gelingt Paolo, Gabrieles Eifersucht mit der Behauptung zu wecken, Amelia sei die Geliebte des Dogen. Amelia betritt das Zimmer und ist überrascht, Gabriele hier zu begegnen. Weil sie das Geheimnis noch nicht enthüllen darf, das sie mit dem Dogen verbindet, kann sie die Zweifel Gabrieles nicht zerstreuen. Als Simone naht, versteckt sie Gabriele auf dem Balkon. Sie eröffnet ihrem Vater, daß sie Gabriele liebt, der sich mit dem Aufständischen verschworen hat. Wenn der Doge ihn hinrichten läßt, will sie gemeinsam mit Gabriele sterben. Simone bleibt verzweifelt zurück, trinkt von dem vergifteten Wasser und schläft erschöpft ein. Der aus seinem Versteck hervorgetretene Gabriele wird von Amelia daran gehindert, den Schlafenden zu ermorden. Der erwachende Doge gibt sich als Vater Amelias zu erkennen. Gabriele ist jetzt bereit, an der Seite Simones als Vermittler zwischen die Bürgerkriegsparteien zu treten, deren Kampfesrufe zum Dogenpalast heraufdringen.

Der Doge hat gesiegt, die Adelspartei ist vernichtet. Ein Hauptmann entläßt den gefangengehaltenen Fiesco. Währenddessen führen Wachen Paolo zur Hinrichtung. Er gesteht Fiesco, Simone vergiftet zu haben. Aus der Ferne erklingen die Hochzeitsgesänge für Amelia und Gabriele. Der dahinsiechende Simone tritt auf. Die Brise des Meeres fächelt ihm Erfrischung zu. Da nähert sich ihm wie ein Phantom aus der Vergangenheit Fiesco und sagt ihm den Tod voraus. Simone erinnert den Alten an die Verzeihung, die er einst in Aussicht gestellt hat: Amelia Grimaldi ist die verlorene Waise, ist seine Tochter und Fiescos Enkelin. Doch die Versöhnung kommt zu spät. Simone segnet das neuvermählte Paar und fühlt sein Ende nahe. Verzweiflung befällt alle Umstehenden: »Jede irdische Freude ist trügerischer Zauber.« Vor seinem Tod übergibt Simone die Dogenwürde Gabriele Adorno. Fiesco verkündet dem Volk Simones letzten Wunsch mit der Aufforderung, für den Toten um Frieden zu bitten.

Textdichtung und stilistische Stellung

Wie ›Il Trovatore‹ geht auch ›Simon Boccanegra‹ (nur der Werktitel selbst verzichtet auf das Schluß-e des Vornamens), auf ein Schauspiel des spanischen Schauerromantikers Antonio García

Gutiérrez zurück. Verdi ließ das Stück des in Italien gänzlich unbekannten Autors – vermutlich durch Giuseppina Strepponi – übersetzen und entwarf selbst eine vielfach von der Vorlage abweichende Prosafassung. Mit der Versifizierung durch seinen langjährigen Mitarbeiter Piave war er so unzufrieden, daß er den in Paris im Exil lebenden Politiker und Juristen Giuseppe Montanelli um nachträgliche Verbesserungen bat. Einige der zentralen Momente der Oper wie die Erkennungsszene zwischen Boccanegra und seiner Tochter oder die Todesszene des Dogen sind von Montanelli geschrieben. Die Premiere war ein schneidender Mißerfolg und ›Simon Boccanegra‹ gehörte schon in den 1860er Jahren zu Verdis selten gespielten Opern. Das Werk enthielt keine eingängigen Melodien, war von düsterer Stimmung und zudem durch eine schwer durchschaubare Handlung beeinträchtigt. Dennoch glaubte Verdi an den Wert dieser Oper. Erst als das Werk zur Aufführung in der Spielzeit 1880/81 an der Mailänder Scala vorgesehen war, machte er sich zusammen mit Arrigo Boito, der damals schon am Textbuch des ›Otello‹ schrieb, an die Überarbeitung. In wenigen Wochen – von Anfang Dezember 1880 bis Mitte Februar 1881 – entstand dabei nicht nur eine dramaturgische Neukonzeption des Librettos, sondern eine grundlegende Revision der Musik, bei der ein Drittel der Partitur neu- oder umgeschrieben wurde. Damit ist ›Simon Boccanegra‹ die radikalste Überarbeitung, die Verdi je einem älteren Werk angedeihen ließ. Boito hat wesentliche Züge der Handlung konziser, wenn auch nicht immer verständlicher motiviert und darüber hinaus zahlreiche holprige Verse verbessert oder neu gefaßt. Ganz neu ist die – eine Idee Verdis aufgreifende – große Ratsszene als Finale des I. Aktes. Szenisch wie musikalisch knüpft sie an die Triumphszene in ›Aida‹ an und gibt der Handlung, dem Drama und seinen Figuren, allen voran Simone, aber auch dem Intriganten Paolo, eine vollkommen neue Dimension. Aber auch an anderen Stellen hat Verdi massiv in die Musik eingegriffen, indem er die Instrumentation revidierte, die Disposition der einzelnen Nummern veränderte, Kabaletten strich oder – wie im Duett Amelia/Simone im I. Akt – wenigstens beträchtlich kürzte. Ohne Änderungen blieben nur wenige Nummern, so die düstere Romanze des Fiesco im Prolog und die Arie des Gabriele im II. Akt.

Dramaturgie und Musik von ›Simon Boccanegra‹ sind entscheidend geprägt durch die große Zeitdifferenz und damit die stilistische Entwicklung zwischen der Ur- und der Neufassung. Der Bruch ist deutlich hörbar. Was Verdi ursprünglich am Sujet des spanischen Dramas fesselte, erzählt die Musik: die Konfrontation von Simon Boccanegra und seinem Todfeind Jacopo Fiesco, der den niedriggeborenen Korsaren und Verführer seiner Tochter mit unauslöschlichem Haß verfolgt; die Liebe von Amelia und Gabriele Adorno, die schließlich die feindlichen Lager versöhnt; nicht zuletzt die Suche eines Vaters nach seiner Tochter und ihr geradezu ekstatisch herausgehobenes Wiederfinden – jenes emphatische Motiv also, das bis zu ›Aida‹ zu den affektiven Grundpfeilern von Verdis Figurenkonstellation gehört. Daneben scheint er von Anfang an von der düsteren Atmosphäre, epischen Schwere und quälenden Entwicklungslosigkeit des fatalistischen Stoffes angezogen gewesen zu sein.

Während die aus der Erstfassung übernommenen Nummern noch den traditionellen Formen der italienischen Oper folgen, zeigen die neu komponierten Teile – vor allem die große Ratsszene im I. Akt – Verdi bereits auf dem Weg zum Spätstil des ›Otello‹. Außergewöhnlich an der szenisch-musikalischen Disposition ist aber bereits in der Urfassung die starke Zurückdrängung der Arien. Nur drei der vier Protagonisten – Amelia, Gabriele und Fiesco – besitzen Soloszenen. Simone selbst, an dem Verdi vor allem die resignativen, schmerzlichen Züge akzentuiert, muß sich mit freien Ariosi bescheiden. Erst die nachkomponierte Ratsszene gibt ihm mit seinem autoritativen Auftreten als handelnder Staatsmann die Gelegenheit zu einem Solo, das allerdings keine selbständige formale Funktion hat, sondern wie der Auftritt des besiegten Amonasro in ›Aida‹ zum machtvollen Ensemble überleitet. Diese ungewöhnliche Behandlung einer Titelfigur ist einmalig in Verdis gesamtem Opernschaffen.

Wie ›Rigoletto‹, ›Don Carlos‹ und ›Aida‹ ist ›Simon Boccanegra‹ eine Oper der Duette. Verdi hat die Gestalt des unglücklichen, von seiner Liebe zerrissenen Dogen nicht in der monologischen Selbstaussprache, sondern in der Auseinandersetzung mit seinen Gegenspielern entwickelt. Die beiden Duette Simone/Fiesco – das erste im Prolog, das zweite im III. Akt – bilden gewissermaßen die dramatische wie musikalische Klammer der Handlung. Von gleicher Bedeutung ist die große, dreiteilige, vor allem in der Neufassung formal noch freier behandelte Wiedererken-

nungsszene zwischen Simone und Amelia, Vater und Tochter also, im ersten Bild des I. Aktes. Eine musikalische Aufwertung erfährt auch der dramatische Dialog. Der Beginn des Prologs versetzt den Zuschauer mitten in die Handlung: Er wird scheinbar wie zufällig zum Zeugen eines heimlichen Gesprächs, das bereits im Gange war, noch bevor sich der Vorhang hob. Beim Vergleich der Neu- mit der Urfassung läßt sich hier wie an ähnlichen Passagen die Tendenz beobachten, die letzten Reste des konventionellen Rezitativs auszumerzen und den deklamatorischen Tonfall im Sinne eines Parlante musikalisch geschmeidiger zu gestalten. Die musikalisierte Rede ist aber vor allem die Domäne Paolos. Der abtrünnige Gefolgsmann Simones, den erst Boito vom gewöhnlichen Schurken zum machtgetriebenen Intriganten, zum Verräter aus verschmähter Liebe gemacht hat, wird überall dort, wo er nach dem Prolog szenisch im Mittelpunkt steht – am Ende der Ratsszene, bei der Vergiftung des Dogen und beim Gang zum Richtblock – durch jenes Erinnerungsmotiv fixiert, das seine Verfluchung durch Simone begleitet: eine in verminderten Sekundschritten chromatisch absteigende Achtelbewegung, die durch die Klangfarbe der Baßklarinette vollends ins Lauernd-Hinterhältige verzerrt erklingt. Auch sonst macht Verdi in ›Simon Boccanegra‹ einen vertieften Gebrauch seiner psychologischen Orchestersprache, um mit Klang auszudrücken, was die Menschen in der Tiefe ihres Seins bewegt, ja er vermag mit visionärer Herbheit selbst die Meeresstimmung einzufangen wie im Vorspiel zum I. Akt oder in Simones Arioso im III. Akt. Luigi Dallapiccola nannte die kurze Passage »eines der größten Beispiele von Landschaftsmalerei oder ›Naturlaut‹, die man in der Geschichte der italienischen Oper finden kann«.
Als musikdramatischer Höhepunkt der Oper gilt zu Recht das Finale des I. Aktes. Die im Stil des ›Otello‹ vollständig durchkomponierte große Ratsszene befreit sich von allen Fesseln der Konvention. Wie im Prolog sind die einzelnen Formteile zwar in ihren Umrissen noch erkennbar, folgen aber mit innerer Logik und Konsequenz aufeinander. Und wie das Finale des III. Aktes von ›Otello‹ schließt auch dieses Finale nicht mit einer statischen Stretta, sondern mit einem Coup de théâtre: der Verfluchung des von Simone durchschauten Paolo, in die einzustimmen er diesen zwingt. Der in der Urfassung noch blasse Handwerker gewinnt in der mit der Kraft des ganzen Orchesters tutta forza herausgehämmerten, unisono über zweieinhalb Oktaven in einen brodelnden, lang ausgehaltenen Triller abstürzenden Fluchformel fast schon dämonische Züge – eine Erfindung Boitos, für die zweifellos der Jago des ›Otello‹ Pate gestanden hat. Der Fluch wird auf diese Weise zum Movens der Katastrophe, die er mit folgerichtiger Konsequenz auslöst. In der Entwicklung Verdis stellt ›Simon Boccanegra‹ einen entscheidenden Schritt von der Nummernoper zu einem Musikdrama dar, das nicht mehr die vorgegebenen Formen erfüllt, sondern seine ästhetischen Normen aus sich selbst setzt.

Geschichtliches
Die Uraufführung im venezianischen Teatro La Fenice am 12. März 1857, die Verdi selbst leitete, war ein herber Mißerfolg, die Presse fast durchweg ablehnend. Kritisiert wurde vor allem das Libretto, kein Text einer Verdi-Oper wurde feindseliger aufgenommen. Trotz ihrer musikalischen Schönheiten konnte sich die Oper nicht durchsetzen und wurde nur selten gespielt. Ricordi drängte daher seit 1868 auf eine Revision. Verdi hat die erste Aufführung der Neufassung am 24. März 1881 an der Mailänder Scala sorgfältig vorbereitet. Wie üblich war er vor allem um die Auswahl der richtigen Sänger besorgt, kümmerte sich aber auch um die Einzelheiten der Inszenierung und besorgte die Einstudierung selbst. Die Aufführung ist durch das 1883 im Druck erschienene und von Giulio Ricordi verfaßte Regiebuch in allen Einzelheiten dokumentiert. Auch in der Neufassung konnte sich die Oper nicht durchsetzen und verschwand im ersten Drittel des 20. Jahrhunderts fast ganz von der Bühne. Erst im Zuge der deutschen Verdi-Renaissance wurde man wieder auf sie aufmerksam. Franz Werfels deutschsprachige Bearbeitung lenkte das Interesse wieder auf die italienische Originalversion. Populär ist ›Simon Boccanegra‹ auch in der Folge nicht geworden, gehört heute aber doch zum unbestrittenen Verdi-Kanon an den Opernhäusern der Welt.

U. S.

Ein Maskenball (Un ballo in maschera)

Oper in drei Akten. Text von Antonio Somma nach Eugène Scribes ›Gustave III. ou Le Bal masqué‹.

Solisten: *Riccardo*, Graf von Warwich, Gouverneur von Boston (Lyrischer Tenor, auch Jugendlicher Heldentenor, gr. P.) – *Renato*, ein Kreole, sein Sekretär und Amelias Ehemann (Kavalierbariton, gr. P.) – *Amelia* (Jugendlich-dramatischer Sopran, auch Dramatischer Sopran, gr. P.) – *Ulrica*, Wahrsagerin, Schwarze (Dramatischer Alt, m. P.) – *Oscar*, Page (Soubrette, auch Lyrische Koloratursoubrette, gr. P.) – *Silvano*, Matrose (Baß, kl. P.) – *Samuel*, Verschwörer (Spielbaß, m. P.) – *Tom*, Verschwörer (Schwerer Spielbaß, m. P.) – *Ein Richter* (Tenor, kl. P.) – *Ein Diener Amelias* (Tenor, kl. P.).
Chor: Deputierte, Höflinge, Volk, Offiziere – Frauen, Kinder, Kavaliere, Volk – Verschwörer – Ballgäste, Offiziere, Masken, Diener, Wachen (Männer: gr. Chp., Frauen: m. Chp.).
Ballett: Tänze im Finale.
Ort: Boston und Umgebung.
Schauplätze: Ein Saal im Haus des Gouverneurs – In der Hütte der Wahrsagerin – Ein einsames Gefilde außerhalb der Stadt, am Fuß eines Hügels – Studierzimmer Renatos – Prächtiges Kabinett Riccardos – Ballsaal.
Zeit: Ende 17. Jahrhundert.
Orchester: 2 Fl. (II. auch Picc.), 2 Ob. (II. auch Eh.), 2 Kl., 2 Fag., 4 Hr., 2 Trp., 3 Pos., Cimbasso (ersatzw. Bt.), P., Schl., Str. – Bühnenmusik: 1 Glocke, Banda, kl. Streichorchester.
Gliederung: Vorspiel und 19 in Szenen integrierte Musiknummern.
Spieldauer: Etwa 2¼ Stunden.

Handlung

Zur Morgenaudienz des Gouverneurs haben sich Offiziere und Höflinge im Palast eingefunden, darunter eine von Samuel und Tom angeführte Verschwörergruppe, die auf eine Gelegenheit zur Ermordung Riccardos hofft. Der Page Oscar reicht dem eintretenden Riccardo die Gästeliste für einen Maskenball, der am Abend des kommenden Tags stattfinden soll. Als Riccardo beim Durchgehen der Liste auf den Namen Amelias stößt, die er ohne ihr Wissen insgeheim liebt, kann er seine Vorfreude auf das Wiedersehen vor den Anwesenden kaum verbergen. In diesem Moment tritt Amelias Ehemann Renato in den Saal und wird von Oscar zu dem aus seinen Gedanken an Amelia aufschreckenden Grafen geführt. Vergeblich warnt Renato seinen Herrn und besten Freund vor der geplanten Verschwörung. Daraufhin wendet sich Riccardo dem obersten Richter zu, der die Wahrsagerin Ulrica, eine Schwarze, verbannt sehen will, weil sie durch ihr Tun das abergläubische Volk in Unruhe versetze. Oscar hingegen tritt für sie ein, indem er sich über Ulricas okkultes Treiben lustig macht. Damit aber weckt er Riccardos Neugier; für den Nachmittag ruft er die Höflinge auf, verkleidet in Ulricas Behausung zu erscheinen. – In Ulricas düsterer Hütte beobachten Frauen und Kinder fasziniert, wie Ulrica den Teufel beschwört. Riccardo tritt, verkleidet als Fischer, gutgelaunt herein und wird von den übrigen als Störer zurechtgewiesen. Silvano, ein Matrose, ist der erste, dem Ulrica aus der Hand liest: Er werde in Kürze Geld erhalten und befördert werden. Flugs schreibt Riccardo auf eine Geldrolle eine Erklärung, in der er Silvano zum Offizier ernennt, und steckt sie heimlich dem Matrosen zu. Alle sind begeistert, als Silvano in seiner Tasche das Geld samt der Beförderungsanweisung entdeckt. Danach tritt aus einer Geheimtür ein Diener Amelias, der Ulrica für seine Herrin um eine Unterredung unter vier Augen bittet. Riccardo versteckt sich, auf Ulricas Geheiß verlassen alle den Raum. So bekommt Riccardo mit, daß Amelia Ulricas Rat sucht, um Heilung von einer verbotenen Liebesleidenschaft zu finden. Ulrica verweist sie auf ein Vergessenskraut. Dieses wachse draußen vor der Stadt an der Hinrichtungsstätte, Amelia solle es in der heutigen Mondnacht pflücken und als Sud trinken. Erschauernd erklärt sich Amelia dazu bereit, während Riccardo beschließt, die geliebte Frau an diesem Schreckensort nicht alleine zu lassen. Als die Höflinge ungeduldig hereindrängen, zieht sich Amelia schnell zurück. Riccardo mischt sich unter die verkleidete Hofgesellschaft und stellt sich danach der Wahrsagerin als draufgängerischer Mann der wilden See vor. Als sie in seiner Hand liest, schreckt sie zurück. Nur widerwillig gibt sie preis, was ihr offenbar wurde: Riccardos baldiger Tod durch die Hand eines Freundes. Während Riccardo Ulricas Spruch verlacht, reagieren die Anwesenden konsterniert – vor allem Samuel und Tom, denen Ulrica andeutet, daß sie deren Mordabsicht durchschaut habe. Ulricas Ankündigung, daß Riccardo von demjenigen ermordet werde, dem er als erstem die Hand schütteln werde, scheint vollends absurd, als der verspätete Renato hinzutritt und Riccardo beim Namen rufend mit Handschlag begrüßt. Nun erkennt Ulrica in dem vermeintlichen Fischer den Gouverneur, der sie wegen der drohenden Verbannung beruhigt und sich ihr gegenüber spendabel zeigt. Ihre Warnung vor mehreren Verrätern tut er ab, während Silvano einfache Leute hereinführt, die Riccardo – zum Verdruß der abermals um eine Mordgelegenheit gebrachten Rebellen – als ihren geliebten Herrscher feiern.

Amelia hat sich zu später Stunde ängstlich zur Hinrichtungsstätte aufgemacht. Sie beklagt, daß der Genuß des Vergessenskrauts die Erinnerung an ihre Liebe tilgen werde. Als es Mitternacht schlägt, glaubt sie, ein Gespenst zu sehen, und bittet um göttlichen Beistand. Plötzlich steht Riccardo vor ihr. Leidenschaftlich umwirbt er sie und bittet Amelia, um ihr Liebeseingeständnis. Amelia kann nicht länger die Wahrheit verschweigen. Beide sind von der Macht der Gefühle überwältigt. Doch da sind Schritte zu hören – diejenigen Renatos. Amelia zieht verschreckt einen Schleier über ihr Gesicht, damit Renato sie nicht erkennt. Renato hatte sich, in einen Mantel gehüllt, unter die Schar der Rebellen geschlichen, die heimlich Riccardo nachgestiegen sind. Nun wirft Renato Riccardo den Mantel über, in dem er den Attentätern entkommen soll. Währenddessen wolle er die Mörderschar aufhalten. Riccardo läßt Renato schwören, die verschleierte Amelia, ohne ihrer Identität auf den Grund zu gehen, in die Stadt zu geleiten und ihr hernach nicht weiter zu folgen. Während Riccardo die Flucht gelingt, stellen sich die Rebellen Renato und Amelia in den Weg. Samuel und Tom versuchen trotz der Warnung Renatos das Inkognito der Unbekannten zu lüften. Ein Kampf scheint unausweichlich. Da zieht die bedrängte Amelia den Schleier zurück. Alles erstarrt. Renato ist schockiert und sieht sich von Amelia als in flagranti ertappte Ehebrecherin kompromittiert, während die Verschwörer nicht mit Spott sparen. Renato wendet sich an Samuel und Tom und lädt sie für den kommenden Morgen zu einer Unterredung nach Hause ein. Renato begleitet seine traumatisierte Frau gemäß dem gegebenen Eid auf dem Weg in die Stadt zurück.

Am nächsten Morgen in Renatos Studierzimmer: Renato droht, Amelia umzubringen. Ihr Geständnis, Riccardo zwar zu lieben, dennoch die Ehe nicht gebrochen zu haben, stößt bei ihm auf taube Ohren. Kniend bittet sie Renato um eine letzte Gunst: ihr den Abschied von ihrem gemeinsamen Sohn nicht zu verwehren. Danach könne Renato mit ihr machen, was er wolle. Renato weist Amelia aus dem Zimmer. Mit sich allein nimmt er von der Ermordung seiner Frau Abstand, doch kehrt sich nun seine Eifersucht wütend gegen Riccardo. Samuel und Tom treten ein. Renato teilt ihnen mit, daß er im Besitz von Beweisen für ihre Verschwörung sei, doch wolle er sich nun daran beteiligen. Im Streit darüber, wer den Mordstreich gegen Riccardo führen darf, einigen sich die drei Männer auf einen Losentscheid. Jeder wirft einen Zettel mit seinem Namen in ein Behältnis. Da tritt Amelia herein, um den Pagen anzukündigen. Renato zwingt seine Frau, das Los zu ziehen. Sie greift nach dem Zettel mit Renatos Namen. Der ist außer sich vor Freude, während Amelia ahnt, daß sie zum Werkzeug eines Mordkomplotts gemacht wurde. Nun wird Oscar von Renato ins Zimmer gerufen. Der Page überbringt die Einladung zum Maskenball. Während Oscar sich völlig ahnungslos die Freuden des Festes ausmalt und Amelia beschließt, Riccardo zu warnen, verabreden die Verschwörer, in welcher Verkleidung sie unter den übrigen Gästen einander ausfindig machen können; die Erkennungsparole heiße: »Tod!« – Vor dem Ball hat sich Riccardo in sein Kabinett zurückgezogen. Er will auf Amelia verzichten. Deshalb verfaßt er ein Schreiben, in dem er Renatos Beförderung und dessen und Amelias Abreise nach England anordnet. Riccardo steckt das Blatt zu sich, als Oscar ihm das Billett einer Unbekannten überreicht: Amelias Warnung vor dem bevorstehenden Anschlag. Für Riccardo kommt eine Absage seiner Teilnahme nicht in Frage. Weder will er als Feigling gelten, noch versäumen, Amelia ein letztes Mal zu sehen. – Das Fest ist in vollem Gange, als die drei Verschwörer aufeinandertreffen und sich das Losungswort zuflüstern. Ungeduldig warten sie auf Riccardo. Renato gelingt es, Oscar zu entlocken, hinter welcher Maske sich Riccardo verbirgt. Dieser trifft beim Tanz auf die maskierte Amelia. Verzweifelt weist sie ihn auf die Gefahr hin, in der er schwebt. Als sie anfängt zu weinen, erkennt Riccardo in der maskierten Frau die Geliebte. Er kündigt ihr für den morgigen Tag ihre und Renatos Abreise nach England an. Während des letzten Lebewohls der Liebenden macht sich Renato an Riccardo heran und ersticht ihn. Riccardo stürzt zu Boden. Es kommt zum Tumult. Doch der sterbende Riccardo gebietet Einhalt. Er überreicht Renato die Depesche mit seiner an die

Abreise nach England geknüpften Beförderung und bekräftigt, Amelia zwar geliebt, aber unberührt gelassen zu haben. Seine letzte Handlung ist die Verfügung einer Generalamnestie. Bekümmert und bestürzt schauen alle auf Riccardos Sterben und Tod.

Stilistische Stellung
›Un ballo in maschera‹ ist eine Oper des optimalen Timings, denn das Zusammenspiel von dramatischer Zuspitzung und daraus hervorgehender kontemplativer Reaktion geschieht in dieser Oper auf knappem Raum und unmittelbar einleuchtend. Hierbei bietet die Abfolge und die Binnengliederung der Szenen eine Verschränkung repräsentativer Tableaus (insbesondere der Hofgesellschaft) mit introspektiven Momenten, denen dann in den Monologen der Hauptakteure und in der ekstatischen Liebesszene des II. Akts Raum zur Entfaltung gegeben wird. Damit einher geht eine Luzidität der Gesangsensembles, die die Einzelstimmen klar hervortreten läßt, so daß die prägnante Zeichnung der Charaktere durchweg wahrnehmbar bleibt. Überdies trägt die symmetrische Anlage des Stücks zu seiner Faßlichkeit bei: Der II. Akt bildet das Zentrum. Um dieses herum sind jene Szenen – Ulricas Séance zum einen, der Losentscheid der Verschwörer zum anderen – gelegt, in denen Riccardos Todesverfallenheit evident wird. Die Hofszenen des Anfangs und des Schlusses bilden dazu den äußeren Rahmen.

Auf inhaltlicher Ebene kommt die faszinierende Mischung aus Gefühlsemphase, okkulter Phantastik und Komik hinzu, die ›Un ballo in maschera‹ zum Inbegriff einer in sich stimmigen »pièce bien faite« macht. Rätselhaft, weil sie einer realistischen Dramaturgie widerspricht, erscheint in diesem Zusammenhang die Gestalt der Ulrica. Für deren Auftritt hat Verdi die Farbpalette der Schauerromantik mit Chiaroscuro-Effekten (grelle Instrumentierung mit Bevorzugung der tiefen und hohen Register, dissonante Akzente, plötzliche dynamische Kontraste) genutzt. Auch die tiefe Lage und die musikalische Diktion des Gesangsparts, dessen Melos von gedehnten langen und stoßhaft komprimierten kurzen Notenwerten geprägt ist, vervollständigt den Eindruck der Dämonie. Im Gegensatz dazu stehen Amelias vom Streichertremolo getragene Dur-Kantilenen, in denen sie göttliche Hilfe zur Erlösung aus ihrer leidvollen Liebesverstrickung erfleht. Mag also die Sphäre des Übernatürlichen die Handlung dieser Oper in der Art eines zwischen Himmel und Hölle angesiedelten Spektakels transzendieren, so wird aus der Verschränkung der Ulrica-Szenerie mit der des Hofes die Zielrichtung des Stücks erfaßbar: Hier wie dort waltet das Fatum, das über Riccardo den Tod verhängt hat. Und darin liegt das Tertium comparationis von Ulricas schwarzer Prophetie zum einen und dem Komplott der Verschwörer zum anderen. Ebenso wird in Renatos Soloszene im III. Akt »Eri tu che macchiavi quell'anima« (Du warst es, der diese Seele befleckt) der totentanzartige 12/8-Rhythmus zum Ausdrucksträger einer auf Eifersucht gründenden Mord-Obsession, bis endlich die Belcanto-Kantilene im verklärten Rückblick auf die zerstörte Liebe den Trost der Erinnerung bereitstellt. Doch die Todesidiomatik kehrt alsbald wieder, wenn in der Losszene unheilschwangere Signalwendungen den Tod für Riccardo herbeizurufen scheinen.

Auch ein drittes Element bezeugt Riccardos Bestimmung zum Tod: seine leichtsinnige Zurückweisung aller Warnhinweise. So kommen im tändelnden Tonfall seiner Canzone »Di' tu se fedele il flutto m'aspetta« (Sag, wenn treu die Flut mich erwartet) im 2. Bild des I. Akts und in seiner Verlachung von Ulricas Schicksalsspruch Übermut, Verblendung, ja tollkühne Todesverachtung zum Ausdruck. Diese Tonfälle der Unterhaltsamkeit, die oft genug die eleganten Idiome der französischen Opéra comique oder Jaques Offenbachs aufgreifen, prägen die Hofgesellschaft insgesamt, allen voran die grazilen strophischen Gesänge des Pagen Oskar, der als ahnungsloser Unglücksbringer sein Vorbild in Meyerbeers Pagen Urbain aus ›Les Huguenots‹ hat. Bereits das knappe Preludio antizipiert die Motivik des Hofes aus dem 1. Bild, wobei zunächst die Parteigänger Riccardos, dann im Fugato die Verschwörergruppe vorgestellt werden. Hinzu tritt das Thema von Riccardos Cantabile »La rivedrà nell'estasi« (Mit welchem Glück werde ich sie wiedersehen). Sowohl das Fugato, als auch das Cantabile werden im weiteren Verlauf der Oper mehrfach wiederkehren. Tragikomische Gleichzeitigkeit charakterisiert insbesondere das Ensemble zum Schluß des II. Akts, in dem das bloßgestellte Ehepaar Renato/Amelia dem Spott der Verschwörergruppe ausgesetzt ist. Spannende Diskrepanzen werden vollends in den Schlußszenen der Oper wahrnehmbar, wenn die als Refrain eingeblendete Tanzmusik von Chor und Banda einen die Lebensfreude feiernden Hintergrund für die Mordintrige liefert. Für Riccardos und Amelias schmerzlichen Abschied bildet dann eine trillerverzierte, altertümliche Mazurka den akustischen Background. Diese von der Streichergruppe auf der Bühne intonierte Tanzmusik setzt nach dem Attentat erneut ein und bricht in einer melancholischen Moll-Eintrübung ab, als hätten die Bühnenmusiker jetzt erst das Mordgeschehen wahrgenommen – eine musikalische Geste, die eindrucksvoll vergegenwärtigt, wie der Tod dem Leben ein plötzliches Ende setzt.

Textdichtung und Geschichtliches

Die Genese des ›Maskenball‹-Librettos ist eng mit der Entstehungsgeschichte der Komposition verknüpft, und die Schlußfassung von Antonio Sommas Opernbuch trägt noch deutliche Spuren einer ursprünglichen und plausibleren Version des Textes. So mag die Verwunderung über höfische Festmaskeraden ausgerechnet im puritanischen Boston einen Hinweis darauf geben, daß das Stück ursprünglich an anderem Ort, in anderer Zeit und unter anderen Personen spielte. Denn tatsächlich griff Somma, nachdem Verdi und er mit dem Projekt einer ›Lear‹-Oper in der zweiten Hälfte der 1850er Jahre nicht weiterkamen, auf Eugène Scribes Libretto ›Gustave III. ou Le Bal masqué‹ zurück, das 1833 in der Musik Daniel-François-Esprit Aubers in Paris uraufgeführt worden war. Scribe hatte damals einen Mordfall aus der Realgeschichte aufgegriffen: das Attentat auf Gustav III. von Schweden durch verschworene Adlige während eines Maskenballs in der Nacht vom 16. auf den 17. März 1792, an dessen Folgen der Monarch am 29. März verstarb. Auch sollte sich im Stück niederschlagen, daß Gustavs Feinde den Mörder durch einen Losentscheid bestimmt hatten.

Zwar folgte Somma dem Handlungsgang der Vorlage weitgehend, doch kürzte er auf Anregung des Komponisten Scribes Libretto um fast die Hälfte. Etliche Details, die im französischen Text historisches Flair vermitteln sollten, wurden zurückgedrängt, um so deutlicher trat das Verkleidungsmotiv als eine alle Akte durchwirkende dramaturgische Leitidee hervor. Auch ließen sich Komponist und Librettist zunächst darauf ein, die Handlung ins 17. Jahrhundert und nach Pommern zu verlegen: Die Leitung des neapolitanischen Theaters San Carlo, wo das Stück unter dem Titel ›Una vendetta in domino‹ ursprünglich zur Uraufführung hätte kommen sollen, hatte zu bedenken gegeben, daß die Ermordung eines Königs auf offener Bühne von der Zensurbehörde wohl nicht geduldet würde. Bis auf die Instrumentierung lag die Oper Anfang 1858 vor, als die Zensur trotz dieser Änderungen das Stück ablehnte. Eine Umarbeitung von dritter Hand, die das Stück in Florenz Anno 1335 spielen ließ, führte schließlich zur Vertragskündigung und zu einem Gerichtsprozeß. Bereits zuvor hatte Verdi die Uraufführung für Anfang 1859 an das Teatro Apollo in Rom neu vergeben. Nachdem zunächst eine Verlegung der Handlung nach Göteborg im Jahr 1760 verhindert wurde, stimmten Verdi und Somma, da nun die päpstliche Zensur einen Schauplatz außerhalb Europas wünschte, zu, das Stück in der britischen Kolonie Boston Ende des 17. Jahrhunderts anzusiedeln. Allerdings wollte der Librettist für diese Fassung seinen Namen nicht genannt wissen.

Indessen lassen sich manche Züge des Stücks besser verstehen, wenn man den Rekurs auf die Zeit Gustavs III. und seine Bedeutung zur Verdi-Zeit mitbedenkt. So mag sich ein Reflex auf das späte 18. Jahrhundert darin bekunden, daß die Mazurka des Schlußbilds im zarten Klang der Streicherformation einen menuetthaften Eindruck erweckt. Und die Rolle des Pagen Oscar erklärt sich aus der erotischen Vorliebe des Königs für Jünglinge, wie auch seine Freude an Verkleidungen und Maskeraden ein historisches Faktum ist. Bedeutsam für die Entstehungszeit der Oper war aber vor allem, daß die Herrschaft Gustavs III. dezidiert antiaristokratisch geprägt war. Sie ging als Schwedens Goldene Zeit in die Geschichte ein – nicht zuletzt aufgrund der Förderung der Künste durch den König, der dem Mordanschlag in dem auf seine Veranlassung 1775 errichteten Opernhaus zum Opfer fiel. In der Entstehungsphase des italienischen Königreichs in den 1850er Jahren war es also naheliegend, den historischen Gustav III., weil er die Macht des Adels begrenzte, zum beliebten Volkskönig umzudeuten, so daß im Libretto seine Schutzfunktion fürs Volk betont wird und er sich im 2. Bild der Oper sogar unter die einfachen Leute mischt. Und so wendet sich die Musik ihm als scheiternder Hoffnungsgestalt und gutem Herrscher zu, dessen Sterben in einer von Harfenarpeggien umflorten Verklärungsmusik von den Anwesenden betrauert wird.

Die Premiere der »Amerika-Version« in Rom am 17. Februar 1859 war ein großer Erfolg, und der ›Maskenball‹ fand rasch den Weg auf die bedeutenden Bühnen der Welt. Obgleich die Uraufführungsversion eine Fassung letzter Hand blieb, ging – veranlaßt durch eine Inszenierung des Jahres 1935 – von Schweden das Bemühen um eine Rückverlegung der Handlung in die Epoche Gustavs III. aus. In dieser auch an anderen Opernhäusern geübten Spielpraxis wurden die Protagonisten – allen voran der Gouverneur – in ihre historischen Vorgänger verwandelt. Renato wurde in den Königsmörder Johann Jakob Anckarström und seine Komplizen Samuel und Tom in die Grafen Adolph Ribbing und Clas Fredrik Horn umbenannt. Aus Ulrica wurde die Zigeunerin Arvedson, und der Matrose Silvano hieß nun Christian. Wie wenig derlei historische Transfers den Kern von Verdis packendem Leidenschaftsdrama tatsächlich berühren, wurde freilich deutlich, als Claus Guth 2005 in Frankfurt den Stoff ins Politik-Establishment des Hier und Jetzt verfrachtete. Jedoch blieb durch die Metamorphose des Pagen Oscar zu Riccardos Büroleiterin der androgyne Charme der Hosenrolle auf der Strecke.

R. M.

Die Macht des Schicksals (La forza del destino)

Oper in vier Akten. Dichtung von Francesco Maria Piave.

Solisten: *Der Marchese von Calatrava* (Charakterbaß, kl. P.) – *Leonore di Vargas* (Dramatischer Sopran, auch Jugendlich-dramatischer Sopran, gr. P.) und *Don Carlos di Vargas* (Heldenbariton, auch Kavalierbariton, gr. P.), seine Kinder – *Alvaro* (Jugendlicher Heldentenor, gr. P.) – *Pater Guardian* (Seriöser Baß, m. P.) – *Fra Melitone* (Spielbaß, m. P.) – *Preziosilla*, eine junge Wahrsagerin (Dramatischer Mezzosopran, m. P.) – *Mastro Trabuco*, Maultiertreiber und Hausierer (Spieltenor, auch Charaktertenor, m. P.) – *Ein Alcalde* (Charakterbaß, kl. P.) – *Ein Chirurgus* der spanisch-italienischen Truppen (Baß, kl. P.) – *Curra*, Kammerzofe Leonores (Mezzosopran, kl. P.).
Chor: Franziskanermönche – Maultiertreiber – Spanische und italienische Soldaten – Spanisches und italienisches Volk – Marketenderinnen und Lagerdirnen – Kriegsvertriebene – Italienische Rekruten – Arme Weiber und Bettler (im II. Akt, 1. Bild, ganzer Chor geteilt in Pilger und in Landleute und Maultiertreiber; gr. Chp.).
Ballett: Tanz der Landmädchen (2. Bild), Tarantella (III. Akt).
Ort: Der I. Akt spielt in Sevilla, der II. und letzte Akt im Umkreis eines spanischen Franziskanerklosters, der III. Akt in Italien, bei Velletri in der Nähe Roms.
Schauplätze: Leonores Zimmer im Landhaus des Marchese von Calatrava – Garküche in einem Dorf in der Nähe eines großen Franziskanerklosters – Franziskanerkloster auf der Höhe eines Berges, im Hintergrund die Kirche, links das Konventgebäude, neben dem geschlossenen Tor kleiner Eingang mit Glockenzug und Pförtnerfensterchen, in der Mitte ein riesiges Steinkreuz auf einem Sockel – In der vordersten Stellung der verbündeten Truppen – Der Marktplatz von Velletri mit zerschossenen Häusern und einigen Jahrmarktsbuden – Der Hof des Franziskanerklosters – Berglandschaft mit Eremitenhütte, eine Glocke über dem Eingang.
Zeit: Mitte des 18. Jahrhunderts.
Orchester: 2 Fl. (II. auch Picc.), 2 Ob., 2 Kl., 2 Fag., 4 Hr., 2 Trp., 3 Pos., Cimb. (auch Bt.), P., Schl., 2 Hrf., Str. – Bühnenmusik: Org., 6 Trp., 4 Tr.
Gliederung: Ouvertüre und 34 Musiknummern, die pausenlos ineinandergehen.
Spieldauer: Etwa 3 Stunden.

Handlung

Leonore di Vargas, Tochter des Marchese von Calatrava, liebt den braunhäutigen Alvaro, der einem vornehmen Inka-Geschlecht entstammt. Da ihre Familie eine Vermählung mit dem Fremdling ablehnt, hat der Vater das Mädchen auf seinen Landsitz gebracht, wo es in der Stille der Natur seinen Schmerz vergessen soll. Die Liebenden hatten indes beschlossen, sich heimlich trauen zu lassen. Als Alvaro nachts auf das verabredete Zeichen hin kommt, um Leonore abzuholen, wird diese plötzlich in ihrem Entschluß wankend, sich von dem Vater loszusagen, der sie zärtlich liebt. Von Alvaros inständigem Drängen überwältigt, ist Leonore schließlich zur Flucht bereit, und die beiden sind sich einig, daß sie nunmehr keine Macht des Geschicks mehr trennen kann. Inzwischen ist aber der Marchese durch den Lärm geweckt worden. Er erscheint mit einigen Dienern auf Leonores Zimmer, und als Alvaro daraufhin seine Pistole wegwirft, um damit anzudeuten, daß er keine Gewalt anwenden möchte, entlädt sich diese beim Aufprall auf dem Boden von selbst. Die Kugel trifft den Marchese tödlich. Die Liebenden werden anschließend auf der Flucht durch ihre Verfolger voneinander getrennt.

Leonore legt nun Männerkleider an und wird deshalb in einer Dorfschenke von ihrem Bruder Don Carlos nicht erkannt, der jetzt, als Student verkleidet, auf der Suche nach der Schwester und ihrem verhaßten Liebhaber durch das Land zieht; er hat sich vorgenommen, den Tod des Vaters an beiden blutig zu rächen. – Auf Empfehlung des Paters Cleo, der wie ein Heiliger verehrt wird, findet Leonore Aufnahme in einem Franziskanerkloster. Der Pater Guardian weist ihr zum Aufenthalt eine Einsiedelei an, wo sie, unerkannt und fern den Menschen, ihr Leben in Buße und Reue zu beschließen gedenkt.

Inzwischen hat sich Alvaro, der Leonore tot glaubt, unter dem Namen Hereros den spanischen Truppen in Italien angeschlossen und durch seine Heldentaten bei den Kämpfen der verbündeten Spanier und Italiener großen Ruhm erworben. In der Nähe Roms rettet er in vorderster Stellung Don Carlos das Leben, der ebenfalls unter falschem Namen der Armee beigetreten war. Die beiden schließen hierauf Freundschaft. Kurz danach wird Alvaro schwer verwundet. Er übergibt Don Carlos ein Päckchen mit Briefen und bittet ihn, sie unbesehen zu vernichten, was dieser unter Eid verspricht. Alvaros leidenschaftliche Ablehnung einer Auszeichnung mit dem Orden von Calatrava hat aber Don Carlos stutzig gemacht. Er vermutet nun mit einem Mal in Hereros den gesuchten Schänder der Ehre seines Hauses. Die Briefe würden Klarheit verschaffen, aber sein Eid bindet ihn. Unmutig wirft er das Päckchen weg, da löst sich das Band und die Briefe liegen frei, unter ihnen das Bild seiner Schwester Leonore. In diesem Augenblick meldet der Chirurg die geglückte Operation des Helden Hereros. Don Carlos fordert Alvaro nach seiner Heilung sogleich zum Duell. Alvaro erfährt bei dieser Gelegenheit, daß Leonore noch am Leben ist. Vergeblich beschwört er Don Carlos, die Unglückliche gemeinsam zu suchen und zu retten. Als schließlich Don Carlos in höchster Wut die Absicht verrät, auch die Schwester für die Beflekkung der Familienehre töten zu wollen, greift Alvaro zur Waffe. Die Streitenden werden durch die Lagerwache getrennt. – Alvaro beschließt, nach Spanien zurückzukehren und in der Abgeschiedenheit eines Klosters seiner Seele den lang ersehnten Frieden zu verschaffen. Er tritt im Konvent des Pater Guardian dem Franziskanerorden bei, ohne zu ahnen, daß ihm dort die Geliebte so nahe ist.

Nach sieben Jahren unermüdlichen Suchens hat Don Carlos Alvaros Refugium endlich aufgespürt; sein unversöhnlicher Haß macht auch vor den Mauern der geweihten Stätte nicht halt. Alvaro pariert zunächst demütig mit begütigenden Worten, wird aber schließlich durch Carlos' beleidigende, mit einer verächtlichen Ohrfeige begleitete Beschimpfungen zum Kampf gereizt, den die beiden in der Nähe der Einsiedelei austragen. – Don Carlos wird tödlich verwundet. Alvaro ruft eiligst den Einsiedler als Beichtvater herbei. Zu seinem größten Erstaunen tritt aber statt eines Mönches eine Frau aus der Hütte, in der er sogleich die Geliebte erkennt. Aber auch Don Carlos erkennt die Schwester wieder; er, den selbst im Sterben noch immer eine von übersteigertem Ehrbegriff geschürte Rachsucht leitet, stößt ihr mit letzter Kraft seinen Dolch in die Brust. Alvaro, der Verzweiflung nahe, wird von Pater Guardian, der auf Leonores Läuten des Einsiedler-Glöckchens rasch herbeigeeilt war, ermahnt, nicht gegen ein Geschick zu lästern, dessen höherer Sinn ihm verschlossen bleibt. Leonore haucht in den Armen des Geliebten ihre Seele aus mit der tröstenden Verheißung, daß sie drüben im Jenseits auf ihn warte zum ewigen Bund ihrer unsterblichen Liebe.

Stilistische Stellung

Es war in erster Linie das Ungewöhnliche, das Verdi an dem romantischen Sujet typisch spanischer Prägung so gewaltig anzog. Die starken Kontraste boten der Phantasie des Musikers lohnende Möglichkeiten. Die unauffällige Placierung der geschlossenen Formen in den musikalischen Szenen bezeugt, daß Verdi in seinen Bestrebungen zur Schaffung eines einheitlichen musikdramatischen Stils bei diesem Werk wieder einen Schritt vorwärtsgekommen war, was ihm freilich von seiten der Kritik den Vorwurf des »Wagnerisierens« einbrachte. In der bunten Aneinanderreihung bewährter Opernwirkungen erblickte man auch eine Hinwendung an die Große Oper Meyerbeers und Halévys. Die Thematik ist in ihrer Gegensätzlichkeit auf die jeweilige dramatische Situation abgestimmt. Dies tritt besonders bei den musikalischen Höhepunkten zutage, so bei den beiden Leonoren-Arien, den Gesängen Alvaros und Don Carlos', bei der Einkleidungsszene sowie bei den Duetten Alvaro-Don Carlos und Leonore-Guardian. Mit liebevoller Sorgfalt sind auch die komischen Szenen, insbesondere die köstliche Figur des Fra Melitone, bedacht. Mehr als in den früheren Werken ergänzt das Orchester den dramatischen Ausdruck der nach wie vor dominierenden Singstimme gelegentlich mit selbständigen, charakterisierenden Untermalungen. Zu einem wirkungsvollen symphonischen Tongemälde sind die wichtigsten Motive in der Ouvertüre zusammengefaßt, die bei der Überarbeitung der Partitur im Jahre 1868 anstelle des ursprünglichen kurzen Vorspiels gesetzt wurde. Sonst betrifft die Umarbeitung in erster Linie den Schluß der Oper: Bei der Urfassung stürzt sich Alvaro in seiner Verzweiflung vom Felsen, bei der Zweitfassung wird die tödliche Verwundung Leonores und des Don Carlos hinter die Szene verlegt und mit dem nachkomponierten Terzett ein verklärendes Ende des Schauerdramas erzielt. Der III. Akt, dem auch ein Soldatenchor (Rondo) neu eingefügt wurde, schließt in der Endfassung mit dem wirkungsvollen Rataplan-Chor. Das Duett Alvaro-Don Carlos und Alvaros Verzweiflungsausbruch »Miserere di me« wurden vorverlegt.

Textdichtung

Verdis Oper ›La forza del destino‹ ist dem Drama ›Don Álvaro o la fuerza del sino‹ des spanischen Dichters Ángel de Saavedra, Herzog von Rivas, nachgestaltet, das von diesem in der Emigration in Frankreich geschrieben und das im Jahre 1835 in Madrid und in Mailand erfolgreich aufgeführt worden war. Die Operndichtung wurde wieder von Francesco Maria Piave ausgeführt. Hatte schon die Zensur anläßlich der Aufführung des Werkes in Rom das Grausige in Piaves Textfassung gemildert, so nahm bei der Neufassung von 1868 anstelle des erkrankten Piave der Journalist, Sänger und Schriftsteller Antonio Ghislanzoni auch eine nochmalige Überarbeitung der Dichtung vor, ohne freilich an dem Grundgerüst des schaurigen Geschehens, dessen Konfliktstoff durch eine unwahrscheinliche Häufung widriger Zufälle genährt wird, etwas ändern zu können.

Franz Werfels deutsche Fassung der Oper (1925) stellt eine freie Nachdichtung dar, die freilich wegen einiger subjektiver Abänderungen des Originals Widerspruch hervorgerufen hat.

Geschichtliches

Auf den großen Erfolg des ›Troubadour‹ in St. Petersburg erhielt Verdi zu Anfang des Jahres 1861 von der Direktion der Kaiserlich Russischen Oper einen Opernauftrag. Der Meister faßte hierfür erst Victor Hugos ›Ruy Blas‹ ins Auge; dieses Sujet wurde aber vom Auftraggeber abgelehnt. Verdi entschied sich dann für Ángel de Saavedras Drama, von dem er außerordentlich begeistert war. Piave ging sogleich an die Ausarbeitung des Textbuchs, und im August 1861 begann Verdi mit der Komposition, zu der er auch Teile aus der schon in Angriff genommenen, aber nicht zu Ende geführten Oper ›König Lear‹ verwandte. Ende November war die Arbeit bereits soweit fortgeschritten, daß er sich zur Einstudierung seines Werkes nach St. Petersburg begeben konnte. Nachdem aber die Sängerin der Leonore erkrankt war, mußte die Aufführung auf Jahrhunderts 1862 verschoben werden. Verdi suchte sich inzwischen in Italien eine andere Leonore, die er in der ausgezeichneten französischen Sopranistin Carolina Barbot fand. Die Uraufführung von ›La forza del destino‹, die mit einem außergewöhnlichen Kostenaufwand für die Ausstattung und mit einem machtvollen Choraufgebot in Szene gesetzt wurde, fand am 22. November 1862 in St. Petersburg statt. Verdi wurde vom Kaiserlichen Hof und vom Publikum stürmisch gefeiert. Anschließend (Anfang 1863) erfolgten Aufführungen des Werkes in Madrid und in Rom. Die römische Vorstellung (unter dem Titel ›Don Alvaro‹) hatte infolge unzulänglicher Sängerbesetzung nur lauen Erfolg. Auf Drängen seines Verlegers Giulio Ricordi arbeitete Verdi im Herbst 1868 ›Die Macht des Schicksals‹ in Zusammenarbeit mit Antonio Ghislanzoni um. Die Erstaufführung dieser Zweitfassung, die Verdi ebenfalls wieder persönlich einstudierte, erfolgte am 27. Februar 1869 an der Scala zu Mailand mit Teresa Stolz als Leonore und Mario Tiberini als Alvaro. Jetzt erweckte das Werk auch in Italien große Begeisterung.

Giuseppe Verdi

Don Carlos (1867)

Oper in fünf Akten. Dichtung von François Joseph Pierre Méry und Camille du Locle, nach Friedrich Schiller und Eugène Cormon.
[Darin von der Fassung 1867 abweichende Details stehen in eckigen Klammern]

Don Carlo (1884/86)

Oper in vier (fünf) Akten. Dichtung von Camille du Locle, nach Friedrich Schiller und Eugène Cormon; italienische Übersetzung von Achille de Lauzières-Thémines und Angelo Zanardini.

Solisten: *Philippe II / Filippo II*, König von Spanien (Seriöser Baß, auch Heldenbariton, gr. P.) – *Don Carlos / Don Carlo*, Infant von Spanien (Jugendlicher Heldentenor, gr. P) – *Rodrigue/Rodrigo*, Marquis von Posa (Kavalierbariton, auch Heldenbariton, gr. P.) – *Der Großinquisitor*, blind, 90-jährig (Seriöser Baß, auch Baßbariton, auch Heldenbariton, auch Charakterbaß, m. P.) – *Ein Mönch*, auch Kaiser Carlo V. (Bariton, auch Baßbariton, m. P.) – *Elisabeth/Elisabetta von Valois* (Dramatischer Sopran, auch Jugendlich-dramatischer Sopran, gr. P.) – *Prinzessin Eboli* (Dramatischer Mezzosopran, gr. P.) – *Thibault/Tebaldo*, Page Elisabeths/ Elisabettas (Lyrischer Sopran, auch Soubrette, kl. P.) – *Stimme aus der Höhe / Stimme vom Himmel* (Lyrischer Sopran, kl. P.) – *Gräfin von Aremberg* (Stumme Rolle) – *Graf von Lerme/Lerma* (Tenor, kl. P.) – *Ein königlicher Herold* (Tenor, kl. P.) – *6 flämische Gesandte* (6 Bässe) – *6 Inquisitoren* (6 Bässe) – *4 Mitglieder des Heiligen Offiziums* (4 Bässe).
Chor: Herren und Damen des französischen und des spanischen Hofes – Holzfäller mit ihren Frauen [und Kindern] – Jäger – Volk – Pagen – Wachen Heinrichs II. und Philipps II. – Mönche – Mitglieder des Heiligen Offiziums – Soldaten – Magistraten – Abgeordnete der Provinzen des spanischen Reiches.
[**Ballett**: Elisabeths Hofballett: die schwarze Perle, die rosa Perle, die weiße Perle, der Fischer (= der Genius), ein Page Philipps II., die Königin der Wasser (= der Gott Korail), Perlen, Wellen, Soldaten der Königin.]
Ort: In Frankreich und Spanien.
Schauplätze: Wald bei Fontainebleau, im Hintergrund das Schloß – Kreuzgang im Kloster San Yuste, rechts eine Kapelle mit dem Grabmal von Karl V. – Garten vor den Toren des Klosters San Yuste [– Gärten der Königin – Dekoration einer Grotte im Indischen Ozean] – Gärten der Königin – Großer Platz vor der Kathedrale von Valladolid, rechts die Kirche, zu der eine Treppe hinaufführt, links der Palast, im Hintergrund führt eine weitere Treppe auf einen tiefer gelegenen Platz – Kabinett des Königs – Gefängnis, im Hintergrund, durch eiserne Gitter abgetrennt, ein höher gelegener Hof, auf den eine Treppe vom Palast hinabführt – Kreuzgang im Kloster von San Yuste.
Zeit: Um 1560.
Orchester: 3 Fl. (III. auch Picc.), 2 Ob. (II. auch Eh.), 2 Kl., 4 Fag. (IV. auch Kfag.), 4 Hr., 2 Trp., 2 Cornets à pistons, 3 Pos., Ophikleide (auch Bt.), P., Schl., 2 Gl., Hrf., Str. – Bühnenmusik auf und hinter der Szene: Banda, Kanone, [Kastagnetten, Tamburin, Tamtam,] Harm. (oder Org.), Hrf.
Gliederung: ›Don Carlos‹: Vorspiel und 24 Szenen; ›Don Carlo‹: 22 Szenen.
Spieldauer: ›Don Carlos‹: etwa 3½ Stunden; ›Don Carlo‹: etwa 3 Stunden.

Handlung

Während Holzfäller im winterlichen Wald von Fontainebleau arbeiten, überläßt der spanische Thronfolger Carlos sich seinen schwärmerischen Liebesempfindungen zur französischen Prinzessin Elisabeth, die er bisher nur aus der Ferne gesehen hat und die er aus dynastischen Gründen heiraten soll. Da naht Elisabeth, die sich im Wald verirrt hat und die ihn nicht kennt. Im Gespräch werden die beiden miteinander vertraut. Als Carlos sich als ihr künftiger Bräutigam zu erkennen gibt, ist Elisabeth von seiner Liebe überwältigt. Beide versichern sich ihres Glücks. Ein ferner Kanonenschuß verkündet den soeben geschlossenen Frieden zwischen Spanien und Frankreich. Graf von Lerma, der an der Spitze eines Festzugs auftritt, teilt der bestürzten Elisabeth mit, daß sie als Gattin Philipps II. Königin von Spanien wird. Carlos bleibt verzweifelt zurück.
Vor dem Grabmal Kaiser Karls V. betet ein Mönch um Frieden für den Toten. Ruhelos tritt Carlos auf und glaubt in dem Betenden den toten Kaiser selbst zu erkennen. Er hat um ein Treffen mit dem soeben von einer Reise nach Flandern zu-

rückgekehrten Posa gebeten, dem er mitteilt, daß er Elisabeth liebe. Posa rät Carlos, diese Neigung zu unterdrücken und sich statt dessen vom König nach Flandern schicken zu lassen, um dort den von der spanischen Herrschaft Bedrängten zu helfen. Auf ihrem Gang zur Andacht durchqueren plötzlich Philipp und Elisabeth wortlos den Kreuzgang. Carlos und Posa schwören sich mit dem Ruf nach Freiheit Freundschaft bis zum Tod. – Vor den Toren des Klosters singt Eboli ein maurisches Lied von einer verschleierten Dame, der der König den Hof macht, bis er erkennt, daß es seine Gemahlin ist. Posa erscheint vor der Königin, überbringt ihr ein Schreiben ihrer Mutter und steckt ihr gleichzeitig heimlich ein Billet von Carlos zu. Als sie ihn ermutigt, sich eine Gunst zu erbitten, spricht er für den von seinem Vater vernachlässigten Carlos. Nachdem die Hofdamen abgegangen sind, empfängt Elisabeth Carlos und verspricht ihm, seine geplante Reise nach Flandern beim König zu unterstützen. Carlos wird von seiner Leidenschaft überwältigt, umarmt die ihn aus Pflichtgefühl zurückweisende Elisabeth und flieht schließlich verzweifelt. In diesem Augenblick erscheint Philipp, ist ungehalten, die Königin allein anzutreffen, entläßt die als Ehrendame zuständige Gräfin von Aremberg und befiehlt ihr die sofortige Heimreise nach Frankreich. Elisabeth besänftigt die Weinende. Alle treten ab. Als auch Posa sich anschickt zu gehen, hält Philipp ihn zurück und verwickelt den selbstbewußten Granden, der sich noch nie eine Gunst von ihm erbeten hat, in ein Gespräch. Posa nützt die Gelegenheit und schildert in glühenden Farben die Schreckensherrschaft im unterdrückten Flandern, für die er den König verantwortlich macht, und fordert ihn auf, dem Land die Freiheit zu geben. Philipp warnt den »seltsamen Schwärmer« vor dem langen Arm des Großinquisitors, fühlt sich jedoch als Mensch angesprochen und offenbart ihm seinen Verdacht einer ehebrecherischen Beziehung zwischen Elisabeth und Carlos. Er gewährt Posa jederzeit den Zutritt zu seinen Privatgemächern.
[In den Gärten der Königin finden die Vorbereitungen für ein Maskenfest statt. Elisabeth und Eboli tauschen die Kleider. Das Ballett der Königin ›La Pérégrina‹ wird aufgeführt.] Eboli hat Carlos brieflich zu einem mitternächtlichen Stelldichein eingeladen. Als Eboli die Maske abnimmt, muß sie erkennen, daß seine Liebesschwüre nicht ihr, sondern der Königin galten. Ihm und dem hinzukommenden Posa droht sie, sich zu rächen. Posa will sie erdolchen, aber Carlos tritt dazwischen. Nach ihrem wütenden Abgang fordert Posa Carlos auf, ihm alle verdächtigen Schriftstücke, die er bei sich trägt, anzuvertrauen. – Vor der Kathedrale wird ein Autodafé vorbereitet. Die Glocken läuten, das Volk jubelt, Mönche treiben die vom Inquisitionstribunal zum Tod verurteilten Ketzer vor sich her. Philipp, Elisabeth und der Hofstaat treten aus der Kirche. Plötzlich erscheinen von Carlos geführte flandrische Deputierte, werfen sich Philipp zu Füßen und flehen um Frieden. Philipp befiehlt den Wachen, sie wegzuschaffen. Carlos fordert seinen Vater auf, ihn nach Brabant und Flandern zu schicken. Als Philipp empört ablehnt, zieht Carlos den Degen und erklärt sich im Namen des Himmels zum Beschützer Flanderns. Die Granden und Wachen weichen vor ihm zurück. Der Aufforderung des Königs, Carlos zu entwaffnen, kommt allein Posa nach. Er überreicht den Degen dem König, der ihn zum Herzog erhebt. Während unter dem Jubel des Volks der Scheiterhaufen entzündet wird, verspricht eine Stimme vom Himmel den Todgeweihten die Gnade Gottes.
In der Morgendämmerung beklagt Philipp nach einer schlaflos durchwachten Nacht seine Vereinsamung als Mensch und Herrscher. In einem erbittert geführten Streitgespräch über den Vorrang von Kirche oder Staat, in das ihn der greise, blinde Großinquisitor verwickelt, muß Philipp nachgeben: Er opfert Posa, dessen freiheitlicher Geist die Macht der Kirche untergräbt. Erregt tritt Elisabeth auf und beschwert sich, daß man ihr Schmuckkästchen geraubt hat. Philipp präsentiert es ihr und erbricht es selbst. Als darin ein Porträt von Carlos zum Vorschein kommt bezichtigt Philipp die Königin trotz ihrer Unschuldsbeteuerungen des Ehebruchs. Auf seinen Hilferuf, der ohnmächtig Gewordenen beizustehen, eilen Eboli und Posa herbei. Posa mahnt ihn zur Selbstbeherrschung. Nach dem Weggang Philipps und Posas bekennt Eboli ihre Schuld: Sie habe die Schatulle aus Eifersucht entwendet und überdies mit dem König ein ehebrecherisches Verhältnis unterhalten. Die Königin [1867: Lerma] stellt Eboli vor die Wahl zwischen Kloster oder Verbannung. Verzweifelt verflucht sie ihre Schönheit, will vor ihrem Eintritt ins Kloster aber noch Carlos retten. – Posa besucht den inhaftierten Carlos im Gefängnis, um von ihm Abschied zu nehmen. Er weiß, daß ihn die Inquisition, die Carlos' Papiere bei ihm gefunden hat (und die er

als die seinigen ausgegeben hat), ermorden wird. Nach dem tödlichen Schuß, den ein Abgesandter des Heiligen Offiziums auf ihn abgegeben hat, mahnt er Carlos ein letztes Mal, Flandern zu retten und übermittelt ihm die Botschaft Elisabeths, sie am folgenden Tag in San Yuste zu treffen. Philipp betritt mit seinem Gefolge das Gefängnis, um dem Sohn zu vergeben. Carlos weist die Hand des Vaters zurück, an der Posas Blut klebe, der sich für ihn geopfert habe. Sturmgeläut kündigt eine Volksmenge an, die Carlos befreien will. Eboli, [die den Aufstand angezettelt] und sich maskiert unter die Menge gemischt hat, verhilft Carlos zur Flucht. Das Erscheinen des Großinquisitors läßt den Aufruhr zusammenbrechen, gehorsam huldigt das Volk dem König.

Im Kreuzgang von San Yuste erwartet Elisabeth Carlos zu einem letzten Abschied vor seiner Abreise nach Flandern. Schmerzvoll erinnert sie sich der gemeinsamen Liebe und ihrer verlorenen Hoffnungen. Als Carlos kommt, mahnt sie ihn, stets an das Opfer Posas zu denken und sein Leben in den Dienst der Befreiung Flanderns zu stellen. Sie macht ihm Mut – in einer besseren Welt werden sie sich wiedersehen. Plötzlich treten Philipp, der Großinquisitor und die Angehörigen des Heiligen Offiziums auf, um Carlos dem Inquisitionstribunal auszuliefern. [Gegen den Fluch Philipps, des Großinquisitors und der Mönche auf den Ketzer, Rebellen und Verräter rufen Carlos und Elisabeth Gott als Richter an.] Aber bevor die Wachen Carlos festnehmen können, öffnet sich das Gitter, der Mönch erscheint – es ist Karl V. mit Mantel und Königskrone – und zieht den Verwirrten ins Kloster. Alle erstarren voller Schrecken.

Textdichtung und stilistische Stellung
Der auf ein französisches Libretto komponierte ›Don Carlos‹ nimmt in Verdis Opernschaffen einen Ausnahmerang ein. Es ist wohl das dramatisch ambitionierteste und musikalisch reichhaltigste unter allen seinen Bühnenwerken, überdies die einzige seiner vier Schiller-Vertonungen, die dem Geist des Schauspiels Gerechtigkeit widerfahren läßt, ohne die Vorlage lediglich zu plündern oder ihr gar politisch die Zähne zu ziehen. Schillers »dramatisches Gedicht«, auf dessen Bearbeitung sich Verdi und seine beiden Librettisten Joseph Méry (1797–1866) und Camille du Locle (1832–1903), der nach Mérys Tod die Arbeit allein zu Ende führte, schnell einigten, bot – als Liebes- und Familiendrama in den Dimensionen einer politischen Tragödie – die ideale Vorlage für eine fünfaktige Grand opéra. Hinzu kamen Ergänzungen aus anderen Quellen. Der I. Akt folgt dem Drama ›Philippe II, Roi d'Espagne‹ des auch als Librettisten hervorgetretenen Dramatikers Eugène Cormon (1810–1903), die Massenszene des Autodafé der bildlichen Darstellung einer Ketzerverbrennung, die 1559 in Valladolid stattgefunden hat. Selbst das »Ballet de la reine« ›La Pérégrina‹ im III. Akt ist keine Einlage, sondern für das Verständnis der Handlung unverzichtbar (Verdi hat es zwar in der Fassung 1884 gestrichen, aber sich niemals grundsätzlich davon verabschiedet). Das Libretto gab Verdi die Möglichkeit, die unmittelbare Sinnlichkeit des italienischen Melodramma mit den spektakulären, aufwendigen Tableaus der französischen Form zu verbinden. Anders als Meyerbeer vertonte er aber keinen geschichtsphilosophischen Ideendiskurs. In seiner Umformung der Grand opéra vollzieht sich vielmehr eine Gewichtsverlagerung vom Politischen hin auf das Private. Seine Figuren agieren zwar – mit Ausnahme des Großinquisitors – im Bezugsrahmen der Politik, aber aus privaten Motiven. Durch diesen Kunstgriff der Personalisierung und Emotionalisierung gelingt es Verdi, vor allem in der die Rückbindung an Schiller verstärkenden Überarbeitung von 1884, hinter den Figuren die gesellschaftlichen Konflikte aufscheinen zu lassen und im Persönlichen das Politische zu entziffern. Zwar gibt es auch in ›Don Carlos‹ noch Soloszenen ohne unmittelbare Handlungskonsequenz – das Cantabile des Königs im IV. Akt, die Arie der Königin im V. Akt –, die allerdings die emotionale Befindlichkeit der Figuren auf musikalisch unerhört eindringliche Weise vertiefen. Im Monolog Philipps vertont Verdi keine geschlossene Arie mehr, sondern eine musikalische Szene, die zwanglos zwischen Parlato, Declamato und Cantabile wechselt. Die Arien von Eboli, Carlos und Posa (mit Ausnahme der Doppelarie im IV. Akt, die nochmals eine Cabaletta enthält) folgen dagegen einfacheren, strophischen Formen und fügen sich auf diese Weise dramaturgisch passend in das höfische Ambiente der Handlung.

Charakteristisch für ›Don Carlos‹ ist allerdings eine Duett-Dramaturgie, die mit Ausnahme von Posa und dem Großinquisitor die Hauptpersonen der Handlung miteinander konfrontiert. Bei der Überarbeitung hat Verdi gerade diese diskursiven Züge der musikalisch-szenischen Dramaturgie verstärkt. Das gilt vor allem für das zentrale Duett der politischen Auseinandersetzung zwischen Philipp und Posa im II. Akt, das erst jetzt seine Form eines dramatischen Dialogs fand, in der die Musik dem Gedankendiskurs folgt. Um die gegensätzlichen Positionen der beiden auch emotional schärfer voneinander abzugrenzen, bricht Verdi die geschlossene Periodik auf und bedient sich einer gestischeren Melodik sowie eines kontrastreicheren, harmonisch farbigeren Orchestersatzes als in der früheren Fassung. Gleiches gilt für die Auseinandersetzung Philipps mit dem Großinquisitor. Bei Schiller steht sie ganz am Ende des Dramas. Bei Verdi folgt sie unmittelbar auf den Monolog Philipps zu Beginn des III. Aktes, ist das Herzstück des Ideendramas und war für ihn die wichtigste Szene nach dem Autodafé. Verdi sprengt auch hier die geschlossene Form des Duetts und schreibt einen dem Schauspiel angenäherten Dialog über einem vom Orchester geführten musikalischen Satz. Allein schon durch die außergewöhnliche Instrumentation verleiht er dem Auftritt des eisigen Realpolitikers ein Kolorit des Unheimlichen. Auch das Liebesdrama des unglücklichen Paars Elisabeth/Carlos vollzieht sich in Form von Duetten. Besonders das letzte von ihnen, das zwischen Exaltation und weltenthobener Resignation schwankende Abschiedsduett im V. Akt, demonstriert, wie Verdi bei der Überarbeitung durch chromatische Ausreizung und agogische Rückungen der instrumentalen Mittelstimmen, in denen sich schon der expressive Spätstil des ›Otello‹ andeutet, die Musik und damit zugleich das Drama bereichert. Die Musik beschwört hier eine Metaphysik des Abschieds, wie man ihr in der Operngeschichte nicht allzu häufig begegnet. Elisabeth und Carlos sind schon der Welt entrückt, noch ehe das Verhängnis sie ereilt.

Imposante szenische Tableaus finden sich fast in jedem Akt. Von ihnen hat Verdi bei der Überarbeitung nur die Autodafé-Szene mit der Ketzerverbrennung ohne jede Änderung übernommen, den Volksaufruhr nach dem Tod Posas dagegen radikal verkürzt und den Schluß der Oper, das Inquisitionsgericht mit der Erscheinung des Mönchs in Gestalt Karls V., völlig neu gefaßt. Gerade in der Autodafé-Szene ist es ihm gelungen, durch die Konfrontation von Philipp und Carlos Massenspektakel und Drama nahtlos miteinander zu verschmelzen. Carlos trägt den Konflikt mit seinem Vater an die Öffentlichkeit – im offenen Aufruhr vor versammeltem Volk. Auf diese Weise verbindet Verdi das finstere Ritual der Ketzerverbrennung und die imperiale Machtentfaltung der Kirche mit der persönlichen Konfrontation. Die große Autodafé-Szene ist – trotz ihrer Anlehnung an die Krönungsszene von Meyerbeers ›Le Prophète‹ mit der Mutter-Sohn-Konfrontation – so vielfältig in ihren musikdramaturgischen Mitteln abgestuft, daß man Verdis Überzeugung versteht, sie sei »ohne jeden Zweifel das beste Stück in der Oper«. Mit der Auflockerung der starren Periodik, der Überwindung der kurzatmigen melodischen Phrasenbildung zugunsten einer weitausschwingenden deklamatorischen Melodik, der subtilen Koloristik des Holz- und Blechbläsersatzes, der Bevorzugung dunkler Klangfarben und einer chromatisch reicheren Harmonik gelingt Verdi in ›Don Carlos‹ die Herausbildung eines epischen Stils, der Wagners Ideal der »musikalischen Prosa« eigenständig und künstlerisch gleichberechtigt zur Seite tritt.

Geschichtliches

›Don Carlos‹ war, nach ›Jérusalem‹ (1847) und ›Les Vêpres siciliennes‹ (1855), Verdis dritter Versuch, auf der Bühne der Pariser Opéra zu reüssieren. Obwohl er sich der Schwierigkeiten bewußt war, reizte ihn der Auftrag, für das Haus zu schreiben, mit dessen künstlerischen und aufführungstechnischen Standards damals kein anderes Theater in Europa konkurrieren konnte. Als Vorbild schwebten Verdi die Opern Meyerbeers vor, insbesondere ›Le Prophète‹ (1849) mit seiner von ihm bewunderten Krönungsszene, obwohl die Form der fünfaktigen Grand opéra damals bereits überholt war. Im Verlauf der langwierigen und schwierigen Proben wurden Teile der ursprünglichen Partitur ausgeschieden. Rücksichten auf die Rivalität der beiden Primadonnen und die Zensur, die Andeutungen auf das ehebrecherische Verhältnis Philipps zu Eboli untersagte, führten zu zusätzlichen Strichen. Nach den beiden Generalproben wurden in aller Eile weitere Teile des immer noch zu langen Werkes, so fast die gesamte Introduktion des I. Aktes, geopfert. Insgesamt acht zum Teil ausgedehnte Passagen fielen auf diese Weise den Zwängen des Pariser Theaterbetriebs zum Opfer. Die Uraufführung am 11. März 1867 bescherte dem Werk einen großen, wenn auch nicht unbestrittenen Erfolg. Dennoch verschwand ›Don Carlos‹ nach 43 Aufführungen noch im selben Jahr aus dem Spielplan der Opéra und wurde dort erst 1963 wieder aufgeführt. Das Werk verbreitete sich nur langsam und wurde immer wieder durch weitere

Striche, die vor allem den I. Akt und das Ballett betreffen, entstellt.

Um dieser Willkür Einhalt zu gebieten, aber auch um für die von ihm erkannten dramaturgisch-musikalischen Schwächen Abhilfe zu schaffen, entschloß Verdi sich 1882/83 zu einer grundlegenden Neufassung. Fast die Hälfte der ursprünglichen Partitur fiel dem Rotstift zum Opfer; der verbleibende Rest wurde einer radikalen Überarbeitung unterzogen, in deren Verlauf fast ein Drittel der Musik neu komponiert wurde. Auch diese am 10. Januar 1884 an der Mailänder Scala uraufgeführte vieraktige Fassung ist eine französische Oper, denn Verdi vertonte alle neuen oder neu gefaßten Passagen auf französische Verse. (Die heute weltweit aufgeführte italienische Version ist eine bloße Übersetzung, die mit der Komposition nicht das Geringste zu tun hat.) Aber selbst dies war noch nicht sein letztes Wort: Für die Aufführung in Modena am 29. Dezember 1886 akzeptierte er die Ergänzung der vieraktigen Fassung – von der er selbst sagte, sie sei »besser [...], kürzer und gehaltvoller« – durch den in Mailand ersatzlos gestrichenen I. Akt, also den einzigen Akt, an dem er seit 1867 nichts verändert hatte, und ließ diese Version auch veröffentlichen. Seit der Publikation des gesamten Materials durch Ursula Günther 1974 stehen also drei Fassungen zur Verfügung: die der Uraufführung von 1867 (gegebenenfalls unter Einbeziehung der im Probenprozeß gestrichenen Teile), die vieraktige Mailänder Fassung von 1884 und die fünfaktige Modena-Fassung von 1886. Allemal handelt es sich um eine französische Oper – eine Tatsache, die sich in der Theaterpraxis wie im Bewußtsein des Publikums noch immer nicht durchgesetzt hat.

U. S.

Aida

Oper in vier Akten. Verse von Antonio Ghislanzoni nach einem Handlungsentwurf von Auguste Mariette und einem Szenarium von Camille du Locle und Giuseppe Verdi.

Solisten: *Aida*, eine äthiopische Sklavin (Dramatischer Sopran, auch Jugendlich-dramatischer Sopran, gr. P.) – *Amneris*, Tochter des Königs von Ägypten (Mezzosopran, gr. P.) – *Radamès*, Hauptmann der Palastwache (Jugendlicher Heldentenor, auch Heldentenor, gr. P.) – *Amonasro*, König von Äthiopien und Vater Aidas (Heldenbariton, m. P.) – *Ramfis*, Oberpriester (Seriöser Baß, m. P.) – *Der König von Ägypten*, Vater von Amneris (Seriöser Baß, auch Charakterbaß, m. P.) – *Eine Oberpriesterin* (Sopran, auch Mezzosopran, kl. P.) – *Ein Bote* (Tenor, kl. P.).
Chor: Wachen – Minister – Priester – Priesterinnen – Hauptleute – Sklavinnen – Volk von Ägypten – Ägyptische Krieger – Offiziere – Äthiopische Gefangene – Fächerträger – Standartenträger.
Ballett: Priesterinnen – Kleine Mohrensklaven – Tänzerinnen.
Ort: In Memphis und Theben.
Schauplätze: Saal im Königspalast zu Memphis – Im Innern des Vulkantempels zu Memphis – Saal in Amneris' Gemächern – Vor einem Tor der Stadt Theben – Am Ufer des Nils, oben auf den Felsen der Tempel der Isis, sternenhelle Nacht – Saal im Königspalast, links eine große Tür, die in einen unterirdischen Gerichtssaal führt – Die Bühne ist in zwei Stockwerke geteilt: oben das Innere des Vulkantempels, unten ein unterirdisches Gewölbe.
Zeit: Zur Zeit der Herrschaft der Pharaonen.
Orchester: 3 Fl. (III. auch Picc.), 2 Ob., Eh., 2 Kl., Bkl., 2 Fag., 4 Hr., 2 Trp., 3 Pos., Cimbasso (auch Bt.), P., Schl., 2 Hrf., Str. – Bühnenmusik auf der Szene: 6 »ägyptische« Trp., 2 Hrf., Banda; unterhalb der Szene: 4 Trp., 4 Pos., gr. Tr.
Gliederung: Vorspiel und 18 Musiknummern.
Spieldauer: Etwa 2¾ Stunden.

Handlung

Der Oberpriester Ramfis informiert Radamès, den jungen Hauptmann der Palastwache, über die Bedrohung Ägyptens durch die Äthiopier. Die Göttin Isis hat den Heerführer bereits benannt. Radamès hofft, daß ihn das Orakel zum Anführer bestimmt. Wenn sein Traum sich erfüllt, will er Aida, die als äthiopische Sklavin am Pharaonenhof lebt und die er heimlich liebt, den Siegerkranz aufs Haar setzen. Aber auch die ägyptische Königstochter Amneris liebt ihn. Mißtrauisch und eifersüchtig argwöhnt sie, Aida könnte ihre Rivalin sein. Beide Frauen verstellen sich, Radamès aber fürchtet die Entdeckung seiner Liebe. Der Hof versammelt sich: Ein Bote überbringt die Nachricht, daß die Äthiopier in Ägypten eingefallen sind. Der König verkündet den Krieg und ernennt Radamès zum Heerführer. Kriegsbegeisterung flammt auf. Ramfis, Radamès und die Priester brechen zum Vulkantempel auf. In den Ruf von Amneris, Radamès möge als Sieger heimkehren, stimmen alle ein, auch Aida, die sich des furchtbaren Konflikts zwischen ihrer Liebe zu Radamès und zu ihrem Vaterland bewußt wird. Sie begreift, daß nur der Tod sie aus ihrer ausweglosen Lage befreien kann. – Im Innern des Vulkantempels hört man den Gesang der Priesterinnen. Ramfis und Radamès beten zur Gottheit Phtà. Radamès tritt zum Altar, begleitet vom heiligen Tanz der Priesterinnen, schwört, der Hüter und Rächer Ägyptens zu sein, und erhält die heiligen Waffen.

Die Äthiopier wurden vom ägyptischen Heer besiegt. Amneris ist von Sklavinnen umgeben, die sie zur Siegesfeier ankleiden. Als Aida hinzutritt, verstellt sie sich mit geheucheltem Mitgefühl und entlockt Aida das Geheimnis ihrer Liebe zu Radamès. In der Verwirrung nimmt Aida die Herausforderung an, Rivalin der Pharaonentochter zu sein, ehe sie sich Mitleid heischend wieder beherrscht. Klänge hinter der Szene kündigen die Siegesfeier an, zu der die Sklavin Amneris begleiten muß. – Vor den Toren Thebens feiert die Bevölkerung die Rückkehr der Truppen. Unter Fanfarenklängen marschiert das siegreiche Heer an König und Hofstaat vorbei. Der König begrüßt Radamès als »Retter des Vaterlandes« und schwört als Dank, ihm an diesem Tag jeden Wunsch zu erfüllen. Radamès läßt zunächst die dem Tode geweihten Gefangenen vorführen, unter denen Aida ihren Vater Amonasro erkennt. Es gelingt ihm, sich als einfachen Krieger auszugeben und den ägyptischen König davon zu überzeugen, daß der König der Äthiopier gefallen ist – Grund genug, Milde und Erbarmen walten zu lassen. In die Bitte der Gefangenen um Freiheit stimmt auch das ägyptische Volk ein. Nur die Priester fordern unerbittlich den Tod der Feinde. Radamès erinnert den König an sein Versprechen und bittet um Leben und Freiheit für die Gefangenen. Der König folgt dem Rat von Ramfis, Aida und Amonasro als Geiseln zurückzubehalten, alle übrigen aber freizulassen. Als Lohn für seine Dienste verspricht der König Radamès die Hand seiner Tochter Amneris. Vom allgemeinen Jubel ausgeschlossen sind nur Aida, Amonasro und Radamès: Aida sieht sich am Ende aller ihrer Hoffnungen, Amonasro sinnt auf Rache, Radamès beharrt auf seiner Liebe zu Aida.

Am Ufer des Nils wird Amneris in sternenheller Nacht von Ramfis zum Isistempel geleitet, in dem sie am Vorabend ihrer Hochzeit um den Segen der Göttin beten will. In unmittelbarer Nähe erwartet Aida Radamès. Sollte ihre Befürchtung eines letzten Abschieds zutreffen, so ist sie entschlossen, sich in den Nil zu stürzen. Mit Wehmut gedenkt sie ihrer Heimat, die sie nicht wiedersehen wird. Statt Radamès tritt überraschenderweise ihr Vater auf. Er plant einen neuen Heerzug gegen Ägypten. Er will Aida dazu benutzen, Radamès die ägyptischen Marschpläne zu entlocken. Als Aida sich weigert, verflucht er sie. Im Gedenken an das besiegte und erniedrigte Vaterland willigt sie schließlich ein. Als Radamès auftritt, versucht sie ihn von der Unmöglichkeit ihrer Liebe zu überzeugen. Aber Radamès glaubt, nach einem erneuten Sieg den ägyptischen König um die Hand Aidas bitten zu können. Aida überzeugt ihn von der Naivität dieses Plans und überredet den Zögernden, gemeinsam mit ihr zu fliehen. Um ihm die Rückkehr abzuschneiden, entlockt sie ihm den Marschweg der ägyptischen Truppen. Auf dieses Stichwort tritt Amonasro aus seinem Versteck hervor und Radamès erkennt voller Bestürzung, daß er seinen Eid gebrochen hat. Ehe Aida und Amonasro ihn mit sich ziehen können, kommen Ramfis und Amneris aus dem Tempel zurück. Radamès hindert Amonasro daran, Amneris zu ermorden. Er verhilft Aida und Amonasro zur Flucht, dann stellt er sich freiwillig den Wachen.

Radamès ist des Hochverrats angeklagt. Amneris, die ihn noch immer liebt, unternimmt einen letzten Versuch, ihn vor dem Tod zu retten. Aber Radamès sieht keinen Sinn mehr im Leben. Nachdem er erfährt, daß Aida lebt und nur Amonasro auf der Flucht getötet wurde, ist er entschlossen, für seine Liebe zu sterben. Während die Priester ihre Vorbereitungen zum Gericht treffen, verwünscht Amneris ihre Eifersucht. Da Radamès zu allen Fragen des unterirdisch tagenden Gerichts schweigt, wird er zum Tod durch Einmauern verurteilt. Amneris beschimpft die aus dem Gewölbe zurückkehrenden Priester. – Radamès ist von den Priestern im unterirdischen Gewölbe lebendig eingemauert worden und erwartet den Tod. Seine letzten Gedanken gelten Aida. Da hört er Seufzer und Geräusche. Es ist Aida, die sich in dem Gewölbe versteckt hat, weil sie gemeinsam mit Radamès sterben will. Verzweifelt und vergeblich versucht er, den Stein zu verrücken. Unter den Gesängen der Priesterinnen, die aus dem Innern des Tempels erklingen, nehmen Aida und Radamès Abschied vom Leben. Von oben wirft Amneris sich auf den Stein, der das Gewölbe verschließt, und fleht mit tränenerstickter Stimme um Frieden für Radamès.

Textdichtung und stilistische Stellung
Grundlage des Librettos war ein Prosaentwurf des französischen Ägyptologen Auguste Mariette, den Camille du Locle, der Textdichter von ›Don Carlos‹, im Mai 1870 an Verdi schickte. Er belegt nicht nur Mariettes wesentlichen Anteil an der Oper, sondern macht auch verständlich, warum Verdi, der zuvor dem ägyptischen Angebot, eine Oper für Kairo zu komponieren, ablehnend gegenübergestanden hatte, sich nun innerhalb weniger Tage zur Annahme entschloß. Blitzartig scheint ihm klar geworden zu sein, daß sich ihm hier die einmalige Chance bot, ein »Werk aus einem Guß« zu schaffen. Der Auftrag ließ ihm erstmals in seiner gesamten bisherigen Theaterlaufbahn freie Hand, eine Oper nach seinen eigenen Vorstellungen zu schaffen – ohne Rücksicht auf Theaterdirektoren, Zensureingriffe, tatsächliche Sänger- und angebliche Publikumswünsche. Wesentliche Änderungen an Mariettes Entwurf gehen auf Verdi selbst zurück, so Introduktion und Romanze des Radamès im I. Akt, die Zweiteilung des II. Aktes, Anfang und Schluß des III. Aktes sowie die Zweiteilung der Bühne im Schlußbild. Und erst Verdi gab Amneris die letzten Worte. Antonio Ghislanzoni, den er als Mitarbeiter gewann, hatte nur noch die Aufgabe, das von ihm in Zusammenarbeit mit du Locle verfaßte Prosa-Libretto in Verse zu setzen – eine Arbeit, über deren Fortgang wir durch den Briefwechsel der beiden aufs Genaueste informiert sind. Er gewährt Einblick nicht nur in viele Details der Entscheidungen hinsichtlich der szenischen Struktur und musikalischen Anlage, sondern auch in die Prinzipien von Verdis musikdramatischen Vorstellungen. Szenische Schlagkraft und Originalität der Situationen sind dabei die wichtigsten Kriterien. Dabei kommt er auf die viel zitierte Definition der »parola scenica« zu sprechen: »Ich verstehe darunter das Wort, das die Situation erfaßt und sie klar und deutlich wiedergibt« (Brief vom 17. August 1870). Daneben läßt Verdi sich über du Locle und Ricordi historische und geographische Auskünfte besorgen und beschäftigt sich mit der Religion und der Musik der alten Ägypter, hat davon aber letzten Endes außer der sogenannten Aida-Trompete, die eigens nach seinen Angaben für die Bühnenmusik des Triumphmarsches konstruiert wurde, nichts für das Lokalkolorit der Oper verwendet. Die orientalisierenden Anklänge der Musik sind gut europäisch und folgen der seit Félicien David vor allem in Frankreich verbreiteten Mode.

Verdi war von der szenischen Wirkung und Originalität sowie der musiktheatralischen Eignung des Sujets sofort überzeugt. Mit seinem unerbittlichen Gegensatz von Liebe und Gesetz, seinem ausweglosen Zusammenstoßen des individuellen Glücksverlangens mit dem Machtkartell von Staat und Kirche, seiner Zwickmühle einer doppelten Beziehungsfalle – Radamès einerseits zwischen Aida und Amneris, Aida andererseits zwischen Radamès und Amonasro stehend – erscheint der Stoff wie der Schlußstein jener dramatischen Konstellation, jenes »ewigen Dreiecks«, das Verdi seit seinen ersten Schritten auf der Opernbühne in immer neuen Abwandlungen gestaltet hat. Werkgeschichtlich bedeutet ›Aida‹, nach dem französischen ›Don Carlos‹ (1867), die endgültige Synthese von italienischer und französischer Form. Hier ist es Verdi gelungen, die Tableaus der Massen- und Ballettszenen der französischen Form bruchlos mit der Individualdramaturgie der italienischen Nummernoper zu verschmelzen. Die nahtlose Einheit von Musik und Szene ist es, die ›Aida‹ unter den Opern seiner dritten Schaffensperiode hervorhebt und zu einem darin vergleichslosen Meisterwerk macht. Wie stets hat Verdi auf die zwingende Motivierung der szenischen Situation den allergrößten Wert gelegt. Der die Handlung der Oper bestimmende Antagonismus von Liebe und Macht klingt unüberhörbar schon im instrumentalen Vorspiel an. Dramaturgisch aufs Genaueste charakterisiert sind auch die tragenden Figuren. Gleich bei seinem ersten Auftreten wird Radamès als ein der Wirklichkeit enthobener Träumer charakterisiert. Die beiden Leidenschaften seines Lebens, der Kampf und die Liebe zu Aida, spiegeln sich in der Musik wider. In Mariettes Entwurf ist Amneris eine Furie, bei Verdi, der diese Figur aufgewertet hat – schließlich macht sie als einzige der Hauptpersonen eine Entwicklung durch –, eine liebende, nicht minder von Angst und Qualen heimgesuchte Frau als Aida. Wie Radamès unterliegt auch sie der tragischen Selbstverblendung der Liebe. Zerrissen zwischen der Liebe zu Radamès und ihrem Vaterland ist auch Aida, die schon am Ende ihres sehr frei gestalteten Solos im I. Akt keinen anderen Ausweg als den Tod sieht. Amonasro entpuppt sich als gewissenloser Machtpolitiker, der seine Tochter für seine Pläne psychisch unter Druck setzt. Wie stets charakterisiert Verdi seine Figuren in und durch Gesang, den er in ›Aida‹ durch eine avancierte Harmonik sowie eine subtil differenzierte Instrumentation unterfüttert.

Im Zentrum der musikalischen Gesellschaftsanalyse steht die große Triumphszene. Die Siegesfeier für die ägyptischen Truppen und ihren Feldherrn Radamès stellt zugleich den Rahmen für einen herausgehobenen Augenblick des individuellen Dramas: die Wiederbegegnung Aidas mit ihrem gefangengenommenen Vater Amonasro. Dabei übertreffen der szenische Prunk wie der musikalische Aufwand des Triumphmarsches selbst den der Autodafé-Szene in ›Don Carlos‹. Eigens aus diesem Anlaß ließ Verdi die sechs ägyptischen Aida-Trompeten konstruieren, die auf der Bühne geblasen werden. Bei aller affirmativen Überwältigung aber sollte der einkomponierte kritische Widerhaken nicht übersehen werden: Der Triumphmarsch ist zugleich ein Antitriumphmarsch, bei dem Verdi weder auf der Seite des siegreichen ägyptischen Aggressors noch auf der der unterlegenen Äthiopier steht, die beide einer gleichermaßen verbrecherischen Kriegsführung überführt werden. Als einziger unter den Zeitgenossen scheint der Wiener Kritiker Eduard Hanslick den unfröhlichen, finsteren Unterton der Triumphszene herausgehört zu haben. Hanslick war es auch, der im »ägyptischen Kostüm« eine den Zeitumständen geschuldete Äußerlichkeit und nicht die Essenz des Werkes sah. Verdi ging es bei den orientalisierenden Anklängen der Musik nicht um eine Abbildung fremder Kulturen, sondern um die schonungslose Repräsentation von Machtverhältnissen, die – das beweist seine Reaktion auf den während der Arbeit an der Oper im Juli 1870 ausgebrochenen Deutsch-Französischen Krieg – trotz der ägyptischen Konkretion präzise aus der Psychologie der eigenen Zeitgenossen entwickelt ist.

Ähnliche Sorgfalt verwandte Verdi auf den III. Akt. Neben der Szene im Arbeitszimmer des Königs am Beginn des IV. Aktes von ›Don Carlos‹ und der 1881 neu komponierten Ratsszene der Zweitfassung von ›Simon Boccanegra‹ gehört der Nil-Akt – Verdi selbst hielt ihn für den besten der Oper – zum Geschlossensten, das er als Musikdramatiker geschaffen hat. Nach den spektakulären Massenszenen der beiden ersten Akte konzentrieren Handlung und Musik sich in den beiden Schlußakten fast ganz auf die Innenwelt, die Psyche der Figuren. Von der flirrenden Klangfarbenkunst, mit der Verdi zu Beginn die Stimmung einer Mondnacht am Nilufer andeutet, bis zum erregten Ende spannt sich ein ununterbrochener musikalischer Bogen, der die einzelnen Formen und Nummern geradezu aufsaugt. Daß der ganze III. Akt – wie Verdi Ricordi gegenüber behauptete – »eine einzige Szene, und folglich eine einzige ›Nummer‹« sei (Brief vom 26. August 1871) stimmt freilich nicht. Während das Duett Aida/Amonasro, das ohne Abrundung unmittelbar in die Begegnung Aida/Radamès übergeht, die Standardform vermeidet, schließt er das Duett Aida/Radamès – wie übrigens auch das Duett Amneris/Radamès im IV. Akt, dieses allerdings mit einer eigenen Melodie für Radamès' solistische Strophe – mit einer schulgerechten Cabaletta. Und selbst im additiv geformten Schlußduett nehmen Aida und Radamès in resignativer Todesergebenheit mit einer langsamen, ätherischen Cabaletta Abschied vom Leben.

Nicht nur der bis heute anhaltenden Popularität wegen ist ›Aida‹ Verdis ungewöhnlichstes Werk. Außergewöhnlich ist auch die Stimmigkeit der musikalischen Gestalt, ja die Bruchlosigkeit, mit der sie ein geschlossenes, gleichsam durchkomponiertes Werk vorspiegelt. Man hat ›Aida‹ deswegen oft mit Wagner verglichen. Aber die zahlreichen wiederkehrenden Motive haben trotz der strukturellen Verdichtung, mit der Verdi sie behandelt, mit Wagners Leitmotiven und ihrer musikalischen Verarbeitung nichts gemein, sondern sind Erinnerungsmotive, wie sie die Operngeschichte seit dem Ausgang des Barock kennt. ›Aida‹ ist noch immer eine traditionelle Nummernoper. Gewiß, Verdi dehnt die überkommenen Formen und behandelt sie oft in freier, phantasievoller Form, die sich dem dramatischen Augenblick unterordnet. Im ganzen aber weisen der musikalische Bau der einzelnen Bilder und die formale Durchstrukturierung der einzelnen Nummern – von sechs Duetten etwa folgen vier der vierteiligen, auf Rossini zurückgehenden Disposition – eher auf die Werke der mittleren Jahre zurück als auf das Alterswerk voraus. In ›Aida‹, einer Oper, die er selbst wie sein Publikum für mehr als ein Jahrzehnt als sein letztes Wort begriffen hat, vollzieht Verdi die endgültige, abschließende Synthese von französischer Grand Opéra und italienischem Melodramma. Damit ist

›Aida‹ zugleich der Kulminationspunkt der romantischen italienischen Oper.

Geschichtliches
Im August 1869 hatte Verdi das Angebot abgelehnt, zur Eröffnung des Suezkanals eine Hymne zu schreiben. Im Mai 1870 nahm er den Auftrag zur ›Aida‹ an, so daß die Direktiven des Khediven (Vizekönigs) Ismail Pascha, im Falle einer erneuten Absage Verdis Gounod oder Wagner zu gewinnen, fallen gelassen werden konnten. Er trat dem Auftraggeber nur die Rechte zur Aufführung in Ägypten ab; alle übrigen Rechte verblieben bei ihm. Im Gegenzug erhielt er 150.000 französische Goldgulden, das höchste je bis dahin für eine Oper bezahlte Honorar, wobei er seinen Partnern einschärfte, die Höhe der Summe geheimzuhalten. Die Produktion in Kairo wurde mit großem Aufwand vorbereitet. Mariette, der 1867 den ägyptischen Pavillon auf der Pariser Weltausstellung entworfen hatte, verwirklichte mit der Szenographie, den Bühnenbildern und Kostümen die zeitgenössischen Vorstellungen vom alten Ägypten. In dieser – und nur in dieser – Hinsicht ist ›Aida‹ ein Produkt der europäischen Ägyptomanie, des kulturellen Imperialismus im wissenschaftlich-archäologischen Gewand. Wegen des Deutsch-Französischen Krieges mußte die für Januar 1871 geplante Uraufführung auf den 24. Dezember 1871 verschoben werden.

Dies gab Verdi die Möglichkeit, im August 1871 nochmals kleinere Retuschen an der fertigen Partitur sowie eine wesentliche Ergänzung, die Nachkomposition von Aidas dramatisch bedeutsamer Romanze zu Beginn des 3. Aktes vorzunehmen. Die Kairoer Premiere wurde ein triumphaler Erfolg. Verdi war nicht anwesend und hat sich von dem Presserummel distanziert. Er selbst bereitete die europäische Erstaufführung der Oper an der Mailänder Scala am 8. Februar 1872 mit aller Energie vor und kümmerte sich um jede musikalische wie szenische Einzelheit. Auch diese Premiere – das von Giulio Ricordi erstellte Regiebuch hält die Inszenierung und Personenführung fest – endete mit einem Triumph für Werk und Aufführung. Eine ausgedehnte Ouvertüre, die er für Mailand komponierte, zog er noch während der Proben wieder zurück.

Verdi erlaubte weitere Aufführungen zunächst nur an Theatern, von denen er sich sicher war, daß sie über die nötigen orchestralen, chorischen und szenischen Voraussetzungen verfügten. Er selbst studierte das Werk in Parma und Neapel ein, wiederum wie in Mailand mit Teresa Stolz und Maria Waldmann als Aida und Amneris. Später dirigierte er Aufführungen an der Wiener Hofoper (1875), am Théâtre Italien in Paris (1876) sowie in französischer Sprache an der Pariser Opéra (1880), für die er die Ballettmusik in der Triumphszene erweiterte. Auf eine der Rezeption der Oper eher abträgliche Weise hat sich dabei die von Mariette inaugurierte szenische Ägyptomanie mit der Musik Verdis verbunden. Daß Verdis musikalische Dramaturgie selbst schon auf kritische Weise sich mit dem impliziten Exotismus des Sujets auseinandersetzt, haben zuerst die beiden Inszenierungen von Wieland Wagner (Deutsche Oper Berlin 1961) und Hans Neuenfels (Frankfurt am Main 1981), später diejenige von Peter Konwitschny (Graz 1994) aufgezeigt, und damit der Rezeption ganz neue Wege jenseits der pseudohistorischen Ausstattungsorgie gewiesen.

U. S.

Otello

Oper in vier Akten. Dichtung von Arrigo Boito nach William Shakespeare.

Solisten: *Otello,* ein Mohr, Befehlshaber der venezianischen Flotte (Heldentenor, gr. P.) – *Jago,* Fähnrich (Heldenbariton, auch Charakterbariton, gr. P.) – *Cassio,* Hauptmann (Lyrischer Tenor, m. P.) – *Roderigo,* venezianischer Edelmann (Lyrischer Tenor, auch Charaktertenor, m. P.) – *Lodovico,* Gesandter der Republik Venedig (Seriöser Baß, m. P.) – *Montàno,* Vorgänger Otellos als Gouverneur von Zypern (Charakterbaß, m. P.) – *Ein Herold* (Baß, kl. P.) – *Desdemona,* Otellos Gemahlin (Jugendlich-dramatischer Sopran, gr. P.) – *Emilia,* Jagos Gemahlin (Dramatischer Mezzosopran, auch Spielalt, m. P.).
Chor: Soldaten und Matrosen der Republik Venedig – Adlige Damen und Herren aus Venedig – Zypriotisches Volk beiderlei Geschlechts – Griechische, dalmatinische und albanische Soldaten – Kinder von der Insel – Ein Schankwirt – Vier Bedienstete in der Schenke – Bootsmannschaft (gr. Chp.).

Ort: Eine Hafenstadt auf Zypern.
Schauplätze: Platz vor dem Kastell, eine Schenke mit Lauben, im Hintergrund Hafenanlagen und das Meer – Ein Saal zu ebener Erde im Kastell, eine Fensterwand trennt ihn von einem großen Garten, ein Erker – Der große Saal im Kastell, rechts ein breiter Säulengang, der an einen Saal kleineren Ausmaßes stößt, im Hintergrund des Saals ein Erker – Gemach der Desdemona mit Bett, Betstuhl, Tisch, Spiegel, Sessel, eine Lampe hängt brennend vor dem Madonnenbild über dem Betstuhl, rechts eine Tür, Nacht, auf dem Tisch brennt ein Licht.
Zeit: Ende des 15. Jahrhunderts.
Orchester: 3 Fl. (III. auch Picc.), 2 Ob., Eh., 2 Kl., Bkl., 4 Fag., 4 Hr., 2 Kornette, 2 Trp., 3 Pos., Bpos., P., Schl., 2 Hrf., Str. – Bühnenmusik: Mandoline, Gitarre, Sackpfeife oder 2 Ob., Tamburin (auf der Szene); 2 Pistons in Es oder Kornette in C, 6 Kornette in B, 2 Trp. in Es, 3 Althörner in Es, 3 Pos., Org., Kanone (hinter der Szene).
Gliederung: Durchkomponierte musikalische Großform.
Spieldauer: Etwa 2 Stunden 10 Minuten.

Handlung

Voller Angst erwartet eine Menschenmenge die Ankunft von Otellos Schiff. Jago hofft, daß es samt seinem Befehlshaber zugrunde geht. Schließlich erreicht es den Hafen, die Menge jubelt, Otello erscheint, verkündet den Sieg über die türkische Flotte und geht, gefolgt von Cassio, Montano und den Soldaten, ins Kastell. Während die Menge beim auflodernden Feuer den Sieg feiert, zieht Jago Roderigo ins Vertrauen. Er haßt Otello, weil dieser Cassio statt seiner befördert hat, sinnt auf Rache und sichert Roderigo, der einst von Desdemona abgewiesen wurde, aber weiterhin in sie verliebt ist, seine Hilfe zu. Cassio kehrt zurück. Obwohl er zunächst ablehnt, verleitet ihn Jago zum Trinken. Roderigo, von Jago angestachelt, provoziert Cassio, der Betrunkene zieht seinen Degen und verwundet Montano, der den Streit schlichten will. Jago läßt Sturm läuten, bis der vom Lärm alarmierte Otello auftritt. Als Otello sieht, daß Montano verwundet ist, degradiert er Cassio und schickt Jago mit dem Auftrag, die Ruhe wiederherzustellen, in die aufgeschreckte Stadt. Inzwischen hat der Aufruhr auch Desdemona geweckt. Nachdem alle abgegangen sind, versichern sich Otello und Desdemona ihrer Liebe.

Jago rät Cassio, Desdemona zu bitten, sich für seine Begnadigung bei Otello einzusetzen. Sobald Jago allein ist, bekennt er sich zum Bösen in Worten und Taten. Als er sieht, daß Desdemona und Emilia den Garten betreten, ermuntert er Cassio, Desdemona seine Bitte vorzutragen. Im selben Augenblick kommt Otello und beobachtet, wie Cassio sich von Desdemona entfernt. Jago nutzt die günstige Gelegenheit, um Otellos Mißtrauen zu wecken. Im Hintergrund sieht man, wie Desdemona wieder im Garten erscheint, wo ihr die Bevölkerung der Insel huldigt. Vom Gesang innig bewegt, glaubt Otello nicht, daß Desdemona ihn betrügt, während Jago entschlossen ist, die Harmonie zu zerstören. Desdemona, von Emilia gefolgt, betritt den Saal und bringt Cassios Anliegen vor. Otello reagiert gereizt, gibt vor, daß ihm die Schläfen brennen und wirft Desdemonas Taschentuch, mit dem sie ihm die Stirn kühlen möchte, zu Boden. Emilia hebt es auf. Während Desdemona demütig um Verzeihung bittet, frißt Otello seine erwachende Eifersucht und das Minderwertigkeitsgefühl, ein Schwarzer zu sein, in sich hinein. Gleichzeitig entreißt Jago Emilia das Taschentuch. Nach dem Abgang Desdemonas und Emilias beschließt Jago, das Taschentuch als Liebesbeweis in Cassios Wohnung zu verstecken, während der von Desdemonas Schuld überzeugte Otello von seinen Erinnerungen und seinem Kriegsruhm Abschied nimmt. In rasender Wut verlangt er von Jago sichere Beweise für Desdemonas Untreue. Jago behauptet daraufhin, daß er eines Nachts Zeuge wurde, wie Cassio im Traum Desdemona seine Liebe gestand. Als er dann auch noch berichtet, daß er das Taschentuch – Otellos erstes Liebespfand für Desdemona – in den Händen Cassios sah, kennt Otellos Raserei keine Grenzen mehr. Er schwört schreckliche Rache, Jago bestätigt ihn darin.

Ein Herold verkündet die Ankunft der venezianischen Gesandten. Jago meldet Otello, er habe ein Komplott geschmiedet, das Cassio hierher lockt, wo er ihn dazu bringen will, sich im Gespräch zu verraten. Desdemona betritt den Saal; Otello begegnet ihr mit gespielter Freundlichkeit, schützt ein neuerliches Unwohlsein vor und bittet sie, seine Stirn zu verbinden. Als sie ein Tuch hervorzieht, wünscht er das Taschentuch zu sehen, das er ihr geschenkt hat. Sie kann es nicht vorweisen und kommt statt dessen wieder auf Cassios Bitte zurück. Jetzt gerät Otello in Zorn und bezichtigt sie des Ehebruchs, was sie betroffen zurückweist. Wieder allein bricht Otello, von

inneren Qualen erschüttert, zusammen. Jago und Cassio treten auf, Otello verbirgt sich, um die beiden zu belauschen. Jago verwickelt Cassio in ein Gespräch über seine Geliebte Bianca. Was Otello daraus aufschnappt, bezieht er auf Desdemona. Als Cassio dann auch noch das Taschentuch Desdemonas in Händen hält, das Jago ihm zugespielt hat, braucht Otello keinen weiteren Beweis mehr für Desdemonas Untreue. Trompetensignale und ein Kanonenschuß künden die Landung der venezianischen Gesandten an. Cassio verschwindet schnell. Otellos Entschluß ist gefaßt: Er wird Desdemona töten – nicht mit Gift, sondern sie in ihrem Bett erwürgen, wie Jago rät, den er dafür zu seinem Hauptmann ernennt. Lodovico übergibt Otello die Botschaft des Dogen. Während dieser liest, fragt er nach dem abwesenden Cassio. Auf Jagos Mitteilung, er sei in Ungnade gefallen, bringt Desdemona erneut ihre Bitte um Begnadigung vor. Otello bedroht zum Schrecken aller Anwesenden Desdemona, läßt aber gleichzeitig Cassio rufen und teilt mit, daß der Doge ihn, Otello, nach Venedig zurückberufe und Cassio zu seinem Nachfolger ernannt habe. Danach verliert er vollends die Beherrschung und stößt Desdemona zu Boden. Während Emilia und Lodovico sich um Desdemona kümmern und die übrigen Anwesenden ihre Erschütterung äußern, zieht Jago Roderigo beiseite und rät ihm, Cassio nachts zu ermorden. Als Otello mit furchtbarer Drohung Desdemona verflucht, fliehen alle vor Entsetzen. Otello wird ohnmächtig. Während Vivat-Rufe hinter der Bühne den Ruhm Otellos verkünden, genießt Jago höhnisch seinen Triumph.
Von bösen Vorahnungen geängstigt erwartet Desdemona Otello. Sie bittet Emilia, auf ihrem Bett ihr Brautkleid auszubreiten. Während Emilia ihr beim Auskleiden hilft, erinnert sie sich eines Liedes, das sie in ihrer Jugend von einer armen Magd namens Barbara gehört hatte. Nachdem Emilia den Raum verlassen hat, kniet Desdemona zum Gebet nieder. Unter Todesahnungen geht sie zu Bett. Otello tritt durch eine geheime Tür ein und küßt die Schlafende dreimal. Beim letzten Kuß erwacht sie. Er fragt, ob sie gebetet habe und eröffnet ihr, daß sie jetzt sterben müsse. Verzweifelt fleht sie um Gnade und weist alle Schuld von sich, doch Otello läßt sich nicht erweichen und erwürgt sie. In diesem Augenblick wird von außen an die Tür geschlagen und Emilia stürzt mit der Nachricht herein, daß Cassio Roderigo erschlagen habe. Da hört sie das Stöhnen der Sterbenden, die behauptet, sich selbst getötet zu haben. Otello widerspricht der Lüge und bekennt sich zu seiner Tat. Auf die Schreie Emilias eilen Lodovico, Cassio, Jago und Montano hinzu. Jetzt klären sich durch das Zeugnis Emilias und Montanos die verbrecherischen Intrigen Jagos auf und die Wahrheit kommt an den Tag. Jago stürzt davon. Otello ist wie vom Blitz getroffen. Als er erkennt, was er angerichtet hat, ersticht er sich mit einem Dolch und stirbt, während er die tote Desdemona ein letztes Mal küßt.

Textdichtung und stilistische Stellung
Verdis ›Otello‹, der heute als Endpunkt der romantischen italienischen Oper gilt, hat die Zeitgenossen zunächst irritiert. Während die einen beklagten, daß Verdi – in Anlehnung an Wagner – hier sein bisheriges, noch in ›Aida‹ wirksames Prinzip der Dominanz der Sänger gegenüber dem Orchester und damit die Tradition des italienischen Melodramma aufgegeben habe, hoben die anderen die strikte Modernität eines weniger in einzelnen Nummern als in ganzen Akten entworfenen und überdies auch harmonisch wie instrumentatorisch avancierten musikalischen Dramas hervor.
›Otello‹ ist keine Literaturoper. Verdi vertont nicht den Text einer Schauspielvorlage, sondern bedarf weiterhin eines Librettos und eines Librettisten. Daß er diesen in dem Dichter-Musiker Arrigo Boito (1842–1918) fand, gehört zu den Glücksfällen der Operngeschichte. Boitos künstlerische Ebenbürtigkeit und seine virtuose Verskunst dürfen nicht darüber hinwegtäuschen, daß auch hier noch immer die bewährten librettistischen Techniken des italienischen Melodramma greifen – nämlich Verknappung der Vorlage, Handlungszuspitzung, dramatische Kontrastierung und, nicht zuletzt, die Einbettung emotionaler Situationen in musizierbare Formen: »Unsere Kunst lebt von Elementen, die der gesprochenen Tragödie unbekannt sind. Eine zerstörte Stimmung kann man wieder von neuem schaffen; acht Takte genügen, ein Gefühl wieder aufleben zu lassen; ein Rhythmus kann eine Figur wieder herstellen. Die Musik ist die allermächtigste aller Künste, sie hat eine ihr eigene Logik, eine schnellere und freiere Logik als die des gesprochenen Gedankens, und eine sehr viel beredtere« (Boito an Verdi).
Altes und Neues, Tradition und Fortschritt durchdringen sich im ›Otello‹ auf außergewöhn-

liche Weise. Boitos Libretto rechnet weiterhin mit musikalisch benutzbaren Formen, ja führt sie zwingend herbei, auch wenn sie in der weitgehend durchkomponierten Partitur nicht mehr als Nummern ausgewiesen sind. Unter der erklingenden Gestalt des Dramas zeichnet sich darum das Skelett einer formalen Anlage ab, die in hohem Maße auf die traditionellen Konventionen zurückgreift. So enthält der I. Akt neben der Chor-Introduktion (Sturmszene) und der in diese integrierten, allerdings aufs Knappste reduzierten Auftrittsszene des Titelhelden noch das Trinklied Jagos und das Liebesduett Desdemona/Otello; der II. Akt neben Jagos Credo und seiner Traumerzählung eine Serenade (den Huldigungschor) sowie – gewiß am überraschendsten – das Racheduett Otello/Jago in Gestalt einer schulgerechten Cabaletta. Der III. Akt umfaßt neben dem Duett Otello/Desdemona und dem Monolog Otellos in Form einer Quasi-Romanze mit dem gewaltigen Pezzo concertato die wohl am komplexesten strukturierte Ensembleszene einer Verdi-Oper überhaupt; der IV. Akt enthält schließlich Desdemonas strophische Kanzone und ihr Gebet sowie mit Otellos Schlußmonolog noch einmal eine der Titelfigur vorbehaltene abschließende Solo-Nummer. Verdi verwendet die gewohnten Formen in den meisten Fällen uneigentlich, sei es, daß er sie bewußt zitiert, sei es, daß er sie vollkommen in den Fortgang der Handlung integriert und, wie den apokalyptischen Seesturm zu Beginn, in dem musikalisch wahrhaft der »jüngste Tag« anbricht, auf neuartige Weise dramatisiert.

Alle drei Hauptfiguren, in denen sich die operntypische Dreierkonstellation aus Held, Unschuld und Bösewicht auf exemplarische Weise verkörpert, sind in ihren Umrissen linearer, straffer, aber auch eindimensionaler entworfen als ihre Vorbilder bei Shakespeare. Komplex und abgründig werden sie erst durch Verdis Musik. Wie bei Shakespeare ist auch bei Boito Jago der eigentliche »Regisseur« des Dramas – derjenige, der agiert, während Otello immer nur emotional reagiert. Sein »Credo« hat Verdi zu einer gezielten Dekomposition angeregt, die den chaotischen Nihilismus Jagos abbildet. Während Jago recht nah bei Shakespeare bleibt, haben Boito und Verdi die Figur Otellos eingreifend verändert, um den psychischen wie physischen Persönlichkeitszerfall vom charismatischen Kriegshelden zum pathologisch von Eifersucht Zerfressenen fast klinisch vorzuführen. Verdi bedient sich auch hierzu der Dekomposition, bei der mit der Psyche auch die musikalische Form kollabiert – am drastischsten im Duett mit Desdemona im III. Akt sowie im unmittelbar sich anschließenden Monolog, in dem Otello in einer dem Wahnsinn nahen Bewußtseins- und Identitätsstörung mit erstickter Stimme zunächst nur kurze, gebrochene Phrasen auf einer einzigen Note konvulsivisch stammeln kann. Deutlich anders akzentuiert gegenüber der Vorlage haben Boito und Verdi auch Desdemona, die sie – etwa in der sakral konnotierten Huldigungsszene des II. Aktes – zur keuschen Madonna stilisieren. Desdemona singt in regelmäßiger Periodik, die erst zerbricht, wenn sie im Duett des III. Aktes unter den verbalen Schlägen Otellos die Fassung verliert, und die, angesichts der sie beherrschenden Todesdrohung, in ihrer großen, aus der »Canzon del Salice« und dem »Ave Maria« zusammengesetzten Soloszene im Schlußakt, ebenfalls einer gezielten Dekomposition weicht. Asymmetrische Periodik, abrupte Taktwechsel, unregelmäßige, fragmentarische, ja – im »Ave Maria« – schließlich nur mehr noch gestammelte Phrasen bis der Gesang völlig zerbricht, chiffrieren ihren psychischen Zusammenbruch.

Die wortlose Sprachmächtigkeit der Musik als Erbe des Melodramma, die es dem Opernkomponisten erlaubt, die widersprüchlichen Emotionen und Handlungen seiner Figuren weitaus vielsagender, nämlich gleichzeitig und nicht, wie im gesprochenen Drama, nur nacheinander auszudrücken, bestimmt auch die Ensemble- und Chorszenen – sei es nun die gewaltige Sturmintroduktion oder der atmosphärische Feuerchor im I. Akt, der gleichsam als eine Idylle in die sich anbahnende Tragödie eingelagerte Huldigungschor im II. Akt oder das sich anschließende Quartett Desdemona/Otello/Emilia/Jago, in dem Verdi die Mehrdimensionalität des äußeren wie inneren Geschehens simultan unter einen einzigen musikalischen Satz zusammenfaßt. Das gilt in gesteigertem Maße erst recht vom Pezzo concertato des III. Aktes, dessen traditionelle Anlage und Form Verdi wie schon in ›Simon Boccanegra‹ mit dramatischer Aktion auflädt. Wiederum läßt er den musikalischen Schluß des Concertato nicht mit dem Aktschluß zusammenfallen, streicht die abschließende statische Stretta, wie sie am Ende des II. Aktes von ›Aida‹ noch die Triumphszene abrundet, und ersetzt sie durch einen spektakulären Colpo di scena: Otellos Verfluchung Desdemonas, das Davonstürzen der Menge, den physischen Zusammenbruch des Mohren und den höhnischen Triumph Jagos. Das Herzstück des Pezzo concertato, den langsamen Teil, der – im vollen Ensemble, den Chor inbegriffen – bis zur Zwölfstimmigkeit anschwillt, behält er bei, trennt aber den kontemplativen vom dialogischen Teil des Ensembles. Auf diese Weise entsteht eine szenische Mehrschichtigkeit zwischen dem lyrisch-reflektierenden, von Desdemona angeführten Ensemble und dem energischen Forttreiben der Handlung. Denn während alle Anwesenden Desdemona beklagen, spinnt im Vordergrund Jago im Gespräch mit Roderigo seinen unheilvollen Plan weiter, der schließlich zur endgültigen Katastrophe führt.

Entgegen der weitverbreiteten Meinung hat Verdi im ›Otello‹ in Anlehnung an Wagners Musikdrama also weder die letzten Bastionen der Konventionen zerstört noch die traditionellen Formeln vollständig preisgegeben. Die Vertonung von Shakespeares ›Othello‹ stellt den Schlußpunkt seiner lebenslangen Bemühungen dar, dem standardisierten Schematismus des italienischen Melodramma den Atem des wahren Dramas einzuhauchen. Die Formen und Formeln ordnen sich dem von ihm spätestens seit den 1850er-Jahren erstrebten »Ganzen« unter. Sie sind nicht mehr musikalischer Selbstzweck, sondern erstehen allein aus der immanenten Gesetzmäßigkeit des Dramas, das sie beglaubigt. ›Otello‹ – man kann es nicht treffender formulieren als Franz Werfel – ist »die ganze alte Oper in einer genialen Verkürzung und Neubeseelung«.

Geschichtliches

Nach der erfolgreichen Uraufführung von ›Aida‹ 1871 in Kairo schien Verdis Theaterlaufbahn beendet. Giulio Ricordi, der weiterhin auf eine neue Oper hoffte, vermittelte im Juni 1879 ein Treffen mit Boito, der Verdi eine Oper nach Shakespeares Tragödie ›Othello‹ vorschlug. Bereits im November 1879 lag das fertige Libretto vor, das Verdi Boito abkaufte. Trotz ausgiebiger brieflicher Diskussionen zwischen ihm und Boito ließ Verdi den mehrfach überarbeiteten Text ruhen und begann mit der eigentlichen Komposition erst im März 1884, nach der Premiere der Neufassung von ›Don Carlo‹ an der Scala. Am 5. Oktober 1885 war der Entwurf fertig. Die sich anschließende Instrumentation zog sich bis zum 1. November 1886 hin. Neben Zusätzen und Korrekturen am Librettotext, wie sie seit jeher Verdis Kompositionsarbeit begleiteten, kamen noch zwei wesentliche Ergänzungen hinzu: im April 1884 Jagos »Credo« im II. Akt, im Mai 1886 Otellos Auftritt mit dem machtvollen »Esultate!« im I. Akt. Die erfolgreiche Uraufführung am 5. Februar 1887 an der Mailänder Scala, der ersten einer neuen Verdi-Oper seit fast 16 Jahren, war ein gesellschaftliches und künstlerisches Ereignis. Verdi hatte die Aufführung mit großer Sorgfalt vorbereitet – was die Auswahl der Sänger, die szenische Darstellung, die Ausführung der Bühnenbilder und der Kostüme betraf – und sich dafür von der Direktion der Scala die alleinige Verantwortung übertragen lassen. Bis zum April 1887 fanden insgesamt 24 Aufführungen statt. Im selben Jahr erschien auch das von Giulio Ricordi erstellte Regiebuch der Mailänder Premiere, zu dem Boito ein Vorwort verfaßte, in dem er die Hauptfiguren in knappen Umrissen charakterisierte. Noch 1887 wurde das Werk in Rom, Venedig, Brescia und Parma, außerhalb Italiens unter anderem in St. Petersburg und Budapest gegeben. Die deutschsprachige Erstaufführung fand am 31. Januar 1888 im Hamburger Stadttheater statt. Die französische Erstaufführung (in der Übersetzung von Boito und Camille du Locle), für die Verdi eine Ballettmusik nachkomponierte, erfolgte am 12. Oktober 1894 in Anwesenheit des Komponisten an der Pariser Opéra. Das Werk gehört seit seiner Uraufführung zum Kernbestand des Opernrepertoires und hat inzwischen selbst das Shakespearesche Original in den Hintergrund gedrängt.

U. S.

Falstaff

Lyrische Komödie in drei Akten. Dichtung von Arrigo Boito.

Solisten: *Sir John Falstaff* (Kavalierbariton, gr. P.) – *Ford*, Alices Gatte (Kavalierbariton, auch Charakterbariton, gr. P.) – *Fenton* (Lyrischer Tenor, gr. P.) – *Dr. Cajus* (Charaktertenor, m. P.) – *Bardolfo* (Spieltenor, auch Charaktertenor, m. P.) und *Pistola* (Spielbaß, auch Charakterbaß, m. P.), in Falstaffs Diensten – *Mrs. Alice Ford* (Dramatischer Koloratursopran, auch Jugendlich-dramatischer

Sopran, gr. P.) – *Nannetta,* ihre Tochter (Lyrischer Koloratursopran, auch Lyrischer Sopran, gr. P.) – *Mrs. Quickly* (Lyrischer Alt, auch Dramatischer Alt, gr. P.) – *Mrs. Meg Page* (Lyrischer Mezzosopran, m. P.) – *Der Wirt vom Gasthaus »Zum Hosenband«* (Stumme Rolle) – *Robin,* Falstaffs Page (Stumme Rolle) – *Ein kleiner Page Fords* (Stumme Rolle).
Chor: Bürger und Volk – Diener bei Ford – Masken (Kobolde, Feen, Hexen usw.) (kl. Chp.).
Ort: Windsor.
Schauplätze: Das Innere des Gasthauses »Zum Hosenband« – Garten, links Fords Haus – Zimmer in Fords Haus – Vor dem Gasthaus »Zum Hosenband« – Park von Windsor mit einer großen Eiche in der Mitte.
Zeit: Zur Regierungszeit Heinrichs IV. (1399–1413).
Orchester: 3 Fl. (III. auch Picc.), 2 Ob., 1 Eh., 2 Kl., 1 Bkl., 2 Fag., 4 Hr., 3 Trp., 4 Pos., P., gr. Tr., Becken, Triangel, Hrf., Git., Str. – Bühnenmusik: Hr. in As, Gl. in F.
Gliederung: Durchkomponierte musikdramatische Großform.
Spieldauer: Etwa 2¼ Stunden.

Handlung
Im Gasthaus »Zum Hosenband«, in dem der beleibte Ritter Sir John Falstaff residiert, macht Dr. Cajus, ein angesehener Bürger Windsors, Falstaff bittere Vorwürfe. Falstaff habe Cajus' Diener geschlagen und ihm das Pferd zuschanden geritten, außerdem hätten Falstaffs Diener Cajus erst betrunken gemacht und dann ausgeraubt. Sir John reagiert gelassen und schickt den aufgebrachten Cajus unverrichteter Dinge wieder fort. Nachdem er seinen Dienern Bardolfo und Pistola eine Standpauke gehalten hat, unterbreitet er ihnen sein neuestes Abenteuer: Er will die beiden Bürgerfrauen Alice Ford und Meg Page erobern, um mit ihrer Hilfe seine desolate finanzielle Situation aufzubessern. Als Bardolfo und Pistola entrüstet ablehnen, schickt er seinen Pagen mit den beiden gleichlautenden Briefen los und macht sich in einer großen Ansprache über ihre vorgebliche Ehrpusseligkeit lustig. Dann jagt er sie fort. – Im Garten von Fords Haus treffen Alice Ford und ihre Tochter Nannetta auf ihre Freundinnen Mrs. Quickly und Meg Page. Inzwischen haben Alice und Meg Falstaffs Briefe erhalten. Als sie feststellen müssen, daß sie beide dieselbe Liebeserklärung des unverschämten Ritters erhalten haben, beschließen die Frauen, sich an Falstaff für diese nur allzu leicht zu durchschauende Aktion zu rächen. Noch ein weiteres, aus lauter Männern bestehendes Grüppchen hat sich im Garten eingefunden: Bardolfo und Pistola warnen Ford vor Falstaffs Plan, ihm die Frau auszuspannen und sich aus seiner Kasse zu bedienen. Ford sinnt auf Rache. Auch Dr. Cajus, obschon Opfer von Bardolfos und Pistolas Diebstahl, schließt sich der Verschwörung an, ebenso Fenton, dem aber vor allem daran gelegen ist, in Nannettas Nähe zu sein und ihr heimlich Küsse zu rauben. Lachend verläßt das Frauenquartett die Bühne, in grimmiger Entschlossenheit die Männertruppe.

Bardolfo und Pistola mimen die Reumütigen und kehren in Falstaffs Dienste zurück. Die Frauen haben Mrs. Quickly zu ihrer Botin auserkoren. Sie wird im Gasthaus »Zum Hosenband« vorstellig und bezeugt Sir John ihren tiefsten Respekt. Geschmeichelt hört Falstaff ihr zu. Sowohl Alice als auch Meg würden sich gern mit dem Ritter zum Stelldichein treffen, berichtet die Quickly. Falstaffs besorgte Frage, ob die Frauen voneinander wüßten, verneint sie. Falstaff vereinbart ein Rendezvous mit Alice. Er ist hochzufrieden mit sich. Da wird ihm ein gewisser Fontana gemeldet, der niemand anders ist als der verkleidete Ford. Er sei unsterblich in Alice verliebt, gesteht er Falstaff, werde jedoch nicht erhört. Ob Falstaff ihm helfen könne? Mit einem Beutel Geld kann er Falstaff endgültig davon überzeugen, sich für ihn zu verwenden. Prahlerisch verspricht er Fontana, sich für ihn einzusetzen – und zwar gleich bei seinem Stelldichein von zwei bis drei Uhr, für das er sich nun fertigzumachen gedenke. Ford ist am Boden zerstört, die Eifersucht macht ihn schier wahnsinnig. Falstaff kommt aufgeputzt wieder zurück und verläßt in ausgelassener Stimmung am Arm von Ford/Fontana den Raum. – In Fords Haus kündigt die Quickly Falstaffs unmittelbar bevorstehendes Kommen an. Übermütig treffen die Frauen die Vorbereitungen für ihre Racheaktion. Nur Nannetta stimmt nicht in das allgemeine Gelächter ein: Ford will sie mit Dr. Cajus verheiraten. Alice kann sie beruhigen. Alle nehmen ihre Position ein, da erscheint auch schon Falstaff und umwirbt Alice, die sich als keusche Ehefrau geriert. Wie verabredet stürzt Meg herein, was den heißblütigen Ritter in nicht geringe Verlegenheit bringt. Als dann jedoch die Quickly ebenso aufgeregt hereinplatzt, wird Alice klar, daß aus dem Spaß Ernst geworden ist: Ford – sonst zwischen zwei und drei Uhr stets außer Haus – ist tatsächlich unterwegs zu ihr. Gerade noch rechtzeitig können die Frauen den dicken Falstaff in den riesigen Korb mit der schmutzigen Wäsche quetschen, da steht auch schon Ford mit seinem Suchtrupp in der Tür. Gemeinsam durchstöbern sie das Haus. Nur mit Mühe können die Frauen Falstaff, der kaum mehr Luft bekommt, in dem Korb halten. Ford, blind vor Eifersucht, glaubt, seine Frau ertappt zu haben, doch wer sich da hinter einem Wandschirm verbirgt und sich inmitten des allgemeinen Trubels küßt, ist niemand anders als das Liebespaar Nannetta/Fenton. In einem günstigen Augenblick läßt Alice den Wäschekorb mit Falstaff darin in die Themse kippen. Alice führt ihren Mann ans Fenster, um ihn von seiner grundlosen Eifersucht zu überzeugen.

Noch tropfnaß sinniert der aus dem Fluß gekrochene Sir John über die Schlechtigkeit der Welt. Ein Becher Glühwein bessert seine Laune allmählich. Mrs. Quickly nähert sich ihm erneut. Er will sie wütend fortscheuchen, doch sie verteidigt Alice und gibt die Schuld an seinem Fenstersturz allein den Dienstboten. Besänftigt lauscht er ihrem neuen Vorschlag für ein Rendezvous: Verkleidet als Schwarzer Jäger solle er sich um Mitternacht im Park von Windsor unter der Eiche des sagenumwobenen Jägers Herne einfinden. Alice, Ford und die anderen, die das Gespräch zum Teil belauscht haben, sind beglückt, daß der Ritter erneut in die Falle getappt ist. Mrs. Quickly bekommt mit, daß Ford in dem allgemeinen Trubel die Hochzeit von Dr. Cajus mit Nannetta plant. – In mondheller Nacht wartet Fenton im Park voller Ungeduld auf Nannetta, die schließlich als Feenkönigin verkleidet auftaucht. Alice trennt die beiden und streift Fenton ohne weitere Erklärungen eine schwarze Kappe über. Zur verabredeten Uhrzeit kommt Falstaff als Jäger Herne verkleidet in den Park. Er wirft sich Alice zu Füßen. Gleich darauf erscheint auch Meg, schon malt Falstaff sich ein amouröses Abenteuer zu dritt aus. Dann tritt jedoch die Feenkönigin mit ihrer Feenschar auf, und der abergläubische Ritter verbirgt ängstlich sein Gesicht, da kein Sterblicher sie erblicken darf. Doch da setzt ihm ein Heer von Peinigern zu, kitzelt, zwickt und tritt ihn, so daß er sich kaum wehren kann. Plötzlich bemerkt er in einem der Vermummten seinen ehemaligen Diener Bardolfo, und ihm wird bewußt, daß man ihm hier einen Streich spielt. Zynisch fragt Ford ihn, wer nun der Gehörnte sei. Nach und nach lüften alle die Masken. Falstaff macht gute Miene zum bösen Spiel und gibt zu bedenken, daß sie diesen Spaß nur ihm zu verdanken hätten. Ford wird plötzlich ernst und läßt ein verhülltes Brautpaar nach vorn treten, das er für seine Tochter und Dr. Cajus hält. Er gibt ihm den väterlichen Segen. Da führt ihm Alice ein weiteres, ebenfalls verhülltes Paar zu, das auch seinen Segen erbitte. Milde gestimmt, kommt Ford der Aufforderung nach. Als die Masken und Schleier fallen, muß er erkennen, daß er nicht nur Dr. Cajus mit Bardolfo verheiratet hat, sondern auch seine Tochter mit Fenton. Falstaff kann nun den Spieß umdrehen und ihn hämisch fragen, wer eigentlich der Gehörnte sei. Der Chor, den Falstaff anstimmt und in den nach und nach alle einfallen, zieht eine nüchterne Bilanz: Das Leben ist ein grausames Spiel und hält uns alle zum Narren.

Stilistische Stellung

Mit einem bitteren Lachen nimmt der fast 80-jährige Verdi Abschied von der Opernbühne. Die große Schlußfuge »Tutto nel mondo è burla«, im Deutschen gern zu »Alles ist Spaß auf Erden« vereinfacht, steht am Ende des ›Falstaff‹. Aber ein befreiendes Gelächter versagt sich Verdi. Mit einer komplizierten Fuge beendet er sein Opernwerk, als wolle er all diejenigen Lügen strafen, die italienischen Komponisten mangelndes Handwerk nachsagen. Und noch eine weitere Besonderheit haftet diesem ›Falstaff‹ an: Verdis 27. und letztes Bühnenwerk ist eine »Commedia lirica« und knüpft damit an die Tradition der Opera buffa an, die 1850 mit ›Crispino e la comare‹ der Gebrüder Ricci einen letzten Erfolg feiern konnte, bevor sich das Melodramma und mit ihm tragische Stoffe endgültig durchsetzten. Aber diese pseudo-komische Oper an der Schwelle zum 20. Jahrhundert ist etwas völlig Neues. ›Falstaff‹ ist in puncto Figurenzeichnung wohl eher als Charakterkomödie zu bezeichnen. Vor allem ist er – trotz gleicher Vorlage, aber im Abstand von einem halben Jahrhundert – Welten von der zauberhaften, aber braven Shakespeare-Vertonung Otto Nicolais entfernt, dessen ›Lustige Weiber von Windsor‹ sich auf den Opernbühnen rar gemacht haben. Es ist bezeichnend, daß Verdi am Ende seiner Laufbahn allenfalls ein galliges Lachen hervorbringt, zu tief sitzt der Pessimismus, den er ein ganzes Leben lang kultiviert hat, zu ernst ist die Stimmung in der jungen italienischen Nation, die sich bald anschicken wird, Großmachtsphantasien zu entwerfen.

War ›Otello‹ noch eine Sängeroper, so rückt ›Falstaff‹ das Ensemble ins Zentrum. Es gibt viele – technisch zum Teil äußerst schwierige – Ensembles mit großen Steigerungen, alles muß wie in einer Screwball-Comedy genau auf den Punkt gebracht werden, musikalisch wie szenisch. In seiner Ausdeutung des Wortes geht Verdi noch den einen, entscheidenden Schritt weiter als im ›Otello‹. Man hat dies als sklavische Anbiederung an den Text verstehen wollen – Eduard Hanslicks negatives Urteil über den ›Falstaff‹ zielt in diese Richtung. Doch in ›Falstaff‹ verschmelzen Text und Musik zu einer untrennbaren Einheit wie in nur wenigen Werken der Musikgeschichte, etwa Mozarts ›Die Hochzeit des Figaro‹ oder den Liedern von Hugo Wolf. Die Musik erzählt aber auch von den unausgesprochenen Sehnsüchten der Figuren. Dabei wird keine der Figuren nur negativ oder nur positiv dargestellt, was sich am Beispiel Alices sehr schön demonstrieren läßt: In ihren Kantilenen, die eine nur gespielte Verliebtheit illustrieren sollen, klingen unerfüllte Sehnsüchte an. Und die Musik zu Fords Eifersuchtsmonolog kündet auch von seinem Gefühl der Unzulänglichkeit.

Obwohl das Orchester über weite Strecken kammermusikalisch eingesetzt wird, fährt Verdi auch im ›Falstaff‹ den großen Apparat auf. Wie in ›Otello‹ setzt die Oper ohne Vorspiel ein, ein drastischer Akkord wird umgehend aufgefangen von subtilem Pizzicato-Trippeln. Damit wird bereits das klangliche Spektrum skizziert, das die unterschiedlichsten musikalischen Sphären einschließt. Derbe, blechgepanzerte Klänge stehen neben filigranster Elfenmusik. Die lautmalerischen Qualitäten dieser Musik sind unerschöpflich, vom Liebessehnen Nannettas und Fentons, unter anderem durchs Englischhorn verdeutlicht, zum höhnischen Blechbläsergelächter, wenn Falstaff in die Themse plumpst. An Detailreichtum und rhythmischen Finessen ist ›Falstaff‹ kaum zu überbieten. Immer wieder blitzen einzelne Motive im orchestralen Geflecht auf: Quicklys »Reverenza«-Motiv, das einem tiefen Knicks nachgebildet scheint, Falstaffs halb skeptisch, halb zuversichtlich dahintrottendes »Va, vecchio John« oder das sehnsüchtig nachhallende »Bocca baciata« des jungen Liebespaars Nannetta und Fenton. Das Prinzip der Nummernoper hatte Verdi längst aufgegeben, auch wenn es ab und an aufscheint. Es gibt eine einzige geschlossene Nummer, das Elfenlied der Nannetta, außerdem zwei freier gebaute große Monologe: im I. Akt, wenn Falstaff über den Begriff der Ehre räsoniert, im II., wenn Ford seiner Eifersucht freien Lauf läßt. Am charakteristischsten aber sind die liedhaften Einschübe, die zum einen den Geist der Shakespeare-Welt evozieren, zum anderen aber der Musik eine ausgesprochene Klarheit und Eleganz verleihen, die nichts gemein hat mit dem schwerblütigen historisierenden Zitatenreichtum der ab 1900 wirkenden »Generazione dell'Ottanta«, etwa eines Zandonai in ›Francesca da Rimini‹ oder eines Mascagni in ›Isabeau‹. Obschon in einer musikalischen Komödie alles auf Schnelligkeit und Zuspitzung hinausläuft, gönnt sich Verdi das Vergnügen, im II. Akt gleichsam als Parodie des konventionellen Pezzo concertato die Handlung stillstehen und die Figuren bei der Suche nach dem im Waschkorb darbenden Falstaff unterschiedlichsten Emotionen Ausdruck verleihen zu lassen.

Für die Titelpartie braucht es einen kernigen Verdi-Bariton mit guter Höhe (und insbesondere gutem Falsett), der überdies ein ausgezeichneter Darsteller sein muß. Heimliche Hauptfigur aber ist Alice, die nicht nur die Strippenzieherin der Intrige ist, sondern auch die zahlreichen Ensembles überstrahlt. Dieses Ensemble muß quirliges Parlando in bester Buffa-Tradition ebenso gut beherrschen wie die flutenden Lyrismen des späten Verdi.

Textdichtung

Der Dichter und Komponist Arrigo Boito hat mit dem Text zu ›Falstaff‹ ein äußerst ambitioniertes und phantasievolles Libretto verfaßt. Boito, eine ausgesprochene literarisch-musikalische Doppelbegabung und mit seiner sich eng an Goethe anlehnenden ›Faust‹-Vertonung ›Mefistofele‹ auch als Komponist erfolgreich, bediente sich nicht nur an Shakespeares ›The Merry Wives of Windsor‹, sondern ergänzte seinen Operntext noch mit Elementen aus dessen Historie ›Heinrich IV.‹, in dem der komische Ritter Sir John Falstaff das Gegengewicht zu den heroischen Szenen bildet.

Wie niemand vor ihm hat Boito die lautmalerischen Aspekte des Italienischen ausgeschöpft. Insbesondere die 2. Szene des III. Aktes im Park von Windsor nimmt er zum Anlaß für eine Fülle von kurzsilbigen Invektiven und Imperativen, die zum Drangsalieren des Ritters auffordern. Das Sprachregister ist zum Teil sehr gehoben und ausgefallen, auch gehen viele Details in den Ensembles unter und erschließen sich in ihrer Originalität und ihrem Farbenreichtum nur beim Lesen. Die Vielfalt der unterschiedlichen Versmaße – vom Drei- bis zum Vierzehnsilbler – ist schier unüberschaubar. Dennoch begreift auch ein nicht des Italienischen mächtiger Zuhörer – und hierzu tragen auch die durchgängigen Reime bei –, daß es sich hier um ein ganz besonderes Sprachkunstwerk handelt, das die vermeintliche Banalität eines Operntextes Lügen straft und in seiner Kunstfertigkeit dennoch nie rein selbstreferentiell wirkt.

Geschichtliches

Die Uraufführung von Verdis letzter Oper an der Mailänder Scala war zunächst vor allem ein gesellschaftliches Ereignis. Von der zeitgenössischen Kritik wurde das Werk unterschiedlich aufgenommen, der Respekt vor der Leistung des fast 80-jährigen Komponisten überwog zunächst. Victor Maurel, Verdis erster Jago, stand als Falstaff an der Spitze eines illustren Ensembles, das mit dieser Produktion auch auf Tournee – unter anderem nach Wien und Berlin – ging. Eine Schlüsselrolle in der Rezeptionsgeschichte spielte der Dirigent Arturo Toscanini, der ›Falstaff‹ auch bei den Salzburger Festspielen aufführte, wo das Werk selbst nach Toscaninis gegen das NS-Regime gerichteter Demission bis 1939 weiter gespielt wurde. Auch nach dem Zweiten Weltkrieg war ›Falstaff‹ zunächst eher eine Festspieloper (Glyndebourne, Edinburgh, Holland Festival), bis es sich allmählich zum Repertoirestück wandelte. Doch obschon bis heute weltweit sehr populär, ist ›Falstaff‹ nie ein Zugstück wie ›Rigoletto‹, ›Il Trovatore‹ oder ›La Traviata‹ geworden. Nach wie vor gilt diese Oper – ob zu Recht oder Unrecht, sei dahingestellt – als intellektuelle Spielerei für die »Happy few«. Dennoch hat es nie an eindrucksvollen Falstaff-Darstellern gefehlt, von der bodenständigen Buffa-Männlichkeit eines Tito Gobbi bis hin zur ausgetüftelten Wortausdeutung eines Dietrich Fischer-Dieskau.

Das Regietheater hat immer einen Bogen um ›Falstaff‹ gemacht, und so hielten sich die meisten Inszenierungen – ähnlich wie bei Richard Strauss' ›Der Rosenkavalier‹ – ziemlich sklavisch an den Ausgangstext. Daher mangelt es auch an stilbildenden ›Falstaff‹-Deutungen. Franco Zeffirelli setzte in seiner vielgerühmten Umsetzung 1964 an der Metropolitan Opera ganz auf eine an der Shakespeare-Zeit orientierte Kostümpracht, der Dirigent Herbert von Karajan legte in seiner Produktion für die Salzburger Festspiele 1981 mit dem überragenden Giuseppe Taddei gleich selbst Regie-Hand an. Carlo Maria Giulini dirigierte 1982 eine minutiös einstudierte und auch auf Tonträgern festgehaltene Falstaff-Inszenierung an der Los Angeles Opera mit dem allzu sehr auf Schönklang bedachten Renato Bruson. In jüngerer Zeit glänzte vor allem der Waliser Bryn Terfel – ein Landsmann des berühmten Falstaff-Darstellers Geraint Evans – in der Titelpartie. Die Inszenierungen von Richard Jones 2009 in Glyndebourne und von Robert Carsen 2012 am Royal Opera House in London verorteten den ›Falstaff‹ in England nach dem Zweiten Weltkrieg, ohne ihm eine neue Dimension hinzuzufügen.

O. M. R.

Leonardo Vinci

* um 1690 in Strongoli, † zwischen 27. und 29. Mai 1730 in Neapel

Artaserse

Dramma per musica in drei Akten. Dichtung von Pietro Metastasio.

Solisten: *Artaserse*, Prinz, später König von Persien, Freund des Arbace und Geliebter der Semira (Lyrischer Mezzosopran, auch Countertenor, gr. P.) – *Mandane*, Schwester Artaserses und Geliebte Arbaces (Dramatischer Koloratursopran, gr. P.) – *Artabano*, Präfekt der königlichen Wachen, Vater Arbaces und Semiras (Lyrischer Tenor, gr. P.) – *Arbace*, Freund Artaserses und Geliebter der Mandane (Koloratur-Mezzosopran, auch Countertenor, gr. P.) – *Semira*, Schwester Ar-

baces, Geliebte Artaserses (Lyrischer Sopran, m. P.) – *Megabise*, General der Armee, Vertrauter Artabanos und Verschwörer (Lyrischer Alt, auch Contratenor, m. P.).
Artaserse, Mandane, Arbace, Semira und Megabise wurden in der Uraufführung von Kastraten gesungen.
Chor: Gefolge und Volk (kl. Chp.).
Ort: In der Stadt Susa, am Hof der persischen Könige.
Schauplätze: Mondbeschienener Garten innerhalb des Königspalastes mit Zugängen zu verschiedenen Gemächern – Palast – Königliche Gemächer – Großer Ratssaal mit Thron und Sesseln für die Großen des Reiches – Festungsraum mit vergittertem Tor und kleiner Treppe hinauf in den Palast – Kabinett in den Gemächern Mandanes – Großartiger Thronsaal zur Krönung Artaserses.
Zeit: 465 v. Chr.
Orchester: 2 Ob., 2 Hr., 2 Hr. da caccia, 2 Trp., Str., B. c.
Gliederung: Sinfonia, 28 Arien verbunden durch Rezitative, ein Duett, ein (solitäres) Accompagnato-Rezitativ, ein Arioso.
Spieldauer: Etwa 3 Stunden.

Handlung

Bei dem nächtlichen Stelldichein zwischen Mandane und Arbace ist für zärtliche Gefühle kein Platz. Mandanes Vater, König Serse, hat Arbace als möglichen Schwiegersohn brüsk abgelehnt. Mandane erinnert ihn an die Bewunderung des Volkes und die tiefe Freundschaft ihres Bruders Artaserse. Doch Arbace lehnt sich gegen die tyrannische Grausamkeit des Königs auf; eine hohe Geburt sei doch nur Zufall, nicht Verdienst. Auch die Tränen Mandanes empfindet er als grausam. Mandane geht, nicht ohne ihn zuvor darum zu bitten, sie in liebender Erinnerung zu behalten. In die düstere Stimmung Arbaces hinein kommt sein Vater Artabano, bleich und verstört, mit blutigem Schwert. Er nötigt es dem Sohn auf, verlangt dafür dessen Waffe und schickt ihn fort. Auf hartnäckiges Nachfragen Arbaces hin offenbart ihm der Vater, den König ermordet zu haben, damit er sich für seinen Sohn des Throns bemächtigen könne. Arbace stürzt davon. Artaserse hält im ersten Affekt seinen älteren Bruder Dario für den Schuldigen und befiehlt Artabano, ihn zu töten. Noch bevor er seinen Befehl zurücknehmen kann, eilt Artabano zur Vollstreckung. Artaserse will nun die Tat verhindern, wird jedoch von General Megabise und von seiner Geliebten Semira aufgehalten, die noch nichts von dem Mord weiß. Semira ist schockiert von der Nachricht. Sie macht sich klar, daß sie Artaserse verlieren wird, sollte er König werden. Der Tötungsbefehl wurde an Dario vollstreckt. Artabano grüßt Artaserse als König. Semira tritt auf mit der Nachricht, daß der Königsmörder, der nicht Dario ist, gefangen wurde. Nun bricht die ganze Schuld über Artaserse herein; die Geister des Vaters und des Bruders werden ihn sein Leben lang verfolgen. Er schickt nach Arbace, denn in dieser dunklen Stunde will er all seine Freunde um sich haben. Der Gefangene wird hereingeführt. Zu Artaserses Entsetzen ist es Arbace. Der Freund beteuert seine Unschuld, verschweigt aber das Verbrechen seines Vaters. Aller Anschein spricht gegen ihn. Artaserse fleht in der unerwarteten Situation um eine Atempause. Von Arbace wenden sich alle ab, zuerst Artabano, der ihn heuchlerisch als Sohn verstößt, die Schwester Semira und schließlich Prinzessin Mandane, die gleichwohl in ihrem Inneren spürt, daß sie Arbace nicht hassen kann. Arbace ist am Boden zerstört. Er vergleicht sich einem Schiffbrüchigen in feindlichem Meer und Unwetter.

Artaserse fleht Artabano an, irgendeinen Beweis für Arbaces Unschuld zu finden. Allein mit seinem Sohn, sieht sich Artabano fast am Ziel seines doppelten Spiels: Er will Arbace zur Flucht verhelfen und ihn dann mit einem Putsch an die Macht bringen. Arbace jedoch steht treu zum König. Als der Vater ihn zur Flucht zwingen will, läßt er sich in den Kerker zurückführen. Artabano berät sich mit Megabise. Um den Verschwörer noch stärker an sich zu binden, verspricht er ihm die Hand Semiras. Semira bittet Megabise um einen großherzigen Liebesbeweis, nämlich ihr die Heirat zu ersparen. Doch ihr Bitten, ihre Tränen, ihr Abscheu beeindrucken ihn nicht; ihm genügt die Eheschließung als Rache. Die unglückliche Semira trifft Mandane, die aufgebracht zum königlichen Rat eilt, um Arbaces Hinrichtung durchzusetzen. Artaserse sei zu weich dazu. Semira erinnert Mandane an die ersten Liebesbezeugungen zwischen ihr und Arbace. Doch Mandane hält Härte für ihre Pflicht als Königstochter und bekämpft in sich Liebe und Mitleid. Im Ratssaal soll unter Vorsitz des Königs Gericht über Arbace gehalten werden. Semira fleht um Gnade für den Angeklagten, die Vernunft spreche für ihn. Mandane fordert Strenge, aller Anschein spreche gegen ihn. Artaserse kann und will nicht Richter sein, er übergibt das heikle Amt Artabano. Der spielt seine Rolle als loyaler Untertan weiter und stellt Arbace zu dem Verbrechen zur Rede. Arbace wiederholt nur seine Unschuldserklärung. Artabano verkündet Arbaces vermeintliche Schuld und unterschreibt das Todesurteil. Dann umarmt er Arbace, und in dieser letzten väterlichen Umarmung nimmt Arbace sein Schicksal an. Er wird abgeführt. Heftig klagt Mandane nun Artabano an: So gerecht ihr Wunsch nach Bestrafung des Königsmörders sei, so verbrecherisch sei es, wenn ein Vater seinen Sohn zum Tode verurteile. Semira beschuldigt Artaserse der Tyrannei. Artaserse fragt sich, ob er selbst als Freund oder Artabano als Vater größeres Mitleid verdiene. Allein geblieben, atmet Artabano auf. Die Gefahr für ihn selbst ist vorüber, nun plant er die Rettung des Sohnes.

Artaserse sucht Arbace im Kerker auf. Er zeigt ihm einen Fluchtweg. Arbace möge in ein anderes Land gehen und Artaserse in liebender Erinnerung behalten. Arbace sträubt sich zunächst, doch als Artaserse es ihm als König befiehlt, geht er. Artaserse ist immer mehr von Arbaces Unschuld überzeugt. Artabano und Megabise betreten den inneren Bezirk der Festung, hinter ihnen Verschwörer aus den Reihen der Wachen und der Armee; sie suchen Arbace, um den geplanten Umsturz durchzuführen. Arbace ist nirgends zu finden. Artabano verzweifelt, er glaubt Arbace tot und will ihm in den Tod folgen. In einem Kabinett treffen sich Mandane und Semira. Mandane hofft, daß Arbace heimlich freigelassen wurde. Semira konfrontiert sie jedoch mit der Nachricht, er sei heimlich getötet worden. Ob Mandane jetzt zufrieden sei oder noch weitere Opfer verlange? Sie, Semira, werde nicht still schweigen, sondern Mandane ein Leben lang mit Vorwürfen verfolgen. Mandane ist verzweifelt. Semira erkennt, daß es nicht gut sei, aus eigenem Leid heraus einen anderen zu beleidigen, denn die Trauer werde dadurch nur größer. Arbace sucht Mandane, einmal noch will er sie wiedersehen. Nach der ersten Überraschung wechselt Mandane sogleich wieder in die Rolle der Zornigen, Unerbittlichen. Arbace reicht ihr seinen Degen mit der Aufforderung, sie möge ihn umbringen. Mandane weigert sich. Arbace wirft die Waffe fort und wendet sich zurück zum Kerker. Mandane hält ihn auf, er möge doch fliehen. In ihrem Wunsch, daß er leben möge, erkennt Arbace eine Liebeserklärung. Im Thronsaal beginnt die Krönungszeremonie. Artaserse hebt unwissend einen Kelch an die Lippen, dessen Inhalt von Megabise im Auftrag Artabanos vergiftet wurde. Bevor er trinken kann, stürzen Semira und Mandane herein, ein Aufstand habe sich gegen das Königshaus erhoben. Der Anführer der Verschwörer, Megabise, sei jedoch von Arbace getötet worden. Arbace kommt herein und wirft sich zu Füßen des Königs. Artaserse dankt seinem Freund und möchte nun endlich dessen Geheimnis erfahren. Doch Arbace schweigt. Der König fordert ihn auf, seine Unschuld zu beschwören, und reicht ihm den Kelch. In letzter Sekunde wird Arbace von seinem Vater Artabano gestoppt, der sich nun zu seinen Missetaten bekennt. Doch zieht er das Schwert gegen den Monarchen. Daraufhin droht Arbace, das Gift zu trinken. Machtlos wirft Artabano die Waffe fort. Artaserse befiehlt seine Hinrichtung. Nun will Arbace sich für seinen Vater opfern. Artaserse, bewegt von dieser Sohnesliebe, wandelt die Todesstrafe in Verbannung um. Der Chor preist die Milde und Gerechtigkeit des Königs.

Stilistische Stellung

Leonardo Vinci schuf eine Reihe von Meisterwerken, die auf Anhieb großen Erfolg erzielten: Die Anmut der Melodien, der souveräne Umgang mit dem deklamatorischen Gehalt der Verse, die deutlich charakterisierende und dramatisch bezwingende Musik erreichten die Zuhörer unmittelbar. Burney, der englische Musikforscher und -reisende des 18. Jahrhunderts, sieht die Bedeutung Vincis darin, daß er »seine Kunst, ohne sie zu degradieren, zum Freund, wiewohl nicht zum Sklaven der Dichtung machte, indem er die Melodie vereinfachte und verfeinerte und die Aufmerksamkeit des Publikums hauptsächlich auf die Gesangsstimme lenkte.«

Die Arien sind trotz des überwiegenden Einsatzes der Da-capo-Anlage nicht sehr lang und eröffnen den Sängern Möglichkeiten zur Auszierung. Eine einfache Satztechnik dient der Konzentration auf das Wesentliche: »die affektbetonte Melodie« (Reinhard Strohm). Dramaturgisch gesehen beleuchten die Arien die seelische Seite der Figuren innerhalb der dramatischen Handlung. Dies Innehalten wird sogar direkt ausgesprochen in Artaserses Arie »Deh respirar lasciatemi« (Ach, laßt mich Atem holen) im I. Akt. Die große Arie des Arbace »Vo solcando un mar crudele« (Ich durchpflüge ein grausames Meer) am Ende von Akt I beeindruckte die Zuhörer besonders: »Der Gesang und vor allem die Begleitung gehören ganz und gar zum Text. Die Römer gerieten in eine unbeschreibliche Ekstase, als sie die sublime Vereinigung der Töne mit dem richtigen Ausdruck der Worte erstmals hörten«, schrieb Grétry in seinen Musikmemoiren. Einen dramaturgischen wie musikalischen Höhepunkt bereiten Metastasio und Vinci kurz vor Schluß der Oper mit dem berühmten Duett »Tu vuoi ch'io viva, o cara« (Du willst, daß ich lebe, Liebste); hier dürfen sich die unglücklichen Liebenden in ihren wahren Emotionen endlich vereinen. Vincis leicht ansprechender Stil beeinflußte nach seinem frühen Tod 1730 andere Komponisten, unter den bedeutendsten Pergolesi und Hasse mit ihren europaweit bewunderten Drammi per musica.

Textdichtung und Geschichtliches
›Artaserse‹ ist Metastasios am häufigsten vertonter Operntext – mit der schier unglaublich hohen Anzahl von über 90 verschiedenen Kompositionen zwischen 1730 und 1840. Dabei steht keine Liebesgeschichte im Mittelpunkt der Handlung, sondern die Affekte dreier Männer, die, durch Verrat und Mord vom Weg abgekommen, um Loyalität und Treue zueinander ringen, »torn between duty and duty«, wie Reinhard Strohm es ausdrückt. Von außen betrachtet hat der Plot also politische Dimensionen; sogar die Königstochter gibt sich bis zur Selbstverleugnung rigoroser Pflichterfüllung hin. Freilich bildet Liebe im Sinne von gewachsenen, begründeten Affekten zwischen dem Herrscher, dem (falschen) Vertrauten und dem Freund bzw. dem Sohn den prägenden Hintergrund. Was und wie liebende Menschen unter Pflichterfüllung leiden, interessierte Metastasio als Dramatiker, Vinci als Komponist und nicht zuletzt das Publikum. Nach der Uraufführungsserie im Februar 1730 in Rom erzielte Vincis Oper schon im frühen 18. Jahrhundert eine eigene Klassizität. Sie wurde in vielen italienischen Städten gespielt, ebenso in London und in Dresden. Am Theater Nancy wurde 2012 eine moderne Produktion auf die Bühne gebracht, die es sich zum Ziel gesetzt hatte, die ursprüngliche Kastratenbesetzung mit Countertenören auch in den Frauenrollen nachzubilden. Herausragend bei diesem Experiment Philippe Jaroussky in der Titelpartie und das beredt gestaltende Orchester Concerto Köln unter der Leitung von Diego Fasolis.

A. R. T.

Richard Wagner
* 22. Mai 1813 in Leipzig, †13. Februar 1883 in Venedig

Rienzi, der letzte der Tribunen
Große tragische Oper in fünf Akten. Dichtung vom Komponisten.

Solisten: *Cola Rienzi*, päpstlicher Notar (Heldentenor, gr. P.) – *Irene*, seine Schwester (Jugendlich-dramatischer Sopran, gr. P.) – *Steffano Colonna*, Haupt der Familie Colonna (Baß, m. P.) – *Adriano*, sein Sohn (Dramatischer Mezzosopran, gr. P.) – *Paolo Orsini*, Haupt der Familie Orsini (Heldenbariton, auch Charakterbariton, m. P.) – *Raimondo*, päpstlicher Legat (Baß, m. P.) – *Baroncelli* (Lyrischer Tenor, auch Charaktertenor, m. P.) und *Cecco del Vecchio* (Lyrischer Bariton, auch Charakterbariton, m. P.), römische Bürger – *Ein Friedensbote* (Sopran, auch Mezzosopran, kl. P.).
Chor: Gesandte der lombardischen Städte, Neapels, Bayerns, Böhmens usw. – Römische Nobili – Bürger und Bürgerinnen Roms – Friedensboten – Priester und Mönche aller Orden – Römische Trabanten (Männerchor geteilt in Bürger und Nobili, letztere: 2 Gruppen zu je 6–8 Tenöre und Bässe. Im IV. Akt übernehmen die als Nobili eingeteilten Chorsänger den Chor der Verschworenen. Hinter der Szene: Lateran-Chor [je 6stimmiger gemischter Doppelchor] und Chor der Mönche [nur Bässe, 3stimmig]; gr. Chp.).
Ballett: Waffentanz und Pantomime beim Friedensfest.
Ort: Rom.
Schauplätze: Eine Straße Roms mit Lateran-Kirche – Ein großer Saal im Kapitol – Großer Platz

des alten Forums mit Ruinen von Säulen, Statuen und umgestürzten Kapitellen – Platz vor dem Lateran – Eine Halle im Kapitol mit Hausaltar – Platz vor dem Kapitol.
Zeit: Um die Mitte des 14. Jahrhunderts.
Orchester: 2 Fl., 1 Picc., 2 Ob., 3 Kl., 2 Fag., 1 Kfag., 4 Hr., 4 Trp., 3 Pos., 1 Bt., P., Schl., Hrf., Str. – Bühnenmusik: 12 Trp., 7 Pos., 4 Bt., 10 kl. Tr., 4 Rührtrommeln, Tamtam, Org.
Gliederung: Ouvertüre und 16 Musiknummern, die pausenlos ineinandergehen.
Spieldauer: Etwa 4 Stunden.

Handlung

Seit der Verlegung des päpstlichen Sitzes nach Avignon herrscht in der Ewigen Stadt große Unsicherheit, hervorgerufen durch die Mißwirtschaft einiger sich befehdender Patrizierfamilien, vor allem der Orsini und der Colonna. Als Paolo Orsini mit seinen Anhängern Irene, die Schwester Rienzis, des verhaßten Führers der Volkspartei, entführen will, machen ihm die Colonna die Beute streitig, und nur das mannhafte Eingreifen von Colonnas Sohn Adriano, der Irene liebt, rettet das Mädchen vor der Schändung. Die Streitenden vermag aber selbst der päpstliche Legat Raimondo nicht zu trennen. Erst das imponierende Auftreten Rienzis schafft Ruhe, und die Nobili einigen sich, den Kampf außerhalb der Stadt auszutragen. Während der Abwesenheit der Adeligen reißt nun Rienzi die Macht an sich, indem er mit Unterstützung des Volkes und der Kirche Rom nach antikem Vorbild für frei erklärt und sich vor dem Lateran von den Volksmassen feierlich zum Tribunen ausrufen läßt. Auch die Nobili unterwerfen sich ihm jetzt, jedoch nur scheinbar; im Geheimen verschwören sie sich, bei dem bevorstehenden Friedensfest den Emporkömmling durch Mord zu beseitigen und gleichzeitig mit ihren Anhängern das Kapitol zu besetzen. Adriano, der für Irene fürchtet, warnt aber Rienzi noch rechtzeitig, und da dieser daraufhin unter dem Festgewand vorsorglich ein Panzerhemd angelegt hatte, schlägt das Attentat fehl. Auf das inständige Flehen Irenes und Adrianos begnadigt der Tribun die Nobili gegen den Willen der aufgebrachten Volksmenge, die stürmisch den Tod der Verräter verlangt. Als die Adeligen entgegen ihrem feierlichen Eid nach kurzer Zeit wieder zum Kampf gegen Rienzi rüsten, vernichtet dieser mit einem großen Volksheer seine Feinde vor den Toren der Stadt. Das traurige Fazit des mit schweren Blutopfern erkauften Sieges sowie zu erwartende Schwierigkeiten mit dem Kaiser lassen aber eine Opposition gegen den Tribunen in den eigenen Reihen erstehen, und der plötzliche Umfall der Kirche, die ihn mit dem Bann belegt, bewirkt bei den Massen einen völligen Stimmungsumschwung. Adriano, der Rache für den Tod des Vaters geschworen hat, sucht nun Irene zur Flucht zu bewegen. Jedoch vergebens. Als freie Römerin steht sie treu zum Bruder, auch als der Pöbel schließlich das Kapitol mit Steinen und Feuerbränden stürmt. Das zusammenstürzende Gebäude begräbt unter seinen Trümmern das Geschwisterpaar mit Adriano, der mit verzweifelter Anstrengung die Geliebte im letzten Augenblick noch aus den Flammen zu retten suchte.

Stilistische Stellung

Mit ›Rienzi‹ beginnt der Höhenflug der Wagnerschen Muse, wenngleich das Werk nicht viel mehr als eine eklektische Nachahmung der Großen Oper eines Gasparo Spontini, Giacomo Meyerbeer oder Jacques François Fromental Elias Halévy vorstellt und in vielem nicht einmal die künstlerische Höhe dieser Vorbilder erreicht. Die Entfaltungsmöglichkeiten für prunkhafte und effektvolle Szenen reizten Wagner wohl in erster Linie zur Bearbeitung des Stoffes. Daneben verlieh er dem Titelhelden ein wirkungsvolles Profil, indem er ihn mit den hohen Tugenden des Staatsmannes: Vaterlandsliebe, Gerechtigkeit und Großmut, idealisierte. Die übrigen Figuren sind dagegen etwas farblos gezeichnet. Auch die musikalische Gestaltung des Werkes ist ungleich geraten. So streift die Erfindung manchmal die Trivialität, besonders bei Stellen, die hauptsächlich auf äußeren Effekt angelegt sind. Dagegen ist die Pranke des Löwen spürbar, sobald der Musikdramatiker zur Geltung kommt, wobei auch manchmal schon eine Verarbeitung der Thematik im leitmotivischen Sinn auf das kommende Gestaltungsprinzip hinweist (Ouvertüre, Entführungsszene, Streit der Patrizier, Fluchszene).

Textdichtung

Der englische Schriftsteller Edward Bulwer-Lytton befaßte sich in seinem Roman ›Rienzi, der letzte Tribun‹ (1835) in freier dichterischer Gestaltung mit dem Geschick des römischen Politikers und päpstlichen Notars Cola di Rienzi, dem in seiner Schwärmerei für das antike Rom phantastische Pläne zur Wiederherstellung der alten

Res Publica Romana vorschwebten. Dieses Buch diente Wagner als Stoffquelle. Seine Bearbeitung, die, abgesehen von der geschickten Ausnutzung aller theatralischen Wirkungen, die romanhaften und politischen Stellen fallen ließ und das Reinmenschliche in den Vordergrund rückte, zeugt von dem bühnensicheren Instinkt des geborenen Dramatikers, wie überhaupt gerade beim ›Rienzi‹ noch der Dichter den Musiker um ein beträchtliches überragt.

Geschichtliches
Im Sommer 1837 lernte Wagner Bulwer-Lyttons Roman kennen. Den Text entwarf er im Sommer 1838. Noch im gleichen Jahr wurde mit der Komposition begonnen. Bis zum Frühjahr 1839 entstanden der I. und II. Akt in Riga, im September 1839 der III. Akt in Boulogne-sur-Mer und der Rest 1840 in Paris. Die Partitur wurde am 19. November 1840 vollendet. Die Uraufführung mit Joseph Aloys Tichatschek in der Titelrolle und Wilhelmine Schröder-Devrient als Adriano fand am 20. Oktober 1842 in Dresden mit starkem Publikumserfolg statt, dem Wagner seine bald darauf erfolgte Berufung als Kapellmeister an die Dresdner Hofoper verdankte.

Der fliegende Holländer

Romantische Oper in drei Aufzügen. Dichtung vom Komponisten.

Solisten: *Daland*, ein norwegischer Seefahrer (Schwerer Spielbaß, auch Seriöser Baß, gr. P.) – *Senta*, seine Tochter (Dramatischer Sopran, auch Jugendlich-dramatischer Sopran, gr. P.) – *Erik*, ein Jäger (Jugendlicher Heldentenor, m. P.) – *Mary*, Sentas Amme (Alt, kl. P.) – *Der Steuermann Dalands* (Lyrischer Tenor, auch Spieltenor, m. P.) – *Der Holländer* (Heldenbariton, gr. P.).
Chor: Matrosen des Norwegers – Die Mannschaft des Fliegenden Holländers – Mädchen (im III. Akt Männerchor geteilt in Mannschaft des Norwegers und des Holländers [je Tenor I und II sowie Baß I und II]; m. Chp.).
Ort: Die norwegische Küste.
Schauplätze: Steiles Felsenufer mit dem Schiff Dalands (später auch das des Fliegenden Holländers) – Ein geräumiges Zimmer im Haus Dalands mit Abbildungen von Seegegenständen, Karten usw.; an der Wand das Bild eines bleichen Mannes mit dunklem Bart und in schwarzer Kleidung – Seebucht mit felsigem Gestade, das Haus Dalands zur Seite im Vordergrund.
Orchester: 1 Picc., 2 Fl., 2 Ob., 1 Eh., 2 Kl., 2 Fag., 4 Hr., 2 Trp., 3 Pos., 1 Bt. (Urfassung: Ophikleide), P., 1 Hrf. (Fassung von 1860), Str. – Bühnenmusik: 6 Hr., Tamtam, Windschleuder, 3 Picc.
Gliederung: Ouvertüre und je 1 Vorspiel vor dem II. und III. Akt, ferner 8 Musiknummern, die pausenlos ineinandergehen.
Spieldauer: Etwa 2½ Stunden.

Handlung
Ein plötzlich einsetzender heftiger Sturm hat das Schiff des norwegischen Seefahrers Daland, das sich schon nahe der heimatlichen Küste befunden hatte, einige Meilen weg in die Bucht Sandwike verschlagen. Daland begibt sich mit seiner Mannschaft zur Ruhe und beauftragt den Steuermann, inzwischen Wache zu halten. Aber auch dieser schläft alsbald, von Müdigkeit übermannt, ein. Kurz darauf landet ein Schiff mit blutroten Segeln in der Bucht. Der Kapitän geht allein an Land. Zwischen Hoffnung und Verzweiflung schwankt seine Seele, als er jetzt wieder einmal nach Ablauf von sieben Jahren das Land betritt. Wird ihm diesmal der verheißene Engel seines Heils beschieden sein? Ein Fluch treibt ihn seit undenklich langer Zeit in ruheloser Fahrt auf den Weltmeeren umher, und nur ein bis in den Tod getreues Weib kann ihn hiervon erlösen. Doch dieses wird er wohl nie finden, und nur der Untergang der Welt wird ihm die ersehnte Erlösung bringen. Als Daland das Verdeck seines Schiffes betritt, um nach dem Wetter zu sehen, erblickt er den Fremden. Er ruft ihn an und erfährt alsbald von ihm, daß er Holländer sei und, des langen Seefahrens müde, sich nach einem liebenden Weib und nach einem Heim sehne, wofür er gern die reichen Schätze seines Schiffes gäbe. Freudig bietet ihm der materiellen Gewinnen nicht abholde Daland die Hand seiner Tochter Senta an, und da soeben günstiger Wind einsetzt, hofft er, noch heute ihm sein Kind in die Arme führen zu können.
Indessen trägt Senta zu Hause den Mädchen des

Dorfs in der Spinnstube die Ballade vom Fliegenden Holländer vor. Sie zeigt tiefes Mitgefühl mit dem Leid des gespenstigen Seewanderers; mit ihrer seltsamen Schwärmerei schreckt sie ihre Umgebung, insbesondere den braven Jäger Erik, der sie treu liebt. Als der Vater mit dem fremden Eidam erscheint, entschließt sich Senta rasch zu dem Versprechen ewiger Treue, denn sie ahnt eine schicksalhafte Fügung in dem Zusammentreffen mit dem bleichen Manne, dessen Züge eine auffallende Ähnlichkeit mit denen des Fliegenden Holländers auf dem Bild in der Stube aufweisen.

Bei dem abendlichen Matrosenfest zur Feier der glücklichen Heimkehr belauscht jedoch der Holländer ein Gespräch Sentas mit Erik, der sie an das ehemals ihm gegebene Treueversprechen gemahnt. Der Fremde glaubt sich verraten. Er enthüllt nunmehr dem staunenden Volk sein Geheimnis, daß er der Fliegende Holländer sei. Mit dem Ausdruck wilder Verzweiflung über die neuerdings zerstörte Hoffnung auf Erlösung eilt er auf sein Schiff, das sogleich in See sticht. Aber Senta ist sich ihrer Mission bewußt und sie stürzt sich – eingedenk des Gelöbnisses ihrer Treue bis in den Tod – vom Felsen herab in das Meer. Das Gespensterschiff versinkt, der Ahasver der Ozeane ist erlöst.

Stilistische Stellung

Mit dem ›Fliegenden Holländer‹ wandte sich Wagner der romantischen Oper zu. Das Werk stellt vor allem in dichterischer Hinsicht einen Wendepunkt in der Entwicklung des Meisters dar, und dieser selbst betrachtete sich von hier an nicht mehr als »Verfertiger von Operntexten, sondern als Dichter«. Zum ersten Mal betritt Wagner das Gebiet der Sage, das auch die Domäne seines weiteren Schaffens bleiben sollte. Ebenso wird hier erstmalig der Dichtung eine philosophische Idee zugrunde gelegt: das Erlösungs-Motiv mit der These: Mitleid und Liebe bis zur Selbstaufopferung schaffen Erlösung für fremde Schuld. Die Dichtung ist in Szenen beziehungsweise Auftritte gegliedert, während die Partitur noch an der alten Nummerneinteilung festhält. Was die musikalische Gestaltung betrifft, so steht der ›Fliegende Holländer‹ ganz im Zeichen des Stilwandels, woraus sich auch die ungleiche Handhabung der Deklamation erklären läßt. Während vielfach noch eine gewisse Abhängigkeit von italienischen und französischen Vorbildern unverkennbar ist (z. B. Romanze des Erik, Duett Senta-Erik), tritt anderseits bereits die dem Sprachrhythmus angepaßte dramatische Melodie in Erscheinung (z. B. Holländer-Arie). Den Kern des Werks bildet Sentas Ballade, die auch musikalisch »den thematischen Keim der ganzen Oper« enthält: die beiden Hauptmotive, das Holländer- und das Erlösungsmotiv, die freilich im Verlauf des Stückes noch mehr im Sinne von Erinnerungsmotiven verarbeitet werden. Im Kontrast zu der leidenschaftlich-dramatischen Tonsprache der Holländer-Senta-Szenen stehen die frischen Melodien volkstonmäßiger Prägung, welche die Umwelt charakterisieren (Chöre und Tanz der Matrosen, Chor der Spinnerinnen, Steuermannslied). In der Behandlung des Orchesterparts weisen ebenfalls einzelne Stellen, wie zum Beispiel Eriks Traum-Erzählung, bereits auf das kommende Gestaltungsprinzip hin, aber auch Einflüsse Carl Maria von Webers und Heinrich Marschners sind evident. Der konzentrierte Ablauf der Handlung rechtfertigt eine pausenlose Aufführung, was dem Werk mehr den Charakter einer »dramatischen Ballade« verleiht, wie Wagner ursprünglich seinen ›Fliegenden Holländer‹ bezeichnet hatte.

Textdichtung

Den Stoff entnahm Wagner einer Erzählung von Heinrich Heine, die 1826 in den ›Reisebildern aus Norderney‹ und 1839 in den ›Memoiren des Herrn von Schnabelewopski‹ erschienen war. Die Figur des Jägers Erik wurde frei dazuerfunden. Ebenso fügte Wagner noch einige Züge aus Wilhelm Hauffs ›Gespensterschiff‹ ein. Auch eigene Erlebnisse, die er gelegentlich seiner Flucht aus Riga auf einer stürmischen Seefahrt von Pillau nach London hatte, inspirierten die Phantasie des Dichterkomponisten.

Geschichtliches

Wagner hatte Heines Erzählung bereits 1839 in Riga kennengelernt, aber erst unter den Eindrücken der stürmischen Seereise nach London gewann die Idee einer dramatischen Gestaltung »eine bestimmte poetisch-musikalische Farbe«. Er verarbeitete dann 1840 in Paris den Stoff zunächst als Einakter. Auf Wunsch des Direktors der Großen Oper mußte aber der in drückenden pekuniären Sorgen lebende Wagner diesen Text gegen seinen Willen dem französischen Komponisten Pierre Louis Philippe Dietsch zur Vertonung überlassen (französisch bearbeitet von Paul Foucher und Henri Révoil als ›Le vaisseau fantôme‹). Im Mai 1841 erfolgte dann innerhalb von zehn Tagen in Meudon bei Paris die Ausführung der Dichtung in drei Akten, und die Komposition konnte bereits am 13. September des gleichen Jahres abgeschlossen werden. Diese Urfassung der Oper, die u. a. 2008 in Stuttgart (Regie: Calixto Bieito) gezeigt wurde, kam zu Wagners Lebzeiten nie zur Aufführung. Ihre drei Akte gehen ohne Pausen ineinander über. Die Handlung spielt in Schottland, und Daland und Erik heißen Donald und Georg. Auch steht Sentas Ballade in a-Moll. Erst für die Dresdner Produktion von 1843 wurde die Ballade aus Rücksicht auf die Uraufführungs-Senta Wilhelmine Schröder-Devrient nach g-Moll transponiert. Noch von Paris aus bot Wagner das Werk in Leipzig und München an, wo es mit dem Bemerken abgelehnt wurde, es eigne sich nicht für Deutschland. Auf Empfehlung Giacomo Meyerbeers wurde aber dann der ›Fliegende Holländer‹ von der Berliner Hofoper zur Uraufführung angenommen, doch blieb die Partitur dort wegen des bevorstehenden Intendantenwechsels zunächst liegen. Als auf den großen Erfolg des ›Rienzi‹ hin sich Dresden auch für eine Aufführung des ›Fliegenden Holländer‹ interessierte, überließ Berlin die Uraufführung dieser Bühne. Somit ging die Oper in Dresden am 2. Januar 1843 zum ersten Mal in Szene. Für die Dresdner Uraufführung hatte Wagner das Stück von Schottland nach Norwegen umgesiedelt. Und nun erst waren die Akte voneinander getrennt, weswegen der Komponist den II. und III. Aufzug durch Entreacts einleitete. Die hastig vorbereitete Aufführung konnte jedoch nicht annähernd den gleichen Beifall finden wie ›Rienzi‹. Kleinere Retuschen nahm Wagner für den Druck der Partitur und später vor. 1860 gab er der Ouvertüre anläßlich einer Konzertaufführung in Paris einen neuen, am ›Tristan‹-Stil orientierten sogenannten Erlösungsschluß, der eine Änderung in der Musik des Finales im III. Akt nach sich zog. Überdies verfügte der Komponist 1864 für eine Musteraufführung in München noch weitere kleinere Änderungen. Die von Felix Weingartner besorgte Ausgabe von 1897, die im 20. Jahrhundert recht verbreitet war, gilt inzwischen als eigenwillig. In jüngerer Zeit tendiert die Aufführungspraxis dazu, auf Verklärungsschluß und Aktpausen zu verzichten, selbst wenn der Ort der Handlung in Norwegen verbleibt und nicht nach Schottland rückverlagert wird.

R. K./R. M.

Tannhäuser und der Sängerkrieg auf Wartburg

Romantische Oper in drei Aufzügen. Dichtung vom Komponisten.

Solisten: *Hermann*, Landgraf von Thüringen (Seriöser Baß, gr. P.) – *Tannhäuser* (Heldentenor, gr. P.), *Wolfram von Eschenbach* (Kavalierbariton, gr. P.), *Walther von der Vogelweide* (Lyrischer Tenor, auch Jugendlicher Heldentenor, m. P.), *Biterolf* (Baßbariton, auch Charakterbaß, m. P.), *Heinrich der Schreiber* (Tenor, m. P.), *Reinmar von Zweter* (Charakterbaß, m. P.), Ritter und Sänger – *Elisabeth*, Nichte des Landgrafen (Jugendlich-dramatischer Sopran, gr. P.) – *Venus* (Dramatischer Sopran, auch Dramatischer Mezzosopran, m. P.) – *Ein junger Hirt* (Lyrischer Sopran, auch Soubrette, kl. P.) – *Vier Edelknaben* (Sopran und Alt, kl. P.).
Chor: Thüringische Ritter, Grafen und Edelleute – Edelfrauen – Ältere und jüngere Pilger – Sirenen (gr. Chp.).
Ballett: Bacchanale (I. und III. Akt).
Schauplätze: Das Innere des Hörselberges bei Eisenach – Tal vor der Wartburg – Auf der Wartburg – Tal vor der Wartburg (im 2. Bild: Frühlingslandschaft, im 4. Bild: Herbststimmung).
Zeit: Im Anfang des 13. Jahrhunderts.
Orchester: 3 Fl. (III. auch Picc.), 2 Ob., 2 Kl. (II. auch Bkl.), 2 Fag., 4 Hr., 3 Trp., 3 Pos., 1 Bt., P., Schl., Hrf., Str. – Bühnenmusik: 1 Eh., 2 Picc., 4 Fl., 4 Ob., 6 Kl., 6 Fag., 12 Hr., 12 Trp., 4 Pos., Schl., Hrf. (letztere nur bei der Pariser Bearbeitung).
Gliederung: Ouvertüre und durchkomponierte Großform. (Bei der Pariser Bearbeitung geht die Ouvertüre ohne Abschluß in die 1. Szene über.) Symphonisch-programmatisches Vorspiel zum III. Akt.
Spieldauer: Etwa 3½ Stunden.

Handlung

Der feurige Minnesänger Heinrich von Ofterdingen, genannt Tannhäuser, ist des wollüstigen Lebens bei der Liebesgöttin Venus im Hörselberg überdrüssig. Er sehnt sich zurück zur Erde. Venus kann ihn weder mit dem ganzen Aufgebot ihrer Verführungskünste noch durch leidenschaftliche Zornesausbrüche umstimmen, und als sie ihn schließlich anfleht, sein Heil wieder bei ihr zu suchen, wenn ihn die Welt verstoße, antwortet er spontan, sein Heil ruhe in Maria. In diesem Augenblick sieht er sich plötzlich in ein schönes Tal vor der Wartburg versetzt. Ein Hirte preist den Frühling mit Schalmei und Gesang, fromme Pilger ziehen an ihm vorüber. In heißem Dankgebet versunken, wird Tannhäuser von einer Jagdgesellschaft mit Landgraf Hermann an der Spitze überrascht. Einer Rückkehr in den Wartburg-Kreis widerstrebt er, bis Wolfram von Eschenbach ihn mit der Nennung des Namens Elisabeth umzustimmen weiß.

Freudig begrüßt des Landgrafen Nichte Elisabeth die Sängerhalle, die sie seit Tannhäusers Scheiden gemieden hatte. Beim ersten Wiedersehen mit dem kühnen Sänger deutet sie diesem und später auch dem Oheim schüchtern das Geheimnis ihres Herzens an, während Wolfram, der Elisabeth liebt, still resigniert. Bei dem glanzvollen Fest zur Feier der Rückkehr Tannhäusers stellt Landgraf Hermann den Sängern die Aufgabe, die Liebe zu besingen. Elisabeth soll selbst dem Sieger den Preis zuerkennen. Während alle an dem Wettstreit Beteiligten sich für die hohe ideale Liebe einsetzen, erklärt Tannhäuser, nur in dem sinnlichen Genuß das wahre Wesen der Liebe zu erblicken. In wilder Ekstase ruft er zuletzt die Liebesgöttin selbst an und gesteht sein Verweilen im Venusberg. Entsetzt verlassen die Frauen den Saal, während die Ritter mit dem Schwert auf Tannhäuser losgehen. Elisabeth wirft sich dazwischen und besänftigt die Männer durch ihre Fürbitte, man möge dem unglücklichen Sünder, der mit seinem frivolen Geständnis ihrem liebenden Herzen den Todesstoß versetzt habe, Gelegenheit zur Rettung seines Seelenheils gewähren. Auf Vorschlag des Landgrafen schließt sich Tannhäuser den um diese Zeit nach Rom wallenden Pilgern an, um dort Vergebung für seine Schuld zu erlangen.

Vor dem Marienbild im Wartburgtal betend, erwartet Elisabeth zur Herbstzeit Tag für Tag die Rückkehr der Pilger. Als Tannhäuser jedoch nicht mit den Entsühnten zurückkommt, fleht sie zur Heiligen Jungfrau, ihr Leben als Sühne für seine Schuld hinzunehmen. Mit abwehrender Geste dankt sie Wolfram für das angebotene Geleit und entfernt sich nach der Wartburg. In einem wehmutvollen Gesang an den Abendstern sendet Wolfram einen letzten Gruß der Scheidenden zu, für die sein Herz immer noch zarte Gefühle birgt. In der Dunkelheit naht die Gestalt eines Pilgers; es ist Tannhäuser, der, völlig gebrochen an Leib und Seele, einzig noch bei der Liebesgöttin Hilfe und Trost zu finden hofft. Auf Wolframs beschwörende Bitten erzählt er von seiner der harten Buße geweihten Romfahrt und von dem vernichtenden Urteil des Papstes, der erklärte, daß, ebenso wie der Stab in seiner Hand sich nie mehr mit frischem Grün schmücken würde, ihm nie Erlösung zuteil werden könne. Wolfram bannt jedoch die schon mit ihrem Höllenspuk herannahende Venus mit der Macht des Namens Elisabeth. Inzwischen ist es Morgen geworden. In der Morgendämmerung naht der Zug der Ritter mit Elisabeths Leiche. Sterbend sinkt Tannhäuser an ihrer Bahre nieder. Als sichtbares Zeichen der Erlösung bringen junge Pilger einen Priesterstab, aus dem über Nacht frische grüne Triebe hervorgesprossen waren.

Stilistische Stellung

Der ›Tannhäuser‹ stellt einen weiteren Markstein auf dem Weg zum Musikdrama dar. Gegenüber dem ›Fliegenden Holländer‹ sind die musikalischen Formen noch mehr geweitet und teilweise zu großen geschlossenen Szenen ausgebaut (z. B. Szene Venus/Tannhäuser). Die alte Nummerneinteilung ist gefallen, und die Musik wird, der Dichtung folgend, in Szenen gegliedert, die zwanglos ineinander fließen. Das Rezitativ fügt sich unauffällig ein. Bei der Rom-Erzählung sind die wesentlichen Merkmale des späteren musikdramatischen Stils bereits vollends vorgezeichnet: der melodisch-deklamatorische Gesangsstil und dazu ein motivisch-symphonischer Orchesterpart, der den Vortrag des Sängers erläutert und ergänzt. Die Ouvertüre mit ihrem die Grundidee des Werkes zusammenfassenden programmatischen Inhalt entfernt sich schon ziemlich von der üblichen Sonatenform; sie führt die beiden, den Gegensätzen der Handlung entsprechenden Motivgruppen ein: die weihevollen Klänge des Pilgergesanges und die heidnisch-sinnliche Welt des Venusberges. Im allgemeinen werden auch beim ›Tannhäuser‹ die Themen noch im Sinn von Erinnerungsmotiven verarbeitet. Die sogenannte Pariser Bearbeitung, die hauptsächlich das Bacchanale und die Szene im Venusberg betrifft, stört mit ihrer von Chromatik durchsetzten Tonsprache im Stil von ›Tristan und

Isolde‹ die Einheitlichkeit des Werkes. Ein für stilistische Unterschiede empfindlicher Hörer wird der ursprünglichen (Dresdner) Fassung den Vorzug geben.

Textdichtung

Hatte sich Wagner noch bei der Gestaltung des ›Holländer‹-Stoffes ziemlich eng an die Vorlage gehalten, so bediente er sich beim ›Tannhäuser‹ zum ersten Mal eines Verfahrens, an dem er grundsätzlich auch bei seinem weiteren Schaffen festhielt: Er folgt bei der Dramatisierung eines Stoffes nicht mehr einer bestimmten Quelle, sondern zieht hierzu ganze Sagen-Kreise heran, wobei er jeweils den Kern des Mythos seiner Auffassung gemäß herausschält und diesen in freier Kombination und unter Berücksichtigung der dramatischen Wirkungsmöglichkeiten mit Motiven aus verwandten oder sonst in Beziehung stehenden Sagen verwebt. Die Hauptquelle zum ›Tannhäuser‹ bildete wohl das mittelalterliche Gedicht ›singerkriec ûf Wartburc‹ (13. Jahrhundert) und das Volkslied vom ›Danhauser‹ (16. Jahrhundert). Weiteren Einfluß übten auf die Gestaltung aus: Johann Ludwig Tiecks Erzählungen ›Von dem getreuen Eckart‹ und dem ›Tannenhäuser‹ sowie E. T. A. Hoffmanns Novelle ›Der Kampf der Sänger‹. Dazu kommen noch literarisch-wissenschaftliche Vorlagen wie die ›Deutschen Sagen‹ der Brüder Grimm, ferner ›Sagenschatz und Sagenkreis des Thüringer Landes‹ von Ludwig Bechstein, ›Des Knaben Wunderhorn‹ von Achim von Arnim und Clemens Brentano und ›Über den Krieg von Wartburg‹ von C. T. L. Lucas. Letzterer identifizierte bereits Tannhäuser mit Heinrich von Ofterdingen.

Geschichtliches

Der ›Tannhäuser‹-Stoff wurde vor Wagner mit Vorliebe von den Romantikern (Friedrich de la Motte Fouqué, Joseph von Eichendorff u. a.) behandelt. Auch Carl Maria von Weber wollte einen ›Tannhäuser‹ komponieren. Die erste Anregung hat Wagner vielleicht schon 1836 durch Heinrich Heines Legende vom ›Tannhäuser‹ erfahren. Entscheidend für die Idee einer Gestaltung war jedenfalls die Lektüre eines ›Volksbuchs‹, das Wagner im Sommer 1841 in Paris in die Hände fiel. Die weiteren Stationen im Entstehungsprozeß sind: Juni 1842 Entwurf des Szenariums in Teplitz; 22. Mai 1843 Beendigung der Dichtung in Dresden unter dem Titel ›Der Venusberg, Romantische Oper‹; Juli 1843 Beginn der Komposition in Teplitz; Vollendung der Skizze des II. und des III. Aktes am 15. Oktober beziehungsweise 29. Dezember 1844 und Abschluß der Partitur am 13. April 1845 in Dresden; die Uraufführung mit Joseph Aloys Tichatschek (Tannhäuser), Johanna Wagner-Jachmann (Elisabeth) und Wilhelmine Schröder-Devrient (Venus) erfolgte am 19. Oktober 1845 an der Dresdner Hofoper mit geteiltem Erfolg, der sich erst bei den späteren Aufführungen steigerte. Wagner nahm bei keinem seiner Werke so viele Umgestaltungen vor wie bei ›Tannhäuser‹. Zunächst arbeitete er den Schluß mehrmals um; bei den ersten Vorstellungen fehlte noch das Wiedererscheinen der Venus im III. Akt und der Auftritt der Ritter mit Elisabeths Leiche; erst bei der Neueinstudierung am 1. August 1847 erschien die Oper mit dem endgültigen Schluß. Im März 1861 erfolgte auf Einladung Napoleons III. eine Aufführung des Werkes in französischer Sprache (Textübersetzung: Edmond Roche und Charles Nuitter) an der Großen Oper in Paris, wozu Wagner, um die Forderung nach einer Balletteinlage auf künstlerisch vertretbare Weise entgegenzukommen, zum Teil einschneidende Umarbeitungen vorgenommen hatte. Trotz größten Publikumserfolgs mußte die Oper infolge der skandalösen Störungen durch Wagners Gegner (Jokey-Club) nach drei Aufführungen wieder abgesetzt werden. Im Jahre 1867 machte Wagner noch einige Änderungen für München und 1875 für Wien: In der Wiener Fassung ist die gesteigerte Reprise des Choral-Themas gestrichen, so daß die Ouvertüre unmittelbar in die Bacchanal-Musik übergeht. Auch wurden der Pariser Produktion geschuldete Striche wieder aufgemacht.

Lohengrin

Romantische Oper in drei Aufzügen. Dichtung vom Komponisten.

Solisten: *Heinrich der Vogler,* deutscher König (Seriöser Baß, m. P.) – *Lohengrin* (Jugendlicher Heldentenor, gr. P.) – *Elsa von Brabant* (Jugendlich-dramatischer Sopran, gr. P.) – *Friedrich von Telramund,* Brabanter Graf (Heldenbariton, m. P.) – *Ortrud,* seine Gemahlin (Dramatischer Sopran,

auch Dramatischer Mezzosopran, gr. P.) – *Heerrufer des Königs* (Baß, auch Baßbariton, m. P.) – *Vier brabantische Edle* (zwei Tenöre, zwei Bässe, kl. P.) – *Vier Edelknaben* (zwei Soprane, zwei Alte, kl. P.) – *Herzog Gottfried*, Elsas Bruder (Stumme Rolle).
Chor: Sächsische, thüringische und brabantische Grafen und Edle – Edelfrauen – Edelknaben – Die Burgbewohner – Vier Trompeter des Königs – Zwei Türmer – Dienstmannen – Knechte (gemischter Chor, gr. Chp.).
Schauplätze: Eine Aue am Ufer der Schelde bei Antwerpen – In der Burg von Antwerpen – Das Brautgemach – Die Aue am Ufer der Schelde.
Zeit: Um 930.
Orchester: 3 Fl. (III. auch Picc.), 3 Ob., 1 Eh., 3 Kl., 1 Bkl., 3 Fag., 4 Hr., 3 Trp., 3 Pos., 1 Bt., P., Becken, Triangel, Tamburin, Hrf., Str. – Bühnenmusik: 3 Fl. (III. auch Picc.), 3 Ob., 3 Kl., 3 Fag., 12 Trp., 4 Pos., Org., Hrf., P., Becken, Triangel, Rührtrommel.
Gliederung: Durchkomponierte dramatische Großform in drei Aufzügen mit einem einleitenden programmatischen Vorspiel.
Spieldauer: Etwa 3½ Stunden.

Handlung

Vorgeschichte: In Brabant herrschte einst der heidnische Friesenfürst Radbod, der ein Anhänger der alten Götter Wodan und Freia war. Er wurde im Zuge der Christianisierung durch ein christliches Herzogsgeschlecht verdrängt. Ortrud, die Tochter Radbods, will die Erbfolgeproblematik nach dem Tod des Herzogs nutzen, um die Herrschaft zurückzugewinnen. Den dynastischen Nachfolger, den Sohn Gottfried, verwandelte sie in einen wilden Schwan, indem sie ihm eine magische Kette umhängte. Um Elsa, die Tochter, auszuschalten, bediente sie sich ihres Mannes, des Grafen Friedrich von Telramund, des Vormunds der beiden Kinder, der zuerst auf eine Ehe mit Elsa gehofft hatte, jedoch von ihr (aus Standesgründen) abgewiesen worden war. So kann Ortrud ihn leicht verleiten, Elsa wegen Brudermordes vor dem Königsgericht anzuklagen, zumal sie vorgibt, beobachtet zu haben, wie Elsa Gottfried ertränkte. Die Gegenwelt zu den heidnischen Göttern und ihren Anhängern ist die geheimnisvolle Burg Monsalvat. Sie beherbergt den Gral, ursprünglich die Abendmahlsschale Jesu. Einst von Engeln auf die Erde gebracht, erneuert alljährlich eine Taube die »Wunderkraft« des Grals. Gralskönig ist Parzival, sein Sohn Lohengrin wird ausgeschickt, als Elsas klagende Stimme am Gral vernommen wurde, um für sie einzutreten. Schon in diesem Augenblick hat ihn Fernliebe zu Elsa ergriffen, was allerdings die Regeln der Gralsritter verletzt. Gottfried als Schwan ist vom Gral in Dienst genommen, er zieht die Barke Lohengrins und soll nach einjährigem Dienst wieder zum Menschen werden.

Der deutsche König Heinrich der Vogler ist nach Antwerpen gekommen, um die Brabanter zur Heerfolge für die Verteidigung des Deutschen Reiches gegen die Ungarn im Osten aufzubieten und Gerichtstag zu halten. Telramund klagt vor dem König Elsa des Brudermords an und beansprucht die Erbfolge für sich. Elsa, aufgerufen sich zu verteidigen, schweigt zunächst, erzählt dann eine Traumvision von der Erscheinung eines strahlenden Ritters. Da es keine Zeugen für die Anklage gibt, soll ein Gottesgericht entscheiden. Elsa will sich diesem unterwerfen und wählt den erträumten Krieger, der im Gerichtskampf für sie streiten solle. Zweimal bleibt der Ruf des Herolds nach Elsas Fürstreiter ohne Antwort, sie sinkt betend in die Knie, da naht auf der Schelde ein Ritter in einem Boot, das von einem Schwan gezogen wird. Der in eine silberne Rüstung gekleidete ist der erträume Retter, er bietet sich Elsa zum Kämpfen (Gerichtskämpfer) und zum Gatten, nimmt ihr im Gegenzug das Versprechen ab, ihn nie nach seinem Namen und seiner Herkunft zu befragen. Elsa vertraut sich ihm an, er erklärt seine Liebe und beide geloben einander Treue. Der Ritter besiegt Telramund in einem kurzen Gerichtskampf, schenkt ihm zwar sein Leben, jedoch wird die Acht (der Verlust aller persönlichen Rechte) über ihn verhängt. Während alle dem Sieger zujubeln, fragt sich Ortrud, wer der Fremde sein könne, der ihre Zauberkräfte zunichte machte.

Es ist Nacht, in der Burg von Antwerpen wird gefeiert. Telramund klagt Ortrud an, daß sie an seiner Schmach schuld sei, da sie ihn angestiftet hatte, Elsa anzuklagen. Sie überredet ihn, sich mit ihr gemeinsam zu rächen, denn sie vertraut ihm zwei Wege an, den Schwanenritter auszuschalten: Er werde machtlos, wenn ihn Elsa nach seinem Namen und seiner Herkunft befrage oder durch einen »Fleischraub«: Wenn man Lohengrin einen kleinen Teil seines Körpers, auch nur eine Fingerspitze, entreiße, verliere er seine Zauberkraft. Telramund und Ortrud schwören Rache. Elsa erscheint, glücklich über ihre Rettung, auf dem Söller, für Ortrud die Gelegenheit, sich mit geheuchelter Reue bei Elsa einzuschmeicheln. Während Elsa den Söller verläßt, um Ortrud einzulassen, ruft diese ihre heidnischen Götter an. Es gelingt ihr im Gespräch mit Elsa, deren Glauben an die Reinheit ihres Retters zu erschüttern. Bei Tagesanbruch verkündet der Heerrufer, daß Telramund und seine Anhänger geächtet sind und der König Lohengrin mit der Herrschaft über Brabant belehnt habe, dieser jedoch den Herzogstitel nicht führen, sondern »Schützer« genannt werden wolle. Der Hochzeitszug zum Münster wird zuerst von Ortrud, die vor Elsa als Gemahlin eines Unbekannten als ständisch Überlegene den Vortritt verlangt, und dann von Telramund, der Lohengrin der Zauberei anklagt, gestört. Er fordert den König auf, Lohengrin zu befragen, jedoch gilt jenem und den Brabantern der Sieg im Gottesgericht als hinreichende Legitimation seines Adels. Ortrud und Friedrich, aber auch der besorgte Lohengrin bemerken, daß Elsa von Zweifeln gequält wird. Telramund will ihren Gemütszustand nutzen und sie zu dem von Ortrud suggerierten Fleischraub veranlassen, dann werde ihr Lohengrins Wesen enthüllt, und er könne sie nie mehr verlassen. Lohengrin gelingt es, Elsas Zweifel noch einmal zu besiegen. Als der König Elsa und Lohengrin die Stufen zum Portal hinaufführt, wendet sich Elsa um und erblickt Ortrud in siegesgewisser Gebärde.

Elsa und Lohengrin werden in das Brautgemach geführt. Er greift noch einmal ihre Beunruhigung auf, indem er sie fragt, ob sie glücklich sei. Beide versichern einander, daß sie sich zwar nie gesehen, aber in Liebe erahnt hatten. Doch Ortruds Gift wirkt: Elsa beginnt ihre Fragen, möchte ihren Gemahl bei seinem Namen nennen. Alle Beschwichtigungen Lohengrins bleiben umsonst, die Versicherung »aus Glanz und Wonne« zu ihr zu kommen, macht sie erst recht unglücklich, weil sie befürchtet, er sehne sich zurück und werde sie bald verlassen. Schließlich bricht Elsa ihr Versprechen, fragt nach Namen, Herkunft und Abstammung. In diesem Augenblick dringt Telramund mit seinen Genossen in das Gemach, um den Fleischraub zu begehen. Elsa gelingt es noch, Lohengrin sein Schwert zu reichen, und dieser kann Friedrich niederstrecken. Lohengrin läßt den Erschlagenen vor den Hoftag haltenden König tragen und will auch Elsas Fragen beantworten. – Am Ufer der Schelde berichtet er Heinrich, Elsa und den Versammelten, er sei im Auftrag des Grals gekommen, solle jedoch zurückkehren, weil ein Gralsritter unerkannt bleiben müsse, denn nur das Geheimnis verleihe ihm die überirdische Kraft. Dem König verheißt er den Sieg über die Ungarn, dann naht der Schwan, um ihn abzuholen. Lohengrin übergibt Elsa die Herrschaftsinsignien: sein Schwert (Kampf), sein Horn (Heerruf) und seinen Ring (Herrschaft) für ihren Bruder, wenn dieser dereinst zurückkehre. Ortrud erkennt triumphierend im nun herangekommenen Schwan den von ihr verzauberten Gottfried. Ihre Herrschaftsusurpation scheint gelungen. Lohengrin nimmt diese finale Konfrontation auf und spricht ein stilles Gebet. Die Gralstaube erscheint, Gottfried erhält seine Menschengestalt zurück. Traurig zieht der Schwanenritter fort, die Brabanter huldigen Gottfried, Elsa sinkt entseelt zu Boden.

Stilistische Stellung

Musikalisch ist der ›Lohengrin‹ am ehesten als Werk eigener Prägung, nicht als Übergangstypus von der Oper zum Musikdrama zu verstehen. Wagner verwendet eine konsequente Klangfarbendramaturgie: Der Gralssphäre sind die hohen Streicher, Elsa die hohen Holzbläser zugeordnet, die tiefen Instrumente charakterisieren die Gegenspieler Ortrud und Telramund, die Herrschaftsinstrumente wie Trompeten die politisch-militärische Sphäre. Auch durch die Tonarten ergibt sich eine Gegenüberstellung: Die helle Welt ist charakterisiert durch A-Dur (Gral) und As-Dur (Elsa), die dunkle Welt durch das parallele fis-Moll, die Königsherrschaft durch die »Basistonart« C-Dur. Leitmotive sind dem herkömmlichen Erinnerungsmotiv verwandt, sie bezeichnen den Gral, Lohengrin, Elsa, das Frageverbot, werden aber nicht in thematischer Arbeit Elemente eines Gewebes. Trotz noch erkennbarer traditioneller Formen wie Rezitativ, Arioso, Arie und Chor erzeugt Wagner durch die Verzahnung der Nummern und die logische Klangdramaturgie den Eindruck eines Kontinuums.

Textdichtung

Mit dem Lohengrin-Stoff kam Wagner zuerst 1841 in Paris in Berührung, als er sich altdeutschen Stoffen zuwandte. 1845 las er seine wichtigsten Quellen, den mittelalterlichen ›Lohengrin‹ und Wolfram von Eschenbachs ›Parzival‹. Zu den Erzählungen um den Gral zog er Sagen von dem Schwanenritter und den Schwankindern (Verwandlung von Menschen in Schwäne) heran. Dem ersten Handlungskreis entnahm er die handelnden Personen, die Motive des Gottesgerichts und des Frageverbots, die Ankunft des Schwanenritters und seine Gaben an Gottfried, während die Schwankindergeschichte die Gestalt der bösen Zauberin bereitstellte, die einen Menschen in einen Schwan verwandelt. Hinzu kommen Anregungen aus anderen Gralstexten und dem Nibelungenlied (der gestörte Kirchgang) sowie aus Rechtstexten. Während Wagner einerseits den historischen Hintergrund genau zu rekonstruieren suchte, nahm er andererseits für sich in Anspruch, aus der »schlechten Behandlung« der alten Dichter den ursprünglichen Mythos wiederhergestellt zu haben.

›Lohengrin‹ läßt sich auf drei Ebenen verstehen: einer politischen, einer erotischen und einer kunstbezogenen. Die politische reflektiert Wagners Ideen aus dem Vormärz: die Abschaffung des alten Ständestaates, aber die Bewahrung der Monarchie auf demokratisch-republikanischer Grundlage. Der gute und gerechte König wird durch Heinrich vertreten, die korrupte und intrigante Aristokratie durch Ortrud und Telramund. Die Herrschaftserneuerung bewirkt der Gral, der die geistige Substanz des Heiligen Römischen Reiches repräsentiert und durch seinen Gesandten Lohengrin und den im Dienst des Grals gereiften Gottfried das Staatsproblem löst. Die erotische Ebene stellt eine durch visionäre Faszination des anderen motivierte Liebe auf die Probe, ihre Grundlage ist weniger die Gefühlsintensität als das rückhaltlose Vertrauen. Daß das Paar scheitern muß, liegt an den Existenzbedingungen der Personen: Lohengrin ist als Gralsritter die Liebe zu einer Frau eigentlich nicht vergönnt, Elsa muß den Geliebten erkennen, um sich ihm hingeben zu können. Wagner selbst hat (nachträglich) Lohengrin als Prototypen des Künstlers gedeutet, der sich aus seiner Isolation nach dem Volk (vertreten durch Elsa) sehnt und geliebt werden möchte, aber darin scheitern muß.

Geschichtliches

Nach der von Franz Liszt geleiteten Uraufführung 1850, der Wagner als steckbrieflich gesuchter Exilant fernbleiben mußte, wurde ›Lohengrin‹ zu einem der beliebtesten Werke des Komponisten. Sechs Jahre später wurde er in Wien gespielt, 1871 in New York und, überaus erfolgreich, in Bologna. In Bayreuth stand ›Lohengrin‹ dagegen selten auf dem Programm, war bis 1936 nur in drei Spielzeiten zu sehen, an den Hof und Stadttheatern jedoch die meistgespielte Oper Wagners und für viele (wie für Thomas Mann) die erste Begegnung mit diesem Komponisten, so auch für Adolf Hitler, der 1936 für Bayreuth eine hochkarätige Neuproduktion (unter Wilhelm Furtwängler) anregte. Die deutsch-nationale Rezeption, die sich vornehmlich an den Chören festmachte, wird satirisch gespiegelt in dem Roman ›Der Untertan‹ von Heinrich Mann (1914 abgeschlossen). Seit der Wiedereröffnung der Bayreuther Festspiele 1951 wurde der ›Lohengrin‹ regelmäßig inszeniert, wichtig sind darunter die Regiearbeiten von Götz Friedrich (1979), Werner Herzog (1987) und Hans Neuenfels (2011–2015: »Rattengrin«, da die Brabanter kritisch als Ratten dargestellt sind); für Aufregung sorgte die Arbeit von Peter Konwitschny in Hamburg (1998), der die Handlung in ein wilhelminisches Klassenzimmer verlegte.

Den zweiten Teil der Gralserzählung hatte Wagner schon vor der Uraufführung als retardierendes Element gestrichen, er ist allerdings gelegentlich restituiert worden, so 1936 in Bayreuth. Nicht auf Wagner berufen kann sich die Kürzung der »politischen« Konfliktlösung nach der Gralserzählung von »O, Elsa, was hast du mir angetan« bis »des Ostens Horden siegreich nimmer ziehn!«, die in Repertoireaufführungen gängig ist.

V. M.

Tristan und Isolde

Handlung in drei Aufzügen. Dichtung vom Komponisten.

Solisten: *Tristan* (Heldentenor, gr. P.) – *König Marke* (Seriöser Baß, m. P.) – *Isolde* (Dramatischer Sopran, gr. P.) – *Kurwenal* (Heldenbariton, m. P.) – *Melot* (Charaktertenor, auch Charakterbariton, kl. P.) – *Brangäne* (Dramatischer Mezzosopran, gr. P.) – *Ein Hirt* (Lyrischer Tenor, auch Spieltenor, kl. P.) – *Ein Steuermann* (Bariton, auch Baß, kl. P.) – *Stimme eines jungen Seemanns* (Lyrischer Tenor, kl. P.).

Chor: Schiffsvolk – Ritter – Knappen (Männerchor, kl. Chp.).

Schauplätze: Zur See auf dem Verdeck von Tristans Schiff während der Überfahrt von Irland nach Kornwall – Garten in der königlichen Burg

Markes in Kornwall – Im Burggarten auf Kareol, Tristans Burg in der Bretagne.
Zeit: In einem sagenhaften Mittelalter.
Orchester: 3 Fl. (III. auch Picc.), 2 Ob., 1 Eh., 2 Kl., 1 Bkl., 3 Fag., 4 Hr., 3 Trp., 3 Pos., 1 Bt., P., Schl., Hrf., Str. – Bühnenmusik: 3 Trp., 3 Pos., 6 Hr. (nach Möglichkeit zu verstärken), 1 Eh., 1 alphornartiges Naturinstrument (wenn vorhanden).
Gliederung: Durchkomponierte sinfonisch-dramatische Großform in drei Akten mit einleitenden sinfonisch-programmatischen Vorspielen, die pausenlos in die Akte übergehen.
Spieldauer: Etwa 4 Stunden.

Handlung

Vorgeschichte: Kornwalls König Marke war Irland tributpflichtig. Aber Marke stellte die Zahlungen ein, weshalb Morold, der Verlobte der irischen Königstochter Isolde, nach England fuhr, um den fälligen Tribut einzutreiben. Dort wurde er von Markes Vasall Tristan erschlagen. Aus Übermut schickte Tristan Morolds abgeschlagenen Kopf zurück nach Irland. Allerdings hatte auch Tristan im Kampf eine Wunde von Morolds Schwert empfangen. Da Isolde als Heilkundige weithin bekannt war, begab sich Tristan unter dem Decknamen »Tantris« heimlich nach Irland, um sich von Isolde gesundpflegen zu lassen. Isolde wiederum entdeckte, daß in Tristans Schwert ein Stück weggesplittert war. Diese Scharte entsprach genau jenem Metallsplitter, den sie im abgeschlagenen Kopf Morolds vorgefunden hatte. Damit war Isolde klar, wen sie umsorgte, und aus Rache wollte sie daraufhin Tristan mit seinem eigenen Schwert töten. Doch da sah ihr der Wehrlose in die Augen. Isolde brachte die Mordtat nicht übers Herz, und sie ließ Tristan nach seiner Genesung unerkannt nach Kornwall entkommen. Bald darauf kehrte Tristan nach Irland zurück – als Brautwerber von König Marke. Isolde mußte Tristan aufs Schiff folgen, um sich zusammen mit ihrer Vertrauten Brangäne nach Kornwall bringen zu lassen, zwar in der Rolle der Königsbraut, faktisch aber als Geisel, um den Frieden zwischen Kornwall und Irland zu garantieren.

Auf der Schiffsüberfahrt von Irland nach Kornwall reißt der Gesang eines seiner irischen Geliebten nachtrauernden Seemanns Isolde aus ihrer Apathie. Sie bezieht das Lied auf sich und glaubt sich verhöhnt. Wütend blickt sie auf Tristan, den Urheber ihres Zorns. Der hatte bislang während der Fahrt Isoldes Gesellschaft gemieden. Nun aber soll Brangäne ihn herbeirufen. Auf Brangänes Bitte, Isolde aufzusuchen, reagiert Tristan ausweichend, woraufhin Brangäne ihn dringend auffordert, Isolde unverzüglich zu Diensten zu sein. Dieser Befehl wiederum provoziert Tristans Vertrauten Kurwenal zu einem Spottlied, wonach Tristan ein »Herr der Welt« sei, dem Isolde nichts zu befehlen habe. Unverrichteter Dinge kehrt Brangäne zu Isolde zurück, die unter dem Eindruck von Kurwenals Verhöhnung ihre Dienerin über jene erste Begegnung mit dem als »Tantris« getarnten Tristan aufklärt. Isolde ist außer sich, weil Tristan aus ihrer verschwiegenen Begegnung von damals Nutzen gezogen und sie an Marke verschachert habe. Sich selber aber wirft Isolde ihre damalige Milde gegenüber »Tantris« vor. Und als sie Tristan schließlich verflucht und sich und ihm den Tod wünscht, versucht Brangäne ihre Herrin zu besänftigen. Sie rühmt Isoldes künftigen Ehemann Marke als idealen Gatten, in dem sich Macht, Reichtum und freundliche Wesensart vereinen würden. Hierbei kommt es zu einem folgenschweren Mißverständnis: Als Isolde mehr zu sich selber als zu Brangäne sagt: »Ungeminnt den hehrsten Mann stets mir nah zu sehen – wie könnt' ich die Qual bestehen!«, bezieht Brangäne Isoldes halb ausgesprochenes Liebesbekenntnis nicht auf Tristan, sondern auf Marke. Und so meint sie, Isoldes vermeintliche Sorge, Marke könnte sie zurückweisen, ausräumen zu müssen: Sie macht ihre Herrin auf die Wundermittel aufmerksam, die Isoldes Mutter der Tochter nach Kornwall mitgegeben hat, und hebt insbesondere den Liebestrank hervor, der Isolde die Zuneigung ihres baldigen Gatten sichern würde. Isolde hingegen weist auf ein anderes Fläschchen, einen Todestrank. Rufe der Seeleute kündigen das baldige Eintreffen in Kornwall an, und Kurwenal fordert die Frauen auf, sich für die Landung fertig zu machen. Isolde jedoch will den Landgang verweigern, sollte Tristan ihr nicht Rede und Antwort stehen. Während Kurwenal Tristan herbeiholt, weist Isolde Brangäne an, den Todestrank bereitzustellen. Nun kommt es zwischen Tristan und Isolde zur Aussprache. Sie fordert von ihm Sühne für den Tod Morolds, den sie nun selbst rächen wolle, weil seit dem Friedensschluß zwischen Irland und Kornwall dazu keine Männer mehr zu bewegen wären. Deshalb möge Tristan gemeinsam mit ihr einen Sühnetrank zu sich nehmen. Isolde winkt Brangäne mit dem Trank herbei. Tristan, der ahnt, daß Isolde für ihn einen Todestrank hat vorbereiten lassen, weicht Isoldes Aufforderung, sich zu erklären, aus: Weil sie ihm ihre wahre Absicht (nämlich ihn zu töten) verschwiegen habe, würde er ihr nun gleichfalls den sein ausweichendes Verhalten erklärenden Beweggrund (nämlich seine verborgene Liebe zu ihr) verschweigen. Isolde verheimlicht ihr wirkliches Ansinnen weiterhin, indem sie den Todestrank als »süßen Sühnetrank« verharmlost. Dieser offenkundigen Lüge entgegnet Tristan, daß er den Trank als einen Trost zu sich nehmen würde, um im Tod vergessen zu können, daß sein Herz ihn getrogen habe. Als Tristan die Trinkschale leert, wird sie ihm von Isolde entrissen, aus Angst darüber, daß Tristan den Trank für sich alleine wolle, um ihren Selbstmord zu verhindern. Nachdem auch sie getrunken hat, erfolgt in der Erwartung des gemeinsamen Sterbens das wechselseitige Liebesgeständnis. Während das Schiff in Kornwall anlangt, sinken die Liebenden einander in die Arme und nehmen kaum mehr wahr, was um sie herum geschieht. Kurwenal kündigt den in einem Boot nahenden König an; und als Brangäne gesteht, nicht den Todes-, sondern den Liebestrank eingeschenkt zu haben, sinkt Isolde Tristan ohnmächtig an die Brust.

In einer lauen Sommernacht sind Marke und sein Gefolge zur Jagd aufgebrochen. Isolde, inzwischen Markes Gattin, wartet im Garten des Schlosses ungeduldig auf Tristan. Eine Fackel leuchtet; sie ist wie auch bei den zurückliegenden nächtlichen Treffen das verabredete Zeichen, das Tristan davor warnen soll, sich zu Isolde zu begeben. Doch noch sind Marke und seine Leute in der Nähe. Brangäne warnt ihre Herrin vor einer Falle: Der Vasall Melot habe Tristans und Isoldes Liebesverhältnis ausgekundschaftet und Marke mißtrauisch gemacht. Die Jagd sei nur deshalb angesetzt worden, um Tristan und Isolde beim Ehebruch zu überraschen. Isolde hingegen schlägt Brangänes Warnung in den Wind und schickt sie zur Nachtwache hinauf auf die Zinne. Ungeduldig bringt Isolde die Fackel zum Verlöschen. Tristan eilt herbei. Überschwenglich ist ihre Begrüßung. Sie tadeln die brennende Fackel als eine Sendbotin der Tageshelle, die die Liebenden voneinander getrennt zu halten pflege – selbst im Dunkel der Nacht. Auch machen Tristan und Isolde, als sie zurück auf die Zeit vor ihrem Liebesgeständnis blicken, im Tagesschein jene Verblendung aus, die sie darüber hat hinwegsehen lassen, was sie uneingestanden längst füreinander empfunden hatten. In der Nacht hingegen sei Wahrhaftigkeit – nicht anders als im Grenzbereich des Todes, als sie beim Genuß des Trankes an Bord des Schiffes in der Bereitschaft, zu sterben, einander ihre Liebe gestanden. Und so suchen sie nun in der Nacht Erkenntnis über ihr Lieben zu gewinnen. Während sie in entrücktes Schweigen fallen, mahnt sie Brangänes Wächterruf daran, daß die Nacht bald weichen werde. Im Wissen, daß der anbrechende Tag sie wieder der Liebe entfremden und voneinander scheiden würde, wächst in beiden das Verlangen nach dem Tod. Denn erst im Tode würde ihre Liebe überdauern. Abermals mahnt Brangäne, den herannahenden Tag in Acht zu nehmen. Die Liebenden aber sind nun ganz einander hingegeben. Doch unmittelbar vor dem Erreichen »höchster Liebes-Lust« ertönt beim ersten Morgenlicht ein gellender Schrei Brangänes, und der König samt Gefolge stürzt herein. Melot rühmt sich seines Überraschungscoups vor Marke, der aber reagiert auf Tristans erwiesene Untreue mit tiefster Bestürzung. Tristan weiß den Vorhaltungen des Königs nichts zu entgegnen. Statt dessen wendet er sich Isolde zu, um von ihr zu erfahren, ob sie ihm in den Tod folgen wolle. Ihre bejahende Antwort veranlaßt ihn, sie sanft auf die Stirn zu küssen. Das ist zu viel für Melot, der Marke durch den Kuß nun vor dem ganzen Hof bloßgestellt sieht. Tristan aber glaubt den wahren Grund für Melots Empörung zu kennen: heimliche Eifersucht auf seine Liebe zu Isolde. Tristan nötigt Melot, die Waffe zu ziehen, und stürzt sich in dessen Schwert. Während Tristan verwundet in Kurwenals Arme fällt und Isolde an die Brust des Geliebten sinkt, hält Marke Melot zurück.

Kurwenal hat den verwundeten Tristan in dessen Stammburg Kareol verbracht. In tiefer Bewußtlosigkeit liegt Tristan dort im Hof und wird von Kurwenal gepflegt. Ein Hirte bläst auf seiner Schalmei eine traurige Weise. Kurwenal, der nach Isolde hat schicken lassen, weist den Hirten an, auf seinem Instrument ein frohes Lied anzustimmen, sobald er ein Schiff herannahen sähe. Doch der bläst, sich zum Gehen wendend, die traurige Weise fort. Ihre sich entfernenden Klänge lassen Tristan erwachen. Behutsam führt ihn Kurwenal, von der Flucht nach Kareol berichtend und auf Tristans Heilung hoffend, in die Wirklichkeit zurück. Tristan hingegen sieht sich nicht zur Genesung erwacht. Dort im Zustand der Bewußtlosigkeit sei er einem nahezu vollständigen Vergessen anheimgefallen. Einzig sein Wissen, daß

Isolde noch in der Welt des Tages verharre, habe ihn zurückgetrieben ins Leben. Das ist das Stichwort für Kurwenal, Tristan mitzuteilen, daß er nach Isolde geschickt habe. Überströmend ist Tristans Freude über diese Nachricht. Und so fiebert Tristan der Ankunft Isoldes entgegen, doch Kurwenal vermag ihm noch nicht die erlösende Nachricht von ihrem Eintreffen zu geben, da nach wie vor die Weise des Hirten traurig in den Burghof tönt. Sie läßt Tristan darüber nachdenken, weshalb sein Leben von Anbeginn durch einen Trieb zum Tod geprägt war. Nun aber halte ihn die Sehnsucht nach Isolde vom Sterben ab. Und so wird ihm der mit Isolde gemeinsam geleerte Trank zum Elixier einer verhaßten Lebensverlängerung. Den Trank verfluchend, fällt Tristan erschöpft zurück. Wieder zu sich kommend, sieht Tristan in einer tröstenden Vision Isolde auf dem Schiff sich nahen. Da endlich ertönt eine freudige Weise des Hirten, die die Ankunft des Schiffes vermeldet. Kurwenal macht sich auf den Weg, um Isolde herbeizuholen. Tristan reißt sich vom Lager hoch und taumelt Isolde entgegen. Er stirbt mit Isoldes Namen auf den Lippen in ihren Armen. Isolde kann Tristans Tod kaum fassen und bricht ohnmächtig über seiner Leiche zusammen. Da naht ein zweites Schiff, auf dem sich Marke, Melot und Brangäne befinden. Kurwenal will keinesfalls die Burg denjenigen überlassen, die er für die Feinde seines toten Herrn hält. Es kommt zu einem heftigen Kampf, in dessen Verlauf Kurwenal Melot ersticht, selber aber tödlich verwundet wird. Marke wiederum muß erkennen, daß er zu spät gekommen ist: Von Brangäne über den Liebestrank aufgeklärt, sei er Isolde nachgereist, um sie mit Tristan zu vereinen. Doch Isolde – in Brangänes Armen wieder zu sich gekommen – hat von Markes Ausführungen nichts mitbekommen. Unbegreiflich ist ihr indessen, daß die anderen ihre eigene Wahrnehmung offenbar nicht teilen: Denn auf Tristan blickend, scheint ihr der Geliebte wie lebendig. Als ob sie in einer anderen Wirklichkeit wäre als ihre Umgebung, erlebt sie die Erfüllung ihrer Liebe. Sich gleichsam von sich selbst lösend, entschwindet sie in ein Reich der Wonne und der »höchsten Lust«. Und nachdem Isolde verklärt auf Tristans Leichnam niedergesunken ist, segnet Marke die Leichen.

Stilistische Stellung
Eine »der Ursprungsurkunden der musikalischen Moderne« nannte Carl Dahlhaus Wagners ›Tristan und Isolde‹; und der allererste Zusammenklang des Werks gleich im zweiten Takt des Vorspiels belegt diese Einschätzung: der sogenannte Tristan-Akkord. In seiner harmonischen Funktion rätselhaft, löst er sich nicht gemäß der Tradition in eine Konsonanz – und damit wurde der Tristan-Akkord zum Fanal der künftigen kompositorischen Entwicklung hin zur Emanzipation der Dissonanz. Vor allem aber drückt der Tristan-Akkord dem Werk in der Art eines Leitklangs den Stempel auf. Denn im Schmerzenslaut dieses Akkordes ist wie in einer Keimzelle jene Sphäre des Leidens zusammengedrängt, in der sich die Handlung dieser Oper zuträgt und entfaltet. Daß der Tristan-Akkord sich auch melodisch auffächert, ist während des II. Akts im zentralen Teil von Tristans und Isoldes Zwiegesang zu den Worten »O sink hernieder, Nacht der Liebe« zu hören. Schon dieses Detail macht deutlich: Der ›Tristan‹ ist ein Werk von außerordentlicher Geschlossenheit. Nicht zuletzt auch, weil die den Akten vorangestellten orchestralen Vorspiele in den Handlungsgang bereits eingebunden sind. Hinzu kommt, daß insbesondere in der Liebesszene des II. Akts »die Kunst des allmählichen Übergangs«, so der Komponist selbst, zur Perfektion getrieben ist: Tempoveränderungen, gar Brüche sind für den Hörer kaum mehr wahrnehmbar. Überdies hat Wagner im ›Tristan‹ durch leitmotivische Vernetzung eine Partitur von sinfonischer Dichte geschaffen, so daß auch dadurch ein Werk wie aus einem Guß gelang. Das hängt zudem mit der Eigenart der die ›Tristan‹-Partitur durchwirkenden Leitmotive zusammen. Sie sind so gut wie nie – wie oft genug im ›Ring‹ – auf konkrete Personen bzw. Gegenstände bezogen; vielmehr sind sie – so Wagners eigenes Wort – »Gefühlswegweiser«, die bekunden, was die Wortsprache nicht auszudrücken vermag. Mit Hilfe der Leitmotive deutet und steuert die Musik das Geschehen wie ein allwissender Erzähler, daraus resultiert ihre Sogwirkung. Und doch ist die Komposition trotz aller Üppigkeit keine Improvisation, denn tatsächlich ist die tonartliche Disposition überaus planvoll. Unmittelbar wahrnehmbar wird dies darin, daß der Welt des Tages eine grelle Effekte nicht scheuende tonale Festigkeit zugeordnet ist, während der Leidensdruck der Protagonisten in einer sehrenden chromatischen Unruhe zum Tragen kommt. Die Nachtwelt wiederum charakterisiert eine sanft gleitende und schwankende Harmonik, die in fein abgestimmten Farbwerten leuchtet, ganz gemäß dem traum-

seligen Bewußtseinszustand des Titelpaares. Doch ist nicht allein deren »tönendes Schweigen« im II. Akt ein unerhörtes musikalisches Ereignis. Bereits die Dramatik des I. Akts, der in der Auseinandersetzung Tristans und Isoldes gipfelt, bietet atemberaubende Spannung, und in den Leidensmonologen Tristans stößt Wagner das Tor zum musikalischen Expressionismus weit auf. Auch hierin erweist sich Wagner als Avantgardist.

Textdichtung
Die aufs 10. Jahrhundert zurückgehende ›Tristan‹-Sage ist keltischen Ursprungs, seit dem 12. Jahrhundert gehörte sie zum literarischen Repertoire West- und Nordeuropas. Die erste deutsche Fassung, der ›Tristrant‹ des Eilhart von Oberge, stammt aus den 1190er Jahren, während Wagners mittelalterliche Hauptquelle, der ›Tristan‹ Gottfried von Straßburgs, um 1210 entstanden ist. Trotz 19.000 Versen blieb Gottfrieds Roman Fragment, weshalb Ulrich von Türheim um 1235/40 bzw. Heinrich von Freiberg um 1280/90 Schlußszenarien hinzufügten. Die weitere Stoffgeschichte, in der unter anderem Hans Sachs zur Mitte des 16. Jahrhunderts sich mit unrühmlichen Beiträgen hervortat, kann hier außer Acht gelassen werden. Für Wagner bedeutsam waren hingegen die Werkausgaben von Gottfrieds ›Tristan‹ aus dem frühen 19. Jahrhundert von Heinrich von Hagen (1823), Hans Ferdinand Maßmann (1843) und darüber hinaus die Übersetzung von Hermann Kurtz (1843). Indem sich Wagner auf eine Lesart von Gottfrieds episoden- und personenreichem Roman verlegte, die sich auf den tragischen Kern der Fabel konzentrierte, schuf er die Voraussetzung für eine Umformung der Vorlage zum Drama. Daraus wiederum erklärt sich der ungewöhnliche Untertitel des Stücks »Handlung in drei Aufzügen«, denn »Handlung« ist, wie Wagner in seinen theoretischen Schriften hervorhebt, das deutsche Wort für das griechische »Drama«. Aus einem ganz anderen literarischen Quellenbereich schöpfte Wagner für die Nachtszenarien seines Werks. Hier gibt es bis in den Wortlaut hinein Anleihen an Novalis' ›Hymnen an die Nacht‹ (1799/1800) und Friedrich Schlegels ›Lucinde‹ (1799). Hat die Sprache des ›Tristan‹ mit dem ›Ring des Nibelungen‹ den hohen, getragenen Ton, archaische Wendungen, Kurzvers und Stabreim gemeinsam, so treten im ›Tristan‹ außerdem häufig Endreime hinzu. Ein Alleinstellungsmerkmal der ›Tristan‹-Dichtung ist, daß die Sprache verrätselt anmutet. Sie siedelt nahe am Verstummen oder führt geradewegs ins Schweigen hinein. Eine Kommunikation, die zwischen den Bühnenfiguren auf der Wortebene gelingen soll, ist gerade nicht angestrebt. Vielmehr ist die Sprache Ausdruck von Vermeidungsstrategien, weil die Protagonisten sich und anderen nicht eingestehen wollen, was mit dem Gesagten wirklich gemeint ist. Hieraus eröffnet sich der Freiraum für die Deutungshoheit der Musik.

Geschichtliches
Die Genese des Werks steht mit den Lebensumständen des Komponisten, den seine Beteiligung an den revolutionären Barrikadenkämpfen in Dresden 1849 ins Schweizer Exil trieb, in engem Zusammenhang. An eine Realisierung von Wagners hochfliegenden ›Ring‹-Plänen war nun nicht mehr zu denken, so daß der Komponist den ›Ring‹ im August 1857 beiseite legte. Ohnehin hatte sich Wagner während dieser Jahre eine resignative Weltauffassung zu eigen gemacht, die er 1854 durch die Lektüre von Arthur Schopenhauers ›Die Welt als Wille und Vorstellung‹ bestätigt fand und die sich in dem auf den Personen des ›Tristan‹ lastenden Leidensdruck niederschlagen sollte. In die fünfziger Jahre fällt auch Wagners Zuneigung zu Mathilde Wesendonck. Als Muse begleitete sie Wagners Arbeit am ›Tristan‹, und auf ihre Texte schrieb er die sogenannten ›Wesendonck-Lieder‹, von denen zwei ›Tristan‹-Studien sind. Erstmals war Wagner 1846 auf den ›Tristan‹-Stoff aufmerksam geworden. Damals hatte Robert Schumann eine fünfaktige ›Tristan‹-Oper in Betracht gezogen, aber dann doch nicht ausgeführt. Wagner war sich, wie später wieder verworfene Planungen zeigen, über das endgültige Szenario nicht von Anfang an schlüssig. Und Anno 1857 war ›Tristan‹ sogar als italienische Oper zum schnellen Geldverdienen und mit Rio de Janeiro als Uraufführungsort im Gespräch.

Erste Kompositionsskizzen sind auf den 19. Dezember 1856 datiert, doch faktischer Kompositionsbeginn war der 1. Oktober 1857. Am 6. August 1859 war die Partitur dann vollendet. Damit begann die schwierige Suche nach einem geeigneten Uraufführungsort. Etliche Bühnen lehnten ab, das Werk galt als unspielbar und wurde beispielsweise 1863 in Wien nach angeblich 77 Proben abgesetzt. Erst Hans von Bülow – seinerzeit noch der Ehemann von Wagners Geliebter und späteren Frau Cosima – brachte den ›Tristan‹ am 10. Juni 1865 in München heraus, in einer nicht nur vom Komponisten als vorbildlich gerühmten Produktion. Als jedoch der von Wagner hoch geschätzte Uraufführungs-Tristan Ludwig Schnorr von Carolsfeld bald darauf verstarb, galt das Werk als ein die Sänger überanstrengendes Kunstwerk. Auch deshalb blieben Folgeproduktionen zunächst sporadisch. Wagner wiederum verfügte im Nachtgespräch des II. Akts und im ersten Fiebermonolog Tristans im III. Akt Striche. Als Cosima Wagner 1886 den ›Tristan‹ ins Bayreuther Repertoire einfügte, orientierte sie sich aber an der strichlosen Münchner Idealaufführung von 1865. Und so ist es bis heute in Bayreuth geblieben.

Die Inszenierungsgeschichte kann zunächst als eine allmähliche und immer deutlichere Abkehr vom historisierenden Illusionstheater des 19. Jahrhunderts beschrieben werden. Einen Höhepunkt dieses der »Entrümpelung« der Bühne verschriebenen Inszenierungsstils erlebte Bayreuth 1962 in Wieland Wagners letzter ›Tristan‹-Produktion, einer auf Abstraktion und Tiefenpsychologie fokussierenden Werkdeutung. Auch Heiner Müller setzte 1993 auf Abstraktion und inszenierte ein Ritual vom Zueinander-Wollen und Zueinander-nicht-Finden der Personen. Zeitverschiebungen prägen wiederum Inszenierungen zu Beginn des 21. Jahrhunderts – etwa in die Wagner-Zeit (Claus Guth, Zürich 2008) oder in ein repressives Großbritannien der 1960er/1970er Jahre (Christoph Marthaler, Bayreuth 2005). Sie bieten Konkretisierungen, die nicht zuletzt auch die Psychopathologie der ›Tristan‹-Protagonisten offenlegen.

R. M.

Die Meistersinger von Nürnberg

Oper in drei Akten. Dichtung vom Komponisten.

Solisten: *Hans Sachs*, Schuster (Heldenbariton, gr. P.) – *Veit Pogner*, Goldschmied (Seriöser Baß, gr. P.) – *Kunz Vogelgesang*, Kürschner (Tenor, m. P.) – *Konrad Nachtigall*, Spengler (Charakterbaß, m. P.) – *Sixtus Beckmesser*, Stadtschreiber (Charakterbariton, auch Spielbaß, gr. P.) – *Fritz Kothner*, Bäcker (Baßbariton, auch Spielbaß, auch Charakterbaß, auch Charakterbariton, m. P.) – *Balthasar Zorn*, Zinngießer (Tenor, m. P.) – *Ulrich Eißlinger*, Gewürzkrämer (Tenor, m. P.) – *Augustin Moser*, Schneider (Tenor, m. P.) – *Hermann Ortel*, Seifensieder (Bariton, auch Baß, m. P.) – *Hans Schwarz*, Strumpfwirker (Baß, m. P.) – *Hans Foltz*, Kupferschmied (Baß, m. P.) – *Walther von Stolzing*, ein junger Ritter aus Franken (Jugendlicher Heldentenor, auch Heldentenor, gr. P.) – *David*, Sachsens Lehrbube (Spieltenor, gr. P.) – *Eva*, Pogners Tochter (Jugendlich-dramatischer Sopran, auch Lyrischer Sopran, gr. P.) – *Magdalena*, Evas Amme (Mezzosopran, auch Spielalt, m. P.) – *Ein Nachtwächter* (Bariton, auch Baß, kl. P.).
Chor: Bürger und Frauen aller Zünfte – Gesellen – Lehrbuben – Mädchen – Volk (Lehrbuben: 4 Alt, 4 Tenor I und 4 Tenor II. In der Prügelszene Chorbässe geteilt in Gesellen und Meister [ältere Bürger]; gr. Chp.).
Ballett: Tanz der Fürther Mädchen.
Ort: Nürnberg.
Schauplätze: Im Innern der Katharinenkirche – In den Straßen vor den Häusern Pogners und Sachsens – Sachsens Werkstatt – Ein freier Wiesenplan an der Pegnitz.
Zeit: Um die Mitte des 16. Jahrhunderts.
Orchester: 2 Fl., 1 Picc., 2 Ob., 2 Kl., 2 Fag., 4 Hr., 3 Trp., 3 Pos., 1 Bt., P., Schl., Gisp., Hrf., Laute, Str. – Bühnenmusik: Hörner in A, Trp. in verschiedenen Stimmungen mit beliebig starker Besetzung, ein Nachtwächter-Stierhorn (Fis), Trommeln.
Gliederung: Durchkomponierte symphonisch-dramatische Großform (symphonisch-programmatische Vorspiele zum I. und III. Akt).
Spieldauer: Etwa 4 ½ Stunden.

Handlung

Der junge fränkische Ritter Walther von Stolzing ist nach Nürnberg übergesiedelt und hat sich dort in Eva, die Tochter des Goldschmieds Veit Pogner, verliebt, der ihm beim Verkauf seines Gutes behilflich gewesen war. Im Anschluß an eine Andacht in der Katharinenkirche, an der das Mädchen mit seiner Amme Magdalena teilnimmt, tritt der Junker kurz entschlossen Eva in den Weg und fragt sie, ob sie schon Braut sei. Daraufhin erfährt er, daß Pogner die Hand seines einzigen Kindes als Preisgewinn eines Wettsingens am morgigen Johannisfest bestimmt hat. Da sich an dem Wettbewerb nur ein von den Meistern gekrönter Bewerber beteiligen darf, muß Stolzing erst in die Gilde der Meistersinger aufgenommen werden. Die Gelegenheit ist günstig; denn, wie Magdalena von ihrem Herzensschatz David erfährt, findet anschließend in der Kirche eine »Freiung« statt, das heißt eine Prüfung, bei der nach erfolgreichem Probesingen vor den versammelten Meistern der Lehrling »losgesprochen« und Meister werden kann, wer die Voraussetzungen erfüllt. Auf Magdalenas Rat läßt sich der Ritter von David, dem Lehrbuben des populären Schuster-Poeten Hans Sachs, über die Bedingungen unterrichten. In drollig-drastischer Wichtigtuerei schildert dieser den dornenreichen Pfad zur Meisterwürde: Um zunächst »Singer« zu werden, muß man eine Unzahl von Meisterweisen beherrschen lernen; ist dann der Singer imstande, eine Meisterweise mit eigenen Worten und Reimen zu unterlegen, rückt er zum »Dichter« auf; und erst wer zu einem eigenen Gedicht auch eine neue Weise erfindet, wird als Meister erkannt. Nachdem die Lehrbuben unter Davids Anleitung das »Gemerk« aufgestellt haben, erscheinen nach und nach die Meister. Walther begrüßt Pogner und teilt ihm seine Absicht mit, sich um die Aufnahme in die Zunft zu bewerben, worüber dieser ebenso überrascht wie erfreut ist. Nach Verlesung der Namen ergreift zu Beginn der Sitzung Pogner das Wort, um den Meistern zunächst seinen Entschluß wegen Evchen vorzutragen, der begeisterte Zustimmung auslöst. Nur Sachs hat gewisse Bedenken: er möchte bei dem Preisgericht lieber das Volk mit seinem unverbildeten, natürlichen Kunstinstinkt als die Meister Schiedsrichter sein lassen, was aber von den Meistern entschieden abgelehnt wird. Als dann Kothner fragt, ob wer Freiung begehre, stellt Pogner den Junker Stolzing vor. Die spießigen Zunftgenossen betrachten den ungewöhnlichen Bewerber mit Mißtrauen, das sich noch steigert, als der Ritter auf Befragen erklärt, daß sein Lehrer ein von den Ahnen ererbtes Liederbuch des Walther von der Vogelweide, seine Singschule die Wald- und Wiesenpracht des Lenzes gewesen seien. Der von hohem dichterischen Schwung erfüllte Probesang verwirrt vollends den von sturem Regelkram vernagelten Kunstverstand der biederen Zunft. Stadtschreiber Beckmesser, der die Verstöße gegen die Regeln mit der Kreide auf einer Tafel anmerkt, bestärkt die Meister in ihrer Ablehnung des Ritters; denn er, der sich ebenfalls morgen um Evchen bewerben will, wittert in ihm einen gefährlichen Nebenbuhler. Nur einer ist anderer Meinung: Hans Sachs, der sogleich das echte Künstlertum Stolzings erkannt hat. Er kann aber mit seinem Einspruch nicht gegen die Mehrheit aufkommen, und so fällt der Junker unter großem Tumult durch.

Sachs gibt jedoch die Hoffnung auf eine glückliche Lösung nicht auf. Noch ganz unter dem Eindruck des von jugendlichem Feuer durchglühten Lenzes- und Liebesliedes des Ritters will ihm abends bei Fliederduft seine handwerkliche Arbeit nicht recht schmecken. Inzwischen hatte Magdalena von David erfahren, daß der Ritter »versungen und vertan« habe. Sie verständigt hiervon Eva, als diese von einem Spaziergang mit dem Vater nach Hause kommt. In großer Besorgnis begibt sich Eva zu Sachs, um von ihm etwas über den Ausgang des Probesingens herauszubekommen. Aber dieser verstellt sich; er tut so, als ob die Ablehnung des »Junkers Hochmut« ganz mit seinem Einverständnis erfolgt sei. Empört läuft Eva davon und erklärt sich bereit, als kurz darauf Stolzing verabredungsgemäß in der Gasse erscheint, durch eine Flucht mit ihm im Schutz der Dunkelheit sich dem Preisgericht entziehen zu wollen. Aber Sachs, der das Gespräch mitangehört hat, weiß den Plan zu verhindern, indem er von seiner Werkstatt aus einen Lichtstreifen auf die Straße fallen läßt. In diesem Augenblick erscheint vor Evas Fenster Beckmesser. Er will dem Mädchen sein Werbelied vortragen, um zu erkunden, ob es seinen Beifall finde. Da ergreift Sachs blitzschnell die Gelegenheit zur Revanche für die Anpöbelungen des boshaften Merkers in der Singschule. Zunächst läßt er ihn durch Absingen mehrerer Strophen seines derbfröhlichen Schusterliedes gar nicht zu Worte kommen. Schließlich erklärt er sich bereit, ihn anhören zu wollen, allerdings müsse er, gleichsam als Merker, jeden Fehler mit einem Hammerschlag auf die Sohlen ankreiden, sonst könnte er ihm bis morgen nicht die so vorwurfsvoll begehrten neuen Schuhe fertigmachen. Das holprige Gedicht gibt Sachs reichlich Gelegenheit zur Betätigung mit dem Hammer, so daß er mit den Schuhen eher fertig wird als Beckmesser mit seinem Lied. Durch den Lärm geweckt, erblickt David am Fenster gegenüber seine Magdalena, die Eva an ihrer Stelle dorthin geschickt hat. Von Eifersucht gepackt, stürzt er sich auf Beckmesser und verprügelt ihn. Immer mehr Nachbarn, Gesellen und Lehrbuben strömen herbei und werden in die Schlägerei verwickelt. In dem allgemeinen Tumult versucht nun Stolzing, der sich mit Eva bis jetzt unter der Linde vor Sachsens Haus verborgen hatte, mit dem Schwert sich durchzuhauen. In diesem Augenblick springt Sachs aus seinem Laden, stößt David mit einem Fußtritt dorthin zurück, schiebt Eva durch die Tür ins Pogner-Haus, packt Stolzing am Arm und zieht ihn mit sich in sein Haus. Fast gleichzeitig schütten die Frauen aus den Fenstern Wasser auf die Streitenden herab; mit dem nahen Ertönen des Nachtwächterhorns erfährt die Prügelei ein plötzliches Ende, und alle eilen fluchtartig in ihre Häuser.

Am nächsten Morgen nähert sich David mit schlechtem Gewissen dem Meister. Beim Vortrag des Johannes-Sprüchleins erinnert er sich des heutigen Namenstags seines Lehrherrn und bietet ihm Blumen, Wurst und Kuchen zum Geschenk an, auf die dieser aber freundlich dankend verzichtet. Als David, frohgemut über die milde Stimmung des Meisters, weggegangen ist, ergeht sich Sachs, angeregt durch die Ereignisse des Vortags, in philosophierenden Betrachtungen über den Wahn, der die Menschen antreibt, sich gegenseitig das Leben zu erschweren. Da betritt Stolzing die Stube. Sachs weiß den Junker zu einem neuen Meisterlied zu ermutigen. Der Ritter hatte während der paar Stunden Schlafs einen schönen Traum, den er nun unter Sachsens Anleitung in eine dichterische Form faßt. Als sich dann die beiden zum Umkleiden in die Kammer nebenan begeben haben, erscheint Beckmesser, zerschlagen und zerschunden, und findet das von Sachs aufgezeichnete Gedicht des Junkers, das er für ein Werbelied von Sachs hält. Hastig steckt er das Blatt zu sich, als dieser zurückkommt. Sachs beruhigt den aufgebrachten Merker mit der Versicherung, daß er sich nicht am Wettgesang beteiligen werde, und schenkt ihm überdies das Gedicht, damit man ihn nicht für einen Dieb anzusehen brauche. In der Überzeugung, daß er mit einem Lied von Sachs jeden Konkurrenten aus dem Feld schlagen werde, eilt Beckmesser freudetanzend zum Memorieren nach Haus. Gleich daraufkommt Evchen im Festkleid. Sie gibt vor, daß der Schuh sie drücke. Aber Meister Sachs kennt besser die Ursache ihrer Beschwer, die sich sofort behebt, als Stolzing die Stube betritt und, angeregt durch den Anblick des Mädchens, spontan den dritten Bar seines Preisliedes anstimmt. Als Eva in überströmendem Dankgefühl Sachs gesteht, daß sie nur ihm ihre Hand gereicht hätte, müßte sie jetzt nicht einem anderen, bis dahin noch nicht gekannten Zwang folgen, weist dieser mit überlegener Resignation auf die traurige Geschichte von Tristan und Isolde hin. Nach altem Meisterbrauch nimmt dann Sachs die feierliche Taufe und Namensgebung der neuen, von dem Junker gedichteten und gesungenen Weise vor, wozu er auch Magdalena und seinen Lehrbuben David, den er bei dieser Gelegenheit zum Gesellen schlägt, als Zeugen hereinruft: sie soll die »Selige Morgentraumdeutweise« heißen. Nach dem Aufzug der Zünfte und der Meister auf der Festwiese verkündet Sachs, vom Volk jubelnd begrüßt und mit dem Vortrag seines »Wach auf«-Liedes geehrt, als Spruchsprecher den Anwesenden den hochherzigen Entschluß Meister Pogners und fügt hinzu, daß im freien Wettbewerb das Reis erringen solle, wer sich im Werben wie im Singen des seltenen Preises würdig erweise. Als dann Beckmesser Stolzings Dichtung derart entstellt vorträgt, daß er unter dem dröhnenden Hohngelächter des Volkes abziehen muß, und er Sachs vor allem Volk beschuldigt, ihm sein schlechtes Gedicht aufgedrängt zu haben, fordert dieser den Ritter Stolzing auf, durch den richtigen Vortrag des Liedes zu beweisen, daß er sein Dichter sei. Bei dem eindeutig sympathischen Eindruck von Walthers Erscheinung und Gesang können ihm auch die Meister ihre Anerkennung nicht mehr versagen; spontan erklären sie sich bereit, ihn in die Zunft aufzunehmen. Aber Stolzing will nach den bitteren Erfahrungen von den Meistern und ihrer Zunft nichts mehr wissen. Auch jetzt rettet Sachs die Situation, indem er den Ritter mit einer ernsten Mahnung zurechtweist, stets die deutschen Meister und ihre Kunst zu ehren. Jubelnd huldigen die auf der Festwiese versammelten Nürnberger Hans Sachs als ihrem geistigen Übervater.

Stilistische Stellung

Auch bei ›Die Meistersinger von Nürnberg‹ werden wieder zwei gegensätzliche Welten einander gegenübergestellt, deren Aufeinanderprallen den eigentlichen Konfliktstoff ergibt: der künstlerisch produktive Volksgeist (Repräsentant Hans Sachs) und das handwerksmäßig kunstübende Spießbürgertum (Beckmesser). Der Text bevorzugt Knittelverse mit Reim in Nachbildung der dichterischen Sprache Hans Sachsens. Dichtung und Musik bilden in ihrer Selbständigkeit gleichwertige Faktoren, die sich in dem Werk zu einer wundervollen Einheit verschmelzen. Bei polyphoner Anlage herrscht der unentwegt dahinfließende, durch motivische Erläuterung fein charakterisierte, musikdramatische Dialog vor. Über die psychologisierende Verwendung der Motive hat sich Wagner selbst in der Erklärung des programmatischen Inhalts des Vorspiels zum I. Akt geäußert. Manche Textstellen, besonders solche, die für das Verständnis der Handlung von Wichtigkeit sind, werden im streng rhythmisierten Rezitativstil behandelt. Darüber hinaus enthält die Partitur eine beträchtliche Reihe geschlossener Formen oder ähnlicher Gebilde (Strophenlieder, dreiteilige Bars, Monologe, Ensembles, Chöre usw.).

Textdichtung
Wagner gestaltete den Stoff nach einer eigenen Idee, zu der ihn einige Notizen über Hans Sachs und den Meistergesang in Georg Gottfried Gervinus' ›Geschichte der poetischen Nationalliteratur der Deutschen‹ angeregt hatten. Weitere Quellen bildeten: E. T. A. Hoffmanns Novelle ›Meister Martin der Küfer und seine Gesellen‹ sowie vor allem Johann Ludwig Ferdinand Deinhardsteins Schauspiel und Oper (von Albert Lortzing vertont) ›Hans Sachs‹ (1840 Leipzig); vielleicht hat auch Lortzings ›Waffenschmied‹ in manchem eingewirkt. Genauere Kenntnisse über den Meistergesang vermittelte dem Tondichter Johann Christoph Wagenseils ›Buch von der Meistersinger holdseligen Kunst‹ (1697), in dem auch der »Lange Ton« des Heinrich von Mügeln überliefert ist, nach welchem Wagner den Kopf der Meistersinger-Fanfare gestaltete. Möglicherweise wurde die Gestaltung des Stoffes auch noch durch andere Dichtungen beeinflußt, wie durch Jakob Grimms Schrift ›Über den altdeutschen Meistergesang‹, Friedrich Heinrich von der Hagens ›Norika‹, Deinhardsteins ›Salvator Rosa‹ sowie August von Kotzebues Lustspiel ›Die deutschen Kleinstädter‹. Die Namen der »Weisen« sind historisch, abgesehen von einigen wenigen, die Wagners Erfindung sind. Auch die Namen der Meister, den Text der Tabulatur, die verschiedenen Kunstausdrücke und Meisterregeln hat der Tondichter größtenteils wörtlich aus den Quellen übernommen. Von Originaldichtungen Hans Sachsens wurde nur der Text des »Wach auf«-Chores einem Reformationslied auf Luther (›Die Wittenbergisch Nachtigall‹, 1525) entnommen. In den ersten Entwürfen hieß der Merker noch »Hans Lick« beziehungsweise »Veit Hanslich« nach Wagners Kritiker-Gegner Dr. Eduard Hanslick, Wien.

Geschichtliches
Die Entstehungs-Etappen des Werkes sind: Idee und Prosaentwurf Sommer 1845 in Marienbad. Ausführliche Erzählung der Handlung in der ›Mitteilung an meine Freunde‹ 1851. Fertigstellung der Dichtung Dezember 1861 und Januar 1862, die von der Marienbader Skizze, aber auch von der endgültigen Fassung in manchem differiert. Bald darauf Beginn der Komposition in Biebrich am Rhein, die nach vielen Unterbrechungen erst am 20. Oktober 1867 in Luzern abgeschlossen wurde. Die erste Aufführung des Vorspiels war bereits am 2. Juni 1862 im Gewandhaus zu Leipzig erfolgt. Die Uraufführung des ganzen Werkes fand am 21. Juni 1868 in München statt, der Wagner an der Seite König Ludwigs II. beiwohnte, stürmisch gefeiert von einem aus allen Himmelsrichtungen herbeigeströmten glanzvollen Auditorium erster Fachleute und Kunstkenner. Die musikalische Leitung hatte Hans von Bülow, die Einstudierung der Chöre besorgte Hans Richter, der die Partitur eigenhändig kopiert hatte; in den Hauptrollen sangen Franz Betz (Sachs), Franz Nachbaur (Stolzing), Gustav Hölzel (Beckmesser) und Mathilde Mallinger (Eva). Trotz teils böswilliger, teils hilfloser Kritik, hauptsächlich aus dem Kreis der bekannten Widersacher, erfuhr das Werk eine verhältnismäßig rasche Verbreitung. Nachdem Cosima Wagner die ›Meistersinger‹ 1888 in einer sich an die Münchner Uraufführung anlehnenden Inszenierung erstmals in den Bayreuther Festspielkanon aufgenommen hatte, fiel das Stück in den ersten Jahrzehnten des 20. Jahrhunderts insbesondere in Bayreuth der Vereinnahmung zunächst durch nationalistische Reaktionäre, dann durch die Nationalsozialisten anheim. So erlebten die ›Meistersinger‹, die von 1911 bis 1925 in einer Inszenierung von Richard Wagners Sohn Siegfried auf dem Grünen Hügel gegeben wurden, 1924 ein Auditorium, das Sachsens Schlußansprache stehend anhörte, um anschließend das Deutschland-Lied mehrstrophig abzusingen. Zwar konnte im Jahr darauf das Publikum von derlei Kundgebungen abgehalten werden. Doch waren die ›Meistersinger‹ während des »Dritten Reichs« die Feieroper der Nazis schlechthin. Bereits in Heinz Tietjens erster Festspiel-Inszenierung von 1933 wurde das Stück mit Massenszenen, in denen fast 800 Sänger und Statisten auf

der Bühne standen, aufgedonnert. Und in den sogenannten Kriegsfestspielen von 1943/44, in denen die ›Meistersinger‹, ebenfalls in einer Tietjen-Inszenierung, als einziges Werk auf dem Bayreuther Spielplan standen, tummelten sich auf der Festwiese im Finale neben den Künstlern auch noch Mitglieder verschiedener Nazi-Verbände. Darüber hinaus war das Stück von Hitler »zum Festspiel der Reichsparteitage für alle Zeiten« ausgerufen worden und ins propagandistische Protokoll der Nürnberger Reichsparteitage fest eingebunden.

Im Nachkriegs-Bayreuth war den Wagner-Enkeln Wieland und Wolfgang dann an einer Entpolitisierung des geschändeten Werks gelegen. Doch stellte das Regietheater darauffolgender Jahrzehnte die Frage, ob dem Stück selbst Gewaltpotentiale eingeprägt seien. Hans Neuenfels' Stuttgarter Inszenierung von 1994 und Katharina Wagners Bayreuther ›Meistersinger‹ von 2007 boten hierfür herausragende Beispiele. Um so bemerkenswerter, daß Stefan Herheim 2013 in Salzburg anläßlich von Wagners 200. Geburtstag eine geradezu putzig-skurrile Biedermeier-Version lieferte, als sollte den ›Meistersingern‹ der Weg aus dem politisierten Diskurs gewiesen werden.

R. K./R. M.

Der Ring des Nibelungen

Bühnenfestspiel in einem Vorabend und drei Tagen. Dichtung vom Komponisten.

Ort und Zeit: Mythisch.
Orchester der ›Ring‹-Tetralogie: 3 Fl. (III. auch Picc.), 1 Picc., 3 Ob., 1 Eh. (auch IV. Ob.), 3 Kl., 1 Bkl., 3 Fag. (III. auch Kfag., außer in der ›Götterdämmerung‹), 8 Hr. (eine Vierergruppe auch mit 2 Tenortuben und 2 Bt., den sogenannten »Wagner-Tuben«), 3 Trp., 1 Btrp., 3 Pos., 1 Kpos. (auch Bpos.), 1 Kbt., 2 P., Triangel, Becken, 1 Tamtam (in ›Rheingold‹ und ›Siegfried‹), 1 Rührtr. (in der ›Walküre‹ und ›Götterdämmerung‹), Glsp. (außer im ›Rheingold‹), 6 Hrf., 16 Viol. I, 16 Viol. II, 12 Br., 12 Vcl., 8 Kb. – Bühnenmusik im ›Rheingold‹: 1 Hrf., 16 Ambosse, 1 Hammer; in der ›Walküre‹: 1 Stierhorn in C, Donnermaschine; in ›Siegfried‹: 1 Eh., 1 Hr., 1 Schmiedehammer, Donnermaschine; in der ›Götterdämmerung‹: 1 Hr. in F, 4 Hr. in C, Stierhörner in C, Des und D, 1 Trp., 4 Hrf.
Gliederung: Jeweils durchkomponierte symphonisch-dramatische Großform.

Vorabend: Das Rheingold

Solisten: *Wotan* (Baßbariton, auch Heldenbariton, gr. P.) – *Donner* (Hoher Baß, auch Heldenbariton, kl. P.) – *Froh* (Lyrischer Tenor, kl. P.) – *Loge* (Charaktertenor, auch Heldentenor, gr. P) – *Alberich* (Charakterbariton, auch Baßbariton, gr. P.) – *Mime* (Spieltenor, auch Charaktertenor, m. P.) – *Fasolt* (Schwerer Spielbaß, auch Hoher Seriöser Baß, m. P.) – *Fafner* (Seriöser Baß, m. P.) – *Fricka* (Dramatischer Mezzosopran, m. P.) – *Freia* (Jugendlich-dramatischer Sopran, kl. P.) – *Erda* (Dramatischer Alt, kl. P.) – *Woglinde* (Lyrischer Sopran, m. P.) – *Wellgunde* (Lyrischer Mezzosopran, m. P.) – *Floßhilde* (Lyrischer Alt, m. P.)
Statisterie: Nibelungen.
Schauplätze: In der Tiefe des Rheins – Freie Gegend auf Bergeshöhen – Unterirdische Kluft – Wie 2. Szene.
Spieldauer: Etwa 2½ Stunden.

Handlung

Auf dem Grund des Rheins liegt in einem Felsenriff das Rheingold verwahrt, wohlbewacht von den drei anmutigen Töchtern des Vaters Rhein. Mit einem Fluch auf die Liebe gelingt dem Zwerg Alberich der Raub des Schatzes. Denn nur, wer der Liebe entsagt, vermag sich des Goldes zu bemächtigen.

Die Riesen Fasolt und Fafner haben den Göttern eine gewaltige Burg gebaut, wofür sie sich von Wotan als Lohn die liebliche Göttin Freia ausbedungen haben, die mit ihren goldenen Äpfeln ewige Jugend spendet. Aber Wotan weigert sich, den plumpen Tölpeln Freia herauszugeben, als sie jetzt ihren Lohn verlangen. Da kommt endlich Loge, der schlaue Feuergott, der dem Göttervater versprochen hatte, einen Ersatz für Freia zu verschaffen. Er erzählt von dem Raub des Rheingolds durch den Zwerg Alberich, dem es gelungen sei, aus der Beute einen Ring zu schmieden, der ihm unermeßliche Macht verleiht. Sklavisch gehorchten ihm jetzt die Nibelungen, die ihm Tag und Nacht die kostbarsten Schätze fördern und schmieden müßten. Mit ihnen will sich der Nachtalbe die Herrschaft über die Welt und sogar über die Götter erringen. Die Riesen neiden dem Zwerg das Gold; sie erklären sich daher einverstanden, anstelle von Freia den Hort des Nibelungen als Bezahlung für den Bau der Burg anzunehmen. Brutal reißen sie Freia zu sich und erklären, sie bis zum Abend als Pfand festhalten zu wollen; sollten sie jedoch bis dahin den Schatz nicht erhalten haben, würden sie die lichte Göttin für immer behalten. Jetzt ist Wotan gezwungen, mit Loge sich nach Nibelheim zu begeben, um sich der Schätze des Nibelungen zu bemächtigen.

Dort bekommt indes Wotan den gefährlichen Zwerg in seine Gewalt dank einer List des verschlagenen Feuergottes Loge, der die Verwandlungskraft von Alberichs Tarnhelm, dem Meisterwerk von dessen Bruder Mime, schlau für seine Zwecke auszunutzen versteht. Er verleitet den prahlerischen Nachtalben, sich in eine Kröte zu verwandeln, die dann die beiden Götter rasch fassen; den Zwerg, der wieder seine Gestalt angenommen hat, knebeln sie und führen ihn mit sich nach oben.

Für seine Freilassung muß Alberich nicht nur die Schätze der Nibelungen, sondern auch den Ring Wotan überlassen. Gleichzeitig heftet jedoch der Nachtalbe an den Ring einen fürchterlichen Fluch, der jeden zukünftigen Besitzer der Vernichtung weiht und der sogleich bei den Riesen wirksam wird: Fafner erschlägt bei der Teilung der Beute im Streit um den Besitz des Ringes den Bruder. Seiner Feinde ledig, wenn auch mit neuer Sorge erfüllt über die Prophezeiung Erdas von dem Ende der Ewigen, schreitet Wotan mit den Göttern über eine Regenbogenbrücke zur Burg, der er den Namen Walhall gibt.

Stilistische Stellung, Textdichtung und Geschichtliches
Siehe ›Götterdämmerung‹.

Erster Tag: Die Walküre

Solisten: *Siegmund* (Jugendlicher Heldentenor, auch Heldentenor, gr. P.) – *Wotan* (Baßbariton, auch Heldenbariton, gr. P.) – *Hunding* (Seriöser Baß, auch Charakterbaß, m. P.) – *Sieglinde* (Jugendlich-dramatischer Sopran, auch Dramatischer Sopran, gr. P.) – *Brünnhilde* (Dramatischer Sopran, gr. P.) – *Fricka* (Dramatischer Mezzosopran, m. P.) – Acht Walküren: *Helmwige, Gerhilde, Ortlinde, Waltraute, Siegrune, Roßweiße, Grimgerde, Schwertleite* (3 Soprane, 3 Mezzosoprane, 2 Alte, m. P.).
Schauplätze: Das Innere der Wohnung Hundings – Wildes Felsengebirge – Auf dem Gipfel eines Felsenberges (»Brünnhildenstein«).
Spieldauer: Etwa 3 ¾ Stunden.

Handlung
Erschöpft und waffenlos sucht Siegmund, von Gewittersturm und Feind verfolgt, an einem fremden Herd Zuflucht. Gastlich labt eine junge Frau, die Gattin des Hausherrn Hunding, den Helden. Aber als »Wehwalt« findet und stiftet er wie überall so auch hier Unheil. Nach Hundings Heimkehr stellt sich bei Siegmunds Erzählung seiner Herkunft heraus, daß er in das Haus eines erbitterten Feindes geraten ist, der ihm für die Nacht zwar Gastrecht gewährt, ihn aber am kommenden Tag mit der Waffe zur Rechenschaft ziehen will. In barschem Ton fordert Hunding die junge Frau auf, ihm den Nachttrunk zu richten, in den diese heimlich einen Schlafsaft mischt. Mit einem sehnsüchtigen Blick auf Siegmund und den Stamm der Esche verläßt sie den Saal. Allein zurückgeblieben, erinnert sich Siegmund, daß ihm sein Vater Wolfe einst ein Schwert verheißen hatte, das ihm in höchster Not Hilfe bringen sollte. Da wird im Schein des verlöschenden Herdfeuers ein Schwertgriff sichtbar, den Siegmund aber für den sehnsüchtigen Blick der scheidenden Frau hält. Mit leisen Schritten kommt Hundings Gattin aus dem Schlafgemach. Sie weist dem Fremdling ein Schwert, das ein Unbekannter in den Stamm der Hausesche gestoßen hat und das bisher auch die stärksten Männer nicht herauszuziehen vermochten. Jetzt kommt auch bei den beiden, die sich vorher schon mit Blicken gefunden hatten, die Liebe elementar zum Ausbruch. Siegmund, der Wälsungensproß, findet in der Frau, die Hunding ohne Liebe zur Ehe gezwungen hatte, Sieglinde, die totgeglaubte Zwillingsschwester. Mit kühner Kraft gewinnt er sich in höchster Not das Schwert, das er Nothung benennt, und in wilder Leidenschaft fällt sich das Paar bräutlich in die Arme.

Mit sichtlichem Wohlgefallen fordert am nächsten Tag Wotan die Walküre Brünnhilde auf, den

Sieg für Siegmund zu küren. Als aber Fricka, die Hüterin der Ehe, Rache für den Ehebruch und die Blutschande des Zwillingspaares fordert, muß Wotan seinen Entschluß wieder rückgängig machen. Er eröffnet nun seinem Lieblingskind Brünnhilde das Geheimnis seiner Not: Wotan hatte das Wälsungengeschlecht gezeugt, auf daß ein freier Held, der nicht wie er als Walter heiliger Verträge an Gesetz und Sitte der Weltordnung gebunden ist, Götter und Welt von dem Fluch des Goldes befreie. Jetzt muß Wotan in tiefem Unmut das Mißlingen seiner Absichten erkennen. Er ersehnt daher nur mehr eines: das Ende. Feierlich verkündet die Walküre Siegmund, den auf der Flucht Sieglindes Erschöpfung zur Rast gezwungen hat, wie Wotan das Los bestimmt hat. Aus Mitleid gegen das Wälsungenpaar verspricht sie aber schließlich dem Helden ihren Schutz. Als sie dann bei dem Zweikampf gegen Wotans Befehl zu handeln versucht, greift dieser selbst ein. An seinem Speer zerbricht Nothung. Siegmund fällt. Aus Furcht vor Wotans strafendem Grimm entführt Brünnhilde rasch Sieglinde auf ihrem Roß.

Am Walkürenfelsen entläßt sie die Unglückliche zur weiteren Flucht und übergibt ihr die zerbrochenen Stücke von Siegmunds Schwert. Sie ermahnt Sieglinde, alle Nöte und Leiden auf sich zu nehmen um des herrlichsten Helden der Welt willen, den sie im Schoß trage. Brünnhilde selbst stellt sich Wotans Rache. Durch ihren Ungehorsam hat sie verwirkt, weiterhin Walküre zu sein. Ihrer Gottheit ledig, wird sie einem Manne angehören müssen, der sie hier im Schlaf finden und wecken wird. Überwältigt durch das innige Flehen seines Lieblingskindes, gesteht aber Wotan schließlich doch eine Milderung der Strafe zu: Er umgibt den Felsen mit einem Feuermeer, dessen Durchschreitung nur dem stärksten Helden vorbehalten sein soll.

Stilistische Stellung, Textdichtung und Geschichtliches
Siehe ›Götterdämmerung‹.

Zweiter Tag: Siegfried

Solisten: *Siegfried* (Heldentenor, gr. P.) – *Mime* (Spieltenor, auch Charaktertenor, gr. P.) – *Der Wanderer* (Wotan) (Heldenbariton, auch Baßbariton, gr. P.) – *Alberich* (Charakterbariton, auch Baßbariton, m. P.) – *Fafner* (Seriöser Baß, kl. P.) – *Erda* (Dramatischer Alt, auch Tiefer Alt, kl. P.) – *Brünnhilde* (Dramatischer Sopran, m. P.) – *Waldvogel* (Lyrischer Koloratursopran, auch Knaben-Sopran, kl. P.).
Schauplätze: Eine Felsenhöhle im Wald – Tiefer Wald – Wilde Gegend am Fuß eines Felsenberges – »Brünnhildenstein«.
Spieldauer: Etwa 4 Stunden.

Handlung
Vergeblich hat bisher der kunstreiche Schmied Mime versucht, dem kühnen Knaben Siegfried ein Schwert zu schmieden, das seiner Kraft standgehalten hätte. Der junge Held bezweifelt, seit er die Artgleichheit der Nachkommenschaft mit den Eltern in der Natur beobachtet hat, seine Herkunft von dem häßlichen Zwerg, der sich ihm gegenüber als Vater ausgibt. Erst nach Androhung von Gewalt kann er endlich etwas über seine Mutter erfahren. Als Beweis für die Wahrhaftigkeit seines Berichtes zeigt ihm Mime die zerbrochene Waffe des Vaters. Aus den Stücken soll ihm nun der Zwerg das langbegehrte starke Schwert schaffen. Aber welche Esse und welcher Arm hätten die Kraft, den harten Stahl wieder zusammenzuschweißen? Der Wanderer (Wotan), der nach Siegfrieds Weggang die Höhle betritt, verrät dem ratlosen Mime, daß nur, wer das Fürchten nicht kennt, das Schwert Nothung neu schmieden könne. Nach seiner Rückkehr aus dem Wald zerfeilt Siegfried selbst mit unbändiger Kraft die Trümmer, schmilzt die Späne am Feuer und gießt sich daraus ein Schwert, dessen Schärfe und Härte er mit der Zerspaltung des Ambosses beweist. Inzwischen braut Mime heimlich einen Gifttrank, mit dem er Siegfried beseitigen will, wenn er ihm den Riesenwurm Fafner getötet haben wird, der im tiefen Wald den Nibelungenhort und Alberichs Ring hütet. Er redet deshalb dem Knaben ein, er müsse ihn noch, bevor er ihn in die Welt entlasse, bei einem wilden Ungeheuer das Fürchten lehren.

Mit Bangen lauert beim Morgengrauen des kommenden Tages Alberich vor Fafners Höhle auf die Entscheidung. Der Wanderer tritt hinzu. Der resignierte Gott kommt aber nicht, um sich wieder des Rings zu bemächtigen, er will ihn sogar neidlos dem Nachtalben überlassen. Er weckt Fafner, und Alberich bietet dem Drachen an, gegen Herausgabe des Ringes den bevorstehenden todbringenden Angriff eines jungen Helden abwenden zu wollen. Jedoch vergebens! Siegfried erlegt in heißem Kampf den gewaltigen Wurm. Die Benetzung seiner Zunge mit dem Blut Fafners macht ihn hellhörig. Er versteht nun nicht nur die Sprache der Vögel, sondern hört auch aus den heuchlerischen Worten Mimes die heimtückischen Absichten des bösen Zwerges. Auf Rat eines Waldvögleins holt er sich aus Fafners Höhle Tarnhelm und Ring; den hinterhältigen Zwerg streckt er mit Nothung nieder. Das Waldvöglein weist ihm sodann den Weg zum Walkürenfelsen, wo Brünnhilde schläft.

Dort erwartet ihn der Wanderer, der eben die weise Urmutter Erda vergeblich um Rat gefragt hatte, ob er nach Abtretung seines Erbes an den Ewig-Jungen des Schicksals Lauf hemmen könnte. Bei dem Versuch, Siegfried den Zutritt zu Brünnhilde zu wehren, schlägt ihm dieser mit Nothung den Speer entzwei. Unter dem Tönen seines Horns durchschreitet der starke Held nun furchtlos das Feuer und weckt Brünnhilde. Sie begrüßt mit feierlicher Emphase die Sonne und das Licht. Siegfrieds strahlende Liebeswerbung überwindet schließlich die durch wehmütige Erinnerungen an die glanzvolle Vergangenheit wachgerufene jungfräuliche Scheu, und in jubelndem Glück fällt die Wotanstochter dem Helden in die Arme.

Stilistische Stellung, Textdichtung und Geschichtliches
Siehe ›Götterdämmerung‹.

Dritter Tag: Götterdämmerung

Solisten: *Siegfried* (Heldentenor, gr. P.) – *Gunther* (Heldenbariton, auch Charakterbariton, m. P.) – *Hagen* (Seriöser Baß, gr. P.) – *Alberich* (Charakterbariton, auch Baßbariton, kl. P.) – *Brünnhilde* (Dramatischer Sopran, gr. P.) – *Gutrune* (Jugendlich-dramatischer Sopran, m. P.) – *Waltraute* (Dramatischer Mezzosopran, m. P.) – *Drei Nornen* (Dramatischer Alt, Dramatischer Mezzosopran, Dramatischer Sopran, kl. P.) – *Woglinde* (Lyrischer Sopran, kl. P.) – *Wellgunde* (Lyrischer Mezzosopran, kl. P.) – *Floßhilde* (Lyrischer Alt, kl. P.).
Chor: Männer (m. Chp.), Frauen (Sopran, kl. Chp.).
Schauplätze: Auf dem Felsen der Walküren (»Brünnhildenstein«) – Gibichungenhalle zu Worms am Rhein – »Brünnhildenstein« – Vor Gunthers Halle – Waldige Gegend am Rhein – Gunthers Halle.
Spieldauer: Etwa 4¼ Stunden.

Handlung
Auf dem Walkürenfelsen weben die drei Nornen an dem goldenen Seil des Weltgeschehens und lesen von ihm mit prophetischem Blick die Entwicklung der Ereignisse ab. Die Welt-Esche, an der sie früher gesponnen hatten, hat Wotan fällen und aus ihren Ästen einen mächtigen Scheiterhaufen um Walhall errichten lassen. Bei der bangen Frage, wann Wotan mit den Splittern seines zerbrochenen Speeres den Vernichtungsbrand in dieses Holz werfen wird, verwirren sich die Fäden des Gewebes, und die Frage der Norn wird auf das Rheingold und Alberichs Fluch abgedrängt. In diesem Augenblick reißt das um den scharfen Felsen vor Brünnhildes und Siegfrieds Gemach gespannte Seil. Zu Ende ist das Wissen der weisen Nornen, sie verschwinden hinab zur Urmutter Wala. – Nach Tagesanbruch nimmt Siegfried von Brünnhilde Abschied, um zu neuen Taten auszuziehen. Zum Zeichen ihrer Verbundenheit mit dem Wirken des Helden gibt sie ihm ihren Schild und das edle Walkürenroß Grane mit auf die Fahrt, während Siegfried die Zurückbleibende unter den Schutz des Ringes stellt, den sie von ihm als Liebespfand empfängt. – Auf dem Hof der Gibichungen hausen die Geschwister Gunther und Gutrune sowie deren Halbbruder Hagen, der Sohn Grimhilds und Alberichs. Hagen weiß bei dem Geschwisterpaar den Ehrgeiz zu wecken, mit Hilfe des starken Helden Siegfried sich würdige Ehepartner zu verschaffen: Siegfried soll Gutrunes Mann werden und Gunther Brünnhilde als Gattin erringen. Als Siegfried auf seiner Rheinfahrt an den Gibichungenhof gelangt, heißen ihn die Geschwister und Hagen gastlich willkommen. Ein Vergessens- und Liebestrank, den ihm Gutrune kredenzt, löscht dem Helden jegliche Erinnerung an Brünnhilde und läßt ihn gleichzeitig in heißer Liebe zu Gutrune entbrennen. Um den Preis Gutrunes will nun Siegfried Brünnhilde für Gunther von dem mit Feuer umgebenen Felsen holen. Die Abmachungen werden durch einen Blutsbrüderschaftstrunk zwischen Siegfried und Gunther beeidet. – Inzwischen wird Brünnhilde von ihrer Walkürenschwester Waltraute, die ihr trübe Kunde aus Walhall bringt, bestürmt, den fluchbeladenen Ring den Rheintöchtern zurückzugeben. Aber

Brünnhilde will um keinen Preis von Siegfrieds Liebespfand lassen. Kaum hat Waltraute den Felsen verlassen, stürmt durch den Feuergürtel ein fremder Mann herein: Siegfried, der durch die Zauberkraft des Tarnhelms Gunthers Gestalt angenommen hat. Mit äußerster Kraft der Verzweiflung wehrt sich Brünnhilde, doch vergebens! Er entreißt ihr den Ring, und damit muß sie Gunther als Weib folgen.

Bereits in früher Morgenstunde erscheint Siegfried, durch seinen Tarnhelm blitzschnell an den Gibichungenhof versetzt, vor Hagen, der die ganze Nacht über vor der Halle Wache gehalten hatte und dabei von Alberich nochmals an seine Mission, die Rückgewinnung des Ringes, gemahnt worden war. Hagen ruft nun die Mannen zusammen und befiehlt ihnen, die Doppelhochzeit Brünnhilde-Gunther und Gutrune-Siegfried zu rüsten. Nach ihrer Ankunft mit Gunther wird sich Brünnhilde der vollen Tragik des Fluches bewußt: Siegfried erkennt sie nicht mehr, der Ring an seinem Finger beweist ihr den Betrug und den Verrat. In höchster Aufregung beschuldigt sie Siegfried, ihr den Ring trugvoll entrissen zu haben. Gunther, Gutrune und die Mannen fordern entrüstet Siegfried auf zu bezeugen, daß Brünnhildes Anschuldigung falsch sei. Daraufhin fragt Siegfried die Mannen, wer von ihnen seine Waffe als Instrument rächender Sühne anbieten wolle. Hagen ist hierzu bereit. Mit einem heiligen Eid weihen erst Siegfried und dann Brünnhilde die Spitze von Hagens Speer, sie solle den Trug offenbaren und den Verräter tödlich treffen. Siegfried bedauert Gunther gegenüber heimlich die unzulängliche Wirkung des Tarnhelms, versichert ihm aber, daß Frauengroll bald wieder vergehen würde. Daraufhin begibt er sich mit Gutrune, den Mannen und Frauen frohgestimmt zum Hochzeitsmahl. Brünnhilde, die mit Gunther und Hagen zurückgeblieben ist, bezweifelt, daß Siegfried im Kampf unterliegen würde, denn ihre Zauberrunen bewahrten den Leib des Helden vor Wunden; allerdings habe sie seinen Rücken ungeschützt gelassen, da, wie sie wisse, Siegfried ihn niemals fliehend einem Feind preisgeben würde. Spontan erklärt Hagen, daß dort ihn gleich morgen gelegentlich einer Jagd sein Speer treffen werde. Gutrune gegenüber könne man vorgeben, er sei von einem wilden Eber angefallen worden.

Ein Albe lockt Siegfried während der Jagd an das Ufer des Rheins, wo ihn die drei Rheintöchter vergeblich mahnen, durch die Rückgabe des Rings an die Fluten des Stromes dem vernichtenden Fluch zu entgehen. Die Jagdgesellschaft erscheint und lagert sich am Ufer zu einer Ruhepause. Als dann Siegfried, Hagens Aufforderung folgend, die Heldentaten seiner Jugend erzählt und mit plötzlich wiederkehrender Erinnerung, hervorgerufen durch einen von Hagen gereichten Erinnerungstrank, in schwärmerischer Verzückung der Erweckung Brünnhildens gedenkt, durchbohrt ihn Hagen von rückwärts mit seinem Speer. Mit einem letzten Gruß an Brünnhilde stirbt der Held. In düsterem Trauerzug wird die Leiche nach dem Gibichungenhof gebracht, wo Gutrune, von Sorge erfüllt, auf die Rückkehr des Gatten wartet. Als sodann die Bahre mit dem Toten herbeigebracht wird, stürzt Gutrune mit einem Schrei über die Leiche. Sie bezichtigt ihren Bruder Gunther als den Mörder ihres Mannes, Gunther aber beteuert ihr, daß Hagen der verfluchte Eber sei, der den Edlen zerfleischt habe. Hagen erwidert kalt, daß sein Speer den Meineid bestraft habe; er erhebt daher Anspruch auf ein Beuterecht und verlangt den Ring, den ihm jedoch Gunther streitig macht. Im Zweikampf mit Hagen fällt Gunther. Feierlich schreitet jetzt vor die Bahre Brünnhilde, die nun ihr großes Erlösungswerk vollbringt: sie läßt einen mächtigen Scheiterhaufen errichten, in den sie eine Brandfackel wirft, nachdem sie Siegfried den Ring abgestreift hat. Mit ihrem Roß Grane sprengt sie in den brennenden Scheiterhaufen, um sich im Tod mit dem Helden aufs neue zu vermählen. Umsonst sucht Hagen sich des Ringes zu bemächtigen; er wird von den Rheintöchtern, die jubelnd das wiedergewonnene Gold in Empfang nehmen, in die Tiefe gezogen. Der Brand greift auf Walhall über. Erlöst sind Götter und Welt.

R. K.

Stilistische Stellung

Die zeitliche Ausdehnung, die spektakulären Schauplätze, der riesige Orchesterapparat, die Vielzahl der Protagonisten machen Wagners ›Ring‹-Tetralogie zu einem Sonderfall der Gattung abseits des Repertoirebetriebs, so daß zyklische Aufführungen des ›Rings‹ nach wie vor für jede Bühne eine Herausforderung darstellen. Deshalb vermag der ›Ring‹ aufs Erste durch seine Monumentalität zu faszinieren. Wer sich mit dem Werk vertraut macht, wird sich zunächst einmal über ein Hören auf die sogenannten schönen Stellen Orientierung verschaffen. Die

Weltentstehungsmusik des ›Rheingold‹-Vorspiels, das über dem Orgelpunkt auf Es crescendierend in Fluß kommt und nach und nach ins Tutti ausgreift, der bombastische Einzug der Götter in Walhall, deren Regenbogenbrücke in sechsfachem Harfenschlag schillert, gehören zu diesen unmittelbar einleuchtenden »Highlights«; ebenso die nach Nibelheim hinunter- und wieder hinaufführenden Verwandlungsmusiken, die im Gehämmere von 16 Ambossen zur Vergegenwärtigung der von den Nibelungen abzuleistenden Zwangsarbeit bereits Gestaltungsprinzipien der Musique concrète vorwegnehmen. Von unmittelbarer Wirkung sind dann in der ›Walküre‹ die heißblütige Liebesszene von Siegmund und Sieglinde im I. Akt, der wie ein Ritual anmutende Wechselgesang in der »Todesverkündigung« des II. Akts oder der martialische »Walkürenritt« und die flirrende Musik des »Feuerzaubers« zu Beginn und zum Schluß des III. Akts. In ›Siegfried‹ sind es dann das Stimmathletentum der Schmiedelieder im I. Akt, das zarte Naturidyll des »Waldwebens« im II. Akt, der tollkühne Ritt des Wanderers zu Erda (zur Eröffnung des III. Akts) und die ätherische Klanglichkeit zu Brünnhildes Erwachen, die beim Kennenlernen prägenden Eindruck hinterlassen. Und die ›Götterdämmerung‹ bietet mit der einleitenden Nornenszene und ihrem – so Thomas Mann – »weihevollen Weltenklatsch« oder mit dem illustrativen Orchesterzwischenspiel »Siegfrieds Rheinfahrt« aus dem I. Akt solche gleich aufs erste Hören faszinierende Musikzonen. Im II. Akt sind es alsdann Hagens martialischer Weckruf an die Gibichsmannen, die hochspannende Eid-Szene und das abschließende Verschwörungsterzett. Und als ergreifende Höhepunkte des III. Akts prägen sich Siegfrieds Tod und die anschließende Trauermusik ein, außerdem Brünnhildes das Gesamtgeschehen deutender Schlußgesang mit jener apotheotischen Musik, die im Brand Walhalls das Ende der Götter vergegenwärtigt.

Bei aller Bildkraft und bei aller leidenschaftlichen Expressivität der Wagnerschen Tonsprache erfaßt ein solches Hinhören auf musikalische Highlights jedoch nur unzureichend das Werkganze. Denn im ›Ring‹ ist die Musik die allwissende Erzählerin. Ihr aus Leitmotiven gesponnenes Gewebe durchwirkt die gesamte Tetralogie – hier voraus-, dort zurückschauend, dann wieder auf die Höhepunkte der Handlung zusteuernd oder in die nächste dramatische Zuspitzung überleitend. Damit ist angesprochen, worin die kühne Neuerung der Wagnerschen ›Ring‹-Musik liegt: Hier wird erstmals in der Operngeschichte überhaupt das Sinfonische durchgehend zum gestalterischen Prinzip erhoben, jedoch nicht nach den Modellen der aus der Instrumentalmusik bekannten Verlaufsformen, sondern nach Maßgabe der Handlung. Zum einen entstehen hierbei Zonen, in denen Motive exponiert werden – etwa das rabiate Riesen-Motiv während des ersten Auftritts von Fasolt und Fafner im ›Rheingold‹ oder die fragende Akkordformel des Schicksal-Motivs während der »Todesverkündigung« in der ›Walküre‹. Zum anderen kommt es zu durchführungsartigen Passagen, in denen motivische Arbeit, Variantenbildung und motivische Kombinatorik gemäß Wagners poetischer Konzeption den musikalischen Verlauf bestimmen (etwa während Wotans Monologen im II. Akt ›Walküre‹ oder in der Einleitung zum III. Akt ›Siegfried‹). Die Leitmotive als wandlungsfähige Grundbausteine lassen hierbei einen – so abermals Thomas Mann – »Beziehungszauber« walten, so daß ihre katalogmäßige Rubrizierung gerade nicht das Wesentliche trifft. Tatsächlich befinden sich die Leitmotive oder »Gefühlswegweiser«, wie sie Wagner selbst mit Fokussierung auf die Wirkungsabsicht nennt, in dauernder Metamorphose. Nicht zu Unrecht spricht Oscar Bie deshalb vom »Familienleben der Motive«. Ein Beispiel hierfür bietet die Transformation des harmonisch labilen Ring-Motivs in das fest auf Des-Dur gründende Walhall-Motiv in der Verwandlungsmusik zwischen 1. und 2. Bild des ›Rheingold‹. Im II. Akt der ›Götterdämmerung‹ wiederum stürzt das Ring-Motiv in einer expressiven Geste über mehr als vier Oktaven herab, als die gedemütigte Brünnhilde den Ring an Siegfrieds Finger erblickt.

Ebenso bedeutsam für die musikalische Konstruktion des Werks ist seine tonartliche Disposition. In der heroischen Tonart Es-Dur nimmt das Epos seinen Anfang, und die Trauermusik nach Siegfrieds Tod, mit ihrem Rückblick auf die gescheiterten Wälsungen, steht in der parallelen Tonart c-Moll – wie schon die »Marcia funebre« aus Beethovens ›Eroica‹. Immer wieder klingt C-Dur als Tonart natürlicher Reinheit auf, wie beim Erglänzen des Rheingolds im Strahlen der Sonne, so im Schlußjubel von ›Siegfried‹, wenn Siegfried und Brünnhilde einander in die Arme fallen. Und das abseitige Des-Dur ist nicht nur während des finalen Brands von Walhall die Tonart der Götter.

Daß ab dem III. Akt ›Siegfried‹ die Vernetzung und der Anspielungsreichtum der Motive ein zusätzliches Maß an Verdichtung und Ausdifferenzierung erreichen, erklärt sich freilich aus einem biographischen Moment: aus jener siebenjährigen Kompositionspause, in der Wagner den ›Tristan‹, die Pariser Fassung des ›Tannhäuser‹ und die ›Meistersinger‹ zwischenschaltete. Die dort gewonnenen musikalischen Erfahrungen gaben Wagner offenbar jene Kraftzufuhr, die einen bloß routinierten Abschluß der ›Ring‹-Komposition verhinderte.

Der ›Ring‹ wäre aber ein steriles Werk der Abstraktion, wenn die Musik nicht Interesse für die Protagonisten wecken würde. Deren am Sprechdrama orientiertes Interagieren, Kommunizieren und monologisierendes Rekapitulieren überspielt die gattungstypischen Kategorien von Rezitativ und Arie zugunsten eines arios-deklamatorischen Gesangsmelos, das ins leitmotivische Geflecht des Orchesters integriert ist. Und so ziehen die Bühnenfiguren ihr Publikum in den Bann, weil in ihnen aufscheint, worauf Wagners Wirkungsästhetik vor allem abzielt, nämlich »das von aller Konvention losgelöste Reinmenschliche« Ereignis werden zu lassen.

Textdichtung

Auffälligstes Merkmal der ›Ring‹-Dichtung sind die Stabreime, die hier erstmals in der Librettistik überhaupt Verwendung finden. In freie Rhythmen gefaßt, sind sie auf der Textebene das Pendant zur musikalischen Prosa des Orchesters. Darüber hinaus greifen die Alliterationen ein Charakteristikum der mittelalterlichen Quellen auf, aus denen Wagner seine ›Ring‹-Dichtung schöpfte. Damit rückt der nordische Hauptzweig von Wagners Quellenfundus in den Blick, der zum einen in Stabreimen, zum andern in Prosa abgefaßt war. Zum nordischen Konvolut, das dank des philologischen Entdeckungseifers zu Beginn des 19. Jahrhunderts Wagner in Übersetzung vorlag, gehörten die ›Lieder-Edda‹, eine Sammlung anonymer Autoren, die vermutlich um 1270 niedergeschrieben wurde. Hinzu kommt die ›Snorra-‹ oder ›Prosa-Edda‹, die zwischen 1220 und 1225 von dem isländischen Skalden Snorri Sturluson verfaßt wurde, außerdem die ›Völsunga saga‹ aus der zweiten Hälfte des 13. Jahrhunderts. Die zweite Hauptquelle bot das mittelhochdeutsche ›Nibelungenlied‹, das, zu Beginn des 13. Jahrhunderts entstanden, im 19. Jahrhundert zum deutschen Nationalepos avancierte. Doch dessen Versgestaltung, die mit Endreimen ausgestattete sogenannte Nibelungenstrophe, spielte für Wagner keine Rolle. Ohnehin nutzte Wagner seine Vorlagen, zu denen unter anderem noch Grimms ›Märchen von einem, der auszog, das Fürchten zu lernen‹ kam, als Steinbruch. Sie boten ihm die aus Märchenmotiven und Götter- und Heldenmythen gefügten Bausteine, die Wagner gemäß einer künstlerischen Absicht, die mit historistischer Rekonstruktion rein gar nichts zu tun hatte, neu montierte. Man lasse sich deshalb vom Archaismus der ›Ring‹-Sprache nicht täuschen. Ihr wesentliches ästhetisches Merkmal ist bei aller Anmutung von Ursprachlichkeit ihre Künstlichkeit. Somit schuf Wagner mit dem ›Ring‹-Idiom ein abstraktes sprachliches Zeichensystem, dessen Sinn Wagner 1851 entschlüsselte, als er einem Freund über sein ›Ring‹-Projekt schrieb: »Mit ihm gebe ich den menschen der Revolution dann die bedeutung dieser Revolution, nach ihrem edelsten sinne, zu erkennen.« Wagner macht damit klar, daß es sich beim ›Ring‹ um eine utopische Geschichtsparabel handelt, die über die Hoffnungen Auskunft gibt, die er an die Revolution von 1848/49 knüpfte.

Um hierbei »vollkommen von der Bühne herab verstanden zu werden«, wendete Wagner einen dramaturgischen Kunstgriff an: Er stellte in der Tetralogie ein allegorisches Personal auf die Bühne. Demgemäß lassen sich die im ›Ring‹ agierenden Personengruppen mit den während der 48er-Revolution um Vorherrschaft ringenden gesellschaftlichen Kräften kurzschließen. Somit sind Wagners Theatergötter Pendants zur monarchischen Herrscherelite der Wagner-Zeit und die Riesen das Äquivalent zu den einstmals Burgen bauenden, nun aber auf Besitzstandswahrung erpichten Aristokraten. Die in der Tetralogie auftretenden Menschen wiederum entsprechen dem um politische Teilhabe ringenden Bürgertum und die Nibelungen dem aus der Knechtschaft nach Weltherrschaft strebenden Proletariat. Für den Kampf aller gegen alle um Macht und Herrschaft ist der titelgebende verfluchte Ring das Dingsymbol. Und die Gier nach seinem Besitz wird zum Verhängnis für alle Beteiligten. Lediglich die durch Leid hellsichtig gewordene Brünnhilde begreift den Gewaltmechanismus, so daß sie schließlich den Ring an die ursprünglichen Besitzerinnen – die Rheintöchter – zurückgibt. Darin wird wiederum deutlich, daß Wagner im ›Ring‹ selbst die Naturkräfte Gestalt werden läßt. Und so versuchen auch Wasser (Rheintöchter), Feuer (Loge), Luft (Waldvogel) und Erde (Erda, Nornen) auf das Geschehen Einfluß zu nehmen, um die natürliche Ordnung der Welt wiederherzustellen – freilich vergeblich.

Geschichtliches
Bis sich am 13. August 1876 im eigens dafür gebauten Bayreuther Festspielhaus zum ersten Mal der Vorhang für den ›Ring des Nibelungen‹ hob, hatte sich Wagner sein Opus summum in einem jahrzehntelangen Arbeitsprozeß abgerungen, der auch Phasen drohenden Scheiterns mit einschloß. 1848 war ursprünglich nur an einen einzigen Opernabend, ›Siegfrieds Tod‹, die Urversion der späteren ›Götterdämmerung‹, gedacht. Doch 1851 stellte Wagner der Dichtung den ›Jungen Siegfried‹, die Urform des späteren ›Siegfried‹, voran. 1852 folgten ›Das Rheingold‹ und ›Die Walküre‹ und die Überarbeitung der früher entstandenen Textteile. 1853 erschien die ›Ring‹-Dichtung erstmals im Privatdruck. Bereits 1849 wurde ein erster musikalischer Einfall zum ›Ring‹ aufgezeichnet, das Motiv des »Walkürenritts«, auch existiert eine erste Kompositionsskizze zur »Nornenszene« aus dem Jahr 1850. Der eigentliche Kompositionsbeginn für den ›Ring‹ datiert aber auf den 1. November 1853, wobei Wagner sich entlang dem Text vom ›Rheingold‹ bis zum Schluß der ›Götterdämmerung‹ vorarbeitete. Nachdem ›Das Rheingold‹ am 26. September 1854 und ›Die Walküre‹ am 23. März 1856 vollendet wurden, geriet 1857 die Komposition des ›Siegfried‹ ins Stocken. Nach dem Abschluß der Orchesterskizze zum II. Akt kam es zu der bereits erwähnten siebenjährigen ›Ring‹-Pause, so daß ›Siegfried‹ erst im Februar 1871 vollendet wurde. Bereits Ende 1869 hatte Wagner sich der ›Götterdämmerung‹ zugewendet, deren Partitur er am 21. November 1874 abschloß. Zwar boten die drei ›Ring‹-Zyklen während der ersten Bayreuther Festspiele von 1876 unter der musikalischen Leitung von Hans Richter und in der Regie des Komponisten die ersten vollständigen Aufführungen der Tetralogie. Allerdings hatte es 1869 bzw. 1870 in München auf Anordnung König Ludwigs II. von Bayern gegen den Willen des Komponisten und in dessen Abwesenheit Vor-Uraufführungen von ›Rheingold‹ und ›Walküre‹ gegeben; erst Ende 1878 sollte es zur ersten vollständigen Aufführung der Tetralogie in München kommen.
Obgleich Wagners im Bayreuther ›Ring‹-Projekt sich manifestierende Lebensleistung allseits und sogar von seinen Gegnern respektiert wurde, war der Komponist selbst mit der szenischen Realisierung alles andere als zufrieden. Überdies hinterließen die ersten Bayreuther Festspiele ein finanzielles Fiasko. Es sollte 20 Jahre dauern, bis Bayreuth wieder Aufführungen des Bühnenfestspiels stemmen konnte – dieses Mal unter der künstlerischen Leitung Cosima Wagners. In der Zwischenzeit war es Angelo Neumann zu verdanken, daß sich die Tetralogie im Repertoire etablierte. Unter Billigung Wagners führte Neumann bereits 1878 den ›Ring‹ in Leipzig zum ersten Mal außerhalb Bayreuths auf, weitgehend handelte es sich um eine Kopie der Bayreuther Inszenierung. Es folgten Gastspiele in Berlin (1881) und im Jahr darauf in London. Neumanns 1882 gegründetes »Wanderndes Richard-Wagner-Theater« zog mit dem ›Ring‹ durch zahlreiche deutsche und europäische Städte, 1889 gastierte Neumann schließlich in den damaligen russischen Metropolen St. Petersburg, Moskau und Kiew.
Bereits im Kaiserreich wurde unter Duldung und Förderung Cosima Wagners die nationalistische Vereinnahmung Wagners betrieben, und Bayreuth wurde über die Weimarer Republik hinweg bis in die Endphase des »Dritten Reichs« hinein zum Synonym für den politischen Mißbrauch des Wagnerschen Werks für antidemokratische, antisemitische und rassistische Zwecke. Deshalb war für die Wiedereröffnung der Bayreuther Festspiele (1951) unter der Leitung der Wagner-Enkel Wieland und Wolfgang Wagner die Abkehr von dieser das Gesamtschaffen Wagners diskreditierenden Vergangenheit zwingend, und damit stand die Entpolitisierung des ›Rings‹ auf der Tagesordnung. Auf entrümpelter Bühne wurde nun ein Abstraktionstheater geboten, das sich zum einen an C. G. Jungs Tiefenpsychologie orientierte, zum anderen in der Abkehr von einer naturalistischen bzw. historischen Ausstattung an die Bühnenästhetik Adolphe Appias anknüpfte.
Die Gegenbewegung, die Wagners Bühnenfestspiel als ein Zeitstück des 19. Jahrhunderts dechiffrierte, gipfelte in Patrice Chéreaus erstmals 1976 in Bayreuth gezeigtem »Jahrhundert-Ring«: Gleich das erste Bild, das die als Grisetten kostümierten Rheintöchter am Stauwehr des Rheins zeigte, machte unmißverständlich klar, daß hier das Zeitalter der Industrialisierung in den Blick genommen werden sollte. Seitdem oszillieren die Bayreuther Regiekonzeptionen meist zwischen

der Besinnung auf den zeitenthobenen Symbolgehalt des Werks und der Reflexion über seine Geschichtlichkeit.

Um die Jahrtausendwende wurde in Stuttgart unter der Intendanz von Klaus Zehelein eine utopieskeptische ›Ring‹-Dekonstruktion versucht, indem jedes Teilstück der Tetralogie von einem anderen Team erarbeitet wurde. Inzwischen sind ›Ring‹-Inszenierungen selbst an kleineren Häusern Prestigeprojekte. Die daraus resultierende Vielzahl der Produktionen fördert szenische Realisierungen, die mehr durch von außen ins Werk hineingetragene assoziative Ideen befremden oder durch bühnentechnische Effekte verblüffen, als daß sie durch Stringenz faszinieren würden. Damit droht im kurzlebigen Wettbewerb der Regiekonzepte Wagners Tetralogie sich abzunutzen und zu verschleißen, weil kaum noch ausgereifte und stilbildende Produktionen gelingen.

R. M.

Parsifal

Bühnenweihfestspiel in drei Aufzügen. Dichtung vom Komponisten.

Solisten: *Amfortas* (Heldenbariton, m. P.) – *Titurel* (Seriöser Baß, kl. P.) – *Gurnemanz* (Seriöser Baß, gr. P.) – *Parsifal* (Jugendlicher Heldentenor, gr. P.) – *Klingsor* (Charakterbariton, m. P.) – *Kundry* (Dramatischer Sopran oder Dramatischer Mezzosopran, gr. P.) – *Erster Gralsritter* (Tenor, kl. P.) – *Zweiter Gralsritter* (Baß, kl. P.) – *Vier Knappen* (zwei Soprane, zwei Tenöre, kl. P.) – *Klingsors Zaubermädchen* (vier Soprane, zwei Alte, kl. P.) – *Stimme aus der Höhe* (Alt, kl. P.).
Chor: Gralsritter (m. Chp.) – Jünglinge, Knaben, Zaubermädchen (kl. Chp.).
Ballett: Blumenmädchen.
Ort: Im nördlichen (»gotischen«) Spanien auf der nördlichen (Gralsburg Monsalvat) und der südlichen, dem »arabischen zugewandten« Seite (Zauberschloß) eines Gebirgszugs.
Zeit: In einem sagenhaften Mittelalter (10. Jahrhundert?).
Orchester: 3 Fl., 3 Ob., 1 Altob. [Englischhorn], 3 Kl., 1 Bkl., 3 Fag., 1 Kfag., 4 Hr., 3 Trp., 3 Pos., 1 Bt., P., 2 Hrf., Str. – Bühnenmusik: 6 Trp., 6 Pos., 1 Rührtr., 4 Glocken, Donnermaschine.
Gliederung: Durchkomponierte Großform in drei Aufzügen mit einleitenden Vorspielen, die in die Aufzüge übergehen.
Spieldauer: Etwa 4¼ Stunden.

Handlung

Vorgeschichte: Engel übergaben einst dem Ritter Titurel zwei christliche Reliquien: den Gral, das heißt die Schale, aus der Jesus beim Letzten Abendmahl getrunken und in der Joseph von Arimathia sein Blut unter dem Kreuz aufgefangen hatte, sowie den Speer, mit dem seine Seite (durch Longinus) geöffnet worden war. Titurel erbaute für diese »Heiltümer« eine Burg, wo er eine Bruderschaft von Rittern zur Verteidigung des Glaubens sammelte; sie mußten asketisch und kampfbereit leben; nur Berufene konnten die Burg finden. Ritter Klingsor strebte zum Gral. Da er jedoch unfähig war, das sexuelle Begehren in sich abzutöten, entmannte er sich; doch Titurel wies ihn als unwürdig zurück. Der Weggestoßene will seither die Gralsritter zum Bruch ihres Keuschheitsgelübdes verleiten: In einem Zaubergarten erwarteten verführerisch schöne Frauen die Brüder; so war es ihm gelungen, viele zu verderben. Titurel übergab in hohem Alter seinem Sohn Amfortas die Herrschaft. Um den bösen Zauber zu brechen, bekämpfte er Klingsor mit dem heiligen Speer. Doch dieser ließ durch die ihm verfallene Kundry Amfortas verführen. Dabei konnte Klingsor die heilige Reliquie an sich nehmen und den Gralsherrn in der Seite verwunden. Heilung verspricht ihm der Gral durch einen von ihm erwählten »reinen Toren«, der »durch Mitleid wissend« geworden ist. Klingsor aber will mit Hilfe des heiligen Speers sich endlich des Grals bemächtigen. – Kundry ist mit der Geschichte Jesu verbunden: Sie hat ihn verlacht, als sie ihn auf seinem Leidensweg zum Kreuz erblickte. Dafür wurde sie mit einem Fluch behaftet, in immer neuen Existenzen Erlösung zu suchen und nicht sterben zu können. Sie will ihre Schuld büßen, indem sie im Gralsbereich als Botin wirkt und Amfortas heilende Essenzen bringt. In Klingsors Reich jedoch ist sie die zwanghafte Verführerin, die erst von ihrem Fluch frei werden kann, wenn ein Mann ihr widersteht. Gurnemanz, ein älterer Gralsritter, hat Amfortas bei seinem Klingsor-Abenteuer begleitet und ihn bei seiner Flucht vor diesem geschützt.

Gurnemanz und zwei Knappen erwachen auf einer Lichtung im heiligen Wald von einem Weckruf von der Gralsburg und verrichten stumm das Morgengebet. Amfortas will im nahe gelegenen See sein heilendes Bad nehmen. Das Heilkraut, das Ritter Gawan ihm gewonnen hatte, war wirkungslos geblieben. Die Gralsbotin Kundry jagt auf einem Pferd heran und bringt Balsam aus Arabien für den König. Dieser setzt seine Hoffnung jedoch nicht auf Arzneien, sondern auf den vom Gral verheißenen reinen Toren. Die Knappen verhalten sich aggressiv gegenüber der »gralfremden« Kundry, Gurnemanz nimmt sie in Schutz, räumt aber ein, daß Unglück immer dann hereinbrach, wenn sie längere Zeit abwesend war, so auch, als Klingsor Amfortas verwundete. Gurnemanz berichtet den Jungen die Vorgeschichte dieses Ereignisses (ob er weiß, daß Kundry die Verführerin war, bleibt undeutlich) sowie die des Grals und seiner Ritterschaft, auch er zitiert die Verheißung vom reinen Toren. Gerade in diesem Augenblick fällt ein wilder Schwan zu Boden. Ein Jüngling, der ihn mit einem Bogenschuß erlegt hat, erscheint auf der Szene. Gurnemanz klagt ihn eines Verbrechens an, denn im heiligen Wald sind Tiere geschützt. Der junge Mann ist völlig unwissend; nicht nur war ihm die Heiligkeit des Ortes fremd, er kennt weder seine Herkunft noch seinen Namen, weiß nur, daß seine Mutter Herzeleide heißt. Kundry nennt den Namen seines Vaters Gamuret und berichtet, daß seine Mutter ihn zum Toren erzog, um ihn vor dem Rittertod des Vaters zu bewahren. Als Kundry lakonisch bemerkt, daß sie seine Mutter hat sterben sehen, will der junge Mann sie würgen, doch Gurnemanz hindert ihn daran. Kundry reicht dem Verschmachtenden Wasser und wird dafür von Gurnemanz gelobt. Sie sinkt hinter dem Gebüsch zusammen, um zu schlafen. Gurnemanz hält Parsifal für den verheißenen Toren und will ihn zum Gral geleiten; auf seine Frage, wer dieser sei, antwortet er: »Das sagt sich nicht.« Der Gral selbst müsse den Erwählten führen. – Das scheint zu funktionieren: Beide erreichen den heiligen Saal der Gralsburg; dort findet die tägliche Mahlfeier statt. Gralsritter und Knappen ziehen ein, Amfortas wird hereingetragen. Sein Vater Titurel fordert ihn auf, den Gral zu enthüllen. Die Verhüllung des Gralsschreins wird abgenommen, vor dem König steht nun eine antike Kristallschale, in der das Blut des Heilands rot aufleuchtet. Mit der Schale segnet der Gralsherr die Ritter sowie Brot und Wein, die die Gralsbrüder geistlich und körperlich stärken.

Amfortas legt in heftigem Schmerz und laut klagend seine Hand auf die Wunde. Parsifal greift zwar an sein Herz, steht jedoch erstarrt da. Das nimmt Gurnemanz zum Beweis, daß er nicht der prophezeite Tor (»durch Mitleid wissend«) sein kann; als alle den Saal verlassen haben, stößt er Parsifal zur Türe hinaus, während eine Stimme aus der Höhe den Verheißungsspruch wiederholt.

Klingsor wacht auf einem Turm über sein Reich und sieht Parsifal herankommen. Sogleich beschwört er die schlafende Kundry; gegen ihren Willen zwingt er sie, den jungen Helden zu verführen. Ihre Abwehr und die Verhöhnung Klingsors wegen seiner zwanghaften Keuschheit bleiben ohne Wirkung. Klingsor beobachtet Parsifal im Kampf gegen seine Ritter. Klingsor versinkt mit seinem Turm; an dessen Stelle blüht ein üppiger Zaubergarten. Parsifal sieht staunend, wie die schönen Blumenmädchen herbeieilen und ihre verwundeten Ritter beklagen; als er in den Garten steigt, wetteifern sie um seine Aufmerksamkeit. Dieses erste Verführungsritual bleibt harm- und wirkungslos; er will fliehen. Da vernimmt er Kundrys Stimme, die ihn bei seinem vergessenen Namen ruft; sie verscheucht die Blumenmädchen, tritt in zauberischer Schönheit auf und beginnt nun ihren Verführungsritus in drei Stufen. Sie zieht ihn zuerst durch die Erzählung seiner Lebensgeschichte an sich. Kundry kennt Parsifal seit seiner Geburt. Sie erklärt ihm seinen Namen als »der reine Tor«: Seine Mutter habe ihn liebevoll und zärtlich behütet, aber sein Fortgehen habe ihr das Herz gebrochen. Kundry jedoch will den tief Getroffenen trösten: Ihre Liebe werde ihm die der Mutter ersetzen. Die sinnliche Liebe, die sie ihm in einem langen Kuß bietet, weckt Parsifals sexuelles Begehren. Er erschrickt vor dieser Erfahrung, greift sich, wie in der Gralshalle, ans Herz: »Amfortas! – Die Wunde!« Er hat die Leiden des Gralsherrn als Qual des Liebesverlangens erkannt. Er erinnert sich an die Gralsburg, das Aufleuchten des Blutes in der heiligen Schale, und erkennt, daß das Heiligtum durch die Sünde des Gralshüters entweiht worden ist. Er selbst hätte der erwählte Erlöser sein sollen, hat jedoch durch seine Untätigkeit große Schuld auf sich geladen. Er erkennt gleichfalls, daß es Kundry war, die Amfortas verführte und deren Kuß ihn ins Verderben stieß. Sie jedoch gibt nicht auf, nimmt Parsifals neue Erfahrung und will sein Mitleid für sich erregen durch ihre schreckliche Geschichte: Wenn er der Erlöser der heiligen

Gralsreliquie, ja des Heilands selbst sein wolle, dann könne, müsse er auch sie erlösen – durch die Liebesvereinigung. Doch Parsifal weiß, daß Entsagung und nicht Erfüllung des Begehrens Heil gewährt. Kundry aber läßt nicht ab und versucht ihn ein drittes Mal mit dem Angebot der Macht: War es ihr Kuß, der ihm die wahre Sicht auf die Welt verliehen habe, so werde der volle Liebesgenuß ihm göttliche Kraft verleihen, die ganze Welt und auch sie zu erlösen. Parsifal stößt sie weg, voller Wut verwünscht sie ihn, er solle nie den Weg zu Amfortas finden, sondern immer (wie sie selbst) ruhelos umherirren. Sie ruft Klingsor, er erscheint und schleudert den heiligen Speer auf Parsifal, der durch seine heldenhafte Entsagung unverwundbar geworden ist: Die Waffe bleibt über ihm schweben. Er ergreift sie, schlägt das Zeichen des Kreuzes, daraufhin stürzt das Wunderschloß zusammen, der Zaubergarten verdorrt. Parsifal will Kundry auf die rechte Weise erlösen: »Du weißt – wo du mich wiederfinden kannst!«

Gurnemanz, zum Greis gealtert, lebt als Einsiedler. Als er aus seiner Hütte tritt, hört er ein Stöhnen: Kundry liegt im Gestrüpp, starr und reglos. Als er sie wieder ins Leben zurückruft, ist sie gewandelt und will nur eines: dienen. Ein Ritter in schwarzer Rüstung mit gesenktem Speer nähert sich. Gurnemanz heißt den Unbekannten willkommen, fordert ihn jedoch auf, am heiligen Ort und am heiligen Tag die Waffen abzulegen. Als er seinen Helm abnimmt, erkennt Gurnemanz ihn als den Toren, der den Schwan getötet hat und den er im Zorn aus der Gralsburg wies. Er erkennt auch den heiligen Speer. Parsifal berichtet von seinen Irrfahrten und Kämpfen, in denen er jedoch den heiligen Speer nie entweiht habe. In der Gralsburg hat Amfortas sich, als die Weissagung vom erlösenden Toren sich nicht erfüllte, aus Sehnsucht nach dem Tode geweigert, den Gral zu enthüllen. Die Bruderschaft ist zerfallen, nachdem sie nicht mehr vom Gral gespeist wurde und die Ritter so ihre Kraft verloren. Titurel ist gestorben, da er den Gral nicht mehr erblicken durfte. Parsifal wird von Reue übermannt. Gurnemanz und Kundry führen ihn zur Quelle, der Einsiedler nimmt ihm den Harnisch ab, Kundry wäscht ihm die Füße. Gurnemanz besprengt ihm das Haupt, befreit ihn so von seinem Schuldbewußtsein, salbt ihn dann zum König. Als erste Amtshandlung tauft dieser Kundry und macht sie so der Erlösungsgnade teilhaftig. Wald und Wiese beginnen zu leuchten, das ist »Karfreitagszauber«: Die erlöste Natur ist verklärt, weil sie den durch den Kreuzestod des Heilands erlösten Menschen (Gurnemanz, Parsifal und jetzt auch Kundry) erblickt. Parsifal fragt sich, ob auch die Blumenmädchen erlöst werden, und verkündet Kundry, daß ihre Reue die Gnade Gottes erworben habe. Er wird mit Gurnemanz' Rittermantel für seine Inthronisation als Gralskönig eingekleidet. – Im großen Saal der Burg werden Amfortas auf seinem Krankenbett sowie Titurels Leiche in einem Sarg hereingeführt. Die Gralsritter drängen Amfortas heftig, die heilige Schale zu enthüllen. Als man Titurels Sarg öffnet, brechen alle in Klagerufe aus. Die Ritter greifen Amfortas immer heftiger an, weil er seines Amtes nicht walten will. Doch er fordert die Brüder auf, ihre Schwerter in sein Herz zu stoßen. Unbemerkt ist Parsifal in Begleitung von Gurnemanz und Kundry erschienen, er berührt mit dem heiligen Speer die Wunde des Amfortas, heilt ihn auf diese Weise. Aus dem Speer quillt das Blut des Erlösers, wie es auch im Gral bewahrt ist. Der Schrein wird geöffnet, Parsifal betet vor der heiligen Schale, diese erglüht hell wie im I. Aufzug. In Zukunft soll der Gral nicht mehr verhüllt sein, das alte Ritual ist an sein Ende gekommen. Eine weiße Taube schwebt herab und verweilt über Parsifal, sie bezeichnet die himmlische Gnade, die sich über den neuen Gralshüter ergießt, dem Amfortas und Gurnemanz huldigen. Kundry sinkt entseelt und erlöst zu Boden. Während Parsifal mit dem Gral die Ritterscharen segnet, vereinen sich Stimmen aus der Höhe mit denen der Ritter und Knappen: »Erlösung dem Erlöser« – der Heiland (im Gral) ist aus den sündigen Händen des Amfortas erlöst, eine bessere Zukunft kann beginnen.

Stilistische Stellung
Musikalisch fand ›Parsifal‹ von Beginn an große Zustimmung, ja Bewunderung, selbst bei dem schärfsten Kritiker der Botschaft, bei Friedrich Nietzsche: »Hat Wagner je etwas besser gemacht?« Die musikalische Anlage entzieht sich jeder simplifizierenden Deutung. Zwar ist eine bewußte Entgegensetzung von Diatonik und Chromatik zu konstatieren, doch werden damit nicht zwei Sphären kontrastiert, sondern Ausdruckswelten: Chromatik charakterisiert den irritierenden Zauber der Klingsor-Welt ebenso wie die Schmerzen des Amfortas. Dadurch wird ein Zusammenhang hergestellt zwischen dem »trügerischen« Begehren des Leidenskönigs und der

von Klingsor instrumentalisierten Sexualität. Den Blumenmädchen, ähnlich wie die Rheintöchter im ›Ring‹ Vertreterinnen des »natürlichen« Sexus, kommt eine Zwischenstellung zu. Diatonik bestimmt die von liturgischer (sowohl katholischer wie evangelischer) Musik geprägten Gralschöre, aber auch die Naivität des »reinen Toren« Parsifal, die somit als Voraussetzung für die Erneuerung der Gralsgemeinschaft erscheint. Die ausgeprägten Kontraste der Themen und der Harmonik sind durch Wagners »Kunst des Übergangs« vermittelt. So spielen in die chromatischen Amfortas-Klagen immer wieder Gralsmotive hinein, und Parsifals großer Welterkenntnismonolog im II. Aufzug entwickelt sich von der Befangenheit in der Sinnenchromatik zur Hellsichtigkeit der Gralsdiatonik. Die weitgehende Variation und wechselseitige Verwandtschaft der Leitmotive erzeugt ein musikalisches Kontinuum. Doch die »unendliche Melodie« ist durch musikalisch-formale Zäsuren strukturiert, die Fülle durch dominierende Motive zu größeren Komplexen zusammengefaßt. Sowohl die Großform in ihrer Verbindung von barocker Passion (Wagner war mit Bachs ›Matthäuspassion‹ vertraut) und großer Oper als auch die Kompositionstechnik und die subtile für den Bayreuther Orchestergraben konzipierte »mystische« Klanglichkeit machen ›Parsifal‹ zum zukunftsfestesten Werk Wagners. Auf ihn beriefen sich Richard Strauss und Claude Debussy, Arnold Schönberg, Alban Berg und Giacomo Puccini.

Textdichtung

Zuerst vom Gral und von Parzival hatte Wagner vermutlich 1841 in Paris gelesen im Zusammenhang mit der mittelalterlichen Erzählung von Lohengrin. Die Gralssage ist keltischen Ursprungs, man vermutete jedoch östliche (indopersische) Entstehung, was Wagner faszinierte, weil er einen Urmythos der Menschheit zu finden glaubte. 1845, in seinem »Mittelaltersommer«, las er den ›Parzival‹ Wolframs von Eschenbach in der Übersetzung von San-Marte (Pseudonym von Albert Schulz). Diese Lektüre blieb zunächst folgenlos, seine frühen Eindrücke wurden jedoch lebendig, als er sich 1858 die zweite Auflage der Übersetzung zur Lektüre vornahm. Er war von der Handlungsfülle abgestoßen, sah jedoch in Amfortas einen bis ins Äußerste gesteigerten, an unerfüllter Sehnsucht leidenden Tristan. Parzival als Gralssucher faszinierte ihn weniger, er entwarf jedoch in einem Brief an Mathilde Wesendonck bereits ein musikalisches Motiv für ihn. Daß er damals ein Szenario skizzierte, läßt sich nicht nachweisen, ist auch unwahrscheinlich. Durch Arthur Schopenhauer angeregt, hatte ihn der Buddhismus fasziniert, in der zentralen Kategorie des Mitleidens erkannte er eine Analogie zu Parzival. Er entwarf ein buddhistisches Drama (›Die Sieger‹), von dem einzelne Momente später in den ›Parsifal‹ eingegangen sind. 1864 sah er bereits den ›Parzival‹ (so die Namensform bis 1877) als sein letztes Werk. Im August 1865 schrieb Wagner einen ersten Prosaentwurf nieder, der die Vorgeschichte, die Handlung und ihre szenische Gliederung festlegte, aber noch einiges (wie zum Beispiel die Rolle der Lanze bei der Verwundung des Amfortas) offenließ. Die Arbeit blieb wieder mehr als zehn Jahre liegen, 1877 nahm sich Wagner den Stoff erneut vor, schrieb einen zweiten Prosaentwurf und im Februar und März/April die Versdichtung. Die Komposition zog sich bis zum Frühjahr 1882 hin.

Geschichtliches

Kein anderes Werk Wagners ist bei der Uraufführung (am 26. Juli 1882 bei den zweiten Bayreuther Festspielen) so nahezu einhellig gefeiert worden. Eine Ausnahme bildet die Kritik Friedrich Nietzsches, Wagner habe seine alten freidenkerischen Ideale verraten und sei »vor dem Kreuz« niedergesunken: »Roms Glaube ohne Worte«. Welche Rolle das Christliche für den ›Parsifal‹ spielt, ob es seine Essenz bildet oder nur die äußeren Formen und Rituale zur Verfügung stellt, wird immer wieder diskutiert. Wagner bestritt Letzteres, behauptete vielmehr, die wahre Essenz des Christentums und aller wahren Religionen, nämlich das Mitleiden, propagiert zu haben, mit irgendeiner Kirche oder einem Dogma habe sein Werk hingegen nichts zu tun. In der frühen Rezeption wurde der ›Parsifal‹ als religiöses, ja spezifisch christliches Werk aufgenommen, schon bei den ersten Festspielen bildeten sich entsprechende Interpretationen heraus. Dazu trug neben christlich-sakralen Handlungen wie Morgengebet, Mahlfeier, Fußwaschung, Königssalbung und -einkleidung sowie der Taufe die Tatsache bei, daß die Gralshalle nach dem Vorbild eines historischen Kirchenbaus, des Doms von Siena, gestaltet worden war und am Schluß die Taube des Heiligen Geistes über Parsifal schwebt.

Wagner hatte den ›Parsifal‹ als Weihfestspiel für die Bayreuther Bühne bestimmt, nach dem Ende der Schutzfrist am 1. Januar 1914 wurde er vornehmlich zur Osterzeit, besonders am Karfreitag, aufgeführt und so die christliche Dimension verstärkt. Bald schon entdeckten völkisch-nationalistische Kreise im ›Parsifal‹ eine antisemitische Botschaft und sahen in ihm die Idee eines »arischen«, vom Jüdischen gereinigten Christentums verkörpert. So verstanden ihn die Deutschen Christen seit den 1920er Jahren, und so wollte auch Adolf Hitler den ›Parsifal‹ seiner Ideologie dienstbar machen.

In Wagners eigener Inszenierung wurde der ›Parsifal‹ bis 1933 gespielt, sie war lange Zeit auch das Modell für die Produktionen auf anderen Bühnen. Neuerungen gab es zwar im Dekor, nicht aber in den Inszenierungskonzeptionen. Das gilt auch für die Bayreuther Produktion von 1934 in Bühnenbildern von Alfred Roller. 1951 wurden die Bayreuther Festspiele mit ›Parsifal‹ in der revolutionären Regie und Ausstattung von Wieland Wagner eröffnet. Seine stark abstrahierende Tendenz wie das von Lichteffekten bestimmte Konzept waren zunächst wegen des Verzichts auf alles vertraute Naturalistische und Historisierende heftig umstritten, erlangten dann aber fast dogmatische Geltung und wurden häufig nachgeahmt. Harry Kupfer machte 1977 an der Berliner Staatsoper einen eher unentschiedenen Versuch, Handlung und Rezeptionsgeschichte des ›Parsifal‹ mehr im Bild als in der Handlungsführung zu problematisieren; konsequenter war Ruth Berghaus 1982 in Frankfurt, die die Vorbildlichkeit des Grals und der Bruderschaft in Frage stellte. Einen radikal neuen Anfang machte Christoph Schlingensief 2004 in Bayreuth, indem er nicht nur mit modernen Mitteln wie Projektionen von vorgefertigten und vorgefundenen Materialien arbeitete, sondern die Religiosität der Handlung auf außereuropäische Kulturen öffnete. Die radikale Befragung von Heilsmöglichkeit und -unmöglichkeit sicherte der Inszenierung eine große Authentizität. Stefan Herheim (Bayreuth 2008) hingegen mißtraute der Relevanz der Handlung und schuf ein überbordendes Bildertheater zur deutschen Geschichte und der Rezeption von Wagners Werk (»Deutschlandrevue mit Wagner-Soundtrack«). Großen Widerspruch erntete Philipp Stölzl 2012 an der Deutschen Oper Berlin mit der Verbildlichung der christlichen Geschichte des Grals; die Kritik sah darin eine Verkitschung und Trivialisierung. Als Endspiel inszenierte Calixto Bieito 2010 das Bühnenweihfestspiel in Stuttgart, für die als existentiell verstandene Frage nach Erlösung wollte er keine harmonisierende Lösung anbieten und lieferte eine »grundböse Arbeit« (so Wagner über sein Werk). Vom erneuerten Mysterientheater bis zum tiefenpsychologisch aufgeputzten Geschlechterdrama (Girard, Met, New York 2012) sind viele Spielarten auf den heutigen Bühnen vertreten, ein Konsens ist nicht auszumachen.

V. M.

Carl Maria von Weber

Getauft 20. November 1786 in Eutin (Holstein), † 5. Juni 1826 in London

Der Freischütz

Oper in drei Abteilungen. Dichtung (zum Teil nach dem Volksmärchen ›Der Freischütz‹) von Johann Friedrich Kind.

Solisten: *Ottokar*, böhmischer Fürst (Bariton, kl. P.) – *Cuno*, fürstlicher Erbförster (Baßbariton, auch Charakterbaß, m. P.) – *Agathe*, seine Tochter (Jugendlich-dramatischer Sopran, auch Lyrischer Sopran, gr. P.) – *Ännchen*, eine junge Verwandte (Lyrischer Koloratursopran, auch Soubrette, gr. P.) – *Caspar*, 1. Jägerbursche (Charakterbaß, auch Schwerer Spielbaß, auch Baßbariton, gr. P.) – *Max*, 2. Jägerbursche (Jugendlicher Heldentenor, auch Lyrischer Tenor, gr. P.) – *Ein Eremit* (Seriöser Baß, kl. P.) – *Kilian*, ein reicher Bauer (Tenor, auch Bariton, kl. P.) – *Vier Brautjungfern* (Soprane, kl. P.) – *Samiel*, der Schwarze Jäger (Sprechrolle, kl. P.).

Chor: Jäger und Gefolge – Brautjungfern – Landleute und Musikanten – Erscheinungen (im I.

und III. Akt: Männerchor geteilt in Bauern und Jäger; gr. Chp.).
Ballett: Bauerntanz (Walzer), kann auch vom Chor getanzt werden.
Ort: In Böhmen.
Schauplätze: Platz vor einer Waldschenke – Vorsaal im Waldschlößchen – Furchtbare Wolfsschlucht – Kurze Waldszene – Agathes Stübchen – Eine romantisch schöne Gegend mit fürstlichen Jagdzelten.
Zeit: Kurz nach Beendigung des Dreißigjährigen Krieges.
Orchester: 2 Fl. (auch 2 Picc.), 2 Ob., 2 Kl., 2 Fag., 4 Hr., 2 Trp., 3 Pos., P., Str. – Bühnenmusik: 1 C-Kl., 2 Hr., 1 Trp., I. und II. Viol., Vcl.
Gliederung: Ouvertüre und 16 Musiknummern, die durch einen gesprochenen Dialog miteinander verbunden werden.
Spieldauer: Etwa 2½ Stunden.

Handlung

Der brave und tüchtige Jägerbursche Max liebt Agathe, die Tochter des Erbförsters Cuno. Da dieser keinen männlichen Nachkommen hat, soll mit Genehmigung des Fürsten der Schwiegersohn gleichzeitig mit Agathes Hand das Anrecht auf die Erbförsterei erhalten. Nach einer alten Bestimmung ist aber die Erlangung der Försterstelle von dem guten Gelingen eines Probeschusses vor dem Landesherrn abhängig. Max hat nun seit Wochen großes Weidmannspech gehabt, und am Tag vor dem Probeschuß gewinnt sogar ein Bauer gegen ihn im Preisschießen. In seiner Verzweiflung erliegt der unglückliche Bräutigam den Einflüsterungen des schlechten Jägerburschen Caspar, der ihn durch den Abschuß eines sehr hoch fliegenden Stößers in der Dämmerung von der unfehlbaren Treffsicherheit einer »Freikugel« überzeugt. Da Caspar keine von diesen Kugeln mehr besitzt, anderseits aber Max für den morgigen Probeschuß eine solche dringend haben möchte, läßt dieser sich von dem unheimlichen Jagdgesellen zu dem Versprechen verleiten, mit ihm um Mitternacht in der Wolfsschlucht neue Freikugeln zu gießen.

Um die gleiche Zeit, als Max den Raubvogel geschossen hat, ist in dem Jagdschlößchen des Erbförsters das Bild des Urvaters Cuno von der Wand gefallen. Agathe wurde dabei leicht verletzt. Eine junge Verwandte, das muntere Ännchen sucht sie zu erheitern, da Agathe mit Sorge das Herabfallen des Bildes und das lange Ausbleiben des Bräutigams als schlechte Anzeichen deutet. Endlich kommt Max. Freudig erregt eilt Agathe ihm entgegen. Mit unruhiger Hast zeigt er ihr die Federn des abgeschossenen Stößers. Aber das Mädchen ist über die unheimliche Jagdtrophäe mehr erschrocken als erfreut. Als sie bemerkt, der Gram über einen mißlungenen Probeschuß würde sie töten, rafft sich der Schwankende auf; mit der Ausrede, einen bei der Wolfsschlucht erlegten Hirsch noch hereinschaffen zu müssen, reißt er sich von Agathe los, obwohl sie ihn angsterfüllt warnt und anfleht, nachts diesen verrufenen Ort zu meiden. – Pünktlich zur Mitternachtsstunde ruft Caspar in der Wolfsschlucht Samiel herbei. Er verspricht dem Schwarzen Jäger, wenn er ihm die morgen ablaufende Lebensfrist wieder um drei Jahre verlängere, drei Opfer zuzuführen: seinen Jagdkameraden, der Freikugeln begehrt, sowie dessen Braut und ihren Vater. Samiel ist einverstanden und mit den Worten: »Morgen er oder Du!« verschwindet er in die Tiefe. Gleich darauf erscheint über der Schlucht Max. Noch zögert er hinabzusteigen, da ihn die Erscheinung des Geistes seiner Mutter zurückwinkt. Als er dann aber in einer weiteren Vision Agathe, einer Wahnsinnigen gleich, sich in den Wasserfall stürzen sieht, begibt er sich entschlossen zu Caspar. Das Gießen der Freikugeln wird von allen möglichen gruseligen und unheimlichen Erscheinungen begleitet; der Höllenspuk steigert sich immer mehr, bis zuletzt das wilde Heer kommt und bei der siebenten Kugel ein fürchterlicher Gewittersturm losbricht, so daß Caspar ängstlich Samiel zu Hilfe ruft. Der Schwarze Jäger erscheint. Max schlägt ein Kreuz, worauf Samiel sofort verschwindet. Mit dem aus der Ferne vernehmbaren Glockenschlag ein Uhr ist der Teufelsspuk abrupt zu Ende.

Caspar hat vier von den Freikugeln Max gegeben und drei für sich behalten. Nachdem am nächsten Morgen Max vor der fürstlichen Jagdgesellschaft mit seinen Freikugeln drei erstaunliche Schüsse abgelegt hat, verschießt Caspar schnell seine drei Teufelskugeln, damit für den Probeschuß lediglich noch eine übrigbleibt; denn nur sechs treffen das gewünschte Ziel, während die siebente dem Schwarzen Jäger gehört, der sie auf ein Opfer lenkt, das dann seine Beute ist. Unterdessen erfüllten sonderbare Träume und böse Vorzeichen, wie das nochmalige Herabfallen des Bildes vom Urvater Cuno und die Verwechslung des Brautkranzes mit einer Totenkrone, Agathe mit Angst. Bei dem Probeschuß vor Fürst Ottokar und der Jagdgesellschaft lenkt Samiel die »Teufelskugel«

auf die Braut. Sie trifft aber nicht Agathe, die durch ihren Brautkranz aus den geweihten Rosen des Eremiten geschützt wird, sondern Caspar, der vor den Anwesenden mit einem fürchterlichen Fluch gegen den Himmel stirbt. Der Fürst verstößt den seine Schuld reumütig bekennenden Max. Da erscheint der ehrwürdige alte Eremit, dessen Urteilsspruch sich auch der Fürst beugt: Der Probeschuß soll in Zukunft unterbleiben, und Max nach einem Jahr guter Bewährung die Hand Agathes erhalten. Mit dem Eremiten erheben alle ihre Blicke zum Himmel und danken dem Allmächtigen für die Beschützung der Unschuld.

Stilistische Stellung
Obwohl die deutsche Romantik auch auf dem Gebiet der Oper schon vor dem ›Freischütz‹ in Erscheinung getreten war (E. T. A. Hoffmanns ›Undine‹ und Louis Spohrs ›Faust‹, beide 1816), pflegt die Musikgeschichte erst Webers Meisterwerk als den Beginn der Epoche der romantischen Oper zu bezeichnen, weil hier der romantische Charakter nicht in einzelnen Zügen oder Szenen, sondern durch das Festhalten an einem »einheitlichen Grundton« sowohl in der Dichtung wie vor allem im Musikalischen zum ersten Mal durchgehend gewahrt erscheint. In dem Vorherrschen des Irrationellen liegt die spezifisch deutsche Eigenart des Werkes, die den Franzosen unverständlich geblieben war, wenn sie am ›Freischütz‹ das Fehlen einer Logik, das heißt der für sie unumgänglich notwendigen verstandesmäßigen Klarheit, tadelten. Hatte die klassische Oper seit ihrem Ahnherrn Gluck den Akzent auf die Darstellung der Gefühle und Leidenschaften gelegt, so spielt im ›Freischütz‹ das Stimmungshafte die Hauptrolle.

Daher ist nicht ein Held, sondern die Natur, insonderheit der deutsche Wald, Hauptdarsteller der Oper und die handelnden Personen erscheinen nur als seine Symbole. In der mystischen Atmosphäre des Waldes gedeihen in gleicher Weise das fröhliche Treiben des Jagdlebens und das finstere Walten der dämonischen Mächte. Webers geniale Phantasie wußte beide Welten, die trauliche wie die unheimliche, durch die Ausdruckskraft seiner Musik zum packenden Erlebnis zu gestalten. Anknüpfend an die Errungenschaften des Beethovenschen Instrumentalstils setzte Weber die durch Mozarts ›Zauberflöte‹ vorgezeichnete Bahn fort und wies mit den Klängen seiner echt romantischen Harmonik und mit seinem neuartigen Instrumentationskolorit weit in die Zukunft. Unvergängliche Melodien volksliedhafter Prägung, die lebendige musikalische Zeichnung und nicht zuletzt eine dem Denken und Fühlen des Volks entsprechende Gestaltung des Stoffes verleihen Webers genialem Werk eine seltene Volkstümlichkeit. Mit Recht wird daher ›Der Freischütz‹ als Prototyp der romantischen deutschen Volksoper angesehen.

Textdichtung
Die Operndichtung verfaßte der theaterfreudige Hofrat Johann Friedrich Kind (1768–1843), der sich erst als Advokat betätigte und seit 1814 nur mehr seinen literarischen Ambitionen nachging. Als Vorlage diente ihm die erste Erzählung ›Der Freischütz‹ aus dem ›Gespensterbuch‹ von August Apel und Friedrich Laun. Es ist heute nicht mehr nachzuweisen, wie weit Weber persönlich an der Gestaltung des ›Freischütz‹-Textes beteiligt war; sein Anteil war sicherlich kein geringer, hatte er sich doch schon vor dem Zusammenwirken mit Johann Friedrich Kind einmal mit dem Stoff beschäftigt. Mit Geschick legte der Textdichter der Handlung eine sittlich-religiöse Idee zugrunde: Schutz der Unschuld im Kampf gegen die Schlingen der Hölle durch die Macht des Himmels und Triumph des Guten über das Böse. Dies bedingte eine Wendung des Ganzen gegenüber der Vorlage, bei der das unschuldige Mädchen von der Freikugel getötet wird, seine Eltern aus Gram darüber sterben und der Schütze im Irrenhaus der Geliebten in den Tod folgt. Das Zurückverlegen der Handlung in die ferne, sagenumwobene Zeit nach dem Dreißigjährigen Krieg kam dem romantischen Charakter des Stückes entgegen.

Die Zeichnung der Charaktere ist Kind ungleich geraten. Gegenüber der realistischen Darstellung des dämonischen Untiers Caspar oder der unbefangenen Natürlichkeit Ännchens wirken Max und Agathe in ihrer Passivität etwas farblos. Ursprünglich wurden vom Librettisten als Exposition zur Oper dem Eremiten zwei Szenen zugedacht, die die Vorgeschichte der Handlung, die Überreichung der geweihten Rosen an Agathe, behandeln. Weber unterließ aber ihre Vertonung auf Anraten seiner bühnenerfahrenen Braut, der Sängerin Caroline Brandt, die richtig erkannt hatte, daß der Anfang mit dem in medias res führenden Schuß ungleich wirkungsvoller ist. (Im Jahre 1871 wurde dieses Vorspiel unter Verwendung Weberscher Musik von Oskar Möricke nachkomponiert!) Der Titel der Oper wurde während der Entstehung des Werkes dreimal geändert, er lautete erst ›Der Probeschuß‹, dann ›Die Jägersbraut‹ und schließlich auf Wunsch des Intendanten Graf Carl von Brühl wie im ›Gespensterbuch‹: ›Der Freischütz‹.

Geschichtliches
Bereits im Jahre 1810 bekam Weber bei seinem Freund Alexander von Dusch auf Schloß Neuburg bei Heidelberg das damals gerade neuerschienene ›Gespensterbuch‹ von August Apel und Friedrich Laun in die Hand, nach dessen erster Erzählung, ›Der Freischütz‹, er sogleich mit dem Freund ein Opern-Szenarium entwarf, das aber nicht weiter ausgeführt wurde. Erst sechs Jahre später (Oktober 1816), bei seinem Bekanntwerden mit Johann Friedrich Kind, griff Weber die Freischütz-Idee wieder auf, und nach einer neuerlichen Besprechung des Komponisten mit dem Dichter (21. Februar 1817) war das Buch bald fertiggestellt (1. März 1817). Am 2. Juli desselben Jahres begann Weber mit der Komposition, die er aber infolge starker Inanspruchnahme durch sein Kapellmeisteramt und wegen Krankheit und anderer mißlicher Umstände erst am 13. Mai 1820 abschließen konnte. Die Romanze und Arie Nr. 13 wurde auf Bitten der ersten Darstellerin des Ännchens (Johanna Eunicke) kurz vor der Uraufführung nachkomponiert (Mai 1821). Nach Überwindung zahlreicher Schwierigkeiten konnte die Oper dank der Initiative des Intendanten Graf Carl von Brühl, der sich trotz aller möglichen Quertreibereien von seiten des mächtigen Gasparo Spontini energisch für Weber einsetzte, endlich am 18. Juni 1821 im Königlichen Schauspielhaus zu Berlin in Szene gehen. Die Aufführung stand unter der Leitung des Komponisten und wurde mit enthusiastischem Beifall aufgenommen. In den Hauptrollen sangen Caroline Seidler (Agathe), Johanna Eunicke (Ännchen), der Tenor Heinrich Stümer (Max) und der Bassist Heinrich Blume (Caspar). Die Oper wurde bald in alle Kultursprachen übersetzt, mußte sich aber im Ausland auch Verballhornungen gefallen lassen, wie beispielsweise in Paris, wo sie zunächst zu einer »Imitation« (›Robin des bois ou les trois balles‹) von dem Musikschriftsteller Castil-Blaze (François Henry Joseph Blaze) mißbraucht wurde (1824). 1841 wurde sie – Richard Wagner berichtete mit beißender Ironie über die Aufführung – in einer von dem Italiener Emiliano Pacini besorgten französischen Überarbeitung (›Le Freyschutz‹) gegeben, zu der Hector Berlioz anstelle des Dialogs Rezitative komponierte und Webers ›Aufforderung zum Tanz‹ für eine Balletteinlage instrumentierte.

Euryanthe

Große heroisch-romantische Oper in drei Aufzügen. Dichtung von Helmina von Chézy.

Solisten: *König Ludwig VI.* (Seriöser Baß, m. P.) – *Adolar*, Graf von Nevers (Jugendlicher Heldentenor, gr. P.) – *Euryanthe von Savoyen*, Adolars Braut (Jugendlich-dramatischer Sopran, gr. P.) – *Rudolf*, ein Ritter (Spieltenor, auch Charaktertenor, kl. P.) – *Lysiart*, Graf von Forest (Heldenbariton, gr. P.) – *Eglantine von Puiset*, Tochter eines Empörers (Dramatischer Sopran, gr. P.) – *Bertha*, ein Landmädchen (Sopran, kl. P.).
Chor: Ritter – Edeldamen – Pagen – Herolde – Landleute – Soldaten – Jäger (im letzten Bild Männerchor geteilt in Landleute, Ritter und Jäger; Frauenchor m. Chp., Männerchor gr. Chp.).
Ballett: Pas de cinq (Bauerntanz).
Ort: Abwechselnd auf dem königlichen Schloß zu Prémery und auf der Burg Nevers.
Schauplätze: Säulenhalle des Königsschlosses mit einem großen Mittelportal – Burggarten zu Nevers mit einem Gruftgewölbe – Säulenhalle des Königsschlosses, in der Mitte offener Altan – Eine öde, von dichtem Gebüsch umwachsene Felsenschlucht – Freier Platz vor der Burg Nevers.
Zeit: Nach dem Frieden mit England 1110.
Orchester: 2 Fl., 2 Ob., 2 Kl., 2 Fag., 4 Hr., 2 Trp., 3 Pos., P., Str. – Bühnenmusik: 2 Picc., 2 Ob., 2 Kl., 2 Fag., 4 Hr., 4 Trp., 3 Pos., P.
Gliederung: Ouvertüre und 25 Musiknummern, die pausenlos ineinandergehen.
Spieldauer: Etwa 3 Stunden.

Handlung
Gelegentlich des rauschenden Friedensfestes trägt Graf Adolar von Nevers auf Aufforderung König Ludwigs VI. von Frankreich ein Minnelied zum Preise seiner tugendhaften Braut, Euryanthe von Savoyen, vor, das bei der Hofgesellschaft

lebhaften Beifall findet. Graf Lysiart von Forest, der Adolar sein Glück neidet, stellt mit höhnischen Worten die weibliche Treue in Abrede. Daraufhin verlassen die Damen empört den Saal. Adolars Herausforderung zum Zweikampf schlägt Lysiart aus, er setzt statt dessen sein gesamtes Hab und Gut als Pfand und erklärt es für verloren, wenn es ihm nicht gelänge, Euryanthes Tugend zu Fall zu bringen. Trotz der Mahnung des Königs, von dem sinnlosen Streit zu lassen, geht Adolar auf den Vorschlag ein und ist bereit, auch seinerseits auf sein Besitztum zu verzichten, wenn Lysiart einen Beweis für Euryanthes Untreue erbringen sollte. – Inzwischen harrt Euryanthe auf Schloß Nevers, wohin Adolar sie vor seinem Auszug in den Krieg gebracht hatte, in Sehnsucht der Rückkehr des Geliebten. Eglantine, die Tochter eines Empörers, die auf Euryanthes Fürbitte aus dem Kerker befreit worden war, liebt im geheimen Adolar. Sie haßt daher die Rivalin, sucht sich aber mit heuchlerischen Worten Euryanthes Vertrauen zu erringen, um ihr das Geheimnis von dem rätselhaften Tod Emmas, Adolars Schwester, zu entlocken. Vom Schauder der Erinnerung erfaßt, verrät Euryanthe, einen Augenblick ihres Eides vergessend, Adolars Geheimnis arglos der Lauernden: In einer Maiennacht erschien Emmas Geist und klagte, daß sie getrennt von ihrem geliebten Udo, der in blutiger Schlacht gefallen war, durch die Nächte irren müsse, bis der Unschuld Träne den Ring netze, aus dem sie Gift genommen habe.

Graf Lysiart, der unter dem Vorwand, Euryanthe zu dem Königsschloß zu geleiten, zur Ausführung seiner finsteren Absichten nach Nevers gekommen war, mußte sich bald überzeugen, daß er bei der Reinen niemals zu seinem Ziel gelangen werde. Verzweifelt stürzt er mit Einbruch der Nacht aus dem Schloß und faßt den Entschluß, den Nebenbuhler, dem er den Triumph nicht gönnen will, zu ermorden. In diesem Augenblick kommt, keuchend vor Schauer, Eglantine aus Emmas Gruft und hält triumphierend den Giftring der Toten in der Hand, den sie nun als Werkzeug der Rache benützen will. Lysiart, der ihre Worte belauscht, bietet sich an, das Werk zu vollziehen. – Glückstrahlend eilt Euryanthe im Festsaal von Préméry ihrem geliebten Adolar in die Arme. Da naht Lysiart. Er behauptet, Euryanthes Herz im Sturm errungen zu haben, und er überreicht dem König als Beweis Emmas Ring. Als er sich anschickt, auch das Geheimnis von Emmas Geist zu zitieren, glaubt Adolar sich von Euryanthe tatsächlich verraten. Umsonst beteuert sie ihre Unschuld, aber weder Adolar noch der König und die Ritter schenken ihren Worten Glauben. Lysiart erhält daraufhin vom König Adolars Güter als Lehen zugesprochen.

Adolar führt Euryanthe fort in eine öde Felsenschlucht, wo er ihre Untreue mit dem Schwert richten will. Auch jetzt können ihn Euryanthes rührende Worte der Beteuerung ihrer Unschuld nicht überzeugen. Da naht plötzlich eine wilde Schlange. Euryanthe wirft sich schützend vor Adolar und fleht ihn an, eiligst zu fliehen, während sie sich selbst dem Untier als Beute preisgibt. Aber Adolar stellt sich der Schlange zum Kampf und erlegt sie. Da Euryanthe ihr Leben für das seine zu opfern bereit war, kann er nun nicht mehr ihr Richter sein. Er überläßt sie daher ihrem Schicksal. Eine Jagdgesellschaft mit dem König an der Spitze durchzieht bald darauf die Felsenschlucht und stößt auf Euryanthe, die nunmehr den König über Eglantines Verrat aufklärt. Dieser verspricht dem unglücklichen Mädchen, das Band mit Adolar aufs neue zu knüpfen. Überwältigt von einem unbeschreiblichen Glücksgefühl, bricht jedoch Euryanthe zusammen, der jähe Wechsel der Stimmungen hat anscheinend ihr Herz gebrochen. Zur gleichen Stunde erfährt Adolar, der in der Nähe des Schlosses seiner Väter den Tod sucht, von der bevorstehenden Hochzeit Lysiarts mit Eglantine. Als der Festzug naht, kann Adolar aus Eglantines wirren Worten, die ihr das böse Gewissen gleichsam wie in einem Anfall von Geistesabwesenheit hervortreibt, plötzlich den wahren Sachverhalt erkennen. Er schlägt sein Visier hoch und ruft Lysiart mit dem Schwert zum Gottesgericht. Die getreuen Ritter nehmen sogleich für ihren angestammten Herrn Partei und bedrohen Lysiart ebenfalls. In diesem Augenblick erscheint der König. Teilnahmsvoll berichtet er Adolar, daß die unschuldige Euryanthe leider nicht mehr die Rehabilitierung ihrer Ehre erleben durfte. In wilder Freude über die gelungene Rache gesteht nun Eglantine vor allen Anwesenden offen ihren verbrecherischen Verrat. Lysiart stößt sie daraufhin mit seinem Dolch nieder. Der König läßt den Mörder festnehmen und der gerechten Strafe zuführen. Froher Hörnerschall weckt Adolar aus seiner dumpfen Verzweiflung. Die Jäger kommen und berichten, daß Euryanthe doch noch am Leben sei, und gleich darauf eilt sie selbst in die Arme des Geliebten. Der König vereint die Hände der beiden. Ergriffen blickt Adolar zum Himmel. Eine innere Stimme sagt ihm, daß die Träne der Unschuld, die Emmas Ring benetzte, nun wohl auch die Vereinigung seiner Schwester mit ihrem Udo erwirkt habe.

Stilistische Stellung
Ein an dramaturgischen Schwächen leidendes Textbuch trägt die Schuld, daß ›Euryanthe‹ nicht die Breitenwirkung erzielen konnte, die ihrer Bedeutung als Kunstwerk entspräche. Mit Recht hat Eduard Hanslick auf die Verwandtschaft zwischen ›Euryanthe‹ und ›Lohengrin‹ hingewiesen und festgestellt, daß Weber mit diesem Werk die romantische Oper nach einer Richtung entwickelte, an die Richard Wagner nur anzuknüpfen brauchte. Die bei ›Euryanthe‹ in die Zukunft weisenden Neuerungen sind der dramatische Deklamationsstil der Gesangslinie, die selbständige Haltung des Orchesters – besonders bei den reich schattierten Rezitativen –, die Weitung der geschlossenen Formen (durch den unauffälligen Einbau des dramatischen Rezitativs) sowie die vielfach bereits im leitmotivischen Sinn verarbeitete Thematik. Harmonik, Rhythmik und Instrumentation tragen wieder die charakteristischen Züge des Weberschen Eigenstils. Von aparter Wirkung sind die mystischen Geigenklänge, die – ähnlich wie schon bei der Florentiner Renaissanceoper und der venezianischen Barockoper (Ombra-Szenen) – das Erscheinen eines Schattens aus dem Jenseits (Emmas Geist) versinnbildlichen. Weber hatte ursprünglich die Absicht, in der Ouvertüre, wo diese Takte als Einschiebsel im Durchführungsteil den symphonischen Fluß der feurigen Rhythmen dieses aufwühlenden, die ganze Pracht mittelalterlichen Ritterglanzes schildernden Tongemäldes unterbrechen, den Vorhang aufgehen und die Gruft mit Emmas Sarkophag erscheinen zu lassen, vor dem Euryanthe kniend betet, belauscht von Eglantine, während Emmas Geist flehend vorüberschwebt.

Textdichtung
Wilhelmine Christiane von Chézy (1783–1856), geb. von Klencke und Enkelin von Anna Luise Karsch (»Karschin«), gestaltete das Opernbuch zu ›Euryanthe‹ nach einer französischen Erzählung aus dem 13. Jahrhundert: ›Histoire de Gérard de Nevers et de la belle et verteuse Euryanthe, s'amie‹, die Graf Tressant später in seiner ›Bibliothèque de Roman‹ in neufranzösischer Sprache wiedergab. William Shakespeare verarbeitete den Stoff in ›Cymbeline‹, und Giovanni Boccaccio in einer Novelle. Helmina von Chézy hatte bereits 1804 die Erzählung nach dem Urtext ins Deutsche übertragen, die dann von Friedrich Schlegel in seine ›Sammlung romantischer Dichtungen des Mittelalters‹ unter dem Titel ›Die Geschichte von der tugendsamen Euryanthe‹ aufgenommen wurde. Das von der Dichterin zunächst entworfene Szenarium entsprach nicht den Intentionen Webers, worauf dieser selbst eine Skizze ausarbeitete, nach der Helmina von Chézy sodann die Dichtung gestaltete. Dabei ging sie bereitwilligst auf die Wünsche des Komponisten ein; auch die kleinlichen Forderungen der Wiener Zensur mußten berücksichtigt werden. Auf diese Weise erfuhr der Text im Verlauf der Vertonung eine elfmalige Umgestaltung. Denn die Schwierigkeiten, die sich bei der Dramatisierung durch die grundlegende Veränderung des Stoffes gegenüber der Vorlage ergaben und die trotz aller Verbesserungsversuche nicht beseitigt werden konnten, machten Weber viel Kopfzerbrechen. Die Hereinnahme der mystischen Episode Emma-Udo mochte wohl dem romantischen Charakter des Werks entgegenkommen, erwies sich aber für die bühnenmäßige Wirkung von Nachteil. In der französischen Erzählung verschafft die verräterische Gundrieth dem Grafen Lysiart Gelegenheit, von einem Versteck aus Euryanthe im Bad zu beobachten. Dabei erspäht dieser unter Euryanthes rechter Brust ein Muttermal in Form eines Veilchenblattes. Mit der Kenntnis von diesem intimen Körpermal beweist sodann Lysiart Euryanthes angeblichen Treuebruch. Hier erscheint Euryanthes passives Verhalten durchaus motiviert; denn wie sollte die Ahnungslose einen Gegenbeweis erbringen? In der Opernfassung löst dagegen die mysteriöse Geschichte Emma-Udo eine ganze Reihe Unwahrscheinlichkeiten im Handlungsverlauf aus; insbesondere wirkt Euryanthes Schweigen vor der Hofgesellschaft und vor allem dann, wenn sie mit Adolar allein ist, direkt unverständlich.

Geschichtliches
Nach dem großen Erfolg des ›Freischütz‹ erhielt Weber im November 1821 von Direktor Domenico Barbaja einen Opernauftrag für das Kärntnerthortheater in Wien. Der Meister wollte diesmal seine Befähigung unter Beweis stellen, auch ein musikalisches Bühnenwerk ohne Dialog, also im Stil der Großen Oper, schreiben zu können. Aber er mußte zunächst nach einem Librettisten Ausschau halten; denn er hatte sich mit dem emp-

findlichen Johann Friedrich Kind überworfen. In einem Dresdner literarischen Zirkel, dem »Liederkreis«, lernte er die Dichterin Helmina von Chézy kennen, die seinen Antrag auf Abfassung eines Opernbuches sogleich freudig aufgriff und ihm eine große Anzahl romantischer Stoffe zur Auswahl stellte. Weber entschied sich für ›Die Geschichte der tugendsamen Euryanthe‹. Bald darauf, am 15. Dezember 1821, erhielt er von der Dichterin bereits den I. Akt, worauf er sofort mit der Arbeit an der Komposition begann. Aber die Schwierigkeiten der Libretto-Gestaltung, die sich im Verlauf der Arbeit an dem Werk ergaben, verzögerten den Entstehungsprozeß. Im Februar 1822 begab sich Weber nach Wien, um dort die ihm zur Verfügung stehenden Sänger kennenzulernen. Nachdem sich der kränkliche Meister von den Strapazen des Wiener Aufenthalts, bei dem ihm trotz des damals herrschenden Rossini-Taumels von seiten führender Persönlichkeiten des Kulturlebens (Ludwig van Beethoven, Franz Schubert, Franz Grillparzer u. a.) zahlreiche Ehrungen zuteil geworden waren, wieder einigermaßen erholt hatte, schrieb er in Klein-Hosterwitz bei Pillnitz mit Feuereifer an der ›Euryanthe‹ weiter. Nach einer Unterbrechung der Arbeit vom September 1822 bis Mitte Januar 1823 wurde die Partitur am 29. August 1823 in Klein-Hosterwitz abgeschlossen. Die Ouvertüre wurde erst in Wien am 19. Oktober vollendet. Mitte September hatte sich der Komponist zur Einstudierung seines Werkes nach Wien begeben. Während der Proben nahm er noch verschiedene Kürzungen vor, damit nicht »aus der Euryanthe eine Ennuyante« werde. Die Uraufführung erfolgte sodann vor einem festlich gestimmten Auditorium am 25. Oktober 1823 am Kärntnerthortheater. Weber wurde enthusiastisch gefeiert. Wenn auch schon damals die Bedeutung des Werkes als Beginn einer neuen Epoche der dramatischen Musik vielfach erkannt und gewürdigt worden war, so konnte sich die ›Euryanthe‹ im Schatten der italienischen Oper doch nicht recht durchsetzen und sie verschwand nach zwanzig Vorstellungen wieder vom Spielplan. Auch sonst verbreitete sich das Werk langsam und mit geteiltem Erfolg. Für Berlin (23. Dezember 1825) komponierte Weber eine Balletteinlage, den Pas de cinq, nach. In Paris wurde die ›Euryanthe‹, ähnlich wie vorher schon ›Der Freischücz‹ und ›Preziosa‹, zunächst in einer Verballhornung von Castil-Blaze gegeben (1831), später (1857) hatte die Oper in einer originalgetreuen französischen Fassung am Théatre Lyrique großen Erfolg.

Oberon

Romantische Feenoper in drei Aufzügen. Dichtung von James Robinson Planché.

Solisten: *Oberon*, König der Elfen (Jugendlicher Heldentenor, auch Lyrischer Tenor, m. P.) – *Titania*, seine Gemahlin (Stumme Rolle) – *Puck* (Mezzosopran, auch Spielalt, m. P.) und *Droll* (Sprechrolle, kl. P.), seine dienstbaren Geister – *Meermädchen* (Sopran, auch Mezzosopran, kl. P.) – *Harun al Raschid*, Kalif von Bagdad (Sprechrolle, kl. P.) – *Rezia*, seine Tochter (Dramatischer Koloratursopran, auch Dramatischer Sopran, gr. P.) – *Fatime*, deren Sklavin und Gespielin (Lyrischer Sopran, auch Mezzosopran, gr. P.) – *Babekan*, persischer Prinz (Sprechrolle, kl. P.) – *Mesru*, Haremswächter (Stumme Rolle) – *Almansor*, Emir von Tunis (Sprechrolle, kl. P.) – *Roschana*, seine Gemahlin (Sprechrolle, kl. P.) – *Nadine*, deren Sklavin (Sprechrolle, kl. P.) – *Abdallah*, Seeräuber (Sprechrolle, kl. P.) – *1., 2., 3. Gartenhüter* (Sprechrollen, kl. P.) – *Kaiser Karl der Große* (Sprechrolle, kl. P.) – *Hüon von Bordeaux*, Herzog von Guienne (Jugendlicher Heldentenor, gr. P.) – *Scherasmin*, sein Knappe (Lyrischer Bariton, auch Spielbariton, gr. P.).
Chor: Feen – Elfen – Meermädchen – Luft-, Erd-, Wasser- und Feuergeister – Gefolge des Kalifen – Weibliches Gefolge Rezias – Schwarze und weiße Haremsdiener – Schwarze und weiße Sklaven – Janitscharenmusiker – Wachen – Seeräuber – Gefolge Karls des Großen (m. Chp.).
Ballett: Elfen- und Feenreigen. Bajaderen am Hof des Kalifen. Tanzende Mädchen im Gemach Roschanas. Tanz der Mohrensklaven.
Ort: Franken, Bagdad und Tunis.
Schauplätze: Halle in Oberons Palast (Phantastischer deutscher Wald in Oberons Reich) – Erscheinung: Das Innere eines kleinen persischen Kiosks – Erscheinung: Das Ufer des Tigris mit der Stadt Bagdad im Hintergrund – Zimmer im Harem, im Hintergrund die Gärten des Palastes (Offene Gartenhalle im Harem, im Hintergrund mit Gittern verschlossen) – Ein prächtiger Spei-

sesaal im Palast des Harun al Raschid – Garten am Palast – Erscheinung: Oberon in Wolken – Erscheinung: Die Seeküste mit dem Hafen von Askalon, ein Schiff vor Anker – Felsenlandschaft (Geisterkluft) – Höhle an der Seeküste, im Hintergrund Öffnung zum Meer – Garten des Emirs Almansor zu Tunis vor dem Haus des Gärtners Ibrahim – Zimmer in des Emirs Harem – Roschanas Zimmer, im Hintergrund eine mit reichen Tapeten verhängte Nische – Hof im Harem (Freier Platz in Tunis), in der Mitte ein Scheiterhaufen – Erscheinung: Oberon mit Titania in Wolken (Blumenhain) – Thronsaal im Palast Kaiser Karls des Großen.
Zeit: 806.
Orchester: 2 Fl. (auch 2 Picc.), 2 Ob., 2 Kl., 2 Fag., 4 Hr., 2 Trp., 3 Pos., P., Schl., Hrf., Gitarre, Str. – Bühnenmusik: 2 Ob., 2 Kl., 2 Fag., Schl.
Gliederung: Ouvertüre und 21 Musiknummern, die durch einen gesprochenen Dialog miteinander verbunden werden.
Spieldauer: Etwa 2½ Stunden.

Handlung
Elfen bewachen den Schlummer ihres Königs Oberon. Ein Streit mit der Feenkönigin Titania, wer treuer sei, Mann oder Weib, hatte ihn zu dem Schwur verleitet, sich ihr nicht wieder zu nahen, bis ein liebendes Paar trotz Not und Gefahr sich unerschütterlich die Treue bewahre. Oberon erwacht und verwünscht den unseligen Schwur. Da erscheint Puck, sein dienender Geist, der ihm von einem absonderlichen Ereignis am Hof Karls des Großen berichtet: Der Ritter Hüon von Bordeaux hatte im Zweikampf zu Recht Karls Sohn erschlagen; der zürnende Kaiser verlangt aber dennoch Sühne für die Tat. Er schickt Hüon nach Bagdad mit dem Auftrag, dort den zur Linken des Kalifen sitzenden Prinzen Babekan zu töten und anschließend Harun al Raschids Tochter Rezia als Braut heimzuführen. Oberon will dem Ritter seinen Schutz angedeihen lassen; denn bewahren sich Hüon und Rezia trotz aller Fährnisse die Treue, dann ist die Bedingung seines Schwures erfüllt und Titania wieder sein. Auf des Elfenkönigs Geheiß bringt Puck Hüon mit seinem Knappen Scherasmin zauberschnell herbei. In einer Vision erscheint Rezia dem noch schlafenden Hüon, die ihn um Rettung vor dem ungeliebten Babekan anfleht, den sie nach dem Willen ihres Vaters heiraten soll. Als dann der Ritter und sein Knappe erwachen, überreicht Oberon dem Hüon ein Horn, das in Gefahren Hilfe bringen soll, und dem Scherasmin einen Becher, der sich jedesmal mit köstlichstem Wein füllt, wenn er an den Mund gesetzt wird. Durch einen Wink mit seinem Lilienzepter versetzt der Elfenkönig die beiden sogleich nach Bagdad.

Dort erwartet Rezia den ihr im Traum erschienenen Ritter, der sie von ihrem ungeliebten Bräutigam Babekan befreien soll, schon sehnsüchtig. Wie von Kaiser Karl befohlen, dringt Hüon während der Hochzeitsfeier Rezia-Babekan in den Bankettsaal des Kalifen ein und führt seinen Auftrag aus. Den Kalifen und seine gegen ihn losgehenden Getreuen bannt der Ritter durch einen Ruf auf Oberons Zauberhorn, worauf er ungehindert mit Rezia entweichen kann. Gleichzeitig weckt Scherasmin Rezias Dienerin Fatime mit einem Kuß aus ihrer Starre und trägt sie triumphierend auf seinen Armen weg. Auch im Garten, wo die Wächter ihre Flucht vereiteln wollen, rettet Oberons Horn die beiden Paare. Der Elfenkönig erscheint selbst. Er versichert sie seiner weiteren Hilfe in Gefahren und ermahnt sie, sich unter allen Umständen die Treue zu halten, komme, was da kommen möge. Durch Oberons Zaubermacht werden sie blitzschnell in den Hafen von Askalon versetzt, wo ein Schiff zur Überfahrt nach Griechenland bereit liegt. Indessen ruft Puck die Sturmgeister zusammen und fordert sie auf, die Wellen des Ozeans zu entfesseln und das Schiff an einer öden Felsenküste zum Scheitern zu bringen. Während Hüon die Geliebte in einer Felsenhöhle am Ufer allein läßt, um nach Rettung auszuschauen, erwacht Rezia. Sie erblickt ein Schiff in der Nähe der Küste und ruft dieses durch Winken herbei. Aber es sind Seeräuber, die den herbeistürzenden Hüon niederstrecken und Rezia nach Tunis entführen, wo sie das Mädchen dem Emir Almansor verkaufen. Nun erscheint Oberon an der rauhen Felsenküste und befiehlt Puck, den ohnmächtigen Hüon auf ein weiches Blütenlager zu betten; ein Meermädchen singt ihn in den Schlaf. Nach sieben Tagen soll Puck ihn in den Garten des Emirs von Tunis schaffen.

Dort trifft Hüon seinen Knappen und Fatime wieder, die ein anderer Korsar bei dem Sturm aufgefischt und an den Gärtner des Emirs als Sklaven verkauft hatte. Voller Aufregung berichtet Fatime, daß Rezia als Favoritsklavin des Emirs Almansor auch hier weile. Schon überlegt Hüon mit Scherasmin und Fatime, wie er Rezia befreien könne, da wird ihm von einer Sklavin die auf einem Lorbeerblatt aufgezeichnete Aufforderung überreicht, heimlich in den Palast zu kommen. Zu seinem Erstaunen trifft aber der Ritter dort nicht Rezia, sondern Roschana, die um Rezias willen verstoßene bisherige Lieblingsfrau des Emirs, die ihn als Rächer gerufen hat und ihm für Almansors Ermordung ihre Hand und den Thron von Tunis anbietet. Hüon bleibt all ihren Verführungskünsten zum Trotz standhaft, wird aber von Almansor überrascht und zum Tod auf dem Scheiterhaufen verurteilt. Auch Rezia, die für den Geliebten um Gnade fleht und sich als seine Braut bekennt, soll das gleiche Los erleiden. Inzwischen hat Scherasmin das in den Sturmfluten verlorengegangene Zauberhorn Oberons plötzlich wiedergefunden. Mit seinen Tönen verjagt er Almansor und die Mohrensklaven, die sich tanzend und taumelnd entfernen. Oberon erscheint glückstrahlend mit Titania am Arm. Der Elfenkönig ist von seinem Schwur erlöst und dankt dem Paar für seine Treue. Am Hof Karls des Großen werden Hüon und Rezia jubelnd empfangen, und versöhnt segnet der Kaiser den Bund.

Stilistische Stellung

Die Tatsache, daß Weber bei ›Oberon‹ den in ›Euryanthe‹ eingeschlagenen Weg der durchkomponierten, musikdramatischen Gestaltung wieder verlassen hat, ist symptomatisch für den Stil des Werkes. Daher konnten auch gerade diejenigen späteren Bearbeiter, die das Märchensingspiel durch kompositorische Zutaten in eine Große Oper umzumodeln versuchten, am wenigsten die Schwächen des dramaturgisch verbauten Textbuchs beseitigen. Die ›Oberon‹-Musik ist in ihrer einheitlichen Haltung durchwegs der deutschen Romantik verbunden. Dabei ist ihre Tonsprache, entsprechend den verschiedenen Schauplätzen der Handlung, auf das Wunderreich der Elfen und Geister, die schillernde Folklore des Orients und die Welt des mittelalterlichen Rittertums feinsinnig koloristisch abgestimmt. Das Exotische wird nur dezent – durch zwei orientalische Melodien und Janitscharen-Schlagzeug – angedeutet. Die zarte Elfenromantik inspirierte die Phantasie des Komponisten in großartiger Weise zu duftigen Klängen und Rhythmen, deren Stimmungszauber auf eine artverwandte Gestaltungsweise bei Felix Mendelssohn Bartholdy, Heinrich Marschner, Otto Nicolai und Albert Lortzing nachgewirkt hat. Die musikalischen Nummern bewegen sich hinsichtlich ihrer Form und Diktion durchaus im Rahmen des Singspiels; ein Vorstoß auf das Gebiet der dramatischen Oper erfolgt nur gelegentlich, wie zum Beispiel in Rezias großer Arie (Ozean-Arie). Das aus dem Kopf der arabischen Melodie (Janitscharenmusik in Finale Nr. 6) gebildete Motiv von Oberons Zauberhorn eröffnet die Oper und zieht sich leitmotivartig durch die ganze ›Oberon‹-Musik. Die Ouvertüre stellt ein prächtiges tondichterisches Gemälde dar, das mit der Verarbeitung der wichtigsten Themen des Werkes aphoristisch den Inhalt und mit dem strahlenden Schluß den glücklichen Ausgang des Stückes andeutet.

Textdichtung

Der einer französischen Emigrantenfamilie entstammende James Robinson Planché (1796–1880), ein versierter Bühnenautor, benützte als Vorlage für sein Libretto Christoph Martin Wielands Epos ›Oberon‹ (1780) in der englischen Übersetzung von William Sotheby, das wiederum auf die Erzählung ›Hyon de Bordeaux‹ von H. de Villeneuve (13. Jahrhundert) in der französischen Romansammlung ›Bibliothèque bleue‹ zurückgeht. Auch Motive aus William Shakespeares ›Sturm‹ und ›Sommernachtstraum‹ wurden übernommen. Mit Rücksicht auf den Geschmack des englischen Theaterpublikums dramatisierte Planché den Stoff ganz im Charakter eines Schau- und Ausstattungsstücks. Dabei erscheint auf der Bühne eine große Anzahl meist nur skizzenhaft gezeichneter Personen, die als Werkzeug fremden Willens unsere Anteilnahme ebenso wenig zu fesseln vermögen, wie der schemenhaft behandelte Elfenkönig selbst. Die erste deutsche Übersetzung besorgte noch unter Webers Mitwirkung der Dresdner Intendant Theodor Hell (Pseudonym für Karl Gottlieb Theodor Winkler, 1775–1856).

Geschichtliches

Im Jahre 1822 erhielt Weber, der nach der Uraufführung des ›Freischütz‹ rasch international berühmt geworden war, von dem Direktor des Covent Garden-Theaters in London, Charles Kemble, einen Opernauftrag. Er mußte aber ablehnen, da er bereits an einem neuen Werk, der ›Euryanthe‹, arbeitete. Im Fassung 1824 leistete Weber einer erneuten Einladung aus London Folge. Von den beiden vorgeschlagenen Stoffen, ›Faust‹ oder ›Oberon‹, entschied er sich für letzteren aus kollegialer Rücksicht gegen Louis Spohr, der seinerzeit Weber zuliebe auf die Vertonung des ›Freischütz‹ verzichtet hatte. Mit eiserner

Energie lernte der kränkliche und überbeschäftigte Komponist eiligst die englische Sprache, um in der Lage zu sein, die Textvorlage sinngemäß zu vertonen. Von dem Librettisten Planché erhielt er das Buch aktweise zugesandt, den I. Aufzug am 30. Dezember 1824, den II. am 18. Januar und den III. am 1. Februar 1825. Um diese Zeit entstanden auch schon die ersten musikalischen Skizzen, und am 27. Februar wurde zunächst Hüons Arie Nr. 5 vollendet. Die Arbeit an der Komposition erfuhr in der Folge noch manche Unterbrechung infolge Krankheit und beruflicher Reisen, so daß Weber im Drang der Zeit einige Stücke aus früheren Werken übernehmen mußte, so im Finale Nr. 21 den Marsch (aus dem Trauerspiel ›Heinrich IV.‹, 1817) und den Schlußchor (aus ›Peter Schmoll‹, 1801) sowie Themen aus der Festkantate ›L'Accoglienza‹ in Nr. 6 und Nr. 19. Dem Janitscharenchor der Haremswächter (Finale Nr. 6) und dem Tanz der Mohrensklaven (Finale Nr. 21) liegen originale Melodien – eine arabische und eine türkische – zugrunde, die von Carsten Niebuhr und Lahore überliefert sind. Die Partitur wurde erst während der Proben in London abgeschlossen, wo die Ouvertüre am 9. und die Preghiera am 10. April 1826 fertiggestellt worden sind sowie eine Arie für Hüon (anstelle von Nr. 5) nachkomponiert wurde. Die Uraufführung fand am 12. April 1826 unter Leitung des Komponisten mit stürmischem Erfolg im Covent Garden-Theater statt. Weber wurden Huldigungen gebracht, wie zuvor noch keinem Komponisten in London. Die Absicht, für Deutschland eine Neugestaltung des Werkes zu fertigen, konnte aber Weber leider nicht mehr verwirklichen; denn er starb am 5. Juni, einen Tag vor der geplanten Heimreise. In der Folge entstanden zahlreiche Bearbeitungen des ›Oberon‹, die nicht nur den Text, sondern auch das musikalische Bild veränderten. Aus ihrer Fülle seien hervorgehoben: eine Umgestaltung von Karl Meisl (Text) und Franz Gläser (Musik) für Wien (1827). Coburg gab das Werk (1863) mit Rezitativen von Ernst Lampert, Hamburg (1866) mit einem neuen Dialogtext von Theodor Graßmann. Franz Grandaur bearbeitete für Wien (1881) den Dialog in Versen, die Franz Wüllner als Rezitative vertonte. Die Wiesbadener Bearbeitung von Georg von Hülsen (Gesamtentwurf), Joseph von Lauff (Text) und Joseph Schlar (Musik) griff wieder auf die Dialogfassung zurück, ließ aber den Prosatext größtenteils melodramatisch vom Orchester untermalen. Ziemlich freie Bearbeitungen stellen die Fassungen von Felix Weingartner (eigene kompositorische Zutaten) und Georg Hartmann (Zusätze aus Wielands ›Oberon‹ und Musik aus ›Euryanthe‹ und aus Webers Klaviersonaten) dar, während die Einrichtung von Gustav Mahler (Musik), Gustav Brecher (Text) und Alfred Roller (Szenerie) sich pietätvoll an das Original hält und nur gelegentlich den Dialog melodramatisch nach Motiven der Oper untermalt.

Kurt Weill

* 2. März 1900 in Dessau, † 3. April 1950 in New York

Die Dreigroschenoper

Ein Stück mit Musik in einem Vorspiel und acht Bildern nach dem Englischen des John Gay bearbeitet von Bert Brecht.

Solisten: Sprechrollen mit Gesang: *Jonathan Jeremiah Peachum*, Chef einer Bettlerbande – *Frau Peachum* – *Polly Peachum*, ihre Tochter – *Macheath*, genannt Mackie Messer, Chef einer Bande von Straßenräubern – *Brown*, Polizeichef von London – *Lucy*, seine Tochter – *Die Spelunkenjenny*, Hure – *Ausrufer*.
Sprechrollen: *Trauerweidenwalter, Hackenfingerjakob, Münzmatthias, Sägeroberst, Ede, Jimmy*, Straßenräuber (Macheaths Leute) – *Filch*, einer von Peachums Bettlern – *Smith*, erster Konstabler.
Chor: Bettler – Huren – Konstabler – Volk.
Ort: London.
Schauplätze: Jahrmarkt in Soho – Peachums Bettlergarderoben – Pferdestall – Wie 2. Bild – Wie

3. Bild – Hurenhaus in Turnbridge – Gefängnis von Old Bailey – Wie 2. Bild – Wie 7. Bild.
Zeit: Im 17. Jahrhundert.
Orchester: Tenorsaxophon in B (auch Sopransaxophon in B, Fag., Kl. II in B), Altsaxophon in Es (auch Fl., Kl. I in B), 2 Trp., Pos. (auch Kb.), Banjo (auch Vcl., Gitarre, Bandoneon), P., Schl., Harmonium (auch Cel.), Klav. (Direktion).
Gliederung: 20 Musiknummern, die in die Dialogszenen eingebaut sind.
Spieldauer: Etwa 2½ Stunden.

Handlung
Auf dem Jahrmarkt in Soho, Londons Verbrechervorstadt, wo arme Bettler und undurchsichtige amoralische Elemente hausen, singt zu seinem Leierkasten ein Ausrufer die Moritat von dem berüchtigten Banditenführer Macheath, genannt Mackie Messer (Nr. 2 »Und der Haifisch, der hat Zähne«): der »von den Dämchen vergötterte Gentleman«, den der Arm der Gerechtigkeit offenbar nicht zu erreichen vermag, lebt von Mord, Brandstiftung und Vergewaltigung.
Das Gegenstück zu ihm ist der frömmelnde, aber geschäftstüchtige schurkische »Bettlerkönig« Jonathan J. Peachum, der als Chef einer von ihm organisierten Bettlerbande aus dem Mitleid der wohlhabenden Stände Kapital zu schlagen weiß, indem er gesunde Leute als Krüppel tarnt und sie gegen kargen Lohn verpflichtet, für ihn betteln zu gehen. Sein schmutziges Geschäft entschuldigt er mit dem heuchlerischen Grundsatz: »Ich befinde mich auch auf der Welt in Notwehr.«
Da kreuzt eines Tages der Verbrecherchef Mackie Messer seine Wege. Dieser hat Peachums Tochter Polly entführt und sie in einem leeren Pferdestall unter feierlicher Assistenz seiner Banditen geheiratet. Die Hochzeitsgesellschaft wird von dem Besuch des Londoner Polizeichefs Brown überrascht. Er kommt aber nicht in dienstlicher Eigenschaft, sondern tauscht in freundschaftlicher Unterhaltung mit seinem ehemaligen Kriegskameraden Mackie Erinnerungen an gemeinsame Erlebnisse aus (›Kanonen-Song‹).
Pollys Eltern sind empört, als sie von ihrer Tochter erfahren, daß sie Mackie geheiratet habe. Der Vater gedenkt, den unerwünschten Schwiegersohn anzuzeigen, während die Mutter erwägt, durch Bestechung eine Hure zu bewegen, ihn der Polizei auszuliefern. Die Familie ist sich jedoch in dem einen Punkt einig, daß man gerne in Frieden und Eintracht leben möchte, aber: »die Verhältnisse, die sind nicht so!« (1. Dreigroschenfinale).
Auf Peachums Anzeige hin kann Brown seinen Freund Mackie nicht mehr länger schonen. Dieser ist geflüchtet, während Polly an seiner Stelle die Führung der Banditenschar übernimmt.
Mackie wird jedoch in dem Hurenhaus in Turnbridge verhaftet. – Bei seiner Einlieferung in das Gefängnis von Old Bailey weint Brown. Seine Tochter Lucy, die auch einmal mit Mackie verheiratet war, trifft vor dem Gefängnisgitter mit Polly zusammen. Die aufeinander eifersüchtigen Frauen ergehen sich in wüsten gegenseitigen Beschimpfungen.
Lucy hat es fertiggebracht, Mackie zur Flucht aus dem Gefängnis zu verhelfen. Polizeichef Brown ist darüber glücklich, doch Peachum droht, sollte er nicht sofort Mackie wieder festsetzen, die Feierlichkeiten zur Krönung der Königin durch einen Demonstrationszug seiner Bettler zu stören. – Mackie hat inzwischen bei der Spelunkenjenny Zuflucht gefunden.
Brown ist entschlossen, die Aktion der Bettler, mit der sie vor der Königin ihr Elend demonstrieren wollen, durch seine Konstabler zu verhindern. Als alle Versuche Peachums, den Polizeichef umzustimmen, scheitern, gibt dieser seiner Bettlerbande den Befehl zu marschieren. Brown erkennt jetzt den Ernst der Lage und sagt Peachum zu, Mackie wieder zu verhaften. Der Bettlerkönig verrät ihm den derzeitigen Aufenthaltsort des Gangsters bei der Hure Jenny und hält vorerst den Aufmarsch seiner Bettler zurück.
Inzwischen haben sich Lucy und Polly in ihrem Leid ausgesöhnt. Sie sind aber nicht imstande, den neuerdings ins Gefängnis geworfenen Mackie zu befreien. In seiner aussichtslosen Situation macht dieser vor seinem Gang zum Galgen mit der ›Ballade, in der allen verziehen wird‹ seine Rechnung mit dem Himmel. Da bringt ein unerwartetes Ereignis Rettung: Brown erscheint hoch zu Roß und verkündet, daß die Königin anläßlich ihrer Krönung Mackie begnadigt und in den Adelsstand erhoben hat; dazu erhält er als Wohnsitz ein Schloß und eine lebenslängliche hohe Rente. Ein Schlußchoral zieht die Moral aus der Geschichte: »Verfolgt das Unrecht nicht zu sehr. In Bälde erfriert es schon von selbst, denn es ist kalt. Bedenkt das Dunkel und die große Kälte in diesem Tale, das von Jammer schallt.«

Stilistische Stellung

Bei ihrer Bearbeitung von ›The Beggar's Opera‹ beabsichtigten Dichter und Komponist, den »Urtypus einer Oper« darzustellen, bei dem Elemente der Oper und die Elemente des Dramas sich mischen. Mit der Realisierung dieses Vorhabens entwickelten die Autoren gleichzeitig den Stil des »Epischen Theaters«: die Dramatisierung des Stoffes erfolgt nicht in einer fortlaufenden Handlung, sondern sein Inhalt wird vermittelt durch Situationsschilderungen in den einzelnen Szenen und in den »Songs« benannten musikalischen Nummern, deren Überschriften auf Tafeln projiziert werden. Mit Absicht gestaltete der Komponist seine Musik, die nicht für Sänger, sondern für singende Schauspieler geschrieben ist, in knappen Formen mit eingängiger Melodik, unkomplizierter Rhythmik und schlichter, wenn auch bisweilen gewürzter Harmonik. Im Stil der Musik des 18. Jahrhunderts sind behandelt die Ouvertüre, der ›Morgenchoral des Peachum‹ (Nr. 3) über eine originale Melodie der alten ›Beggar's Opera‹ sowie der Schlußchoral. Nummern sentimentalen oder kabarettistischen Charakters stehen Formen der modernen Tanzmusik gegenüber (Foxtrott, Boston, Tango, Shimmy). Der orchestrale Part wird von einer Band in Jazz-Besetzung ausgeführt. Weill schlug damit einen Bogen zurück zu ähnlichen Praktiken, wie sie im 18. Jahrhundert die Parodien und Travestien der italienischen Opera buffa, der französischen Vaudeville-Komödie, der englischen Ballad Opera und des deutschen Singspiels manifestierten. Die satirische Ausgestaltung des Stoffes durch den Dichter, angereichert mit sozialkritischen Aspekten, folgte dem Zug der Entstehungszeit des Werkes und entspricht ganz den Tendenzen, wie sie die sogenannte »Zeitoper« der 1920er Jahre bevorzugte. Darüber hinaus sichert die Zurschaustellung dunkler Machenschaften, wie die Geschäfte mit Mitleid, Liebe, Gerechtigkeit, dem Stück zu jeder Zeit eine gewisse Aktualität.

Textdichtung

›Die Dreigroschenoper‹ stellt eine freie Nachdichtung jenes berühmten Balladen-Singspiels ›The Beggar's Opera‹ von Johann Christoph Pepusch und John Gay dar, das im Jahre 1728 in Lincoln's Inn Fields Theatre zu London mit ungeheuerem Erfolg uraufgeführt wurde und das mit seinen bissigen Parodien auf Händels Opera seria das Theaterunternehmen des Komponisten zum Ruin brachte. Bert Brecht (1898–1956) hat sich selbst wiederholt über die Vorstellungen geäußert, die ihn bei der Abfassung seines Werkes geleitet haben. Zunächst stellte er fest, daß die übliche deutsche Übersetzung des Titels: ›Bettler-Oper‹, das heißt eine Oper, in der Bettler vorkommen, irreführend sei und richtiger ›Des Bettlers Oper‹, also eine Oper für Bettler, lauten müsse. Da heute der damalige Anlaß zur Parodie einer Gattung wie die der Händelschen Oper nicht mehr gegeben ist, hat Brecht die Absicht zu parodieren aufgegeben. Dagegen, so argumentiert der Dichter, fehlen uns Heutigen die soziologischen Anlässe von ›The Beggar's Opera‹ nicht, da so ziemlich alle Schichten der Bevölkerung moralische Grundsätze berücksichtigen, indem sie nicht »in Moral«, sondern natürlich »von Moral« leben.

Geschichtliches

Die ›Dreigroschenoper‹ ist 1927/28 entstanden. Sie wurde nicht gegen die Händel-Renaissance der zwanziger Jahre des 20. Jahrhunderts und auch nicht anläßlich der 200. Wiederkehr des Jahres der Uraufführung von Pepusch-Gays ›The Beggar's Opera‹ geschrieben. Das Stück sollte nach der deutschen Übersetzung des englischen Urbilds von Elisabeth Hauptmann ›Bettleroper‹ betitelt werden; eine Woche vor der Premiere änderte Brecht den Titel in ›Dreigroschenoper‹ um, weil diese »Oper für Bettler« doch so billig sein sollte, daß Bettler sie bezahlen können. Die Uraufführung erfolgte am 31. August 1928 im Theater am Schiffbauerdamm in Berlin unter der musikalischen Leitung von Theo Mackeben, Regie führte Erich Engel, die Bühnenausstattung besorgte Caspar Neher, den orchestralen Apparat stellte die Lewis-Ruth-Band. Zur Überraschung der Fachleute, die einen Durchfall der ›Dreigroschenoper‹ befürchteten, war der Publikumserfolg außerordentlich groß, der nicht nur Serienaufführungen in Berlin, sondern auch eine weite Verbreitung des Werkes in etwa zwanzig Ländern zur Folge hatte.

Aufstieg und Fall der Stadt Mahagonny

Oper in drei Akten. Text von Bert Brecht.

Solisten: *Leokadja Begbick* (Dramatischer Mezzosopran, auch Dramatischer Alt, gr. P.) – *Fatty*, der »Prokurist« (Lyrischer Tenor, auch Spieltenor, gr. P.) – *Dreieinigkeitsmoses* (Charakterbariton, auch Charakterbaß, gr. P.) – *Jenny* (Lyrischer Koloratursopran, auch Jugendlich-dramatischer Sopran, gr. P.) – *Jim Mahoney/Johann Ackermann* (Jugendlicher Heldentenor, auch Charaktertenor, gr. P.) – *Jack O'Brien/Jakob Schmidt* (Lyrischer Tenor, gr. P.) – *Bill*, genannt *Sparbüchsenbill* (Lyrischer Bariton, auch Charakterbariton, m. P.) – *Joe*, genannt *Alaskawolfjoe* (Spielbaß, auch Charakterbaß, m. P.) – *Tobby Higgins* (Tenor, kl. P., kann auch vom Darsteller des Jack übernommen werden).
Chor: Sechs Mädchen von Mahagonny – Die Männer von Mahagonny (gemischter Chor, m. Chp.).
Ort: Mahagonny.
Schauplätze: Auf einem Lastwagen – In den großen Städten – Mahagonny – Der Landeplatz von Mahagonny – Eine Bar – Ein Bordell – Ein Boxring – Ein Gefängnis – Das Gericht – Die Hinrichtung.
Zeit: Gegenwart.
Orchester: 2 Fl., Ob., Kl., Altsaxophon, Tenorsaxophon, 2 Fag. (II. auch Kfag.), 2 Hr., 3 Trp., 2 Pos., Tuba, P., Schl., Klav., Harm., Banjo, Baßgitarre, Bandoneon, Streicher – Bühnenmusik: 2 Picc., 2 Kl., 3 Saxophone, 2 Fag., 2 Hr., 2 Trp., 2 Pos., Tuba, Schl., Klav., Zither oder Xyl., Banjo, Bandoneon (können aus dem Orchester besetzt werden).
Gliederung: Vorspiel und 20 musikalische Nummern.
Spieldauer: Etwa 2½ Stunden.

Handlung

Leokadja Begbick, Fatty der Prokurist und Dreieinigkeitsmoses werden von der Polizei steckbrieflich wegen Kuppelei und betrügerischem Bankrott gesucht. Sie sind mit einem alten Lastwagen auf der Flucht, doch als der Motor streikt und sie nicht weiter können, schlägt die Witwe Begbick vor, an dieser Stelle eine Stadt zu gründen, die sie Mahagonny (das heißt: Netze-Stadt) nennt. Besser, als selbst in den Flüssen nach Gold zu graben, erscheint ihr, den Goldgräbern das Gold abzunehmen. – In der schnell wachsenden Stadt siedeln sich die ersten »Haifische« an: Jenny und sechs andere Dirnen kommen, auf der Suche nach Whisky, Dollars und hübschen Jungs. – In den großen Städten machen Fatty und Moses für die Goldstadt Mahagonny Reklame. Immer mehr Menschen ziehen nach Mahagonny, unter ihnen Jim Mahoney, Jack O'Brien, Sparbüchsenbill und Alaskawolfjoe, die zusammen sieben Jahre lang in Alaska Holz gefällt haben und sich nun für ihr sauer verdientes Geld etwas Vergnügen leisten wollen. Witwe Begbick begrüßt sie auf dem Landungsplatz von Mahagonny und führt ihnen zuerst die Mädchen vor. Die Angebote für Jenny sind nicht hoch genug, aber schließlich entschließt sich Jim, sie zu nehmen. Beide haben sich auf den ersten Blick ineinander verliebt und werden sich schnell über ihr künftiges Zusammensein einig. – Der Aufstieg Mahagonnys entwickelt sich nicht so, wie es sich die Gründer vorgestellt haben; immer mehr Leute reisen nach kurzer Zeit wieder ab – die Sache ist kein Geschäft, obwohl die Whiskypreise immer mehr gesenkt werden. Schon will man die Koffer packen und die Sache aufgeben, als Fatty in der Zeitung liest, daß die Polizei schon in Pensacola nach ihnen sucht. Sie können also nicht zurück. Auch Jim Mahoney gefällt es nicht mehr in Mahagonny; er will ebenfalls abreisen. Seine Freunde wollen ihn zurückhalten und fragen ihn, was ihm nicht gefällt. Da zählt er auf: es ist ihm zu viel verboten, der Whisky ist zu billig, alles ist zu ruhig – es ist eben nichts los in Mahagonny. Nur mit Mühe halten ihn die Freunde zurück. – Die Männer von Mahagonny sitzen vor der Bar und schauen dem Sonnenuntergang zu. Die vier Holzfäller erzählen sich von der Zeit in Alaska. Nur Jim ist immer noch unzufrieden, beschimpft die Witwe Begbick, und es kommt fast zu einem Tumult. Da wird angekündigt, daß ein Hurrikan im Anzug sei. Alles rennt und versucht zu fliehen; angstvoll erwarten alle den Tod, nur Jim lächelt. In der Stunde der größten Gefahr findet er »Die Gesetze der menschlichen Glückseligkeit« – er stellt fest, man dürfe tun, was man mag, und brauche sich nicht an die Gesetze zu halten; der Hurrikan halte sich ja auch nicht daran. Da alles erwartet, der Hurrikan werde in wenigen Stunden die Stadt zerstören, hat auch die Witwe Begbick nichts dagegen, daß ihre Vorschriften mißachtet werden. – Ängstlich beobachten die Bewohner von

Mahagonny die Meldungen über den Weg des Hurrikans. Pensacola hat er vernichtet und ist auf geradem Wege auf Mahagonny zu, doch in letzter Minute nimmt er einen anderen Kurs und verschont die Stadt.

Nach dem großen Hurrikan ist Hochbetrieb in Mahagonny, denn jetzt steht die Stadt unter der Devise »Du darfst« – so, wie man es in der Nacht vor dem Hurrikan gelernt hat. Jack O'Brien überfrißt sich und fällt tot um. – Vor dem Mandelay-Bordell stehen die Männer Schlange; die Käuflichkeit der Liebe wird demonstriert. – Es gibt ein Preisboxen. Joe hat Dreieinigkeitsmoses herausgefordert und fordert seine Freunde auf, ihr Geld auf seinen Sieg zu setzen. Fatty und Bill lehnen ab, aber Jim ist bereit, um ihrer alten Freundschaft willen sein ganzes Geld auf Joe zu setzen. Aber Dreieinigkeitsmoses schlägt Joe so brutal nieder, daß er stirbt. Jim hat all sein Geld verloren. – Beim Saufen in der Bar lädt Jim alle Leute ein, auf seine Kosten eine Runde zu trinken. Doch als es ans Bezahlen gehen soll, versucht er zuerst, den Betrunkenen mimend, mit Bill und Jenny auf dem Billardtisch aus dem Lokal zu segeln, doch dann muß er bekennen, daß er kein Geld mehr hat. Weder Bill noch Jenny wollen ihm aushelfen – beim Geld hört die Freundschaft und die Liebe auf –, so wird Jim gefesselt und ins Gefängnis geworfen. Er hat Angst vor dem nächsten Morgen und hofft, daß die Nacht nicht so schnell vorbeigeht.

Das Gericht ist zusammengetreten: Witwe Begbick ist der Richter, Moses der Staatsanwalt und Fatty der Verteidiger. Zuerst wird der Fall von Tobby Higgins verhandelt, der einen Mord begangen hat. Da er bereit ist, die entsprechende Bestechungssumme zu zahlen, wird er freigesprochen. Dann kommt Jim Mahoney an die Reihe. Bill will ihm auch für die Bestechung kein Geld leihen. Viele Männer stehen zu Jim, weil er in Mahagonny das Prinzip des »Du darfst« eingeführt hat. Doch als es darum geht, daß er seine Zeche nicht bezahlt hat, weil er kein Geld hat, sind alle gegen ihn. Kein Geld zu haben, ist das größte Verbrechen, und deswegen wird Jim Mahoney zum Tode verurteilt. – Viele wollen aus Mahagonny nach Benares weiterziehen, weil es dort noch schöner sein soll, aber Benares ist von einem Erdbeben zerstört worden. Jim soll hingerichtet werden; er verabschiedet sich von Jenny und empfiehlt sie seinem Freunde Bill. Dann wird er hingerichtet. Die Begbick läßt das Spiel von »Gott in Mahagonny« aufführen. Moses vertritt den lieben Gott, der nach Mahagonny kommt, aber die Männer von Mahagonny weigern sich, in die Hölle zu gehen, wohin er sie schickt. Ein großer Demonstrationszug beendet die Geschichte von Jim Mahoney und der Stadt Mahagonny.

Stilistische Stellung

Brecht-Weills ›Mahagonny‹ geht über das in der ›Dreigroschenoper‹ angelegte hinaus: zum einen in den musikalischen Mitteln, zum anderen in der inhaltlichen Aggressivität. Mehr noch als dort versteht es Weill, die Opernform als Gerüst für seine suggestiv-aufreizende, frivol-vulgäre und dabei, wenn es darauf ankommt, durchaus kunstvolle Musik zu nehmen. Er parodiert (Johann Sebastian Bach und Georg Friedrich Händel, aber auch – im ersten Finale – Giuseppe Verdi), aber er streut neben die vulgären Schlager (›Alabama-Song‹, ›Benares-Song‹, beide zurückgehend auf Gedichte von Rudyard Kipling) auch das lyrisch-empfindsame Abschiedsduett vom Kranich und der Wolke zwischen Jim und Jenny. Auch Brecht kam es darauf an, die Oper bewußt, als »Kampfmittel der Dialektik« einzusetzen. In seinen Anmerkungen zum Text schrieb er: »Nähert sich ›Mahagonny‹ dem Gegenstand in genießerischer Haltung? Es nähert sich. Ist ›Mahagonny‹ ein Erlebnis? Es ist ein Erlebnis. Denn: ›Mahagonny‹ ist ein Spaß. Die Oper ›Mahagonny‹ wird dem Unvernünftigen der Kunstgattung Oper gerecht.«

Textdichtung

Der Text zu ›Aufstieg und Fall der Stadt Mahagonny‹ geht, wie stets bei Brecht, zurück auf eine Fülle von Material: er sammelte Zeitungsausschnitte über den Verlauf des Florida-Hurrikans 1926, er veröffentlichte bereits 1927 in der ›Hauspostille‹ fünf ›Mahagonny-Gesänge‹, die ursprünglich für ein Schauspiel gedacht waren. Auch aus seinem Stück ›Im Dickicht der Städte‹ entnahm er Anregungen und Figuren.

Geschichtliches

Der Oper ›Aufstieg und Fall der Stadt Mahagonny‹ ging 1927 das ›Mahagonny‹-Songspiel voraus, in dem bereits einzelne Songs (›Alabama-Song‹, ›Benares-Song‹) auftauchen, aber der eher epische Revue-Charakter vorherrscht. Brecht und Weill arbeiteten die abendfüllende Oper dann 1928/29 aus. Die Premiere am 9. März 1930 in Leipzig, vor einem »normalen« Opernpublikum, war ein großer Skandal. Es gab heftige Auseinandersetzungen. Es folgten Aufführungen in

Braunschweig, Kassel, Prag und Frankfurt, zum Teil schon unter massivem gesteuerten »Protest« der Nationalsozialisten, so daß geplante Aufführungen in Essen, Oldenburg, Dortmund und unter Max Reinhardt in Berlin abgesagt wurden. Zwar spielte die Kroll-Oper in Berlin das Werk im Winter 1931 noch unter der Leitung von Alexander Zemlinsky, dann verschwand ›Mahagonny‹. Nach 1945 kam das Werk zuerst 1952 in Köln heraus, anschließend in Darmstadt und Kiel, in Hamburg, Frankfurt und Berlin (Ost). Großen Eindruck hinterließen die Inszenierungen von Günther Rennert in Stuttgart (1967, mit Anja Silja als Jenny) und 1977 von Joachim Herz an der Komischen Oper in Ost-Berlin; 1963 und 1964 kam das Werk auch in London und Mailand (Regie: Giorgio Strehler) auf die Bühne. Der englische Musikwissenschaftler David Drew erschloß (da die Originalpartitur verlorenging) die Urfassung und publizierte davon 1969 einen Klavierauszug.

W. K.

Mieczyslaw Weinberg (Moisei Samuilovich Vainberg)

* 12. Januar 1919 in Warschau, † 26. Februar 1996 in Moskau

Die Passagierin

Oper in zwei Akten. Dichtung von Alexander Medwedew nach der Novelle von Zofia Posmysz.

Solisten: *Marta*, Polin, Häftling in Auschwitz, 19 Jahre alt, auf dem Schiff 34 Jahre alt (Jugendlich-dramatischer Sopran, gr. P.) – *Tadeusz*, Martas Verlobter, Häftling, 25 Jahre alt (Kavalierbariton, m. P.) – *Katja*, russische Partisanin, Häftling, 21 Jahre alt (Lyrischer Sopran, m. P.) – *Krystina*, Polin, Häftling, 28 Jahre alt (Mezzosopran, m. P.) – *Vlasta*, Tschechin, Häftling, 20 Jahre alt (Mezzosopran, m. P.) – *Hannah*, Jüdin, Häftling 18 Jahre alt (Lyrischer Alt, m. P.) – *Yvette*, Französin, Häftling, 15 Jahre alt (Soubrette, m. P.) – *Alte*, Häftling (Sopran, kl. P.) – *Bronka*, Häftling (Dramatischer Alt, m. P.) – *Lisa (Anna-Lisa Franz)*, Deutsche, Aufseherin in Auschwitz, 22 Jahre alt, auf dem Schiff 37 Jahre alt (Dramatischer Mezzosopran, gr. P.) – *Walter*, Lisas Mann, Diplomat, 50 Jahre alt (Jugendlicher Heldentenor, gr. P.) – *Drei SS-Männer* (ein Tenor, zwei Bässe, kl. P.) – *Älterer Passagier* (Baß, kl. P.) – Sprechrollen: *Oberaufseherin* – *Kapo* (Häftlingsfrau, die ein Arbeitskommando leitet) – *Steward*.
Chor: Häftlinge in Auschwitz – Passagiere – Besatzung des Schiffes (Männer: gr. Chp., Frauen: m. Chp.).
Ort: Auf einem Ozeandampfer – Auschwitz.
Schauplätze: Schiffsdeck – Schiffskabine – Offener Platz im Todeslager Auschwitz – Frauenbaracke – Lagermagazin – Kleine Kammer in der Männerbaracke – Salon des Schiffes – Baderaum im Lager – Flußufer.
Zeit: Um 1960 / vor 1945.
Orchester: 3 Fl. (auch 1 Picc.), 3 Ob. (auch 1 Eh.), 3 Kl., 1 Asax., 3 Fag. (auch 1 Kfag.), 6 Hr., 4 Trp., 3 Pos., Tuba, P., Schl., Cel., Hrf., Git., Klav., Str. – Bühnenmusik: Akkordeon, Git., Klav., Jazz-Schl., Kb.
Gliederung: Acht durchkomponierte Bilder, die von einem instrumentalen Vorspiel und einem Epilog eingefaßt sind.
Spieldauer: Etwa 2½ Stunden.

Handlung

»Schiff«: Walter, ein deutscher Diplomat, befindet sich mit seiner Frau Lisa auf der Schiffsüberfahrt nach Brasilien, dem Ziel und Höhepunkt seiner beruflichen Karriere. Da verstört Lisa der Anblick einer Passagierin: Handelt es sich um Marta und damit um jene Polin, die Lisa bislang für tot gehalten hat, umgekommen in Auschwitz? Vor Lisas geistigem Auge wird die Zeit wieder lebendig, als sie in Auschwitz KZ-Aufseherin war. Walter, dem Lisa bisher ihre Nazi-Vergangenheit verheimlicht hat, ist die Scheu seiner Frau vor der Fremden unbegreiflich, und er verlangt nach Aufklärung. Die Folge von Lisas die eigene Rolle in Auschwitz beschönigendem Geständnis ist eine Ehekrise. Doch vorläufig kann das Paar aufatmen. Ein von Lisa bestochener Steward hat inzwischen die Identität der Fremden ausgeforscht: Es handele sich um eine Engländerin. Indessen weiß Lisa, daß sie ihrem Mann noch nicht die ganze Wahrheit über ihre Vergangenheit in Auschwitz gebeichtet hat. – »Appell«: Auschwitz-Häftlinge stehen in Reih und Glied zur Morgenzählung an, beobachtet von zynischen SS-Männern und der Oberaufseherin. Die zeigt sich darüber zufrieden, daß Lisa sich unter den Häftlingsfrauen eine Vertrauensperson zur besseren Kontrolle über die übrigen Gefangenen ausgewählt hat: die junge Polin Marta. Marta aber kann sich nicht erklären, warum Lisa ihr gegenüber höflich ist. – »Baracke«: Am Abend werden Neuankömmlinge in Martas Baracke gesperrt, unter ihnen die Tschechin Vlasta und die jugendliche Französin Yvette, die sich vor einer alten Leidensgenossin fürchtet, der das Lagerleben den Verstand geraubt hat. Die Frauen legen sich in den Pritschen schlafen. Sie erzählen einander von ihren Hoffnungen und Ängsten. Hannah, eine griechische Jüdin, glaubt nicht mehr an eine Rückkehr in ihre Heimatstadt Thessaloniki und wird von Marta getröstet. Die Polin Krystina hat anders als die betende Bronka ihren Glauben verloren. Bronka wiederum nimmt Yvette an Tochter Statt an. Da wird plötzlich die Tür aufgerissen und die russische Partisanin Katja hereingestoßen. Die Gefangenen bemühen sich um die mißhandelte Frau, während die Kapo-Frau einen auf Polnisch geschriebenen Zettel an Lisa weitergibt. Sie befiehlt Marta, zu übersetzen. Es handelt sich um einen Kassiber der Lager-Untergrundorganisation. Marta aber tut so, als übersetze sie einen Liebesbrief an ihren Verlobten Tadeusz, den sie im Männerlager vermutet. Lisa nimmt den Zettel an sich und verordnet Katja für den kommenden Tag Karzer-Haft. Marta und Katja schließen Freundschaft. Lisa – nun wieder 15 Jahre später – beklagt sich bei Walter darüber, daß Marta damals ihre Gutmütigkeit ausgenutzt und sie belogen habe.

»Magazin«: Marta und ihr Trupp sind damit beschäftigt, die in der Effektenkammer befindlichen Hinterlassenschaften von KZ-Insassen auszusortieren. Lisa erhält den Befehl, einem der Häftlinge, der als berühmter Geigenvirtuose gilt, die beste Geige aus dem Magazin zu überlassen. Der solle unmittelbar vor seiner Ermordung dem Lagerkommandanten dessen Lieblingswalzer zu Gehör bringen. Daraufhin tritt Tadeusz herein, um die Geige abzuholen. Martas und Tadeusz' Blicke begegnen sich. Augenblicklich begreift Lisa, daß Tadeusz Martas Verlobter ist, und zieht sich zurück. Marta und Tadeusz fallen einander in die Arme. Alsbald kommt Lisa wieder hinzu, zerreißt den Zettel mit der angeblichen Liebesbotschaft und verlangt Dankbarkeit dafür, daß sie über das nach den Lagerregeln unerlaubte Liebesverhältnis der beiden schweigt. Katja wiederum warnt die beiden vor der Tücke Lisas, und es stellt sich heraus, daß Katja und Tadeusz sich von der Untergrundorganisation her kennen. Aus dem Lautsprecher dröhnt Walzermusik. – »Werkstatt«: Tadeusz sitzt an einem Werktisch in der Männerbaracke, er liest eine Geheimnachricht über die Befreiung Kiews. Lisa kommt hinzu und betrachtet ein von Tadeusz gefertigtes Medaillon mit dem Porträt Martas mit geschorenen Haaren. Sie will Tadeusz ein weiteres Rendezvous mit seiner »Lagermadonna«, wie Lisa Marta nun nennt, erlauben, doch Tadeusz lehnt ab. Er will nicht in der Schuld der KZ-Aufseherin stehen, was Lisa, als sie Walter auf dem Schiffsdeck darüber berichtet, nach wie vor irritiert und empört. – »Baracke«: Die Mitgefangenen gratulieren Marta zu ihrem 20. Geburtstag und stecken ihr kleine Geschenke zu. Tadeusz hat ihr heimlich Blumen überbringen lassen. Da tritt Lisa herein, sieht die Blumen und teilt Marta mit, daß Tadeusz das Angebot zu einem weiteren Treffen mit Marta ausgeschlagen habe. Auch will sie Marta mit der Behauptung kränken, daß Tadeusz nichts mehr von ihr wissen wolle. Doch Marta läßt sich nicht verunsichern, verärgert rauscht Lisa ab, so daß die Häftlinge wieder unter sich sind und sich über ihre Pläne austauschen, sollten sie Auschwitz überleben. Ivette übt mit Bronka Französisch, und Katja singt Marta ein russisches Volkslied vor, um ihr einen Eindruck von Rußland zu vermitteln. Plötzlich brüllt eine Stimme aus dem Lautsprecher Häftlingsnummern in die Baracke. Vlasta, Hannah, Katja und Ivette sind aufgerufen und werden von der Kapo und von Aufseherinnen brutal zum Ausgang getrieben, wo SS-Männer sie in Empfang nehmen. Als Marta sich ebenfalls erheben will, wird sie von Lisa zurückgehalten: Noch sei sie nicht an der Reihe. Zuvor habe Marta Tadeusz' Konzertauftritt vor dem Lagerkommandanten beizuwohnen. Auch kündigt sie Marta eine Bestrafung für ihre Beziehung zu Tadeusz an. Nach Lisas Abgang bittet Krystina Bronka für die Seelen Ivettes und der übrigen todgeweihten Frauen zu beten, doch Bronka bricht mitten im Gebet ab. – »Schiff«:

Noch einmal sucht der Steward Lisa in ihrer Kabine auf: Die britische Passagierin lese polnische Bücher. Lisa reagiert auf diese Mitteilung panisch. Doch Walter gewährt ihr, beeindruckt von ihrer Beichte, Verzeihung. Er will nun einen endgültigen Strich unter die Vergangenheit ziehen. Beide machen sich versöhnt in den Schiffssalon auf, wo zum Tanz aufgespielt wird. Dort ist Lisa eine begehrte Tanzpartnerin, so daß Walter auf den gemeinsamen Walzer warten muß. Doch auf die Veranlassung der Passagierin hin intoniert die Bordkapelle den Lieblingswalzer des Lagerkommandanten. Das ist zu viel für Lisa. Sie geht geradewegs auf Marta zu. Marta stehe in ihrer Dankesschuld, da sie ihr das Überleben ermöglicht habe. Marta aber drängt Lisa unter den verwunderten Blicken der übrigen Passagiere mit unerbittlicher Miene dazu, noch einmal in die Vergangenheit von Auschwitz zu schauen. – »Das Konzert«: Im Badehaus des Lagers trifft sich die Lager-Prominenz, aber auch Häftlinge, darunter Marta, sind anwesend. Tadeusz soll mit seinem Konzertauftritt beginnen. Doch er intoniert nicht den befohlenen Lieblingswalzer des Kommandanten, sondern Johann Sebastian Bachs berühmte Chaconne. Ein SS-Mann stürzt sich auf Tadeusz, entreißt ihm die Geige und zertrümmert sie. Aus dem Off dringt der Klagegesang des Chores. – Epilog: Marta sitzt am Ufer eines großen Flusses. Es ist Morgen. Sie gedenkt derer, die sie in Auschwitz verloren hat.

Stilistische Stellung

Mieczyslaw Weinbergs 1968 vollendete ›Passagierin‹ ist ein Stück über die Wiederkehr verdrängter Vergangenheit. Flashbacks zwingen die einstige KZ-Aufseherin Anna-Lisa Franz, ihrem Mann Walter Rechenschaft über ihre Zeit in Auschwitz zu geben. Getrieben von der Angst, Walters Liebe zu verlieren, versucht sie sich in apologetischen Erzählungen zu rechtfertigen. Dem stehen Rückblenden ins KZ gegenüber, die Lisas Selbstdarstellung einer unter Befehlsnotstand handelnden und dennoch »anständig« gebliebenen KZ-Schergin korrigieren. Ausdrücklich weist der Chor, wenn er wie in der griechischen Tragödie die Handlung kommentiert, auf Lisas Erinnerungslücken hin. Er ist somit die anklagende Stimme der vergessenen Wahrheit. Er wird damit zur moralischen und über Lisa richtenden Instanz, beglaubigt durch seine Funktion innerhalb der Auschwitz-Bilder. Denn dort ist das Chorensemble in die Handlung integriert – in der Rolle der Opfer.

Weinberg hat, um KZ-Vergangenheit und Nachkriegsgegenwart miteinander zu verknüpfen, ein Netz von musikalischen Querbezügen über das Werk gespannt. So antizipiert etwa das kurze orchestrale Vorspiel zu Beginn der Oper mit seinen schneidend dissonanten Signalen und seinen bruitistischen Schlagzeug-Quintolen jene Musik, die zur Selektion der Häftlingsfrauen im II. Akt erklingt. Zwei Leitmotiven kommt herausragende Bedeutung zu: Zum einen ist ein statischer Zusammenklang von leeren Quinten der gleichermaßen unnahbaren und unbeugsamen Marta zugeordnet, zum anderen huscht immer wieder eine in Terzen auf- oder abspringende Figur vorbei, wenn in Lisas Unterbewußtsein Erinnerungsfetzen an ihre KZ-Vergangenheit aufblitzen.

Konstitutiv für Weinbergs kompositorische Dramaturgie ist eine Idiomatik, die Musik aus verschiedenen Zeitebenen, verschiedenen musikalischen Genres und unterschiedlichen Stilhöhen ins Spiel bringt. Derlei polystilistische Tendenzen sind auch bei anderen Komponisten (z. B. Alfred Schnittke oder Edison Denissow) wahrnehmbar, die sich in der Sowjetunion von der ideologisch verordneten Doktrin des Sozialistischen Realismus abkehrten. Vor allem aber gewinnt Weinbergs Musik zur ›Passagierin‹ aus dieser polystilistischen Konzeption ihre teleologische Zielrichtung. So charakterisiert er die vergangenheitsvergessene Nachkriegs-Urlaubs-Atmosphäre auf dem Schiff durch eine steril anmutende Tanzmusik im swingenden Rhythmus des Jazz. Dann wieder karikiert er das Terzett der SS-Männer im 2. Bild durch eine Anspielung auf »O, du lieber Augustin«; und Walters die Vergangenheit verharmlosende Schlußstrich-Rhetorik (»Es war halt Krieg«) wird mit einem Zitat aus Schuberts Militärmarsch (D 733,1) bissig kommentiert. Auch die vielfältigen Walzer-Intonationen, die teils in subtiler Andeutung, teils in rabiater Bedrohlichkeit die Partitur durchziehen, verfolgen die Absicht, einer Welt des Trivialen und Vulgären Ausdruck zu geben. Und wenn zum Schluß des 4. Bilds der »Lieblingswalzer« des Kommandanten aus dem Lautsprecher gellt, wird überdies daran erinnert, daß Musik-Mißbrauch in den Konzentrationslagern der Nazis schauerlicher Alltag war.

Hingegen machen das im Orchester erklingende Zitat einer polnischen Choralmelodie aus dem

15. Jahrhundert zu Bronkas Gebet (3. Bild) und Katjas gänzlich unbegleiteter Volksliedgesang im 6. Bild Imaginationen der Protagonistinnen ohrenfällig, die das Heimlich-Vertraute und Unbeschädigte im sakralen und im profanen Bereich beschwören. Insgesamt läuft Weinbergs polystilistische Dramaturgie darauf zu, daß Tadeusz Johann Sebastian Bachs Chaconne für Violine (BWV 1004,5) zum Vortrag bringt. Er konfrontiert damit die Nazis mit dem Widerspruch zwischen ihrer eigenen verkommenen Daseinsform und der von ihnen kompromittierten deutschen Hochkultur. Und Weinberg monumentalisiert diesen Akt künstlerischen Widerstands, indem der Solopart alsbald im Geigentutti aufgeht. Im Zusammenklang mit den einfühlsam gezeichneten Kurzporträts der anderen Häftlingsfrauen und den bei aller Innerlichkeit und Ekstatik nie ins Sentimentale abgleitenden Liebesgesängen von Marta und Tadeusz gibt Weinbergs Musik der Leidensperspektive der Häftlinge Raum. So versucht sie zu zeigen, daß die KZ-Insassen, den unmenschlichen Lebensbedingungen in Auschwitz trotzend, um die Wahrung ihrer Würde rangen.

Textdichtung
Alexander Medwedews Libretto fußt auf der Erzählung ›Die Passagierin‹ (auf Polnisch: Pasazerka) von Zofia Posmysz. Die 1923 in Krakau geborene Autorin verbrachte zweieinhalb Jahre im KZ Auschwitz-Birkenau und wurde nach ihrer Verlegung ins KZ Ravensbrück am 2. Mai 1945 von den Alliierten befreit. 1958 hatte Posmysz während eines Paris-Aufenthalts ein Schlüsselerlebnis, als sie auf der Place de la Concorde die schneidende Stimme einer deutschen Touristin einen Moment lang für die der KZ-Aufseherin Anneliese Frank (1913–1956) hielt: Dieser schockierende Augenblick bot gleichsam die Urszene für Posmysz' Erzählung. Zunächst aber war 1959 eine Hörspiel-Fassung ›Die Passagierin von Kabine 45‹ vorausgegangen. Erst dann folgte die Novelle, die wiederum als Grundlage für eine Verfilmung dienen sollte und 1962 veröffentlicht wurde – ein Jahr, bevor der Film (Regie: Andrzej Munk / Witold Lesiewicz) herauskam.
Nicht erst in der Oper, sondern bereits in der literarischen Vorlage wird das Initialerlebnis des akustischen Flashbacks zum Déjà-vu, das überdies mit einem Rollentausch einhergeht. Denn nun löst der Blick der KZ-Aufseherin auf Marta, dem Alter Ego der Autorin, die Rückblenden nach Auschwitz aus. Doch anders als in der Oper bleibt in der Erzählung die Perspektive Lisas gewahrt. Freilich fördern in der Erzählung Lisas unablässige Selbstrechtfertigungsversuche letztlich ihre Schuld zutage, so daß sich Walter schließlich gefühlsmäßig von ihr abwendet. Erst in Medwedews Libretto gewährt Walter seiner Frau Verzeihung und entschließt sich zur Vergangenheitsverdrängung. Ein für Lisas emotionale Prägung bestimmendes Motiv ist indessen aus der Vorlage übernommen: Ihre Empörung darüber, daß ihr Bemühen um Martas und Tadeusz' Schutz von beiden zurückgewiesen wird. Sie spürt in dieser Ablehnung Verachtung, denn für Marta und Tadeusz kann es keine Kumpanei mit einer KZ-Aufseherin geben.
Zwei Handlungsfäden sind in der Oper unabhängig von der Erzählung entwickelt. Zum einen kommen die in den Auschwitz-Bildern auftretenden Nebenfiguren in der literarischen Vorlage nicht vor, so daß die in der Frauenbaracke spielenden Bilder ganz neu erfunden wurden. Zum anderen gibt es zwar auch in Posmysz' Text eine Tanzszene auf dem Schiff und eine Konzertaufführung (mit der ›Tannhäuser‹-Ouvertüre) im Badehaus des KZs. Doch hier wie dort fehlt die eklatante Zuspitzung. Erst in der Oper bittet Marta die Schiffsband um den Walzer des Lagerkommandanten, und erst in ihr steht Tadeusz als Violinvirtuose im Zentrum der Konzertaufführung. Eine weitere Eigenheit des Librettos ist seine personenbezogene Mehrsprachigkeit. So ist Deutsch die Sprache Lisas, Walters und der KZ-Schergen, während die Häftlinge gemäß ihrer Herkunft Tschechisch, Jiddisch, Französisch oder Russisch sprechen. Lediglich bei den Partien der Polinnen Marta, Krystina und Bronka wurde eine Ausnahme gemacht: Wie der Chor singen sie auf Russisch, vermutlich ein aufführungspraktisches Zugeständnis.

Geschichtliches
Auch die Biographie des 1919 in Warschau geborenen Komponisten Mieczyslaw Weinberg ist durch die Verbrechen Nazi-Deutschlands geprägt. Anders als die Katholikin Zofia Posmysz entstammte er einer jüdischen Familie. Durch Flucht vor den Deutschen in die Sowjetunion konnte er sich in Sicherheit bringen, während seine Eltern und seine Schwester im Lager Trawniki ermordet wurden. 1943 holte Dmitrij Schostakowitsch Weinberg, mit dem ihn seitdem eine lebenslange Freundschaft verband, nach Moskau.

Und es war ebenfalls Schostakowitsch, der zusammen mit dem späteren Librettisten Alexander Medwedew Mitte der sechziger Jahre den Freund auf Posmysz' Erzählung aufmerksam machte und so den Anstoß zu Weinbergs erstem von insgesamt sieben Opernwerken gab. In die 1968 vollendete Partitur hat Weinberg auch eine Komposition früherer Provenienz eingefügt: Martas Freiheitsgesang im 6. Bild. Ursprünglich gehörte dieser auf einen Text von Sándor Petöfi basierende Hymnus zum sieben Romanzen umfassenden op. 71 von 1960. Der Partitur stellte Weinberg ein Paul Éluard zugeschriebenes Motto voran, das im Epilog von Marta aufgegriffen wird: »Wenn das Echo ihrer Stimmen verschwindet, dann werden wir sterben.«

Trotz Schostakowitschs unermüdlichem Einsatz gelang es nicht, ›Die Passagierin‹ in der Sowjetunion auf die Bühne zu bringen. Zur Zeit der Herrschaft des Sozialistischen Realismus war dafür kein Platz. Lediglich wurde 1974 ein Klavierauszug gedruckt, dem Schostakowitsch zum Geleit ein überschwengliches Lob voranstellte. Weinberg selbst hat das Werk nie gehört. Als die Oper 2006 im Moskauer Stanislawski- und Nemirowitsch-Dantschenko-Musiktheater erstmals konzertant gegeben wurde, war ihr Komponist bereits seit zehn Jahren tot. Am 19. Juli 2010 erfolgte die szenische Uraufführung während der Bregenzer Festspiele in Kooperation mit dem Teatr Wielki Warschau und der English National Opera London (2011). David Pountneys Produktion (musikalische Leitung: Teodor Currentzis) mit Michelle Breedt und Elena Kelessidi als Lisa und Marta wurde als Wiederentdeckung des Jahres gefeiert. Die Inszenierung wurde 2014/15 auch an der Houston Grand Opera, während des Lincoln Center Festivals New York, an der Lyric Opera of Chicago und im Detroit Opera House gezeigt. 2013 fand in Karlsruhe die deutsche Erstaufführung (Regie: Holger Müller-Brandes, musikalische Leitung: Christoph Gedschold) mit Polnisch als Hauptsprache des Stückes statt, 2015 zog Frankfurt mit einer Inszenierung Anselm Webers und mit Leo Hussain als Dirigenten nach.

R. M.

Jaromír Weinberger

* 8. Januar 1896 in Prag, † 8. August 1967 in Saint Petersburg (Florida/USA)

Schwanda der Dudelsackpfeifer (Švanda dudák)

Volksoper in zwei Akten (fünf Bildern). Dichtung von Miloš Kareš.

Solisten: *Schwanda* (Kavalierbariton, auch Charakterbariton, gr. P.) – *Dorota* (Jugendlich-dramatischer Sopran, gr. P.) – *Babinsky* (Jugendlicher Heldentenor, gr. P.) – *Königin* (Dramatischer Mezzosopran, auch Dramatischer Sopran, m. P.) – *Magier* (Seriöser Baß, m. P.) – *Richter* (Tenor, kl. P.) – *Scharfrichter* (Spieltenor, auch Charaktertenor, kl. P.) – *Teufel* (Spielbaß, gr. P.) – *Des Teufels Famulus* (Spieltenor, kl. P.) – *Der Höllenhauptmann* (Tenor, kl. P.) – *1. Landsknecht* (Tenor, kl. P.) – *2. Landsknecht* (Baß, kl. P.).
Chor: Die Gefährtinnen der Königin – Volk aller Stände – Zeremonienmeister – Schlüsselwart – Bewaffnete – Gerichtshof – Trompeter und Trommler – Gehilfen des Scharfrichters – Teufel und Teufelinnen – Hexen – Höllengeister – Des Teufels Leibwache – Teufelstrompeter – Landvolk (m. Chp.).
Ballett: Danse tragique, Polka (2. Bild). Der Tanz ›Odzemek‹ (3. Bild). Teufelspolka, Fuga (4. Bild).
Ort: Böhmen.
Schauplätze: Schwandas Bauernhof, in der Mitte eine blühende Linde, rechts Bauernhaus, links und im Hintergrund niedrige Mauer mit großem Tor – Kemenate der Königin Eisherz mit Thron; byzantinischer Stil – Platz vor der Stadtmauer, mächtiges Stadttor, Tribüne mit Baldachin, hohes Schafott – Hölle – 5. Bild wie 1.
Orchester: 3 Fl. (III. auch Picc.), 2 Ob., 2 Kl., 2 Fag., 4 Hr., 3 Trp., 3 Pos., 1 Bt., P., Schl., 2 Hrf., Cel., Org., Str. – Bühnenmusik: 4 Trp.
Gliederung: Ouvertüre und durchkomponierte

Jaromír Weinberger

Großform (Zwischenaktsmusik vor dem 2. und 5. Bild; vor dem letzten Bild kurze Dialogszene).
Spieldauer: Etwa 2½ Stunden.

Handlung

Zwei Landsknechte, welche die Spur des berüchtigten Räubers Babinsky verfolgen, klopfen an die Tür eines Bauernhauses. Arglos erklärt ihnen die junge Bäuerin Dorota, niemand gesehen zu haben, woraufhin die beiden sich eilig entfernen. Geräuschlos klettert Babinsky von dem Lindenbaum vor dem Haus, wo er sich versteckt gehalten hatte. Er gibt sich Dorota, die ihm mißtrauisch den Zutritt in das Haus verwehrt, nicht zu erkennen. Zu seiner Enttäuschung erfährt er, daß sie schon verheiratet und die Frau des berühmten Sackpfeifers Schwanda aus Strakonitz sei. In diesem Augenblick kommt Schwanda von der Feldarbeit nach Haus. Gastfreundlich lädt er den Fremden zum Mittagstisch ein. Während Dorota in der Küche das Essen bereitet, erzählt dieser dem Schwanda von den Heldentaten des großen Räubers Babinsky, der als Walter ausgleichender Gerechtigkeit das, was er den Reichen nimmt, den Armen schenkt und der den Beraubten als Warnung eine ausgefranste Manschette hinterläßt mit der Drohung wiederzukommen, falls sie ihre hartherzige Gesinnung nicht änderten. Schwanda bekommt mit einem Mal Lust, die weite Welt kennenzulernen. Dorota, die eben das Essen aufträgt, hält ihm entgegen, das Glück lieber im eigenen Heim zu suchen. Aber Babinsky weiß Schwanda mit der Verheißung zu bestricken, daß er bei seiner Begabung Geld und Ruhm in Fülle erwerben könnte, zum Beispiel bei der berühmten Königin mit dem Eisherz im Nachbarland, und während Dorota neuerdings in der Küche weilt, greift Schwanda kurzentschlossen zu seinem Dudelsack und verläßt mit Babinsky den Hof. Der Räuber hat heimlich seine Manschette zurückgelassen mit der Aufschrift, daß er sich morgen die schöne Frau holen werde. Als Dorota zurückkommt und die Manschette vorfindet, weiß sie, daß der Räuber Babinsky ihr das Liebste geraubt hat. Aber sie macht sich sogleich auf den Weg, um ihren Schwanda neu zu gewinnen. – Traurig und müde sitzt die Königin Eisherz in ihrer Kemenate. Sie ist einem Magier verfallen, dem sie dereinst ihr warmes, fühlendes Herz gegen ein Diamantenzepter verkauft hatte; der Magier hatte ihr dafür ein Eisherz eingesetzt, woraufhin sie einen jungen Prinzen ermorden ließ, der dem Magier im Weg gestanden hatte, weil er sich um die Hand der Königin bewarb. Vergeblich verlangt sie jetzt von dem Magier ihr Herz zurück. Da erklingt plötzlich die fröhliche Intrada eines Dudelsacks, und gleich darauf erscheint Schwanda. Unter den Klängen seiner lustigen Polka tanzen Zeremonienmeister, Dienerschaft und Wache. Glücklich über die veränderte Stimmung, die der böhmische Musikant in das Schloß gebracht hat, bietet ihm die Königin ihre Hand an. Die Hochzeit soll gleich gefeiert werden. In dem Augenblick, als Schwanda die Königin küßt, führt der Magier Dorota in den Saal. Schwanda bekennt, daß er seine Dorota nach wie vor liebe. Da gibt die Königin den Befehl, Dorota sofort zu töten. Aber Schwanda stellt sich schützend vor sie. Auf Rat des Magiers soll nun Schwanda den Verrat mit dem Tod büßen. Schwanda wird abgeführt, während sich der Magier des Dudelsacks bemächtigt und diesen durch den Schlüsselwart in einen tiefen Keller wegsperren läßt. – Schwanda darf vor der Hinrichtung noch einen Wunsch äußern. Er verlangt seinen Dudelsack. Trotz des Einspruchs des Magiers gestattet die Königin die Erfüllung der Bitte. Aber der Schlüsselwart kommt unverrichteter Dinge zurück, der Dudelsack ist aus dem Keller spurlos verschwunden. Der Scharfrichter holt nun mächtig aus, aber anstelle des Beiles fällt ein Besen mit einer Manschette daran auf den Hals des Delinquenten. Babinsky hatte inzwischen unbemerkt das Beil mit einem Strohbesen vertauscht. Im gleichen Augenblick erscheint der Räuber und überreicht Schwanda seinen Dudelsack, auf dem dieser sogleich den Tanz ›Odzemek‹ zu spielen beginnt. Hüpfend und tanzend bewegt sich alles durch das offene Tor in die Stadt hinein; nur Dorota, Schwanda und Babinsky bleiben zurück. Letzterer sperrt das Tor mit dem Schlüssel ab, den er dem Schlüsselwart abgenommen hatte, und befestigt seine Manschette daran. Dorota macht Schwanda nun Vorhalte wegen seiner Treulosigkeit, und Babinsky flüstert ihr heimlich zu, ja nicht nachzugeben. Aber das Paar ist bald wieder versöhnt. Schwanda beteuert, der Königin nicht einmal einen Kuß gegeben zu haben, ja, wenn er auch nur das kleinste Stückerl eines Kusses gegeben habe, möge ihn auf der Stelle der Teufel holen. Ein Donnerschlag, und Schwanda versinkt augenblicklich unter Flammen und Rauch in die Tiefe. Verzweifelt klagt sich Dorota an, durch ihre Eifersucht das Unheil selbst verschuldet zu haben, das jetzt den Geliebten getroffen hat. Babinsky drängt jetzt

Dorota, sie solle anstelle von Schwanda ihn nehmen; denn er liebe sie, seit er sie zum ersten Mal gesehen habe. Aber Dorota weist ihn weinend ab, so daß Babinsky schließlich verspricht, ihr den Schwanda aus der Hölle zu holen.

Gelangweilt sitzt der Teufel in seinem Höllensaal und legt Patiencen. Schwanda soll ihm zur Unterhaltung aufspielen. Aber weder Bitten noch Drohen können den Musikanten bewegen, dem Wunsch des Teufels nachzukommen. Nachdem dieser einen ungeschickten Versuch unternommen hat, den Dudelsack selbst zu spielen, zaubert er dem Schwanda das Bild Dorotas vor. Gleichzeitig legt er ihm ein Pergament hin; wenn er dieses unterschreibe, sei Dorota wieder sein. Schwanda unterzeichnet eiligst. Daraufhin verschwindet das Phantom, Schwanda hat aber durch seine Unterschrift dem Teufel seine Seele verschrieben. Nun untersteht er dem Gesetz der Hölle, und der Teufel will ihn durch seine Höllengeister gefügig machen, endlich den Dudelsack zu spielen. Da dringt plötzlich Babinsky ein, dem Teufel und seinem Gefolge kein Unbekannter. Er wird mit allen Ehren empfangen. Schwanda soll zur Feier aufspielen. Aber Babinsky bietet dem Teufel ein verlockenderes Amüsement: er schlägt ihm, mit dem keiner seiner Untertanen Kartenspielen mag, weil er immer gewinnt, eine Mariagepartie vor. Als Einsatz legt Babinsky der Reihe nach Schwandas Dudelsack und die Machtinsignien des Höllenfürsten vor: den goldenen Stirnreif, Pokal, Zepter und Uhr; den Teufel zwingt er, seinen Krönungsschmuck, die Hälfte seines Reiches und schließlich Schwandas Seele einzusetzen. Der Teufel ist einverstanden, als Babinsky seinerseits auch noch die eigene Seele zum Einsatz bietet. Der Höllenfürst gibt jedem sechs Karten. Dabei versteckt er heimlich seine Karten in dem linken Stiefelschaft und holt sich sechs andere aus dem rechten Schaft. Das Spiel beginnt. Der Teufel trumpft unentwegt, weil er sich immer aus dem Stiefelschaft die passende Karte holt. Schon scheint das Spiel für Babinsky verloren, da zieht dieser zuletzt dem Teufel aus dem Stiefelschaft die Teufelssieben. Babinsky hat gewonnen; er halbiert die Hölle mit einem Kreidestrich, Schwanda zerreißt die Seelenverschreibung, der Famulus stürzt atemlos herbei und meldet, jemand habe die Schatzkammer und den Weinkeller gänzlich ausgeraubt. Babinsky ist Herr der Hölle geworden. Aber der Räuber handelt auch jetzt nach seinem Grundsatz: was er dem reichen Teufel genommen, schenkt er nun dem armen. Der Teufel darf alles behalten, nur eines nicht: den Schwanda. Gerührt über so viel Edelmut, gibt der Teufel Schwanda frei. Babinsky fordert den Musikanten auf, zum Abschied seinen Dudelsack zu spielen. Jetzt ist Schwanda dazu bereit und die ganze Hölle beteiligt sich an dem fröhlichen Tanz. – Auf der Oberwelt angekommen, eilt Schwanda sofort nach seinem Hof, um seine Dorota wiederzusehen. Aber Babinsky, der ihm folgt, erklärt ihm, es seien seit seiner Höllenfahrt zwanzig Jahre vergangen, und Dorota sei inzwischen ein altes, verhärmtes Weib geworden. Er deutet dabei auf seinen weißen Bart. Dennoch will Schwanda zu ihr zurück. In diesem Augenblick tritt Dorota, jung und strahlend schön, aus dem Haus. Überglücklich eilt sie ihrem Schwanda in die Arme. Babinsky nimmt sich melancholisch seinen falschen Bart ab und resigniert erklärt er, dem alles gelingt, nur in der Liebe nichts, in seinen Wald zurückkehren zu wollen, um dort der edle Räuber zu bleiben.

Stilistische Stellung

Weinbergers ›Schwanda‹ zeichnet sich vor allem durch eine starke Homogenität von Dichtung und Musik aus. Ein volksnaher Stoff verbindet sich mit einer ebenso gearteten Musik. In der unproblematischen Handlung, die mit einem kräftigen Schuß gesunden Humors gewürzt ist, mischen sich Realistisches und Phantastisches. Die musikalische Gestaltungsweise, die gleichzeitig von dem soliden kompositorischen Können des Max Reger-Schülers zeugt, ist eng dem böhmischen Volkslied verbunden. So legt der Komponist eine betonte Bedeutung der gefühlswarmen Volksweise »Auf unsrem Hof daheim« bei, die als eine Art Leitmelodie der Oper angesehen werden kann. Eine weitere reizvolle Seite der glänzend instrumentierten Partitur ist die Übernahme des Volkstanzes, der ursprünglich allgemein gesungen wurde, in den Vokalpart. So werden eine ganze Reihe von Tänzen, wie Polka, Furiant, oder auch Formen der absoluten Musik, wie das Scherzo im 4. Bild, gesungen. Unter den Tanztypen findet hier auch zum ersten Mal in einer Oper der slowakische Nationaltanz ›Odzemek‹ Verwendung. Auf diese Weise ist das Werk von einer großen Anzahl geschlossener Gebilde durchsetzt. Den Höhepunkt bildet unstreitig das Teufelsbild mit seiner gemütlichen Höllenatmosphäre und seinem köstlichen musikalischen Humor. Es wird beschlossen mit einer äußerst kunstvoll gearbeiteten und klanglich prunkhaft gesteigerten dreifachen Fuge, die eigentlich eine Polka ist (das zweite Thema ist die Polkamelodie aus dem 2. Bild). Die breitangelegte Ouvertüre stellt eine interessante Kombination von Sonatenform und vierstimmiger Fuge dar.

Textdichtung
Das Szenarium, nach dem der tschechische Schriftsteller Miloš Kareš das Libretto abfaßte, stammt vom Komponisten selbst. Weinberger machte zu Helden seiner Opernhandlung zwei populäre Figuren aus böhmischen Volkserzählungen: zunächst die legendäre Gestalt des Dudelsackpfeifers Schwanda aus Strakonitz; dieser spielte einst in einem Schloß vornehmen Herren auf, die ihm zum Lohn eine große Anzahl Goldmünzen in seinen Hut warfen. Als er sich daraufhin mit einem spontanen »Vergelt's Gott« bedankte, versank plötzlich das Schloß; Schwanda saß auf einem Baum und in seinem Hut waren Steine. Der andere Hauptdarsteller ist Babinsky, ehemals ein gefürchteter Räuber, der sich aber später, als lebenslänglich Verurteilter, bekehrte und 1879 als Klostergärtner in Prag starb. Babinsky war durch ein tragisches Geschick auf die abschüssige Bahn geraten: seine Geliebte, ein armes Mädchen, war aus fürsorglicher Liebe zu ihrer kranken Mutter das Opfer eines erpresserischen reichen Gläubigers geworden. Babinsky rächte sich, indem er Räuber wurde mit dem Grundsatz: dem Reichen nehmen, dem Armen geben! Der Volksmund idealisierte später die Gestalt des Räubers Babinsky und bildete Sagen um ihn und sein Banditenheldentum. Weinberger kombinierte die beiden Sagen in ihren Grundzügen, wobei er auch eigene Ideen, wie die Hinrichtung und die Höllenfahrt, verarbeitete. Die deutsche Übersetzung des Operntextes besorgte Max Brod. Das tschechische Wort »švanda« bedeutet soviel wie »Jux«.

Geschichtliches
Die Sage von Schwanda wurde zum ersten Mal von dem tschechischen Dichter Josef Kajetán Tyl (1808–1858) dramatisch gestaltet. Aber auch auf der Opernbühne war die Figur des lustigen böhmischen Musikanten bereits vor Weinberger erschienen, z. B. ›Švanda dudák‹ von Vojtěch Hřímalý (1896 Pilsen). Die Uraufführung von Weinbergers ›Schwanda‹ fand am 27. April 1927 am Tschechischen Nationaltheater in Prag statt. Das Werk, das, ähnlich wie Smetanas ›Verkaufte Braut‹, vor allem durch seine reizvollen folkloristischen Wirkungen entzückt, fand auch bald im Ausland Verbreitung und reiche Anerkennung.

Ermanno Wolf-Ferrari
* 12. Januar 1876, † 21. Januar 1948 in Venedig

Die vier Grobiane (I quattro rusteghi)
Musikalisches Lustspiel in drei Aufzügen. Dichtung von Giuseppe Pizzolato.

Solisten: *Lunardo,* Antiquitätenhändler (Schwerer Spielbaß, auch Charakterbaß, gr. P.) – *Margarita,* seine zweite Frau (Spielalt, gr. P.) – *Lucieta,* Lunardos Tochter (Soubrette, auch Lyrischer Sopran, gr. P.) – *Maurizio,* Kaufmann (Charakterbariton, auch Charakterbaß, m. P.) – *Filipeto,* sein Sohn (Lyrischer Tenor, auch Spieltenor, gr. P.) – *Marina,* Filipetos Tante (Jugendlich-dramatischer Sopran, gr. P.) – *Simon,* Kaufmann, deren Mann (Charakterbaß, auch Charakterbariton, gr. P.) – *Cancian,* reicher Bürger (Seriöser Baß, auch Spielbaß, gr. P.) – *Felice,* seine Frau (Dramatischer Koloratursopran, auch Jugendlich-dramatischer Sopran, gr. P.) – *Conte Riccardo,* ein fremder Edelmann (Charaktertenor, m. P.) – *Eine junge Magd Marinas* (Mezzosopran, kl. P.).
Ort: Venedig.
Schauplätze: Zimmer im Haus Lunardos – Auf der Dachterrasse des Wohnhauses Marinas, links Dachvorsprung mit zwei niederen Türen, deren hintere durch die auf Seilen gespannte Wäsche verdeckt ist, Blumentöpfe und eine Bank, Aussicht auf die Dächer Venedigs und das Meer – Größeres Zimmer im Haus Lunar-

dos – Antiquitätenhandlung im Haus Lunardos.
Zeit: 1800.
Orchester: 2 Fl., 2 Ob., 2 Kl., 2 Fag., 4 Hr., 3 Trp., 3 Pos., 1 Bt., P., Schl., Hrf., Str.
Gliederung: Vorspiel und musikalische Szenen, die pausenlos ineinandergehen. Zwischen I. und II. Aufzug: Intermezzo.
Spieldauer: Etwa 2½ Stunden.

Handlung
Lucieta, die Tochter, und Margarita, die zweite Frau des Antiquitätenhändlers Lunardo, sitzen gähnend vor Langeweile zu Hause bei ihrer Handarbeit; denn der Vater, ein polternder Tyrann, erlaubt seiner Familie keine, wenn auch noch so harmlosen Vergnügungen, ja, er bestimmt sogar selbstherrlich für seine Tochter einen Mann, Filipeto, den Sohn seines Freundes Maurizio, den Lucieta noch dazu erst bei der Hochzeit kennenlernen soll. Vergeblich protestiert Margarita gegen eine solche Behandlung, da sie ihre Stieftochter sehr gern hat. Barsch weist Lunardo seine Frau aus dem Zimmer, als Maurizio naht. Die Väter sind sich schnell einig, haben sie doch beide ihre Kinder zu blindem Gehorsam erzogen. So erlaubt auch Maurizio seinem Sohn nicht, die Braut vor der Hochzeit zu sehen. Lunardo hat für heute Abend außer Maurizio noch zwei Freunde mit ihren Frauen eingeladen: Simon und Cancian sowie Marina und Felice. Simon, ebenfalls ein Grobian wie seine Freunde, sagt seiner Frau nicht, bei wem sie eingeladen sind. Sie erfährt es aber alsbald durch Felice, die Marina auf dem Dachgarten während des Wäscheaufhängens besucht. Marina berichtet ihrerseits die Neuigkeit von der geheimen Verlobung Lucietas mit ihrem Neffen Filipeto, der eben seiner Tante den Beschluß der tyrannischen Väter mitgeteilt hatte. Die kapriziöse Felice, die mit ihrem Galan, dem Conte Riccardo, und mit ihrem einfältigen Gatten, dem reichen Cancian, gekommen ist, fordert die Männer auf, sich miteinander zu unterhalten, während sie heimlich mit Marina ein Komplott berät. Da kommt Marinas Mann, Simon, zurück, der den Besuch von Verwandten und Bekannten seiner Frau nicht duldet. Gereizt fordert er Marina auf, sich zu entfernen; dann geht er selbst weg, empört über den schwächlichen Pantoffelhelden Cancian, der es mit ansieht, daß ein Kavalier seiner Frau den Hof macht.

Lunardo ist höchst aufgebracht, als er bemerkt, daß sich Margarita und Lucieta für den Besuch in Putz geworfen haben. Mit groben Worten befiehlt er Frau und Tochter, sich wieder umzukleiden. Da erscheinen schon die ersten Gäste: Simon mit Frau Marina. Nun stehen die Männer zusammen; sie verlangen energisch von den Frauen, sich umzukleiden. Nachdem diese sich lustig lachend entfernt haben, gedenken die Männer wehmütig der guten alten Zeit, als die Frauen noch gehorsam und bescheiden waren. Jetzt tritt Felice mit ihrem Cancian ein. Simon und Lunardo ziehen Cancian sogleich mit sich ins Nebenzimmer und lassen Felice allein zurück. Gleich darauf stürzt aufgeregt Margarita mit Lucieta ins Zimmer, die inzwischen durch die geschwätzige Marina von ihrer bevorstehenden Verlobung erfahren hat. Felice und Marina huldigen dem Bräutchen. Da gerade Fasching ist, hat die schlaue Felice eine Maskerade arrangiert, wodurch das Brautpaar Gelegenheit erhält, sich einmal zu sehen. So erscheint jetzt Conte Riccardo im Domino und führt den als Frau verkleideten und mit einer Gesichtslarve maskierten Filipeto ein, der sogleich von Lucieta hingerissen ist. Marina bietet Filipeto Bonbons an, damit er gezwungen ist, seine Maske zu lüften, und auch Lucieta verliebt sich in den Jüngling auf den ersten Blick. Schnell verstecken die Frauen Riccardo und Filipeto, als sie ihre Männer kommen hören. Lunardo verkündet nun mit würdevoller Wichtigkeit die soeben von den Männern beschlossene Verlobung; die Frauen stellen sich außerordentlich überrascht. Da kommt atemlos Maurizio herbei, der eben seinen Sohn holen wollte; er konnte Filipeto zu Hause nicht antreffen, und es wurde ihm gesagt, ein gewisser Conte Riccardo habe ihn entführt. Jetzt wird Cancian, der sich im Verein mit den anderen Männern sicher fühlt, plötzlich auch zum Grobian; er verbietet seiner Frau den Umgang mit dem Kavalier, den er als Lumpen bezeichnet. Empört stürzt daraufhin Riccardo mit Filipeto aus seinem Versteck. Nun kommt der ganze Schwindel auf, und in wüstem Durcheinander stiebt schließlich die Gesellschaft auseinander.

Grübelnd sitzen die vier Grobiane beieinander und beraten, wie man das schnöde Weibervolk empfindlich bestrafen könnte. Mit Lucieta will Lunardo kurzen Prozeß machen, die Verlobung werde gelöst und sie komme in ein Kloster. Aber was soll man mit den Frauen machen? Sie überlegen hin und her und kommen zu dem resignierten Schluß, man solle die Weiber, ohne die es nun einmal nicht gehe, eben so nehmen, wie sie sind. Aber gleich packt sie wieder die Wut, und während sie sich immer mehr ereifern und brüllend ihre Frauen zu Brei zu schlagen beschließen, tritt, liebenswürdig lächelnd, Felice ein. Cancian versucht erst noch, von Simon und Lunardo unterstützt, Felice die Tür zu weisen. Doch diese liest den Grobianen nun plötzlich in sprudelndem Redeschwall tüchtig die Leviten, worauf sie ganz zahm werden. Als die übrigen Frauen, gnadeflehend, hinzukommen, flammt der Zorn der Ehemänner von neuem auf; sie schicken sich an wegzugehen. Aber bald schmilzt auch das letzte Eis dank Felices geschickter Diplomatie, und als Maurizio mit Filipeto erscheint, gibt schließlich Lunardo, von Rührung übermannt, seinen Segen zur Verlobung. Während sich alle ins Eßzimmer begeben, bleibt das junge Paar allein zurück, und jetzt wagt Filipeto auch endlich den Verlobungskuß, als er bemerkt, daß Lucieta sich über seine Schüchternheit amüsiert.

Stilistische Stellung

Sind ›Le donne curiose‹ ihrem fein-komischen Charakter zufolge der Mozartschen Opera buffa verwandt, so nähern sich ›I quattro rusteghi‹ in ihrer etwas kompakteren Komik der Buffaoper eines Rossini oder Donizetti. Die Partitur weist im großen und ganzen die gleiche Struktur auf wie bei ›Le donne curiose‹; in der technischen Ausführung ist sie aber vielleicht noch feiner und kunstvoller. Bewunderungswürdig ist der große Erfindungsreichtum, insbesondere im Melodischen, bei dem auch wieder gelegentlich durch volksliedartige Themen das lokale Kolorit feinsinnig angedeutet ist; das sprachliche Idiom, der venezianische Dialekt, ist leider in der deutschen Übersetzung nicht wiederzugeben. Mit großer Virtuosität wird der ständige Wechsel und das unmerkliche Ineinanderfließen von Parlando und ariosem Gesang gehandhabt, wobei ein diskretes Orchester mit ausgespartem Klang bald in rhythmischer Eleganz und witziger Lebendigkeit, bald in zartem Wohllaut untermalt. Symmetrische und geschlossene Gebilde fördern die Einheitlichkeit des Werks. Obwohl die Oper chorlos ist, wird auf Ensemblewirkungen nicht verzichtet, die musikalische Höhepunkte schaffen und unter denen besonders das in seiner Polyphonie und Polyrhythmik imponierend gestaltete Schlußensemble des II. Aktes hervorragt.

Textdichtung

Wolf-Ferraris ›Die vier Grobiane‹ gehen auf das in venezianischer Mundart geschriebene Lustspiel ›I quattro rusteghi‹ von Carlo Goldoni (1707–1793) zurück. Giuseppe Pizzolato gestaltete unter Mitwirkung des Komponisten die Operndichtung frei nach der Vorlage. Die deutsche Übersetzung des Librettos besorgte Hermann Teibler, eine neuere verfaßte Günther Rennert.

Geschichtliches

Im Anschluß an den außerordentlichen Erfolg der ›Neugierigen Frauen‹ entschloß sich Wolf-Ferrari, nochmals einen Stoff von Goldoni, und zwar sein populärstes Stück ›I quattro rusteghi‹ zu vertonen. Das Werk wurde drei Jahre nach ›Le donne curiose‹ gegen Ende des Jahres 1905 vollendet. Die Uraufführung erfolgte am 19. März 1906 an der Münchner Hofoper unter der Leitung von Felix Mottl. Der Erfolg des köstlichen musikalischen Lustspiels übertraf womöglich noch den der ›Neugierigen Frauen‹, jedenfalls in der Folge; ›Die vier Grobiane‹ wurden Wolf-Ferraris meistgespieltes Werk.

Sly oder Die Legende vom wiedererweckten Schläfer (Sly ovvero La leggenda del dormiente risvegliato)

Oper in drei Akten (vier Bildern). Libretto von Giovacchino Forzano.

Solisten: *Sly* (Jugendlicher Heldentenor, auch Charaktertenor, gr. P.) – *Dolly* (Jugendlich-dramatischer Sopran, gr. P.) – *Der Graf von Westmoreland* (Kavalierbariton, auch Heldenbariton, auch Charakterbariton, gr. P.) – *1. Edelmann/Mohr* (Lyrischer Tenor, auch Charaktertenor, m. P.) – *2. Edelmann/Indianer* (Spieltenor, auch Charaktertenor, m. P.) – *3. Edelmann/Alter Diener* (Tenor, auch Bariton, m. P.) – *4. Edelmann/Chinese* (Charakterbariton, m. P.) – *5. Edelmann/Arzt* (Baßbariton, auch Baß, m. P.) – *6. Edelmann/Musiker* (Tenor, m. P.) – *John Plake*, Schauspieler (Charakterbari-

ton, auch Charakterbaß, gr. P.) – *Snare*, Gehilfe des Sheriffs (Baßbariton, auch Baß, m. P.) – *Die Wirtin* (Charaktersopran, auch Mezzosopran, m. P.) – *Rosalina* (Lyrischer Sopran, kl. P.) – *1. Dame* (Sopran, kl. P.) – *2. Dame* (Mezzosopran, auch Alt, kl. P.) – *3. Dame* (Alt, kl. P.) – *Ein Page* (Mezzosopran, kl. P.) – *Drei Diener des Grafen* (Bässe, auch Baritone, kl. P.) – *Ein Landrichter* (Tenor, kl. P.) – *Ein Soldat* (Baß, kl. P.) – *Ein Koch* (Baß, kl. P.) – *Ein Hausdiener* (Tenor, kl. P.) – *Ein Fuhrmann* (Baß, kl. P.) – *1. Zechbruder* (Tenor, auch Bariton, kl. P.) – *2. Zechbruder* (Bariton, auch Baß, kl. P.).
Chor: Pagen – Zechbrüder – Gäste der Taverne – Diener des Grafen (m. Chp.).
Ort: London.
Schauplätze: Die Taverne »Zum Falken« in London – Zimmer im Schloß des Grafen Westmoreland – Saal im gräflichen Schloß – Keller im Schloß des Grafen Westmoreland.
Zeit: 1603.
Orchester: 3 Fl., 3 Ob., 3 Kl., 3 Fag., 4 Hr., 3 Trp., 3 Pos., Tuba, P., Schl., Glsp., Klav., Hrf., Str.
Gliederung: Durchkomponierte Großform.
Spieldauer: Etwa 2¼ Stunden.

Handlung

In der Taverne »Zum Falken« in London geht es hoch her. Man trinkt und unterhält sich, ein Soldat und ein Fuhrmann spielen Karten, der Landrichter sitzt vor dem Schachbrett. Der Schauspieler John Plake und seine Zechkumpanen haben im Weinkeller sieben Flaschen alten Madeira gefunden, und die Wirtin fürchtet, sie könnten die Zeche schuldig bleiben. Die Szene eskaliert, als der Soldat entdeckt, daß der Fuhrmann falsch spielt, und als der Landrichter, von den Zechbrüdern verspottet und gestört, schimpfend das Lokal verläßt. Die Wirtin muß nun um das Renommee ihres Lokals fürchten und will Plake und seine Genossen hinauswerfen, doch diese wollen nicht freiwillig gehen. Da erscheint plötzlich die schöne, reich gekleidete Dolly; ihre damenhafte Erscheinung bewirkt plötzliche Ruhe. Dolly stellt sich vor: sie sei »eine Frau, die es dürstet nach Freude«. Der Streit ist vergessen, alles huldigt ihr und feiert sie als Königin der Taverne. John Plake bedauert, daß der Dichter und Sänger Sly nicht anwesend sei; er wäre der Richtige, um Dolly gebührend zu empfangen. Dem armen Mädchen Rosalina, das sie bewundernd anblickt, schenkt Dolly zur Erinnerung einen Ring und beneidet sie zugleich um ihr Liebesglück – auch Reichtum könne die Erfüllung in der Liebe nicht ersetzen.

Auf der Suche nach seiner Geliebten Dolly kommt der Graf Westmoreland mit einigen Edelleuten in die Taverne. Er stellt Dolly zur Rede, und sie antwortet ihm, sie sei geflohen, weil sie die Langeweile auf dem Schloß und das gestelzt-unwahre Gebaren der Höflinge nicht mehr ertragen könne – hier, unter Menschen, die noch lachen könnten, gefalle es ihr besser. Der Graf entschließt sich, zu bleiben. Wenig später stürmt Sly in die Taverne. Er ist besonders ausgelassen, weil er für das Verfassen eines Hochzeitsgedichtes ein wenig Geld bekommen hat. Doch die fröhliche Stimmung wird unterbrochen, weil Snare, der Gehilfe des Sheriffs erscheint, um Sly wegen seiner Schulden zu verhaften. Den Zechkumpanen gelingt es, Sly im letzten Augenblick zu verstecken; John Plake schüchtert die Wirtin ein, so daß diese sich nicht traut, zu verraten, daß Sly anwesend ist. So muß Snare unverrichteter Dinge wieder gehen. Sly wird aufgefordert, ein Lied zum Besten zu geben, und singt die Ballade vom verliebten Tanzbären. Dann trinkt er eine Flasche Wein auf einen Zug aus. Der Rausch löst ihm die Zunge: er spricht von seinem armseligen Dasein, von seiner Sehnsucht nach Nähe und Geborgenheit, nach Liebe, von seiner Flucht in den betäubenden Alkohol. Dann bricht er bewußtlos zusammen. Dem Grafen Westmoreland kommt eine bizarre Idee: er befiehlt, den betrunkenen Sly aufs Schloß zu tragen und ihn dort kostbar zu kleiden; wenn er dann erwache, wolle man ihm vorspielen, er sei der Besitzer des Schlosses. Einzig John Plake ist angewidert von dem Spiel, das man mit seinem Freunde treibt.

Sly liegt noch in tiefem Schlaf. Drei Damen, ein Page und der Graf, der sich als Harlekin verkleidet hat, beobachten ihn. Langsam kommt er zu sich und will sich erheben; verwundert schaut er auf die reiche Kleidung, die Ringe an den Fingern, auf die ihn aufmerksam bedienenden Damen, den ehrerbietigen Narren. Zuerst glaubt er an ein Trugbild, aber als dieses nicht weicht, glaubt er, er sei im Rausch versehentlich in ein Schloß geraten und die Diener, noch betrunkener als er, hielten ihn versehentlich für ihren Herrn. Doch die vermeintlichen Diener beharren auf ihrem Spiel, und als Sly vom Geld spricht, bringen sie ihm eine ganze Truhe voll und suggerieren ihm unermeßlichen Reichtum. Dann berichtet ihm der Graf, er sei vor nunmehr zehn Jahren bei einem prunkvollen Fest plötzlich zusammengebrochen, habe drei Tage wie tot dagelegen und sei dann, im Geiste verwirrt, besessen, seines Erinnerungsvermögens beraubt, zu sich gekommen. Als plötzlich Glockenschläge zu hören sind, fährt er fort: seine Gattin habe in der ganzen Zeit in jeder Nacht in der Schloßkapelle um seine Genesung gebetet. Sly ist nun vollständig verwirrt. Der Graf drückt ihm eine Miniatur mit Dollys Bild in die Hand, und verabredungsgemäß ertönt aus der Ferne Dollys Stimme. Sly will sie sehen, und da ihn der »Arzt« für genesen erklärt, wird er in den großen Saal des Schlosses geführt, wo ihn das Gefolge des Grafen ehrerbietig begrüßt. Er verlangt nach Dolly; sie wird geholt, und Sly schickt den ganzen Hofstaat hinaus. Dolly heuchelt, wie es ihrer Rolle entspricht, Rührung; doch Slys Unsicherheit, die Aufrichtigkeit seiner Gefühle verwirren sie; sie selbst empfindet Erbarmen, ja mehr: Liebe. Die falschen Worte der Komödie, die sie spielen soll, erhalten einen anderen Sinn, werden zur Wahrheit des Gefühls. Mit sadistischer Grausamkeit zerstört der Graf Slys Glück, indem er die Stimme von Snare, dem Gehilfen des Sheriffs imitiert; blitzartig erkennt Sly seine Lage und glaubt, Dolly habe ihn verraten. Unter dem Gelächter des Hofstaates läßt ihn der Graf in den Schloßkeller schleppen. Nur Dolly bleibt mit Tränen in den Augen zurück.

Sly ist im Keller eingesperrt: Diener bringen ihm seine alten Kleider und Geld; der Graf pflegt seine Vergnügen zu bezahlen, ja, er bietet Sly sogar an, als Dichter, als Hofnarr im Schlosse zu bleiben; nur das Ducken müsse er eben noch lernen. Dann lassen sie ihn allein. Seine Gedanken kreisen um Dolly; seine Hoffnung, diese Frau könne ihn lieben, schlägt schnell um in Resignation und Verzweiflung. Er sieht sich wieder in der Taverne, hört die Zurufe der Zechbrüder – nie mehr will er das erleben. Er beschließt, sich das Leben zu nehmen; ein letztes Mal soll ihm die Flasche, deren Inhalt ihn so oft betäubte, zu Diensten sein. Er zerschlägt sie und öffnet sich die Pulsadern. Ermattet sinkt er nieder. Da öffnet sich leise die Kellertür: Dolly hat sich heimlich zu ihm geschlichen, um seine Verzeihung zu erbitten und ihm zu sagen, daß sie ihn liebe. Als Sly nicht antwortet, hält sie ihn zuerst für betrunken, doch dann sieht sie im Mondlicht seine blutüberströmten Hände. Weinend bricht sie über dem Sterbenden zusammen.

Stilistische Stellung
Wolf-Ferrari gilt heute in der Regel als der gemütvoll-heitere Verfasser italienischer Buffa-Komödien im Goldoni-Ambiente venezianischer Commedia dell'arte; daß er auch eine der eindrücklichsten musikdramatischen Künstlertragödien des 20. Jahrhunderts hinterlassen hat, ist vielfach in Vergessenheit geraten. Sein ›Sly‹ ist ein Seelendrama, das wie eine Komödie beginnt, ist die Tragödie eines sensiblen Künstlers, der von einer gefühllos-amüsiergeilen Gesellschaft aus seinem Milieu gerissen wird, dem man das Glück zeigt, um es ihm dann brutal wieder wegzunehmen. Er stirbt daran. Musikalisch baut Wolf-Ferrari weiter auf die erprobten Buffa-Elemente einer zwischen Verismo, Klassizismus und Puccini-Nähe changierenden Tonsprache, doch bekommen die heiteren Balladen, die spielerischen Märsche, die lebendigen Ensembles eine seltsam-resignative Traurigkeit, eine Doppelbödigkeit, die die Katastrophe durchschimmern läßt.

Textdichtung
Giovacchino Forzano, der bereits das Libretto zu Puccinis ›Gianni Schicchi‹ verfaßt hatte, hatte auch den ›Sly‹ ursprünglich für Puccini vorgesehen; doch als dieser überraschend starb, wurde der Text für Wolf-Ferrari frei, der sich alsbald an die Komposition begab. Forzanos Libretto, das in der Problematik von Künstler und Gesellschaft offensichtlich auch ein zeittypisches Problem der Operndichtung ansprach (zur gleichen Zeit entstanden Hans Pfitzners ›Palestrina‹, Paul Hindemiths ›Mathis der Maler‹ und Ferruccio Busonis ›Doktor Faust‹), griff dabei zurück auf Vorlagen bei Calderón und Shakespeare – Gerhart Hauptmann hatte, allerdings ohne tragischen Schluß, das Thema der Verwechslung von Schein und Wirklichkeit in seiner 1900 uraufgeführten Komödie ›Schluck und Jau‹ für die Bühne gestaltet.

Geschichtliches
Wolf-Ferraris ›Sly‹ wurde am 29. Dezember 1927 an der Mailänder Scala uraufgeführt. Die deutsche Erstaufführung folgte bereits am 15. Oktober 1928 in Dresden, einen Tag später gab es die Premiere in Hannover; Graz, Berlin und Basel folgten 1929, Wien 1934. Dann wurde es still um das Stück. Eine Aufführung in Mainz 1963 zeigte die großen Qualitäten des Werkes, erfolgreich waren Produktionen 1980 in Wiesbaden und 1982 in Hannover – von der letztgenannten gibt es eine Schallplattenaufnahme.

W. K.

Alexander von Zemlinsky

* 14. Oktober 1871 in Wien, † 15. März 1942 in Larchmont (New York)

Kleider machen Leute

Musikalische Komödie in einem Vorspiel und zwei Akten. Text nach Gottfried Kellers gleichnamiger Novelle von Leo Feld.

Solisten: *Wenzel Strapinski*, ein Schneidergeselle aus Seldwyla (Jugendlicher Heldentenor, auch Charaktertenor, gr. P.) – *Sein Meister* (Sprechrolle, kl. P.) – *1. Schneidergeselle* (Tenor, kl. P.) – *2. Schneidergeselle* (Baß, kl. P.) – *Der Amtsrat* (Seriöser Baß, auch Heldenbariton, m. P.) – *Nettchen*, seine Tochter (Jugendlich-dramatischer Sopran, gr. P.) – *Melchior Böhni*, Prokurist von Quandt & Sohn in Goldach (Kavalierbariton, auch Lyrischer Bariton, gr. P.) – *Adam Litumlei*, Notar (Baß, m. P.) – *Frau Litumlei* (Mezzosopran, auch Alt, kl. P.) – *Polykarpus Federspiel*, Stadtschreiber (Charaktertenor, auch Spieltenor, m. P.) – *Der ältere Sohn des Hauses Häberlein & Cie* (Tenor, m. P.) – *Frau Häberlein* (Mezzosopran, auch Alt, kl. P.) – *Der jüngere Sohn des Hauses Pütschli-Nivergelt* (Lyrischer Bariton, auch Charakterbariton, m. P.) – *Der Wirt »Zur Waage«* (Baß, m. P.) – *Die Wirtin* (Sopran, kl. P.) – *Die Köchin* (Mezzosopran, auch Alt, kl. P.) – *Der Hausknecht* (Tenor, kl. P.) – *Der Kellner* (Tenor, kl. P.) – *Der Kellnerjunge* (Knabenstimme, auch Sopran, kl. P.) – *Ein Kutscher* (Baß, auch Bariton, kl. P.) – *Ein Prologus* (Sprecher, kl. P.).
Chor: Männer und Frauen aus Goldach und Seldwyla (gemischter Chor; kl. Chp.).
Ort: Die Handlung spielt in der Schweiz in Goldach.
Schauplätze: Auf der Landstraße – Vor dem Wirtshaus in Goldach – Im Hause des Amtsrats – Das Waldhaus.
Zeit: Anfang des 19. Jahrhunderts.
Orchester: 3 Fl., 3 Ob., 2 Kl., 3 Fag., 4 Hr., 3 Trp., 4 Pos., Tuba, P., Schl., Hrf., Cel., Klav., Streicher – Bühnenmusik: 2 Kl., 2 Hr., 1 Trp., 1 Bpos., Klav., Viol.
Gliederung: Durchkomponierte, szenisch gegliederte Großform.
Spieldauer: Etwa 2¼ Stunden.

Handlung

Der Schneider Wenzel Strapinski hat seinen Dienst in Seldwyla aufgekündigt und geht auf die Wanderschaft. Wie es der Brauch ist, haben ihn seine bisherigen Gesellen-Kameraden bis an die Stadtgrenze begleitet und verabschieden sich nun von ihm. Sie bewundern seinen prächtigen Staat, insbesondere einen vornehmen Mantel und eine Zobelmütze, und Strapinski, der sich diese Stücke selbst geschneidert hat, sagt, von ihnen wolle er sich nie trennen, selbst, wenn er kein Geld mehr habe. Dann macht er sich auf der Landstraße auf den Weg. Ein Kutscher kommt mit einer prächtigen Kutsche vorbei und fragt den Schneider nach dem Weg nach Goldach; da der Schneider auch dorthin will, lädt ihn der Kutscher ein, bis dorthin mitzufahren.

Vor dem Gasthof »Zur Waage« in Goldach. Der Prokurist Böhni umwirbt Nettchen, die Tochter des Amtsrats, doch Nettchen ist dem kühlselbstgefälligen Böhni nicht zugetan; sie hat noch die Hoffnung auf eine große, romantische Leidenschaft. Da fährt, zum nicht geringen Erstaunen der Einwohner von Goldach, die herrschaftliche Kutsche vor, und Strapinski steigt aus. Alles hält ihn für einen hochadligen Herrn, und er ist durch den untertänig-devoten Empfang völlig verwirrt und weiß sich der vielen Ehrerbietigkeiten gar nicht zu erwehren. Den Kutscher ärgert es, daß Strapinski sich gar nicht für die Fahrt bedankt; er will ihm einen kleinen Denkzettel geben – so sagt er dem Wirt, seine Zeche bezahle der Herr Graf Strapinski. Schnell spricht es sich herum, daß da ein reicher Graf aus Polen abgestiegen sei. Strapinski wird vom Besten aufgetischt, und da er nun nicht mehr entkommen kann, beschließt er erst einmal, sich an den feinen Sachen gütlich zu tun. Vier Honoratioren des Ortes treffen sich im Wirtsgarten, um dort Kaffee zu trinken und eine Zigarre zu rauchen. Als sie erfahren, wer der Fremde ist, machen sie höflich ihre Aufwartung und bieten dem Grafen zu rauchen an. Der Amtsrat kommt mit Nettchen; das junge Mädchen wird dem Grafen vorgestellt, und Strapinski findet sie schön und gefällt sich immer mehr in seiner Rolle als geheimnisvoller polnischer Graf. Der Prokurist

Böhni kommt dazu und ist überaus eifersüchtig, als er den zarten Umgang Nettchens mit Strapinski sieht. So schaut er näher hin und bemerkt die zerstochenen Finger des Grafen; er erkundigt sich, woher die Kutsche kam, mit der der Graf angereist ist, und läßt sogleich anspannen, um nach Seldwyla zu fahren. Währenddessen kommt entsetzt der Wirt und meldet, der dumme Kutscher des Herrn Grafen habe aus Versehen das ganze Gepäck mitgenommen. Schnell verabschieden sich die Honoratioren, aber nur, um eiligst wiederzukommen und den Herrn Grafen mit den notwendigen Schlafröcken, Nachtmützen, Zahnbürsten und anderen Utensilien für die erste Nacht auszustatten. Strapinski, der eine Zeitlang überlegt hat, ob er in der Nacht heimlich verschwinden solle, beschließt, zu bleiben, um Nettchen, in die er sich verliebt hat, noch einmal zu sehen.

Der Amtsrat hat den vermeintlichen Grafen in sein Haus eingeladen. Nettchen wird gebeten, ein Lied vorzutragen, und als auch der Graf sagt, er würde sich freuen, ist sie bereit und trägt Heinrich Heines »Lehn deine Wang an meine Wang« vor. Eifersüchtig sieht Böhni, wie Nettchen und der Graf immer mehr zueinander finden. Er war in Seldwyla und hat sich nach Strapinski erkundigt, hält aber vorläufig mit seiner Weisheit hinter dem Berg. Strapinski beschließt, sich nun, nach einem festlichen Essen, aus dem Staube zu machen, doch als er noch zögernd nach der Tür sucht, kommt Nettchen dazu. Er will sich von ihr verabschieden, beide bedauern die kurze Zeit ihres gemeinsamen Glücks, als sie in zärtlicher Umarmung von Böhni ertappt werden, der sogleich den Amtsrat dazu ruft. Es bleibt nichts, um Nettchens Ehre zu retten, als die Verlobung anzukündigen. Der Amtsrat ist stolz und gerührt, die ganze Gesellschaft gratuliert. Um die Verlobung recht zu feiern, lädt der Amtsrat alle für den Abend ins »Waldhaus« ein. In der Zwischenzeit will man schon tanzen. Böhni, dem die Entwicklung recht in den Kram paßt, setzt sich ans Klavier und spielt Walzer. – Am Abend versammelt sich alles im Gasthof »Waldhaus«. Böhni hat unterdessen die Bürger aus Seldwyla, unter ihnen Strapinskis Meister und seine beiden Gesellen, nach Goldach geholt. Sie sollen in einem allegorischen Spiel den falschen Grafen entlarven. Die Leute aus Seldwyla kommen, und während sich alle Verlobungsgäste auf die unverhoffte Unterhaltung freuen, schwant Strapinski nichts Gutes. Ein Prologus tritt auf und verkündet, man wolle den alten Schneiderschwank »Kleider machen Leute« aufführen. Nach allerlei Drumherum tritt schließlich Strapinskis Meister in demselben Gewand auf, in dem Strapinski nach Goldach gekommen ist, und begrüßt ihn schließlich freundlich. Alles ist entsetzt: der Graf ist ein Schneidergeselle. Aufgebracht verspotten ihn Goldacher und Seldwyler Bürger. Aber Strapinski wehrt sich: wer sei denn um ihn herumgekrochen, devot und untertänig, wenn nicht die Bürger von Goldach? Schuldig sei er nur gegen Nettchen geworden. Die beiden bleiben allein, und Strapinski macht ihr ein Geständnis, wie es zu all den Verwicklungen kam. Dann will er gehen, aber Nettchen hält ihn zurück; sie liebt ihn auch als Schneidergesellen.

Stilistische Stellung

Alexander Zemlinskys erste und einzige heitere Oper, die das schmale Genre des musikalischen Lustspiels seit Hermann Goetz' ›Der Widerspenstigen Zähmung‹ und Hugo Wolfs ›Corregidor‹ fortzusetzen sich bemüht, ist eine Komödie der »leisen Töne« geblieben, was vielleicht – wie bei den genannten Vorgängern – den großen Publikumserfolg verhindert hat. Dabei gelingt es Zemlinsky zumal in der überarbeiteten, etwas gerafften zweiten Fassung des Werkes (Prag 1922) nicht nur, die spießbürgerliche Welt Goldachs, die gar zu gerne auf den vermeintlichen Grafen hereinfällt, zugleich liebevoll wie ironisch zu charakterisieren (so in dem von einem langsamen Walzer ausgehenden ›Rauch-Quintett‹ im I. Akt), er vermag auch die Hauptgestalten des Schneiders Strapinski, der ohne eigenes Zutun in die Rolle eines polnischen Grafen gedrängt wird, wie auch der Amtsratstochter Nettchen, deren hochfliegende Heiratswünsche schließlich in der Selbstbescheidung der künftigen »Frau Meisterin« enden, als volle, lebenskräftige Bühnenfiguren zu gestalten. Wie eine Art Leitmotiv, auf höchst abwechslungsreiche und differenzierte Art verändert, durchzieht das ›Schneiderlied‹ aus dem Prolog das ganze Werk. Zemlinskys Tonsprache, stilistisch zwischen Richard Strauss und Arnold Schönberg anzusiedeln, ist hier merklich auf schlank-schmiegsamen, in der Kunst der Ensembleführung an Mozart gemahnenden Kammerton zurückgenommen.

Textdichtung

Der Wiener Literat Leo Feld, der schon das Libretto zu Zemlinskys Oper ›Der Traumgörge‹ geschrieben hatte, hat Gottfried Kellers 1864 veröffentlichte Novelle ›Kleider machen Leute‹ zum Libretto umgearbeitet, dabei die Hauptcharaktere nicht ungeschickt geprägt und auch auf wirkungsvollen Ablauf und gutgebaute Aktschlüsse geachtet; sprachlich jedoch steht seine bisweilen etwas triviale Reimerei dem Werk eher im Wege.

Geschichtliches
Zemlinsky schrieb seine vierte Oper in den Jahren 1906 bis 1910; uraufgeführt wurde sie am 2. Oktober 1910 unter der Leitung des Komponisten an der Volksoper Wien. Die zweite, überarbeitete Fassung, die gewisse Textlängen und dramaturgische Schwächen kürzt, kam am 20. April 1922 im Neuen Deutschen Theater in Prag erstmals auf die Bühne und wurde in Düsseldorf, Köln und Zürich nachgespielt. Durch das Dritte Reich und den Zweiten Weltkrieg sowie des Komponisten Tod im Exil geriet Zemlinsky nach 1945 in Vergessenheit; erst seit Anfang der siebziger Jahre besinnt man sich stärker wieder auf ihn; erstaunlicherweise steht die bühnenwirksame Komödie ›Kleider machen Leute‹ dabei – sieht man von einer bemühten, aber den Ansprüchen des Werkes nicht ganz genügenden Aufführung in Oberhausen 1982 ab – noch etwas am Rande. Hier ist eine der wenigen musikalisch hochrangigen und dramaturgisch gelungenen musikalischen Komödien des deutschen Opernrepertoires für die Bühne zurückzugewinnen.

W. K.

Eine florentinische Tragödie

Oper in einem Aufzug. Dichtung von Oscar Wilde in der deutschen Übersetzung von Max Meyerfeld.

Solisten: *Guido Bardi*, Prinz von Florenz (Jugendlicher Heldentenor, auch Charaktertenor, gr. P.) – *Simone*, ein Kaufmann (Heldenbariton, auch Charakterbariton, gr. P.) – *Bianca*, seine Frau (Jugendlich-dramatischer Sopran, auch Dramatischer Mezzosopran, m. P.).
Ort: Florenz.
Schauplatz: Ein Zimmer im Hause des wohlhabenden Kaufmanns Simone, mit Ausblick auf den Garten.
Zeit: 16. Jahrhundert.
Orchester: 3 Fl. (III. auch Picc.), 3 Ob. (III. auch Eh.), 3 Kl., Bkl., 3 Fag. (III. auch Kfag.) – 6 Hr., 4 Trp., 3 Pos., Tuba – P., Schl., Hrf., Mandoline, Cel., Glsp., Xyl. – Str.
Gliederung: Durchkomponierte Großform.
Spieldauer: Etwa 1 Stunde.

Handlung
Der Tuchhändler Simone kehrt von einer Geschäftsreise zurück und überrascht in seinem Hause seine Frau Bianca mit Guido Bardi, dem Sohn des Herzogs von Florenz. Obwohl die Situation kaum deutlicher sein könnte, sieht Simone zuerst darüber hinweg, begrüßt devot den hohen Gast, der ihn, seiner Überlegenheit sicher, noch zusätzlich durch frivole Anspielungen reizt. Doch Simone unterstellt, Bardi sei nur gekommen, um Stoffe und Kleider zu kaufen, und er legt ihm die teuersten Stücke vor. Bardi läßt sich auf das Spiel ein; er ist bereit, für Bianca ein hohes »Lösegeld« zu zahlen, und bietet Simone die hohe Summe von hunderttausend Kronen für ein prachtvolles Staatsgewand. Bardi reizt den Kaufmann erneut, indem er ganz offen die schöne Bianca fordert, doch Simone weiß das Gespräch wieder auf anderes Gebiet zu führen; diesmal auf die Politik. Als er, erneut von Bardi abgewiesen, kurz das Zimmer verläßt, bekennt sich Bianca zu ihrem Geliebten und hofft, Simone würde der Schlag treffen. Doch dieser kehrt zurück und nimmt nun seinerseits, in wohlabgewogenen, stets allgemein gehaltenen Bemerkungen, den Fehdehandschuh auf, den ihm der Prinz hingeworfen hat. Er bestimmt den Abend zur Feier, will, da er sieht, daß der Prinz eine Laute mitgebracht hat, diesen dazu bewegen, zu spielen, holt Wein – doch dann will er mit ihm nicht trinken und geht allein in den nächtlichen Garten. Guido, den der schale Krämer langweilt, will gehen – er verabredet sich für den nächsten Tag mit Bianca und verabschiedet sich von ihr mit einem langen Kuß. Simone kommt zurück, will zuerst Guido aufhalten, doch befiehlt dann Bianca, eine Fackel zu holen, um zu leuchten. Er selbst holt des Prinzen Mantel und Schwert, bewundert die Waffe, spricht davon, auch er besitze ein Schwert, und wenn ihm jemand etwas wegnehmen wolle, so wisse er sich wohl zu wehren. Dann fordert er den

Prinzen zum Zweikampf heraus – doch aus dem ritterlichen Waffenspiel wird sogleich Ernst; Guido gelingt es, Simone leicht zu verwunden, doch Simone zerschlägt ihm das Schwert. Beide fallen nun mit Dolchen übereinander her; auf Simones Geheiß löscht Bianca die Fackel, und dem Kaufmann gelingt es, den Prinzen zu entwaffnen. Er drückt ihn zu Boden und erwürgt ihn. Zuerst entsetzt, dann mit immer größerer Faszination hat Bianca, die zuerst den Liebhaber aufstachelte, den Gatten zu töten, Simones Handeln zugeschaut. Über der Leiche des Liebhabers finden die Gatten zueinander.

Stilistische Stellung
Zemlinskys Einakter, den er später noch durch einen zweiten, auf Oscar Wildes ›Der Geburtstag der Infantin‹, ergänzte, ist in seiner luxurierenden Klangfülle, in seiner orchestralen Üppigkeit, aber auch in der Lakonik der Handlung, die eine vermeintlich herkömmliche Dreiecksgeschichte überleitet in die Auseinandersetzung zwischen Ästhetizismus und Realität, vielleicht jenes Werk, das Richard Strauss am nächsten steht. Dabei unterscheidet sich Zemlinskys Partitur aber von einer Strauss'schen, etwa der ›Salome‹, durch eine differenziertere, vielfach mehrdeutige Tonsprache, die neben dem effektvollen Rausch auch die Gefährdung einer Zeit, die auf »die große Tat« als Befreiung aus bürgerlicher Enge setzt, mitkomponiert.

Textdichtung
Oscar Wildes unvollständig überliefertes Drama (es wurde aus seinem Hause gestohlen, als der Dichter wegen homosexueller Neigung im Zuchthaus von Reading saß, und tauchte erst nach seinem Tod wieder auf, wobei der erste Teil, der wahrscheinlich die Liebesszene zwischen Bianca und Guido zum Inhalt hatte, fehlte) benutzt zwar – wie die ›Salome‹ – ein historisches Gewand, opponiert aber ebenso gegen die bürgerliche Enge der Zeit und spielt mit der Möglichkeit des Ausbruchs. Gerade der Aufschwung des vermeintlichen »schalen Krämers« Simone zum überlegenen Gegner, dem der adlige Ästhet und Frauenliebling Guido Bardi nicht gewachsen ist, wirkte auf die Zeitgenossen provozierend und hat – zumal mit seinem die Grenzen des vermeintlichen guten Geschmacks überschreitenden Schluß – auch heute noch schockierende Momente.

Geschichtliches
Zemlinsky komponierte die ›Florentinische Tragödie‹ 1915/16; uraufgeführt wurde das Werk am 30. Januar 1917 in Stuttgart unter der Leitung von Max von Schillings. Es folgten Aufführungen in Wien, Prag und Brünn. Nach dem Krieg setzte die Zemlinsky-Renaissance erst zögernd ein: die ›Florentinische Tragödie‹ war mit Aufführungen in Kiel, Venedig, Graz, Hamburg und Hannover einer der Vorreiter.

W. K.

Der Zwerg

Ein tragisches Märchen in einem Akt. Text von Georg C. Klaren, frei nach Oscar Wildes ›Der Geburtstag der Infantin‹.

Solisten: *Donna Clara*, Infantin von Spanien (Jugendlich-dramatischer Sopran, gr. P.) – *Ghita*, ihre Lieblingszofe (Dramatischer Sopran, m. P.) – *Don Estoban*, der Haushofmeister (Charakterbaß, auch Heldenbariton, gr. P.) – *Der Zwerg* (Charaktertenor, auch Heldentenor, gr. P.) – *Die erste Zofe* (Sopran, kl. P.) – *Die zweite Zofe* (Sopran, kl. P.) – *Die dritte Zofe* (Mezzosopran, kl. P.) – *Das erste Mädchen* (Sopran, kl. P.) – *Das zweite Mädchen* (Sopran, kl. P.).
Chor: Die Gespielinnen der Infantin (kl. Chp.).
Statisterie: Lakaien – Musiker – Volk (Männer, Frauen, Kinder) – Eine ältere Hofdame – Mohrensklaven.
Orchester: 3 Fl. (III. auch Picc.), 3 Ob. (III. auch Eh.), 3 Kl. (III. auch Bkl.), 3 Fag. (III. auch Kfag.), 4 Hr., 3 Trp., 3 Pos., Bt., P., Schl. (Glsp., Xyl., Triangel, Becken, Tamtam, Tamburin, kl. Tr., gr. Tr.), Hrf., Cel., Git., Mandoline, Str. – Bühnenmusik: 3 Trp., Kl., Fag., 2 Hr., Tamburin, Mandoline, Str.
Gliederung: Durchkomponierte symphonisch-dramatische Großform.
Spieldauer: Etwa 1½ Stunden.

Handlung
Ghita und die drei Zofen schmücken den Festsaal für den achtzehnten Geburtstag der Infantin. Der reichhaltige Geschenktisch erregt ihre Aufmerksamkeit, der Haushofmeister treibt sie zur Arbeit

an. Im Garten spielen die Infantin und ihre Mädchen, die Gespielinnen pflücken Blumen und krönen die Infantin mit den Blüten. Die Infantin erblickt den Geburtstagstisch und dringt mit ihren Gespielinnen in den Saal, um die Geschenke zu bestaunen. Don Estoban versucht mit Ghita und den Zofen vergebens, die neugierigen Mädchen davon abzuhalten. Unter der Führung der Infantin betrachten die Mädchen die Geschenke. Schließlich gibt die Infantin dem Flehen des Haushofmeisters nach, die Regeln der Zeremonie einzuhalten, und verschwindet mit ihrem Gefolge in den Garten. Zurückgekehrt zur Arbeit, erzählt Don Estoban Ghita und den Zofen von den schönsten Geschenken; das schönste aber sei scheußlich. Er berichtet von einem häßlichen Zwerg, den der Sultan als Spielzeug gesandt habe. Er sei Sänger und wisse nichts von seiner Häßlichkeit, da er sich noch nie in einem Spiegel gesehen habe. Deshalb werden sämtliche Spiegel verhängt. Zu Beginn der Zeremonie treten Lakaien und das Volk in den Saal, weitere Geschenke und Blumen werden gebracht. Die Infantin wird zu ihrem Thronsessel geführt, der Gabentisch vor sie gestellt. Der Haushofmeister kündigt das lebendige Geschenk des Sultans an, einen Sänger aus einem fernen Land. Mohren bringen den Zwerg in einer Sänfte herein. Sein Erscheinen wird von den Damen mit Kichern begrüßt. Die Infantin heißt den Zwerg als edlen Ritter willkommen und fordert ihn zu einem Lied auf. Der Zwerg versucht, sich selbst auf der Laute zu einem heiteren Lied zu begleiten, bricht aber nach wenigen Takten ab. Ghita ermuntert ihn, ein trauriges Lied zu wählen. Das neue Lied handelt von einer blutenden Orange, die im Garten reife und von einem Mädchen mit dessen Haarnadel gestochen wird. Diese Nadel traf aber nicht die Orange, sondern das Herz des Sängers, denn die Orange war sein Herz. In der Verwunderung aller über das eigenartige Lied bittet die Infantin den Zwerg, eine ihrer Damen zur Frau zu wählen, was deren heftigen Protest hervorruft. Der Zwerg begehrt jedoch einzig die Infantin. Sie schickt alle weg, um mit dem Zwerg allein zu sein. Dieser erzählt von einem Felsengrab, in dem die Infantin von einem Lindwurm bewacht werde, und daß er sie zu befreien komme. Die Infantin preist ihn als ihren strahlenden Helden und gesteht ihm lachend ihre Liebe. Sie erfährt, daß er nicht weiß, wie er aussieht, und verweigert ihm einen Kuß. Ghita ruft die Infantin zum Tanz. Mit dem Versprechen auf einen gemeinsamen Tanz eilt der Zwerg in den Saal voraus. Allein mit Ghita, fordert die Infantin ihre Zofe auf, dem Zwerg einen Spiegel zu zeigen, und begibt sich in den Tanzsaal. Gemeinsam mit den drei Zofen beobachtet Ghita, wie die Infantin dem Zwerg eine weiße Rose schenkt. Die Rose küssend, kehrt er zurück in den Thronsaal. Ghita spricht ihn auf sein Aussehen und einen Spiegel an. Der Zwerg versteht sie nicht, berichtet aber von einem bösen Feind, den er zum ersten Mal auf seinem Schwert sah und seitdem immer wieder einmal. Ghita bringt es nicht übers Herz, ihm ihren Taschenspiegel zu präsentieren. Allein gelassen, liebkost der Zwerg das Polster, auf dem die Infantin saß, hält sich dabei an einem Vorhang fest, der plötzlich reißt und den dahinterliegenden Spiegel freigibt. Der Zwerg erblickt seinen Feind, den er schließlich als sein Spiegelbild erkennt. Bei der Rückkehr der Infantin bittet er sie, ihm zu sagen, daß es nicht wahr sei und er nicht häßlich sei. Sie enthüllt ihm die grausame Wirklichkeit und sagt ihm, sie könne nur einen Menschen lieben, aber er sei wie ein Tier. Der Zwerg bricht zusammen. Die Infantin verläßt das schon »verdorbene Spielzeug« und wendet sich wieder dem Tanz zu. Ghita bleibt beim Zwerg, der sie sterbend um die weiße Rose bittet.

Stilistische Stellung
In seiner üppigen Orchestrierung, erweiterten Harmonik und stilistischen Vielfalt rückt Zemlinskys Einakter als psychologische Fallstudie in die Nähe von Richard Strauss' ›Salome‹ und ›Elektra‹ sowie Béla Bartóks ›Herzog Blaubarts Burg‹. Anders als in diesen Werken wird im ›Zwerg‹ die Frage nach der persönlichen Identität auch zur Frage nach deren musikalischer Identität. Die Darstellung des Protagonisten als Sänger, der sich mit einem Lied zur Laute präsentiert, thematisiert ästhetische Fragen der Komposition, wie sie in Richard Wagners ›Die Meistersinger von Nürnberg‹ und Strauss' ›Ariadne auf Naxos‹ zu finden sind. Mit einem jeweils spezifischen Leitmotiv wird zum einen die Sicht auf den Zwerg, zum anderen seine eigene Wahrnehmung thematisiert. Bereits bei der Ankündigung des Geschenks durch den Haushofmeister ist das rhythmisch hinkende Motiv in den tiefen Instrumenten zu hören: Übermäßige Intervalle, Glissandi in den Streichern und Posaunen sind Elemente, die nur wenige Jahre vor der Komposition von Zemlinskys Schüler Arnold Schönberg verwendet wurden. Im Gegensatz dazu steht die

innig verträumte Kantilene des Englischhorns, die das Erscheinen des Zwergs begleitet. Die oberflächliche Welt der Infantin charakterisiert Zemlinsky überwiegend mit hellen Klängen von Instrumenten wie Piccoloflöte, Celesta und Schlagwerk.

Textdichtung

Das Textbuch beruht auf Oscar Wildes Märchen ›Der Geburtstag der Infantin‹, das 1891 in einer Sammlung erschien. Der englische Autor ließ sich von Diego Velásquez' Gemälde ›Las Meninas‹ von 1656 inspirieren, das die spanische Infantin Margarita mit ihren Hofangestellten und zwei Zwergen zeigt. Als Textdichter hat sich der 1900 in Wien geborene Georg C. Klaren dem Komponisten vermutlich nach einer Aufführung von dessen Einakter ›Eine florentinische Tragödie‹ angeboten. Klaren hatte sich besonders mit der Sexualpathologie Sigmund Freuds und Otto Weiningers beschäftigt, dessen Werk ›Geschlecht und Charakter‹ von 1902 in Wien Furore machte. Weiningers Einteilung von Frauen in Dirnen- oder Mutterfiguren wird in den Rollen der Infantin und Ghitas widergespiegelt. Anders als in Wildes Vorlage, wo die Infantin ihren zwölften Geburtstag feiert, wird sie bei Klaren achtzehn Jahre alt. Besonders in der Heldenerzählung des Zwergs ruft Klaren die Welt von Richard Wagners ›Siegfried‹ herbei, indem Wörter wie »Lindwurm«, »feuriges Roß«, »seltene Mär« oder »Speer« verwendet werden.

Geschichtliches

Im März 1921 lag der fertige Klavierauszug vor. Otto Klemperer, damals musikalischer Leiter der Städtischen Bühnen Köln, bot die Uraufführung an. Wegen der schwierigen Suche nach einem geeigneten Tenor für diese anspruchsvolle Partie mußte die Premiere mehrmals verschoben werden und fand schließlich am 28. Mai 1922 statt. Nur wenige weitere Aufführungen, unter anderem in Wien, Karlsruhe und Prag, folgten. Erst 1981 kam das Werk in einer Bearbeitung an der Hamburgischen Staatsoper wieder zur Aufführung. Die von Anthony Beaumont herausgegebene Originalfassung erklang zum ersten Mal wieder 1996 in der Kölner Philharmonie. In den folgenden Jahren erlebte die Oper zahlreiche Neuinszenierungen in Europa.

O. A. S.

Bernd Alois Zimmermann

* 20. März 1918 in Bliesheim bei Köln, † 10. August 1970 in Großkönigsdorf bei Köln

Die Soldaten

Oper in vier Akten. Textdichtung nach dem gleichnamigen Schauspiel von Jakob Michael Reinhold Lenz vom Komponisten.

Solisten: *Wesener*, ein Galanteriehändler in Lille (Baßbariton, auch Charakterbaß, m. P.) – *Marie* (Dramatischer Koloratursopran, gr. P.) und *Charlotte* (Dramatischer Mezzosopran, m. P.), seine Töchter – *Weseners alte Mutter* (Tiefer Alt, kl. P.) – *Stolzius*, Tuchhändler in Armentières (Kavalierbariton, auch Lyrischer Bariton, gr. P.) – *Stolzius' Mutter* (Dramatischer Mezzosopran, auch Dramatischer Alt, m. P.) – *Obrist, Graf von Spannheim* (Seriöser Baß, auch Charakterbaß, kl. P.) – *Desportes*, ein Edelmann aus dem französischen Hennegau, in französischen Diensten (Jugendlicher Heldentenor, auch Lyrischer Tenor, m. P.) – *Ein junger Jäger*, in Desportes' Diensten (Sprechrolle, kl. P.) – *Pirzel*, ein Hauptmann (Jugendlicher Heldentenor, auch Charaktertenor, m. P.) – *Eisenhardt*, ein Feldprediger (Heldenbariton, auch Charakterbariton, m. P.) – *Haudy* (Kavalierbariton, m. P.) und *Mary* (Charakterbariton, m. P.), Hauptleute – *Drei junge Offiziere* (Sehr hohe Tenöre [Spieltenöre], m. P.) – *Die Gräfin de la Roche* (Dramatischer Mezzosopran, m. P.) – *Der junge Graf*, ihr Sohn (Lyrischer Tenor, m. P.) – *Andalusierin*, Bedienerin (Tänzerin, m. P.) – *Drei Fähnriche* (Tänzer, kl. P.) – *Madame Roux*, Inhaberin des Kaffeehauses (Stumme Rolle) – *Der Bediente der Grä-*

fin de la Roche (Sprechrolle, kl. P.) – *Der junge Fähnrich* (Sprechrolle, kl. P.) – *Der betrunkene Offizier* (Sprechrolle, kl. P.) – *Drei Hauptleute* (Sprechrollen, kl. P.).
Chor: 18 Offiziere und Fähnriche mit den Aufgaben: rhythmisches Sprechen und Bedienen des »Schlagzeugarsenals«, bestehend aus Tischgeschirr und Besteck, Tischen und Stühlen (kl. P.).
Ballett: Doubles der Darsteller und Tänzer (kl. P.).
Ort: Im französischen Flandern.
Schauplätze: Im Hause Weseners in Lille – Im Hause Stolzius' in Armentières – Wie 1. Bild – In Armentières auf dem eingegangenen Stadtgraben – Wie 1. Bild – Das Kaffeehaus in Armentières – Wie 1. Bild (Simultanbühne) – Wie 4. Bild – Marys Wohnung in Lille – Wie 1. Bild – Der Gräfin La Roche Wohnung in Lille – Wie 1. Bild – Kaffeehaus, Tanzsaal im Hause der Madame Bischof, Tribunal (Simultanbühne) – Wie 9. Bild – Am Ufer der Lys mit einer ins Unendliche reichenden, mit Pappeln bestandenen Straße und einer Eisenbahnbrücke im Hintergrund. Drei Filmleinwände, drei Filmprojektoren, Lautsprechergruppen auf der Bühne und im Zuschauerraum.
Zeit: Gestern, heute und morgen.
Orchester: 4 Fl. (auch Picc., III. auch Altflöte in G), 3 Ob. (auch Oboi d'amore, III. auch Eh.), 4 Kl. (III. auch Bkl., IV. auch kl. Kl. in Es), 1 Altsaxophon in Es, 3 Fag. (III. auch Kfag.), 5 Hr. (auch 5 Tenortuben in B, V. auch Bt. in F), 4 Trp., 1 Btrp. in Es, 4 Pos. (IV. auch Kpos.), 1 Kbt., P. (1 Spieler), Schl. (8–9 Spieler): Metall-Instrumente (Vibraphon, 2 Satz Röhrenglocken, Glsp., 2 Paar Becken, 3 einfache Becken, 3 montierte Becken [verschiedener Größe], 2 Gongs [tief und sehr tief], 2 Tamtams [tief und sehr tief], 3 montierte Cowbells, 1 Cowbell [in der Hand gehalten], 3 Crotales in es″, f′, g″, Tambourin, Hi-hat, Steelsticks [geschlossen], 5 Triangeln [verschiedener Größe], 3 Eisenbahnschienen [möglichst lang und frei hängend]); Fell-Instrumente (2 kl. Tr., 1 gr. Tr., 1 Rührtrommel, 5 Tomtoms [verschiedener Größe], 3 Bongos [verschiedener Größe], Rummelpott [Sidedrum]); Holz-Instrumente (Xylophon, Marimbaphon [groß], Schüttelrohr, Kastagnetten [spanisch], 2 Holztrommeln [Schlitztrommeln, groß], Gurke, Maracas, Rumbaholz [Claves], 2 gr. Holzdeckel [zum Zusammenschlagen], Peitschenknall); 2 Hrf., Cemb., Klav. (auch Cel.), Org. (vierhändig, evtl. 2 Org.), Gitarre, 14 Viol. I, 12 Viol. II, 10 Br., 10 Vcl., 8 Kb.
Bühnenmusik (6 Spieler): I (3 P., 4 Röhrenglocken, Becken [klein], Gong [klein], Cowbell [klein], 3 Triangeln [verschiedene Größe, hoch], Crotales, kl. Tr., Rührtrommel, gr. Tr., 2 Bongos, Tempelblock [hoch], Maracas); II (3 P., 4 Röhrenglocken, Becken [mittel], Gong [mittel], Cowbell [mittel], 3 Triangeln [verschiedene Größe, mittel], Crotales, kl. Tr., 2 Tomtoms, Rührtrommel, Tempelblock [mittel], Maracas); III (3 P., 3 Röhrenglocken, Becken [groß], Gong [groß], Cowbell [groß], Tamtam [tief], 3 Triangeln [verschiedene Größe, tief], Crotales, kl. Tr., gr. Tomtom, Rührtrommel, 2 Tempelblocks [tief], Maracas).
Jazz-Combo: Kl. in B, Trp. in B, Gitarre, Kb. (mit elektrischem Verstärker).
Gliederung: Vorspiele zum I., III. und IV. Akt sowie Zwischenspiele; Solo- und Simultanszenen, die bildweise pausenlos ineinandergehen.
Spieldauer: Etwa 2 Stunden.

Handlung

Der Galanteriehändler Wesener in Lille hat zwei Töchter, Marie und Charlotte, über deren guten Ruf er sorgsam wacht. Charlotte ist mit einer Handarbeit beschäftigt und singt dazu ein Liedchen von dem Herzen, das mehr Qual als Lust bereitet, während die bildhübsche Marie einen Brief an Madame Stolzius schreibt, in welchem sie sich für die freundliche Aufnahme bei ihrem Besuch in Armentières bedankt. Sie erkundigt sich bei der Schwester, ob ihr Schreiben korrekt abgefaßt sei. Da sie den Brief nicht zu Ende vorliest, vermutet Charlotte, daß ihre Schwester mit dem Schreiben zugleich auch ein Wiedersehen mit dem Sohn der Madame, dem jungen Tuchhändler Stolzius, in die Wege zu leiten sucht. Marie ist über Charlottes Anspielung, daß sie in Stolzius verliebt sei, empört und verläßt wütend das Zimmer. – Erregt reißt Stolzius seiner Mutter Maries Brief aus der Hand. Er will ihn sogleich beantworten und hört nicht auf die Mahnung der Mutter, erst das von dem Herrn Obristen für das Regiment bestellte Tuch auszumessen. – Marie hat noch einen anderen Verehrer, den in französischen Diensten stehenden Baron Desportes, der sich soeben ohne Urlaub vom Regiment entfernt hat, um sie aufzusuchen. Seine überschwenglichen Schmeicheleien machen Eindruck auf das Mädchen. Wesener betritt das Zimmer. Als der Baron sogleich spontan um die Erlaubnis bittet, die Tochter ins Theater führen zu dürfen, lehnt der Vater energisch ab. Er befürchtet, das Mädchen könne bei den bösen Nachbarn ins Gerede kommen, wenn sie in Gesellschaft eines jungen Offiziers gesehen würde. Pikiert verläßt daraufhin Desportes das Haus. Mit begütigenden Worten besänftigt Wesener die enttäuschte Tochter. – Auf dem ehemaligen Stadtgraben in Armentières diskutieren Offiziere heftig mit dem Regimentsgeistlichen, Feldprediger Eisenhardt, über die Amoralität des Soldatenlebens. Hauptmann Haudy hält dem Pastor entgegen, daß ein einziges Theaterstück nicht nur bei den Offizieren, sondern im ganzen Staat nützlicher für die Moral wirken würde als alle Predigten der Herren Pfarrer. Die Auseinandersetzung gipfelt in einem Streit über die gegensätzlichen Auffassungen: während Haudy der Meinung ist, eine Hure werde immer eine Hure, in welche Hände sie auch gerate, behauptet der Feldprediger, eine Hure werde niemals eine Hure, wenn sie nicht dazu gemacht werde. – Wesener sucht Marie zur späten Abendstunde in ihrem Schlafzimmer auf. Besorgt fragt er die Tochter, ob Desportes zu ihr von Liebe gesprochen habe. Marie zeigt dem Vater ein Blatt Papier, das eine feurige Liebeserklärung des Barons enthält. Wesener ist sichtlich von der honetten Ausdrucksweise beeindruckt. Er beschwört aber die Tochter, nur keine Geschenke von Desportes anzunehmen; andererseits bemerkt er, es sei nicht ausgeschlossen, daß sie noch »gnädige Frau« werden könnte. Auf die Frage, was dann der arme Stolzius dazu sagen werde, meint Wesener, sie solle ihn nur nicht gleich abschrecken, er werde ihr schon sagen, was sie ihm schreiben solle. Als sich der Vater entfernt hat, erweckt ein aufziehendes Gewitter in Maries Herz ein bedrückendes Gefühl.

Stolzius besucht das Kaffeehaus in Armentières, in welchem die Offiziere verkehren. Er hofft, dort über Desportes zu hören. Als sich einige Offiziere nach seiner Braut, der Jungfer Wesener in Lille, erkundigen, entgegnet Stolzius, er habe keine Braut, der Herr Desportes müßte es denn besser wissen. Während die älteren Offiziere Desportes als Ehrenmann bezeichnen, nennen ihn die jüngeren einen Spitzbuben, der sich nur zu amüsieren sucht. Als Haudy daraufhin harmlos bemerkt, er werde deshalb nicht gleich Stolzius seine Braut abspenstig machen, springt dieser erregt auf und verläßt eilig das Lokal. – Marie sitzt weinend über einem Brief, den sie von Stolzius empfangen hat. Als Desportes kommt, zeigt sie ihm das Schreiben. Der Baron will selbst dem »impertinenten Esel« antworten. Doch Marie läßt es nicht zu, weil sie Stolzius schon so gut wie halb versprochen sei. Während sie sich anschickt, den Antwortbrief zu schreiben, fängt sie an, mit Desportes zu kokettieren, der ihr Schäkern sogleich lebhaft erwidert, und es dauert nicht lang, so liegen sich die beiden als liebendes Paar in den Armen. Weseners alte Mutter, die inzwischen in einer Nische des Zimmers Platz genommen hat, singt, während sie strickt, das traurige Lied von dem flandrischen Mädchen, dessen »Lachen, nachdem sie den Mann genommen, in Tränen endet«. Indessen hat Stolzius Maries Brief erhalten, über dessen Inhalt er verzweifelt ist. Vergebens sucht ihn seine Mutter zu trösten mit dem Hinweis, daß solch ein Luder seiner nicht wert sei. Er glaubt nach wie vor an Maries gutes Herz, will aber an ihrem Verführer bittere Rache nehmen.

Auf dem Stadtgraben in Armentières philosophieren Eisenhardt und Hauptmann Pirzel über die Oberflächlichkeit der Menschen. Der Feldprediger meint, schuld daran seien die Frauenzimmer; so könne man keinen Schritt vors Tor der Stadt machen, ohne auf einen Soldaten in Begleitung eines Mädchens zu stoßen. – Stolzius ist Soldat geworden. Auf seine Bitte hin wurde er dem Hauptmann Mary, der gegenwärtig nach Lille abkommandiert ist, als Bursche zugeteilt. Er weiß, daß Desportes mit Mary befreundet ist; auf diese Weise hofft er, am ehesten Gelegenheit zu haben, sich an dem Baron zu rächen, der Marie inzwischen bereits verlassen hat. – Charlotte macht Marie, die sich für eine Spazierfahrt mit Hauptmann Mary vor dem Spiegel putzt, Vorwürfe wegen ihres Lebenswandels und nennt sie ein »Soldatenmensch«. Mary erscheint mit seinem Burschen Stolzius, der aber, durch einen Schnurrbart verändert, von den Mädchen nicht erkannt wird. Marie bemerkt, der Bursche sehe sehr einem gewissen Menschen ähnlich, worauf der Hauptmann sarkastisch erwidert, es sei wohl der, dem sie einen Korb gegeben habe, woran Desportes schuld gewesen sei. – In ihrer Wohnung in Lille wartet die Gräfin de la Roche in später Nacht auf die Heimkehr ihres Sohnes, des jungen Grafen. Sie weiß, daß er in Marie verliebt ist. Als er endlich erscheint, gibt sie ihm den mütterlichen Rat, von der Jungfer Wesener, die keinen guten Ruf hat, zu lassen und zu verreisen. Der junge Graf beteuert, daß ihm das Schicksal des Mädchens, das im Grunde ein offenes, unschuldiges Herz habe, Kummer bereite. Die Gräfin verspricht ihm, sich des Mädchens annehmen zu wollen. – Auch Hauptmann Mary hat Marie verlassen und eine andere zu seiner Freundin gemacht. Charlotte warnt die Schwester vor ihren Hoffnungen auf den jungen Grafen. Da läßt sich die Gräfin de la Roche durch ihren Diener melden. Marie eilt zu dem Wagen und führt die alte Dame auf ihr Zimmer. Die Gräfin fragt Marie mit ernstem, aber gütigem Ausdruck, wie sie, das einfache Bürgermädchen, denn glauben konnte, nur wegen ihrer Schönheit von einem Mann höheren Standes geheiratet zu werden. Sie erklärt ihr auch unmißverständlich, daß ihr Sohn bereits anderweitig versprochen sei, bietet ihr aber an, in ihr Haus als ihre Gesellschafterin zu kommen, wodurch ihr Gelegenheit gegeben sei, ihre Ehre wieder herzustellen. Marie bittet um Bedenkzeit.

Die Handlung spielt sich nun, losgelöst von Raum und Zeit und hin- und herflackernd wie in einem Traum, simultan auf drei Schauplätzen ab: im Kaffeehaus, in dem Vergnügungsetablissement der Madame Bischof und vor einem imaginären Tribunal. Beteiligt sind alle singenden Darsteller. Das Geschehen wird, der Handlung vorgreifend oder auf sie zurückgreifend, zum Teil auch optisch in drei Filmen und akustisch durch die Lautsprecher vermittelt. Es zeigt in stilisierter Darstellung die Vergewaltigung Maries als Sinnbild der brutalen physischen und psychischen Vergewaltigung aller in die Handlung verwickelten Personen und gipfelt bei den verschiedenen Gruppen in dem immer wiederkehrenden Refrain: »Und müssen denn die zittern, die Unrecht leiden, und die allein fröhlich sein, die Unrecht tun!« – Desportes ist in Armentières bei Hauptmann Mary zu Gast. Er erzählt seinem Freund, daß Marie in einem Brief ihren Besuch auf dem Schloß seines Vaters angekündigt habe. Aber er – Desportes – habe sofort an seinen Jäger, einen starken, robusten Kerl, geschrieben, er möge sie empfangen und mit ihr allein auf seinem Zimmer sich die Zeit vertreiben. Mary befiehlt seinem Burschen Stolzius, dem hungrigen Gast eine Weinsuppe zu servieren. Mit bleichem Gesicht kommt dieser dem Auftrag nach. Unmittelbar nach dem Genuß der Speise bricht der Baron zusammen; Stolzius hat ihm Rattengift in die Suppe gegeben. Dem Sterbenden schreit er dreimal ins Ohr: »Marie« und mit dem Ruf: »Meine Marie! Gott kann mich nicht verdammen!« sinkt auch er nieder und stirbt. – Marie hat das Haus der Gräfin verlassen und ist zur Dirne geworden. Auf einer Pappelallee am Ufer der Lys marschiert ein endloser Zug gefallener Soldaten. In ausgelassenem Lärmen drängen sich zwischen sie einige Gruppen fröhlicher Offiziere, die das Vergnügungslokal der Madame Bischof aufsuchen. In Gedanken versunken kommt Wesener des Wegs. Eine verwahrloste junge Frau zupft ihn am Rock. Wesener wehrt ab und bemerkt, sie solle ihr Glück lieber bei den Soldaten suchen. Aber sie entgegnet, sie habe schon seit drei Tagen nichts mehr gegessen und flehe nur um ein Almosen. Wesener weist sie erst unwirsch zurück, läßt sich aber schließlich doch erweichen, ihr ein Geldstück zu geben; er denkt mit kummervollem Herzen, wo wohl jetzt seine Marie um eine mildtätige Gabe bittet. Der Vater hat in der Bettlerin die eigene Tochter nicht mehr erkannt. Als irrealer Cantus firmus ertönt während der Szene die Stimme des Pfarrers Eisenhardt, das Pater noster betend. Marie fällt wie vernichtet zu Boden, als Wesener mit stockenden Schritten allmählich in dem Zug der Gefallenen verschwindet. Während auf die Bühne sich langsam eine Atomwolke niedersenkt, ertönt mit gewaltiger Stärke aus allen Lautsprechern ein angstvoller Schrei-Klang, der nach und nach bis zu völliger Stille erlischt.

Stilistische Stellung
Über die stilistische Gestaltung seiner Oper ›Die Soldaten‹ informierte der Komponist selbst in einigen erläuternden Darlegungen: »Die unerhörte Kühnheit von Lenzens, in seiner Straßburger Zeit 1771 entstandenen theoretischen Schrift ›Anmerkungen übers Theater‹ wies in eine Richtung, welche in geradezu frappierender Weise mit meinen musikdramaturgischen Vorstellungen von einer Form – die ich dann allen Mißverständnissen zum Trotz ›Oper‹ genannt habe – übereinstimmte. Das Erregendste für mich war wohl vor allem der Lenz'sche Gedanke von der ›Einheit der inneren Handlung‹, welcher die ›Soldaten‹ in so unerhörter Weise bestimmt und Lenz veranlaßte, sich von der ›yämmerlich berühmten Bulle der drei Einheiten‹ (nämlich des Ortes, der Handlung und der Zeit) loszusagen. Konsequent werden also von Lenz die drei klassischen Einheiten negiert, mehrere Handlungen übereinandergeschichtet ... Der Schritt von der Dramaturgie des Sturm und Drangs zur Jetztzeit ist erstaunlich klein: Aufhebung der drei Einheiten führt stracks zur Aufhebung von Raum und Zeit, befindet sich im Innern der ›Kugelgestalt der Zeit‹: Zukunft, Gegenwart und Vergangenheit werden vertauschbar ... Nicht das Zeitstück, das Klassendrama, nicht der soziale Aspekt, nicht auch die Kritik an

dem ›Soldatenstand‹ (zeitlos vorgestern wie übermorgen) bildeten für mich den unmittelbaren Beziehungspunkt, sondern der Umstand, wie alle Personen der 1774 bis 75 von Lenz geschriebenen ›Soldaten‹ unentrinnbar in eine Zwangssituation geraten, unschuldig mehr als schuldig, die zu Vergewaltigung, Mord und Selbstmord und letzten Endes in die Vernichtung des Bestehenden führt ... Akt- und Szeneneinteilung ist entsprechend der dargelegten musikdramaturgischen Idee dem Gesichtspunkt des ›Pluralistischen‹ innerhalb der Kugelgestalt der Zeit unterworfen: Späteres wird voraus- und Früheres hintangesetzt: Bach-Choräle, Jazz stehen u. a. Rudimenten der ›Nummern-Oper‹ sowie des ›Musiktheaters‹ gegenüber – eingebettet in eine gewissermaßen pan-akustische Form der musikalischen Szene, die alle Elemente des Sprachlichen, Gesanglichen, Musikalischen, Bildnerischen, Filme, Ballett, Pantomime, Bandmontagen (Geräusch- und Sprachklänge, konkrete Musik) in dem pluralistischen Zeit- und Erlebnisstrom zusammenschmilzt, der dann in jenen Fall mündet, dem wir ständig und unaufhaltsam zustreben – und so beschließt die letzte Bitte des Vaterunsers: ... ›sed libera nos a malo‹ die Oper.«

Mit erstaunlicher Kunstfertigkeit hat Zimmermann seine theoretischen Ideen in die Realität umgesetzt. Die Musik ist – der Simultaneität der szenischen Anlage entsprechend – nach dem seriellen Kompositionsprinzip gestaltet. Zugrunde gelegt ist eine Allintervallreihe, deren Verarbeitung eine unzählige Vielfalt von kontrapunktisch verästelten und kombinierten Gebilden aufweist. Ausdrucksträger ist zunächst ein riesiges Orchester (120 Musiker) mit einem imposanten Schlagzeug-Ensemble (Bühnenmusik), wozu sich auch noch eine moderne Jazz-Combo sowie elektronische Klänge, Bandmontagen und Lautsprechergruppen gesellen. Mit diesem Apparat wußte der Komponist außergewöhnliche Klangeffekte von zarten Solowirkungen bis zu brutalen Geräuschentladungen zu erzielen. Die Dynamik durchmißt alle Stufen vom hauchdünnen Pianissimo bis zu gewaltigen Kraftentfaltungen. Komplizierte Rhythmen und ständiger Taktwechsel kennzeichnen das strukturelle Bild der Partitur. Die Assimilierung der Musik an die nummernartige szenische Aufgliederung bringt der Komponist mit Formbezeichnungen aus der Barockmusik zum Ausdruck, wie Ciacona, Ricercare, Toccata, Nocturno, Capriccio, Corale, Rondino. Höchste Anforderungen sind an die Sänger gestellt, die nicht nur singen und sprechen müssen, sondern auch vielfältige schauspielerische, ja sogar tänzerische Aufgaben zu erfüllen haben. Unentwegte kühne Intervallsprünge fordern Musikalität und Intonationssicherheit. Die Gesangsstimmen sind mit gewissen Notationszeichen ausgestattet, die genau festlegen, wie die betreffende Stelle zu interpretieren ist, so zum Beispiel »bei angedeuteter Tonhöhe mehr sprechen als singen« oder »bei deutlicher Tonhöhe halb gesungen, halb gesprochen« oder »tonus rectus«, das ist der in der katholischen Liturgie gebräuchliche Rezitationston ohne Vibrato.

Textdichtung

Als dichterische Vorlage diente Zimmermann das gleichnamige fünfaktige Schauspiel des Sturm und Drang-Dichters und Goethefreunds Jakob Michael Reinhold Lenz (1751–1792), das 1774/75 entstanden ist und 1863 am Wiener Burgtheater in der Bearbeitung von Eduard von Bauernfeld unter dem Titel ›Soldatenliebchen‹ uraufgeführt wurde. Der Münchner Theaterwissenschaftler Artur Kutscher wußte 1911 durch eine Privataufführung neues Interesse für das Stück zu erwecken. Über seine Textauffassung äußerte sich der Komponist: »Das dichterische Wort blieb unverändert, nur einige Szenen wurden gestrichen; die bei Lenz recht ausgedehnten Offiziersszenen wurden in Form von Collagen zusammengedrängt; an drei Stellen (in der 1. Szene des I. Akts, in der 1. Szene des II. Akts sowie der 5. Szene des III. Akts) sind insgesamt drei Gedichte von Lenz eingebaut worden, welche nicht im Schauspiel enthalten sind; sowie gelegentliche Ausrufe, wie beispielsweise bei den Aktionen der Tänzer. In der 2. Szene des II. Akts spielen drei Szenen gleichzeitig, in der 1. Szene des IV. Akts wurden noch viel mehr in den Strudel der ›Zeitspirale‹ hineingerissen.«

Geschichtliches

Das Werk ist in den Jahren 1958 bis 1960 als Auftragskomposition der Stadt Köln entstanden. Als das Werk von den Verantwortlichen der Kölner Oper als unaufführbar abgelehnt wurde, legte es der Komponist eine Zeitlang beiseite. 1963/64 überarbeitete Zimmermann die Oper während seines Aufenthalts an der Deutschen Akademie »Villa Massimo« in Rom, wobei er auch noch Vor- und Zwischenspiele zu den einzelnen Akten hinzuschrieb und eine neue Akteinteilung vornahm. In einer konzertanten Wiedergabe durch den Westdeutschen Rundfunk wurden bereits 1963 drei Szenen aus dem Werk uraufgeführt. In szenischer Form gelangte die Oper am 15. Februar 1965 an den Städtischen Bühnen in Köln unter der musikalischen Leitung von Michael Gielen zur Uraufführung, bei der sie von einem Teil des Publikums abgelehnt, von der überwiegend avantgardistisch eingestellten Zuhörerschaft aber lebhaft beklatscht wurde. In der Zwischenzeit zeigten Aufführungen in Düsseldorf, München, Kassel, Nürnberg, Hamburg, Berlin, Boston und Lyon die Lebenskraft dieses nach Alban Bergs ›Wozzeck‹ und ›Lulu‹ wohl wichtigsten Bühnenwerks des 20. Jahrhunderts.

Udo Zimmermann
* 6. Oktober 1943 in Dresden

Der Schuhu und die fliegende Prinzessin

Oper in drei Abteilungen. Text von Peter Hacks, Einrichtung zum Libretto vom Komponisten und Eberhard Schmidt.

Solisten: *Der Schuhu* (Lyrischer Bariton, auch Charakterbariton, gr. P.) – *Die fliegende Prinzessin* (Lyrischer Sopran, auch Jugendlich-dramatischer Sopran, auch Lyrischer Koloratursopran, gr. P.) – *1. Sopran/Schneidersfrau* (Sopran, gr. P.) – *2. Sopran/1. Schnecke* (Sopran, gr. P.) – *3. Sopran/1. Spinatpflanze* (Sopran, auch Mezzosopran, gr. P.) – *1. Alt/Nachbarin* (Mezzosopran, auch Alt, gr. P.) – *2. Alt/2. Schnecke* (Alt, gr. P.) – *3. Alt/2. Spinatpflanze* (Alt, gr. P.) – *1. Tenor/Bürgermeister/Gelehrter/Krieger* (Jugendlicher Heldentenor, auch Charaktertenor, gr. P.) – *2. Tenor/Oberster Schneckenhirt/Schuhuloge* (Charaktertenor, auch Lyrischer Tenor, gr. P.) – *3. Tenor/Erster Spinatgärtner* (Tenor, gr. P.) – *1. Baß/Schneider/König von Tripolis* (Seriöser Baß, auch Heldenbariton, gr. P.) – *2. Baß/Kaiser von Mesopotamien* (Spielbaß, auch Charakterbaß, gr. P.) – *3. Baß/Herzog von Coburg-Gotha/Starost von Holland* (Baß, gr. P.) – *Der Mann im Frack* (Dirigent; Sprechrolle, kl. P.).
Chor: Die 12 Sänger-Darsteller (außer Schuhu und Prinzessin) übernehmen noch die folgenden Rollen: Dorfleute, Wachposten, Schnecken, Spinatpflanzen, Krieger, 10 000 Gelehrte, Spatzen.
Ort: Im Märchenland.
Schauplätze: Das Haus des Schneiders – Großherzogtum Coburg-Gotha – Am Fuß eines Berges – Mesopotamien – Der 17. Garten von Ktesiphon – Das Königreich Tripolis – Holland.
Zeit: Märchenzeit.
Orchester: Orchester I: 2 Fl. (auch Picc.), 2 Ob., 2 Kl., Hr., 2 Trp., Pos., P., Schl., Klav., 2 Viol., Viola, Vcl., Kb. – Orchester II: 2 Fl. (auch Picc.), Ob., 2 Kl., Hr., 2 Trp., Pos., P., Schl., Klav., 2 Viol., Viola, Vcl., Kb., außerdem: Leierkasten (Blockflötenquartett), Tonband.
Gliederung: Durchkomponierte, szenisch gegliederte Großform, unterteilt in insgesamt 42 Szenen.
Spieldauer: Etwa 2½ Stunden.

Handlung

Ein armer Schneider hat schon neun Kinder, als seine Frau mit dem zehnten schwanger wird. Als das Kind zur Welt kommen soll, lädt er die Dorfbewohner, an ihrer Spitze den Bürgermeister, zum Tauffest ein. Während sich die Nachbarin um die Gebärende kümmert, saufen die Taufgäste ein ganzes Faß Bier aus und schlafen betrunken ein. Endlich soll das Kind kommen, doch die Schneidersfrau bringt zum nicht geringen Entsetzen des Schneiders nur ein Ei zur Welt. Die Gäste sind verwundert, ja, der Bürgermeister empfindet dies als persönlichen Affront und sinnt auf Rache. Als der Schneider das seltsame Kind vorzeigt, fällt es ihm aus der Hand und rollt unter den Schrank. Dort wird es vergessen. Im nächsten Frühjahr findet die Schneidersfrau das Ei, und der Schneider beschließt, es als Stopfei zu benutzen. Doch kaum hat er es in einen Ärmel gesteckt, hört er die Stimme des Schuhus, der ihm befiehlt, das Ei im Brunnenwasser zu kochen und es dann vom Schmied aufschlagen zu lassen. Er tut wie ihm geheißen und holt den Schmied, der zuerst seinen Hammer am Ei zerschlägt, dann aber mit dem größten Hammer, den er auftreiben kann, das Ei zertrümmert. Heraus schlüpft der Schuhu, ein Wesen, halb Mensch, halb Tier (Uhu). Der Schneider sieht seinen Ruf bedroht und beschließt, den Schuhu als Kleiderpuppe in die Werkstatt zu stellen. Der Bürgermeister hat die Kränkung nicht vergessen. Nun will er am Schneider Rache nehmen, kommt mit einem handgroßen Stück Stoff und befiehlt ihm, daraus einen Mantel zu nähen, sonst wolle er ihn köpfen lassen. Der Schneider ist verzweifelt, aber der Schuhu hilft ihm, denn er kann aus wenig viel machen. So präsentiert der Schneider dem Bürgermeister nicht nur, als dieser wiederkommt, einen prächtigen Mantel, sondern gibt ihm als Rest einen Ballen Stoff mit und als Wechselgeld auf einen Heller einen Gulden heraus. Der höchst verwunderte Bürgermeister preßt das Geheimnis aus dem Schneider heraus und kauft ihm daraufhin den Schuhu ab, doch dieser warnt ihn: da er aus wenig viel machen könne, werde der Bürgermeister sicherlich im Nieselregen ertrinken und an der Maulschelle seiner Frau sterben. Der Bürgermeister flieht entsetzt, aber auch der Schneider bekommt Angst und verriegelt vor seinem seltsam geratenen Sohn die Tür. Der Schuhu beschließt, seine Vaterstadt zu verlassen und sich in der großen Welt eine Arbeit zu suchen.

Nach langer Wanderung kommt er in das Großherzogtum Coburg-Gotha: hier hofft er, einen Dienst zu finden, denn große Gaben brauchten einen großen Herrn. Er fragt nach einem Dienst, und der Großherzog schickt seinen Hofschuhulogen, der – ungeachtet dessen, daß der Schuhu deutsch spricht – ihn in der Schuhu-Sprache anspricht und wegschickt, da er darauf nicht reagiert. Da der Schuhu hier nicht angenommen wird, wendet er sich weiter an den Kaiser von Mesopotamien, der der Zwillingsbruder des Herzogs von Coburg ist, aber mit ihm im Streit liegt, denn der Kaiser färbte seinen Bart purpurrot und züchtete in seinem Reiche viele Purpurschnecken, der Großherzog aber färbte seinen Bart grün und züchtete deshalb Spinatpflanzen. Da aber die Purpurschnecken die Spinatpflanzen anfraßen, gab es ewigdauernden Krieg zwischen den beiden Reichen. – Der Kaiser ist gerade dabei, einen Berg zu verurteilen, der seinem Heer im Wege stand und außerdem dem Pferd des Kaisers den Knöchel gebrochen hatte. Er verurteilt ihn dazu, vollständig abgetragen zu werden, doch die Soldaten, die dies tun mußten, schichteten die abgetragene Erde an anderer Stelle zu einem gleich hohen Berg wieder auf. Der Schuhu erscheint und bietet seinen Dienst an: er kann bei Nacht sehen, alle Rätsel auflösen, gute Ratschläge geben und fliegen. Der Kaiser jedoch hat schon 10 000 Gelehrte im Dienst und beschließt, der Schuhu solle beweisen, daß er klüger sei als diese. Er befiehlt sie zu sich, und der Schuhu stellt ihnen drei Fragen, die sie alle nicht beantworten können. Daraufhin engagiert ihn der Kaiser als Nachtwächter im 17. kaiserlichen Garten. Er gibt ihm als Zeichen seiner Würde ein Horn, und der Schuhu beginnt, darauf zu spielen. Die Hornklänge dringen durch die Welt und so auch ins Königreich Tripolis, wo der schlaffreudige König und seine Tochter, die fliegende Prinzessin, wohnen. Die Prinzessin hört die Klänge und fühlt ein unabweisbares Verlangen, nach Mesopotamien zu fliegen. Dort sucht sie nach dem Klang, aber der Schuhu ist inzwischen in einem hohlen Baum eingeschlafen. Die Prinzessin singt ein sehnsuchtsvolles Lied, und daraufhin verliebt sich der Schuhu in sie, singt ebenfalls, und ohne daß beide sich gesehen haben, haben sie sich füreinander entschieden.

Da der Großherzog von Coburg-Gotha und der Kaiser von Mesopotamien gleich stark sind, können sie einander nicht besiegen. Sie lassen sich deshalb von ihren obersten Ratgebern, dem Ersten Spinatgärtner und dem Obersten Schneckenhirt, raten, einen Verbündeten zu suchen. Das Beste sei es, beim König von Tripolis um die Hand von dessen Tochter zu werben, denn dem Schwiegersohn werde dieser gewiß helfen. So geschieht es, und der Oberste Schneckenhirt und der Erste Spinatgärtner treten beim König von Tripolis als Brautwerber auf, doch die Prinzessin erklärt, sie habe sich schon entschieden. Daraufhin beschließen der Großherzog und der Kaiser, sie müßten den Schuhu, den beide als den Erwählten der Prinzessin erkannt haben, fangen und töten, um dann mit Erfolg um die Prinzessin werben zu können. Um dem Schuhu keinen Fluchtweg zu lassen, beschließen sie, Frieden zu schließen, gemeinsam den Schuhu zu fangen und dann den Krieg gegeneinander fortzusetzen. Sie rüsten eine gewaltige Streitmacht aus, doch der Schuhu ist nicht mehr im 17. Garten; er hat sich auf den Weg gemacht, um die Prinzessin zu suchen. Da er gerade mit einem Schiff das Mittelmeer überquert, kommt es zu einer gewaltigen Seeschlacht, doch der Schuhu besteht gegen die vereinigten Flotten, die er vollständig versenkt;

nur die beiden Könige können sich, an einem Kochlöffel hängend, retten. Da das Wasser aber ihre Bärte entfärbt hat, gibt es keinen Grund mehr für den Krieg, und da beide Reiche verloren sind, leben sie einträchtig im Walde als Köhler. Der Schuhu aber kommt nach Tripolis, er und die Prinzessin sehen einander und fallen vor Liebe in Ohnmacht. Die Hochzeit wird gefeiert, und nach einiger Zeit stirbt der alte König, und der Schuhu und die Prinzessin regieren als Königspaar. Doch nach einer Weile kommt Langeweile in ihre Liebe, und als eines Tages der Starost von Holland zu Besuch kommt, verliebt sich die Prinzessin in ihn. Der Schuhu verläßt sie, und sie heiratet den Starosten. Doch als dieser ihr das Fliegen verbietet und sie an einen riesigen Edamer Käse schmiedet, hofft sie auf die Rückkehr des Schuhus. Dieser kommt und befreit die Prinzessin. Er erzählt ihr, daß er bei seinem Vater war, der jetzt Bürgermeister geworden sei, ihn aber erneut abgewiesen habe, und erzählt vom Schicksal des Großherzogs von Coburg-Gotha und des Kaisers von Mesopotamien. Schließlich berichtet er von einem Berg, auf dem es wunderschön sei. Beide beschließen, dorthin zu fliegen und dort zu leben.

Stilistische Stellung
Die vierte Oper des Dresdner Komponisten Udo Zimmermann ist eines der wenigen zeitgenössischen Beispiele, in denen das moderne Musiktheater, ohne sich seines Anspruchs zu begeben und ohne die »tiefere Bedeutung« außer acht zu lassen, einen unverstellt hohen Unterhaltungswert hat. Zimmermann ist es gelungen, das Märchen vom Schuhu und der fliegenden Prinzessin auf gleichermaßen subtil-feinsinnige wie theaterwirksame, ja genuin theatralische Weise zu erzählen und mit Musik auszustatten, die sich dem Text anschmiegt, ihn bisweilen parodierend oder collagierend kommentiert und alle aktuellen Kompositionsweisen nicht als Selbstzweck, sondern als in den Handlungsablauf eingebundene Darstellungsmöglichkeiten versteht. Das Brechtsche Prinzip der Verfremdung lustvoll abwandelnd arbeitet Zimmermann – neben den beiden Titelfiguren – mit 12 Sängerdarstellern, die – sich permanent verwandelnd, aber auch aus der Szene heraustretend und das Geschehen kommentierend – die Handlung stets gleichzeitig gespielt wie von außen betrachtet und damit distanziert vorführen. Begleitet wird das Bühnengeschehen von zwei jeweils 18 Musiker umfassenden Kammerorchestern, die nach dem Wunsch des Komponisten ebenfalls auf der Bühne plaziert sein sollen und zudem teilweise – etwa in der Szene mit dem verurteilten »klingenden Berg« – zu szenischen Aktionen herangezogen werden sollen.

Textdichtung
Das Libretto zum ›Schuhu und der fliegenden Prinzessin‹ geht zurück auf ein Schauspiel von Peter Hacks, das 1968 an den Münchner Kammerspielen uraufgeführt wurde, und dieses wiederum auf ein Kunstmärchen von Hacks. Die in beiden Texten kunstvoll verschlüsselte utopische Botschaft, die Anspielungen auf politische Aktualitäten mögen im Libretto etwas zurücktreten, deutlich wird gleichwohl der »moralische« Hintergrund, ohne daß je der pädagogische Zeigefinger gehoben würde; im Gegenteil: die Textvorlage erlaubt prallstes, volkstümlich-unterhaltendes Theater von der besten Sorte.

Geschichtliches
Udo Zimmermann schrieb den ›Schuhu und die fliegende Prinzessin‹ 1975/76; uraufgeführt wurde das Werk am 30. Dezember 1976 an der Dresdner Staatsoper. Es dirigierte Max Pommer, es inszenierte Harry Kupfer im Bühnenbild von Peter Sykora. Es folgten Inszenierungen in Schwetzingen, Darmstadt und Bielefeld, die Dresdner Inszenierung war unter anderem bei den Maifestspielen in Wiesbaden und an der Hamburgischen Staatsoper zu sehen.

W. K.

Die weiße Rose

Szenen für zwei Sänger und Instrumentalensemble nach Texten von Wolfgang Willaschek.

Solisten: *Sophie Scholl* (Lyrischer Sopran, gr. P.), *Hans Scholl* (Lyrischer Tenor, auch Charaktertenor, gr. P).
Orchester: 2 Fl.(auch Picc., auch Afl.), Ob. (auch Eh.), 2 Kl. (auch Es-Kl., auch Baßkl.), Hr., Trp., Pos., Bpos., Hrf., Schl., Klavier, 2 Viol., Va., Vcl., Kb.
Spieldauer: Etwa 1¼ Stunden.

Handlung

Das Bühnengeschehen, das weitgehend ohne äußerliche Situationen auskommt, spielt am 22. Februar 1943 im Gefängnis München-Stadelheim, eine Stunde vor der Hinrichtung von Hans und Sophie Scholl. Die beiden Münchner Studenten, die zum Widerstandskreis um den Musikwissenschafts-Professor Kurt Huber »Die weiße Rose« gehörten, waren im Winter 1942 dabei festgenommen worden, als sie Flugblätter mit Anti-Hitler-Parolen im Lichthof der Münchner Universität abgeworfen hatten. Ein Sondergericht der NS-Justiz hatte sie zum Tode verurteilt. Jetzt warten sie auf ihre Hinrichtung.

Zwei zum Tode Verurteilte fürchten den Schlaf. Sophie Scholl hat die Vision eines Daseins ohne äußere Begrenzung, eines Aufgehens im Universum. Ihr Bruder Hans fühlt sich ohnmächtig und gleichgültig. Innere Bilder eines bittenden Menschen werden heraufbeschworen, der dann getötet wird. Der Henker erscheint. Panische Angst breitet sich aus. Hans Scholl wünscht, seine Erinnerungen auszulöschen, kann ihnen aber nicht entfliehen; Sophie Scholl dagegen versucht, ihr verzweifeltes Glücklichsein heraufzubeschwören. Beide flehen um inneren Frieden. Ihr Schrei verhallt ungehört.

Stilistische Stellung

Willascheks Text, aus vielfältigem Material montiert, zielt nicht auf eine äußere Handlung, sondern auf den Zustand innerer Grenzerfahrung, der sich von jedem äußeren Anlaß zu lösen scheint. Zimmermanns Musik benutzt diese Vorlage für ein Werk, das sich seiner Mittel außerordentlich bewußt ist, doch jede plakative Wirkung zugunsten hoher innerer Spannung vermeidet. Zimmermann, der im Jahr der »Weißen Rose« in Dresden geboren ist und als Kruzianer aufwuchs, verfügt souverän über den musikalischen Fundus evangelischer Choräle und der geistlichen Musik eines Heinrich Schütz, dem die fast barock anmutende Passion des Duetts in der zwölften der sechzehn Szenen geschuldet ist, ebenso kennt er die Expressivität eines Messiaen, die klangliche Konzentration eines Lutoslawski. Er scheut liedorientierte Vokalgestik ebensowenig wie die ausdrucksvolle Instrumentalstimme und gelangt so zu einer musiksprachlichen Intensität, die der inneren Theatralik des Textes entspricht und den Hörer unmittelbar überzeugt.

Textdichtung

1967 komponierte Udo Zimmermann auf ein Libretto seines Bruders Ingo eine Oper ›Die weiße Rose‹ – in diesem Werk sind den beiden Geschwistern ihre »Gegenspieler« in einem realistisch-dokumentarischen Handlungsrahmen gegenübergestellt. Dagegen hat das 1984/1985 komponierte, neue Werk mit dem gleichen Titel mit diesem »Gesellenstück« keine Textzeile und keine Note gemeinsam und verfolgt eine ganz andere Intention. Mit seinem Librettisten Wolfgang Willaschek zielt Udo Zimmermann in den »Szenen für zwei Sänger und fünfzehn Instrumentalisten« auf eine Dramaturgie des inneren Theaters. Man wollte nicht »die Widerstandsgruppe auf die Bühne stellen (...), sondern zwei große Menschen in Grenzsituationen ihres Lebens, eine Stunde vor ihrem Tod, in existenzieller Not.« Wolfgang Willaschek stellt aus Tagebuchaufzeichnungen von Hans und Sophie Scholl, aus Bibelzitaten, aus Psalmversen und aus Texten von Zeitzeugen wie dem ebenfalls von den Nationalsozialisten hingerichteten evangelischen Theologen Dietrich Bonhoeffer, dem deutschen Dichter Franz Fühmann und dem polnischen Poeten Tadeusz Różewicz ein Textgerüst zusammen, das keine gradlinige Fabel erzählt, sondern sich als »unwirklicher Dialog zweier Seelen« versteht.

Geschichtliches

Das Werk wurde am 27. Februar 1986 in der Opera stabile der Hamburgischen Staatsoper uraufgeführt. Das Thema wie die leicht realisierbare Besetzung sorgen dafür, daß das Werk bereits innerhalb zweier Jahre in dreißig Inszenierungen (u. a. in Nürnberg, Recklinghausen, München, Osnabrück, Bonn, Münster, Saarbrücken) gezeigt wurde und auch bald im Ausland (Österreich, Schweiz, USA) auf die Bühne kam. Der Erfolg des Werkes dauert bis heute ungebrochen an.

W. K.

Anhang

Anhang

Besetzungsfragen

Die hohen Anforderungen der Wagnerschen Bühnenwerke stellten die Interpreten vor neuartige, ungewohnte Aufgaben; galt doch der ›Tristan‹ zur Entstehungszeit nach allgemeiner Anschauung als »unaufführbar«, seine Partien als »unsangbar«. Die gewaltigen Dimensionen und das stark besetzte Orchester der Musikdramen verlangten von den Sängern eine beträchtliche Steigerung ihrer physischen Leistungen (Stimmkraft und -volumen), die geistige Durchdringung der großen Rollen eine nicht mindere Intensivierung der seelischen Spannkraft. Die Verwirklichung von Wagners Forderungen nach Abkehr von aller Schablone und nach einem aus der Musik gewachsenen dramatischen Ausdruck in Gesang und Darstellung bei den Bayreuther Festaufführungen hatte allmählich eine Umformung des Aufführungsstils der Oper zur Folge, wobei beim Opernsänger auch immer mehr Wert auf darstellerische Fähigkeiten und auf Bühnenerscheinung gelegt wurde. Diese Entwicklung erfuhr in neuerer Zeit noch eine wesentliche Steigerung durch die Einwirkungen von Sprechbühne und Film, was zu einer verfeinerten Individualisierung des Bühnensängers und damit zu einer engeren Abgrenzung der Rollenfachgebiete führte.

Die elementare Nomenklatur der Singstimmen – Sopran, Alt, Tenor und Baß mit ihren Zwischenstufen Mezzosopran bei den Frauen- und Bariton bei den Männerstimmen – charakterisiert lediglich die Stimmlagen. Für die Bühnenpraxis erfahren die einzelnen Stimmgattungen eine Aufspaltung, wobei die Stimmen hinsichtlich ihrer Qualität, ihres Umfangs und ihres Volumens sowie den gesanglichen und darstellerischen Anforderungen entsprechend in Unterabteilungen zusammengefaßt werden, die man als Fächer bezeichnet. Hier unterscheidet man zunächst zwei Hauptgruppen: 1. die seriösen Fächer und 2. die Spiel- und Charakterfächer.

Die seriösen Fächer verlangen vor allem stimmliche Qualitäten, also ein edles Stimmmaterial sowie eine untadelige Linienführung. Ihre Gliederung in drei Kategorien kann analog in allen Stimmlagen durchgeführt werden:

Die erste Kategorie umfaßt die lyrischen Stimmen. Ihr Aufgabenkreis erstreckt sich in der Hauptsache auf die Spiel- und Buffaoper. Die zweite Kategorie bildet das sogenannte Zwischenfach, worunter das zwischen den lyrischen und den schweren Organen liegende Stimmmaterial verstanden wird. Zur dritten Kategorie gehören die dramatischen Stimmen. Ihre Domäne ist das Musikdrama. Mit Ausnahme des Heldenbaritons, der schon bei Gluck und Marschner vorkommt, wurden die dramatischen Fächer erst von Richard Wagner entwickelt; der Einsatz dieser Fächer in Opern vor Wagner ist demnach eher unüblich, kann sich aber aufgrund der heute praktizierten größeren Orchesterbesetzung als notwendig erweisen. Auch die Spiel- und Charakterfächer erfordern natürlich zunächst gesangliche Qualitäten. Darüber hinaus werden bei den Spielfächern vornehmlich darstellerische Fähigkeiten verlangt, die Spielbegabung und Humor voraussetzen, während bei den Charakterfächern gesteigerte Anforderungen an die Charakterisierungskunst des Sängers gestellt werden, was wiederum Intelligenz und geistige Beweglichkeit bedingt. Hinsichtlich des Stimmvolumens umfassen die Spielfächer im allgemeinen die leichteren und die Charakterfächer die schwereren Organe. Generell ist zu sagen, daß heute darstellerische Fähigkeiten quer durch alle Fächer verlangt werden, und zwar gleichermaßen von den Regisseuren wie vom Publikum; die Zeit des »Stehsängers« und »Stimmbesitzers« ist vorbei.

Die üblichen Fachbezeichnungen lassen sich im einzelnen ungefähr folgendermaßen charakterisieren. Bei den in eckigen Klammern angegebenen Stimmumfängen handelt es sich um Richtwerte, die in Einzelfällen über- oder unterschritten werden können.

Besetzungsfragen

Seriöse Fächer

Lyrischer Sopran [c'-c''']: Weiche Stimme mit schönem Schmelz; edle Linie.

Jugendlich-dramatischer Sopran [c'-c''']: Lyrische Sopranstimme mit größerem Volumen, die auch dramatische Höhepunkte gestalten kann.

Dramatischer Koloratursopran [c'-f''']: Bewegliche Stimme mit großer Höhe; dramatische Durchschlagskraft.

Dramatischer Sopran [g-c''']: Voluminöse, metallische Stimme; große Durchschlagskraft.

Dramatischer Mezzosopran [g-b'']: Bewegliche, metallische Zwischenfachstimme von dunkler Färbung, die sich oft mit zunehmender Reife zum hochdramatischen Fach weiterentwickelt; gute Höhe.

Dramatischer Alt [g-b'']: Bewegliche, metallische Stimme mit gut entwickelter Höhe und Tiefe; dramatische Durchschlagskraft.

Tiefer Alt (Kontra-Alt) [f-a'']: Volle, pastose Stimme mit großer Tiefe.

Lyrischer Tenor [c-d'']: Weiche, bewegliche Stimme mit Schmelz und großer Höhe.

Jugendlicher Heldentenor [c-c'']: Metallische Stimme, die ebenso lyrische Stellen wie dramatische Höhepunkte gestalten kann; edle tenorale Färbung.

Heldentenor [c-c'']: Schweres, voluminöses Organ mit tragfähiger Mittellage und Tiefe; oft baritonale Färbung.

Lyrischer Bariton [B-as']: Weiche, bewegliche Stimme mit schöner Linie und großer Höhe.

Kavalierbariton [A-g']: Metallische Stimme, die ebenso lyrische Stellen wie dramatische Höhepunkte gestalten kann; männlich edle baritonale Färbung.

Heldenbariton (bisweilen auch Hoher Baß) [G-fis']: Schweres, ausladendes Organ, das nicht nur über eine strahlende Höhe, sondern auch über eine gut ausgeglichene, tragfähige mittlere und tiefe Lage verfügt.

Seriöser Baß (Tiefer Baß) [C-f']: Pastose Stimme mit dunkler Färbung, große Tiefe (»Schwarzer Baß«).

Spiel- und Charakterfächer

Lyrischer Koloratursopran [c'-f''']: Sehr bewegliche, weiche Stimme mit großer Höhe.

Spielsopran (Soubrette) [c'-c''']: Zarte, biegsame Stimme; zierliche Erscheinung.

Spielalt (Lyrischer Mezzosopran) [g-b'']: Geschmeidiges, charakterisierungsfähiges Organ.

Spieltenor (Tenorbuffo) [c-h']: Schlanke, charakterisierungsfähige Stimme.

Charaktertenor [A-b']: Zwischenfachstimme, die über ein feines Charakterisierungsvermögen verfügt.

Spielbariton [B-as']: Schlanke, bewegliche Stimme mit großer Höhe.

Charakterbariton [A-g']: Kraftvolles, modulationsfähiges Organ; feines Charakterisierungsvermögen.

Charakterbaß (Baßbariton) [E-f']: Große umfangreiche Stimme; feines Charakterisierungsvermögen.

Spielbaß (Baßbuffo) [E-f']: Schlanke, bewegliche und charakterisierungsfähige Stimme.

Schwerer Spielbaß (Schwerer Baßbuffo) [D-f']: Voluminöse Stimme von großem Umfang.

Die Handhabung von Besetzungsfragen und die Berücksichtigung von Fachpartien hat sich in den letzten Jahrzehnten gewandelt. Dabei waren insbesondere folgende Aspekte ausschlaggebend: neben der stimmlichen Ausfüllung einer Rolle oder eines Faches, die natürlich weiterhin im Vordergrund steht, die darstellerische Überzeugungskraft, die Ausfüllung eines bestimmten szenischen Typus. Da es hier vielfach zu Überschneidungen kommt, haben sich viele Dirigenten und Regisseure im Einklang mit den entsprechenden Sängern auf Besetzungen geeinigt, die nicht dem starren System von »Fachpartien« entsprechen, aber gleichwohl musikalische wie szenische Evidenz aufweisen. Insofern ist es schwer, generelle Lösungen vorzuschlagen: die Ergänzung der Partienzuschreibungen bei zahlreichen Rollen versucht, dieser gewandelten Praxis Rechnung zu tragen und zudem den möglichen Besetzungsspielraum zwischen kleinen, mittleren und größeren Häusern sichtbar zu machen. Ein Beispiel: In einem kleinen, akustisch günstigen Theater mit einer Orchesterbesetzung, die eher im unteren Bereich des Üblichen angesiedelt ist, kann ein Lyrischer Bariton mit gutem Erfolg und ohne stimmliche Gefährdung die Partie des Valentin aus Charles Gounods ›Faust‹ singen; in einem mittleren oder größeren, akustisch problematischen Haus verbietet sich eine solche Besetzung, will man dem Sänger nicht schaden; hier ist die Besetzung mit einem Kavalierbariton, ja, bei entsprechender körperlicher Eignung und Ausstrahlung und sicherer Höhe mit einem jungen Heldenbariton durchaus möglich. Darüberhinaus kommt es darauf an, auch die einander zugeordneten Bühnenrollen ausgewogen zu besetzen und zumal auf die Mischungsqualität der Stimmen in Ensembles zu achten.

Die im folgenden aufgeführten »Fachpartien« definieren unter Beachtung des hier Beschriebenen die heute übliche Besetzung von Bühnenrollen; in all den Fällen, in denen es variable Besetzungsmöglichkeiten gibt, ist eher auf eine Festlegung einer Fachpartie verzichtet oder aus den werkspezifischen Personenlisten die erstgenannte Stimmfachzuschreibung übernommen worden.

Mit Blick auf die historische Aufführungspraxis und das französische Repertoire des 17. und 18. Jahrhunderts ist das Fach »Haute-Contre« hinzugekommen. Die alternativen Besetzungen dieser Tenorpartien gehen aus den Besetzungslisten hervor, die den Einzeldarstellungen der jeweiligen Opern vorausgehen. Partien, die in der heutigen Bühnenpraxis sowohl von Frauen als auch von Countertenören interpretiert werden, sind in der folgenden Aufstellung doppelt verzeichnet und hier wie dort mit Sternchen markiert.

Fachpartien

Soubrette

Berlioz, Béatrice und Bénédict: *Béatrice*
Donizetti, Liebestrank: *Gianetta*
Eötvös, Drei Schwestern: *Natascha**
Händel, Xerxes: *Atalanta*
Hölszky, Bremer Freiheit: *Luisa Mauer*
Lortzing, Wildschütz: *Gretchen*
Mozart, Così fan tutte: *Despina*
    Figaro: *Barbarina*
    La finta giardiniera: *Serpetta*
    Zauberflöte: *Papagena*
Poulenc, Karmeliterinnen: *Constance*
Salieri, Prima la musica: *Tonina*
Verdi, Maskenball: *Oscar*
Wolf-Ferrari, Vier Grobiane: *Lucieta*

Lyrischer Koloratursopran (Koloratursoubrette)

Adams, Nixon in China: *Chiang Ch'ing*
Adès, The Tempest: *Ariel*
Bellini, I Capuleti: *Giulietta*
    Nachtwandlerin: *Amina*
Berio, Un re in ascolto: *Sopran II*
Berlioz, Béatrice und Bénédict: *Hero*
Bialas, Aucassin und Nicolette: *Nicolette*
Birtwistle, Punch and Judy: *Pretty Polly*
Bizet, Perlenfischer: *Leila*
Britten, Sommernachtstraum: *Titania*
Catalani, Wally: *Walter*
Chabrier, L'Étoile: *Laoula*

Cimarosa, Heimliche Ehe: *Carolina*
Donizetti, Don Pasquale: *Norina*
    Liebestrank: *Adina*
    Linda di Chamounix: *Linda*
    Regimentstochter: *Marie*
    Viva la Mamma: *Corilla Sartinecchi*
Dvořák, Jakobiner: *Terinka*
Flotow, Martha: *Lady Harriet*
Gounod, Roméo et Juliette: *Juliette*
Händel, Agrippina: *Nerone/Poppea*
    Ariodante: *Dalinda*
    Orlando: *Dorinda*
    Ottone: *Teofane*
    Radamisto: *Polissena*
    Rinaldo: *Almirena*
    Xerxes: *Romilda*
Halévy, Jüdin: *Eudoxia*
Hasse, Cleofide: *Erissena*
Haydn, Armida: *Armida*
Henze, Bassariden: *Autonoe/Proserpina*
    Boulevard Solitude: *Manon Lescaut*
    Elegie für junge Liebende: *Hilda Mack*
    Englische Katze: *Minette*
    König Hirsch: *Scolatella*
Keiser, Masaniello: *Mariane*
Ligeti, Le Grand Macabre: *Chef der Gepopo*
Massenet, Manon: *Manon*
Monteverdi, Krönung der Poppea: *Poppea*
Mozart, Ascanio in Alba: *Silvia*
    Don Giovanni: *Zerlina*
    Entführung: *Blonde*
    La finta giardiniera: *Sandrina*

Fachpartien

La finta semplice: *Rosina*
Idomeneo: *Ilia*
Il re pastore: *Elisa*
Schauspieldirektor: *Mademoiselle Silberklang / Madame Herz*
Zaide: *Zaide*
Offenbach, Hoffmanns Erzählungen: *Olympia*
Puccini, La Bohème: *Musette*
Rameau, Boreaden: *Alphise*
   Hippolyte: *Aricie*
   Platée: *La Folie*
Reimann, Melusine: *Melusine*
Rimskij-Korssakow, Der goldene Hahn: *Königin von Schemacha*
Rossini, Il viaggio: *Corinna / Madame Cortese*
Salieri, Prima la musica: *Eleonora*
Schnittke, Leben mit einem Idioten: *Frau*
Smetana, Zwei Witwen: *Karoline*
Strauss, Arabella: *Fiaker-Milli*
   Ariadne: *Zerbinetta*
   Rosenkavalier: *Sophie*
   Schweigsame Frau: *Aminta*
Tan, Marco Polo: *Das Wasser*
Thomas, Mignon: *Philine*
Trojahn, Orest: *Hermione/Helena*
   Was ihr wollt: *Viola/Maria*
Verdi, Rigoletto: *Gilda*
Wagner, Siegfried: *Waldvogel*
Weber, Freischütz: *Ännchen*

Mozart, Ascanio in Alba: *Venus*
   Così fan tutte: *Fiordiligi*
   Don Giovanni: *Donna Anna*
   Entführung: *Konstanze*
   Mitridate: *Aspasia*
   Titus: *Vitellia*
   Zauberflöte: *Königin der Nacht*
Nicolai, Lustige Weiber: *Frau Fluth*
Puccini, Manon Lescaut: *Manon*
Reimann, Bernarda Albas Haus: *Martirio*
Rihm, Dionysos: *1. hoher Sopran*
Rossini, Maometto secondo: *Anna*
Rossini, Il viaggio: *Gräfin von Folleville*
   Tancredi: *Amenaide*
Strauss, Daphne: *Daphne*
   Helena: *Aithra*
Tippett, Mittsommer-Hochzeit: *Jenifer*
Verdi, Attila: *Odabella*
   Falstaff: *Alice*
   Luisa Miller: *Luisa*
   Nabucco: *Abigaille*
   Sizilianische Vesper: *Herzogin Elena*
   Traviata: *Violetta*
Vinci, Artaserse: *Mandane**
Weber, Oberon: *Rezia*
Wolf-Ferrari, Vier Grobiane: *Felice*
Zimmermann (Bernd Alois), Soldaten: *Marie*

Dramatischer Koloratursopran

Bellini, Norma: *Norma*
   Puritaner: *Elvira*
Berg, Lulu: *Lulu*
Berlioz, Benvenuto Cellini: *Teresa*
Britten, Albert Herring: *Miss Wordsworth*
Cherubini, Medea: *Dircé*
Donizetti, Anna Bolena: *Anna Bolena*
   Lucia di Lammermoor: *Lucia*
   Lucrezia Borgia: *Lucrezia*
   Maria Stuart: *Maria*
   Roberto Devereux: *Elisabetta*
Glinka, Ruslan und Ludmila: *Ludmila*
Gounod, Faust: *Margarethe*
Händel, Giulio Cesare: *Cleopatra*
   Orlando: *Angelica*
   Rinaldo: *Armida*
   Rodelinda: *Rodelinda*
   Tamerlano: *Asteria*
Hindemith, Cardillac: *Cardillacs Tochter*
Meyerbeer, Hugenotten: *Margarethe*

Lyrischer Sopran

Beethoven, Fidelio: *Marzelline*
Bellini, Nachtwandlerin: *Lisa*
Berio, Un re in ascolto: *Sopran I*
Bizet, Carmen: *Micaëla*
Britten, Sommernachtstraum: *Helena*
   The Turn of the Screw: *Gouvernante*
Charpentier, Médée: *Créuse*
Cimarosa, Heimliche Ehe: *Lisetta*
Cornelius, Barbier: *Margiana*
Delius, Romeo und Julia auf dem Dorfe: *Vrenchen*
Donizetti, Viva la Mamma: *Luigia Boschi*
Einem, Dantons Tod: *Lucile*
Eötvös, Drei Schwestern: *Irina**
Furrer, Begehren: *Sie*
Glass, Echnaton: *Teje*
Glinka, Ruslan und Ludmila: *Gorislawa*
Gluck, Armide: *Sidonie*
   Orpheus: *Eurydike*
Goldschmidt, Der gewaltige Hahnrei: *Stella*
Händel, Acis: *Galatea*
   Ariodante: *Ginevra*
   Giulio Cesare: *Sesto**

Poro: *Cleofide*
Radamisto: *Radamisto/Fraarte*
Haydn, Belohnte Treue: *Nerina*
Hindemith, Mathis der Maler: *Regina*
Humperdinck, Hänsel und Gretel: *Gretel*
Janáček, Füchsin Schlaukopf: *Bystrouška*
    Jenufa: *Karolka*
Keiser, Masaniello: *Aloysia*
Lachenmann, Das Mädchen mit den
    Schwefelhölzern: 2 *Solosoprane*
Ligeti, Le Grand Macabre: *Clitoria*
Lortzing, Zar: *Marie*
Lully, Armide: *Phénice*
    Atys: *Sangaride*
Martinů, Julietta: *Julietta*
Massenet, Werther: *Sophie*
Messiaen, Saint François: *Engel*
Mozart, Bastien: *Bastienne*
    Don Giovanni: *Donna Elvira*
    Figaro: *Susanna*
    Titus: *Servilia*
    Zauberflöte: *Pamina*
Mussorgskij, Boris: *Xenia*
Nicolai, Lustige Weiber: *Anna*
Paisiello, Barbier von Sevilla: *Rosina*
Pergolesi, La serva padrona: *Serpina*
Pfitzner, Armer Heinrich: *Agnes*
    Palestrina: *Ighino*
Poulenc, Karmeliterinnen: *Blanche*
Puccini, La Bohème: *Mimi*
    Gianni Schicchi: *Lauretta*
    La rondine: *Lisette*
    Schwester Angelica: *Genoveva*
    Turandot: *Liù*
Rameau, Castor et Pollux: *Venus/Télaire*
    Dardanus: *Vénus*
Reimann, Bernarda Albas Haus: *Adela*
Rihm, Dionysos: 2. *hoher Sopran*
Rimskij-Korssakow, Märchen vom Zaren Saltan:
    Prinzessin Swanhild
Rossini, Mosè: *Elcìa*
    Tell: *Gemmy*
Saariaho, L'amour de loin: *Clémence*
Schubert, Alfonso und Estrella: *Estrella*
Schumann, Genoveva: *Genoveva*
Smetana, Verkaufte Braut: *Mařenka*
Strauss, Arabella: *Zdenka*
    Ariadne: *Echo*
Strawinsky, The Rake's Progress: *Ann*
Telemann, Pimpinone: *Vespetta*
Tippett, Mittsommer-Hochzeit: *Bella*
Trojahn, Enrico: *Frida*
    La Grande Magia: *Marta Di Spelta*

Ullmann, Der Kaiser von Atlantis: *Bubikopf*
Wagner, Ring des Nibelungen: *Woglinde*
    Tannhäuser: *Hirt*
Weber, Oberon: *Fatime*
Zimmermann (Udo), Weiße Rose: *Sophie Scholl*

Jugendlich-dramatischer Sopran

Berg, Wozzeck: *Marie*
Boito, Mefistofele: *Margarete/Helena*
Britten, The Rape of Lucretia: *Female Chorus*
Busoni, Doktor Faust: *Herzogin von Parma*
Cilea, Adriana Lecouvreur: *Adriana Lecouvreur*
Debussy, Pelleas: *Melisande*
Dvořák, Armida: *Armida*
    Jakobiner: *Julia*
    Rusalka: *Rusalka*
De Falla, Kurzes Leben: *Salud*
Giordano, André Chénier: *Madeleine*
Glinka, Leben für den Zaren: *Antonida*
Gluck, Iphigenie (Aulis): *Iphigenie*
Gounod, Mireille: *Mireille*
Händel, Radamisto: *Tigrane*
Halévy, Jüdin: *Rachel (Recha)*
Henze, Elegie für junge Liebende: *Elisabeth*
    Zimmer
    König Hirsch: *Mädchen*
Hindemith, Cardillac: *Dame*
Humperdinck, Königskinder: *Gänsemagd*
Janáček, Jenůfa: *Jenůfa*
    Katja Kabanowa: *Katja*
Lalo, Le Roi d'Ys: *Rozenn*
Krenek, Jonny spielt auf: *Anita*
Lully, Armide: *Armide*
    Atys: *Cybèle*
Marschner, Vampyr: *Malwina/Janthe*
Mozart, Figaro: *Gräfin*
Neuwirth, Bählamms Fest: *Theodora*
Nono, Intolleranza 1960: *Gefährtin*
Offenbach, Hoffmanns Erzählungen:
    Antonia/Giulietta
Orff, Die Kluge: *Des Bauern Tochter*
Ponchielli, La Gioconda: *Gioconda*
Poulenc, Karmeliterinnen: *Madame Lidoine*
Prokofjew, Krieg und Frieden: *Natascha*
Puccini, Butterfly: *Cho-Cho-San*
    Mantel: *Giorgetta*
    La rondine: *Magda de Civry*
    Schwester Angelica: *Angelica*
Reimann, Lear: *Regan/Cordelia*
Rimskij-Korssakow, Märchen vom Zaren Saltan:
    Zarin Militrissa

Fachpartien

Rossini, Tell: *Mathilde*
Schreker, Der ferne Klang: *Grete*
   Die Gezeichneten: *Carlotta Nardi*
Smetana, Zwei Witwen: *Agnes*
Strauss, Arabella: *Arabella*
   Elektra: *Chrysothemis*
   Rosenkavalier: *Marschallin*
Trojahn, Was ihr wollt: *Olivia*
Tschaikowskij, Iolanta: *Iolanta*
   Mazeppa: *Maria*
   Onegin: *Tatjana*
   Pique-Dame: *Lisa*
Verdi, I due Foscari: *Lucrezia Contarini*
   Ein Maskenball: *Amelia*
   Nabucco: *Fenena*
   Otello: *Desdemona*
   Räuber: *Amalia*
   Simon Boccanegra: *Maria*
   Troubadour: *Leonora*
Wagner, Götterdämmerung: *Gutrune*
   Lohengrin: *Elsa*
   Meistersinger: *Eva*
   Rheingold: *Freia*
   Rienzi: *Irene*
   Tannhäuser: *Elisabeth*
   Walküre: *Sieglinde*
Weber, Euryanthe: *Euryanthe*
   Freischütz: *Agathe*
Weinberg, Passagierin: *Marta*
Wolf-Ferrari, Sly: *Dolly*
   Vier Grobiane: *Marina*
Zemlinsky, Kleider machen Leute: *Nettchen*
   Der Zwerg: *Donna Clara*

Dramatischer Sopran

D'Albert, Tiefland: *Marta*
Beethoven, Fidelio: *Leonore*
Berio, Un re in ascolto: *Protagonistin*
Berlioz, Trojaner: *Dido*
Borodin, Igor: *Jaroslawna*
Britten, Albert Herring: *Lady Billows*
   Peter Grimes: *Ellen Orford*
   The Turn of the Screw: *Miss Jessel*
Catalani, Wally: *Wally*
Cherubini, Medea: *Medea*
Dvořák, Vanda: *Vanda*
Gluck, Alceste: *Alceste*
   Armide: *Armide*
   Iphigenie (Tauris): *Iphigenie*
Henze, Phaedra: *Aphrodite*
Hindemith, Mathis der Maler: *Ursula*

Janáček, Jenůfa: *Küsterin*
   Die Sache Makropoulos: *Emilia Marty*
Korngold, Tote Stadt: *Marietta*
Mascagni, Cavalleria: *Santuzza*
Meyerbeer, Hugenotten: *Valentine*
Mussorgskij, Boris: *Marina*
Penderecki, Teufel von Loudun: *Jeanne*
Pfitzner, Armer Heinrich: *Hilde*
Prokofjew, Liebe zu den drei Orangen: *Fata*
   Morgana
Puccini, Mädchen aus dem goldenen Westen:
   Minnie
   Tosca: *Tosca*
   Turandot: *Turandot*
Reimann, Bernarda Albas Haus: *La Poncia*
   Lear: *Goneril*
Rihm, Die Eroberung von Mexico: *Montezuma*
   Hamletmaschine: *Ophelia*
Schillings, Mona Lisa: *Mona Lisa*
Schoeck, Penthesilea: *Prothoe*
Schönberg, Erwartung: *Frau*
Schostakowitsch, Lady Macbeth von Mzensk:
   Katerina Ismailowa
Schreker, Der Schatzgräber: *Els*
Smetana, Dalibor: *Milada*
Strauss, Ariadne: *Ariadne*
   Capriccio: *Gräfin*
   Elektra: *Elektra*
   Frau ohne Schatten: *Färberin/Kaiserin*
   Helena: *Helena*
   Intermezzo: *Christine*
   Salome: *Salome*
Tan, Marco Polo: *Schatten II*
Verdi, Aida: *Aida*
   Don Carlos: *Elisabeth*
   Macbeth: *Lady Macbeth*
   Macht des Schicksals: *Leonore*
Wagner, Holländer: *Senta*
   Parsifal: *Kundry*
   Ring des Nibelungen: *Brünnhilde / 3. Norn*
   Tannhäuser: *Venus*
   Tristan: *Isolde*
Weber, Euryanthe: *Eglantine*

Koloratur-Mezzosopran

Donizetti, Anna Bolena: *Johanna Seymour*
   Lucrezia Borgia: *Maffio Orsini*
   Maria Stuart: *Elisabetta*
Händel, Giulio Cesare: *Giulio Cesare**
   Ottone: *Ottone**
   Rinaldo: *Rinaldo**

Rodelinda: *Bertarido**
Xerxes: *Xerxes**
Hasse, Cleofide: *Cleofide*
Henze, Phaedra: *Phaedra*
Meyerbeer, Hugenotten: *Urbain*
Monteverdi, Krönung der Poppea: *Nerone**
Rossini, Barbier: *Rosina*
   La donna del lago: *Malcolm Groeme*
   Italienerin in Algier: *Isabella*
   La Cenerentola: *Angelina*
   Tancredi: *Tancredi*
   Il viaggio: *Marquise Melibea*
Vinci, Artaserse: *Arbace**

Lyrischer Mezzosopran

Adès, The Tempest: *Miranda*
Bellini, I Capuleti: *Romeo*
   Norma: *Adalgisa*
Berlioz, Béatrice und Bénédict: *Béatrice*
   Faust: *Marguerite*
Birtwistle, Punch and Judy: *Judy*
Bizet, Carmen: *Mercédès*
Britten, Albert Herring: *Nancy Waters*
   Sommernachtstraum: *Hermia*
Chabrier, L'Étoile: *Lazuli*
Charpentier, Médée: *Médée*
Donizetti, Roberto Devereux: *Sara*
Eötvös, Drei Schwestern: *Mascha**
Furrer, la bianca notte: *Indovina*
Glanert, Scherz, Satire: *Liddy*
Händel, Ariodante: *Ariodante**
   Giulio Cesare: *Tolomeo**
   Orlando: *Orlando**/*Medoro*
   Ottone: *Gismonda*
   Poro: *Poro**
   Rinaldo: *Goffredo**
   Tamerlano: *Tamerlano**
   Xerxes: *Arsamene**
Haydn, Belohnte Treue: *Amaranta*
   Die Welt auf dem Monde: *Ernesto**
Humperdinck, Hänsel und Gretel: *Hänsel*
Ligeti, Le Grand Macabre: *Spermando*
Massenet, Werther: *Charlotte*
Monteverdi, Krönung der Poppea: *Ottone**
Mozart, Così fan tutte: *Dorabella*
   Figaro: *Cherubino*
   Idomeneo (Münchner Fassung): *Idamante*
   Titus: *Annius/Sextus*
Nicolai, Lustige Weiber: *Frau Reich*
Offenbach, Hoffmanns Erzählungen:
   Muse/Nicklausse

Pfitzner, Palestrina: *Silla*
Prokofjew, Krieg und Frieden: *Sonja*
Sciarrino, Die tödliche Blume: *La Malaspina*
Strauss, Ariadne: *Dryade*
Tan, Marco Polo: *Marco*
Thomas, Mignon: *Mignon*
Ullmann, Der Kaiser von Atlantis: *Trommler*
Verdi, Falstaff: *Meg Peg*
Vinci, Artaserse: *Artaserse**
Wagner, Ring des Nibelungen: *Wellgunde*
Weber, Oberon: *Puck*

Dramatischer Mezzosopran

Bartók, Herzog Blaubarts Burg: *Judith*
Bellini, Puritaner: *Henrietta von Frankreich*
Berg, Lulu: *Gräfin Geschwitz*
Berlioz, Trojaner: *Kassandra*
Cilea, Adriana Lecouvreur: *Fürstin von Bouillon*
Donizetti, La Favorite: *Léonor de Guzman*
Dukas, Ariane und Blaubart: *Ariane*
Glanert, Caligula: *Caesonia*
Gluck, Armide: *Der Haß*
   Iphigenie (Aulis): *Klytämnestra*
Hartmann, Simplicius Simplicissimus: *Simplicius*
Henze, Bassariden: *Agaue/Venus*
Hölszky, Bremer Freiheit: *Geesche*
Humperdinck, Hänsel und Gretel: *Mutter*
Janáček, Katja Kabanowa: *Kabanicha*
Lalo, Le Roi d'Ys: *Margared*
Meyerbeer, Prophet: *Fidès*
Monteverdi, Krönung der Poppea: *Ottavia*
   Orfeo: *Messaggiera*
Mussorgskij, Chowanschtschina: *Marfa*
Nono, Intolleranza 1960: *Frau*
Pintscher, Thomas Chatterton: *Sarah Chatterton*
Ponchielli, La Gioconda: *Laura*
Poulenc, Karmeliterinnen: *Mutter Marie*
Prokofjew, Krieg und Frieden: *Achrossimowa*
Puccini, Gianni Schicchi: *Zita*
Rossini, Tell: *Hedwig*
Saariaho, L'amour de loin: *Pilger*
Saint-Saëns, Samson: *Dalila*
Schoeck, Penthesilea: *Penthesilea/Meroe*
Schumann, Genoveva: *Margaretha*
Strauss, Arabella: *Adelaide*
   Ariadne: *Komponist*
   Capriccio: *Clairon*
   Elektra: *Klytämnestra*
   Frau ohne Schatten: *Amme*
   Rosenkavalier: *Octavian*
   Salome: *Herodias*

Fachpartien

Tippett, Mittsommer-Hochzeit: *Die Alte*
Trojahn, Orest: *Elektra*
Tschaikowskij, Mazeppa: *Ljubov*
    Pique-Dame: *Gräfin*
Verdi, Don Carlos: *Eboli*
    Luisa Miller: *Federica*
    Macht des Schicksals: *Preziosilla*
Wagner, Lohengrin: *Ortrud*
    Rienzi: *Adriano*
    Ring des Nibelungen: *Fricka / Waltraute /*
       2. *Norn*
    Tristan: *Brangäne*
Weinberg, Passagierin: *Lisa*
Zimmermann (Bernd Alois), Soldaten: *Charlotte / Stolzius' Mutter*

Spielalt

Britten, Albert Herring: *Florence Pike*
Cilea, Adriana Lecouvreur: *Mademoiselle Dangeville*
De Falla, Kurzes Leben: *Großmutter*
Flotow, Martha: *Nancy*
Giordano, André Chénier: *Bersi*
Gounod, Faust: *Marthe*
    Mireille: *Taven*
Händel, Agrippina: *Narciso**
Haydn, Welt auf dem Monde: *Lisetta*
Henze, Englische Katze: *Babette*
Mascagni, Cavalleria: *Lola*
Puccini, Mantel: *Frugola*
Reimann, Melusine: *Madame Laperouse*
Rimskij-Korssakow, Mainacht: *Hanna*
    Märchen vom Zaren Saltan: *Muhme Babaricha*
Wolf-Ferrari, Vier Grobiane: *Margherita*

Lyrischer Alt

Britten, The Rape of Lucretia: *Lucretia*
Cornelius, Barbier: *Bostana*
Eötvös, Drei Schwestern: *Olga**
Glass, Echnaton: *Nofretete*
Glinka, Leben für den Zaren: *Wanja*
    Ruslan und Ludmila: *Ratmir*
Gluck, Orpheus (Wiener Fassung): *Orpheus**
Händel, Agrippina: *Ottone**
    Alcina: *Bradamante*
    Giulio Cesare: *Cornelia*
    Poro: *Erissena/Gandarte**
    Radamisto: *Zenobia*
    Tamerlano: *Irene*
    Xerxes: *Amastre*
Haydn, Belohnte Treue: *Celia*
Lortzing, Wildschütz: *Gräfin*
Monteverdi, Krönung der Poppea: *Ottone**
Mozart, Mitridate: *Farnace**
Rossini, Tancredi: *Isaura*
Verdi, Falstaff: *Mrs. Quickly*
Wagner, Ring des Nibelungen: *Floßhilde*

Dramatischer Alt/Tiefer Alt

Adams, Death of Klinghoffer: *Marilyn Klinghoffer*
Cherubini, Medea: *Neris*
Debussy, Pelleas: *Genoveva*
Dvořák, Rusalka: *Hexe*
Händel, Ariodante: *Polinesso*
Humperdinck, Königskinder: *Hexe*
Janáček, Jenůfa: *Alte Buryja*
Mascagni, Cavalleria: *Lucia*
Neuwirth, Bählamms Fest: *Mrs. Carnis*
Poulenc, Karmeliterinnen: *Madame de Croissy*
Puccini, Schwester Angelika: *Fürstin*
Reimann, Bernarda Albas Haus: *Bernarda*
    Gespenstersonate: *Die Mumie*
    Melusine: *Pythia*
Rihm, Die Eroberung von Mexico: *Solistin aus dem Orchester*
Strauss, Daphne: *Gaea*
Tippett, Mittsommer-Hochzeit: *Sosostris*
Verdi, Maskenball: *Ulrica*
Wagner, Ring des Nibelungen: *Erda / 1. Norn*

Countertenor

Britten, Sommernachtstraum: *Oberon*
Eötvös, Drei Schwestern:
    Irina/Mascha*/Olga*/Natascha**
Glanert, Scherz, Satire: *Der Teufel*
    Caligula: *Helicon*
Glass, Echnaton: *Echnaton*
Gluck, Orpheus (Wiener Fassung): *Orpheus**
Händel, Agrippina: *Ottone*/Narciso**
    Ariodante: *Ariodante**
    Giulio Cesare: *Giulio Cesare* / Sesto* / Tolomeo**
    Orlando: *Orlando**
    Ottone: *Ottone**
    Poro: *Poro*/Gandarte**
    Rinaldo: *Rinaldo*/Goffredo*/Eustazio**
    Rodelinda: *Bertarido**
    Tamerlano: *Tamerlano*/Andronico**
    Xerxes: *Arsamene*/Xerxes**

Hasse, Cleofide: *Poro/Alessandro*
Haydn, Die Welt auf dem Monde: *Ernesto**
Henze, Phaedra: *Artemis*
Keiser, Masaniello: *Duca d'Arcos**
Ligeti, Le Grand Macabre: *Go-Go**
Mozart, Mitridate: *Farnace**
Monteverdi, Krönung der Poppea:
　Nerone*/Ottone*
Neuwirth, Bählamms Fest: *Jeremy*
Sciarrino, Die tödliche Blume: *L'ospite*
Vinci, Artaserse: *Artaserse*/Mandane*/ Arbace**

Haute-Contre

Gluck, Armide: *Renaud / Dänischer Ritter*
　Iphigenie (Aulis): *Achilles*
　Orpheus (Pariser Fassung): *Orpheus*
Lully, Armide: *Renaud/Dänischer Ritter*
　Atys: *Atys*
Charpentier, Médée: *Jason*
Rameau, Boreaden: *Calisis/Abaris*
　Castor et Pollux: *Amor/Castor*
　Dardanus: *Dardanus / Zweiter Traum*
　Hippolyte: *Hippolyte*
　Les Indes galantes: *Valère / Don Carlos / Tacmas / Damon*
　Platée: *Thespis/Platée/Mercure*
Reimann, Gespenstersonate: *Arkenholz*
　Lear: *Edgar*

Spieltenor (Tenorbuffo)

Beethoven, Fidelio: *Jaquino*
Birtwistle, Punch and Judy: *Rechtsanwalt*
Bizet, Carmen: *Dancaïre/Remendado*
Chabrier, L'Étoile: *Ouf/Hérisson/Tapioca*
Cornelius, Barbier: *Mustapha*
Einem, Dantons Tod: *De Séchelles*
Goldschmidt, Der gewaltige Hahnrei: *Estrugo*
Haydn, Welt auf dem Monde: *Cecco*
Humperdinck, Königskinder: *Besenbinder*
Keiser, Masaniello: *Bassian*
Leoncavallo, Bajazzo: *Beppo*
Martinů, Julietta: *Kommissar*
Monteverdi, Krönung der Poppea: *Arnalta/Nutrice*
Mozart, Entführung: *Pedrillo*
　Figaro: *Basilio / Don Curzio*
　La finta giardiniera: *Don Anchise*
　Zaide: *Soliman*
　Zauberflöte: *Monostatos*
Mussorgskij, Boris: *Missaïl*

Nicolai, Lustige Weiber: *Spärlich*
Offenbach, Hoffmanns Erzählungen:
　Andrès/Cochenille/Pitichinaccio/Franz
Puccini, Butterfly: *Goro*
　Mantel: *Tinca*
　Tosca: *Spoletta*
　Turandot: *Pang/Pong*
Smetana, Verkaufte Braut: *Vašek*
Strauss, Ariadne: *Tanzmeister/Scaramuccio*
　Rosenkavalier: *Valzacchi*
Thomas, Mignon: *Friedrich/Laertes*
Trojahn, Enrico: *Bertoldo*
Ullmann, Der Kaiser von Atlantis: *Harlekin*
Verdi, Falstaff: *Bardolfo*
　Macht des Schicksals: *Trabuco*
Wagner, Meistersinger: *David*
　Ring des Nibelungen: *Mime*

Lyrischer Tenor

Adès, The Tempest: *Caliban/Ferdinand*
Bellini, Nachtwandlerin: *Elvino*
　Puritaner: *Lord Arthur Talbot*
Berg, Lulu: *Maler/Neger*
　Wozzeck: *Andres*
Berio, Un re in ascolto: *Regisseur*
Berlioz, Béatrice und Bénédict: *Bénédict*
Bizet, Perlenfischer: *Nadir*
Britten, Albert Herring: *Albert Herring*
　Sommernachtstraum: *Lysander*
　The Rape of Lucretia: *Male Chorus*
　The Turn of the Screw: *Quint*
Busoni, Doktor Faust: *Herzog von Parma*
Cilea, Adriana Lecouvreur: *Abbé von Chazeuil*
Cimarosa, Heimliche Ehe: *Paolino*
Cornelius, Barbier: *Nureddin*
Delius, Romeo und Julia auf dem Dorfe: *Sali*
Donizetti, Anna Bolena: *Percy*
　Don Pasquale: *Ernesto*
　La Favorite: *Fernand*
　Liebestrank: *Nemorino*
　Linda di Chamounix: *Carlo*
　Lucia di Lammermoor: *Edgardo*
　Lucrezia Borgia: *Gennaro*
　Maria Stuart: *Roberto*
　Regimentstochter: *Tonio*
　Roberto Devereux: *Roberto*
　Viva la Mamma: *Guglielmo Antolstoinolonoff*
Dvořák, Jakobiner: *Jiří*
Einem, Dantons Tod: *Desmoulins*
Flotow, Martha: *Lyonel*
Glanert, Scherz, Satire: *Mollfels*

Fachpartien

Glass, Echnaton: *Der Hohepriester Amuns*
Glinka, Leben für den Zaren: *Bogdan Sobinin*
Gounod, Mireille: *Vincent*
   Roméo et Juliette: *Roméo*
Händel, Acis: *Acis/Damon*
   Ariodante: *Lurcanio*
   Poro: *Alessandro*
   Radamisto: *Tiridate*
   Rodelinda: *Grimoaldo*
Haydn, Belohnte Treue: *Fileno/Lindoro*
   Welt auf dem Monde: *Ecclitico*
Henze, Bassariden: *Dionysos*
   Boulevard Solitude: *Armand des Grieux*
   Elegie für junge Liebende: *Toni Reischmann*
   Phaedra: *Hippolyt*
Hölszky, Bremer Freiheit: *Rumpf*
Janáček, Katja Kabanowa: *Boris*
   Die Sache Makropoulos: *Janek*
Keiser, Masaniello: *Don Velasco / Don Pedro*
Lortzing, Wildschütz: *Baron*
   Zar: *Chateauneuf/Iwanow*
Martinů, Griechische Passion: *Michelis/Yannakos*
   Julietta: *Michel Lepic*
Massenet, Manon: *Des Grieux*
Messiaen, Saint François: *Massée*
Monteverdi, Il combattimento: *Testo*
Mozart, Ascanio in Alba: *Aceste*
   Bastien und Bastienne: *Bastien*
   Così fan tutte: *Ferrando*
   Don Giovanni: *Don Ottavio*
   Entführung: *Belmonte*
   La finta giardiniera: *Belfiore*
   La finta semplice: *Don Polidoro*
   Idomeneo: *Idamantes (Wiener Fassung) / Idomeneo*
   Lucio Silla: *Silla*
   Il re pastore: *Alessandro*
   Schauspieldirektor: *Monsieur Vogelsang*
   Titus: *Titus*
   Zaide: *Gomatz*
   Zauberflöte: *Tamino*
Nicolai, Lustige Weiber: *Fenton*
Paisiello, Barbier von Sevilla: *Graf Almaviva*
Pfitzner, Palestrina: *Abdisu / Bischof von Budoja*
Pintscher, Thomas Chatterton: *Peter Smith*
Poulenc, Karmeliterinnen: *Beichtvater des Karmel*
Puccini, Butterfly: *Pinkerton*
   Gianni Schicchi: *Rinuccio/Gherardo*
   Manon Lescaut: *Edmond*
   La rondine: *Ruggero*
Ravel, Spanische Stunde: *Gonzalvo*
Rihm, Dionysos: *Ein Gast, auch Apollon*
Rossini, Barbier: *Graf*
   La Cenerentola: *Ramiro*
   La donna del lago: *Giacomo/Rodrigo*
   Italienerin in Algier: *Lindoro*
   Maometto secondo: *Paolo Erisso*
   Mosè: *Aronne*
   Tancredi: *Argirio*
   Tell: *Arnold*
   Türke in Italien: *Don Narciso*
   Il viaggio: *Chevalier Belfiore / Graf von Libenskof*
Schillings, Mona Lisa: *Arrigo*
Schnittke, Leben mit einem Idioten: *Wowa*
Schreker, Der Schatzgräber: *Narr*
Schubert, Alfonso und Estrella: *Alfonso*
   Fierrabras: *Eginhard*
Schumann, Genoveva: *Golo*
Smetana, Zwei Witwen: *Ladislav*
Strauss, Daphne: *Leukippos*
   Schweigsame Frau: *Henry Morosus*
Thomas, Mignon: *Wilhelm Meister*
Tippett, Mittsommer-Hochzeit: *Jack*
Trojahn, Enrico: *Carlo di Nolli*
   La Grande Magia: *Calogero Di Spelta*
   Limonen aus Sizilien: *Micuccio Fabbri*
   Orest: *Apollon/Dionysos*
   Was ihr wollt: *Orsino*
Tschaikowskij, Onegin: *Lenskij*
Verdi, Falstaff: *Fenton*
   Macbeth: *Malcolm*
   Maskenball: *Riccardo*
   Otello: *Cassio*
   Rigoletto: *Herzog*
   Traviata: *Alfredo*
Wagner, Holländer: *Steuermann*
   Rienzi: *Baroncelli*
   Tannhäuser: *Walther*
Wolf-Ferrari, Vier Grobiane: *Filipeto*

Jugendlicher Heldentenor

D'Albert, Tiefland: *Pedro*
Beethoven, Fidelio: *Florestan*
Bellini, Norma: *Pollione*
Berg, Lulu: *Alwa*
Berlioz, Benvenuto Cellini: *Benvenuto Cellini*
   Faust: *Faust*
Bizet, Carmen: *Don José*
Boito, Mefistofele: *Faust*
Borodin, Fürst Igor: *Wladimir Igorewitsch*
Britten, Billy Budd: *Edward Fairfax Vere*
Busoni, Doktor Faust: *Mephistopheles*
Catalani, Wally: *Hagenbach*
Cherubini, Medea: *Jason*

Cilea, Adriana Lecouvreur: *Moritz von Sachsen*
Dessau, Verurteilung des Lukullus: *Lukullus*
Dvořák, Armida: *Rinald*
   Rusalka: *Prinz*
   Vanda: *Slavoj*
De Falla, Kurzes Leben: *Paco*
Giordano, André Chénier: *André Chénier*
Gluck, Alceste: *Admetos*
   Iphigenie (Tauris): *Pylades*
Gounod, Faust: *Faust*
Händel, Tamerlano: *Bajazet*
Haydn, Armida: *Rinaldo*
Henze, König Hirsch: *König*
   Venus und Adonis: *Clemente*
Hindemith, Cardillac: *Offizier/Kavalier*
   Mathis der Maler: *Hans Schwalb*
Humperdinck, Königskinder: *Königssohn*
Janáček, Jenůfa: *Laca*
   Katja Kabanowa: *Tichon*
   Die Sache Makropoulos: *Albert Gregor*
Krenek, Jonny spielt auf: *Max*
Lalo, Le Roi d'Ys: *Mylio*
Leoncavallo, Bajazzo: *Canio*
Marschner, Vampyr: *Edgar Aubry*
Martinů, Griechische Passion: *Manolios*
Messiaen, Saint François: *Der Aussätzige*
Meyerbeer, Hugenotten: *Raoul*
Mascagni, Cavalleria: *Turiddu*
Mozart, Mitridate: *Mitridate*
Mussorgskij, Boris: *Grigorij*
   Chowanschtschina: *Fürst Andrej Chowanskij*
Nono, Intolleranza 1960: *Emigrant*
Offenbach, Hoffmanns Erzählungen: *Hoffmann*
Pfitzner, Palestrina: *Palestrina*
Ponchielli, La Gioconda: *Enzo Grimaldo*
Prokofjew, Krieg und Frieden: *Pierre Besuchow*
   Liebe zu den drei Orangen: *Prinz*
Puccini, La Bohème: *Rodolfo*
   Mädchen aus dem goldenen Westen: *Johnson*
   Manon Lescaut: *Des Grieux*
   Mantel: *Luigi*
   Tosca: *Cavaradossi*
   Turandot: *Kalaf*
Reimann, Lear: *Edmund*
Rimskij-Korssakow, Mainacht: *Lewko*
   Märchen vom Zaren Saltan: *Prinz Gwidon*
Saint-Saëns, Samson: *Samson*
Schillings, Mona Lisa: *Giovanni*
Schoeck, Penthesilea: *Diomedes*
Schostakowitsch, Lady Macbeth von Mzensk: *Sergej*
Schreker, Der ferne Klang: *Fritz*
   Die Gezeichneten: *Alviano Salvago*
   Der Schatzgräber: *Elis*
Schubert, Fierrabras: *Fierrabras*
Smetana, Dalibor: *Dalibor*
   Verkaufte Braut: *Jeník*
Strauss, Capriccio: *Flamand*
   Daphne: *Apollo*
   Frau ohne Schatten: *Kaiser*
   Helena: *Menelas*
   Intermezzo: *Baron*
   Salome: *Narraboth*
Strawinsky, The Rake's Progress: *Tom Rakewell*
Tan, Marco Polo: *Polo*
Tippett, Mittsommer-Hochzeit: *Mark*
Tschaikowskij, Iolanta: *Vaudemont*
   Mazeppa: *Andrej*
Verdi, Aida: *Radamès*
   Attila: *Foresto*
   Don Carlos: *Carlos*
   I due Foscari: *Jacopo Foscari*
   Ernani: *Ernani*
   Luisa Miller: *Rodolfo*
   Macbeth: *Macduff*
   Macht des Schicksals: *Alvaro*
   Nabucco: *Ismaele*
   Räuber: *Karl*
   Simon Boccanegra: *Adorno*
   Sizilianische Vesper: *Arrigo*
   Troubadour: *Manrico*
Wagner, Holländer: *Erik*
   Lohengrin: *Lohengrin*
   Meistersinger: *Stolzing*
   Parsifal: *Parsifal*
   Walküre: *Siegmund*
Weber, Euryanthe: *Adolar*
   Freischütz: *Max*
   Oberon: *Hüon/Oberon*
Weinberg, Passagierin: *Walter*
Wolf-Ferrari, Sly: *Sly*
Zemlinsky, Florentinische Tragödie: *Guido Bardi*
   Kleider machen Leute: *Wenzel Strapinski*
Zimmermann (Bernd Alois), Soldaten: *Desportes*

Heldentenor

Berlioz, Trojaner: *Äneas*
Britten, Peter Grimes: *Peter Grimes*
Halévy, Jüdin: *Eleazar*
Hindemith, Mathis der Maler: *Albrecht von Brandenburg*
Hölszky, Bremer Freiheit: *Gottfried*
Korngold, Tote Stadt: *Paul*

Fachpartien

Meyerbeer, Prophet: *Johann von Leyden*
Mussorgskij, Boris: *Schujskij*
Pfitzner, Armer Heinrich: *Heinrich*
Srnka, South Pole: *Scott*
Strauss, Ariadne: *Bacchus*
Verdi, Otello: *Otello*
Wagner, Rienzi: *Rienzi*
   Ring des Nibelungen: *Siegfried*
   Tannhäuser: *Tannhäuser*
   Tristan: *Tristan*

Charaktertenor

Adams, Nixon in China: *Mao Tse-tung*
Berg, Wozzeck: *Hauptmann*
Einem, Dantons Tod: *Robespierre*
Eötvös, Drei Schwestern: *Doktor*
Glanert, Joseph Süß: *Weissensee*
   Scherz, Satire: *Rattengift*
Henze, Englische Katze: *Lord Puff*
Hölszky, Bremer Freiheit: *Zimmermann*
Massenet, Manon: *Guillot*
Offenbach, Hoffmanns Erzählungen: *Spalanzani*
Pfitzner, Palestrina: *Novagerio*
Prokofjew, Krieg und Frieden: *Anatol Kuragin*
Puccini, Turandot: *Altoum*
Rameau, Platée: *Momus*
Rossini, Tell: *Rudolph*
Strauss, Salome: *Herodes*
Trojahn, Was ihr wollt: *Aguecheek*
Verdi, Falstaff: *Dr. Cajus*
Wagner, Rheingold: *Loge*
Wolf-Ferrari, Vier Grobiane: *Riccardo*
Zemlinsky, Der Zwerg: *Zwerg*

Lyrischer Bariton

Adams, Nixon in China: *Chou En-lai*
Berlioz, Béatrice und Bénédict: *Claudio*
Bialas, Aucassin und Nicolette: *Aucassin*
Birtwistle, Punch and Judy: *Punch*
Bizet, Perlenfischer: *Zurga*
Britten, Billy Budd: *Billy Budd*
   Sommernachtstraum: *Demetrius*
Busoni, Doktor Faust: *Des Mädchens Bruder*
Donizetti, Don Pasquale: *Dr. Malatesta*
   Liebestrank: *Belcore*
   Viva la Mamma: *Stefano*
Dvořák, Armida: *Ismen*
Eötvös, Drei Schwestern: *Tusenbach/Andrej*
Furrer, la bianca notte: *Dino*

Glanert, Joseph Süß: *Magus*
Glass, Echnaton: *Haremhab*
Haydn, Belohnte Treue: *Perruchetto*
Henze, Boulevard Solitude: *Lescaut*
Humperdinck, Königskinder: *Spielmann*
Krenek, Jonny spielt auf: *Jonny*
Martinů, Griechische Passion: *Kostandis*
Massenet, Werther: *Albert*
Mozart, Don Giovanni: *Don Giovanni*
   La finta semplice: *Don Cassandro*
   Zauberflöte: *Papageno*
Nicolai, Lustige Weiber: *Fluth*
Paisiello, Barbier von Sevilla: *Figaro*
Prokofjew, Krieg und Frieden: *Bolkonski*
Puccini, Turandot: *Ping*
Reimann, Melusine: *Graf von Lusignan*
Rihm, Dionysos: *N.*
Rossini, Barbier: *Figaro*
   La Cenerentola: *Dandini*
Schnittke, Leben mit einem Idioten: *Marcel Proust*
Schubert, Alfonso und Estrella: *Froila*
Strauss, Ariadne: *Harlekin*
   Schweigsame Frau: *Barbier*
Trojahn, Was ihr wollt: *Sebastiano*

Kavalierbariton

Adams, Nixon in China: *Richard Nixon*
   Death of Klinghoffer: *Mamoud*
Beethoven, Fidelio: *Don Fernando*
Bellini, Puritaner: *Sir Richard Forth*
Berlioz, Benvenuto Cellini: *Fieramosca*
Birtwistle, Punch and Judy: *Choregos*
Bizet, Carmen: *Escamillo*
Britten, The Rape of Lucretia: *Tarquinius*
Cimarosa, Heimliche Ehe: *Graf Robinsone*
Donizetti, Anna Bolena: *Rochefort*
   La Favorite: *Alphonse*
   Lucia di Lammermoor: *Ashton*
   Lucrezia Borgia: *Alfonso*
   Roberto Devereux: *Nottingham*
Dvořák, Jakobiner: *Bohuš*
Eötvös, Drei Schwestern: *Werschinin*
Gluck, Armide: *Ubalde*
Gounod, Faust: *Valentin*
   Mireille: *Ourrias*
Henze, Englische Katze: *Tom*
Korngold, Tote Stadt: *Frank*
Krenek, Jonny spielt auf: *Daniello*
Lortzing, Wildschütz: *Graf*
   Zar: *Zar*
Massenet, Manon: *Brétigny/Lescaut*

Messiaen, Saint François: *Léon*
Meyerbeer, Hugenotten: *Nevers*
Monteverdi, Heimkehr des Odysseus: *Odysseus*
Mozart, Così fan tutte: *Guglielmo*
    Figaro: *Graf*
Mussorgskij, Chowanschtschina: *Schaklowtyj*
Pfitzner, Palestrina: *Graf Luna*
Pintscher, Thomas Chatterton: *Thomas Chatterton*
Prokofjew, Krieg und Frieden: *Denisow*
Puccini, La Bohème: *Marcello*
    Butterfly: *Sharpless*
    Manon Lescaut: *Lescaut*
Ravel, Spanische Stunde: *Ramiro*
Schreker, Die Gezeichneten: *Graf Andrea Vitelozzo Tamare*
Schubert, Alfonso und Estrella: *Mauregato*
Schumann, Genoveva: *Siegfried*
Sciarrino, Die tödliche Blume: *Il Malaspina*
Strauss, Arabella: *Mandryka*
    Capriccio: *Graf/Olivier*
Trojahn, Enrico: *Enrico*
Tschaikowskij, Onegin: *Onegin*
Ullmann, Der Kaiser von Atlantis: *Overall*
Verdi, Don Carlos: *Posa*
    Falstaff: *Falstaff/Ford*
    Maskenball: *Renato*
    Räuber: *Franz*
    Traviata: *Giorgio Germont*
    Troubadour: *Luna*
Wagner, Tannhäuser: *Wolfram*
Weinberger, Schwanda: *Schwanda*
Wolf-Ferrari, Sly: *Graf von Westmoreland*
Zemlinsky, Kleider machen Leute: *Melchior Böhni*
Zimmermann (Bernd Alois), Soldaten: *Stolzius*

Heldenbariton

Adams, Death of Klinghoffer: *Kapitän / Leon Klinghoffer*
Bartók, Herzog Blaubarts Burg: *Blaubart*
Beethoven, Fidelio: *Don Pizarro*
Berg, Lulu: *Dr. Schön / Jack*
Berlioz, Faust: *Méphistophélès*
Borodin, Fürst Igor: *Igor*
Britten, Peter Grimes: *Balstrode*
Busoni, Doktor Faust: *Doktor Faust*
Catalani, Wally: *Gellner*
Cherubini, Medea: *Kreon*
Cilea, Adriana Lecouvreur: *Michonnet*
Debussy, Pelleas: *Golaud*
Einem, Dantons Tod: *Danton*
Enescu, Œdipe: *Ödipus/Kreon*
Giordano, André Chénier: *Gérard*
Glanert, Joseph Süß: *Süß*
    Caligula: *Caligula*
Glinka, Ruslan und Ludmila: *Ruslan*
Gluck, Alceste: *Oberpriester*
    Armide: *Hidraot*
    Iphigenie (Aulis): *Agamemnon*
    Iphigenie (Tauris): *Orest/Thoas*
Henze, Bassariden: *Pentheus*
    Elegie für junge Liebende: *Gregor Mittenhofer*
    König Hirsch: *Statthalter*
Hindemith, Cardillac: *Cardillac*
    Mathis der Maler: *Mathis*
Janáček, Die Sache Makropoulos: *Jaroslav Prus*
Leoncavallo, Bajazzo: *Tonio*
Ligeti, Le Grand Macabre: *Nekrotzar*
Marschner, Vampyr: *Lord Ruthven*
Mascagni, Cavalleria: *Alfio*
Messiaen, Saint François: *François*
Mozart, Zauberflöte: *1. Priester (Sprecher)*
Mussorgskij, Boris: *Boris*
Offenbach, Hoffmanns Erzählungen: *Lindorf/Coppélius/Dapertutto/Mirakel*
Orff, Die Kluge: *König*
Penderecki, Teufel von Loudun: *Grandier*
Pfitzner, Armer Heinrich: *Dietrich*
    Palestrina: *Borromeo*
Ponchielli, La Gioconda: *Barnaba*
Puccini, Mädchen aus dem goldenen Westen: *Jack Rance*
    Mantel: *Michele*
Rameau, Hippolyte: *Thésée*
Reimann, Lear: *König Lear*
Rihm, Hamletmaschine: *Hamlet III*
Rossini, Tell: *Tell*
Saariaho, L'amour de loin: *Jaufré Rudel*
Saint-Saëns: *Oberpriester*
Schillings, Mona Lisa: *Francesco*
Schoeck, Penthesilea: *Achilles*
Schönberg, Glückliche Hand: *Mann*
Schostakowitsch, Lady Macbeth von Mzensk: *Boris Ismailow*
Schubert, Fierrabras: *Roland*
Schreker, Die Gezeichneten: *Herzog Antoniotto Adorno*
Srnka, South Pole: *Amundsen*
Strauss, Elektra: *Orest*
    Frau ohne Schatten: *Barak*
    Helena: *Altair*
    Intermezzo: *Storch*
    Salome: *Jochanaan*
Strawinsky, The Rake's Progress: *Nick Shadow*
Tippett, Mittsommer-Hochzeit: *King Fisher*

Fachpartien

Trojahn, Enrico: *Belcredi*
   Orest: *Orest*
   Was ihr wollt: *Sir Toby*
Tschaikowskij, Mazeppa: *Mazeppa*
   Pique-Dame: *Tomskij*
Verdi, Aida: *Amonasro*
   Attila: *Ezio*
   I due Foscari: *Francesco Foscari*
   Ernani: *Don Carlos*
   Luisa Miller: *Miller*
   Macbeth: *Macbeth*
   Macht des Schicksals: *Don Carlos*
   Nabucco: *Nabucco*
   Otello: *Jago*
   Simon Boccanegra: *Simone*
   Sizilianische Vesper: *Guido de Montfort*
   Traviata: *Giorgio Germont*
Wagner, Götterdämmerung: *Gunther*
   Holländer: *Holländer*
   Lohengrin: *Telramund*
   Meistersinger: *Sachs*
   Parsifal: *Amfortas*
   Tristan: *Kurwenal*
Weber, Euryanthe: *Lysiart*
Zemlinsky, Florentinische Tragödie: *Simone*

Charakterbariton

Adams, Nixon in China: *Henry Kissinger*
D'Albert, Tiefland: *Sebastiano/Moruccio*
Berg, Wozzeck: *Wozzeck*
Gluck, Alceste: *Herakles*
Hölszky, Bremer Freiheit: *Miltenberger*
Humperdinck, Hänsel und Gretel: *Besenbinder*
Janáček, Füchsin Schlaukopf: *Förster*
   Jenůfa: *Altgesell*
Lalo, Le Roi d'Ys: *Karnac*
Lully, Atys: *Celenus*
Pfitzner, Palestrina: *Morone / Avosmediano / Ercole Severolus*
Prokofjew, Krieg und Frieden: *Napoleon*
Puccini, La Bohème: *Schaunard*
   Tosca: *Scarpia*
Rihm, Die Eroberung von Mexico: *Cortez*
Schnittke, Leben mit einem Idioten: *Ich*
Trojahn, Enrico: *Dottore*
   La Grande Magia: *Otto Marvuglia*
   Was ihr wollt: *Malvolio/Narr*
Tschaikowskij, Iolanta: *Ebn-Jahia*
Verdi, Simon Boccanegra: *Paolo*
Wagner, Meistersinger: *Beckmesser*
   Parsifal: *Klingsor*
   Ring des Nibelungen: *Alberich*
Wolf-Ferrari, Vier Grobiane: *Maurizio*

Baßbariton (Charakterbaß)

Berio, Un re in ascolto: *Prospero*
Charpentier, Médée: *Créon*
Davies, Lighthouse: *Blazes / Offizier II*
Einem, Dantons Tod: *St-Just*
Goldschmidt, Der gewaltige Hahnrei: *Petrus*
Keiser, Masaniello: *Masaniello*
Lully, Armide: *Hidraot/Ubalde*
Martinů, Griechische Passion: *Priester Grigoris*
Meyerbeer, Hugenotten: *Saint-Bris*
Mozart, Figaro: *Figaro*
Mussorgskij, Boris: *Rangoni*
Pintscher, Thomas Chatterton: *John Lambert*
Prokofjew, Krieg und Frieden: *Dolochow*
Puccini, Mantel: *Talpa*
   Turandot: *Timur*
Rameau, Hippolyte: *Pluton*
   Dardanus: *Anténor*
Reimann, Gespenstersonate: *Der Alte*
Rossini, La Cenerentola: *Alidoro*
   Maometto secondo: *Maometto II.*
   Mosè: *Faraone*
   Tell: *Walther Fürst*
   Il viaggio: *Lord Sydney*
Salieri, Prima la musica: *Dichter*
Schubert, Alfonso und Estrella: *Adolfo*
   Fierrabras: *Boland*
Tan, Marco Polo: *Schatten III*
Verdi, Luisa Miller: *Wurm*
   Rigoletto: *Monterone*
   Simon Boccanegra: *Pietro*
Wagner, Meistersinger: *Kothner*
   Ring des Nibelungen: *Wotan/Wanderer*
   Tannhäuser: *Biterolf/Reinmar*
Weber, Freischütz: *Kuno/Caspar*
Wolf-Ferrari, Vier Grobiane: *Simon*
Zemlinsky, Der Zwerg: *Don Estoban*

Spielbaß (Baßbuffo)

Berg, Wozzeck: *Doktor*
Berlioz, Béatrice und Bénédict: *Somarone*
Chabrier, L'Étoile: *Siroco*
Cimarosa, Heimliche Ehe: *Geronimo*
Donizetti, Don Pasquale: *Pasquale*
   Liebestrank: *Dulcamara*
   Linda di Chamounix: *Boisfleury*

Regimentstochter: *Sulpiz*
Dvořák, Jakobiner: *Filip*
Einem, Dantons Tod: *Simon*
Eötvös, Drei Schwestern: *Kulygin*
Flotow, Martha: *Lord Tristan*
Händel, Acis: *Polypheme*
   Xerxes: *Elviro*
Haydn, Belohnte Treue: *Melibeo*
   Welt auf dem Monde: *Buonafede*
Humperdinck, Königskinder: *Holzhacker*
Lortzing, Wildschütz: *Baculus*
Mozart, Bastien: *Colas*
   Così fan tutte: *Don Alfonso*
   Don Giovanni: *Leporello*
   La finta giardiniera: *Nardo*
   Zaide: *Allazim*
Mussorgskij, Boris: *Warlaam*
Orff, Die Kluge: *Bauer*
Paisiello, Barbier von Sevilla: *Bartolo*
Pergolesi, La serva padrona: *Uberto*
Puccini, Tosca: *Mesner*
Ravel, Spanische Stunde: *Don Inigo Gomez*
Rimskij-Korssakow, Der goldene Hahn: *König Dodon*
Rossini, Barbier: *Dr. Bartolo*
   La Cenerentola: *Don Magnifico*
   Italienerin in Algier: *Mustafa*
   Türke in Italien: *Don Geronio*
   Il viaggio: *Don Profondo*
Salieri, Prima la musica: *Maestro*
Schnittke, Leben mit einem Idioten: *Wärter*
Strauss, Arabella: *Graf Waldner*
   Ariadne: *Truffaldin*
   Capriccio: *La Roche*
   Schweigsame Frau: *Vanuzzi/Farfallo*
Telemann, Pimpinone: *Pimpinone*
Trojahn, Enrico: *Ordulfo*
Ullmann, Der Kaiser von Atlantis: *Der Lautsprecher*
Verdi, Falstaff: *Pistola*
   Maskenball: *Samuel*
   Macht des Schicksals: *Fra Melitone*
Weinberger, Schwanda: *Teufel*

Schwerer Spielbaß (Schwerer Baßbuffo)

Berg, Lulu: *Tierbändiger/Rodrigo*
Berlioz, Benvenuto Cellini: *Giacomo Balducci*
Birtwistle, Punch and Judy: *Arzt*
Catalani, Wally: *Der Wirtshausbesucher*
Cornelius, Barbier: *Abul Hassan*
Donizetti, Viva la Mamma: *Mamma Agata*

Flotow, Martha: *Plumkett*
Glanert, Joseph Süß: *Karl Alexander*
Glinka, Ruslan und Ludmila: *Farlaf*
Gounod, Faust: *Mephistopheles*
Lortzing, Zar: *van Bett*
Mozart, Entführung: *Osmin*
   Figaro: *Bartolo*
Nicolai, Lustige Weiber: *Falstaff*
Puccini, Gianni Schicchi: *Gianni Schicchi*
Rossini, Barbier: *Basilio*
Smetana, Verkaufte Braut: *Kecal*
Strauss, Rosenkavalier: *Ochs*
Trojahn, Was ihr wollt: *Antonio*
Ullmann, Der Kaiser von Atlantis: *Der Tod*
Verdi, Maskenball: *Tom*
Wagner, Holländer: *Daland*
   Rheingold: *Fasolt*
Wolf-Ferrari, Vier Grobiane: *Lunardo*

Seriöser Baß

D'Albert, Tiefland: *Tommaso*
Beethoven, Fidelio: *Rocco*
Bellini, Norma: *Orovisto*
   Puritaner: *Lord Walter Walton*
Berlioz, Beatrice und Bénédict: *Don Pedro*
Bizet, Carmen: *Zuniga*
   Perlenfischer: *Nourabad*
Britten, Billy Budd: *John Claggart*
Busoni, Doktor Faust: *Wagner*
Catalani, Wally: *Stromminger*
Cilea, Adriana Lecouvreur: *Fürst von Bouillon*
Debussy, Pelleas: *Arkel*
Donizetti, Anna Bolena: *Heinrich VIII.*
   La Favorite: *Balthazar*
   Lucia di Lammermoor: *Raimondo*
Dvořák, Rusalka: *Wassermann*
Eötvös, Drei Schwestern: *Soljony*
Glass, Echnaton: *Ajeh*
Glinka, Leben für den Zaren: *Iwan Sussanin*
   Ruslan und Ludmila: *Swetosar*
Händel, Ariodante: *Der König von Schottland*
   Orlando: *Zoroastro*
Halévy, Jüdin: *Kardinal Brogni*
Henze, Bassariden: *Kadmos*
   Englische Katze: *Arnold*
Hindemith, Cardillac: *Goldhändler*
   Mathis der Maler: *Lorenz von Pommersfelden*
Hölszky, Bremer Freiheit: *Pater Markus*
Keiser, Masaniello: *Don Antonio*
Massenet, Manon: *Graf Des Grieux*
Messiaen, Saint François: *Bernard*

Fachpartien

Monteverdi, Krönung der Poppea: *Seneca*
Mozart, Don Giovanni: *Komtur*
   Zauberflöte: *Sarastro*
Mussorgskij, Boris: *Pimen*
   Chowanschtschina: *Fürst Iwan Chowanskij / Dosifej*
Offenbach, Hoffmanns Erzählungen: *Crespel*
Pfitzner, Armer Heinrich: *Arzt*
   Palestrina: *Papst / Madruscht / Kardinal von Lothringen*
Pizzetti, Mord im Dom: *Thomas Becket*
Ponchielli, La Gioconda: *Alvise Badoero*
Prokofjew, Krieg und Frieden: *Kutusow*
   Liebe zu den drei Orangen: *König Treff*
Puccini, La Bohème: *Colline*
   Manon Lescaut: *Geronte*
Rameau, Platée: *Jupiter*
Rimskij-Korssakow, Mainacht: *Dorfschulze*
   Märchen vom Zaren Saltan: *Zar Saltan*
Rossini, La Cenerentola: *Alidoro*
   Mosè: *Mosè*
   Tell: *Geßler*
Schreker, Die Gezeichneten: *Lodovico Nardi*
   Der Schatzgräber: *Der König*
Schubert, Fierrabras: *König Karl*
Strauss, Daphne: *Peneios*
   Schweigsame Frau: *Morosus*
Strawinsky, The Rake's Progress: *Trulove*
Tan, Marco Polo: *Kublai Khan*
Thomas, Mignon: *Lothario*
Tippett, Mittsommer-Hochzeit: *Der Alte*
Tschaikowskij, Iolanta: *René*
   Mazeppa: *Kotschubej*
   Onegin: *Fürst Gremin*
Verdi, Aida: *Ramfis/König*
   Attila: *Attila*
   Don Carlos: *Philipp/Großinquisitor*
   Ernani: *Don Ruy Gomez de Silva*
   Luisa Miller: *Graf*
   Macbeth: *Banco*
   Macht des Schicksals: *Pater Guardian*
   Nabucco: *Zaccaria*
   Otello: *Lodovico*
   Räuber: *Maximilian*
   Rigoletto: *Sparafucile*
   Simon Boccanegra: *Fiesco*
   Sizilianische Vesper: *Giovanni da Procida*
   Troubadour: *Ferrando*
Wagner, Lohengrin: *König Heinrich*
   Meistersinger: *Pogner*
   Parsifal: *Gurnemanz*
   Ring des Nibelungen: *Fafner/Hunding/Hagen*
   Tannhäuser: *Landgraf*
   Tristan: *Marke*
Weber, Euryanthe: *König*
Wolf-Ferrari, Vier Grobiane: *Cancian*
Zemlinsky, Kleider machen Leute: *Amtsrat*

Register

Nach Komponisten

Adams, John
   Nixon in China (Houston 1987) 1
   The Death of Klinghoffer (Brüssel 1991) . 5

Adès, Thomas
   The Tempest (London 2004) 8

D'Albert, Eugen
   Tiefland (Prag 1903) 10

Bartók, Béla
   Herzog Blaubarts Burg (Budapest 1918) . 12

Beethoven, Ludwig van
   Fidelio (Wien 1805) 14

Bellini, Vincenzo
   I Capuleti e i Montecchi (Venedig 1830) . 18
   Die Nachtwandlerin (Mailand 1831) 20
   Norma (Mailand 1831) 22
   Die Puritaner (Paris 1835) 25

Berg, Alban
   Wozzeck (Berlin 1925) 27
   Lulu (zweiaktig: Zürich 1937; dreiaktig: Paris 1979) 30

Berio, Luciano
   Un re in ascolto (Salzburg 1984) 34

Berlioz, Hector
   Benvenuto Cellini (Paris 1838) 37
   Fausts Verdammnis (Paris 1846)) 40
   Die Trojaner (Teilaufführung: Paris 1863, erstmals vollständig: Karlsruhe 1890) 44
   Béatrice und Bénédict (Baden-Baden 1862) 49

Bialas, Günter
   Die Geschichte von Aucassin und Nicolette (München 1969) 51

Birtwistle, Harrison
   Punch and Judy (Aldeburgh 1968) 53

Bizet, Georges
   Die Perlenfischer (Paris 1863) 57
   Carmen (Paris 1875) 59

Boito, Arrigo
   Mefistofele (Mailand 1868) 63

Borodin, Aleksander P.
   Fürst Igor (St. Petersburg 1890) 66

Britten, Benjamin
   Peter Grimes (London 1945) 67
   The Rape of Lucretia (Glyndebourne 1946) 70
   Albert Herring (Glyndebourne 1947) . . . 73
   Billy Budd (London 1951) 76
   The Turn of the Screw (Venedig 1954) . . 78
   A Midsummer Night's Dream (Aldeburgh 1960) 82
   Death in Venice (Snape Maltings [Aldeburgh] 1973) 84

Busoni, Ferruccio
   Doktor Faust (Dresden 1925) 86

Catalani, Alfredo
   La Wally (Mailand 1892) 89

Cavalieri, Emilio de'
   Rappresentazione di Anima e di Corpo (Rom 1600) 93

Cavalli, Pier Francesco
   La Calisto (Venedig 1651) 95

Chabrier, Emmanuel
   L'Étoile (Paris 1877) 97

Charpentier, Marc-Antoine
   Médée (Paris 1693) 100

Cherubini, Luigi
   Medea (Paris 1797) 102

Cilea, Francesco
   Adriana Lecouvreur (Mailand 1902) 105

Cimarosa, Domenico
   Die heimliche Ehe (Wien 1792) 107

Cornelius, Peter
   Der Barbier von Bagdad (Weimar 1858) 109

Dallapiccola, Luigi
   Il Prigioniero (Turin 1949) 111

Davies, Peter Maxwell
   Eight Songs for a Mad King (London 1969) 113
   The Lighthouse (Edinburgh 1980) 116

Debussy, Claude
   Pelleas und Melisande (Paris 1902) 118

Register

Delius, Frederick
Romeo und Julia auf dem Dorfe (Berlin 1907) ... 121

Dessau, Paul
Die Verurteilung des Lukullus (Berlin 1951) ... 123

Donizetti, Gaetano
Viva la Mamma (Neapel 1827) ... 125
Anne Boleyn (Mailand 1830) ... 127
Der Liebestrank (Mailand 1832) ... 130
Lucrezia Borgia (Mailand 1833) ... 132
Lucia di Lammermoor (Neapel 1835) ... 135
Maria Stuart (Mailand 1835) ... 138
Roberto Devereux (Neapel 1837) ... 141
Die Regimentstochter (Paris 1840) ... 144
La Favorite (Paris 1840) ... 145
Linda di Chamounix (Wien 1842) ... 148
Don Pasquale (Paris 1843) ... 151

Dukas, Paul
Ariane und Blaubart (Paris 1907) ... 153

Dvořák, Antonín
Vanda (Prag 1876) ... 155
Der Jakobiner (Prag 1889) ... 156
Rusalka (Prag 1901) ... 159
Armida (Prag 1904) ... 161

Einem, Gottfried von
Dantons Tod (Salzburg 1947) ... 164

Enescu, George
Œdipe (Paris 1936) ... 167

Eötvös, Peter
Drei Schwestern (Lyon 1998) ... 170

Falla, Manual de
Das kurze Leben (Nizza 1913) ... 175

Flotow, Friedrich von
Martha oder Der Markt zu Richmond (Wien 1847) ... 178

Furrer, Beat
Begehren (Graz 2001/2003) ... 180
la bianca notte (Hamburg 2015) ... 181

Gershwin, George
Porgy and Bess (New York 1935) ... 183

Giordano, Umberto
André Chénier (Mailand 1896) ... 187

Glanert, Detlev
Joseph Süß (Bremen 1999) ... 189
Scherz, Satire, Ironie und tiefere Bedeutung (Halle 2001) ... 192
Caligula (Frankfurt 2006) ... 195

Glass, Philip
Echnaton (Stuttgart 1984) ... 198

Glinka, Michail I.
Iwan Sussanin/Ein Leben für den Zaren (St. Petersburg 1836) ... 201
Ruslan und Ludmila (St. Petersburg 1842) ... 203

Gluck, Christoph Willibald
Orpheus und Eurydike (Wien 1762/ Paris 1774) ... 205
Alceste (Wien 1767/Paris 1776) ... 207
Iphigenie in Aulis (Paris 1774) ... 209
Armide (Paris 1777) ... 211
Iphigenie auf Tauris (Paris 1779) ... 215

Goldschmidt, Berthold
Der gewaltige Hahnrei (Mannheim 1932) ... 217

Gounod, Charles
Faust (Paris 1859) ... 220
Mireille (Paris 1864) ... 224
Roméo et Juliette (Paris 1867) ... 226

Haas, Geord Friedrich
Nacht (Bregenz 1996/98) ... 229

Händel, Georg Friedrich
Agrippina (Venedig 1709) ... 231
Rinaldo (London 1711) ... 236
Acis und Galatea (Cannons 1718) ... 241
Radamisto (London 1720) ... 243
Ottone (London 1723) ... 247
Giulio Cesare in Egitto (London 1724) ... 250
Tamerlano (London 1724) ... 254
Rodelinda, regina de' Longobardi (London 1725) ... 259
Poro, Re dell'Indie (London 1731) ... 262
Orlando (London 1733) ... 268
Ariodante (London 1735) ... 272
Alcina (London 1735) ... 276
Xerxes (London 1738) ... 278
Deidamia (London 1741) ... 282

Halévy, Fromental Elias
Die Jüdin (Paris 1835) ... 284

Hartmann, Karl Amadeus
Simplicius Simplicissimus – Drei Szenen aus seiner Jugend (Köln 1949) ... 286

Hasse, Johann Adolf
   Cleofide (Dresden 1731) 288

Haydn, Joseph
   Die Welt auf dem Monde (Esterháza
   1777) 291
   Die belohnte Treue (Esterháza 1781) . . . 293
   Armida (Esterháza 1784) 296

Henze, Hans Werner
   Boulevard Solitude (Hannover 1952) . . . 298
   König Hirsch (Berlin 1956) 299
   Il re cervo oder Die Irrfahrten der Wahrheit (Kassel 1963) 300
   Elegie für junge Liebende (Schwetzingen
   1961) 303
   Der junge Lord (Berlin 1965) 305
   Die Bassariden (Salzburg 1966) 307
   Die englische Katze (Schwetzingen
   1983) 310
   Venus und Adonis (München 1997) 313
   Phaedra (Berlin 2007) 314

Hindemith, Paul
   Cardillac (Dresden 1927/Zürich 1952) . . 316
   Neues vom Tage (Berlin 1929) 318
   Mathis der Maler (Zürich 1938) 320

Hölszky, Adriana
   Bremer Freiheit (München 1988) 323

Humperdinck, Engelbert
   Hänsel und Gretel (Weimar 1893) 328
   Königskinder (München 1897/New York
   1910) 331

Janáček, Leoš
   Jenůfa (Brünn 1904) 334
   Die Ausflüge des Herrn Brouček (Prag
   1920) 337
   Katja Kabanowa (Brünn 1921) 338
   Die Abenteuer der Füchsin Schlaukopf
   (Brünn 1924) 341
   Die Sache Makropoulos (Brünn 1926) . . . 344
   Aus einem Totenhaus (Brünn 1930) 347

Keiser, Reinhard
   Masaniello furioso oder Die neapolitanische Fischer-Empörung (Hamburg
   1706) 350

Korngold, Erich Wolfgang
   Die tote Stadt (Hamburg/Köln 1920) . . . 355

Krása, Hans
   Brundibár (Prag 1941/Theresienstadt
   1943) 357

Krenek, Ernst
   Jonny spielt auf (Leipzig 1927) 359

Lachenmann, Helmut
   Das Mädchen mit den Schwefelhölzern
   (Hamburg 1997) 362

Lalo, Édouard
   Le Roi d'Ys (Paris 1888) 367

Leoncavallo, Ruggero
   Der Bajazzo (Mailand 1892) 369

Ligeti, György
   Le Grand Macabre (Stockholm 1978) . . . 371

Lortzing, Albert
   Zar und Zimmermann (Leipzig 1837) . . 374
   Der Wildschütz (Leipzig 1842) 376

Lully, Jean-Baptiste
   Atys (St.-Germain-en-Laye 1676) 378
   Armide (Paris 1686) 383

Marschner, Heinrich
   Der Vampyr (Leipzig 1828) 386

Martinů, Bohuslav
   Julietta (Prag 1938) 388
   Griechische Passion (Zürich 1961) 391

Mascagni, Pietro
   Cavalleria rusticana (Rom 1890) 393

Massenet, Jules
   Manon (Paris 1884) 395
   Werther (Wien 1892) 398
   Don Quichotte (Monte Carlo 1910) 400

Messiaen, Olivier
   Saint François d'Assise (Paris 1983) 402

Meyerbeer, Giacomo
   Die Hugenotten (Paris 1836) 408
   Der Prophet (Paris 1849) 411

Monteverdi, Claudio
   L'Orfeo (Mantua 1607) 414
   Il combattimento di Tancredi e Clorinda
   (Venedig 1624) 418
   Die Heimkehr des Odysseus (Bologna
   1641) 420
   Die Krönung der Poppea (Venedig
   1642) 422

Register

Mozart, Wolfgang Amadeus
   Bastien und Bastienne (Wien 1768) 427
   La finta semplice (Salzburg 1769) 428
   Mitridate, re di Ponto (Mailand 1770) ... 430
   Ascanio in Alba (Mailand 1771) 431
   Lucio Silla (Mailand 1772) 433
   La finta giardiniera (München 1775) 434
   Il re pastore (Salzburg 1775) 437
   Zaide (Fragment 1781) 439
   Idomeneo, re di Creta (München 1781) .. 440
   Die Entführung aus dem Serail (Wien 1782) 442
   Der Schauspieldirektor (Schönbrunn 1786) 445
   Le nozze di Figaro (Wien 1786) 447
   Don Giovanni (Prag 1787) 453
   Così fan tutte (Wien 1790) 456
   La clemenza di Tito (Prag 1791) 461
   Die Zauberflöte (Wien 1791) 463

Mussorgskij, Modest P.
   Boris Godunow (St. Petersburg 1874) ... 468
   Chowanschtschina (St. Petersburg 1886) 472

Neuwirth, Olga
   Bählamms Fest (Wien 1999) 475

Nicolai, Otto
   Die lustigen Weiber von Windsor (Berlin 1849) 477

Nono, Luigi
   Intolleranza 1960 (Venedig 1961) 480
   Al gran sole carico d'amore (Mailand 1975/Frankfurt 1978) 481

Offenbach, Jacques
   Hoffmanns Erzählungen (Paris 1881) ... 487

Orff, Carl
   Die Kluge (Frankfurt 1943) 491

Paisiello, Giovanni
   Der Barbier von Sevilla oder Alle Vorsicht war vergebens (St. Petersburg 1782) 493

Penderecki, Krzysztof
   Die Teufel von Loudun (Hamburg 1969) . 495

Pergolesi, Giovanni Battista
   La serva padrona (Neapel 1733) 499

Pfitzner, Hans
   Der arme Heinrich (Mainz 1895) 500
   Palestrina (München 1917) 503

Pintscher, Matthias
   Thomas Chatterton (Dresden 1998) 508

Pizzetti, Ildebrando
   Murder in the Cathedral (Mailand 1958) . 512

Ponchielli, Amilcare
   La Gioconda (Mailand 1876) 514

Poulenc, Francis
   Les dialogues des Carmélites (Mailand 1957) 516
   La voix humaine (Paris 1959) 522

Prokofjew, Sergej
   Die Liebe zu den drei Orangen (Chicago 1921) 524
   Krieg und Frieden (Moskau 1944/Leningrad 1948) 528

Puccini, Giacomo
   Manon Lescaut (Turin 1893) 536
   La Bohème (Turin 1896) 539
   Tosca (Rom 1900) 543
   Madame Butterfly (Mailand 1904) 546
   Das Mädchen aus dem goldenen Westen (New York 1910) 549
   La rondine (Monte Carlo 1917) 553
   Der Mantel (New York 1918) 555
   Schwester Angelica (New York 1918) ... 557
   Gianni Schicchi (New York 1918) 559
   Turandot (Mailand 1926) 561

Purcell, Henry
   Dido und Aeneas (London 1688) 565

Rameau, Jean-Philippe
   Hippolyte et Aricie (Paris 1733) 566
   Les Indes galantes (Paris 1735) 573
   Castor et Pollux (Paris 1737) 576
   Dardanus (Paris 1739) 578
   Platée (Versailles 1745) 580
   Les Boréades ou Le Triumph d'Abaris (Aix-en-Provence 1982) 585

Ravel, Maurice
   Die spanische Stunde (Paris 1911) 587
   L'enfant et les sortilèges (Monte Carlo 1925) 589

Reimann, Aribert
   Melusine (Schwetzingen 1971) 591
   Lear (München 1978) 593
   Die Gespenstersonate (Berlin 1984) 595
   Bernarda Albas Haus (München 2000) .. 598

Rihm, Wolfgang
   Jakob Lenz (Hamburg 1979) 601
   Hamletmaschine (Mannheim 1987) 602
   Die Eroberung von Mexico (Hamburg
   1992) 606
   Dionysos (Salzburg 2010) 610

Rimskij-Korssakow, Nikolaj
   Die Mainacht (St. Petersburg 1880) 614
   Das Märchen vom Zaren Saltan (Moskau
   1900) 616
   Der goldene Hahn (Moskau 1909) 618

Rossini, Gioacchino
   Tancredi (Venedig 1813) 619
   Die Italienerin in Algier (Venedig 1813) . 624
   Der Türke in Italien (Mailand 1814) 627
   Der Barbier von Sevilla (Rom 1816) 628
   La Cenerentola (Rom 1817) 630
   Mosè in Egitto (Neapel 1818) 632
   La donna del lago (Neapel 1819) 636
   Maometto secondo (Neapel 1820) 639
   Il viaggio a Reims (Paris 1825) 641
   Wilhelm Tell (Paris 1829) 645

Saariaho, Kaija
   L'amour de loin (Salzburg 2000) 648

Saint-Saëns, Camille
   Samson und Dalila (Weimar 1877) 653

Salieri, Antonio
   Prima la musica e poi le parole
   (Schönbrunn 1786) 656

Schillings, Max von
   Mona Lisa (Stuttgart 1915) 658

Schnittke, Alfred
   Leben mit einem Idioten (Amsterdam
   1992) 661

Schoeck, Othmar
   Penthesilea (Dresden 1927) 665

Schönberg, Arnold
   Erwartung (Prag 1924) 667
   Die glückliche Hand (Wien 1924) 668
   Von Heute auf Morgen (Frankfurt 1930) . 669
   Moses und Aron (Zürich 1957) 671

Schostakowitsch, Dmitrij D.
   Die Nase (Leningrad 1930) 673
   Lady Macbeth von Mzensk (Leningrad
   1934) 675

Schreker, Franz
   Der ferne Klang (Frankfurt 1912) 678
   Die Gezeichneten (Frankfurt 1918) 680
   Der Schatzgräber (Frankfurt 1920) 682

Schubert, Franz
   Alfonso und Estrella (Weimar 1854) . . . 685
   Fierrabras (Karlsruhe 1897) 688

Schumann, Robert
   Genoveva (Leipzig 1850) 694

Sciarrino, Salvatore
   Die tödliche Blume (Luci mie traditrici,
   Schwetzingen 1998) 697

Smetana, Bedřich
   Die verkaufte Braut (Prag 1866) 699
   Dalibor (Prag 1868) 701
   Zwei Witwen (Prag 1874) 704

Srnka, Miroslav
   South Pole (München 2016) 706

Strauss, Richard
   Salome (Dresden 1905) 708
   Elektra (Dresden 1909) 710
   Der Rosenkavalier (Dresden 1911) 712
   Ariadne auf Naxos (Stuttgart 1912/Wien
   1916) 716
   Die Frau ohne Schatten (Wien 1919) . . . 719
   Intermezzo (Dresden 1924) 722
   Die ägyptische Helena (Dresden 1928) . 726
   Arabella (Dresden 1933) 728
   Die schweigsame Frau (Dresden 1935) . 731
   Daphne (Dresden 1938) 733
   Capriccio (München 1942) 736

Strawinsky, Igor
   The Rake's Progress (Venedig 1951) 740

Szymanowski, Karol
   König Roger (Warschau 1926) 742

Tan Dun
   Marco Polo (München 1996) 744

Telemann, Georg Philipp
   Pimpinone oder Die ungleiche Heirat
   (Hamburg 1725) 749

Thomas, Ambroise
   Mignon (Paris 1866) 750

Tippett, Michael
   Die Mittsommer-Hochzeit (London
   1955) 754

Register

Trojahn, Manfred
- Enrico (Schwetzingen 1991) 761
- Was ihr wollt (München 1998) 764
- Limonen aus Sizilien (Köln 2003) 769
- La Grande Magia (Dresden 2008) 772
- Orest (Amsterdam 2011) 775

Tschaikowskij, Pjotr I.
- Eugen Onegin (Moskau 1879) 777
- Mazeppa (Moskau 1884) 780
- Pique-Dame (St. Petersburg 1890) 783
- Iolanta (St. Petersburg 1892) 786

Ullman, Viktor
- Der Kaiser von Atlantis oder Die Tod-Verweigerung (Amsterdam 1975) 789

Verdi, Giuseppe
- Nabucco (Mailand 1842) 793
- Ernani (Venedig 1844) 796
- I due Foscari (Rom 1844) 798
- Attila (Venedig 1846) 800
- Macbeth (Florenz 1847/Paris 1865) 803
- Die Räuber (London 1847) 806
- Luisa Miller (Neapel 1849) 808
- Rigoletto (Venedig 1851) 812
- Der Troubadour (Rom 1853) 814
- La Traviata (Venedig 1853) 818
- Die sizilianische Vesper (Paris 1855) 820
- Simon Boccanegra (Venedig 1857/Mailand 1881) 823
- Ein Maskenball (Rom 1859) 827
- Die Macht des Schicksals (St. Petersburg 1862/Mailand 1869) 831
- Don Carlos (Paris 1867/Mailand 1884/Modena 1886) 834
- Aida (Kairo 1871) 838
- Otello (Mailand 1887) 842
- Falstaff (Mailand 1893) 846

Vinci, Leonardo
- Artaserse (Rom 1730) 850

Wagner, Richard
- Rienzi (Dresden 1842) 853
- Der fliegende Holländer (Dresden 1843) . 855
- Tannhäuser (Dresden 1845/Paris 1861) . 857
- Lohengrin (Weimar 1850) 859
- Tristan und Isolde (München 1865) 862
- Die Meistersinger von Nürnberg (München 1868) 867
- Der Ring des Nibelungen (Bayreuth 1876):
  - Das Rheingold (München 1869) 871
  - Die Walküre (München 1870) 872
  - Siegfried (Bayreuth 1876) 873
  - Götterdämmerung (Bayreuth 1876) .. 874
- Parsifal (Bayreuth 1882) 879

Weber, Carl Maria von
- Der Freischütz (Berlin 1821) 883
- Euryanthe (Wien 1823) 886
- Oberon (London 1826) 889

Weill, Kurt
- Die Dreigroschenoper (Berlin 1928) 892
- Aufstieg und Fall der Stadt Mahagonny (Leipzig 1930) 895

Weinberg, Mieczyslaw
- Die Passagierin (Moskau 2006/Bregenz 2010) 897

Weinberger, Jaromír
- Schwanda der Dudelsackpfeifer (Prag 1927) 901

Wolf-Ferrari, Ermanno
- Die vier Grobiane (München 1906) 904
- Sly oder Die Legende vom wiedererweckten Schläfer (Mailand 1927) 906

Zemlinsky, Alexander von
- Kleider machen Leute (Wien 1910/Prag 1922) 909
- Eine florentinische Tragödie (Stuttgart 1917) 911
- Der Zwerg (Köln 1922) 912

Zimmermann, Bernd Alois
- Die Soldaten (Köln 1965) 914

Zimmermann, Udo
- Der Schuhu und die fliegende Prinzessin (Dresden 1976) 919
- Die weiße Rose (Hamburg 1986) 921

Nach Operntiteln

Abenteuer der Füchsin Schlaukopf, Die	341
Acht Gesänge für einen verrückten König	113
Acis und Galatea	241
Adriana Lecouvreur	105
Agrippina	231
Ägyptische Helena, Die	726
Aida	838
A kékszakállú herceg vára	12
Akhnaten	198
Al gran sole carico d'amore	481
Albert Herring	73
Alceste	207
Alcina	276
Alfonso und Estrella	685
Amour de loin, L'	648
André Chénier	187
Anne Boleyn (Anna Bolena)	127
Arabella	728
Ariadne auf Naxos	716
Ariane und Blaubart (Ariane et Barbe-Bleue)	153
Ariodante	272
Arme Heinrich, Der	500
Armida (Dvořák)	161
Armida (Haydn)	296
Armide (Gluck)	211
Armide (Armida, Lully)	383
Artaserse	850
Ascanio in Alba	431
Aschenbrödel	630
Assassinio nella cattedrale	512
Attila	800
Atys	378
Aufstieg und Fall der Stadt Mahagonny	895
Aus einem Totenhaus	347
Ausflüge des Herrn Brouček, Die	337
Bählamms Fest	475
Bajazzo, Der	369
Ballo in maschera, Un	827
Barbier von Bagdad, Der	109
Barbier von Sevilla, Der (Paisiello)	493
Barbier von Sevilla, Der (Barbiere di Siviglia, Il; Rossini)	628
Bassariden, Die	307
Bastien und Bastienne	427
Béatrice und Bénédict	49
Begehren	180
Beiden Foscari, Die	798
Belohnte Treue, Die	293
Benvenuto Cellini	37
Bernarda Albas Haus	598
bianca notte, la	181
Billy Budd	76
Bohème, La	539
Boreaden oder Der Triumph des Abaris, Die	585
Boris Godunow	468
Boulevard Solitude	298
Bremer Freiheit	323
Brundibár	357
Caligula	195
Calisto, La	95
Capriccio	736
Capuleti e i Montecchi, I (Die Capulets und die Montagues)	18
Cardillac	316
Carmen	59
Castor et Pollux	576
Cavalleria rusticana	393
Cenerentola, La	630
Chowanschtschina	472
Clemenza di Tito, La	461
Cleofide	288
Combattimento di Tancredi e Clorinda, Il	418
Contes d'Hoffmann, Les	487
Così fan tutte	456
Dalibor	701
Dame vom See, Die	636
Damnation de Faust, La	40
Dantons Tod	164
Daphne	733
Dardanus	578
Death in Venice	84
Death of Klinghoffer, The	5
Deidamia	282
Dialogues des Carmélites, Les	516
Dido und Aeneas	565
Dionysos	610
Doktor Faust	86
Don Carlo/Don Carlos	834
Don Giovanni	453
Don Pasquale	151
Don Quichotte	400
Donna del lago, La	636
Drehung der Schraube, Die	78
Dreigroschenoper	892
Drei Schwestern	170
Due Foscari, I	798

Register

Dvě vdovy	704
Echnaton	198
Eight Songs for a Mad King	113
Ein König horcht	34
Ein Leben für den Zaren	201
Elegie für junge Liebende	303
Elektra	710
Elisir d'amore, L'	130
Enfant et les sortilèges, L'	589
Englische Katze, Die (The English Cat)	310
Enrico	761
Entführung aus dem Serail, Die	442
Ernani	796
Eroberung von Mexico, Die	606
Erwartung	667
Étoile, L'	97
Eugen Onegin	777
Euryanthe	886
Falstaff	846
Fanciulla del West, La	549
Faust	220
Fausts Verdammnis	40
Favorite, La (Favoritin, Die)	145
Fedeltà premiata, La	293
Ferne Klang, Der	678
Fidelio	14
Fierrabras	688
Fille du régiment, La	144
Finta giardiniera, La	434
Finta semplice, La	428
Fliegende Holländer, Der	855
Florentinische Tragödie, Eine	911
Forza del destino, La	831
Frau ohne Schatten, Die	719
Freischütz, Der	883
Fürst Igor	66
Gärtnerin aus Liebe, Die	434
Gefangene, Der	111
Genoveva	694
Geschichte von Aucassin und Nicolette, Die	51
Gespenstersonate, Die	595
Gespielte Einfalt, Die	428
Gespräche der Karmeliterinnen, Die	516
Gewaltige Hahnrei, Der	217
Gezeichneten, Die	680
Gianni Schicchi	559
Gioconda, La	514
Giulio Cesare in Egitto	250
Glückliche Hand, Die	668
Goldene Hahn, Der	618
Götterdämmerung	874
Grand Macabre, Le	371
Grande Magia, La	772
Griechische Passion (The Greek Passion)	391
Große Zauber, Der	772
Guillaume Tell	645
Hamletmaschine, Die	602
Hänsel und Gretel	328
Heilige Franziskus von Assisi, Der	402
Heimkehr des Odysseus, Die	420
Heimliche Ehe, Die	107
helle nacht, die	181
Herzog Blaubarts Burg	12
Heure espagnole, L'	587
Hippolyte et Aricie	566
Hochzeit des Figaro, Die	447
Hoffmanns Erzählungen	487
Horoskop des Königs, Das	97
Huguenots, Les (Die Hugenotten)	408
Idomeneo, re di Creta	440
Incoronazione di Poppea, L'	422
Indes galantes, Les	573
Intermezzo	722
Intolleranza 1960	480
Iolanta	786
Iphigenie auf Tauris (Iphigénie en Tauride)	215
Iphigenie in Aulis (Iphigénie en Aulide)	209
Italienerin in Algier, Die	624
Jakobiner, Der	156
Jakob Lenz	601
Jenůfa (Její pastorkyňa)	334
Jewgeni Onjegin	777
Jonny spielt auf	359
Joseph Süß	189
Juive, La (Jüdin, Die)	284
Julietta (Julietta aneb Snář)	388
Julius Cäsar in Ägypten	250
Junge Lord, Der	305
Kaiser von Atlantis oder Die Tod-Verweigerung, Der	789
Kampf zwischen Tankred und Clorinda, Der	418
Katja Kabanowa (Kát'a Kabanová)	338
Kind und die Zauberdinge, Das	589
Kleider machen Leute	909
Kluge, Die	491
Knas Igor	66
König als Hirte, Der	437

König Hirsch	299
König Roger	742
Königskinder	331
Krieg und Frieden	528
Król Roger	742
Krönung der Poppea, Die	422
Kurze Leben, Das	175
Lady Macbeth von Mzensk	675
Lear	593
Leben eines Wüstlings, Das	740
Leben mit einem Idioten	661
Ledi Makbet Mzenskowo ujesda	675
Leuchtturm, Der	116
Liebe aus der Ferne, Die	648
Liebestrank, Der	130
Liebe zu den drei Orangen, Die	524
Lighthouse, The	116
Limonen aus Sizilien	769
Linda di Chamounix	148
Ljubow k trjom apelsinam	524
Lohengrin	859
Luci mie traditrici	697
Lucia di Lammermoor	135
Lucio Silla	433
Lucrezia Borgia	132
Luisa Miller	808
Lulu	30
Lustigen Weiber von Windsor, Die	477
Macbeth	803
Macht des Schicksals, Die	831
Madame Butterfly (Madama Butterfly)	546
Mädchen aus dem goldenen Westen, Das	549
Mädchen mit den Schwefelhölzern, Das	362
Magd als Herrin, Die	499
Mainacht, Die (Majskaja notsch)	614
Manon (Massenet)	395
Manon Lescaut (Puccini)	536
Mantel, Der	555
Märchen vom Zaren Saltan, Das	616
Maometto secondo	639
Marco Polo	744
Margarethe	220
Maria Stuart (Maria Stuarda)	138
Martha oder Der Markt zu Richmond	178
Masaniello furioso oder Die Neapolitanische Fischer-Empörung	350
Masepa	780
Maskenball, Ein	827
Masnadieri, I	806
Mathis der Maler	320
Matrimonio segreto, Il	107

Mazeppa	780
Medea (Médée, Cherubini)	102
Médée (Charpentier)	100
Mefistofele	63
Meistersinger von Nürnberg, Die	867
Melusine	591
Menschliche Stimme, Die	522
Mephisto	63
Midsummer Marriage, The	754
Midsummer Nights Dream, A	82
Mignon	750
Mireille	224
Mitridate, re di Ponto	430
Mittsommer-Hochzeit, Die	754
Mona Lisa	658
Mondo della luna, Il	291
Mord im Dom	512
Mosè in Egitto (Moses in Ägypten)	632
Moses und Aron	671
Murder in the Cathedral	512
Nabucco (Nabucodonosor)	793
Nacht	229
Nachtwandlerin, Die	20
Nase, Die	673
Neues vom Tage	318
Nixon in China	1
Norma	22
Nos	673
Nozze di Figaro, Le	447
Oberon	889
Œdipe (Ödipus)	167
Orest	775
Orfeo, L' (Monteverdi)	414
Orfeo ed Euridice (Gluck)	205
Orlando	268
Orpheus (Monteverdi)	414
Orpheus und Eurydike (Gluck)	205
Otello	842
Ottone	247
Pagliacci, I	369
Palestrina	503
Parsifal	879
Passagierin, Die	897
Pêcheurs de perles, Les	57
Pelleas und Melisande	118
Penthesilea	665
Perlenfischer, Die	57
Peter Grimes	67
Phaedra	314
Pikowaja dama	783

Register

Pimpinone oder Die ungleiche Heirat	749
Pique-Dame	783
Platée	580
Porgy and Bess	183
Poro, Re dell'Indie (Poros, König von Indien)	262
Prigioniero, Il	111
Příhody lišky Bystroušky	341
Prima la musica e poi le parole	656
Prodaná nevěsta	699
Prophète, Le (Der Prophet)	411
Punch and Judy	53
Puritaner, Die (I Puritani)	25
Quattro rusteghi, I	904
Radamisto	243
Rake's Progress, The	740
Rape of Lucretia, The	70
Rappresentazione di Anima e di Corpo	93
Räuber, Die	806
Re cervo, Il	300
Re in ascolto, Un	34
Re pastore, Il	437
Regimentstochter, Die	144
Reise nach Reims, Die	641
Rheingold, Das	871
Rienzi	853
Rigoletto	812
Rinaldo	236
Ring des Nibelungen, Der	871
Ritorno d'Ulisse in patria, Il	420
Roberto Devereux	141
Rodelinda	259
Roi d'Ys, Le	367
Roméo et Juliette (Gounod)	226
Romeo und Julia (Bellini)	18
Romeo und Julia auf dem Dorfe	121
Rondine, La	553
Rosenkavalier, Der	712
Rusalka	159
Ruslan und Ludmila	203
Sache Makropoulos, Die	344
Saint François d'Assise	402
Salome	708
Samson und Dalila	653
Schändung der Lucretia, Die	70
Schatzgräber, Der	682
Schauspieldirektor, Der	445
Scherz, Satire, Ironie und tiefere Bedeutung	192
Schisn sa zarja	201
Schlafwandlerin, Die	20
Schlaue Füchslein, Das	341
Schuhu und die fliegende Prinzessin, Der	919
Schwalbe, Die	553
Schwanda der Dudelsackpfeifer	901
Schweigsame Frau, Die	731
Schwester Angelica	557
Serse	278
Serva padrona, La	499
Siegfried	873
Simon Boccanegra	823
Simplicius Simplicissimus	286
Sizilianische Vesper, Die	820
Skaska o zare Saltane	616
Sly oder Die Legende vom wiedererweckten Schläfer	906
Soldaten, Die	914
Solotoj petuschok	618
Sommernachtstraum, Ein	82
Sonnambula, La	20
South Pole	706
Spanische Stunde, Die	587
Spiel von Seele und Körper, Das	93
Stern, Der	97
Sturm, Der	8
Suor Angelica	557
Švanda dudák	901
Tabarro, Il	555
Tamerlano	254
Tancredi	619
Tannhäuser	857
Tempest, The	8
Teufel von Loudun, Die	495
Thomas Chatterton	508
Tiefland	10
Titus	461
Tod in Venedig	84
Tödliche Blume, Die	697
Tosca	543
Tote Stadt, Die	355
Traviata, La	818
Tri Sestri	170
Tristan und Isolde	862
Trojaner, Die	44
Troubadour, Der (Il Trovatore)	814
Troyens, Les	44
Turandot	561
Türke in Italien, Der (Il turco in Italia)	627
Turn of the Screw, The	78
Unter der großen Sonne von Liebe beladen	481

Vampyr, Der	386
Vanda	155
Věc Makropulos	344
Venus und Adonis	313
Vêpres siciliennes, Les	820
Verkaufte Braut, Die	699
Verurteilung des Lukullus, Die	123
Viaggio a Reims, Il	641
Vida breve, La	175
Vier Grobiane, Die	904
Village Romeo and Juliet, A	121
Viva la Mamma	125
Voix humaine, La	522
Von Heute auf Morgen	669
Výlety pana Broučka	337
Walküre, Die	872
Wally, La	89
Was ihr wollt	764
Weiße Rose, Die	921
Welt auf dem Monde, Die	291
Werther	398
Wildschütz, Der	376
Wilhelm Tell	645
Woina i mir	528
Wozzeck	27
Xerxes	278
Yolanthe	786
Zaide	439
Zar und Zimmermann	374
Zauberflöte, Die	463
Z mrtvého domu	347
Zuerst die Musik und dann die Worte	656
Zwei Witwen	704
Zwerg, Der	912

Register

Nach Librettisten und den Autoren der literarischen Hauptquellen

Ackermann, Uta 189
Adami, Giuseppe 553, 555, 561
Ancelot, Jacques-François 26, 141
Andersen, Hans Christian 161, 362
Anelli, Angelo 151, 624
Anicet-Bourgeois, Auguste 795
Apel, August 885
Ariosto, Lodovico 271, 275, 278
Artaud, Antonin 606
Auden, Wystan Hugh 303, 307, 740
Aumer, Jean-Pierre 20
Autreau, Jacques 580

Bachmann, Ingeborg 305
Bachrach, Elvire 217
Badoaro, Giacomo 420
Bakturin, Konstantin A. 203
Balázs, Béla 12
Balocchi, Luigi 641
Balzac, Honoré de 312
Barbier, Auguste 37
Barbier, Jules 220, 226, 487, 750
Bardare, Leone Emanuele 814
Bardari, Giuseppe 138
Bayard, Jean François Alfred 144
Beaumarchais, Pierre-Augustin
  Caron de 447, 493, 630
Beck, Enrique 598
Becker, Heribert 475
Belasco, David 548, 549
Belmontet, Louis 24
Bentivoglio, Ippolito 283
Berg, Alban 30
Berlioz, Hector 40, 44, 49
Bernanos, Georges 516
Bernard, Pierre Joseph Justin 576
Bertati, Giovanni 107, 453
Bis, Hippolyte Louis Florent 645
Bjelskij, Wladimir I. 616, 618
Blacher, Boris 164
Blau, Édouard 367, 398
Blonda, Max (Gertrud Schönberg) 669
Boccardi, Michelangelo 288
Boirie, Eugène Cantiran de 375
Boito, Arrigo 63, 514, 823, 842, 846
Bonaventura (Giovanni di Fidanza) 407
Bond, Edward 310
Borodin, Aleksander P. 66
Bouilly, Jean Nicolas 14
Brecht, Bert 123, 480, 892, 895

Bretzner, Christoph Friedrich 442
Breuning, Stephan von 14
Britten, Benjamin 82
Broch, Hermann 180
Büchner, Georg 27, 164, 601
Bulwer-Lytton, Edward 854
Burenin, Viktor 780
Burney, Fanny 115
Busenello, Giovanni Francesco 422
Busoni, Ferruccio 86
Bussani, Giacomo Francesco 250
Byron, George (Lord) 388, 800

Cahusac, Louis de 585
Cain, Henri 400
Calvino, Italo 34
Calzabigi, Ranieri de 205, 207
Cammarano, Salvatore 135, 141, 808, 814
Campana, Dino 181
Camus, Albert 195
Capece, Carlo Sigismondo 268
Čapek, Karel 344
Carré, Michel 57, 220, 224, 226, 490, 750
Carrington, Leonora 475
Castelli, Alberto 512
Casti, Giambattista 656
Čech, Svatopluk 337
Cervantes Saavedra, Miguel de 400
Červinka, Vincenc 338
Červinková-Riegrová, Marie 156
Chézy, Helmina von 886
Cicognini, Giacinto Andrea 698
Cigna-Santi, Vittorio Amedeo 430
Civinini, Guelfo 549
Cocteau, Jean 522
Colautti, Arturo 105
Colette, Sidonie-Gabrielle 589
Colman, George 109
Coltellini, Marco 428
Comu, Francis 795
Cormon, Eugène 57, 834
Corneille, Pierre 262
Corneille, Thomas 100
Cornelius, Peter 109
Coster, Charles de 111
Cortesi, Antonio 795
Crabbe, George 67
Cramer, Heinz von 299
Crommelynck, Fernand 217

Crozier, Eric 73, 76

Dallapiccola, Luigi 111
Dante Alighieri 561
Da Ponte, Lorenzo 447, 453, 456
Davies, Peter Maxwell 116
Danchet, Antoine 441
Delius, Frederick 121
Deschamps, Émile 408, 411
Donizetti, Gaetano 151
Dorst, Tankred 51
Dostojewskij, Fjodor M. 347
Dovsky, Beatrice 658
Dumas, Alexandre d. J. 819
Duncan, Ronald 70
Duveyrier, Charles 820
Dyk, Viktor 337

Eich, Günter 180
Einem, Gottfried von 164
Eliot, T. S. 512
Eluard, Paul 480
Ennery, Adolphe Philippe d' 151
Ensslin, Gudrun 362
Étienne, Charles Guillaume 632
Eötvös, Peter 170
Euripides 104, 210, 307, 728,
   743, 775

Fanzaglia, Antonio 278
Fassbinder, Rainer Werner 323
Faustini, Giovanni 95
Federico, Gennaro Antonio 499
Feind, Barthold 350
Feld, Leo 909
Ferreti, Jacopo 630
Feuchtwanger, Lion 191
Filippo, Eduardo De 769, 772
Fleg, Edmond 167
Forster, Edward Morgan 76
Forzano, Giovacchino 557, 559, 906
Franc-Nohain (Maurice Legrand) 587
Friebert, Joseph 439
Friedrich, Wilhelm Riese 178
Fritsch, Werner 189
Fröhling, Michael 601
Fučík, Julius 480
Furrer, Beat 180
Fuchs, Christian Martin 772
Fuzelier, Louis 573

Gamerra, Giovanni de 433
Gandonnière, Almire 40

García Gutiérrez 817, 823
García Lorca, Federico 598
Garrick, David 109
Gay, John 241, 892
Gedeonow, M. A. 203
George III., König von England 113
Gershwin, Ira 183
Ghelderode, Michel de 371
Ghislanzoni, Antonio 833, 838
Giacosa, Giuseppe 539, 543, 546
Gille, Philippe 395
Glass, Philip 198
Glinka, Michail I. 203
Goethe, Johann Wolfgang von 40, 63, 223,
   398, 753
Gogol, Nikolaj W. 614, 673
Gold, Didier 557
Goldman, Shalom 198
Goldoni, Carlo 291, 428, 906
Goldschmidt, Berthold 217
Goll, Yvan 591
Goodman, Alice 1, 5
Gorrio, Tobia (Arrigo Boito) 514
Gottfried von Straßburg 866
Gozzi, Carlo 302, 524, 564
Grabbe, Christian Dietrich 192
Gregor, Joseph 733
Griffiths, Paul 744
Grimani, Vincenzo 231
Grimm, Jacob und Wilhelm 330
Grimmelshausen, Hans Jakob Christoffel . . 286
Gronius, Jörg W. 192
Grun, James 500
Guillard, François 215
Guimera, Angel 10

Haas, Georg Friedrich 229
Hacks, Peter 919
Halévy, Ludovic 59
Hartmann, Georges 398
Hartmann, Karl Amadeus 286
Hartmann von Aue 502
Hauff, Wilhelm 305, 856
Hauptmann, Gerhart 161
Haym, Nicola Francesco 243, 247, 250,
   254, 259
Hebbel, Friedrich 694
Heine, Heinrich 856
Henneberg, Claus H. 170, 508, 591,
   593, 761, 764
Herodot 281
Hertz, Henrik 786
Heidegger, Johann Jakob 267

Register

Heyward, Du Bose 183
Hill, Aaron 236
Hillern, Wilhelmine von 89
Hindemith, Paul 320
Hölderlin, Friedrich 229
Hofer, Wolfgang 180
Hoffmann, E. T. A. 316, 487
Hoffmann, François Benoît 102
Hoffmeister, Adolf 357
Hofmannsthal, Hugo von 710, 712, 716, 719, 726, 728
Holloway, Tom 706
Homer 422
Huber, Christine 180
Hughes, John 241
Hugo, Victor 134, 514, 796, 814
Huxley, Aldous 495

Illica, Luigi 89, 187, 536, 539, 543, 546
Israel, Robert 198
Iwaszkiewicz, Jaroslaw 742

Jahnn, Hans Henny 508
James, Henry 78
Janáček, Leoš 344, 347
Jelinek, Elfriede 475
Jerofejew, Viktor 661
Jokisch, Walter 298
Jonson, Ben 731
Jouy, Victor Joseph Étienne de 645

Kallmann, Chester 303, 307, 740
Karamsin, Nikolaj M. 468
Kareš, Miloš 901
Kazantzakis, Nikos 391
Keller, Gottfried 121, 909
Kien, Peter 789
Kind, Johann Friedrich 883
Klaren, Georg C. 912
Kleist, Heinrich von 665
Körner, Thomas 198, 323
Krauss, Clemens 736
Krenek, Ernst 359
Kukolnik, Nestor W. 203
Kupelwieser, Josef 688
Kvapil, Jaroslav 159

Lachmann, Hedwig 708
Lalli, Domenico 243
Laun, Friedrich 885
Lauzières-Thémines, Achille de 834
Lechi, Luigi 619
Leclerc de La Bruère 578

Le Fort, Gertrud von 521
Legouvé, Ernest 105
Lehnert, Christian 314
Le Lorrain, Jacques 400
Lemaire, Ferdinand 653
Lemoine, Gustave 151
Lenz, Jakob Michael Reinhold 914
Leonardo da Vinci 362
Leoncavallo, Ruggero 369
Leterrier, Eugène 97
Le Valois d'Orville, Adrien-Joseph ... 580
Ligeti, György 371
Lion, Ferdinand 316
Livius 72
Ljeskow, Nikolaj S. 675
Locle, Camille du 838
Long, John Luther 548
Lorenzi, Giambattista 293
Lortzing, Albert 374, 376
Lothar, Rudolph 10

Maalouf, Amin 648
Maeterlinck, Maurice 118, 153
Maffei, Andrea 803, 806
Majakowskij, Wladimir 480
Mallefille, Jean Pierre Felicien 704
Mann, Thomas 84
Manni, Agostino 93
Marchi, Antonio 276
Mariette, Auguste 838
Marlowe, Christopher 89
Markewitsch, N. A. 203
Martinů, Bohuslav 388, 391
Maupassant, Guy de 73
Mazzolà, Caterino 461
Medwedew, Alexander 897
Meilhac, Henri 59, 395
Mélesville (Duveyrier, Anne Honoré Joseph) 375
Melville, Herman 76
Menasci, Guido 393
Mendelson, Mira 528
Mérimée, Prosper 59, 411
Merle Jean Toussaint 375
Méry, Joseph Pierre 834
Meschke, Michael 371
Messiaen, Olivier 402
Metastasio, Pietro 262, 288, 437, 461, 850
Meyerfeld, Max 911
Milliet, Paul 398
Minato, Nicolò 278

Mistral, Frédéric 224
Moline, Pierre Louis 207
Montanelli, Giuseppe 823
Mosenthal, Salomon Hermann 477
Motte-Fouqué, Friedrich de la 161
Müller, Heiner 602
Müller, Johann Heinrich
 Friedrich 427
Murger, Henri 539
Mussorgskij, Modest P. 468, 472

Nerval, Gérard de 40
Neveux, Georges 388
Nietzsche, Friedrich 610
Nono, Luigi 481

Oakes, Meredith 8
Obey, André 70
Orff, Carl 491
Ostrowskij, Aleksander N. 338
Ovid 72, 180, 207,
 241, 382, 417

Pallavicino, Stefano Benedetto 247
Pappenheim, Marie 667
Pariati, Pietro 749
Parini, Giuseppe 431
Pausanias 584
Pavese, Cesare 180
Paz, Octavio 609
Pears, Peter 82
Pellegrin, Simon-Joseph 566
Penderecki, Krzysztof 495
Pepoli, Carlo 25
Perrault, Charles 13
Petrosellini, Giuseppe 434, 493
Petzet, Wolfgang 286
Pfitzner, Hans 503
Piave, Francesco Maria 796, 798, 803,
 812, 818, 823, 831
Pintscher, Matthias 508
Piovene, Agostino 254
Piper, Myfanwy 78, 84
Pirandello, Luigi 761, 769
Pizzetti, Ildebrando 512
Pizzolato, Giuseppe 904
Planché, James Robinson 889
Plutarch 434
Pope, Alexander 241
Posmysz, Zofia 897
Poulenc, Francis 516
Pradon, Jacques 258
Praetorius, Johann Philipp 749

Preiss, Aleksander G. 675
Preissová, Gabriela 334
Prévost, Abbé Antoine-François . 299, 397, 536
Procházka, František Serafin 337
Prokofjew, Sergej 524, 528
Pruslin, Stephen 53
Pseudo-Seneca 425
Puschkin, Aleksander S. 203, 468, 616, 618,
 779, 780, 785

Quinault, Philippe 211, 378, 383

Racine, Jean 210, 290, 431, 571
Reichert, Heinz 553
Reimann, Aribert 595, 598
Riddell, Richard 198
Rimskij-Korssakow, Nikolaj 614
Ringhieri, Francesco 634
Ripellino, Angelo Maria 480
Rodenbach, Georges 355
Rolli, Paolo Antonio 282
Romani, Felice 18, 20, 22, 127, 130,
 132, 141, 627
Rosen, Georgij F. Baron 201
Rosmer, Ernst (Elsa Bernstein) 331
Rossi, Gaetano 148, 619
Rossi, Giacomo 236, 267
Roullet, Marius-François-Louis
 Gand Lebland Bailli du 207, 209
Royer, Alphonse 145
Ruffini, Giovanni Domenico 151

Saavedra, Ángel de 833
Sabina, Karel 699
Saint-Georges, Jules Henri
 Vernoy de 144, 179
Saintine, Joseph-Xavier-
 Boniface 26
Salvi, Antonio 259, 272
Sardou, Victorien 543
Sartre, Jean Paul 480
Scevola, Luigi 18
Schachtner, Johann Andreas 427, 439
Schendel, Uwe 595
Scherchen, Hermann 286
Schikaneder, Emanuel 463
Schiller, Friedrich 140, 647, 806,
 808, 834
Schilowskij, Konstantin S. 777
Schirkow, Walerijan F. 203
Schleder, Johann Georg 354
Schmidt, Eberhard 919
Schober, Franz von 685

Register

Schoeck, Otmar ... 665
Schönberg, Arnold ... 668, 671
Schostakowitsch, Dmitrij D. ... 673, 675
Schott, Paul ... 355
Schreker, Franz ... 678, 680, 682
Schumann, Robert ... 694
Sciarrino, Salvatore ... 697
Scott, Walter ... 137, 638
Scribe, Eugène ... 20, 105, 145, 284, 408, 411, 820, 827
Scudéry, Georges de ... 246
Sebastiani, Franz Joseph ... 439
Serrault, Geneviève ... 312
Shakespeare, William ... 8, 36, 49, 82, 226, 477, 593, 606, 764, 803, 842, 848, 891
Shaw, Carlos Fernández ... 175
Simoni, Renato ... 561
Slater, Montagu ... 67
Sografi, Simeone Antonio ... 125
Solera, Temistocle ... 793, 800
Somma, Antonio ... 827
Sonnleithner, Joseph Ferdinand ... 14
Sophokles ... 167
Sotheby, William ... 891
Sotow, Wladimir ... 788
Soumet, Gabrielle ... 24
Špindler, Erwín ... 701
Stampiglia, Silvio ... 278
Stassow, Wladimir W. ... 67, 472
Stephanie d. J., Gottlieb ... 442, 445
Sterbini, Cesare ... 628
Stierle, Franz Xaver ... 434
Stow, Randolph ... 113
Strauss, Richard ... 708, 722
Striggio, Alessandro ... 414
Strindberg, August ... 595
Sueton ... 235
Šumavský, Václav Beneš ... 155
Surzycki, Julian ... 155
Szymanowski, Karol ... 742

Tacitus ... 235, 246, 425
Targioni-Tozzetti, Giovanni ... 393
Tasso, Torquato ... 161, 211, 239, 296, 383, 418
Tate, Nahum ... 565
Tesnohlídek, Rudolf ... 341
Thomas von Celano ... 407
Tieck, Ludwig ... 694
Tippett, Michael ... 754
Tolstoi, Lew ... 528
Tottola, Andrea Leone ... 632, 636
Touche, Guymond de la ... 217
Treichel, Hans-Ulrich ... 195, 313
Treitschke, Georg Friedrich ... 14
Trojahn, Manfred ... 775
Tschaikowskij, Modest I. ... 783, 786
Tschaikowskij, Pjotr I. ... 780
Tschechow, Anton ... 170

Vaëz, Gustave ... 145
Valle, Cesare Della ... 639
Vanloo, Albert ... 97
Varesco, Giambattista ... 440
Vega, Lope de ... 281
Verdi, Giuseppe ... 838
Verga, Giovanni ... 395
Vergil ... 44, 180, 417, 566
Villiers de l'Isle-Adam, Auguste Comte de ... 111
Voltaire ... 623
Vrchlický, Jaroslav ... 161

Wagner, Richard ... 853, 855, 857, 859, 862, 867, 871, 879
Wailly, Léon de ... 37
Wedekind, Frank ... 30
Weil, Grete ... 298
Weiskern, Friedrich Wilhelm ... 427
Wenzig, Josef ... 701
Werner, Zacharias ... 802
Wette, Adelheid ... 328
Whiting, John ... 495
Wieland, Christoph Martin ... 891
Wilde, Oscar ... 708, 911, 912
Willaschek, Wolfgang ... 769, 921
Willner, Alfred Maria ... 553
Wohlbrück, Wilhelm August ... 386
Wolfram von Eschenbach ... 861, 882

Zanardini, Angelo ... 834
Zanella, Ippolito ... 258
Zangarini, Carlo ... 549
Zimmermann, Bernd Alois ... 914
Zimmermann, Udo ... 919
Züngel, Emanuel ... 704
Zweig, Stefan ... 731

Über die Autoren

Norbert Abels ist seit 1997 Chefdramaturg an der Oper Frankfurt. Er war von 2004 bis 2011 Produktionsdramaturg der Bayreuther Festspiele und ist Professor für Musiktheaterdramaturgie an der Folkwang Universität der Künste Essen, Stellvertretender Studiengangsleiter Theater- und Orchestermanagement an der Hochschule für Musik und Darstellende Kunst Frankfurt a. M. und Dozent an den Schulen des Deutschen Buchhandels-Mediacampus Frankfurt im Fach Weltliteratur. Zahlreiche literatur- und musikwissenschaftliche Bücher. Dramaturgische Arbeiten u. a. in Amsterdam, Tel Aviv, Bayreuth, Wien, London, Paris, Brüssel, Lyon, New York, Barcelona, Hamburg, Essen, Bremen, Graz und Philadelphia; Zusammenarbeit mit dem Kabuki-Theater Tokio.

Wolfgang Fuhrmann studierte in seiner Geburtsstadt Wien Musikwissenschaft und Germanistik. Er hat lange Zeit als freier Musikjournalist u. a. für ›Der Standard‹ (Wien), die ›Berliner Zeitung‹ und die ›Frankfurter Allgemeine Zeitung‹ gearbeitet. Er wurde in Wien mit der Arbeit ›Herz und Stimme. Innerlichkeit, Affekt und Gesang im Mittelalter‹ promoviert und hat sich an der Universität Bern über ›Haydn und sein Publikum. Die Veröffentlichung eines Komponisten, ca. 1750 bis 1815‹ habilitiert. Zuletzt erschien von ihm bei Bärenreiter/Henschel in der Reihe ›Opernführer kompakt‹ der Band ›Bizet. Carmen‹.

Michael Haag studierte Klavier und Liedgestaltung an der Musikhochschule in Stuttgart sowie Musikwissenschaft, Germanistik und Kunstgeschichte an der Ruprecht-Karls-Universität in Heidelberg. Er arbeitete als Klavier- und Musiklehrer, Korrepetitor und Chorleiter und ist seit 2011 als Lektor für Klavierauszüge (Bühnenwerke) im Bärenreiter-Verlag tätig.

Gregor Herzfeld studierte Musikwissenschaft und Philosophie in Heidelberg, Cremona und an der Yale University. Er promovierte 2006 mit einer Studie zur experimentellen amerikanischen Musik und habilitierte sich 2012 an der Freien Universität Berlin, wo er auch als Wissenschaftlicher Mitarbeiter wirkte, mit einer Arbeit zur musikalischen Poe-Rezeption. Er veröffentlichte, gemeinsam mit Wolfgang Jansen, die Werkeinführung ›Bernstein. West Side Story‹ (›Opernführer kompakt‹). Seit 2015 arbeitet er als Dramaturg des Freiburger Barockorchesters.

Patrick Klingenschmitt studierte Musikwissenschaft und Philosophie in Mainz. Er beschäftigt sich u. a. schreibend und forschend mit der Musik der klassischen Moderne und der Gegenwart im Spannungsfeld zwischen Produktionsbedingungen, Interpretationsästhetik und Rezeption.

Rudolf Kloiber (1899–1973) war Dirigent, Musikwissenschaftler und Musikschriftsteller. Er veröffentlichte neben diesem von ihm begründeten ›Handbuch der Oper‹ u. a. das ›Handbuch der klassischen und romantischen Symphonie‹, das ›Handbuch der Symphonischen Dichtung‹ und das ›Handbuch des Instrumentalkonzerts‹.

Wulf Konold (1946–2010) war Chefdramaturg am Opernhaus Nürnberg, Dramaturg und Künstlerischer Berater an der Staatsoper Hannover und Chefdramaturg der Hamburgischen Staatsoper, wo er auch Regie führte. Von 1996 bis 2008 leitete er als Generalintendant und Operndirektor das Nürnberger Opernhaus. Er veröffentlichte Bücher über Claudio Monteverdi, Felix Mendelssohn Bartholdy, Bernd Alois Zimmermann und zur Geschichte des Streichquartetts.

Robert Maschka studierte Musikwissenschaft und ist als Musikschriftsteller tätig. Neben Booklets für CDs und wissenschaftlichen Aufsätzen verfaßte er zahlreiche Beiträge für Programmhefte renommierter Orchester, Musikfestivals, Opernhäuser etc. Er veröffentlichte das Opernfigurenlexikon ›Who's who in der Oper‹ (gemeinsam mit Silke Leopold) und das Kompendium ›Wagners Ring kurz und bündig‹. In der Reihe ›Opernführer kompakt‹ hat er die Bände über ›Fidelio‹, ›Tristan und Isolde‹ und ›Die Zauberflöte‹ geschrieben.

Marie Luise Maintz ist Musikwissenschaftlerin und Dramaturgin. Sie studierte in Bonn und promovierte über ›Franz Schubert in der Rezeption Robert Schumanns‹. Als Opern- und Konzertdramaturgin war sie u. a. an der Staatsoper Stuttgart, der Alten Oper Frankfurt sowie in Darmstadt, Bonn und Aachen tätig. Sie ist seit 2007 Projektleiterin für Zeitgenössische Musik und Dramaturgie beim Bärenreiter-Verlag.

Volker Mertens war bis zur Emeritierung 2006 Professor für Ältere Deutsche Literatur an der Freien Universität Berlin. Aufsätze und Bücher zur mittelalterlichen deutschen und französischen Literatur, zur Mittelalterrezeption und zu Thomas Mann. Ferner Publikationen zur mittelalterlichen Musik, zu Richard Wagner (u. a. ›Der Ring des Nibelungen‹ und ›Parsifal‹ in der Reihe ›Opernführer kompakt‹) und Giacomo Puccini (›Wohllaut, Wahrheit und Gefühl‹) sowie über Richard Strauss. Für den Sender Freies Berlin und Radio Berlin Brandenburg Sendungen zur Musik; Programmhefte u. a. für die Wiener und die Hamburgische Staatsoper, die Bayreuther Festspiele, die Berliner Philharmoniker sowie das Konzerthaus Berlin.

Clemens Prokop studierte in München Musikwissenschaft, lernte bei C. Bernd Sucher das Kritiker-Handwerk und schrieb für die Süddeutsche Zeitung über Oper. Bei Bärenreiter veröffentlichte er u.a. ›Mozart, der Spieler. Geschichte eines schnellen Lebens‹, ›Thomas Hampson. »Liebst du um Schönheit«. Gespräche mit Clemens Prokop‹ und ›Mozart. Don Giovanni‹ in der Reihe ›Opernführer kompakt‹. Mit seinem Unternehmen ›trust your ears‹ inszeniert er Konzerte und Shows.

Ivana Rentsch ist seit 2013 Professorin für Historische Musikwissenschaft an der Universität Hamburg. Forschungsschwerpunkte sind u. a. das Musik- und Tanztheater des 17. bis 20. Jahrhunderts und die tschechische Musikgeschichte.

Christoph Rinne studierte Musikwissenschaft und Deutsche Philologie in Göttingen. Er arbeitete als Trompetenlehrer und schrieb Beiträge u. a. für die MGG sowie Programmhefte für diverse Festivals. Seit 2014 arbeitet er als Lektor für Orchesterstimmen von Bühnenwerken im Bärenreiter-Verlag.

Olaf Matthias Roth studierte Romanistik und Germanistik in Erlangen, Düsseldorf und Rom. Er promovierte über ›Die Opernlibretti nach Dramen Gabriele d'Annunzios‹ und war Lehrbeauftragter an den Universitäten in Düsseldorf und Wuppertal. Nach einer Laufbahn als Literaturübersetzer aus dem Italienischen, Französischen und Englischen wurde er 2005 Pressesprecher des Staatstheaters Nürnberg. Nach Stationen in Hamburg, Kiel und Dortmund ist er heute Pressesprecher der Staatsoper Hannover. In der Reihe ›Opernführer kompakt‹ verfaßte er die Bände zu ›La Bohème‹ und ›Lucia di Lammermoor‹.

Olaf A. Schmitt ist Künstlerischer Leiter der Kasseler Musiktage und Dramaturg der Bregenzer Festspiele. Als Dramaturg gastierte er am Royal Opera House Covent Garden sowie an der Oper Köln. Von 2008 bis 2013 war er Dramaturg an der Bayerischen Staatsoper, davor am Theater Heidelberg. Er studierte Theater-, Film- und Medienwissenschaft sowie Musikwissenschaft in Frankfurt am Main und ist Autor zahlreicher Texte.

Herbert Schneider, Emeritus der Universität des Saarlandes, ist Herausgeber der ›Musikwissenschaftlichen Publikationen‹ und der ›Œuvres complètes‹ von Jean-Baptiste Lully. Seine Forschungsschwerpunkte sind die Musiktheorie, die französische Musik seit dem 17. Jahrhundert, die deutsch-französischen Musikbeziehungen und die Übersetzungen gesungener Gattungen.

Uwe Schweikert studierte Germanistik, Musikwissenschaft und Geschichte und promovierte 1969 mit einer Arbeit über Jean Pauls Spätwerk. Von 1971 bis 2003 war er Lektor im J. B. Metzler Verlag Stuttgart, dessen Musikbuchprogramm er aufbaute und betreute. Daneben vielfältige Tätigkeit als Literatur- und Musikkritiker, als Autor sowie Herausgeber der Gesamtausgaben von Rahel Varnhagen, Ludwig Tieck und Hans Henny Jahnn. Mitherausgeber des ›Verdi-Handbuchs‹ und Autor des Bandes ›»Das Wahre erfinden«. Verdis Musiktheater‹.

Annette Thein studierte Musikwissenschaft in Mainz, bevor sie von 1996 bis 2002 bei Breitkopf & Härtel / Deutscher Verlag für Musik in Leipzig als Lektorin tätig war. Seit 2002 Lektorin für kritische Opernneuausgaben sowie verschiedene Gesamtausgaben-Projekte im Bärenreiter-Verlag.

Anja-Rosa Thöming ist freie Autorin. Sie studierte Musiktheater-Regie in Hamburg und historische Musikwissenschaft in Hamburg und Detmold. Promotion und Lehraufträge am Musikwissenschaftlichen Seminar der Universitäten Rostock und Göttingen. Zahlreiche Beiträge im Feuilleton der ›Frankfurter Allgemeinen Zeitung‹ und im ›Oratorienführer‹.

Marianne Zelger-Vogt war von 1977 bis 2009 Feuilletonredakteurin der ›Neuen Zürcher Zeitung‹. 2012 gab sie mit der Mezzosopranistin Vesselina Kasarova das Buch ›Ich singe mit Leib und Seele. Über die Kunst, Sängerin zu sein‹ heraus. 2014 erschien in der Reihe ›Opernführer kompakt‹ ihre in Zusammenarbeit mit Heinz Kern verfaßte Monographie über den ›Rosenkavalier‹ von Richard Strauss.

Opernkünstler im O-Ton

Richard Lorber

Oper aber wie!?

Gespräche mit Sängern, Dirigenten,
Regisseuren, Komponisten
In Kooperation mit dem Kulturradio
WDR 3

(Bärenreiter/Metzler). 272 Seiten
mit Abbildungen; Hardcover
ISBN 978-3-7618-2061-2

Oper fasziniert – und wie!
Aber wie wird Oper »gemacht«,
komponiert, gesungen,
dirigiert, inszeniert?

In diesem Buch schildern Sänger,
Dirigenten, Komponisten und Regisseure im Gespräch mit Richard Lorber
ihre persönlichen Erlebnisse bei der
Opernarbeit. Sie erklären ihre künstlerischen Anschauungen, verraten
ihre musikalischen Vorlieben und
berichten von ihrer Arbeitsweise.
Das Buch bietet Einblicke in das
Musiktheater des 21. Jahrhunderts:
profiliert, lebendig, aktuell.

Zu Wort kommen

- Stars des Opernlebens wie
  Jonas Kaufmann, Cecilia Bartoli
  und Christian Thielemann

- legendäre Persönlichkeiten wie
  Nikolaus Harnoncourt und
  Michael Gielen

- Erneuerer des Musiktheaters wie
  Hans Neuenfels und
  Peter Konwitschny

- Komponisten, die das Singen auf
  der Bühne um originelle Formen
  erweitert haben, wie Manfred
  Trojahn und Wolfgang Rihm.

In der Zusammenschau entsteht ein
Panorama unterschiedlicher Zugänge,
und nicht selten treten diese Akteure
des heutigen Musiktheaters in eine
Art imaginären Dialog miteinander.

Große Opernkomponisten

Anselm Gerhard, Uwe Schweikert (Hg.)
Verdi-Handbuch

(2., überarb. und erw./2013) (Metzler/Bärenreiter). XLII + 757 Seiten mit 39 Abbildungen; Hardcover
ISBN 978-3-7618-2057-5

»Don Carlos, Otello, Falstaff«: Das Handbuch stellt alle 26 Opern und die anderen Werke Verdis einzeln vor. Es beschreibt darüber hinaus Verdis Arbeit bei der Entstehung seiner Opern: vom Libretto über Komposition, Stimmtypen, Vers-Vertonung bis zur Aufführung. Zeit- und theatergeschichtliche Kapitel vermitteln, warum die Gattung Oper – nicht zuletzt durch Verdis Beitrag – im 19. Jahrhundert so beliebt war.

Silke Leopold (Hg.)
Mozart-Handbuch

Unter Mitarbeit von Jutta Schmoll-Barthel und Sara Jeffe (2. Auflage 2016) XVI, 719 Seiten mit 7 s/w Abbildungen und 5 Notenbeispielen; Paperback
ISBN 978-3-7618-2408-5

Ein Nachschlagewerk und Lesebuch in einem, das auf anregende Weise Einzelwerkbesprechungen und übergreifende Perspektiven verbindet. Das »Mozart-Handbuch« liefert – nach Werkgruppen gegliedert – einen umfassenden und detaillierten Einblick in das Gesamtwerk des Komponisten. Beinahe jedes abgeschlossene Werk aus Mozarts Feder wird besprochen.

Laurenz Lütteken (Hg.)
Wagner-Handbuch

Unter Mitarbeit von Inga Mai Groote und Michael Meyer (2012) (Bärenreiter/Metzler). XXX, 512 Seiten mit 41 Abbildungen; Hardcover
ISBN 978-3-7618-2055-1

Im Zentrum stehen Porträts aller Kompositionen. Einzelkapitel bieten alle wesentlichen Informationen über Wagner als Schriftsteller, Dichter, Briefeschreiber, Regisseur, Dirigent und Organisator.

Eine ausführliche Chronik des Lebens innerhalb der Musik- und Zeitgeschichte und ein Werkregister vervollständigen dieses Nachschlagewerk.

 J. B. METZLER Part of SPRINGER NATURE   **Bärenreiter**
www.baerenreiter.com

Hartmut Hein/Julian Caskel (Hrsg.)
Handbuch Dirigenten
250 Porträts
2015, 421 Seiten, geb.
ISBN 978-3-476-02392-6

Was macht die ganz besondere Klangsprache eines Dirigenten aus? Warum setzten manche Aufnahmen Maßstäbe in der Interpretationsgeschichte eines Werkes?

Die wichtigsten »Pultlegenden« aus über hundert Jahren stellt dieses Handbuch in 250 anregenden Porträts vor – mit den zentralen biografischen Daten, prägnanten Beschreibungen des Interpretationsstils und der Klangästhetik, einer repräsentativen Auswahl von Ton- und Bildaufnahmen sowie weiterführenden Hinweisen zu Schriften, Literatur und Kompositionen.

Ergänzend beleuchten Essays die historisch-kulturellen Kontexte und aktuellen Entwicklungen des Dirigentenberufs.

Michael Walter
Oper – Geschichte einer Institution
2016, 450 Seiten, 30 Abbildungen, geb. ISBN 978-3-476-02563-0

Die Oper gehört seit vierhundert Jahren zu den stabilsten Kulturinstitutionen Europas. Weder Revolutionen noch Wirtschaftskrisen haben daran etwas geändert. Zur Institution Oper gehören nicht nur die Bühnenvorstellung und ihre Organisation, sondern auch die Sänger und nicht zuletzt das Publikum. So kommen in diesem Buch das italienische Impresario-System, die fahrenden Schauspieltruppen, die Stadttheater, die Hof- und Staatstheater ebenso in den Blick wie etwa die Reisebedingungen und die Gagen der Sänger, die Eintrittspreise und die Logenhierarchie in der Oper sowie die rechtlichen Aspekte des Opernbetriebs. Der Bogen spannt sich vom 17. Jahrhundert bis hin zu den Entwicklungen der Gegenwart.